DICTIONNAIRE
DE LA LANGUE
FRANÇAISE

DICTIONNAIRE DE LA LANGUE FRANÇAISE

40 000 mots de la langue française
Annexes grammaticales
et encyclopédiques

Le Livre de Poche

HACHETTE

Le **Dictionnaire de la Langue française**

est édité sous la direction d'Emmanuel Fouquet

Chef de projet : Jean-Pierre Mével

Rédaction : Jean Dubois, Françoise Dubois-Charlier, Alain Guillet,
René Lagane

Correction : Yolande Le Douarin

Saisie SGML : Patricia Gautier

Informatique éditoriale : Alain Pierrot
Jean-Marc Destabeaux

NOTE DE L'ÉDITEUR

Le **Dictionnaire de la Langue Française** rassemble, eu égard à son format, une nomenclature exceptionnellement abondante, comportant 40 000 mots de la langue.

Nous avons fait figurer tous les noms communs dont peut avoir besoin un lecteur dans toutes les circonstances de la vie quotidienne : c'est pourquoi nous avons fait une place aussi bien à des mots très contemporains ou à des termes techniques et scientifiques qu'à des mots d'une langue un peu recherchée nécessaires à la compréhension des grands auteurs du XIXe et du XXe siècle. Soucieux de rendre service aux lecteurs étrangers qui apprennent notre langue, nous n'avons pas exclu les mots de la langue familière, voire très familière, pourvu qu'ils aient reçu une large diffusion dans la société contemporaine ; dans la même intention, nous avons mentionné les mises en garde des grammairiens attentifs à la préservation de la pureté de notre langue.

Le lecteur trouvera également des indications concernant la *prononciation* (quand celle-ci pose un problème particulier par rapport aux règles générales du phonétisme français) et la *conjugaison* des verbes (le numéro placé après l'entrée renvoie aux tableaux p. 595). Les *pluriels* irréguliers et ceux des noms composés sont systématiquement mentionnés en fin d'article. Les *niveaux de langue* (familier, littéraire, vieux, etc.) ont été indiqués avec soin, de même que les rubriques des *vocabulaires scientifiques et techniques* (biologie, informatique, linguistique, médecine, etc.).

Les dernières pages du dictionnaire sont consacrées à un certain nombre de renseignements pratiques présentés de façon synoptique : accord du participe passé, préfixes et suffixes, symboles mathématiques, unités de mesure, etc.

Ainsi conçu et réalisé, ce **Dictionnaire de la Langue française** rendra, nous l'espérons, de nombreux services aux lecteurs pressés, mais aussi curieux et exigeants.

LES SONS DU FRANÇAIS

Nous n'avons indiqué la prononciation (entre crochets après l'entrée) que lorsqu'une difficulté se présentait par rapport aux règles générales du français. Dans ce cas, seul le point délicat a été mis en évidence : **abasourdir** [-zuʀ-], **abdomen** [-men]. Les signes utilisés sont ceux de l'alphabet phonétique international.

CONSONNES			VOYELLES		
b	de bal	[bal]	a	de patte	[pat]
d	de dent	[dɑ̃]	ɑ	de pâte	[pɑt]
f	de foire	[fwaʀ]	ɑ̃	de clan	[klɑ̃]
g	de gomme	[gɔm]	e	de dé	[de]
h	holà !	[hɔla]	ɛ	de belle	[bɛl]
	hourra !	[huʀa]	ɛ̃	de lin	[lɛ̃]
	(valeur		ə	de demain	[dəmɛ̃]
	expressive)		i	de gris	[gʀi]
k	de clé	[kle]	o	de gros	[gʀo]
l	de lien	[ljɛ̃]	ɔ	de corps	[kɔʀ]
m	de mer	[mɛʀ]	ɔ̃	de long	[lɔ̃]
n	de nage	[naʒ]	œ	de leur	[lœʀ]
ɲ	de gnon	[ɲɔ̃]	œ̃	de brun	[bʀœ̃]
ŋ	de dancing	[dɑ̃siŋ]	ø	de deux	[dø]
p	de porte	[pɔʀt]	u	de fou	[fu]
ʀ	de rire	[ʀiʀ]	y	de pur	[pyʀ]
s	de sang	[sɑ̃]			
ʃ	de chien	[ʃjɛ̃]			
t	de train	[tʀɛ̃]	SEMI-VOYELLES		
v	de voile	[vwal]			
x	de buch (all.)	[bux]	j	de fille	[fij]
z	de zèbre	[zɛbʀ]	ɥ	de huit	[ɥit]
ʒ	de jeune	[ʒœn]	w	de oui	[wi]

Le *h* dit « aspiré », noté ['] devant la voyelle, ne se prononce pas mais empêche la liaison et l'élision.

ABRÉVIATIONS

Les catégories grammaticales, placées après l'entrée, sont en *italiques,* les marques de domaine scientifique ou technique sont en CAPITALES, les indications de niveau de langue sont en caractères étroits ; les autres abréviations apparaissent dans le courant du texte, dans la partie Noms Propres ou dans les annexes.

a	adjectif
a, n	adjectif et nom
abrév.	abréviation
Abusiv	abusivement
	(le mot, bien que d'emploi courant, est critiqué par certains grammairiens)
ADMIN	administration
admin.	administratif
AERON	aéronautique
affl.	affluent
aggl.	agglomération
AGRIC	agriculture
ANAT	anatomie
Anc	ancien
	(la notion désignée par le mot est sortie de l'usage actuel)
anc.	ancien, anciennement
ANTHROP	anthropologie
ANTIQ	antiquité
Ant	antonyme
apr.	après
ARCHEOL	archéologie
ARCHI	architecture
Arg	argot
ARITH	arithmétique
arr.	arrondissement
ASTRO	astronomie
AUDIOV	audiovisuel
auj.	aujourd'hui
AUTO	automobile
auton.	autonome
av	adverbe
av.	avant
BIOL	biologie
BOT	botanique
BX-A	beaux-arts
cant.	canton
cap.	capitale
ch.-l.	chef-lieu
CHIM	chimie
CHIR	chirurgie

CINE	cinéma
COMM	commerce
commun.	communauté
conj	conjonction
CONSTR	construction
COUT	couture
CUIS	cuisine
dém	démonstratif
dép.	département
Didac	didactique
	(terme savant commun à plusieurs disciplines)
DR	droit
E.	est
ECOL	écologie
ECON	économie
ELECTR	électricité
ELECTRON	électronique
ELEV	élevage
EMBRYOL	embryologie
env.	environ
EQUIT	équitation
ETHNOL	ethnologie
Fam	familier
	(le terme est courant dans la langue parlée mais on l'évite dans la langue écrite formelle)
FEOD	féodalité
FIN	finances
FISC	fiscalité
fl.	fleuve
FORTIF	fortification
GEOGR	géographie
GEOL	géologie
GEOM	géométrie
gr.	grec
GRAM	grammaire
HERALD	héraldique
HIST	histoire
HYDROL	hydrologie
h	habitants
impers	impersonnel

IMPRIM	imprimerie
ind	indicatif
indéf	indéfini
INFORM	informatique
inf	infinitif
interj	interjection
inv	invariable
J.-C.	Jésus-Christ
km	kilomètres
lat.	latin
LING	linguistique
LITTER	littérature
Litt	littéraire
LITURG	liturgie
Loc	locution
LOG	logique
m	mètres
majusc	majuscule
MAR	marine
MATH	mathématiques
MED	médecine
MILIT	militaire
MINER	minéralogie
MUS	musique
MYTH, myth.	mythologie
N., N.-E., N.-O.	nord, nord-est, nord-ouest
n	nom
n, a	nom et adjectif
nf	nom féminin
nfpl	nom féminin pluriel
nm	nom masculin
nmpl	nom masculin pluriel
num	numéral
O.	ouest
oppos.	opposition
PALEONT	paléontologie
part.	participe
partic.	particulièrement
PEINT	peinture
Péjor	péjoratif
pers	personnel
PHARM	pharmacie
PHILO	philosophie
PHON	phonétique
PHOTO	photographie
PHYS	physique
PHYSIOL	physiologie
pl	pluriel
POLIT	politique
Pop.	populaire
	(le terme est jugé contraire à la politesse ou fait l'objet d'un tabou)
poss	possessif
préc.	précédent
PREHIST	préhistoire

pr	pronom
prép	préposition
princ.	principal, principalement
prov.	province
PSYCHAN	psychanalyse
PSYCHIAT	psychiatrie
PSYCHO	psychologie
qqch	quelque chose
qqn	quelqu'un
qq part	quelque part
Reg	régionalisme
	(l'usage du mot est limité à une région de la France ou de la francophonie)
rég.	région
RELIG	religion
rel	relatif
rép.	république
RHET	rhétorique
riv.	rivière
rom.	romain
S., S.-E., S.-O.	sud, sud-est, sud-ouest
s.	siècle
SC NAT	sciences naturelles
SEXOL	sexologie
SOCIOL	sociologie
spécial.	spécialement
SPORT	sports
stat.	station
STATIS	statistique
subj	subjonctif
SYLVIC	sylviculture
Syn	synonyme
TECH	technique, technologie
TEXT	textile
THEOL	théologie
V.	voir (renvoi)
v.	ville ou (avant une date) vers
v	verbe
VEN	vénerie
VERSIF	versification
VETER	médecine vétérinaire
Vieilli	vieilli
	(le terme tend à sortir de l'usage actuel)
VITIC	viticulture
vi	verbe intransitif
vpr	verbe pronominal
vt	verbe transitif
vti	verbe transitif indirect
Vx	vieux
	(le terme n'est plus utilisé dans la langue actuelle)
ZOOL	zoologie

a *nm* Première lettre (voyelle) de l'alphabet.
Loc *De A à Z* : du début à la fin.

à *prép* (à le se contracte en *au* et à les en *aux*).
1 Introduit des compléments exprimant la
direction, la position, le moment, la simultanéité, l'origine, l'attribution, la manière, l'instrument, le moyen, le prix, l'évaluation. **2**
S'emploie devant l'objet indirect d'un verbe,
devant certains compléments de nom et devant
le complément de certains adjectifs.

abaca *nm* Bananier des Philippines fournissant une fibre textile.

abaisse-langue *nm inv* Palette servant à
abaisser la langue.

abaissement *nm* Action d'abaisser, de
s'abaisser.

abaisser *vt* **1** Placer à un niveau inférieur. **2**
Mener une perpendiculaire à une droite, à
un plan. **3** Avilir, humilier. ■ *vpr* S'humilier.
S'abaisser à des compromissions.

abajoue *nf* Extension de la joue chez certains mammifères.

abandon *nm* **1** Fait d'abandonner. **2** État de
la chose, de l'être abandonné. Loc *À l'abandon* : dans un état d'abandon, de délaissement.

abandonner *vt* **1** Renoncer à. *Abandonner un
projet.* **2** Laisser qqch à qqn. **3** Ne pas conserver, délaisser. *Abandonner sa voiture sur la voie
publique.* **4** Manquer, faire défaut. *Ses forces
l'abandonnent.* **5** Se séparer volontairement de.
Abandonner sa famille. ■ *vi* Quitter une compétition. ■ *vpr* Se livrer à une émotion, un
sentiment. *S'abandonner à la tristesse.*

abandonnique *a* PSYCHIAT Qui souffre d'une
profonde angoisse de se voir abandonné.

abaque *nm* **1** Graphique qui donne la valeur
d'une fonction. **2** Boulier compteur.

abasourdir [-zur-] *vt* **1** Rendre sourd ; étourdir par un grand bruit. **2** Frapper de stupeur.
Nouvelle qui abasourdit.

abasourdissant, ante *a* Qui abasourdit.

abâtardir *vt* Faire dégénérer. ■ *vpr* Dégénérer.

abâtardissement *nm* Dégénérescence.

abat-jour *nm inv* Réflecteur qui rabat la
lumière.

abats *nmpl* Viscères comestibles des volailles
ou des animaux de boucherie.

abattage *nm* **1** Action de faire tomber ce qui
est dressé. **2** Mise à mort d'un animal de boucherie. Loc Fam *Avoir de l'abattage* : du brio, de
la vivacité.

abattant *nm* Partie d'un meuble qui se lève ou
s'abaisse.

abattement *nm* **1** Affaiblissement physique
ou moral. **2** FISC Partie des revenus imposables
exonérée d'impôt.

abattis *nmpl* Abats de volaille. Loc Fam *Numé-
rote tes abattis !* : prépare toi à te battre.

abattoir *nm* Établissement où se fait l'abattage
des animaux de boucherie.

abattre *vt* [77] **1** Mettre à bas, faire tomber ce
qui est dressé. *Abattre un mur.* **2** Tuer un
animal. **3** Tuer qqn avec une arme à feu.
4 Déprimer, affaiblir qqn. *Cette maladie l'a
abattu.* Loc *Abattre de la besogne* : faire
beaucoup de travail en peu de temps. *Abattre
son jeu* : montrer clairement ses intentions.
■ *vpr* Tomber brutalement.

abattu, ue *a* Découragé, déprimé.

abbatial, ale, aux [-sjal] *a* De l'abbaye. ■ *nf*
Église d'une abbaye.

abbaye [abei] *nf* **1** Communauté placée sous
l'autorité d'un abbé ou d'une abbesse. **2**
Bâtiments de cette communauté.

abbé *nm* **1** Supérieur d'une abbaye. **2** Membre
du clergé séculier.

abbesse *nf* Supérieure d'une abbaye.

abc [abese] *nm* Connaissances de base.
Apprendre l'abc du métier.

abcès *nm* Accumulation de pus.

abdication *nf* Action d'abdiquer.

abdiquer *vt, vi* **1** Abandonner le pouvoir souverain. **2** Renoncer à. *Abdiquer tous ses droits.*

abdomen [-men] *nm* Partie inférieure du tronc
qui contient l'appareil digestif, le foie, la rate et
une partie de l'appareil génito-urinaire.

abdominal, ale, aux *a* De l'abdomen.
■ *nmpl* Les muscles de l'abdomen. Loc *Faire
des abdominaux* : des exercices de musculation
de ces muscles.

abducteur *a, nm* ANAT Muscle qui effectue le
mouvement d'abduction. Ant. adducteur.

abduction *nf* ANAT Mouvement par lequel un
membre s'écarte de l'axe du corps.

abécédaire *nm* Livre d'apprentissage de la
lecture.

abeille *nf* Insecte hyménoptère social vivant
dans des ruches et produisant le miel.

aber [aber] *nm* Petite ria, en Bretagne.

aberrant, ante *a* Contraire à la raison, au bon
sens. *Raisonnement aberrant.*

aberration *nf* 1 ASTRO, PHYS Déformation provoquée par des paramètres secondaires. 2 BIOL Anomalie de la constitution ou du nombre des chromosomes. 3 Écart de l'imagination, erreur de jugement ; absurdité.

abêtir *vt* Rendre bête, stupide.

abêtissant, ante *a* Qui abêtit.

abêtissement *nm* Action d'abêtir.

abhorrer *vt* Litt Détester.

abîme *nm* 1 Gouffre très profond. 2 Différence très importante. *Un abîme sépare ces deux propositions.*

abîmer *vt* Endommager. *Abîmer ses affaires.* ■ *vpr* Litt S'engloutir.

ab intestat *av* En l'absence de testament.

abiotique *a* Impropre à la vie.

abject, ecte *a* Ignoble, infect.

abjection *nf* État d'abaissement méprisable.

abjuration *nf* Acte par lequel on abjure.

abjurer *vt* 1 Renier publiquement une religion. 2 Litt Renoncer à une opinion, une pratique.

ablatif *nm* GRAM Cas de la déclinaison exprimant l'origine, la séparation.

ablation *nf* CHIR Enlèvement d'un membre, d'un organe, d'un tissu, d'une tumeur.

ablette *nf* Petit poisson d'eau douce aux écailles argentées.

ablution *nf* Toilette purificatrice rituelle. **Loc** *Faire ses ablutions* : se laver.

abnégation *nf* Renoncement, sacrifice de soi.

aboiement *nm* Cri du chien.

abois *nmpl* **Loc** *Bête aux abois* : cernée par les chiens qui aboient. *Être aux abois* : dans une situation désespérée.

abolir *vt* Faire cesser la validité de.

abolition *nf* Action d'abolir.

abolitionnisme *nm* Doctrine prônant l'abolition de l'esclavage ou de la peine de mort.

abolitionniste *n, a* Qui se réclame de l'abolitionnisme.

abominable *a* 1 Qui inspire l'horreur. 2 Très désagréable. *Un temps abominable.*

abominablement *av* De façon abominable.

abomination *nf* Litt Ce qui inspire l'horreur, le dégoût.

abominer *vt* Litt Avoir en horreur.

abondamment *av* En grande quantité.

abondance *nf* 1 Grande quantité. 2 Richesse, ressources considérables. *Vivre dans l'abondance.*

abondant, ante *a* Qui abonde, qui est en très grande quantité. *Récolte abondante.*

abonder *vi* Être, exister en très grande quantité. **Loc** *Abonder dans le sens de qqn* : soutenir la même opinion que lui.

abonné, ée *a, n* Qui a un abonnement.

abonnement *nm* Convention qu'un client passe avec un fournisseur pour bénéficier d'un service régulier.

abonner *vt* Prendre un abonnement pour qqn. ■ *vpr* Prendre un abonnement pour soi.

abord *nm* **Loc** *D'un abord facile* : qui fait bon accueil, avenant. *Dès l'abord* : dès la première rencontre. *D'abord, tout d'abord* : avant toute chose, en premier lieu. *Au premier abord, de prime abord* : à première vue. ■ *pl* Environs, alentours. *Les abords de la ville.*

abordable *a* Accessible.

abordage *nm* 1 Action de prendre d'assaut un navire. 2 Collision de deux navires.

aborder *vt* 1 Accoster un navire pour lui donner l'assaut. 2 Heurter un navire accidentellement. 3 Arriver à un endroit. *Aborder un virage.* 4 S'approcher de qqn pour lui parler. 5 Commencer à parler de qqch.

aborigène *a, n* Né dans le pays qu'il habite.

abortif, ive *a, nm* Qui fait avorter.

abouchement *nm* Action d'aboucher.

aboucher *vt* Appliquer un tube à un autre par l'extrémité. ■ *vpr* Entrer en relation avec qqn. *Il s'est abouché avec un grossiste.*

abouler *vt* Pop Donner, remettre.

aboulie *nf* PSYCHO Absence totale de volonté.

aboulique *a, n* Atteint d'aboulie.

abouter *vt* Joindre par le bout.

abouti, ie *a* Mené à bien, réussi. *Une œuvre aboutie.*

aboutir *vti* Arriver en bout de parcours à un lieu. *Cette route aboutit à la mer.* ■ *vi* Arriver à un résultat, réussir. *Ses démarches ont abouti.*

aboutissants *nmpl* **Loc** *Les tenants et les aboutissants d'une affaire* : ses implications.

aboutissement *nm* Résultat.

aboyer *vi* [22] Crier (chien).

abracadabrant, a *a* Invraisemblable.

abraser *vt* User par abrasion.

abrasif, ive *a, nm* Qui use par frottement.

abrasion *nf* Usure par frottement.

abrégé *nm* 1 Discours, écrit réduit à l'essentiel. 2 Petit ouvrage exposant une science, une technique. **Loc** *En abrégé* : en peu de mots.

abrègement *nm* Action d'abréger.

abréger *vt* [13] Rendre plus court.

abreuver *vt* Faire boire un animal ou, fam, une personne. **Loc** *Abreuver qqn d'injures* : l'accabler d'injures. ■ *vpr* Boire (animaux).

abreuvoir *nm* Lieu conçu pour faire boire les animaux ; auge destinée à cet usage.

abréviatif, ive *a* Utilisé pour abréger.

abréviation *nf* 1 Retranchement de lettres dans un mot, de mots dans une phrase. 2 Mot, groupe de mots abrégés.

abri *nm* Lieu de protection, de refuge contre les intempéries ou le danger. **Loc** *À l'abri de* : protégé contre.

abribus *nm* (n déposé) Édicule servant d'abri à un arrêt de bus et comportant des panneaux publicitaires.

abricot *nm* Fruit de l'abricotier, comestible, jaune, à noyau.

abricotier *nm* Arbre fruitier à fleurs roses.

abri-sous-roche *nm* PRÉHIST Cavité naturelle à la base d'une falaise. *Des abris-sous-roche.*

abrité, ée *a* À l'abri du vent.

abriter *vt* 1 Mettre à l'abri. 2 Servir d'habitation à. ■ *vpr* Se mettre à l'abri des intempéries, du danger.

abrogation *nf* Action d'abroger.

abrogatoire *a* Qui abroge.

abroger *vt* [11] Rendre légalement nul. *Abroger une loi.*

abrupt, upte *a* 1 À pic. *Falaises abruptes.* 2 Rude, direct. *Manières abruptes.*

abruptement *av* De façon abrupte.

abruti, ie *a, n* Stupide.

abrutir *vt* Rendre stupide, hébété. *Le bruit nous abrutit.*

abrutissant, ante *a* Qui abrutit.

abrutissement *nm* Action d'abrutir.

abscisse *nf* MATH Nombre qui permet de définir la position d'un point sur une droite orientée.

abscons, onse *a* Litt Peu compréhensible.

absence *nf* 1 Défaut de présence, fait de ne pas être en un lieu donné. 2 Inexistence, manque. *Absence de goût.* 3 Défaillance de l'attention. *Avoir des absences.*

absent, ente *a, n* Qui n'est pas présent qqpart. ■ *a* 1 Qui manque. 2 Distrait.

absentéisme *nm* Fait d'être souvent absent du travail.

absentéiste *a, n* Fréquemment absent.

absenter (s') *vpr* S'éloigner momentanément.

abside *nf* Extrémité d'une église, derrière le chœur.

absidiole *nf* Chapelle attenante à l'abside.

absinthe *nf* 1 Plante à la saveur amère et aromatique. 2 Liqueur extraite de cette plante.

absolu, ue *a* 1 Sans limite. *Pouvoir absolu.* 2 Total, entier. *Impossibilité absolue.* 3 Intransigeant. *Un caractère absolu.* ■ *a, nm* Considéré en soi, sans référence à autre chose. Ant. relatif.

absolument *av* 1 Totalement, entièrement. *Je suis absolument décidé.* 2 Sans faute, de toute nécessité. 3 Abusiv Oui. Loc GRAM *Verbe transitif employé absolument* : sans complément d'objet.

absolution *nf* Pardon accordé au nom de Dieu par le confesseur.

absolutisme *nm* Exercice sans contrôle du pouvoir politique.

absolutiste *a, n* Qui relève de l'absolutisme.

absorbant, ante *a* 1 Qui absorbe. *Les poils absorbants des racines.* 2 Qui occupe entièrement l'attention.

absorber *vt* 1 Laisser pénétrer et retenir un fluide, un rayonnement. 2 Ingérer. *Absorber de la nourriture.* 3 Consommer entièrement. *Ces travaux ont absorbé les crédits.* 4 Captiver, occuper totalement. *Ses activités l'absorbent.*

absorbeur *nm* Dispositif servant à absorber qqch (gaz, rayonnement, etc.).

absorption *nf* Action d'absorber.

absoudre *vt* [51] Accorder son pardon à qqn.

absoute *nf* RELIG Dernière prière du prêtre lors de la liturgie des funérailles à l'église.

abstenir (s') *vpr* [35] 1 Se garder de faire qqch. *S'abstenir de répondre.* 2 Ne pas prendre part à un scrutin. 3 Se priver volontairement de. *S'abstenir de fumer.*

abstention *nf* Action de s'abstenir, de ne pas participer à un scrutin.

abstentionnisme *nm* Refus de voter.

abstentionniste *a, n* Qui s'abstient à un vote.

abstinence *nf* Fait de se priver de qqch, pour des motifs religieux ou médicaux.

abstinent, ente *a* Qui pratique l'abstinence.

abstract *nm* Résumé d'un article de revue.

abstraction *nf* 1 Opération par laquelle l'esprit isole dans un objet une qualité particulière pour la considérer à part. 2 Idée difficile à comprendre. Loc *Faire abstraction de* : ne pas tenir compte de.

abstraire *vt* [74] Faire abstraction de qqch. ■ *vpr* S'isoler du réel.

abstrait, aite *a, nm* 1 Considéré par abstraction. Ant. concret. 2 Difficile à comprendre. Loc *Art abstrait* : qui ne cherche pas à représenter le réel (par oppos. à *figuratif*).

abstraitement *av* De façon abstraite.

abstrus, use *a* Litt Difficile à comprendre.

absurde *a* Contre le sens commun, la logique. *Une conduite absurde.* ■ *nm* Ce qui est absurde. Loc *Démonstration par l'absurde* : qui établit la vérité de qqch en montrant que son contraire ne peut être vrai.

absurdité *nf* 1 Caractère de ce qui est absurde. 2 Conduite, propos absurde.

abus *nm* 1 Mauvais usage ou usage excessif. 2 Injustice. *Combattre les abus.* Loc Fam *Il y a de l'abus* : la mesure est comble. *Abus de confiance* : commis par quiconque profite de la confiance d'un tiers. *Abus de biens sociaux* : délit commis par un dirigeant de société qui détourne à son profit les biens de celle-ci.

abuser *vti* 1 Faire un usage excessif. *Abuser du tabac, de la patience de qqn.* 2 Violer. *Abuser d'une femme.* ■ *vpr* Litt Se tromper.

abusif, ive *a* Qui constitue un abus, excessif.

abusivement *av* De façon abusive.

abyssal, ale, aux *a* 1 Des abysses. 2 Fam Considérable. *Une bêtise abyssale.*

abysse *nm* Fosse océanique.

abyssinien, enne ou **abyssin, ine** *a, n* De l'Abyssinie.

acabit [-bi] *nm* Loc Péjor *De cet acabit, du même acabit* : de ce genre, du même genre.

acacia *nm* Arbre épineux à fleurs blanches.

académicien, enne *n* Membre d'une académie, spécialement de l'Académie française.

académie *nf* 1 Société réunissant des savants, des artistes, des hommes de lettres. 2 École où l'on s'exerce à la pratique d'un art. 3 Circonscription universitaire. 4 Dessin, peinture exécutés d'après un modèle nu.

académique *a* 1 D'une académie, spécialement de l'Académie française. 2 Péjor Conventionnel.

académisme *nm* Attachement rigoureux aux traditions, aux conventions.

acadien, enne *a, n* De l'Acadie.

acajou *nm* Bois dur, de teinte brun rougeâtre, d'un arbre d'Afrique et d'Amérique.

acalculie *nf* MED Perte de la capacité de calculer.

acalorique *a* Qui ne contient pas de calories.

acanthe *nf* Plante ornementale à feuilles longues et découpées. Loc *Feuille d'acanthe* : ornement imité de cette plante.

acanthoptérygien *nm* ZOOL Poisson à nageoire dorsale épineuse, tel le maquereau.

a cappella ou **a capella** *av* MUS Sans accompagnement instrumental.

acariâtre *a* De caractère querelleur.

acarien *nm* ZOOL Petit arachnide, à huit pattes (tiques, aoûtats, etc.).

accablant, ante *a* Qui accable.

accablement *nm* Abattement.

accabler *vt* 1 Faire supporter une chose fatigante, pénible. 2 Surcharger de. *Accabler d'impôts.*

accalmie *nf* Calme momentané dans une tempête, dans une activité.

accaparement *nm* Action d'accaparer.

accaparer *vt* 1 Acquérir en grande quantité une marchandise pour faire monter son prix. 2 Prendre, conserver pour son usage exclusif.

accapareur, euse *a* Qui accapare.

accastillage *nm* MAR Partie du gréement d'un voilier nécessaire à la manœuvre.

accastiller *vt* MAR Munir un navire de son accastillage.

accédant, ante *n* Loc *Accédant à la propriété* : qui est en train de l'acquérir.

accéder *vti* [12] 1 Parvenir à. *On accède à la cuisine par un couloir.* 2 Consentir à. *Accéder aux désirs de qqn.*

accélérateur, trice *a* Qui accélère, qui communique une vitesse élevée. ■ *nm* 1 Pédale qui commande l'admission du mélange combustible dans un moteur. 2 PHYS Dispositif qui permet d'étudier la structure de la matière en accélérant les particules élémentaires.

accélération *nf* Augmentation de vitesse.

accéléré *nm* Procédé cinématographique donnant l'illusion de mouvements plus rapides.

accélérer *vt* [12] 1 Augmenter la rapidité de. *Accélérer la marche.* 2 Faire évoluer plus rapidement. *Accélérer la décision.* ■ *vi* Agir sur l'accélérateur d'une automobile.

accent *nm* 1 Accroissement de l'intensité d'un son de la parole. 2 Signe graphique qui précise la valeur d'une lettre. 3 Modification expressive de la voix. 4 Prononciation particulière d'une langue. *L'accent du Midi.* Loc *Mettre l'accent sur qqch* : en souligner l'importance.

accentuation *nf* Fait d'accentuer.

accentué, ée *a* 1 Qui porte un accent. 2 Marqué, fort. *Pente accentuée.*

accentuer *vt* 1 Accroître l'intensité de la voix en prononçant. 2 Mettre un accent sur une lettre. 3 Renforcer. *Sa haute taille accentuait sa maigreur.*

acceptabilité *nf* Caractère acceptable.

acceptable *a* Qui peut être accepté.

acceptation *nf* Consentement.

accepter *vt* 1 Prendre, recevoir volontairement ce qui est proposé. 2 Supporter, admettre.

acception *nf* Sens particulier d'un mot.

accès *nm* 1 Voie pour se rendre dans, passage vers un lieu. 2 Possibilité de parvenir à. *Village d'un accès difficile.* 3 Brusque manifestation d'un phénomène pathologique ou émotionnel. *Accès de fièvre.*

accessible *a* 1 Que l'on peut atteindre. 2 Que tout le monde peut acheter, bon marché. 3 Qui se laisse toucher par un sentiment.

accession *nf* Action d'accéder à.

accessit [-sit] *nm* Distinction attribuée aux élèves les plus proches des premiers prix.

accessoire *a* Subordonne à ce qui est essentiel ; secondaire. ■ *nm* 1 Pièce qui ne fait pas partie intégrante d'un ensemble. 2 Petit objet conçu pour un usage précis. 3 Objet, élément mobile du décor, dans un spectacle.

accessoirement *av* De façon accessoire.

accessoiriser *vt* Assortir, agrémenter un vêtement grâce à des accessoires.

accessoiriste *n* Personne qui, au théâtre, au cinéma, s'occupe des accessoires.

accident *nm* 1 Simple péripétie, épisode sans réelle importance. 2 Événement imprévu, qui entraîne des dommages. Loc *Accident de terrain* : dénivellation.

accidenté, ée *a* Inégal, varié. *Terrain accidenté.* ■ *a, n* Qui a subi un accident. *Voiture accidentée.*

accidentel, elle *a* Fortuit, dû au hasard.

accidentellement *av* Fortuitement.

accidentologie *nf* Étude scientifique des accidents.

accises *nfpl* Impôt indirect sur les alcools.

acclamation *nf* Cri collectif en faveur de qqn.

acclamer *vt* Saluer par des acclamations.

acclimatation *nf* Action d'acclimater ou de s'acclimater à un nouveau milieu.

acclimatement *nm* Résultat de l'acclimatation.

acclimater *vt* Adapter à un climat, à un milieu différent, à de nouvelles conditions d'existence.

accointances *nfpl* Péjor Fréquentation peu recommandable, liaison familière.

accointer (s') *vpr* Litt Se lier avec qqn.

accolade *nf* 1 Action de mettre les bras autour du cou pour accueillir ou honorer. 2 Signe typographique ({) utilisé pour réunir plusieurs lignes.

accoler *vt* Joindre étroitement.

accommodant, ante *a* D'humeur facile.

accommodation *nf* PHYSIOL Variation de la courbure du cristallin qui permet la vision à des distances différentes.

accommodement *nm* Arrangement, accord à l'amiable.

accommoder *vt* 1 Préparer des aliments. 2 Adapter à. *Accommoder sa vie aux circonstances.* ■ *vpr* Se faire à, s'habituer à.

accompagnateur, trice *n* 1 Musicien qui assure l'accompagnement instrumental. 2 Qui accompagne, guide ou dirige un groupe.

accompagnement *nm* 1 Ce qui accompagne. 2 MUS Soutien de la mélodie d'une voix ou d'un instrument par un instrument secondaire.

accompagner *vt* 1 Aller avec qqn. 2 Joindre, ajouter. *Accompagner ses paroles d'un sourire.* 3 Soutenir le chant, un instrument par un accompagnement. ■ *vpr* Advenir en même temps.

accompli, ie *a* 1 Parfait en son genre. 2 Révolu. *Il a dix-huit ans accomplis.* Loc *Fait accompli* : sur lequel il n'y a plus à revenir.

accomplir *vt* Exécuter, réaliser entièrement.

accomplissement *nm* Fait d'accomplir, de s'accomplir.

accord *nm* 1 Entente entre des personnes. 2 Convention. *Signer un accord.* 3 Concordance de choses, d'idées entre elles. 4 Assentiment, approbation. *Donner son accord.* 5 MUS Combinaison d'au moins trois notes jouées simultanément. 6 Réglage d'un instrument de musique à un ton donné. 7 Concordance entre certains mots dans une phrase. Loc *D'accord* : manifeste l'approbation. *Être, tomber d'accord* : être du même avis. *D'un commun accord* : selon une décision prise en commun.

accordéon *nm* Instrument de musique portatif à soufflet et à anches métalliques, muni de touches. Loc *En accordéon* : qui forme de nombreux plis.

accordéoniste *n* Qui joue de l'accordéon.

accorder *vt* 1 Faire concorder. 2 Octroyer, concéder. *Accorder une autorisation.* 3 Régler un instrument de musique. 4 Appliquer les règles d'accord entre les mots. ■ *vpr* S'entendre pour. *Tout le monde s'accorde à le féliciter.*

accordeur *nm* Qui accorde certains instruments de musique.

accordoir *nm* Clef pour régler certains instruments de musique.

accort, orte *a* Litt Gracieux.

accostage *nm* Action d'accoster.

accoster *vt* 1 Aborder qqn pour lui parler. 2 Se ranger le long d'un quai, d'un autre bateau.

accotement nm Espace sur le côté d'une route, entre la chaussée et le fossé.

accoter vt Faire prendre appui contre. ■ vpr S'appuyer contre.

accotoir nm Partie d'un siège qui sert à accoter la nuque, la tête.

accouchement nm Action de mettre au monde un enfant.

accoucher vi Mettre au monde un enfant. ■ vt Aider une femme à mettre un enfant au monde.

accoucheur, euse n Spécialiste des accouchements.

accouder (s') vpr S'appuyer sur le coude.

accoudoir nm Appui pour s'accouder.

accouplement nm 1 Acte sexuel entre le mâle et la femelle. 2 Dispositif destiné à rendre solidaires deux pièces.

accoupler vt 1 Unir, réunir par deux. 2 Rendre solidaire une pièce, une machine d'une autre. ■ vpr S'unir sexuellement (animaux).

accourir vi [25] [aux être ou avoir] Venir en courant, en hâte.

accoutrement nm Habillement étrange ou grotesque.

accoutrer vt Habiller bizarrement.

accoutumance nf 1 Fait de s'accoutumer. 2 MED Phénomène se traduisant par la nécessité d'augmenter les doses d'une substance.

accoutumé, ée a Ordinaire, habituel. Loc Litt À l'accoutumée : d'habitude.

accoutumer vt Faire prendre une habitude à qqn, à un animal. Loc Être accoutumé à : avoir l'habitude de. ■ vpr S'habituer à.

accouvage nf Incubation des œufs par couveuse artificielle.

accréditation nf Action d'accréditer qqn.

accréditer vt Faire reconnaître officiellement la qualité de qqn. Loc Être accrédité auprès d'une banque : y avoir un crédit. Accréditer une rumeur : la rendre plausible, la tenir pour vraie.

accro a, n Fam 1 Qui est sous la dépendance d'une drogue. 2 Qui est passionné par qqch.

accroc [akʁo] nm 1 Déchirure faite en s'accrochant. 2 Difficulté imprévue.

accrochage nm 1 Action d'accrocher. 2 Accident matériel sans gravité entre deux véhicules. 3 Fam Querelle. 4 Exposition de peintures.

accroche nf Partie d'une annonce publicitaire qui est destinée à attirer l'attention.

accroche-cœur nm Boucle de cheveux plaquée sur la tempe. Des accroche-cœurs.

accrocher vt 1 Suspendre à un crochet. 2 Retenir au moyen d'un objet crochu. Il a accroché ma veste avec son hameçon. 3 Heurter un véhicule avec un autre. 4 Obliger des ennemis au combat. 5 Aborder et retenir qqn. ■ vpr 1 Se cramponner. 2 Fam Faire preuve de ténacité. 3 Fam Se disputer.

accrocheur, euse a Qui retient l'attention. ■ a, n Fam Tenace, obstiné.

accroire vt Loc Litt En faire accroire à qqn : le tromper.

accroissement nm Fait d'augmenter.

accroître vt [59] Augmenter, rendre plus grand. ■ vpr Aller en augmentant.

accroupir (s') vpr Fléchir les genoux comme pour s'asseoir sur ses talons.

accu nm Fam Accumulateur.

accueil nm 1 Façon de recevoir qqn. 2 Lieu où l'on reçoit un client, un groupe.

accueillant, ante a Qui fait bon accueil.

accueillir vt [26] Recevoir d'une certaine manière.

acculer vt Pousser dans un endroit où il est impossible de reculer.

acculturation nf SOCIOL Changements résultant du contact entre des groupes de cultures différentes.

acculturer vt Adapter à une nouvelle culture.

accumulateur nm Appareil qui accumule l'énergie électrique et la restitue sous forme de courant.

accumulation nf Action d'accumuler.

accumuler vt Mettre ensemble en grande quantité, en grand nombre. ■ vpr S'amasser, s'entasser.

accusateur, trice a, n Qui accuse.

accusatif nm GRAM Cas de la déclinaison qui sert à exprimer l'objet direct.

accusation nf 1 Imputation d'un défaut, d'une faute. 2 Action en justice par laquelle on accuse qqn d'une infraction.

accusatoire a DR Relatif à l'accusation.

accusé, ée n A qui l'on impute une infraction aux lois. ■ nm Loc Accusé de réception : avis que l'envoi a été reçu par le destinataire.

accuser vt 1 Présenter qqn comme coupable. 2 Faire ressortir, accentuer. Loc Accuser le coup : manifester sa douleur.

ace [ɛs] nm Au tennis, service imparable.

acéphale a Sans tête.

acerbe a Caustique, blessant.

acéré, ée a 1 Tranchant ou pointu. 2 Blessant, caustique.

acétate nm Sel ou ester de l'acide acétique.

acétique a Loc Acide acétique : qui donne sa saveur au vinaigre.

acétone nf Liquide incolore, très volatil.

acétonémie nf Présence d'acétone dans le sang.

acétonurie nf Présence d'acétone dans les urines.

acétylcholine [-kɔ-] nf Médiateur chimique transmettant l'influx nerveux.

acétylène nm Hydrocarbure gazeux utilisé pour la chaleur qu'il dégage.

acétylénique a De l'acétylène.

acétylsalicylique a Loc Acide acétylsalicylique : aspirine.

achalandé, ée a 1 Abusiv Qui offre un grand choix de marchandises. 2 Vx Qui attire de nombreux clients.

achards nmpl Condiment fait de légumes et de fruits macérés dans du vinaigre.

acharné, ée a Qui manifeste de l'acharnement.

acharnement nm Ardeur opiniâtre, vive et soutenue. Loc Acharnement thérapeutique : maintien en vie d'un malade dont l'état est désespéré.

acharner (s') vpr 1 Continuer à exercer des violences sur. 2 S'attacher avec opiniâtreté, avec excès à. S'acharner à réussir.

achat nm 1 Action d'acheter. 2 Ce qui est acheté. Loc Pouvoir d'achat : quantité de biens qu'on peut obtenir avec ses revenus.

acheminement nm Action d'acheminer.

acheminer vt Faire avancer, diriger vers un lieu, un but. *Acheminer du courrier.* ■ vpr Se diriger vers un lieu.

acheter vt [17] 1 Acquérir avec de l'argent. 2 Corrompre qqn avec de l'argent.

acheteur, euse n Qui achète.

achevé, ée a Accompli, parfait dans son genre. *Un hypocrite achevé.*

achèvement nm Réalisation complète.

achever vt [15] 1 Mener à bonne fin, terminer ce qui est commencé. 2 Donner le coup de grâce. 3 Ôter tout courage à qqn. *Ce coup du sort l'a achevé.* ■ vpr Finir. *La nuit s'achève.*

achoppement nm Loc *Pierre d'achoppement :* cause d'échec.

achopper vi Être arrêté par une difficulté. *Il achoppe toujours sur ce mot.*

Achoura nf Fête musulmane de l'expiation.

achromatique a PHYS Qui laisse passer la lumière sans la décomposer.

achromatisme nm PHYS Propriété d'un système optique achromatique.

achromatopsie nf MED Non-perception des couleurs.

acide a 1 De saveur aigre, piquante. 2 Désagréable. *Ton acide.* ■ nm Composé hydrogéné qui fait virer au rouge la teinture de tournesol, réagit sur les bases et attaque les métaux.

acidifier vt CHIM Transformer en acide.

acidimétrie nf CHIM Mesure du titre d'une solution acide.

acidité nf Saveur acide. *L'acidité d'un citron.*

acidose nf MED Diminution de l'alcalinité du plasma sanguin.

acidulé, ée a Acide au goût, aigrelet.

acier nm Alliage de fer et de carbone contenant moins de 2 % de ce dernier.

aciérer vt [12] Recouvrir d'une couche d'acier.

aciérie nf Usine qui produit de l'acier.

acmé nm MED Période d'une maladie où les symptômes sont les plus aigus.

acné nf Maladie de la peau se traduisant par des boutons sur le visage.

acolyte n Péjor Compère, complice.

acompte nm Paiement partiel à valoir sur une somme due.

aconit nm Plante vénéneuse à fleurs bleues en grappes.

a contrario av Loc *Raisonnement a contrario :* qui, d'une opposition dans les hypothèses, conclut à une opposition dans les conséquences.

acoquiner (s') vpr Péjor Se lier avec qqn.

à-côté nm 1 Ce qui est secondaire, par rapport à l'essentiel. 2 Gain d'appoint. *Des à-côtés.*

à-coup nm Secousse, discontinuité dans un mouvement. Loc *Par à-coups :* sans régularité. *Des à-coups.*

acouphène nm MED Sensation auditive (bourdonnement, sifflement, etc.) qui n'est pas provoquée par une excitation extérieure.

acoustique a Relatif au son, à sa propagation. ■ nf 1 Branche de la physique qui étudie les vibrations sonores. 2 Qualité d'un lieu à laisser entendre les vibrations sonores qu'on y émet.

acquéreur nm Qui acquiert un bien.

acquérir vt [34] 1 Devenir possesseur de. *Acquérir une maison.* 2 Arriver à avoir. *J'ai acquis la certitude qu'il ment.*

acquêt nm DR Bien acquis après le mariage.

acquiescement nm Consentement.

acquiescer vti [10] Manifester son consentement à une proposition, à une requête.

acquis, ise a 1 Dont on est devenu possesseur. 2 BIOL Qui n'est ni congénital ni héréditaire. *Les caractères acquis.* ■ nm 1 Connaissances acquises. 2 Avantages obtenus.

acquisition nf Achat.

acquit nm DR Quittance, décharge. Loc *Par acquit de conscience :* pour ne pas avoir de doute ou de regret. *Pour acquit :* pour attester que le chèque a été payé.

acquit-à-caution nm Bulletin permettant de faire circuler des marchandises avant d'en avoir payé les taxes. *Des acquits-à-caution.*

acquittement nm 1 Action de payer son dû. 2 Fait pour un accusé d'être déclaré non coupable par un tribunal.

acquitter vt 1 Payer ce qui est dû. 2 Déclarer juridiquement un accusé non coupable. ■ vpr Se libérer d'une obligation, d'une dette.

acra nm Boulette de morue frite.

acre nf Mesure agraire qui valait 50 ares.

âcre a Piquant et irritant au goût, à l'odorat.

âcreté nf Caractère âcre.

acridien nm Criquet, sauterelle.

acrimonie nf Amertume qui s'exprime par des paroles blessantes.

acrimonieux, euse a Amer, blessant.

acrobate n Artiste qui exécute des tours de force et d'adresse.

acrobatie nf 1 Exercice qu'exécute un acrobate. 2 Procédé ingénieux et risqué.

acrobatique a De l'acrobatie.

acronyme nm Sigle que l'on prononce comme un mot, sans l'épeler, par ex. Unesco [ynesko].

acropole nf Partie fortifiée des cités grecques de l'Antiquité.

acrostiche nm Petit poème où les lettres initiales de chaque vers composent un mot.

acrotère nm ARCHI Piédestal au sommet d'un fronton pour recevoir une statue.

acrylique a, nm Composé chimique servant à la préparation de fibres textiles, de peinture.

acte nm 1 Ce qui est fait par une personne. *Acte volontaire.* 2 DR Document qui constate légalement un fait. *Acte d'état civil.* 3 Chacune des divisions principales d'une pièce de théâtre. Loc *Acte médical :* consultation, visite, intervention d'un médecin. *Prendre acte :* prendre bonne note de. *Faire acte de présence :* n'être présent que pour la forme. *Dont acte :* il est pris bonne note de ce qui précède. ■ pl Comptes rendus des séances d'une assemblée.

acteur, trice n 1 Comédien qui joue un rôle dans une pièce, un film. 2 Qui prend une part active à un événement, à un processus social ou économique.

actif, ive a 1 Qui agit, qui a la propriété d'agir. *Produit actif.* 2 Vif, diligent, efficace. Loc *Population active :* qui a une profession. *Verbe à la voix active :* dont le sujet est l'agent de l'action. ■ nm Ensemble des biens constituant un patrimoine. Loc *Avoir à son actif :* avoir réalisé.

actinidia nm Arbuste grimpant fournissant le kiwi.

actinie nf Anémone de mer, vivant fixée sur les roches.

action *nf* 1 Ce que fait une personne qui réalise une volonté, une pulsion. 2 Le fait d'agir par oppos. à la pensée, à la parole. 3 Affrontement, lutte. *L'action a été chaude.* 4 Opération, fait dû à un agent quelconque et qui produit un effet. *L'action chimique d'un acide.* 5 Poursuite en justice. *Intenter une action.* 6 Déroulement des événements qui forment la trame d'une fiction. *L'action d'un roman.* 7 Titre négociable émis par une société. Loc *Action d'éclat :* acte de courage. *Mettre en action :* mettre en œuvre.

actionnaire *n* Qui possède des actions émises par une société.

actionnariat *nm* Ensemble des actionnaires.

actionner *vt* Faire fonctionner une machine, un mécanisme.

activation *nf* 1 Accélération. *Activation des travaux.* 2 PHYS Action de communiquer à une substance des propriétés radioactives.

activement *av* De manière active.

activer *vt* 1 Rendre plus rapide. *Activer des travaux.* 2 Rendre plus vif, plus intense. *Activer un feu.* ■ *vpr* S'affairer.

activisme *nm* 1 Attitude politique qui prône le recours à l'action violente. 2 Attitude qui privilégie l'action par rapport à la réflexion.

activiste *n, a* Partisan de l'activisme.

activité *nf* 1 Vivacité, diligence dans l'action. 2 Ensemble d'opérations humaines visant un but déterminé. *L'activité industrielle d'une région.* 3 Exercice d'une fonction, un emploi. Loc *En activité :* en service ; en fonctionnement. ■ *pl* Occupations. *Avoir de multiples activités.*

actuaire *n* Spécialiste chargé des calculs de statistique dans les finances, les assurances.

actualisation *nf* Action d'actualiser.

actualiser *vt* Donner un caractère actuel à. *Actualiser un dictionnaire, les prix.*

actualité *nf* 1 Nature de ce qui est actuel. *L'actualité d'un problème.* 2 Ensemble des événements récents. ■ *pl* Informations sur les événements récents au cinéma.

actuel, elle *a* 1 Qui existe dans le présent. 2 Qui concerne les contemporains.

actuellement *av* À l'heure actuelle.

acuité *nf* 1 Qualité de ce qui est aigu. *L'acuité d'un son.* 2 Pouvoir de discrimination. *Acuité visuelle.*

acupuncteur ou **acuponcteur, trice** *n* Médecin qui pratique l'acupuncture.

acupuncture ou **acuponcture** *nf* Procédé médical qui consiste à piquer avec des aiguilles certains points de la surface du corps.

acutangle *a* Loc *Triangle acutangle :* dont les trois angles sont aigus.

adage *nm* Maxime populaire, sentence.

adagio *av, nm* MUS D'un mouvement lent.

adamantin, ine *a* LITT Qui évoque le diamant.

adaptabilité *nf* Caractère adaptable.

adaptable *a* Qui peut s'adapter, être adapté.

adaptateur, trice *n* Qui adapte une œuvre littéraire. ■ *nm* Dispositif qui permet à un appareil de fonctionner dans des conditions particulières.

adaptatif, ive *a* BIOL Qui réalise une adaptation.

adaptation *nf* Action d'adapter ou de s'adapter.

adapter *vt* 1 Appliquer, ajuster. *Adapter un manche à un outil.* 2 Harmoniser, rendre conforme à. *Adapter sa conduite aux circonstances.* 3 Modifier une œuvre littéraire pour un usage différent. ■ *vpr* S'habituer.

addax *nm* Antilope aux cornes en spirale.

addenda *nm inv* Addition à la fin d'un ouvrage, d'un texte.

additif *nm* Substance ajoutée à une autre pour en modifier les propriétés.

addition *nf* 1 Opération qui ajoute des quantités arithmétiques. 2 Total des sommes dues, au restaurant, au café. 3 Fait d'ajouter qqch ; ce qui est ajouté. *Addition d'une clause à un contrat.*

additionnel, elle *a* Qui est ajouté.

additionner *vt* 1 Effectuer une addition. 2 Ajouter en mêlant.

adducteur *nm* ANAT Muscle qui effectue un mouvement d'adduction. Ant. abducteur.

adduction *nf* 1 ANAT Mouvement qui rapproche un membre de l'axe du corps. 2 Action de conduire des eaux d'un point à un autre.

adénite *nf* Inflammation des ganglions lymphatiques.

adénocarcinome *nm* Tumeur maligne d'une glande.

adénoïde *a* ANAT Du tissu ganglionnaire.

adénome *nm* Tumeur développée aux dépens d'une glande.

adepte *n* 1 Partisan d'une doctrine. 2 Qui pratique une activité, un sport.

adéquat, ate [-kwa] *a* Bien adapté à son usage.

adéquatement [-kwa-] *av* De façon adéquate.

adéquation [-kwa-] *nf* Fait d'être adéquat.

adhérence *nf* 1 Fait, pour une chose, d'adhérer à une autre. 2 MED Réunion de deux organes normalement séparés. 3 Force de frottement qui s'oppose au glissement.

adhérent, ente *a, n* Qui adhère à une organisation.

adhérer *vi* [12] 1 Coller, être collé fortement à qqch. 2 Approuver une idée. 3 Devenir membre d'une organisation.

adhésif, ive *a* Qui adhère. *Bande adhésive.* ■ *nm* Tissu, papier collant.

adhésion *nf* Action d'adhérer à une organisation, à une opinion.

ad hoc *a inv* Qui convient à une situation.

adieu *interj* Formule de congé. ■ *nm* Séparation d'avec qqn, qqch.

adipeux, euse *a* 1 De nature graisseuse. 2 Gras, obèse.

adiposité *nf* Accumulation de graisses.

adjacent, ente *a* Situé auprès de, contigu. Loc *Angles adjacents :* qui ont un côté commun.

adjectif *nm* Mot variable adjoint à un nom, qu'il qualifie ou détermine.

adjectival, ale, aux ou **adjectif, ive** *a* GRAM De l'adjectif.

adjectivement *av* Avec la valeur d'adjectif.

adjoindre *vt* [62] Associer une personne, une chose à une autre comme auxiliaire.

adjoint, ointe *a, n* Associé comme auxiliaire. *Adjoint au maire.*

adjonction *nf* Action d'adjoindre.

adjudant *nm* Sous-officier de grade intermédiaire entre celui de sergent-chef et celui d'adjudant-chef.

adjudant-chef nm Militaire du grade le plus élevé des sous-officiers. *Des adjudants-chefs.*

adjudicataire n DR Bénéficiaire d'une adjudication.

adjudication nf DR Attribution d'un bien vendu aux enchères.

adjuger vt [11] 1 Attribuer par adjudication. 2 Attribuer qqch à qqn. ■ vpr S'attribuer. *Il s'est adjugé les meilleurs morceaux.*

adjuration nf Prière pressante, supplication.

adjurer vt Prier instamment de faire qqch.

adjuvant nm Ce qui renforce l'action de qqch.

ad libitum [-tɔm] av À volonté.

admettre vt [64] 1 Recevoir, laisser entrer qqn. *Admettre un adhérent dans une société.* 2 Accepter qqch pour valable, pour vrai ; tolérer. *Admettre une hypothèse.*

administrateur, trice n Personne chargée d'administrer des biens.

administratif, ive a Relatif à l'administration. ■ n Membre du personnel d'administration d'une entreprise.

administration nf 1 Gestion. *L'administration des biens d'un mineur.* 2 (avec majusc) Direction des affaires publiques. *Entrer dans l'Administration.* 3 Service public. *L'administration des Finances.* 4 Action de donner. *Administration des sacrements, de preuves.*

administrativement av Suivant les formes administratives.

administré, ée n Qui dépend d'une administration.

administrer vt 1 Gérer. *Administrer des biens.* 2 Diriger au moyen d'une administration. 3 Donner. *Administrer des preuves, une correction, des sacrements.*

admirable a Qui suscite l'admiration.

admirablement av De façon admirable.

admirateur, trice a Qui admire.

admiratif, ive a Qui exprime l'admiration.

admiration nf Sentiment que fait éprouver ce qui est beau, ce qui est grand.

admirativement av De façon admirative.

admirer vt Considérer avec approbation, enthousiasme.

admis, ise a, n Reçu dans un groupe.

admissibilité nf Situation d'un candidat admissible.

admissible a Qu'on peut admettre. *Conduite peu admissible.* ■ a, n Reçu à la première partie d'un examen ou d'un concours.

admission nf 1 Fait d'admettre, d'être admis. 2 Fait d'être reçu définitivement à un examen ou à un concours. 3 TECH Entrée des gaz dans le cylindre d'un moteur à explosion.

admonestation nf Litt Réprimande.

admonester vt Litt Faire une remontrance à.

a.d.n. nm Acide désoxyribonucléique, constituant fondamental de la cellule vivante.

ado n Fam Adolescent.

adolescence nf Âge compris entre la puberté et l'âge adulte.

adolescent, ente n Jeune garçon, jeune fille dans l'adolescence.

adonis [-nis] nm 1 Litt Jeune homme particulièrement beau. 2 Papillon diurne bleu vif.

adonner (s') vpr Se livrer à une activité, une pratique.

adoptable a, n Qui peut être adopté.

adoptant, ante a, n Qui adopte un enfant.

adopté, ée a, n Qui a été l'objet d'une adoption.

adopter vt 1 Prendre qqn pour fils ou pour fille dans les formes légales. 2 Choisir, admettre une idée. 3 En parlant d'une assemblée, approuver une proposition.

adoptif, ive a 1 Qui a été adopté. *Fils adoptif.* 2 Qui a légalement adopté. *Père adoptif.*

adoption nf Action d'adopter.

adorable a Qui plaît pour sa beauté, sa gentillesse, etc.

adorablement av De façon adorable.

adorateur, trice n 1 Qui adore une divinité. 2 Qui est épris avec passion.

adoration nf 1 Culte rendu à une divinité. 2 Passion, attachement extrême.

adorer vt 1 Rendre un culte à un dieu. 2 Aimer avec passion.

ados [ado] nm AGRIC Terre qu'on élève en talus le long d'un mur.

adossement nm État de ce qui est adossé.

adosser vt Faire prendre appui à. ■ vpr S'appuyer avec le dos contre.

adoubement nm HIST Cérémonie d'investiture du chevalier au Moyen Âge.

adouber vt HIST Au Moyen Âge, armer chevalier un bachelier.

adoucir vt 1 Rendre doux. *Le sucre adoucit le café.* 2 Atténuer l'âcreté, le piquant, la rudesse de. 3 Atténuer, tempérer. 4 Réduire la teneur d'une eau en calcaire. ■ vpr Devenir plus doux. *Le temps s'adoucit.*

adoucissant, ante a, nm 1 Qui calme l'irritation. 2 Qui assouplit le linge.

adoucissement nm 1 Action d'adoucir ; état d'une chose adoucie. *L'adoucissement de la température.* 2 Atténuation, soulagement. *Adoucissement d'une peine.*

adoucisseur nm Appareil pour adoucir l'eau.

ad patres [-tRɛs] av Loc Fam *Envoyer ad patres* : tuer.

adrénaline nf Hormone sécrétée par les surrénales, qui accélère le rythme cardiaque. Loc Fam *Poussée d'adrénaline* : brusque accès d'excitation.

1. adresse nf 1 Habileté dans les gestes. 2 Habileté à obtenir un résultat.

2. adresse nf 1 Indication du domicile d'une personne. *Je n'habite plus à cette adresse.* 2 INFORM Numéro d'ordre d'une information dans une mémoire, permettant d'y accéder. Loc *À l'adresse de* : à destination de.

adresser vt 1 Dire, exprimer qqch à l'intention de qqn. 2 Envoyer vers qqn, faire parvenir à. 3 Envoyer une personne à une autre. ■ vpr 1 Parler à qqn. 2 Être destiné à. 3 Aller trouver, avoir recours à. *Adressez-vous au concierge.*

adret [-dRɛ] nm GEOGR Versant d'une montagne exposé au soleil. Ant ubac.

adroit, oite a 1 Qui a de l'adresse, habile. 2 Qui est fait avec habileté.

adroitement av Avec adresse.

adulation nf Louange excessive.

aduler vt Multiplier les éloges, les louanges, à l'adresse de qqn.

adulte a, n Arrivé au terme de sa croissance. Loc *L'âge adulte* : qui succède à l'adolescence.

adultère a, n Qui a des rapports sexuels avec qqn d'autre que son conjoint. ■ nm Fait d'être adultère.

adultérer vt [12] Falsifier, altérer.

adultérin, ine a Né d'un adultère.

advenir vi [35] [aux être] Arriver, se produire. *Il advint que...*

adventice a Loc BOT *Plantes adventices :* mauvaises herbes.

adventif, ive a BOT Qui se forme en un point anormal de la plante. *Racine adventive.*

adventiste n Membre d'une secte chrétienne qui attend une seconde venue du Christ.

adverbe nm Mot invariable qu'on joint à un verbe, à un adjectif, à un autre adverbe pour en compléter ou en modifier le sens.

adverbial, ale, aux a Qui remplit le rôle d'un adverbe. *Locution adverbiale.*

adverbialement av Avec une valeur d'adverbe.

adversaire n Personne contre qui on lutte.

adverse a Contraire, opposé. Loc *Partie adverse :* l'adversaire, dans un procès.

adversité nf Sort contraire ; malheur.

aède nm Poète de la Grèce antique.

aérateur nm Appareil qui sert à renouveler l'air d'un local.

aération nf Action d'aérer.

aéré, ée a Où l'air circule librement.

aérer vt [12] Renouveler l'air de. ■ vpr Respirer, prendre l'air.

aérien, enne a 1 Qui appartient à l'air, à l'atmosphère. 2 Relatif au transport par air. *Lignes aériennes.* 3 Léger comme l'air. *Grâce aérienne.*

aérobic nm Gymnastique intensive.

aérobie a Didac Qui a besoin d'oxygène pour vivre, pour fonctionner. Ant. anaérobie.

aéroclub nm Club dont les membres pratiquent en amateurs les activités aéronautiques.

aérodrome nm Terrain aménagé pour le décollage et l'atterrissage des avions.

aérodynamique nf Science des phénomènes physiques liés au déplacement des corps solides dans l'atmosphère. ■ a Construit de façon à opposer à l'air une résistance minimale.

aérodynamisme nm Forme aérodynamique.

aérofrein nm Dispositif de freinage d'un avion utilisant la résistance de l'air.

aérogare nf Ensemble des installations d'un aéroport destinées aux voyageurs et au fret.

aéroglisseur nm Véhicule qui se déplace sur un coussin d'air.

aérogramme nm Lettre expédiée par avion.

aérolithe nf Météorite pierreuse.

aéromobile a MILIT Qui utilise l'espace aérien.

aéromodélisme nm Construction et utilisation des modèles réduits d'avions.

aéronautique nf Science de la navigation aérienne ; technique de la construction des aéronefs. ■ a De l'aéronautique.

aéronaval, ale, als a De l'aviation et de la marine.

aéronef nm Appareil capable de voler (avions, hélicoptères, aérostats, etc.).

aérophagie nf MED Déglutition d'air qui pénètre dans l'estomac et provoque des douleurs.

aéroplane nm Vx Avion.

aéroport nm Ensemble d'installations aménagées pour le trafic aérien.

aéroporté, ée a MILIT Transporté par voie aérienne et parachuté sur l'objectif.

aéroportuaire a D'un aéroport.

aéropostal, ale, aux a De la poste aérienne.

aérosol nm 1 Dispersion de particules microscopiques dans un gaz. 2 Système permettant la vaporisation de ces particules.

aérospatial, ale, aux a Qui relève à la fois de l'aéronautique et de l'astronautique. ■ nf Construction d'engins aérospatiaux.

aérostat nm Appareil qui se maintient en l'air au moyen d'un gaz.

aérostatique nf Science de l'équilibre des gaz. ■ a De l'aérostatique.

aérotransporté, ée a MILIT Transporté par avion ou hélicoptère.

affabilité nf Qualité de qqn d'affable.

affable a Qui accueille les autres avec amabilité, douceur.

affabulation nf Mensonge, invention.

affabuler vt Se livrer à des affabulations.

affadir vt Rendre fade, insipide.

affadissement nm Fait de s'affadir.

affaiblir vt Rendre faible. *La maladie l'a affaibli.* ■ vpr Devenir faible.

affaiblissant, ante a Qui affaiblit.

affaiblissement nm Diminution de la force.

affaire nf 1 Ce qui concerne l'intérêt personnel de qqn. 2 Ensemble de circonstances où des intérêts sont en jeu. 3 Ensemble de difficultés avec lesquelles une personne est aux prises. 4 Ensemble de faits dont la justice a à s'occuper. 5 Conflit. *L'affaire de Suez.* 6 Entreprise industrielle ou commerciale. Loc *Avoir affaire à qqn :* lui parler, négocier avec lui ; l'avoir comme adversaire. *Faire une affaire de :* c'est une question de. *Sortir qqn d'affaire :* le sauver. ■ pl 1 Objets personnels. *Ranger ses affaires.* 2 Opérations financières, commerciales. *Chiffre d'affaires.* 3 Ce qui concerne l'Administration et le gouvernement. *Les affaires de l'État.* Loc *Affaires étrangères :* relations extérieures d'un État.

affairé, ée a Qui a beaucoup à faire.

affairement nm Fait d'être affairé.

affairer (s') vpr S'empresser, se montrer actif dans l'exécution d'une tâche.

affairisme nm Préoccupation exclusive de gagner de l'argent, de faire des affaires.

affairiste n Homme d'affaires sans scrupule.

affaissement nm Fait de s'affaisser ; état de ce qui est affaissé.

affaisser (s') vpr 1 Plier, baisser de niveau sous l'effet d'un poids, d'une pression. *Le mur s'est affaissé.* 2 Tomber lourdement, sans forces (êtres vivants).

affaler vt MAR Faire descendre rapidement. ■ vpr Fam Se laisser tomber.

affamé, ée a, n Qui a faim.

affamer vt Priver de nourriture.

affameur, euse n Qui affame.

affect nm PSYCHO Charge affective, base de la névrose ou de l'angoisse.

affectation nf 1 Manque de naturel. *Parler avec affectation.* 2 Destination d'une chose à un usage. 3 Désignation à un poste, une fonction.

affecté, ée a 1 Qui manque de naturel, de simplicité. 2 Ému, affligé.

affecter vt 1 Feindre. *Affecter la modestie.* 2 Destiner qqch à un usage. 3 Donner un poste, une fonction à qqn. 4 Causer une impression pénible, de la peine.

affectif, ive *a* PSYCHO Relatif aux émotions.

affection *nf* 1 Attachement, tendresse. 2 MED Maladie.

affectionné, ée *a* Dévoué, attaché.

affectionner *vt* Avoir de l'affection, du goût pour qqch.

affectivité *nf* Ensemble des phénomènes affectifs (émotions, sentiments).

affectueusement *av* De façon affectueuse.

affectueux, euse *a* Qui manifeste de l'affection.

afférent, ente *a* 1 DR Qui revient à chacun dans un partage. 2 ANAT Qui arrive à un organe (vaisseau, nerf). Ant. efférent.

affermage *nm* DR Action d'affermer.

affermer *vt* DR Donner ou prendre à bail.

affermir *vt* 1 Rendre ferme, stable, solide. 2 Rendre plus fort, plus assuré. *Affermir sa voix.* ■ *vpr* Devenir plus ferme.

affermissement *nm* Action d'affermir.

affèterie ou **afféterie** *nf* Litt Affectation dans le comportement.

affichage *nm* Action d'afficher.

affiche *nf* Feuille fixée sur un mur et destinée à informer le public.

afficher *vt* 1 Publier, annoncer au moyen d'affiches. 2 Montrer ostensiblement, faire étalage de. 3 INFORM Présenter des données sur un écran. ■ *vpr* Se montrer avec ostentation.

affichette *nf* Petite affiche.

afficheur *nm* Qui pose des affiches.

affichiste *n* Qui conçoit des affiches.

affilée (d') *av* À la suite, sans discontinuer. *Dix heures d'affilée.*

affiler *vt* Aiguiser. *Affiler un rasoir.*

affiliation *nf* Action d'affilier ou de s'affilier.

affilié, ée *a, n* Membre d'une organisation.

affilier *vt* Faire entrer dans une association. ■ *vpr* Adhérer. *S'affilier à un parti.*

affinage *nm* 1 Action de rendre plus fin, de débarrasser des impuretés. 2 Dernière phase de la fabrication du fromage.

affiner *vt* 1 Purifier. 2 Améliorer, rendre plus fin. *Affiner l'esprit.* 3 Faire subir l'affinage à un fromage.

affineur, euse *n* Qui affine les fromages, les métaux, etc.

affinité *nf* 1 Attirance, sympathie. 2 Analogie; rapport d'harmonie. 3 CHIM Tendance qu'ont des corps à réagir les uns sur les autres.

affirmatif, ive *a* Qui exprime l'affirmation. ■ *nf* Loc *Répondre par l'affirmative* : donner une réponse positive.

affirmation *nf* 1 Action d'affirmer. 2 Chose affirmée. *Des affirmations inexactes.*

affirmativement *av* De façon affirmative.

affirmer *vt* Soutenir qu'une chose est vraie. ■ *vpr* Se manifester nettement, avec autorité.

affixal, ale, aux *a* LING D'un affixe.

affixe *nm* LING Élément qui s'ajoute au commencement (préfixe) ou à la fin (suffixe) d'un mot pour en modifier le sens.

affleurement *nm* État de ce qui affleure.

affleurer *vt* Arriver au niveau de. *L'eau affleure le quai.* ■ *vi* Être au niveau de la surface de l'eau, du sol. *Les rochers affleurent.*

affliction *nf* Peine morale, douleur profonde.

affligé, ée *a* Qui ressent de l'affliction.

affligeant, ante *a* Qui cause de l'affliction.

affliger *vt* [11] Causer de l'affliction à. ■ *vpr* Ressentir de l'affliction.

affluence *nf* Rassemblement d'un grand nombre de personnes dans un lieu.

affluent *nm* Cours d'eau qui se jette dans un autre.

affluer *vi* 1 Couler en abondance vers (sang). 2 Arriver en abondance, en nombre (personnes).

afflux [-fly] *nm* Fait d'affluer.

affolant, ante *a* Qui affole, provoque une émotion violente.

affolement *nm* Fait de s'affoler; état d'une personne affolée.

affoler *vt* Troubler profondément, faire perdre la tête. ■ *vpr* Perdre la tête.

affranchi, ie *a* 1 Libéré de la servitude, de l'esclavage. 2 Libéré des traditions, des préjugés. ■ *n* ANTIQ Esclave affranchi.

affranchir *vt* 1 Rendre libre, indépendant. 2 Pop Renseigner, mettre au courant. 3 Payer le port d'un envoi postal.

affranchissement *nm* 1 Action d'affranchir, de rendre libre. 2 Paiement du port d'un objet confié à la poste.

affres *nfpl* Litt Angoisse, tourment.

affrètement *nm* Action d'affréter.

affréter *vt* [12] Louer un véhicule.

affréteur *nm* Qui affrète un véhicule.

affreusement *av* De façon affreuse.

affreux, euse *a* 1 Qui suscite la répulsion, l'effroi. 2 Désagréable. *Un temps affreux.*

affriolant, ante *a* Qui excite le désir sexuel.

affrioler *vt* Attirer, séduire.

affront *nm* Insulte publique.

affrontement *nm* Action d'affronter ou de s'affronter.

affronter *vt* Aller avec courage au-devant d'un ennemi, d'un danger. ■ *vpr* Combattre l'un contre l'autre.

affubler *vt* Habiller avec un vêtement ridicule. ■ *vpr* S'habiller de façon ridicule.

affût *nm* 1 Support d'une pièce d'artillerie. 2 Endroit où l'on se poste pour tirer le gibier. Loc *À l'affût* : en attente de.

affûtage *nm* Action d'affûter.

affûter *vt* Aiguiser un outil.

afghan, ane *a* De l'Afghanistan.

afghani *nm* Unité monétaire de l'Afghanistan.

aficionado *nm* Amateur de courses de taureaux.

afin de, afin que *prép, conj* Marquent l'intention, le but.

a fortiori [-sjɔri] *av* À plus forte raison.

africain, aine *a, n* De l'Afrique.

africaniser *vt* Rendre africain.

africanisme *nm* Tournure propre au français parlé en Afrique.

africaniste *n* Spécialiste des langues africaines.

afrikaans [-kans] *nm* Langue néerlandaise parlée en Afrique du Sud.

afrikaner ou **afrikander** *n* Habitant de l'Afrique du Sud parlant l'afrikaans.

afro-américain, aine *a, n* Noir américain.

afro-asiatique *a, n* De l'Afrique et de l'Asie.

after-shave [aftœrʃev] *nm inv* Après-rasage.

agaçant, ante *a* Qui agace, irrite.

agacement *nm* Énervement, irritation.

agacer *vt* [10] Énerver et impatienter, taquiner. Loc *Agacer les dents* : irriter les gencives.

agaceries *nfpl* Manières coquettes et provocantes.

agami *nm* Oiseau d'Amérique du Sud, à plumage noir et à cri éclatant.

agapes *nfpl* Banquet entre amis.

agar-agar *nm* Substance extraite de certaines algues, utilisée comme produit d'encollage. *Des agars-agars.*

agaric *nm* Champignon sans volve ni anneau, à lamelles colorées.

agate *nf* 1 Minéral formé de silice en couches concentriques colorées. 2 Bille d'agate, ou de verre imitant l'agate.

agave *nm* Plante grasse qui produit le sisal et dont la sève donne une boisson alcoolisée.

âge *nm* 1 Période écoulée depuis la naissance ou le début de l'existence. *Quel âge avez-vous ?* 2 Période de l'histoire de l'humanité. *L'âge de pierre.* Loc *Âge mental :* niveau d'aptitude intellectuelle mesuré par des tests. *Classe d'âge :* ensemble des individus nés la même année. *Retour d'âge :* ménopause.

âgé, ée *a* 1 Vieux. *Un homme âgé.* 2 Qui a l'âge de. *Âgé de vingt ans.*

agence *nf* 1 Établissement commercial qui propose un ensemble de services. 2 Succursale d'une société commerciale ou bancaire. 3 Organisme administratif. *Agence pour l'emploi.*

agencement *nm* Action d'agencer ; disposition, arrangement.

agencer *vt* [10] Disposer, arranger (les éléments d'un ensemble).

agencier *nm* Journaliste travaillant dans une agence de presse.

agenda [-ʒɛ̃-] *nm* Carnet sur lequel on note, jour par jour, les choses que l'on veut faire.

agenouillement *nm* Action, fait de s'agenouiller.

agenouiller (s') *vpr* Se mettre à genoux.

agent *nm* 1 Phénomène qui a une action déterminée. 2 Personne chargée d'agir pour le compte d'une autre ou pour le compte d'une administration, d'une société. Loc *Agent secret :* espion. *Agent de change :* chargé de certaines transactions financières. *Agent de police* (ou simplem. *agent*) : fonctionnaire chargé du maintien de l'ordre. *Complément d'agent :* complément d'un verbe à la voix passive, désignant la personne effectuant l'action.

aggiornamento *nm* Adaptation au progrès, au monde actuel.

agglomérat *nm* 1 Agrégat naturel de minéraux. 2 Assemblage hétéroclite.

agglomération *nf* 1 Action d'agglomérer. 2 Ensemble d'une ville et de sa banlieue.

aggloméré *nm* 1 Combustible formé de poussières de charbon réunies par un liant. 2 Bois reconstitué, fait de copeaux agrégés. 3 Matériau de construction moulé, prêt à l'emploi.

agglomérer *vt* [12] Former une masse compacte, de divers éléments. ■ *vpr* Se rassembler en une masse compacte.

agglutination *nf* Action d'agglutiner ; fait de s'agglutiner.

agglutiner *vt* Assembler de manière à former une masse compacte.

aggravant, ante *a* Qui rend plus grave. Loc *Circonstances aggravantes :* qui aggravent l'infraction.

aggravation *nf* Action d'aggraver ; fait de s'aggraver.

aggraver *vt* Rendre plus grave, plus pénible. ■ *vpr* Devenir plus grave, empirer.

agile *a* Dont les mouvements sont rapides, aisés.

agilité *nf* Légèreté, facilité à se mouvoir.

agio *nm* FIN Ensemble des taux de retenue (intérêt, commission, change) sur un escompte.

a giorno *a inv* Se dit d'un éclairage proche de la lumière du jour.

agiotage *nm* Spéculation sur les valeurs boursières.

agir *vi* 1 Faire qqch, accomplir une action. 2 Produire un effet. 3 Se comporter. *Agir en gentleman.* ■ *vpr* Loc *Il s'agit de qqn, qqch :* c'est question de. *Il s'agit de* (+ inf) : il faut, il importe de. *S'agissant de :* au sujet de.

âgisme *nm* Discrimination à l'encontre des personnes âgées.

agissant, ante *a* Qui agit avec efficacité, actif.

agissements *nmpl* Façons d'agir, procédés condamnables.

agitateur, trice *n* Qui suscite des troubles politiques ou sociaux.

agitation *nf* 1 État de ce qui est parcouru de mouvements irréguliers. 2 Nervosité, émotion. 3 Mécontentement politique ou social.

agité, ée *a, n* En proie à l'agitation.

agiter *vt* 1 Remuer, secouer par des mouvements irréguliers. 2 Causer du trouble à. ■ *vpr* 1 Remuer, aller et venir. *Un malade ne doit pas s'agiter.* 2 Manifester du mécontentement.

agneau *nm* 1 Petit de la brebis. 2 Viande d'agneau. Loc *Agneau pascal :* immolé par les Juifs à la Pâque.

agnelage *nm* Mise bas, chez la brebis.

agnelet *nm* Petit agneau.

agnelle *nf* Agneau femelle.

agnosie [-gnɔ-] *nf* MED Trouble de la reconnaissance des objets, dû à une perturbation des fonctions cérébrales.

agnosticisme [-gnɔs-] *nm* Doctrine professée par les agnostiques.

agnostique [-gnɔs-] *a, n* Qui pense que la religion est inutile.

agonie *nf* 1 Moment qui précède immédiatement la mort. 2 Lente disparition.

agonir *vt* Loc *Agonir qqn d'injures :* l'accabler d'injures.

agonisant, ante *a, n* Qui est à l'agonie.

agoniser *vi* 1 Être à l'agonie. 2 Décliner, toucher à sa fin.

agoniste *a, nm* MED Qui concourt à l'effet désiré (substance).

agora *nf* Place publique et marché des anciennes villes grecques.

agoraphobie *nf* MED Crainte des espaces ouverts, des foules.

agouti *nm* Rongeur de l'Amérique du Sud.

agrafage *nm* Action d'agrafer.

agrafe *nf* 1 Crochet qu'on passe dans un anneau pour fermer un vêtement. 2 Pièce en plastique ou en métal permettant de réunir des papiers. 3 Petite lame de métal servant à joindre les bords d'une plaie.

agrafer *vt* Fixer à l'aide d'agrafes.

agrafeuse *nf* Machine à agrafer.

agraire *a* Des champs, de l'agriculture.

agrandir *vt* Rendre plus grand. *Agrandir une maison, une photographie.* ■ *vpr* Devenir plus grand, se développer, s'étendre.

agrandissement *nm* 1 Action d'agrandir. 2 PHOTO Épreuve plus grande que le négatif original.

agrandisseur *nm* Appareil qui permet d'agrandir des photographies.

agraphie *nf* Incapacité pathologique d'écrire.

agrarien, enne *a, n* Se dit des partis politiques qui défendent les propriétaires fonciers.

agréable *a* 1 Qui plaît. 2 Sympathique, avenant.

agréablement *av* De façon agréaole.

agréer *vt* Accepter qqch. ■ *vti* Litt. Être au gré, à la convenance de.

agrégat *nm* Assemblage de diverses parties qui forment masse. *Un agrégat de molécules.*

agrégatif, ive *n* Qui prépare l'agrégation.

agrégation *nf* 1 Réunion de parties homogènes qui forment un tout. 2 Concours assurant le recrutement des professeurs du secondaire.

agrégé, ée *a, n* Reçu(e) à l'agrégation.

agréger *vt* [13] Réunir des solides en un bloc.

agrément *nm* 1 Approbation qui vient d'une autorité. 2 Qualité qui rend agréable. 3 Plaisir. *Voyage d'agrément.*

agrémenter *vt* Enjoliver par des ornements.

agrès *nmpl* Appareil de gymnastique.

agresser *vt* Attaquer de façon brutale.

agresseur *nm* Qui attaque brusquement qqn.

agressif, ive *a* 1 Qui a le caractère d'une agression. 2 Provocant. *Maquillage agressif.* 3 Qui recherche le conflit, l'affrontement.

agression *nf* 1 Attaque brusque et violente. 2 Atteinte à l'intégrité physique ou psychique des personnes par des agents nuisibles.

agressivement *av* De façon agressive.

agressivité *nf* Caractère agressif.

agreste *a* Litt. Champêtre, rustique.

agricole *a* De l'agriculture. *Matériel agricole.*

agriculteur, trice *n* Personne dont le métier est de cultiver la terre, de pratiquer l'élevage.

agriculture *nf* Travail de la terre pour la production de denrées alimentaires.

agripper *vt* Saisir avec force en s'accrochant. ■ *vpr* S'accrocher avec force.

agroalimentaire *a, nm* Se dit de l'industrie de transformation des produits agricoles.

agrochimie *nf* Chimie appliquée à l'agriculture.

agro-industrie *nf* Ensemble des industries dont l'agriculture est le fournisseur ou le client.

agronome *n* Spécialiste de l'agronomie.

agronomie *nf* Science de l'agriculture.

agronomique *a* De l'agronomie.

agropastoral, ale, aux *a* Qui pratique à la fois l'agriculture et l'élevage.

agrume *nm* Nom donné aux citrons, oranges, mandarines, clémentines, pamplemousses.

aguerrir *vt* Accoutumer à des choses pénibles, endurcir.

aguets *nmpl* Loc *Être aux aguets* : guetter, être attentif et sur ses gardes.

aguichant, ante ou **aguicheur, euse** *a* Qui aguiche.

aguicher *vt* Chercher à séduire par des agaceries, des manières provocantes.

ah ! *interj* 1 Exprime une vive émotion. 2 Renforce une négation, une affirmation.

ahuri, ie *a* Frappé de stupeur, hébété.

ahurir *vt* Rendre stupéfait.

ahurissant, ante *a* Qui ahurit.

ahurissement *nm* Stupéfaction, stupeur.

aï *nm* Mammifère arboricole, végétarien de la forêt brésilienne. Syn. paresseux.

aide *nf* 1 Action d'aider, d'unir ses efforts à ceux d'une autre personne. 2 Secours ou subside accordé aux personnes démunies. Loc *À l'aide !* : au secours ! *À l'aide de* : au moyen de. ■ *pl* Impôts perçus sous l'Ancien Régime. ■ *n* Personne qui en aide une autre. Loc *Aide de camp* : officier attaché à un chef militaire. Syn. officier d'ordonnance.

Aïd-el-Kébir *nf inv* Fête religieuse musulmane commémorant le sacrifice d'Abraham.

Aïd-el-Séghir *nf inv* Fête religieuse musulmane marquant la fin du ramadan.

aide-mémoire *nm inv* Résumé des renseignements sur un sujet déterminé.

aider *vt* Faciliter les actions, les entreprises d'une personne ; assister qqn. ■ *vti* Faciliter. *Aider à la manœuvre.* ■ *vpr* Se servir de, utiliser. *S'aider de ses mains.*

aide-soignant, ante *n* Qui seconde les infirmières dans un hôpital. *Des aides-soignant(e)s.*

aïe ! [aj] *interj* Exclamation de douleur, de désagrément.

aïeul, eule *n* (pl *aïeuls*) Grand-père, grand-mère. 2 Litt. (pl *aïeux*) Ancêtre.

aigle *nm* Oiseau rapace de grande envergure. Loc *Ce n'est pas un aigle* : il n'est pas très intelligent. ■ *nf* 1 Femelle de l'aigle. 2 Emblème héraldique figurant un aigle.

aiglefin. V. églefin.

aiglon, onne *n* Petit de l'aigle

aigre *a* 1 Qui a une acidité désagréable au goût. 2 Perçant, criard (sons). 3 Froid et vif. 4 Revêche, acrimonieux. *Un ton aigre.* ■ *nm* Loc *Tourner à l'aigre* : aigrir, s'envenimer.

aigre-doux, -douce *a* 1 Dont la saveur est à la fois douce et aigre. 2 Dont l'aigreur perce sous une apparente douceur. *Paroles aigres-douces.*

aigrefin *nm* Individu sans scrupule, escroc.

aigrelet, ette *a* Légèrement aigre.

aigrette *nf* 1 Héron blanc dont la tête est pourvue de longues plumes. 2 Faisceau de plumes sur la tête de certains oiseaux. 3 Ornement qui rappelle l'aigrette des oiseaux.

aigreur *nf* Caractère aigre. Loc *Aigreurs d'estomac* : régurgitations acides après les repas.

aigri, ie *a, n* Que les épreuves de la vie ont rendu amer.

aigrir *vt* 1 Rendre aigre. 2 Rendre qqn aigre, amer. ■ *vpr,* devenir aigre.

aigu, uë *a* 1 Terminé en pointe ou en tranchant. 2 D'une fréquence élevée. 3 Vif, intense. *Une douleur aiguë.* Loc *Accent aigu* : placé sur certains *e* (ex. : *été, fée*). *Angle aigu* : inférieur à 90°.

aigue-marine *nf* Pierre fine apparentée au béryl. *Des aigues-marines.*

aiguière *nf* Vase à anse et à bec.

aiguillage [-gųi-] *nm* 1 Appareil reliant deux ou plusieurs voies de chemin de fer et permettant à un convoi de passer de l'une à l'autre, suivant une direction précise. Loc *Erreur d'aiguillage* : fausse manœuvre.

aiguille [egųij] *nf* 1 Tige de métal fine et pointue servant à coudre, à tricoter. 2 MED Fine tige métallique creuse, utilisée pour les piqûres t les ponctions. **3** Tige qui se déplace devant le cadran d'un appareil de mesure et qui sert 'index. **4** Sommet très aigu d'un massif montagneux. **5** Feuille étroite et pointue d'un conifère. *Aiguilles de sapin.*

iguillée [-gɥi-] *nf* Longueur de fil sur laquelle ne aiguille est enfilée.

iguiller [-gɥi-] *vt* **1** Diriger un train sur une oie par la manœuvre de l'aiguillage. **2** Orienter qn dans une direction, vers un but.

iguillette [-gɥi-] *nf* **1** Ornement militaire. **2** ranche mince et longue de viande, de volaille.

iguilleur [-gɥi-] *nm* Employé qui manœuvre es aiguillages d'une voie ferrée. Loc *Aiguilleur u ciel* : contrôleur de la navigation aérienne.

iguillon [-gɥi-] *nm* **1** Dard d'insecte. **2** Bâton ointu pour piquer les bœufs. **3** Stimulant.

iguillonner [-gɥi-] *vt* Stimuler.

iguisage *nm* Action d'aiguiser.

iguiser *vt* **1** Rendre tranchant, pointu. **2** Rendre plus vif, plus fin.

ïkido [aj-] *nm* Sport de combat japonais.

il [aj] *nm* Plante dont le bulbe est utilisé omme condiment. *Des ails* ou *des aulx.*

ile *nf* **1** Partie du corps de certains animaux, ui leur permet de voler. **2** Morceau d'une olaille. **3** Partie plane d'un avion qui sert à oler. **4** Partie latérale d'un édifice, d'une rmée, d'une équipe de football. **5** Élément de arrosserie recouvrant une roue. Loc *Avoir des iles* : aller vite. *Voler de ses propres ailes* : être utonome. *Ailes du nez* : parties latérales inférieures des narines.

ilé, ée *a* Pourvu d'ailes. *Insecte ailé.*

ileron *nm* **1** Extrémité de l'aile d'un oiseau. **2** Nageoire d'un requin. **3** Volet mobile situé sur e bord de l'aile d'un avion. **4** Quille latérale ur certains bateaux.

ilette *nf* Petite branche proéminente de certains mécanismes.

ilier *nm* Au football, au rugby, joueur dont la place est à l'aile.

iller *vt* Garnir, assaisonner, frotter d'ail.

illeurs *av* En un autre lieu. Loc *D'ailleurs* : l'un autre endroit ; de plus, en outre. *Par illeurs* : d'un autre côté, d'autre part.

illoli ou **aïoli** *nm* **1** Mayonnaise à l'ail. **2** Plat le morue et de légumes servi avec cette sauce.

imable *a* Affable, courtois.

imablement *av* De façon aimable.

. aimant *nm* Corps attirant le fer ou l'acier.

. aimant, ante *a* Affectueux.

imantation *nf* Action d'aimanter.

imanter *vt* Communiquer des propriétés nagnétiques à un corps.

imer *vt* **1** Éprouver de l'affection, de l'attachement, de l'amitié, de l'amour, de la passion our qqn. **2** Avoir un penchant, du goût pour qch. **3** (+ inf) Prendre plaisir à. *Il aime rire.* **4** (+ subj) Trouver bon. *J'aime que vous veniez ne voir.* Loc *Aimer mieux* : préférer.

ine *nf* Partie du corps comprise entre le bas-entre et le haut de la cuisse.

iné, ée *a, n* **1** Né le premier (parmi les enfants d'une famille). **2** Plus âgé qu'un autre.

inesse *nf* Loc *Droit d'aînesse* : succession rivilégiant l'aîné des enfants mâles.

ainsi *av* **1** De cette façon. **2** De même, de la même façon. Loc *Ainsi soit-il* : expression d'un souhait, à la fin d'une prière. *Pour ainsi dire* : en quelque sorte. *Ainsi donc* : par conséquent. *Ainsi que* : comme.

1. air *nm* Mélange gazeux qui constitue l'atmosphère. Loc *En l'air* : vers le haut ; sans fondement ; sens dessus dessous. *Tête en l'air* : personne étourdie.

2. air *nm* Apparence, allure générale. *Avoir un drôle d'air.* Loc *Un air de famille* : ressemblance due à des liens de parenté. *Avoir l'air* : sembler, paraître. *N'avoir l'air de rien* : paraître à tort sans importance, sans valeur, sans difficulté. *Avoir des grands airs* : avoir des manières hautaines.

3. air *nm* Suite de notes formant une mélodie.

airain *nm* Litt Bronze. Loc *D'airain* : dur, impitoyable.

aire *nf* **1** Surface de terrain. **2** Domaine d'activité, d'influence. **3** Superficie. *Aire d'un triangle.* **4** Nid des grands oiseaux de proie. Loc *Aire de repos* : lieu où se reposent les automobilistes. *Aire de jeux* : lieu où les enfants peuvent jouer. *Aire de lancement* : d'où sont lancées des fusées spatiales.

airedale [ɛʀdɛl] *nm* Terrier anglais à poil dur.

airelle *nf* Arbrisseau portant des baies comestibles rouges ou d'un noir bleuté ; ces baies.

aisance *nf* **1** État de fortune qui permet une vie agréable. **2** Liberté de corps ou d'esprit dans la manière d'être. Loc *Lieux d'aisances* : W.-C.

aise *nf* Loc *Être à l'aise* : ne pas être gêné ; avoir suffisamment d'argent. *Mettre qqn à l'aise* : lui donner une impression de bien-être, de confiance. *Être mal à l'aise* : être gêné. ■ *pl* Loc *Prendre ses aises* : s'installer sans se soucier d'autrui. ■ *a* Loc *Être bien aise de* : être content de.

aisé, ée *a* **1** Facile, qui se fait sans peine. *Un travail aisé.* **2** Qui vit dans l'aisance.

aisément *av* Facilement.

aisselle *nf* Cavité située au-dessous de la jonction du bras avec le tronc.

ajonc [aʒɔ̃] *nm* Arbrisseau épineux à fleurs jaunes.

ajour *nm* Petite ouverture par où passe le jour.

ajourer *vt* Percer, orner de jours.

ajournement *nm* Action d'ajourner.

ajourner *vt* Renvoyer à une date ultérieure.

ajout [aʒu] *nm* Élément ajouté à un ensemble.

ajouter *vt* **1** Mettre en plus. **2** Dire en plus. ■ *vti* Augmenter qqch. *En parler ne ferait qu'ajouter au malaise.* ■ *vpr* Se joindre, s'additionner.

ajustage *nm* Action d'ajuster avec précision les pièces d'une machine.

ajustement *nm* Fait d'être ajusté ; adaptation.

ajuster *vt* **1** Réaliser l'adaptation d'une chose à une autre. **2** Mettre à une dimension donnée. **3** Viser. *Ajuster la cible.* **4** Arranger un vêtement.

ajusteur *nm* Ouvrier spécialisé dans les travaux d'ajustage.

akène *nm* BOT Fruit sec à une seule graine (gland, noisette).

akkadien, enne *n* Du pays d'Akkad. ■ *nm* Langue sémitique ancienne.

alacrité *nf* Litt Enjouement, gaieté.

alaise ou **alèse** *nf* Pièce de toile, souvent imperméable, qui protège le matelas.

alambic *nm* Appareil de distillation de l'alcool.

alambiqué, ée *a* Compliqué, confus, maniéré.

alanguir *vt* Affaiblir, rendre languissant.

alarmant, ante *a* Inquiétant. *Des rumeurs alarmantes.*

alarme *nf* 1 Signal pour annoncer un danger. *Donner l'alarme.* 2 Dispositif qui produit ce signal. 3 Frayeur subite à l'approche d'un danger.

alarmer *vt* Inquiéter par l'annonce d'un danger. ■ *vpr* S'effrayer.

alarmisme *nm* Tendance à être alarmiste.

alarmiste *a, n* Qui répand délibérément des bruits alarmants.

albanais, aise *a, n* De l'Albanie. ■ *nm* Langue indo-européenne parlée en Albanie.

albâtre *nm* Pierre blanche, utilisée pour sculpter de petits objets.

albatros [-tros] *nm* Grand oiseau marin muni d'un bec robuste et de longues ailes.

albigeois, oise *n, a* D'une secte hérétique du midi de la France (XIIᵉ s.). Syn. cathare.

albinisme *nm* Absence héréditaire de pigmentation de la peau, des cheveux.

albinos [-nos] *a, n* Atteint d'albinisme.

album [-bɔm] *nm* 1 Cahier destiné à recevoir des cartes postales, des photos, des timbres. 2 Livre de grand format illustré. 3 Disque.

albumen [-mɛn] *nm* 1 BOT Tissu nourricier entourant la graine. 2 ZOOL Blanc de l'œuf.

albumine *nf* Substance organique contenue dans le lait, le blanc d'œuf, le sang.

albuminoïde *a, nm* De la nature de l'albumine.

albuminurie *nf* MED Présence d'albumine dans l'urine.

alcade *nm* Maire, en Espagne.

alcali *nm* Oxyde des métaux alcalins. Loc *Alcali volatil* : ammoniaque.

alcalin, ine *a* CHIM Syn de *basique*. Loc *Métaux alcalins* : famille de métaux, dont le sodium et le potassium.

alcalinité *nf* CHIM Caractère alcalin.

alcaloïde *nm* CHIM Substance organique d'origine végétale (caféine, morphine, nicotine).

alcarazas [-zas] *nm* Vase de terre poreuse où l'eau reste fraîche.

alcazar *nm* HIST Palais fortifié de l'époque des rois maures, en Espagne.

alchimie *nf* Science occulte du Moyen Âge, qui cherchait la transmutation des métaux.

alchimique *a* De l'alchimie.

alchimiste *n* Qui s'occupe d'alchimie.

alcool [-kɔl] *nm* 1 Liquide obtenu par la distillation de jus sucrés fermentés (raisin, betterave, céréales). 2 Boisson alcoolisée, eau-de-vie.

alcoolat *nm* PHARM Préparation obtenue par distillation de l'alcool sur des substances aromatiques.

alcoolémie *nf* Taux d'alcool dans le sang.

alcoolier *nm* Industriel fabriquant de l'alcool.

alcoolique *a* Qui est à base d'alcool. ■ *a, n* Qui abuse de l'alcool, est atteint d'alcoolisme.

alcoolisation *nf* 1 Transformation en alcool. 2 Intoxication progressive par l'alcool.

alcoolisé, ée *a* Additionné d'alcool. *Boisso alcoolisée.*

alcooliser *vt* Mêler de l'alcool à. ■ *vp* Consommer trop d'alcool ; être alcoolique.

alcoolisme *nm* Toxicomanie à l'alcool.

alcoologie *nf* Étude scientifique de l'alcoo lisme.

alcoolopathie *nf* Maladie liée à l'alcoolisme

alcoomètre *nm* Instrument mesurant l teneur des liquides en alcool.

alcoomètrie *nf* Mesure de la teneur en alcoo

alcootest *nm* (n déposé) Appareil servant a dépistage de l'alcool chez les conducteurs.

alcôve *nf* Renfoncement pratiqué dans un chambre pour y placer un lit.

alcyon *nm* MYTH Oiseau de mer dont la ren contre passait pour un heureux présage.

aldéhyde *nm* CHIM Liquide dérivé d'un alcool.

al dente [aldɛnte] *a, av* Se dit d'un alimen cuit légèrement croquant (pâtes, légumes).

ale [el] *nf* Bière anglaise légère.

aléa *nm* Risque, tournure hasardeuse qu peuvent prendre les événements.

aléatoire *a* 1 Conditionné par le hasard, l chance ; incertain. 2 MATH Soumis aux lois de probabilités.

aléatoirement *av* De façon aléatoire.

alémanique *a* De la Suisse germanophone.

alène *nf* Poinçon d'acier pour percer le cuir.

alentour *av* Tout autour, dans les environs.

alentours *nmpl* Lieux environnants.

1. alerte *a* Vif, agile. *Vieillard alerte.*

2. alerte *nf* Signal qui avertit d'un dange imminent. ■ *interj* Attention !

alerter *vt* 1 Avertir d'un danger. 2 Attire l'attention. *Alerter l'opinion publique.*

alésage *nm* TECH Diamètre d'un cylindre d moteur à explosion.

alèse. V. alaise.

aléser *vt* [12] Opérer l'alésage de.

aleurite *nf* Plante oléagineuse d'Asie.

alevin *nm* Jeune poisson destiné à peupler le étangs et les rivières.

aleviner *vt* Peupler avec des alevins.

alexandrin *nm* Vers de 12 syllabes.

alexie *nf* Incapacité pathologique à lire.

alezan, ane *a* De couleur fauve (cheval).

alfa *nm* Herbe d'Afrique du Nord dont on fai de la pâte à papier.

algarade *nf* Querelle, altercation.

algèbre *nf* Partie des mathématiques qui pour objet la généralisation du calcul de nombres représentés par des lettres affectée des signes + ou -.

algébrique *a* Qui appartient à l'algèbre.

algérien, enne *a, n* De l'Algérie.

algérois, oise *a, n* D'Alger.

algie *nf* MED Douleur.

algique *a* MED Qui concerne la douleur.

algologie *nf* BOT Étude des algues.

algonkin, ine *a, n* Des Algonkins.

algorithme *nm* MATH Méthode de résolutio d'un problème utilisant un nombre fini d'appli cations d'une règle.

algue *nf* Végétal aquatique généralemen pourvu de chlorophylle.

alias [aljas] *av* Autrement appelé.

alibi *nm* 1 DR Défense qui consiste à invoque le fait qu'on se trouvait ailleurs qu'à l'endroi où un délit a été commis. 2 Ce qui permet de se disculper.

aliénable *a* DR Qui peut être cédé ou vendu.

aliénant, ante *a* Qui prive de liberté, soumet à des contraintes.

aliénation *nf* 1 DR Transmission à autrui d'un bien ou d'un droit. 2 Asservissement de l'homme à des contraintes extérieures. Loc *Aliénation mentale* : démence.

aliéné, ée *a*, *n* Malade mental, fou.

aliéner *vt* [12] DR Céder ou vendre qqch. *Aliéner une terre.* ■ *vpr* Perdre la sympathie, l'affection de qqn.

alignement *nm* 1 Action d'aligner ; disposition sur une ligne droite. *Un alignement de chaises.* 2 Fait de s'aligner, de se conformer à une politique.

aligner *vt* Disposer, ranger sur une même ligne droite. ■ *vpr* 1 Se mettre sur la même ligne. 2 Se conformer à la politique d'un parti, d'un État.

aligot *nm* CUIS Purée de pommes de terre au fromage.

aligoté *nm* Cépage blanc de Bourgogne.

aliment *nm* Substance qui sert à la nutrition des êtres vivants.

alimentaire *a* 1 Propre à servir d'aliment. *Denrées alimentaires.* 2 Relatif à l'alimentation. *Régime alimentaire.* Loc DR *Pension alimentaire* : versée à une personne pour assurer sa subsistance.

alimentation *nf* 1 Manière de fournir ou de prendre de la nourriture. *Surveiller son alimentation.* 2 Commerce et industrie des denrées alimentaires. 3 Approvisionnement. *L'alimentation en gaz.*

alimenter *vt* 1 Fournir les aliments nécessaires à. 2 Approvisionner. ■ *vpr* Se nourrir.

alinéa *nm* Commencement en retrait de la première ligne d'un paragraphe.

alise *nf* Fruit rouge, comestible de l'alisier.

alisier *nm* Arbre qui fournit un bois très dur.

alitement *nm* Fait de rester au lit.

aliter *vt* Faire garder le lit à. ■ *vpr* Garder le lit par suite d'une maladie.

alizé *nm* Vent régulier soufflant toute l'année dans la zone intertropicale.

allaitement *nm* Action d'allaiter.

allaiter *vt* Nourrir de lait, de son lait, un nouveau-né, un petit.

allant *nm* Vivacité dans l'action, entrain.

alléchant, ante *a* Qui attire. *Offre alléchante.*

allécher *vt* [12] Attirer par le goût, l'odeur, les promesses.

allée *nf* 1 Chemin de parc, de forêt, de jardin. 2 Avenue plantée d'arbres dans une ville. Loc *Allées et venues* : fait de marcher alternativement dans un sens et dans l'autre, déplacements.

allégation *nf* 1 Citation d'une autorité. 2 Ce que l'on affirme. *Réfuter des allégations.*

allégé, ée *a*, *nm* Qui contient peu de graisse ou de sucre (aliment).

allégeance *nf* HIST Fidélité de l'homme lige envers son suzerain. Loc *Faire allégeance* : manifester son soutien à qqn.

allègement ou **allégement** *nm* Action d'alléger, diminution d'une charge, d'un poids.

alléger *vt* [13] 1 Rendre plus léger, diminuer le poids de. *Alléger un fardeau.* 2 Rendre moins pénible. *Alléger une douleur.*

allégorie *nf* Expression d'une idée par une histoire imagée.

allégorique *a* De l'allégorie. *Récit allégorique.*

allègre *a* Vif, plein d'entrain.

allègrement ou **allégrement** *av* De façon allègre, vivement.

allégresse *nf* Joie très vive. *Cris d'allégresse.*

allégretto *av*, *nm* MUS D'un mouvement un peu moins vif qu'allégro.

allégro *av*, *nm* MUS D'un mouvement vif et rapide.

alléguer *vt* [12] 1 Citer une autorité pour se défendre, se justifier. 2 Mettre en avant comme excuse. *Alléguer de bonnes raisons.*

alléluia [-luja] *interj* Marque l'allégresse dans la liturgie juive et chrétienne. ■ *nm* Pièce liturgique de la messe.

allemand, ande *a*, *n* De l'Allemagne. ■ *nm* Langue germanique parlée en Allemagne, en Autriche, en Suisse et en Belgique. ■ *nf* Air à quatre temps ; danse sur cet air.

aller *vi* [8] [aux *être*] 1 Se mouvoir. *Aller à pied.* 2 Se rendre qqpart. *Aller à la campagne.* 3 Mener. *La route va à Orléans.* 4 Se porter (du point de vue de la santé) ; fonctionner. *Comment allez-vous ? Les affaires vont mal.* 5 S'adapter, convenir à. *Ce manteau lui va bien.* 6. (suivi d'un inf) Marque le futur proche. *Je vais crier.* Loc *Aller de soi* : être évident. *Il y va de* : ce qui est en jeu, c'est. *Ne pas aller sans* : être inséparable de. *Vas-y, allez-y* : marquent un encouragement. ■ *vpr* Loc *S'en aller* : partir, disparaître. ■ *nm* Parcours effectué pour se rendre dans un lieu précis ; billet de transport valable pour une seule direction. Loc *Au pis aller* : dans le cas le plus défavorable.

allergène *nm* MED Substance provoquant une allergie.

allergie *nf* 1 MED Réaction anormale d'un organisme au contact d'une substance. 2 Fam Antipathie.

allergique *a* De l'allergie.

allergisant, ante *a* MED Susceptible de provoquer une allergie.

allergologie *nf* MED Étude de l'allergie.

allergologue *n* Spécialiste de l'allergologie.

alleu *nm* HIST Au Moyen Âge, terre franche de toute redevance.

alliacé, ée *a* Qui tient de l'ail.

alliage *nm* Corps obtenu par incorporation de plusieurs éléments à un métal.

alliance *nf* 1 Pacte entre plusieurs partis ou puissances. 2 Union par mariage. 3 Anneau de mariage porté à l'annulaire. 4 Rapport de parenté établi par le mariage. *Neveu par alliance.*

allié, ée *a*, *n* Uni par un traité d'alliance, par des liens familiaux, par un mariage.

allier *vt* 1 Unir par une alliance. 2 Combiner des métaux. 3 Réunir des qualités. ■ *vpr* Contracter une alliance.

alligator *nm* Reptile proche du crocodile.

allitération *nf* Répétition d'une consonne ou d'un groupe de consonnes dans une phrase.

allô ! *interj* Appel ou réponse initiale dans une communication téléphonique.

allocataire *n* Qui bénéficie d'une allocation.

allocation *nf* 1 Action d'allouer. 2 Somme allouée. Loc *Allocations familiales* : sommes versées au chef de famille.

allocution *nf* Bref discours.

allogène *a* Se dit de populations étrangères mêlées récemment à la population du pays.

allonge *nf* 1 Pièce servant à allonger qqch. 2 Longueur des bras chez un boxeur.

allongé, ée *a* Dont la longueur l'emporte sur les autres dimensions.

allongement *nm* Action d'allonger.

allonger *vt* [11] 1 Augmenter la longueur ou la durée de qqch. 2 *Fam* Donner de l'argent. 3 Diluer avec un liquide. *Allonger une sauce.* ■ *vi* Devenir plus long. *Les jours allongent.* ■ *vpr* 1 Devenir plus long. 2 S'étendre.

allopathie *nf* Médecine qui emploie des médicaments tendant à contrarier les symptômes (par oppos. à homéopathie).

allopathique *a* De l'allopathie.

allotropie *nf* CHIM Propriété d'un corps qui peut exister sous plusieurs formes.

allotropique *a* De l'allotropie.

allouer *vt* Attribuer, accorder de l'argent.

allumage *nm* 1 Inflammation du combustible dans les moteurs à explosion. 2 Action d'allumer.

allume-cigare *nm* Dispositif pour allumer les cigares, les cigarettes dans une voiture. *Des allume-cigares.*

allume-gaz *nm inv* Appareil pour allumer le gaz d'une cuisinière.

allumer *vt* 1 Mettre le feu. 2 Faire fonctionner des lumières, le chauffage, un appareil. *Allumer ses phares.* 3 *Litt* Faire naître, provoquer. *Allumer la colère de qqn.*

allumette *nf* Petite tige de bois, dont une extrémité est enduite d'un produit inflammable par frottement, qui sert à mettre le feu.

allumeur *nm* 1 Dispositif destiné à mettre le feu à une charge explosive. 2 Système d'allumage d'un moteur à explosion.

allumeuse *nf Fam* Femme qui aguiche.

allure *nf* 1 Vitesse. 2 Aspect, apparence. 3 MAR Orientation d'un navire par rapport au vent. Loc *Avoir de l'allure* : être élégant, distingué.

alluré, ée *a* Qui a de l'élégance, de l'allure.

allusif, ive *a* Qui contient une allusion.

allusion *nf* Évocation non explicite d'une personne ou d'une chose.

allusivement *av* De façon allusive.

alluvial, ale, aux *a* Produit par des alluvions.

alluvionnaire *a* Des alluvions.

alluvions *nfpl* Dépôts de matériaux détritiques charriés par les eaux.

alma mater [-tɛr] *nf* L'université.

almanach [-na] *nm* Calendrier illustré.

aloès *nm* Plante des pays chauds qui fournit un purgatif.

aloi *nm* Loc *Litt De bon aloi, de mauvais aloi* : de bonne, de mauvaise qualité.

alopécie *nf* Chute des cheveux ou des poils.

alors *av* 1 Dans ce temps-là, à ce moment-là. 2 Dans ce cas-là. 3 *Fam* Ponctue une exclamation. *Ça alors !* Loc *Alors que* : marque le temps ou l'opposition.

alose *nf* Poisson marin à chair fine qui remonte les fleuves pour frayer.

alouate *nm* Singe hurleur.

alouette *nf* Oiseau passereau, au plumage terne, habitant les champs.

alourdir *vt* Rendre plus lourd. ■ *vpr* Devenir plus lourd.

alourdissement *nm* État de ce qui devient plus lourd.

aloyau [alwajo] *nm* Quartier de bœuf situé le long des reins et comprenant le filet.

alpaga *nm* 1 Lama dont on exploite la laine. 2 Tissu fait avec cette laine.

alpage *nm* Pâturage de haute montagne.

alpestre *a* Des Alpes.

alpha *nm* Première lettre de l'alphabet grec. Loc *Particule alpha* : noyau de l'atome d'hélium.

alphabet *nm* Ensemble ordonné des lettres servant à transcrire les sons d'une langue.

alphabétique *a* Selon l'ordre de l'alphabet.

alphabétiquement *av* Dans l'ordre alphabétique.

alphabétisation *nf* Enseignement de l'écriture et de la lecture à des analphabètes.

alphabétiser *vt* Procéder à l'alphabétisation.

alphanumérique *a* INFORM Qui utilise à la fois des chiffres et des lettres.

alpin, ine *a* Des Alpes. Loc *Plissement alpin* : plissement de l'écorce terrestre pendant l'ère tertiaire. *Chasseurs alpins* : soldats des formations opérant en montagne.

alpinisme *nm* Sport des ascensions en montagne.

alpiniste *n* Qui pratique l'alpinisme.

alsace *nm* Vin d'Alsace, le plus souvent blanc.

alsacien, enne *a, n* De l'Alsace. ■ *nm* Dialecte germanique d'Alsace.

altérable *a* Qu'on peut altérer.

altération *nf* 1 Modification qui dénature qqch. 2 MUS Signe qui modifie la hauteur d'une note (dièse, bémol, bécarre).

altercation *nf* Dispute, discussion vive.

altéré, ée *a* Assoiffé.

alter ego [-tɛrɛgo] *nm* Ami inséparable.

altérer *vt* 1 Provoquer la modification, le changement. 2 Modifier en mal. 3 Exciter la soif. ■ *vpr* Se modifier en mal.

altérité *nf* Caractère de ce qui est autre.

altermondialiste *a, n* Qui s'oppose à la mondialisation libérale, prône une mondialisation alternative.

alternance *nf* Action d'alterner ; état de ce qui est alterné.

alternant, ante *a* Qui alterne.

alternateur *nm* Machine qui produit des courants alternatifs.

alternatif, ive *a* 1 Qui propose un choix ou qui résulte d'un choix. 2 Qui change périodiquement de sens. *Courant alternatif.* 3 Qui propose une issue à ceux qui refusent la société moderne. ■ *nf* 1 Situation dans laquelle on ne peut choisir qu'entre deux solutions. 2 *Abusiv* Solution de remplacement. 3 Cérémonie solennelle d'investiture d'un torero.

alternativement *av* Tour à tour.

alterne *a* Loc BOT *Feuilles alternes* : insérées sur une tige, à raison d'une seule par nœud.

alterné, ée *a* Qui alterne.

alterner *vi* Se succéder à tour de rôle. ■ *vt* Faire se succéder.

altesse *nf* Titre donné aux princes, aux princesses.

altier, ère *a* Qui marque de l'orgueil.

altimètre *nm* Appareil mesurant les altitudes.

altiport *nm* Aérodrome en montagne.

altiste *n* Qui joue de l'alto.

altitude *nf* Élévation d'un lieu par rapport au niveau de la mer.

alto *nm* 1 Instrument de musique proche du violon. 2 La plus grave des voix de femme et la plus aiguë des voix d'homme.

altocumulus *nm* Nuage à gros flocons.

altostratus *nm* Nuage en forme de voile.

altruisme *nm* Propension à aimer et à aider son prochain.

altruiste *a, n* Inspiré par l'altruisme.

alumine *nf* Oxyde d'aluminium.

aluminium [-njɔm] *nm* Métal qui entre dans la composition d'alliages légers.

alun [alœ̃] *nm* Sel de certains métaux utilisé en teinture, en tannerie, etc.

alunir *vi* Abusiv Se poser sur la Lune.

alunissage *nm* Abusiv Action d'alunir.

alvéolaire *a* Des alvéoles.

alvéole *nf* ou *nm* 1 Petite cellule de cire construite par les abeilles. 2 Cavité des maxillaires où se logent les racines des dents. 3 Cavité pulmonaire au niveau de laquelle s'effectuent les échanges gazeux avec le sang. 4 Petite cavité en général.

alvéolé, ée *a* Creusé d'alvéoles.

alvéolite *nf* MED Inflammation des alvéoles pulmonaires ou dentaires.

Alzheimer (maladie d') *nf* Atrophie cérébrale accompagnée de démence.

a.m. Abrév. de *ante meridiem* : avant midi.

amabilité *nf* Caractère d'une personne aimable ; manifestation de ce caractère.

amadou *nm* Combustible spongieux qu'on tire d'un champignon.

amadouer *vt* Flatter qqn pour obtenir qqch.

amaigrir *vt* Rendre maigre.

amaigrissant, ante *a* Qui fait maigrir.

amaigrissement *nm* Fait de maigrir, d'être plus maigre.

amalgame *nm* 1 Mélange hétéroclite. 2 Mélange du mercure avec un autre métal. 3 Assimilation abusive.

amalgamer *vt* Faire un amalgame.

amande *nf* 1 Fruit de l'amandier, riche en huile. 2 Graine contenue dans un noyau.

amandier *nm* Arbre fruitier dont le fruit est l'amande.

amandine *nf* Tartelette aux amandes.

amanite *nf* Champignon dont certaines espèces sont comestibles, d'autres vénéneuses (*amanite tue-mouches*), d'autres mortelles (*amanite phalloïde*).

amant *nm* Homme qui a des relations sexuelles avec une femme qui n'est pas son épouse.

amarante *nf* Plante ornementale à fleurs pourpres. ■ *a inv* De couleur pourpre.

amareyeur *nm* Ouvrier chargé de l'entretien des parcs à huîtres.

amaril, ile *a* Relatif à la fièvre jaune.

amarrage *nm* Action d'amarrer.

amarre *nf* Cordage pour amarrer. Loc *Larguer les amarres* : partir.

amarrer *vt* Fixer avec une amarre.

amaryllidacée *nf* BOT Plante telle que l'amaryllis, la perce-neige, la jonquille.

amaryllis *nf* Plante à grandes fleurs rouges.

amas *nm* 1 Accumulation de choses. 2 ASTRO Groupement d'étoiles.

amasser *vt* Faire un amas, accumuler, entasser. *Amasser du sable, de l'argent.*

amateur *nm* 1 Qui aime, qui a du goût pour qqch. 2 Qui pratique un sport, un art sans en faire sa profession. 3 Qui manque de compétence, de sérieux. 4 Disposé à acheter qqch.

amateurisme *nm* 1 Statut du sportif amateur. 2 Caractère d'une personne qui effectue une tâche avec négligence.

amazigh, ighe *a* Berbère.

amazone *nf* Cavalière. Loc *Monter en amazone* : les deux jambes du même côté de la selle.

amazonien, enne *a* De l'Amazonie.

ambages *nfpl* Loc *Parler sans ambages* : sans détour ni faux-fuyants, franchement.

ambassade *nf* 1 Fonction d'un ambassadeur. 2 Mission diplomatique d'un gouvernement étranger. 3 Résidence, bureaux d'un ambassadeur.

ambassadeur, drice *n* 1 Personne qui représente un État auprès d'un autre. 2 Personne chargée d'une mission quelconque.

ambiance *nf* 1 Milieu physique et moral. 2 Gaieté, entrain.

ambiant, ante *a* Qui entoure de toutes parts. *Air ambiant.*

ambidextre *a* Qui se sert des deux mains avec une égale facilité.

ambigu, uë *a* Dont le sens est incertain, qui peut avoir plusieurs sens. *Réponse ambiguë.*

ambiguïté *nf* Caractère ambigu.

ambitieux, euse *a, n* Qui a de l'ambition.

ambition *nf* 1 Désir de réussite sociale. 2 Aspiration, volonté marquée.

ambitionner *vt* Rechercher ardemment.

ambivalence *nf* Caractère de ce qui a deux valeurs opposées. *Ambivalence des sentiments.*

ambivalent, ente *a* Doué d'ambivalence.

amble *nm* Allure de certains quadrupèdes qui se déplacent en levant simultanément les deux membres d'un même côté.

amblyope *a, n* Qui a une mauvaise vue.

ambon *nm* Tribune élevée dans le chœur de certaines églises.

ambre *nm* Loc *Ambre gris* : substance parfumée fournie par le cachalot. *Ambre jaune* : résine fossile utilisée en bijouterie. ■ *a inv* Jaune.

ambré, ée *a* Qui a le parfum ou la couleur de l'ambre.

ambroisie *nf* MYTH Nourriture des dieux de l'Olympe, qui rendait immortel.

ambulance *nf* Véhicule pour le transport des malades, des blessés.

ambulancier, ère *n, a* Qui conduit une ambulance.

ambulant, ante *a* Qui se déplace. *Marchand ambulant.*

ambulatoire *a* MED Pratiqué sans hospitalisation. *Traitement ambulatoire.*

âme *nf* 1 En religion et en philosophie, principe de pensée qui s'oppose au corps. 2 Habitant. *Village de cent âmes.* 3 Élément essentiel. *L'âme d'une entreprise.* 4 Principe des qualités morales. Loc *Rendre l'âme* : mourir. *État d'âme* : disposition d'esprit. *Bonne âme* : personne compatissante.

améliorable *a* Qui peut être amélioré.

améliorant, ante *a* Qui améliore.

amélioration *nf* Action d'améliorer ; fait de s'améliorer.

améliorer

améliorer vt Rendre meilleur, perfectionner. ■ vpr Devenir meilleur.

amen [amɛn] interj Mot qui termine une prière. Loc *Dire amen :* consentir.

aménageable a Qui peut être aménagé.

aménagement nm Action d'aménager. Loc *Aménagement du territoire :* mise en valeur harmonieuse du territoire national.

aménager vt [11] Préparer, organiser, rendre plus confortable.

aménageur nm Qui s'occupe de l'aménagement du territoire.

amende nf Sanction pécuniaire. *Payer une amende.* Loc *Faire amende honorable :* présenter des excuses.

amendement nm 1 Modification à un projet de loi. 2 AGRIC Substance mise dans le sol pour améliorer sa fertilité.

amender vt 1 Modifier un texte. 2 AGRIC Modifier par amendement. ■ vpr Se corriger.

amène a Litt Agréable, courtois.

amener vt [15] 1 Mener, conduire qqn qqpart. 2 Occasionner. *Un malheur en amène un autre.* 3 Pousser à, entraîner à. *Cet incident l'a amené à partir.* 4 Tirer à soi. *Amener les voiles.* ■ vpr Pop Venir, arriver.

aménité nf Litt Amabilité, charme.

aménorrhée nf MED Absence de menstruations.

amentifère a BOT Qui porte des inflorescences en chatons.

amenuisement nm Fait de s'amenuiser.

amenuiser vt Rendre plus menu, moindre. ■ vpr Devenir moins fort, diminuer.

1. amer, ère a 1 Qui a une saveur âpre, désagréable. 2 Pénible, douloureux.

2. amer nm MAR Point (clocher, balise) servant de repère.

amèrement av Avec amertume.

américain, aine a, n 1 De l'Amérique. 2 Des États-Unis. ■ nm Anglais parlé aux États-Unis.

américanisation nf Action d'américaniser.

américaniser vt Donner un caractère américain.

américanisme nm 1 Civilisation propre aux États-Unis. 2 Tournure anglaise spéciale aux Américains.

amérindien, enne a, n Des Indiens d'Amérique. *Langues amérindiennes.*

amerloque a, n Pop Américain des États-Unis.

amerrir vi Se poser sur un plan d'eau.

amerrissage nm Action d'amerrir.

amertume nf 1 Goût amer. 2 Aigreur, mélancolie, déception.

améthyste nf Variété violette de quartz, utilisée en joaillerie.

ameublement nm Ensemble du mobilier et des objets d'une pièce, d'une maison.

ameublir vt Rendre une terre plus meuble, plus légère.

ameuter vt Attrouper des personnes dans l'intention de susciter des réactions hostiles.

amharique nm Langue sémitique officielle de l'Éthiopie.

ami, ie n 1 Personne à laquelle on est lié par une affection réciproque. 2 Personne animée de bonnes intentions. *Venir en ami.* 3 Qui a du goût pour. *Ami de la vérité.* Loc *Petit(e) ami(e) :* flirt. ■ a 1 D'un ami. *Une maison amie.* 2 Allié. *Des pays amis.*

amiable a Qui se fait de gré à gré. *Vente amiable.* ■ nf Loc *À l'amiable :* par voie de conciliation.

amiante nm Silicate de calcium et de magnésium, résistant au feu.

amiante-ciment nm Syn de *fibrociment.*

amibe nf Protozoaire aquatique dont une espèce est parasite de l'homme.

amibiase nf Maladie intestinale due aux amibes.

amibien, enne a Dû aux amibes.

amical, ale, aux a Inspiré par l'amitié. ■ nf Association regroupant des personnes ayant une même activité.

amicalement av De façon amicale.

amide nm CHIM Composé organique dérivant de l'ammoniac ou des amines.

amidon nm Substance végétale glucidique, dont les granules fournissent un empois.

amidonnage nm Action d'amidonner.

amidonner vt Enduire d'amidon.

amincir vt 1 Rendre plus mince. 2 Faire paraître plus mince. *Cette robe l'amincit.* ■ vpr Devenir plus mince.

amincissant, ante a Qui amincit.

amincissement nm Action d'amincir ; fait de s'amincir.

amine nf CHIM Composé organique dérivant de l'ammoniac.

aminé, ée a Loc *Acide aminé :* acide organique indispensable à la vie. Syn. aminoacide.

a minima av Loc DR *Appel a minima :* interjeté par le ministère public quand il estime trop faible la peine appliquée.

aminoacide nm Acide aminé.

amiral, aux nm Officier général de la marine militaire.

amirauté nf 1 État et office d'amiral ; résidence, services et bureaux de l'amiral. 2 Corps des amiraux.

amitié nf 1 Affection mutuelle liant deux personnes. 2 Témoignage d'affection bienveillante. Loc *Amitié particulière :* relation homosexuelle.

ammoniac nm Gaz incolore et d'odeur suffocante.

ammoniacal, ale, aux a Qui contient de l'ammoniac ou a ses propriétés.

ammoniaque nf Solution d'ammoniac. Syn. alcali volatil.

ammonite nf GEOL Mollusque fossile, à coquille spiralée.

ammonium [-njɔm] nm CHIM Radical classé parmi les métaux alcalins.

amnésie nf Perte de la mémoire.

amnésique a, n Frappé d'amnésie.

amniocentèse [-sɛ-] nf MED Prélèvement de liquide amniotique.

amnios [-njos] nm BIOL Poche emplie de liquide dans lequel baigne le fœtus. Syn. poche des eaux.

amnioscopie nf MED Examen du liquide amniotique.

amniotique a BIOL De l'amnios.

amnistiable a Qu'on peut amnistier.

amnistie nf Acte législatif qui annule des condamnations et leurs conséquences pénales.

amnistié, ée a, n Bénéficiaire d'une amnistie.

amnistier vt Accorder une amnistie à.

amocher vt Pop Abîmer, blesser.

amoindrir *vt* Diminuer, rendre moindre. ■ *vpr* Devenir moindre.

amoindrissement *nm* Diminution, affaiblissement.

amollir *vt* 1 Rendre mou. 2 Rendre plus faible, enlever de la force. ■ *vpr* Devenir mou.

amollissant, ante *a* Qui amollit.

amollissement *nm* Action d'amollir.

amonceler *vt* [18] 1 Entasser. *Amonceler des cailloux.* 2 Réunir, accumuler. *Amonceler des preuves.* ■ *vpr* S'accumuler.

amoncellement *nm* Choses amoncelées.

amont *nm* 1 Partie d'un cours d'eau comprise entre sa source et un point donné. 2 Partie d'un processus, d'une activité, qui se situe vers l'origine. *La sidérurgie est à l'amont de la métallurgie.* ■ *av, a inv* Vers l'amont. *Virer amont à skis. Industries amont.* Ant. aval.

amoral, ale, aux *a* Qui ignore les principes de la morale.

amoralité *nf* Caractère amoral.

amorçage *nm* Action d'amorcer.

amorce *nf* 1 Appât jeté dans l'eau ou disposé autour d'un piège pour attirer le poisson, le gibier. 2 Capsule servant à mettre à feu une charge d'explosif. 3 Pastille de fulminate servant de jeu. 4 Ébauche, début de qqch.

amorcer *vt* [10] 1 Garnir d'une amorce un hameçon, une charge de poudre. 2 Déclencher le fonctionnement d'une pompe. 3 Ébaucher, commencer. *Amorcer une affaire.*

amorphe *a* 1 Sans caractère, sans énergie. 2 PHYS Non cristallisé (corps).

amorti *nm* Fait d'arrêter le ballon ou la balle en accompagnant son mouvement.

amortie *nf* Balle résultant d'un amorti.

amortir *vt* 1 Diminuer la force, l'intensité d'un bruit. 2 Échelonner une dépense sur une certaine durée. 3 Utiliser jusqu'à récupérer l'achat d'un bien.

amortissable *a* Qu'on peut rembourser de façon échelonnée.

amortissement *nm* Action d'amortir. *Amortissement d'un emprunt.*

amortisseur *nm* Dispositif réduisant l'amplitude des oscillations d'une machine.

amour *nm* 1 Affection passionnée, attirance affective et sexuelle d'un être humain pour un autre. 2 Personne aimée. 3 Divinité antique qui avait le pouvoir de faire aimer. 4 Affection que ressentent les membres d'une même famille. 5 Attachement à un idéal moral, philosophique, religieux. 6 Goût, enthousiasme pour une chose, une activité. *Travailler avec amour.* Loc *Faire l'amour :* avoir des rapports sexuels. ■ *nfpl* Litt Passion, tendresse. *Les premières amours.*

amouracher (s') *vpr* S'éprendre soudainement de qqn.

amourette *nf* 1 Aventure sentimentale sans conséquence. 2 Graminée à groupes d'épis mobiles. ■ *pl* Moelle épinière des animaux de boucherie.

amoureusement *av* Avec amour.

amoureux, euse *a, n* Qui éprouve de l'amour. *Déçevoir son amoureux.* ■ *a* Qui dénote l'amour. *Regards amoureux.*

amour-propre *nm* Sentiment que qqn a de sa propre valeur. *Des amours-propres.*

amovibilité *nf* Caractère amovible.

amovible *a* 1 Qui peut être déplacé, muté (fonctionnaire, magistrat). 2 Qui peut être démonté, enlevé (objet).

ampélographie *nf* Étude de la vigne, des cépages.

ampélopsis *nm* Vigne vierge.

ampère *nm* Unité d'intensité électrique.

ampère-heure *nm* Quantité d'électricité transportée en 1 heure par un courant de 1 ampère. *Des ampères-heures.*

ampèremètre *nm* Appareil de mesure de l'intensité d'un courant.

amphétamine *nf* Excitant du système nerveux central.

amphi *nm* Fam Amphithéâtre.

amphibie *a* 1 Qui vit dans l'air et dans l'eau. 2 Qui peut se déplacer sur terre et dans l'eau (véhicule).

amphibien *nm* ZOOL Vertébré à peau nue, ovipare, faisant partie d'une classe comprenant les grenouilles et les tritons. Syn. batracien.

amphibole *nf* Minéral composé de silicates, des roches éruptives et métamorphiques.

amphibolite *nf* Roche métamorphique constituée surtout d'amphibole.

amphibologie *nf* GRAM Construction qui donne un double sens à une phrase.

amphibologique *a* GRAM Ambigu.

amphigouri *nm* Litt Discours, écrit confus et obscur.

amphigourique *a* Litt Confus, embrouillé.

amphithéâtre *nm* 1 ANTIQ Vaste enceinte à gradins où se tenaient les jeux du cirque. 2 Salle de cours, garnie de gradins.

amphitryon *nm* Litt Hôte chez qui on dîne.

amphore *nf* Vase antique en terre cuite, à deux anses.

ample *a* Vaste, large. *Un vêtement ample.*

amplement *av* Abondamment.

ampleur *nf* 1 Caractère ample. 2 Importance, étendue.

ampli *nm* Fam Amplificateur.

ampliatif, ive *a* DR Qui complète un acte précédent.

ampliation *nf* DR Copie authentique de l'original d'un acte.

amplificateur *nm* Appareil qui amplifie un signal électrique, en particulier dans une chaîne haute-fidélité.

amplification *nf* Action d'amplifier.

amplifier *vt* Augmenter la quantité, le volume, l'étendue, l'importance de. *Amplifier le courant, le son, les échanges commerciaux.* ■ *vpr* Devenir plus important.

amplitude *nf* Écart entre deux valeurs extrêmes d'un signal, de la température, d'un mouvement.

ampli-tuner *nm* Élément d'une chaîne haute-fidélité regroupant un amplificateur et un tuner. *Des amplis-tuners.*

ampoule *nf* 1 Tube de verre, terminé en pointe et soudé, contenant un médicament liquide ; son contenu. 2 Enveloppe de verre enfermant le filament des lampes à incandescence et remplie d'un gaz inerte. 3 Petit gonflement de l'épiderme, rempli de sérosité.

ampoulé, ée *a* Emphatique, pompeux.

amputation *nf* Ablation d'un membre.

amputé, ée *a, n* Qui a subi l'ablation d'un membre.

amputer vt 1 Pratiquer l'amputation d'un membre. 2 Retrancher un passage d'un texte.

amulette nf Petit objet que l'on porte sur soi et auquel on attribue un pouvoir magique de protection.

amure nf Cordage maintenant au vent le coin inférieur d'une voile.

amusant, ante a Qui divertit.

amuse-gueule ou **amuse-bouche** nm inv Fam Petit hors-d'œuvre servi avec l'apéritif.

amusement nm Ce qui amuse ; distraction.

amuser vt Distraire, divertir. ■ vpr 1 Se distraire, se divertir. 2 Se moquer de qqn. Loc Ne vous amusez pas à... : ne vous avisez pas de...

amusette nf Bagatelle.

amuseur, euse n Qui amuse.

amygdale [amidal] nf ANAT Organe situé au fond de la gorge.

amygdalite nf Inflammation des amygdales.

amylacé, ée a Qui contient de l'amidon.

amyotrophie nf MED Atrophie des muscles.

an nm Période correspondant à la durée d'une révolution de la Terre autour du Soleil ; année. Loc Le jour de l'an : le 1er janvier.

anabaptiste n Protestant qui dénie toute valeur au baptême des enfants et réserve ce sacrement aux adultes.

anableps nm Poisson de la mangrove respirant hors de l'eau.

anabolisant, ante a, nm MED Qui favorise l'assimilation.

anacarde nm Syn de noix de cajou.

anacardier nm Arbrisseau d'Amérique tropicale, qui donne la noix de cajou.

anachorète [-kɔ-] nm RELIG Ascète qui vit seul, retiré du monde.

anachronique a Entaché d'anachronisme.

anachronisme nm 1 Faute contre la chronologie. 2 Usage retardataire, dépassé.

anacoluthe nf Changement de construction au milieu d'une phrase.

anaconda nm Serpent des marais d'Amérique tropicale.

anaérobie a Didac Qui ne peut vivre, fonctionner au contact de l'air. Ant. aérobie.

anagramme nf Mot obtenu en transposant les lettres d'un autre mot (ex. : chien, niche, chine).

anal, ale, aux a De l'anus.

analgésie nf Abolition de la douleur.

analgésique a, nm Qui supprime la douleur.

anallergique a MED Qui ne provoque pas d'allergie.

analogie nf Rapport de ressemblance entre deux ou plusieurs objets.

analogique a Fondé sur l'analogie.

analogue a Qui présente une analogie.

analphabète a, n Qui ne sait ni lire ni écrire.

analphabétisme nm État de l'analphabète.

analysable a Qu'on peut analyser.

analyse nf 1 Opération par laquelle l'esprit, pour parvenir à la connaissance d'un objet, le décompose en ses éléments. Ant. synthèse. 2 Partie des mathématiques comprenant le calcul infinitésimal et ses applications. 3 Détermination de la composition d'une substance. 4 GRAM Décomposition d'une phrase en propositions (analyse logique), d'une proposition en mots (analyse grammaticale), dont on établit la nature et la fonction. 5 Psychanalyse.

analyser vt Procéder à l'analyse de.

analyseur nm Appareil servant à analyser un phénomène.

analyste n 1 Spécialiste de l'analyse. 2 Psychanalyste.

analyste-programmeur nm INFORM Spécialiste de l'analyse et de la programmation. Des analystes-programmeurs.

analytique a Qui procède par analyse. Table analytique des matières.

anamorphose nf PHYS Image d'un objet déformée par un dispositif optique.

ananas [-na] nm 1 Plante des pays chauds. 2 Gros fruit sucré de cette plante.

anapeste nm VERSIF Pied d'un vers composé de deux brèves et d'une longue.

anaphore nf 1 RHET Reprise d'un mot dans une série de phrases successives. 2 LING Fonction assurée dans l'énoncé par les anaphoriques.

anaphorique a, nm LING Qui renvoie à un mot apparu dans une phrase antérieure.

anaphylactique a MED Dû à l'anaphylaxie.

anaphylaxie nf MED Réaction violente d'un organisme sensibilisé à une substance.

anar n, a Pop Anarchiste.

anarchie nf 1 État de désorganisation qu'entraîne la faiblesse de l'autorité politique. 2 Désordre, confusion. 3 Anarchisme.

anarchique a Désorganisé, chaotique.

anarchiquement av De façon anarchique.

anarchisant, ante a Qui a des tendances anarchistes.

anarchisme nm Doctrine politique qui prône la suppression de l'État.

anarchiste a, n Partisan de l'anarchisme.

anarchosyndicalisme [-ko-] nm Mouvement syndical à tendance antiétatique.

anarchosyndicaliste [-ko-] a, n De l'anarchosyndicalisme.

anastomose nf ANAT Communication entre deux conduits anatomiques.

anastomoser vt CHIR Créer une anastomose.

anastrophe nf LING Inversion de l'ordre habituel des mots.

anatexie nf GEOL Fusion des roches, donnant naissance à un magma.

anathème nm 1 Sentence d'excommunication. 2 Litt Réprobation, blâme solennel.

anatife nm Crustacé marin fixé par un pédoncule. Syn. pouce-pied.

anatomie nf 1 Science qui étudie la structure des organes et des tissus chez les êtres organisés. 2 Fam Aspect extérieur du corps.

anatomique a De l'anatomie.

anatomiste n Spécialiste de l'anatomie.

anatomopathologie nf Étude des lésions provoquées par les maladies.

anatoxine nf Toxine atténuée, à propriétés immunisantes.

ancestral, ale, aux a Des ancêtres, transmis par les ancêtres.

ancêtre n 1 Personne de qui l'on descend, antérieure au grand-père. 2 Initiateur lointain. ■ pl Les hommes qui vécurent avant nous.

anche nf Languette placée dans le bec de certains instruments à vent (clarinette, saxophone).

anchois nm Poisson de mer de petite taille. Loc Beurre d'anchois : filets d'anchois pilés avec du beurre.

ncien, enne *a* 1 Qui existe depuis long-temps. *Coutume ancienne.* 2 Qui a de l'ancienneté dans un emploi, une fonction, un grade. *'tre ancien dans une profession.* 3 (av. le n) *ui* a cessé d'être ce qu'il était. *Un ancien juge.* ■ *nm* 1 Prédécesseur dans un métier, un service, une école, un régiment, etc. 2 Personne âgée (le plus souvent au pl). 3 (avec majusc) les peuples, les auteurs de l'Antiquité.

nciennement *av* Autrefois.

ncienneté *nf* 1 Caractère de ce qui est ncien. 2 Temps passé dans une fonction, n grade.

ncillaire *a* Litt De la servante.

ncolie *nf* Plante aux fleurs diversement colorées, à pétales en éperon.

ncrage *nm* Fixation, attache à un point fixe.

ncre *nf* 1 Instrument de métal qui, au bout 'un câble ou d'une chaîne, accroche le navire u fond de l'eau. 2 Pièce réglant un mouvement 'horlogerie. 3 Pièce métallique bloquant deux léments de construction.

ncrer *vt* 1 Retenir, fixer avec une ancre. 2 fixer. *On a ancré cette idée en lui.*

ndalou, ouse *a, n* De l'Andalousie.

ndante *av, nm* MUS D'un mouvement modéré.

ndantino *av, nm* MUS D'un mouvement moins nodéré que celui de l'andante.

ndésite *nf* Roche volcanique noire.

ndin, ine *a* Des Andes.

ndorran, ane *a, n* D'Andorre.

ndouille *nf* 1 Boyau de porc farci de tripes et e chair. 2 Pop Individu stupide.

ndouiller *nm* Ramification des bois des ervidés (cerf, daim, etc.).

ndouillette *nf* Petite andouille qui se mange uite.

ndrogène *a, nm* Se dit d'une hormone qui rovoque l'apparition de caractères sexuels nâles.

ndrogyne *a, n* Qui tient des deux sexes ; hernaphrodite.

ndroïde *nm* Automate à forme humaine.

ndrologie *nf* Étude de l'appareil génital nasculin.

ndrologue *n* Spécialiste d'andrologie.

ndropause *nf* Chez l'homme, diminution les activités génitales après un certain âge.

ndrostérone *nf* Hormone sexuelle mâle.

ne *nm* 1 Mammifère domestique à longues reilles, plus petit que le cheval. 2 Homme sot, orné et ignorant. Loc *Dos d'âne :* élévation rrondie, bosse.

néantir *vt* 1 Réduire qqch à néant. 2 Plonger qn dans un état d'abattement.

néantissement *nm* 1 Destruction totale. 2 Abattement profond.

necdote *nf* Bref récit d'un fait curieux.

necdotique *a* Qui tient de l'anecdote.

némiant, ante *a* Qui cause une anémie.

némie *nf* Affaiblissement dû à la diminution u nombre des globules rouges.

némier *vt* Rendre anémique.

némique *a, n* Atteint d'anémie.

némomètre *nm* Appareil servant à mesurer a vitesse du vent.

némone *nf* Plante aux fleurs de couleurs ives. Loc *Anémone de mer :* actinie.

nerie *nf* Acte ou propos stupide.

nesse *nf* Femelle de l'âne.

anesthésie *nf* MED Suppression plus ou moins complète de la sensibilité.

anesthésier *vt* Rendre momentanément insensible à la douleur.

anesthésiologie *nf* Science de l'anesthésie.

anesthésique *a, nm* MED Qui provoque l'anesthésie.

anesthésiste *n* Médecin spécialiste qui dirige l'anesthésie.

aneth [anet] *nm* Plante aromatique, communément appelée fenouil.

anévrisme *nm* MED Dilatation localisée d'une artère. Loc *Rupture d'anévrisme :* éclatement de cette dilatation, généralement mortel.

anfractuosité *nf* Cavité sinueuse et profonde.

ange *nm* 1 Créature spirituelle, intermédiaire entre l'homme et Dieu. 2 Personne dotée de toutes les qualités. Loc *Être aux anges :* ravi. *Patience d'ange :* très grande patience. Fam *Faiseuse d'anges :* avorteuse. *Vous êtes un ange :* vous êtes très gentil.

1. angélique *a* Digne d'un ange.

2. angélique *nf* 1 Plante aromatique. 2 Tige confite de cette plante.

angélisme *nm* Attitude idéaliste, candide.

angelot *nm* Petit ange.

angélus *nm* 1 Prière qui commence par ce mot. 2 Son de cloche annonçant cette prière.

angevin, ine *a, n* De l'Anjou ou d'Angers.

angine *nf* Inflammation aiguë du pharynx et des amygdales. Loc *Angine de poitrine :* trouble cardiaque, insuffisance coronarienne.

angiographie *nf* MED Radiographie des vaisseaux sanguins.

angiologie *nf* Étude des vaisseaux sanguins et lymphatiques.

angiologue *n* Spécialiste d'angiologie.

angiome *nm* MED Malformation vasculaire. Syn. tache de vin.

angiosperme *nf* BOT Plante phanérogame dont les ovules sont protégés par un ovaire clos.

anglais, aise *a, n* De l'Angleterre. ■ *nm* Langue germanique, la plus répandue dans le monde. ■ *nf* Écriture cursive penchée. ■ *nfpl* Longues boucles de cheveux en spirale.

angle *nm* 1 Coin. *L'angle d'un mur.* 2 GEOM Figure formée par deux demi-droites de même origine, mesurée en degrés. Loc *Sous l'angle de :* du point de vue de.

anglican, ane *a, n* De l'anglicanisme.

anglicanisme *nm* Église officielle de l'Angleterre.

angliciser *vt* Donner un aspect anglais.

anglicisme *nm* 1 Locution propre à l'anglais. 2 Mot emprunté à l'anglais.

angliciste *n* Spécialiste de la civilisation et de la langue anglaises.

anglo-américain *nm* Anglais parlé aux États-Unis.

anglomanie *nf* Manie d'imiter les Anglais.

anglo-normand *a* Loc *Cheval anglo-normand :* issu du croisement des races anglaise et normande. ■ *nm* Dialecte de langue d'oïl parlé anciennement des deux côtés de la Manche.

anglophile *a, n* Favorable aux Anglais.

anglophobe *a, n* Hostile aux Anglais.

anglophone *a, n* De langue anglaise.

anglo-saxon, onne *a, n* De la communauté culturelle de langue anglaise. *Des Anglo-Saxon(ne)s.*

angoissant, ante *a* Qui angoisse.

angoisse *nf* Appréhension, inquiétude profonde.

angoissé, ée *a, n* Qui éprouve de l'angoisse.

angoisser *vt* Causer de l'angoisse à.

angolais, aise *a, n* De l'Angola.

angor *nm* MED Angine de poitrine.

angora *a inv* 1 À poils longs (chats, lapins, chèvres). 2 Se dit de la laine faite de ces poils.

angström [-strœm] *nm* Unité de mesure de longueur d'onde.

anguille *nf* Poisson d'eau douce, effilé, à peau visqueuse. **Loc** *Il y a anguille sous roche* : il se prépare qqch qu'on nous cache.

angulaire *a* Qui forme un ou plusieurs angles. **Loc** *Pierre angulaire* : qui est à l'angle d'un édifice ; fondement, base de qqch.

anguleux, euse *a* Qui a des angles vifs.

anhydre *a* CHIM Dépourvu d'eau.

anhydride *nm* CHIM Corps qui donne un acide par combinaison avec l'eau.

anicroche *nf* Petite difficulté, contretemps.

ânier, ère *n* Conducteur d'ânes.

aniline *nf* CHIM Corps extrait du charbon par distillation.

animal, ale, aux *a* 1 Propre à l'animal. 2 Bestial. *Une fureur animale.* ■ *nm* 1 Être vivant, doué de sensibilité et de mouvement (opposé aux végétaux). 2 Être vivant privé du langage (opposé à l'homme). 3 Personne stupide ou grossière.

animalcule *nm* Animal microscopique.

animalerie *nf* 1 Annexe d'un laboratoire où l'on garde les animaux réservés aux expériences. 2 Magasin qui vend des animaux de compagnie.

animalier, ère *a* Relatif aux animaux. ■ *nm* Peintre ou sculpteur d'animaux.

animalité *nf* Caractère propre à l'animal.

animateur, trice *n* 1 Responsable des activités d'un organisme culturel. 2 Présentateur de radio ou de télévision.

animation *nf* 1 Caractère de ce qui vit, bouge ; activité. 2 Fait de créer dans un groupe une atmosphère vive, dynamique. 3 Procédé de cinéma simulant le mouvement à partir de dessins.

animé, ée *a* Où il y a de la vie. *Un quartier animé.* **Loc** *Être animé* : être vivant.

animelles *nfpl* CUIS Testicules d'animaux de boucherie.

animer *vt* 1 Donner de l'animation. 2 Être l'élément moteur d'une organisation, une entreprise. 3 Pousser à agir. *La passion l'anime.* ■ *vpr* Devenir vif, mouvementé.

animisme *nm* Croyance attribuant une âme aux choses.

animiste *a, n* Qui relève de l'animisme.

animosité *nf* Volonté de nuire à qqn, malveillance.

anion *nm* PHYS Ion possédant une ou plusieurs charges électriques négatives.

anis [ani] *nm* Plante aromatique utilisée pour parfumer certaines boissons (pastis).

aniser *vt* Parfumer à l'anis.

anisette *nf* Liqueur à l'anis.

anjou *nm* Vin d'Anjou.

ankylose *nf* Diminution plus ou moins complète de la mobilité d'une articulation.

ankyloser *vt* Causer une ankylose. *Le froid ankylose les doigts.*

annal, ale, aux *a* DR Qui ne dure qu'un an. ■ *nfpl* 1 Ouvrage, récit qui rapporte les événements année par année. 2 Litt Histoire. *Il restera dans les annales.*

annamite *a, n* De l'Annam.

anneau *nm* 1 Cercle de matière dure qui sert à attacher. 2 Cercle de métal qu'on porte au doigt ; bague. 3 Ce qui a une forme circulaire. *Les anneaux des serpents.* ■ *pl* Agrès de gymnastique.

année *nf* 1 Durée d'une révolution de la Terre autour du Soleil. 2 Période de douze mois commençant le 1er janvier et finissant le 31 décembre. 3 Chacune de ces périodes datées. *L'année 1950.* 4 Période d'activité de moins de douze mois. *L'année scolaire, universitaire.*

année-lumière *nf* 1 Distance parcourue par la lumière en un an (env. 9 461 milliards de km). 2 Fam Distance considérable. *Des années lumière.*

annelé, ée *a* Composé d'anneaux distincts.

annélide *nm* ZOOL Ver annelé (ver marin, lombric, sangsue).

annexe *a* Uni à la chose principale. *Les pièces annexes du dossier.* ■ *nf* Ce qui est adjoint à la chose principale. *L'annexe d'un groupe scolaire.*

annexer *vt* 1 Joindre, rattacher. *Annexer une procuration à un acte.* 2 Réunir à son territoire. *Annexer une province.*

annexion *nf* Action d'annexer ; chose annexée.

annexionnisme *nm* Politique visant à l'annexion de territoires voisins.

annexionniste *a, n* Partisan de l'annexionnisme.

annihilation *nf* Action d'annihiler.

annihiler *vt* 1 Réduire qqch à néant. *Annihiler un droit.* 2 Anéantir, briser qqn. *Le chagrin l'annihile.*

anniversaire *a* Qui rappelle le souvenir d'un événement antérieur arrivé à pareille date. ■ *nm* Jour anniversaire, en partic. celui de la naissance de qqn.

annonce *nf* 1 Avis par lequel on informe. *Annonce publicitaire, radiophonique.* 2 Signe présage. *Le retour des hirondelles est l'annonce du printemps.* **Loc** *Petite annonce* : offre ou demande d'emploi, de location, etc. *Effet d'annonce* : retentissement dans l'opinion de l'annonce d'une décision politique.

annoncer *vt* [10] 1 Faire savoir, donner connaissance de qqch. 2 Publier. *Le journal a annoncé la nouvelle.* 3 Dire le nom d'un visiteur qui désire être reçu. 4 Faire connaître par avance, prédire. *Les astronomes ont annoncé le retour de cette comète.* 5 Être l'indice de, présager. *Nuages qui annoncent un orage.* 6 Signaler. *La cloche annonce la fin des cours.* ■ *vpr* Se présenter. *L'affaire s'annonce mal.*

annonceur *nm* Qui fait passer des annonces publicitaires.

annonciateur, trice *a* Qui annonce, présage.

Annonciation *nf* 1 Annonce faite à la Vierge Marie par l'ange Gabriel pour lui apprendre qu'elle serait mère de Jésus-Christ. 2 Fête commémorant cette annonce (25 mars).

annotateur, trice *n* Qui annote.

annotation *nf* Remarque explicative ou critique accompagnant un texte.

nnoter *vt* Ajouter des annotations.

nnuaire *nm* Recueil annuel de listes de noms. *Annuaires du téléphone, des avocats.*

nnualiser *vt* Rendre annuel.

nnualité *nf* Caractère annuel. *Annualité de l'impôt.*

nnuel, elle *a* 1 Qui dure un an seulement. 2 Qui revient tous les ans. *Fête annuelle.*

nnuellement *av* Chaque année.

nnuité *nf* Paiement annuel.

nnulable *a* Que l'on peut annuler.

nnulaire *a* En forme d'anneau. ■ *nm* Quatrième doigt de la main.

nnulation *nf* Suppression.

nnuler *vt* 1 Rendre nul qqch. *Annuler un verdict.* 2 Supprimer. *Annuler une réception.* ■ *vpr* Se neutraliser. *Des forces contraires s'annulent.*

noblir *vt* Conférer à qqn un titre de noblesse.

noblissement *nm* Action d'anoblir.

node *nf* PHYS Électrode positive d'un générateur électrique.

nodin, ine *a* Sans gravité, insignifiant. *Une grippe anodine.*

nomal, ale, aux *a* Didac Qui présente une anomalie ; exceptionnel.

nomalie *nf* Bizarrerie, particularité.

non *nm* Petit de l'ânesse.

none *nf* Arbre tropical à fruits comestibles (corossol).

nonnement *nm* Action d'ânonner.

nonner *vi, vt* Parler, réciter avec peine, en albutiant, en hésitant.

nonymat *nm* Caractère de ce qui est anonyme. *L'anonymat d'un don.*

nonyme *a* 1 Dont on ignore le nom. ■ *a* 1 sans nom d'auteur. *Lettre anonyme.* 2 Sans personnalité. *Décor anonyme.*

nonymement *av* De façon anonyme.

nophèle *nm* Moustique dont la femelle transmet le paludisme.

norak *nm* Veste de sport à capuchon.

norexie *nf* MED Absence, perte d'appétit.

norexigène *a, nm* MED Qui coupe l'appétit.

norexique *a, n* MED Atteint d'anorexie.

norganique *a* MED Non lié à une lésion organique.

normal, ale, aux *a* Contraire aux règles. *Un poid anormal.* ■ *a, n* Qui présente des troubles psychiques ou physiques.

normalement *av* De façon anormale.

normalité *nf* Caractère anormal.

noure *n* ZOOL Amphibien dépourvu de queue au stade adulte (crapauds, grenouilles).

noxie *nf* MED Privation d'oxygène.

nse *nf* 1 Partie saillante courbe par laquelle on saisit un objet (vase, panier). 2 GEOGR Petite baie.

ntagonique *a* Contraire, opposé.

ntagonisme *nm* Opposition, rivalité.

ntagoniste *a, n* Adversaire, ennemi. ■ *a* dont les effets, les actions s'opposent. *Muscles antagonistes. Substances antagonistes.*

ntalgique *a, nm* Qui atténue la douleur.

ntan (d') *a* Vx D'autrefois.

ntarctique *a* Des régions polaires australes.

ntécambrien *nm* Syn de *précambrien.*

ntécédent *nm* Mot qui précède et auquel se rapporte le pronom relatif. ■ *pl* Actes du passé de qqn. *Avoir de fâcheux antécédents.*

Antéchrist *nm* Faux messie qui, d'après l'Apocalypse, paraîtra à la fin du monde pour prêcher une religion hostile au Christ.

antédiluvien, enne *a* 1 Antérieur au Déluge. 2 Fam Très ancien, démodé.

antenne *nf* 1 Organe situé sur la tête des insectes et des crustacés. 2 Conducteur capable d'émettre et de recevoir un signal radioélectrique. 3 Service dépendant d'un organisme principal. *Antenne chirurgicale.* Loc *Avoir des antennes* : de l'intuition, du flair. *Passer à l'antenne* : à la radio.

antenniste *n* Qui pose des antennes de télévision.

antépénultième *a, nf* Qui précède la pénultième, l'avant-dernière syllabe.

antéposer *vt* LING Placer devant.

antérieur, eure *a* Qui précède dans le temps ou dans l'espace.

antérieurement *av* Précédemment.

antériorité *nf* Caractère de ce qui est antérieur.

anthémis *nf* Camomille.

anthère *nf* BOT Terminaison renflée de l'étamine, qui contient le pollen.

anthologie *nf* Recueil de pièces choisies d'œuvres littéraires ou musicales.

anthozoaire *nm* ZOOL Polype tel le corail, l'actinie, etc.

anthracite *nm* Charbon à combustion lente, qui brûle sans flamme. ■ *a inv* Gris foncé.

anthrax [ɑ̃tʀaks] *nm* MED 1 Grave inflammation cutanée due à plusieurs furoncles. 2 Autre nom de la maladie du charbon.

anthrène *nm* Insecte dont la larve s'attaque aux fourrures.

anthropique *a* Causé par l'homme.

anthropocentrique *a* De l'anthropocentrisme.

anthropocentrisme *nm* Doctrine qui fait de l'homme le centre de l'univers.

anthropoïde *a, nm* ZOOL Qui ressemble à l'homme. *Singe anthropoïde.*

anthropologie *nf* 1 Étude de l'espèce humaine. 2 Étude des cultures humaines (institutions, structures familiales, croyances, technologies, etc.).

anthropologique *a* De l'anthropologie.

anthropologue *n* Spécialiste d'anthropologie.

anthropométrie *nf* Procédé de mensuration des diverses parties du corps appliqué à l'identification des délinquants.

anthropométrique *a* De l'anthropométrie. *Fiche anthropométrique.*

anthropomorphe *a* De forme humaine.

anthropomorphique *a* De l'anthropomorphisme.

anthropomorphisme *nm* 1 Représentation de Dieu sous l'apparence humaine. 2 Tendance à attribuer aux animaux des sentiments humains.

anthroponymie *nf* Étude des noms de personnes.

anthropophage *a, n* Qui mange de la chair humaine, cannibale.

anthropophagie *nf* Cannibalisme.

anthropozoïque *a* GEOL De l'ère quaternaire.

anthurium [-ʀjɔm] *nm* Plante ornementale à grandes feuilles.

antiadhésif, ive *a* Qui empêche les produits alimentaires de coller lors de la cuisson.

antiaérien, enne *a* Qui combat les attaques aériennes.

antialcoolique [-kɔ-] *a* Qui lutte contre l'alcoolisme.

antiallergique *a, nm* Contre les allergies.

antiamaril, ile *a* Contre la fièvre jaune.

antiasthénique *a, nm* Qui combat l'asthénie.

antiatomique *a* Qui protège des rayonnements nucléaires.

antibactérien, enne *a, nm* Qui détruit les bactéries.

antibiogramme *nm* Test de sensibilité d'un germe microbien à divers antibiotiques.

antibiotique *nm* Substance qui détruit les bactéries ou empêche leur multiplication.

antibrouillard *a inv* Qui améliore la visibilité dans le brouillard.

antibruit *a* Qui protège du bruit.

anticalcaire *a* Contre les dépôts de calcaire.

anticalcique *a, nm* MED Qui combat la tension artérielle.

anticancéreux, euse *a, nm* Qui lutte contre le cancer.

anticapitaliste *a* Hostile au capitalisme.

antichambre *nf* **1** Pièce qui est à l'entrée d'un appartement. **2** Salle d'attente dans un bureau.

antichar *a inv* Qui combat les chars.

antichoc *a* Qui amortit les chocs.

anticipation *nf* Action d'anticiper, de faire par avance. *Payer par anticipation.* Loc *D'anticipation :* qui décrit un futur imaginaire.

anticiper *vt* Faire par avance. *Anticiper un paiement.* ■ *vti* Faire qqch à l'avance. *Anticiper sur l'avenir.*

anticlérical, ale, aux *a, n* Opposé au clergé.

anticléricalisme *nm* Politique anticléricale.

anticlinal, aux *nm* GEOL Partie en relief d'un pli. Ant. synclinal.

anticoagulant, ante *a, nm* Qui empêche la coagulation du sang.

anticolonialisme *nm* Attitude anticolonialiste.

anticolonialiste *a, n* Hostile au colonialisme.

anticommunisme *nm* Attitude anticommuniste.

anticommuniste *a, n* Hostile au communisme.

anticonceptionnel, elle *a* Qui évite la grossesse.

anticoncurrentiel, elle *a* Opposé au libre jeu de la concurrence.

anticonformisme *nm* Opposition au conformisme, aux normes établies.

anticonformiste *a, n* Opposé au conformisme.

anticonjoncturel, elle *a* Qui vise à modifier une conjoncture économique défavorable.

anticonstitutionnel, elle *a* Contraire à la Constitution.

anticonstitutionnellement *av* Contrairement à la Constitution d'un pays.

anticorps *nm* BIOL Substance de défense, synthétisée par l'organisme en présence d'une substance étrangère (antigène).

anticyclique *a* Qui combat les effets des cycles économiques.

anticyclonal, ale, aux ou **anticyclonique** *a* D'un anticyclone.

anticyclone *nm* Centre de hautes pressions atmosphériques.

antidater *vt* Mettre une date antérieure à l date réelle.

antidémocratique *a* Opposé à la démocratie

antidépresseur *nm* Médicament contre l dépression.

antidérapant, ante *a* Qui empêche le dérapage.

antidiabétique *a* Contre le diabète.

antidiphtérique *a* Contre la diphtérie.

antidopage *a inv* Opposé au dopage.

antidote *nm* **1** Substance qui s'oppose au effets d'un poison. **2** Ce qui atténue une souffrance morale.

antiéconomique *a* Contraire aux lois de l'économie.

antienne *nf* **1** RELIG Verset chanté avant et après un psaume. **2** Litt Phrase répétée continuellement, de façon lassante.

antifascisme *nm* Opposition au fascisme.

antifasciste *a, n* Opposé au fascisme.

antifongique *a* Antimycosique.

antifriction *a* Qui résiste aux frottements.

antigang *a inv* Qui lutte contre les gangs.

antigel *nm* Additif qui empêche l'eau de geler

antigène *nm* BIOL Substance étrangère (microbes, toxines) pouvant déclencher la formation d'anticorps spécifiques.

antigénémie *nf* Présence d'un antigène dans le sang.

antigénique *a* D'un antigène.

antigivrant, ante *a, nm* Contre le givre.

antigouvernemental, ale, aux *a* Opposé au gouvernement.

antigrippal, ale, aux *a, nm* Qui protège de la grippe.

antihéros *nm* Héros de roman, hors de normes habituelles.

antiinflammatoire *a, nm* Qui combat l'inflammation.

antijeu *nm* Fait de ne pas se conformer à l règle ou à l'esprit du jeu.

antillais, aise *a, n* Des Antilles.

antillanisme *nm* Terme propre au français parlé aux Antilles.

antilope *nf* Mammifère ruminant des steppes d'Afrique.

antimatière *nf* PHYS Ensemble d'antiparticules

antimilitarisme *nm* Opinion, doctrine antimilitariste.

antimilitariste *a, n* Hostile à l'esprit ou au institutions militaires.

antimissile *a inv* Qui neutralise le missil ennemi.

antimite *a, nm* Qui détruit les mites.

antimitotique *a, nm* MED Qui entrave la prolifération des cellules (mitose).

antimoine *nm* Métal blanc, cassant, proche de l'arsenic.

antimycosique *a, nm* Qui agit contre les mycoses. Syn. antifongique.

antinauséeux, euse *a, nm* Qui combat le nausées.

antineutron *nm* PHYS Antiparticule du neutron

antinévralgique *a, nm* Qui combat les névralgies.

antinomie *nf* Contradiction entre deux systèmes, deux concepts.

antinomique *a* Qui présente une antinomie.

antinucléaire *a, n* Hostile à l'utilisation de l'énergie nucléaire.

antioxydant, ante *a, nm* Qui combat l'oxydation des cellules, des matériaux.

antipaludéen, enne *a, nm* Qui s'oppose au paludisme.

antipape *nm* HIST Pape concurrent, non reconnu par l'Église.

antiparasite *a, nm* Qui réduit les parasites radioélectriques.

antiparasiter *vt* Pourvoir d'un dispositif antiparasite.

antiparlementaire *a, n* Hostile au Parlement, aux députés.

antiparlementarisme *nm* Opposition au régime parlementaire.

antiparticule *nf* PHYS Particule de même masse que la particule homologue de charge électrique contraire.

antipathie *nf* Aversion à l'égard de qqn.

antipathique *a* Qui suscite l'antipathie.

antipelliculaire *a* Qui agit contre les pellicules des cheveux.

antipersonnel *a inv* Se dit d'une arme visant les personnes. *Mines antipersonnel.*

antiphrase *nf* Figure de style qui consiste à dire le contraire de ce qu'on pense par euphémisme ou ironie.

antipode *nm* Lieu de la Terre diamétralement opposé à un autre. Loc *À l'antipode de :* à l'opposé de.

antipoison *a inv* Qui agit contre les empoisonnements.

antipollution *a inv* Actif contre la pollution.

antiproton *nm* PHYS Antiparticule du proton.

antipsychiatrie [-kja-] *nf* Mouvement de libéralisation psychiatrique.

antipyrétique *a, nm* Actif contre la fièvre.

antiquaille *nf* Fam Objet ancien de peu de valeur.

antiquaire *n* Marchand d'objets anciens.

antique *a* 1 Très ancien. *Une antique demeure.* 2 Qui date de l'Antiquité. *Une statuette antique.* 3 Vieux, démodé.

antiquité *nf* 1 Grande ancienneté d'une chose. 2 Vieille chose démodée. 3 (avec majusc) Époque des plus anciennes civilisations, spécialement grecque et romaine. ■ *pl* 1 Monuments de l'Antiquité. 2 Objets d'art anciens.

antirabique *a* Contre la rage.

antiraciste *a, n* Hostile au racisme.

antiradar *a inv* Qui sert à brouiller la détection par radar.

antireflet *a inv* Qui évite les reflets.

antirétroviral, ale, aux *a, nm* Qui s'oppose à l'action des rétrovirus.

antirides *a, nm* Qui combat les rides.

antirouille *a inv, nm* Qui préserve de la rouille.

antisèche *nf* Fam Notes destinées à frauder à un examen.

antisémite *a, n* Hostile aux Juifs.

antisémitisme *nm* Racisme à l'égard des Juifs.

antisepsie *nf* Ensemble des méthodes de destruction des bactéries.

antiseptique *a, nm* Qui détruit les bactéries.

antisismique *a* Qui résiste aux séismes.

antisocial, ale, aux *a* 1 Contraire à l'ordre social. 2 Contraire aux intérêts des travailleurs.

antispasmodique *a, nm* Qui combat les spasmes.

antisportif, ive *a* Contraire à l'esprit du sport.

antistatique *a, nm* Qui s'oppose à l'électricité statique.

antisyndical, ale, aux *a* Hostile aux syndicats.

antitabac *a inv* Opposé à l'usage du tabac.

antiterroriste *a* Qui lutte contre le terrorisme.

antitétanique *a* Contre le tétanos.

antithèse *nf* 1 Rapprochement de deux termes opposés. 2 Opposé de. *Il est l'antithèse de son frère.* 3 PHILO Deuxième temps du raisonnement dialectique (thèse, antithèse, synthèse).

antithétique *a* Qui forme antithèse.

antitoxine *nf* Anticorps qui neutralise les toxines.

antitrust [-trœst] *a inv* Opposé aux trusts.

antituberculeux, euse *a, nm* Actif contre la tuberculose.

antitussif, ive *a, nm* Qui calme la toux.

antiulcéreux, euse *a, nm* Qui combat les ulcères gastriques.

antivariolique *a* Actif contre la variole.

antivénérien, enne *a* Qui combat les maladies vénériennes.

antivenimeux, euse *a, nm* Qui combat les effets d'un venin.

antiviral, ale, aux *a, nm* Qui détruit les virus.

antivol *nm* Dispositif contre le vol.

antonomase *nf* Emploi d'un nom commun ou d'une périphrase à la place d'un nom propre ou inversement (ex. : *un Néron* pour *un tyran cruel*).

antonyme *nm* Mot de sens opposé à un autre. *Grand et petit sont des antonymes.* Syn. contraire.

antre *nm* Litt Cavité naturelle, servant de repaire à un fauve.

anurie *nf* MED Arrêt de la sécrétion urinaire.

anus *nm* Orifice du tube digestif par où sortent les excréments.

anxiété *nf* Grande inquiétude.

anxieux, euse *a* Qui exprime l'anxiété. *Regard anxieux.* ■ *a, n* Qui éprouve de l'anxiété.

anxiogène *a* Qui provoque l'angoisse.

anxiolytique *a, nm* MED Qui apaise l'anxiété.

aoriste *nm* Temps de la conjugaison grecque indiquant un passé indéfini.

aorte *nf* Artère principale de l'organisme, à la base du cœur.

août [u] ou [ut] *nm* Huitième mois de l'année.

aoûtat [auta] *nm* Acarien, dont la piqûre provoque de vives démangeaisons.

aoûtien, enne [ausjɛ̃] *n* Qui prend ses vacances au mois d'août.

apaisant, ante *a* Qui calme.

apaisement *nm* Retour à la quiétude, à la paix. *Politique d'apaisement.*

apaiser *vt* 1 Ramener qqn au calme. 2 Rendre qqch moins violent, moins vif. *Apaiser une douleur, la soif.*

apanage *nm* 1 HIST Portion du domaine royal attribué par le roi à ses fils puînés. 2 Ce qui est propre à qqn ou à qqch.

aparté *nm* 1 Ce qu'un acteur dit à part soi et qui est censé n'être entendu que des spectateurs. 2 Bref entretien particulier dans une réunion.

apartheid [-tɛd] *nm* Ségrégation raciale qui fut institutionnalisée en Afrique du Sud.

apathie *nf* Manque d'énergie, indolence, indifférence.

apathique *a, n* Sans énergie, indolent.

apatride *a, n* Personne sans nationalité.

apercevoir *vt* [43] Distinguer, entrevoir. *On aperçoit la côte.* ■ *vpr* Remarquer. *Je me suis aperçu qu'il était absent, de son absence.*

aperçu *nm* 1 Coup d'œil rapide. 2 Exposé sommaire.

apériodique *a* PHYS Dont les oscillations ne sont pas périodiques.

apéritif, ive *a* Qui ouvre l'appétit. ■ *nm* Boisson prise avant les repas.

apesanteur *nf* PHYS Absence de pesanteur.

apétale *a* BOT Qui n'a pas de pétales.

à-peu-près *nm inv* Approximation.

apeurer *vt* Effaroucher, effrayer.

apex *nm* 1 ANAT Extrémité d'un organe. 2 ASTRO Point de l'espace vers lequel le système solaire se dirige.

aphasie *nf* MED Perte de la parole ou trouble du langage consécutif à une lésion cérébrale.

aphasique *a, n* Atteint d'aphasie.

aphélie *nm* ASTRO Point de l'orbite d'une planète le plus éloigné du Soleil.

aphérèse *nf* LING Chute d'un ou de plusieurs sons au début d'un mot (ex. : *bus* pour *autobus*). Ant. apocope.

aphone *a* Qui n'a plus de voix.

aphorisme *nm* Phrase sentencieuse d'une concision frappante.

aphrodisiaque *a, nm* Qui stimule les désirs sexuels.

aphte *nm* MED Petite ulcération de la muqueuse buccale.

aphteux, euse *a* MED Accompagné d'aphtes. Loc *Fièvre aphteuse* : maladie éruptive du bétail, très contagieuse.

api *nm* Loc *Pomme d'api* : petite pomme dont une face est rouge vif.

à-pic *nm* Pente abrupte. *Des à-pics.*

apical, ale, aux *a, nf* PHON Prononcé avec la pointe de la langue contre le palais.

apicole *a* De l'apiculture.

apiculteur, trice *n* Éleveur d'abeilles.

apiculture *nf* Art d'élever les abeilles pour le miel.

apitoiement *nm* Fait de s'apitoyer.

apitoyer *vt* [22] Toucher de pitié. ■ *vpr* Éprouver de la pitié.

aplanir *vt* 1 Rendre plan, uni. 2 Atténuer. *Aplanir les difficultés.*

aplanissement *nm* Action d'aplanir.

aplat *nm* Surface d'une seule teinte dans un tableau, une gravure.

aplatir *vt* Rendre plat. ■ *vpr* 1 Plaquer son corps contre qqch. *S'aplatir au sol.* 2 Faire des bassesses. *S'aplatir devant son chef.*

aplatissement *nm* Action d'aplatir.

aplomb *nm* 1 Direction verticale indiquée par le fil à plomb. 2 Position d'équilibre du corps. *Perdre l'aplomb.* 3 Grande assurance proche de l'effronterie. *Ne pas manquer d'aplomb.* Loc *D'aplomb* : exactement vertical ; en bonne santé.

apnée *nf* Arrêt des mouvements respiratoires. Loc *Plongée en apnée* : sans scaphandre.

apocalypse *nf* Catastrophe épouvantable.

apocalyptique *a* Épouvantable et fantastique.

apocope *nf* LING Chute de sons à la fin d'un mot (ex. : *auto* pour *automobile*). Ant. aphérèse.

apocryphe *a, nm* Se dit d'un texte faussement attribué à un auteur. Ant. authentique.

apogée *nm* 1 ASTRO Point le plus éloigné de la Terre sur l'orbite d'un astre, d'un satellite. 2 Degré le plus élevé. *L'apogée d'une civilisation.*

apolitique *a, n* Qui se situe en dehors de la lutte politique.

apolitisme *nm* Attitude, caractère apolitique.

apologétique *a* Qui constitue une apologie.

apologie *nf* Justification ou éloge de qqn ou de qqch.

apologiste *n* Qui fait une apologie.

apologue *nm* Petit récit moralisateur.

aponévrose *nf* ANAT Membrane fibreuse qui enveloppe les muscles.

apophtegme *nm* Litt Maxime, sentence mémorable.

apophyse *nf* ANAT Partie saillante d'un os.

apoplectique *a, n* Relatif ou prédisposé à l'apoplexie.

apoplexie *nf* Brusque perte de connaissance, due le plus souvent à une hémorragie cérébrale.

aporie *nf* PHILO Contradiction sans issue.

apostasie *nf* Abandon public d'une religion, d'une doctrine, d'un parti.

apostasier *vi* Faire acte d'apostasie.

apostat *nm* Qui a apostasié.

a posteriori *av, a inv* À partir de l'expérience, des faits. Ant. a priori.

apostille *nf* DR Annotation en marge d'un acte.

apostolat *nm* 1 Mission d'un apôtre. 2 Tâche exigeant une générosité exceptionnelle.

apostolique *a* 1 Qui est propre à un apôtre. 2 Qui émane du Saint-Siège.

apostrophe *nf* 1 Interpellation brusque et désobligeante. 2 Signe qui marque l'élision d'une voyelle. *S'il le faut, j'irai.* Loc GRAM *Mot mis en apostrophe* : mot désignant la personne ou la chose à laquelle on s'adresse.

apostropher *vt* Interpeller qqn brutalement et sans égards.

apothème *nf* GEOM Perpendiculaire abaissée du centre d'un polygone régulier sur un des côtés ou hauteur d'un des triangles formant les faces d'une pyramide régulière.

apothéose *nf* 1 HIST Déification des empereurs romains après leur mort. 2 Honneurs extraordinaires rendus à qqn. 3 Partie finale la plus brillante de qqch.

apothicaire *nm* Vx Pharmacien. Loc *Comptes d'apothicaire* : très compliqués ou fortement majorés.

apôtre *nm* 1 Chacun des douze disciples que Jésus-Christ choisit pour prêcher l'Évangile. 2 Ardent propagateur d'une idée, d'une doctrine. Loc *Faire le bon apôtre* : contrefaire l'homme de bien.

apparaître *vi* [55] [aux *être* ou *avoir*] 1 Devenir visible, se manifester. 2 Se faire jour, se découvrir. *Son hypocrisie apparaît enfin.* 3 (avec attribut) Sembler. *Le problème apparaît insoluble.* Loc *Il apparaît que* : il est clair que.

apparat *nm* Faste solennel. Loc *Apparat critique* : ensemble des notes et des variantes d'un texte.

apparatchik *nm* Membre de l'appareil d'un parti, d'un syndicat.

appareil *nm* 1 Ensemble de pièces organisées pour fonctionner ensemble. *Appareil photographique.* 2 Téléphone. 3 Avion. *L'appareil s'est écrasé.* 4 Ensemble des cadres administratifs d'un parti, d'une organisation. 5

Ensemble d'organes qui remplissent une fonction dans le corps. *Appareil respiratoire, digestif.* **6** Disposition des pierres dans un ouvrage de maçonnerie. Loc *Dans le plus simple appareil* : nu.

appareillage *nm* **1** Ensemble d'appareils, de dispositifs. *Appareillage électrique.* **2** Ensemble des manœuvres d'un navire qui appareille.

appareiller *vt* **1** Mettre ensemble des choses pareilles. **2** Pourvoir qqn d'une prothèse. ■ *vi* MAR Faire les manœuvres nécessaires pour quitter le mouillage.

apparemment [-Ramã] *av* Selon les apparences.

apparence *nf* **1** Aspect extérieur de qqch ou de qqn. **2** Ce que qqch ou qqn semble être, par oppos. à la réalité. Loc *En apparence* : d'après ce que l'on voit.

apparent, ente *a* **1** Qui apparaît clairement. *Un détail apparent.* **2** Qui n'est pas tel qu'il paraît être. *Un calme apparent.*

apparenté, ée *a* Lié par le mariage, par un accord politique.

apparentement *nm* Alliance électorale permettant des reports de voix d'une liste sur une autre.

apparenter (s') *vpr* **1** S'allier par un mariage. **2** Conclure un apparentement. **3** Avoir des points communs, une ressemblance avec.

appariement *nm* Action d'apparier.

apparier *vt* Assortir par paires, par couples.

appariteur *nm* Huissier d'une université.

apparition *nf* **1** Action d'apparaître. **2** Vision d'un être surnaturel.

appartement *nm* Logement de plusieurs pièces dans un immeuble collectif.

appartenance *nf* Fait d'appartenir.

appartenir *vti* [35] **1** Être la propriété de qqn en vertu d'un droit, d'une autorité. **2** Faire partie d'un ensemble, d'un groupe. Loc *Il vous appartient de* (+ inf) : il est de votre rôle de. ■ *vpr* Loc *Ne plus s'appartenir* : ne plus pouvoir disposer de son temps, être débordé.

appas *nmpl* Litt Charmes d'une femme.

appât *nm* **1** Pâture employée pour attirer les animaux qu'on veut prendre. **2** Ce qui attire. *L'appât du gain.*

appâter *vt* **1** Attirer avec un appât. **2** Séduire par des offres alléchantes.

appauvrir *vt* Rendre pauvre. ■ *vpr* Devenir pauvre.

appauvrissement *nm* Action d'appauvrir ; fait de s'appauvrir.

appeau *nm* Instrument pour attirer les oiseaux en imitant leur cri.

appel *nm* **1** Action d'appeler par la voix, par un geste. **2** Action de convoquer des militaires. **3** Incitation à, invitation. *Appel à la révolte. Faire appel au bon sens.* **4** DR Recours à un tribunal supérieur. Loc *Appel d'air* : courant d'air facilitant la combustion. *Prix, produit d'appel* : destinés à attirer la clientèle.

appelé *nm* Jeune homme convoqué pour faire son service militaire.

appeler *vt* [18] **1** Inviter à venir par la voix ou le geste. **2** Action de convoquer un poste. **3** Téléphoner à. *Je vous appellerai demain.* **4** Rendre nécessaire, entraîner. *Cette question appelle une réponse.* **5** Donner un nom à. *J'appellerai mon fils Jean.* Loc

Appeler qqn sous les drapeaux : l'incorporer dans l'armée. ■ *vti* Loc *En appeler à* : recourir à, se réclamer de. ■ *vpr* Avoir pour nom. *Il s'appelle Jean.*

appellatif *nm* LING Mot pouvant servir à interpeller qqn (ex. : *monsieur, maman*).

appellation *nf* **1** Façon de nommer qqn ou qqch. *Une appellation injurieuse.* **2** Dénomination garantissant l'origine d'un produit. *Un vin d'appellation contrôlée.*

appendice [-pɛ̃-] *nm* **1** Prolongement d'une partie principale. **2** ANAT Petite poche allongée, au bout du gros intestin. **3** Supplément placé à la fin d'un livre.

appendicectomie [-pɛ̃-] *nf* CHIR Ablation de l'appendice.

appendicite [-pɛ̃-] *nf* Inflammation aiguë ou chronique de l'appendice.

appentis [apɑ̃ti] *nm* **1** Toit d'un seul versant reposant sur des piliers. **2** Petite construction s'appuyant contre un bâtiment.

appenzell *nm* Variété de gruyère suisse.

appertisation *nf* Stérilisation par la chaleur des aliments dans un récipient clos.

appesantir *vt* Rendre plus pesant. ■ *vpr* **1** Devenir plus pesant. **2** Insister sur. *S'appesantir sur un sujet.*

appesantissement *nm* État d'une personne ou d'une chose appesantie.

appétence *nf* Inclination qui pousse qqn à satisfaire un désir, un besoin.

appétissant, ante *a* Qui excite l'appétit, le désir.

appétit *nm* **1** Désir de manger. **2** Désir impérieux de qqch. *Appétit de savoir.*

applaudimètre *nm* Fam Appareil, souvent fictif, qui mesure le succès d'un spectacle à l'intensité des applaudissements.

applaudir *vt* Approuver en battant des mains. ■ *vti* Approuver qqch avec enthousiasme. *Applaudir à une initiative.*

applaudissement *nm* (surtout au pl) Battement répété des mains l'une contre l'autre en signe d'enthousiasme.

applicable *a* Qui doit ou qui peut être appliqué. *Loi difficilement applicable.*

applicateur *nm* Instrument qui permet d'appliquer un produit.

application *nf* **1** Action d'appliquer une chose sur une autre. **2** Emploi de qqch à une destination particulière. **3** Mise en pratique. **4** Attention soutenue à l'étude.

applique *nf* Appareil d'éclairage qui se fixe au mur.

appliqué, ée *a* Studieux, attentif. Loc *Sciences appliquées* : qui recherchent les applications des découvertes.

appliquer *vt* **1** Mettre une chose au contact d'une autre, de façon qu'elle la recouvre. **2.** Réaliser, mettre en pratique. *Appliquer une théorie, un conseil.* ■ *vpr* **1** S'adapter à, être applicable. *La règle s'applique à tous.* **2** Mettre tout son soin à faire qqch. *S'appliquer au travail.*

appoint *nm* Complément exact en menue monnaie d'une somme que l'on doit. Loc *D'appoint* : qui s'ajoute à qqch, qui complète.

appointements *nmpl* Salaire attaché à un emploi.

appointer *vt* Rétribuer.

appontage nf Prise de contact d'un avion avec le pont d'un porte-avions.

appontement nm Construction qui permet l'accostage des bateaux.

apport nm 1 Action d'apporter. 2 Ce qui est apporté. *L'apport de la science à la technique.*

apporter vt 1 Porter à qqn. *Apportez-moi ce livre.* 2 Porter soi-même en venant. *Apporter ses outils.* 3 Fournir pour sa part. *Apporter des capitaux.* 4 Employer, mettre. *Apporter tous ses soins à une affaire.* 5 Causer, produire. *L'électricité a apporté de grands changements.*

apporteur nm DR Qui fait un apport de capitaux.

apposer vt Appliquer, mettre qqch sur.

apposition nf 1 Action d'apposer. 2 GRAM Mot ou groupe de mots qui, placé à côté d'un nom ou d'un pronom, lui donne une qualification sans l'intermédiaire d'un verbe (ex. : *Paris, capitale de la France*).

appréciable a 1 Dont on peut donner une estimation. 2 Important, digne d'estime.

appréciation nf 1 Estimation, évaluation. 2 Cas que l'on fait d'une chose.

apprécier vt 1 Estimer, évaluer le prix d'une chose. 2 Évaluer approximativement une grandeur. 3 Avoir de l'estime pour. *Apprécier qqn.* ■ vpr Prendre de la valeur. *Le franc s'est apprécié.*

appréhender vt 1 Prendre, arrêter qqn. *Appréhender un voleur.* 2 Craindre par avance, redouter. 3 Saisir par l'esprit. *Appréhender la réalité.*

appréhension nf Crainte, anxiété vague.

apprenant, ante n Qui apprend.

apprendre vt [70] 1 Acquérir des connaissances sur, étudier. 2 Se mettre dans la mémoire. *Apprendre une leçon.* 3 Acquérir les connaissances nécessaires pour. *Apprendre à lire.* 4 Être informé de. *J'apprends votre arrivée.* 5 Faire connaître, enseigner qqch à qqn. *Il lui apprend l'anglais.*

apprenti, ie n 1 Qui apprend un métier. 2 Personne qui est malhabile. Loc *Apprenti sorcier :* celui qui provoque des événements graves qu'il ne peut plus maîtriser.

apprentissage nm 1 Acquisition d'une formation professionnelle. 2 Litt Première expérience. *L'apprentissage de la vie.*

apprêt nm 1 Préparation des étoffes, des peaux pour leur donner un bel aspect. 2 Matériau dont on enduit un support avant de le peindre. 3 Litt Recherche, affectation du style, des manières.

apprêté, ée a Peu naturel, maniéré.

apprêter vt 1 Préparer, mettre en état. 2 Donner l'apprêt à un cuir, une étoffe. ■ vpr 1 Se préparer à, être sur le point de. *S'apprêter à partir.* 2 S'habiller, revêtir une toilette.

apprivoisement nm Action d'apprivoiser.

apprivoiser vt 1 Rendre un animal moins farouche, plus familier. 2 Rendre qqn plus sociable, plus doux. ■ vpr Devenir moins farouche, plus sociable.

approbateur, trice a, n Qui approuve.

approbatif, ive a Qui exprime l'approbation.

approbation nf 1 Agrément, consentement que l'on donne. 2 Jugement favorable, marque d'estime.

approchable a Dont on peut s'approcher.

approchant, ante a Qui se rapproche de qqch, qui lui est comparable.

approche nf 1 Action de s'approcher ; mouvement par lequel on se dirige vers qqn, qqch. 2 Abusiv Manière d'aborder une question, premier aperçu. 3 Arrivée, venue de qqch. *À l'approche de la vieillesse.* ■ pl Ce qui est à proximité ; les parages.

approché, ée a Approximatif. *Total approché.*

approcher vt 1 Mettre près de qqn ou de qqch. *Approcher une table du mur.* 2 Venir près de qqn. *Ne m'approchez pas.* 3 Avoir libre accès auprès de qqn. ■ vti, vi 1 Venir près de qqn, de qqch. *Nous approchons de Dijon.* 2 Être près de. *Approcher du but.* ■ vpr 1 Se mettre auprès de. 2 Avoir de la ressemblance avec.

approfondi, ie a Minutieux.

approfondir vt 1 Rendre plus profond. 2 Étudier plus à fond. *Approfondir une question.* ■ vpr Devenir plus profond.

approfondissement nm Action d'approfondir.

appropriation nf 1 Action de rendre propre à une utilisation. 2 Action de s'attribuer qqch.

approprié, ée a Qui convient.

approprier vt Rendre propre ou conforme à. ■ vpr S'emparer de, s'attribuer.

approuver vt 1 Donner son consentement à qqch. 2 Juger louable, digne d'estime.

approvisionnement nm 1 Action d'approvisionner. 2 Ensemble des provisions réunies.

approvisionner vt Fournir en provisions, en choses nécessaires.

approximatif, ive a Qui résulte d'une approximation ; peu précis.

approximation nf Estimation, évaluation peu rigoureuse.

approximativement av De façon approximative.

appui nm 1 Ce qui sert de soutien, de support. 2 Assistance matérielle, aide. Loc *À l'appui de :* pour appuyer une déclaration, une affirmation.

appuie-bras nm inv Support permettant de reposer l'avant-bras.

appuie-tête nm Dispositif réglable sur le dossier d'un siège pour maintenir la tête. *Des appuie-têtes.*

appuyé, ée a Qui insiste beaucoup.

appuyer vt [21] Soutenir par un appui. ■ vti 1 Exercer une pression sur. *Appuyer sur l'accélérateur.* 2 Insister avec force sur. *Appuyer sur un argument.* Loc *Appuyer sur la droite, sur la gauche :* se porter sur la droite, sur la gauche. ■ vpr 1 Se servir de qqch comme d'un appui. *S'appuyer sur son coude.* 2 Se fonder sur. *S'appuyer sur une théorie.* 3 Fam Accomplir une tâche désagréable.

apraxie nf MED Incapacité de coordonner des mouvements volontaires.

âpre a 1 Désagréable par sa rudesse. *Un froid âpre. Un goût âpre.* 2 Rude, violent. *Une discussion âpre.*

âprement av Avec âpreté.

après prép À la suite de, dans le temps, l'espace ou le rang. Loc Fam *Être après qqn :* le harceler. *Attendre après qqch :* en avoir besoin. *D'après :* selon, suivant. *Après que* (+ ind) : une fois que. ■ av Ensuite. *Il est arrivé après.*

après-demain av Le second jour après aujourd'hui.

après-guerre *nm* ou *nf* Période qui suit une guerre. *Des après-guerres.*

après-midi *nm inv* ou *nf inv* Période de temps comprise entre midi et le soir.

après-rasage *nm* Produit de toilette (lotion, crème) destiné à adoucir la peau après le rasage. *Des après-rasages.*

après-ski *nm inv* Chaussure de repos à tige montante, que l'on met aux sports d'hiver quand on ne skie pas.

après-soleil *nm inv* Produit cosmétique que l'on applique après l'exposition au soleil.

après-vente *a inv* Loc *Service après-vente :* assuré à un client après l'achat d'une machine ou d'un appareil.

âpreté *nf* Caractère de ce qui est âpre.

a priori *av* 1 D'après des principes antérieurs à l'expérience. 2 À première vue. Ant. a posteriori. ■ *nm inv* Position de principe, préjugé.

à-propos *nm inv* Ce qui convient bien aux circonstances.

apte *a* Propre à, qui réunit les conditions requises pour. *Apte à un emploi.*

aptère *a* ZOOL Dépourvu d'ailes.

aptéryx *nm* Nom scientifique du kiwi (oiseau).

aptitude *nf* 1 Don naturel. *Des aptitudes pour le dessin.* 2 Capacité, compétence acquise. *Certificat d'aptitude professionnelle.*

apurement *nm* Vérification d'un compte.

apurer *vt* Vérifier un compte, s'assurer qu'il est en règle.

aquacole [-kwa-] ou **aquicole** [-kɥi-] *a* De l'aquaculture.

aquaculture [-kwa-] ou **aquiculture** *nf* Élevage et culture des êtres vivants aquatiques (animaux et végétaux).

aquafortiste [-kwa-] *n* Graveur à l'eau-forte.

aquaplanage [-kwa-] ou **aquaplaning** [akwaplaniŋ] *nm* Perte d'adhérence des roues d'une automobile sur sol mouillé.

aquaplane [-kwa-] *nm* Sport consistant à se tenir sur une planche tirée par un canot.

aquarelle [-kwa-] *nf* Peinture sur papier avec des couleurs délayées dans l'eau.

aquarellé, ée [-kwa-] *a* Colorié à l'aquarelle.

aquarelliste [-kwa-] *n* Peintre d'aquarelles.

aquariophilie [-kwa-] *nf* Élevage de poissons d'ornement en aquarium.

aquarium [akwaʀjɔm] *nm* Bassin ou bocal à parois transparentes où l'on élève des animaux et des plantes aquatiques.

aquatinte [-kwa-] *nf* Gravure à l'eau-forte imitant le lavis, l'aquarelle.

aquatique [-kwa-] *a* Qui vit dans l'eau ou au bord de l'eau. *Plantes aquatiques.*

aquavit [akwavit] *nf* Eau-de-vie des pays scandinaves.

aqueduc *nm* Canal destiné à conduire l'eau d'un lieu à un autre.

aqueux, euse *a* Qui contient de l'eau. *Des fruits aqueux.*

aquifère [-kɥi-] *a* Qui contient de l'eau. ■ *nm* Nappe aquifère souterraine.

aquilin *am* Loc *Nez aquilin :* courbé en bec d'aigle.

aquilon *nm* Litt Vent du nord.

ara *nm* Perroquet d'Amérique du Sud.

arabe *a, n* D'Arabie et des pays qui parlent l'arabe. Loc *Chiffres arabes :* les chiffres de la numération usuelle (1, 2, 3, etc.) par oppos. aux chiffres romains. ■ *nm* Langue sémitique parlée de l'Afrique du Nord au Proche-Orient.

arabesque *nf* 1 Ornement formé de combinaisons capricieuses de fleurs, de fruits, de lignes, etc. 2 Ligne sinueuse, irrégulière.

arabica *nm* Variété de café très appréciée.

arabique *a* D'Arabie.

arabisant, ante *a, n* Spécialiste de la langue, de la civilisation arabe.

arabisation *nf* Action d'arabiser.

arabiser *vt* Donner le caractère arabe, des mœurs arabes à.

arabisme *nm* 1 Tournure propre à la langue arabe. 2 Nationalisme arabe.

arable *a* Labourable, cultivable.

arabophone *a, n* De langue arabe.

arachide *nf* Plante des pays chauds cultivée pour ses graines (cacahuètes) dont on extrait une huile.

arachnéen, enne [arak-] *a* Fin et léger comme une toile d'araignée.

arachnide [arak-] *nm* ZOOL Arthropode faisant partie d'une classe comprenant les araignées, les scorpions, etc.

arachnoïde [arak-] *nf* ANAT Une des membranes du cerveau.

araignée *nf* 1 Arthropode qui tisse des toiles, pièges à insectes. 2 Grand filet de pêche rectangulaire. 3 Morceau du bœuf utilisé en biftecks. Loc *Araignée de mer :* grand crabe à la carapace épineuse et aux pattes longues.

araire *nm* Charrue simple, dépourvue d'avant-train.

araméen, enne *a* Relatif aux Araméens. ■ *nm* Langue sémitique ancienne.

aramon *nm* Cépage rouge du Midi.

arasement *nm* Action d'araser.

araser *vt* 1 Mettre de niveau un mur, un terrain. 2 Réduire à ses dimensions exactes une pièce d'assemblage.

aratoire *a* Qui sert au labourage.

araucaria *nm* Conifère tropical, à usage ornemental en France.

arbalète *nf* Arc puissant monté sur un fût et bandé à l'aide d'un mécanisme.

arbalétrier *nm* 1 Qui était armé d'une arbalète. 2 Poutre inclinée supportant un toit.

arbitrage *nm* 1 Action d'arbitrer. 2 Règlement d'un différend par un arbitre. 3 Opération boursière de vente et d'achat simultanés, qui permet de réaliser un profit fondé sur la différence des cotes.

arbitragiste *n* Spécialiste des arbitrages en Bourse.

arbitraire *a* 1 Qui est laissé à la volonté de chacun. *Choix arbitraire.* 2 Qui dépend uniquement du caprice d'un homme ; despotique. ■ *nm* Autorité que ne borne aucune règle.

arbitrairement *av* De façon arbitraire.

arbitral, ale, aux *a* De l'arbitre.

arbitre *nm* 1 Personne choisie d'un commun accord par les parties intéressées pour régler le différend qui les oppose. 2 Qui veille à la régularité d'une compétition sportive. Loc *Libre arbitre :* pouvoir qu'a la raison humaine de se déterminer librement.

arbitrer *vt* Régler en qualité d'arbitre. *Arbitrer un conflit.*

arbois nm Vin du Jura.

arboré, ée a Planté d'arbres dispersés.

arborer vt 1 Hisser un drapeau, le faire voir. 2 Porter sur soi avec fierté. *Arborer un insigne.*

arborescence nf État arborescent.

arborescent, ente a Dont la forme rappelle un arbre, qui présente des ramifications.

arboretum [-Rɛtɔm] nm Parc botanique planté de nombreuses espèces d'arbres.

arboricole a Qui vit dans les arbres.

arboriculteur, trice n Spécialiste de la culture des arbres.

arboriculture nf Culture des arbres.

arborisation nf Dessin de forme arborescente.

arbouse nf Fruit de l'arbousier.

arbousier nm Arbrisseau du Midi.

arbovirose nf Maladie due à un arbovirus.

arbovirus nm Virus transmis par une piqûre d'insecte.

arbre nm 1 Végétal ligneux de grande taille, dont la tige (tronc), simple à la base, ne se ramifie qu'à partir d'une certaine hauteur. 2 Axe entraîné par un moteur et transmettant le mouvement de rotation à un organe, à une machine. Loc *Arbre généalogique* : figure arborescente dont les rameaux, partant d'une souche commune, représentent la filiation des membres d'une famille.

arbrisseau nm Petit arbre au tronc ramifié dès la base.

arbuste nm Petit arbrisseau.

arbustif, ive a Relatif aux arbustes.

arc nm 1 Arme formée d'une tige de bois ou de métal, courbée par une corde tendue entre ses extrémités et servant à lancer des flèches. 2 Courbure d'une voûte, du sommet d'une baie. 3 GEOM Portion de courbe. Loc *Arc de triomphe* : portique monumental consacrant le souvenir d'un personnage ou d'un événement glorieux. *Avoir plusieurs cordes à son arc* : avoir des talents variés, plusieurs moyens d'arriver à son but.

arcade nf ARCHI Ouverture en forme d'arc dans sa partie supérieure. Loc *Arcade sourcilière* : partie courbe de l'os frontal, à l'endroit des sourcils. *Jeu d'arcade* : jeu vidéo installé dans un lieu public. ■ nf Galerie couverte.

arcanes nmpl Litt Secrets, mystères.

arc-boutant nm ARCHI Maçonnerie en arc, qui sert de soutien extérieur à un mur ou à une voûte. *Des arcs-boutants.*

arc-bouter vt Soutenir par un arc-boutant. ■ vpr Se caler solidement pour exercer un effort.

arceau nm 1 Partie cintrée d'une voûte. 2 Tige courbe formant un petit arc.

arc-en-ciel nm Phénomène lumineux en forme d'arc apparaissant dans le ciel et présentant les sept couleurs du spectre. *Des arcs-en-ciel.*

archaïque [-ka-] a 1 Qui n'est plus en usage ; démodé. 2 Qui a un caractère primitif.

archaïsant, ante [-ka-] a, n Qui affecte l'archaïsme. *Style archaïsant.*

archaïsme [-ka-] nm 1 Caractère de ce qui est désuet. 2 Mot, expression sortis de l'usage contemporain.

archange [-kɑ̃ʒ] nm Ange d'un rang supérieur.

arche nf 1 Voûte en arc soutenant le tablier d'un pont. 2 Vaisseau construit par Noé, selon la Bible, pour échapper au Déluge.

archéologie [-ke-] nf Étude des civilisations anciennes par leurs vestiges matériels.

archéologique [-ke-] a De l'archéologie.

archéologue [-ke-] n Spécialiste d'archéologie.

archéoptéryx [-ke-] nm GEOL Le plus ancien oiseau fossile connu, de l'ère secondaire.

archer nm Tireur à l'arc.

archet nm Baguette flexible tendue de crins, et qui sert à faire vibrer les cordes de certains instruments (violon, etc.).

archèterie nf Fabrication des archets.

archétype [-ke-] nm Type primitif ou idéal ; modèle originel.

archevêché nm 1 Étendue de la juridiction d'un archevêque. 2 Résidence d'un archevêque.

archevêque nm Prélat placé à la tête d'une circonscription ecclésiastique comprenant plusieurs diocèses.

archidiacre nm Dignitaire ecclésiastique qui visite les curés d'un diocèse.

archiduc, archiduchesse n HIST Prince, princesse de la maison d'Autriche.

archiépiscopal, ale, aux a De l'archevêque.

archipel nm Groupe d'îles.

archiprêtre nm Titre donnant une prééminence honorifique à certains curés.

architecte nm Professionnel qui conçoit des plans d'édifices et en dirige la construction.

architectonique nf Structure, organisation générale de qqch.

architectural, ale, aux a De l'architecture.

architecture nf 1 Art de construire des édifices. *Diplôme d'architecture.* 2 Disposition, ordonnance, style d'un bâtiment. *Architecture baroque.* 3 Structure, organisation de qqch. *Architecture d'un ordinateur.*

architrave nf ARCHI Partie inférieure de l'entablement reposant directement sur les chapiteaux des colonnes.

archivage nm Action d'archiver.

archiver vt Classer dans les archives une pièce, un écrit, un document.

archives nfpl 1 Documents anciens concernant une famille, une société, une entreprise, un lieu, un État. 2 Lieu où l'on conserve ces documents.

archiviste n Chargé de la conservation des archives.

archonte [-kɔ̃-] nm HIST Magistrat principal de certaines cités grecques antiques.

arçon nm 1 Armature d'une selle. 2 Rameau de vigne courbé en arc. Loc *Vider les arçons* : tomber de cheval.

arctique a Situé vers le pôle Nord.

ardéchois, oise a, n De l'Ardèche.

ardemment [-damɑ̃] av Avec ardeur.

ardennais, aise a, n Des Ardennes.

ardent, ente a 1 Qui brûle, qui chauffe vivement. 2 Plein d'ardeur, enthousiaste, fougueux. 3 Vif, violent.

ardeur nf 1 Chaleur vive. 2 Vivacité, entrain. *Travailler avec ardeur.*

ardillon nm Pointe de métal d'une boucle pour arrêter la courroie.

ardoise nf 1 Schiste à grain fin, habituellement gris foncé, qui se clive en plaques minces utilisées pour les toitures. 2 Tablette sur laquelle on écrit ou dessine. 3 Fam Total des sommes dues pour des marchandises achetées à crédit.

ardoisière *nf* Carrière d'ardoise.

ardu, ue *a* Difficile à résoudre.

are *nm* Unité de surface pour les mesures de terrains, valant 100 m².

arec ou **aréquier** *nm* Palmier qui fournit le chou-palmiste, le bétel, le cachou.

aréique *a* GEOGR Qui n'a pas d'écoulement régulier des eaux.

arène *nf* 1 Partie sablée au centre d'un amphithéâtre romain. 2 GEOL Sable grossier. **Loc** *Descendre dans l'arène* : s'engager dans des luttes politiques. ■ *pl* 1 Amphithéâtre romain. 2 Amphithéâtre où se déroulent les courses de taureaux.

arénicole *a* SC NAT Qui vit dans le sable.

aréole *nf* ANAT Cercle coloré qui entoure le mamelon du sein.

aréomètre *nm* Instrument indiquant la densité d'un liquide.

aréopage *nm* 1 HIST (avec majusc) Tribunal athénien qui siégeait sur la colline consacrée au dieu Arès. 2 Litt Assemblée de savants, de personnes compétentes.

aréquier. V. arec.

arête *nf* 1 Os long et mince propre aux poissons. 2 Ligne formée par la rencontre de deux versants, de deux plans.

arêtier *nm* Pièce de charpente inclinée formant l'arête d'un comble.

argent *nm* 1 Métal précieux blanc et peu oxydable. 2 Toute espèce de monnaie : billets de banque, pièces, etc. 3 Richesse.

argentan *nm* Alliage de cuivre, de nickel et de zinc.

argenté, ée *a* 1 Recouvert d'argent. 2 Qui évoque la couleur de l'argent. **Loc** Fam *Être argenté* : avoir de l'argent.

argenter *vt* Couvrir d'une couche d'argent.

argenterie *nf* Vaisselle, ustensiles d'argent.

argentier *nm* HIST Surintendant des Finances royales. **Loc** Fam *Le grand argentier* : le ministre des Finances.

argentifère *a* Qui contient de l'argent.

1. argentin, ine *a* Qui a le même son clair que l'argent.

2. argentin, ine *a, n* De l'Argentine.

argenture *nf* 1 Couche d'argent appliquée sur un objet. 2 Action d'argenter.

argile *nf* Roche terreuse (glaise), donnant une pâte plastique imperméable lorsqu'elle est imprégnée d'eau et qui, après cuisson, donne des poteries, des tuiles, etc.

argileux, euse *a* Qui contient de l'argile.

argon *nm* Gaz rare de l'air, incolore et inodore.

argonaute *nm* Mollusque céphalopode.

argot *nm* Langage particulier à une catégorie sociale ou professionnelle, en partic. langage des malfaiteurs, du milieu.

argotique *a* De l'argot.

argotisme *nm* Expression argotique.

argousin *nm* Vx Policier.

arguer [-gɥe] *vt, vti* Tirer un argument, un prétexte, une conclusion de qqch. *Que voulez-vous arguer de ce fait. Arguer de sa bonne foi.*

argument *nm* 1 Raisonnement tendant à établir une preuve, à fonder une opinion. 2 Résumé succinct du sujet d'un ouvrage littéraire, dramatique.

argumentaire *nm* Liste d'arguments.

argumentation *nf* 1 Le fait, l'art d'argumenter. 2 Ensemble des arguments tendant à une conclusion.

argumenter *vi* Exposer des arguments. ■ *vt* Justifier qqch par des arguments.

argus [-gys] *nm* Publication qui fournit des renseignements spécialisés.

argutie [-si] *nf* Raisonnement exagérément subtil et minutieux.

1. aria *nm* Air, mélodie, accompagné par un ou plusieurs instruments.

2. aria *nm* Litt Souci, tracas, embarras.

arianisme *nm* Hérésie d'Arius qui niait le dogme de la sainte-Trinité.

aride *a* 1 Sec, stérile, sans végétation. *Sol aride.* 2 Dépourvu de tendresse, de sensibilité. 3 Dépourvu d'attrait, peu engageant.

aridité *nf* 1 Sécheresse. 2 Manque d'attrait.

ariégeois, oise *a, n* De l'Ariège.

arien, enne *n, a* Partisan de l'arianisme.

ariette *nf* Petite mélodie, air de style léger, aimable ou tendre.

aristocrate *n, a* Membre de l'aristocratie.

aristocratie *nf* 1 Classe des nobles. 2 Ensemble de ceux qui constituent l'élite dans un domaine quelconque.

aristocratique *a* De l'aristocratie.

aristoloche *nf* Plante grimpante aux fleurs en forme de cornet.

aristotélicien, enne *a, n* Qui concerne ou professe l'aristotélisme.

aristotélisme *nm* Doctrine d'Aristote.

arithmétique *nf* Partie des mathématiques consacrée à l'étude des nombres. ■ *a* Qui repose sur les nombres.

arithmétiquement *av* Selon l'arithmétique.

arlequin *nm* Personnage comique au costume bigarré.

arlésien, enne *a, n* D'Arles. **Loc** Fam *L'Arlésienne* : personne qu'on ne voit jamais.

armada *nf* Grande quantité de personnes, de véhicules.

armagnac *nm* Eau-de-vie de vin.

armateur *nm* Qui équipe et exploite un navire de commerce ou de pêche.

armature *nf* 1 Ensemble d'éléments destinés à accroître la rigidité d'une pièce, d'un ouvrage ou d'un matériau. 2 Ce qui constitue l'élément essentiel, le soutien, le cadre d'une organisation. 3 MUS Ensemble des altérations (dièses et bémols) placées à la clef et indiquant la tonalité d'un morceau de musique.

arme *nf* 1 Instrument qui sert à attaquer ou à se défendre. 2 Moyen employé pour combattre un adversaire. 3 Chacune des grandes divisions de l'armée correspondant à une activité spécialisée. **Loc** Fam *Passer l'arme à gauche* : mourir. ■ *pl* Armoiries. **Loc** *La carrière des armes* : le métier militaire. *Un fait d'armes* : un exploit guerrier. *Déposer les armes* : cesser le combat. *Prise d'armes* : parade militaire. *Passer qqn par les armes* : le fusiller. *Maître d'armes* : professeur d'escrime.

armé, ée *a* 1 Muni d'une arme. 2 Pourvu d'une armature. *Béton armé.*

armée *nf* 1 Ensemble des forces militaires d'un État. 2 Grande unité réunissant plusieurs corps. 3 Grand nombre, foule. *Une armée d'admirateurs.* **Loc** *Corps d'armée* : partie d'une armée comprenant plusieurs divisions avec des troupes de toutes armes.

armement *nm* 1 Action d'armer. 2 Ensemble des armes équipant qqn, qqch. 3 Action d'armer un navire.

arménien, enne *a, n* De l'Arménie. ■ *nm* Langue indo-européenne du Caucase.

armer *vt* 1 Pourvoir d'armes. 2 Garnir d'une armature. 3 Mettre en état de fonctionnement certains mécanismes. 4 Équiper un navire de tout ce qui lui est nécessaire pour naviguer. 5 Munir de qqch. ■ *vpr* 1 Se munir d'armes. 2 Se munir de qqch. *Armez-vous de patience !*

armistice *nm* Suspension des hostilités après accord entre les belligérants.

armoire *nf* Meuble haut destiné au rangement, fermé par un ou plusieurs portes. Loc *Fam Armoire à glace :* personne de forte carrure.

armoiries *nfpl* Emblèmes propres à une famille noble, à une collectivité.

armoise *nf* Plante aromatique.

armorial, aux *nm* Recueil d'armoiries.

armoricain, aine *a, n* De l'Armorique.

armorier *vt* Orner d'armoiries.

armure *nf* 1 Ensemble des pièces métalliques qui protégeaient autrefois les guerriers. 2 Mode d'entrecroisement des fils d'un tissu.

armurerie *nf* 1 Technique de la fabrication des armes. 2 Boutique, atelier d'un armurier.

armurier *nm* Qui fabrique ou vend des armes.

a.r.n. *nm* Sigle désignant l'*acide ribonucléique* qui joue un rôle dans le message génétique.

arnaque *nf* Pop Escroquerie, tromperie.

arnaquer *vt* Pop Escroquer, duper.

arnaqueur, euse *n* Pop Qui arnaque.

arnica *nf* Plante à usage médicinal.

arobase ou **arobas** *nm* Signe L du clavier du micro-ordinateur, utilisé dans les adresses électroniques.

aromate *nm* Substance végétale odoriférante.

aromatique *a* Qui dégage un parfum.

aromatisant, ante *a, nm* Qui sert à aromatiser.

aromatiser *vt* Parfumer avec une substance aromatique.

arôme *nm* Odeur agréable qui se dégage de certaines substances.

arpège *nm* MUS Exécution successive de toutes les notes d'un accord.

arpéger *vt* [13] MUS Exécuter un arpège.

arpent *nm* Ancienne mesure agraire qui valait de 20 à 50 ares.

arpentage *nm* Action d'arpenter.

arpenter *vt* 1 Mesurer la superficie d'un terrain. 2 Parcourir à grands pas.

arpenteur *nm* Spécialiste de la mesure des terrains et du calcul des surfaces.

arpète *nf* Pop Jeune apprentie.

arqué, ée *a* Courbé en arc.

arquebuse *nf* Ancienne arme à feu portative.

arquebusier *nm* Soldat armé d'une arquebuse.

arquer *vt* Courber en arc. ■ *vi* 1 Devenir courbe. 2 Pop Marcher.

arrachage *nm* Action d'arracher.

arraché *nm* Mouvement de l'haltérophile qui soulève l'haltère d'un seul mouvement. Loc *À l'arraché :* au prix d'un violent effort.

arrachement *nm* Douleur morale intense due à une séparation, à un sacrifice.

arrache-pied (d') *av* Avec acharnement.

arracher *vt* 1 Déraciner, extraire avec effort. *Arracher une dent.* 2 Ôter de force à une personne, à une bête, ce qu'elle retient. 3 Obtenir difficilement qqch de qqn. *Arracher une promesse.* ■ *vpr* 1 Se séparer à regret, se détacher avec effort de. *S'arracher du lit.* 2 Se disputer la compagnie de qqn.

arracheur, euse *a* Qui arrache. Loc *Mentir comme un arracheur de dents :* mentir effrontément. ■ *nf* Machine qui arrache les plantes, les tubercules.

arraisonnement *nm* Action d'arraisonner.

arraisonner *vt* Arrêter un navire en mer et contrôler son équipage et sa cargaison, etc.

arrangeant, ante *a* Disposé à la conciliation.

arrangement *nm* 1 Action d'arranger ; état de ce qui est arrangé. 2 Adaptation d'une œuvre musicale à d'autres instruments que ceux pour lesquels elle a été écrite. 3 Conciliation, convention amiable.

arranger *vt* [11] 1 Placer dans l'ordre qui convient. 2 Régler à l'amiable. *Arranger un conflit.* 3 Convenir à. *Cela m'arrange.* 4 Remettre en état. ■ *vpr* 1 Revenir en meilleur état, aller mieux. 2 S'accorder à l'amiable. Loc *S'arranger pour :* faire en sorte de. *S'arranger de qqch :* s'en accommoder.

arrangeur *nm* Adaptateur d'une œuvre musicale.

arrérages *nmpl* Termes échus d'une rente, d'une pension.

arrestation *nf* 1 Action de se saisir d'une personne pour l'emprisonner ou la garder à vue. 2 État de qqn qui est arrêté.

arrêt *nm* 1 Action d'arrêter ; fait de s'arrêter. 2 Endroit où s'arrête un véhicule de transports en commun. 3 Décision d'une juridiction supérieure. Loc *Mandat d'arrêt :* ordre d'arrestation. *Maison d'arrêt :* prison. *Sans arrêt :* continuellement. ■ *pl* Sanction prise contre un officier ou un sous-officier.

arrêté, ée *a* Décidé, définitif, irrévocable. *Une volonté bien arrêtée.* ■ *nm* Décision écrite d'une autorité administrative.

arrêter *vt* 1 Empêcher d'avancer. 2 Empêcher d'agir. 3 Interrompre, faire cesser. *Arrêter une hémorragie.* 4 Appréhender qqn. 5 Déterminer par choix, fixer. *Arrêter une date.* ■ *vi* 1 Cesser d'avancer. *Chauffeur, arrêtez !* 2 Cesser d'agir ou de parler. *Il n'arrête jamais.* ■ *vpr* 1 Cesser d'aller, d'agir, de fonctionner. *Ma montre s'est arrêtée.* 2 Fixer son attention sur. *S'arrêter à l'essentiel.*

arrhes *nfpl* Somme donnée comme gage ou dédit de l'exécution d'un contrat.

arriération *nf* Loc *Arriération mentale :* faiblesse intellectuelle par rapport à la norme.

arrière *nm* 1 Partie postérieure d'un véhicule. 2 Territoire, population d'un pays en guerre, qui se trouve hors de la zone des combats. 3 Au football, joueur placé derrière les autres joueurs de son équipe. Loc *En arrière de :* en reculant ; derrière. ■ *pl* Zone située derrière le front, où se trouvent les réserves et où l'on peut se replier. ■ *a* inv 1 Qui est à l'arrière. *Les roues arrière.* 2 Qui va vers l'arrière. *La marche arrière.* Loc *Vent arrière :* qui souffle de l'arrière.

arriéré, ée *a* Qui appartient à un passé révolu. *Idées arriérées.* ■ *a, n* Retardé dans son développement mental. ■ *nm* Ce qui reste dû.

arrière-ban. V. ban. *Des arrière-bans.*

arrière-boutique *nf* Pièce située derrière une boutique. *Des arrière-boutiques.*

arrière-cour *nf* Cour située à l'arrière d'un bâtiment. *Des arrière-cours.*

arrière-garde *nf* Partie d'une armée en mouvement chargée de protéger les arrières. *Des arrière-gardes.*

arrière-gorge *nf* Partie supérieure du pharynx. *Des arrière-gorges.*

arrière-goût *nm* 1 Goût que laisse dans la bouche l'absorption de certains aliments, de certaines boissons. 2 Impression laissée par un événement. *Des arrière-goûts.*

arrière-grand-père, **arrière-grand-mère** *nf* Père, mère du grand-père ou de la grand-mère. *Des arrière-grands-pères, des arrière-grands-mères.*

arrière-grands-parents *nmpl* L'arrière-grand-père et l'arrière-grand-mère.

arrière-pays *nm inv* Partie d'un pays située en retrait de la zone côtière.

arrière-pensée *nf* Pensée, intention dissimulée; et différente de celle qu'on exprime. *Des arrière-pensées.*

arrière-petit-neveu *nm*, **arrière-petite-nièce** *nf* Fils, fille d'un petit-neveu ou d'une petite-nièce. *Des arrière-petits-neveux, des arrière-petites-nièces.*

arrière-petits-enfants *nmpl*, **arrière-petit-fils** *nm*, **arrière-petite-fille** *nf* Enfants, fils ou fille, d'un petit-fils ou d'une petite-fille. *Des arrière-petits-fils, des arrière-petites-filles.*

arrière-plan *nm* Plan d'une perspective le plus éloigné du spectateur. Loc *À l'arrière-plan* : à l'écart, dans une position peu en vue. *Des arrière-plans.*

arrière-saison *nf* Fin de l'automne. *Des arrière-saisons.*

arrière-salle *nf* Salle derrière une autre. *Des arrière-salles.*

arrière-train *nm* 1 L'arrière du tronc et les membres postérieurs d'un animal. 2 Fam Fesses de qqn. 3 Partie postérieure d'un véhicule à quatre roues. *Des arrière-trains.*

arrimage *nm* Action d'arrimer.

arrimer *vt* 1 Répartir et fixer un chargement dans la cale d'un navire, d'un avion, etc. 2 Abusiv Assujettir une charge, amarrer.

arrivage *nm* 1 Arrivée de marchandises sur le lieu où elles seront vendues. 2 Ces marchandises elles-mêmes.

arrivant, ante *n* Qui vient d'arriver.

arrivé, ée *a* Qui a réussi socialement. *Un artiste arrivé.*

arrivée *nf* 1 Action d'arriver. 2 Lieu au moment où l'on arrive.

arriver *vi* [aux *être*] 1 Parvenir en un lieu. 2 S'élever socialement, réussir dans sa carrière, son métier. 3 Survenir, se produire. *Ce genre de choses arrive rarement.* Loc *Il arrive que* : il se produit que. ■ *vti* Parvenir à qqch, à faire qqch. Loc *En arriver à* : en venir à, finir par.

arrivisme *nm* Attitude de l'arriviste.

arriviste *n, a* Qui vise à la réussite sociale par tous les moyens.

arrogance *nf* Orgueil, morgue, manières hautaines et méprisantes.

arrogant, ante *a* Qui a de l'arrogance.

arroger (s') *vpr* [11] S'attribuer illégitimement un droit, un pouvoir. *Les fonctions qu'il s'est arrogées.*

arrondi, ie *a* De forme ronde. ■ *nm* Partie arrondie de qqch.

arrondir *vt* 1 Doter d'une forme ronde. 2 Augmenter sa fortune. 3 Supprimer les fractions pour faire une somme ronde, un poids rond. ■ *vpr* 1 Prendre une forme ronde. 2 Devenir plus important.

arrondissement *nm* 1 Action d'arrondir. 2 Division territoriale administrative d'un département, d'une ville.

arrosage *nm* Action d'arroser.

arrosé, ée *a* 1 Qui reçoit beaucoup de pluie. 2 Accompagné de vins, d'alcool (repas).

arroser *vt* 1 Humecter en répandant de l'eau ou un autre liquide. 2 Couler à travers. *La Loire arrose la Touraine.* 3 Fam Célébrer en buvant. *Arroser sa promotion.* 4 Fam Donner de l'argent à qqn pour obtenir de lui un avantage.

arroseur, euse *n* Qui arrose. ■ *nf* Véhicule qui sert au nettoyage des voies publiques.

arrosoir *nm* Récipient muni d'une anse et d'un bec, qui sert à arroser.

arsenal, aux *nm* 1 Lieu où se fabriquent, se conservent ou se réparent les navires de guerre. 2 Grande quantité d'armes. 3 Vaste ensemble de moyens d'action. *L'arsenal des lois.*

arsenic *nm* Élément chimique à la base d'un poison violent.

arsenical, ale, aux *a* De l'arsenic.

arsouille *n, a* Pop Voyou, débauché.

art *nm* 1 Activité aboutissant à la création d'œuvres de caractère esthétique (musique, peinture, sculpture, architecture, etc.) 2 Ensemble des œuvres artistiques d'une époque, d'un pays. 3 Ensemble des règles d'une activité professionnelle. 4 Manière de faire qqch, talent. *L'art de plaire.* Loc *Le septième art* : le cinéma. ■ *nmpl* Syn de *beaux-arts.* Loc *Arts décoratifs* ou *arts appliqués* : qui ont pour fin la décoration, l'embellissement des objets utilitaires. *Arts ménagers* : techniques concernant l'entretien de la maison.

artéfact *nm* Phénomène artificiel apparaissant lors d'une expérience scientifique.

artère *nf* 1 Vaisseau sanguin conduisant le sang du cœur vers les organes et les tissus. 2 Grande voie de circulation.

artériel, elle *a* ANAT Des artères.

artériographie *nf* Radiographie des artères.

artériole *nf* ANAT Petite artère.

artériosclérose *nf* MED Sclérose des artères.

artérite *nf* MED Épaississement de la paroi artérielle.

artésien, enne *a, n* De l'Artois. Loc *Puits artésien* : duquel l'eau jaillit sous l'effet de la pression de la nappe souterraine.

arthrite *nf* Inflammation aiguë ou chronique des articulations.

arthritique *a, n* Qui souffre d'arthrite.

arthropode *nm* ZOOL Animal invertébré faisant partie de l'embranchement comprenant les insectes, les arachnides, les crustacés, etc.

arthrose *nf* Affection chronique dégénérative non inflammatoire des articulations.

arthrosique *a, n* Atteint d'arthrose.

artichaut *nm* Plante dont on mange le cœur (ou fond), une fois qu'on a ôté les feuilles. Loc Fam *Cœur d'artichaut* : personne volage.

article *nm* 1 Chaque partie d'une loi, d'une convention. 2 Texte formant un tout dans un journal, un dictionnaire, etc. 3 Marchandise vendue dans un magasin. 4 GRAM Mot précédant un nom qu'il détermine et dont il indique le genre et le nombre. *« Le »* est un *article défini.* Loc *À l'article de la mort* : au dernier moment de la vie. *Faire l'article* : vanter un produit.

articulaire *a* ANAT Des articulations.

articulation *nf* 1 Mode de jonction de pièces osseuses. 2 Assemblage de deux pièces permettant leur mouvement relatif. 3 LING Manière de prononcer.

articulatoire *a* Relatif à l'articulation des sons du langage.

articulé, ée *a* Qui a des articulations.

articuler *vt* 1 Joindre une pièce mécanique à une autre par un dispositif qui permet le mouvement. 2 Prononcer distinctement. ■ *vpr* 1 Être joint par une articulation. 2 Se rattacher à un ensemble complexe.

articulet *nm* Petit article de journal.

artifice *nm* Moyen peu naturel, visant à faire illusion. Loc *Feu d'artifice* : spectacle obtenu par la mise à feu de pièces pyrotechniques (fusées, feux de Bengale, etc.)

artificiel, elle *a* 1 Qui est le produit de l'activité humaine. *Fleurs artificielles.* Ant. naturel. 2 Qui manque de simplicité.

artificiellement *av* Par un moyen artificiel.

artificier *nm* Qui confectionne des pièces pour feux d'artifice ou les met en œuvre.

artificieusement *av* Litt De façon artificieuse.

artificieux, euse *a* Litt Empreint d'artifice, de ruse.

artillerie *nf* 1 Matériel de guerre comprenant les canons et leurs munitions. 2 Ensemble du personnel servant les armes.

artilleur *nm* Militaire de l'artillerie.

artimon *nm* MAR Mât arrière d'un navire ; voile portée par ce mât.

artiodactyle *nm* ZOOL Mammifère tel que les porcins et les ruminants.

artisan, ane *n* 1 Qui exerce pour son propre compte. 2 Auteur, cause de qqch.

artisanal, ale, aux *a* Relatif à l'artisan.

artisanalement *av* De façon artisanale.

artisanat *nm* 1 Profession d'artisan. 2 Ensemble des artisans.

artiste *n* Créateur ou interprète d'œuvres d'art. ■ *n, a* Qui a du goût pour les arts, pour la beauté.

artistique *a* 1 Relatif aux arts. 2 Fait, présenté avec art.

artistiquement *av* De façon artistique.

artothèque *nf* Organisme qui prête des œuvres d'art.

arum [aʀɔm] *nm* Plante dont la fleur est entourée d'un cornet.

aryen, enne *a, n* Des Aryens.

arythmie *nf* MED Irrégularité du rythme cardiaque ou respiratoire.

as *nm* 1 Carte à jouer, face de dé, domino portant un seul symbole, un seul point. 2 Qui excelle dans un domaine, une activité. *Un as de l'aviation.* 3 Le numéro 1 au tiercé, au loto, etc. Loc Fam *Être fichu comme l'as de pique* : être très négligé dans sa tenue. Fam *Être plein aux as* : avoir beaucoup d'argent.

ascaris *nm* Ver parasite de l'intestin grêle.

ascendance *nf* Ensemble des ancêtres directs d'un individu, d'une lignée.

ascendant, ante *a* Qui va en montant. *Mouvement ascendant.* ■ *nm* Influence dominante, autorité exercée sur la volonté de qqn. ■ *nmpl* Les parents dont on descend.

ascenseur *nm* Appareil à déplacement vertical, servant au transport des personnes dans un immeuble.

ascension *nf* 1 Action de s'élever, de monter. *Ascension de l'air chaud.* 2 Élévation vers la réussite sociale. 3 (avec majusc) Montée au ciel miraculeuse du Christ ressuscité ; le jour où l'on fête ce miracle (40 jours après Pâques).

ascensionnel, elle *a* Qui tend à monter, à faire monter.

ascèse *nf* Ensemble des exercices de mortification visant à une libération spirituelle.

ascète *n* Personne qui s'impose des exercices d'ascèse.

ascétique *a* Propre à un ascète.

ascétisme *nm* Vie des ascètes.

ascidie *nf* Petit animal marin en forme d'outre, qui filtre l'eau.

ascii [aski] *a inv* INFORM Code standardisé de représentation des caractères alphanumériques.

ascite *nf* MED Épanchement de liquide sous le péritoine.

ascomycète *nm* BOT Champignon tel que les morilles, les truffes, les levures, etc.

ascorbique *a* Loc *Acide ascorbique* : constituant de la vitamine C.

asepsie *nf* Ensemble des procédés utilisés pour éviter toute infection microbienne.

aseptique *a* Exempt de tout microbe.

aseptisé, ée *a* Impersonnel, sans originalité.

aseptiser *vt* Rendre aseptique.

asexué, ée *a* Privé de sexe.

ashkénaze *n, a* Juif originaire d'Europe centrale, par oppos. à séfarade.

ashram *nm* En Inde, lieu où vit une communauté groupée autour d'un maître spirituel.

asiago *nm* Fromage italien au lait de vache.

asiatique *a, n* De l'Asie.

asilaire *a* De l'hôpital psychiatrique.

asile *nm* 1 Lieu inviolable où l'on est à l'abri des poursuites de la justice, des persécutions, des dangers. 2 Demeure, habitation. 3 Ancien nom de l'hôpital psychiatrique. Loc *Droit d'asile* : protection accordée aux ressortissants étrangers persécutés dans leur pays.

asocial, ale, aux *a, n* Qui n'est pas adapté à la vie en société.

asparagus [-gys] *nf* Feuillage ornemental utilisé dans la confection des bouquets.

aspartam *nm* Succédané acalorique du sucre.

aspect [aspɛ] *nm* 1 Manière dont qqn ou qqch s'offre à la vue. 2 Point de vue sous lequel on peut considérer qqch. 3 LING Façon d'envisager l'action exprimée par le verbe, dans son déroulement temporel.

asperge *nf* 1 Plante potagère aux pousses comestibles. 2 Fam Personne grande et mince.

asperger *vt* [11] Arroser légèrement.

aspérité *nf* Petite saillie qui rend une surface inégale, rude.

aspersion *nf* Action d'asperger.

asphaltage *nm* Action d'asphalter.

asphalte *nm* Bitume utilisé pour le revêtement des chaussées.

asphalter vt Recouvrir d'asphalte.
asphodèle nm Plante herbacée à fleurs blanches.
asphyxiant, ante a Qui asphyxie.
asphyxie nf 1 Arrêt ou ralentissement de la respiration. 2 Diminution, arrêt de l'activité économique.
asphyxier vt Causer l'asphyxie.
aspic nm 1 Vipère brun-rouge. 2 Viande moulée dans une gelée.
aspidistra nm Plante d'appartement à grandes feuilles vert foncé.
aspirant, ante a Qui aspire. ■ nm Grade des élèves officiers.
aspirateur nm Appareil qui sert à absorber des poussières ou des vapeurs.
aspiration nf 1 Action d'aspirer. 2 Mouvement de l'âme vers un idéal.
aspiré, ée a Loc H aspiré : la lettre h empêchant la liaison.
aspirer vt 1 Attirer un liquide par un vide partiel. 2 Faire pénétrer de l'air dans les poumons. 3 Émettre un son en expirant. ■ vti Désirer fortement, ambitionner. Aspirer au repos.
aspirine nf Médicament utilisé contre la douleur, la fièvre, etc.
aspirobatteur nm Aspirateur pour les moquettes.
assagir vt Rendre sage. ■ vpr Devenir sage.
assagissement nm Action de rendre ou de devenir sage.
assaillant, ante a, n Qui assaille.
assaillir vt [27] 1 Attaquer vivement à l'improviste. 2 Harceler qqn par des questions, des réclamations.
assainir vt Rendre sain ou plus sain.
assainissement nm Action d'assainir.
assainisseur nm Appareil ou produit qui combat les odeurs désagréables.
assaisonnement nm 1 Action et manière d'assaisonner. 2 Ce qui sert à relever le goût.
assaisonner vt 1 Accommoder des aliments de façon à en relever le goût. 2 Litt Rendre plus vif, plus agréable. 3 Fam Maltraiter qqn.
assassin, ine a Qui blesse perfidement ; qui provoque. ■ nm Qui assassine, commet un assassinat.
assassinat nm Homicide volontaire.
assassiner vt Tuer avec préméditation.
assaut nm Attaque pour emporter de force une position. Loc Faire assaut de : rivaliser de.
assèchement nm Action d'assécher.
assécher vt [12] Mettre à sec.
assemblage nm 1 Action d'assembler, de monter. 2 Réunion de choses diverses qui forment un tout. 3 Mélange de vins dans la cuve.
assemblée nf 1 Réunion de plusieurs personnes en un même lieu. 2 Corps délibérant.
assembler vt 1 Mettre ensemble, réunir. 2 Réunir par convocation. 3 Joindre des pièces pour en former un tout. ■ vpr Se réunir.
assembleur, euse n Qui assemble. ■ nf Machine qui assemble les feuilles imprimées.
assener ou **asséner** vt [15] ou [12] Porter, donner un coup violent.
assentiment nm Accord, consentement.
asseoir vt [40] 1 Placer sur son séant. 2 Établir solidement. Asseoir sa réputation. ■ vpr Se mettre sur son séant, sur un siège.

assermenté, ée a Qui a prêté serment.
assertion nf Proposition avancée comme vraie.
asservir vt Rendre esclave, assujettir.
asservissant, ante a Qui asservit.
asservissement nm 1 Action d'asservir. 2 État de ce qui est asservi ; servitude.
assesseur nm 1 DR Magistrat adjoint à un juge principal. 2 Personne qui en seconde une autre dans ses fonctions.
assez av 1 Autant qu'il faut, suffisamment. 2 Passablement, moyennement. Loc Assez peu : pas beaucoup. En avoir assez : être excédé.
assidu, ue a 1 Qui se trouve constamment auprès de qqn au dans un lieu. 2 Qui s'applique avec persévérance. Élève assidu. 3 Constant, fréquent. Soins assidus.
assiduité nf Qualité de qqn qui est assidu. ■ pl Empressement auprès d'une femme.
assidûment av De façon assidue.
assiégé, ée a, n Qui subit un siège.
assiégeant, ante a, n Qui assiège.
assiéger vt [13] 1 Mettre le siège devant une place, une forteresse. 2 Se rassembler devant. 3 Litt Poursuivre, obséder.
assiette nf 1 Pièce de vaisselle dans laquelle on mange. 2 Syn de assiettée. 3 Manière d'être assis, de reposer sur sa base. 4 Répartition, base de calcul de l'impôt. Loc Fam Ne pas être dans son assiette : se sentir mal à l'aise.
assiettée nf Contenu d'une assiette.
assignat nm HIST Papier-monnaie émis pendant la Révolution française.
assignation nf DR Citation à comparaître en justice à un jour déterminé.
assigner vt 1 Attribuer qqch à qqn. 2 Fixer, déterminer. Assigner une date de livraison. 3 Affecter des fonds à un paiement. 4 Sommer à comparaître devant un tribunal. Loc Assigner à résidence : imposer de résider en un lieu.
assimilable a Qui peut être assimilé.
assimilateur, trice a Qui assimile.
assimilation nf Action d'assimiler, de s'assimiler. Loc BOT Assimilation chlorophyllienne : absorption du gaz carbonique par les végétaux.
assimilé, ée a, n Rendu semblable ; considéré comme semblable.
assimiler vt 1 Présenter, considérer comme semblable. 2 Faire adopter à un immigré les mœurs d'une population d'accueil. 3 Incorporer un aliment à son organisme. 4 Comprendre et retenir des faits, des connaissances. ■ vpr Se rendre semblable ; s'intégrer.
assis, ise a 1 Posé sur son séant. 2 Solidement établi. Réputation bien assise. ■ nf 1 Rang de pierres qu'on pose horizontalement pour construire un mur. 2 Base, fondement. ■ nfpl Congrès. Assises de cardiologie. Loc (Cour d')assises : tribunal qui juge les crimes.
assistanat nm 1 Fonction d'assistant. 2 Fait d'être assisté.
assistance nf 1 Le fait d'assister, d'être présent. 2 Assemblée, auditoire. 3 Aide apportée à qqn. Loc Assistance publique : administration qui gère les établissements hospitaliers et l'aide sociale. Société d'assistance : qui assure dépannage et secours aux personnes qui voyagent.
assistant, ante n 1 Qui est présent en un lieu. 2 Qui seconde qqn. Loc Assistant(e) social(e) : personne dont le rôle est d'apporter

une aide aux individus et aux familles dans le cadre des lois sociales. *Assistante maternelle :* nourrice.

assisté, ée *a, n* Qui bénéficie de l'assistance (publique, médicale, judiciaire).

assister *vti* Être présent. *Assister à un mariage.* ■ *vt* Aider, seconder qqn.

associatif, ive *a* Relatif aux associations.

association *nf* 1 Action d'associer des choses. *Association d'idées.* 2 Union de personnes dans un intérêt commun.

associationnisme *nm* PHILO Doctrine selon laquelle tous les phénomènes psychologiques résultent d'associations d'idées.

associé, ée *a, n* Lié par association avec une ou plusieurs personnes.

associer *vt* 1 Unir, joindre des choses. 2 Réunir des personnes dans une entreprise commune. 3 Faire participer qqn à. *On l'a associé à notre entreprise.* ■ *vpr* 1 S'unir à qqn dans une entreprise commune. 2 Former une association.

assoiffé, ée *a* 1 Qui a soif. 2 Avide de. *Assoiffé de vengeance.*

assoiffer *vt* Donner soif à.

assolement *nm* AGRIC Alternance des cultures sur un terrain.

assoler *vt* AGRIC Soumettre à l'assolement.

assombrir *vt* 1 Rendre sombre. 2 Attrister. ■ *vpr* 1 Devenir sombre. 2 Devenir triste, prendre une expression triste.

assombrissement *nm* Le fait de s'assombrir ; état de ce qui est assombri.

assommant, ante *a* Fam Accablant, ennuyeux.

assommer *vt* 1 Étourdir, faire perdre connaissance par des coups sur la tête. 2 Accabler. *La chaleur m'assomme.* 3 Fam Ennuyer, importuner.

assommoir *nm* Vx Débit de boissons alcoolisées. Loc *Coup d'assommoir :* nouvelle, événement qui stupéfie.

Assomption *nf* Montée au ciel de la Vierge ; célébration de cet événement (15 août).

assonance *nf* VERSIF Retour du même son dans la dernière syllabe accentuée de deux vers.

assorti, ie *a* 1 En harmonie. *Couple bien assorti.* 2 Pourvu en marchandises.

assortiment *nm* Ensemble de choses, de marchandises diverses unies en un tout.

assortir *vt* Mettre ensemble des choses, des personnes qui se conviennent.

assoupir *vt* Provoquer l'engourdissement. ■ *vpr* Commencer à s'endormir.

assoupissement *nm* État de demi-sommeil.

assouplir *vt* Rendre souple, flexible. ■ *vpr* Devenir souple.

assouplissement *nm* Action d'assouplir ; fait de s'assouplir.

assouplisseur *nm* Produit de rinçage qui donne de la souplesse au linge.

assourdir *vt* 1 Causer une surdité passagère à qqn. 2 Rendre moins sonore, moins éclatant.

assourdissant, ante *a* Qui assourdit.

assourdissement *nm* Action d'assourdir.

assouvir *vt* Litt Satisfaire. *Assouvir ses désirs.*

assouvissement *nm* Action d'assouvir.

assuétude *nf* MED Dépendance d'un toxicomane à une drogue.

assujetti, ie *n* DR Astreint à un impôt, à une obligation administrative.

assujettir *vt* 1 Litt Asservir, ranger sous sa domination. 2 Soumettre à. *Assujettir à l'impôt.* 3 Fixer solidement, immobiliser qqch. *Assujettir un chargement.* ■ *vpr* Litt S'astreindre, se soumettre.

assujettissement *nm* Litt Action d'assujettir ; asservissement.

assumer *vt* Prendre la charge, la responsabilité de qqch. ■ *vpr* S'accepter comme on est.

assurage *nm* Dispositif visant à préserver l'alpiniste ou le spéléologue en cas de chute.

assurance *nf* 1 Comportement confiant et ferme. *Agir avec assurance.* 2 Garantie certaine. *Donner des assurances.* 3 Contrat passé entre une personne et une société (compagnie d'assurances) qui la garantit contre des risques éventuels. Loc *Assurances sociales :* ensemble des organismes publics qui garantissent les travailleurs contre les divers risques qui les menacent.

assuré, ée *a* 1 Hardi, sans crainte. 2 Certain, inévitable, infaillible. 3 Garanti par un contrat d'assurance. ■ *n* Qui a contracté une assurance.

assurément *av* Certainement, sûrement.

assurer *vt* 1 Donner pour certain, garantir. 2 Garantir le maintien, le fonctionnement, la réalisation de qqch. 3 Garantir qqn face à garantir d'un risque par contrat. 4 Préserver un alpiniste par une corde des risques de chute. ■ *vi* Pop Être à la hauteur de la situation. ■ *vpr* 1 Vérifier, contrôler. *S'assurer que tout va bien.* 2 Contracter une assurance couvrant tel ou tel risque.

assureur *nm* Qui garantit contre un risque par un contrat d'assurance.

assyrien, enne *a, n* De l'Assyrie.

assyriologie *nf* Étude de l'Orient ancien.

aster [-tɛʀ] *nm* Plante ornementale, à petites fleurs en forme d'étoiles.

astérie *nf* Étoile de mer.

astérisque *nm* Signe typographique (*) indiquant le plus souvent un renvoi.

astéroïde *nm* Petite planète.

asthénie *nf* MED Fatigue générale.

asthénique *a, n* MED Atteint d'asthénie.

asthmatique [asma-] *a, n* Sujet à l'asthme.

asthme [asm] *nm* Maladie caractérisée par des crises de suffocation.

asti *nm* Vin blanc mousseux d'Italie.

asticot *nm* Larve de la mouche à viande.

asticoter *vt* Fam Tracasser ; agacer.

astigmate *a, n* Atteint d'astigmatisme.

astigmatisme *nm* Défaut de vision dû à une mauvaise courbure du cristallin.

astiquage *nm* Action d'astiquer.

astiquer *vt* Frotter pour faire reluire.

astragale *nm* 1 ANAT Os du tarse. 2 ARCHI Moulure qui sépare le fût d'une colonne de son chapiteau.

astrakan *nm* Fourrure à laine frisée d'agneau nouveau-né.

astral, ale, aux *a* Relatif aux astres.

astre *nm* Corps céleste (Soleil, Lune, étoiles). ■ *pl* Corps célestes, considérés comme influant sur la destinée des hommes.

astreignant, ante *a* Qui astreint.

astreindre *vt* [69] Obliger, soumettre, assujettir. ■ *vpr* S'imposer qqch comme discipline.

astreinte *nf* 1 Obligation rigoureuse. 2 DR Obligation de payer une certaine somme par jour de retard. 3 Obligation d'être disponible à certaines heures pour les urgences (médecins, gendarmes, etc.).

astringent, ente *a, nm* MED Qui resserre les tissus vivants.

astrolabe *nm* Instrument qui permet de déterminer la latitude d'un lieu en observant la hauteur des étoiles.

astrologie *nf* Étude de l'influence attribuée aux astres sur les hommes et leur destinée.

astrologique *a* De l'astrologie.

astrologue *n* Spécialiste d'astrologie.

astrométrie *nf* Étude de la position des astres déterminée par des mesures d'angles.

astronaute *n* Pilote ou passager d'un véhicule spatial américain.

astronautique *nf* Ensemble des sciences et des techniques qui permettent à des engins propulsés de sortir de l'atmosphère terrestre. ■ *a* De l'astronautique.

astronef *nm* Véhicule spatial.

astronome *n* Spécialiste d'astronomie.

astronomie *nf* Étude scientifique des astres, de la structure de l'Univers.

astronomique *a* 1 De l'astronomie. 2 Fam Exagéré, excessif. *Des sommes astronomiques*.

astrophysicien, enne *n* Spécialiste d'astrophysique.

astrophysique *nf* Partie de l'astronomie qui étudie la nature physique des astres. ■ *a* De l'astrophysique.

astuce *nf* 1 Esprit d'ingéniosité. 2 Procédé ingénieux. 3 Fam Trait d'esprit, jeu de mots.

astucieusement *av* Avec astuce.

astucieux, euse *a* Plein d'ingéniosité.

asymétrie *nf* Absence de symétrie.

asymétrique *a* Qui manque de symétrie.

asymptomatique *a* MED Qui ne présente pas de symptômes.

asymptote *nf* MATH Droite dont la distance à une courbe tend vers zéro quand cette droite s'éloigne vers l'infini.

asynchrone *a* Qui n'est pas synchrone.

asyndète *nf* Procédé stylistique consistant à supprimer des mots de liaison d'une phrase.

ataraxie *nf* PHILO Quiétude de l'esprit que rien ne peut troubler.

atavique *a* Qui a trait à l'atavisme.

atavisme *nm* Ensemble des caractères héréditaires.

ataxie *nf* MED Manque de coordination des mouvements due à une lésion organique.

atèle *nm* Singe d'Amérique du Sud.

atelier *nm* 1 Local où qqn exerce une activité technique ou artistique. 2 Subdivision d'une usine où s'exécute un type déterminé de travail.

atemporel, elle *a* Hors du temps.

atermoiement *nm* Action d'atermoyer.

atermoyer *vi* [22] Chercher des délais, remettre à plus tard une décision.

athanée *nm* Syn de *funérarium*.

athée *a, n* Qui nie l'existence de Dieu.

athéisme *nm* Opinion des athées.

athénée *nm* Établissement d'enseignement secondaire en Belgique.

athénien, enne *a, n* D'Athènes.

athérome *nm* MED Lésion de la tunique interne des artères.

athérosclérose *nf* MED Sclérose artérielle secondaire à l'athérome.

athlète *n* 1 Qui s'adonne à l'athlétisme. 2 Homme fort, bien bâti.

athlétique *a* 1 Relatif à l'athlétisme. 2 Propre à l'athlète.

athlétisme *nm* Ensemble des sports individuels de compétition (lancers, courses, sauts).

atlante *nm* ARCHI Statue qui soutient un entablement, figurant un homme robuste chargé d'un fardeau. Syn. télamon.

atlantique *a* 1 De l'océan Atlantique. 2 Du Pacte atlantique, de l'OTAN.

atlantisme *nm* HIST Politique des partisans du Pacte atlantique.

atlas [-las] *nm* 1 Recueil de cartes géographiques ou astronomiques. 2 Recueil de planches, de tableaux. 3 ANAT La première vertèbre cervicale, qui supporte la tête.

atmosphère *nf* 1 Enveloppe gazeuse qui entoure le globe terrestre ou une autre planète. 2 Air que l'on respire. 3 Milieu, ambiance morale et intellectuelle.

atmosphérique *a* De l'atmosphère. Loc *Moteur atmosphérique* : qui fonctionne à la pression atmosphérique normale.

atoll *nm* Île corallienne en forme d'anneau, entourant une lagune.

atome *nm* 1 La plus petite quantité d'un corps simple. 2 Quantité infime. 3 Énergie atomique.

atomicité *nf* PHYS Nombre d'atomes contenus dans une molécule.

atomique *a* Qui a trait à l'atome, au noyau de l'atome, aux réactions nucléaires.

atomisation *nf* Action d'atomiser.

atomisé, ée *a, n* Qui a subi les effets d'une explosion atomique.

atomiser *vt* 1 Réduire en particules extrêmement fines. 2 Détruire, ravager au moyen d'armes atomiques. 3 Morceler à l'extrême.

atomiseur *nm* Appareil servant à pulvériser très finement un liquide.

atomiste *n* Spécialiste de physique atomique.

atonal, ale, aux *a* MUS Qui n'obéit pas aux règles du système tonal de l'harmonie classique.

atonalité *nf* MUS Caractère de l'écriture musicale atonale.

atone *a* 1 Qui manque d'énergie, d'expressivité. 2 LING Dépourvu d'accent tonique.

atonie *nf* Manque de vigueur, d'énergie.

atours *nmpl* Éléments de la parure féminine.

atout *nm* 1 Dans les jeux de cartes, couleur qui l'emporte sur les autres ; carte de cette couleur. 2 Moyen de succès.

atoxique *a* Dépourvu de toxicité.

atrabilaire *a, n* Litt Coléreux.

âtre *nm* Litt Foyer d'une cheminée.

atrium [atrijɔm] *nm* ANTIQ Pièce centrale de la maison romaine, dont le toit ouvert permettait de recueillir l'eau de pluie.

atroce *a* 1 D'une cruauté horrible. 2 Extrêmement douloureux, désagréable.

atrocement *av* De façon atroce.

atrocité *nf* 1 Caractère de ce qui est atroce. 2 Action atroce.

atrophie *nf* 1 Diminution du volume ou du poids d'un tissu, d'un organe. 2 Affaiblissement d'une faculté, d'un sentiment.

atrophier

atrophier vt 1 Diminuer ou faire disparaître par atrophie. 2 Empêcher de se développer, intellectuellement ou moralement. ■ *vpr* Cesser de se développer, se dégrader.

atropine *nf* Alcaloïde de la belladone, utilisé surtout comme dilatateur de la pupille.

attabler (s') *vpr* S'asseoir à table.

attachant, ante *a* Qui inspire un intérêt mêlé de bienveillance. *Un enfant attachant.*

attache *nf* Ce qui sert à attacher. **Loc** *Port d'attache d'un navire* : celui où il a été inscrit sur les documents de douane. ■ *pl* 1 Les poignets et les chevilles. *Avoir des attaches fines.* 2 Relations, liens.

attaché, ée *n* Qui appartient à une ambassade, à un ministère, etc.

attaché-case [ataʃekɛs] *nm* Mallette plate qui sert de porte-documents. *Des attachés-cases.*

attachement *nm* 1 Sentiment d'affection durable. 2 Goût persistant pour qqch.

attacher *vt* 1 Joindre, fixer à une chose à l'aide d'un lien. 2 Réunir les bouts d'un lien, les pans d'un vêtement, etc. 3 Lier qqn par devoir, sentiment, intérêt. 4 Attribuer, accorder. *Attribuer de l'importance à qqch.* ■ *vi* Rester collé au fond d'un récipient (aliment). ■ *vpr* 1 S'appliquer, s'intéresser fortement, se consacrer à qqch. 2 Éprouver une affection durable pour qqn, un intérêt soutenu pour qqch.

attaquant, ante *n* Qui attaque.

attaque *nf* 1 Action d'attaquer. 2 Accès soudain d'un mal. *Une attaque d'épilepsie.* **Loc** *Fam Être d'attaque* : être en forme.

attaquer *vt* 1 Agir avec violence contre qqn, contre une armée, une position, etc. ; engager le combat contre. 2 Critiquer âprement. 3 Ronger, détériorer, exercer une action néfaste ou corrosive sur qqch. 4 Commencer d'exécuter. 5 Intenter une action judiciaire contre qqn. ■ *vpr* 1 Engager une attaque contre. *S'attaquer aux abus.* 2 Détériorer, frapper. *Maladie qui s'attaque au bétail.*

attardé, ée *a, n* 1 Qui est en retard. 2 En retard par rapport à la norme, dans son évolution physiologique ou intellectuelle. 3 Qui a du retard sur son époque.

attarder (s') *vpr* 1 Se mettre en retard. 2 Prolonger sa présence qqpart. 3 Insister sur une question.

atteindre *vt* [69] 1 Toucher de loin avec un projectile, toucher un but. 2 Parvenir qqpart. 3 Porter atteinte à, léser. ■ *vti* *Litt* Parvenir avec effort à qqch.

atteinte *nf* Effet nuisible, dommage, préjudice. **Loc** *Porter atteinte à qqn* : lui nuire. *Hors d'atteinte* : impossible à atteindre.

attelage *nm* 1 Action ou manière d'atteler. 2 Ensemble d'animaux attelés.

atteler *vt* [18] Attacher des animaux de trait à une charrue, à une voiture ; attacher un wagon, une remorque à ce qui les tire. ■ *vpr* S'appliquer avec ardeur et persévérance à un travail.

attelle *nf* Lame rigide qui sert à maintenir immobile un membre fracturé.

attenant, ante *a* Contigu. *Son jardin est attenant au mien.*

attendre *vt* [71] 1 Rester en place pour la venue de qqn ou de qqch. 2 Différer d'agir jusqu'à un terme fixé. 3 Compter que qqn fera qqch. 4 Être prévu et prévisible ; menacer. *Des*

ennuis vous attendent. ■ *vti* **Loc** *Attendre après qqch* : en avoir besoin. ■ *vpr* Compter sur, se tenir assuré de. *Je m'attends à le voir.*

attendrir *vt* 1 Rendre tendre. *Attendrir un bifteck.* 2 Émouvoir, exciter la sensibilité de. ■ *vpr* Être ému, ressentir de la pitié.

attendrissant, ante *a* Qui attendrit.

attendrissement *nm* 1 Action d'attendrir. 2 État d'une personne attendrie.

attendrisseur *nm* Appareil utilisé en boucherie pour attendrir la viande.

attendu, ue *a* Espéré, escompté. ■ *prép* Étant donné. *Attendu les circonstances.* ■ *nmpl* **Loc** *Les attendus d'un jugement* : les alinéas exposant ses motifs.

attentat *nm* Entreprise criminelle contre une personne, une institution. **Loc** *Attentat à la pudeur* : acte immoral constituant un délit.

attentatoire *a* Qui porte atteinte à qqch.

attente *nf* 1 Le fait d'attendre. 2 Temps pendant lequel on attend. 3 Espérance, prévision. **Loc** *Salle d'attente* : pièce où l'on attend (dans une gare, chez un médecin, etc.).

attenter *vti* Commettre un attentat sur. *Attenter à la vie de qqn.*

attentif, ive *a* Qui montre de l'attention.

attention *nf* 1 Tension de l'esprit qui s'applique à quelque objet. 2 Marque de prévenance. *Une attention délicate.* **Loc** *Faire attention à* (ou *que*, ou *à ce que*) : prendre garde.

attentionné, ée *a* Qui est plein d'attentions, de prévenances.

attentisme *nm* Politique d'attente, de temporisation.

attentiste *n, a* Partisan de l'attentisme.

attentivement *av* Avec attention.

atténuant, ante *a* Propre à atténuer. **Loc** **DR** *Circonstances atténuantes* : qui diminuent la gravité de l'infraction.

atténuation *nf* Diminution de la force, de la gravité. *Atténuation de la douleur.*

atténuer *vt* Rendre moins fort, moins grave. *Atténuer la gravité d'une faute.*

atterrant, ante *a* Consternant.

atterrer *vt* Accabler, consterner.

atterrir *vi* Se poser sur le sol.

atterrissage *nm* Action d'atterrir.

attestation *nf* Certificat, témoignage écrit confirmant la vérité, l'authenticité de qqch.

attester *vt* 1 Affirmer, certifier la vérité d'une chose. 2 Servir de preuve à. 3 *Litt* Prendre à témoin. *J'en atteste le ciel.*

attiédir *vt* Rendre tiède.

attifer *vt* *Fam* Habiller d'une façon bizarre.

attique *a* D'Athènes ou de l'Attique.

attirail, ails *nm* Équipement compliqué, bagage encombrant ou inutile.

attirance *nf* Force qui attire moralement, affectivement.

attirant, ante *a* Qui exerce un attrait.

attirer *vt* 1 Faire venir à soi. *Attirer les mouches.* 2 Provoquer l'intérêt, le désir ; séduire. ■ *vpr* Être l'objet de. *S'attirer des reproches.*

attiser *vt* 1 Aviver, activer le feu. 2 Exciter, aviver. *Attiser la haine.*

attitré, ée *a* 1 Chargé nommément, par un titre, d'une fonction ou d'un office. 2 Que l'on préfère, habituel. *Marchand attitré.*

attitude nf 1 Manière de tenir son corps. 2 Conduite que l'on adopte en des circonstances déterminées.

attorney nm En Angleterre et aux États-Unis, homme de loi.

attouchement nm Action de toucher avec la main.

attractif, ive a Qui attire.

attraction nf 1 Action d'attirer ; effet produit par ce qui attire. *Attraction terrestre.* 2 Élément d'un spectacle, d'une exposition, spécialement destiné à attirer le public. *Parc d'attractions.*

attrait nm Ce qui attire, séduit.

attrape nf 1 Tromperie, mystification. 2 Objet destiné à mystifier.

attrape-nigaud nm Ruse grossière. *Des attrape-nigauds.*

attraper vt 1 Prendre à un piège. *Attraper un lapin.* 2 Atteindre et saisir. 3 Tromper, mystifier. 4 Être atteint par, subir. *Attraper la grippe.* 5 Fam Réprimander vivement.

attrape-tout a inv Dont le programme politique est assez vague pour attirer le maximum d'électeurs.

attrayant, ante a Qui excite d'attrait.

attribuer vt 1 Conférer, accorder, concéder. 2 Admettre, supposer chez qqn. *On lui attribue du courage.* 3 Rapporter à qqn ou à qqch considéré comme auteur, comme cause. *Attribuer un incendie à la malveillance.* ■ vpr S'adjuger plus ou moins abusivement.

attribut nm 1 Caractère particulier d'un être, d'une chose. 2 Emblème, signe distinctif d'une fonction, d'un personnage allégorique. 3 GRAM Mot exprimant une qualité, une manière d'être, attribuée à un nom (sujet ou complément d'objet direct) par l'intermédiaire d'un verbe comme *être, sembler.*

attribution nf Action d'attribuer. Loc GRAM *Complément d'attribution :* complément d'objet introduit par *à* (ex. : *Donner un livre à l'enfant*). ■ pl Droits et devoirs attachés à certaines charges ; compétence.

attristant, ante a Qui attriste.

attrister vt Rendre triste, affliger.

attroupement nm 1 Action de s'attrouper. 2 Groupe de personnes attroupées.

attrouper (s') vpr S'assembler en foule.

atypique a Différent du type normal.

au, aux art Forme contractée de l'article défini, pour *à le, à les,* qui ne s'emploie que devant les noms commençant par une consonne ou un h aspiré.

aubade nf Concert donné à l'aube sous les fenêtres de qqn pour l'honorer.

aubaine nf Avantage inespéré.

aube nf 1 Premières lueurs de l'aurore. 2 Litt Débuts, naissance. *À l'aube du siècle.* 3 Ample tunique liturgique de toile blanche. 4 Palette fixée sur une roue qui tourne dans un fluide.

aubépine nf Arbrisseau épineux à fleurs blanches ou roses, donnant des fruits rouges.

aubère a, n Cheval dont la robe est faite de poils blancs et alezans.

auberge nf Petit hôtel et restaurant de caractère rustique. Loc *Auberge espagnole :* endroit où l'on ne trouve que ce qu'on y apporte.

aubergine nf Légume violet de forme allongée. ■ a inv Couleur violet cramoisi.

aubergiste n Qui tient une auberge.

aubier nm BOT Partie tendre du tronc et des branches d'un arbre qui se trouve entre le cœur du bois et l'écorce.

auburn [obœRN] a inv Brun-roux (cheveux).

aucun, une pr indéf, a indéf 1 Nul, pas un seul. *Aucune erreur n'est permise.* 2 N'importe quel. *Il fait cela mieux qu'aucun autre.*

aucunement av Nullement.

audace nf 1 Tendance à oser des actions hardies en dépit des dangers ou des obstacles. 2 Innovation qui brave les habitudes.

audacieusement av Avec audace.

audacieux, euse a Qui a, qui dénote de l'audace.

au-dedans. V. dedans.

au-dehors. V. dehors.

au-delà av Plus loin. ■ nm inv L'autre monde, après la mort.

au-dessous. V. dessous.

au-dessus. V. dessus.

au-devant. V. devant.

audible a Susceptible d'être entendu.

audience nf 1 Intérêt que suscite auprès d'un public une œuvre, une pensée, etc. 2 Entretien accordé par un personnage de haut rang à des visiteurs. 3 Séance d'un tribunal.

audimat [-mat] nm (n déposé) Mesure de l'audience des émissions de télévision.

audimètre nm Dispositif servant à des mesures d'audimétrie.

audimétrie nf Mesure de l'audience des émissions de radio ou de télévision.

audio a Qui concerne l'enregistrement et la reproduction du son.

audiogramme nm 1 MED Courbe évaluant la finesse de l'audition. 2 Disque ou cassette audio.

audiologie nf MED Science de l'audition.

audiomètre nm Appareil qui sert à mesurer l'acuité auditive.

audiométrie nf Mesure de l'acuité auditive.

audionumérique a Se dit d'un disque sur lequel le son est enregistré par des méthodes informatiques.

audiophile n Passionné d'électroacoustique.

audiophone nm Amplificateur acoustique utilisé par les malentendants.

audioprothésiste n Spécialiste des prothèses auditives.

audiovisuel, elle a, nm Se dit des techniques de communication qui associent les images, les films, les enregistrements sonores.

audit [odit] nm 1 Opération consistant à contrôler la bonne gestion d'une entreprise. 2 Personne chargée de ce contrôle.

auditer vt Procéder à un audit.

auditeur, trice n 1 Qui écoute. 2 Fonctionnaire du Conseil d'État, de la Cour des comptes. Loc *Auditeur libre :* étudiant qui assiste à des cours sans l'obligation d'être soumis à l'examen.

auditif, ive a Propre à l'ouïe, à l'audition.

audition nf 1 Perception des sons par l'oreille. 2 Présentation par un artiste, à titre de démonstration, d'un morceau de musique, d'un tour de chant, etc.

auditionner vi Présenter un échantillon de son répertoire. ■ vt Assister au numéro d'un artiste pour le juger.

auditoire nm Ensemble des auditeurs.

auditorium [-RjɔM] *nm* Salle équipée pour l'écoute, l'enregistrement, la reproduction d'œuvres sonores.

auge *nf* 1 Bassin de pierre, de bois ou de métal servant à donner à boire ou à manger aux animaux. 2 Récipient utilisé par les maçons pour délayer le plâtre ou le ciment.

augment *nm* GRAM En grec, élément préfixé à certains temps verbaux du passé.

augmentatif, ive *a* GRAM Se dit d'un préfixe ou d'un suffixe renforçant le sens d'un mot (par ex. : *archi-, super-*).

augmentation *nf* 1 Action, fait d'augmenter. 2 Majoration d'appointements.

augmenter *vt* 1 Rendre plus grand, plus considérable. 2 Rémunérer davantage qqn. ■ *vi* Devenir plus important, croître en quantité, en prix, etc.

augure *nm* 1 ANTIQ À Rome, devin qui tirait présage du chant et du vol des oiseaux. 2 Personne qui prétend prédire l'avenir. 3 Ce qui semble présager l'avenir.

augurer *vt* Tirer des conjectures sur l'avenir.

auguste *a* Vénérable et solennel. ■ *nm* Type de clown au maquillage bariolé.

aujourd'hui *av* 1 Au jour où l'on est. 2 Au temps où nous sommes, à notre époque.

aulne ou **aune** *nm* Arbre des terrains humides.

aulx [o] *nmpl* V. ail.

aumône *nf* 1 Ce qu'on donne aux pauvres par charité. 2 Faveur parcimonieuse.

aumônerie *nf* 1 Charge d'aumônier. 2 Local où se tient un aumônier.

aumônier *nm* Prêtre, pasteur, rabbin qui exerce son ministère auprès d'une collectivité.

aumônière *nf* Vx Bourse attachée à la ceinture.

aune. V. aulne.

auparavant *av* Avant, antérieurement.

auprès de *prép* 1 Près de, à côté de. 2 Par comparaison, avec. 3 Aux yeux de, de l'avis de. ■ *av* Dans le voisinage, non loin.

auquel. V. lequel.

aura *nf* Influence mystérieuse qui semble émaner d'une personne.

auréole *nf* 1 Couronne lumineuse dont les peintres entourent la tête du Christ. 2 Prestige, gloire. 3 Trace circulaire laissée par une tache qu'on a nettoyée.

auréoler *vt* Parer d'une auréole.

auriculaire *a* De l'oreille ou de l'oreillette du cœur. Loc *Témoin auriculaire* : qui rapporte ce qu'il a entendu. ■ *nm* Le plus petit doigt de la main.

aurifère *a* Qui contient de l'or.

aurige *nm* ANTIQ Conducteur de char.

aurochs [-ɔk] *nm* Bovidé de grande taille qui vécut en Europe, à l'état sauvage.

aurore *nf* 1 Lumière rosée qui précède le lever du Soleil. 2 Litt Origine, début. Loc *Aurore polaire* ou *boréale* : phénomène lumineux observable dans le ciel des régions polaires.

auscultation *nf* Action d'ausculter.

ausculter *vt* Écouter, directement ou à l'aide d'un stéthoscope, les bruits de l'intérieur du corps, en vue d'un diagnostic.

auspice *nm* ANTIQ Présage tiré de l'observation des oiseaux. Loc *Sous d'heureux auspices* : dans des conditions qui présagent le succès. *Sous les auspices de qqn* : sous sa protection.

aussi *av* 1 Également, de même. 2 Devant un adjectif ou un adverbe dans une comparaison, exprime l'égalité. 3 C'est pourquoi, en conséquence. Loc *Aussi bien* : après tout, d'ailleurs.

aussitôt *av* Immédiatement, sans attendre. Loc *Aussitôt que* : dès que.

austère *a* 1 Qui présente un penchant pour la gravité, la sévérité morale. 2 Dénué d'agréments ou de fantaisie.

austérité *nf* Caractère austère.

austral, ale, als ou **aux** *a* Qui se trouve dans l'hémisphère Sud. Ant. boréal.

australien, enne *a, n* De l'Australie.

australopithèque *nm* PALEONT Hominidé fossile d'Afrique australe.

autan *nm* Vent du sud-est, dans le Midi.

autant *av* (suivi de *que*) Marque l'égalité entre deux quantités. Loc *Autant que possible* : dans la mesure du possible. *Autant en emporte le vent* : ce sont des choses sans lendemain. *D'autant plus* : à plus forte raison. *Pour autant* : malgré cela, néanmoins. *D'autant (plus, moins) que* : avec cette raison (en plus ou en moins) que. *(Pour) autant que* : dans la mesure où (avec indic ou subj).

autarcie *nf* Système économique d'une région qui peut suffire à tous ses besoins.

autarcique *a* De l'autarcie.

autel *nm* 1 ANTIQ Table destinée aux sacrifices. 2 RELIG Table consacrée sur laquelle se célèbre la messe. Loc *Le Trône et l'Autel* : le pouvoir temporel et le pouvoir spirituel.

auteur *nm* 1 Qui est la cause première de qqch. 2 Personne qui a fait un ouvrage de littérature, de science ou d'art.

authenticité *nf* Qualité de ce qui est authentique.

authentification *nf* Action d'authentifier.

authentifier *vt* Certifier authentique, conforme, certain.

authentique *a* 1 Se dit d'une œuvre qui émane effectivement de l'auteur auquel on l'attribue. 2 D'une vérité, d'une sincérité incontestables. Loc DR *Acte authentique* : dressé dans les formes exigées par la loi.

authentiquement *av* De façon authentique.

autisme *nm* PSYCHIAT Repliement sur soi-même et perte du contact avec la réalité extérieure.

autiste *a, n* Atteint d'autisme.

auto *nf* Fam Automobile.

autoadhésif, ive *a* Autocollant.

autoallumage *nm* Allumage spontané du mélange détonant d'un moteur.

autobiographe *n* Auteur d'une autobiographie.

autobiographie *nf* Biographie d'une personne écrite par elle-même.

autobiographique *a* De l'autobiographie.

autobronzant, ante *a, nm* Qui permet de bronzer sans soleil.

autobus *nm* Véhicule automobile pour transports en commun urbains.

autocar *nm* Véhicule automobile destiné au transport collectif interurbain ou de tourisme.

autocaravane *nf* Syn de *camping-car.*

autocariste *n* Entrepreneur de transports en autocar.

autocassable *a* Se dit d'une ampoule médicamenteuse qui peut se casser sans lime.

autocensure *nf* Censure préventive exercée par un auteur sur ses propres œuvres.

autocensurer (s') *vpr* Pratiquer l'autocensure.

autochenille *nf* Automobile montée sur chenilles.

autochtone [-kton] *a, n* Se dit des populations originaires des pays qu'elles habitent.

autoclave *nm* Récipient fermé hermétiquement, pour cuire, stériliser sous pression des substances diverses.

autocollant, ante *a, nm* Qui peut être collé par simple pression.

autoconsommation *nf* Consommation des produits par leur producteur.

autocontrôle *nm* **1** Contrôle sur soi-même. **2** FIN Contrôle exercé par une société sur son propre capital grâce à des filiales.

autocorrection *nf* Dispositif de contrôle des erreurs par le sujet lui-même.

autocrate *nm* **1** Souverain dont le pouvoir n'est limité par aucun contrôle. **2** Personne autoritaire, tyrannique.

autocratie *nf* Système politique dans lequel le monarque possède une autorité absolue.

autocratique *a* De l'autocratie.

autocritique *nf* Aveu de ses torts.

autocuiseur *nm* Autoclave de ménage pour la cuisson rapide des aliments.

autodafé *nm* **1** HIST Exécution solennelle d'une sentence prononcée par l'Inquisition. **2** Destruction par le feu.

autodéfense *nf* Défense assurée par ses propres moyens.

autodérision *nf* Faculté de rire de soi-même.

autodestructeur, trice *a* Qui se détruit lui-même.

autodestruction *nf* Destruction de soi-même.

autodétermination *nf* Action, pour un peuple, de déterminer librement son statut politique et administratif.

autodidacte *a, n* Qui s'est instruit seul, sans maître.

autodiscipline *nf* Maintien de la discipline au sein d'une collectivité par ses propres membres.

autodissolution *nf* Le fait pour une organisation de se dissoudre spontanément.

auto-école *nf* Entreprise qui dispense des cours de conduite automobile. *Des auto-écoles.*

autoérotisme *nm* Recherche solitaire d'une satisfaction sexuelle.

autofinancement *nm* Financement d'une entreprise par ses propres ressources.

autofinancer (s') *vpr* [10] Pratiquer l'autofinancement.

autofocus [-kys] *a, nm* PHOTO Se dit d'un système de mise au point automatique.

autogène *a* Se dit de la soudure de pièces d'un même métal sans apport d'un métal étranger.

autogéré, ée *a* Géré par autogestion.

autogestion *nf* Gestion d'une entreprise par les travailleurs eux-mêmes.

autogestionnaire *a* De l'autogestion.

autographe *a, nm* Écrit de la propre main de l'auteur.

autogreffe *nf* CHIR Greffe faite à partir d'un greffon prélevé sur le sujet.

autoguidage *nm* Système qui permet à un engin de se diriger automatiquement.

autoguidé, ée *a* Dirigé par autoguidage.

autolimitation *nf* Limitation volontaire de sa consommation.

autolyse *nf* BIOL Destruction d'un tissu par ses propres enzymes.

automate *nm* **1** Appareil présentant l'aspect d'un être animé et capable d'en imiter les gestes. **2** Personne dénuée d'initiative, de réflexion. **3** Appareil exécutant certaines tâches sans intervention humaine.

automaticité *nf* Caractère automatique.

automatique *a* **1** Se dit des mouvements du corps humain exécutés sans l'intervention de la volonté, de la conscience. **2** Se dit d'un dispositif qui exécute de lui-même certaines opérations définies à l'avance. *Distributeur automatique.* **3** Qui a lieu d'office. *Promotion automatique.* ■ *nm* Pistolet automatique. ■ *nf* Science et technique de l'automatisation.

automatiquement *av* De façon automatique.

automatisation *nf* Ensemble des procédés automatiques visant à supprimer l'intervention humaine dans la production industrielle et le traitement de l'information.

automatiser *vt* Doter d'un fonctionnement automatique.

automatisme *nm* **1** Comportement qui échappe à la volonté ou à la conscience réfléchie. **2** Dispositif dont le fonctionnement ne nécessite pas l'intervention de l'homme.

automédication *nf* Prise de médicaments sans avis médical.

automitrailleuse *nf* Véhicule blindé puissamment armé (canon, mitrailleuse).

automnal, ale, aux [otɔnal] *a* De l'automne.

automne [otɔn] *nm* Saison qui succède à l'été et qui précède l'hiver.

automobile *nf* Véhicule terrestre à moteur pour transporter des personnes. ■ *a* De l'automobile. *Industrie automobile.*

automobilisme *nm* Activités sportives utilisant l'automobile.

automobiliste *n* Conducteur d'automobile.

automoteur, trice *a* Se dit d'un véhicule équipé d'un moteur qui lui permet de se déplacer. ■ *nf* Voiture de chemin de fer à moteur.

autonettoyant, ante *a* Qui se nettoie automatiquement. *Four autonettoyant.*

autonome *a* **1** Se dit d'une collectivité qui s'administre librement. **2** Qui fait preuve d'indépendance.

autonomie *nf* **1** Indépendance dont jouit un groupe, un pays autonome. **2** Liberté, indépendance de comportement. **3** Distance maximale parcourue par un véhicule sans nouveau ravitaillement.

autonomisme *nm* Mouvement politique des autonomistes.

autonomiste *n, a* Partisan de l'autonomie d'un pays, d'une région.

autopompe *nf* Véhicule automobile portant une pompe.

autoportrait *nm* Portrait d'un artiste exécuté par lui-même.

autoproclamer (s') *vpr* Déclarer de sa propre autorité que l'on accède à un poste.

autopropulsé, ée *a* Qui possède son propre système de propulsion.

autopsie *nf* Dissection d'un cadavre en vue de déterminer les causes de la mort.

autopsier *vt* Faire l'autopsie de.

autoradio *nm* Poste de radio conçu pour être monté dans sa voiture.

autorail *nm* Automotrice pour le transport des voyageurs.

autorégulation *nf* Régulation d'un système par lui-même.

autoreverse *nm* Dispositif qui permet d'écouter sans interruption les deux pistes d'une cassette.

autorisation *nf* 1 Action d'autoriser. 2 Permis délivré par une autorité.

autorisé, ée *a* 1 Pourvu d'une autorisation. 2 Permis. *Arrêt autorisé.* 3 Qui fait autorité.

autoriser *vt* 1 Doter du droit de. 2 Permettre, légitimer. ■ *vpr* Prendre qqch comme justification, quon comme autorité.

autoritaire *a* 1 Qui veut toujours imposer son autorité. 2 Fondé sur l'autorité. *Un régime autoritaire.*

autoritairement *av* De façon autoritaire.

autoritarisme *nm* Caractère autoritaire d'un pouvoir, d'une personne.

autorité *nf* 1 Pouvoir de commander, d'obliger à qqch. 2 Crédit, influence. 3 Personne, ouvrage dont on reconnaît la compétence, la valeur. **Loc** *D'autorité :* en vertu du seul pouvoir qu'on s'attribue. *Faire autorité :* servir de règle en la matière. ■ *pl* Les dirigeants.

autoroute *nf* Route à deux chaussées séparées, sans carrefour à niveau, pour la circulation rapide.

autoroutier, ère *a* De l'autoroute.

autosatisfaction *nf* Contentement de soi.

autos-couchettes *a inv* Qui assure le transport des voyageurs en couchettes et celui de leur voiture.

autostop *nm* Pratique consistant à demander par signes à un véhicule de s'arrêter et de vous transporter gratuitement.

autostoppeur, euse *n* Qui pratique l'autostop.

autosuffisance *nf* Autonomie de ressources ou de moyens qui dispense d'une aide extérieure.

autosuffisant, ante *a* Dont les ressources suffisent à ses besoins.

autosuggestion *nf* Suggestion exercée sur soi-même.

autotracté, ée *a* À traction autonome.

autotransfusion *nf* Transfusion pratiquée avec le propre sang du sujet.

1. autour (de) *av, prép* 1 Dans l'espace qui environne, qui entoure. 2 (Suivi d'une quantité, d'une date.) Environ.

2. autour *nm* Oiseau de proie diurne.

autovaccin *nm* Vaccin issu du germe prélevé sur le sujet atteint.

autre *a, pr indéf* 1 Différent, dissemblable. 2 Second par la ressemblance. *Un autre moi-même.* 3 Opposé, dans un groupe de deux. **Loc** *Autre part :* ailleurs. *D'autre part :* d'un autre côté, en outre. *Nous autres, vous autres :* quant à nous, à vous. **Fam** *À d'autres ! :* je ne crois pas ces sornettes. *Entre autres :* notamment. *L'un dans l'autre :* en compensant une chose par une autre.

autrefois *av* Dans un temps plus ou moins lointain ; jadis.

autrement *av* 1 D'une autre façon. 2 Sans quoi, sinon.

autrichien, enne *a, n* D'Autriche.

autruche *nf* Grand oiseau coureur des savanes africaines.

autrui *pr indéf* Litt Les autres, le prochain. *Le bien d'autrui.*

auvent *nm* Petit toit incliné sur une porte.

auvergnat, ate *a, n* D'Auvergne.

aux. V. au.

auxiliaire *a, n* Qui aide accessoirement ou provisoirement. ■ *a, nm* GRAM Se dit des verbes *avoir* et *être* qui servent à former les temps composés.

auxiliariat *nm* Fonction de maître auxiliaire.

auxquels, auxquelles. V. lequel.

avachir *vt* Amollir ou déformer. ■ *vpr* Se déformer, se laisser aller.

avachissement *nm* État d'une chose ou d'une personne avachie.

1. aval *nm* 1 Engagement pris par un tiers de payer une somme au cas où le débiteur principal serait défaillant. 2 Caution, assentiment. *Donner son aval. Des avals.*

2. aval *nm* 1 Partie d'un cours d'eau comprise entre un point donné et son embouchure. 2 Partie d'une activité, d'un processus qui est la plus proche du point d'aboutissement. ■ *av, a inv* Vers l'aval. *Ski aval.* Ant. amont.

avalanche *nf* 1 Glissement d'une grande masse de neige sur la pente d'une montagne. 2 Grande quantité de choses.

avaler *vt* 1 Faire descendre par le gosier. 2 Lire avidement. 3 Croire naïvement.

avaliser *vt* Donner son aval à qqch.

à-valoir *nm inv* Règlement partiel d'une somme due.

avance *nf* 1 Progression. 2 Espace parcouru avant qqn. 3 Temps gagné sur qqn. 4 Somme d'argent donnée ou reçue à titre d'acompte. **Loc** *À l'avance, d'avance, par avance :* de façon anticipée, avant le moment fixé. *En avance :* avant le moment prévu. ■ *pl* Premières démarches pour nouer ou renouer des relations.

avancé, ée *a* 1 Qui est en avant, en avance. 2 Arrivé à un certain degré de perfection. 3 Dont une grande partie est écoulée ou qui touche à son terme. 4 Se dit d'un aliment proche de la décomposition.

avancée *nf* 1 Ce qui est en avant, qui fait saillie. 2 Progrès. *L'avancée des négociations.* 3 Partie terminale de la ligne de pêche.

avancement *nm* 1 Progrès, développement. 2 Promotion. *Obtenir de l'avancement.*

avancer *vi* [10] 1 Aller en avant, progresser. 2 Indiquer une heure plus avancée que l'heure réelle (montres). 3 Faire saillie, dépasser l'alignement. ■ *vt* 1 Porter en avant. *Avancer un fauteuil.* 2 Faire progresser. *Avancer son travail.* 3 Payer par anticipation. 4 Mettre en avant, faire valoir. *Avancer des arguments.* 5 Faire advenir plus tôt que prévu. *Avancer son départ.* ■ *vpr* 1 Se porter en avant. 2 Faire saillie. 3 S'engager trop avant dans ses propos ou ses démarches.

avanie *nf* Vexation, affront public.

avant *av, prép* Marque l'antériorité, la priorité dans le temps, l'espace, le rang. **Loc** *Avant que* (+ subj) : avant le moment où. *En avant :* devant soi. *Mettre en avant qqch :* l'alléguer. *Se mettre en avant :* se faire valoir. ■ *nm* 1 Partie antérieure d'un véhicule, d'un navire, etc. Ant. arrière. 2 Front des combats. 3 Joueur placé devant tous les autres. **Loc** *Aller de l'avant :* progresser vivement. ■ *a inv* Placé à l'avant. *Les roues avant.*

avantage *nm* **1** Ce dont on peut tirer un profit, un succès ; supériorité. **2** Au tennis, point marqué par un joueur lorsque la marque est à quarante partout.

avantager *vt* [11] Favoriser.

avantageusement *av* De façon avantageuse.

avantageux, euse *a* **1** Qui procure des avantages. *Produit avantageux.* **2** Vain, présomptueux. *Air avantageux.*

avant-bras *nm inv* Segment du membre supérieur compris entre le coude et le poignet.

avant-centre *nm* Au football, au hand-ball, etc., joueur qui occupe la partie centrale de la ligne des avants. *Des avants-centres.*

avant-coureur *a* Précurseur. *Les signes avant-coureurs de la maladie.*

avant-dernier, ère *a, n* Qui précède immédiatement le dernier. *Les avant-derniers.*

avant-garde *nf* **1** Ensemble des éléments de reconnaissance qu'une troupe détache en avant d'elle. **2** Ensemble de ceux qui sont à la tête des innovations en matière littéraire, artistique. *Des avant-gardes.*

avant-gardiste *a, n* Qui est à l'avant-garde politique, culturelle. *Des avant-gardistes.*

avant-goût *nm* Impression, sensation qu'on a par avance. *Des avant-goûts.*

avant-guerre *nm* ou *nf* Période qui a précédé la guerre. *Des avant-guerres.*

avant-hier *av* Le jour qui a précédé la veille. *Je l'ai vu avant-hier.*

avant-port *nm* Partie d'un port ouverte sur la mer. *Des avant-ports.*

avant-poste *nm* Poste militaire avancé. *Des avant-postes.*

avant-première *nf* Spectacle donné à l'intention des critiques avant la première représentation publique. *Des avant-premières.*

avant-projet *nm* Étude préliminaire d'un projet. *Des avant-projets.*

avant-propos *nm inv* Courte préface.

avant-scène *nf* **1** Partie de la scène comprise entre le rideau et la rampe. **2** Loge proche de la scène. *Des avant-scènes.*

avant-veille *nf* Jour qui précède la veille. *Des avant-veilles.*

avare *a, n* Qui a la passion de l'argent et l'accumule sans vouloir l'utiliser. ■ *a* Qui n'accorde pas facilement qqch.

avarice *nf* Amour excessif de l'argent pour lui-même.

avarie *nf* **1** MAR Dommage arrivé à un navire ou à sa cargaison. **2** Dommage, détérioration subie par un objet.

avarié, ée *a* **1** Qui a subi une avarie. **2** Détérioré, gâté. *Fruits avariés.*

avarier *vt* Endommager, abîmer.

avatar *nm* **1** RELIG Incarnation d'un dieu, dans le brahmanisme. **2** Métamorphose. **3** Abusiv Tracas, malheur, accident. **4** INFORM Représentation d'un être humain en deux ou trois dimensions.

à vau-l'eau *av* À l'abandon, à la ruine.

Ave ou **Ave Maria** *nm inv* Prière à la Vierge.

avec *prép, av* Indique l'accompagnement, la relation, le moyen, la manière, l'opposition, la simultanéité.

aveline *nf* Fruit de l'avelinier.

avelinier *nm* Variété de noisetier.

aven [aven] *nm* Gouffre naturel creusé par les eaux d'infiltration.

1. avenant, ante *a* Affable.

2. avenant *nm* Addition, modification à un contrat en cours. **Loc** *À l'avenant :* à proportion, en conformité.

avènement *nm* **1** Venue du Messie. **2** Accession à la souveraineté.

avenir *nm* **1** Le temps à venir, les événements futurs. **2** Situation de qqn dans le futur. **Loc** *À l'avenir :* désormais. *D'avenir :* dont on peut espérer la réussite.

Avent *nm* Temps de quatre semaines consacré par les chrétiens à se préparer à la fête de Noël.

aventure *nf* **1** Événement imprévu, extraordinaire. **2** Intrigue amoureuse. **3** Entreprise risquée. **Loc** *D'aventure, par aventure :* par hasard. *Aller à l'aventure :* sans but. *Dire la bonne aventure :* prédire l'avenir.

aventurer *vt* Litt Risquer, hasarder. ■ *vpr* Se risquer à.

aventureusement *av* De façon aventureuse.

aventureux, euse *a* **1** Qui aime le risque. *Esprit aventureux.* **2** Qui comporte des aventures, des risques. *Vie aventureuse.*

aventurier, ère *n* **1** Qui cherche les aventures. **2** Individu sans scrupules.

aventurisme *nm* Tendance à prendre des mesures aventureuses.

avenu, ue *a* **Loc** *Nul et non avenu :* considéré comme n'ayant jamais existé.

avenue *nf* Voie, rue large.

avéré, ée *a* Reconnu pour certain.

avérer (s') *vpr* [12] Se révéler, apparaître. *Il s'avère que cela est faux.*

avers *nm* Face d'une monnaie. Ant. revers.

averse *nf* Pluie soudaine et abondante.

aversion *nf* Violente antipathie.

averti, ie *a* **1** Informé, sur ses gardes. **2** Expérimenté, compétent.

avertir *vt* Attirer l'attention de qqn, le prévenir. *Avertir qqn d'un danger.*

avertissement *nm* **1** Appel à l'attention. **2** Courte préface. **3** Remontrance, rappel à l'ordre avant la sanction.

avertisseur *nm* Dispositif sonore qui avertit.

aveu *nm* Action d'avouer. *L'aveu d'un crime.* **Loc** *De l'aveu de :* selon le témoignage de.

aveuglant, ante *a* **1** Éblouissant. **2** Qu'on ne peut nier. *Vérité aveuglante.*

aveugle *a, n* Privé du sens de la vue. **Loc** *Jouer en aveugle :* sans regarder l'échiquier. MED *Test en aveugle :* avec des produits ne portant aucune mention. ■ *a* **1** Manquant de clairvoyance et de discernement. **2** Qui ne souffre pas l'examen ou la discussion. *Obéissance aveugle.*

aveuglement *nm* Manque de discernement.

aveuglément *av* Sans réflexion.

aveugler *vt* **1** Rendre aveugle, éblouir. **2** Priver de discernement. **3** Obstruer, boucher. *Aveugler une voie d'eau.* ■ *vpr* Se faire illusion, se cacher volontairement la vérité.

aveuglette (à l') *av* **1** Sans voir. **2** Au hasard.

aviaire *a* Des oiseaux. *Peste aviaire.*

aviateur, trice *n* Pilote d'un avion.

aviation *nf* **1** Navigation aérienne par avion. **2** Ensemble des avions.

avicole *a* De l'aviculture.

aviculteur, trice *n* Qui pratique l'aviculture.

aviculture *nf* Élevage des oiseaux et de la volaille.

avide *a* Qui désire ardemment se procurer qqch, cupide.

avidement *av* De manière avide.

avidité *nf* Désir immodéré, cupidité.

avilir *vt* 1 Déprécier. *Avilir une monnaie.* 2 Rendre méprisable. *Avilir son nom.* ■ *vpr* Se déprécier, se dégrader.

avilissant, ante *a* Qui avilit.

avilissement *nm* Action d'avilir ; état de ce qui est avili.

aviné, ée *a* 1 Ivre. 2 Qui dénote l'ivresse. *Démarche avinée.*

avion *nm* Aéronef plus lourd que l'air, pourvu d'ailes et d'un ou de plusieurs moteurs qui lui permettent de voler.

avion-citerne *nm* Avion transporteur de carburant. *Des avions-citernes.*

avionique *nf* Électronique appliquée à l'aéronautique.

avionnerie *nf* Usine de construction aéronautique.

avionneur *nm* Constructeur d'avions.

avion-radar *nm* Avion équipé d'un système de radars. *Des avions-radars.*

aviron *nm* 1 Rame d'une embarcation. 2 Sport du canotage.

avis *nm* 1 Opinion. *Donner son avis.* 2 Conseil. *C'est un avis amical.* 3 Annonce d'un fait qu'on porte à la connaissance du public. Loc *Avis au lecteur* : courte préface.

avisé, ée *a* Prudent, judicieux.

aviser *vt* 1 Informer par un avis. *Aviser la population.* 2 Litt Apercevoir. *Aviser un ami dans la foule.* ■ *vi* Prendre une décision. *Il va falloir aviser.* ■ *vpr* 1 Se rendre compte de qqch. *S'aviser de l'arrivée de qqn.* 2 Être assez audacieux pour. *Ne t'avise pas de me tromper.*

aviso *nm* Navire de guerre, d'escorte ou de lutte contre les sous-marins.

avitaminose *nf* MED Carence en vitamines.

aviver *vt* 1 Rendre plus vif, plus éclatant. 2 Exciter, irriter. *Aviver une douleur.*

1. avocat, ate *n* 1 Qui fait profession de défendre des causes en justice. 2 Personne qui prend fait et cause pour qqn, qqch. Loc *Avocat général* : magistrat du parquet, représentant du ministère public. *Avocat du diable* : personne qui prend la défense d'une mauvaise cause pour susciter des réfutations à ses objections.

2. avocat *nm* Fruit comestible de l'avocatier.

avocatier *nm* Arbre originaire d'Amérique du Sud dont le fruit est l'avocat.

avoine *nf* Céréale utilisée notamment pour la nourriture des chevaux.

avoir *vt* [7] 1 Posséder. 2 Bénéficier, jouir de. 3 Être doté de. 4 Fam Duper, dominer. 5 Éprouver, ressentir. *Avoir faim, chaud.* 6 Auxiliaire des formes composées actives de tous les verbes transitifs et de la plupart des verbes intransitifs. *J'ai écrit, j'ai eu, j'ai été.* Loc *En avoir à, après, contre qqn* : lui manifester de l'hostilité. *Il y a* : il existe. *Il y a cinq minutes* : cela fait cinq minutes. *Il n'y a qu'à* : il suffit de. *Avoir à* (+ inf) : exprime l'obligation. ■ *nm* 1 Biens, possession. 2 Somme due à une personne, crédit.

avoisinant, ante *a* Proche, voisin.

avoisiner *vt* Être voisin, proche de.

avorté, ée *a* Qui a échoué. *Plan avorté.*

avortement *nm* Action d'avorter.

avorter *vi* 1 Expulser le fœtus avant qu'il soit viable. 2 Ne pas aboutir, ne pas avoir le succès prévu.

avorton *nm* Individu difforme et chétif.

avouable *a* Qu'on peut avouer sans honte.

avoué *nm* Officier ministériel qui représentait les plaideurs devant certains tribunaux.

avouer *vt* Confesser, reconnaître. *Avouer ses erreurs.*

avril *nm* Le quatrième mois de l'année. Loc *Poisson d'avril* : plaisanterie, farce faite traditionnellement le 1er avril.

avunculaire [-võ-] *a* D'un oncle, d'une tante.

axe *nm* 1 Droite autour de laquelle un corps tourne. 2 Pièce cylindrique autour de laquelle tourne un corps. *Axe d'une roue.* 3 MATH Droite qui sert de référence. *Axe des abscisses.* 4 Ligne centrale. *L'axe d'une rue.* 5 Grande voie de communication. 6 Ligne directrice d'un projet, d'un plan. *Les axes d'une politique.*

axer *vt* 1 Diriger selon un axe. 2 Orienter un projet, une action selon telle direction.

axial, ale, aux *a* D'un axe.

axiologie *nf* PHILO Théorie des valeurs, plus partic. des valeurs morales.

axiomatique *a* PHILO 1 De l'axiome. 2 Qui raisonne sur des symboles, indépendamment de leur contenu. ■ *nf* Branche de la logique qui étudie les systèmes d'axiomes.

axiome *nm* PHILO Proposition générale reçue et acceptée comme vraie sans démonstration.

axis *nm* Deuxième vertèbre cervicale.

axolotl *nm* Amphibien du Mexique.

axone *nm* ANAT Prolongement du neurone qui conduit l'influx nerveux.

ayant droit *nm* Qui a droit ou qui est intéressé à qqch. *Des ayants droit.*

ayatollah *nm* Dignitaire musulman chiite.

aye-aye [ajaj] *nm* 1 Mammifère arboricole de Madagascar. *Des ayes-ayes.*

azalée *nf* Arbuste ornemental cultivé pour ses fleurs colorées.

azéri, ie *a, n* De l'Azerbaïdjan. ■ *nm* Langue turque de ce pays.

azimut *nm* ASTRO Angle compris entre le plan vertical passant par l'axe de visée et le plan du méridien de l'observateur. Loc Fam *Dans tous les azimuts* : dans tous les sens.

azimuté, ée *a* Fam Un peu fou.

azoïque *nm* Composé utilisé comme colorant alimentaire.

azote *nm* Gaz incolore et inodore, peu réactif et peu soluble dans l'eau.

azoté, ée *a* Qui contient de l'azote.

AZT *nm* Médicament antiviral utilisé pour le traitement du sida.

aztèque *a* Relatif aux Aztèques.

azulejo [azulexo] *nm* Revêtement décoratif bleu au Portugal.

azur *nm* Litt Couleur bleu clair limpide.

azuré, ée *a* De la couleur de l'azur ; bleu.

azuréen, enne *a* De la Côte d'Azur.

azyme *a* Loc *Pain azyme* : pain sans levain.

b *nm* Deuxième lettre (consonne) de l'alphabet.

B.A. [bea] *nf* Fam Bonne action.

b.a.-ba [beaba] *nm inv* Fam Notions élémentaires. *Le b.a.-ba du ski.*

1. baba *a inv* Fam Stupéfait.

2. baba *nm* Gâteau imbibé de rhum.

baba cool [babakul] ou **baba** *n, a* Qui reste attaché à la mode hippie. *Des babas cool.*

babeurre *nm* Liquide qui reste quand on fait le beurre.

babil *nm* Bavardage enfantin.

babillage *nm* Action de babiller.

babiller *vi* Bavarder futilement.

babines *nfpl* Lèvres pendantes de certains animaux. Loc Fam *S'en lécher les babines :* s'en délecter à l'avance.

babiole *nf* Fam Chose de peu de valeur, de peu d'importance.

babiroussa *nm* Sanglier d'Indonésie.

bâbord *nm* Côté gauche du navire lorsqu'on regarde vers l'avant. Ant. tribord.

babouche *nf* Pantoufle en cuir, sans talon.

babouin *nm* Singe cynocéphale d'Afrique, au museau allongé.

babouvisme *nm* HIST Doctrine de Babeuf, préconisant un communisme égalitaire.

baby-blues *nm inv* État dépressif qui peut apparaître en fin de grossesse et après l'accouchement.

baby-boom [bebibum] *nm* Accroissement brusque de la natalité.

baby-foot [bebifut] *nm inv* Jeu constitué d'une table qui représente un terrain de football et de figurines fixées sur des tringles.

babylonien, enne *a, n* De Babylone.

baby-sitter [bebisitœr] *n* Personne qui garde un jeune enfant en l'absence des parents. *Des baby-sitters.*

baby-sitting *nm* Activité de baby-sitter.

1. bac *nm* 1 Bateau fluvial à fond plat transportant d'une rive personnes et véhicules. 2 Cuve destinée à des usages variés.

2. bac *nm* Fam Baccalauréat.

baccalauréat *nm* Examen et diplôme sanctionnant la fin des études secondaires.

baccara *nm* Jeu de hasard qui se joue avec des cartes, entre un banquier et des joueurs (pontes).

bacchanale [-ka-] *nf* Litt Débauche bruyante. ■ *pl* Fêtes religieuses dédiées à Bacchus.

bacchante [-kãt] *nf* Femme participant au culte de Bacchus. ■ *pl* Fam Moustache.

bâche *nf* Forte toile qui protège des intempéries.

bachelier, ère *n* Titulaire du baccalauréat. ■ *nm* HIST Au Moyen Âge, aspirant au rang de chevalier.

bâcher *vt* Couvrir d'une bâche.

bachique *a* De Bacchus.

bachot *nm* Fam Baccalauréat.

bachotage *nm* Fam Action de bachoter.

bachoter *vi* Fam Préparer un examen, un concours par un travail intensif.

bacillaire [-siler] *a* Relatif aux bacilles. ■ *a, n* Atteint de tuberculose.

bacille [-sil] *nm* Bactérie en forme de bâtonnet.

backgammon [-mɔn] *nm* Jeu de dés proche du jacquet.

background [-graund] *nm* Arrière-plan, contexte d'un événement, d'une situation.

bâclage *nm* Action de bâcler.

bâcler *vt* Fam Faire un travail trop rapidement et sans application.

bacon [bekœn] *nm* Tranche mince de viande de porc, salée et fumée.

bactéricide *a, nm* Qui tue les bactéries.

bactérie *nf* Être vivant unicellulaire se reproduisant par scissiparité.

bactérien, enne *a* Des bactéries.

bactériologie *nf* Étude des bactéries.

bactériologique *a* De la bactériologie.

bactériologiste *n* Spécialiste de bactériologie.

bactériostatique *a, nm* MED Qui bloque la multiplication bactérienne.

badaud *nm* Qui regarde en flânant le moindre spectacle de la rue.

baderne *nf* Loc Fam *Vieille baderne :* homme aux idées rétrogrades.

badge *nm* 1 Insigne publicitaire ou d'appartenance à un groupe, fixé sur un vêtement. 2 Document d'identité magnétique.

badiane *nf* Arbuste dont le fruit, l'anis étoilé, est aromatique.

badigeon *nm* Enduit liquide dont on revêt les murs ou les plafonds.

badigeonnage *nm* Action de badigeonner.

badigeonner *vt* 1 Recouvrir d'un badigeon. 2 Enduire d'un liquide médicamenteux.

badin, ine *a* Enjoué, plaisant. *Ton badin.*

badinage *nm* Action de badiner, de plaisanter.

badine 46

badine nf Baguette mince et souple.
badiner vi Parler de manière enjouée et légère.
Loc *Ne pas badiner avec* (ou *sur*) *qqch* : être
très strict là-dessus.
badinerie nf Ce qu'on dit, ce qu'on fait en
badinant.
badminton [-minton] nm Jeu qui se joue avec
des raquettes et un volant.
baffe nf Pop Gifle. *Recevoir une paire de baffes.*
baffle nm Syn de *enceinte acoustique.*
bafouer vt Traiter avec mépris ; ridiculiser.
bafouillage nm Fam Action de bafouiller ;
propos confus, incohérents.
bafouiller vi, vt Fam S'exprimer de façon
embarrassée et incohérente.
bâfrer vi Pop Manger goulûment.
bâfreur, euse n Fam Glouton.
bagage nm 1 Objet qu'on transporte avec soi
en déplacement. 2 Ensemble des connaissances
acquises. Loc *Partir avec armes et bagages* : en
emportant tout ce qui peut être emporté. *Plier
bagage* : partir.
bagagiste nm 1 Préposé aux bagages dans un
hôtel, une gare. 2 Industriel du bagage.
bagarre nf Rixe, querelle, lutte.
bagarrer (se) vpr Fam Se battre, lutter.
bagarreur, euse a, n Fam Qui aime se bagarrer.
bagatelle nf 1 Objet de peu de valeur. 2
Somme insignifiante. 3 Chose futile. 4 Fam
L'amour, le plaisir physique.
bagnard nm Forçat.
bagne nm 1 Lieu où étaient détenus les
condamnés aux travaux forcés. 2 Endroit où on
est maltraité.
bagnole nf Fam Automobile.
bagou ou **bagout** nm Fam Grande facilité de
parole pour amuser, duper.
bague nf 1 Anneau qu'on porte au doigt. 2
Objet en forme d'anneau.
baguenauder vi, vpr Fam Flâner.
baguer vt Garnir d'une bague.
baguette nf 1 Bâton mince. 2 Pain de 250 g,
de forme allongée. 3 Moulure de menuiserie.
Loc *Mener à la baguette* : avec fermeté.
bah ! interj Marque l'indifférence, le doute.
baht nm Unité monétaire de la Thaïlande.
bahut nm 1 Grand coffre. 2 Buffet bas. 3 Fam
Camion, taxi. 4 Fam Lycée, collège.
bai, baie a Rouge-brun, en parlant de la robe
d'un cheval.
1. baie nf Fruit charnu à pépins.
2. baie nf 1 Partie rentrante d'une côte
occupée par la mer. 2 Large ouverture pratiquée dans un mur, servant de porte ou
de fenêtre.
baignade nf 1 Action de prendre un bain. 2
Lieu où l'on se baigne.
baigner vt 1 Mettre dans un bain. 2 Toucher
(mer, fleuves). *La Manche baigne le Cotentin.*
■ vi Être entièrement plongé dans un liquide.
Loc Pop *Ça baigne* : tout va pour le mieux. ■ vpr
Prendre un bain.
baigneur, euse n Personne qui se baigne.
■ nm Poupée nue représentant un bébé.
baignoire nf 1 Cuve servant à prendre des
bains. 2 Loge de théâtre.
bail nm 1 Contrat de location pour une durée
déterminée. 2 Fam Long espace de temps. *Ça
fait un bail. Des baux.*

bâillement nm Action de bâiller.
bailler vt Loc Litt *La bailler belle à qqn* : vouloir
le tromper.
bâiller vi 1 Faire, en ouvrant largement la
bouche, une inspiration profonde. 2 Être
entrouvert, mal joint.
bailleur, bailleresse n Qui cède un bien à
bail. Loc *Bailleur de fonds* : qui fournit des
capitaux.
bailli nm HIST Officier qui remplissait des fonctions judiciaires, militaires et financières.
bailliage nm HIST 1 Partie du territoire qui
dépendait d'un bailli. 2 Tribunal du bailli.
bâillon nm 1 Étoffe qu'on met dans ou devant
la bouche de qqn pour l'empêcher de crier. 2
Entrave à l'expression de la pensée.
bâillonnement nm Action de bâillonner.
bâillonner vt 1 Mettre un bâillon à qqn. 2
Forcer au silence. *Bâillonner la presse.*
bain nm 1 Immersion du corps ou d'une partie
du corps dans l'eau, dans un liquide. 2 L'eau,
le liquide dans lequel on se baigne. 3 Solution,
liquide dans lequel on plonge un objet. Loc
Bain de soleil : exposition du corps à l'action
des rayons du soleil. *Bain de foule* : action de
qqn qui recherche un contact direct avec une
foule qui l'acclame. Fam *Se mettre dans le bain* :
aborder une tâche nouvelle. ■ pl Établissement
public où l'on peut prendre des bains.
bain-marie nm Eau bouillante dans laquelle
on met un récipient contenant ce qu'on veut
faire chauffer lentement. *Des bains-marie.*
baïonnette nf Arme blanche qui s'adapte au
canon d'un fusil. Loc *Culot à baïonnette* : culot
d'ampoule électrique muni d'ergots.
baisemain nm Geste de politesse consistant à
saluer une dame en lui baisant la main.
baiser vt 1 Poser les lèvres sur. 2 Pop Avoir des
relations sexuelles avec. 3 Pop Tromper, posséder. ■ nm Action de poser les lèvres sur.
baisse nf 1 Abaissement du niveau. 2 Diminution du prix, de la valeur.
baisser vt 1 Mettre plus bas. *Baisser un store.*
2 Diminuer la hauteur, l'intensité. *Baisser le
son.* Loc *Baisser les yeux* : regarder vers le bas.
■ vi 1 Aller en diminuant de hauteur. 2 Aller
en diminuant d'intensité. 3 Perdre ses forces. 4
Diminuer de prix, de valeur. ■ vpr Se courber
vers l'avant.
bajoue nf 1 Joue, chez les animaux. 2 Fam Joue
pendante, chez l'homme.
bakchich nm Fam Pourboire ou pot-de-vin.
bakélite nf (n déposé) Matière plastique.
baklava nm Gâteau oriental au miel et aux
amandes.
bal nm 1 Réunion consacrée à la danse. 2
Local où se donnent des bals publics.
balade nf Fam Promenade.
balader vt Promener. ■ vpr Fam Se promener.
baladeur, euse n, a Fam Qui se balade, qui
aime à se balader. ■ nm Lecteur de cassettes
portatif relié à un casque d'écoute. ■ nf Lampe
électrique munie d'un long fil souple qui
permet de la déplacer.
baladin nm Comédien de place publique.
baladisque nm Baladeur à compacts-disques.
balafon nm Xylophone d'Afrique.
balafre nf Longue entaille faite au visage.
balafré, ée a, n Qui présente une balafre.
balafrer vt Blesser en faisant une balafre.

balai *nm* 1 Ustensile de ménage destiné au nettoyage du sol, composé d'une brosse ou d'un faisceau de brins et d'un manche. 2 Pièce qui, par frottement, transmet ou recueille le courant électrique sur un rotor. 3 Pop Année d'âge. Loc *Train, voiture balai* : le dernier train, la dernière voiture de la journée ou du convoi.

balai-brosse *nm* Brosse dure montée sur un manche. *Des balais-brosses.*

balaise. V. **balèze.**

balalaïka *nf* Petit luth à caisse triangulaire et à trois cordes (musique russe).

balance *nf* 1 Instrument qui sert à peser. 2 Filet rond et creux pour pêcher les petits crustacés. 3 ECON Bilan du crédit et du débit, des achats et des ventes. 4 Arg Délateur, mouchard. Loc *Mettre en balance* : comparer.

balancé, ée *a* Loc *Phrase balancée* : harmonieuse. Fam *Bien balancé* : bien bâti (personne).

balancement *nm* Mouvement d'oscillation d'un corps de part et d'autre de son centre d'équilibre.

balancer *vt* [10] 1 Mouvoir, agiter par balancement. 2 Faire un examen comparatif de. 3 Réaliser l'équilibre entre débits et crédits d'un compte. 4 Compenser. 5 Pop Lancer ou jeter qqch. 6 Pop Renvoyer qqn. 7 Arg Dénoncer qqn. ■ *vi* Être en suspens, hésiter. ■ *vpr* Être agité d'un balancement. 2 Faire de la balançoire. Loc Pop *S'en balancer* : s'en moquer.

balancier *nm* 1 Pièce oscillante réglant le mouvement d'une horloge ou d'une montre. 2 Longue perche utilisée par les funambules pour garder l'équilibre. 3 Flotteur placé sur le côté d'une embarcation pour la stabiliser.

balançoire *nf* 1 Siège suspendu au bout de deux cordes et sur lequel on se balance. 2 Planche posée en équilibre, aux deux bouts de laquelle deux personnes se balancent.

balayage *nm* Action de balayer.

balayer *vt* [20] 1 Nettoyer avec un balai. 2 Chasser, écarter. *Balayer une objection.* 3 Parcourir méthodiquement les points d'une surface par un faisceau lumineux ou électronique.

balayette *nf* Petit balai à manche court.

balayeur, euse *n* Qui balaie. ■ *nf* Véhicule destiné au nettoiement de la voie publique.

balayures *nfpl* Ce qu'on enlève avec un balai.

balboa *nm* Unité monétaire du Panama.

balbutiant, ante [-sjɑ̃] *a* Qui balbutie.

balbutiement [-simɑ̃] *nm* Action de balbutier ; paroles balbutiées.

balbutier [-sje] *vi, vt* Articuler les mots avec difficulté et hésitation, bredouiller.

balbuzard *nm* Grand oiseau de proie.

balcon *nm* 1 Terrasse entourée d'une balustrade, suspendue en encorbellement sur la façade d'un édifice. 2 Galerie d'une salle de spectacle.

baldaquin *nm* Tenture suspendue au-dessus d'un trône, d'un lit, etc.

baleine *nf* 1 Grand mammifère marin de l'ordre des cétacés. 2 Lame ou tige flexible servant d'armature (gaines, parapluies, etc.)

baleineau *nm* Petit de la baleine.

baleinier, ère *a* Relatif aux baleines. ■ *nm* Navire équipé pour la chasse à la baleine. ■ *nf* Petit canot à bord de tous les bâtiments de commerce et de guerre.

balénoptère *nm* Mammifère cétacé voisin des baleines.

balèze ou **balaise** *a, n* Pop Très fort, puissant.

balisage *nm* Action de baliser ; ensemble de balises.

1. balise *nf* 1 Marque apparente destinée à faciliter la navigation maritime ou aérienne. 2 Appareil émettant des signaux pour guider les navires ou les avions. 3 Signal qui matérialise le tracé d'une route.

2. balise *nf* Fruit du balisier.

baliser *vt* Munir de balises.

balisier *nm* Arbuste ornemental à belles fleurs jaunes ou rouges.

balistique *a* 1 Relatif au mouvement des projectiles. 2 Se dit d'un missile fonctionnant sous l'effet de la gravitation seule. ■ *nf* Science du mouvement des corps lancés dans l'espace, en partic. des projectiles d'armes à feu.

baliveau *nm* Jeune arbre réservé lors de la coupe d'un taillis.

baliverne *nf* Propos frivole ; sornette.

balkanique *a* Des Balkans.

balkanisation *nf* Fractionnement, éclatement d'un pays en unités autonomes.

balkaniser *vt* Morceler, fractionner par balkanisation.

ballade *nf* 1 Poème de trois strophes terminées par un refrain, clos par une strophe plus courte (envoi). 2 MUS Pièce vocale ou instrumentale.

ballant, ante *a* Qui pend et se balance. ■ *nm* Mouvement de balancement.

ballast *nm* 1 Réservoir de plongée d'un sous-marin. 2 Lit de pierres sur lequel reposent les traverses d'une voie ferrée.

ballastière *nf* Carrière d'où on extrait les pierres de ballast.

balle *nf* 1 Petite sphère de matière élastique qui sert dans certains jeux. 2 Projectile des armes à feu portatives. 3 Gros paquet de marchandises, souvent enveloppé et lié de cordes. 4 Fam Figure, physionomie. 5 Enveloppe du grain des céréales. Loc *Renvoyer la balle* : répliquer avec vivacité. *Se renvoyer la balle* : s'accuser réciproquement de qqch. *Prendre la balle au bond* : saisir l'occasion. *Enfant de la balle* : personne élevée dans un milieu de comédiens, d'artistes, etc. ■ *pl* Fam Francs. *T'as pas cent balles ?*

ballerine *nf* 1 Danseuse qui fait partie d'un ballet. 2 Chaussure légère de femme, sans talon.

ballet *nm* 1 Spectacle donné par un ensemble chorégraphique. 2 Troupe de danseurs et de danseuses. Loc *Ballet diplomatique* : période de grande activité diplomatique.

ballon *nm* 1 Grosse balle gonflée d'air servant à jouer, à pratiquer certains sports. 2 Vessie gonflée d'un gaz plus léger que l'air, qui sert de jouet aux enfants. 3 Aéronef constitué par une enveloppe contenant un gaz plus léger que l'air. 4 Verre à boire de forme hémisphérique. 5 Montagne au sommet arrondi, dans les Vosges. Loc *Ballon d'oxygène* : bouteille d'oxygène qu'on donne à respirer à un malade, un blessé ; aide précaire à une personne ou à une entreprise en difficulté.

ballonnement *nm* État du ventre ballonné.

ballonner *vt* Gonfler le ventre, l'estomac.

ballonnet *nm* Petit ballon.

ballon-sonde *nm* Ballon équipé d'appareils de mesure pour explorer la haute atmosphère. *Des ballons-sondes.*

ballot *nm* **1** Petite balle, petit paquet de marchandises. **2** *Fam* Niais, lourdaud.

ballottage *nm* Résultat d'un scrutin où aucun candidat n'a obtenu le nombre de voix nécessaire pour être élu au premier tour.

ballottement *nm* Mouvement d'un corps qui ballotte.

ballotter *vi* Aller d'un côté et de l'autre, être secoué en tous sens. ■ *vt* Agiter en secouant de côté et d'autre.

ballottine *nf* Rouleau de viande, de gibier.

ball-trap *nm* Appareil à ressort lançant des disques d'argile sur lesquels on s'exerce au tir. *Des ball-traps.*

balluchon ou **baluchon** *nm* *Fam* Petit paquet.

balnéaire *a* Des bains de mer.

balnéothérapie *nf* Cure médicale par les bains.

1. balourd *nm* Défaut d'équilibrage d'une pièce tournant autour d'un axe.

2. balourd, ourde *n. a* Qui est sans finesse ; lourdaud.

balourdise *nf* Caractère ou action d'un balourd.

balsa *nm* Bois exotique très léger, utilisé notamment en modélisme.

balsamine *nf* Plante dont les fruits, à maturité, éclatent dès qu'on les touche.

balsamique *a* Qui a la propriété d'un baume.

balte *a*, *n* De la Baltique, des pays riverains.

baluchon. V. balluchon.

balustrade *nf* Rampe supportée par de petits piliers ou des colonnettes.

balustre *nm* Petit pilier d'une balustrade.

balzacien, enne *a* Relatif à Balzac.

balzane *nf* Tache blanche circulaire au-dessus du sabot et au-dessous du genou d'un cheval.

bambara *nm* Langue africaine du Sénégal.

bambin, ine *n* *Fam* Petit enfant.

bamboche *nf* *Fam* Ripaille, joyeuse vie.

bambocher *vi* *Fam* Faire bamboche.

bambocheur, euse *n* *Fam* Qui bamboche.

bambou *nm* **1** Plante arborescente aux longues tiges flexibles. **2** Canne, bâton fait avec une de ces tiges. **Loc** *Fam Coup de bambou* : brusque accès de fatigue, ou de folie.

ban *nm* HIST Au Moyen Âge, convocation de tous ses vassaux par le seigneur ; ensemble de ces vassaux. **Loc** *Le ban et l'arrière-ban* : tous ceux qu'on peut réunir. *Être au ban de la société* : être déclaré indigne d'y vivre. *Être en rupture de ban* : avoir enfreint un ordre d'assignation à résidence ; avoir rompu avec son milieu social. *Ouvrir, fermer le ban* : faire entendre une sonnerie ou un roulement de tambour avant et après une cérémonie militaire. *Fam Un ban pour qqn* : invitation faite à l'assemblée de l'applaudir en cadence. ■ *pl* Publication à la mairie, à l'église d'une promesse de mariage.

1. banal, ale, aux *a* HIST Dont l'usage était imposé aux vassaux d'un seigneur moyennant une redevance. *Four banal.*

2. banal, ale, als *a* Sans originalité, ordinaire.

banalement *av* Avec banalité.

banalisation *nf* Action de banaliser.

banalisé, ée *a* **Loc** *Véhicule banalisé* : voiture de police sans marque distinctive.

banaliser *vt* Rendre banal, dépouiller de son originalité.

banalité *nf* **1** Caractère banal. **2** Propos banal. *Débiter des banalités.*

banane *nf* **1** Fruit comestible du bananier, de forme allongée et courbe. **2** Sacoche oblongue portée à la ceinture. **3** *Fam* Grosse mèche enroulée au-dessus du front. **Loc** *Fam Peau de banane* : procédé déloyal.

bananeraie *nf* Plantation de bananiers.

bananier, ère *a* De la banane. *Cultures bananières.* **Loc** *République bananière* : État d'Amérique centrale dont les exploitations sont aux mains de compagnies étrangères. ■ *nm* **1** Plante à très grandes feuilles des pays chauds, qui produit des bananes. **2** Navire équipé pour le transport des bananes.

banc *nm* **1** Long siège sur lequel plusieurs personnes peuvent prendre place. **2** Couche naturelle, plus ou moins régulière et horizontale, de matières minérales. **3** Plateau sous-marin. **4** Masse de poissons qui se déplacent ensemble. **Loc** *Banc d'essai* : appareillage qui permet de procéder aux essais d'un matériel ; ce par quoi on évalue les capacités de qqn.

bancaire *a* De la banque. *Crédit bancaire.*

bancal, ale, als *a* Dont les jambes sont d'inégale longueur, boiteux. **Loc** *Fam Phrase bancale* : mal construite.

bancarisation *nf* Action de bancariser.

bancariser *vt* Équiper une région, une population d'un réseau bancaire.

banco *nm* **Loc** *Faire banco* : tenir seul l'enjeu contre la banque, au baccara ; décider de prendre un risque important.

bandage *nm* **1** Application d'une bande sur une partie du corps lésée. **2** Bande ou appareil maintenant un pansement, contenant une hernie, etc. **3** Bande de métal, de caoutchouc entourant la jante d'une roue.

bandana *nm* Petit foulard de couleurs vives.

1. bande *nf* **1** Morceau d'étoffe, de papier, de cuir, etc., beaucoup plus long que large. **2** Partie allongée et bien délimitée d'une chose. **3** Chacun des quatre côtés intérieurs d'un billard garni d'une substance élastique. **4** Ruban en matière plastique qui sert de support à des informations ou à l'enregistrement des sons ou des images. **Loc** *Bande dessinée* : suite d'images dessinées racontant une histoire.

2. bande *nf* Groupe de personnes, compagnie. **Loc** *Faire bande à part* : rester à l'écart.

3. bande *nf* Inclinaison permanente d'un navire sur un côté. *Donner de la bande sur tribord.*

bande-annonce *nf* Sélection d'extraits d'un film pour la publicité. *Des bandes-annonces.*

bandeau *nm* **1** Bande qui couvre les yeux ou le front. **2** Coiffure qui applique les cheveux de chaque côté du front.

bandelette *nf* Bande longue et très mince.

bander *vt* **1** Entourer d'une bande ou d'un bandeau. **2** Tendre avec effort. *Bander un arc, un ressort.* ■ *vi* *Pop* Être en érection.

banderille *nf* Petite lance ornée de rubans, que plante le torero dans la chair du taureau.

banderole *nf* **1** Étendard long et mince. **2** Longue étoffe qui qui sert à décorer, qui porte une inscription.

bandit nm 1 Malfaiteur dangereux. 2 Homme sans scrupules.

banditisme nm Activités des bandits.

bandonéon nm Petit accordéon.

bandothèque nf INFORM Collection de bandes magnétiques.

bandoulière nf Loc En bandoulière : se dit d'une arme, d'un sac tenus par une bretelle qui barre le corps en diagonale.

bang nm Bruit violent provoqué par un avion franchissant le mur du son.

bangladais, aise a, n Du Bangladesh.

banian nm Figuier de l'Inde aux nombreuses racines aériennes.

banjo nm Sorte de guitare ronde.

banlieue nf Ensemble des agglomérations qui entourent une grande ville.

banlieusard, arde n Fam Habitant d'une banlieue, spécialement de la banlieue de Paris.

banne nf 1 Grande malle d'osier. 2 Auvent en toile, qui protège des intempéries la devanture d'une boutique.

banneton nm Petit panier d'osier.

banni, ie a, n Exilé ou expulsé de sa patrie ; exilé, proscrit.

bannière nf Étendard, drapeau. Loc Fam C'est la croix et la bannière : c'est une entreprise compliquée, difficile.

bannir vt 1 Condamner qqn à quitter son pays ou son lieu de résidence. 2 Litt Repousser, exclure. Bannir toute inquiétude.

bannissement nm Peine de l'exil.

banque nf 1 Entreprise qui se consacre au commerce de l'argent en recevant et en gérant des fonds, en fournissant des prêts, etc. 2 Secteur économique constitué par ces entreprises. 3 Somme que l'un des joueurs tient devant lui pour payer les gagnants, à certains jeux de hasard. Loc Banque du sang, d'organes : établissements qui recueillent et conservent le sang, certains organes, pour les transfusions ou les greffes. INFORM Banque de données : ensemble d'informations réunies dans des fichiers.

banqueroute nf 1 Faillite frauduleuse ou due à l'imprudence. 2 Échec total d'une action.

banquet nm Festin, repas solennel.

banqueter vi [19] 1 Participer à un banquet. 2 Faire bonne chère.

banquette nf 1 Banc rembourré. 2 Siège à plusieurs places dans une automobile, un train.

banquier nm 1 Qui dirige une banque. 2 Qui tient la banque, dans certains jeux de hasard.

banquise nf Amas de glaces permanentes, formé par la congélation des eaux marines.

bantou, oue a Relatif aux Bantous. ■ nm Ensemble de langues apparentées parlées dans le sud de l'Afrique.

bantoustan nm En Afrique du Sud, territoire attribué à l'un des peuples noirs de l'État.

banyuls [banjuls] nm Vin doux du Roussillon.

baobab nm Arbre au tronc énorme des régions tropicales.

baptême [batɛm] nm Sacrement chrétien, le premier des sept sacrements de l'Église catholique. Loc Nom de baptême : prénom conféré lors du baptême. Baptême d'une cloche, d'un navire : cérémonie qui consiste à les bénir en

leur donnant un nom. Baptême du feu : débuts d'un soldat au combat. Baptême de l'air : premier voyage en avion.

baptisé, ée a, n Qui a reçu le baptême.

baptiser [batize] vt 1 Conférer le baptême à. 2 Donner un nom, un sobriquet, à. 3 Couper d'eau. Baptiser du vin, du lait.

baptismal, ale, aux [batis-] a Du baptême. L'eau baptismale.

baptisme [batism] nm Doctrine religieuse selon laquelle le baptême doit être administré aux adultes par immersion complète.

baptiste [batist] n, a Adepte du baptisme.

baptistère [batis-] nm Petit édifice construit autrefois pour conférer le baptême.

baquet nm 1 Petit cuvier, généralement en bois. 2 Siège de voiture emboîtant bien les reins.

1. bar nm 1 Débit de boissons où le client consomme au comptoir. 2 Le comptoir lui-même. 3 Petit meuble contenant des bouteilles de boisson.

2. bar nm PHYS Unité de pression.

3. bar nm Poisson de l'Atlantique et de la Méditerranée, à chair estimée. Syn. loup.

baragouin nm Fam Langage incompréhensible.

baragouiner vt, vi Fam Parler une langue incorrectement, de façon inintelligible.

baragouineur, euse n Fam Qui baragouine.

baraka nf Fam Chance qui semble due à une protection surnaturelle.

baraque nf 1 Construction légère et temporaire. 2 Fam Maison mal bâtie, mal agencée ou mal tenue.

baraqué, ée a Pop De forte carrure.

baraquement nm Ensemble de baraques servant de logement provisoire à des soldats, des ouvriers, etc.

baratin nm Fam Discours abondant pour enjôler ou abuser.

baratiner vi Fam Faire du baratin. ■ vt Fam Essayer de séduire par un baratin. Baratiner une fille.

baratineur, euse a, n Fam Qui baratine.

baratte nf Machine à baratter.

baratter vt Agiter la crème dans une baratte pour en faire du beurre.

barbant, ante a Fam Ennuyeux, fastidieux.

barbare a, n 1 Étranger, chez les Grecs et les Romains. 2 Cruel, féroce. 3 Grossier, qui choque le goût. Quelle musique barbare ! 4 Incorrect. Un mot barbare.

barbaresque a Se disait des régions d'Afrique du Nord placées sous la suzeraineté ottomane.

barbarie nf 1 État d'un peuple qui n'est pas civilisé. 2 Cruauté, inhumanité.

barbarisme nm Forme fautive d'un mot, d'une locution.

1. barbe nf 1 Poils du menton et des joues. 2 Tige très fine terminant l'enveloppe de chaque grain dans certains épis. Loc Fam À la barbe de qqn : en sa présence et malgré lui. Rire dans sa barbe : rire, se moquer sans le laisser paraître. Fam La barbe ! Quelle barbe ! : exclamations marquant l'ennui, l'impatience. ■ pl Filaments que portent les tuyaux des plumes d'oiseaux.

2. barbe nm Cheval d'Afrique du Nord.

barbeau nm 1 Poisson d'eau douce qui ressemble à une carpe. 2 Pop Souteneur.

barbecue

barbecue [barbəkju] *nm* Appareil à charbon de bois avec une grille pour la cuisson en plein air.

barbe-de-capucin *nf* 1 Chicorée sauvage comestible, blanchie en cave. 2 Syn de *usnée*. *Des barbes-de-capucin.*

barbelé, ée *a, n* Loc *Fil de fer barbelé* ou *barbelés* : fil de fer garni de pointes, employé pour les clôtures.

barber *vt* Fam Ennuyer.

barbet *nm* Chien d'arrêt, griffon à poils longs.

barbiche *nf* Barbe qu'on laisse pousser à la pointe du menton.

barbichette *nf* Fam Petite barbiche.

barbichu, ue *a, n* Qui porte une petite barbe.

barbier *nm* Anc Celui qui par profession rasait, taillait la barbe.

barbillon *nm* ZOOL Filament tactile de la bouche de certains poissons.

barbiturique *nm* Médicament utilisé comme hypnotique, sédatif, anesthésique, anticonvulsif.

barbon *nm* Litt Homme d'âge mûr, peu séduisant.

barboter *vi* S'ébattre dans l'eau ; patauger. ■ *vt* Pop Voler, subtiliser. *On m'a barboté ma montre.*

barboteuse *nf* Vêtement pour enfants, d'une seule pièce, fermé entre les jambes et laissant celles-ci nues.

barbouillage ou **barbouillis** *nm* 1 Enduit de couleur fait rapidement à la brosse. 2 Fam Mauvaise peinture. 3 Écriture peu lisible.

barbouiller *vt, vi* 1 Salir, tacher grossièrement. 2 Fam Peindre grossièrement. Loc Fam *Barbouiller du papier* : écrire beaucoup. *Barbouiller le cœur, l'estomac* : donner des nausées.

barbouilleur, euse *n* Fam Peintre sans talent.

barbouze *nf* Pop Agent plus ou moins officiel d'un service de renseignements.

barbu, ue *a, n* Qui a de la barbe.

barbue *nf* Poisson de mer plat voisin du turbot.

barda *nm* Fam Équipement, bagage encombrant.

bardane *nf* Plante à fleurs roses des lieux incultes, qui s'accroche aux vêtements.

1. barde *nm* 1 Poète celte. 2 Poète national épique et lyrique.

2. barde *nf* Tranche mince de lard dont on enveloppe certaines viandes à rôtir.

bardeau *nm* Planchette servant au revêtement des toits, des façades.

1. barder *vt* 1 Entourer de bardes. *Barder une volaille.* 2 Recouvrir d'une plaque métallique.

2. barder *v imp* Fam Tourner mal, se gâter, devenir violent. *Ça va barder.*

bardot *nm* Hybride d'un cheval et d'une ânesse.

barème *nm* Répertoire de données chiffrées ; liste de tarifs.

barge *nf* Embarcation à fond plat et à faible tirant d'eau.

barguigner *vi* Loc Vx *Sans barguigner* : sans hésiter.

barigoule *nf* Loc *Artichauts à la barigoule* : farcis de lard et de jambon hachés, puis braisés.

baril *nm* 1 Petit tonneau. 2 Unité de mesure du pétrole (0,159 m³).

barillet *nm* Dispositif mécanique de forme cylindrique. *Barillet d'un revolver.*

bariolage *nm* Assemblage disparate de différentes couleurs.

bariolé, ée *a* Dont les couleurs sont variées, vives et mal assorties.

barjo ou **barjot** *a, n* Fam Cinglé, toqué, fou.

barkhane *nf* Dune en forme de croissant.

barmaid [-med] *nf* Serveuse d'un bar.

barman [-man] *nm* Serveur d'un bar.

bar-mitsva *nf inv* Dans le judaïsme, célébration de la majorité religieuse des garçons (treize ans).

barnum [-nɔm] *nm* Petit kiosque à journaux.

barographe *nm* Baromètre enregistreur.

barolo *nm* Vin rouge italien, très réputé.

baromètre *nm* 1 Appareil servant à mesurer la pression atmosphérique. 2 Ce qui sert à mesurer, à estimer un phénomène variable. *Les sondages, baromètre de l'opinion publique.*

barométrie *nf* Mesure de la pression atmosphérique.

barométrique *a* Relatif aux variations de la pression atmosphérique.

baron, onne *n* Titre nobiliaire immédiatement inférieur à celui de vicomte. ■ *nm* Personnage important dans le monde de la politique, de la finance, etc.

baronnet *nm* Titre de noblesse honorifique en Grande-Bretagne.

baronnie *nf* 1 HIST Seigneurie d'un baron. 2 Domaine réservé d'un personnage important.

baroque *a* D'une originalité qui étonne, qui choque. Loc *Perle baroque* : perle irrégulière. ■ *a, nm* Se dit d'un style très chargé d'ornements qui s'est développé surtout aux XVIIᵉ et XVIIIᵉ s.

baroquisant, ante *a, n* Qui tend vers le baroque.

baroquisme *nm* Caractère baroque.

baroud *nm* Pop Bataille, bagarre. Loc *Baroud d'honneur* : combat qu'on sait perdu d'avance, livré pour l'honneur.

baroudeur *nm, a* Pop Qui aime le baroud.

barouf *nm* Pop Grand bruit, tapage.

barque *nf* Petit bateau non ponté.

barquette *nf* 1 Tartelette en forme de barque. 2 Petit récipient. *Une barquette de fraises.*

barracuda *nm* Grand poisson très vorace.

barrage *nm* 1 Ce qui barre une voie. 2 Action de barrer une voie. 3 Ouvrage disposé en travers d'un cours d'eau pour créer une retenue. Loc *Tir de barrage* : tir d'artillerie destiné à interdire un accès.

barre *nf* 1 Pièce allongée et rigide de bois, de métal, etc. 2 Trait droit de plume ou de crayon pour biffer, souligner, séparer. 3 Niveau considéré comme une limite. 4 Levier ou mécanisme commandant le gouvernail d'un bateau. 5 Zone de hautes vagues qui viennent se briser en avant de certaines côtes. 6 Emplacement réservé dans les salles d'audience judiciaire aux dépositions des témoins, parfois aux plaidoiries. Loc *Avoir barre sur qqn* : exercer sur lui une domination. Fam *Coup de barre* : fatigue brutale. *Tenir la barre* : diriger, gouverner. ■ *pl* Anc Jeu de plein air entre deux équipes.

barreau *nm* 1 Barre de bois, de fer qui sert d'assemblage, de clôture, etc. 2 Emplacement réservé aux avocats dans les salles d'audience judiciaire. 3 La profession d'avocat, le corps, l'ordre des avocats.

barrement *nm* Action de barrer un chèque.

barrer *vt* 1 Fermer au moyen d'une barrière ; interdire à la circulation. 2 Tirer un trait sur : biffer, rayer. 3 Tenir la barre d'un bateau, le diriger. ■ *vpr* Pop S'en aller, se sauver.

barrette *nf* 1 Petite barre formant un bijou, une broche. 2 Ruban de décoration monté sur une petite barre. 3 Petite pince pour tenir les cheveux.

barreur, euse *n* 1 Qui tient la barre d'une embarcation. 2 En aviron, personne qui rythme la cadence des rameurs.

barricade *nf* Retranchement élevé hâtivement avec des moyens de fortune pour barrer un passage, une rue.

barricader *vt* 1 Obstruer une voie de communication par des barricades. 2 Fermer solidement. ■ *vpr* S'enfermer.

barrière *nf* 1 Assemblage de pièces de bois ou de métal interdisant un passage. 2 Obstacle naturel important.

barrique *nf* Tonneau contenant 200 à 250 litres.

barrir *vi* Crier (éléphant, rhinocéros).

barrissement ou **barrit** *nm* Cri de l'éléphant, du rhinocéros.

bartavelle *nf* Perdrix du Jura et des Alpes.

baryte *nf* Oxyde de baryum.

baryton *nm* 1 Voix intermédiaire entre le ténor et la basse. 2 Chanteur qui a cette voix.

baryum *nm* Métal blanc et mou analogue au calcium.

barzoï *nm* Lévrier russe à poil long.

bas, basse *a* 1 Qui a peu de hauteur, de valeur, d'élévation sociale. *Table basse. Les bas salaires. Le bas peuple.* 2 Proche de la côte. *La basse Normandie. La basse Seine.* 3 D'une époque relativement récente. *Le Bas-Empire.* 4 Grave. *Une note basse.* 5 Vil, méprisable. *De basses calomnies.* Loc *Ciel bas* : ciel couvert de nuages. *Ce bas monde* : le monde terrestre. *Messe basse* : messe non chantée. *Faire main basse sur qqch* : le dérober. *Vue basse* : mauvaise vue. ■ *av* Sans élever la voix. *Parler bas.* Loc *Plus bas* : plus près du sol ; ci-dessous, ci-après. *Mettre bas les armes* : le déposer, cesser le combat. *Mettre bas* : faire des petits (animaux). *Mettre à bas* : renverser. *Être bien bas* : être très mal en point. *À bas !* : cri d'hostilité. ■ *nm* 1 La partie inférieure. 2 Vêtement qui couvre le pied et la jambe.

basalte *nm* Roche éruptive noire, compacte, très dure.

basaltique *a* Formé de basalte.

basane *nf* Cuir très souple obtenu à partir d'une peau de mouton tannée.

basané, ée *a* Brun, hâlé (teint, peau).

bas-bleu *nm* Femme pédante. *Des bas-bleus.*

bas-côté *nm* 1 Galerie ou nef latérale d'une église. 2 Accotement d'une route entre la chaussée et le fossé. *Des bas-côtés.*

basculant, ante *a* Qui peut basculer.

bascule *nf* 1 Pièce de bois ou de métal, qui oscille librement autour de son axe. 2 Balançoire faite d'une seule pièce en équilibre. 3 Machine à peser les lourdes charges.

basculer *vi* 1 Avoir un mouvement de bascule. 2 Perdre l'équilibre et tomber. ■ *vt* Renverser, faire tomber.

base *nf* 1 Partie inférieure d'un corps, sur laquelle ce corps repose. 2 Ensemble des militants d'un parti politique, d'un syndicat (par opposition aux dirigeants). 3 Principal ingrédient d'un mélange. 4 Principe, donnée fondamentale. 5 CHIM Corps qui, combiné avec un acide, le neutralise. 6 Dans un triangle, côté opposé au sommet ; dans un trapèze, chacun des côtés parallèles. 7 MATH Nombre de chiffres utilisés dans un système de numération. 8 MILIT Zone où sont rassemblés les équipements et les services nécessaires à une action offensive ou défensive.

base-ball [bɛzbol] *nm* Jeu de balle opposant deux équipes, pratiqué surtout aux États-Unis.

Basedow (maladie de) *nf* Maladie de la thyroïde caractérisée par un goitre.

baser *vt* 1 Prendre ou donner pour base. 2 Établir une unité dans une base militaire. Loc *Être basé qqpart* : y avoir son point d'attache, son siège social. ■ *vpr* S'appuyer, se fonder.

bas-fond *nm* 1 Terrain plus bas que ceux qui l'entourent. 2 Endroit peu profond dans un cours d'eau, un lac, une mer. ■ *pl* Couches les plus misérables, les plus dépravées d'une société. *Des bas-fonds.*

basic *nm* Langage de programmation informatique.

basidiomycète *nm* Champignon membre d'une classe la plus importante comprenant les champignons les plus courants.

basilic *nm* Plante aromatique, employée comme condiment.

basilique *nf* 1 Dans l'Antiquité romaine, vaste édifice servant de tribunal et de lieu de commerce. 2 Église chrétienne des premiers siècles. 3 Titre concédé par le pape à certaines grandes églises.

basique *a* 1 Fondamental, de base. *Français basique.* 2 Restreint à l'essentiel, rudimentaire. 3 CHIM Qui a les caractères d'une base. ■ *nm* Vêtement présent dans toute garde-robe.

basket ou **basket-ball** [basketbol] *nm* Sport d'équipe consistant à lancer un ballon dans un panier suspendu. ■ *nf* Chaussure de sport à lacet et montante.

basketteur, euse *n* Joueur de basket.

basmati *nm* Riz d'origine indienne, à grain long.

basoche *nf* HIST Au Moyen Âge, association des clercs du Parlement.

basquais, aise *a* Loc *Poulet basquaise* : poulet cuit au vin blanc, avec tomates, poivrons et champignons.

basque *a, n* Du Pays basque. ■ *nm* Langue parlée au Pays basque.

basques *nfpl* Pans de vêtement qui partent de la taille. Loc Litt *Se pendre aux basques de qqn* : le suivre partout.

bas-relief *nm* Sculpture faisant peu saillie sur le bloc qui lui sert de support. *Des bas-reliefs.*

basse *nf* 1 Partie la plus grave d'un morceau de musique polyphonique. 2 Chanteur capable de chanter ces parties. 3 Instrument de musique servant à exécuter la basse.

basse-cour *nf* 1 Partie d'une exploitation rurale, où l'on élève la volaille et les lapins. 2 Ensemble de ces animaux. *Des basses-cours.*

basse-fosse *nf* Cachot souterrain d'un château fort. *Des basses-fosses.*

bassement *av* De façon vile.

bassesse *nf* 1 Dégradation morale. 2 Action vile. *Faire des bassesses.*

basset *nm* Chien aux pattes très courtes, le plus souvent torses.

bassin *nm* 1 Grand plat creux, généralement rond ou ovale. 2 Pièce d'eau dans un jardin, un parc. 3 Partie plus ou moins profonde d'une piscine. 4 Plan d'eau d'un port, bordé de quais. 5 Territoire dont les eaux de ruissellement vont se concentrer dans une mer, un fleuve ou un lac. *Le bassin de la Loire.* 6 Vaste région en forme de cuvette. *Le Bassin parisien.* 7 Gisement de minerai de grande étendue. 8 Structure osseuse en forme de ceinture, qui constitue la base du tronc. **Loc** *Bassin d'emploi, d'audience :* zone géographique où l'on cherche un emploi, qui peut être touchée par un média.

bassine *nf* Grande cuvette servant à divers usages domestiques.

bassiner *vt* 1 Chauffer avec une bassinoire. 2 Humecter légèrement. 3 Pop Fatiguer, ennuyer.

bassinet *nm* **Loc** Fam *Cracher au bassinet :* contribuer à quelque dépense, en général à contrecœur.

bassinoire *nf* Récipient métallique destiné à recevoir des braises pour chauffer un lit.

bassiste *nm* Syn. de *contrebassiste*.

basson *nm* 1 Instrument à vent en bois, la basse de la famille des bois. 2 Qui joue du basson.

basta ! *interj* Fam Marque l'impatience.

bastide *nf* 1 Ville médiévale fortifiée. 2 En Provence, maison de campagne.

bastille *nf* 1 Au Moyen Âge, ouvrage de fortification détaché en avant d'une enceinte. 2 Litt Symbole du pouvoir arbitraire.

bastingage *nm* Garde-corps sur le pont d'un navire.

bastion *nm* 1 Ouvrage fortifié formant saillie. 2 Solide point de résistance.

baston *nm* ou *nf* Pop Bagarre, rixe.

bastonnade *nf* Coups de bâton.

bastos *nf* Pop Balle d'arme à feu.

bastringue *nm* 1 Fam Tapage, vacarme. 2 Fam Attirail.

bas-ventre *nm* Partie inférieure du ventre. *Des bas-ventres.*

bât *nm* Harnachement des bêtes de somme pour le transport des fardeaux.

bataclan *nm* Fam Attirail embarrasssant. **Loc** *Et tout le bataclan :* et cætera ; et tout le reste.

bataille *nf* 1 Combat général entre deux forces militaires. 2 Combat violent. *Bataille politique.* 3 Jeu de cartes très simple qui se joue à deux. **Loc** *En bataille :* en désordre. *Cheval de bataille :* idée favorite, sur laquelle on revient souvent.

batailler *vi* 1 Discuter avec âpreté ; contester. 2 Mener une lutte incessante.

batailleur, euse *a* Qui aime à se battre, à lutter.

bataillon *nm* 1 Subdivision d'un régiment d'infanterie, groupant plusieurs compagnies. 2 Troupe nombreuse et peu disciplinée.

bâtard, arde *a, n* 1 Se dit d'un enfant illégitime. 2 Qui n'est pas d'une race pure. *Lévrier bâtard.* ■ *a* Qui tient de genres, de types différents. ■ *nm* 1 Pain court. ■ *nf* Écriture intermédiaire entre l'anglaise et la ronde.

bâtardise *nf* État de bâtard.

batavia *nf* Variété de laitue.

bâté *a* **Loc** *Âne bâté :* ignorant, imbécile.

bateau *nm* 1 Engin conçu pour naviguer. 2 Fam Lieu commun, banalité souvent ressassée. 3 Abaissement de la bordure d'un trottoir devant une porte cochère. **Loc** Fam *Mener qqn en bateau :* tenter de le tromper. ■ *a inv* Fam Banal, rebattu. *Idée bateau.*

bateau-citerne *nm* Bateau aménagé pour le transport des liquides. *Des bateaux-citernes.*

bateau-mouche *nm* Bateau de promenade sur la Seine, à Paris. *Des bateaux-mouches.*

bateleur, euse *n* Anc Comédien de place publique qui fait des tours, des pitreries, etc.

batelier, ère *n* Dont le métier est de conduire les bateaux sur les cours d'eau.

batellerie *nf* 1 Ensemble des bateaux assurant les transports sur les cours d'eau. 2 Industrie relative à ces transports.

bat-flanc *nm inv* 1 Planche de séparation entre deux chevaux dans une écurie. 2 Lit de planches.

batholite *nm* GEOL Massif granitique.

bathyal, ale, aux *a* GEOL Se dit des fonds océaniques compris entre 300 et 3 000 m de profondeur.

bathymétrie *nf* Mesure de la profondeur des mers, des lacs.

bathyscaphe *nm* Appareil autonome pour l'exploration des grandes profondeurs marines.

bâti *e, a* Se dit d'un terrain sur lequel on a édifié un bâtiment. **Loc** *Être bien (mal) bâti :* être robuste (contrefait). ■ *nm* 1 Cadre d'une porte ou d'une croisée. 2 Ensemble des montants et de traverses servant de support à une machine. 3 Assemblage provisoire des pièces d'un vêtement avant couture.

batifoler *vi* Fam Folâtrer, s'ébattre.

batik *nm* Procédé de teinture utilisant de la cire pour masquer certaines parties du tissu ; tissu teint par ce procédé.

bâtiment *nm* 1 Toute construction à usage d'habitation ou d'abri. 2 L'ensemble des corps de métiers de la construction. 3 Bateau de dimensions assez importantes.

bâtir *vt* 1 Construire, édifier. 2 Établir, fonder. 3 Assembler à grands points les parties d'un vêtement.

bâtisse *nf* Grand bâtiment sans caractère.

bâtisseur, euse *n* Qui fait construire de nombreux bâtiments.

batiste *nf* Toile de lin très fine.

bâton *nm* 1 Morceau de bois long et mince, souvent fait d'une branche d'arbre. 2 Objet en forme de bâton. *Bâton de dynamite.* 3 Trait, barre que fait un enfant qui apprend à écrire, à compter. **Loc** *Bâton de maréchal :* insigne de la dignité de maréchal ; degré le plus élevé auquel qqn peut prétendre. *Parler à bâtons rompus :* bavarder de choses et d'autres. *Mettre des bâtons dans les roues :* susciter des difficultés.

bâtonnet *nm* Petit bâton.

bâtonnier *nm* Chef et représentant de l'ordre des avocats, dans le ressort de chaque barreau.

batracien *nm* Vx Syn de *amphibien*.

battage *nm* 1 Action de battre (les céréales, les tapis, l'or, etc.). 2 Fam Publicité tapageuse.

battant, ante *a* **Loc** *Pluie battante :* abondante et violente. *Porte battante :* qui se referme d'elle-même. *Tambour battant :* vive-

                                                     beau

ment, avec détermination. ■ *n* Personne énergique, combative. ■ *nm* **1** Marteau intérieur d'une cloche. **2** Vantail d'une porte, d'une fenêtre.

batte *nf* **1** Outil servant à frapper, à aplatir. **2** Bâton à bout renflé qui sert à renvoyer la balle au base-ball, au cricket.

battement *nm* **1** Choc, bruit de ce qui bat. **2** Mouvement de ce qui bat. **3** Intervalle de temps, délai.

batterie *nf* **1** Réunion de pièces d'artillerie. **2** Ensemble de piles, d'accumulateurs électriques associés. **3** Ensemble des instruments de percussion dans l'orchestre. Loc *Batterie de cuisine* : ensemble des ustensiles d'une cuisine. *Élevage en batterie* : élevage industriel. ■ *pl* Plans, projets habiles. *Ne pas dévoiler ses batteries.*

batteur *nm* **1** Qui joue de la batterie dans un orchestre de jazz. **2** Instrument pour battre les œufs, la crème, etc.

batteuse *nf* Machine servant à séparer les grains de la balle et de la paille.

battle-dress [batəl-] *nm inv* Blouson de toile d'un uniforme militaire.

battoir *nm* **1** Instrument qui sert à battre le linge. **2** Fam Main grosse et large.

battre *vt* [77] **1** Donner des coups à, frapper. **2** Vaincre, surpasser. **3** Agiter vivement. *Battre des œufs en neige, de la crème.* **4** Parcourir en tous sens. *Battre les chemins.* Loc *Battre la campagne* : aller et venir de tous côtés ; divaguer. *Battre les cartes* : les mélanger. *Battre la mesure* : indiquer la cadence, le rythme. *Battre monnaie* : émettre des pièces de monnaie. *Battre la semelle* : frapper le sol avec chaque pied alternativement. *Battre pavillon français, etc* : arborer au mât ce pavillon de nationalité. *Battre froid à qqn* : lui témoigner de la froideur. *Battre son plein* : être en pleine activité. ■ *vi* Être animé de mouvements répétés (cœur, balancier, etc). Loc *Battre de l'aile* : aller mal, péricliter. *Battre en retraite* : se retirer, céder. ■ *vpr* Combattre, lutter.

battu, ue *a* Loc *Yeux battus* : cernés, qui marquent la fatigue. *Terre battue* : sol durci, foulé aux pieds. *Suivre les sentiers battus* : agir comme tout le monde, sans originalité.

battue *nf* Action de battre le terrain pour en faire sortir le gibier et le rabattre vers les chasseurs.

baud *nm* INFORM Unité de mesure valant une impulsion par seconde.

baudet *nm* Âne.

baudrier *nm* **1** Bande de cuir ou d'étoffe portée en écharpe et soutenant une arme, un tambour. **2** Harnais servant à un alpiniste, un spéléologue pour s'encorder.

baudroie *nf* Poisson marin à gueule énorme. Syn. lotte.

baudruche *nf* **1** Mince pellicule de caoutchouc dont on fait des ballons légers. **2** Fam Personne vaine et sotte.

bauge *nf* **1** Lieu fangeux où gîte le sanglier. **2** Habitation sale, mal tenue.

bauhinia *nm* Arbuste tropical à grandes fleurs.

baume *nm* **1** Substance résineuse et odorante qui coule de certains végétaux. **2** Médicament à odeur balsamique pour l'usage externe. **3** Litt Apaisement, consolation.

bauxite *nf* Minerai d'aluminium.

bavard, arde *a, n* **1** Qui parle beaucoup, qui aime parler. **2** Qui commet des indiscrétions.

bavardage *nm* **1** Action de bavarder. **2** Propos vains ou indiscrets.

bavarder *vi* **1** Parler familièrement avec qqn, causer abondamment. **2** Divulguer ce qu'on devrait taire.

bavarois, oise *a, n* De Bavière. ■ *nm* ou *nf* Entremets froid à base de crème anglaise et de gélatine.

bavasser *vi* Fam Bavarder.

bave *nf* Salive visqueuse qui s'échappe de la bouche ou de la gueule d'un animal.

baver *vi* **1** Laisser écouler de la bave. **2** Présenter des bavures. Loc Fam *En baver* : passer par de rudes épreuves. Fam *Baver sur qqn* : le dénigrer.

bavette *nf* **1** Syn vieilli de *bavoir*. **2** Partie supérieure d'un tablier de femme. **3** En boucherie, morceau situé au-dessous de l'aloyau. Loc Fam *Tailler une bavette* : bavarder.

baveux, euse *a* **1** Qui bave. **2** Se dit d'une omelette peu cuite.

bavoir *nm* Pièce de lingerie qui protège la poitrine des jeunes enfants.

bavure *nf* **1** Trace d'encre ou de couleur débordant d'un trait peu net. **2** Action policière, militaire comportant des incidents regrettables. Loc *Sans bavure* : irréprochable.

bayadère *nf* Danseuse sacrée de l'Inde.

bayer *vi* [20] Loc Fam *Bayer aux corneilles* : regarder en l'air niaisement.

bayou *nm* Partie de méandre occupée par un lac, ou bras mort d'un delta, en Louisiane.

bazar *nm* **1** Marché public, en Orient. **2** Magasin où l'on vend toutes sortes d'objets. **3** Fam Objets en désordre.

bazarder *vt* Fam **1** Vendre à bas prix. **2** Se débarrasser de, jeter.

bazooka [-zu-] *nm* Lance-roquettes antichar portatif.

B.C.B.G. [besebeʒe] *a, n* Fam Abrév de *bon chic bon genre*, qui est d'une élégance classique, de bon ton.

B.C.G. *nm* (n déposé) Vaccin antituberculeux.

B.D. *nf* Fam Abrév de *bande dessinée*.

beagle [bigl] *nm* Basset à jambes droites.

béant, ante *a* Largement ouvert.

béarnais, aise *a, n* Du Béarn. ■ *nf* Sauce à base de beurre et d'œufs.

béat, ate *a* Qui exprime un contentement exagéré, un peu niais.

béatement *av* De façon béate.

béatification *nf* Acte du pape béatifiant une personne décédée.

béatifier *vt* Mettre au rang des bienheureux dignes d'un culte public.

béatitude *nf* **1** État de très grand bonheur. **2** Bonheur parfait de l'élu au ciel.

beatnik [bit-] *n* Jeune qui, vers 1960, manifestait par la singularité de sa tenue un certain refus de l'organisation sociale.

beau ou **bel, belle** *a* **1** Qui plaît à la vue, à l'oreille. *Un beau visage. Un bel homme.* **2** Qui plaît à l'esprit. *Beau roman.* **3** Qui mérite l'estime, l'approbation. *Belle action. Beau travail.* **4** Qui est important. *Belle fortune.* **5** Agréablement ensoleillé. *Belle journée.* Loc *Le beau monde* : la haute société. *Un beau par-*

leur : qqn qui séduit par la parole. *Un beau joueur* : qqn qui sait perdre avec bonne grâce. *Au beau milieu* : juste au milieu. *Il y a beau temps* : il y a longtemps. *Avoir la partie belle* : avoir tout ce qu'il faut pour gagner. *De plus belle* : encore bien plus. ■ *av* Loc *Bel et bien* : réellement. *Il ferait beau voir* : il serait étrange de voir. *Avoir beau faire, dire* : faire, dire inutilement. ■ *nm* Ce qui est beau. Loc *Vieux beau* : homme âgé qui cherche à séduire. *Faire le beau* : en parlant d'un chien, se dresser sur les pattes de derrière. ■ *nf* Partie décisive entre des joueurs à égalité. Loc Pop *Se faire la belle* : s'évader. Fam *En faire de belles* : faire de grosses sottises.

beauceron, onne *a, n* De Beauce.

beaucoup *av* **1** Une grande quantité, un grand nombre. *Beaucoup de personnes.* **2** Un grand nombre de personnes. *Beaucoup l'ont cru.* **3** En grande quantité. *Il a beaucoup plu.* Loc *De beaucoup* : nettement.

beau-fils *nm* **1** Fils que la personne qu'on a épousée a eu d'un précédent lit. **2** Gendre. *Des beaux-fils.*

beaufort *nm* Fromage de Savoie, voisin du gruyère.

Beaufort (échelle de) *nf* Échelle de 0 à 12 mesurant la vitesse du vent.

beau-frère *nm* **1** Frère du conjoint. **2** Mari d'une sœur ou d'une belle-sœur. *Des beaux-frères.*

beaujolais *nm* Vin du Beaujolais.

beau-père *nm* **1** Père du conjoint. **2** Second mari de la mère pour les enfants d'un premier lit. *Des beaux-pères.*

beaupré *nm* Mât oblique ou horizontal, à l'avant d'un navire.

beauté *nf* **1** Qualité de qqn ou de qqch qui est beau. **2** Femme très belle. Loc *En beauté* : avec noblesse, avec grande allure. ■ *pl* Les éléments de la beauté, les parties belles d'une chose.

beaux-arts *nmpl* **1** Les arts plastiques : peinture, sculpture, architecture, gravure, etc. **2** Les arts en général.

beaux-parents *nmpl* Les parents du conjoint.

bébé *nm* **1** Tout petit enfant. **2** Fam Problème embarrassant. *Se repasser le bébé.*

bébête *a* Fam Niais.

be-bop [bibɔp] *nm inv* Style de jazz marqué par des irrégularités rythmiques, des dissonances.

bec *nm* **1** Partie cornée et saillante qui tient lieu de bouche aux oiseaux. **2** Fam Bouche. **3** Partie pointue ou saillante de certains objets. **4** Pointe de terre au confluent de deux rivières. Loc *Bec de gaz* : autrefois lampadaire d'éclairage public. *Lutter bec et ongles* : de toute son énergie. *Avoir une prise de bec avec qqn* : se quereller. *Rester le bec dans l'eau* : rester déçu, dans l'incertitude. *Clouer le bec à qqn* : le réduire au silence par des arguments péremptoires.

bécane *nf* Fam **1** Bicyclette, vélomoteur. **2** Appareil, machine, en général.

bécarre *nm* Signe de notation musicale qui annule l'effet d'un dièse ou d'un bémol.

bécasse *nf* **1** Oiseau migrateur échassier à long bec. **2** Fam Femme sotte.

bécasseau *nm* Petit de la bécasse.

bécassine *nf* **1** Oiseau migrateur plus petit que la bécasse. **2** Fam Jeune fille sotte et naïve.

bec-de-cane *nm* Poignée de porte en forme de levier horizontal. *Des becs-de-cane.*

bec-de-lièvre *nm* Malformation congénitale caractérisée par une fente de la lèvre supérieure. *Des becs-de-lièvre.*

bêchage *nm* Action de bêcher.

béchamel *nf* Sauce blanche faite de beurre, de farine et de lait.

bêche *nf* Outil de jardinage constitué d'un fer plat, large et tranchant et d'un manche.

bêcher *vt* Couper et retourner la terre avec une bêche. ■ *vi* Fam Se montrer hautain.

bêcheur, euse *n, a* Fam Hautain et prétentieux.

bécot *nm* Fam Petit baiser.

bécoter *vt* Fam Donner des bécots.

becquée *nf* Quantité de nourriture qu'un oiseau peut prendre avec son bec pour nourrir ses petits.

becquerel *nm* PHYS Unité d'activité radioactive.

becqueter *vt* [19] Piquer à coups de bec. ■ *vi, vt* Pop Manger.

bedaine *nf* Fam Panse, gros ventre.

bédé *nf* Fam Bande dessinée.

bedeau *nm* Laïc employé par une église.

bédéphile *n* Fam Amateur de bandes dessinées.

bedon *nm* Fam Ventre rebondi.

bedonnant, ante *a* Fam Qui bedonne.

bedonner *vi* Fam Prendre du ventre.

bédouin, ine *a* Relatif aux Bédouins.

bée *af* Loc *Rester bouche bée* : être frappé de surprise, d'admiration, etc.

béer *vi* Litt **1** Être grand ouvert. **2** Rester la bouche ouverte. *Béer de surprise.*

beffroi *nm* Tour, clocher d'où l'on sonnait autrefois l'alarme.

bégaiement *nm* Façon de parler de qqn qui bégaie.

bégayer *vi* [20] Parler avec un débit irrégulier, en répétant certaines syllabes. ■ *vt* Balbutier, bredouiller.

bégonia *nm* Plante ornementale aux fleurs blanches ou vivement colorées.

bègue *a, n* Qui bégaie.

bégueule *nf, a* Femme d'une pruderie exagérée, ridicule.

béguin *nm* **1** Bonnet pour les enfants. **2** Fam Passion passagère ; personne qui en est l'objet.

béguinage *nm* Communauté de béguines.

béguine *nf* Religieuse vivant en communauté sans prononcer de vœux.

bégum [-gɔm] *nf* Princesse indienne.

béhaviorisme *nm* Doctrine fondant la psychologie sur l'étude du comportement.

beige *a, nm* Brun très clair tirant sur le jaune.

beigne *nf* Pop Coup, gifle.

beignet *nm* Pâte frite, seule ou enveloppant un petit morceau de fruit, de viande, etc.

béké *n* Créole martiniquais ou guadeloupéen.

1. bel. V. beau.

2. bel *nm* PHYS Unité utilisée pour exprimer la comparaison de deux grandeurs.

bel canto *nm inv* Technique du chant dans la tradition lyrique italienne.

bêlement *nm* Cri des moutons et des chèvres.

bélemnite *nf* GEOL Mollusque fossile du secondaire.

bêler *vi* **1** Faire entendre un bêlement. **2** Fam Chanter ou s'exprimer sur un ton mal assuré ou plaintif.

elette nf Petit carnivore brun sur le dessus, vec le ventre blanc.

elge a, n De Belgique.

elgicisme nm Tournure propre au français arlé en Belgique.

élier nm 1 Mouton non castré. 2 Machine le guerre d'autrefois constituée d'une grosse outre, pour abattre les murailles. Loc *Coup de élier* : choc produit dans une conduite par n liquide dont l'écoulement est brusquement nterrompu. *Bélier hydraulique* : appareil élé- ateur d'eau.

elladone nf Plante à fleurs pourpres, à baies oires, très toxiques.

ellâtre nm Homme d'une beauté fade et pré- entieuse.

elle. V. beau.

elle-de-jour nf Liseron dont la fleur se ferme u coucher du soleil. *Des belles-de-jour.*

elle-de-nuit nf 1 Plante ornementale dont es fleurs ne s'ouvrent que le soir. Syn. mirabilis. . Prostituée. *Des belles-de-nuit.*

elle-famille nf Famille du conjoint. *Des elles-familles.*

elle-fille nf 1 Fille née d'un précédent nariage de la personne que l'on a épousée. 2 3ru, femme d'un fils. *Des belles-filles.*

elle-mère nf 1 Mère du conjoint. 2 Seconde pouse du père, pour les enfants du premier lit. *Des belles-mères.*

elles-lettres nfpl La littérature.

elle-sœur nf 1 Sœur du conjoint. 2 Épouse l'un frère ou d'un beau-frère. *Des belles-sœurs.*

ellicisme nm Attitude belliciste.

elliciste n, a Partisan de la guerre.

elligérance nf Situation d'un pays, d'un euple en état de guerre.

elligérant, ante a, n Qui est en guerre.

elliqueux, euse a 1 Qui aime la guerre, ousse à la guerre. 2 Qui aime engager des olémiques, agressif.

elon nf Huître à coquille plate et ronde.

elote nf Jeu de cartes qui se joue avec 2 cartes.

éluga ou **bélouga** nm Cétacé des mers rctiques, appelé aussi *baleine blanche.*

elvédère nm 1 Petit pavillon construit au ommet ou à l'angle d'un édifice. 2 Lieu élevé ffrant une vue dégagée.

émol nm 1 Signe musical baissant une note l'un demi-ton. 2 Fam Atténuation de la violence, le l'ampleur de qqch.

énédicité nm Prière dite avant le repas.

énédictin, ine n Religieux, religieuse de l'ordre saint Benoît. Loc *Travail de béné- lictin* : travail long, exigeant une application ninutieuse. ■ a Relatif à l'ordre bénédictin.

énédiction nf Action de bénir. Loc *C'est une énédiction* : c'est très heureux.

énéfice nm 1 Gain constitué par l'excédent les recettes sur les dépenses. 2 Avantage tiré l'une action, d'une situation. *Être élu au béné- ice de l'âge.* Loc *Sous bénéfice d'inventaire* : ous réserve de vérifications favorables.

énéficiaire n, a Qui tire un avantage de qqch. ■ a Qui produit un bénéfice.

énéficier vti Tirer un avantage, un profit l'une chose.

énéfique a Dont l'action, l'influence est avorable.

benêt n, am Niais, sot.

bénévolat nm Service assuré à titre bénévole.

bénévole a, n Qui fait qqch sans y être obligé et gratuitement. *Faire appel à des bénévoles.* ■ a Fait sans obligation, à titre gratuit. *Ser- vice bénévole.*

bénévolement av De façon bénévole.

bengali, ie a, n Du Bengale. ■ nm 1 Langue du Bengale, du Bangladesh. 2 Petit oiseau exotique au plumage coloré.

bénignité nf Litt Caractère bénin.

bénin, igne a 1 Qui est sans gravité. *Maladie bénigne.* 2 Litt Douceureux.

béninois, oise a, n Du Bénin.

béni-oui-oui nm inv Fam Approbateur empressé et inconditionnel.

bénir vt 1 Appeler la protection, la béné- diction divine sur. 2 Louer, rendre grâce avec reconnaissance à. *Bénir la mémoire de qqn.* 3 Se féliciter, se réjouir de. *Je bénis cette ren- contre.*

bénit, ite a Qui a reçu une bénédiction litur- gique. *Pain bénit, eau bénite.*

bénitier nm 1 Récipient à eau bénite. 2 Syn de *tridacne.* Loc Fam *Se démener comme un diable dans un bénitier* : faire tous ses efforts pour sortir d'une situation difficile. Fam *Grenouille de bénitier* : bigote.

benjamin, ine n Le plus jeune enfant d'une famille ; le plus jeune membre d'un groupe.

benjoin nm Résine utilisée en parfumerie et en pharmacie.

benne nf 1 Caisson pour la manutention des matériaux en vrac. 2 Cabine de téléphérique.

benoît, oîte a Litt Qui affecte une mine doucereuse.

benoîtement av Litt De façon benoîte.

benthique a GEOL Du fond des mers.

benthos nm BIOL Organisme vivant au fond des mers.

benzène nm Liquide incolore extrait des goudrons de houille.

benzine nf Mélange d'hydrocarbures utilisé comme solvant.

benzodiazépine nf Substance utilisée comme tranquillisant.

benzol nm Liquide obtenu par distillation du goudron de houille.

béotien, enne a, n 1 De la Béotie. 2 Lourdaud, ignorant.

B.E.P. nm Brevet d'études professionnelles.

béquille nf 1 Support passant sous l'aisselle et muni d'une poignée pour aider un infirme à marcher. 2 Pièce destinée à soutenir, à étayer.

berbère a, n Relatif aux Berbères. ■ nm Langue sémitique des Berbères.

berbérisme nm Mouvement d'affirmation de l'identité berbère.

bercail nm Loc *Rentrer au bercail, ramener qqn au bercail* : parmi les siens.

berceau nm 1 Petit lit d'enfant en bas âge. 2 Lieu d'origine de qqch. 3 Voûte à simple cour- bure.

bercement nm Action de bercer.

bercer vt [10] 1 Balancer doucement un enfant. 2 Apaiser, calmer, consoler. *Bercer qqn de promesses.* ■ vpr Loc *Se bercer d'illusions* : se leurrer.

berceuse nf Chanson destinée à endormir les enfants.

béret *nm* Coiffure en étoffe, ronde et plate.

bergamote *nf* 1 Agrume dont on tire une essence parfumée. 2 Bonbon à la bergamote.

berge *nf* 1 Bord d'un cours d'eau. *Les berges de la Seine.* 2 Pop An, année.

berger, ère *n* 1 Qui garde les moutons. 2 Litt Chef, guide. Loc *L'étoile du berger* : la planète Vénus. ■ *nm* Nom de diverses races de chiens.

bergerac *nm* Vin rouge du Sud-Ouest.

bergère *nf* Fauteuil large et profond, garni d'un épais coussin.

bergerie *nf* Lieu où on parque les moutons.

bergeronnette *nf* Petit oiseau, dont la longue queue s'agite sans arrêt.

béribéri *nm* Maladie due à une carence en vitamines B1.

berk ! *interj* Pop Exprime le dégoût.

berline *nf* 1 Automobile à quatre portes. 2 Wagonnet assurant le transport des minerais.

berlingot *nm* 1 Bonbon de sucre en forme de tétraèdre. 2 Conditionnement (plastique ou carton) de certains liquides.

berlinois, oise *a, n* De Berlin.

berlue *nf* Loc Fam *Avoir la berlue* : être victime d'une illusion.

bermuda *nm* Short à jambes étroites descendant jusqu'aux genoux.

bernardin, ine *n* RELIG Cistercien.

bernard-l'ermite *nm inv* Syn de *pagure*.

berne *nf* Loc *Drapeau en berne* : hissé à mi-mât ou non déployé, en signe de deuil.

berner *vt* Tromper et ridiculiser.

bernique ou **bernicle** *nf* Syn de *patelle*.

bernois, oise *a, n* De Berne.

berrichon, onne *a, n* Du Berry.

bersaglier *nm* Soldat italien d'infanterie.

béryl *nm* Pierre précieuse de couleur variable.

béryllium [-ljɔm] *nm* Métal utilisé dans les alliages et dans l'industrie nucléaire.

besace *nf* Sac à deux poches, avec une ouverture au milieu.

bésef ou **bézef** *av* Pop Beaucoup.

bésicles *nfpl* Fam Lunettes.

besogne *nf* Travail, ouvrage.

besogneux, euse *a, n* 1 Qui est dans la gêne. 2 Qui fait un travail rebutant et peu rétribué.

besoin *nm* 1 Manque de ce qui est ressenti comme désirable ou nécessaire. 2 État de pauvreté. Loc *Avoir besoin de qqch, de qqn* : ressentir comme nécessaire qqch, la présence ou l'aide de qqn ; nécessiter qqch. *Au besoin, si besoin est* : si c'est nécessaire. ■ *pl* Ce qui est indispensable à l'existence quotidienne. Loc Fam *Faire ses besoins* : uriner, déféquer.

bestiaire *nm* 1 Recueil, traité sur les animaux, généralement illustré. 2 ANTIQ Gladiateur qui combattait des bêtes féroces dans l'arène.

bestial, ale, aux *a* Qui ravale l'être humain au niveau de la bête.

bestialement *av* De façon bestiale.

bestialité *nf* État de qqn qui a les instincts grossiers de la bête.

bestiaux *nmpl* Troupeaux d'une exploitation agricole.

bestiole *nf* Petite bête ; insecte.

best-seller [-sɛlɛʀ] *nm* Livre à succès, qui a une grosse vente. *Les best-sellers de l'été.*

1. bêta *nm inv* Deuxième lettre de l'alphabet grec correspondant au *b*. ■ *a inv* Loc *Rayons bêta* : rayonnement constitué d'électrons émis par les corps radioactifs.

2. bêta, asse *n, a* Fam Sot, niais.

bêtabloquant *nm* Médicament qui bloque certains récepteurs du système sympathique.

bétail *nm* Animaux de pâture, dans une exploitation agricole.

bétaillère *nf* Camion utilisé pour transporter le bétail.

bête *nf* 1 Tout être animé, à l'exception de l'être humain. 2 Personne qui se livre à ses instincts. Loc *Bête à bon Dieu* : coccinelle. *Bête noire* : personne ou chose détestée. Fam *Chercher la petite bête* : faire preuve d'une minutie tatillonne. ■ *nfpl* Le bétail. ■ *a* Stupide, sot. *Il est bête et méchant.*

bétel *nm* 1 Plante grimpante de l'Inde. 2 Masticatoire préparé avec des feuilles de bétel.

bêtement *av* De façon stupide. Loc *Tout bêtement* : simplement.

bêtifiant, ante *a* Qui bêtifie.

bêtifier *vi* Dire des niaiseries.

bêtise *nf* 1 Défaut d'intelligence, de jugement. 2 Propos bête. 3 Chose sans importance, futile. 4 Action imprudente, dangereuse, maladroite. Loc *Bêtise de Cambrai* : berlingot à la menthe.

bêtisier *nm* Recueil de bêtises amusantes.

bétoine *nf* Plante à fleurs mauves.

béton *nm* Matériau de construction constitué de ciment, de sable, de gravier et d'eau. Loc *Béton armé* : coulé autour d'armatures métalliques. *Jouer le béton* : bétonner (football).

bétonnage *nm* Action de bétonner.

bétonner *vt* 1 Construire, recouvrir ou renforcer avec du béton. 2 Fam Bloquer qqch, l'immobiliser. ■ *vi* 1 Au football, grouper les joueurs d'une équipe en défense. 2 Fam Faire de l'obstruction.

bétonneuse *nf* Abusiv Bétonnière.

bétonnière *nf* Machine servant à préparer le béton.

bette ou **blette** *nf* Plante comestible voisine de la betterave, aux feuilles amples, aux côtes épaisses et tendres.

betterave *nf* Plante cultivée pour sa racine charnue, de forte taille.

betteravier, ère *a* Relatif à la betterave. ■ *nm* Producteur de betteraves.

beuglante *nf* Pop Chanson chantée d'une voix assourdissante.

beuglement *nm* 1 Cri des animaux qui beuglent. 2 Son intense et prolongé qui assourdit.

beugler *vi* Mugir, en parlant du taureau, du bœuf et de la vache. ■ *vi, vt* Fam Crier, chanter très fort.

beur *n, a* Jeune né en France de parents maghrébins immigrés.

beurre *nm* 1 Substance alimentaire onctueuse obtenue à partir de la crème du lait. 2 Substance grasse extraite de divers végétaux. *Beurre de cacao.* Loc Fam *Faire son beurre* : s'enrichir. Fam *Compter pour du beurre* : ne pas être pris en compte. Fam *Mettre du beurre dans les épinards* : améliorer sa situation matérielle.

beurré *nm* Variété de poire à chair fondante.

beurrer *vt* Recouvrir de beurre. Loc Pop *Être beurré* : être ivre.

beurrier *nm* Récipient servant à conserver ou à servir le beurre.

beuverie *nf* Réunion où on boit avec excès.

bévue *nf* Erreur grossière, commise par ignorance ou faute de jugement.

bey nm HIST Haut dignitaire de l'empire Ottoman ou vassal du sultan.

bézef. V. bésef.

bhoutanais, aise a, n Du Bhoutan.

biais nm 1 Ligne oblique. 2 Moyen détourné et ingénieux. Loc *De biais, en biais* : de côté.

biaisé, ée a Fam Décalé, trompeur. *Une réponse biaisée.*

biaiser vi 1 Être, aller de biais. 2 User de détours.

biathlon nm Épreuve olympique combinant le ski de fond et le tir.

bibelot nm Petit objet de décoration.

biberon nm Petite bouteille munie d'une tétine, avec laquelle on fait boire un nourrisson.

biberonner vi Pop Boire avec excès.

bibi pr Pop Moi. *Ça, c'est à bibi.*

bibine nf Fam Mauvaise boisson.

bible nf 1 *La Bible* : v. partie noms propres. 2 Manifeste, ouvrage fondamental d'une doctrine. 3 Ouvrage qu'on consulte souvent. Loc *Papier bible* : très mince et opaque.

bibliobus [-bys] nm inv Véhicule servant de bibliothèque itinérante.

bibliographe n Auteur de bibliographies.

bibliographie nf Liste des écrits d'un auteur ou se rapportant à un sujet.

bibliographique a De la bibliographie.

bibliologie nf Science du livre, de l'écrit.

bibliophile n Qui aime les livres précieux et rares.

bibliophilie nf Amour des livres.

bibliothécaire n Personne préposée à l'entretien d'une bibliothèque.

bibliothéconomie nf Discipline qui s'occupe de la gestion et de l'organisation des bibliothèques.

bibliothèque nf 1 Meuble permettant de ranger des livres. 2 Pièce ou édifice où sont conservés les livres, mis à la disposition du public. 3 Collection de livres.

biblique a De la Bible. Loc Fam *D'une simplicité biblique* : très simple.

bic nm (n déposé) Stylo à bille.

bicamérisme ou **bicaméralisme** nm Système politique fondé sur un Parlement composé de deux chambres.

bicarbonate nm Carbonate acide.

bicarburation nf Possibilité pour un moteur d'utiliser deux types de carburants.

bicentenaire nm Deuxième centenaire.

bicéphale a Qui a deux têtes.

biceps nm Muscle long fléchisseur du bras.

biche nf Femelle du cerf.

bicher v impers Loc Pop *Ça biche* : ça va bien.

bichon, onne nm Petit chien à poil long.

bichonner vt Parer avec soin ; entourer de soins. ■ vpr Se parer avec coquetterie.

bichromate nm Sel de l'acide chromique.

bichromie nf Impression en deux couleurs.

bicolore a Qui est de deux couleurs.

biconcave a Qui présente deux faces concaves opposées.

biconvexe a Qui présente deux faces convexes opposées.

bicoque nf Fam Petite maison ou maison peu solide, inconfortable.

bicorne nm Chapeau à deux pointes.

bicross nm Vélo tout-terrain.

biculturalisme nm Coexistence de deux cultures nationales dans un même pays.

bicyclette nf Cycle à deux roues d'égal diamètre, dont la roue arrière est mise en mouvement par un pédalier.

bidasse nm Fam Soldat.

bide nm Pop 1 Ventre. 2 Échec.

bidet nm 1 Petit cheval de selle. 2 Cuvette utilisée pour la toilette intime.

bidoche nf Pop Viande.

bidon nm 1 Récipient métallique portatif destiné à contenir un liquide. 2 Pop Ventre. Loc Pop *Du bidon* : qqch de faux. ■ a Mensonger.

bidonner (se) vpr Pop Rire, bien s'amuser.

bidonville nm Agglomération d'habitations précaires, construites en matériaux de récupération, à la périphérie de certaines villes.

bidouillage nm Fam Action de bidouiller.

bidouiller vt Fam Bricoler.

bidule nm Fam Chose, objet quelconque.

bief nm 1 Canal conduisant l'eau sur la roue d'un moulin. 2 Espace entre deux écluses.

bielle nf Pièce de certains mécanismes qui transmet un mouvement.

biélorusse a, n De Biélorussie. ■ nm Langue slave parlée en Biélorussie.

bien av 1 De manière satisfaisante, agréable, habile. *Je dors bien. Une lettre bien tournée.* 2 De manière juste, honnête. *Il a bien agi.* 3 Beaucoup de. *Il manque bien des choses.* 4 Très, tout à fait ; beaucoup. *C'est bien long.* 5 Au moins. *Il y a bien dix ans.* 6 Certes, sans doute. *Cela se peut bien.* Loc *Aussi bien* : d'ailleurs, de toute façon. ■ interj Marque la satisfaction. Loc *Et bien ! eh bien ?* : marquent la surprise, l'interrogation. ■ a inv 1 Satisfaisant, convenable. *C'est un garçon bien.* 2 En bonne santé. ■ conj Loc *Bien que* : exprime la concession (quoique). *Si bien que* : introduit une conséquence (de sorte que). ■ nm 1 Ce qui est louable moralement. *Discerner le bien et le mal.* 2 Ce qui est profitable, avantageux. *Il a agi pour votre bien.* 3 Ce qu'on possède. *Léguer tous ses biens à qqn.* 4 Ce qui est produit par le travail. *Les biens de consommation.* Loc *Faire du bien* : être agréable, profitable. *Mener qqch à bien* : le conclure heureusement, réussir. *En tout bien tout honneur* : sans mauvaise intention.

bien-aimé, ée a, n Qui est tendrement aimé, particulièrement chéri. *Des bien-aimés.*

biénergie nf Système de chauffage utilisant alternativement deux types d'énergie.

bien-être nm inv 1 État agréable du corps et de l'esprit. 2 Situation aisée financièrement.

bienfaisance [-fǝ-] nf Action de faire du bien aux autres ; le bien que l'on fait dans un intérêt social. *Société de bienfaisance.*

bienfaisant, ante [-fǝ-] a Qui fait du bien, qui a une influence salutaire.

bienfait [-fɛ-] nm 1 Service rendu à qqn. 2 Avantage, utilité. *Les bienfaits de la science.*

bienfaiteur, trice n Qui fait du bien.

bien-fondé nm 1 DR Conformité d'une demande, d'un acte, à la justice et au droit. 2 Conformité à la raison. *Des bien-fondés.*

bien-fonds nm Bien immobilier. *Des biens-fonds.*

bienheureux, euse a Très heureux. ■ n Dans l'Église catholique, personne qui a été béatifiée.

biennal, ale, aux *a* 1 Qui dure deux ans. 2 Qui a lieu tous les deux ans. ■ *nf* Manifestation artistique, culturelle, etc. qui a lieu tous les deux ans.

bien-pensant, ante *a, n* Attaché à des valeurs traditionnelles. *Des bien-pensants.*

bienséance *nf* Litt Conduite publique en conformité avec les usages.

bienséant, ante *a* Litt Décent, convenable.

bientôt *av* 1 Dans peu de temps. 2 Rapidement. *Ce fut bientôt fait.*

bienveillance *nf* Disposition favorable à l'égard de qqn.

bienveillant, ante *a* Plein de bienveillance.

bienvenu, ue *a, n* Qui arrive à propos, qui est accueilli avec plaisir.

bienvenue *nf* Loc *Souhaiter la bienvenue à qqn* : le saluer à son arrivée avec des mots accueillants.

1. bière *nf* Boisson alcoolique à base d'orge et de houblon.

2. bière *nf* Cercueil.

biface *nm* Outil préhistorique fait d'une pierre taillée sur deux faces.

biffer *vt* Rayer, barrer ce qui est écrit.

bifide *a* SC NAT Fendu longitudinalement.

bifidus *nm* Bactérie utilisée comme additif dans les produits laitiers.

bifocal, ale, aux *a* Qui a deux distances focales différentes.

bifteck *nm* Tranche de bœuf. Loc Fam *Gagner son bifteck* : gagner de quoi vivre.

bifurcation *nf* Endroit où une ligne, une voie se divise en deux parties.

bifurquer *vi* 1 Se diviser en deux branches. 2 Changer de direction à un croisement. 3 Prendre une orientation différente.

bigame *a, n* Qui est marié à deux personnes à la fois.

bigamie *nf* État d'une personne bigame.

bigarade *nf* Orange amère.

bigarré, ée *a* Qui a des couleurs, des dessins variés et disparates.

bigarreau *nm* Cerise rouge et blanche à chair ferme et sucrée.

bigarrer *vt* Revêtir de couleurs en opposition violente.

bigarrure *nf* Assemblage de couleurs, de dessins variés, disparates.

big bang *nm* inv ASTRO Gigantesque explosion qui serait à l'origine de l'Univers.

bigler *vi* Fam Loucher. ■ *vt* Fam Regarder.

bigleux, euse *n* Fam 1 Qui louche. 2 Qui ne voit pas bien.

bignonia *nm* Arbrisseau à fleurs orangées.

bigophone *nm* Pop Téléphone.

bigorneau *nm* Petit mollusque comestible à coquille en spirale.

bigot, ote *n, a* D'une dévotion étroite et pointilleuse.

bigoterie *nf* Dévotion de bigot.

bigouden, ène [-dɛ̃, -dɛn] *a, n* De la région de Pont-l'Abbé (Finistère).

bigoudi *nm* Rouleau, cylindre utilisé pour boucler les cheveux.

bigre ! *interj* Fam Marque la surprise.

bigrement *av* Fam Très, beaucoup. *Il était bigrement content.* Syn. bougrement.

bigue *nf* Appareil de levage pour charges importantes.

biguine *nf* Danse d'origine antillaise.

bihebdomadaire *a* Qui a lieu, qui paraît deux fois par semaine. ■ *nm* Publication bihebdomadaire.

bihoreau *nm* Petit héron de mœurs nocturnes.

bijou *nm* 1 Petit objet de parure plus ou moins précieux (bague, collier, bracelet, broche, etc.). *Des bijoux en or.* 2 Chose très jolie, fabriquée avec grand soin.

bijouterie *nf* 1 Fabrication, commerce des bijoux. 2 Les bijoux, en tant qu'objets d'industrie, de commerce. 3 Magasin où l'on vend des bijoux.

bijoutier, ère *n* Fabricant ou marchand de bijoux.

bikini *nm* (n déposé) Costume de bain pour femme, composé d'un slip et d'un soutien-gorge de dimensions très réduites.

bilan *nm* 1 État comparatif de l'actif et du passif d'une entreprise. 2 Résultats d'ensemble, positifs ou négatifs, d'une action, d'une situation. Loc *Dépôt de bilan* : déclaration au tribunal de commerce de cessation de paiements.

bilatéral, ale, aux *a* 1 Des deux côtés. *Stationnement bilatéral.* 2 Établi directement entre deux partenaires. *Accord bilatéral.*

bilatéralement *av* De façon bilatérale.

bilboquet *nm* Jouet formé d'une boule percée d'un trou et reliée par une ficelle à un manche à bout pointu qu'il faut faire pénétrer dans le trou de la boule lancée en l'air.

bile *nf* Liquide amer sécrété par le foie. Loc *S'échauffer la bile* : se mettre en colère. *Décharger sa bile sur qqn* : lui faire supporter sa mauvaise humeur. Fam *Se faire de la bile* : s'inquiéter.

biler (se) *vpr* Fam S'inquiéter.

bilharzie *nf* Ver vivant en parasite dans divers organes.

bilharziose *nf* Maladie parasitaire provoquée par des bilharzies.

biliaire *a* Relatif à la bile.

bilieux, euse *a, n* 1 Coléreux. 2 D'un tempérament inquiet, anxieux.

bilingue *a* Écrit en deux langues différentes. *Un dictionnaire bilingue.* ■ *a, n* Qui parle deux langues.

bilinguisme [-gɥism] *nm* État de qqn, d'un pays bilingue.

bilirubine *nf* Pigment biliaire.

billard *nm* 1 Jeu qui se joue avec des billes d'ivoire ou de plastique, qu'on frappe avec un bâton appelé queue, sur une table spéciale. 2 Table rectangulaire, recouverte d'un tapis de drap, sur laquelle on joue au billard. 3 Fam Table d'opération. 4 Salle où on joue au billard. Loc *Billard électrique* : syn de *flipper.* Fam *C'est du billard* : c'est très facile.

bille *nf* 1 Boule pour jouer au billard. 2 Petite boule de pierre, de verre, d'acier, d'argile, avec laquelle jouent les enfants. 3 Pop Tête, figure. 4 Pièce de bois de toute la grosseur du tronc, destinée à être équarrie et débitée. Loc *Roulement à billes* : muni de sphères métalliques qui réduisent le frottement d'un axe tournant. *Crayon, stylo à bille* : muni d'une petite bille de métal en contact avec de l'encre très grasse.

billet *nm* **1** Lettre très courte. **2** Engagement écrit de payer une somme d'argent. **3** Papier-monnaie. *Un billet de cent francs.* **4** Petit papier imprimé établissant un droit (entrée, parcours, etc). *Un billet de théâtre. Billet de train.*

billetterie *nf* **1** Lieu où on vend des billets. **2** Distributeur automatique de billets de banque.

billevesée [bil-] *nf* Litt Chose, propos frivole.

billion *nm* Mille milliards (10^{12}).

billot *nm* **1** Bloc de bois posé verticalement et qui présente une surface plane à sa partie supérieure. **2** Pièce de bois sur laquelle le condamné à la décapitation posait la tête.

bimbeloterie *nf* **1** Fabrication, commerce de bibelots. **2** Ensemble de bibelots.

bimensuel, elle *a* Qui a lieu, paraît deux fois par mois. ■ *nm* Publication bimensuelle.

bimestre *nm* Durée de deux mois.

bimestriel, elle *a* Qui a lieu, paraît tous les deux mois.

bimétallique *a* Constitué de deux métaux.

bimétallisme *nm* Système monétaire à double étalon, or et argent.

bimillénaire *a* Qui a vingt siècles. ■ *nm* Deux millième anniversaire.

bimoteur *a, nm* Qui a deux moteurs.

binage *nm* Action de biner.

binaire *a* **1** Composé de deux éléments. **2** MATH Se dit de la numération à base deux. **3** MUS Se dit d'un rythme à deux temps.

binational, ale, aux *a, n* Qui a une double nationalité.

binationalité *nf* Double nationalité.

binaural, ale, aux *a* Des deux oreilles (audition).

biner *vt* Ameublir le sol avec une binette.

binette *nf* **1** Petite pioche à manche court et fer large et plat. **2** Fam Visage, tête.

bingo [bingo] *nm* Sorte de loto.

biniou *nm* Cornemuse bretonne.

binocles *nfpl* Fam Lunettes.

binoculaire *a* **1** Des deux yeux. *Vision binoculaire.* **2** Muni de deux oculaires.

binôme *a* **1** MATH Somme algébrique de deux monômes. **2** Ensemble de deux éléments.

binominal, ale, aux *a* Loc SC NAT *Nomenclature binominale :* qui utilise deux noms latins pour désigner chaque être vivant.

bintje [bintʃ] *nf* Variété de pomme de terre.

bioactif, ive *a* BIOL Qui est doué d'une activité biologique.

biocarburant *nm* Carburant d'origine végétale.

biochimie *nf* Science qui étudie les propriétés chimiques de la matière vivante.

biochimiste *n* Spécialiste de biochimie.

biocide *a, nm* Qui détruit les microbes.

bioclimat *nm* Conditions climatiques d'une région dans ses rapports avec la santé.

biodégradable *a* Qui peut être décomposé par l'action de microorganismes.

biodégradation *nf* Décomposition d'un produit biodégradable.

bioénergie *nf* Énergie renouvelable par transformation de la biomasse.

bioéthique *nf* Étude des principes moraux qui doivent présider aux pratiques médicales et biologiques concernant l'être humain.

biogenèse *nf* BIOL Apparition de la vie sur la Terre.

biogéographie *nf* Science qui étudie la répartition géographique des espèces vivantes.

biographe *n* Auteur d'une biographie.

biographie *nf* Histoire de la vie d'une personne.

biographique *a* De la biographie.

bio-industrie *nf* Application industrielle des biotechnologies (agroalimentaire, pharmacie, etc). *Des bio-industries.*

biologie *nf* Science de la vie, des êtres vivants.

biologique *a* **1** De la biologie. **2** Propre aux êtres vivants. **3** Obtenu sans engrais ni pesticides. **Loc** *Arme biologique :* utilisant des toxines, des microbes.

biologiste *nm* Spécialiste de biologie.

biomasse *nf* Masse totale des organismes vivant dans un biotope délimité.

biomatériau *nm* Substance susceptible de remplacer un organe, un tissu vivant.

biomédical, ale, aux *a* Qui concerne à la fois la biologie et la médecine.

bionique *nf* Étude des phénomènes et des mécanismes biologiques en vue de leurs applications industrielles.

biophysicien, enne *n* Spécialiste de biophysique.

biophysique *nf* Science qui applique les méthodes de la physique à la biologie.

biopsie *nf* BIOL Prélèvement d'un fragment de tissu vivant, aux fins d'examen histologique.

biorythme *nm* MED Variation périodique régulière du niveau d'énergie d'un individu.

biosciences *nfpl* Sciences de la vie.

biosphère *nf* Zone de la terre et de l'atmosphère où existe la vie.

biotechnologie ou **biotechnique** *nf* Ensemble des techniques appliquant la biochimie à des fins agricoles ou industrielles.

biotechnologique ou **biotechnique** *a* De la biotechnologie.

biotique *a* BIOL **1** Qui a pour origine un être vivant. **2** Qui permet la vie.

biotope *nm* BIOL Milieu physique propre au développement de telle ou telle espèce.

bip *nm* Signal acoustique bref et répété.

biparti, ie ou **bipartite** *a* **1** Divisé en deux parties. **2** Composé par l'union de deux partis politiques.

bipartisme *nm* Régime politique où deux partis seulement peuvent alterner au pouvoir.

bipartition *nf* Division en deux parties.

bipède *a, nm* Qui a deux pieds.

biphasé, ée *a* ELECTR Qui comporte deux phases.

biplace *nm* Avion à deux places.

biplan *nm* Avion dont les ailes sont formées de deux plans superposés.

bipolaire *a* Qui a deux pôles.

bipolarisation *nf* Tendance des courants politiques à se rassembler en deux blocs opposés.

bipolarité *nf* Caractère bipolaire.

bique *nf* Fam Chèvre.

biquet, ette *n* Fam Petit de la chèvre.

biquotidien, enne *a* Qui a lieu deux fois par jour.

birbe *nm* Loc Pop *Vieux birbe :* vieil homme ennuyeux.

biréacteur *a, nm* Avion qui a deux réacteurs.

biréfringence *nf* PHYS Propriété des substances biréfringentes.

biréfringent, ente *a* PHYS Se dit d'un cristal qui produit une double réfraction.

birman, ane *a* De Birmanie. ■ *nm* Langue parlée en Birmanie.

birr *nm* Unité monétaire de l'Éthiopie.

1. bis, bise *a* Gris tirant sur le brun.

2. bis [bis] *av* Indique qu'un numéro d'une série est répété. *Il habite au 15 bis.* ■ *a inv* Qui double qqch. *Itinéraire bis.* ■ *interj* Cri qui demande à un artiste, un orchestre de redonner un morceau.

bisaïeul, eule *n* Litt Arrière-grand-père, arrière-grand-mère. *Des bisaïeuls.*

bisannuel, elle *a* 1 Qui a lieu tous les deux ans. 2 BOT Dont le cycle évolutif dure deux ans.

bisbille *nf* Fam Petite querelle pour des motifs futiles.

biscornu,ue *a* 1 De forme irrégulière. 2 Fam Surprenant, extravagant. *Quelle idée biscornue.*

biscotte *nf* Tranche de pain de mie recuite au four.

biscuit *nm* 1 Pâtisserie à base de farine, d'œufs, de sucre, de matières grasses. 2 Porcelaine ayant subi deux cuissons et laissée sans peinture.

biscuiterie *nf* Industrie et commerce des biscuits, des gâteaux ; usine de biscuits.

bise *nf* 1 Vent froid du nord. 2 Fam Baiser.

biseau *nm* Face oblique au bord d'une plaque dont une arête a été abattue.

biseautage *nm* Action de biseauter.

biseauter *vt* 1 Tailler en biseau. 2 Faire une marque en biais sur une carte, pour pouvoir la reconnaître et tricher.

biset *nm* Pigeon sauvage gris.

bisexualité *nf* 1 BIOL État des organismes bisexués. 2 Comportement des personnes bisexuelles.

bisexué, ée *a* BIOL Qui possède des organes sexuels mâles et femelles.

bisexuel, elle *a, n* Qui est à la fois hétérosexuel et homosexuel.

bismuth *nm* Métal voisin de l'antimoine, utilisé dans l'industrie et en médecine.

bison *nm* Grand bovin sauvage, bossu, à collier laineux.

bisou ou **bizou** *nm* Fam Baiser.

bisque *nf* Potage fait d'un coulis de crustacés ou de volaille.

bisquer *vi* Fam Éprouver du dépit.

bissecteur, trice *a* GEOM Qui partage en deux parties égales. ■ *nf* Demi-droite qui partage un angle en deux parties égales.

bisser *vt* 1 Crier «bis» à un artiste, un orchestre, etc. 2 Jouer un air une deuxième fois.

bissextile *af* Se dit de l'année de 366 jours, qui revient tous les quatre ans (29 jours en février).

bistouri *nm* Petit couteau ou appareil électrique pour incisions chirurgicales.

bistre *n, a* Couleur intermédiaire entre le brun et le jaune rouillé.

bistro ou **bistrot** *nm* Fam Café, petit bar.

bistrotier, ère *n* Fam Tenancier de bistro.

bit *nm* INFORM Unité de la numérotation binaire.

bitension *a inv* ELECTR Qui peut fonctionner sous deux tensions différentes.

bitte *nf* 1 Pièce fixée sur le pont d'un navire qui sert à tourner les aussières. 2 Borne d'amarrage placée sur un quai. 3 Pop Pénis.

bitter [-tɛʀ] *nm* Boisson apéritive au goût amer.

bitture ou **biture** *nf* Loc Pop *Prendre une bitture* : s'enivrer.

bitume *nm* Mélange visqueux utilisé pour le revêtement des chaussées et des trottoirs.

bitumer *vt* Revêtir de bitume.

bitumineux, euse *a* Qui contient du bitume.

bivalence *nf* Caractère bivalent.

bivalent, ente *a* 1 Qui a deux fonctions, deux rôles. 2 CHIM Qui possède la valence 2.

bivalve *a, nm* ZOOL Se dit d'un mollusque dont la coquille a deux valves.

bivouac *nm* Campement temporaire en plein air (militaires, alpinistes, etc.).

bivouaquer *vi* Camper en plein air.

bizarre *a* Étrange, surprenant.

bizarrement *av* De façon bizarre.

bizarrerie *nf* 1 Caractère bizarre. 2 Action, chose bizarre.

bizarroïde *a* Fam Assez bizarre.

bizness. V. business.

bizou. V. bisou.

bizut ou **bizuth** [bizy] *nm* Arg Élève de première année dans une grande école.

bizutage *nm* Arg Action de bizuter.

bizuter *vt* Arg Soumettre les nouveaux à des brimades traditionnelles.

blablabla ou **blabla** *nm* Fam Verbiage, bavardage oiseux.

black *a, n* Fam Qui est de race noire.

blackbouler *vt* Fam 1 Faire échouer lors d'une élection. 2 Refuser à un examen.

black-jack [-dʒak] *nm* Jeu de cartes américain.

black-out [blakaut] *nm inv* Suppression de toute lumière extérieure, pour éviter qu'un objectif soit repéré par l'ennemi. Loc *Faire le black-out sur* : garder le secret à propos de.

blafard, arde *a* D'une couleur pâle, terne.

blague *nf* 1 Histoire plaisante, à ne pas prendre au sérieux. 2 Bêtise, erreur. *Il a fait une blague.* 3 Petit sac pour le tabac. Loc *Sans blague !* : interjection exprimant la surprise.

blaguer *vi* Fam Dire des blagues, des plaisanteries. ■ *vt* Se moquer de qqn sans méchanceté.

blagueur, euse *a, n* Qui dit des blagues.

blaireau *nm* 1 Mammifère carnivore à la fourrure épaisse. 2 Gros pinceau pour savonner la barbe avant de se raser.

blairer *vt* Loc Pop *Ne pas pouvoir blairer qqn* : avoir de l'antipathie pour lui.

blâmable *a* À blâmer, répréhensible.

blâme *nm* 1 Jugement défavorable. 2 Réprimande officielle administrative.

blâmer *vt* 1 Désapprouver. 2 Sanctionner d'un blâme officiel.

blanc, blanche *a* 1 De la couleur commune à la neige, à la craie, au lait, etc. 2 D'une couleur pâle, proche du blanc. *Avoir la peau blanche.* 3 De couleur claire. *Du vin blanc et du vin rouge.* 4 Innocent. *Il n'est pas blanc dans cette affaire.* Loc *Arme blanche* : poignard, sabre, etc. (par oppos. à arme à feu). *Examen blanc* : passé pour préparer l'examen officiel. *Nuit blanche* : passée sans dormir. *Voix blanche* : sans timbre. *Vers blancs* : en poésie, vers non rimés. *Mariage blanc* : non consommé. ■ *nm* 1 La couleur blanche. 2 Substance colorante blanche. 3 Espace sans inscriptions dans une page manuscrite ou imprimée. *Laisser une ligne en blanc.* 4 Partie blanche de certaines choses.

5 Moment de silence. *Un blanc dans la conversation.* **6** Linge de maison. **7** Maladie cryptogamique de certaines plantes. Loc *Blanc d'œuf* : l'albumine de l'œuf. *Le blanc de l'œil* : la cornée. *Blanc de baleine* : graisse extraite de la tête des cachalots. *De but en blanc* : directement. *Tirer à blanc* : avec une cartouche sans balle. *Chauffer à blanc* : jusqu'à l'incandescence. ■ *n* Personne de race blanche. ■ *nf* Note de musique dont la durée est égale à la moitié de celle de la ronde.

blanc-bec *nm* Péjor Jeune homme sans expérience. *Des blancs-becs.*

blanchâtre *a* D'un blanc indécis, sale.

blancheur *nf* Qualité de ce qui est blanc.

blanchiment *nm* Action de blanchir.

blanchir *vt* **1** Rendre blanc. **2** Donner aux légumes une première cuisson dans l'eau avant de les apprêter. **3** Rendre propre. *Blanchir le linge.* **4** Disculper. *Blanchir un accusé.* **5** Dissimuler la provenance d'argent gagné de façon illicite. ■ *vi* Devenir blanc. Loc *Blanchir sous le harnais* : passer sa vie dans un emploi jusqu'à un âge avancé.

blanchissage *nm* Action de blanchir le linge, de le rendre propre.

blanchissant, ante *a* **1** Qui rend blanc. **2** Qui devient blanc.

blanchissement *nm* Fait de blanchir.

blanchisserie *nf* Entreprise spécialisée dans le blanchissage.

blanchisseur, euse *n* Qui blanchit le linge.

blanc-seing [blãsɛ̃] *nm* Papier signé en blanc, que peut remplir à sa convenance la personne à qui il est remis. *Des blancs-seings.*

blanquette *nf* **1** Vin blanc mousseux. **2** Ragoût de viande blanche à la sauce blanche.

blasé, ée *a, n* Dégoûté de tout.

blaser *vt* Rendre incapable d'émotions, de sentiments par l'abus de jouissance.

blason *nm* **1** Ensemble des pièces qui constituent un écu héraldique. **2** Science des armoiries, héraldique.

blasphémateur, trice *n* Qui blasphème.

blasphématoire *a* Qui contient un blasphème.

blasphème *nm* **1** Parole qui outrage la divinité, qui insulte la religion. **2** Paroles injurieuses.

blasphémer *vi, vt* [12] Proférer des blasphèmes, des imprécations.

blastoderme *nm* BIOL Cellules embryonnaires de la blastula.

blastomère *nm* BIOL Première cellule de la division de l'œuf fécondé.

blastomycète *nm* BOT Champignon se reproduisant par bourgeonnement.

blastula *nf* BIOL Un des stades du développement de l'embryon.

blatte *nf* Insecte nocturne vivant dans les cuisines et les lieux où se trouvent des détritus. Syn. cafard, cancrelat.

blazer [-zɛʀ] *nm* Veste légère, bleue ou noire.

blé *nm* **1** Plante graminée dont le grain fournit la farine dont on fait le pain. **2** Les grains de cette plante. **3** Pop Argent. Loc *Blé noir* : sarrasin.

bled *nm* **1** Pays, région de l'intérieur, en Afrique du Nord. **2** Fam Endroit isolé à la campagne.

blême *a* Pâle, livide.

blêmir *vi* Devenir blême.

blêmissement *nm* Fait de blêmir.

blende [blɛd] *nf* Minerai de zinc.

blennie *nf* Poisson à grosse tête et à corps allongé.

blennorragie *nf* Maladie vénérienne due au gonocoque.

blépharite *nf* Inflammation des paupières.

blessant, ante *a* Qui blesse, offense.

blessé, ée *a, n* Qui a reçu une blessure.

blesser *vt* **1** Donner un coup qui fait une plaie, une fracture. **2** Causer une gêne douloureuse, une irritation de la peau. *Ses chaussures neuves la blessent.* **3** Causer une impression désagréable (à la vue, à l'ouïe). **4** Choquer, froisser, outrager.

blessure *nf* **1** Lésion comportant une plaie. **2** Atteinte morale. *Blessure d'amour-propre.*

blet, blette *a* Se dit des fruits trop mûrs.

blette. V. bette.

blettir *vi* Devenir blet.

bleu, eue *a* D'une couleur analogue à celle d'un ciel sans nuages, de la mer, etc. Loc *Zone bleue* : à stationnement réglementé. *Peur bleue* : grande frayeur. *Maladie bleue* : malformation cardiaque. ■ *nm* **1** La couleur bleue. **2** Matière colorante bleue. **3** Fam Recrue nouvellement incorporée. **4** Meurtrissure ayant déterminé un épanchement sanguin sous-cutané. **5** Fromage à moisissure bleue. **6** Vêtement de travail, en grosse toile. Loc *Bleu de méthylène* : antiseptique de couleur bleue.

bleuâtre *a* Qui tire sur le bleu.

bleuet *nm* Plante à fleurs bleues.

bleuir *vt* Rendre bleu. ■ *vi* Devenir bleu.

bleuissement *nm* Passage au bleu.

bleusaille *nf* Fam Ensemble des jeunes recrues.

bleuté, ée *a* Teinté de bleu.

blindage *nm* **1** Action de blinder. **2** Épais revêtement métallique qui protège un navire, un véhicule, une porte.

blindé *nm* Véhicule militaire muni d'un blindage.

blinder *vt* **1** Protéger par un blindage. **2** Endurcir moralement, fortifier.

blini *nm* Mets russe, crêpe salée épaisse, de petit diamètre.

blister [-tɛʀ] *nm* Coque de plastique collée sur un carton, servant d'emballage.

blizzard *nm* Vent très froid du grand Nord.

bloc *nm* **1** Masse, gros morceau pesant et dur. **2** Carnet de feuilles de papier détachables. **3** Assemblage d'éléments homogènes. **4** Ensemble de bâtiments, d'équipements. **5** Union politique, coalition. **6** Fam Prison. Loc *Faire bloc* : s'unir étroitement. *En bloc* : en gros, en totalité. *À bloc* : au maximum, à fond.

blocage *nm* **1** Action de bloquer. *Le blocage des freins, des prix.* **2** Inhibition psychologique, incapacité de surmonter une difficulté.

bloc-cuisine *nm* Éléments fabriqués constituant un ensemble dans une cuisine. *Des bloc-cuisines.*

bloc-diagramme *nm* Représentation d'une région en perspective et en coupe. *Des bloc-diagrammes.*

bloc-évier *nm* Élément de cuisine préfabriqué. *Des blocs-éviers.*

blockhaus [blɔkos] *nm* Réduit fortifié.

bloc-moteur *nm* Ensemble formé par le moteur, la boîte de vitesses et l'embrayage d'une automobile. *Des blocs-moteurs.*

bloc-notes *nm* Carnet de feuilles de papier détachables. *Des blocs-notes.*

blocus *nm* **1** Dispositif militaire en vue d'isoler par un siège une place forte, un port, un pays. **2** Mesures visant à l'isolement d'un pays sur le plan économique.

blond, blonde *a* Qui est d'une couleur proche du jaune, entre le doré et le châtain clair. *Des cheveux blonds. Bière blonde. Tabac blond.* ■ *n* Personne dont les cheveux sont blonds.

blondasse *a, n* D'un blond fade.

blondeur *nf* Couleur blonde.

blondinet, ette *n* Enfant blond.

blondir *vi* Devenir blond.

bloquer *vt* **1** Mettre en bloc. **2** Fermer par un blocus. **3** Obstruer. *La route est bloquée.* **4** Empêcher de bouger. *Bloquer un écrou.* **5** Arrêter net le ballon. **6** Empêcher, interdire toute variation, toute disponibilité. *Bloquer les salaires. Bloquer les crédits.* ■ *vpr* Se figer dans un refus systématique.

blottir (se) *vpr* Se ramasser sur soi-même.

blouse *nf* **1** Vêtement de travail en toile. **2** Corsage de femme en tissu léger.

blouser *vi* Avoir une ampleur donnée par des fronces retenues par une ceinture. ■ *vt* Fam Tromper, duper.

blouson *nm* Veste courte qui blouse.

blue-jean [bludʒin] *nm* Syn de *jean. Des blue-jeans.*

blues [bluz] *nm* **1** Chant populaire des Noirs américains, d'inspiration souvent mélancolique. **2** Fam Mélancolie, cafard.

bluff [blœf] *nm* Parole, action visant à faire illusion en impressionnant.

bluffer [blœ-] *vt* Fam Tromper. ■ *vi* Se vanter, faire du bluff.

bluffeur, euse [blœ-] *n, a* Qui bluffe.

blutage *nm* Action de bluter.

bluter *vt* Séparer la farine du son par tamisage.

boa *nm* Grand serpent non venimeux d'Amérique.

boat people [botpipœl] *nm* Réfugié qui quitte son pays sur un bateau de fortune.

bob *nm* Petit chapeau rond en toile.

bobard *nm* Fam Histoire fantaisiste, mensonge.

bobèche *nf* Disque de verre ou de métal adapté sur un chandelier pour recevoir les gouttes de bougie fondue.

bobinage *nm* **1** Action de bobiner. **2** ELECTR Ensemble des fils enroulés.

bobine *nf* **1** Cylindre à rebords qui sert à enrouler du fil, un film, etc. **2** ELECTR Enroulement de fil conducteur. **3** Fam Tête, figure.

bobineau ou **bobinot** *nm* Rouleau supportant un film ou une bande vidéo.

bobiner *vt* Mettre sur une bobine.

bobineuse *nf* ou **bobinoir** *nm* TECH Machine à bobiner.

bobo *nm* Fam Douleur, blessure bénigne.

bobsleigh [-slɛ] *nm* Sorte de luge à plusieurs places pour glisser sur la glace.

bocage *nm* GÉOGR Paysage de prairies et de cultures coupées de haies vives.

bocager, ère *a* Du bocage.

bocal, aux *nm* Récipient en verre ou en grès à large goulot.

boche *n, a* Pop, péjor Allemand.

bock *nm* Verre à bière, d'un quart de litre environ.

bodhisattva *nm* Dans le bouddhisme, individu sur la voie de la perfection.

body-building *nm inv* Syn de *culturisme.*

bœuf [bœf, au pl bø] *nm* **1** Bovin castré. **2** Viande de bœuf ou de vache. *Un filet de bœuf.* ■ *a inv* Fam Énorme. *Un effet bœuf.*

bof ! *interj* Exprime l'indifférence.

bogie *nm* Chariot à plusieurs essieux supportant un wagon, une locomotive.

1. bogue *nf* Enveloppe épineuse de la châtaigne.

2. bogue *nm* INFORM Syn de *bug.*

bohème *n, a* Qui mène une vie vagabonde, au jour le jour. ■ *nf* Artistes, écrivains qui mènent une vie désordonnée.

bohémien, enne *n, a* **1** De Bohême. **2** Nomade vivant dans une roulotte.

boire *vt* [52] **1** Avaler un liquide. **2** Absorber, s'imprégner de. *La terre boit l'eau.* Loc *Il y a là à boire et à manger :* du bon et du mauvais. *Ce n'est pas la mer à boire :* ce n'est pas difficile. *Boire les paroles de qqn :* l'écouter avec avidité. *Boire du petit lait :* écouter avec plaisir des flatteries. *Avoir toute honte bue :* n'avoir plus honte de rien.* ■ *vi* Absorber avec excès du vin, de l'alcool. ■ *nm* Loc *En perdre le boire et le manger :* être entièrement absorbé par une occupation. *Après boire :* après avoir trop bu d'alcool.

bois *nm* **1** Espace couvert d'arbres. **2** Substance solide et fibreuse qui compose les racines, la tige et les branches des arbres. Loc *Touchons du bois :* formule pour conjurer le sort. Fam *Ne pas être de bois :* insensible aux charmes de l'autre sexe. ■ *pl* **1** MUS Instruments à vent en bois. **2** Os pairs ramifiés du front des cervidés mâles.

boisage *nm* Action de munir un chantier, une galerie de mine d'un soutènement ; ce soutènement.

boisé, ée *a* Planté d'arbres.

boisement *nm* Plantation d'arbres.

boiser *vt* **1** Garnir d'une boiserie ou d'un boisage. **2** Planter d'arbres.

boiserie *nf* Revêtement d'un mur intérieur en menuiserie.

boisseau *nm* **1** Ancienne mesure de capacité. **2** Élément à emboîtement, pour les conduits de fumée ou de ventilation. Loc *Mettre qqch sous le boisseau :* empêcher sa diffusion.

boisson *nf* **1** Tout liquide que l'on peut boire. **2** Boisson alcoolique. *Débit de boissons.* **3** Alcoolisme. Loc Litt *Être pris de boisson :* ivre.

boîte *nf* **1** Récipient de bois, de métal, de plastique, de carton, généralement à couvercle ; son contenu. **2** Fam École, lieu de travail. Loc Fam *Mettre qqn en boîte :* se moquer de lui. *Boîte crânienne :* cavité osseuse renfermant l'encéphale. *Boîte noire :* dispositif qui enregistre les circonstances du pilotage d'un avion, de la conduite d'un camion. *Boîte de vitesses :* organe qui sert à modifier le rapport entre la vitesse du moteur et celle des roues motrices. *Boîte de nuit :* cabaret ouvert la nuit, qui présente des spectacles et où l'on danse.

boitement *nm* ou **boiterie** *nf* Fait de boiter.

boiter *vi* 1 Incliner le corps plus d'un côté que de l'autre en marchant. 2 Être défectueux, en parlant d'un raisonnement, d'un plan.

boiteux, euse *a, n* 1 Qui boite. 2 Qui manque d'équilibre, de régularité.

boîtier *nm* Partie extérieure du corps d'une montre, d'un appareil, renfermant le mécanisme, les piles, etc.

boitillement *nm* Fait de boitiller.

boitiller *vi* Boiter légèrement.

bol *nm* Récipient hémisphérique, destiné à contenir des liquides ; son contenu. **Loc** Pop *Avoir du bol* : de la chance. Pop *En avoir ras le bol* : être excédé. *Bol alimentaire* : quantité d'aliments avalés en une fois.

bolchevik ou **bolchevique** *a, n* Partisan des positions radicales de Lénine.

bolchevisme *nm* Ensemble des positions et des pratiques des bolcheviks.

bolée *nf* Contenu d'un bol.

boléro *nm* 1 Danse espagnole de rythme ternaire ; air sur lequel elle se danse. 2 Veste sans manches, courte et ouverte.

bolet *nm* Champignon dont le dessous du chapeau est garni de tubes accolés.

bolide *nm* Véhicule allant à grande vitesse.

bolivar *nm* Unité monétaire du Venezuela.

boliviano *nm* Unité monétaire de la Bolivie.

bolivien, enne *a* De Bolivie.

bombage *nm* Action de bomber.

bombance *nf* Bonne chère, ripaille.

bombarde *nf* 1 Ancienne pièce d'artillerie à boulets de pierre. 2 Instrument à vent à anche double, ancêtre du hautbois.

bombardement *nm* Action de bombarder.

bombarder *vt* 1 Attaquer à coups de bombes. 2 Lancer des projectiles en grand nombre sur qqn, qqch. 3 Fam Assaillir, accabler. *Bombarder qqn de réclamations.* 4 Fam Nommer soudainement à un poste d'autorité. *On l'a bombardé président.*

bombardier *nm* Avion de bombardement.

bombe *nf* 1 Projectile explosif largué par avion. 2 Engin explosif. 3 Récipient contenant un liquide à pulvériser maintenu sous pression par un gaz. 4 Projection volcanique solidifiée. 5 Casquette rigide de cavalier. **Loc** *Bombe glacée* : glace moulée. Fam *Faire la bombe* : festoyer.

bombé, ée *a* Convexe, renflé.

bombement *nm* Renflement.

1. bomber *vt* 1 Rendre convexe. 2 Écrire, dessiner sur les murs avec une peinture en bombe. ■ *vi* 1 Devenir convexe. 2 Fam Aller à toute allure.

2. bomber [-bœʀ] *nm* Blouson d'aviateur, porté par les jeunes.

bombyx *nm* Papillon nocturne. *La chenille du bombyx du mûrier est le ver à soie.*

bôme *nf* Longue pièce de bois horizontale à la base d'une voile, pivotant autour du mât.

bon, bonne *a* 1 Qui aime faire le bien, qui est bien disposé, bienveillant. *Un homme bon. Un bon accueil.* 2 Qui réussit bien dans son travail. *Un bon élève. Un bon ouvrier.* 3 Qui est d'une qualité satisfaisante. *Une bonne voiture. De bons yeux.* 4 Conforme aux règles morales ou sociales. *La bonne société.* 5 Agréable, savoureux. *La bonne cuisine.* 6 Favorable. *Une bonne journée.* 7 Juste, correct, approprié. *La bonne*

réponse. *Au bon moment.* 8 Qui est important. *Attendre un bon moment.* **Loc** *Un bon mot* : un mot spirituel. *Être bon pour* : ne pas pouvoir échapper à. *Être bon premier* : être nettement le premier. ■ *av* **Loc** *Sentir bon* : avoir une odeur agréable. *Tenir bon* : résister fermement. *Il fait bon* : le temps, la température est agréable ; il est agréable de... *À quoi bon ?* à quoi cela servirait-il ? *Pour de bon* : réellement. ■ *interj* Marque la satisfaction, le consentement, la surprise. ■ *nm* 1 Ce qui est bon. 2 Qui fait le bien. *Les bons et les méchants.* 3 Autorisation écrite permettant à qqn de toucher de l'argent, de recevoir un objet.

bonapartisme *nm* Attachement au régime impérial fondé par Napoléon Bonaparte.

bonapartiste *a, n* Du bonapartisme.

bonasse *a* Bon jusqu'à la niaiserie.

bonbon *nm* Petite friandise à base de sucre.

bonbonne *nf* Grosse bouteille servant à garder et à transporter des liquides.

bonbonnière *nf* 1 Boîte à bonbons. 2 Petit appartement charmant.

bond *nm* 1 Saut brusque. 2 Rebondissement d'un corps. **Loc** *Faire faux bond* : manquer à une promesse.

bonde *nf* 1 Ouverture par laquelle s'écoule l'eau d'un étang, d'un réservoir ; pièce qui obture cet orifice. 2 Trou fait à un tonneau pour le remplir et le vider ; le bouchon en bois qui sert à le boucher.

bondé, ée *a* Rempli de gens.

bondieuserie *nf* Fam 1 Dévotion outrée. 2 Objet pieux de mauvais goût.

bondir *vi* 1 Faire des bonds. 2 S'élancer. 3 Tressaillir. *Bondir de joie.*

bondissement *nm* Action de bondir.

bongo *nm* Instrument de percussion composé de deux petits tambours.

bonheur *nm* 1 État de bien-être, de félicité. 2 Événement heureux, hasard favorable, chance. **Loc** *Porter bonheur* : favoriser, faire réussir. *Au petit bonheur* : au hasard.

bonhomie *nf* Bonté et simplicité ; bienveillance.

bonhomme *nm* 1 Fam Homme. 2 Terme d'affection (en parlant à un petit garçon). *Mon petit bonhomme.* 3 Fam Figure humaine grossièrement dessinée. **Loc** *Aller son petit bonhomme de chemin* : vaquer tranquillement à ses affaires. *Des bonshommes.* ■ *a inv* Simple, doux, naïf. *Un air bonhomme.*

boni *nm* Bénéfice, économie par rapport à la dépense prévue.

boniche *nf* Pop Bonne, employée de maison.

bonification *nf* 1 Avantage accordé sur le taux d'intérêt d'un emprunt. 2 SPORT Avantage accordé à un concurrent. 3 Amélioration. *Bonification d'une terre.*

bonifier *vt* 1 Accorder une bonification sur un taux d'intérêt. 2 Améliorer. ■ *vpr* Devenir meilleur.

boniment *nm* 1 Discours tenu en public par les camelots, les bateleurs, etc. 2 Fam Propos mensonger.

bonimenteur, euse *n* Qui fait des boniments.

bonite *nf* Thon de petite taille.

bonjour *nm* Mot de salutation adressé à qqn qu'on rencontre. **Loc** *Facile, simple comme bonjour* : très facile.

bon marché *a inv* Peu cher.

bonne *nf* Employée de maison nourrie, logée.
bonne-maman *nf* Terme affectueux pour grand-mère. *Des bonnes-mamans.*
bonnement *av* Simplement.
bonnet *nm* 1 Coiffure souple et sans rebord. *Bonnet en laine.* 2 ZOOL Deuxième estomac d'un ruminant. 3 Chacune des poches d'un soutien-gorge. Loc Fam *Un bonnet de nuit :* une personne triste, ennuyeuse. Fam *Un gros bonnet :* un personnage important. Fam *Avoir la tête près du bonnet :* être prompt à se fâcher. *Prendre sous son bonnet :* sous sa responsabilité. Fam *C'est bonnet blanc et blanc bonnet :* il n'y a pas de différence.
bonneteau *nm* Jeu prohibé consistant à faire deviner une carte à un adversaire.
bonneterie *nf* 1 Industrie ou commerce des articles en tissu à mailles (lingerie, sous-vêtements, chaussettes, etc.). 2 Marchandise vendue par le bonnetier. 3 Boutique d'un bonnetier.
bonnetier, ère *n* Qui fabrique ou vend de la bonneterie. ■ *nf* Petite armoire.
bon-papa *nm* Fam Grand-père. *Des bons-papas.*
bonsaï *nm* Arbre ornemental miniaturisé.
bonsoir *nm* Salutation employée le soir.
bonté *nf* Qualité qui pousse à faire le bien ; bienveillance. ■ *pl* Actes de bienveillance.
bonus *nm* 1 Réduction de la prime d'une assurance automobile accordée à de bons conducteurs. 2 Fam Chose accordée en plus ; amélioration.
bonze *nm* 1 Moine bouddhiste. 2 Fam Homme d'une solennité ridicule.
boogie-woogie [bugiwugi] *nm* Style de jazz proche du be-bop.
bookmaker [bukmɛkœʀ] *nm* Celui qui prend les paris sur les courses de chevaux.
booléen, enne [bu-] *a* De l'algèbre de Boole.
boom [bum] *nm* Forte hausse soudaine.
boomer [bumœʀ] *nm* Haut-parleur de graves.
boomerang [bumʀãg] *nm* Lame de bois recourbée qui revient vers celui qui l'a lancée si elle ne rencontre pas d'obstacle.
booster [bustœʀ] *nm* Propulseur auxiliaire d'une fusée spatiale.
bootlegger [butlegœʀ] *nm* HIST Contrebandier d'alcool, aux États-Unis lors de la prohibition.
boots [buts] *nfpl* Bottes courtes.
boqueteau *nm* Petit bois.
borate *nm* Sel de l'acide borique.
borax *nm* Borate de soude.
borborygme *nm* Gargouillement intestinal. ■ *pl* Paroles incompréhensibles.
bord *nm* 1 Extrémité, limite d'une surface. 2 Ce qui borde. *Une capeline à larges bords.* 3 Le côté du navire. 4 Parti, opinion. *Être du même bord.* Loc *Au bord de :* très près de. *Virer de bord :* changer de direction. *Passer pardessus bord :* tomber à la mer. *À bord :* sur le bateau, dans l'avion.
bordage *nm* MAR Revêtement appliqué sur les membrures d'un navire.
bordeaux *nm* Vin de la région de Bordeaux. ■ *a inv* Rouge foncé.
bordée *nf* MAR Chemin que parcourt un navire qui louvoie entre deux virements de bord. Loc Fam *Tirer une bordée :* courir les lieux de plaisir. *Bordée d'injures :* flot d'injures violentes.
bordel *nm* Pop 1 Lieu de prostitution. 2 Grand désordre.

bordelais, aise *a, n* De Bordeaux ou de sa région. ■ *nf* Bouteille mince utilisée pour le bordeaux.
bordélique *a* Pop Très désordonné.
border *vt* 1 Servir de bord, longer. *Le quai borde la rivière.* 2 Garnir le bord. 3 Rentrer le bord des draps et des couvertures sous le matelas.
bordereau *nm* État détaillé d'articles, de pièces d'un dossier.
borderline [bɔʀdœʀlajn] *nm* PSYCHO Cas limite entre névrose et psychose.
bordier, ère *a* GEOGR Qui borde. *Mer bordière.*
bordure *nf* Ce qui orne, marque, renforce le bord. Loc *En bordure de :* au bord de.
bore *nm* Corps simple ayant certaines analogies avec le carbone.
boréal, ale, aux *a* Du Nord. Ant. austral.
borgne *n, a* Qui n'a qu'un œil valide. ■ *a* Sans aucune ouverture. *Mur borgne.* Loc *Hôtel borgne :* hôtel mal famé.
borie *nm* En Provence, construction de pierres sèches.
borique *a* CHIM Dérivé du bore.
bornage *nm* 1 Délimitation des propriétés au moyen de bornes. 2 Navigation côtière.
borne *nf* 1 Marque qui matérialise les limites d'un terrain. 2 Pierre indiquant les distances en kilomètres sur les routes. 3 Fam Kilomètre. 4 Pierre à l'angle d'un bâtiment pour le protéger des roues des voitures. 5 ELECTR Pièce de connexion. *Bornes d'une batterie.* ■ *pl* Limites, frontières. Loc *Dépasser les bornes :* exagérer.
borné, ée *a* 1 Limité, restreint. 2 Peu intelligent. *Un esprit borné.*
borner *vt* 1 Délimiter par des bornes. 2 Limiter. 3 Modérer, restreindre. ■ *vpr* Se contenter de ; se limiter à. *Se borner au nécessaire.*
borsalino *nm* (n déposé) Chapeau d'homme, en feutre mou, à larges bords.
bortch *nm* Potage russe.
bosco *nm* MAR Maître de manœuvre.
boskoop [-kɔp] *nf* Variété de pomme.
bosniaque *a, n* De Bosnie.
bosquet *nm* Petit groupe d'arbres.
boss *nm inv* Fam Patron.
bossage *nm* ARCHI Pierre en saillie sur un mur, servant d'ornement.
bosse *nf* 1 Tuméfaction due à une contusion. 2 Grosseur dorsale anormale. 3 Protubérance sur le dos de certains animaux. 4 Relief sur une surface. Loc Fam *Avoir la bosse des mathématiques, etc. :* être doué pour cette discipline.
bosseler *vt* [18] Marquer de bosses.
bosselure *nf* Déformation d'une surface par des bosses.
bosser *vi* Pop Travailler.
bosseur, euse *n* Fam Qui travaille dur.
bossoir *nm* MAR Appareil de levage des embarcations à bord d'un navire.
bossu, ue *a, n* Qui a une ou plusieurs bosses. Loc Fam *Rire comme un bossu :* très fort.
bostryche *nm* Coléoptère à élytres brun rouge.
bot, bote *a* MED Contrefait. *Un pied bot.*
botanique *nf* Science des végétaux. ■ *a* Qui concerne cette science.
botaniste *n* Qui étudie les végétaux.
bothriocéphale *nm* Ver voisin du ténia.
botrytis *nm* Pourriture noble de la vigne.

bouffant

1. botte *nf* Réunion de végétaux de même nature liés ensemble.

2. botte *nf* **1** Chaussure qui enferme le pied et la jambe. **2** En escrime, coup porté avec un fleuret ou à une épée. *Loc Fam Lécher les bottes de qqn* : le flatter avec bassesse. *Fam Être à la botte de qqn* : lui être entièrement soumis. *Bruits de bottes* : rumeurs de guerre.

botteler *vt* [18] Lier en bottes.

botter *vt* **1** Chausser de bottes. **2** *Pop* Convenir. *Ça me botte !* **3** *Fam* Donner un coup de pied.

botteur *nm* Au rugby, joueur tirant les pénalités, transformant les essais.

bottier *nm* Qui fait des bottes, des chaussures sur mesure.

bottillon *nm* Chaussure à tige montante, souvent fourrée.

bottine *nf* Chaussure montante serrée à la cheville.

botulisme *nm* Intoxication due à certaines conserves et charcuteries avariées.

boubou *nm* Tunique africaine ample et longue.

bouc *nm* **1** Mâle de la chèvre. **2** Barbe portée seulement au menton. *Loc Bouc émissaire* : personne que l'on charge des fautes commises par d'autres.

boucan *nm* *Fam* Tapage, vacarme.

boucaner *vt* Fumer de la viande, du poisson.

boucanier *nm* *HIST* Chasseur de bœufs sauvages dans les Antilles au XVIIᵉ s.

bouchage *nm* Action de boucher.

bouche *nf* **1** Ouverture mobile du visage permettant de manger, de parler, etc. **2** Organe analogue de certains animaux. **3** Personne à nourrir. **4** Ouverture d'une cavité, d'une canalisation. *Bouche d'égout. Loc Bouche d'incendie* : prise d'eau pour les pompiers. *Bouche à feu* : pièce d'artillerie. *Faire la fine bouche* : le difficile. *Garder qqch pour la bonne bouche* : réserver le meilleur pour la fin. *Faire venir l'eau à la bouche* : exciter l'appétit, les désirs. *S'ôter le pain de la bouche* : se priver du nécessaire pour secourir qqn. *Bouche cousue !* : gardez le secret ! *De bouche à oreille* : oralement. ■ *pl* Embouchure d'un fleuve.

bouché, ée *a* **1** Fermé, obstrué, encombré. **2** *Fam* Peu intelligent. *Loc Cidre bouché* : en bouteille et pétillant.

bouche-à-bouche *nm inv* Méthode de respiration artificielle consistant à insuffler de l'air par la bouche à un asphyxié.

bouchée *nf* **1** Morceau qu'on met dans la bouche en une seule fois. **2** Petit vol-au-vent garni. *Loc Pour une bouchée de pain* : pour une somme dérisoire. *Mettre les bouchées doubles* : redoubler d'activité. *Bouchée au chocolat* : gros chocolat fourré.

1. boucher *vt* Fermer une ouverture, un passage. *Boucher un trou, un tonneau. Boucher un chemin. Loc Boucher la vue* : empêcher de voir.

2. boucher, ère *n* Qui vend de la viande crue au détail. ■ *nm Litt* Homme sanguinaire.

boucherie *nf* **1** Commerce de la viande des bestiaux. **2** Boutique où se vend de la viande. **3** Massacre, carnage.

bouche-trou *nm* Personne, objet servant seulement à combler un vide. *Des bouche-trous.*

bouchon *nm* **1** Ce qui sert à fermer une bouteille, une carafe, un flacon. *Bouchon de liège, de cristal.* **2** Poignée de paille, d'herbe, de chiffon tortillé. **3** Jeu d'adresse où l'on emploie un bouchon et des palets. **4** Flotteur d'une ligne de pêche. **5** Ce qui obstrue ; embouteillage de voitures. *Loc Fam C'est plus fort que de jouer au bouchon* : c'est très surprenant. *Fam Pousser le bouchon trop loin* : exagérer.

bouchonné, ée *a* Qui sent le bouchon (vin).

bouchonner *vt* **1** Mettre en bouchon, chiffonner. **2** Frotter un cheval avec un bouchon de paille. ■ *vi* Former un embouteillage.

bouchot *nm* Ensemble de pieux servant à l'élevage des moules.

bouclage *nm* **1** Action de boucler. **2** Encerclement d'une région, d'une ville, d'un quartier par des troupes ou la police.

boucle *nf* **1** Agrafe, anneau, muni d'une ou plusieurs pointes mobiles (ardillons), servant à tendre une ceinture, une courroie. **2** Bijou porté à l'oreille. **3** Spirale formée par les cheveux frisés. **4** Courbe accentuée d'un cours d'eau. **5** Acrobatie aérienne, cercle vertical effectué par un avion. **6** *INFORM* Séquence d'instruction qui se répète cycliquement.

boucler *vt* **1** Attacher par une boucle. *Boucler sa ceinture.* **2** *Fam* Fermer. *Boucler une chambre.* **3** *Fam* Enfermer. **4** Mettre en boucles des cheveux. **5** Achever, terminer. *Boucler un dossier. Loc Boucler la boucle* : faire le tour complet d'une question ; revenir au point de départ. *Pop La boucler* : se taire. ■ *vi* **1** Prendre la forme de boucles (cheveux). **2** *INFORM* Entrer dans un processus qui recommence indéfiniment.

bouclette *nf* Petite boucle.

bouclier *nm* **1** Grande plaque de protection portée au bras pour parer les coups. **2** Protection, défense. *Loc Levée de boucliers* : manifestation collective de protestation.

bouddha *nm* **1** Dans le bouddhisme, sage parvenu à la perfection. **2** Représentation du Bouddha.

bouddhique *a* Du bouddhisme.

bouddhisme *nm* Religion prêchée par le Bouddha.

bouddhiste *n* Adepte du bouddhisme.

bouder *vi* Témoigner de la mauvaise humeur par une mine renfrognée. ■ *vt* Laisser de côté par indifférence ou par dépit.

bouderie *nf* Action de bouder.

boudeur, euse *a, n* Qui boude.

boudin *nm* Boyau rempli de sang et de graisse de porc, qu'on mange cuit. *Loc Boudin blanc* : boyau farci avec du lait et du blanc de volaille. *Fam Clair comme du jus de boudin* : obscur. *Fam S'en aller en eau de boudin* : échouer lamentablement. *Ressort à boudin* : formé d'une hélice d'acier.

boudiné, ée *a* **1** En forme de boudin. *Doigts boudinés.* **2** Serré dans ses vêtements.

boudoir *nm* **1** Salon intime d'une habitation. **2** Petit biscuit allongé, saupoudré de sucre.

boue *nf* **1** Mélange de terre ou de poussière et d'eau. **2** Dépôt épais. *Loc Traîner qqn dans la boue* : le couvrir de propos infamants.

bouée *nf* **1** Engin flottant qui sert à signaler une position, à baliser un chenal ou à prévenir d'un corps immergé. **2** Engin flottant qui maintient une personne à la surface de l'eau.

boueux, euse *a* Plein de boue. ■ *nm Abusiv* Éboueur.

bouffant, ante *a* Qui bouffe, qui gonfle.

bouffarde nf Fam Pipe.

1. bouffe a Loc *Opéra bouffe* : opéra sur un thème de comédie.

2. bouffe nf Pop Nourriture, repas.

bouffée nf 1 Souffle, exhalaison. 2 Accès passager. *Bouffées d'orgueil.*

bouffer vi Se gonfler. *Cheveux qui bouffent.* ■ vt Pop Manger.

bouffi, ie a Boursouflé, gonflé.

bouffir vt, vi Rendre, devenir enflé.

bouffissure nf Enflure des chairs. Loc *Bouffissure du style* : affectation, emphase.

bouffon, onne a Ridicule, grotesque. *Histoire bouffonne.* ■ nm 1 Anc Personnage grotesque chargé de divertir un seigneur. 2 Qui pratique un comique outré.

bouffonnerie nf Plaisanterie de bouffon.

bougainvillée [-ile] nf ou **bougainvillier** nm Plante grimpante, ornementale, aux bractées rouges ou violettes.

bouge nm Petit logement obscur et sale ; café mal famé.

bougé nm Mouvement intempestif de l'appareil photo, produisant une image floue.

bougeoir nm Petit chandelier.

bougeotte nf Fam Manie de bouger, de voyager.

bouger vi [11] 1 Faire un geste ; remuer. 2 Changer de place. 3 S'agiter de manière hostile. ■ vt Déplacer. *Bouger un meuble.* ■ vpr Fam Se remuer, s'activer.

bougie nf 1 Cylindre de cire, de stéarine, de paraffine, qui brûle en éclairant grâce à une mèche noyée dans la masse. 2 Dispositif d'allumage électrique dans un moteur à explosion.

bougnat nm Fam Marchand de charbon.

bougnoule n Mot raciste désignant un travailleur immigré maghrébin ou noir.

bougon, onne a, n Grognon.

bougonnement nm Fait de bougonner ; paroles dites en bougonnant.

bougonner vi, vt Murmurer entre ses dents, dire en grondant des choses désagréables.

bougre, esse n 1 Individu, gaillard. Loc Fam *Un bon bougre* : un brave homme. Fam *Bougre de* : espèce de. ■ interj Pop Exprime la surprise, l'admiration.

bougrement av Pop Bigrement.

boui-boui nm Fam Café, restaurant de qualité médiocre. *Des bouis-bouis.*

bouillabaisse nf Mets provençal, à base de poissons.

bouillant, ante a 1 Qui bout. 2 Très chaud. 3 Plein d'une ardeur impétueuse.

bouille nf Pop Figure, tête.

bouilleur nm Loc *Bouilleur de cru* : propriétaire qui distille sa propre récolte.

bouilli, ie a 1 Porté à ébullition. 2 Cuit dans un liquide qui bout. ■ nm Viande bouillie. ■ nf 1 Aliment constitué de farine cuite dans le lait. 2 Substance ayant perdu toute consistance. Loc Fam *Mettre en bouillie* : écraser. *Bouillie bordelaise* : solution de sulfate de cuivre et de chaux servant à traiter la vigne.

bouillir vi [30] 1 Être en ébullition. 2 Cuire dans un liquide qui bout. 3 Être dans un état d'emportement violent. *Bouillir d'impatience.* Loc *Faire bouillir la marmite* : procurer des moyens de subsistance.

bouilloire nf Récipient à bec et à anse servant à faire bouillir de l'eau.

bouillon nm 1 Aliment liquide obtenu en faisant bouillir dans de l'eau viande, poisson ou légumes. 2 Bulles d'un liquide en ébullition. 3 Remous à la surface d'un liquide. 4 Fronces d'étoffe bouffante. 5 Exemplaires invendus d'une publication. Loc Fam *Bouillon d'onze heures* : breuvage empoisonné. *Bouillon de culture* : milieu favorable au développement de micro-organismes ; terrain où peut se développer un phénomène néfaste. Fam *Boire un bouillon* : avaler involontairement de l'eau en nageant ; perdre de l'argent dans une entreprise.

bouillon-blanc nm Plante à fleurs jaunes, à feuilles velues. Syn. molène. *Des bouillons-blancs.*

bouillonnant, ante a Qui bouillonne.

bouillonné nm COUT Ornement d'étoffe froncé en bouillons.

bouillonnement nm État de qqch ou de qqn qui bouillonne.

bouillonner vi 1 Former des bouillons. 2 S'agiter sous le coup d'une émotion forte. 3 Avoir une partie du tirage d'un journal invendue. ■ vt COUT Froncer un tissu en bouillons.

bouillotte nf Récipient rempli d'eau chaude pour chauffer un lit.

1. boulanger, ère n Qui fait, vend du pain.

2. boulanger vi [11] Pétrir et faire cuire le pain.

boulangerie nf 1 Fabrication du pain. 2 Boutique du boulanger.

boulangisme nm HIST Mouvement nationaliste et populiste du général Boulanger.

boule nf 1 Objet sphérique. 2 Fam Tête. *Coup de boule.* Loc *Jeu de boules* : jeu d'adresse où on lance des boules. Fam *Mettre qqn en boule* : le mettre en colère. *Faire boule de neige* : aller en grossissant.

bouleau nm Arbre à l'écorce blanche.

boule-de-neige nf Nom courant de la viorne obier. *Des boules-de-neige.*

bouledogue nm Chien aux pattes courtes et torses, au museau plat.

bouler vi Loc Fam *Envoyer bouler qqn* : le renvoyer brutalement.

boulet nm 1 Projectile sphérique dont on chargeait les canons. 2 Personne ou chose ressentie comme une charge. 3 Charbon aggloméré en boules ovoïdes. 4 Articulation de la jambe du cheval. Loc *Tirer à boulets rouges* : attaquer par de violents propos violents.

boulette nf 1 Petite boule. 2 Fam Sottise, bévue.

boulevard nm 1 Large voie urbaine. 2 Genre théâtral, illustré par des comédies légères.

boulevardier, ère a Dans l'esprit du théâtre de boulevard.

bouleversant, ante a Qui trouble, qui émeut profondément. *Un récit bouleversant.*

bouleversement nm Changement profond, perturbation radicale.

bouleverser vt 1 Mettre dans une confusion extrême. 2 Modifier totalement.

boulier nm Cadre contenant des boules glissant sur des tringles, et servant à compter.

boulimie nf Faim pathologique.

boulimique a, n Atteint de boulimie.

bouline nf MAR Cordage servant à manœuvrer une voile.

boulingrin nm Parterre de gazon.

bouliste *n* Joueur de boules.

boulocher *vi* Former de petites boules (lainage).

boulodrome *nm* Terrain aménagé pour le jeu de boules.

boulon *nm* Vis munie d'un écrou.

boulonnais, aise *a, nm* Race de chevaux puissants.

boulonner *vt* Fixer avec des boulons. ■ *vi* Fam Travailler beaucoup.

1. boulot *nm* Fam Travail. **Loc** *Petit boulot* : travail non qualifié, précaire, peu payé.

2. boulot, otte *a* Petit et grassouillet.

boulotter *vi* Fam Manger.

boum *interj* Indique un bruit d'un choc, d'une détonation. ■ *nm* Bruit d'une explosion. **Loc** *Fam En plein boum* : en état d'activité intense.

bouquet *nm* 1 Assemblage de fleurs, d'herbes liées ensemble. 2 Parfum, arôme d'un vin, d'une liqueur. 3 Gerbe de fusées qui termine un feu d'artifice. 4 Ensemble de chaînes de télévision diffusées depuis un même satellite. 5 Crevette rose. **Loc** *Bouquet d'arbres* : petit groupe d'arbres. Fam *C'est le bouquet* : c'est le comble.

bouqueté, ée *a* Qui a du bouquet (vin).

bouquetière *nf* Marchande de fleurs.

bouquetin *nm* Chèvre sauvage des montagnes.

bouquin *nm* 1 Fam Livre. 2 Lièvre mâle.

bouquiner *vi, vt* Fam Lire.

bouquiniste *n* Marchand de livres d'occasion.

bourbe *nf* Boue des eaux croupies.

bourbeux, euse *a* Plein de bourbe.

bourbier *nm* 1 Lieu boueux. 2 Situation embarrassante et fâcheuse.

bourbillon *nm* MED Masse blanchâtre au centre d'un furoncle.

bourbon *nm* Whisky américain.

bourbonien, enne *a* Des Bourbons. **Loc** *Nez bourbonien* : long et busqué.

bourdaine *nf* Arbrisseau dont l'écorce a des propriétés laxatives.

bourde *nf* Fam Grosse erreur, bévue.

bourdon *nm* 1 Insecte hyménoptère velu. 2 Grosse cloche à son grave. 3 MUS Jeu de l'orgue rendant les sons graves. 4 IMPRIM Omission d'un passage lors de la composition. **Loc** *Faux bourdon* : mâle de l'abeille. Fam *Avoir le bourdon* : avoir le cafard.

bourdonnant, ante *a* Qui bourdonne.

bourdonnement *nm* 1 Bruit du vol de certains insectes. 2 Bruit qui rappelle le son de ce vol. **Loc** *Bourdonnement d'oreilles* : impression de bruit due à des troubles de l'oreille.

bourdonner *vi* Faire un bruit sourd.

bourg *nm* Gros village.

bourgade *nf* Village isolé.

bourgeois, oise *n* 1 De la bourgeoisie. 2 Qui est de mœurs rangées, d'opinions conservatrices. ■ *a* 1 Simple, familial. *Cuisine, maison bourgeoise.* 2 Traditionaliste, conservateur, conformiste. *Préjugés bourgeois.*

bourgeoisement *av* De façon bourgeoise.

bourgeoisie *nf* Classe sociale vivant dans une plus ou moins grande aisance, distincte de la paysannerie et de la classe ouvrière.

bourgeon *nm* Petite excroissance d'une plante, qui contient les organes embryonnaires (feuilles, fleurs, tige) de la prochaine végétation.

bourgeonnement *nm* Formation et développement des bourgeons.

bourgeonner *vi* 1 Produire des bourgeons. 2 Se couvrir de boutons (visage).

bourgeron *nm* Blouse de toile portée autrefois par les ouvriers.

bourgmestre *nm* Principal magistrat de certaines villes de Belgique, de Suisse.

bourgogne *nm* Vin de Bourgogne.

bourgueil *nm* Vin rouge de Touraine.

bourguignon, onne *a, n* De Bourgogne. ■ *nm* Ragoût de bœuf au vin rouge. ■ *nf* Bouteille utilisée pour le bourgogne.

bourlinguer *vi* 1 MAR En parlant d'un navire, rouler et tanguer violemment. 2 Fam Naviguer beaucoup. 3 Fam Mener une vie aventureuse.

bourlingueur, euse *a, n* Fam Qui bourlingue.

bourrache *nf* Plante à fleurs bleues utilisées en infusion.

bourrade *nf* Coup de poing, de coude, d'épaule. *Une bourrade amicale.*

bourrage *nm* Action de bourrer.

bourrasque *nf* Brusque coup de vent tourbillonnant.

bourratif, ive *a* Fam Qui bourre l'estomac (aliments).

bourre *nf* 1 Amas de poils, de fils, de chiffons, etc. qu'on tasse pour obstruer, combler un vide, protéger, rembourrer. 2 Duvet couvrant de jeunes bourgeons. **Loc** *Pop À la bourre* : en retard.

bourré, ée *a* 1 Plein à l'excès. 2 Pop Ivre.

bourreau *nm* 1 Qui met à mort des condamnés. 2 Homme cruel, inhumain. **Loc** *Bourreau des cœurs* : séducteur. *Bourreau de travail* : travailleur forcené.

bourrée *nf* Danse régionale du centre de la France.

bourrelé, ée *a* **Loc** *Bourrelé de remords* : torturé par le remords.

bourrelet *nm* 1 Bande de feutre, de plastique, servant à calfeutrer, à préserver d'un choc. 2 Excès de chair, de graisse qui renfle la peau.

bourrelier *nm* Qui fabrique, vend ou répare des harnachements et autres articles en cuir.

bourrellerie *nf* Activité du bourrelier.

bourrer *vt* 1 Garnir de bourre. 2 Remplir complètement. *Bourrer une pipe.* **Loc** *Fam Bourrer le crâne à qqn* : chercher à le tromper par des propos mensongers réitérés. *Bourrer de coups* : frapper.

bourriche *nf* Panier servant à transporter des huîtres, du poisson, du gibier.

bourricot *nm* Petit âne.

bourrin *nm* Pop Cheval.

bourrique *nf* 1 Âne, ânesse. 2 Fam Personne têtue et stupide. **Loc** *Fam Faire tourner qqn en bourrique* : l'abrutir à force d'exigences contradictoires.

bourru, ue *a* D'humeur peu accommodante. **Loc** *Vin bourru* : vin est encore en train de fermenter.

1. bourse *nf* 1 Petit sac destiné à contenir de l'argent, de la monnaie. 2 Pension versée à un élève, à un étudiant, pendant ses études. **Loc** *Sans bourse délier* : sans avoir à payer. ■ *pl* ANAT Scrotum.

2. Bourse *nf* 1 Lieu public où s'assemblent les négociants, les agents de change, les courtiers, pour des opérations financières. 2 Marché des valeurs. **Loc** *Bourse du travail* : lieu où les syndicats ouvriers peuvent se réunir.

boursicotage *nm* Action de boursicoter.

boursicoter *vi* Jouer à la Bourse par petites opérations.

boursicoteur, euse *n* Qui boursicote.

boursier, ère *n* 1 Élève, étudiant qui bénéficie d'une bourse. 2 Professionnel de la Bourse. ■ *a* De la Bourse. *Marché boursier.*

boursouflage ou **boursouflement** *nm* Action de boursoufler.

boursouflé, ée *a* 1 Enflé, bouffi. 2 Ampoulé, emphatique. *Style boursouflé.*

boursoufler *vt* Rendre boursouflé.

boursouflure *nf* Enflure.

bousculade *nf* 1 Action de bousculer. 2 Mouvement produit par le remous d'une foule.

bousculer *vt* 1 Renverser, faire basculer. 2 Pousser, heurter qqn. *On se bouscule à l'entrée.* 3 Activer, presser. *Ne me bousculez pas.*

bouse *nf* Fiente des ruminants.

bouseux, euse *n* Péjor Paysan.

bousier *nm* Coléoptère qui fait des boulettes d'excréments et y pond ses œufs.

bousiller *vt* Fam 1 Faire précipitamment et sans soin. 2 Abîmer, démolir qqch, tuer qqn.

bousilleur, euse *n* Fam Qui bousille le travail.

boussole *nf* Instrument contenant une aiguille aimantée qui pivote librement en indiquant le nord.

boustifaille *nf* Pop Nourriture.

bout *nm* 1 Extrémité d'un corps ; limite d'un espace. *Le bout des doigts. Au bout de la ville.* 2 Ce qui garnit l'extrémité de certaines choses. 3 Petite partie, morceau. *Un bout de ruban, un bout de pain.* 4 Terme, fin. *Le bout de l'année.* Loc *Au bout du compte :* tout bien considéré. *À bout :* sans ressource, épuisé. *Pousser à bout :* faire perdre patience. *À bout de :* à la fin de. *Venir à bout de :* réussir, vaincre. *Mettre bout à bout :* joindre successivement. *De bout en bout :* d'une extrémité à l'autre. *Pop Mettre les bouts :* s'en aller, se sauver. *Fam Joindre les deux bouts :* boucler son budget.

boutade *nf* Plaisanterie originale.

bout-dehors *nm* MAR Espar servant à établir des voiles en saillie. *Des bouts-dehors.*

boute-en-train *nm inv* Qui sait amuser une assemblée.

boutefeu *nm* Litt Celui qui excite la discorde.

bouteille *nf* 1 Récipient à col étroit et à goulot destiné à contenir des liquides ; son contenu. 2 Récipient métallique pour gaz liquéfiés. Loc *Fam Aimer la bouteille :* aimer le vin, la boisson. *Avoir de la bouteille :* s'être amélioré, perfectionné en vieillissant. *C'est la bouteille à l'encre :* c'est une situation inextricable.

bouteur *nm* Bulldozer.

boutique *nf* Magasin de détail ou local d'un artisan. Loc *Fam Parler boutique :* parler de son métier.

boutiquier, ère *n* Qui tient une boutique.

boutoir *nm* Groin du sanglier. Loc *Coup de boutoir :* coup violent ; trait d'humeur, mots blessants.

bouton *nm* 1 Bourgeon. 2 Petite pièce, le plus souvent ronde, qui sert à attacher ensemble les parties d'un vêtement. 3 Pièce saillante et arrondie. *Bouton de porte.* 4 Petite pièce ou touche servant à la commande d'un appareil, d'un mécanisme. 5 Petit gonflement rouge de la peau.

bouton-d'or *nm* Renoncule des prés. *Des boutons-d'or.*

boutonnage *nm* Action ou manière de boutonner.

boutonner *vt* Attacher un vêtement avec des boutons.

boutonneux, euse *a, n* Qui a des boutons sur la peau, sur le visage.

boutonnière *nf* Fente dans laquelle on passe le bouton.

bouton-pression *nm* Bouton qui se fixe par pression dans une petite pièce métallique. *Des boutons-pression.*

boutre *nm* Petit navire à voile utilisé sur la côte orientale d'Afrique.

bout-rimé *nm* Pièce de vers composée sur des rimes imposées. *Des bouts-rimés.*

bouturage *nm* Action de bouturer.

bouture *nf* Fragment d'un végétal mis en terre pour y développer des racines.

bouturer *vt* Reproduire par bouture.

bouvier, ère *n* Qui garde les bœufs. ■ *nm* Chien de berger.

bouvillon *nm* Jeune bœuf.

bouvreuil *nm* Oiseau au plumage gris et noir, avec la poitrine rose vif.

bouzouki *nm* Luth grec à long manche.

bovarysme *nm* Insatisfaction romanesque amenant à se vouloir autre que l'on est.

bovidé *nm* ZOOL Mammifère ruminant tel que les bovins, les ovins et les caprins.

bovin, ine *a* Relatif aux bœufs. ■ *nmpl* Les bœufs, les vaches, les veaux.

bowling [buliŋ] *nm* 1 Jeu de quilles d'origine américaine. 2 Établissement où l'on y joue.

bow-window [bowindo] *nm* Balcon vitré en saillie sur une façade. *Des bow-windows.*

box *nm* 1 Stalle d'écurie pour un seul cheval. 2 Compartiment de garage pour une automobile.

boxe *nf* Sport du combat à coups de poing. Loc *Boxe française :* savate. *Boxe américaine :* full-contact.

1. boxer *vi* Pratiquer la boxe. ■ *vt* Fam Frapper qqn à coups de poing.

2. boxer [bɔksɛʀ] *nm* Chien de garde.

boxeur *nm* Qui boxe.

box-office *nm* Cote de succès d'un artiste, d'un spectacle. *Des box-offices.*

boy *nm* Domestique indigène dans les pays autrefois colonisés.

boyard *nm* Seigneur, dans l'ancienne Russie.

boyau *nm* 1 Intestin. 2 Corde faite avec des intestins de chat ou de mouton pour garnir les violons, guitares, etc., et les raquettes de tennis. 3 Conduit souple en cuir, en toile caoutchoutée. 4 Corridor long et étroit. 5 Chambre à air de bicyclette enfermée dans une mince enveloppe de caoutchouc.

boycottage ou **boycott** *nm* 1 Refus d'acheter des marchandises provenant d'une firme, d'un pays. 2 Refus collectif de participer à une manifestation, un événement publics.

boycotter *vt* Appliquer le boycott à.

boy-scout *nm* Syn anc. de scout. *Des boy-scouts.*

brabançon, onne *a, n* Du Brabant.

bracelet *nm* Ornement qui se porte autour du poignet, du bras.

bracelet-montre *nm* Montre que l'on porte attachée au poignet. *Des bracelets-montres.*

brachial, ale, aux [-kjal] *a* ANAT Du bras.

brachycéphale [-ki-] *a, n* ANTHROP Qui a le crâne arrondi, et non allongé.

braconnage *nm* Action de braconner.

braconner *vi* Chasser ou pêcher en contrevenant aux lois ou règlements.

braconnier *nm* Qui braconne.

bractée *nf* BOT Petite feuille simple fixée au pédoncule floral.

bradage *nm* Action de brader.

brader *vt* Vendre à vil prix.

braderie *nf* Vente au rabais.

bradeur, euse *n* Qui brade.

bradycardie *nf* Lenteur du rythme cardiaque.

braguette *nf* Ouverture sur le devant d'un pantalon d'homme.

brahmane *nm* Membre de la caste sacerdotale hindoue.

brahmanique *a* Du brahmanisme.

brahmanisme *nm* Système religieux et social de l'Inde, caractérisé par une division de la société en castes.

brahmine *nf* Femme d'un brahmane.

brai *nm* Résidu de la distillation du pétrole.

braies *nfpl* Pantalon des Gaulois.

braillard, arde ou **brailleur, euse** *n, a* Qui braille.

braille *nm* Écriture en relief à l'usage des aveugles.

braillement *nm* Cri de qqn qui braille.

brailler *vi, vt* Parler, crier, chanter trop fort.

braiment *nm* Cri de l'âne.

brainstorming [bʀɛnstɔʀmiŋ] *nm* Recherche d'idées originales dans un groupe.

brain-trust [bʀɛntʀœst] *nm* Groupe de spécialistes chargés d'élaborer un projet. *Des brain-trusts.*

braire *vi* [74] Pousser son cri (âne).

braise *nf* Charbons ardents.

braiser *vt* Faire cuire à feux doux et à l'étouffée. *Une viande braisée.*

brame ou **bramement** *nm* Cri du cerf, du daim.

bramer *vi* Pousser son cri (cerf, daim).

brancard *nm* 1 Chacune des deux barres lesquelles on attelle une bête de trait. 2 Civière à bras.

brancardier *nm* Porteur de brancard.

branchage *nm* Ensemble des branches d'un arbre. ■ *pl* Amas de branches coupées.

branche *nf* 1 Ramification du tronc d'un arbre, d'une plante. 2 Division, ramification. *Les branches d'une science.* 3 Domaine d'activité. 4 L'une des familles issues d'un ascendant commun. Loc *Être comme l'oiseau sur la branche :* dans une situation précaire.

branché, ée *a, n* Fam À la mode.

branchement *nm* 1 Action de brancher. 2 Organe de raccordement, canalisation. *Branchement de gaz.*

brancher *vt* 1 Relier à un circuit principal ; connecter. 2 Fam Mettre qqn en rapport avec qqn, l'orienter vers qqch, l'intéresser.

branchial, ale, aux *a* Relatif aux branchies.

branchie *nf* Organe de la respiration des animaux aquatiques.

brandade *nf* Morue pochée pilée avec de l'ail, de l'huile.

brandebourg *nm* Ornement de broderie ou de galon de certains vêtements.

brandir *vt* 1 Agiter en l'air. 2 Présenter comme une menace.

brandon *nm* Corps enflammé. Loc Litt *Brandon de discorde :* provocateur, cause de querelles.

brandy *nm* Eau-de-vie, en Angleterre.

branlant, ante *a* Qui branle, instable.

branle *nm* Mouvement oscillant d'un corps. Loc *Mettre en branle :* donner une impulsion, faire démarrer.

branle-bas *nm inv* Loc *Branle-bas de combat :* dispositions prises en vue d'un combat naval ; bouleversement, agitation.

branler *vi* Bouger, être mal assuré, fixé. *Dent qui branle.* Loc Fam *Branler dans le manche :* être peu stable, peu sûr (situation, fortune).

braquage *nm* 1 Action de braquer. 2 Fam Attaque à main armée.

braque *nm* Chien de chasse d'arrêt à poil court. ■ *a* Fam Un peu fou.

braquer *vt* 1 Diriger une arme, un appareil vers un point. 2 Fam Menacer d'une arme à feu ; attaquer à main armée. 3 Orienter de côté les roues avant d'un véhicule. 4 Provoquer l'opposition têtue de qqn. ■ *vi* Tourner à droite ou à gauche (véhicule). ■ *vpr* S'obstiner dans son opposition.

braquet *nm* Développement d'une bicyclette.

braqueur, euse *n* Pop Qui fait une attaque à main armée.

bras *nm* 1 Membre supérieur de l'homme. 2 Partie du membre supérieur comprise entre l'épaule et le coude. 3 Ce qui évoque plus ou moins un bras humain. *Les bras d'une croix. Bras de levier.* Loc *Baisser les bras :* abandonner. *Rester les bras croisés :* à ne rien faire. *Recevoir à bras ouverts :* chaleureusement. *Avoir sur les bras :* être responsable de, ou accablé par. *Manquer de bras :* de travailleurs. *Être le bras droit de qqn :* son principal collaborateur. Fam *Avoir le bras long :* avoir du pouvoir. *À bras :* en utilisant la force des muscles de l'homme. *À tour de bras, à bras raccourcis :* de toute sa force. *Bras dessus, bras dessous :* en se donnant le bras. *Bras de fer :* épreuve de force. *Bras de fauteuil :* accotoir. *Bras de mer :* étendue de mer resserrée entre les terres. *Bras d'un cours d'eau :* division de ce cours d'eau.

brasero [-zeʀo] *nm* Récipient qu'on remplit de braises pour se chauffer.

brasier *nm* Feu très vif, violent incendie.

bras-le-corps (à) *av* En serrant fortement entre ses bras.

brassage *nm* Action de brasser, de remuer ; fait d'être brassé.

brassard *nm* Ornement ou signe de reconnaissance fixé au bras.

brasse *nf* 1 Nage sur le ventre dans laquelle les mouvements des bras et des jambes sont symétriques. 2 Distance parcourue par le nageur à chaque cycle de mouvement.

brassée *nf* Ce que peuvent contenir les deux bras. *Une brassée de bois.*

brasser *vt* 1 Opérer les mélanges pour la fabrication de la bière. 2 Remuer pour mélanger. Loc *Brasser des affaires :* traiter beaucoup d'affaires.

brasserie *nf* 1 Industrie de la bière. 2 Fabrique de bière. 3 Café-restaurant.

brasseur, euse *n* Fabricant ou marchand de bière. Loc *Brasseur d'affaires :* qui traite beaucoup d'affaires.

brassicole *a* Relatif à la bière, à la brasserie.

brassière

brassière *nf* Petite chemise de bébé en toile fine ou en tricot. Loc *Brassière de sauvetage :* gilet de sauvetage.

brasure *nf* Soudure faite avec un métal ou un alliage plus fusible.

bravache *a, nm* Faux brave.

bravade *nf* Défi, provocation.

brave *a, n* Vaillant, courageux. ■ *a* Honnête, bon, serviable.

bravement *av* Avec bravoure.

braver *vt* Résister à, affronter.

bravo ! *interj* Exprime l'approbation. ■ *nm* Cri d'approbation.

bravoure *nf* Courage, vaillance. Loc *Morceau de bravoure :* de virtuosité.

break [bʀɛk] *nm* 1 Automobile qui possède un hayon et dont la banquette arrière se rabat à plat. 2 Interruption momentanée.

breakfast [bʀɛkfœst] *nm* Petit déjeuner à l'anglaise.

brebis *nf* Mouton femelle. Loc *Brebis galeuse :* personne indésirable dans un groupe. ■ *nm* Fromage au lait de brebis.

brèche *nf* 1 Ouverture faite à un mur, une haie, etc. 2 Partie brisée d'un tranchant, du bord de qqch. Loc *Faire une brèche à qqch :* l'entamer. *Être sur la brèche :* lutter avec ardeur. *Battre en brèche :* attaquer vivement.

bréchet *nm* ZOOL Crête osseuse du sternum d'un oiseau.

bredouillage, bredouillement ou **bredouillis** *nm* 1 Action de bredouiller. 2 Paroles indistinctes.

bredouille *a* Qui n'a rien pris (à la chasse, à la pêche) ; qui a échoué.

bredouiller *vi, vt* Parler de manière précipitée et confuse.

bref, brève *a* 1 Qui dure peu. 2 Qui s'exprime en peu de mots, concis. ■ *av* En peu de mots, pour résumer. ■ *nm* Lettre du pape. ■ *nf* 1 Syllabe brève. 2 Information courte ou peu importante.

breitschwanz [bʀɛtʃvɑ̃ts] *nm* Fourrure d'agneau mort-né.

brelan *nm* Réunion de trois cartes ou coups de dés de même valeur.

breloque *nf* Menu bijou attaché à une chaîne, à un bracelet.

brème *nf* 1 Poisson d'eau douce. 2 Pop Carte à jouer.

brésilien, enne *a* Du Brésil.

bretelle *nf* 1 Sangle passée sur les épaules, servant à porter certains fardeaux. 2 (surtout pl) Bande passée sur chaque épaule et retenant un pantalon, une jupe, etc. 3 Tronçon de route reliant une voie à une autoroute.

breton, onne *a, n* De Bretagne. ■ *nm* Langue celtique parlée en Bretagne.

bretonnant, ante *a, n* Qui conserve la langue et les traditions bretonnes.

bretzel *nm* ou *f* Pâtisserie alsacienne salée.

breuvage *nm* Boisson quelconque.

brève. V. bref.

brevet *nm* Titre, diplôme officiel reconnaissant une qualification. Loc *Brevet d'invention :* titre protégeant une invention contre la concurrence.

brevetable *a* Que l'on peut breveter.

breveté, ée *a* 1 Qui a obtenu un brevet. 2 Qui a fait l'objet d'un brevet.

breveter *vt* [19] Protéger par un brevet.

bréviaire *nm* Livre contenant les prières que les prêtres catholiques doivent lire chaque jour.

briard, arde *a* De la Brie. ■ *nm* Grand chien de berger à poils longs.

bribe *nf* Petit morceau, fragment.

bric-à-brac *nm inv* Amas d'objets de peu de valeur et de toutes provenances.

bric et de broc (de) *av* De pièces et de morceaux, au hasard.

brick *nm* Voilier à deux mâts carrés.

bricolage *nm* 1 Action de bricoler. 2 Installation, réparation de fortune.

bricole *nf* Fam Petite chose sans valeur ; occupation futile.

bricoler *vi* 1 Exécuter de menus travaux de réparation, d'agencement, etc. ■ *vt* Fabriquer, réparer avec des moyens de fortune.

bricoleur, euse *n, a* Qui aime bricoler.

bride *nf* 1 Harnais de tête du cheval servant à le conduire. 2 Rêne. 3 Pièce servant à attacher, à retenir. 4 Anneau de fil, de cordonnet, servant à boutonner, à agrafer. Loc *À bride abattue :* très vite.

bridé, ée *a* Loc *Yeux bridés :* dont les paupières semblent former une fente horizontale plus grande que la moyenne.

brider *vt* 1 Mettre la bride à un cheval, un mulet. 2 Serrer trop. *Ce veston le bride.* 3 Contenir, réfréner.

bridge *nm* 1 Jeu de cartes. 2 Appareil de prothèse dentaire fixé par chacune de ses extrémités sur une dent saine.

bridger *vi* [11] Jouer au bridge.

bridgeur, euse *n* Qui joue au bridge.

brie *nm* Fromage de vache, fermenté, à pâte molle.

briefer [bʀife] *vt* Fam Informer brièvement.

briefing [bʀifiŋ] *nm* Courte réunion d'information.

brièvement *av* En peu de mots.

brièveté *nf* Courte durée.

brigade *nf* 1 Unité militaire composée de plusieurs régiments. 2 Unité spécialisée de la police. 3 Groupe d'ouvriers.

brigadier *nm* Chef d'une brigade.

brigand *nm* 1 Malfaiteur qui vole, pille, commet des crimes. 2 Homme malhonnête.

brigandage *nm* Action de brigands.

brigue *nf* Litt Manœuvres pour s'assurer un avantage.

briguer *vt* Litt Convoiter, solliciter.

brillamment *av* De façon brillante.

brillance *nf* Luminosité.

brillant, ante *a* Qui brille ; éclatant, remarquable. ■ *nm* 1 Éclat, lustre. *Le brillant d'une réception.* 2 Diamant taillé à facettes.

brillantine *nf* Huile parfumée utilisée pour lustrer les cheveux.

briller *vi* 1 Jeter une lumière éclatante, avoir de l'éclat. *Le soleil brille.* 2 Attirer l'attention, provoquer l'admiration ; exceller.

brimade *nf* 1 Épreuve plus ou moins vexatoire imposée aux nouveaux par des élèves, des soldats plus anciens. 2 Mesure désobligeante, mesquine.

brimbaler *vi, vt* Litt Brinquebaler.

brimborion *nm* Colifichet, babiole.

brimer *vt* Soumettre à des brimades.

brin *nm* 1 Mince pousse, tige d'une plante. *Brin d'herbe.* 2 Chacun des fils d'un cordage, d'un câble électrique, etc. 3 Très petite quantité. *Ajoutez un brin de sel.*

brindille *nf* Branche mince et courte. *Feu de brindilles.*

1. bringue *nf* Loc *Pop Grande bringue* : femme dégingandée.

2. bringue *nf* Pop Beuverie, fête, bombance.

brinquebaler ou **bringuebaler** *vt* Fam Ballotter. ■ *vi* Fam Cahoter, osciller.

brio *nm* Virtuosité.

brioche *nf* 1 Pâtisserie levée plus ou moins sphérique. 2 Fam Ventre rebondi.

brioché, ée *a* Confectionné comme la brioche.

brique *nf* 1 Parallélépipède rectangle de terre argileuse cuite. 2 Emballage en forme de parallélépipède. 3 Pop Un million de centimes. Loc Pop *Bouffer des briques* : n'avoir rien à manger. ■ *a inv* De la couleur rougeâtre de la brique.

briquer *vt* Faire briller en frottant.

briquet *nm* 1 Appareil servant à produire du feu. 2 Anc. Sabre court d'infanterie.

briqueterie *nf* Fabrique de briques.

briquette *nf* Aggloméré en forme de brique, fait de débris de combustibles.

bris *nm* Fracture de vitre, de clôture, etc.

brisant *nm* Écueil sur lequel la mer brise et écume.

brise *nf* Vent modéré et régulier.

brisé, ée *a* Loc *Être brisé de fatigue* : être épuisé. *Ligne brisée* : composée de segments de droites consécutifs qui forment des angles.

brisées *nfpl* Loc *Aller sur les brisées de qqn* : lui faire concurrence.

brise-glace *nm* Navire à étrave renforcée, construit pour briser la glace. *Des brise-glace.*

brise-jet *nm inv* Dispositif adapté à un robinet, afin d'atténuer le jet.

brise-lames *nm inv* Ouvrage qui amortit les vagues devant un port.

briser *vt* 1 Rompre, casser. 2 Détruire, anéantir. 3 Fatiguer, abattre qqn. *La maladie l'a brisé.* ■ *vi* Loc *Brisons là* : ne poursuivons pas la discussion. *Mer qui brise* : qui déferle.

brise-tout *n inv* Fam Maladroit.

briseur, euse *n* Loc *Briseur de grève* : qui ne s'associe pas à une grève.

bristol *nm* Carton mince utilisé notam. pour les cartes de visite.

brisure *nf* 1 Cassure. 2 Fragment.

britannique *a, n* De Grande-Bretagne.

broc [bRo] *nm* Récipient à anse et à bec évasé ; son contenu.

brocante *nf* Activité du brocanteur.

brocanteur, euse *n* Qui achète et revend des objets d'occasion.

brocard *nm* 1 Jeune chevreuil. 2 Litt Raillerie blessante.

brocarder *vt* Litt Railler, dénigrer.

brocart *nm* Étoffe de soie brodée d'or, d'argent.

broccio [-tʃjo] *nm* Fromage corse, au lait de chèvre ou de brebis.

brochage *nm* Action de brocher un livre ou une étoffe.

broche *nf* 1 Tige pointue sur laquelle on fait rôtir de la viande. 2 Bijou de femme muni d'un fermoir à épingle. 3 Tige servant à maintenir des os fracturés. 4 Tige conductrice d'un contact électrique.

broché, ée *a* Se dit d'un livre ayant une couverture souple au dos de laquelle les feuilles sont collées. ■ *nm* Étoffe présentant des dessins réalisés par un tissage spécial.

brocher *vt* 1 Assembler, coudre et coller les feuilles d'un livre. 2 Tisser des dessins sur une étoffe pendant sa fabrication.

brochet *nm* Poisson d'eau douce très vorace.

brochette *nf* 1 Petite broche à rôtir. 2 Les morceaux enfilés sur la brochette. 3 Petite broche qui réunit plusieurs décorations. 4 Fam Groupe de personnes alignées.

brocheur, euse *n* Qui broche.

brochure *nf* 1 Dessin broché sur une étoffe. 2 Publication mince brochée.

brocoli *nm* Variété de chou-fleur vert.

brodequin *nm* Grosse chaussure à tige.

broder *vt* Orner une étoffe de dessins à l'aiguille. ■ *vi* Amplifier, embellir un récit.

broderie *nf* Ornement exécuté en brodant.

brodeur, euse *n* Qui brode.

broiement *nm* Syn de *broyage.*

broker [-kœR] *nm* Dans les pays anglo-saxons, courtier en valeurs mobilières.

brome *nm* Corps simple liquide proche du chlore.

broméliacée *nf* BOT Plante tropicale telle que l'ananas, la tillandsie.

bromure *nm* Combinaison du brome avec un métal ou une base.

bronche *nf* Chacun des conduits qui amènent l'air aux poumons.

broncher *vi* 1 Trébucher (cheval). 2 Manifester sa désapprobation ou son impatience.

bronchiole *nf* Ramification fine des bronches.

bronchique *a* Des bronches.

bronchite *nf* Inflammation de la muqueuse des bronches.

bronchiteux, euse *a, n* Sujet à la bronchite.

bronchitique *a* De la bronchite. ■ *a, n* Atteint de bronchite.

bronchopneumonie [bRoko-] *nf* Inflammation des bronches et des poumons.

bronchoscopie [bRoko-] *nf* MED Examen visuel des bronches au moyen d'un tube muni d'une source lumineuse.

brontosaure *nm* GEOL Le plus grand des dinosaures.

bronzage *nm* 1 Action de bronzer. 2 Hâle.

bronzant, ante *a* Qui fait bronzer.

bronze *nm* 1 Alliage de cuivre et d'étain. 2 Objet sculpté, moulé en bronze. Loc *Âge du bronze* : époque où les hommes savaient fabriquer des outils en bronze mais non en fer.

bronzer *vt* 1 Donner l'aspect du bronze à un objet. 2 Hâler, brunir la peau. ■ *vi* Brunir de la peau.

bronzette *nf* Fam Action de se faire brunir.

bronzier *nm* Fondeur de bronze.

brossage *nm* Action de brosser.

brosse *nf* 1 Ustensile fait d'une plaque garnie de poils durs, de fils, etc., pour nettoyer ou lisser. 2 Pinceau pour étendre les couleurs. Loc *Cheveux en brosse* : courts et dressés sur la tête.

brosser *vt* 1 Frotter, nettoyer avec une brosse. 2 Décrire à grands traits.

brosserie *nf* Fabrique, commerce de brosses.

brou *nm* Écale verte et charnue des noix fraîches. *Loc Brou de noix* : teinture brun foncé faite avec l'écale des noix.

brouette *nf* Petit tombereau à une roue et deux brancards.

brouettée *nf* Charge d'une brouette.

brouetter *vt* Transporter dans une brouette.

brouhaha *nm* Bruit confus qui s'élève dans une assemblée nombreuse.

brouillage *nm* Perturbation d'une émission radiophonique.

brouillamini *nm* Fam Désordre, confusion.

brouillard *nm* Nuage de vapeur d'eau près du sol gênant la visibilité.

brouillasse *nf* Pluie très fine, comme du brouillard.

brouillasser *v impers* Tomber en brouillasse.

brouille ou **brouillerie** *nf* Fâcherie.

brouillé, ée *a Loc Œufs brouillés* : dont on a mélangé les blancs et les jaunes pendant la cuisson.

brouiller *vt* 1 Mettre pêle-mêle ; mélanger, mêler. *Brouiller des papiers.* 2 Troubler. *Brouiller la vue.* 3 Empêcher par le brouillage d'entendre clairement une émission de radio. 4 Désunir, mettre en désaccord des personnes. ■ *vpr* 1 Se troubler. 2 Se fâcher avec qqn. *Loc Le temps se brouille* : le ciel se couvre.

brouillon, onne *a, n* Qui n'a pas d'ordre, qui embrouille tout. ■ *nm* Ce qu'on écrit d'abord, avant de mettre au net.

brouilly *nm* Cru du Beaujolais.

broussaille *nf* Végétation inculte d'arbustes, de ronces, etc. entremêlés. *Loc Sourcils en broussaille* : durs et embrouillés.

broussailleux, euse *a* Plein de broussailles.

broussard *nm* Personne qui vit dans la brousse.

brousse *nf* 1 Végétation clairsemée, caractéristique de l'Afrique tropicale. 2 Fam Rase campagne. 3 Fromage frais de chèvre ou de brebis.

broutage ou **broutement** *nm* Fonctionnement saccadé d'une machine.

broutard *nm* Veau sevré.

brouter *vt* Paître de l'herbe, des feuilles vertes. ■ *vi* Fonctionner de façon saccadée (embrayage, frein, etc.).

broutille *nf* Chose insignifiante.

brownien, enne *a Loc Mouvement brownien* : mouvement désordonné des particules microscopiques en suspension dans un liquide.

browning [bʀɔniŋ] *nm* Pistolet automatique à chargeur.

broyage *nm* Action de broyer.

broyer *vt* [22] Réduire en poudre ou en pâte, écraser.

broyeur, euse *n, a* Qui broie. ■ *nm* Appareil à broyer.

brrr ! *interj* Exprime une sensation de froid, un sentiment de peur.

bru *nf* Femme du fils, belle-fille.

bruant *nm* Passereau, tel que l'ortolan.

brucellose *nf* Maladie infectieuse du bétail, transmissible à l'homme. *Syn.* fièvre de Malte.

bruche *nf* Coléoptère dont les larves dévorent les pois.

brugnon *nm* Hybride de pêche à peau lisse.

bruine *nf* Petite pluie fine.

bruiner *v impers* Pleuvoir en bruine.

bruire *vi* Litt Rendre un son confus et prolongé. *Le feuillage bruissait.*

bruissement *nm* Bruit confus et continu.

bruit *nm* 1 Sensation perçue par l'oreille. 2 Nouvelle qui circule, rumeur. *Loc Faire du bruit* : provoquer l'intérêt, l'émotion du public.

bruitage *nm* Reconstitution artificielle des bruits d'une scène (cinéma, radio, télévision).

bruiteur *nm* Qui fait les bruitages.

brûlage *nm* 1 Action de brûler. 2 Traitement des cheveux dont on brûle les pointes.

brûlant, ante *a* 1 Qui brûle, qui dégage une chaleur intense. 2 Ardent, fervent. *Désir brûlant.* 3 Qui risque de déchaîner les passions.

brûlé, ée *a* 1 Qui a brûlé. 2 *Une tête, une cervelle brûlée* : un esprit exalté, téméraire. 3 Démasqué, découvert. ■ *nm Loc Sentir le brûlé* : avoir l'odeur de ce qui a brûlé ; être dangereux.

brûle-gueule *nm inv* Pipe à tuyau court.

brûle-parfum *nm inv* Vase, réchaud dans lequel on brûle des parfums.

brûle-pourpoint (à) *av* Sans préambule, brusquement.

brûler *vt* 1 Consumer, détruire par le feu. 2 Utiliser comme combustible ou comme luminaire. 3 Causer une altération, une douleur, sous l'effet du feu, de la chaleur, d'un corrosif. 4 Torréfier du café. 5 Ne pas s'arrêter à un signal. *Loc Brûler les étapes* : progresser rapidement. *Brûler la politesse à qqn* : partir sans prendre congé de lui. ■ *vi* 1 Être consumé par le feu. 2 Subir une cuisson trop prolongée. 3 Être ardent, possédé d'un grand désir. *Brûler d'impatience.* 4 Fam Dans un jeu, être tout près du but.

brûlerie *nf* Lieu où l'on torréfie le café.

brûleur *nm* Appareil destiné à assurer une combustion.

brûlis *nm* Terrain dont on brûle la végétation pour le défricher ou le fertiliser.

brûlot *nm* 1 Navire que l'on chargeait de matières inflammables pour incendier les vaisseaux ennemis. 2 Écrit violemment polémique. 3 Punch flambé.

brûlure *nf* 1 Lésion tissulaire produite par le feu, par un corps très chaud ou par une substance corrosive. 2 Sensation douloureuse. *Brûlure d'estomac.*

brumaire *nm* Deuxième mois du calendrier républicain (octobre-novembre).

brumasser *v impers* Être un peu brumeux (temps).

brume *nf* Brouillard léger.

brumeux, euse *a* Marqué par la brume.

brumisateur *nm* (n déposé) Atomiseur qui pulvérise très finement de l'eau minérale d'Évian.

brun, brune *a* De couleur jaune sombre tirant sur le noir. *a* n Dont les cheveux sont bruns. ■ *nm* Couleur brune. ■ *nf* Bière brune ; cigarette de tabac brun.

brunâtre *a* Tirant sur le brun.

brunch [bʀœnʃ] *nm* Petit déjeuner copieux, pris en fin de matinée.

brunet, ette *a, n* Qui a les cheveux bruns.

brunir *vt* 1 Rendre brun. *Le soleil l'a bruni.* 2 Polir un métal. ■ *vi* Devenir brun.

brunissage *nm* Action de brunir un métal.

brushing [bʀœʃiŋ] *nm* (n déposé) Mise en plis des cheveux mouillés avec une brosse ronde et en les séchant au séchoir.

73 bureau

brusque *a* 1 Qui a une vivacité rude, sans ménagement ; brutal. *Geste brusque.* 2 Subit, inopiné. *Changement brusque.*

brusquement *av* De façon brusque.

brusquer *vt* 1 Traiter sans ménagement. 2 Hâter, précipiter.

brusquerie *nf* Manières brusques.

brut, brute *a* 1 Qui est encore dans son état naturel, n'a pas été façonné. 2 Grossier, sauvage. *Loc Pétrole brut :* non raffiné. *Champagne brut :* très sec. *Salaire brut :* qui n'a subi aucune retenue. *Poids brut :* qui comprend le poids de l'emballage. ■ *nm* Pétrole non raffiné. ■ *av* Sans aucune défalcation. *Colis qui pèse brut vingt kilos.*

brutal, e, aux *a* 1 Violent, dénué de ménagements. *Geste brutal. Franchise brutale.* 2 Rude et inopiné. *Chute brutale de la Bourse.*

brutalement *av* De façon brutale.

brutaliser *vt* Traiter avec brutalité.

brutalité *nf* Caractère brutal. *Agir avec brutalité.* ■ *pl* Actes brutaux.

brute *nf* Personne grossière, violente.

bruxellois, oise [-selwa] *a, n* De Bruxelles.

bruyamment *av* Avec grand bruit.

bruyant, ante *a* 1 Qui fait du bruit. 2 Où il se fait beaucoup de bruit.

bruyère *nf* Plante à fleurs violacées poussant sur les landes ou dans les sous-bois siliceux. *Loc Terre de bruyère :* terre formée de sable siliceux mélangé aux produits de décomposition des bruyères. *Coq de bruyère :* tétras.

bryologie *nf* BOT Étude des mousses.

bryophyte *nf* Plante sans racines ni vaisseaux, comme les mousses.

B.T.P. *nm* Secteur économique constitué par le bâtiment et les travaux publics.

B.T.S. *nm* Brevet de technicien supérieur.

buanderie *nf* Lieu où on fait la lessive.

bubale *nm* Antilope africaine.

bubon *nm* MED Tuméfaction ganglionnaire.

bubonique *a* Caractérisé par des bubons.

buccal, ale, aux *a* De la bouche.

buccin [byksē] *nm* 1 ANTIQ Trompette romaine. 2 Mollusque à coquille hélicoïdale.

bûche *nf* 1 Morceau de bois de chauffage. *Loc Bûche de Noël :* pâtisserie en forme de bûche que l'on fait pour Noël. *Fam Ramasser une bûche :* tomber.

1. bûcher *nm* 1 Lieu où on range le bois à brûler. 2 Amas de bois sur lequel on brûle un corps.

2. bûcher *vt, vi* Fam Travailler avec ardeur.

bûcheron, onne *n* Qui abat des arbres dans une forêt.

bûcheronnage *nm* Travail du bûcheron.

buchette *nf* Menu morceau de bois.

bûcheur, euse *a, n* Fam Qui bûche.

bucolique *a* De la poésie pastorale.

budget *nm* 1 État prévisionnel des dépenses et recettes, généralement pour une année. 2 Somme disponible pour qqn, un groupe.

budgétaire *a* Du budget.

budgétisation *nf* Inscription au budget.

budgétiser *vt* Inscrire au budget.

buée *nf* Vapeur qui se condense sur un corps froid.

buffet *nm* 1 Meuble où on range la vaisselle, l'argenterie. 2 Table couverte de mets, de rafraîchissements. 3 Restaurant de gare. 4 Ouvrage de menuiserie qui renferme un orgue.

buffle *nm* Grand bœuf d'Europe du Sud, d'Afrique et d'Asie.

bufflonne ou **bufflesse** *nf* Femelle du buffle.

bug [bœg] *nm* INFORM Erreur de programmation entraînant des anomalies de fonctionnement. *Syn.* bogue.

bugle *nm* Instrument à vent, en cuivre, à pistons.

building [bildiŋ] *nm* Vaste immeuble comptant de nombreux étages.

buis *nm* Arbrisseau toujours vert, à bois jaunâtre, dur et à grain fin.

buisson *nm* Touffe d'arbustes ou d'arbrisseaux épineux. *Loc Buisson d'écrevisses :* écrevisses disposées en pyramide sur un plat.

buissonneux, euse *a* Couvert de buissons.

buissonnier, ère *a* *Loc Faire l'école buissonnière :* aller jouer, se promener au lieu d'aller à l'école, au travail.

bulbaire *a* ANAT D'un bulbe.

bulbe *nm* 1 Oignon d'une plante. 2 ANAT Organe renflé ou globuleux. 3 ARCHI Coupole en forme de bulbe. *Loc Bulbe rachidien :* partie supérieure de la moelle épinière.

bulbeux, euse *a* 1 Pourvu d'un bulbe. 2 En forme de bulbe.

bulgare *a, n* De la Bulgarie. ■ *nm* Langue slave parlée en Bulgarie.

bulldog [buldɔg] *nm* Chien anglais proche du bouledogue, aux oreilles tombantes.

bulldozer [byldozɛʀ] *nm* Engin de terrassement. *Syn.* bouteur.

bulle *nf* 1 Globule de gaz dans un liquide ou dans une matière fondue ou coulée. 2 Dans une bande dessinée, ligne courbe enfermant le texte des paroles des personnages. 3 Lettre publique du pape. *Loc Bulle de savon :* sphère remplie d'air dont la paroi est une pellicule d'eau savonneuse. *Bulle financière :* maintien des cours boursiers à la hausse, dû essentiellement à la spéculation. ■ *a inv Loc Papier bulle :* papier grossier, beige ou jaune paille.

bulletin *nm* 1 Avis communiqué par une autorité et destiné au public. 2 Rapport périodique sur la scolarité d'un élève. 3 Attestation, récépissé. *Bulletin de bagages.* 4 Revue périodique d'une administration, d'une société. 5 Papier spécialement destiné à exprimer un vote.

bulletin-réponse *nm* Imprimé à remplir et à renvoyer pour participer à un concours. *Des bulletins-réponses.*

bull-finch *nm* Obstacle de steeple-chase (talus surmonté d'une haie). *Des bull-finchs.*

bulot *nm* Buccin comestible. *Syn.* escargot de mer.

bungalow [bœgalo] *nm* 1 Habitation basse entourée d'une véranda. 2 Petite maison sans étage en matériaux légers.

bunker [bunkœʀ] *nm* 1 Casemate. 2 Fosse remplie de sable aménagée sur un parcours de golf.

bunraku [-ku] *nm* Marionnettes japonaises.

Bunsen (bec) *nm* Brûleur à gaz.

buprestе *nm* Coléoptère dont les larves rongent le bois.

buraliste *n* 1 Préposé à un bureau de recette, de poste, etc. 2 Qui tient un bureau de tabac.

bure *nf* Étoffe de laine, généralement brune.

bureau *nm* 1 Table de travail, ou meuble à tiroirs, à casiers, comportant une table pour écrire. 2 Pièce où se trouve la table de travail.

3 Lieu de travail des employés, des gens d'affaires, etc. 4 Établissement d'administration publique. *Bureau d'aide sociale.* 5 Subdivision dans un ministère, un état-major. 6 L'ensemble des membres directeurs élus d'une assemblée, d'une association.

bureaucrate *nm* Péjor Employé de bureau, d'une administration.

bureaucratie *nf* 1 Pouvoir excessif des bureaucrates. 2 L'Administration publique.

bureaucratique *a* De la bureaucratie.

bureaucratisation *nf* Action de bureaucratiser, de se bureaucratiser.

bureaucratiser *vt* Augmenter le poids de la bureaucratie.

bureauticien, enne *n* Spécialiste de bureautique.

bureautique *nf* (n déposé) INFORM Ensemble des techniques qui visent à automatiser les activités de bureau.

burette *nf* 1 Petit flacon à bec verseur. 2 Récipient à tubulure effilée, servant au graissage de pièces mécaniques.

burin *nm* Outil d'acier qui sert à entailler les matériaux durs.

buriné, ée *a* Loc *Visage buriné* : très ridé.

buriner *vt* Travailler au burin.

burkinabé *a, n* Du Burkina.

burlat *nf* Variété de bigarreau.

burlesque *a* D'une bouffonnerie outrée ; extravagant. ■ *nm* Genre, style burlesque.

burnous *nm* 1 Grand manteau de laine à capuchon porté par les Arabes. 2 Manteau à capuchon pour bébés.

burqua ou **burqa** *nf* En Afghanistan, voile avec une fenêtre grillagée pour les yeux, porté par les femmes.

bus *nm inv* Fam Autobus.

busard *nm* Oiseau rapace, diurne.

buse *nf* 1 Canalisation, tuyau. 2 Rapace courant en Europe, voisin du faucon. 3 Fam Personne ignorante et stupide.

bush [buʃ] *nm* Formation végétale broussailleuse des régions tropicales sèches.

business [biznɛs] ou **bizness** *nm inv* Fam 1 Les affaires. 2 Chose compliquée, situation embrouillée. 3 Chose quelconque, truc.

businessman [biznɛsman] *nm* Fam Homme d'affaires.

busqué, ée *a* Arqué (nez).

buste *nm* 1 La tête et la partie supérieure du corps humain. 2 La poitrine d'une femme. 3 Sculpture représentant un buste.

bustier *nm* Soutien-gorge ou corsage couvrant partiellement le buste.

but [by] ou [byt] *nm* 1 Point que l'on vise. *Toucher le but.* 2 Terme où l'on s'efforce de parvenir. *Le but du voyage.* 3 Fin que l'on propose. *Avoir un but dans la vie.* 4 Endroit où il faut envoyer le ballon. 5 Point marqué en envoyant le ballon au but. *Gagner par trois buts à deux.* Loc *De but en blanc* : brusquement.

butane *nm* Gaz combustible.

butanier *nm* Navire transporteur de butane.

buté, ée *a* Obstiné, entêté.

butée *nf* 1 Massif de pierre aux extrémités d'un pont. 2 Pièce empêchant ou limitant le mouvement d'un organe mécanique.

buter *vi* Heurter du pied, trébucher contre un obstacle. ■ *vt* 1 Provoquer l'opposition têtue de. 2 Pop Assassiner. ■ *vpr* S'obstiner, s'entêter.

buteur *nm* SPORT Joueur qui marque des buts.

butin *nm* 1 Ce que l'on a pris à l'ennemi après une victoire. 2 Ce que rapporte un vol. 3 Ce qu'on amasse à la suite de recherches.

butiner *vi* En parlant des abeilles, recueillir sur les fleurs le nectar et le pollen.

butineur, euse *a, n* Qui butine.

butoir *nm* 1 Pièce contre laquelle vient buter une partie mobile. 2 Obstacle à l'extrémité d'une voie pour arrêter les locomotives.

butor *nm* 1 Échassier des marais. 2 Homme grossier, malappris.

butte *nf* 1 Petite élévation de terre. 2 Colline. Loc *Être en butte à* : être exposé à.

butter *vt* AGRIC Entourer de terre le pied d'un arbre, d'une plante.

butyrique *a* Loc *Acide butyrique* : présent dans de nombreux corps gras.

buvable *a* 1 Qui peut être bu. 2 Fam Acceptable.

buvard *nm* Papier qui absorbe l'encre.

buvette *nf* Endroit où l'on vend à boire, dans certains lieux publics.

buveur, euse *n* 1 Qui boit. 2 Qui s'adonne avec excès à la boisson.

byssus [-sys] *nm* Touffe de filaments constituant l'appareil de fixation des moules.

byzantin, ine *a, n* De Byzance. ■ *a* Qui fait preuve de byzantinisme.

byzantinisme *nm* Goût des discussions oiseuses, subtiles à l'excès.

c *nm* **1** Troisième lettre (consonne) de l'alphabet. **2** C : chiffre romain qui vaut 100.

ça *pr dém* **1** Cela. *Donne moi ça !* **2** Renforce une interrogation. *Où ça ?* **Loc** *Sans ça :* sinon. *Comme ça :* de cette manière. *Comme ci, comme ça :* médiocrement. ■ *nm inv* PSYCHAN Ensemble des tendances refoulées dans l'inconscient.

çà *av* **Loc** *Çà et là :* de côté et d'autre. ■ *interj* Marque l'impatience, l'étonnement, etc.

cabale *nf* Menées concertées, intrigues occultes.

cabalistique *a* Mystérieux, obscur.

caban *nm* Veste de marin en drap.

cabane *nf* **1** Petite construction servant d'abri. **2** Pop Prison. **Loc** *Cabane à lapins :* où l'on élève des lapins ; (fam) grand immeuble.

cabanon *nm* **1** Petite cabane. **2** Cellule où on enfermait les déments.

cabaret *nm* Établissement qui présente un spectacle et où le public peut consommer.

cabaretier *nm* Vx Tenancier d'un cabaret.

cabas *nm* Panier à provisions.

cabernet *nm* Cépage rouge très répandu.

cabestan *nm* Treuil à tambour vertical.

cabiai *nm* Rongeur d'Amérique du Sud.

cabillaud *nm* Morue fraîche.

cabine *nf* **1** Chambre, à bord d'un navire. **2** Local exigu servant à divers usages. *Cabine téléphonique.* **3** Espace aménagé pour le transport des personnes, pour un équipage, etc.

cabinet *nm* **1** Bureau destiné au travail. **2** Local où les membres des professions libérales reçoivent leurs clients. **3** Ensemble des ministres. **4** Meuble servant à ranger des bijoux. ■ *pl* Lieux d'aisance, W.-C.

câblage *nm* **1** Action de câbler. **2** Ensemble de conducteurs électriques.

câble *nm* **1** Gros cordage résistant. **2** Conducteur servant à l'alimentation électrique. **3** Système de transmission de signaux analogiques ou numériques.

câbler *vt* **1** Réunir par torsion des cordes. **2** Connecter électriquement. **3** Équiper un lieu avec la télévision par câbles. **4** Télégraphier.

câblodistributeur ou **câblo-opérateur** *nm* Entreprise qui met en œuvre la télévision par câbles.

câblodistribution *nf* Diffusion de programmes de télévision par câbles.

cabochard, arde *a, n* Fam Entêté.

caboche *nf* Fam Tête.

cabochon *nm* Pierre précieuse non taillée.

cabosse *nf* Fruit du cacaoyer.

cabosser *vt* Déformer par des bosses.

cabot *nm* Fam **1** Chien. **2** Cabotin.

cabotage *nm* Navigation à faible distance des côtes.

caboter *vi* Naviguer au cabotage.

caboteur *nm* Navire qui fait du cabotage.

cabotin, ine *n, a* **1** Mauvais comédien prétentieux. **2** Vaniteux qui aime attirer l'attention.

cabotinage *nm* Manière d'agir d'un cabotin.

cabotiner *vi* Faire le cabotin.

caboulot *nm* Vx Petit café populaire.

cabrer *vt* **1** Faire se dresser un cheval sur ses pattes. **2** Provoquer l'opposition, la révolte.

cabri *nm* Chevreau.

cabriole *nf* Gambade, pirouette.

cabrioler *vi* Faire des cabrioles.

cabriolet *nm* **1** Automobile décapotable. **2** Fauteuil à dossier incurvé.

caca *nm* Fam Excrément. ■ *a inv* **Loc** *Caca d'oie :* verdâtre.

cacahuète ou **cacahouète** *nf* **1** Fruit de l'arachide, très riche en corps gras. **2** Graine de ce fruit, consommée torréfiée.

cacao *nm* Graine de cacaoyer, qui sert à fabriquer le chocolat.

cacaoté, ée *a* Contenant du cacao.

cacaoyer ou **cacaotier** *nm* Arbre cultivé pour ses fruits, les fèves de cacao.

cacatoès ou **kakatoès** *nm* Perroquet à plumage blanc rosé et à huppe érectile.

cachalot *nm* Grand mammifère marin carnassier.

cache *nf* Lieu où on peut cacher qqch, se cacher. ■ *nm* Feuille opaque pour soustraire partiellement une surface à la lumière.

cache-cache *nm inv* Jeu d'enfants où un des joueurs doit trouver les autres qui se sont cachés.

cache-col *nm inv* Écharpe portée autour du cou.

cachectique *a, n* Atteint de cachexie.

cachemire *nm* Laine mêlée de poil de chèvre.

cache-misère *nm inv* Fam Vêtement ample cachant des habits usagés.

cache-nez *nm inv* Longue écharpe pour se préserver du froid.

cache-pot *nm inv* Vase cachant un pot de fleurs.

cache-prise *nm inv* Dispositif pour éviter le contact avec une prise de courant électrique.

cacher *vt* 1 Soustraire à la vue. 2 Taire. *Cacher son âge.* ■ *vpr* 1 Se soustraire à la vue. 2 Cacher ce qu'on fait. *Se cacher de ses parents.*

cache-radiateur *nm inv* Panneau dissimulant un radiateur d'appartement.

cachère. V. casher.

cache-sexe *nm inv* Vêtement couvrant le bas-ventre.

cachet *nm* 1 Pièce gravée appliquée sur de la cire pour y faire une empreinte. 2 Marque imprimée apposée avec un tampon. 3 Caractère distinctif, original. *Village plein de cachet.* 4 Comprimé. *Cachet d'aspirine.* 5 Rétribution d'un artiste pour une séance de travail.

cachetage *nm* Action de cacheter.

cache-tampon *nm inv* Jeu où un des joueurs cache un objet que les autres doivent découvrir.

cacheter *vt* [19] 1 Fermer à la cire. 2 Fermer un pli par collage.

cachetier *nm* Artiste payé au cachet.

cachette *nf* Endroit où on peut se cacher, cacher qqch. Loc *En cachette :* en se cachant.

cachexie *nf* MED Altération profonde des fonctions de l'organisme.

cachot *nm* Cellule de prison, étroite et sombre.

cachotterie *nf* Mystère pour cacher des choses sans importance.

cachottier, ère *a, n* Qui fait des cachotteries.

cachou *nm* Substance brune extraite de la noix d'arec ; petite pastille de cette substance.

cacique *nm* 1 Chef de tribu, chez les Indiens d'Amérique. 2 Fam Élève reçu premier à un concours.

cacochyme *a* Litt Faible.

cacophonie *nf* Rencontre de sons désagréables à l'oreille.

cacophonique *a* Qui fait cacophonie.

cactacée ou **cactée** *nf* BOT Plante grasse à tige charnue servant de réserve d'eau.

cactus *nm* Plante grasse épineuse.

c.-à-d. Abrév de *c'est-à-dire.*

cadastral, ale, aux *a* Du cadastre.

cadastre *nm* Répertoire des propriétés foncières d'une commune.

cadavérique *a* D'un cadavre.

cadavre *nm* Corps d'un mort.

caddie *nm* 1 Qui, au golf, porte les clubs des joueurs. 2 (n déposé) Petit chariot pour transporter les bagages, les achats dans les magasins.

cadeau *nm* Objet offert. Loc Fam *Ne pas faire de cadeau à qqn :* le traiter durement.

cadenas *nm* Serrure mobile.

cadenasser *vt* Fermer avec un cadenas.

cadence *nf* 1 Succession rythmique de mouvements, de sons. 2 Rythme de production dans le travail. Loc *En cadence :* en mesure ; avec un rythme régulier.

cadencé, ée *a* Rythmé. *Musique cadencée.*

cadet, ette *n, a* 1 Enfant né après l'aîné ou après un autre enfant de la famille. 2 Moins âgé qu'un autre. 3 Sportif entre 13 et 16 ans. Loc Fam *C'est le cadet de mes soucis :* le moindre.

cadi *nm* Juge musulman.

cadmium *nm* Métal blanc aux propriétés proches de celles du zinc.

cadrage *nm* Action de cadrer, de placer dans le champ d'un appareil.

cadran *nm* 1 Surface graduée sur laquelle se déplace l'aiguille d'un appareil de mesure. 2 Partie du téléphone qui porte les numéros. Loc *Cadran solaire :* où l'ombre portée donne l'heure. Fam *Faire le tour du cadran :* dormir 12 heures.

cadrat *nm* IMPRIM Bloc de plomb servant à former les blancs ; le blanc lui-même.

cadratin *nm* IMPRIM Cadrat ayant le même corps que le caractère du texte.

cadre *nm* 1 Bordure entourant un tableau, un miroir, etc. 2 Assemblage rigide de pièces formant un châssis, une armature. *Cadre de bicyclette.* 3 Ce qui délimite. *Cela sort du cadre de mes fonctions.* 4 Environnement ; décor. 5 Qui assure une fonction de direction, d'encadrement dans une entreprise, à l'armée.

cadrer *vt* Placer dans le champ d'un appareil photo, d'une caméra, etc. ■ *vti* Concorder avec. *Ceci cadre avec mon projet.*

cadreur, euse *n* Chargé des prises de vues d'un film.

caduc, uque *a* Désuet, périmé. Loc *Feuilles caduques :* qui se renouvellent chaque année.

caducée *nm* Baguette entourée de deux serpents, emblème des pharmaciens et des médecins.

caducité *nf* Caractère caduc.

cæcal, ale, aux *a* Du cæcum.

cæcum [sekɔm] *nm* ANAT Partie initiale du gros intestin.

cafard *nm* 1 Fam Dénonciateur. ■ *nm* 1 Fam Idées noires, dépression. 2 Blatte.

cafardage *nm* Fam Action de cafarder.

cafarder *vi* Fam 1 Dénoncer. 2 Avoir des idées noires.

cafardeux, euse *a* Fam Qui a ou donne le cafard ; mélancolique.

café *nm* 1 Graine du caféier. 2 Infusion de cette graine torréfiée et broyée. 3 Lieu public où on consomme des boissons. ■ *a inv* Loc *Café au lait :* brun clair, beige.

café-concert *nm* Music-hall où on peut consommer des boissons. *Des cafés-concerts.*

caféier *nm* Arbuste qui produit le café.

caféine *nf* Alcaloïde du café, stimulant.

cafetan ou **caftan** *nm* Long manteau oriental, parfois richement brodé.

cafétéria *nf* Local dans un établissement, où on peut consommer des boissons, des repas légers.

café-théâtre *nm* Petit théâtre où on peut consommer. *Des cafés-théâtres.*

cafetier, ère *n* Qui tient un café. ■ *nf* Récipient dans lequel on prépare le café.

cafouillage ou **cafouillis** *nm* Fam Confusion, désordre.

cafouiller *vi* Fam Agir de façon brouillonne ; mal fonctionner.

cafouilleux, euse *a* Fam Brouillon.

caftan. V. cafetan.

cafter *vi* Pop Moucharder.

cafteur, euse *n* Pop Mouchard.

cage *nf* 1 Loge garnie de grillage ou de barreaux pour enfermer des oiseaux, des animaux. 2 Les buts, au football. 3 Espace à l'intérieur duquel se trouve un escalier, un ascenseur. Loc *Cage thoracique :* thorax.

cageot *nm* Petite caisse à claire-voie.

cagibi *nm* Fam Débarras.

cagneux, euse *a* Qui a les genoux tournés vers l'intérieur.

cagnotte *nf* 1 Boîte où on conserve les mises des joueurs. 2 Argent économisé par les membres d'un groupe.

cagoule *nf* 1 Vêtement de moine à capuchon et sans manches. 2 Capuchon percé à la hauteur des yeux. 3 Passe-montagne.

cahier *nm* Feuilles de papier réunies et liées ensemble. **Loc** *Cahier des charges* : conditions d'un marché.

cahin-caha *av* Fam Tant bien que mal.

cahors *nm* Vin rouge du Sud-Ouest.

cahot *nm* Saut d'un véhicule sur un terrain inégal.

cahotant, ante *a* Qui cahote.

cahotement *nm* Secousse.

cahoter *vt, vi* Secouer.

cahoteux, euse *a* Qui cahote.

cahute *nf* Bicoque, cabane.

caïd *nm* Pop Chef de bande.

caïdat *nm* Pop Domination exercée par un caïd.

caillasse *nf* Accumulation de gros cailloux.

caille *nf* Oiseau proche d'une petite perdrix.

caillé *nm* Lait caillé.

caillebotis *nm* Treillis posé sur le sol, laissant passer l'eau.

cailler *vi* 1 Coaguler, se figer (lait, sang). 2 Pop Avoir froid. 3 Pop Faire froid.

caillette *nf* ZOOL Quatrième poche de l'estomac des ruminants.

caillot *nm* Petite masse de sang coagulé.

caillou *nm* Petite pierre.

caillouter *vt* Couvrir de cailloux.

caillouteux, euse *a* Plein de cailloux.

cailloutis *nm* Amas de petits cailloux.

caïman *nm* Crocodile d'Amérique, aux mâchoires très larges.

caïque *nm* Embarcation du Moyen-Orient.

cairn *nm* Monticule de pierres élevé pour jalonner un itinéraire (alpinistes).

cairote *a, n* Du Caire.

caisse *nf* 1 Grande boîte en bois ; coffre. 2 Appareil où est déposé l'argent perçu pour chaque vente ; la recette elle-même. 3 Guichet où se font les paiements. 4 Établissement où des fonds sont déposés. 5 TECH Dispositif qui protège certaines pièces ; carrosserie d'une automobile. 6 MUS Corps d'un instrument à cordes. **Loc** *Grosse caisse* : gros tambour.

caissette *nf* Petite caisse.

caissier, ère *n* Qui tient la caisse dans un magasin, une banque.

caisson *nm* Grande caisse étanche immergée pour travailler sous l'eau.

cajoler *vt* Avoir des paroles, des gestes tendres pour qqn.

cajolerie *nf* Parole tendre, caresse.

cajoleur, euse *a, n* Qui cajole.

cajou *nm* Loc *Noix de cajou* : fruit de l'acajou à pommes ou anacardier.

cajun [-ʒœ̃] *n, a* Francophone de Louisiane.

cake [kɛk] *nm* Gâteau contenant des raisins secs et des fruits confits.

cal *nm* 1 Induration, durillon. 2 Cicatrice d'un os fracturé.

calage *nm* Action de caler.

calamar. V. calmar.

calamine *nf* Résidu charbonneux encrassant les cylindres d'un moteur à explosion.

calaminé, ée *a* Recouvert de calamine.

calamistrer *vt* Friser les cheveux.

calamité *nf* Malheur irréparable, désastre.

calamiteux, euse *a* Litt Piteux.

calandre *nf* 1 Machine composée de cylindres servant à lisser des étoffes ou à glacer du papier. 2 Garniture de tôle ou de plastique placée devant le radiateur d'une automobile.

calanque *nf* Crique rocheuse.

calao *nm* Oiseau d'Asie à gros bec.

calcaire *a* Qui renferme du carbonate de calcium. *Eau calcaire.* ■ *nm* Roche essentiellement faite de carbonate de calcium.

calcanéum [-neɔm] *nm* ANAT Os du talon.

calcédoine *nf* Quartz cristallisé (agate, cornaline, jaspe, etc.) utilisé en joaillerie.

calcémie *nf* Teneur du sang en calcium.

calcification *nf* Dépôt de sels calcaires intervenant dans la formation de l'os.

calcifié, ée *a* Recouvert de calcaire.

calcique *a* CHIM Du calcium.

calcite *nf* Carbonate de calcium.

calcium *nm* Métal blanc très abondant dans la nature.

calcul *nm* 1 Opération portant sur des combinaisons de nombres, sur des grandeurs. 2 Technique de la résolution des problèmes d'arithmétique. 3 Moyens prémédités pour le succès d'une affaire. 4 Concrétion pierreuse, qui se forme dans la vessie, la vésicule biliaire, etc.

calculable *a* Qu'on peut calculer.

calculateur, trice *a, n* 1 Qui sait calculer. 2 Habile à combiner. ■ *nm* Machine à calculer utilisée en informatique. ■ *nf* Machine à calculer électronique de petite dimension.

calculer *vt* 1 Déterminer par le calcul. 2 Prévoir, combiner. 3 Apprécier, supputer.

calculette *nf* Calculatrice de poche.

caldeira *nf* GEOL Grande cuvette occupant le cratère effondré d'un volcan.

caldoche *n, a* Européen de Nouvelle-Calédonie.

cale *nf* 1 Partie du navire sous le pont le plus bas. 2 Ce qui sert à maintenir d'aplomb. **Loc** *Cale sèche* : fosse pour mettre les navires à sec.

calé, ée *a* Fam 1 Qui a beaucoup de connaissances. 2 Difficile.

calebasse *nf* Fruit d'une courge qui, vidé, sert de récipient.

calèche *nf* Voiture à cheval, à quatre roues, munie, à l'arrière, d'une capote repliable.

caleçon *nm* Sous-vêtement masculin à jambes courtes ou longues.

calembour *nm* Jeu de mots fondé sur une différence de sens entre les termes de même prononciation.

calembredaine *nf* Propos dénué de bon sens.

calendaire *a* Du calendrier. *Fêtes calendaires.*

calendes *nfpl* Premier jour de chaque mois chez les Romains. **Loc** *Renvoyer aux calendes grecques* : remettre à une date qui n'arrivera pas.

calendrier *nm* 1 Système de division du temps. 2 Tableau des jours de l'année. 3 Emploi du temps fixé à l'avance.

cale-pied *nm* Butoir maintenant le pied sur la pédale d'une bicyclette. *Des cale-pieds.*

calepin *nm* Petit carnet.

caler vt 1 Mettre qqch de niveau ou d'aplomb à l'aide d'une cale ; immobiliser. 2 Bloquer un moteur. ■ vi 1 S'arrêter brusquement. *Moteur qui cale.* 2 Fam Reculer, céder. *Il a calé devant la menace.*

calfatage nm Action de calfater.

calfater vt Boucher hermétiquement.

calfeutrage ou **calfeutrement** nm Action de calfeutrer.

calfeutrer vt Boucher les fentes pour empêcher l'air de pénétrer. ■ vpr S'enfermer qqpart.

calibrage nm Action de calibrer.

calibre nm 1 Diamètre d'un tube, d'un projectile, d'un objet cylindrique. 2 Pop Revolver. 3 Fam Importance, qualité, état. *Deux individus du même calibre.*

calibrer vt 1 Donner, mesurer le calibre. 2 Classer selon le calibre. *Calibrer des œufs.* 3 Évaluer la longueur d'un texte.

calice nm 1 Coupe contenant le vin du sacrifice de la messe. 2 Partie d'une fleur, constituée par les sépales. Loc *Boire le calice jusqu'à la lie :* endurer une douleur jusqu'au bout.

calicot nm 1 Toile de coton, moins fine que la percale. 2 Banderole.

califat nm Territoire gouverné par un calife.

calife ou **khalife** nm HIST Dirigeant de la communauté musulmane, successeur de Mahomet.

californien, enne a, n De Californie.

califourchon (à) av Assis avec une jambe de chaque côté de ce qu'on chevauche.

câlin, ine a Doux, caressant. ■ nm Caresse affectueuse.

câliner vt Caresser, cajoler.

câlinerie nf Tendre caresse.

calisson nm Friandise à la pâte d'amandes.

calleux, euse a Qui a des callosités. Loc ANAT *Corps calleux :* bande de substance blanche unissant les deux hémisphères cérébraux.

call-girl [kɔlgœrl] nf Prostituée qu'on appelle par téléphone. *Des call-girls.*

calligramme nm Poème dont la typographie forme un dessin.

calligraphie nf Art de bien tracer l'écriture.

calligraphier vt Bien tracer l'écriture.

callosité nf Épaississement et durcissement d'une partie de l'épiderme.

calmant, ante a, nm Qui calme la douleur, la nervosité.

calmar ou **calamar** nm Mollusque céphalopode comestible. Syn. encornet.

calme nm 1 Absence de bruit, d'agitation, de mouvement. 2 Sérénité, absence d'énervement chez qqn. ■ a 1 Sans agitation, sans perturbation, de faible activité. *Avoir une vie calme.* 2 Tranquille, maître de soi.

calmement av Avec calme.

calmer vt 1 Apaiser qqn. *Calmer un bébé.* 2 Atténuer qqch. *Calmer une douleur.* Loc Fam *Calmer le jeu :* tenter d'atténuer les tensions.

calomniateur, trice n Qui calomnie.

calomnie nf Accusation mensongère.

calomnier vt Accuser à tort.

calomnieux, euse a Qui calomnie.

calorie nf Unité de valeur énergétique des aliments.

calorifère nm Appareil de chauffage.

calorifique a Qui fait de la chaleur.

calorifuger vt [11] Protéger contre la déperdition de chaleur.

calorimétrie nf Mesure de la chaleur.

calorique a De la calorie ; de la chaleur.

calot nm 1 Coiffure militaire. 2 Grosse bille.

calotin, ine n Fam Partisan du clergé ; dévot.

calotte nf 1 Petit bonnet rond. 2 Fam Petite tape donnée sur la tête. Loc *Calotte glaciaire :* région recouverte de glace. Pop *La calotte :* le clergé.

calque nm 1 Copie d'un dessin avec un papier transparent ; ce papier. 2 Imitation exacte d'un modèle.

calquer vt Faire le calque de.

calter (se) vpr Pop S'enfuir.

calumet nm Pipe à long tuyau des Indiens d'Amérique.

calvados ou **calva** nm Eau-de-vie de cidre.

calvaire nm 1 Monument commémorant la Passion. 2 Suite d'épreuves douloureuses.

calville nf Pomme blanche ou rouge.

calvinisme nm Doctrine religieuse de Calvin.

calviniste a, n Qui se réclame du calvinisme.

calvitie [-si] nf Absence de cheveux.

camaïeu nm Pierre fine taillée, de même couleur avec des nuances différentes.

camarade n Compagnon, ami.

camaraderie nf Familiarité, solidarité.

camarilla nf Coterie influente.

cambiste nm Qui s'occupe du change des devises.

cambodgien, enne a, n Du Cambodge.

cambouis nm Huile, graisse des moteurs, noircies par les poussières.

cambré, ée a Courbé, arqué.

cambrer vt Courber, arquer. *Cambrer la taille.* ■ vpr Redresser le torse.

cambrien nm GÉOL Première période de l'ère primaire.

cambriolage nm Action de cambrioler.

cambrioler vt Voler en s'introduisant dans une maison.

cambrioleur, euse n Qui cambriole.

cambrousse nf Pop Campagne.

cambrure nf Courbure. *Cambrure du pied.*

cambuse nf Magasin à vivres d'un navire.

came nf 1 Pièce arrondie avec une encoche pour imprimer un mouvement. 2 Pop Drogue.

camé, ée n Pop Drogué.

camée nm Pierre fine sculptée.

caméléon nm 1 Reptile changeant de couleur. 2 Qui change souvent d'opinion.

caméléonisme nm Litt Caractère changeant.

camélia nm Plante à fleurs blanches ou rouges.

camélidé nm ZOOL Mammifère ruminant tel que le chameau, le lama.

camelot nm Vendeur de menus objets.

camelote nf Fam Mauvaise marchandise.

camembert nm Fromage au lait de vache.

camer (se) vpr Pop Se droguer.

caméra nf Appareil de prises de vues.

cameraman [-man] nm Syn de cadreur.

camériste nf Litt Femme de chambre.

camerlingue nm Cardinal gérant les affaires de l'Église durant la vacance du Saint-Siège.

camerounais, aise a, n Du Cameroun.

caméscope nm (n déposé) Caméra munie d'un magnétoscope intégré.

camion nm Véhicule automobile pour le transport de grosses charges.

camion-citerne nm Camion transportant des liquides. *Des camions-citernes.*

camionnage *nm* Transport par camion.

camionnette *nf* Petit camion.

camionneur *nm* Qui conduit un camion.

camisard *nm* HIST Protestant révolté des Cévennes sous Louis XIV.

camisole *nf* Loc *Camisole de force* : combinaison servant à immobiliser les malades.

camomille *nf* Plante utilisée en infusion.

camorra *nf* Mafia napolitaine.

camouflage *nm* Action de camoufler.

camoufler *vt* Rendre méconnaissable ou moins visible.

camouflet *nm* Litt Mortification, affront.

camp *nm* 1 Lieu de stationnement des troupes. 2 Lieu d'internement. 3 Lieu de camping. 4 Parti. *Changer de camp.* 5 Équipe opposée à une autre. Loc *Camp retranché* : place forte. *Lever, ficher* (fam)*, foutre* (pop) *le camp* : s'en aller.

campagnard, arde *a, n* De la campagne.

campagne *nf* 1 Étendue de pays plat. 2 Régions rurales, par opposition à la ville. 3 Expédition, opérations militaires. 4 Opérations faites selon un programme. *Campagne électorale.* Loc *Partie de campagne* : excursion, promenade. *Faire campagne pour* : s'activer pour. *Se mettre en campagne* : se mettre à la recherche de.

campagnol *nm* Rat des champs.

campanile *nm* Clocher d'église isolé de celle-ci.

campanule *nf* Plante à fleurs en forme de clochettes.

campé, ée *a* Loc *Bien campé* : vigoureux.

campêche *nm* Bois d'un arbre d'Amérique latine, fournissant un colorant.

campement *nm* Action de camper ; lieu où on campe.

camper *vi* [aux *avoir* ou *être*] 1 Établir un camp. 2 Faire du camping. 3 S'installer provisoirement. ■ *vt* 1 Poser hardiment. *Camper sa casquette sur l'oreille.* 2 Représenter avec relief. *Camper un personnage.* ■ *vpr* Se placer fièrement devant.

campeur, euse *n* Qui pratique le camping.

camphre *nm* Substance antiseptique et stimulante extraite du camphrier.

camphré, ée *a* Contenant du camphre.

camphrier *nm* Laurier d'Asie.

camping [-piŋ] *nm* 1 Activité touristique qui consiste à vivre en plein air, sous la tente. 2 Terrain aménagé spécialement pour cela.

camping-car *nm* Véhicule automobile habitable. *Des camping-cars.*

camping-gaz *nm inv* (n déposé) Réchaud portatif à gaz butane.

campus [-pys] *nm* Université comprenant des bâtiments d'enseignement et des logements.

camus, use *a* Court et plat (nez).

canada *nf inv* Pomme reinette.

canadair *nm* (n déposé) Avion de lutte contre les incendies de forêts.

canadianisme *nm* Terme propre au français parlé au Canada.

canadien, enne *a, n* Du Canada. ■ *nf* Veste doublée de fourrure.

canaille *nf* 1 Litt Ramassis de gens méprisables. 2 Individu malhonnête. ■ *a* Débraillé, polisson. *Un air canaille.*

canaillerie *nf* Acte méprisable.

canal, aux *nm* 1 Voie navigable artificielle. 2 Espace de mer assez étroit. *Canal de Mozambique.* 3 Tranchée pour la circulation des eaux. 4 Conduit, tuyauterie. 5 Voie par laquelle transitent des informations. 6 ANAT Conduit naturel. *Canal cholédoque.* Loc *Par le canal de* : par l'intermédiaire de.

canalisable *a* Que l'on peut canaliser.

canalisation *nf* Conduit destiné à la circulation d'un fluide.

canaliser *vt* 1 Aménager un cours d'eau pour le rendre navigable. 2 Diriger dans le sens choisi. *Canaliser la circulation.*

canapé *nm* 1 Long siège à dossier. 2 Tranche de pain de mie avec garniture.

canapé-lit *nm* Canapé transformable en lit. *Des canapés-lits.*

canaque ou **kanak, e** *a* Relatif aux Canaques.

canard *nm* 1 Oiseau aquatique palmipède. 2 Morceau de sucre trempé dans le café ou l'eau-de-vie. 3 Fausse note. 4 Fausse nouvelle. 5 Fam Journal. Loc *Froid de canard* : froid intense.

canarder *vt* Fam Faire feu sur.

canari *nm* Serin au plumage jaune.

canasson *nm* Pop Cheval.

canasta *nf* Jeu de cartes.

cancan *nm* Fam Bavardage malveillant. Loc *French cancan* : quadrille acrobatique de girls.

cancaner *vi* Fam Médire.

cancanier, ère *a, n* Fam Qui aime à cancaner.

cancer *nm* Tumeur maligne caractérisée par la prolifération anarchique des cellules.

cancéreux, euse *a, n* Atteint d'un cancer.

cancérigène ou **cancérogène** *a* Qui provoque le cancer. Syn carcinogène, oncogène.

cancérisation *nf* MED Transformation en cellules cancéreuses.

cancérologie *nf* Étude du cancer. Syn carcinologie, oncologie.

cancérologue *n* Spécialiste du cancer.

cancoillotte *nf* Fromage à pâte molle.

cancre *nm* Fam Mauvais élève.

cancrelat *nm* Blatte, cafard.

candela *nf* PHYS Unité d'intensité lumineuse.

candélabre *nm* Grand chandelier.

candeur *nf* Naïveté, innocence.

candi *am* Loc *Sucre candi* : en gros cristaux.

candidat, ate *n* Qui postule un emploi, une fonction ou se présente à un examen.

candidature *nf* Fait d'être candidat.

candide *a* Naïf, pur.

candidement *av* Très naïvement.

cane *nf* Femelle du canard.

caner *vi* Pop 1 Reculer, céder. 2 Mourir.

caneton *nm* Petit du canard.

canette *nf* 1 Petite cane. 2 Bobine de fil introduite dans la navette d'une machine à coudre. 3 Petite bouteille de bière.

canevas *nm* 1 Grosse toile pour les ouvrages de tapisserie. 2 Plan, ébauche.

caniche *nm* Chien à poil bouclé.

caniculaire *a* Très chaud. *Été caniculaire.*

canicule *nf* Période de fortes chaleurs.

canidé *nm* ZOOL Mammifère carnivore tel que le chien, le loup, le renard, etc.

canif *nm* Petit couteau de poche.

canin, ine *a* Du chien. *Races canines.* ■ *nf* Dent pointue entre les incisives et les prémolaires.

canisse. V. cannisse.

caniveau

caniveau *nm* Rigole au bord de la chaussée pour l'écoulement des eaux.
cannabis *nm* Chanvre indien.
cannage *nm* Fond canné d'un siège.
canne *nf* 1 Bâton léger sur lequel on s'appuie en marchant. 2 Roseau, bambou. Loc *Canne anglaise* : munie d'un support pour l'avant-bras. *Canne blanche* : canne d'aveugle. *Canne à pêche* : gaule. *Canne à sucre* : graminée dont la sève donne le sucre.
canné, ée *a* Garni d'un cannage.
canne-béquille *nf* Canne anglaise. *Des cannes-béquilles.*
canne-épée *nf* Canne creuse contenant une épée. *Des cannes-épées.*
cannelé, ée *a* Qui a des cannelures.
cannelle *nf* 1 Écorce aromatique d'un laurier (cannelier). 2 Robinet adapté à un tonneau.
cannelloni *nm* Pâte alimentaire farcie.
cannelure *nf* Rainure, sillon longitudinal. *Meuble décoré de cannelures.*
canner *vt* Garnir de jonc tressé un siège.
cannibale *nm, a* Qui mange ses semblables.
cannibaliser *vt* Démonter un appareil hors d'usage pour en récupérer les pièces.
cannibalisme *nm* Habitude de manger ses semblables.
cannisse ou **canisse** *nf* Claie de roseau.
canoë *nm* Canot léger conduit à la pagaie.
canoéiste *n* Qui conduit un canoë.
canoë-kayak *nm* Discipline sportive sur canoë et sur kayak.
1. canon *nm* 1 Pièce d'artillerie servant à lancer des obus. 2 Tube d'une arme à feu.
2. canon *nm* 1 Règle religieuse ; liturgie de la messe. 2 Modèle idéal sur le plan esthétique. 3 Mélodie reprise successivement par une ou plusieurs voix.
cañon [kanjɔn] ou **canyon** *nm* Gorge profonde en terrain calcaire.
canonique *a* Conforme aux règles. Loc *Âge canonique* : âge assez avancé.
canonisation *nf* Action de canoniser.
canoniser *vt* Faire figurer au catalogue des saints.
canonnade *nf* Feu de canons.
canonner *vt* Attaquer au canon.
canonnier *nm* Servant d'un canon.
canonnière *nf* Petit navire armé de canons.
canope *nm* ANTIQ Urne funéraire égyptienne.
canopée *nf* BIOL Partie supérieure de la forêt tropicale humide.
canot *nm* Embarcation légère et non pontée.
canotage *nm* Navigation sur un canot.
canoter *vi* Manœuvrer un canot.
canotier *nm* 1 Qui manœuvre un canot. 2 Chapeau de paille à bords et à fond plats.
cantal *nm* Fromage à pâte ferme.
cantaloup *nm* Melon à côtes rugueuses et à chair rouge-orangé.
cantate *nf* Pièce musicale à une ou plusieurs voix avec orchestre.
cantatrice *nf* Chanteuse de chant classique et d'opéra.
cantilène *nf* Poème épique et lyrique du Moyen Âge.
cantine *nf* 1 Réfectoire pour des collectivités. 2 Malle robuste.
cantinier, ère *n* Qui tient une cantine.
cantique *nm* Chant religieux.

canton *nm* 1 Subdivision administrative d'un arrondissement. 2 Chacun des 23 États de la Confédération helvétique.
cantonade *nf* Loc *Parler à la cantonade* : sans s'adresser à un interlocuteur précis.
cantonais, aise *a, n* De Canton. Loc *Riz cantonais* : riz sauté à la chinoise. ■ *nm* Dialecte de la Chine du Sud.
cantonal, ale, aux *a* Du canton.
cantonnement *nm* Installation de troupes.
cantonner *vt* Établir des troupes dans une localité. ■ *vpr* Se borner, se limiter à.
cantonnier *nm* Chargé de l'entretien des routes.
canular *nm* Fam Mystification, farce.
canule *nf* MED Petit tube pour introduire ou drainer un liquide dans le corps.
canut, use *n* HIST Ouvrier de la soie à Lyon.
canyon. V. cañon.
canyoning [kanjɔniŋ] *nm* Descente sportive de cañons.
caoutchouc *nm* 1 Substance élastique provenant du latex de certains végétaux ou du traitement d'hydrocarbures. 2 Bracelet élastique. 3 Syn de *ficus.*
caoutchouté, ée *a* Enduit de caoutchouc.
caoutchouteux, euse *a* De la consistance du caoutchouc. *Viande caoutchouteuse.*
cap *nm* 1 Partie d'une côte qui s'avance dans la mer. 2 Direction de l'axe d'un navire ou d'un aéronef. Loc *Passer le cap* : franchir une étape décisive. *De pied en cap* : des pieds à la tête.
C.A.P. *nm* Sigle de *Certificat d'aptitude professionnelle*, diplôme de l'enseignement technique.
capable *a* 1 Susceptible d'avoir, apte à faire. *Il est capable de gentillesse.* 2 Habile, compétent. *Un professeur capable.*
capacité *nf* 1 Contenance d'un récipient ; quantité, volume. 2 Habileté, compétence.
caparaçon *nm* Housse d'ornement pour les chevaux.
caparaçonner *vt* Recouvrir entièrement.
cape *nf* Manteau ample et sans manche. Loc *Roman, film de cape et d'épée* : roman, film d'aventures. *Rire sous cape* : en cachette.
capeline *nf* Chapeau de femme à bords larges.
CAPES *nm* Sigle de *Certificat d'aptitude professionnelle à l'enseignement secondaire.*
capésien, enne *n* Titulaire du CAPES.
capétien, enne *a* Relatif aux Capétiens.
capharnaüm [naɔm] *nm* Endroit en désordre.
capillaire *a* Relatif aux cheveux. *Lotion capillaire.* ■ *nm* 1 ANAT Très fin vaisseau des artères et des veines. 2 Fougère.
capillarité *nf* PHYS Phénomène d'ascension des liquides dans les tubes fins.
capilotade *nf* Loc Fam *Mettre en capilotade* : mettre en pièces, écraser.
capitaine *nm* 1 Officier des armées de terre et de l'air, au-dessus du lieutenant et au-dessous du commandant. 2 Commandant d'un navire, d'un port. 3 Chef d'une équipe sportive. Loc *Capitaine de vaisseau, de frégate, de corvette* : grades successifs des officiers de marine.
capitainerie *nf* Bureau du capitaine d'un port.
1. capital, ale, aux *a* Principal, essentiel. *Découverte capitale.* Loc *Peine capitale* : peine de mort. ■ *nf* 1 Ville où siègent les pouvoirs publics d'un État. 2 Centre principal d'activité industrielle, commerciale. 3 Majuscule.

2. capital, aux *nm* 1 Biens, fortune. 2 Moyens financiers et techniques dont dispose une entreprise industrielle ou commerciale. ■ *pl* Fonds disponibles ou en circulation, liquidités.

capitalisable *a* Qu'on peut capitaliser.

capitalisation *nf* Action de capitaliser.

capitaliser *vt* 1 Accroître un capital par les intérêts. 2 Accumuler des avantages en vue d'une utilisation ultérieure. ■ *vi* Accumuler de l'argent.

capitalisme *nm* Régime économique et social fondé sur les capitaux privés.

capitaliste *a* Du capitalisme. ■ *a, n* 1 Qui détient des capitaux. 2 Fam Qui est riche.

capitalistique *a* ECON Du capital.

capital-risque *nm* ECON Investissement dans un secteur de pointe, à risques et à profits élevés.

capitation *nf* HIST Impôt par tête sous l'Ancien Régime.

capiteux, euse *a* Qui enivre. *Un parfum capiteux.*

capiton *nm* 1 Rembourrage piqué à intervalles réguliers. 2 Amas graisseux sous-cutané.

capitonnage *nm* Garniture capitonnée.

capitonner *vt* Rembourrer.

capitulation *nf* 1 Reddition d'une troupe. 2 Cessation de toute résistance.

capitule *nm* BOT Inflorescence formée de nombreuses fleurs.

capituler *vi* Se rendre, se reconnaître vaincu.

caporal, aux *nm* Militaire qui a le grade le moins élevé.

caporal-chef *nm* Militaire du grade entre caporal et sergent. *Des caporaux-chefs.*

caporalisme *nm* Régime autoritaire.

1. capot *nm* Tôle protectrice recouvrant un moteur.

2. capot *a inv* Qui n'a fait aucune levée, aux cartes.

capote *nf* 1 Grand manteau militaire. 2 Couverture mobile d'une voiture. Loc Fam *Capote anglaise* : préservatif masculin.

capoter *vi* 1 Se retourner par accident. 2 Échouer. *L'entreprise a capoté.*

cappuccino [-putʃino] *nm* Café au lait mousseux.

câpre *nf* Bouton du câprier qui, confit dans le vinaigre, sert de condiment.

caprice *nm* Fantaisie, volonté soudaine et irréfléchie. ■ *pl* Changements imprévisibles. *Les caprices de la météo.*

capricieusement *av* Par caprice.

capricieux, euse *a, n* Qui a des caprices, fantasque.

capricorne *nm* Coléoptère aux antennes très longues.

câprier *nm* Arbuste épineux à grandes fleurs odorantes.

caprin, ine *a* De la chèvre.

capsule *nf* 1 BOT Fruit sec déhiscent contenant des graines. 2 Couvercle en métal ou en plastique d'une bouteille. 3 ANAT Enveloppe membraneuse de certains organes. Loc *Capsule spatiale* : habitacle hermétique d'un engin spatial.

capsule-congé *nf* Capsule fermant une bouteille de vin et attestant le paiement de la taxe. *Des capsules-congés.*

capsuler *vt* Boucher avec une capsule.

captage *nm* Action de capter des eaux.

captation *nf* DR Fait de s'emparer illégalement d'un héritage.

capter *vt* 1 Obtenir par ruse. *Capter la confiance.* 2 Recueillir une énergie, un fluide, canaliser des eaux. 3 Recevoir une émission sur un poste récepteur.

capteur *nm* Dispositif capable d'analyser une grandeur physique.

captieux, euse *a* Litt Qui tend à tromper.

captif, ive *a, n* Litt Prisonnier. ■ *a* Exclusif. *Marché captif.* Loc *Ballon captif* : aérostat retenu au sol par un câble.

captivant, ante *a* Qui charme.

captiver *vt* Séduire, charmer.

captivité *nf* État d'un prisonnier de guerre.

capture *nf* Fait de capturer ; ce qu'on a capturé.

capturer *vt* Prendre vivant qqn, un animal.

capuche *nf* Capuchon amovible d'un vêtement.

capuchon *nm* 1 Bonnet fixé à un vêtement, pouvant se rabattre sur la tête. 2 Bouchon d'un tube, d'un stylo.

capucin, ine *n* Religieux franciscain réformé. ■ *nm* Singe d'Amérique du Sud.

capucine *nf* Plante aux fleurs très colorées.

capverdien, enne *a, n* Du Cap-Vert.

caque *nf* Baril pour les harengs salés.

caquet *nm* Gloussement de la poule. Loc Fam *Rabattre le caquet* : faire taire.

caqueter *vi* [19] 1 Glousser (poules). 2 Fam Bavarder à tort et à travers.

1. car *conj* Indique la raison de qqch.

2. car *nm* Autocar.

carabe *nm* Coléoptère noir carnassier.

carabin *nm* Fam Étudiant en médecine.

carabine *nf* Fusil à canon court.

carabiné, ée *a* Fam Violent. *Rhume carabiné.*

carabinier *nm* Gendarme, en Italie.

caraco *nm* Corsage féminin.

caracoler *vi* Cabrioler. Loc Fam *Caracoler en tête* : se placer nettement devant ses concurrents.

caractère *nm* 1 Signe d'une écriture. 2 Signe d'imprimerie. 3 Marque distinctive, particulière, de qqn, de qqch. 4 Personnalité, originalité. *Avoir du caractère.* 5 Manière d'être, d'agir de qqn. *Avoir bon caractère.*

caractériel, elle *a, n* Qui présente des troubles du caractère.

caractérisation *nf* Manière dont qqch se caractérise.

caractérisé, ée *a* Nettement marqué.

caractériser *vt* 1 Décrire avec précision. 2 Constituer la caractéristique de. ■ *vpr* Avoir pour trait distinctif.

caractéristique *a* Qui distingue d'autre chose. ■ *nf* Caractère distinctif, trait particulier.

caractérologie *nf* Étude des caractères.

carafe *nf* Bouteille de verre à base élargie et à col étroit. Loc Fam *Rester en carafe* : rester en panne.

carafon *nm* Petite carafe.

carambolage *nm* Série de chocs répétés.

caramboler *vt* Heurter, bousculer, renverser.

carambouille *nf* Escroquerie qui consiste à revendre des marchandises non payées.

caramel *nm* 1 Sucre fondu au feu. 2 Bonbon au caramel.

caraméliser

caraméliser vt Transformer en caramel.

carapace nf 1 Tégument très dur qui protège le corps de certains animaux. 2 Ce qui protège de l'extérieur. *Carapace d'indifférence.*

carapater (se) vpr Pop S'enfuir.

carat nm 1 Vingt-quatrième partie d'or fin dans un alliage d'or. 2 Unité de masse pour les diamants (0,2 g). Loc Fam *Dernier carat :* jusqu'à la dernière limite.

caravane nf 1 Groupe de voyageurs pour franchir une contrée. 2 Roulotte de tourisme.

caravanier nm 1 Conducteur d'une caravane. 2 Utilisateur d'une caravane.

caravaning [-niŋ] nm Camping itinérant.

caravansérail nm Abri réservé aux caravanes, en Orient.

caravelle nf Navire de faible tonnage, utilisé au XVe et XVIe s.

carbochimie nf Chimie industrielle de la houille.

carbonaro nm Membre d'une société secrète, en Italie au XIXe s. *Des carbonari.*

carbonate nm CHIM Sel de l'acide carbonique.

carbonatite nf Roche magmatique à base de carbonates.

carbone nm 1 Corps simple non métallique, constituant fondamental de la matière vivante. 2 Papier pour exécuter des doubles.

carbonifère nm GEOL Période de l'ère primaire, pendant laquelle se constitua la houille.

carbonique a Loc *Anhydride* ou *gaz carbonique :* combinaison de carbone et d'oxygène. *Neige carbonique :* gaz carbonique solidifié.

carbonisation nf Réduction à l'état de charbon par la chaleur.

carboniser vt Réduire en charbon par la chaleur ; brûler complètement.

carbonnade nf Ragoût de viande de bœuf.

carburant nm Combustible utilisé dans les moteurs à explosion.

carburateur nm Appareil servant à la carburation.

carburation nf Mélange de l'air et du carburant d'un moteur à explosion.

carbure nm CHIM Combinaison du carbone avec un métal.

carburer vi 1 Effectuer la carburation. 2 Pop Aller bien, fonctionner.

carburol nm Carburant de synthèse, à base végétale.

carcajou nm Blaireau d'Amérique du Nord.

carcan nm 1 Collier attachant un criminel au poteau. 2 Ce qui entrave la liberté.

carcasse nf 1 Ossements d'un animal. 2 Fam Corps humain. 3 Assemblage, armature rigide.

carcéral, ale, aux a De la prison.

carcinogène a Syn de *cancérigène.*

carcinologie nf Syn de *cancérologie.*

carcinome nm Variété de cancer.

cardamome nf Plante d'Asie utilisée comme condiment.

cardan nm Dispositif à deux axes de rotation, constituant une liaison mécanique.

carde nf 1 Côte comestible de la bette. 2 Instrument pour carder.

carder vt Peigner le coton, la laine.

cardia nm Orifice œsophagien de l'estomac.

cardiaque a Du cœur. ■ a, n Qui souffre d'une maladie de cœur.

cardigan nm Veste tricotée, à manches longues, boutonnée sur le devant.

1. cardinal, ale, aux a Très important, principal. *Idée cardinale.* Loc *Points cardinaux :* nord, est, sud et ouest. *Nombres cardinaux :* désignant une quantité. Ant. ordinal.

2. cardinal, aux nm Membre du Sacré Collège, électeur du pape.

cardiogramme nm MED Tracé obtenu par cardiographie.

cardiographie nf Enregistrement des battements du cœur.

cardiologie nf Étude du cœur.

cardiologue n Spécialiste du cœur.

cardiopathie nf Affection du cœur.

cardiotonique a, nm Qui stimule le cœur.

cardio-vasculaire a Qui concerne le cœur et les vaisseaux sanguins. *Maladie cardiovasculaire.*

cardon nm Plante à cardes comestibles.

carême nm Période de pénitence de quarante jours, du mercredi des Cendres à Pâques, pour les catholiques et les orthodoxes.

carénage nm MAR Nettoyage, réparation de la carène.

carence nf 1 DR Fait de manquer à ses obligations. 2 Manque d'éléments indispensables ; insuffisance. *Carence en vitamines.*

carène nf Coque d'un navire en dessous de la ligne de flottaison.

caréner vt [12] 1 Procéder au carénage d'un navire. 2 Donner une forme aérodynamique.

carentiel, elle [-sjɛl] a Dû à une carence.

caressant, ante a Qui aime à caresser, à être caressé.

caresse nf Attouchement tendre ou sensuel.

caresser vt 1 Faire des caresses. 2 Frôler, effleurer avec douceur. 3 Cultiver complaisamment. *Caresser une idée.*

caret nm Grande tortue des mers chaudes.

car-ferry nm Navire aménagé pour le transport des véhicules et des passagers. *Des car-ferrys.*

cargaison nf Marchandises dont est chargé un navire, un avion ou un camion.

cargo nm Navire destiné au transport des marchandises.

cari, cary ou **curry** nm 1 Assaisonnement indien constitué d'un mélange d'épices. 2 Plat préparé avec cet assaisonnement.

cariatide ou **caryatide** nf Statue de femme soutenant une corniche sur la tête.

caribéen, enne a, n De la région de la mer des Caraïbes.

caribou nm Renne du Canada.

caricatural, ale, aux a Qui relève de la caricature.

caricature nf 1 Dessin satirique et outré de qqn. 2 Représentation déformée de la réalité.

caricaturer vt Faire en caricature.

caricaturiste n Artiste qui fait des caricatures.

carie nf Altération de la dent.

carié, ée a Atteint par la carie.

carieux, euse a De la carie dentaire.

carignan nm Cépage rouge du Languedoc.

carillon nm 1 Cloches accordées à différents tons ; sonnerie de ces cloches. 2 Sonnerie d'une horloge ; l'horloge elle-même.

carillonner vi 1 Sonner en carillon. 2 Faire résonner bruyamment la sonnette d'une porte. ■ vt Annoncer, répandre à grand bruit.

carillonneur nm Chargé du carillon d'une église.

carioca *a, n* De Rio de Janeiro.

cariste *n* Conducteur de chariots de manutention.

caritatif, ive *a* Qui se consacre à l'aide des plus démunis. *Association caritative.*

carlin *nm* Chien à poil ras.

carlingue *nf* Cabine d'un avion et poste de pilotage.

carliste *a, n* HIST Partisan de Don Carlos, prétendant au trône d'Espagne.

carme *nm* Religieux du Carmel.

carmélite *nf* Religieuse du Carmel.

carmin *nm, a inv* Rouge éclatant.

carminé, ée *a* Proche du carmin.

carnage *nm* Tuerie, massacre.

carnassier, ère *a, nm* Animal qui se nourrit de chair ; carnivore. ■ *nf* Sac pour porter le gibier.

carnation *nf* Teint, couleur de la peau.

carnaval, als *nm* 1 Période précédant le carême et commençant à l'Épiphanie. 2 Réjouissances pendant cette période.

carnavalesque *a* Du carnaval ; grotesque.

carne *nf* Pop Viande dure.

carné, ée *a* Qui est à base de viande.

carnet *nm* 1 Cahier de petit format pour des notes, des adresses. 2 Feuillets, tickets assemblés et détachables.

carnier *nm* Carnassière.

carnivore *a* Qui se nourrit de viande. ■ *nm* Mammifère carnassier.

carolingien, enne *a, n* De la dynastie de Charlemagne.

caroncule *nf* Petite excroissance charnue.

carotène *nm* Pigment jaune ou rouge des végétaux (carotte) et des animaux.

carotide *nf* Artère irriguant la face et le cerveau.

carotidien, enne *a* De la carotide.

carotte *nf* 1 Plante à racine pivotante rouge, comestible. 2 Enseigne rouge des bureaux de tabac. 3 Échantillon prélevé d'un sol par sondage. Loc *La carotte et le bâton* : la récompense et la sanction. Fam *Les carottes sont cuites* : le sort en est jeté.

carotter *vt* Fam Escroquer par ruse.

caroube *nf* Fruit sucré du caroubier.

caroubier *nm* Arbre méditerranéen à bois dur.

carpaccio [-patʃjo] *nm* Fine tranche de bœuf arrosé d'huile et de citron.

carpatique *a* Des Carpates.

1. carpe *nf* Poisson d'eau douce. Loc *Être muet comme une carpe* : ne pas dire un mot.

2. carpe *nm* ANAT Os du poignet.

carpelle *nm* BOT Pièce florale du pistil.

carpette *nf* Petit tapis.

carquois *nm* Étui à flèches.

carrare *nm* Marbre blanc veiné.

carre *nf* 1 Coin, angle saillant d'un objet. 2 Baguette de métal le long des bords d'un ski.

carré, ée *a* 1 De la forme d'un carré. 2 Dont les angles sont bien marqués. 3 Tranché, catégorique. ■ *nm* 1 Quadrilatère plan à quatre angles droits et à côtés égaux. 2 Partie de jardin où on cultive la même plante. 3 Salle à manger des officiers sur un navire. 4 Réunion de quatre cartes de même niveau. 5 Produit de deux facteurs égaux. 6 Côtelettes d'agneau.

carreau *nm* 1 Pavé plat pour le revêtement des sols, des murs. 2 Vitre. 3 Une des couleurs rouges des jeux de cartes. Loc Fam *Sur le carreau* : au sol, à terre, en parlant d'une personne vaincue ou tuée. Fam *Se tenir à carreau* : sur ses gardes.

carrée *nf* Pop Chambre.

carrefour *nm* 1 Endroit où se croisent plusieurs chemins, rues. 2 Réunion en vue d'un échange d'idées.

carrelage *nm* Surface carrelée.

carreler *vt* [18] Paver avec des carreaux.

carrelet *nm* 1 Poisson de mer plat. 2 Filet de pêche carré.

carreleur *nm* Qui pose le carrelage.

carrément *av* Sans détours, franchement.

carrer (se) *vpr* S'installer confortablement.

carrier *nm* Qui extrait la pierre.

carrière *nf* 1 Lieu d'où on extrait des matériaux pour la construction. *Carrière de marbre.* 2 Activité professionnelle impliquant des étapes. *Faire une brillante carrière.* Loc *Donner carrière à* : donner libre cours à.

carriérisme *nm* Activité professionnelle dictée par la seule ambition personnelle.

carriériste *n* Qui fait preuve de carriérisme.

carriole *nf* Petite charrette.

carrossable *a* Praticable pour les voitures.

carrosse *nm* Voiture de luxe à quatre chevaux. Loc *La cinquième roue du carrosse* : personne inutile.

carrosser *vt* Munir d'une carrosserie.

carrosserie *nf* Caisse recouvrant le châssis d'un véhicule.

carrossier *nm* Qui fabrique, répare les carrosseries.

carrousel [-zɛl] *nm* 1 Parade où des cavaliers exécutent des exercices. 2 Appareil transportant des objets en circuit fermé.

carroyage *nm* Quadrillage d'un dessin, d'une carte.

carrure *nf* 1 Largeur du dos aux épaules. 2 Envergure de qqn. *Une carrure d'homme d'État.*

cartable *nm* Sacoche d'écolier.

carte *nf* 1 Carton mince. 2 Carton portant une figure sur une face. 3 Document officiel à caractère de preuve. 4 Représentation conventionnelle d'un espace géographique, de données économiques, démographiques, etc. 5 Liste des plats. 6 Matériel adaptable à un microordinateur. Loc *À la carte* : selon un choix libre. *Brouiller les cartes* : embrouiller qqch. *Carte grise* : récépissé d'un véhicule. *Carte postale* : dont un côté est illustré. *Carte de visite* : qui porte le nom et l'adresse. *Jouer la carte de* : s'engager à fond sur. *Jouer sa dernière carte* : tenter une dernière fois. *Tirer les cartes* : prédire l'avenir.

cartel *nm* Union entre des organisations industrielles ou politiques.

carte-lettre *nf* Carte pliée et collée sans enveloppe. *Des cartes-lettres.*

cartellisation *nf* Regroupement en cartel.

carter [-tɛr] *nm* Enveloppe métallique protégeant un mécanisme.

carte-réponse *nf* Carte jointe à un questionnaire pour la réponse. *Des cartes-réponses.*

cartésianisme *nm* Rationalisme cartésien.

cartésien, enne *a, n* De Descartes ou du cartésianisme.

carthaginois, oise *a, n* De Carthage.

cartilage *nm* Tissu conjonctif dur, élastique.

cartilagineux, euse a Du cartilage.

cartographe n Spécialiste de la cartographie.

cartographie nf Établissement de cartes, de plans, de schémas représentant une réalité géographique ou autre.

cartographier vt Établir la carte de.

cartographique a De la cartographie.

cartomancie nf Divination par les cartes à jouer.

cartomancien, enne n Qui pratique la cartomancie.

carton nm 1 Feuille rigide, épaisse de pâte à papier. 2 Boîte, emballage de carton fort. 3 Modèle dessiné pour être reproduit (tapisserie, vitrail). Loc Fam Faire un carton : tirer sur une cible ; gagner facilement.

cartonnage nm 1 Emballage en carton. 2 Reliure en carton d'un livre.

cartonner vt 1 Garnir, relier avec du carton. 2 Fam Critiquer violemment. ■ vi Fam Obtenir un résultat remarquable.

carton-pâte nm Carton à base de fibres hachées. Des cartons-pâtes.

cartoon [-tun] nm Bande dessinée, film d'animation.

cartooniste [-tunist] n Dessinateur de cartoons.

cartothèque nf Lieu où on conserve les cartes géographiques.

1. cartouche nm Ornement sculpté portant une inscription, des armoiries.

2. cartouche nf 1 Étui de carton ou de métal contenant la charge d'une arme à feu. 2 Petit étui cylindrique, contenant un produit qui nécessite une certaine protection. 3 Emballage contenant plusieurs paquets de cigarettes.

cartoucherie nf Fabrique de cartouches.

cartouchière nf Sac ou ceinture pour porter les cartouches.

carvi nm Plante aromatique proche du cumin.

cary. V. cari.

caryatide. V. cariatide.

caryocinèse nf BIOL Mitose.

caryopse nm BOT Fruit sec des graminées, à graine unique.

caryotype nm BIOL Nombre de chromosomes contenus dans les cellules humaines.

cas nm 1 Ce qui arrive ou est arrivé ; problème, situation. Juger cas par cas. 2 Manifestation d'une maladie. 3 LING Chacune des formes prises par un mot dans une langue à déclinaisons selon sa fonction. Loc Faire cas de : accorder de l'importance à. Cas de conscience : difficulté sur ce que la conscience ou la foi permet ou défend. En cas de : dans l'hypothèse de. En tout cas, dans tous les cas : quoi qu'il en soit, quoi qu'il arrive. En ce cas : dans cette hypothèse. Dans le cas où, pour le cas où : s'il arrivait que.

casanier, ère a, n Qui aime rester chez soi.

casaque nf Veste de jockey. Loc Tourner casaque : changer d'opinion.

casbah nf Quartier ancien des villes d'Afrique du Nord.

cascade nf 1 Chute d'eau. 2 Numéro périlleux d'acrobatie. Loc En cascade : en série.

cascadeur, euse n Comédien spécialiste des scènes dangereuses.

case nf 1 Habitation des pays chauds. 2 Compartiment d'un tiroir, d'un meuble. 3 Division sur une surface. Les 64 cases de l'échiquier.

caséine nf Protéine du lait.

casemate nf Abri contre les tirs d'artillerie et les attaques aériennes.

caser vt Mettre à une place qui convient. ■ vpr Fam Trouver une place, un emploi, un conjoint.

caserne nf Bâtiment pour loger des troupes.

casernement nm Locaux d'une caserne.

cash [kaʃ] nm Argent liquide. ■ av Loc Payer cash : comptant.

casher [-ʃɛr] ou **cachère** a Conforme aux prescriptions du judaïsme concernant les aliments. Boucherie casher.

cash-flow [kaʃflo] nm Capacité d'autofinancement. Des cash-flows.

casier nm 1 Meuble de rangement ; compartiment d'un tel meuble. 2 Nasse de pêche aux crustacés. Loc Casier judiciaire : relevé des condamnations de qqn.

casino nm Établissement de jeux, de spectacles.

casinotier nm Tenancier de casino.

casoar nm 1 Grand oiseau coureur d'Australie. 2 Plumet du shako des saint-cyriens.

casque nm 1 Coiffure rigide de protection. 2 Appareil constitué de deux écouteurs. 3 Appareil pour sécher les cheveux.

casqué, ée a Coiffé d'un casque.

casquette nf 1 Coiffure à visière. 2 Fam Fonction sociale incarnée par un individu.

cassable a Qui peut se casser.

cassage nm Action de casser.

cassant, ante a 1 Qui se casse facilement. 2 Autoritaire. Loc Pop Pas cassant : pas fatigant.

cassate nf Crème glacée aux fruits confits.

cassation nf 1 MIL Sanction privant du grade. 2 Annulation d'une décision juridique. Loc Cour de cassation : juridiction suprême.

casse nf Action de casser ; dommages en résultant. Loc Haut de casse, bas de casse : en imprimerie, les majuscules, les minuscules. ■ nm Pop Cambriolage.

cassé, ée a 1 Usé, informe. Loc Blanc cassé : teinté de jaune, de gris. Voix cassée : éraillée.

casse-cou nm inv, a inv Qui prend des risques.

casse-croûte nm inv Fam Repas sommaire.

casse-gueule nm inv, a inv Endroit, entreprise qui présente des risques.

casse-noisette nm Instrument pour casser les noisettes. Des casse-noisettes.

casse-noix nm inv Instrument pour casser les noix.

casse-pieds a, n inv Fam Qui ennuie, dérange.

casse-pipes nm inv Pop La guerre, le front.

casser vt 1 Briser, réduire en morceaux, mettre hors d'usage. 2 Annuler un jugement, un arrêté. 3 Priver qqn de son grade. Loc Fam À tout casser : extraordinaire. Fam Cela ne casse rien : cela ne sort pas de l'ordinaire. Fam Casser le morceau : avouer. Casser les prix, les cours : provoquer une baisse. Casser la tête : importuner. ■ vi, vpr Se rompre, se briser. Le bois casse, se casse facilement. ■ vpr Pop S'enfuir.

casserole nf 1 Ustensile de cuisine. 2 Fam Instrument désaccordé. Loc Pop Passer à la casserole : subir un traitement désagréable.

casse-tête nm inv 1 Massue. 2 Bruit fatigant. 3 Travail, problème difficile.

cassette nf 1 Coffret pour objets précieux. 2 Bande magnétique pour magnétophone ou magnétoscope.

casseur, euse n 1 Qui casse les objets pour les revendre au poids. 2 Pop Cambrioleur. 3 Qui se livre à des déprédations (au cours d'une manifestation).

1. cassis [-sis] nm Arbuste à baies noires comestibles ; ces baies ; liqueur tirée de ces fruits.

2. cassis [-si] nm Rigole, enfoncement, dans le sol d'une route.

cassolette nf 1 Brûle-parfum. 2 Petit récipient utilisé pour servir certains mets ; ces mets.

cassonade nf Sucre brut de canne.

cassoulet nm Ragoût aux haricots blancs.

cassure nf 1 Endroit cassé. 2 Rupture. Une cassure dans la vie de qqn.

castagne nf Pop Bagarre.

castagnettes nfpl Instrument fait de deux pièces attachées aux doigts, et qu'on fait résonner en les frappant l'une contre l'autre.

caste nf 1 Classe sociale dans la société hindoue. 2 Groupe social fermé qui cherche à maintenir ses privilèges.

castillan, ane a, n De Castille. ■ nm Langue officielle de l'Espagne. Syn. espagnol.

casting [-tiŋ] nm Ensemble des acteurs d'un film. Syn. distribution.

castor nm 1 Rongeur aquatique. 2 Fourrure de cet animal.

castrat nm Chanteur castré pour garder une voix aiguë.

castrateur, trice a, n Très autoritaire.

castration nf Ablation des glandes génitales mâles.

castrer vt Pratiquer la castration ; châtrer.

casuarina nm Arbre tropical, cultivé pour son bois, le filao.

casuel, elle a Accidentel, fortuit.

casuiste nm Moraliste subtil.

casuistique nf RELIG Morale subtile portant sur les cas de conscience.

casus belli [kazysbeli] nm inv Fait pouvant provoquer une guerre.

cataclysmal, ale, aux ou **cataclysmique** a Du cataclysme.

cataclysme nm Grand bouleversement de la surface terrestre.

catacombes nfpl Cavités souterraines ayant servi de sépulture.

catadioptre nm Surface réfléchissante à l'arrière d'un véhicule.

catafalque nm Estrade destinée à recevoir un cercueil.

catalan, ane a, n De Catalogne. ■ nm Langue romane parlée en Catalogne.

catalepsie nf Perte du mouvement volontaire, avec conservation des attitudes.

cataleptique a, n Atteint de catalepsie.

catalogue nm 1 Liste énumérative. 2 Brochure d'objets à vendre.

cataloguer vt 1 Enregistrer et classer. 2 Classer qqn dans une catégorie.

catalpa nm Arbre ornemental à fleurs blanches.

catalyse nf Accélération d'une réaction chimique due à la présence de certains corps qui restent inchangés.

catalyser vt 1 Accélérer par catalyse une réaction chimique. 2 Entraîner une réaction par sa présence.

catalyseur nm Corps, élément qui catalyse.

catalytique a De la catalyse.

catamaran nm Embarcation faite de deux coques accouplées.

cataplasme nm Bouillie médicinale appliquée sur une partie du corps enflammée.

catapulte nf 1 Machine de guerre pour lancer des pierres ou des traits. 2 Appareil pour le lancement d'un avion sur le pont d'un navire.

catapulter vt 1 Lancer avec une catapulte. 2 Fam Envoyer qqn ou qqch avec force.

cataracte nf 1 Chute à grand débit sur le cours d'un fleuve. 2 Opacité du cristallin.

catarhinien a ZOOL Singe à queue non prenante, tel le macaque, le babouin.

catarrhe nm Rhume de cerveau.

catastrophe nf Événement désastreux. Loc En catastrophe : à la hâte, sans préparation.

catastrophé, ée a Consterné, atterré.

catastrophique a Qui constitue une catastrophe. Inondation catastrophique.

catastrophisme nm Pessimisme excessif.

catatonie nf PSYCHIAT Schizophrénie caractérisée par des gestes stéréotypés.

catch nm Spectacle de lutte où tous les coups sont permis.

catcheur, euse n Qui pratique le catch.

catéchèse nf Enseignement religieux.

catéchiser vt 1 Enseigner la doctrine chrétienne à. 2 Faire la leçon.

catéchisme nm 1 Enseignement de la doctrine chrétienne. 2 Livre qui contient cet enseignement. 3 Principes d'une doctrine.

catéchiste n Qui enseigne le catéchisme.

catéchumène [-ky-] n Néophyte qui se prépare au baptême.

catégorie nf Classe d'objets, de personnes ayant des caractères communs.

catégoriel, elle a Qui concerne une catégorie. Revendications catégorielles.

catégorique a Clair, net, sans équivoque.

catégoriquement av De façon catégorique.

catégorisation nf Action de catégoriser.

catégoriser vt Ranger par catégories.

caténaire nf Câble distribuant le courant aux locomotives électriques.

catgut nm MED Lien pour suturer les plaies.

cathare n, a HIST Membre d'une secte du Moyen Âge.

cathédrale nf Église du siège de l'évêque.

catherinette nf Ouvrière de la mode, encore célibataire à 25 ans.

cathéter [-ter] nm MED Tube introduit dans un organe naturel, un vaisseau sanguin.

cathode nf Électrode reliée au pôle négatif d'un générateur électrique.

cathodique a 1 De la cathode. 2 Fam De la télévision. Loc Tube cathodique : tube à vide avec écran fluorescent.

catholicisme nm Religion des chrétiens reconnaissant l'autorité du pape.

catholicité nf Ensemble des catholiques.

catholique a Du catholicisme. Culte catholique. Loc Fam Pas catholique : louche. ■ n Adepte du catholicisme.

catimini (en) av Fam En cachette.

cation [katjɔ̃] nm PHYS Ion de charge électrique positive.

catogan

catogan nm Nœud retenant les cheveux sur la nuque.

cattleya nm Orchidée tropicale à grandes fleurs.

caucasien, enne a, n Du Caucase.

cauchemar nm 1 Rêve angoissant. 2 Chose obsédante, insupportable.

cauchemarder vi Fam Faire des cauchemars.

cauchemardesque a Du cauchemar.

caucus nm Aux États-Unis, comité électoral.

caudal, ale, aux a ANAT De la queue.

caulerpe nf Algue tropicale verte, vivace et toxique.

causal, ale, aux a Qui implique une cause.

causalité nf Rapport de cause à effet.

causant, ante a Fam Qui cause volontiers.

cause nf 1 Ce qui fait que qqch est ou se fait ; raison, motif. *Les causes d'une guerre.* 2 Parti à soutenir ; procès, intérêts. *Défendre sa cause.* Loc *À cause de :* par l'action de, en tenant compte de. Fam *Et pour cause ! :* pour de bonnes raisons. *Être cause de :* être responsable de. *Être en (hors de) cause :* être (n'être pas) concerné. *La bonne cause :* la cause juste. *Faire cause commune :* s'allier. *Prendre fait et cause :* défendre.

causer vt Être cause de, occasionner. ■ vi 1 Parler familièrement. *Causer avec ses voisins.* 2 Fam Parler inconsidérément.

causerie nf Exposé familier.

causette nf Fam Bavardage familier.

causeur, euse n Qui cause. *Un brillant causeur.* ■ nf Canapé à deux places.

causse nm GEOGR Plateau calcaire, dans le sud de la France.

causticité nf Caractère caustique.

caustique a, nm Corrosif, qui attaque les substances. ■ a Satirique et mordant.

cauteleux, euse a Rusé et hypocrite.

cautère nm MED Instrument porté à haute température ou produit pour brûler les tissus organiques. Loc *Cautère sur une jambe de bois :* remède inutile.

cautérisation nf Action de cautériser.

cautériser vt Appliquer un cautère sur.

caution nf Garantie d'un engagement ; personne qui en répond. Loc *Sujet à caution :* douteux, suspect.

cautionnement nm Garantie.

cautionner vt 1 Se porter caution pour qqch ou qqn. 2 Donner son appui.

cavalcade nf Course bruyante et tumultueuse.

cavale nf Pop Évasion. Loc *Être en cavale :* être en fuite et recherché.

cavaler (se) vpr Pop Se sauver.

cavalerie nf 1 Troupes à cheval, aujourd'hui motorisées. 2 Fraude financière.

cavalier, ère n 1 Qui monte à cheval. 2 Avec qui on forme un couple dans un bal. ■ nm 1 Militaire qui sert dans la cavalerie. 2 Pièce du jeu d'échecs. 3 Pièce de métal en U. Loc *Faire cavalier seul :* agir seul. ■ a 1 Réservé aux cavaliers. *Allée cavalière.* 2 D'une liberté excessive ; inconvenant. *Attitude cavalière.*

cavalièrement av De façon cavalière, inconvenante.

1. cave nf 1 Local souterrain servant de débarras. 2 Vins que l'on a en cave. 3 Coffret à liqueurs, à cigares. 4 Argent au jeu. ■ a Loc *Veines caves :* qui aboutissent au cœur.

2. cave nm Arg Qui n'appartient pas au milieu.

caveau nm Construction souterraine servant de sépulture.

caverne nf 1 Cavité naturelle dans le roc. 2 Cavité pathologique dans le poumon.

caverneux, euse a Grave et sonore. *Voix caverneuse.*

cavernicole a, nm ZOOL Animal qui habite dans les cavernes.

caviar nm Œufs d'esturgeon.

caviardage nm Action de caviarder.

caviarder vt Censurer un texte.

caviste nm Chargé d'une cave à vins.

cavitation nf PHYS Formation de bulles au sein d'un liquide en mouvement.

cavité nf Partie creuse à l'intérieur d'un corps, d'un organe.

C.C.P. nm Sigle de *compte courant postal.*

CD [sede] nm Abrév de compact-disque.

cd-rom nm Disque compact à grande capacité de mémoire. Syn cédérom.

1. ce, cet, cette, ces a dém 1 Désignent qqn ou qqch. 2 Peuvent être renforcés par -ci -là. *Ce livre-ci. Ce cahier-là.*

2. ce pr dém 1 Réfère à ce dont on parle. 2 Joue un rôle présentatif. *C'est mon frère. Ce sont eux qui me l'ont dit.* Loc *Est-ce que...? :* interroge. *Ce que :* combien. *Sur ce :* sur ces entrefaites. *Ce faisant :* de la sorte.

céans av Loc Litt *Maître de céans :* maître de maison.

ceci pr dém La chose la plus proche.

cécité nf État de qqn d'aveugle.

céder vt [12] Laisser, vendre. Loc *Le céder à :* être inférieur à. ■ vti Ne pas résister, ne pas s'opposer, se soumettre à. ■ vi Rompre, s'affaisser. *La branche a cédé.*

cédérom nm Syn de *cd-rom.*

cédétiste a, n De la C.F.D.T.

cedex [se-] nm Mention des distributions postales spéciales (administrations, entreprises).

cedi nm Unité monétaire du Ghana.

cédille nf Signe placé sous la lettre c devant a, o, u, quand elle doit être prononcée [s] (par ex. : *garçon*).

cédrat nm Gros citron du cédratier, que l'on consomme confit.

cédratier nm Citronnier méditerranéen.

cèdre nm Conifère de grande taille.

cégétiste a, n De la C.G.T.

ceindre vt [69] Litt Entourer une partie du corps.

ceinture nf 1 Bande dont on s'entoure la taille. 2 La taille elle-même. 3 Niveau atteint par qqn pratiquant les arts martiaux. 4 Ce qui entoure. *Ceinture de murailles.* Loc *Ceinture de sauvetage :* qui soutient sur l'eau. *Ceinture de sécurité :* sangle destinée à retenir sur son siège le passager.

ceinturer vt 1 Saisir avec ses bras pour maîtriser. 2 Entourer qqch.

ceinturon nm Large ceinture solide.

cela pr dém Cette chose-là. *Cela dit.* Loc *Comment cela ? :* marque l'étonnement. *C'est cela :* marque l'acquiescement.

céladon a inv Vert pâle.

célébrant nm Qui célèbre la messe.

célébration nf Action de célébrer.

célèbre a De grand renom.

célébrer vt [12] 1 Fêter avec éclat. 2 Accomplir un office liturgique. 3 Litt Louer, exalter.

célébrité *nf* 1 Grande renommée. 2 Personne célèbre.

celer *vt* [16] Vx Cacher.

céleri ou **cèleri** *nm* Plante potagère.

célérité *nf* Promptitude, diligence.

célesta *nm* Instrument de musique à percussion à clavier.

céleste *a* 1 Du ciel. 2 De Dieu, divin.

célibat *nm* État de qqn non marié.

célibataire *a, n* Non marié.

celle, celle-ci, celle-là. V. celui, celui-ci, celui-là.

cellier *nm* Pièce où on conserve le vin et les provisions.

cellophane *nf* (n déposé) Pellicule cellulosique transparente.

cellulaire *a* De la cellule. Loc *Régime cellulaire* : isolement des détenus. *Fourgon cellulaire* : servant au transport des prisonniers.

cellulase *nf* BIOL Enzyme permettant de digérer la cellulose.

cellule *nf* 1 Local étroit pour des prisonniers. 2 Petite chambre de religieux, de religieuse. 3 Alvéole d'une ruche. 4 BIOL Le plus petit élément organisé de tout être vivant. 5 Unité constitutive sociale, politique. 6 Groupement de base de certains partis politiques. 7 TECH Les ailes et le fuselage d'un avion. 8 Dispositif transformant un flux lumineux.

cellulite *nf* Inflammation du tissu cellulaire sous-cutané.

celluloïd *nm* (n déposé) Matière plastique.

cellulose *nf* Substance des parois cellulaires végétales.

cellulosique *a* De la cellulose.

celte ou **celtique** *a* Des Celtes. ■ *nm* Langue indo-européenne parlée par les Celtes.

celui, celle, ceux, celles *pr dém* Désignent personnes et choses.

celui-ci, celle-ci, ceux-ci, celles-ci *pr dém* Désignent personnes et choses proches.

celui-là, celle-là, ceux-là, celles-là *pr dém* Désignent personnes et choses éloignées.

cément *nm* Couche osseuse recouvrant la racine des dents.

cémentation *nf* Modification d'un métal par incorporation d'un autre corps.

cénacle *nm* Cercle d'écrivains, d'artistes.

cendre *nf* Résidu de matières brûlées. ■ *pl* Restes des morts. Loc *Réduire en cendres* : détruire. *Renaître de ses cendres* : reprendre vie.

cendré, ée *a* Grisâtre. ■ *nm* Fromage affiné dans la cendre.

cendrier *nm* 1 Récipient pour la cendre de tabac. 2 Partie inférieure d'un foyer.

cène *nf* Dernier repas de Jésus-Christ avec ses apôtres, la veille de la Passion.

cénobite *nm* Moine en communauté.

cénotaphe *nm* Tombeau à la mémoire d'un mort, ne contenant pas ses restes.

cénozoïque *a, nm* GEOL Du tertiaire et du quaternaire.

cens [sãs] *nm* HIST Au Moyen Âge, redevance en argent payée au seigneur.

censé, ée *a* Supposé (suivi d'un infinitif). *Nul n'est censé ignorer la loi.*

censément *av* Apparemment.

censeur *nm* 1 Qui est d'une commission de censure. 2 Qui s'érige en critique implacable. 3 Chargé de la discipline dans les lycées.

censitaire *a* Loc *Suffrage censitaire* : vote réservé à ceux qui payaient un montant donné d'impôts.

censure *nf* 1 Contrôle exercé par un gouvernement sur les publications, les films pour les autoriser ou les interdire. 2 Désapprobation, votée par le Parlement, de la politique du gouvernement. 3 Contrôle des désirs inconscients.

censurer *vt* Exercer la censure sur ou contre qqch.

1. cent *a num* (Prend un *s* au pl sauf s'il est suivi d'un autre à num cardinal.) 1 Dix fois dix (100). *Cent euros. Deux cents ans. Deux cent cinquante moutons.* 2 Nombre indéterminé, assez élevé. *Je l'ai dit cent fois.* 3 Centième. *Page cent.* Loc Fam *(À) cent pour cent* : totalement, entièrement. ■ *nm* Loc Fam *Gagner des mille et des cents* : beaucoup d'argent.

2. cent [sent] *nm* Centième du dollar.

centaine *nf* Nombre de cent ou environ.

centaure *nm* Monstre moitié homme (tête et torse) et moitié cheval.

centaurée *nf* Plante à fleurs bleues (bleuet).

centenaire *a, n* Qui a cent ans. ■ *nm* Centième anniversaire.

centésimal, ale, aux *a* Divisé en cent parties égales.

centième *a num* Au rang, au degré cent. ■ *a, nm* Contenu cent fois dans le tout.

centigrade *nm* Centième partie du grade (symbole : cgr).

centigramme *nm* Centième partie du gramme (symbole : cg).

centilitre *nm* Centième partie du litre (symbole : cl).

centime *nm* Centième partie du franc.

centimètre *nm* 1 Centième partie du mètre (symbole : cm). 2 Ruban divisé en centimètres.

centrafricain, aine *a, n* De la République centrafricaine.

centrage *nm* Action de centrer.

central, ale, aux *a* Au centre. *Place centrale. Pouvoir central.* ■ *nm* Poste assurant la centralisation des communications. ■ *nf* 1 Usine productrice d'énergie. 2 Établissement pénitentiaire.

centralisateur, trice *a* Qui centralise.

centralisation *nf* Action de centraliser.

centraliser *vt* Réunir en un même centre, sous une même autorité.

centralisme *nm* Tendance à centraliser l'autorité, les décisions.

centre *nm* 1 Point situé à égale distance de tous les points d'une circonférence, d'une sphère. 2 Milieu d'un espace quelconque. 3 Partie d'une assemblée qui siège entre la droite et la gauche. 4 Point principal. *Centre d'intérêt.* 5 Point caractérisé par une activité déterminée ou importante ; organisme, service, ville, etc. *Centre commercial, culturel.*

centrer *vt* 1 Déterminer le centre d'un objet. 2 Ramener au centre. 3 Orienter sur qqch.

centre-ville *nm* Quartier central d'une ville, le plus ancien et le plus animé. *Des centres-villes.*

centrifugation *nf* Séparation des constituants d'un corps par la force centrifuge.

centrifuge *a* Qui tend à éloigner du centre.

centrifuger *vt* [11] Soumettre à la centrifugation.

centrifugeur *nm* ou **centrifugeuse** *nf* Appareil utilisé pour faire du jus de fruits.

centripète *a* Qui tend à rapprocher du centre.
centrisme *nm* Position politique intermédiaire entre conservatisme et progressisme.
centriste *a, n* Qui se réclame du centrisme.
centrosome *nm* BIOL Granulation près du noyau des cellules.
centuple *a* Qui vaut cent fois. ■ *nm* Quantité cent fois plus importante. Loc *Au centuple* : beaucoup plus.
centupler *vt* Multiplier par cent. ■ *vt, vi* Rendre ou devenir beaucoup plus important.
centurie *nf* HIST À Rome, groupe de cent citoyens ou unité militaire de cent soldats.
centurion *nm* HIST Officier d'une centurie.
cénure *nm* Ténia qui provoque le tournis des moutons.
cep *nm* Pied de vigne.
cépage *nm* Variété de vigne cultivée.
cèpe *nm* Bolet comestible.
cépée *nf* BOT Touffe de plusieurs tiges ayant poussé à partir d'une souche.
cependant *av* Néanmoins, toutefois.
céphalée ou **céphalalgie** *nf* Mal de tête.
céphalique *a* ANAT Relatif à la tête.
céphalopode *nm* ZOOL Mollusque tel que la seiche, le poulpe, dont le pied est découpé en tentacules garnis de ventouses.
céphalorachidien, enne *a* ANAT Relatif à la tête et au rachis. Loc *Liquide céphalorachidien* : contenu dans les espaces méningés.
céphalothorax *nm* ZOOL Tête et thorax soudés des arachnides et de certains crustacés.
cérame *a* Loc *Grès cérame* : qui sert à faire des vases, des carrelages, etc.
céramique *nf* 1 Art de façonner des objets en terre cuite (faïence, grès, porcelaine). 2 Matière dont sont faits ces objets. 3 TECH Matériau qui n'est ni organique ni métallique. ■ *a* De la céramique.
céramiste *n* Fabricant de céramique.
céraste *nm* Vipère saharienne et asiatique, appelée *vipère cornue*.
cerbère *nm* Litt Gardien intraitable.
cerceau *nm* Cercle de bois, de plastique, de métal servant de jouet ou d'armature.
cerclage *nm* Action de cercler.
cercle *nm* 1 Courbe plane fermée, dont tous les points sont à égale distance d'un point appelé centre ; surface délimitée par cette courbe. 2 Objet de forme circulaire. 3 Personnes ou choses disposées en rond. 4 Réunion de personnes, association. *Cercle littéraire.* 5 Étendue. *Le cercle de nos connaissances.* Loc *Cercle vicieux* : raisonnement défectueux ; situation sans issue.
cercler *vt* Garnir, entourer de cercles.
cercopithèque *nm* Singe d'Afrique à longue queue grêle.
cercueil *nm* Caisse dans laquelle on enferme un cadavre pour l'ensevelir.
céréale *nf* Graminée cultivée pour la production de grains (blé, maïs, etc.).
céréaliculture *nf* Culture des céréales.
céréalier, ère *a* De céréales. ■ *nm* Producteur de céréales.
cérébelleux, euse *a* Du cervelet.
cérébral, ale, aux *a* Du cerveau. *Hémorragie cérébrale.* ■ *a, n* Chez qui l'intellect prime la sensibilité.
cérébrospinal, ale, aux *a* Du cerveau et de la moelle épinière.

cérémonial *nm* Usage que l'on observe lors de certaines cérémonies.
cérémonie *nf* 1 Formes extérieures réglées pour donner de l'éclat à une solennité religieuse ou à un événement de la vie sociale. 2 Politesse exagérée, importune. Loc *Sans cérémonie* : en toute simplicité.
cérémoniel, elle *a* Relatif aux cérémonies.
cérémonieusement *av* De façon cérémonieuse.
cérémonieux, euse *a* Qui fait trop de cérémonies, affecté.
cerf [SER] *nm* Cervidé mâle.
cerfeuil *nm* Plante à feuilles aromatiques.
cerf-volant *nm* 1 Jouet de toile ou de papier qu'on fait planer en le tirant contre le vent avec une ficelle. 2 Lucane. *Des cerfs-volants.*
cerisaie *nf* Plantation de cerisiers.
cerise *nf* Fruit du cerisier. ■ *a inv* Rouge vif.
cerisier *nm* Arbre cultivé pour ses fruits et son bois rosé.
cerne *nm* 1 Cercle bleu ou bistre, qui entoure les yeux fatigués. 2 Cercle concentrique visible sur la section du tronc, des branches d'un arbre.
cerné, ée *a* Entouré d'un cerne.
cerneau *nm* Amande de la noix.
cerner *vt* 1 Entourer, encercler. 2 Préciser les limites d'une question, l'appréhender.
certain, aine *a* 1 Sûr, assuré, indubitable. *Une nouvelle certaine.* 2 Qui a la certitude de qqch. *Je suis certain de réussir.* 3 Indique une quantité ou une connaissance vagues. *Un certain temps. Un certain M. Dupont.* ■ *pr indéf pl* Quelques personnes. *Certains ont refusé.*
certainement *av* De façon certaine ; assurément, sûrement.
certes *av* Oui, assurément.
certificat *nm* 1 Écrit qui fait foi d'un fait, d'un droit. 2 Attestation, diplôme prouvant la réussite à un examen ; cet examen lui-même.
certification *nf* Action de certifier.
certifié, ée *n, a* Titulaire du *Certificat d'aptitude à l'enseignement secondaire.*
certifier *vt* Assurer, garantir la vérité, la validité de qqch.
certitude *nf* 1 Qualité de ce qui est certain. 2 Conviction qu'a l'esprit d'être dans la vérité.
céruléen, enne *a* Litt Bleuâtre.
cérumen [-men] *nm* Matière jaune sécrétée par le conduit auditif externe.
céruse *nf* Carbonate de plomb utilisé autrefois en peinture.
cerveau *nm* 1 Substance nerveuse contenue dans la boîte crânienne. 2 Facultés mentales, esprit. 3 Fam Personne très intelligente. 4 Centre intellectuel ; centre de direction.
cervelas *nm* Saucisson cuit, gros et court, assaisonné d'ail.
cervelet *nm* Partie de l'encéphale située au-dessous des hémisphères cérébraux et en arrière du bulbe.
cervelle *nf* 1 Substance nerveuse qui constitue le cerveau. 2 Facultés mentales, esprit.
cervical, ale, aux *a* ANAT Du cou.
cervidé *nm* ZOOL Ruminant tel que le cerf, caractérisé par les bois pleins, caducs, portés sur le front.
cervoise *nf* Bière que les Anciens fabriquaient avec de l'orge ou du blé.

ces. V. ce.

C.E.S. *nm* Collège d'enseignement secondaire.

césar *nm* 1 Empereur romain. 2 Récompense cinématographique.

césarienne *nf* Extraction du fœtus vivant par incision de l'abdomen et de l'utérus.

césarisme *nm* Forme autoritaire de pouvoir politique très personnalisé.

césium [-zjɔm] *nm* Métal proche du potassium.

cessant, ante *a* Loc *Toutes affaires cessantes :* immédiatement.

cessation *nf* Le fait de mettre fin à qqch ; arrêt, suspension.

cesse *nf* Loc *N'avoir (point, pas) de cesse que... :* ne pas s'arrêter avant que... *Sans cesse :* continuellement.

cesser *vt* Arrêter, interrompre. *Cesser le combat.* ■ *vi* Prendre fin, s'arrêter. *Le combat a cessé.*

cessez-le-feu *nm inv* Armistice, suspension des hostilités.

cessible *a* Qui peut être cédé.

cession *nf* Action de céder un droit, un bien, une créance.

c'est-à-dire *conj* Annonce une explication (abrév : c.-à-d.). *Un mille marin, c'est-à-dire 1 852 mètres.*

cestode *nm* ZOOL Ver plat, tel le ténia.

césure *nf* Coupe, repos qui divise le vers après une syllabe accentuée.

cet, cette. V. ce.

cétacé *nm* Grand mammifère marin appartenant à un ordre qui comprend les baleines, les dauphins, les cachalots, etc.

céteau *nm* Petite sole (poisson).

cétoine *nf* Coléoptère vert doré.

cétone *nf* CHIM Composé organique ayant des propriétés voisines de celles des aldéhydes.

cétonique *a* CHIM De la cétone.

ceux. V. celui.

cévenol, ole *a, n* Des Cévennes.

cf. Abrév de *confer.*

C.F.A. *nm* Loc *Franc C.F.A. :* unité monétaire de nombreux pays africains francophones.

C.F.C. *nm* Abrév de *chlorofluorocarbone.*

C.G.S. Système d'unités fondé sur le centimètre, le gramme et la seconde.

chabichou *nm* Fromage de chèvre.

chablis *nm* Bourgogne blanc réputé.

chabot *nm* Poisson à grosse tête.

chacal *nm* Canidé d'Asie et d'Afrique se nourrissant surtout des restes laissés par les grands fauves. *Des chacals.*

cha-cha-cha [tʃatʃatʃa] *nm inv* Danse dérivée de la rumba.

chacun, une *pr indéf* Toute personne, toute chose faisant partie d'un ensemble. Loc *Tout un chacun :* n'importe qui.

chafouin, ine *a* Rusé, sournois.

1. chagrin, ine *a* Litt Porté à la tristesse ; maussade. *Esprit chagrin.* ■ *nm* Peine morale, affliction, tristesse. *Un chagrin d'amour.*

2. chagrin *nm* Cuir grenu de chèvre ou de mouton, utilisé en reliure. Loc *Peau de chagrin :* chose qui se réduit de plus en plus.

chagriner *vt* Causer du chagrin, contrarier.

chah. V. schah.

chahut *nm* Tapage, agitation, notamment en milieu scolaire.

chahuter *vi* Faire du chahut. ■ *vt* 1 Importuner qqn par des manifestations tapageuses. 2 Agiter qqch, le traiter sans ménagement.

chahuteur, euse *a, n* Qui aime chahuter, tapageur.

chai *nm* Entrepôt de fûts de vin, d'eau-de-vie.

chaîne *nf* 1 Suite d'anneaux, de maillons, généralement métalliques, servant de lien ou d'ornement, ou transmettant un mouvement. 2 Enchaînement, continuité, succession. *La chaîne des événements.* 3 Groupe d'établissements commerciaux. *Chaîne de supermarchés.* 4 Réseau d'émetteurs de radio ou de télévision diffusant simultanément les mêmes programmes. 5 Ensemble d'appareils de reproduction des sons. *Chaîne haute-fidélité.* 6 Suite de montagnes se succédant dans une direction donnée. *La chaîne des Pyrénées.* 7 Ensemble des fils longitudinaux d'un tissu. Ant. trame. Loc *Réaction en chaîne :* succession de phénomènes dont chacun déclenche le suivant. *Chaîne de montage :* organisation de production industrielle programmant une série d'opérations successives. *Travail à la chaîne :* travail d'un ouvrier exécutant une seule opération sur chaque pièce de la chaîne de montage qui défile devant lui ; travail sans relâche, astreignant et monotone. *Faire la chaîne :* se disposer en ligne pour se passer des objets de main en main. ■ *pl* Dispositif articulé que l'on fixe aux pneus des voitures pour rouler dans la neige.

chaînette *nf* Petite chaîne.

chaînon *nm* 1 Anneau d'une chaîne. 2 Élément d'un ensemble.

chair *nf* 1 Substance fibreuse, irriguée de sang, située entre la peau et les os. 2 Viande bouchère. *Chair à saucisses.* 3 Pulpe des fruits. 4 Le corps humain, par oppos. à l'âme. 5 Instinct sexuel. Loc *Être bien en chair :* être un peu gros, potelé. *En chair et en os :* en personne. *Chair de poule :* aspect grenu que prend la peau sous l'effet du froid, de la peur.

chaire *nf* 1 Dans une église, tribune élevée réservée au prédicateur. 2 Bureau surélevé d'un professeur. 3 Poste d'un professeur d'université.

chaise *nf* Siège sans bras, à dossier. *Chaise longue :* siège à dossier inclinable où on peut s'allonger. *Chaise à porteurs :* véhicule à une place porté par des hommes. *Chaise électrique :* mode d'exécution de condamnés à mort. *Entre deux chaises :* dans une situation inconfortable. *Mener une vie de bâton de chaise :* mener une vie agitée.

chaisière *nf* Vx Loueuse de chaises.

1. chaland *nm* Bateau à fond plat pour le transport des marchandises.

2. chaland, ande *n* Vx Acheteur, client.

chalandise *nf* Loc *Zone de chalandise :* zone d'attraction commerciale d'un magasin.

chalazion *nm* Petit kyste au bord de la paupière.

châle *nm* Grande pièce d'étoffe dont les femmes se couvrent les épaules.

chalet *nm* Maison de bois des régions montagneuses.

chaleur *nf* 1 Qualité, nature de ce qui est chaud ; sensation produite par ce qui est chaud. 2 État des femelles de certains animaux quand

chaleureusement

elles recherchent l'approche du mâle. 3 Ardeur, impétuosité, véhémence. *Défendre qqn avec chaleur.* 4 Grande cordialité. *La chaleur de son accueil.* ◼ *pl* Saison où le temps est chaud.

chaleureusement *av* De façon chaleureuse.

chaleureux, euse *a* Plein d'ardeur, d'animation, de cordialité.

châlit *nm* Bois de lit ou cadre métallique d'un lit.

challenge *nm* 1 Épreuve sportive où un titre est mis en jeu. 2 Fam Défi, gageure.

challenger [ʃalɛndʒœʀ] ou **challengeur** *nm* Concurrent disputant son titre à un champion.

chaloir *vti* Loc Litt *Peu me chaut, peu m'en chaut* : peu m'importe.

chaloupe *nf* Grosse embarcation non pontée. *Chaloupe de sauvetage.*

chalouper *vi* Marcher en se balançant.

chalumeau *nm* 1 Appareil destiné à produire une flamme à haute température à partir de gaz sous pression. 2 Flûte champêtre.

chalut *nm* Filet de pêche traîné sur le fond de la mer ou entre deux eaux par un ou deux bateaux.

chalutage *nm* Pêche au chalut.

chalutier *nm* Bateau équipé pour la pêche au chalut.

chamade *nf* Loc *Cœur qui bat la chamade* : qui bat précipitamment.

chamailler (se) *vpr* Fam Se disputer.

chamaillerie *nf* Fam Querelle bruyante.

chamailleur, euse *a, n* Fam Qui aime se chamailler.

chaman [-man] *nm* Prêtre, sorcier, guérisseur, principalement en Asie.

chamanisme *nm* Pratiques magiques du chaman.

chamarré, ée *a* Surchargé d'ornements.

chamarrure *nf* Ornement criard.

chambard *nm* Fam Vacarme accompagné de désordre.

chambardement *nm* Fam Bouleversement, désordre général.

chambarder *vt* Fam Apporter des modifications profondes à, bouleverser.

chambellan *nm* HIST Officier chargé du service de la chambre d'un prince.

chambertin *nm* Bourgogne rouge, très estimé.

chamboulement *nm* Fam Bouleversement.

chambouler *vt* Fam Bouleverser.

chambranle *nm* Encadrement de porte, de fenêtre, de cheminée.

chambray *nm* Tissu de coton.

chambre *nf* 1 Pièce où l'on peut coucher. 2 (avec majusc) Assemblée politique, professionnelle, syndicale. 3 Section d'un tribunal. 4 Enceinte close dans divers appareils. Loc *Musique de chambre* : musique classique écrite pour de petites formations musicales. *Garder la chambre* : ne pas sortir de sa maison. *Chambre froide* : pièce dotée d'installations frigorifiques. *Chambre à air* : tube de caoutchouc qu'on gonfle d'air dans un pneu.

chambrée *nf* 1 Ensemble des occupants d'une même chambre dans une caserne. 2 Cette pièce elle-même.

chambrer *vt* 1 Donner au vin la bonne température de dégustation. 2 Fam Se moquer de qqn.

chambrière *nf* Litt Femme de chambre.

chambriste *n* Musicien d'un orchestre de chambre.

chameau *nm* 1 Mammifère ruminant d'Asie à bosses dorsales graisseuses. 2 Fam Personne méchante, d'humeur désagréable.

chamelier *nm* Chargé de conduire et de soigner les chameaux.

chamelle *nf* Femelle du chameau.

chamois *nm* 1 Mammifère ruminant des montagnes d'Europe, à cornes recourbées vers l'arrière, à robe gris-beige en été ou noire en hiver. 2 Épreuve de ski servant de test de niveau. Loc *Peau de chamois* : cuir de chamois ou peau de mouton spécialement traités pour le nettoyage. ◼ *a inv* D'un jaune clair, légèrement ocre.

chamoisage *nm* Tannage de peaux à l'huile de poisson.

chamoisine *nf* Tissu rappelant la peau de chamois.

champ *nm* 1 Pièce de terre cultivable. 2 Terrain. *Champ de bataille. Champ de foire, de courses.* 3 Domaine d'action. *Le champ d'une science, d'une recherche.* 4 Portion d'espace vue par l'œil immobile, ou visible à travers un instrument d'optique. 5 PHYS Portion de l'espace où s'exerce une action. *Champ électrique.* Loc *Laisser le champ libre* : laisser toute latitude d'action à qqn. *À tout bout de champ* : à chaque instant, à tout propos. *Champ opératoire* : zone concernée par une intervention chirurgicale ; linge stérile délimitant cette zone. ◼ *pl* La campagne. *Les fleurs des champs.* Loc *Prendre la clé des champs* : s'enfuir. *À travers champs* : sans prendre les chemins.

champagne *nm* Vin blanc effervescent produit en Champagne.

champagnisation *nf* Action de champagniser.

champagniser *vt* Traiter un vin à la manière du champagne, pour le rendre mousseux.

champenois, oise *a, n* De la Champagne.

champêtre *a* Propre à la campagne. *Plaisirs champêtres.*

champignon *nm* 1 Végétal sans chlorophylle, au pied généralement surmonté d'un chapeau, qui pousse dans les lieux humides. 2 Fam Pédale de l'accélérateur d'une automobile. Loc *Champignon atomique* : nuage lumineux qui accompagne une explosion nucléaire.

champignonnière *nf* Lieu souterrain (cave, carrière), où l'on cultive les champignons.

champignonniste *n* Qui cultive des champignons.

champion, onne *n* 1 Défenseur d'une cause. 2 Vainqueur d'une épreuve sportive. 3 Sportif ou personne d'une qualité exceptionnelle. ◼ *a* Fam Hors pair, imbattable.

championnat *nm* Épreuve sportive organisée pour décerner un titre au vainqueur.

chance *nf* 1 Éventualité heureuse ou malheureuse. *Souhaiter bonne chance.* 2 Probabilité, possibilité. *Il a une chance sur deux de réussir.* 3 Hasard heureux. *Quelle chance !*

chancelant, ante *a* Qui chancelle, vacille.

chanceler *vi* [18] Être peu ferme sur ses pieds, sur sa base ; osciller.

chancelier *nm* 1 Titre de plusieurs grands dignitaires et de certains fonctionnaires dépositaires de sceaux. 2 Premier ministre, en Allemagne et en Autriche. Loc *Chancelier de l'Échiquier* : ministre des Finances, en Grande-Bretagne.

chancellerie *nf* **1** Bureaux, services d'un chancelier. **2** Administration centrale du ministère de la Justice. **Loc** *Grande chancellerie :* organisme chargé de l'administration de l'ordre de la Légion d'honneur.

chanceux, euse *a, n* Qui a de la chance.

chancre *nm* **1** MED Ulcération qui marque le début de certaines infections. **2** BOT Maladie des arbres qui provoque la pourriture. **3** Litt Ce qui dévore, détruit. *Le chancre du chômage.*

chandail *nm* Gros tricot de laine.

chandeleur *nf* Fête catholique de la purification de la Vierge (2 février).

chandelier *nm* Support servant à porter une ou plusieurs bougies.

chandelle *nf* **1** Bougie. *Dîner aux chandelles.* **2** Figure d'acrobatie aérienne. **3** Ballon envoyé presque à la verticale. **Loc** *Devoir une fière chandelle à qqn :* lui être redevable d'un grand service. *Des économies de bouts de chandelles :* mesquines et inefficaces. *Brûler la chandelle par les deux bouts :* faire des dépenses exagérées ; abuser de sa santé. *Le jeu n'en vaut pas la chandelle :* le but ne justifie pas la peine. *Voir trente-six chandelles :* éprouver un éblouissement, par l'effet d'un coup. *Monter en chandelle :* presque verticalement.

chanfrein *nm* **1** Partie de la tête du cheval comprise entre les sourcils et le naseau. **2** Surface obtenue en abattant l'arête d'une pièce.

change *nm* **1** Action d'échanger, troc. **2** Conversion d'une monnaie en une autre ; taux de cette conversion. **3** Couche jetable pour bébé. **Loc** *Lettre de change :* écrit par lequel un souscripteur enjoint à une autre personne, dont il est créancier, de payer une somme à telle personne. *Donner le change :* mettre sur une fausse piste, tromper.

changeant, ante *a* Variable, inconstant, qui change facilement.

changement *nm* **1** Fait de changer, de passer d'un état à un autre ; modification, variation. **2** Transformation de ce qui est changé.

changer *vt* [11] **1** Convertir. *Changer des francs en dollars.* **2** Remplacer qqch, qqn par qqch, qqn d'autre. **3** Changer les couches d'un bébé. **4** Rendre différent. *Changer ses plans.* ■ *vti* **1** Quitter un lieu pour un autre. *Changer de place.* **2** Quitter une chose pour une autre. *Changer de chaussures.* ■ *vi* Évoluer, se modifier. *La situation a changé.* ■ *vpr* Changer de vêtements.

changeur *nm* **1** Personne qui change de l'argent. **2** Appareil qui, contre des pièces, des billets, fournit la même somme en valeur inférieure.

chanoine *nm* Dignitaire ecclésiastique faisant partie d'un chapitre.

chanson *nf* **1** Petite composition chantée ; texte mis en musique, divisé en couplets. **2** Propos futiles, sornettes. **3** LITTER Au Moyen Âge, poème épique.

chansonnette *nf* Petite chanson légère ou frivole.

chansonnier, ère *n* Auteur ou interprète de sketches satiriques.

1. chant *nm* **1** Succession de sons musicaux produits par l'appareil vocal ; musique vocale. **2** Composition musicale destinée à être chan-

tée. **3** Ramage des oiseaux. *Le chant du rossignol.* **4** Chacune des divisions d'un poème épique.

2. chant *nm* Partie la plus étroite d'une pièce.

chantage *nm* **1** Manière d'extorquer de l'argent par la menace de révélations scandaleuses. **2** Pression morale exercée sur qqn.

chantant, ante *a* **1** Qui chante. **2** Qui se chante aisément. **3** Mélodieux.

chantefable *nf* Récit médiéval comportant des parties récitées (fable), d'autres chantées.

chanter *vi* **1** Former avec la voix une suite de sons musicaux. **2** Produire des sons harmonieux (oiseaux). **Loc** *Faire chanter qqn :* exercer sur lui un chantage. *Fam Si cela vous chante :* si vous en avez envie. ■ *vt* Exécuter une partie ou un morceau de musique vocale. *Chanter des chansons.* **Loc** *Chanter les louanges de qqn :* faire son éloge.

chanterelle *nf* **1** MUS La corde d'un instrument qui a le son le plus aigu. **2** Syn de *girolle.*

chanteur, euse *n* Qui chante. **Loc** *Maître chanteur :* qui pratique le chantage.

chantier *nm* **1** Lieu où l'on entrepose des matériaux de construction, du bois de chauffage, etc. **2** Lieu où s'effectue la construction ou la démolition d'un ouvrage, d'un bâtiment. **3** Fam Lieu où règne le désordre.

chantilly *nf* Crème fouettée sucrée.

chantonner *vi,vt* Chanter à mi-voix.

chantoung. V. shantung.

chantourner *vt* TECH Découper une pièce selon un profil déterminé.

chantre *nm* **1** Qui a pour fonction de chanter aux offices, dans une église. **2** Litt Laudateur.

chanvre *nm* Plante cultivée pour ses fibres textiles. **Loc** *Chanvre indien :* plante dont on tire le haschisch. Syn. cannabis.

chaos [kao] *nm* **1** Désordre, confusion extrême. **2** GÉOL Amoncellement désordonné de blocs rocheux.

chaotique [ka-] *a* Confus, désordonné.

chaource *nm* Fromage au lait de vache.

chapardage *nm* Action de chaparder.

chaparder *vt* Fam Dérober de menus objets.

chapardeur, euse *a, n* Fam Qui chaparde.

chape *nf* **1** Long manteau sans manches, porté à l'occasion de certaines cérémonies religieuses. **2** Couche de ciment ou de mortier appliquée sur un sol pour le rendre uni. **3** Bande de roulement d'un pneu. **Loc** *Chape de plomb :* contrainte qui paralyse.

chapeau *nm* **1** Coiffure de matière variable, de consistance plus ou moins ferme, portée surtout au-dehors. **2** Partie de certains champignons, supportée par le pied. **3** Petit texte qui présente un article de journal, de revue. **Loc** Fam *Porter le chapeau :* endosser les responsabilités pour les autres. *Tirer son chapeau à qqn :* reconnaître sa supériorité. *Chapeau de roue :* enjoliveur de roue. Fam *Partir sur les chapeaux de roues :* à toute allure.

chapeauter *vt* **1** Coiffer d'un chapeau (surtout pp). **2** Fam Contrôler, avoir sous sa responsabilité.

chapelain *nm* Prêtre qui dessert une chapelle privée.

chapelet *nm* **1** Objet de dévotion composé de grains enfilés que l'on fait passer entre les doigts, en récitant une prière. **2** Prières récitées en égrenant un chapelet. **3** Série, suite.

chapelier, ère n, a Qui fabrique ou vend des chapeaux.

chapelle nf 1 Partie d'une église comprenant un autel secondaire. 2 Petite église qui n'a pas rang d'église paroissiale. 3 Groupement fermé de personnes ayant les mêmes idées ; coterie, clan. Loc *Chapelle ardente* : salle où l'on veille un mort.

chapelure nf Miettes de pain séché, dont on saupoudre des plats.

chaperon nm 1 Capuchon. 2 Personne qui accompagnait une jeune fille quand elle sortait.

chaperonner vt Servir de chaperon à une jeune fille.

chapiteau nm 1 Partie supérieure d'une colonne, posée sur le fût. 2 Tente d'un cirque ambulant.

chapitre nm 1 Division d'un livre, d'un traité, d'un registre. 2 Matière, sujet dont il est question. 3 Corps des chanoines d'une église cathédrale ou collégiale.

chapitrer vt Adresser une remontrance à, sermonner.

chapka nf Coiffure en fourrure à rabats.

chapon nm Jeune coq châtré et engraissé.

chapska nf Coiffure militaire polonaise portée par les lanciers sous le Second Empire.

chaptalisation nf Opération consistant à sucrer le moût pour élever le degré d'alcool du vin.

chaptaliser vt Traiter par chaptalisation.

chaque a indéf 1 Indique que tout élément d'un ensemble est envisagé en soi, isolément. *Une place pour chaque chose.* 2 Abusiv Chacun, chacune. *Ces roses coûtent dix francs chaque.*

char nm 1 ANTIQ Voiture à deux roues tirée par des chevaux. 2 Voiture à traction animale servant dans les campagnes. 3 Voiture décorée pour les cortèges de carnaval. 4 Véhicule blindé, armé et monté sur chenilles. Loc Pop *Arrête ton char* : cesser de bluffer, de charrier.

charabia nm Fam Parler confus, inintelligible, incorrect.

charade nf Énigme constituée par une suite de mots à deviner formant phonétiquement un autre mot ou une phrase.

charançon nm Petit coléoptère qui ronge les graines, les fruits, etc.

charançonné, ée a Attaqué par les charançons.

charbon nm 1 Combustible solide, de couleur noire, contenant une forte proportion de carbone. 2 Morceau de charbon constituant un balai de dynamo, de moteur. 3 Maladie des céréales. 4 Maladie infectieuse, contagieuse, commune à certains animaux et à l'homme. Loc *Être sur des charbons ardents* : dans un état de grande tension.

charbonnage nm Exploitation d'une houillère.

charbonneux, euse a Qui a l'aspect du charbon.

charbonnier, ère n Qui vit du commerce du charbon. ■ a Relatif au charbon.

charcutage nm Action de charcuter.

charcuter vt Fam Opérer maladroitement un patient (chirurgien).

charcuterie nf 1 Commerce, boutique du charcutier. 2 Spécialité à base de porc faite par le charcutier.

charcutier, ère n Qui prépare et vend de la viande de porc, des boudins, des saucisses, du pâté, etc.

chardon nm Plante à tige et à feuilles épineuses.

chardonnay nm Cépage blanc très répandu.

chardonneret nm Petit oiseau au plumage très coloré (rouge et jaune).

charentais, aise a Des Charentes. ■ nf Chausson en étoffe.

charge nf 1 Ce qui est porté ; ce que peut porter une personne, un animal, un véhicule, un navire, etc. 2 Quantité de poudre, d'explosif qui propulse un projectile ou qui fait exploser. 3 Quantité d'électricité portée par un corps, par une particule. 4 Attaque impétueuse d'une troupe. 5 Ce qui embarrasse, incommode. *Imposer une charge à qqn.* 6 Tout ce qui impose des dépenses. 7 Fonction d'un officier ministériel. 8 Responsabilité, fonction, mission, travail donné à accomplir. 9 Indice, preuve qui s'élève contre un accusé. 10 Représentation caricaturale. Loc *À charge de* : avec obligation de. *Revenir à la charge* : réitérer ses démarches, ses reproches. *Témoin à charge* : dont le témoignage tend à prouver la culpabilité de l'accusé.

chargé, ée n Loc *Chargé de cours* : professeur non titularisé de l'enseignement supérieur. *Chargé d'affaires* : diplomate qui assure l'intérim d'une ambassade.

chargement nm 1 Action de charger. 2 Ensemble de ce qui est chargé, embarqué.

charger vt [11] 1 Mettre une certaine quantité d'objets sur un homme, un animal, un véhicule. 2 Placer comme charge. *Charger des bagages.* 3 Couvrir avec abondance, avec excès. *Charger les murs de tableaux.* 4 Approvisionner une arme en munitions, un appareil photographique en pellicules, etc. 5 Fournir à un accumulateur une charge électrique. 6 Peser sur, alourdir. *Plat qui charge l'estomac.* 7 Attaquer avec impétuosité. *Sanglier qui charge le chasseur.* 8 Faire des déclarations contre qqn. *Charger un accusé.* 9 Confier à qqn le soin, la responsabilité de qqch. ■ vpr Prendre le soin, la responsabilité de. *Je me charge de le prévenir, du ravitaillement.*

chargeur nm 1 Celui qui charge. 2 Dispositif approvisionnant en cartouches une arme à répétition. 3 Appareil servant à la recharge d'une batterie d'accumulateurs.

charia nf Loi canonique de l'Islam, touchant tous les domaines de la vie humaine.

chariot nm 1 Voiture à quatre roues pour le transport des fardeaux. 2 Pièce d'une machine qui se déplace sur des rails, des galets, etc.

charismatique [ka-] a Du charisme. Loc *Mouvement charismatique* : mouvement de renouveau de la foi catholique.

charisme [ka-] nm 1 RELIG Grâce imprévisible et passagère accordée par Dieu à un chrétien. 2 Prestige, ascendant extraordinaire d'un chef.

charitable a 1 Qui a de la charité pour son prochain. 2 Qui part d'un principe de charité.

charitablement av De façon charitable.

charité nf 1 Amour de Dieu et du prochain, l'une des trois vertus théologales. 2 Bonté, indulgence. 3 Acte de bonté, de générosité envers autrui. *Faire la charité.*

charivari nm Bruit discordant, tapage.

charlatan *nm* **1** Guérisseur qui se vante de guérir toutes sortes de maladies. **2** Exploiteur de la crédulité d'autrui.

charlatanesque *a* De charlatan.

charlatanisme *nm* Comportement de charlatan.

charleston [-tɔn] *nm* Danse d'origine américaine.

charlot *nm* Pop Homme qui manque de sérieux.

charlotte *nf* Entremets fait de fruits ou de crème, et de biscuits ramollis dans un sirop.

charmant, ante *a* Plein de charme.

1. charme *nm* **1** Vx Enchantement magique. **2** Effet d'attirance, de séduction, produit sur qqn par une personne ou une chose. **Loc** Fam *Se porter comme un charme* : jouir d'une santé parfaite.

2. charme *nm* Arbre à bois blanc et dense.

charmer *vt* Plaire beaucoup, ravir par son charme.

charmeur, euse *n, a* Qui plaît, qui séduit.

charmille *nf* Allée bordée de charmes.

charnel, elle *a* Qui a trait à l'instinct sexuel.

charnier *nm* Amoncellement de cadavres.

charnière *nf* **1** Assemblage mobile de deux pièces enclavées l'une dans l'autre, jointes par une tige qui les traverse et forme pivot. **2** Point d'articulation, de jonction.

charnu, ue *a* **1** Formé de chair. *Les parties charnues du corps.* **2** Bien fourni de chair. **Loc** *Fruit charnu* : fruit à la pulpe épaisse.

charognard *nm* **1** Vautour. **2** Personne toujours prête à tirer parti du malheur d'autrui.

charogne *nf* **1** Cadavre en décomposition. **2** Pop Individu ignoble.

charolais, aise *a, n* Du Charolais.

charpente *nf* **1** Assemblage de pièces de bois ou de métal servant de soutien à une construction. **2** Ensemble des parties osseuses du corps humain. **3** Structure, plan d'un ouvrage. *La charpente d'un roman.*

charpenté, ée *a* **Loc** *Bien charpenté* : bien bâti, robuste.

charpenter *vt* Structurer, agencer.

charpentier *nm* Qui fait des travaux de charpente.

charpie *nf* Substance absorbante obtenue par effilement ou râpage de toile usée. **Loc** *Mettre en charpie* : mettre en pièces, déchiqueter.

charretée *nf* Charge d'une charrette.

charretier *nm* Conducteur de charrette. **Loc** *Jurer comme un charretier* : très grossièrement.

charrette *nf* Voiture à deux roues servant à porter des fardeaux.

charriage *nm* **1** Action de charrier. **2** GEOL Déplacement horizontal d'une partie d'un pli de terrain.

charrier *vt* **1** Transporter. *Charrier du fumier.* **2** Entraîner dans son courant, en parlant d'un cours d'eau. **3** Fam Tourner qqn en dérision. ■ *vi* Pop Exagérer.

charroi *nm* Transport par chariot, charrette.

charron *nm* Artisan qui fait des charrettes.

charrue *nf* Instrument servant à labourer la terre.

charte *nf* Écrit solennel établissant des droits ou servant de constitution.

charter [-tɛʀ] *nm* Avion spécialement affrété pour transporter un groupe à un tarif inférieur à celui d'un vol régulier.

chartreux, euse *n* Religieux, religieuse de l'ordre de saint Bruno. ■ *nm* Chat à poil gris cendré. ■ *nf* **1** Couvent de chartreux. **2** Liqueur fabriquée par les chartreux.

chas [ʃa] *nm* Trou d'une aiguille.

chassable *a* Qu'il est permis de chasser.

chassagne-montrachet *nm inv* Bourgogne blanc, très réputé.

chasse *nf* **1** Action de chasser. **2** Domaine réservé pour la chasse. **3** Le gibier pris ou tué. **4** Action de poursuivre. *Chasse à l'homme. Faire la chasse aux abus.* **Loc** *Aviation de chasse*, ou *la chasse* : aviation militaire chargée d'intercepter les avions ennemis, d'attaquer des objectifs terrestres, etc. *Chasse d'eau* : dispositif libérant une masse d'eau pour nettoyer un appareil sanitaire.

châsse *nf* **1** Coffre d'orfèvrerie où sont gardées les reliques d'un saint. **2** Cadre servant à enchâsser ou à protéger divers objets.

chasse-clou *nm* Poinçon pour enfoncer un clou. *Des chasse-clous.*

chassé-croisé *nm* Mouvement de personnes qui se cherchent et se croisent sans se rencontrer. *Des chassés-croisés.*

chasselas *nm* Raisin de table blanc.

chasse-neige *nm inv* **1** Engin qui sert à déblayer les routes ou les voies ferrées couvertes de neige. **2** Position des skis en V vers l'avant pour freiner en descente.

chasser *vt* **1** Poursuivre des animaux pour les tuer ou les prendre vivants. **2** Mettre dehors avec force ; congédier. **3** Repousser, écarter qqch. *Chasser les soucis.* ■ *vi* Déraper.

chasseresse *nf, a* Litt Chasseuse.

chasseur, euse *n* Qui pratique la chasse. **Loc** *Chasseur d'images* : photographe, reporter. *Chasseur de têtes* : professionnel qui se charge, pour le compte d'une entreprise, du recrutement des cadres. ■ *nm* **1** Groom qui fait les commissions dans un hôtel, un restaurant. **2** Soldat de certains corps d'infanterie ou de cavalerie. **3** Avion de chasse. ■ *a inv* CUIS Garni de champignons. *Du lapin chasseur.*

chasseur-cueilleur *nm* ETHNOL Qui tire sa subsistance de la chasse, de la pêche ou de la cueillette. *Des chasseurs-cueilleurs.*

chassie *nf* Matière visqueuse qui s'amasse sur le bord des paupières.

chassieux, euse *a* Qui a de la chassie.

châssis *nm* **1** Assemblage en métal ou en bois qui sert à encadrer ou à soutenir un objet, un vitrage. **2** Assemblage métallique rigide servant à supporter la carrosserie, le moteur.

chaste *a* Qui pratique la chasteté, plein de pudeur.

chasteté *nf* Vertu qui consiste à s'abstenir des plaisirs charnels jugés illicites.

chasuble *nf* Ornement liturgique que le prêtre met par-dessus l'aube et l'étole pour dire la messe. **Loc** *Robe chasuble* : sans manches et de forme évasée.

chat, chatte *n* **1** Petit mammifère domestique ou sauvage au pelage soyeux, aux pattes garnies de griffes rétractiles. **2** Jeu de poursuite enfantin. **Loc** *Appeler un chat un chat* : parler franchement, crûment. *Avoir un chat dans la gorge* : être enroué. *Acheter chat en poche* : sans voir l'objet que l'on achète. *Avoir d'autres chats à fouetter* : des choses plus importantes à faire.

Fam *Il n'y a pas un chat :* il n'y a personne. *Il n'y a pas de quoi fouetter un chat :* c'est une affaire sans importance. *Donner sa langue au chat :* déclarer que l'on renonce à trouver la solution d'une énigme. *S'entendre comme chien et chat :* ne pas pouvoir se supporter.

châtaigne *nf* **1** Fruit du châtaignier. **2** *Pop* Coup de poing.

châtaigneraie *nf* Lieu planté de châtaigniers.

châtaignier *nm* Arbre des régions tempérées produisant les châtaignes.

châtain, aine *a* Brun clair. *Cheveux châtains.*

château *nm* **1** Forteresse entourée de fossés et défendue par de gros murs flanqués de tours ou de bastions. **2** Habitation royale ou seigneuriale. **3** Demeure belle et vaste, à la campagne. **4** Superstructure immergée du pont d'un navire. **Loc** *Châteaux en Espagne :* projets irréalisables. *Vie de château :* vie oisive dans l'abondance. *Château d'eau :* réservoir surélevé d'un réseau de distribution d'eau.

châteaubriand ou **châteaubriant** *nm* Morceau de filet de bœuf grillé très épais.

châteauneuf-du-pape *nm inv* Cru réputé des Côtes du Rhône méridionales.

châtelain, aine *n* Propriétaire d'un château.

chat-huant *nm* Hulotte. *Des chats-huants.*

châtier *vt* **1** *Litt* Punir. *Châtier les coupables.* **2** Rendre plus pur. *Langage châtié.*

chatière *nf* Ouverture au bas d'une porte pour le passage des chats.

châtiment *nm* Correction, punition.

chatoiement *nm* Reflet brillant et changeant.

chaton *nm* **1** Jeune chat. **2** Bourgeon duveteux allongé de certains arbres. *Des chatons de noisetier.* **3** Partie saillante d'une bague, marquée d'un chiffre ou portant une pierre précieuse.

chatouille *nf Fam* Chatouillement.

chatouillement *nm* **1** Action de chatouiller. **2** Picotement désagréable.

chatouiller *vt* **1** Causer, par attouchement léger, un tressaillement spasmodique qui provoque un rire nerveux. **2** Produire une impression agréable. **3** Exciter. *Chatouiller la curiosité.*

chatouilleux, euse *a* **1** Sensible au chatouillement. **2** Susceptible.

chatouillis *nm Fam* Chatouille légère.

chatoyant, ante *a* Qui chatoie.

chatoyer *vi* [22] Avoir des reflets changeants.

châtrer *vt* Syn de *castrer.*

chatterie *nf* **1** Caresse féline. **2** Friandise.

chatterton [-ton] *nm* Ruban adhésif employé comme isolant en électricité.

chaud, chaude *a* **1** Qui a une température plus élevée que celle du corps humain. *De l'eau trop chaude.* **2** Récent. *Une nouvelle toute chaude.* **3** Ardent, sensuel, passionné. **4** Se dit d'une voix animée, bien timbrée. **5** Se dit de coloris qui évoquent le feu (rouge, orangé, etc.). ■ *nm* Chaleur. *Il ne craint ni le chaud ni le froid.* **Loc** *Un chaud et froid :* un refroidissement brusque alors que l'on est en sueur. *Avoir chaud :* éprouver une sensation de chaleur. *Avoir eu chaud :* avoir échappé de bien peu à un désagrément. *Il fait chaud :* on sent la chaleur. *Fam Cela ne me fait ni chaud ni froid :* cela m'est indifférent. ■ *av* **Loc** *À chaud :* en pleine crise. *Fam Coûter chaud :* coûter cher.

chaudement *av* **1** De façon à avoir chaud. **2** Avec ardeur, vivacité. *Il m'a chaudement défendu.*

chaud-froid *nm* Volaille ou gibier cuit, servi froid, en gelée. *Des chauds-froids.*

chaudière *nf* Appareil destiné à porter un fluide (généralement de l'eau ou de la vapeur) à une température élevée.

chaudron *nm* Petit récipient, muni d'une anse, destiné aux usages culinaires.

chaudronnerie *nf* **1** Industrie concernant la fabrication d'objets en métal. **2** Produit de cette industrie.

chaudronnier, ère *n* Qui fabrique ou vend des articles de chaudronnerie.

chauffage *nm* **1** Action de chauffer ; production de chaleur. **2** Mode de production de chaleur ; appareil destiné à chauffer.

chauffagiste *nm* Installateur de chauffage central.

chauffant, ante *a* Qui chauffe.

chauffard *nm* Automobiliste maladroit ou imprudent.

chauffe *nf* Action, fait de chauffer. **Loc** *Bleu de chauffe :* vêtement de travail en toile bleue. *Chambre de chauffe :* lieu où l'on brûle le combustible dans les fonderies, les navires.

chauffe-biberon *nm* Appareil électrique servant à faire chauffer les biberons au bain-marie. *Des chauffe-biberons.*

chauffe-eau *nm inv* Appareil de production d'eau chaude domestique.

chauffe-plat *nm* Plaque chauffante, réchaud de table. *Des chauffe-plats.*

chauffer *vt* **1** Rendre chaud, plus chaud ; donner une sensation de chaleur. **2** Mener vivement, activer qqch ; exciter, stimuler qqn. *Chauffer une affaire. Un chanteur qui chauffe son public.* ■ *vi* **1** Devenir chaud. **2** Dégager de la chaleur. *Fam Ça chauffe, ça va chauffer :* cela va prendre une tournure violente. ■ *vpr* **1** S'exposer à la chaleur. **2** Chauffer son habitation.

chaufferette *nf* Appareil, dispositif pour chauffer les pieds.

chaufferie *nf* Local où sont installés des appareils de production de chaleur.

chauffeur *nm* **1** Ouvrier chargé de l'alimentation d'un foyer. **2** Conducteur d'un véhicule automobile.

chauffeuse *nf* Siège bas à dossier pour s'asseoir auprès du feu.

chauler *vt* **1** Amender un sol en y incorporant de la chaux. **2** Enduire de chaux.

chaume *nm* **1** Tige herbacée des graminées (blé, avoine, etc.). **2** Partie des céréales qui reste dans un champ après la moisson. **3** Paille qui sert de toiture.

chaumière *nf* Maison couverte de chaume.

chaussée *nf* Partie d'une route aménagée pour la circulation.

chausse-pied *nm* Lame incurvée, dont on se sert pour chausser plus facilement une chaussure. *Des chausse-pieds.*

chausser *vt* **1** Mettre à ses pieds des chaussures. *Chausser des bottes.* **2** Porter des chaussures de telle pointure. *Chausser du 41.* **3** Munir de pneumatiques un véhicule. **4** S'adapter au pied de telle ou telle façon. *Ce modèle vous chausse bien.*

chausses *nfpl* Culotte en tissu, portée jusqu'au XVIIᵉ s.

chausse-trappe ou **chausse-trape** *nf* **1** Trou recouvert où est dissimulé un piège pour attraper les animaux sauvages. **2** Piège que l'on tend à qqn. *Des chausse-trap(p)es.*

chaussette *nf* Bas court porté par les deux sexes. **Loc** Pop *Jus de chaussette* : mauvais café.

chausseur *nm* Commerçant en chaussures, généralement sur mesure.

chausson *nm* **1** Chaussure d'intérieur souple et légère. **2** Chaussure souple de danse. **3** Chaussette tricotée pour nouveau-né. **4** Pâtisserie de pâte feuilletée fourrée de compote.

chaussure *nf* Partie de l'habillement qui sert à couvrir et à protéger le pied (sandales, souliers, bottes, etc.).

chaut. V. chaloir.

chauve *a, n* Qui n'a plus de cheveux.

chauve-souris *nf* Mammifère muni d'ailes membraneuses, dont le corps rappelle celui d'une souris. Syn. chiroptère. *Des chauves-souris.*

chauvin, ine *a* **1** Qui professe un patriotisme exagéré. **2** Qui manifeste une admiration exclusive pour sa ville, sa région, etc.

chauvinisme *nm* Sentiments chauvins.

chaux *nf* Oxyde de calcium anhydre (*chaux vive*) ou hydraté (*chaux éteinte*) qui a de nombreuses applications dans l'industrie. **Loc** *Lait de chaux* : chaux éteinte étendue d'eau jusqu'à consistance de badigeon.

chavirement ou **chavirage** *nm* Fait de chavirer.

chavirer *vi* Se renverser. *Le voilier a chaviré.* ■ *vt* **1** Renverser, culbuter. **2** Émouvoir profondément, bouleverser. *Ce spectacle l'a chaviré.*

chéchia *nf* Calotte de laine portée dans certains pays d'islam.

check-list [tʃɛk-] *nf* Liste de contrôle des manœuvres à effectuer au décollage et à l'atterrissage d'un avion. *Des check-lists.*

check-point [tʃɛkpɔint] *nm* MILIT Poste de contrôle. *Des check-points.*

check-up [tʃɛkœp] *nm inv* Bilan de santé.

cheddar *nm* Fromage anglais, à pâte dure jaune.

cheddite *nf* Explosif à base de chlorate de potassium et de trinitrotoluène.

chef *nm* **1** Qui exerce le commandement suprême ou qui a une autorité subalterne. **2** Responsable de la cuisine d'un restaurant. **Loc** *En chef* : en qualité de chef suprême. *De son propre chef* : de sa propre initiative, de sa seule autorité. *Au premier chef* : au plus haut point. *Chef d'accusation* : point sur lequel porte une accusation.

chef-d'œuvre [ʃedœvʀ] *nm* Œuvre capitale, parfaite en son genre. *Des chefs-d'œuvre.*

chefferie *nf* Territoire dirigé par un chef coutumier.

chef-lieu *nm* Localité qui est le siège d'une division administrative. *Des chefs-lieux.*

cheftaine *nf* Dans le scoutisme, jeune fille chargée de la direction d'un groupe.

cheik, cheikh ou **scheikh** *nm* Chef de tribu dans certains pays arabes.

chélateur [ke-] *nm* MED Substance utilisée dans certains cas d'intoxication.

chelem ou **schelem** [ʃlem] *nm* **1** Réalisation de toutes les levées (*grand chelem*) ou de toutes les levées moins une (*petit chelem*), par un seul joueur ou une seule équipe, à certains jeux de cartes (tarot, bridge). **2** Suite ininterrompue de victoires, dans une série de compétitions.

chélidoine [ke-] *nf* Plante à latex et à fleurs jaunes.

chélonien [ke-] *nm* ZOOL Tortue.

chemin *nm* **1** Voie par laquelle on peut aller d'un point à un autre, généralement à la campagne. **2** Itinéraire à emprunter. *Ne pas retrouver son chemin.* **3** Distance, trajet. *Choisir le plus court chemin.* **4** Ce qui mène à une fin. *Les chemins de la réussite.* **Loc** *Ne pas y aller par quatre chemins* : aller droit au but, sans ménagements. *Barrer le chemin à qqn* : lui faire obstacle. *S'arrêter en chemin* : abandonner une entreprise commencée. *Faire son chemin, faire du chemin* : progresser, parvenir, s'enrichir. *Chemin de table* : napperon long et étroit.

chemin de fer [-e-] *nm* **1** Moyen de transport qui utilise les voies ferrées. **2** Administration qui exploite ce moyen de transport. **3** Jeu de casino, variante du baccara. *Des chemins de fer.*

cheminée *nf* **1** Construction à l'intérieur d'une habitation, aménagée en foyer et dans laquelle on fait du feu. **2** L'extrémité du conduit d'évacuation de la fumée qui dépasse du toit ; ce conduit lui-même. **3** Tuyau servant à l'évacuation des fumées dans les machines et dans certains foyers industriels. **4** Étroite fente rocheuse verticale.

cheminement *nm* **1** Action de cheminer. **2** Évolution, progression d'une idée, d'un sentiment.

cheminer *vi* **1** Faire du chemin ; aller à pied. **2** Évoluer, progresser, en parlant d'une idée, d'un sentiment.

cheminot *nm* Employé de chemin de fer.

chemisage *nm* Opération par laquelle on chemise.

chemise *nf* **1** Vêtement surtout masculin de tissu léger qui couvre le torse. **2** Couverture en papier ou en carton, renfermant des documents divers. **3** TECH Enveloppe métallique d'une pièce, destinée à la protéger. **Loc** *Chemise de nuit* : long vêtement de nuit. Fam *Changer de qqch comme de chemise* : en changer très souvent. Fam *Se soucier de qqch comme de sa première chemise* : ne pas s'en soucier du tout.

chemiser *vt* Garnir d'un revêtement. *Chemiser les cylindres d'un moteur.*

chemiserie *nf* Fabrique, magasin de chemises.

chemisette *nf* Chemise d'homme légère à manches courtes.

chemisier, ère *n* Qui confectionne ou vend des chemises. ■ *nm* Vêtement féminin analogue à la chemise d'homme.

chênaie *nf* Forêt plantée de chênes.

chenal, aux *nm* Passage étroit permettant la navigation entre les terres, des écueils.

chenapan *nm* Vaurien, garnement.

chêne *nm* Grand arbre forestier à feuilles lobées et à bois dur.

chéneau *nm* Conduit placé à la base d'un toit pour recueillir les eaux de pluie.

chêne-liège *nm* Variété de chêne qui fournit le liège. *Des chênes-lièges.*

chenet *nm* Support métallique sur lequel on place le bois, dans une cheminée.

chènevis *nm* Graine de chanvre que l'on donne à manger aux oiseaux.

chenil *nm* Lieu où on garde, où on élève des chiens.

chenille *nf* 1 Larve des papillons. 2 Bande métallique articulée, permettant aux véhicules automobiles de circuler sur tous terrains. 3 Cordon tors, de soie veloutée, utilisé en passementerie.

chenin *nm* Cépage blanc.

chénopode [ke-] *nm* Plante dont on tire un vermifuge.

chénopodiacée [ke-] *nf* BOT Plante sans pétales, tel l'épinard et la betterave.

chenu, ue *a* Litt Que l'âge a rendu blanc.

cheptel *nm* Ensemble des troupeaux d'une propriété rurale, d'un pays. *Cheptel bovin.*

chèque *nm* Mandat de paiement servant au titulaire d'un compte à effectuer des retraits de fonds. Loc *Chèque en bois* : sans provision. *Chèque en blanc* : signé sans indication de somme.

chéquier *nm* Carnet de chèques.

cher, chère *a* 1 Tendrement aimé, auquel on tient beaucoup. 2 S'emploie dans des formules par lesquelles on commence une lettre. *Cher Monsieur, Cher ami.* 3 Qui coûte un prix élevé. *La viande est chère.* 4 Qui vend à haut prix. *Un couturier cher.* ■ *av* À haut prix. *Acheter, payer cher.* Loc *Il me le paiera cher* : je me vengerai de lui durement. *Il ne vaut pas cher* : il est bien peu estimable.

chercher *vt* 1 S'efforcer de trouver, de découvrir ou retrouver. 2 Tâcher de se procurer. *Chercher un emploi.* 3 S'efforcer de trouver par la réflexion, par l'analyse. *Chercher la solution d'un problème.* 4 S'efforcer de, essayer de parvenir à. *Chercher à nuire.* 5 Quérir, aller prendre. *Va chercher le médecin.* 6 Pop Provoquer qqn. Loc *Aller chercher dans, aux alentours de* : atteindre tel prix.

chercheur, euse *n* 1 Qui cherche. 2 Qui s'adonne à des recherches scientifiques. ■ *a* Loc *Tête chercheuse* : dispositif dirigeant automatiquement un missile vers l'objectif.

chère *nf* Litt Nourriture de qualité.

chèrement *av* Au prix de lourds sacrifices. *Un succès chèrement acquis.*

chéri, ie *a, n* Que l'on chérit.

chérifien, enne *a* Du Maroc.

chérir *vt* 1 Aimer tendrement. *Chérir ses enfants.* 2 Être très attaché à. *Chérir la liberté.*

cherry *nm* Liqueur de cerise.

cherté *nf* Prix élevé.

chérubin *nm* 1 Ange tutélaire des lieux sacrés. 2 Enfant beau et doux.

chester [-tɛʀ] *nm* Fromage de vache anglais à pâte dure.

chétif, ive *a* Faible, maigre et maladif.

chevaine. V. chevesne.

cheval, aux *nm* 1 Animal domestique utilisé comme monture ou comme bête de trait. 2 Équitation. *Faire du cheval.* 3 Syn de *cheval-vapeur.* Loc *À cheval* : monté sur un cheval ; à califourchon ; à la fois sur deux domaines, deux périodes ; très strict. *Fièvre de cheval* : violente. Fam *Remède de cheval* : très énergique. Fam *Cela ne se trouve pas sous les pas d'un*

cheval : cela ne se trouve pas facilement. *Cheval de retour* : délinquant récidiviste. Fam *Monter sur ses grands chevaux* : s'emporter. *Chevaux de bois* : manège de fête foraine. *Chevaux de frise* : obstacles mobiles garnis de pieux ou de barbelés. *Cheval d'arçons* : appareil qui sert pour des exercices de gymnastique.

chevaleresque *a* Digne d'un chevalier ; noble, généreux.

chevalerie *nf* HIST Institution militaire féodale propre à la noblesse ; ensemble des chevaliers. Loc *Ordre de chevalerie* : distinction honorifique instituée par un État (ex. : Légion d'honneur).

chevalet *nm* 1 Support en bois, sur pieds, que les peintres utilisent pour poser leur toile. 2 Pièce de bois qui soutient les cordes tendues de certains instruments de musique.

chevalier *nm* 1 Qui appartenait à l'ordre de la chevalerie. 2 Titulaire du grade le plus bas d'une décoration, d'un ordre de chevalerie. 3 Oiseau échassier à long bec. Loc Litt *Chevalier d'industrie* : qui vit d'affaires louches, d'expédients ; escroc.

chevalière *nf* Bague large et épaisse ornée d'un chaton gravé.

chevalin, ine *a* Du cheval. *Races chevalines.*

cheval-vapeur *nm* 1 Unité de puissance valant 736 watts. 2 Unité prise en compte pour taxer les automobiles en fonction de leur puissance fiscale (abrév : CV). *Des chevaux-vapeurs.*

chevauchant, ante *a* Qui chevauche autre chose.

chevauchée *nf* Course, promenade à cheval.

chevauchement *nm* Disposition de pièces, d'objets qui se chevauchent.

chevaucher *vi* Litt Aller à cheval. ■ *vt* 1 Être à cheval sur. *Chevaucher une mule.* 2 Empiéter sur, recouvrir partiellement. *Poutre qui chevauche un mur.*

chevêche *nf* Chouette de petite taille.

chevelu, ue *a, n* Dont les cheveux sont longs et fournis.

chevelure *nf* 1 Ensemble des cheveux d'une personne. 2 Queue d'une comète.

chevesne, chevaine ou **chevenne** *nm* Poisson d'eau douce, très vorace.

chevet *nm* 1 Tête du lit. 2 Partie semi-circulaire qui constitue l'extrémité du chœur d'une église. Loc *Livre de chevet* : livre de prédilection. *Être au chevet de qqn* : près de son lit pour le veiller ou le soigner.

cheveu *nm* Poil du crâne, dans l'espèce humaine. Loc *Se faire des cheveux* : se tourmenter. *Faire dresser les cheveux sur la tête* : épouvanter. *Argument tiré par les cheveux* : présenté de façon peu naturelle. Fam *Se prendre aux cheveux* : se battre. *Saisir l'occasion aux cheveux* : sans hésiter. Fam *Venir comme un cheveu sur la soupe* : hors de propos. *Ne tenir qu'à un cheveu, s'en falloir d'un cheveu* : dépendre de très peu de chose. Fam *Couper les cheveux en quatre* : user de subtilités excessives.

cheville *nf* 1 Petite pièce de bois, de métal ou de matière plastique, servant à réaliser un assemblage, à boucher un trou, etc. 2 Mot ou groupe de mots inutile quant au sens, servant de remplissage dans un vers. 3 Articulation de la jambe et du pied. Loc *Cheville ouvrière* :

agent principal, indispensable, dans une affaire. Fam *Se mettre en cheville* : s'associer dans une entreprise. Fam *Ne pas arriver à la cheville de qqn* : lui être très inférieur.

cheviller vt Assembler avec des chevilles.

cheviotte nf Laine d'Écosse.

chèvre nf 1 Mammifère ruminant à cornes recourbées en arrière, élevé pour son lait et son poil ; la seule femelle, par oppos. au *bouc.* 2 Appareil de levage à poulie. Loc Fam *Devenir chèvre* : s'énerver à en perdre la tête. *Ménager la chèvre et le chou* : ne pas prendre parti. ■ nm Fromage au lait de chèvre.

chevreau nm 1 Petit de la chèvre, cabri. 2 Le cuir de cet animal.

chèvrefeuille nm Liane aux fleurs odorantes, très répandue en France.

chevrette nf 1 Petite chèvre. 2 Femelle du chevreuil.

chevreuil nm Cervidé européen au pelage brun-roux l'hiver, plus gris en été.

chevrier, ère n Qui mène, qui garde les chèvres. ■ nm Haricot à grains verts.

chevron nm 1 Pièce de bois équarrie qui supporte les lattes d'une toiture. 2 Galon en forme de V renversé, insigne de grade militaire subalterne, ou d'ancienneté. 3 Motif décoratif en forme de V.

chevronné, e a Ancien et compétent dans une activité. *Pilote chevronné.*

chevrotant, ante a Qui chevrote.

chevrotement nm Tremblement de la voix.

chevroter vi Parler ou chanter d'une voix tremblotante.

chevrotine nf Plomb de chasse de fort calibre pour le gros gibier.

chewing-gum [ʃwiŋgɔm] nm Gomme à mâcher. *Des chewing-gums.*

chez prép 1 Dans la maison de. 2 Dans tel groupe de gens, animaux. *Chez les Anglais, chez les mammifères.* 3 En, dans la personne de, dans l'œuvre de. *C'est une manie chez lui.*

chez-soi nm inv Domicile, lieu où l'on habite.

chiader vi Pop Étudier à fond.

chialer vi Pop Pleurer.

chiant, ante a Pop Très ennuyeux.

chianti [kjãti] nm Vin rouge d'Italie (Toscane).

chiasme [kjasm] nm RHET Figure disposant en sens inverse les mots de deux propositions (ex. : *riche en qualités, de défauts exempt*).

chiasse nf Pop Diarrhée.

chic nm 1 Habileté, savoir-faire. *Il a le chic pour esquiver les réponses difficiles.* 2 Ce qui est élégant, de bon goût. Loc *De chic* : sans l'aide d'un modèle ; d'inspiration. ■ a inv 1 Élégant, distingué. *Un dîner très chic.* 2 Amical et serviable. Loc *Bon chic bon genre* (souvent abrégé *B.C.B.G.*) : de bon ton. ■ interj Exprime la joie.

chicagoan, ane a, n De Chicago.

chicane nf 1 Querelle sans fondement, tracasserie déplacée. 2 Passage en zigzag installé sur une route.

chicaner vi Contester sans fondement et avec malveillance. ■ vt Critiquer, contredire qqn sur des vétilles.

chicanerie nf Le fait de chicaner.

chicaneur, euse ou **chicanier, ère** a, n Qui chicane. *Il est très chicanier.*

1. chiche a Parcimonieux, avare.

2. chiche am Loc *Pois chiche* : plante fournissant des graines ressemblant à de gros pois.

3. chiche interj Fam Marque le défi. ■ a Loc Fam *Tu n'es pas chiche de le faire !* : tu n'en es pas capable !

chiche-kebab nm Brochette de mouton préparée à l'orientale.

chichement av Avec parcimonie.

chichi nm Fam Comportement maniéré.

chichiteux, euse a, n Fam Qui fait, qui aime faire des chichis.

chicorée nf 1 Nom de diverses variétés de salade. 2 Poudre de racines torréfiées de chicorée que l'on mélange au café.

chicot nm 1 Reste dressé du tronc d'un arbre brisé ou coupé. 2 Reste d'une dent cariée ou cassée.

chien, chienne n Quadrupède domestique de la famille des canidés. Loc Fam *Mener une vie de chien* : une vie misérable. Fam *Garder à qqn un chien de sa chienne* : lui garder rancune. *Se regarder en chiens de faïence* : sans rien dire et avec une certaine hostilité. *Entre chien et loup* : au crépuscule. *Un temps de chien* : un très mauvais temps. Fam *Un mal de chien* : beaucoup de difficulté. *Avoir du chien* : avoir de l'allure, de l'élégance, en parlant d'une femme. ■ nm Pièce d'une arme à feu portative, qui assure la percussion.

chiendent nm Herbe envahissante et difficile à détruire.

chienlit nf Fam Agitation, désordre, pagaille.

chien-loup nm Chien de berger qui ressemble au loup. *Des chiens-loups.*

chier vi Pop Déféquer. Loc Pop *Faire chier qqn* : l'ennuyer.

chiffe nf Personne sans énergie.

chiffon nm Morceau de vieux tissu. Loc *Chiffon de papier* : contrat, traité sans valeur.

chiffonner vt 1 Froisser. *Chiffonner sa robe.* 2 Fam Contrarier, chagriner.

chiffonnier, ère n Qui ramasse les chiffons, les vieux papiers, la ferraille. ■ nm Petit meuble à tiroirs, haut et étroit.

chiffrable a Qu'on peut évaluer.

chiffrage nm Action de chiffrer.

chiffre nm 1 Caractère dont on se sert pour représenter les nombres. *Chiffres romains. Chiffres arabes.* 2 Somme totale. *Le chiffre des dépenses.* 3 Code utilisé pour la transmission de messages secrets. 4 Initiales du nom de qqn artistiquement disposées. Loc *Chiffre d'affaires* : montant total des ventes effectuées au cours d'une seule année.

chiffrer vt 1 Évaluer, fixer le montant de. 2 Numéroter. 3 Traduire en signes cryptographiques. ■ vi Fam Atteindre un coût élevé.

chignole nf 1 Perceuse mécanique. 2 Fam Mauvaise voiture.

chignon nm Masse de cheveux roulés au-dessus de la nuque.

chihuahua nm Petit chien d'origine mexicaine.

chiisme nm Courant musulman né du schisme provoqué par l'assassinat d'Ali, gendre de Mahomet.

chiite a, n Qui se réclame du chiisme.

chilien, enne a, n Du Chili.

chimère nf 1 Monstre fabuleux à tête de lion, corps de chèvre et queue de dragon. 2 Imagination vaine, illusion, projet sans consistance. 3 BIOL Organisme constitué de cellules ayant des origines génétiques différentes.

chimérique a 1 Qui se complaît dans des chimères. *Esprit chimérique.* 2 Qui a un caractère illusoire. *Projets chimériques.*

chimie nf Science des caractéristiques et des propriétés des corps, de leurs actions mutuelles et des transformations qu'ils peuvent subir.

chimiorésistance nf MED Résistance à la chimiothérapie d'un microorganisme ou d'une tumeur.

chimiosynthèse nf BIOL Synthèse organique réalisée par certaines bactéries.

chimiothérapie nf Traitement des maladies par des substances chimiques.

chimique a De la chimie.

chimiquement av D'après les lois de la chimie. *Corps chimiquement pur.*

chimiste n Spécialiste de chimie.

chimpanzé nm Singe anthropoïde d'Afrique.

chinchard nm Poisson marin, proche du maquereau.

chinchilla [-la] nm 1 Petit rongeur des Andes. 2 Fourrure de cet animal.

chiné, ée a Dont le fil est de plusieurs couleurs. *Laine chinée.* ■ nm Tissu moucheté.

chiner vt 1 Rechercher des objets d'occasion, des curiosités, soit en amateur, soit pour en faire commerce. ■ vt Fam Se moquer de qqn sans malveillance.

chineur, euse n Qui aime chiner.

chinois, oise a, n 1 De la Chine. 2 Fam Formaliste, minutieux à l'excès. ■ nm 1 Langue parlée en Chine. 2 Passoire à grille très fine, utilisée en cuisine.

chinoiserie nf 1 Meuble, bibelot venant de Chine, ou de style chinois. 2 Fam Complication, chicane mesquine.

chinon nm Vin de Touraine, rouge ou rosé.

chiot nm Très jeune chien.

chiottes nfpl Pop Cabinets d'aisances.

chiourme nf HIST Ensemble des forçats.

chiper vt Fam Dérober un objet sans valeur.

chipie nf Fam Jeune fille ou femme capricieuse, acariâtre ou malveillante.

chipolata nf Saucisse de porc mince et longue.

chipotage nm Fam Action de chipoter.

chipoter vi Fam 1 Manger peu et sans appétit. 2 Contester pour des vétilles.

chipoteur, euse n Fam Qui chipote.

chips nfpl Rondelle de pomme de terre frite très mince.

chique nf Tabac que l'on mâche.

chiqué nm Fam Feinte, simulation. Loc *Faire du chiqué* : faire des manières.

chiquenaude nf Petit coup donné par la détente brusque d'un doigt. Syn. pichenette.

chiquer vt, vi Mâcher du tabac.

chiromancie [-ki-] nf Divination d'après les lignes de la main.

chiromancien, enne [-ki-] n Qui pratique la chiromancie.

chiropracteur [-ki-] nm Qui pratique la chiropraxie.

chiropraxie ou **chiropractie** [-ki-] nf Traitement des douleurs par manipulation de la colonne vertébrale.

chiroptère [-ki-] nm ZOOL Syn de *chauve-souris.*

chiroubles nm Cru du Beaujolais.

chirurgical, ale, aux a De la chirurgie. *Intervention chirurgicale.*

chirurgie nf Pratique médicale nécessitant des incisions dans la chair.

chirurgien, enne n Spécialiste de la chirurgie.

chirurgien-dentiste nm Praticien diplômé qui soigne les dents. *Des chirurgiens-dentistes.*

chistéra nm Gouttière d'osier recourbée, que l'on fixe solidement au poignet pour jouer à la pelote basque.

chitine [-ki-] nf ZOOL Substance qui constitue les téguments des arthropodes.

chiure nf Excrément de mouche.

chlamydia [kla-] nf Bactérie responsable de diverses infections transmissibles.

chlorate nm Sel des acides dérivés du chlore.

chlore [klɔʀ] nm Gaz à l'odeur suffocante.

chloré, ée a Qui renferme du chlore.

chlorhydrique a Loc *Acide chlorhydrique* : gaz constitué de chlore et d'hydrogène, qui attaque les métaux.

chlorofibre nf Fibre synthétique résistant bien au feu.

chlorofluorocarbone nm Composé dont la présence dans certains aérosols est jugée nocive pour l'atmosphère. Syn. C.F.C.

chloroforme [klɔ-] nm Composé utilisé autrefois comme anesthésique général.

chloroformer vt Anesthésier, endormir au chloroforme.

chlorophycée nf BOT Algue verte.

chlorophylle nf Pigment végétal vert qui confère aux végétaux la fonction d'assimilation du carbone.

chlorophyllien, enne a De la chlorophylle.

chloroplaste nm BOT Élément cellulaire contenant la chlorophylle.

chloroquine nf Médicament antipaludéen.

chlorose [klɔʀoz] nf Maladie des plantes, caractérisée par la décoloration des feuilles.

chlorure nm Sel ou ester de l'acide chlorhydrique et de certains dérivés du chlore.

choc nm 1 Heurt d'un corps contre un autre. 2 Rencontre et combat de deux troupes armées. 3 Conflit, opposition. 4 Émotion violente causée par un événement brutal. ■ a Qui surprend, étonne. *Des prix chocs.*

chochotte nf Fam Femme maniérée.

chocolat nm 1 Substance comestible à base de cacao et de sucre. 2 Bonbon de chocolat. 3 Boisson au chocolat. ■ a inv De couleur brun foncé. Loc Fam *Être chocolat* : déçu, trompé.

chocolaté, ée a Contenant du chocolat.

chocolaterie nf Fabrique de chocolat.

chocolatier, ère n Qui fait, qui vend du chocolat. ■ nf Récipient, à couvercle et bec verseur, pour servir le chocolat.

chocottes nfpl Loc Pop *Avoir les chocottes* : avoir peur.

chœur [kœʀ] nm 1 Groupe de chanteurs qui exécutent une œuvre musicale. 2 Morceau de musique interprété par ce groupe. 3 Réunion de personnes qui expriment la même chose. *Le chœur des créanciers.* 4 Partie de l'église où se trouve le maître-autel. Loc *En chœur* : tous ensemble, d'un commun accord. *Enfant de chœur* : enfant qui assiste le prêtre pendant la messe ; personne très naïve.

choir *vi* [50] (surtout à l'inf et au pp) Litt Tomber. Loc Fam *Laisser choir* : abandonner.

choisi, ie *a* Recherché, raffiné, de première qualité. Loc *S'exprimer en termes choisis.*

choisir *vt* Adopter selon une préférence.

choix *nm* 1 Action de choisir. 2 Pouvoir, faculté, liberté de choisir. 3 Ensemble de choses choisies ou données à choisir.

cholécystite [kɔ-] *nf* Inflammation de la vésicule biliaire.

cholédoque [kɔ-] *a* Loc *Canal cholédoque* : canal par lequel s'écoule la bile.

choléra [kɔ-] *nm* Infection intestinale aiguë, très contagieuse.

cholérique [kɔ-] *a, n* Du choléra ; atteint du choléra.

cholestérol [kɔ-] *nm* Substance présente dans le corps humain et dont l'excès est nocif.

cholestérolémie [kɔ-] *nf* MED Présence de cholestérol dans le sang.

cholinergique [kɔ-] *a* BIOL Relatif à la libération de l'acétylcholine.

chômage *nm* État d'une personne privée d'emploi, d'une entreprise interrompant son activité.

chômé, ée *a* Se dit d'un jour où l'on ne travaille pas et qui est payé.

chômer *vi* 1 Cesser de travailler les jours fériés. 2 Être privé d'emploi. Loc Fam *Ne pas chômer* : se donner beaucoup de mal.

chômeur, euse *n* Personne privée d'emploi.

chope *nf* Verre à bière muni d'une anse.

choper *vt* Fam Prendre, attraper, voler.

chopine *nf* Bouteille de vin.

chopsuey *nm* Plat chinois de légumes et de viande émincés et sautés.

choquant, ante *a* Qui choque, désagréable.

choquer *vt* 1 Donner un choc à, heurter. 2 Heurter moralement, offenser, offusquer.

choral, ale, als [kɔ-] *a* Relatif à un chœur. *Chant choral.* ■ *nm* 1 Chant liturgique protestant. 2 Composition musicale pour clavecin ou orgue. ■ *nf* Groupe de chanteurs.

chorège [kɔ-] *nm* ANTIQ Citoyen qui, à Athènes, assumait les frais d'une représentation théâtrale.

chorégraphe [kɔ-] *n* Qui compose et règle les ballets.

chorégraphie [kɔ-] *nf* 1 Art de composer, de régler des ballets. 2 Ensemble des figures de danse qui composent un ballet.

chorégraphique [kɔ-] *a* Relatif à la danse.

choriste [kɔ-] *n* Qui chante dans un chœur, dans une chorale.

chorizo *nm* Saucisson plus ou moins pimenté.

choroïde [kɔ-] *nf* ANAT Membrane mince située entre la sclérotique et la rétine.

chorus [kɔ-] *nm* Loc *Faire chorus* : répéter en chœur ; joindre son approbation aux autres.

chose *nf* Tout objet concret, toute représentation abstraite. Loc *La chose publique* : l'État. *La chose jugée* : ce qui a été réglé par la juridiction compétente. ■ *pl* Ce qui existe, se fait, a lieu. *Laissez les choses suivre leurs cours.* ■ *a inv* Fam Souffrant, fatigué. *Je me sens toute chose.*

chosifier *vt* PHILO Transformer en chose.

chott *nm* Lac temporaire salé, en Afrique du Nord.

1. chou *nm* 1 Légume qui comprend de nombreuses variétés. 2 Pâtisserie soufflée. Loc Fam *C'est bête comme chou* : c'est très simple.

Faire chou blanc : échouer. *Faire ses choux gras de qqch* : en faire son profit. Fam *Feuille de chou* : journal de peu de valeur. *Des choux.*

2. chou, choute *n* Fam Mot de tendresse. *Mon chou.* ■ *a inv* Fam Gentil, mignon. *Que c'est chou !*

chouan *nm* Insurgé royaliste de l'ouest de la France, sous la Révolution.

chouannerie *nf* Insurrections des chouans.

choucas *nm* Oiseau voisin du corbeau.

chouchou, oute *n* Fam Préféré, favori.

chouchoutage *nm* Fam Action de chouchouter.

chouchouter *vt* Fam Traiter en favori, dorloter.

choucroute *nf* 1 Chou haché et fermenté dans la saumure. 2 Ce chou, cuit et accompagné de charcuterie et de pommes de terre.

1. chouette *nf* Oiseau rapace nocturne sans aigrette.

2. chouette *a* Fam Beau, agréable. ■ *interj* Marque la satisfaction.

chou-fleur *nm* Chou dont on consomme les inflorescences blanches. *Des choux-fleurs.*

chouia *nm* Loc Pop *Un chouia* : un petit peu.

chou-rave *nm* Crucifère dont les racines sont comestibles. *Des choux-raves.*

chow-chow [ʃoʃo] *nm* Chien chinois à long poil. *Des chows-chows.*

choyer *vt* [22] Soigner avec tendresse, entourer de prévenances.

chrème *nm* Huile consacrée, servant à certaines onctions sacramentelles.

chrétien, enne *a, n* Qui est baptisé et, à ce titre, disciple du Christ. ■ *a* Relatif au christianisme. *Église chrétienne.*

chrétiennement *av* De façon chrétienne.

chrétienté *nf* Ensemble des chrétiens ou des pays chrétiens.

christ *nm* Représentation de Jésus crucifié.

christiania *nm* Technique d'arrêt et de virage à skis.

christianisation *nf* Action de christianiser.

christianiser *vt* Rendre chrétien, convertir à la foi chrétienne.

christianisme *nm* Religion fondée sur l'enseignement de Jésus-Christ.

christique *a* Du Christ.

chromatique *a* 1 Qui se rapporte aux couleurs. 2 MUS Qui procède par demi-tons consécutifs ascendants ou descendants.

chromatisme *nm* Ensemble de couleurs.

chromatogramme *nm* Diagramme obtenu par chromatographie.

chromatographie *nf* CHIM Méthode d'analyse des substances en solution ou en suspension dans un liquide.

chrome *nm* Métal blanc, composant des aciers inoxydables.

chromer *vt* Recouvrir de chrome.

chromo *nm* Fam Mauvaise reproduction en couleurs ; mauvais tableau.

chromolithographie *nf* Impression lithographique en couleurs ; image ainsi obtenue.

chromosome *nm* BIOL Chacun des bâtonnets apparaissant dans le noyau de la cellule.

chromosomique *a* Des chromosomes.

chroniciser (se) *vpr* MED Devenir chronique.

chronicité *nf* Caractère chronique.

1. chronique *nf* 1 Recueil de faits historiques rédigés suivant l'ordre chronologique. 2 Ensemble de rumeurs qui circulent. 3 Article périodique dans un journal.

2. chronique *a* Se dit d'une maladie, d'un mal qui dure longtemps.

chroniqueur *nm* Auteur de chroniques.

chrono *nm* Fam Abrév de *chronomètre*.

chronographe *nm* Syn de *chronomètre*.

chronologie *nf* 1 Science de l'ordre des périodes et des dates. 2 Liste d'événements par ordre de dates.

chronologique *a* De la chronologie.

chronologiquement *av* Par ordre chronologique.

chronométrage *nm* Action de chronométrer.

chronomètre *nm* Instrument de précision destiné à mesurer le temps en minutes, secondes, fractions de seconde.

chronométrer *vt* [12] Mesurer à l'aide d'un chronomètre. *Chronométrer une course.*

chronométreur, euse *n* Chargé du chronométrage d'une épreuve sportive.

chrysalide *nf* ZOOL État transitoire entre la chenille et le papillon.

chrysanthème *nm* Plante dont on cultive diverses variétés ornementales.

chrysomèle *nm* Coléoptère aux couleurs brillantes.

C.H.S. *nm* Sigle de *centre hospitalier spécialisé*, nom officiel de l'hôpital psychiatrique.

C.H.U. *nm* Sigle de *centre hospitalo-universitaire*.

chuchotement *nm* Action de chuchoter ; le bruit qui en résulte.

chuchoter *vi* Parler bas en remuant à peine les lèvres. ■ *vt* Dire à voix basse.

chuintant, ante *a* Qui chuinte. ■

chuintement *nm* Action de chuinter ; bruit de ce qui chuinte.

chuinter *vi* 1 Pousser son cri, en parlant de la chouette. 2 Prononcer les sons [s] et [z] comme [ʃ] et [ʒ]. 3 Produire un son qui ressemble au son [ʃ]. *Un gaz qui chuinte en s'échappant.*

chut ! *interj* Silence ! Taisez-vous !

chute *nf* 1 Action de tomber ; mouvement de ce qui tombe. 2 Masse d'eau qui se précipite d'une certaine hauteur. 3 Action de s'écrouler, de s'effondrer. *La chute d'un empire.* 4 Litt Pensée, formule brillante qui termine un texte. 5 Déchet, reste inutilisé d'un matériau que l'on a découpé. Loc *La chute des reins* : le bas du dos. *La chute d'un toit* : sa pente. *Point de chute* : lieu d'arrivée.

chuter *vi* Tomber ; baisser brusquement.

chutney [ʃœtne] *nm* Condiment fait de légumes cuits avec du vinaigre et des épices.

chyle *nm* PHYSIOL Contenu liquide de l'intestin, formé par les aliments digérés.

chyme *nm* PHYSIOL Bouillie formée par les aliments au sortir de l'estomac.

chypriote ou **cypriote** *a, n* De Chypre.

ci *av* 1 (avec un participe) Dans cette lettre. *Ci-joint la facture. La facture ci-jointe. Les observations ci-incluses.* 2 Avec un démonstratif, exprime la proximité. *Ce livre-ci. Celui-ci.* Loc *Ci-après* : plus loin. *Ci-contre* : tout à côté. *Ci-dessus* : plus haut, supra. *Ci-dessous* : plus bas, infra. *De-ci, de-là, par-ci, par-là* : de côté et d'autre, en divers endroits. *Comme ci, comme ça* : moyennement, tant bien que mal.

cible *nf* 1 Disque, panneau qui sert de but pour le tir. 2 Personne visée ; but qu'on cherche à atteindre.

cibler *vt* Définir la cible, le but.

ciboire *nm* RELIG Vase où l'on conserve les hosties consacrées.

ciboule *nf* Plante voisine de l'oignon, utilisée comme condiment.

ciboulette *nf* Plante proche de la ciboule, utilisée comme condiment.

ciboulot *nm* POP Tête.

cicatrice *nf* 1 Trace laissée par une plaie après guérison. 2 Trace laissée par une blessure morale.

cicatriciel, elle *a* D'une cicatrice.

cicatrisable *a* Qui peut se cicatriser.

cicatrisation *nf* Guérison d'une plaie.

cicatriser *vt* 1 Guérir une plaie. 2 Adoucir, calmer. ■ *vi, vpr* Se refermer, guérir. *La plaie a cicatrisé, s'est cicatrisée.*

cicérone *nm* Guide qui fait visiter une ville.

cicindèle *nf* Coléoptère à élytres verts.

ci-contre, ci-dessous, ci-dessus. V. ci.

ci-devant *n inv* Nom donné aux nobles pendant la Révolution française.

cidre *nm* Boisson alcoolique obtenue par fermentation du jus de pomme.

cidrerie *nf* Établissement où l'on fait du cidre.

ciel *nm* 1 (pl *cieux*) Partie de l'espace que nous voyons au-dessus de nos têtes. 2 (pl *ciels*) Aspect de l'air, de l'atmosphère selon le temps qu'il fait. *Ciel clair, nuageux.* 3 (pl *cieux*) Le séjour de Dieu et des bienheureux, le paradis. 4 (pl *cieux*) La divinité, la providence. *Grâce au ciel, j'ai réussi.* Loc *Ciel de lit* : partie supérieure d'un baldaquin. *À ciel ouvert* : à l'air libre. *Être au septième ciel* : dans un état de ravissement. ■ *interj* Marque la stupéfaction, la douleur. *Ciel ! mes bijoux.*

cierge *nm* Longue bougie de cire à l'usage des églises.

cigale *nf* Insecte du Midi qui produit un bruit strident.

cigare *nm* Rouleau de tabac à fumer formé de feuilles non hachées.

cigarette *nf* Petit rouleau de tabac haché, enveloppé dans du papier.

cigarillo [-rijo] *nm* Petit cigare.

ci-gît *av* Ici est enterré (formule d'épitaphe).

cigogne *nf* Grand oiseau échassier migrateur.

ciguë *nf* Plante vénéneuse.

ci-joint, ci-jointe. V. ci.

cil *nm* 1 Poil du bord des paupières. 2 BIOL Filament d'une cellule ou d'un végétal.

cilice *nm* RELIG Chemise de crin portée sur la peau, par mortification.

cilié, ée *a* BIOL Bordé de cils.

ciller *vt* Fermer et ouvrir rapidement les yeux.

cimaise *nf* Dans une galerie de peinture, partie d'un mur destinée à recevoir des tableaux.

cime *nf* Sommet, faîte.

ciment *nm* 1 Poudre formant avec l'eau et le sable une pâte qui se solidifie et sert dans le bâtiment. 2 Ce qui lie ou rapproche.

cimenter *vt* 1 Lier, enduire avec du ciment. 2 Confirmer, affermir. *Cimenter une amitié.*

cimenterie *nf* Fabrique de ciment.

cimentier, ère *a* Relatif au ciment. ■ *nm* Industriel du ciment.

cimeterre *nm* Sabre oriental à lame large recourbée.

cimetière *nm* Terrain où l'on enterre les morts.

cinabre *nm* 1 Sulfure rouge de mercure. 2 Couleur rouge vermillon.

ciné *nm* Fam Cinéma.

cinéaste *n* Metteur en scène de cinéma.

ciné-club [-klœb] *nm* Association d'amateurs de cinéma. *Des ciné-clubs.*

cinéma *nm* 1 Procédé d'enregistrement et de projection de vues photographiques animées. 2 L'art de réaliser des films. 3 Salle de spectacle où l'on projette des films. 4 Fam Façon d'agir pleine d'affectation, comédie.

cinémascope *nm* (n déposé) Procédé cinématographique qui donne une vue panoramique avec effet de profondeur.

cinémathèque *nf* Endroit où l'on conserve les films de cinéma.

cinématique *nf* PHYS Partie de la mécanique qui étudie le mouvement.

cinématographe *nm* Anc Appareil d'enregistrement et de projection de vues animées.

cinématographique *a* Du cinéma.

cinéphile *n* Amateur de cinéma.

cinéraire *a* Loc *Urne cinéraire :* qui renferme les cendres d'un mort incinéré. ■ *nf* Plante ornementale à feuilles gris cendré.

cinéroman *nm* Roman-photo tiré d'un film.

cinétique *a* PHYS Relatif au mouvement. ■ *nf* Partie de la physique qui étudie le mouvement.

cinghalais *nm* Langue officielle du Sri Lanka.

cinglant, ante *a* Qui fouette, mordant.

cinglé, ée *a, n* Fam Un peu fou.

cingler *vi* Litt Naviguer rapidement vers. ■ *vt* 1 Frapper avec un objet flexible. 2 Fouetter, en parlant du vent, de la pluie. 3 Critiquer qqn d'une façon mordante.

cinoche *nm* Fam Cinéma.

cinq *a num* 1 Quatre plus un (5). 2 Cinquième. Loc Fam *Recevoir qqn cinq sur cinq :* parfaitement. ■ *nm inv* Chiffre, nombre cinq.

cinquantaine *nf* 1 Nombre de cinquante ou environ. 2 Âge de cinquante ans.

cinquante *a num* 1 Cinq fois dix (50). 2 Cinquantième. *Chapitre cinquante.* ■ *nm inv* Le nombre cinquante.

cinquantenaire *n* Cinquantième anniversaire.

cinquantième *a num* Au rang, au degré cinquante. ■ *a, nm* Contenu cinquante fois dans le tout.

cinquième *a num* Au rang, au degré cinq. ■ *a, nm* Contenu cinq fois dans le tout. ■ *nf* Deuxième année de l'enseignement secondaire.

cinquièmement *av* En cinquième lieu.

cintrage *nm* Action de cintrer.

cintre *nm* 1 Support pour les vêtements, qui a une forme incurvée. 2 Courbure concave et continue d'une voûte ou d'un arc. Loc *Arc plein cintre :* qui a la forme d'un demi-cercle régulier. ■ *pl* Espace situé au-dessus de la scène d'un théâtre.

cintré, ée *a* Pop Fou.

cintrer *vt* 1 Courber en arc. 2 Resserrer un vêtement à la taille.

cirage *nm* 1 Action de cirer. 2 Produit que l'on applique sur les cuirs pour les rendre brillants. Loc Fam *Être dans le cirage :* à moitié inconscient.

circadien, enne *a* Se dit du rythme biologique de 24 heures.

circaète *nm* Oiseau proche de l'aigle.

circoncire *vt* [79] Pratiquer la circoncision.

circoncis *am, nm* Qui a subi la circoncision.

circoncision *nf* Excision du prépuce.

circonférence *nf* 1 Ligne courbe enfermant une surface plane. 2 Pourtour d'un cercle.

circonflexe *a* Loc *Accent circonflexe :* placé sur certaines voyelles (ex. : *âme, être, île*).

circonlocution *nf* Litt Façon détournée d'exprimer la pensée.

circonscription *nf* Division d'un territoire (administrative, militaire, etc.).

circonscrire *vt* [61] 1 Tracer une ligne autour de qqch. 2 Retenir dans des limites.

circonspect, ecte [-pɛ, -pɛkt] *a* Qui se tient dans une prudente réserve.

circonspection *nf* Prudence, retenue, discrétion. *Agir avec circonspection.*

circonstance *nf* 1 Ce qui accompagne un fait, un événement. 2 Ce qui caractérise la situation présente. Loc *De circonstance :* adapté à la situation.

circonstancié, ée *a* Détaillé.

circonstanciel, elle *a* Qui dépend des circonstances. Loc GRAM *Complément circonstanciel :* qui marque les circonstances.

circonvenir *vt* [35] Tenter de manœuvrer qqn pour obtenir qqch.

circonvolution *nf* Tour décrit autour d'un centre. Loc ANAT *Circonvolutions cérébrales :* replis sinueux du cerveau.

circuit *nm* 1 Itinéraire qui oblige à des détours. 2 Itinéraire touristique ou sportif ramenant au point de départ. 3 Cheminement effectué par des produits, des services ; réseau. *Circuit économique.* 4 Ensemble de conducteurs électriques ou électroniques reliés entre eux. 5 Ensemble de compétitions de tennis, de golf, etc., réservées aux joueurs professionnels.

circulaire *a* 1 Qui a la forme d'un cercle, qui décrit un cercle. 2 Qui ramène au point de départ. *Voyage circulaire.* ■ *nf* Lettre en plusieurs exemplaires destinée à plusieurs personnes.

circularité *nf* Caractère circulaire.

circulation *nf* 1 Mouvement de ce qui circule. 2 Mouvement de personnes, de véhicules.

circulatoire *a* De la circulation du sang.

circuler *vi* 1 Se mouvoir dans un circuit. *Le sang circule dans l'organisme.* 2 Aller et venir. *Les automobiles circulent.* 3 Passer de main en main. *La monnaie circule.* 4 Se propager, se répandre. *Un bruit circule.*

circumpolaire [sirkõ-] *a* Autour du pôle.

cire *nf* 1 Matière avec laquelle les abeilles construisent les alvéoles de leurs ruches. 2 Substance analogue produite par certains végétaux. 3 Produit à base de cire pour divers usages. *Cire à cacheter. Cire à parquet.*

ciré, ée *a* Enduit de cire, de stéarine, etc. Loc *Toile cirée :* enduite d'une préparation qui la rend imperméable. ■ *nm* Vêtement de mer imperméable.

cirer *vt* Enduire ou frotter de cire ou de cirage.

cireur, euse *n* Personne qui cire. ■ *nf* Appareil pour cirer les parquets.

cireux, euse *a* Qui a la couleur jaune pâle de la cire.

cirque *nm* 1 Lieu destiné chez les Romains à la célébration de certains jeux. 2 Enceinte circulaire, où l'on donne en spectacle des exercices d'adresse, des numéros de clowns, etc. **3** Dépression en cuvette circonscrite par des montagnes. **4** Fam Agitation, désordre.

cirrhose *nf* Grave maladie du foie.

cirrhotique *a*, *n* Atteint d'une cirrhose.

cirrus [-Rys] *nm* Nuage en filaments.

cisaille *nf* Gros ciseaux pour couper des tôles, tailler des arbustes, etc.

cisaillement *nm* Action de cisailler.

cisailler *vt* Couper avec des cisailles.

cisalpin, ine *a* En deçà des Alpes (vu d'Italie).

ciseau *nm* Outil plat, taillé en biseau servant à travailler le bois, le métal, la pierre, etc. ■ *pl* Instrument formé de deux branches mobiles articulées, tranchantes en dedans.

cisèlement *nm* Action de ciseler.

ciseler *vt* [16] Travailler, tailler, orner avec un ciseau.

ciselure *nf* Ornement ciselé.

ciste *nm* Plante méditerranéenne à fleurs blanches.

cistercien, enne *a*, *n* De l'ordre de Cîteaux.

cistude *nf* Tortue d'eau douce.

citadelle *nf* **1** Forteresse protégeant une ville. **2** Centre important de qqch.

citadin, ine *n* Habitant d'une ville. ■ *a* De la ville. *Vie citadine.*

citation *nf* **1** DR Sommation de comparaître devant une juridiction. **2** Passage cité d'un propos, d'un écrit. **3** Récompense spéciale pour une action d'éclat.

cité *nf* **1** Centre urbain, ville. **2** Partie la plus ancienne d'une ville. **3** Groupe de logements. Loc *Avoir droit de cité* : être admis.

cité-dortoir *nf* Agglomération surtout résidentielle. *Des cités-dortoirs.*

citer *vt* **1** DR Appeler à comparaître en justice. **2** Rapporter, alléguer, à l'appui de ce qu'on dit. **3** Nommer, désigner, mentionner. **4** Décerner une citation à.

citerne *nf* **1** Réservoir d'eau pluviale. **2** Réservoir destiné au stockage d'un liquide. *Citerne à mazout.*

cithare *nf* Instrument de musique à cordes pincées.

citoyen, enne *n* Ressortissant d'un État. Loc Fam *Un drôle de citoyen* : un drôle d'individu.

citoyenneté *nf* Qualité de citoyen.

citrique *am* Loc *Acide citrique* : acide existant dans des fruits tels que le citron.

citron *nm* Fruit du citronnier, jaune pâle de saveur acide. ■ *a inv* De couleur jaune pâle.

citronnade *nf* Boisson préparée avec du jus ou du sirop de citron.

citronnelle *nf* Plante exhalant une odeur de citron.

citronnier *nm* Arbre qui produit les citrons.

citrouille *nf* **1** Grosse courge. **2** Syn de *potiron.*

cive *nf* Ciboule.

civelle *nf* Jeune anguille.

civet *nm* Ragoût de gibier au vin rouge.

civette *nf* **1** Ciboulette. **2** Petit mammifère carnivore au corps allongé.

civière *nf* Toile tendue entre deux barres pour transporter des blessés.

civil, ile *a* **1** Relatif à l'État, aux citoyens, aux rapports entre les citoyens. **2** Litt Qui observe les convenances, poli. ■ *a*, *nm* Qui n'est ni militaire, ni religieux. ■ *nm* **1** La vie civile (par oppos. à la vie militaire). **2** DR Juridiction civile (par oppos. aux juridictions criminelle, pénale). Loc *En civil* : sans uniforme.

civilement *av* **1** Sans cérémonie religieuse. **2** Litt Avec politesse. *Répondre civilement.* **3** DR Au civil. *Être civilement responsable.*

civilisateur, trice *a*, *n* Qui civilise.

civilisation *nf* **1** Action de civiliser ; état de ce qui est civilisé. **2** Ensemble des phénomènes sociaux, religieux, intellectuels, artistiques, scientifiques et techniques propres à un peuple.

civilisé, ée *a*, *n* Doté d'une civilisation avancée.

civiliser *vt* Améliorer l'état intellectuel, moral, matériel d'un pays, d'un peuple.

civilité *nf* Politesse, courtoisie. ■ *pl* Témoignages de politesse.

civique *a* Du citoyen. *Devoir civique.*

civisme *nm* Dévouement de l'individu pour la collectivité.

clac ! *interj* Marque un bruit sec.

clacson, clacsonner. V. klaxon, klaxonner.

cladistique *nf* SC NAT Étude des parentés entre espèces vivantes.

clafoutis *nm* Pâtisserie faite d'une pâte à flan contenant des cerises.

claie *nf* **1** Ouvrage d'osier, de bois léger, à claire-voie. **2** Treillage servant de clôture.

clair, claire *a* **1** Lumineux. *Une flamme claire. Une pièce claire.* **2** Transparent. *Eau claire.* **3** Peu chargé, peu consistant. **4** Net et distinct (sons). *Une voix claire.* **5** Facile à comprendre. *Une démonstration claire.* ■ *nm* Loc *Clair de lune* : clarté de la lune. *Le plus clair de* : la plus grande partie de. *En clair* : sans recours à un code. *Tirer qqch au clair* : l'élucider. ■ *av* Loc *Voir clair* : distinctement ; être clairvoyant. *Parler clair* : franchement, sans détour.

claire *nf* **1** Bassin à huîtres peu profond. **2** Huître de claire.

clairement *av* De façon claire.

clairet, ette *a* Peu coloré, peu épais. *Soupe clairette.* ■ *nf* Cépage blanc du Midi.

claire-voie (à) *av* Qui présente des espaces entre ses éléments. *Persiennes à claire-voie.*

clairière *nf* Partie dégarnie d'arbres dans un bois, une forêt.

clair-obscur *nm* **1** Combinaison de lumière et d'ombre dans un tableau. **2** Lumière faible, douce. *Des clairs-obscurs.*

clairon *nm* **1** Instrument à vent en cuivre à son clair. **2** Qui joue du clairon.

claironnant, ante *a* Qui claironne. *Voix claironnante.*

claironner *vt* Annoncer bruyamment.

clairsemé, ée *a* Peu dense.

clairvoyance *nf* Pénétration d'esprit, lucidité, perspicacité.

clairvoyant, ante *a* Qui est lucide, qui a un jugement perspicace.

clam *nm* Mollusque marin comestible.

clamer *vt* Manifester par des cris.

clameur *nf* Ensemble de cris tumultueux et confus.

clamp *nm* Instrument de chirurgie servant à pincer un vaisseau ou un canal.

clamser *vi* [aux *avoir* ou *être*] Pop Mourir.

clan *nm* 1 Groupe d'individus issus d'un ancêtre commun. 2 Groupe fermé de personnes se soutenant mutuellement.

clandestin, ine *a* Qui se fait en cachette. ■ *a, n* Qui vit en marge, en situation illégale.

clandestinement *av* De façon clandestine.

clandestinité *nf* 1 Caractère clandestin. 2 État de clandestin.

clanique *a* Du clan.

clanisme *nm* SOCIOL Vie en clan.

clapet *nm* 1 Soupape qui ne laisse passer un fluide que dans un sens. 2 Pop Bouche, langue.

clapier *nm* Cage à lapins.

clapotement ou **clapotis** *nm* Bruit des vagues qui s'entrechoquent.

clapoter *vi* Produire un clapotement.

clappement *nm* Bruit sec fait avec sa langue contre le palais.

claquage *nm* Rupture de fibres musculaires lors d'un violent effort.

claquant, ante *a* Fam Fatigant.

claque *nf* Coup du plat de la main, gifle. **Loc** Pop *En avoir sa claque* : en avoir assez.

claquement *nm* Bruit de choses qui claquent.

claquemurer *vt* Renfermer dans un endroit étroit.

claquer *vi* 1 Produire un bruit sec et net. 2 Éclater. 3 Pop Mourir. ■ *vt* 1 Gifler. 2 Faire claquer. *Claquer les portes.* 3 Pop Dépenser, dissiper. 4 Fam Fatiguer, épuiser. ■ *vpr* **Loc** *Se claquer un muscle* : se faire un claquage.

claquette *nf* Instrument produisant un claquement. ■ *pl* Danse rythmée par des coups secs donnés avec les pieds.

clarification *nf* Action de clarifier.

clarifier *vt* Rendre clair. ■ *vpr* Devenir clair.

clarinette *nf* Instrument à vent, à clés et à anche.

clarinettiste *n* Joueur de clarinette.

clarté *nf* 1 Lumière largement répandue. 2 Transparence. 3 Qualité de ce qui est clair. ■ *pl* Connaissances, aperçus.

clash [klaʃ] *nm* Fam Heurt brutal, rupture.

classe *nf* 1 Ensemble des personnes appartenant à un même groupe social. 2 SC NAT Unité systématique contenue dans l'embranchement et subdivisée en ordres. 3 Catégorie hiérarchique de personnes, de choses. 4 Qualité, valeur. *Un spectacle de classe.* 5 Groupe d'élèves ayant un même maître. 6 Enseignement du professeur. 7 Salle où se donne l'enseignement ; école. 8 Ensemble des jeunes gens nés la même année, appelés au service militaire.

classement *nm* 1 Action de classer. 2 Rang où qqn est classé.

classer *vt* 1 Ranger par classes, par catégories. 2 Mettre dans un certain ordre. **Loc** *Classer une affaire* : ne pas lui donner suite.

classeur *nm* Chemise, carton, meuble où l'on classe des papiers.

classicisme *nm* 1 Caractère de ce qui est classique. 2 Production littéraire et artistique conforme à la doctrine classique.

classificateur, trice *a, n* Qui classifie.

classification *nf* Distribution méthodique par classes, par catégories.

classificatoire *a* Qui contribue à une classification.

classifier *vt* Établir une classification.

classique *a* 1 Qui fait autorité. 2 Conforme à l'usage courant. *Vêtements classiques.* 3 Se dit des écrivains français du XVIIe s., de leur doctrine et de leurs œuvres. **Loc** *Langues classiques* : le latin et le grec. *Musique classique* : celle des grands compositeurs occidentaux traditionnels. *Danse classique* : qui fait l'objet de l'enseignement chorégraphique. *Armes classiques* *av* syn de *armes conventionnelles.* ■ *nm* 1 Écrivain classique. 2 Œuvre classique. 3 Œuvre d'une grande notoriété, qui sert de modèle. 4 Musique classique, danse classique.

classiquement *av* De façon classique.

claudication *nf* Litt Fait de boiter.

claudiquer *vi* Litt Boiter.

clause *nf* Disposition particulière d'un traité, d'un contract, etc. **Loc** *Clause de style* : qu'il est d'usage d'insérer dans les contrats de même genre ; disposition formelle sans importance.

claustra *nm* Clôture ajourée d'une baie, d'une pièce.

claustration *nf* État de qqn qui est enfermé.

claustrer *vt* Litt Enfermer qqn.

claustrophobe *a, n* Atteint de claustrophobie.

claustrophobie *nf* Angoisse éprouvée dans un lieu clos.

clavaire *nf* Champignon en forme de touffe.

claveau *nm* ARCHI Pierre d'un arc, d'une voûte taillée en forme de coin.

clavecin *nm* Instrument à cordes pincées et à clavier.

claveciniste *n* Joueur de clavecin.

clavette *nf* Cheville, goupille destinée à assembler deux pièces.

clavicule *nf* Os pair allongé, qui s'articule avec le sternum et l'omoplate.

clavier *nm* Ensemble des touches d'un orgue, d'un piano, d'une machine à écrire, etc.

claviste *n* Qui compose des textes d'imprimerie sur un clavier.

clayère *nf* Parc à huîtres.

clayette *nf* 1 Dans un réfrigérateur, étagère amovible à claire-voie. 2 Cageot.

clayon *nm* Petite claie.

clebs *nm* Pop Chien.

clef ou **clé** *nf* 1 Instrument métallique destiné à faire fonctionner une serrure, à établir un contact, etc. 2 Ce dont dépend le fonctionnement de qqch. *Des industries clés.* 3 Ce qui permet de comprendre, d'interpréter. *La clé du problème.* 4 MUS Signe placé au commencement de la portée pour indiquer l'intonation. 5 Outil qui sert à serrer les écrous. 6 Ce qui commande les trous du tuyau d'un instrument à vent. 7 Prise immobilisante de judo ou de lutte. **Loc** *Clef de voûte* : pierre en forme de coin placée au sommet de l'arc ou de la voûte ; élément essentiel dont tout dépend. *Sous clé* : dans un endroit fermé à clé.

clématite *nf* Liane grimpante à fleurs.

clémence *nf* 1 Litt Indulgence. 2 Douceur du temps, du climat.

clément, ente *a* 1 Porté à la clémence. 2 Doux, peu rigoureux.

clémentine *nf* Fruit d'un hybride de l'oranger doux et du mandarinier.

clemenvilla *nf* Hybride de la clémentine et du tangelo.

clenche ou **clenchette** *nf* Pièce principale d'un loquet de porte.

clepsydre *nf* Horloge antique à eau.

cleptomane, cleptomanie. V. kleptomane, kleptomanie.

clerc *nm* 1 Qui est entré dans l'état ecclésiastique. 2 Employé d'une étude de notaire, d'huissier. *Loc Pas de clerc :* faute commise par inexpérience.

clergé *nm* Ensemble des ecclésiastiques.

clergyman [-man] *nm* Pasteur anglican.

clérical, ale, aux *a* Du cléricalisme.

cléricalisme *nm* Attitude favorable à la participation active du clergé à la politique.

cléricature *nf* Condition d'ecclésiastique.

1. clic ! *interj* Onomatopée imitant un petit claquement bref et sec.

2. clic *nm* INFORM Action de cliquer.

cliché *nm* 1 Plaque qui permet le tirage d'une épreuve typographique. 2 Plaque ou pellicule photographique impressionnée par la lumière. 3 Idée, phrase toute faite et banale.

client, ente *n* 1 Qui achète qqch à un commerçant. 2 Qui recourt à des services contre paiement. *Clients d'un médecin.*

clientèle *nf* 1 Ensemble des clients d'un commerçant, d'un avocat, d'un médecin, etc. 2 Ensemble de personnes qui soutiennent un homme ou un parti politique.

clientélisme *nm* Recherche démagogique d'une clientèle politique.

clignement *nm* Action de cligner les yeux.

cligner *vt* 1 Fermer les yeux à demi. 2 Fermer et ouvrir rapidement les yeux. ■ *vti Loc Cligner de l'œil :* faire un clin d'œil.

clignotant, ante *a* Qui clignote. ■ *nm* 1 Feu clignotant d'un véhicule, indicateur de changement de direction. 2 Indicateur d'une évolution économique.

clignotement *nm* Fait de clignoter.

clignoter *vi* 1 Cligner fréquemment. 2 S'allumer et s'éteindre alternativement (lumières).

climat *nm* 1 Ensemble des éléments qui caractérisent l'état moyen de l'atmosphère en un lieu. 2 Atmosphère, ambiance.

climatique *a* Du climat.

climatisation *nf* Création ou maintien, dans un local, de conditions déterminées de température, d'humidité et de pureté de l'air.

climatiser *vt* Réaliser la climatisation.

climatiseur *nm* Appareil de climatisation.

climatologie *nf* Étude du climat.

climax *nm* BOT Équilibre idéal entre la végétation naturelle d'un milieu et le climat.

clin d'œil *nm* Signe que l'on fait discrètement à qqn par un mouvement rapide des paupières. *Loc En un clin d'œil :* en très peu de temps. *Des clins d'œil.*

clinicien, enne *n* Qui pratique la médecine clinique.

clinique *a* Effectué auprès du malade, sans appareils ni examens de laboratoire. *Loc Signe clinique :* décelé au simple examen. ■ *nf* Établissement de soins médicaux, public ou privé. *Loc Chef de clinique :* médecin ayant un rôle d'enseignant dans son service.

clinquant *nm* 1 Mauvaise imitation de matières précieuses. 2 Faux brillant, éclat artificiel. ■ *a* Qui brille d'un faux éclat.

clip *nm* 1 Bijou monté sur une pince à ressort. 2 Court-métrage de vidéo ou de cinéma à but promotionnel.

clipper [-pœr] *nm* Voilier de transport de marchandises (XIXe s.).

clique *nf* 1 Péjor Groupe, coterie. 2 Ensemble des tambours et des clairons d'un régiment.

cliquer *vi* INFORM Appuyer sur la touche de souris d'un micro-ordinateur.

cliques *nfpl Loc Fam Prendre ses cliques et ses claques :* déguerpir, filer.

cliquet *nm* Ergot mobile bloquant dans un sens une roue dentée.

cliqueter *vi* [19] Faire entendre un cliquetis.

cliquetis *nm* Bruit sec et léger de corps sonores qui s'entrechoquent.

clitoridien, enne *a* Du clitoris.

clitoris *nm* Petit organe érectile situé à la partie antérieure de la vulve.

clivage *nm* 1 Action et art de cliver. 2 Division, séparation. *Clivages politiques.*

cliver *vt* Fendre un minéral selon la structure de ses couches. ■ *vpr* Se fendre, se diviser.

cloaque *nm* 1 Amas d'eau croupie. 2 Endroit malpropre. 3 ZOOL Chez les oiseaux, débouché des voies intestinales, urinaires et génitales.

1. clochard, arde *n* Fam Personne sans domicile et sans travail.

2. clochard *nf* Variété de pomme reinette.

clochardisation *nf* Réduction à l'état de clochard.

clochardiser (se) *vpr* Devenir clochard.

cloche *nf* 1 Instrument sonore de bronze, en forme de vase renversé, muni d'un battant (à l'intérieur) ou d'un marteau (à l'extérieur) qui le met en vibration. 2 Ustensile, appareil en forme de cloche, servant à couvrir, à protéger. 3 Fam Personne stupide, incapable. 4 Fam Le monde des clochards. *Loc Entendre un autre son de cloche :* une version différente du même récit.

cloche-pied (à) *av* Sur un seul pied.

1. clocher *nm* Construction dominant une église et où sont suspendues des cloches.

2. clocher *vi* Fam Être défectueux.

clocheton *nm* Petit clocher.

clochette *nf* 1 Petite cloche. 2 Fleur en forme de petite cloche.

clodo *n* Pop Clochard.

cloison *nf* 1 Mur peu épais séparant deux pièces d'une habitation. 2 ANAT Ce qui divise une cavité. 3 Ce qui empêche la communication.

cloisonné *nm* Émail coulé entre des cloisons de métal formant un motif décoratif.

cloisonnement ou **cloisonnage** *nm* 1 Ensemble de cloisons ; leur disposition. 2 État de ce qui est cloisonné ; séparation, division.

cloisonner *vt* Séparer par des cloisons ; compartimenter.

cloître *nm* 1 Couvent d'où les religieux ne sortent pas. 2 Galerie couverte, entourant une cour ou un jardin, dans un monastère.

cloîtré, ée *a* Qui vit dans un couvent. *Loc Monastère cloîtré :* dont les religieux ne sortent pas.

cloîtrer *vt* Enfermer étroitement. ■ *vpr* Mener une vie très retirée. *Se cloîtrer dans sa chambre.*

clonage *nm* BIOL Obtention de clones.

clone *nm* **1** BIOL Ensemble des cellules dérivant d'une seule cellule initiale dont elles sont la copie exacte. **2** Fam Copie conforme, imitation.

clope *nm* ou *f* Pop Mégot ; cigarette.

clopin-clopant *av* Fam En clopinant.

clopiner *vi* Marcher en boitant.

clopinettes *nfpl* Loc Pop *Des clopinettes :* rien.

cloporte *nm* Crustacé terrestre vivant dans les lieux humides.

cloque *nf* **1** Ampoule de la peau. **2** Boursou-flure. **3** Maladie du pêcher.

cloquer *vi* Se boursoufler.

clore *vt* [53] Litt Arrêter, terminer ou déclarer terminé. *Clore un débat.*

clos, close *a* **1** Entouré d'une clôture. **2** Terminé, achevé. Loc *Maison close :* maison de prostitution. *En vase clos :* sans contact avec le monde extérieur. ■ *nm* **1** Terrain cultivé entouré d'une clôture. **2** Vignoble délimité.

clôture *nf* **1** Ce qui enclôt un espace. **2** Enceinte d'un couvent cloîtré. **3** Action d'arrê-ter, de terminer une chose.

clôturer *vt* **1** Entourer de clôtures. **2** Abusiv Arrêter, terminer.

clou *nm* **1** Petite tige de métal, pointue, et ordinairement dotée d'une tête, servant à fixer ou à pendre qqch. **2** Attraction principale. *Le clou du programme.* **3** Furoncle. Loc Fam *Ça ne vaut pas un clou :* cela n'a aucune valeur. Fam *Un vieux clou :* un véhicule en mauvais état. ■ *pl* Passage clouté. *Traverser entre les clous.*

clouer *vt* **1** Fixer, assembler avec des clous. **2** Obliger qqn à rester qqpart. Loc Fam *Clouer le bec à qqn :* le réduire au silence.

clouté, ée *a* Garni de clous. Loc *Passage clouté :* passage protégé au travers des rues, délimité et réservé aux piétons.

clovisse *nf* Syn de *palourde.*

clown [klun] *nm* Acteur bouffon de cirque. Loc *Faire le clown :* le pitre.

clownerie [klunri] *nf* Farce de clown.

clownesque [klu-] *a* Digne du clown.

club [klœb] *nm* **1** Groupe de personnes qui se rassemblent en un local déterminé, dans une certaine intention (politique, sportif, amical, mondain). **2** Crosse servant à jouer au golf.

cluse *nf* GEOGR Brèche en montagne entre deux vallées.

clystère *nm* Vx Lavement.

cnidaire *nm* ZOOL Animal muni de cellules urti-cantes (méduse, anémone).

coaccusé, ée *n* Qui est accusé avec d'autres.

coach [kotʃ] *nm* Entraîneur d'une équipe sportive, d'un joueur professionnel.

coacquéreur *nm* Qui acquiert avec qqn un bien.

coagulant, ante *a, nm* Qui fait coaguler.

coagulation *nf* Fait de se coaguler ; état d'une substance coagulée.

coaguler *vt* Transformer un liquide organique en une masse semi-solide. ■ *vi, vpr* Prendre une consistance semi-solide.

coagulum [-lom] *nm* Didac Masse coagulée.

coalescence *nf* Didac Réunion, fusion d'élé-ments en contact.

coalescent, ente *a* Qui entre en coalescence.

coalisé, ée *a, n* Ligué dans une coalition.

coaliser (se) *vpr* S'unir en une coalition.

coalition *nf* Réunion momentanée de puis-sances, de partis, de personnes pour lutter contre un adversaire commun.

coassement *nm* Cri de la grenouille.

coasser *vi* Pousser des coassements.

coassurance *nf* Assurance d'un même risque par plusieurs assureurs.

coati *nm* Mammifère carnivore d'Amérique tropicale.

coauteur *nm* Auteur avec un ou plusieurs autres d'un ouvrage, d'une infraction.

coaxial, ale, aux *a* ELECTR Se dit d'un câble fait de deux conducteurs concentriques.

cobalt *nm* Métal blanc voisin du fer et du nickel.

cobaye *nm* **1** Petit rongeur, très utilisé comme animal de laboratoire. Syn. cochon d'Inde. **2** Sujet d'expérience.

cobelligérant, ante *a, nm* Allié à un ou plusieurs autres belligérants.

cobra *nm* Grand serpent venimeux qui peut gonfler son cou.

coca *nm* Arbuste du Pérou dont les feuilles renferment la cocaïne. ■ *nf* Substance extraite des feuilles de coca.

coca-cola *nm inv* (n déposé) Boisson gazeuse aromatisée.

cocagne *nf* Loc *Pays de cocagne :* où se trouve tout en abondance. *Mât de cocagne :* mât enduit de savon au haut duquel on s'essaie à grimper pour décrocher des lots.

cocaïne *nf* Stupéfiant et anesthésique extrait des feuilles de coca.

cocaïnomane *n* Toxicomane à la cocaïne.

cocarcinogène *a, n* MED Facteur favorisant l'apparition d'un cancer quand il est associé à un autre.

cocarde *nf* Insigne circulaire aux couleurs nationales.

cocardier, ère *a, n* Qui aime l'armée, l'uni-forme ; chauvin.

cocasse *a* Fam Qui fait rire.

cocasserie *nf* Fam Caractère cocasse.

coccidiose [koksi-] *nf* Parasitose des volailles et du bétail.

coccinelle [koksi-] *nf* Petit coléoptère à élytres orangés ou rouges tachetés de noir. Syn. bête à bon Dieu.

coccyx [koksis] *nm* Os situé à l'extrémité du sacrum.

1. coche *nm* Grande voiture qui servait au transport des voyageurs, avant les diligences.

2. coche *nf* Entaille, marque.

cochenille *nf* Insecte parasite des végétaux.

1. cocher *nm* Conducteur d'une voiture à cheval. *Le cocher d'une diligence.*

2. cocher *vt* Marquer d'une coche.

cochère *af* Loc *Porte cochère :* par laquelle une voiture peut passer.

cochlée [-kle] *nf* Limaçon de l'oreille interne.

1. cochon *nm* Animal domestique omnivore, élevé pour sa chair. Syn. porc. Loc *Cochon de lait :* cochon encore à la mamelle. *Cochon d'Inde :* cobaye. Fam *Tête de cochon :* caractère têtu, mauvais caractère. Fam *Tour de cochon :* méchanceté.

2. cochon, onne *n* Fam **1** Personne malpropre. **2** Personne indélicate, malfaisante. ■ *a* Fam Licencieux, pornographique. *Un film cochon.*

cochonnaille *nf* Fam Charcuterie.

cochonner *vt* Fam Faire qqch salement.

cochonnerie *nf* Fam **1** Action, parole obscène. **2** Chose qui ne vaut rien ; saleté.

cochonnet *nm* 1 Jeune cochon. 2 Petite boule servant de but au jeu de boules.

cocker [-kɛʀ] *nm* Chien d'arrêt à poil long et à grandes oreilles tombantes.

cockpit [-pit] *nm* 1 Creux à l'arrière d'un bateau de plaisance. 2 Poste de pilotage d'un avion.

cocktail [-tɛl] *nm* 1 Boisson alcoolisée résultant d'un mélange. 2 Mélange quelconque. *Un cocktail d'humour et de tendresse.* 3 Réunion mondaine avec buffet. *Loc Cocktail Molotov* : bouteille remplie d'un liquide explosif. *MED Cocktail lytique* : mélange médicamenteux supprimant les réactions de l'organisme.

coco *nm* 1 Fruit comestible du cocotier appelé aussi *noix de coco.* 2 Œuf (langage enfantin). 3 Terme d'affection. 4 *Fam, péjor* Individu.

cocon *nm* Enveloppe soyeuse que filent un grand nombre de chenilles, dont le ver à soie.

cocorico *nm* Cri du coq.

cocoter *vi Pop* Sentir mauvais.

cocotier *nm* Palmier des régions tropicales.

cocotte *nf* 1 Poule (langage enfantin). 2 *Vx* Femme de mœurs légères. 3 Terme affectueux à l'adresse d'une femme. 4 Marmite en fonte, de hauteur réduite, avec un couvercle.

cocotte-minute *nf* (n déposé) Autocuiseur. *Des cocottes-minute.*

cocu, ue *a, n Fam* Qui est trompé par son conjoint.

cocufier *vt Fam* Faire cocu, tromper.

codage *nm* Fait de coder.

code *nm* 1 Recueil de lois, de règlements. *Code pénal. Code de la route.* 2 Système conventionnel de signes ou de signaux. 3 Ce qui est prescrit. *Code de l'honneur.* 4 Feux de croisement d'une automobile. *Loc Code postal* : code permettant le tri automatique du courrier. *Code barres* : code inscrit sur l'emballage d'un produit, permettant son identification informatique.

codéine *nf* Dérivé de la morphine.

coder *vt* Transcrire à l'aide d'un code secret.

codétenu, ue *n* Détenu avec d'autres personnes.

codex *nm Syn anc. de* pharmacopée.

codicille [-sil] *nm DR* Addition à un testament pour le modifier ou l'annuler.

codificateur, trice *a, n* Qui codifie.

codification *nf* Action de codifier.

codifier *vt* 1 Réunir en un code. 2 Soumettre à des règles.

codirecteur, trice *n* Chargé d'une codirection.

codirection *nf* Direction exercée simultanément avec d'autres.

coéditer *vt* Effectuer une coédition.

coéditeur, trice *n* Qui édite un ouvrage avec un autre.

coédition *nf* Édition d'un ouvrage par des éditeurs associés.

coefficient *nm* 1 Nombre qui multiplie une quantité. 2 Dans les examens, nombre par lequel on multiplie la note attribuée dans une matière. 3 Pourcentage non déterminé.

cœlacanthe [se-] *nm* Poisson resté à un stade très ancien d'évolution.

cœlentéré [se-] *nm ZOOL* Animal à poche digestive en cul-de-sac (actinie, méduse, etc.).

cœlioscopie [se-] *nf* Endoscopie pratiquée dans l'abdomen.

coenzyme *nf BIOL* Partie non protéique d'une enzyme.

coépouse *nf* Chacune des femmes d'un polygame.

coéquipier, ère *n* Qui fait partie de la même équipe que d'autres.

coercitif, ive *a* Qui contraint.

coercition *nf* Action de contraindre.

cœur *nm* 1 Organe musculaire creux contenu dans la poitrine, agent principal de la circulation du sang. 2 Poitrine. *Presser qqn sur son cœur.* 3 Siège des émotions, des sentiments : ardeur, courage, amour, amitié, bonté, pitié, etc. 4 Partie la plus centrale. *Au cœur de l'hiver.* 5 Une des couleurs rouges des jeux de cartes. *Loc Avoir mal au cœur* : avoir la nausée. *Fam Faire mal au cœur* : chagriner, peiner. *Avoir le cœur gros* : avoir du chagrin. *S'en donner à cœur joie* : prendre beaucoup de plaisir. *Parler à cœur ouvert* : parler très sincèrement. *Fam En avoir le cœur net* : se délivrer de ses doutes. *Par cœur* : de mémoire, très fidèlement. *De bon cœur* : très volontiers.

cœur-de-pigeon *nm* Cerise à chair ferme. *Des cœurs-de-pigeon.*

coexistence *nf* Fait de coexister.

coexister *vi* Exister ensemble, simultanément.

cofacteur *nm* Facteur agissant avec d'autres.

coffrage *nm* 1 Moule en bois ou en métal, dans lequel est mis en place le béton frais. 2 Charpente maintenant la terre d'une tranchée, etc. 3 Habillage d'un appareil, d'un conduit, etc.

coffre *nm* 1 Meuble de rangement en forme de caisse, muni d'un couvercle. 2 Partie d'une voiture réservée aux bagages. 3 *Syn de coffre-fort.* 4 *Fam* Cage thoracique ; puissance vocale.

coffre-fort *nm* Armoire blindée à serrure spéciale, destinée à enfermer des objets précieux. *Des coffres-forts.*

coffrer *vt* 1 *Fam* Emprisonner. 2 Mouler au moyen d'un coffrage.

coffret *nm* 1 Petit coffre orné. 2 Emballage cartonné de livres, de disques, etc.

cofondateur, trice *n* Qui fonde qqch avec d'autres.

cogérance *nf* Gérance exercée à plusieurs.

cogérant, ante *n* Qui exerce une cogérance.

cogestion *nf* 1 Gestion, administration en commun. 2 Système de participation des travailleurs à la gestion de leur entreprise.

cogitation *nf Fam* Méditation, réflexion.

cogiter *vi Fam* Penser, réfléchir.

cognac *nm* Eau-de-vie de vin réputée, fabriquée dans la région de Cognac.

cognassier *nm* Arbre fruitier qui produit le coing.

cognée *nf* Forte hache. *Loc Jeter le manche après la cognée* : tout abandonner par découragement.

cogner *vi, vt* Frapper fort à coups répétés. ■ *vpr* Se heurter.

cogniticien, enne *n* Spécialiste d'intelligence artificielle.

cognitif, ive *a Didac* De la connaissance. *Loc Sciences cognitives* : qui étudient l'intelligence (humaine, animale, artificielle).

cohabitation *nf* 1 État de personnes qui habitent ensemble. 2 Coexistence d'un chef de l'État et d'un Premier ministre de tendances politiques différentes.

cohabiter *vi* Habiter, vivre ensemble.

cohérence *nf* Rapport logique entre des idées, des propos.

cohérent, ente *a* Dont les parties sont liées entre elles.

cohéritier, ère *n* Associé à d'autres dans un héritage.

cohésion *nf* Union intime des parties d'un ensemble.

cohorte *nf* 1 ANTIQ Corps d'infanterie romaine. 2 Troupe nombreuse.

cohue *nf* Foule tumultueuse.

coi, coite *a* Litt Silencieux, tranquille.

coiffe *nf* Coiffure féminine régionale.

coiffer *vt* 1 Couvrir la tête d'une coiffure. 2 Arranger les cheveux. 3 Réunir sous son autorité, contrôler. *Coiffer un service.*

coiffeur, euse *n* Qui fait le métier de couper, d'arranger les cheveux. ■ *nf* Table de toilette munie d'un miroir.

coiffure *nf* 1 Ce qui couvre ou orne la tête. 2 Action, manière de disposer les cheveux.

coin *nm* 1 Angle saillant ou rentrant. 2 Parcelle. *Un coin de terre.* 3 Endroit retiré, non exposé à la vue. 4 Pièce qui présente une extrémité en biseau et qui sert à fendre, à caler, etc. 5 Pièce d'acier gravée en creux servant à frapper les monnaies. Loc *Coin du feu* : endroit proche de la cheminée, près du feu. *Coins de la bouche, de l'œil* : les commissures. *Coin d'un bois* : endroit isolé. *Regarder du coin de l'œil* : à la dérobée. Fam *En boucher un coin à qqn* : le laisser stupéfait. Fam *Le petit coin* : les W.-C.

coincement *nm* État d'une pièce coincée.

coincer *vt* [10] 1 Fixer, serrer, empêcher de bouger. 2 Acculer, immobiliser. 3 Mettre dans l'embarras en questionnant.

coinceur *nm* Dispositif d'assurage utilisé par les alpinistes.

coïncidence *nf* 1 État de ce qui coïncide. 2 Concours de circonstances.

coïncident, ente *a* Qui coïncide.

coïncider *vi* 1 MATH Se superposer point à point. 2 Se produire en même temps, correspondre exactement. *Leurs goûts coïncident.*

coïnculpé, ée *n* Inculpé avec un ou plusieurs autres.

coing [kwɛ̃] *nm* Fruit jaune du cognassier, en forme de poire, au goût âpre.

coït [kɔit] *nm* Union sexuelle, accouplement.

1. coke *nm* Combustible résultant de la distillation de la houille.

2. coke *nf* Fam Cocaïne.

cokéfaction *nf* Transformation de la houille en coke.

cokerie *nf* Usine de coke.

col *nm* 1 Partie rétrécie. *Le col d'une bouteille.* 2 Partie d'un vêtement qui entoure le cou. 3 Dépression dans un relief faisant communiquer deux versants. Loc *Col blanc* : employé de bureau. *Faux col* : col amovible.

cola. V. kola.

colchique *nm* Plante vénéneuse des prés aux fleurs en cornet.

coléoptère *nm* ZOOL Insecte ayant une paire d'ailes rigides (élytres) recouvrant des ailes membraneuses (hanneton, scarabée, etc.).

colère *nf* Réaction violente due à un profond mécontentement.

coléreux, euse ou **colérique** *a, n* Prompt à la colère.

colibacille *nm* Bacille qui peut provoquer des infections urinaires et intestinales.

colibacillose *nf* Infection due au colibacille.

colibri *nm* Très petit oiseau aux couleurs vives et au long bec. Syn. oiseau-mouche.

colifichet *nm* Petit objet, petit ornement sans grande valeur.

coliforme *nm* Bacille d'origine fécale responsable de la pollution des eaux.

colimaçon *nm* Escargot. Loc *En colimaçon* : en spirale, en hélice.

colin *nm* Poisson marin estimé.

colin-maillard *nm* Jeu où l'un des joueurs, les yeux bandés, cherche à attraper les autres.

colinot ou **colineau** *nm* Petit colin.

colique *nf* 1 MED Violente douleur abdominale. 2 Fam Diarrhée. ■ *a* Du côlon.

colis *nm* Objet emballé expédié par un moyen de transport public ou privé.

colistier, ère *n* Candidat inscrit sur la même liste que d'autres.

colite *nf* Inflammation du côlon.

collaborateur, trice *n* Qui partage la tâche de qqn d'autre.

collaboration *nf* Action de collaborer, participation à une tâche.

collaborer *vi* Travailler en commun à un ouvrage.

collage *nm* 1 Action de coller. 2 Œuvre d'art réalisée en collant sur la surface peinte divers matériaux.

collagène *nm* BIOL Protéine fibreuse, constituant essentiel du tissu conjonctif.

collagénose *nf* MED Affection du collagène.

collant, ante *a* 1 Qui colle, qui adhère. 2 Qui moule, dessine les formes (vêtements). 3 Fam Qui importune, dont on ne peut pas se débarrasser. ■ *nm* Maillot moulant ; sous-vêtement très ajusté, couvrant le bas du corps des pieds à la taille. ■ *nf* Fam Convocation à un examen.

collapsus [-psys] *nm* Violent malaise dû généralement à une brusque défaillance cardiaque.

collatéral, ale, aux *a, n* Se dit de la parenté hors de la ligne directe.

collation *nf* Repas léger.

collationner *vt* Vérifier, comparer entre eux des textes. ■ *vi* Prendre un repas léger.

colle *nf* 1 Matière utilisée pour faire adhérer deux surfaces. 2 Fam Question difficile, délicate. 3 Fam Punition, retenue.

collecte *nf* Action de recueillir des dons.

collecter *vt* Faire une collecte.

collecteur, trice *n* Qui recueille de l'argent, des dons. ■ *a* Qui recueille. *Égout collecteur.*

collectif, ive *a* Qui réunit, qui concerne simultanément plusieurs personnes, plusieurs choses. ■ *nm* 1 Groupe de personnes qui agissent en commun. 2 Ensemble des crédits supplémentaires demandés par le gouvernement.

collection *nf* 1 Réunion d'objets de même nature. 2 Série d'ouvrages de même genre. 3 Série de modèles de couture. 4 MED Amas de pus, de sang dans une cavité.

collectionner *vt* 1 Réunir en collection. 2 Accumuler. *Collectionner les erreurs.*

collectionneur, euse *n* Qui fait une collection.

collectionnite *nf* Fam Manie du collectionneur.

collectivement *av* De façon collective.

collectivisation nf Attribution des moyens de production à la collectivité.

collectiviser vt Opérer la collectivisation de.

collectivisme nm Doctrine qui réserve la propriété des moyens de production à la collectivité.

collectiviste a, n Qui relève du collectivisme.

collectivité nf Ensemble d'individus ayant entre eux des rapports organisés.

collège nm 1 Établissement d'enseignement secondaire du premier cycle. 2 Groupe déterminé de personnes. *Collège électoral.*

collégial, ale, aux a Fait, assuré par un collège, en commun. *Direction collégiale.* ◼ nf Église ayant ou ayant eu un chapitre de chanoines.

collégialité nf Organisation collégiale du pouvoir.

collégien, enne n Élève d'un collège.

collègue n Qui remplit la même fonction qu'un autre ou une fonction analogue.

coller vt 1 Assembler, fixer avec de la colle. *Coller une affiche.* 2 Appliquer, mettre contre. *Coller son visage à la vitre.* 3 Fam Poser à qqn une question à laquelle il ne peut répondre. 4 Fam Refuser à un examen. 5 Fam Punir d'une retenue. ◼ vi 1 Adhérer. 2 S'ajuster exactement, convenir.

collerette nf 1 Garniture plissée d'une encolure. 2 Bord rabattu d'une tuyauterie.

collet nm 1 Pèlerine qui s'arrête au milieu du dos. 2 Lacet pour piéger le gibier. 3 Partie de la dent entre la couronne et la racine. Loc *Collet monté* : prude, guindé. *Saisir qqn au collet* : le saisir à la gorge ; l'arrêter.

colleter (se) vpr [19] 1 Se prendre au collet pour se battre. 2 Se débattre avec des difficultés.

colleur, euse n Qui colle.

colley nm Chien de berger écossais.

collier nm 1 Bijou, ornement de cou. 2 Barbe courte qui, partant des tempes, garnit le menton. 3 Lanière ou armature dont on entoure le cou des animaux pour les retenir, les atteler, etc. 4 Pièce métallique de fixation. Loc *Être franc du collier* : agir franchement. *Coup de collier* : effort particulier.

collimateur nm Appareil d'optique de visée. Loc Fam *Avoir qqn dans le collimateur* : le surveiller en étant prêt à l'attaquer.

colline nf Relief de faible hauteur, à sommet arrondi.

collision nf Choc de deux corps.

colloïdal, ale, aux a Qui a les caractères d'un colloïde.

colloïde nm Substance qui, dissoute dans un solvant, forme des particules très fines.

colloque nm Entretien, conférence, débat entre plusieurs spécialistes.

collusion nf Entente secrète pour tromper un tiers, lui causer préjudice.

collutoire nm Médicament liquide destiné à la cavité buccale.

collyre nm Médicament que l'on applique sur la conjonctive.

colmatage nm Action de colmater.

colmater vt Combler, boucher.

colobe nm Grand singe arboricole africain, à belle fourrure.

colocataire n Locataire avec d'autres dans une même maison.

cologarithme nm Logarithme de l'inverse du nombre considéré.

colombage nm Charpente verticale garnie de plâtre, de torchis, etc., utilisée autrefois pour les murs.

colombe nf Pigeon blanc.

colombien, enne a, n De Colombie.

colombier nm Pigeonnier.

colombophile n, a Qui élève des pigeons voyageurs.

colombophilie nf Élevage des pigeons voyageurs.

colon nm 1 Qui habite, exploite une colonie. 2 Enfant d'une colonie de vacances.

colón [lɔn] nm Unité monétaire du Costa Rica et du Salvador.

côlon nm ANAT Gros intestin.

colonel nm Officier supérieur dont le grade vient au-dessous de celui de général de brigade.

colonial, ale, aux a Relatif aux colonies. ◼ n Habitant ou originaire des colonies.

colonialisme nm Politique d'exploitation des colonies.

colonialiste a, n Qui relève du colonialisme.

colonie nf 1 Territoire étranger à la nation qui l'administre et l'entretient dans un rapport de dépendance. 2 Ensemble de personnes appartenant à une même nation et résidant à l'étranger. 3 Rassemblement d'animaux, généralement d'une même espèce. Loc *Colonie de vacances* : groupe d'enfants conduit à la campagne ou à la mer, sous la surveillance de moniteurs.

colonisateur, trice a, n Qui colonise.

colonisation nf Action de coloniser.

colonisé, ée a, n Qui subit la domination d'une puissance colonisatrice.

coloniser vt 1 Transformer en colonie par invasion. 2 Peupler de colons.

colonnade nf Alignement de colonnes.

colonne nf 1 Support vertical de forme cylindrique. 2 Monument commémoratif en forme de colonne. 3 Chacune des divisions verticales des pages d'un livre, d'un journal. 4 Suite d'individus, de véhicules les uns derrière les autres. Loc *Colonne vertébrale* : ensemble des vertèbres, articulées en un axe osseux ; rachis. *Colonne montante* : canalisation alimentant les différents niveaux d'un bâtiment.

colonnette nf Petite colonne.

colopathie nf Affection du côlon.

colophane nf Résine solide.

coloquinte nf Cucurbitacée grimpante qui donne un fruit jaune et dur.

colorant a, nm Substance utilisée pour colorer.

coloration nf Action de colorer ; état de ce qui est coloré.

coloré, ée a Qui a une couleur et, partic., des couleurs vives ; brillant.

colorer vt Donner une couleur, de la couleur à.

coloriage nm 1 Action de colorier. 2 Image à colorier.

colorier vt Appliquer des couleurs sur une estampe, un dessin, etc.

colorimétrie nf CHIM Analyse fondée sur l'absorption de la lumière par une substance.

coloris nm 1 Nuance résultant du mélange des couleurs. 2 Coloration, éclat naturel.

coloriste n Peintre qui excelle dans l'emploi des couleurs.

colossal, ale, aux *a* De grandeur exceptionnelle, gigantesque.

colosse *nm* Homme de haute stature, très robuste.

colostomie *nf* CHIR Anus artificiel par abouchement du côlon à la peau.

colportage *nm* Action de colporter.

colporter *vt* 1 Présenter des marchandises comme colporteur. 2 Répandre une nouvelle, une rumeur, etc.

colporteur, euse *n* 1 Marchand ambulant qui transporte ses marchandises avec lui et va les proposer à domicile. 2 Qui propage des nouvelles, etc.

colposcopie *nf* MED Examen du col de l'utérus.

colt *nm* Pistolet à chargement automatique.

coltiner *vt* Porter sur le cou, les épaules un fardeau pesant. ■ *vpr* Fam Faire une chose pénible.

columbarium [-lɔ̄barjɔm] *nm* Édifice qui reçoit les urnes cinéraires.

colvert *nm* Canard sauvage à la tête verte.

colza *nm* Plante oléagineuse à fleurs jaunes.

coma *nm* État morbide caractérisé par la perte de la conscience, de la sensibilité, de la motricité. Loc *Coma dépassé* : irréversible.

comateux, euse *a, n* Qui relève du coma ; qui est dans le coma.

combat *nm* 1 Action de personnes, d'animaux qui combattent. 2 Lutte, opposition à qqch.

combatif, ive *a, n* Porté à la lutte ; agressif.

combativité *nf* Ardeur au combat.

combattant, ante *a, n* Qui prend part à un combat.

combattre *vt, vi* [77] 1 Attaquer qqn ou se défendre contre lui. 2 Lutter contre qqch de mauvais, de dangereux. *Combattre un incendie.*

combe *nf* GEOGR Dépression allongée dans une région plissée.

combien *av* À quel point, à quel degré. *Il m'a dit combien il vous estime.* Loc *Combien de* : quelle quantité, quel nombre de. *Ô combien !* : beaucoup (en incise). ■ *nm* Loc Abusiv *Le combien ?* : interroge sur le quantième du mois.

combientième *a, n* Fam De quel rang ?

combinaison *nf* 1 Assemblage de plusieurs choses dans un certain ordre. 2 CHIM Formation d'un composé à partir de plusieurs corps. 3 Mesures, calculs faits pour réussir. 4 Sous-vêtement féminin, en tissu léger. 5 Vêtement de travail, de sport, etc., réunissant pantalon et veste en une seule pièce. 6 Ensemble de chiffres ou de lettres à composer pour faire jouer un système de fermeture (cadenas, serrure, etc.).

combinard, arde *a, n* Fam Qui utilise des combines.

combinatoire *a* Relatif aux combinaisons. Loc MATH *Analyse combinatoire* : analyse des différentes manières dont les éléments d'un ensemble sont combinés. ■ *nf* 1 Combinaison d'éléments qui interagissent entre eux. 2 MATH Analyse combinatoire.

combine *nf* Fam Moyen détourné, tricherie adroite pour arriver à ses fins.

combiné *nm* 1 Partie d'un appareil téléphonique comprenant l'écouteur et le microphone. 2 Compétition regroupant plusieurs disciplines.

combiner *vt* 1 Arranger plusieurs choses d'une manière déterminée. 2 Calculer, préparer, organiser.

comblanchien *nm* Calcaire très dur utilisé pour les revêtements.

1. comble *nm* Le maximum, le degré le plus élevé. Loc *De fond en comble* : entièrement, du haut en bas. ■ *pl* Partie d'un édifice se trouvant directement sous la toiture.

2. comble *a* Rempli au maximum. *Salle comble.* Loc *La mesure est comble* : en voilà assez.

comblement *nm* Action de combler.

combler *vt* 1 Remplir un vide, un trou, un creux. *Combler un puits.* 2 Satisfaire pleinement. 3 Gratifier en abondance de. *Combler qqn de bienfaits.*

comburant, ante *nm, a* CHIM Substance capable d'entretenir la combustion d'un corps.

combustible *a* Qui peut brûler. ■ *nm* Substance qui peut entrer en combustion et produire de la chaleur. Loc *Combustible nucléaire* : matière susceptible de fournir de l'énergie par fission ou fusion.

combustion *nf* Le fait de brûler.

come-back *nm inv* Réapparition d'une vedette ou d'une personnalité après une période de retrait.

comédie *nf* 1 Pièce de théâtre ou film qui fait rire, qui distrait agréablement. 2 Caprice, feinte, mensonge. 3 Complication, embarras. *Quelle comédie !*

comédien, enne *n* Acteur de théâtre ou de cinéma. ■ *n, a* Enclin à feindre, hypocrite.

comédon *nm* Point noir de sébum à la surface de la peau.

comestible *a* Qui convient à la nourriture de l'homme. ■ *pl* Produits alimentaires.

comète *nf* Corps céleste suivi d'une traînée lumineuse.

comices *nmpl* Loc *Comices agricoles* : assemblée de cultivateurs, de propriétaires ruraux pour améliorer la production.

comics [-miks] *nmpl* Bandes dessinées.

comique *a* 1 Qui appartient à la comédie. 2 Qui fait rire, drôle. ■ *nm* 1 Acteur ou auteur de comédies. 2 Ce qui fait rire.

comité *nm* Groupe restreint de personnes chargées d'examiner certaines affaires, de donner un avis. Loc *En petit comité* : dans l'intimité.

comitial, ale, aux [-sjal] *a* De l'épilepsie.

commandant *nm* 1 Officier situé immédiatement au-dessus du capitaine. 2 Officier qui commande un bâtiment de guerre ou un navire de commerce. Loc *Commandant de bord* : pilote chef de l'équipage d'un avion.

commande *nf* 1 Demande de marchandise ou de travail à fournir. 2 La marchandise commandée. 3 Mécanisme qui permet la mise en marche, l'arrêt ou la manœuvre d'un organe. Loc *De commande* : affecté, feint, simulé.

commandement *nm* 1 Action de commander. 2 Ordre, injonction. 3 Autorité, pouvoir de celui qui commande.

commander *vt, vti* 1 User de son autorité en indiquant à autrui ce qu'il doit faire. 2 Être le chef. ■ *vt* 1 Appeler, exiger. *La situation commande la prudence.* 2 Faire une commande de. 3 Dominer, en parlant d'un lieu. 4 Faire marcher, faire fonctionner. ■ *vpr* S'ouvrir l'une sur l'autre, en parlant des pièces d'un appartement.

commandeur *nm* Dans l'ordre de la Légion d'honneur, grade au-dessus de celui d'officier.

commanditaire *nm* 1 Bailleur de fonds dans une société en commandite. 2 Sponsor.

commandite *nf* 1 Forme de société dans laquelle certains associés (bailleurs de fonds) ne prennent pas part à la gestion. 2 Fonds versés par chaque associé. 3 Sponsoring.

commanditer *vt* 1 Verser des fonds dans une société en commandite. 2 Financer.

commando *nm* Groupe de combat chargé d'exécuter une opération rapidement et par surprise.

comme *av* Marque la quantité, la manière. *Comme c'est beau !* ■ *conj* 1 Indique la cause, le temps. 2 Indique la manière, la comparaison, la qualité ; de même que, ainsi que, en tant que. Loc *Comme tout :* extrêmement. *Comme quoi :* ce qui montre que.

commedia dell'arte [komedjadelarte] *nf inv* Comédie jouée par des acteurs qui improvisent le dialogue sur un scénario donné.

commémoratif, ive *a* Qui commémore.

commémoration *nf* Cérémonie à la mémoire de qqn ou d'un événement.

commémorer *vt* Rappeler le souvenir de qqn, d'un événement.

commençant, ante *n* Débutant dans une discipline.

commencement *nm* Premier moment dans l'existence d'une chose ; début, origine.

commencer *vi* [10] Débuter. *Le film a commencé.* ■ *vt* 1 Faire le commencement, la première partie de qqch. *Commencer un ouvrage.* 2 Être au début de. ■ *vti* 1 Se mettre à. *Commencer à* (ou *de*) *travailler.* 2 Faire qqch en premier lieu. *Commencer par la conclusion.*

commensal, ale, aux *n, a* 1 Litt Qui mange à la même table que d'autres. 2 BIOL Être vivant qui vit et se nourrit auprès d'autres sans leur nuire.

comment *av* Indique la manière ; de quelle façon. ■ *nm inv* Loc *Le pourquoi et le comment d'une chose :* ses causes et la manière dont elle s'est produite. ■ *interj* Exprime la surprise, l'indignation, etc.

commentaire *nm* 1 Remarques faites pour faciliter la compréhension d'un texte. 2 Observation, remarque sur un événement, une situation.

commentateur, trice *n* Auteur de commentaires.

commenter *vt* 1 Expliquer un texte par des remarques. 2 Éclairer par des commentaires.

commérage *nm* Fam Racontar, cancan.

commerçant, ante *n* Qui fait du commerce. ■ *a* Où se trouvent de nombreux commerces. *Une rue commerçante.*

commerce *nm* 1 Achat et vente de marchandises, de biens. 2 Boutique, magasin. *Tenir un commerce.* 3 Litt Manière d'être en société ; relations humaines. *Il est d'un commerce agréable.*

commercer *vi* [10] Faire du commerce.

commercial, ale, aux *a* 1 Relatif au commerce. 2 Réalisé dans le seul but lucratif. ■ *n* Qui travaille dans le secteur commercial d'une entreprise.

commercialement *av* Du point de vue du commerce.

commercialisation *nf* Action de commercialiser.

commercialiser *vt* Mettre qqch sur le marché.

commère *nf* Femme curieuse et cancanière.

commettre *vt* [64] 1 Accomplir un acte répréhensible. 2 Préposer qqn à, charger qqn de. ■ *vpr* Se compromettre, s'exposer.

comminatoire *a* Qui exprime une menace.

commis *nm* Employé subalterne. Loc *Grand commis de l'État :* haut fonctionnaire.

commisération *nf* Compassion.

commissaire *nm* 1 Personne remplissant des fonctions généralement temporaires. 2 Membre d'une commission. Loc *Commissaire de police :* fonctionnaire chargé, dans les villes, du maintien de l'ordre et de la sécurité.

commissaire-priseur *nm* Officier ministériel chargé des ventes publiques. *Des commissaires-priseurs.*

commissariat *nm* Bureaux, services d'un commissaire.

commission *nf* 1 Somme rémunérant l'activité d'un intermédiaire. 2 Message, objet confié à une personne chargée de le transmettre. 3 Réunion de personnes chargées du contrôle ou du règlement de certaines affaires. ■ *pl* Achat des produits ménagers courants.

commissionnaire *n* 1 Qui fait des opérations commerciales pour le compte d'autrui. 2 Chargé d'une commission.

commissionner *vt* Charger qqn d'acheter ou de vendre des marchandises.

commissure *nf* Point de jonction des parties d'un organe. *La commissure des lèvres.*

commode *a* 1 Pratique, qui répond à l'usage qu'on veut en faire. 2 Qui a un caractère agréable ; facile à vivre. ■ *nf* Meuble de rangement à hauteur d'appui, pourvu de larges tiroirs.

commodément *av* De façon commode.

commodité *nf* Qualité de ce qui est commode. ■ *pl* Facilités offertes par qqch.

commotion *nf* Choc nerveux ou émotionnel brutal.

commotionner *vt* Frapper d'une commotion.

commuer *vt* DR Transformer une peine en une peine moindre.

commun, une *a* 1 Qui est partagé par plusieurs personnes, par plusieurs choses. 2 Répandu, général. 3 Qui manque de distinction. Loc *Nom commun :* celui des êtres ou des choses d'une même catégorie. *Droit commun :* ensemble de normes juridiques applicables sur un territoire donné. *En commun :* tous ensemble. ■ *nm* L'ensemble, la majorité du groupe considéré. *Le commun des mortels.* ■ *pl* Bâtiments réservés au service dans une grande propriété.

communal, ale, aux *a* De la commune. ■ *nf* École primaire.

communard, arde *n, a* Partisan de la Commune de Paris en 1871.

communautaire *a* D'une communauté, en partic. de la Communauté européenne.

communauté *nf* 1 Caractère de ce qui est commun à plusieurs personnes. 2 Groupe de personnes vivant ensemble et partageant des intérêts, une culture, ou un idéal commun. 3 DR Régime matrimonial dans lequel les époux mettent en commun tout ou partie de leurs biens.

commune *nf* La plus petite division adminis-trative de France, dirigée par un maire.

communément *av* Suivant l'usage le plus courant.

communiant, ante *n* Qui reçoit l'eucharistie.

communicable *a* Qui peut être communiqué.

communicant, ante *a, n* Qui communique.

communicateur *nm* Qui est habile à commu-niquer par le canal des médias.

communicatif, ive *a* 1 Qui se communique facilement. 2 Qui se confie facilement.

communication *nf* 1 Action de communi-quer. 2 Avis, information. 3 Moyen de liaison entre deux points. *Porte de communication.* 4 Conversation téléphonique. 5 Diffusion d'infor-mations par les médias.

communicationnel, elle *a* SOCIOL De la com-munication.

communier *vi* 1 Recevoir le sacrement de l'eucharistie. 2 Être en parfait accord d'idées, de sentiments.

communion *nf* 1 Union de personnes dans une même foi, dans les mêmes idées. 2 Récep-tion du sacrement de l'eucharistie.

communiqué *nm* Avis transmis au public par la presse, la radio, etc.

communiquer *vt* 1 Transmettre. *Communi-quer une réclamation.* 2 Faire partager. *Com-muniquer sa joie.* 3 Faire connaître, publier. ■ *vi* 1 Être en relation. *Communiquer par télé-phone.* 2 Être en communication. *Le salon communique avec la chambre.* 3 Faire connaître dans le public grâce aux médias.

communisme *nm* Organisation sociale fon-dée sur l'abolition de la propriété privée des moyens de production.

communiste *a, n* Qui relève du communisme.

commutable *a* Qu'on peut commuter.

commutateur *nm* Appareil permettant de fermer ou d'ouvrir un circuit électrique.

commutation *nf* 1 Changement, substitution. 2 DR Fait de changer une peine en une peine moindre.

commuter *vt* Didac Transférer, substituer des éléments.

comorien, enne *a, n* Des Comores.

compacité *nf* Caractère compact.

compact, acte *a* 1 Dont les parties sont for-tement resserrées et forment une masse très dense. 2 Qui tient relativement peu de place. *Un appareil photo compact.* ■ *nm* 1 Appareil compact. 2 Disque compact.

compactage *nm* 1 Compression maximale de qqch (sol, ordures). 2 INFORM Réduction de la longueur des données.

compact-disque *nm* Disque audionumérique de 12 cm de diamètre. (Abrév CD.) *Des compacts-disques.*

compacter *vt* Soumettre au compactage.

compagne *nf* Celle qui partage les activités, la vie de qqn.

compagnie *nf* 1 Fait d'être présent auprès de qqn. 2 Assemblée de personnes. 3 Association commerciale ou coopérative. 4 Troupe théâ-trale. 5 Unité d'infanterie commandée par un capitaine. 6 Bande d'animaux de même espèce vivant en colonie. Loc Fam *Et compagnie :* et tous les autres ; et tout ce qui s'ensuit.

compagnon *nm* 1 Qui accompagne qqn. 2 Qui partage la vie de qqn. 3 Ouvrier qui travaille pour le compte d'un entrepreneur.

compagnonnage *nm* Association d'instruc-tion professionnelle et de solidarité entre ouvriers de même métier.

comparable *a* Qui peut être comparé.

comparaison *nf* 1 Action de comparer. 2 Figure par laquelle on rapproche deux élé-ments en vue d'un effet stylistique. Loc *Degrés de comparaison :* positif, comparatif, super-latif d'un adjectif ou d'un adverbe. *En compa-raison de :* par rapport à. *Sans comparaison :* incomparablement, incontestablement.

comparaître *vi* [55] Se présenter devant la justice, une autorité compétente.

comparatif, ive *a* Qui sert à comparer ; qui exprime une comparaison. ■ *nm* GRAM Un des trois degrés de comparaison de l'adverbe ou de l'adjectif. *Comparatif d'égalité* (ex. : *aussi beau*), *d'infériorité* (ex. : *moins beau*), *de supé-riorité* (ex. : *plus beau*).

comparativement *av* Par comparaison.

comparer *vt* 1 Examiner les rapports entre des choses, des êtres en vue de dégager leurs différences et leurs ressemblances. 2 Présenter comme semblable, analogue.

comparse *n* Qui joue un rôle secondaire.

compartiment *nm* 1 Chacune des divisions pratiquées dans un espace, un meuble. 2 Partie d'une voiture de chemin de fer limitée par des cloisons.

compartimenter *vt* Diviser en compartiments, en espaces clos.

comparution *nf* Fait de comparaître devant un juge, un notaire.

compas *nm* 1 Instrument fait de deux branches reliées par une charnière, servant à tracer des cercles, à prendre certaines mesures. 2 Instrument de navigation indiquant le cap.

compassé, ée *a* D'une retenue, d'une régula-rité affectée.

compassion *nf* Sentiment de sympathie éprouvé pour les maux d'autrui.

compassionnel, elle *a* Inspiré par la com-passion. *Traitement compassionnel.*

compatibilité *nf* Caractère compatible.

compatible *a* Susceptible de s'accorder.

compatir *vti* Éprouver de la compassion. *Compatir à la douleur de qqn.*

compatissant, ante *a* Qui a de la com-passion.

compatriote *n* Qui est de la même patrie qu'un autre.

compensateur, trice ou **compensatoire** *a* Qui apporte une compensation.

compensation *nf* 1 Action de compenser. 2 Dédommagement qui compense une perte, un inconvénient.

compensé, ée *a* Loc *Semelle compensée :* semelle épaisse qui fait corps avec le talon.

compenser *vt* Rétablir un équilibre entre deux ou plusieurs éléments.

compère *nm* Fam Camarade, complice.

compère-loriot *nm* Syn de *orgelet. Des com-pères-loriots.*

compétence *nf* 1 Aptitude d'une autorité administrative ou judiciaire à procéder à cer-tains actes dans des conditions déterminées par la loi. 2 Connaissance, expérience qu'une per-sonne a acquise dans tel ou tel domaine.

compétent, ente *a* 1 Dont la compétence juridique est reconnue. 2 Qui a de la compé-tence dans un domaine.

compétiteur, trice n Qui est en compétition.

compétitif, ive a Capable de supporter la concurrence en matière économique.

compétition nf 1 Concurrence de personnes qui visent un même but. 2 SPORT Match, épreuve.

compétitivité nf Caractère compétitif.

compilateur, trice n Qui compile.

compilation nf 1 Action de compiler. 2 Recueil sans originalité, fait d'emprunts. 3 Sélection de succès musicaux.

compiler vt 1 Rassembler des extraits de divers auteurs pour composer un ouvrage. 2 INFORM Traduire un langage de programmation en un langage utilisable par l'ordinateur.

complainte nf Chanson populaire plaintive sur un sujet tragique.

complaire vti [68] Litt Se comporter de façon à plaire à qqn. ■ vpr Se délecter, trouver du plaisir.

complaisamment av Par, avec complaisance.

complaisance nf 1 Disposition à se conformer aux goûts, à acquiescer aux désirs d'autrui. 2 Péjor Contentement de soi. Loc *Attestation, certificat de complaisance :* établi en faveur de qqn qui n'y a pas droit.

complaisant, ante a 1 Prévenant, qui aime rendre service. 2 Qui a trop d'indulgence.

complanter vt AGRIC Planter d'espèces différentes.

complément nm 1 Ce qui s'ajoute ou doit être ajouté à une chose pour la compléter. 2 Mot ou groupe de mots relié à un autre afin d'en compléter le sens.

complémentaire a Qui sert à compléter. Loc *Arcs, angles complémentaires :* dont la somme égale 90 degrés. *Couleurs complémentaires :* dont le mélange donne du blanc.

complémentarité nf Caractère complémentaire.

complet, ète a 1 Auquel rien ne manque, qui contient tous les éléments nécessaires. 2 Qui ne peut contenir davantage. 3 À qui aucune qualité ne manque. *Un artiste complet.* Loc *Au (grand) complet :* dans son intégralité. *Pain complet :* auquel on a laissé le son. ■ nm Vêtement masculin en deux ou trois pièces de même tissu.

complètement av Tout à fait.

compléter vt [12] Rendre complet. ■ vpr Former un ensemble parfait, un tout.

complétive nf GRAM Subordonnée sujet, complément d'objet ou attribut.

complexe a 1 Qui contient plusieurs éléments combinés, emmêlés. 2 Compliqué. *Situation complexe.* ■ nm 1 Ensemble de sentiments, de souvenirs plus ou moins inconscients qui conditionnent le comportement. 2 Sentiment d'infériorité, manque de confiance en soi. 3 Ensemble d'industries semblables ou complémentaires groupées dans une région. 4 Ensemble d'édifices aménagés pour un usage déterminé.

complexé, ée a. n Fam Affligé de complexes, timide.

complexer vt Fam Provoquer des complexes chez qqn.

complexifier vt Rendre complexe, compliqué.

complexion nf Litt Constitution physique de qqn.

complexité nf Caractère complexe.

complication nf 1 État de ce qui est compliqué. 2 Concours de faits, de circonstances susceptibles de perturber le bon fonctionnement de qqch. 3 MED Nouveau trouble lié à un état pathologique préexistant.

complice n Qui prend part à une action blâmable. ■ a Qui est de connivence.

complicité nf 1 Participation à la faute d'un autre. 2 Connivence.

compliment nm 1 Paroles de félicitations, obligeantes ou affectueuses. 2 Paroles de civilité.

complimenter vt Faire des compliments à.

compliqué, ée a 1 Difficile à analyser, à comprendre. 2 Qui manque de simplicité dans son comportement.

compliquer vt Rendre moins simple ; rendre difficile à comprendre.

complot nm Machination concertée entre plusieurs personnes.

comploter vi Préparer un complot.

comploteur, euse n Qui complote.

componction nf Litt Gravité affectée.

comportement nm Manière d'agir, de se comporter. *Un comportement étrange.*

comportemental, ale, aux a PSYCHO Du comportement.

comporter vt Comprendre, contenir, se composer de. ■ vpr Se conduire, agir.

composant, ante a Qui entre dans la composition de. ■ nm Élément faisant partie de la composition de qqch. ■ nf Élément, facteur à prendre en compte.

composé, ée a Constitué de plusieurs éléments. Loc GRAM *Temps composé :* temps verbal comportant un auxiliaire. ■ nm Tout, ensemble formé de plusieurs parties. ■ nf BOT Plante à fleurs groupées en capitules.

composer vt 1 Former par assemblage de plusieurs éléments. 2 Entrer dans la composition d'un ensemble. 3 Produire une œuvre littéraire ou musicale. 4 Litt Contrôler son expression, son comportement dans une intention déterminée. 5 Assembler des caractères qui formeront un texte destiné à être imprimé. ■ vi 1 Transiger, trouver un accord de compromis. 2 Faire une composition scolaire.

composite a Composé d'éléments très différents. ■ nm Matériau très résistant constitué de fibres.

compositeur, trice n 1 Qui écrit des œuvres musicales. 2 Qui compose un texte avec des caractères d'imprimerie.

composition nf 1 Action ou manière de composer ; résultat de cette action. 2 Assemblage de caractères d'imprimerie pour constituer un texte. 3 Art d'écrire la musique. 4 Rédaction, dissertation. 5 Épreuve scolaire en vue d'un classement. 6 Litt Accommodement, acceptation d'un compromis. *Amener qqn à composition.* Loc *Être de bonne composition :* être très arrangeant.

compost nm Mélange de matières organiques et minérales, destiné à fertiliser le sol.

compostage nm 1 Action de marquer avec un composteur. 2 Préparation du compost.

composter vt 1 Marquer au composteur. 2 Transformer des déchets en compost.

composteur nm Appareil automatique qui sert à perforer ou à marquer, à dater, à numéroter un document, un billet.

compote *nf* Fruits entiers ou en morceaux, cuits avec du sucre.

compotier *nm* Grande coupe pour les compotes, les entremets, les fruits.

compréhensible *a* Qui peut être compris.

compréhensif, ive *a* Qui comprend autrui ; tolérant, indulgent.

compréhension *nf* 1 Faculté de comprendre, aptitude à concevoir clairement. 2 Aptitude à admettre le point de vue d'autrui.

comprendre *vt* [70] 1 Contenir, renfermer en soi. 2 Faire entrer dans un tout, une catégorie. 3 Pénétrer, saisir le sens de. *Comprendre une question.* 4 Se représenter qqch, concevoir. 5 Admettre, se montrer tolérant pour.

comprenette *nf* Fam Faculté de comprendre.

compresse *nf* Pièce de gaze utilisée pour nettoyer, panser une plaie, etc.

compresser *vt* Serrer, presser, comprimer.

compresseur *a* Qui comprime, sert à comprimer. ■ *nm* Appareil servant à comprimer un gaz.

compressible *a* Qui peut être comprimé, réduit.

compressif, ive *a* Qui sert à comprimer.

compression *nf* 1 Action de comprimer ; résultat de cette action. 2 Restriction, réduction.

comprimé, ée *a* Dont le volume est réduit sous l'effet de la pression. ■ *nm* Pastille de médicament.

comprimer *vt* 1 Presser un corps pour en diminuer le volume. 2 Empêcher qqch de se manifester. 3 Réduire. *Comprimer un budget.*

compris, ise *a* Contenu, inclus. *Service compris.* Loc *Y compris* : en incluant. *Non compris* : sans inclure.

compromettant, ante *a* Qui peut compromettre, nuire à la réputation.

compromettre *vt* [64] 1 Exposer à des difficultés, mettre en péril. 2 Nuire à l'honneur, à la réputation de. ■ *vpr* Faire un acte préjudiciable à sa propre réputation.

compromis *nm* 1 Accord dans lequel on se fait des concessions mutuelles. 2 État intermédiaire, moyen terme.

compromission *nf* Action par laquelle qqn se compromet.

compromissoire *a* DR D'un compromis. *Clause compromissoire.*

comptabiliser *vt* Inscrire dans une comptabilité ; prendre en compte.

comptabilité *nf* 1 Technique de l'établissement des comptes. 2 Ensemble des comptes ainsi établis. 3 Service, personnel qui établit les comptes.

comptable *a* 1 Responsable, tenu de se justifier. 2 Relatif à la comptabilité. *Pièce comptable.* ■ *n* Qui a la charge de tenir une comptabilité.

comptage *nm* Action de compter pour dénombrer.

comptant *am, nm* Loc *Argent comptant* : compté, débité sur-le-champ, en espèces. *Opérations au comptant* : suivies d'un paiement immédiat. ■ *av* Avec de l'argent comptant.

compte *nm* 1 Action de compter, d'évaluer ; résultat de cette action. 2 État des recettes et des dépenses, ce qui a été dû ou qui est dû. 3 Ce qui est dû à qqn. Loc *Au bout du compte, en fin de compte, tout compte fait* : tout

bien considéré. Fam *Régler son compte à qqn* : le punir, le tuer, lui faire un mauvais parti. *Règlement de comptes* : vengeance, explication violente. *À bon compte* : à bon marché, à peu de frais. *Tenir compte de, faire entrer, mettre en ligne de compte* : prendre en considération. *Être à son compte* : travailler pour soi, de manière indépendante. *Sur le compte de* : au sujet de. *Demander des comptes* : exiger une justification. *Rendre compte de* : faire un rapport sur, expliquer. *Rendre des comptes* : se justifier, exposer ses raisons. *Se rendre compte de, que* : comprendre.

compte-chèques *nm* Compte postal ou bancaire permettant d'utiliser des chèques. *Des comptes-chèques.*

compte-fils *nm inv* Instrument comportant une loupe pour examiner de près qqch.

compte-gouttes *nm inv* Petite pipette destinée à verser un liquide goutte à goutte. Loc *Au compte-gouttes* : de façon parcimonieuse.

compter *vt* 1 Dénombrer, calculer le nombre, le montant de. 2 Comprendre, inclure dans un compte, un ensemble. 3 Comporter. 4 Estimer à un certain prix. 5 Calculer, mesurer parcimonieusement. 6 Se proposer de, avoir l'intention de. 7 Payer qqn. *Compter une somme à qqn.* ■ *vi* 1 Dénombrer, calculer. *Savoir lire et compter.* 2 Entrer en ligne de compte, être pris en considération. 3 Être important. ■ *vti* Tenir compte de qqch. *Compter avec la chance.* Loc *Compter sur* : avoir confiance, s'appuyer sur. *À compter de* : à dater de, à partir de.

compte rendu *nm* Exposé d'un fait, d'un événement, d'une œuvre. *Des comptes rendus.*

compte-tours *nm inv* Appareil qui compte le nombre de tours effectués pendant un temps donné.

compteur *nm* Appareil servant à mesurer différentes grandeurs (vitesse, distance parcourue, énergie consommée ou produite, etc.) pendant un temps donné.

comptine *nf* Court texte, chanté ou récité par des enfants, utilisé pour choisir le rôle des participants à un jeu.

comptoir *nm* 1 Table longue et étroite sur laquelle un commerçant étale sa marchandise, reçoit de l'argent, sert des consommations. 2 Établissement commercial installé à l'étranger.

compulser *vt* Examiner, consulter. *Compulser des documents.*

compulsion *nf* PSYCHO Force intérieure irrésistible.

comte *nm* Personne dotée d'un titre de noblesse intermédiaire entre marquis et vicomte.

comté *nm* 1 Terre qui donnait au possesseur le titre de comte. 2 Fromage de Franche-Comté, proche du gruyère.

comtesse *nf* 1 Femme qui possédait un comté. 2 Femme d'un comte.

con, conne *n, a* Pop Stupide, idiot.

concasser *vt* Broyer, réduire en fragments relativement gros.

concaténation *nf* Didac Enchaînement d'éléments entre eux.

concave *a* Qui présente une surface courbe en creux. *Miroir concave.*

concavité *nf* État de ce qui est concave ; cavité, creux.

concéder vt [12] 1 Accorder, octroyer comme une faveur. 2 Admettre, reconnaître que, qqch.
concélébrer vt [12] Célébrer un office avec un ou plusieurs autres ministres du culte.
concentration nf 1 Action de concentrer. 2 CHIM Grandeur caractérisant la richesse d'un mélange en un de ses constituants. 3 Fait de concentrer son esprit. Loc *Camp de concentration :* camp où l'on regroupe des prisonniers de guerre, des déportés, etc.
concentrationnaire a Relatif aux camps de concentration.
concentré, ée a 1 Que l'on a concentré. *Lait concentré.* 2 Dont l'esprit est tendu. ■ nm Substance concentrée.
concentrer vt 1 Réunir, faire converger en un point. 2 CHIM Augmenter la concentration de. 3 Appliquer sur un objet unique. ■ vpr Réfléchir intensément.
concentrique a Qui a le même centre de courbure.
concentriquement av De façon concentrique.
concept nm 1 PHILO Représentation mentale abstraite et générale. 2 Projet d'un nouveau produit industriel ou commercial.
concepteur, trice n Qui conçoit des projets de publicité.
conception nf 1 Acte par lequel un être vivant est produit par fécondation d'un ovule. 2 Action, façon de concevoir une idée ; création de l'imagination. Loc *Immaculée Conception :* dogme catholique selon lequel la Vierge Marie a été préservée du péché originel.
conceptuel, elle a Relatif aux concepts.
concernant prép Au sujet de.
concerner vt Intéresser, avoir rapport à.
concert nm 1 Exécution d'une œuvre musicale. 2 Ensemble de sons, de bruits. *Concert de louanges.* Loc *De concert :* d'un commun accord.
concertation nf Action de se concerter.
concerter vt Litt Préparer en conférant avec une ou plusieurs personnes. *Concerter un dessein.* ■ vpr Préparer ensemble un projet, s'entendre pour agir.
concertina nm Petit accordéon hexagonal.
concertiste n Musicien qui se produit en concert.
concerto nm Œuvre pour un ou plusieurs instruments et orchestre.
concessif, ive a GRAM Qui marque l'idée de concession (ex. : bien que, quoique, etc.).
concession nf 1 Action d'accorder un droit, un privilège, un bien. 2 Chose concédée ; terrain loué ou vendu pour une sépulture. 3 Ce que l'on accorde à qqn dans un litige.
concessionnaire n 1 Qui a obtenu une concession. 2 Représentant exclusif d'une marque dans une région.
concevable a Qui peut se concevoir.
concevoir vt [43] 1 Devenir enceinte. 2 Former dans son esprit, créer. 3 Comprendre, avoir une idée de. 4 Éprouver. *Concevoir de la jalousie.*
conchyliculture [-ki-] nf Élevage des coquillages comestibles.
conchyliologie [-ki-] nf Étude des coquillages.
concierge n Qui a la garde d'un immeuble.

conciergerie nf Logement de concierge d'un bâtiment administratif.
concile nm Assemblée d'évêques et de théologiens sur des questions de dogme, de liturgie, de discipline.
conciliable a Qu'on peut concilier avec qqch d'autre.
conciliabule nm Conversation secrète.
conciliaire a Relatif à un concile.
conciliant, ante a Accommodant.
conciliateur, trice a, n Qui concilie. ■ nm DR Chargé de régler à l'amiable des conflits privés.
conciliation nf Action de concilier.
concilier vt Accorder ensemble des personnes divisées d'opinion, des choses contraires. ■ vpr Disposer favorablement, gagner à soi.
concis, ise a Qui s'exprime en peu de mots.
concision nf Qualité de ce qui est concis.
concitoyen, enne n Citoyen de la même ville, d'un même État.
conclave nm Assemblée de cardinaux réunis pour l'élection d'un pape.
concluant, ante a Qui apporte une preuve ; décisif. *Démonstration concluante.*
conclure vt [54] 1 Déterminer par un accord les conditions de. 2 Écrire, prononcer une conclusion. ■ vti Déduire après examen. *Conclure à la démence.*
conclusion nf 1 Action de conclure, accord final. 2 Solution finale, issue. 3 Fin d'un discours, péroraison. 4 Conséquence tirée d'un raisonnement.
concocter vt Fam Préparer en pensée, remuer dans sa tête.
concombre nm Plante potagère dont le gros fruit oblong et aqueux est consommé surtout en salade.
concomitance nf Simultanéité.
concomitant, ante a Qui accompagne une chose, un fait.
concordance nf Fait de s'accorder, d'être en conformité avec une autre chose.
concordant, ante a Qui concorde.
concordat nm Accord entre le pape et un gouvernement à propos d'affaires religieuses.
concorde nf Union de cœurs, de volontés, bonne intelligence.
concorder vi Être en accord, en conformité.
concourir vti [25] Contribuer à produire un effet. ■ vi GEOM Se rencontrer. 2 Être en compétition.
concours nm 1 Participation à une action. 2 Compétition sélectionnant les meilleurs candidats. Loc *Concours de circonstances :* coïncidence d'événements.
concret, ète a 1 Qui exprime, désigne ce qui est perçu par les sens. 2 Qui est réel, matériel. 3 Qui a le sens des réalités.
concrètement av D'une manière concrète.
concrétion nf Didac Agrégat de particules en un corps solide.
concrétisation nf Fait de concrétiser, de se concrétiser.
concrétiser vt Rendre concret, réel. ■ vpr Se réaliser, prendre corps.
concubin, ine n Qui vit en concubinage.
concubinage nm Situation d'un homme et d'une femme vivant en couple sans être mariés.
concupiscence nf Litt Vive inclination pour les plaisirs sensuels.

concupiscent, ente *a* Litt Qui manifeste de la concupiscence.

concurremment [-ramã] *av* **1** En rivalité. **2** Conjointement, ensemble.

concurrence *nf* **1** Rivalité d'intérêts économiques. **2** Ensemble des concurrents. **Loc** *Jusqu'à concurrence de :* jusqu'à la limite de.

concurrencer *vt* [10] Faire concurrence à.

concurrent, ente *a, n* Qui fait concurrence à. *Des commerces concurrents. Évincer tous ses concurrents.* ■ *n* Qui participe à un concours, à une compétition sportive.

concurrentiel, elle *a* De la concurrence.

concussion *nf* Délit consistant à exiger des sommes non dues, dans l'exercice d'une fonction publique.

condamnable *a* Qui mérite d'être condamné.

condamnation *nf* **1** Décision d'une juridiction de sanctionner un coupable. **2** Blâme, critique.

condamné, ée *a, n* Qui s'est vu infliger une peine. ■ *a* **1** Dont la maladie est mortelle. **2** Obligé, astreint à.

condamner *vt* **1** Prononcer une peine contre. **2** Astreindre qqn à, réduire. *Son accident le condamne à l'immobilité.* **3** Blâmer, désapprouver. **4** Barrer un passage, supprimer une ouverture.

condensateur *nm* Appareil capable d'emmagasiner une charge électrique.

condensation *nf* Action de condenser, de se condenser.

condensé, ée *a* Réduit de volume par évaporation. *Lait condensé.* ■ *nm* Bref résumé.

condenser *vt* **1** Rendre plus dense, resserrer dans un moindre espace. **2** Faire passer de l'état gazeux à l'état liquide. **3** Exprimer avec concision. ■ *vpr* Passer de l'état gazeux à l'état liquide.

condescendance *nf* Attitude de bienveillance marquée de supériorité.

condescendant, ante *a* Marqué par la condescendance.

condescendre *vi* [71] Daigner. *Il a condescendu à me permettre.*

condiment *nm* Substance ajoutée à un aliment pour en relever le goût.

condisciple *n* Compagnon, compagne d'études.

condition *nf* **1** État, situation d'une personne, d'une chose. *La condition humaine.* **2** Rang social. **3** Ce dont qqch dépend. **4** Convention à la base d'un accord. **Loc** *À condition, sous condition :* avec certaines réserves. *À condition de, que :* si seulement, pourvu que. *Mettre en condition :* préparer physiquement ou psychologiquement. ■ *pl* Ensemble de circonstances qui déterminent une situation.

conditionné, ée *a* Soumis à des conditions. **Loc** *Air conditionné :* air d'une pièce, etc., maintenu dans les conditions voulues de température, d'hygrométrie.

conditionnel, elle *a* Subordonné à un fait incertain. ■ *nm* Mode verbal indiquant que l'action ou le fait dépend d'une condition.

conditionnement *nm* **1** Action de conditionner qqn, qqch. **2** Action d'emballer un produit pour le vendre ; l'emballage de ce produit.

conditionner *vt* **1** Mettre qqn en condition. **2** Procéder au conditionnement d'un produit. **3** Constituer la condition de.

condoléances *nfpl* Témoignage de sympathie à la douleur d'autrui.

condom *nm* Préservatif masculin.

condor *nm* Vautour des Andes.

condottière *nm* HIST Chef d'aventuriers italiens.

conducteur, trice *a* Qui conduit, guide. ■ *n* Qui est aux commandes d'un véhicule. ■ *nm* Corps qui transmet l'électricité, la chaleur.

conduction *nf* Didac Transmission de l'électricité, de la chaleur, de l'influx nerveux.

conductivité *nf* PHYS Capacité à transmettre l'électricité.

conduire *vt* [67] **1** Mener, guider, transporter qqpart. **2** Aboutir à. *Conduire à l'échec.* **3** Commander, être à la tête de. **4** Être aux commandes d'un véhicule. **5** PHYS Transmettre la chaleur, l'électricité. ■ *vpr* Se comporter.

conduit *nm* Canal, tuyau.

conduite *nf* **1** Action de conduire, de diriger. **2** Action de conduire un véhicule. **3** Manière de se comporter, d'agir. **4** Canalisation.

cône *nm* **1** GEOM Surface engendrée par une droite (la génératrice) passant par un point fixe (le sommet) et s'appuyant sur une courbe fixe (la directrice) ; volume déterminé par cette surface et un plan d'intersection. **2** BOT Fleur ou inflorescence de forme conique. *Cônes de pin.* **3** Mollusque gastéropode à coquille conique.

confection *nf* **1** Action de fabriquer, de préparer qqch. **2** Industrie des vêtements vendus tout faits.

confectionner *vt* Préparer, fabriquer.

confectionneur, euse *n* Qui fabrique des vêtements de confection.

confédéral, ale, aux *a* D'une confédération.

confédération *nf* **1** Association d'États qui, tout en conservant leur souveraineté, sont soumis à un pouvoir central. **2** Groupement d'associations, de fédérations, de syndicats, etc.

confédéré, ée *a, n* Réuni en confédération.

confer [-fɛʀ] Indication d'avoir à se reporter à un autre passage. (Abrév : cf.)

conférence *nf* **1** Réunion où plusieurs personnes examinent ensemble une question. **2** Discours prononcé en public dans un but didactique. **Loc** *Conférence de presse :* où des journalistes interrogent une ou plusieurs personnalités.

conférencier, ère *n* Qui fait une conférence.

conférer *vt* [12] Accorder, donner. ■ *vi* Être en conversation, s'entretenir.

confesse *nf* **Loc** *Aller à confesse :* se confesser.

confesser *vt* **1** Déclarer ses péchés en confession. **2** Entendre en confession. **3** Avouer. ■ *vpr* Reconnaître ses péchés, ses fautes.

confesseur *nm* Prêtre qui entend qqn en confession.

confession *nf* **1** Aveu de ses péchés fait à un prêtre en vue de recevoir l'absolution. **2** Aveu, déclaration d'une faute. **3** Appartenance à une religion.

confessionnal, aux *nm* Lieu où le prêtre entend les confessions.

confessionnalisme *nm* Sentiment d'appartenir à une religion, primant le sentiment national.

confessionnel, elle *a* Relatif à la religion. **Loc** *École confessionnelle :* destinée aux élèves d'une religion déterminée.

confetti

confetti *nm* Petite rondelle de papier de couleur qu'on se lance par poignées pendant une fête.

confiance *nf* 1 Espérance ferme en une personne, une chose. 2 Assurance, hardiesse. *Loc Question de confiance :* demande faite à l'Assemblée nationale d'approuver la politique du gouvernement.

confiant, ante *a* Qui a confiance.

confidence *nf* Communication d'un secret personnel.

confident, ente *n* À qui on confie ses pensées intimes.

confidentialité *nf* Caractère confidentiel.

confidentiel, elle *a* Dit, écrit, fait en confidence, en secret.

confidentiellement *av* En confidence.

confier *vt* 1 Remettre qqch, qqn au soin de qqn d'autre. 2 Dire confidentiellement. ■ *vpr* Faire des confidences.

configuration *nf* Forme extérieure, disposition d'ensemble.

confiné, ée *a Loc Air confiné :* insuffisamment renouvelé.

confinement *nm* Action de confiner ; fait d'être confiné.

confiner *vt* Reléguer en un lieu, isoler. ■ *vti* Toucher aux limites de qqch.

confins *nmpl* Limites d'un pays, d'une terre.

confire *vt* [79] Mettre des aliments dans une substance qui les conserve.

confirmation *nf* 1 Action de confirmer. 2 Sacrement de l'Église catholique qui confirme le baptême. 3 Dans l'Église protestante, profession publique de la foi chrétienne.

confirmer *vt* 1 Maintenir, ratifier. 2 Conforter. *Il m'a confirmé dans mon opinion.* 3 Assurer la vérité de qqch, l'appuyer par de nouvelles preuves. 4 Administrer le sacrement de la confirmation.

confiscation *nf* Action de confisquer.

confiscatoire *a* Qui a le caractère d'une confiscation.

confiserie *nf* 1 Lieu où l'on fabrique, où l'on vend des friandises à base de sucre. 2 Fabrication, commerce de ces produits. 3 Ces produits mêmes ; sucreries.

confiseur, euse *n* Qui fabrique, qui vend de la confiserie.

confisquer *vt* Saisir qqch par acte d'autorité.

confit, ite *a* Conservé dans du vinaigre, de la graisse, du sucre. *Loc Fam Confit en dévotion :* d'une dévotion outrée. ■ *nm* Viande cuite et conservée dans sa propre graisse.

confiture *nf* Conserve de fruits cuits avec du sucre.

conflagration *nf* Conflit vaste et violent (guerre, révolution).

conflictuel, elle *a* Relatif à un conflit.

conflit *nm* 1 Antagonisme. 2 Opposition entre deux États qui se disputent un droit.

confluent *nm* Lieu où deux cours d'eau se réunissent.

confluer *vi* Se réunir (cours d'eau).

confondant, ante *a* Qui remplit d'étonnement.

confondre *vt* [71] 1 Remplir d'étonnement, troubler. 2 Réduire qqn au silence en lui prouvant sa faute, son erreur. 3 Prendre une chose, une personne pour une autre. ■ *vpr* Se mêler. *Se confondre en excuses, etc. :* multiplier les excuses, etc.

conformation *nf* Manière dont un corps organisé est conformé, dont ses parties sont disposées.

conforme *a* 1 De même forme que, semblable à un modèle. 2 Qui s'accorde, qui convient.

conformé, ée *a* Qui possède telle conformation.

conformément *av* De façon conforme.

conformer *vt* Rendre conforme. ■ *vpr* Agir selon. *Se conformer aux coutumes du pays.*

conformisme *nm* Soumission aux opinions généralement admises.

conformiste *n, a* Qui fait preuve de conformisme.

conformité *nf* Accord, adéquation.

confort *nm* Bien-être matériel, commodités de la vie quotidienne.

confortable *a* 1 Qui offre du confort. 2 Important. *Revenus confortables.*

confortablement *av* De façon confortable.

conforter *vt* Rendre plus ferme, plus solide, renforcer.

confraternel, elle *a* De confrère.

confrère *nm* Qui appartient à la même profession intellectuelle, à la même compagnie, à la même confrérie qu'un autre.

confrérie *nf* Association pieuse.

confrontation *nf* Action de confronter des personnes, des choses.

confronter *vt* 1 Mettre des personnes en présence les unes des autres, pour comparer leurs opinions. 2 Comparer deux choses.

confucéen, enne *a* Du confucianisme.

confucianisme *nm* Doctrine et enseignement de Confucius.

confus, use *a* 1 Dont les éléments sont brouillés, mêlés. 2 Embarrassé, gêné.

confusément *av* De façon confuse.

confusion *nf* 1 Embarras, honte. 2 Fait de confondre, de prendre une personne, une chose, pour une autre.

confusionnel, elle *a* De la confusion mentale.

confusionnisme *nm* État de confusion dans les esprits.

congé *nm* 1 Permission de se retirer, de quitter momentanément son travail. 2 Période où l'on ne travaille pas ; vacances. *Congés payés.* 3 Attestation de paiement des droits de circulation frappant certaines marchandises. *Loc Donner congé à un locataire :* lui faire savoir qu'il doit quitter les lieux.

congédiement *nm* Action de congédier.

congédier *vt* Renvoyer qqn, lui dire de se retirer.

congélateur *nm* Appareil qui sert à congeler des denrées alimentaires.

congélation *nf* Action de congeler.

congeler *vt* [16] 1 Faire passer de l'état liquide à l'état solide par l'action du froid. 2 Soumettre à l'action du froid pour conserver.

congénère *n* Qui est de la même espèce, du même genre.

congénital, ale, aux *a* Qui existe à la naissance.

congère *nf* Neige amassée par le vent.

congestif, ive *a* De la congestion.

congestion *nf* 1 Excès de sang dans les vaisseaux d'un organe ou d'une partie d'organe. 2 Encombrement. *Congestion urbaine.*

congestionner *vt* Déterminer la congestion.

conglomérat *nm* 1 Roche formée de blocs agglomérés. 2 Ensemble d'entreprises aux productions variées.

conglomérer *vt* [12] Réunir en boule, en pelote, en masse.

conglutiner *vt* MED Agglutiner.

congolais, aise *a, n* Du Congo. ◼ *nm* Petit gâteau à la noix de coco.

congratulations *nfpl* Félicitations.

congratuler *vt* Féliciter.

congre *nm* Poisson de mer, allongé comme une anguille.

congrégation *nf* Association religieuse.

congrès *nm* Rassemblement de personnes pour traiter d'intérêts communs, d'études spécialisées.

congressiste *n* Membre d'un congrès.

congru, ue *a* Loc *Portion congrue* : attribution à peine suffisante de qqch à qqn.

conifère *nm* Arbre produisant des cônes (pin, sapin, etc.).

conique *a* Qui a la forme d'un cône.

conjectural, ale, aux *a* Fondé sur des conjectures.

conjecture *nf* Opinion fondée sur des présomptions, des probabilités.

conjecturer *vt* Juger en fonction de conjectures.

conjoint, ointe *a* Lié. *Questions conjointes.* ◼ *n* Chacun des époux.

conjointement *av* Ensemble, de concert.

conjonctif, ive *a* Loc *Locution conjonctive* : qui réunit deux mots, deux propositions. *Tissu conjonctif* : tissu de liaison entre les différents tissus et organes.

conjonction *nf* 1 Didac Réunion. *Conjonction des contraires.* 2 GRAM Mot invariable qui unit deux mots, deux propositions.

conjonctive *nf* ANAT Membrane qui tapisse l'œil et la paupière.

conjonctivite *nf* Inflammation de la conjonctive.

conjoncture *nf* 1 Situation résultant d'un ensemble d'événements. 2 Ensemble des conditions déterminant l'état de l'économie à un moment donné.

conjoncturel, elle *a* Qui dépend de la conjoncture. Ant. structurel.

conjoncturiste *n* Spécialiste de l'étude de la conjoncture économique.

conjugable *a* Qu'on peut conjuguer.

conjugaison *nf* 1 Didac Action d'unir, de coordonner. 2 GRAM Ensemble des formes que possède un verbe.

conjugal, ale, aux *a* Qui concerne l'union du mari et de la femme.

conjugalement *av* Comme des personnes mariées.

conjuguer *vt* 1 Unir. *Conjuguer ses efforts.* 2 Réciter, donner la conjugaison d'un verbe.

conjuration *nf* Association en vue d'exécuter un complot contre l'État, le souverain.

conjuré, ée *n* Qui est entré dans une conjuration.

conjurer *vt* 1 Écarter, repousser un danger, une menace, des maléfices. 2 Prier avec insistance, supplier.

connaissance *nf* 1 Le fait de connaître. 2 Personne avec qui on est en relation. *C'est une vieille connaissance.* Loc *Avoir connaissance de qqch* : en venir à apprendre qqch. *Prendre connaissance de qqch* : l'examiner. *À ma connaissance* : autant que je sache. *En connaissance de cause* : en se rendant compte de ce que l'on fait, dit. *Perdre connaissance, rester, tomber sans connaissance* : avoir une syncope. *Reprendre connaissance* : revenir d'un évanouissement. *Faire connaissance avec qqn* : entrer en relation avec lui. *En pays de connaissance* : au milieu de personnes, de choses que l'on connaît. ◼ *pl* Notions acquises ; ce que l'on a appris d'un sujet.

connaisseur, euse *a, n* Expert en une chose.

connaître *vt* [55] 1 Avoir une idée pertinente de ; être informé de. 2 Avoir la pratique, l'expérience de. *Connaître une langue, un métier.* 3 Avoir. *Son ambition ne connaît pas de limites.* 4 Savoir l'identité de qqn. 5 Comprendre le caractère, la personnalité de qqn. ◼ *vpr* Avoir une juste notion de soi-même. Loc *Ne plus se connaître* : être dominé par la colère. *S'y connaître* : être compétent.

connard, arde *a, n* Pop Imbécile.

connecter *vt* TECH Joindre.

connecteur *nm* Dispositif de connexion électrique ou électronique.

connectique *nf* Industrie des connecteurs.

connerie *nf* Pop Bêtise, stupidité.

connétable *nm* HIST Premier officier de la maison du roi, commandant l'armée.

connexe *a* Lié avec qqch.

connexion *nf* 1 Liaison logique entre des choses. 2 ELECTR Liaison de conducteurs ou d'appareils entre eux.

connivence *nf* Complicité par complaisance ou tolérance ; accord secret.

connotation *nf* LING Évocation affective ou intellectuelle accompagnant la signification propre d'un mot, d'un énoncé.

connoter *vt* Exprimer comme connotation.

connu, ue *a* 1 Dont on a connaissance. 2 Célèbre.

conque *nf* Coquille de gros gastéropodes.

conquérant, ante *a, n* Qui fait des conquêtes.

conquérir *vt* [34] 1 Prendre par les armes. 2 Gagner, séduire, s'attacher.

conquête *nf* 1 Action de conquérir. 2 Ce qui est conquis. 3 Fam Personne dont on a conquis les bonnes grâces.

conquistador *nm* HIST Conquérant espagnol du Nouveau Monde (XVIᵉ s.).

consacré, ée *a* 1 Qui a reçu une consécration religieuse. 2 Sanctionné par l'usage.

consacrer *vt* 1 Dédier à Dieu ; rendre sacré. *Consacrer une église.* 2 Prononcer les paroles sacramentelles de l'eucharistie. *Consacrer le pain et le vin.* 3 Sanctionner, faire accepter de tous. *L'usage a consacré ce mot.* 4 Destiner qqch à. *Consacrer ses loisirs à la musique.* ◼ *vpr* Se vouer. *Se consacrer à un travail.*

consanguin, uine *a* 1 Parent du côté paternel. Loc *Mariage consanguin* : entre proches parents.

consanguinité [-gɥi-] *nf* 1 Parenté du côté du père. 2 Parenté proche entre conjoints.

consciemment *av* De façon consciente.

conscience nf 1 Sentiment, perception que l'être humain a de lui-même, de sa propre existence. 2 Siège des convictions, des croyances. *Liberté de conscience.* 3 Sentiment par lequel l'être humain juge de la moralité de ses actions. Loc *Avoir qqch sur la conscience :* avoir qqch à se reprocher. *Cas de conscience :* difficulté à se déterminer au regard de la morale. *La main sur la conscience :* en toute franchise. *En mon âme et conscience :* selon ma conviction la plus intime. *En conscience, en bonne conscience :* honnêtement, franchement.

consciencieusement av De façon consciencieuse.

consciencieux, euse a 1 Qui remplit scrupuleusement ses obligations. 2 Fait avec soin.

conscient, ente a 1 Qui a la conscience de soi-même, d'un fait, de l'existence d'une chose. 2 Qui est perçu par la conscience.

conscription nf Recrutement annuel de soldats selon la classe d'âge.

conscrit nm Soldat nouvellement incorporé.

consécration nf 1 Action de consacrer. 2 Action du prêtre qui consacre, pendant la messe, le pain et le vin. 3 Sanction, confirmation. *C'est la consécration de son succès.*

consécutif, ive a 1 Qui se suit sans interruption. *Trois années consécutives.* 2 Qui suit, comme résultat. *Accident consécutif à une imprudence.* Loc GRAM *Proposition consécutive :* subordonnée indiquant la conséquence.

consécutivement av Aussitôt après.

conseil nm 1 Avis donné sur ce qu'il convient qu'il fasse. 2 Personne dont on prend avis. 3 Assemblée ayant pour mission de donner son avis, de statuer sur certaines affaires. Loc *Conseil des ministres :* réunion des ministres, présidée par le chef de l'État. *Conseil général :* assemblée composée de membres élus de chaque département. *Conseil municipal :* composé de membres élus pour s'occuper des affaires communales.

1. conseiller vt Donner un conseil à qqn, lui recommander qqch.

2. conseiller, ère n 1 Qui donne des conseils. 2 Membre d'un conseil, d'un tribunal, etc.

conseilleur, euse n Qui se contente de conseiller, sans prendre de risques.

consensuel, elle a Issu d'un consensus.

consensus [-sys] nm Consentement, accord entre les personnes.

consentant, ante a Qui consent, qui donne son adhésion.

consentement nm Approbation, adhésion donnée à un projet.

consentir vti [29] Donner son consentement à. ■ vt Accorder qqch. *Consentir un rabais.*

conséquemment av Litt Par suite.

conséquence nf 1 Résultat, suite d'une action, d'un fait. 2 Effet important. *Cela ne tire pas à conséquence.* Loc *En conséquence :* par conséquent, donc.

conséquent, ente a 1 Qui agit d'une manière logique. 2 Abusiv Considérable, important. Loc *Par conséquent :* donc.

conservateur, trice a Du conservatisme. *Journal conservateur.* Loc *Chirurgie conservatrice :* qui vise à conserver les organes dans leur état. ■ n 1 Personne chargée de garder qqch ;

titre de certains fonctionnaires. 2 Hostile ou réservé à l'égard des innovations politiques, sociales, etc. 3 Membre d'un des principaux partis politiques britanniques. ■ nm 1 Produit qui assure la conservation des aliments. 2 Appareil utilisé pour la conservation des produits congelés.

conservation nf 1 Action de conserver. 2 État de ce qui est conservé.

conservatisme nm Attitude des conservateurs ; traditionalisme.

conservatoire a DR Qui conserve un droit. ■ nm Établissement public d'enseignement de la musique, de la danse, de l'art dramatique.

conserve nf Substance alimentaire qui peut se garder longtemps dans un récipient clos. ■ av Loc Litt *De conserve :* ensemble, en accord.

conserver vt 1 Ne pas se défaire de, garder. 2 Maintenir en bon état ; faire durer.

conserverie nf Fabrique de conserves.

considérable a Puissant, important.

considérablement av Beaucoup, très.

considérant nm Motif justifiant une décision.

considération nf 1 Examen attentif que l'on fait d'une chose avant de se décider. 2 Motif, raison d'une action. 3 Estime, déférence. Loc *Prendre en considération :* tenir compte de. *En considération :* à cause de. ■ pl Réflexions.

considérer vt [12] 1 Regarder attentivement, examiner. 2 Tenir compte de ; estimer, faire cas de. Loc *Considérer comme :* juger, estimer.

consignation nf DR Dépôt d'une somme entre les mains d'un tiers ou d'un officier public ; somme déposée.

consigne nf 1 Instruction donnée à une sentinelle, à un surveillant, à un gardien, etc. 2 Punition infligée à un soldat, à un élève consistant en une privation de sortie. 3 Endroit où l'on met les bagages en dépôt dans une gare, un aéroport. 4 Somme rendue en retour d'un emballage.

consigner vt 1 Mettre en dépôt chez un tiers. 2 Mettre par écrit. 3 Priver de sortie. 4 Facturer un emballage, une bouteille qui, une fois rendus, seront remboursés.

consistance nf 1 État plus ou moins solide, ferme d'une matière. 2 Sérieux, solidité. *La nouvelle prend de la consistance.*

consistant, ante a 1 Qui a une consistance ferme, épais, solide. *Soupe consistante.*

consister vti 1 Être composé de. *Sa fortune consiste en actions.* 2 Se limiter à, avoir pour nature de. *Votre travail consiste à trier ces papiers.*

consistoire nm 1 Réunion des cardinaux sur convocation du pape. 2 Direction administrative de certaines communautés religieuses.

consœur nf Femme appartenant au même corps, à la même compagnie qu'une autre.

consolant, ante a Propre à consoler.

consolateur, trice a, n Qui console.

consolation nf 1 Soulagement apporté à la douleur morale de qqn. 2 Chose, personne qui console.

console nf 1 Table à deux ou quatre pieds en forme de S, appuyée contre un mur. 2 Pièce encastrée dans une paroi, servant de support. 3 INFORM Périphérique ou terminal permettant de communiquer avec l'unité centrale.

consoler vt Soulager qqn dans sa douleur, son affliction. ■ vpr Oublier son chagrin.

consolidation *nf* Action de consolider.

consolider *vt* Affermir, rendre plus solide.

consommable *a* Qui peut être consommé.

consommateur, trice *n* 1 Qui achète des produits pour les consommer. 2 Qui boit ou mange dans un café.

consommation *nf* 1 Action de consommer. 2 Boisson prise dans un café. Loc *Société de consommation* : société où la production entraîne la surconsommation.

consommé, ée *a* Expérimenté, parfait. *Un musicien consommé.* ■ *nm* Bouillon de viande.

consommer *vt* 1 Employer comme aliment. 2 Utiliser pour fonctionner. *Ce moteur consomme du gazole.* ■ *vi* Prendre une consommation dans un café.

consomption *nf* MED Amaigrissement et perte des forces.

consonance *nf* 1 Ressemblance de sons dans la terminaison de deux ou plusieurs mots. 2 Suites de sons. *Des consonances harmonieuses.*

consonantique *a* De la consonne.

consonantisme *nm* LING Système des consonnes d'une langue.

consonne *nf* Phonème formant une syllabe avec une voyelle.

consorts *nmpl* Qui sont du même genre. *Escrocs et consorts.* ■ *am* Loc *Prince consort* : époux d'une reine, qui n'est pas roi lui-même.

consortium [-sjɔm] *nm* Association d'entreprises.

conspirateur, trice *n* Qui conspire.

conspiration *nf* Complot, conjuration.

conspirer *vi* Comploter. ■ *vti* Litt Tendre au même but. *Tout conspire à votre bonheur.*

conspuer *vt* Manifester bruyamment son hostilité à qqn.

constamment *av* Toujours, très souvent.

constance *nf* 1 Persistance, persévérance dans ses actions ou ses goûts. 2 État de ce qui ne change pas.

constant, ante *a* 1 Qui ne change pas ; persévérant. *Constant en amour.* 2 Qui dure ; ininterrompu. *Pluie constante.* ■ *nf* 1 Tendance durable. 2 Grandeur invariable.

constat *nm* 1 Procès-verbal d'huissier constatant un fait. 2 Constatation. *Un constat d'échec.* Loc *Constat amiable* : déclaration d'accident faite par les parties.

constatation *nf* 1 Action de constater. 2 Fait constaté et rapporté.

constater *vt* 1 Certifier la réalité d'un fait. 2 Remarquer, s'apercevoir de.

constellation *nf* Groupement d'étoiles.

constellé, ée *a* 1 Parsemé d'étoiles. 2 Parsemé abondamment. *Texte constellé de fautes.*

consternant, ante *a* Désolant.

consternation *nf* Stupeur causée par un événement pénible.

consterner *vt* Jeter dans l'accablement.

constipation *nf* Retard dans l'évacuation des selles.

constipé, ée *a, n* 1 Qui souffre de constipation. 2 Pop Taciturne, embarrassé.

constiper *vt* Causer la constipation.

constituant, ante *a, nm* Qui entre dans la constitution de qqch. ■ *a* Loc *Assemblée constituante* : qui élabore une Constitution.

constitué, ée *a* Loc *Corps constitués* : organismes établis par la Constitution.

constituer *vt* 1 Former un tout, par la réunion d'éléments. 2 Représenter. *Le loyer constitue le quart de ses dépenses.* 3 Établir qqn comme. *Il a constitué son neveu son héritier.* 4 Établir qqch pour qqn. *Constituer une dot à qqn.* ■ *vpr* Loc *Se constituer prisonnier* : se livrer à la justice.

constitutif, ive *a* Qui constitue.

constitution *nf* 1 Ensemble des éléments constitutifs de qqch ; composition. *La constitution des corps.* 2 Nature, état physique. *Être de constitution délicate.* 3 Création, fondation. *Constitution d'une société.* 4 (avec majusc) Ensemble des lois fondamentales d'un État.

constitutionnel, elle *a* 1 Régi par une constitution. 2 Conforme à la Constitution de l'État.

constitutionnellement *av* De façon constitutionnelle.

constricteur *am* Loc *Muscle constricteur* : qui resserre certains orifices. *Boa constricteur* ou *constrictor* : qui se contracte autour de sa proie pour l'étouffer.

constructeur, trice *n, a* Qui construit.

constructible *a* Où on peut construire.

constructif, ive *a* Qui contribue à construire, positif. *Des propositions constructives.*

construction *nf* 1 Action de construire. 2 Édifice. 3 Branche particulière de l'industrie. *Construction mécanique, navale, aéronautique.* 4 Arrangement des mots dans la phrase.

constructivisme *nm* Courant artistique du XXᵉ s. privilégiant les formes géométriques.

construire *vt* [67] 1 Bâtir. *Construire un pont.* 2 Assembler. *Construire une automobile.* 3 Concevoir. *Construire un raisonnement.*

consubstantiel, elle *a* Didac De la même substance, inséparable.

consul *nm* 1 Magistrat dans la Rome antique. 2 Titre des trois magistrats suprêmes de la République française de 1789 à 1804. 3 Diplomate chargé, à l'étranger, des ressortissants de son pays.

consulaire *a* 1 Propre aux consuls romains. 2 Relatif à un consulat à l'étranger. Loc *Juge consulaire* : membre des tribunaux de commerce.

consulat *nm* 1 Dans la Rome antique, charge de consul. 2 Charge ou résidence d'un consul à l'étranger.

consultable *a* Que l'on peut consulter.

consultant, ante *n* 1 Qui donne avis et conseil. 2 Qui vient consulter un médecin.

consultatif, ive *a* Qui donne un avis, sans pouvoir de décision.

consultation *nf* 1 Action de consulter, de donner un avis. 2 Examen d'un malade par un médecin.

consulter *vt* 1 S'adresser à qqn pour avis. *Consulter un avocat, un médecin, un expert.* 2 Examiner pour information. *Consulter un dictionnaire.* ■ *vi* Recevoir des malades (médecin).

consumer *vt* Détruire par le feu. ■ *vpr* 1 Être détruit par le feu. 2 Litt Dépérir, s'épuiser.

consumérisme *nm* Doctrine économique des organisations de consommateurs.

consumériste *a, n* Qui relève du consumérisme.

contact *nm* 1 État de corps qui se touchent. 2 Liaison, relation. *Prendre contact, être en contact avec qqn.* 3 Proximité permettant le

combat. **4** Liaison de deux conducteurs électriques assurant le passage d'un courant. **Loc** *Lentille, verre de contact* : lentille correctrice appliquée directement sur le globe oculaire.
contacter *vt* Établir un contact avec qqn.
contacteur *nm* Appareil ouvrant et fermant un circuit électrique.
contagieux, euse *a, n* Transmissible par contagion. ■ *a* Qui se communique facilement. *Un rire contagieux.*
contagion *nf* **1** Transmission d'une maladie par contact direct ou indirect. **2** Imitation involontaire.
contagiosité *nf* MED Caractère contagieux d'une maladie.
container [-NER] *nm* Conteneur.
contamination *nf* Souillure par des germes pathogènes ou des substances radioactives.
contaminer *vt* Souiller par contamination.
conte *nm* **1** Récit, généralement bref, d'aventures imaginaires. **2** Histoire peu vraisemblable.
contemplatif, ive *a, n* Qui s'adonne à la contemplation.
contemplation *nf* **1** Action de contempler. **2** Profonde méditation.
contempler *vt* Regarder attentivement, avec admiration.
contemporain, aine *a, n* **1** De la même époque. **2** De notre époque.
contempteur, trice *n* Litt Qui méprise.
contenance *nf* **1** Capacité, quantité contenue. **2** Attitude. **Loc** *Perdre contenance* : être embarrassé.
contenant *nm* Ce qui contient qqch.
conteneur *nm* Récipient métallique pour le transport des marchandises. **Syn.** container.
conteneurisation *nf* Action de conteneuriser.
conteneuriser *vt* Mettre dans des conteneurs.
contenir *vt* [35] **1** Avoir une capacité de. *Cette cuve contient cent litres.* **2** Renfermer. *Ce verre contient de l'eau.* **3** Maintenir, retenir. *Les gardes contiennent la foule.* ■ *vpr* Se maîtriser.
content, ente *a* Satisfait, joyeux. ■ *nm* **Loc** *Avoir son content* : avoir ce que l'on désirait.
contentement *nm* État d'une personne contente ; satisfaction.
contenter *vt* Rendre content, satisfaire. ■ *vpr* Se borner à. *Il s'est contenté de rire.*
contentieux *nm* Litige, contestation.
contention *nf* Immobilisation d'un membre, d'un animal afin de le soigner.
contenu *nm* **1** Ce qui est renfermé dans qqch. *Le contenu d'une boîte.* **2** Substance. *Le contenu d'une lettre.*
conter *vt* Litt Faire le récit de, narrer. **Loc** *En conter à qqn* : le tromper.
contestable *a* Qui peut être contesté.
contestataire *a, n* Qui conteste l'ordre établi.
contestation *nf* **1** Objection, discussion. **2** Action de contester. **3** Remise en cause de l'ordre établi. *La contestation étudiante.*
conteste (sans) *av* Incontestablement.
contester *vt* Refuser de reconnaître la légalité ou la réalité d'un fait. *Contester un testament.* ■ *vi* Discuter, pratiquer la contradiction.
conteur, euse *n* **1** Qui conte, qui fait des récits. **2** Auteur de contes.
contexte *nm* **1** Cadre dans lequel se place un mot, une expression, une phrase. **2** Ensemble des circonstances d'un événement.

contextuel, elle *a* Du contexte.
contexture *nf* Liaison, agencement des différentes parties d'un tout.
contigu, uë *a* Attenant à un autre lieu.
contiguïté *nf* Proximité immédiate.
continence *nf* Abstention volontaire de tout plaisir charnel.
1. continent *nm* Vaste étendue de terre émergée. *Les cinq continents.* **Loc** *Ancien Continent* : Europe. *Nouveau Continent* : Amérique.
2. continent, ente *a* Qui pratique la continence.
continental, ale, aux *a* D'un continent. **Loc** *Climat continental* : marqué par l'éloignement de la mer. *État continental* : sans accès à la mer.
continentalité *nf* Caractère continental d'une région, d'un climat.
contingence *nf* Possibilité qu'une chose arrive ou non. ■ *pl* Choses sujettes à variation.
contingent, ente *a* Qui peut arriver ou non. ■ *nm* **1** Ensemble des conscrits effectuant leur service militaire pendant une même période. **2** Ensemble de choses reçues ou fournies. **3** Quantité maximale de marchandises.
contingentement *nm* Limitation des importations.
contingenter *vt* Fixer un contingent à.
continu, ue *a* Qui n'est pas interrompu.
continuateur, trice *n* Qui continue ce qu'un autre a commencé.
continuation *nf* Action de continuer.
continuel, uelle *a* **1** Qui dure sans interruption. **2** Qui se répète constamment.
continuellement *av* Sans cesse.
continuer *vt* Poursuivre. *Continuer son chemin, ses études.* ■ *vti* Ne pas cesser. *Il continue à (de) pleuvoir.* ■ *vi* Durer. *La séance continue.* ■ *vpr* Être continué, se prolonger. *Des traditions qui se continuent avec les générations.*
continuité *nf* Caractère continu. **Loc** *Solution de continuité* : interruption.
continûment *av* Sans interruption.
continuum [-NɔM] *nm* Didac Suite d'états entre lesquels le passage est continu.
contondant, ante *a* Qui fait des contusions.
contorsion *nf* Contraction, mouvement volontaire ou non des membres. *Les contorsions d'un acrobate.*
contorsionner (se) *vpr* Faire des contorsions.
contorsionniste *n* Acrobate qui fait des contorsions.
contour *nm* **1** Limite extérieure d'un corps, d'une surface. **2** Aspect général de qqch. **3** Courbe, sinuosité.
contourné, ée *a* **1** D'un contour compliqué. **2** Maniéré.
contourner *vt* Faire partiellement le tour de. *Contourner une île.*
contraceptif, ive *a, nm* Propre à la contraception.
contraception *nf* Méthode pour empêcher la grossesse.
contractant, ante *a, n* DR Qui s'engage par contrat.
1. contracter *vt* **1** DR S'engager par un contrat à qqch. **2** Prendre, acquérir une habitude, attraper une maladie.

2. contracter vt 1 Diminuer le volume de. *Le froid contracte le corps.* 2 Durcir. *Contracter ses muscles.* 3 Rendre nerveux. *L'attente me contracte.* 4 Réunir deux syllabes. *Contracter « de le » en « du ».* ■ vpr Diminuer de volume.

contractile a Qui peut se contracter.

contraction nf Action de contracter, de se contracter. Loc *Contraction de texte :* résumé qui respecte la forme et le contenu.

contractuel, elle a Stipulé par contrat. ■ a, n 1 Agent d'un service public non titulaire. 2 Auxiliaire de police qui relève les infractions de stationnement.

contracture nf Contraction involontaire et prolongée d'un muscle.

contradicteur, trice n Qui contredit.

contradiction nf 1 Action de contredire, de se contredire. 2 Désaccord, incompatibilité. Loc *Esprit de contradiction :* disposition à contredire.

contradictoire a Qui comporte une contradiction. Loc *Jugement contradictoire :* rendu en présence des parties intéressées.

contradictoirement av DR Avec présence des deux parties.

contraignant, ante a Qui contraint, qui gêne.

contraindre vt [57] Obliger, forcer qqn à agir contre son gré.

contraint, ainte a Gêné, qui manque de naturel. *Il a un air contraint.*

contrainte nf 1 Violence, pression exercée sur qqn. *Céder à la contrainte.* 2 Obligation, règle. *Les contraintes du métier.* Loc *Sans contrainte :* sans retenue.

contraire a 1 Opposé. *Des goûts contraires. Vent contraire.* 2 Qui nuit à. *Un régime contraire à la santé.* ■ nm Ce qui est inverse. *Froid est le contraire de chaud.* Syn. antonyme. Loc *Au contraire :* inversement. *Au contraire de :* contrairement à.

contrairement à prép À l'inverse de.

contralto nm La plus grave des voix de femme. ■ nf Femme qui a cette voix.

contrariant, ante a Qui contrarie ; fâcheux.

contrarié, ée a Mécontent, dépité.

contrarier vt 1 S'opposer à. *Contrarier les projets de qqn.* 2 Mécontenter, dépiter. *Tes paroles l'ont contrarié.*

contrariété nf Dépit, déplaisir créé par un obstacle imprévu.

contraste nm Opposition prononcée entre deux choses, chacune mettant l'autre en relief.

contrasté, ée a Qui présente des contrastes.

contraster vi Être en contraste. ■ vt Mettre en contraste. *Contraster les couleurs.*

contrat nm 1 Convention qui lie plusieurs personnes. 2 Acte qui enregistre cette convention. 3 Au bridge, dernière annonce du camp déclarant.

contravention nf 1 Infraction aux lois et aux règlements. 2 Amende dont est punie cette infraction. 3 Procès-verbal dressé pour cette infraction.

contre prép Marque l'opposition, l'hostilité, le contact, l'échange, la défense. ■ av Loc *Par contre :* en revanche. *Tout contre :* en contact. *Ci-contre :* en face. ■ nm 1 Ce qui est défavorable. *Le pour et le contre.* 2 Dans les sports de combat, contre-attaque. 3 Au billard, fait de

toucher deux fois la même bille avec sa propre bille. 4 Au bridge, contestation du contrat de l'adversaire.

contre-allée nf Allée latérale, parallèle à une voie principale. *Des contre-allées.*

contre-amiral nm Officier général de la marine. *Des contre-amiraux.*

contre-attaque nf Action offensive répondant à une attaque. *Des contre-attaques.*

contre-attaquer vt Effectuer une contre-attaque.

contrebalancer vt Égaler, compenser. ■ vpr Loc *Fam S'en contrebalancer :* s'en moquer.

contrebande nf Importation clandestine de marchandises ; marchandise de contrebande.

contrebandier, ère n Qui se livre à la contrebande.

contrebas (en) av À un niveau inférieur.

contrebasse nf Le plus grave des instruments de la famille des violons.

contrebassiste n Qui joue de la contrebasse.

contrecarrer vt S'opposer à qqn ; contrarier, empêcher qqch.

contrechamp nm Prise de vues effectuée dans un sens opposé à celui de la précédente.

contre-choc nm Choc en retour. *Des contre-chocs.*

contrecœur (à) av À regret.

contrecoup nm 1 Rebond d'un objet, répercussion d'un choc. 2 Conséquence indirecte. *Les contrecoups de la guerre.*

contre-courant nm Courant allant en sens inverse du courant principal. *Des contre-courants.*

contre-culture nf Système de valeurs opposé à la culture dominante. *Des contre-cultures.*

contredanse nf 1 Danse dans laquelle les couples se font face. 2 Fam Contravention.

contredire vt [60] 1 Dire le contraire. 2 Être en contradiction avec. *Cette nouvelle contredit vos prévisions.* ■ vpr Tenir des propos contradictoires.

contredit (sans) av Sans conteste.

contrée nf Étendue de pays, région.

contre-emploi nm Rôle qui ne correspond pas au rôle habituel d'un comédien. *Des contre-emplois.*

contre-enquête nf Enquête destinée à compléter une enquête précédente. *Des contre-enquêtes.*

contre-épreuve nf Seconde épreuve destinée à vérifier les résultats d'une première. *Des contre-épreuves.*

contre-espionnage nm Service chargé de repérer et de contrôler les espions d'une nation étrangère. *Des contre-espionnages.*

contre-exemple nm Exemple qui contredit une règle, une affirmation. *Des contre-exemples.*

contre-expertise nf Nouvelle expertise pratiquée pour contrôler la précédente. *Des contre-expertises.*

contrefaçon nf Reproduction frauduleuse de l'œuvre d'autrui.

contrefacteur nm Faussaire, copieur.

contrefaire vt [9] 1 Imiter, singer. 2 Simuler. *Contrefaire la folie.* 3 Déguiser. *Contrefaire sa voix.* 4 Reproduire frauduleusement.

contrefait, aite a Difforme.

contre-feu nm Incendie allumé pour créer une zone vide qui arrête un incendie de forêt. *Des contre-feux.*

contreficher (se) ou **contrefiche (se)** *vpr* Fam Se moquer complètement de.

contre-filet *nm* Faux-filet. *Des contre-filets.*

contrefort *nm* 1 Pilier, mur servant d'appui à un autre mur. 2 Pièce de cuir renforçant l'arrière d'une chaussure. ■ *pl* Chaîne montagneuse plus basse, latérale à la chaîne principale.

contrefoutre (se) *vpr* [64] Pop Se moquer de.

contre-indication *nf* Circonstance interdisant un traitement, un médicament. *Des contre-indications.*

contre-indiquer *vt* Déconseiller.

contre-interrogatoire *nm* Interrogatoire mené par la partie adverse. *Des contre-interrogatoires.*

contre-jour *nm* Éclairage d'un objet qui reçoit la lumière du côté opposé à celui du regard. Loc *À contre-jour :* face à la lumière. *Des contre-jours.*

contre-la-montre *nm inv* Course cycliste chronométrée avec départs séparés.

contremaître, contremaîtresse *n* Qui dirige une équipe d'ouvriers.

contre-manifestant, ante *n* Qui participe à une contre-manifestation. *Des contre-manifestants, antes.*

contre-manifestation *nf* Manifestation organisée pour protester contre une autre. *Des contre-manifestations.*

contremarche *nf* Face verticale d'une marche d'escalier.

contremarque *nf* 1 Seconde marque apposée sur des marchandises. 2 Billet délivré aux spectateurs sortant pendant l'entracte, et qui leur permet de rentrer dans la salle.

contre-mesure *nf* Disposition prise pour contrer ou prévenir une action. *Des contre-mesures.*

contre-offensive *nf* Offensive qui contrecarre une offensive ennemie. *Des contre-offensives.*

contrepartie *nf* 1 Ce qui est demandé en échange ; compensation. 2 Opinion, sentiment contraires. Loc *En contrepartie :* en revanche.

contre-performance *nf* Mauvaise performance de qqn dont on attendait mieux. *Des contre-performances.*

contrepéterie *nf* Permutation comique de lettres ou de sons à l'intérieur d'un groupe de mots. (*La fesse du pion* pour *la pièce du fond.*)

contre-pied *nm* Opinion, comportement contraire. Loc *Prendre à contre-pied :* diriger l'action du côté opposé à celui de l'adversaire. *Des contre-pieds.*

contreplaqué *nm* Bois constitué de minces feuilles collées en alternant le sens des fibres.

contrepoids *nm* 1 Poids qui contrebalance une force opposée. 2 Ce qui contrebalance une qualité, un sentiment.

contrepoint *nm* Art d'écrire de la musique en superposant des lignes mélodiques.

contrepoison *nm* Substance qui neutralise l'effet d'un poison.

contre-pouvoir *nm* Force politique, économique ou sociale qui contrebalance le pouvoir en place. *Des contre-pouvoirs.*

contre-productif, ive *a* Qui obtient le résultat opposé à celui qui était escompté.

contre-projet *nm* Projet qui s'oppose à un précédent. *Des contre-projets.*

contre-proposition *nf* Proposition faite en réponse à une proposition précédente. *Des contre-propositions.*

contre-publicité *nf* Publicité contraire à l'effet souhaité. *Des contre-publicités.*

contrer *vt* 1 Au bridge, mettre l'adversaire au défi de gagner. 2 Contrecarrer, se dresser contre.

contre-révolution *nf* Mouvement politique visant à détruire les résultats d'une révolution. *Des contre-révolutions.*

contre-révolutionnaire *n, a* Favorable à la contre-révolution. *Des contre-révolutionnaires.*

contrescarpe *nf* Paroi extérieure du fossé d'une fortification.

contreseing *nm* Signature de qqn qui contresigne.

contresens *nm* Interprétation d'un mot, d'une phrase contraire à la signification. Loc *À contresens :* en sens interdit.

contresigner *vt* Signer à la suite de qqn pour authentifier un acte.

contretemps *nm* 1 Circonstance imprévue qui dérange. 2 En musique, attaque sur un temps faible. Loc *À contretemps :* mal à propos.

contre-terrorisme *nm* Action en riposte au terrorisme. *Des contre-terrorismes.*

contre-torpilleur *nm* Petit bateau de guerre rapide utilisé contre les torpilleurs. *Des contre-torpilleurs.*

contretype *nm* Copie d'une photo.

contre-valeur *nf* Valeur donnée en échange de qqch que l'on reçoit. *Des contre-valeurs.*

contrevenant, ante *n* Qui enfreint une loi, un règlement.

contrevenir *vti* [35] Agir contrairement à une loi, à un règlement.

contrevent *nm* Volet extérieur.

contrevérité *nf* Affirmation contraire à la vérité.

contre-voie (à) *av* Par le côté opposé au quai.

contribuable *n* Qui paie des impôts.

contribuer *vti* 1 Prendre part à. *Contribuer au progrès.* 2 Payer sa part d'une dépense, d'une charge commune.

contributif, ive *a* D'une contribution.

contribution *nf* 1 Part payée par chacun dans une dépense, une charge commune. 2 Impôt. *Contributions directes, indirectes.* 3 Concours apporté à une œuvre. Loc *Mettre à contribution :* avoir recours à.

contrit, ite *a* Qui a le regret de ses fautes ; penaud.

contrition *nf* Repentir sincère d'avoir péché.

contrôlable *a* Qui peut être contrôlé.

controlatéral, ale, aux *a* MED Du côté opposé au côté du cerveau atteint.

contrôle *nm* 1 Vérification, surveillance. *Contrôle d'identité.* 2 Lieu où se tiennent les contrôleurs. 3 Organisme chargé du contrôle. 4 Maîtrise. *Perdre le contrôle de son véhicule.* Loc *Contrôle continu des connaissances :* interrogations échelonnées sur l'année scolaire. *Contrôle des naissances :* planning familial.

contrôler *vt* 1 Effectuer un contrôle sur. *Contrôler les billets d'entrée.* 2 Être maître de. *L'armée contrôle le pays.* ■ *vpr* Être maître de soi.

contrôleur, euse *n* Qui contrôle.

contrordre *nm* Révocation d'un ordre donné.

controuvé, ée *a* Litt Inventé pour nuire.
controverse *nf* Débat suivi, contestation.
controversé, ée *a* Qui est l'objet d'une controverse.
contumace *nf* Non-comparution d'un prévenu devant la cour d'assises.
contusion *nf* Lésion des chairs sans déchirure.
contusionner *vt* Faire une contusion.
conurbation *nf* Groupement de plusieurs villes rapprochées.
convaincant, ante *a* Propre à convaincre.
convaincre *vt* [75] Amener à reconnaître la vérité d'un fait ; persuader. **Loc** *Convaincre qqn d'une faute* : en donner des preuves certaines.
convaincu, ue *a, a* Profondément persuadé de ses opinions. ■ *a* Qui marque la conviction.
convalescence *nf* Rétablissement progressif de la santé.
convalescent, ente *a* En convalescence.
convenable *a* 1 Adapté, qui a les qualités requises. 2 Conforme aux convenances.
convenablement *av* De façon convenable.
convenance *nf* **Loc** *À sa convenance* : à son goût. ■ *pl* Bienséance. **Loc** *Pour convenances personnelles* : pour des raisons personnelles.
convenir *vti* [35] 1 [aux *avoir* ou *être*] S'accorder sur. *Nous sommes convenus d'un prix. Ils ont convenu d'une date.* 2 Reconnaître. *Il convient de son erreur.* 3 [aux *avoir*] Être approprié. *Le mot convient à la chose.* 4 Plaire, agréer. *Cette solution me convient.* ■ *v impers* Il est utile de. *Il convient de partir.*
convention *nf* 1 Accord, pacte, contrat. *Convention collective.* 2 Ce qu'il convient d'admettre. *Les conventions sociales.* 3 Aux É.-U., congrès d'un parti réuni pour désigner un candidat à la présidence. **Loc** *De convention* : factice.
conventionné, ée *a* Qui a passé une convention avec la Sécurité sociale. *Clinique conventionnée.*
conventionnel, elle *a* 1 Qui résulte d'une convention. *Signe conventionnel.* 2 Conforme aux conventions sociales. *Formule conventionnelle.* **Loc** *Armes conventionnelles* : autres que nucléaires, biologiques et chimiques. Syn. armes classiques.
conventionnement *nm* Fait d'être conventionné.
conventuel, elle *a* Du couvent.
convenu, ue *a* Conforme à un accord. *Il est arrivé à l'heure convenue.* **Loc** *Langage convenu* : code.
convergence *nf* Action, fait de converger.
convergent, ente *a* Qui converge.
converger *vi* [11] 1 Se diriger vers un même lieu. 2 Avoir le même but.
conversation *nf* 1 Entretien libre, familier. 2 Matière, sujet de cet entretien. **Loc** *Avoir de la conversation* : parler facilement sur tout.
conversationnel, elle *a* INFORM Qui permet le dialogue homme-machine.
converser *vi* S'entretenir avec.
conversion *nf* 1 Transformation d'une chose en une autre. 2 Changement de religion, de parti, d'opinion.
converti, ie *a, n* Qui a changé de religion ou qui a été amené à la religion.
convertibilité *nf* Caractère convertible.
convertible *a* Qui peut être converti, échangé ou transformé.

convertir *vt* 1 Changer, transformer. 2 Amener qqn à changer de religion, de parti, d'opinion. ■ *vpr* Adopter une religion.
convertisseur *nm* Appareil qui transforme.
convexe *a* Bombé, courbé en dehors. *Miroir convexe.*
convexité *nf* Rondeur, courbure sphérique.
conviction *nf* Certitude intime et ferme. ■ *pl* Idées, opinions auxquelles on est attaché.
convier *vt* Inviter à.
convive *n* Qui participe à un repas.
convivial, ale, aux *a* 1 Chaleureux. *Atmosphère conviviale.* 2 INFORM Simple pour l'utilisateur. *Logiciel convivial.*
convivialité *nf* 1 Chaleur dans les relations entre personnes. 2 Caractère convivial d'un système informatique.
convocation *nf* Action de convoquer ; document par lequel on convoque.
convoi *nm* 1 Réunion de véhicules cheminant vers une même destination. 2 Cortège funèbre.
convoiter *vt* Désirer avidement.
convoitise *nf* Désir immodéré de possession.
convoler *vi* Litt Se marier.
convoquer *vt* 1 Appeler à se réunir. *Convoquer le Parlement.* 2 Mander. *Convoquer à un examen.*
convoyer *vt* [22] 1 Accompagner pour protéger. 2 Conduire un véhicule à sa destinataire. 3 Transporter.
convoyeur *nm* 1 Qui convoie. 2 Dispositif de transport des matériaux.
convulsé, ée *a* Agité de convulsions.
convulsif, ive *a* D'une convulsion.
convulsion *nf* Contraction involontaire et transitoire des muscles. ■ *pl* Litt Troubles sociaux violents.
convulsivement *av* De façon convulsive.
cooccupant, ante *a, n* Qui occupe un local avec d'autres.
cookie [kuki] *nm* Petit gâteau sec.
cool [kul] *a* Fam Détendu, calme.
coolie [kuli] *nm* Travailleur en Extrême-Orient.
coopérant, ante *n* 1 Chargé d'une mission d'assistance à l'étranger. 2 Jeune appelé qui remplit ses obligations militaires à l'étranger.
coopératif, ive *a* Qui coopère volontiers.
coopération *nf* 1 Action de coopérer. 2 Politique d'aide aux pays en voie de développement.
coopérative *nf* Société dont les associés participent également à la gestion et au profit.
coopérer *vi* [12] Travailler conjointement avec qqn, participer.
cooptation *nf* Élection des nouveaux membres d'une assemblée par les membres déjà élus.
coopter *vt* Admettre par cooptation.
coordination *nf* Action de coordonner ; état de ce qui est coordonné. **Loc** GRAM *Conjonction de coordination* : mot de liaison (mais, ou, et, donc, or, ni, car).
coordonnant *nm* LING Mot qui assure une coordination.
coordonnateur ou **coordinateur, trice** *a, n* Qui coordonne.
coordonné, ée *a* **Loc** GRAM *Propositions coordonnées* : unies par une conjonction de coordination. ■ *nfpl* 1 MATH Ensemble des nombres qui

permettent de définir la position d'un point dans un espace. **2** Fam Indications (adresse, téléphone) permettant de joindre qqn. ■ *nmpl* Éléments assortis dans le domaine de la décoration, de l'habillement.

coordonner *vt* Organiser dans une intention déterminée.

copain, copine *n* Fam Camarade, ami.

coparticipant, ante *a, n* Qui agit en coparticipation.

coparticipation *nf* Participation avec d'autres à une entreprise.

copeau *nm* Morceau, éclat enlevé par un instrument tranchant.

copie *nf* **1** Reproduction exacte d'un écrit. **2** Devoir d'écolier. **3** Reproduction qui imite une œuvre d'art. **4** Film positif tiré d'un négatif. **5** Texte à composer.

copier *vt* **1** Reproduire. *Copier un texte.* **2** Imiter. *Copier un tableau.* ■ *vi* Reproduire frauduleusement le travail d'autrui. *Copier sur son voisin.*

copieur, euse *n, a* Qui copie frauduleusement. ■ *nm* Machine à photocopier.

copieusement *av* Abondamment.

copieux, euse *a* Abondant. *Repas copieux.*

copilote *nm* Pilote auxiliaire.

copinage *nm* Fam, péjor Entraide par relations, par combine.

copine. V. copain.

copiste *n* **1** Qui recopiait les manuscrits, avant l'imprimerie. **2** Qui copie de la musique.

coprah ou **copra** *nm* Amande de coco dont on extrait des graisses.

coprésidence *nf* Présidence exercée par deux présidents.

coprin *nm* Champignon qui pousse sur le fumier.

coprocesseur *nm* INFORM Processeur auxiliaire.

coproducteur, trice *n* Qui participe à une coproduction.

coproduction *nf* Production en commun.

coproduire *vt* [67] Produire, réaliser avec d'autres.

coprophage *a, n* Qui se nourrit d'excréments.

copropriétaire *n* Qui possède qqch avec d'autres.

copropriété *nf* Propriété commune à plusieurs personnes.

copte *n, a* Chrétien d'Égypte ou d'Éthiopie.

copulation *nf* Accouplement, coït.

copule *nf* LING Mot qui lie le sujet d'une proposition avec l'attribut (en partic. *être*).

copuler *vi* Fam S'accoupler avec.

copyright [-pirajt] *nm* **1** Droit de publication d'une œuvre pendant une durée déterminée. **2** Marque de ce droit (signe ©).

coq *nm* **1** Mâle de la poule domestique et de divers galliformes. **2** Cuisinier sur un bateau. Loc *Poids coq* : boxeur pesant entre 51 kg et 54 kg.

coq-à-l'âne *nm inv* Passage sans transition d'un sujet à un autre.

coquard *nm* Pop Coup sur l'œil.

coque *nf* **1** Enveloppe externe, dure, d'un œuf. **2** Enveloppe ligneuse de certaines graines. **3** Coquillage comestible. **4** Ensemble de la membrure et du bordé d'un navire. **5** Carcasse du corps d'un avion. **6** Carrosserie d'une automobile sans châssis. Loc *Œuf à la coque* : cuit mais non durci.

coquelet *nm* Jeune coq.

coquelicot *nm* Fleur des champs rouge vif.

coqueluche *nf* Maladie contagieuse, caractérisée par une toux quinteuse. Loc Fam *Être la coqueluche de* : être très admiré par.

coquet, ette *a* **1** Qui aime être élégant. **2** D'aspect soigné. *Un jardin coquet.* Loc *Une somme coquette* : importante.

coquetier *nm* Petit récipient pour manger l'œuf à la coque.

coquetterie *nf* **1** Goût de la parure. **2** Désir de plaire.

coquillage *nm* **1** Animal, mollusque pourvu d'une coquille. **2** Coquille vide.

coquille *nf* **1** Enveloppe dure de certains mollusques. *Coquille d'huître, d'escargot.* **2** Enveloppe calcaire de l'œuf. **3** Enveloppe ligneuse des noix, des amandes, etc. **4** Motif ornemental figurant une coquille. **5** En sport, appareil de protection des parties génitales. **6** En typographie, faute de composition. Loc *Coquille Saint-Jacques* : mollusque comestible. *Coquille d'œuf* : jaune pâle. *Coquille de noix* : petit bateau.

coquillette *nf* Pâte alimentaire en forme de petite coquille.

coquin, ine *n, a* Espiègle, malicieux. ■ *a* Licencieux, grivois. ■ *nm* Vx Escroc.

coquinerie *nf* Malice, espièglerie.

cor *nm* **1** Instrument à vent, en cuivre, enroulé sur lui-même et terminé par un large pavillon. **2** Petite tumeur dure située sur le pied. ■ *pl* Andouillers des bois des cervidés.

corail, aux *nm* **1** Polype des mers chaudes à squelette calcaire rouge-orangé, utilisé en joaillerie. **2** Substance rouge des coquilles Saint-Jacques. ■ *a inv* Rouge-orangé.

corallien, enne *a* Formé de coraux.

coranique *a* Du Coran.

corbeau *nm* **1** Grand oiseau noir au bec puissant. **2** Auteur de lettres ou de coups de téléphone anonymes. **3** Pierre en saillie sur un parement de maçonnerie.

corbeille *nf* **1** Panier sans anse. **2** Massif de fleurs. **3** Balcon d'un théâtre.

corbières *nm* Vin rouge du Midi.

corbillard *nm* Voiture mortuaire.

cordage *nm* Câble, corde à bord d'un navire.

corde *nf* **1** Lien fait des brins retordus d'une matière textile. *Corde à linge.* **2** Fil tendu. *Corde de guitare, de raquette. Danseuse de corde.* **3** Limite intérieure d'une piste de course. **4** MATH Droite qui sous-tend un arc de cercle. Loc *Condamner à la corde* : à la pendaison. *Être sur la corde raide* : dans une situation difficile. *Usé jusqu'à la corde* : très usé. ■ *pl* Instruments à cordes frottées ou pincées. Loc *Dans les cordes de qqn* : dans ses possibilités. *Cordes vocales* : replis du larynx grâce auxquels on produit les sons.

cordeau *nm* Petite corde qu'on tend pour obtenir des lignes droites.

cordée *nf* Caravane d'alpinistes réunis par une corde.

cordelette *nf* Corde mince.

cordelière *nf* Cordon de soie, de laine servant de ceinture ou d'ornement de passementerie.

corder *vt* **1** Tordre, mettre en corde. **2** Garnir une raquette de cordes.

cordial, ale, aux *a* Qui vient du cœur ; sincère. ■ *nm* Breuvage tonique.

cordialement *av* Avec cordialité.

cordialité *nf* Manière ouverte de parler, d'agir.

cordillère *nf* GEOGR Chaîne de montagnes parallèles, à crête élevée.

cordite *nf* Explosif à base de nitroglycérine.

cordoba *nm* Unité monétaire du Nicaragua.

cordon *nm* **1** Petite corde. **2** Ruban servant d'insigne à certaines décorations. **3** Série d'éléments alignés. *Cordon d'arbres, de troupes.* Loc *Cordon ombilical* : qui relie le fœtus au placenta.

cordon-bleu *nm* Personne qui fait très bien la cuisine. *Des cordons-bleus.*

cordonnerie *nf* Métier, boutique de cordonnier.

cordonnet *nm* Petit cordon.

cordonnier, ère *n* Artisan qui répare les chaussures.

coréen, enne *a, n* De Corée. ■ *nm* Langue parlée en Corée.

coreligionnaire *n* De même religion qu'un autre.

coresponsabilité *nf* Le fait d'être coresponsable.

coresponsable *a, n* Qui partage une responsabilité avec d'autres.

coriace *a* **1** Dur. *Viande coriace.* **2** Tenace. *Adversaire coriace.*

coriandre *nf* Plante dont la feuille est une herbe aromatique et la graine un condiment.

corindon *nm* Pierre très dure (rubis, saphir).

corinthien, enne *a* Se dit d'un ordre architectural grec (chapiteaux à feuille d'acanthe).

cormier *nm* Sorbier domestique au bois très dur.

cormoran *nm* Oiseau palmipède pêcheur.

cornac *nm* Qui guide et soigne un éléphant.

cornaline *nf* Agate rouge ou jaune, utilisée en joaillerie.

cornaquer *vt* Fam Guider.

corne *nf* **1** Excroissance dure sur la tête de certains mammifères (bœuf, rhinocéros, etc.). **2** Appendice céphalique. *Cornes d'un escargot. Vipère à cornes.* **3** Matière dure des cous, ongles, sabots, etc. *Un peigne de corne.* **4** Trompe d'appel. *Corne de brume.* **5** Pli au coin d'une feuille de papier. Loc *Prendre le taureau par les cornes* : affronter résolument le problème. *Faire les cornes à qqn* : faire avec les doigts un signe de dérision. Fam *Avoir, porter des cornes* : être cocu. *Corne d'abondance* : remplie de fruits et symbolisant la prospérité.

corné, ée *a* De la nature de la corne.

corned-beef [kɔʀnbif] *nm inv* Conserve de viande de bœuf.

cornée *nf* ANAT Partie transparente de la conjonctive de l'œil, située devant l'iris.

cornéen, enne *a* De la cornée.

corneille *nf* Oiseau noir voisin du corbeau.

cornélien, enne *a* **1** Relatif à Pierre Corneille. **2** Qui constitue un dilemme douloureux. *Situation cornélienne.*

cornemuse *nf* Instrument à vent celtique, composé d'un sac en peau et de tuyaux.

1. corner *vi* Sonner d'une corne, klaxonner. Loc *Les oreilles me cornent* : bourdonnent. *Corner aux oreilles de qqn* : parler très fort. ■ *vt* Plier le coin de. *Corner les pages d'un livre.*

2. corner [-nɛʀ] *nm* Au football, coup franc tiré d'un coin de la ligne de but.

cornet *nm* **1** Cône de papier ou de pâtisserie servant de récipient. **2** Gobelet de cuir pour le jeu de dés. Loc *Cornet (à pistons)* : instrument à vent, en cuivre, à pistons.

cornette *nf* Coiffure de certaines religieuses.

cornettiste *n* Qui joue du cornet.

cornflakes [-flɛks] *nmpl* Flocons de maïs grillés.

corniaud *nm* **1** Chien bâtard. **2** Fam Imbécile.

corniche *nf* **1** Ornement saillant. *Corniche d'une armoire.* **2** Route à flanc de montagne.

cornichon *nm* **1** Petit concombre que l'on confit dans le vinaigre. **2** Fam Sot, niais.

cornière *nf* Profilé métallique en équerre servant à renforcer les angles.

corniste *n* Qui joue du cor.

cornouiller *nm* Petit arbre à bois dur.

cornu, ue *a* Qui a des cornes.

cornue *nf* Vase à col allongé et recourbé utilisé en chimie.

corollaire *nm* Proposition qui découle nécessairement d'une autre ; conséquence immédiate.

corolle *nf* Pétales d'une fleur.

coron *nm* Groupe de maisons de mineurs.

coronaire *a, nf* Loc *Artère coronaire* : qui irrigue le muscle cardiaque.

coronarien, enne *a* De l'artère coronaire.

coronarite *nf* Inflammation des coronaires.

coroner [-nɛʀ] *nm* Officier de justice, dans les pays anglo-saxons.

corossol *nm* Fruit comestible d'une anone.

corozo *nm* Graine très dure d'un palmier, pouvant remplacer l'ivoire.

corporatif, ive *a* Propre aux corporations.

corporation *nf* Ensemble des professionnels exerçant une même activité.

corporatisme *nm* Attitude qui consiste à défendre uniquement les intérêts de sa corporation.

corporatiste *a* Qui relève du corporatisme.

corporel, elle *a* Du corps.

corps *nm* **1** Partie physique de l'homme, de l'animal. *Avoir le corps couvert de plaies.* **2** Objet matériel. *La chute des corps. Un corps étranger dans l'estomac.* **3** Substance chimique. *Le carbone est un corps simple.* **4** Partie principale d'une chose. *Le corps d'une doctrine.* **5** Ensemble de personnes appartenant à une même catégorie sociale ou professionnelle. *Le corps médical, électoral.* **6** Partie centrale attenant à divers organes. *Corps calleux.* **7** IMPRIM Encombrement d'un caractère typographique. Loc *À son corps défendant* : malgré soi. *Corps à corps* : de très près. *Corps de bâtiment, de logis* : partie principale du bâtiment. *Corps du délit* : le délit en lui-même. *Corps de garde* : soldats assurant la garde ; local où ils se tiennent. *Plaisanterie de corps de garde* : grossière. *Donner corps à qqch* : matérialiser, concrétiser. *Esprit de corps* : solidarité corporative. *Faire corps avec* : adhérer étroitement. *Garde du corps* : qui veille à la sécurité d'une personnalité. *Prendre corps* : prendre forme.

corps-à-corps [kɔʀakɔʀ] *nm inv* Combat directement aux prises avec l'ennemi.

corpsard [kɔʀsaʀ] *nm* Fam Haut fonctionnaire souvent issu de Polytechnique.

corpulence nf Masse du corps, souvent importante.

corpulent, ente a De forte corpulence.

corpus [-pys] nm Ensemble d'énoncés, réunis en vue d'une analyse linguistique.

corpusculaire a Des corpuscules.

corpuscule nm Très petit corps.

corral nm Enclos où on parque les bêtes, dans un élevage américain. *Des corrals.*

correct, ecte a 1 Exempt de fautes. 2 Conforme aux règles, aux convenances. 3 Fam Convenable, acceptable. *Repas très correct.*

correctement av Sans faute.

correcteur, trice n 1 Qui corrige un devoir, un examen. 2 Chargé de la correction des épreuves d'imprimerie. ■ a Loc *Verres correcteurs* : qui corrigent la vue. ■ nm Loc *Correcteur orthographique* : logiciel qui vérifie automatiquement l'orthographe.

correctif, ive a Propre à corriger. *Gymnastique corrective.* ■ nm Ce qui corrige un texte, un propos. *Publier un correctif.*

correction nf 1 Action de corriger. 2 Châtiment corporel. 3 Qualité de ce qui est correct. *Correction du style, de la tenue.*

correctionnaliser vt DR Faire relever du tribunal correctionnel.

correctionnel, elle a, nf Loc DR *Tribunal correctionnel* : qui juge les délits et non les crimes.

corrélat nm Terme en corrélation avec un autre.

corrélatif, ive a En relation logique avec autre chose.

corrélation nf Relation entre deux choses, deux termes corrélatifs.

corrélativement av De façon corrélative.

corréler vt [12] Mettre en corrélation.

correspondance nf 1 Rapport de conformité, d'analogie. *Correspondance de vues.* 2 Liaison entre deux moyens de transport ; moyen de transport qui l'assure. 3 Échange régulier de lettres ; les lettres elles-mêmes.

correspondant, ante a Qui correspond. ■ n 1 Avec qui on est en relation épistolaire ou téléphonique. 2 Chargé par un média de transmettre des informations. *Correspondant de guerre.* 3 Chargé de veiller sur un élève interne hors de l'établissement.

correspondre vti [71] 1 Être en rapport de conformité avec. *Cet article ne correspond pas à mon texte.* 2 Communiquer avec. *Living qui correspond avec la chambre.* ■ vi Avoir un échange épistolaire ou téléphonique.

corrida nf 1 Course de taureaux. 2 Fam Agitation, bousculade.

corridor nm Couloir dans un appartement.

corrigé nm Devoir donné comme modèle à des élèves.

corriger vt [11] 1 Rectifier les erreurs. *Corriger un texte.* 2 Rectifier les fautes et donner une note. *Corriger un devoir.* 3 Tempérer qqch. *Corriger un défaut, une tendance.* 4 Punir d'une peine corporelle. 5 Fam Battre sévèrement. *Ce boxeur a corrigé son adversaire.*

corrigible a Qu'on peut corriger.

corroborer vt Appuyer, confirmer. *Ceci corrobore son témoignage.*

corroder vt Ronger un métal.

corrompre vt [78] 1 Soudoyer. *Corrompre des témoins.* 2 Pervertir. *Corrompre les mœurs.* 3 Décomposer. *La chaleur corrompt la viande.*

corrosif, ive a Qui corrode.

corrosion nf Action de corroder.

corrupteur, trice a, n Qui corrompt.

corruptible a Sujet à la corruption.

corruption nf 1 Action de corrompre. *Corruption de fonctionnaire.* 2 Litt Perversion, déformation. *Corruption des mœurs, du goût.*

corsage nm Vêtement féminin recouvrant le buste.

corsaire nm HIST Navire privé ou capitaine de ce navire qui, avec l'autorisation du gouvernement, capturait les navires marchands d'un pays ennemi.

corse a, n De Corse. ■ nm Langue parlée en Corse.

corsé, ée a 1 Relevé, fort. 2 Grivois.

corselet nm ZOOL Partie dorsale du thorax des insectes.

corser vt Donner de la force, de la vigueur ; épicer. ■ vpr Fam Se compliquer.

corset nm Sous-vêtement à baleines qui soutient la taille.

corso nm Défilé de chars fleuris, lors de certaines fêtes.

cortège nm 1 Suite de personnes qui en accompagnent une autre avec cérémonie. 2 Groupe de gens qui défilent. 3 Suite, accompagnement de qqch. *Cortège d'horreurs.*

cortex nm ANAT 1 Substance grise des hémisphères cérébraux. 2 Couche superficielle de certains organes.

cortical, ale, aux a ANAT D'un cortex.

corticoïde nm Hormone sécrétée par le cortex surrénal ; dérivé ou succédané de cette hormone.

corticosurrénal, ale, aux a Du cortex surrénal. ■ nf Cortex surrénal, exerçant une importante fonction métabolique.

cortinaire nm Champignon aux couleurs vives.

cortisone nf Hormone corticosurrénale anti-inflammatoire.

corvéable a Soumis à la corvée.

corvée nf 1 HIST Travail gratuit dû par les paysans au seigneur ou au roi. 2 Chose pénible, désagréable qu'on doit faire.

corvette nf Escorteur de haute mer anti-sous-marins.

corvidé nm ZOOL Grand oiseau tel que les corbeaux, les corneilles, les choucas, les geais, les pies.

coryphée nm Chef du chœur dans le théâtre antique.

coryza nm Rhume de cerveau.

cosaque nm Cavalier de l'armée russe.

cosignataire [-si-] n Qui signe avec d'autres un document.

cosigner [-si-] vt Signer un texte avec d'autres.

cosinus nm MATH Rapport du côté adjacent d'un angle aigu à l'hypoténuse d'un triangle rectangle.

cosmétique nm Substance utilisée pour l'hygiène et la beauté de la peau, des cheveux. ■ a 1 Des cosmétiques. 2 Fam Superficiel, anodin. *Des réformes cosmétiques.*

cosmétologie nf Industrie des cosmétiques.

cosmique a Relatif à l'Univers, à l'espace extra-terrestre. *Rayons cosmiques.*

cosmogonie nf Théorie de la formation de l'Univers.

cosmographie nf Description de l'Univers.

cosmologie nf Étude de l'ensemble de l'Univers et de sa structure.

cosmonaute n Pilote ou passager d'un véhicule spatial soviétique.

cosmopolite a Composé de personnes originaires de pays divers.

cosmopolitisme nm Caractère cosmopolite.

cosmos nm 1 L'Univers, considéré comme un tout organisé. 2 L'espace extra-terrestre.

cossard, arde a, n Fam Paresseux.

cosse nf 1 Enveloppe des petits pois, haricots, fèves, etc. 2 Plaque métallique pour connecter un conducteur. 3 Fam Paresse.

cossu, ue a Riche, opulent.

costal, ale, aux a Des côtes. Douleur costale.

costard nm Pop Costume d'homme.

costaricien, enne a, n Du Costa Rica.

costaud a, nm Fam Fort, solide, résistant.

costume nm 1 Manière de se vêtir propre à une époque, à un pays. 2 Vêtement d'homme composé d'un pantalon et d'une veste, et parfois d'un gilet. 3 Habit de théâtre, déguisement. Loc En costume d'Adam : tout nu.

costumé, ée a Loc Bal costumé : où les invités sont travestis.

costumer (se) vpr Se déguiser.

costumier, ère n Qui fait, vend, répare des costumes de théâtre.

cotangente nf MATH Inverse de la tangente d'un angle.

cotation nf Action de coter.

cote nf 1 Marque numérale pour classer des documents, des livres, etc. 2 Indication du cours des valeurs mobilières. 3 Évaluation, estimation de la valeur de qqch. 4 Indication d'une dimension, d'un niveau. Loc Fam Avoir la cote : être très prisé. Cote d'alerte : niveau d'un cours d'eau laissant prévoir une inondation ; point critique. Cote mal taillée : compromis bancal.

côte nf 1 Chacun des longs et courbes qui forment la cage thoracique. 2 Lignes en saillie. Côtes d'un melon. Velours à grosses côtes. 3 Pente d'une montagne ; route qui monte. 4 Rivage de la mer. Loc Côte à côte : l'un à côté de l'autre. On lui voit les côtes : il est très maigre. Fam Avoir les côtes en long : être paresseux, fatigué. Côte de bœuf : morceau de viande coupé dans une côte.

côté nm 1 Partie latérale du corps. Être couché sur le côté. 2 Partie extérieure. Côté droit du chemin. 3 Segment de droite du périmètre d'un polygone. Côtés d'un triangle. 4 Surface limitant un objet. Côtés d'un meuble. 5 L'une des parties, des faces d'une chose. Feuille imprimée sur un côté. 6 Manière de voir. Le bon côté des choses. 7 Ligne de parenté. Du côté de ma mère. 8 Parti, camp, opinion. Être du côté du plus fort. Loc À côté : tout près. À côté de : près de. Du côté de : en direction, aux environs de. De mon côté : pour ma part. De côté : de biais. Mettre de l'argent de côté : épargner. Laisser de côté : négliger. Fam Côté finances : du point de vue des finances.

coteau nm Versant d'une colline.

côtelé, ée a Loc Velours côtelé : à côtes.

côtelette nf Côte des petits animaux de boucherie (mouton, porc).

coter vt 1 Attribuer une cote, évaluer. 2 Inscrire les cotes sur un plan. 3 Inscrire à la cote de la Bourse. Loc Être coté : être estimé.

coterie nf Péjor Personnes qui se groupent pour défendre leurs intérêts.

côtes-du-rhône nm inv Vin récolté dans la vallée du Rhône, au sud de Lyon.

coteur nm Qui effectue les cotations à la Bourse.

cothurne nm Chaussure à semelle épaisse portée par les acteurs tragiques dans l'Antiquité.

côtier, ère a Relatif à la côte, au rivage. Navigation côtière.

cotillon nm 1 Danse terminant un bal. 2 Accessoires de fête (confettis, serpentins, etc.).

cotisant, ante a, n Qui cotise.

cotisation nf 1 Somme cotisée. 2 Versement obligatoire aux organismes de Sécurité sociale.

cotiser vti Payer sa quote-part. Cotiser à une mutuelle. ■ vpr Apporter sa part à une dépense commune.

côtoiement nm Fait de côtoyer.

coton nm 1 Fil textile extrait des graines du cotonnier. 2 Morceau d'ouate. Loc Élever un enfant dans du coton : le couver. Avoir les bras, les jambes en coton : être très affaibli. Fam C'est coton : c'est difficile. Fam Filer un mauvais coton : être dans une situation difficile.

cotonéaster nm Arbrisseau ornemental, au feuillage fin.

cotonnade nf Étoffe de coton.

cotonneux, euse a 1 Dont l'aspect, la consistance rappelle la ouate. 2 Fade.

cotonnier, ère a Du coton. Industrie cotonnière. ■ nm Arbrisseau qui fournit le coton.

coton-tige nm (n déposé) Bâtonnet entouré d'ouate aux extrémités. Des cotons-tiges.

côtoyer vt [22] 1 Fréquenter, être en relation avec. Il côtoie des députés. 2 Longer. La route côtoie la rivière. 3 Être proche de. Histoire qui côtoie le ridicule.

cotre nm Petit voilier à un mât.

cottage [-tedʒ] nm Petite maison de campagne, coquette et rustique.

cotte nf Loc Cotte de mailles : armure souple faite de mailles de fer.

coututeur, trice n DR Qui exerce une tutelle avec d'autres.

cotylédon nm BOT Lobe charnu servant de réserve nutritive à la plante.

cou nm 1 Partie du corps qui joint la tête au thorax. 2 Partie longue et amincie d'un récipient. Loc Prendre ses jambes à son cou : se sauver. Jusqu'au cou : complètement.

couac nm Son faux, discordant.

couard, arde a, n Litt Lâche, poltron.

couardise nf Litt Poltronnerie, lâcheté.

couchage nm Action de coucher. Loc Sac de couchage : duvet.

couchant, ante a Loc Soleil couchant : qui se couche. Chien couchant : qui se couche dès qu'il flaire le gibier. ■ nm Point de l'horizon au moment où le soleil se couche.

couche nf 1 Substance étalée. Couche de peinture. 2 Épaisseur de terreau. Champignons de couche. 3 Strate homogène de terrains sédimentaires. 4 Protection absorbante pour nourrissons. 5 Litt Lit. Partager la couche de qqn. 6 Classe, catégorie sociale. Loc Être en couches : en train de venir d'accoucher. Fam En tenir une couche : être stupide. Fausse couche : avortement spontané.

couché, ée *a* 1 Allongé, étendu. 2 Incliné. *Écriture couchée.* **Loc** *Papier couché* : couvert d'une couche d'enduit.

couche-culotte *nf* Culotte imperméable pour bébé, où l'on met une couche. *Des couches-culottes.*

coucher *vt* 1 Mettre au lit. *Coucher un enfant.* 2 Mettre horizontal. *Coucher l'armoire.* 3 Incliner. *L'orage couche les blés.* **Loc** *Coucher par écrit* : inscrire. ■ *vi* Passer la nuit. *Coucher à l'hôtel.* ■ *vti Coucher avec qqn* : avoir des relations sexuelles. ■ *vpr* 1 S'allonger. 2 S'incliner. *Le bateau se couche sur le flanc.* ■ *nm* **Loc** *Coucher du soleil* : moment où il disparaît à l'horizon.

coucherie *nf* Fam Relations sexuelles.

couchette *nf* Lit étroit dans un train.

coucheur, euse *n* **Loc** Fam *Mauvais coucheur* : personne difficile à vivre.

couci-couça *av* Fam Ni bien ni mal.

coucou *nm* 1 Oiseau grimpeur. 2 Primevère sauvage. 3 Pendule de style rustique dont la sonnerie imite le cri du coucou. 4 Fam Vieil avion ; petit avion. ■ *interj* Manifeste l'arrivée de qqn.

coude *nm* 1 Articulation entre le bras et l'avant-bras. 2 Partie de la manche couvrant le coude. 3 Tournant, angle. *Coude d'un chemin.* **Loc** *Coude à coude* : solidairement. *Se tenir les coudes* : être solidaires. *Sous le coude* : en attente.

coudée *nf* Ancienne mesure de longueur d'environ 50 centimètres. **Loc** *Avoir les coudées franches* : pouvoir agir librement.

cou-de-pied *nm* Partie supérieure du pied. *Des cous-de-pied.*

couder *vt* Plier en forme de coude.

coudière *nf* Accessoire sportif protégeant l'articulation du coude.

coudoyer *vt* [22] Fréquenter, côtoyer.

coudre *vt* [56] Joindre au moyen d'un fil passé dans une aiguille.

coudrier *nm* Noisetier.

couenne [kwan] *nf* Peau de cochon employée en charcuterie.

couette *nf* 1 Lit ou édredon de plume. 2 Petite touffe de cheveux retenue par un lien.

couffin *nm* Grand panier en osier servant de berceau.

cougouar *nm* Puma.

couille *nf* Pop Testicule.

couillon, onne *a* Pop Idiot, imbécile.

couillonnade *nf* Pop Sottise, erreur.

couillonner *vt* Pop Tromper, gruger.

couinement *nm* Action de couiner ; cris, bruits aigus.

couiner *vi* 1 Pousser de petits cris. 2 Grincer.

coulage *nm* 1 Action de couler. 2 Fam Gaspillage, chapardage.

coulant, ante *a* 1 Qui coule, fluide. *Camembert coulant.* 2 Facile, aisé. *Un style coulant.* 3 Accommodant. *Un patron très coulant.* **Loc** *Nœud coulant* : qui se serre quand on tire l'extrémité du lien. ■ *nm* Anneau d'une ceinture.

coule (à la) *av* **Loc** Fam *Être à la coule* : débrouillard.

coulée *nf* Matière liquide ou en fusion qui s'étale. *Coulée de boue, de lave.*

coulemelle *nf* Champignon comestible à chapeau écailleux (lépiote).

couler *vi* 1 Se mouvoir (liquide). *Le ruisseau coule.* 2 S'échapper. *Le vin coule du robinet.* 3 Laisser échapper. *Le tonneau coule.* 4 S'enfoncer, sombrer. *Le bateau coule.* **Loc** *Couler de source* : être la conséquence évidente. *Faire couler de l'encre* : susciter des commentaires. ■ *vt* 1 Verser une matière liquide. *Couler du plomb.* 2 Glisser, introduire. *Couler la clé dans la serrure.* **Loc** *Couler un bateau, une entreprise* : les faire sombrer. *Couler des jours heureux* : mener une vie heureuse. ■ *vpr* Se glisser. *Le serpent se coule dans le panier.* **Loc** Fam *Se la couler douce* : vivre agréablement.

couleur *nf* 1 Impression produite sur l'œil par la lumière. *Les couleurs du prisme.* 2 Ce qui n'est ni noir, ni gris, ni blanc. *Une carte postale en couleurs.* 3 Aux cartes, trèfle, carreau, cœur, pique. 4 Substance colorante. *Boîte de couleurs.* **Loc** *Personne de couleur* : qui n'est pas blanc. *Avoir des couleurs* : bonne mine. *Couleur locale* : caractère pittoresque. *Couleur politique* : opinion. *Sous couleur de* : sous prétexte. *Annoncer la couleur* : dévoiler ses intentions. ■ *pl* 1 Habit, signe distinctif. *Les couleurs d'un club sportif.* 2 Drapeau. *Envoyer les couleurs.* **Loc** Fam *En voir de toutes les couleurs* : subir des difficultés, des affronts.

couleuvre *nf* Serpent non venimeux commun en Europe. **Loc** Fam *Avaler des couleuvres* : subir sans protester, croire n'importe quoi.

coulis *nm* Extrait obtenu par tamisage et cuisson. *Coulis de fraises, de tomates.* ■ *am* **Loc** *Vent coulis* : qui se glisse par les fentes.

coulissant, ante *a* Qui coulisse.

coulisse *nf* 1 Rainure où glisse une pièce mobile. 2 Rempli d'étoffe pour passer un cordon. 3 Partie d'un théâtre invisible pour le public, derrière les décors. **Loc** *Les coulisses du pouvoir* : les côtés secrets.

coulissement *nm* Fait de coulisser.

coulisser *vt* Faire glisser sur une coulisse. ■ *vi* Glisser. *Porte qui coulisse.*

couloir *nm* 1 Passage entre plusieurs lieux. *Les couloirs du métro.* 2 Passage étroit. **Loc** *Couloir d'avalanches* : chemin suivi généralement par les avalanches. *Couloir d'autobus* : passage réservé aux autobus. *Couloir aérien* : route imposée aux avions. ■ *pl* Galeries avoisinant une salle de séance. *Les couloirs de l'Assemblée.*

coulomb *nm* PHYS Quantité d'électricité transportée en 1 seconde par un courant de 1 ampère.

coulommiers *nm* Fromage à pâte fermentée.

coulpe *nf* **Loc** Litt *Battre sa coulpe* : s'avouer coupable.

coulure *nf* 1 Matière qui coule ; sa trace. *Des coulures de peinture.* 2 BOT Absence de fécondation due au mauvais temps au moment de la floraison.

coup *nm* 1 Choc physique, heurt ; sa trace. *Coup de bâton. Le coup se voit encore.* 2 Choc psychologique. *Cette nouvelle a été un coup pour lui.* 3 Geste rapide. *Coup de volant.* 4 Bruit dû à un choc. *Coup de marteau.* 5 Décharge et détonation d'une arme à feu. *Coup de fusil, de canon.* 6 Fois. *Ce coup-ci. Encore un coup. À tous les coups.* 7 Accès. *Coup de folie, de colère, de désespoir.* **Loc** *C'est un coup de* : c'est la faute de. Fam *Être aux cents coups* : être bouleversé. Pop *Monter, faire un*

coup : faire une action louche. *Donner le coup de grâce à* : achever. Fam *Avoir un coup dans le nez* : être ivre. *Donner un coup de main à* : aider. *Donner un coup de balai, de téléphone, etc.* : balayer, téléphoner. *Coup de théâtre* : événement soudain. *Coup de Trafalgar* : catastrophe. *Coup de tête* : décision brusque. *Coup d'État* : prise du pouvoir par la force. *Coup de soleil* : insolation. Fam *Coup dur* : malheur. *Coup franc* : sanction contre une équipe qui a commis une faute. *Sur le coup* : immédiatement. *À coup sûr* : certainement. *Tout à coup* : brusquement. *Au coup par coup* : selon la circonstance. *Du coup* : de ce fait. *Coup sur coup* : sans interruption.

coupable *a, n* Qui a commis une faute, un délit. *Être coupable de vol. Retrouver le coupable.* ■ *a* Blâmable. *Négligence coupable.*

coupage *nm* 1 Action de mélanger les vins, des alcools. 2 Addition d'eau à un liquide.

coupant, ante *a* 1 Qui coupe. 2 Autoritaire, impérieux. *Un ton coupant.*

coup-de-poing *nm* Arme métallique percée de trous pour les doigts. *Des coups-de-poing.*

1. coupe *nf* 1 Verre, récipient évasé, à pied. *Une coupe à champagne. Une coupe à fruit.* 2 Trophée offert au vainqueur d'une compétition sportive ; la compétition elle-même. *La Coupe Davis.*

2. coupe *nf* 1 Action de couper ; ce qui a été coupé. *Coupe de tissu.* 2 Manière de tailler. *Costume de bonne coupe.* 3 Division en deux d'un paquet de cartes. 4 Étendue de bois sur pied à abattre. 5 Pause dans la diction. *Coupe d'un vers.* 6 Représentation de la section verticale d'une pièce, d'un bâtiment. Loc *Être sous la coupe de qqn* : sous son emprise. *Coupe sombre dans qqch* : restriction importante.

coupé *nm* Automobile à deux portes généralement à deux places.

coupe-choux *nm inv* Rasoir droit.

coupe-cigares *nm inv* Instrument pour couper le bout des cigares.

coupe-circuit *nm inv* Fusible.

coupe-coupe *nm inv* Sabre d'abattis.

coupée *nf* Ouverture d'accès dans le flanc d'un navire.

coupe-faim *nm inv* Médicament destiné à couper la faim.

coupe-feu *nm inv* Obstacle ou espace libre destiné à la propagation d'un incendie.

coupe-file *nm inv* Carte officielle permettant de circuler en priorité.

coupe-gorge *nm inv* Endroit où l'on risque de se faire attaquer.

coupe-jarret *nm* Litt Spadassin, brigand. *Des coupe-jarrets.*

coupelle *nf* Petite coupe.

coupe-ongles *nm inv* Instrument pour couper les ongles.

coupe-papier *nm inv* Lame de bois, d'ivoire, etc., pour couper les pages d'un livre.

couper *vt* 1 Diviser avec un instrument tranchant. *Couper du bois.* 2 Tailler dans de l'étoffe. *Couper une robe.* 3 Entailler, blesser. 4 Interrompre. *Couper un circuit, le courant.* 5 Supprimer, censurer. *Certains passages du film ont été coupés.* 6 Traverser. *Le chemin coupe la route.* 7 Mélanger un liquide à un autre. *Couper d'eau du lait, du vin.* 8 Séparer un jeu de cartes

en deux. 9 Jouer un atout quand on ne peut fournir la couleur demandée. 10 Au tennis, au ping-pong, donner de l'effet à une balle. Loc Fam *Couper le sifflet à qqn* : le faire taire. Fam *Couper les cheveux en quatre* : compliquer inutilement. Fam *Couper l'herbe sous le pied de qqn* : le supplanter. *Donner sa tête à couper que* : affirmer catégoriquement. ■ *vi* Être tranchant. *Ce rasoir coupe bien.* ■ *vti* Échapper à qqch. *Couper à une corvée.* Loc *Couper court à* : écourter. ■ *vpr* 1 Se blesser avec un instrument tranchant. 2 Se contredire après avoir menti.

couperet *nm* 1 Couteau de boucher large et lourd. 2 Couteau de la guillotine.

couperose *nf* Rougeur du visage due à une dilatation vasculaire.

couperosé, ée *a* Atteint de couperose.

coupeur, euse *n* Qui fait la coupe des vêtements.

coupe-vent *nm inv* Vêtement qui protège du vent.

couplage *nm* Assemblage, connexion, réunion.

couple *nm* 1 Deux personnes vivant ensemble. 2 Deux personnes. *Un couple d'associés.* 3 Le mâle et la femelle. *Un couple de serins.* 4 PHYS Système de deux forces égales, parallèles, de sens contraires. 5 MAR Section transversale de la structure d'un navire.

couplé *nm* Pari consistant à désigner les deux premiers chevaux d'une course.

coupler *vt* Assembler deux par deux.

couplet *nm* Strophe d'une chanson.

coupole *nf* Partie concave d'un dôme. Loc *Siéger sous la Coupole* : à l'Académie française.

coupon *nm* 1 Morceau d'étoffe restant d'une pièce. 2 Titre d'intérêt joint à une action, à une obligation.

couponing ou **couponnage** *nm* Vente par correspondance avec des coupons-réponse.

coupon-réponse *nm* Partie détachable d'une annonce publicitaire à renvoyer par le lecteur. *Des coupons-réponse.*

coupure *nf* 1 Incision, entaille. 2 Suppression. *La censure a fait des coupures dans le film.* 3 Article découpé dans un journal. *Coupures de presse.* 4 Billet de banque. 5 Interruption. *Coupure de courant.*

cour *nf* 1 Espace découvert environné de murs ou de bâtiments. *Un appartement sur cour.* 2 Société vivant autour d'un souverain ; lieu où vit cette société. 3 Ensemble de gens qui s'efforcent de plaire à qqn. *Avoir une cour d'adorateurs.* 4 Siège de justice ; magistrats de l'une des juridictions. *Cour d'appel, d'assises.* Loc *Cour des Miracles* : ancien quartier mal famé de Paris. *Être (bien) en cour* : en faveur. *Faire la cour à qqn* : tenter de la séduire. *Côté cour* : côté de la scène à gauche de l'acteur regardant la salle.

courage *nm* 1 Fermeté d'âme devant le danger, la souffrance. 2 Ardeur, zèle.

courageusement *av* Avec courage.

courageux, euse *a* Qui a du courage.

couramment *av* 1 Sans hésitations. *Parler couramment anglais.* 2 Fréquemment. *Cela se voit couramment.*

courant, ante *a* 1 Habituel, commun. *Pratique courante, mot courant.* 2 En cours. *Mois courant. Affaires courantes.* Loc *Chien cou-*

rant : dressé à poursuivre le gibier. *Eau courante* : au robinet. *Main courante* : registre de police. *Compte courant* : compte bancaire ou postal. ■ *nm* 1 Mouvement d'un fluide dans une direction déterminée. *Les courants marins.* 2 Mouvement de particules électriques. *Courant alternatif, continu. Coupure de courant.* 3 Mouvement d'ensemble, tendance générale. *Les courants de populations. Les grands courants de pensée.* Loc *Dans le courant de la semaine* : durant. *Être au courant de* : informé. ■ *nf* 1 Danse ancienne. 2 Pop Diarrhée.

courbatu, ue *a* Litt Courbaturé.

courbature *nf* Douleur musculaire due à un effort ou à la fièvre.

courbaturé, ée *a* Qui ressent des courbatures.

courbe *a* En arc. *Surface courbe.* ■ *nf* 1 Ligne courbe. 2 Ligne représentant graphiquement les variations d'un phénomène. *Courbes de température.* 3 Virage.

courbé, ée *a* Rendu courbe, fléchi.

courber *vt* 1 Rendre courbe. *Courber une branche.* 2 Fléchir, baisser. *Il courbe la tête.* ■ *vi* Plier, fléchir. *Courber sous le poids.* ■ *vpr* Céder, se soumettre. *Je refuse de me courber devant lui.*

courbette *nf* Politesse exagérée et obséquieuse.

courbure *nf* Forme ou état d'une chose courbe.

courée *nf* Petite cour dans les villes du Nord.

courette *nf* Petite cour intérieure.

coureur, euse *n* 1 Qui pratique la course. *Coureur cycliste. Coureur de fond.* 2 Fam Qui court les aventures galantes. *Un coureur de filles.*

courge *nf* Cucurbitacée à fruit comestible (citrouille, courgette, etc.).

courgette *nf* Petite courge allongée.

courir *vi* [25] 1 Aller vite. *Courir à toutes jambes.* 2 Aller vite qqpart. *Courir chez le boucher acheter un steak.* 3 Se répandre, s'étendre. *L'eau court sur le toit. Le fil court sur le mur.* 4 Être en cours. *Le bail court jusqu'à demain.* 5 Participer à une course. *Il court sur Ferrari.* Loc Fam *Laisser courir* : laisser faire. Fam *Tu me cours (sur le système, le haricot)* : agacer. *Le bruit court que* : on dit. ■ *vti* 1 Rechercher qqch. *Courir après l'argent, les honneurs.* 2 Fam Harceler. *Courir après qqn.* Loc *Courir à un échec* : y aller tout droit. ■ *vt* 1 Disputer une course. *Courir le marathon.* 2 S'exposer à. *Courir un risque.* Aller souvent qqpart. *Courir les bars, les magasins.* Loc *Spectacle très couru* : fréquenté. Fam *C'était couru d'avance* : prévisible. *Courir les rues* : être banal. *Courir le cerf* : V. courre.

courlis *nm* Oiseau échassier à long bec fin, arqué vers le bas.

couronne *nf* 1 Ornement encerclant la tête. *Couronne de lauriers, de fleurs. Couronne royale.* 2 (avec majusc) Autorité, dignité royale, impériale ; territoire royal. *Duché réuni à la Couronne.* 3 Objet de forme circulaire. *Pain en couronne.* 4 Tonsure monastique. 5 Prothèse dentaire. 6 Format de papier (46 cm x 36 cm). 7 Unité monétaire de la Suède, de la Norvège, du Danemark, de l'Islande et de la Tchécoslovaquie.

couronnement *nm* 1 Action de couronner. 2 Achèvement de qqch. *Le couronnement de sa carrière.*

couronner *vt* 1 Mettre une couronne sur la tête de. 2 Sacrer souverain. 3 Décerner un prix, une récompense à. 4 Surmonter. *Une frise couronne l'édifice.* 5 Parfaire. *Le succès a couronné son effort.*

courre *vt* Loc *Chasse à courre* : chasse à cheval avec des chiens courants.

courrier *nm* 1 Porteur de dépêches. 2 Service postal. *Courrier aérien.* 3 Correspondance transmise par la poste. *Faire lire son courrier.* 4 Chronique d'un journal. *Le courrier de la mode.*

courriériste *n* Journaliste tenant une rubrique régulière.

courroie *nf* Bande de matière souple servant à lier qqch ou à transmettre un mouvement. Loc *Courroie de transmission* : simple intermédiaire.

courroucer *vt* [10] Litt Mettre en colère.

courroux *nm* Litt Colère, irritation.

cours *nm* 1 Mouvement continu des liquides. *Le cours d'un fleuve.* 2 Longueur d'un fleuve. 3 Enchaînement dans le temps. *Le cours des événements. Suivre son cours.* 4 Avenue plantée d'arbres. 5 Taux de base des transactions. *Cours du franc.* 6 Suite de leçons. *Cours d'histoire. Cours par correspondance.* 7 Manuel. *Cours polycopié.* 8 Degré d'enseignement. *Cours préparatoire.* 9 Établissement d'enseignement privé. *Au cours de* : pendant. *Avoir cours* : être en usage. *Cours d'eau* : rivière, fleuve, etc. *Donner libre cours à* : laisser aller. *Navigation au long cours* : de longue durée.

course *nf* 1 Action de courir. 2 Compétition, épreuve de vitesse. *Course à pied, cycliste, automobile.* 3 Espace parcouru par une pièce mobile. *La course d'un piston.* 4 Lutte pour obtenir. *Course à la présidence.* 5 Trajet en taxi. Loc *À bout de course* : fatigué. Fam *Être dans la course* : être au courant. ■ *pl* Compétitions hippiques. *Jouer aux courses.* Loc *Faire des courses* : faire des commissions, des achats.

course-poursuite *nf* Poursuite mouvementée, pleine de péripéties. *Des courses-poursuites.*

courser *vt* Fam Poursuivre à la course.

coursier, ère *n* Qui transporte messages et paquets à travers une ville. ■ *nm* Litt Cheval.

coursive *nf* Couloir étroit à bord d'un navire.

1. court, courte *a* 1 De peu de longueur. *Des cheveux courts.* 2 Qui dure peu. *Les nuits d'été sont courtes.* 3 Peu éloigné dans le temps. *Échéance à court terme.* 4 Insuffisant, sommaire. *Des connaissances un peu courtes.* ■ *av* Loc *S'arrêter court* : brusquement. *Couper court à* : arrêter net. *Être à court de* : manquer. *Prendre qqn de court* : à l'improviste. *Tout court* : sans autre précision.

2. court *nm* Terrain de tennis.

courtage *nm* 1 Profession, activité des courtiers. 2 Commission perçue. *Frais de courtage.*

courtaud, aude *a* De taille courte et ramassée.

court-bouillon *nm* Bouillon épicé et vinaigré dans lequel on cuit le poisson. *Des courts-bouillons.*

131   **couvrir**

court-circuit *nm* Connexion entre deux points d'un circuit, de tensions différentes. *Des courts-circuits.*

court-circuiter *vt* 1 Mettre en court-circuit. 2 Fam Éliminer un intermédiaire. *Distribution qui court-circuite les grossistes.*

court-courrier *nm* Avion de transport pour étapes courtes. *Des court-courriers.*

courtepointe *nf* Couverture piquée.

courtier, ère *n* Intermédiaire commercial.

courtilière *nf* Insecte fouisseur, nuisible.

courtine *nf* Muraille réunissant les tours d'un château fort.

courtisan, ane *n* 1 Qui vit à la cour d'un souverain. 2 Qui, par intérêt, cherche à plaire. ■ *nf* Litt Prostituée de luxe.

courtiser *vt* Faire sa cour à.

court-jus *nm* Pop Court-circuit. *Des courts-jus.*

court-métrage *nm* Film de moins de vingt minutes. *Des court-métrages.*

courtois, oise *a* D'une politesse raffinée. Loc *Amour courtois* : chevaleresque.

courtoisement *av* De façon courtoise.

courtoisie *nf* Politesse, civilité.

court-vêtu, ue *a* Qui porte un vêtement court. *Des femmes court-vêtues.*

couru, ue *a* Recherché, à la mode. *Un spectacle couru.* Loc Fam *C'est couru* : c'est prévisible.

couscous [kuskus] *nm* Mets d'Afrique du Nord (semoule, légumes, viande).

cousette *nf* Apprentie couturière.

1. cousin *nm* Moustique commun.

2. cousin, ine *n* Parent issu de l'oncle ou de la tante.

cousinage *nm* Parenté de cousins.

coussin *nm* Petit sac cousu, rembourré, servant d'appui. *Coussins de canapé.* Loc *Coussin d'air* : couche d'air sous pression maintenant un véhicule au-dessus d'une surface.

coussinet *nm* 1 Petit coussin. 2 Pièce qui maintient les rails. 3 TECH Douille contenant un arbre tournant.

cousu, ue *a* Assemblé par une couture. Loc *Garder bouche cousue* : ne rien dire.

coût *nm* Ce que coûte qqch.

coûtant *am* Loc *Prix coûtant* : prix qu'une chose a coûté, sans bénéfice.

couteau *nm* 1 Instrument tranchant composé d'une lame et d'un manche. 2 Prisme triangulaire qui supporte le fléau d'une balance. 3 Coquillage long et étroit. Syn. solen. Loc *Être à couteaux tirés* : en conflit ouvert. Fam *Second ou troisième couteau* : simple comparse.

couteau-scie *nm* Couteau à lame dentée. *Des couteaux-scies.*

coutelas *nm* Grand couteau.

coutelier, ère *n* Qui fabrique, vend des couteaux, des rasoirs, etc.

coutellerie *nf* 1 Industrie, commerce des couteaux. 2 Fabrique, boutique de couteaux. 3 Produits vendus par les couteliers.

coûter *vi* 1 Être au prix de. *Ce vase coûte cent francs, cher.* 2 Occasionner des frais. *Son procès lui a coûté cher.* Loc *Coûte que coûte* : quoi qu'il en coûte, à tout prix. ■ *vt* Causer. *Les peines que ce travail m'a coûtées.*

coûteux, euse *a* Qui coûte cher, onéreux.

coutil [-ti] *nm* Toile très serrée et lissée.

coutume *nf* 1 Pratique consacrée par l'usage. *Les coutumes d'un pays.* 2 Habitude individuelle. *Il a coutume de se lever tôt.* 3 DR Droit né de l'usage. 4 Recueil du droit coutumier d'un pays.

coutumier, ère *a* Qui a coutume de. *Coutumier de se lever tôt.* 2 Ordinaire, habituel. *Les occupations coutumières.* Loc *Droit coutumier* : consacré par l'usage (par oppos. à droit écrit).

couture *nf* 1 Action de coudre. *Faire de la couture.* 2 Art de coudre. 3 Suite de points. *Couture de pantalon.* 4 Cicatrice en longueur. Loc *Haute couture* : les grands couturiers. *À plate couture* : complètement.

couturé, ée *a* Couvert de cicatrices.

couturier *nm* Qui dirige une maison de couture. *Les grands couturiers.*

couturière *nf* Qui confectionne des vêtements.

couvain *nm* Ensemble des œufs, chez divers insectes (abeilles).

couvaison *nf* Action de couver.

couvée *nf* Œufs couvés en même temps par un oiseau ; les petits une fois éclos.

couvent *nm* Maison de religieux ou de religieuses.

couver *vt* 1 Se tenir sur des œufs pour les faire éclore (oiseaux). 2 Fam Entourer d'une sollicitude excessive. *Couver ses enfants.* Loc *Couver des yeux, du regard* : regarder longuement. *Couver une maladie* : en porter les germes. ■ *vi* Être latent. *La révolte couvait.*

couvercle *nm* Ce qui sert à couvrir un pot, une boîte, etc.

couvert, erte *a* 1 Muni d'un couvercle, d'un toit. 2 Habillé, vêtu. *Être bien, chaudement couvert.* Loc *Restez couvert* : gardez votre chapeau. *Ciel, temps couvert* : nuageux. *Parler à mots couverts* : par allusions. ■ *nm* Cuiller, fourchette et couteau. Loc *Mettre le couvert* : mettre la table. *Une table de six couverts* : une table pour six personnes. *À couvert* : à l'abri. *Sous couvert de* : sous prétexte. *Le vivre et le couvert* : nourriture et logement.

couverture *nf* 1 Toit d'une construction. *Couverture de tuiles.* 2 Tissu épais de laine placé sur les draps pour tenir chaud. 3 Ce qui couvre, protège un livre, un cahier. *Couverture toilée.* 4 Ce qui sert à dissimuler, à protéger. 5 Compte rendu d'un événement par les médias. 6 FIN Garantie donnée pour un paiement. Loc *Couverture sociale* : la protection garantie à un assuré social.

couveuse *nf* 1 Femelle d'oiseau de basse-cour. 2 Appareil à couver les œufs. 3 Appareil où on place les nouveau-nés fragiles.

couvrant, ante *a* Facile à étaler (peinture).

couvre-chef *nm* Chapeau. *Des couvre-chefs.*

couvre-feu *nm* Interdiction de sortir après certaines heures. *Des couvre-feux.*

couvre-lit *nm* Pièce d'étoffe dont on recouvre un lit. *Des couvre-lits.*

couvre-pieds *nm inv* Couverture de lit décorative.

couvreur *nm* Qui couvre les maisons, répare les toitures.

couvrir *vt* [31] 1 Placer sur pour protéger. *Couvrir une maison, un livre.* 2 Habiller, vêtir. *Couvrir d'un châle ses épaules.* 3 Mettre en quantité sur. *Couvrir un mur de tableaux.* 4 Être répandu sur. *Des feuilles couvrent les allées.* 5 Cacher. *Voile qui couvre le visage.* 6 Prendre la responsabilité. 7 Balancer, compenser. *La recette couvre les frais.* 8 Parcourir. *Couvrir dix kilomètres.* 9 S'accoupler avec une femelle. *Étalon qui couvre une jument.* 10 Assurer l'information sur un événement. 11 Garantir. *Couvrir un risque.* ■ *vpr* Se vêtir chaudement ; mettre son chapeau. Loc *Le ciel, le temps se couvre :* des nuages apparaissent.

cover-girl [kɔvœʀɡœʀl] *nf* Jeune femme qui pose pour les photographes. *Des cover-girls.*

covoiturage *nm* Utilisation de la même voiture par plusieurs personnes pour se rendre au travail.

cow-boy [kawbɔj] *nm* Gardien de troupeaux au Far West. *Des cow-boys.*

coxalgie *nf* Arthrite de la hanche.

coxarthrose *nf* Arthrose de la hanche.

coyote *nm* Canidé d'Amérique du Nord.

c.q.f.d. Abrév *de ce qu'il fallait démontrer* (conclut une démonstration).

crabe *nm* Crustacé marin comestible. Loc Fam *Panier de crabes :* groupe de personnes qui se dénigrent ou cherchent à se nuire. *Marcher en crabe :* de côté.

crac *interj* Imite le bruit de qqch qui se brise.

crachat *nm* Mucosité que l'on crache.

craché, ée *a* Fam Très ressemblant.

crachement *nm* 1 Action de cracher. 2 Bruit parasite émis par un haut-parleur.

cracher *vt* 1 Rejeter hors de la bouche. *Cracher un noyau.* 2 Expulser. *La cheminée crache de la fumée.* 3 Pop Dépenser. *Il a craché mille francs.* ■ *vi* 1 Rejeter un crachat. *Défense de cracher.* 2 Éclabousser. *Stylo qui crache.* 3 Grésiller. *Radio qui crache.* ■ *vti* Mépriser. *Cracher sur qqn.*

crachin *nm* Pluie fine et dense.

crachiner *v impers* Tomber (crachin).

crachoir *nm* Récipient où on crache.

crachotement *nm* Petit crachement.

crachoter *vi* Faire entendre de petits crachements.

crack *nm* 1 Cheval favori d'une écurie de course. 2 Fam Personne très forte. 3 Pop Cocaïne cristallisée très toxique.

cracker [-kœʀ] *nm* Petit gâteau sec, salé.

cracking [-kiŋ] *nm* Syn de *craquage.*

craie *nf* 1 Roche calcaire généralement blanche, tendre et perméable. 2 Bâton pour écrire sur un tableau noir.

craindre *vt* [57] 1 Redouter. *Ce chien craint son maître.* 2 Considérer comme probable une chose fâcheuse. *Je crains qu'il ne vienne plus. Il craint d'échouer.* 3 Être sensible à. *Cette plante craint le froid.* Loc *Ne pas craindre de :* avoir le courage de. Pop *Ça craint :* c'est affreux ; c'est difficile ou dangereux.

crainte *nf* Sentiment de peur, d'inquiétude à l'idée d'une menace. Loc *De crainte que* (+ subj), *de crainte de* (+ inf) : de peur que, de.

craintif, ive *a* Peureux, apeuré.

craintivement *av* De façon craintive.

cramer *vt, vi* Pop Brûler, roussir.

cramoisi, ie *a* 1 Rouge foncé. 2 Très rouge. *Cramoisi de colère.*

crampe *nf* Contraction douloureuse et passagère d'un muscle.

crampon *nm* 1 Pièce de métal, recourbée, à une ou plusieurs pointes, qui sert à fixer. 2 Fam Personne insistante et importune.

cramponner *vt* 1 Attacher avec un crampon. 2 Fam Importuner par son insistance. ■ *vpr* S'accrocher. *Enfant qui se cramponne à sa mère.*

cran *nm* 1 Entaille dans un corps dur pour accrocher ou arrêter. 2 Trou d'une courroie. 3 Ondulation donnée à la chevelure. *Se faire des crans.* 4 Fam Énergie, courage. *Avoir du cran.* Loc *Être à cran :* de très mauvaise humeur. *Monter, baisser d'un cran :* passer à un degré supérieur, inférieur.

crâne *nm* 1 Boîte osseuse contenant l'encéphale des vertébrés. 2 Fam Tête. *J'ai mal au crâne.* ■ *a* Litt Brave, décidé.

crânement *av* Litt Hardiment.

crâner *vi* Fam Se montrer prétentieux.

crânerie *nf* Litt Attitude fanfaronne.

crâneur, euse *n, a* Fam Prétentieux.

crânien, enne *a* Du crâne.

cranter *vt* Faire des crans à.

crapaud *nm* 1 Batracien à peau verruqueuse. 2 Tache noire dans une pierre précieuse. 3 Petit fauteuil bas. 4 Petit piano à queue.

crapaud-buffle *nm* Gros crapaud d'Afrique. *Des crapauds-buffles.*

crapette *nf* Jeu de cartes à deux joueurs.

crapule *nf* Individu malhonnête.

crapulerie *nf* Malhonnêteté.

crapuleux, euse *a* D'une crapule. Loc *Crime crapuleux :* commis pour voler.

craquage *nm* Procédé de raffinage du pétrole, de transformation des produits agricoles par séparation des constituants. Syn = *cracking.*

craquant, ante *a* Qui craque.

craque *nf* Pop Mensonge.

craqueler *vt* [18] Fendiller.

craquelure *nf* Fendillement, fissure.

craquement *nm* Bruit sec de qqch qui craque.

craquer *vi* 1 Faire un bruit sec. *Le plancher craque.* 2 Céder, se casser bruyamment. *La digue a craqué.* 3 Fam S'effondrer nerveusement. *Je suis à bout, je vais craquer !* 4 Fam Ne pas résister. *J'ai craqué et je l'ai acheté.* Loc *Plein à craquer :* trop plein. ■ *vt* 1 Déchirer. *Craquer son pantalon.* 2 Enflammer une allumette.

craquètement *nm* 1 Petit craquement. 2 Cri de la grue, de la cigogne.

craqueter *vi* [19] 1 Craquer à petits bruits. 2 Crier (grue, cigogne).

crash [kraʃ] *nm* Pour un avion, fait de s'écraser au sol ; pour une voiture, choc frontal très violent. *Des crashs ou des crashes.*

crasher (se) *vpr* Abusiv Subir un crash, s'écraser.

crassane *nf* Poire jaunâtre à chair fondante.

crasse *nf* 1 Saleté qui s'amasse. 2 Fam Mauvais coup. *Faire une crasse à qqn.* ■ *af* Loc Fam *Une ignorance crasse :* grossière.

crasseux, euse *a* Couvert de crasse.

crassier *nm* Entassement des scories de hauts fourneaux.

cratère *nm* 1 Grand vase antique à deux anses. 2 Bouche d'un volcan. 3 Cavité creusée par une explosion. *Cratère de bombe.*

cratérelle *nf* Syn de *trompette-de-la-mort.*

cravache *nf* Badine servant de fouet aux cavaliers. Loc *À la cravache :* durement.

cravacher *vt* Frapper avec une cravache. ■ *vi* Fam Se dépêcher.

cravate *nf* 1 Mince bande d'étoffe qui se noue sous le col de chemise. 2 En lutte, torsion imprimée au cou de l'adversaire.

cravater vt 1 Mettre une cravate à. 2 Pop Prendre, attraper. *La police a cravaté le voleur.*

crawl [kʀol] nm Nage rapide (battement continu des pieds et mouvement alterné des bras).

crayeux, euse a Qui contient de la craie, qui a l'aspect de la craie.

crayon nm Baguette de bois entourant une mine pour écrire ou dessiner. Loc *Crayon à bille* : stylo à bille. *Coup de crayon* : manière de dessiner. *Crayon optique* : qui permet de lire les codes barres.

crayon-feutre nm Stylo à pointe en feutre. *Des crayons-feutres.*

crayonné nm Dessin fait au crayon.

crayonné nm Maquette d'une illustration, d'une affiche publicitaire. Syn. rough.

crayonner vt Esquisser, écrire au crayon.

créance nf Droit d'exiger de qqn un paiement, une obligation ; titre établissant ce droit. Loc *Lettres de créance* : document accréditant un diplomate auprès d'un gouvernement étranger.

créancier, ère n À qui on doit de l'argent.

créateur, trice n 1 Qui crée, invente. 2 Premier interprète d'un rôle. Loc *Le Créateur* : Dieu.

créatif, ive a, n Capable de créativité.

création nf 1 Action de créer. *Création d'une société.* 2 Chose créée, invention. *Les créations de Léonard.* 3 Première interprétation d'un rôle, d'une œuvre. 4 Nouveau modèle d'un grand couturier.

créationnisme nm Doctrine qui nie l'évolution des espèces.

créativité nf Capacité à créer, à innover.

créature nf 1 L'être humain, par rapport à Dieu. 2 Fam Femme. *Une belle créature.* 3 Qui tient sa position d'un autre. *Les créatures du président.*

crécelle nf Instrument en bois très bruyant. Loc *Voix de crécelle* : criarde et déplaisante.

crèche nf 1 Petite construction représentant l'étable de la Nativité. 2 Établissement qui garde les enfants, le jour. 3 Pop Chambre, logement.

crécher vi [12] Pop Habiter.

crédibiliser vt Rendre crédible qqch.

crédibilité nf Caractère crédible.

crédible a Qu'on peut croire.

crédit nm 1 Faculté de se procurer des capitaux. 2 Délai de paiement. *Vendre, acheter à crédit.* 3 Avance de fonds. *Crédit à court terme.* 4 Confiance, considération, influence. *Perdre tout crédit.* 5 Partie d'un compte où figurent les créances. Loc *Carte de crédit* : à paiement différé. *Crédit photographique* : mention obligatoire du nom des propriétaires des photos figurant dans un ouvrage. ■ pl Somme prévue par le budget pour une dépense publique.

crédit-bail nm Crédit dans lequel un bien est loué avec promesse de vente. *Des crédits-bails.*

créditer vt Inscrire une somme au crédit de qqn.

créditeur, trice n Qui ouvre un crédit à qqn. ■ a Loc *Compte, solde créditeur* : positif.

crédit-relais nm Prêt effectué pour faire la liaison entre une dépense immédiate et une rentrée d'argent attendue. *Des crédits-relais.*

credo [kʀe-] nm inv Opinions politiques.

crédule a Qui croit facilement ; naïf.

crédulité nf Propension à croire n'importe quoi.

créer vt 1 Fonder, instituer. *Créer une société.* 2 Inventer, concevoir. *Créer un produit nouveau.* 3 Interpréter pour la première fois. *Créer un rôle.* 4 Produire, causer. *La sécheresse crée des problèmes.*

crémaillère nf Pièce métallique crantée permettant de suspendre un chaudron à la hauteur voulue. Loc *Pendre la crémaillère* : fêter un emménagement.

crémant nm Vin mousseux d'appellation contrôlée.

crémation nf Incinération.

crématiste n Partisan de la crémation des défunts.

crématoire a Loc *Four crématoire* : où on brûle les cadavres.

crématorium [-tɔʀjɔm] nm Lieu où les morts sont incinérés.

crème nf 1 Substance grasse du lait. 2 Entremets fait de lait, de sucre et d'œufs. *Crème au chocolat.* 3 Liqueur sirupeuse. *Crème de cassis.* 4 Produit de toilette onctueux. *Crème de beauté.* Loc Fam *La crème des hommes* : le meilleur. ■ a inv D'un blanc jaune pâle. Loc *Café crème* : additionné de lait. ■ nm Café crème.

crèmerie ou **crémerie** nf Boutique où se vend des produits laitiers, des œufs, etc. Loc Fam *Changer de crèmerie* : aller ailleurs.

crémeux, euse a 1 Qui contient beaucoup de crème. *Du lait crémeux.* 2 Qui ressemble à de la crème. *Une peinture crémeuse.*

crémier, ère n Qui tient une crèmerie.

crémone nf Verrou double utilisé pour la fermeture des croisées.

créneau nm 1 Échancrure rectangulaire pratiquée en haut d'un mur. 2 Intervalle de temps disponible. 3 Secteur où un commerçant a intérêt à exercer son activité. Loc *Faire un créneau* : se garer entre deux véhicules. Fam *Monter au créneau* : aller là où se déroule l'action.

créneler vt [18] Munir de créneaux, de crans.

créole n, a Blanc né dans une colonie tropicale. ■ nm Langue parlée dans ces régions. ■ nf Grande boucle d'oreille circulaire.

créolophone a, n Qui parle créole.

créosote nf Liquide antiseptique (phénol), d'odeur forte, qui protège les bois.

crêpage nm Action de crêper les cheveux.

1. crêpe nf Fine galette de blé ou de sarrasin.

2. crêpe nm 1 Tissu léger de soie brute ou de laine très fine. 2 Tissu noir porté en signe de deuil. 3 Caoutchouc brut épuré. *Semelles de crêpe.*

crêper vt Faire gonfler les cheveux. ■ vpr Loc Fam *Se crêper le chignon* : se battre (femmes).

crêperie nf Établissement où on mange des crêpes.

crépi nm Enduit projeté sur un mur et non lissé.

crêpière nf Poêle plate à crêpes.

crépine nf Membrane transparente de la panse du porc ou du veau, utilisée en charcuterie.

crépinette nf Saucisse plate enveloppée dans de la crépine.

crépir *vt* Enduire de crépi.

crépissage *nm* Action de crépir.

crépitement *nm* ou **crépitation** *nf* Bruit de ce qui crépite.

crépiter *vi* Produire une suite de bruits secs.

crépu, ue *a* Très frisé. *Cheveux crépus.*

crépusculaire *a* Du crépuscule.

crépuscule *nm* 1 Lumière diffuse qui précède le lever du soleil ou qui suit son coucher. 2 Tombée du jour. 3 Litt Déclin.

crescendo [kʀeʃɛndo] *av* En augmentant par degrés l'intensité du son. **Loc** *Aller crescendo* : augmenter. ■ *nm inv* Augmentation progressive. *Un crescendo de cris.*

cresson [kʀesɔ̃] *nm* Plante crucifère comestible d'eau douce.

cressonnière *nf* Plantation de cresson.

crésyl *nm* (n déposé) Antiseptique (eau, savon, crésol et huile de créosote).

crêt [kʀɛ] *nm* Escarpement rocheux.

crétacé *nm* Période géologique du secondaire.

crête *nf* 1 Excroissance en lame de certains animaux. *La crête du coq.* 2 Sommet, faîte. *Crête d'un toit, d'une vague.*

crétin, ine *a* 1 Atteint de crétinisme. 2 Fam Imbécile.

crétinerie *nf* Stupidité, bêtise.

crétiniser *vt* Abrutir.

crétinisme *nm* Affection de la thyroïde caractérisée par des œdèmes.

crétois, oise *a, n* De l'île de Crète.

cretonne *nf* Fort coton d'ameublement.

creusage ou **creusement** *nm* Action de creuser.

creuser *vt* 1 Rendre creux. *Creuser le sol.* 2 Faire un creu dans. *Creuser un trou.* 3 Approfondir. *Creuser un sujet, une question.* **Loc** Fam *Creuser l'estomac* : donner de l'appétit. ■ *vpr* **Loc** Fam *Se creuser la tête* : réfléchir.

creuset *nm* 1 Vase qui sert à faire fondre certaines substances. 2 Point de rencontre. *La capitale, creuset de cultures.*

creux, euse *a* 1 Dont l'intérieur présente un vide. *Un mur creux.* 2 Qui présente une cavité. *Assiettes creuses.* 3 Sans substance, sans intérêt. *Des paroles creuses.* **Loc** *Avoir le ventre creux* : avoir faim. *Chemin creux* : encaissé. *Mer creuse* : houleuse. *Heures creuses* : de moindre activité. ■ *nm* 1 Cavité. *Le creux d'un arbre.* 2 Dépression, concavité. *Le creux de la main.* **Loc** *Être au (dans le) creux de la vague* : traverser une période de difficultés.

crevaison *nf* Action de crever un pneu.

crevant, ante *a* Pop 1 Hilarant. 2 Épuisant.

crevasse *nf* 1 Fissure profonde du sol, d'un mur. 2 Fissure de la peau.

crevasser *vt* Faire des crevasses.

crève *nf* **Loc** Fam *Attraper la crève* : prendre froid.

crève-cœur *nm inv* Litt Grand chagrin.

crever *vt* [15] 1 Percer, faire éclater. *Crever un ballon, un abcès.* 2 Fam Épuiser. *Ce sport le crève.* **Loc** Fam *Cela crève les yeux* : c'est évident. *Crever le cœur à* : faire de la peine. *Crever l'écran* : faire sensation. *Crever le plafond* : dépasser les meilleures estimations. ■ *vi* [aux avoir ou être] 1 Se percer. *Pneu de voiture qui crève.* 2 Fam Mourir. *La plante a crevé, est crevée.* **Loc** Fam *Crever de faim, de froid, de jalousie, etc.* : les ressentir fortement.

crevette *nf* Petit crustacé marin comestible.

cri *nm* 1 Bruit caractéristique d'un animal. *Cri du hibou.* 2 Son inarticulé. *Pousser un cri.* 3 Opinion manifestée hautement. *Ce texte est un cri d'indignation.* **Loc** *Dernier cri* : dernière mode. *À cor et à cri* : bruyamment. *Jeter les hauts cris* : protester énergiquement. *Cri du cœur* : opinion spontanée.

criailler *vi* 1 Crier sans cesse. 2 Pousser son cri (faisan, oie, perdrix, pintade, paon).

criaillerie *nf* Récrimination répétée.

criant, ante *a* 1 Évident. *Ressemblance criante.* 2 Scandaleux. *Une injustice criante.*

criard, arde *a* 1 Qui crie souvent et fort. *Un enfant criard.* 2 Qui blesse l'oreille. *Voix criarde.* 3 Qui heurte la vue. *Couleurs criardes.* **Loc** *Dettes criardes* : à rembourser d'urgence.

criblage *nm* Triage mécanique.

crible *nm* Appareil muni de trous pour trier des matériaux. **Loc** *Passer au crible* : examiner très soigneusement.

cribler *vt* 1 Passer au crible. *Cribler du sable.* 2 Percer, marquer en de nombreux endroits. *Cribler de balles.*

cric [kʀik] *nm* Appareil qui sert à soulever des corps lourds sur une faible hauteur.

cricket [-kɛt] *nm* Sport anglais qui se joue avec des battes et des balles de cuir.

cricri *nm* Grillon.

criée *nf* 1 Vente aux enchères en public. 2 Endroit d'un port où on vend le poisson.

crier *vi* 1 Pousser un cri, des cris. 2 Élever la voix, se fâcher. 3 Pousser le cri de l'espèce. **Loc** *Crier à l'injustice, au scandale* : les dénoncer. *Crier au miracle* : s'écrier devant un fait extraordinaire. ■ *vt* 1 Dire d'une voix forte. *Il lui a crié de venir.* 2 Proclamer. *Crier son innocence.* **Loc** *Crier famine, misère* : se plaindre. *Crier vengeance* : réclamer la vengeance. *Crier gare* : avertir d'un danger.

crieur, euse *n* Marchand ambulant. *Crieur de journaux.*

crime *nm* 1 Meurtre. *Crime passionnel.* 2 DR Infraction la plus grave punie par la loi (opposé à contravention et à délit). 3 Action blâmable. *Ce serait un crime d'abattre cet arbre.*

criminaliser *vt* DR Faire relever de la juridiction criminelle.

criminalistique *nf* Techniques d'investigation policière.

criminalité *nf* Ensemble des faits criminels dans une société donnée, pour une période donnée.

criminel, elle *n* Coupable d'un crime. ■ *a* 1 DR Qui a trait à la répression pénale. *Le droit criminel.* 2 Répréhensible pour la morale. *Une passion criminelle.*

criminologie *nf* Science de la criminalité.

criminologiste *n* Spécialiste de criminologie.

crin *nm* 1 Poil long et rêche. *Crin de cheval.* 2 Matériau de rembourrage. *Matelas de crin.* **Loc** Fam *À tous crins* ou *à tout crin* : à l'excès.

crincrin *nm* Fam Mauvais violon.

crinière *nf* 1 Crins du cou de quelques animaux (lion). 2 Fam Chevelure abondante.

crinoline *nf* Jupon bouffant.

crique *nf* 1 Petite avancée de mer. 2 Fissure dans une pièce métallique.

criquet *nm* Insecte herbivore migrateur, nuisible, ressemblant à la sauterelle.

crise *nf* **1** Brusque accès. *Crise d'asthme. Crise de larmes.* **2** Période difficile. *Crise politique. Crise de l'enseignement.* **3** Pénurie importante. *Crise du logement.* Loc *Crise de foie :* trouble digestif. *Crise de nerfs :* état de tension extrême avec cris, pleurs, etc. Fam *Piquer une crise :* une colère.

crispant, ante *a* Qui agace, crispe.

crispation *nf* **1** Contraction musculaire involontaire. **2** Impatience, vive irritation.

crisper *vt* **1** Contracter. *Le froid crispe la peau.* **2** Provoquer la crispation musculaire. *Douleur, colère qui crispe le visage.* **3** Agacer, irriter. *Son arrogance me crispe.*

crissement *nm* Bruit de ce qui crisse.

crisser *vi* Produire un grincement. *Pneus qui crissent.*

cristal, aux *nm* **1** GEOL Minéral de formes régulières. **2** Variété de verre pur, dense, sonore, limpide. Loc *Cristal de roche :* quartz. *Cristal liquide :* substance organique utilisée pour l'affichage électronique. ■ *pl* Objets en cristal.

cristallin, ine *a* **1** Propre au cristal. **2** Pur, clair comme le cristal. *Voix cristalline.* ■ *n* Partie de l'œil qui sert de lentille à courbure variable.

cristallisation *nf* **1** Formation de cristaux. **2** Fait de prendre forme. *Cristallisation des espérances.*

cristalliser *vt* **1** Provoquer la cristallisation. *Cristalliser du sucre.* **2** Donner forme à, concrétiser. *Cristalliser les aspirations des citoyens.* ■ *vi, vpr* **1** Former des cristaux. *Le sucre (se) cristallise.* **2** Prendre forme, devenir cohérent.

cristallographie *nf* Science des cristaux.

criste-marine *nf* Plante des littoraux rocheux, aux feuilles comestibles en salade ou confites. *Des cristes-marines.*

cristophine *nf* Courge utilisée comme légume dans la cuisine antillaise.

critère *nm* Principe, propriété qui permet d'évaluer, de choisir.

critérium [-Rjɔm] *nm* Épreuve sportive de qualification.

criticité *nf* PHYS Caractère critique.

critiquable *a* Sujet à la critique.

critique *a* **1** Grave. *Malade dans un état critique.* **2** Décisif. *Moment critique.* **3** Qui évalue, sait juger, apprécier. *Examen, esprit critique.* **4** Sévère, négatif. *Opinion très critique.* **5** PHYS Où se produit un changement entraînant une réaction en chaîne. ■ *n* Qui juge. *Un critique d'art.* ■ *nf* **1** Art de juger les œuvres littéraires ou artistiques. *La critique théâtrale.* **2** Jugement. *Avoir une critique favorable.* **3** Examen rigoureux. *Critique historique d'un texte.* **4** Jugement négatif. *Accabler qqn de critiques.* **5** Ensemble des personnes qui jugent. *La critique est unanime.*

critiquer *vt* **1** Examiner en critique. *Critiquer un livre.* **2** Juger avec sévérité, blâmer. *Critiquer ses amis.*

croassement *nm* Cri du corbeau.

croasser *vi* Pousser des croassements.

croate *a, n* De Croatie. ■ *nm* Langue slave parlée en Croatie.

croc [kRo] *nm* **1** Pointe recourbée servant à suspendre. **2** Perche munie d'un crochet. **3** Canine de certains carnivores.

croc-en-jambe [kRɔkãʒãb] *nm* Croche-pied. *Des crocs-en-jambe.*

croche *nf* Note qui vaut la moitié d'une noire. Loc *Double croche, triple croche :* la moitié, le quart de la croche.

croche-pied *nm* Action de mettre son pied devant la jambe de qqn pour le faire tomber. *Des croche-pieds.*

crochet *nm* **1** Instrument recourbé pour suspendre. **2** Tige à extrémité recourbée servant à saisir. **3** Instrument en L pour ouvrir les serrures. **4** Grosse aiguille à pointe recourbée pour le tricot ou la dentelle. **5** Dent de serpent venimeux. **6** Signe voisin de la parenthèse. **7** Détour. *Faire un crochet pour éviter le trafic.* **8** En boxe, coup porté par le bras en arc de cercle.

crochetage *nm* Action de crocheter.

crocheter *vt* [17] Ouvrir avec un crochet. *Crocheter une serrure.*

crochu, ue *a* Recourbé. *Doigts crochus.* Loc *Avoir des atomes crochus avec qqn :* avoir des affinités avec lui.

croco *nm* Fam Peau tannée de crocodile.

crocodile *nm* Grand reptile carnivore des eaux chaudes, à pattes courtes et à longues mâchoires.

crocus [-kys] *nm* Plante vivace bulbeuse à fleur violette, jaune ou blanche.

croire *vt* [58] **1** Tenir pour vrai. *Croire que Dieu existe. Croire un récit.* **2** Avoir confiance en qqn. *Je le crois sur parole.* **3** Avoir l'impression. *J'ai cru entendre du bruit.* **4** Estimer. *Je crois qu'il fera beau. Elle se croit sportive.* Loc *À l'en croire :* selon lui. *Ne pas en croire ses oreilles, ses yeux :* être stupéfait. *Il faut croire que :* il est vraisemblable. *On croirait :* ça ressemble. *C'est à croire que :* on pourrait penser. *Croire au Père Noël :* être naïf. ■ *vti* **1** Penser que qqch existe. *Croire en Dieu, aux fantômes.* **2** Avoir confiance. *Croire à la science, en l'avenir.* ■ *vi* Avoir la foi. *Il croit mais ne pratique pas.* ■ *vpr* Être vaniteux.

croisade *nf* **1** HIST Expédition partie d'Occident au Moyen Âge pour délivrer Jérusalem de la domination musulmane. **2** Lutte menée pour une cause. *Croisade pour la paix.*

croisé, ée *a* **1** En forme de croix. *Baguettes croisées.* **2** Produit par croisement. Loc *Rimes croisées :* alternées. *Mots croisés :* jeu consistant à trouver, d'après une définition, des mots se croisant horizontalement et verticalement sur une grille. *Veston croisé :* à pans superposés. ■ *nm* Qui partait en croisade. ■ *nf* Fenêtre. Loc *La croisée des chemins :* intersection.

croisement *nm* **1** Fait de croiser, de se croiser. *Croisement de deux fils, de deux véhicules.* **2** Intersection, carrefour. **3** Reproduction entre animaux ou plantes d'espèces voisines.

croiser *vt* **1** Disposer en croix. *Croiser les jambes.* **2** Traverser. *Route qui croise un chemin.* **3** Passer à côté en allant en sens inverse. *Je l'ai croisé hier. Voiture qui croise un bus.* **4** Faire se reproduire des espèces différentes. *Croiser deux races bovines.* **5** SPORT Imprimer au ballon une trajectoire oblique. Loc *Croiser le fer :* se battre. *Croiser les doigts :* passer le majeur sur l'index pour conjurer le mauvais sort. ■ *vi* Aller et venir qqpart. *Navire qui croise au large.* ■ *vpr* **1** Se rencontrer. **2** Suivre des chemins inverses sur la même route. *Nos* *lettres se sont croisées.* **3** Se reproduire par croisement. **Loc** *Se croiser les bras :* refuser de travailler.

croiseur *nm* Bâtiment de guerre rapide servant d'escorte.

croisière *nf* Voyage d'agrément en mer. **Loc** *Vitesse de croisière :* vitesse à laquelle un véhicule peut effectuer un long parcours.

croisillon *nm* Traverse d'une croix, d'une croisée. ■ *pl* **1** Pièces disposées en croix à l'intérieur d'un châssis, servant à supporter les vitres. **2** Motifs, pièces en forme de croix.

croissance *nf* **1** Développement progressif des êtres organisés. *Croissance d'un enfant.* **2** Augmentation, développement. *Croissance économique. Croissance des villes.*

croissant, ante *a* Qui s'accroît. ■ *nm* **1** Forme échancrée au premier ou au dernier quartier de la Lune. **2** Petite pâtisserie feuilletée. **3** Emblème de l'Islam.

croissanterie *nf* Établissement qui vend des croissants, des brioches, etc.

croître *vi* [59] **1** Grandir. *Les petits chats croissent vite.* **2** Augmenter. *La production croît.* **3** Pousser. *Ces plantes croissent à l'ombre.*

croix *nf* **1** Instrument de supplice antique composé de deux pièces de bois croisées. **2** Représentation de cet instrument sur lequel Jésus-Christ fut crucifié. **3** Objet, signe, ornement composé de deux éléments qui se croisent. **4** Décoration. *La croix de la Légion d'honneur.* **5** Marque formée par deux traits qui se croisent. *Marquer d'une croix.* **Loc** *Point de croix :* utilisé en broderie, en tapisserie. **Loc** *Faire une croix sur qqch :* y renoncer. *Signe de croix :* geste rituel des chrétiens. *Chemin de croix :* représentation de la passion du Christ.

cromalin *nm* (n déposé) IMPRIM Épreuve en couleurs servant de bon à tirer.

cromlech [-lɛk] *nm* Monument mégalithique formé de blocs dressés en cercle.

crooner [kʀunœʀ] *nm* Chanteur de charme.

croquant, ante *a* Qui croque sous la dent. *Biscuits croquants.* ■ *nm* HIST Paysan.

croque au sel (à la) *av* Cru et avec du sel pour seul assaisonnement.

croque-madame *nm inv* Croque-monsieur coiffé d'un œuf au plat.

croquemitaine *nm* **1** Être imaginaire terrible dont on menace les enfants désobéissants. **2** Personne très sévère.

croque-monsieur *nm inv* Sandwich grillé au jambon et au fromage.

croque-mort *nm* Fam Employé des pompes funèbres. *Des croque-morts.*

croquer *vi* Faire un bruit sec. *Chocolat qui croque sous la dent.* ■ *vt* **1** Manger en broyant avec les dents. *Croquer du sucre.* **2** Fam Dilapider. *Croquer son héritage.* **3** Dessiner rapidement. *Croquer un visage.* **4** Décrire en quelques traits. *Croquer une scène.*

croquet *nm* Jeu où l'on pousse avec un maillet des boules de bois sous des arceaux.

croquette *nf* Boulette frite de pâte, de viande hachée, etc.

croquignolet, ette *a* Fam Mignon.

croquis *nm* Dessin rapide.

crosne [kʀon] *nm* Tubercule comestible.

cross-country [-kuntʀi] ou **cross** *nm* Course au milieu d'obstacles naturels. *Des cross-countries.*

crosse *nf* **1** Bâton recourbé. *Crosse d'évêque.* **2** Bâton à bout recourbé utilisé pour pousser la balle. *Crosse de hockey.* **3** Partie d'une arme à feu que l'on tient, qu'on épaule. **Loc** *Mettre la crosse en l'air :* refuser de se battre. Fam *Chercher des crosses :* chercher querelle.

crotale *nm* Serpent très venimeux d'Amérique, dont la queue produit un bruit de crécelle. Syn. serpent à sonnette.

croton *nm* Arbuste dont les graines donnent une huile purgative.

crotte *nf* Fiente de certains animaux. **Loc** Fam *C'est de la crotte :* ça n'a aucune valeur. *Crotte en chocolat :* bonbon. ■ *interj* Marque le dépit.

crotter *vt* Salir avec de la boue. *Crotter son pantalon.* ■ *vi* Faire des crottes.

crottin *nm* **1** Excrément de cheval. **2** Petit fromage de chèvre rond.

croulant, ante *a* Qui croule. ■ *n* Pop Adulte ou personne âgée.

crouler *vi* **1** Tomber en se désagrégeant. *Le mur croule.* **2** Être écrasé, réduit à néant. *Crouler sous le travail.*

croup *nm* Vx Diphtérie.

croupe *nf* **1** Partie de divers animaux qui s'étend des reins à la queue. **2** Postérieur, fesses. **Loc** *Monter en croupe :* derrière le cavalier.

croupetons (à) *av* En position accroupie.

croupi, ie *a* Se dit d'eau stagnante et non potable.

croupier, ère *n* Employé(e) d'une maison de jeux qui dirige les parties.

croupière *nf* Partie du harnais passant sous la queue. **Loc** Litt *Tailler des croupières à qqn :* lui susciter des difficultés.

croupion *nm* Extrémité postérieure d'une volaille.

croupir *vi* **1** Se corrompre en stagnant. *L'eau croupit.* **2** Vivre dans un état dégradant. *Croupir dans l'ignorance.*

croupissant, ante *a* Qui croupit.

croupissement *nm* Fait de croupir.

croustade *nf* Pâté chaud à croûte feuilletée.

croustillant, ante *a* **1** Qui croustille. **2** Grivois. *Histoire croustillante.*

croustiller *vi* Craquer agréablement sous la dent.

croûte *nf* **1** Partie extérieure plus dure. *Croûte du pain, du fromage.* **2** Pâte cuite. *Pâté en croûte.* **3** Reste de pain, croûton. **4** Tout dépôt durci. *Croûte de tartre, de peinture.* **5** Sang séché. **6** Couche d'une peau côté chair. **7** Fam Mauvais tableau. **8** GÉOL Partie la plus superficielle du globe terrestre. **Loc** Fam *Casser la croûte :* manger. Fam *Gagner sa croûte :* sa vie.

croûter *vi* **1** Former une croûte. **2** Pop Manger.

croûteux, euse *a* Qui présente l'aspect d'une croûte.

croûton *nm* **1** Extrémité d'un pain ; reste de pain. **2** Petit morceau de pain frit. **3** Fam Individu routinier. *Un vieux croûton.*

croyable *a* Qui peut être cru.

croyance *nf* **1** Fait de croire. *La croyance au progrès.* **2** Ce que l'on croit, spécialement dans le domaine religieux.

croyant, ante *a, n* Qui a la foi. Ant. athée.

C.R.S. [seɛʁɛs] *nm* Membre d'une force de police chargée du maintien de l'ordre.

1. cru *nm* **1** Terroir qui produit un vin déterminé. **2** Ce vin. *Un grand cru.* **Loc** *Du cru* : local, du pays. *De son cru* : de son invention.

2. cru, crue *a* **1** Qui n'est pas cuit. *Viande crue.* **2** Brut. *Chanvre cru.* **3** Inconvenant. *Propos très crus.* **4** Que rien n'atténue, violent. *Lumière crue.* ■ *av* De façon non cuite. *Manger cru.* **Loc** *Monter à cru* : sans selle.

cruauté *nf* **1** Inclination à faire souffrir. **2** Férocité. *La cruauté du tigre.* **3** Acte cruel. *Commettre des cruautés.*

cruche *nf* **1** Vase à large panse, à col étroit et à anses. **2** Fam Personne sotte.

cruchon *nm* Petite cruche.

crucial, ale, aux *a* Décisif, capital. *Décision cruciale.*

crucifère *nf* BOT Plante à quatre pétales en croix, faisant partie d'une famille comprenant le chou, le navet, la giroflée, etc.

crucifier *vt* **1** Supplicier en fixant sur une croix. **2** Tourmenter cruellement.

crucifix [-fi] *nm* Croix sur laquelle est représenté le Christ crucifié.

crucifixion *nf* ou **crucifiement** *nm* **1** Action de crucifier. **2** Représentation de Jésus sur la croix.

cruciforme *a* En forme de croix.

cruciverbiste *n* Amateur de mots croisés.

crudité *nf* Réalisme choquant. *Crudité des propos.* ■ *pl* Légumes crus en salade.

crue *nf* Élévation du niveau d'un cours d'eau ; son débordement.

cruel, elle *a* **1** Qui prend du plaisir à faire, à voir souffrir. **2** Barbare. *Action cruelle.* **3** Douloureux. *Une cruelle maladie.*

cruellement *av* De façon cruelle.

crûment *av* De façon crue.

crural, ale, aux *a* ANAT De la cuisse.

crustacé *nm* Arthropode aquatique tel que le homard, la crevette, le crabe.

cryogène *a* PHYS Qui produit du froid.

cryologie *nf* Étude des basses températures.

cryométrie *nf* Étude des températures de congélation.

cryotechnique *nf* Technique de production des basses températures.

cryptage *nm* Action de crypter.

crypte *nf* Caveau au-dessous d'une église.

crypter *vt* Transformer un message en clair en message codé.

cryptogame *nm* BOT Végétal dont les organes de fructification sont cachés (algues, champignons, mousses, etc.).

cryptogamique *a* D'un cryptogame.

cryptogramme *nm* Message chiffré.

cryptographie *nf* Technique du chiffrage.

cryptomère *nm* Grand conifère du Japon.

C.S.G. *nf* Sigle de *Contribution sociale généralisée,* impôt destiné à renflouer la Sécurité sociale.

cténaire *nm* Animal voisin des cnidaires.

cubage *nm* Action de mesurer un volume ; cette mesure. *Cubage d'air.*

cubain, aine *a, n* De Cuba.

cube *nm* **1** Solide à six côtés carrés égaux. **2** Objet en forme de cube. **3** MATH Troisième puissance d'un nombre. *4 au cube* (4^3). **Loc** *Mètre cube* (m^3) : unité de mesure de volume ou de contenance.

cuber *vt* Mesurer un volume. ■ *vi* **1** Avoir une certaine* contenance. *Cette citerne cube 300 litres.* **2** Fam Représenter une grosse quantité.

cubique *a* **1** En forme de cube. **2** MATH Du troisième degré. *Équation cubique.* **Loc** MATH *Racine cubique d'un nombre* : dont le cube a ce nombre comme valeur.

cubisme *nm* Mouvement artistique, né vers 1906, qui représente le sujet fragmenté, décomposé en plans géométriques.

cubiste *a, n* Qui relève du cubisme.

cubitainer [-nɛʁ] *nm* (n déposé) Récipient cubique pour le transfert du vin.

cubital, ale, aux *a* Du coude.

cubitus *nm* ANAT Le plus gros des deux os de l'avant-bras.

cucul [kyky] *a inv* Fam Bêtement naïf.

cucurbitacée *nf* BOT Plante à tige charnue rampante faisant partie d'une famille comprenant les courges, les melons, etc.

cueillette *nf* **1** Récolte de certains fruits. **2** Produit de cette récolte.

cueilleur, euse *n* Qui cueille.

cueillir *vt* [26] **1** Détacher de la branche ou de la tige. *Cueillir des roses, des cerises.* **2** Fam Appréhender. *Cueillir un malfaiteur.* **3** Fam Passer prendre qqn. *Il nous a cueillis à l'arrivée du train.*

cuiller ou **cuillère** *nf* **1** Ustensile de table formé d'une palette creuse à manche. **2** Cuillerée. *Une cuiller de sirop.* **3** Leurre. *Pêcher à la cuiller.* **Loc** Fam *Ne pas y aller avec le dos de la cuiller* : agir sans ménagement. Fam *Être à ramasser à la petite cuiller* : être en piteux état.

cuillerée *nf* Ce que contient une cuiller.

cuir *nm* **1** Peau épaisse de certains animaux ; cette peau préparée. *Bagages en cuir.* **2** Liaison incorrecte entre des mots. (Ex. : *Il va (t) à Paris.*) **Loc** *Cuir chevelu* : peau du crâne.

cuirasse *nf* Armure recouvrant le torse. **Loc** *Défaut de la cuirasse* : point faible.

cuirassé, ée *a* **1** Couvert, protégé par une cuirasse. **2** Endurci, insensible. ■ *nm* Bâtiment de guerre blindé et armé d'artillerie lourde.

cuirasser *vt* Revêtir d'une cuirasse.

cuirassier *nm* Soldat de cavalerie lourde.

cuire *vt* [67] **1** Soumettre à l'action du feu, de la chaleur. *Cuire des légumes. Cuire des briques.* **2** Donner une sensation de brûlure. *Le soleil cuisait ses épaules.* ■ *vi* **1** Être en cours de cuisson. *La soupe cuit.* **2** Avoir très chaud. *On cuit au soleil.* **3** Causer une sensation de brûlure. *Cette écorchure me cuit.* **Loc** *Il vous en cuira* : vous vous en repentirez.

cuisant, ante *a* **1** Qui provoque une sensation de brûlure. **2** Qui affecte vivement. *Échec cuisant.*

cuiseur *nm* Appareil électrique servant à la cuisson à la vapeur ou à l'étouffée.

cuisine *nf* **1** Pièce où on apprête les mets. **2** Manière, art de préparer les mets. *Livre, recettes de cuisine.* **3** Ce qu'on mange. **4** Fam Manigances, intrigues. *Cuisine électorale.*

cuisiner *vi* Apprêter les mets, faire la cuisine. *Elle cuisine bien.* ■ *vt* **1** Accommoder, préparer. *Cuisiner un ragoût.* **2** Fam Interroger qqn. **Loc** *Plat cuisiné* : vendu tout préparé.

cuisinier, ère *n* Qui fait la cuisine. ■ *nf* Fourneau de cuisine.

cuisiniste *n* Fabricant de mobilier de cuisine.

cuissage *nm* HIST *Droit de cuissage :* droit qu'aurait possédé un seigneur de passer avec la femme d'un serf la nuit des noces de celle-ci.

cuissard *nm* Culotte des coureurs cyclistes, s'arrêtant à mi-cuisse.

cuissarde *nf* Botte dont la tige couvre la cuisse.

cuisse *nf* Partie de la jambe qui va de la hanche au genou.

cuisseau *nm* CUIS Morceau du veau entre la queue et le rognon.

cuisson *nf* Action de faire cuire. *La cuisson d'un rôti.*

cuissot *nm* CUIS Cuisse de gros gibier.

cuistance *nf* Pop Cuisine.

cuistot *nm* Fam Cuisinier.

cuistre *nm, a* Litt Pédant, prétentieux.

cuistrerie *nf* Litt Pédantisme.

cuit, cuite *a* 1 Qui a subi une cuisson. *Pommes cuites. Poteries de terre cuite.* 2 Fam *Être complètement cuit.* 3 Fam Fini, perdu. *C'est cuit.* Loc Fam *C'est du tout cuit :* c'est gagné d'avance. ■ *nf* Fam Fait de se saouler.

cuivre *nm* 1 Métal usuel de couleur rouge. 2 Objet en cuivre. ■ *pl* Instruments à vent (trompettes, trombones, etc.).

cuivré, ée *a* De la couleur du cuivre. *Teint cuivré.*

cuivreux, euse *a* Qui contient du cuivre.

cul [ky] *nm* 1 Pop Partie postérieure de l'homme et de certains animaux. *Botter le cul à qqn.* 2 Fond de certaines choses. *Cul de bouteille.* Loc Pop *En tomber sur le cul :* être stupéfait. *Être comme cul et chemise :* inséparables. *Avoir le cul entre deux chaises :* être en position fausse. *Lécher le cul à qqn :* le flatter bassement. *Faire cul sec :* vider son verre d'un trait.

culasse *nf* 1 Partie arrière mobile d'une arme à feu. 2 Partie supérieure du bloc-moteur.

culbute *nf* 1 Saut cul par-dessus tête, galipette. *Faire des culbutes.* 2 Chute à la renverse. 3 Fam Faillite, ruine. Loc Fam *Faire la culbute :* revendre au double du prix coûtant.

culbuter *vi* Tomber à la renverse. ■ *vt* 1 Renverser cul par-dessus tête, bousculer. *Il culbutait tout sur son passage.* 2 Rejeter en désordre. *Culbuter l'ennemi.* 3 Fam Faire tomber, ruiner. *Culbuter un ministre.*

culbuteur *nm* 1 Dispositif qui fait basculer un récipient. 2 Pièce de moteur qui actionne les soupapes.

cul-de-basse-fosse *nm* Cachot souterrain. *Des culs-de-basse-fosse.*

cul-de-jatte [kydʒat] *n, a* Privé de jambes. *Des culs-de-jatte.*

cul-de-lampe [ky-] *nm* 1 Ornement d'une voûte d'église. 2 Vignette à la fin d'un livre. *Des culs-de-lampe.*

cul-de-poule [ky-] *nm* Loc Fam *Bouche en cul-de-poule :* aux lèvres arrondies en une moue pincée.

cul-de-sac [ky-] *nm* Impasse, voie sans issue. *Des culs-de-sac.*

culée *nf* ARCHI Ouvrage d'appui à l'extrémité d'un pont, d'une voûte.

culinaire *a* De la cuisine. *Art culinaire.*

culminant, ante *a* Loc *Point culminant :* le plus haut sommet d'une région.

culminer *vi* Atteindre son plus haut point.

culot *nm* 1 Partie inférieure de certains objets (douille, ampoule électrique). 2 Résidu amassé dans le fourneau d'une pipe. 3 Fam Audace excessive.

culotte *nf* 1 Pantalon qui s'arrête au genou. 2 Sous-vêtement féminin, d'enfant. 3 Pièce de bœuf entre le filet et l'échine. Loc Pop *Prendre une culotte :* perdre au jeu. Fam *Porter la culotte :* commander.

culotté, ée *a* 1 Se dit d'une pipe au fourneau doublé d'un dépôt. 2 Patiné par l'usage. 3 Fam D'une audace excessive.

culpabilisant, ante *a* Qui culpabilise.

culpabiliser *vt* Faire se sentir coupable. ■ *vi* Éprouver un sentiment de culpabilité.

culpabilité *nf* État d'un individu reconnu coupable. Loc *Sentiment de culpabilité :* fait de se sentir coupable de qqch.

culte *nm* 1 Hommage religieux que l'on rend à un dieu, à un saint. 2 Religion. *Culte catholique.* 3 Office religieux protestant. 4 Admiration passionnée. *Vouer un culte à une star.*

cul-terreux *nm* Pop Paysan. *Des culs-terreux.*

cultivable *a* Qu'on peut cultiver.

cultivateur, trice *n* Agriculteur, paysan. ■ *nm* Machine agricole.

cultivé, ée *a* Qui possède une culture intellectuelle.

cultiver *vt* 1 Travailler la terre. *Cultiver un jardin.* 2 Faire pousser. *Cultiver des fleurs.* 3 Développer. *Cultiver sa mémoire.* 4 S'adonner à. *Cultiver les sciences.* 5 Conserver, entretenir. *Cultiver l'amitié de qqn.* ■ *vpr* Enrichir son esprit.

cultuel, elle *a* Du culte. *Édifice cultuel.*

cultural, ale, aux *a* De la culture de la terre.

culture *nf* 1 Action de cultiver le sol, un végétal. 2 Ensemble des connaissances acquises. *Culture littéraire, artistique.* 3 Ensemble de phénomènes matériels et idéologiques propres à un groupe social donné. *Culture occidentale. Culture d'entreprise.* Loc *Culture physique :* gymnastique. ■ *pl* Terres cultivées.

culturel, elle *a* Relatif à la culture intellectuelle, à la civilisation. *Héritage culturel.*

culturisme *nm* Gymnastique visant à développer la musculature.

culturiste *n* Qui pratique le culturisme.

cumin *nm* Ombellifère aux graines aromatiques ; ces graines servant de condiment.

cumul *nm* Fait de cumuler.

cumulable *a* Qu'on peut cumuler.

cumulatif, ive *a* Propre à l'accumulation.

cumuler *vt* Avoir plusieurs emplois, salaires, diplômes en même temps.

cumulonimbus [-bys] *nm inv* Nuage sombre et épais, signe d'orage.

cumulostratus. V. stratocumulus.

cumulus *nm inv* Nuage blanc plat, de beau temps.

cunéiforme *a, nm* Se dit d'une ancienne écriture à caractères angulaires (Mèdes, Assyriens).

cunnilingus [-gys] *nm* SEXOL Excitation buccale du sexe de la femme.

cupide *a* Âpre au gain.

cupidité *nf* Amour du gain.

cuprifère *a* Qui contient du cuivre.

cuprique *a* CHIM Du cuivre.

cupule *nf* BOT Enveloppe du fruit du chêne, du noisetier, etc.

curable *a* Qui peut être guéri.

curaçao [-ʀaso] *nm* Liqueur d'écorces d'oranges et d'eau-de-vie sucrée.

curage *nm* Action de curer.

curare *nm* Poison végétal entraînant une paralysie générale.

curatelle *nf* DR Fonction de curateur.

curateur, trice *n* 1 Personne nommée par le juge des tutelles pour administrer les biens d'un mineur émancipé, d'un incapable. 2 En Belgique, administrateur d'une université.

curatif, ive *a* Destiné à la guérison.

1. cure *nf* 1 Traitement d'une maladie. 2 Séjour thérapeutique. *Aller en cure thermale.* 3 Usage prolongé d'une chose salutaire. *Faire une cure d'oranges.* Loc Litt *N'avoir cure de :* ne pas se soucier de.

2. cure *nf* Presbytère.

curé *nm* Prêtre qui a la charge d'une paroisse.

cure-dent *nm* Petit instrument servant à se curer les dents. *Des cure-dents.*

curée *nf* 1 Partie de la bête donnée aux chiens après la chasse ; moment de la chasse où on la donne. 2 Lutte acharnée pour un partage.

cure-ongle *nm* Instrument pour nettoyer les ongles. *Des cure-ongles.*

cure-pipe *nm* Instrument qui sert à nettoyer les pipes. *Des cure-pipes.*

curer *vt* Nettoyer en grattant. *Se curer les ongles.*

curetage *nm* CHIR Opération de nettoyage d'une cavité organique.

cureter *vt* [19] CHIR Effectuer le curetage de.

curette *nf* CHIR Petit instrument pour cureter une cavité naturelle, une plaie.

curie *nf* Unité de radioactivité.

curieusement *av* De façon curieuse.

curieux, euse *a, n* 1 Qui a un grand désir de voir, de savoir. 2 Indiscret. *Petit curieux !* 3 Bizarre, singulier. *Un curieux personnage.*

curiosité *nf* 1 Désir de s'instruire. *Satisfaire sa curiosité.* 2 Désir indiscret de savoir. ■ *pl* Objets, choses remarquables. *Magasin de curiosités.*

curiste *n* Qui fait une cure thermale.

curling [kœʀliŋ] *nm* Sport sur glace où l'on fait glisser un palet vers une cible.

curriculum vitæ [-kylɔmvite] *nm inv* Document indiquant l'état civil, les titres, les capacités professionnelles de qqn.

curry. V. cari.

curseur *nm* 1 Repère coulissant. 2 Repère lumineux indiquant sur un écran d'ordinateur l'emplacement du caractère où on se trouve.

cursif, ive *a* Loc *Écriture cursive :* tracée à main courante. *Lecture cursive :* rapide.

cursus [-sys] *nm* Carrière professionnelle, cycle d'études.

curviligne *a* Formé de lignes courbes.

cuscute *nf* Plante parasite des légumineuses.

custode *nf* 1 Partie arrière d'une automobile. 2 Boîte servant à transporter les hosties.

cutané, ée *a* De la peau.

cuticule *nf* Peau très fine. *Cuticules de l'ongle.*

cutiréaction ou **cuti** *nf* Test réactif pour détecter la tuberculose. Loc Fam *Virer sa cuti :* changer radicalement, perdre sa virginité, etc.

cutter [-tœʀ] *nm* Instrument à lame coulissante pour couper le papier, le carton, etc.

cuvage *nm* ou **cuvaison** *nf* Action de faire cuver le vin.

cuve *nf* 1 Grand récipient pour la fermentation du vin, de la bière, etc. 2 Grand réservoir. *Cuve à fioul.*

cuvée *nf* 1 Contenu d'une cuve. 2 Vin d'une même vigne.

cuver *vi* Fermenter dans une cuve (vin). ■ *vt* Loc Fam *Cuver son vin :* dormir après boire.

cuvette *nf* 1 Bassin portatif peu profond. 2 Partie inférieure du siège de W.C. 3 Dépression naturelle du sol.

C.V. *nm* Abrév de *curriculum vitæ.*

cyanhydrique *a* Loc *Acide cyanhydrique :* acide prussique, toxique violent.

cyanoacrylate *nm* Adhésif très puissant.

cyanose *nf* Coloration bleue de la peau due à un manque d'oxygène.

cyanure *nm* Poison très violent.

cybercafé *nm* Débit de boissons d'où on peut consulter le réseau Internet.

cyberespace *nm* Ensemble des informations et des relations que l'on peut trouver sur le réseau Internet.

cybernaute *n* Internaute.

cybernétique *nf* Science de la commande et de la communication dans les systèmes. *L'informatique, application de la cybernétique.*

cyclable *a* Loc *Piste cyclable :* réservée aux cyclistes.

cyclamen [-mɛn] *nm* Plante ornementale à fleurs blanches ou roses.

cycle *nm* 1 Période après laquelle certains phénomènes astronomiques se reproduisent. *Cycle solaire, lunaire.* 2 Suite de phénomènes se renouvelant constamment dans un ordre immuable. *Le cycle des saisons.* 3 Ensemble des transformations chimiques subies par un corps depuis son état initial. *Cycle de l'urée.* 4 Ensemble des étapes du vivant de la fécondation à la reproduction. 5 Ensemble d'œuvres littéraires sur le même sujet. *Le cycle de la Table ronde.* 6 Divisions dans l'enseignement secondaire (premier, second cycle) et universitaire (licence, maîtrise, doctorat). ■ *pl* Nom générique des bicyclettes, cyclomoteurs, etc.

cyclique *a* Qui revient selon un cycle.

cycliquement *av* De façon cyclique.

cyclisme *nm* Sport, pratique de la bicyclette.

cycliste *n* Qui fait de la bicyclette. ■ *a* Du cyclisme. *Course cycliste.*

cyclocross *nm inv* Épreuve cycliste pratiquée en terrains variés.

cyclomoteur *nm* Cycle à moteur auxiliaire de moins de 50 cm³.

cyclomotoriste *n* Qui va à cyclomoteur.

cyclonal, ale, aux ou **cyclonique** *a* D'un cyclone.

cyclone *nm* Mouvement giratoire rapide de l'air ; typhon.

cyclopousse *nm* Pousse-pousse tiré par un cycliste.

cyclothymique *a, n* Dont l'humeur change constamment.

cyclotourisme *nm* Tourisme à bicyclette.

cyclotron *nm* PHYS Accélérateur de particules.

cygne *nm* Grand oiseau à plumage blanc ou noir et au long cou très souple. Loc *Le chant du cygne :* le dernier chef-d'œuvre d'un artiste.

cylindre *nm* 1 GEOM Surface engendrée par une droite qui se déplace parallèlement à elle-même en s'appuyant sur une courbe plane. 2 Appareil en forme de rouleau. *Cylindre de laminoir.* 3 Organe dans lequel se déplace un piston. *Moteur à huit cylindres.*

cylindrée *nf* Volume engendré par le déplacement des pistons dans les cylindres.

cylindrique *a* En forme de cylindre.

cymbale *nf* Instrument à percussion (disque de cuivre ou de bronze).

cynégétique *a* Qui concerne la chasse. ■ *nf* Art de la chasse.

cynique *a, n* 1 D'une école de philosophes grecs qui professaient le mépris des conventions sociales pour mener une vie conforme à la nature. 2 Qui ignore délibérément les convenances.

cyniquement *av* De façon cynique.

cynisme *nm* Attitude cynique.

cynocéphale *nm* Singe dont la tête ressemble à celle d'un chien.

cynodrome *nm* Piste pour les courses de chiens.

cynorhodon *nm* Fruit rouge de l'églantier. Syn. gratte-cul.

cyphoscoliose *nf* Déformation associant cyphose et scoliose.

cyphose *nf* Déviation convexe de la colonne vertébrale.

cyprès *nm* Conifère à feuilles vertes persistantes des régions méditerranéennes.

cyprin *nm* Poisson rouge élevé en aquarium.

cypriote. V. chypriote.

cyrillique *a, nm* Se dit de l'alphabet slave servant pour le russe, le bulgare, le serbe.

cystite *nf* Inflammation de la vessie.

cytaphérèse *nf* MED Extraction des plaquettes et des globules blancs du sang d'un donneur.

cytise *nm* Arbuste aux fleurs jaune d'or en grappes.

cytobiologie *nf* BIOL Biologie des cellules.

cytochrome *nm* BIOL Pigment respiratoire essentiel de la cellule.

cytogénétique *nf* BIOL Étude de la structure des chromosomes.

cytologie *nf* Étude de la cellule vivante.

cytolyse *nf* BIOL Destruction cellulaire.

cytolytique *a, nm* BIOL Qui produit la cytolyse.

cytomégalovirose *nf* Infection due à un cytomégalovirus.

cytomégalovirus *nm* Virus responsable d'affections graves chez les immunodéprimés.

cytoplasme *nm* BIOL Constituant fondamental de la cellule vivante.

cytoplasmique *a* Du cytoplasme.

d nm **1** Quatrième lettre (consonne) de l'alphabet. **2** D : chiffre romain valant 500. Loc Fam *Système D* : art de se débrouiller.

dacron nm (n déposé) Fibre textile synthétique.

dactyle nm VERSIF Pied composé d'une longue et de deux brèves.

dactylo n Qui utilise professionnellement une machine à écrire.

dactylogramme nm Texte dactylographié.

dactylographie ou **dactylo** nf Technique de l'écriture à la machine.

dactylographier vt Écrire à la machine.

dactylographique a De la dactylographie.

dada nm **1** Fam Cheval. **2** Fam Idée sur laquelle on revient sans cesse. **3** Mouvement de révolte littéraire et artistique du XXᵉ s.

dadais nm Niais, gauche.

dadaïsme nm Mouvement dada.

dague nf Épée très courte.

daguerréotype nm Appareil photo inventé par Daguerre ; image obtenue avec cet appareil.

dahlia nm Plante à grandes fleurs vivement colorées.

dahu nm Animal fantastique.

daigner vt Condescendre à. *Il n'a pas daigné répondre.*

daim nm, **daine** nf Petit ruminant proche du cerf. ■ nm Cuir de daim ou de veau.

daïmyo nm HIST Seigneur féodal japonais.

daïra nf En Algérie, subdivision de la wilaya.

dais nm Baldaquin au-dessus d'un autel, d'un trône, d'un lit.

dalaï-lama nm Chef suprême des bouddhistes tibétains. *Des dalaï-lamas.*

dallage nm Revêtement de dalles.

dalle nf **1** Plaque dure pour le revêtement d'un sol. **2** Grand espace au niveau du rez-de-chaussée d'immeubles. Loc *Dalle funéraire* : pierre tombale. Pop *N'y voir que dalle* : ne rien voir.

daller vt Couvrir, paver de dalles.

dalmate a, n De Dalmatie.

dalmatien [-sjɛ̃] nm Grand chien dont la robe blanche porte de petites taches noires.

daltonien, enne a, n Atteint de daltonisme.

daltonisme nm Trouble de la perception des couleurs.

dam nm Loc Litt *Au grand dam de qqn* : à son détriment ; à son grand regret.

damage nm Action de damer.

daman nm Mammifère herbivore voisin de la marmotte.

damas [-ma] nm **1** Tissu de soie présentant des dessins satinés. **2** Acier à surface moirée.

damasquiner vt Incruster de filets de métal précieux.

damassé, ée a, nm Préparé comme du damas (tissu, acier).

1. dame nf **1** Femme d'un rang social élevé. **2** Terme courtois pour « femme ». **3** Femme mariée. **4** Carte de jeu figurant une reine. **5** Pièce du jeu d'échecs, appelée aussi *reine*. **6** Outil servant à damer le sol. Loc *Jeu de dames* : jeu qui se joue à deux sur un damier, avec des pions noirs et blancs.

2. dame ! interj Fam Marque une évidence.

dame-jeanne nf Bonbonne renflée. *Des dames-jeannes.*

damer vt Tasser la neige, le sol. Loc Fam *Damer le pion à qqn* : l'emporter sur lui.

damier nm Tablette divisée en carreaux blancs et noirs, sur laquelle on joue aux dames.

damnable [dana-] a Pernicieux, blâmable.

damnation [dana-] nf Châtiment des damnés.

damné, ée [dane] a, n Condamné à l'enfer. ■ a Fam Maudit. *Cette damnée bagnole.* Loc *Être l'âme damnée de qqn* : l'aider dans ses mauvais desseins.

damner [dane] vt Condamner aux peines de l'enfer. Loc Fam *Faire damner qqn* : l'exaspérer.

damoiseau nm Au Moyen Âge, jeune gentilhomme qui n'était pas encore chevalier.

damoiselle nf Jeune fille, au Moyen Âge.

dan [dan] nm Chacun des degrés dans la hiérarchie de la ceinture noire de judo.

dancing nm Établissement public de danse.

dandinement nm Action de dandiner, de se dandiner.

dandiner (se) vpr Balancer son corps d'un mouvement régulier et rythmé.

dandy nm Homme raffiné dans sa toilette.

dandysme nm Raffinement du dandy.

danger nm Ce qui expose à un mal quelconque. Loc Fam *Il n'y a pas de danger* : cela n'arrivera sûrement pas. *Un danger public* : qqn qui met les autres en péril.

dangereusement av De façon dangereuse.

dangereux, euse a Qui constitue un danger. *Abus dangereux pour la santé.*

dangerosité nf Caractère dangereux.

danois, oise *a, n* Du Danemark. ◼ *nm* 1
Langue scandinave parlée au Danemark. 2
Chien de grande taille à robe rase.

dans *prép* Marque le lieu, la situation, la
manière, la durée.

dansant, ante *a* Où l'on peut danser. *Soirée dansante.*

danse *nf* Suite de mouvements rythmiques du
corps, à pas réglés, à la cadence de la musique.
Loc *Mener la danse* : diriger une action.
Danse de Saint-Guy : maladie caractérisée par
des mouvements brusques.

danser *vi, vt* Exécuter une danse. *Danser la
valse.* Loc Fam *Ne savoir sur quel pied danser* : être indécis. ◼ *vi* Litt Remuer, s'agiter. *Les
flammes dansent dans la cheminée.*

danseur, euse *n* Qui danse, par plaisir ou par
profession. Loc *Pédaler en danseuse* : debout
sur les pédales.

dantesque *a* D'une horreur grandiose.

danubien, enne *a* Du Danube.

daphnie *nf* Très petit crustacé d'eau douce,
qui se déplace par saccades. Syn. puce d'eau.

darbouka. V. derbouka.

dard *nm* 1 Aiguillon de certains animaux. 2
Langue de serpent.

darder *vt* Litt Lancer vivement. *Le soleil darde
ses rayons.*

dare-dare *av* Fam En toute hâte.

dari *nm* Forme de persan parlée en Afghanistan.

darne *nf* Tranche de gros poisson.

darse *nf* MAR Bassin d'un port.

dartre *nf* MED Plaque sèche de la peau.

darwinien, enne *a* ou **darwiniste** [-wi] *a, n*
Qui relève du darwinisme.

darwinisme [-wi-] *nm* Théorie de Ch. Darwin,
selon laquelle les divers êtres vivants actuels
résulteraient de la sélection naturelle.

datable *a* Qu'on peut dater.

datation *nf* Action d'attribuer une date.

datcha *nf* Maison de campagne russe.

date *nf* 1 Indication précise du jour, du mois
et de l'année. 2 Événement important dans
l'histoire. Loc *De fraîche date* : récent. *De
longue date* : très ancien. *Faire date* : marquer
un moment important, décisif. *Prendre date* :
déterminer un jour pour faire qqch.

dater *vt* Mettre la date sur un document, un
acte, etc. ; en déterminer la date. ◼ *vti* Avoir eu
lieu, avoir commencé d'exister à telle date.
Immeuble qui date du XIXe s. Loc *À dater de* :
à partir de. ◼ *vi* Être démodé. *Sa robe date un
peu.*

dateur *nm* Appareil pour apposer les dates.

datif *nm* GRAM Cas du complément d'attribution
dans les langues à déclinaison.

dation *nf* DR Action de donner à un créancier
qqch en échange d'une dette.

datte *nf* Fruit comestible, sucré du dattier.

dattier *nm* Grand palmier d'Afrique et du
Proche-Orient, cultivé pour ses dattes.

daube *nf* Manière de cuire les viandes dans un
récipient couvert.

dauber *vt* Litt Dénigrer qqn, se moquer de lui.

1. dauphin *nm* Cétacé grégaire au sens social
très développé.

2. dauphin *nm* 1 HIST Titre de l'héritier du
trône de France. 2 Successeur présumé de qqn.

dauphine *nf* Femme du dauphin de France.

dauphinois, oise *a, n* Du Dauphiné.

daurade ou **dorade** *nf* Poisson marin aux
écailles dorées ou argentées.

davantage *av* Plus, bien plus, plus longtemps.
*Je veux davantage. Je n'attendrai pas davan-
tage.*

davier *nm* Pince pour extraire les dents.

dazibao *nm* Affiche politique en Chine.

D.C.A. *nf* Artillerie antiaérienne.

D.D.T. *nm* Insecticide puissant.

de, d' *prép* (*de* se contracte en *du* et *de les*
en *des*). 1 Introduit des compléments exprimant l'origine, la durée, la progression, la
cause, la manière, le moyen, la mesure, l'agent,
l'appartenance, la qualité, la destination. 2
S'emploie devant l'objet d'un verbe transitif
indirect, un infinitif sujet ou complément,
l'attribut du complément d'objet. 3 Entre dans
la constitution de l'article partitif (*du, de la,
des*).

dé *nm* 1 Petit cube pour jouer dont chaque
face est marquée d'un nombre, de un à six. 2
Petit cube de matière quelconque. 3 Petit
fourreau de métal, protégeant le doigt qui
pousse l'aiguille.

deal [dil] *nm* Fam Opération commerciale, marché.

dealer [diloer] *nm* Revendeur de drogue.

déambulation *nf* Marche sans but précis.

déambulatoire *nm* ARCHI Galerie qui passe
derrière le chœur.

déambuler *vi* Marcher sans but précis.

débâcher *vt* Ôter la bâche de.

débâcle *nf* 1 GEOGR Rupture de la glace recouvrant un cours d'eau. 2 Effondrement, ruine,
déroute. *Débâcle financière.*

déballage *nm* 1 Action de déballer. 2 Étalage
de secrets, de confidences.

déballer *vt* 1 Retirer de son emballage. 2
Exposer des marchandises. 3 Étaler, exposer.
Déballer ses griefs.

débandade *nf* Fuite, dispersion désordonnée.

débander *vt* 1 Enlever la bande, le bandage. 2
Détendre ce qui est tendu. ◼ *vpr* Se disperser
en désordre.

débaptiser [-bati-] *vt* Changer le nom de
qqch. *Débaptiser une ville.*

débarbouiller *vt* Laver le visage. ◼ *vpr* Se
laver sommairement.

débarcadère *nm* Quai de débarquement des
voyageurs, des marchandises.

débardeur *nm* 1 Ouvrier qui travaille au chargement et au déchargement de marchandises. 2
Maillot de corps très échancré, sans manches.

débarquement *nm* Action de débarquer des
marchandises, des passagers, des troupes.

débarquer *vt* 1 Mettre à terre les passagers,
des marchandises du navire, d'un avion, d'un
train. 2 Fam Se débarrasser de qqn. ◼ *vi* [aux
avoir ou *être*] 1 Descendre à terre d'un train,
d'un avion. 2 Fam Arriver à l'improviste. 3 Fam Ne
pas être au courant.

débarras [-ra] *nm* Lieu où l'on range les objets
encombrants. Loc Fam *Bon débarras* : délivrance
de ce qui embarrassait.

débarrasser *vt* Dégager de ce qui embarrasse,
de ce qui gêne, encombre. ◼ *vpr* Se défaire de
qqch, de qqn.

débat *nm* Discussion entre des personnes d'avis différents. **Loc** *Débat intérieur* : conflit psychologique. ■ *pl* **1** Discussion dans une assemblée politique. **2** Phases d'un procès.

débatteur *nm* Personne remarquable dans les débats publics.

débattre *vt, vti* [77] Discuter de façon contradictoire. *Débattre (d') une affaire.* ■ *vpr* Lutter énergiquement pour se dégager.

débauchage *nm* Action de débaucher.

débauche *nf* Recherche excessive des plaisirs sensuels. **Loc** *Débauche de* : profusion de.

débauché, ée *n, a* Qui vit dans la débauche.

débaucher *vt* **1** Engager qqn à quitter son travail. **2** Renvoyer d'un emploi, faute de travail. **3** Entraîner dans la débauche.

débecter *vt* Pop Dégoûter.

débile *a* **1** Sans force, sans vigueur. *Esprit débile.* **2** Fam Stupide. *Histoire débile.* ■ *n* Arriéré mental.

débilitant, ante *a* Qui déprime.

débilité *nf* État d'un débile mental.

débiliter *vt* Rendre débile, affaiblir.

débine *nf* Pop Misère.

débiner *vt* Pop Dénigrer. ■ *vpr* Fam Se sauver.

débit *nm* **1** Vente au détail d'une marchandise. **2** Établissement où l'on vend au détail des boissons, du tabac. **3** Manière de réciter, de parler. *Un débit rapide.* **4** Quantité de fluide, de moyens de transport, etc., qui s'écoule en un temps donné. **5** Compte des sommes dues par qqn. Ant. crédit.

débitant, ante *n* Qui tient un débit de tabac, de boissons.

débiter *vt* **1** Tailler en morceaux. *Débiter une pierre.* **2** Vendre au détail. **3** Fournir une quantité de matière, de fluide, d'électricité, etc., en une période donnée. **4** Réciter d'une manière monotone. **5** Raconter. *Débiter des mensonges, des sottises.* **6** Porter une somme au débit de qqn.

débiteur, trice *n* **1** Qui doit de l'argent. **2** Qui a une obligation morale envers qqn. ■ *a* Qui présente un débit. *Compte débiteur.* Ant. créditeur.

déblai *nm* Action de déblayer. ■ *pl* Gravats que l'on retire d'un terrain.

déblaiement *nm* Action de déblayer.

déblatérer *vi* [12] Fam Parler avec violence contre qqch, qqn.

déblayer *vt* [20] Dégager un lieu de ce qui l'encombre. **Loc** *Déblayer le terrain* : aplanir les difficultés avant d'entreprendre une action.

déblocage *nm* Action de débloquer.

débloquer *vt* Remettre en mouvement une machine, permettre la circulation, la liberté de mouvement de qqch. ■ *vi* Pop divaguer.

débobiner *vt* Dérouler.

déboires *nmpl* Déception pénible.

déboisement *nm* Action de déboiser.

déboiser *vt* Dégarnir une terre de ses arbres.

déboîtement *nm* Action de déboîter.

déboîter *vt* Faire sortir de son logement. ■ *vi* Sortir d'une file de véhicules.

débonnaire *a* Bienveillant.

débordant, ante *a* Qui se manifeste avec exubérance.

débordement *nm* Fait de déborder. ■ *pl* Excès. *Se livrer à des débordements.*

déborder *vi* **1** Laisser son contenu se répandre par-dessus bord. *Le vase déborde.* **2** Se répandre par-dessus bord. *Le lait déborde.* ■ *vt* **1** Dépasser les limites, le bord de. **2** Dépasser en contournant. **Loc** *Être débordé* : être surchargé de travail, d'obligations, etc.

débotté *nm* **Loc** *Au débotté* : à l'improviste.

débouchage *nm* Action de déboucher.

débouché *nm* **1** Issue large d'un passage resserré. **2** Marché pour un produit. ■ *pl* Professions ouvertes à qqn.

déboucher *vt* **1** Dégager de ce qui obstrue. **2** Ôter le bouchon d'une bouteille. ■ *vti* **1** Sortir d'un endroit resserré, se jeter dans. **2** Aboutir à. *Déboucher sur une impasse.*

déboulé *nm* Course rapide, puissante.

débouler *vi, vt* Descendre très vite. *Débouler l'escalier.*

déboulonnage ou **déboulonnement** *nm* Action de déboulonner.

déboulonner *vt* **1** Enlever les boulons de, démonter. **2** Fam Faire perdre son prestige, son poste à qqn.

débourrer *vt* **1** Ôter la bourre. **2** Retirer les cendres d'une pipe.

débours *nm* Somme déboursée.

déboursement *nm* Fait de débourser de l'argent.

débourser *vt* Payer.

déboussoler *vt* Fam Déconcerter.

debout *av* **1** En position, en station verticale. **2** Hors de son lit. **Loc** *Être, tenir debout* : résister ; être vraisemblable, cohérent. ■ *a inv* **Loc** *Vent debout* : contraire à la direction suivie.

débouter *vt* DR Rejeter la demande faite en justice.

déboutonner *vt* Dégager les boutons de leurs boutonnières. ■ *vpr* Fam Parler sans retenue.

débraillé, ée *a* Négligé, sans soin. ■ *nm* Tenue négligée.

débrancher *vt* Supprimer le branchement.

débrayage *nm* **1** Action de débrayer. **2** Arrêt de travail.

débrayer *vt* [20] TECH Désaccoupler l'arbre mené de l'arbre moteur. ■ *vi* Cesser le travail.

débridé, ée *a* Sans retenue. *Joie débridée.*

débrider *vt* Ôter la bride ou les brides.

debriefing [-brifiŋ] *nm* Réunion de militaires après une mission pour en dresser le bilan.

débris *nm* Fragment de qqch de brisé ou détruit.

débrouillard, arde *n, a* Fam Qui sait se débrouiller. *Enfant débrouillard.*

débrouillardise *nf* Fam Aptitude à se débrouiller.

débrouiller *vt* **1** Démêler, remettre en ordre. **2** Éclaircir, dénouer. *Débrouiller une affaire.* ■ *vpr* Fam Se tirer d'embarras.

débroussaillage *nm* Action de débroussailler.

débroussailler *vt* **1** Enlever les broussailles ; défricher. **2** Commencer à tirer au clair.

débroussailleuse *nf* Machine servant à débroussailler.

débudgétiser *vt* Enlever une charge du budget.

débureaucratiser *vt* Supprimer le caractère bureaucratique.

débusquer *vt* Chasser d'un abri, d'une retraite.

début nm Commencement. ■ pl Premiers pas dans une activité, une carrière.

débutant, ante n, a Qui débute, sans expérience. *Acteur débutant.*

débuter vi 1 Commencer. 2 Faire ses débuts dans une activité, une carrière.

déca nm Fam Café décaféiné.

deçà prép Loc *En deçà de :* au-dessous de. ■ av Loc *Deçà delà :* d'un côté et de l'autre.

décacheter vt [19] Ouvrir ce qui est cacheté.

décadaire a De la décade.

décade nf 1 Période de dix jours. 2 HIST Dans le calendrier républicain, période remplaçant la semaine.

décadenasser vt Ouvrir en enlevant le cadenas.

décadence nf Période de déclin.

décadent, ente a, n En décadence.

décadi nm HIST Dixième jour de la décade, dans le calendrier républicain.

décaèdre nm Polyèdre à dix faces.

décaféiné, ée a, nm Sans caféine.

décagone nm Polygone à dix angles.

décaisser vt Payer en tirant de la caisse.

décalage nm 1 Position de ce qui est décalé. *Décalage horaire.* 2 Inadéquation, non-concordance.

décalaminer vt Ôter l'oxyde qui s'est formé sur une surface métallique.

décalcification nf MED Diminution du calcium de l'organisme.

décalcifier vt Priver de calcium.

décalcomanie nf Procédé décoratif par report de motifs sur un objet à décorer.

décaler vt Faire subir un déplacement dans le temps ou dans l'espace.

décalitre nm Mesure de capacité valant dix litres (symbole : dal).

décalogue nm Les dix commandements de Dieu, reçus par Moïse sur le mont Sinaï.

décalotter vt Dégager de ce qui couvre.

décalquage ou **décalque** nm Action de décalquer.

décalquer vt Reporter un calque de sur une surface.

décamètre nm Unité de longueur égale à dix mètres (symbole : dam).

décamper vi Fam S'enfuir.

décan nm Division des signes du zodiaque.

décaniller vi Pop S'enfuir.

décantation nf ou **décantage** nm Action de décanter.

décanter vt Laisser se déposer les matières solides d'un liquide. ■ vpr Se clarifier.

décapage nm Action de décaper.

décapant, ante a, nm Qui décape.

décaper vt Débarrasser une surface d'une couche d'enduit, d'impuretés.

décapitation nf Action de décapiter.

décapiter vt 1 Trancher la tête. 2 Enlever la partie essentielle. *Décapiter un parti politique.*

décapode nm ZOOL Crustacé pourvu de cinq paires de pattes locomotrices, comme le crabe.

décapotable a, nf Qu'on peut décapoter.

décapoter vt Enlever la capote d'une voiture.

décapsuler vt Enlever la capsule.

décapsuleur nm Ustensile pour décapsuler les bouteilles.

décarcasser (se) vpr Fam Se donner beaucoup de peine.

décasyllabe a, nm De dix syllabes.

décathlon nm Compétition masculine d'athlétisme de dix épreuves (4 courses, 3 sauts, 3 lancers).

décathlonien nm Qui pratique le décathlon.

décati, ie a Qui a perdu sa fraîcheur.

décédé, ée a Mort.

décéder vi [12] [aux être] Mourir.

décelable a Qu'on peut déceler.

déceler vt [16] 1 Découvrir ce qui était caché. 2 Être l'indice de ; révéler. *Un bruit décela sa présence.*

décélération nf Diminution de la vitesse d'un mobile.

décélérer vi [12] Effectuer une décélération.

décembre nm Douzième et dernier mois de l'année.

décemment av De façon décente.

décence nf Respect de la pudeur, de la correction.

décennal, ale, aux a 1 Qui dure dix ans. 2 Qui revient tous les dix ans.

décennie nf Période de dix ans.

décent, ente a 1 Conforme à la décence, convenable. *Tenue décente.* 2 Raisonnable, acceptable. *Salaire décent.*

décentrage nm Action de décentrer.

décentralisateur, trice a, n Qui décentralise.

décentralisation nf Transfert de compétences d'un organisme central à des organismes locaux.

décentraliser vt Procéder à la décentralisation de. *Décentraliser l'administration.*

décentrer vt Déplacer le centre de.

déception nf Sentiment de qqn trompé dans ses espérances.

décerner vt Attribuer un prix.

déceveler vt Fam Abrutir.

décès nm Mort de qqn.

décevant, ante a Qui déçoit.

décevoir vt [43] Tromper qqn dans ses espérances.

déchaîné, ée a Violent, très agité.

déchaînement nm Action de se déchaîner.

déchaîner vt Exciter, soulever. *Déchaîner les passions.* ■ vpr S'emporter violemment.

déchanter vi Rabattre de ses espérances.

décharge nf 1 Lieu où on décharge des ordures. 2 Salve, tir simultané de plusieurs armes à feu. 3 Perte brusque de la charge d'un conducteur électrique. 4 Attestation qui dégage la responsabilité de qqn. *Faire signer une décharge.* Loc *À décharge :* qui enlève la charge, l'accusation, la responsabilité.

déchargement nm Action de décharger.

décharger vt [11] 1 Enlever le chargement, la charge. 2 Soulager. *Décharger sa conscience.* 3 Dispenser qqn d'une charge, d'un travail, d'une responsabilité. 4 Tirer les projectiles d'une arme à feu. 5 Annuler la charge électrique de qqch. ■ vi Déteindre. ■ vpr Laisser à qqn le soin de faire qqch. *Se décharger sur ses collaborateurs.*

décharné, ée a Extrêmement maigre.

déchausser vt 1 Enlever ses chaussures à qqn. 2 Dégager le pied ou la base de qqch. ■ vpr Ôter ses chaussures.

dèche nf Pop Misère.

déchéance nf 1 Décadence, avilissement. 2 Perte d'un droit, d'une fonction.

déchet *nm* 1 Résidus, restes (surtout pl). *Déchets radioactifs.* 2 Personne déchue, méprisable.

déchetterie *nf* (n déposé) Lieu public où l'on peut déposer certains déchets.

déchiffrable *a* Qu'on peut déchiffrer.

déchiffrage ou **déchiffrement** *nm* Action de déchiffrer.

déchiffrer *vt* 1 Traduire en clair. *Déchiffrer des hiéroglyphes.* 2 Lire ce qui est difficile à lire. 3 Lire de la musique. 4 Démêler, pénétrer ce qui est obscur. *Déchiffrer une énigme.*

déchiqueter *vt* [19] Mettre en pièces.

déchirant, ante *a* Qui émeut énormément.

déchirement *nm* 1 Action de déchirer. 2 Souffrance morale extrême. ■ *pl* Discordes, luttes intestines.

déchirer *vt* 1 Mettre en pièces. 2 Produire une douleur. 3 Diviser par des dissensions. ■ *vpr* Se claquer un muscle.

déchirure *nf* Rupture faite en déchirant.

déchloruration *nf* Action de déchlorurer.

déchlorurer *vt* Enlever le chlorure de l'eau, du sol.

déchocage *nm* MED Action de déchoquer.

déchoir *vi* [50] [aux *avoir* ou *être*] Tomber dans un état inférieur. Loc *Être déchu d'un droit* : en être dépossédé.

déchoquer *vt* MED Traiter un blessé en état de choc.

déchristianisation *nf* Action de déchristianiser.

déchristianiser *vt* Faire perdre la religion chrétienne.

déchu, ue *a* Atteint de déchéance.

décibel *nm* Unité exprimant le rapport entre deux intensités sonores (symbole : dB).

décidé, ée *a* Résolu, ferme. *Un ton décidé.*

décidément *av* Tout bien considéré.

décider *vt* 1 Prendre la résolution de. *J'ai décidé son départ.* 2 Déterminer qqn à faire qqch. *Je l'ai décidé à venir.* ■ *vti* 1 Statuer sur, décréter sur, disposer de. *Décider de l'avenir.* 2 Prendre la résolution de. *Décider de partir.* ■ *vpr* 1 Prendre la décision de. *Il s'est enfin décidé à revenir.* 2 Se prononcer pour ou contre qqn, qqch.

décideur *nm* Qui a le pouvoir de prendre des décisions.

décigramme *nm* Dixième partie du gramme (symbole : dg).

décilitre *nm* Dixième partie du litre (symbole : dl).

décimal, ale, aux *a* Qui a pour base le nombre 10. Loc *Nombre décimal* : qui comporte une fraction de l'unité, séparée par une virgule. ■ *nf* Chacun des chiffres séparés de l'unité par une virgule.

décimaliser *vt* Appliquer le système décimal.

décimer *vt* Faire périr une proportion importante d'une population.

décimètre *nm* 1 Dixième partie du mètre (symbole : dm). 2 Règle mesurant 1 dm.

décisif, ive *a* Qui résout, qui tranche ce qui est incertain.

décision *nf* Action de décider ; chose décidée.

décisionnaire *n* Qui exerce un pouvoir de décision.

décisionnel, elle *a* Qui relève de la décision.

déclamation *nf* Langage pompeux et affecté.

déclamatoire *a* Emphatique, pompeux.

déclamer *vt* Réciter, parler avec emphase.

déclaratif, ive *a* DR Se dit d'un acte par lequel on constate un état de fait. Loc GRAM *Verbes déclaratifs* : qui indiquent une énonciation (ex. : *dire, raconter*).

déclaration *nf* 1 Discours, acte, écrit par lequel on déclare ; proclamation. 2 Action de porter à la connaissance des autorités.

déclaré, ée *a* Avoué, reconnu.

déclarer *vt* 1 Manifester, faire connaître. *Déclarer ses intentions.* 2 Fournir un renseignement aux autorités compétentes. *Déclarer ses revenus.* ■ *vpr* 1 Fournir son existence. *Le choléra s'est déclaré.* 2 Faire connaître sa pensée. *Il s'est déclaré incompétent.* 3 Faire une déclaration d'amour.

déclassé, ée *a, n* Déchu de son statut.

déclassement *nm* Action de déclasser, fait d'être déclassé.

déclasser *vt* 1 Déranger ce qui est classé. 2 Faire tomber dans une classe inférieure.

déclenchement *nm* Action de déclencher, fait de se déclencher.

déclencher *vt* 1 Amorcer le fonctionnement de. *Déclencher l'alarme.* 2 Provoquer subitement. *Déclencher la guerre.*

déclencheur *nm* Appareil qui déclenche un mécanisme.

déclic *nm* 1 Pièce qui déclenche un mécanisme. 2 Bruit sec d'un mécanisme qui se déclenche.

déclin *nm* État de ce qui tend vers sa fin, de ce qui perd de sa force.

déclinable *a* Qu'on peut décliner.

déclinaison *nf* 1 Action de décliner qqch. 2 LING Ensemble des formes (cas) que prennent dans les langues flexionnelles les noms, pronoms et adjectifs selon leur fonction dans la phrase. 3 ASTRO Hauteur d'un astre au-dessus du plan équatorial.

déclinant, ante *a* Sur son déclin.

décliner *vi* 1 Tendre vers sa fin. *Le jour décline.* 2 S'affaiblir, tomber en décadence. *Ses forces déclinent.* ■ *vpr* 1 Énumérer les cas de la déclinaison. 2 Énumérer. *Décliner les raisons d'une décision.* 3 Refuser d'accepter. *Décliner une invitation.* 4 Présenter à la vente un même produit sous diverses formes. Loc *Décliner son identité* : l'énoncer avec précision.

déclivité *nf* Pente, inclinaison.

décloisonnement *nm* Action de décloisonner.

décloisonner *vt* Enlever ce qui sépare.

déclouer *vt* Défaire, enlever les clous.

décocher *vt* 1 Lancer. *Décocher un coup.* 2 Lancer avec hostilité. *Décocher une remarque.*

décoction *nf* Action de faire bouillir une substance pour en extraire les principes solubles.

décodage *nm* Action de décoder.

décoder *vt* Déchiffrer un message codé.

décodeur *nm* Appareil qui permet de décoder des informations.

décoffrer *vt* Ôter le coffrage d'un ouvrage en béton.

décoiffer *vt* 1 Déranger, défaire la coiffure de qqn. 2 Fam Étonner.

décoincer *vt* [10] Dégager ce qui était coincé.

décolérer *vi* [12] Loc *Ne pas décolérer* : ne pas cesser d'être en colère.

décollage *nm* Fait de décoller (avion).

décollectivisation *nf* Action de décollectiviser.

décollectiviser *vt* Supprimer la collectivisation.

décollement *nm* Action de décoller, de se décoller. *Décollement de la rétine.*

décoller *vt* Séparer, détacher ce qui était collé. ■ *vi* Quitter le sol (avion).

décolleté, ée *a* Qui laisse apparaître le cou, les épaules. *Robe décolletée.* ■ *nm* Partie décolletée d'un vêtement.

décolleter *vt* [19] Couper un vêtement de manière à dégager le cou.

décolleuse *nf* Machine servant à décoller le papier peint.

décolonisation *nf* Processus par lequel un peuple colonisé accède à l'indépendance.

décoloniser *vt* Accorder l'indépendance à une colonie.

décolorant, ante *a, nm* Qui décolore.

décoloration *nf* Perte de la couleur.

décolorer *vt* Faire perdre en partie ou complètement sa couleur. *Décolorer les cheveux.*

décombres *nmpl* Ruines, restes de ce qui a été détruit.

décommander *vt* Annuler une invitation, une commande, etc. ■ *vpr* Annuler un rendez-vous.

décomplexer *vt* Enlever à qqn ses complexes.

décomposable *a* Qu'on peut décomposer.

décomposer *vt* 1 Séparer les parties de qqch ; analyser. *Décomposer une phrase.* 2 Gâter. *La chaleur décompose la viande.* 3 Bouleverser. *La terreur décomposait son visage.*

décomposition *nf* 1 Analyse des constituants de qqch. 2 Altération profonde.

décompresser *vi* Fam Relâcher sa tension nerveuse.

décompression *nf* Diminution de la pression.

décomprimer *vt* Réduire la pression.

décompte *nm* Compte détaillé d'une somme.

décompter *vt* Déduire d'une somme.

déconcentration *nf* Action de déconcentrer.

déconcentrer *vt* 1 Procéder à une répartition moins centralisée. 2 Troubler la concentration, l'attention. ■ *vpr* Relâcher son attention.

déconcertant, ante *a* Qui déconcerte.

déconcerter *vt* Troubler, dérouter.

déconfit, ite *a* Abattu, découragé.

déconfiture *nf* Ruine financière ; faillite morale ; déroute totale.

décongélation *nf* Action de décongeler.

décongeler *vt* [16] Ramener un corps congelé à une température supérieure à 0 ºC.

décongestionner *vt* 1 Faire disparaître la congestion. 2 Atténuer, faire cesser l'encombrement.

déconnant, ante *a* Pop Absurde, stupide.

déconnecter *vt* 1 Débrancher. *Déconnecter un ordinateur.* 2 Fam Faire perdre le sentiment des réalités.

déconner *vi* Pop Dire ou faire des bêtises.

déconnexion *nf* Action de déconnecter.

déconseiller *vt* Conseiller de ne pas faire.

déconsidérer *vt* [12] Faire perdre la considération, l'estime dont jouissait qqn. ■ *vpr* Se discréditer.

déconstruction *nf* LITTER Décomposition analytique d'une œuvre.

décontamination *nf* Action de décontaminer.

décontaminer *vt* Éliminer les effets d'une contamination.

décontenancer *vt* [10] Faire perdre contenance à qqn. ■ *vpr* Perdre contenance.

décontracté, ée *a* Détendu.

décontracter (se) *vpr* Se détendre.

décontraction *nf* Détente, insouciance.

décontracturant, ante *a, nm* Qui fait disparaître les contractures musculaires.

déconventionner *vt* Mettre fin à une convention.

déconvenue *nf* Désappointement, déception.

décor *nm* 1 Ensemble de ce qui sert à décorer. 2 Au théâtre, au cinéma, ce qui sert à représenter les lieux de l'action. 3 Environnement, cadre. *Le décor quotidien.*

décorateur, trice *n* Professionnel de la décoration.

décoratif, ive *a* Qui décore agréablement, qui enjolive. Loc *Arts décoratifs* : arts du décor (tapisserie, céramique, design, etc.). Syn. *arts appliqués.*

décoration *nf* 1 Action de décorer ; art du décorateur ; ce qui décore. 2 Insigne d'une récompense honorifique.

décorer *vt* 1 Orner, parer, embellir. 2 Conférer une décoration.

décortiquage *nm* Action de décortiquer.

décortiquer *vt* 1 Enlever l'écorce d'un arbre, l'enveloppe d'une graine, d'un fruit. 2 Faire l'analyse minutieuse de qqch.

décorum [-ʀɔm] *nm* Pompe officielle.

décote *nf* 1 Baisse de la valeur de qqch. *Subir une décote.* 2 Réduction d'impôt.

découcher *vi* Coucher ailleurs que chez soi.

découdre *vt* [56] Défaire ce qui est cousu. ■ *vti* Loc *En découdre* : se battre.

découler *vi* Être la conséquence de.

découpage *nm* Action de découper ; image découpée.

découpe *nf* Résultat d'une découpe.

découpé, ée *a* Échancré. *Une côte découpée.*

découper *vt* 1 Couper en morceaux ou en tranches. 2 Couper avec des ciseaux en suivant un contour. 3 Diviser un scénario de film en scènes. ■ *vpr* Se détacher sur un fond.

découplage *nm* Action de découpler.

découplé, ée *a* Loc *Être bien découplé* : vigoureux et bien bâti.

découpler *vt* Cesser de considérer comme inséparables des choses qui l'étaient jusqu'alors.

découpure *nf* Irrégularité d'un contour.

décourageant, ante *a* Qui fait perdre courage. Syn. démoralisant.

découragement *nm* Abattement, perte du courage.

décourager *vt* [11] Ôter le courage, l'énergie, l'envie de faire qqch. ■ *vpr* Perdre courage.

décousu, ue *a* Sans suite. *Conversation décousue.*

découvert, erte *a* Qui n'est pas couvert. *Une allée découverte.* Loc *À visage découvert* : sincèrement. *Pays découvert* : non boisé. ■ *nm* FIN Solde débiteur d'un compte. Loc *À découvert* : sans protection ; sans se cacher.

découverte *nf* Action de découvrir ce qui était caché ou inconnu ; chose découverte.

découvreur, euse *n* Qui fait des découvertes.

découvrir vt [31] **1** Ôter ce qui couvre, protège. **2** Révéler ce qui était tenu caché. **3** Voir, apercevoir. **4** Trouver ce qui n'est pas connu, ce qui est secret. ■ vpr **1** Retirer ce qui couvre le corps. **2** S'éclaircir (temps, ciel).

décrassage ou **décrassement** nm Action de décrasser.

décrasser vt Enlever la crasse ; nettoyer.

décrédibiliser vt Faire perdre sa crédibilité à.

décrépir vt Enlever le crépi d'un mur.

décrépit, ite a Très affaibli par la vieillesse.

décrépitude nf Affaiblissement dû à la vieillesse ; délabrement.

decrescendo [dekʀeʃɛndo] av, nm MUS En diminuant l'intensité des sons.

décret nm Décision, ordre émanant du pouvoir exécutif.

décréter vt [12] **1** Ordonner, régler par un décret. **2** Décider de manière autoritaire.

décret-loi nm Arrêté gouvernemental ayant force de loi ; ordonnance. Des décrets-lois.

décrier vt S'efforcer de ruiner la réputation de qqch, l'autorité de qqn.

décriminaliser vt Soustraire à la juridiction criminelle.

décrire vt [61] **1** Représenter, dépeindre en paroles ou par écrit. **2** Dessiner une ligne courbe, tracer.

décrispation nf Action de décrisper.

décrisper vt Diminuer les tensions.

décrochage nm Action de décrocher.

décrochement nm Partie en retrait.

décrocher vt **1** Détacher qqch qui était accroché. **2** Fam Obtenir. Décrocher un examen. ■ vi **1** Fam Ne plus porter son attention sur qqch. **2** Rompre le contact avec l'ennemi. **3** Interrompre une activité. **4** Cesser de se droguer.

décroiser vt Cesser de croiser.

décroissance nf Diminution.

décroissant, ante a Qui décroît.

décroître vi [59] Diminuer peu à peu.

décrotter vt Ôter la boue de.

décrue nf Baisse du niveau des eaux après une crue.

décryptage ou **décryptement** nm Action de décrypter.

décrypter vt Découvrir le sens d'un texte chiffré ; décoder.

déçu, ue a, n Qui a éprouvé une déception.

déculottée nf Pop Défaite humiliante.

déculotter vt Ôter la culotte, le pantalon de qqn. ■ vpr **1** Enlever sa culotte. **2** Pop Se comporter lâchement.

déculpabiliser vt Libérer d'un sentiment de culpabilité.

déculturation nf Perte de sa culture propre.

décuple a, nm Qui vaut dix fois.

décuplement nm Fait de décupler.

décupler vt **1** Rendre dix fois plus grand. **2** Augmenter considérablement. ■ vi Devenir dix fois plus grand.

dédaignable a Qu'on peut dédaigner (surtout avec négation).

dédaigner vt Traiter avec dédain, rejeter comme sans intérêt.

dédaigneusement av Avec dédain.

dédaigneux, euse a, n Qui montre du dédain.

dédain nm Mépris, orgueil.

dédale nm **1** Labyrinthe. **2** Ensemble compliqué où il est difficile de se reconnaître.

dedans av, prép À l'intérieur. Loc Au-dedans, en dedans de : à l'intérieur de. Fam Mettre dedans : tromper. ■ nm L'intérieur de qqch.

dédicace nf Inscription par laquelle un auteur dédie son œuvre à qqn.

dédicacer vt [10] Faire l'hommage d'un livre, d'une photographie, par une dédicace.

dédicataire n À qui un ouvrage est dédié.

dédié, ée a TECH Se dit d'un équipement spécialisé à des tâches déterminées.

dédier vt **1** Consacrer au culte divin. **2** Faire hommage d'un ouvrage par une dédicace.

dédire (se) vpr [60] Se rétracter.

dédit nm DR Pénalité subie par qqn qui manque à l'exécution d'un contrat.

dédommagement nm Réparation d'un dommage ; compensation.

dédommager vt [11] **1** Indemniser d'un dommage. **2** Offrir une compensation à une peine. ■ vpr Trouver une compensation.

dédorer vt Ôter la dorure.

dédouanement nm Action de dédouaner.

dédouaner vt **1** Acquitter les droits de douane d'une marchandise. **2** Réhabiliter, blanchir qqn.

dédoublement nm Action de dédoubler, de se dédoubler.

dédoubler vt **1** Diviser en deux. Dédoubler une classe. **2** Doubler un train. ■ vpr Perdre le sentiment de l'unité de sa personnalité.

dédramatiser vt Ôter le caractère dramatique.

déductibilité nf Caractère déductible.

déductible a Qui peut être déduit.

déductif, ive a Qui procède par déduction.

déduction nf **1** Soustraction. **2** Raisonnement par lequel on infère toutes les conséquences qui découlent d'une hypothèse ; conclusion.

déduire vt [67] **1** Retrancher, soustraire d'une somme. **2** Tirer par déduction comme conséquence.

déesse nf Divinité féminine.

de facto [defakto] av De fait et non de droit. Ant. de jure.

défaillance nf **1** Évanouissement. **2** Faiblesse morale. **3** Arrêt du fonctionnement normal. Défaillance du système de sécurité.

défaillant, ante a Qui fait défaut.

défaillir vi [27] **1** S'évanouir. **2** Faiblir.

défaire vt [9] **1** Réaliser à l'inverse. **2** Détacher, dénouer. **3** Litt Battre, vaincre. ■ vpr Se débarrasser de qqch. Se défaire d'un vieux fauteuil.

défait, aite a Abattu, épuisé.

défaite nf **1** Perte d'une bataille. **2** Échec. Défaite électorale.

défaitisme nm Manque de confiance dans le succès.

défaitiste a, n Qui fait preuve de défaitisme.

défalcation nf Déduction d'une somme.

défalquer vt Déduire une somme d'un compte.

défausse nf Carte dont on se défausse.

défausser (se) vpr Se débarrasser d'une carte inutile. ■ a défausser à pique.

défaut nm **1** Imperfection physique ou morale. **2** Manque de qqch. Le défaut de preuves. Loc Faire défaut : manquer. Défaut de la cuirasse : point faible. Être en défaut : commettre une faute, une erreur. Par défaut : en l'absence du demandeur, du prévenu dans un procès. À défaut de : en l'absence de.

défaveur

défaveur nf Litt Disgrâce.

défavorable a Qui n'est pas favorable.

défavorablement av De façon défavorable.

défavorisé, ée a, n Pauvre.

défavoriser vt Priver qqn de certains avantages ; désavantager.

défécation nf Expulsion des matières fécales.

défectif, ive a GRAM Se dit d'un verbe auquel il manque certaines formes (ex. : *choir*).

défection nf Abandon d'une cause. Loc *Faire défection* : abandonner, ne pas être présent.

défectueux, euse a Qui manque des qualités requises.

défectuosité nf Imperfection.

défendable a Qui peut être défendu.

défendeur, deresse n Personne contre qui est introduite une action en justice.

défendre vt [71] 1 Protéger, soutenir, plaider pour. *Défendre sa vie, un accusé.* 2 Prohiber, interdire qqch à qqn. *Il est défendu de parler au conducteur.* Loc *À son corps défendant* : à contrecœur. ■ vpr 1 Repousser une attaque. *Il ne se défendait que mollement.* 2 Fam Se débrouiller. *Il se défend bien dans son métier.* 3 Chercher à se justifier. 4 Nier. *Il se défend d'avoir emporter ce livre.* 5 Se mettre à l'abri de. *Se défendre du froid.* 6 S'empêcher d'éprouver, se retenir de. *Elle ne peut se défendre de pleurer.*

défenestration nf Action de jeter qqn ou de se jeter par la fenêtre.

défenestrer vt Jeter qqn par la fenêtre.

défense nf 1 Action de faire face à une agression, une attaque. 2 Moyens employés par une nation pour se protéger. 3 Moyens employés pour se défendre en justice ; ensemble constitué par l'avocat et la partie. 4 Prohibition, interdiction. *Défense d'afficher.* 5 Grande dent, sortant de la cavité buccale de certains mammifères.

défenseur nm 1 Qui défend, soutient, protège. 2 Avocat qui défend en justice. 3 Joueur chargé de résister aux attaques de l'adversaire.

défensif, ive a Fait pour la défense. ■ nf État d'une armée prête à se défendre. Loc *Être, se tenir sur la défensive* : être prêt à se défendre.

déféquer vt [12] Évacuer les matières fécales.

déférence nf Politesse respectueuse.

déférent, ente a Respectueux. *Attitude déférente.* Loc ANAT *Canal déférent* : conduit excréteur du testicule.

déférer vt [12] Soumettre à une juridiction. ■ vti Céder par respect. *Déférer au désir de qqn.*

déferlant, ante a Qui déferle. ■ nf Vague déferlante.

déferlement nm Action de déferler.

déferler vi 1 Se déployer et se briser en écume (vagues). 2 Se répandre avec abondance, violence. *Les injures déferlaient sur lui.*

défi nm Appel à se mesurer avec, à affronter. Loc *Mettre au défi de* : provoquer qqn à faire qqch d'impossible.

défiance nf Méfiance.

défiant, ante a Méfiant, soupçonneux.

défibrillateur nm Appareil opérant la défibrillation.

défibrillation nf Traitement des contractions anormales du cœur par le courant électrique.

déficeler vt [18] Ôter la ficelle d'un paquet.

déficience nf Insuffisance, carence.

déficient, ente a Trop faible, insuffisant.

déficit [-sit] nm 1 Insuffisance, manque. *Déficit immunitaire.* 2 Excédent des dépenses sur les recettes.

déficitaire a Qui présente un déficit.

défier vt 1 Provoquer à une lutte. 2 Braver, se dresser contre. *Défier la morale.* 3 Résister à l'épreuve du temps. *Défier le temps.* ■ vpr Avoir de la défiance envers. *Se défier des racontars.*

défigurer vt 1 Altérer l'aspect du visage. 2 Altérer, dénaturer. *Défigurer la vérité.*

défilé nm 1 Passage étroit et encaissé entre deux montagnes. 2 File de personnes, de véhicules en marche.

défilement nm Déroulement régulier des images d'un une bande magnétique.

1. défiler vt Ôter le fil passé dans. *Défiler des perles.* ■ vpr Fam S'esquiver, se dérober.

2. défiler vi 1 Aller à la file, en colonne. *Défiler le 14 juillet.* 2 Se succéder avec régularité. *Les jours défilaient.*

défini, ie a Déterminé, précisé. Loc *Article défini* : le, la, les.

définir vt Expliquer, préciser.

définissable a Qu'on peut définir.

définitif, ive a Qui ne peut plus être modifié. ■ av Loc *En définitive* : en conclusion.

définition nf 1 Ensemble des caractéristiques d'un concept. 2 Explication précise de ce qu'un mot signifie. 3 Nombre de lignes dans lesquelles est composée une image de télévision.

définitionnel, elle ou **définitoire** a Relatif à une définition.

définitivement av De façon définitive.

défiscalisation nf Action de défiscaliser.

défiscaliser vt Exonérer d'impôts.

déflagration nf Violente explosion.

déflation nf ECON Ensemble des mesures destinées à lutter contre l'inflation.

déflationniste a ECON De la déflation.

déflecteur nm Appareil, dispositif servant à modifier la direction d'un fluide.

déflocage nm TECH Suppression du flocage qui couvre une surface.

défloraison nf Chute des fleurs.

défloration nf Perte de la virginité.

déflorer vt 1 Faire perdre sa fraîcheur, sa nouveauté à. *Déflorer un sujet.* 2 Faire perdre sa virginité à une jeune fille.

défoliant nm Produit provoquant la chute des feuilles.

défoliation nf Chute des feuilles d'un végétal.

défonce nf Pop État dans lequel se trouve un drogué après usage de drogue.

défoncer vt [10] Briser, crever en enfonçant. *Défoncer un mur.* ■ vpr 1 Pop Se droguer. 2 Fam Donner le meilleur de soi-même.

déforestation nf Déboisement.

déformant, ante a Qui déforme.

déformation nf Action de déformer.

déformer vt 1 Altérer la forme, l'aspect, l'esprit de. 2 Reproduire inexactement. *Déformer la pensée de qqn.*

défoulement nm Fait de se défouler.

défouler (se) vpr 1 PSYCHO Se livrer à des actions sur lesquelles pesait un interdit. 2 Se libérer dans une activité quelconque. 3 Fam S'épancher sans retenue.

défraîchir vt Faire perdre sa fraîcheur, son éclat à.

défraiement *nm* Action de défrayer ; remboursement.

défrayer *vt* [20] Payer la dépense, les frais de qqn. *Loc Défrayer la conversation, la chronique :* faire beaucoup parler de soi.

défrichement ou **défrichage** *nm* Action de défricher.

défricher *vt* 1 Rendre cultivable un terrain en friches. 2 Débrouiller une question.

défricheur, euse *n* Qui défriche.

défriser *vt* 1 Défaire la frisure de. 2 *Fam* Désappointer.

défroisser *vt* Rendre uni ce qui est froissé.

défroque *nf* Vêtements usagés et ridicules.

défroqué, ée *a, n* Qui a quitté l'état religieux.

défunt, unte *a, n* Mort.

dégagé, ée *a* Qui fait preuve d'assurance. *Air dégagé.* *Loc Ciel dégagé :* sans nuages.

dégagement *nm* 1 Action de dégager. 2 Passage facilitant la circulation.

dégager *vt* [11] 1 Retirer ce qui est en gage. 2 Débarrasser de ce qui encombre. *Dégager le passage.* 3 Libérer de ce qui engage. *Dégager qqn d'une responsabilité.* 4 Produire une émanation. *Dégager une odeur.* 5 Isoler d'un ensemble. *Dégager la morale d'une histoire.* ■ *vi* Envoyer le ballon loin de ses buts. *Dégager en touche.* ■ *vpr* 1 Émaner, ressortir. *Une impression pénible se dégage de ce film.* 2 Se libérer de. *Se dégager d'une obligation.*

dégaine *nf Fam* Allure ridicule.

dégainer *vt* Tirer une arme de son fourreau.

déganter (se) *vpr* Ôter ses gants.

dégarnir *vt* Retirer ce qui garnit. ■ *vpr* Perdre ses cheveux.

dégât *nm* (souvent pl) Dommage, destruction. *Les dégâts du tremblement de terre.*

dégauchir *vt* Rendre plane une pièce déformée.

dégazage *nm* Action de dégazer.

dégazer *vt* Éliminer les gaz de.

dégel *nm* 1 Fonte de la glace, de la neige. 2 Détente des relations entre États.

dégelée *nf Pop* Volée de coups.

dégeler *vt* [16] 1 Faire fondre ce qui était gelé. 2 Détendre qqn, une atmosphère. ■ *vi* [aux *avoir* ou *être*] Cesser d'être gelé.

dégénératif, ive *a BIOL* Qui présente une dégénérescence.

dégénéré, ée *a, n* Qui a dégénéré.

dégénérer *vi* [12] 1 S'abâtardir, perdre ses qualités propres. 2 Changer de nature en s'aggravant. *Discussion qui dégénère en querelle.*

dégénérescence *nf* Fait de dégénérer, de s'altérer.

dégingandé, ée *a Fam* Qui a l'air disloqué dans sa démarche.

dégivrage *nm* Action de dégivrer.

dégivrer *vt* Ôter le givre de.

dégivreur *nm* Appareil servant à dégivrer.

déglacer *vt* [10] Ôter la glace de.

déglaciation *nf* Fonte des glaciers.

déglinguer *vt Fam* Disloquer.

déglutir *vt* Avaler.

déglutition *nf* Action de déglutir.

dégobiller *vt, vi Pop* Vomir.

dégoiser *vi Fam* Parler beaucoup.

dégommer *vt Fam* Renvoyer, destituer.

dégonflage ou **dégonflement** *nm* Action de dégonfler.

dégonflé, ée *a, n Fam* Peureux, lâche.

dégonfler *vt* Vider de ce qui gonflait. *Dégonfler un ballon.* ■ *vpr Fam* Perdre son courage.

dégorgement *nm* Action de dégorger.

dégorger *vt* [11] 1 Expulser, évacuer un liquide. 2 Débarrasser un conduit de ce qui l'engorge. ■ *vi Loc CUIS Faire dégorger :* faire rendre du liquide, des impuretés à.

dégoter ou **dégotter** *vt Fam* Trouver, obtenir.

dégoulinade *nf* ou **dégoulinement** *nm* Ce qui dégouline.

dégouliner *vi* S'écouler goutte à goutte ou en filet. *L'eau dégouline du toit.*

dégoupiller *vt* Enlever la goupille de.

dégourdi, ie *a, n Fam* Débrouillard.

dégourdir *vt* 1 Faire cesser l'engourdissement. 2 Faire perdre sa gaucherie à qqn.

dégoût *nm* 1 Répugnance pour certains aliments. 2 Aversion, répulsion.

dégoûtant, ante *a, n* 1 Très sale. 2 Qui inspire du dégoût.

dégoûté, ée *n Loc Faire le dégoûté :* être trop exigeant.

dégoûter *vt* 1 Inspirer de la répugnance, de l'aversion. 2 Enlever le désir, le goût de. *Il est dégoûté du jeu.*

dégoutter *vi* Couler goutte à goutte.

dégradant, ante *a* Avilissant.

dégradation *nf* Action de dégrader, de se dégrader ; fait d'être dégradé.

dégradé *nm* Affaiblissement progressif des couleurs.

dégrader *vt* 1 Destituer qqn de son grade, de sa dignité, de ses droits civiques. 2 Avilir. 3 Endommager. *Dégrader un monument.* ■ *vpr* Se détériorer.

dégrafer *vt* Détacher, défaire les agrafes.

dégraissage *nm* Action de dégraisser.

dégraisser *vt* 1 Enlever la graisse. 2 Enlever les taches de graisse de. 3 *Fam* Alléger d'éléments en surnombre.

degré *nm* 1 *Litt* Marche d'un escalier. 2 Échelon, rang, niveau dans une hiérarchie, un système, un cycle d'études, la parenté d'une famille. 3 Chacune des divisions de l'échelle de mesure d'un système donné. 4 Unité d'arc égale à la 360e partie du cercle et unité d'angle correspondant à un arc de un degré. *Loc Par degrés :* graduellement. *Degré Fahrenheit :* degré d'une échelle de température où au 0 °C correspond le 32 °F et au 100 °C, le 212 °F.

dégressif, ive *a* Qui diminue par degrés.

dégressivité *nf* Caractère dégressif.

dégrèvement *nm* Action de dégrever.

dégrever *vt* [15] Dispenser du paiement d'une charge fiscale.

dégriffé, ée *nm, a* Vêtement vendu à prix réduit.

dégriffer *vt* Retirer la marque commerciale.

dégringolade *nf Fam* Chute rapide.

dégringoler *vi, vt* 1 Descendre avec précipitation. 2 Faire une chute rapide.

dégripper *nm* Produit pour dégripper.

dégripper *vt* Supprimer le grippage d'une pièce, d'un mécanisme avec un dégrippant.

dégrisement *nm* Fait de se dégriser.

dégriser *vt* 1 Dissiper l'ivresse. 2 Faire cesser l'illusion.

dégrossir vt 1 Ébaucher, donner une première forme à une matière. 2 Commencer à débrouiller, à éclaircir. 3 Donner les premiers rudiments d'instruction.

dégrossissage ou **dégrossissement** nm Action de dégrossir.

dégrouiller (se) vpr Fam Se dépêcher.

dégroupement nm Action de dégrouper.

dégrouper vt Séparer des éléments groupés.

déguenillé, ée a Dont les vêtements sont en lambeaux.

déguerpir vi Se sauver, s'enfuir.

dégueulasse a, n Pop Dégoûtant, ignoble.

dégueuler vt, vi Pop Vomir.

dégueulis nm Pop Vomi.

déguisé, ée a, n Revêtu d'un déguisement.

déguisement nm Travestissement.

déguiser vt 1 Habiller d'un costume inhabituel ou amusant. 2 Contrefaire, changer. Déguiser sa voix.

dégurgiter vt Vomir.

dégustateur nm Spécialiste de la dégustation des vins.

dégustation nf Action de déguster, de reconnaître au goût la qualité du vin.

déguster vt 1 Goûter pour apprécier la qualité. 2 Pop Recevoir des coups.

déhanchement nm Action de se déhancher.

déhancher (se) vpr 1 Balancer les hanches en marchant. 2 Faire reposer le poids du corps sur une jambe.

déhiscent, ente a BOT Se dit d'organes clos qui s'ouvrent naturellement à maturité.

dehors av Indique le lieu à l'extérieur. Loc En dehors : à, vers l'extérieur. En dehors de : à l'extérieur de. Au-dehors : à l'extérieur. De dehors : de l'extérieur. ■ nm La partie extérieure d'une chose. ■ pl L'apparence de qqn.

déictique nm LING Élément servant à montrer ; démonstratif.

déifier vt Diviniser, placer au rang des dieux.

déisme nm Croyance en l'existence d'un Être suprême en dehors de toute religion.

déiste a, n Qui professe le déisme.

déjà av 1 Indique le moment révolu ; dès ce moment. 2 Auparavant. Je vous l'avais déjà dit.

déjanter vt Faire sortir de la jante.

déjà-vu nm inv Ce qui n'a rien de nouveau.

déjection nf Évacuation des manières fécales de l'intestin. ■ pl Les matières évacuées.

déjeté, ée a Dévié de sa direction normale.

déjeuner vi Prendre le repas de midi ou du matin. ■ nm Repas de midi ou du matin.

déjouer vt Faire échouer une intrigue.

déjuger (se) vpr [11] Revenir sur ce que l'on avait jugé, décidé.

de jure [deʒyʀe] av De droit. Ant. de facto.

delà av Loc Deci delà : par endroits. Au-delà, par-delà : encore plus, encore davantage, encore plus loin. ■ prép Loc Par-delà : de l'autre côté, plus loin que, en dépassant. Au-delà de : en dépassant.

délabré, ée a En mauvais état.

délabrement nm État délabré.

délabrer vt Détériorer, ruiner. ■ vpr Tomber en ruine.

délacer vt [10] Défaire les lacets.

délai nm 1 Temps accordé pour faire une chose. 2 Retard, temps supplémentaire. Loc Sans délai : immédiatement.

délaissement nm Litt Action de délaisser.

délaisser vt 1 Laisser qqn sans secours, sans assistance. 2 S'occuper de moins en moins de qqch, abandonner.

délassant, ante a Qui délasse.

délassement nm Repos, distraction.

délasser vt Reposer, faire cesser la lassitude de. ■ vpr Se reposer.

délateur, trice n Dénonciateur.

délation nf Dénonciation inspirée par des motifs méprisables.

délavé, ée a Décoloré, pâle.

délaver vt 1 Détremper. 2 Affaiblir une couleur avec de l'eau.

délayage nm 1 Action de délayer. 2 Remplissage, longueurs inutiles.

délayer vt [20] Détremper une substance dans un liquide. Loc Délayer sa pensée : l'exprimer trop longuement.

delco nm (n déposé) Dispositif d'allumage pour moteur à explosion.

délectable a Exquis, délicieux.

délectation nf Plaisir qu'on savoure.

délecter (se) vpr Trouver un vif plaisir.

délégation nf 1 Action de déléguer ; procuration donnée. 2 Groupe de personnes déléguées.

délégué, ée n Représentant de qqn, d'un groupe. Délégué du personnel.

déléguer vt [12] 1 Charger qqn d'une mission, d'une fonction, avec pouvoir d'agir. 2 Transmettre un pouvoir à qqn.

délestage nm Action de délester.

délester vt 1 Décharger de sa charge. 2 Fam Dévaliser. 3 Détourner la circulation d'une route encombrée. 4 Réduire la charge d'un réseau électrique.

délétère a Dangereux ; toxique.

délibérant, ante a Qui délibère.

délibératif, ive a Loc Voix délibérative : voix de celui qui a qualité pour voter.

délibération nf Action de délibérer ; débat.

délibéré, ée a 1 Ferme, décidé. Loc De propos délibéré : à dessein. ■ nm Délibérations d'un tribunal avant jugement.

délibérément av Résolument.

délibérer vi [12] Discuter, réfléchir avant de décider.

délicat, ate a 1 Fin, raffiné. 2 Exécuté avec beaucoup de minutie. Sculpture délicate. 3 Fragile. Plante délicate. 4 Qui demande de la prudence. Situation délicate. 5 Qui fait preuve de tact, de scrupules. Une délicate attention.

délicatement av De façon délicate.

délicatesse nf Qualité de qqch ou de qqn de délicat.

délice nm Vif plaisir. Cette poire est un délice. ■ nfpl Litt Jouissances, plaisirs.

délicieusement av De façon délicieuse.

délicieux, euse a Exquis.

délictueux, euse ou **délictuel, elle** a Qui a le caractère d'un délit.

délié, ée a 1 Extrêmement mince, ténu. 2 Subtil, fin. ■ nm Partie fine d'une lettre calligraphique.

délier vt 1 Défaire ce qui lie ou ce qui est lié. 2 Dégager d'une obligation. Délier qqn d'un serment. Loc Sans bourse délier : sans payer.

délimitation nf Action de délimiter.

délimiter vt Assigner des limites à ; borner.

délinquance *nf* Ensemble des crimes et délits.

délinquant, ante *n* Qui a commis un délit.

déliquescence *nf* État de ce qui se décompose ; dégénérescence.

déliquescent, ente *a* Décadent ; sans fermeté, sans rigueur.

délirant, ante *a, n* En proie au délire. ■ *a* Excessif, désordonné.

délire *nm* 1 Trouble psychique caractérisé par une perception erronée de la réalité. 2 Trouble extrême, passion violente. *Foule en délire.*

délirer *vi* Avoir le délire.

delirium tremens [-RjɔmtRemɛs] *nm inv* Délire alcoolique aigu.

délit *nm* DR Infraction punie d'une peine correctionnelle. **Loc** *En flagrant délit :* sur le fait. *Le corps du délit :* les preuves matérielles.

déliter (se) *vpr* Se fragmenter par plaques.

délivrance *nf* 1 Action de délivrer. 2 Accouchement.

délivrer *vt* 1 Libérer. *Délivrer un prisonnier.* 2 Remettre entre les mains, livrer. *Délivrer des marchandises, un certificat.*

délocalisation *nf* Action de délocaliser.

délocaliser *vt* Décentraliser une industrie, une administration, etc.

déloger *vi* [11] Quitter un endroit. ■ *vt* Chasser qqn d'un lieu.

déloyal, ale, aux *a* Dépourvu de loyauté, perfide.

déloyalement *av* De façon déloyale.

déloyauté *nf* Manque de loyauté.

delphinarium [-Rjɔm] *nm* Aquarium où on présente des dauphins.

delphinium [-njɔm] *nm* Plante ornementale à grandes fleurs.

delta *nm* 1 Quatrième lettre de l'alphabet grec correspondant à *d*. 2 Embouchure d'un fleuve divisée en bras.

deltaïque *a* GEOGR D'un delta.

deltaplane *nm* Appareil de vol à voile ultraléger à aile triangulaire.

deltoïde *nm* Muscle triangulaire de l'épaule.

déluge *nm* 1 (avec majusc) Inondation universelle, d'après la Bible. 2 Pluie torrentielle. 3 Déferlement, grande quantité. *Un déluge de paroles.*

déluré, ée *a* Dégourdi, effronté.

démagnétiser *vt* Supprimer l'aimantation.

démagogie *nf* Procédés qui consistent à flatter les passions et les préjugés des masses pour s'attirer la popularité.

démagogique *a* De la démagogie.

démagogue *n, a* Qui pratique la démagogie.

démailler *vt* Défaire les mailles de.

démailloter *vt* Ôter ce qui enveloppe.

demain *av* 1 Le jour qui suivra celui où l'on est. 2 Dans un futur proche. *Le monde de demain.*

démancher *vt* 1 Ôter le manche. 2 Désarticuler, démettre. *Démancher l'épaule.*

demande *nf* 1 Action de demander. 2 Écrit exprimant une demande. 3 Chose demandée. *Des demandes irréalistes.* 4 ECON Besoins des consommateurs. *L'offre et la demande.*

demander *vt* 1 Solliciter. *Je vous demande de venir, un verre d'eau.* 2 Interroger. *Demande lui s'il a fini. Demander son chemin à qqn.* 3 Réclamer. *On vous demande au téléphone.* 4 Avoir besoin de. *On demande un plombier.*

5 Requérir. *Cette plante demande beaucoup d'eau.* 6 Engager une demande en justice. *Demander le divorce.* **Loc** *Ne pas demander mieux :* accepter volontiers. ■ *vpr* S'interroger. *Je me demande s'il viendra.*

1. demandeur, deresse *n* DR Qui forme une demande en justice.

2. demandeur, euse *n* Qui demande qqch. **Loc** *Demandeur d'emploi :* chômeur.

démangeaison *nf* 1 Picotement de l'épiderme qui incite à se gratter. 2 Vif désir de faire qqch.

démanger *vi* [11] 1 Causer une démangeaison. *Le dos lui démange.* 2 Avoir envie de. *L'envie de partir le démange.*

démantèlement *nm* Action de démanteler.

démanteler *vt* [16] 1 Démolir. *Démanteler une muraille.* 2 Anéantir. *Démanteler un réseau de trafiquants.*

démantibuler *vt* Fam Disloquer. *On a démantibulé ce piano.*

démaquillage *nm* Action de démaquiller, de se démaquiller.

démaquillant, ante *a, nm* Se dit d'un produit utilisé pour démaquiller.

démaquiller *vt* Enlever le maquillage de.

démarcation *nf* 1 Limite qui sépare deux territoires. *Ligne de démarcation.* 2 Séparation. *Démarcation entre classes sociales.*

démarchage *nm* Travail du démarcheur.

démarche *nf* 1 Façon de marcher. *Une démarche gracieuse.* 2 Raisonnement. *Une démarche logique.* 3 Tentative, intervention. *Faire des démarches auprès du ministre.*

démarcher *vt* Visiter à domicile pour vendre.

démarcheur, euse *n* Personne dont le métier est de démarcher un produit.

démarquage *nm* Action de (se) démarquer.

démarque *nf* Action de démarquer des marchandises.

démarquer *vt* 1 Enlever la marque de. *Démarquer du linge.* 2 Plagier. *Démarquer un texte.* 3 Enlever la marque pour solder. *Démarquer des marchandises.* 4 SPORT Libérer un coéquipier de l'emprise d'un adversaire. ■ *vpr* Prendre du recul vis-à-vis de qqn, qqch.

démarrage *nm* Action de démarrer.

démarrer *vt* Fam Mettre en train, commencer. *Démarrer un travail.* ■ *vi* 1 Se mettre en mouvement. *Le train démarre.* 2 Commencer à fonctionner. *Une entreprise qui démarre bien.*

démarreur *nm* Dispositif électrique qui lance un moteur à explosion.

démasquer *vt* 1 Enlever son masque à qqn. 2 Dévoiler, montrer sous son vrai jour. *Démasquer une intrigue, un hypocrite.* **Loc** *Démasquer ses batteries :* montrer ses intentions.

démâter *vt* Enlever le mât d'un navire. ■ *vi* Perdre son mât.

dématérialisation *nf* Action de dématérialiser.

dématérialiser *vt* Rendre immatériel, intangible.

démazouter *vt* Nettoyer qqch du mazout qui le souille.

dème *nm* Division administrative de la Grèce.

démêlage ou **démêlement** *nm* Action de démêler.

démêlant, ante *a, nm* Produit qui démêle les cheveux après un shampooing.

démêlé nm Altercation, désaccord.
démêler vt 1 Séparer ce qui est emmêlé. *Démêler ses cheveux.* 2 Éclaircir. *Démêler une intrigue.*
démêloir nm Peigne à grosses dents.
démembrement nm Morcellement.
démembrer vt Morceler, séparer les parties.
déménagement nm Action de déménager ; ce qu'on déménage.
déménager vt [11] Transporter des objets, des meubles d'un endroit à un autre. ■ vi 1 Changer de logement. 2 Fam Déraisonner.
déménageur nm Qui fait des déménagements.
démence nf 1 Aliénation mentale qui entraîne l'irresponsabilité. 2 Conduite insensée. *Sortir par ce froid, c'est de la démence.*
démener (se) vpr [15] 1 S'agiter violemment. 2 Se donner du mal. *Il s'est démené pour réussir.*
dément, ente a, n Atteint de démence. ■ a Fam Extravagant, déraisonnable. *Des prix déments.*
démenti nm Action de démentir ; ce qui dément. *Un démenti formel.*
démentiel, elle a Qui relève de la démence.
démentir vt [29] 1 Contredire. *Démentir un témoin.* 2 Déclarer faux. *Démentir une nouvelle.* 3 Être en contradiction avec. *Sa conduite dément ses paroles.* ■ vpr Cesser de se manifester. *Sa patience ne s'est jamais démentie.*
démerder (se) vpr Pop 1 Se débrouiller. 2 Se dépêcher.
démérite nm Litt Ce qui fait perdre l'estime d'autrui.
démériter vi Agir d'une façon telle qu'on perd l'estime d'autrui.
démesure nf Manque de mesure, excès.
démesuré, ée a Qui excède la mesure.
démesurément av Excessivement.
démettre vt 1 Déplacer un os, luxer. *Il lui a démis le bras.* 2 Destituer d'un emploi, d'une charge. ■ vpr Démissionner.
demeurant (au) av Au reste.
demeure nf 1 Litt Habitation. 2 Grande maison. Loc *Mettre qqn en demeure de :* le sommer de. *À demeure :* de façon permanente.
demeuré, ée a, n Mentalement retardé.
demeurer vi 1 (aux avoir) Habiter. *Il demeure à la campagne.* 2 Persister, durer (choses). *Les écrits demeurent.* 3 (aux être) Persister à être. *Il est demeuré inébranlable.*
demi, ie a 1 (devant un nom et suivi d'un trait d'union, inv) La moitié exacte d'un tout. *Un demi-kilo. Une demi-livre.* 2 (après un nom, s'accordant en genre seulement) Plus une moitié. *Deux heures et demie. Sept ans et demi.* ■ n La moitié d'une unité, d'une chose. ■ nm 1 Verre de bière qui contient 25 cl. 2 Joueur de milieu de terrain (football, rugby). Loc *À demi :* à moitié. ■ nf Demi-heure. *J'ai rendez-vous à la demie.*
demi-bouteille nf Bouteille de 37 centilitres. *Des demi-bouteilles.*
demi-cercle nm Moitié d'un cercle. *Des demi-cercles.*
demi-dieu nm MYTH Fils d'un dieu et d'une femme, d'une déesse et d'un homme, ou héros divinisé. *Des demi-dieux.*
demi-douzaine nf La moitié d'une douzaine. *Des demi-douzaines.*

demi-finale nf Épreuve éliminatoire pour la finale. *Des demi-finales.*
demi-finaliste n, a Qui participe à une demi-finale. *Des demi-finalistes.*
demi-fond nm inv Course de moyenne distance.
demi-frère nm Frère seulement par le père ou la mère. *Des demi-frères.*
demi-heure nf La moitié d'une heure. *Des demi-heures.*
demi-jour nm Faible clarté. *Des demi-jours.*
demi-journée nf Moitié d'une journée. *Des demi-journées.*
démilitarisation nf Action de démilitariser.
démilitariser vt Empêcher toute activité militaire dans une zone.
demi-litre nm Moitié d'un litre. *Des demi-litres.*
demi-longueur nf Dans une course, moitié de la longueur d'un cheval, d'un bateau, etc. *Des demi-longueurs.*
demi-mal nm Dommage moindre que celui que l'on redoutait. *Des demi-maux.*
demi-mesure nf Mesure, précaution insuffisante. *Des demi-mesures.*
demi-mot (à) av Sans qu'il soit nécessaire de tout dire. *Comprendre à demi-mot.*
déminage nm Action de déminer.
déminer vt Nettoyer une zone des mines, des engins explosifs.
déminéralisation nf 1 Action de déminéraliser. 2 Perte pathologique des sels minéraux des os.
déminéraliser vt Débarrasser, priver des sels minéraux.
démineur nm Spécialiste du déminage.
demi-pause nf MUS Silence d'une durée égale à deux temps. *Des demi-pauses.*
demi-pension nf 1 Tarif hôtelier à un seul repas par jour. 2 Régime des demi-pensionnaires. *Des demi-pensions.*
demi-pensionnaire n Élève qui prend son repas de midi dans l'établissement scolaire. *Des demi-pensionnaires.*
demi-place nf Place à moitié prix. *Des demi-places.*
demi-portion nf Fam Personne malingre. *Des demi-portions.*
demi-saison nf L'automne ou le printemps. *Des demi-saisons.*
demi-sel a inv Peu salé (fromage, beurre). ■ nm inv 1 Fromage blanc frais. 2 Pop Individu qui se prétend du milieu.
demi-sœur nf Sœur par le père ou par la mère seulement. *Des demi-sœurs.*
demi-sommeil nm État intermédiaire entre veille et sommeil. *Des demi-sommeils.*
demi-soupir nm MUS Silence d'une durée égale à un demi-temps. *Des demi-soupirs.*
démission nf 1 Acte par lequel on renonce à un emploi, à une dignité. 2 Renoncement par incapacité.
démissionnaire a, n Qui a démissionné.
démissionner vi 1 Donner sa démission. 2 Renoncer. *C'est trop dur, je démissionne.* 3 Abdiquer. *Parents qui démissionnent.*
demi-tarif nm Moitié du plein tarif. *Des demi-tarifs.*
demi-teinte nf Teinte peu soutenue. *Des demi-teintes.*

dendrite

demi-ton *nm* MUS Intervalle de la moitié d'un ton. *Des demi-tons.*

demi-tour *nm* Moitié d'un tour. Loc *Faire demi-tour* : revenir sur ses pas. *Des demi-tours.*

démiurge *nm* 1 PHILO Nom donné par Platon à l'ordonnateur du cosmos. 2 Créateur d'une grande œuvre littéraire.

demi-volée *nf* Reprise d'une balle, d'un ballon juste après son rebond. *Des demi-volées.*

démobilisateur, trice *a* Qui démobilise.

démobilisation *nf* Action de démobiliser.

démobiliser *vt* 1 Renvoyer un soldat à la vie civile. 2 Diminuer l'enthousiasme combatif de.

démocrate *n, a* 1 Partisan de la démocratie. 2 Partisan d'un des deux grands partis politiques américains.

démocrate-chrétien, enne *n, a* Qui se réclame à la fois du christianisme et de la démocratie. *Des démocrates-chrétiens.*

démocratie *nf* 1 Régime politique où la souveraineté est exercée par le peuple. 2 Pays qui vit sous un tel régime.

démocratique *a* 1 Conforme à la démocratie. 2 À la portée de tous. *Un sport démocratique.*

démocratiquement *av* De façon démocratique.

démocratisation *nf* Action de démocratiser.

démocratiser *vt* 1 Rendre démocratique. *Démocratiser les institutions.* 2 Rendre populaire. *Démocratiser l'équitation.*

démodé, ée *a* Passé de mode.

démoder (se) *vpr* Cesser d'être à la mode.

démodex *nm* Acarien parasite des glandes sébacées des mammifères.

démographe *n* Spécialiste de démographie.

démographie *nf* 1 Science qui étudie statistiquement les populations. 2 État de la population dans une région.

démographique *a* De la démographie.

demoiselle *nf* 1 Jeune fille, jeune femme non mariée. 2 Jeune fille attachée à la cour d'une reine. 3 Libellule. 4 Outil de paveur. Loc *Demoiselle d'honneur* : jeune fille qui accompagne la mariée.

démolir *vt* 1 Détruire, abattre. *Démolir un immeuble.* 2 Mettre en pièces, casser. *Démolir ses jouets.* 3 Ruiner, saper. *L'alcool l'a démoli.*

démolissage *nm* Action de démolir qqn.

démolisseur, euse *n* 1 Qui travaille à démolir. 2 Destructeur.

démolition *nf* Action de démolir. ■ *pl* Matériaux provenant de bâtiments démolis.

démon *nm* 1 Chez les Anciens, bon ou mauvais génie. 2 Ange déchu, chez les chrétiens et les juifs ; Satan. 3 Personne méchante, mauvaise. 4 Fam Enfant turbulent. Loc *Le démon de* : l'instinct mauvais qui pousse vers. *Le démon de midi* : poussée d'appétit sexuel vers le milieu de la vie.

démonétisation *nf* Action de démonétiser.

démonétiser *vt* 1 Enlever sa valeur légale à une monnaie. 2 Discréditer.

démoniaque *a* Diabolique.

démonologie *nf* Étude des démons et de leur influence supposée sur les humains.

démonstrateur, trice *n* Qui fait la démonstration. *Démonstratrice en aspirateurs.*

démonstratif, ive *a* 1 Convaincant. *Argument démonstratif.* 2 Qui manifeste ses sentiments. *Un homme peu démonstratif.* ■ *a, nm* GRAM Se dit des adjectifs et des pronoms qui servent à désigner ce dont on parle.

démonstration *nf* 1 Raisonnement par lequel on démontre. 2 Explication pratique sur l'utilisation d'un appareil, d'un produit. *Démonstration à domicile.* 3 Témoignage, manifestation d'un sentiment. *Des démonstrations d'affection.* 4 Manifestation publique spectaculaire. *L'aéro-club organise une démonstration aérienne.*

démonstrativement *av* De façon démonstrative.

démontable *a* Qui se démonte.

démontage *nm* Action de démonter.

démonté, ée *a* Loc *Mer démontée* : très agitée.

démonte-pneu *nm* Levier pour retirer un pneu. *Des démonte-pneus.*

démonter *vt* 1 Séparer, désassembler. *Démonter une horloge.* 2 Jeter à bas de. *Cheval qui démonte son cavalier.* 3 Déconcerter. *Cette objection le démonta.*

démontrable *a* Que l'on peut démontrer.

démontrer *vt* 1 Établir la vérité de. *Démontrer un théorème.* 2 Indiquer. *Ceci démontre sa gentillesse.*

démoralisant, ante *a* Décourageant.

démoralisateur, trice *a, n* Qui cherche à démoraliser.

démoralisation *nf* Action de démoraliser.

démoraliser *vt* Donner un mauvais moral ; décourager. *Son échec l'a démoralisé.*

démordre *vti* Loc *Ne pas démordre de* : s'obstiner.

démotivant, ante *a* Qui démotive.

démotivation *nf* Action de démotiver.

démotiver *vt* Retirer toute motivation à qqn. *Cet échec l'a démotivé.*

démoulage *nm* Action de démouler.

démouler *vt* Retirer du moule.

démoustiquer *vt* Débarrasser un lieu des moustiques.

démultiplication *nf* Système mécanique de réduction de vitesse.

démultiplier *vt* 1 Réduire par démultiplication la vitesse de. 2 Augmenter la puissance en multipliant les relais.

démunir *vt* Priver. *La crise l'a démuni de ses économies.* ■ *vpr* Se dessaisir de.

démuseler *vt* [18] Ôter la muselière.

démutiser *vt* Apprendre à parler à des sourds.

démystification *nf* Action de démystifier.

démystifier *vt* Désabuser la victime d'une mystification.

démythifier *vt* Ôter son caractère mythique à.

dénatalité *nf* Décroissance du nombre des naissances dans un pays.

dénationalisation *nf* Action de dénationaliser ; privatisation.

dénationaliser *vt* Rendre au secteur privé une entreprise nationalisée ; privatiser.

dénaturé, ée *a* 1 Qui a subi une dénaturation. *Alcool dénaturé.* 2 Dépravé, contre nature. *Mœurs dénaturées.*

dénaturer *vt* 1 Changer la nature, le goût de. 2 Altérer, déformer.

dénazifier *vt* Débarrasser de l'influence nazie.

dendrite *nf* BIOL Prolongement du cytoplasme d'une cellule nerveuse.

dénégation nf Action, fait de nier.

déneigement nm Action de déneiger.

déneiger vt [11] Ôter la neige de.

dengue nf Maladie tropicale due à un virus.

déni nm Loc *Déni de justice :* refus de rendre la justice.

déniaiser vt 1 Rendre moins niais. 2 Faire perdre sa virginité à.

dénicher vt 1 Ôter du nid. *Dénicher des oiseaux.* 2 Trouver, découvrir. *Dénicher un objet rare.*

dénicotiniser vt Enlever la nicotine.

denier nm 1 Monnaie ancienne. 2 Unité de mesure de la finesse d'un fil. Loc *Denier du culte :* offrande des catholiques pour les besoins du culte.

dénier vt 1 Refuser de se voir imputer. *Je dénie toute responsabilité.* 2 Refuser. *Je vous dénie ce droit.*

dénigrement nm Action de dénigrer.

dénigrer vt Rabaisser, décrier.

denim nm Toile de coton servant à la fabrication des blue-jeans. Syn. jean.

dénitrater vt Débarrasser un sol, une eau de ses nitrates.

dénivelée nf ou **dénivelé** nm Différence de niveau, d'altitude.

déniveler vt [18] 1 Rendre accidenté. 2 Donner une certaine inclinaison.

dénivellation nf ou **dénivellement** nm 1 Action de déniveler. 2 Différence de niveau.

dénombrable a Qu'on peut compter.

dénombrement nm Action de dénombrer.

dénombrer vt Compter, recenser. *Dénombrer des effectifs.*

dénominateur nm MATH Terme d'une fraction indiquant en combien de parties égales l'unité a été divisée. Loc *Dénominateur commun :* caractéristique commune.

dénomination nf Désignation par un nom ; ce nom. *Dénomination injurieuse.*

dénommé, ée n Qui a pour nom. *Le dénommé Untel.*

dénommer vt 1 Assigner un nom. *Dénommer un produit nouveau.* 2 DR Désigner par son nom. *Dénommer les contractants.*

dénoncer vt [10] 1 Signaler qqn à la justice. 2 Faire connaître publiquement qqch en s'élevant contre. *Dénoncer l'arbitraire d'une décision.* 3 Indiquer, révéler qqch. *Tout en lui dénonce la fausseté.* 4 Faire connaître la cessation, la rupture de. *Dénoncer un contrat.*

dénonciateur, trice a Qui dénonce.

dénonciation nf Action de dénoncer.

dénotation nf LING Sens permanent d'un mot excluant toute valeur subjective.

dénoter vt Marquer, être le signe de. *Tout cela dénote du courage.*

dénouement nm 1 Manière dont se termine un récit, un film. 2 Solution. *Le dénouement de la crise.*

dénouer vt 1 Défaire, détacher. *Dénouer sa ceinture.* 2 Débrouiller, trouver la solution de. *Dénouer une crise.*

dénoyautage nm Action de dénoyauter.

dénoyauter vt Enlever le noyau de.

denrée nf Tout ce qui se vend pour la nourriture de l'homme.

dense a 1 Compact, épais. *Une forêt dense.* 2 Concentré. *Une population dense.* 3 Riche et concis. *Style dense.* 4 PHYS De densité élevée.

densifier vt Rendre plus dense. *Densifier l'habitat.*

densité nf 1 Caractère dense. 2 PHYS Rapport entre la masse du volume d'un corps et la masse du même volume d'eau.

dent nf 1 Organe très dur, de coloration blanche, implanté dans le maxillaire et servant à la mastication. 2 Pointe ou saillie de certains objets. *Les dents d'un râteau, d'un pignon.* 3 Pic montagneux. Loc *N'avoir rien à se mettre sous la dent :* à manger. Fam *Avoir la dent :* avoir faim. *Mordre à belles dents :* avec avidité. *Manger du bout des dents :* sans appétit. *Parler entre ses dents ;* de manière indistincte. *Ne pas desserrer les dents :* garder le silence. *Avoir la dent dure :* ne pas ménager celui dont on parle. *Avoir une dent contre qqn :* avoir une rancune. *Se faire les dents :* s'aguerrir. *Être sur les dents :* être débordé de travail. *Être armé jusqu'aux dents :* très bien armé.

dentaire a Qui a rapport aux dents.

dentale nf LING Consonne qui se prononce la langue contre les dents inférieures (*t, d, n.*).

dent-de-lion nf Pissenlit. *Des dents-de-lion.*

denté, ée a Garni de dents. *Roue dentée.*

denteler vt [18] Découper en forme de dents.

dentelle nf Tissu à jours et à mailles très fines de lin, de soie, d'or, etc.

dentellier, ère a De la dentelle. ■ nf Ouvrière qui fait de la dentelle.

dentelure nf Découpure en forme de dents.

dentier nm Prothèse dentaire amovible.

dentifrice nm Préparation servant au nettoyage des dents.

dentiste n Praticien diplômé qui soigne les dents.

dentisterie nf Étude et pratique des soins dentaires.

dentition nf 1 Mise en place naturelle de la denture. 2 Abusiv Denture.

denture nf Ensemble des dents.

dénucléarisation nf Action de dénucléariser.

dénucléariser vt Prohiber ou réduire l'armement nucléaire.

dénuder vt Mettre à nu. *Dénuder un fil.*

dénué, ée a Dépourvu, privé de. *Un livre dénué d'intérêt.*

dénuement nm Manque du nécessaire ; grande pauvreté.

dénutri, ie a Qui souffre de dénutrition.

dénutrition nf Déficience nutritionnelle due à une carence ou à des troubles d'assimilation.

déodorant nm Abusiv Désodorisant corporel.

déontologie nf Ensemble des devoirs et des droits régissant l'exercice d'une profession.

déontologique a De la déontologie.

dépannage nm Action de dépanner.

dépanner vt 1 Remettre en état, réparer. 2 Fam Tirer d'embarras. *Peux-tu me dépanner de 10 francs ?*

dépanneur, euse n, a Qui se charge des dépannages. ■ nf Voiture équipée pour remorquer les véhicules en panne.

dépaqueter vt [19] Défaire un paquet ; sortir d'un paquet.

déparasiter vt Débarrasser un appareil des parasites radioélectriques.

dépareillé, ée a 1 Qui a été séparé de ce avec quoi il formait un ensemble. *Des chaussettes dépareillées.* 2 Incomplet. *Jeu de cartes dépareillé.*

déparer vt Nuire à l'harmonie d'un ensemble.

déparier vt Ôter l'une des deux choses qui forment une paire. *Déparier des gants.*

départ nm 1 Action de partir. *Le signal du départ.* 2 Lieu d'où l'on part. *Rassembler des coureurs au départ.* Loc *Au départ :* au début.

départager vt [11] Faire cesser l'égalité.

département nm 1 Partie de l'administration attribuée à un ministre. *Le département de la marine.* 2 Division d'un service. *Le département des manuscrits d'une bibliothèque.* 3 Division administrative de la France.

départemental, ale, aux a Du département.

départementaliser vt Attribuer au département une compétence qui relevait du pouvoir central.

départir vt [29] Litt Distribuer, attribuer. *Départir des faveurs.* ■ vpr Abandonner. *Il ne s'est pas départi de son calme.*

dépassé, ée a 1 Caduc. 2 Qui ne maîtrise plus la situation.

dépassement nm Action de dépasser, fait de se dépasser.

dépasser vt 1 Aller au-delà de. *Dépasser la limite.* 2 Doubler. *Dépasser un camion dans la côte.* 3 Être plus grand que. *Cette dépense dépasse les prévisions.* 4 Fam Déconcerter. *Cette histoire me dépasse.* ■ vi Être trop long. *La doublure dépasse de la robe.* ■ vpr Réussir pleinement. *L'artiste s'est dépassé.*

dépassionner vt Rendre plus objectif. *Dépassionner un débat.*

dépatouiller (se) vpr Fam Se débrouiller.

dépaver vt Ôter les pavés de.

dépaysant, ante a Qui dépayse.

dépaysement nm Action de dépayser ; changement de milieu. *Il supporte mal le dépaysement.*

dépayser vt Dérouter, désorienter. *Le climat l'a dépaysé.*

dépeçage ou **dépècement** nm Action de dépecer.

dépecer vt [15] Mettre en pièces. *Dépecer une volaille.*

dépêche nf 1 DR Correspondance officielle concernant les affaires publiques. 2 Vx Télégramme.

dépêcher vt Litt Envoyer en hâte. *On a dépêché un ambassadeur.* ■ vpr Se hâter, se presser.

dépeigner vt Déranger, défaire la coiffure de qqn. *Ce vent m'a dépeignée.*

dépeindre vt [69] Décrire, représenter par le discours.

dépenaillé, ée a 1 Mal habillé. 2 En lambeaux, très endommagé.

dépénalisation nf Action de dépénaliser.

dépénaliser vt Ôter à une infraction son caractère pénal.

dépendance nf 1 Domination, subordination. *Être sous la dépendance de qqn.* 2 Besoin impérieux éprouvé par un toxicomane pour sa drogue. ■ pl Terre, bâtiment qui dépend d'un autre.

dépendant, ante a Qui dépend de, subordonné.

dépendre vti [71] 1 Être assujetti à. *Les enfants dépendent de leurs parents.* 2 Être rattaché à. *Ce hameau dépend de la ville.* 3 Être fonction de. *Son succès dépendra de ton travail.* Loc *Ça dépend :* c'est selon les circonstances. ■ vt Détacher ce qui était pendu.

dépens nmpl DR Frais de justice. *Être condamné aux dépens.* Loc *Aux dépens de qqn :* à sa charge, à ses frais ; en lui causant du tort.

dépense nf 1 Emploi d'argent. *Faire des dépenses.* 2 Argent déboursé. *Participer aux dépenses.* 3 Emploi de qqch. *Dépense de temps, d'énergie.*

dépenser vt 1 Employer de l'argent. *Dépenser 1 000 francs.* 2 Employer des ressources. *Dépenser son temps, ses forces.* 3 Consommer. *Le four dépense beaucoup d'électricité.* ■ vpr Déployer une grande activité. *Elle se dépense pour les siens.*

dépensier, ère a, n Qui aime la dépense, qui dépense excessivement.

déperdition nf Diminution, perte.

dépérir vi 1 S'affaiblir, décliner. *Cet arbre dépérit.* 2 Se détériorer, péricliter. *Les affaires dépérissent.*

dépérissement nm État de ce qui dépérit.

dépersonnaliser vt Faire perdre sa personnalité à qqn.

dépêtrer vt Dégager, délivrer. ■ vpr Se débarrasser. *On ne peut se dépêtrer de cette affaire.*

dépeuplement nm Action de dépeupler, fait de se dépeupler.

dépeupler vt Vider de ses habitants.

déphasage nm Fait d'être déphasé.

déphasé, ée a Fam Perturbé dans son rythme de vie.

déphaser vt Faire perdre le contact avec la réalité.

déphosphater vt Éliminer les phosphates d'une eau, d'un sol.

dépiauter vt Fam Enlever la peau, l'écorce. *Dépiauter un lapin, une orange.*

dépilatoire a, nm Qui sert à éliminer les poils.

dépistage nm Action de dépister.

dépister vt [1] 1 Découvrir la piste. *La police a dépisté les coupables.* 2 Découvrir. *Dépister une fraude.* 3 Faire perdre la piste, la trace à. *Dépister ses poursuivants.*

dépit nm Vive contrariété mêlée de colère. Loc *En dépit de :* malgré.

dépiter vt Causer du dépit à.

déplacé, ée a 1 Inconvenant, choquant. *Des propos déplacés.* Loc *Personne déplacée :* contrainte de quitter son pays.

déplacement nm 1 Action de déplacer, de se déplacer. *Déplacement d'air.* 2 Voyage. *Cet emploi exige des déplacements fréquents.*

déplacer vt [10] 1 Changer de place. *Déplacer un meuble.* 2 Muter. *Déplacer un fonctionnaire.* Loc *Déplacer les foules :* avoir du succès. ■ vpr Sortir de chez soi. *Ce médecin se déplace.*

déplafonnement nm Fait de déplafonner.

déplafonner vt Supprimer la limite supérieure de. *Déplafonner les cotisations.*

déplaire vti [68] Ne pas plaire à. *Ce livre m'a déplu.* Loc *Ne vous en déplaise :* malgré votre mécontentement. ■ vpr N'éprouver aucun plaisir. *Je me déplais en sa compagnie.*

déplaisant, ante a Qui ne plaît pas. *Une situation déplaisante.*

déplaisir nm Contrariété, mécontentement.

déplanter vt Enlever de terre pour planter ailleurs.

déplâtrer vt Ôter le plâtre.

dépliant, ante n Prospectus à plusieurs volets. *Dépliants d'une agence de voyages.*

déplier vt Étaler, étendre. *Déplier sa serviette.*

déplisser vt Défaire les plis.

déploiement nm Action de déployer, état de ce qui est déployé. *Déploiement de troupes.*

déplomber vt Ôter le plomb, la protection de.

déplorable a 1 Regrettable. *Un incident déplorable.* 2 Très mauvais. *Un travail déplorable.*

déplorer vt Trouver mauvais, regretter.

déployé, ée a Étendu, déplié. *Voiles déployées.* Loc *Rire à gorge déployée :* aux éclats.

déployer vt [22] 1 Étendre, déplier. *Déployer des tentures.* 2 MILIT Faire prendre à une troupe le dispositif de combat. 3 Montrer, étaler. *Déployer tous ses talents.*

déplumer (se) vpr Fam Perdre ses cheveux.

dépoétiser vt Ôter sa poésie à.

dépoitraillé, ée a Fam Dont la poitrine est fort découverte.

dépoli, ie a Loc *Verre dépoli :* rendu translucide.

dépolir vt Ôter le poli de.

dépolitisation nf Action de dépolitiser.

dépolitiser vt Ôter son caractère politique à.

dépolluant, ante a, nm Produit qui dépollue.

dépolluer vt Supprimer les effets de la pollution. *Dépolluer une plage.*

dépollution nf Action de dépolluer.

déponent, ente a, nm GRAM Verbe latin de forme passive et de sens actif.

dépopulation nf Action de dépeupler ; fait de se dépeupler.

déportation nf 1 Peine d'exil appliquée autrefois aux crimes politiques. 2 Internement dans un camp de concentration.

déporté, ée n Condamné à la déportation.

déporter vt 1 Faire subir la déportation. *Déporter des opposants.* 2 Dévier. *Son chargement le déportait vers la droite.*

déposant, n 1 Qui fait une déposition en justice. 2 Qui effectue un dépôt de fonds.

dépose nf Opération consistant à déposer ce qui était fixé. *Frais de dépose.*

déposer vt 1 Destituer du pouvoir. *Déposer un pape, un roi.* 2 Poser ce que l'on porte. *Déposer son manteau sur une chaise.* 3 Démonter. *Déposer un moteur.* 4 Former un dépôt. *L'eau a déposé beaucoup de sable.* 5 Mettre en dépôt. *Déposer de l'argent à la banque.* 6 Faire enregistrer pour protéger. *Déposer un brevet, une marque.* Loc *Déposer une plainte :* porter plainte en justice. ■ vi Faire une déposition en justice.

dépositaire n Qui reçoit qqch en dépôt.

déposition nf 1 Destitution. 2 Déclaration d'un témoin en justice.

déposséder vt [12] Priver qqn de ce qu'il possédait.

dépossession nf Spoliation.

dépôt nm 1 Action de déposer, de placer qqch qqpart. *Le dépôt des ordures est interdit ici.* 2 Action de confier des fonds à un organisme bancaire. 3 La chose confiée. *Restituer un dépôt.* 4 Lieu où on garde des objets. *Dépôt d'armes clandestin.* 5 Lieu où on gare des locomotives, des autobus, etc. 6 Lieu de vente au détail de certains produits. *Dépôt de pain.* 7 Lieu où on emprisonne provisoirement ceux qui viennent d'être arrêtés. 8 Matières qui se déposent au fond d'un récipient contenant un liquide. 9 Matière recouvrant une surface. *Dépôt glaciaire, éolien.* Loc *Dépôt légal :* obligation de remettre aux autorités un exemplaire de toute nouvelle publication.

dépoter vt 1 Ôter d'un pot. *Dépoter une plante.* 2 Transvaser. *Dépoter un wagon-citerne.*

dépotoir nm Lieu où l'on dépose les ordures ; décharge publique.

dépouille nf Peau enlevée à un animal. ■ pl Litt Butin pris à l'ennemi.

dépouillé, ée a 1 Dont on a ôté la peau. 2 Sobre, sans fioritures. *Formes dépouillées.*

dépouillement nm 1 Action de dépouiller. 2 Compte des suffrages. 3 Sobriété, simplicité.

dépouiller vt 1 Enlever la peau de. *Dépouiller une anguille.* 2 Priver de ce qui couvre ou garnit. *Dépouiller une pièce de ses tentures.* 3 Déposséder. *Dépouiller qqn de ses biens.* 4 Examiner minutieusement. *Dépouiller un dossier.* 5 Dénombrer les suffrages d'un scrutin. 6 Quitter, perdre. *L'insecte dépouille sa carapace.*

dépourvu, ue a Dénué, privé de. ■ av Loc *Au dépourvu :* sans préparation.

dépoussiérage nm Action de dépoussiérer.

dépoussiérer vt [12] 1 Enlever les poussières de. 2 Rénover, rajeunir.

dépravation nf Perversion, corruption.

dépravé, ée a Altéré, corrompu. *Goût dépravé.* ■ a, n Perverti. *Des gens dépravés.*

dépraver vt Pervertir, corrompre.

dépréciatif, ive a Qui vise à déprécier.

dépréciation nf Action de déprécier, de se déprécier.

déprécier vt 1 Diminuer la valeur de. *L'installation d'une usine a déprécié ce terrain.* 2 Dénigrer. ■ vpr Perdre de sa valeur.

déprédation nf Vol, pillage accompagné de détérioration.

déprendre (se) vpr [70] Litt Se défaire de. *Se déprendre d'une habitude.*

dépressif, ive a De la dépression. ■ a, n Atteint de dépression nerveuse.

dépression nf 1 Zone en forme de cuvette. 2 Baisse de pression atmosphérique. 3 État psychique de souffrance marqué, par le ralentissement de l'activité, la lassitude, la tristesse, l'anxiété. 4 Ralentissement de l'activité économique.

dépressionnaire a Soumis à une dépression atmosphérique.

dépressurisation nf Perte de la pressurisation.

dépressuriser vt Faire cesser la pressurisation de.

déprimant, ante a Qui déprime, abat.

déprime nf Fam Abattement, idées noires.

déprimé, ée a 1 Atteint de dépression nerveuse.

déprimer vt 1 Diminuer l'activité économique. 2 Diminuer l'énergie, abattre le moral de qqn. *Sa maladie l'a beaucoup déprimé.* ■ vi Fam Se démoraliser.

de profundis [depRofɔ̃dis] nm inv Prière catholique pour les morts.

déprogrammation nf Action, fait de déprogrammer.

déprogrammer vt Supprimer du programme une émission, un spectacle.

dépucelage *nm* Fam Action de dépuceler.

dépuceler *vt* [18] Fam Ôter son pucelage à.

depuis *prép* **1** À partir de tel moment, tel événement passé. *Je ne l'ai pas revu depuis la guerre.* **2** Pendant un moment. *Je vous attend depuis deux heures.* **3** Abusiv À partir de tel endroit. *Il est venu à pied depuis Rouen.* ■ *conj* Loc *Depuis que :* dès le moment où.

dépuratif, ive *a* Propre à dépurer l'organisme.

dépuration *nf* Action de dépurer.

dépurer *vt* MED, TECH Rendre plus pur.

députation *nf* **1** Envoi de personnes chargées de mission ; ces personnes elles-mêmes. **2** Fonction de député.

député, ée *n* **1** Envoyé(e) pour remplir une mission particulière. **2** Membre élu(e) de l'Assemblée nationale.

députer *vt* Envoyer qqn comme député.

déqualification *nf* Baisse de la qualification professionnelle.

déqualifier *vt* Employer qqn à un poste inférieur à sa qualification.

der *nf inv* Loc *La der des der :* l'ultime fois ; la dernière de toutes les guerres. ■ *nm inv* Loc *Dix de der :* les dix points du dernier pli à la boîte.

déraciné, ée *a, n* Qui a quitté son pays, son milieu d'origine.

déracinement *nm* Action de déraciner, fait d'être déraciné.

déraciner *vt* **1** Arracher avec ses racines un végétal. **2** Faire disparaître. *Déraciner un vice.* **3** Faire quitter son pays, son milieu d'origine.

déraillement *nm* Accident de chemin de fer.

dérailler *vi* **1** Sortir de ses rails. **2** Fam Fonctionner mal. *Ce baromètre déraille.* **3** Fam Déraisonner, perdre son bon sens.

dérailleur *nm* Dispositif permettant de faire passer la chaîne d'une bicyclette d'un pignon sur un autre.

déraison *nf* Litt Manque de raison.

déraisonnable *a* Qui n'est pas raisonnable.

déraisonnablement *av* De façon déraisonnable.

déraisonner *vi* Penser, parler contrairement à la raison, au bon sens.

déramer *vt* Séparer les feuilles d'une rame de papier.

dérangé, ée *a* **1** Indisposé. **2** Fam Un peu fou.

dérangeant, ante *a* Qui dérange, perturbe.

dérangement *nm* **1** Action de déranger. **2** Désordre. **3** Mauvais fonctionnement. *Téléphone en dérangement.* **4** Indisposition passagère. *Dérangement intestinal.*

déranger *vt* [11] **1** Ôter de sa place habituelle. *Déranger des livres.* **2** Obliger qqn à quitter sa place. *Il m'a dérangé pour passer.* **3** Importuner. *Cette musique me dérange.* **4** Contrarier, gêner. *Cela vous dérange-t-il de reporter notre rendez-vous ?* **5** Provoquer des troubles physiologiques. *Des mets qui dérangent le foie.* ■ *vpr* **1** Se déplacer. **2** Interrompre son activité.

dérapage *nm* Action de déraper.

déraper *vi* **1** Glisser de façon incontrôlée. *La voiture a dérapé.* **2** Dévier. *La conversation a dérapé.*

dératé, ée *n* Loc Fam *Courir comme un dératé :* très rapidement.

dératisation *nf* Action de dératiser.

dératiser *vt* Débarrasser des rats.

derbouka ou **darbouka** *nf* Tambour d'Afrique du Nord, en terre cuite.

derby *nm* **1** (avec majusc) Course de chevaux qui a lieu chaque année à Epsom. **2** Match entre deux équipes d'une même ville ou région.

derechef *av* Vx De nouveau.

déréglé, ée *a* **1** Mal réglé, détraqué. *Montre déréglée.* **2** Immoral. *Conduite déréglée.*

dérèglement *nm* État de ce qui est déréglé.

déréglementation *nf* Fait d'alléger ou de supprimer la réglementation.

déréglementer *vt* Pratiquer la déréglementation d'un secteur économique.

dérégler *vt* [12] Détraquer, modifier le réglage. *Le froid dérègle les horloges.*

dérégulation *nf* Action de déréguler.

déréguler *vt* Supprimer les contraintes pesant sur une activité économique.

déremboursement *nm* Cessation ou diminution du remboursement d'un médicament par la Sécurité sociale.

déresponsabiliser *vt* Ôter le sentiment de responsabilité.

dérestauration *nf* BX-A Rétablissement dans son état ancien d'une œuvre d'art défigurée par une restauration abusive.

dérider *vt* **1** Faire disparaître les rides. **2** Égayer.

dérision *nf* Moquerie méprisante.

dérisoire *a* **1** Qui incite à la dérision. *Des propos dérisoires.* **2** Ridiculement bas. *Un salaire dérisoire.*

dérivatif, ive *a, nm* Qui procure une diversion pour l'esprit. *Le travail est un dérivatif.*

dérivation *nf* **1** Action de dévier de son cours. *Dérivation d'un fleuve.* **2** LING Formation de mots nouveaux à partir d'un radical (ex. : *accidentel* par suffixation de *accident*).

dérive *nf* **1** Dérivation d'un avion, d'un navire, sous l'effet du vent, des courants. **2** Fait de s'écarter de la norme, de la morale. **3** Aileron vertical immergé amovible destiné à diminuer la dérive d'un bateau à voile (dériveur). Loc *Aller, être à la dérive :* ne plus pouvoir se diriger, se laisser aller. *Dérive des continents :* théorie géologique selon laquelle les masses continentales se déplacent.

dérivé *nm* **1** Mot qui dérive d'un autre. **2** Corps qui provient d'un autre. *L'essence est un dérivé du pétrole.*

dérivée *nf* MATH Limite du rapport entre l'accroissement d'une fonction continue et l'accroissement de la variable, lorsque ce dernier tend vers zéro.

dériver *vt* Détourner de son cours. *Dériver un ruisseau.* ■ *vti* Tirer son origine de. *Mot qui dérive du latin.* ■ *vi* **1** S'écarter du cap suivi sous l'effet du vent, des courants. **2** Aller à la dérive.

dériveur *nm* Voilier muni d'une dérive.

dermatite ou **dermite** *nf* Inflammation de la peau.

dermatologie *nf* Partie de la médecine qui traite des maladies de la peau.

dermatologique *a* De la dermatologie.

dermatologiste ou **dermatologue** *n* Spécialiste de dermatologie.

dermatose *nf* Maladie de la peau.

derme *nm* ANAT Partie profonde de la peau située sous l'épiderme.

dermique *a* Relatif à la peau.

dernier, ère *a, n* 1 Qui vient après tous les autres. *Le dernier jour du mois.* 2 Le plus récent. *Habillé à la dernière mode.* 3 Extrême. *Le dernier degré de la perfection.* **Loc** *Rendre le dernier soupir* : expirer. *Dire son dernier mot* : faire entendre que la décision prise est définitive.

dernièrement *av* Récemment.

dernier-né, dernière-née *n* L'enfant né le dernier dans une famille. *Des derniers-nés.*

dérobade *nf* Action de se dérober.

dérobé, ée *a* Secret. *Escalier dérobé.* **Loc** *Culture dérobée* : pratiquée entre deux cultures principales. ■ *av* **Loc** *À la dérobée* : subrepticement, sans être vu.

dérober *vt* 1 Prendre en cachette, voler. *On lui a dérobé sa montre.* 2 Soustraire. *Dérober un coupable à la justice.* ■ *vpr* 1 Se soustraire à. *Se dérober à toutes les questions.* 2 Fléchir, faiblir. *Ses genoux se dérobèrent sous lui.* 3 Refuser de sauter un obstacle (cheval).

dérogation *nf* Action de déroger à une règle.

dérogatoire *a* Qui déroge.

déroger *vti* [11] S'écarter d'un usage, d'une loi, d'une convention.

dérouillée *nf* Pop Correction, volée de coups.

dérouiller *vt* 1 Ôter la rouille de. *Dérouiller une arme.* 2 Dégourdir. *La lecture dérouille l'esprit.* 3 Pop Battre. *Je l'ai dérouillé.* ■ *vi* Pop Recevoir des coups. *Tu vas dérouiller.*

déroulement *nm* 1 Action de dérouler. 2 Succession dans le temps. *Le déroulement des faits.*

dérouler *vt* Étaler ce qui était roulé. *Dérouler un tapis.* ■ *vpr* Se produire selon une succession donnée, avoir lieu. *Les faits se sont déroulés en peu de temps.*

dérouleur *nm* Appareil servant à dérouler.

déroutage ou **déroutement** *nm* Modification de l'itinéraire d'un avion, d'un bateau.

déroutant, ante *a* Qui déconcerte.

déroute *nf* 1 Fuite en désordre d'une armée vaincue. 2 Déconfiture. *Ses affaires sont en déroute.*

dérouter *vt* 1 Modifier l'itinéraire initialement prévu. *Dérouter un avion.* 2 Déconcerter.

derrick *nm* Tour métallique supportant les tubes de forage des puits de pétrole.

derrière *prép* 1 Après, en arrière de (par oppos. à devant). *Marcher derrière qqn. Les mains derrière le dos.* 2 De l'autre côté de. *Derrière le mur.* 3 Après. *X est classé derrière Y.* ■ *av* En arrière. *Regarder derrière.* **Loc** *Par-derrière* : du côté opposé ; sournoisement. ■ *nm* 1 Partie postérieure. *Le derrière de la maison.* 2 Les fesses et le fondement. *Tomber sur le derrière.*

derviche *nm* Religieux musulman.

des *art* 1 Article indéfini, pluriel de *un, une.* 2 Article contracté pour *de les.*

dès *prép* 1 À partir de, aussitôt après. *Dès l'enfance. Dès maintenant.* 2 Depuis un lieu. *Fleuve navigable dès sa source.* ■ *conj* **Loc** *Dès que* : aussitôt que. ■ *av* **Loc** *Dès lors* : à partir de ce moment.

désabonnement *nm* Fait de se désabonner.

désabonner *vt* Faire cesser un abonnement.

désabusé, ée *a, n* Qui n'a plus d'illusions ; revenu de tout.

désabuser *vt* Désillusionner, détromper.

désaccord *nm* 1 Dissentiment, différence d'opinion, désunion. *Désaccord dans la famille.* 2 Contradiction.

désaccorder *vt* Perdre l'accord d'un instrument de musique.

désaccoutumance *nf* Perte de l'habitude.

désaccoutumer *vt* Déshabituer.

désacidifier *vt* Traiter un papier pour en supprimer l'acidité.

désacralisation *nf* Action de désacraliser.

désacraliser *vt* Retirer le caractère sacré.

désactiver *vt* Débarrasser une substance de sa radioactivité.

désadapter *vt* Faire perdre son adaptation.

désaffectation *nf* Action de désaffecter.

désaffecté, ée *a* Qui n'assure plus le service auquel il était affecté. *Gare désaffectée.*

désaffecter *vt* Ôter à qqch son affectation première.

désaffection *nf* Perte de l'affection, de l'intérêt porté.

désaffilier *vt* Retirer son affiliation.

désagréable *a* Déplaisant.

désagréablement *av* De façon désagréable.

désagrégation *nf* Séparation des parties d'un corps ; dislocation.

désagréger *vt* [13] Décomposer, disjoindre. ■ *vpr* S'effriter.

désagrément *nm* Déplaisir, souci.

désaimanter *vt* Supprimer l'aimantation de.

désaltérant, ante *a* Qui désaltère.

désaltérer *vt* [12] Apaiser la soif. ■ *vpr* Boire.

désambiguïser *vt* Faire disparaître l'ambiguïté.

désamianter *vt* Supprimer les matériaux à base d'amiante dans une construction.

désamorçage *nm* Action de désamorcer.

désamorcer *vt* [10] 1 Ôter l'amorce de. 2 Interrompre le fonctionnement. 3 Neutraliser. *Désamorcer des conflits.*

désappointé, ée *a* Déçu.

désappointement *nm* Déception.

désappointer *vt* Tromper qqn dans son attente, son espérance.

désapprendre *vt* [70] Oublier ce qu'on avait appris.

désapprobateur, trice *a* Qui désapprouve.

désapprobation *nf* Action de désapprouver.

désapprouver *vt* Ne pas agréer, blâmer.

désarçonner *vt* 1 Jeter à bas de la selle. 2 Déconcerter. *Ma réponse l'a désarçonné.*

désargenté, ée *a* Démuni d'argent.

désargenter *vt* Enlever la couche d'argent.

désarmant, ante *a* Touchant.

désarmement *nm* 1 Action de désarmer. 2 Réduction des forces militaires.

désarmer *vt* 1 Enlever ses armes à qqn. 2 Ôter à qqn tout moyen de s'irriter. 3 Débarrasser un navire de ses agrès et débarquer son équipage. ■ *vi* 1 Réduire son armement. 2 Renoncer à un sentiment hostile.

désarroi *nm* Confusion de l'esprit ; trouble.

désarticulation *nf* Fait de se désarticuler.

désarticuler *vt* Faire sortir de l'articulation. ■ *vpr* Se contorsionner.

désassembler *vt* Défaire ce qui est assemblé.

désassortir *vt* Dépareiller.

désastre *nm* 1 Catastrophe. *Cette inondation fut un désastre.* 2 Grave échec.

désastreux, euse *a* Catastrophique.

désavantage nm 1 Cause d'infériorité. 2 Préjudice, dommage.

désavantager vt [11] Faire supporter un désavantage ; handicaper.

désavantageux, euse a Qui cause un désavantage.

désaveu nm 1 Déclaration· par laquelle on désavoue ce qu'on a dit ou fait. 2 Fait de désavouer qqn.

désavouer vt 1 Ne pas vouloir reconnaître comme sien. 2 Déclarer qu'on n'a pas autorisé qqn à dire ou à faire qqch. 3 Désapprouver, condamner.

désaxé, ée a, n Déséquilibré.

désaxer vt Déséquilibrer.

descellement nm Action de desceller.

desceller vt Défaire ce qui était scellé.

descendance nf Ensemble des descendants.

descendant, ante n Individu issu d'une personne, d'une famille. ■ a Qui descend. *Marée descendante.*

descendeur, euse n Spécialiste de la descente (cyclisme, ski).

descendre vt [5] 1 Parcourir de haut en bas. *Descendre un escalier.* 2 Mettre, porter plus bas. *Descendre un tableau.* 3 Pop Tuer qqn. 4 Fam Faire tomber. *Descendre un avion.* ■ vi [aux *être*] 1 Aller de haut en bas. *Descendre de la montagne.* 2 Mettre pied à terre. *Descendre de bicyclette.* 3 S'arrêter pour coucher. *Descendre à l'hôtel.* 4 Être issu de. *Il descend d'une grande famille.* 5 Être en pente. *La route descend.* 6 Baisser. *La mer descend.*

descente nf 1 Action de descendre. 2 Irruption dans un lieu. *Une descente de police.* 3 Mouvement de haut en bas. *Descente d'un avion.* 4 Pente. 5 Épreuve de ski chronométrée. Loc *Descente de lit* : tapis mis à côté du lit. Pop *Avoir une bonne descente* : boire en grande quantité.

descripteur nm INFORM Ensemble des signes qui servent à décrire qqch.

descriptif, ive a Qui a pour objet de décrire. *Poésie descriptive.* ■ nm Document, schéma décrivant précisément qqch.

description nf Action de décrire ; écrit ou discours par lequel on décrit.

déséchouer vt Remettre à flot un navire échoué.

déségrégation [-se-] vt Suppression de la ségrégation raciale.

désembouteiller vt Supprimer un embouteillage.

désembuage nm Action de désembuer.

désembuer vt Ôter la buée de.

désemparé, ée a 1 Qui ne peut plus manœuvrer (navire, avion). 2 Qui a perdu ses moyens ; déconcentaré.

désemparer vi Loc *Sans désemparer* : sans interruption.

désemplir vi Loc *Ne pas désemplir* : être très fréquenté.

désencadrer vt Libérer du cadre qui restreignait.

désenchanté, ée a Désillusionné.

désenchantement nm Désillusion.

désenclavement nm Action de désenclaver.

désenclaver vt Faire cesser l'isolement d'une région.

désencombrer vt Débarrasser un local de ce qui l'encombre.

désencrage nm Action de désencrer.

désencrer vt Supprimer l'encre sur du papier afin de le recycler.

désendetter (se) vpr Se décharger de ses dettes.

désenfler vi Devenir moins enflé.

désengagement nm Action de désengager ou de se désengager.

désengager vt [11] Libérer d'un engagement.

désengorger vt [11] Déboucher.

désennuyer vt Distraire.

désensabler vt Dégager qqch du sable.

désensibilisation nf Action de désensibiliser.

désensibiliser vt Rendre moins sensible à des substances provoquant des allergies.

désépaissir vt Rendre moins épais.

déséquilibre nm 1 Absence d'équilibre. 2 Manque d'équilibre mental.

déséquilibré, ée a, n Dont l'équilibre psychique est perturbé.

déséquilibrer vt 1 Faire perdre l'équilibre à qqn. 2 Rompre l'équilibre de qqch. 3 Troubler l'équilibre mental.

désert, erte a 1 Sans habitants. 2 Peu fréquenté. 3 Sans végétation. ■ nm Région où la vie végétale et animale est presque inexistante. Loc *Prêcher dans le désert* : parler sans être écouté.

déserter vt 1 Abandonner un lieu. 2 Abandonner, trahir. ■ vi En parlant d'un militaire, abandonner son poste.

déserteur nm 1 Militaire qui a déserté. 2 Qui abandonne une cause, un parti.

désertification nf Transformation en désert.

désertifier (se) vpr Se transformer en désert.

désertion nf Action de déserter.

désertique a Du désert. *Climat désertique.*

désescalade nf Diminution progressive de la tension internationale.

désespérance nf Litt Désespoir.

désespérant, ante a Décourageant.

désespéré, ée a, n Qui s'abandonne au désespoir. ■ a 1 Inspiré par le désespoir. 2 Sans espoir. *Situation désespérée.* 3 Ultime. *Tentative désespérée.*

désespérément av De façon désespérée.

désespérer vi [12] Perdre tout espoir. ■ vti Perdre l'espoir de. *Désespérer de réussir.* 2 Cesser d'espérer en. *Désespérer de qqn.* ■ vt 1 Litt Ne plus espérer que. *On désespère qu'il aille mieux.* 2 Réduire au désespoir. *Ta conduite me désespère.* ■ vpr S'abandonner au désespoir.

désespoir nm État de qui a perdu l'espoir. Loc *Faire le désespoir de qqn* : l'affliger. *En désespoir de cause* : en dernière ressource.

désétatiser vt Réduire le rôle ou la part de l'État dans une industrie.

déshabillage nm Action de déshabiller ou de se déshabiller.

déshabillé nm Léger vêtement d'intérieur.

déshabiller vt Enlever à qqn ses vêtements. ■ vpr Retirer ses vêtements.

déshabituer vt Faire perdre à qqn l'habitude de. ■ vpr Perdre l'habitude de.

désherbant, ante a, nm Qui détruit les mauvaises herbes.

désherber vt Ôter les mauvaises herbes de.

déshérence nf DR État d'une succession vacante, absence d'héritiers.

déshérité, ée a Pauvre. *Une région déshéritée.*

déshériter vt Priver d'un héritage.

déshonneur nm Perte de l'honneur, honte.

déshonorant, ante a Qui déshonore.

déshonorer vt 1 Ôter l'honneur à qqn. 2 Enlaidir qqch. ■ vpr Perdre son honneur.

déshumaniser vt Faire perdre son caractère humain.

déshydratant, ante a Qui déshydrate.

déshydratation nf 1 Action de déshydrater. 2 Diminution de l'eau dans l'organisme.

déshydraté, ée a 1 Privé de son eau. 2 Atteint de déshydratation. 3 Fam Assoiffé.

déshydrater vt Enlever l'eau combinée ou mélangée à un corps. ■ vpr Perdre son eau.

désidérata nmpl Choses désirées.

design [dizajn] nm inv Style de décoration visant à adapter la forme et la fonction.

désignation nf Action de désigner.

designer [dizajnœr] nm Spécialiste du design.

désigner vt 1 Indiquer. Il a désigné son agresseur. 2 Signaler. Désigner qqn à l'hostilité générale. 3 Renvoyer a qqch. Le mot «vilain» désignait le paysan. 4 Choisir. Désigner son successeur.

désillusion nf Déception, désenchantement.

désillusionner vt Faire perdre ses illusions.

désincarcération nf Action de désincarcérer.

désincarcérer vt [12] Dégager qqn des tôles d'un véhicule accidenté.

désincarné, ée a 1 Litt Dégagé de son enveloppe charnelle. 2 Détaché des considérations matérielles.

désindexer vt Supprimer l'indexation de.

désindustrialisation nf Processus qui désindustrialise.

désindustrialiser vt ECON Réduire l'activité industrielle d'un pays, d'une région.

désinence nf GRAM Terminaison de mots qui sert à marquer le cas, le genre, etc.

désinfectant, ante a, nm Qui désinfecte.

désinfecter vt Nettoyer avec un produit qui détruit les germes pathogènes.

désinfection nf Action de désinfecter.

désinflation nf Diminution de l'inflation.

désinformation nf Action de désinformer.

désinformer vt Diffuser par les médias des informations délibérément orientées ou mensongères.

désinhiber vt Supprimer l'inhibition.

désinsectiser vt Débarrasser des insectes.

désintégration nf Action de désintégrer.

désintégrer vt [12] Détruire complètement. ■ vpr Perdre sa cohésion ; être détruit.

désintéressé, ée a Qui n'est pas motivé par son intérêt particulier.

désintéressement nm Détachement de tout intérêt personnel.

désintéresser vt Indemniser, dédommager. ■ vpr N'avoir plus d'intérêt pour qqch, qqn.

désintérêt nm Perte d'intérêt.

désintoxication nf Traitement destiné à désintoxiquer.

désintoxiquer vt Libérer qqn de l'intoxication.

désinvestir vi 1 Cesser d'investir dans. 2 Cesser d'être motivé pour qqch.

désinvestissement nm Action de désinvestir.

désinvolte a Trop libre, impertinent.

désinvolture nf Légèreté, sans-gêne.

désir nm 1 Tendance particulière à vouloir obtenir qqch. 2 Attirance sexuelle.

désirable a 1 Qui mérite d'être désiré. 2 Qui suscite l'attirance sexuelle.

désirer vt 1 Avoir le désir de qqch. 2 Éprouver une attirance sexuelle pour qqn. Loc Se faire désirer : se faire attendre. Laisser à désirer : présenter quelque imperfection.

désireux, euse a Qui désire qqch.

désistement nm Action de se désister.

désister (se) vpr Retirer sa candidature à une élection, en faveur d'un autre candidat.

desmosome nm BIOL Zone de la paroi cellulaire où se font les échanges avec les cellules voisines.

désobéir vti Ne pas obéir à qqn, à un ordre.

désobéissance nf Action de désobéir.

désobéissant, ante a Qui désobéit.

désobligeant, ante a Qui désoblige, vexe.

désobliger vt [11] Causer du déplaisir à qqn, le vexer.

désodé, ée [-so-] a Sans sel. Régime désodé.

désodorisant, ante a, nm Qui enlève les odeurs.

désodoriser vt Enlever les mauvaises odeurs.

désœuvré, ée a Qui ne sait pas s'occuper.

désœuvrement nm État de qqn de désœuvré.

désolant, ante a Qui désole ; affligeant.

désolation nf Affliction extrême.

désolé, ée a 1 Attristé. Un air désolé. 2 Désert, aride. Une région désolée.

désoler vt 1 Causer une grande affliction à qqn. 2 Contrarier.

désolidariser [-so-] vt Désunir, disjoindre. ■ vpr Cesser d'être solidaire avec qqn, qqch.

désopilant, ante a Qui fait beaucoup rire.

désordonné, ée a 1 Qui manque d'ordre. 2 En désordre.

désordre nm 1 Manque d'ordre. 2 Confusion. Le désordre des idées. 3 Mauvaise organisation. ■ pl 1 Troubles sociaux. 2 Troubles physiologiques. Désordres gastriques.

désorganisateur, trice a, n Qui désorganise.

désorganisation nf Action de désorganiser, désordre.

désorganiser vt Détruire l'organisation.

désorientation nf Fait d'être désorienté.

désorienter vt 1 Faire perdre l'orientation. 2 Déconcerter, dérouter.

désormais av À l'avenir, dorénavant.

désosser vt 1 Ôter les os de. 2 Fam Démonter complètement un appareil. ■ vpr Se désarticuler, se contorsionner.

désoxyder vt CHIM Supprimer l'oxydation de.

désoxyribonucléique a Loc Acide désoxyribonucléique : constituant essentiel des chromosomes. Syn A.D.N.

desperado [dɛspe-] nm Personne disponible pour des entreprises hasardeuses ou violentes.

despote nm 1 Dirigeant qui exerce un pouvoir arbitraire et absolu. 2 Personne tyrannique.

despotique a Arbitraire, tyrannique.

despotisme nm 1 Pouvoir absolu et arbitraire. 2 Autorité tyrannique.

desquamation [-kwa-] nf MED Chute des squames de la peau.

desquels, desquelles. V. lequel.

dessabler vt Enlever le sable de.

dessaisir vt Enlever la juridiction de. ■ vpr Remettre la possession de qqch à.

dessaisissement nm Action de dessaisir.

dessalement ou **dessalage** nm Action de dessaler.

dessaler vt 1 Enlever le sel. 2 Fam Déniaiser. ■ vi Chavirer, en parlant d'un voilier.

dessaouler. V. dessoûler.

dessèchement nm Action de dessécher, état desséché.

dessécher vt [12] 1 Rendre sec. 2 Faire perdre toute sensibilité. ■ vpr Devenir sec.

dessein nm Intention, projet. Loc À dessein : exprès, intentionnellement.

desseller vt Enlever la selle de.

desserrage ou **desserrement** nm Action de desserrer, fait de se desserrer.

desserrer vt Relâcher ce qui est serré. Loc Ne pas desserrer les dents : se taire obstinément.

dessert nm Mets sucré, fruits, etc., mangés à la fin du repas.

desserte nf 1 Fait de desservir une localité, un lieu. 2 Petit meuble destiné à recevoir la vaisselle de service.

dessertir vt Dégager une perle de sa monture.

desservant nm Ecclésiastique qui dessert une paroisse, fait de se desserrer.

desservir vt [29] 1 Assurer les communications avec un lieu. 2 Assurer le service d'une paroisse. 3 Enlever les plats après le repas. 4 Nuire à qqn. Son arrogance le dessert.

dessiccation nf Action de dessécher.

dessiller vt Loc Litt Dessiller les yeux : détromper, désabuser.

dessin nm 1 Représentation d'objets sur une surface. 2 Lignes agencées pour produire un effet visuel. Le dessin d'un papier mural. 3 Contour, forme naturelle. Le dessin des sourcils. 4 Art de la représentation graphique des objets. Loc Dessin animé : film tourné à partir d'une série de dessins qui décomposent le mouvement.

dessinateur, trice n Qui dessine.

dessiner vt 1 Représenter au moyen du dessin. 2 Accuser, faire ressortir. Robe qui dessine la silhouette. ■ vpr 1 Se profiler. La montagne se dessine sur le ciel. 2 Se préciser. La solution se dessine.

dessouder vt 1 Disjoindre des éléments soudés. 2 Pop Assassiner.

dessoûler ou **dessaouler** vt Faire cesser l'ivresse de. ■ vi Cesser d'être soûl.

dessous av, prép Marque la position d'une chose sous une autre. Loc Au-dessous : plus bas. Ci-dessous : ci-après, plus loin dans le texte. En dessous, par-dessous : sous autre chose. Regarder en dessous : sournoisement. ■ nm 1 Ce qui est en dessous, l'envers. Le dessous d'une table. 2 Objet que l'on place sous qqch. Loc Avoir le dessous : être vaincu. Fam Être dans le trente-sixième dessous : dans une situation catastrophique. ■ pl 1 Ce qui est caché, secret. Les dessous de l'affaire. 2 Sous-vêtements, lingerie féminine.

dessous-de-plat nm inv Support pour recevoir les plats sur la table.

dessous-de-table nm inv Somme donnée clandestinement par un acheteur en plus du prix régulièrement fixé.

dessus av, prép Marque la position d'une chose sur une autre. Loc Par-dessus tout : surtout. Par-dessus le marché : en plus. Au-dessus de : plus haut que. Sens dessus dessous : à l'envers. Ci-dessus : plus haut, avant dans le texte. Là-dessus : sur ce sujet, aussitôt après.

■ nm 1 Ce qui est au-dessus. 2 Objet que l'on place sur qqch. Loc Avoir le dessus : avoir l'avantage. Le dessus du panier : ce qu'il y a de mieux.

dessus-de-lit nm inv Couvre-lit.

déstabilisateur, trice ou **déstabilisant, ante** a Qui déstabilise.

déstabilisation nf Action de déstabiliser.

déstabiliser vt Saper la stabilité de.

déstalinisation nf Action de déstaliniser.

déstaliniser vt Libéraliser un parti, un État où règne le stalinisme.

destin nm 1 Puissance qui réglerait le cours des événements à venir. 2 Sort particulier de qqn, de qqch.

destinataire n À qui on adresse un envoi.

destination nf 1 Rôle, emploi assigné à qqch. 2 Lieu d'arrivée.

destinée nf 1 Destin. 2 Sort, avenir de qqn. 3 Vie, existence.

destiner vt 1 Réserver à un usage. 2 Orienter qqn vers une carrière.

destituer vt Priver qqn de son emploi, de sa fonction.

destitution nf Action de destituer.

déstocker vt Retirer des stocks.

destrier nm Autrefois, cheval de bataille.

destroyer nm Contre-torpilleur rapide.

destructeur, trice a, n Qui détruit.

destructible a Qu'on peut détruire.

destruction nf Action de détruire.

déstructuration nf Action de déstructurer.

déstructurer vt Détruire la structure de ; désorganiser.

désuet, ète [-sɥɛ] a Rétrograde, dépassé.

désuétude [-sɥe-] nf Caractère désuet.

désuni, ie a Séparé par la mésentente.

désunion nf Division, mésentente.

désunir vt Rompre l'union, la bonne entente.

désynchroniser vt Faire cesser le synchronisme de.

désyndicalisation nf Baisse du nombre des syndiqués ; perte d'audience des syndicats.

détachable a Qui peut être détaché.

détachant, ante a, nm Qui enlève les taches.

détaché, ée a 1 Qui n'est plus attaché. 2 Indifférent. Un air détaché. Loc Pièce détachée : que l'on peut se procurer isolément.

détachement nm 1 Indifférence. Sourire avec détachement. 2 Groupe de soldats chargé de mission. 3 Position d'un fonctionnaire provisoirement affecté à un autre service.

détacher vt 1 Dégager qqn, défaire qqch. Détacher un animal. Détacher des liens. 2 Séparer, éloigner. Détacher une feuille d'un carnet. 3 Envoyer pour une mission. 4 Affecter qqn à un autre service. 5 Enlever les taches de. ■ vpr 1 Prendre de l'avance sur les autres coureurs. 2 Ressortir, être en évidence.

détail nm 1 Vente par petites quantités. 2 Ensemble considéré dans ses moindres particularités. 3 Élément accessoire. Se perdre dans les détails.

détaillant, ante n Commerçant qui vend au détail.

détailler vt 1 Vendre au détail. 2 Raconter, exposer en détail. 3 Observer avec attention.

détaler vi Fam S'enfuir au plus vite.

détartrage nm Action de détartrer.

détartrant, ante a, nm Produit qui détartre.

détartrer

détartrer *vt* Enlever le tartre de.

détaxation *nf* Action de détaxer.

détaxe *nf* Suppression, diminution, remboursement d'une taxe.

détaxer *vt* Supprimer ou réduire une taxe.

détectable *a* Qu'on peut détecter.

détecter *vt* Déceler la présence de.

détecteur *nm* Appareil servant à détecter.

détection *nf* Action de détecter.

détective *nm* Policier privé.

déteindre *vt* [69] Enlever la teinture, la couleur de. ■ *vi* Perdre sa couleur. *Ce tissu déteint au lavage.* ■ *vti* Loc *Déteindre sur qqn* : l'influencer.

dételer *vt* [18] Détacher un animal attelé. ■ *vi* Fam Interrompre une occupation.

détendeur *nm* Appareil servant à réduire la pression d'un gaz. .

détendre *vt* [5] 1 Faire cesser la tension. *Détendre un ressort.* 2 Faire cesser la tension mentale de qqn. 3 Diminuer la pression. ■ *vpr* Se distraire.

détendu, ue *a* Calme. *Avoir l'air détendu.*

détenir *vt* [35] 1 Conserver qqch par-devers soi. 2 Retenir qqn en prison.

détente *nf* 1 Pièce qui fait partir une arme à feu. *Avoir le doigt sur la détente.* 2 Expansion d'un fluide comprimé. 3 Brusque effort musculaire. 4 Repos. *Profiter de ses heures de détente.* 5 Amélioration d'une situation tendue. Loc Fam *Dur à la détente* : avare.

détenteur, trice *n* Qui détient qqch.

détention *nf* 1 Action de détenir qqch. 2 Incarcération.

détenu, ue *n*, *a* Personne emprisonnée.

détergent, ente ou **détersif, ive** *a*, *nm* Produit qui nettoie.

détérioration *nf* Action de détériorer.

détériorer *vt* Abîmer, dégrader. ■ *vpr* Empirer. *Situation qui se détériore.*

déterminant, ante *a* Décisif. ■ *nm* 1 LING Mot qui détermine un substantif (article, adjectif possessif, démonstratif, numéral, etc.). 2 Facteur qui exerce une action décisive.

détermination *nf* 1 Action de déterminer. 2 Intention, résolution. 3 Fermeté de caractère.

déterminé, ée *a* Résolu. *Un air déterminé.*

déterminer *vt* 1 Amener à. *Ceci l'a déterminé à s'en aller.* 2 Établir avec précision, définir. *Déterminer la cause de l'incendie.* 3 GRAM Caractériser. *L'article détermine le nom.* 4 Être la cause de. *Le choc a déterminé l'explosion.*

déterminisme *nm* Système philosophique selon lequel tout dans la nature obéit à des lois rigoureuses.

déterministe *a*, *n* Qui relève du déterminisme.

déterré, ée *n* Loc Fam *Avoir une mine de déterré* : le visage pâle et défait.

déterrement *nm* Action de déterrer.

déterrer *vt* 1 Retirer de terre. 2 Fam Découvrir. *Déterrer un livre rare.*

détersif V. détergent.

détestable *a* Très mauvais, exécrable.

détester *vt* Avoir en horreur; exécrer.

détonant, ante *a*, *nm* Qui produit une détonation.

détonateur *nm* 1 Amorce servant à faire détoner un explosif. 2 Fait, événement qui déclenche qqch.

détonation *nf* Bruit fait par ce qui détone, explose.

détoner *vi* Exploser bruyamment.

détonique *nf* Science et technique des explosifs.

détonner *vi* 1 Chanter faux. 2 Contraster désagréablement.

détortiller *vt* Défaire ce qui entortillait, ce qui est entortillé.

détour *nm* 1 Changement de direction par rapport à la ligne directe. 2 Trajet qui s'écarte du plus court chemin. 3 Moyen indirect, subterfuge. *Avouer sans détour.*

détourné, ée *a* Indirect. *Un moyen détourné.*

détournement *nm* 1 Action de détourner. 2 Soustraction frauduleuse.

détourner *vt* 1 Changer la direction, l'itinéraire de. 2 Tourner la tête dans une autre direction. 3 Soustraire frauduleusement. 4 Éloigner qqn de. Loc *Détourner la conversation* : l'orienter vers un autre sujet.

détracteur, trice *n* Qui déprécie la valeur de qqch, de qqn.

détraqué, ée *a*, *n* Fam Malade mental, déséquilibré.

détraquer *vt* 1 Déranger un mécanisme. 2 Fam Dérégler. *Médicament qui détraque le foie.*

détrempe *nf* 1 Peinture à l'eau additionnée de liant. 2 Œuvre exécutée avec cette préparation.

détremper *vt* Délayer, mouiller abondamment.

détresse *nf* 1 Angoisse. 2 Dénuement, misère. 3 Situation périlleuse. *Navire en détresse.*

détriment *nm* Loc *Au détriment de* : aux dépens de.

détritique *a* GEOL Qui provient de la désagrégation des roches.

détritus [-ty] ou [-tys] *nm* Débris, ordures.

détroit *nm* Passage maritime resserré entre deux terres.

détromper *vt* Tirer qqn d'erreur.

détrôner *vt* 1 Déposséder du pouvoir souverain. 2 Supplanter.

détrousser *vt* Litt Voler, dévaliser.

détruire *vt* [67] 1 Démolir, abattre. 2 Anéantir. 3 Tuer. *Potion qui détruit les rongeurs.* 4 Ruiner la santé de qqn.

dette *nf* 1 Somme d'argent due. 2 Obligation morale envers qqn.

DEUG *nm* Diplôme d'études universitaires générales qui sanctionne le premier cycle des études universitaires.

deuil *nm* 1 Douleur, tristesse éprouvée à la mort de qqn. 2 Marques extérieures du deuil ; temps pendant lequel on porte le deuil. Loc Fam *Faire son deuil* : ne plus compter sur qqch.

deus ex machina [deusɛksmakina] *nm inv* Personnage qui vient arranger providentiellement une situation difficile.

deutérium [-ʀjɔm] *nm* CHIM Isotope lourd de l'hydrogène.

deux *a num* 1 Un plus un (2). 2 Deuxième. *Chapitre deux.* 3 Très petit nombre indéterminé. *J'habite à deux pas.* Loc Fam *En moins de deux* : très vite. ■ *nm inv* 1 Le nombre, le chiffre deux. 2 Carte, face d'un dé, moitié d'un domino marquée de deux points.

deuxième *a num* Dont le rang est marqué par le nombre 2.

deuxièmement *av* En deuxième lieu.

deux-mâts nm inv Voilier à deux mâts.

deux-pièces nm inv 1 Maillot de bain composé d'un slip et d'un soutien-gorge. 2 Appartement comportant deux pièces.

deux-points nm inv Signe de ponctuation (:).

deux-roues nm inv Véhicule à deux roues (bicyclette, cyclomoteur, etc.).

deux-temps nm inv Moteur à deux temps.

dévaler vi, vt Descendre rapidement. *L'avalanche dévale. Dévaler l'escalier.*

dévaliser vt Voler, cambrioler.

dévalorisant, ante a Qui dévalorise.

dévalorisation nf Action de dévaloriser.

dévaloriser vt Déprécier, diminuer la valeur.

dévaluation nf Abaissement de la valeur légale d'une monnaie.

dévaluer vt Opérer la dévaluation de.

devanagari nf Écriture utilisée pour le sanskrit et l'hindi.

devancer vt [10] 1 Aller en avant de. 2 Surpasser. 3 Précéder dans le temps. 4 Prévenir qqch. *Devancer une attaque.*

devancier, ère n Qui a précédé.

devant av, prép 1 En avant. 2 En face. 3 En présence de. *Il va dit devant témoin.* Loc *Au-devant de :* à la rencontre de. *Par-devant :* par l'avant. ■ nm Face antérieure de qqch. *Le devant d'une maison, d'une robe.* Loc *Prendre les devants :* devancer qqn en faisant qqch.

devanture nf 1 Façade d'une boutique. 2 Étalage, objets en vitrine.

dévastateur, trice a, n Qui dévaste.

dévastation nf Action de dévaster.

dévaster vt Ruiner, causer de grands dégâts à.

déveine nf Fam Malchance.

développement nm 1 Déroulement. *Développement des opérations.* 2 Exposition détaillée. 3 Croissance physique et intellectuelle. 4 Extension. *Une entreprise en plein développement.* 5 Opérations qui font apparaître l'image sur une photo. 6 Distance parcourue par une bicyclette à chaque tour de pédalier.

développer vt 1 Déployer. 2 Exposer en détail. *Développer une idée.* 3 Faire croître. *Développer la mémoire.* 4 Faire prendre de l'extension. *Développer une affaire.* 5 Traiter un cliché photographique pour faire apparaître l'image. 6 Mettre au point un produit industriel et le commercialiser. 7 Être atteint d'une maladie. *Développer un sida.* ■ vpr 1 Se déployer. 2 Prendre de l'extension.

développeur nm Industriel qui développe un produit. *Développeur de logiciels.*

devenir vi [35] [aux être] 1 Passer d'un état à un autre. *Devenir vieux, riche.* 2 Avoir tel ou tel résultat. ■ nm Litt Avenir.

déverbal, aux nm Nom formé à partir du radical d'un verbe.

dévergondage nm Libertinage, débauche.

dévergondé, ée a Débauché.

dévergonder (se) vpr Se débaucher.

dévernir vt Ôter le vernis de.

déverrouillage nm Action de déverrouiller.

déverrouiller vt 1 Ouvrir en tirant le verrou. 2 Libérer. *Déverrouiller le train d'atterrissage.*

devers (par-) V. par-devers.

déversement nm Action de déverser, de se déverser.

déverser vt Répandre qqch dans, sur.

déversoir nm Ouvrage servant à évacuer l'eau en excès.

dévêtir vt [32] Litt Déshabiller.

déviance nf Attitude déviante.

déviant, ante a, n Dont la conduite s'écarte des normes sociales.

déviation nf 1 Fait de dévier ; écart. 2 Déformation. *Déviation de la colonne vertébrale.* 3 Itinéraire détourné.

déviationnisme nm Fait de s'écarter de l'orthodoxie d'un parti.

déviationniste a, n Qui s'écarte de la ligne d'un parti.

dévider vt 1 Mettre du fil en écheveau ou en pelote. 2 Dérouler. *Dévider une bobine.*

dévidoir nm Appareil à dévider.

dévier vi S'écarter de sa direction. *La balle a dévié.* ■ vt Détourner. *Dévier la circulation.*

devin, devineresse n Qui prétend prédire les événements futurs.

deviner vt Découvrir, savoir par supposition.

devinette nf Question dont on doit deviner la réponse.

devis nm État détaillé des travaux à effectuer et estimation de leur prix.

dévisager vt [11] Regarder qqn avec insistance.

devise nf 1 Formule symbolique (ex. : *Liberté, Égalité, Fraternité.*) 2 Sentence indiquant une règle de conduite (ex. : *Bien faire et laisser dire*). 3 Monnaie étrangère.

deviser vi Converser avec qqn.

dévissage nm Action de dévisser.

dévisser vt 1 Ôter une vis, un écrou. 2 Démonter une pièce vissée. *Dévisser une serrure.* ■ vi Lâcher prise d'une paroi, pour un alpiniste.

de visu av En voyant. *Constater qqch de visu.*

dévitalisation nf Action de dévitaliser.

dévitaliser vt Retirer le tissu vital (pulpe et nerf) d'une dent.

dévitaminé a Qui a perdu ses vitamines.

dévoiement nm État d'une personne dévoyée.

dévoilement nm Action de dévoiler.

dévoiler vt 1 Enlever le voile de qqch, de qqn. 2 Découvrir, révéler. *Dévoiler un scandale.*

devoir vt [4] 1 Avoir à payer à qqn. 2 Être redevable de qqch à qqn. *Il lui doit sa situation.* 3 Avoir pour obligation morale. *Il me doit le respect.* 4 (avec l'inf) Marque la nécessité, le futur proche ou la possibilité. ■ vpr Avoir des obligations morales envers qqn. Loc *Comme il se doit :* comme il faut. ■ nm 1 Ce à quoi on est obligé par la morale, la loi, la raison, les convenances. 2 Tâche écrite donnée à un élève.

dévolu, ue a DR Acquis, échu par droit. ■ nm Loc *Jeter son dévolu sur :* fixer son choix sur.

dévolution nf DR Transmission d'un bien à qqn d'autre.

dévorant, ante a Insatiable.

dévorer vt 1 Manger en déchirant. 2 Manger gloutonnement. 3 Détruire, consumer. *Les flammes dévorèrent la maison.* Loc *Dévorer des yeux :* regarder avec convoitise.

dévoreur, euse n, a Qui dévore.

dévot, ote a, n Pieux.

dévotion nf Vive piété. Loc *Être à la dévotion de qqn :* lui être dévoué.

dévoué, ée a Plein de dévouement.

dévouement nm 1 Action de se dévouer. 2 Disposition à servir qqn.

dévouer (se) vpr Se consacrer, se sacrifier.

dévoyé, ée *a, n* Perverti, sans moralité.

dévoyer *vt* [22] Détourner du droit chemin, débaucher.

dextérité *nf* Adresse, habileté.

dextre *nf* Vx Main droite.

dey *nm* Chef turc qui gouvernait Alger avant la conquête française.

D.H.E.A. *nf* Hormone surrénale réputée ralentir le vieillissement.

diabète *nm* Maladie caractérisée par la présence de sucre dans le sang.

diabétique *a, n* Atteint de diabète.

diabétologie *nf* Étude du diabète.

diabétologue *n* Spécialiste du diabète.

diable *nm* 1 Démon, esprit du mal. 2 Enfant espiègle et turbulent. 3 Chariot à deux roues servant à transporter les objets lourds. **Loc** *Se débattre comme un (beau) diable :* remuer beaucoup. *Tirer le diable par la queue :* avoir des difficultés financières. *À la diable :* vite et mal. *Au diable :* très loin. *En diable :* extrêmement. *Un vent du diable :* très violent. *Bon diable :* brave homme. *Pauvre diable :* miséreux. *Un diable de :* qqn, qqch qui surprend ou mécontente. ■ *interj* Marque la surprise, etc.

diablement *av* Fam Excessivement.

diablerie *nf* 1 Malice, espièglerie. 2 Sortilège, ensorcellement.

diablesse *nf* Femme remuante, fillette turbulente.

diablotin *nm* 1 Petit diable. 2 Enfant vif et turbulent.

diabolique *a* Méchant et pernicieux.

diaboliquement *av* De façon diabolique.

diabolisation *nf* Action de diaboliser.

diaboliser *vt* Attribuer à qqn ou à qqch un caractère particulièrement nocif.

diabolo *nm* 1 Jouet qu'on lance et rattrape sur une ficelle tendue. 2 Limonade au sirop.

diachronie *nf* LING Évolution des faits linguistiques dans le temps. Ant. synchronie.

diachronique *a* LING De la diachronie.

diaclase *nf* GEOL Fissure dans une roche.

diaconat *nm* Ordre qui précède la prêtrise.

diacre *nm* 1 Ministre catholique ou orthodoxe qui a reçu le diaconat. 2 Laïc protestant remplissant bénévolement diverses fonctions.

diacritique *a* **Loc** *Signe diacritique :* signe graphique adjoint à une lettre, destiné notamment à distinguer des mots homographes.

diadème *nm* 1 Bandeau décoré, insigne de la royauté. 2 Bijou féminin en forme de bandeau.

diagnostic *nm* 1 MED Identification d'une affection par les symptômes. 2 Évaluation d'une situation donnée.

diagnostique *a* MED Relatif au diagnostic. *Signes diagnostiques d'une maladie.*

diagnostiquer *vt* Faire le diagnostic de.

diagonal, ale, aux *a* Qui joint deux angles opposés. ■ *nf* Droite reliant deux sommets non consécutifs d'un polygone. **Loc** *En diagonale :* en biais. *Lire en diagonale :* superficiellement.

diagramme *nm* Représentation graphique de la variation d'une grandeur.

dialectal, ale, aux *a* D'un dialecte.

dialecte *nm* Parler régional.

dialecticien, enne *n* Qui use de la dialectique.

dialectique *nf* Art du raisonnement. ■ *a* Qui concerne la dialectique.

dialectologie *nf* Étude des dialectes.

dialectologue *n* Spécialiste de dialectologie.

dialectophone ou **dialectisant, ante** *a, n* Qui parle un dialecte.

dialogue *nm* 1 Entretien entre deux personnes. 2 Texte dit par les personnages d'une pièce de théâtre, d'un film.

dialoguer *vti* Converser avec qqn. ■ *vt* Écrire les dialogues. *Dialoguer un film.*

dialoguiste *n* Auteur du dialogue d'un film.

dialyse *nf* 1 Analyse chimique par diffusion à travers des parois semi-perméables. 2 Procédé thérapeutique, qui permet d'éliminer les toxines en excès dans le sang. Syn. rein artificiel.

dialyser *vt* Pratiquer la dialyse sur qqn.

diamant *nm* 1 Pierre de grande valeur qui est du carbone pur cristallisé. 2 Bijou orné d'un diamant. 3 Outil servant à couper le verre.

diamantaire *nm* Négociant ou tailleur de diamants.

diamantifère *a* Qui contient du diamant.

diamétral, ale, aux *a* Du diamètre.

diamétralement *av* LOC *Points de vue diamétralement opposés :* radicalement opposés.

diamètre *nm* GEOM Segment de droite joignant deux points d'un cercle et passant par le centre.

diantre ! *interj* Litt Marque l'étonnement.

diapason *nm* 1 MUS Note de référence pour accorder instruments et voix. 2 Petit instrument fourchu qui produit le *la.* **Loc** *Être au diapason de qqn :* adopter la même attitude.

diaphane *a* Litt Qui se laisse traverser par la lumière sans être transparent.

diaphragme *nm* 1 Muscle transversal qui sépare le thorax de l'abdomen. 2 Préservatif féminin. 3 Dispositif permettant de régler la quantité de lumière dans un appareil photo.

diaphragmer *vt* Régler l'ouverture d'un appareil photographique.

diapositive ou **diapo** *nf* Photographie positive destinée à être projetée.

diapré, ée *a* Litt De couleurs vives et variées.

diarrhée *nf* Évacuation fréquente de selles liquides.

diarrhéique *a, n* De la diarrhée ; atteint de diarrhée.

diaspora *nf* Dispersion d'une ethnie au cours des siècles, à travers le monde.

diastole *nf* PHYSIOL Période de repos du cœur où les ventricules se remplissent.

diatomée *nf* Algue brune unicellulaire.

diatonique *a* MUS Qui procède par succession des tons et demi-tons de la gamme.

diatribe *nf* Critique amère et virulente.

dichotomie [-kɔ-] *nf* 1 Opposition entre deux choses. 2 BOT Division en deux ramifications.

dichotomique [-kɔ-] *a* Qui se divise en deux.

dico *nm* Fam Dictionnaire.

dicotylédone *nf* BOT Plante dont la graine renferme un embryon à deux cotylédons.

dictateur *nm* Homme politique qui exerce un pouvoir absolu.

dictatorial, ale, aux *a* D'un dictateur, d'une dictature. *Pouvoir dictatorial.*

dictature *nf* Pouvoir absolu.

dictée *nf* 1 Action de dicter. 2 Exercice scolaire de contrôle de l'orthographe ; le texte dicté lui-même.

dicter *vt* 1 Prononcer des mots pour que qqn les écrive. 2 Suggérer, inspirer. *La raison nous dicte la prudence.* 3 Imposer. *Le vainqueur dicte ses conditions.*

diction *nf* Manière d'articuler les mots d'un texte. Syn. élocution.

dictionnaire *nm* Ouvrage qui recense et décrit, souvent par ordre alphabétique, les mots d'une langue. Loc *Dictionnaire bilingue :* qui donne les équivalents dans une autre langue.

dicton *nm* Phrase passée en proverbe.

didacticiel *nm* Logiciel d'enseignement assisté par ordinateur.

didactique *a* 1 Destiné à l'enseignement. 2 Qui appartient au langage savant. ■ *nf* Théorie et méthode de l'enseignement.

didactisme *nm* Caractère didactique.

dièdre *nm* Figure formée par deux demi-plans issus de la même droite.

diérèse *nf* LING Prononciation en deux syllabes de deux voyelles consécutives (ex. : *missi-on*).

diergol *nm* Propergol constitué d'un combustible et d'un comburant.

dièse *nm* Signe qui élève d'un demi-ton la note qui suit.

diesel [djesɛl] *nm* Moteur à combustion interne fonctionnant au gazole.

diéséliser *vt* Équiper de diesels.

diéséliste *n* Spécialiste des diesels.

diester *nm* (n déposé) Biocarburant à base d'huile de colza.

1. diète *nf* Régime alimentaire reposant sur l'abstention de certains aliments.

2. diète *nf* Assemblée politique où l'on règle les affaires publiques.

diététicien, enne *n* Spécialiste de diététique.

diététique *nf* Étude de l'hygiène alimentaire. ■ *a* Sain, équilibré (régime alimentaire).

dieu *nm* 1 (avec majusc et sans pl) L'Être suprême. 2 Divinité. *Les dieux de l'Olympe.*

diffamant, ante *a* Qui diffame.

diffamateur, trice *n, a* Qui diffame.

diffamation *nf* Action de diffamer.

diffamatoire *a* Qui a pour but de diffamer.

diffamer *vt* Attaquer la réputation de.

différé, ée *a* Ajourné. *Paiement différé.* ■ *nm* Diffusion après enregistrement d'une émission télévisée ou radiophonique.

différemment *av* De façon différente.

différence *nf* 1 Ce qui distingue. *Différence d'âge.* 2 Résultat d'une soustraction. *La différence entre 30 et 20 est 10.*

différenciation *nf* Action de différencier, de se différencier.

différencier *vt* Distinguer entre les choses, des personnes. ■ *vpr* Se distinguer par.

différend *nm* Opposition, désaccord.

différent, ente *a* Dissemblable, distinct. *Ce mot a des sens différents.* ■ *pl* Plusieurs. *Différentes personnes sont venues.*

différentiel, elle *a* Qui implique une différence. *Tarif différentiel.* Loc MATH *Calcul différentiel :* recherche de la propriété du rapport de deux infiniment petits. ■ *nm* 1 Mécanisme de transmission qui permet aux roues motrices de tourner à des vitesses différentes. 2 Écart entre deux grandeurs. *Différentiel d'inflation.*

différer *vi* [12] Être différent. ■ *vt* Retarder, remettre à plus tard.

difficile *a* Qui donne de la peine, qui cause des soucis. ■ *n, a* Exigeant.

difficilement *av* Avec peine.

difficulté *nf* 1 Caractère difficile. 2 Chose difficile, obstacle. 3 Objection, contestation.

difforme *a* Contrefait, mal bâti.

difformité *nf* Défaut de proportions, anomalie.

diffraction *nf* PHYS Déviation d'une onde au voisinage d'un obstacle.

diffus, use *a* 1 Répandu, renvoyé dans toutes les directions. 2 Imprécis et délayé.

diffuser *vt* 1 Répandre dans toutes les directions. 2 Transmettre sur les ondes. 3 Répandre dans le public.

diffuseur *nm* 1 Qui diffuse. 2 Appareil d'éclairage qui donne une lumière diffuse.

diffusion *nf* Action de diffuser.

digérer *vt* [12] 1 Faire l'assimilation des aliments. 2 Assimiler intellectuellement. 3 Fam Endurer.

digest [dajʒɛst] *nm* Résumé d'un article, d'un livre.

digeste *a* Facile à digérer.

digestible *a* Apte à être digéré.

digestif, ive *a* De la digestion. ■ *nm* Liqueur, alcool bu en fin de repas.

digestion *nf* Transformation des aliments dans l'organisme, permettant leur assimilation.

digicode *nm* (n déposé) Code d'accès à un immeuble.

digit [-ʒit] *nm* INFORM Symbole représentant un caractère numérique.

digital, ale, aux *a* 1 Des doigts. *Empreintes digitales.* 2 Abusiv Numérique. *Affichage digital.*

digitale *nf* Plante toxique à fleurs en forme de doigt de gant.

digitaline *nf* Produit extrait de la digitale possédant une action sur le cœur.

digitigrade *a, nm* ZOOL Vertébré dont les doigts constituent la surface d'appui sur le sol.

digitopuncture *nf* Traitement par des applications des doigts sur des points d'acuponcture.

diglossie *nf* Bilinguisme où une des deux langues a un statut inférieur.

digne *a* 1 Qui mérite qqch. *Attitude digne de mépris.* 2 Conforme à qqn. *Fils digne de son père.* 3 Grave. *Attitude digne.*

dignement *av* Avec dignité.

dignitaire *nm* Pourvu d'une dignité.

dignité *nf* 1 Respect que mérite qqn. 2 Allure grave et fière. 3 Fonction éminente.

digramme *nm* Suite de deux lettres transcrivant un son unique (ex. : *ou*, *ch*).

digression *nf* Développement qui s'écarte du sujet traité.

digue *nf* Construction servant à contenir les eaux marines ou fluviales.

diktat [-tat] *nm* Clause d'un traité imposée par la force.

dilacérer *vt* [12] Déchirer, mettre en pièces.

dilapidation *nf* Action de dilapider.

dilapider *vt* Gâcher, gaspiller. *Dilapider un héritage.*

dilatation *nf* Action de dilater ou de se dilater.

dilater *vt* Augmenter le volume de.

dilatoire *a* Qui vise à gagner du temps.

dilemme *nm* Situation qui oblige à choisir entre deux partis, chacun entraînant des conséquences graves.

dilettante *n* Qui exerce une activité pour le plaisir, avec une certaine fantaisie ; amateur.

dilettantisme *nm* Caractère du dilettante.

diligemment *av* Litt Avec diligence.

diligence

diligence *nf* Voiture à chevaux qui transportait des voyageurs. **Loc** Litt *Faire diligence :* se hâter.

diligent, ente *a* Litt Qui agit vite et bien.

diligenter *vt* DR Entreprendre d'urgence.

diluant, ante *a, nm* Qui sert à diluer.

diluer *vt* Délayer dans un liquide. ■ *vpr* Perdre sa consistance.

dilution *nf* Action de diluer, de se diluer.

diluvien, enne *a* Relatif au déluge. **Loc** *Pluie diluvienne :* très abondante.

dimanche *nm* Septième jour de la semaine, qui suit le samedi.

dîme *nf* HIST Prélèvement d'un dixième sur les récoltes au profit de l'Église.

dimension *nf* 1 Étendue considérée comme susceptible de mesure. 2 Grandeur mesurée. 3 Importance. *Homme de dimension internationale.*

dimensionnel, elle *a* Relatif aux dimensions.

dimensionner *vt* TECH Fixer les dimensions de qqch.

diminué, ée *a* Affaibli au physique ou au moral.

diminuer *vt* 1 Rendre moindre une grandeur, une quantité. 2 Déprécier, dénigrer. ■ *vi* Devenir moindre. *La pluie a diminué.*

diminutif *nm* Transformation familière d'un nom ou d'un prénom.

diminution *nf* Action de diminuer.

dimorphe *a* Didac Qui se présente sous deux formes différentes.

dimorphisme *nm* Caractère dimorphe.

dinanderie *nf* Ustensiles de cuivre jaune.

dinar *nm* Unité monétaire d'Algérie, de Tunisie, de Yougoslavie, d'Irak, de Jordanie, du Koweït, de Libye et du Yémen.

dinde *nf* 1 Femelle du dindon. 2 Fam Femme stupide, niaise.

dindon *nm* Gros oiseau de basse-cour originaire d'Amérique du Nord. **Loc** Fam *Être le dindon de la farce :* être la dupe.

dindonneau *nm* Jeune dindon.

dîner *vi* Prendre le repas du soir. ■ *nm* Repas du soir.

dînette *nf* 1 Simulacre de repas que font les enfants. 2 Service de table miniature.

dîneur, euse *n* Convive à un dîner.

dinghy [dingi] *nm* Embarcation pneumatique.

dingo *nm* Chien sauvage d'Australie. ■ *a, nm* Fam Fou, cinglé.

dingue *a, n* Fam Fou.

dinosaure *nm* 1 Reptile fossile du secondaire. 2 Fam Personnage important mais dépassé.

diocésain, aine *a, n* Du diocèse.

diocèse *nm* Circonscription placée sous la juridiction d'un évêque.

diode *nf* Composant à deux électrodes redresseur de courants alternatifs.

dionée *nf* Plante carnivore d'Amérique du Nord.

dionysiaque *a* De Dionysos.

dioptrie *nf* PHYS Unité de mesure de la distance focale d'un système optique.

dioxine *nf* CHIM Produit très toxique.

dioxyde *nm* CHIM Oxyde pourvu de deux atomes d'oxygène.

dipétale *a* BOT Qui a deux pétales.

diphasé, ée *a* ELECTR Qui présente deux phases.

diphtérie *nf* Maladie infectieuse contagieuse.

diphtérique *a, n* Atteint de la diphtérie.

diphtongaison *nf* LING Fusion de deux sons vocaliques en une seule syllabe.

diphtongue *nf* LING Voyelle complexe dont le timbre se modifie en cours d'émission.

diphtonguer *vt* Changer une voyelle en diphtongue.

diplodocus [-kys] *nm* Dinosaure herbivore qui atteignait parfois 32 m de long.

diplomate *n* Chargé d'une fonction diplomatique. ■ *a* Qui a du tact avec autrui, habile à négocier. ■ *nm* Gâteau de biscuits, de crème et de fruits confits.

diplomatie [-si-] *nf* 1 Pratique des négociations entre États. 2 Tact et habileté dans les relations avec autrui.

diplomatique *a* 1 Relatif à la diplomatie. 2 Habile dans les relations privées.

diplomatiquement *av* De façon diplomatique.

diplôme *nm* 1 Titre ou grade, généralement délivré par un établissement d'enseignement à la fin d'un cycle d'études. 2 Certificat écrit attestant l'obtention d'un diplôme.

diplômé, ée *a, n* Qui a obtenu un diplôme.

diplopie *nf* MED Trouble de la vue qui fait voir double.

diptère *nm* ZOOL Insecte à deux ailes, comme les mouches, les moustiques.

diptyque *nm* Tableau formé de deux panneaux rabattables l'un sur l'autre.

dire *vt* [60] 1 Articuler, prononcer. *Dites « trente-trois ».* 2 Employer, utiliser un mot. 3 Communiquer, faire savoir que. 4 Ordonner que (+ subj). 5 Prétendre que. 6 Réciter un texte. 7 Indiquer. *La pendule dit l'heure exacte.* 8 Plaire, convenir. *Ce voyage ne lui dit rien.* 9 Évoquer. *Ce nom me dit qqch.* **Loc** *Cela va sans dire :* c'est évident. *Si le cœur vous en dit :* si cela vous tente. *Soit dit en passant :* sans insistance. *On dirait que :* il semble que. *Vouloir dire :* signifier. ■ *vpr* Se prétendre tel. ■ *nm* Ce que qqn dit. *Nous vérifions ses dires.* **Loc** *Au dire de :* au témoignage de.

direct, ecte *a* 1 Droit, sans détour. 2 Immédiat. *Conséquences directes.* **Loc** *Style direct :* qui rapporte telles quelles les paroles prononcées. *Train direct :* qui ne s'arrête qu'aux stations principales. ■ *nm* 1 En boxe, coup droit. 2 Train direct. **Loc** *Émission en direct :* diffusée dans l'instant même.

directement *av* 1 Tout droit, sans détour. 2 Sans préambule. 3 Sans intermédiaire.

directeur, trice *n* 1 Qui dirige, qui est à la tête d'une entreprise, d'un service, etc. 2 HIST Chacun des cinq membres du Directoire. ■ *a* Qui dirige. *Comité directeur.*

directif, ive *a* 1 Qui dirige fermement. *Un instituteur très directif.* 2 Qui capte dans une direction privilégiée. *Micro directif.*

direction *nf* 1 Action de diriger. 2 Fonction, poste de directeur. 3 Siège, bureau du directeur. 4 Orientation du déplacement. *Être dans la bonne direction.* 5 TECH Ensemble des organes qui servent à diriger un véhicule.

directionnel, elle *a* Qui capte ou rayonne dans une direction déterminée.

directive *nf* Instructions, indications générales données par une autorité.

directivité *nf* Caractère directif.

directoire *nm* Conseil chargé de diriger et d'administrer.

directorat *nm* Fonction de directeur.

directorial, ale, aux *a* Relatif à la fonction de directeur.

dirham *nm* Unité monétaire du Maroc et des Émirats arabes unis.

dirigeable *nm* Ballon propulsé par un moteur.

dirigeant, ante *a, n* Qui dirige.

diriger *vt* [11] 1 Commander, être à la tête de. *Diriger un ministère.* 2 Exercer une autorité sur *Diriger un élève, ses études.* 3 Conduire. *On nous dirigea vers la sortie.* 4 Guider. *L'intérêt public a dirigé toute sa vie.* 5 Orienter. *Diriger un bateau vers le port.*

dirigisme *nm* Système où l'État dirige la vie économique.

dirigiste *a, n* Qui relève du dirigisme.

discal, ale, aux *a* Relatif aux disques intervertébraux. *Hernie discale.*

discarthrose *nf* Arthrose des disques vertébraux.

discernable *a* Qu'on peut discerner.

discernement *nm* Faculté d'apprécier avec justesse les situations, les choses.

discerner *vt* 1 Distinguer, reconnaître par la vue. 2 Faire la distinction entre, différencier.

disciple *nm* Qui reçoit l'enseignement d'un maître.

disciplinaire *a* Qui relève de la discipline.

discipline *nf* 1 Domaine particulier de la connaissance ; matière d'enseignement. 2 Règles de conduite pour le bon fonctionnement de l'organisation sociale ; obéissance à ces règles. 3 Règle de conduite qu'on s'impose. *Sportif qui s'astreint à une discipline rigoureuse.*

discipliné, ée *a* Qui se soumet à la discipline.

discipliner *vt* Habituer à se conformer à la discipline.

disc-jockey *nm* Animateur de radio ou de discothèque qui choisit et passe les disques. *Des disc-jockeys.*

disco *nm* Musique de variétés fortement rythmée et saccadée.

discobole *nm* ANTIQ Athlète qui lançait le disque.

discographie *nf* Répertoire méthodique de disques enregistrés.

discoïde *a* En forme de disque.

discontinu, ue *a* Qui n'est pas continu ou continuel.

discontinuer *vi* Loc *Sans discontinuer* : sans s'arrêter.

discontinuité *nf* Absence de continuité.

disconvenir *vti* [35] Loc Litt *Ne pas disconvenir de :* être d'accord.

discordance *nf* Absence ou défaut d'accord, d'harmonie.

discordant, ante *a* Qui n'est pas en accord, en harmonie.

discorde *nf* Dissentiment grave ; dissension.

discothèque *nf* 1 Collection de disques enregistrés. 2 Lieu public où on peut écouter des disques et danser.

discount [-kunt] ou [kaunt] *nm* Rabais sur un prix.

1. discounter [-kuntœʀ] ou [-kauntœʀ] *nm* Commerçant qui fait du discount.

2. discounter [-kunte] ou [-kaunte] *vt* Vendre des marchandises en discount.

discoureur, euse *n* Qui aime à discourir.

discourir *vi* [25] Parler longuement sur un sujet ; pérorer.

discours *nm* 1 Paroles (par oppos. à *action*). 2 Exposé oratoire. 3 Exposé écrit didactique. Loc LING *Parties du discours* : catégories de mots (article, nom, pronom, verbe, adjectif, adverbe, préposition, conjonction, interjection).

discourtois, oise *a* Litt Impoli.

discrédit *nm* Diminution, perte du crédit.

discréditer *vt* Faire tomber en discrédit.

discret, ète *a* 1 Qui parle ou agit avec retenue, tact, réserve. 2 Qui n'attire pas l'attention. 3 Qui sait garder un secret. 4 MATH PHYS LING Composé d'unités distinctes. Ant. continu.

discrètement *av* De façon discrète.

discrétion *nf* 1 Réserve, sobriété. 2 Qualité de qqn qui sait garder un secret. Loc *À la discrétion de :* à la disposition de. *À discrétion :* à volonté.

discrétionnaire *a* DR Laissé à la discrétion de l'Administration.

discriminant, ante *a, nm* Qui établit une discrimination, une distinction.

discrimination *nf* 1 Litt Séparation, distinction. 2 Ségrégation. *Discrimination raciale.*

discriminatoire *a* Qui établit une discrimination.

discriminer *vt* Litt Distinguer, mettre à part.

disculpation *nf* Action de disculper.

disculper *vt* Mettre qqn hors de cause, innocenter. ■ *vpr* Prouver son innocence.

discursif, ive *a* 1 Qui procède par le raisonnement. 2 Relatif au discours.

discussion *nf* 1 Action de discuter, de débattre. 2 Fait d'élever des objections. 3 Conversation, échange de vues.

discutable *a* 1 Qui prête à discussion. 2 Critiquable, douteux.

discutailler *vi* Fam Discuter longuement sur des détails.

discuté, ée *a* Controversé, critiqué.

discuter *vt* 1 Débattre de qqch. 2 Contester. 3 Fam Converser, bavarder. ■ *vi, vti* Échanger des opinions. *Discuter de politique.*

disert, erte [-zɛʀ] *a* Litt Qui parle avec aisance.

disette *nf* Manque ou rareté de vivres.

diseur, euse *n* Qui dit habituellement telle ou telle chose.

disgrâce *nf* Perte des bonnes grâces dont on jouissait.

disgracié, ée *a* Litt Défavorisé par la nature.

disgracier *vt* Litt Ôter à qqn la faveur qu'on lui accordait.

disgracieux, euse *a* Dépourvu de grâce.

disjoindre *vt* [62] Séparer ce qui était joint.

disjoint, ointe *a* Séparé ou mal joint.

disjoncter *vi* 1 Couper le courant, en parlant d'un disjoncteur. 2 Fam Perdre la tête.

disjoncteur *nm* Interrupteur qui s'ouvre automatiquement si l'intensité électrique dépasse une limite.

disjonction *nf* Action de séparer ce qui est joint.

dislocation *nf* 1 Déboîtement, luxation. 2 Séparation, démembrement.

disloquer *vt* 1 Démettre une articulation. 2 Désunir, diviser, démembrer.

disparaître *vi* [55] [aux *avoir* ou *être*] 1 Cesser d'être visible. 2 Quitter un lieu, partir. 3 Mourir, périr. 4 Ne plus exister. *L'enflure a disparu.*

disparate *a* Qui manque d'unité, hétéroclite.

disparité *nf* Manque d'égalité ; différence, dissemblance.

disparition *nf* Fait de disparaître ; mort.

disparu, ue *a, n* Personne présumée décédée.

dispatcher *vt* Distribuer, répartir, orienter.

dispatching [-fiŋ] *nm* 1 Répartition. 2 Organisme répartiteur.

dispendieux, euse *a* Litt Coûteux.

dispensaire *nm* Établissement de diagnostic et de soins.

dispensateur, trice *a, n* Qui distribue.

dispense *nf* 1 Exemption. 2 Pièce qui atteste cette exemption.

dispenser *vt* 1 Litt Distribuer. *Dispenser des soins.* 2 Exempter qqn de.

dispersant, ante *a, nm* Produit utilisé pour dissoudre le mazout répandu à la surface de la mer.

dispersé, ée *a* Loc *En ordre dispersé* : de façon désordonnée.

disperser *vt* 1 Éparpiller, répandre de tous côtés. 2 Placer dans des endroits divers ; disséminer. 3 Séparer en faisant aller dans des directions différentes. ■ *vpr* 1 S'éparpiller. 2 S'adonner à trop d'activités.

dispersion *nf* Action de disperser, de se disperser.

display *nm* Présentoir publicitaire.

disponibilité *nf* 1 Fait pour qqn ou qqch d'être disponible. 2 Situation d'un fonctionnaire temporairement déchargé de ses fonctions. ■ *pl* Fonds, capitaux disponibles.

disponible *a* Dont on peut disposer.

dispos, ose *a* Loc *Être frais et dispos* : en bonne forme, reposé.

disposé, ée *a* Loc *Être disposé à* : être prêt à. *Être bien, mal disposé envers* : être favorable, défavorable ; être de bonne, de mauvaise humeur.

disposer *vt* 1 Arranger dans un certain ordre. 2 Préparer qqn à. 3 Litt Stipuler, prescrire. ■ *vti* Avoir à sa disposition, pouvoir utiliser. *Disposer de capitaux.* ■ *vi* Loc *Vous pouvez disposer* : vous pouvez partir. ■ *vpr* Se préparer à, être sur le point de.

dispositif *nm* 1 Les divers organes d'un système. 2 Ensemble de mesures pour remplir une mission donnée.

disposition *nf* 1 Arrangement. 2 Tendance, inclination à. Loc *A la disposition de* : au service de. ■ *pl* 1 Mesures qu'on prend. 2 Aptitudes. 3 Sentiment. *Être dans de bonnes dispositions.*

disproportion *nf* Défaut de proportion, différence importante.

disproportionné, ée *a* Sans proportion, excessif.

disputailler *vi* Fam Disputer longtemps sur des futilités.

dispute *nf* Altercation, querelle.

disputé, ée *a* Que l'on se dispute.

disputer *vt* 1 Lutter pour obtenir ou conserver. 2 Participer comme concurrent à une compétition. 3 Fam Réprimander. ■ *vpr* Se quereller.

disquaire *n* Marchand de disques.

disqualification *nf* Action de disqualifier.

disqualifier *vt* 1 Exclure d'une compétition pour infraction aux règles. 2 Litt Discréditer. ■ *vpr* Perdre tout crédit.

disque *nm* 1 Palet que lancent les athlètes. 2 Objet de forme ronde et plate. 3 Plaque mince et circulaire en matière synthétique pour l'enregistrement et la reproduction des sons. 4 ANAT Cartilage entre deux vertèbres. Loc INFORM *Disque dur* : support matériel de mémoire.

disquette *nf* Disque magnétique pour données informatiques.

dissection *nf* Action de disséquer.

dissemblable *a* Non semblable.

dissemblance *nf* Litt Disparité.

dissémination *nf* Action de disséminer.

disséminer *vt* Répandre çà et là, disperser.

dissension *nf* Vif désaccord.

dissentiment *nm* Litt Différence conflictuelle de vues, de jugement.

disséquer *vt* [12] 1 Ouvrir un corps pour en étudier l'anatomie. 2 Analyser minutieusement.

dissertation *nf* Exercice scolaire écrit sur un sujet littéraire ou philosophique.

disserter *vi* 1 Exposer méthodiquement. 2 Discourir longuement, d'une manière ennuyeuse. *Disserter sur la politique.*

dissidence *nf* 1 Action, état de celui qui cesse d'obéir à l'autorité établie. 2 Groupe de dissidents. *Rallier la dissidence.*

dissident, ente *a, n* En dissidence.

dissimulateur, trice *n, a* Qui sait dissimuler.

dissimulation *nf* 1 Action de dissimuler. 2 Duplicité, hypocrisie.

dissimulé, ée *a* Hypocrite, sournois.

dissimuler *vt* 1 Tenir caché, ne pas laisser paraître. *Dissimuler sa crainte.* 2 Taire, laisser ignorer. *On lui dissimula l'incident.* 3 Masquer, cacher, rendre moins visible. *Dissimuler son visage.* ■ *vpr* Se cacher.

dissipateur, trice *n, a* Litt Dépensier.

dissipation *nf* 1 Action de dissiper. 2 Manque d'attention, de sérieux. 3 Conduite débauchée.

dissipé, ée *a* Inattentif, turbulent.

dissiper *vt* 1 Faire disparaître en dispersant. 2 Litt Perdre en dépenses, en prodigalités. 3 Distraire qqn, l'inciter à des écarts de conduite. ■ *vpr* Être inattentif.

dissociable *a* Qu'on peut dissocier.

dissociation *nf* Action de dissocier.

dissocier *vt* Séparer, distinguer, disjoindre.

dissolu, ue *a* Litt Qui vit dans la débauche.

dissolution *nf* 1 Action de dissoudre. 2 DR Action de mettre légalement fin à. *Dissolution du mariage.* 3 Litt Dérèglement des mœurs.

dissolvant, ante *a, nm* Produit employé pour dissoudre.

dissonance *nf* 1 Rencontre de sons qui ne s'accordent pas. 2 Discordance, manque d'harmonie.

dissonant, ante *a* Désagréable à l'oreille.

dissoudre *vt* [51] 1 Opérer la mise en solution d'un corps. 2 Mettre légalement fin à.

dissuader *vt* Détourner qqn d'un projet.

dissuasif, ive *a* Qui dissuade.

dissuasion *nf* Action de dissuader. Loc *Force de dissuasion* : force de frappe nucléaire visant à dissuader l'ennemi.

dissyllabe ou **dissyllabique** *a, nm* Qui a deux syllabes.

dissymétrie *nf* Défaut de symétrie.

dissymétrique *a* Sans symétrie.

distance *nf* **1** Espace qui sépare deux lieux, deux choses. **2** Intervalle de temps. **3** Différence. *Loc À distance* : de loin. *Prendre ses distances* : s'éloigner. *Tenir à distance* : à l'écart.

distancer *vt* [10] Mettre une certaine distance entre soi et les autres concurrents.

distanciation *nf* Fait de se distancier.

distancier (se) *vpr* Prendre du recul par rapport à un événement, à une situation.

distant, ante *a* **1** À une certaine distance dans l'espace ou le temps. **2** Réservé ou froid dans son attitude.

distendre *vt* [5] Augmenter par tension les dimensions de qqch.■ *vpr* Se relâcher.

distension *nf* Augmentation des dimensions de qqch. *Distension d'une courroie.*

distillateur, trice [-tila-] *n* Fabricant de liqueurs alcoolisées.

distillation [-tila-] *nf* Action de distiller.

distiller [-tile] *vt* **1** Extraire d'un liquide certains produits en les transformant en vapeur condensée. **2** Litt Produire, répandre peu à peu. *Des propos qui distillent la haine.*

distillerie [-tilRi] *nf* Lieu de distillation.

distinct, incte [-tɛ̃, -ɛ̃kt] *a* **1** Séparé, différent. **2** Qui se perçoit nettement. *Des paroles distinctes.*

distinctement *av* De façon distincte.

distinctif, ive *a* Caractéristique. *Signe distinctif.*

distinction *nf* **1** Action de distinguer. **2** Division, séparation. **3** Marque d'honneur. **4** Élégance des manières, du langage.

distinguable *a* Perceptible.

distingué, ée *a* **1** Remarquable par ses mérites. **2** Qui a de l'élégance.

distinguer *vt* **1** Rendre particulier, reconnaissable. **2** Faire la différence entre. *Savoir distinguer le fer de l'acier.* **3** Remarquer. **4** Percevoir. *Distinguer une odeur.* ■ *vpr* Se signaler par. *Se distinguer par son audace.*

distinguo *nm* Distinction subtile.

distique *nm* LITTER Réunion de deux vers, formant une unité poétique.

distordre *vt* [5] Déformer une onde, un signal.

distorsion *nf* **1** Torsion, déplacement d'une partie du corps. **2** Déformation d'un signal, d'une onde. **3** Déséquilibre entre plusieurs facteurs.

distraction *nf* **1** Manque d'attention, étourderie. **2** Délassement, amusement.

distraire *vt* [74] **1** Détourner à son profit. **2** Déranger qqn. **3** Divertir, amuser. ■ *vpr* S'amuser, se délasser.

distrait, aite *a, n* Qui ne prête pas attention à ce qu'il dit, à ce qu'il fait.

distraitement *av* Sans prêter attention.

distrayant, ante *a* Qui distrait.

distribuer *vt* **1** Donner à diverses personnes, répartir, partager. **2** Répartir dans plusieurs endroits. *Conduites qui distribuent l'eau.* **3** Assurer la distribution. *Distribuer un film.*

distributeur, trice *n* **1** Qui distribue. **2** Personne ou organisme chargé de la diffusion commerciale. ■ *nm* Appareil servant à distribuer.

distributif, ive *a* GRAM Qui désigne séparément. *« Chaque » est un adjectif distributif.*

distribution *nf* **1** Répartition entre plusieurs personnes. *Distribution du courrier.* **2** Recherche des interprètes et attribution des rôles ; ensemble des interprètes. **3** Diffusion commerciale des produits. **4** Arrangement, disposition. *Distribution des pièces dans un appartement.* **5** LING Environnement d'un élément dans un énoncé.

district *nm* Étendue de juridiction administrative ou judiciaire. *Loc District urbain* : qui regroupe des communes voisines.

dit, dite *a* Surnommé. *Charles V, dit le Sage. Loc C'est chose dite* : c'est convenu. *Ledit, ladite, lesdits, lesdites* : celui, celle, ceux, celles dont on vient de parler. ■ *nm* Récit comique du Moyen Âge.

dithyrambe *nm* Litt Louange enthousiaste, souvent excessive.

dithyrambique *a* Très élogieux.

diurèse *nf* MED Sécrétion d'urine.

diurétique *a, nm* MED Qui augmente la sécrétion urinaire.

diurne *a* De jour. Ant. nocturne.

diva *nf* Cantatrice célèbre.

divagation *nf* Propos incohérents, délire.

divaguer *vi* Tenir des propos incohérents.

divan *nm* Canapé sans dossier ni bras, garni de coussins et pouvant servir de lit.

divergence *nf* **1** Fait de diverger. **2** Différence, désaccord. *Divergence d'opinions.* Loc *Entrer en divergence* : en parlant d'une réaction de fission nucléaire, s'entretenir d'elle-même.

divergent, ente *a* **1** Qui diverge. *Lentille divergente.* **2** En désaccord, opposé.

diverger *vi* [11] **1** Aller en s'écartant de plus en plus. *Lignes qui divergent.* **2** Être en désaccord.

divers, erse [-veʀ] *a* Litt Varié. *Pays très divers.* ■ *pl* **1** Différent, distinct. *Les divers sens d'un mot.* **2** Plusieurs. *Parler de diverses choses.* Loc *Fait divers* : incident du jour donné en information.

diversement *av* De diverses manières.

diversification *nf* Action de diversifier, de se diversifier.

diversifier *vt* Rendre divers ; varier.

diversion *nf* **1** Opération destinée à détourner l'attention de l'ennemi. **2** Action de détourner le cours des idées de qqn. Loc *Faire diversion* : détourner l'attention.

diversité *nf* **1** Variété, différence, pluralité. **2** Opposition, divergence.

diverticule *nm* **1** MED Cavité pathologique communiquant avec un conduit naturel. **2** Voie secondaire, petit détour.

divertimento [-mɛn-] *nm* MUS Suite pour un petit orchestre.

divertir *vt* Récréer, amuser. ■ *vpr* S'amuser, se distraire.

divertissant, ante *a* Distrayant.

divertissement *nm* **1** Récréation, distraction, passe-temps. **2** Composition instrumentale du XVIIIe s., écrite pour être jouée en plein air.

dividende *nm* **1** MATH Le nombre divisé. Ant. diviseur. **2** Part de bénéfice distribuée à chaque actionnaire d'une société.

divin, ine *a, nm* **1** Qui appartient à un dieu, à Dieu. **2** Excellent, délicieux, ravissant.

divinateur, trice *a* Qui prévoit l'avenir.

divination *nf* 1 Art de deviner l'avenir par l'interprétation des présages. 2 Faculté d'expliciter les pressentiments ; intuition.

divinatoire *a* Qui procède de la divination.

divinement *av* À la perfection.

divinisation *nf* Action de diviniser.

diviniser *vt* 1 Mettre au rang des dieux. 2 Litt Exalter, glorifier.

divinité *nf* 1 Essence, nature divine. 2 Dieu.

diviser *vt* 1 Partager en plusieurs parties. 2 MATH Effectuer la division de. 3 Désunir. *Diviser pour régner.* ■ *vpr* Se séparer.

diviseur *nm* MATH Nombre qui divise un autre nombre appelé *dividende.*

divisibilité *nf* MATH Propriété d'un nombre divisible.

divisible *a* MATH Qui peut être divisé sans reste. *9 est divisible par 3.*

division *nf* 1 Action de diviser, de séparer. 2 MATH Opération consistant à partager un nombre en un certain nombre de parties égales. 3 Chaque partie d'un tout divisé. 4 MILIT Unité importante regroupant des troupes de différentes armes. 5 Désunion, discorde.

divisionnaire *a, n* Qui appartient à une division, s'occupe d'une division.

divisionnisme *nm* Technique de peintres du XIXᵉ s., appelée aussi *pointillisme.*

divorce *nm* 1 Rupture légale du mariage. 2 Opposition entre deux choses.

divorcé, ée *a, n* Séparé par un divorce.

divorcer *vi* [10] [aux *avoir* ou *être*] Rompre légalement son mariage.

divulgation *nf* Action de divulguer.

divulguer *vt* Rendre public, révéler.

dix [dis] en position isolée ; [diz] devant voyelle ou *h* muet ; [di] devant consonne ou *h* aspiré *a num* 1 Neuf plus un (10). 2 Dixième. *Tome X.* ■ *nm inv* Nombre dix.

dix-huit *a num* 1 Dix plus huit (18). 2 Dix-huitième. *Le dix-huit mars.* ■ *nm inv* Nombre dix-huit.

dix-huitième *a num* Qui occupe le rang marqué dix-huit. ■ *a, nm* Contenu dix-huit fois dans le tout.

dixième *a num* Au rang, au degré dix. ■ *a, nm* Contenu dix fois dans le tout. ■ *nm* Billet de loterie nationale qui a dix fois moins de valeur qu'un billet entier.

dixièmement *av* En dixième lieu.

dix-neuf *a num* 1 Dix plus neuf (19). 2 Dix-neuvième. *Chapitre dix-neuf.* ■ *nm inv* Nombre dix-neuf.

dix-neuvième *a num* Au rang, au degré dix-neuf. ■ *a, nm* Contenu dix-neuf fois dans le tout.

dix-sept *a num* 1 Dix plus sept (17). 2 Dix-septième. *Page dix-sept.* ■ *nm inv* Nombre dix-sept.

dix-septième *a num* Au rang, au degré dix-sept. ■ *a, nm* Contenu dix-sept fois dans le tout.

dizain *nm* Stance de dix vers.

dizaine *nf* 1 Nombre de dix. 2 Quantité proche de dix.

dizygote *a, n* BIOL Faux jumeaux provenant chacun d'un œuf différent.

djebel *nm* Montagne en Afrique du Nord.

djellaba *nf* Robe longue à capuchon, portée en Afrique du Nord.

djiboutien, enne *a, n* De Djibouti.

djihad *nm* Guerre sainte, pour les musulmans.

djinn *nm* Génie, lutin, esprit de l'air, chez les Arabes.

do *nm inv* Première note de la gamme.

doberman *nm* Chien de garde au poil ras.

docile *a* Obéissant.

docilement *av* Avec docilité.

docilité *nf* Soumission, disposition à obéir.

dock *nm* 1 Bassin entouré de quais, servant au chargement et au déchargement des navires. 2 Chantier de réparation de navires. ■ *pl* Entrepôts dans les ports.

docker [dɔkɛr] *nm* Ouvrier qui travaille à charger et à décharger les navires.

docte *a* Savant, érudit.

doctement *av* Savamment.

docteur *nm* 1 Qui a soutenu une thèse de doctorat. *Docteur ès lettres, ès sciences.* 2 Médecin.

doctoral, ale, aux *a* 1 Pédant. *Ton doctoral.* 2 Du doctorat. *Études doctorales.*

doctoralement *av* Avec pédantisme.

doctorant, ante *n* Qui prépare un doctorat.

doctorat *nm* Grade de docteur.

doctoresse *nf* Médecin femme.

doctrinaire *n, a* 1 Systématiquement attaché à une doctrine. 2 Dogmatique.

doctrinal, ale, aux *a* Relatif à une doctrine.

doctrine *nf* 1 Ensemble des opinions qu'on professe. 2 Système intellectuel lié à un penseur ou à un thème.

docudrame *nm* Film de fiction sur un canevas historique.

document *nm* Chose écrite qui peut servir à renseigner, à prouver.

documentaire *a* Qui possède un caractère de document. Loc *À titre documentaire :* à titre de renseignement. ■ *nm* Film à but didactique.

documentaliste *n* Spécialiste de la recherche, la mise en ordre et la diffusion des documents.

documentariste *n* Auteur de documentaires.

documentation *nf* 1 Action de documenter, de se documenter. 2 Ensemble de documents.

documenté, ée *a* 1 Fondé sur une documentation. *Étude documentée.* 2 Bien informé.

documenter *vt* Fournir des documents, des renseignements. ■ *vpr* Se renseigner.

dodécaèdre *nm* Solide à douze faces.

dodécagone *nm* Polygone à douze côtés.

dodécaphonique *a* Du dodécaphonisme.

dodécaphonisme *nm* Musique dans laquelle est utilisée, sans répétitions, la série des douze sons de l'échelle chromatique.

dodécasyllabe *a, nm* Qui a douze syllabes.

dodeliner *vi, vti* (Se) balancer doucement. *Dodeliner de la tête.*

dodo *nm* Loc Fam *Faire dodo :* dormir. *Aller au dodo :* aller au lit.

dodu *a* Gras, potelé.

doge *nm* HIST Premier magistrat au Moyen Âge à Venise et à Gênes.

dogmatique *a* 1 Qui concerne le dogme. 2 Décisif, péremptoire.

dogmatiquement *av* Avec dogmatisme.

dogmatiser *vi* Affirmer de façon autoritaire.

dogmatisme *nm* Attitude intellectuelle consistant à affirmer des idées sans les discuter.

dogme *nm* 1 Principe établi, servant de fondement à une doctrine. 2 Ensemble des articles de foi d'une religion.

dogue nm Chien de garde à grosse tête, au museau écrasé. Loc *Être d'une humeur de dogue :* de très mauvaise humeur.

doigt nm Chacune des cinq parties articulées, mobiles, qui terminent la main. Loc *Les doigts de pied :* les orteils. *Se mordre les doigts :* éprouver des regrets très vifs. *Taper sur les doigts de qqn :* le réprimander, le rappeler à l'ordre. *Obéir au doigt et à l'œil :* ponctuellement, au premier signe. *Être comme les deux doigts de la main :* très liés. *Être à deux doigts de :* très près de. *Savoir sur le bout des doigts :* parfaitement. Fam *Se mettre le doigt dans l'œil :* se tromper lourdement. Fam *Faire qqch les doigts dans le nez :* avec une grande facilité. *Un doigt de :* très peu.

doigté nm 1 MUS Jeu des doigts sur les instruments ; indication chiffrée, sur la partition. 2 Tact, finesse.

doigtier nm Fourreau servant à coudre, à protéger un doigt.

doit nm DR Partie d'un compte contenant les dettes.

dojo nm 1 Salle d'entraînement pour les arts martiaux. 2 Salle de méditation zen.

dolby nm (n déposé) Système de réduction du bruit de fond des bandes magnétiques.

dolce [dɔltʃe] av MUS Indique qu'un passage doit être exécuté avec douceur.

doléances nfpl Plaintes, récriminations.

dolent, ente a Triste et plaintif.

dolichocéphale [-kɔ-] a, n Dont le crâne a une longueur supérieure à sa largeur.

doline nf GEOL Petite dépression fermée dans une région calcaire.

dollar nm Unité monétaire des États-Unis, du Canada, de l'Australie, de Nouvelle-Zélande, de Hong Kong, du Liberia et du Zimbabwe.

dolman nm Veste militaire à brandebourgs des hussards.

dolmen [-mɛn] nm Monument mégalithique composé d'une grande dalle reposant sur deux pierres verticales.

dolomie nf Roche sédimentaire formée surtout de dolomite.

dolomite nf Carbonate naturel de calcium et de magnésium.

dolomitique a De la dolomie.

dom [dɔ̃] nm RELIG Titre d'honneur donné aux bénédictins, aux chartreux.

domaine nm 1 Propriété foncière. 2 Ensemble des biens. 3 Tout ce qu'embrasse un art, une activité intellectuelle donnée. 4 Ensemble des connaissances, des compétences de qqn.

domanial, ale, aux a Qui appartient à un domaine, en particulier au domaine de l'État.

dôme nm 1 Comble arrondi qui recouvre un édifice. 2 Objet de forme hémisphérique.

domestication nf Action de domestiquer.

domesticité nf Ensemble des domestiques.

domestique a 1 De la maison, du ménage. 2 Se dit d'animaux apprivoisés. 3 Qui concerne l'intérieur d'un pays. ■ n Serviteur, servante à gages ; employé de maison.

domestiquer vt 1 Rendre domestique un animal sauvage. 2 Tirer parti de, maîtriser. *Domestiquer l'énergie atomique.*

domicile nm Lieu où demeure qqn. Loc *À domicile :* au lieu d'habitation. *Sans domicile fixe :* en état de vagabondage.

domiciliaire a Loc DR *Visite domiciliaire :* perquisition.

domiciliation nf DR Désignation du domicile.

domicilié, ée a Qui a son domicile en tel lieu.

domicilier vt DR Fixer un domicile à.

domien, enne a, n D'un département d'outre-mer.

dominance nf Fait de dominer.

dominant, ante a 1 Qui domine, prévaut. 2 Qui exerce une autorité sur. 3 Qui surplombe. ■ nf 1 Ce qui domine, est prépondérant dans un ensemble. 2 Principale matière enseignée. 3 MUS Cinquième degré de la gamme diatonique.

dominateur, trice a, n Qui domine, aime à dominer.

domination nf 1 Puissance, autorité souveraine. 2 Influence, ascendant.

dominer vt 1 Avoir une puissance absolue sur. 2 Maîtriser. *Dominer sa colère.* 3 L'emporter en quantité, en intensité. *Une voix qui dominait le brouhaha.* 4 Être plus haut que. *La citadelle domine la ville.* ■ vi Avoir la suprématie.

1. dominicain, aine n, a Religieux, religieuse de l'ordre de saint Dominique.

2. dominicain, aine a, n De la République dominicaine.

dominical, ale, aux a 1 Du Seigneur. 2 Du dimanche.

dominion [-njɔn] nm Pays membre du Commonwealth.

domino nm 1 Déguisement de bal masqué, consistant en une longue robe à capuchon. 2 Petite plaque marquée de points combinés en double marque. 3 Pièce servant à raccorder des conducteurs électriques. Loc *Couple domino :* constitué d'une personne blanche et d'une personne noire. ■ pl Jeu de société composé de 28 dominos (sens 2).

dommage nm 1 Ce qui fait du tort. 2 Chose fâcheuse, regrettable. *Dommage qu'il pleuve !* ■ pl Dégâts.

dommageable a Qui cause un dommage.

domotique nf Automatisation de la gestion de la maison.

dompter [dɔ̃te] vt 1 Forcer un animal sauvage à obéir. 2 Litt Maîtriser. *Dompter une passion.*

dompteur, euse [dɔ̃tœr] n Qui dompte les animaux sauvages.

DOM-TOM nmpl Départements et territoires français d'outre-mer.

1. don nm 1 Action de donner. 2 Chose donnée. 3 Avantage naturel, talent. *Cet enfant a des dons.* 4 Aptitude innée à. *Le don des langues.*

2. don nm, **doña** [dɔɲa] nf Titre d'honneur des nobles d'Espagne.

donataire n DR À qui est faite une donation.

donateur, trice n Qui fait un don, une donation.

donation nf DR Contrat par lequel qqn donne de son vivant une partie de ses biens.

donc conj 1 Marque la conséquence. *« Je pense, donc je suis ».* 2 Reprend un discours. *Nous disions donc que...* 3 Marque la surprise. *Qu'avez-vous donc ?*

dondon nf Loc Pop *Grosse dondon :* femme, fille obèse.

dông nm Unité monétaire du Viêt-nam.

donjon nm Tour principale d'un château fort.

don Juan nm Grand séducteur. *Des dons Juans.*

donjuanesque

donjuanesque *a* Digne d'un don Juan.

donjuanisme *nm* Comportement d'un don Juan.

donnant *a* Loc *Donnant donnant :* on ne donne qu'en échange de qqch.

donne *nf* Action de distribuer les cartes ; les cartes distribuées. Loc *Nouvelle donne :* nouveau rapport de forces.

donné, ée *a* Déterminé, fixé. *En un temps donné.* Loc *Étant donné que :* puisque, du fait que. ■ *nf* 1 Élément servant de base à un raisonnement, une recherche, etc. 2 MATH Grandeur permettant de résoudre une équation, un problème. ■ *pl* Ensemble des faits conditionnant un événement. *Les données de la situation.*

donner *vt* 1 Offrir gratuitement. 2 Payer. *Donner tant l'heure.* 3 Transmettre, passer. *Donner son rhume à qqn.* 4 Faire agir. *Le repos lui donne de l'énergie.* 5 Attribuer. *Donner un sens à un mot.* 6 Accorder. *Donner sa confiance à qqn.* 7 Communiquer. *Donner son nom à l'entrée.* 8 Pop Dénoncer. 9 Produire. *Cette vigne donne du bon vin.* 10 Présenter comme. *Donner un texte pour authentique.* Loc *Donner un coup de fil :* téléphoner. *Donner une réception :* recevoir. *Donner un coup de balai :* balayer. ■ *vti* 1 Avoir vue sur. *Donner sur la mer.* 2 Communiquer avec. *Le couloir donne dans le salon.* 3 Se complaire dans. *Donner dans l'occultisme.* 4 Croire avec crédulité. *Donner dans une histoire.* Loc *Donner de la tête contre le mur :* la cogner. ■ *vi* Rendre, produire. *La tomate donne cette année.* Loc *Faire donner qqch :* attaquer par ce moyen. ■ *vpr* 1 Se consacrer à. 2 Accorder ses faveurs à qqn. Loc *S'en donner à cœur joie :* s'amuser.

donneur, euse *n* 1 Qui donne les cartes. 2 Qui donne son sang pour une transfusion, un organe pour une greffe. 3 Pop Dénonciateur, mouchard.

don Quichotte *nm* Homme généreux et naïf, redresseur de torts. *Des dons Quichottes.*

donquichottisme *nm* Comportement d'un don Quichotte.

dont *pr rel inv* 1 Mis pour *de qui, de quoi, duquel, desquels,* etc. 2 Parmi lesquel(le)s. *Ils ont choisi dix personnes, dont moi.*

donzelle *nf* Fam Jeune vaniteuse.

dopage ou **doping** *nm* 1 Utilisation d'une substance qui augmente les performances physiques d'un individu. 2 CHIM Modification de certaines propriétés par addition d'un dope.

dopant, e *a, nm* Stimulant, excitant.

dope *nm* CHIM Produit ajouté en petites quantités à une substance. ■ *nf* Pop Drogue.

doper *vt* 1 Administrer un stimulant à. 2 CHIM Ajouter un dope à une substance. 3 Augmenter la puissance de qqch.

dorade. V. daurade.

doré, ée *a* 1 Recouvert d'or. 2 De la couleur de l'or. 3 Fortuné, brillant. *Existence dorée.*

dorénavant *av* À l'avenir.

dorer *vt* 1 Appliquer une mince couche d'or sur. 2 Donner un teinte d'or à. ■ *vpr* Se brunir au soleil.

doreur, euse *n* Dont le métier est de dorer.

dorien, enne *a* De Doride. ■ *nm* Dialecte de la langue grecque ancienne.

dorique *a, nm* Se dit du plus simple des trois ordres d'architecture grecque.

doris *nm* Bateau à rames, à fond plat.

dorloter *vt* Traiter délicatement, avec tendresse.

dormant, ante *a* Immobile, stagnant. ■ *nm* Partie fixe d'une fenêtre, d'une porte.

dormeur, euse *n* Qui dort ou qui aime dormir. ■ *nm* Tourteau (crabe).

dormir *vi* [29] 1 Être dans le sommeil. 2 Ne pas agir, être lent. *Ce n'est pas le moment de dormir.* 3 Rester improductif. *Laisser dormir des capitaux.* 4 Être immobile, stagner, en parlant de l'eau. Loc *Dormir debout :* avoir envie de dormir. *Dormir debout :* invraisemblable. *Dormir sur ses deux oreilles :* sans inquiétude. *Ne dormir que d'un œil :* légèrement

dormitif, ive *a* Fam Qui fait dormir.

dorsal, ale, aux *a* 1 Du dos. 2 Qui se fixe sur le dos. *Parachute dorsal.* ■ *nf* 1 GEOL Ligne continue de montagnes terrestres et océaniques. 2 METEO Axe de hautes pressions entre deux zones dépressionnaires.

dorsalgie *nf* Mal de dos.

dortoir *nm* Grande salle commune où on dort.

dorure *nf* 1 Action, art de dorer. 2 Couche d'or.

doryphore *nm* Coléoptère jaune et noir qui dévaste les plants de pomme de terre.

dos *nm* 1 Partie arrière du corps de l'homme, comprise entre la nuque et les reins. 2 Face supérieure du corps des vertébrés. 3 Partie d'un vêtement couvrant le dos. 4 Partie supérieure et convexe de certains organes ou objets. *Le dos de la main. Le dos d'une cuiller.* 5 Envers d'un objet. *Le dos d'un billet.* Loc *Le bas du dos :* les fesses. Fam *En avoir plein le dos :* être excédé. Fam *Être sur le dos de qqn :* le harceler. *Passer la main dans le dos :* flatter.

dosable *a* Qu'on peut doser.

dosage *nm* Action de doser ; répartition, proportion.

dos-d'âne *nm inv* Relief, bosse, élévation à deux pentes sur une route.

dose *nf* 1 Quantité d'un médicament à administrer en une seule fois. 2 Proportion des ingrédients composant un mélange. 3 Quantité quelconque. Loc Fam *Avoir sa dose de :* en avoir assez.

doser *vt* 1 Déterminer la dose de. 2 Proportionner. *Doser ses efforts.*

dosette *nf* Petit doseur fourni avec un produit en poudre.

doseur *nm* Appareil servant à doser.

dosimètre *nm* Appareil de dosimétrie.

dosimétrie *nf* Mesure des rayonnements ionisants, grâce à un dosimètre.

dossard *nm* Pièce d'étoffe marquée d'un numéro qui se porte sur le dos lors d'une compétition.

dossier *nm* 1 Partie d'un siège sur laquelle on appuie le dos. 2 Ensemble de documents sur le même sujet ; carton où ceux-ci sont rangés. 3 Question, problème à traiter.

dot [dɔt] *nf* Biens qu'une femme apporte à l'occasion de son mariage.

dotal, ale, aux *a* Relatif à la dot.

dotation *nf* 1 Ensemble des revenus, des dons attribués à un établissement d'utilité publique. 2 Revenus assignés à un souverain, à un chef d'État. 3 Action de fournir un matériel.

doter *vt* **1** Donner en dot à. **2** Assigner une dotation à. **3** Fournir en matériel. *Cuisine dotée d'un four.* **4** Gratifier. *Être doté d'un grand talent.*

douaire *nm* Anciennement, biens réservés par un mari à sa femme en cas de veuvage.

douairière *nf* **1** Veuve jouissant d'un douaire. **2** Vieille dame d'allure solennelle.

douane *nf* **1** Administration qui perçoit des droits sur les marchandises exportées ou importées. **2** Lieu du bureau de douane. **3** Taxe perçue par la douane.

douanier, ère *a* Relatif à la douane. ■ *n* Agent des douanes.

douar *nm* Village en Afrique du Nord.

doublage *nm* Action de doubler.

double *a* **1** Égal à deux fois la chose simple. *Une double part de gâteau.* **2** Composé de deux choses pareilles. *Une double porte.* **3** Qui se fait deux fois. *Un double contrôle.* **4** Qui a deux aspects dont un seul est connu, visible. *Une personnalité double.* **Loc** *Faire double emploi* : être inutile. ■ *nm* **1** Quantité multipliée par deux. **2** Copie, reproduction. *Le double d'une lettre.* **3** Partie de tennis, de ping-pong opposant deux équipes de deux joueurs. **Loc** *Avoir en double* : en deux exemplaires. ■ *av* **Loc** *Voir double* : voir deux objets là où il y en a un seul.

doublé, ée *a* **1** Multiplié par deux. **2** Pourvu d'une doublure. **3** Qui a aussi une autre qualité. *Un poète doublé d'un musicien.* ■ *nm* Double réussite.

double-crème *nm* Fromage frais à forte teneur en matière grasse. *Des doubles-crèmes.*

1. doublement *av* Pour deux raisons.

2. doublement *nm* Action de doubler.

doubler *vt* **1** Multiplier par deux. **2** Plier en deux. **3** Mettre une doublure à. **4** Dépasser. *Doubler une voiture.* **5** Fam Trahir qqn. **6** Traduire le dialogue d'un film. **7** Remplacer un acteur. ■ *vpr* S'accompagner de. ■ *vi* Devenir double. *Les prix ont doublé.*

doublet *nm* Mot de même origine qu'un autre, mais de forme différente (ex : *pasteur* et *pâtre*).

doubleur, euse *n* Professionnel qui assure le doublage d'un film.

doublon *nm* **1** Répétition fautive (lettre, mot, ligne). **2** Chose qui fait double emploi. **3** Ancienne monnaie espagnole.

doublonner *vi* Faire double emploi avec.

doublure *nf* **1** Étoffe qui garnit l'intérieur de. **2** Acteur qui joue à la place d'un autre.

douceâtre *a* D'une douceur fade.

doucement *av* **1** De façon modérée. **2** Sans rudesse. **3** Médiocrement.

doucereux, euse *a* Doux avec affectation.

doucette *nf* Mâche (salade).

doucettement *av* Fam Très doucement.

douceur *nf* **1** Saveur douce, agréable au goût. **2** Sentiment, sensation agréable. **3** Qualité de qqn de doux. **Loc** *En douceur* : avec précaution. ■ *pl* Pâtisseries, sucreries.

douche *nf* **1** Jet d'eau qui arrose le corps. **2** Appareil sanitaire pour prendre une douche. **3** Fam Grosse averse. **4** Fam Désillusion brutale.

doucher *vt* **1** Faire prendre une douche à. **2** Fam Arroser. **3** Fam Tempérer rudement l'exaltation.

doudoune *nf* Fam Veste rembourrée de duvet.

doué, ée *a* Qui a des aptitudes naturelles.

douer *vt* Pourvoir d'un avantage.

douille *nf* **1** Partie évidée qui reçoit le manche d'un outil. **2** Partie de la cartouche qui contient la poudre. **3** Pièce qui reçoit le culot d'une ampoule électrique.

douillet, ette *a* **1** Doux, bien rembourré. **2** Trop sensible à la douleur.

douillette *nf* Manteau ouaté.

douillettement *av* De façon douillette.

douleur *nf* **1** Sensation pénible ressentie dans une partie du corps. **2** Impression morale pénible.

douloureusement *av* Avec douleur.

douloureux, euse *a* **1** Qui provoque une douleur physique ou morale. **2** Où la douleur est ressentie. **3** Qui exprime la douleur. *Regard douloureux.* ■ *n* MED Malade qui éprouve des douleurs intenses. ■ *nf* Fam Note à payer.

douma *nf* HIST Conseil, assemblée, dans la Russie des tsars.

doute *nm* **1** Hésitation à croire. **2** Soupçon, méfiance. *Avoir des doutes.* **Loc** *Mettre en doute* : contester. *Sans doute* : probablement.

douter *vti* **1** Hésiter à croire. *Je doute qu'il vienne.* **2** Ne pas avoir confiance en qqn. **Loc** *Ne douter de rien* : être trop sûr de soi. ■ *vpr* Pressentir. *Se douter de qqch.*

douteux, euse *a* **1** Incertain. *Un résultat douteux.* **2** Dont la qualité laisse à désirer. **3** Malpropre. **4** Louche. *Un individu douteux.*

douve *nf* **1** Fossé rempli d'eau entourant un château. **2** Planches courbes formant un tonneau. **3** Ver parasite du foie.

doux, douce *a* **1** D'une saveur sucrée. **2** Agréable au sens. *Lumière douce. Fourrure douce.* **3** Modéré. *Pente douce. Cuire à feu doux.* **4** Clément, affable. **Loc** *Cidre doux* : faible en alcool. *Eau douce* : non salée. *Médecine douce* : utilisant des moyens naturels. ■ *av* **Loc** *Filer doux* : se soumettre sans résister. *Tout doux* : très doucement. ■ *nf* **Loc** Fam *En douce* : à l'insu d'autrui. ■ *n* Personne modérée, bienveillante.

doux-amer, douce-amère *a* À la fois agréable et pénible.

douzaine *nf* **1** Ensemble de douze objets de même espèce. **2** Quantité voisine de douze.

douze *a num* **1** Dix plus deux (12). **2** Douzième. *Page douze.* ■ *nm inv* Nombre douze.

douzième *a num* Au rang, au degré douze. ■ *a, nm* Contenu douze fois dans le tout.

douzièmement *av* En douzième lieu.

Dow Jones (indice) [dowdʒɔns] *nm* (n déposé) Indice boursier américain.

doyen, enne *n* **1** Personne la plus âgée d'un groupe. **2** Titre de celui qui dirige une faculté. **3** Titre ecclésiastique.

drachme [dʀakm] *nf* Anc. unité monétaire de la Grèce.

draconien, enne *a* D'une excessive sévérité.

dragage *nm* Action de draguer.

dragée *nf* **1** Confiserie constituée d'une amande recouverte de sucre. **2** Pop Balle d'arme à feu. **Loc** *Tenir la dragée haute à qqn* : faire payer cher un avantage.

dragéifié, ée *a* Enrobé de sucre.

drageon *nm* BOT Pousse qui naît d'une racine.

dragon *nm* **1** Animal fabuleux ayant des griffes, des ailes et une queue de serpent. **2** Gardien intraitable. **3** Soldat d'une unité blindée. **4** Personne autoritaire.

dragonnade *nf* HIST Persécution exercée sous Louis XIV contre les protestants.

dragonne *nf* Courroie d'un bâton de ski, d'un appareil photo, etc., qu'on passe au poignet.

drague *nf* 1 Filet à manche, servant à pêcher les moules. 2 Engin flottant utilisé pour curer un chenal à la drague. 3 Fam Action de draguer qqn.

draguer *vt* 1 Pêcher avec une drague. 2 Approfondir un chenal à la drague. 3 Rechercher les mines sous-marines. 4 Fam Aborder, racoler.

dragueur, euse *n* Fam Qui drague, qui a l'habitude de flâner en quête d'aventures. ■ *nm* Bateau qui drague.

drain *nm* 1 Conduit souterrain qui sert à épuiser l'eau des sols trop humides. 2 MED Tube percé de trous qui assure l'élimination d'un liquide.

drainage *nm* Action de drainer.

drainer *vt* 1 Assainir un terrain par des drains. 2 Retirer de l'organisme un liquide par un drain. 3 Attirer vers soi, rassembler. *Drainer les capitaux.*

draisienne *nf* Ancêtre de la bicyclette.

draisine *nf* Wagonnet à moteur pour l'entretien des voies.

drakkar *nm* HIST Navire à étrave très relevée, utilisé par les Vikings.

dramatique *a* 1 Du théâtre. *Auteur dramatique.* 2 Émouvant, poignant. 3 Grave, tragique. *Événements dramatiques.* ■ *nf* Pièce de théâtre télévisée.

dramatiquement *av* De façon dramatique.

dramatisation *nf* Action de dramatiser.

dramatiser *vt* 1 Rendre dramatique, théâtral. 2 Exagérer la gravité, l'importance.

dramaturge *n* Auteur de pièces de théâtre.

dramaturgie *nf* Art de composer des œuvres dramatiques.

drame *nm* 1 Pièce de théâtre dont le sujet est tragique. 2 Événement tragique. Loc *Faire (tout) un drame de :* dramatiser.

drap *nm* 1 Étoffe de laine. 2 Grande pièce de toile qui couvre un lit. Loc *Drap de bain :* grande serviette éponge. Fam *Être dans de beaux draps :* dans une situation embarrassante.

drapé *nm* Arrangement de plis d'un vêtement, d'une tenture.

drapeau *nm* Pièce d'étoffe attachée à une hampe et servant d'emblème à une nation, à une société, etc. Loc *Sous les drapeaux :* au service militaire. *Drapeau blanc :* de négociation.

draper *vt* Disposer harmonieusement les plis d'une étoffe, d'un vêtement. ■ *vpr* 1 S'envelopper dans un vêtement. 2 Mettre en avant. *Se draper dans sa dignité.*

draperie *nf* 1 Étoffe, tenture, disposée en grands plis. 2 Manufacture, commerce du drap.

drap-housse *nm* Drap qui s'adapte au matelas grâce à ses coins extensibles. *Des draps-housses.*

drapier, ère *n* Fabricant ou vendeur de drap.

drastique *a* Rigoureux, radical.

dravidien *nm* Famille de langues du sud de l'Inde.

dreadlocks [dʀɛd-] *nfpl* Petites nattes, coiffure traditionnelle des rastas.

drelin ! *interj* Imite le bruit d'une clochette.

drépanocytose *nf* Maladie génétique due à une malformation des globules rouges.

dressage *nm* 1 Action de faire tenir droit, d'élever. 2 Action d'habituer un animal à faire telle ou telle chose.

dresser *vt* 1 Lever, tenir droit. *Dresser la tête.* 2 Faire tenir droit. *Dresser un échelle contre.* 3 Élever, installer. *Dresser un échafaudage.* 4 Préparer. *Dresser la table.* 5 Établir. *Dresser un contrat, un plan.* 6 Effectuer le dressage de. *Dresser un chien.* 7 Exciter qqn contre. ■ *vpr* 1 Se tenir droit, levé. *Se dresser sur la pointe des pieds.* 2 S'élever, protester contre.

dresseur, euse *n* Qui dresse des animaux.

dressoir *nm* Buffet à vaisselle.

dreyfusard, arde *n, a* HIST Partisan de Dreyfus.

dribble *nm* Action de progresser en contrôlant le ballon.

dribbler *vi* Faire un dribble. ■ *vt* Éviter un adversaire par un dribble.

drille [dʀij] *nm* Loc *Joyeux drille :* gai luron, joyeux camarade.

drink [dʀink] *nm* Fam Boisson alcoolisée.

drisse *nf* MAR Cordage servant à hisser.

drive [dʀajv] *nm* 1 Au tennis, coup droit. 2 Au golf, coup puissant au départ d'un trou.

driver *vi* Exécuter un drive. ■ *vt* Conduire un cheval dans une course de trot attelé.

drogue *nf* 1 Péjor Médicament. 2 Stupéfiant. *Trafiquant de drogue.*

drogué, ée *a, n* Qui s'adonne aux stupéfiants.

droguer *vt* 1 Donner beaucoup de médicaments à qqn. 2 Donner de la drogue, un stimulant. ■ *vpr* 1 Prendre trop de médicaments. 2 Prendre des stupéfiants.

droguerie *nf* Commerce, magasin de produits d'entretien.

droguiste *n* Qui tient une droguerie.

droit *nm* 1 Faculté d'accomplir une action, de jouir d'une chose, de l'exiger. 2 Taxe, impôt. *Droits sur le tabac.* 3 Ensemble des dispositions juridiques qui règlent les rapports entre les hommes. *Droit civil, droit pénal.* 4 Science des règles juridiques. Loc *Avoir droit à :* pouvoir prétendre à.

droit, droite *a* 1 Qui n'est pas courbe ; rectiligne. 2 Qui va au plus court. *Une ligne droite.* 3 Vertical. *Ce mur n'est pas droit.* 4 GEOM Se dit d'un angle formé par deux droites perpendiculaires. 5 Honnête et loyal. 6 Qui est du côté opposé à celui du cœur. *La main droite.* ■ *av* 1 En ligne droite. *Aller droit devant soi.* 2 Directement. *Aller droit au fait.* ■ *nm* Pied ou poing droit dans les sports. ■ *nf* 1 GEOM Ligne droite. 2 Le côté droit, la partie droite, la main droite. 3 En politique, ensemble des conservateurs modérés ou virulents (extrême droite).

droitier, ère *a, n* 1 Qui se sert habituellement de sa main droite. 2 De la droite politique.

droiture *nf* Honnêteté, sincérité.

drolatique *a* Litt Comique.

drôle *a* 1 Plaisant, comique. 2 Singulier, curieux, bizarre. *Une drôle d'histoire.*

drôlement *av* 1 De façon drôle. 2 Fam Extrêmement.

drôlerie *nf* Bouffonnerie, facétie.

dromadaire *nm* Chameau à une seule bosse.

drop-goal [drɔpgol] ou **drop** nm Au rugby, coup de pied en demi-volée qui projette le ballon entre les poteaux. *Des drop-goals.*

drosera [-ze-] nf Petite plante carnivore.

drosophile nf Mouche du vinaigre.

drosser vt Entraîner un navire vers la côte.

dru, drue a Épais, touffu. *Blés drus.* ■ av En grande quantité. *La grêle tombe dru.*

drugstore [drœgstɔr] nm Magasin composé d'un restaurant, d'un bar et de stands divers.

druide nm HIST Ancien prêtre celte.

druidique a Relatif aux druides.

drupe nf BOT Fruit charnu à noyau contenant l'amande.

dry [draj] a inv Sec en parlant du champagne. ■ nm inv Cocktail (vermouth blanc sec et gin).

dryade nf MYTH Nymphe des forêts.

du Article masculin singulier contracté (*de le*).

dû, due a Que l'on doit. *Chose promise, chose due.* Loc *En bonne et due forme* : rédigé dans les formes légales ; de façon parfaite. ■ nm Ce qui est dû. *Réclamer son dû.*

dual, ale, aux a Qui présente une dualité.

dualisme nm PHILO Système qui admet la coexistence de deux principes irréductibles (le corps et l'âme, par ex.).

dualiste a n Qui relève du dualisme.

dualité nf Caractère double.

dubitatif, ive a Qui exprime le doute ; sceptique.

dubitativement av De façon dubitative.

duc nm 1 Titre de noblesse le plus élevé, sous l'Ancien Régime. 2 Nom courant de divers hiboux (*grand duc, moyen duc* et *petit duc*).

ducal, ale, aux a Propre à un duc, à une duchesse.

ducat nm Monnaie ancienne de Venise.

duce [dutʃe] nm HIST Titre de Mussolini.

duché nm Étendue de territoire à laquelle le titre de duc est attaché.

duchesse nf 1 Femme qui possède un duché. 2 Épouse d'un duc. 3 Variété de poire.

ductile a Qui peut être étiré sans se rompre.

ductilité nf Propriété d'un métal ductile.

duègne nf Gouvernante espagnole.

duel nm 1 Combat, devant témoins, entre deux personnes. 2 GRAM Nombre qui désigne deux personnes, deux choses. Loc *Duel oratoire* : assaut d'éloquence.

duelliste nm Qui se bat en duel.

duettiste n Qui chante ou joue en duo.

duffel-coat [dœfœlkot] nm Manteau trois-quarts à capuchon. *Des duffel-coats.*

dugong [-gɔ̃] nm Gros mammifère marin de l'océan Indien.

dulcicole ou **dulçaquicole** a BIOL Qui vit dans les eaux douces.

dulcinée nf Fam Femme dont on est épris.

dûment av Selon les formes prescrites.

dumping [dœmpiŋ] nm Pratique consistant à vendre sur le marché extérieur moins cher que sur le marché national.

dundee [dœndi] nm Bateau de pêche écossais.

dune nf Colline de sable accumulé par les vents au bord de mer ou dans les déserts.

dunette nf Superstructure élevée à l'arrière d'un navire.

duo nm Composition pour deux voix ou deux instruments.

duodécimal, ale, aux a Qualifie un système de numération à base 12.

duodénal, ale, aux a Du duodénum.

duodénite nf Inflammation du duodénum.

duodénum [-nɔm] nm Portion de l'intestin grêle qui fait suite à l'estomac.

duopole nm ECON Marché où les acheteurs se trouvent en présence de deux vendeurs.

dupe nf Litt Personne trompée ou facile à tromper. ■ a Loc *Être dupe* : être naïvement trompé.

duper vt Litt Tromper.

duperie nf Litt Action de duper.

duplex nm 1 Système de télécommunication permettant la réception et l'envoi des messages. 2 Appartement sur deux étages reliés par un escalier intérieur.

duplicata nm inv Copie d'un document.

duplication nf Action de dupliquer.

duplicité nf Hypocrisie, fausseté.

dupliquer vt Faire un duplicata, une copie de.

duquel V. lequel.

dur, dure a 1 Difficile à entamer, à mâcher. 2 Dépourvu de moelleux. 3 Difficile. *Un problème dur. Un plat dur à digérer.* 4 Résistant. *Être dur à la fatigue.* 5 Pénible. *Un hiver dur.* 6 Déplaisant, sans harmonie. *Un visage dur.* 7 Sans indulgence, sans douceur. Loc *Eau dure* : très calcaire. *Être dur d'oreille* : entendre mal. *Avoir la tête dure* : être têtu. ■ av Fam Énergiquement, intensément. *Taper dur. Il gèle dur.* ■ n 1 Fam Qui ne recule devant rien. 2 Intransigeant. ■ nf Loc *Coucher sur la dure* : à même le sol. *À la dure* : rudement.

durabilité nf Caractère durable.

durable a Qui peut durer, stable.

durablement av De façon durable.

duralumin nm (n déposé) Alliage d'aluminium et de cuivre, dur et léger.

durant prép Au cours de, pendant.

durcir vt Rendre plus dur. ■ vpr, vi Devenir dur.

durcissement nm Action de durcir, de se durcir.

durcisseur nm Produit qui sert à faire durcir une substance.

durée nf Espace de temps que dure une chose.

durement av De façon dure, pénible.

dure-mère nf ANAT La plus externe des trois enveloppes qui forment les méninges.

durer vi 1 Continuer. *L'entretien a duré une heure.* 2 Se prolonger, persister. *La pluie dure.* 3 Se conserver. *Ces chaussures ont duré un an.* 4 Sembler long. *Le temps me dure.*

dureté nf 1 Qualité dure. 2 Manque de douceur. 3 Caractère pénible. *La dureté d'un climat.* 4 Insensibilité, sévérité.

durillon nm Callosité sur la paume des mains ou la plante des pieds.

durit [-rit] ou **durite** nf (n déposé) Tube de caoutchouc qui raccorde les canalisations des moteurs à explosion.

duvet nm 1 Plume très légère. 2 Poil fin et tendre de certains mammifères. 3 Sac de couchage bourré de duvet. 4 Peau cotonneuse de certains fruits.

duveté, ée ou **duveteux, euse** a Couvert de duvet, qui en a l'aspect.

DVD nm Disque optique numérique, support de stockage multimédia à grande capacité.

dyarchie nf Pouvoir politique exercé par deux personnes ou deux groupes.

dyke [dajk] *nm* GEOL Filon volcanique dégagé par l'érosion.

dynamique *a* **1** Relatif aux forces et aux mouvements qu'elles engendrent. Ant. statique. **2** Qui manifeste de l'énergie, de l'entrain, de la vitalité. ◼ *nf* Partie de la mécanique qui traite des forces. **Loc** *Dynamique de groupe* : étude du comportement des groupes et de leur dynamisme interne.

dynamisation *nf* Action de dynamiser.

dynamiser *vt* Donner du dynamisme.

dynamisme *nm* Puissance d'action, activité entraînante.

dynamitage *nm* Action de dynamiter.

dynamite *nf* Explosif constitué de nitroglycérine.

dynamiter *vt* Faire sauter à la dynamite.

dynamiteur, euse *n* Qui dynamite.

dynamo *nf* Génératrice de courant continu.

dynamoélectrique *a* Qui transforme l'énergie cinétique en électricité (machine).

dynamomètre *nm* Appareil servant à la mesure des forces.

dynastie *nf* Succession de souverains, d'hommes illustres, d'une même famille.

dynastique *a* D'une dynastie.

dyne *nf* PHYS Unité de mesure des forces.

dysenterie [-sā-] *nf* Maladie infectieuse caractérisée par des diarrhées.

dysfonctionnement *nm* Trouble dans le fonctionnement de qqch.

dysgraphie *nf* Trouble de l'écriture.

dysharmonie *nf* Absence d'harmonie.

dysharmonique *a* Sans harmonie.

dyslexie *nf* MED Trouble de la lecture.

dyslexique *a, n* MED Atteint de dyslexie.

dysménorrhée *nf* MED Menstruation difficile et douloureuse.

dysorthographie *nf* Trouble de l'orthographe.

dyspepsie *nf* MED Digestion douloureuse et difficile.

dyspepsique ou **dyspeptique** *a, n* MED De la dyspepsie, atteint de dyspepsie.

dyspnée *nf* MED Trouble de la respiration.

dytique *nm* Coléoptère carnivore des eaux stagnantes.

e *nm* Cinquième lettre (voyelle) de l'alphabet.

eau *nf* 1 Substance liquide transparente, inodore et sans saveur à l'état pur. *Eau de source, de pluie.* 2 Toute masse plus ou moins considérable de ce liquide (mer, rivière, lac, etc.). *Le bord de l'eau.* 3 Préparation aqueuse utilisée en médecine, en parfumerie et dans l'industrie. *Eau de Cologne. Eau oxygénée.* 4 Sueur, salive. *Être en eau. L'eau vient à la bouche.* 5 Transparence, éclat d'une pierre précieuse. Loc *Être comme un poisson dans l'eau :* être dans son élément. *Pêcher en eau trouble :* se procurer un profit à la faveur du désordre. *Se jeter à l'eau :* se lancer avec courage dans une entreprise. *Tomber à l'eau :* échouer. ■ *pl* 1 Eaux qui possèdent des vertus curatives ou bienfaisantes. 2 MED Liquide amniotique. Loc *Grandes eaux :* aménagements des bassins avec jets d'eaux ; ces eaux jaillissantes. *Nager entre deux eaux :* louvoyer entre deux partis.

eau-de-vie *nf* Liqueur alcoolique extraite par distillation du jus fermenté de fruits, de plantes ou de grains. *Des eaux-de-vie.*

eau-forte *nf* 1 Acide nitrique dont se servent les graveurs. 2 Gravure obtenue par l'action de cet acide sur une plaque servant à l'impression. *Des eaux-fortes.*

ébahi, ie *a* Très étonné, surpris, stupéfait.

ébahir *vt* Frapper d'étonnement.

ébahissement *nm* Étonnement, très grande surprise.

ébarber *vt* Enlever les barbes, les irrégularités, les bavures de.

ébats *nmpl* Litt Mouvements, jeux de qqn qui s'ébat.

ébattre (s') *vpr* [77] S'amuser, se divertir en se donnant du mouvement.

ébaubi, ie *a* Fam Muet d'étonnement.

ébauche *nf* 1 Première forme donnée à une œuvre, à un ouvrage, à une pièce. 2 Commencement d'une chose, amorce. *L'ébauche d'un sourire.*

ébaucher *vt* 1 Donner une première forme à un ouvrage. *Ébaucher un roman.* 2 Commencer, esquisser. *Ébaucher un sourire.*

ébène *nf* 1 Bois de l'ébénier, dur, très dense, noir. 2 Couleur d'un noir éclatant. *Chevelure d'ébène.*

ébénier *nm* Arbre exotique fournissant l'ébène. Loc *Faux ébénier :* cytise.

ébéniste *nm* Ouvrier, artisan qui fabrique des meubles de luxe.

ébénisterie *nf* Travail, art de l'ébéniste.

éberlué, ée *a* Très étonné, stupéfait.

éberluer *vt* Stupéfier.

éblouir *vt* 1 Troubler la vue de qqn par une lumière trop vive. *Le soleil l'éblouissait.* 2 Séduire par une apparence brillante mais trompeuse. 3 Susciter l'admiration, l'émerveillement.

éblouissant, ante *a* Qui éblouit.

éblouissement *nm* 1 Gêne dans la perception visuelle, causée par une lumière trop vive. 2 Trouble de la vue dû à un malaise. 3 Émerveillement.

ébonite *nf* Matière dure et isolante composée de caoutchouc et de soufre.

éborgner *vt* Rendre borgne.

éboueur *nm* Employé chargé de ramasser les ordures ménagères.

ébouillanter *vt* Tremper dans l'eau bouillante. ■ *vpr* Se brûler avec un liquide bouillant.

éboulement *nm* 1 Fait de s'ébouler. 2 Éboulis.

ébouler *vt* Provoquer la chute, l'effondrement de qqch. ■ *vpr* S'affaisser, s'effondrer en se désagrégeant.

éboulis *nm* Amas de matériaux éboulés.

ébourgeonner *vt* Ôter les bourgeons inutiles.

ébouriffant, ante *a* Fam Extraordinaire, renversant. *Un succès ébouriffant.*

ébouriffer *vt* 1 Rebrousser en désordre les cheveux. 2 Fam Stupéfier.

ébranchage ou **ébranchement** *nm* Action d'ébrancher un arbre.

ébrancher *vt* Dépouiller un arbre de ses branches.

ébranlement *nm* 1 Mouvement provoqué par une secousse, par un choc. 2 Menace de ruine, d'effondrement. 3 Commotion nerveuse.

ébranler *vt* 1 Provoquer des secousses, des vibrations dans qqch. 2 Rendre moins stable, moins solide. 3 Rendre qqn moins ferme dans ses convictions, ses sentiments. ■ *vpr* Se mettre en mouvement.

ébrécher *vt* [12] 1 Abîmer en faisant une brèche. 2 Diminuer, entamer.

ébréchure *nf* Partie ébréchée.

ébriété *nf* Ivresse. *Conduite en état d'ébriété.*

ébrouer (s') *vpr* 1 En parlant d'un cheval, expirer fortement en faisant vibrer ses naseaux. 2 Se secouer pour se nettoyer, se sécher.

ébruitement *nm* Action d'ébruiter.

ébruiter *vt* Divulguer, rendre public. ■ *vpr* Se propager. *La nouvelle s'est ébruitée.*

ébullition *nf* 1 État d'un liquide qui bout. 2 Surexcitation, vive agitation.

éburnéen, enne *a* Littt Qui rappelle l'ivoire.

écaillage *nm* 1 Action d'écailler. 2 Fait de s'écailler.

écaille *nf* 1 Chacune des plaques minces recouvrant le corps de certains animaux. 2 Valve de coquillage. *Une écaille d'huître.* 3 Matière cornée tirée de la carapace de certaines tortues de mer. 4 Fine lamelle qui se détache d'une surface qui s'effrite.

1. écailler *vt* 1 Enlever les écailles de. 2 Ouvrir un coquillage bivalve. ■ *vpr* Se détacher par plaques minces. *La peinture s'écaille.*

2. écailler, ère *n* Qui vend, qui ouvre des huîtres et autres coquillages.

écale *nf* Enveloppe recouvrant la coque dure des noix, des amandes, etc.

écaler *vt* Enlever l'écale de.

écarlate *nf* 1 Colorant rouge vif. 2 Vx Étoffe teinte de cette couleur. ■ *a* Rouge vif.

écarquiller *vt* Ouvrir tout grands les yeux.

écart *nm* 1 Différence, variation, décalage par rapport à un point de référence. 2 Action de s'écarter de sa direction, de sa position, de la règle. 3 Groupe de maisons éloigné de l'agglomération communale. Loc *À l'écart* : dans un lieu écarté, isolé. *Faire le grand écart* : écarter les jambes tendues, jusqu'à ce qu'elles touchent le sol sur toute leur longueur.

écarté, ée *a* Situé à l'écart. ■ *nm* Jeu de cartes.

écartèlement *nm* HIST Supplice consistant à arracher les membres d'un condamné en le faisant tirer par quatre chevaux.

écarteler *vt* [16] Faire subir le supplice de l'écartèlement à. Loc *Être écartelé* : être partagé entre des sentiments contraires.

écartement *nm* 1 Action d'écarter, de s'écarter. 2 Espace qui sépare des choses.

écarter *vt* 1 Séparer, éloigner des choses jointes ou rapprochées. 2 Déplacer des choses qui gênent le passage, la vue. 3 Repousser, chasser, éliminer. 4 Détourner de sa voie. ■ *vpr* 1 S'éloigner de qqn, de qqch. 2 Se détourner de.

ecce homo [ɛkseɔmo] *nm inv* Tableau ou statue du Christ couronné d'épines.

ecchymose [-ki-] *nf* Marque cutanée bleuâtre, souvent causée par un coup.

ecclésial, ale, aux *a* Relatif à l'Église.

ecclésiastique *a* Relatif à l'Église, au clergé. ■ *nm* Membre du clergé.

écervelé, ée *a, n* Qui est sans jugement, sans prudence ; étourdi.

échafaud *nm* 1 Plate-forme dressée sur la place publique pour l'exécution des condamnés à mort ; guillotine. 2 Peine de mort.

échafaudage *nm* 1 Construction provisoire faite de planches, de perches et de traverses pour édifier ou rénover un bâtiment. 2 Amas de choses entassées. 3 Assemblage d'idées, d'arguments.

échafauder *vi* Monter un échafaudage. ■ *vt* Édifier en esprit ; combiner.

échalas [-la] *nm* 1 Piquet fiché en terre pour soutenir un cep de vigne, etc. 2 Fam Personne grande et maigre.

échalote *nf* Plante potagère proche de l'oignon.

échancrer *vt* Creuser le bord de ; tailler en arrondi ou en V. *Échancrer une robe.*

échancrure *nf* Partie échancrée, découpure. *Échancrure d'un corsage.*

échange *nm* 1 Action d'échanger. 2 BIOL Transfert réciproque de substances entre l'organisme, la cellule, et le milieu extérieur. 3 SPORT Série de balles après un service. Loc *En échange* : en contrepartie, par compensation.

échangeable *a* Qu'on peut échanger.

échanger *vt* [11] 1 Donner une chose et en obtenir une autre à la place. *Échanger des livres.* 2 S'adresser, se remettre réciproquement. *Échanger une correspondance.*

échangeur, euse *nm, a* 1 Récipient où s'opère un transfert de chaleur entre un fluide chaud et un fluide froid. 2 Ouvrage de raccordement de routes ou d'autoroutes qui évite aux usagers toute intersection à niveau des voies.

échangisme *nm* Échange de partenaire sexuel entre les couples.

échanson *nm* Officier chargé de servir à boire à un roi, à un prince.

échantillon *nm* 1 Petite quantité d'une marchandise, qui sert à faire apprécier la qualité de celle-ci. 2 Spécimen, exemple aperçu. 3 STATIS Ensemble d'individus choisis comme représentatifs d'une population.

échantillonnage *nm* 1 Assortiment d'échantillons. 2 Action d'échantillonner.

échantillonner *vt* Prélever, choisir des échantillons de choses, de personnes.

échappatoire *nf* Moyen habile et détourné pour se tirer d'une difficulté.

échappée *nf* 1 Action menée par un ou plusieurs coureurs qui distancent le peloton. 2 Litt Court voyage de détente. 3 Espace resserré mais par lequel la vue peut porter au loin.

échappement *nm* 1 Mécanisme oscillant, régulateur d'un mouvement d'horlogerie. 2 Évacuation des gaz de combustion d'un moteur ; système qui permet cette évacuation.

échapper *vti* 1 S'enfuir, se soustraire à. *Échapper à la surveillance d'un gardien.* 2 N'être plus tenu, retenu. *Le vase m'a échappé des mains.* 3 Se sauver et être sauvé de ; être exempt de. *Échapper à un accident. Il échappe à toute critique.* 4 Ne pas être perçu, compris. *Ce détail m'a échappé.* ■ *vt* Loc *L'échapper belle* : éviter de peu un péril, un grave inconvénient. ■ *vpr* 1 S'enfuir, s'évader. *Les détenus se sont échappés.* 2 Sortir, se répandre. *Fumée qui s'échappe d'un conduit.* 3 Se dissiper, disparaître. *Il a vu s'échapper ses illusions.*

écharde *nf* Petit éclat de bois, entré dans la peau par accident.

écharpe *nf* 1 Bande d'étoffe qui sert d'insigne de certaines dignités, de certaines fonctions. 2 Bandage passé au cou pour soutenir un bras blessé. 3 Bande d'étoffe, de tricot, qui se porte sur les épaules ou autour du cou. Loc *En écharpe* : obliquement, de biais.

écharper *vt* Mettre en pièces, maltraiter très durement.

échasse nf Chacun des deux longs bâtons munis d'un étrier où l'on pose le pied pour marcher au-dessus du sol.

échassier nm ZOOL Oiseau à pattes longues et à long cou tel que le héron, la cigogne, etc.

échauder vt 1 Jeter de l'eau chaude sur ; plonger dans l'eau chaude ou bouillante. 2 Causer une brûlure avec un liquide très chaud. 3 Fam Faire subir à qqn une mésaventure lui servant de leçon.

échauffement nm Action d'échauffer ; fait de s'échauffer.

échauffer vt 1 Rendre chaud, spécial. de manière inhabituelle ou excessive. *Frottement qui échauffe un essieu.* 2 Animer, exciter. *La nouvelle échauffa les esprits.* ■ vpr 1 S'animer, s'exciter. *La conversation soudain s'échauffe.* 2 SPORT Se préparer avant une épreuve par des exercices de mise en condition physique.

échauffourée nf Affrontement inopiné et confus entre deux groupes d'adversaires.

échauguette nf Guérite de pierre placée en encorbellement sur une muraille fortifiée.

èche. V. esche.

échéance nf Date à laquelle un paiement, une obligation, un engagement vient à exécution ; délai.

échéancier nm 1 Registre où sont inscrits par ordre d'échéance les effets à payer ou à recevoir. 2 Ensemble de délais à respecter.

échéant, ante a Loc *Le cas échéant* : si le cas se présente, à l'occasion.

échec nm Insuccès, revers, défaite. Loc *Faire échec à qqch* : en empêcher la réalisation. *Tenir qqn en échec* : l'empêcher de réussir. ■ Jeu qui se joue sur un échiquier, et qui oppose deux adversaires disposant chacun de seize pièces. ■ a Loc *Être échec* : aux échecs, se dit du roi quand il est directement menacé.

échelle nf 1 Appareil constitué de deux montants réunis par les traverses qui permettent de monter ou de descendre. 2 Série de niveaux selon lesquels s'organise une hiérarchie. *Situer qqn dans l'échelle sociale.* 3 MUS Succession des sons produits par les instruments ou les voix. 4 Ensemble de graduations d'un instrument ou d'un tableau de mesures ; mode de graduation des phénomènes mesurés. 5 Rapport des dimensions figurées sur un plan, avec les dimensions dans la réalité. *Ce plan est à l'échelle de 1/50 000.* 6 Proportion, importance ; adaptation à la dimension de qqch. *Un produit fabriqué sur une grande échelle, à l'échelle nationale.*

échelon nm 1 Barreau d'une échelle. 2 Degré dans une série, une hiérarchie. 3 Degré d'avancement d'un fonctionnaire à l'intérieur d'un même grade. 4 Chacun des niveaux de décision d'une administration, d'une entreprise. *Initiatives prises à l'échelon communal.*

échelonnement nm Action d'échelonner.

échelonner vt Placer de distance en distance, ou à des dates successives.

échenillage nm Action d'écheniller.

écheniller vt 1 Ôter les chenilles de. 2 Supprimer ce qui est inutile ; élaguer.

écheveau nm 1 Longueur de fil roulée en cercle ou repliée sur elle-même. *Écheveau de laine.* 2 Ensemble compliqué, embrouillé.

échevelé, ée a 1 Dont la chevelure est en désordre. 2 Débridé, effréné.

échevin nm Magistrat municipal, en Belgique.

échidné [-ki-] nm ZOOL Mammifère d'Australie, au corps couvert de piquants.

échine nf 1 Colonne vertébrale. 2 Morceau du haut du dos du porc. Loc *Avoir l'échine souple* : être complaisant jusqu'à la servilité.

échiner (s') vpr Fam Se fatiguer, se donner de la peine.

échinoderme [éki-] nm ZOOL Animal marin appartenant au même embranchement que les oursins, les étoiles de mer, etc.

échiquéen, enne a Du jeu d'échecs.

échiquier nm 1 Tableau divisé en 64 cases alternativement blanches et noires, et sur lequel on joue aux échecs. 2 Lieu, domaine où s'opposent les partis, les intérêts. *L'échiquier économique.* 3 En Grande-Bretagne, administration financière centrale.

écho [éko] nm 1 Phénomène de répétition d'un son par réflexion sur une paroi ; son ainsi répété. 2 Lieu où ce phénomène se produit. 3 Onde électromagnétique réfléchie ou diffusée par un obstacle et revenant vers sa source. *Un écho enregistré sur le radar.* 4 Propos répétés. *J'ai eu des échos de ta conduite.* 5 Nouvelle, information locale donnée dans les journaux. Loc *Se faire l'écho de* : répéter ce que l'on a entendu ; propager. *Ne pas trouver d'écho* : ne recueillir aucune approbation, aucune adhésion.

échographie [-ko-] nf Méthode d'exploration médicale utilisant la réflexion des ultrasons par les organes.

échographier [-ko-] vt Examiner par échographie.

échographiste n Spécialiste d'échographie.

échoir vti [50] (aux *avoir* ou *être*) Litt Être dévolu par le sort à. ■ vi Arriver à échéance.

écholocation [-ko-] nf ZOOL Localisation des obstacles par émission d'ultrasons observée chez les chauves-souris, les dauphins.

échoppe nf Petite boutique, le plus souvent faite de planches et adossée à un mur.

échosondage [-ko-] nm Mesure de la profondeur marine par la réflexion des ondes acoustiques.

échotier [-ko-] nm Rédacteur chargé des échos dans un journal.

échouage nm 1 Situation d'un navire que l'on échoue volontairement. 2 Endroit où l'on peut échouer des bateaux sans danger.

échouement nm Fait d'échouer involontairement.

échouer vi 1 Toucher le fond et cesser de flotter (navire). 2 Aboutir en un lieu sans l'avoir vraiment voulu. 3 Ne pas réussir. *Il a échoué à l'examen.* ■ vt Faire échouer volontairement un navire. ■ vpr S'immobiliser en touchant accidentellement le fond.

écimer vt Couper la cime d'un végétal.

éclaboussement nm Action d'éclabousser.

éclabousser vt 1 Faire rejaillir un liquide, de la boue sur. 2 Causer un dommage, un préjudice par contrecoup.

éclaboussure nf 1 Liquide salissant qui a rejailli. 2 Dommage subi par contrecoup.

éclair nm 1 Lumière violente et brève provoquée par une décharge électrique entre deux nuages. 2 Vive lueur, rapide et passagère. 3 Ce qui a la vivacité, la rapidité de l'éclair. *Avoir un*

éclairage

éclair de lucidité. **4** Petit gâteau allongé. **Loc** *En un éclair :* très rapidement. ■ *a inv* Très rapide. *Voyage éclair.*

éclairage *nm* **1** Action, manière d'éclairer à l'aide d'une lumière artificielle. **2** Dispositif servant à éclairer. **3** Manière dont une chose est considérée.

éclairagiste *nm* Spécialiste de l'éclairage.

éclairant, ante *a* Qui a la propriété d'éclairer.

éclaircie *nf* **1** Espace clair dans un ciel nuageux ; interruption momentanée du temps pluvieux. **2** Amélioration momentanée d'une situation. **3** Opération consistant à diminuer le nombre d'arbres dans un bois.

éclaircir *vt* **1** Rendre plus clair. *Éclaircir une teinte. Éclaircir sa pensée.* **2** Rendre moins dense. *Éclaircir une forêt.* ■ *vpr* Devenir plus clair, plus intelligible.

éclaircissement *nm* **1** Action de rendre moins sombre. **2** Explication d'une chose difficile à comprendre ou qui prête à équivoque.

éclairé, ée *a* **1** Cultivé, instruit. *Un public éclairé.* **2** Sensé, avisé. *Un avis éclairé.*

éclairement *nm* **1** Quotient du flux lumineux par unité de surface. **2** Manière dont une surface est éclairée.

éclairer *vt* **1** Répandre de la clarté, de la lumière sur. **2** Procurer de la lumière à. **3** Rendre plus clair, plus lumineux. **4** Renseigner, mettre qqn en état de comprendre. **5** Rendre intelligible. **6** MILIT Reconnaître au préalable un itinéraire par l'envoi d'éclaireurs. ■ *vpr* Devenir intelligible. **Loc** *Son visage s'éclaire :* s'épanouit de joie.

éclaireur, euse *n* Membre d'une organisation laïque de scouts. ■ *nm* Soldat envoyé pour reconnaître un itinéraire, une position.

éclampsie *nf* MED Syndrome convulsif grave, parfois observé en fin de grossesse.

éclat *nm* **1** Fragment détaché d'un corps dur. **2** Son, bruit soudain, plus ou moins violent. *Des éclats de voix.* **3** Manifestation violente, scandale. *On craint qu'il ne fasse un éclat.* **4** Vive lumière. **5** Vivacité d'une couleur. **6** Ce qui frappe par des qualités brillantes. **Loc** *Action d'éclat :* remarquable, dont on parle.

éclatant, ante *a* **1** Qui brille avec éclat. *Lumière éclatante.* **2** Sonore, retentissant. *Un son éclatant.* **3** Qui se manifeste avec évidence. *Victoire éclatante.*

éclaté, ée *a* Dispersé, sans cohésion. *Projets éclatés.* ■ *nm* Dessin représentant les parties d'un ensemble complexe.

éclatement *nm* Action d'éclater.

éclater *vi* **1** Se rompre, se briser avec violence et par éclats. *La bombe a éclaté.* **2** Se séparer en plusieurs éléments. **3** Faire entendre un bruit soudain et violent. *Des applaudissements éclatèrent.* **4** Manifester un sentiment brusquement et bruyamment. *Éclater de rire. Éclater en sanglots.* **5** Se manifester d'une manière soudaine et violente. *Une révolte éclata.* **6** Se manifester avec évidence. *Faire éclater la vérité.* ■ *vpr* Fam S'amuser sans retenue.

éclectique *a, n* Qui fait preuve d'éclectisme.

éclectisme *nm* Grande diversité de goût amenant à des choix variés, sans exclusion.

éclipse *nf* **1** ASTRO Disparition momentanée d'un astre lorsqu'un autre astre intercepte les rayons lumineux qui l'éclairent. **2** Disparition ou défaillance momentanée.

éclipser *vt* **1** ASTRO Provoquer une éclipse. **2** Empêcher de paraître, en attirant sur soi toute attention. *Éclipser ses partenaires.* ■ *vpr* Partir discrètement ; s'esquiver. *S'éclipser d'une réunion.*

écliptique *nm* ASTRO Plan de l'orbite de la Terre autour du Soleil.

éclisse *nf* **1** Lame d'osier, de châtaignier, etc., utilisée notamment en vannerie. **2** Support d'osier pour l'égouttage du fromage. **3** Syn de *attelle.* **4** Pièce servant à relier deux rails.

éclopé, ée *a, n* Qui marche avec peine à cause d'une blessure.

éclore *vi* [53] [aux *être* ou *avoir*] **1** Naître d'un œuf. **2** S'ouvrir pour donner naissance à un animal (œufs). **3** Commencer à s'ouvrir (fleurs). **4** Litt Naître, paraître, se manifester.

écloserie *nf* Établissement d'aquaculture spécialisé dans la reproduction.

éclosion *nf* Fait d'éclore ; apparition.

éclusage *nm* Action d'écluser.

écluse *nf* Ouvrage étanche, délimité par deux portes, permettant à un bateau le passage d'un bief à un autre.

écluser *vt* **1** Faire passer un bateau d'un bief à l'autre par une écluse. **2** Pop Boire de l'alcool.

éclusier, ère *n* Préposé à la garde et à la manœuvre d'une écluse. ■ *a* Relatif à une écluse.

écobuage *nm* Action d'écobuer.

écobuer *vt* Arracher la végétation sauvage, la brûler et utiliser les cendres comme engrais.

écœurant, ante *a* Qui écœure.

écœurement *nm* Action d'écœurer ; état d'une personne écœurée.

écœurer *vt* **1** Soulever le cœur de dégoût. **2** Provoquer la répugnance, le découragement.

éco-industrie *nf* Industrie visant à réduire la pollution, à protéger l'environnement. *Des éco-industries.*

école *nf* **1** Établissement où on dispense un enseignement collectif. **2** Ensemble des élèves et des professeurs d'un tel établissement. **3** Ce qui est propre à instruire, à former. *S'instruire à l'école de la vie.* **4** Ensemble des adeptes d'un même maître, d'une même doctrine ; cette doctrine elle-même. **Loc** *Être à bonne école :* être avec des gens capables de bien former. *Faire école :* servir de modèle ; gagner à son opinion.

écolier, ère *n* Enfant qui fréquente une école primaire.

écologie *nf* **1** Science qui étudie les conditions d'existence d'un être vivant et les rapports qui s'établissent entre cet être et son environnement. **2** Protection de la nature, de l'environnement.

écologique *a* De l'écologie.

écologisme *nm* Mouvement qui vise à la défense de l'environnement.

écologiste *n* **1** Personne attachée à la protection de la nature et des équilibres biologiques. **2** Syn de *écologue.*

écologue *n* Biologiste spécialiste d'écologie.

écomusée *nm* Établissement de recherche et de conservation des biens naturels.

éconduire *vt* [67] Repousser avec plus ou moins de ménagements ; ne pas agréer.

économat *nm* Emploi, bureau, charge d'économe.

économe *a* Qui dépense avec mesure. ■ *n* Personne chargée de l'administration matérielle d'un établissement, d'une communauté.

économétrie *nf* Application des méthodes mathématiques aux sciences économiques.

économie *nf* 1 Soin à ne dépenser que ce qui convient. 2 Ce qui est épargné. *Économie de temps, d'énergie.* 3 Administration, gestion d'une maison, d'un ménage, d'un bien. *Économie domestique.* 4 Ensemble des faits relatifs à la production, à la circulation, à la répartition et à la consommation des richesses dans une société ; science qui étudie ces phénomènes. 5 Distribution des parties d'un tout, coordination d'ensemble. **Loc** *Économie sociale* : secteur constitué par les coopératives, les mutuelles, etc. ■ *pl* Argent épargné.

économique *a* 1 De l'économie. *Doctrines économiques.* 2 Qui réduit la dépense, qui coûte peu. *Un logement économique.*

économiquement *av* 1 À peu de frais. 2 Du point de vue de la science économique.

économiser *vt* 1 Épargner. *Économiser l'énergie.* 2 Ménager. *Économiser ses forces.* ■ *vi* Mettre de l'argent de côté.

économiseur *nm* Dispositif permettant une économie de combustible, d'électricité, etc.

économisme *nm* Tendance à privilégier l'approche économique des faits.

économiste *n* Spécialiste d'économie.

écope *nf* Pelle creuse servant à écoper.

écoper *vt* Vider l'eau d'une embarcation à l'aide d'une écope. ■ *vt, vi* Fam Subir une punition. *Il a écopé (de) trois ans de prison.*

écoproduit *nm* Produit fabriqué sans polluer l'environnement.

écorce *nf* 1 Épaisse enveloppe des troncs et des branches des arbres. 2 Peau épaisse de divers fruits. *Écorce d'orange.* **Loc** GEOL *Écorce terrestre* : syn de *croûte terrestre.*

écorcer *vt* [10] 1 Retirer l'écorce de. *Écorcer un arbre.* 2 Peler, décortiquer.

écorché, ée *n* **Loc** *Écorché vif* : dont la sensibilité est à fleur de peau. ■ *nm* Figure, gravure, statue, etc., représentant un homme ou un animal dépouillé de sa peau.

écorcher *vt* 1 Dépouiller de sa peau. *Écorcher un lapin.* 2 Blesser superficiellement, égratigner. 3 Fam Réclamer un prix trop élevé à un client. 4 Prononcer d'une manière incorrecte. **Loc** *Écorcher les oreilles* : être désagréable, choquer (bruit, mot).

écorcheur *nm* 1 Qui écorche les bêtes mortes. 2 Fam Qui fait payer trop cher.

écorchure *nf* 1 Plaie superficielle de la peau. 2 Légère éraflure à la surface d'une chose.

écorner *vt* 1 Rompre une corne ou les cornes à un animal. 2 Casser, déchirer un coin d'un objet. *Écorner un livre.* 3 Diminuer, entamer un bien. *Écorner son patrimoine.*

écornifleur, euse *n* Vx Parasite, pique-assiette.

écornure *nf* Morceau d'un objet écorné.

écossais, aise *a, n* D'Écosse. ■ *a, nm* Se dit d'une étoffe à carreaux de couleurs.

écosser *vt* Enlever la cosse de.

écosystème *nm* Ensemble écologique constitué par un milieu et les êtres vivants.

écot *nm* Litt Quote-part due pour un repas.

écotoxicologie *nf* Étude des produits écotoxiques.

écotoxique *a* Toxique pour l'environnement.

écoulement *nm* 1 Action de s'écouler ; mouvement d'un fluide qui s'écoule. 2 Possibilité de vente ; vente, débit.

écouler *vt* 1 Vendre, débiter une marchandise jusqu'à épuisement. 2 Mettre en circulation. *Écouler de faux billets.* ■ *vpr* 1 Couler hors de quelque endroit (liquides). 2 Passer, disparaître progressivement.

écourter *vt* Rendre plus court.

écoutant, ante *n* Qui écoute au téléphone les appels des gens en détresse.

écoute *nf* 1 Action d'écouter une émission radiophonique ou de télévision. *Heure de grande écoute.* 2 Capacité à écouter autrui. 3 MAR Cordage assujetti au coin inférieur d'une voile. **Loc** *Écoutes téléphoniques* : interception d'une communication à l'insu des interlocuteurs.

écouter *vt* 1 Prêter l'oreille pour entendre. 2 Prêter attention à l'avis de qqn, suivre un avis. ■ *vpr* Être trop attentif à soi-même, à sa santé.

écouteur *nm* Dispositif qui transmet les sons du téléphone, de la radio, etc.

écoutille *nf* Ouverture pratiquée sur le pont d'un navire pour donner accès aux cales.

écouvillon *nm* Brosse fixée à une longue tige, pour nettoyer l'intérieur des récipients étroits.

écrabouiller *vt* Fam Écraser complètement, réduire en bouillie.

écran *nm* 1 Objet interposé pour dissimuler ou protéger. 2 Surface sur laquelle apparaissent des images, des textes, des données informatiques. 3 L'art cinématographique. *Les vedettes de l'écran.* **Loc** *Le petit écran* : la télévision.

écrasant, ante *a* 1 Très lourd, difficile à supporter. 2 Très supérieur. *Majorité écrasante.*

écrasement *nm* Action d'écraser.

écraser *vt* 1 Aplatir, déformer par une forte compression, un coup violent ; broyer. 2 Vaincre, anéantir. *L'armée fut écrasée.* 3 Faire supporter une charge excessive à. *Écraser le peuple d'impôts.*

écraseur, euse *n* Fam Chauffard.

écrémage *nm* Action d'écrémer.

écrémer *vt* [12] 1 Enlever la crème du lait. 2 Prendre ce qu'il y a de meilleur dans.

écrêtement *nm* Action d'écrêter.

écrêter *vt* 1 Abaisser la crête de. 2 Supprimer la partie la plus élevée. *Écrêter les revenus.*

écrevisse *nf* Crustacé d'eau douce, à fortes pinces, qui rougit à la cuisson.

écrier (s') *vpr* Dire en criant, en s'exclamant.

écrin *nm* Petit coffret où l'on dispose des bijoux, des objets précieux.

écrire *vt* [61] 1 Tracer, former des lettres, des caractères. 2 Orthographier. *Comment écrivez-vous ce mot ?* 3 Mettre, noter, consigner par écrit. *Écrire son adresse.* 4 Rédiger, composer un texte. *Écrire un roman.* ■ *vi* Faire le métier d'écrivain.

écrit, ite *a* 1 Tracé. *Un mot mal écrit.* 2 Couvert de signes d'écriture. *Papier écrit des deux côtés.* 3 Noté par écrit. *Langue écrite et langue parlée.* 4 Décidé par le sort. ■ *nm* 1 Papier, parchemin sur lequel est écrit quelque chose ; ce qui est écrit. 2 Ouvrage de l'esprit. *Les écrits de Hugo.* 3 Épreuves écrites d'un examen (par oppos. à l'oral). **Loc** *Par écrit* : sur le papier.

écriteau *nm* Inscription destinée au public.

écritoire *nf* Coffret ou plateau contenant ce qu'il faut pour écrire.

écriture *nf* 1 Représentation des mots, des idées, du langage au moyen de signes. 2 Caractères écrits, forme des lettres tracées. 3 Manière particulière à chacun de former les lettres. *J'ai reconnu son écriture.* 4 Manière de s'exprimer par écrit ; style. *Une écriture simple.* **Loc** *L'Écriture sainte, les Saintes Écritures* : l'Ancien et le Nouveau Testament, la Bible. ■ *pl* Comptabilité, correspondance d'un commerçant, d'un industriel, d'une administration.

écrivaillon *nm* Fam Écrivain sans talent.

écrivain *nm* Qui compose des ouvrages littéraires, scientifiques, etc. **Loc** *Écrivain public* : qui, moyennant rémunération, se charge d'écrire pour les illettrés.

écrivassier, ère *n* Qui a la manie d'écrire.

écrou *nm* Pièce dont l'intérieur est fileté de façon à recevoir une vis, un boulon. **Loc** *Levée d'écrou* : acte qui remet un prisonnier en liberté.

écrouelles *nfpl* Vx Inflammation des ganglions du cou, d'origine tuberculeuse.

écrouer *vt* DR Emprisonner.

écroulement *nm* 1 Chute de ce qui s'écroule. 2 Ruine complète, soudaine.

écrouler (s') *vpr* 1 Tomber en s'affaissant, de toute sa masse et avec fracas. *La tour s'est écroulée.* 2 S'anéantir, tomber en décadence. 3 Avoir une défaillance brutale.

écru, ue *a* Qui n'a pas subi le blanchiment (tissu).

ectoderme ou **ectoblaste** *nm* BIOL Feuillet externe de l'embryon.

ectopie *nf* MED Emplacement anormal d'un organe.

ectoplasme *nm* 1 Forme visible qui résulterait de l'émanation psychique de certains médiums. 2 Fam Individu sans personnalité, insignifiant.

ectropion *nm* MED Retournement vers l'extérieur du bord des paupières.

écu *nm* 1 Bouclier des hommes d'armes au Moyen Âge. 2 Figure portant des armoiries. 3 Ancienne monnaie, généralement d'argent. 4 Ancienne monnaie de compte de la C.E.E.

écueil *nm* 1 Rocher ou banc de sable à fleur d'eau. 2 Obstacle, cause possible d'échec.

écuelle *nf* Assiette épaisse et creuse, sans rebord ; son contenu.

éculé, ée *a* 1 Très usé, déformé. *Des bottes éculées.* 2 Qui a trop servi. *Une plaisanterie éculée.*

écumage *nm* Action d'écumer.

écumant, ante *a* Litt Couvert d'écume.

écume *nf* 1 Mousse blanchâtre se formant à la surface d'un liquide. 2 Bave mousseuse de certains animaux. 3 Sueur du cheval. **Loc** *Écume de mer* : silicate de magnésium d'un blanc pur ; sépiolite.

écumer *vi* 1 Se couvrir d'écume. 2 Être exaspéré. ■ *vt* 1 Ôter l'écume de la surface d'un liquide. 2 Pratiquer la piraterie, le brigandage.

écumeur *nm* **Loc** *Écumeur des mers* : pirate.

écumeux, euse *a* Litt Qui écume.

écumoire *nf* Ustensile de cuisine pour écumer.

écureuil *nm* Petit rongeur arboricole au pelage généralement brun-roux, à la queue en panache.

écurie *nf* 1 Bâtiment destiné à loger les chevaux. 2 Ensemble des chevaux de course d'un propriétaire. 3 Ensemble des coureurs représentant une même marque (cyclisme ou sport automobile).

écusson *nm* 1 HERALD Petit écu armorial. 2 MILIT Petite pièce de drap, cousue sur un uniforme, indiquant l'arme et l'unité. 3 Insigne indiquant l'appartenance à un groupe. 4 Plaque ornant l'entrée d'une serrure. 5 AGRIC Greffon constitué par un fragment d'écorce portant un bourgeon.

écussonner *vt* AGRIC Greffer en écusson.

écuyer, ère *n* 1 Qui monte à cheval. 2 Professeur d'équitation. 3 Qui fait les exercices équestres dans un cirque. ■ *nm* HIST Jeune noble au service d'un chevalier.

eczéma *nm* Affection cutanée causant des démangeaisons.

eczémateux, euse *a, n* Atteint d'eczéma.

édam [edam] *nm* Fromage de Hollande.

edelweiss [edɛlves] *nm inv* Plante montagnarde couverte d'un duvet blanc.

éden [edɛn] *nm* 1 Nom du paradis terrestre dans la Bible. 2 Litt Lieu de délices.

édénique *a* Litt Paradisiaque.

édenté, ée *a, n* Qui a perdu ses dents.

édicter *vt* Prescrire une loi, un règlement.

édicule *nm* Petite construction utilitaire élevée sur la voie publique.

édifiant, ante *a* 1 Qui porte à la vertu. 2 Instructif. *Spectacle édifiant.*

édification *nf* 1 Action de bâtir, de constituer. 2 Action de porter à la vertu.

édifice *nm* 1 Grand bâtiment. 2 Ensemble compliqué. *Édifice législatif.*

édifier *vt* 1 Bâtir un édifice, un monument. 2 Constituer, créer. 3 Porter à la vertu par l'exemple. 4 Renseigner en ôtant toute illusion sur qqn.

édile *nm* 1 ANTIQ Magistrat romain préposé aux édifices, etc. 2 Magistrat municipal.

édit *nm* HIST Loi promulguée par un roi ou un gouverneur.

éditer *vt* 1 Publier un ouvrage. 2 Établir et annoter le texte d'une œuvre qu'on publie. 3 Présenter informatiquement les données d'un traitement de textes.

éditeur, trice *n* 1 Qui prépare la publication de certains textes. 2 Personne ou société assurant la publication et, le plus souvent, la diffusion d'un ouvrage. ■ *nm* Programme de traitement de textes.

édition *nf* 1 Publication et diffusion d'une œuvre écrite. 2 Ensemble des livres ou des journaux publiés en une seule fois. 3 Action d'établir un texte ; texte ainsi édité. 4 Industrie et commerce du livre.

édito *nm* Fam Éditorial.

éditorial, ale, aux *a* De l'édition. ■ *nm* Article de fond d'un journal, d'une revue, émanant souvent de la direction.

éditorialiste *n* Qui écrit l'éditorial.

édredon *nm* Couvre-pieds constitué d'une poche remplie de duvet.

éducable *a* Qui peut être éduqué.

éducateur, trice *n, a* Qui se consacre à l'éducation.

éducatif, ive *a* 1 Qui concerne l'éducation. 2 Propre à éduquer.

éducation *nf* 1 Action de développer les facultés morales, physiques et intellectuelles. 2 Connaissance et pratique des usages (politesse, bonnes manières, etc.) de la société. 3 Action de développer une faculté particulière de l'être humain. *L'éducation du goût.* Loc *Éducation nationale* : services ministériels chargés de l'organisation et de la gestion de l'enseignement public et privé.

édulcorant, ante *a, nm* Se dit d'une substance donnant une saveur sucrée.

édulcorer *vt* 1 Adoucir un médicament, etc., en ajoutant une substance sucrée. 2 Adoucir, atténuer. *Édulcorer un texte.*

éduquer *vt* Donner une éducation à qqn, élever, former.

effaçable *a* Qui peut être effacé.

effacé, ée *a* Qui se tient à l'écart, qui ne se fait pas remarquer.

effacement *nm* 1 Action d'effacer, de s'effacer. 2 Attitude d'une personne effacée.

effacer *vt* [10] 1 Enlever, faire disparaître ce qui est écrit, marqué, enregistré. 2 Faire disparaître, faire oublier. *Le temps efface bien des souvenirs.* Loc *Effacer le corps* : le tenir de côté, en retrait. ■ *vpr* Se mettre de côté. *Il s'effaça pour la laisser passer.* Loc *S'effacer devant qqn* : lui céder le pas.

effaceur *nm* Feutre permettant d'effacer l'encre.

effarant, ante *a* Qui effare ; stupéfiant.

effaré, ée *a* Stupéfié.

effarement *nm* Stupéfaction.

effarer *vt* Troubler vivement, stupéfier.

effarouchement *nm* Action d'effaroucher.

effaroucher *vt* 1 Faire fuir un animal en l'effrayant. 2 Mettre qqn en défiance.

effectif, ive *a* Qui est de fait ; tangible, réel. ■ *nm* Nombre des personnes qui composent un groupe, une collectivité.

effectivement *av* Réellement ; en effet.

effectuer *vt* Faire une action plus ou moins complexe ; accomplir. ■ *vpr* Avoir lieu.

efféminé, ée *a* Qui a des apparences, des manières féminines.

efférent, ente *a* ANAT Qui sort d'un organe. Ant. afférent.

effervescence *nf* 1 Bouillonnement de certaines substances au contact de certaines autres, dû à un dégagement de gaz. 2 Émotion vive, agitation.

effervescent, ente *a* Qui est ou peut entrer en effervescence. *Comprimé effervescent.*

effet *nm* 1 Ce qui est produit par une cause ; résultat, conséquence. 2 PHYS Phénomène particulier obéissant à des lois précises. 3 Impression particulière produite par un procédé. *Des effets de style.* 4 Impression produite par qqn. Loc *En effet* : effectivement, assurément ; c'est parce que. *À cet effet* : dans cette intention, pour obtenir ce résultat. *Faire l'effet de* : avoir l'air de, donner l'impression de. *Donner de l'effet à qqch* : lui imprimer un mouvement de rotation qui modifie sa trajectoire normale. *Effet de commerce* : titre portant engagement de payer une somme. ■ *pl* Vêtements. Loc *Effets spéciaux* : truquages cinématographiques.

effeuillage *nm* Action d'effeuiller.

effeuiller *vt* Dépouiller de ses feuilles, de ses pétales.

effeuilleuse *nf* Fam Strip-teaseuse.

efficace *a* 1 Qui produit l'effet attendu. *Un traitement efficace.* 2 Se dit de qqn dont l'action aboutit au résultat attendu. *Un employé efficace.*

efficacement *av* De façon efficace.

efficacité *nf* Qualité efficace.

efficience *nf* Abusiv Rendement, performance.

efficient, ente *a* Abusiv Qui a de l'efficacité, du dynamisme. *Un jeune cadre efficient.* Loc PHILO *Cause efficiente* : qui produit un effet.

effigie *nf* Représentation d'un personnage sur une monnaie, une médaille.

effilage ou **effilement** *nm* Action d'effiler.

effilé, ée *a* Mince et allongé. *Lame effilée.*

effiler *vt* 1 Défaire une étoffe fil à fil. 2 Diminuer progressivement l'épaisseur des cheveux.

effilochage *nm* Action d'effilocher.

effilocher *vt* Déchirer une étoffe en tous sens, en arrachant les fils. ■ *vpr* S'effiler par l'usure.

efflanqué, ée *a* Maigre et sec. *Un grand garçon efflanqué.*

effleurement *nm* Action d'effleurer ; caresse légère.

effleurer *vt* 1 Toucher légèrement, superficiellement. 2 Ne pas approfondir, examiner superficiellement une question.

efflorescence *nf* CHIM Dépôt qui se forme à la surface des hydrates salins.

efflorescent, ente *a* CHIM Qui forme une efflorescence.

effluent, ente *a* Qui s'écoule d'une source, d'un lac. ■ *nm* Fluide qui s'écoule hors de qqch.

effluve *nm* Émanation qui s'exhale d'un corps ; odeur, parfum.

effondrement *nm* Fait de s'effondrer.

effondrer *vt* AGRIC Labourer le sol très profondément. ■ *vpr* 1 S'écrouler. 2 Être soudain anéanti. *Tous ses espoirs se sont effondrés.*

efforcer (s') *vpr* [10] Faire tous ses efforts pour. *S'efforcer de courir.*

effort *nm* 1 Action énergique des forces physiques, intellectuelles ou morales. *Faire tous ses efforts pour vaincre. Un effort d'attention.* 2 Force avec laquelle un corps tend à exercer son action.

effraction *nf* Bris de clôture, fracture de serrure. *Vol avec effraction.*

effraie *nf* Chouette au ventre clair et aux yeux cernés de plumes.

effranger *vt* [11] Effiler une étoffe sur le bord pour constituer une frange.

effrayant, ante *a* 1 Qui effraie, épouvantable. 2 Fam Excessif, très pénible.

effrayer *vt* [20] Provoquer la frayeur de, épouvanter. ■ *vpr* Éprouver de la frayeur.

effréné, ée *a* Sans frein, sans retenue.

effritement *nm* Fait de s'effriter.

effriter *vt* Désagréger, mettre en morceaux. ■ *vpr* Se désagréger.

effroi *nm* Frayeur intense, épouvante.

effronté, ée *a, n* Impudent, trop hardi.

effrontément *av* De façon effrontée.

effronterie *nf* Hardiesse excessive, impudence.

effroyable *a* 1 Qui cause de l'effroi, de l'horreur, de la répulsion. 2 Fam Excessif, pénible.

effroyablement *av* De façon effroyable.

effusif, ive a Loc GEOL *Roche effusive :* résultant d'un magma qui s'est répandu à l'air libre.
effusion nf Vive manifestation d'un sentiment. *Effusion de tendresse.* Loc *Effusion de sang :* sang versé, massacre, tuerie.
égailler (s') vpr Se disperser.
égal, ale, aux a 1 Pareil, semblable en nature, en quantité, en qualité, en droit. 2 Qui ne varie pas, uniforme. *Humeur égale.* 3 Uni, de niveau, régulier. *Chemin égal.* 4 Indifférent. *Tout lui est égal.* Loc *C'est égal :* cela ne change rien, peu importe. ■ n Qui est au même rang qu'un autre. *Considérer qqn comme son égal.* Loc *N'avoir pas d'égal, être sans égal :* être le premier, le meilleur. *À l'égal de :* autant que, de la même manière que.
égalable a Qu'on peut égaler.
également av 1 De façon égale. 2 Pareillement, aussi, de même.
égaler vt 1 Être égal à. 2 Atteindre le même niveau que. *Égaler un champion.*
égalisateur, trice a Qui égalise.
égalisation nf Action d'égaliser.
égaliser vt 1 Rendre égal. 2 Rendre uni, plan. ■ vi SPORT Obtenir, en cours de partie, le même nombre de points, de buts que l'adversaire.
égalitaire a Qui vise à l'égalité politique et sociale.
égalitarisme nm Doctrine professant l'égalité de tous les hommes.
égalitariste a, n Qui relève de l'égalitarisme.
égalité nf 1 Rapport entre les choses égales ; parité, conformité. 2 Principe selon lequel tous les hommes, possédant une égale dignité, doivent être traités de manière égale. 3 Uniformité d'un mouvement ; modération, mesure du tempérament. 4 État de ce qui est plan, uni.
égard nm 1 Attention, considération particulière pour qqn ou qqch. *J'ai cédé par égard pour vous. Il n'a eu aucun égard à ce que je lui ai dit.* Loc *Eu égard à :* en considération de. *À l'égard de :* pour ce qui concerne, vis-à-vis de. *À tous égards :* sous tous les rapports. *À différents égards, à certains égards :* sous différents aspects, à certains points de vue. ■ pl Marques de déférence. *Avoir des égards pour les anciens.*
égaré, ée a Qui dénote l'égarement.
égarement nm 1 Fait d'avoir l'esprit égaré. 2 Litt Dérèglement, erreur. *Les égarements du cœur.*
égarer vt 1 Détourner du bon chemin, fourvoyer. 2 Perdre momentanément qqch. *Égarer ses lunettes.* 3 Jeter dans l'erreur, détourner du droit chemin. ■ vpr 1 Perdre sa route. 2 S'écarter du bon sens, se tromper.
égayer vt [20] 1 Réjouir, rendre gai. 2 Rendre plus agréable, plus gai.
égéen, enne a HIST De la civilisation de l'âge du bronze, en Méditerranée orientale.
égérie nf Litt Inspiratrice, conseillère secrète.
égide nf Loc *Sous l'égide de :* sous la protection, le patronage de.
églantier nm Rosier sauvage.
églantine nf Fleur de l'églantier.
églefin ou **aiglefin** nm Poisson voisin de la morue qui, fumé, fournit le haddock.
église nf 1 (avec majusc) Communion de personnes unies par une même foi chrétienne ; en particulier l'Église catholique, apostolique et

romaine. 2 Édifice consacré chez les chrétiens au culte divin. 3 (avec majusc) L'état ecclésiastique ; le clergé en général. *Un homme d'Église.*
églogue nf Petit poème pastoral ou bucolique.
ego [ego] nm inv PSYCHAN Le moi.
égocentrique a, n Qui manifeste de l'égocentrisme.
égocentrisme nm Tendance à faire de soi le centre de tout.
égoïne nf Scie à main sans monture.
égoïsme nm Disposition à rechercher exclusivement son plaisir et son intérêt personnels.
égoïste a, n Qui manifeste de l'égoïsme.
égoïstement av De façon égoïste.
égorgement nm Action d'égorger.
égorger vt [11] Tuer en coupant la gorge.
égorgeur, euse n Meurtrier qui égorge ses victimes.
égosiller (s') vpr Crier longtemps très fort.
égotisme nm Litt 1 Tendance marquée à s'analyser et à parler de soi. 2 Attitude de celui qui cultive à l'excès ce qu'il a de personnel.
égotiste a, n Litt Qui relève de l'égotisme.
égout nm Canalisation souterraine servant à l'évacuation des eaux pluviales et usées.
égoutier nm Qui est chargé de l'entretien des égouts.
égouttage ou **égouttement** nm Action d'égoutter ; fait de s'égoutter.
égoutter vt Faire écouler peu à peu le liquide qui imprègne. ■ vpr Perdre son eau goutte à goutte.
égouttoir nm Ustensile qui sert à faire s'égoutter qqch.
égrapper vt Détacher de la grappe.
égratigner vt 1 Blesser superficiellement la peau, écorcher. 2 Érafler, rayer en surface. 3 Dénigrer qqn, médire à son propos.
égratignure nf 1 Légère blessure faite en égratignant. 2 Éraflure d'une chose. 3 Légère blessure d'amour-propre.
égrenage ou **égrènement** nm Action d'égrener ; fait de s'égrener.
égrener vt [15] 1 Détacher les grains d'une grappe, d'une cosse, etc. 2 Faire entendre des sons l'un après l'autre en les détachant nettement. Loc *Égrener un chapelet :* en faire passer un à un les grains entre ses doigts, à chaque prière. ■ vpr Se séparer, s'espacer en parlant d'éléments disposés en rang, en file.
égrillard, arde a Licencieux, grivois.
égrotant, ante a Litt Maladif.
égueulé, ée a GEOL Se dit d'un cratère dont un côté présente une dépression.
égyptien, enne a, n D'Égypte.
égyptologie nf Étude de l'Égypte antique.
égyptologue n Spécialiste d'égyptologie.
eh ! interj Marque la surprise, l'admiration ; sert à interpeller.
éhonté, ée a Sans vergogne ; impudent.
eider nm Gros canard marin de Scandinavie dont le duvet est recherché.
einsteinium [-njɔm] nm Élément chimique artificiel.
éjaculation nf Fait d'éjaculer.
éjaculer vt Émettre du sperme lors de l'orgasme (mâle).
éjectable a Qui peut être éjecté.
éjecter vt 1 Rejeter au-dehors avec force. 2 Fam Chasser, renvoyer.

éjection *nf* Action d'éjecter.

élaboration *nf* Action d'élaborer.

élaboré, ée *a* Perfectionné.

élaborer *vt* 1 Préparer, produire par un long travail de réflexion. 2 En parlant d'organismes vivants, faire subir diverses modifications aux substances soumises à leur action.

elæis ou **éléis** [eleis] *nm* Palmier à huile d'Afrique occidentale.

élagage *nm* Action d'élaguer.

élaguer *vt* 1 Débarrasser un arbre des branches superflues. 2 Débarrasser un texte de ce qui l'allonge inutilement.

élagueur *nm* 1 Qui élague les arbres. 2 Outil à élaguer.

1. élan *nm* Grand cervidé des régions froides.

2. élan *nm* 1 Mouvement d'un être qui s'élance. 2 Mouvement affectif provoqué par un sentiment passionné. *Élan du cœur.*

élancé, ée *a* Grand et mince ; svelte.

élancement *nm* Douleur vive et lancinante.

élancer *vi, vt* [10] Produire des élancements. ■ *vpr* Se porter en avant avec impétuosité.

éland *nm* Antilope africaine.

élargir *vt* 1 Rendre plus large. 2 Donner plus d'ampleur, plus de champ à. *Élargir le débat.* 3 Relaxer, faire sortir de prison. ■ *vpr* Devenir plus large. *Le fleuve s'élargit.*

élargissement *nm* 1 Action de rendre ou de devenir plus large. 2 Libération d'un prisonnier.

élasticité *nf* 1 Propriété des corps qui tendent à reprendre leur forme première après avoir été déformés. 2 Souplesse. *Élasticité du règlement.*

élastique *a* 1 Qui possède de l'élasticité. *Le caoutchouc est élastique.* 2 Souple, que l'on peut adapter facilement. *Un horaire élastique.* ■ *nm* 1 Tissu contenant des fibres de caoutchouc. 2 Ruban ou fil de caoutchouc.

élastomère *nm* Polymère possédant des propriétés élastiques.

eldorado *nm* Pays d'abondance, de délices.

électeur, trice *n* Qui a le droit de participer à une élection.

électif, ive *a* Choisi ou attribué par élection.

élection *nf* Action d'élire une ou plusieurs personnes par un vote. Loc *Terre, patrie d'élection* : que l'on a choisie. DR *Élection de domicile* : choix d'un domicile légal.

électoral, ale, aux *a* Relatif aux élections. *Une liste électorale.*

électoralisme *nm* Orientation démagogique de la politique d'un parti ou d'un gouvernement à l'approche d'une élection.

électoraliste *a* Marqué par l'électoralisme.

électorat *nm* 1 Droit d'être électeur. 2 Ensemble d'électeurs.

électricien, enne *n* Qui est spécialisé dans le montage d'installations électriques.

électricité *nf* 1 PHYS Une des propriétés fondamentales de la matière, caractéristique de certaines particules (électron, proton, etc.). 2 Courant électrique. *Panne d'électricité.*

électrification *nf* Action d'électrifier.

électrifier *vt* Alimenter en énergie électrique, par l'installation d'une ligne.

électrique *a* 1 Relatif à l'électricité. 2 Mû par l'énergie électrique.

électriquement *av* Au moyen du courant électrique.

électrisation *nf* Action d'électriser.

électriser *vt* 1 Communiquer une charge électrique à un corps. 2 Causer une vive impression à, saisir, enthousiasmer.

électroacoustique *nf, a* Technique des applications de l'électricité à la production, à l'enregistrement et à la reproduction des sons.

électroaimant *nm* Appareil constitué d'un noyau en fer doux et d'un bobinage dans lequel on fait passer un courant électrique pour créer un champ magnétique.

électrobiologie *nf* Étude des phénomènes électriques qui se produisent chez les êtres vivants.

électrocardiogramme *nm* Tracé obtenu par l'enregistrement de l'activité électrique du cœur (abrév : E.C.G.).

électrocardiographie *nf* Étude de l'activité électrique du cœur par l'électrocardiogramme.

électrochimie *nf* Science et technique des transformations de l'énergie chimique en énergie électrique et réciproquement.

électrochoc *nm* 1 Traitement psychiatrique par le passage d'un courant électrique à travers la boîte crânienne. 2 Événement capable de débloquer une situation.

électrocoagulation *nf* Destruction des tissus par un courant électrique.

électrocuter *vt* Tuer par électrocution.

électrocution *nf* 1 Exécution des condamnés à mort par le courant électrique. 2 Mort accidentelle causée par le courant électrique.

électrode *nf* Pièce conductrice amenant le courant électrique au point d'utilisation.

électrodomestique *a* Se dit des appareils électroménagers.

électrodynamique *nf, a* Science qui étudie les actions mécaniques des courants électriques.

électroencéphalogramme *nm* Tracé obtenu par électro encéphalographie (abrév : E.E.G.).

électroencéphalographie *nf* Enregistrement graphique, au moyen d'électrodes placées à la surface du crâne, des tensions électriques de l'écorce cérébrale.

électrogène *a* Qui produit de l'électricité. Loc *Groupe électrogène* : ensemble formé d'un moteur et d'un générateur électrique.

électrologie *nf* Application de l'électricité à la médecine.

électroluminescence *nf* Luminescence produite par l'action d'un champ électrique sur une substance.

électrolyse *nf* Décomposition chimique de certaines substances sous l'effet d'un courant électrique.

électrolyser *vt* Faire l'électrolyse.

électrolyte *nm* Composé qui, à l'état liquide ou en solution, permet le passage du courant électrique.

électrolytique *a* Qui se fait par électrolyse.

électromagnétique *a* De l'électromagnétisme.

électromagnétisme *nm* Ensemble des interactions entre courants électriques et magnétisme.

électromécanicien, enne *n* Spécialiste du montage des ensembles électromécaniques.

électromécanique *nf* Ensemble des applications de l'électricité à la mécanique. ■ *a* Se dit des mécanismes à commande électrique.

électroménager, ère *a* Se dit d'un appareil à usage domestique fonctionnant à l'électricité. ■ *nm* Secteur économique de ces appareils.

électroménagiste *n* Qui vend des appareils électroménagers.

électrométallurgie *nf* Ensemble des techniques de préparation ou d'affinage des métaux utilisant l'électricité.

électromètre *nm* Appareil servant à mesurer une différence de potentiel ou une charge électrique.

électromoteur, trice *a, nm* Qui produit de l'énergie électrique.

électron *nm* Particule constitutive de la partie externe de l'atome, qui porte une charge électrique négative.

électronégatif, ive *a* CHIM Qui a tendance à capter des électrons.

électronicien, enne *n* Spécialiste de l'électronique.

électronique *a* 1 Propre à l'électron. *Flux électronique.* 2 Relatif à l'électronique. ■ *nf* 1 Science ayant pour objet l'étude de la conduction électrique dans le vide, les gaz et les semiconducteurs. 2 L'ensemble des techniques dérivées de cette science.

électroniquement *av* Par des moyens électroniques.

électronucléaire *a* Se dit d'une centrale électrique utilisant l'énergie nucléaire.

électronvolt *nm* Unité d'énergie égale à la variation d'énergie cinétique d'un électron qui subit une variation de potentiel de 1 volt.

électrophone *nm* Appareil électrique de reproduction des enregistrements sonores sur disques.

électrophorèse *nf* CHIM Méthode d'analyse utilisant la séparation des molécules sous l'action d'un champ électrique.

électroponcture *nf* Méthode dérivée de l'acuponcture, utilisant l'électricité.

électroportatif, ive *a* Se dit de l'outillage électrique facile à transporter.

électropositif, ive *a* CHIM Qui a tendance à perdre des électrons.

électroradiologie *nf* Utilisation médicale de l'électricité et de la radiologie.

électrostatique *nf* Science qui étudie les propriétés des corps porteurs de charges électriques en équilibre. ■ *a* De l'électrostatique.

électrotechnicien, enne *n* Spécialiste de l'électrotechnique.

électrotechnique *nf* Applications industrielles de l'électricité. ■ *a* De l'électrotechnique.

électrothérapie *nf* Traitement médical par l'électricité.

élégamment *av* Avec élégance.

élégance *nf* 1 Qualité esthétique alliant la grâce, la distinction et la simplicité. 2 Raffinement de bon goût dans l'habillement, les manières.

élégant, ante *a, n* Qui a de l'élégance.

élégiaque *a* Relatif à l'élégie.

élégie *nf* Poème lyrique et mélancolique.

éléis. V. elæis.

élément *nm* 1 Partie constitutive d'un tout. 2 Personne appartenant à un groupe. 3 Milieu dans lequel vit un être. *L'eau est l'élément du poisson.* 4 CHIM Configuration atomique d'un corps, caractérisée par un nombre, le numéro atomique. 5 MATH Être mathématique appartenant à un ensemble. Loc *Être dans son élément :* dans un milieu où on se sent à l'aise. ■ *pl* 1 Principes fondamentaux d'une discipline. 2 Litt Les forces de la nature. *Lutter contre les éléments déchaînés.* Loc *Les quatre éléments :* l'eau, l'air, la terre, le feu.

élémentaire *a* 1 Qui concerne les premiers éléments d'une discipline. 2 Facile à comprendre. 3 Réduit à l'essentiel. *La plus élémentaire des politesses.*

éléphant *nm* Grand mammifère à peau rugueuse, muni d'une trompe et de défenses. Loc *Être comme un éléphant dans un magasin de porcelaine :* se comporter avec une grande maladresse. *Avoir une mémoire d'éléphant :* avoir beaucoup de mémoire. *Éléphant de mer :* gros phoque à trompe des îles Kerguelen.

éléphanteau *nm* Petit de l'éléphant.

éléphantesque *a* Qui rappelle l'éléphant par sa taille, son poids, son aspect.

éléphantiasis [-zis] *nm* MED Augmentation considérable du volume d'un membre ou d'une partie du corps.

éléphantin, ine *a* Propre à l'éléphant.

élevage *nm* Production et entretien des animaux domestiques ou utiles.

élévateur, trice *a* Qui sert à élever, à soulever. ■ *nm* Appareil de manutention capable de lever des charges.

élévation *nf* 1 Action d'élever ou de s'élever. *L'élévation d'un monument, de la température.* 2 Hauteur, terrain plus haut que ceux du voisinage. 3 GEOM Projection d'un objet sur un plan vertical. 4 Moment de la messe où le prêtre élève le pain et le vin consacrés. 5 Caractère élevé de l'esprit. *L'élévation des sentiments.*

élévatoire *a* Qui sert à lever, à élever des charges, des liquides.

élève *n* 1 Qui reçoit les leçons d'un maître. 2 Qui fréquente un établissement scolaire. 3 MILIT Qui aspire à un grade.

élevé, ée *a* 1 Haut. *Une montagne élevée. Des prix élevés.* 2 D'un haut niveau intellectuel ou moral. Loc *Bien, mal élevé :* qui a reçu une bonne, une mauvaise éducation.

élever *vt* [15] 1 Mettre, porter plus haut. 2 Construire, dresser. 3 Placer à un rang, à un niveau supérieur. 4 Assurer le développement physique et moral des enfants, les éduquer. 5 Faire l'élevage d'animaux. 6 Surveiller le vieillissement d'un vin. Loc *Élever la voix, le ton :* parler plus fort. *Élever une protestation :* l'exprimer. ■ *vpr* 1 Monter plus haut. 2 Se dresser. *Une statue s'élève sur la place.* 3 Surgir, naître. *Un cri s'élève.* Loc *S'élever à :* atteindre, se monter à. *S'élever contre :* s'opposer violemment à.

éleveur, euse *n* Qui fait l'élevage des animaux.

élevure *nf* MED Léger gonflement de la peau à la suite d'une irritation.

elfe *nm* Génie de la mythologie scandinave, symbolisant les forces de la nature.

élider *vt* Effectuer l'élision de.

éligibilité *nf* Qualité éligible.

éligible *a* Qui remplit les conditions nécessaires pour pouvoir être élu.

élimer *vt* User un tissu par frottement.

élimination *nf* Action d'éliminer.

éliminatoire *a* Qui a pour but ou résultat d'éliminer. ■ *nf* SPORT Épreuve préliminaire permettant de sélectionner les concurrents.

éliminer *vt* 1 Écarter après sélection. 2 Rejeter hors de l'organisme.

élingue *nf* MAR Cordage servant à soulever qqch.

élire *vt* [63] Nommer à une fonction par voie de suffrages. **Loc** *Élire domicile qqpart* : s'y installer.

élisabéthain, aine *a* Relatif à Élisabeth Ire d'Angleterre, à son époque.

élision *nf* LING Suppression d'une voyelle à la fin d'un mot, quand le mot suivant commence par une voyelle ou un *h* muet.

élitaire *a* D'une élite.

élite *nf* Ensemble formé par les meilleurs, les plus distingués d'une catégorie ou d'une communauté. **Loc** *D'élite* : parmi les meilleurs.

élitisme *nm* Système favorisant l'élite.

élitiste *a, n* Inspiré par l'élitisme.

élixir *nm* 1 Philtre magique. *Élixir de longue vie.* 2 Sirop pharmaceutique.

elle, elles *pr pers* Féminin de *il, lui, eux.*

ellébore ou **hellébore** *nm* Herbe vivace qui passait pour guérir la folie.

ellipse *nf* 1 GRAM Omission d'un ou de plusieurs mots à l'intérieur d'une phrase, leur absence n'uisant ni à la compréhension ni à la syntaxe. 2 GEOM Courbe fermée faite de l'ensemble des points dont la somme des distances à deux points fixes (foyers) est constante.

ellipsoïdal, ale, aux *a* GEOM Qui a la forme d'une ellipse ou d'un ellipsoïde.

ellipsoïde *nm* GEOM Surface engendrée par la révolution d'une ellipse autour de l'un de ses axes. ■ *a* Qui ressemble à une ellipse.

elliptique *a* 1 GRAM Qui contient une, des ellipses. 2 Qui s'exprime par allusions. 3 GEOM Qui a la forme d'une ellipse.

elliptiquement *av* Allusivement.

élocution *nf* Manière de s'exprimer oralement, d'articuler les mots.

éloge *nm* Discours à la louange de qqn, de qqch ; louange.

élogieusement *av* De façon élogieuse.

élogieux, euse *a* Qui contient un éloge, des louanges.

éloigné, ée *a* 1 Qui est loin dans l'espace, dans le temps, dans le degré de parenté. 2 Différent. *Un récit éloigné de la vérité.*

éloignement *nm* Action d'éloigner, fait de s'éloigner, d'être éloigné.

éloigner *vt* 1 Mettre, envoyer loin ; écarter. 2 Séparer dans le temps. ■ *vpr* 1 Augmenter progressivement la distance qui sépare de qqch. 2 Devenir de plus en plus lointain dans le temps. 3 Se détourner, se détacher.

élongation *nf* MED Lésion causée par une traction excessive sur un muscle, un tendon, un nerf.

éloquemment *av* Avec éloquence.

éloquence *nf* Aptitude à s'exprimer avec aisance ; capacité d'émouvoir, de persuader par la parole.

éloquent, ente *a* 1 Qui a de l'éloquence. 2 Exprimé avec éloquence. 3 Significatif, expressif. *Un silence éloquent.*

élu, ue *n, a* Personne choisie par élection ou par inclination, par amour. ■ *pl* Ceux que Dieu a admis à la béatitude.

élucidation *nf* Action d'élucider.

élucider *vt* Expliquer, tirer au clair.

élucubration *nf* Réflexion laborieusement construite, absurde ou sans intérêt.

éluder *vt* Éviter avec adresse, esquiver.

élyséen, enne *a* 1 MYTH De l'Élysée. 2 De la présidence de la République française.

élytre *nm* ZOOL Aile antérieure coriace, très rigide, inapte au vol, des insectes.

émacié, ée *a* Devenu extrêmement maigre. *Visage émacié.*

émail, aux *nm* 1 Enduit dur et brillant d'aspect vitreux appliqué par cuisson sur des céramiques et des métaux. 2 Substance transparente et dure qui recouvre la couronne des dents. ■ *pl* Objets d'art émaillés.

e-mail [imel] *nm* Courrier électronique ou adresse électronique.

émaillage *nm* Action d'émailler.

émailler *vt* 1 Recouvrir d'émail. 2 Litt Parsemer pour embellir. *Texte émaillé de citations.*

émaillerie *nf* Art de l'émailleur.

émailleur, euse *n* Qui travaille l'émail.

émanation *nf* 1 Effluve, odeur qui se dégage. *Émanations pestilentielles.* 2 Ce qui émane, provient de qqch, de qqn ; manifestation.

émancipateur, trice *a, n* Qui émancipe.

émancipation *nf* Action d'émanciper, de s'émanciper.

émancipé, ée *a, n* DR Mineur ayant fait l'objet d'une émancipation.

émanciper *vt* 1 DR Mettre hors de la puissance paternelle par un acte juridique. 2 Affranchir d'une autorité, d'une domination. ■ *vpr* Devenir indépendant, se libérer.

émaner *vi* 1 S'exhaler, se dégager d'un corps. 2 Provenir, découler de.

émargement *nm* Action d'émarger.

émarger *vt* [11] 1 Mettre sa signature en marge d'un compte, d'un état, etc. *Émarger une circulaire.* 2 Rogner, diminuer la marge de. *Émarger une estampe.* ■ *vti* Toucher des appointements provenant de. *Émarger à un budget.*

émasculation *nf* Action d'émasculer.

émasculer *vt* 1 Pratiquer l'ablation des organes sexuels mâles, châtrer. 2 Litt Affaiblir, diminuer la force, la vigueur de. *Texte émasculé par la censure.*

embâcle *nm* Amoncellement de glaçons sur un cours d'eau, gênant ou empêchant la navigation.

emballage *nm* 1 Action d'emballer. 2 Ce dans quoi on emballe un objet (boîte, caisse, etc.).

emballement *nm* 1 Fait de s'emballer ; enthousiasme, élan non contrôlé. 2 Fonctionnement d'un moteur à un régime trop élevé.

emballer *vt* 1 Empaqueter, mettre dans un emballage. 2 Fam Réprimander. 3 Faire tourner un moteur à un régime anormalement élevé. 4 Fam Enthousiasmer. ■ *vpr* 1 Échapper au contrôle de son cavalier (cheval). 2 Tourner à un régime anormalement élevé (moteur). 3 Se laisser emporter par un mouvement de colère, d'impatience ou d'enthousiasme.

emballeur, euse *n* Dont la profession est d'emballer des marchandises.

embarbouiller (s') *vpr Fam* S'embarrasser, s'empêtrer dans ce qu'on dit.

embarcadère *nm* Môle, jetée, appontement aménagé pour l'embarquement ou le débarquement.

embarcation *nf* Petit bateau.

embardée *nf* Écart brusque que fait un véhicule.

embargo *nm* 1 Défense faite à des navires marchands de sortir d'un port. 2 Mesure interdisant la libre circulation d'une marchandise.

embarquement *nm* Action d'embarquer, de s'embarquer.

embarquer *vt* 1 Charger, faire monter dans un bateau. 2 Charger dans un véhicule. 3 *Fam* Engager qqn dans une affaire difficile, compliquée ou malhonnête. ■ *vi* Passer par-dessus bord et se répandre dans le bateau (vagues). ■ *vi, vpr* Monter à bord d'un bateau, d'un avion, d'un véhicule. ■ *vpr Fam* S'engager dans une entreprise difficile, hasardeuse ou malhonnête.

embarras *nm* 1 Gêne, difficulté rencontrée dans la réalisation de qqch. 2 Position difficile, gênante. 3 Pénurie d'argent. 4 Trouble, perplexité. *Loc Embarras gastrique* : trouble gastro-intestinal. *Faire de l'embarras, des embarras* : faire des manières, des histoires.

embarrassant, ante *a* Gênant.

embarrassé, ée *a* 1 Encombré. 2 Compliqué, embrouillé. 3 Gêné, contraint, perplexe.

embarrasser *vt* 1 Obstruer, encombrer. 2 Gêner, entraver la liberté de mouvement de qqn. 3 Mettre qqn dans une situation gênante ; rendre perplexe. ■ *vpr* 1 Se préoccuper, se soucier à l'excès de. 2 S'empêtrer, s'emmêler.

embase *nf TECH* Pièce servant de support à une autre pièce.

embastiller *vt Litt* Mettre en prison.

embauchage *nm* Action d'embaucher.

embauche *nf* Possibilité d'embauchage.

embaucher *vt* 1 Engager un salarié. 2 *Fam* Prendre avec soi pour un travail quelconque.

embauchoir *nm* Instrument qui sert à élargir les chaussures ou à éviter qu'elles ne se déforment.

embaumement *nm* Action d'embaumer un cadavre.

embaumer *vt* 1 Remplir un cadavre de substances balsamiques pour empêcher qu'il ne se corrompe. 2 Parfumer agréablement. ■ *vi* Exhaler un parfum. *Les roses embaument.*

embaumeur *nm* Spécialiste de l'embaumement.

embellie *nf* 1 *MAR* Éclaircie. 2 Amélioration momentanée.

embellir *vt* 1 Rendre beau ou plus beau. 2 Orner aux dépens de l'exactitude ; enjoliver. *Embellir la réalité.* ■ *vi* Devenir beau ou plus beau.

embellissement *nm* Action d'embellir ; ce qui contribue à embellir.

emberlificoter *vt Fam* 1 Embrouiller. 2 Enjôler, séduire qqn pour le tromper. ■ *vpr Fam* S'empêtrer. *S'emberlificoter dans ses explications.*

embêtant, ante *a Fam* Ennuyeux, contrariant.

embêtement *nm Fam* Ennui, souci, contrariété.

embêter *vt Fam* Contrarier, ennuyer, importuner. ■ *vpr Fam* S'ennuyer fortement.

emblaver *vt AGRIC* Ensemencer une terre de blé ou de toute autre céréale.

emblavure *nf AGRIC* Terre emblavée.

emblée (d') *av* Du premier coup, sans difficulté. *Être reçu d'emblée.*

emblématique *a* 1 Qui sert d'emblème. 2 Qui sert de référence, exemplaire.

emblème *nm* 1 Figure symbolique, souvent accompagnée d'une devise. 2 Être ou objet devenu la représentation d'une chose abstraite. *La balance, emblème de la justice.*

embobeliner *vt Fam* Enjôler, embobiner.

embobiner *vt* 1 Enrouler sur une bobine. 2 *Fam* Enjôler, séduire.

emboîtable *a* Qu'on peut emboîter.

emboîtage *nm* 1 Action de mettre en boîte. 2 Cartonnage, étui qui protège un livre de luxe.

emboîtement *nm* Assemblage de deux pièces qui s'emboîtent.

emboîter *vt* Faire pénétrer une pièce dans une autre, assembler des pièces en les ajustant. *Loc Emboîter le pas à qqn* : le suivre de près ; l'imiter.

embolie *nf MED* Oblitération d'un vaisseau par un corps (caillot, bulle de gaz).

embonpoint *nm* État de qqn un peu gras.

embossage *nm* Impression en relief sur un support en matière plastique (carte de crédit).

embosser *vt* Réaliser un embossage.

embouche *nf* 1 Prairie très fertile où l'on engraisse les bestiaux. 2 Engraissement des bestiaux en prairie.

embouché, ée *a Loc Fam Être mal embouché* : parler, agir avec grossièreté.

emboucher *vt* Mettre à la bouche un instrument à vent pour en jouer.

embouchure *nf* 1 Endroit où un cours d'eau se jette dans la mer. 2 Partie d'un instrument à vent qu'on porte à la bouche. 3 Partie du mors qui entre dans la bouche du cheval.

embourber *vt* Engager, enfoncer dans un bourbier. ■ *vpr* S'empêtrer dans la boue, dans une sale affaire.

embourgeoisement *nm* Fait de s'embourgeoiser.

embourgeoiser (s') *vpr* Prendre les habitudes, les modes de vie et de pensée bourgeois.

embout *nm* 1 Garniture fixée à l'extrémité d'un objet allongé. 2 Élément terminal d'assemblage.

embouteillage *nm* 1 Action de mettre en bouteilles. 2 Encombrement qui arrête la circulation.

embouteiller *vt* 1 Mettre en bouteilles. 2 Provoquer l'encombrement d'une voie.

emboutir *vt TECH* Mettre en forme par emboutissage. 2 Heurter violemment, défoncer.

emboutissage *nm TECH* Action de donner, par compression, une forme à une pièce métallique initialement plane.

embranchement *nm* 1 Division en branches, en rameaux, d'un tronc d'arbre, d'une branche, d'une voie, d'une canalisation, etc. 2 Point où s'opère cette division. 3 *SC NAT* Grande unité de division des animaux, des végétaux.

embrancher (s') *vpr* Se raccorder (canalisation, voie, etc.).

embrasement *nm Litt* 1 Incendie vaste et violent. 2 Illumination, ardente clarté.

embraser *vt Litt* 1 Mettre en feu, mettre le feu à. 2 Illuminer de lueurs rouges. 3 Exalter, remplir de ferveur.

embrassade *nf* Action de deux personnes qui s'embrassent.

embrasse *nf* Bande d'étoffe, passementerie servant à retenir un rideau.

embrassement *nm* Litt Action d'embrasser, de s'embrasser.

embrasser *vt* 1 Donner un baiser, des baisers à. 2 Saisir par la vue ou par l'intelligence un vaste ensemble. 3 Contenir, englober. 4 Choisir, prendre un parti, adopter une idée, une carrière.

embrasure *nf* Ouverture pratiquée dans l'épaisseur d'un mur pour y placer une porte ou une fenêtre.

embrayage *nm* 1 Action d'embrayer. 2 Mécanisme permettant d'embrayer.

embrayer *vt* [20] Mettre en communication un moteur avec des organes mécaniques. ■ *vti* Commencer à s'occuper de qqch. *Embrayer sur une question.*

embrigadement *nm* Action d'embrigader.

embrigader *vt* Enrôler par persuasion ou par contrainte dans un parti, une association, etc.

embringuer *vt* Fam Engager fâcheusement dans.

embrocation *nf* MED Application d'un liquide gras sur une partie du corps malade ou fatiguée ; ce liquide.

embrocher *vt* 1 Mettre à la broche un morceau de viande, une volaille. 2 Fam Transpercer avec une arme pointue.

embrouillamini *nm* Fam Confusion, désordre.

embrouille *nf* Fam Affaire confuse et emmêlée.

embrouillé, ée *a* 1 Emmêlé. 2 Extrêmement confus. *Histoire embrouillée.*

embrouillement *nm* Action, fait d'embrouiller, d'être embrouillé.

embrouiller *vt* 1 Mettre en désordre ; emmêler. 2 Rendre obscur, compliqué, confus. 3 Faire perdre le fil de ses idées à qqn, le troubler. ■ *vpr* S'emmêler, s'égarer.

embroussaillé, ée *a* Encombré de broussailles.

embrumer *vt* 1 Couvrir, charger de brume. 2 Litt Assombrir, attrister.

embruns *nmpl* Bruine formée par les vagues qui se brisent.

embryogenèse ou **embryogénie** *nf* BIOL Formation et développement de l'embryon animal ou végétal.

embryologie *nf* Étude de l'embryogenèse.

embryologique *a* De l'embryologie.

embryon *nm* 1 Vertébré aux premiers stades de son développement, qui suivent la fécondation. 2 Chose inachevée, à peine commencée ; germe.

embryonnaire *a* 1 De l'embryon. 2 Au premier stade de son développement ; rudimentaire. *Projet embryonnaire.*

embryopathie *nf* Malformation de l'embryon.

embûche *nf* 1 Ruse, machination destinée à nuire à qqn. 2 Difficulté, obstacle.

embuer *vt* Couvrir de buée.

embuscade *nf* Manœuvre qui consiste à se cacher pour surprendre l'ennemi.

embusqué *nm* Mobilisé affecté par faveur à un poste sans danger en temps de guerre.

embusquer *vt* Mettre en embuscade. ■ *vpr* Se cacher avec des intentions hostiles.

éméché, ée *a* Fam Légèrement ivre.

émeraude *nf* Pierre précieuse translucide, de couleur vert bleuté. ■ *a* inv Vert clair.

émergé, ée *a* Au-dessus de la surface des eaux. *Rocher émergé.* Ant. immergé.

émergence *nf* Action d'émerger.

émergent, ente *a* Qui commence à apparaître, à exister. *Marché émergent.*

émerger *vi* [11] 1 Se dégager, sortir d'un milieu après y avoir été plongé ; apparaître au-dessus du niveau de l'eau. 2 Sortir de l'ombre, apparaître plus clairement. 3 Se distinguer parmi d'autres. 4 Fam Sortir du sommeil, d'une situation difficile.

émeri *nm* Variété de corindon qui, réduit en poudre, est utilisé comme abrasif, antidérapant.

émerillon *nm* Petit faucon.

éméritat *nm* Dignité de professeur émérite.

émérite *a* 1 Abusiv Qui a acquis une connaissance remarquable d'une science, d'un métier. 2 Qui conserve son titre après avoir cessé d'exercer ses fonctions.

émersion *nf* Action, fait d'émerger.

émerveillement *nm* Fait de s'émerveiller.

émerveiller *vt* Frapper d'admiration. ■ *vpr* Être frappé d'admiration.

émétique *a, nm* Qui provoque le vomissement.

émetteur, trice *a, n* Qui émet. ■ *nm* 1 Appareil qui émet des ondes radioélectriques. 2 Station de radiodiffusion ou de télévision.

émettre *vt* [64] 1 Mettre en circulation. *Émettre des billets de banque.* 2 Produire, envoyer vers l'extérieur des sons, des radiations, etc. 3 Exprimer. *Émettre une opinion.*

émeu *nm* Très grand oiseau d'Australie aux ailes réduites.

émeute *nf* Soulèvement populaire.

émeutier, ère *n* Qui prend part à une émeute.

émiettement *nm* Action d'émietter, fait de s'émietter.

émietter *vt* 1 Réduire en miettes, en petits morceaux. 2 Réduire en petites parcelles ; disperser. *Émietter ses forces.*

émigrant, ante *n* Personne qui émigre.

émigration *nf* 1 Action d'émigrer. 2 Ensemble des personnes qui émigrent ou qui ont émigré.

émigré, ée *a, n* Qui a émigré.

émigrer *vi* 1 Quitter son pays pour aller s'établir dans un autre. 2 ZOOL Migrer.

émincé *nm* Mince tranche de viande cuite.

émincer *vt* [10] Couper en tranches minces.

éminemment *av* Au plus haut degré.

éminence *nf* 1 Élévation de terrain, hauteur, monticule. 2 Titre d'honneur donné aux cardinaux. Loc *Éminence grise* : conseiller secret très écouté.

éminent, ente *a* 1 Supérieur en mérite, en condition. 2 Remarquable, considérable.

émir *nm* Chef dans les pays musulmans.

émirat *nm* 1 Dignité d'émir. 2 État gouverné par un émir.

émirati, ie *a, n* Des Émirats arabes unis.

émissaire *nm* 1 Personne envoyée pour accomplir une mission. 2 GEOGR Cours d'eau par lequel s'évacue l'eau d'un lac.

émission *nf* 1 Action d'émettre des sons, des radiations, des valeurs, etc. 2 Programme diffusé (radiophonique ou télévisé).

émissole *nf* Petit requin comestible.

emmagasinage ou **emmagasinement** *nm* Action d'emmagasiner.

emmagasiner vt 1 Mettre en magasin, stocker. 2 Acquérir, accumuler.

emmailloter vt 1 Mettre un bébé dans un maillot, dans des langes. 2 Envelopper. *Emmailloter un doigt blessé.*

emmancher vt 1 Mettre un manche à un outil. 2 Fam Mettre en train. ■ *vpr* Fam Commencer d'une certaine façon. *L'affaire s'emmanche mal.*

emmanchure nf Ouverture d'un vêtement à laquelle est cousue une manche.

emmêler vt 1 Mêler, enchevêtrer. 2 Embrouiller. *Emmêler une affaire.*

emménagement nm Action d'emménager.

emménager vi [11] S'installer dans un nouveau logement. ■ vt Transporter dans un logement.

emmener vt [15] Mener qqn avec soi d'un lieu dans un autre.

emmenthal ou **emmental** nm Variété de gruyère.

emmerdant, ante a Pop Ennuyeux, embêtant.

emmerdement nm Pop Ennui, contrariété.

emmerder vt Pop Agacer, contrarier, gêner à l'excès. ■ *vpr* S'ennuyer à l'excès.

emmerdeur, euse n Pop 1 Qui emmerde les autres. 2 Personne pointilleuse à l'excès.

emmétrope a, n MED Se dit d'un œil, de qqn dont la vision est normale.

emmitoufler vt Envelopper chaudement, douillettement.

emmurer vt Enfermer en bloquant toutes les issues.

émoi nm 1 Trouble, agitation suscitée par l'émotion ou l'inquiétude. 2 Litt Émotion sensuelle.

émollient, ente a, nm MED Qui relâche, qui ramollit les tissus.

émoluments nmpl Rétribution attachée à une place, à un emploi.

émondage nm Action d'émonder.

émonder vt Retrancher d'un arbre les branches nuisibles ou inutiles.

émotif, ive a Dû à l'émotion. ■ a, n Sujet à des émotions intenses.

émotion nf 1 Trouble intense, soudain et passager de l'affectivité. 2 Manifestation d'une sensibilité délicate. *Réciter un poème avec émotion.*

émotionnel, elle a Propre à l'émotion.

émotionner vt Fam Causer de l'émotion.

émotivité nf PSYCHO Caractère émotif.

émouchet nm Petit rapace diurne, comme l'épervier.

émoulu, ue a Loc *Frais émoulu, fraîche émoulue :* récemment sorti(e) d'une école.

émoussement nm Action d'émousser ; état émoussé.

émousser vt 1 Rendre moins tranchant, moins aigu. 2 Rendre moins vif, atténuer, affaiblir.

émoustillant, ante a Qui émoustille.

émoustiller vt 1 Mettre en gaieté. 2 Exciter, disposer aux plaisirs sensuels.

émouvant, ante a Qui émeut, qui suscite une émotion plus ou moins vive.

émouvoir vt [42] 1 Susciter l'émotion de. 2 Susciter l'intérêt ou la sympathie de. ■ *vpr* Se soucier, s'inquiéter.

empaillage nm Action d'empailler.

empaillé, ée a, n Fam Empoté.

empailler vt Emplir de paille la peau d'un animal mort pour lui conserver ses formes naturelles.

empailleur, euse n Qui empaille les animaux.

empalement nm Action d'empaler.

empaler vt Infliger le supplice du pal à qqn en le transperçant d'un pieu introduit par l'anus. ■ *vpr* Être transpercé par un objet pointu que l'on a heurté.

empan nm Distance entre l'extrémité du pouce et celle du petit doigt de la main écartée.

empanacher vt Orner d'un panache.

empanner vi MAR Faire changer de bord la grand-voile en virant de bord vent arrière.

empaquetage nm Action d'empaqueter.

empaqueter vt [19] Mettre en paquet.

emparer (s') vpr 1 Se saisir d'une chose, s'en rendre maître. 2 Envahir, dominer qqn (sensation, sentiment).

empâtement nm État empâté ou pâteux.

empâter vt 1 Rendre pâteux. 2 Gonfler, épaissir, alourdir. ■ *vpr* Devenir gras, s'épaissir.

empathie nf PSYCHO Faculté de ressentir ce qu'un autre ressent.

empattement nm 1 Massif de maçonnerie qui sert de pied, de base à un mur. 2 Distance entre les essieux extrêmes d'un véhicule.

empaumer vt 1 Recevoir dans la paume de la main. 2 Fam Tromper, duper.

empêché, ée a Retenu par un empêchement.

empêchement nm Ce qui empêche d'agir, embarrasse, fait obstacle.

empêcher vt 1 Entraver qqn dans son action, ses projets. 2 Mettre un obstacle à qqch. Loc *Il n'empêche que :* malgré cela, néanmoins. ■ *vpr* Se retenir, s'abstenir. *Il ne peut s'empêcher de mentir.*

empêcheur, euse n Loc *Empêcheur de tourner en rond :* trouble-fête.

empeigne nf Dessus d'un soulier, depuis le cou-de-pied jusqu'à la pointe.

empennage nm Ensemble des plans fixes de l'arrière d'un avion, assurant sa stabilité.

empenne nf Ensemble des plumes qui garnissent le talon d'une flèche.

empenner vt Garnir une flèche de plumes.

empereur nm Souverain de certains États.

empesage nm Action d'empeser.

empesé, ée a 1 Apprêté avec de l'empois. 2 Fam Guindé, compassé.

empeser vt [15] Apprêter du linge avec de l'empois.

empester vt 1 Corrompre, vicier. 2 Empuantir. ■ vi Dégager une odeur désagréable.

empêtrer vt 1 Embarrasser, gêner dans ses mouvements. 2 Mettre dans des difficultés. ■ *vpr* S'embrouiller, s'embarrasser.

emphase nf Exagération prétentieuse dans le ton, le geste, l'expression, le style.

emphatique a Qui s'exprime avec emphase ; ampoulé. *Un discours emphatique.*

emphatiquement av De façon emphatique.

emphysémateux, euse a, n Atteint d'emphysème.

emphysème nm MED Infiltration gazeuse diffuse du tissu cellulaire provoquant un gonflement, en particulier une dilatation pulmonaire.

emphytéotique a DR Se dit d'un bail à longue durée.

énarque

empiècement *nm* COUT Pièce rapportée à la partie supérieure d'un vêtement.

empierrement *nm* 1 Action d'empierrer. 2 Matériaux qui servent à empierrer.

empierrer *vt* Garnir de pierres.

empiètement *nm* Action d'empiéter.

empiéter *vi* [12] 1 S'étendre partiellement sur la terre d'autrui. 2 Usurper en partie les droits de qqn. 3 Déborder sur qqch (espace ou temps).

empiffrer (s') *vpr* Fam Manger avec excès, gloutonnement.

empilable *a* Qu'on peut empiler.

empilage *ou* **empilement** *nm* Action d'empiler ; choses empilées.

empiler *vt* 1 Mettre en pile. 2 Fam Duper.

empire *nm* 1 Régime où l'autorité politique est détenue par un empereur. 2 État gouverné par un empereur. 3 Ensemble de territoires placés sous l'autorité d'un gouvernement central. *Empire colonial.* 4 Groupe industriel vaste et puissant. 5 Litt Domination morale, ascendant.

empirer *vi* Devenir pire, s'aggraver.

empirique *a* Qui se fonde sur l'expérience et non sur un savoir théorique.

empiriquement *av* De façon empirique.

empirisme *nm* 1 Méthode, pratique empirique. 2 Doctrine selon laquelle toute connaissance dérive de l'expérience.

empiriste *n* Partisan de l'empirisme.

emplacement *nm* Lieu occupé par qqch ou qui convient pour placer ou édifier qqch.

emplafonner *vt* Fam Heurter avec violence.

emplâtre *nm* 1 Pâte médicamenteuse qui s'applique sur la peau. 2 Fam Personne sans énergie, incapable.

emplette *nf* Achat.

emplir *vt* Litt Rendre plein, combler, remplir.

emploi *nm* 1 Usage que l'on fait d'une chose ; manière d'en faire usage. 2 Travail rémunéré. 3 Rôle qu'on confie habituellement à un acteur. Loc *Employé de maison :* domestique.

employé, ée *n* Salarié ayant un emploi non manuel. Loc *Employé de maison :* domestique.

employer *vt* [22] 1 Faire usage de. 2 Faire travailler en échange d'un salaire. ■ *vpr* 1 Être utilisé, usité. 2 S'occuper activement de. *S'employer à faire des heureux.*

employeur, euse *n* Qui emploie un ou plusieurs salariés.

emplumé, ée *a* Garni de plumes.

empocher *vt* Toucher de l'argent.

empoignade *nf* Fam Discussion violente.

empoigne *nf* Loc Fam *Foire d'empoigne :* conflit tumultueux entre des personnes se disputant âprement des biens ou des avantages.

empoigner *vt* 1 Saisir avec les mains en serrant fortement. 2 Émouvoir fortement. ■ *vpr* Se battre ; se quereller.

empois *nm* Colle légère d'amidon utilisée pour empeser le linge.

empoisonnant, ante *a* Fam Très ennuyeux.

empoisonnement *nm* 1 Fait d'empoisonner ou d'être empoisonné ; intoxication. 2 Fam Ennui, contrariété.

empoisonner *vt* 1 Intoxiquer, mortellement ou non, par du poison. 2 Mettre du poison sur qqch. 3 Infecter d'une odeur incommodante. 4 Fam Importuner, ennuyer.

empoisonneur, euse *n* 1 Coupable d'empoisonnement. 2 Fam Importun.

empoissonner *vt* Peupler de poissons.

emporté, ée *a* Violent, colérique.

emportement *nm* Accès de colère.

emporte-pièce *nm inv* Instrument servant à découper des pièces d'une forme déterminée. Loc *À l'emporte-pièce :* sans nuances.

emporter *vt* 1 Prendre avec soi et porter ailleurs. 2 Pousser, entraîner ; arracher. Loc *L'emporter sur :* avoir la supériorité, prévaloir sur. ■ *vpr* S'abandonner à la colère.

empoté, ée *a, n* Fam Peu dégourdi.

empoter *vt* Mettre en pot.

empourprer *vt* Colorer de pourpre.

empoussiérer *vt* [12] Couvrir de poussière.

empreindre *vt* [69] (rare à l'actif) Marquer de certains traits de caractère. *Son visage est empreint de douceur.*

empreinte *nf* Marque imprimée, trace. Loc *Empreintes digitales :* traces laissées sur une surface par les sillons de la peau des doigts. *Empreinte génétique :* manière d'identifier un individu par l'analyse de ses sécrétions.

empressé, ée *a* Zélé, ardent.

empressement *nm* Zèle, ardeur.

empresser (s') *vpr* 1 Se hâter de. 2 Montrer du zèle, de la prévenance.

emprise *nf* 1 Domination morale, intellectuelle, influence. 2 DR Terrain exproprié dans l'intérêt public.

emprisonnement *nm* Action d'emprisonner.

emprisonner *vt* 1 Mettre en prison. 2 Tenir comme enfermé.

emprunt *nm* Action d'emprunter ; chose ou somme empruntée. Loc *D'emprunt :* que l'on ne possède pas en propre ; factice.

emprunté, ée *a* Qui manque de naturel, d'aisance ; gauche. *Un air emprunté.*

emprunter *vt* 1 Se faire prêter. 2 Prendre, tirer d'une source. *Emprunter des citations à un auteur.* 3 Prendre un chemin. *Emprunter un nouvel itinéraire.*

emprunteur, euse *n* Qui emprunte.

empuantir *vt* Infecter d'une mauvaise odeur.

empyrée *nm* Litt Ciel, paradis.

ému, ue *a* Qui éprouve ou exprime une émotion.

émulation *nf* Sentiment qui pousse à égaler ou à surpasser qqn.

émule *n* Litt Qui cherche à rivaliser avec qqn en mérite, en savoir, etc.

émulsif, ive *ou* **émulsifiant, ante** *a, nm* Qui stabilise une émulsion.

émulsifier *ou* **émulsionner** *vt* Mettre en émulsion.

émulsion *nf* 1 Dispersion d'un liquide au sein d'un autre avec lequel il n'est pas miscible. 2 Couche photosensible qui recouvre les pellicules et les papiers photographiques.

1. en *prép* 1 Indique le lieu, l'état, la manière d'être, la matière, la forme, la transformation, etc. 2 Sert à former le gérondif (ex. : *en lisant*). 3 Entre dans de nombreuses locutions.

2. en *pr pers, av* 1 Indique la provenance, l'origine. *J'en viens.* 2 Représente un nom complément introduit par *de. J'en parle.* 3 Entre dans de nombreuses locutions.

enamourer (s') *ou* **énamourer (s')** [ana-] *vpr* Litt Tomber amoureux.

énarque *n* Ancien élève de l'ÉNA.

en-avant nm inv Au rugby, faute consistant à faire une passe vers l'avant avec la main.

en-but nm inv Au rugby, surface où peut être marqué un essai.

encablure nf MAR Ancienne mesure de longueur valant environ 180 m.

encadré nm Texte entouré d'un filet, dans une page.

encadrement nm 1 Action d'encadrer. 2 Ce qui encadre. 3 Ensemble des cadres dans l'armée, dans une entreprise, une collectivité.

encadrer vt 1 Placer dans un cadre. 2 Entourer pour mettre en valeur, pour limiter, pour garder, etc. 3 Mettre sous la responsabilité de cadres. *Encadrer les nouveaux appelés.*

encadreur, euse n Artisan spécialiste de l'encadrement.

encaissable a Qui peut être encaissé.

encaisse nf Somme disponible qui se trouve dans la caisse.

encaissé, ée a Resserré entre des bords élevés et escarpés.

encaissement nm 1 État de ce qui est encaissé. 2 Action de recevoir de l'argent et de le mettre en caisse.

encaisser vt 1 Toucher de l'argent en paiement. 2 Recevoir des coups, subir des mauvais traitements, etc. Loc Fam *Ne pas encaisser qqn* : ne pas le supporter.

encaisseur nm Employé qui effectue des recouvrements.

encalminé, ée a MAR Immobilisé par manque de vent.

encan (à l') av Aux enchères publiques. *Vendre des meubles à l'encan.*

encanaillement nm Fait de s'encanailler.

encanailler (s') vpr Fréquenter ou imiter des gens vulgaires.

encapuchonner vt Couvrir d'un capuchon.

encart nm Feuillet mobile ou cahier tiré à part que l'on insère dans un ouvrage imprimé. *Un encart publicitaire.*

encarter vt 1 Insérer un encart. 2 Fixer sur un carton des articles pour la vente.

en-cas ou **encas** nm inv Repas sommaire tenu prêt en cas de besoin.

encaserner vt Enfermer dans une caserne.

encastrable a, nm Qui peut être encastré.

encastrement nm Action d'encastrer. ■ vpr S'ajuster exactement qqpart.

encastrer vt Insérer, ajuster dans un espace creux. ■ vpr S'ajuster exactement qqpart.

encaustique nf Produit à base de cire et d'essence, utilisé pour entretenir les parquets, les meubles.

encaustiquer vt Étendre de l'encaustique sur.

1. enceinte nf 1 Ce qui entoure, enclôt un espace et le protège. 2 Espace clos, dont l'accès est protégé. Loc *Enceinte acoustique* : boîte rigide contenant des haut-parleurs. Syn. baffle.

2. enceinte af Se dit d'une femme en état de grossesse.

encens [-sã] nm Substance résineuse qui dégage un parfum pénétrant quand on la fait brûler.

encensement nm Action d'encenser.

encenser vt 1 Honorer en balançant l'encensoir. 2 Flatter par des louanges excessives.

encensoir nm Cassolette suspendue à des chaînes, dans laquelle on brûle l'encens.

encépagement nm Ensemble des cépages d'un vignoble.

encéphale nm Masse nerveuse contenue dans la boîte crânienne, comprenant le cerveau, le cervelet et le tronc cérébral.

encéphalique a De l'encéphale.

encéphalite nf Inflammation de l'encéphale.

encéphalogramme nm Électroencéphalogramme.

encéphalographie nf Examen de l'encéphale par radiographie.

encéphalomyélite nf Inflammation de l'encéphale et de la moelle épinière.

encéphalopathie nf Affection de l'encéphale.

encerclement nm Action d'encercler ; fait d'être encerclé.

encercler vt 1 Entourer d'un cercle. 2 Entourer de toutes parts, cerner.

enchaînement nm 1 Suite de choses qui s'enchaînent. 2 Liaison d'arguments, d'idées.

enchaîner vt 1 Attacher avec une chaîne. 2 Lier, retenir par une obligation morale, des sentiments, etc. 3 Lier, coordonner logiquement. ■ vi Passer d'une question, d'une action à une autre sans interruption. ■ vpr Former une suite d'éléments dépendant les uns des autres.

enchanté, ée a 1 Soumis à un sortilège. 2 Ravi, heureux.

enchantement nm 1 Action d'ensorceler ; sortilège. 2 Ravissement profond. 3 Chose qui ravit. Loc *Comme par enchantement* : avec une rapidité, une facilité extraordinaire.

enchanter vt 1 Ensorceler. 2 Causer un vif plaisir à, ravir.

enchanteur, teresse n Magicien. ■ a Qui charme, ravit. *Paysage enchanteur.*

enchâssement nm Action d'enchâsser.

enchâsser vt 1 Mettre dans une châsse. 2 Fixer sur un support, dans un logement ménagé à cet effet. 3 Litt Insérer, intercaler.

enchère nf 1 Offre d'un prix supérieur à une offre déjà faite. 2 Aux cartes, demande supérieure à celle de l'adversaire.

enchérir vt 1 Faire une enchère. 2 Litt Surpasser, aller au-delà de.

enchérisseur, euse n Qui fait une enchère.

enchevêtrement nm 1 Action d'enchevêtrer ; état de ce qui est enchevêtré. 2 Ensemble, amas de choses enchevêtrées.

enchevêtrer vt Embrouiller, emmêler. ■ vpr S'embrouiller, s'emmêler.

enchifrené, ée a Fam Enrhumé.

enclave nf Terrain ou territoire enfermé dans un autre.

enclavement nm Action d'enclaver ; état de ce qui est enclavé.

enclaver vt 1 Enclore, entourer comme enclave. 2 Engager, insérer entre.

enclenchement nm 1 Action d'enclencher ; état d'une pièce enclenchée. 2 Organe mobile rendant deux pièces solidaires.

enclencher vt 1 Mettre en marche un mécanisme en rendant solidaires deux pièces. 2 Faire démarrer. ■ vpr Commencer, se mettre en marche.

enclin, ine a Porté, disposé à. *Être enclin à la paresse.*

encliquetage nm Mécanisme permettant l'entraînement d'un organe dans un seul sens.

encliqueter vt [19] Faire fonctionner un encli-quetage.

enclitique nm GRAM Mot atone qui s'unit avec le précédent dans la prononciation (ex. : *ce* dans *est-ce, je* dans *puis-je*).

enclore vt [53] Entourer de murs, de fossés, de haies, etc.

enclos nm 1 Terrain entouré d'une clôture. 2 Ce qui clôt un terrain.

enclume nf 1 Masse métallique sur laquelle on forge les métaux. 2 ANAT Un des osselets de l'oreille moyenne.

encoche nf Petite entaille.

encocher vt Faire une encoche à.

encodage nm Action d'encoder.

encoder vt Transcrire qqch selon un code.

encoignure [ɑ̃kɔɲyʀ] nf 1 Angle rentrant formé par la jonction de deux pans de mur. 2 Petit meuble d'angle.

encollage nm 1 Action d'encoller. 2 Apprêt ou enduit pour encoller.

encoller vt Enduire de colle, d'apprêt ou de gomme.

encolure nf 1 Cou du cheval et de certains animaux. 2 Dimension du tour de cou. 3 Partie du vêtement entourant le cou.

encombrant, ante a Qui encombre ; gênant.

encombre (sans) av Sans incident, sans rencontrer d'obstacle.

encombré, ée a Rempli, obstrué.

encombrement nm 1 Action d'encombrer ; état qui en résulte. 2 Accumulation d'un grand nombre de choses qui encombrent. 3 Dimensions d'un objet, volume qu'il occupe.

encombrer vt 1 Embarrasser, obstruer qqch. 2 Gêner, embarrasser qqn.

encontre (à l') prép Loc *À l'encontre de :* dans le sens contraire, à l'opposé de.

encorbellement nm ARCHI Construction en saillie du plan vertical d'un mur.

encorder (s') vpr Se relier par une même corde, par mesure de sécurité, en parlant d'alpinistes.

encore av Indique la persistance de l'action, la répétition, le renforcement ou la restriction. Loc *Encore que :* bien que, quoique.

encorner vt Frapper, percer à coups de cornes.

encornet nm Petit calmar.

encourageant, ante a Qui encourage, qui donne de l'espoir.

encouragement nm 1 Action d'encourager. 2 Ce qui encourage.

encourager vt [11] 1 Donner du courage. 2 Inciter à agir. 3 Favoriser l'essor, le développement de qqch. *Encourager l'industrie.*

encourir vt [25] Litt S'exposer à, tomber sous le coup de. *Encourir la réprobation.*

en-cours nm inv FIN Montant des titres représentant des engagements financiers en cours.

encrage nm Action d'encrer.

encrassement nm Fait de s'encrasser.

encrasser vt Recouvrir de crasse. ■ vpr Devenir crasseux.

encre nf 1 Substance liquide, noire ou colorée, servant à écrire, à dessiner, à imprimer. 2 Liquide noir émis par les céphalopodes. Loc *C'est la bouteille à l'encre :* c'est une affaire obscure, confuse. *Faire couler de l'encre :* être le sujet de nombreux articles.

encrer vt Charger, enduire d'encre.

encreur, euse a Qui sert à encrer.

encrier nm Petit récipient pour mettre l'encre.

encroûtement nm Action d'encroûter, fait de s'encroûter.

encroûter vt Recouvrir d'une croûte. ■ vpr 1 Se couvrir d'une croûte. 2 S'abêtir dans des habitudes, des opinions figées.

enculé nm Pop Injure de mépris.

enculer vt Pop Pratiquer la sodomisation.

enculeur nm Loc Fam *Enculeur de mouches :* excessivement pointilleux.

encyclique nf Lettre adressée par un pape au clergé et aux fidèles.

encyclopédie nf Ouvrage où on expose méthodiquement les connaissances dans un domaine ou un ensemble de domaines.

encyclopédique a Propre à l'encyclopédie, à l'ensemble des connaissances.

encyclopédisme nm Tendance à accumuler toutes sortes de connaissances.

encyclopédiste nm Collaborateur de l'*Encyclopédie* de Diderot et d'Alembert. ■ n Rédacteur d'articles d'encyclopédie.

endémie nf Persistance dans une région d'une maladie qui frappe une partie importante de la population.

endémique a 1 De l'endémie. 2 BIOL Se dit d'une espèce qui n'existe que dans une région précise.

endémisme nm BIOL Caractère d'une espèce endémique.

endettement nm Fait de s'endetter, d'être endetté.

endetter vt Engager dans des dettes. ■ vpr Faire des dettes.

endeuiller vt Plonger dans le deuil, dans la tristesse.

endiablé, ée a Plein de fougue.

endiguement nm Action d'endiguer.

endiguer vt 1 Contenir par des digues. 2 Contenir, refréner.

endimancher (s') vpr Mettre ses plus beaux habits, ses habits du dimanche.

endive nf Variété de chicorée.

endocarde nm ANAT Tunique interne du cœur.

endocardite nf Inflammation de l'endocarde.

endocarpe nm BOT Partie la plus interne du fruit ; coque du noyau.

endocrine a Se dit des glandes à sécrétion interne. Ant. exocrine.

endocrinien, enne a Des glandes endocrines.

endocrinologie nf Étude des glandes endocrines.

endocrinologue ou **endocrinologiste** n Spécialiste des glandes endocrines.

endoctrinement nm Action d'endoctriner.

endoctriner vt Faire la leçon à qqn pour qu'il adhère à une doctrine.

endoderme nm 1 BOT Assise interne de l'écorce. 2 ZOOL Feuillet embryonnaire interne.

endodontie nf Étude de la pulpe et de la racine dentaires.

endogame a, n Qui pratique l'endogamie.

endogamie nf SOCIOL Fait de se marier à l'intérieur de son groupe social. Ant. exogamie.

endogène a Qui se forme à l'intérieur de qqch. Ant. exogène.

endolorir vt Rendre douloureux.

endomètre nm ANAT Muqueuse utérine.

endométrite nf Inflammation de l'endomètre.

endommagement nm Action d'endommager.

endommager vt [11] Abimer, détériorer.

endoréique a Se dit d'un cours d'eau qui se déverse dans une dépression intérieure et non dans la mer. Ant. exoréique.

endormi, ie a 1 Lent, nonchalant. 2 Qui a une activité réduite. *Une petite ville endormie.*

endormir vt [29] 1 Faire dormir. 2 Tromper qqn pour l'empêcher d'agir. 3 Atténuer, rendre moins vif. *Endormir la douleur.* 4 Ennuyer profondément. ■ vpr 1 Commencer à dormir. 2 Perdre de son activité, de sa vigilance.

endormissement nm Moment où l'on passe de la veille au sommeil.

endorphine nf Substance présente dans le cerveau et qui a une action analgésique.

endos. V. endossement.

endoscope nm MED Instrument destiné à explorer certains conduits, certaines cavités du corps (estomac, vessie, etc.).

endoscopie nf MED Technique d'observation utilisant un endoscope.

endoscopique a De l'endoscopie.

endosmose nf PHYS Passage, à travers une membrane, du solvant de la solution la moins concentrée vers la plus concentrée.

endossable a Qui peut être endossé (chèque).

endossataire n FIN Personne pour laquelle un effet est endossé.

endossement ou **endos** nm FIN Action de transférer à un autre la propriété d'un effet de commerce en l'endossant.

endosser vt 1 Mettre un vêtement sur son dos. 2 Assumer, prendre sur soi. 3 Inscrire au dos d'un chèque, d'une traite, l'ordre de les payer.

endothélium [-teljɔm] nm ANAT Tissu qui tapisse la paroi interne de l'appareil circulatoire.

endothermique a CHIM Se dit d'une réaction qui absorbe de la chaleur.

endotoxine nf Toxine contenue dans certaines bactéries.

endroit nm 1 Lieu, place, partie déterminée. 2 Côté sous lequel se présente habituellement un objet. Ant. envers. **Loc** *À l'endroit :* du bon côté. Litt *À l'endroit de :* à l'égard de, envers qqn.

enduire vt [67] Couvrir d'un enduit.

enduit nm Matière molle dont on couvre la surface de certains objets.

endurance nf Capacité de résister à la fatigue, aux souffrances.

endurant, ante a Qui a de l'endurance.

endurci, ie a 1 Devenu insensible. 2 Invétéré dans son état, ses habitudes. *Menteur endurci.*

endurcir vt 1 Rendre plus robuste, plus résistant. 2 Rendre insensible, impitoyable. ■ vpr 1 S'aguerrir. 2 Devenir insensible.

endurcissement nm État de qqn d'endurci.

endurer vt Souffrir, supporter ce qui est pénible.

enduro nm Épreuve motocycliste d'endurance tout-terrain. ■ nf Moto conçue pour l'enduro.

énéolithique nm Dernière période de la préhistoire.

énergétique a Relatif à l'énergie.

énergie nf 1 Force, puissance d'action. 2 Fermeté, résolution que l'on fait apparaître dans ses actes. 3 PHYS Capacité d'un corps ou d'un système à produire un travail, à élever une température, etc. *Énergie électrique. Sources d'énergie.*

énergique a Qui a, qui manifeste de l'énergie.

énergiquement av De façon énergique.

énergisant, ante a Qui donne de l'énergie. ■ nm Substance stimulant le tonus psychique.

énergivore a Fam Qui gaspille l'énergie.

énergumène n Individu exalté, agité.

énervant, ante a Qui agace. *Refrain énervant.*

énervation nf Ablation ou section d'un nerf.

énervé, ée a Agacé, irrité.

énervement nm État d'excitation, d'irritation.

énerver vt Agacer, irriter. ■ vpr Perdre son calme, le contrôle de ses nerfs.

enfance nf 1 Période de la vie de l'être humain qui va de la naissance jusqu'à l'âge de la puberté. 2 Les enfants. *La cruauté de l'enfance.* **Loc** *C'est l'enfance de l'art :* c'est très facile à faire.

enfant n 1 Être humain dans l'enfance. 2 Fils ou fille, quel que soit son âge. 3 Descendant. 4 Originaire d'un pays, d'une région, d'un milieu. **Loc** *Enfant de troupe :* fils de militaire élevé aux frais de l'État. *Faire l'enfant :* se comporter puérilement.

enfantement nm Litt Action d'enfanter.

enfanter vt Litt 1 Mettre un enfant au monde. 2 Produire, créer.

enfantillage nm Comportement, discours puérils.

enfantin, ine a 1 Propre à l'enfance. 2 Très facile. *Travail enfantin.* 3 Puéril.

enfariné, ée a Couvert de farine. **Loc** Fam *Le bec enfariné :* avec la sotte confiance du quémandeur naïf.

enfer nm 1 Dans le christianisme, lieu de supplice des damnés. 2 Souffrance permanente. *Sa vie est devenue un enfer.* 3 Partie d'une bibliothèque qui contient des ouvrages interdits au public. **Loc** *Une vie d'enfer :* pleine de tourments. *Un feu, un bruit d'enfer :* extrêmement violents. ■ pl Séjour des âmes des morts, dans la mythologie gréco-latine.

enfermement nm Action d'enfermer qqn.

enfermer vt 1 Mettre et maintenir qqn dans un lieu clos. 2 Mettre qqch dans un lieu, un meuble fermé. ■ vpr 1 S'installer dans un lieu fermé, isolé. 2 Se maintenir dans une situation, un état.

enferrer (s') vpr Tomber dans son propre piège, s'enfoncer maladroitement.

enfiévrer vt [12] Exciter la fièvre, l'ardeur de.

enfilade nf Série de choses se suivant sur une même ligne, en file.

enfilage nm Action d'enfiler.

enfiler vt 1 Passer un fil, etc., à travers, par le trou de. *Enfiler une aiguille, des perles.* 2 Passer, mettre un vêtement sur soi. *Enfiler une robe.* 3 S'engager dans. *Enfiler une rue.*

enfin av. Marque la fin, la conclusion de qqch, l'impatience, le soulagement.

enflammer vt 1 Mettre le feu à. 2 Litt Emplir d'ardeur et de passion. 3 Irriter, provoquer l'inflammation de.

enflé, ée a Gonflé. **Loc** *Style enflé :* ampoulé, emphatique. ■ n Pop Idiot.

enfler vt Augmenter le volume, l'importance de. *Les pluies ont enflé la rivière. Enfler un incident.* ■ vi Gonfler, se tuméfier.

enflure *nf* 1 Gonflement d'une partie du corps ; œdème. 2 Exagération, emphase. *Enflure du style.*

enfoiré, ée *a, n* Pop Idiot, abruti.

enfoncé, ée *a* Logé au fond, reculé.

enfoncement *nm* 1 Action d'enfoncer. 2 Partie reculée, en retrait. Ant. saillie.

enfoncer *vt* [10] 1 Faire pénétrer. *Enfoncer un clou.* 2 Accabler qqn. 3 Rompre en pesant sur. 4 Fam Faire plier, vaincre, surpasser. Loc Fam *Enfoncer le clou :* insister fortement. ■ *vi* Aller vers le fond. *On enfonçait dans la boue.* ■ *vpr* 1 Aller vers le fond, s'affaisser. 2 Pénétrer bien avant. *S'enfoncer dans la forêt.*

enfouir *vt* Mettre ou cacher en terre ou sous des objets.

enfouissement *nm* Action d'enfouir.

enfourcher *vt* Monter à califourchon sur.

enfournage ou **enfournement** *nm* Action d'enfourner.

enfourner *vt* 1 Mettre dans un four. 2 Fam Mettre dans la bouche largement ouverte.

enfreindre *vt* [69] Ne pas respecter. *Enfreindre une loi.*

enfuir (s') *vpr* [28] Prendre la fuite.

enfumer *vt* 1 Remplir, envelopper de fumée. 2 Noircir de fumée.

engagé, ée *a* Qui prend ouvertement parti pour une cause. *Littérature engagée.* ■ *a, n* Qui a contracté un engagement dans l'armée.

engageant, ante *a* Attirant, qui séduit.

engagement *nm* 1 Action d'engager, de s'engager. 2 Combat de courte durée. 3 SPORT Coup d'envoi d'une partie. Loc *Engagement physique :* utilisation maximale de ses qualités athlétiques.

engager *vt* [11] 1 Mettre, donner en gage. 2 Lier par une promesse, une convention. *Cela n'engage à rien.* 3 Prendre à son service ; embaucher. *Engager un employé de maison.* 4 Faire pénétrer, introduire. *Engager la main dans l'ouverture.* 5 Faire entrer, mettre en jeu. *Engager des capitaux dans une affaire.* 6 Commencer, provoquer. *Engager un procès.* 7 Amener qqn à faire qqch. ■ *vpr* 1 Promettre. 2 Prendre publiquement une position politique ; militer. 3 S'enrôler dans l'armée. 4 Commencer ; entrer dans une voie, un processus. *La négociation s'engage.*

engeance *nf* Catégorie de personnes jugées méprisables.

engelure *nf* Lésion due au froid, caractérisée par un œdème rouge.

engendrement *nm* Action d'engendrer.

engendrer *vt* 1 Procréer, en parlant des mâles. 2 Être la cause de, faire naître, provoquer.

engerber *vt* Mettre en gerbes.

engin *nm* 1 Appareil conçu pour exécuter des travaux. *Engin de terrassement.* 2 Appareil équipé à des fins militaires ; missile. 3 Instrument, outil quelconque.

engineering [ɛnʒinirɪŋ] *nm* Ingénierie.

englober *vt* Réunir, comprendre en un tout.

engloutir *vt* 1 Avaler gloutonnement. 2 Faire disparaître, absorber.

engloutissement *nm* Action d'engloutir.

engluage ou **engluement** *nm* Fait d'être englué.

engluer *vt* 1 Enduire d'une matière gluante. 2 Prendre à la glu.

engoncement *nm* Fait d'être engoncé.

engoncer *vt* [10] En parlant de vêtements, faire paraître le cou enfoncé dans les épaules.

engorgement *nm* Obstruction formée dans un tuyau, un canal, etc.

engorger *vt* [11] Obstruer, boucher un conduit, une voie.

engouement *nm* Fait de s'engouer.

engouer (s') *vpr* Se prendre d'une passion excessive et passagère pour.

engouffrement *nm* Action d'engouffrer, de s'engouffrer.

engouffrer *vt* Dévorer, engloutir. ■ *vpr* Entrer avec violence, pénétrer précipitamment.

engoulevent *nm* Oiseau au plumage roussâtre, qui ressemble à un grand martinet.

engourdir *vt* 1 Causer l'engourdissement de. 2 Diminuer, ralentir l'activité, l'énergie de.

engourdissement *nm* 1 Privation momentanée de la sensibilité ou de la mobilité. 2 État de torpeur.

engrais *nm* 1 Action d'engraisser. *Porc à l'engrais.* 2 Matière qui fertilise le sol. *Engrais chimique.*

engraissement ou **engraissage** *nm* Action d'engraisser.

engraisser *vt* 1 Faire devenir gras. *Engraisser de la volaille.* 2 Améliorer par des engrais. 3 Fam Rendre riche, prospère.

engramme *nm* PSYCHO Trace laissée dans les centres nerveux par toute activité antérieure.

engranger *vt* [11] 1 Mettre dans une grange. 2 Litt Accumuler. *Engranger des bénéfices.*

engrenage *nm* 1 Dispositif composé de pièces à dents ou à rainures se transmettant un mouvement de rotation. 2 Enchaînement de circonstances auquel il est difficile d'échapper.

engrener *vt* [15] Mettre en prise les pièces d'un engrenage.

engrosser *vt* Pop Rendre enceinte.

engueulade *nf* Fam Action d'engueuler, de s'engueuler ; violents reproches.

engueuler *vt* Fam Faire des reproches véhéments à, invectiver. ■ *vpr* Fam Se disputer.

enguirlander *vt* 1 Garnir de guirlandes. 2 Fam Engueuler.

enhardir [ɑ̃aʀ-] *vt* Donner de la hardiesse à. ■ *vpr* Prendre de la hardiesse.

enharmonie [ɑ̃naʀ-] *nf* MUS Annulation de la différence d'intonation entre deux notes conjointes (ex. : *fa* et *mi* dièse).

enharmonique *a* De l'enharmonie.

énième *a* Qui est à un rang indéterminé.

énigmatique *a* Qui renferme une énigme.

énigme *nf* 1 Chose à deviner d'après une description en termes obscurs et ambigus. 2 Problème difficile à comprendre.

enivrant, ante [ɑ̃ni-] *a* Qui enivre.

enivrement [ɑ̃ni-] *nm* Exaltation de l'âme, des passions.

enivrer [ɑ̃ni-] *vt* 1 Rendre ivre ; saouler. 2 Étourdir, exalter. *Enivrer de bonheur.*

enjambée *nf* Grand pas.

enjambement *nm* LITTER Rejet au vers suivant d'un ou de plusieurs mots qui complètent le sens du premier vers.

enjamber *vt* Franchir en faisant un pas par-dessus.

enjeu *nm* 1 Somme que l'on mise au jeu et qui revient au gagnant. 2 Ce que l'on risque de gagner ou de perdre dans une entreprise, une compétition.

enjoindre *vt* [62] Ordonner.

enjôler *vt* Séduire par des manières, des paroles flatteuses.

enjôleur, euse *n, a* Qui enjôle.

enjolivement *nm* ou **enjolivure** *nf* Ornement, ajout qui enjolive.

enjoliver *vt* Rendre plus joli, orner.

enjoliveur *nm* Garniture qui recouvre la partie centrale extérieure d'une roue.

enjoué, ée *a* Qui a de l'enjouement.

enjouement *nm* Gaieté aimable, bonne humeur, entrain.

enkyster (s') *vpr* S'enfermer dans un kyste.

enlacement *nm* Action d'enlacer.

enlacer *vt* [10] Étreindre, serrer dans ses bras.

enlaidir *vt* Rendre laid. ■ *vi* Devenir laid.

enlaidissement *nm* Fait d'enlaidir.

enlevé, ée *a* Exécuté avec brio.

enlèvement *nm* 1 Action d'emporter qqch d'un lieu. 2 Rapt, kidnapping.

enlever *vt* [15] 1 Déplacer, mettre plus loin. *Enlevez ce paquet.* 2 Retirer, ôter. *Enlève tes chaussures.* 3 Faire disparaître. *Enlever une tache.* 4 S'emparer de. *Enlever une place.* 5 Ravir, emmener qqn de gré ou de force. 6 Exécuter avec vivacité et brio. *Enlever un morceau de musique.*

enliasser *vt* Mettre en liasse.

enlisement *nm* Fait de s'enliser.

enliser (s') *vpr* 1 Disparaître peu à peu dans un sol mouvant. 2 Stagner, régresser.

enluminer *vt* 1 Orner d'enluminures. 2 Litt Colorer vivement.

enlumineur, euse *n* Artiste d'enluminures.

enluminure *nf* Lettre ornée ou miniature colorée des anciens manuscrits.

ennéagone *nm* Polygone à neuf côtés.

enneigé, ée [ã-] *a* Couvert de neige.

enneigement [ã-] *nm* 1 État d'un sol enneigé. 2 Épaisseur de la couche de neige en un lieu donné.

ennemi, ie *n, a* 1 Qui hait qqn, qui cherche à lui nuire. 2 Chose opposée, nuisible à une autre. *Le mieux est l'ennemi du bien.* 3 Qui éprouve de l'aversion pour qqch. 4 Ceux contre qui on se bat, en période de guerre, leur État, leur armée.

ennoblir [ã-] *vt* Conférer de la noblesse morale, de la dignité à.

ennoblissement [ã-] *nm* Action d'ennoblir.

ennuager [ã-] *vt* [11] Couvrir de nuages.

ennui [ã-] *nm* 1 Lassitude morale, absence d'intérêt. 2 Souci, contrariété, problème. *Avoir des ennuis d'argent.*

ennuyer [ã-] *vt* [21] 1 Causer du souci, de la contrariété à. *Cette panne m'ennuie beaucoup.* 2 Importuner, lasser. *Il m'ennuie avec ses questions.* ■ *vpr* Éprouver de l'ennui.

ennuyeux, euse [ã-] *a* Qui cause de l'ennui ou des soucis.

énoncé *nm* 1 Action d'énoncer ; ce qui est énoncé. 2 Formulation des données d'un problème, d'un exercice.

énoncer *vt* [10] Exprimer sa pensée, la rendre par des mots. *Énoncer une vérité.*

énonciatif, ive *a* Qui énonce.

énonciation *nf* Action, manière d'énoncer.

enorgueillir [ãnɔʀ-] *vt* Rendre orgueilleux. ■ *vpr* Tirer orgueil de.

énorme *a* 1 Démesuré, extraordinairement grand ou gros. 2 Fam Remarquable, incroyable.

énormément *av* Beaucoup, extrêmement, excessivement.

énormité *nf* 1 Caractère énorme. 2 Fam Parole ou action d'une extravagance ou d'une stupidité énorme.

enquérir (s') *vpr* [34] Se renseigner, s'informer sur. *Il s'est enquis de ma santé.*

enquête *nf* 1 Étude d'une question, s'appuyant sur des témoignages, des informations. 2 Recherche faite par une autorité judiciaire, administrative ou religieuse.

enquêter *vi* Faire une enquête.

enquêteur, euse ou **trice** *n, a* Qui mène une enquête.

enquiquinant, ante *a* Fam Qui agace.

enquiquinement *nm* Fam Ennui.

enquiquiner *vt* Fam Ennuyer, agacer.

enquiquineur, euse *n, a* Fam Importun.

enracinement *nm* Action d'enraciner, de s'enraciner.

enraciner *vt* 1 Faire prendre racine à. 2 Implanter profondément dans l'esprit, les mœurs, etc. ■ *vpr* 1 Prendre racine. 2 S'établir solidement. *Préjugé qui s'est enraciné.*

enragé, ée *a* Atteint de la rage. Loc *Manger de la vache enragée* : mener une vie de privations. ■ *a, n* 1 Furieux. 2 Passionné, acharné. *Un joueur enragé.*

enrageant, ante *a* Qui met en colère.

enrager *vi* [11] Éprouver un vif déplaisir ; être en colère. Loc *Faire enrager* : irriter, taquiner.

enraiement ou **enrayement** *nm* Action d'enrayer.

enrayage *nm* Blocage du mécanisme d'une arme à feu.

enrayer *vt* [20] 1 Arrêter l'extension d'une chose fâcheuse. *Enrayer une épidémie.* 2 Bloquer un mécanisme. ■ *vpr* Se bloquer, en parlant d'un mécanisme, d'une arme à feu.

enrégimentement *nm* Action d'enrégimenter.

enrégimenter *vt* Faire entrer dans un groupe qui exige une stricte discipline.

enregistrement *nm* 1 Action d'enregistrer. 2 Administration chargée d'enregistrer certains actes officiels. 3 Opération consistant à recueillir sur un support matériel des sons, des images qui peuvent être restitués par une lecture ; ces sons, ces images ainsi recueillis.

enregistrer *vt* 1 Inscrire sur un registre, une feuille, etc. 2 Noter dans sa mémoire. 3 Constater, observer. *Enregistrer une amélioration du temps.* 4 Transférer des informations (sonores, visuelles, codées) sur un support matériel (disque, bande magnétique, etc.).

enregistreur, euse *a, nm* Se dit d'un appareil qui enregistre.

enrhumer *vt* Causer un rhume à. ■ *vpr* Contracter un rhume.

enrichi, ie *a* 1 Dont la fortune est récente. 2 PHYS Dont la teneur en l'un de ses constituants a été augmentée. *Un minerai enrichi.*

enrichir *vt* 1 Rendre riche. 2 Apporter qqch de précieux ou de nouveau à. ■ *vpr* Devenir riche.

enrichissant, ante *a* Qui apporte un enrichissement intellectuel.

enrichissement *nm* Action d'enrichir, de s'enrichir.

enrobage ou **enrobement** *nm* 1 Action d'enrober. 2 Ce qui enrobe.

enrobé, ée *a* Fam Grassouillet. ■ *nm* Granulat utilisé pour le revêtement des chaussées.

enrober *vt* 1 Recouvrir d'une couche qui protège ou améliore le goût. 2 Envelopper pour atténuer ou déguiser.

enrochement *nm* Amoncellement de blocs de roche qui protègent la base d'une digue, d'une jetée, etc.

enrôlé *nm* Soldat inscrit sur les rôles de l'armée.

enrôlement *nm* Action d'enrôler, de s'enrôler.

enrôler *vt* 1 Inscrire sur les rôles de l'armée. 2 Faire entrer dans un groupe. ■ *vpr* S'engager, se faire inscrire.

enrouement *nm* Altération de la voix qui devient rauque et voilée.

enrouer *vt* Rendre la voix rauque, sourde. ■ *vpr* Être pris d'enrouement.

enroulement *nm* 1 Action d'enrouler ; fait de s'enrouler. 2 Ce qui forme une crosse, une spirale. 3 ÉLECTR Bobinage.

enrouler *vt* Rouler plusieurs fois une chose sur elle-même ou autour d'une autre. ■ *vpr* S'envelopper. *S'enrouler dans une couverture.*

enrouleur, euse *a, nm* Qui sert à enrouler.

enrubanner *vt* Garnir de rubans.

ensablement *nm* Action d'ensabler, de s'ensabler ; fait d'être ensablé.

ensabler *vt* Couvrir, remplir de sable. ■ *vpr* 1 Se recouvrir, se remplir de sable. 2 S'enfoncer dans le sable.

ensachage *nm* Action d'ensacher.

ensacher *vt* Mettre dans un sac, un sachet.

ensanglanter *vt* 1 Tacher, couvrir de sang. 2 Litt Souiller par un acte meurtrier.

enseignant, ante *a, n* Qui enseigne. Loc *Le corps enseignant :* l'ensemble des personnes chargées d'enseigner.

1. enseigne *nf* Inscription, emblème placé sur la façade d'un établissement commercial. Loc *À telle enseigne que :* la preuve en est que.

2. enseigne *nm* Loc *Enseigne de vaisseau :* officier de marine dont le grade correspond à celui de lieutenant ou de sous-lieutenant.

enseignement *nm* 1 Action, manière d'enseigner ; son résultat. 2 Profession des enseignants. 3 Leçon donnée par l'exemple, l'expérience.

enseigner *vt* 1 Transmettre un savoir. *Enseigner l'histoire.* 2 Montrer, prouver que.

ensemble *av* 1 L'un avec l'autre, les uns avec les autres. *Ils vivent ensemble.* 2 Simultanément. *Démarrer ensemble.* ■ *nm* 1 Groupe d'éléments formant un tout. *Examiner l'ensemble des problèmes.* 2 Groupe d'éléments unis par des traits communs. *Un ensemble de musiciens.* 3 Costume de femme composé de plusieurs pièces assorties. 4 Accord, harmonie entre les éléments. *Défiler avec un ensemble parfait.* 5 MATH Collection d'objets ayant les mêmes propriétés. *Théorie des ensembles.* Loc *Grand ensemble :* vaste groupe de hauts immeubles, conçus comme une unité architecturale. *Dans l'ensemble :* en gros, de façon générale.

ensemblier, ère *n* 1 Artiste qui combine des ensembles décoratifs. 2 Industriel fournisseur des installations complexes.

ensembliste *a* MATH Qui concerne les ensembles.

ensemencement *nm* Action d'ensemencer.

ensemencer *vt* [10] Mettre de la semence dans. *Ensemencer un champ.*

enserrer *vt* Entourer en serrant.

ensevelir *vt* 1 Inhumer, enterrer. 2 Recouvrir d'un amoncellement de matériaux.

ensevelissement *nm* Action d'ensevelir.

ensilage *nm* 1 Action d'ensiler. Syn. silotage. 2 Fourrage ensilé.

ensiler *vt* Mettre en silo.

ensoleillement *nm* 1 État d'un lieu ensoleillé. 2 Temps pendant lequel un lieu est ensoleillé.

ensoleiller *vt* 1 Éclairer, échauffer par la lumière du soleil. 2 Litt Rendre radieux.

ensommeillé, ée *a* Gagné ou engourdi par le sommeil.

ensorcelant, ante *a* Qui ensorcelle.

ensorceler *vt* [18] 1 Mettre sous le pouvoir d'un sortilège. 2 Exercer un charme irrésistible.

ensorceleur, euse *n, a* Qui charme.

ensorcellement *nm* Fait d'ensorceler ou d'être ensorcelé.

ensuite *av* Après, dans le temps ou dans l'espace.

ensuivre (s') *vpr* [73] Survenir comme conséquence ; découler logiquement. Loc *Et tout ce qui s'ensuit :* et tout ce qui vient après cela.

entablement *nm* Partie supérieure d'un édifice, d'un meuble, d'une porte, etc.

entacher *vt* 1 Souiller moralement. 2 Diminuer le mérite, la valeur de.

entaillage *nm* Action d'entailler.

entaille *nf* 1 Coupure dans une pièce dont on enlève une partie. 2 Coupure faite dans les chairs.

entailler *vt* Faire une entaille à.

entame *nf* 1 Premier morceau coupé d'un pain, d'un rôti, etc. 2 Première carte jouée dans une partie.

entamer *vt* 1 Faire une incision, une coupure à. *Entamer la peau.* 2 Couper un premier morceau dans. 3 Commencer de consommer. *Entamer son capital.* 4 Commencer à détruire ; ébranler. *Entamer la résistance d'un ennemi.* 5 Commencer, entreprendre. *Entamer un débat.*

entartrage ou **entartrement** *nm* Formation, dépôt de tartre.

entartrer *vt* Produire l'entartrage de.

entassement *nm* 1 Action d'entasser, de s'entasser. 2 Ensemble de choses mises en tas.

entasser *vt* 1 Mettre en tas. 2 Amasser, accumuler. 3 Réunir, serrer dans un lieu étroit.

entelle *nm* Grand singe gris de l'Inde.

entendement *nm* PHILO Faculté de concevoir et de comprendre.

entendeur *nm* Loc *À bon entendeur salut ! :* que celui qui a compris ce que l'on vient de dire en fasse son profit.

entendre *vt* [5] 1 Percevoir, saisir par l'ouïe. *Entendre un bruit.* 2 Prêter attention à, écouter. *Aller entendre un conférencier.* 3 Litt Saisir par l'intelligence, comprendre, être compétent. *Il n'entendra pas ces subtilités. Il n'entend rien à l'informatique.* 4 Vouloir dire. *Qu'entendez-vous par là ?* 5 Litt Avoir l'intention, la volonté de. *J'entends être respecté.* ■ *vpr* Être en bonne intelligence ; se mettre d'accord. **Loc** *S'y entendre :* être compétent, habile ; s'y connaître. *Cela s'entend :* cela va de soi.

entendu, ue *a* 1 Convenu, conclu. *L'affaire est entendue.* 2 Litt Compétent, capable. **Loc** *Bien entendu :* assurément, cela va de soi. *C'est entendu :* certes, d'accord. *Air, sourire entendu :* qui veut marquer la complicité ou la supériorité.

enténébrer *vt* [12] Litt Plonger dans les ténèbres.

entente *nf* 1 Fait d'être ou de se mettre d'accord ; bonne intelligence. 2 Accord, convention entre des groupes, des sociétés, des pays. **Loc** *Mot, phrase à double entente :* que l'on peut interpréter de deux façons.

enter *vt* 1 Greffer. 2 Ajuster ou abouter deux pièces de bois.

entériner *vt* 1 Rendre valable en ratifiant juridiquement. 2 Établir ou admettre comme valable, assuré, définitif.

entérique *a* Relatif aux intestins.

entérite *nf* Inflammation de la muqueuse intestinale.

entérobactérie *nf* Bactérie de l'intestin.

entérocolite *nf* Inflammation simultanée des muqueuses de l'intestin grêle et du côlon.

entérocoque *nm* Microbe de l'intestin.

enterrement *nm* 1 Action de mettre un mort en terre. 2 Ensemble des cérémonies funéraires. 3 Convoi funèbre. 4 Fait de laisser tomber dans l'oubli, d'abandonner qqch.

enterrer *vt* 1 Inhumer, mettre un corps en terre. *Enterrer les morts.* 2 Enfouir dans la terre. *Enterrer une canalisation.* 3 Laisser tomber dans l'oubli. *Enterrer un projet.* ■ *vpr* Se retirer, s'isoler. *Aller s'enterrer à la campagne.*

entêtant, ante *a* Qui enivre.

en-tête *nm* Inscription imprimée ou gravée en haut de papiers utilisés pour la correspondance. *Des en-têtes.*

entêté, ée *a, n* Obstiné.

entêtement *nm* 1 Fait de s'entêter. 2 Caractère entêté ; obstination.

entêter *vt* Étourdir par des émanations qui montent à la tête. *Un parfum qui entête.* ■ *vpr* Persister obstinément dans ses résolutions.

enthousiasmant, ante *a* Qui enthousiasme.

enthousiasme *nm* Exaltation joyeuse, admirative. *Applaudir avec enthousiasme.*

enthousiasmer *vt* Provoquer l'enthousiasme de. *Ce livre m'a enthousiasmé.* ■ *vpr* Devenir enthousiaste.

enthousiaste *a, n* Qui ressent ou manifeste de l'enthousiasme. *Accueil enthousiaste.*

enticher (s') *vpr* Se prendre d'un attachement excessif pour. *Elle s'est entichée d'un inconnu.*

entier, ère *a* 1 À quoi rien ne manque, complet. *Le gâteau est encore entier.* 2 Absolu, total, sans réserve. *Laisser à qqn une entière liberté.* 3 (après le nom) D'un caractère tranché, peu enclin aux nuances. **Loc** *Nombre entier :* nombre sans fraction décimale. ■ *nm* 1 Nombre entier. 2 Une unité. *Quatre quarts font un entier.* **Loc** *En entier, dans son entier :* en totalité.

entièrement *av* Complètement.

entité *nf* 1 Ce qui constitue l'essence d'un être, d'une chose. 2 Objet de pensée qui existe en soi.

entoilage *nm* Action d'entoiler.

entoiler *vt* 1 Fixer sur une toile. 2 Garnir de toile.

entôler *vt* Pop Voler en bernant.

entolome *nm* Champignon à lames roses.

entomologie *nf* Partie de la zoologie qui traite des insectes.

entomologique *a* De l'entomologie.

entomologiste *n* Spécialiste d'entomologie.

entomophage *a, nm* Qui se nourrit d'insectes.

1. entonner *vt* Mettre en tonneau.

2. entonner *vt* Commencer à chanter. *Entonner la Marseillaise.*

entonnoir *nm* 1 Instrument conique servant à verser un liquide dans un récipient. 2 Excavation produite dans le sol par un obus.

entorse *nf* Lésion douloureuse par élongation ou déchirure d'un ou des ligaments d'une articulation. **Loc** *Faire une entorse à :* contrevenir exceptionnellement.

entortillage *nm* ou **entortillement** *nm* Action d'entortiller, de s'entortiller.

entortiller *vt* 1 Envelopper dans qqch que l'on tortille. *Entortiller des bonbons dans du papier.* 2 Rendre obscur par l'emploi de circonlocutions, de périphrases. *Entortiller une réponse.* **Loc** *Entortiller qqn :* l'amener insidieusement à faire ce que l'on désire. ■ *vpr* 1 S'enrouler. 2 S'embrouiller.

entourage *nm* 1 Ce qui entoure pour protéger, orner, etc. 2 Ensemble des personnes qui vivent auprès de qqn.

entouré, ée *a* Recherché, admiré ou aidé par de nombreuses personnes.

entourer *vt* 1 Être autour de. *Un mur entoure le jardin.* 2 Mettre, disposer autour de. 3 Former l'environnement, l'entourage de qqn. 4 Être prévenant, attentionné envers qqn. ■ *vpr* Réunir des gens autour de soi. *S'entourer d'amis.*

entourloupe ou **entourloupette** *nf* Fam Mauvais tour ; tromperie.

entournure *nf* **Loc** Fam *Être gêné aux entournures :* être mal à l'aise.

entracte *nm* 1 Intervalle qui sépare les actes, les parties d'un spectacle. 2 Temps de repos, d'interruption.

entraide *nf* Action de s'entraider.

entraider (s') *vpr* S'aider mutuellement.

entrailles *nfpl* 1 Viscères, intestins, boyaux. 2 Litt Le ventre de la mère. 3 Litt Les lieux les plus profonds. *Les entrailles de la terre.* 4 Litt Le cœur, siège de la sensibilité.

entrain *nm* 1 Gaieté franche et communicative. 2 Zèle, ardeur.

entraînant, ante *a* Qui entraîne par sa vivacité communicative.

entraînement *nm* 1 Action d'entraîner. 2 Préparation à une épreuve sportive, à une activité.

entraîner *vt* 1 Traîner qqch avec soi. 2 Emmener, conduire qqn. 3 Avoir pour résultat, pour conséquence. 4 Communiquer un mouvement. 5 Préparer à une compétition, à une activité. ■ *vpr* Pratiquer un entraînement.

entraîneur, euse *n* Qui entraîne des chevaux, des sportifs. ■ *nf* Femme qui, dans un cabaret, entraîne les clients à consommer, à danser.

entrant, ante *a, n* Qui entre dans un corps, un groupe.

entrapercevoir *vt* [43] Apercevoir à peine, fugitivement.

entrave *nf* 1 Lien que l'on attache aux jambes de certains animaux. 2 Ce qui gêne, empêche.

entraver *vt* 1 Mettre les entraves à ; gêner. 2 *Pop* Comprendre.

entre *prép* 1 Dans l'espace qui sépare deux lieux, deux choses, etc. 2 Dans l'intervalle qui sépare deux états, deux situations, deux moments. 3 Parmi. *Quel est le meilleur d'entre eux ?* 4 Exprime la réciprocité, la relation, la comparaison.

entrebâillement *nm* Espace laissé par ce qui est entrebâillé.

entrebâiller *vt* Ouvrir à demi.

entrebâilleur *nm* Dispositif qui permet de maintenir une porte entrebâillée.

entrechat *nm* Saut léger pendant lequel le danseur fait des battements de pieds.

entrechoquement *nm* Choc réciproque.

entrechoquer (s') *vpr* Se choquer, se heurter l'un contre l'autre.

entrecôte *nf* Morceau de viande de bœuf coupé dans le train des côtes.

entrecoupé, ée *a* Saccadé.

entrecouper *vt* Interrompre en divers endroits.

entrecroisement *nm* Disposition de choses qui s'entrecroisent.

entrecroiser *vt* Croiser en divers sens.

entrecuisse *nm* Espace entre les cuisses.

entredéchirer (s') *vpr* Se déchirer l'un l'autre.

entre-deux *nm inv* 1 Partie intermédiaire. 2 Solution, état intermédiaire. 3 Jet de ballon entre deux joueurs.

entre-deux-guerres *nm inv* Période entre les deux guerres mondiales (1918-1939).

entre-deux-mers *nm inv* Bordeaux blanc produit entre la Garonne et la Dordogne.

entredévorer (s') *vpr* Se dévorer mutuellement.

entrée *nf* 1 Action d'entrer. 2 Lieu par où l'on entre. 3 Vestibule. *Voulez-vous attendre dans l'entrée ?* 4 Accession au sein d'une communauté, d'un corps, d'une collectivité, etc. 5 Ce que l'on sert au début du repas. 6 Dans un dictionnaire, mot en caractères gras qui introduit chaque article. Loc *D'entrée de jeu* : dès le début, d'emblée.

entrefaites *nfpl* Loc *Sur ces entrefaites* : à ce moment-là.

entrefilet *nm* Court article de journal.

entregent *nm* Manière habile de se conduire, de nouer des relations utiles.

entr'égorger (s') *vpr* [11] S'égorger mutuellement.

entrejambe *nm* Partie de la culotte ou du pantalon qui se trouve entre les jambes.

entrelacement *nm* État de choses entrelacées.

entrelacer *vt* [10] Enlacer l'un dans l'autre.

entrelacs [-la] *nm* Ornement constitué de motifs entrelacés.

entrelarder *vt* 1 Piquer une viande de lard. 2 *Fam* Mêler, parsemer.

entremêlement *nm* Action d'entremêler ; état de choses entremêlées.

entremêler *vt* Mêler plusieurs choses ; mêler de place en place.

entremets *nm* Plat sucré servi avant le dessert ou comme dessert.

entremetteur, euse *n* Qui sert d'intermédiaire dans une intrigue galante.

entremettre (s') *vpr* [64] Intervenir pour faciliter un accord.

entremise *nf* Action de s'entremettre. Loc *Par l'entremise de* : par l'intervention, l'intermédiaire de.

entrepont *nm* Intervalle compris entre deux ponts, dans un navire.

entreposage *nm* Action d'entreposer.

entreposer *vt* Déposer dans un entrepôt, dans un lieu d'attente.

entrepôt *nm* Lieu, bâtiment où l'on met en dépôt des marchandises.

entreprenant, ante *a* 1 Hardi, audacieux dans ses projets. 2 Hardi auprès des femmes.

entreprendre *vt* [70] 1 Commencer à faire. *Entreprendre des recherches.* 2 *Fam* Chercher à gagner, à séduire qqn.

entrepreneur, euse *n* Chef d'entreprise qui se charge d'effectuer certains travaux pour autrui, et particulièrement des travaux de construction.

entrepreneurial, ale, aux *a* Qui concerne l'entreprise, le chef d'entreprise.

entreprise *nf* 1 Ce que l'on entreprend. 2 Unité économique de production à but industriel ou commercial (biens et services).

entrer *vi* [aux *être*] 1 Passer du dehors au dedans d'un lieu ; pénétrer. *Entrer dans une ville. Clef qui n'entre pas dans la serrure.* 2 Commencer à être dans tel état, telle situation, à faire partie d'un groupe. *Entrer en convalescence. Entrer dans l'enseignement.* 3 Être un composant, un élément de. *Les épices qui entrent dans une recette.* Loc *Entrer dans les vues de qqn* : les partager, y adhérer. ■ *vt* Faire pénétrer, introduire.

entresol *nm* Étage situé entre le rez-de-chaussée et le premier étage.

entre-temps *av* Pendant ce temps.

entretenir *vt* [35] 1 Maintenir en bon état. *Entretenir un jardin.* 2 Faire durer. *Entretenir une correspondance.* 3 Subvenir aux dépenses de. *Entretenir une famille.* 4 Avoir avec qqn une conversation sur. ■ *vpr* Causer, converser.

entretien *nm* 1 Action de maintenir en bon état ; dépense qu'exige cette conservation. 2 Conversation.

entretoise *nf* TECH Élément de jonction maintenant un écartement.

entretuer (s') *vpr* Se tuer l'un l'autre.

entrevoir *vt* [45] 1 Voir imparfaitement, en passant. 2 Concevoir, prévoir de manière imprécise ; pressentir.

entrevue *nf* Rencontre concertée entre personnes qui doivent se parler.

entrisme *nm* Pratique consistant à introduire dans un groupe (parti, syndicat) de nouveaux militants en vue de modifier la ligne d'action.

entriste *a, n* Qui pratique l'entrisme.

entropie *nf* PHYS Grandeur thermodynamique qui caractérise l'état de désordre d'un système.

entropion *nm* MED Renversement du bord de la paupière en dedans.

entrouvrir *vt* [31] Ouvrir à demi.

entuber *vt* *Pop* Voler, tromper, duper.

enturbanné, ée *a* Coiffé d'un turban.

énucléation nf CHIR Extirpation d'une tumeur, d'un œil.

énucléer vt Pratiquer l'énucléation.

énumératif, ive a Qui énumère.

énumération nf 1 Action d'énumérer. 2 Liste de ce qu'on énumère.

énumérer vt [12] Énoncer un à un les éléments d'un ensemble.

énurésie nf Incontinence d'urine.

énurétique a, n Atteint d'énurésie.

envahir vt 1 Entrer de force dans un territoire. 2 Occuper entièrement, remplir, gagner.

envahissant, ante a 1 Qui envahit. 2 Indiscret, importun.

envahissement nm Action, fait d'envahir.

envahisseur, euse n, a Qui envahit. *Chasser les envahisseurs.*

envasement nm 1 Fait de s'envaser. 2 État de ce qui est envasé.

envaser vt Remplir de vase. ■ vpr S'enfoncer dans la vase.

enveloppant, ante a Qui enveloppe.

enveloppe nf 1 Ce qui sert à envelopper. 2 Pochette de papier dans laquelle on place une lettre, un document, etc. 3 Montant global affecté à un poste budgétaire.

enveloppé, ée a Qui a un peu d'embonpoint.

enveloppement nm Action d'envelopper.

envelopper vt 1 Entourer, emballer dans du papier, du tissu, etc. 2 Environner, entourer, encercler. *Envelopper un détachement ennemi.* 3 Déguiser, dissimuler. *Envelopper sa pensée.*

envenimer vt 1 Infecter. 2 Aviver, rendre virulent. ■ vpr 1 S'infecter. 2 Se détériorer.

envergure nf 1 MAR Largeur d'une voile fixée sur la vergue. 2 Distance entre les extrémités des ailes déployées d'un oiseau, d'un avion. 3 Valeur, capacité. *Un homme sans envergure.* Loc *D'envergure :* de grande ampleur.

1. envers prép À l'égard de. *Il a été honnête envers moi.* Loc *Envers et contre tous :* malgré l'opposition de tout le monde.

2. envers nm Côté opposé à l'endroit. Loc *À l'envers :* dans le sens contraire, inverse du sens normal.

envi (à l') av Litt À qui mieux mieux.

enviable a Digne d'être convoité.

envie nf 1 Sentiment de frustration, d'irritation jalouse à la vue d'un avantage d'autrui. 2 Désir. *Avoir envie de voyager.* 3 Besoin organique. 4 Tache congénitale sur la peau. 5 Pellicule qui se détache de l'épiderme autour de l'ongle.

envié, ée a Recherché, convoité.

envier vt Regretter de ne pas posséder qqch que qqn d'autre possède.

envieux, euse a, n Qui éprouve ou dénote un sentiment d'envie.

environ av À peu près, approximativement. ■ nmpl Lieux d'alentour. Loc *Aux environs de :* vers.

environnant, ante a Avoisinant.

environnement nm 1 Ensemble de ce qui entoure. 2 Cadre de vie de l'homme, d'une espèce animale ; milieu.

environnemental, ale, aux a Relatif à l'environnement, à la défense de l'environnement.

environnementalisme nm Défense de l'environnement.

environnementaliste a, n Qui relève de l'environnementalisme.

environner vt Entourer, être aux environs de.

envisageable a Qui peut être envisagé.

envisager vt [11] 1 Examiner, prendre en considération. 2 Projeter.

envoi nm 1 Action d'envoyer. 2 Ce qui est envoyé. 3 LITTER Dernière strophe d'une ballade.

envol nm Action de s'envoler.

envolée nf 1 Envol. 2 Mouvement lyrique ou oratoire plein d'élan.

envoler (s') vpr 1 S'élever dans l'air en volant. 2 Décoller (avion). 3 S'enfuir, disparaître.

envoûtant, ante a Qui charme, séduit.

envoûtement nm 1 Pratique de magie par laquelle on cherche à exercer une action sur qqn en agissant sur une figurine qui le représente. 2 Charme puissant et mystérieux.

envoûter vt 1 Pratiquer un envoûtement sur qqn. 2 Subjuguer.

envoyé, ée n Personne envoyée avec une mission diplomatique ; messager.

envoyer vt [23] 1 Faire partir qqn pour une destination. 2 Adresser, expédier. 3 Lancer, jeter. ■ vpr Fam 1 Absorber. 2 Se charger d'une corvée.

envoyeur, euse n Qui fait un envoi, expéditeur. *Retour à l'envoyeur.*

enzymatique a Des enzymes.

enzyme nf Substance protéique qui active une réaction biochimique.

enzymologie nf Étude des enzymes.

éocène nm, a GEOL Étage le plus ancien du tertiaire.

éolien, enne a 1 Du vent, relatif au vent. *Érosion éolienne.* 2 Actionné par le vent. ■ nf Machine qui utilise la force motrice du vent.

éosine nf Matière colorante rouge, utilisée comme désinfectant.

éosinophile nm Type de leucocytes du sang.

épagneul, eule n Chien d'arrêt au poil long, aux oreilles pendantes.

épais, aisse a 1 Qui a telle épaisseur. *Rempart épais de deux mètres.* 2 Qui a une grande épaisseur. *Sandwich épais.* 3 Consistant, pâteux ; dense. *Sirop épais.*

épaisseur nf 1 L'une des trois dimensions d'un corps, opposée à longueur et à largeur. *L'épaisseur d'une planche.* 2 Caractère épais. *L'épaisseur du brouillard.*

épaissir vt Rendre plus épais. ■ vi, vpr Devenir plus épais.

épaississement nm Fait de s'épaissir.

épamprer vt Ôter les pampres inutiles de la vigne.

épanchement nm 1 Présence anormale de gaz ou de liquide dans une région du corps. *Épanchement de synovie.* 2 Effusion de sentiments.

épancher vt Exprimer ses sentiments intimes. ■ vpr 1 Litt Se répandre. 2 Parler librement en confiant ses sentiments.

épandage nm Action d'épandre les engrais, le fumier, etc.

épandre vt [5] Jeter çà et là, éparpiller.

épanouir vt Rendre heureux, joyeux. ■ vpr 1 S'ouvrir, déployer ses pétales (fleurs). 2 Avoir un air pleinement heureux. 3 Atteindre à sa plénitude.

épanouissement nm Action de s'épanouir, état de ce qui est épanoui.

épargnant, ante a Qui s'est constitué un capital par l'épargne.

épargne *nf* 1 Action d'épargner de l'argent ; somme épargnée. 2 Fraction d'un revenu qui n'est pas affectée à la consommation immédiate. Loc *Caisse d'épargne :* établissement public qui reçoit et rémunère les dépôts des épargnants.

épargner *vt* 1 Faire grâce à. *Épargner les vaincus.* 2 Ne pas endommager, ne pas détruire. 3 Mettre de côté. *Il a épargné vingt mille francs.* 4 Employer avec modération. 5 Permettre à qqn d'éviter qqch, lui permettre de ne pas le subir. *Il m'a épargné le dérangement.* ■ *vpr* Se dispenser de. *S'épargner une démarche pénible.*

éparpillement *nm* Action d'éparpiller ; état de ce qui est éparpillé.

éparpiller *vt* Disperser, disséminer. ■ *vpr* Disperser son action, ses forces.

épars, arse [epar] *a* Dispersé, en désordre.

épatant, ante *a* Fam Remarquable, excellent.

épate *nf* Loc Fam *Faire de l'épate :* chercher à étonner.

épaté, ée *a* Loc *Nez épaté :* large et court.

épatement *nm* 1 Forme d'un nez large et court. 2 Fam Surprise.

épater *vt* Fam Étonner, impressionner.

épaulard *nm* Orque.

épaule *nf* Articulation du bras ou du membre antérieur avec le tronc. Loc *Par-dessus l'épaule :* avec dédain, avec négligence. *Donner un coup d'épaule à qqn :* l'aider. *Avoir la tête sur les épaules :* être bien équilibré.

épaulé, ée *a* Dont les épaules sont soulignées par des épaulettes (vêtement). ■ *nm* Mouvement dans lequel l'haltère est amené du sol à la hauteur des épaules.

épaulement *nm* 1 Mur de soutènement. 2 Replat sur la pente d'un versant. 3 Saillie servant d'arrêt, de butée.

épauler *vt* 1 Aider, soutenir qqn. 2 Appuyer une arme contre son épaule pour viser, tirer.

épaulette *nf* 1 Bande rigide, garnie parfois de franges, qui orne les épaules de certains uniformes militaires. 2 Rembourrage qui donne leur forme aux épaules d'un vêtement.

épaulière *nf* Accessoire protégeant l'épaule.

épave *nf* 1 Objet, débris provenant d'un navire naufragé. 2 Navire naufragé. 3 Voiture hors d'usage abandonnée. 4 Personne déchue, dans la misère.

épaviste *n* Spécialisé dans la récupération des voitures accidentées.

épée *nf* Arme constituée par une lame longue et droite munie d'une poignée et d'une garde. Loc *Coup d'épée dans l'eau :* action vaine.

épeiche *nf* Pic d'Europe au plumage noir et blanc.

épeire *nf* Nom de diverses espèces d'araignées.

épéiste *n* Escrimeur à l'épée.

épeler *vt* [18] Énoncer une à une, dans l'ordre, les lettres qui composent un mot.

épellation *nf* Fait d'épeler.

épépiner *vt* Ôter les pépins d'un fruit.

éperdu, ue *a* 1 En proie à une émotion profonde. 2 Vif, intense. *Joie éperdue.*

éperdument *av* De façon éperdue.

éperlan *nm* Poisson des mers européennes, voisin du saumon.

éperon *nm* 1 Pièce de métal fixée au talon du cavalier et qui sert à piquer les flancs du cheval pour l'exciter. 2 Relief abrupt en pointe. *Éperon rocheux.*

éperonner *vt* 1 Piquer un cheval avec les éperons. 2 Inciter vivement à agir. 3 Heurter un navire en défonçant sa coque avec sa propre étrave.

épervier *nm* 1 Oiseau de proie voisin du faucon. 2 Filet de pêche conique, lesté de plomb.

épervière *nf* Plante herbacée à fleurs jaunes.

éphèbe *nm* 1 ANTIQ Adolescent. 2 Jeune homme très beau.

éphédra *nm* Arbrisseau à baies rouges comestibles.

éphélide *nf* Tache de rousseur.

éphémère *a* Qui dure peu. *Amour éphémère.* ■ *nm* Insecte qui ne vit qu'un ou deux jours.

éphéméride *nf* Calendrier dont on enlève chaque jour une feuille.

épi *nm* 1 Ensemble des grains d'une graminée (blé, orge, etc.) groupés à l'extrémité de la tige, insérés directement sur l'axe. 2 Mèche rebelle de cheveux. 3 Ouvrage, généralement en pieux, destiné à retenir les matériaux et à stabiliser une berge. Loc *En épi :* se dit de choses parallèles, disposées obliquement par rapport à un axe.

épiage *nm* ou **épiaison** *nf* Formation de l'épi.

épicarpe *nm* BOT Feuillet le plus externe du péricarpe.

épice *nf* Substance aromatique servant d'assaisonnement en cuisine.

épicéa *nm* Conifère proche du sapin.

épicène *a* GRAM Se dit d'un mot qui désigne l'un ou l'autre sexe (ex. : *enfant, je*).

épicentre *nm* 1 GÉOL Point de la surface terrestre où un séisme atteint son intensité maximale. 2 Centre d'un bouleversement politique, social.

épicer *vt* [10] 1 Assaisonner, relever avec des épices. *Épicer un plat.* 2 Relever de détails licencieux. *Épicer un récit.*

épicerie *nf* 1 Produits d'alimentation générale. 2 Magasin où on les vend.

épicier, ère *n* Qui tient une épicerie.

épicurien, enne *a, n* D'Épicure ou de l'épicurisme.

épicurisme *nm* 1 Philosophie d'Épicure. 2 Morale qui valorise les plaisirs des sens.

épidémicité *nf* Caractère épidémique.

épidémie *nf* 1 Développement rapide d'une maladie contagieuse dans une population. 2 Propagation d'un phénomène néfaste.

épidémiologie *nf* MED Étude des facteurs qui conditionnent l'apparition et l'évolution des maladies et des phénomènes morbides.

épidémiologique *a* De l'épidémiologie.

épidémiologiste *n* Spécialiste d'épidémiologie.

épidémique *a* De l'épidémie.

épiderme *nm* 1 Couche superficielle de la peau ; la peau elle-même. 2 Couche externe imperméable qui protège les végétaux.

épidermique *a* De l'épiderme.

épididyme *nm* ANAT Organe qui coiffe le bord supérieur du testicule.

épidural

épidural, ale, aux a ANAT Qui concerne la partie du canal rachidien située entre les vertèbres et les méninges.

épier vt 1 Observer attentivement et secrètement. 2 Guetter. *Épier l'occasion.*

épierrer vt Ôter les pierres de.

épieu nm Arme à manche de bois, terminée par un fer plat et pointu.

épigastre nm ANAT Région de l'abdomen située entre le sternum et l'ombilic.

épigastrique a ANAT De l'épigastre.

épiglotte nf ANAT Opercule assurant l'occlusion des voies respiratoires lors de la déglutition.

épigone nm Litt Imitateur, suiveur.

épigramme nf 1 Petit poème satirique. 2 Trait satirique ou mordant.

épigraphe nf 1 Inscription placée sur un édifice. 2 Citation placée en tête d'un livre, d'un chapitre.

épigraphie nf Étude des inscriptions.

épilation nf Action d'épiler.

épilatoire a Qui sert à épiler.

épilepsie nf Affection caractérisée par des crises convulsives ou des troubles sensoriels.

épileptique a, n Atteint d'épilepsie.

épiler vt Arracher les poils de.

épillet nm Petit épi constitutif d'une inflorescence composée.

épilogue nm 1 Conclusion d'un ouvrage littéraire. Ant. prologue. 2 Dénouement.

épiloguer vti Faire de longs commentaires.

épinard nm Plante potagère à feuilles comestibles.

épine nf Organe acéré et dur de certains végétaux. *Les épines d'un rosier.* Loc *Épine dorsale :* colonne vertébrale. *Tirer une épine du pied de qqn :* le tirer d'une difficulté.

épinette nf Petit clavecin.

épineux, euse a Qui porte des épines. 2 Plein de difficultés. ■ nm Arbuste à épines.

épine-vinette nf Arbuste épineux à fleurs jaunes et à baies rouges. *Des épines-vinettes.*

épinglage nm Action d'épingler.

épingle nf Petite tige métallique, pointue à une extrémité, et pourvue d'une tête à l'autre, servant à attacher. Loc *Épingle double, de nourrice, de sûreté :* épingle recourbée dont l'extrémité pointue se referme sur un crochet. *Épingle à cheveux :* tige pliée par son milieu, qui sert à fixer les cheveux. *Virage en épingle à cheveux :* virage très accentué. *Monter en épingle :* mettre en valeur. *Tiré à quatre épingles :* habillé avec un soin minutieux. *Tirer son épingle du jeu :* se dégager adroitement d'une affaire délicate.

épingler vt 1 Fixer avec une ou plusieurs épingles. 2 Fam Arrêter, prendre qqn.

épinglette nf Syn de *pin's.*

épinière af Loc *Moelle épinière :* V. moelle.

épinoche nf Petit poisson d'eau douce dont la nageoire dorsale est munie d'épines.

épipaléolithique nm Période entre le paléolithique et le néolithique.

Épiphanie nf Fête chrétienne célébrant la visite des Rois mages à Jésus (le 6 janvier).

épiphénomène nm Phénomène secondaire, lié à un autre.

épiphyse nf ANAT 1 Extrémité des os longs. 2 Glande située au fond du cerveau.

épiphyte a, nm Se dit des végétaux poussant sur d'autres sans en être les parasites.

épiploon nm ANAT Repli du péritoine.

épique a 1 De l'épopée. 2 Mémorable par ses proportions, son ton. *Un débat épique.*

épiscopal, ale, aux a De l'évêque. Loc *Église épiscopale :* l'Église anglicane des États-Unis.

épiscopat nm 1 Dignité d'évêque. 2 Durée des fonctions d'évêque. 3 Corps des évêques.

épisode nm 1 Partie d'une œuvre littéraire, d'un film. 2 Événement particulier dans une action d'ensemble.

épisodique a Secondaire, intermittent. *Elle n'a joué qu'un rôle épisodique.*

épisodiquement av De façon épisodique.

épisser vt MAR Faire une épissure.

épissure nf Jonction des bouts de deux cordages, de deux fils électriques par l'entrelacement des torons.

épistémologie nf Étude critique des sciences.

épistémologique a De l'épistémologie.

épistolaire a Qui concerne la correspondance par lettres.

épistolier, ère n Écrivain connu par ses lettres.

épitaphe nf Inscription sur une sépulture.

épithélial, ale, aux a Relatif à l'épithélium.

épithélium [-ljɔm] nm ANAT Membrane ou tissu formé de cellules juxtaposées.

épithète nf 1 GRAM Adjectif ajouté à un nom pour le qualifier ou le déterminer (ex. : *une robe bleue*). 2 Mot qui qualifie qqn. « *Imbécile, voyou* » sont des épithètes injurieuses.

épitoge nf Bande d'étoffe que les magistrats, des professeurs, etc., portent parfois sur la robe, attachée à l'épaule gauche.

épître nf 1 Litt Lettre missive. 2 Texte du Nouveau Testament, souvent tiré des lettres des apôtres, lu à la messe.

épizootie [-zɔɔ] nf Épidémie frappant une espèce animale.

éploré, ée a, n Qui est en pleurs.

épluchage nm Action d'éplucher.

épluche-légumes nm inv Appareil pour éplucher les légumes.

éplucher vt 1 Ôter la peau, les parties inutilisables de. *Éplucher des légumes.* 2 Rechercher minutieusement les défauts, les erreurs dans qqch ; lire attentivement. *Éplucher un compte.*

épluchure nf Déchet qu'on enlève à une chose en l'épluchant.

épointer vt Émousser la pointe de. *Épointer un couteau.*

époisses nm Fromage bourguignon, au lait de vache.

éponge nf 1 Squelette corné, fibreux et souple d'animaux marins primitifs utilisé pour son aptitude à retenir les liquides. 2 Objet fabriqué industriellement pour le même usage. Loc *Passer l'éponge :* pardonner, oublier. *Jeter l'éponge :* abandonner le combat.

éponger vt [11] 1 Essuyer, absorber un liquide avec une éponge. 2 Résorber un excédent, une inflation. *Éponger la dette.*

éponyme a Qui donne son nom à qqch.

épopée nf 1 Long poème racontant des aventures héroïques. 2 Suite d'actions pleines d'héroïsme.

époque nf 1 Période de l'histoire marquée par des événements importants, par une certaine situation. 2 Moment où se passe un événement déterminé. **Loc** *La Belle Époque* : les années 1900. *D'époque* : authentiquement ancien (meuble).

épouillage *nm* Action d'épouiller.

épouiller *vt* Ôter ses poux à.

époumoner (s') *vpr* Crier à tue-tête jusqu'à s'essouffler.

épousailles *nfpl* Vx Noce.

épouse. V. époux.

épouser *vt* 1 Se marier avec. 2 Litt S'attacher à qqn, embrasser une cause. 3 Se modeler sur.

époussetage *nm* Action d'épousseter.

épousseter *vt* [19] Nettoyer en chassant la poussière.

époustouflant, ante *a* Fam Très étonnant.

époustoufler *vt* Fam Jeter qqn dans l'étonnement.

épouvantable *a* 1 Qui épouvante, effrayant. 2 Très mauvais. *Temps épouvantable.* 3 Extrême, excessif. *Une bêtise épouvantable.*

épouvantablement *av* 1 De façon effroyable. 2 À l'extrême.

épouvantail *nm* 1 Objet destiné à épouvanter les oiseaux dans un champ, un verger, un jardin. 2 Ce qui effraie sans cause réelle.

épouvante *nf* Effroi violent, peur soudaine, panique.

épouvanter *vt* Effrayer vivement, remplir qqn d'épouvante.

époux, épouse *n* Personne unie à une autre par le mariage. ■ *pl* Le mari et la femme.

éprendre (s') *vpr* [70] Se mettre à aimer ardemment. *S'éprendre d'une femme.*

épreuve *nf* 1 Événement pénible, malheur, souffrance. *Passer par de rudes épreuves.* 2 Action d'éprouver qqch ou qqn ; test. *Matériau soumis à des épreuves de résistance.* 3 Partie d'un examen. *Épreuves écrites.* 4 Compétition sportive. 5 Feuille imprimée soumise à des corrections. 6 Image tirée d'un cliché photographique ; exemplaire tiré d'une planche gravée. **Loc** *À l'épreuve de* : qui résiste à. *À toute épreuve* : très solide, résistant. *Épreuve de force* : affrontement.

épris, ise *a* Animé d'une grande passion pour qqch, qqn.

éprouvant, ante *a* Dur à supporter. *Chaleur éprouvante.*

éprouvé, ée *a* Dont la valeur est reconnue. *Technique éprouvée.*

éprouver *vt* 1 Essayer qqch pour s'assurer de ses qualités. *Éprouver un remède.* 2 Faire souffrir. *La guerre a éprouvé ces régions.* 3 Ressentir. *Éprouver de la joie.*

éprouvette *nf* CHIM Vase ou tube de verre qui sert à manipuler des liquides ou des gaz au cours d'expériences.

epsilon [-lɔn] *nm* 1 Cinquième lettre de l'alphabet grec. 2 MATH Symbole d'une quantité infinitésimale.

épucer *vt* [10] Ôter ses puces à.

épuisant, ante *a* Très fatigant.

épuisement *nm* Action d'épuiser ; état de qqch ou de qqn qui est épuisé.

épuiser *vt* 1 Tarir, consommer en totalité. *Épuiser ses provisions.* 2 Traiter complètement un sujet, une question. 3 Lasser. *Épuiser la patience de qqn.* 4 Affaiblir à l'extrême. *La*

maladie l'épuise. ■ *vpr* Se tarir (choses) ; s'affaiblir à l'extrême (personnes). *Nos ressources s'épuisent. Il s'épuise en vains efforts.*

épuisette *nf* Petit filet de pêche monté sur un cercle fixé à un manche.

épurateur *nm* Appareil servant à épurer les liquides ou les gaz.

épuration *nf* Action d'épurer.

épure *nf* Représentation plane d'un objet obtenue par sa projection sur un ou plusieurs plans.

épurement *nm* Litt Action d'épurer.

épurer *vt* 1 Rendre pur, plus pur. *Épurer un sirop.* 2 Débarrasser de ses défauts, de ce qui peut choquer. *Épurer un texte.* 3 Éliminer d'un groupe les éléments jugés indésirables. *Épurer une administration.*

équarrir *vt* 1 Tailler à angle droit, rendre carré. *Équarrir une poutre.* 2 Écorcher, dépecer un animal mort.

équarrissage *nm* Action d'équarrir.

équarrisseur *nm* Qui équarrit les animaux.

équateur [-kwa-] *nm* 1 Grand cercle imaginaire du globe terrestre, perpendiculaire à l'axe des pôles. 2 Région du globe proche de ce cercle.

équation [-kwa-] *nf* 1 MATH Égalité qui n'est vérifiée que pour certaines valeurs attribuées aux inconnues. 2 Fam Problème difficile. **Loc** *Équation personnelle* : caractéristiques de la personnalité.

équatorial, ale, aux [-kwa-] *a* De l'équateur. *Climat équatorial.*

équatorien, enne [-kwa-] *a, n* De la république de l'Équateur.

équerre *nf* 1 Instrument qui sert à tracer des angles plans droits, des perpendiculaires. 2 Pièce métallique en T ou en L utilisée pour renforcer des assemblages. **Loc** *D'équerre* : à angle droit.

équestre *a* Relatif à l'équitation. **Loc** *Statue équestre* : qui représente un personnage à cheval.

équeutage *nm* Action d'équeuter.

équeuter *vt* Ôter la queue d'un fruit.

équidé *nm* ZOOL Mammifère appartenant à la même famille que le cheval.

équidistance [-kɥi-] *nf* Caractère équidistant.

équidistant, ante [-kɥi-] *a* Situé à une distance égale. *Deux points équidistants d'une droite.*

équilatéral, ale, aux [-kɥi-] *a* GEOM Dont tous les côtés sont égaux.

équilibrage *nm* Action d'équilibrer.

équilibrant, ante *a* Qui rétablit l'équilibre.

équilibration *nf* Maintien ou mise en équilibre.

équilibre *nm* 1 État d'un corps en repos, sollicité par des forces qui se contrebalancent. 2 Position d'une personne qui se maintient sans tomber. 3 Disposition, situation stable résultant de compensations entre divers éléments. *L'équilibre budgétaire.* 4 Harmonie psychique, santé mentale.

équilibré, ée *a* 1 En bon équilibre, stable. 2 Sensé, modéré. *Un garçon équilibré.*

équilibrer *vt* Mettre en équilibre. ■ *vpr* Être d'importance égale.

équilibriste *n* Artiste qui fait des tours d'équilibre acrobatique.

équille *nf* Petit poisson allongé qui s'enfouit dans le sable.

équin, ine *a* Du cheval.

équinoxe *nm* Époque de l'année, au printemps ou à l'automne, où le jour et la nuit ont la même durée.

équinoxial, ale, aux *a* De l'équinoxe.

équipage *nm* Ensemble du personnel à bord d'un navire, d'un avion, etc.

équipe *nf* 1 Groupe de personnes collaborant à un même travail. 2 Ensemble de joueurs associés pour disputer un match.

équipée *nf* Entreprise irréfléchie, escapade aux suites fâcheuses.

équipement *nm* 1 Action d'équiper. 2 Ce qui sert à équiper qqn ou qqch (tenue, matériel, etc.).

équipementier *nm* Fabricant d'équipements automobiles, aéronautiques.

équiper *vt* Pourvoir de ce qui est nécessaire à une activité. *Équiper une troupe.* ■ *vpr* Se pourvoir d'un équipement.

équipier, ère *n* Membre d'une équipe (spécialement sportive).

équipotent, ente [-kui-] *a* MATH Se dit de deux ensembles qui ont la même puissance.

équiprobable [ekui-] *a* MATH De même probabilité.

équitable *a* Qui a de l'équité.

équitablement *av* De façon équitable.

équitation *nf* Art, action de monter à cheval.

équité *nf* Justice naturelle fondée sur la reconnaissance des droits de chacun ; impartialité.

équivalence *nf* Caractère équivalent.

équivalent, ente *a* Qui a la même valeur. ■ *nm* 1 Ce qui est équivalent. 2 Synonyme.

équivaloir *vti* [44] Être de même valeur. *Sa fortune équivaut à la mienne. Cette réponse équivaut à un refus.*

équivoque *a* 1 Susceptible de plusieurs interprétations. 2 Qui n'inspire pas confiance. ■ *nf* Expression, situation laissant dans l'incertitude.

érable *nm* Grand arbre, dont le fruit est un akène ailé.

éradication *nf* Action d'éradiquer.

éradiquer *vt* Faire disparaître totalement.

éraflement *nm* Action d'érafler.

érafler *vt* Écorcher légèrement.

éraflure *nf* Écorchure légère.

éraillement *nm* Fait d'être éraillé.

érailler *vt* 1 Érafler, rayer. 2 Effiler du tissu par usure. 3 Rendre la voix rauque.

éraillure *nf* 1 Légère écorchure ; rayure. 2 Partie éraillée d'un tissu.

ère *nf* 1 Époque fixe à partir de laquelle on commence à compter les années. 2 Période marquée par un fait social, économique, etc. *L'ère industrielle.* 3 Chacune des grandes divisions du temps, en géologie.

érecteur, trice *a, nm* ANAT Qui produit l'érection.

érectile *a* Qui peut se dresser, se raidir. *Poils érectiles. Crête érectile.*

érection *nf* 1 Action d'élever, de construire. *L'érection d'un monument.* 2 État d'un organe, tel que le pénis, qui devient raide.

éreintage *nm* Critique sévère et malveillante.

éreintement *nm* 1 État d'une personne éreintée. 2 Syn *éreintage.*

éreinter *vt* 1 Excéder de fatigue. 2 Critiquer violemment et méchamment.

érémitique *a* Propre aux ermites.

erésipèle. V. érysipèle.

1. erg *nm* PHYS Unité de mesure du travail.

2. erg *nm* Dans un désert, région couverte de dunes.

ergol *nm* Composant du propergol, utilisé comme combustible pour les fusées.

ergonome ou **ergonomiste** *n* Spécialiste d'ergonomie.

ergonomie *nf* 1 Étude de l'adaptation du travail à l'homme. 2 Bonne adaptation d'un objet à sa fonction.

ergonomique *a* Fonctionnel. *Siège ergonomique.*

ergot *nm* 1 Griffe placée en arrière du pied de certains animaux (coq, chien). 2 Maladie des céréales. 3 Saillie sur une pièce de bois ou de fer.

ergotage *nm* Manie d'ergoter.

ergotamine *nf* Alcaloïde de l'ergot de seigle, à usage médical.

ergoter *vi* Contester, trouver à redire sur tout.

ergoteur, euse *a, n* Qui aime ergoter.

ergothérapie *nf* Utilisation thérapeutique du travail manuel.

éricacée *nf* BOT Plante appartenant à la même famille que la bruyère, le rhododendron, la myrtille, etc.

ériger *vt* [11] 1 Dresser, élever un monument. *Ériger une statue, un autel.* 2 Établir, instituer. 3 Élever à la qualité de. *Ériger une église en cathédrale.* ■ *vpr* S'attribuer le rôle de, se poser en. *S'ériger en censeur.*

ermitage *nm* Litt Demeure écartée et solitaire.

ermite *nm* 1 Religieux vivant retiré dans un lieu désert. 2 Qui vit seul et retiré.

éroder *vt* Ronger par une action lente.

érogène *a* Qui est la source d'une excitation sexuelle.

érosif, ive *a* Qui produit l'érosion.

érosion *nf* 1 Usure du relief du sol. 2 Altération. *Érosion de la confiance.* Loc *Érosion monétaire :* dégradation de la valeur d'une monnaie.

érotique *a* De l'amour sensuel, de la sexualité.

érotiser *vt* Donner un caractère érotique à.

érotisme *nm* 1 Caractère érotique. 2 Description par la littérature, l'art, de l'amour et de la sexualité.

érotologie *nf* Étude de l'érotisme.

érotomane *n, a* Atteint d'érotomanie.

érotomanie *nf* Obsession sexuelle.

erpétologie *nf* Étude des reptiles.

errance *nf* Litt Action d'errer.

errant, ante *a* Qui erre, sans se fixer.

errata *nm inv* Liste des erreurs d'impression d'un texte, signalées avec leurs corrections (pour une seule erreur on emploie *erratum*).

erratique *a* Qui n'est pas fixe ; instable.

errements *nmpl* Manière habituelle et néfaste d'agir, de se conduire.

errer *vi* Marcher au hasard.

erreur *nf* 1 Action de se tromper ; faute, méprise. 2 État de celui qui se trompe. *Être dans l'erreur.* 3 Action inconsidérée, regrettable, maladroite.

erroné, ée *a* Entaché d'erreur ; faux.

ers [ER] *nm* Lentille fourragère.

ersatz [-zats] *nm* Produit de remplacement, succédané.

érubescent, ente *a* Litt Qui devient rouge.

éructation *nf* Bruit produit en éructant ; rot.

éructer *vi* Rejeter avec bruit par la bouche les gaz venant de l'estomac. ■ *vt* Lancer, beugler. *Éructer des injures.*

érudit, ite *a, n* Qui possède un savoir approfondi.

érudition *nf* Savoir de l'érudit.

éruptif, ive *a* 1 Relatif aux éruptions volcaniques. 2 MED Qui caractérise une éruption.

éruption *nf* 1 Projection par un volcan de divers matériaux : scories, cendres, lave, gaz, etc. 2 MED Apparition sur la peau de taches, de boutons.

érysipèle ou **érésipèle** *nm* MED Inflammation de l'épiderme, d'origine infectieuse.

érythème *nm* MED Rougeur de la peau.

érythréen, enne *a, n* D'Érythrée.

érythroblaste *nm* BIOL Cellule mère des globules rouges.

érythrocyte *nm* BIOL Globule rouge.

érythropoïèse *nf* BIOL Formation des globules rouges.

érythropoïétine *nf* BIOL Protéine qui stimule l'érythropoïèse.

érythrosine *nf* Substance rouge utilisée comme colorant alimentaire.

ès *prép* (devant un nom pluriel) En, en matière de. *Docteur ès sciences.*

esbroufe *nf* Fam Air important par lequel on cherche à impressionner qqn.

escabeau *nm* Petit meuble muni de marches, utilisé comme échelle.

escadre *nf* 1 Flotte de guerre. 2 Formation d'avions de combat.

escadrille *nf* 1 MAR Ensemble de bâtiments légers. 2 Groupe d'avions.

escadron *nm* Unité d'un régiment de cavalerie, de blindés ou de gendarmerie.

escalade *nf* 1 Action de franchir un mur, une clôture en grimpant. 2 Ascension d'une paroi rocheuse. 3 Augmentation rapide comme par surenchère ; aggravation. *Escalade de la violence.*

escalader *vt* 1 Franchir par escalade. 2 Faire l'ascension de.

escalator *nm* (n déposé) Escalier mécanique.

escale *nf* 1 Action de faire relâche pour embarquer ou débarquer des passagers, se ravitailler, etc. 2 Lieu où l'on fait relâche.

escalier *nm* Suite de marches pour monter et descendre. Loc *Avoir l'esprit de l'escalier :* manquer de repartie.

escalope *nf* Mince tranche de viande ou de poisson.

escaloper *vt* CUIS Découper en tranches fines.

escamotable *a* Qui peut être escamoté.

escamotage *nm* Action d'escamoter.

escamoter *vt* 1 Faire disparaître adroitement. 2 Subtiliser. *Escamoter un portefeuille.* 3 Faire rentrer automatiquement l'organe saillant d'une machine, d'un appareil. 4 Esquiver ce qui embarrasse. *Escamoter une difficulté.*

escamoteur, euse *n* Illusionniste.

escampette *nf* Loc Fam *Prendre la poudre d'escampette :* s'enfuir, déguerpir.

escapade *nf* Action de s'échapper, de se dérober momentanément à ses obligations.

escarbille *nf* Fragment de braise qui s'échappe d'un foyer.

escarboucle *nf* Litt Pierre rouge foncé qui brille vivement.

escarcelle *nf* Litt Bourse, caisse.

escargot *nm* Mollusque gastéropode à coquille hélicoïdale. Loc *Comme un escargot :* très lentement. *Escargot de mer :* bulot.

escarmouche *nf* 1 Combat entre petits détachements de deux armées. 2 Petite lutte préliminaire.

escarpe *nf* Talus intérieur du fossé d'un ouvrage fortifié.

escarpé, ée *a* En pente raide ; abrupt.

escarpement *nm* Pente raide.

escarpin *nm* Chaussure découverte et légère, à semelle fine.

escarpolette *nf* Siège suspendu par des cordes, servant de balançoire.

escarre *nf* Nécrose cutanée dans laquelle les tissus mortifiés forment une croûte noirâtre.

eschatologie [eska-] *nf* THEOL Doctrine relative à la destinée humaine et à la fin du monde.

esche, èche ou **aiche** *nf* Appât accroché à l'hameçon.

escient *nm* Loc *À bon escient :* avec discernement, avec raison.

esclaffer (s') *vpr* Éclater d'un rire bruyant.

esclandre *nm* Incident fâcheux, bruyant qui cause du scandale.

esclavage *nm* 1 Condition, état d'esclave. 2 État de dépendance, de soumission.

esclavagisme *nm* Organisation sociale fondée sur l'esclavage.

esclavagiste *a, n* Partisan de l'esclavage.

esclave *n, a* 1 Qui est sous la dépendance absolue d'un maître. 2 Qui subit la domination, l'emprise de qqn, de qqch.

escogriffe *nm* Loc Fam *Grand escogriffe :* homme grand et dégingandé.

escomptable *a* FIN Que l'on peut escompter.

escompte *nm* 1 FIN Paiement d'une traite avant l'échéance ; somme retenue par l'acheteur de cette traite. 2 Prime accordée au débiteur qui paie avant l'échéance ou à l'acheteur au comptant.

escompter *vt* 1 FIN Prélever l'escompte sur. 2 S'attendre à qqch de favorable.

escopette *nf* Anc Petit fusil à bouche évasée.

escorte *nf* 1 Groupe de personnes accompagnant qqn pour le surveiller, le protéger, l'honorer. 2 Ensemble de bâtiments, d'avions accompagnant des navires, des avions pour assurer leur protection.

escorter *vt* Accompagner en escorte.

escorteur *nm* Bâtiment de guerre spécialisé dans la protection navale.

escouade *nf* Groupe de quelques personnes.

escourgeon *nm* Orge d'hiver.

escrime *nf* Sport du maniement du fleuret, de l'épée, du sabre.

escrimer (s') *vpr* S'évertuer, faire de grands efforts.

escrimeur, euse *n* Qui pratique l'escrime.

escroc [-kro] *nm* Filou, auteur d'escroqueries.

escroquer *vt* Voler, soutirer qqch à qqn par des manœuvres frauduleuses.

escroquerie *nf* Action d'escroquer.

escudo *nm* Anc. unité monétaire du Portugal.

esgourde *nf* Pop Oreille.

ésotérique *a* Difficile à comprendre, obscur pour qui n'est pas initié.

ésotérisme *nm* Caractère ésotérique.

espace *nm* 1 Étendue indéfinie contenant tous les objets. *Le temps et l'espace.* 2 Étendue dans laquelle se meuvent les astres. 3 Surface, volume, place déterminée. *Manquer d'espace.* 4 Intervalle, distance entre deux points. 5 Intervalle de temps. *En l'espace d'une journée.* Loc *Géométrie dans l'espace* : qui étudie les figures dans un espace à trois dimensions. *Espace vert* : surface réservée aux parcs, aux jardins, dans une agglomération. *Espace aérien* : partie de l'atmosphère contrôlée par un État. *Espace vital* : territoire qu'un État juge nécessaire à sa survie. ■ *nf* IMPRIM Lamelle de métal servant à séparer deux caractères.

espacement *nm* 1 Action d'espacer. 2 Intervalle entre deux points, deux moments.

espacer *vt* [10] Séparer par un espace. *Espacer des arbres. Espacer des visites.*

espace-temps *nm inv* PHYS Espace non euclidien à quatre dimensions, postulé dans la théorie de la relativité d'Einstein.

espadon *nm* Grand poisson dont la mâchoire supérieure est allongée en forme d'épée.

espadrille *nf* Chaussure à empeigne de grosse toile et à semelle de corde.

espagnol, ole *a, n* D'Espagne. ■ *nm* Langue romane parlée en Espagne et en Amérique.

espagnolette *nf* Fermeture de fenêtre à tige pivotante.

espalier *nm* 1 Rangée d'arbres fruitiers dont les branches sont palissées contre un mur ou un treillage. 2 Échelle fixée à un mur, servant à exécuter des exercices de gymnastique.

espar *nm* MAR Longue pièce de bois ou de métal du gréement d'un bateau.

espèce *nf* 1 BIOL Ensemble des individus offrant des caractères communs qui les différencient d'individus voisins. *L'espèce humaine.* 2 Sorte, qualité, catégorie. *Marchandises de toute espèce.* Loc *Une espèce de...* : une personne, une chose comparable à.... Fam *Espèce de :* précède un terme d'injure. *Cas d'espèce :* cas particulier. *En l'espèce :* en la circonstance. ■ *pl* Argent liquide. *Payer en espèces.*

espérance *nf* 1 Attente confiante de qqch que l'on désire. 2 Personne, chose sur laquelle se fonde cette attente. Loc *Espérance de vie :* durée de vie moyenne des individus d'une population donnée.

espéranto *nm* Langue internationale artificielle, créée en 1887.

espérer *vt* [12] Compter sur, s'attendre à, souhaiter. *Espérer la victoire.* ■ *vti* Avoir confiance en. *Espérer en Dieu.*

espiègle *a, n* Malicieux, vif et éveillé. *Un enfant espiègle.*

espièglerie *nf* 1 Caractère espiègle ; malice. 2 Action espiègle.

espion, onne *n* 1 Qui est chargé de recueillir clandestinement des renseignements pour une puissance étrangère ; agent secret. 2 Qui épie.

espionnage *nm* Action d'espionner ; activité d'espion. Loc *Espionnage industriel :* exercé par une firme qui cherche à s'emparer de secrets technologiques.

espionner *vt* Épier autrui par intérêt ou par curiosité malveillante.

espionnite *nf* Fam Peur maladive des espions.

esplanade *nf* Espace uni et découvert devant un édifice important.

espoir *nm* 1 Fait d'espérer. 2 Chose, personne en qui on espère.

espressivo *av* MUS Avec sentiment.

esprit *nm* 1 Être immatériel, incorporel ou imaginaire. 2 Ensemble des facultés intellectuelles et psychiques ; caractère. *Cultiver son esprit. Avoir l'esprit éveillé. Esprit chagrin.* 3 Manière de penser, de se comporter. *Avoir l'esprit large, étroit.* 4 Disposition, aptitude intellectuelle. *Avoir l'esprit de suite.* 5 Sens profond, intention. *Saisir l'esprit d'une déclaration.* 6 Humour, sens de l'ironie. *Avoir de l'esprit. Faire de l'esprit.* 7 En grec, signe marquant une aspiration (*esprit rude*) ou une absence d'aspiration (*esprit doux*). 8 Vx Liquide volatil chargé de principes aromatiques. *Esprit de vin.* Loc *Bel esprit :* qui cherche à briller par sa finesse intellectuelle. *En esprit :* mentalement. *Mot d'esprit :* repartie brillante. *Perdre l'esprit :* devenir fou. ■ *pl* Loc *Reprendre ses esprits :* reprendre conscience.

esquif *nm* Litt Embarcation légère.

esquille *nf* Petit fragment d'un os fracturé.

esquimau, aude, aux *a, n* Relatif aux Esquimaux (ou Eskimos). ■ *nm* (n déposé) Glace fichée sur un bâtonnet, comme une sucette.

esquimautage *nm* Mouvement par lequel on retourne un kayak sens dessus dessous.

esquintant, ante *a* Fam Fatigant, éreintant.

esquinter *vt* Fam 1 Abîmer, détériorer. 2 Critiquer durement. *Esquinter un roman.* ■ *vpr* Fam S'éreinter, se surmener.

esquisse *nf* 1 Ébauche d'une œuvre artistique. 2 Amorce. *L'esquisse d'un geste.*

esquisser *vt* 1 Faire l'esquisse de. 2 Commencer à faire. *Esquisser un geste.*

esquive *nf* Mouvement du corps pour esquiver un coup.

esquiver *vt* Éviter adroitement. ■ *vpr* S'échapper discrètement.

essai *nm* 1 Épreuve à laquelle on soumet qqch ou qqn. 2 Tentative. *Faire deux essais.* 3 Livre, article qui présente très librement des idées sans prétention exhaustive. 4 Au rugby, action de poser le ballon derrière la ligne de but adverse.

essaim *nm* 1 Colonie d'abeilles. 2 Litt Troupe nombreuse.

essaimage *nm* 1 Action d'essaimer. 2 Période où les abeilles essaiment.

essaimer *vi* 1 Quitter la ruche en essaim. 2 Litt Émigrer en se dispersant.

essartage *nm* Action d'essarter.

essarter *vt* AGRIC Défricher en arrachant les arbres, les broussailles.

essayage *nm* Action d'essayer un vêtement.

essayer *vt* [20] 1 Faire l'essai d'une chose pour vérifier si elle convient. 2 Tenter, s'efforcer de, tâcher de. *J'ai tout essayé en vain. Essayez de vous rappeler ce nom.* ■ *vpr* S'exercer à.

essayeur, euse *n* 1 Qui fait essayer et éventuellement rectifier les vêtements. 2 Qui est chargé de procéder à des essais.

essayiste *n* Auteur d'essais littéraires.

esse *nf* Crochet double en forme de S.

essence *nf* 1 Ce qui constitue la nature profonde d'un être, d'une chose. 2 Espèce d'arbres. *Une forêt aux essences variées.* 3

Composé liquide volatil et odorant extrait d'une plante. *Essence de rose.* **4** Liquide provenant de la distillation du pétrole, employé comme carburant, comme solvant, etc.

essénien, enne *a, n* HIST D'une secte juive du début de l'ère chrétienne.

essentiel, elle *a* **1** Qui appartient à l'essence d'un être, d'une chose. **2** Nécessaire, très important. ■ *nm* **1** La chose principale, le point capital. **2** La plus grande partie. *L'essentiel de sa vie.*

essentiellement *av* Principalement.

esseulé, ée *a* Délaissé, abandonné.

essieu *nm* Tige, barre servant d'axe commun à deux roues d'un véhicule.

essor *nm* **1** Action de s'envoler. **2** Développement, progrès, extension.

essorage *nm* Action d'essorer.

essorer *vt* Débarrasser du linge de son eau par torsion, compression, etc.

essoreuse *nf* Machine à essorer.

essoucher *vt* Arracher les souches d'arbres abattus d'un terrain.

essoufflement *nm* État de qqn qui est essoufflé.

essouffler *vt* Mettre hors d'haleine, à bout de souffle. ■ *vpr* Peiner, avoir du mal à suivre un certain rythme.

essuie-glace *nm* Appareil servant à balayer mécaniquement les gouttes de pluie sur le pare-brise d'un véhicule. *Des essuie-glaces.*

essuie-mains *nm inv* Linge servant à s'essuyer les mains.

essuie-tout *nm inv* Papier absorbant présenté en rouleau.

essuyage *nm* Action d'essuyer.

essuyer *vt* [21] **1** Sécher ou nettoyer en frottant. **2** Supporter, subir. *Essuyer un échec.*

est [ɛst] *nm, a inv* **1** Un des quatre points cardinaux, situé au soleil levant. **2** (avec majusc) Partie orientale d'une région, d'un pays. **3** (avec majusc) L'Europe orientale, l'ancien bloc socialiste. Ant. ouest.

establishment [ɛstabliʃmɛn] *nm* Ensemble de ceux qui détiennent le pouvoir, l'autorité.

estafette *nf* Militaire porteur de dépêches.

estafilade *nf* Grande coupure faite avec un instrument tranchant.

estaminet *nm* Vx Débit de boissons.

estampage *nm* Action d'estamper.

estampe *nf* **1** Machine, outil servant à estamper. **2** Image imprimée au moyen d'une planche gravée de bois, de cuivre ou de pierre calcaire.

estamper *vt* **1** Façonner une matière, une surface à l'aide de presses, de matrices et de moules. **2** Fam Voler, escroquer.

estampeur, euse *n* **1** Spécialiste de l'estampage. **2** Fam Commerçant malhonnête.

estampillage *nm* Action d'estampiller.

estampille *nf* Marque attestant l'authenticité de qqch ou constatant l'acquittement d'un droit fiscal.

estampiller *vt* Marquer d'une estampille.

est-ce que *av* Exprime l'interrogation directe. *Est-ce que tu comprends ?*

1. ester *vi* DR Poursuivre une action en justice.

2. ester [ɛstɛr] *nm* CHIM Composé résultant de l'action d'un acide sur un alcool ou un phénol avec élimination d'eau.

esthète *n, a* Qui goûte la beauté, l'art, parfois avec affectation.

esthéticien, enne *n* **1** Qui s'occupe d'esthétique. **2** Spécialiste des soins de beauté.

esthétique *a* Conforme au sens du beau. Loc *Chirurgie esthétique :* qui vise à rectifier les formes du corps, les traits du visage. ■ *nf* **1** Conception, théorie du beau. **2** Aspect de qqn, de qqch sous le rapport de la beauté.

esthétiquement *av* De façon esthétique.

esthétisant, ante *a* Qui verse dans l'esthétisme.

esthétisme *nm* Attitude des esthètes.

estimable *a* Digne d'estime.

estimatif, ive *a* Qui a pour objet une estimation.

estimation *nf* **1** Évaluation exacte. **2** Ordre de grandeur, approximation.

estime *nf* Opinion favorable, cas que l'on fait de qqn ou de qqch. Loc *Succès d'estime :* accueil favorable des seuls critiques, peu suivis par le public. *À l'estime :* au jugé.

estimer *vt* **1** Déterminer la valeur exacte de. **2** Calculer approximativement. **3** Juger, considérer. **4** Tenir en considération, faire cas de.

estivage *nm* Envoi des animaux sur des pâturages de montagne pendant l'été.

estival, ale, aux *a* D'été. *Tenue estivale.*

estivant, ante *n* Qui passe l'été en villégiature.

estoc *nm* Loc *Frapper d'estoc et de taille :* donner de grands coups d'épée.

estocade *nf* **1** Coup donné avec la pointe de l'épée. **2** Coup par lequel le matador tue le taureau. **3** Litt Attaque imprévue et décisive.

estomac [-ma] *nm* **1** Poche du tube digestif, entre l'œsophage et le duodénum. **2** Partie extérieure du corps correspondant à l'emplacement de l'estomac. **3** Fam Courage, cran. Loc Fam *À l'estomac :* au culot.

estomaquer *vt* Fam Frapper d'étonnement.

estompe *nf* Petit rouleau de papier servant à étaler les traits de crayon, de fusain.

estomper *vt* **1** Passer à l'estompe, ombrer. **2** Voiler, rendre flou. ■ *vpr* Devenir moins net.

estonien, enne *a, n* De l'Estonie. ■ *nm* Langue parlée en Estonie.

estoquer *vt* Porter l'estocade au taureau.

estouffade *nf* Plat cuit à l'étouffée.

estourbir *vt* Fam Assommer ; tuer.

estrade *nf* Plancher légèrement surélevé par rapport au niveau du sol.

estragon *nm* Armoise dont on utilise les feuilles comme condiment.

estran *nm* GEOGR Partie du littoral recouvert par la marée.

estrapade *nf* HIST Supplice qui consistait à hisser qqn à l'aide d'une corde à une certaine hauteur, puis à la laisser retomber.

estropié, ée *n* Qui a perdu l'usage d'un membre.

estropier *vt* **1** Faire perdre l'usage d'un membre à. **2** Altérer, déformer. *Estropier un mot.*

estuaire *nm* Embouchure d'un fleuve, formant un bras de mer.

estudiantin, ine *a* Propre aux étudiants.

esturgeon *nm* Grand poisson qui vit en mer et va pondre dans les grands fleuves.

et *conj* Sert à coordonner des termes de même fonction. Loc *Et/ou* : sert à coordonner soit par « et », soit par « ou ».

êta *nm* Septième lettre de l'alphabet grec.

étable *nf* Lieu couvert, bâtiment où l'on abrite les bœufs, les vaches.

établi, ie *a* 1 Stable, solide. 2 En place. *Ordre établi.* ■ *nm* Table de travail d'un menuisier, d'un serrurier, etc.

établir *vt* 1 Placer de manière stable en un endroit choisi. 2 Réaliser, mettre en état. *Établir un plan.* 3 Prouver, démontrer. Loc *vpr* 1 S'installer. 2 Se constituer ; s'instaurer.

établissement *nm* 1 Action d'établir, de s'établir. 2 Installation établie pour l'exercice d'un commerce, d'une industrie, pour l'enseignement, etc.

étage *nm* 1 Division formée par les planchers dans la hauteur d'un édifice. 2 Chacun des niveaux successifs, dans une disposition selon des plans superposés. *Jardin en étages.* 3 Subdivision d'une période géologique. Loc *De bas étage* : peu recommandable, médiocre.

étagement *nm* Disposition par étages.

étager *vt* [11] Disposer par étages. ■ *vpr* Être disposé en étages, en niveaux.

étagère *nf* 1 Planche, tablette fixée horizontalement sur un mur. 2 Meuble à tablettes superposées.

étai *nm* Pièce servant à soutenir un mur, un plancher.

étaiement. V. étayage.

étain *nm* 1 Métal blanc, très malléable. 2 Objet en étain.

étal *nm* 1 Table de boucher. 2 Table servant à exposer des marchandises dans un marché. *Des étals* ou *des étaux.*

étalage *nm* 1 Exposition de marchandises à vendre. 2 Lieu où sont exposées ces marchandises ; ensemble de marchandises exposées. Loc *Faire étalage de* : montrer avec ostentation.

étalagiste *n* Qui dispose les marchandises dans les vitrines.

étale *a* Dont le niveau est stationnaire. *Mer étale.* ■ *nm* Moment où la mer est stationnaire.

étalement *nm* Action d'étaler.

étaler *vt* 1 Exposer des marchandises à vendre. 2 Déployer. *Étaler une carte routière.* 3 Étendre. *Étaler la peinture sur une toile.* 4 Montrer avec ostentation. 5 Répartir dans le temps. *Étaler les vacances annuelles.* ■ *vpr* 1 S'étendre. *Le village s'étale sur la colline.* 2 Fam Tomber de tout son long. *S'étaler dans la boue.*

1. étalon *nm* Cheval destiné à la reproduction.

2. étalon *nm* 1 Objet, appareil qui permet de définir une unité de mesure légale. 2 Métal ou monnaie de référence qui fonde la valeur d'une unité monétaire.

étalonnage ou **étalonnement** *nm* 1 Vérification de la conformité des indications d'un appareil de mesure à celle de l'étalon. 2 Graduation d'un instrument conformément à l'étalon.

étalonner *vt* Procéder à l'étalonnage.

étamage *nm* Action d'étamer.

étambot *nm* Forte pièce de la charpente du navire reliée à la quille, et qui supporte le gouvernail.

étamer *vt* 1 Revêtir un métal d'étain. 2 Revêtir de tain la face arrière d'une glace.

étameur *nm* Qui étame.

étamine *nf* 1 Étoffe mince non croisée. *Étamine de soie.* 2 BOT Organe mâle des plantes à fleurs, qui porte à son extrémité l'anthère, où s'élabore le pollen.

étampe *nf* Matrice qui sert à produire une empreinte sur le métal.

étamper *vt* Produire une empreinte avec une étampe.

étanche *a* Imperméable aux liquides, aux gaz. Loc *Cloison étanche* : séparation complète.

étanchéité *nf* Nature de ce qui est étanche. *Étanchéité d'une citerne.*

étancher *vt* 1 Arrêter l'écoulement d'un liquide. 2 Rendre étanche en calfeutrant. Loc *Étancher la soif* : l'apaiser.

étançon *nm* Pilier, poteau de soutènement.

étang [etɑ̃] *nm* Étendue d'eau stagnante plus petite qu'un lac.

étape *nf* 1 Lieu où l'on fait halte, où l'on passe la nuit au cours d'un voyage. 2 Distance à parcourir entre deux arrêts. 3 Période envisagée dans une succession ; degré. *Procéder par étapes.*

1. état *nm* 1 Situation, disposition dans laquelle se trouve qqn ou qqch, *L'état sanitaire de la population. Une voiture en bon état.* La glace est de l'eau à l'état solide. 2 Relevé descriptif (liste, tableau, etc.). *L'état des ressources.* 3 Profession. *L'état ecclésiastique. Il est menuisier de son état.* Loc *État civil* : indication de la date et du lieu de naissance de qqn, du nom de ses parents, etc. *État d'esprit* : disposition affective, humeur. *État des lieux* : description d'un local à l'entrée ou au départ d'un occupant. *Faire état de* : mettre en avant, faire valoir. *États généraux* : sous l'Ancien Régime, assemblée des représentants des divers ordres de la nation. *Tiers état* : le peuple, sous l'Ancien Régime. *En état de* : en mesure de, capable de. *Hors d'état de* : incapable de. Fam *Être dans tous ses états* : être bouleversé, affolé. *En tout état de cause* : quoi qu'il en soit. *Remettre en état* : réparer.

2. État *nm* 1 Nation gouvernée par un pouvoir représentatif. 2 Gouvernement, administration. Loc *Affaire d'État* : affaire d'une importance capitale. *Homme d'État* : personnage qui joue un rôle politique important. *Coup d'État* : action violente pour s'emparer du pouvoir. *Raison d'État* : motif d'intérêt public invoqué pour justifier une action arbitraire.

étatique *a* De l'État.

étatisation *nf* Action d'étatiser.

étatiser *vt* Placer sous l'administration de l'État.

étatisme *nm* Système politique caractérisé par l'intervention directe de l'État sur le plan économique.

état-major *nm* 1 Corps d'officiers chargés d'assister un chef militaire dans l'exercice du commandement ; lieu où ces officiers se réunissent. 2 Ensemble des dirigeants d'un groupement. *Des états-majors.*

états-unien, enne *a, n* Des États-Unis.

étau *nm* Instrument composé de deux mâchoires et qui sert à enserrer un objet que l'on façonne. *Des étaux.*

étayage, étayement ou **étaiement** *nm* Action d'étayer.

étayer *vt* [20] 1 Soutenir avec des étais. 2 Soutenir une idée, renforcer.

et cetera *ou* **etc** [etsetera] *av* Et le reste.

été *nm* Saison la plus chaude de l'année, entre le printemps et l'automne.

éteignoir *nm* 1 Petit cône métallique creux servant à éteindre les cierges. 2 *Fam* Rabat-joie.

éteindre *vt* [69] 1 Faire cesser de brûler, d'éclairer, de fonctionner. *Éteindre un feu. Éteindre la lumière.* 2 *Litt* Tempérer, adoucir. *Éteindre la soif.* 3 Annuler, faire cesser. *Éteindre une dette.* ■ *vpr* 1 Cesser de brûler ou d'éclairer. 2 *Litt* Diminuer. *Son ardeur s'éteint.* 3 Disparaître. 4 Mourir doucement.

éteint, einte *a* Qui a perdu son éclat, sa force. *Un regard éteint.*

étendage *nm* Action d'étendre.

étendard *nm* Drapeau ; signe de ralliement d'une cause, d'un parti. *Lever, brandir l'étendard de la révolte.*

étendoir *nm* Fil sur lequel on étend du linge.

étendre *vt* [5] 1 Allonger. *Étendre le bras.* 2 Coucher de tout son long. *Étendre un blessé sur le sol.* 3 Déployer en surface. *Étendre du linge pour le faire sécher.* 4 Additionner d'eau, diluer. *Étendre du vin.* 5 Agrandir, accroître. *Étendre ses domaines.* 6 *Fam* Refuser à un examen. ■ *vpr* 1 Occuper un certain espace. *La plaine s'étend jusqu'à la mer.* 2 Augmenter, se développer. *L'épidémie s'étend.* 3 S'allonger. *S'étendre sur l'herbe.* 4 Parler longuement de. *S'étendre sur un sujet.*

étendu, ue *a* 1 Vaste. *Une province étendue.* 2 Déployé. *Oiseau aux ailes étendues.*

étendue *nf* 1 Espace, superficie, durée. *Dans toute l'étendue du pays.* 2 Développement, importance.

éternel, elle *a* 1 Sans commencement ni fin. 2 Immuable. *Vérité éternelle.* 3 Sans fin ; continuel. *Son éternel bavardage.* Loc *La Ville éternelle* : Rome. ■ *nm* Loc *L'Éternel* : Dieu.

éternellement *av* Toujours, continuellement.

éterniser *vt* Prolonger indéfiniment. *Éterniser une discussion.* ■ *vpr* 1 Se prolonger indéfiniment. *La polémique s'éternise.* 2 Rester trop longtemps qqpart.

éternité *nf* 1 Durée sans commencement ni fin. 2 Durée sans fin ; temps très long. Loc *De toute éternité* : depuis toujours. *Fam Il y a une éternité que* : il y a longtemps que.

éternuement *nm* Expiration brusque et bruyante par le nez et la bouche provoquée par une irritation des muqueuses nasales.

éternuer *vi* Avoir un éternuement.

étêtage *ou* **étêtement** *nm* Action d'étêter.

étêter *vt* Couper la cime d'un arbre.

éteule *nf* AGRIC Partie du chaume qui reste en place après la moisson.

éthane *nm* CHIM Hydrocarbure saturé.

éthanol *nm* CHIM Alcool éthylique.

éther *nm* 1 *Litt* Le ciel, les espaces célestes. 2 CHIM Liquide très volatil utilisé comme solvant et comme anesthésique.

éthéré, ée *a* *Litt* Très délicat, très élevé, très pur. *Une âme éthérée. Un amour éthéré.*

éthéromane *n, a* Atteint d'éthéromanie.

éthéromanie *nf* Toxicomanie à l'éther.

éthiopien, enne *a, n* D'Éthiopie.

éthique *a* Qui concerne la morale. ■ *nf* Morale.

ethmoïde *nm* ANAT Os de la base du crâne.

ethnie *nf* Groupement humain caractérisé par une même culture, une même langue.

ethnique *a* De l'ethnie. *Groupe ethnique.* Loc LING *Nom, adjectif ethnique* : dérivé d'un nom de pays, de région, de ville.

ethnobiologie *nf* Étude des relations entre les populations humaines et leur environnement.

ethnocentrisme *nm* Tendance à prendre les normes de son propre groupe social pour juger d'autres groupes sociaux.

ethnocide *nm* Destruction d'une culture.

ethnographe *n* Spécialiste d'ethnographie.

ethnographie *nf* Science descriptive des origines, des mœurs des ethnies.

ethnographique *a* De l'ethnographie.

ethnolinguistique [-gɥis-] *nf* Étude des relations entre les langage, la culture et les populations humaines.

ethnologie *nf* Branche de l'anthropologie qui étudie les ethnies et les cultures.

ethnologique *a* De l'ethnologie.

ethnologue *n* Spécialiste d'ethnologie.

ethnomusicologie *nf* Étude de la musique des ethnies.

ethnonyme *nm* LING Nom ou adjectif ethnique.

ethnopsychiatrie [-kja-] *nf* Étude des troubles mentaux en relation avec l'ethnie.

éthologie *nf* Science du comportement des animaux dans leur milieu naturel.

éthologue *n* Spécialiste d'éthologie.

éthylène *nm* Gaz incolore obtenu à partir du gaz naturel, d'essences lourdes ou de gazole.

éthylique *a* MED De l'éthylisme. Loc *Alcool éthylique* ou *éthanol* : syn. de *alcool*. ■ *n* Alcoolique.

éthylisme *nm* MED Alcoolisme.

éthylomètre *nm* Appareil mesurant l'alcoolémie.

éthylotest *nm* Test fait avec un éthylomètre.

étiage *nm* Niveau le plus bas atteint par un cours d'eau.

étincelant, ante *a* Éclatant, brillant.

étinceler *vi* [18] Briller, jeter des éclats de lumière.

étincelle *nf* 1 Petite parcelle incandescente qui se détache d'un corps qui brûle ou qui subit un choc. 2 Brève manifestation. Loc *Étincelle électrique* : phénomène lumineux très bref qui évacue l'énergie lors d'une décharge. *Fam Faire des étincelles* : éblouir, se faire remarquer (qqn) ; faire du scandale (qqch).

étincellement *nm* Éclat de ce qui étincelle.

étiolement *nm* 1 Désordre physiologique généralisé provoqué chez une plante verte par le manque de lumière. 2 Affaiblissement d'une faculté de qqn.

étioler *vt* Provoquer l'étiolement de. ■ *vpr* S'affaiblir, dépérir.

étiologie *nf* MED Étude des causes d'une maladie ; ensemble de ces causes.

étique *a* *Litt* Très maigre, décharné.

étiquetage *nm* Action d'étiqueter.

étiqueter *vt* [19] 1 Mettre une étiquette sur. *Étiqueter des paquets.* 2 Ranger qqn dans une catégorie.

étiqueteuse *nf* Machine à étiqueter.

étiquette *nf* 1 Fiche attachée ou collée à un objet pour en indiquer le contenu, le prix, le possesseur, etc. 2 Cérémonial en usage dans une cour, lors d'une réception officielle, etc.

étirage nm Action d'étirer une matière.

étirement nm Action, fait de s'étirer.

étirer vt Étendre, allonger par traction. ■ vpr Se détendre en allongeant les membres.

étoffe nf Tissu servant pour l'habillement, l'ameublement. Loc *Avoir de l'étoffe* : une personnalité forte, prometteuse.

étoffer vt Développer, donner de l'ampleur à. *Étoffer une argumentation.* ■ vpr Devenir plus fort, plus robuste.

étoile nf 1 Astre qui brille d'une lumière propre et dont le mouvement apparent est imperceptible. 2 Astre considéré du point de vue de son influence supposée sur la destinée de qqn. *Croire à son étoile.* 3 Figure géométrique rayonnante. *Étoile à cinq, à six branches.* 4 Rond-point où aboutissent des allées, des avenues. 5 Artiste célèbre ; star. Loc *L'étoile du berger* : la planète Vénus. *Coucher à la belle étoile* : dehors. *Danseur, danseuse étoile* : échelon suprême dans la hiérarchie des solistes de corps de ballet. *Étoile de mer* : animal marin en forme d'étoile à cinq branches.

étoilé, ée a 1 Parsemé d'étoiles. 2 En forme d'étoile. Loc *La bannière étoilée* : le drapeau des États-Unis.

étoilement nm Fait de s'étoiler.

étoiler vt Marquer, fêler en étoile.

étole nf 1 Ornement sacerdotal, large bande ornée de croix, que le prêtre officiant porte autour du cou. 2 Large écharpe en fourrure.

étonnamment av De façon étonnante.

étonnant, ante a 1 Qui étonne, surprend, déconcerte. 2 Remarquable.

étonnement nm Stupéfaction, surprise devant qqch d'inhabituel.

étonner vt Causer de l'étonnement, de la surprise à qqn. *Son silence m'étonne.* ■ vpr Trouver étrange.

étouffant, ante a 1 Qui gêne la respiration. 2 Qui crée un malaise ; pesant.

étouffe-chrétien nm inv Fam Mets difficile à avaler à cause de sa consistance.

étouffée (à l') av Loc *Cuire à l'étouffée* : dans un récipient clos.

étouffement nm Action d'étouffer ; le fait d'être étouffé.

étouffer vt 1 Gêner ou arrêter la respiration par asphyxie. 2 Éteindre en privant d'air. *Étouffer un incendie.* 3 Amortir les sons. 4 Réprimer, retenir. *Étouffer des cris.* 5 Arrêter dans son développement. *Étouffer un complot.* ■ vi 1 Avoir du mal à respirer. 2 Se sentir oppressé, être mal à l'aise ; s'ennuyer. ■ vpr Perdre la respiration.

étouffoir nm 1 Mécanisme servant à faire cesser les vibrations des cordes d'un piano, d'un clavecin. 2 Fam Lieu mal aéré.

étoupe nf Partie la plus grossière de la filasse de chanvre ou de lin.

étourderie nf 1 Disposition à agir sans réflexion. 2 Oubli, erreur due à l'inadvertance.

étourdi, ie a, n Qui agit sans réflexion, sans attention.

étourdiment av Sans réfléchir.

étourdir vt 1 Assommer, amener au bord de l'évanouissement. 2 Fatiguer, importuner. *Son bavardage m'étourdit.* ■ vpr Se jeter dans les distractions.

étourdissant, ante a 1 Qui étourdit. 2 Très surprenant. *Un talent étourdissant.*

étourdissement nm 1 Vertige, perte de conscience momentanée. 2 Griserie.

étourneau nm 1 Passereau au plumage noirâtre. 2 Étourdi, écervelé.

étrange a Qui étonne, intrigue comme inhabituel ; singulier, bizarre.

étrangement av De façon étrange.

étranger, ère a 1 Qui est d'une autre nation ; relatif à un autre pays. 2 Qui ne fait pas partie d'un groupe ou d'une famille. 3 Qui n'est pas connu ou familier. *Cette voix ne m'est pas étrangère.* 4 Sans rapport ou sans conformité avec qqch. *Une remarque étrangère au débat.* Loc MÉD *Corps étranger* : qui se trouve de façon anormale dans l'organisme (projectile, écharde, etc.). ■ n Qui est d'un autre pays, d'un autre groupe. ■ nm Tout pays étranger.

étrangeté nf 1 Caractère étrange. 2 Litt Chose étrange.

étranglé, ée a Loc *Voix étranglée* : à demi étouffée par l'émotion.

étranglement nm 1 Action d'étrangler. 2 Le fait d'être étranglé, de s'étrangler. 3 Resserrement, rétrécissement. Loc *Goulet ou goulot d'étranglement* : ce qui limite un écoulement, empêche un développement, un progrès.

étrangler vt 1 Serrer le cou jusqu'à l'étouffement. 2 Couper la respiration. *La colère l'étranglait.* 3 Opprimer. *Étrangler la presse.* ■ vpr Perdre la respiration.

étrangleur, euse a, n Qui tue par strangulation.

étrave nf Forte pièce qui termine à l'avant la charpente d'un navire.

être vi 1 Introduit un attribut. *La mer est bleue.* 2 Introduit un élément circonstanciel. *Le vase est sur la table.* 3 Indique l'appartenance. *Ce livre est à moi.* 4 S'emploie comme auxiliaire des voix passive et pronominale et de certains verbes intransitifs ou impersonnels. Loc Litt *Il est* : il y a. *J'y suis* : je comprends. *En être à* : être au point de. *Il n'en est rien* : c'est faux. *En être pour sa peine, son argent* : avoir inutilement mis en œuvre sa peine, son argent. ■ nm 1 PHILO État, qualité de ce qui est ; essence. 2 Tout ce qui existe, vit. *L'être humain.* 3 Personne humaine, individu. *Un être cher.* 4 Nature intime d'une personne.

étreindre vt [69] 1 Presser dans ses bras ; serrer, saisir fortement. 2 Oppresser. *L'émotion l'étreignait.*

étreinte nf 1 Action de presser qqn dans ses bras. 2 Action d'enserrer ; pression exercée sur qqn. *Les assiégeants resserrent leur étreinte.*

étrenne nf (surtout pl) Présent, gratification, notamment à l'occasion du Jour de l'an. *Recevoir des étrennes.* Loc *Avoir, faire l'étrenne de qqch* : en avoir, en faire le premier usage.

étrenner vt Faire usage le premier ou pour la première fois de qqch.

étrier nm 1 Anneau suspendu de chaque côté de la selle, et qui sert d'appui au pied du cavalier. 2 Nom de divers appareils servant à soutenir ou à maintenir le pied. *Étrier de ski.* 3 Pièce métallique servant à fixer, à lier. 4 Osselet de l'oreille moyenne. Loc *Vider les étriers* : tomber de cheval. *Avoir le pied à l'étrier* : être prêt à partir. *Le coup de l'étrier* : le dernier verre que l'on boit au moment du départ.

étrille nf 1 Brosse en fer à lames dentelées servant à nettoyer le poil des chevaux. 2 Crabe comestible.

étriller *vt* 1 Nettoyer avec l'étrille. 2 Malmener, éreinter.

étriper *vt* 1 Ôter les tripes à. *Étriper un porc.* 2 Fam Éventrer, mettre à mal. ■ *vpr* Fam Se battre avec une grande violence.

étriqué, ée *a* 1 Qui manque d'ampleur. *Veste étriquée.* 2 Sans largeur de vues ; mesquin. *Un esprit étriqué.*

étrivière *nf* Courroie qui porte l'étrier.

étroit, oite *a* 1 De faible largeur. *Chemin étroit.* 2 Limité, restreint ; intime. *Un cercle étroit d'amis.* 3 Borné, intolérant, mesquin. 4 Rigoureux, strict. *L'observation étroite d'une règle.* Loc *À l'étroit :* dans un espace trop resserré ; mal à l'aise.

étroitement *av* 1 De façon étroite ; intimement. 2 De façon rigoureuse, stricte. 3 À l'étroit.

étroitesse *nf* Caractère étroit.

étron *nm* Matière fécale moulée.

étrusque *a, n* De l'Étrurie. ■ *nm* Langue parlée par les Étrusques.

étude *nf* 1 Activité intellectuelle par laquelle on s'applique à apprendre, à connaître. *Une vie consacrée à l'étude. L'étude du droit.* 2 Travail de conception et de préparation d'un ouvrage, d'une installation, etc. *Bureau d'études.* 3 Ouvrage littéraire ou scientifique sur un sujet que l'on a étudié. 4 Dessin, peinture, sculpture préparatoires. *Études de visage.* 5 Composition musicale particulière à un instrument. 6 Salle où les élèves travaillent en dehors des heures de cours. 7 Charge et lieu de travail d'un officier ministériel ou public. *Étude de notaire, d'huissier.* ■ *pl* Degrés successifs de l'enseignement scolaire, universitaire. *Faire ses études.*

étudiant, ante *n, a* Qui suit les cours d'une université, d'une grande école. ■ *a* Relatif aux étudiants. *Syndicat étudiant.*

étudié, ée *a* 1 Préparé, médité, conçu avec soin. 2 Sans naturel, affecté. *Geste étudié.* Loc *Prix étudié :* calculé au plus juste.

étudier *vt* 1 S'appliquer à connaître, à apprendre. *Étudier la musique.* 2 Faire par l'observation, l'analyse, l'étude, l'examen de. *Étudier un phénomène.* ■ *vi* Faire des études. ■ *vpr* 1 S'observer, s'examiner soi-même. 2 Prendre des airs affectés.

étui *nm* Boîte ou enveloppe dont la forme est adaptée à l'objet qu'elle doit contenir.

étuvage ou **étuvement** *nm* Action d'étuver.

étuve *nf* 1 Chambre close où l'on élève la température pour provoquer la sudation. 2 Lieu où règne une température élevée. 3 Appareil destiné à obtenir une température déterminée.

étuvée *nf* Loc *À l'étuvée :* mode de cuisson à la vapeur en récipient clos.

étuver *vt* 1 Chauffer ou sécher dans une étuve. 2 Faire cuire à l'étuvée.

étymologie *nf* 1 Science qui a pour objet l'origine des mots. 2 Origine d'un mot.

étymologique *a* De l'étymologie.

étymologiquement *av* Selon l'étymologie.

étymologiste *n* Spécialiste de l'étymologie.

étymon *nm* Mot considéré comme étant à l'origine d'un autre.

eucalyptus [-tys] *nm* Grand arbre aux feuilles odorantes.

eucharistie [-ka-] *nf* RELIG Sacrement par lequel se continue le sacrifice du Christ.

eucharistique [-ka-] *a* De l'eucharistie.

euclidien, enne *a* De la géométrie d'Euclide.

eugénique *a* De l'eugénisme.

eugénisme *nm* Méthode visant à l'amélioration de l'espèce humaine par des actions sur les gènes et un contrôle sur la reproduction.

euh ! *interj* Marque l'hésitation, le doute.

eunuque *nm* Homme castré.

euphémique *a* De l'euphémisme.

euphémisme *nm* Façon de présenter une réalité brutale ou blessante en atténuant son expression. *« Il nous a quittés »* est un euphémisme pour *« il est mort ».*

euphonie *nf* Succession harmonieuse de sons dans un mot, une phrase.

euphonique *a* De l'euphonie.

euphorbe *nf* Plante contenant un latex âcre et caustique.

euphorie *nf* Sentiment de profond bien-être.

euphorique *a* De l'euphorie.

euphorisant, ante *a, nm* Qui provoque l'euphorie.

eurasiatique *a* De l'ensemble formé par l'Europe et l'Asie.

eurasien, enne *n, a* Métis d'Européen et d'Asiatique.

eurêka *interj* Exprime que l'on vient de trouver une solution.

euro *nm* Monnaie de l'Union européenne, en usage depuis 2002.

eurobanque *nf* Banque spécialisée dans les eurodevises.

eurocrate *n* Fonctionnaire de l'Union européenne.

eurodevise *nf* Devise placée par un non-résident dans un pays européen différent du pays d'émission de cette devise. Syn. euromonnaie.

eurodollar *nm* Titre en dollars déposé dans une banque européenne.

euromarché *nm* Marché des émissions en eurodevises ou en euros.

euromissile *nm* Missile nucléaire basé en Europe.

euromonnaie *nf* Syn de *eurodevise.*

européanisation *nf* Action d'européaniser.

européaniser *vt* Rendre européen.

européen, enne *a, n* 1 De l'Europe. 2 Se dit du chat domestique commun.

europium [-pjɔm] *nm* Métal du groupe des terres rares.

eurythmie *nf* Harmonie dans la composition d'une œuvre artistique.

eustatique *a* GEOL De l'eustatisme.

eustatisme *nm* GEOL Variation du niveau des mers.

euthanasie *nf* Mort provoquée dans le dessein d'abréger les souffrances d'un malade incurable.

euthanasique *a* De l'euthanasie.

eutrophisation *nf* Accroissement anarchique d'une eau en sels nutritifs.

eux *pr pers* Pluriel du pronom masculin *lui.*

évacuateur, trice *a* Qui sert à l'évacuation. ■ *nm* Dispositif d'évacuation des eaux.

évacuation *nf* Action d'évacuer.

évacuer *vt* 1 Expulser de l'organisme. 2 Déverser hors d'un lieu. *Évacuer les eaux usées.* 3 Cesser d'occuper un lieu. 4 Transporter qqn hors d'un lieu, d'une zone.

évadé, ée *a, n* Qui s'est évadé de prison.

évader (s')

évader (s')

évader (s') *vpr* 1 S'échapper d'un lieu. *S'évader de prison.* 2 Se libérer des contraintes, des soucis.

évagination *nf* Sortie anormale d'un organe hors de sa gaine.

évaluable *a* Que l'on peut évaluer.

évaluatif, ive *a* Qui concerne une évaluation.

évaluation *nf* Action d'évaluer.

évaluer *vt* 1 Déterminer la valeur marchande de qqch. *Faire évaluer un terrain.* 2 Déterminer approximativement une quantité, une qualité.

évanescence *nf* Litt Caractère évanescent.

évanescent, ente *a* Litt Qui disparaît, s'efface ou apparaît fugitivement.

évangéliaire *nm* Livre contenant les parties des Évangiles des messes de l'année.

évangélique *a* 1 De l'Évangile. 2 De la religion réformée.

évangélisateur, trice *a, n* Qui évangélise.

évangélisation *nf* Action d'évangéliser.

évangéliser *vt* Diffuser l'Évangile ; convertir au christianisme. *Évangéliser un peuple.*

évangélisme *nm* Aspiration à une vie religieuse selon l'Évangile.

évangéliste *nm* 1 Chacun des quatre apôtres auteurs des Évangiles. 2 Suppléant d'un pasteur protestant.

évangile *nm* 1 (avec majusc) Message de Jésus-Christ. *Prêcher l'Évangile.* 2 (avec majusc) Chacun des livres qui exposent ce message. 3 Partie des Évangiles lue à la messe. Loc *Parole d'évangile* : propos d'une vérité indiscutable.

évanouir (s') *vpr* 1 Tomber en syncope. 2 Litt Se dissiper. *La brume s'est évanouie.*

évanouissement *nm* 1 Perte de connaissance. 2 Disparition totale.

évaporateur *nm* Appareil servant à la dessication.

évaporation *nf* Passage d'un liquide à l'état de vapeur.

évaporé, ée *a, n* Qui se dissipe en futilités ; qui est vain et léger.

évaporer *vt* Soumettre à l'évaporation. ■ *vpr* 1 Se transformer en vapeur. 2 Fam Disparaître.

évasement *nm* Action d'évaser ; état de ce qui est évasé.

évaser *vt* Élargir l'ouverture de. *Évaser un tuyau.* ■ *vpr* Aller en s'élargissant.

évasif, ive *a* Qui reste dans le vague, qui élude. *Une réponse évasive.*

évasion *nf* 1 Action de s'évader. 2 Fait d'échapper aux contraintes de la vie quotidienne.

évasivement *av* De façon évasive.

évêché *nm* 1 Territoire soumis à l'autorité d'un évêque. 2 Demeure, siège de l'évêque.

évection *nf* Irrégularité du mouvement de la Lune, due à l'attraction du Soleil.

éveil *nm* 1 Sortie de l'état de repos. 2 Fait d'apparaître, de se manifester (sentiment, idée). Loc *Activités, disciplines d'éveil* : destinées à développer l'intelligence, la créativité des enfants. *Donner l'éveil* : attirer l'attention. *En éveil* : attentif.

éveillé, ée *a* Plein de vivacité.

éveiller *vt* 1 Litt Tirer du sommeil. 2 Faire se manifester ce qui était à l'état latent, virtuel. 3 Faire naître, provoquer (un sentiment, une attitude). *Éveiller la sympathie.* ■ *vpr* Sortir du sommeil.

éveilleur, euse *n* Qui fait naître un sentiment.

événement ou **évènement** *nm* 1 Ce qui arrive. 2 Fait important.

événementiel ou **évènementiel, elle** *a* De l'événement.

évent *nm* Narine située au sommet de la tête de certains cétacés.

éventail *nm* 1 Petit écran portatif que l'on agite pour s'éventer. 2 Ensemble de choses d'une même catégorie, diversifiées à l'intérieur de certaines limites.

éventaire *nm* Étalage de marchandises à l'extérieur d'une boutique.

éventer *vt* 1 Agiter l'air pour rafraîchir qqn. 2 Exposer qqch à l'air. Loc *Éventer un piège* : le découvrir, en empêcher l'effet. ■ *vpr* S'altérer au contact de l'air. *Ce parfum s'est éventé.*

éventration *nf* 1 MED Rupture musculaire de l'abdomen. 2 Action d'éventrer.

éventrer *vt* 1 Blesser en ouvrant le ventre. 2 Déchirer, défoncer. *Éventrer un matelas. Éventrer un mur.*

éventreur *nm* Assassin qui éventre ses victimes.

éventualité *nf* 1 Caractère de ce qui est éventuel. 2 Fait qui peut ou non se produire.

éventuel, elle *a* Qui peut ou non survenir, exister, selon les circonstances.

éventuellement *av* Le cas échéant.

évêque *nm* Dignitaire de l'Église qui dirige un diocèse.

évertuer (s') *vpr* Faire beaucoup d'efforts.

éviction *nf* Action d'évincer.

évidage ou **évidement** *nm* Action d'évider ; état de ce qui est évidé.

évidemment *av* 1 De façon évidente, certaine. 2 Bien sûr.

évidence *nf* 1 Caractère de ce qui s'impose à l'esprit. *Il a fallu se rendre à l'évidence.* 2 Chose évidente. Loc *À l'évidence, de toute évidence* : sans conteste. *Mettre en évidence* : disposer de façon à attirer l'attention.

évident, ente *a* Clair, manifeste. Loc Abusiv *Ne pas être évident* : être difficile, ardu.

évider *vt* 1 Creuser intérieurement. *Évider un fruit.* 2 Échancrer.

évier *nm* Bac fermé par une bonde et alimenté en eau par un robinet, dans une cuisine.

évincement *nm* Action d'évincer.

évincer *vt* [10] Écarter qqn d'une position avantageuse.

évitement *nm* Loc *Voie d'évitement* : servant à garer un train ou l'un autre doit dépasser.

éviter *vt* 1 Faire en sorte de ne pas heurter qqn, qqch ou d'échapper à une chose fâcheuse. 2 S'abstenir de faire. *Éviter de parler.* 3 Abusiv Épargner. *Éviter une démarche à qqn.*

évocateur, trice *a* Propre à évoquer.

évocation *nf* Action d'évoquer.

évocatoire *a* Qui évoque.

évolué, ée *a* Parvenu à un haut degré de culture, de civilisation.

évoluer *vi* 1 Se transformer progressivement (personnes ou choses). 2 Exécuter des évolutions, des manœuvres.

évolutif, ive *a* Qui peut évoluer ou produire l'évolution.

évolution *nf* 1 Transformation graduelle, développement progressif. 2 BIOL Ensemble des transformations des êtres vivants dues aux mutations génétiques. 3 Mouvement d'ensemble exécuté par qqn, un animal, un groupe.

évolutionnisme nm BIOL Théorie suivant laquelle les espèces actuelles dérivent de formes anciennes.

évolutionniste a, n Partisan de l'évolutionnisme.

évoquer vt 1 Rendre présent à la mémoire, à l'esprit. *Évoquer son enfance. Évoquer une question.* 2 Faire songer à, rappeler. *Une odeur qui évoque la mer.* 3 Appeler par des procédés magiques.

ex- Particule qui, placée devant un nom, indique une qualité ou un état antérieurs. *L'ex-président.*

ex abrupto av Brusquement, sans préambule.

exacerbation nf Fait de s'exacerber.

exacerber vt Rendre plus aigu, plus vif. *Exacerber un désir.*

exact, acte a 1 Qui arrive à l'heure fixée. 2 Conforme à la réalité, à la logique. *Récit exact.* Loc *Les sciences exactes* : les sciences mathématiques et physiques.

exactement av 1 De façon exacte. 2 Tout à fait.

exaction nf Litt Action d'exiger plus qu'il n'est dû. ■ pl Abusiv Sévices, violences exercés sur qqn.

exactitude nf Qualité d'une personne ou d'une chose exacte.

ex æquo [egzeko] av, n inv À égalité (concurrents). *Départager les ex æquo.*

exagération nf Action d'exagérer ; excès.

exagéré, ée a Outré, excessif.

exagérément av De façon exagérée.

exagérer vt [12] Présenter une chose comme plus grande, plus importante qu'elle n'est en réalité. ■ vi Aller au-delà de ce qui est convenable.

exaltant, ante a Qui suscite l'enthousiasme.

exaltation nf 1 Litt Action d'exalter, de glorifier. 2 Vive excitation de l'esprit.

exalté, ée a, n Passionné, excité.

exalter vt 1 Litt Louer hautement, glorifier. 2 Élever l'esprit par la passion, l'enthousiasme. ■ vpr S'enthousiasmer.

examen [-mɛ̃] nm 1 Observation minutieuse. *Examen médical.* 2 Épreuve ou ensemble d'épreuves que subit un candidat.

examinateur, trice n Qui fait passer un examen à des candidats.

examiner vt 1 Considérer, observer attentivement. *Examiner un tableau.* 2 Faire subir un examen. *Examiner un patient.*

exanthème nm MED Rougeur cutanée.

exarque nm 1 HIST Chef civil ou ecclésiastique, dans l'ancien empire d'Orient. 2 Dignitaire d'une Église orientale.

exaspérant, ante a Qui exaspère.

exaspération nf Vive irritation.

exaspérer vt [12] Irriter violemment.

exaucement nm Litt Action d'exaucer.

exaucer vt [10] 1 Accueillir favorablement un vœu, une prière. 2 Satisfaire qqn dans sa demande.

ex cathedra av Du haut de la chaire, avec l'autorité de son titre. *Parler ex cathedra.*

excavateur nm ou **excavatrice** nf Engin de terrassement sur chenilles pour creuser le sol.

excavation nf Cavité dans le sol.

excédent nm 1 Ce qui dépasse le nombre, la quantité prévus. 2 Solde positif.

excédentaire a En excédent.

excéder vt [12] 1 Dépasser en quantité, en valeur. 2 Litt Outrepasser certaines limites. *Excéder son autorité.* 3 Lasser, importuner à l'excès.

excellemment av De façon excellente.

excellence nf 1 Haut degré de perfection. 2 (avec majusc) Titre honorifique donné à un ministre ou à un ambassadeur. Loc *Par excellence* : au plus haut degré dans son genre.

excellent, ente a Qui excelle dans son genre ; très bon.

exceller vi Montrer des qualités supérieures. *Exceller à faire un travail.*

excentrer vt Déplacer le centre, l'axe de rotation de qqch.

excentricité nf 1 Manière d'être, d'agir qui s'éloigne des manières usuelles. 2 Action excentrique, extravagante.

excentrique a, n Qui a de l'excentricité, de la bizarrerie ; original. ■ a 1 GEOM Dont les centres ne coïncident pas. 2 Éloigné du centre de la ville. *Quartier excentrique.* ■ nm Pièce dont l'axe de rotation ne passe pas par le centre.

excepté prép Sauf, en excluant. *Ouvert tous les jours excepté le dimanche.*

excepter vt Ne pas comprendre dans un ensemble.

exception nf 1 Action d'excepter. 2 Ce qui n'est pas soumis à la règle. Loc *D'exception* : exceptionnel. *Faire exception* : sortir de la règle générale. *À l'exception de* : hormis.

exceptionnel, elle a 1 Qui fait exception. 2 Extraordinaire, remarquable.

exceptionnellement av De façon exceptionnelle.

excès nm 1 Ce qui dépasse la mesure. 2 Acte dénotant la démesure, l'outrance, le dérèglement. Loc *À l'excès* : excessivement.

excessif, ive a Qui excède la juste mesure. *Un prix excessif.*

excessivement av 1 Beaucoup trop. 2 Abusiv Très, extrêmement.

exciper vti Litt Faire état de. *Exciper de sa bonne foi.*

excipient nm Substance à laquelle est incorporé un médicament.

exciser vt 1 CHIR Ôter en coupant une partie d'organe, une tumeur. 2 Pratiquer l'excision rituelle.

excision nf 1 Action d'exciser. 2 Ablation rituelle du clitoris.

excitabilité nf Propriété de ce qui est excitable.

excitable a Qui peut être excité.

excitant, ante a, nm Qui excite, stimule.

excitation nf 1 Action d'exciter ; agitation. 2 Activité anormale de l'organisme ; agitation. 3 Provocation. *Excitation à la violence.*

excité, ée a, n Qui est agité, énervé.

exciter vt 1 Stimuler l'activité du système nerveux, de l'esprit. *Exciter l'imagination.* 2 Irriter. *Exciter un animal.* 3 Entraîner, pousser à faire qqch.

exclamatif, ive a Qui marque l'exclamation.

exclamation nf Cri, expression traduisant l'émotion, la surprise. Loc *Point d'exclamation* : signe de ponctuation (!) utilisé après une exclamation.

exclamer (s') *vpr* Pousser des exclamations.

exclu, ue *a, n* Chassé d'un groupe.

exclure *vt* [54] 1 Mettre dehors, renvoyer qqn. 2 Ne pas admettre qqn, qqch. *Exclure une hypothèse.* 3 Être incompatible avec.

exclusif, ive *a* 1 Qui est le privilège de qqn à l'exclusion des autres. 2 Qui ne s'intéresse qu'à son objet en excluant le reste. *Amour exclusif.* ■ *nf* Mesure d'exclusion.

exclusion *nf* Action d'exclure. Loc *À l'exclusion de :* en excluant.

exclusivement *av* 1 Uniquement. 2 En n'incluant pas le dernier terme.

exclusivisme *nm* Tendance à être exclusif.

exclusivité *nf* 1 Droit exclusif de vendre un produit, de publier un article. 2 Produit vendu, exploité par une seule firme. 3 Information importante donnée en priorité par un journal.

excommunication *nf* 1 Sanction par laquelle l'autorité ecclésiastique sépare un chrétien de la communauté des fidèles. 2 Exclusion d'un groupe.

excommunié, ée *a, n* Exclu de la communauté des fidèles.

excommunier *vt* Prononcer l'excommunication de.

excoriation *nf* Écorchure superficielle.

excorier *vt* Écorcher légèrement.

excrément *nm* Matière évacuée du corps par les voies naturelles (urine, matières fécales).

excrémentiel, elle *a* Des excréments.

excréter *vt* [12] Évacuer, éliminer par excrétion.

excréteur, trice *a* Qui excrète.

excrétion *nf* Rejet des déchets de l'organisme (urine, matières fécales, sueur).

excroissance *nf* 1 Protubérance à la surface de qqch. 2 MED Tumeur de la peau formant une proéminence superficielle (verrue, polype, etc.).

excursion *nf* Parcours et visite d'une région dans un but touristique.

excursionner *vi* Faire une excursion.

excursionniste *n* Qui fait une excursion.

excusable *a* Qui peut être excusé.

excuse *nf* 1 Raison que l'on apporte pour se disculper ou se soustraire à une obligation. 2 Une des cartes du jeu de tarot. ■ *pl* Témoignage des regrets que l'on a d'avoir offensé qqn, de lui avoir causé du tort.

excuser *vt* 1 Pardonner ; ne pas tenir rigueur à qqn de qqch. 2 Servir d'excuse à. 3 Dispenser d'une obligation. ■ *vpr* Présenter ses excuses.

exécrable *a* Très mauvais.

exécration *nf* Litt Horreur extrême, dégoût.

exécrer *vt* [12] Litt Abhorrer, haïr.

exécutable *a* Qui peut être exécuté.

exécutant, ante *n* 1 Qui exécute une chose. 2 Qui joue dans un orchestre.

exécuter *vt* 1 Réaliser, accomplir. 2 Faire, mener à bien un ouvrage. 3 Jouer, chanter, représenter une œuvre musicale. 4 Mettre qqn à mort. ■ *vpr* Se résoudre à faire qqch, à obéir.

exécuteur, trice *n* Qui exécute. Loc *Exécuteur testamentaire :* chargé par le testateur de l'exécution du testament.

exécutif, ive *a* Chargé de faire exécuter les lois. ■ *nm* Pouvoir exécutif.

exécution *nf* 1 Action d'exécuter, d'accomplir qqch. 2 Action de réaliser ce qui a été conçu. 3 Réalisation vocale ou instrumentale d'une œuvre. 4 Action d'exécuter qqn.

exécutoire *a* DR Qui doit être mis à exécution.

exégèse *nf* Critique et interprétation des textes, en partic. de la Bible.

exégète *n* Spécialiste de l'exégèse.

exemplaire *a* 1 Qui peut servir d'exemple, de modèle. 2 Dont la rigueur doit servir de leçon. ■ *nm* Chacun des objets (livre, gravure, médaille, etc.) tirés en série d'après un type commun.

exemplairement *av* De façon exemplaire.

exemplarité *nf* Caractère exemplaire.

exemple *nm* 1 Action ou personne servant de modèle, digne d'être suivie. 2 Peine, châtiment qui peut servir de leçon. *Faire un exemple.* 3 Acte, événement, texte auquel on se réfère pour appuyer son propos. 4 Phrase ou mot éclairant une règle, une définition. Loc *Par exemple :* pour éclairer, illustrer ce qui vient d'être dit. ■ *interj* Loc *Par exemple !* : exprime la surprise, l'incrédulité.

exempt, empte [egzã] *a* 1 Dispensé, non assujetti. 2 Préservé, dépourvu de.

exempté, ée *a, n* Dispensé d'obligations réglementaires.

exempter *vt* Dispenser, affranchir d'une charge, d'une obligation.

exemption *nf* Dispense, affranchissement.

exercer *vt* [10] 1 Dresser, former par une pratique fréquente. 2 Mettre fréquemment en activité une faculté pour la développer. 3 Pratiquer une profession. *Exercer la médecine.* 4 Faire usage de. *Exercer un droit.* 5 Produire, faire un effet. *Exercer de l'influence sur qqn.* ■ *vpr* 1 S'entraîner par la pratique. 2 Se faire sentir ; agir sur.

exercice *nm* 1 Action d'exercer, de s'exercer. *L'exercice d'un droit, d'un métier.* 2 Travail propre à exercer un organe, une faculté. 3 Devoir donné aux élèves pour l'application de ce qu'ils ont appris. 4 Mouvement pour exercer le corps. 5 Période comprise entre deux inventaires, entre deux budgets consécutifs.

exérèse *nf* CHIR Ablation d'un organe ou extraction d'un corps étranger.

exergue *nm* 1 Inscription portée sur une médaille. 2 Avertissement, citation placés en tête d'un texte.

exfiltration *nf* Récupération d'un agent secret, au terme de sa mission.

exfolier *vt* Séparer en lames fines, en plaques.

exhalaison *nf* Gaz, odeur, vapeur qui s'exhale d'un corps.

exhalation *nf* Action d'exhaler.

exhaler *vt* 1 Répandre une odeur, un gaz, des vapeurs, etc. 2 Litt Exprimer avec force. *Exhaler sa rage.* ■ *vpr* Se répandre dans l'air.

exhaussement *nm* Élévation.

exhausser *vt* Rendre plus haut.

exhausteur *nm* Additif qui renforce le goût des aliments.

exhaustif, ive *a* Qui épuise une matière, un sujet. *Un relevé exhaustif.*

exhaustivement *av* De façon exhaustive.

exhaustivité *nf* Caractère exhaustif.

exhiber *vt* 1 Présenter. *Exhiber ses papiers.* 2 Faire étalage de. ■ *vpr* Se produire, s'afficher en public.

exhibition *nf* 1 Action d'exhiber, de présenter qqch. 2 Étalage ostentatoire.
exhibitionnisme *nm* 1 Tendance pathologique à exhiber ses organes sexuels. 2 Étalage impudent de sentiments ou de faits personnels et intimes.
exhibitionniste *n, a* Qui fait preuve d'exhibitionnisme.
exhortation *nf* Discours par lequel on exhorte.
exhorter *vt* Encourager, inciter vivement par un discours.
exhumation *nf* Action d'exhumer un cadavre.
exhumer *vt* 1 Tirer de sa sépulture, de la terre. 2 Tirer de l'oubli, retrouver.
exigeant, ante *a* Qui exige beaucoup.
exigence *nf* 1 Caractère exigeant. 2 Ce qui est exigé par qqn, par les circonstances, etc.
exiger *vt* [11] 1 Réclamer impérieusement. 2 Nécessiter, requérir. *Son état exige du repos.*
exigibilité *nf* Caractère exigible. *L'exigibilité d'une dette.*
exigible *a* Qui peut être exigé.
exigu, uë *a* Restreint, insuffisant, très petit.
exiguïté *nf* Caractère exigu.
exil *nm* 1 Action d'expulser qqn hors de sa patrie ; condition, lieu de séjour de celui qui est ainsi banni. 2 Séjour obligé et pénible loin de ses proches, de ce à quoi l'on est attaché.
exilé, ée *a, n* Condamné à l'exil ; qui vit en exil.
exiler *vt* Condamner à l'exil ; éloigner. ■ *vpr* S'expatrier, partir loin de son pays.
existant, ante *a* Qui existe actuellement.
existence *nf* 1 Le fait d'être, d'exister. 2 Durée de ce qui existe. 3 Vie et manière de vivre de l'homme. *Avoir une existence heureuse.*
existentialisme *nm* Mouvement philosophique selon lequel l'homme, une fois doté de l'existence, se construit sans cesse par son action.
existentialiste *a, n* Relatif à l'existentialisme, qui y adhère.
existentiel, elle *a* De l'existence en tant que réalité vécue.
exister *vt* 1 Être en réalité, effectivement. *Un personnage de roman qui a existé.* 2 Être actuellement, subsister. *Ce monument n'existe plus.* 3 Avoir de l'importance, compter. *Rien n'existe pour lui que son projet.*
exit [egzit] *av* 1 Indique qu'un acteur quitte la scène. 2 Fam Indique que l'action de qqn touche à sa fin.
ex-libris [-bris] *nm inv* Vignette personnalisée qu'on colle à l'intérieur d'un livre.
ex nihilo *av* À partir de rien.
exobiologie *nf* ASTRO Étude de la possibilité d'une vie hors de la Terre.
exocet [-sɛ] *nm* Poisson des mers chaudes appelé aussi *poisson volant.*
exocrine *a* Se dit d'une glande à sécrétion externe. Ant. endocrine.
exode *nm* Départ en masse d'une population, d'un lieu vers un autre.
exogamie *nf* Obligation ou tendance qu'ont les membres de certains groupes de se marier hors de leur groupe. Ant. endogamie.
exogène *a* Qui provient de l'extérieur, de la périphérie. Ant. endogène.
exonération *nf* Action d'exonérer.

exonérer *vt* [12] Décharger, libérer d'une obligation de paiement.
exophtalmie *nf* MED Saillie du globe oculaire hors de l'orbite.
exorbitant, ante *a* Excessif, démesuré.
exorbité, ée *a* Loc *Yeux exorbités :* qui semblent sortir de leurs orbites.
exorciser *vt* 1 Chasser les démons par des cérémonies. 2 Chasser, dissiper qqch.
exorcisme *nm* Cérémonie par laquelle on exorcise.
exorciste *nm* Qui exorcise.
exorde *nm* 1 Première partie d'un discours. 2 Entrée en matière.
exoréique *a* Se dit d'un réseau hydrographique en relation avec la mer. Ant. endoréique.
exosphère *nf* Zone de l'atmosphère de la Terre, au-delà de 1 000 km.
exosquelette *nm* ZOOL Squelette externe des arthropodes, des mollusques.
exostose *nf* Tumeur osseuse bénigne.
exotique *a* Qui provient de contrées lointaines. *Fruits exotiques.*
exotisme *nm* Caractère exotique.
expansé, ée *a* Qui a subi une augmentation de volume (matériau).
expansible *a* Capable, susceptible de dilatation.
expansif, ive *a* 1 Qui tend à se dilater. 2 Ouvert de caractère, qui aime à communiquer ses sentiments.
expansion *nf* 1 Augmentation de volume ou de surface. 2 Phase dans laquelle l'activité économique et le pouvoir d'achat augmentent. 3 Propagation. 4 Litt Épanchement de l'âme.
expansionnisme *nm* Politique d'un État qui préconise pour lui-même l'expansion territoriale, économique.
expansionniste *a, n* Qui relève de l'expansionnisme.
expatriation *nf* Fait de s'expatrier.
expatrié, ée *a, n* Qui travaille à l'étranger pour une entreprise de son pays d'origine.
expatrier *vt* Envoyer hors de sa patrie. ■ *vpr* Quitter sa patrie.
expectative *nf* Attitude qui consiste à attendre prudemment qu'une solution se dessine avant d'agir.
expectoration *nf* Action d'expectorer ; substances expectorées ; crachat.
expectorer *vt, vi* Expulser par la bouche les substances qui encombrent les voies respiratoires, les bronches.
expédient *nm* Moyen de se tirer d'embarras par quelque artifice.
expédier *vt* 1 Faire rapidement pour se débarrasser. 2 Envoyer, faire partir. *Expédier une lettre.* 3 Se débarrasser promptement de qqn.
expéditeur, trice *a, n* Qui expédie.
expéditif, ive *a* Qui mène les choses rondement ou qui les bâcle.
expédition *nf* 1 Action d'envoyer. *Expédition d'un colis.* 2 Entreprise de guerre hors des frontières. 3 Voyage scientifique ou touristique.
expéditionnaire *a* Chargé d'une expédition militaire. ■ *n* Employé à l'expédition de marchandises.
expéditivement *av* De façon expéditive.

expérience nf 1 Connaissance acquise par une longue pratique. 2 Fait de provoquer un phénomène pour l'étudier. 3 Mise à l'essai, tentative.

expérimental, ale, aux a Fondé sur l'expérience scientifique.

expérimentalement av De façon expérimentale.

expérimentateur, trice n Qui fait des expériences scientifiques.

expérimentation nf Action d'expérimenter.

expérimenté, ée a Instruit par l'expérience.

expérimenter vt Soumettre à des expériences pour vérifier, juger, etc.

expert, erte a, nm Qui a acquis une grande compétence par la pratique. ■ nm Spécialiste qui est chargé de vérifications, d'évaluations. ■ a Exercé. *Oreille experte.* Loc INFORM *Système expert* : logiciel d'aide à la décision ou au diagnostic.

expert-comptable n Professionnel qui vérifie les comptabilités. *Des experts-comptables.*

expertise nf 1 Examen et rapport techniques effectués par un expert. 2 Compétence d'un expert.

expertiser vt Soumettre à une expertise.

expiateur, trice a Propre à expier.

expiation nf Peine, souffrance par laquelle on expie une faute, un crime.

expiatoire a Qui sert à apaiser la colère céleste. *Victime expiatoire.*

expier vt Réparer un crime, une faute par la peine qu'on subit.

expiration nf 1 Action par laquelle les poumons expulsent l'air inspiré. 2 Échéance d'un terme convenu.

expiratoire a Relatif à l'expiration.

expirer vt Rejeter l'air inspiré dans les poumons. ■ vi [aux *avoir* ou *être*] 1 Mourir. 2 Arriver à son terme.

explétif, ive a, nm GRAM Se dit des mots qui entrent dans une phrase sans être nécessaires pour le sens. *Dans « il a peur que je ne parte », l'adverbe « ne » est explétif.*

explicable a Qui peut être expliqué.

explicatif, ive a Qui sert à expliquer.

explication nf 1 Développement destiné à faire comprendre qqch, à en éclaircir le sens. 2 Motif, raison d'une chose. 3 Discussion pour justifier, éclaircir.

explicitation nf Action d'expliciter.

explicite a Énoncé clairement et complètement, sans ambiguïté.

explicitement av De façon explicite.

expliciter vt Énoncer clairement.

expliquer vt 1 Éclaircir, faire comprendre. 2 Faire connaître, développer en détail. 3 Apparaître comme la cause de qqch. ■ vpr 1 Faire connaître sa pensée. 2 Tirer les choses au clair en discutant. 3 Devenir clair. 4 Comprendre les raisons de. *Je m'explique mal sa réaction.* 5 Fam Se battre.

exploit nm 1 Action d'éclat. 2 DR Acte de procédure signifié par un huissier.

exploitable a Qui peut être exploité.

exploitant, ante n 1 Qui exploite une terre. 2 Propriétaire ou directeur d'une salle de cinéma.

exploitation nf 1 Action d'exploiter. 2 Ce que l'on fait produire pour en tirer profit. *Une exploitation agricole.*

exploité, ée a, n Travailleur payé insuffisamment.

exploiter vt 1 Faire valoir, tirer parti de qqch. *Exploiter une terre, une mine.* 2 Tirer tout le bénéfice de qqch. *Exploiter une situation.* 3 Utiliser abusivement qqn pour son profit.

exploiteur, euse n Qui abuse de la faiblesse d'autrui pour en tirer profit.

explorateur, trice n Qui explore une région inconnue ou difficile d'accès.

exploration nf Action d'explorer.

exploratoire a Qui sert à préparer une négociation, une recherche.

explorer vt 1 Visiter une région inconnue ou difficile d'accès. 2 Examiner une question.

exploser vi 1 Éclater avec violence. 2 Ne plus se maîtriser. 3 S'accroître brusquement.

explosif, ive a Qui peut faire explosion ; critique. *Situation explosive.* ■ nm Substance susceptible de faire explosion.

explosion nf 1 Action d'éclater avec violence. 2 Manifestation soudaine et violente. *Explosion de colère.* 3 Accroissement brutal. *Explosion démographique.*

exponentiel, elle a Qui croît ou décroît selon un taux de plus en plus fort.

exportable a Que l'on peut exporter.

exportateur, trice a, n Qui exporte.

exportation nf 1 Action d'exporter. 2 Ce qui est exporté.

exporter vt Vendre et transporter à l'étranger des produits nationaux.

exposant, ante n Qui fait une exposition de ses œuvres, de ses produits. ■ nm MATH Indice qui exprime la puissance d'un nombre.

1. exposé, ée a Sujet à un risque.

2. exposé nm Développement dans lequel on présente des faits, des idées.

exposer vt 1 Mettre qqch en vue. *Exposer un tableau.* 2 Présenter, faire connaître. *Exposer une thèse.* 3 Soumettre à l'action de. 4 Faire courir un risque. *Ce refus vous expose à des sanctions.* ■ vpr Prendre un risque.

exposition nf 1 Action d'exposer. 2 Présentation au public de produits commerciaux, d'œuvres d'art ; lieu où on les expose. 3 Orientation d'une maison, d'un terrain. 4 Première partie d'une œuvre littéraire ou musicale.

1. exprès, esse [ɛkspʀɛs] a Énoncé de manière précise et formelle. ■ a inv Distribué dans les plus brefs délais (lettre, colis).

2. exprès [ɛkspʀɛ] av Avec intention formelle. *Il l'a fait exprès.* Loc *Un fait exprès* : une coïncidence fâcheuse.

express a inv, nm Se dit d'un train rapide. *Voie express* : voie à circulation rapide. *Café express* : très concentré.

expressément av De façon expresse. *Je l'ai dit expressément.*

expressif, ive a 1 Qui exprime bien ce qu'on veut dire. *Terme expressif.* 2 Qui a de l'expression. *Visage expressif.*

expression nf 1 Manifestation d'une pensée, d'un sentiment, par le langage, les corps, le visage, l'art. 2 Mot, groupe de mots employés pour rendre la pensée. Loc *Réduire à sa plus simple expression* : réduire à l'extrême ou supprimer totalement.

expressionnisme nm Forme d'art qui s'efforce de donner à une œuvre le maximum d'intensité expressive.

expressionniste *a, n* De l'expressionnisme.

expressivité *nf* Caractère expressif.

exprimer *vt* Manifester par le langage, par la mimique ou l'attitude, par des moyens artistiques. ■ *vpr* Manifester sa pensée, ses sentiments.

expropriation *nf* Action d'exproprier.

exproprié, ée *a, n* Qui est l'objet d'une expropriation.

exproprier *vt* Dépouiller de la propriété d'un bien par voie légale.

expulser *vt* 1 Chasser d'un lieu. *Expulser un locataire.* 2 Évacuer qqch de l'organisme.

expulsion *nf* Action d'expulser.

expurger *vt* [11] Débarrasser un texte des passages jugés choquants, répréhensibles.

exquis, ise *a* 1 Qui est très agréable au goût par sa délicatesse. 2 Qui a ou dénote du raffinement, de la délicatesse.

exsangue *a* D'une pâleur extrême.

exsudation *nf* Suintement pathologique d'un liquide organique.

extase *nf* 1 Sentiment de joie ou d'admiration extrême. 2 État mystique.

extasié, ée *a* Ravi. *Yeux extasiés.*

extasier (s') *vpr* Manifester une admiration, un plaisir extrême.

extatique *a* Qui tient de l'extase mystique.

extenseur *nm* 1 ANAT Muscle qui assure l'extension. Ant. fléchisseur. 2 Appareil utilisé pour développer les muscles.

extensibilité *nf* Caractère extensible.

extensible *a* Susceptible de s'étendre, de s'allonger.

extensif, ive *a* Qui détermine l'extension. **Loc** *Culture extensive* : effectuée sur une grande surface avec un rendement assez faible.

extensifier *vt* Rendre plus extensive l'utilisation d'une terre.

extension *nf* 1 Action d'étendre, de s'étendre. 2 Développement, accroissement, élargissement.

exténuant, ante *a* Qui exténue.

exténuation *nf* Action d'exténuer.

exténuer *vt* Causer un grand affaiblissement à qqn ; épuiser.

extérieur, eure *a* 1 Qui est au-dehors. Ant. intérieur. 2 Apparent, visible. **Loc** *Politique extérieure* : qui concerne les pays étrangers. ■ *nm* 1 Partie d'une chose visible du dehors. 2 Apparence. 3 Les pays étrangers. **Loc** *À l'extérieur* : au-dehors. ■ *pl* Scènes de film tournées hors du studio.

extérieurement *av* À l'extérieur.

extériorisation *nf* Action d'extérioriser.

extérioriser *vt* Manifester un sentiment, une émotion.

extériorité *nf* Caractère extérieur.

exterminateur, trice *a, n* Qui extermine.

extermination *nf* Action d'exterminer.

exterminer *vt* Détruire en totalité des êtres vivants, massacrer.

externaliser *vt* ECON Sous-traiter certaines activités de l'entreprise.

externat *nm* 1 École où l'on ne reçoit que des élèves externes. 2 Fonction d'externe dans les hôpitaux.

externe *a* Situé au-dehors, tourné vers l'extérieur. **Loc** *Médicament pour l'usage externe* : à

ne pas absorber. ■ *n* 1 Élève qui n'est ni logé ni nourri dans l'établissement scolaire. 2 Étudiant en médecine assistant les internes, dans un service hospitalier.

exterritorialité *nf* DR Immunité exemptant les agents diplomatiques de la juridiction de l'État où ils se trouvent.

extincteur, trice *a, nm* Se dit d'un appareil servant à éteindre un foyer d'incendie.

extinction *nf* 1 Action d'éteindre, fait de s'éteindre. 2 Cessation de l'activité, de l'existence. *Extinction de voix.*

extirpation *nf* Action d'extirper.

extirper *vt* 1 Arracher avec sa racine, enlever totalement. 2 Ôter, faire cesser.

extorquer *vt* Obtenir qqch par la violence, la menace, la duplicité.

extorsion *nf* Action d'extorquer.

extra *nm inv* 1 Ce que l'on fait en plus de l'ordinaire. 2 Service exceptionnel en dehors des horaires habituels ; personne qui fait ce service. ■ *a inv* Fam Supérieur par la qualité.

extracorporel, elle *a* En dehors du corps.

extracteur *nm* Appareil, dispositif servant à extraire.

extraction *nf* 1 Action d'extraire. 2 Litt Ascendance, origine.

extrader *vt* Soumettre à l'extradition.

extradition *nf* Acte par lequel un gouvernement livre un individu prévenu d'un crime ou d'un délit à un État étranger qui le réclame.

extrados *nm* ARCHI Surface extérieure d'une voûte ou d'un arc.

extrafin, fine *a* Très fin ; de qualité supérieure. *Chocolat extrafin.*

extrafort *nm* Ruban pour border les ourlets, les coutures.

extragalactique *a* Situé hors de la Galaxie.

extraire *vt* [74] 1 Retirer, ôter. 2 Séparer une substance d'une autre. *Extraire l'aluminium de la bauxite.* 3 Tirer un passage d'une œuvre. 4 MATH Calculer la racine d'un nombre.

extrait *nm* 1 Substance extraite d'un corps. *Extrait de café.* 2 Passage tiré d'un texte. 3 Copie conforme d'une partie d'un registre officiel.

extrajudiciaire *a* Hors de la procédure d'une instance judiciaire.

extralégal, ale, aux *a* Hors de la légalité.

extralucide *a* Qui perçoit ce qui échappe à la conscience normale (l'avenir, les pensées d'autrui, etc.).

extra-muros *av* Hors de la ville.

extraordinaire *a* 1 Qui étonne par sa singularité, sa bizarrerie. 2 Bien au-dessus de la moyenne. 3 Spécial, exceptionnel.

extraordinairement *av* De façon extraordinaire.

extraparlementaire *a* Qui se fait, qui existe en dehors du Parlement.

extrapatrimonial, ale, aux *a* DR Extérieur au patrimoine.

extrapolation *nf* Action de tirer une conclusion générale à partir de données partielles.

extrapoler *vt* Faire une extrapolation ; généraliser.

extrasensible *a* Hors de la perception directe des sens.

extrasensoriel, elle *a* Perçu sans l'intermédiaire des récepteurs sensoriels.

extraterrestre *a, n* D'une autre planète, d'un autre monde que la Terre.

extra-utérin, ine *a* Loc MED *Grossesse extra-utérine :* développement de l'œuf fécondé en dehors de la cavité utérine.

extravagance *nf* 1 Caractère extravagant. 2 Acte, propos extravagant.

extravagant, ante *a* 1 Qui s'écarte du sens commun. 2 Inouï, insensé.

extravéhiculaire *a* Se dit de la sortie dans l'espace d'un astronaute.

extraverti, ie *a, n* Qui manifeste son affectivité à l'extérieur.

extrême *a* 1 Qui est tout à fait au bout, à la fin. *L'extrême limite.* 2 Au plus haut degré. *Extrême plaisir.* 3 Excessif. ■ *nm* Chose, personne totalement opposée à une autre. Loc *À l'extrême :* au dernier point.

extrêmement *av* De façon extrême.

extrême-onction *nf* Sacrement des malades. *Des extrêmes-onctions.*

extrême-oriental, ale, aux *a, n* De l'Extrême-Orient.

extrémisme *nm* Tendance à adopter des idées, des moyens extrêmes.

extrémiste *a, n* Favorable à l'extrémisme.

extrémité *nf* 1 Partie qui termine une chose. 2 État, situation critique. ■ *pl* 1 Actes violents. 2 Les pieds et les mains.

extrinsèque *a* Qui vient du dehors, dépend de circonstances extérieures.

extrudé *nm* Produit alimentaire soufflé obtenu par extrusion.

extrudeuse *nf* Appareil utilisé pour l'extrusion.

extrusion *nf* 1 TECH Mise en forme des matières plastiques à travers une filière. 2 Transformation d'un produit agricole par soufflage à chaud.

exubérance *nf* 1 Caractère exubérant. *Parler avec exubérance.* 2 Surabondance, profusion.

exubérant, ante *a* 1 Qui exprime un débordement de vie. 2 Surabondant.

exultation *nf* Litt Transport de joie.

exulter *vi* Être transporté de joie.

exutoire *nm* Moyen de se débarrasser d'une chose ; dérivatif à un sentiment violent.

exuvie *nf* ZOOL Peau rejetée par un serpent lors de la mue.

ex-voto *nm inv* Inscription, objet placés dans un sanctuaire en remerciement pour un vœu exaucé.

f *nm* **1** Sixième lettre (consonne) de l'alphabet. **2** F : symbole du franc.

fa *nm inv* Quatrième note de la gamme.

fable *nf* **1** Court récit en vers dont on tire une moralité. **2** Récit mensonger. **3** Sujet de risée. *Être la fable du village.*

fabliau *nm* Conte en vers au Moyen Âge.

fabricant, ante *n* Qui dirige une fabrique.

fabrication *nf* Action, manière de fabriquer des produits.

fabrique *nf* Établissement où on fabrique des produits de consommation.

fabriquer *vt* **1** Faire un objet en transformant une matière. **2** Confectionner de toutes pièces.

fabulateur, trice *a, n* Qui fabule.

fabulation *nf* Fait de présenter comme une réalité ce qui est imaginaire.

fabuler *vi* Se livrer à la fabulation.

fabuleusement *av* Prodigieusement.

fabuleux, euse *a* Invraisemblable, extraordinaire. *Un prix fabuleux.*

fabuliste *nf* Auteur de fables.

façade *nf* **1** Côté d'un mur où est située l'entrée principale d'un bâtiment. **2** Apparence trompeuse. *Amabilité de façade.*

face *nf* **1** Partie antérieure de la tête. **2** Côté d'une pièce de monnaie portant une figure. **3** Chacune des surfaces présentées par une chose. **4** Aspect de qqch. *Une affaire à plusieurs faces.* Loc *Faire face* à : être tourné du côté de ; faire front. *En face (de)* : par-devant, vis-à-vis. *De face* : du côté où on voit toute la face. *Face à face* : chacun ayant le visage tourné vers l'autre. *À la face de* : en présence de, à la vue de. *Perdre la face* : perdre sa dignité. *Sauver la face* : sauver les apparences.

face-à-face *nm inv* Confrontation de deux personnalités devant le public.

face-à-main *nm* Binocle à manche. *Des faces-à-main.*

facétie [-si] *nf* Plaisanterie, farce.

facétieux, euse [-sjø] *a* Cocasse, drôle.

facette *nf* Petite face plane.

fâché, ée *a* Mécontent, irrité.

fâcher *vt* Mettre en colère, irriter. ■ *vpr* **1** Se mettre en colère. **2** Se brouiller avec qqn.

fâcherie *nf* Brouille, mésentente.

fâcheusement *av* De façon fâcheuse.

fâcheux, euse *a* Qui amène des désagréments. ■ *n* Litt Qui importune, dérange.

facial, ale, als ou **aux** *a* De la face.

faciès [-sjɛs] *nm* **1** Aspect du visage ; physionomie. **2** Caractéristiques générales d'une roche, d'une période préhistorique.

facile *a* **1** Qui se fait sans peine ; aisé. **2** Qui se laisse mener aisément ; accommodant. **3** Dont on obtient aisément les faveurs.

facilement *av* Avec facilité, aisément.

facilité *nf* **1** Qualité de qqch facile à faire. **2** Aptitude à faire qqch sans effort. **3** (souvent pl) Moyen de faire qqch sans difficulté. ■ *pl* Crédits temporaires.

faciliter *vt* Rendre facile.

façon *nf* **1** Manière d'être, d'agir. **2** Action de façonner, main-d'œuvre. *Payer la façon.* Loc *De toute façon* : quelles que soient les circonstances. *De façon à* : indique la conséquence, le but. *De (telle) façon que* : de telle sorte que. *Façon de parler* : à ne pas prendre au pied de la lettre. *Sans façon(s)* : en toute simplicité. ■ *pl* **1** Manières propres à qqn ; comportement. **2** Péjor Démonstrations de politesse affectée.

faconde *nf* Litt Abondance de paroles.

façonnage ou **façonnement** *nm* Action de façonner.

façonner *vt* **1** Travailler une matière pour lui donner une forme. *Façonner de l'argile.* **2** Faire un objet. **3** Litt Former qqn.

façonnier, ère *n, a* Qui travaille à façon.

fac-similé *nm* Reproduction exacte d'un écrit, d'un dessin, etc. *Des fac-similés.*

facteur *nm* **1** Fabricant d'instruments de musique. **2** Postier chargé de distribuer les lettres et paquets. Syn préposé. **3** Élément qui conditionne un résultat. *Facteur de croissance.* **4** MATH Chacun des termes d'un produit.

factice *a* Artificiel, faux, imité.

factieux, euse [-sjø] *a, n* Qui fomente des troubles politiques.

faction [-sjõ] *nf* **1** Groupe exerçant une activité subversive dans un État, un parti. **2** Service de garde, de surveillance.

factionnaire [-sjo-] *nm* Soldat en faction.

factitif, ive *a, nm* GRAM Qui indique que le sujet du verbe fait faire l'action.

factoriel, elle *a* MATH Relatif à un facteur.

factorisation *nf* MATH Mise en facteurs.

factoriser *vt* MATH Mettre en facteurs.

factotum [-tɔm] *nm* Litt Homme à tout faire.

factrice nf Fam Employée des Postes qui distribue le courrier ; préposée.

factuel, elle a Relevant de faits.

facturation nf Action d'établir des factures.

facture nf 1 Manière dont est réalisée une œuvre de création. 2 Pièce comptable détaillant les marchandises ou les services livrés, afin d'en demander le règlement.

facturer vt Établir la facture de.

facturette nf Reçu d'un paiement fait avec une carte de crédit.

facturier, ère n Chargé de la facturation.

facultatif, ive a Qu'on peut faire ou non, utiliser ou non. Ant. obligatoire.

facultativement av De façon facultative.

faculté nf 1 (souvent pl) Aptitude, disposition naturelle de qqn. 2 Propriété que possède une chose. 3 Possibilité, pouvoir de faire. 4 Anc Établissement d'enseignement supérieur. Loc La Faculté : les médecins.

fada a, n Fam Un peu fou.

fadaise nf Niaiserie.

fadasse a Fam D'une fadeur déplaisante.

fade a Qui manque de saveur.

fadeur nf Caractère de ce qui est fade.

fading [-diŋ] nm Diminution momentanée de la puissance d'une onde radioélectrique.

fado nm Chant populaire portugais.

faena nf Travail à la muleta dans une corrida.

fafiot nm Pop Billet de banque.

fagot nm Faisceau de menues branches. Loc Fam De derrière les fagots : excellent, mis en réserve. Sentir le fagot : être suspect d'hérésie.

fagoter vt Fam Habiller mal, sans goût.

faiblard, arde a Fam Plutôt faible.

faible a 1 Qui manque de force, de vigueur, de résistance, de solidité. 2 Insuffisant en intensité. Une voix faible. 3 Peu important. Une faible quantité. 4 Dont la valeur, les capacités sont insuffisantes. Loc Point faible : ce qu'il y a de moins solide ; défaut. ■ a, n 1 Qui manque de fermeté, d'énergie. 2 Qui n'a pas les moyens de se défendre. Loc Faible d'esprit : débile. ■ nm Principal défaut de qqn, sa passion dominante. Loc Avoir un faible pour : une préférence marquée pour.

faiblement av De façon faible.

faiblesse nf 1 Caractère faible, insuffisant. 2 Défaut qui dénote cette insuffisance. 3 Défaillance, syncope. Loc Avoir une faiblesse pour : une préférence pour.

faiblir vi Perdre de sa force, de sa fermeté.

faiblissant, ante a Qui faiblit.

faïence nf Poterie à pâte poreuse, opaque, vernissée ou émaillée.

faïencerie nf Fabrique de faïence.

faïencier, ère n Qui fait ou vend de la faïence.

faille nf 1 Cassure des couches géologiques. 2 Défaut, lacune. Faille dans un raisonnement.

failli, ie a, n Qui a fait faillite.

faillible a Qui peut faillir, se tromper.

faillir vti [27] Litt Manquer à un devoir. Faillir à une promesse. ■ vi Manquer de, risquer de, être sur le point de. J'ai failli mourir.

faillite nf 1 Cessation de paiements d'un commerçant, d'une entreprise. 2 Échec complet, insuccès. La faillite d'une politique.

faim nf 1 Besoin, désir de manger. Avoir faim. 2 Malnutrition, sous-alimentation.

faîne ou **faine** nf Fruit du hêtre.

fainéant, ante a, n Qui ne veut pas travailler.

fainéanter vi Paresser.

fainéantise nf Paresse.

faire vt [9] 1 Créer, fabriquer, produire qqch. 2 Chercher à paraître. Faire l'idiot. 3 Opérer, accomplir, effectuer. Faire un miracle. Faire son devoir. 4 Pratiquer, exercer. Faire un sport, un métier. 5 Peut remplacer de nombreux verbes comme donner, vendre, constituer, causer, etc. 6 Égaler. Trois et trois font six. ■ v impers Indique un état. Il fait nuit. Il fait de la neige. ■ vi 1 Avoir l'air. Il fait vieux. 2 Avoir telle propriété. La voiture fait du cent. ■ vpr 1 Devenir. Il se fait vieux. 2 Être conforme, être en usage. Cela ne se fait pas.

faire-part nm inv Lettre par laquelle on annonce un décès, un mariage, etc.

faire-valoir nm inv 1 Personne qui met qqn en valeur. 2 Exploitation d'une terre.

fair-play [fɛʀplɛ] nm inv Respect loyal des règles d'un jeu, d'un sport, des affaires. ■ a Qui respecte ces règles.

faisabilité [fə-] nf Caractère faisable.

faisable [fə-] a Qui n'est pas impossible.

faisan [fə-] nm Oiseau gallinacé aux longues plumes, gibier de choix.

faisandage [fə-] nm Action de faisander.

faisander [fə-] vt Laisser le gibier se mortifier pour qu'il prenne un fumet spécial.

faisanderie [fə-] nf Élevage de faisans.

faisane [fə-] nf Femelle du faisan.

faisceau nm 1 Assemblage d'objets oblongs liés ensemble, d'armes qui se soutiennent mutuellement. 2 Ensemble des fibres formant un muscle. 3 Ensemble de rayons lumineux issus d'une même source. 4 Ensemble cohérent. Un faisceau de preuves. ■ pl ANTIQ Verges liées autour d'une hache que portaient les licteurs.

faiseur, euse n Qui fait telle chose. ■ nm Litt Habile intrigant.

faisselle nf Égouttoir à fromages.

1. fait nm 1 Action de faire, ce que l'on a fait. 2 Ce qui existe réellement, ce qui est arrivé. C'est un fait. Loc De fait, en fait, par le fait : véritablement, effectivement. Au fait : à propos. Dire son fait à qqn ; lui dire ses vérités. Mettre au fait : instruire. État de fait : réalité. En fait de : en matière de. Prendre sur le fait : au moment où on commet un délit. Si fait : oui, assurément. Tout à fait : entièrement, complètement. ■ pl Loc Hauts faits : exploits.

2. fait, faite a Qui est à maturité. Un homme fait. Un fromage fait. Loc Fam Être fait : être sur le point d'être arrêté. Phrase toute faite : locution banale. Fam C'est bien fait : c'est un désagrément mérité. C'en est fait : c'est irrévocable.

faîtage nm Arête supérieure d'un toit.

fait divers nm Vol, crime, etc., faisant l'objet d'une rubrique dans un journal. ■ pl Cette rubrique. Des faits divers.

fait-diversier nm Journaliste qui s'occupe des faits divers. Des faits-diversiers.

faîte nm 1 Partie la plus élevée d'un bâtiment. 2 Litt Sommet, cime.

faîtière nf Tuile courbe recouvrant un faîtage.

fait-tout nm inv ou **faitout** nm Récipient profond pour faire cuire des aliments.

faix [fɛ] nm Litt Charge.

fakir *nm* **1** Ascète musulman ou hindou. **2** Magicien, prestidigitateur.

falafel *nm* Petit beignet de pois chiches ; pain fourré de ces beignets et de légumes.

falaise *nf* Rivage abrupt et très élevé.

falbalas *nmpl* Ornements prétentieux.

falconidé *nm* ZOOL Rapace diurne.

fallacieux, euse *a* Trompeur, spécieux.

falloir *v impers* [49] Être nécessaire. *Il vous faut partir. Il faut que vous y alliez.* Loc *Fam Comme il faut :* convenablement ; bien élevé. ■ *vpr* Loc *S'en falloir de :* manquer. *Il s'en est fallu de peu :* cela a failli arriver.

falot, ote *a* Terne, effacé.

falsifiable *a* Qu'on peut falsifier ou réfuter.

falsificateur, trice *a, n* Qui falsifie.

falsification *nf* Action de falsifier.

falsifier *vt* Altérer volontairement dans l'intention de tromper.

falun *nm* Roche sédimentaire utilisée pour amender les terres.

falzar *nm* Pop Pantalon.

famélique *a* Affamé, maigre.

fameusement *av* Fam Remarquablement.

fameux, euse *a* **1** Renommé, célèbre. **2** Excellent. *Ce vin est fameux.*

familial, ale, aux *a* De la famille. ■ *nf* Automobile de tourisme de grande capacité.

familiarisation *nf* Fait de se familiariser.

familiariser *vt* Rendre familier à, accoutumer, habituer. ■ *vpr* Se rendre qqch familier.

familiarité *nf* Manière simple, familière, de se comporter. ■ *pl* Façons trop familières.

familier, ère *a* **1** Qui vit en compagnie. *Un animal familier.* **2** Qui se comporte librement, sans façons avec qqn. **3** Qui se dit de façon courante. **4** Que l'on connaît bien. *Un visage familier.* ■ *n* Qui fréquente qqn, un lieu.

familièrement *av* De façon familière.

famille *nf* **1** Ensemble formé par le père, la mère et les enfants. **2** Enfants issus d'un mariage. **3** Ensemble des personnes ayant un lien de parenté ; lignée, descendance. *Famille royale.* **4** Choses ou êtres présentant des points communs. *Famille de mots. Famille d'esprit.* **5** BIOL Unité systématique inférieure à l'ordre.

famine *nf* Manque de vivres dans un pays. Loc *Salaire de famine :* très bas.

fan [fan] ou **fana** *n* Fam Admirateur enthousiaste.

fanage *nm* Action de faner.

fanal *nm* Grosse lanterne servant à baliser, à signaler un véhicule, un navire. *Des fanaux.*

fanatique *a, n* **1** Animé d'une exaltation outrée pour qqch ou qqn. **2** Passionné de qqch.

fanatiquement *av* De façon fanatique.

fanatiser *vt* Rendre fanatique.

fanatisme *nm* Zèle, enthousiasme excessif, exalté, intolérant.

fan-club [fanklœb] *nm* Club regroupant les fans d'une vedette. *Des fans-clubs.*

fandango *nm* Danse populaire espagnole.

fane *nf* Feuille ou tige feuillue de certaines plantes.

faner *vt* **1** Retourner l'herbe coupée pour qu'elle sèche. **2** Altérer l'éclat de. ■ *vpr* Perdre sa fraîcheur, sa couleur.

fanfare *nf* Orchestre de cuivres et de percussions ; air exécuté par cet orchestre.

fanfaron, onne *a, n* Vantard, hâbleur.

fanfaronnade *nf* Propos, action, attitude de fanfaron.

fanfaronner *vi* Faire le fanfaron.

fanfreluche *nf* Ornement de peu de valeur.

fange *nf* Litt Boue.

fangeux, euse *a* Litt Plein de fange.

fanion *nm* Petit drapeau.

fanon *nm* ZOOL **1** Peau pendant sous le cou du bœuf, du chien, etc. **2** Lame du palais de la baleine.

fantaisie *nf* **1** Originalité imaginative. **2** Pensée, idée, goût capricieux. **3** Humeur, goût propre à qqn. *Vivre à sa fantaisie.*

fantaisiste *a, n* Qui n'est pas sérieux. ■ *n* Artiste comique de music-hall.

fantasia *nf* Carrousel arabe au cours duquel les cavaliers au galop tirent des coups de fusil.

fantasmagorie *nf* Spectacle étrange, fantastique.

fantasmagorique *a* De la fantasmagorie.

fantasmatique *a* Du fantasme.

fantasme *nm* Produit de l'imagination, de l'inconscient.

fantasmer *vi* Élaborer des fantasmes.

fantasque *a* Sujet à des sautes d'humeur, à des fantaisies bizarres.

fantassin *nm* Soldat d'infanterie.

fantastique *a* **1** Chimérique, né de l'imagination ; surnaturel. *Une vision fantastique.* **2** Étonnant, incroyable. ■ *nm* Le genre fantastique, en art, en littérature, au cinéma.

fantastiquement *av* De façon fantastique.

fantoche *nm* Individu sans personnalité qui se laisse manœuvrer.

fantomatique *a* Qui relève du fantôme.

fantôme *nm* **1** Apparition surnaturelle d'un défunt ; spectre. **2** Apparence vaine, sans réalité. ■ *a* Dépourvu d'existence réelle. *Gouvernement fantôme.*

fanzine *nm* Magazine élaboré par des passionnés de cinéma, de bandes dessinées, etc.

faon [fã] *nm* Petit du cerf.

faquin *nm* Vx Homme méprisable.

far *nm* En Bretagne, flan aux pruneaux.

farad *nm* PHYS Unité de capacité électrique.

faraday *nm* PHYS Charge électrique d'une valeur de 96 486 coulombs.

faramineux, euse *a* Fam Extraordinaire, fantastique. *Payer des sommes faramineuses.*

farandole *nf* Danse provençale formée d'une chaîne de danseurs.

faraud, aude *a, n* Fam Fat et fanfaron.

farce *nf* **1** Hachis de viandes, d'épices, etc., servant à farcir. **2** Pièce de théâtre bouffonne. **3** Tour, niche faite à qqn.

farceur, euse *n, a* **1** Qui aime faire des farces, jouer des tours. **2** Qui n'est pas sérieux.

farci, ie *a* Garni de farce.

farcir *vt* **1** Remplir de farce. *Farcir une volaille.* **2** Bourrer, remplir avec excès. *Farcir un discours de citations.* ■ *vpr* Pop Supporter, endurer. *J'ai dû me farcir cet énergumène.*

fard *nm* Composition cosmétique donnant de l'éclat au teint. Loc *Fam Piquer un fard :* rougir. *Litt Parler sans fard :* directement, franchement.

fardeau *nm* Lourde charge.

farder *vt* **1** Mettre du fard. **2** Dissimuler pour embellir. *Farder la vérité.*

faré *nm* Habitation polynésienne traditionnelle.

farfadet *nm* Esprit, lutin.

farfelu, ue *a, n* Fam D'une fantaisie extravagante.

farfouiller *vi* Fam Fouiller en bouleversant tout.

faribole *nf* Fam Propos frivole.

farine *nf* Poudre résultant du broyage de graines de céréales. **Loc** Fam *Se faire rouler dans la farine* : se faire duper.

fariner *vt* Poudrer de farine.

farineux, euse *a, nm* Qui contient de la fécule. ■ *a* Qui a l'aspect, le goût de la farine.

farniente [-njente] *nm* Fam Douce oisiveté.

farouche *a* 1 Qui s'enfuit quand on l'approche. 2 Peu sociable, méfiant. *Enfant farouche.* 3 Cruel, violent. *Haine farouche.*

farouchement *av* De façon farouche.

fart [fart] *nm* Matière dont on enduit les skis pour les rendre glissants.

fartage *nm* Action de farter.

farter *vt* Enduire les skis de fart.

fascicule *nm* Cahier d'un ouvrage publié par livraisons.

fascinant, ante ou **fascinateur, trice** *a* Qui fascine, éblouit.

fascination *nf* Attrait irrésistible.

fascine *nf* Fagot de branchages utilisé pour les terrassements.

fasciner *vt* 1 Immobiliser par le seul regard. 2 Charmer, éblouir.

fascisant, ante [-∫izɑ̃] *a* Qui tend au fascisme.

fascisme [-∫ism] *nm* 1 Régime autoritaire instauré par Mussolini en Italie de 1922 à 1943-1945. 2 Idéologie totalitaire et nationaliste.

fasciste [-∫ist] *a, n* Qui relève du fascisme.

1. faste *a* Pompe, magnificence.

2. faste *a* **Loc** *Jour faste* : jour de chance.

fast-food [fastfud] *nm* Restaurant où on peut consommer sur place ou emporter des repas standard et bon marché. *Des fast-foods.*

fastidieusement *av* De façon fastidieuse.

fastidieux, euse *a* Lassant. *Attente fastidieuse.*

fastueusement *av* Avec un grand faste.

fastueux, euse *a* Plein de faste.

fat [fa] ou [fat] *am, nm* Litt Prétentieux.

fatal, ale, als *a* 1 Qui entraîne la perte, la ruine, la mort. *Coup fatal.* 2 Inévitable. **Loc** *Femme fatale* : à la beauté envoûtante.

fatalement *av* Inévitablement.

fatalisme *nm* Attitude de ceux qui pensent que le cours des événements est fixé par le destin.

fataliste *a, n* Qui relève du fatalisme.

fatalité *nf* 1 Destin, destinée. 2 Enchaînement fâcheux des événements.

fatidique *a* Qui semble indiquer un arrêt du destin. *Moment fatidique.*

fatigabilité *nf* Tendance à être facilement fatigué.

fatigable *a* Sujet à la fatigue.

fatigant, ante *a* 1 Qui fatigue. *Travail fatigant.* 2 Importun, ennuyeux.

fatigue *nf* 1 Impression de lassitude causée par un travail, un effort. 2 Diminution de résistance d'une pièce après un long fonctionnement.

fatigué, ée *a* 1 Qui manifeste la fatigue. 2 Fam Défraîchi. *Costume fatigué.*

fatiguer *vt* 1 Causer de la fatigue. 2 Importuner, lasser qqn. ■ *vi* Supporter un trop grand effort. *Moteur qui fatigue.* ■ *vpr* Se donner, éprouver de la fatigue.

fatma *nf* Femme musulmane.

fatras [-tra] *nm* Amas hétéroclite.

fatuité *nf* Attitude d'un fat ; prétention sotte.

faubourg *nm* Quartier excentrique d'une ville.

faubourien, enne *a* Des faubourgs populaires. *Accent faubourien.*

fauchage *nm* ou **fauchaison** *nf* Action de faucher.

fauche *nf* Pop Vol.

fauché, ée *a, n* Pop Sans argent.

faucher *vt* 1 Couper à la faux. 2 Renverser, tuer. *La voiture a fauché un piéton.* 3 Pop Voler.

faucheur, euse *n* Qui fauche. ■ *nf* Machine à faucher le foin.

faucheux ou **faucheur** *nm* Arachnide carnassier aux longues pattes grêles.

faucille *nf* Instrument pour couper les céréales, l'herbe, etc. **Loc** *La faucille et le marteau* : emblème communiste.

faucon *nm* Oiseau rapace au vol rapide.

fauconnerie *nf* Art de dresser les rapaces pour la chasse.

fauconnier *nm* Qui dresse des faucons pour la chasse.

faufiler *vt* Coudre provisoirement à grands points. ■ *vpr* Se glisser adroitement.

1. faune *nm*, **faunesse** *nf* MYTH Divinité champêtre, chez les Latins.

2. faune *nf* 1 ZOOL Ensemble des animaux habitant une région. 2 Péjor Groupe de gens qui fréquentent un même lieu.

faunique *a* ZOOL De la faune.

faunistique *a* ZOOL Étude de la faune.

faussaire *n* Qui fabrique un faux.

faussement *av* De façon fausse.

fausser *vt* 1 Rendre faux, altérer l'exactitude. 2 Déformer par pression ou torsion. *Fausser une clé.* **Loc** *Fausser compagnie à qqn* : le quitter sans le prévenir.

fausset *nm* **Loc** *Voix de fausset* : voix aiguë. Syn. voix de tête.

fausseté *nf* 1 Caractère faux. 2 Hypocrisie.

faute *nf* 1 Manquement à la morale ou à la loi. 2 Action maladroite, erreur. *Faute d'orthographe.* **Loc** *Faute de* : par manque de. *Sans faute* : à coup sûr. *Ne pas se faire faute de* : ne pas s'abstenir de.

fauter *vi* Vx Se laisser séduire (femme).

fauteuil *nm* Siège à bras et à dossier. **Loc** Fam *Arriver dans un fauteuil* : remporter sans peine la victoire.

fauteur, trice *n* **Loc** *Fauteur de troubles, de désordre, etc.* : qui fait naître les troubles, le désordre, etc.

fautif, ive *a, n* En faute. *Se sentir fautif.* ■ *a* Erroné, incorrect. *Édition fautive.*

fautivement *av* De façon erronée.

fauve *a* De couleur rousse ou tirant sur le roux. **Loc** *Bête fauve* : grand félin. ■ *nm* 1 Bête fauve. 2 Peintre adepte du fauvisme.

fauverie *nf* Ménagerie de fauves.

fauvette *nf* Passereau au plumage terne.

fauvisme *nm* Mouvement pictural du début du XXe s.

1. faux, fausse *a* 1 Non conforme à la vérité, à la réalité. 2 Mal fondé, vain. *Fausse joie. Faux problème.* 3 Qui manque de justesse.

Esprit faux. 4 MUS Qui n'est pas dans le ton. *Fausse note.* 5 Altéré, non vrai. *Fausse monnaie. Fausse nouvelle.* 6 Qui n'est pas ce qu'il semble être. *Faux ami.* 7 Qui n'est pas tel qu'il doit être. *Faux mouvement.* ■ *av* De façon fausse. *Chanter faux.* ■ *nm* 1 Ce qui est faux, contraire à la vérité. 2 Altération, contrefaçon frauduleuse. Loc *S'inscrire en faux :* nier avec preuves.

2. faux *nf* Lame d'acier courbée, fixée à un long manche, servant à faucher.

faux-filet *nm* Morceau de viande de bœuf, le long de l'échine. *Des faux-filets.*

faux-fuyant *nm* Subterfuge pour éviter de s'engager. *Des faux-fuyants.*

faux-monnayeur *nm* Qui fabrique de la fausse monnaie. *Des faux-monnayeurs.*

faux-semblant *nm* Apparence trompeuse. *Des faux-semblants.*

faux-sens *nm inv* Interprétation erronée d'un mot.

favela *nf* Bidonville au Brésil.

faveur *nf* 1 Bienveillance, protection, appui de qqn d'influent. 2 Considération, dont on jouit auprès de qqn. 3 Avantage, privilège. *Demander une faveur.* 4 Petit ruban. Loc *En faveur de :* en considération de, dans l'intérêt de. *À la faveur de :* grâce à. ■ *pl* Marques d'amour d'une femme à un homme.

favorable *a* 1 Bien disposé à l'égard de qqn, de qqch. 2 À l'avantage de qqn, de qqch. *Préjugé favorable.*

favorablement *av* De façon favorable.

favori, ite *a, n* 1 Qui est l'objet d'une préférence habituelle. 2 Concurrent donné comme gagnant. ■ *nm* Qui tenait le premier rang dans la faveur d'un prince. ■ *nf* Maîtresse attitrée d'un souverain. ■ *nmpl* Touffe de barbe de chaque côté du visage.

favorisant, ante *a* Qui contribue au développement de qqch.

favoriser *vt* 1 Traiter avec faveur, soutenir ou avantager. 2 Apporter son appui, faciliter. *Favoriser une entreprise.*

favoritisme *nm* Tendance à accorder des avantages injustifiés.

fax *nm* Syn de *télécopie.*

faxer *vt* Envoyer un document par fax.

fayot *nm* Pop Haricot sec.

fayoter *vi* Pop Faire du zèle pour obtenir des faveurs.

fazenda *nf* Grand domaine agricole au Brésil.

féal, ale, aux *a, nm* Litt Fidèle, loyal.

fébrifuge *a, nm* Qui fait baisser la fièvre.

fébrile *a* 1 Qui a de la fièvre. 2 Qui manifeste une agitation excessive.

fébrilement *av* De façon fébrile.

fébrilité *nf* État d'agitation extrême.

fécal, ale, aux *a* Relatif aux fèces.

fèces [fɛs] *nfpl* Excréments.

fécond, onde *a* 1 Qui peut se reproduire. 2 Fertile. *Sol fécond.* Ant. stérile.

fécondant, ante *a* Qui féconde.

fécondateur, trice *a, n* Qui a la capacité de féconder.

fécondation *nf* Action de féconder.

féconder *vt* 1 Réaliser l'union de deux cellules sexuelles, mâle et femelle. 2 Litt Rendre fécond, fertile.

fécondité *nf* 1 Aptitude à se reproduire. 2 Fertilité.

fécule *nf* Matière farineuse extraite de divers végétaux.

féculent, ente *a* Qui contient de la fécule. ■ *nm* Graine de légumineuse (lentille, haricot, etc.).

féculerie *nf* Usine de fécule ; industrie de la fécule.

fedayin [fedajin] *nm* Combattant palestinien.

fédéral, ale, aux *a* Qui appartient à une fédération. ■ *nmpl* HIST Aux États-Unis, soldats des États du Nord pendant la guerre de Sécession.

fédéraliser *vt* Organiser en fédération.

fédéralisme *nm* Système fédéral.

fédéraliste *a, n* Partisan du fédéralisme.

fédérateur, trice *a, n* Qui fédère, qui favorise une union, une convergence.

fédératif, ive *a* Constitué en fédération.

fédération *nf* 1 Association de plusieurs pays en un État unique. 2 Regroupement de plusieurs sociétés, syndicats, clubs.

fédéré *nm* HIST Partisan armé de la Commune de Paris, en 1871.

fédérer *vt* [12] Grouper en fédération. ■ *vpr* S'unir en fédération.

fée *nf* Être féminin imaginaire doué d'un pouvoir magique. Loc *Avoir des doigts de fée :* être d'une grande adresse. *Conte de fées :* récit merveilleux.

feed-back [fidbak] *nm inv* Rétroaction.

feeling [filiŋ] *nm* Fam Sensibilité manifestée dans une situation, une interprétation musicale.

féerie [feri] *nf* Spectacle merveilleusement beau.

féerique *a* D'une beauté merveilleuse.

feignant, ante *a, n* Pop Fainéant.

feindre *vt* [69] Faire semblant de. *Feindre de sortir.*

feinte *nf* Action destinée à tromper, à donner le change, à surprendre.

feinter *vi* Faire une feinte. ■ *vt* Fam Tromper.

feldspath [-pat] *nm* Minéral fréquent dans les roches éruptives et métamorphiques.

feldwebel [-vebel] *nm* Sous-officier allemand.

fêlé, ée *a, n* Fam Un peu fou.

fêler *vt* Fendre un objet cassant sans que les morceaux se disjoignent.

félibre *nm* Écrivain de langue d'oc.

félibrige *nm* Mouvement littéraire fondé en Provence en 1854 par F. Mistral.

félicitations *nfpl* Compliments, éloges.

félicité *nf* Litt Bonheur suprême.

féliciter *vt* Témoigner sa satisfaction à qqn ; complimenter. ■ *vpr* S'estimer heureux de.

félidé *nm* ZOOL Mammifère carnivore dont le chat est le type.

félin, ine *a, nm* ZOOL Qui appartient au type chat. ■ *a* Qui rappelle le chat. *Grâce féline.*

fellaga *nm* HIST Partisan algérien dressé contre l'autorité française et luttant pour l'indépendance de son pays.

fellah *nm* Paysan au Maghreb et en Égypte.

fellation *nf* SEXOL Excitation avec la bouche du sexe de l'homme.

félon, onne *a, n* Litt Qui manque à la foi jurée ; traître.

félonie *nf* Litt Déloyauté ; traîtrise.

felouque *nf* Petit navire à voiles du Nil.

fêlure *nf* Fente d'une chose fêlée.

femelle *nf* Animal du sexe féminin. ■ *a* 1 Propre à la femelle. 2 Qualifie une pièce présentant un évidement dans lequel vient s'insérer la saillie de la pièce mâle. *Fiche femelle.*

féminin, ine *a* Propre à la femme. Loc VERSIF *Rime féminine :* terminée par un *e* muet. ■ *a, nm* GRAM Se dit du genre grammatical qui s'oppose au masculin.

féminisation *nf* Action de féminiser.

féminiser *vt* 1 Donner le type, le caractère féminin à. 2 Faire accéder un plus grand nombre de femmes à une catégorie sociale. ■ *vpr* Comporter davantage de femmes.

féminisme *nm* Attitude favorable à l'extension des droits de la femme.

féministe *a, n* Qui relève du féminisme.

féminité *nf* Ensemble des qualités attribuées à la femme.

femme *nf* 1 Être humain adulte du sexe féminin. 2 Épouse. Loc *Fam Bonne femme :* femme, avec une intention péjorative ou affective. *Femme de ménage :* rétribuée pour faire le ménage dans une maison. *Femme de chambre :* attachée au service particulier d'une dame ou chargée du service des chambres dans un hôtel. *Prendre femme :* se marier.

femmelette *nf Fam* Personne faible et sans courage.

fémoral, ale, aux *a* ANAT De la cuisse.

fémur *nm* Os de la cuisse.

fenaison *nf* Action de couper et de faner les foins.

1. fendant *nm* Vin blanc réputé de Suisse.

2. fendant, ante *a Fam* Drôle.

fendillement *nm* Action de se fendiller.

fendiller *vt* Produire de petites fentes à. ■ *vpr* Se craqueler.

fendre *vt* [5] 1 Couper, diviser un corps solide dans le sens longitudinal. 2 Crevasser, craqueler. *Fendre le sol.* Loc *Fendre le cœur, l'âme :* faire ressentir un grand chagrin. ■ *vpr* 1 Se diviser, se couvrir de fentes. 2 *Fam* Donner. *Se fendre de cent francs.*

fenêtre *nf* 1 Ouverture dans le mur d'une construction pour donner du jour et de l'air. 2 Châssis vitré fermant cette ouverture. 3 INFORM Zone de l'écran où peuvent s'inscrire des informations.

fennec *nm* Petit renard du Sahara.

fenouil *nm* Plante aromatique et comestible.

fente *nf* Ouverture étroite et longue ; fissure.

féodal, ale, aux *a* Relatif à un fief, à la féodalité. ■ *nm* Grand propriétaire terrien.

féodalisme *nm* Système féodal.

féodalité *nf* 1 Organisation politique du Moyen Âge, dans laquelle des fiefs étaient concédés par des seigneurs à des vassaux contre certaines obligations. 2 Système social rappelant la féodalité. *La féodalité financière.*

fer *nm* 1 Métal gris blanc ductile, ferromagnétique, utilisé en métallurgie. 2 Objet en fer, en métal. 3 Outil en fer. *Fer à repasser.* 4 Fleuret, épée, sabre. Loc *Âge du fer :* période où se répandit l'usage du fer (v. 850 av. J.-C.). *De fer :* résistant, dur comme le fer. *Fer à cheval :* bande de fer recourbée pour protéger les sabots des chevaux. *Fam Tomber les quatre fers en l'air :* tomber sur le dos. *En fer à cheval :* en demi-cercle. ■ *pl* Entraves d'un prisonnier.

fer-blanc *nm* Tôle d'acier doux recouverte d'étain. *Des fers-blancs.*

ferblanterie *nf* Industrie d'objets en fer-blanc.

feria [feʁja] *nf* Grande fête annuelle dans le midi de la France.

férié, ée *a* Loc *Jour férié :* où on ne travaille pas à l'occasion d'une fête.

féringien, enne *a, n* Des îles Féroé.

férir *vt* Loc *Sans coup férir :* sans difficulté.

ferler *vt* MAR Plier une voile.

fermage *nm* Loyer d'une terre prise à bail.

fermant, ante *a* Se dit d'un couteau dont la lame se replie.

1. ferme *a* 1 Qui offre une certaine résistance. *Fromage à pâte ferme.* 2 Stable. *Ferme sur ses pieds.* 3 Qui ne se laisse pas ébranler. *Ferme dans ses résolutions.* 4 Qui fait preuve d'autorité. *Ferme avec les enfants.* 5 Sans sursis. *Prison ferme.* Loc *De pied ferme :* résolument. ■ *av* Avec ardeur. Loc *Tenir ferme :* résister vigoureusement.

2. ferme *nf* 1 Convention par laquelle un propriétaire loue un bien rural ; domaine ainsi exploité. 2 Toute exploitation agricole ; habitation de l'agriculteur.

fermé, ée *a* 1 Inaccessible. *Milieu fermé.* 2 Insensible. *Fermé à la pitié.* Loc *Visage fermé :* impénétrable.

ferme-auberge *nf* Ferme servant des repas élaborés avec ses propres produits. *Des fermes-auberges.*

fermement *av* De façon ferme.

ferment *nm* 1 Agent d'une fermentation. 2 Litt Ce qui entretient les passions. *Un ferment de discorde.*

fermentation *nf* 1 Dégradation d'une substance par un microorganisme. 2 Litt Effervescence des esprits.

fermentescible *a* Qui peut fermenter.

fermenter *vi* Être en fermentation.

fermer *vt* 1 Boucher une ouverture. 2 Isoler de l'extérieur. *Fermer une chambre.* 3 Rapprocher les parties de qqch. *Fermer les yeux.* 4 Interdire l'accès de. *Fermer un établissement.* 5 Arrêter la circulation, le fonctionnement de. *Fermer l'eau, l'électricité.* Loc *Fermer la marche :* marcher le dernier. Pop *La fermer :* se taire. ■ *vi* Être, rester fermé. *On ferme à cinq heures.*

fermeté *nf* 1 État de ce qui est ferme. 2 Énergie, autorité. *Parler avec fermeté.*

fermette *nf* Petite ferme.

fermeture *nf* 1 Dispositif servant à fermer. 2 Action de fermer ; état d'un établissement fermé. *Heure de la fermeture.*

fermier, ère *n* Exploitant agricole. Loc *Fermier général :* sous l'Ancien Régime, financier qui percevait certains impôts. ■ *a* De ferme. *Beurre fermier.*

fermion *nm* PHYS Particule, tels l'électron, le proton, etc.

fermoir *nm* Agrafe ou attache qui sert à tenir fermé un sac, un collier.

féroce *a* Cruel, sans pitié.

férocement *av* De façon féroce.

férocité *nf* Caractère féroce.

ferraille *nf* 1 Pièces métalliques hors d'usage. 2 *Fam* Petite monnaie.

ferrailler *vi* Se battre au sabre ou à l'épée.

ferrailleur *nm* Marchand de ferraille.

ferré, ée *a, nm* Loc *Fam Être ferré sur :* être compétent en. *Voie ferrée :* voie constituée par deux rails reliés par des traverses.

ferrer *vt* 1 Garnir de fer, de ferrures. 2 Garnir de fers les sabots d'une bête. **Loc** *Ferrer le poisson :* bien l'accrocher à l'hameçon d'un coup sec.

ferret *nm* Embout d'un lacet.

ferreux, euse *a* Qui contient du fer.

ferrite *nf* Variété de fer, l'un des constituants de l'acier.

ferromagnétique *a* Doué de ferromagnétisme.

ferromagnétisme *nm* Propriété de certaines substances (fer, cobalt, nickel) d'acquérir une forte aimantation.

ferronnerie *nf* Art du fer forgé ; objets ainsi forgés.

ferronnier, ère *n* Qui fabrique de la ferronnerie d'art.

ferroutage *nm* Transport par rail et par route.

ferroviaire *a* Relatif aux chemins de fer.

ferrugineux, euse *a* Qui contient du fer.

ferrure *nf* Garniture de fer.

ferry ou **ferry-boat** *nm* Navire transportant des wagons et des automobiles. *Des ferry-boats.*

fertile *a* 1 Qui fournit des récoltes abondantes. 2 Riche en. *Voyage fertile en incidents.* 3 Fécond. *Imagination fertile.*

fertilisant, ante *a, nm* Qui fertilise.

fertilisation *nf* Action de fertiliser.

fertiliser *vt* Rendre fertile.

fertilité *nf* Qualité fertile.

féru, ue *a* **Loc** Litt *Féru de :* passionné de.

férule *nf* **Loc** Litt *Sous la férule de :* sous l'autorité de.

fervent, ente *a, n* Qui éprouve ou manifeste de la ferveur.

ferveur *nf* Ardeur des sentiments.

fesse *nf* Chacune des parties charnues qui forment le derrière de l'homme et de certains animaux. **Loc** *Fam Serrer les fesses :* avoir peur.

fessée *nf* Correction donnée sur les fesses.

fesser *vt* Donner une fessée.

fessier, ère *a* Des fesses. ■ *nm* Les deux fesses.

fessu, ue *a* Fam Qui a de grosses fesses.

festif, ive *a* De la fête. *Ambiance festive.*

festin *nm* Repas somptueux, excellent.

festival *nm* Manifestation artistique organisée à époque fixe. *Des festivals.*

festivalier, ère *n, a* Qui fréquente un festival.

festivités *nfpl* Fêtes, cérémonies.

fest-noz *nm inv* Fête traditionnelle bretonne.

feston *nm* 1 Guirlandes de feuilles et de fleurs. 2 Bordure brodée.

festonner *vt* Orner de festons.

festoyer *vi* [22] Faire bonne chère.

feta *nf* Fromage grec au lait de brebis.

fêtard, arde *n* Fam Qui fait la fête.

fête *nf* 1 Jour consacré à commémorer un fait religieux, historique, un saint, etc. 2 Réjouissances. **Loc** *Faire fête à qqn :* lui réserver un accueil chaleureux. *Faire la fête :* mener joyeuse vie. *N'être pas à la fête :* être dans une situation désagréable.

Fête-Dieu *nf* Fête de l'Eucharistie. *Des Fêtes-Dieu.*

fêter *vt* 1 Célébrer une fête ou par une fête. 2 Accueillir chaleureusement.

fétiche *nm* Objet magique, porte-bonheur.

féticheur *nm* Sorcier, dans les religions animistes.

fétichisme *nm* 1 Culte des fétiches. 2 Attachement, admiration excessifs à l'égard de qqch ou de qqn.

fétichiste *a, n* Qui relève du fétichisme.

fétide *a* Qui sent très mauvais.

fétidité *nf* Caractère fétide.

fétu *nm* Brin de paille.

1. feu, feue *a* Litt Défunt (au sing et invariable sauf entre le déterminant et le nom). *La feue reine. Feu la reine.*

2. feu *nm* 1 Flamme. 2 Corps en combustion ; chaleur dégagée par ce corps. 3 Incendie. *Feu de forêt.* 4 Lumière d'éclairage. 5 Signal lumineux réglant la circulation. **Loc** *Feu de Bengale :* pièce d'artifice qui brûle avec une flamme colorée. *De feu :* ardent, passionné. *Coup de feu :* décharge d'arme (fusil, pistolet, etc.) ; moment de presse. *Faire feu :* tirer. *À petit feu :* lentement. *A feu et à sang :* par l'incendie et le massacre. *Aller au feu :* au combat. *Ne pas faire long feu :* ne pas durer longtemps. *N'y voir que du feu :* ne rien comprendre. ■ *pl* Éclat très vif. *Les feux d'une pierre précieuse.* **Loc** *Entre deux feux :* attaqué de deux côtés.

feudataire *nm* HIST Possesseur d'un fief.

feuillage *nm* Feuilles d'un arbre ; branches coupées garnies de feuilles.

feuillaison *nf* BOT Développement des feuilles.

feuillant, ante, feuillantine *n* HIST Religieux, religieuse membre d'un ancien ordre détaché des cisterciens.

feuillard *nm* Bande plate servant à l'emballage.

feuille *nf* 1 Partie d'un végétal, généralement verte, plate et mince. 2 Morceau de papier quadrangulaire. 3 Document portant des indications. 4 Plaque très mince. *Feuille de tôle.*

feuillées *nfpl* Vx Latrines.

feuille-morte *a inv* Brun-roux.

feuillet *nm* 1 Chacune des feuilles d'un livre, d'un cahier, etc. 2 Troisième poche de l'estomac des ruminants.

feuilletage *nm* Pâte feuilletée.

feuilleté, ée *a* Formé de minces couches superposées. **Loc** *Pâte feuilletée :* pâte à gâteaux travaillée pour se diviser en fines feuilles. ■ *nm* Pâtisserie faite avec cette pâte.

feuilleter *vt* [19] Tourner les feuilles d'un livre ; parcourir hâtivement.

feuilleton *nm* Œuvre de fiction paraissant par épisodes dans un journal, à la télévision.

feuilletoniste *n* Qui écrit des feuilletons.

feuillu, ue *a* Qui a beaucoup de feuilles.

feuillure *nf* TECH Entaille pratiquée dans un panneau pour recevoir une autre pièce.

feulement *nm* Cri du tigre, du chat.

feuler *vi* Pousser un feulement.

feutrage *nm* Action de feutrer.

feutre *nm* 1 Étoffe non tissée faite de poils ou de laines agglutinés et foulés. 2 Chapeau de feutre. 3 Stylo, crayon dont la pointe est faite de fibres synthétiques.

feutré, ée *a* 1 Qui a l'aspect du feutre. 2 Silencieux, discret. *Atmosphère feutrée.* **Loc** *À pas feutrés :* sans bruit.

feutrer *vt* Donner l'aspect du feutre à une étoffe. ■ *vi, vpr* Prendre l'aspect du feutre.

feutrine *nf* Feutre léger.

fève *nf* 1 Plante potagère dont la graine est comestible. 2 Figurine qu'on cache dans une galette le jour de l'Épiphanie.

féverole *nf* Variété de fève pour le bétail.

février *nm* Deuxième mois de l'année, qui compte 28 ou 29 jours.

fez *nm* Coiffure tronconique portée dans certains pays musulmans.

fi ! *interj* Litt Marque le dégoût. Loc Litt *Faire fi de :* mépriser.

fiabiliser *vt* Rendre fiable, sûr.

fiabilité *nf* Probabilité de bon fonctionnement.

fiable *a* 1 Qui a un certain degré de fiabilité. 2 À qui on peut se fier. *Témoin fiable.*

fiacre *nm* Voiture de louage hippomobile.

fiançailles *nfpl* Promesse mutuelle de mariage.

fiancé, ée *n* Qui s'est engagé au mariage.

fiancer *vt* [10] Promettre en mariage par la cérémonie des fiançailles. ■ *vpr* S'engager au mariage.

fiasco *nm* Échec complet.

fiasque *nf* Bouteille à long col et à large panse, entourée de paille.

fibranne *nf* (n déposé) Tissu artificiel.

fibre *nf* 1 Expansion cellulaire allongée et fine. *Fibres musculaires.* 2 Filament de certaines plantes, de certaines matières. 3 Litt Disposition à éprouver certains sentiments. *La fibre paternelle.* Loc *Fibre de verre :* filament obtenu par étirage de verre fondu. *Fibre optique :* fibre utilisée pour la transmission d'informations.

fibreux, euse *a* Formé de fibres.

fibrillation *nf* MED Contractions désordonnées des fibres cardiaques.

fibrille [-bʀij] *nf* Petite fibre.

fibrine *nf* BIOL Protéine insoluble qui forme la majeure partie du caillot sanguin.

fibrinogène *nm* BIOL Protéine synthétisée par le foie, qui se transforme en fibrine.

fibroblaste *nm* BIOL Cellule du tissu conjonctif, participant à l'élaboration du collagène.

fibrociment *nm* (n déposé) Matériau constitué de ciment et d'amiante. Syn. amiante-ciment.

fibromateux, euse *a* MED Du fibrome.

fibromatose *nf* MED Affection résultant de plusieurs fibromes.

fibrome *nm* Tumeur fibreuse bénigne.

fibroscope *nm* MED Endoscope flexible à fibres de quartz.

fibroscopie *nf* MED Examen réalisé au moyen d'un fibroscope.

fibrose *nf* MED Évolution fibreuse d'un organe.

fibule *nf* ANTIQ Agrafe.

ficaire *nf* Petite plante à fleurs jaune d'or.

ficelage *nm* Action de ficeler.

ficeler *vt* [18] 1 Lier avec de la ficelle. 2 Fam Habiller. 3 Fam Concevoir, écrire.

ficelle *nf* Corde très mince. ■ *pl* Loc *Tirer les ficelles :* agir sur les autres sans être connu. *Les ficelles du métier :* ses trucs.

fichage *nm* Action de ficher qqn.

fiche *nf* 1 Feuille sur laquelle on inscrit des renseignements destinés à être classés. 2 TECH Cheville.

1. ficher ou **fiche** *vt* 1 Fam Mettre, donner avec force. *Ficher une claque.* 2 Fam Il n'a rien fichu cette année. ■ *vpr* Fam Se moquer. *Tu te fiches de moi ?*

2. ficher *vt* 1 Noter un renseignement sur une fiche. 2 Faire figurer qqn dans un fichier de police, un fichier informatique.

fichier *nm* 1 Ensemble de fiches. 2 Ensemble d'informations traitées par l'ordinateur.

fichtre ! *interj* Fam Marque l'étonnement.

fichtrement *av* Fam Extrêmement.

1. fichu, ue *a* Fam Mauvais, détestable, désagréable. *Un fichu caractère.* Loc *Être fichu :* être dans un état désespéré ; être manqué, raté. *Être fichu de :* être capable de.

2. fichu *nm* Étoffe triangulaire que les femmes se mettent sur les épaules ou sur la tête.

fictif, ive *a* Imaginaire, inventé.

fiction *nf* Ce qui relève de l'imaginaire ; création littéraire.

fictionnel, elle *a* De la fiction, des œuvres de fiction.

fictivement *av* De façon fictive.

ficus [-kys] *nm* Plante d'appartement appelée aussi *caoutchouc.*

fidèle *a* 1 Qui remplit ses engagements. 2 Constant dans son attachement. 3 Qui respecte la vérité, exact. ■ *n* Qui pratique une religion.

fidèlement *av* De façon fidèle.

fidélisation *nf* Action de fidéliser.

fidéliser *vt* Rendre fidèle une clientèle.

fidélité *nf* Caractère fidèle de qqn, de qqch.

fiduciaire *a* FIN Se dit de valeurs fondées sur la confiance que le public accorde à l'organisme émetteur.

fief *nm* 1 FEOD Domaine d'un vassal. 2 Domaine exclusif de qqn. *Fief électoral.*

fieffé, ée *a* Qui a tel vice au suprême degré. *Un fieffé coquin.*

fiel *nm* 1 Bile. 2 Litt Animosité, amertume.

fielleux, euse *a* Litt Amer, méchant.

fiente [fjɑ̃t] *nf* Excrément d'animaux.

1. fier, fière [fjɛʀ] *a, n* Hautain, méprisant. *Faire le fier.* ■ *a* 1 Qui tire un certain orgueil de qqch. 2 Noble, élevé. *Âme fière.* 3 Fam Remarquable en son genre. *Un fier imbécile.*

2. fier (se) *vpr* Mettre sa confiance en. *Se fier à un ami.*

fier-à-bras *nm* Fanfaron. *Des fier(s)-à-bras.*

fièrement *av* De façon fière.

fierté *nf* Caractère fier.

fiesta *nf* Fam Fête.

fièvre *nf* 1 Élévation anormale de la température du corps. 2 Agitation provoquée par la passion. *La fièvre du combat.*

fiévreusement *av* De façon fiévreuse.

fiévreux, euse *a* 1 Qui a ou dénote de la fièvre. 2 Agité, désordonné. *Attente fiévreuse.*

fifre *nm* Petite flûte au son aigu.

fifrelin *nm* Fam Chose sans valeur.

fifty-fifty [fifti-] *av* Moitié-moitié.

figé, ée *a* Stéréotypé. *Locution figée.*

figer *vt* [11] 1 Rendre solide un liquide gras par le froid. 2 Immobiliser qqn, son visage.

fignolage *nm* Fam Action de fignoler.

fignoler *vt* Fam Apporter un soin très minutieux.

figue *nf* Fruit charnu, comestible du figuier. Loc *Figue de Barbarie :* fruit comestible de l'opuntia. ■ *a inv* Loc *Mi-figue, mi-raisin :* plaisant d'un côté et désagréable de l'autre ; ambigu.

figuier *nm* Arbre méditerranéen qui produit les figues. Loc *Figuier de Barbarie :* opuntia.

figurant, ante *n* 1 Acteur de complément au théâtre, au cinéma. 2 Qui joue un rôle secondaire dans une affaire.

figuratif, ive *a* Qui est la représentation, la figure de qqch. ■ *a, n* Peintre qui représente les formes des objets (par oppos. à abstrait).

figuration nf 1 Action de représenter qqch sous une forme visible. 2 Ensemble des figurants au théâtre, au cinéma.

figure nf 1 Visage. *Se laver la figure.* 2 Mine, contenance. *Faire bonne figure.* 3 Personnalité marquante. 4 Représentation d'un être humain, d'un animal par le dessin, la sculpture. 5 GEOM Ensemble de lignes ou de surfaces. Loc *Figure de rhétorique* : procédé de langage destiné à rendre la pensée plus frappante. *Faire figure de* : présenter les apparences de.

figuré, ée a, nm Loc *Sens figuré* : métaphorique, par oppos. au sens propre.

figurer vt 1 Représenter qqn, qqch. 2 Avoir l'aspect de. *Le décor figure une place publique.* ■ vi Apparaître, se trouver. *Son nom figure sur la liste.* ■ vpr Se représenter par l'imagination.

figurine nf Statuette.

fil nm 1 Brin mince et long de matière végétale, animale ou synthétique. 2 Métal étiré. *Fil de fer.* 3 Direction des fibres (de la viande, du bois). 4 Courant d'un cours d'eau. 5 Liaison, enchaînement. *Perdre le fil de ses idées.* 6 Tranchant d'une arme, d'un outil. *Le fil d'un rasoir.* Loc *De fil en aiguille* : d'un propos à l'autre. *Ne tenir qu'à un fil* : être précaire, instable. *Fil d'Ariane, fil conducteur, fil rouge* : qui permet de se guider dans des recherches difficiles. *Fil à plomb* : fil tendu par un poids et donnant la verticale. *Passer un coup de fil* : téléphoner. *Fils de la vierge* : fils tendus par certaines araignées.

fil-à-fil nm inv Tissu chiné.

filage nm Action de filer des fibres textiles.

filaire nm Ver parasite de l'homme et des animaux.

filament nm 1 Brin long et fin de matière animale ou végétale. 2 Fil très fin pour le passage du courant électrique.

filamenteux, euse a Formé de filaments.

filandreux, euse a 1 Rempli de fibres longues. 2 Embrouillé, confus.

filant, ante a Qui file. *Liquide filant.* Loc *Étoile filante* : météorite porté à incandescence.

filao nm Bois du casuarina.

filariose nf Parasitose causée par un filaire.

filasse nf Amas de filaments du chanvre, du lin, etc. ■ a inv Loc *Blond filasse* : jaune pâle.

filature nf 1 Opération de transformation des matières textiles ; usine textile. 2 Surveillance faite en filant qqn.

file nf Suite de personnes ou de choses qui se suivent ; colonne, rangée. *File de voitures. File d'attente.* Loc *A la file, en file, en file indienne* : l'un derrière l'autre.

filé nm Fil destiné à être tissé.

filer vt 1 Amener une matière textile à l'état de fil. 2 Sécréter des fils. *L'araignée file sa toile.* 3 MAR Larguer, mollir un cordage. 4 Suivre qqn pour le surveiller. 5 Pop Donner. Loc *Filer le parfait amour* : vivre un amour heureux. *Filer tant de nœuds* : avoir une vitesse de tant de milles à l'heure (bateau). ■ vi 1 Couler en filet. *Le miel file.* 2 Se défaire. *Bas qui file.* 3 Fam Aller, s'en aller rapidement. *Filer à toute allure.* Loc *Filer à l'anglaise* : partir sans être vu. *Filer doux* : devenir docile.

filet nm 1 ANAT Frein de la langue. 2 Trait mince divisant un texte. 3 TECH Rainure hélicoïdale d'un écrou, d'une vis. 4 Écoulement ténu. *Un filet d'eau.* 5 Morceau charnu du dos du bœuf ; bande de chair de poisson. 6 Réseau, ouvrage à larges mailles, servant à divers usages. *Filet à cheveux. Filet à provisions. Filet de volley-ball.* Loc *Filet de voix* : voix très faible. *Coup de filet* : opération policière en vue d'arrestations. *Travailler sans filet* : en prenant de grands risques.

filetage nm TECH Ensemble des filets d'une pièce, d'une vis.

fileter vt [19] Exécuter le filetage d'une pièce.

fileur, euse n Qui file une matière textile.

filial, ale, aux a Propre au fils, à la fille. *Amour filial.* ■ nf Société contrôlée et dirigée par une société mère.

filialiser vt Découper une entreprise entre plusieurs filiales.

filiation nf 1 Lien de parenté qui unit l'enfant à ses parents ; descendance directe. 2 Liaison, enchaînement de choses. *La filiation des mots.*

filière nf 1 TECH Pièce pour étirer une matière en fil, pour fileter une vis. 2 Suite de formalités, d'épreuves, etc., pour obtenir un résultat, faire une carrière. 3 Suite d'intermédiaires. *Remonter la filière de la drogue.* 4 Suite de phases constituant un processus de production. 5 PHYS Ensemble de réacteurs nucléaires fonctionnant selon le même principe.

filiforme a Mince comme un fil, grêle.

filigrane nm 1 Ouvrage d'orfèvrerie à jour. 2 Empreinte de lettres et figures dans le corps du papier. Loc *En filigrane* : à l'arrière-plan.

filin nm MAR Cordage, câble.

fille nf 1 Personne de sexe féminin, par rapport aux parents. 2 Enfant, personne jeune de sexe féminin. Loc *Jeune fille* : qui n'est pas mariée. *Vieille fille* : célibataire âgée. *Fille mère* : mère célibataire. *Fille de joie* ou *fille* : prostituée.

fillette nf Petite fille.

filleul, eule n Personne par rapport à ses parrain et marraine.

film nm 1 Pellicule, couche très mince d'une substance. 2 Bande mince recouverte d'une couche sensible servant pour la photo et le cinéma. 3 Œuvre cinématographique.

filmage nm Action de filmer ; tournage.

filmer vt Enregistrer sur film.

filmique a Relatif au film, au cinéma.

filmographie nf Ensemble des films réalisés par un cinéaste.

filon nm 1 GEOL Masse longue et étroite de minéraux recoupant des couches de nature différente. 2 Fam Source facile d'avantages divers.

filonien, enne a GEOL Qui concerne les filons, qui en résulte.

filou nm, a Fam Voleur adroit, rusé.

filouter vt Fam Tricher, voler.

filouterie nf Fam Escroquerie.

fils [fis] nm 1 Personne du sexe masculin, par rapport aux parents. 2 Qui est issu, originaire de. *Fils du peuple.* Loc *Fils de famille* : d'une famille riche. *Fils spirituel* : disciple d'un maître. *Être (le) fils de ses œuvres* : ne devoir sa situation qu'à soi-même.

filtrage nm Action de filtrer.

filtrant, ante a Qui sert à filtrer. Loc *Virus filtrant* : qui traverse les filtres les plus fins.

filtrat nm CHIM Liquide épuré, filtré.

228

filtre nm 1 Corps poreux ou appareil servant à purifier un liquide ou un gaz, à faire passer un liquide. 2 Appareil qui absorbe une partie du rayonnement qui le traverse.
filtrer vt 1 Faire passer par un filtre. 2 Soumettre à un contrôle. ■ vi 1 Traverser un corps. *L'eau a filtré.* 2 Apparaître. *La vérité commence à filtrer.*
1. fin nf 1 Point ultime d'une durée ; terme. 2 Mort. *Une fin tragique.* 3 Extrémité, bout. *La fin d'un chemin.* 4 But. *La fin justifie les moyens.* Loc *Prendre fin* : cesser. *Mettre fin à* : faire cesser. *Sans fin* : sans arrêt. *En fin de compte* : en définitive. *À la fin* : enfin. *À toutes fins utiles* : pour tout usage éventuel.
2. fin, fine a 1 Très pur. *Or fin.* 2 D'une qualité supérieure. *Épicerie fine.* 3 D'une grande sensibilité. *Avoir l'ouïe fine.* 4 Perspicace, subtil, délicat. *Remarque fine.* 5 Menu, ténu, mince. *Pluie fine. Trait fin. Fine pellicule.* Loc *Jouer au plus fin* : rivaliser d'adresse. *Le fin mot d'une chose* : son motif véritable. ■ nm Loc *Le fin du fin* : ce qu'il y a de mieux. ■ av Tout à fait. *Nous voici fin prêts.*
1. final, ale, aux a 1 Qui finit, qui est à la fin. *Consonne finale.* 2 GRAM Qui marque l'idée de but. *Conjonction finale (pour que, afin que, etc.).* ■ nf 1 Syllabe ou lettre finale d'un mot. 2 Dernière épreuve d'une compétition.
2. final ou **finale** nf Dernière partie d'une symphonie, d'une sonate, d'un opéra.
finalement av À la fin, pour en terminer.
finalisation nf Action de finaliser.
finaliser vt 1 Orienter vers un but précis. 2 Mettre au point dans ses moindres détails. *Finaliser un projet.*
finaliste n, a Qualifié pour une finale.
finalité nf Caractère de ce qui tend vers un but.
finançable a Qu'on peut financer.
finance nf Ensemble des grandes affaires d'argent, de ceux qui les manient. *La haute finance.* Loc *Moyennant finance* : contre une certaine somme d'argent. ■ pl 1 Argent de l'État ; son administration. 2 Ressources pécuniaires d'une société, d'un particulier.
financement nm Action de financer.
financer vt [10] Fournir des capitaux, de l'argent.
financier, ère a Relatif à l'argent, aux finances. ■ nm Qui fait des opérations d'argent.
financièrement av En ce qui concerne les finances.
finasser vi Fam User de subterfuges, de finesses.
finasserie nf Fam Finesse rusée.
finaud, aude a, n Rusé.
fine nf Eau-de-vie supérieure.
finement av De façon fine.
finesse nf 1 Qualité de ce qui est délicat, fin. 2 Subtilité, acuité sensorielle.
finette nf Étoffe de coton à envers pelucheux.
fini, ie a 1 Parfait, achevé. 2 Usé intellectuellement. ■ nm 1 Perfection. Manquer de fini. 2 Ce qui a des bornes. *Le fini et l'infini.*
finir vt 1 Mener à son terme. *Finir un ouvrage. Finir de déjeuner.* 2 Terminer. *Finissez vos querelles.* ■ vi 1 Arriver à son terme. *Le spectacle finit tard.* 2 Avoir telle issue. *Un film qui finit bien.* 3 Mourir. Loc *En finir* : arriver à une solution. *Finir par* : arriver finalement à.

finish nm inv Dernier effort en fin d'épreuve.
finissage nm Parachèvement.
finisseur, euse n Concurrent qui termine bien les courses.
finition nf Achèvement des derniers détails d'un ouvrage.
finlandais, aise a, nm De Finlande.
finnois, oise a, n D'un peuple de Finlande. ■ nm Langue parlée en Finlande.
finno-ougrien, enne a, nm Se dit de langues, tels le finnois et le hongrois, formant un groupe.
fiole nf Petite bouteille de verre à col étroit.
fioriture nf Ornement ajouté.
fioul nm Produit dérivé du pétrole, utilisé comme combustible. Syn. fuel.
firmament nm Litt Voûte céleste.
firme nf Entreprise commerciale ou industrielle.
fisc nm Administration chargée du recouvrement des taxes et des impôts.
fiscal, ale, aux a Du fisc. *Agent fiscal.*
fiscalement av Du point de vue fiscal.
fiscalisation nf Action de fiscaliser.
fiscaliser vt Soumettre à l'impôt.
fiscaliste n Spécialiste du droit fiscal.
fiscalité nf Ensemble des lois destinées à fournir les ressources d'un État par l'impôt.
fish-eye [fiʃaj] nm Objectif photographique couvrant un champ très large. *Des fish-eyes.*
fissible ou **fissile** a PHYS Susceptible de subir la fission nucléaire.
fission nf PHYS Division d'un noyau atomique lourd, libérant de l'énergie.
fissuration nf Formation d'une fissure.
fissure nf Petite fente.
fissurer vt Diviser par des fissures, craqueler. ■ vpr Se crevasser, se craqueler.
fiston nm Fam Fils.
fistule nf MED Voie anormale, suivie par un liquide physiologique ou pathologique.
fistuline nf Champignon rouge vivant sur le tronc des chênes et des châtaigniers.
fixage nm 1 Action de rendre fixe. 2 TECH Action de fixer une photo, un dessin.
fixateur, trice a Qui fixe. ■ nm Produit servant à fixer un cliché photographique.
fixatif nm Vernis servant à fixer un dessin.
fixation nf 1 Action de fixer. 2 Ce qui sert à fixer. *Les fixations de skis.*
fixe a 1 Immobile. 2 Certain, déterminé. *Venir à heure fixe.* 3 Obsédant. *Idée fixe.* ■ nm Rémunération régulière, assurée.
fixement av De façon fixe.
fixer vt 1 Rendre fixe ; assujettir. *Fixer un cadre.* 2 Établir durablement. *Fixer sa résidence dans telle ville.* 3 Regarder avec attention. 4 Régler, arrêter, déterminer. *Fixer un rendez-vous.* 5 Renseigner qqn exactement. 6 TECH Rendre inaltérables une photo, un dessin. Loc *Fixer l'attention* : la retenir. ■ vpr 1 S'établir durablement. 2 Choisir finalement. *Se fixer sur une date de vacances.*
fixing [fiksiŋ] nm FIN Cotation de l'or.
fixité nf Caractère fixe.
fjord [fjɔʀd] nm Vallée glaciaire envahie par la mer.
flac ! interj Bruit de choc.
flaccidité [flaksi-] nf État flasque.
flacon nm Petite bouteille.

flaconnage nm Présentation en flacons.

flagada a inv Fam Sans vigueur.

flagellation nf Action de flageller.

flagelle nm BIOL Organe mobile assurant la locomotion d'organismes unicellulaires.

flagellé nm ZOOL Protiste pourvu de flagelles.

flageller vt Donner des coups de fouet.

flageoler vi Trembler des jambes.

flageolet nm 1 Flûte à bec. 2 Petit haricot.

flagorner vt Flatter bassement.

flagornerie nf Flatterie servile.

flagorneur, euse n, a Qui flagorne.

flagrant, ante a Évident, patent. *Mensonge flagrant.* Loc *Flagrant délit* : délit commis sous les yeux de celui qui le constate.

flair nm 1 Odorat d'un animal. 2 Sagacité, perspicacité.

flairer vt 1 Discerner par l'odorat ; sentir. 2 Pressentir. *Flairer un piège.*

flamand, ande a, n De Flandre. ■ nm Langue néerlandaise parlée en Belgique.

flamant nm Grand oiseau au plumage rose, noir ou écarlate.

flambage nm Action de passer au feu.

flambant, ante a Qui flambe. Loc *Flambant neuf* : tout neuf *(flambant inv).*

flambard ou **flambart** nm Fam Fanfaron.

flambeau nm 1 Torche, chandelle. 2 Chandelier, candélabre. Loc *Se passer le flambeau* : continuer la tradition.

flambée nf 1 Feu vif et de courte durée. 2 Forte poussée subite. *Une flambée de violence.*

flamber vi 1 Brûler d'un feu vif. 2 Fam Augmenter brutalement. *Le chômage a flambé en mars.* ■ vt 1 Passer à la flamme. *Flamber une volaille.* 2 Arroser d'alcool que l'on fait brûler. 3 Pop Dilapider follement. Loc Fam *Être flambé* : ruiné.

flambeur, euse n Pop Qui dilapide son argent au jeu ou qui joue gros jeu.

flamboiement nm Éclat flamboyant.

flamboyant, ante a Qui flamboie. Loc *Gothique flamboyant* : aux ornements contournés (XVᵉ s.). ■ nm Arbre tropical à floraison rouge.

flamboyer vi [22] 1 Jeter des flammes vives. 2 Litt Briller comme une flamme.

flamenco [-men-] nm Genre musical originaire d'Andalousie.

flamiche nf Tarte aux poireaux.

flamine nm ANTIQ Prêtre romain.

flamingant, ante a, n Qui parle flamand ; nationaliste flamand.

flamme nf 1 Produit gazeux et incandescent d'une combustion. 2 Passion ardente, enthousiasme. 3 Pavillon long et étroit, triangulaire. 4 Marque postale apposée à côté du cachet d'oblitération. ■ pl Incendie.

flammé, ée a Loc *Grès flammé* : céramique colorée irrégulièrement par le feu.

flammèche nf Parcelle de matière enflammée qui s'envole d'un foyer.

flan nm 1 Crème prise au four. 2 TECH Disque destiné à recevoir l'empreinte d'une pièce. Loc Pop *En être, en rester comme deux ronds de flan* : être stupéfait. Pop *C'est du flan !* : du bluff.

flanc nm 1 Région latérale du corps comprenant les côtes et la hanche. 2 Côté de diverses choses. *Le flanc d'une montagne.* 3 MILIT Côté droit ou gauche d'une formation. Loc *Prêter le flanc* : s'exposer à un inconvénient. À

flanc de : sur la pente de. *Sur le flanc* : exténué. *Se battre les flancs* : lutter vainement. Fam *Tirer au flanc* : chercher à échapper à un travail.

flancher vi Fam Céder, faiblir.

flanchet nm Morceau du bœuf situé entre la tranche et la poitrine.

flandrin nm Loc Fam *Grand flandrin* : grand garçon d'allure molle et gauche.

flanelle nf Étoffe légère en laine.

flâner vi 1 Se promener sans but. 2 Perdre du temps en lambinant.

flânerie nf Action de flâner.

flâneur, euse n, a Qui flâne.

flanquer vt 1 Être disposé, construit de part et d'autre. *Deux tourelles flanquaient le bâtiment.* 2 Accompagner. *Être flanqué de deux gendarmes.* 3 Fam Lancer, jeter, donner. ■ vpr Loc Pop *Se flanquer par terre* : tomber rudement.

flapi, ie a Fam Abattu, éreinté.

flaque nf Petite mare.

flash [flaʃ] nm 1 Dispositif photographique qui émet un bref éclat de lumière intense. 2 Annonce brève à la radio ou à la télévision.

flash-back [flaʃbak] nm inv Retour en arrière évoquant, au cinéma, une période antérieure.

flasher [flaʃe] vi Fam Éprouver une attirance subite pour. *Flasher sur une robe.*

1. flasque a Mou, dépourvu de fermeté.

2. flasque nf Petit flacon plat.

3. flasque nm Garniture en métal des roues d'une automobile.

flatter vt 1 Louer exagérément pour plaire. 2 Présenter qqn avantageusement. 3 Caresser de la main un animal. 4 Être agréable à qqn. *Flatter le palais, l'oreille.* 5 Encourager qqch de mauvais. *Flatter une manie.* ■ vpr Se faire fort de, prétendre. *Se flatter de réussir.*

flatterie nf Louange fausse ou exagérée.

flatteur, euse n, a Qui flatte.

flatulence nf MED Accumulation de gaz gastro-intestinaux.

flaveur nf Sensations (odeur, goût) résultant de la consommation d'un aliment.

fléau nm 1 Anc Instrument pour battre les céréales. 2 Barre qui supporte les plateaux d'une balance. 3 Grande calamité.

fléchage nm Action de flécher un itinéraire.

flèche nf 1 Projectile qu'on lance avec un arc ou une arbalète. 2 Trait piquant, ironique. 3 Signe en forme de flèche pour indiquer une direction. 4 Pointe d'un clocher, d'une grue, etc. Loc *Faire flèche de tout bois* : recourir à tous les moyens pour arriver à ses fins. *En flèche, comme une flèche* : très rapidement. *Être en flèche* : à l'avant-garde. *La flèche du Parthe* : mot ironique qui termine une conversation.

flécher vt [12] Jalonner avec des flèches.

fléchette nf Petite flèche.

fléchir vt 1 Ployer, courber. *Fléchir les genoux.* 2 Faire céder ; émouvoir, attendrir qqn. ■ vi 1 Se courber, ployer sous une charge. 2 Céder, faiblir, diminuer. *L'intérêt fléchit.*

fléchissement nm Action de fléchir.

fléchisseur nm Muscle qui détermine la flexion d'un membre. Ant extenseur.

flegmatique a Qui a du flegme.

flegme nm Caractère de qqn qui reste toujours calme.

flemmard, arde a, n Fam Paresseux.

flemmarder vi Fam Ne rien faire.

flemme *nf Fam* Paresse.

flétan *nm* Poisson dont le foie fournit une huile riche en vitamines.

flétrir *vt* **1** Faire perdre sa fraîcheur à une plante. **2** Ternir, altérer. *Visage flétri.* **3** *Litt* Stigmatiser, vouer au déshonneur.

flétrissure *nf* **1** Altération de la fraîcheur d'une plante. **2** *Litt* Atteinte grave à la réputation.

fleur *nf* **1** Partie des végétaux qui porte les organes de la reproduction. **2** Plante qui produit des fleurs. **3** Représentation d'une fleur. *Papier à fleurs.* **4** Ce qu'il y a de meilleur. *Fleur de farine.* Loc *La fleur de l'âge* : la jeunesse. *La fine fleur* : l'élite. *Faire une fleur à qqn* : lui accorder une faveur. *Être fleur bleue* : être d'une sentimentalité naïve. *Fam Comme une fleur* : très facilement. *Couvrir de fleurs* : complimenter. *À fleur de* : presque au niveau de. *Avoir les nerfs à fleur de peau* : être très nerveux, facilement irritable. ■ *pl* Moisissures.

fleurdelisé, ée *a* Orné de fleurs de lis.

fleurer *vi Litt* Sentir, exhaler une bonne odeur.

fleuret *nm* Arme d'escrime à lame très fine.

fleurette *nf* Petite fleur. Loc *Conter fleurette* : courtiser.

fleurettiste *n* Escrimeur au fleuret.

fleuri, ie *a* En fleurs, couvert de fleurs. Loc *Teint fleuri* : qui a de l'éclat, de la fraîcheur. *Style fleuri* : orné.

fleurir *vi* **1** Produire des fleurs, être en fleurs. *Les rosiers fleurissent.* **2** Être prospère (en ce sens *florissait* ou *fleurissait* à l'imparfait). *Les arts florissaient.* ■ *vt* Orner de fleurs.

fleuriste *n* Qui cultive les fleurs ou en fait le commerce.

fleuron *nm* **1** Ornement figurant une feuille ou une fleur. **2** Ce qu'il y a de plus remarquable.

fleuve *nm* **1** Grand cours d'eau qui se jette dans la mer. **2** Masse en mouvement. **3** (en apposition) Très long. *Roman fleuve. Discours fleuve.*

flexibiliser *vt* Rendre flexible, souple.

flexibilité *nf* Caractère flexible.

flexible *a* **1** Qui plie aisément sans se rompre. **2** Qui s'adapte aux circonstances. ■ *nm* Tuyau souple.

flexion *nf* **1** Le fait de fléchir. *Flexion des genoux.* **2** LING Ensemble des variations d'un mot selon le genre, le nombre, le cas, etc.

flexionnel, elle *a* LING Qui comporte des flexions. *Langues flexionnelles.*

flibustier *nm* Pirate des mers américaines, aux XVIIᵉ et XVIIIᵉ s.

flic *nm* Pop Policier.

flicage *nm* Pop Surveillance policière.

flingue *nm* Pop Fusil ou pistolet.

flinguer *vt* Pop Tuer avec une arme à feu.

1. flipper [-pœʀ] *nm* Jeu électrique doté d'un mécanisme totalisateur de points.

2. flipper *vi Fam* Être déprimé, mal à l'aise.

flirt [flœʀt] *nm* **1** Jeu amoureux. **2** Personne avec qui l'on flirte. **3** Rapprochement passager avec un adversaire politique.

flirter [flœʀte] *vi* Avoir un flirt.

floc ! *interj* Onomatopée évoquant qqch qui tombe.

flocage *nm* TECH Application de fibres synthétiques sur une surface recouverte d'un adhésif.

flocon *nm* Petite touffe de laine, de neige. ■ *pl* Lamelles de graines de céréales.

floconneux, euse *a* Qui a l'aspect de flocons.

floculation *nf* CHIM Précipitation d'une solution sous forme colloïdale.

flonflons *nmpl* Accents bruyants de musique populaire.

flood [flœd] *a inv* Loc *Lampe flood* : à lumière intense, utilisée en photographie.

flop *nm* Fam Échec.

flopée *nf* Fam Grande quantité.

floraison *nf* **1** Épanouissement des fleurs. **2** Développement, épanouissement.

floral, ale, aux *a* Relatif à la fleur, aux fleurs.

floralies *nfpl* Exposition florale.

flore *nf* BOT Ensemble des espèces végétales d'une région, d'un pays.

floréal *nm* HIST Huitième mois du calendrier républicain (avril-mai).

florentin, ine *a, n* De Florence.

florès *nm* Loc *Litt Faire florès* : avoir du succès.

floriculture *nf* Culture des plantes à fleurs.

florifère *a* BOT Qui porte des fleurs.

florilège *nm* Sélection de choses remarquables.

florin *nm* Anc. unité monétaire des Pays-Bas.

florissant, ante *a* Prospère.

floristique *a* BOT De la flore. ■ *nf* Étude de la flore.

flot *nm* **1** Eau, liquide en mouvement. *Le flot de la Seine, de la mer.* **2** Grande quantité. *Un flot de paroles.* Loc *À flot* : qui flotte. *Être à flot* : avoir suffisamment d'argent. *Remettre à flot* : renflouer. ■ *pl Litt* La mer. Loc *À flots* : abondamment.

flottable *a* Qui permet le flottage du bois.

flottage *nm* Transport par eau du bois qu'on fait flotter.

flottaison *nf* Loc *Ligne de flottaison* : niveau atteint par l'eau sur la coque d'un navire.

flottant, ante *a* **1** Qui flotte. **2** Ample et ondoyant. **3** Incertain, irrésolu. **4** Dont le taux de change varie (monnaie). ■ *nm* Short de sport.

flotte *nf* **1** Groupe de navires naviguant ensemble. **2** Ensemble des navires ou des avions d'une nation. **3** Fam Eau, pluie.

flottement *nm* **1** Mouvement d'ondulation. **2** Hésitation, irrésolution.

flotter *vi* **1** Être porté par un liquide. *Des épaves flottaient à la surface.* **2** Onduler, voltiger en ondoyant. *Des drapeaux flottaient au vent.* **3** Être hésitant, irrésolu, incertain. **4** Fam Pleuvoir. ■ *vt* Transporter du bois par flottage.

flotteur *nm* Dispositif destiné à flotter à la surface d'un liquide.

flottille *nf* Réunion de petits bateaux.

flou, floue *a* **1** Dont les contours sont peu nets, brouillés. **2** Qui manque de précision, de netteté. ■ *nm* Manque de netteté.

flouer *vt* Fam Voler, duper.

flouse ou **flouze** *nm* Pop Argent.

fluctuant, ante *a* Changeant.

fluctuation *nf* **1** Mouvement alternatif d'un liquide. **2** Variation fréquente. *Fluctuations des prix, des monnaies.*

fluctuer *vi* Varier.

fluent, ente *a* Qui coule.

fluet, ette *a* Grêle et délicat.

foncièrement *av* Dans le fond. *Il est foncièrement honnête.*

fonction *nf* 1 Emploi, charge, profession. *Dans l'exercice de ses fonctions.* 2 Rôle, activité propre d'un organe, d'un appareil, d'un service, etc. 3 GRAM Relation d'un mot avec les autres dans une phrase. 4 MATH Grandeur dépendant d'une ou plusieurs variables. **Loc** *En fonction de* : en rapport avec. *Être fonction de* : dépendre de. *Faire fonction de* : jouer le rôle de. *Fonction publique* : agents de la puissance publique, ensemble des fonctionnaires.

fonctionnaire *n* Agent du service public.

fonctionnaliser *vt* Rendre fonctionnel, adapté.

fonctionnalisme *nm* Doctrine selon laquelle toute forme doit être appropriée à un besoin.

fonctionnalité *nf* Caractère fonctionnel. ■ *pl* INFORM Possibilités de traitement offertes par un système.

fonctionnariat *nm* État de fonctionnaire.

fonctionnariser *vt* Transformer en fonctionnaire, en service public.

fonctionnel, elle *a* 1 Relatif à une fonction organique, mathématique, chimique, etc. 2 Adapté à la fonction à remplir. *Mobilier fonctionnel.*

fonctionnement *nm* Manière de fonctionner.

fonctionner *vi* Remplir sa fonction (machine, organe). *La voiture fonctionne bien.*

fond *nm* 1 Partie la plus basse, la plus profonde de qqch, la plus éloignée de l'ouverture. *Le fond d'une casserole. Le fond d'une vallée. Le fond de la mer. Le fond d'un placard.* 2 Surface sur laquelle se détache qqch. *Le fond d'un tableau.* 3 Ce qui est essentiel, fondamental. *Le fond du problème. Article de fond.* **Loc** *Fond de teint* : crème colorée servant au maquillage. *Fond sonore* : musique, bruitages, qui accompagnent un spectacle. Litt *Faire fond sur qqn, qqch* : compter sur eux. *Course de fond* : qui se dispute sur une grande distance. *À fond* : entièrement. Fam *À fond de train* : à toute vitesse. *Au fond, dans le fond* : en réalité. ■ *pl* Eaux profondes. *Fonds océaniques.*

fondamental, ale, aux *a* Essentiel. **Loc** *Recherche fondamentale* : théorique, par oppos. à recherche appliquée. MUS *Son fondamental* : qui sert de base à un accord. ■ *nmpl* Éléments de base. *Les fondamentaux de l'économie.*

fondamentalement *av* Essentiellement.

fondamentalisme *nm* Tendance religieuse conservatrice.

fondamentaliste *n, a* 1 Qui adhère au fondamentalisme. 2 Qui travaille dans la recherche fondamentale.

fondant, ante *a* 1 Qui fond. *Neige fondante.* 2 Qui fond dans la bouche. *Poire fondante.*

fondateur, trice *n, a* Qui a fondé qqch d'important et de durable.

fondation *nf* 1 Action de fonder, de créer qqch. *La fondation d'une cité.* 2 Don ou legs d'un capital pour un usage déterminé. ■ *pl* Sous-sol d'une construction sur lequel elle repose.

fondé, ée *a* Qui repose sur des bases rationnelles. *Une crainte fondée.* ■ *n* **Loc** *Fondé de pouvoir* : qui a reçu de qqn ou d'une société le pouvoir d'agir en son nom.

fondement *nm* 1 Élément essentiel, base de qqch. 2 Motif, raison. *Rumeur sans fondement.* 3 Fam Fesses, anus.

fonder *vt* 1 Créer qqch de durable en posant ses bases. *Fonder une ville.* 2 Donner les fonds nécessaires pour une fondation d'intérêt public. 3 Faire reposer qqch sur. *Opinion fondée sur les faits.* **Loc** *Être fondé à* : avoir des motifs légitimes pour. *Fonder une famille* : se marier.

fonderie *nf* Usine de fabrication d'objets métalliques par moulage du métal en fusion.

fondeur, euse *n* Spécialiste de la course de fond. ■ *nm* Ouvrier d'une fonderie.

fondre *vt* [5] 1 Rendre liquide une matière solide. *Fondre du métal.* 2 Fabriquer avec du métal fondu et moulé. *Fondre un canon.* 3 Combiner des éléments en un tout. *Fondre des couleurs.* 4 Dissoudre. *Fondre du sucre.* ■ *vi* 1 Devenir liquide, sous l'effet de la chaleur. *La neige fond.* 2 Se dissoudre. *Le sucre fond dans l'eau.* 3 Fam Maigrir. **Loc** *Fondre en larmes* : se mettre à pleurer très fort. ■ *vti* Se précipiter sur. *Fondre sur sa proie.*

fondrière *nf* Nid-de-poule plein d'eau.

fonds *nm* 1 Terre considérée comme un bien immeuble. 2 Capital d'un bien, d'une entreprise. 3 Compte spécial dans le budget de l'État. **Loc** *Fonds de commerce* : valeur d'un établissement commercial. ■ *pl* Somme d'argent. *Fonds secrets.* Fam *Être en fonds* : avoir de l'argent. *Mise de fonds* : investissement. *Fonds communs de placement* : société gérant des dépôts à court terme. *Fonds de pension* : dépôts de particuliers en vue de leur retraite ; organisme qui gère ces dépôts.

fondu, ue *a* **Loc** *Couleurs fondues* : mêlées les unes aux autres par des nuances graduées. ■ *nm* Apparition ou disparition progressive d'une image dans un film. ■ *nf* Mets fait de gruyère fondu dans du vin blanc. **Loc** *Fondue bourguignonne* : petits morceaux de bœuf plongés dans l'huile bouillante.

fongicide *a, nm* Qui détruit les champignons.

fongiforme *a* En forme de champignon.

fongique *a* Relatif aux champignons.

fongueux, euse *a* Didac D'aspect spongieux.

fontaine *nf* 1 Eau vive sortant de terre. 2 Construction comportant une alimentation en eau et un bassin.

fontainebleau *nm* Fromage frais additionné de crème fouettée.

fontanelle *nf* ANAT Espace membraneux compris entre les os du crâne, qui s'ossifie progressivement.

fonte *nf* 1 Fait de fondre. *Fonte des neiges.* 2 Opération consistant à fondre du verre, un métal, etc. 3 Alliage de fer et de carbone. 4 IMPRIM Ensemble des caractères de même type.

fontine *nf* Fromage italien au lait de vache.

fonts *nmpl* **Loc** *Fonts baptismaux* : cuve qui contient l'eau du baptême.

football [futbol] ou **foot** [fut] *nm* Sport de ballon opposant deux équipes de onze joueurs.

footballeur, euse *n* Joueur de football.

footing [futiŋ] *nm* Promenade sportive à pied.

for *nm* **Loc** *Dans* (ou *en*) *mon* (*ton, son*) *for intérieur* : au plus profond de moi (toi, soi).

forage *nm* Action de forer.

233

forain, aine *a* Relatif aux foires, aux forains. *Fête foraine.* ■ *a, nm* Loc *Marchand forain* ou *forain :* marchand ambulant qui fait les marchés.

forban *nm* Individu sans scrupules, bandit.

forçage *nm* Opération visant à accélérer le développement d'une plante.

forçat *nm* Condamné aux travaux forcés.

force *nf* 1 Cause capable de modifier le mouvement d'un corps. *Force centrifuge.* 2 Toute cause provoquant un mouvement, un effet. *Forces occultes.* 3 Puissance physique. *Un homme d'une force herculéenne.* 4 Puissance intellectuelle, habileté, talent. *Une grande force de travail. Être de force égale.* 5 Pouvoir de qqch. *Force d'un poison.* 6 Puissance d'un groupe, d'un État, etc. Loc *Force de l'âge :* âge où on a tous les moyens. *Force d'âme :* fermeté morale. *De force :* par la contrainte ou la violence. *Travailleur de force :* qui doit fournir un gros effort physique. *En force :* en nombre. *Cas de force majeure :* contrainte à laquelle on ne peut résister. *Force m'est de :* je suis obligé de. *À toute force :* à tout prix. *À force de :* grâce à. ■ *pl* Troupes d'un État ; moyens militaires. *Forces armées.*

forcé, ée *a* 1 Fam Obligatoire, inévitable, imposé. 2 Qui manque de naturel, affecté. *Sourire forcé.*

forcement *nm* Action de forcer qqch.

forcément *av* Nécessairement.

forcené, ée *a, n* 1 Fou furieux. ■ *a* Passionné, acharné. *Lutte forcenée.*

forceps *nm* Instrument servant à saisir la tête du fœtus, en cas d'accouchement difficile.

forcer *vt* [10] 1 Faire céder par la force. *Forcer une porte.* 2 Contraindre, obliger. *Forcer un enfant à manger.* 3 Pousser au-delà des limites normales. *Forcer un cheval.* 4 Outrepasser. *Forcer la dose. Forcer le sens d'un mot.* 5 Hâter la végétation. ■ *vi* Fournir un effort excessif. ■ *vti* Fam Abuser de. *Il a tendance à forcer sur l'alcool.* ■ *vpr* Se contraindre à. *Se forcer à sourire.*

forcing [-siŋ] *nm* Augmentation de l'effort au cours d'une épreuve.

forcir *vi* Grossir, engraisser.

forclos, ose *a* DR Atteint de forclusion.

forclusion *nf* DR Perte d'un droit non exercé dans le délai imparti.

forer *vt* Percer, creuser. *Forer un puits.*

forestier, ère *a* Relatif aux forêts. ■ *n* Employé de l'administration forestière.

foret *nm* Outil servant à forer.

forêt *nf* Grande étendue plantée d'arbres. Loc *Forêt vierge :* non modifiée par l'homme. *Une forêt de :* une grande quantité de.

foreur, euse *n* Qui fore. ■ *nf* Machine qui sert à forer.

1. forfait *nm* Litt Crime très grave.

2. forfait *nm* 1 Convention par laquelle on s'engage à fournir une marchandise, un service pour un prix fixé à l'avance. 2 Évaluation globale par le fisc des revenus de qqn. Loc *Déclarer forfait :* renoncer à une épreuve, à une entreprise.

forfaitaire *a* Fixé à forfait. *Prix forfaitaire.*

forfaiture *nf* DR Crime d'un fonctionnaire dans l'exercice de ses fonctions.

forfanterie *nf* Litt Vantardise.

forficule *nm* Perce-oreille.

forge *nf* Usine, atelier, où l'on travaille le métal, spécialement le fer.

forger *vt* [11] 1 Mettre en forme une pièce métallique par martelage. 2 Inventer, fabriquer. *Forger un mot.* 3 Former le caractère de qqn.

forgeron *nm* Qui travaille le fer au marteau.

forint *nm* Unité monétaire de la Hongrie.

formage *nm* TECH Mise en forme d'un objet.

formalisation *nf* Action de formaliser.

formaliser *vt* Donner un caractère formel à un énoncé, à un système. ■ *vpr* S'offusquer.

formalisme *nm* 1 Attachement excessif aux formes, aux formalités. 2 MATH, LOG Développement de systèmes formels.

formaliste *a, n* 1 Qui s'attache scrupuleusement aux formes. 2 MATH, LOG Qui relève du formalisme.

formalité *nf* 1 Procédure obligatoire. 2 Règle de l'étiquette. 3 Acte de peu d'importance.

format *nm* 1 Dimension d'un objet, d'une feuille, d'un livre. 2 INFORM Structure de présentation des données.

formatage *nm* INFORM Action de formater.

formater *vt* INFORM Présenter les informations selon un format.

formateur, trice *a* Qui forme. *Enseignement formateur.* ■ *n* Éducateur, instructeur.

formation *nf* 1 Action de former, de se former. *Formation d'un abcès.* 2 Action d'instruire, d'éduquer. *Formation professionnelle.* 3 GEOL Nature d'une couche de terrain. 4 MILIT Troupe, escadre. 5 Groupe, parti. *Les formations politiques.* Loc *Formation végétale :* groupement de végétaux.

forme *nf* 1 Configuration des choses. *La Terre a une forme sphérique.* 2 Contour d'un objet ou du corps. *La forme d'une table.* 3 Aspect qu'une chose peut présenter. *La forme d'un mot.* 4 Manière d'exprimer, de présenter qqch. *Vice de forme.* 5 Moule qui sert à former certains objets. 6 Condition physique. *Être en forme.* Loc *De pure forme :* purement formel. *En bonne et due forme :* toutes les règles de présentation étant observées. *En forme de :* avec l'aspect de. *Pour la forme :* pour se conformer aux usages. *Prendre forme :* commencer à être reconnaissable. ■ *pl* 1 Contours du corps humain. 2 Manières d'agir conformes à l'usage.

formé, ée *a* Qui a pris sa forme ; qui a atteint sa maturité.

formel, elle *a* 1 Clairement déterminé, sans équivoque. *Démenti formel.* 2 Relatif au style, à la forme. *Beauté formelle.* 3 Indépendant du contenu. *Logique formelle.*

formellement *av* En termes exprès.

former *vt* 1 Donner forme à ; tracer, façonner. *Former des lettres.* 2 Constituer, créer. *Former un gouvernement.* 3 Instruire, éduquer. *Former des soldats. Former le caractère.* ■ *vpr* Se constituer. *Orage en train de se former.*

formica *nm* (n déposé) Matériau stratifié recouvert de résine artificielle.

formidable *a* 1 Très important, considérable. 2 Fam Étonnant, remarquable.

formidablement *av* Fam Extraordinairement.

formique *a* Loc *Acide formique :* acide sécrété par les fourmis.

formol *nm* Liquide volatil utilisé comme désinfectant.

formulable *a* Qu'on peut formuler.

formulaire *nm* Questionnaire administratif.

formulation *nf* Action de formuler ; expression.

formule *nf* 1 DR Modèle dans lequel un acte doit être rédigé. 2 Façon de s'exprimer consacrée par l'usage social. *Formule de politesse.* 3 Suite de mots censée être chargée d'un pouvoir magique ou religieux. 4 Façon d'agir, mode d'action. *Une bonne formule pour réussir.* 5 Document imprimé que l'on doit remplir, compléter. 6 Expression symbolique représentant des grandeurs, des relations, une composition chimique. 7 Catégorie de voitures de course. *Courir en formule 1.*

formuler *vt* Exprimer avec précision.

fornication *nf* 1 RELIG Péché de la chair. 2 Fam Relations sexuelles.

forniquer *vi* 1 RELIG Commettre le péché de fornication. 2 Fam Avoir des relations sexuelles.

fors [fɔʀ] *prép* Vx Hors, excepté.

forsythia [-sja] *nm* Arbrisseau à fleurs jaunes.

fort, forte *a* 1 Qui a de la force physique. 2 Qui a de l'embonpoint. 3 Qui a des capacités intellectuelles. *Être fort en maths.* 4 Résistant moralement, courageux. *Être fort devant l'adversité.* 5 Solide. *Carton fort.* 6 Fortifié. *Château fort.* 7 Important en intensité, en quantité. *Un fort vent. Une forte somme.* 8 Fam Exagéré, difficile à admettre. 9 Qui agit efficacement. *Un remède fort.* 10 Qui dispose de la puissance. Loc *Se faire fort de :* s'estimer capable de. *Esprit fort :* incroyant. ■ *av* 1 Avec intensité. *Parler fort.* 2 Litt Très, beaucoup. *Je suis fort content. Il y a fort à faire.* ■ *nm* 1 Domaine où qqn excelle. *Le français n'est pas son fort.* 2 Ouvrage militaire puissamment armé et défendu. Loc *Au plus fort de :* au cœur de. *Fort des Halles :* manutentionnaire aux anciennes Halles de Paris.

forte [fɔʀte] *av, nm inv* MUS En renforçant l'intensité du son.

fortement *av* 1 Avec force. *Serrer fortement.* 2 Beaucoup.

forteresse *nf* Ouvrage fortifié.

fortiche *a* Pop Fort.

fortifiant, ante *a, nm* Qui donne des forces.

fortification *nf* 1 Action de fortifier. 2 Ouvrage fortifié défendant une ville, un point stratégique.

fortifier *vt* 1 Rendre plus fort physiquement ou moralement. 2 Entourer de fortifications.

fortin *nm* Petit ouvrage fortifié.

fortissimo *av, nm* MUS Très fort.

fortuit, uite *a* Qui arrive par hasard ; imprévu.

fortuitement *av* Par hasard.

fortune *nf* 1 Litt Hasard, chance, destinée. 2 Grande richesse. Loc *Une bonne fortune :* aventure galante. *Faire contre mauvaise fortune bon cœur :* accepter sans se plaindre un désagrément. *À la fortune du pot :* invitation impromptue à un repas. *De fortune :* improvisé. *Faire fortune :* devenir riche.

fortuné, ée *a* Riche.

forum [-ʀɔm] *nm* 1 ANTIQ Place où se tenait l'assemblée du peuple. 2 Colloque, réunion.

fosse *nf* 1 Excavation, trou dans la terre. 2 Dépression du fond de l'océan. 3 ANAT Cavité. *Fosses nasales.*

fossé *nm* 1 Cavité creusée en long pour écouler les eaux ou défendre une place. 2 Ce qui sépare profondément. *Il y a un fossé entre nous.*

fossette *nf* Petit creux du menton, des joues.

fossile *nm, a* 1 GEOL Restes d'un animal ou d'un végétal dans une roche sédimentaire. 2 Fam Personne aux idées désuètes.

fossilifère *a* GEOL Qui contient des fossiles.

fossilisation *nf* GEOL Passage d'un corps à l'état de fossile.

fossiliser (se) *vpr* Devenir fossile.

fossoyeur [-swajœʀ] *nm* 1 Qui creuse les fosses pour enterrer les morts. 2 Qui travaille à la ruine de. *Les fossoyeurs de la République.*

fou ou **fol** (devant voyelle ou *h* non aspiré), **folle** *a, n* 1 Malade mental. 2 Extravagant dans ses actes ou ses discours. ■ *a* 1 Déraisonnable. *Il est fou d'agir ainsi.* 2 Hors de son état normal. *Fou de colère.* 3 Contraire à la raison, immodéré. *Course folle.* 4 Passionné pour. *Elle est folle de lui.* 5 Considérable. *Un monde fou.* Loc *Herbes folles :* croissant en tous sens. ■ *nm* 1 Bouffon des rois. 2 Pièce du jeu d'échecs. 3 Oiseau palmipède.

fouace ou **fougasse** *nf* Galette rustique.

fouailler *vt* Vx Frapper à coups de fouet.

foucade *nf* Litt Emportement passager.

1. foudre *nf* Décharge électrique intense par temps d'orage. Loc *Coup de foudre :* amour subit. ■ *pl* Litt Violents reproches. ■ *nm* Loc *Un foudre de guerre :* un grand homme de guerre.

2. foudre *nm* Grand tonneau.

foudroiement *nm* Litt Action de foudroyer.

foudroyant, ante *a* 1 Qui frappe brutalement, soudainement. 2 Stupéfiant. *Succès foudroyant.*

foudroyer *vt* [22] 1 Frapper de la foudre. 2 Tuer soudainement. 3 Atterrer. Loc *Foudroyer du regard :* lancer un regard haineux.

fouet *nm* 1 Corde ou lanières de cuir attachées au bout d'un manche pour frapper. 2 Châtiment donné avec le fouet. 3 Ustensile qui sert à battre les œufs et les sauces. Loc *Coup de fouet :* stimulation instantanée. *De plein fouet :* perpendiculairement à l'obstacle.

fouetter *vt* 1 Donner des coups de fouet. 2 Cingler, frapper. *La pluie fouette les vitres.* 3 CUIS Battre. *Fouetter de la crème.*

foufou, fofolle *a, n* Fam Écervelé.

fougasse V. fouace.

fougère *nf* Plante sans fleurs, aux grandes feuilles très découpées.

fougue *nf* Impétuosité, ardeur.

fougueusement *av* Avec fougue.

fougueux, euse *a* Plein de fougue.

fouille *nf* 1 Action de fouiller la terre pour retrouver des vestiges archéologiques. 2 Action de fouiller minutieusement. *La fouille d'un détenu.* 3 Pop Poche.

fouiller *vt* 1 Creuser le sol. 2 Explorer soigneusement pour trouver qqch. *Fouiller une maison.* 3 Chercher dans les poches, les habits de qqn. 4 Approfondir une question. ■ *vi* Chercher une chose en remuant tout ce qui pourrait la cacher. *Fouiller dans sa poche.* ■ *vpr* Loc Pop *Tu peux te fouiller :* il n'en est pas question.

fouilleur, euse *n* Qui fait des fouilles archéologiques.

fouillis *nm* Désordre de choses accumulées.

fouine nf Martre.

fouiner vi Fam Fureter, épier.

fouineur, euse ou **fouinard, arde** a, n Fam Qui furète partout.

fouir vt Litt Creuser le sol.

fouisseur, euse a, nm Qui fouit la terre. ■ a Qui sert à fouir.

foulage nm Action de fouler.

foulant, ante a Loc *Pompe foulante :* qui élève un liquide par la pression qu'elle exerce. Fam *Pas foulant :* pas fatigant.

foulard nm Écharpe en tissu léger.

foule nf Multitude de gens réunis. Loc *Une foule de :* une grande quantité. *En foule :* en grand nombre.

foulée nf 1 Temps pendant lequel le pied du cheval pose sur le sol. 2 Longueur de l'enjambée d'un coureur. Loc Fam *Dans la foulée :* sur la lancée, dans le prolongement de qqch.

fouler vt 1 Presser, écraser. *Fouler du raisin.* 2 Litt Marcher sur. *Fouler le sol.* Loc *Fouler aux pieds :* mépriser. ■ *vpr* Se blesser par foulure.

foulon nm Anc Moulin servant à fouler.

foulque nf Gros oiseau au plumage sombre, habitant des eaux douces.

foultitude nf Fam Grande quantité.

foulure nf Légère entorse.

four nm 1 Appareil dans lequel on fait rôtir des aliments. 2 Appareil dans lequel on chauffe une matière pour lui faire subir une transformation physique ou chimique. 3 Fam Échec d'un spectacle. Loc *Petit four :* petite pâtisserie.

fourbe a Qui trompe perfidement.

fourberie nf Caractère fourbe ; ruse perfide.

fourbi nm Fam Ensemble de choses hétéroclites.

fourbir vt Polir un objet de métal.

fourbu, ue a Harassé.

fourche nf 1 Instrument agricole à long manche terminé par plusieurs dents. 2 Disposition en deux ou plusieurs branches ; bifurcation.

fourcher vi Se diviser en deux ou plusieurs branches. Loc *Sa langue a fourché :* il a prononcé un mot pour un autre.

fourchette nf 1 Ustensile de table terminé par plusieurs dents. 2 Intervalle entre deux valeurs extrêmes. *Fourchette de prix.* Loc Fam *Avoir un bon coup de fourchette :* être un gros mangeur.

fourchu, ue a Divisé en deux.

fourgon nm Véhicule, wagon, servant au transport des marchandises. Loc *Fourgon mortuaire :* corbillard.

fourgonner vi Fam Fouiller en mettant du désordre.

fourgonnette nf Petite camionnette.

fourgue nm Pop Receleur.

fourguer vt Pop Vendre.

fouriérisme nm Doctrine de Ch. Fourier, préconisant la constitution de coopératives.

fourme nf Fromage de vache à pâte ferme.

fourmi nf 1 Petit insecte vivant en société, ou fourmilières. 2 Fam Petit passeur de drogue. Loc *Avoir des fourmis dans les jambes, dans les bras :* éprouver des picotements multiples.

fourmilier nm Tamanoir se nourrissant de fourmis.

fourmilière nf 1 Colonie de fourmis. 2 Lieu où s'agite une grande foule.

fourmi-lion ou **fourmilion** nm Insecte dont la larve se nourrit de fourmis. *Des fourmis-lions.*

fourmillement nm 1 Agitation en tous sens. 2 Picotement.

fourmiller vi 1 S'agiter vivement et en grand nombre. 2 Abonder. *Les fautes fourmillaient dans cet ouvrage.* 3 Être le siège de picotements.

fournaise nf 1 Feu très vif. 2 Lieu très chaud.

fourneau nm 1 Appareil pour cuire les aliments. 2 TECH Appareil servant à soumettre une substance à l'action du feu.

fournée nf 1 Quantité que l'on fait cuire en même temps dans un four. 2 Groupe de gens promis à un même sort ou à une même fonction.

fourni, ie a 1 Garni. *Table bien fournie.* 2 Abondante. *Barbe fournie.*

fournil [-ni] nm Pièce où se trouve le four du boulanger.

fourniment nm 1 Équipement du soldat. 2 Fam Attirail.

fournir vt 1 Pourvoir, approvisionner habituellement. 2 Livrer, donner. *Fournir de l'argent.* 3 Apporter. *Fournir des preuves.* 4 Accomplir. *Fournir un effort.* ■ *vti* Subvenir. *Fournir aux besoins.* ■ *vpr* S'approvisionner.

fournisseur, euse n Qui fournit habituellement une marchandise.

fourniture nf Action de fournir. ■ *pl* Ce qui est fourni. *Fournitures de bureau.*

fourrage nm Substance végétale qu'on destine à l'alimentation du bétail.

1. fourrager, ère a Employé comme fourrage. *Plantes fourragères.* ■ *nf* Ornement militaire, marque de distinction.

2. fourrager vi [11] Fam Fouiller, farfouiller.

1. fourré nm Endroit touffu d'un bois.

2. fourré, ée a 1 Doublé de fourrure. *Gants fourrés.* 2 Garni à l'intérieur. *Bonbons fourrés au chocolat.* Loc *Coup fourré :* coup bas, piège.

fourreau nm 1 Étui. *Fourreau d'une épée.* 2 Robe droite moulant le corps.

fourrer vt 1 Doubler de fourrure ou d'une autre matière. 2 Fam Placer, mettre. *Fourrer ses mains dans ses poches.* ■ *vpr* Fam Se mettre, se cacher. *Où est-il encore allé se fourrer ?*

fourre-tout nm inv 1 Sac de voyage. 2 Ramassis hétéroclite d'idées diverses.

fourreur nm Qui façonne ou vend des peaux, des vêtements de fourrure.

fourrier nm HIST Sous-officier qui était chargé du logement et du ravitaillement.

fourrière nf Dépôt où sont placés les animaux trouvés sur la voie publique, les voitures enlevées de la voie publique.

fourrure nf 1 Peau avec son poil préparée pour la confection de vêtements ; ce vêtement. 2 Peau d'un animal à poil touffu.

fourvoiement nm Fait de se fourvoyer.

fourvoyer vt Tromper grossièrement. ■ *vpr* Se perdre, s'égarer, se tromper.

foutaise nf Pop Chose sans valeur.

foutoir nm Pop Grand désordre.

foutre vt [64] 1 Pop Faire. *Qu'est-ce que vous foutez là ?* 2 Flanquer, donner. *Il m'a foutu par terre.* Loc *Foutre le camp :* s'en aller. *Foutez-moi la paix :* laissez-moi tranquille. *Va te faire foutre ! :* va-t'en ! ■ *vpr* Se moquer de.

foutrement av Pop Extrêmement.

foutu, ue a Pop 1 Fait, exécuté. *Ouvrage mal foutu.* 2 Perdu, ruiné. 3 (avant le nom) Sacré, sale. *Quel foutu temps !*

fox-terrier ou **fox** *nm* Chien de petite taille, à poil ras, raide ou frisé. *Des fox-terriers.*

fox-trot [-tʀɔt] *nm inv* Danse à quatre temps.

foyer *nm* 1 Partie d'une cheminée où se fait le feu. 2 Endroit où le feu est le plus ardent. *Foyer d'un incendie.* 3 Partie d'une machine où a lieu la combustion. *Le foyer d'une chaudière.* 4 Domicile familial ; la famille elle-même. *Femme au foyer. Fonder un foyer.* 5 Lieu de réunion ou d'habitation pour certains. *Foyer de jeunes travailleurs.* 6 Dans un théâtre, salle où le public peut aller pendant les entractes. 7 Point central d'où qqch provient. *Foyer de résistance.* 8 PHYS Point de convergence des rayons lumineux. ■ *pl* Domicile, pays natal. *Rentrer dans ses foyers.*

frac *nm* Habit de cérémonie noir, à basques.

fracas *nm* Bruit très violent. Loc *Avec perte et fracas* : brutalement.

fracassant, ante *a* Qui fait un grand bruit.

fracasser *vt* Briser en plusieurs pièces.

fraction *nf* 1 MATH Expression indiquant quel nombre de parties égales de l'unité on considère. 2 Partie d'un tout.

fractionnaire *a* MATH Sous forme de fraction.

fractionnel, elle *a* Qui tend à diviser un groupe, un parti.

fractionnement *nm* Action de fractionner.

fractionner *vt* Diviser en plusieurs parties.

fractionniste *a, n* Qui tend à rompre l'unité d'un parti.

fracture *nf* 1 Rupture d'un os. 2 Cassure de l'écorce terrestre. 3 Dissensions au sein d'un groupe.

fracturer *vt* 1 Rompre en forçant. *Fracturer un coffre-fort.* 2 Briser un os.

fragile *a* 1 Sujet à se briser. *Porcelaines fragiles.* 2 Instable. *Un fragile équilibre.* 3 Dont la santé est précaire.

fragilisation *nf* Action de fragiliser.

fragiliser *vt* Rendre fragile.

fragilité *nf* Caractère fragile.

fragment *nm* 1 Morceau d'une chose brisée. 2 Extrait d'une œuvre, d'un discours.

fragmentaire *a* Partiel, incomplet.

fragmentation *nf* Action de fragmenter, de se fragmenter.

fragmenter *vt* Morceler, diviser.

fragrance *nf* Litt Odeur agréable.

frai *nm* 1 Ponte des œufs, chez les poissons ; œufs fécondés des poissons. 2 Alevin.

fraîche. V. frais 1.

fraîchement *av* 1 Froidement, sans courtoisie. *Fraîchement reçu.* 2 Récemment. *Fraîchement débarqué.*

fraîcheur *nf* Caractère frais.

fraîchir *vi* Devenir plus frais.

1. frais, fraîche *a* 1 Modérément froid. *Eau fraîche.* 2 Nouvellement produit. *Du pain, des œufs frais.* 3 Récent. *Nouvelles fraîches.* 4 Non altéré, non fatigué. *Frais et dispos.* ■ *av* 1 Légèrement froid. 2 Litt Nouvellement. *Fleurs fraîches écloses. Frais émoulu.* ■ *nm* Air frais. *Prendre le frais.* ■ *nf* Moment frais. *Sortir à la fraîche.*

2. frais *nmpl* Dépenses liées à certaines circonstances. Loc *Faux frais* : frais accessoires. *À peu de frais* : sans peine. *Se mettre en frais* : prodiguer son argent ou sa peine. *Faire les frais de qqch* : en supporter les conséquences.

fraisage *nm* Action de fraiser.

fraise *nf* 1 Fruit du fraisier. 2 Membrane qui enveloppe les intestins du veau et de l'agneau. 3 Masse charnue sous le cou du dindon. 4 Collerette plissée portée au XVIᵉ s. 5 Outil rotatif muni d'arêtes tranchantes, servant à usiner des pièces, à creuser les dents cariées.

fraiser *vt* Usiner une pièce avec une fraise.

fraiseur, euse *n* Spécialiste du fraisage. ■ *nf* Machine-outil servant à fraiser.

fraisier *nm* Plante basse qui produit les fraises.

framboise *nf* Fruit comestible du framboisier.

framboisier *nm* Arbuste dont le fruit est la framboise.

1. franc, franche *a* 1 Exempt de taxes. *Franc de port.* 2 Sincère, loyal. *Être franc comme l'or.* 3 Net. *Une situation franche.* 4 Plein, entier. *Huit jours francs.* 5 Naturel, sans mélange. *Couleur franche.* ■ *av* Litt Franchement.

2. franc, franque *a, n* Des Francs.

3. franc *nm* 1 Anc. unité monétaire de la France, de la Belgique et du Luxembourg. 2 Unité monétaire de la Suisse et de pays d'Afrique francophone.

français, aise *a, n* De la France. ■ *nm* Langue romane parlée en France, en Belgique, en Suisse, au Québec, etc.

franc-comtois, oise *a, n* De la Franche-Comté. *Des Francs-Comtois. Des Franc-Comtoises.*

franchement *av* 1 De façon sincère. 2 Très, vraiment. *C'est franchement désagréable.*

franchir *vt* 1 Passer un obstacle. 2 Traverser de bout en bout. *Franchir un pont.*

franchisage ou **franchising** [-ziŋ] *nm* COMM Contrat de franchise commerciale.

franchise *nf* 1 Sincérité. *Répondre avec franchise.* 2 Exemption légale ou réglementaire de taxes, d'impositions. 3 COMM Droit concédé par une entreprise d'utiliser sa marque pour la vente de produits. 4 Somme laissée à la charge d'un assuré en cas de dommages.

franchisé, ée *a, n* Commerçant lié à une société par une franchise.

franchiser *vt* COMM Lier par le franchisage.

franchiseur, euse *n* Société qui accorde une franchise.

franchissable *a* Qu'on peut franchir.

franchissement *nm* Action de franchir.

franchouillard, arde *a, n* Fam, péjor Français moyen caricatural.

francien *nm* Dialecte de l'Île-de-France au Moyen Âge, ancêtre du français.

francilien, enne *a, n* De l'Île-de-France.

francique *nm* Langue germanique des Francs.

francisation *nf* Action de franciser.

franciscain, aine *n, a* Religieux, religieuse de l'ordre de saint François d'Assise.

franciser *vt* Donner un caractère français.

francisque *nf* Hache de guerre des Francs.

francité *nf* Caractère français.

francium [-sjɔm] *nm* Métal radioactif alcalin.

franc-jeu *nm* Anc. Fair-play. *Des francs-jeux.*

franc-maçon, onne *n* Membre de la franc-maçonnerie. *Des francs-maçons. Des franc-maçonnes.*

franc-maçonnerie *nf* 1 Association de personnes unies par un même idéal de fraternité. 2 Entente occulte entre des personnes. *Des franc-maçonneries.*

franco *av* 1 Sans frais. *Marchandises franco de port.* 2 Pop Sans détour, franchement.

franco-français, aise *a* Fam Qui ne concerne que les Français.

francophile *a, n* Ami de la France.

francophilie *nf* Attitude francophile.

francophobe *a, n* Hostile à la France.

francophobie *nf* Attitude francophobe.

francophone *a, n* De langue française.

francophonie *nf* Ensemble des peuples francophones.

franco-provençal *nm* Dialecte des régions de Suisse romande et du Lyonnais.

franc-parler *nm* Franchise de langage. *Des francs-parlers.*

franc-tireur *nm* 1 Combattant qui n'appartient pas à une unité régulière. 2 Qui agit de façon indépendante du groupe. *Des francs-tireurs.*

frange *nf* 1 Bande d'étoffe à filets retombants. 2 Cheveux retombant sur le front. 3 Ce qui est au bord, marginal. *Frange côtière.* 4 Petit groupe marginal. *Une frange de séditieux.*

frangeant *am* Loc *Récif frangeant :* proche du littoral.

franger *vt* [11] Border.

frangin, ine *n* Fam Frère, sœur.

frangipane *nf* Crème aux amandes.

frangipanier *nm* Arbre tropical à belles fleurs parfumées.

franglais *nm* Français mêlé d'anglicismes.

franquette *av* Loc Fam *À la bonne franquette :* sans façons.

franquisme *nm* HIST Régime politique instauré par Franco en Espagne en 1936.

franquiste *a, n* Qui relève du franquisme.

frappant, ante *a* Qui fait une vive impression.

frappe *nf* 1 Action de frapper les monnaies, de dactylographier, de frapper la balle. 2 Pop Voyou. Loc *Force de frappe :* armement permettant une riposte rapide.

frapper *vt* 1 Donner un ou plusieurs coups. 2 Tomber sur. *Lumière qui frappe un objet.* 3 Marquer d'une empreinte. *Frapper des médailles.* 4 Rafraîchir par de la glace. *Café frappé.* 5 Atteindre d'un mal. *Malheur qui frappe une famille. Être frappé d'apoplexie.* 6 Soumettre à une taxe, etc. 7 Atteindre d'une impression vive. *Frapper la vue, l'esprit.* 8 Dactylographier. ■ *vpr* Fam S'inquiéter exagérément.

frappeur, euse *a* Loc *Esprit frappeur :* qui, selon les spirites, se manifeste par des coups.

frasque *nf* Écart de conduite.

fraternel, elle *a* 1 Relatif aux frères et sœurs. 2 Amical.

fraternellement *av* De façon fraternelle.

fraternisation *nf* Action de fraterniser.

fraterniser *vti* Adopter un comportement de solidarité, en cessant toute hostilité.

fraternité *nf* Solidarité entre les hommes.

fratricide *n, a* Qui tue son frère ou sa sœur. ■ *a* Qui oppose les membres d'une communauté. ■ *nm* Meurtre du frère ou de la sœur.

fratrie *nf* Groupe formé par les frères et les sœurs d'une famille.

fraude *nf* Action faite pour tromper ; falsification punie par la loi.

frauder *vt, vi* Commettre une fraude. *Frauder le fisc. Frauder sur le poids.*

fraudeur, euse *n* Qui fraude.

frauduleusement *av* De façon frauduleuse.

frauduleux, euse *a* Entaché de fraude.

frayer *vt* [20] Ouvrir, tracer un chemin. ■ *vi* 1 Pondre les œufs (poissons) 2 Litt Fréquenter.

frayeur *nf* Crainte vive et passagère.

fredaine *nf* Écart de conduite.

fredonnement *nm* Action de fredonner.

fredonner *vt, vi* Chanter à mi-voix, sans ouvrir la bouche.

free-jazz [fridʒaz] *nm* Style de jazz apparu vers 1960, qui privilégie l'improvisation.

free-lance [fri-] *a inv, n* Qui travaille de façon indépendante. *Des free-lances.*

freesia [fʀe-] *nm* Plante bulbeuse aux fleurs odorantes.

freezer [fʀizœʀ] *nm* Compartiment à glace d'un réfrigérateur.

frégate *nf* 1 Anc Bâtiment de guerre à trois mâts. 2 Bâtiment rapide destiné à l'escorte des porte-avions. 3 Oiseau des mers tropicales possédant un sac gonflable rouge vif sous le bec.

frein *nm* 1 Organe servant à réduire ou à annuler le mouvement d'un véhicule, d'une machine. 2 Ce qui retient un élan excessif. 3 ANAT Membrane qui bride ou retient certains organes. *Frein de la langue.* 4 Mors du cheval. Loc *Mettre un frein à :* chercher à arrêter.

freinage *nm* Action de freiner.

freiner *vt, vi* Ralentir ou arrêter un véhicule. ■ *vt* Modérer une progression, un élan. *Freiner la hausse des prix.*

frelaté, ée *a* Altéré, corrompu.

frelater *vt* Altérer, falsifier un produit.

frêle *a* Qui manque de solidité, de force ; fluet.

frelon *nm* Grosse guêpe.

freluquet *nm* Homme petit et mal bâti.

frémir *vi* 1 Être agité d'un frissonnement accompagné d'un bruit léger. *L'eau frémit avant de bouillir.* 2 Trembler d'émotion. *Frémir d'horreur.*

frémissant, ante *a* Qui frémit.

frémissement *nm* 1 Léger mouvement accompagné de bruissement. 2 Tremblement léger dû à l'émotion.

frênaie *nf* Lieu planté de frênes.

french cancan [fʀɛnʃ-] *nm* Danse de girls. *Des french cancans.*

frêne *nm* Grand arbre à bois blanc et dur.

frénésie *nf* Exaltation violente.

frénétique *a* Violent.

frénétiquement *av* De façon frénétique.

fréon *nm* (n déposé) Fluide utilisé dans les réfrigérateurs.

fréquemment *av* Souvent.

fréquence *nf* 1 Caractère fréquent. 2 STATIS Nombre d'observations correspondant à un événement donné. 3 PHYS Nombre de vibrations par unité de temps.

fréquencemètre *nm* PHYS Appareil mesurant les fréquences.

fréquent, ente *a* Qui arrive souvent, se répète.

fréquentable *a* Qu'on peut fréquenter.

fréquentatif, ive *a, nm* LING Qui exprime la répétition. *Criailler est le fréquentatif de crier.*

fréquentation *nf* 1 Action de fréquenter un lieu. 2 Personne fréquentée.

fréquenté, ée *a* Où il y a beaucoup de monde.

fréquenter *vt* 1 Aller souvent dans un lieu. 2 Avoir de fréquentes relations avec qqn.

fréquentiel, elle *a* PHYS De la fréquence.

frère

frère *nm* 1 Né du même père et de la même mère. 2 Membre de certains ordres religieux. *Loc Frères d'armes :* compagnons de combat. *Faux frère :* traître. ■ *a, nm* Uni par des liens étroits. *Tous les hommes sont frères. Des pays frères.*

frérot *nm Fam* Petit frère.

fresque *nf* 1 Peinture sur des murs enduits de mortier frais, à l'aide de couleurs délayées à l'eau. 2 Tableau d'une époque, d'une société.

fresquiste *n* Peintre de fresques.

fressure *nf* Ensemble des viscères du mouton, du bœuf, etc.

fret *nm* 1 Coût du transport de marchandises par mer, par air ou par route. 2 Cargaison.

fréter *vt* [12] Donner ou prendre un navire, un avion, une voiture en location.

frétillant, ante *a* Qui frétille.

frétillement *nm* Mouvement de ce qui frétille.

frétiller *vi* S'agiter de petits mouvements vifs.

fretin *nm* Petits poissons. *Loc Menu fretin :* personne ou chose de peu d'intérêt.

frette *nf TECH* Cercle métallique renforçant une pièce cylindrique.

freudien, enne *a* De Freud, du freudisme.

freudisme *nm* Ensemble des conceptions et des méthodes psychanalytiques de S. Freud et de son école.

freux *nm* Corbeau.

friabilité *nf* Propriété friable.

friable *a* Qui se réduit aisément en poudre, en menus fragments.

friand, ande *a* Qui a un goût particulier pour qqch. ■ *nm* Petit pâté fait avec un hachis de viande.

friandise *nf* Sucrerie ou pâtisserie délicate.

fribourg *nm* Gruyère suisse.

fric *nm Pop* Argent.

fricandeau *nm* Tranche de veau lardée, braisée ou poêlée.

fricassée *nf* Ragoût de volaille.

fricative *nf PHON* Consonne caractérisée par un bruit de frottement.

fric-frac *nm inv Fam* Cambriolage.

friche *nf* Terrain non cultivé. *Loc En friche :* inculte. *Friche industrielle :* terrain, bâtiment précédemment occupé par une industrie.

frichti *nm Pop* Fricot, repas.

fricot *nm Fam* Plat grossier.

fricoter *vt, vi Fam* Manigancer, tramer.

fricoteur, euse *n Fam* Magouilleur.

friction *nf* 1 Action de frotter, de masser une partie du corps. 2 Frottement dur dans un mécanisme. 3 Heurt, désaccord.

frictionner *vt* Faire une friction à.

frigidaire *nm* (n déposé) *Abusiv* Réfrigérateur.

frigide *a* Incapable d'orgasme (femme).

frigidité *nf* État d'une femme frigide.

frigo *nm Fam* Réfrigérateur.

frigorifier *vt* 1 Soumettre au froid pour conserver. 2 *Fam* Transir.

frigorifique *a* Qui produit du froid. *Installation frigorifique.* ■ *nm* Installation, appareil servant à conserver par le froid.

frigoriste *n* Spécialiste du froid.

frileusement *av* Craintivement.

frileux, euse *a* 1 Qui craint le froid. 2 Craintif, pusillanime.

frilosité *nf* Caractère craintif.

frimaire *nm* Troisième mois du calendrier républicain (novembre-décembre).

frimas [-ma] *nm Litt* Brouillard épais qui devient de la glace en tombant.

frime *nf Fam* Simulation, faux-semblant.

frimer *vi Fam* Bluffer.

frimeur, euse *n Fam* Qui frime.

frimousse *nf Fam* Jeune visage.

fringale *nf Fam* Faim subite.

fringant, ante *a* Très vif, alerte.

fringues *nfpl Pop* Vêtements.

fripes *nfpl Fam* Vêtements d'occasion.

friper *vt* Chiffonner, froisser.

friperie *nf* Commerce de fripier.

fripier, ère *n* Qui fait commerce de vêtements d'occasion.

fripon, onne *a, n Fam* Malicieux, polisson. ■ *nm Vx* Escroc.

friponnerie *nf* Espièglerie.

fripouille *nf Pop* Canaille.

frire *vt, vi* [79] Cuire dans un corps gras bouillant.

frisant, ante *a Loc Lumière frisante :* rasante.

frisbee [-bi] *nm* (n déposé) Disque de plastique que les joueurs se lancent.

frise *nf* 1 Partie de l'entablement entre l'architrave et la corniche. 2 Surface plane qui porte des motifs décoratifs.

frisé, ée *a* 1 Qui forme des boucles fines et serrées. 2 Dont les feuilles sont ondulées et découpées. ■ *nf* Variété de chicorée.

friselis *nm Litt* Très léger frémissement.

friser *vt* 1 Donner la forme de boucles fines. 2 Passer au ras de, frôler. 3 Être très près de. *Procédés qui frisent l'indélicatesse.* ■ *vi* Se mettre en boucles.

frisette *nf* ou **frisottis** *nm Fam* Petite boucle de cheveux.

frison, onne *a, n* De la Frise. ■ *nf* Race de vaches laitières.

frisotter *vt, vi* Friser menu.

frisquet, ette *a Fam* Vif et piquant (temps). *Un vent frisquet.*

frisson *nm* Tremblement causé par une sensation de froid ou que la fièvre.

frissonnant, ante *a* Qui frissonne.

frissonnement *nm Litt* Léger frisson.

frissonner *vi* Trembler sous l'effet du froid, de la fièvre ou d'une émotion intense.

frisure *nf* Façon de friser.

frite *nf* Bâtonnet frit de pomme de terre. *Loc Pop Avoir la frite :* Être en forme.

friterie *nf* Baraque où on vend des frites.

friteuse *nf* Ustensile pour frire les aliments.

friton *nm CUIS* Syn de **grattons**.

friture *nf* 1 Action de frire un aliment ; aliments frits. 2 Grésillement parasite dans le téléphone, dans un appareil de radio.

frivole *a* Vain et léger ; futile.

frivolité *nf* Caractère frivole ; chose frivole.

froc *nm Pop* Pantalon.

froid, froide *a* 1 À basse température. 2 Refroidi. *Le dîner sera froid.* 3 Qui semble indifférent, insensible. 4 Qui ne se manifeste pas extérieurement. *Colère froide.* 5 Qui manifeste de la réserve, de l'hostilité. *Loc Coloris, tons froids :* bleu, vert. *A froid :* hors de toute passion. ■ *nm* 1 Basse température. 2 Absence de sympathie, d'amitié. *Loc Avoir froid :* souffrir du froid. *N'avoir pas froid aux yeux :* être courageux. *Prendre, attraper froid* : être malade après un refroidissement. *Jeter un froid* : provoquer un malaise. *Être en froid avec qqn* : être brouillé avec lui.

froidement *av* 1 Sans passion. 2 Sans scrupule. 3 Sans chaleur.

froideur *nf* Insensibilité, indifférence.

froidure *nf* Litt Temps froid.

froissable *a* Qui se froisse facilement.

froissement *nm* Action de froisser.

froisser *vt* 1 Faire prendre des plis. 2 Blesser par un choc. *Froisser un muscle.* 3 Choquer qqn par manque de délicatesse.

frôlement *nm* Action de frôler ; contact.

frôler *vt* 1 Toucher légèrement. 2 Passer très près de.

fromage *nm* 1 Aliment fait de lait caillé, fermenté ou non. 2 Fam Sinécure. Loc *Fromage de tête* : pâté de tête de porc en gelée.

fromager, ère *a* Relatif au fromage. ■ *n* Qui fabrique ou vend du fromage. ■ *nm* Grand arbre tropical produisant le kapok.

fromagerie *nf* Lieu où l'on fait, où on vend des fromages.

froment *nm* Blé cultivé.

fronce *nf* Chacun des petits plis obtenus par le resserrement d'un fil coulissé.

froncement *nm* Action de froncer le front, les sourcils.

froncer *vt* [10] 1 Rider en contractant, plisser. *Froncer le front.* 2 Resserrer une étoffe par des fronces.

frondaison *nf* Apparition du feuillage aux arbres ; le feuillage lui-même.

fronde *nf* 1 Arme de jet constituée de deux liens réunis par une pièce de cuir contenant le projectile. 2 Lance-pierres. 3 Litt Révolte contre l'autorité.

fronder *vt* Litt Critiquer, railler. *Fronder le gouvernement.*

frondeur, euse *a, n* Litt Qui a tendance à critiquer l'autorité. ■ *nm* HIST Qui participait à la Fronde.

front *nm* 1 Partie supérieure du visage. 2 Litt Le visage. *Le rouge au front.* 3 Zone des combats (par oppos. à l'arrière). *Monter au front.* 4 Alliance entre des partis, des syndicats, etc. Loc *Front de mer* : bande de terrain, avenue en bordure de la mer. *Front de taille* : face verticale selon laquelle progresse un chantier dans les mines. *Avoir le front de* : l'audace de. *De front, de plein front* : par-devant. *De front* : sans détour ; sur un même rang ; en même temps.

frontal, ale, aux *a* Qui se produit de front. *Choc frontal.* Loc ANAT *Os frontal* : os situé à la partie antérieure du crâne.

frontalier, ère *a* Proche d'une frontière. ■ *a, n* Qui habite une région frontalière.

frontière *nf* 1 Limite séparant deux États. 2 Limite, borne. *Les frontières du savoir.*

frontignan *nm* Vin muscat du Midi.

frontispice *nm* 1 ARCHI Façade principale d'un monument. 2 Titre d'un ouvrage imprimé ; planche illustrée placée en regard.

fronton *nm* 1 ARCHI Ornement triangulaire couronnant un édifice. 2 Mur contre lequel on joue à la pelote basque.

frottage *nm* Action de frotter.

frottement *nm* 1 Action de frotter. 2 Contact entre deux surfaces dont l'une au moins se déplace. ■ *pl* Désaccords.

frotter *vt* 1 Presser, appuyer sur qqch, souvent pour nettoyer ; astiquer. 2 Frictionner son corps. ■ *vi* Produire une friction, une résistance, en parlant d'un corps en mouvement. ■ *vpr* 1 Fréquenter. *Se frotter à la bonne société.* 2 Fam Attaquer, s'en prendre à qqn. Loc Fam *Se frotter les mains* : se réjouir.

frottis *nm* MED Étalement sur une lame, pour examen au microscope, d'un liquide organique.

frottoir *nm* Surface enduite provoquant par friction l'allumage d'une allumette.

froufrou *nm* Bruit produit par un froissement léger.

froufroutant, ante *a* Qui froufroute.

froufrouter *vi* Produire des froufrous.

froussard, arde *a* Fam Peureux.

frousse *nf* Fam Peur.

fructidor *nm* HIST Douzième et dernier mois du calendrier républicain (août-septembre).

fructifère *a* BOT Qui porte des fruits.

fructification *nf* BOT Formation des fruits ; période où les fruits se forment.

fructifier *vi* 1 Produire des fruits. 2 Avoir des résultats avantageux ; produire des bénéfices.

fructose *nm* CHIM Sucre des fruits.

fructueux, euse *a* Avantageux, bénéfique.

frugal, ale, aux *a* Qui se satisfait d'une nourriture simple et peu abondante.

frugalement *av* Avec frugalité.

frugalité *nf* Caractère frugal, sobre.

frugivore *a, nm* ZOOL Qui se nourrit de fruits.

fruit *nm* 1 BOT Produit végétal qui succède à la fleur après fécondation et qui renferme les graines. 2 Produit sucré, comestible, d'un arbre fruitier. 3 Avantage, bénéfice. *Le fruit de son travail.* 4 Inclinaison de la face extérieure d'un mur. Loc *Avec fruit* : utilement. Litt *Le fruit d'une union* : un enfant. *Fruit défendu* : chose interdite. *Fruit sec* : raté, personne improductive. ■ *pl* 1 Produits de la nature. 2 DR Revenus fonciers. Loc *Fruits de mer* : crustacés et mollusques comestibles.

fruité, ée *a* Qui a un goût de fruit.

fruiterie *nf* Commerce du fruitier.

fruitier, ère *a* Qui produit des fruits comestibles. ■ *n* Commerçant de fruits au détail. ■ *nm* Local où on conserve les fruits frais. ■ *nf* Fromagerie coopérative (Jura, Savoie).

frusques *nfpl* Pop Vêtements usagés.

fruste *a* 1 Grossier, sans raffinement. 2 Au relief usé (sculpture, médaille).

frustrant, ante *a* Qui frustre, décevant.

frustration *nf* 1 Action de frustrer. 2 PSYCHO Impossibilité de satisfaire un désir, aboutissant à son refoulement.

frustré, ée *a, n* Fam Qui se sent perpétuellement insatisfait.

frustrer *vt* 1 Priver qqn de ce qui lui est dû. 2 Décevoir qqn dans son attente.

frutescent, ente *a* BOT Qui tient de l'arbrisseau.

fuchsia [fyʃja] ou [fyksja] *nm* Arbrisseau à fleurs en forme de clochettes.

fuchsine [fuksin] *nf* CHIM Colorant rouge.

fucus *nm* Algue brune constituant le goémon.

fuégien, enne *a, n* De la Terre de Feu.

fuel [fjul] *nm* Syn de *fioul.*

fugace *a* Qui disparaît rapidement, ne dure pas.

fugacité *nf* Caractère fugace.

fugitif, ive *a, n* Qui s'est échappé, qui a pris la fuite. ■ *a* Fugace. *Plaisirs fugitifs.*
fugitivement *av* De façon fugitive.
fugue *nf* 1 Forme musicale, caractérisée par des reprises du motif. 2 Abandon du domicile familial pendant une courte période.
fuguer *vi* Faire une fugue.
fugueur, euse *a, n* Qui fait des fugues.
Führer [fyrœʀ] *nm* Titre que prit Hitler.
fuir *vi* [28] 1 S'éloigner rapidement pour échapper à un danger. *Fuir de son pays.* 2 Se dérober, s'esquiver. *Fuir devant ses responsabilités.* 3 S'échapper par un trou, une fente (liquide, gaz). *Vin qui fuit d'un tonneau.* 4 Laisser passer un fluide (récipient). *Tonneau qui fuit.* ■ *vt* Chercher à éviter. *Fuir un danger.*
fuite *nf* 1 Action de fuir. 2 Échappement de fluides par une fissure ; la fissure elle-même. *Fuite de gaz. Boucher une fuite.* 3 Indiscrétion, communication illicite de documents.
fulgurant, ante *a* 1 Rapide comme l'éclair. *Démarrage fulgurant.* 2 Qui illumine soudainement l'esprit. *Intuition fulgurante.* Loc MED *Douleur fulgurante :* aiguë et fugace.
fulguration *nf* Éclair de chaleur.
fulgurer *vi* Litt Briller vivement.
fuligineux, euse *a* 1 Qui produit de la suie. 2 Qui évoque la couleur de la suie.
full [ful] *nm* Au poker, réunion dans une même main d'un brelan et d'une paire.
full-contact [ful-] *nm* Sport de combat où les coups peuvent être portés avec toutes les extrémités. Syn. boxe américaine.
fulminant, ante *a* 1 Litt Menaçant. 2 CHIM Détonant. *Mélange fulminant.*
fulminer *vi* 1 S'emporter violemment en proférant des menaces. *Fulminer contre les mœurs du siècle.* 2 CHIM Détoner. 3 Litt Formuler avec emportement. *Ful'miner des accusations.*
fumable *a* Qu'on peut fumer.
fumage *nm* Action de fumer une terre.
fumaison *nf* ou **fumage** *nm* Action de fumer de la viande, du poisson.
fumant, ante *a* 1 Qui dégage de la fumée, de la vapeur. 2 Fam Sensationnel, formidable. *Un coup fumant.*
fumé, ée *a* Qu'on a fumé (produit comestible). Loc *Verre fumé :* de couleur foncée.
fume-cigare, fume-cigarette *nm inv* Petit tube de bois, d'ambre, etc., pour fumer un cigare, une cigarette.
fumée *nf* 1 Mélange de gaz et de particules solides se dégageant de corps qui brûlent. 2 Vapeur exhalée par un liquide chaud. Loc *Noir de fumée :* produit obtenu par combustion incomplète de corps riches en carbone. *S'en aller en fumée :* disparaître, ne rien produire. ■ *pl* Excréments des cerfs et autres animaux sauvages. Loc Litt *Fumées du vin, de l'ivresse :* troubles mentaux provoqués par l'alcool.
1. fumer *vt* Épandre du fumier sur le sol pour l'amender.
2. fumer *vi* 1 Répandre de la fumée. 2 Dégager de la vapeur d'eau. 3 Fam Être dans une violente colère. ■ *vt* 1 Faire brûler du tabac, du haschisch pour en aspirer la fumée. 2 Exposer de la viande, du poisson à la fumée pour les conserver.
fumerie *nf* Lieu où l'on fume l'opium.
fumerolle *nf* Émanation gazeuse sortant de crevasses dans les régions volcaniques.

fumet *nm* 1 Arôme des viandes à la cuisson, d'un vin. 2 Odeur que dégagent certains animaux. 3 CUIS Sauce à base de poisson.
fumeur, euse *n* Qui fume du tabac. ■ *nm* Qui fume des viandes et des poissons.
fumeux, euse *a* 1 Qui répand de la fumée. 2 Obscur, confus. *Explications fumeuses.*
fumier *nm* 1 Mélange de la litière et des déjections des bestiaux, qu'on utilise comme engrais. 2 Fam Homme vil, abject.
fumigateur *nm* Appareil destiné aux fumigations.
fumigation *nf* 1 MED Inhalation de vapeurs médicamenteuses. 2 Production de vapeurs désinfectantes pour assainir un local, détruire les parasites.
fumigatoire *a* Qui sert à des fumigations.
fumigène *a* Qui produit de la fumée.
fumiste *a, n* Fam Peu sérieux, dilettante. ■ *nm* Qui entretient les appareils de chauffage.
fumisterie *nf* 1 Profession du fumiste. 2 Fam Chose qui manque totalement de sérieux.
fumoir *nm* 1 Local destiné aux fumeurs. 2 Lieu où on fume les viandes, les poissons.
fumure *nf* 1 Action de fumer une terre. 2 Engrais ou fumier utilisé pour cela.
funambule *n* Acrobate qui marche sur une corde au-dessus du sol.
funambulesque *a* De funambule.
funboard [fœnbɔʀd] ou **fun** [fœn] *nm* Planche à voile courte ; sport pratiqué avec cette planche.
funèbre *a* 1 Relatif aux funérailles. 2 Triste, lugubre.
funérailles *nfpl* Cérémonies accompagnant les enterrements.
funéraire *a* Propre aux funérailles, aux tombes.
funérarium [-ʀjɔm] *nm* Lieu où se réunit la famille avant les obsèques.
funeste *a* 1 Qui apporte la mort. 2 Désastreux.
funiculaire *nm* Chemin de fer à câbles ou à crémaillère.
funk [fœnk] *a inv, nm inv* Style de rock des années 70.
funky [fœnki] *a inv, nm inv* Style de jazz des années 60.
furax *a inv* Fam Furieux.
furet *nm* Petit mammifère carnivore.
fur et à mesure (au) *av* Simultanément et proportionnellement ou successivement.
fureter *vi* [17] Fouiller, chercher avec soin pour découvrir qqch.
fureteur, euse *a, n* Curieux.
fureur *nf* 1 Colère très violente. 2 Passion excessive. 3 Déchaînement. *Fureur de la tempête.* Loc *Faire fureur :* être fort en vogue.
furibard, arde ou **furibond, onde** *a* Fam Furieux.
furie *nf* 1 Colère démesurée. *Être en furie.* 2 Violence impétueuse. 3 Femme violente.
furieusement *av* Avec furie.
furieux, euse *a* 1 Qui ressent ou marque une violente colère. 2 Impétueux. *Assaut furieux.* Loc *Fou furieux :* pris d'une crise de violence.
furioso *a* MUS Plein d'impétuosité.
furoncle *nm* Inflammation ayant en son centre une accumulation de pus.
furonculose *nf* Éruption de furoncles.

furtif, ive *a* Fait à la dérobée. *Signe furtif.* **Loc** *Avion furtif* : que les radars ne peuvent détecter.

furtivement *av* De façon furtive.

furtivité *nf* Caractère d'un avion furtif.

fusain *nm* **1** Arbrisseau à fruits rouges. **2** Charbon fin fait avec le fusain ; crayon au fusain ; dessin fait avec ce crayon.

fusant, ante *a* **1** Qui fuse. *Poudre fusante.* **2** Qui explose en l'air (obus).

fuseau *nm* **1** Instrument pour filer la laine, faire de la dentelle. **2** Pantalon dont les jambes se rétrécissent vers le bas. **Loc** *Fuseau horaire* : chacune des 24 zones de la surface terrestre dont tous les points ont la même heure légale. *En fuseau* : renflé en son milieu et aux extrémités pointues.

fusée *nf* **1** Engin spatial, projectile propulsé par la force d'expansion du gaz résultant de la combustion d'un carburant. **2** Pièce d'artifice composée de poudre mélangée à des matières colorantes. **3** Pièce conique qui reçoit la roue d'un véhicule.

fuselage *nm* Corps principal d'un avion, sur lequel est fixée la voiture.

fuselé, ée *a* En fuseau.

fuseler *vt* [18] TECH Donner une forme fuselée à qqch.

fuser *vi* **1** Jaillir. **2** Brûler sans détoner (poudre).

fusette *nf* COUT Petite bobine de fil.

fusible *a* Qui peut fondre. ■ *nm* **1** Élément protecteur d'un circuit électrique contre les intensités trop élevées. **2** Fam Personne qui prend sur elle une responsabilité pour protéger son supérieur hiérarchique.

fusiforme *a* D'une forme allongée et renflée en son milieu.

fusil [-zi] *nm* **1** Arme à feu portative. **2** Instrument en acier pour aiguiser les couteaux. **Loc** *Changer son fusil d'épaule* : changer d'opinion. *Fam Coup de fusil* : addition exagérée. *En chien de fusil* : les genoux contre la poitrine.

fusilier *nm* **Loc** *Fusilier marin* : marin entraîné pour un débarquement.

fusillade *nf* Décharge de coups de feu.

fusiller *vt* **1** Tuer à coups de fusil. **2** Fam Abîmer. *Fusiller son moteur.* **Loc** *Fusiller du regard* : regarder avec hostilité.

fusil-mitrailleur *nm* Arme légère à tir automatique. *Des fusils-mitrailleurs.*

fusion *nf* **1** Passage d'un corps de l'état solide à l'état liquide sous l'action de la chaleur. **2** Union d'éléments distincts en un tout. **3** PHYS Réunion d'atomes libérant une énergie considérable.

fusionnement *nm* Action de fusionner.

fusionner *vt* Regrouper par fusion. ■ *vi* Se regrouper par fusion. *Ces sociétés ont fusionné.*

fustanelle *nf* Court jupon évasé chez les Grecs.

fustigation *nf* Action de fustiger.

fustiger *vt* [11] **1** Battre, flageller. **2** Litt Blâmer, stigmatiser.

fût [fy] *nm* **1** Partie dépourvue de branches du tronc d'un arbre. **2** Partie d'une colonne, située entre la base et le chapiteau. **3** Monture de certains objets, d'une arme à feu. **4** Tonneau.

futaie *nf* Forêt où on laisse les arbres atteindre une grande taille avant de les exploiter.

futaille *nf* Tonneau.

futé, ée *a* Fam Rusé, malin.

futile *a* Insignifiant, frivole.

futilement *av* De façon futile.

futilité *nf* Caractère futile ; chose futile.

futon *nm* Matelas japonais.

futur, ure *a* **1** Qui est à venir. *Les jours futurs.* **2** Qui sera ultérieurement tel. *Les futurs époux.* ■ *nm* **1** Temps à venir ; avenir. **2** GRAM Temps du verbe indiquant une action ou un état se situe dans l'avenir. **Loc** *Futur antérieur* : exprimant l'antériorité par rapport à une action future.

futurisme *nm* **1** Doctrine esthétique du XXe s. **2** Caractère de ce qui semble préfigurer l'avenir.

futuriste *a, n* Du futurisme.

futurologie *nf* Prospective sociale et technique.

futurologue *n* Spécialiste de futurologie.

fuyant, ante [fyijɑ̃] *a* **1** Insaisissable. *Caractère fuyant.* **2** Qui semble s'enfoncer vers l'arrière-plan. *Ligne fuyante.* **Loc** *Front, menton fuyant* : effacé vers l'arrière.

fuyard, arde [fyijaʀ] *a, n* Qui s'enfuit.

g nm Septième lettre (consonne) de l'alphabet.

gabardine nf 1 Tissu de laine sergé. 2 Manteau imperméable.

gabarit [-ri] nm 1 Dimension réglementée d'un objet. 2 Taille, stature, dimension physique ou morale de qqn.

gabbro nm Roche magmatique.

gabegie nf Gaspillage, gâchis.

gabelle nf HIST Impôt sur le sel.

gabelou nm Fam Douanier.

gabier nm Matelot chargé de la manœuvre.

gabonais, aise a, n Du Gabon.

gâche nf Boîtier métallique recevant le pêne de la serrure.

gâcher vt 1 Délayer du mortier, du plâtre. 2 Abimer, gâter. *Le temps a gâché nos vacances.* 3 Dissiper, gaspiller. **Loc** *Gâcher le métier :* travailler pour un prix trop bas.

gâchette nf 1 Arrêt de pêne d'une serrure. 2 Mécanisme d'une arme à feu actionné par la détente. 3 Abusiv La détente elle-même.

gâcheur, euse n Qui gaspille.

gâchis nm 1 Choses gâchées, détériorées. 2 Désordre, gabegie.

gadget [-ɖʒɛt] nm Objet ou procédé ingénieux et nouveau, utile ou non.

gadgétiser vt Munir de nombreux gadgets.

gadidé nm ZOOL Poisson marin, comme la morue, le merlan, le lieu.

gadin nm Loc Pop *Prendre un gadin :* tomber.

gadjo n Non-gitan, pour un gitan.

gadoue ou **gadouille** nf Fam Boue.

gadzarts n Fam Élève des écoles d'arts et métiers.

gaélique a Des Gaëls. ■ nm Parler celtique d'Écosse et d'Irlande.

gaffe nf 1 MAR Perche munie d'un croc, utilisée pour accrocher. 2 Fam Lourde maladresse. **Loc** Pop *Faire gaffe :* faire attention.

gaffer vt Accrocher avec une gaffe. ■ vi Fam Commettre une maladresse.

gaffeur, euse n Fam Qui commet des maladresses.

gag nm Situation engendrant un effet comique.

gaga a, n Fam Gâteux.

gage nm 1 Objet, bien mobilier constituant une garantie de paiement. 2 À certains jeux, pénitence que doit accomplir celui qui a perdu ou qui a commis une faute. 3 Preuve, témoi-

gnage. *Gage d'amitié.* ■ pl Rétribution d'un employé de maison. **Loc** *Tueur à gages :* payé pour tuer.

gager vt [11] 1 Garantir par un gage. *Gager un emprunt.* 2 Litt Parier.

gageure [gaʒyʀ] nf Défi, pari impossible, difficile à réaliser.

gagnable a Qu'on peut gagner.

gagnant, ante a, n Qui gagne.

gagne-pain nm inv Instrument, métier qui permet de gagner sa vie.

gagne-petit nm inv Qui fait de petits profits, qui a un petit salaire.

gagner vt 1 Acquérir qqch par son travail ou ses activités. *Gagner de l'argent. Gagner la confiance de qqn.* 2 Voir se terminer à son avantage un conflit, une lutte, une rencontre sportive. *Gagner un procès, la guerre.* 3 Se diriger vers, rejoindre un lieu. 4 Se propager dans, s'étendre à. *L'incendie a gagné la maison voisine. Le sommeil me gagne.* 5 Rendre qqn favorable à. *Gagner qqn à une cause.* **Loc** *Avoir bien gagné qqch :* mérité de l'obtenir. *Gagner du temps :* économiser du temps ; temporiser, atermoyer. ■ vi 1 Être vainqueur. 2 Tirer avantage à. *Il gagne à être connu.* 3 S'améliorer. *Ce vin a gagné en vieillissant.*

gagneur, euse n Qui a la volonté de gagner.

gai, gaie a 1 Enclin à la bonne humeur. 2 Mis en gaieté par la boisson. 3 Qui marque la gaieté.

gaiement av Avec gaieté.

gaieté nf Caractère gai, joyeux. **Loc** *De gaieté de cœur :* sans contrainte et avec un certain plaisir (souvent en phrase négative).

gaillac nm Vin du Sud-Ouest.

1. gaillard, arde a 1 Plein de force, de santé et de vivacité. 2 Leste, grivois. ■ n Personne vigoureuse et pleine d'allant.

2. gaillard nm MAR Partie élevée à l'une ou l'autre extrémité du pont supérieur d'un navire.

gaillardement av De façon gaillarde.

gaillardise nf Litt Grivoiserie.

gain nm 1 Fait de gagner. *Gain d'un procès, d'une bataille.* 2 Salaire, profit, bénéfice. **Loc** *Avoir gain de cause :* l'emporter dans un litige.

gaine nf 1 Étui épousant la forme de l'objet qu'il contient. 2 Sous-vêtement féminin élastique enserrant les hanches. 2 Conduit. *Gaine de ventilation.* 4 Cage pour la cabine d'un ascenseur.

gainer *vt* 1 Recouvrir d'une gaine. 2 Mouler étroitement. *Jambes gainées de soie.*

gala *nm* Réception, fête, représentation artistique de caractère officiel.

galactique *a* D'une galaxie.

galactomètre *nm* Appareil mesurant la densité du lait.

galactose *nm* CHIM Sucre contenu dans le lait.

galalithe *nf* (n déposé) Matière plastique.

galamment *av* Avec courtoisie.

galant, ante *a* 1 Prévenant, empressé auprès des femmes. 2 Inspiré par l'amour. *Intrigue galante.* Loc *Femme galante :* qui fait commerce de ses charmes.

galanterie *nf* 1 Délicatesse, prévenance envers les femmes. 2 Propos flatteurs adressés à une femme.

galantine *nf* Charcuterie servie froide dans la gelée.

galapiat *nm* Fam Vaurien.

galaxie *nf* 1 Vaste ensemble dynamique d'étoiles et de matière interstellaire. 2 (avec majusc) La galaxie à laquelle appartient le Soleil. 3 Fam Ensemble flou de personnes ou de choses.

galbe *nm* Contour arrondi et harmonieux d'un objet, du corps humain.

galbé, ée *a* Qui présente un contour arrondi et harmonieux.

galber *vt* Donner du galbe à.

gale *nf* 1 Maladie cutanée due à un acarien. 2 Personne méchante.

galéjade *nf* Plaisanterie faite pour mystifier.

galéjer *vi* [12] Dire des galéjades.

galène *nf* MINER Sulfure de plomb.

galénique *a* Loc *Médicament galénique :* préparé dans la pharmacie.

galéopithèque *nm* Écureuil volant.

galère *nf* 1 HIST Bâtiment à voiles et à rames. 2 Fam Situation très pénible. ■ *pl* Peine des condamnés à ramer sur les galères.

galérer *vi* [15] Fam 1 Faire un travail pénible et mal payé. 2 Vivre sans ressources assurées.

galerie *nf* 1 Passage couvert situé à l'intérieur ou à l'extérieur d'un bâtiment. 2 Balcons les plus élevés, dans un théâtre. 3 Lieu d'exposition d'œuvres d'art ; magasin de vente de ces œuvres. 4 Petit chemin que creusent sous terre divers animaux. 5 Conduit souterrain. *Galerie de mine.* 6 Porte-bagages fixé au toit d'une automobile. Loc *La galerie :* les spectateurs. *Pour la galerie :* pour se faire remarquer.

galérien *nm* Condamné aux galères.

galeriste *nm* Qui dirige une galerie d'art.

galet *nm* 1 Caillou poli par le frottement des eaux. 2 Cylindre, disque de roulement de métal, de bois, etc.

galetas [galta] *nm* Logement misérable.

galette *nf* 1 Gâteau rond et plat, cuit au four. 2 Fam Argent.

galeux, euse *a, n* Qui a la gale.

galibot *nm* Anc Apprenti mineur.

galicien, enne *a, n* De la Galice. ■ *nm* Parler du nord-ouest de l'Espagne.

galiléen, enne *a, n* De Galilée.

galimatias [-tja] *nm* Discours confus.

galion *nm* Grand bâtiment de charge utilisé autrefois pour le transport de l'or d'Amérique.

galipette *nf* Fam Culbute, cabriole.

galle *nf* BOT Excroissance d'un tissu végétal due à un parasite. Loc *Noix de galle :* galle du chêne dont on extrait du tanin.

gallican, ane *a, n* Du gallicanisme.

gallicanisme *nm* HIST Doctrine préconisant une certaine indépendance des Églises nationales vis-à-vis de la papauté.

gallicisme *nm* Idiotisme particulier à la langue française (ex. : *en être de sa poche*).

galliforme ou **gallinacé** *nm* ZOOL Oiseau omnivore au vol lourd, telle la poule.

gallique *a* Loc *Acide gallique :* extrait de la noix de galle, utilisé comme colorant.

gallium [-ljɔm] *nm* Métal rare utilisé comme semi-conducteur.

gallo *nm* Dialecte d'oïl de Bretagne orientale.

gallois, oise *a, n* Du pays de Galles. ■ *nm* Langue celtique du pays de Galles.

gallon *nm* Unité de capacité anglo-saxonne qui vaut 4,54 l en Grande-Bretagne et 3,785 l aux États-Unis.

gallo-romain, aine *a, n* De la Gaule romaine. *Des vestiges gallo-romains.*

gallo-roman, ane *a, nm* Se dit des dialectes romans parlés dans l'ancienne Gaule.

galoche *nf* Chaussure à semelle de bois. Loc *Menton en galoche :* pointu et recourbé.

galon *nm* 1 Ruban pour border ou orner. 2 Marque servant à distinguer différents grades militaires. Loc Fam *Prendre du galon :* monter en grade.

galonné, e *nm* Officier ou sous-officier.

galop *nm* 1 La plus rapide des allures des quadrupèdes (du cheval). 2 Ancienne danse d'un mouvement très vif. Loc *Au galop :* très vite. *Galop d'essai :* épreuve probatoire.

galopade *nf* Course précipitée.

galopant, ante *a* Qui s'accroît très rapidement. *Inflation galopante.*

galoper *vi* 1 Aller au galop. 2 Courir, se précipiter.

galopin *nm* Fam Garnement, polisson.

galoubet *nm* Flûte provençale à trois trous.

galuchat *nm* Peau de raie ou de requin, préparée pour la reliure, la maroquinerie, etc.

galurin ou **galure** *nm* Pop Chapeau.

galvanique *a* Du galvanisme.

galvanisation *nf* Action de galvaniser.

galvaniser *vt* 1 Enthousiasmer, remplir d'ardeur. 2 Recouvrir une pièce métallique d'une couche protectrice de zinc.

galvanisme *nm* Effets produits par le courant électrique continu sur les muscles, les nerfs.

galvanomètre *nm* ELECTR Appareil mesurant l'intensité des courants faibles.

galvanoplastie *nf* Dépôt par électrolyse d'une couche de métal sur un support.

galvaudage *nm* Action de galvauder.

galvauder *vt* Avilir par un mauvais usage.

gamay *nm* Cépage rouge du Beaujolais.

gamba *nf* Grosse crevette.

gambade *nf* Cabriole.

gambader *vi* Faire des gambades.

gamberger *vi, vt* [11] Pop Réfléchir, imaginer.

gambien, enne *a, n* De Gambie.

gamelle *nf* Récipient individuel pour transporter un repas tout préparé. Loc Fam *Ramasser une gamelle :* tomber ; échouer.

gamète *nm* BIOL Cellule reproductrice mâle (spermatozoïde) ou femelle (ovule).

gamétogenèse *nf* BIOL Formation des gamètes.

gamin, ine *n* Fam Enfant, adolescent.

gaminerie *nf* Fam Enfantillage.

gamma *nm inv* Troisième lettre de l'alphabet grec, correspondant à g. Loc *Rayons gamma :* rayons très pénétrants émis lors de la désintégration des corps radioactifs.

gammaglobuline *nf* MED Protéine du plasma utilisée comme anticorps.

gamme *nf* 1 MUS Suite ascendante ou descendante de notes conjointes. 2 Ensemble de couleurs, d'états, d'objets, etc., qui s'ordonnent comme une gradation. *Gamme de voitures.* Loc *Haut de gamme :* de luxe. *Bas de gamme :* de mauvaise qualité ou bon marché.

gammée *af* Loc *Croix gammée :* croix à branches coudées, qui a servi d'emblème à l'Allemagne nazie.

gamopétale *a, nf* BOT À pétales soudés.

gamosépale *a* BOT À sépales soudés.

ganache *nf* 1 Région postérieure de la mâchoire inférieure du cheval. 2 Fam Incapable.

gandin *nm* Litt Jeune dandy ridicule.

gandoura *nf* Tunique sans manches des pays arabes.

gang [gãg] *nm* Association de malfaiteurs.

ganga *nm* Oiseau proche du pigeon.

ganglion *nm* Petit corps arrondi sur le trajet d'un vaisseau lymphatique ou d'un nerf.

ganglionnaire *a* Des ganglions.

gangrène *nf* 1 Nécrose et putréfaction des tissus. 2 Litt Ce qui corrompt, détruit.

gangrener *vt* [15] 1 Atteindre de gangrène. 2 Litt Corrompre, pourrir.

gangreneux, euse *a* MED De la gangrène.

gangster [gãgstɛʀ] *nm* Bandit, malfaiteur.

gangstérisme [gãg-] *nm* Banditisme.

gangue *nf* Enveloppe rocheuse des minerais.

ganse *nf* Cordonnet servant d'ornement dans le costume, l'ameublement.

ganser *vt* Orner, border d'une ganse.

gant *nm* Pièce d'habillement ou objet en cuir, en tissu qui couvre la main. Loc *Aller comme un gant :* convenir parfaitement. *Prendre des gants :* des précautions. *Jeter le gant :* lancer un défi. *Relever le gant :* relever le défi. *Retourner comme un gant :* faire changer d'avis.

gantelet *nm* Pièce qui protège les mains.

ganter *vt* Mettre des gants à. ■ *vi* Avoir comme pointure de gants. *Ganter du 7.*

ganterie *nf* Fabrication ou commerce des gants.

gantier, ère *n* Qui fabrique ou vend des gants.

gantois, oise *a, n* De Gand.

gap *nm* Écart, retard important.

gaperon *nm* Fromage de haute auvergnat.

garage *nm* 1 Action de garer. 2 Local destiné à remiser les voitures. 3 Entreprise de réparation et d'entretien des véhicules. Loc *Voie de garage :* voie pour garer les trains ; fonction secondaire, sans avenir.

garagiste *n* Qui tient un garage.

garance *nf* Plante cultivée pour le colorant rouge tiré de ses racines. ■ *a inv* Rouge vif.

garant, ante *n, a* Qui répond de qqn, de ses obligations. ■ *nm* Caution, preuve.

garantie *nf* Engagement pris par un contractant de prendre à sa charge la réparation d'une marchandise défectueuse, d'indemniser des dommages, etc. ■ *pl* Gages, assurance. *Donner des garanties.*

garantir *vt* 1 Se porter garant de ; assurer un droit. 2 Donner pour vrai, pour certain. *Je vous garantis que je l'ai.* 3 Protéger qqn, qqch. *La digue garantit la ville de* (ou *contre*) *l'inondation.*

garbure *nf* CUIS Soupe du Sud-Ouest, au chou et au confit d'oie.

garce *nf* Fam Fille ou femme sans moralité ou méchante.

garçon *nm* 1 Enfant mâle. 2 Adolescent ; homme jeune. 3 Célibataire. 4 Employé d'un artisan, d'un commerçant ; serveur dans un café. Loc *Mauvais garçon :* voyou.

garçonne *nf* Loc *Coiffure à la garçonne :* cheveux courts et nuque rasée.

garçonnet *nm* Petit garçon.

garçonnière *nf* Studio pour une personne seule.

1. garde *nf* 1 Action de surveiller, de protéger, d'interdire l'accès à un lieu. 2 Service de sécurité, de protection. 3 Position d'attente, de défense en boxe, en escrime. 4 Partie d'une arme blanche qui protège la main. Loc *Garde à vue :* mesure qui permet à la police de retenir pendant un temps dans ses locaux tout individu pour les besoins de l'enquête. *De garde :* qui assure une permanence. *Monter la garde :* être de faction. *Être sur ses gardes :* se méfier. *Vieille garde :* les plus anciens partisans d'une personnalité. *Prendre garde :* faire attention.

2. garde *n* 1 Gardien, surveillant. 2 Qui appartient à une troupe, à un service de protection. 3 Qui garde les enfants, les malades. Loc *Garde champêtre :* agent municipal chargé de faire respecter les règlements municipaux. *Garde forestier :* chargé de surveiller les bois et les forêts. *Garde des Sceaux :* en France, ministre de la Justice.

garde-à-vous *interj* Commandement militaire enjoignant de prendre une position rigide réglementaire. ■ *nm inv* Cette position.

garde-barrière *n* Chargé de la manœuvre d'un passage à niveau non automatisé. *Des gardes-barrières.*

garde-boue *nm inv* Pièce incurvée qui protège les roues d'un véhicule des éclaboussures.

garde-chasse *nm* Gardien d'une chasse privée. *Des gardes-chasses.*

garde-chiourme *nm* Anc Surveillant dans un bagne. *Des gardes-chiourmes.*

garde-corps *nm inv* Balustrade empêchant de tomber dans le vide.

garde-côte *nm* Anc Petit navire de guerre chargé de surveiller les côtes. *Des gardes-côtes.*

garde-du-corps *n* Chargé de veiller à la sécurité rapprochée d'une personnalité. *Des gardes-du-corps.*

garde-feu *nm inv* Grille placée devant le foyer d'une cheminée.

garde-fou *nm* 1 Balustrade empêchant de tomber dans le vide. 2 Ce qui empêche les erreurs. *Des garde-fous.*

garde-frontière *nm* Militaire contrôlant une frontière. *Des gardes-frontières.*

garde-malade *n* Qui garde et soigne les malades. *Des gardes-malades.*

garde-manger *nm inv* Petit placard aéré où on conserve les aliments.

garde-meuble *nm* Lieu où on peut laisser des meubles en garde. *Des garde-meubles.*

gardénal *nm* (n déposé) Médicament sédatif.

gardénia *nm* Arbrisseau à grandes fleurs ornementales.

garden-party [-den-] *nf* Réception élégante donnée dans un jardin. *Des garden-partys.*

garde-pêche *nm* Agent qui surveille les cours d'eau et les étangs. *Des gardes-pêche.* ■ *nm inv* Petit navire de guerre qui protège les zones de pêche.

garder *vt* **1** Veiller sur, prendre soin de. *Garder un malade. Garder les chèvres.* **2** Surveiller pour empêcher de s'enfuir. *Garder à vue un suspect.* **3** Veiller à la sécurité de. *Des gendarmes gardent l'arsenal.* **4** Ne pas se dessaisir de. *Gardez bien ces papiers.* **5** Réserver. *Garder une chambre pour qqn.* Loc *Garder le silence :* rester silencieux. *Garder son sérieux :* se retenir de rire. *Garder la chambre :* rester chez soi pour cause de maladie. ■ *vpr* **1** Se prémunir contre. *Se garder du froid.* **2** S'abstenir de. *Gardez-vous de partir.*

garderie *nf* Garde des enfants en bas âge ; lieu où elle est assumée.

garde-robe *nf* **1** Armoire, placard où on garde les vêtements. **2** Ensemble des vêtements que possède qqn. *Des garde-robes.*

garde-voie *nm* Surveillant des voies ferrées. *Des gardes-voies.*

gardian *nm* Gardien de taureaux ou de chevaux, en Camargue.

gardien, enne *n* **1** Qui garde ; surveillant. *Gardien de prison, de musée, de square. Gardien de nuit.* **2** Préposé à la garde d'un immeuble ; concierge. **3** Qui défend, qui maintient. *Les gardiens de la tradition.* Loc *Gardien de la paix :* agent de police.

gardiennage *nm* Garde et surveillance assurées par des gardiens.

gardon *nm* Petit poisson d'eau douce.

1. gare *nf* Installations et bâtiments destinés au trafic des trains. Loc *Gare maritime :* sur le quai où accostent les navires. *Gare routière :* pour le trafic des camions.

2. gare ! *interj* Avertit d'avoir à faire attention. Loc *Sans crier gare :* sans prévenir.

garenne *nf* Zone où vivent des lapins sauvages. Loc *Lapin de garenne :* lapin sauvage.

garer *vt* Ranger un véhicule à l'abri ou à l'écart de la circulation. ■ *vpr* **1** Ranger sa voiture. **2** Se mettre à l'abri.

gargantuesque *a* Digne de Gargantua.

gargariser (se) *vpr* **1** Se rincer la gorge avec un gargarisme. **2** Fam Se délecter de.

gargarisme *nm* **1** Action de se gargariser. **2** Liquide médicamenteux pour se gargariser.

gargote *nf* Fam Restaurant médiocre.

gargouille *nf* Gouttière en saillie autrefois ornée d'un motif architectural, pour rejeter l'eau en avant d'un mur.

gargouillement ou **gargouillis** *nm* Bruit analogue à celui d'un liquide qui s'écoule irrégulièrement.

gargouiller *vi* Faire entendre un gargouillement.

gargoulette *nf* Récipient pour garder l'eau fraîche.

garnement *nm* Enfant turbulent.

garni, ie *a* Servi avec une garniture. *Choucroute garnie.* ■ *nm* Logement meublé.

garnir *vt* **1** Munir, pourvoir de. **2** Couvrir en décorant. **3** Remplir, occuper un espace.

garnison *nf* Troupe casernée dans une ville, une place forte ; cette ville.

garnissage *nm* Action de garnir ; revêtement.

garniture *nf* **1** Ce qui garnit. **2** Ce qu'on sert avec un mets, ce qui l'accompagne. **3** Élément formant un joint hermétique autour de pièces subissant un frottement.

garou *nm* Arbrisseau du Midi, à fleurs blanches odorantes. Syn. sainbois.

garrigue *nf* Formation buissonneuse des régions méditerranéennes.

garrot *nm* **1** ZOOL Saillie du corps, à l'aplomb des membres antérieurs des quadrupèdes (cheval, bœuf, tigre). **2** Morceau de bois passé dans une corde pour la serrer en tordant. **3** Lien pour comprimer une artère et arrêter une hémorragie.

garrotter *vt* Attacher, lier fortement.

gars [ga] *nm* Fam Garçon, jeune homme.

gascon, onne *a, n* **1** De la Gascogne. ■ *nm* Parler roman de Gascogne.

gasconnade *nf* Litt Fanfaronnade.

gasoil [gazwal] *nm* Syn de *gazole*.

gaspacho [-patʃo] *nm* Potage espagnol.

gaspillage *nm* Action de gaspiller.

gaspiller *vt* Consommer, dépenser sans utilité et avec excès ; dilapider.

gaspilleur, euse *a, n* Qui gaspille.

gastéropode ou **gastropode** *nm* ZOOL Mollusque qui se déplace par reptation au moyen de son pied (escargot, limnée, bigorneau).

gastralgie *nf* Douleur à l'estomac.

gastrectomie *nf* Ablation totale ou partielle de l'estomac.

gastrique *a* De l'estomac. *Douleur gastrique.*

gastrite *nf* Inflammation de l'estomac.

gastroentérite *nf* Inflammation aiguë de l'estomac et de l'intestin.

gastroentérologie *nf* Médecine du tube digestif.

gastroentérologue *n* Spécialiste de gastroentérologie.

gastro-intestinal, ale, aux *a* De l'estomac et de l'intestin.

gastromycète *nm* BOT Champignon basidiomycète, telle la vesse-de-loup.

gastronome *nm* Amateur de bonne chère.

gastronomie *nf* Art du bien manger, de la bonne chère.

gastronomique *a* De la gastronomie.

gastropode. V. gastéropode.

gastroscopie *nf* Examen endoscopique de l'estomac.

gastrula *nf* BIOL Troisième stade du développement de l'embryon, succédant à la blastula.

gâteau *nm* **1** Pâtisserie sucrée, faite avec de la farine, du beurre et des œufs. **2** Masse aplatie d'une matière compacte. Loc Fam *C'est du gâteau :* c'est facile. ■ *a inv* Fam Qui gâte beaucoup ses enfants. *Papa gâteau.*

gâter *vt* **1** Vx Endommager. *La grêle a gâté les vignes.* **2** Corrompre, pourrir. *Un fruit pourri gâte tous les autres.* **3** Altérer, troubler. *Cet incident a gâté notre plaisir.* **4** Combler de cadeaux ; choyer. **5** Traiter avec trop d'indulgence. *Enfant gâté.* ■ *vpr* S'altérer, se modifier en mal. *Le temps se gâte.*

gâterie *nf* Menu cadeau, friandise.

gâteux, euse *a, n* Dont les facultés mentales sont amoindries par le grand âge.

gâtisme *nm* État de qqn de gâteux.

gauche *a* **1** Situé du côté du cœur. **2** Qui manque d'aisance, d'adresse ; maladroit, gêné. *Loc Se lever du pied gauche* : de mauvaise humeur. ■ *nm* Pied ou poing gauche, dans les sports. ■ *nf* **1** Le côté gauche, la partie gauche, la main gauche. **2** Parti ou personnes professant des opinions réformistes ou révolutionnaires (extrême gauche) *Loc Jusqu'à la gauche* : jusqu'à l'extrême limite, complètement. *À gauche* : du côté gauche. *Fam Mettre de l'argent à gauche* : épargner.

gauchement *av* Maladroitement.

gaucher, ère *a, n* Qui se sert habituellement de sa main gauche.

gaucherie *nf* **1** Manque d'adresse. **2** Manualité gauche.

gauchir *vi* Se déformer, se voiler. ■ *vt* **1** Déformer une surface plane. **2** Fausser, détourner. *Gauchir le sens d'un texte.*

gauchisant, ante *a* Qui a des opinions politiques proches de la gauche.

gauchisme *nm* Courant politique d'extrême gauche.

gauchissement *nm* Action, fait de gauchir.

gauchiste *n, a* Partisan du gauchisme.

gaucho *nm* Gardien de troupeau des pampas sud-américaines.

gaudriole *nf Fam* Plaisanterie un peu leste.

gaufrage *nm* Action de gaufrer.

gaufre *nf* **1** Pâtisserie alvéolée cuite dans un gaufrier. **2** Gâteau de cire des abeilles.

gaufrer *vt* Imprimer à chaud des dessins sur du cuir, des étoffes, etc.

gaufrette *nf* Petite gaufre.

gaufrier *nm* Moule à gaufres.

gaulage *nm* Action de gauler.

gaule *nf* **1** Grande perche. **2** Canne à pêche.

gauler *vt* Battre un arbre, ses branches avec une gaule pour faire tomber les fruits.

gaullien, enne *a* Du général de Gaulle.

gaullisme *nm* Conceptions politiques se réclamant du général de Gaulle.

gaulliste *n, a* Partisan du gaullisme.

gaulois, oise *a, n* De la Gaule, des Gaulois. ■ *a* D'une gaieté grivoise. ■ *nm* Langue celtique parlée par les Gaulois. ■ *nf* (n° déposé) Cigarette brune.

gauloisement *av* De façon grivoise.

gauloiserie *nf* Parole un peu leste.

gauss *nm* Unité de champ magnétique.

gausser (se) *vpr Litt* Se moquer de qqn.

gavage *nm* Action de gaver.

gave *nm* Torrent des Pyrénées.

gaver *vt* **1** Faire manger de façon excessive ou de force. **2** Combler, emplir à l'excès. *Gaver de connaissances.* ■ *vpr* Se gorger de.

gavial *nm* Crocodile d'Asie. *Des gavials.*

gavotte *nf* Ancienne danse à deux temps.

gavroche *nm* Gamin parisien.

gay *n, a* Homosexuel.

gayal *nm* Bœuf sauvage d'Asie. *Des gayals.*

gaz *nm inv* **1** Fluide expansible et compressible. **2** Produit gazeux à usage industriel ou domestique. **3** Produit chimique utilisé comme arme. *Loc Gaz de pétrole liquéfié (G.P.L.)* : mélange d'hydrocarbures, utilisé comme carburant. *Gaz rare* : hélium, néon, argon, krypton, xénon et radon. *Fam Il y a de l'eau dans le gaz* : il y a des difficultés. ■ *pl* **1** Mélange détonant d'air et de vapeurs d'essence brûlé dans un moteur à explosion. **2** Substances gazeuses se formant dans l'intestin ou l'estomac. *Loc À pleins gaz* : à pleine puissance.

gazage *nm* Action de gazer.

gaze *nf* Étoffe légère et transparente.

gazé, ée *a, n* Soumis à l'action d'un gaz nocif.

gazéification *nf* Action de gazéifier.

gazéifier *vt* **1** Transformer en gaz. **2** Dissoudre du gaz carbonique dans un liquide.

gazelle *nf* Petite antilope d'Afrique et d'Asie.

gazer *vt* Intoxiquer par un gaz nocif. ■ *vi Fam* Aller vite, à pleins gaz.

gazette *nf Litt* Journal.

gazeux, euse *a* **1** À l'état de gaz. **2** Qui contient du gaz carbonique. *Eau gazeuse.*

gazier, ère *a* Relatif au gaz. ■ *nm* Qui travaille dans une compagnie du gaz.

gazinière *nf* Cuisinière à gaz.

gazoduc *nm* Canalisation servant au transport du gaz naturel.

gazogène *nm* Appareil transformant le bois ou le charbon en gaz combustible.

gazole *nm* Produit pétrolier utilisé comme carburant ou comme combustible. *Syn* gasoil.

gazoline *nf* Produit pétrolier très volatil.

gazomètre *nm* Réservoir pour gaz de ville.

gazon *nm* **1** Herbe courte et menue. **2** Terre couverte de cette herbe.

gazouillement *nm* Action de gazouiller ; bruit ainsi produit.

gazouiller *vi* **1** Faire entendre un petit bruit doux et agréable (oiseaux). **2** Babiller (enfants).

gazouillis *nm* Petit gazouillement.

geai *nm* Passereau à plumage beige tacheté.

géant, ante *n* **1** Être colossal des contes et des légendes. **2** Personne très grande. *Loc Aller à pas de géant* : très vite. ■ *a* De très grande taille. *Étoile géante.*

géantiste *n* Spécialiste de slalom géant.

gecko *nm* Reptile saurien des régions chaudes.

géhenne *nf Litt* Souffrance intense.

geignard, arde *a, n Fam* Qui se plaint sans cesse.

geignement *nm* Gémissement.

geindre *vi* [69] Se plaindre faiblement.

geisha [geʃa] *nf* Au Japon, danseuse, musicienne et chanteuse traditionnelle, qui joue le rôle d'hôtesse.

gel *nm* **1** Abaissement de la température atmosphérique entraînant la congélation de l'eau. **2** Préparation cosmétique à base d'eau. **3** Blocage, arrêt. *Gel des négociations.*

gélatine *nf* Matière albuminoïde à l'aspect de gelée obtenue à partir de substances animales.

gélatineux, euse *a* De la consistance, de l'aspect de la gélatine.

gélatinobromure *nm* Sel d'argent dans de la gélatine, émulsion utilisée en photographie.

gelée *nf* **1** Gel. **2** Bouillon de viande qui se solidifie en refroidissant. **3** Jus de fruits cuits qui se solidifie en refroidissant. *Loc Gelée blanche* : congélation de la rosée. *Gelée royale* : substance avec laquelle les abeilles nourrissent les larves de reines.

247 génie

geler *vt* [16] 1 Transformer en glace. 2 Durcir par le gel. *Geler la terre.* 3 Faire mourir ou nécroser par un froid excessif. 4 Bloquer. *Geler les salaires.* ■ *vi* 1 Se transformer en glace. 2 Mourir, se nécroser sous l'action du froid. *Les oliviers ont gelé.* 3 Avoir très froid.

gélinotte *nf* Oiseau voisin de la perdrix.

gélose *nf* Gélatine extraite de certaines algues.

gélule *nf* Petite capsule de gélatine contenant un médicament.

gelure *nf* Lésion des tissus due au froid.

gémellaire *a* Relatif aux jumeaux.

gémellité *nf* État d'enfants jumeaux.

gémination *nf* Disposition par paires.

géminé, ée *a* Double ; groupé par deux.

gémir *vi* 1 Exprimer la douleur par des plaintes faibles. 2 Produire un son comparable à un gémissement.

gémissant, ante *a* Qui gémit.

gémissement *nm* 1 Cri, plainte faible et inarticulée. 2 Bruit comparable à une plainte.i

gemme *nf* 1 Pierre précieuse ou pierre fine transparente. 2 Suc résineux des pins. ■ *a* Loc *Sel gemme* : sel de terre.

gemmologie *nf* Étude scientifique des gemmes.

gemmule *nf* BOT Bourgeon d'une plantule ; embryon d'une graine.

gémonies *nfpl* Loc Litt *Vouer qqn aux gémonies* : le maudire.

gênant, ante *a* Qui gêne.

gencive *nf* Muqueuse buccale qui enserre le collet des dents.

gendarme *nm* 1 Militaire appartenant au corps de la gendarmerie. 2 Personne autoritaire. 3 Hareng saur. 4 Punaise rouge et noire.

gendarmer (se) *vpr* Protester avec vivacité.

gendarmerie *nf* 1 Corps militaire chargé de veiller à la sécurité publique. 2 Caserne et bureaux des unités de ce corps.

gendre *nm* Mari de la fille, par rapport au père et à la mère de celle-ci.

gène *nm* BIOL Unité constituée d'A.D.N. et portée par un chromosomes, qui transmet les caractères héréditaires des êtres vivants.

gêne *nf* 1 Malaise physique. 2 Embarras, contrainte désagréable. 3 Manque d'argent. Loc Fam *Être sans gêne* : ne pas se préoccuper des autres en prenant ses aises.

gêné, ée *a* 1 Mal à l'aise. 2 Qui manque d'argent.

généalogie *nf* 1 Suite d'ancêtres qui établit une filiation. 2 Science des filiations.

généalogique *a* De la généalogie. Loc *Arbre généalogique* : filiation en forme d'arbre.

généalogiste *n* Spécialiste de généalogie.

génépi *nm* 1 Armoise aromatique des montagnes. 2 Liqueur à base de cette plante.

gêner *vt* 1 Causer un malaise physique ou moral à. 2 Entraver, faire obstacle à. *Gêner la circulation.* 3 Réduire à manquer d'argent. ■ *vpr* Se contraindre par discrétion ou par timidité.

1. général, ale, aux *a* 1 Qui s'applique à un grand nombre de cas. 2 Qui concerne ou englobe la totalité ou la plus grande partie d'un ensemble, d'une administration, d'un service, d'un groupe. 3 Qui est à l'échelon le plus élevé d'une hiérarchie. Loc *En général* : le plus souvent. *D'une manière générale* : ordinairement. *Répétition générale* : dernière répétition avant la première représentation.

2. général *nm* 1 Chef militaire. 2 Officier des plus hauts grades dans les armées de terre et de l'air. 3 Supérieur de certaines congrégations religieuses.

générale *nf* 1 Femme d'un général. 2 Répétition générale.

généralement *av* Ordinairement.

généralisable *a* Que l'on peut généraliser.

généralisateur, trice *a* Qui généralise.

généralisation *nf* Action de généraliser, fait de se généraliser.

généraliser *vt* 1 Rendre général. *Généraliser une méthode.* 2 Raisonner en allant du particulier au général. ■ *vpr* Devenir commun ; se répandre.

généralissime *nm* Général en chef.

généraliste *a, n* Qui n'est pas spécialisé dans une activité. ■ *n* Médecin généraliste. Ant. spécialiste.

généralité *nf* Caractère général. ■ *pl* Propos banals par leur caractère trop vague.

générateur, trice *a* Qui génère. ■ *nm* Transformateur d'une énergie quelconque en énergie électrique. ■ *nf* Machine servant à produire du courant continu.

génération *nf* 1 Reproduction des êtres vivants. 2 Degré de filiation dans une famille ; durée séparant ces degrés. 3 Ensemble d'individus ayant approximativement le même âge en même temps. 4 Degré d'un progrès technique. *Machine de deuxième génération.*

générationnel, elle *a* Relatif aux rapports entre les générations.

générer *vt* [12] Engendrer, être la cause de, produire.

généreusement *av* De façon généreuse.

généreux, euse *a* 1 Qui dénote la noblesse de caractère. 2 Qui donne volontiers et largement. Loc *Vin généreux* : capiteux.

générique *a* Propre au genre, à l'espèce, à tout un ensemble. ■ *nm* 1 Séquence d'un film, d'une émission de télévision indiquant le nom des divers collaborateurs. 2 Médicament tombé dans le domaine public.

générosité *nf* Qualité de qqn de généreux.

genèse *nf* Processus donnant naissance à qqch. *La genèse d'un livre.*

génésique *a* De la génération (sens 1).

genêt *nm* Arbrisseau à fleurs jaunes.

généticien, enne *n* Spécialiste de génétique.

génétique *a* Relatif aux gènes et à l'hérédité. ■ *nf* Science de l'hérédité.

génétiquement *av* Sur le plan génétique.

genette *nf* Mammifère carnivore au pelage clair tacheté de noir.

gêneur, euse *n* Qui gêne, importun.

genevois, oise *a, n* De Genève.

genévrier *nm* Conifère dont les cônes sont utilisés pour parfumer diverses eaux-de-vie.

génial, ale, aux *a* 1 Qui a du génie ou dénote du génie. 2 Abusiv Remarquable, excellent.

génie *nm* 1 Être imaginaire, surnaturel de la mythologie. *Les génies des eaux.* 2 Talent, aptitude particulière. *Avoir le génie des affaires.* 3 Caractère propre et distinctif. *Le génie d'une langue.* 4 Aptitude créatrice extraordinaire ; personne géniale. 5 Dans l'armée, arme qui

genièvre

fournit les installations et les équipements. **6** Technique relevant d'un domaine spécifique. *Génie rural, civil, maritime, génétique.*

genièvre *nm* Eau-de-vie de grain aromatisée aux baies de genévrier.

génique *a* BIOL Relatif aux gènes.

génisse *nf* Jeune vache qui n'a pas encore vêlé.

génital, ale, aux *a* De la reproduction des animaux et de l'homme.

géniteur, trice *n* Qui a engendré.

génitif *nm* LING Cas exprimant l'appartenance ou la dépendance, dans les langues à flexion.

génito-urinaire *a* ANAT Des appareils génital et urinaire.

génocide *nm* Extermination systématique d'un groupe ethnique.

génois, oise *a* De Gênes. ■ *nm* MAR Grand foc. ■ *nf* Gâteau aux amandes.

génome *nm* BIOL Ensemble des chromosomes.

génotype *nm* BIOL Ensemble des gènes portés par l'A.D.N. d'une cellule vivante.

genou *nm* Articulation unissant la jambe et la cuisse. Loc *À genoux* : les genoux posés à terre. *Sur les genoux* : très fatigué. *Des genoux.*

genouillère *nf* Bande servant à protéger ou à maintenir le genou.

genre *nm* **1** Ensemble d'êtres ou de choses présentant des caractères communs ; espèce, sorte. **2** BIOL Subdivision de la famille, supérieure à l'espèce. *Le chat domestique, famille des félidés, genre Felis.* **3** Sorte d'œuvres caractérisées par le sujet, le style. *Genre épique.* **4** Comportement de qqn, d'un groupe ; manières. **5** LING Classification morphologique des noms et pronoms répartis, en français, en masculin et en féminin.

gens *nmpl* (l'adjectif précédant *gens* se met au féminin) Personnes en nombre indéterminé. *Une foule de gens. De vieilles gens. Des gens âgés.* Loc *Gens d'affaires, gens d'Église, gens de lettres, etc.* : personnes exerçant telle ou telle activité.

gentiane [-sjan] *nf* **1** Plante de montagne à fleurs bleues, jaunes ou violettes. **2** Liqueur amère préparée à partir de cette plante.

1. gentil *nm* Non-juif chez les anciens Hébreux ; païen, chez les premiers chrétiens.

2. gentil, ille *a* **1** Joli, gracieux, charmant. **2** Obligeant, attentionné. *Il est très gentil.* **3** Fam Important. *Une gentille somme.*

gentilé *nm* LING Syn de *nom ethnique.*

gentilhomme [-tijom] *nm* Homme de naissance noble. *Des gentilshommes* [-tizom].

gentilhommière *nf* Petit château à la campagne.

gentillesse *nf* **1** Qualité de qqn de gentil. **2** Action, parole gentille.

gentillet, ette *a* Assez gentil.

gentiment *av* De façon gentille.

gentleman [dʒɛntləman] *nm* Qui se conduit avec tact et élégance.

gentleman's agreement [-agriment] *nm inv* Accord diplomatique entre deux parties.

gentry [dʒɛntʀi] *nf* Petite noblesse anglaise.

génuflexion *nf* Flexion d'un genou, des genoux en signe de respect.

géocentrique *a* Relatif à la Terre, prise comme centre.

géochimie *nf* Étude des éléments chimiques des roches.

géochimiste *n* Spécialiste de géochimie.

géochronologie *nf* Étude de l'âge des roches et de l'histoire de la Terre.

géode *nf* Masse minérale creuse, dont l'intérieur est tapissé de cristaux.

géodésie *nf* Science de la forme et des dimensions de la Terre.

géodésique *a* De la géodésie.

géodynamique *nf* Science de la dynamique du globe. ■ *a* De la géodynamique.

géographe *n* Spécialiste de la géographie.

géographie *nf* **1** Science de la description des phénomènes physiques et humains. **2** Ensemble des caractères propres à une région.

géographique *a* De la géographie.

géographiquement *av* Selon la géographie.

geôle *nf* Litt Prison.

geôlier, ère *n* Litt Gardien de prison.

géologie *nf* Science de l'histoire de la Terre et des constituants de l'écorce terrestre.

géologique *a* De la géologie.

géologue *n* Spécialiste de géologie.

géomagnétique *a* Du géomagnétisme.

géomagnétisme *nm* Magnétisme terrestre.

géomètre *nm* **1** Spécialiste de géométrie. **2** Technicien qui exécute des levers de plans.

géométrie *nf* Branche des mathématiques qui étudie les propriétés de l'espace. Loc *À géométrie variable* : qui peut s'adapter.

géométrique *a* **1** De la géométrie. **2** D'aspect régulier et simple. **3** Précis et rigoureux.

géométriquement *av* De façon géométrique.

géomorphologie *nf* Science des reliefs terrestres actuels et leur évolution.

géophysicien, enne *n* Spécialiste de géophysique.

géophysique *nf* Étude des phénomènes physiques du globe terrestre et de son atmosphère. ■ *a* De la géophysique.

géopolitique *nf* Étude de l'influence des facteurs géographiques sur la politique internationale. ■ *a* De la géopolitique.

géorgien, enne *a, n* De Géorgie. ■ *nm* Langue caucasienne parlée en Géorgie.

géorgique *a* Litt Des travaux champêtres.

géostationnaire *a* Se dit d'un satellite artificiel dont la position par rapport à la Terre ne varie pas.

géostratégie *nf* MILIT Données mondiales de la stratégie.

géosynclinal *nm* GEOL Vaste dépression de l'écorce terrestre dont le fond s'enfonce sous le poids des sédiments. *Des géosynclinaux.*

géotechnique *nf* Géologie appliquée à la construction et aux travaux publics.

géothermie *nf* Chaleur interne de la Terre.

géothermique *a* De la géothermie.

géotropisme *nm* Orientation de la croissance des végétaux sous l'action de la pesanteur.

géotrupe *nm* Coléoptère de type bousier.

gérable *a* Que l'on peut gérer.

gérance *nf* Fonction de gérant.

géranium [-njɔm] *nm* Plante ornementale aux fleurs roses, rouges ou blanches.

gérant, ante *n* Qui administre pour autrui ; mandataire.

gerbe *nf* **1** Faisceau de tiges de céréales coupées et liées ; bouquet de fleurs. **2** Forme en faisceau, trajectoire. *Gerbe d'eau.*

gerber *vt* Empiler des charges les unes sur les autres. ■ *vi* Pop Vomir.

gerbera [-bɛʀa] *nm* Plante ornementale.

gerbeur *nm* Appareil de levage.

gerbille *nf* Petit rongeur des régions arides.

gerboise *nf* Petit rongeur qui progresse par bonds.

gercer *vt* [10] Faire de petites fentes ou crevasses. ■ *vi, vpr* Se fendiller. *Les mains (se) gercent en hiver.*

gerçure *nf* Crevasse sur la peau, due au froid.

gérer *vt* [12] 1 Administrer, diriger pour son propre compte ou pour le compte d'autrui. 2 Dominer au mieux une situation difficile.

gerfaut *nm* Grand faucon des régions septentrionales.

gériatre *n* Spécialiste de gériatrie.

gériatrie *nf* Étude et traitement des maladies des personnes âgées.

gériatrique *a* De la gériatrie.

1. germain, aine *a, n* Né du même père et de la même mère. *Sœur germaine.* **Loc** *Cousins germains* : dont le père ou la mère de l'un a pour frère ou sœur le père ou la mère de l'autre. *Cousins issus de germains :* dont les parents sont cousins germains.

2. germain, aine *a, n* De la Germanie.

germanique *a* Relatif à l'Allemagne.

germanisation *nf* Action de germaniser.

germaniser *vt* Rendre allemand.

germanisme *nm* Mot, expression propre à l'allemand.

germaniste *n* Spécialiste des langues, de la civilisation germaniques.

germanium [-njɔm] *nm* CHIM Métalloïde utilisé comme semi-conducteur.

germanophile *a, n* Favorable aux Allemands.

germanophobe *a, n* Hostile aux Allemands.

germanophone *a, n* De langue allemande.

germe *nm* 1 Rudiment d'un être vivant (œuf, embryon, plantule, etc.). 2 Première pousse issue de la graine, du tubercule, etc. 3 Bactérie, virus. 4 Principe, origine de qqch. *Les germes d'une révolution.*

germer *vi* 1 Commencer à pousser, en parlant d'une plante. 2 Se former. *Ce projet a germé dans son esprit.*

germinal *nm* Septième mois (mars-avril) du calendrier républicain.

germinatif, ive *a* BOT De la germination.

germination *nf* BOT Développement du germe, d'une plante.

germon *nm* Thon blanc de l'Atlantique.

géromé *nm* Fromage des Vosges, au lait de vache.

gérondif *nm* GRAM 1 Mode latin, déclinaison de l'infinitif. 2 Forme verbale en *ant*, précédée de la préposition *en* (ex. : *en dormant*).

géronte *nm* Litt Vieillard ridicule.

gérontocratie *nf* Prépondérance politique des vieillards.

gérontologie *nf* Étude du vieillissement.

gérontologue *n* Spécialiste de gérontologie.

gésier *nm* Seconde poche de l'estomac des oiseaux.

gésir *vi* [36] (usité seulement au présent, à l'imparfait de l'indicatif et au participe présent). 1 Être étendu, abandonné sur le sol. 2 Se trouver. *C'est là que gît la difficulté.*

gesse *nf* Plante grimpante, fourragère ou ornementale.

gestaltisme [gɛʃtal-] *nm* Théorie psychologique qui considère les phénomènes comme des ensembles structurés.

gestation *nf* 1 État d'une femelle de mammifère portant son petit. 2 Grossesse d'une femme. 3 Élaboration d'un ouvrage de l'esprit.

1. geste *nm* Mouvement des bras et des mains, pour faire ou exprimer qqch. **Loc** *Avoir, faire un geste :* faire une belle action. ■ *pl* **Loc** *Faits et gestes de qqn :* ses actions, sa conduite.

2. geste *nf* **Loc** *Chanson de geste :* poème épique du Moyen Âge.

gesticulation *nf* Action de gesticuler.

gesticuler *vi* Faire de grands gestes dans tous les sens.

gestion *nf* Action d'administrer une entreprise.

gestionnaire *a* De la gestion. ■ *n* Chargé de la gestion.

gestualité *nf* Ensemble des gestes.

gestuel, elle *a* Propre aux gestes. ■ *nf* Ensemble de gestes significatifs.

gevrey-chambertin *nm inv* Bourgogne rouge, très estimé.

gewurztraminer *nm* Cépage blanc d'Alsace.

geyser *nm* Jaillissement intermittent d'eau chaude.

ghanéen, enne *a, n* Du Ghana.

ghetto *nm* 1 Quartier où les Juifs étaient contraints de résider. 2 Lieu où une minorité est isolée du reste de la population.

G.I. [dʒiaj] *nm inv* Soldat américain.

gibbon *nm* Singe d'Asie dépourvu de queue.

gibbosité *nf* Bosse produite par une déformation de la colonne vertébrale.

gibecière *nf* Sacoche portée en bandoulière.

gibelotte *nf* Fricassée de lapin au vin.

giberne *nf* Ancienne boîte à cartouches.

gibet *nm* Litt Potence.

gibier *nm* Animal susceptible d'être chassé ; viande de cet animal. **Loc** *Gibier de potence :* individu malhonnête.

giboulée *nf* Averse soudaine et brève.

giboyeux, euse *a* Abondant en gibier.

gibus *nm* Chapeau haut de forme à ressorts.

G.I.C. *n* Abrév de *grand invalide civil*.

giclée *nf* Jet de liquide qui gicle.

giclement *nm* Action de gicler.

gicler *vi* Jaillir en éclaboussant.

gicleur *nm* Dispositif destiné à régler le débit de l'essence dans un carburateur.

gifle *nf* 1 Coup sur la joue avec le plat ou le revers de la main. 2 Affront, humiliation.

gifler *vt* Donner une gifle.

G.I.G. *n* Abrév de *grand invalide de guerre*.

gigantesque *a* Qui dépasse de beaucoup la moyenne ; immense.

gigantisme *nm* 1 Accroissement exagéré du squelette. 2 Caractère démesuré.

gigogne *a* Se dit d'objets qui s'emboîtent les uns dans les autres. *Des poupées gigognes.*

gigolo *nm* Fam Jeune amant entretenu.

gigot *nm* Cuisse de mouton, d'agneau, de chevreuil, coupée pour la table. **Loc** *Manches gigot :* manches longues et bouffantes.

gigotement *nm* Fam Action de gigoter.

gigoter *vi* Fam Remuer en tous sens.

1. gigue *nf* Cuisse de chevreuil. **Loc** Fam *Une grande gigue :* une grande fille dégingandée.

2. gigue *nf* Danse au rythme vif.

gilet nm 1 Veste masculine sans manches portée sous un veston. 2 Sous-vêtement couvrant le torse. 3 Cardigan. Loc *Gilet de sauvetage :* brassière maintenant hors de l'eau la tête d'une personne immergée. *Pleurer dans le gilet de qqn :* se lamenter auprès de lui.

gimmick [gi-] nm Fam Gadget astucieux.

gin [dʒin] nm Eau-de-vie de grain anglaise.

gin-fizz [dʒinfiz] nm inv Cocktail au gin et au jus de citron.

gingembre nm Plante aromatique d'Asie.

gingival, ale, aux a Des gencives.

gingivite nf Inflammation des gencives.

ginkgo [ʒinko] nm Arbre ornemental sacré de Chine. Syn. arbre aux quarante écus.

ginseng [ʒinsãg] nm Racine d'une plante aux vertus toniques.

giorno (a) V. a giorno.

girafe nf 1 Mammifère ruminant des savanes africaines, au long cou. 2 Perche munie d'un micro pour les prises de son. Loc Fam *Peigner la girafe :* ne rien faire d'utile.

girafeau ou **girafon** nm Petit de la girafe.

girandole nf 1 Chandelier à plusieurs branches. 2 Guirlande d'ampoules électriques.

giration nf Mouvement giratoire.

giratoire a Circulaire autour d'un axe.

giraumon nm Variété de courge.

girelle nf Poisson méditerranéen.

girl [gœrl] nf Danseuse de music-hall.

girofle nm Loc *Clou de girofle :* bouton du giroflier employé comme épice.

giroflée nf Plante ornementale, à fleurs odorantes.

giroflier nm Arbre tropical produisant le clou de girofle.

girolle nf Champignon basidiomycète, comestible apprécié, de couleur jaune orangé.

giron nm Litt Partie du corps allant de la ceinture aux genoux. Loc *Le giron de l'Église :* la communion des fidèles.

girond, onde a Pop Joli, bien fait (femme).

girondin, ine a De la Gironde.

girouette nf 1 Plaque mobile autour d'un axe vertical servant à indiquer la direction du vent. 2 Fam Personne versatile.

gisant nm Effigie couchée, sculptée sur un tombeau.

gisement nm 1 Filon, amas minéral. *Gisement de cuivre.* 2 Public visé par un média, clientèle visée par une entreprise.

gitan, ane n, a Bohémien, tsigane.

gîte nm 1 Lieu où on demeure. 2 Lieu où se retire le lièvre. 3 En boucherie, partie inférieure de la cuisse du bœuf. ■ nf MAR Inclinaison d'un navire sur le côté.

gîter vi MAR S'incliner sur un bord.

givrage nm Formation de givre.

givrant, ante a Qui forme du givre. *Brouillard givrant.*

givre nm Couche de glace qui se forme par condensation du brouillard sur une surface.

givré, ée a 1 Se dit d'un fruit dont l'intérieur est fourré de glace. 2 Fam Fou.

givrer vt Couvrir de givre. ■ vi Se couvrir de givre.

glabelle nf ANAT Espace entre les sourcils.

glabre a Imberbe.

glaçage nm Action de glacer.

glaçant, ante a Qui rebute par sa froideur.

glace nf 1 Eau congelée. 2 Crème aromatique servie congelée. 3 Mélange de sucre et de blanc d'œuf dont on recouvre certains gâteaux. 4 Plaque de verre épaisse pour les vitrages, les miroirs. Loc *Rester de glace :* très réservé. *Rompre la glace :* faire cesser la gêne.

glacé, ée a 1 Très froid. *Avoir les mains glacées.* 2 Hostile ou indifférent.

glacer vt [10] 1 Convertir en glace, congeler. 2 Causer une vive sensation de froid. 3 Paralyser par sa froideur. *Son abord vous glace.* 4 Recouvrir d'une couche de sucre, de jus, de gelée. 5 Donner une apparence brillante à un papier, à un tissu.

glaciaire a D'un glacier, d'une glaciation.

glacial, ale, als ou **aux** a Extrêmement froid.

glaciation nf Période pendant laquelle les glaciers ont recouvert une région.

glacier nm 1 Vaste masse de glace. 2 Marchand de glaces.

glacière nf 1 Appareil refroidi par de la glace. 2 Lieu très froid.

glaciologie nf Étude des glaciers.

glacis [-si] nm 1 Pente douce partant de la crête d'une fortification. 2 Zone de protection d'un État. 3 Pente pour l'écoulement des eaux.

glaçon nm 1 Morceau de glace. 2 Fam Personne froide, sans enthousiasme.

gladiateur nm À Rome, celui qui combattait dans les jeux du cirque.

glaïeul nm Plante ornementale à longues feuilles pointues.

glaire nf 1 Blanc d'œuf cru. 2 Liquide incolore filant que sécrètent les muqueuses.

glaireux, euse a De la glaire.

glaise nf, a Terre argileuse.

glaiseux, euse a De la glaise.

glaive nm Courte épée à deux tranchants.

glamour nm Beauté sensuelle.

gland nm 1 Fruit du chêne. 2 Passementerie en forme de gland. 3 ANAT Portion terminale du pénis.

glande nf 1 ANAT Organe sécréteur. 2 MED Ganglion lymphatique enflammé.

glander ou **glandouiller** vi Pop Paresser.

glandulaire a De la nature d'une glande.

glaner vt 1 Ramasser après la moisson les produits du sol abandonnés. 2 Recueillir de-ci, de-là. *Glaner des renseignements.*

glaneur, euse n Qui glane.

glapir vi 1 Émettre des jappements aigus et répétés (renard, jeunes chiens). 2 Crier, chanter d'une voix aigre.

glapissant, ante a Aigu, criard (voix).

glapissement nm Cri aigu.

glas [gla] nm Tintement lent et répété des cloches pour annoncer des funérailles.

glasnost nf Transparence en politique.

glatir vi Pousser son cri (aigle).

glaucome nm MED Augmentation de la pression intra-oculaire entraînant une diminution de l'acuité visuelle.

glauque a 1 Vert bleuâtre. *Yeux glauques.* 2 Fam Triste, sordide. *Quartier glauque.*

glaviot nm Pop Crachat.

glèbe nf Litt Terre cultivée.

glie nf ANAT Substance constituant avec les neurones le tissu nerveux.

gliome nm MED Tumeur du système nerveux.

glissade nf Action de glisser.

godiller

glissant, ante *a* Où l'on glisse facilement. **Loc** *Terrain glissant* : affaire dangereuse.

glisse *nf* Qualité d'un matériel capable de glisser sur une surface (glace, neige). **Loc** *Sports de glisse* : ski, surf, planche à voile.

glissement *nm* Action de glisser.

glisser *vi* 1 Se déplacer d'un mouvement continu sur une surface lisse. *Glisser sur la glace.* 2 Se diriger insensiblement vers. *Glisser vers la droite.* 3 Présenter une surface glissante. *La chaussée glisse.* 4 Perdre l'équilibre. **Loc** *Glisser sur un sujet* : ne pas y insister. *Glisser des mains* : tomber. ■ *vt* Introduire adroitement. *Glisser une pièce dans la main.* ■ *vpr* S'introduire subrepticement.

glissière *nf* Dispositif, rainure pour guider un mouvement de glissement.

glissoire *nf* Chemin sur la glace.

global, ale, aux *a* Pris dans son ensemble, en bloc.

globalement *av* De façon globale.

globaliser *vt* Réunir en un tout.

globalité *nf* Caractère global.

globe *nm* 1 Corps sphérique. *Globe oculaire.* 2 La Terre. 3 Calotte sphérique en verre.

globe-trotter [-trotœr] *n* Voyageur qui parcourt le monde. *Des globe-trotters.*

globicéphale *nm* Mammifère marin proche des dauphins.

globulaire *a* En forme de globe. **Loc** *Numération globulaire* : dénombrement des globules du sang.

globule *nm* Cellule du sang. **Loc** *Globule rouge* : hématie. *Globule blanc* : leucocyte.

globuleux, euse *a* **Loc** *Yeux globuleux* : saillants.

globuline *nf* BIOL Protéine du sang et des muscles.

gloire *nf* 1 Grande renommée, réputation, célébrité. 2 Personne célèbre, illustre. *Une gloire nationale.* 3 Splendeur, éclat. *Dans toute sa gloire.* **Loc** *Pour la gloire* : sans profit. *Rendre gloire* : rendre hommage.

glomérule *nm* ANAT Formation glandulaire ou vasculaire en forme de boule.

glorieusement *av* De façon glorieuse.

glorieux, euse *a* 1 Qui donne de la gloire. *Combat glorieux.* 2 Célèbre, splendide. *Période glorieuse.*

glorification *nf* Action de glorifier.

glorifier *vt* Rendre gloire à, honorer, célébrer. ■ *vpr* Tirer vanité de.

gloriole *nf* Vanité ; gloire vaine.

glose *nf* Explication destinée à éclaircir le sens d'une expression, d'un texte.

gloser *vt* Éclaircir par une glose. ■ *vti* Faire de longs commentaires stériles. *Gloser sur des détails.*

glossaire *nm* Ensemble de termes relatifs à une activité ou contenus dans un ouvrage.

glotte *nf* Orifice du larynx.

glouglou *nm* Fam Bruit intermittent d'un liquide qui s'écoule d'un orifice étroit.

gloussement *nm* Action de glousser.

glousser *vi* 1 Crier (poule). 2 Fam Rire en émettant des petits cris.

glouton, onne *a, n* Qui mange avec avidité. ■ *nm* Mammifère carnivore des régions arctiques.

gloutonnement *av* Avec avidité.

gloutonnerie *nf* Avidité, goinfrerie.

glu *nf* Matière végétale visqueuse.

gluant, ante *a* 1 Qui a la consistance de la glu. 2 Collant.

glucide *nm* CHIM Hydrate de carbone. Syn. sucre.

glucidique *a* Des glucides.

glucose *nm* Glucide de certains fruits.

glutamate *nm* Sel de l'acide glutamique.

glutamique *a* **Loc** *Acide glutamique* : acide aminé présent dans le tissu nerveux.

gluten [-tɛn] *nm* Protéine végétale, constituant essentiel des graines de céréales.

glycémie *nf* MED Concentration en glucose du sérum sanguin.

glycérine *nf* ou **glycérol** *nm* CHIM Liquide sirupeux composant des corps gras.

glycérophtalique *a* Se dit d'une résine à base de glycérine.

glycine *nf* Plante aux lianes grappes de fleurs odorantes blanches ou mauves.

glycocolle *nm* BIOL Acide aminé, constituant des protéines.

glycogène *nm* Glucide constituant une réserve de glucose dans le foie et les muscles.

glycogenèse *nf* BIOL Formation de glucose par le glycogène.

glycosurie *nf* MED Présence anormale de sucre dans les urines.

glyptique *nf* Gravure sur pierres fines.

glyptodon *nm* Mammifère édenté fossile.

G.M.T. Sigle anglais indiquant le temps moyen de Greenwich (Grande-Bretagne).

gnangnan *a inv* Fam Mou et geignard.

gneiss [gnɛs] *nm* Roche métamorphique constituée de quartz, de feldspath et de mica.

gnocchi [-ki] *nm* Petite quenelle à base de semoule.

gnognote ou **gnognotte** *nf* **Loc** Fam *De la gnognote* : chose de peu de valeur.

gnôle ou **gniole** *nf* Fam Eau-de-vie.

gnome [gnom] *nm* Nain contrefait.

gnomon [gnɔmɔ̃] *nm* Cadran solaire.

gnon *nm* Fam Coup.

gnose [gnoz] *nf* Syncrétisme religieux antique, visant à la connaissance suprême.

gnostique *a, n* Qui relève de la gnose.

gnou [gnu] *nm* Antilope africaine.

1. go *nm inv* Jeu chinois de pions.

2. go (tout de) *av* Fam Sans façon, directement.

goal [gol] *nm* Abusiv Gardien de but.

gobelet *nm* Récipient sans pied et sans anse pour boire.

gobe-mouches *nm inv* Passereau qui chasse les insectes au vol.

gober *vt* 1 Avaler rapidement en aspirant. 2 Croire sans discernement. **Loc** Fam *Ne pas gober* : détester.

goberger (se) *vpr* [11] Fam Faire bonne chère, se prélasser.

godasse *nf* Fam Chaussure.

godelureau *nm* Fam Jeune galant.

goder ou **godailler** *vi* Faire des faux plis.

godet *nm* Petit récipient sans pied ni anse. **Loc** *Jupe à godets* : très évasée dans le bas.

godiche *a, nf* Fam Empoté, maladroit.

godille *nf* 1 Aviron à l'arrière d'une embarcation. 2 À skis, enchaînement de petits virages dans la ligne de pente.

godiller *vi* 1 Faire avancer une embarcation à l'aide d'une godille. 2 À skis, pratiquer la godille.

godillot nm Fam Grosse chaussure.

goéland nm Grand oiseau de mer piscivore.

goélette nf Navire à deux mâts.

goémon nm Algue marine.

1. gogo nm Fam Naïf, jobard.

2. gogo (à) av Fam En abondance.

goguenard, arde a Narquois, moqueur.

goguenardise nf Moquerie.

goguette (en) av Fam Bien décidé à faire la fête ; un peu ivre.

goï, goïm. V. goy.

goinfre n, a Qui mange voracement.

goinfrer (se) vpr Fam Se gaver.

goinfrerie nf Voracité, gloutonnerie.

goitre nm Grosseur du cou, due à une tuméfaction de la thyroïde.

goitreux, euse a, n Atteint d'un goitre.

golden nf Pomme à peau jaune.

golf nm 1 Sport qui consiste à placer une balle dans une suite de trous répartis sur un parcours. 2 Terrain de golf.

golfe nm Vaste échancrure d'une côte.

golfeur, euse n Qui joue au golf.

golfique a Du golf. *Compétition golfique.*

golmote nf Champignon (lépiote) comestible.

gombo nm Plante potagère tropicale.

gominé, ée a Recouvert de brillantine (chevelure).

gommage nm Action de gommer.

gomme nf 1 Substance visqueuse qui s'écoule de certains arbres. *Gomme arabique. Gomme adragante.* 2 Petit bloc de caoutchouc servant à effacer. Loc Fam *À la gomme :* sans intérêt, sans valeur. Fam *Mettre toute la gomme :* forcer au maximum la vitesse d'un véhicule.

gommé, ée a Recouvert de gomme adhésive.

gomme-gutte nf Résine utilisée dans les peintures et les vernis. *Des gommes-guttes.*

gomme-laque nf Résine employée dans la fabrication des vernis. *Des gommes-laques.*

gommer vt 1 Effacer avec une gomme. 2 Atténuer, faire disparaître. *Gommer un détail.*

gommette nf Petit morceau de papier gommé.

gommeux nm Litt Jeune prétentieux.

gommier nm Arbre qui produit de la gomme.

gonade nf ANAT Glande génitale.

gonadostimuline ou **gonadotrophine** nf BIOL Hormone qui stimule l'activité des glandes sexuelles.

gond nm Pièce métallique autour de laquelle tourne une porte ou une fenêtre. Loc *Sortir de ses gonds :* s'emporter.

gondolant, ante a Fam Très drôle.

gondole nf 1 Barque vénitienne longue et plate à un seul aviron. 2 Meuble à rayons superposés, utilisé dans les magasins.

gondolement nm Fait de gondoler.

gondoler vi, vpr Se gonfler, se gauchir. *Bois qui gondole, se gondole.* ■ vpr Fam Se tordre de rire.

gondolier nm Batelier qui conduit une gondole.

gonflable a Qui prend sa forme par gonflage.

gonflage nm Action de gonfler.

gonflant, ante a Qui prend du volume.

gonflé, ée a Loc Fam *Gonflé à bloc :* rempli d'ardeur. Pop *Être gonflé :* montrer une assurance extraordinaire, avoir du culot.

gonflement nm Fait d'être gonflé.

gonfler vt 1 Distendre, augmenter le volume d'un corps en l'emplissant d'air, de gaz. 2 Exagérer, grossir. *La presse a gonflé cette histoire.* 3 Remplir, combler. *Être gonflé de joie.* ■ vi, vpr Augmenter de volume. *Cette pâte gonfle à la cuisson.*

gonflette nf Fam Musculature exagérément saillante.

gonfleur nm Appareil servant à gonfler.

gong [gɔ̃g] nm Plateau de métal sur lequel on frappe avec un maillet.

goniomètre nm Récepteur servant à déterminer la direction d'une émission radioélectrique.

gonocoque nm Microbe agent de la blennorragie.

gonocyte nm BIOL Cellule embryonnaire des animaux.

gonzesse nf Pop Femme.

gordien am Loc *Trancher le nœud gordien :* mettre fin brutalement à une situation de crise.

goret nm Jeune porc.

goretex nm (n déposé) Textile synthétique imperméable.

gorge nf 1 Partie antérieure du cou. 2 Gosier. *Avoir mal à la gorge.* 3 Litt Poitrine, seins d'une femme. 4 Vallée étroite et profonde. Loc *Rire à gorge déployée :* très fort. *Prendre à la gorge :* réduire à merci. *Rendre gorge :* forcer à restituer. *Faire des gorges chaudes de qqch :* s'en moquer ostensiblement.

gorge-de-pigeon a inv À reflets changeants.

gorgée nf Quantité de liquide avalée en une seule fois.

gorger vt [11] 1 Faire manger avec excès, gaver. 2 Imprégner. *Un terrain gorgé d'eau.* ■ vpr Absorber en quantité. *Se gorger de café.*

gorgonzola nm Fromage italien, proche des bleus.

gorille nm 1 Le plus grand des singes, très puissant. 2 Fam Garde-du-corps.

gosier nm Arrière-gorge et pharynx. Loc *Avoir le gosier (à) sec :* avoir soif. *À plein gosier :* à pleine voix.

gospel nm Chant religieux des Noirs d'Amérique du Nord.

gosse n Fam Enfant.

gotha nm Ensemble des familles de la noblesse, des personnalités en vue.

gothique a Style architectural qui s'est répandu en Europe du XIIᵉ au XVIᵉ s. ■ nf Écriture à traits droits, anguleux.

gotique nm Langue germanique ancienne parlée par les Goths.

gouache nf Peinture à l'eau.

gouaille nf Verve moqueuse.

gouailleur, euse a Moqueur. *Ton gouailleur.*

gouape nf Pop Voyou.

gouda nm Fromage de Hollande.

goudron nm Émulsion épaisse et noirâtre obtenue par distillation du pétrole, de la houille.

goudronnage nm Action de goudronner.

goudronner vt Enduire, recouvrir de goudron.

goudronneux, euse a De la nature du goudron. ■ nf Machine à goudronner.

gouffre nm 1 Dépression naturelle très profonde. 2 Ce dans quoi on engloutit beaucoup d'argent.

gouge nf Ciseau à tranchant semi-circulaire.

gougère nf Pâtisserie salée, au gruyère.

gouine nf Pop Femme homosexuelle.

goujat [-ʒa] nm Homme grossier.

goujaterie nf Grossièreté.

goujon nm 1 Poisson des eaux courantes. 2 TECH Pièce servant à assembler deux éléments.

goulag nm Camp de travail forcé, en U.R.S.S.

goulasch ou **goulache** nm Ragoût hongrois épicé avec du paprika.

goule nf Vampire femelle.

goulet nm Chenal, entrée d'un port.

gouleyant, ante a Frais et léger (vin).

goulot nm Col d'un vase, d'une bouteille à orifice étroit. *Boire au goulot.*

goulu, ue a, n Vorace, glouton.

goulûment av Avec avidité.

goupil [-pi] nm Litt Renard.

goupille nf Tige métallique servant à immobiliser une pièce.

goupiller vt 1 Fixer avec une goupille. 2 Fam Arranger, manigancer.

goupillon nm 1 Tige garnie de poils pour nettoyer des bouteilles. 2 Instrument qui sert à asperger d'eau bénite.

gourance ou **gourante** nf Pop Erreur.

gourbi nm 1 Cabane en Afrique du Nord. 2 Fam Logement sale et exigu.

gourd, gourde a Engourdi par le froid.

gourde nf 1 Récipient portatif pour conserver la boisson. 2 Monnaie de Haïti. ■ a, nf Niais, maladroit. *Avoir l'air gourde. Quelle gourde !*

gourdin nm Gros bâton noueux.

gourer (se) vpr Pop Se tromper.

gourgandine nf Vx Femme de mauvaise vie.

gourmand, ande a, n Qui aime la bonne chère. ■ a Avide, exigeant.

gourmander vt Litt Réprimander sévèrement.

gourmandise nf 1 Caractère gourmand. 2 Friandise.

gourme nf Maladie infectieuse des chevaux. Loc Litt *Jeter sa gourme* : se dévergonder.

gourmé, ée a Litt Guindé.

gourmet nm Connaisseur en vins, en cuisine.

gourmette nf Bracelet formé d'une chaîne à mailles aplaties.

gourou nm Maître à penser.

gousse nf Fruit sec des légumineuses. Loc *Gousse d'ail* : partie d'une tête d'ail.

gousset nm Petite poche de pantalon ou de gilet.

goût nm 1 Sens par lequel on perçoit les saveurs. 2 Saveur d'un aliment. 3 Appétit, désir. *Il n'a de goût pour rien.* 4 Faculté de discerner et d'apprécier le beau. *Il n'a aucun goût.* 5 Plaisir éprouvé à faire qqch. *Avoir le goût de la lecture.* Loc *Prendre goût à qqch* : commencer à l'aimer. *Au goût du jour* : conforme à la mode. *De mauvais goût* : grossier. *De bon goût* : beau. *Dans le goût de* : à la manière de.

goûter vt 1 Apprécier par le sens du goût. *Goûter un vin.* 2 Aimer, savourer. *Ne pas goûter une plaisanterie.* ■ vti 1 Boire ou manger un peu d'une chose. *Goûter à un plat.* 2 Tâter de. *Il a goûté d'un peu tous les métiers.* ■ vi 1 Prendre une collation au milieu de l'après-midi. ■ nm Collation au milieu de l'après-midi.

goûteux, euse a Qui a de la saveur.

goutte nf 1 Toute petite quantité de liquide, de forme arrondie. 2 Petite quantité de liquide.

3 Maladie caractérisée par des atteintes articulaires dues à l'acide urique. Loc *Goutte à goutte* : peu à peu. *Se ressembler comme deux gouttes d'eau* : parfaitement. Vx *N'y voir goutte* : ne voir absolument rien. ■ pl Médicaments qui s'administrent par gouttes.

goutte-à-goutte nm inv MED Appareil qui sert à la perfusion.

gouttelette nf Petite goutte.

goutter vi Laisser tomber des gouttes ; couler goutte à goutte.

goutteux, euse a, n Atteint de la goutte.

gouttière nf 1 Conduit qui sert à recueillir les eaux de pluie le long d'une toiture. 2 Appareil qui sert à immobiliser un membre fracturé. Loc *Chat de gouttière* : de race indéfinie.

gouvernable a Qui peut être gouverné.

gouvernail nm Dispositif à l'arrière d'un navire, d'un avion, permettant de les diriger.

gouvernant, ante a, n Qui gouverne. ■ nf 1 Vx Femme chargée de garder, d'éduquer des enfants. 2 Femme qui tient la maison d'une personne seule.

gouverne nf Organes servant à diriger un avion. Loc Litt *Pour votre gouverne* : pour vous informer.

gouvernement nm 1 Action de gouverner, d'administrer. 2 Régime politique d'un État. *Un gouvernement républicain.* 3 Ensemble des ministres. *Action du gouvernement.*

gouvernemental, ale, aux a Du gouvernement. *Décision gouvernementale.*

gouverner vt 1 Administrer, avoir la conduite d'un pays, d'un État. 2 Diriger un bateau. 3 LING Régir tel cas ou tel mode.

gouverneur nm Qui gouverne un territoire, une place militaire.

gouvernorat nm Division administrative de certains pays.

goy ou **goï** nm Pour les Israélites, non-juif.

goyave nf Fruit comestible du goyavier.

goyavier nm Arbre tropical.

GPL nm Abrév de *gaz de pétrole liquéfié.*

GPS nm Appareil relié à des satellites et permettant de se positionner précisément sur la Terre.

grabat nm Litt Très mauvais lit.

grabataire n Malade, vieillard qui ne peut quitter son lit.

grabatisation nf Fait de devenir grabataire.

grabuge nm Pop Dispute, bagarre.

grâce nf 1 Faveur accordée volontairement. 2 Remise de peine. 3 Don surnaturel accordé par Dieu en vue du salut. 4 Attrait, agrément, charme, élégance de qqn. Loc *De grâce* : s'il vous plaît. *De bonne grâce* : de bon gré. *De mauvaise grâce* : à contrecœur. *Faire grâce à* : dispenser de. *Grâce à* : avec l'aide de. *Trouver grâce auprès de qqn* : lui plaire, gagner sa bienveillance. *Rendre grâce* : reconnaître une faveur. ■ pl Loc *Faire des grâces* : être maniéré. *Être dans les bonnes grâces de qqn* : jouir de sa faveur. *Action de grâces* : remerciements à Dieu. ■ interj Pitié !

gracier vt Commuer la peine d'un condamné.

gracieusement av 1 Aimablement. 2 Avec charme. 3 Gratuitement.

gracieuseté nf Litt Action, parole aimable.

gracieux, euse a 1 Qui a du charme. 2 Aimable. 3 Gratuit.

gracile *a* Litt De forme élancée et délicate.

gracilité *nf* Litt Caractère gracile.

gradation *nf* Augmentation ou diminution progressive et par degrés.

grade *nm* 1 Degré dans la hiérarchie. 2 GEOM Unité d'arc et d'angle (symbole gr). Loc *En prendre pour son grade* : se faire réprimander.

gradé, ée *a, n* Qui a un grade dans l'armée.

gradient *nm* PHYS Taux de variation d'une grandeur en fonction d'un paramètre.

gradin *nm* Banc ou marche étagé dans un stade, un amphithéâtre.

graduation *nf* Division en degrés, en repères.

gradué, ée *a* 1 Progressif. *Exercices gradués.* 2 Muni d'une graduation. *Règle graduée.*

graduel, elle *a* Qui va par degrés, progressif.

graduellement *av* Par degrés.

graduer *vt* 1 Augmenter par degrés. 2 Diviser en degrés l'échelle d'un instrument de mesure.

graffiter *vt* Dessiner sur les murs.

graffiteur, euse *a, n* Qui graffite.

graffiti *nm* Dessin, inscription, slogan, etc., tracé sur les murs.

graillon *nm* Pop Crachat. Loc *Odeur de graillon* : de graisse ou de viande brûlée.

grain *nm* 1 Graine ou fruit de céréales. 2 Corps sphérique très petit. 3 Aspect rugueux, inégal d'une surface. *Le grain d'un cuir.* 4 Bref coup de vent accompagné d'averses. Loc Fam *Avoir un grain* : être un peu fou. *Grain de beauté* : petite tache sur la peau. Fam *Mettre son grain de sel* : intervenir sans en avoir été prié. *Veiller au grain* : être sur ses gardes.

graine *nf* Organe de reproduction des plantes, enfermé dans leur fruit. Loc *Mauvaise graine* : mauvais sujet. *En prendre de la graine* : prendre en exemple. Fam *Casser la graine* : manger.

graineterie *nf* Magasin du grainetier.

grainetier, ère *n* Qui vend des graines.

graissage *nm* Action de graisser, de lubrifier.

graisse *nf* 1 Substance onctueuse d'origine animale, végétale ou minérale. 2 PHYSIOL Tissu adipeux ; embonpoint. 3 Altération huileuse des vins. 4 Épaisseur du trait d'un caractère d'imprimerie.

graisser *vt* 1 Frotter de graisse. *Graisser ses bottes.* 2 Souiller de graisse. Loc Fam *Graisser la patte* : soudoyer qqn par des pots-de-vin.

graisseur *nm* Ouvrier ou appareil qui lubrifie, qui graisse.

graisseux, euse *a* 1 De la nature de la graisse. 2 Taché de graisse.

graminée ou **graminacée** *nf* Plante monocotylédone à tige creuse (chaume), aux fruits farineux, telle que les céréales, la canne à sucre, le bambou.

grammaire *nf* 1 Étude de la morphologie et de la syntaxe d'une langue. 2 Livre de grammaire.

grammairien, enne *n* Spécialiste de grammaire.

grammatical, ale, aux *a* Propre, conforme à la grammaire.

grammaticalement *av* Selon la grammaire.

gramme *nm* 1 Millième partie du kilogramme. 2 Quantité minime.

grana *nf* Variété de parmesan.

grand, grande *a, n* 1 De taille élevée. *Un grand arbre.* 2 Qui a atteint la taille adulte. 3 Qui a une importance politique, sociale. *Un*

grand de ce monde. ■ *a* 1 Qui occupe beaucoup d'espace. *Une grande ville.* 2 Intense. *Un grand froid.* 3 Important. *Les grandes dates. La grande bourgeoisie.* Loc *Grand jour* : plein jour. *Grand air* : air libre. *Grand frère, grande sœur* : frère, sœur aînés. ■ *pl* Les grandes puissances. ■ *av* Loc *Voir grand* : avoir des projets grandioses. *En grand* : sur une grande échelle.

grand-angle ou **grand-angulaire** *nm* Objectif qui couvre un angle très important. *Des grands-angles, des grands-angulaires.*

grand-chose *pr indéf* Loc *Pas grand-chose* : peu de chose, presque rien.

grand-croix *nf inv* Grade le plus élevé dans les principaux ordres de chevalerie (ex. : la Légion d'honneur). ■ *nm* Dignitaire qui est arrivé à ce grade. *Des grands-croix.*

grand-duc *nm* Titre d'un prince souverain de quelques pays. Loc Fam *Faire la tournée des grands-ducs* : des restaurants, des cabarets.

grand-duché *nm* Pays dont le souverain est un grand-duc, une grande-duchesse. *Des grands-duchés.*

grande-duchesse *nf* 1 Femme, fille d'un grand-duc. 2 Souveraine d'un grand-duché. *Des grandes-duchesses.*

grandement *av* 1 Beaucoup, tout à fait. *Avoir grandement tort.* 2 Litt Avec générosité.

grandeur *nf* 1 Caractère grand, étendue, importance. *La grandeur d'un palais. Grandeur d'un forfait.* 2 Dignité, noblesse morale. *Grandeur d'âme.* 3 MATH Tout ce à quoi on peut affecter une valeur, dans un système d'unités de mesure. Loc *Grandeur nature* : aux dimensions réelles. ■ *pl* Loc *Folie des grandeurs* : ambition démesurée.

grand-guignol *nm inv* Mélodrame horrible.

grand-guignolesque *a* Propre au grand-guignol. *Des spectacles grand-guignolesques.*

grandiloquence *nf* Éloquence pompeuse, emphase.

grandiloquent, ente *a* Pompeux, emphatique. *Discours grandiloquent.*

grandiose *a* Imposant, majestueux.

grandir *vi* Devenir plus grand, croître, augmenter. ■ *vt* Rendre plus grand, faire paraître plus grand.

grandissant, ante *a* Qui augmente, croît.

grand-maman *nf* Grand-mère. *Des grand(s)-mamans.*

grand-mère *nf* Mère du père ou de la mère. *Des grand(s)-mères.*

grand-messe *nf* 1 Messe chantée solennelle. 2 Manifestation destinée à affirmer la cohésion d'un groupe social. *Des grand(s)-messes.*

grand-oncle *nm* Frère d'un des grands-parents. *Des grands-oncles.*

grand-papa *nm* Grand-père. *Des grands-papas.*

grand-peine (à) *av* Très difficilement.

grand-père *nm* Père du père ou de la mère. *Des grands-pères.*

grand-rue *nf* Rue principale d'un village, d'un bourg. *Des grand(s)-rues.*

grands-parents *nmpl* Le grand-père et la grand-mère paternels et maternels.

grand-tante *nf* Sœur d'un des grands-parents. *Des grand(s)-tantes.*

grand-voile *nf* Voile principale du grand mât. *Des grand(s)-voiles.*

grange *nf* Bâtiment où on abrite les récoltes.

granite ou **granit** *nm* Roche cristalline composée de quartz, de feldspath et de mica.

granité, ée *a* Qui présente un aspect grenu. ■ *nm* 1 Tissu à gros grains. 2 Sorbet granuleux.

graniter *vt* Peindre en imitant le granit.

granitique *a* De granit.

granivore *a, nm* ZOOL Qui se nourrit de graines (oiseau).

granny-smith [-smis] *nf inv* Pomme à peau verte, à chair ferme.

granulaire *a* Composé de petits grains.

granulat *nm* Constituant du béton.

granulation *nf* Fragmentation ou agglomération d'une substance en petits grains.

granule *nm* Petit grain ou petite pilule.

granulé, ée *a* Qui présente une granulation. ■ *nm* Médicament présenté en petits grains.

granuler *vt* Réduire en petits grains.

granuleux, euse *a* Formé de petits grains.

granulite *nf* Roche métamorphique.

granulocyte *nm* BIOL Leucocyte polynucléaire.

granulome *nm* MED Tumeur inflammatoire bénigne.

granulométrie *nf* Mesure de la taille des particules constituant un sol, une roche, une substance pulvérulente.

grape-fruit [gʀefʀut] *nm* Pamplemousse. *Des grape-fruits.*

graphe *nm* MATH Ensemble de points dont certains couples sont reliés par une ligne orientée (flèche) ou non (arête).

graphème *nm* LING Unité distinctive minimale d'un système d'écriture.

grapheur *nm* INFORM Logiciel de gestion de graphiques.

graphie *nf* Manière d'écrire un mot.

graphiose *nf* Maladie de l'orme.

graphique *a* Relatif aux procédés d'impression. ■ *nm* Tracé d'un diagramme, d'un plan, d'une coupe.

graphisme *nm* 1 Façon particulière d'écrire de qqn. 2 Manière de dessiner.

graphiste *n* Dessinateur spécialisé dans les arts graphiques.

graphite *nm* Carbone naturel, presque pur.

graphitique *a* De graphite.

graphologie *nf* Examen de l'écriture manuscrite, afin de définir sa personnalité.

graphologique *a* De la graphologie.

graphologue *n* Spécialiste de graphologie.

grappa *nf* Eau-de-vie italienne.

grappe *nf* 1 Ensemble de fleurs ou de fruits portés sur une tige commune. 2 Groupe de personnes serrées les unes contre les autres.

grappillage *nm* Action de grappiller.

grappiller *vt* 1 Cueillir de-ci, de-là, par petites quantités. 2 Récolter au hasard. *Grappiller des informations.* 3 Réaliser de petits profits.

grappin *nm* Petite ancre à branches recourbées. **Loc** *Fam Jeter, mettre le grappin sur qqn :* l'accaparer.

gras, grasse *a* 1 Constitué de graisse, qui en contient. 2 Qui a beaucoup de graisse (êtres vivants). *Personne grosse et grasse.* 3 Souillé, maculé de graisse. *Papiers gras.* 4 Épais. *Encre grasse. Trait gras.* 5 (av. le n) Abondant, riche. *Gras pâturages.* 6 Grossier, obscène. *Une grasse plaisanterie.* **Loc** *Faire la grasse matinée :* se lever tard. *Voix grasse :* pâteuse. *Toux grasse :*

avec des expectorations. *Plantes grasses :* à feuilles épaisses. ■ *nm* Partie grasse, charnue. *Le gras de la jambe.* **Loc** *Fam Discuter le bout de gras :* bavarder un peu.

gras-double *nm* Membrane comestible de l'estomac du bœuf. *Des gras-doubles.*

grassement *av* Largement, généreusement.

grasseyement *nm* Fait de grasseyer.

grasseyer *vi* Prononcer la lettre « r » du fond de la gorge.

grassouillet, ette *a* Dodu.

gratifiant, ante *a* Qui satisfait, valorise.

gratification *nf* 1 Somme d'argent accordée en plus du salaire. 2 Sentiment de valorisation du sujet à ses propres yeux.

gratifier *vt* 1 Accorder un don, une faveur. *Gratifier qqn d'une pension.* 2 Donner psychologiquement satisfaction.

gratin *nm* 1 Croûte grillée faite de chapelure ou de fromage râpé ; mets ainsi recouvert. 2 *Fam* La haute société.

gratiné, ée *a* 1 Cuit au gratin. 2 *Fam* Singulier, osé. ■ *nf* Soupe à l'oignon gratinée.

gratiner *vi* Se former en gratin. ■ *vt* Accommoder au gratin.

gratis [-tis] *av, a inv* Gratuitement.

gratitude *nf* Reconnaissance pour un service rendu.

grattage *nm* Action de gratter.

gratte *nf* Fam Petit profit illicite.

gratte-ciel *nm inv* Immeuble d'une très grande hauteur.

gratte-cul *nm* Fruit de l'églantier. *Des gratte-culs.*

grattement *nm* Action de gratter ; bruit ainsi produit.

gratte-papier *nm inv* Fam Petit employé de bureau.

gratter *vt* 1 Racler une surface avec un instrument, avec les ongles. 2 Faire disparaître en raclant. *Gratter une inscription.* 3 *Fam* Causer des démangeaisons. 4 *Fam* Distancer à la course. 5 Fam Faire de menus profits. ■ *vi Pop* Travailler.

gratteron ou **grateron** *nm* Plante dont la tige et les fruits sont couverts de poils.

grattoir *nm* 1 Outil pour gratter, effacer. 2 Frottoir d'une boîte d'allumettes.

gratton *nm* CUIS Petit morceau de porc cuit dans sa graisse. Syn. friton.

gratuit, uite *a* 1 Qu'on donne sans faire payer ; qu'on reçoit sans payer. 2 Sans fondement. *Supposition gratuite.*

gratuité *nf* Caractère gratuit.

gratuitement *av* 1 Sans payer. 2 Sans motif.

grau *nm* Chenal entre un étang et la mer.

gravats *nmpl* Débris provenant de démolitions.

grave *a* 1 Qui peut avoir des conséquences funestes. *Grave maladie. Situation grave.* 2 Sérieux, digne. *De graves magistrats. Une figure grave.* **Loc** *Accent grave :* tourné de gauche à droite (ex. : à, père). ■ *a, nm* Bas dans l'échelle tonale (sons). *Une voix grave. Haut-parleur de graves.*

graveleux, euse *a* Licencieux et vulgaire. *Chanson graveleuse.*

gravement *av* De façon grave.

graver *vt* 1 Tracer en creux sur une surface dure. 2 Rendre durable.

graves *nfpl* Terrain de sable et de gravier, dans le Bordelais. ■ *nm* Vin récolté sur ces terrains.

graveur, euse *n* Artiste, professionnel qui grave, fait des gravures.

gravide *a* En état de gestation.

gravidique *a* Relatif à la grossesse.

gravier *nm* Très petits cailloux.

gravillon *nm* Gravier fin et anguleux obtenu par concassage.

gravillonner *vt* Couvrir de gravillon.

gravimétrie *nf* 1 PHYS Mesure de l'intensité de la pesanteur. 2 CHIM Méthode d'analyse par pesées.

gravir *vt* Parcourir en montant avec effort ; escalader. Loc *Gravir les échelons* : monter en grade.

gravitation *nf* PHYS Attraction universelle, qui s'exerce entre tous les corps.

gravitationnel, elle *a* De la gravitation.

gravité *nf* 1 Pesanteur, force de gravitation. 2 Attitude grave, réservée. 3 Importance, sérieux. *La gravité de la blessure.* Loc PHYS *Centre de gravité* : point d'application de la résultante des forces de pesanteur s'exerçant en chaque point de ce corps.

graviter *vi* 1 Décrire une orbite autour de. 2 Évoluer dans l'entourage de qqn.

gravure *nf* 1 Action, art de graver. 2 Estampe, image, illustration.

gré *nm* Loc *Au gré de qqn* : à son goût. *Au gré des événements* : sans pouvoir modifier le cours des choses. *De son plein gré, de bon gré* : sans être contraint. *De gré à gré* : à l'amiable. *Contre le gré de* : contre la volonté de. *De gré ou de force* : volontairement ou sous la contrainte. *Bon gré, mal gré* : qu'on le veuille ou non, malgré soi. *Savoir gré à qqn de qqch* : lui en être reconnaissant.

grèbe *nm* Oiseau aquatique piscivore.

grec, grecque *a, n* De la Grèce. ■ *nm* Langue indo-européenne parlée en Grèce. ■ *nf* 1 Ornement formé d'une suite de lignes brisées. 2 Scie de relieur pour faire des encoches au dos des volumes.

grécité *nf* Caractère grec.

gréco-latin, ine *a* Propre au grec et au latin.

gréco-romain, aine *a* Commun aux Grecs et aux Romains. Loc *Lutte gréco-romaine* : qui n'admet que les prises au-dessus de la ceinture.

gredin, ine *n* Crapule.

gréement [grema] *nm* Ensemble des voiles, de la mâture et des haubans d'un voilier.

green [grin] *nm* Aire gazonnée qui entoure un trou, au golf.

gréer *vt* Munir un bateau de son gréement.

greffage *nm* Action de greffer.

1. greffe *nm* Lieu où sont déposées les minutes de jugements et où se font les déclarations des procédures.

2. greffe *nf* 1 Opération qui consiste à insérer une partie d'une plante (œil, branche, bourgeon), appelée *greffon*, dans une autre plante ; le greffon lui-même. 2 CHIR Transplantation d'un tissu, d'un organe ; tissu, organe transplanté.

greffé, ée *n* Qui a subi une greffe.

greffer *vt* Faire une greffe. ■ *vpr* Se développer sur.

greffier, ère *n* Fonctionnaire préposé au greffe, et qui assiste les magistrats.

greffon *nm* Partie d'une plante, tissu, organe destinés à être greffés.

grégaire *a* Qui vit ou se développe en groupe. Loc *Instinct grégaire* : qui pousse à se grouper.

grégarisme *nm* Instinct grégaire.

grège *a* Loc *Soie grège* : brute, telle qu'elle sort du cocon. ■ *a, nm* Beige tirant sur le gris.

grégeois *am* Loc HIST *Feu grégeois* : mélange incendiaire utilisé par les Byzantins.

grégorien, enne *a* Loc *Chant grégorien* : musique liturgique de l'Église romaine. *Calendrier grégorien* : calendrier julien réformé par le pape Grégoire XIII.

1. grêle *a* 1 Long et menu. *Jambes grêles.* 2 Aigu et faible. *Voix grêle.* Loc *Intestin grêle* : partie longue et mince de l'intestin.

2. grêle *nf* 1 Pluie de petits glaçons de forme arrondie. 2 Chute abondante de qqch.

grêlé, ée *a* 1 Endommagé par la grêle. 2 Marqué par la variole.

grêler *v impers* Tomber (grêle).

grêlon *nm* Glaçon de la grêle.

grelot *nm* Boule métallique creuse contenant un morceau de métal qui la fait tinter.

grelottement *nm* Tremblement.

grelotter *vi* Trembler de froid, de peur.

greluche *nf* Fam Jeune femme sotte.

grenache *nm* 1 Cépage noir du sud de la France. 2 Vin doux fait avec ce cépage.

grenade *nf* 1 Fruit du grenadier. 2 Projectile explosif, lancé à la main ou avec un fusil.

grenadier *nm* 1 Arbre méditerranéen dont le fruit est la grenade. 2 Soldat spécialement entraîné au lancement des grenades.

grenadille *nf* Fruit tropical d'une passiflore.

grenadin *nm* 1 Tranche de veau fine piquée de lard. 2 Variété d'œillet.

grenadine *nf* Sirop à base de jus de grenade.

grenaille *nf* Métal réduit en menus grains.

grenat *nm* Pierre précieuse de couleur pourpre. ■ *a inv* De couleur rouge sombre.

grenier *nm* 1 Lieu où on conserve le grain, le fourrage. 2 L'étage le plus élevé d'une maison, sous les combles. Loc *De la cave au grenier* : dans toute la maison.

grenouillage *nm* Fam Combines douteuses.

grenouille *nf* Batracien sauteur et nageur. Loc Fam *Manger la grenouille* : s'approprier des fonds communs, la caisse.

grenouiller *vi* Fam Magouiller.

grenouillère *nf* 1 Marécage peuplé de grenouilles. 2 Combinaison pour bébé.

grenu, ue *a* Marqué de grains, d'aspérités. *Cuir grenu.*

grès *nm* 1 Roche sédimentaire formée de grains de sable agglomérés par un ciment. 2 Céramique dure.

gréseux, euse *a* Du grès.

grésil *nm* Pluie de petits granules de glace.

grésillement *nm* Léger crépitement.

grésiller *vi* Crépiter légèrement. Loc *Il grésille* : il tombe du grésil.

gressin *nm* Petit pain allongé et croquant.

grève *nf* 1 Plage de gravier, de sable. 2 Cessation de travail concertée.

grever *vt* [15] Soumettre à de lourdes servitudes financières.

gréviste *n, a* Qui fait grève.

gribouillage ou **gribouillis** *nm* Dessin informe ; écriture mal formée.

gribouiller *vt, vi* Faire des gribouillages.

gribouilleur, euse *n* Qui gribouille.

grief *nm* Motif de plainte. **Loc** *Faire grief :* reprocher.

grièvement *av Blesser grièvement :* gravement.

griffe *nf* 1 Ongle acéré et crochu de certains animaux. 2 Marque commerciale. *La griffe d'un grand couturier.* 3 Signature caractéristique de qqn. **Loc** *Rogner les griffes de qqn :* l'empêcher de nuire.

griffer *vt* 1 Égratigner. *Le chat l'a griffé.* 2 Marquer d'une griffe. *Vêtement griffé.*

griffon *nm* 1 MYTH Lion ailé à bec et à serres d'aigle. 2 Chien à poils longs.

griffonnage *nm* Écriture difficile à lire.

griffonner *vt* Écrire peu lisiblement.

griffu, ue *a* Armé de griffes.

griffure ou **griffade** *nf* Coup de griffe.

grignotage ou **grignotement** *nm* Action de grignoter.

grignoter *vt* 1 Manger par très petites quantités. 2 Diminuer, détruire peu à peu. *Grignoter son héritage.* 3 Gagner peu à peu. *Grignoter quelques secondes.*

grigou *nm* Fam Avare.

gri-gri ou **grigri** *nm* Amulette, talisman, en Afrique noire. *Des gris-gris* ou *des grigris.*

gril *nm* Ustensile de cuisine pour faire rôtir la viande. **Loc** *Être sur le gril :* angoissé.

grill. V. grill-room.

grillade *nf* Viande grillée.

grillage *nm* Treillis métallique.

grillager *vt* [11] Garnir d'un grillage.

grille *nf* 1 Clôture de barreaux à claire-voie. 2 Document servant à coder ou à décoder un message. 3 Support, tableau quadrillé. *Grille de mots croisés.* 4 Tableau de répartition. *Grille des programmes, des salaires.* ■ *pl* **Loc** *Être derrière les grilles :* en prison.

grillé, ée *a* Fam Démasqué.

grille-pain *nm inv* Appareil servant à faire griller des tranches de pain.

griller *vt* 1 Rôtir sur le gril. *Griller du poisson.* 2 Torréfier. *Griller du café.* 3 Chauffer vivement ; dessécher. *Les vents grillaient la végétation.* 4 Fam Mettre hors d'usage. *Griller une lampe.* 5 Fam Dépasser sans s'arrêter. *Griller un feu rouge. Griller les étapes.* 6 Fam Démasquer. **Loc** Fam *Griller une cigarette :* la fumer. ■ *vi* 1 Cuire sur le gril. 2 Avoir très chaud. ■ *vti* Être très désireux de. *Il grillait de tout lui raconter.*

grillon *nm* Insecte sauteur.

grill-room [gʁilʁum] ou **grill** *nm* Restaurant où on sert des grillades. *Des grill-rooms.*

grimaçant, ante *a* Qui grimace.

grimace *nf* Contorsion du visage pour exprimer un sentiment.

grimacer *vi, vt* [10] Faire des grimaces.

grimacier, ère *a, n* Qui fait des grimaces.

grimage *nm* Action de grimer.

grimer *vt* Maquiller un acteur.

grimoire *nm* Ouvrage confus et illisible.

grimpant, ante *a* **Loc** *Plante grimpante :* dont la tige s'accroche par des vrilles.

grimpe *nf* Fam Escalade.

grimper *vi* 1 Monter en s'aidant des pieds et des mains. 2 Monter sur un lieu élevé. 3 Augmenter rapidement et fortement. *Les cours ont grimpé.* ■ *vt* Gravir. *Il grimpa les étages.* ■ *nm* Exercice par lequel on grimpe à la corde.

grimpette *nf* Chemin qui grimpe fort.

grimpeur, euse *n* 1 Coureur cycliste qui monte bien les côtes. 2 Qui pratique l'escalade.

grinçant, ante *a* Qui grince.

grincement *nm* Fait de grincer.

grincer *vi* [10] Produire par frottement un bruit strident et désagréable. **Loc** *Grincer des dents :* manifester sa rage, son dépit.

grincheux, euse *a* Fam Grognon.

gringalet *nm* Homme petit et fluet.

gringo [gʁin-] *nm* En Amérique latine, étranger, en partic. Américain du Nord.

gringue *nm* **Loc** Pop *Faire du gringue à :* faire la cour à.

griot *nm* Poète musicien en Afrique noire.

griotte *nf* Petite cerise noire acidulée.

grippage ou **grippement** *nm* Adhérence anormale de surfaces métalliques.

grippal, ale, aux *a* De la grippe.

grippe *nf* Maladie infectieuse, épidémique due à un virus. **Loc** *Prendre en grippe :* avoir de l'antipathie pour.

grippé, ée *a, n* Qui a la grippe.

gripper *vi, vpr* Adhérer, se bloquer (pièces d'une machine).

grippe-sou *nm* Fam Avare. *Des grippe-sous.*

gris, grise *a, nm* D'une couleur résultant d'un mélange de blanc et de noir. ■ *a* 1 Terne, triste. *Faire grise mine.* 2 Éméché. **Loc** *Temps gris :* brumeux, couvert. Fam *Matière grise :* intelligence, réflexion. *Vin gris :* rosé.

grisaille *nf* Caractère terne, morne. *La grisaille quotidienne.*

grisant, ante *a* Qui grise.

grisâtre *a* Qui tire sur le gris.

grisbi *nm* Pop Argent, magot.

grisé *nm* Teinte grise.

griser *vt* 1 Colorer de gris. 2 Enivrer. 3 Exciter. *Le succès l'a grisé.*

griserie *nf* Exaltation, enivrement.

grisoller *vi* Chanter (alouette).

grisonnant, ante *a* Qui grisonne.

grisonner *vi* Devenir gris (barbe, cheveux).

grisou *nm* Méthane libéré par la houille. **Loc** *Coup de grisou :* explosion du grisou.

grive *nf* Passereau proche du merle.

grivèlerie *nf* Délit consistant à consommer dans un restaurant ce qu'on ne pourra pas payer.

grivois, oise *a* Licencieux.

grivoiserie *nf* Caractère ou propos grivois.

grizzly ou **grizzli** *nm* Grand ours gris des montagnes Rocheuses.

grœnendael [gʁɔnɛndal] *nm* Chien de berger belge à poil long.

groenlandais, aise *a, n* Du Groenland.

grog *nm* Boisson composée de rhum, d'eau chaude sucrée et de citron.

groggy *a inv* 1 Qui a perdu en partie conscience (boxeur). 2 Étourdi par un choc.

grognard *nm* Soldat de la vieille garde sous le premier Empire.

grogne *nf* Fam Mécontentement.

grognement *nm* 1 Cri du porc, du sanglier. 2 Grondement de protestation.

grogner *vi* 1 Émettre un grondement sourd (porc, sanglier). 2 Exprimer son mécontentement.

grognon, onne *a, n* Maussade, bougon.

groin *nm* Museau du porc, du sanglier.

grole

grole ou **grolle** nf Pop Chaussure.

grommeler vi, vt [18] Se plaindre, murmurer entre ses dents. *Grommeler des injures.*

grommellement nm Action de grommeler.

grondement nm Bruit sourd et prolongé.

gronder vi 1 Faire entendre un son sourd. 2 Menacer. *La révolte gronde.* ■ vt Réprimander un enfant.

grondeur, euse a Qui réprimande.

grondin nm Poisson marin à tête volumineuse.

groom [ɡʀum] nm Jeune employé d'un hôtel.

gros, grosse a Important en volume, en surface, en épaisseur, en corpulence, en intensité. *Un gros chat. Faire de grosses taches. Une grosse fièvre. Remporter le gros lot.* Loc *Avoir le cœur gros* : être peiné. Fam *Avoir la grosse tête* : être vaniteux. *Mer grosse* : dont les vagues atteignent 6 à 9 m. *Gros temps* : mauvais temps. *Gros rire* : vulgaire. ■ av 1 Beaucoup. *Gagner gros.* 2 En grand. *Écrire gros.* Loc *En gros* : sans donner de détails. *En avoir gros sur le cœur* : ressentir du dépit, de la rancœur. ■ nm 1 La partie la plus importante. *Le gros de l'affaire.* 2 Vente par grandes quantités. *Prix de gros.*

groseille nf Petite baie rouge, fruit du groseillier.

groseillier nm Arbuste qui donne des groseilles.

gros-grain nm Tissu soyeux à grosses côtes. *Des gros-grains.*

gros-plant nm Cépage blanc nantais ; vin de ce cépage. *Des gros-plants.*

gros-porteur nm Avion de grande capacité. *Des gros-porteurs.*

grosse nf 1 DR Copie d'une décision judiciaire ou d'un acte notarié revêtue de la formule exécutoire. 2 Douze douzaines.

grossesse nf État de la femme enceinte, qui dure neuf mois.

grosseur nf 1 Volume, taille. 2 Corpulence. 3 Enflure sous la peau.

grossier, ère a 1 Sans finesse, de mauvaise qualité. *Tissu grossier.* 2 Sommaire, rudimentaire. *Imitation grossière.* 3 Qui dénote l'ignorance. *Faute grossière.* 4 Contraire aux bienséances ; impoli. *Réponse grossière.*

grossièrement av De façon grossière.

grossièreté nf Parole ou action grossière.

grossir vi 1 Prendre de l'embonpoint. 2 Devenir plus important ; augmenter. *Le troupeau grossit.* ■ vt Rendre plus gros ; accroître. *Les pluies grossissent le torrent. Grossir les dangers.*

grossissant, ante a Qui fait paraître plus gros. *Verres grossissants.*

grossissement nm Action de grossir.

grossiste n Commerçant en gros.

grosso modo av Approximativement.

grotesque a Ridicule, bizarre, extravagant.

grotte nf Excavation profonde dans la roche.

grouillant, ante a Qui grouille.

grouillement nm Mouvement de ce qui grouille.

grouiller vi 1 S'agiter en tous sens. 2 Fourmiller, être plein de. *Ce fromage grouille de vers.* ■ vpr Fam Se hâter.

grouillot nm Fam Garçon de courses.

groupage nm 1 Réunion de colis vers un même destinataire. 2 Détermination du groupe sanguin.

groupe nm 1 Ensemble de personnes ou de choses ayant certaines caractéristiques en commun. *Un groupe de curieux. Un groupe de maisons. Un groupe de travail. Un groupe parlementaire. Un groupe financier, industriel.* 2 Petit orchestre, formation. Loc *Groupe sanguin* : classement des individus selon certaines propriétés du sang (pour les transfusions).

groupement nm 1 Action de grouper. 2 Réunion de personnes ayant un intérêt commun. *Groupement professionnel.*

grouper vt Réunir en un groupe. *Grouper des envois.* ■ vpr S'assembler.

groupie n Fanatique d'un artiste, d'un homme politique, etc.

groupuscule nm Groupement politique comportant un très petit nombre d'adhérents.

grouse nf Oiseau gallinacé d'Écosse.

gruau nm Loc *Farine de gruau* : fine fleur de farine.

grue nf 1 Oiseau migrateur de grande taille. 2 Pop Prostituée. 3 Engin de levage de grande dimension. Loc Fam *Faire le pied de grue* : attendre longtemps debout.

gruger vt [11] Tromper, duper.

grume nf Tronc d'arbre ébranché, non écorcé.

grumeau nm Petite masse solide coagulée.

grumeleux, euse a Plein de grumeaux.

grumier nm Camion ou bateau conçu pour transporter des grumes.

grutier nm Conducteur de grue.

gruyère nm Fromage cuit d'origine suisse.

gryphée nf Huître dont la coquille a des valves très inégales.

GSM nm (Abrév. de *groupes systèmes mobiles*). Téléphone portable.

guadeloupéen, enne [gwa-] a, n De la Guadeloupe.

guano [gwa-] nm Engrais d'origine animale.

guarani [gwa-] nm 1 Langue indienne du Paraguay. 2 Unité monétaire du Paraguay.

guatémaltèque [gwa-] a, n Du Guatemala.

gué nm Endroit d'une rivière où on peut passer à pied.

guéable a Qu'on peut passer à gué.

guéguerre nf Fam Petite guerre.

guelte nf COMM Pourcentage accordé à un vendeur sur ses ventes.

guenille nf Vêtement déchiré.

guenon nf Femelle du singe.

guépard nm Mammifère carnassier d'Afrique tropicale, très rapide.

guêpe nf Insecte social à l'abdomen jaune rayé de noir. Loc *Taille de guêpe* : taille très fine.

guêpier nm 1 Nid de guêpes. 2 Oiseau au plumage de couleurs vives. Loc *Se fourrer dans un guêpier* : dans une mauvaise affaire.

guère av Loc *Ne... guère* : peu, pas beaucoup.

guéret nm Terre labourée et non ensemencée.

guéridon nm Petite table ronde à un seul pied.

guérilla nf 1 Guerre de partisans. 2 Fam Harcèlement permanent.

guérillero nm Partisan, franc-tireur.

guérir vt 1 Délivrer d'une maladie, d'un mal. 2 Faire cesser une maladie. *Guérir une angine.* ■ vi, vpr 1 Recouvrer la santé. *Il a guéri (s'est guéri) en huit jours.* 2 Cesser (maladie).

guérison nf Recouvrement de la santé.

guérissable a Qui peut être guéri.

guérisseur, euse n Qui traite par des méthodes extramédicales.

guérite nf Abri d'une sentinelle, d'un gardien.

guerre nf 1 Conflit armé entre des nations, des États, des groupes humains. 2 Lutte avec d'autres moyens que les armes. *Guerre psychologique, économique.* Loc *Guerre civile* : entre citoyens d'un même pays. *Guerre froide* : tension vive entre États. *Guerre sainte* : menée au nom d'un idéal religieux. *De bonne guerre* : légitimement. *De guerre lasse* : après une longue résistance. *Faire la guerre à qqch* : le combattre. *Petite guerre* : simulacre de combat.

guerrier, ère a Propre à la guerre ; belliqueux. *Humeur guerrière.* ■ nm Litt Soldat.

guerroyer vi [22] Litt Faire la guerre.

guet nm Loc *Faire le guet* : guetter.

guet-apens [gɛtapɑ̃] nm Embûche, traquenard. *Des guets-apens.*

guêtre nf Jambière d'étoffe ou de cuir. Loc Fam *Traîner ses guêtres* : flâner.

guetter vt Épier, être à l'affût.

guetteur, euse n Qui guette.

gueulante nf Pop Cri de colère, de protestation.

gueulard, arde a, n Pop Braillard. ■ nm Orifice de chargement d'un haut-fourneau.

gueule nf 1 Bouche des animaux. 2 Fam Bouche, visage humain. 3 Ouverture (d'un canon). Loc Fam *Casser la gueule à qqn* : le battre. *Se casser la gueule* : tomber. *Gueule noire* : mineur. *Fermer sa gueule* : se taire. *Ta gueule!* : silence! *Fine gueule* : gourmet. *Avoir la gueule de bois* : la bouche pâteuse après s'être enivré. *Avoir de la gueule* : avoir de l'allure. *Faire la gueule* : bouder. *Grande gueule* : braillard inactif.

gueule-de-loup nf Muflier. *Des gueules-de-loup.*

gueuler vt, vi Fam Crier très fort.

gueuleton nm Fam Festin.

gueuletonner vi Fam Faire un gueuleton.

gueuse nf Lingot de fonte.

gueux, gueuse n Litt Vagabond.

gueuze nf Bière belge forte.

guèze nm Langue liturgique des chrétiens d'Éthiopie.

gugusse nm Fam Clown.

gui nm Plante parasite de certains arbres.

guibolle ou **guibole** nf Fam Jambe.

guiches nfpl Mèches de cheveux frisés.

guichet nm Comptoir dans une poste, une banque, un théâtre, etc., derrière lequel se tient un employé.

guichetier, ère n Préposé à un guichet.

guidage nm Action de guider un avion, une fusée, etc.

guide n 1 Qui montre le chemin, qui fait visiter. 2 Qui conduit qqn, un groupe en montagne. ■ nm 1 Qui dirige, conseille qqn. 2 Ouvrage didactique. ■ nf Jeune fille faisant partie d'un groupe de scoutisme. ■ nfpl Longue rêne servant à diriger les chevaux.

guider vt 1 Conduire, montrer le chemin à. 2 Diriger, mener, faire agir. *L'ambition le guide.* ■ vpr Se diriger d'après un point de repère. *Se guider sur l'étoile polaire.*

guidon nm Tube métallique cintré orientant la roue avant d'un deux-roues.

guigne nf 1 Cerise noirâtre à chair ferme. 2 Fam Malchance. *J'ai la guigne!*

guigner vt 1 Regarder du coin de l'œil. 2 Fam Convoiter. *Il guigne ma place.*

guignol nm 1 Marionnette. 2 Théâtre de marionnettes. 3 Qui fait l'idiot, pitre.

guignolade nf Fam Affaire peu sérieuse ; situation grotesque.

guignolet nm Liqueur de cerise.

guilde nf Association commerciale ou culturelle.

guilledou nm Loc Fam *Courir le guilledou* : rechercher des aventures galantes ; draguer.

guillemet nm Signe typographique double (« ») servant à mettre en valeur un mot ou à indiquer une citation.

guillemot nm Oiseau marin voisin du pingouin.

guilleret, ette a Vif, gai, leste.

guillocher vt Orner de guillochis.

guillochis nm Décor gravé fait de lignes brisées.

guillotine nf Instrument destiné à trancher la tête des condamnés à mort. Loc *Fenêtre à guillotine* : dont le châssis glisse verticalement entre deux rainures.

guillotiner vt Décapiter au moyen de la guillotine.

guimauve nf Plante qui a des propriétés émollientes et sédatives. Loc *Pâte de guimauve* : confiserie molle. *À la guimauve* : mièvre.

guimbarde nf 1 Instrument de musique composé d'une languette d'acier qu'on fait vibrer. 2 Fam Vieille voiture.

guincher vi Pop Danser.

guindé, ée a Qui manque de naturel.

guinée nf Ancienne monnaie anglaise.

guinéen, enne a, n De la Guinée.

guingois (de) av De travers.

guinguette nf Bistrot où on pouvait danser.

guipure nf Étoffe imitant la dentelle et utilisée pour les rideaux.

guirlande nf Ornement en forme de couronne, de feston.

guise nf Loc *À sa guise* : à son gré, selon son bon plaisir. *En guise de* : au lieu de.

guitare nf Instrument de musique à cordes pincées.

guitariste n Qui joue de la guitare.

guitoune nf Fam Cabane, tente.

guppy nm Poisson d'aquarium.

gus nm Pop Individu, type.

gustatif, ive a Relatif au goût.

gustation nf Perception des saveurs.

gutta-percha nf Substance proche du caoutchouc, extraite du latex. *Des guttas-perchas.*

guttural, ale, aux a Du gosier. ■ nf Consonne postérieure, comme [g] ou [k].

guyanais, aise a, n De la Guyane.

1. guyot nm GEOL Volcan sous-marin à sommet plat.

2. guyot nf Variété de poire.

gym nf Fam Gymnastique.

gymkhana nm Épreuves et courses d'obstacles en moto ou en automobile.

gymnase nm Vaste salle pour la pratique de certains sports.

gymnaste n Athlète pratiquant la gymnastique.

gymnastique nf 1 Sport de compétition comprenant divers exercices physiques. 2 Éducation physique. 3 Fam Manœuvres compliquées. Loc *Pas (de) gymnastique* : pas de course cadencée.

gymnique a De gymnastique.

gymnosperme *nf* BOT Plante arborescente dont les ovules sont à nu, comme le pin.

gymnote *nm* Poisson américain qui paralyse ses proies par une décharge électrique.

gynécée *nm* ANTIQ Appartement des femmes.

gynécologie *nf* Étude de l'appareil génital féminin ; spécialité médicale le concernant.

gynécologique *a* De gynécologie.

gynécologue *n* Spécialiste de gynécologie.

gypaète *nm* Très grand vautour.

gypse *nm* Roche saline utilisée pour fabriquer du plâtre.

gypseux, euse *a* De gypse.

gyrocompas *nm* Compas gyroscopique utilisé par les avions et les bateaux.

gyromitre *nm* Champignon voisin de la morille, très toxique s'il est consommé cru.

gyrophare *nm* Phare rotatif équipant certains véhicules.

gyroscope *nm* Appareil constitué d'un volant monté dans une armature et dont l'axe de rotation donne une direction invariable de référence.

gyroscopique *a* Du gyroscope.

h *nm* Huitième lettre (consonne) de l'alphabet, ne se prononçant pas. L' *h* dit «aspiré», noté ['] empêche la liaison et l'élision par oppos. à l'*h* muet. **Loc** *Heure H :* heure décisive. *Bombe H :* bombe à hydrogène ou thermonucléaire.

ha ! ['a] *interj* Var. de *ah !*

habeas corpus [abeaskɔrpys] *nm* Loi anglaise qui garantit la liberté individuelle.

habile *a* 1 Qui sait bien exécuter qqch ; adroit, expert. *Être habile en affaires.* 2 Qui témoigne d'une certaine adresse. *Décision habile.*

habilement *av* Avec adresse.

habileté *nf* Adresse, finesse, dextérité de qqn.

habilitation *nf* DR Action d'habiliter.

habilité *nf* DR Capacité légale.

habiliter *vt* DR Rendre légalement apte à accomplir un acte juridique.

habillage *nm* Action d'habiller qqn, de revêtir qqch.

habillé, ée *a* 1 Vêtu. *Il a dormi tout habillé.* 2 Qui porte des habits de cérémonie, de soirée.

habillement *nm* Ensemble des vêtements.

habiller *vt* 1 Mettre des vêtements à qqn. *Habiller un enfant en costume marin.* 2 Aller (vêtements). *Cette robe l'habille à ravir.* 3 Couvrir, envelopper qqch. *Habiller un meuble d'une housse.* ■ *vpr* 1 Se vêtir. 2 Revêtir des vêtements élégants.

habilleur, euse *n* Qui aide les acteurs à s'habiller et qui s'occupe de leurs costumes.

habit *nm* 1 Costume. 2 Vêtement de cérémonie masculin, noir, à basques et à revers de soie. **Loc** *Habit vert :* costume officiel des membres de l'Institut. *Prendre l'habit :* se faire religieux, religieuse. ■ *pl* Vêtements. *Des habits de deuil.*

habitabilité *nf* Place qu'offre à ses occupants un logement, un véhicule, etc.

habitable *a* Où l'on peut habiter.

habitacle *nm* Partie d'un avion ou d'un vaisseau spatial réservée à l'équipage.

habitant, ante *n* Qui a sa demeure en un endroit. *Une ville de 100 000 habitants.*

habitat *nm* 1 Mode de peuplement d'une région par l'homme. 2 Façon dont sont logés les habitants. *Habitat collectif.* 3 Lieu où l'on rencontre une espèce animale ou végétale.

habitation *nf* Lieu où l'on habite ; maison, logis, demeure.

habité, ée *a* Où il y a des habitants.

habiter *vt* 1 Être installé en un endroit. *Il habite Paris.* 2 Avoir son logement habituel dans. *Habiter une maison au bord de la mer.* ■ *vi* Demeurer, vivre en un endroit. *Elle habite chez ses parents.*

habituation *nf* BIOL Accoutumance.

habitude *nf* Manière d'agir acquise par la répétition des mêmes actes ; coutume. *Avoir l'habitude de fumer.* **Loc** *D'habitude :* ordinairement.

habitué, ée *n* Qui va habituellement en un endroit. *Les habitués de l'Opéra.*

habituel, elle *a* Fréquent, ordinaire.

habituellement *av* Ordinairement.

habituer *vt* Entraîner, accoutumer. ■ *vpr* Prendre l'habitude de. *S'habituer à se lever tôt.*

hâbleur, euse ['a] *n, a* Litt Qui parle beaucoup et avec vantardise.

hach. V. hasch.

hachage ['a-] *nm* Action de hacher.

hache ['aʃ] *nf* Instrument pour couper et fendre.

haché, ée ['a-] *a* 1 Coupé en menus morceaux. 2 Entrecoupé. *Style haché.* ■ *nm* Viande hachée.

hacher ['a-] *vt* 1 Couper en petits morceaux. 2 Détruire en déchiquetant. *La grêle a haché les blés.* 3 Couper, interrompre sans cesse. *Hacher un discours.*

hachette ['a-] *nf* Petite hache.

hachis ['a-] *nm* Mets fait de viande ou de poisson haché.

hachisch. V. haschisch.

hachoir ['a-] *nm* 1 Grand couteau ou appareil à lame servant à hacher la viande, les légumes. 2 Planche sur laquelle on hache la viande.

hachure ['a-] *nf* Chacun des traits servant à faire les ombres d'une partie d'un dessin.

hachurer ['a-] *vt* Tracer des hachures sur.

hacienda *nf* Grande exploitation agricole, en Amérique du Sud.

haddock ['a-] *nm* Églefin fumé.

hadith [adit] *nm* Récit relatif à la vie de Mahomet, à ses paroles.

hadj [adʒ] *nm* 1 Musulman qui a fait le pèlerinage à La Mecque. 2 Ce pèlerinage lui-même.

hafnium ['afnjɔm] *nm* Métal des terres rares.

hagard, arde ['a-] *a* Farouche, effaré, hébété.

hagiographe *n* Auteur d'une hagiographie.

hagiographie *nf* Biographie d'un saint.

hale

haie [ˈɛ] *nf* **1** Clôture faite d'arbustes ou de branchages. **2** Rangée de personnes ou de choses. *Une haie d'honneur.* **3** Obstacle artificiel disposé pour certaines courses.

haïku [ajku] *nm* Poème japonais constitué d'un verset.

haillon [ˈa-] *nm* Vêtement usé, déchiré.

haine [ˈɛn] *nf* Aversion violente, dégoût profond.

haineusement [ˈɛn-] *av* De façon haineuse.

haineux, euse [ˈɛn-] *a* Naturellement porté à la haine ; inspiré par la haine.

haïr [ˈa-] *vt* [24] Éprouver de la haine ; détester, exécrer.

haïssable [ˈa-] *a* Odieux, détestable.

haïtien, enne *a, n* De Haïti.

halage [ˈa-] *nm* Action de haler un bateau.

halal *a inv* Conforme aux prescriptions de la religion musulmane (viande).

halbran [ˈa-] *nm* Jeune canard sauvage.

hâle [ˈa-] *nm* Teinte brune de la peau sous l'effet du soleil et du grand air.

haleine [ˈa-] *nf* Air qui sort des poumons pendant l'expiration. Loc *Être hors d'haleine :* très essoufflé. *À perdre haleine :* à perdre le souffle. *Tenir en haleine :* retenir l'attention. *De longue haleine :* qui exige beaucoup de temps.

haler [ˈa-] *vt* **1** Tirer à soi avec force. *Haler un cordage.* **2** Faire avancer un bateau en le tirant.

hâler [ˈa-] *vt* Rendre le teint plus foncé, brun-rouge ou doré.

haletant, ante [ˈa-] *a* Essoufflé.

halètement [ˈa-] *nm* Action de haleter ; bruit saccadé du souffle.

haleter [ˈa-] *vi* [17] Respirer bruyamment et à un rythme précipité, être hors d'haleine.

half-track [ˈa-] *nm* Véhicule chenillé blindé. *Des half-tracks.*

halieutique *a* De la pêche. ■ *nf* Art de la pêche.

hall [ˈol] *nm* Vaste salle située à l'entrée d'un bâtiment. *Le hall d'un hôtel, d'une gare.*

hallali *nm* VEN Sonnerie du cor annonçant que la bête est près de succomber.

halle [ˈa-] *nf* Lieu public où se tient un marché, un commerce en gros. ■ *pl* Marché des produits alimentaires d'une ville.

hallebarde [ˈa-] *nf* Anc Pique à fer tranchant.

hallier [ˈa-] *nm* Gros buisson.

Halloween [ˈalowin] *nf* Fête anglo-saxonne célébrée par les enfants le 31 octobre.

hallucinant, ante *a* Fam Très étonnant.

hallucination *nf* Perception imaginaire, onirique ; illusion.

hallucinatoire *a* De l'hallucination.

halluciné, ée *a, n* Qui a des hallucinations.

hallucinogène *nm, a* Substance qui provoque des hallucinations.

halo [ˈa-] *nm* **1** Auréole diffuse autour d'une source lumineuse. **2** Ce qui semble émaner de. *Un halo de mystère.*

halogène *nm* **1** Corps de la famille du chlore. **2** Lampe à incandescence contenant ce corps.

halogéné, ée *a* CHIM Qui contient un halogène.

halte [ˈa-] *nf* **1** Moment d'arrêt au cours d'une marche. **2** Étape, lieu fixé pour s'arrêter. ■ *interj* Loc *Halte !, halte-là ! :* arrêtez !

halte-garderie [ˈa-] *nf* Crèche admettant des enfants en bas âge pour un court temps. *Des haltes-garderies.*

haltère *nm* Instrument de culture physique constitué de deux disques réunis par une barre.

haltérophile *n* Qui pratique l'haltérophilie.

haltérophilie *nf* Sport des poids et haltères.

halva [ˈa-] *nm* Confiserie turque à base de sésame et de sucre.

hamac [ˈa-] *nm* Toile ou filet suspendu par ses deux extrémités, qui sert de lit.

hamburger [ˈãburgœr] *nm* Bifteck haché servi dans un petit pain rond.

hameau [ˈa-] *nm* Petit groupe isolé d'habitations rurales, ne formant pas une commune.

hameçon *nm* Petit crochet qu'on fixe au bout d'une ligne pour prendre du poisson. Loc Fam *Mordre à l'hameçon :* se laisser séduire.

hammam [ˈamam] *nm* Établissement où l'on prend des bains de vapeur.

hampe [ˈãp] *nf* **1** Longue tige qui sert de support à un drapeau. **2** BOT Tige portant des fleurs à son sommet. **3** Partie latérale supérieure du ventre du bœuf, vers la cuisse.

hamster [ˈamstɛr] *nm* Petit rongeur au pelage fauve et blanc.

hanap [anap] *nm* Vase à boire du Moyen Âge.

hanche [ˈãʃ] *nf* Partie latérale du corps, entre la taille et le haut de la cuisse.

handball [ˈãdbal] *nm* Sport de ballon opposant deux équipes de 7 joueurs qui doivent se servir uniquement de leurs mains.

handballeur, euse *n* Joueur de handball.

handicap [ˈã-] *nm* **1** Désavantage imposé à un concurrent, à un cheval, pour équilibrer les chances de victoire ; épreuve sportive où les chances sont ainsi équilibrées. **2** Infirmité physique ou mentale. *Handicap moteur.* **3** Ce qui défavorise, met en position d'infériorité.

handicapant, ante [ˈã-] *a* Qui handicape.

handicapé, ée [ˈã-] *a, n* Atteint d'un handicap.

handicaper [ˈã-] *vt* **1** SPORT Imposer un handicap à un concurrent, un cheval. **2** Mettre en état d'infériorité, désavantager. *Sa timidité l'a handicapé.*

handisport [ˈã-] *a* Du sport pratiqué par les handicapés physiques.

hangar [ˈã-] *nm* Construction ouverte formée d'un toit élevé sur des piliers ; entrepôt.

hanneton [ˈã-] *nm* Coléoptère aux élytres bruns, très commun en Europe.

Hanoukka [ˈa-] *nf* Fête juive, célébrée en décembre.

hanse [ˈãs] *nf* HIST Ligue de marchands, au Moyen Âge.

hanséatique [ˈã-] *a* HIST De la Hanse.

hanter [ˈã-] *vt* **1** Habiter, apparaître qqpart (spectres, fantômes). **2** Obséder. *La crainte de la maladie le hante.*

hantise [ˈã-] *nf* Inquiétude obsédante.

haoussa *nm* Langue d'Afrique de l'Ouest.

hapax *nm* LING Mot, forme dont on ne possède qu'un exemple.

happement [ˈa-] *nm* Action de happer.

happening [ˈapniŋ] *nm* Manifestation artistique dont l'improvisation implique une participation du public.

happer [ˈa-] *vt* **1** Saisir avidement d'un coup de gueule ou de bec. **2** Attraper soudainement avec violence.

happy end [ˈapiɛnd] *nm* Conclusion heureuse d'une œuvre dramatique. *Des happy ends.*

happy few [ˈapifju] *nmpl* Les quelques personnes privilégiées.

hara-kiri [ˈa-] *nm* Mode de suicide rituel, particulier aux Japonais, consistant à s'ouvrir le ventre. *Des hara-kiris.*

harangue [ˈa-] *nf* Discours solennel prononcé à l'intention d'une assemblée.

haranguer [ˈa-] *vt* Adresser une harangue.

haras [ˈaʀa] *nm* Établissement où on élève des juments et des étalons.

harassant, ante [ˈa-] *a* Qui harasse.

harassement [ˈa-] *nm* Lassitude extrême.

harasser [ˈa-] *vt* Fatiguer à l'excès.

harcèlement [ˈa-] *nm* Action de harceler.

harceler [ˈa-] *vt* [16] 1 Poursuivre de petites attaques renouvelées. 2 Tourmenter.

harde [ˈaʀd] *nf* VEN Troupeau de bêtes sauvages.

hardes [ˈaʀd] *nfpl* Litt Vieux vêtements.

hardi, ie [ˈa-] *a* 1 Audacieux, entreprenant, intrépide. 2 D'une originalité audacieuse. *Proposition hardie.* ■ *interj* Sert à encourager. *Hardi, les gars !*

hardiesse [ˈa-] *nf* Caractère hardi ; originalité.

hardiment [ˈa-] *av* Avec hardiesse.

hardware [ˈaʀdwɛʀ] *nm* INFORM Matériel.

harem [ˈa-] *nm* 1 Appartement des femmes, chez les musulmans. 2 Ensemble des femmes qui y habitent.

hareng [ˈa-] *nm* Poisson très commun des côtes européennes de l'Atlantique. Loc *Hareng saur* : hareng salé, séché et fumé. *Serrés comme des harengs* : très serrés.

harengère [ˈa-] *nf* Vx Marchande de poissons au parler grossier.

haret [ˈaʀɛ] *nm* Chat domestique devenu sauvage.

harfang [ˈaʀfɑ̃] *nm* Chouette blanche des régions arctiques.

hargne [ˈa-] *nf* Mauvaise humeur avec comportement agressif.

hargneusement [ˈa-] *av* De façon hargneuse.

hargneux, euse [ˈa-] *a* D'humeur querelleuse ; acariâtre.

haricot [ˈa-] *nm* Plante potagère dont on consomme les gousses vertes et les graines. Loc Pop *Des haricots !* : rien du tout. Pop *C'est la fin des haricots* : la fin de tout. *Haricot de mouton* : ragoût de mouton accompagné de divers légumes.

haridelle [ˈa-] *nf* Litt Cheval maigre.

harissa [ˈa-] *nf* Sauce pimentée nord-africaine.

harki [ˈa-] *nm* Algérien engagé dans l'armée française pendant la guerre d'Algérie.

harmattan *nm* Vent chaud et sec de l'Afrique occidentale.

harmonica *nm* Instrument de musique composé d'anches libres mises en résonance par le souffle.

harmonie *nf* 1 Concours heureux de sons, de mots, de rythmes, etc. 2 MUS Science de la formation et de l'enchaînement des accords. 3 Orchestre d'instruments à vent et à percussion. 4 Effet produit par un ensemble dont les parties s'équilibrent. *Harmonie de couleurs.* 5 Bonne entente entre les personnes.

harmonieusement *av* Avec harmonie.

harmonieux, euse [ˈa-] *a* Qui a de l'harmonie. *Son harmonieux. Mélange harmonieux.*

harmonique *a* De l'harmonie. ■ *nm* MUS Son musical dont la fréquence est un multiple d'une fréquence de base, appelée fondamentale.

harmonisation *nf* Action d'harmoniser.

harmoniser *vt* Mettre en harmonie. *Harmoniser des couleurs.* ■ *vpr* Se trouver en harmonie. *Leurs caractères s'harmonisent fort bien.*

harmonium [-njɔm] *nm* Instrument de musique à soufflerie et à clavier.

harnachement [ˈa-] *nm* 1 Action de harnacher. 2 Ensemble des harnais d'un cheval. 3 Fam Accoutrement lourd et ridicule.

harnacher [ˈa-] *vt* 1 Mettre un harnais à un cheval. 2 Fam Accoutrer ridiculement.

harnais [ˈa-] *nm* 1 Équipement d'un cheval de selle ou d'attelage. 2 Dispositif formé de sangles entourant le corps. *Harnais de parachutiste.*

harnois [ˈa-] *nm* Loc Litt *Blanchi sous le harnois* : qui a vieilli dans son métier, son activité.

haro [ˈa-] *nm* Loc Litt *Crier haro sur* : se dresser avec indignation contre.

harpagon *nm* Litt Avare.

harpe [ˈa-] *nf* Grand instrument de musique à cordes pincées, de forme triangulaire.

harpie [ˈa-] *nf* 1 Femme acariâtre et criarde. 2 MYTH Monstre ailé à visage de femme.

harpiste [ˈa-] *n* Qui joue de la harpe.

harpon [ˈa-] *nm* Large fer fixé à une hampe, servant à prendre les gros poissons.

harponnage ou **harponnement** [ˈa-] *nm* Action de harponner.

harponner [ˈa-] *vt* 1 Accrocher avec un harpon. 2 Fam Saisir, arrêter qqn par surprise.

haruspice *nm* ANTIQ Prêtre romain pratiquant la divination.

hasard [ˈa-] *nm* 1 Concours de circonstances imprévu et inexplicable ; événement fortuit. *Un malheureux hasard.* 2 Ce qui échappe à l'homme et qu'il ne peut ni prévoir ni expliquer ; sort. *Le hasard a fait que j'étais là.* Loc *Au hasard* : à l'aventure, sans but, sans méthode. *À tout hasard* : en prévision de tout ce qui pourrait arriver. *Au hasard de* : selon les aléas de. *Coup de hasard* : événement inattendu. *Par hasard* : accidentellement. *Jeu de hasard* : où l'intelligence, le calcul n'ont pas de part.

hasardé, ée [ˈa-] *a* Risqué.

hasarder [ˈa-] *vt* Litt 1 Exposer au hasard. *Hasarder sa fortune.* 2 Se risquer à exprimer. *Hasarder une hypothèse.* ■ *vpr* Litt S'exposer à un risque.

hasardeux, euse [ˈa-] *a* Qui comporte des risques ; aléatoire.

has been [ˈazbin] *n inv* Fam Personnalité quelque peu oubliée.

hasch ou **hach** *nm* Fam Haschisch.

haschisch ou **hachisch** [ˈa-] *nm* Stupéfiant tiré du chanvre indien.

hase [ˈaz] *nf* Femelle du lièvre.

hassidique [ˈa-] *a* Du hassidisme.

hassidisme [ˈa-] *nm* Courant mystique du judaïsme.

hast [ˈa-] *nm* Loc HIST *Arme d'hast* : arme montée sur une hampe.

hâte [ˈɑ-] *nf* Promptitude, diligence dans l'action. Loc *Avoir hâte* : être impatient. *À la hâte, en hâte* : avec précipitation et sans soin.

hâter [ˈa-] *vt* Accélérer, rendre plus rapide. *Hâter le pas.* ■ *vpr* Se dépêcher de.

hâtif, ive [ˈa-] *a* 1 En avance par rapport au développement normal. *Fruit hâtif.* 2 Fait trop vite. *Travail hâtif.*

hâtivement

hâtivement [ˈɑ-] *av* À la hâte.

hauban [ˈo-] *nm* Chacun des câbles qui assujettissent le mât d'un navire, qui consolident une construction.

haubert [ˈo-] *nm* HIST Cotte de mailles.

hausse [ˈos] *nf* 1 Augmentation de prix, de valeur, de degré. 2 Dispositif pour pointer une arme à feu.

haussement [ˈo] *nm* Loc *Haussement d'épaules :* mouvement de mépris.

hausser [ˈo-] *vt* 1 Élever, augmenter la hauteur, l'intensité, le prix. *Hausser un mur, les salaires.* 2 Soulever. *Hausser une malle.* Loc *Hausser les épaules :* marquer son mépris, son indifférence. *Hausser la voix, le ton :* parler plus fort pour s'imposer.

haussier [ˈo-] *nm* FIN Spéculateur qui joue à la hausse sur les valeurs immobilières.

haut, haute [ˈo] *a* 1 D'une certaine dimension verticale. *Haut de dix mètres.* 2 Élevé, grand. *Haute montagne.* 3 Intense, fort. *Haute température.* 4 Éloigné de la mer. *La haute Loire.* 5 Éloigné dans le temps. *La haute antiquité.* 6 Supérieur, excellent. *Avoir une haute opinion de qqn.* Loc *Haut en couleur :* pittoresque. *Avoir le verbe haut :* être arrogant. *Avoir la haute main sur :* avoir autorité sur. *La tête haute :* sans craindre de reproche. *Haute trahison :* crime contre l'État. ■ *av* 1 À un degré élevé. *Parler haut.* 2 À grande altitude. *Monter haut.* Loc *De haut :* d'un point, d'une partie élevée. *Le prendre de haut :* répondre avec arrogance. *Voir les choses de haut :* sans s'arrêter aux détails. *Regarder qqn de haut en bas :* avec mépris et arrogance. *En haut de :* dans la partie la plus haute de. ■ *nm* 1 Sommet. *Le haut de l'arbre.* 2 Élévation. *Dix mètres de haut.* Loc *Tomber de son haut :* être surpris. ■ *nmpl* Loc *Les hauts et les bas :* alternances favorables et défavorables. ■ *nf* Loc Pop *La haute :* les hautes classes de la société.

hautain, aine [ˈo-] *a* Arrogant, dédaigneux.

hautbois [ˈo-] *nm* Instrument de musique à vent, en bois, et à anche double.

hautboïste [ˈo-] *n* Joueur de hautbois.

haut-de-chausses [ˈo-] *nm* HIST Culotte bouffante descendant à mi-mollet. *Des hauts-de-chausses.*

haut-de-forme [ˈo-] *nm* Haut chapeau cylindrique. *Des hauts-de-forme.*

haute-contre [ˈo-] *nf* Voix masculine la plus aiguë. ■ *nm* Qui a cette voix. *Des hautes-contre.*

haute-fidélité [ˈo-] *nf* Restitution très fidèle des sons (abrév : hi-fi).

hautement [ˈo-] *av* 1 Ouvertement. *Proclamer hautement son innocence.* 2 Fortement. *Un ouvrier hautement qualifié.*

hauteur [ˈo-] *nf* 1 Dimension dans le sens vertical. 2 Caractère de ce qui est élevé, intense, fort. 3 Lieu élevé, éminence. *Habiter sur les hauteurs.* 4 MATH Segment de droite perpendiculaire au côté d'un triangle. 5 Élévation morale. *Hauteur de vues.* 6 Arrogance, mépris. *Accueillir qqn avec hauteur.* 7 PHYS Fréquence moyenne d'un son. Loc *À la hauteur :* au niveau de. *Être à la hauteur de qqn :* avoir la même valeur que lui. *Être à la hauteur de la situation :* être à même d'y faire face. Fam *Ne pas être à la hauteur :* être incapable.

haut-fond [ˈo-] *nm* Élévation du fond marin, recouverte de très peu d'eau. *Des hauts-fonds.*

haut-fourneau [ˈo-] *nm* Four destiné à la fusion du minerai de fer. *Des hauts-fourneaux.*

haut-le-cœur [ˈo-] *nm inv* Nausée.

haut-le-corps [ˈo-] *nm inv* Brusque mouvement marquant l'indignation, la surprise.

haut-parleur [ˈo-] *nm* Appareil qui transforme en ondes sonores les signaux électriques d'un amplificateur. *Des haut-parleurs.*

haut-relief [ˈo-] *nm* Sculpture où les figures se détachent presque entièrement du fond (par oppos. à bas-relief). *Des hauts-reliefs.*

hauturier, ère [ˈo-] *a* MAR Qui se pratique en haute mer. *Pêche hauturière.*

havage [ˈa-] *nm* Abattage de la roche en continu.

havanais, aise [ˈa-] *a, n* De La Havane.

havane [ˈa-] *nm* Tabac ou cigare de La Havane. ■ *a inv* Brun-roux.

hâve [ˈa-] *a* Litt Pâli, émacié par la faim.

havre [ˈa-] *nm* 1 Port abrité. 2 Litt Lieu calme et protégé, refuge.

havresac [ˈa-] *nm* Sac porté sur le dos.

hawaïen ou **hawaïen, enne** *a, n* Des îles Hawaii.

hayon [ˈa-] *nm* Porte pivotante fermant l'arrière de certains véhicules automobiles.

hé ! [ˈe] *interj* 1 Fam Sert à appeler, interpeller. *Hé ! toi, viens ici !* 2 Marque, selon le ton, la surprise, l'approbation, l'ironie.

heaume [ˈom] *nm* Casque porté au Moyen Âge par les hommes d'arme.

hebdomadaire *a* De la semaine. ■ *nm* Publication qui paraît chaque semaine.

hebdomadairement *av* Toutes les semaines.

hébéphrénie *nf* PSYCHIAT Schizophrénie sévère des adolescents.

hébergement *nm* Logement.

héberger *vt* [11] Recevoir, loger chez soi.

hébétement *nm* État hébété, stupide.

hébéter *vt* [12] Rendre stupide, ahuri.

hébétude *nf* MED Engourdissement des facultés intellectuelles.

hébraïque *a* Propre aux Hébreux.

hébreu *nm* Langue sémitique parlée en Israël. Loc Fam *C'est de l'hébreu :* c'est incompréhensible. ■ *am* Relatif au peuple juif.

hécatombe *nf* 1 Massacre, tuerie d'animaux ou d'êtres humains. 2 Grand nombre de personnes éliminées.

hectare *nm* Unité de superficie valant 100 ares ou 10 000 m² (symbole : ha).

hectogramme *nm* Unité de masse valant 100 grammes (symbole : hg).

hectolitre *nm* Mesure de capacité valant 100 litres (symbole : hl).

hectomètre *nm* Mesure de longueur valant 100 mètres (symbole : hm).

hectopascal *nm* Mesure de pression valant 100 pascals (symbole : hPa).

hectowatt *nm* Mesure de puissance équivalant à 100 watts (symbole : hW).

hédonisme *nm* Doctrine qui fait de la recherche du plaisir le fondement de la vie.

hédoniste *n, a* De l'hédonisme.

hégélianisme [ege-] *nm* Philosophie de Hegel.

hégélien, enne [ege-] *a, n* Partisan de la philosophie d'Hegel.

hégémonie *nf* Suprématie, domination politique, économique.

hégémonique *a* Propre à l'hégémonie.

hégémonisme *nm* Domination érigée en système politique.

hégire *nf* Ère des musulmans, qui commence en 622 (départ de Mahomet pour Médine).

hein ! [ɛ̃] *interj* Fam Indique la surprise, l'impatience, l'incompréhension, etc.

hélas ! *interj* Exprime la plainte, la tristesse, le désespoir, le regret.

héler [e-] *vt* [12] Appeler de loin.

hélianthe *nm* Plante à grands capitules jaunes.

hélianthème *nm* Plante ornementale à grandes fleurs blanches ou jaunes.

hélianthine *nf* Colorant synthétique utilisé comme indicateur chimique.

hélice *nf* 1 Organe de propulsion ou de traction d'un navire, d'un avion. 2 Élément constitué de pales reliées à un axe. *Hélice d'un ventilateur.* Loc *En hélice :* en spirale.

héliciculture *nf* Élevage des escargots.

hélicoïdal, ale, aux *a* En forme d'hélice.

hélicoptère *nm* Appareil d'aviation dont la sustentation et la propulsion sont assurées par des voilures tournantes.

héligare *nf* Aérogare pour hélicoptères.

héliocentrique *a* De l'héliocentrisme.

héliocentrisme *nm* ASTRO Système considérant le Soleil comme centre de l'Univers.

héliogravure *nf* Procédé d'impression utilisant des cylindres gravés en creux.

héliomarin, ine *a* Qui associe l'action des rayons du soleil et de l'air marin.

héliothérapie *nf* Traitement médical par exposition aux rayons ultraviolets.

héliotrope *nm* Plante vivace à fleurs odorantes tournées vers le soleil.

héliotropisme *nm* BOT Propriété des plantes tournées vers la lumière.

héliport *nm* Aéroport pour hélicoptères.

héliportage *nm* Transport par hélicoptère.

héliporté, ée *a* Transporté par hélicoptère.

hélitaxi *nm* Hélicoptère faisant le taxi.

hélitreuillage *nm* Treuillage par hélicoptère.

hélium [eljɔm] *nm* Gaz rare de l'air.

hélix *nm* 1 ANAT Repli du pavillon de l'oreille. 2 ZOOL Escargot.

hellébore. V. ellébore.

hellène *n, a* De la Grèce ancienne.

hellénique *a* Propre à la Grèce.

helléniser *vt* Donner le caractère grec à.

hellénisme *nm* 1 Civilisation de la Grèce ancienne. 2 Forme particulière à la langue grecque.

helléniste ou **hellénisant, ante** *n* Spécialiste de la langue et la civilisation de la Grèce.

hellénistique *a* Propre à l'histoire grecque, de la mort d'Alexandre à la conquête romaine.

hello ! [e-] *interj* Sert à appeler, à saluer.

helminthe *nm* Ver parasite de l'intestin.

helminthiase *nf* Maladie parasitaire due à l'helminthe.

helvète *n, a* Suisse.

helvétique *a* De la Suisse.

helvétisme *nm* Expression, mot propres au français parlé en Suisse.

hem ! [ɛm] *interj* Attire l'attention ou exprime le doute, l'embarras, la défiance.

hémarthrose *nf* Épanchement de sang dans une articulation.

hématie [-si] *nf* Globule rouge du sang.

hématique *a* MED Relatif au sang.

hématite *nf* Oxyde de fer naturel, exploité comme minerai de fer.

hématocrite *nm* MED Volume occupé par les globules rouges du sang.

hématologie *nf* MED Étude du sang.

hématologiste ou **hématologue** *n* Spécialiste d'hématologie.

hématome *nm* Épanchement de sang sous la peau. Syn. bleu.

hématopoïèse [-pɔjɛz] *nf* BIOL Formation des globules du sang.

hématopoïétique *a* De l'hématopoïèse.

hématose *nf* MED Conversion du sang veineux en sang artériel oxygéné.

hématozoaire *nm* Parasite animal vivant dans le sang, agent du paludisme.

hématurie *nf* MED Présence de sang dans les urines.

hémianopsie *nf* MED Perte de la moitié du champ visuel.

hémicycle *nm* Salle, espace semi-circulaire généralement entouré de gradins.

hémiplégie *nf* Paralysie frappant une moitié du corps.

hémiplégique *a, n* Atteint d'hémiplégie.

hémiptère *nm* ZOOL Insecte piqueur ou suceur, comme les punaises, les pucerons.

hémisphère *nm* Moitié d'une sphère. Loc *Hémisphères cérébraux :* les deux moitiés symétriques du cerveau.

hémisphérique *a* D'un hémisphère.

hémistiche *nm* LITTER Chacune des deux parties d'un vers coupé par une césure.

hémobiologie *nf* Spécialité médicale concernant la transfusion sanguine.

hémocompatible *a* Dont le groupe sanguin est compatible avec un autre.

hémoculture *nf* MED Culture bactériologique du sang prélevé pour y rechercher les microbes.

hémodialyse *nf* MED Purification du sang.

hémoglobine *nf* Pigment rouge des hématies.

hémogramme *nm* MED Étude des cellules et des plaquettes du sang.

hémolyse *nf* Destruction des globules rouges.

hémolytique *a* De l'hémolyse.

hémopathie *nf* Maladie du sang.

hémophile *a, n* Atteint d'hémophilie.

hémophilie *nf* Maladie héréditaire caractérisée par une absence de coagulation du sang.

hémoptysie *nf* MED Crachement de sang.

hémorragie *nf* 1 Écoulement de sang hors d'un vaisseau. 2 Déperdition importante. *Hémorragie de capitaux.*

hémorragique *a* De l'hémorragie.

hémorroïde *nf* Varice formée par la dilatation des veines de l'anus.

hémostase *nf* Arrêt d'une hémorragie.

hémostatique *a, nm* Qui arrête l'hémorragie.

hendécagone *nm* Polygone qui a onze côtés.

hendécasyllabe *nm* Vers de onze syllabes.

henné [e-] *nm* Arbuste exotique dont les feuilles fournissent une teinture jaune ou rouge utilisée pour les cheveux.

hennin [ɛ-] *nm* Coiffure de femme au Moyen Âge, formée d'un haut cône tendu d'étoffe.

hennir [ɛ-] *vi* Pousser son cri (cheval).

hennissement [ɛ-] *nm* Cri du cheval.

hep ! *interj* Sert à appeler, à héler.

héparine *nf* Substance anticoagulante d'origine hépatique.
hépatique *a* ANAT Relatif au foie.
hépatite *nf* Inflammation du foie.
hépatocyte *nm* BIOL Cellule du foie.
hépatologie *nf* MED Étude du foie.
heptagonal, ale, aux *a* Qui a sept côtés.
heptagone *nm* Polygone à sept côtés.
heptamètre *nm* Vers de sept pieds.
heptasyllabe *a, nm* De sept syllabes.
heptathlon *nm* SPORT Épreuve féminine combinant trois courses et quatre lancers.
héraldique *nf* Science du blason, des armoiries. ■ *a* De l'héraldique.
héraldiste *n* Spécialiste de l'héraldique.
héraut ['e-] *nm* Au Moyen Âge, officier chargé de faire des proclamations solennelles.
herbacé, ée *a* BOT Qui a l'apparence de l'herbe. *Plante herbacée.*
herbage *nm* Prairie destinée au pâturage.
herbager, ère *a* Caractérisé par des herbages.
herbe *nf* 1 Plante fine, verte, non ligneuse, à tige molle. 2 Végétation formée de plantes herbacées. *Couché sur l'herbe.* Loc *Fines herbes :* plantes aromatiques (ciboule, estragon, etc.). *Herbes médicinales, officinales :* utilisées pour leurs propriétés thérapeutiques. *Mauvaises herbes :* nuisibles aux cultures. *Herbe aux chats :* valériane. *De la mauvaise herbe :* un vaurien, un voyou. *En herbe :* non mûr (céréale) ; doué pour une activité (enfant). *Couper l'herbe sous le pied de* (ou *à*) qqn : le devancer en le supplantant.
herbeux, euse *a* Où il pousse de l'herbe.
herbicide *a, nm* Qui détruit les mauvaises herbes.
herbier *nm* 1 Collection de plantes séchées. 2 Prairie sous-marine.
herbivore *a, nm* Qui se nourrit d'herbes.
herboriser *vi* Cueillir des plantes pour les étudier, pour constituer un herbier.
herboriste *n* Qui vend des plantes médicinales.
herboristerie *nf* Commerce de l'herboriste.
herbu, ue *a* Où l'herbe est épaisse.
hercule *nm* Homme d'une force colossale.
herculéen, enne *a* D'une force colossale.
hercynien, enne *a* GEOL Se dit des plissements de la fin du primaire.
hère ['εr] *nm* Loc LITT *Pauvre hère :* homme lamentable, misérable.
héréditaire *a* Transmis par hérédité.
héréditairement *av* Par hérédité.
hérédité *nf* 1 Transmission par droit de succession. 2 Transmission de certains caractères dans la reproduction des êtres vivants. 3 Prédisposition, caractère hérités des parents, des générations précédentes.
hérésiarque *nm* Auteur d'une hérésie.
hérésie *nf* 1 Doctrine contraire aux dogmes d'une religion. 2 Opinion en opposition avec les idées communément admises.
hérétique *a, n* Qui relève de l'hérésie.
hérissement ['e-] *nm* Fait de se hérisser.
hérisser ['e-] *vt* 1 Dresser ses poils, ses plumes, en parlant d'un animal. 2 Garnir de choses pointues, saillantes. *Hérisser de tessons de bouteilles le haut d'un mur.* 3 Horripiler, irriter. *Ces propos le hérissaient.* ■ *vpr* 1 Se dresser en parlant des cheveux, des plumes. 2 Avoir une réaction de révolte devant qqch.

hérisson ['e-] *nm* 1 Mammifère insectivore au corps couvert de piquants. 2 Brosse métallique circulaire pour le ramonage.
héritage *nm* Ce qui est transmis par succession ou par les générations précédentes.
hériter *vti, vi, vt* 1 Recueillir par héritage. *Hériter d'une maison.* 2 Recevoir un héritage. *Hériter une maison de ses parents.*
héritier, ère *n* 1 Qui hérite des biens d'un défunt. 2 Qui continue une tradition.
hermaphrodisme *nm* BIOL Réunion chez le même individu des deux sexes.
hermaphrodite *nm, a* Qui présente un hermaphrodisme.
herméneutique *nf* PHILO Théorie de l'interprétation des symboles.
herméticité *nf* Caractère hermétique (1).
hermétique *a* 1 Qui ferme parfaitement. *Récipient hermétique.* 2 Obscur, difficile à comprendre. *Poésie hermétique.*
hermétiquement *av* De façon hermétique.
hermétisme *nm* Caractère hermétique (2).
hermine *nf* 1 Carnivore dont la fourrure fauve en été, devient blanche en hiver. 2 Bande de fourrure que portent certains magistrats.
herniaire ['εr-] *a* Relatif à la hernie.
hernie ['εr-] *nf* Masse formée par un organe sorti de la cavité qui le contient normalement.
héroïcomique *a* Qui tient d'un comique traité de façon héroïque.
1. héroïne *nf* Stupéfiant dérivé de la morphine.
2. héroïne *nf* 1 Femme douée d'un courage hors du commun. 2 Femme qui tient le rôle principal dans une œuvre, une aventure.
héroïnomane *n* Toxicomane à l'héroïne.
héroïque *a* Qui montre de l'héroïsme. Loc *Aux temps héroïques :* dans un lointain passé.
héroïquement *av* Courageusement.
héroïsme *nm* Courage exceptionnel.
héron ['e-] *nm* Grand oiseau vivant au bord des eaux et se nourrissant de petits animaux.
héros ['ero] *nm* 1 MYTH Demi-dieu. 2 Qui se distingue par son courage, sa grandeur d'âme, etc. 3 Personnage principal ou important d'une œuvre littéraire ou d'une aventure.
herpès ['e-] *nm* Éruption cutanée due à un virus.
herpétique *a* De l'herpès.
herse ['e-] *nf* 1 Instrument muni de dents qui sert, après le labour, à briser les mottes. 2 Grille hérissée de pointes qu'on abaissait pour fermer l'entrée des forteresses.
herser ['e-] *vt* Passer la herse sur un sol.
hertz ['εrts] *nm* PHYS Unité de fréquence (symbole : Hz).
hertzien, enne ['e-] *a* Loc *Ondes hertziennes :* ondes électromagnétiques utilisées dans les télécommunications.
hésitant, ante *a, n* Mal assuré.
hésitation *nf* Fait d'hésiter.
hésiter *vi* 1 Être irrésolu quant au parti qu'on doit prendre. *Hésiter à venir.* 2 Marquer son indécision. *Hésiter dans ses réponses.*
hétaïre *nf* ANTIQ Courtisane.
hétéroclite *a* Fait d'un assemblage bizarre de morceaux disparates.
hétérodoxe *a* Qui s'écarte de la doctrine considérée comme vraie.
hétérodoxie *nf* Doctrine hétérodoxe.

hétérodyne *nf* Oscillateur utilisé dans un récepteur radioélectrique pour en améliorer les performances.

hétérogamie *nf* BIOL Fécondation par fusion de gamètes dissemblables. Ant. isogamie.

hétérogène *a* Formé d'éléments de nature différente, dissemblable. Ant. homogène.

hétérogénéité *nf* Caractère hétérogène.

hétérogreffe *nf* CHIR Greffe entre sujets d'espèces différentes.

hétérosexualité *nf* Sexualité des · hétérosexuels.

hétérosexuel, elle *a, n* Qui trouve la satisfaction sexuelle avec des sujets du sexe opposé.

hétérozygote *a, nm* BIOL Se dit d'un être vivant dont le patrimoine génétique est formé de gènes non identiques. Ant. homozygote.

hêtre ['ɛ-] *nm* Grand arbre à écorce lisse, à tronc droit, à bois blanc.

heu ! ['ø] *interj* Marque le doute, l'hésitation, la gêne ou une difficulté d'élocution.

heur *nm* Loc Litt *Avoir l'heur de* : avoir la chance de.

heure *nf* 1 Période de temps correspondant à la vingt-quatrième partie du jour. *Il est cinq heures. Je pars dans deux heures.* 2 Moment de la journée défini par une activité quelconque. *C'est l'heure de déjeuner.* Loc *À la bonne heure* : c'est satisfaisant, soit. *De bonne heure* : tôt. *À cette heure* : en ce moment. *À toute heure* : sans interruption. *Avant l'heure* : avant le moment prévu. *La dernière heure* : la mort. *Remettre les pendules, les montres à l'heure* : adapter son attitude à une nouvelle situation. *Sur l'heure* : à l'instant même. *Tout à l'heure* : un peu plus tard ; il y a quelques instants. ■ *pl* Période difficile. *Connaître des heures pénibles.* Loc *Livre d'heures* : livre de prières.

heureusement *av* 1 Avec succès. 2 Par bonheur. *Heureusement il avait pris ses précautions.*

heureux, euse *a* 1 Favorisé par le sort. *Être heureux au jeu.* 2 Propice. *Un heureux hasard.* 3 Judicieux. *Une heureuse combinaison.* 4 Qui jouit du bonheur. *Rendre qqn heureux.* 5 Qui marque le bonheur. *Air, visage heureux.* ■ *n* Personne heureuse. *Faire des heureux.*

heuristique *a* PHILO Qui favorise la découverte de faits, de théories. ■ *nf* Discipline recherchant les règles de la découverte scientifique.

heurt ['œʀ] *nm* 1 Coup, choc brutal de corps qui se rencontrent. 2 Friction entre des personnes, désaccord.

heurté, ée ['œ-] *a* Contrasté.

heurter ['œ-] *vt* 1 Rencontrer rudement. *Son front a heurté le pare-brise.* 2 Contrarier, blesser, offenser. *Heurter les sentiments de qqn.* Loc *Heurter de front* : aller à l'encontre de. ■ *vti* Frapper contre. *Le bateau heurta contre un écueil.*

heurtoir ['œʀ-] *nm* 1 Marteau fixé à la porte d'une maison, et qui sert à frapper pour s'annoncer. 2 Butoir d'une voie de chemin de fer.

hévéa *nm* Arbre cultivé pour son latex dont on tire le caoutchouc.

hexachlorophène [-klɔ-] *nm* MED Antiseptique.

hexachlorure [-klɔ-] *nm* CHIM Chlorure dont la molécule contient six atomes de chlore.

hexaèdre *a, nm* GEOM Qui a six faces planes.

hexagonal, ale, aux *a* 1 GEOM En forme d'hexagone. 2 Qui concerne la France (l'Hexagone). *La politique hexagonale.*

hexagone *nm* Polygone à six côtés. Loc *L'Hexagone* : la France métropolitaine.

hexamètre *nm* LITTER Vers de six pieds.

hexapode *a, nm* ZOOL Qui a six pattes.

hexasyllabe *a, nm* De six syllabes.

hexose *nm* CHIM Sucre simple, comme le glucose et le lactose.

hi ! ['i] *interj* Note le rire ou les pleurs.

hiatus *nm* 1 Suite de deux voyelles contiguës (ex. : il *a été*). 2 Discontinuité, coupure. 3 ANAT Orifice.

hibernal, ale, aux *a* De l'hibernation.

hibernation *nf* État de torpeur dans lequel demeurent certains animaux en hiver.

hiberner *vi* Passer l'hiver en hibernation.

hibiscus *nm* Plante tropicale à grosses fleurs.

hibou ['i-] *nm* Rapace nocturne. *Des hiboux.*

hic ['ik] *nm inv* Point difficile d'une question, d'une affaire.

hic et nunc ['iknɔk] *av* Ici et maintenant.

hickory ['i-] *nm* Arbre au bois très résistant.

hidalgo *nm* HIST Noble espagnol.

hideusement ['i-] *av* De façon hideuse.

hideux, euse ['i-] *a* Horrible, repoussant.

hier [ijɛʀ] *av* 1 Le jour qui précède immédiatement celui où on est. 2 Dans un passé récent, à une date récente. Loc Fam *N'être pas né d'hier* : avoir beaucoup d'expérience.

hiérarchie ['je-] *nf* Organisation d'un groupe, d'un ensemble telle que chacun de ses éléments se trouve subordonné à celui qu'il suit.

hiérarchique ['je-] *a* Propre à la hiérarchie.

hiérarchiquement ['je-] *av* De façon hiérarchique.

hiérarchisation ['je-] *nf* Action de hiérarchiser.

hiérarchiser ['je-] *vt* Organiser en établissant une hiérarchie.

hiérarque ['je-] *nm* Personnage important.

hiératique *a* D'une raideur figée. *Pose hiératique.*

hiératisme *nm* Caractère hiératique.

hiéroglyphe *nm* Signe de l'écriture des anciens Égyptiens. ■ *pl* Écriture illisible.

hiéroglyphique *a* Composé d'hiéroglyphes.

hi-fi ['i-] *nf inv* Abrév de *haute-fidélité*.

high-tech ['ajtɛk] *a* D'une technologie avancée. *Entreprise high-tech.*

higoumène *nm* RELIG Supérieur d'un monastère orthodoxe.

hi-han ['i-] *interj* Cri de l'âne.

hilarant, ante *a* Qui cause le rire.

hilare *a* Qui exprime un parfait contentement.

hilarité *nf* Accès brusque de gaieté qui se manifeste par le rire.

hile ['il] *nm* ANAT Zone de pénétration des vaisseaux et des nerfs dans un organe.

himalayen, enne *a* De l'Himalaya.

hindi ['indi] *nm* Langue officielle de l'Inde.

hindou, oue ou **hindouiste** *a, n* Qui relève de l'hindouisme.

hindouisme *nm* Religion polythéiste de l'Inde brahmanique.

hinterland *nm* GEOGR Arrière-pays.

hippie ou **hippy** ['i-] *n* Jeune non violent remettant en cause par son comportement la société de consommation. *Des hippies* ['ipiz].

hippique *a* Propre aux chevaux, à l'équitation.
hippisme *nm* Sport équestre.
hippocampe *nm* Poisson marin dont la tête est perpendiculaire à l'axe du corps.
hippodrome *nm* Champ de courses.
hippologie *nf* Étude du cheval.
hippomobile *a* Tiré par des chevaux.
hippophagique *a* Loc *Boucherie hippophagique* : où on vend de la viande de cheval.
hippopotame *nm* Herbivore massif d'Afrique qui passe sa vie dans les cours d'eau.
hirondelle *nf* Passereau au vol léger et rapide. Loc *Hirondelle de mer* : sterne.
hirsute *a* Ébouriffé, échevelé.
hispanique *a*, *n* De l'Espagne ou de l'Amérique hispanophone.
hispanisant, ante ou **hispaniste** *n* Spécialiste de la civilisation espagnole.
hispanisme *nm* Expression propre à la langue espagnole.
hispano-américain, aine *a*, *n* Qui concerne l'Amérique espagnole.
hispanophone *a*, *n* De langue espagnole.
hisser ['i-] *vt* 1 Élever au moyen d'un cordage, d'un filin. 2 Faire monter, en tirant ou en poussant. ■ *vpr* S'élever avec effort, grimper.
histamine *nf* BIOL Amine qui provoque la sécrétion du suc gastrique et contracte les artères.
histaminique *a* De l'histamine.
histidine *nf* BIOL Acide aminé abondant dans l'hémoglobine.
histocompatibilité *nf* MED Compatibilité des tissus ou organes greffés.
histogenèse *nf* BIOL Formation de tissus divers à partir de cellules indifférenciées de l'embryon.
histogramme *nm* Représentation graphique d'une série statistique.
histoire *nf* 1 Récit d'actions, d'événements passés. 2 Science de la connaissance du passé. 3 Suite des événements vus rétrospectivement. *Le sens de l'histoire. L'accélération de l'histoire.* 4 Relation d'aventures réelles ou inventées. *Raconter une histoire à un enfant.* Loc *Histoire naturelle* : sciences naturelles. *C'est toute une histoire* : ce serait long à raconter. *C'est une autre histoire* : il s'agit d'autre chose. *En voilà une histoire* : c'est une nouvelle fâcheuse. *C'est de l'histoire ancienne* : un événement passé qu'on veut oublier. *Une histoire à dormir debout* : invraisemblable. Fam *Histoire de faire qqch* : pour la faire. ■ *pl* Loc Fam *Faire des histoires* : faire des embarras. *S'attirer des histoires* : des désagréments, des querelles.
histologie *nf* BIOL Étude des tissus vivants.
histologique *a* De l'histologie.
histolyse *nf* BIOL Destruction des tissus.
historicité *nf* Caractère historique.
historié, ée *a* Orné d'enjolivures.
historien, enne *n* Spécialiste de l'histoire ; auteur d'ouvrages historiques.
historiette *nf* Courte histoire, anecdote.
historiographe *n* Écrivain officiel de l'histoire de son temps.
historiographie *nf* 1 Travail de l'historiographe. 2 Ensemble des ouvrages historiques d'une période donnée.
historique *a* 1 Propre à l'histoire, à la réalité des faits. 2 Important, marquant. *Un moment historique.* Loc *Monument historique* : classé

par l'État, qui en garantit la conservation en raison de son intérêt. ■ *nm* Exposé chronologique de faits, d'événements.
historiquement *av* Du point de vue historique.
histrion *nm* Litt Mauvais comédien, cabotin.
hitlérien, enne *a*, *n* Qui relève de l'hitlérisme.
hitlérisme *nm* Doctrine d'Hitler.
hit-parade ['i-] *nm* Cote de popularité des chansons, des films, etc. *Des hit-parades.*
hittite ['i-] *a* Des Hittites. ■ *nm* Langue parlée par les Hittites.
HIV [afive] *nm* Nom anglais du V.I.H.
hiver *nm* Saison la plus froide.
hivernage *nm* 1 MAR Temps de relâche pendant la mauvaise saison. 2 Saison des pluies dans les régions tropicales. 3 AGRIC Séjour du bétail à l'étable, des abeilles à la ruche pendant l'hiver.
hivernal, ale, aux *a* D'hiver. *Station hivernale.* ■ *nf* Ascension en haute montagne pendant l'hiver.
hivernant, ante *a* Qui séjourne qqpart pendant l'hiver.
hiverner *vi* Passer la mauvaise saison à l'abri.
H.L.M. [afelɛm] *nm* ou *nf* Immeuble d'habitation à loyer modéré.
ho ! ['o] *interj* Sert à appeler, à s'indigner, etc.
hobby ['ɔ-] *nm* Passe-temps favori.
hobereau ['ɔ-] *nm* Gentilhomme campagnard.
hochement ['ɔ-] *nm* Action de hocher la tête.
hochepot ['ɔ-] *nm* Ragoût de bœuf avec des navets.
hochequeue ['ɔ-] *nm* Bergeronnette.
hocher ['ɔ-] *vt* Loc *Hocher la tête* : la remuer.
hochet ['ɔ-] *nm* Jouet que les bébés peuvent secouer et qui fait du bruit.
hockey ['ɔ-] *nm* Jeu d'équipe pratiqué sur gazon ou sur glace.
hockeyeur, euse ['ɔ-] *n* Qui joue au hockey.
Hodgkin (maladie de) *nf* Sarcome ganglionnaire.
ho hisse ! ['o-] *interj* Rythme ou coordonne les gestes de gens qui hissent.
hoirie *nf* Vx Héritage.
holà ! *interj* Sert à appeler, à modérer. *Holà ! pas tant de bruit.* ■ *nm* Loc *Mettre le holà à* : mettre fin à qqch de fâcheux.
holding ['ɔldiŋ] *nm* ou *nf* Société qui détient des participations dans d'autres entreprises qu'elle contrôle.
hold-up ['ɔldœp] *nm inv* Agression à main armée.
hollandais, aise ['ɔ-] *a*, *n* De Hollande.
hollande ['ɔ-] *nm* Fromage de vache, à croûte rouge, en forme de boule.
hollywoodien, enne ['ɔliwu] *a* De Hollywood.
holocauste *nm* 1 Sacrifice religieux sanglant. 2 (avec majusc) Massacre des Juifs par les nazis.
hologramme *nm* Photo donnant l'illusion du relief sous un certain angle.
holographie *nf* Réalisation des hologrammes.
holothurie *nf* Échinoderme au corps mou. Syn. concombre de mer.
homard ['ɔ-] *nm* Crustacé marin aux énormes pinces, à la chair très estimée.
home ['om] *nm* Loc *Home d'enfants* : maison qui accueille des enfants en vacances.
homélie *nf* 1 RELIG Sermon fait sur un ton familier. 2 Litt Discours moralisant et ennuyeux.

honte

homéopathe *n* Spécialiste d'homéopathie.
homéopathie *nf* Traitement des maladies par des doses infinitésimales de produits qui déterminent des symptômes identiques aux troubles qu'on veut supprimer.
homéopathique *a* 1 De l'homéopathie. 2 À dose très faible.
homéostasie *nf* Faculté des êtres vivants de maintenir certaines constantes biologiques quel que soit le milieu extérieur.
homéostatique *a* De l'homéostasie.
homérique *a* 1 Relatif à Homère. 2 Spectaculaire, épique. *Bataille homérique.*
homicide *n, a* Qui tue un être humain. ■ *nm* Meurtre d'un être humain.
hominidé *nm* Primate fossile, ancêtre de l'homme.
hominien *nm* Homme fossile.
hominisation *nf* Constitution de l'espèce humaine à partir de primates.
hommage *nm* Acte, marque de soumission, de vénération, de respect. *Loc Présenter ses hommages* : ses civilités. *Rendre hommage* : témoigner son estime.
hommasse *a* Se dit d'une femme à l'allure virile.
homme *nm* 1 Être humain, par oppos. aux animaux. 2 Être humain de sexe masculin par oppos. à la femme. 3 Être humain de sexe masculin et adulte par oppos. à l'enfant. 4 Pop Amant, mari. *Loc Grand homme* : personnage important. *Homme de lettres* : écrivain. *Homme d'État* : qui dirige ou a dirigé un État. *Homme de loi* : magistrat, avocat. *Homme d'affaires* : qui s'occupe d'entreprises commerciales. *Homme de troupe* : militaire qui n'est ni officier ni sous-officier. *Homme de confiance* : à qui on confie des missions délicates. *Homme de parole* : qui tient ses promesses. *Homme de paille* : prête-nom. *Être (un) homme à* (+ inf) : capable de, ou digne de. *D'homme à homme* : directement, franchement. *Comme un seul homme* : tous ensemble.
homme-grenouille *nm* Plongeur muni d'un scaphandre autonome. *Des hommes-grenouilles.*
homme-orchestre *nm* Homme qui a des talents variés. *Des hommes-orchestres.*
homme-sandwich *nm* Homme qui déambule en portant des panneaux publicitaires. *Des hommes-sandwichs.*
homogène *a* Formé d'éléments de même nature ; cohérent. Ant. hétérogène.
homogénéisation *nf* Action d'homogénéiser.
homogénéiser *vt* Rendre homogène.
homogénéité *nf* Caractère homogène.
homographe *a, nm* LING Se dit d'homonymes de même orthographe (ex. : *bière* « boisson » et *bière* « cercueil »).
homographie *nf* Propriété des homographes.
homogreffe *nf* Greffe dans laquelle le greffon est emprunté à un donneur de même espèce.
homologation *nf* Action d'homologuer.
homologie *nf* Didac Caractère homologue.
homologue *a* Équivalent, analogue. ■ *n* Personne qui a les mêmes fonctions, le même travail qu'une autre.
homologuer *vt* SPORT Reconnaître officiellement. *Homologuer un record.*
homoncule *nm* Fam Homme petit et malingre.

homonyme *a, nm* LING Se dit des mots de même orthographe ou de même prononciation, mais qui ont des significations différentes. ■ *nm* Qui porte le même nom qu'un autre.
homonymie *nf* Caractère homonyme.
homophobe *a, n* Hostile aux homosexuels.
homophone *a, nm* LING Se dit d'homonymes de même prononciation (ex. : *comte, compte* et *conte*).
homophonie *nf* Caractère homophone.
homosexualité *nf* Sexualité des homosexuels.
homosexuel, elle *a, n* Qui trouve la satisfaction sexuelle avec des sujets du même sexe.
homozygote *a, nm* BIOL Se dit de jumeaux ayant les mêmes gènes. Ant. hétérozygote.
hondurien, enne [ʼɔ̃-] *a, n* Du Honduras.
hongkongais, aise *a, n* De Hong Kong.
hongre [ʼɔ̃-] *nm* Cheval châtré.
hongrois, oise [ʼɔ-] *a, n* De Hongrie. ■ *nm* Langue finno-ougrienne parlée en Hongrie.
honnête *a* 1 Qui ne cherche pas à faire des profits illicites. *Commerçant honnête.* 2 Qui se conforme à la loi morale. *Un arbitre honnête.* 3 Satisfaisant. *Un salaire honnête.*
honnêtement *av* 1 De façon honnête. 2 Sincèrement. *Honnêtement, tu as tort.*
honnêteté *nf* Caractère honnête.
honneur *nm* 1 Sentiment qu'on a de sa propre dignité. 2 Considération dont jouit qqn d'estimable. *Sauver l'honneur.* 3 Gloire retirée d'une action remarquable. *Loc En l'honneur de* : en témoignage d'estime pour. *Champ d'honneur* : champ de bataille. *Place d'honneur* : réservée à un personnage éminent. *Demoiselle, garçon d'honneur* : qui assistent les mariés. *Faire honneur à qqn* : lui valoir de l'estime. *Faire honneur à ses engagements* : les remplir. Fam *Faire honneur à un repas* : y manger copieusement. *Se faire un point d'honneur de* : mettre tous ses soins à. ■ *pl* 1 Titres qui permettent de se distinguer socialement. 2 Au bridge, les cartes les plus fortes. *Loc Honneurs militaires* : saluts pour honorer un chef, le drapeau. *Les honneurs de la guerre* : reddition permettant à une garnison de se retirer librement. *Honneurs funèbres* : funérailles. *Faire les honneurs d'une maison* : y recevoir avec courtoisie.
honnir [ʼɔ-] *vt* Litt Couvrir de honte.
honorabilité *nf* Caractère honorable.
honorable *a* 1 Estimable. *Un honorable commerçant.* 2 Qui attire de l'honneur, du respect. *Un métier honorable.* 3 Suffisant, satisfaisant.
honorablement *av* De façon honorable.
honoraire *a* Qui porte un titre sans exercer la fonction correspondante. ■ *nmpl* Rétribution des professions libérales.
honorer *vt* 1 Manifester du respect pour. 2 Gratifier qqn d'un honneur, d'une distinction. *Honorer qqn de sa confiance.* 3 Valoir de l'estime à. *Votre courage vous honore. Loc Honorer ses engagements* : les remplir. *Honorer un chèque* : le payer. ■ *vpr* Tirer honneur et fierté de qqch.
honorifique *a* Qui confère un honneur mais aucun autre avantage.
honoris causa [ʼɔnɔris-] *a* Se dit d'un grade universitaire conféré à titre honorifique.
honte [ʼɔ̃t] *nf* 1 Sentiment de culpabilité, de déshonneur. 2 Timidité, embarras. 3 Fait scandaleux. *Loc Faire honte à qqn* : lui faire des reproches pour qu'il ait honte.

honteusement [ɔ̃-] *av* De façon honteuse.
honteux, euse [ɔ̃-] *a* **1** Qui éprouve de la honte. **2** Qui cause de la honte. Loc *Maladie honteuse :* vénérienne.
hop ! [ɔp] *interj* Marque un mouvement vif.
hôpital, aux *nm* Établissement dispensant les soins médicaux et chirurgicaux.
hoplite *nm* ANTIQ Fantassin grec.
hoquet [ɔ-] *nm* Contraction spasmodique du diaphragme.
hoqueter [ɔ-] *vi* [19] Avoir le hoquet.
horaire *a* Par heure. *Salaire horaire.* ■ *nm* **1** Tableau donnant les heures de départ et d'arrivée. **2** Emploi du temps. *Un horaire chargé.*
horde [ɔ-] *nf* Litt Bande violente, destructrice.
horion [ɔ-] *nm* Litt Coup assené rudement.
horizon *nm* **1** Ligne circulaire qui, pour un observateur, semble séparer le ciel et la terre. **2** Parties du ciel et de la terre voisines de cette ligne. **3** Domaine d'action. *Son horizon intellectuel est borné.* **4** Perspectives d'avenir. **5** Chacune des couches constitutives d'un sol. Loc *Faire un tour d'horizon :* examiner sommairement une situation.
horizontal, ale, aux *a* Perpendiculaire à la verticale. ■ *nf* Ligne horizontale.
horizontalement *av* En position horizontale.
horizontalité *nf* Caractère horizontal.
horloge *nf* Instrument servant à mesurer le temps.
horloger, ère *n* Qui fabrique, vend ou répare des horloges, des montres. ■ *a* De l'horlogerie.
horlogerie *nf* Commerce, industrie, magasin de l'horloger.
hormis [ɔʀ-] *prép* Litt Excepté.
hormonal, ale, aux *a* Des hormones.
hormone *nf* Substance produite par une glande endocrine et transportée dans le sang.
hormonothérapie *nf* MED Traitement par les hormones.
horodateur, trice *a, nm* Qui enregistre et imprime l'heure et la date.
horoscope *nm* Prédiction de l'avenir d'après la position des planètes à la naissance de qqn ; document représentant cette position.
horreur *nf* Réaction d'effroi, de répulsion, de dégoût provoquée par qqch d'affreux. ■ *pl* Paroles, écrits, actes obscènes, très laids.
horrible *a* **1** Qui inspire de l'horreur. **2** Très laid, pénible. *Temps horrible.*
horriblement *av* **1** De façon horrible. **2** Extrêmement. *Horriblement cher.*
horrifiant, ante *a* Qui horrifie.
horrifier *vt* Provoquer l'horreur.
horripilant, ante *a* Qui horripile.
horripilateur, trice *a* ANAT Qui provoque l'horripilation.
horripilation *nf* **1** PHYSIOL Érection des poils due à la frayeur, au froid. **2** Agacement.
horripiler *vt* Agacer vivement, exaspérer.
hors [ɔʀ] *prép* En dehors de. *Exemplaire hors commerce. Objet hors série. Préfet hors cadre.* Loc *Hors de :* à l'extérieur de, en dehors de. *Hors de combat :* éliminé. *Hors de soi :* exaspéré. *Hors concours :* très supérieur aux autres concurrents.
hors-bord [ɔʀ-] *nm inv* Canot rapide au moteur placé à l'arrière.
hors-d'œuvre [ɔʀ-] *nm inv* Mets servi au début du repas.

hors-jeu [ɔʀ-] *nm inv* Position irrégulière d'un joueur (football, rugby).
hors-la-loi [ɔʀ-] *nm inv* Bandit, gangster.
hors-piste [ɔʀ-] *nm inv* Ski pratiqué hors des pistes.
hors-texte [ɔʀ-] *nm inv* Gravure intercalée dans un livre.
hortensia *nm* Arbrisseau à grosses fleurs.
horticole *a* De l'horticulture.
horticulteur, trice *n* Spécialiste d'horticulture.
horticulture *nf* Culture des légumes, des fruits et des fleurs.
hortillonnage *nm* Marais aménagé pour les cultures maraîchères.
hospice *nm* Établissement accueillant les vieillards, les handicapés, etc.
hospitalier, ère *a* **1** Des hôpitaux. **2** Qui exerce l'hospitalité. ■ *n* Employé d'un hôpital.
hospitalisation *nf* Action d'hospitaliser.
hospitaliser *vt* Faire entrer dans un hôpital.
hospitalité *nf* Fait d'accueillir chez soi généreusement, aimablement.
hospitalo-universitaire *a* Loc *Centre hospitalo-universitaire (C.H.U.) :* hôpital auquel est attaché un centre d'enseignement médical.
hostellerie *nf* Restaurant élégant.
hostie *nf* RELIG Pain sans levain consacré par le prêtre à la messe.
hostile *a* **1** Inamical, agressif. *Geste hostile.* **2** Opposé. *Hostile aux réformes.*
hostilement *av* De façon hostile.
hostilité *nf* Inimitié, agressivité. ■ *pl* Actes, opérations de guerre.
hosto *nm* Pop Hôpital.
hot dog [ɔtdɔg] *nm* Sandwich garni d'une saucisse chaude. *Des hot dogs.*
hôte, hôtesse *n* **1** Qui donne l'hospitalité, qui reçoit chez soi. **2** Qui est reçu chez qqn, invité (le féminin est *hôte*). ■ *nf* Jeune femme chargée de l'accueil des visiteurs. Loc *Hôtesse de l'air :* membre féminin du personnel navigant, qui veille au bien-être et à la sécurité des passagers.
hôtel *nm* Établissement où on peut louer une chambre meublée. Loc *Hôtel particulier :* maison occupée dans sa totalité par un particulier. *Hôtel de ville :* mairie d'une grande ville. *Maître d'hôtel :* qui préside au service de la table dans un restaurant.
hôtel-Dieu *nm* Hôpital principal de certaines villes. *Des hôtels-Dieu.*
hôtelier, ère *a* De l'hôtellerie. *Industrie hôtelière.* ■ *n* Qui tient un hôtel.
hôtellerie *nf* **1** Industrie, profession des hôteliers. **2** Hôtel ou restaurant élégant.
hotte [ɔt] *nf* **1** Panier muni de bretelles, qu'on porte sur le dos. **2** Collecteur de vapeurs grasses dans une cuisine. **3** Partie de la cheminée recouvrant le conduit de fumée.
hou ! [u] *interj* Sert à faire peur ou à huer.
houblon [u-] *nm* Plante grimpante utilisée pour parfumer la bière.
houe [u] *nf* Pioche à large fer courbé.
houille [u] *nf* Charbon de terre. Loc *Houille blanche :* l'hydroélectricité.
houiller, ère [uje] *a* Qui renferme de la houille. ■ *nf* Mine de houille.
houle [ul] *nf* Mouvement ondulatoire de la mer.

houlette ['u-] nf Bâton de berger. **Loc** *Sous la houlette de :* sous l'autorité de.

houleux, euse ['u-] a 1 Animé par la houle. 2 Mouvementé, agité. *Débat houleux.*

houligan ['uligan] nm Jeune qui se livre à des actes de violence dans les lieux publics.

houliganisme ['ul-] nm Comportement de houligan.

houppe ['up] nf 1 Touffe de fils de laine, de soie, etc. 2 Touffe de cheveux.

houppelande ['up-] nf Anc Vaste manteau.

houppette ['u-] nf Petite houppe.

hourdis ['u-] nm Remplissage en aggloméré entre les solives.

hourra ou **hurrah !** ['u-] interj, nm Cri d'enthousiasme.

houspiller ['u-] vt Harceler de reproches.

housse ['us] nf 1 Couverture couvrant la croupe d'un cheval. 2 Enveloppe de protection dont on recouvre les meubles, des vêtements.

houx ['u] nm Arbuste aux feuilles persistantes et luisantes, à baies rouges.

hovercraft [ɔvɛʀ-] nm Aéroglisseur.

hublot ['y-] nm Ouverture étanche dans la coque d'un navire, dans un avion.

huche ['yʃ] nf Anc Grand coffre de bois dans lequel on rangeait le pain, les provisions.

hue ! ['y] interj Cri des charretiers pour faire avancer leurs chevaux.

huée ['ɥe] nf Clameur d'hostilité.

huer ['ɥe] vt Conspuer qqn. ■ vi Crier, en parlant d'un oiseau de nuit.

huerta ['ɥɛʀta] nf Plaine irriguée en Espagne.

huguenot, ote ['y-] n, a Calviniste.

huilage nm Action d'huiler.

huile nf 1 Liquide gras, onctueux et inflammable, d'origine végétale, animale ou minérale. 2 Fam Personnage influent. **Loc** *Jeter de l'huile sur le feu :* exciter des passions déjà vives. *Mer d'huile :* parfaitement calme. Fam *Ça baigne dans l'huile :* tout va bien. *Faire tache d'huile :* s'étendre rapidement. *Saintes huiles :* huiles utilisées pour les sacrements.

huiler vt Enduire d'huile ; lubrifier.

huilerie nf Fabrique d'huile.

huileux, euse a De la nature de l'huile.

huilier nm Accessoire réunissant les burettes d'huile et de vinaigre.

huis clos ['ɥi-] nm Débats hors de la présence du public. **Loc** *À huis clos :* les portes étant fermées ; en secret.

huisserie nf Encadrement d'une porte.

huissier nm 1 Qui est chargé d'accueillir et d'annoncer les visiteurs. 2 Préposé au service des assemblées législatives. 3 Officier ministériel qui exécute les décisions de justice.

huit ['ɥit] a num 1 Sept plus un (8). 2 Huitième. *Chapitre huit.* **Loc** *Aujourd'hui en huit :* dans une semaine à compter d'aujourd'hui. ■ nm inv Chiffre, nombre huit.

huitaine ['ɥi-] nf 1 Quantité de huit. 2 Huit jours. *Rendez-vous sous huitaine.*

huitante ['ɥi-] a num Quatre-vingts (Suisse).

huitième ['ɥi-] a num Au rang, au degré huit. ■ a, nm Contenu huit fois dans le tout.

huitièmement ['ɥi-] av En huitième lieu.

huître nf Mollusque élevé pour sa chair, ou pour la nacre, les perles.

huîtrier, ère a Relatif aux huîtres.

hulotte ['y-] nf Grande chouette d'Europe.

hululement ou **ululement** ['y-] nm Cri des rapaces nocturnes.

hululer ou **ululer** ['y-] vi Pousser son cri, en parlant des rapaces nocturnes.

hum ! ['œm] interj Exprime le doute, le mécontentement.

humain, aine a 1 Propre à l'homme. 2 Bon, généreux, compatissant. **Loc** *Le genre humain :* les hommes. ■ nm Homme, personne humaine.

humainement av 1 Sur le plan humain. *C'est humainement impossible.* 2 Avec humanité. *Traiter humainement des prisonniers.*

humanisation nf Action d'humaniser.

humaniser vt Rendre humain. ■ vpr Devenir plus compatissant.

humanisme nm Doctrine qui affirme la valeur de la personne humaine.

humaniste n Érudit versé dans la connaissance des langues et des littératures anciennes. ■ a, n Qui professe l'humanisme.

humanitaire a Qui vise à améliorer le sort des hommes.

humanitarisme nm Idées humanitaires.

humanité nf 1 Ensemble des hommes. 2 Altruisme, bienveillance.

humanoïde a, n En science-fiction, être ressemblant à l'homme.

humble a 1 Qui fait preuve d'humilité. 2 Litt Médiocre, sans éclat. *Humbles travaux.* ■ a, n Litt De condition modeste.

humblement av Avec humilité.

humecter vt Mouiller légèrement.

humer ['y-] vt Aspirer pour sentir.

humérus nm Os du bras qui s'articule avec l'omoplate.

humeur nf 1 Disposition affective. *Être de bonne humeur.* 2 Disposition chagrine, comportement agressif. *Avoir un geste d'humeur.* **Loc** *Être d'humeur à :* disposé à.

humide a Imprégné d'un liquide, d'une vapeur. *Climat humide.* Ant. sec.

humidificateur nm Appareil servant à humidifier l'air d'un local.

humidification nf Action d'humidifier.

humidifier vt Rendre humide.

humidité nf État humide.

humiliant, ante a Qui cause de la honte.

humiliation nf 1 Action d'humilier, fait d'être humilié. 2 Affront.

humilier vt Blesser qqn dans son amour-propre. ■ vpr S'abaisser volontairement.

humilité nf Caractère humble, modeste.

humoriste a, n Qui pratique le genre humoristique.

humoristique a Se dit de dessins, d'écrits où il entre de l'humour.

humour nm Forme d'esprit consistant à souligner en restant impassible les aspects drôles de la réalité. **Loc** *Humour noir :* cruel et macabre.

humus [ymys] nm Matière formée de débris végétaux décomposés.

hune ['yn] nf MAR Plate-forme fixée à la partie basse des mâts.

hunier ['y-] nm MAR Voile carrée située au-dessus des basses voiles.

huppe ['yp] nf Oiseau à la tête garnie d'une touffe de plumes ; cette touffe.

huppé, ée ['ype] a 1 Qui porte une huppe. 2 Fam Riche et distingué.

hure ['yʀ] *nf* **1** Tête coupée de sanglier, de brochet, de porc. **2** Galantine farcie de morceaux de hure.

hurlant, ante ['yʀ-] *a* Qui hurle.

hurlement ['yʀ-] *nm* Cri aigu et prolongé.

hurler ['y-] *vi* **1** Pousser des hurlements. **2** Former un contraste violent, jurer. *Couleurs qui hurlent.* ■ *vt* Crier qqch très fort.

hurleur, euse ['y-] *a, nm* Qui hurle. ■ *nm* Singe du Brésil aux cris puissants.

hurluberlu *nm* Fantasque, extravagant.

husky ['œski] *nm* Chien de traîneau.

hussard ['y-] *nm* HIST Militaire appartenant à un régiment de cavalerie légère. Loc *À la hussarde* : de façon cavalière et brutale.

hussite ['y-] *n* HIST Partisan de Jan Hus.

hutte ['yt] *nf* Petite cabane rudimentaire.

hyacinthe *nf* Variété de zircon transparent, rouge ou orangé.

hyalin, ine *a* Didac Qui a l'aspect du verre.

hybridation *nf* BIOL Croisement d'espèces différentes.

hybride *nm* Animal ou végétal qui résulte du croisement de deux espèces différentes. ■ *a* Fait d'éléments composites. *Solution hybride.*

hydarthrose *nf* MED Épanchement de liquide dans une articulation.

hydratant, ante *a, nm* Destiné à hydrater.

hydratation *nf* MED Apport d'eau à l'organisme, aux tissus.

hydrate *nm* CHIM Composé qui résulte de la fixation d'eau sur un corps.

hydrater *vt* MED Apporter de l'eau à un organisme, à un tissu.

hydraulique *a* Mû, fourni par l'eau. *Frein hydraulique. Énergie hydraulique.* ■ *nf* **1** Science des lois de l'écoulement des liquides. **2** Technique de captage, de distribution et d'utilisation des eaux.

hydravion *nm* Avion conçu pour décoller sur l'eau et s'y poser.

hydre *nf* **1** MYTH Serpent fabuleux, dont les sept têtes repoussaient multipliées au fur et à mesure qu'on les coupait. **2** Litt Mal monstrueux.

hydrique *a* Relatif à l'eau. *Bilan hydrique.*

hydrobiologie *nf* Étude des êtres vivant dans l'eau.

hydrocarbure *nm* CHIM Corps composé de carbone et d'hydrogène (ex. : pétrole, méthane).

hydrocéphale *a, i* Dont la boîte crânienne est anormalement développée.

hydrocortisone *nf* Hormone utilisée comme anti-inflammatoire.

hydrocution *nf* Syncope brutale due à une immersion brusque dans l'eau froide.

hydrodynamique *nf* Partie de la physique qui traite des liquides en mouvement. ■ *a* De l'hydrodynamique.

hydroélectricité *nf* Électricité d'origine hydraulique.

hydroélectrique *a* Qui produit de l'électricité par des moyens hydrauliques.

hydrofoil [-fojl] *nm* Navire rapide muni d'ailes portantes. Syn. hydroptère.

hydrofuge *a* Qui protège de l'humidité.

hydrofuger *vt* [11] Rendre hydrofuge.

hydrogénation *nf* Action d'hydrogéner.

hydrogène *nf* Corps simple (gaz) qui, combiné avec l'oxygène, forme l'eau.

hydrogéner *vt* [12] CHIM Combiner un corps avec l'hydrogène.

hydrogéologie *nf* Géologie appliquée à la recherche des eaux souterraines.

hydroglisseur *nm* Bateau à fond plat propulsé par une hélice aérienne.

hydrographie *nf* **1** Étude des eaux du globe. **2** Ensemble des cours d'eau et des lacs d'une région.

hydrographique *a* De l'hydrographie.

hydrologie *nf* Science des eaux et de leur utilisation.

hydrologique *a* De l'hydrologie.

hydrologiste ou **hydrologue** *n* Spécialiste d'hydrologie.

hydrolyse *nf* CHIM Décomposition d'un corps par action de l'eau.

hydromel *nm* Boisson faite d'eau et de miel, fermentée ou non.

hydrophile *a* Qui absorbe l'eau.

hydroponique *a* Loc *Culture hydroponique* : sur des solutions nutritives, sans sol.

hydroptère *nm* Syn de *hydrofoil.*

hydrosoluble *a* Se dit des vitamines solubles dans l'eau.

hydrosphère *nf* GEOGR Ensemble de l'élément liquide du globe terrestre.

hydrostatique *nf* PHYS Étude des conditions d'équilibre des liquides. ■ *a* De l'hydrostatique.

hydrothérapie *nf* Thérapeutique utilisant les vertus curatives de l'eau.

hydrothermal, ale, aux *a* GEOL De l'hydrothermalisme.

hydrothermalisme *nm* GEOL Circulation souterraine de fluides chauds.

hyène *nf* Mammifère carnivore qui se nourrit de charognes.

hygiaphone *nm* (n déposé) Dispositif d'hygiène équipant certains guichets.

hygiène *nf* Règles et pratiques nécessaires pour conserver et améliorer la santé.

hygiénique *a* **1** De l'hygiène. **2** Qui favorise la santé ; sain. *Activités hygiéniques.*

hygiéniste *n* Spécialiste de l'hygiène.

hygromètre *nm* Appareil mesurant le degré d'humidité de l'air.

hygrométrie *nf* Mesure du degré d'humidité de l'air ; ce degré.

hygrométrique *a* De l'hygrométrie.

hygrophore *nm* Champignon basidiomycète à spores blanches.

1. hymen *nm* ANAT Membrane qui obture l'entrée du vagin et qui est déchirée lors du premier rapport sexuel.

2. hymen ou **hyménée** *nm* Litt Mariage.

hyménoptère *nm* ZOOL Insecte pourvu de deux paires d'ailes membraneuses de grandeur inégale, comme les fourmis, les abeilles.

hymne *nm* **1** Poème lyrique. **2** Chant national.

hyoïde *nm* ANAT Os de la base de la langue.

hyoïdien, enne *a* De l'hyoïde.

hyperbare *a* Dont la pression est supérieure à la pression atmosphérique.

hyperbole *nf* **1** Emploi d'expressions exagérées pour frapper l'esprit (ex. : *verser des torrents de larmes*). **2** GEOM Lieu géométrique des points dont la différence des distances à deux points fixes, appelés foyers, est constante.

hyperbolique *a* **1** Très exagéré dans son expression. *Louanges hyperboliques.* **2** GEOM En forme d'hyperbole.

hystérographie

hypercalcémie *nf* Augmentation pathologique du calcium dans le sang.
hypercholestérolémie *nf* Élévation anormale du taux de cholestérol dans le sang.
hyperémotivité *nf* Exagération de l'émotivité.
hyperglycémie *nf* Excès de glucose dans le
sang. Ant. hypoglycémie.
hypergol *nm* Carburant utilisé pour la propulsion des fusées.
hyperlien *nm* INFORM Lien servant à structurer
un hypertexte.
hypermarché *nm* Magasin en libre-service
dont la surface est supérieure à 2 500 m².
hypermédia *nm* INFORM Ensemble de
documents (textes, images, sons) consultables à
la manière de l'hypertexte.
hypermétrope *a, n* Atteint d'hypermétropie.
hypermétropie *nf* MED Mauvaise perception
des objets, rapprochés. Ant. myopie.
hypernerveux, euse *a, n* D'une nervosité
extrême.
hyperonyme *nm* LING Mot dont le sens inclut
celui d'autres mots.
hyperpuissance *nf* POLIT État prépondérant
sur le plan mondial.
hyperréalisme *nm* Mouvement pictural
contemporain visant à reproduire minutieusement la réalité.
hypersécrétion *nf* MED Sécrétion trop élevée.
hypersensibilité *nf* Sensibilité excessive.
hypersensible *a, n* Très sensible.
hypersonique *a* Supérieur à Mach 5 (vitesse).
hypertendu, ue *a, n* Atteint d'hypertension.
hypertenseur *a, nm* Qui provoque l'hypertension.
hypertensif, ive *a* De l'hypertension.
hypertension *nf* Pression artérielle excessive.
hypertexte *nm* INFORM Ensemble de textes, liés
en mémoire, que l'on peut afficher simultanément sur l'écran.
hypertrophie *nf* Développement excessif.
hypertrophier *vt* Produire l'hypertrophie.
hypholome *nm* Champignon poussant sur
les souches.
hypnose *nf* Sommeil artificiel provoqué par
suggestion.
hypnotique *a, nm* Qui provoque le sommeil.
hypnotiser *vt* 1 Plonger qqn dans l'hypnose. 2
Fasciner, éblouir. ■ *vpr* Être obnubilé.
hypnotiseur *nm* Qui hypnotise.
hypnotisme *nm* Technique de l'hypnose.
hypoallergique *a* MED Qui diminue les risques
d'allergie.
hypocalcémie *nf* Insuffisance de calcium
dans le sang.
hypocondriaque *a, n* Atteint d'hypocondrie.
hypocondrie *nf* Obsession maladive d'un
sujet pour son état de santé.
hypocoristique *a, nm* LING Qui exprime l'affection.

hypocras [-kRas] *nm* Mélange de vin sucré
et d'aromates.
hypocrisie *nf* Affectation d'un sentiment
noble qu'on n'a pas.
hypocrite *a, n* Qui a de l'hypocrisie.
hypocritement *av* Avec hypocrisie.
hypodermique *a* Sous-cutané.
hypogastre *nm* ANAT Partie inférieure de
l'abdomen.
hypogée *nm* Chambre souterraine, tombeau.
hypoglosse *nm* ANAT Nerf moteur de la langue.
hypoglycémie *nf* Insuffisance du taux de
glucose dans le sang. Ant. hyperglycémie.
hypomanie *nf* PSYCHIAT État d'excitation permanente.
hyponyme *nm* LING Mot dont le sens est inclus
dans celui d'un autre.
hypophyse *nf* Glande endocrine logée sous le
cerveau, sécrétant des hormones.
hypotendu, ue *a, n* Atteint d'hypotension.
hypotenseur *a, nm* Qui diminue la tension
artérielle.
hypotension *nf* MED Tension artérielle inférieure à la normale. Ant. hypertension.
hypoténuse *nf* GEOM Côté opposé à l'angle
droit d'un triangle rectangle.
hypothalamus *nm* Région du cerveau située
sous le thalamus et au-dessus de l'hypophyse.
hypothécaire *a* De l'hypothèque.
hypothèque *nf* 1 DR Droit grevant les biens
d'un débiteur pour garantir une créance. 2
Entrave au développement de qqch.
hypothéquer *vt* [12] 1 DR Soumettre à hypothèque. 2 Engager en faisant peser une menace
sur. *Hypothéquer l'avenir.*
hypothermie *nf* Abaissement anormal de la
température du corps.
hypothèse *nf* 1 Point de départ d'une
démonstration à partir duquel on se propose
d'aboutir à la conclusion. 2 Supposition,
conjecture. *Envisager toutes les hypothèses.*
hypothéticodéductif, ive *a* LOG Qui part
d'hypothèses et en déduit les conséquences.
hypothétique *a* 1 Qui contient une hypothèse.
2 Douteux, incertain.
hypotonie *nf* Diminution du tonus musculaire.
hypoxie *nf* MED Diminution de l'oxygénation du
sang et des tissus.
hypsométrie *nf* Cartographie du relief.
hypsométrique *a* De l'hypsométrie.
hysope *nf* Arbrisseau dont l'infusion des fleurs
sert de stimulant.
hystérectomie *nf* Ablation de l'utérus.
hystérie *nf* 1 Névrose caractérisée par une attitude théâtrale et divers troubles de la sensibilité. 2 Grande excitation, agitation bruyante.
hystérique *a* De l'hystérie. *Rire hystérique.*
■ *n* Atteint d'hystérie.
hystérographie *nf* Radiographie de l'utérus.

i *nm* **1** Neuvième lettre (voyelle) de l'alphabet. **2** I : chiffre romain qui vaut 1. *Loc Droit comme un i :* très droit. *Mettre les points sur les i :* s'exprimer sans équivoque.

iambe *nm* Pied d'un vers ancien composé d'une brève et d'une longue.

iatrogène *a* Se dit d'une maladie causée par le traitement médical.

ibérique *a* Relatif à l'Espagne et au Portugal.

ibidem *av* Au même endroit, dans le même texte. (Abrév : ibid., ib.)

ibis [ibis] *nm* Oiseau, échassier à long bec courbé vers le bas.

iceberg [ajsbεRg] *nm* Bloc de glace détaché des glaciers polaires flottant dans la mer.

ice-cream [ajskRim] *nm* Crème glacée. *Des ice-creams.*

ichtyologie [ik-] *nf* Étude des poissons.

ichtyosaure [ik-] *nm* Reptile marin fossile à l'aspect de poisson.

ici *av* **1** Dans le lieu défini par la personne qui parle. *Venez ici.* **2** À l'endroit indiqué dans le texte. **3** Au moment présent. *D'ici à huit jours.*

ici-bas *av* Sur terre.

icône *nf* Image sacrée des religions orthodoxes, peinte sur bois.

iconoclaste *n, a* Qui cherche à détruire les idées établies.

iconographe *n* Spécialiste d'iconographie.

iconographie *nf* **1** Étude des représentations artistiques d'un sujet (peintures, sculptures, etc.). **2** Ensemble des illustrations d'un livre.

iconographique *a* De l'iconographie.

iconologie *nf* Étude des représentations figurées, des symboles.

iconoscope *nm* Dans une télévision, système qui analyse l'image.

iconostase *nf* Dans les églises orientales, cloison ornée d'icônes isolant la nef.

ictère *nm* MED Jaunisse.

ictus [-tys] *nm* MED Manifestation pathologique brutale, comme la congestion cérébrale.

id Abrév de *idem.*

idéal, ale, als ou **aux** *a* **1** Qui n'existe que dans l'imagination. *Monde idéal.* **2** Parfait. *Pureté idéale.* ■ *nm* **1** Modèle absolu de la perfection. *Idéal de beauté.* **2** But élevé qu'on se propose d'atteindre. *Homme sans idéal.*

idéalement *av* De façon idéale.

idéalisation *nf* Action d'idéaliser.

idéaliser *vt* Représenter sous une forme idéale.

idéalisme *nm* **1** Attitude de qqn dont la conduite obéit à un idéal élevé. **2** Philosophie ramenant la réalité à la pensée du sujet.

idéaliste *a, n* Qui relève de l'idéalisme.

idéation *nf* PSYCHO Formation des idées.

idée *nf* **1** Notion, conception. *Idées neuves.* **2** Intention, projet. *Changer d'idée.* **3** Esprit, conscience. *Cela m'est sorti de l'idée. Loc Idée fixe :* obsession. *Idée force :* qui guide la conduite. ■ *pl* **1** Pensées originales. *Être plein d'idées.* **2** Opinions. *Ce n'est pas dans mes idées.* **3** Illusions. *Se faire des idées.*

idem *av* De même. (Abrév : id.)

identifiable *a* Qu'on peut identifier.

identificateur *nm* INFORM Symbole précisant la nature d'une variable.

identification *nf* Action d'identifier.

identificatoire *a* De l'identification.

identifier *vt* **1** Reconnaître, trouver l'identité de. *Identifier son agresseur.* **2** Établir la nature de. *Identifier un bruit.* ■ *vpr* S'assimiler mentalement à qqn. *S'identifier à un héros de roman.*

identique *a* Qui est en tous points semblable à un autre. *Copie identique à l'original.*

identiquement *av* De façon identique.

identitaire *a* Qui concerne l'identité profonde de qqn, d'un groupe.

identité *nf* **1** Caractère identique. **2** Caractère fondamental de qqch, de qqn. **3** Signalement exact, données permettant d'individualiser qqn.

idéogramme *nm* Signe graphique notant le sens et non le son d'un mot.

idéographie *nf* Écriture par idéogrammes.

idéographique *a* De l'idéographie.

idéologie *nf* **1** Ensemble des idées philosophiques propres à une époque ou à un groupe social. **2** Philosophie vague, plus ou moins utopique.

idéologique *a* De l'idéologie.

idéologue *n* Doctrinaire.

ides *nfpl* Dans le calendrier romain, quinzième jour des mois de mars, mai, juillet et octobre, et treizième jour des autres mois.

idiolecte *nm* LING Habitudes de langage propres à un individu.

idiomatique *a* Propre à un idiome.

idiome *nm* LING Langue propre à une nation, à une province.

idiosyncrasie [-sẽ-] *nf* Comportement propre à chaque individu.

idiot, idiote *a, n* Dépourvu d'intelligence.

idiotie [-si] *nf* 1 Caractère stupide, absurde. 2 Parole, action idiote. *Dire des idioties.*

idiotisme *nm* LING Expression particulière à une langue.

idoine *a* Litt Convenable à qqch.

idolâtre *a, n* Qui adore les idoles.

idolâtrer *vt* Aimer avec excès, adorer.

idolâtrie *nf* 1 Adoration, culte des idoles. 2 Amour excessif.

idole *nf* 1 Figure, statue représentant une divinité. 2 Vedette adulée du public.

idylle *nf* Aventure amoureuse naïve et tendre.

idyllique *a* Merveilleux, naïf et tendre.

if *nm* Conifère aux feuilles vert sombre.

iglou ou **igloo** [iglu] *nm* Construction hémisphérique en neige durcie des Esquimaux.

igname *nf* Plante tropicale cultivée pour ses tubercules à chair farineuse.

ignare *a, n* Très ignorant, inculte.

igné, ée *a* Produit par le feu.

ignifugation *nf* Action d'ignifuger.

ignifuge *a, nm* Qui rend incombustible.

ignifuger *vt* [11] Rendre incombustible.

ignition *nf* État des corps en combustion.

ignoble *a* 1 Très vil, bas. *Conduite ignoble.* 2 D'une saleté, d'une laideur répugnante.

ignominie *nf* 1 Grand déshonneur, infamie. 2 Procédé, action infamants.

ignominieusement *av* Litt De façon ignominieuse.

ignominieux, euse *a* Litt Dégradant, infamant.

ignorance *nf* 1 Fait de ne pas savoir qqch, de ne pas être informé. 2 Défaut, absence de connaissances.

ignorant, ante *a, n* 1 Qui n'est pas informé. 2 Sans connaissance, inculte.

ignoré, ée *a* Inconnu ou méconnu.

ignorer *vt* 1 Ne pas savoir. 2 Ne témoigner aucune considération à qqn. 3 N'avoir pas l'expérience de. *Ignorer la peur.*

iguane [igwan] *nm* Reptile saurien d'Amérique tropicale.

iguanodon [igwa-] *nm* Reptile herbivore fossile du crétacé.

ikat [ikat] *nm* Tissu décoré de motifs symétriques obtenus par un procédé de teinture particulier.

ikebana [ike-] *nm* Art floral japonais.

il, ils *pr pers* 1 Sujet masculin de la 3e personne. *Il me fuit. Où sont-ils ?* 2 Sujet des verbes impersonnels. *Il pleut, il neige.*

ilang-ilang. V. ylang-ylang.

île *nf* Espace de terre entouré d'eau.

iléon *nm* ANAT Partie de l'intestin qui s'abouche au cæcum.

iliaque *a* Loc ANAT *Os iliaque :* chacun des deux os qui forment le bassin osseux.

ilien, enne *n* Habitant d'une île.

illégal, ale, aux *a* Contraire à la loi.

illégalement *av* De façon illégale.

illégalité *nf* Caractère illégal ; acte illégal.

illégitime *a* 1 Qui ne remplit pas les conditions requises par la loi. *Mariage illégitime.* 2 Né hors du mariage. 3 Injustifié. *Réclamation illégitime.*

illégitimement *av* Injustement, indûment.

illégitimité *nf* Défaut de légitimité.

illettré, ée *a* Qui ne sait ni lire ni écrire.

illettrisme *nm* Analphabétisme résultant de la perte de l'usage de la lecture.

illicite *a* Défendu par la loi ou par la morale.

illico *av* Fam Immédiatement, sans délai.

illimité, ée *a* Sans limites.

illisibilité *nf* Caractère illisible.

illisible *a* 1 Qu'on ne peut pas déchiffrer. 2 Incompréhensible.

illogique *a* Qui manque de logique.

illogiquement *av* De façon illogique.

illogisme *nm* Caractère illogique.

illumination *nf* 1 Inspiration soudaine. 2 Action d'illuminer, d'éclairer vivement. ■ *pl* Lumières qui décorent une ville lors d'une fête.

illuminé, ée *a, n* Esprit chimérique.

illuminer *vt* 1 Éclairer. 2 Orner de lumières. *Illuminer un monument.* 3 Donner un éclat vif. *La joie illuminait son visage.*

illusion *nf* 1 Perception erronée. *Illusion d'optique.* 2 Apparence trompeuse dénuée de réalité. 3 Jugement erroné, chimère. Loc *Faire illusion :* tromper. *Se faire des illusions :* s'abuser.

illusionner *vt* Tromper. ■ *vpr* S'abuser.

illusionnisme *nm* Art de créer l'illusion par des tours de prestidigitation.

illusionniste *n* Prestidigitateur.

illusoire *a* Vain, chimérique.

illustrateur, trice *n* Qui illustre des textes.

illustratif, ive *a* Qui illustre.

illustration *nf* 1 Action de rendre plus explicite. 2 Action d'orner de gravures, de photographies. 3 Image ornant un texte.

illustre *a* Litt Célèbre. *Un artiste illustre.*

illustré *nm* Périodique, publication comportant de nombreuses illustrations.

illustrer *vt* 1 Litt Rendre célèbre. 2 Rendre plus clair, plus explicite. *Illustrer un texte de commentaires.* 3 Orner un ouvrage d'images. ■ *vpr* Litt Se distinguer.

îlot *nm* 1 Petite île. 2 Groupe de maisons, entouré de rues.

îlotage *nm* Surveillance de l'îlotier.

îlote *n* 1 ANTIQ À Sparte, esclave de l'État. 2 Litt Personne méprisée réduite au dernier degré de la misère et de l'ignorance.

îlotier *nm* Agent de police chargé de la surveillance d'un îlot de maisons.

îlotisme *nm* Litt État de l'îlote.

image *nf* 1 Représentation d'une personne, d'une chose par la sculpture, le dessin, la photographie, etc. 2 Estampe, gravure coloriée. 3 Représentation visuelle d'un objet par un miroir. 4 Représentation mentale de qqch d'abstrait. *Elle est l'image du bonheur.* 5 Ressemblance. *Cet enfant est l'image de son père.* 6 Métaphore, symbole. *La balance, image de la justice.* Loc *Image d'Épinal :* image populaire de style naïf.

imagé, ée *a* 1 Orné d'images. 2 Orné de métaphores. *Style imagé.*

imagerie *nf* Ensemble d'images représentant des faits, des personnages. Loc *Imagerie médicale :* procédés de diagnostic par la radiographie, l'échographie ou le scanner.

imagier *nm* 1 Sculpteur, miniaturiste, peintre du Moyen Âge. 2 Livre d'images.

imaginable *a* Qui peut être imaginé.

imaginaire a 1 Qui n'existe que dans l'imagination, fictif. *Mal imaginaire.* 2 Qui n'est tel qu'en imagination. *Malade imaginaire.* ■ nm Domaine de l'imagination.

imaginatif, ive a Qui imagine, créatif.

imagination nf 1 Faculté qu'a l'esprit de reproduire les images d'objets déjà perçus. 2 Faculté de créer, d'imaginer, d'inventer. *Avoir une imagination débordante.*

imaginer vt, vpr Se représenter à l'esprit. *J'imagine (ou je m'imagine) votre joie.* ■ vt Inventer, créer. *Imaginer de nouvelles machines.* ■ vpr Se figurer à tort. *S'imaginer être un poète.*

imago nf ZOOL Forme adulte de l'insecte sexué devenu apte à la reproduction.

imam [imam] nm Chef de la communauté religieuse chiite.

imbattable a 1 Invincible. 2 Très avantageux. *Prix imbattable.*

imbécile a, n Dépourvu d'intelligence.

imbécillité nf Bêtise, absence d'intelligence.

imberbe a Sans barbe.

imbiber vt Imprégner d'un liquide. ■ vpr Absorber un liquide.

imbrication nf Manière dont les choses sont imbriquées.

imbriquer vt Faire se chevaucher. ■ vpr S'entremêler de manière indissociable.

imbroglio [-glijo] ou [-ljo] nm Embrouillement, situation confuse.

imbu, ue a Pénétré, imprégné d'idées, de sentiments. Loc *Imbu de soi-même :* vaniteux.

imbuvable a 1 Qui n'est pas buvable ; mauvais. 2 Fam Insupportable.

imitable a Qui peut être imité.

imitateur, trice a, n Qui imite, copie.

imitatif, ive a Qui imite.

imitation nf 1 Action d'imiter. 2 Contrefaçon. *Imitation d'une signature.* 3 Matière, objet artificiel qui imite une matière, un objet plus précieux. *Un sac imitation cuir.*

imiter vt 1 Reproduire ou s'efforcer de reproduire. 2 Prendre pour modèle. 3 Contrefaire. *Imiter la signature de qqn.*

immaculé, ée a 1 Sans tache. 2 Pur.

immanence nf Caractère immanent.

immanent, ente a Inhérent à la nature même de qqn, qqch. Loc *Justice immanente :* qui fait que le coupable est puni par les conséquences mêmes de sa faute.

immangeable [ēmā-] a Mauvais à manger.

immanquable [ēmā-] a Qui ne peut manquer de se produire. *Succès immanquable.*

immanquablement [ēmā-] av Infailliblement.

immatérialité nf Caractère immatériel.

immatériel, elle a Qui n'a pas de consistance matérielle.

immatriculation nf Action d'immatriculer ; numéro ainsi attribué.

immatriculer vt Inscrire sur un registre public en vue d'identifier.

immature a 1 Qui n'est pas mûr. 2 Qui manque de maturité. *Adolescent immature.*

immaturité nf Absence de maturité.

immédiat, ate a Qui suit instantanément. ■ nm Loc *Dans l'immédiat :* en ce moment.

immédiatement av Sans délai.

immédiateté nf Caractère immédiat.

immémorial, ale, aux a Très ancien.

immense a Très étendu, considérable.

immensément av De façon immense.

immensité nf Très vaste étendue, très grande quantité.

immergé, ée a Recouvert d'eau. Loc *Économie immergée :* qui échappe au contrôle administratif.

immerger vt [11] Plonger dans un liquide, dans la mer. ■ vpr Se plonger totalement dans un milieu étranger pour l'étudier ou en apprendre la langue.

imérité, ée a Qui n'est pas mérité.

immersion nf Action d'immerger.

immettable [ēmet-] a Qu'on ne peut pas mettre (vêtement).

immeuble nm Bâtiment à plusieurs étages. ■ a DR Qui ne peut être déplacé. *Bien immeuble.*

immigrant, ante a, n Qui immigre.

immigration nf Action d'immigrer.

immigré, ée a, n Établi dans un pays par immigration.

immigrer vi Entrer dans un pays autre que le sien pour s'y établir.

imminence nf Caractère imminent.

imminent, ente a Qui est sur le point de se produire.

immiscer (s') vpr [10] S'ingérer dans, se mêler mal à propos de qqch.

immixtion nf Ingérence.

immobile a Qui ne se meut pas ; fixe.

immobilier, ère a 1 Composé d'immeubles. *Biens immobiliers.* 2 Relatif à un immeuble. *Vente immobilière.* ■ nm Secteur économique concernant la construction et la vente des immeubles.

immobilisation nf Action de rendre immobile. ■ pl ECON Biens d'une entreprise, grâce auxquels elle exerce son activité.

immobiliser vt Empêcher de se mouvoir ; fixer. ■ vpr S'arrêter.

immobilisme nm Refus systématique de toute transformation de l'état présent.

immobiliste a, n Qui relève de l'immobilisme.

immobilité nf État immobile.

immodéré, ée a Excessif.

immodérément av Avec excès.

immolation nf Action d'immoler.

immoler vt 1 Tuer en sacrifice à un dieu. 2 Litt Faire périr, massacrer. ■ vpr Litt Sacrifier sa vie, ses intérêts.

immonde a Ignoble, dégoûtant.

immondices nfpl Ordures.

immoral, ale, aux a Qui viole les règles de la morale.

immoralisme nm Rejet des valeurs morales.

immoraliste a, n Qui relève de l'immoralisme.

immoralité nf Caractère immoral.

immortaliser vt Rendre immortel dans la mémoire des hommes.

immortalité nf Caractère immortel.

immortel, elle a 1 Qui n'est pas sujet à la mort. *L'âme est immortelle.* 2 Impérissable. *Une œuvre immortelle.* 3 Dont le souvenir survivra toujours dans la mémoire des hommes. ■ n 1 Académicien(ne). 2 Divinité du paganisme. ■ nf Plante dont les fleurs, une fois desséchées, conservent leur aspect.

immotivé, ée a Qui n'est pas motivé.

immuabilité nf Caractère immuable.

immuable *a* 1 Qui n'est pas sujet à changement. 2 Ferme. *Volonté immuable.*

immuablement *av* De façon immuable.

immunisant, ante *a* Qui immunise.

immunisation *nf* Action d'immuniser.

immuniser *vt* 1 Rendre réfractaire à une maladie. 2 Rendre insensible à qqch de nocif.

immunitaire *a* BIOL De l'immunité.

immunité *nf* 1 Privilège accordé à certaines personnes. *Immunité parlementaire.* 2 BIOL Propriété que possède l'organisme vivant de développer des moyens de défense.

immunocompétent, ente *a* MED Qui a des propriétés immunitaires.

immunodéficience *nf* ou **immunodéficit** *nm* MED Déficience des défenses immunitaires.

immunodéficitaire *a* BIOL Dont les mécanismes immunitaires sont déficients.

immunodépresseur ou **immunosuppresseur** *am, nm* BIOL Qui diminue ou abolit les réactions immunitaires.

immunodépressif ou **immunosuppressif, ive** *a* BIOL De l'immunodépression.

immunodéprimé, ée *a, n* Qui souffre d'immunodéficience.

immunoglobuline *nf* BIOL Syn de *anticorps.*

immunologie *nf* BIOL Étude de l'immunité, des réactions immunitaires de l'organisme.

immunologiste *n* Spécialiste d'immunologie.

immunostimulant, ante *a, nm* Qui stimule les défenses immunitaires.

immunotechnologie *nf* Technologie de la fabrication des anticorps.

immunothérapie *nf* MED Traitement visant à renforcer les défenses de l'organisme.

immutabilité *nf* DR Caractère immuable.

impact *nm* 1 Choc, collision, heurt. 2 Effet produit sur l'opinion par qqch. Loc *Point d'impact* : où un projectile vient de frapper. *Étude d'impact* : étude des incidences de grands travaux sur l'environnement.

impair, aire *a* 1 Qui ne peut être divisé en deux nombres entiers égaux. 2 Qui porte un numéro impair. *Le côté impair d'une rue.* ■ *nm* Bévue, maladresse. *Commettre un impair.*

impala *nm* Antilope africaine.

impalpable *a* Très fin, très ténu.

impaludation *nf* MED Infection par le parasite du paludisme.

impaludé, ée *a* Contaminé par le paludisme.

imparable *a* Qu'on ne peut parer.

impardonnable *a* Inexcusable.

imparfait, aite *a* Défectueux, inachevé. ■ *nm* GRAM Temps passé du verbe, indiquant une action habituelle ou répétée.

imparfaitement *av* De façon imparfaite.

imparisyllabique *a, nm* GRAM Se dit des mots latins qui n'ont pas le même nombre de syllabes au nominatif et au génitif singuliers.

impartial, ale, aux *a* Équitable, qui n'est pas partisan. *Juge impartial.*

impartialement *av* De façon impartiale.

impartialité *nf* Caractère impartial.

impartir *vt* DR Accorder, attribuer.

impasse *nf* 1 Petite rue sans issue, cul-de-sac. 2 Situation sans issue favorable. *Les négociations sont dans l'impasse.*

impassibilité *nf* Caractère impassible.

impassible *a* Qui ne laisse paraître aucune émotion, aucun trouble.

impatiemment *av* Avec impatience.

impatience *nf* Incapacité d'attendre, de patienter, de supporter qqn ou qqch.

impatient, ente *a, n* Qui manque de patience. ■ *a* Qui attend et a hâte de faire qqch. *Il est impatient de vous rencontrer.*

impatiente ou **impatiens** [-sjãs] *nf* Plante aux nombreuses fleurs.

impatienter *vt* Faire perdre patience, énerver, irriter. ■ *vpr* Perdre patience.

impatroniser (s') *vpr* Litt Se poser, s'établir en maître qqpart.

impavide *a* Litt Inaccessible à la peur.

impayable *a* Fam Comique ou ridicule.

impayé, ée *a, nm* Qui n'a pas été payé.

impeccable *a* Irréprochable, parfait.

impeccablement *av* De façon irréprochable.

impécunieux, euse *a* Litt Qui manque d'argent.

impécuniosité *nf* Litt Manque d'argent.

impédance *nf* PHYS Rapport entre la tension appliquée aux bornes d'un circuit électrique et le courant alternatif qui le traverse.

impedimenta [ẽpedimãta] *nmpl* Litt Ce qui retarde le mouvement, l'activité.

impénétrabilité *nf* Caractère impénétrable.

impénétrable *a* 1 Qu'on ne peut pénétrer. *Blindage impénétrable.* 2 Qu'on ne peut connaître, obscur. 3 Dont on ne peut deviner les sentiments.

impénitent, ente *a* Qui persiste dans ses habitudes. *Bavard impénitent.*

impensable *a* Inconcevable.

imper *nm* Fam Imperméable.

impératif, ive *a* 1 Qui a le caractère d'un ordre absolu. *Consigne impérative.* 2 Impérieux. *Besoins impératifs.* ■ *nm* 1 GRAM Mode du verbe qui exprime l'ordre. 2 Prescription impérieuse.

impérativement *av* De façon impérative.

impératrice *nf* 1 Femme d'un empereur. 2 Femme qui gouverne un empire.

imperceptible *a* 1 À peine perceptible. *Odeur imperceptible.* 2 Qui échappe à l'attention. *Progrès imperceptibles.*

imperceptiblement *av* De façon imperceptible.

imperdable *a* Qu'on ne peut perdre.

imperfectible *a* Qu'on ne peut perfectionner.

imperfectif, ive *a, nm* GRAM Se dit des formes verbales exprimant la durée.

imperfection *nf* 1 État imparfait. 2 Partie, détail défectueux.

impérial, ale, aux *a* 1 Qui appartient à un empereur, à un empire. 2 Litt Majestueux. ■ *nf* Étage supérieur de certains véhicules de transport en commun.

impérialement *av* De façon impériale.

impérialisme *nm* Domination politique ou économique d'un État sur d'autres pays.

impérialiste *a, n* Qui relève de l'impérialisme.

impérieusement *av* De façon impérieuse.

impérieux, euse *a* 1 Autoritaire. 2 Pressant, irrésistible. *Besoins impérieux.*

impérissable *a* Qui dure très longtemps.

impéritie [-si] *nf* Litt Incapacité, inaptitude.

imperméabilisant, ante *a, nm* Qui imperméabilise.

imperméabilisation *nf* Action d'imperméabiliser.

imperméabiliser *vt* Rendre imperméable.

imperméabilité *nf* Caractère imperméable.

imperméable *a* 1 Qui ne se laisse pas traverser par un liquide, par l'eau. 2 Insensible. *Imperméable aux reproches*. ■ *nm* Vêtement de pluie imperméable.

impersonnalité *nf* Caractère impersonnel.

impersonnel, elle *a* Dépourvu d'originalité. *Une œuvre impersonnelle.* **Loc** GRAM *Verbes impersonnels* : dont le sujet est le pronom neutre « il ». *Modes impersonnels* : infinitif et participe.

impersonnellement *av* De façon impersonnelle.

impertinence *nf* Arrogance ; parole, action impertinente.

impertinent, ente *a, n* Qui manque de respect, de politesse.

imperturbable *a* Que rien ne peut troubler.

imperturbablement *av* De façon imperturbable.

impesanteur *nf* PHYS Apesanteur.

impétigo *nm* Affection contagieuse de la peau, caractérisée par des pustules.

impétrant, ante *n* DR Qui obtient un titre, un diplôme, etc., de l'autorité qui le décerne.

impétueusement *av* Litt Avec impétuosité.

impétueux, euse *a* Litt 1 Dont le mouvement est à la fois violent et rapide. 2 Plein de fougue, ardent. *Désirs impétueux.*

impétuosité *nf* Litt Fougue, ardeur, violence.

impie *a, n* Litt Qui manifeste du mépris pour la religion ; incroyant, athée.

impiété *nf* Litt Mépris pour la religion ; acte, parole impies.

impitoyable *a* Sans pitié.

impitoyablement *av* De façon impitoyable.

implacable *a* Dont on ne peut apaiser la violence.

implacablement *av* De façon implacable.

implant *nm* MED Substance qu'on place sous la peau dans un but thérapeutique. **Loc** *Implant dentaire* : dispositif destiné à une prothèse.

implantation *nf* Action d'implanter, de s'implanter.

implanter *vt* Installer, introduire, établir qqpart. ■ *vpr* Se fixer en un lieu.

implantologie *nf* Technique de réalisation des implants dentaires.

implication *nf* Action d'impliquer, fait d'être impliqué dans. ■ *pl* Conséquences inévitables.

implicite *a* Qui, sans être exprimé formellement, peut être déduit de ce qui est exprimé.

implicitement *av* De façon implicite.

impliquer *vt* 1 Mêler à une affaire fâcheuse. *Impliquer qqn dans un complot.* 2 Avoir pour conséquence. *La politesse implique l'exactitude.* ■ *vpr* Se donner à fond dans.

imploration *nf* Action d'implorer.

implorer *vt* Supplier, demander humblement.

imploser *vi* Faire implosion.

implosion *nf* 1 Éclatement d'un corps sous l'action d'une pression plus forte à l'extérieur qu'à l'intérieur. 2 Destruction d'une organisation par carence interne.

impoli, ie *a, n* Discourtois, goujat.

impoliment *av* Avec impolitesse.

impolitesse *nf* Manque de politesse ; procédé impoli.

impondérabilité *nf* Caractère impondérable.

impondérable *a* Litt Difficile à prévoir, à imaginer. ■ *nm* Événement imprévisible.

impopulaire *a* Qui n'est pas conforme aux désirs de la population, d'un groupe.

impopularité *nf* Caractère impopulaire ; absence de popularité.

1. importable *a* Qu'on ne peut porter.

2. importable *a* Qu'on peut importer.

importance *nf* 1 Intérêt, portée de qqch. *L'importance d'un livre.* 2 Autorité, influence, prestige de qqn. **Loc** *D'importance* : très fort.

important, ante *a* 1 Qui a une valeur, un intérêt très grands ; considérable. 2 Puissant, influent.

importateur, trice *n, a* Qui fait le commerce d'importation. Ant. exportateur.

importation *nf* Action d'importer. ■ *pl* Ce qui est importé. Ant. exportation.

1. importer *vti, vi* Être important, digne d'intérêt. *Cela m'importe peu. Il importe de savoir manœuvrer.* **Loc** *Qu'importe ! Peu importe !* : cela est indifférent. *N'importe qui, n'importe quoi* : personne, chose quelconque. *N'importe comment, où, quand* : manière, lieu, temps quelconque.

2. importer *vt* Introduire dans un pays des biens de l'étranger. Ant. exporter.

import-export *nm inv* Commerce des importations et des exportations.

importun, une *a, n* Qui ennuie, dérange.

importuner *vt* Déranger, gêner.

importunité *nf* Caractère importun.

imposable *a* Assujetti à l'impôt.

imposant, ante *a* Qui frappe par sa grandeur, sa force, son nombre.

imposé, ée *a* 1 Fixé par voie d'autorité. *Prix imposé.* 2 Soumis à l'impôt.

imposer *vt* 1 Faire accepter en contraignant. *Imposer une tâche, le silence.* 2 Soumettre à l'impôt. **Loc** *Imposer les mains* : les mettre sur la tête de qqn selon un rite religieux. IMPRIM *Imposer une feuille* : la disposer pour l'impression. ■ *vti* **Loc** *En imposer* : susciter le respect. ■ *vpr* 1 Se contraindre à. *S'imposer des sacrifices.* 2 Être indispensable. *Cette démarche s'impose.* 3 Se faire accepter par la force ou par sa valeur. *Un chef qui s'impose.*

imposition *nf* 1 Impôt, taxe. 2 IMPRIM Action d'imposer une feuille.

impossibilité *nf* Caractère impossible ; chose impossible.

impossible *a* 1 Qui ne peut se faire. 2 Fam Insupportable, pénible. ■ *nm* Ce qui est hors des limites du possible.

imposte *nf* 1 ARCHI Pierre en saillie sur laquelle prend appui le cintre d'une arcade. 2 CONSTR Partie supérieure d'une porte ou d'une croisée.

imposteur *nm* Qui trompe autrui en se faisant passer pour autre qu'il n'est.

imposture *nf* Action de tromper par de fausses apparences.

impôt *nm* Contribution exigée par l'État ou les collectivités locales pour subvenir aux dépenses publiques. *Impôts directs, indirects.*

impotence *nf* État d'un impotent.

impotent, ente *a, n* Qui ne peut se mouvoir qu'avec difficulté.

impraticable *a* 1 Qu'on ne peut mettre en pratique. *Une idée impraticable.* 2 Où l'on passe très difficilement. *Chemin impraticable.*

imprécateur, trice *n* Litt Qui profère des imprécations.

imprécation *nf* Litt Malédiction, souhait de malheur contre qqn.

imprécatoire *a* Litt Propre à l'imprécation.

imprécis, ise *a* Qui manque de précision.

imprécision *nf* Manque de précision.

imprédictible *a* Qui échappe à la prévision.

imprégnation *nf* Action d'imprégner. Loc *Imprégnation alcoolique :* alcoolisme aigu ou chronique.

imprégner *vt* [12] 1 Imbiber, faire pénétrer un liquide dans un corps. 2 Faire pénétrer une idée dans l'esprit de qqn.

imprenable *a* Qui ne peut être pris.

impréparation [-é] *nf* Manque de préparation.

imprésario [-za-] *nm* Qui s'occupe des contrats d'un artiste, d'un comédien.

imprescriptibilité *nf* Caractère imprescriptible.

imprescriptible *a* DR Qui n'est jamais caduc.

impression *nf* 1 Action d'imprimer. *Fautes d'impression dans un livre.* 2 Marque laissée par un support. 3 Sensation, effet produit par une action extérieure. 4 Sentiment, opinion sur qqn, qqch après un premier contact. Loc *Faire impression :* être remarqué ; étonner. *Avoir l'impression de, que :* croire que.

impressionnable *a* Qui ressent vivement les impressions, les émotions.

impressionnant, ante *a* 1 Qui impressionne l'esprit. 2 Considérable.

impressionner *vt* 1 Faire une vive impression sur qqn. 2 PHOTO Produire une impression matérielle sur une surface sensible.

impressionnisme *nm* Mouvement pictural du dernier quart du XIXe s., qui privilégie les impressions ressenties.

impressionniste *a, n* Qui appartient à l'impressionnisme. ■ *a* Qui procède par nuances subtiles.

imprévisibilité *nf* Caractère imprévisible.

imprévisible *a* Qu'on ne peut prévoir.

imprévision *nf* Litt Manque de prévision.

imprévoyance *nf* Défaut de prévoyance.

imprévoyant, ante *a* Qui manque de prévoyance.

imprévu, e *a, nm* Qui arrive sans qu'on l'ait prévu. *Ne pas aimer l'imprévu.*

imprimable *a* Qu'on peut imprimer.

imprimante *nf* Organe périphérique d'un ordinateur servant à imprimer sur du papier les résultats d'un traitement.

imprimatur *nm inv* HIST Permission d'imprimer accordée par l'autorité ecclésiastique.

imprimé *nm* Livre, brochure, feuille, tissu imprimés.

imprimer *vt* 1 Reporter sur un support des signes, des dessins. 2 Publier une œuvre, un auteur. 3 Litt Faire, laisser une empreinte. *Traces de roues imprimées dans la boue.* 4 Communiquer un mouvement. *Vitesse que le vent imprime aux voiliers.*

imprimerie *nf* 1 Technique de la fabrication des ouvrages imprimés. 2 Établissement où on imprime livres, journaux, etc.

imprimeur *nm* Directeur d'imprimerie ; ouvrier qui travaille dans une imprimerie.

improbabilité *nf* Caractère improbable.

improbable *a* Qui a peu de chances de se produire.

improductif, ive *a* Qui ne produit rien.

improductivité *nf* Caractère improductif.

impromptu, ue *a* Improvisé, fait sur-le-champ. *Concert impromptu.* ■ *av* Sans préparation. *Parler impromptu.* ■ *nm* Petite poésie improvisée.

imprononçable *a* Qu'on ne peut prononcer.

impropre *a* Qui ne convient pas ; inadéquat. *Eau impropre à la consommation.*

improprement *av* De façon impropre.

impropriété *nf* 1 Caractère impropre. 2 Mot, expression impropre.

improuvable *a* Qu'on ne peut prouver.

improvisateur, trice *n* Qui improvise.

improvisation *nf* Action d'improviser ; ce qui est improvisé.

improviser *vt* Faire sur-le-champ et sans préparation. ■ *vpr* Remplir sans préparation une fonction. *S'improviser cuisinier.*

improviste (à l') *av* De manière imprévue.

imprudemment *av* Avec imprudence.

imprudence *nf* Manque de prudence ; action imprudente.

imprudent, ente *a, n* Qui manque de prudence. *Alpiniste imprudent.*

impubère *a* Qui n'a pas atteint la puberté.

impubliable *a* Qu'on ne peut publier.

impudence *nf* Effronterie extrême ; cynisme.

impudent, ente *a, n* Insolent, cynique.

impudeur *nf* Manque de pudeur ; indécence.

impudique *a, n* Indécent.

impuissance *nf* 1 Manque de pouvoir, de moyens, pour faire qqch. 2 Impossibilité physique, pour l'homme, de pratiquer le coït.

impuissant, ante *a* Qui n'a pas le pouvoir suffisant pour faire qqch. ■ *am, nm* Incapable de pratiquer le coït.

impulser *vt* Donner une impulsion à.

impulsif, ive *a, n* Qui agit sans réfléchir.

impulsion *nf* 1 Action d'imprimer un mouvement à un corps. 2 Incitation à l'activité. 3 Désir soudain et impérieux de qqch.

impulsivement *av* De façon impulsive.

impulsivité *nf* Caractère impulsif.

impunément *av* 1 Sans être sanctionné. 2 Sans subir de conséquences fâcheuses.

impuni, e *a* Qui demeure sans punition.

impunité *nf* Absence de punition.

impur, ure *a* 1 Qui est altéré par des substances étrangères. 2 Litt Impudique.

impureté *nf* Caractère impur ; souillé, pollué ; ce qui rend impur.

imputable *a* Qui peut être imputé.

imputation *nf* Action d'imputer.

imputer *vt* 1 Attribuer une action, une chose répréhensible à qqn. *On lui a imputé l'accident.* 2 Affecter une somme à un compte.

imputrescible *a* Qu'on ne peut pourrir.

in [in] *a inv* Fam À la mode.

inabordable *a* 1 Qu'on ne peut aborder. 2 D'un prix très élevé.

inabouti, ie *a* Qui a échoué. *Tentative inaboutie.*

in abstracto *av* Dans l'abstrait.

inaccentué, ée *a* Qui n'est pas accentué ; atone. *Voyelle inaccentuée.*

inacceptable *a* Qu'on ne peut accepter.

inaccessibilité *nf* Caractère inaccessible.

inaccessible

inaccessible *a* **1** Auquel on ne peut accéder. *Montagne inaccessible.* **2** Difficile à approcher, à aborder. *Personnage inaccessible.* **3** Insensible à certains sentiments. *Inaccessible à la pitié.*

inaccompli, ie *a* Litt Qui n'est pas achevé.

inaccomplissement *nm* Litt Caractère inaccompli.

inaccoutumé, ée *a* Inhabituel.

inachevé, ée *a* Qui n'est pas achevé.

inachèvement *nm* État inachevé.

inactif, ive *a, n* Qui n'a pas d'activité ; désœuvré. ■ *a* Inopérant. *Médicament inactif.*

inaction *nf* Absence d'action, d'activité.

inactivation *nf* Action d'inactiver.

inactiver *vt* MED Rendre inactif un microorganisme, une substance.

inactivité *nf* Absence d'activité.

inactualité *nf* Caractère inactuel.

inactuel, elle *a* Qui n'est pas d'actualité.

inadaptable *a* Qui ne peut être adapté.

inadaptation *nf* Manque d'adaptation.

inadapté, ée *a, n* **1** Qui n'est pas adapté. **2** Qui présente un handicap.

inadéquat, ate [-kwa] *a* Qui n'est pas adéquat, qui ne convient pas.

inadéquation *nf* Caractère inadéquat.

inadmissibilité *nf* Caractère inadmissible.

inadmissible *a* Inacceptable.

inadvertance *nf* Loc *Par inadvertance :* par étourderie.

inaliénable *a* Qui ne peut être cédé ou vendu.

inaltérabilité *nf* Caractère inaltérable.

inaltérable *a* Qui ne peut s'altérer.

inaltéré, ée *a* Non modifié.

inamical, ale, aux *a* Hostile.

inamovibilité *nf* Caractère inamovible.

inamovible *a* Qu'on ne peut destituer.

inanalysable *a* Qu'on ne peut analyser.

inanimé, ée *a* **1** Non doué de vie. **2** Qui a perdu ou semble avoir perdu la vie. ■ *a, nm* GRAM Se dit de noms désignant des choses.

inanité *nf* Litt Caractère inutile, vain.

inanition *nf* Épuisement dû à une profonde carence alimentaire.

inaperçu, ue *a* Qui a échappé aux regards.

inapparent, ente *a* Invisible.

inappétence *nf* Défaut d'appétit.

inapplicable *a* Qu'on ne peut appliquer.

inapplication *nf* Manque d'application.

inappliqué, ée *a* **1** Qu'on n'a pas mis en application. **2** Inattentif. *Élève inappliqué.*

inappréciable *a* Inestimable.

inapprochable *a* Qu'on ne peut approcher.

inapproprié, ée *a* Inadapté, inadéquat.

inapte *a, n* Qui manque des aptitudes requises pour qqch.

inaptitude *nf* Incapacité.

inarticulé, ée *a* Indistinct. *Son inarticulé.*

inassimilable *a* Qu'on ne peut assimiler.

inassimilé, ée *a* Qui n'est pas assimilé.

inassouvi, ie *a* Litt Insatisfait.

inassouvissement *nm* Litt Insatisfaction.

inattaquable *a* Qu'on ne peut attaquer.

inattendu, ue *a* Imprévu.

inattentif, ive *a* Distrait.

inattention *nf* Distraction. Loc *Faute d'inattention :* due à l'étourderie.

inaudible *a* Impossible ou difficile à entendre.

inaugural, ale, aux *a* De l'inauguration.

inauguration *nf* Action d'inaugurer.

inaugurer *vt* **1** Marquer par une cérémonie la mise en service de. *Inaugurer un pont.* **2** Employer pour la première fois. *Inaugurer une nouvelle méthode.* **3** Marquer le début de. *Cette réussite inaugura une période faste.*

inauthenticité *nf* Caractère inauthentique.

inauthentique *a* Non authentique ; faux.

inavouable *a* Non avouable.

inavoué, ée *a* Qu'on ne s'avoue pas.

inca *a* Relatif aux Incas.

incalculable *a* **1** Qu'on ne peut calculer, compter. **2** Impossible à évaluer. *Conséquences incalculables.*

incandescence *nf* État incandescent.

incandescent, ente *a* Devenu lumineux sous l'effet d'une chaleur intense.

incantation *nf* Formule magique pour produire un effet surnaturel.

incantatoire *a* De l'incantation.

incapable *a* Qui n'est pas capable. *Incapable de parler.* ■ *a, n* Qui n'a pas les compétences requises pour une activité donnée.

incapacitant, ante *a, nm* Se dit d'un produit qui paralyse temporairement certains organes.

incapacité *nf* Inaptitude.

incarcération *nf* Emprisonnement.

incarcérer *vt* [12] Emprisonner, écrouer.

incarnat, ate *a, nm* D'un rouge clair et vif.

incarnation *nf* **1** RELIG Action de s'incarner. **2** Image, représentation, personnification. *C'est l'incarnation de la bonté.*

incarné, ée *a* Personnifié. *C'est la méchanceté incarnée.* Loc *Ongle incarné :* entré profondément dans la chair.

incarner *vt* **1** Être l'image de. *Le Conseil constitutionnel incarne la loi.* **2** Interpréter le rôle de. *Acteur qui incarne le Cid.* ■ *vpr* RELIG Prendre un corps de chair (divinité).

incartade *nf* Écart de conduite.

incassable *a* Qu'on ne peut casser.

incendiaire *a* **1** Destiné à allumer un incendie. *Bombe incendiaire.* **2** Propre à susciter des troubles. *Discours incendiaires.* ■ *n* Auteur volontaire d'un incendie.

incendie *nm* Grand feu destructeur.

incendier *vt* **1** Provoquer l'incendie de. **2** Fam Blâmer qqn avec véhémence.

incertain, aine *a* **1** Qui n'est pas certain ; douteux. *Résultat incertain.* **2** Variable. *Temps incertain.* **3** Vague, peu distinct. *Contours incertains.* **4** Qui doute de qqch, hésitant.

incertitude *nf* Caractère incertain.

incessamment *av* Sans délai, sous peu.

incessant, ante *a* Continuel.

incessibilité *nf* Caractère incessible.

incessible *a* DR Qui ne peut être cédé.

inceste *nm* Relations sexuelles interdites entre des parents proches.

incestueux, euse *a* **1** Coupable d'inceste. **2** Entaché d'inceste. **3** Né d'un inceste.

inchangé, ée *a* Demeuré sans changement.

inchiffrable *a* Qu'on ne peut quantifier.

inchoatif, ive [-koa-] *a* GRAM Qui exprime le commencement d'une action.

incidemment *av* Par hasard, au passage.

incidence *nf* **1** Influence, répercussion. *Les incidences de la crise économique.* **2** MED Nombre de cas pathologiques nouveaux dans une population donnée.

incident, ente *a* 1 GRAM Se dit d'une incise. 2 PHYS Qualifie un rayon qui atteint une surface. 3 Occasionnel. *Remarque incidente.* ■ *nm* Événement fortuit, fâcheux, mais peu important qui survient au cours d'une action.

incinérateur *nm* Appareil servant à brûler les déchets.

incinération *nf* Action d'incinérer.

incinérer *vt* [12] Réduire en cendres ; brûler.

incise *nf* GRAM Proposition très courte intercalée dans une autre (ex. : *dit-il*).

inciser *vt* Faire, avec un instrument tranchant, une entaille dans.

incisif, ive *a* Acerbe, mordant.

incision *nf* 1 Action d'inciser. 2 Coupure allongée, entaille.

incisive *nf* Chacune des dents de devant.

incitateur, trice *n* Qui pousse à faire qqch.

incitatif, ive *a* Propre à inciter.

incitation *nf* Action d'inciter.

inciter *vt* Déterminer, induire à.

incivil, ile *a* Litt Impoli.

inclassable *a* Qu'on ne peut classer.

inclinable *a* Qui peut s'incliner.

inclinaison *nf* État incliné, oblique. *Inclinaison du sol.*

inclination *nf* 1 Disposition, penchant naturel qui porte vers qqch, qqn. 2 Action d'incliner le corps, la tête.

incliné, ée *a* Oblique. **Loc** *Plan incliné* : surface plane formant un certain angle avec l'horizontale.

incliner *vt* 1 Mettre dans une position oblique, pencher. *Incliner la tête.* 2 Porter, inciter à. *Tout l'incline à pardonner.* ■ *vti* Être porté, enclin à. *J'incline au pardon.* ■ *vpr* 1 Courber le corps, se pencher. 2 S'avouer vaincu, se soumettre, céder.

inclinomètre *nm* Appareil servant à mesurer une pente.

inclure *vt* [54] 1 Enfermer, insérer dans. 2 Comporter, impliquer.

inclus, use *a* Compris dans. **Loc** *Ci-inclus, ci-incluse* : inclus dans cet envoi.

inclusif, ive *a* Qui renferme en soi.

inclusion *nf* Action d'inclure ; état de ce qui est inclus ; chose incluse.

inclusivement *av* Y compris ce dont on parle.

incoercible *a* Litt Qu'on ne peut contenir. *Rire incoercible.*

incognito *av* Sans se faire reconnaître. ■ *nm* Situation de qqn qui garde secrète son identité.

incohérence *nf* Absence de lien logique.

incohérent, ente *a* Qui manque de cohérence, de suite.

incollable *a* 1 Qui ne colle pas en cuisant. 2 Fam Qui répond à toutes les questions.

incolore *a* Qui n'a pas de couleur.

incomber *vti* Revenir, être imposé à qqn. *Ce soin vous incombe.*

incombustibilité *nf* Caractère incombustible.

incombustible *a* Qui ne peut être brûlé.

incommensurabilité *nf* Caractère incommensurable.

incommensurable *a* 1 Sans mesure, sans limites. 2 MATH Qualifie deux grandeurs de même nature qui n'ont pas de sous-multiple commun (ex. : *la diagonale et le côté d'un carré*).

incommodant, ante *a* Qui gène ; désagréable.

incommode *a* 1 Qui cause de la gène. *Position incommode.* 2 Peu pratique. *Appartement incommode.*

incommoder *vt* Causer une gène physique à qqn. *La fumée l'incommode.*

incommodité *nf* Caractère incommode.

incommunicabilité *nf* Impossibilité de communiquer.

incommunicable *a* Qu'on ne peut communiquer, exprimer.

incomparable *a* Tellement supérieur que rien ne peut lui être comparé.

incomparablement *av* Sans comparaison possible.

incompatibilité *nf* Caractère incompatible.

incompatible *a* Qui n'est pas compatible ; inconciliable avec.

incompétence *nf* Manque de compétence.

incompétent, ente *a* 1 Qui n'a pas l'aptitude requise. 2 Se dit d'une juridiction qui n'a pas qualité pour connaître certaines affaires.

incomplet, ète *a* Auquel il manque qqch.

incomplètement *av* De façon incomplète.

incomplétude *nf* Litt État incomplet.

incompréhensible *a* Inintelligible, inexplicable. *Personnage incompréhensible.*

incompréhensif, ive *a* Qui manque de compréhension à l'égard d'autrui.

incompréhension *nf* Incapacité à comprendre.

incompressibilité *nf* Caractère incompressible.

incompressible *a* 1 Dont le volume ne diminue pas sous l'effet de la pression. 2 Qu'on ne peut réduire. *Des dépenses incompressibles.*

incompris, ise *a, n* Dont la valeur n'est pas reconnue.

inconcevable *a* Inimaginable.

inconciliable *a* Qu'on ne peut concilier avec un autre.

inconditionné, ée *a* Qui n'est soumis à aucune condition ; absolu.

inconditionnel, elle *a* Indépendant de toute condition. ■ *a, n* Qui se plie sans discussion aux décisions d'un homme, d'un parti.

inconditionnellement *av* De façon inconditionnelle.

inconduite *nf* Dévergondage.

inconfort *nm* Manque de confort.

inconfortable *a* Qui n'est pas confortable.

incongru, ue *a* Déplacé, inconvenant.

incongruité *nf* Caractère incongru.

incongrûment *av* De façon incongrue.

inconnaissable *a* Qui ne peut être connu.

inconnu, ue *a* 1 Qui n'est pas connu. 2 Qui n'est pas célèbre, obscur. ■ *n* Personne que l'on ne connaît pas. ■ *nm* Ce qui est mystérieux. ■ *nf* MATH Quantité que l'on détermine par la résolution d'une équation.

inconsciemment *av* De façon inconsciente.

inconscience *nf* 1 État de qqn d'inconscient, privé de sensibilité. 2 Manque de discernement.

inconscient, ente *a* 1 Qui n'a pas conscience de ses actes ; évanoui. *Geste inconscient.* ■ *a, n* Qui ne mesure pas l'importance des choses, la gravité de ses actes. ■ *nm* Domaine du psychisme échappant à la conscience.

inconséquence *nf* Incohérence.

inconséquent

inconséquent, ente *a* 1 Qui manque de logique, de cohérence. 2 Qui se conduit avec légèreté ; irréfléchi.

inconsidéré, ée *a* Irréfléchi.

inconsidérément *av* De façon inconsidérée.

inconsistance *nf* 1 Manque de consistance. 2 Absence de fermeté, de force, de cohérence.

inconsistant, ante *a* Qui manque de consistance, de fermeté.

inconsolable *a* Qui ne peut être consolé.

inconsolé, ée *a* Litt Qui ne s'est pas consolé.

inconsommable *a* Immangeable.

inconstance *nf* Instabilité.

inconstant, ante *a, n* Dont les sentiments changent facilement. ■ *a* Variable. *Temps inconstant.*

inconstitutionnalité *nf* Caractère inconstitutionnel.

inconstitutionnel, elle *a* Non conforme à la Constitution.

inconstructible *a* Où on n'a pas le droit de construire.

incontestable *a* Indéniable.

incontestablement *av* Sans contestation.

incontesté, ée *a* Qui n'est pas discuté.

incontinence *nf* 1 Tendance incontrôlée à parler trop. 2 MED Émission incontrôlée d'urine, de matières fécales.

1. incontinent, ente *a* Qui n'est pas chaste. ■ *a, n* Atteint d'incontinence.

2. incontinent *av* Litt Aussitôt.

incontournable *a* Qu'on ne peut éviter.

incontrôlable *a* Qu'on ne peut contrôler.

incontrôlé, ée *a* Qui échappe à tout contrôle.

inconvenance *nf* Caractère inconvenant.

inconvenant, ante *a* Qui blesse la bienséance ; grossier.

inconvénient *nm* 1 Désavantage, défaut de qqch. 2 Désagrément, résultat fâcheux.

inconvertibilité *nf* Caractère inconvertible.

inconvertible *a* Qui ne peut être changé en une autre monnaie, en or.

incoordination *nf* Absence de coordination.

incorporable *a* Qui peut être incorporé.

incorporation *nf* Action d'incorporer.

incorporel, elle *a* Immatériel.

incorporer *vt* 1 Faire entrer qqch dans un tout. 2 MILIT Faire entrer une recrue dans son unité d'affectation.

incorrect, ecte *a* 1 Qui n'est pas correct ; mauvais. 2 Grossier.

incorrectement *av* Grossièrement.

incorrection *nf* 1 Manquement aux règles de la bienséance. 2 Faute de grammaire.

incorrigible *a* Qu'on ne peut corriger.

incorruptibilité *nf* Qualité incorruptible.

incorruptible *a, n* 1 Imputrescible, inaltérable. 2 Incapable de se laisser corrompre pour agir contre ses devoirs.

incrédibilité *nf* Litt Caractère de ce qui est incroyable. *L'incrédibilité d'une histoire.*

incrédule *a, n* 1 Athée, libre penseur, incroyant. 2 Difficile à persuader ; sceptique.

incrédulité *nf* Fait d'être incrédule, scepticisme, athéisme.

incréé, ée *a* RELIG Qui existe sans avoir été créé.

incrémenter *vt* INFORM Augmenter d'une quantité donnée une variable d'un programme.

increvable *a* 1 Qui ne peut être crevé. 2 Fam Infatigable.

incrimination *nf* Action d'incriminer.

incriminer *vt* Mettre en cause, accuser.

incrochetable *a* Qu'on ne peut crocheter.

incroyable *a* 1 Difficile ou impossible à croire. *Un récit incroyable.* 2 Peu commun, extraordinaire. *Une activité incroyable.* ■ *n* HIST Jeune dandy royaliste, sous le Directoire.

incroyablement *av* Extraordinairement.

incroyance *nf* Absence de croyance religieuse.

incroyant, ante *n, a* Qui n'a pas de foi religieuse ; athée.

incrustation *nf* 1 Action d'incruster ; ornement incrusté. 2 Dépôt calcaire sur un objet. 3 Apparition sur l'écran de télévision d'une image qui se superpose à la première.

incruster *vt* 1 Orner un objet en insérant des fragments d'une autre matière. *Coffret d'ébène incrusté de nacre.* 2 Couvrir d'un dépôt calcaire. ■ *vpr* Fam S'installer chez qqn en parasite.

incubateur *nm* Couveuse artificielle.

incubation *nf* 1 Action de couver ; développement de l'embryon dans l'œuf. 2 MED Période entre la contamination et l'apparition de la maladie.

incube *nm* Démon mâle censé abuser des femelles endormies.

incuber *vt* Opérer l'incubation de.

inculpation *nf* DR Syn anc de *mise* en examen.*

inculpé, ée *n,* DR Syn anc de *mis* en examen.*

inculper *vt* DR Mettre en examen.

inculquer *vt* Imprimer dans l'esprit de façon profonde et durable.

inculte *a* 1 Qui n'est pas cultivé. *Terres incultes.* 2 Peu soigné. *Barbe inculte.* 3 Dépourvu de culture intellectuelle.

incultivable *a* Qu'on ne peut être cultivé.

inculture *nf* Manque de culture intellectuelle.

incunable *nm* Ouvrage imprimé entre la découverte de l'imprimerie (1438) et 1500.

incurabilité *nf* Caractère incurable.

incurable *a, n* Qu'on ne peut guérir.

incurablement *av* De façon incurable.

incurie *nf* Défaut de soin, négligence.

incuriosité *nf* Litt Manque de curiosité.

incursion *nf* 1 Courte irruption armée dans une région. 2 Entrée soudaine dans un lieu.

incurver *vt* Donner une forme courbe à. ■ *vpr* Prendre une forme courbe.

indatable *a* Qu'on ne peut dater.

indéboulonnable *a* Fam Qu'on ne peut destituer.

indécelable *a* Impossible à déceler, indétectable.

indécemment *av* De façon indécente.

indécence *nf* Caractère indécent, inconvenant.

indécent, ente *a* Contraire à la décence, inconvenant, scandaleux, impudique.

indéchiffrable *a* Qui ne peut être déchiffré ; obscur, inintelligible.

indéchirable *a* Qui ne peut être déchiré.

indécidable *a* Qui ne peut être ni démontré ni réfuté.

indécis, ise *a* 1 Douteux, incertain. *Victoire indécise.* 2 Flou, imprécis, vague. *Traits indécis.* ■ *a, n* Irrésolu, qui ne sait pas se décider. *Tenter de convaincre les indécis.*

indécision *nf* Irrésolution, incertitude.

indéclinable *a* Qui ne se décline pas.

indécodable *a* Qu'on ne peut décoder.

indécollable *a* Impossible à décoller.

indécomposable *a* Qu'on ne peut décomposer.

indécrottable *a* Fam Incorrigible.

indéfectible *a* Qui ne peut cesser d'être. *Une amitié indéfectible.*

indéfendable *a* Qu'on ne peut défendre.

indéfini, ie *a* 1 Dont les limites ne peuvent être déterminées. *Temps indéfini.* 2 Vague, imprécis. *Sentiment indéfini.* ■ *a, nm* GRAM Article, adjectif ou pronom qui présentent le nom de manière générale ou indéterminée.

indéfiniment *av* De façon indéfinie.

indéfinissable *a* Qu'on ne peut définir, expliquer. *Sentiment indéfinissable.*

indéformable *a* Qui ne se déforme pas.

indéfrichable *a* Qui ne peut être défriché.

indéfrisable *nf* Vx Syn de *permanente.*

indéhiscent, ente *a* BOT Se dit d'un fruit qui ne se détache en entier de la plante.

indélébile *a* Qui ne peut être effacé.

indélicat, ate *a* Malhonnête.

indélicatesse *nf* Malversation.

indémaillable *a* Dont les mailles ne peuvent se défaire.

indemne *a* Qui n'a souffert aucun dommage, aucune blessure à la suite d'un accident.

indemnisable *a* Qui peut être indemnisé.

indemnisation *nf* Paiement d'une indemnité.

indemniser *vt* Dédommager qqn.

indemnitaire *a* Qui relève d'une indemnité.

indemnité *nf* 1 Dédommagement d'un préjudice. 2 Allocation attribuée en compensation de certains frais.

indémodable *a* Qui ne peut se démoder.

indémontable *a* Qui ne peut se démonter.

indémontrable *a* Qu'on ne peut démontrer.

indéniable *a* Incontestable.

indéniablement *av* Incontestablement.

indénombrable *a* Incalculable.

indentation *nf* Échancrure.

indépassable *a* Impossible à dépasser.

indépendamment de *prép* 1 En faisant abstraction de. *Indépendamment des événements.* 2 En outre, en plus de.

indépendance *nf* 1 Situation de qqn, d'un État autonome, indépendant. 2 Refus de toute sujétion. *Indépendance d'esprit, d'opinion.* 3 Absence de relations entre des phénomènes.

indépendant, ante *a* 1 Libre de toute sujétion, de toute dépendance. 2 Qui refuse toute sujétion. 3 Qui n'a pas de rapport avec. *Ce sont deux questions indépendantes.*

indépendantisme *nm* Revendication de l'indépendance politique.

indépendantiste *a, n* Partisan de l'indépendance politique.

indéracinable *a* Qu'on ne peut déraciner.

indéréglable *a* Qui ne peut se dérégler.

indescriptible *a* Qui ne peut être décrit.

indésirable *a, n* Dont on refuse la présence dans un pays, un groupe.

indestructible *a* Qui ne peut être détruit.

indétectable *a* Qu'on ne peut détecter.

indéterminable *a* Qu'on ne peut déterminer.

indétermination *nf* 1 Doute, irrésolution. 2 Caractère flou, vague.

indéterminé, ée *a* Imprécis, vague.

index *nm inv* 1 Deuxième doigt de la main, le plus rapproché du pouce. 2 Aiguille, repère mobile sur un cadran. 3 Table alphabétique à la fin d'un ouvrage. Loc *Mettre à l'index :* exclure.

indexation *nf* ou **indexage** *nm* Action d'indexer.

indexer *vt* 1 Lier l'évolution d'une valeur aux variations d'un indice de référence. 2 Réaliser l'index d'un ouvrage. 3 Mettre un élément à son ordre dans un index.

indianisme *nm* Étude des langues et des civilisations de l'Inde.

indianiste *n* Spécialiste de l'indianisme.

indic *nm* Pop Indicateur de police.

indicateur, trice *a* Qui indique. *Poteau indicateur.* ■ *n* Qui, en échange d'avantages, renseigne la police. ■ *nm* 1 Livre, brochure qui contient des renseignements. 2 Instrument de mesure fournissant des indications.

indicatif, ive *a* Qui indique. *Je vous dis cela à titre indicatif.* ■ *nm* 1 GRAM Mode du verbe qui exprime l'état, l'action comme réels. 2 Air musical conventionnel identifiant un poste émetteur de radio ou de télévision.

indication *nf* 1 Action d'indiquer. 2 Signe, indice. 3 Renseignement. *Donner quelques indications.* 4 MED Maladie, cas pour lesquels tel traitement est indiqué (par oppos. à contre-indication).

indice *nm* 1 Signe apparent rendant probable l'existence de qqch. 2 MATH Signe (lettre ou chiffre) placé en bas à droite d'un autre signe pour le caractériser. 3 Rapport entre deux grandeurs. *Indice d'octane.* Loc *Indice des prix :* chiffre indiquant l'évolution du pouvoir d'achat.

indiciaire *a* Rattaché à un indice.

indicible *a* Qu'on ne saurait exprimer.

indiciblement *av* De façon indicible.

indiciel, elle *a* Qui a valeur d'indice.

indien, enne *a, n* 1 De l'Inde. 2 Relatif aux indigènes d'Amérique (Amérindiens). ■ *nf* Étoffe de coton peinte ou imprimée.

indifféremment *av* Sans faire de différence.

indifférence *nf* 1 État de qqn qui ne désire ni ne repousse une chose. *Indifférence religieuse.* 2 Insensibilité, froideur.

indifférenciation *nf* État indifférencié.

indifférencié, ée *a* Qui n'est pas différencié.

indifférent, ente *a* 1 Qui ne présente aucun motif de préférence. *Cela m'est indifférent.* 2 Qui manque d'intérêt. *Conversation indifférente.* ■ *a, nm* Insensible, qui ne s'intéresse pas.

indifférer *vt* [12] Fam Ne pas intéresser, laisser insensible. *Cela m'indiffère.*

indigence *nf* Grande pauvreté, misère.

indigène *a* Originaire du pays, de l'endroit où qqn, qqch se trouve. ■ *n* 1 Autochtone. 2 Originaire d'un pays d'outre-mer.

indigent, ente *a, n* Très pauvre.

indigeste *a* 1 Difficile à digérer. 2 Difficile à assimiler. *Ouvrage indigeste.*

indigestion [-tjɔ̃] *nf* 1 Indisposition due à une mauvaise digestion. 2 Fam Dégoût de qqch dû à un usage excessif. *Une indigestion de cinéma.*

indignation *nf* Colère et mépris provoqués par une injustice, une action honteuse.

indigne *a* 1 Qui ne mérite pas. *Il est indigne de votre estime.* 2 Qui ne sied pas à qqn. *Cette conduite est indigne de vous.* 3 Odieux, méprisable. *Mère indigne.*

indignement *av* De façon indigne.
indigner *vt* Exciter l'indignation de qqn. ■ *vpr* Éprouver de l'indignation.
indignité *nf* Caractère indigne.
indigo *nm, a inv* Variété de bleu.
indigotier *nm* Plante qui fournissait une teinture bleue.
indiqué, ée *a* Adéquat, opportun, recommandé. Ant. contre-indiqué.
indiquer *vt* 1 Montrer, désigner de façon précise. 2 Faire connaître en donnant des renseignements. *Indiquer le chemin à qqn.* 3 Dénoter, révéler. *Le signal vert indique la voie libre.*
indirect, ecte *a* Qui n'est pas direct, détourné. Loc *GRAM Complément indirect :* rattaché au verbe par une préposition. *Interrogation indirecte, style indirect :* rapportant les propos dans une proposition subordonnée (ex. : *je demande quand il est venu*).
indirectement *av* De façon indirecte.
indiscernable *a* Qu'on ne peut discerner.
indiscipline *nf* Désobéissance.
indiscipliné, ée *a* Désobéissant.
indiscret, ète *a* Qui manque de discrétion. ■ *a, n* Qui ne sait pas garder un secret.
indiscrètement *av* De façon indiscrète.
indiscrétion *nf* 1 Manque de discrétion. 2 Révélation de ce qui devait rester secret.
indiscutable *a* Incontestable.
indiscutablement *av* De façon indiscutable.
indiscuté, ée *a* Qui n'est pas mis en discussion.
indispensable *a* Absolument nécessaire.
indisponibilité *nf* Situation, état indisponible.
indisponible *a* Qui n'est pas disponible.
indisposé, ée *a* 1 Légèrement malade, incommodé. 2 Se dit d'une femme qui a ses règles.
indisposer *vt* 1 Fâcher, mécontenter. 2 Rendre légèrement malade, incommoder.
indisposition *nf* Léger malaise.
indissociable *a* Dont les éléments ne peuvent être dissociés.
indissolubilité *nf* Caractère indissoluble.
indissoluble *a* Qui ne peut être défait.
indissolublement *av* De façon indissoluble.
indistinct, incte [-tɛ̃] *a* Imprécis, confus.
indistinctement *av* De façon indistincte.
individu *nm* 1 Tout être organisé d'une espèce quelconque. 2 Être humain considéré isolément par rapport à la collectivité. 3 Personne quelconque, qu'on ne peut nommer ou qu'on méprise.
individualisation *nf* Action d'individualiser.
individualiser *vt* 1 Distinguer en fonction des caractères individuels. 2 Adapter aux caractères individuels ; personnaliser.
individualisme *nm* 1 Conception qui voit dans l'individu la valeur la plus élevée. 2 Égoïsme.
individualiste *a, n* Qui relève de l'individualisme.
individualité *nf* 1 PHILO Ce qui caractérise un être en tant qu'individu. 2 Originalité propre d'une personne. 3 Personne qui fait preuve de caractère. *Une forte individualité.*
individuel, elle *a* De l'individu ; personnel.
individuellement *av* De façon individuelle.
indivis, ise *a* DR Possédé par plusieurs personnes sans être divisé matériellement.

indivisibilité *nf* Caractère indivisible.
indivisible *a* Qui ne peut être divisé.
indivision *nf* DR Possession indivise.
indochinois, oise *a, n* De l'Indochine.
indocile *a* Désobéissant, rebelle.
indocilité *nf* Caractère indocile.
indo-européen, enne *a, nm* Se dit d'un groupe de langues européennes et asiatiques qui ont une origine commune ; cette langue originelle elle-même.
indolence *nf* Mollesse, nonchalance.
indolent, ente *a* Mou, apathique.
indolore *a* Qui n'est pas douloureux.
indomptable *a* Qu'on ne peut dompter.
indompté, ée [ɛ̃dɔ̃te] *a* Litt Non maîtrisé.
indonésien, enne *a, n* D'Indonésie.
indoor [indɔr] *a inv* Se dit d'épreuves sportives disputées en salle.
in-douze *a inv, nm* Format d'impression où les feuilles sont pliées en douze feuillets (abrév : in-12 ou in-12°).
indu, ue *a* Loc *Heure indue :* inhabituelle.
indubitable *a* Certain. *Échec indubitable.*
indubitablement *av* Sans aucun doute.
inductance *nf* ÉLECTR Coefficient qui caractérise la propriété d'un circuit électrique de produire un flux à travers lui-même.
inducteur, trice *a* ÉLECTR Qui produit l'induction. ■ *nm* Électro-aimant servant à produire un champ inducteur.
inductif, ive *a* PHILO De l'induction.
induction *nf* 1 PHILO Raisonnement consistant à inférer une chose d'une autre, à aller des faits particuliers au général. 2 ÉLECTR Production d'un courant par un aimant ou un autre courant.
induire *vt* [67] 1 Inciter, amener à. *Induire qqn à mal faire.* 2 Causer, provoquer, entraîner. *Cette loi induira des inégalités.* 3 PHILO Trouver par induction ; conclure. *Que peut-on induire de cela ?* 4 ÉLECTR Produire une induction. Loc *Induire en erreur :* tromper.
induit, ite *a* 1 Qui résulte de, consécutif à. *Effet induit d'une décision.* 2 ÉLECTR Produit par induction. ■ *nm* Machine électrique où on produit une force électromotrice par induction.
indulgence *nf* 1 Facilité à excuser, à pardonner. 2 RELIG Remise de la peine du pécheur.
indulgent, ente *a* Qui pardonne, excuse aisément ; clément.
indûment *av* À tort.
induration *nf* MED Durcissement et épaississement des tissus organiques.
induré, ée *a* MED Devenu dur et épais.
industrialisation *nf* Action d'industrialiser.
industrialiser *vt* 1 Appliquer les méthodes industrielles à. 2 Implanter des industries dans.
industrialisme *nm* Conception économique faisant de l'industrie le pivot des sociétés.
industrie *nf* 1 Ensemble des entreprises ayant pour objet la transformation des matières premières et l'exploitation des sources d'énergie. 2 Secteur économique important. *Industrie du spectacle.* Loc *Litt Chevalier d'industrie :* escroc.
industriel, elle *a* Qui relève de l'industrie. *La civilisation industrielle.* Loc *(En) quantité industrielle :* (en) grande quantité. ■ *n* Qui possède une entreprise, une industrie.
industriellement *av* De façon industrielle.
industrieux, euse *a* Litt Adroit, ingénieux.
inébranlable *a* Qui ne peut être ébranlé ; ferme, solide. *Courage inébranlable.*

inédit, ite *a, nm* 1 Qui n'a pas été publié, édité. 2 Qui n'a pas encore été vu ; nouveau.

ineffable *a* Litt Indicible.

ineffaçable *a* Qui ne peut être effacé.

inefficace *a* Inopérant.

inefficacement *av* De façon inefficace.

inefficacité *nf* Manque d'efficacité.

inégal, ale, aux *a* 1 Qui n'est pas égal en dimension, en durée, en valeur, en quantité. 2 Raboteux (sol, surface). 3 Qui n'est pas régulier. *Mouvement inégal.* 4 Changeant, inconstant. *Humeur inégale.*

inégalable *a* Qui ne peut être égalé.

inégalé, ée *a* Qui n'a pas été égalé.

inégalement *av* De façon inégale.

inégalitaire *a* Fondé sur l'inégalité sociale.

inégalité *nf* 1 Caractère inégal. *Inégalité des chances.* 2 MATH Expression qui traduit que deux quantités ne sont pas égales.

inélégamment *av* Sans élégance.

inélégance *nf* Manque d'élégance.

inélégant, ante *a* Discourtois, grossier.

inéligibilité *nf* Caractère inéligible.

inéligible *a* Qui ne peut être élu.

inéluctable *a* Inévitable.

inéluctablement *av* Inévitablement.

inemployé, ée *a* Qu'on n'utilise pas.

inénarrable *a* Extraordinairement cocasse.

inentamé, ée *a* Qui n'est pas encore entamé.

inéprouvé, ée *a* Qui n'a pas été ressenti.

inepte *a* Stupide. *Raisonnement inepte.*

ineptie [-psi] *nf* Sottise, stupidité.

inépuisable *a* Intarissable.

inéquation *nf* MATH Inégalité qui n'est satisfaite que pour certaines valeurs des variables.

inéquitable *a* Litt Injuste.

inerte *a* 1 Qui n'est pas en mouvement. *Corps inerte.* 2 CHIM Qui ne joue aucun rôle dans une réaction donnée. 3 Qui ne fait aucun des mouvements décelant la vie. 4 Qui n'agit pas ; sans énergie, apathique.

inertie [-si] *nf* 1 État inerte. 2 Absence d'activité, d'énergie. *Loc Force d'inertie :* résistance passive de qqn ; résistance au mouvement opposée par un corps du fait de sa seule masse.

inertiel, elle *a* PHYS Relatif à l'inertie, à la force d'inertie.

inespéré, ée *a* Inattendu.

inesthétique *a* Laid.

inestimable *a* Inappréciable, très précieux.

inévitable *a* Qu'on ne peut éviter.

inévitablement *av* De façon inévitable.

inexact, acte *a* 1 Qui manque de ponctualité. 2 Faux. *Calcul inexact.*

inexactement *av* De façon inexacte.

inexactitude *nf* 1 Manque de ponctualité. 2 Erreur. *Un livre plein d'inexactitudes.*

inexcusable *a* Qui ne peut être excusé.

inexécutable *a* Qui ne peut être exécuté.

inexécution *nf* Absence d'exécution.

inexercé, ée *a* Qui n'est pas exercé, formé.

inexigibilité *nf* Caractère inexigible.

inexigible *a* Qui ne peut être exigé.

inexistant, ante *a* 1 Qui n'existe pas. 2 Sans valeur, qui ne compte pas.

inexistence *nf* Défaut d'existence, de valeur.

inexorable *a* Implacable.

inexorablement *av* De façon inexorable.

inexpérience *nf* Manque d'expérience.

inexpérimenté, ée *a* Qui n'a pas d'expérience.

inexpiable *a* 1 Qui ne peut être expié. *Crime inexpiable.* 2 Sans merci. *Lutte inexpiable.*

inexplicable *a* Incompréhensible, étrange.

inexplicablement *av* De façon inexplicable.

inexpliqué, ée *a* Qui n'a pas été expliqué.

inexploitable *a* Qu'on ne peut exploiter.

inexploité, ée *a* Qui n'est pas exploité.

inexploré, ée *a* Qui n'a pas été exploré.

inexpressif, ive *a* Qui manque d'expression.

inexprimable *a* Indicible.

inexprimé, ée *a* Qui n'est pas exprimé.

inexpugnable *a* Qu'on ne peut prendre d'assaut.

inextensible *a* Qu'on ne peut allonger.

in extenso [inɛksteso] *av* En entier, complètement. *Publier un livre in extenso.*

inextinguible *a* Qu'on ne peut apaiser. *Une soif inextinguible.*

in extremis [inɛkstremis] *av* Au dernier moment, à la dernière minute.

inextricable *a* Très embrouillé.

inextricablement *av* De façon inextricable.

infaillibilité *nf* Caractère infaillible.

infaillible *a* 1 Qui ne peut se tromper. *Nul n'est infaillible.* 2 Certain, assuré. *Remède infaillible.*

infailliblement *av* Immanquablement.

infaisable [ɛfə-] *a* Qui ne peut être fait.

infalsifiable *a* Qui ne peut être falsifié.

infamant, ante *a* Déshonorant.

infâme *a* 1 Avilissant, honteux. *Action infâme.* 2 Répugnant, sale. *Un infâme taudis.*

infamie *nf* 1 Action, parole infâme, vile. 2 Litt Déshonneur.

infant, ante *n* Titre des enfants puînés des rois d'Espagne et de Portugal.

infanterie *nf* Ensemble des troupes qui combattent à pied.

infanticide *a, n* Qui a commis un meurtre d'enfant. ■ *nm* Meurtre d'un enfant, spécialement d'un nouveau-né.

infantile *a* 1 Des enfants en bas âge. *Mortalité infantile.* 2 Puéril. *Discours infantile.*

infantilisant, ante *a* Qui rend infantile.

infantiliser *vt* Rendre infantile, puéril.

infantilisme *nm* Conduite puérile, infantile ; absence de maturité.

infarctus *nm* MED Oblitération d'un vaisseau par une thrombose. *Loc Infarctus du myocarde :* lésion entraînant la nécrose du paroi musculaire du cœur.

infatigable *a* Que rien ne fatigue.

infatigablement *av* Sans se fatiguer.

infatuer (s') *vpr* Litt Être excessivement satisfait de sa propre personne.

infécond, onde *a* Stérile.

infécondité *nf* Stérilité.

infect, ecte *a* 1 Litt Qui répand une odeur repoussante. *Haleine infecte.* 2 Qui suscite le dégoût, répugnant. 3 Fam Très mauvais.

infecter *vt* 1 Contaminer de germes infectieux. 2 Empester. ■ *vpr* Être atteint par l'infection.

infectieux, euse *a* MED Qui provoque une infection ou qui en résulte.

infectiologie *nf* Étude des maladies infectieuses.

infection *nf* 1 MED Développement d'un germe pathogène dans l'organisme. 2 Grande puanteur. *Ta pipe, c'est une infection !*

inféoder vt HIST Donner en fief à un vassal. **Loc** *Être inféodé à* : être sous la dépendance de. ■ vpr S'attacher par un lien étroit.

inférence nf PHILO Raisonnement consistant à tirer une conséquence d'une proposition.

inférer vt [12] Déduire une conséquence de.

inférieur, eure a 1 Placé au-dessous, en bas. *Mâchoire inférieure.* 2 Le plus éloigné de la source d'un fleuve. *Le cours inférieur de la Seine.* 3 BIOL Dont l'organisation est rudimentaire. 4 MATH Plus petit que. ■ a, n Au-dessous d'un autre en rang, en dignité ; subordonné, subalterne.

inférioriser vt Donner un sentiment d'infériorité à.

infériorité nf Désavantage, subordination. **Loc** *Complexe d'infériorité* : sentiment qui conduit qqn à se déprécier, à se dévaloriser.

infernal, ale, aux a 1 Litt De l'enfer. 2 Insupportable. *Vacarme infernal. Enfant infernal.*

infertile a Litt Stérile, infécond.

infertilité nf Litt Stérilité.

infestation nf MED Envahissement de l'organisme par un parasite.

infester vt Envahir (animaux, plantes nuisibles). *Cave infestée de rats.*

infeutrable a Qui ne se feutre pas.

infibulation nf ETHNOL Opération rituelle consistant à fixer un anneau traversant le prépuce de l'homme ou les petites lèvres de la femme.

infichu, ue a POP Incapable de.

infidèle a 1 Qui n'est pas fidèle en amour. 2 Inexact. *Traduction infidèle.* ■ a, n Qui ne professe pas la religion tenue pour vraie.

infidélité nf Manque de fidélité.

infiltration nf Action de s'infiltrer.

infiltrer vt Introduire clandestinement des gens dans un groupe. ■ vpr 1 Pénétrer à travers les pores, les interstices d'un corps solide. 2 Pénétrer peu à peu, s'insinuer.

infime a Très petit, insignifiant.

infini, ie a 1 Sans bornes. *Espace, durée infinis.* 2 Très considérable. *Infinie variété d'objets.* ■ nm Ce qui est sans limites. **Loc** *À l'infini* : sans fin.

infiniment av Extrêmement.

infinité nf Quantité considérable.

infinitésimal, ale, aux a Très petit. *Dose infinitésimale.* **Loc** *Calcul infinitésimal* : partie des mathématiques comprenant le calcul différentiel et le calcul intégral.

infinitif, ive a GRAM Caractérisé par l'emploi de l'infinitif. ■ nm Forme nominale du verbe.

infirmation nf DR Annulation d'une décision.

infirme a, n Atteint d'une infirmité ; handicapé.

infirmer vt 1 Réfuter, démentir qqch. *Les faits infirment ses paroles.* 2 DR Déclarer nul.

infirmerie nf Local où l'on soigne les malades, les blessés, dans un établissement scolaire, une entreprise, une prison, etc.

infirmier, ère n Qui donne des soins aux malades en suivant les prescriptions des médecins. ■ a Des infirmiers. *Soins infirmiers.*

infirmité nf Atteinte chronique d'une partie de l'organisme.

infixe nm GRAM Élément qui, dans certaines langues, s'intercale au milieu d'une racine.

inflammabilité nf Caractère inflammable.

inflammable a Qui s'enflamme facilement.

inflammation nf 1 Fait de prendre feu. 2 MED Réaction de l'organisme à un choc, à un germe pathogène, caractérisée par une tuméfaction, une rougeur, etc.

inflammatoire a MED De l'inflammation.

inflation nf 1 ECON Hausse des prix. 2 Augmentation excessive. *Inflation du personnel.*

inflationniste a, n Qui relève de l'inflation.

infléchir vt Modifier l'orientation de qqch. *Il a infléchi sa ligne de conduite.* ■ vpr Dévier.

infléchissement nm Modification de l'orientation d'un processus.

inflexibilité nf Caractère inflexible.

inflexible a Inexorable, intraitable.

inflexiblement av De façon inflexible.

inflexion nf 1 Action de fléchir, d'incliner. *Inflexion de la tête.* 2 Modulation de la voix. 3 Changement d'orientation, de comportement.

infliger vt [11] Faire subir une peine, qqch de pénible. **Loc** *Infliger un démenti* : contredire totalement.

inflorescence nf BOT Disposition des fleurs d'une plante.

influençable a Facile à influencer.

influence nf 1 Action exercée sur qqch ou qqn. 2 Crédit, autorité. *Trafic d'influence.*

influencer vt [10] Exercer une influence sur.

influent, ente a Qui a de l'influence, du crédit, de l'autorité.

influer vi Avoir une action déterminante sur qqch. *Influer sur une décision.*

influx [-fly] nm Loc PHYSIOL *Influx nerveux* : courant électrique qui transmet les commandes motrices ou les messages sensitifs.

info nf Fam Information.

infographie nf (n déposé) Informatique appliquée aux graphiques et à l'image.

infographiste n Spécialiste d'infographie.

in-folio [in-] nm inv TYPO Format dans lequel la feuille, pliée en deux, donne quatre pages.

infondé, ée a Dénué de fondement.

informateur, trice n Qui donne des renseignements.

informaticien, enne n Spécialiste d'informatique.

informatif, ive a Qui informe.

information nf 1 Action d'informer, de s'informer. 2 Renseignement, documentation sur qqn ou qqch. 3 DR Instruction d'un procès criminel. ■ pl Nouvelles communiquées par la presse, la radio, la télévision, etc.

informationnel, elle a De l'information.

informatique nf Science du traitement automatique de l'information au moyen d'ordinateurs. ■ a De l'informatique.

informatiquement av Par l'informatique.

informatisation nf Action d'informatiser.

informatiser vt 1 Traiter par l'informatique. 2 Doter de moyens informatiques.

informe a 1 Qui n'a pas de forme précise. 2 Incomplet, inachevé.

informé nm Loc *Jusqu'à plus ample informé* : jusqu'à une nouvelle information.

informel, elle a Qui n'est pas soumis à des règles strictes.

informer vt Avertir, mettre au courant. ■ vpr S'enquérir de, recueillir des renseignements sur.

informulé, ée a Qui n'est pas formulé.

infortune nf Litt 1 Revers de fortune, désastre. 2 Fait d'être trompé par son conjoint.

infortuné, ée *a, n* Litt Qui n'a pas de chance.

infra *av* Ci-dessous.

infraction *nf* Transgression, violation d'une loi, d'une règle, d'un ordre, etc.

infranchissable *a* Qu'on ne peut franchir.

infrarouge *nm, a* PHYS Rayonnement que sa fréquence place en deçà du rouge dans la partie du spectre non visible à l'œil.

infrason *nm* Vibration sonore de faible fréquence non perçue par l'oreille.

infrastructure *nf* 1 Ensemble des ouvrages et des équipements routiers, aériens, maritimes ou ferroviaires. 2 Base matérielle de la société.

infréquentable *a* Qu'on ne peut fréquenter.

infroissable *a* Qui ne se froisse pas.

infructueusement *av* Sans résultat.

infructueux, euse *a* Qui ne donne pas de résultat, qui est sans profit.

infuse *af* Loc *Avoir la science infuse* : être savant sans avoir étudié.

infuser *vt* 1 Laisser macérer une substance dans un liquide bouillant afin que celui-ci se charge de principes actifs. 2 Litt Communiquer à qqn du courage, de l'ardeur.

infusette *nf* (n déposé) Petit sachet de plantes à infuser.

infusion *nf* Action d'infuser ; liquide infusé.

infusoire *nm* ZOOL Protiste de grande taille.

ingagnable *a* Qu'on ne peut gagner.

ingambe *a* Litt Alerte.

ingénier (s') *vpr* Chercher à, tâcher de trouver un moyen pour.

ingénierie *nf* Activité ayant pour objet la conception des équipements techniques, l'établissement du projet et le contrôle de sa réalisation. Syn. engineering.

ingénieriste *n* Spécialiste d'ingénierie.

ingénieur *nm* Personne capable, grâce à ses connaissances scientifiques, d'élaborer, d'organiser ou de diriger des plans de production.

ingénieusement *av* De façon ingénieuse.

ingénieux, euse *a* Plein d'esprit d'invention ; habile.

ingéniosité *nf* Caractère ingénieux.

ingénu, ue *a* D'une franchise innocente et candide. ■ *nf* Rôle de jeune fille naïve.

ingénuité *nf* Candeur, innocence, naïveté.

ingénument *av* De façon ingénue.

1. ingérable *a* Impossible à gérer.

2. ingérable *a* Que l'on peut ingérer.

ingérence *nf* 1 Action de s'ingérer. 2 DR Délit d'un fonctionnaire ou d'un magistrat qui abuse de sa fonction pour s'enrichir.

ingérer *vt* [12] Introduire par la bouche. ■ *vpr* Se mêler indûment de qqch ; s'immiscer dans.

ingestion *nf* Action d'ingérer.

ingouvernable *a* Qui ne peut être gouverné.

ingrat, ate *a, n* Qui n'a pas de reconnaissance pour les bienfaits reçus. ■ *a* 1 Stérile, aride. 2 Rebutant. *Travail ingrat.* 3 Sans grâce, laid. Loc *L'âge ingrat* : la puberté.

ingratitude *nf* Manque de reconnaissance.

ingrédient *nm* Substance qui entre dans la composition d'un mélange.

inguérissable *a* Qui ne peut être guéri.

inguinal, ale, aux [ɛ̃gɥi-] *a* ANAT De l'aine.

ingurgitation *nf* Action d'ingurgiter.

ingurgiter *vt* Absorber, avaler avec avidité.

inhabile *a* Litt Qui manque d'habileté.

inhabileté *nf* Litt Maladresse.

inhabilité *nf* DR Incapacité juridique.

inhabitable *a* Qui ne peut être habité.

inhabité, ée *a* Qui n'est pas habité.

inhabituel, elle *a* Qui n'est pas habituel.

inhalateur *nm* Appareil pour inhalations.

inhalation *nf* MED Absorption par les voies respiratoires d'une vapeur, d'un aérosol.

inhaler *vt* Absorber par inhalation.

inharmonieux, euse *a* Litt Qui manque d'harmonie.

inhérence *nf* État inhérent.

inhérent, ente *a* Lié nécessairement à un être, à une chose.

inhiber *vt* Empêcher ou ralentir une activité, une réaction.

inhibiteur, trice *a, nm* Qui produit une inhibition. *Un inhibiteur de l'infarctus.*

inhibition *nf* Arrêt, blocage, suspension d'un processus psychologique ou physiologique, d'une réaction chimique.

inhospitalier, ère *a* Qui n'est pas accueillant.

inhumain, aine *a* 1 Sans pitié, cruel. 2 Qui n'appartient pas à la nature humaine. *Cri inhumain.* 3 Très pénible. *Conditions de vie inhumaines.*

inhumainement *av* Cruellement.

inhumanité *nf* Litt Cruauté, barbarie.

inhumation *nf* Action d'inhumer.

inhumer *vt* Enterrer un corps humain avec les cérémonies d'usage.

inimaginable *a* Qu'on ne peut imaginer.

inimitable *a* Qu'on ne saurait imiter.

inimité, ée *a* Qui n'a pas été imité.

inimitié *nf* Hostilité, aversion.

ininflammable *a* Qui ne peut s'enflammer.

inintelligence *nf* Défaut d'intelligence.

inintelligent, ente *a* Stupide.

inintelligibilité *nf* Caractère inintelligible.

inintelligible *a* Incompréhensible.

inintéressant, ante *a* Qui ne présente aucun intérêt.

inintérêt *nm* Manque d'intérêt.

ininterrompu, ue *a* Continuel.

inique *a* Litt Gravement injuste.

iniquité *nf* Litt Grave injustice.

initial, ale, aux *a* Qui est au commencement. ■ *nfpl* Premières lettres du nom et du prénom.

initialement *av* Au commencement.

initialisation *nf* INFORM Action d'initialiser.

initialiser *vt* INFORM Charger un support informatique, un ordinateur d'un programme nécessaire à son exploitation.

initiateur, trice *n, a* Qui initie.

initiation *nf* Action d'initier.

initiatique *a* De l'initiation. *Rite initiatique.*

initiative *nf* 1 Action de celui qui propose ou entreprend le premier qqch. 2 Qualité de qqn disposé à entreprendre qqch.

initié, ée *n* 1 Qui est admis à la connaissance de certains mystères. 2 Qui connaît bien une question, une spécialité. 3 Qui a profité d'informations confidentielles.

initier *vt* 1 Admettre à la connaissance de certains cultes secrets, faire entrer dans une société secrète. 2 Mettre au fait d'une science, d'un art, d'une pratique, etc. 3 Ouvrir un domaine de connaissance. 4 Abusiv Entamer un processus. ■ *vpr* Acquérir les premiers principes de. *S'initier à l'informatique.*

injectable *a* Qu'on peut injecter.

injecter vt 1 Faire pénétrer par pression un liquide, un gaz. 2 Fournir des capitaux à une entreprise. Loc *Yeux injectés :* rougis par l'afflux du sang.

injecteur nm Appareil qui introduit un liquide dans un mécanisme.

injection nf Action d'injecter ; liquide injecté. Loc *Moteur à injection :* alimenté par un injecteur qui dose le carburant.

injoignable a Impossible à joindre.

injonction nf Ordre formel.

injouable a Qu'on ne peut jouer.

injure nf Parole offensante, insulte.

injurier vt Insulter.

injurieux, euse a Offensant, insultant.

injuste a 1 Contraire à l'équité. *Verdict injuste.* 2 Partial. *Soupçons injustes.*

injustement av De façon injuste.

injustice nf Caractère, acte injuste.

injustifiable a Qu'on ne peut justifier.

injustifié, ée a Qui n'est pas justifié.

inlandsis [inlãdsis] nm Calotte glaciaire couvrant les terres polaires.

inlassable a Qui ne se lasse pas.

inlassablement av Sans se lasser.

inlay [inlɛ] nm Bloc métallique coulé à l'intérieur d'une dent et servant à l'obturer.

in memoriam [inmemɔrjam] Mots latins (en souvenir de) inscrits sur une pierre tombale.

inné, ée a Possédé en naissant.

innégociable a Non sujet à négociation.

innéisme nm PHILO Doctrine postulant l'existence de structures mentales innées.

innéiste a, n Partisan de l'innéisme.

innervation nf PHYSIOL Distribution des nerfs dans un organe.

innerver vt Réaliser l'innervation (nerf).

innocemment av Sans penser à mal.

innocence nf 1 Incapacité à faire le mal sciemment ; pureté. 2 Naïveté. 3 Absence de culpabilité.

innocent, ente a, n 1 Pur, candide. 2 Simple d'esprit. 3 Non coupable. ■ a Inoffensif. *Plaisanterie innocente.*

innocenter vt Déclarer innocent ; établir l'innocence de qqn.

innocuité nf Caractère non nuisible.

innombrable a Très nombreux.

innommable a Trop répugnant pour qu'on le nomme ; inqualifiable.

innommé, ée a Qui n'a pas reçu de nom.

innovant, ante a Qui constitue une innovation. *Technologie innovante.*

innovateur, trice a, n Qui innove.

innovation nf Action d'innover ; création.

innover vi Introduire qqch de nouveau dans un domaine.

inobservance nf Non-observance de prescriptions religieuses, morales, etc.

inobservation nf Non-observation des lois, des règlements.

inobservé, ée a Qui n'a pas été observé.

inoccupation nf État d'un lieu ou de qqn inoccupé.

inoccupé, ée a 1 Qui n'est occupé par personne. 2 Désœuvré.

in-octavo [in-] nm inv TYPO Feuille pliée en huit, formant seize pages.

inoculable a Qui peut être inoculé.

inoculation nf Action d'inoculer.

inoculer vt 1 MED Introduire dans l'organisme un germe, une toxine. 2 Litt Transmettre à qqn qqch de pernicieux.

inocybe nm Champignon à lamelles ocres.

inodore a Sans odeur.

inoffensif, ive a Qui ne nuit à personne.

inondable a Qui peut être inondé.

inondation nf 1 Débordement ou déversement des eaux qui submergent un terrain, un pays, un local. 2 Afflux considérable.

inonder vt 1 Submerger par une inondation. 2 Envahir.

inopérable a MED Qu'on ne peut opérer.

inopérant, ante a Sans effet. *Remède inopérant.*

inopiné, ée a Imprévu, inattendu.

inopinément av De façon inopinée.

inopportun, une a Litt Fâcheux.

inopportunément av Litt Fâcheusement.

inopportunité nf Litt Caractère inopportun.

inopposable a DR Qui ne peut être opposé.

inorganisation nf Manque d'organisation.

inorganisé, ée a, n Qui n'appartient pas à un parti, à un syndicat.

inoubliable a Qu'on ne peut oublier.

inouï, ïe a Extraordinaire, incroyable.

inox nm (n déposé) Acier inoxydable.

inoxydable a Qui ne s'oxyde pas.

in petto [inpeto] av Au fond de soi-même.

input [input] nm ECON Syn. de *intrant.*

inqualifiable a Scandaleux.

in-quarto [inkwarto] nm inv TYPO Feuille pliée en quatre feuillets, formant ainsi huit pages.

inquiet, ète a, n Troublé par la crainte, l'incertitude.

inquiétant, ante a Qui inquiète.

inquiéter vt [12] 1 Alarmer. 2 Troubler, causer du tracas à. ■ vpr S'alarmer de, se soucier de.

inquiétude nf Trouble, appréhension.

inquisiteur, trice a Qui scrute avec indiscrétion. ■ nm HIST Juge de l'Inquisition.

inquisition nf Recherche acharnée, menée de façon vexatoire.

inquisitoire a DR Se dit d'une procédure dirigée par le juge.

inquisitorial, ale, aux a Qui a le caractère d'une inquisition.

inracontable a Qu'on ne peut raconter.

insaisissable a 1 Que l'on n'arrive pas à capturer. 2 Imperceptible. *Nuance insaisissable.*

insalubre a Malsain. *Climat insalubre.*

insalubrité nf Caractère insalubre.

insane a Litt Dénué de sens, de raison.

insanité nf Litt Sottise. *Dire des insanités.*

insatiable [-sjabl] a Qu'on ne peut assouvir.

insatisfaction nf Absence de satisfaction.

insatisfaisant, ante [-fə-] a Insuffisant.

insatisfait, aite a Qui n'est pas satisfait.

inscriptible a Qu'on peut inscrire.

inscription nf 1 Action d'inscrire sur une liste, un registre. 2 Ce qui est inscrit.

inscrire vt [61] 1 Écrire, noter, coucher sur le papier. 2 Graver. 3 Tracer une figure géométrique à l'intérieur d'une autre. ■ vpr 1 Entrer dans un groupe. 2 Se situer dans. *Ceci s'inscrit dans un plan d'ensemble.* Loc *S'inscrire en faux :* opposer un démenti.

inscrit, ite n Dont le nom est porté sur une liste ; qui est adhérent d'une organisation.

insécable *a* Qui ne peut être partagé en plusieurs éléments.

insecte *nm* Petit animal dont le corps, en trois parties (tête, thorax, abdomen), porte trois paires de pattes et deux paires d'ailes.

insecticide *a, nm* Qui détruit les insectes.

insectivore *a* ZOOL Qui se nourrit d'insectes. ◼ *nm* ZOOL Mammifère qui se nourrit d'insectes, comme les hérissons, les taupes.

insécurité *nf* Absence de sécurité.

in-seize [in-] *nm inv* TYPO Feuille pliée en 16 feuillets de 32 pages (abrév : in-16 ou in-16⁰).

insémination *nf* Dépôt de la semence mâle dans les voies génitales femelles.

inséminer *vt* Procéder à l'insémination de.

insensé, ée *a, n* Litt Fou, extravagant.

insensibilisation *nf* Anesthésie.

insensibiliser *vt* Anesthésier.

insensibilité *nf* Perte de la sensibilité physique ou morale.

insensible *a* 1 Qui a perdu la sensibilité physique. *Insensible au froid.* 2 Indifférent. *Insensible aux malheurs d'autrui.* 3 Imperceptible. *Progrès insensible.*

insensiblement *av* Peu à peu.

inséparable *a* Qu'on ne peut séparer. ◼ *a, n* Intimement lié. *Des amis inséparables.*

insérer *vt* [12] Introduire, faire entrer dans. ◼ *vpr* 1 Se situer dans, se placer. 2 S'intégrer dans un milieu.

insermenté *am* Loc HIST *Prêtre insermenté* : prêtre réfractaire en 1790.

insert *nm* 1 Court passage introduit dans un film, dans une émission de radio. 2 Poêle encastré dans une cheminée.

insertion *nf* Action d'insérer ; fait de s'insérer ; intégration dans un groupe.

insidieusement *av* De façon insidieuse.

insidieux, euse *a* 1 Qui tend un piège. *Question insidieuse.* 2 Qui se répand sans qu'on s'en aperçoive.

1. insigne *a* Litt Remarquable.

2. insigne *nm* Marque distinctive d'une fonction, d'un grade, d'un groupe.

insignifiance *nf* Caractère insignifiant.

insignifiant, ante *a* 1 Sans intérêt, sans valeur. 2 Sans personnalité.

insinuant, ante *a* Indirect, qui s'insinue.

insinuation *nf* Action d'insinuer ; allusion.

insinuer *vt* Laisser entendre, suggérer. ◼ *vpr* S'infiltrer, se glisser. *S'insinuer dans un groupe.*

insipide *a* 1 Fade, sans saveur. 2 Sans intérêt.

insipidité *nf* Caractère insipide.

insistance *nf* Action d'insister.

insistant, ante *a* Qui insiste ; pressant.

insister *vti* Souligner qqch. *Insister sur les résultats obtenus.* ◼ *vi* Persévérer à demander. *Il insiste pour être reçu.*

in situ [in-] *av* Dans son milieu naturel.

insociable *a* Marginal.

insolation *nf* 1 Exposition aux rayons solaires. 2 Troubles dus à une exposition au soleil. 3 Durée d'apparition du soleil.

insolemment *av* Avec insolence.

insolence *nf* 1 Manque de respect ; parole, action insolente. 2 Arrogance, effronterie.

insolent, ente *a, n* Qui manque de respect, effronté. ◼ *a* Provoquant.

insolite *a* Inhabituel, étrange.

insolubilité *nf* État, caractère insoluble.

insoluble *a* 1 Qu'on ne peut dissoudre. 2 Qu'on ne peut résoudre.

insolvabilité *nf* État insolvable.

insolvable *a, n* Qui ne peut payer ses dettes.

insomniaque *a, n* Sujet à des insomnies.

insomnie *nf* Impossibilité de dormir.

insondable *a* 1 Dont on ne peut mesurer la profondeur. 2 Impénétrable. *Mystère insondable.*

insonore *a* Qui amortit les sons.

insonorisation *nf* Action d'insonoriser.

insonoriser *vt* Amortir les sons dans un local.

insouciance *nf* Caractère insouciant.

insouciant, ante *a, n* Qui ne s'inquiète de rien.

insoucieux, euse *a* Litt Qui ne se soucie pas de. *Insoucieux de ses intérêts.*

insoumis, ise *a* Rebelle. ◼ *nm* Soldat qui n'a pas rejoint son corps dans les délais.

insoumission *nf* État de qqn d'insoumis.

insoupçonnable *a* Au-dessus de tout soupçon.

insoupçonné, ée *a* Qu'on ne soupçonne pas.

insoutenable *a* 1 Qu'on ne peut justifier. 2 Qu'on ne peut supporter.

inspecter *vt* 1 Examiner pour surveiller, contrôler. 2 Observer attentivement.

inspecteur, trice *n* Agent ou fonctionnaire chargés d'effectuer des contrôles.

inspection *nf* 1 Action d'inspecter. 2 Corps d'inspecteurs.

inspectorat *nm* Charge d'inspecteur.

inspirateur, trice *a, n* 1 Instigateur. 2 Auteur, artiste dont on s'inspire. ◼ *a* ANAT Qui permet d'inspirer l'air.

inspiration *nf* 1 Phase de la respiration au cours de laquelle l'air entre dans les poumons. Ant. expiration. 2 Action d'inspirer qqch à qqn. *J'ai agi sur son inspiration.* 3 Idée venant soudain à l'esprit. 4 Impulsion créatrice. 5 Influence littéraire, artistique. *Chanson d'inspiration folklorique.*

inspiratoire *a* De l'inspiration de l'air pulmonaire.

inspiré, ée *a* Qui a reçu l'inspiration. Loc Fam *Être bien inspiré* : avoir une bonne idée.

inspirer *vt, vi* Faire entrer l'air dans ses poumons. ◼ *vt* 1 Faire naître une pensée, un sentiment chez qqn. 2 Éveiller les facultés créatrices de qqn. *La nature inspire les poètes.* ◼ *vpr* Tirer ses idées, ses modèles de.

instabilité *nf* Caractère instable.

instable *a* Qui n'est pas stable ; changeant. *Situation instable.* ◼ *a, n* Sans stabilité affective.

installateur, trice *n* Qui installe des appareils.

installation *nf* 1 Action d'installer, de s'installer. 2 Appareils installés. 3 Dans l'art contemporain, œuvre constituée d'éléments divers disposés dans un espace.

installer *vt* 1 Mettre qqch en place, disposer, aménager. 2 Placer, loger qqn dans un endroit. 3 Établir officiellement qqn dans ses fonctions. ◼ *vpr* S'établir dans un lieu.

instamment *av* De façon pressante.

instance *nf* DR Actes de procédure, de la justice en justice jusqu'au jugement. Loc *Affaire en instance* : non réglée. ◼ *pl* 1 Sollicitations pressantes. 2 Abusiv Autorité ayant le pouvoir de décider.

instant

1. instant, ante *a* Litt Pressant, insistant.

2. instant *nm* Moment très court. *Loc À chaque instant, à tout instant* : continuellement. *À l'instant* : tout de suite. *Dans un instant* : bientôt. *Dès l'instant que, où* : du moment que, où.

instantané, ée *a* Qui se produit en un instant ; immédiat. ■ *nm* Photographie effectuée avec un temps de pose très court.

instantanéité *nf* Caractère instantané.

instantanément *av* Immédiatement.

instar de (à l') *prép* Litt À l'exemple de.

instaurateur, trice *n* Litt Qui instaure.

instauration *nf* Action d'instaurer.

instaurer *vt* Établir, instituer.

insti ou **instit** *n* Fam Instituteur.

instigateur, trice *n* Qui pousse à faire qqch.

instigation *nf Loc À l'instigation de* : sous l'influence de.

instillation [ɛ̃stilasjɔ̃] *nf* Action d'instiller.

instiller [ɛ̃stile] *vt* **1** Verser un liquide goutte à goutte. **2** Faire pénétrer peu à peu.

instinct [-tɛ̃] *nm* **1** Tendance innée déterminant des comportements spécifiques chez les individus de même espèce. **2** Intuition. *Loc D'instinct* : spontanément, sans réfléchir.

instinctif, ive *a* Irréfléchi, spontané. ■ *a, n* Qui obéit à son intuition plutôt qu'à sa raison.

instinctivement *av* D'instinct.

instinctuel, elle *a* De l'instinct.

instituer *vt* **1** Établir, fonder une chose nouvelle et durable. **2** DR Nommer par testament.

institut *nm* Nom de certains établissements de recherche, d'enseignement, de soins, etc.

instituteur, trice *n* Enseignant, dans les écoles primaires ; maître d'école.

institution *nf* **1** Action d'instituer qqch. **2** Ensemble des règles établies pour une collectivité. **3** Organisme, établissement. ■ *pl* Lois fondamentales de l'État.

institutionnalisation *nf* Action d'institutionnaliser.

institutionnaliser *vt* Élever au rang d'institution.

institutionnel, elle *a* Des institutions, de l'État.

instructeur *nm* Chargé de l'instruction des soldats. ■ *am Loc Magistrat instructeur* : chargé d'instruire une affaire judiciaire.

instructif, ive *a* Qui instruit.

instruction *nf* **1** Action d'instruire, enseignement, éducation. **2** Culture, savoir. *Avoir de l'instruction.* **3** DR Ensemble des recherches et formalités relatives à une affaire, en vue de son jugement. ■ *pl* Indications, directives pour mener à bien une mission, utiliser correctement qqch. *Laisser ses instructions.*

instruire *vt* [67] **1** Donner un enseignement, une formation à qqn. **2** Aviser qqn de, l'informer. **3** DR Mettre une affaire en état d'être jugée. ■ *vpr* Étudier, se cultiver.

instruit, uite *a* Qui a des connaissances.

instrument *nm* **1** Outil, appareil servant à effectuer une opération, un phénomène, etc. **2** Ce dont on se sert pour parvenir à ses fins ; moyen. *Loc Instrument de musique* : avec lequel on produit des sons musicaux.

instrumental, ale, aux *a* Relatif aux instruments de musique.

instrumentaliser *vt* Réduire qqn au rôle d'instrument, se servir de lui.

instrumentation *nf* **1** MUS Art d'utiliser les possibilités de chaque instrument dans une œuvre musicale. **2** TECH Ensemble d'instruments, d'appareils.

instrumenter *vt* MUS Effectuer l'instrumentation de. ■ *vi* DR Dresser un acte juridique.

instrumentiste *n* **1** MUS Qui joue d'un instrument. **2** CHIR Personne qui assiste le chirurgien au cours d'une intervention.

insu de (à l') *prép* Sans qu'on le sache.

insubmersible *a* Qui ne peut couler.

insubordination *nf* Désobéissance, indiscipline.

insubordonné, ée *a* Indiscipliné.

insuccès *nm* Échec.

insuffisamment *av* De façon insuffisante.

insuffisance *nf* **1** Caractère insuffisant ; incapacité. **2** MED Défaillance d'un organe ; carence.

insuffisant, ante *a* **1** Qui ne suffit pas ; faible. **2** Qui manque de compétence.

insufflation *nf* MED Action d'insuffler.

insuffler *vt* **1** Inspirer, transmettre. *Insuffler du courage.* **2** MED Introduire de l'air, du gaz dans l'organisme.

insulaire *a, n* Qui habite une île. ■ *a* D'une île. *Climat insulaire.*

insularité *nf* Caractère, état insulaire.

insuline *nf* Hormone sécrétée par le pancréas.

insulinodépendance *nf* MED État d'un diabétique qui ne peut se passer d'insuline.

insulinothérapie *nf* Traitement du diabète par l'insuline.

insultant, ante *a* Offensant, injurieux.

insulte *nf* Injure, outrage.

insulter *vt* Offenser, outrager, injurier.

insupportable *a* **1** Intolérable. **2** Très désagréable.

insupporter *vt* Fam Exaspérer, irriter.

insurgé, ée *a, n* Révolté, rebelle.

insurger (s') *vpr* [11] Se révolter contre qqn, qqch. *S'insurger contre les abus.*

insurmontable *a* Impossible à surmonter.

insurpassable *a* Impossible à surpasser.

insurrection *nf* Soulèvement contre le pouvoir établi ; révolte.

insurrectionnel, elle *a* D'une insurrection.

intact, acte *a* **1** Qui n'a pas été touché, altéré. **2** Qui n'a souffert aucune atteinte.

intangibilité *nf* Caractère intangible.

intangible *a* Sacré, inviolable.

intarissable *a* **1** Qui ne peut être tari. **2** Qui ne cesse de parler.

intégrable *a* Que l'on peut intégrer.

intégral, ale, aux *a* Dont on n'a rien retranché ; entier. *Loc* MATH *Calcul intégral* : recherche de la limite d'une somme d'infiniment petits. *Casque intégral* : qui protège le crâne, le visage, les cervicales. ■ *nf* **1** Édition complète des œuvres d'un musicien, d'un écrivain. **2** MATH Fonction qui admet pour dérivée une fonction donnée.

intégralement *av* En totalité.

intégralité *nf* État de ce qui est complet.

intégrant, ante *a Loc Partie intégrante* : élément nécessaire à un tout.

intégrateur *nm* Appareil qui totalise des valeurs continues.

intégration *nf* Action d'intégrer, de s'intégrer dans un groupe, un pays.

intègre *a* Litt D'une extrême probité.

intégrer *vt* [12] Faire entrer dans un tout. ■ *vti, vi* Fam Entrer dans une grande école. ■ *vpr* S'assimiler à un groupe.

intégrisme *nm* Opinion de ceux qui refusent toute évolution d'un système doctrinal, religieux au nom du respect de la tradition.

intégriste *n, a* Partisan de l'intégrisme.

intégrité *nf* 1 État d'une chose à laquelle il ne manque rien. 2 Probité irréprochable.

intellect *nm* Faculté de comprendre, entendement, intelligence.

intellectualiser *vt* Revêtir d'un caractère intellectuel.

intellectualisme *nm* Attitude qui privilégie l'intelligence sur la sensibilité.

intellectualité *nf* Caractère intellectuel de qqch.

intellectuel, elle *a* Qui se rapporte à l'intelligence. ■ *a, n* Chez qui prédomine, par goût ou par profession, la vie intellectuelle.

intellectuellement *av* De façon intellectuelle.

intelligemment *av* De façon intelligente.

intelligence *nf* 1 Faculté de connaître, de comprendre, d'agir avec discernement. 2 Personne intelligente. 3 Capacité de comprendre une chose particulière. *L'intelligence des affaires.* 4 (souvent pl) Correspondance, communication secrète. Loc *Intelligence artificielle* : reproduction de l'activité intelligente humaine par des moyens informatiques. *Être, agir d'intelligence avec qqn* : être, agir de connivence avec lui. *Vivre en bonne intelligence avec qqn* : être en bons termes avec lui.

intelligent, ente *a* Qui a ou dénote de l'intelligence. *Regard intelligent.*

intelligentsia [-ʒɛsja] *nf* Ensemble des intellectuels d'un pays.

intelligibilité *nf* Caractère intelligible.

intelligible *a* Qui peut être aisément compris ou entendu.

intelligiblement *av* De façon intelligible.

intempérance *nf* Manque de sobriété, de retenue, de modération.

intempérant, ante *a* Qui fait preuve d'intempérance.

intempéries *nfpl* Mauvais temps (pluie, gel, vent, etc.).

intempestif, ive *a* Inopportun, déplacé.

intempestivement *av* De façon intempestive.

intemporalité *nf* Caractère intemporel.

intemporel, elle *a* En dehors de la durée.

intenable *a* 1 Où l'on ne peut tenir. 2 Insupportable. *Chaleur intenable.*

intendance *nf* 1 Fonction d'intendant. 2 Fam Trésorerie de qqn, d'un groupe.

intendant, ante *n* 1 Personne qui administre le patrimoine d'une collectivité, d'un particulier. 2 Fonctionnaire responsable de l'administration financière d'un établissement public.

intense *a* Important, fort.

intensément *av* De façon intense.

intensif, ive *a* Qui met en œuvre des moyens importants. Loc *Culture intensive* : à rendement élevé. Ant. extensif.

intensificateur *nm* Dispositif qui augmente l'intensité d'un phénomène.

intensification *nf* Action d'intensifier.

intensifier *vt* Rendre plus intense, augmenter. ■ *vpr* Devenir plus intense.

intensité *nf* Degré d'activité, de puissance.

intensivement *av* De façon intensive.

intenter *vt* DR Engager contre qqn une action en justice.

intention *nf* Acte de la volonté par lequel on se fixe un but ; dessein. Loc *À l'intention de* : spécialement pour.

intentionné, ée *a* Loc *Bien, mal intentionné* : qui a de bonnes, de mauvaises intentions.

intentionnel, elle *a* Fait délibérément.

intentionnellement *av* Exprès.

interactif, ive *a* 1 Qui permet une interaction. 2 INFORM Doué d'interactivité.

interaction *nf* Action mutuelle réciproque.

interactivité *nf* INFORM Possibilité pour un utilisateur d'intervenir dans le déroulement d'un programme.

interallié, ée *a* Commun à des pays alliés.

interarmées *a inv* Qui groupe des éléments de plusieurs armées.

interarmes *a inv* Qui groupe des éléments de plusieurs armes (artillerie, infanterie, etc.).

interbancaire *a* Qui concerne les relations entre banques.

intercalaire *a* Qu'on intercale. Loc *Jour intercalaire* : jour ajouté au mois de février des années bissextiles. ■ *nm* Feuillet inséré.

intercalation *nf* Action d'intercaler.

intercaler *vt* Placer entre deux choses ou dans un ensemble.

intercéder *vi* [12] Intervenir en faveur de qqn.

intercepter *vt* 1 Interrompre au passage. *Intercepter les rayons du soleil.* 2 Prendre ce qui est destiné à un autre. 3 MILIT Attaquer un navire, un avion pendant son trajet.

intercepteur *nm* Avion destiné à intercepter les appareils ennemis.

interception *nf* Action d'intercepter.

intercesseur *nm* Litt Qui intercède.

intercession *nf* Litt Action d'intercéder.

interchangeable *a* Se dit de choses qui peuvent être mises à la place l'une de l'autre.

interclasse *nm* Courte pause entre deux heures de classe.

interclasser *vt* Réunir en une seule série plusieurs séries de fiches, de documents, etc.

interclubs [-klœb] *a inv* SPORT Qui se dispute entre plusieurs clubs.

intercommunal, ale, aux *a* Qui relève de plusieurs communes.

intercommunautaire *a* Qui concerne les relations entre communautés.

intercompréhension *nf* Compréhension réciproque.

interconnecter *vt* Procéder à l'interconnexion de deux réseaux.

interconnexion *nf* TECH Connexion entre différents réseaux de distribution.

intercontinental, ale, aux *a* Qui a lieu entre deux continents.

intercostal, ale, aux *a* ANAT Situé entre deux côtes.

intercurrent, ente *a* Loc *Maladie intercurrente* : qui se déclare au cours d'une autre.

interdépartemental, ale, aux *a* Qui relève de plusieurs départements.

interdépendance *nf* Dépendance réciproque.

interdépendant, ante *a* En situation d'interdépendance.

interdiction *nf* Action d'interdire qqch ou qqn ; ce qui est interdit.

interdire vt [60] 1 Défendre qqch à qqn. 2 Faire défense à qqn d'exercer ses fonctions.

interdisciplinaire a Qui concerne plusieurs sciences.

interdisciplinarité nf Caractère interdisciplinaire.

interdit, ite a 1 Déconcerté, décontenancé. 2 Défendu, prohibé. ■ a, n Frappé d'une interdiction. *Interdit de séjour.* ■ nm Règle sociale qui proscrit une pratique, un comportement. *Loc Jeter l'interdit sur :* prononcer l'exclusive contre. *Lever l'interdit :* mettre fin à une interdiction.

interentreprises a inv Qui concerne plusieurs entreprises.

intéressant, ante a 1 Qui éveille l'intérêt. 2 Avantageux matériellement.

intéressé, ée a, n Qui est en cause. *Les parties intéressées.* ■ a Qui n'a en vue que son intérêt personnel.

intéressement nm Participation des salariés aux profits de l'entreprise.

intéresser vt 1 Retenir l'attention, susciter l'intérêt. 2 Concerner. *Loi qui intéresse les propriétaires.* 3 Faire participer qqn aux profits d'une entreprise. ■ vpr Prendre intérêt à.

intérêt nm 1 Ce qui est utile, profitable à qqn. 2 Recherche de ce qui est avantageux pour soi. 3 Attention, curiosité. *Lire un livre avec intérêt.* 4 Originalité de qqch. *L'intérêt d'un film.* 5 Bénéfice tiré d'un capital. ■ pl Somme d'argent placée dans une entreprise.

interethnique a Qui se produit entre ethnies.

interface nf 1 INFORM Dispositif permettant des échanges d'informations entre deux systèmes. 2 Limite, frontière entre deux systèmes.

interférence nf 1 PHYS Superposition de deux mouvements vibratoires. 2 Fait d'interférer.

interférer vi [12] 1 PHYS Produire des interférences. 2 Se mêler en se renforçant ou en se contrariant.

interférométrie nf PHYS Mesure très précise fondée sur les interférences.

interféron nm Protéine sécrétée par des cellules infectées et les rendant résistantes à toute autre infection.

interfluve nm GÉOGR Région entre deux vallées.

intergalactique a Entre les galaxies.

intergroupe nm Groupe de parlementaires de familles politiques différentes pour l'étude d'une question.

intérieur, eure a 1 Situé au-dedans. *Mur intérieur.* 2 Du domaine de l'esprit. *Vie intérieure.* 3 Qui concerne le pays. *Politique intérieure.* ■ nm 1 Le dedans. *L'intérieur d'une voiture.* 2 Logement. *Un intérieur accueillant.* 3 Les affaires intérieures d'un État. *Ministre de l'Intérieur.* Loc *À l'intérieur de :* au-dedans de. *De l'intérieur :* en étant dans le groupe lui-même. *Femme d'intérieur :* qui a de l'aptitude pour les travaux ménagers.

intérieurement av Au-dedans.

intérim nm 1 Temps pendant lequel une fonction est exercée provisoirement par une autre personne que le titulaire. 2 Activité du personnel intérimaire.

intérimaire a, n 1 Qui remplit une fonction par intérim. 2 Détaché dans une entreprise par une entreprise de travail temporaire pour occuper un emploi ponctuel.

interindividuel, elle a Qui concerne les relations entre des individus.

intériorisation nf Action d'intérioriser.

intérioriser vt 1 Garder en son for intérieur, pour soi. 2 Faire siennes des règles de conduite, des opinions.

intériorité nf Caractère intérieur.

interjection nf Mot invariable qui exprime un ordre, un sentiment (ex. : *bof ! ah ! ouf ! ciel !*).

interjeter vt [19] Loc DR *Interjeter appel :* faire appel d'un jugement.

interleukine nf Protéine des lymphocytes, qui déclenche la sécrétion d'interféron.

interlignage nm Action d'interligner.

interligne nm Espace compris entre deux lignes d'écriture.

interligner vt Séparer par des interlignes.

interlocuteur, trice n Qui converse, négocie avec un autre.

interlope a Louche, équivoque.

interloquer vt Déconcerter, stupéfier.

interlude nm Divertissement entre deux émissions télévisées, deux spectacles, etc.

intermède nm 1 Divertissement exécuté entre deux parties d'un spectacle. 2 Ce qui interrompt la continuité d'un processus.

intermédiaire a Qui se trouve au milieu, entre deux. ■ nf Entremise, transition, moyen. *J'ai appris cela par son intermédiaire.* ■ n Qui intervient dans un circuit commercial entre le producteur et le consommateur.

intermezzo [-med-] nm MUS Composition de forme libre.

interminable a Très long.

interminablement av De façon interminable.

interministériel, elle a Commun à plusieurs ministres.

intermittence nf Caractère intermittent. Loc *Par intermittence :* irrégulièrement.

intermittent, ente a Discontinu, irrégulier.

internat nm 1 État d'un élève interne ; établissement qui accueille des internes. 2 Fonction d'interne des hôpitaux.

international, ale, aux a Qui a lieu entre les nations. ■ n Sportif participant à des compétitions internationales.

internationalisation nf Action d'internationaliser.

internationaliser vt Rendre international.

internationalisme nm Doctrine privilégiant les intérêts supranationaux.

internationaliste a, n Qui relève de l'internationalisme.

internationalité nf Caractère international.

internaute n Utilisateur du réseau Internet. Syn cybernaute.

interne a Situé à l'intérieur. ■ n 1 Élève logé et nourri dans l'établissement scolaire qu'il fréquente. 2 Étudiant en médecine qui, après avoir passé un concours, exerce certaines responsabilités hospitalières.

interné, ée a, n Enfermé dans un camp de concentration, un hôpital psychiatrique, etc.

internement nm Action d'interner.

interner vt Enfermer dans un hôpital psychiatrique, un camp.

interocéanique a Qui se fait entre deux océans.

interpellateur, trice n Qui interpelle.

interpellation *nf* **1** Action d'interpeller. **2** Demande d'explication adressée par un parlementaire à un ministre.

interpeller [-pəle] *vt* **1** Adresser la parole à qqn pour lui demander qqch, pour le sommer de s'expliquer. **2** S'imposer à qqn. *Les banlieues nous interpellent.* **3** Vérifier l'identité de qqn, l'arrêter. *Interpeller un suspect.*

interpénétration *nf* Pénétration réciproque.

interpénétrer (s') *vpr* [12] Se pénétrer réciproquement.

interphone *nm* (n déposé) Installation téléphonique intérieure à un immeuble.

interplanétaire *a* Situé entre les planètes.

interpolation *nf* Action d'interpoler ; texte interpolé.

interpoler *vt* Insérer dans un texte un passage qui lui est étranger.

interposer *vt* Placer entre deux choses. ■ *vpr* Intervenir comme médiateur.

interposition *nf* Action d'interposer, de s'interposer. *Force d'interposition entre des combattants.*

interprétable *a* Qui peut être interprété.

interprétariat *nm* Fonction d'interprète.

interprétatif, ive *a* Explicatif.

interprétation *nf* **1** Explication. **2** Façon dont est jouée une œuvre dramatique ou musicale.

interprète *n* **1** Qui traduit oralement une langue dans une autre. **2** Qui fait connaître les sentiments de qqn d'autre. **3** Qui interprète une œuvre musicale, joue un rôle au théâtre ou au cinéma.

interpréter *vt* [12] **1** Expliquer, clarifier, traduire, attribuer un sens. **2** Jouer un rôle ; exécuter un morceau de musique.

interprofession *nf* Organisme regroupant plusieurs professions.

interprofessionnel, elle *a* Commun à plusieurs professions.

interracial, ale, aux *a* Entre individus de races différentes.

interréaction *nf* Réaction réciproque.

interrégional, ale, aux *a* Qui concerne plusieurs régions.

interrègne *nm* Temps pendant lequel une fonction n'est pas assurée par le titulaire.

interrelation *nf* Relation entre des individus, des disciplines.

interrogateur, trice *a, n* Qui interroge.

interrogatif, ive *a* Qui sert à interroger. ■ *nf* GRAM Phrase exprimant une interrogation.

interrogation *nf* Question, demande. Loc *Point d'interrogation* : signe de ponctuation (?) qui indique une interrogation.

interrogatoire *nm* Questions posées à un inculpé, à un malade.

interrogeable *a* Qu'on peut interroger.

interroger *vt* [11] **1** Questionner qqn pour vérifier ses connaissances ou s'informer. **2** Examiner. *Interroger sa conscience.* ■ *vpr* Se poser des questions.

interrompre *vt* [78] **1** Rompre la continuité de. **2** Couper la parole à qqn. ■ *vpr* Cesser provisoirement de faire une chose.

interrupteur *nm* Dispositif pour interrompre ou rétablir le passage du courant électrique.

interruption *nf* Suspension, arrêt ; paroles pour interrompre. Loc *Interruption volontaire de grossesse (I.V.G.)* : avortement. *Sans interruption* : d'affilée.

intersaison *nf* Période entre deux saisons touristiques, sportives, etc.

intersection *nf* **1** Rencontre de deux lignes qui se coupent. **2** Croisement de deux voies de circulation.

intersession *nf* Temps compris entre deux sessions d'une assemblée.

intersidéral, ale, aux *a* Situé entre les astres.

interspécifique *a* BIOL Qui concerne les relations entre les espèces.

interstellaire *a* Situé entre les étoiles.

interstice *nm* Très petit espace entre les éléments d'un tout.

interstitiel, elle *a* Situé dans les interstices.

intersyndical, ale, aux *a* Qui concerne plusieurs syndicats. ■ *nf* Association de syndicats.

intertitre *nm* Titre de partie d'un texte.

intertribal, ale, aux *a* Qui concerne les relations entre tribus.

intertrigo *nm* Lésion infectieuse siégeant au niveau des plis cutanés.

intertropical, ale, aux *a* Situé entre les tropiques.

interurbain, aine *a* Qui relie plusieurs villes entre elles. ■ *nm* Téléphone interurbain.

intervalle *nm* Distance séparant deux lieux, deux faits, deux époques. Loc *Par intervalles* : de temps à autre.

intervenant, ante *a, n* Qui intervient dans un procès, un débat, un processus quelconque.

intervenir *vi* [35] [aux *être*] **1** Prendre part à une action en cours ; jouer un rôle. **2** Prendre la parole dans un débat. **3** Se produire, survenir. *Un événement est intervenu.*

intervention *nf* **1** Action d'intervenir. **2** Opération chirurgicale. **3** Action d'un État s'ingérant dans un conflit. **4** BX-A Mode d'expression artistique dont le matériau est l'environnement.

interventionnisme *nm* Doctrine préconisant l'intervention de l'État dans les affaires privées, ou dans un conflit.

interventionniste *a, n* Qui relève de l'interventionnisme.

interversion *nf* Renversement de l'ordre habituel.

intervertébral, ale, aux *a* Placé entre deux vertèbres.

intervertir *vt* Renverser l'ordre des éléments d'un ensemble.

interview [-vju] *nf* ou *nm* Entretien au cours duquel un enquêteur interroge qqn sur sa vie, ses opinions, etc.

interviewé [-vjuve] *a, n* Soumis à un interview.

interviewer [-vjuve] *vt* Soumettre à un interview.

intervieweur, euse [-vjuvœʀ] *n* Qui interviewe.

intestat *a inv* Qui n'a pas fait de testament.

1. intestin, ine *a* LITT Qui a lieu à l'intérieur d'un corps social.

2. intestin *nm* Portion du tube digestif comprise entre l'estomac et l'anus.

intestinal, ale, aux *a* Des intestins.

intimation *nf* DR Action d'intimer.

intime *a* **1** Intérieur et profond. **2** Tout à fait privé. *La vie intime.* Loc *Rapports intimes* : sexuels. ■ *a, n* Lié à un sentiment profond. *Amis intimes.*

intimement *av* Profondément.

intimer *vt* **1** Signifier avec autorité. **2** DR Assigner devant une juridiction supérieure.

intimidant

intimidant, ante *a* Qui intimide.

intimidateur, trice *a* Propre à effrayer.

intimidation *nf* Action d'intimider ; menace, pression.

intimider *vt* **1** Inspirer de la crainte, de l'appréhension. **2** Faire perdre son assurance à qqn.

intimisme *nm* Caractère intimiste d'une expression littéraire ou artistique.

intimiste *a, n* **1** Qui décrit les sentiments et la vie intime sur un ton de confidence. **2** Qui peint des scènes d'intérieur.

intimité *nf* **1** Caractère intime, intérieur. **2** Liaison étroite. **3** La vie privée.

intitulé *nm* Titre d'un livre, d'un chapitre.

intituler *vt* Donner un titre à. ■ *vpr* Avoir comme titre.

intolérable *a* Insupportable.

intolérance *nf* **1** Disposition haineuse envers ceux qui ont d'autres opinions que soi. **2** MED Incapacité d'un organisme à tolérer certains médicaments.

intolérant, ante *a, n* Qui fait preuve d'intolérance.

intonation *nf* Ton qu'on prend en parlant.

intouchable *a, n* Qui ne peut être l'objet d'aucune critique ou condamnation. ■ *n* En Inde, individu qui appartient à la catégorie des parias.

intox *nf* Fam Fait d'intoxiquer les esprits.

intoxication *nf* **1** MED Affection due à l'action d'un produit toxique. **2** Action insidieuse sur les esprits par la propagande. (Abrév fam : intox.)

intoxiqué, ée *a, n* Qui a subi une intoxication.

intoxiquer *vt* **1** Causer une intoxication. **2** Influencer par une propagande insidieuse.

intracellulaire *a* BIOL Intérieur à une cellule.

intracommunautaire *a* À l'intérieur d'une communauté, en particulier à l'Union européenne.

intradermique *a* Dans l'épaisseur du derme. *Injection intradermique.*

intradermoréaction *nf* MED Injection d'une substance, afin d'en étudier l'action sur l'organisme.

intrados [-do] *nm* Surface intérieure d'une voûte, de la voilure d'un avion.

intraduisible *a* Impossible à traduire.

intraitable *a* Très rigoureux, inflexible.

intra-muros [-ros] *av* À l'intérieur d'une ville.

intramusculaire *a* À l'intérieur d'un muscle. ■ *nf* Injection intramusculaire.

intransigeance [-zi-] *nf* Caractère intransigeant.

intransigeant, ante [-zi-] *a* Qui n'accepte pas de compromis.

intransitif, ive [-zi-] *a, nm* GRAM Se dit d'un verbe qui n'est pas suivi d'un objet, direct ou indirect (ex. : *dormir*).

intransitivement [-zi-] *av* GRAM Comme un verbe intransitif.

intransitivité *nf* GRAM Caractère intransitif.

intransmissible *a* Qui ne peut être transmis.

intransportable *a* Qui ne peut être transporté.

intrant *nm* ECON Élément entrant dans la production d'un bien. Syn input.

intraoculaire *a* À l'intérieur de l'œil.

intra-utérin, ine *a* À l'intérieur de l'utérus.

intraveineux, euse *a* À l'intérieur des veines. ■ *nf* Injection intraveineuse.

intrépide *a* Qui ne craint pas le danger.

intrépidité *nf* Caractère intrépide.

intrication *nf* Enchevêtrement.

intrigant, ante *a, n* Qui recourt à l'intrigue. ■ *a* Qui intrigue, étonnant. *Un personnage intrigant.*

intrigue *nf* **1** Menées secrètes pour faire réussir ou échouer une affaire. **2** Liaison amoureuse. **3** Sujet, trame d'une pièce, d'un roman, d'un film.

intriguer *vt* Exciter la curiosité de. ■ *vi* Nouer des machinations.

intrinsèque *a* Inhérent.

intrinsèquement *av* En soi.

intriquer *vt* Enchevêtrer, entremêler. ■ *vpr* Se mêler.

introducteur, trice *n* Qui introduit qqch.

introductif, ive *a* Qui sert de commencement.

introduction *nf* **1** Action d'introduire. **2** Ce qui introduit à la connaissance de qqch. **3** Préface, discours préliminaire.

introduire *vt* [67] **1** Faire entrer dans. **2** Faire adopter, faire admettre. *Introduire une mode nouvelle.* ■ *vpr* Entrer dans un lieu.

introït *nm* Prière d'introduction à la messe.

intromission *nf* Introduction d'une chose dans une autre.

intronisation *nf* Action d'introniser.

introniser *vt* **1** Placer solennellement sur le trône. **2** Introduire, établir qqn, qqch.

introspectif, ive *a* PSYCHO Qui relève de l'introspection.

introspection *nf* PSYCHO Observation du sujet par lui-même.

introuvable *a* Qu'on ne peut trouver.

introversion *nf* Attention privilégiée donnée à soi-même.

introverti, ie *a, n* Qui a tendance à l'introversion.

intrus, use *a, n* Qui s'introduit qqpart sans y être convié.

intrusion *nf* Fait de s'introduire en un lieu, dans un groupe, sans droit ou sans y être convié.

intubation *nf* MED Introduction d'un tube ou d'une sonde dans un conduit naturel.

intuber *vt* MED Pratiquer une intubation.

intuitif, ive *a* Qui relève de l'intuition. ■ *a, n* Doué d'intuition.

intuition *nf* **1** Connaissance directe et immédiate, sans recours au raisonnement. **2** Pressentiment.

intuitivement *av* Par intuition.

intumescence *nf* Didac Gonflement.

intumescent, ente *a* Didac Qui enfle.

inusable *a* Qui ne s'use pas.

inusité, ée *a* Qui n'est pas usité.

inusuel, elle *a* Qui n'est pas usuel.

in utero [inytero] *av* À l'intérieur de l'utérus.

inutile *a* Qui n'est d'aucune utilité.

inutilement *av* En vain.

inutilisable *a* Qui ne peut être utilisé.

inutilisé, ée *a* Qui n'est pas utilisé.

inutilité *nf* Manque d'utilité.

invagination *nf* MED Repliement en doigt de gant d'une cavité sur elle-même.

invaincu, ue *a* Qui n'a jamais été vaincu.

invalidant, ante *a* Qui entrave l'activité habituelle. *Maladie invalidante.*

invalidation *nf* DR Action d'invalider.

invalide *a, n* Empêché par une infirmité de mener une vie normalement active. ■ *a* DR Qui n'a pas les qualités requises par la loi.

invalider *vt* DR Rendre nul un acte.

invalidité *nf* 1 État de qqn d'invalide. *Pension d'invalidité.* 2 DR Nullité.

invariabilité *nf* Caractère invariable.

invariable *a* Immuable.

invariablement *av* De façon invariable.

invariance *nf* Caractère invariant.

invariant, ante *a, nm* Se dit d'une grandeur, d'un élément, d'une propriété qui restent constants.

invasif, ive *a* MED 1 Qui implique une lésion de l'organisme. *Examen invasif.* 2 Qui envahit l'organisme (tumeur).

invasion *nf* 1 Irruption armée d'un pays dans un autre. 2 Envahissement, arrivée soudaine et massive. *Une invasion de voitures d'importation.*

invective *nf* Injure, parole injurieuse.

invectiver *vt, vi* Lancer des invectives.

invendable *a* Qu'on ne peut vendre.

invendu, ue *a, nm* Qui n'a pas été vendu.

inventaire *nm* 1 État des biens de qqn, d'une communauté. 2 État des marchandises en stock. 3 Dénombrement, recensement.

inventer *vt* 1 Trouver, imaginer qqch de nouveau. 2 Forger de toutes pièces. *Inventer une histoire, une excuse.*

inventeur, trice *n* Qui invente, découvre.

inventif, ive *a* Qui a le talent d'inventer.

invention *nf* 1 Action d'inventer ; chose inventée. 2 Don d'imagination. 3 Mensonge, chimère.

inventivité *nf* Caractère inventif.

inventorier *vt* Faire l'inventaire de.

invérifiable *a* Qu'on ne peut vérifier.

inverse *a* Renversé par rapport à l'ordre naturel, habituel ; opposé. *Loc En raison inverse :* se dit de choses qui varient en proportion inverse l'une de l'autre. ■ *nm* Le contraire, l'opposé. *Faire l'inverse.* *Loc À l'inverse (de) :* au contraire (de).

inversement *av* De façon inverse.

inverser *vt* Mettre dans l'ordre inverse.

inverseur *nm* Appareil changeant le sens d'un courant électrique.

inversible *a Loc Film inversible :* dont le développement donne une image positive.

inversion *nf* 1 Action d'inverser, de s'inverser. 2 GRAM Renversement, changement dans l'ordre habituel des mots. 3 MED Retournement d'un organe sur lui-même.

invertébré, ée *a, nm* ZOOL Animal dépourvu de vertèbres.

inverti, ie *n* Vx Homosexuel.

invertir *vt* Renverser symétriquement.

investigateur, trice *n, a* Qui fait des investigations.

investigation *nf* Recherche suivie et approfondie.

investir *vt* 1 Conférer à qqn un titre, un pouvoir. 2 Entourer de troupes un objectif militaire. 3 Placer des capitaux pour en tirer un profit. ■ *vi, vpr* Porter toute son énergie dans une action, sur un objet.

investissement *nm* 1 Action d'investir, de s'investir. 2 Placement de capitaux.

investisseur, euse *n, a* Qui investit des capitaux.

investiture *nf* 1 Action de conférer un titre, un pouvoir. 2 Désignation par un parti d'un candidat à des élections.

invétéré, ée *a* 1 Qui s'est enraciné avec le temps. 2 Impénitent. *Tricheur invétéré.*

invincibilité *nf* Caractère invincible.

invincible *a* 1 Qu'on ne peut vaincre. 2 Insurmontable, irrésistible. *Dégoût invincible.*

invinciblement *av* De façon invincible.

inviolabilité *nf* Caractère inviolable.

inviolable *a* 1 Qu'on ne saurait enfreindre. 2 À l'abri de toute poursuite.

inviolé, ée *a* Litt Que l'on n'a pas profané.

invisibilité *nf* État invisible.

invisible *a* 1 Qui échappe à la vue. 2 Qui ne veut pas être vu.

invitant, ante *a* Qui invite.

invitation *nf* Action d'inviter.

invite *nf* Appel discret à faire qqch.

invité, ée *a, n* Qui a reçu une invitation.

inviter *vt* 1 Prier d'assister à, convier. 2 Engager, inciter à. *Je vous invite à réfléchir.* ■ *vpr* Aller qqpart sans y être convié.

in vitro [in-] *av* BIOL En dehors de l'organisme vivant. *Fécondation in vitro.*

invivable *a* Fam Insupportable, très pénible.

in vivo [in-] *av* BIOL Dans l'organisme vivant.

invocation *nf* Action d'invoquer.

invocatoire *a* Qui sert à invoquer.

involontaire *a* Qui n'est pas volontaire.

involontairement *av* Sans le vouloir.

involution *nf* BIOL, MED Régression d'un organe.

invoquer *vt* 1 Appeler à son secours une puissance surnaturelle. 2 En appeler à, recourir à. *Invoquer de faux arguments.*

invraisemblable *a* 1 Qui n'est pas vraisemblable. 2 Extravagant.

invraisemblablement *av* De façon invraisemblable.

invraisemblance *nf* Défaut de vraisemblance ; chose invraisemblable.

invulnérabilité *nf* Caractère invulnérable.

invulnérable *a* Qui ne peut être blessé, atteint.

iode *nm* CHIM Corps simple gris foncé.

iodé, ée *a* Qui contient de l'iode.

iodler. V. jodler.

ion *nm* PHYS Atome qui a perdu ou gagné un ou plusieurs électrons.

ionien, enne *a, n* D'Ionie.

1. ionique *a* PHYS Des ions.

2. ionique *nm, a* Ordre de l'architecture grecque, caractérisé par un chapiteau à volutes.

ionisant, ante *a* Qui provoque l'ionisation.

ionisateur *nm* Appareil servant à ioniser les produits alimentaires.

ionisation *nf* 1 PHYS Formation d'ions. 2 MED Pénétration de radiations dans l'organisme. 3 Stérilisation des aliments par des radiations.

ioniser *vt* Produire l'ionisation.

ionosphère *nf* Partie de l'atmosphère située au-dessus de la stratosphère.

iota *nm* Neuvième lettre de l'alphabet grec correspondant à *i*. 2 Très petit détail. *Sans changer un iota.*

iouler. V. jodler.

iourte. V. yourte.

ipéca *nm* Plante à propriétés vomitives.

ipomée *nf* Plante grimpante (patate douce, volubilis).

ippon [ipɔn] *nm* Au judo, prise parfaitement exécutée, qui donne la victoire.

ipso facto *av* Par le fait même.

irakien, enne *a, n* D'Irak.

iranien, enne *a, n* D'Iran. ■ *nm* Langue indo-européenne parlée en Iran.

irascibilité *nf* Propension à la colère.

irascible *a* Prompt à la colère.

ire *nf* Litt Colère.

irénique *a* Qui cherche à éviter la polémique.

iridacée *nf* BOT Plante à bulbe (iris, crocus, glaïeuls, etc.).

iridescent, ente *a* À reflets irisés.

iridié, ée *a* CHIM Allié à l'iridium.

iridium [-djɔm] *nm* CHIM Métal servant à fabriquer des alliages d'une grande dureté.

iris [iʀis] *nm* **1** Plante à grandes fleurs régulières. **2** Partie colorée de l'œil. **3** PHOTO Diaphragme à lamelles radiales.

irisation *nf* Dispersion à la surface d'un corps, des couleurs constitutives de la lumière ; les reflets ainsi produits.

iriser *vt* Colorer des couleurs de l'arc-en-ciel.

irish-coffee [ajʀiʃkɔfi] *nm* Café chaud avec whisky et crème fraîche.

irlandais, aise *a, n* D'Irlande. ■ *nm* Langue celtique parlée en Irlande.

ironie *nf* Raillerie consistant à dire le contraire de ce qu'on veut faire entendre. **Loc** *Ironie du sort* : contraste entre ses espoirs et la réalité.

ironique *a* Qui manifeste de l'ironie.

ironiquement *av* Avec ironie.

ironiser *vi* Railler avec ironie.

ironiste *n* Qui pratique l'ironie.

iroquois, oise *a* Relatif aux Iroquois.

irradiation *nf* **1** Action de rayonner, de se propager. **2** PHYS Exposition de qqn, d'un organisme, à l'action des rayonnements ionisants.

irradié, ée *n* Qui a subi une irradiation.

irradier *vi, vpr* Se propager, se répandre en rayonnant à partir d'un point. ■ *vt* Soumettre à un rayonnement ionisant.

irraisonné, ée *a* Qui n'est pas raisonné.

irrationalisme *nm* Hostilité au rationalisme.

irrationalité *nf* Caractère irrationnel.

irrationnel, elle *a* Non conforme à la raison.

irrattrapable *a* Qu'on ne peut rattraper.

irréalisable *a* Qui ne peut se réaliser.

irréalisme *nm* Manque de réalisme.

irréaliste *a* Qui n'est pas réaliste.

irréalité *nf* Caractère irréel.

irrecevabilité *nf* Caractère irrecevable.

irrecevable *a* Inacceptable.

irréconciliable *a* Qu'on ne peut réconcilier.

irrécouvrable *a* Qu'on ne peut recouvrer.

irrécupérable *a* Qu'on ne peut récupérer.

irrécusable *a* Qu'on ne peut récuser.

irrédentisme *nm* HIST Au XIXᵉ s., mouvement de revendication de l'Italie unifiée sur des territoires considérés comme italiens.

irrédentiste *a, n* Relevant de l'irrédentisme.

irréductibilité *nf* Caractère irréductible.

irréductible *a* **1** Qui ne peut être réduit, simplifié. **2** Sans concession, inflexible.

irréel, elle *a* En dehors de la réalité.

irréfléchi, ie *a* **1** Dit ou fait sans réflexion. **2** Qui ne réfléchit pas.

irréflexion *nf* Manque de réflexion.

irréformable *a* Qu'on ne peut réformer.

irréfragable *a* Litt Qu'on ne peut récuser.

irréfutabilité *nf* Caractère irréfutable.

irréfutable *a* Qu'on ne peut réfuter.

irréfuté, ée *a* Qui n'a pas encore été réfuté.

irrégularité *nf* Caractère irrégulier ; chose ou action irrégulière.

irrégulier, ère *a* **1** Non conforme aux règles. **2** Non régulier en quantité, en qualité, dans le rythme, dans la forme, etc.

irrégulièrement *av* De façon irrégulière.

irréligieux, euse *a* Qui n'a pas de convictions religieuses, qui offense la religion.

irréligion *nf* Manque d'esprit religieux.

irrémédiable *a, nm* À quoi on ne peut remédier.

irrémédiablement *av* Sans recours.

irremplaçable *a* Qu'on ne peut remplacer.

irréparable *a, nm* Qu'on ne peut réparer.

irrépressible *a* Qu'on ne peut réprimer.

irréprochable *a* Sans reproche.

irrésistible *a* À qui, à quoi on ne peut résister.

irrésistiblement *av* De façon irrésistible.

irrésolu, ue *a* Qui a du mal à se déterminer.

irrésolution *nf* Manque de décision.

irrespect [-pɛ] *nm* Manque de respect.

irrespectueusement *av* De façon irrespectueuse.

irrespectueux, euse *a* Qui manque de respect.

irrespirable *a* **1** Qu'on ne peut respirer. **2** Où on respire mal.

irresponsabilité *nf* Caractère irresponsable.

irresponsable *a, n* **1** Qui n'est pas responsable de ses actes, de sa conduite. **2** Qui n'assume pas ses responsabilités.

irrétrécissable *a* Qui ne peut rétrécir.

irrévérence *nf* Litt Manque de respect.

irrévérencieux, euse *a* Litt Irrespectueux.

irréversibilité *nf* Caractère irréversible.

irréversible *a* Qui ne peut aller que dans un seul sens.

irrévocabilité *nf* Caractère irrévocable.

irrévocable *a* Définitif. *Décision irrévocable.*

irrévocablement *av* De façon irrévocable.

irrigable *a* Qui peut être irrigué.

irrigation *nf* **1** Arrosage artificiel d'une terre. **2** Circulation du sang dans un organe.

irriguer *vt* **1** Arroser, fournir artificiellement de l'eau à une terre. **2** MED Arroser les tissus de l'organisme, en parlant du sang.

irritabilité *nf* Caractère irritable.

irritable *a* Porté à s'irriter.

irritant, ante *a* **1** Qui excite la colère. **2** Qui détermine de l'inflammation.

irritation *nf* **1** Colère sourde. **2** Légère inflammation.

irriter *vt* **1** Provoquer l'irritation, l'impatience. **2** Rendre légèrement enflammé. *Irriter la peau.* ■ *vpr* Se fâcher, s'énerver.

irruption *nf* Entrée brusque et inattendue ; envahissement.

isabelle *a inv* D'une couleur jaune, très claire (robe des chevaux).

isard *nm* Chamois des Pyrénées.

isatis [izatis] *nm* Renard des régions arctiques.

isba *nf* Maison en bois des paysans russes.

ischémie [-ke-] *nf* MED Arrêt de la circulation artérielle dans un organe.

ischion [iskjɔ̃] *nm* ANAT Partie inférieure de l'os iliaque.

isiaque a D'Isis. *Culte isiaque.*

islam nm 1 Religion des musulmans. 2 (avec majusc) Ensemble des pays, des peuples, des civilisations musulmanes.

islamique a De l'islam.

islamisant, ante a, n Spécialiste de l'islam.

islamisation nf Action d'islamiser.

islamiser vt 1 Convertir à l'islam. 2 Appliquer la loi coranique dans un pays.

islamisme nm Intégrisme musulman.

islamiste a, n Partisan de l'islamisme.

islamologie nf Étude scientifique de l'islam.

islandais, aise a, n De l'Islande. ■ nm Langue scandinave parlée en Islande.

ismaélien, enne a, n Membre d'une secte chiite.

isobare a PHYS D'égale pression atmosphérique.

isobathe a GEOGR D'égale profondeur.

isocèle a GEOM Qui a deux côtés ou deux faces égales.

isochrone ou **isochronique** a PHYS De même durée.

isoclinal, ale, aux a Loc GEOL *Pli isoclinal :* dont les flancs ont la même inclinaison.

isocline a PHYS, GEOGR De même inclinaison.

isogame a BOT Qui se reproduit par isogamie.

isogamie nf BOT Fécondation entre deux gamètes rigoureusement semblables (algues, champignons inférieurs). Ant. hétérogamie.

isoglosse nf LING Ligne séparant deux aires dialectales.

isoglucose nm Glucose tiré du maïs.

isogone a GEOM Dont les angles sont égaux.

isolable a Qui peut être isolé.

isolant, ante a, nm Qui isole le son, de l'électricité ou de la chaleur.

isolat nm Espèce, groupe complètement isolés.

isolateur nm Support isolant d'un conducteur électrique.

isolation nf Action d'isoler une pièce, un bâtiment, thermiquement ou phoniquement.

isolationnisme nm Politique d'un pays qui s'isole des autres pays.

isolationniste a, n Qui relève de l'isolationnisme.

isolé, ée a, n Seul, séparé socialement des autres. ■ a 1 À l'écart. *Endroit isolé.* 2 Unique. *Cas isolé.*

isolement nm État de qqn, de qqch d'isolé.

isolément av Séparément, individuellement.

isoler vt 1 Séparer qqch, qqn de ce qui environne ; empêcher le contact. 2 Considérer à part, en soi. 3 Rendre indépendant de l'extérieur, en interposant un matériau isolant. ■ vpr Se séparer des autres.

isoloir nm Cabine où l'électeur prépare son vote.

isomère a, nm CHIM Se dit de corps ayant la même formule, mais des propriétés différentes.

isomérie nf CHIM Caractère isomère.

isomorphe a Didac De même forme.

isomorphisme nm Caractère isomorphe.

isopode nm ZOOL Crustacé au corps aplati tel que le cloporte.

isoprène nm Matière utilisée dans la fabrication de nombreux polymères (plastiques, résines).

isoptère nm ZOOL Insecte du type des termites.

isostasie nf Équilibre entre les diverses masses constituant la croûte terrestre.

isotherme a 1 PHYS D'égale température. 2 Où on maintient une température constante.

isotope a, nm PHYS Se dit d'éléments dont les noyaux ont le même nombre de protons mais un nombre différent de neutrons.

isotopique a PHYS Des isotopes.

isotrope a PHYS Se dit d'un corps qui présente les mêmes propriétés dans toutes les directions.

isotropie nf PHYS Propriété isotrope.

israélien, enne a, n De l'État d'Israël.

israélite n, a De religion juive.

issu, ue a Né, sorti. *Issu de la bourgeoisie.*

issue nf 1 Passage qui permet de sortir. 2 Moyen pour sortir d'une affaire. *Situation sans issue.* 3 Résultat. *L'issue du combat.* Loc *Issue fatale :* mort. *À l'issue de :* à la fin de. ■ pl Parties non comestibles des animaux de boucherie.

isthme [ism] nm 1 Étroite bande de terre entre deux mers. 2 ANAT Partie rétrécie de certains organes.

italianisant, ante n Spécialiste de la langue et de la culture italiennes.

italianiser vt Donner une tournure, un caractère italiens à.

italianisme nm Expression propre à l'italien.

italien, enne a, n De l'Italie. ■ nm Langue romane parlée en Italie.

italique a Relatif à l'ancienne Italie. ■ nm Caractère d'imprimerie incliné vers la droite.

item nm 1 Élément linguistique considéré à part. 2 Chacun des éléments d'un test, d'un questionnaire. ■ av En outre, de plus.

itératif, ive a Didac Répété plusieurs fois.

itération nf Didac Répétition.

itinéraire nm Route à suivre ou suivie ; parcours, trajet.

itinérant, ante a Qui se déplace, qui va de lieu en lieu pour exercer ses fonctions.

itou av Fam De même.

iule nm Mille-pattes.

I.U.T. nm Institut universitaire de technologie.

I.V.G. nf Interruption volontaire de grossesse.

ivoire nm 1 Matière des dents de l'homme, des défenses de l'éléphant. 2 Objet fait en cette matière.

ivoirien, enne a, n De Côte-d'Ivoire.

ivoirin, ine a Litt Qui a l'aspect de l'ivoire.

ivraie nf Graminée sauvage envahissante dans les céréales. Loc Litt *Séparer le bon grain de l'ivraie :* les bons des méchants.

ivre a 1 Troublé par les effets de l'alcool. Syn. soûl. 2 Exalté par la passion. *Ivre de jalousie.* Loc *Ivre mort :* ivre au point d'avoir perdu toute conscience.

ivresse nf 1 Intoxication alcoolique. 2 État d'euphorie ; exaltation. *L'ivresse de la victoire.*

ivrogne nm Qui a l'habitude de s'enivrer.

ivrognerie nf Habitude de s'enivrer.

ivrognesse nf Fam Femme qui s'enivre.

ixode nm ZOOL Acarien tel que la tique.

J

j *nm* Dixième lettre (consonne) de l'alphabet.
Loc *Jour J :* jour où qqch d'important doit
avoir lieu.

jabot *nm* **1** Poche digestive de l'œsophage
des oiseaux. **2** Dentelle, mousseline ornant le
devant d'une chemise, d'un corsage.

jacaranda *nm* Arbre ornemental à fleurs roses
et à bois très apprécié.

jacassement *nm* Action de jacasser.

jacasser *vi* **1** Pousser son cri (pie). **2** Bavarder
avec volubilité.

jachère *nf* Terre labourable qu'on laisse
volontairement reposer.

jacinthe *nf* Plante bulbeuse ornementale.

jack *nm* ELECTR Fiche de connexion à deux
broches coaxiales.

jackpot [dʒakpɔt] *nm* **1** Dans les machines à
sous, combinaison gagnante ; cette machine. **2**
Fam Gros lot, pactole, profit important.

jacobin, ine *a, n* Partisan d'une république centralisée. ■ *nm* Membre du club des Jacobins,
sous la Révolution.

jacobinisme *nm* Doctrine des jacobins.

jacobite *a, n* HIST En Angleterre, partisan de
Jacques II.

jacquard *nm* **1** Métier à tisser du XIXᵉ s., à
cartes perforées. **2** Tricot à dessins géométriques sur fond de couleur.

jacquerie *nf* HIST Soulèvement de paysans.

jacques *nm* Loc Fam *Faire le jacques :* le niais.

jacquet *nm* Jeu de dés dérivé du trictrac.

jactance *nf* Litt Vantardise arrogante.

jacter *vi* Pop Parler, bavarder.

jacuzzi *nm* (n déposé) Grande baignoire à
remous.

jade *nm* **1** Pierre fine verte très dure. **2** Objet
sculpté en jade.

jadéite *nf* Variété de jade.

jadis [-dis] *av* Autrefois, il y a longtemps.

jaguar *nm* Grand félin d'Amazonie, proche de
la panthère.

jaillir *vi* **1** Sortir impétueusement (liquide,
lumière). **2** Litt Se manifester soudain. *La vérité
jaillit.*

jaillissement *nm* Fait de jaillir.

jaïn *n, a* Qui relève du jaïnisme.

jaïnisme *nm* Religion de l'Inde reposant sur
l'ascétisme, la non-violence et le respect de la
vie.

jais *nm* Variété de lignite d'un noir brillant.

jalon *nm* **1** Fiche plantée en terre pour
marquer une direction. **2** Point de repère.

jalonnement *nm* Action de jalonner.

jalonner *vt* **1** Marquer un tracé au moyen de
jalons. **2** Être placé en bordure et de distance
en distance. *Arbres qui jalonnent la route.* **3**
Se succéder au cours du temps.

jalousement *av* Avec jalousie.

jalouser *vt* Considérer avec envie et dépit.

jalousie *nf* **1** Sentiment de dépit mêlé d'envie.
2 Amour possessif et exclusif de qqn. **3** Persienne donnant plus ou moins de jour.

jaloux, ouse *a, n* Qui éprouve de la jalousie.
■ *a* Très attaché à qqch. *Il est très jaloux de
son indépendance.*

jamaïquain ou **jamaïcain, aine** *a, n* De la
Jamaïque.

jamais *av* **1** (sans négation) En un temps
quelconque. *Si jamais vous le voyez.* **2** (avec
négation) À aucun moment. *Il ne rit jamais.*
Loc *À (tout) jamais, pour jamais :* pour toujours.

jambage *nm* **1** Trait vertical dans le tracé des
lettres *m, n* et *u.* **2** ARCHI Piédroit.

jambe *nf* **1** Membre inférieur entre le genou et
le pied. **2** Le membre inférieur tout entier. **3**
Partie du vêtement recouvrant la jambe. **Loc**
Prendre ses jambes à son cou : s'enfuir en
courant. *À toutes jambes :* le plus vite possible.
Traîner la jambe : marcher avec difficulté. Fam
Faire qqch par-dessus ou par-dessus la jambe :
avec désinvolture. Fam *Cela lui fait une belle
jambe :* cela ne lui apporte rien. Fam *Tenir la
jambe à qqn :* l'importuner par un long discours.

jambière *nf* Pièce de vêtement qui protège la
jambe.

jambon *nm* Cuisse ou épaule, salée ou fumée,
du porc.

jambonneau *nm* Petit jambon fait avec les
pattes de devant du porc.

jamboree [-ʀi] *nm* Réunion internationale de
scouts.

jam-session *nf* Réunion de musiciens de jazz
improvisant librement. *Des jam-sessions.*

janissaire *nm* HIST Fantassin turc.

jansénisme *nm* **1** RELIG Doctrine de Jansénius.
2 Litt Austérité rigide.

janséniste *a, n* Qui relève du jansénisme.

jante *nf* Pièce circulaire qui constitue le pourtour d'une roue.

janvier *nm* Premier mois de l'année.

japon *nm* Papier résistant, blanc crème, des éditions de luxe.

japonais, aise *a, n* Du Japon. ■ *nm* Langue parlée au Japon.

japonaiserie *nf* Objet d'art du Japon.

japonisant, ante ou **japonologue** *n* Spécialiste de la langue, de la civilisation du Japon.

jappement *nm* Fait de japper.

japper *vi* Pousser des aboiements brefs et aigus.

jaque *nm* Gros fruit du jaquier.

jaquemart *nm* Automate frappant les heures avec un marteau sur la cloche d'une horloge.

jaquette *nf* **1** Veste de cérémonie pour hommes, à pans ouverts. **2** Veste de femme ajustée. **3** Couverture qui protège la reliure d'un livre. **4** Revêtement d'une couronne dentaire.

jaquier *nm* Arbre tropical qui produit de gros fruits comestibles (jaques).

jardin *nm* Terrain clos où on cultive des légumes, des fleurs, des arbres. **Loc** *Jardin public* : jardin d'agrément ouvert à tous. *Jardin d'enfants* : établissement d'éducation qui reçoit de très jeunes enfants. *Côté jardin* : côté de la scène à droite de l'acteur regardant la salle.

jardinage *nm* Culture des jardins.

jardiner *vi* S'adonner au jardinage.

jardinerie *nf* Établissement qui vend des plantes et des outils de jardinage.

jardinet *nm* Petit jardin.

jardinier, ère *n* Qui cultive un jardin. ■ *nf* **1** Bac dans lequel on cultive des fleurs. **2** Mélange de légumes cuits. **Loc** *Jardinière d'enfants* : éducatrice dans un jardin d'enfants.

jargon *nm* **1** Langage incompréhensible. **2** LING Langage spécifique d'un groupe social ou professionnel.

jargonner *vi* **1** Fam Parler un jargon. **2** Pousser son cri (jars, oie).

jarre *nf* Grand vase de terre cuite.

jarret *nm* **1** Partie du membre inférieur derrière le genou. **2** Articulation du milieu de la jambe chez le cheval.

jarretelle *nf* Ruban pour fixer les bas.

jarretière *nf* Ruban fixant le bas sur la jambe.

jars [ʒaʀ] *nm* Mâle de l'oie.

jas *nm* Barre transversale d'une ancre.

jaser *vi* **1** Médire, se montrer indiscret. **2** Jacasser (pie). **3** Gazouiller (nourrisson).

jasmin *nm* Arbuste à fleurs jaunes ou blanches très odorantes ; son parfum.

jaspe *nm* Pierre colorée par bandes ou par taches, utilisée en joaillerie.

jaspé, ée *a, nm* Bigarré.

jaspiner *vi* Pop Bavarder.

jaspure *nf* Aspect jaspé ; marbrure.

jatte *nf* Récipient rond et sans rebord.

jauge *nf* **1** Capacité d'un récipient. **2** MAR Volume intérieur d'un navire, exprimé en tonneaux. **3** Règle graduée mesurant la quantité de liquide d'un réservoir.

jaugeage *nm* Action de jauger.

jauger *vt* [11] **1** Déterminer la jauge. **2** Estimer la valeur, les capacités de qqn. ■ *vi* Avoir telle jauge (navire).

jaunâtre *a* Qui tire sur le jaune.

jaune *a* De la couleur du citron, de l'or. **Loc** *Fièvre jaune* : maladie infectieuse tropicale. *Race jaune* : caractérisée par une pigmentation cuivrée de la peau. ■ *av* **Loc** *Rire jaune* : sans gaieté et en se forçant. ■ *n* **1** (avec majusc) Qui est de race jaune. **2** Briseur de grève. ■ *nm* **1** Couleur jaune. **2** Colorant jaune. **Loc** *Jaune d'œuf* : partie centrale de l'œuf des oiseaux, formant l'ovule.

jaunir *vt* Rendre jaune. *Le soleil jaunit les blés.* ■ *vi* Devenir jaune. *Herbe qui jaunit.*

jaunissant, ante *a* Qui jaunit.

jaunisse *nf* Affection hépatique aiguë. Syn. ictère.

jaunissement *nm* Fait de devenir jaune.

java *nf* Danse populaire, à trois temps. **Loc** Pop *Faire la java* : faire la noce.

javanais, aise *a, n* De Java. ■ *nm* **1** Langue indonésienne parlée à Java. **2** Argot consistant à intercaler dans les mots les syllabes *va* et *av* (ex. : *manger* devient *mavangeaver*).

Javel (eau de) *nf* Solution d'un sel de chlore, utilisée comme antiseptique et décolorant.

javeline *nf* Petit javelot long et mince.

javelle *nf* Petit tas de céréales avant le liage.

javellisation *nf* Action de javelliser.

javelliser *vt* Stériliser l'eau par l'eau de Javel.

javelot *nm* **1** Lance courte. **2** Instrument de lancer en forme de lance, utilisé en athlétisme.

jazz [dʒaz] *nm* Genre musical d'origine américaine, caractérisé par l'improvisation et une manière de traiter le tempo musical.

jazz-band [dʒazbãd] *nm* Orchestre de jazz. *Des jazz-bands.*

jazzistique ou **jazzique** [dʒa-] *a* Du jazz.

jazzman [dʒazman] *nm* Musicien de jazz.

jazzy [dʒa-] *a* Qui évoque le jazz.

je, j' *pr pers* Sujet de la première personne du singulier, des deux genres.

jean ou **jeans** [dʒin(s)] *nm* **1** Tissu de coton bleu, d'une trame écrue. **2** Pantalon en jean.

jean-foutre *nm* Pop Incapable.

jean-le-blanc *nm inv* Circaète d'Europe.

jeannette *nf* Planchette utilisée pour le repassage.

jeep [dʒip] *nf* (n déposé) Automobile tout terrain.

jéjunum [-nɔm] *nm* ANAT Partie de l'intestin grêle qui suit le duodénum.

je-m'en-fichisme ou **je-m'en-foutisme** *nm* Fam Insouciance blâmable, laisser-aller. *Des je-m'en-fichismes* ou *des je-m'en-foutismes.*

je-m'en-fichiste ou **je-m'en-foutiste** *a, n* Fam Indifférent, passif. *Des je-m'en-fichistes* ou *des je-m'en-foutistes.*

je-ne-sais-quoi *nm inv* Chose indéfinissable.

jérémiade *nf* Fam Plainte geignarde.

jerez. V. xérès.

jerk [dʒɛʀk] *nm* Danse moderne, qui consiste en des secousses rythmiques du corps.

jéroboam *nm* Grande bouteille de champagne valant 4 bouteilles ordinaires.

jerricane *nm* Réservoir portatif de 20 litres.

jersey [-ze] *nm* Tissu élastique de laine, de fil ou de soie ; corsage, tricot fait dans ce tissu.

jersiais, aise *a, n* De l'île de Jersey.

jésuite *nm* Membre de la Compagnie de Jésus. ■ *a, n* Hypocrite. *Attitude jésuite.*

jésuitique *a* Sournois.

jésuitisme *nm* 1 Système des jésuites. 2 Hypocrisie, fourberie.

jésus *nm* 1 Représentation de l'Enfant Jésus. 2 Saucisson sec gros et court.

1. jet *nm* 1 Action de jeter, de lancer. 2 Émission d'un fluide sous pression. *Jet de vapeur.* 3 BOT Jeune pousse. Loc *À jet continu* : sans interruption. *D'un seul jet* : d'un coup. *Premier jet* : ébauche d'une œuvre littéraire. *Jet d'eau* : gerbe d'eau verticale.

2. jet [dʒɛt] *nm* Avion à réaction long-courrier.

jetable *a* Que l'on jette après utilisation.

jeté *nm* 1 Pièce de tissu recouvrant un lit, une table. 2 CHORÉGR Saut lancé par une jambe et reçu par l'autre.

jetée *nf* Construction s'avançant dans la mer, destinée à permettre l'accostage des navires.

jeter *vt* [19] 1 Lancer. *Jeter des pierres.* 2 Se débarrasser de, mettre au rebut. *Jeter de vieux papiers.* 3 Renverser. *Jeter qqn à terre.* 4 Émettre hors. *Jeter son venin, un cri.* 5 Pousser, porter avec force vers. *Jeter dans un cachot.* 6 Asseoir, établir, poser. *Jeter les bases d'un accord.* 7 Mettre sur. *Jeter un châle sur ses épaules.* ■ *vpr* Se précipiter vers. *Il s'est jeté sur moi.* 2 Se déverser dans (cours d'eau). Loc Pop *S'en jeter un* : boire un verre.

jeteur, euse *n* Loc *Jeteur, jeteuse de sort* : sorcier, sorcière.

jeton *nm* 1 Pièce plate et ronde, symbolisant une valeur quelconque. 2 Pop Coup. Loc Fam *Avoir les jetons* : avoir peur.

jet-set [dʒɛsɛt] *nf* Haute société internationale.

jet-stream [dʒɛtstrim] *nm* MÉTÉO Courant d'ouest dans la stratosphère.

jeu *nm* 1 Divertissement, récréation. 2 Divertissement où seul le hasard intervient et où on risque généralement de l'argent (roulette, poker, etc.). 3 Au tennis, division d'un set. 4 Ensemble d'objets qui servent à jouer. 5 Cartes qu'un joueur a en main. *Avoir un beau jeu.* 6 Assortiment d'objets, de pièces de même nature. *Un jeu de clefs.* 7 Manière dont un acteur remplit son rôle. 8 Manière de jouer d'un instrument de musique. 9 Mouvement d'un mécanisme. *Le jeu d'un ressort.* 10 Fonctionnement. *Le jeu des institutions.* 11 Espace nécessaire au mouvement de deux pièces. *Donner du jeu à un mécanisme.* Loc *Avoir beau jeu* : être en position de faire qqch. *D'entrée de jeu* : dès le début. *Entrer en jeu* : intervenir. *Être en jeu* : être en question. *Être vieux jeu* : démodé. *Jeu décisif* : tie-break. *Jeu d'enfant* : chose très facile. *Jeu d'esprit* : qui demande de l'invention. *Ce n'est pas de jeu* : ce n'est pas conforme aux règles. *Mettre en jeu* : faire intervenir. *Faire le jeu de qqn* : agir dans son intérêt. ■ *pl* Chez les Anciens, concours sportif ; spectacle du cirque.

jeudi *nm* Quatrième jour de la semaine.

jeun (à) [aʒœ̃] *av* Sans avoir mangé.

jeune *a* 1 Qui n'est pas avancé en âge. 2 Cadet. *Dubois jeune.* 3 Fam. aîné. 3 Juvénile. 4 Composé de jeunes gens, de jeunes filles. *Un public jeune.* 5 Récent, nouveau. *Vin jeune.* 6 Qui manque de maturité, d'expérience. *Fam C'est un peu jeune* : insuffisant. ■ *n* 1 Personne jeune. 2 Animal non encore adulte. ■ *av* Comme les jeunes. *S'habiller jeune.*

jeûne *nm* Privation volontaire de nourriture.

jeûner *vi* S'abstenir de nourriture.

jeunesse *nf* 1 Partie de la vie comprise entre l'enfance et l'âge adulte. 2 Ensemble des personnes jeunes. 3 Période de développement de qqch. 4 Fraîcheur, vigueur.

jeunet, ette *a* Fam Tout jeune.

jeune-turc, -turque *n* Personne qui dans un parti politique préconise une action radicale en s'opposant aux anciens.

jeûneur, euse *n* Qui jeûne.

jeunot *nm* Fam Jeune homme naïf.

jingle [dʒingœl] *nm* Bref thème musical accompagnant une émission.

jiu-jitsu [ʒyʒitsy] *nm inv* Art martial japonais dont dérive le judo.

joaillerie *nf* Art, commerce du joaillier.

joaillier ou **joailler, ère** *n* Qui travaille les joyaux, ou en fait le commerce.

job [dʒɔb] *nm* Fam Emploi rémunéré.

jobard, arde *a, n* Fam Crédule.

jobarderie ou **jobardise** *nf* Fam Crédulité.

jockey *nm* Qui fait métier de monter les chevaux dans les courses.

jocrisse *nm* Litt Benêt.

jodhpurs *nmpl* Pantalon de cheval, serré au-dessous du genou.

jodler [dʒodle], **iodler** ou **iouler** *vi* Faire des vocalises sans paroles.

jogger [dʒɔgœʀ] *nm* Chaussure de jogging.

joggeur, euse *n* Qui pratique le jogging.

jogging [dʒɔgin] *nm* Course à pied pour se maintenir en forme.

joie *nf* 1 État de satisfaction intense. 2 Gaieté, bonne humeur. Loc *Fille de joie* : prostituée. *S'en donner à cœur joie* : profiter pleinement. *Mettre en joie* : réjouir. *Feu de joie* : allumé pour une fête. ■ *pl* Plaisirs, satisfactions.

joignable *a* Que l'on peut joindre, contacter.

joindre *vt* [62] 1 Unir solidement, rapprocher. 2 Ajouter, mettre avec. 3 Faire communiquer, relier. *Avion joignant Paris à Londres.* 4 Atteindre, être en contact avec qqn. *Joindre qqn par téléphone.* Loc *Joindre les deux bouts* : boucler son budget. ■ *vi* Se toucher étroitement. *Volets qui joignent mal.* ■ *vpr* S'associer. *Je me joins à vous.*

joint, jointe *a* Ajouté. *Pièce jointe à une lettre.* Loc *À pieds joints* : les pieds en contact. ■ *nm* 1 Dispositif servant à transmettre un mouvement. 2 Endroit où s'accolent deux éléments fixes contigus. 3 Matériau intercalé entre deux pièces. 4 Moyen de résoudre une affaire. 5 Intermédiaire, lien. *Faire le joint entre deux personnes.* 6 Fam Cigarette de haschisch.

jointif, ive *a* Qui joint sans intervalle.

jointoyer *vt* [22] Remplir avec du mortier les joints d'une maçonnerie.

jointure *nf* 1 Articulation. 2 Endroit où se joignent deux éléments.

jojo *nm* Loc Fam *Affreux jojo* : enfant turbulent. ■ *a inv* Fam Joli. *C'est pas jojo.*

joker [-kɛʀ] *nm* Carte à jouer qui prend la valeur que lui attribue celui qui la détient.

joli, ie *a* 1 Qui plaît par ses qualités esthétiques, la finesse de ses traits. *Une jolie femme.* 2 Avantageux. *Une jolie situation.* ■ *nm* Loc Fam *C'est du joli !* : c'est mal.

joliesse *nf* Litt Caractère joli.

joliment *av* 1 Très bien, agréablement. 2 Fam Beaucoup, très. *Il est joliment bête.*

jonc [ʒõ] *nm* **1** Plante des lieux humides, dont la tige est droite et flexible. **2** Canne faite avec la tige du jonc d'Inde. **3** Bague ou bracelet dont le cercle est de grosseur uniforme.

jonchée *nf* **1** Litt Grande quantité d'objets éparpillés sur le sol. **2** Petit fromage égoutté sur une claie de jonc.

joncher *vt* **1** Recouvrir le sol de branchages, de feuilles, etc. **2** Couvrir en grande quantité.

jonchet *nm* Chacun des petits bâtons jetés pêle-mêle sur une table et qu'il faut retirer un à un sans faire bouger les autres.

jonction *nf* **1** Action de joindre, de se joindre. **2** Point où deux choses se joignent.

jongler *vi* **1** Lancer en l'air des objets qu'on reçoit et qu'on relance alternativement. **2** Manier avec dextérité. *Jongler avec les chiffres.* Loc *Jongler avec les difficultés* : les surmonter.

jonglerie *nf* **1** Virtuosité. **2** Tromperie.

jongleur, euse *n* **1** Artiste qui fait métier de jongler. ■ *nm* HIST Ménestrel.

jonque *nf* Navire à voiles d'Extrême-Orient.

jonquille *nf* Narcisse à fleurs jaunes.

jordanien, enne *a, n* De Jordanie.

jota [rɔta] *nf* **1** Danse populaire espagnole. **2** Son guttural espagnol, noté par la lettre *j*.

jouable *a* **1** Qu'on peut jouer. **2** Qu'on peut risquer, tenter.

joual *nm* Parler populaire du Québec.

jouasse *a* Pop Joyeux, content.

joubarbe *nf* Plante grasse.

joue *nf* Partie latérale du visage, de la tête. Loc *Coucher, mettre en joue qqn, qqch* : le viser.

jouer *vi* **1** Se divertir, s'occuper à un jeu. *Les enfants jouent dans la cour.* **2** Se mouvoir (pièce, mécanisme). **3** Ne plus joindre parfaitement, se déboîter. **4** Se déformer sous l'effet de l'humidité. **5** Intervenir, agir. *Ces considérations ont joué dans ma décision.* ■ *vti* **1** S'adonner à tel jeu. **2** Miser de l'argent à un jeu. **3** Spéculer à la Bourse. **4** Tirer des sons d'un instrument de musique. **5** Se servir d'un outil, d'une arme. Loc *Jouer de malchance, de malheur* : ne pas avoir de chance. *Jouer sur les mots* : user d'ambiguïtés verbales. ■ *vt* **1** Faire une partie à tel jeu ou sport. **2** Miser. *Jouer 100 francs sur le favori.* **3** Exécuter au moyen d'un instrument de musique. **4** Représenter sur la scène, au cinéma. *Jouer une comédie.* Loc *Jouer le jeu* : respecter les conventions explicites ou tacites. *Jouer gros jeu* : risquer de grosses sommes. ■ *vpr* Litt Se moquer de qqn, le duper. Loc *Se jouer des difficultés* : en triompher aisément.

jouet *nm* Objet avec lequel un enfant joue. Loc *Être le jouet de qqch, de qqn* : en être victime.

joueur, euse *n* **1** Qui joue à un jeu, à un sport, d'un instrument. **2** Qui a la passion du jeu. Loc *Beau joueur* : qui sait accepter une défaite. *Mauvais joueur* : qui n'aime pas perdre. ■ *a* Qui aime à jouer. *Enfant joueur.*

joufflu, ue *a* Qui a de grosses joues.

joug [ʒu] *nm* **1** Pièce de bois qu'on place sur l'encolure des bœufs pour les atteler. **2** Litt Sujétion, contrainte. *Le joug des tyrans.*

jouir *vti* **1** Avoir la possession, le profit de. *Jouir d'une bonne santé.* **2** Tirer grand plaisir de qqch. ■ *vi* Éprouver l'orgasme.

jouissance *nf* **1** Fait d'avoir pleine possession de qqch. **2** Plaisir de l'esprit ou des sens.

jouisseur, euse *n* Qui ne songe qu'à jouir des plaisirs matériels.

jouissif, ive *a* Pop Qui procure un intense plaisir.

joujou *nm* Fam Jouet. *Des joujoux.*

joule *nm* PHYS Unité de mesure d'énergie.

jour *nm* **1** Clarté, lumière du soleil. **2** Temps pendant lequel le soleil éclaire. **3** Espace de vingt-quatre heures. **4** Circonstance, moment indéterminé. **5** Époque actuelle. *Le goût du jour.* **6** Ouverture laissant passer la lumière ; vide. Loc *À jour* : exact, en règle. *Au jour le jour* : sans souci du lendemain. *De jour en jour* : graduellement. *Se faire jour* : apparaître. *Voir le jour* : naître. *Faux jour* : mauvais éclairage. *De jour* : pendant la journée. *Au grand jour* : au vu de tous. *Le petit jour* : l'aube. *D'un jour à l'autre* : à tout moment. *Jour pour jour* : exactement. *Un jour, un de ces jours* : dans l'avenir. ■ *pl* Litt Vie. *Mettre fin à ses jours.* Loc *De nos jours* : à l'époque actuelle.

journal, aux *nm* **1** Cahier où l'on note régulièrement les événements de sa vie. **2** Registre dans lequel on inscrit jour par jour les opérations comptables. **3** Toute publication quotidienne et, par extension, périodique. **4** Bulletin d'information à la radio, à la télévision.

journalier, ère *a* Qui se fait, se produit chaque jour. Syn. quotidien. ■ *nm* Travailleur agricole payé à la journée.

journalisme *nm* Profession, travail de journaliste.

journaliste *n* Professionnel de l'information écrite ou audiovisuelle.

journalistique *a* Propre aux journaux, au journalisme.

journée *nf* **1** Durée entre le lever et le coucher du soleil. **2** Temps de travail pendant la journée ; salaire de ce travail. **3** Jour marqué par un événement important.

journellement *av* **1** Chaque jour. **2** Fréquemment.

joute *nf* **1** HIST Combat courtois à cheval. **2** Litt Lutte où l'on rivalise de talent. *Joute oratoire.*

jouvence *nf* Litt Jeunesse.

jouvenceau, elle *n* Litt Jeune homme, jeune fille.

jouxter *vt* Litt Se trouver près de.

jovial, ale, aux ou **als** *a* D'une gaieté familière.

jovialement *av* De façon joviale.

jovialité *nf* Humeur joviale.

joyau *nm* **1** Ornement, objet fait d'or, de pierreries. **2** Chose très belle.

joyeusement *av* Avec joie.

joyeux, euse *a* Gai. *Rires joyeux.*

joystick [ʒɔj-] *nm* Manette d'un jeu vidéo, servant à se déplacer sur l'écran.

jubarte *nf* Baleine à bosse.

jubé *nm* Galerie haute qui sépare le chœur de la nef d'une église.

jubilaire *a* Du jubilé. *Année jubilaire.*

jubilation *nf* Joie intense.

jubilatoire *a* Litt Très réjouissant.

jubilé *nm* **1** RELIG Indulgence plénière accordée par le pape. **2** Cinquantième année de mariage, d'activité professionnelle.

jubiler *vi* Éprouver une joie intense.

jucher *vi* Se poser sur une perche en parlant de certains oiseaux. ■ *vt* Placer dans un endroit élevé. ■ *vpr* Se percher.

juchoir *nm* Perchoir.

judaïcité *nf* Fait d'être juif.

judaïque *a* Des Juifs, de la religion juive.

judaïsme *nm* Religion juive.

judaïté ou **judéité** *nf* Identité juive.

judas *nm* 1 Litt Traître. 2 Petite ouverture dans une porte pour voir sans être vu.

judéo-allemand *nm* Syn de *yiddish.*

judéo-chrétien, enne *a* Qui relève des valeurs du judaïsme et du christianisme.

judéo-espagnol *nm* Syn de *ladino.*

judiciaire *a* Relatif à la justice.

judiciairement *av* Sur le plan judiciaire.

judicieusement *av* De façon judicieuse.

judicieux, euse *a* Qui juge bien, qui apprécie avec justesse.

judo *nm* Sport de combat d'origine japonaise.

judoka *n* Qui pratique le judo.

juge *n* 1 Magistrat ayant pour fonction de rendre la justice. 2 Officiel chargé dans une compétition de veiller à la régularité des épreuves. 3 Personne prise pour arbitre. Loc *Être bon, mauvais juge :* capable, incapable de porter un jugement juste.

jugé (au) ou **juger (au)** *av* De façon approximative. *Tirer au jugé.*

jugement *nm* 1 Action de juger un procès, un accusé. 2 Faculté d'apprécier avec discernement. *Manquer de jugement.* 3 Opinion, avis. *Le jugement d'un critique sur un film.* Loc *Jugement dernier :* celui de Dieu, à la fin du monde.

jugeote *nf* Fam Bon sens.

juger *vt* [11] 1 Prendre une décision concernant une affaire, qqn en qualité de juge ou d'arbitre. 2 Émettre une opinion. 3 Penser, estimer. *Il a jugé nécessaire de venir.* ■ *vti* 1 Porter une appréciation sur. *Juger de la vraisemblance d'un récit.* 2 S'imaginer, se représenter. *Jugez de ma surprise.*

jugulaire *a* De la gorge. *Veine jugulaire.* ■ *nf* Courroie qui maintient un casque.

juguler *vt* Empêcher de se développer.

juif, juive *n* 1 Descendant des anciens Hébreux. 2 Adepte de la religion et des traditions judaïques. ■ *a* Qui concerne les juifs.

juillet *nm* Septième mois de l'année.

juillettiste *n* Qui prend ses vacances en juillet.

juin *nm* Sixième mois de l'année.

juiverie *nf* HIST Quartier juif, ghetto.

jujube *nm* Fruit comestible du jujubier ; suc extrait de ce fruit, qui a des vertus pectorales.

jujubier *nm* Arbuste cultivé dans les régions méditerranéennes.

juke-box [dʒukbɔks] *nm* Électrophone automatique à la disposition des clients d'un café. *Des juke-boxes.*

julep *nm* Préparation sucrée et aromatisée, dans laquelle on dilue un médicament.

jules *nm* Pop 1 Souteneur. 2 Amant, mari.

julien, enne *a* Loc *Calendrier julien :* établi par Jules César, et comportant 365,25 jours.

juliénas *nm* Cru du Beaujolais.

julienne *nf* 1 Potage de légumes variés, coupés en menus morceaux. 2 Syn de *lingue.*

jumbo-jet [dʒœmbodʒɛt] *nm* Avion à réaction de grande capacité. *Des jumbo-jets.*

jumeau, elle *a, n* Se dit d'enfants nés d'un même accouchement. ■ *a* Se dit de choses semblables. *Lits jumeaux.*

jumelage *nm* Action de jumeler.

jumelé, ée *a* Groupé par couple. *Colonnes jumelées.* Loc *Pari jumelé :* désignant les deux premiers d'une course de chevaux.

jumeler *vt* [18] 1 Apparier deux objets semblables. 2 Associer des villes de pays différents pour des échanges culturels.

jumelle. V. jumeau.

jumelles *nfpl* Double lorgnette. (S'emploie parfois au sing.)

jument *nf* Femelle du cheval.

jumping [dʒœmpin] *nm* Épreuve équestre de saut d'obstacles.

jungle [ʒœgl] *nf* 1 Formation végétale très dense des pays de mousson. 2 Milieu où règne la loi du plus fort. *La jungle des affaires.*

junior *a inv* 1 Cadet. *Dubois junior.* 2 Destiné aux jeunes. *Mode junior.* ■ *n* 1 Enfant ou adolescent. 2 Sportif entre 16 et 21 ans.

junker [junkœr] *nm* HIST Noble terrien en Prusse.

junkie [dʒœnki] *n* Pop Toxicomane.

junte [ʒœt] *nf* Gouvernement d'origine insurrectionnelle.

jupe *nf* 1 Vêtement féminin qui part de la taille et couvre les jambes. 2 Surface latérale d'un piston. 3 Carénage aérodynamique d'un véhicule.

jupe-culotte *nf* Culotte aux jambes très amples, qui ressemble à une jupe. *Des jupes-culottes.*

jupette *nf* Jupe très courte.

jupon *nm* Jupe de dessous.

jurançon *nm* Vin blanc du Sud-Ouest.

jurande *nf* HIST Groupement professionnel sous l'Ancien Régime.

jurassien, enne *a, n* Du Jura.

jurassique *nm, a* GEOL Période du secondaire, précédant le crétacé.

juré, ée *a* Qui a prêté serment. Loc *Ennemi juré :* irréconciliable. ■ *nm* Membre d'un jury.

jurer *vt* 1 Promettre par serment. *Jurer fidélité.* 2 Assurer, certifier. Loc *Jurer ses grands dieux :* affirmer fortement. ■ *vi* 1 Faire un serment. 2 Dire des blasphèmes, des jurons. Loc *Ne jurer que par :* dire le plus grand bien de. ■ *vti* Aller mal ensemble (couleurs).

jureur *nm* Litt Qui blasphème. ■ *am* Loc HIST *Prêtre jureur :* pendant la Révolution, prêtre qui avait prêté serment de fidélité à la nation.

juridiction *nf* 1 Pouvoir d'un juge, d'un tribunal ; ressort, étendue de ce pouvoir. 2 Ensemble des tribunaux de même nature.

juridictionnel, elle *a* De la juridiction.

juridique *a* Relatif au droit.

juridiquement *av* De façon juridique.

juridisme *nm* Formalisme juridique.

jurisconsulte *nm* Qui donne des consultations juridiques.

jurisprudence *nf* Ensemble des décisions des tribunaux, servant de référence.

jurisprudentiel, elle *a* DR De la jurisprudence.

juriste *n* Spécialiste du droit.

juron *nm* Expression blasphématoire ou grossière.

jury *nm* 1 Ensemble des jurés d'une cour d'assises. 2 Commission d'examinateurs, d'experts. *Jury d'un festival.*

jus [ʒy] *nm* 1 Suc d'une substance végétale. 2 Suc de viande. 3 Pop Café noir. 4 Pop Courant électrique.

jusant *nm* MAR Marée descendante.

jusqu'au-boutisme *nm* Position extrémiste. *Des jusqu'au-boutismes.*

jusqu'au-boutiste *a, n* Partisan des solutions extrêmes. *Des jusqu'au-boutistes.*

jusque *prép* (Le *e* de *jusque* s'élide devant voyelle. *Jusques* est poétique.) Suivi de *à, vers, où, en* marque une limite extrême. **Loc** *Jusqu'à ce que :* marque le terme d'une durée.

jusquiame *nf* Plante très toxique.

justaucorps *nm* Maillot collant utilisé pour la danse, le sport.

juste *a* 1 Conforme à la justice, au droit, à l'équité ; équitable. 2 Conforme à la réalité, à la vérité ; exact, précis, correct. 3 Étroit (vêtements). 4 Qui suffit à peine. *Huit jours pour agir, c'est juste.* ■ *a, n* Qui agit selon la justice, l'équité. **Loc** *Dormir du sommeil du juste :* profondément, tranquillement. ■ *av* 1 Avec exactitude, comme il convient. *Penser juste.* 2 Précisément. *C'est juste ce qu'il faut.* 3 Seulement. *J'ai juste pris un fruit.* **Loc** *Au juste :* précisément. *Au plus juste :* avec le plus d'exactitude possible. *Comme de juste :* comme il se doit.

justement *av* De façon juste, précise, pertinente, exacte.

justesse *nf* Qualité juste, exacte. **Loc** *De justesse :* de très peu.

justice *nf* 1 Vertu morale qui réside dans la reconnaissance et le respect des droits d'autrui. 2 Respect du droit, de l'équité, des droits de chacun. 3 Pouvoir de dire le droit. 4 Institution chargée d'exercer ce pouvoir ; tribunal. **Loc** *Rendre justice à qqn :* reconnaître ses mérites. *Se faire justice :* se suicider. *Se faire justice soi-même :* se venger soi-même d'un dommage subi.

justiciable *a, n* Qui relève d'une juridiction. ■ *a* Qui relève de. *Tumeur justiciable d'une opération.*

justicier, ère *n* Redresseur de torts.

justifiable *a* Qui peut être justifié.

justificateur, trice *a* Qui justifie.

justificatif, ive *a* Qui justifie, qui prouve. ■ *nm* Pièce attestant qu'une opération a bien été exécutée.

justification *nf* 1 Action de justifier, de se justifier. 2 Preuve de qqch. *Présenter des justifications.* 3 Longueur d'une ligne typographique.

justifier *vt* 1 Mettre hors de cause. 2 Rendre légitime. *Cela justifie sa colère.* ■ *vti* Constituer une preuve de. *Justifier d'un paiement.* ■ *vpr* Prouver son innocence.

jute *nm* Fibre textile servant à fabriquer une toile grossière.

juter *vi* Fam Rendre du jus.

juteux, euse *a* 1 Qui rend beaucoup de jus. 2 Fam Qui rapporte, fructueux. *Affaire juteuse.*

juvénile *a* Propre à la jeunesse. *Ardeur juvénile.* ■ *nm* AGRIC Animal jeune.

juxtalinéaire *a* Se dit d'une traduction donnant, sur deux colonnes et ligne par ligne, le texte original et la traduction correspondante.

juxtaposer *vt* Mettre l'un à côté de l'autre.

juxtaposition *nf* Action de juxtaposer.

k *nm* Onzième lettre (consonne) de l'alphabet.

kabbale *nf* Interprétation juive symbolique et ésotérique de la Bible.

kabbaliste *n* Spécialiste de la kabbale.

kabig ou **kabic** *nm* Veste de marin breton, à capuchon.

kabuki [-bu-] *nm* Genre théâtral japonais.

kabyle *a, n* De Kabylie. ▣ *nm* Dialecte berbère des Kabyles.

kadaïf *nm* Gâteau oriental au miel.

kaddisch *nm* Prière de la liturgie juive.

kafkaïen, enne *a* Qui a le caractère angoissant des romans de Kafka.

kaiser [kajzœʀ] *nm* HIST Empereur d'Allemagne.

kakatoès. V. cacatoès.

kakémono *nm* Peinture japonaise qui se déroule de haut en bas.

1. kaki *nm* Fruit charnu du plaqueminier.

2. kaki *a inv, nm* Brun-jaune.

kala-azar *nm inv* Maladie parasitaire endémique en Orient.

kalachnikov *nf* Pistolet-mitrailleur.

kaléidoscope *nm* Cylindre creux contenant des miroirs et des paillettes multicolores, formant des motifs ornementaux.

kaléidoscopique *a* Qui évoque le kaléidoscope.

kaliémie *nf* Taux de potassium dans le sang.

kamikaze *nm* **1** HIST Pilote japonais volontaire pour écraser son avion sur les navires ennemis (1944). **2** Qui se sacrifie pour une cause.

kana *nm inv* Signe syllabique de l'écriture japonaise.

kanak, e. V. canaque.

kangourou *nm* Marsupial d'Australie qui se déplace par bonds.

kanji *nm inv* Signe idéographique de l'écriture japonaise, emprunté au chinois.

kannara *nm* Langue dravidienne de l'Inde du Sud.

kantien, enne *a, n* Qui relève de Kant.

kantisme *nm* Philosophie de Kant.

kaolin *nm* Argile blanche, utilisée dans la fabrication de la porcelaine.

kapo *nm* Dans les camps de concentration nazis, détenu qui dirigeait les autres détenus.

kapok *nm* Duvet végétal du kapokier, utilisé pour le rembourrage.

kapokier *nm* Arbre asiatique.

Kaposi (sarcome de) *nm* Sarcome apparaissant souvent lors du sida.

kappa *nm* Dixième lettre de l'alphabet grec correspondant à *k*.

karakul ou **caracul** *nm* Mouton, dont les agneaux mort-nés fournissent l'astrakan.

karaoké *nm* Appareil permettant de s'enregistrer sur un fond d'accompagnement musical.

karaté *nm* Art martial japonais.

karatéka *n* Qui pratique le karaté.

karité *nm* Plante d'Afrique, dont les graines fournissent une graisse.

karma ou **karman** *nm* Dans l'hindouisme, enchaînement des actes et de leurs effets, déterminant le destin des êtres vivants.

karst *nm* Relief typique des régions où les calcaires prédominent.

karstique *a* Qui relève du karst.

kart [kaʀt] *nm* Petit véhicule monoplace de sport à quatre roues, sans carrosserie, équipé d'un moteur de faible cylindrée.

karting [-tiŋ] *nm* Sport pratiqué avec le kart.

kascher. V. casher.

kathakali *nm* Théâtre dansé du sud de l'Inde.

kayak *nm* Embarcation à une ou deux places, mue à l'aide d'une pagaie double.

kayakiste *n* Sportif pratiquant le kayak.

kazakh, akhe *a, n* Du Kazakhstan. ▣ *nm* Langue turque du Kazakhstan.

kebab [ke-] *nm* Dés de viande de mouton ou de bœuf rôtis en brochette.

keffieh [kefje] *nm* Coiffure arabe composée d'un carré de tissu maintenu par un gros cordon.

kéfir ou **képhir** *nm* Boisson du Caucase, gazeuse et fermentée, préparée avec du lait de chèvre ou de vache.

kelvin [-vin] *ym* PHYS Unité légale de température absolue (symbole : K).

kémalisme *nm* HIST Mouvement politique se réclamant de Mustapha Kémal.

kendo [ke-] *nm* Art martial japonais, qui se pratique avec des sabres de bambou.

kentia [kɛntja] ou [kɛ̃sja] *nm* Palmier de Nouvelle-Guinée.

kenyan, ane *a, n* Du Kenya.

képi *nm* Coiffure militaire cylindrique, munie d'une visière.

kératine *nf* Protéine fibreuse, constituant des ongles, des cornes, des poils, etc.

kératite *nf* MED Inflammation de la cornée.

kératoplastie *nf* CHIR Greffe de la cornée.

kératose *nf* MED Épaississement de l'épiderme.

kermès *nm* Loc *Chêne kermès* : chêne méditerranéen, à feuilles dures et persistantes.

kermesse *nf* 1 Dans les Flandres, fête patronale. 2 Fête de charité en plein air. 3 Toute fête foraine.

kérosène *nm* Carburant utilisé dans les réacteurs d'avions.

ketch *nm* Voilier à deux mâts.

ketchup [-ʃœp] *nm* Condiment à base de purée de tomates.

keuf *nm* Pop Policier, flic.

keum *nm* Pop Individu quelconque, type.

kevlar *nm* (n déposé) Fibre synthétique très résistante, légère, imputrescible.

keynésianisme *nm* Doctrine économique de Keynes.

keynésien, enne *a, n* Qui relève des théories économiques de Keynes.

khâgne *nf* Fam Classe préparatoire à l'École normale supérieure (lettres).

khâgneux, euse *a* Fam Élève de khâgne.

khalkha *nm* Langue officielle de la Mongolie.

khamsin [Ramsin] *nm* Vent brûlant du désert égyptien.

khan *nm* Titre des souverains mongols et des princes turcs.

khat [kat] *nm* Arbuste du Yémen dont les feuilles procurent une sorte d'ivresse quand on les mâche.

khi *nm* Vingt-deuxième lettre de l'alphabet grec, correspondant à *kh*.

khmer, khmère *a, n* Des Khmers, du Cambodge. ■ *nm* Langue officielle du Cambodge.

khoisan *nm* Groupe de langues parlées par les Bochimans et les Hottentots.

khôl ou **kohol** *nm* Fard noirâtre.

kibboutz [-buts] *nm* Exploitation agricole collective, en Israël.

kick *nm* Dispositif de mise en marche, au pied, d'une moto.

kidnapper *vt* Enlever qqn pour obtenir une rançon.

kidnappeur, euse *n* Qui kidnappe.

kidnapping [-piŋ] *nm* Enlèvement, rapt.

kif *nm* Pop Mélange de haschich et de tabac.

kif-kif *a inv* Loc Fam *C'est kif-kif* : c'est pareil.

kilim *nm* Tapis d'Orient tissé à plat.

kilo *nm* Kilogramme. *Donnez-m'en 3 kilos.*

kilocalorie *nf* Unité valant 1 000 calories (symbole : kcal).

kilocycle *nm* Unité de fréquence égale à 1 kilohertz.

kilofranc *nm* Unité de compte valant 1 000 francs.

kilogramme *nm* Unité de masse du système international (symbole : kg).

kilohertz *nm* Unité de fréquence radioélectrique de 1 000 hertz (symbole : kHz).

kilométrage *nm* Nombre de kilomètres parcourus.

kilomètre *nm* Unité de distance (symbole : km) valant 1 000 m. Loc *Kilomètre heure* : unité de mesure de vitesse d'un véhicule. *Kilomètre lancé* : en ski, épreuve de descente à pleine vitesse chronométrée sur un kilomètre.

kilométrer *vt* Jalonner de bornes kilométriques.

kilométrique *a* Du kilomètre.

kilotonne *nm* Unité de puissance des explosifs nucléaires (symbole : kt).

kilowatt *nm* Unité de puissance (symbole : kW), égale à 1 000 watts.

kilowattheure *nm* Unité de travail ou d'énergie (symbole : kWh).

kilt *nm* Jupe courte et plissée des Écossais.

kimono *nm* 1 Longue tunique japonaise à larges manches. 2 Tenue des judokas, karatékas, etc., formée d'un pantalon et d'une veste.

kinésithérapeute *n* Praticien exerçant la kinésithérapie (abrév : kiné).

kinésithérapie *nf* Mode de traitement, par massages et manipulations, de certaines affections osseuses et musculaires.

kinesthésie *nf* Ensemble des sensations qui renseignent sur les positions et les mouvements du corps.

kinesthésique *a* De la kinesthésie.

king-charles [kinʃarl] *nm inv* Petit épagneul à poils longs.

kinkajou *nm* Mammifère carnivore des forêts d'Amérique du Sud.

kinois, oise *a, n* De Kinshasa.

kinyarwanda *nm* Langue bantoue parlée au Rwanda.

kiosque *nm* 1 Pavillon ouvert dans un jardin. 2 Petit pavillon pour la vente des journaux, des fleurs, sur la voie publique. 3 Passerelle d'un sous-marin. 4 Service télématique accessible par minitel.

kiosquier, ère *n* Qui tient un kiosque à journaux.

kip *nm* Unité monétaire du Laos.

kippa *nf* Calotte des juifs pratiquants.

Kippour. V. Yom Kippour.

kir *nm* (n déposé) Mélange vin blanc et cassis.

kirghiz, ize *a, n* Du Kirghizistan. ■ *nm* Langue turque du Kirghizistan.

kirsch [kirʃ] *nm* Eau-de-vie de cerises.

kirundi *nm* Langue bantoue parlée au Burundi.

kit [kit] *nm* 1 Objet vendu en pièces détachées dont l'assemblage est à réaliser par l'acheteur. 2 Ensemble formant un tout fonctionnel.

kitchenette *nf* Petite cuisine.

kitsch [kitʃ] *a inv, n* Se dit d'objets et d'œuvres picturales au style volontairement démodé.

kiwi [kiwi] *nm* 1 Oiseau des forêts de Nouvelle-Zélande. Syn. aptéryx. 2 Fruit à l'écorce velue et à la chair parfumée.

klaxon [-son] *nm* (n déposé) Avertisseur sonore d'automobile.

klaxonner [-sone] *vi* Faire usage du klaxon.

kleenex [kli-] *nm* (n déposé) Mouchoir jetable en papier.

kleptomane ou **cleptomane** *n, a* Qui souffre de kleptomanie.

kleptomanie ou **cleptomanie** *nf* Impulsion à commettre des vols.

knickers [nikœrs] *nmpl* Culottes larges serrées au-dessous du genou.

knock-down [nɔkdawn] *nm inv* Mise à terre d'un boxeur qui se relève ensuite.

knock-out [nɔkaut] ou **K.-O.** *nm inv* Mise hors de combat d'un boxeur. ■ *a inv* Fam Assommé.

knout *nm* Fouet russe à lanières de cuir.

know-how [noaw] *nm* ECON Savoir-faire.

K.-O. V. knock-out.

koala *nm* Marsupial grimpeur d'Australie.

kohol. V. khôl.

koinè [kɔjnɛ] *nf* **1** Langue grecque commune du monde hellénistique. **2** Toute langue servant à l'intercompréhension dans une région.

kola ou **cola** *nf* Graine du kolatier, riche en caféine.

kolatier *nm* Arbre d'Afrique.

kolkhoze *nm* HIST Exploitation agricole collective, en U.R.S.S.

kolkhozien, enne *a, n* Du kolkhoze.

kopeck *nm* Centième partie du rouble.

kora *nf* Luth d'Afrique de l'Ouest.

korê *nf* BX-A Statue grecque représentant une jeune fille.

korrigan, ane *n* Génie malfaisant des légendes bretonnes.

koto *nm* Sorte de luth d'Extrême-Orient.

koubba *nf* Monument élevé sur la tombe d'un marabout.

kouglof *nm* Gâteau alsacien, brioche aux raisins secs.

kouign-amann *nm* Gâteau breton au beurre, très sucré.

koulak *nm* Paysan russe aisé à la fin du XIXᵉ s. et au début du XXᵉ s.

kouros [-ʀos] *nm* BX-A Statue grecque représentant un jeune homme nu.

koweïtien, enne ou **koweïti** *a, n* Du Koweït.

krach [kʀak] *nm* **1** Effondrement de la Bourse. **2** Faillite brutale.

kraft *nm* Papier fort pour les emballages.

krill *nm* Crustacé vivant en bancs, dont se nourrissent les cétacés.

kriss *nm* Poignard malais à lame ondulée.

krypton *nm* Gaz rare de l'air.

ksi ou **xi** *nm* Quatorzième lettre de l'alphabet grec, correspondant à *x*.

kummel *nm* Liqueur alcoolique au cumin.

kumquat [kumkwat] *nm* Petit agrume que l'on mange avec son écorce.

kung-fu [kuɲfu] *nm inv* Art martial chinois.

kurde *a, n* Du Kurdistan. ■ *nm* Langue iranienne parlée par les Kurdes.

kuru *nm* Encéphalite provoquée par un virus lent.

kwanza *nm* Unité monétaire de l'Angola.

kwashiorkor [kwaʃjɔʀkɔʀ] *nm* Maladie tropicale marquée par une dénutrition extrême.

k-way [kawɛ] *nm inv* (n déposé) Coupe-vent très léger.

kyat *nm* Unité monétaire de la Birmanie.

kyrie ou **kyrie eleison** [kiʀijeeleison] *nm inv* RELIG Invocation au début de la messe.

kyrielle *nf* Fam Longue suite.

kyste *nm* Tumeur bénigne contenant une substance liquide ou solide.

kystique *a* De la nature du kyste.

kyudo [kjudo] *nm* Art martial japonais du tir à l'arc.

l *nm* **1** Douzième lettre (consonne) de l'alphabet. **2** L : chiffre romain valant 50.

1. la. V. le.

2. la *nm inv* Sixième note de la gamme. Loc *Donner le la :* donner le ton.

là *av* **1** Dans ce lieu, cette circonstance (en oppos. ou non à ici). *Installez-vous là. Je suis là. Il y a là de quoi s'inquiéter.* **2** À tel moment précis. *C'est là qu'il a mentionné votre nom.* **3** À tel point déterminé. *Tenez-vous en là. En venir là.* **4** Renforce un adjectif démonstratif. *Cet homme-là.* Loc *Là-bas :* à tel endroit au loin. *Là-haut :* en tel endroit élevé. *De là :* de cet endroit ; d'où, en conséquence. *D'ici là :* du moment présent à tel autre. *Loin de là :* au contraire. *Par là :* dans les environs ; par ces mots.

là-bas. V. là.

label *nm* **1** Marque délivrée par un organisme officiel, et apposée sur certains articles. **2** Éditeur de disques.

labelliser ou **labéliser** *vt* Garantir par un label.

labeur *nm* Litt Travail long et pénible.

labial, ale, aux *a* Didac Relatif aux lèvres.

labié, ée *a* BOT Se dit d'une corolle à deux lobes en forme de lèvres.

labile *a* Sujet à se transformer, à disparaître.

labo *nm* Abrév familière de *laboratoire.*

laborantin, ine *n* Assistant, aide, technicien dans un laboratoire.

laboratoire *nm* Local aménagé pour mener à bien des travaux de recherche scientifique ou technique, des analyses biologiques, des travaux photographiques, etc. Loc *Laboratoire pharmaceutique :* entreprise industrielle où on fabrique des médicaments. *Laboratoire de langues :* local aménagé pour enseigner les langues étrangères à l'aide de magnétophones.

laborieusement *av* Péniblement.

laborieux, euse *a* **1** Qui travaille beaucoup. **2** Qui coûte beaucoup d'efforts. *Entreprise laborieuse.* **3** Qui manque de spontanéité.

labour *nm* Travail de labourage, façon donnée à une terre. ■ *pl* Terres labourées.

labourable *a* Qui peut être labouré, cultivé.

labourage *nm* Action de labourer.

labourer *vt* **1** Retourner la terre avec la charrue, la bêche, la houe, etc. **2** Creuser, déchirer. *La balle a labouré les chairs.*

laboureur *nm* Litt Cultivateur, paysan.

labrador *nm* Chien de chasse à poil ras.

labre *nm* Gros poisson vorace des côtes rocheuses. Syn. vieille.

labyrinthe *nm* **1** Ensemble compliqué, où il est difficile de se reconnaître. Syn. dédale. **2** Jardin d'agrément dont les allées, bordées de haies épaisses, sont tracées selon un plan compliqué. **3** ANAT Cavité de l'oreille interne.

labyrinthique *a* D'un labyrinthe ; très compliqué.

labyrinthite *nf* Inflammation de l'oreille interne.

lac *nm* Grande étendue d'eau à l'intérieur des terres. Loc Fam *Tomber dans le lac :* échouer.

laçage *nm* Action ou manière de lacer.

lacédémonien, enne *a, n* De Lacédémone.

lacer *vt* [10] Fermer, serrer, assujettir au moyen d'un lacet. *Lacer ses chaussures.*

lacération *nf* Action de lacérer.

lacérer *vt* [12] Déchirer, mettre en pièces.

lacertilien *nm* ZOOL Syn de *saurien.*

lacet *nm* **1** Cordon que l'on passe dans des œillets pour serrer une partie de vêtement ou de chaussure. **2** Virage serré d'une route en zigzag. **3** Nœud coulant utilisé pour piéger le gibier.

lâchage *nm* Action de lâcher.

lâche *a* **1** Qui n'est pas tendu, serré. *Nœud trop lâche.* **2** Qui manque de vigueur. *Style lâche.* ■ *a, n* **1** Qui est sans courage. *Être lâche face au danger.* **2** Vil, méprisable.

lâchement *av* Avec lâcheté, bassesse.

lâcher *vt* **1** Détendre, desserrer. **2** Cesser de tenir. **3** Laisser aller, laisser échapper. *Lâcher les chiens contre qqn.* **4** Fam Abandonner. *Lâcher ses amis.* **5** Lancer. *Lâcher un coup de fusil.* ■ *vi* Céder, se rompre. *La corde a lâché.* ■ *nm* Action de laisser aller. *Un lâcher de pigeons.*

lâcheté *nf* **1** Manque de courage ; poltronnerie, couardise. **2** Action lâche, indigne.

lâcheur, euse *n* Fam Qui abandonne ses amis.

lacis [-si] *nm* Entrelacement, réseau.

laconique *a* Qui parle peu ; bref, concis.

laconiquement *av* De façon laconique.

laconisme *nm* Concision extrême.

lacrima-christi *nm inv* Vin blanc du Vésuve.

lacrymal, ale, aux *a* Relatif aux larmes.

lacrymogène *a* Qui provoque les larmes. *Gaz lacrymogène.*

lacs [lɑ] *nm* Nœud coulant servant à prendre du gibier. *Tendre des lacs.*

lactaire *nm* Champignon qui laisse écouler un latex si on le casse.

lactation *nf* Sécrétion et excrétion du lait par la glande mammaire.

lacté, ée *a* 1 Qui a rapport au lait, qui en a la couleur. 2 Qui contient du lait. *Farine lactée.* Loc *Voie lactée :* bande blanchâtre formée dans le ciel par d'innombrables étoiles.

lactescent, ente *a* 1 Qui a la couleur du lait. 2 Qui contient du latex.

lactique *a* Loc *Acide lactique :* contenu dans le petit-lait. *Ferments lactiques :* employés dans l'industrie laitière pour coaguler la caséine.

lactose *nm* CHIM Sucre contenu dans le lait.

lactosérum [-ʀɔm] *nm* Petit-lait.

lacunaire ou **lacuneux, euse** *a* Qui présente des lacunes.

lacune *nf* 1 Vide, cavité à l'intérieur d'un corps. 2 Ce qui manque pour que qqch soit complet. *Les lacunes d'une loi, d'un manuscrit.*

lacustre *a* Qui vit au bord ou dans l'eau des lacs. Loc PREHIST *Cité lacustre :* bâtie sur pilotis au bord d'un lac.

lad *nm* Garçon d'écurie chargé du soin des chevaux de course.

là-dedans, là-dessous, là-dessus. V. dedans, dessous, dessus.

ladin *nm* Langue romane du Tyrol du Sud.

ladino *nm* Langue des Juifs expulsés d'Espagne au XVe s. Syn. judéo-espagnol.

ladite. V. dit.

ladre *a* VETER Dont les tissus contiennent des larves de ténia. ■ *a, n* Litt Très avare.

ladrerie *nf* 1 VETER Maladie d'un animal ladre. 2 Litt Avarice sordide.

lady [lɛdi] *nf* Femme noble anglaise. *Des ladies.*

lagon *nm* Étendue d'eau séparée de la pleine mer par un récif corallien.

lagopède *nm* Oiseau montagnard appelé aussi *perdrix des neiges.*

laguiole [lajɔl] *nm* 1 Fromage voisin du cantal. 2 Couteau fermant à manche de corne.

lagunaire *a* Des lagunes.

lagune *nf* Étendue d'eau de mer, séparée du large par une bande de terre ou de sable.

là-haut. V. là.

1. lai *nm* LITTER Petit poème médiéval.

2. lai, laie *a* Se dit de religieux non prêtres servant dans un couvent.

laïc, ïque ou **laïque** *n* Chrétien qui n'est ni clerc ni religieux. ■ *a* Qui n'a pas de caractère religieux, confessionnel. *École laïque.*

laiche *nf* Plante vivace des lieux humides.

laïcisation *nf* Action de laïciser.

laïciser *vt* Ôter tout caractère religieux à.

laïcisme *nm* Doctrine des partisans de la laïcité.

laïcité *nf* 1 Caractère laïque. 2 Principe de séparation des Églises et de l'État.

laid, laide *a* 1 Qui heurte le sens esthétique, désagréable à la vue. 2 Contraire aux bienséances ou à la probité. *C'est laid de tricher.*

laidement *av* De façon laide.

laideron *nm* Femme ou jeune fille laide.

laideur *nf* Caractère laid.

laie *nf* 1 Femelle du sanglier. 2 Chemin forestier rectiligne.

lainage *nm* 1 Étoffe de laine. 2 Vêtement de laine. 3 Opération qui consiste à lainer.

laine *nf* 1 Poil doux, épais et frisé, qui constitue la toison des moutons et de quelques autres animaux. 2 Vêtement de laine. 3 Fibres de différentes matières utilisées comme isolants. *Laine de verre.* 4 BOT Duvet de certaines plantes.

lainer *vt* TEXT Donner un aspect pelucheux à un tissu par grattage.

laineux, euse *a* 1 Très fourni en laine. 2 Qui a l'aspect de la laine. *Plante laineuse.*

lainier, ère *a* De la laine. *Industrie lainière.*

laïque. V. laïc.

laisse *nf* 1 Lien servant à attacher un chien, un petit animal. 2 Partie du rivage alternativement recouverte et découverte par la mer. 3 LITTER Couplet, suite de vers d'une chanson de geste. Loc *Tenir en laisse :* contraindre.

laissé-pour-compte *nm* 1 Marchandise refusée par un client. 2 Chose ou personne dont personne ne veut. *Des laissés-pour-compte.*

laisser *vt* 1 Ne pas prendre, volontairement ou non ; ne pas retirer. *Laisser du vin dans son verre. Laisser des fautes dans un texte.* 2 Abandonner, quitter. *Laisser son pays, ses amis.* 3 Être à l'origine de qqch, de qqn qui subsiste après soi. *Laisser une empreinte. Mourir en laissant des orphelins.* 4 Ne pas faire changer de lieu, d'état. *Laisser tout en place. Laisser un champ en friche.* 5 Accorder la disposition de. *Laisser la place à qqn.* 6 Donner, céder. *Laisser un pourboire au personnel.* 7 Confier, mettre en dépôt. *Laisser ses clés au gardien.* 8 Transmettre à ses successeurs. *Laisser un gros héritage.* 9 Ne pas empêcher de. *Laisser les enfants s'amuser. Laisser tomber :* négliger, abandonner. *Laisser faire :* ne pas intervenir. *Laisser à penser :* susciter des réflexions. Litt *Ne pas laisser de :* ne pas manquer de. ■ *vpr* Loc *Se laisser aller :* s'abandonner par manque d'énergie. *Se laisser vivre :* vivre dans l'insouciance. *Se laisser dire que :* entendre dire que. *Se laisser faire :* ne pas opposer de résistance.

laisser-aller *nm inv* Abandon dans les manières, les attitudes ; négligence.

laisser-faire *nm inv* Attitude consistant à ne pas intervenir.

laissez-passer *nm inv* Autorisation écrite de laisser qqn ou qqch entrer, sortir, circuler.

lait *nm* 1 Liquide opaque, blanc, de saveur douce, que sécrètent les glandes mammaires des femelles des mammifères. 2 Liquide ayant l'aspect du lait. *Lait démaquillant.* Loc *Lait de poule :* lait sucré auquel on a incorporé un jaune d'œuf. *Lait de chaux :* chaux éteinte délayée dans de l'eau.

laitage *nm* Aliment à base de lait.

laitance ou **laite** *nf* Substance comestible constituée par le sperme des poissons.

laiterie *nf* 1 Lieu où on traite le lait et ses dérivés. 2 Industrie du lait.

laiteron *nm* Plante herbacée à latex blanc.

laiteux, euse *a* Qui a l'aspect du lait.

laitier, ère *a* Du lait. *L'industrie laitière.* Loc *Vache laitière :* élevée pour son lait. ■ *n* Commerçant en produits laitiers. ■ *nm* Sous-produit métallurgique utilisé en cimenterie.

laiton *nm* Alliage de cuivre et de zinc.

laitue *nf* Plante herbacée cultivée pour être consommée en salade.

laïus [lajys] *nm* Fam Discours, exposé.

laïusser *vi* Fam Faire un laïus.

laïusseur, euse *n* Fam Discoureur intarissable.

lallation *nf* 1 Défaut de prononciation de la consonne *l*. 2 Émission par le nourrisson de sons dépourvus de signification.

1. lama *nm* Mammifère ruminant des montagnes d'Amérique du Sud.

2. lama *nm* Religieux bouddhiste du Tibet.

lamaïsme *nm* Forme prise par le bouddhisme au Tibet et en Mongolie.

lamantin *nm* Gros mammifère aquatique des régions tropicales.

lamaserie *nf* Couvent de lamas.

lambda *nm inv* Onzième lettre de l'alphabet grec équivalent à notre *l*. ■ *a inv* Fam Quelconque, moyen. *Le citoyen lambda.*

lambeau *nm* 1 Morceau déchiré de tissu, de papier, etc. 2 Fragment, débris. *Lambeaux de territoire.*

lambic *nm* Bière belge, appelée aussi *gueuze.*

lambin, ine *n, a* Fam Qui lambine.

lambiner *vi* Fam Agir avec lenteur, indolence.

lambliase *nf* Infection intestinale due à un parasite.

lambourde *nf* 1 TECH Pièce de bois qui supporte les lames d'un parquet. 2 BOT Rameau terminé par des bourgeons à fruits.

lambrequin *nm* Bande d'étoffe festonnée bordant un ciel de lit, un dais, etc.

lambris [-bʀi] *nm* Revêtement de menuiserie sur les parois intérieures d'une pièce.

lambrissage *nm* Action de lambrisser.

lambrisser *vt* Revêtir de lambris.

lambrusque *nf* Vigne sauvage.

lambswool [lɑ̃bswul] *nm* Laine légère.

lame *nf* 1 Bande de matière dure, mince et allongée. 2 Fer d'un outil coupant. *Lame de couteau, de ciseaux.* 3 Grosse vague. Loc *Lame de fond* : phénomène violent.

lamé, ée *a, nm* Se dit d'une étoffe entremêlée de fils d'or, d'argent, etc.

lamellaire *a* Didac Qui, par sa structure, peut se diviser en lames, en lamelles.

lamelle *nf* Petite lame, tranche très mince. *Champignons à lamelles.*

lamellé, ée *a, a* Constitué de lamelles.

lamellibranche *nm* ZOOL Mollusque aquatique à coquille, tel que les huîtres, les moules.

lamellicorne *nm* ZOOL Coléoptère à antennes courtes, tel que les scarabées, les hannetons.

lamelliforme *a* En forme de lamelles.

lamentable *a* Déplorable, navrant, pitoyable. *Le sort lamentable des réfugiés.*

lamentablement *av* De façon lamentable.

lamentation *nf* 1 Plainte accompagnée de gémissements. 2 Récrimination geignarde.

lamenter (se) *vpr* Se plaindre ; gémir.

lamento [-men-] *nm* MUS Morceau triste, plaintif.

lamie *nf* Grand requin des mers d'Europe.

lamier *nm* Plante herbacée appelée aussi *ortie blanche.*

lamifié *nm* Matériau obtenu par pressage de feuilles ou de fibres (verre, tissu, bois, papier) imprégnées de résine.

laminage *nm* Action de laminer.

laminaire *nf* Longue algue brune.

laminer *vt* 1 Amincir par le laminoir. 2 Réduire à l'extrême, écraser. *Laminer l'opposition.*

laminoir *nm* Machine composée de cylindres tournant en sens inverse pour amincir une masse métallique.

lampadaire *nm* Support vertical d'un système d'éclairage.

lampant, ante *a* Se dit du pétrole raffiné utilisé pour l'éclairage.

lamparo *nm* Lampe avec laquelle les pêcheurs méditerranéens attirent le poisson.

lampe *nf* 1 Appareil d'éclairage. *Lampe à huile. Lampe électrique.* 2 Appareil dont la flamme sert à fournir de la chaleur. *Lampe à souder.* Loc Pop *S'en mettre plein la lampe* : manger et boire copieusement.

lampée *nf* Fam Grande gorgée de liquide.

lamper *vt* Boire à grands traits.

lampion *nm* Lanterne vénitienne. Loc *Sur l'air des lampions* : en scandant sur le même ton les syllabes des mots de circonstance.

lampiste *nm* 1 Chargé de l'entretien des appareils d'éclairage. 2 Fam Employé subalterne. 3 Fam Subordonné sur lequel les chefs font retomber la responsabilité de leurs fautes.

lamproie *nf* Animal aquatique allongé comme une anguille.

lampyre *nm* Insecte dont la femelle émet de la lumière (ver luisant).

lance *nf* 1 Arme offensive à longue hampe et à fer pointu. 2 Embout d'un tuyau souple servant à diriger un jet d'eau. Loc *Fer de lance* : élément le plus dynamique d'un dispositif militaire, d'un secteur économique. Litt *Rompre des lances avec qqn* : discuter âprement avec lui.

lancé, ée *a* Qui a atteint une certaine notoriété. *Un artiste lancé.*

lancée *nf* Loc *Sur sa lancée* : sur son élan.

lance-flammes *nm inv* Arme portative servant à projeter un liquide enflammé.

lance-fusées *nm inv* Pistolet pour tirer des fusées de signalisation.

lance-grenades *nm inv* Arme servant à lancer des grenades.

lancement *nm* Action de lancer.

lance-missiles *nm inv* Engin conçu pour le tir des missiles.

lancéolé, ée *a* BOT En forme de fer de lance.

lance-pierres *nm inv* Jouet muni d'élastiques pour lancer des pierres ; fronde.

lancer *vt* [10] 1 Jeter avec force loin de soi. *Lancer une balle, des pierres.* 2 Porter vivement un coup. *Lancer une ruade.* 3 Émettre avec intensité ou violence. *Lancer un cri.* 4 Faire se porter en avant avec vivacité. *Lancer sa monture.* 5 Faire démarrer, mettre en route. *Lancer un moteur. Lancer une mode.* 6 Mettre à l'eau un navire pour la première fois. 7 Fam Amener qqn à parler de qqch. 8 Faire connaître du public. *Lancer un artiste, un nouveau modèle.* ■ *vpr* Se jeter avec hardiesse, avec fougue. ■ *nm* Action de lancer. *Lancer de grenades.* Loc *Pêche au lancer* : consistant à lancer l'appât le plus loin possible et à le ramener à l'aide d'un moulinet.

lance-roquettes *nm inv* Tube permettant le tir de roquettes.

lance-torpilles *nm inv* Appareil servant à lancer des torpilles.

lancette *nf* Petit instrument de chirurgie.

lanceur, euse *n* Qui lance. ■ *nm* Véhicule permettant d'envoyer une charge dans l'espace.

lancier nm Cavalier armé d'une lance.

lancinant, ante a Qui lancine.

lancination nf ou **lancinement** nm Douleur lancinante.

lanciner vi, vt 1 Faire souffrir par des élancements douloureux. 2 Tourmenter, obséder.

lançon nm Autre nom de l' *équille*.

Land [lɑ̃d] nm État d'Allemagne, province autrichienne. *Des Länder* [lɛndœʀ].

landais, aise a, n Des Landes.

landau nm Voiture d'enfant à grandes roues, munie d'une capote. *Des landaus.*

lande nf Terre inculte et peu fertile où ne croissent que des ajoncs, des bruyères, etc.

landgrave nm HIST Titre de certains princes d'Allemagne.

landier nm Anc Grand chenet garni de crochets pour soutenir les broches.

landolphia nf Liane d'Afrique, dont le latex fournit un caoutchouc.

langage nm 1 Faculté humaine de communiquer au moyen de signes vocaux (parole) ou de leur notation graphique (écriture). 2 Tout autre moyen d'expression socialement codifiée. *Langage des sourds-muets.* 3 Système de transmission d'informations chez certaines espèces animales. *Le langage des abeilles.* 4 Manière de s'exprimer propre à un ensemble social, à un individu, etc. *Langage technique.* 5 Le contenu de l'expression orale ou écrite. *Un langage subversif.* 6 INFORM Série d'instructions utilisant divers signes, numériques et alphabétiques.

langagier, ère a Du langage.

lange nm Étoffe servant à envelopper les enfants au berceau.

langer vt [11] Envelopper de langes.

langoureusement av De façon langoureuse.

langoureux, euse a Qui marque la langueur, la tendresse ; alangui.

langouste nf Gros crustacé marin proche du homard, à la chair estimée.

langoustier nm 1 Bateau équipé pour la pêche de la langouste. 2 Filet à langoustes.

langoustine nf Petit crustacé marin aux pinces longues et étroites.

langres nm Petit fromage fermenté, au lait de vache.

langue nf 1 Organe charnu et mobile situé dans la bouche. 2 Système de signes vocaux ou graphiques au moyen duquel les membres d'une communauté s'expriment et communiquent entre eux. *La langue française.* 3 Forme de langage propre à un milieu, à une profession, à un individu. *Langue technique.* La *langue de Rabelais.* **Loc** *Faire tirer la langue à qqn* : lui faire attendre longtemps ce qu'il désire. *Ne pas savoir tenir sa langue, avoir la langue trop longue* : ne pas savoir taire un secret. *Avoir la langue bien pendue* : avoir la parole facile ou hardie. *Avoir un mot sur le bout de la langue* : avoir l'impression qu'il va revenir à la mémoire. *Se mordre la langue* : retenir à temps une parole ou se repentir de l'avoir dite. *Prendre langue avec qqn* : entrer en rapport avec lui. *Mauvaise langue, langue de vipère* : personne médisante. *Langue de terre* : bande de terre étroite qui s'avance dans les eaux. *Langues vivantes* : celles qui sont toujours en usage. *Langues mortes* : celles qui ne se parlent plus. *La langue verte* : l'argot. *Langue de bois* : discours dogmatique stéréotypé.

langue-de-bœuf nf Fistuline (champignon). *Des langues-de-bœuf.*

langue-de-chat nf Petit gâteau sec, allongé et plat. *Des langues-de-chat.*

languedocien, enne a, n Du Languedoc.

languette nf 1 Ce qui a la forme d'une petite langue. *Languette de cuir d'une chaussure.* 2 Partie mâle d'un assemblage destinée à s'encastrer dans une rainure. 3 MUS Anche libre, dans certains instruments à vent.

langueur nf 1 Apathie paralysant toute énergie ; dépression. 2 Disposition d'esprit tendre et rêveuse.

languide a Litt Langoureux, languissant.

languir vi 1 Litt Souffrir d'un affaiblissement, se sentir déprimé. 2 Attendre dans l'ennui ou avec impatience. 3 Manquer d'intérêt ; traîner en longueur ; péricliter. *La conversation languit.* ■ vpr Litt S'ennuyer, se morfondre.

languissant, ante a Qui languit.

lanière nf Bande de cuir longue et étroite.

lanifère ou **lanigère** a Didac Couvert de laine ou de duvet.

lanoline nf Corps gras, extrait du suint des laines, utilisé en pharmacie et en parfumerie.

lansquenet nm HIST Fantassin mercenaire allemand (XVᵉ-XVIᵉ s.).

lanterne nf 1 Appareil d'éclairage, boîte aux parois transparentes ou translucides. 2 ARCHI Petit dôme ajouré placé au sommet d'un édifice. **Loc** *Éclairer la lanterne de qqn* : le renseigner. *Lanterne magique* : autrefois, appareil de projection d'images sur un écran. Fam *Lanterne rouge* : le dernier d'un classement. *Lanterne vénitienne* : lanterne de papier coloré, utilisée pour les illuminations. ■ pl Lampes d'une automobile donnant le plus faible éclairage.

lanterneau ou **lanternon** nm ARCHI Petite lanterne au sommet d'un comble, d'un dôme.

lanterner vi Fam Perdre son temps à des riens. **Loc** *Faire lanterner qqn* : le faire attendre.

lanthane nm CHIM Élément métallique, peu abondant dans la nature.

laotien, enne a, n Du Laos. ■ nm Langue thaï parlée au Laos.

lapalissade nf Vérité évidente.

laparoscopie nf MED Examen endoscopique de la cavité abdominale.

laparotomie nf CHIR Ouverture de l'abdomen.

lapement nm Action de laper ; bruit produit en lapant.

laper vt Boire en tirant le liquide à coups de langue. *Le chat lape du lait.*

lapereau nm Jeune lapin.

lapidaire a 1 Relatif aux pierres. *Inscription lapidaire.* 2 Relatif aux pierres précieuses. 3 Très concis. *Style lapidaire.* ■ n Qui taille ou vend des pierres précieuses.

lapidation nf Action de lapider.

lapider vt Tuer à coups de pierres.

lapilli nmpl Petites projections volcaniques.

lapin, ine n Petit mammifère herbivore élevé pour sa chair ou sa fourrure. **Loc** Fam *Chaud lapin* : homme sexuellement ardent. *Lapin de garenne* : lapin sauvage. Fam *Coup du lapin* : coup violent porté sur la nuque. Fam *Poser un lapin* : ne pas venir à un rendez-vous.

lapiner vi Mettre bas (lapins).

lapis [lapis] ou **lapis-lazuli** nm inv Pierre d'un beau bleu, recherchée en joaillerie.

lapon, one *a, n* De Laponie.

laps *nm* Loc *Laps de temps* : espace de temps.

lapsus [lapsys] *nm* Erreur qu'on commet en parlant ou en écrivant.

laquage *nm* Opération qui consiste à recouvrir de laque un objet.

laquais *nm* 1 Autrefois, valet en livrée. 2 Litt Homme servile.

laque *nf* 1 Sève résineuse rouge foncé de divers arbres d'Asie. 2 Vernis coloré obtenu à partir de cette résine. 3 Peinture qui a un aspect brillant et dur. 4 Substance que l'on vaporise sur les cheveux pour les fixer. ■ *nm* Objet d'art laqué.

laqué, ée *a* Loc *Canard, porc laqué* : enduit d'une sauce aigre-douce qui brille après cuisson.

laquelle. V. lequel.

laquer *vt* Recouvrir de laque, d'une peinture ou d'un enduit brillants.

larbin *nm* Fam 1 Domestique de sexe masculin. 2 Homme servile.

larcin *nm* Petit vol commis sans violence.

lard *nm* Tissu conjonctif chargé de graisse, situé sous la peau du porc, des cétacés. Loc *Gros lard* : homme gras et lourdaud. Fam *Tête de lard* : entêté, d'humeur peu accommodante.

larder *vt* 1 Piquer de petits morceaux de lard dans la viande. 2 Porter de nombreux coups d'épée, de couteau.

lardoire *nf* Brochette pour larder la viande.

lardon *nm* 1 Petit morceau de lard allongé avec lequel on larde la viande. 2 Pop Jeune enfant.

lare *nm* ANTIQ Divinité romaine protectrice du foyer.

largable *a* Qui peut être largué.

largage *nm* Action de larguer.

large *a* 1 Dont la largeur est importante. *Couloir large.* 2 Ample. *Chandail trop large.* 3 Qui a telle largeur. *Route large de 10 mètres.* 4 Étendu, vaste, grand. *De larges possibilités.* 5 Généreux, qui donne beaucoup. 6 Tolérant. *Un esprit large.* ■ *nm* 1 Largeur. *Cette table a 90 cm de large.* 2 La haute mer. Loc *Au large de* : en mer, en face de tel point de la côte. *Être au large* : être à l'aise. Fam *Prendre le large* : s'enfuir. ■ *av* De manière large, sans étroitesse de vues. Loc *Ne pas en mener large* : avoir peur dans une situation fâcheuse.

largement *av* 1 De façon large. 2 Au moins. *Cette valise pèse largement 10 kilos.*

largesse *nf* Litt Générosité. ■ *pl* Dons généreux.

largeur *nf* 1 Une des dimensions d'une surface (par oppos. à longueur). 2 Qualité de ce qui n'est pas borné, mesquin. *Largeur d'esprit.* Loc Fam *Dans les grandes largeurs* : totalement.

larghetto [-ge-] *av, nm* MUS Un peu moins lentement que largo.

largo *av, nm* MUS Avec un mouvement très lent et majestueux.

largue *nm* MAR Allure de route d'un bateau qui reçoit le vent arrière oblique.

larguer *vt* 1 MAR Lâcher, laisser aller. *Larguer une amarre.* 2 Lâcher en cours de vol. *Larguer des bombes.* 3 Fam Jeter. Loc Fam *Être largué* : ne plus rien comprendre.

larigot *n* MUS Petit flageolet.

larme *nf* 1 Goutte du liquide sécrété par les glandes lacrymales. 2 Très petite quantité de boisson. Loc *Larmes de crocodile* : hypocrites. *Rire aux larmes* : très fort. *À chaudes larmes* : en pleurant abondamment.

larmier *nm* 1 ARCHI Moulure en saillie qui collecte les gouttes de ruissellement. 2 ANAT Angle interne de l'œil.

larmoiement *nm* Fait de larmoyer.

larmoyant, ante *a* 1 Qui larmoie. 2 Propre à faire verser des larmes, à attendrir.

larmoyer *vi* [22] 1 Être plein de larmes. *Des yeux qui larmoient.* 2 Pleurnicher.

larron *nm* Litt Voleur. Loc *Le troisième larron* : celui qui profite du désaccord des autres. *S'entendre comme larrons en foire* : être d'accord pour jouer quelque mauvais tour.

larsen [-sen] *nm* Sifflement intense dû au rapprochement entre le micro et un haut-parleur.

larvaire *a* De la larve.

larve *nf* 1 Forme que prennent certains animaux entre l'état embryonnaire et l'état adulte. 2 Fam Individu apathique.

larvé, ée *a* Qui ne se déclare pas franchement ; insidieux. *Révolte larvée.*

laryngé, ée ou **laryngien, enne** *a* Du larynx.

laryngectomie *nf* CHIR Ablation du larynx.

laryngite *nf* Inflammation du larynx.

laryngophone *nm* Microphone mis en fonctionnement par les vibrations du larynx.

laryngoscope *nm* Appareil qui permet d'examiner le larynx.

laryngoscopie *nf* Examen du larynx avec un laryngoscope.

laryngotomie *nf* CHIR Incision du larynx.

larynx *nm* Organe essentiel de la phonation, entre la trachée et le pharynx.

1. las, lasse [lɑ, lɑs] *a* 1 Fatigué. 2 Ennuyé, excédé, dégoûté. *Être las de tout.*

2. las ! [las] *interj* Litt Hélas !

lasagne *nf* Pâte alimentaire en large ruban.

lascar *nm* Fam Homme malin, hardi.

lascif, ive *a* 1 Porté à la volupté. 2 Qui exprime ou excite la sensualité.

lascivement *av* Litt De façon lascive.

lascivité ou **lasciveté** *nf* Litt Caractère lascif.

laser [-zer] *nm* Appareil qui produit un faisceau lumineux d'une extrême intensité.

lassant, ante *a* Qui lasse.

lasser *vt* Fatiguer ; ennuyer.

lassitude *nf* 1 Fatigue physique. 2 Ennui, découragement.

lasso *nm* Corde à nœud coulant utilisée pour capturer les chevaux sauvages.

lastex *nm* (n déposé) Fil de caoutchouc gainé de textile (laine, coton, rayonne, etc.).

latanier *nm* Palmier d'appartement.

latence *nf* État latent.

latent, ente *a* Qui ne se manifeste pas, qui reste caché. *Maladie latente.*

latéral, ale, aux *a* Qui appartient au côté, qui se trouve sur le côté.

latéralement *av* De côté, sur le côté.

latéralisation *nf* PHYSIOL Prédominance d'un hémisphère cérébral sur l'autre.

latéralisé, ée *a* Loc *Bien, mal latéralisé* : qui présente une latéralisation nette, indécise.

latéralité *nf* PHYSIOL Fait que l'une des deux moitiés du corps soit dominante sur l'autre.

latérite nf Roche rouge ou brune des plateaux des régions tropicales.

latéritique a Formé de latérite.

latex nm inv Sécrétion laiteuse de divers végétaux (hévéa, pissenlit, laitue).

latifundium [-fɔ̃djɔm] nm Très grand domaine agricole privé.

latin, ine a, n 1 Du Latium. 2 De la Rome ancienne ou des peuples romanisés. 3 Qui appartient à un peuple parlant une langue romane. ■ a 1 Qui a trait à la langue latine. *Thème latin.* 2 Se dit de l'Église catholique d'Occident. 3 MAR Se dit d'une voile triangulaire à longue vergue oblique. ■ nm Langue des Romains de l'Antiquité. Loc Fam *Y perdre son latin :* ne plus rien y comprendre.

latinisant, ante a, n Qui s'occupe d'études latines.

latinisation nf Action de latiniser.

latiniser vt 1 Donner une forme latine à un mot. 2 Donner un caractère latin à un pays.

latinisme nm Construction propre au latin.

latiniste n Spécialiste de langue et de littérature latines.

latinité nf Civilisation latine ; caractère latin.

latino n Aux États-Unis, personne originaire d'Amérique latine.

latino-américain, aine a, n De l'Amérique latine. *Des Latino-Américains.*

latitude nf 1 Faculté, liberté ou pouvoir de disposer, d'agir. 2 Distance angulaire d'un lieu à l'équateur. 3 Climat caractérisant telle ou telle région. *Aller vivre sous d'autres latitudes.*

lato sensu av Au sens large.

latrie nf Loc THEOL *Culte de latrie :* culte d'adoration rendu à Dieu seul.

latrines nfpl Lieux d'aisances.

latte nf Pièce de bois, de métal, de matière plastique, etc., longue, plate et étroite.

latté nm Contre-plaqué formé de lattes sur chant, collées entre elles.

latter vt Garnir de lattes.

lattis [-ti] nm Ouvrage de lattes.

laudanum [-nɔm] nm Dérivé de l'opium.

laudateur, trice n Litt Qui décerne des louanges.

laudatif, ive a Élogieux.

laudes nfpl LITURG Office du matin.

lauracée nf BOT Arbre ou arbrisseau aromatique, comme le laurier, le camphrier, etc.

lauréat, ate a, n Qui a remporté un prix dans un concours.

laurier nm Arbre dont une variété (laurier-sauce) donne des feuilles utilisées comme condiment. ■ pl Litt Succès, gloire. Loc *Se reposer, s'endormir sur ses lauriers :* ne pas poursuivre après un succès.

laurier-cerise nm Arbrisseau souvent utilisé pour les haies. *Des lauriers-cerises.*

laurier-rose nm Arbrisseau ornemental à fleurs roses ou blanches. *Des lauriers-roses.*

laurier-sauce nm Laurier culinaire. *Des lauriers-sauce.*

laurier-tin nm Nom usuel d'une viorne. *Des lauriers-tins.*

lauze nf Plaque de schiste utilisée pour la construction et la toiture.

lavable a Qui peut être lavé.

lavabo nm 1 Cuvette garnie d'une robinetterie et d'un système de vidage. 2 LITURG Rite de lavement des mains, accompli par le prêtre au cours de la messe. ■ pl Lieux d'aisances.

lavage nm Action de laver.

lavallière nf Cravate à large nœud flottant.

lavande nf Plante à petites fleurs bleues d'où l'on extrait une essence utilisée en parfumerie. ■ a inv Loc *Bleu lavande :* mauve clair.

lavandière nf 1 Litt Femme qui lave le linge à la main. 2 Bergeronnette grise.

lavandin nm Lavande hybride.

lavasse nf Fam Breuvage insipide, trop dilué.

lave nf Roche en fusion qui sort d'un volcan en éruption, puis se solidifie.

lavé, ée a Peu intense (couleur).

lave-glace nm Dispositif permettant de projeter de l'eau sur le pare-brise d'une automobile pour le laver. *Des lave-glaces.*

lave-linge nm inv Machine à laver le linge.

lave-mains nm inv Petit lavabo dans les toilettes.

lavement nm MED Injection d'un liquide dans l'intestin.

lave-pont nm Balai-brosse. *Des lave-ponts.*

laver vt 1 Nettoyer avec de l'eau ou un autre liquide. 2 Disculper. *Laver qqn d'une accusation.* Loc Fam *Laver la tête à qqn :* lui faire une sévère réprimande. ■ vpr Faire sa toilette. Loc *Se laver les mains de qqch :* ne pas s'en reconnaître responsable.

laverie nf Blanchisserie en self-service.

lavette nf 1 Linge ou petit balai pour laver la vaisselle. 2 Pop Homme veule.

laveur, euse n Qui lave.

lave-vaisselle nm inv Machine à laver la vaisselle.

lavis [-vi] nm Dessin teinté de couleurs unies très délayées dans de l'eau.

lavoir nm Bassin aménagé pour laver le linge.

laxatif, ive a, nm MED Purgatif léger.

laxisme nm Tolérance excessive.

laxiste a, n Qui fait preuve de laxisme.

layette nf Vêtements du nouveau-né.

layon nm Chemin tracé en forêt.

lazaret nm Établissement servant à isoler les voyageurs en quarantaine.

lazariste nm Prêtre membre d'une congrégation fondée par saint Vincent de Paul.

lazzi [ladzi] nm Plaisanteries moqueuses, bouffonneries lancées à qqn.

le, la, les art Articles définis masculin, féminin et pluriel. ■ pr Troisième personne, complément direct du verbe. *Je le vois. Tu la connais. On les aime.*

lé nm TECH Largeur d'une étoffe.

leader [lidœr] nm 1 Chef ou personne en vue, dans une organisation, un pays. 2 Sportif, équipe qui est en tête. 3 Entreprise, produit dominant dans le domaine commercial.

leadership [lidœrʃip] nm Position de leader.

leasing [lizin] nm Syn de *crédit-bail.*

léchage nm Action de lécher.

lèche nf Loc Pop *Faire de la lèche à qqn :* le flatter servilement.

léché, ée a Fam Exécuté avec un soin minutieux. Loc *Ours mal léché :* individu bourru, mal élevé.

lèche-bottes nm inv Fam Individu servile.

lèche-cul nm inv Pop Vil flatteur.

lèchefrite nf Récipient qui recueille le jus d'une viande qui rôtit.

lécher vt [12] 1 Passer la langue sur qqch. 2 Effleurer. *Les flammes lèchent le mur.*

lécheur, euse n Fam Flatteur.

lèche-vitrines nm inv Fam Passe-temps qui consiste à regarder en flânant les magasins.

lécithine nf CHIM Lipide du jaune d'œuf.

leçon nf 1 Ce qu'un enseignant donne à apprendre à un élève. 2 Séance d'enseignement. 3 Chacune des divisions d'un enseignement. *Le bridge en dix leçons.* 4 Enseignement que l'on peut tirer d'un fait. *Tirons de cet échec une leçon pour l'avenir.* 5 Variante d'un texte. Loc *Faire la leçon à qqn* : lui donner une consigne ; le réprimander.

lecteur, lectrice n 1 Qui lit. 2 Enseignant étranger adjoint à un professeur de langue vivante. ■ nm 1 Appareil de reproduction des sons enregistrés sur bande, disque, etc. 2 INFORM Système décodant des informations.

lectorat nm 1 Ensemble des lecteurs d'un journal, d'une revue. 2 Fonction de lecteur dans l'enseignement.

lecture nf 1 Action de lire. 2 Texte qu'on lit. 3 Manière d'interpréter un auteur, une œuvre. 4 Chacune des délibérations d'une assemblée sur un projet ou une proposition de loi. 5 INFORM Opération qui consiste à décoder des informations enregistrées sur un support et à les transformer en signaux.

lécythe nm Petit vase grec à parfum, servant d'offrande funéraire.

ledit. V. dit.

légal, ale, aux a Conforme à la loi.

légalement av De façon légale.

légalisation nf Action de légaliser.

légaliser vt 1 Rendre légal. 2 Authentifier. *Légaliser une signature.*

légalisme nm Respect scrupuleux ou trop minutieux de la loi.

légaliste a, n Partisan du légalisme.

légalité nf Caractère légal.

légat nm Représentant du Saint-Siège.

légataire n Bénéficiaire d'un legs.

légation nf Mission diplomatique qu'un État entretient dans un pays où il n'y a pas d'ambassade.

legato [le-] av, nm MUS En soutenant chaque note jusqu'à la suivante.

légendaire a 1 De la nature de la légende. 2 Bien connu de tous. *Sa distraction légendaire.*

légende nf 1 Récit populaire qui a pour sujet soit des faits ou des êtres imaginaires, soit des faits réels mêlés de merveilleux. 2 Texte explicatif accompagnant une figure, une photographie, un dessin, etc.

légender vt Compléter une illustration par une légende.

léger, ère a 1 De faible poids. *Valise légère.* 2 Peu consistant, peu intense, peu épais. *Dîner léger. Sommeil léger. Étoffe légère.* 3 Gracieux, délicat. *Danse légère. Brise légère.* 4 Peu important. *Blessure légère. Légère amélioration.* 5 Peu réfléchi, peu sérieux. *Décision légère.* 6 Divertissant ; leste. *Musique légère. Histoire légère.* Loc *À la légère* : sans réfléchir, étourdiment. *Poids léger* : catégorie de poids dans de nombreux sports (en boxe, entre 57 et 61 kg).

légèrement av 1 De façon légère. *Dîner légèrement.* 2 Un peu, à peine. *Un vase légèrement fêlé.* 3 Sans réfléchir. *Agir légèrement.*

légèreté nf Caractère léger.

leggings [legins] nfpl Jambières.

légiférer vi [12] Faire des lois.

légion nf 1 ANTIQ Unité militaire romaine. 2 Grand nombre d'êtres. 3 Unité de gendarmerie commandée par un colonel.

légionellose nf Pneumonie d'origine bactérienne.

légionnaire nm Soldat d'une légion, en partic. de la Légion étrangère.

législateur, trice n Qui établit des lois.

législatif, ive a 1 Qui fait les lois. *Le pouvoir législatif.* 2 De la nature de la loi. *Dispositions législatives.* Loc *Élections législatives* : élections par lesquelles sont élus les députés.

législation nf Ensemble des lois d'un pays, ou concernant un domaine précis.

législature nf Période pour laquelle une assemblée législative est élue.

légiste n Qui étudie les lois. ■ a Loc *Médecin légiste* : chargé des expertises légales.

légitimation nf Action de légitimer.

légitime a 1 Consacré, reconnu par la loi, conforme à la Constitution. 2 Conforme à l'équité, à la morale, à la raison.

légitimement av De façon légitime.

légitimer vt 1 DR Rendre légitime ; faire reconnaître pour authentique. 2 Reconnaître juridiquement un enfant naturel. 3 Justifier. *Rien ne peut légitimer sa conduite.*

légitimisme nm Doctrine des légitimistes.

légitimiste n, a 1 Partisan du souverain ou de la dynastie légitime. 2 Qui défend l'ordre établi, le pouvoir en place.

légitimité nf Caractère légitime.

lego nm (n déposé) Jeu de construction à pièces plastiques qui s'emboîtent.

legs [le] ou [leg] nm 1 Action de céder la possession d'un bien à qqn par testament ; bien ainsi cédé. 2 Litt Héritage moral.

léguer vt [12] 1 Céder par testament. 2 Transmettre à ceux qui viennent ensuite.

légume nm Plante potagère. Loc *Légumes verts* : salades, haricots verts, etc. *Légumes secs* : lentilles, pois, etc. ■ nf Loc Fam *Grosse légume* : personnage important.

légumier, ère a Des légumes. *Cultures légumières.* ■ nm Plat à légumes.

légumineuse nf BOT Plante appartenant à une famille aux nombreuses espèces, ayant pour fruits des gousses (haricots, genêts, etc.).

lei. V. leu 1.

leishmaniose nf Maladie endémique des régions tropicales.

leitmotiv [-tif] nm 1 MUS Motif, thème qui revient à plusieurs reprises. 2 Formule, idée qui revient fréquemment.

lek nm Unité monétaire de l'Albanie.

lemming [-miŋ] nm Petit mammifère rongeur des régions arctiques.

lempira nm Unité monétaire du Honduras.

lémure nm ANTIQ Âme errante d'un mort.

lémurien nm ZOOL Mammifère primate inférieur tel que le maki.

lendemain nm 1 Jour qui suit le jour considéré. 2 Avenir. *Songer au lendemain.* Loc *Du jour au lendemain* : en très peu de temps.

lendit nm HIST Grande foire qui se tenait, au Moyen Âge, dans la plaine Saint-Denis.

lénifiant, ante a Qui lénifie.

lénifier vt Litt Calmer, apaiser.

léninisme nm Doctrine de Lénine.

léniniste a, n De Lénine ou du léninisme.

lent, lente a Qui se déplace ou qui agit sans rapidité. *Véhicule lent. Poison lent.*

lente nf Œuf de pou.

lentement av Avec lenteur.

lenteur nf Manque de rapidité, de promptitude.

lenticulaire a En forme de lentille.

lenticule nf Lentille d'eau.

lentiforme a En forme de lentille.

lentigo nm Tache pigmentaire de la peau, appelée couramment *grain de beauté.*

lentille nf 1 Plante qui nourrit une graine comestible ayant la forme d'un petit disque biconvexe. 2 Disque de verre à fonction optique, dont une des faces au moins est concave ou convexe. 3 Verre de contact. Loc *Lentille d'eau* : plante aquatique dont les minuscules feuilles flottent sur l'eau.

lentisque nm Arbuste voisin du pistachier.

lentivirus nm Virus à action lente.

lento [lɛnto] av, nm MUS Lentement.

léonin, ine a 1 Qui appartient au lion. 2 Se dit d'un partage par lequel l'une des parties s'attribue la plus grosse part.

léopard nm Autre nom de la panthère. Loc *Tenue léopard* : vêtement de camouflage militaire tacheté.

lépidoptère nm ZOOL Insecte à métamorphoses, dont la forme adulte est un papillon.

lépiote nf Champignon à lamelles.

léporidé nm ZOOL Mammifère d'une famille comprenant le lapin, le lièvre.

lèpre nf 1 Maladie infectieuse contagieuse qui peut déformer et ronger les chairs. 2 Litt Mal qui se propage.

lépreux, euse a, n Atteint de la lèpre. ■ a Dégradé, enlaidi de taches. *Murs lépreux.*

léproserie nf Hôpital où les lépreux sont isolés et soignés.

lequel, laquelle, lesquels, lesquelles duquel, desquels, desquelles, auquel, auxquels, auxquelles pr rel et interrog S'emploient comme variantes de *qui, que, dont.*

lérot nm Petit loir au pelage taché de noir.

les. V. le.

lès. V. lez.

lesbianisme nm Saphisme.

lesbienne nf Femme homosexuelle.

lèse-majesté nf inv Attentat contre la personne du souverain.

léser vt [12] 1 Causer préjudice à. *Léser certains intérêts.* 2 MED Causer une lésion à.

lésiner vi Se montrer parcimonieux.

lésion nf 1 Blessure, contusion, altération des tissus, d'un organe. 2 Préjudice subi par l'un des contractants dans un contrat à titre onéreux.

lésionnel, elle a D'une lésion, d'une contusion.

lessivage nm Action de lessiver.

lessive nf 1 Produit à base de sels alcalins, servant au lavage du linge. 2 Action de laver du linge. 3 Linge mis au lavage. 4 Fam Action de se débarrasser de personnes indésirables.

lessiver vt 1 Nettoyer avec de la lessive. 2 Fam Dépouiller complètement, ruiner. 3 Fam Éreinter, épuiser.

lessiveuse nf Grand récipient, dans lequel on fait bouillir le linge qu'on lessive.

lessiviel, elle a Relatif à la lessive.

lessivier nm Industriel de la lessive.

lest nm Matière lourde servant à équilibrer, à stabiliser un navire ou un aérostat. Loc *Jeter, lâcher du lest* : faire des concessions en vue de sauver une situation compromise.

lestage nm Action de lester.

leste a 1 Agile, vif. 2 Libre, grivois. Loc *Avoir la main leste* : être prompt à gifler.

lestement av Adroitement.

lester vt Garnir, charger de lest.

let [lɛt] a Au tennis, se dit d'une balle de service qui frappe le haut du filet.

létal, ale, aux a Qui entraîne la mort.

létalité nf Caractère létal ; mortalité.

letchi. V. litchi.

léthargie nf 1 Sommeil pathologique profond et continu dans lequel les fonctions vitales sont très ralenties. 2 Engourdissement, torpeur.

léthargique a 1 De la léthargie. 2 Dont l'activité est réduite.

letton, onne ou **one** a De Lettonie. ■ nm Langue balte parlée en Lettonie.

lettrage nm Disposition des lettres d'un texte, d'une publicité.

lettre nf 1 Signe graphique, caractère d'un alphabet, qu'on utilise pour transcrire une langue. 2 Sens propre, littéral d'un texte (par oppos. à l'esprit). 3 Écrit qu'on adresse à qqn ; missive. 4 Acte officiel. *Lettres de créance.* Loc *À la lettre, au pied de la lettre* : très exactement. *Avant la lettre* : avant l'état définitif. *En toutes lettres* : sans abréviations ; sans chiffres. *Lettre ouverte* : écrit adressé à qqn, qu'on fait largement diffuser par la presse, par affiches, etc. *Rester lettre morte* : ne pas être suivi d'effet. ■ pl Littérature, études littéraires. Loc *Homme, femme de lettres* : écrivain.

lettré, ée a, n Qui a du savoir, de la culture.

lettrine nf Lettre majuscule plus grande que les autres, au début d'un chapitre, d'un alinéa.

lettrisme nm Mouvement littéraire et pictural qui s'attache à la musique et au graphisme des lettres.

1. leu nm Unité monétaire de la Roumanie. *Des lei.*

2. leu nm Loc *À la queue leu leu* : à la file les uns derrière les autres.

leucanie nf Papillon jaune pâle de la famille des noctuelles.

leucémie nf Maladie caractérisée par la prolifération de globules blancs dans le sang.

leucémique a De la leucémie. ■ a, n Atteint de leucémie.

leucocytaire a Relatif aux leucocytes.

leucocyte nm Cellule sanguine appelée aussi *globule blanc.*

leucocytose nf MED Augmentation des leucocytes dans le sang.

leucopénie nf MED Diminution du nombre des globules blancs dans le sang.

leucopoïèse nf BIOL Formation des globules blancs.

leucorrhée nf Écoulement blanchâtre des voies génitales féminines.

leucose nf Syn de *leucémie*.

1. leur, leurs a poss Troisième personne du pluriel ; d'eux, à eux. *J'ai visité leur maison. Je connais leurs habitudes.* ■ pr poss Ce qui est à eux. *Nous avons réuni nos amis et les leurs.* ■ nmpl Leurs parents, leurs proches, leurs alliés.

2. leur pr pers inv Troisième personne du pluriel ; à eux, à elles. *Je le leur donne. Je leur en ai parlé.*

leurre nm 1 Appât factice dissimulant un hameçon. 2 MILIT Dispositif destiné à tromper l'ennemi. 3 Ce dont on se sert pour attirer et tromper. *Cette promesse n'est qu'un leurre.*

leurrer vt Attirer par quelque espérance pour tromper. ■ vpr Se donner à soi-même de fausses espérances ; s'abuser.

lev nm Unité monétaire de la Bulgarie. *Des leva.*

levage nm Action de soulever qqch. *Appareils de levage.*

levain nm 1 Pâte à pain aigrie que l'on incorpore à la pâte fraîche pour la faire lever. 2 Litt Ce qui fait naître ou accroît tel sentiment, telle passion, etc. *Un levain de discorde.*

levant am Se dit du soleil qui se lève. ■ nm Direction de l'est ; orient.

levantin, ine a, n Du Levant.

levé, ée a Loc *Au pied levé* : à l'improviste. *Pierre levée* : menhir. ■ nm Établissement d'un plan, d'une carte (on écrit aussi *lever*). ■ nf 1 Action de recruter. *Une levée de troupes.* 2 Action de collecter. *Une levée d'impôts. La levée du courrier.* 3 Action de clore, d'annuler. *La levée des sanctions.* 4 Ensemble de cartes ramassées en un coup de jeu. 5 Digue en terre ou en maçonnerie. Loc *Levée de boucliers* : protestation massive. *Levée en masse* : appel à tous ceux qui sont capables de constituer rapidement une force militaire.

lève-glace nm Mécanisme servant à ouvrir ou à fermer les glaces d'une automobile. *Des lève-glaces.*

lever vt [15] 1 Déplacer de bas en haut. *Lever un sac.* 2 Dresser, orienter vers le haut. *Lever le bras, les yeux.* 3 Faire partir du gibier. *Lever des perdrix.* 4 Enlever d'un lieu. *Lever les scellés.* 5 Mettre fin à, clore. *Lever l'audience. Lever un siège.* 6 CUIS Prélever. *Lever des filets de poisson.* 7 Recruter, enrôler. *Lever des troupes.* 8 Percevoir. *Lever une taxe.* Loc *Lever un plan* : procéder sur le terrain aux mesures nécessaires pour l'établir. ■ vi 1 Sortir de terre. *Les semis lèvent.* 2 Gonfler en parlant de la pâte en fermentation. ■ vpr 1 Se mettre debout. 2 Sortir du lit. 3 Apparaître. *Le soleil se lève. Le jour se lève.* 4 Se dissiper. *Le brouillard se lève.* ■ nm 1 Apparition d'un astre au-dessus de l'horizon. 2 Action de sortir du lit ; moment où on se lève. 3 Syn. de *levé.* Loc *Lever de rideau* : petite pièce de théâtre que l'on joue avant la pièce principale ; match préliminaire dans une rencontre sportive.

levier nm 1 Barre qu'on fait pivoter sur un point d'appui pour soulever des fardeaux. 2 Tige qui commande un mécanisme. 3 Ce qui fait agir ; mobile. *L'ambition est un puissant levier.*

lévitation nf Élévation et maintien d'un corps au-dessus du sol sans appui matériel.

lévite nm Chez les Hébreux, membre de la tribu de Lévi, voué au service du Temple.

levraut nm Jeune lièvre.

lèvre nf Chacune des parties charnues qui forment le rebord de la bouche. Loc *Du bout des lèvres* : à contrecœur, sans conviction. *Être suspendu aux lèvres de qqn* : l'écouter avidement. *Il y a loin de la coupe aux lèvres* : on est souvent loin du but qu'on croit toucher. ■ pl 1 Bords d'une plaie. 2 ANAT Replis cutanés de la vulve.

levrette nf 1 Femelle du lévrier. 2 Lévrier de petite taille.

lévrier nm Chien aux membres longs, à la taille étroite et une course concave, très rapide.

lévulose nm CHIM Sucre simple, très abondant dans la cellule végétale.

levure nf 1 Micro-organisme capable de produire une fermentation. 2 Pâte ou poudre utilisée pour provoquer une fermentation.

lexème nm LING Unité minimale de signification, par oppos. à morphème.

lexical, ale, aux a Du lexique.

lexicalisation nf Fait d'être lexicalisé.

lexicaliser vt LING Introduire un mot, une locution dans le lexique d'une langue.

lexicographe n Rédacteur de dictionnaire.

lexicographie nf Technique de la rédaction des dictionnaires.

lexicographique a De la lexicographie.

lexicologie nf Partie de la linguistique qui étudie le sens des mots, le lexique.

lexicologique a De la lexicologie.

lexique nm 1 Dictionnaire bilingue abrégé. 2 Dictionnaire de la langue propre à un auteur, à une activité, à une science. 3 Liste alphabétique de mots à la fin d'un ouvrage. 4 LING Ensemble des mots d'une langue.

lez ou **lès** prép Près de (dans quelques noms de villes). *Plessis-lez-Tours.*

lézard nm 1 Reptile saurien au corps allongé, à la longue queue effilée. 2 Peau tannée d'un grand saurien. Loc Fam *Faire le lézard* : se chauffer paresseusement au soleil.

lézarde nf Fissure dans un mur.

1. lézarder vi Fam Faire le lézard.

2. lézarder vt Fissurer. ■ vpr Se crevasser.

liage nm Action de lier.

liaison nf 1 Assemblage, union de deux ou plusieurs objets ou substances. 2 CUIS Opération consistant à épaissir un potage, une sauce, etc. 3 Ce qui sert à jointoyer un ouvrage en maçonnerie (mortier, plâtre, etc.). 4 Connexion, rapport logique. *Liaison entre deux textes.* 5 MUS Signe de notation indiquant que des notes consécutives doivent être enchaînées. 6 Prononciation de la consonne finale d'un mot placé devant un autre mot commençant par une voyelle ou un h muet (ex. : *c'est ici* [setisi]). 7 Relation entre des personnes ; relation amoureuse. 8 Contacts suivis entre des services, des unités militaires. 9 Communication entre deux lieux. *Les liaisons maritimes.*

liane nf Végétal dont la tige, très flexible, croît le long d'un support.

liant, liante a Qui se lie facilement. ■ nm 1 Substance qui favorise l'adhérence, la prise d'un mélange (peinture, ciment, etc.). 2 Litt Qualité de qqn qui se lie facilement ; affabilité.

liard nm Anc Monnaie de très faible valeur.

lias *nm* GÉOL Jurassique inférieur.

liasse *nf* Ensemble de journaux, de papiers, etc., liés ensemble.

libanais, aise *a, n* Du Liban.

libation *nf* ANTIQ Offrande aux dieux, d'une coupe de vin, de lait, etc., que l'on répandait sur le sol. ■ *pl* Excès de boisson.

libelle *nm* Petit livre diffamatoire.

libellé *nm* Texte d'un document ; manière dont il est rédigé.

libeller *vt* Rédiger dans les formes requises.

libellule *nf* Insecte pourvu de deux paires d'ailes membraneuses inégales.

liber [libɛʀ] *nm* BOT Tissu qui constitue la face interne de l'écorce.

libérable *a* Qui peut être libéré.

libéral, ale, aux *a, n* 1 Tolérant, ouvert, peu autoritaire. *Éducation libérale.* 2 Partisan du libéralisme, en politique, en économie. Loc *Profession libérale* : non manuelle et non salariée (médecin, avocat, architecte, etc.).

libéralement *av* Avec libéralité.

libéralisation *nf* Action de libéraliser.

libéraliser *vt* Rendre plus libéral.

libéralisme *nm* 1 Attitude de ceux qui s'attachent à la défense des libertés individuelles des citoyens. 2 Doctrine hostile à l'intervention de l'État dans la vie économique. 3 Respect de la liberté d'autrui, tolérance.

libéralité *nf* Litt Propension à donner ; générosité. ■ *pl* Dons généreux.

libérateur, trice *n, a* Qui libère qqn, un peuple, un territoire.

libération *nf* Action de libérer, de se libérer.

libératoire *a* Qui libère d'une dette, d'un engagement, d'une obligation.

libéré, ée *a* 1 Rendu libre. 2 Affranchi moralement ou socialement ; émancipé.

libérer *vt* [12] 1 Mettre en liberté. *Libérer un détenu.* 2 Décharger d'une obligation, d'une gêne, etc. *Libérer le crédit.* 3 Renvoyer des soldats dans leurs foyers, à la fin du service. 4 Délivrer de la présence de l'occupant ennemi. 5 Délivrer d'une entrave, d'une gêne morale. *Il a libéré sa conscience.* 6 Rendre disponible, évacuer. *Libérer un appartement.* 7 Dégager, produire. *Cette réaction chimique libère du gaz carbonique.* ■ *vpr* 1 S'acquitter, s'affranchir d'une obligation. 2 Se rendre disponible.

libérien, enne *a, n* Du Liberia.

libériste *n* Sportif pratiquant l'aile libre.

libero [-be-] *nm* Au football, joueur qui évolue entre la ligne d'arrières et le gardien de but.

libertaire *n* Partisan d'une liberté sans limitation (sociale et politique) ; anarchiste.

liberté *nf* État de qqn ou de qqch qui est libre. *Mettre un prisonnier en liberté. Avoir la liberté de décision. La liberté de conscience. La liberté de la presse. La liberté des prix.* ■ *pl* Ensemble des droits du citoyen. Loc *Prendre des libertés* : agir avec désinvolture.

liberticide *a* Qui porte atteinte aux libertés.

libertin, ine *a, n* 1 Qui mène une vie dissolue ; licencieux. 2 Anc Libre-penseur.

libertinage *nm* Conduite des libertins ; licence.

libidinal, ale, aux *a* De la libido.

libidineux, euse *a* Litt Porté à la luxure.

libido *nf* PSYCHAN Énergie vitale émanant de la sexualité.

libraire *n* Qui fait le commerce des livres.

librairie *nf* 1 Magasin du libraire. 2 Commerce des livres.

libre *a* 1 Qui n'est pas prisonnier, captif. 2 Qui n'est pas soumis à un pouvoir arbitraire, à une puissance étrangère. *Des citoyens libres. Un pays libre.* 3 Qui ne dépend pas d'un pouvoir politique, d'une autorité. *La presse libre. Une pensée libre.* 4 Qui n'est pas limité, gêné par une contrainte sociale. *Se sentir très libre avec qqn. Des propos un peu trop libres.* 5 Qui peut agir à sa guise. *Vous êtes libre d'accepter ou de refuser.* 6 Qui n'est pas lié par des engagements, des obligations. *Êtes-vous libre ce soir ?* 7 Qui n'est pas occupé, retenu ; disponible. *Place libre.* 8 Qui n'est pas fixé, entravé dans son mouvement. *Une poulie libre.* Loc *Aile libre* : planeur léger auquel on est suspendu par un harnais. *Chute libre* : sous la seule action de son poids. *Entrée libre* : gratuite ou sans obligation d'achat.

libre-arbitre. V. arbitre.

libre-échange *nm* Système qui préconise la suppression des droits de douane.

libre-échangiste *n, a* Qui relève du libre-échange. *Des libre-échangistes.*

librement *av* 1 En étant libre. *Circuler, se mouvoir librement.* 2 Franchement, sans arrière-pensées. 3 Sans respecter certaines contraintes. *Traduire librement un texte.*

libre-pensée *nf* État d'esprit, doctrine du libre-penseur.

libre-penseur *nm* Qui s'est affranchi de toute croyance religieuse. *Des libres-penseurs.*

libre-service *nm* 1 Système dans lequel les clients se servent eux-mêmes. 2 Magasin qui utilise ce système. *Des libres-services.*

librettiste *n* Auteur d'un livret d'opéra.

libyen, enne *a, n* De Libye.

1. lice *nf* HIST Espace clos qui servait aux joutes, aux tournois. Loc *Entrer en lice* : s'engager dans une lutte, une compétition.

2. lice *nf* Femelle d'un chien de chasse.

3. lice. V. lisse.

licence *nf* 1 Autorisation administrative d'exercer certaines activités. 2 Autorisation de pratiquer un sport de compétition. 3 Grade universitaire supérieur au baccalauréat. 4 Litt Dérèglement des mœurs. Loc *Licence poétique* : transgression tolérée d'une règle grammaticale.

licencié, ée *n, a* 1 Titulaire d'une licence universitaire ou sportive. 2 Qui a été congédié.

licenciement *nm* Action de licencier.

licencier *vt* Congédier, cesser d'employer qqn. *Licencier des ouvriers.*

licencieux, euse *a* Contraire aux bonnes mœurs, à la pudeur.

lichen [liken] *nm* Végétal résultant de l'association d'un champignon et d'une algue.

lichette *nf* Fam Petite quantité d'un aliment.

licite *a* Permis par la loi, les règlements.

licitement *av* De façon licite.

licorne *nf* Animal fabuleux, cheval à longue corne unique au milieu du front.

licou ou **licol** *nm* Lien de cuir, de corde, passé autour du cou des bêtes de somme.

licteur *nm* ANTIQ Agent public romain qui était l'exécuteur des sentences des magistrats.

lie *nf* 1 Dépôt laissé par un liquide. 2 Litt Ce qu'il y a de plus vil ; racaille.

lied [lid] *nm* Romance, chanson populaire des pays germaniques. *Des lieds* ou *des lieder*.

lie-de-vin *a inv* Rouge violacé.

liège *nm* Matière imperméable, peu dense, fournie par l'écorce de certains arbres, notamment du chêne-liège.

liégeois, oise *a, n* De Liège. Loc *Café, chocolat liégeois* : glace au café, au chocolat, nappée de crème Chantilly.

lien *nm* 1 Bande, ficelle, courroie, etc., qui sert à attacher. 2 Ce qui unit, qui relie.

lier *vt* 1 Attacher, serrer avec un lien. *Lier un fagot.* 2 Assembler par une liaison ; donner une certaine consistance, de la cohésion à. *Lier une sauce.* 3 Unir juridiquement, moralement. *Un contrat lie les deux parties.* 4 Établir des relations entre personnes. *Lier amitié avec qqn.* ■ *vpr* Établir des relations de sympathie, d'amitié.

lierre *nm* Plante à feuilles persistantes, s'accrochant à un support (mur, tronc d'arbre, etc.) par des racines à crampons.

liesse *nf* Litt Allégresse collective.

1. lieu *nm* Espace, endroit considéré quant à sa situation, son caractère, sa destination. *Lieu écarté, humide. Le lieu du crime. Lieu de réunion.* Loc *Lieu géométrique* : ligne ou surface dont tous les points possèdent une même propriété. *Lieu public* : auquel tout le monde a accès. *Haut lieu* : endroit rendu célèbre par les faits qui s'y sont déroulés. *En haut lieu* : chez ceux qui ont le pouvoir. *Lieu commun* : idée banale, rebattue. *En premier, second lieu* : premièrement, deuxièmement. *Au lieu de* : à la place de. *Tenir lieu de* : remplacer. *Avoir lieu* : se produire ; arriver. *Avoir lieu de* : avoir une occasion, une raison de. *Donner lieu à* : être une occasion de. ■ *pl* Local d'habitation. *Visiter les lieux.* Loc *Lieux d'aisances* : W.-C.

2. lieu *nm* Poisson marin estimé. *Des lieus.*

lieu-dit *nm* Lieu dans la campagne, qui porte un nom particulier. *Des lieux-dits.*

lieue *nf* Anc Mesure de distance qui valait environ 4 km. Loc *Être à cent lieues de* : très éloigné de.

lieuse *nf* Mécanisme servant à lier les gerbes d'une moissonneuse.

lieutenant *nm* 1 Personne directement sous les ordres d'un chef et qui peut le remplacer. 2 Officier dans l'armée de terre et de l'air, de grade inférieur à celui de capitaine. Loc *Lieutenant de vaisseau* : officier de marine de grade correspondant à celui de capitaine.

lieutenant-colonel *nm* Officier de grade inférieur à celui de colonel. *Des lieutenants-colonels.*

lièvre *nm* Petit mammifère sauvage très rapide à la course, qui ressemble au lapin. Loc *Courir deux lièvres à la fois* : entreprendre deux affaires en même temps. *Lever un lièvre* : soulever une difficulté inattendue.

lift *nm* Au tennis, effet donné à une balle en la frappant bas par en haut.

lifter *vt, vi* Exécuter un lift.

liftier, ère *n* Chargé de faire fonctionner un ascenseur.

lifting [-iŋ] *nm* 1 Opération de chirurgie esthétique consistant à tendre la peau du visage pour supprimer les rides. Syn. lissage. 2 Fam Rajeunissement, rénovation de qqch.

ligament *nm* ANAT Faisceau fibreux qui relie deux parties d'une articulation ou deux organes.

ligamentaire ou **ligamenteux, euse** *a* ANAT Des ligaments.

ligature *nf* 1 Opération consistant à serrer ou à assembler par un lien. 2 Fil avec lequel on effectue cette opération.

ligaturer *vt* Attacher avec une ligature.

lige *a* Loc FÉOD *Homme lige* : qui était lié au seigneur par une promesse de fidélité et de dévouement absolu.

ligie *nf* Crustacé marin voisin du cloporte.

lignage *nm* 1 Suite de descendants d'un même ancêtre. 2 Nombre de lignes d'un texte. Loc *De haut lignage* : de naissance noble.

ligne *nf* 1 Trait continu. 2 Limite qui sépare. *Ligne de partage.* 3 Silhouette ; esthétique générale. *Elle surveille sa ligne.* La ligne d'une nouvelle voiture.* 4 Direction suivie. *Aller en ligne droite. La ligne sinueuse d'une rivière.* 5 Orientation, grandes options d'un parti. 6 Parcours, itinéraire des véhicules d'un service de transport. 7 Suite de personnes ou de choses ; file. *Une ligne d'arbres.* 8 Front d'une armée. 9 Suite de caractères d'écriture, d'imprimerie. 10 Suite des descendants d'une famille. 11 Fil terminé par un hameçon. 12 Fils conducteurs acheminant l'énergie électrique, les communications téléphoniques. Loc INFORM *En ligne* : se dit d'un service accessible par téléphone. *Hors ligne* : incomparable. *Entrer en ligne de compte* : devoir être pris en considération. *Lire entre les lignes* : deviner ce qu'on n'est pas dit explicitement. *Sur toute la ligne* : complètement. *Ligne de crédit* : montant d'un crédit dont le bénéficiaire peut disposer.

lignée *nf* Descendance.

ligneux, euse *a* De la nature du bois.

lignicole *a* ZOOL Qui vit dans les bois.

lignification *nf* BOT Fait de se lignifier.

lignifier (se) *vpr* BOT Se transformer en bois.

lignine *nf* CHIM Substance organique qui imprègne la paroi des vaisseaux du bois.

lignite *nm* Charbon fossile brunâtre.

lignomètre *nm* IMPRIM Règle servant à compter les lignes composées.

ligoter *vt* Lier, attacher solidement.

ligue *nf* 1 Union, coalition d'États, liés par des intérêts communs. 2 Association fondée dans un but défini. *La ligue antialcoolique.*

liguer *vt* Unir en une ligue. ■ *vpr* Unir ses efforts pour ou contre.

ligueur, euse *n* Qui fait partie d'une ligue.

ligure ou **ligurien, enne** *a, n* De Ligurie.

lilas [-la] *nm* Arbuste ornemental à fleurs en grappes, blanches ou violettes, très odorantes. ■ *a inv* Violet bleu ou moins foncé.

liliacée *nf* BOT Plante à bulbe ou à rhizome, telle que le lis, la tulipe, etc.

lilliputien, enne *a, n* Très petit.

limace *nf* 1 Mollusque gastéropode terrestre sans coquille. 2 Fam Personne lente, molle.

limaçon *nm* 1 Escargot. 2 ANAT Partie de l'oreille interne dont le conduit est enroulé.

limage *nm* Action de limer.

limaille *nf* Poudre de métal limé.

limande *nf* Poisson marin plat.

limbe nm **1** TECH Bord extérieur gradué d'un instrument de précision. **2** ASTRO Bord du disque d'un astre. **3** BOT Partie large d'une feuille. ■ pl RELIG Séjour des âmes des enfants morts sans baptême.

limbique a Loc ANAT *Système limbique :* structures cérébrales sous le cortex.

1. lime nf Outil formé d'une lame d'acier hérissée de dents, qui sert à polir par frottement.

2. lime ou **limette** nf Petit citron vert.

limer vt Façonner à la lime.

limicole a ZOOL Qui vit dans la vase.

limier nm **1** Chien de chasse utilisé pour dépister le gibier. **2** Fam Policier, détective.

liminaire a Placé au début d'un livre, d'un écrit, d'un discours, etc.

limitatif, ive a Qui limite.

limitation nf Action de limiter ; restriction.

limite nf **1** Ce qui sépare un terrain, un territoire d'un autre, contigu. **2** Terme d'une période. *La limite d'âge pour la retraite.* **3** Point où s'arrête qqch ; borne. *Exercer une autorité sans limites.* Loc *Dépasser les limites :* aller au-delà de ce que la bienséance permet. *À la limite :* dans l'hypothèse extrême. ■ a Fam Maximal, extrême. *Un prix limite.*

limité, ée a **1** Qui a des limites, des bornes. **2** Fam Peu intelligent.

limiter vt **1** Fixer des limites à. **2** Être à la limite de. *Une rivière limite le pré.* **3** Restreindre. *Limiter des dépenses.*

limiteur nm Appareil servant à empêcher une grandeur (vitesse, tension, etc.) de dépasser un certain seuil.

limitrophe a Qui est à la frontière, à la limite d'un pays, d'une région.

limnologie nf Étude des marais, des étangs et des lacs.

limogeage nm Action de limoger.

limoger vt [11] Destituer de son poste un officier, un haut fonctionnaire, etc.

limon nm **1** Boue d'argile et de sable mêlée de matière organique, très fertile. **2** Chacun des deux brancards entre lesquels on attelle un cheval à une voiture. **3** CONSTR Pièce d'un escalier qui le limite du côté du vide et qui reçoit la balustrade. **4** Variété de citron.

limonade nf **1** Boisson gazeuse sucrée et acidulée. **2** Fam Commerce des cafetiers.

limonadier, ère n **1** Qui fabrique des boissons gazéifiées. **2** Qui tient un café.

limonaire nm Orgue de Barbarie.

limoneux, euse a Riche en limon.

limousin, ine a, n Du Limousin.

limousine nf Automobile à six glaces latérales et à quatre portes.

limpide a **1** Parfaitement transparent, clair, pur. *Eau limpide.* **2** Facile à comprendre. *Explication limpide.*

limpidité nf Caractère limpide.

lin nm **1** Plante textile et oléagineuse à tige fibreuse. **2** Tissu de fibres de lin.

linacée nf BOT Plante de la famille du lin.

linceul nm Pièce de toile dans laquelle on ensevelit un mort.

linéaire a **1** Dont la forme, la disposition rappelle une ligne continue. **2** Qui évoque une ligne par sa simplicité, sa sobriété. *Récit linéaire.* Loc *Mesure linéaire :* mesure de longueur (par oppos. à mesure de superficie ou de volume). MATH *Fonction linéaire :* fonction du premier degré, dont la représentation graphique est une droite. ■ nm Présentoir à marchandises dans un magasin en libre-service.

linéairement av De façon linéaire.

linéaments nmpl Litt Esquisse, aspect général.

linéarité nf Caractère linéaire de qqch.

linge nm **1** Ensemble des pièces de tissu à usage domestique (draps, nappes, etc.). **2** Vêtements portés à même la peau. **3** Morceau de tissu léger.

lingère nf Femme chargée de l'entretien du linge dans une communauté, un hôtel, etc.

lingerie nf **1** Industrie et commerce du linge. **2** Lieu où l'on range et où l'on entretient le linge. **3** Ensemble des sous-vêtements féminins.

lingot nm Pièce brute de métal obtenue par coulée dans un moule. *Lingot d'or.*

lingual, ale, aux a De la langue.

lingue nf Poisson marin, voisin de la morue. Syn. julienne.

linguiste [-ɡɥi-] n Spécialiste de linguistique.

linguistique [-ɡɥi-] nf Science du langage et des langues. ■ a **1** De la linguistique. **2** Qui concerne la langue, une ou plusieurs langues.

linguistiquement av Sur le plan linguistique.

liniment nm Médicament onctueux pour frictionner la peau.

links [links] nmpl Parcours de golf.

linoléum [-leɔm] ou **lino** nm Revêtement de sol imperméable et brillant.

linon nm Toile de lin à fils peu serrés.

linotte nf Petit oiseau chanteur. Loc Fam *Tête de linotte :* personne très étourdie.

linotype nf (n déposé) IMPRIM Machine à composer qui fond les caractères en plomb par lignes entières.

linteau nm Pièce horizontale soutenant la maçonnerie au-dessus d'une baie.

lion, lionne n **1** Grand mammifère carnivore d'Afrique, au pelage fauve. Loc *La part du lion :* celle que s'adjuge le plus fort. *Lion de mer :* gros phoque à crinière.

lionceau nm Petit de la lionne.

lipase nf BIOL Enzyme qui intervient dans la digestion des graisses.

lipémie nf Taux des lipides dans le sang.

lipide nm CHIM Corps gras.

lipidique a Des lipides.

lipolyse nf BIOL Destruction des graisses dans l'organisme.

lipome nm Tumeur sous-cutanée bénigne, constituée de tissu graisseux.

lipoprotéine nf Forme lipidique sous laquelle les protéines sont transportées dans le sang.

liposoluble a CHIM Soluble dans les graisses.

liposome nm Vésicule artificielle microscopique servant à introduire des substances dans l'organisme.

lipothymie nf Premier degré de la syncope, dans lequel la circulation et la respiration persistent.

lippe nf Grosse lèvre inférieure.

lippu, ue a Qui a de grosses lèvres.

liquéfaction nf Action de liquéfier.

liquéfiable a Qui peut être liquéfié.

liquéfier vt Faire passer à l'état liquide un gaz, un solide. ■ vpr **1** Devenir liquide. **2** Fam S'amollir.

liquette nf Pop Chemise.

liqueur nf 1 Boisson sucrée faite d'un mélange d'alcool et d'essences aromatiques. 2 Tout digestif. 3 PHARM Nom donné à diverses solutions.

liquidateur, trice n Chargé de procéder à une liquidation.

liquidatif, ive a DR Qui opère la liquidation.

liquidation nf Action de liquider un compte, des marchandises, etc.

liquide a 1 Qui coule ou tend à couler. *L'eau est une substance liquide.* 2 Se dit de l'argent, d'un bien dont on peut disposer immédiatement ; en espèces. ■ nm 1 Corps à l'état liquide. 2 Aliment ou boisson liquide. 3 Argent liquide.

liquider vt 1 Procéder à un règlement après en avoir fixé le montant. *Liquider une succession.* 2 En finir définitivement avec qqch. *Liquider une situation.* 3 Vendre au rabais des marchandises. 4 Pop Tuer ou faire tuer qqn.

liquidité nf Caractère d'un bien liquide. ■ pl Argent liquide.

liquoreux, euse a Se dit de vins sucrés et riches en alcool (porto, madère).

liquoriste n Fabricant de liqueurs.

1. lire vt [63] 1 Identifier et traduire sous une forme orale, par la voix ou mentalement, des signes écrits. *Savoir lire et écrire. Lire les caractères hébreux.* 2 Prendre connaissance d'un texte en parcourant des yeux ce qui est écrit. *Lire un roman.* 3 Énoncer à haute voix un texte écrit. *Le juge lit la sentence à l'accusé.* 4 Interpréter en fonction d'un code ; déchiffrer. *Lire une carte routière.* 5 Deviner, déceler grâce à certains signes. *Lire l'avenir dans le marc de café.*

2. lire nf Anc. unité monétaire de l'Italie.

lirette nf Tissage artisanal utilisant des bandes d'étoffe.

lis ou **lys** [lis] nm Plante ornementale à grandes fleurs blanches, jaunes ou rouges. Loc *Fleur de lis* : fleur de lis stylisée propre aux armoiries de la monarchie française.

liseré ou **liséré** nm 1 Ruban étroit dont on borde un vêtement. 2 Bordure d'une pièce d'étoffe, d'un panneau peint.

liseron nm Plante volubile grimpante à fleurs en forme de cloche.

liseur, euse n Qui aime lire. ■ nf 1 Petit coupe-papier qui sert de signet. 2 Couvre-livre. 3 Tricot léger de femme pour lire au lit.

lisibilité nf Caractère lisible.

lisible a 1 Aisé à lire, à déchiffrer. 2 Dont la lecture est facile, agréable.

lisiblement av De façon lisible.

lisier nm Liquide provenant des déjections solides et de l'urine des animaux de ferme.

lisière nf 1 Bord d'une pièce d'étoffe, de chaque côté de sa largeur. 2 Limite, bordure d'une zone. *La lisière d'un bois.* Loc Litt *Tenir en lisière* : diriger étroitement.

lissage nm 1 Action de lisser. 2 Lifting.

1. lisse a Uni, poli, sans aspérité.

2. lisse ou **lice** nf Fil apparent à un œillet dans lequel passe le fil de chaîne, dans un métier à tisser.

lisser vt Rendre lisse.

lisseur, ère ou **licier, ère** n Qui monte les lisses, qui exécute des tapisseries.

lissoir nm Instrument servant à lisser.

listage nm Action de lister.

liste nf Série d'éléments analogues (mots, chiffres, symboles, etc.) mis les uns à la suite des autres. *La liste des lauréats.* Loc *Liste noire* : liste de personnes à surveiller, à exclure, à éliminer. *Liste civile* : somme attribuée annuellement à un chef d'État.

listel nm Cercle en saillie sur le bord d'une pièce de monnaie.

lister vt Faire la liste de.

listériose nf Maladie infectieuse, grave pour le nouveau-né.

listing [-iŋ] nm Ensemble d'informations traitées par ordinateur, qui sort sur une imprimante.

lit nm 1 Meuble sur lequel on se couche pour se reposer, pour dormir. 2 Union conjugale. *Il a deux enfants d'un premier lit.* 3 Couche d'une matière quelconque. *Un lit de gravier.* 4 Espace occupé par les eaux d'un cours d'eau. *Lit d'un fleuve.* Loc HIST *Lit de justice* : siège surélevé où les rois se tenaient pour présider une séance solennelle du Parlement ; cette séance.

litanie nf Énumération longue et monotone. *Une litanie de plaintes.* ■ pl Prière faite de courtes invocations psalmodiées ou chantées.

lit-cage nm Lit métallique pliant. *Des lits-cages.*

litchi ou **letchi** nm Fruit d'Asie tropicale de saveur douce, à gros noyau.

liteau nm 1 Bande de couleur qui orne le linge de maison. 2 Baguette qu'on cloue sur les chevrons d'une toiture.

literie nf Garniture, équipement d'un lit (matelas, traversin, oreillers, draps, couvertures).

litham nm Voile des femmes musulmanes.

lithiase nf MED Présence de calculs dans les reins, la vésicule biliaire, etc.

lithique a PREHIST Relatif au travail de la pierre.

lithium [-tjɔm] nm Métal alcalin de faible densité.

lithographie ou **litho** nf 1 Reproduction de dessins tracés sur une pierre calcaire. 2 Épreuve obtenue par ce procédé.

lithographique a De la lithographie.

lithologie nf GEOL Nature des roches constituant une couche géologique.

lithosphère nf GEOL Couche externe du globe.

lithotriteur nm MED Instrument destiné à dissoudre les calculs rénaux par les ultrasons.

litière nf 1 Paille que l'on répand dans les étables, les écuries, etc., pour que les animaux se couchent dessus. 2 Matière granuleuse destinée à recevoir les déjections des chats d'appartement. 3 Anc Véhicule à deux brancards dans lequel on voyageait couché.

litige nm 1 DR Contestation en justice, procès. 2 Contestation, controverse.

litigieux, euse a Contestable. *Point litigieux.*

litorne nf Grive à tête grise.

litote nf Figure de rhétorique consistant à dire moins pour faire entendre plus (ex. : *ce n'est pas mal* pour *c'est bien*).

litre nm 1 Unité de mesure de volume égale à 1 décimètre cube (symbole : l). 2 Récipient contenant 1 litre.

litron nm Fam Litre de vin.

littéraire *a* Relatif aux lettres, à la littérature. ■ *a, n* Qui montre des dispositions pour les lettres plutôt que pour les sciences.

littérairement *av* Sur le plan littéraire.

littéral, ale, aux *a* Strictement conforme à la lettre d'un mot, d'un texte. *Sens littéral.*

littéralement *av* 1 À la lettre. *Traduire littéralement.* 2 *Fam* Absolument. *Littéralement fou.*

littéralité *nf* Caractère littéral.

littérarité *nf* Caractère littéraire d'un texte.

littérateur *nm* Écrivain sans envergure.

littérature *nf* 1 Ensemble des œuvres écrites considérées comme susceptibles d'être l'objet de jugements esthétiques. 2 Ensemble des œuvres littéraires d'un pays, d'une époque. 3 Ensemble des textes qui traitent d'un sujet. *La littérature sur cette question.* 4 Art d'écrire ; carrière d'écrivain. 5 *Fam* Vaines paroles.

littoral, ale, aux *a* Relatif aux bords de la mer, aux côtes. ■ *nm* Zone située en bordure de mer. *Le littoral breton.*

littorine *nf* Bigorneau.

lituanien, enne *a, n* De Lituanie. ■ *nm* Langue balte parlée en Lituanie.

liturgie *nf* Ordre des cérémonies du culte institué par une Église. *Liturgie catholique.*

liturgique *a* Relatif à la liturgie.

livarot *nm* Fromage normand fermenté, de lait de vache, à pâte molle.

live [lajv] *a inv* Enregistré en public et non en studio (disque, émission).

livide *a* D'une couleur plombée ; blafard.

lividité *nf* État livide.

living-room [liviŋʁum] ou **living** *nm* Salle de séjour. *Des living-rooms.*

livrable *a* Qui peut être livré.

livraison *nf* 1 Remise d'une marchandise vendue à la personne qui l'a acquise. 2 Marchandise livrée.

1. livre *nm* 1 Assemblage de feuilles imprimées réunies par un côté en un volume. 2 Texte imprimé qui fait l'ouvrage. *Un livre captivant.* 3 Subdivision d'une œuvre littéraire. 4 Registre. *Loc Livre blanc* : recueil justificatif rassemblant les documents d'un dossier. *Livre d'or* : registre que les visiteurs d'un lieu sont invités à signer. *Livre électronique* : ordinateur de poche dédié à la lecture d'ouvrages préalablement téléchargés. *Parler comme un livre* : parler très bien d'une question. *À livre ouvert* : à première lecture, sans préparation.

2. livre *nf* 1 Unité de masse valant un demi-kilogramme. 2 Unité de masse anglo-saxonne valant 453,59 g. 3 Ancienne monnaie de compte, de valeur variable. 4 Unité monétaire du Royaume-Uni, de Chypre, de l'Égypte, du Liban, du Soudan et de la Turquie.

livre-cassette *nm* Cassette contenant l'enregistrement d'un texte. *Des livres-cassettes.*

livrée *nf* 1 *Anc* Habit porté par les domestiques d'une grande maison. 2 *ZOOL* Pelage, plumage de divers animaux.

livrer *vt* 1 Mettre au pouvoir de. *Livrer un coupable à la justice.* 2 Dénoncer. *Livrer ses complices.* 3 Abandonner à l'action de. *Livrer une ville au pillage.* 4 Confier. *Livrer ses pensées.* 5 Remettre à un acheteur la marchandise commandée. *Livrer une commande. Livrer un client. Loc Livrer (une) bataille* : l'engager,

se battre. *Livrer passage* : laisser passer. ■ *vpr* 1 Se constituer prisonnier. 2 S'abandonner, se confier. 3 Se consacrer à qqch.

livresque *a* Qui vient des livres. *Savoir purement livresque.*

livret *nm* 1 Petit registre individuel ou familial mentionnant les éléments d'une situation. *Livret de la caisse d'épargne. Livret de famille.* 2 *MUS* Texte d'une œuvre lyrique.

livreur, euse *n* Qui livre à domicile les marchandises vendues.

lob *nm* Coup qui consiste à lancer la balle ou le ballon par-dessus l'adversaire.

lobby *nm* Groupe de pression.

lobbying *nm* Action menée par un lobby.

lobbyiste *n* Qui s'occupe de lobbying.

lobe *nm* 1 Partie arrondie et bien délimitée de certains organes. *Lobes du cerveau, du foie.* 2 *BOT* Découpure arrondie des feuilles ou des pétales. 3 *ARCHI* Découpure en arc de cercle.

lobé, ée *a Didac* Divisé en lobes.

lobectomie *nf CHIR* Ablation d'un lobe d'un organe (poumon, cerveau, etc.).

lober *vi, vt* Faire un lob.

lobotomie *nf CHIR* Section de certaines fibres nerveuses du lobe frontal du cerveau.

lobule *nm* Petit lobe ou partie de lobe.

local, ale, aux *a* 1 Propre à un lieu, à un endroit, à une région. *Usages locaux. Anesthésie locale.* ■ *nm* Lieu fermé ou partie d'un bâtiment considéré quant à leur destination. *Local commercial.*

localement *av* Relativement à un lieu.

localier, ère *n* Journaliste qui tient une rubrique locale.

localisable *a* Qui peut être localisé.

localisation *nf* Action de localiser.

localiser *vt* 1 Déterminer la position de, situer. *Localiser un bruit.* 2 Limiter, empêcher l'extension de. *Localiser un incendie.*

localité *nf* Petite agglomération ; village.

locataire *n* Qui prend à loyer un logement, une terre, etc.

1. locatif, ive *a* Qui concerne le locataire ou la location.

2. locatif *nm GRAM* Cas du complément de lieu, dans certaines langues à déclinaisons.

location *nf* 1 Action de donner ou de prendre une chose à loyer. 2 Action de louer à l'avance une place de spectacle, une chambre d'hôtel.

location-vente *nf* Contrat à l'expiration duquel le locataire devient propriétaire. *Des locations-ventes.*

1. loch [lɔk] *nm GÉOGR* Lac très allongé occupant le fond d'une vallée d'Écosse.

2. loch [lɔk] *nm* Appareil de mesure de vitesse sur un bateau.

loche *nf* 1 Poisson d'eau douce au corps allongé. 2 Limace grise.

lock-out [lɔkaut] *nm inv* Fermeture d'une entreprise décidée par la direction en riposte à une menace de grève.

lock-outer *vt* Fermer par lock-out.

locomoteur, trice *a* Qui sert à la locomotion. *Organe locomoteur.*

locomotion *nf* Mouvement par lequel on se transporte d'un lieu à un autre.

locomotive *nf* 1 Puissant véhicule circulant sur rails et remorquant des rames de voitures ou de wagons. 2 *Fam* Personne qui joue le rôle d'élément moteur.

locuste nf Criquet migrateur.

locuteur, trice n LING Personne qui parle.

locution nf Groupe de mots formant une unité quant au sens ou à la fonction grammaticale.

loden [lɔdɛn] nm 1 Lainage imperméable, épais et feutré. 2 Manteau en loden.

lœss [løs] nm GEOL Limon très fertile.

lof nm Côté d'un navire qui reçoit le vent. Loc *Virer lof pour lof* : virer vent arrière.

lofer vi MAR Venir à un cap plus rapproché de la direction d'où souffle le vent.

loft nm Atelier transformé en logement.

logarithme nm MATH Exposant dont il faut, pour obtenir un nombre, affecter un autre nombre appelé base. *2 est le logarithme de 100 dans le système à base 10 ($10^2 = 100$).*

logarithmique a Des logarithmes.

loge nf 1 Petit logement d'un concierge. 2 Petite pièce dans les coulisses d'un théâtre, où les acteurs changent de costume. 3 Compartiment au pourtour d'une salle de spectacle, où plusieurs spectateurs peuvent prendre place. 4 Local où, ont lieu les réunions des francs-maçons ; groupe, cellule de francs-maçons. Loc Fam *Être aux premières loges* : être très bien placé pour voir un spectacle.

logeable a Habitable, spacieux, où l'on peut loger beaucoup de choses.

logement nm 1 Action de loger, de se loger. 2 Local d'habitation ; appartement. 3 Creux, renfoncement ménagé pour recevoir une pièce.

loger vi [11] Habiter à demeure ou provisoirement. *Loger en meublé.* ■ vt 1 Abriter dans un logis, héberger. *Loger un ami.* 2 Mettre, placer ; faire entrer.

logeur, euse n Qui loue des chambres meublées.

loggia [lɔdʒja] nf 1 Balcon couvert, en retrait par rapport à la façade. 2 Plate-forme construite à une certaine distance du sol dans une pièce haute de plafond.

logiciel nm INFORM Ensemble des règles et des programmes relatifs au fonctionnement d'un ordinateur, par oppos. à matériel.

logicien, enne n Spécialiste de logique.

logique nf 1 Science dont l'objet est de déterminer les règles du raisonnement. 2 Suite dans les idées, cohérence du discours. 3 Enchaînement nécessaire des choses. *La logique des événements.* ■ a Conforme aux règles de la logique ; cohérent. *Raisonnement logique.*

logiquement av De façon logique.

logis nm Vx Habitation. Loc *Corps de logis* : partie principale d'un bâtiment.

logisticien, enne n Spécialiste de logistique.

logistique nf 1 Ensemble des moyens assurant le ravitaillement d'une armée, ses déplacements. 2 Organisation matérielle d'une entreprise, d'une collectivité. ■ a De la logistique.

logithèque nf Bibliothèque de logiciels.

logo nm Élément graphique servant d'emblème à une société, à une marque commerciale.

logogriphe nm Énigme jouant sur les combinaisons des lettres d'un mot.

logomachie nf Litt Suite de mots creux dans un débat.

logomachique a De la logomachie.

logopédie nf MED Correction des défauts de prononciation chez les enfants.

logopédiste n Spécialiste de logopédie.

logorrhée nf Discours, propos interminables et désordonnés.

logorrhéique a De la logorrhée.

loi nf 1 Règle ou ensemble de règles édictées par une autorité souveraine et imposées à tous les individus d'une société. 2 Ensemble des règles qu'un être raisonnable se sent tenu d'observer. *La loi morale.* 3 Rapport de nécessité régissant des phénomènes dans un domaine particulier. *Loi physique, économique.* 4 Volonté, autorité. *Dicter sa loi.* Loc *Faire la loi* : se conduire en maître. ■ pl Conventions régissant la vie sociale. *Les lois de l'hospitalité.*

loi-cadre nf Loi énonçant un principe général dont les modalités d'application sont précisées par des décrets. *Des lois-cadres.*

loin av 1 À une grande distance. *Ce chemin ne mène pas loin.* 2 À une époque éloignée dans le passé ou dans l'avenir. *Ce temps est déjà loin.* Loc *Au loin* : à une grande distance. *De loin* : de beaucoup. *De près ou de loin* : d'une manière ou d'une autre. *De loin en loin* : à de grands intervalles. *Loin de* : au lieu de, au contraire de ; peu disposé à. *Aller trop loin* : exagérer.

lointain, aine a Qui est loin dans l'espace ou dans le temps. ■ nm Les lieux que l'on voit au loin. *Voir un village dans le lointain.*

lointainement av Vaguement.

loir nm Rongeur à longue queue touffue. Loc *Dormir comme un loir* : très profondément.

loisible a Loc *Il lui est loisible de* : il lui est permis, possible de.

loisir nm 1 Temps pendant lequel on n'est astreint à aucune tâche. 2 Temps nécessaire pour faire commodément qqch. *Je n'ai pas eu le loisir d'y réfléchir.* Loc *À loisir* : à son aise, sans hâte. ■ pl Activités diverses (sportives, culturelles, etc.) auxquelles on se livre pendant les moments de liberté. *Les loisirs de plein air.*

lombago. V. lumbago.

lombaire a Des lombes. ■ nf Vertèbre lombaire.

lombalgie nf Douleur dans les lombes.

lombard, arde a, n De la Lombardie.

lombarthrose nf Arthrose des lombaires.

lombes nfpl ANAT Région postérieure du tronc située au bas du dos.

lombric nm Ver de terre.

londonien, enne a, n De Londres.

long, longue a 1 Qui présente une certaine étendue dans le sens de sa plus grande dimension (par oppos. à court, à large). *Une salle très longue.* 2 Qui a telle longueur. *Un tapis long de deux mètres.* 3 Qui dure longtemps ou depuis longtemps (par oppos. à bref, à court). *Une longue vie.* 4 Qui met longtemps à faire qqch. ■ nm Longueur. *Des rideaux de trois mètres de long.* Loc *De tout son long* : en étant entièrement étendu. *En long* : dans le sens de la longueur. *En long et en large* : de toutes façons. *De long en large* : en allant et venant sans cesse, en divers sens. *Tout du long, tout au long de* : d'un bout à l'autre de. *Au long de, le long de* : en côtoyant, en suivant. ■ nf Voyelle ou syllabe longue. Loc *À la longue* : avec le temps. ■ av Beaucoup. *Un regard qui en dit long.*

longane nm Fruit exotique proche du litchi.

longanimité *nf* Litt Grande patience pleine d'indulgence, de tolérance.

long-courrier *nm* Navire, avion qui parcourt de longs trajets. *Des long-courriers.*

longe *nf* 1 Partie du dos des animaux de boucherie. 2 Longue courroie pour attacher ou conduire un cheval.

longer *vt* [11] Aller ou s'étendre le long de. *La route longe le lac.*

longeron *nm* Pièce maîtresse longitudinale d'une aile d'avion, d'une machine.

longévité *nf* 1 Longue durée de la vie. 2 Durée de la vie.

longiligne *a* Mince et élancé.

longitude *nf* Angle, compté de 0° à 180°, que forme le plan du méridien d'un lieu avec le plan du méridien pris pour origine.

longitudinal, ale, aux *a* Qui s'étend selon le sens de la longueur.

long-métrage *nm* Film dont la durée dépasse une heure. *Des longs-métrages.*

longtemps *av* Pendant un long espace de temps ; une longue durée.

longuement *av* Durant un long moment.

longuet, ette *a* Fam Un peu long. ■ *nm* Petit pain allongé ; gressin.

longueur *nf* 1 Dimension d'une chose de l'une à l'autre de ses extrémités ; dimension maximale. *La longueur d'un fleuve. La longueur d'une table.* 2 Durée, étendue. *La longueur du jour. La longueur d'un poème.* Loc *En longueur* : dans le sens de la longueur. *Traîner en longueur* : durer trop longtemps. *À longueur de* : pendant tout le temps de. ■ *pl* Parties superflues d'une œuvre, d'un spectacle.

longue-vue *nf* Lunette d'approche. *Des longues-vues.*

look [luk] *nm* Fam Aspect physique ; allure, style.

looping [lupiŋ] *nm* Boucle complète effectuée par un avion dans le plan vertical.

lophophore *nm* Oiseau de l'Himalaya, au plumage éclatant.

lopin *nm* Petit morceau de terrain.

loquace *a* Qui parle beaucoup.

loquacité *nf* Fait d'être loquace.

loque *nf* 1 Morceau d'étoffe déchirée. 2 Fam Personne sans énergie. ■ *pl* Haillons.

loquet *nm* Fermeture de porte formée d'une lame qui se fixe en s'abaissant.

loqueteau *nm* Petit loquet.

loqueteux, euse *a, n* Qui est en loques.

lord [lɔrd] *nm* Membre de la Chambre haute en Grande-Bretagne.

lordose *nf* Excès de convexité antérieure de la colonne vertébrale.

lorgner *vt* 1 Regarder à la dérobée. 2 Convoiter. *Lorgner un héritage.*

lorgnette *nf* Petite lunette d'approche. Loc *Regarder par le petit bout de la lorgnette* : ne considérer que des détails secondaires.

lorgnon *nm* Paire de verres correcteurs avec leur monture, sans branches.

loriot *nm* Passereau au chant sonore.

loris [-ʀis] *nm* Petit mammifère grimpeur asiatique, à gros yeux.

lorrain, aine *a, n* De la Lorraine.

lorry *nm* Wagonnet plat servant à l'entretien des voies.

lors *av* Loc *Dès lors* : dès ce moment-là ; en conséquence. *Depuis lors* : depuis ce moment-là. *Pour lors* : en ce cas. *Lors de* : au moment de. *Dès lors que* : à partir du moment où. *Lors même que* (+ conditionnel) : quand bien même.

lorsque *conj* Au moment où, quand.

losange *nm* Parallélogramme dont les quatre côtés sont égaux.

losangé, ée *a* Divisé en losanges.

losangique *a* En forme de losange.

loser [luzœʀ] *nm* Fam Perdant, médiocre.

lot [lo] *nm* 1 Portion d'un partage attribuée à qqn. 2 Ce qui échoit dans une loterie à chacun des gagnants. 3 Litt Ce que le sort réserve à qqn. *Mon lot est d'être malchanceux.* 4 COMM Ensemble d'articles assortis vendus en bloc.

lote. V. lotte.

loterie *nf* 1 Jeu de hasard comportant la vente de marques ou de billets numérotés et le tirage au sort des numéros gagnant un lot. 2 Ce qui dépend du hasard.

loti, ie *a* Loc *Être bien (mal) loti* : être favorisé (défavorisé) par le sort.

lotion *nf* Liquide spécialement préparé pour les soins de toilette.

lotir *vt* Partager en lots. *Lotir un terrain.*

lotissement *nm* Morcellement d'un terrain en parcelles destinées à la construction.

loto *nm* 1 Jeu de hasard qui se joue avec des jetons numérotés à placer sur des cartons à cases numérotées. 2 Jeu de hasard national établi sur le tirage au sort de numéros gagnants.

lotte ou **lote** *nf* 1 Poisson d'eau douce. 2 Autre nom de la baudroie.

lotus [-tys] *nm* Nom usuel d'un nénuphar.

louable *a* Digne de louange.

louage *nm* Location. *Voiture de louage.*

louange *nm* Discours par lequel on loue qqn ; éloge. ■ *pl* Paroles par lesquelles on fait l'éloge de qqn, de ses mérites.

louangeur, euse *a* Qui exprime des éloges. *Des articles louangeurs.*

loubard ou **loubar** *nm* Fam Jeune voyou.

1. louche *a, nm* Qui ne paraît pas parfaitement honnête. *Une affaire louche. Il y a du louche dans tout cela.*

2. louche *nf* Cuiller large à long manche.

loucher *vi* Être atteint de strabisme. ■ *vti* Convoiter. *Loucher sur la part du voisin.*

loucherie *nf* Fait de loucher, strabisme.

loucheur, euse *n* Qui louche.

1. louer *vt* 1 Donner ou prendre en location. 2 Réserver, retenir. *Louer une place de théâtre.*

2. louer *vt* 1 Exalter qqch, qqn, en célébrer les mérites. ■ *vpr* Témoigner qu'on est satisfait de qqch, de qqn. *Se louer de son audace.*

loueur, euse *n* Qui donne en location.

loufiat *nm* Pop Garçon de café.

loufoque *a* Fam Un peu fou, saugrenu.

loufoquerie *nf* Fam Acte, propos loufoque.

louis *nm* Anc Pièce d'or française de 20 francs.

louise-bonne *nf* Variété de poire fondante. *Des louises-bonnes.*

loukoum. V. rahat-loukoum.

loulou *nm* 1 Chien de luxe au museau pointu et à long poil. 2 Pop Loubard, voyou. *Des loulous.*

loup *nm* 1 Mammifère carnivore à l'allure de grand chien. 2 Bar (poisson). 3 Petit masque noir. 4 TECH Défaut irréparable dans la fabrication d'une pièce. **Loc** *Jeune loup :* homme jeune et plein d'ambition. *Loup de mer :* marin expérimenté. *Faim de loup :* grande faim. *Marcher à pas de loup :* sans bruit. *Être connu comme le loup blanc :* être très connu.

loup-cervier nm Lynx. *Des loups-cerviers.*

loupe nf 1 Lentille convergente qui donne une image agrandie. 2 MED Kyste sébacé. 3 BOT Excroissance ligneuse qui se développe sur certains arbres.

loupé ou **loupage** nm Fam Erreur, échec.

louper vt Fam Rater, manquer.

loup-garou nm Personnage légendaire, malfaisant qui se métamorphose la nuit en loup. *Des loups-garous.*

loupiot, otte n Fam Enfant.

loupiote nf Fam Lampe.

lourd, lourde a 1 Pesant. *Une lourde charge.* 2 Oppressant. *Climat lourd.* 3 Qui manque d'élégance, de finesse. 4 Difficile à digérer. 5 Qui nécessite des moyens importants. *Chirurgie lourde.* **Loc** *Sommeil lourd :* profond. *Avoir la main lourde :* frapper durement. *Poids lourd :* catégorie de poids dans de nombreux sports (en boxe, plus de 79 kg). ■ av Beaucoup. *Peser lourd. Ne pas en savoir lourd.*

lourdaud, aude a, n Grossier, maladroit.

lourde nf Pop Porte.

lourdement av 1 Pesamment. 2 Grossièrement. *S'esclaffer lourdement.*

lourder vt Pop Mettre à la porte.

lourdeur nf Caractère lourd.

lourdingue a Pop Lourdaud.

loustic nm Fam Individu peu sérieux.

loutre nf Mammifère carnivore aquatique ; fourrure appréciée de cet animal.

louve nf Femelle du loup.

louveteau nm 1 Petit de la louve. 2 Jeune scout.

louvoiement nm Action de louvoyer.

louvoyer vi [22] 1 MAR Tirer des bords pour naviguer contre le vent. 2 Faire de nombreux détours pour arriver à ses fins ; tergiverser.

lover vt MAR Enrouler un cordage sur lui-même. ■ vpr Se rouler en spirale.

loyal, ale, aux a Droit, honnête ; fidèle.

loyalement av Avec loyauté.

loyalisme nm 1 Fidélité au régime établi. 2 Fidélité à une cause.

loyaliste a, n Qui proclame son loyalisme.

loyauté nf Droiture, probité, honnêteté.

loyer nm Prix payé par le preneur pour l'usage d'une chose louée.

L.S.D. nm Hallucinogène puissant.

lubie nf Caprice bizarre, fantaisie subite.

lubricité nf Penchant à la luxure.

lubrifiant, ante a, nm Qui lubrifie.

lubrification nf Action de lubrifier.

lubrifier vt Graisser pour rendre glissant.

lubrique a 1 Porté à la luxure. 2 Inspiré par la lubricité. *Des gestes lubriques.*

lucane nm Coléoptère appelé aussi *cerf-volant.*

lucarne nf Ouverture vitrée pratiquée dans une toiture pour donner du jour au-dessous.

lucide a 1 Qui envisage la réalité clairement et nettement, telle qu'elle est. 2 Pleinement conscient.

lucidement av De façon lucide.

lucidité nf Qualité lucide.

lucilie nf Mouche verte qui pond sur la viande.

luciole nf Coléoptère lumineux.

lucite nf Affection de la peau due à la lumière.

lucratif, ive a Qui rapporte un profit, de l'argent. *Association à but non lucratif.*

lucre nm Profit qu'on recherche avidement.

ludiciel nm Logiciel de jeu.

ludion nm Jouet formé d'un corps creux qu'on fait monter ou descendre dans un liquide par pression sur la membrane fermant le flacon.

ludique a Qui concerne le jeu.

ludisme nm Comportement ludique.

ludothèque nf Établissement où les enfants peuvent emprunter des jeux.

luette nf ANAT Appendice conique prolongeant le bord postérieur du voile du palais.

lueur nf 1 Lumière faible ou passagère. 2 Expression passagère du regard. 3 Apparition passagère. *Une lueur d'espoir.*

luge nf Petit traîneau utilisé pour descendre rapidement les pentes neigeuses.

lugubre a Qui inspire ou qui dénote une tristesse profonde. *Un air lugubre.*

lugubrement av De façon lugubre.

lui pr pers Troisième personne du singulier, masculin ou féminin.

luire vi [67] Émettre ou refléter de la lumière.

luisant, ante a Qui luit. **Loc** *Ver luisant :* lampyre.

lumbago [lɔ̄-] ou **lombago** nm Douleur lombaire survenant brutalement.

lumen [lymɛn] nm PHYS Unité de flux lumineux (symbole : lm).

lumière nf 1 Phénomène spontanément perçu par l'œil et susceptible d'éclairer et de permettre de voir. *La lumière du soleil, d'une lampe.* 2 Ce qui sert à éclairer ; lampe. 3 Ce qui permet de comprendre ou de savoir. *La lumière de la raison.* 4 Personne intelligente, savante. 5 TECH Orifice, ouverture. **Loc** *Faire la lumière sur une chose :* la révéler, l'expliquer. *Mettre en (pleine) lumière :* faire voir clairement, mettre en évidence. ■ pl Connaissances.

lumignon nm Lampe qui éclaire peu.

luminaire nm Appareil ou ensemble d'appareils d'éclairage.

luminescence nf Propriété des corps qui deviennent lumineux à basse température.

luminescent, ente a Qui présente une luminescence.

lumineusement av Très clairement.

lumineux, euse a 1 Qui émet de la lumière. 2 Très clair. *Un exposé lumineux.*

luminosité nf Caractère lumineux.

lump [lœp] nm Poisson dont les œufs ressemblent à du caviar.

lunaire a De la Lune. ■ nf Syn de *monnaie-du-pape.*

lunaison nf Durée comprise entre deux nouvelles lunes consécutives.

lunatique a, n Capricieux, fantasque.

lunch [lœntʃ] ou [lœʃ] nm Repas froid, constitué de mets légers présentés en buffet.

lundi nm Premier jour de la semaine.

lune nf 1 (avec majusc) Corps céleste, satellite de la Terre qui nous éclaire la nuit. 2 Lunaison. **Loc** *Lune de miel :* les débuts du mariage. *Nouvelle lune :* période où la Lune est visible. *Pleine lune :* période où la Lune est visible sous forme d'un disque lumineux. Fam *Demander,* *promettre la lune* : une chose impossible. Fam *Être dans la lune* : être distrait, inattentif. Fam *Vieilles lunes* : idées démodées.

luné, ée *a* Loc Fam *Bien (mal) luné* : de bonne (de mauvaise) humeur.

lunetier, ère *n* Fabricant de lunettes.

lunette *nf* 1 Instrument destiné à grossir ou à rapprocher l'image d'un objet éloigné. *Lunette astronomique.* 2 Ouverture d'une cuvette de W.-C. ■ *pl* Paire de verres fixés à une monture, servant à corriger la vue ou à protéger les yeux.

lunetterie *nf* Fabrication des lunettes.

lunule *nf* Zone blanchâtre à la base de l'ongle.

lupanar *nm* Litt Lieu de prostitution.

lupin *nm* Plante ornementale ou fourragère, à fleurs en grappes.

lupus [lypys] *nm* Dermatose, principalement localisée au visage.

lurette *nf* Loc *Fam Il y a belle lurette* : il y a bien longtemps.

lurex *nm* (n déposé) Fil recouvert de polyester, à l'aspect métallique.

luron, onne *n* Fam Bon vivant.

lusitanien, enne *a, n* Portugais.

lusophone *a, n* De langue portugaise.

lustrage *nm* Action de lustrer.

lustral, ale, aux *a* Litt Qui sert à purifier.

1. lustre *nm* Litt Période de cinq ans. ■ *pl* Fam Longue période.

2. lustre *nm* 1 Appareil d'éclairage suspendu au plafond. 2 Litt Éclat, brillant.

lustrer *vt* Donner du lustre à, rendre brillant.

lustrine *nf* Tissu de coton très apprêté et lustré.

luth *nm* MUS Instrument à cordes pincées.

luthéranisme *nm* Doctrine de Luther.

lutherie *nf* Profession, commerce du luthier.

luthérien, enne *a, n* Qui relève de la doctrine de Luther.

luthier *nm* Fabricant ou marchand d'instruments de musique à cordes.

lutiste *n* Qui joue du luth.

lutin *nm* 1 Petit démon familier d'esprit malicieux ou taquin. 2 Enfant vif, espiègle.

lutiner *vt* Litt Harceler de familiarités galantes.

lutrin *nm* Pupitre sur lequel on pose les livres servant à chanter l'office, dans une église.

lutte *nf* 1 Sport de combat opposant deux adversaires dont chacun doit s'efforcer d'immobiliser l'autre au sol. 2 Rixe ou combat. *Lutte au couteau.* 3 Opposition ou conflit d'idées, d'intérêts, de pouvoir. *Luttes politiques.* 4 Action contre une force, un phénomène nuisible ou hostile.

lutter *vi* 1 Pratiquer la lutte. 2 Se battre, rivaliser. *Lutter contre un ennemi.* 3 Être en lutte. *Lutter contre le vent.*

lutteur, euse *n* Qui pratique la lutte.

lux *nm* Unité d'éclairement lumineux (symbole : lx).

luxation *nf* MÉD Déplacement anormal des surfaces d'une articulation.

luxe *nm* Magnificence, éclat ; abondance de choses somptueuses. Loc *Un (grand) luxe de* : une grande quantité, une profusion de. *Se payer, s'offrir le luxe de* : se permettre de faire qqch de difficile, d'agréable, de remarquable.

luxembourgeois, oise *a, n* Du grand duché du Luxembourg.

luxer *vt* Provoquer la luxation de.

luxueusement *av* De façon luxueuse.

luxueux, euse *a* Caractérisé par le luxe.

luxure *nf* Litt Pratique immodérée des plaisirs sexuels.

luxuriance *nf* Caractère luxuriant.

luxuriant, ante *a* Qui pousse avec abondance (végétation).

luxurieux, euse *a* Litt 1 Qui s'adonne à la luxure. 2 Qui dénote la luxure.

luzerne *nf* Plante fourragère riche en protéines.

lycée *nm* Établissement d'enseignement du deuxième cycle du second degré.

lycéen, enne *n, a* Élève d'un lycée.

lycoperdon *nm* Champignon appelé couramment *vesse-de-loup.*

lycra *nm* (n déposé) Fibre textile artificielle, très élastique.

lymphangite *nf* Inflammation aiguë ou chronique des vaisseaux lymphatiques.

lymphatique *a* De la lymphe. *Ganglions lymphatiques.* ■ *a, n* Mou, sans énergie.

lymphatisme *nm* Caractère lent et apathique.

lymphe *nf* BIOL Liquide clair, blanchâtre qui circule dans les vaisseaux lymphatiques.

lymphocytaire *a* Des lymphocytes.

lymphocyte *nm* BIOL Cellule sanguine mononucléaire appartenant à la lignée blanche.

lymphocytose *nf* MÉD Accroissement pathologique des lymphocytes.

lymphographie *nf* Radiographie du système lymphatique.

lymphome *nm* MÉD Tumeur maligne des ganglions lymphatiques.

lymphopénie *nf* MÉD Baisse des lymphocytes dans le sang.

lynchage *nm* Action de lyncher.

lyncher *vt* Exécuter un présumé coupable sans jugement préalable (groupe, foule).

lynx *nm* Mammifère carnivore félidé. Loc *Yeux de lynx* : vue très perçante.

lyonnais, aise *a, n* De Lyon.

lyophilisation *nf* Procédé de dessiccation par congélation brutale.

lyophiliser *vt* Soumettre à la lyophilisation.

lyre *nf* Instrument de musique à cordes pincées utilisé par les Anciens.

lyrique *a* 1 Se dit d'une œuvre, d'un auteur qui laisse libre cours à l'expression des sentiments personnels. 2 Se dit d'une œuvre théâtrale mise en musique pour être chantée. 3 Enthousiaste. *Description lyrique.* Loc *Artiste lyrique* : chanteur, chanteuse d'opéra. ■ *nm* Poète lyrique. ■ *nf* Poésie lyrique.

lyriquement *av* Avec lyrisme.

lyrisme *nm* 1 Inspiration poétique lyrique. 2 Caractère lyrique.

lys. V. lis.

lyse *nf* BIOL Destruction d'une structure organique.

lysergique *a* Loc *Acide lysergique* : puissant hallucinogène (L.S.D.).

lysine *nf* BIOL Acide aminé basique indispensable à la croissance.

lytique *a* BIOL Qui cause la lyse.

m nm **1** Treizième lettre (consonne) de l'alphabet. **2** M : chiffre romain valant 1 000. **3** M. : abrév de *Monsieur*.

ma. V. mon.

maboul, oule a, n Pop Fou.

mac nm Pop Proxénète.

macabre a Qui évoque des choses funèbres, la mort. *Histoire macabre.*

macadam [-dam] nm Revêtement de chaussée constitué de pierres concassées agglomérées.

macanéen, enne a, n De Macao.

macaque nm **1** Singe d'Afrique et d'Eurasie, trapu, à queue réduite ou absente. **2** Fam Personne très laide.

macareux nm Oiseau marin au gros bec bleu et rouge, qui vit dans des terriers.

macaron nm **1** Petit gâteau rond à la pâte d'amande. **2** Gros insigne de forme arrondie. **3** Natte de cheveux roulée sur l'oreille.

macaroni nm Pâte alimentaire, en forme de petit tube allongé.

maccarthysme nm HIST Politique anticommuniste systématique des États-Unis dans les années 50.

macchabée [-ka-] nm Pop Cadavre.

macédoine nf Mets composé de légumes ou de fruits coupés en morceaux.

macédonien, enne a, n De la Macédoine.

macération nf Opération qui consiste à laisser séjourner dans un liquide une substance pour l'accommoder, la conserver, etc.

macérer vt [12] Soumettre à la macération. ■ vi Séjourner dans un liquide.

Mach (nombre de) [mak] nm Loc *Voler à Mach 1, Mach 2...* : à une fois, deux fois la vitesse du son.

machaon [-ka-] nm Grand papillon aux ailes colorées.

mâche nf Variété de salade.

mâchefer nm Scorie provenant de la combustion de certains charbons.

mâchement nm Action de mâcher.

mâcher vt Broyer, triturer avec les dents. Loc *Mâcher la besogne à qqn* : la lui préparer de façon qu'il puisse l'achever sans peine. *Ne pas mâcher ses mots* : parler sans ménagements.

machette nf Sabre d'abattage.

machiavélique [-kja-] a Qui calcule ses coups avec une habileté perfide.

machiavélisme [-kja-] nm **1** Doctrine politique de Machiavel. **2** Attitude machiavélique.

mâchicoulis nm Anc Encorbellement placé en haut d'une muraille et percé d'ouvertures.

machin nm Fam Personne ou chose qu'on ne veut pas nommer plus précisément.

machinal, ale, aux a Fait sans intention consciente. *Geste machinal.*

machinalement av De façon machinale.

machination nf Intrigue ourdie secrètement dans le dessein de nuire.

machine nf **1** Appareil plus ou moins complexe, conçu pour accomplir des tâches, des travaux. *Machine à écrire. Machine agricole.* **2** Véhicule. **3** Ensemble organisé qui fonctionne comme un mécanisme. *La machine bureaucratique.* Loc *Faire machine arrière* : revenir sur ses affirmations. *Machine infernale* : engin explosif.

machine-outil nf Machine servant à façonner un matériau, à modifier la forme d'une pièce. *Des machines-outils.*

machiner vt Combiner, manigancer.

machinerie nf Ensemble de machines.

machinisme nm Généralisation de l'emploi de machines en remplacement de la main-d'œuvre.

machiniste n **1** Conducteur d'un véhicule de transports en commun. **2** Personne chargée de la manœuvre des décors et accessoires dans un théâtre, dans un studio de cinéma, de télévision.

machisme [matʃism] nm Comportement, idéologie du macho.

machiste a Propre au machisme.

macho [matʃo] nm, a Fam Homme qui affiche une attitude dominatrice envers les femmes.

mâchoire nf **1** Chacune des deux pièces osseuses dans lesquelles les dents sont implantées. **2** TECH Pièce qu'on rapproche d'une autre pour assujettir un objet. *Mâchoires d'un étau.*

mâchon nm Petit restaurant lyonnais.

mâchonnement nm Action de mâchonner.

mâchonner vt **1** Mâcher avec difficulté ou négligence. **2** Mordiller.

mâchouiller vt Fam Mâchonner.

mâcon nm Vin de la Bourgogne.

maçon, onne a Se dit de certains animaux bâtisseurs. ■ nm **1** Ouvrier en maçonnerie. **2** Abrév pour *franc-maçon*.

maçonnage nm Action de maçonner.

maçonner *vt* 1 Réaliser un ouvrage avec des pierres, des briques. 2 Revêtir de maçonnerie.

maçonnerie *nf* 1 Ouvrage en pierres, briques, liées au moyen de plâtre ou de ciment. 2 Corps de métier du bâtiment spécialisé dans le gros œuvre. 3 Franc-maçonnerie.

maçonnique *a* De la franc-maçonnerie.

macramé *nm* Dentelle d'ameublement.

macreuse *nf* 1 Canard marin des régions nordiques. 2 Morceau de viande maigre sur l'épaule du bœuf.

macrobiotique *a, nf* Se dit d'un régime alimentaire qui exclut la viande et consiste surtout en céréales, légumes et fruits.

macrocosme *nm* PHILO L'univers, dans sa relation avec l'homme.

macrocystis *nm* Grande algue brune.

macroéconomie *nf* Partie de l'économie qui considère uniquement les grandes composantes de la vie économique.

macroéconomique *a* De la macroéconomie.

macromolécule *nf* CHIM Molécule géante.

macrophage *nm* BIOL Cellule dérivée des monocytes, ayant une fonction phagocytaire.

macroscopique *a* Didac Se dit des objets, des phénomènes pouvant être observés à l'œil nu (par oppos. à microscopique).

macroure *nm* ZOOL Crustacé à l'abdomen allongé (homard).

macula *nf* ANAT Dépression située à l'arrière de la rétine, appelée aussi *tache jaune*.

macule *nf* Tache cutanée.

maculer *vt* Tacher.

macumba [-kum-] *nf* Culte brésilien apparenté au vaudou.

madame *nf* Titre donné à une femme mariée et qui tend aujourd'hui à être employé pour toute femme. (Au pl. *mesdames*. Abrév : Mme, Mmes.)

made in [medin] *loc* Précède le nom du pays où un produit a été fabriqué. *Made in France.*

madeleine *nf* Petit gâteau ovale à pâte molle.

mademoiselle *nf* Titre donné à une jeune fille, à une femme célibataire. (Au pl. *mesdemoiselles*. Abrév : Mlle, Mlles.)

madère *nm* Vin liquoreux de Madère.

madériser (se) *vpr* Prendre le goût du madère.

madone *nf* Représentation de la Vierge.

madrague *nf* Dispositif de pêche au thon fait d'une enceinte de filets.

madras [-dras] *nm* 1 Étoffe légère de soie et de coton, de couleurs vives. 2 Coiffure faite avec cette étoffe, portée par les Antillaises.

madré, ée *a, n* Litt Rusé.

madrépore *nm* Corail constitutif des atolls et des récifs.

madrier *nm* Planche très épaisse utilisée en construction.

madrigal, aux *nm* Petite pièce de vers exprimant de tendres sentiments.

madrilène *a, n* De Madrid.

maelström ou **malstrom** *nm* Litt Violent tourbillon.

maestria *nf* Grande habileté, virtuosité.

maestro *nm* Grand compositeur ; chef d'orchestre réputé.

mafflu, ue *a* Litt Qui a de grosses joues.

mafia *nf* 1 Association secrète de malfaiteurs. 2 Clan défendant les intérêts de ses membres.

mafieux, euse *a, n* D'une mafia.

mafioso *nm* Membre d'une mafia. *Des mafiosi.*

magasin *nm* 1 Lieu couvert où l'on entrepose des marchandises, des denrées. 2 Établissement commercial de vente. 3 Logement des munitions d'une arme, du film d'une caméra.

magasinage *nm* Action de déposer ou fait de conserver des marchandises dans un magasin.

magasinier, ère *n* Qui est chargé de gérer les marchandises déposées en magasin.

magazine *nm* 1 Publication périodique illustrée. 2 Émission à la radio, à la télévision.

magdalénien, enne *a, nm* PRÉHIST De la fin du paléolithique supérieur.

mage *nm* Qui connaît les sciences occultes.
■ *a* **Loc** *Rois mages* : riches personnages qui, selon l'Évangile, vinrent visiter Jésus à sa naissance.

magenta [-ʒɛta] *nm, a inv* Rouge cramoisi.

maghrébin, ine *a, n* Du Maghreb.

magicien, enne *n* 1 Qui pratique la magie. 2 Qui fait des choses extraordinaires, qui enchante. 3 Illusionniste, prestidigitateur.

magie *nf* 1 Science occulte visant à obtenir des effets merveilleux à l'aide de moyens surnaturels. 2 Prestidigitation. *Tour de magie.* 3 Enchantement, séduction. *La magie du chant.*

magique *a* 1 De la magie. 2 Qui charme, qui enchante. 3 Surprenant.

magiquement *av* De façon magique.

magistère *nm* 1 Litt Autorité morale, intellectuelle ou doctrinale. 2 Diplôme universitaire de haut niveau.

magistral, ale, aux *a* 1 Qui appartient au maître. *Chaire magistrale.* 2 Donné par un professeur en titre. *Cours magistral.* 3 D'une qualité remarquable. *Réussir un coup magistral.*

magistralement *av* De façon magistrale.

magistrat *nm* 1 Fonctionnaire investi d'une autorité juridictionnelle, politique ou administrative. 2 Membre de l'ordre judiciaire.

magistrate *nf* Fam Femme magistrat.

magistrature *nf* 1 Dignité, charge de magistrat. 2 Temps pendant lequel un magistrat exerce ses fonctions. 3 Corps des magistrats.

magma *nm* 1 GÉOL Mélange pâteux de matières minérales en fusion, provenant de l'intérieur de la Terre. 2 Mélange confus, désordonné.

magmatique *a* GÉOL Du magma.

magmatisme *nm* GÉOL Phénomènes concernant les magmas.

magnanerie *nf* Bâtiment servant à l'élevage des vers à soie.

magnanime *a* Litt Qui a de la générosité à l'égard des faibles, des vaincus.

magnanimement *av* Généreusement.

magnanimité *nf* Litt Générosité, clémence.

magnat [magna] *nm* Financier ou industriel très puissant.

magner (se) *vpr* Pop Se dépêcher.

magnésie *nf* Oxyde de magnésium.

magnésien, enne *a* Du magnésium.

magnésium [-zjom] *nm* Métal gris-blanc très léger, utilisé notamment en métallurgie.

magnétique *a* 1 Relatif à l'aimant, au magnétisme. *Champ magnétique.* 2 Qui semble exercer une influence puissante et mystérieuse sur la volonté d'autrui. *Charme magnétique.*

magnétisation *nf* Action de magnétiser.

327

mainate

magnétiser vt 1 Communiquer les propriétés de l'aimant à une substance. 2 Soumettre à une influence puissante ; subjuguer.

magnétiseur, euse n 1 Guérisseur qui attribue son action à un fluide personnel. 2 Hypnotiseur.

magnétisme nm 1 Partie de la physique qui étudie les propriétés des aimants, des champs magnétiques. 2 Ensemble des phénomènes relatifs aux champs magnétiques. 3 Attraction, fascination que qqn exerce sur un autre.

magnétite nf Oxyde naturel de fer.

magnéto nf Génératrice de courant alternatif.

magnétomètre nm Instrument de mesure des champs magnétiques.

magnétophone nm Appareil permettant d'enregistrer des sons sur bande magnétique et de les reproduire.

magnétoscope nm Appareil permettant d'enregistrer les images sur bande magnétique et de les reproduire sur un écran de télévision.

magnétosphère nf Zone du champ magnétique d'une planète.

magnificat [-kat] nm inv 1 Cantique de la Vierge Marie à l'Annonciation. 2 Musique sur le texte du Magnificat.

magnificence nf Litt 1 Générosité grandiose dans les dons, les dépenses. 2 Caractère magnifique ; splendeur somptueuse.

magnifier vt Litt Exalter la grandeur de.

magnifique a 1 Somptueux, plein de grandeur, d'éclat. 2 Très beau, remarquable.

magnifiquement av De façon magnifique.

magnitude nf 1 ASTRO Grandeur servant à caractériser l'éclat d'un astre. 2 GEOL Grandeur permettant de classer les séismes.

magnolia nm Arbre ornemental aux grandes fleurs blanches très odorantes.

magnum [magnɔm] nm Grosse bouteille contenant 1,5 litre.

magot nm 1 Macaque sans queue d'Afrique du Nord. 2 Figurine représentant un personnage obèse. 3 Fam Somme d'argent, économies.

magouille nf Fam Intrigue, manœuvre douteuse.

magouiller vi Fam Se livrer à des magouilles.

magouilleur, euse n, a Fam Qui magouille.

magret nm Filet de canard élevé pour la production de foie gras.

magyar, are a, n Hongrois.

maharajah ou **maharadja** nm Titre donné autrefois aux princes de l'Inde.

maharani nf Femme de maharajah.

mahatma nm Nom attribué dans l'Inde moderne à certains chefs spirituels.

mahdi nm Envoyé de Dieu à la fin des temps, dans la religion islamique.

mah-jong nm Jeu chinois voisin des dominos. Des mah-jongs.

mahométan, ane n, a Vx Musulman.

mahonia nm Arbrisseau ornemental à fleurs jaunes et à baies bleues.

mahorais, aise a, n De Mayotte.

mahratte ou **marathe** nm Langue de l'Inde (Maharashtra), dérivée du sanskrit.

mai nm Cinquième mois de l'année.

maïa nm Araignée de mer.

maïeutique nf PHILO Méthode dialectique visant à amener l'interlocuteur à découvrir par lui-même la vérité.

maigre a 1 Qui a peu de graisse, de matières grasses. Viande maigre. Fromage maigre. 2 Dont le corps présente peu de chair autour du squelette. 3 Peu fourni. Une maigre végétation. 4 Qui manque d'importance ; insuffisant. Maigre bénéfice. ■ nm 1 Partie maigre d'une viande. 2 Syn de scène. Loc Faire maigre : ne pas manger de viande pour des raisons religieuses.

maigrelet, ette ou **maigrichon, onne** a, n Fam Un peu trop maigre.

maigrement av Petitement, chichement.

maigreur nf État d'un être maigre.

maigrir vi Devenir maigre. ■ vt Faire paraître maigre.

mail nm Promenade publique.

mailing [-liŋ] nm Envoi de prospectus, de spécimens pour promouvoir la vente d'un produit.

maillage nm Disposition en réseau.

maille nf Chacune des boucles (de fil, de laine, etc.) dont l'entrelacement constitue un tissu, un tricot, un filet, un grillage, etc. Loc Avoir maille à partir avec qqn : avoir une dispute avec lui.

maillechort nm Alliage de cuivre, de nickel et de zinc, blanc, dur et inaltérable.

mailler vt Fabriquer en mailles. Mailler un filet.

maillet nm Marteau à deux têtes en bois dur.

mailloche nf 1 Gros maillet. 2 MUS Baguette terminée par une boule utilisée avec certains instruments à percussion.

maillon nm Anneau d'une chaîne.

maillot nm 1 Lange et couches dont on enveloppait un bébé. 2 Vêtement de tricot porté à même la peau. 3 Costume de bain.

main nf 1 Partie du corps humain qui termine le bras, munie de cinq doigts. 2 IMPRIM Assemblage de vingt-cinq feuilles de papier. Loc Porter la main sur qqn : le frapper. Mettre la main sur une chose : la trouver après l'avoir cherchée. Avoir le cœur sur la main : être très généreux. Forcer la main à qqn : le contraindre à faire qqch. A pleines mains : abondamment, avec libéralité. Attaque à main armée : par une (des) personne(s) armée(s). Coup de main : opération exécutée par surprise. Fam Donner un coup de main à qqn : l'aider. De main de maître : très bien fait, exécuté. Fam Ne pas y aller de main morte : agir très vigoureusement. De longue main : depuis longtemps. De première main : directement, sans intermédiaire. De seconde main : d'occasion ; indirectement. De la main à la main : directement. Prendre en main(s) une affaire : s'en charger. En main(s) propre(s) : directement entre les mains de la personne concernée. En bonnes mains : sous la responsabilité de qqn de compétent. Sous main : secrètement. Sous la main : à portée, non loin. Mettre la main à l'ouvrage, à la pâte : participer activement à un travail. Avoir la main heureuse : réussir ce que l'on entreprend. Avoir la haute main sur qqch : avoir autorité. Emporter une affaire haut la main : facilement. Avoir la main lourde : faire trop sentir son autorité. Faire main basse sur : s'emparer de. Passer la main : renoncer à ce à quoi l'on avait droit. Avoir la main : aux cartes, être le premier à jouer. Main courante : dessus de la rampe d'escalier. Petite main : couturière débutante.

mainate nm Oiseau noir d'Asie, apte à imiter la voix humaine.

main-d'œuvre *nf* 1 Façon, travail de l'ouvrier. 2 Personnel de production.

main-forte *nf* Loc *Prêter main-forte à qqn* : lui porter assistance pour exécuter qqch.

mainlevée *nf* DR Acte mettant fin aux mesures de saisie, de séquestre, etc.

mainmise *nf* Domination, accaparement.

mainmorte *nf* Loc DR *Biens de mainmorte* : biens possédés par des communautés religieuses, des œuvres charitables, etc., et qui échappent aux règles des mutations par décès.

maint, mainte *a* indéf Litt Plus d'un, de nombreux. *Je te l'ai dit maintes fois.*

maintenance *nf* TECH Maintien d'un matériel en état de fonctionnement.

maintenant *av* 1 À présent, au temps où nous sommes. 2 Désormais. *Maintenant ils seront heureux.* Loc *Maintenant que* : dès lors que.

maintenir *vt* [35] 1 Tenir ferme et fixe. 2 Conserver dans le même état ; garder. 3 Continuer à affirmer, soutenir. ■ *vpr* Rester dans le même état. *Se maintenir en bonne santé.*

maintien *nm* 1 Contenance, attitude. 2 Action de maintenir, de conserver dans le même état.

maire *nm* Élu chargé de diriger une commune avec le conseil municipal. Loc HIST *Maire du palais* : sous les mérovingiens, dignitaire qui détenait la réalité du pouvoir.

mairesse *nf* 1 Fam Femme d'un maire. 2 Abusiv Femme maire.

mairie *nf* 1 Fonction du maire. 2 Administration municipale. 3 Bureaux de cette administration ; bâtiment qui les abrite.

mais *conj* Exprime une restriction, une différence, une opposition, une objection, etc. ■ *av* Loc Litt *N'en pouvoir mais* : être impuissant.

maïs *nm* Céréale à grosse tige et à gros grains jaunes en épis.

maison *nf* 1 Bâtiment d'habitation. 2 Ensemble des lieux que l'on habite ; les habitants de ces lieux. 3 Établissement commercial, financier, industriel, social, culturel, etc. *Une maison sérieuse. Maison de retraite. Maison de la culture.* 4 Famille noble ; famille régnante. *La maison d'Autriche.* ■ *a inv* 1 Fait à la maison, de façon artisanale. *Gâteau maison.* 2 Formé dans l'établissement. *Ingénieur maison.*

maisonnée *nf* Ensemble des habitants d'une maison.

maisonnette *nf* Petite maison.

maître, maîtresse *n* 1 Qui détient une autorité comme propriétaire, comme directeur. *Le chien obéit à son maître. Des domestiques fidèles à leurs maîtres.* 2 Instituteur, institutrice. Loc *Être son maître* : ne dépendre que de soi-même. ■ *a* 1 Qui est en état de décider, de diriger. *Être maître du choix, de la situation.* 2 Qui est dominant, essentiel. *Qualité maîtresse. Poutre maîtresse.* Loc *Être maître de soi* : se dominer. *Se rendre maître de* : s'emparer de. ■ *nm* 1 Qui a des disciples, qui sert de modèle. 2 Titre donné aux avocats, aux notaires, aux commissaires-priseurs. Loc *Maître de conférences* : professeur non titulaire dans une université. *Maître d'hôtel* : employé responsable de l'ensemble du service dans un restaurant ou une grande maison. *Maître d'œuvre* : qui assure la conception et la réalisation d'un édifice, d'un projet. ■ *nf* Femme qui a des relations intimes avec un homme qui n'est pas son mari.

maître-autel *nm* Autel principal d'une église. *Des maîtres-autels.*

maître chanteur. V. chanteur.

maître-chien *nm* Spécialiste du dressage des chiens. *Des maîtres-chiens.*

maître-mot *nm* Mot qui résume la pensée de qqn, d'un groupe. *Des maîtres-mots.*

maîtrisable *a* Qu'on peut maîtriser.

maîtrise *nf* 1 École d'instruction musicale des enfants de chœur ; ensemble des chanteurs. 2 Ensemble du personnel chargé de l'encadrement des ouvriers. 3 Titre universitaire supérieur à la licence et inférieur au doctorat. 4 Excellence dans un art, une science. 5 Domination, contrôle. *La maîtrise des mers.* 6 Fait de maîtriser qqch. *Avoir une bonne maîtrise de l'anglais.*

maîtriser *vt* 1 Réduire par la force, dompter. *Maîtriser un cheval.* 2 Dominer. *Maîtriser ses passions.* 3 Savoir parfaitement conduire, traiter, utiliser. *Maîtriser son véhicule. Maîtriser son sujet.* ■ *vpr* Rester maître de soi.

maïzena [-ze-] *nf* (n déposé) Farine de maïs.

majesté *nf* 1 Grandeur suprême ; caractère auguste qui inspire le respect. 2 Titre donné aux souverains.

majestueusement *av* Avec majesté.

majestueux, euse *a* Qui a de la majesté, de la grandeur, de la noblesse.

majeur, eure *a* 1 De première importance. *Un intérêt majeur.* 2 Qui a atteint l'âge de la majorité. Loc *Cas de force majeure* : situation imprévue qui impose une action. *La majeure partie* : la plus grande partie. ■ *nm* Doigt du milieu de la main, le plus long. Syn. médius. ■ *nf* PHILO Première proposition d'un syllogisme, exprimant l'idée la plus générale.

major *n* 1 Officier supérieur chargé de l'administration d'un corps de troupe. 2 Premier d'un concours, d'une promotion. ■ *nf* Chacune des entreprises qui viennent en tête, dans un secteur de l'économie.

majoration *nf* Action de majorer.

majordome *nm* Chef des domestiques d'une grande maison.

majorer *vt* Augmenter le montant de.

majorette *nf* Jeune fille en uniforme militaire de fantaisie, qui participe à un défilé.

majoritaire *a* Qui constitue une majorité, qui appartient à la majorité. Loc *Scrutin majoritaire* : scrutin dans lequel celui des candidats qui a le plus grand nombre de voix l'emporte.

majoritairement *av* En majorité.

majorité *nf* 1 Âge fixé par la loi pour que qqn jouisse du libre exercice de ses droits. 2 Le plus grand nombre, la majeure partie. 3 Le plus grand nombre des suffrages dans un vote. 4 Parti qui réunit le plus grand nombre d'élus.

majorquin, ine *a, n* De Majorque.

majuscule *nf* Grande lettre, à l'initiale d'un nom propre ou d'un mot placé en tête de phrase, de vers, etc. Ant. minuscule.

maki *nm* Mammifère lémurien de Madagascar, arboricole, à très longue queue.

makimono *nm* Peinture japonaise sur un rouleau horizontal.

mal, maux *nm* 1 Douleur physique. *Souffrir d'un mal de dents. Avoir mal au dos.* 2 Maladie. *Un mal incurable.* 3 Difficulté, peine. *Avoir du mal à comprendre.* 4 Calamité, dommage. *Les maux de la guerre.* **5** Ce qui est mauvais. *Ce retard n'est pas un mal.* Ce qui est contraire à la morale, au bien. *Être enclin au mal.* **Loc** *Mal blanc :* panaris. *Mal de mer, de l'air :* nausées en bateau, en avion. *Avoir mal au cœur :* avoir la nausée. *Mal du pays :* nostalgie. *Mal du siècle :* état dépressif propre aux romantiques. *Dire, penser du mal de qqn :* exprimer, avoir une opinion défavorable à son sujet. ■ *av* **1** De façon défavorable, fâcheuse. *Les affaires vont mal.* **2** De façon blâmable. **3** De façon incorrecte ou défectueuse. *Travail mal fait.* **Loc** *Se sentir mal :* éprouver un malaise. *Se trouver mal :* défaillir, tomber en syncope. *Prendre mal une réponse, une réflexion, etc. :* s'en offenser. *Se mettre, être mal avec qqn :* se brouiller, être brouillé avec lui. **Fam** *Pas mal :* assez bien, plutôt bien ; en assez grand nombre, beaucoup. ■ *a* **Loc** *Bon an, mal an :* en moyenne, selon les années. *Bon gré, mal gré :* volontiers ou à contrecœur.

malabar *nm, a* **Pop** Homme de forte stature.

malachite [-kit] *nf* Carbonate hydraté de cuivre, de couleur verte.

malacologie *nf* Étude des mollusques.

malade *a, n* Qui n'est pas en bonne santé. ■ *a* **Fam** **1** Un peu fou. **2** En mauvais état, mal en point. *Une voiture bien malade.*

maladie *nf* **1** Altération de la santé. **2** Altération de l'état normal d'une chose. **Loc** **Fam** *En faire une maladie :* être très contrarié.

maladif, ive *a* **1** Sujet à être malade. **2** Qui dénote une maladie ou une santé précaire. *Teint maladif.* **3** Qui a le caractère anormal d'une maladie. *Une susceptibilité maladive.*

maladivement *av* De façon maladive.

maladresse *nf* **1** Manque d'adresse. **2** Action, parole maladroite.

maladroit, oite *a, n* Qui n'est pas adroit. ■ *a* Qui dénote la maladresse.

maladroitement *av* De façon maladroite.

malaga *nm* Vin liquoreux espagnol.

mal-aimé, ée *n* **Litt** Qui souffre d'un sentiment de rejet. *Des mal-aimé(e)s.*

malais, aise *a, n* De Malaisie. ■ *nm* Langue parlée en Malaisie et en Indonésie.

malaise *nm* **1** Sensation pénible d'un trouble, d'une indisposition physique. **2** État d'inquiétude, de crise. *Malaise économique.*

malaisé, ée *a* Difficile, peu commode.

malaisément *av* De façon malaisée.

malandrin *nm* **Litt** Voleur, malfaiteur.

malappris, ise *a, n* Grossier, impoli.

malaria *nf* Paludisme.

malavisé, ée *a, n* **Litt** Qui agit mal à propos.

malaxage *nm* Action de malaxer.

malaxer *vt* **1** Pétrir une substance pour l'amollir. **2** Masser une partie du corps.

malaxeur *nm* Machine à malaxer.

malayalam *nm* Langue dravidienne du Kerala.

malbâti, ie *n* Mal proportionné.

malbec *nm* Cépage rouge du Midi.

malchance *nf* **1** Manque de chance. **2** Événement fâcheux. *Une série de malchances.*

malchanceux, euse *a, n* Qui a de la malchance, est marqué de malchance.

malcommode *a* Qui n'est pas commode.

maldonne *nf* Erreur commise dans la distribution des cartes. **Loc** **Fam** *Il y a maldonne :* il y a erreur.

mâle *nm* **1** Individu qui appartient au sexe doué du pouvoir fécondant. **Ant** femelle. **2** **Pop** Homme considéré dans sa force virile. ■ *a* **1** Viril. *Voix mâle. Une mâle assurance.* **2** **TECH** Se dit d'une pièce qui présente une saillie destinée à venir s'encastrer dans la cavité correspondante d'une autre pièce, dite femelle.

malédiction *nf* **Litt** **1** Action de maudire ; paroles par lesquelles on maudit. **2** Fatalité, destin néfaste.

maléfice *nm* **Litt** Opération magique destinée à nuire ; mauvais sort, enchantement.

maléfique *a* **Litt** Qui exerce une influence surnaturelle mauvaise.

maléique *a* **Loc** *Acide maléique :* qui entre dans la composition de matières plastiques.

malencontreusement *av* Mal à propos.

malencontreux, euse *a* Qui survient mal à propos. *Paroles malencontreuses.*

mal-en-point *a inv* En mauvais état.

malentendant, ante *a, n* Qui souffre d'une déficience de l'ouïe.

malentendu *nm* Mauvaise interprétation d'une parole, d'un acte ; méprise.

mal-être *nm inv* Sentiment de profond malaise.

malfaçon *nf* Défaut dans la confection d'un ouvrage.

malfaisance *nf* **Litt** Disposition à faire le mal.

malfaisant, ante [-fə-] *a* Nuisible, néfaste.

malfaiteur *nm* Homme qui commet des crimes, des délits.

malfamé, ée *a* De mauvaise réputation (lieu).

malformation *nf* Anomalie congénitale.

malfrat *nm* **Pop** Malfaiteur, truand.

malgache *a, n* De Madagascar. ■ *nm* Langue officielle de Madagascar.

malgré *prép* Contre la volonté, le désir de qqn ; en dépit de qqch.

malhabile *a* Qui manque d'habileté.

malherbologie *nf* **AGRIC** Étude des mauvaises herbes, des moyens de les détruire.

malheur *nm* **1** Sort funeste. **2** Situation douloureuse, pénible ; adversité. **3** Événement affligeant, douloureux. **Loc** **Fam** *Faire un malheur :* se livrer à une action violente, un éclat redoutable ; avoir un succès considérable, gagner. *Jouer de malheur :* être victime de la malchance. *Porter malheur :* avoir une influence funeste.

malheureusement *av* Par malheur.

malheureux, euse *a, n* Qui est dans une situation pénible, douloureuse. ■ *a* **1** Qui n'a pas de chance ; qui ne réussit pas. **2** Qui dénote le malheur. **3** Qui a des conséquences fâcheuses. *Geste malheureux.* **4** Insignifiant, négligeable. *Il ne me manque qu'un malheureux franc.*

malhonnête *a, n* **1** Qui manque à la probité. **2** Contraire à la décence ; inconvenant.

malhonnêtement *av* De façon malhonnête.

malhonnêteté *nf* **1** Manque de probité. **2** Action malhonnête.

malice *nf* Disposition à l'espièglerie, à la taquinerie. *Enfant plein de malice.*

malicieusement *av* Avec malice.

malicieux, euse *a* Qui a ou qui exprime de la malice ; malin.

malien, enne *a, n* Du Mali.

malignement *av* Avec malignité.

malignité *nf* 1 Inclination à nuire. 2 MED Caractère malin d'une maladie, d'une tumeur.

malin, maligne *a* 1 Où il entre de la méchanceté. *Joie maligne.* 2 Grave, dangereux ; cancéreux. *Tumeur maligne.* ■ *a, n* Fin, rusé, astucieux. Loc Fam *Faire le malin* : faire le fanfaron, affecter un air de supériorité. Fam *Ce n'est pas malin* : ce n'est pas très intelligent ; ce n'est pas difficile.

malingre *a* De constitution chétive.

malinois *nm* Chien de berger belge.

malintentionné, ée *a* Qui a de mauvaises intentions.

malique *a* Loc *Acide malique* : acide extrait de la pomme.

malle *nf* 1 Coffre servant à enfermer les objets que l'on transporte en voyage. 2 Coffre à bagages d'une automobile.

malléabilité *nf* Caractère malléable.

malléable *a* 1 Qu'on peut façonner, modeler sans difficulté. 2 Facilement influençable, docile.

malléole *nf* ANAT Extrémité inférieure du tibia et du péroné formant la cheville.

malle-poste *nf* Anc Voiture qui faisait le service des lettres et des dépêches. *Des malles-poste.*

mallette *nf* Petite valise.

mal-logé, ée *n* Dont le logement n'est pas satisfaisant. *Des mal-logés.*

malmener *vt* [15] Traiter avec rudesse, en paroles ou en actes.

malnutrition *nf* Déséquilibre de l'alimentation.

malodorant, ante *a* Qui sent mauvais.

malophone *a* De langue malaise.

malotru, ue *n* Qui a des manières grossières.

malouin, ine *a, n* De Saint-Malo.

mal-pensant, ante *a, n* Dont les idées heurtent l'ordre établi.

malpoli, ie *a, n* Impoli, grossier.

malpropre *a, n* Qui manque de propreté ; sale. Loc Fam *Comme un malpropre* : de façon indigne.

malproprement *av* De façon malpropre.

malpropreté *nf* Caractère malpropre.

malsain, aine *a* 1 Nuisible à la santé. *Climat malsain.* 2 Pernicieux moralement.

malséant, ante *a* Litt Contraire à la bienséance.

malsonnant, ante *a* Litt Choquant (paroles).

malstrom. V. maelström.

malt *nm* Graines d'orge utilisées pour la fabrication de la bière ou du whisky.

maltais, aise *a, n* De Malte. ■ *nm* Forme d'arabe parlé à Malte. ■ *nf* Variété sucrée d'orange.

Malte (fièvre de) *nf* Syn de *brucellose.*

malté, ée *a* Qui contient du malt.

malthusianisme *nm* 1 Doctrine préconisant la limitation volontaire des naissances. 2 Limitation volontaire de la croissance économique.

malthusien, enne *a, n* Qui relève du malthusianisme.

maltraitance *nf* Situation d'une personne exposée à des mauvais traitements systématiques.

maltraiter *vt* Traiter brutalement, rudoyer.

malus [-lys] *nm* Augmentation de la prime d'assurance d'un véhicule, en cas d'accident.

malvacée *nf* BOT Plante appartenant à la même famille que la mauve, le cotonnier, etc.

malveillance *nf* 1 Disposition à vouloir du mal à son prochain ; disposition à critiquer autrui. 2 Intention criminelle.

malveillant, ante *a, n* Plein de malveillance.

malvenu, ue *a* Litt Qui n'a pas de raison légitime pour faire qqch. *Il serait bien malvenu à (de) se plaindre.*

malversation *nf* Malhonnêteté grave commise dans l'exercice d'une charge.

malvoisie *nm* Vin grec sucré et liquoreux.

malvoyant, ante *a, n* Qui souffre d'une déficience de la vue.

maman *nf* Mère (mot affectueux).

mamelle *nf* 1 Glande qui sécrète le lait, pis. 2 Fam Gros sein.

mamelon *nm* 1 Bout du sein, de la mamelle. 2 Éminence, saillie arrondie.

mamelonné, ée *a* Qui présente des saillies.

mamelouk ou **mameluk** *nm* HIST Soldat égyptien de la garde du sultan.

mamie ou **mamy** *nf* 1 Fam Grand-mère. 2 Pop Femme âgée.

mammaire *a* Relatif à la mamelle, au sein.

mammalogie *nf* Étude des mammifères.

mammectomie *nf* CHIR Ablation de la glande mammaire.

mammifère *nm* Animal vertébré supérieur portant des mamelles.

mammite *nf* Inflammation de la mamelle.

mammographie *nf* Radiographie des seins.

mammoplastie *nf* Intervention de chirurgie esthétique sur les seins.

mammouth *nm* Grand éléphant fossile du quaternaire.

mamours *nmpl* Fam Démonstrations tendres.

mamy. V. mamie.

manade *nf* En Provence, troupeau conduit par un gardian.

management *nm* 1 Technique d'organisation et de gestion des entreprises. 2 Ensemble des cadres dirigeants d'une entreprise.

manager [manadʒœr] ou **manageur** *nm* 1 Qui assure l'organisation de spectacles, qui gère les intérêts d'un artiste, d'un sportif, etc. 2 Dirigeant d'une entreprise.

managérial, ale, aux *a* Du management.

manant *nm* 1 Autrefois, paysan. 2 Litt Homme grossier, mal élevé.

manceau, elle *a, n* Du Mans ou du Maine.

1. manche *nm* 1 Partie d'un instrument, d'un outil, par laquelle on le tient pour en faire usage. 2 Partie découverte de l'os d'un gigot, d'une côtelette. Loc Fam *Être du côté du manche* : du côté du plus fort. Fam *Comme un manche* : maladroitement. *Manche à balai* : levier de commande d'un avion.

2. manche *nf* 1 Partie du vêtement qui recouvre le bras. 2 Chacune des parties liées d'un jeu, d'un match. Loc Fam *C'est une autre paire de manches* : ce n'est pas la même chose, c'est plus difficile. *Manche à air* : tube coudé qui sert de prise d'air, sur le pont d'un navire. Pop *Faire la manche* : mendier.

manchette *nf* 1 Garniture fixée aux poignets d'une chemise. 2 En lutte, prise à l'avant-bras ; coup donné avec l'avant-bras. 3 Titre de journal en gros caractères.

manchon *nm* 1 Fourreau dans lequel on met les mains pour les protéger du froid. 2 TECH Pièce cylindrique qui relie deux tubes.

manchot, ote *a, n* Estropié de la main ou du bras. ■ *nm* Oiseau palmipède qui vit dans l'Antarctique en vastes colonies.

mandala *nm* Figure géométrique représentant l'univers, dans le bouddhisme.

mandant, ante *n* DR Qui donne mandat à qqn de faire qqch.

mandarin *nm* **1** Dans l'ancienne Chine, fonctionnaire recruté par concours. **2** Personnage important, attaché à ses prérogatives. **3** Le plus important des dialectes parlés en Chine.

mandarinal, ale, aux *a* De mandarin.

mandarinat *nm* Charge de mandarin.

mandarine *nf* Fruit du mandarinier, ressemblant à une petite orange.

mandarinier *nm* Arbrisseau qui produit la mandarine.

mandat *nm* **1** Acte par lequel une personne donne à une autre le pouvoir d'agir en son nom. **2** Charge d'un représentant élu ; durée de cette charge. **3** DR Ordonnance signée par le juge d'instruction. *Mandat d'amener.* **4** FIN Ordre de payer adressé par un propriétaire de fonds à son dépositaire. **5** Titre postal de paiement permettant à son destinataire de toucher une somme d'argent versée par l'expéditeur.

mandataire *nm* Qui a reçu un mandat ou une procuration pour représenter qqn.

mandatement *nm* Action de mandater.

mandater *vt* **1** FIN Verser une somme par un mandat. **2** Charger qqn d'un mandat.

mandchou, oue *a, n* De Mandchourie.

mandéisme *nm* Doctrine religieuse hérétique.

mandement *nm* RELIG Écrit par lequel un évêque donne des instructions.

mander *vt* Litt **1** Faire savoir. **2** Faire venir.

mandibule *nf* **1** Maxillaire inférieur. **2** ZOOL Appendice buccal des crustacés et des insectes. ■ *pl* Fam Mâchoires.

mandoline *nf* Instrument à cordes pincées.

mandragore *nf* Plante à laquelle on attribuait autrefois des vertus magiques.

mandrill *nm* Singe cynocéphale d'Afrique, à face rouge et bleue.

mandrin *nm* **1** Poinçon. **2** Appareil servant à fixer la pièce à usiner.

manécanterie *nf* Groupe d'enfants choristes.

manège *nm* **1** Lieu où l'on dresse les chevaux et où l'on donne des leçons d'équitation. **2** Attraction foraine dans laquelle des animaux figurés ou des véhicules divers tournent autour d'un axe central. **3** Manière d'agir rusée pour parvenir à qqch.

mânes *nmpl* ANTIQ Âmes des morts.

manette *nf* Petit levier que l'on manœuvre à la main.

manga *nm* Bande dessinée japonaise.

mangabey *nm* Grand singe d'Afrique.

manganèse *nm* Métal gris utilisé en alliage avec le fer.

mangeable *a* Qui peut se manger.

mangeoire *nf* Récipient, auge dans lequel on donne à manger aux animaux domestiques.

manger *vt* [11] **1** Mâcher et avaler un aliment. **2** Ronger, entamer. **3** Dilapider, consommer. *Manger ses économies.* Loc Fam *Manger la consigne :* l'oublier. *Manger le morceau :* avouer. ■ *vi* Prendre un repas. *Manger à midi pile.* ■ *nm* Pop Ce qu'on mange.

mange-tout *nm inv* Variété de haricots verts ou de pois.

mangeur, euse *n* Qui mange, qui aime à manger tel aliment.

manglier *nm* Palétuvier.

mangoustan *nm* Arbre de Malaisie ; fruit comestible de cet arbre.

mangouste *nf* Petit mammifère d'Asie qui s'attaque aux serpents.

mangrove *nf* Forêt de palétuviers des côtes tropicales.

mangue *nf* Fruit comestible du manguier.

manguier *nm* Arbre tropical produisant des mangues.

maniabilité *nf* Qualité maniable.

maniable *a* **1** Aisé à manier. **2** Docile.

maniacodépressif, ive *a, n* Qui manifeste une alternance d'exaltation et de dépression.

maniaque *a, n* Qui a des manies.

maniaquerie *nf* Fam Comportement maniaque.

manichéen, enne [-ke] *a* Qui a un caractère de manichéisme.

manichéisme [-ke-] *nm* Attitude qui oppose d'une manière absolue le bien et le mal.

manie *nf* **1** Idée fixe, obsession. **2** Habitude bizarre, souvent ridicule.

maniement *nm* Action, façon de manier.

manier *vt* **1** Avoir entre les mains qqch qu'on examine, qu'on utilise, etc. **2** Faire usage de, manœuvrer. *Manier l'ironie. Manier un véhicule.* Loc CUIS *Manier le beurre :* le pétrir en le mélangeant à de la farine.

manière *nf* Façon d'agir, de se comporter. *Il s'est conduit d'une manière absolue. On peut résoudre le problème d'une autre manière.* Loc *À la manière de :* comme. *De manière à :* de façon à. *De toute manière :* de toute façon, quoi qu'il en soit. *D'une manière générale :* généralement, en gros. *En quelque manière :* d'une certaine façon, en un certain sens. ■ *pl* Façon d'être, de se comporter en société. *Apprendre les bonnes manières.* Loc *Faire des manières :* agir avec affectation, se faire prier.

maniéré, ée *a* Qui manque de simplicité.

maniérisme *nm* **1** Manque de naturel, affectation, en art. **2** BX-A Style de transition entre la Renaissance et le baroque.

maniériste *a, n* Qui verse dans le maniérisme.

manieur, euse *n* Loc *Manieur d'argent :* homme d'affaires. *Manieur d'hommes :* meneur, chef écouté.

manifestant, ante *n* Qui participe à une manifestation.

manifestation *nf* **1** Action de manifester ; fait de se manifester. *Manifestation de joie.* **2** Rassemblement public de personnes pour exprimer une opinion. **3** Présentation d'œuvres culturelles, d'exercices sportifs, etc.

manifeste *a* Évident, indéniable. *Une erreur manifeste.* ■ *nm* Déclaration publique exposant une doctrine, un programme.

manifestement *av* De façon manifeste.

manifester *vt* Rendre manifeste, faire connaître. ■ *vi* Prendre part à une manifestation. *Manifester dans la rue.* ■ *vpr* **1** Devenir apparent, perceptible. **2** Donner signe de vie.

manigance *nf* Fam Manœuvre secrète destinée à tromper.

manigancer *vt* [10] Fam Préparer qqch par des manigances.

manille nf 1 Jeu de cartes où le dix appelé *manille*, est la carte la plus forte. 2 Pièce métallique en forme de U, qui sert à réunir deux tronçons de chaînes.

manioc nm Arbrisseau dont les tubercules donnent le tapioca.

manipe nf Fam Manœuvre louche.

manipulateur, trice n Qui manipule.

manipulation nf 1 Action de manipuler. 2 Partie de la prestidigitation qui se fonde uniquement sur l'habileté manuelle. 3 Manœuvre, pratique louche. 4 MED Manœuvre manuelle destinée à rétablir la position normale d'une articulation.

manipule nm Ornement sacerdotal porté au bras gauche par l'officiant pendant la messe.

manipuler vt 1 Arranger avec précaution des substances, des appareils. 2 Manier, déplacer avec la main. 3 Modifier de façon louche, trafiquer. 4 Utiliser, manœuvrer qqn, un groupe en les trompant. *Des groupes manipulés par la police.*

manitou nm 1 Divinité amérindienne. 2 Fam Personne puissant, haut placé.

manivelle nf Pièce coudée qui sert à imprimer un mouvement de rotation.

manne nf 1 Nourriture miraculeuse envoyée par Dieu aux Hébreux dans le désert. 2 Litt Aubaine, avantage que l'on n'espérait pas.

mannequin nm 1 Figure articulée du corps humain, à l'usage des peintres, des sculpteurs. 2 Forme humaine servant à l'essayage ou à l'exposition des vêtements. 3 Personne qui présente au public les créations des couturiers.

manœuvrable a ⇒ Maniable.

manœuvre nf 1 Mise en œuvre d'un instrument, d'une machine ; action ou opération nécessaire à son fonctionnement. 2 Exercice destiné à l'instruction des troupes. *Champ de manœuvres.* 3 Ensemble des moyens que l'on emploie pour réussir. 4 MAR Cordage du gréement. ■ nm Ouvrier sans qualification.

manœuvrer vi Effectuer une manœuvre, des manœuvres. ■ vt 1 Agir sur un appareil, un véhicule, etc., pour le diriger, le faire fonctionner. 2 Influencer qqn de manière détournée pour qu'il agisse comme on le souhaite.

manœuvrier, ère n, a Qui sait conduire ses affaires avec habileté.

manoir nm Petit château campagnard.

manomètre nm Appareil servant à mesurer la pression d'un gaz.

manostat nm Appareil pour maintenir la pression constante d'un fluide.

manouche n Gitan nomade.

manquant, ante a, n Qui manque ; absent.

manque nm 1 Défaut, absence de ce qui est nécessaire. *Manque de pain.* 2 Ce qui manque. *Combler les manques.* Loc *État de manque :* état pénible du toxicomane privé de sa drogue. *Manque à gagner :* gain que l'on aurait pu réaliser. ■ nf Loc Fam *À la manque :* mauvais, raté.

manqué, ée a Qui avait des dispositions pour un métier qui n'est pas le sien. *Un comédien manqué.* Loc *Garçon manqué :* fille qui a des comportements de garçon. *Acte manqué :* acte qui traduit une pulsion inconsciente. ■ nm Gâteau à pâte souple.

manquement nm Fait de manquer à un engagement, à un devoir.

manquer vi 1 Faire défaut. *L'eau manque.* 2 Échouer. *La tentative a manqué.* 3 Être absent. *Plusieurs élèves manquent.* ■ vti 1 Litt Ne pas manifester à qqn les égards qui lui sont dus. *Vous lui avez gravement manqué.* 2 Faire ressentir péniblement son absence. *Sa fille lui manque.* 3 Ne pas respecter une obligation. *Manquer à ses devoirs.* 4 Être dépourvu de. *Manquer d'argent.* 5 Omettre. *Je ne manquerai pas de vous informer.* 6 Être sur le point de, faillir. *Il a manqué de tomber.* ■ vt 1 Ne pas réussir, ne pas obtenir. *Manquer une affaire, une occasion.* 2 Ne pas atteindre un but, ne pas rencontrer qqn. *Manquer la cible.* 3 Ne pas assister à, être absent de. *Manquer la classe.* Loc *Manquer le train, l'avion, etc :* arriver trop tard pour le prendre.

mansarde nf Pièce ménagée sous un comble.

mansardé, ée a Disposé en mansarde.

mansuétude nf Litt Clémence, indulgence.

mante nf Loc *Mante religieuse :* insecte au corps allongé, dont la femelle dévore parfois le mâle après l'accouplement.

manteau nm 1 Vêtement qui se porte pardessus les autres habits. 2 Partie d'une cheminée construite au-dessus du foyer. 3 GEOL Couche du globe terrestre entre l'écorce et le noyau. Loc *Sous le manteau :* en cachette.

mantille nf Écharpe de dentelle couvrant la tête et les épaules d'une femme.

mantique nf Art de la divination.

mantisse nf MATH Partie décimale du logarithme d'un nombre.

mantra nm Prière brahmanique.

manualité nf Prédominance de la main droite ou de la gauche.

manucure n Qui donne des soins de beauté aux mains, aux ongles.

manucurer vt Soigner les mains de.

manuel, elle a Qui se fait avec les mains, qui concerne les mains. ■ n Qui exerce un métier où prédominent les activités de la main, par oppos. à intellectuel. ■ nm Ouvrage qui présente l'essentiel d'un art, d'une science, etc.

manuellement av Avec les mains.

manufacture nf Établissement industriel.

manufacturer vt Transformer une matière première en un produit fini.

manufacturier, ère a Relatif aux manufactures, à l'industrie.

manu militari av En utilisant la force armée, la contrainte physique.

manuscrit, ite a Écrit à la main. *Page manuscrite.* ■ nm 1 Livre ancien écrit à la main. 2 Original écrit à la main ou dactylographié d'un texte imprimé ou destiné à l'être.

manutention nf 1 Transport de marchandises, de produits industriels, sur de courtes distances. 2 Local où ont lieu ces opérations.

manutentionnaire n Qui fait des travaux de manutention.

manutentionner vt Soumettre à des opérations de manutention.

maoïsme nm HIST Doctrine politique de Mao Zedong.

maoïste a, n Qui relève du maoïsme.

maori, ie a Relatif aux Maoris. ■ nm Langue polynésienne des Maoris.

maous, ousse [maus] a Pop Gros, énorme.

mappemonde *nf* Carte du globe terrestre sur laquelle les deux hémisphères sont représentés côte à côte.

maquer *vt* Pop Être le souteneur d'une prostituée. ■ *vpr* Pop Se mettre en ménage.

maquereau *nm* 1 Poisson marin au dos bleu-vert rayé de noir. 2 Pop Qui tire profit de la prostitution des femmes ; proxénète, souteneur.

maquette *nf* 1 Représentation à échelle réduite d'une œuvre d'architecture, d'un navire, d'un avion, d'une machine, etc. 2 Modèle original, simplifié ou complet, d'un ouvrage imprimé.

maquettiste *n* Qui réalise des maquettes.

maquignon *nm* 1 Marchand de chevaux. 2 Personne peu scrupuleuse en affaires.

maquignonnage *nm* Procédés indélicats, manœuvres illicites.

maquillage *nm* 1 Action de maquiller ou de se maquiller. 2 Produits que l'on utilise pour se maquiller.

maquiller *vt* 1 Modifier à l'aide de fards, de produits colorés, l'apparence d'un visage. 2 Modifier l'aspect de qqch pour tromper.

maquilleur, euse *n* Qui fait métier de maquiller les acteurs.

maquis *nm* 1 Formation végétale buissonneuse et épineuse des régions méditerranéennes. 2 Ce qui est ou paraît impénétrable, inextricable. *Le maquis de la procédure.* 3 Lieu peu accessible où des résistants à une occupation étrangère vivent dans la clandestinité.

maquisard *nm* Combattant d'un maquis.

marabout *nm* 1 Mystique musulman. 2 En Afrique, devin, guérisseur. 3 Grand oiseau d'Afrique, charognard, au bec puissant et au cou déplumé.

maraîcher, ère *n* Qui cultive les légumes. ■ *a* Qui concerne la culture des légumes.

marais *nm* Étendue d'eau stagnante de faible profondeur, envahie par la végétation aquatique.

marasme *nm* 1 Activité très ralentie, stagnation. 2 Champignon à lamelles, comestible.

marasque *nf* Cerise acide des régions méditerranéennes.

marasquin *nm* Liqueur de marasques.

marathe V. mahratte.

marathon *nm* 1 Épreuve de course à pied de grand fond (42,195 km). 2 Séance, négociation prolongée et éprouvante.

marathonien, enne *n* Qui court le marathon.

marâtre *nf* Mauvaise mère.

maraud, aude *n* Litt Scélérat, vaurien.

maraudage *nm* ou **maraude** *nf* Vol des produits de la terre avant leur récolte. Loc *En maraude* : se dit d'un taxi qui roule lentement à la recherche de clients.

marauder *vi* 1 Faire du maraudage. 2 Être en maraude.

maraudeur, euse *n* Qui maraude.

marbre *nm* 1 Calcaire souvent veiné, utilisé en construction, en décoration, en sculpture, etc. 2 Morceau, objet de marbre. Loc *De marbre* : impassible, froid.

marbré, ée *a* Veiné comme le marbre.

marbrer *vt* 1 Décorer de dessins imitant les veines du marbre. 2 Produire sur la peau des marques semblables aux veines du marbre.

marbrerie *nf* 1 Métier du marbrier. 2 Atelier de marbrier.

marbrier, ère *n* 1 Spécialiste du travail du marbre et des pierres dures. 2 Entrepreneur de monuments funéraires. ■ *a* Relatif au marbre.

marbrure *nf* 1 Imitation des veines du marbre. 2 Marque sur la peau.

marc [maʀ] *nm* 1 Résidu de fruits, de végétaux dont on a extrait le suc. *Marc de raisin. Marc de café.* 2 Eau-de-vie obtenue par distillation du marc de raisin.

marcassin *nm* Petit de la laie.

marcassite *nf* Sulfure naturel de fer.

marchand, ande *n* Qui fait profession d'acheter et de revendre avec bénéfice ; commerçant, négociant. ■ *a* Relatif au commerce. *Valeur marchande.*

marchandage *nm* 1 Action de marchander. 2 Tractation laborieuse.

marchander *vt* Débattre le prix de qqch pour l'obtenir à meilleur compte.

marchandisage *nm* Technique de diffusion commerciale. Syn. merchandising.

marchandise *nf* Objet, produit qui se vend ou s'achète.

marchant, ante *a* Loc *Aile marchante* : la partie la plus active d'un parti.

marche *nf* 1 Action de marcher ; enchaînement des pas. 2 Mouvement d'un groupe de personnes qui marchent. 3 Pièce de musique destinée à régler le pas d'une troupe, d'un cortège. 4 Mouvement d'un corps, d'un véhicule qui se déplace, d'un mécanisme qui fonctionne. 5 Fait de suivre son cours ou de fonctionner. *La marche du temps. La bonne marche d'une usine.* 6 Élément plan et horizontal d'un escalier, sur lequel on pose le pied. Loc *Faire marche arrière* : reculer ; revenir sur une prise de position. *Marche à suivre* : processus pour obtenir ce qu'on désire.

marché *nm* 1 Lieu couvert ou en plein air où l'on met en vente des marchandises. 2 Ville, endroit qui est le centre d'un commerce important. 3 Débouché économique. *Conquérir de nouveaux marchés.* 4 Ensemble des transactions portant sur tels biens, tels services. *Le marché du sucre.* 5 Convention concernant les conditions d'une vente, d'un travail à exécuter. Loc *Bon marché* : à un prix avantageux, peu cher. *Faire son marché* : aller aux provisions. *Faire bon marché de qqch* : en faire peu de cas. *Mettre le marché en main* : donner le choix de conclure ou de rompre. *Second marché* : marché boursier destiné surtout aux entreprises moyennes. *Par-dessus le marché* : de plus, en outre.

marchepied *nm* 1 Marche ou série de marches permettant de monter dans un véhicule. 2 Moyen de parvenir à une charge supérieure.

marcher *vi* 1 Se déplacer par la marche, aller d'un point à un autre en faisant des pas. 2 Poser le pied sur qqch, dans qqch. *Il a marché dans une flaque.* 3 Fam Accepter de participer à une action. *Je ne marche pas !* 4 Fam Se laisser tromper. 5 Se déplacer (véhicules). 6 Fonctionner. *La radio ne marche plus.* 7 Prospérer, avoir du succès. *Affaire qui marche.* Loc Fam *Faire marcher qqn* : le tromper.

marcheur, euse *n* Qui marche, ou qui peut marcher longtemps sans se fatiguer.

marcottage *nm* AGRIC Opération par laquelle on fait des marcottes.

marcotte *nf* AGRIC Organe végétal aérien que l'on enterre et qui s'enracine avant de se séparer de la plante mère.

marcotter *vt* Pratiquer le marcottage sur.

mardi *nm* Deuxième jour de la semaine. Loc *Mardi gras* : veille du premier jour de carême.

mare *nf* 1 Petite étendue d'eau stagnante. 2 Grande quantité de liquide répandu sur le sol. *Une mare de sang.*

marécage *nm* Terrain imprégné d'eau.

marécageux, euse *a* 1 De la nature du marécage. 2 Qui se trouve dans les marécages.

maréchal, aux *nm* Loc *Maréchal de France* : officier général investi de la plus haute dignité militaire. *Maréchal des logis* : sous-officier, dans la cavalerie, l'artillerie et la gendarmerie. Fam *Avoir son bâton de maréchal* : être arrivé à la plus haute situation à laquelle on puisse prétendre.

maréchale *nf* Femme d'un maréchal.

maréchal-ferrant *nm* Artisan qui ferre les chevaux ; forgeron. *Des maréchaux-ferrants.*

maréchaussée *nf* Fam Gendarmerie.

marée *nf* 1 Mouvement périodique des eaux de la mer, qui s'élèvent et s'abaissent à des intervalles réguliers. 2 Poissons de mer, coquillages, crustacés, qui viennent d'être pêchés. Loc *Marée noire* : couche d'hydrocarbures répandus accidentellement. *Marée humaine* : foule considérable en mouvement. *Contre vents et marées* : en dépit de tout.

marégraphe *nm* Appareil pour mesurer la hauteur des marées.

marelle *nf* Jeu d'enfants qui consiste à pousser un palet en sautant à cloche-pied.

marémoteur, trice *a* Qui concerne ou qui utilise l'énergie des marées.

marengo [-rɛ̃-] *a inv* Cuit dans de la matière grasse avec des tomates et des champignons.

mareyage *nm* Commerce du mareyeur.

mareyeur, euse *n* Marchand en gros de poisson et de fruits de mer.

margarine *nf* Mélange de graisses végétales, utilisé en cuisine.

margaux *nm* Bordeaux rouge, très apprécié.

marge *nf* 1 Espace blanc autour d'un texte, d'une gravure, d'une photographie, etc. 2 Latitude dont on dispose. *Tolérer une marge d'erreur.* 3 Différence entre le prix de vente et le prix d'achat d'une marchandise, exprimée en pourcentage du prix de vente. Loc *En marge de qqch* : en dehors de qqch, sans en être éloigné. *Vivre en marge de la société* : sans être socialement intégré.

margelle *nf* Rebord d'un puits.

margeur *nm* Dispositif qui permet de faire des marges.

marginal, ale, aux *a* 1 Qui est en marge d'un texte. *Notes marginales.* 2 Qui n'est pas essentiel, qui n'est pas principal. *Une œuvre marginale.* ■ *a, n* Qui vit en marge de la société.

marginalement *av* De façon marginale.

marginalisation *nf* Fait de marginaliser, de se marginaliser.

marginaliser *vt* Rendre marginal, mettre à l'écart de la société.

marginalisme *nm* ECON Théorie qui définit la valeur d'un produit par son utilité.

marginalité *nf* Caractère marginal.

margoulette *nf* Pop Mâchoire, bouche.

margoulin, ine *n* Fam Individu malhonnête en affaires.

margrave *n* HIST Titre de princes d'Allemagne.

marguerite *nf* Plante dont la fleur a un cœur jaune et des pétales blancs allongés.

mari *nm* Homme uni à une femme par le mariage. Syn. époux, conjoint.

mariable *a* En état de se marier.

mariage *nm* 1 Union légale d'un homme et d'une femme. 2 Célébration de cette union. 3 Union, alliance, assortiment de deux ou plusieurs choses. *Un heureux mariage de couleurs.*

marial, ale, aux *a* De la Vierge Marie.

marié, ée *a, n* Uni par le mariage.

marie-jeanne *nf inv* Fam Marihuana.

marier *vt* 1 Unir un homme et une femme par les liens du mariage. 2 Donner en mariage. *Il a marié sa fille.* 3 Participer aux cérémonies de mariage de. 4 Unir, allier, assortir. *Marier les couleurs.* ■ *vpr* S'unir par le mariage.

marieur, euse *n* Anc Qui s'entremet pour favoriser des mariages.

marigot *nm* Dans les pays tropicaux, étendue d'eau stagnante.

marihuana [marikwana] ou **marijuana** *nf* Stupéfiant provenant du chanvre indien.

marin, ine *a* 1 Qui vient de la mer, qui y habite ; qui concerne la mer. *Sel marin. Animaux marins.* 2 Qui concerne la navigation en mer. *Carte marine.* ■ *nm* 1 Personne dont la profession est de naviguer en mer. 2 Homme d'équipage. *Les officiers et les marins.*

marina *nf* Complexe touristique associant des logements à un port de plaisance.

marinade *nf* Mélange aromatisé dans lequel on laisse tremper des viandes ou des poissons.

1. marine *nf* 1 Ce qui concerne l'art de la navigation sur mer. *Instrument de marine.* 2 Ensemble des navires, des équipages. *Marine marchande. Marine de guerre.* 3 Puissance navale d'un État. 4 Tableau qui a la mer pour sujet. ■ *a inv* Loc *Bleu marine* : bleu foncé.

2. marine *nm* Fusilier marin dans les armées britannique et américaine.

mariner *vi* 1 Tremper, être placé dans une marinade. 2 Fam Attendre ; rester longtemps dans une situation désagréable.

marinier, ère *n* Qui conduit des péniches sur les cours d'eau. Loc *Officier marinier* : sous-officier de la Marine nationale. ■ *nf* Vêtement, blouse ample, que l'on enfile par la tête. Loc *Moules marinière* : cuites dans leur jus, avec du vin blanc, des échalotes et du persil.

mariol ou **mariolle** *n* Loc Fam *Faire le mariolle* : faire le malin, l'intéressant.

marionnette *nf* 1 Figurine qu'on actionne à l'aide de ficelles ou à la main. 2 Personne qu'on manœuvre comme on veut.

marionnettiste *n* Montreur de marionnettes.

mariste *nm* Religieux d'un ordre qui s'est voué à la Vierge Marie.

marital, ale, aux *a* Du mari.

maritalement *av* Comme des époux mais sans être mariés.

maritime *a* 1 Qui est en contact avec la mer, qui subit son influence. 2 Qui concerne la navigation sur mer, la marine.

marivaudage *nm* Litt Galanterie raffinée dans l'expression des sentiments amoureux.

marivauder *vi* Litt User de marivaudage.

marjolaine nf Plante aromatique. Syn. origan.

mark nm Anc. unité monétaire de l'Allemagne et de la Finlande.

marketing [-tiŋ] nm Technique ayant pour objet la diffusion commerciale d'un produit.

marlou nm Pop Souteneur.

marmaille nf Fam Groupe de petits enfants.

marmelade nf Préparation de fruits écrasés sucrés et très cuits. Loc Fam *En marmelade* : broyé, en capilotade.

marmite nf Récipient fermé d'un couvercle, dans lequel on fait cuire les aliments.

marmiton nm Jeune aide de cuisine.

marmonnement nm Murmure indistinct.

marmonner vt Murmurer entre ses dents.

marmoréen, enne a Litt Qui évoque le marbre.

marmot nm Fam Petit enfant. Loc Fam, vx *Croquer le marmot* : attendre longtemps et en vain.

marmotte nf Mammifère rongeur des Alpes à fourrure épaisse gris cendré.

marmottement nm Action de marmotter.

marmotter vi Dire entre ses dents.

marmouset nm Figurine grotesque.

marnage nm Variation du niveau de la mer lors des marées.

marne nf Roche sédimentaire argileuse riche en calcaire utilisée pour amender les sols.

marner vt Amender un sol en y incorporant de la marne. ■ vi Pop Travailler dur.

marneux, euse a Qui contient de la marne.

marocain, aine a, n Du Maroc.

maroilles nm Fromage de vache fabriqué dans le Nord.

maronite n, a Catholique de rite syrien.

maronner vi Fam Maugréer, grogner.

maroquin nm 1 Cuir de chèvre tanné et teint. 2 Fam Portefeuille, poste ministériel.

maroquinerie nf Fabrication ou commerce des objets en cuir fin.

maroquinier nm Fabricant ou commerçant d'articles de maroquinerie.

marotte nf Fam Manie, idée fixe.

marouflage nm Action de maroufler.

maroufler vt Coller une toile peinte sur une toile de renfort, un panneau de bois, un mur.

marquage nm Action de marquer.

marquant, ante a Qui marque par sa singularité, son action. *Événement marquant.*

marque nf 1 Trace laissée par qqch. *Le projectile a fait une marque sur le mur.* 2 Signe distinctif attestant un contrôle ou identifiant un fabricant, une entreprise. 3 Entreprise industrielle ou commerciale. *Un produit d'une grande marque.* 4 Moyen de repérage. *Mettre une marque entre les pages d'un livre.* 5 Dispositif pour caler les pieds des coureurs au départ. 6 Décompte des points d'un joueur, d'une équipe sportive. 7 Témoignage. *Il nous a donné des marques de sympathie.* Loc Fam *Chercher ses marques* : à s'assurer une position avantageuse par rapport à ses concurrents.

marqué, ée a Très net. *Avoir une préférence marquée pour qqch.*

marque-page nm Signet servant à retrouver une page. *Des marque-pages.*

marquer vt 1 Mettre une marque sur. *Marquer du linge. Marquer le bétail.* 2 Signaler par une marque, un repère. *Marquer une séparation.* 3 Faire ou laisser une trace, une empreinte sur, dans. *Le coup l'a marqué au front.* 4 Inscrire,

noter. *Marquer un rendez-vous.* 5 Indiquer. *L'horloge marque midi.* 6 Inscrire à la marque. *Marquer un but.* 7 Demeurer aux côtés d'un adversaire pour contrôler son action. 8 Indiquer en soulignant, en accentuant. *Marquer la mesure du geste.* 9 Manifester, témoigner, exprimer. *Marquer son intérêt pour le cinéma.*

marqueter vt [19] Décorer en marqueterie.

marqueterie [-kɛtʀi] nf 1 Placage de bois, de nacre, d'ivoire, etc., formant un motif décoratif. 2 Ensemble disparate.

marqueteur nm Spécialiste de marqueterie.

marqueur, euse n 1 Qui marque. ■ nm 1 Crayon-feutre à pointe épaisse. 2 MED Substance permettant de déceler un état pathologique. 3 Traceur radioactif. ■ nf Machine imprimant une marque sur des articles industriels.

marquis nm Titre de noblesse entre le duc et le comte.

marquisat nm Fief, titre de marquis.

marquise nf 1 Femme d'un marquis. 2 Auvent ou vitrage sur un perron, un quai de gare, etc.

marraine nf 1 Celle qui présente un enfant, une personne au baptême. 2 Celle qui préside au baptême d'une cloche, d'un navire, etc.

marrane nm HIST Juif d'Espagne et du Portugal, converti de force au catholicisme.

marrant, ante a, n Fam Drôle, amusant.

marre av Loc Fam *En avoir marre* : en avoir assez, être excédé.

marrer (se) vi Fam Rire, s'amuser.

marri, ie a Litt Attristé.

1. marron nm 1 Fruit comestible d'une variété de châtaignier. 2 Pop Coup de poing. 3 Couleur marron. Loc *Tirer les marrons du feu* : prendre des risques au seul profit d'un autre. *Marron d'Inde* : graine non comestible du marronnier d'Inde. ■ a inv D'une couleur brun-rouge.

2. marron, onne a Qui exerce sans titre. *Avocat marron.* Loc HIST *Esclave marron* : fugitif.

marronnier nm Variété de châtaignier. Loc *Marronnier d'Inde* : grand arbre ornemental à fleurs en grappes blanches ou rouges.

mars nm Troisième mois de l'année.

marsala nm Vin doux produit en Sicile.

marseillais, aise a, n De Marseille.

marsouin nm 1 Mammifère cétacé proche du dauphin. 2 Pop Soldat de l'infanterie de marine.

marsupial, ale, aux a Loc *Poche marsupiale* : poche ventrale des marsupiaux. ■ nm ZOOL Mammifère tel que le kangourou, la sarigue, etc., caractérisé par la poche où les petits achèvent leur développement embryonnaire.

martagon nm Lis des montagnes.

marte. V. martre.

marteau nm 1 Outil composé d'une tête en métal, munie d'un manche, qui sert à battre les métaux, à enfoncer des clous, etc. 2 Battant métallique. *Marteau de porte.* 3 ANAT Un des osselets de l'oreille moyenne. 4 Sphère métallique que l'athlète doit projeter le plus loin possible. Loc *Marteau piqueur* : engin servant à défoncer le sol, comportant une pointe agitée de secousses. ■ a Pop Fou.

marteau-pilon nm Machine servant à forger les pièces de métal de grande dimension. *Des marteaux-pilons.*

martel nm Loc *Se mettre martel en tête* : se tourmenter, se faire du souci.

martelage nm Action de marteler, notamment pour préparer ou mettre en forme des métaux.

martèlement nm 1 Action de marteler. 2 Bruit scandé et sonore comme celui d'un marteau.

marteler vt [16] 1 Battre ou façonner à coups de marteau. *Marteler du cuivre.* 2 Frapper à coups répétés. 3 Articuler les mots avec force.

martial, ale, aux [-sjal] a Énergique, décidé, combatif. *Un air, un discours martial.* Loc *Loi martiale* : qui autorise l'emploi de la force armée pour le maintien de l'ordre. *Cour martiale* : tribunal militaire d'exception. *Arts martiaux* : disciplines individuelles d'attaque et de défense, d'origine japonaise.

martien, enne [-sjɛ̃] a De la planète Mars. ■ n Habitant fictif de cette planète.

martinet nm 1 Fouet à plusieurs brins de corde ou de cuir. 2 Oiseau ressemblant à l'hirondelle.

martingale nf 1 Demi-ceinture qui retient l'ampleur du dos d'un vêtement. 2 Action par laquelle on mise sur chaque coup le double de sa perte au coup précédent ; système de jeu prétendument toujours gagnant.

martiniquais, aise a, n De la Martinique.

martin-pêcheur nm Petit oiseau qui se nourrit de poissons. *Des martins-pêcheurs.*

martre ou **marte** nf Petit mammifère carnivore au corps long et souple et au pelage brun.

martyr, e n Qui est mort ou qui a beaucoup souffert par fidélité à sa religion, à son idéal. ■ n, a Qui subit des mauvais traitements.

martyre nm 1 La mort, les tourments endurés par un martyr. 2 Très grande souffrance physique ou morale.

martyriser vt Faire souffrir durement ; maltraiter.

martyrologe nm Liste de personnes qui sont mortes ou ont souffert pour une cause.

marxien, enne a De Karl Marx.

marxisme nm Doctrine de Karl Marx fondée sur le principe de la lutte des classes.

marxisme-léninisme nm Doctrine de Lénine et de ses partisans, inspirée du marxisme.

marxiste a, n Qui relève du marxisme.

maryland [-lɑ̃d] nm Tabac à fumer américain.

mas [ma] ou [mas] nm inv Dans le Midi, ferme ou maison de campagne.

mascara nm Cosmétique utilisé pour colorer et épaissir les cils.

mascarade nf Actions, démonstrations hypocrites ; mise en scène trompeuse.

mascaret nm Haute vague qui remonte certains fleuves à la marée montante.

mascarpone nm Fromage italien à pâte molle.

mascotte nf Porte-bonheur, fétiche.

masculin, ine a 1 Qui appartient au mâle, à l'homme. *Le sexe masculin.* 2 LING Qui s'applique aux êtres mâles et à une partie des noms de choses. ■ nm Genre grammatical masculin.

masculiniser vt Rendre masculin.

masculinité nf Caractère masculin.

maser [zɛʁ] nm PHYS Générateur de micro-ondes, utilisé comme amplificateur ou comme oscillateur.

maso a, n Fam Abrév de *masochiste.*

masochisme nm Comportement d'une personne qui prend plaisir à souffrir.

masochiste a, n Qui relève du masochisme.

masquage nm Action de masquer.

masque nm 1 Faux visage en carton, en plastique, etc., ou dispositif qu'on applique sur son propre visage pour se déguiser, se protéger, etc. *Masque de carnaval. Masque à gaz.* 2 Moulage du visage. *Masque mortuaire.* 3 Préparation cosmétique qu'on applique sur le visage et le cou. 4 Litt Apparence trompeuse. Loc *Lever, jeter, tomber le masque* : ne plus déguiser ses vrais sentiments.

masqué, ée a Couvert d'un masque, un déguisement. Loc *Bal masqué* : où l'on porte un masque, un déguisement.

masquer vt 1 Cacher qqch sous des apparences trompeuses. 2 Dissimuler qqch à la vue.

massacrant, ante a Loc *Humeur massacrante* : très mauvaise humeur.

massacre nm Action de massacrer ; son résultat. Loc *Jeu de massacre* : jeu forain qui consiste à abattre au moyen de balles de son des poupées à bascule.

massacrer vt 1 Tuer en grand nombre et sauvagerie des êtres sans défense. *Massacrer des otages.* 2 Gâter par une exécution maladroite. *Massacrer une pièce de théâtre.*

massacreur, euse n Qui massacre.

massage nm Action de masser. Loc *Massage cardiaque* : réanimation d'urgence par pression pratiquée en cas d'arrêt cardiaque.

masse nf 1 Quantité importante de matière formant un ensemble compact, indifférencié. *Une masse rocheuse. Une statue taillée dans la masse.* 2 Grand nombre de choses, d'êtres animés. *Prendre un objet au hasard dans la masse. La masse des réfugiés.* 3 Le plus grand nombre, par oppos. à l'élite. 4 Somme d'argent affectée à un emploi particulier. *La masse salariale.* 5 PHYS Grandeur fondamentale liée à la quantité de matière d'un corps et qui intervient dans les lois de son mouvement. *Le kilogramme, unité de masse.* 6 ELECTR Bâti métallique d'une machine, d'un appareil, relié au pôle négatif du générateur. 7 Marteau à tête très lourde. Loc *En masse* : en grand nombre. Pop *Des masses* : beaucoup. *De masse* : concernant la grande majorité de la société. *Plan de masse* ou *plan-masse* : plan qui ne donne que les contours extérieurs d'un bâtiment, ou d'un ensemble de bâtiments. ■ pl Les classes populaires.

massepain nm Pâtisserie à base d'amandes pilées et de sucre.

masser vt 1 Disposer en grand nombre. *Masser des troupes.* 2 Pétrir, presser différentes parties du corps. ■ vpr Se rassembler en masse.

massette nf Petite masse (marteau).

masseur, euse n Qui pratique des massages.

massicot nm Machine à couper le papier.

massicoter vt Couper du papier au massicot.

massif, ive a 1 Qui est ou qui paraît épais, compact, lourd. *Porte massive. Attaque massive.* 2 Qui a lieu, se produit, est fait en masse. ■ nm 1 Ensemble montagneux. 2 Assemblage de fleurs, d'arbustes en vue d'un effet décoratif.

massification nf Adaptation de qqch à la masse, au grand nombre.

massifier vt Opérer une massification.

massique a PHYS De la masse ou de l'unité de masse.

matinal

massivement *av* De façon massive.

massue *nf* Bâton noueux beaucoup plus gros à un bout qu'à l'autre et servant d'arme. **Loc** *Coup de massue* : coup brutal, décisif ; catastrophe accablante. *Argument massue* : décisif.

mastaba *nm* HIST Tombeau de l'Égypte antique en forme de pyramide tronquée.

mastère *nm* Diplôme universitaire de haut niveau.

mastic *nm* 1 Pâte à base d'huile de lin, durcissant à l'air, utilisée pour fixer des vitres, etc. 2 Erreur typographique. ■ *a inv* D'une couleur gris-beige clair. *Imperméable mastic.*

masticage *nm* Action de mastiquer (1).

masticateur, trice *a* Qui sert à la mastication.

mastication *nf* Action de mastiquer (2).

masticatoire *nm* Substance à mâcher destinée à exciter la sécrétion salivaire.

mastiff *nm* Grand chien à corps trapu.

1. mastiquer *vt* Boucher avec du mastic.

2. mastiquer *vt* Mâcher.

mastite *nf* Inflammation de la glande mammaire.

mastoc *a inv* Fam Lourd, épais, sans grâce.

mastodonte *nm* 1 Grand mammifère herbivore fossile, voisin de l'éléphant. 2 Fam Personne d'une taille démesurée ; objet énorme.

mastoïde *nf* ANAT Éminence osseuse située derrière l'oreille.

mastoïdien, enne *a* De la mastoïde.

mastoïdite *nf* Inflammation de la muqueuse des cavités mastoïdiennes.

masturbation *nf* Attouchement des parties génitales, destiné à procurer le plaisir sexuel.

masturber *vt* Pratiquer la masturbation.

m'as-tu-vu *n inv* Fam Individu vaniteux.

masure *nf* Maison misérable, délabrée.

1. mat [mat] *nm* Aux échecs, coup qui met fin à la partie. ■ *a inv* Qui a perdu la partie.

2. mat, mate [mat] *a* 1 Qui ne brille pas. *Peinture mate.* 2 Se dit d'un teint plutôt foncé. 3 Se dit d'un son assourdi.

mât [mat] *nm* Longue pièce de bois ou de métal destinée à porter les voiles d'un bateau, les pavillons, les antennes de radio, etc.

matador *nm* Torero qui met à mort le taureau.

matamore *nm* Faux brave, bravache.

match *nm* Compétition opposant deux adversaires ou deux équipes.

maté *nm* Houx d'Amérique du Sud, dont on fait infuser les feuilles ; cette infusion.

matelas *nm* 1 Élément de literie constitué par un grand coussin rembourré. 2 Couche épaisse et souple qui amortit les chocs. **Loc** *Matelas pneumatique* : grand coussin fait d'une enveloppe étanche, gonflée d'air.

matelasser *vt* Rembourrer qqch à la façon d'un matelas.

matelassier, ère *n* Qui confectionne, répare les matelas.

matelot *nm* Homme d'équipage d'un navire.

matelote *nf* Plat de poisson cuit dans du vin rouge avec des oignons.

mater *vt* Soumettre, réprimer.

mâter *vt* Munir un navire de son mât.

matérialisation *nf* Action de matérialiser.

matérialiser *vt* Donner une réalité matérielle à qqch d'abstrait. ■ *vpr* Se concrétiser.

matérialisme *nm* 1 PHILO Doctrine qui affirme que la seule réalité fondamentale est la matière. 2 Attitude de recherche exclusive des satisfactions matérielles.

matérialiste *a, n* Qui relève du matérialisme.

matérialité *nf* Caractère matériel, concret.

matériau *nm* Matière utilisée pour fabriquer ou construire. ■ *pl* 1 Éléments qui entrent dans la construction d'un bâtiment (pierre, bois, tuiles, ciment, etc.). 2 Documentation d'un ouvrage, d'une recherche.

matériel, elle *a* 1 Formé de matière. *Le monde matériel.* 2 Qui relève de la réalité concrète, objective. *Être dans l'impossibilité matérielle de faire qqch.* 3 Relatif aux nécessités de l'existence, à l'argent. *Problèmes matériels.* 4 Incapable de sentiments élevés. *Esprit bassement matériel.* 5 Qui concerne les choses et non les personnes. *Dégâts matériels.* **Loc** *Temps matériel* : nécessaire pour agir. ■ *nm* Ensemble des objets (outils, machines, etc.) qu'on utilise dans une activité, un travail déterminés.

matériellement *av* 1 En ce qui concerne la vie matérielle ; d'un point de vue matériel. 2 Réellement. *C'est matériellement impossible.*

maternage *nm* Fait de materner.

maternel, elle *a* 1 Propre à une mère. *Instinct maternel.* 2 Relatif à la mère, en ce qui concerne les liens de parenté. **Loc** *La langue maternelle* : la première langue parlée par un enfant. *École maternelle* : école où on reçoit les très jeunes enfants. ■ *nf* École maternelle.

maternellement *av* De façon maternelle.

materner *vt* Avoir une attitude maternelle à l'égard de qqn ; protéger excessivement.

maternisé, ée *a* **Loc** *Lait maternisé* : traité pour se rapprocher le plus possible du lait de femme.

maternité *nf* 1 État, qualité de mère. 2 Hôpital, clinique où les femmes accouchent.

math ou **maths** *nfpl* Fam Mathématiques.

mathématicien, enne *n* Spécialiste des mathématiques.

mathématique *a* 1 Relatif à la science du calcul et de la mesure des grandeurs. 2 Rigoureux, précis. ■ *nf* Ensemble des opérations logiques portant sur les nombres, les figures géométriques, etc. (surtout au pl).

mathématiquement *av* 1 De façon mathématique. 2 Inévitablement.

matheux, euse *n* Fam Qui a du goût pour les mathématiques ; qui étudie les mathématiques.

matière *nf* 1 Substance constituant les corps. 2 Ce dont une chose est faite. *La matière de cette robe est de la soie.* 3 Ce sur quoi on écrit, on parle, on travaille. *La matière d'un roman.* 4 Sujet, occasion. *Fournir matière à rire.* **Loc** *En matière de* : en ce qui concerne, en fait de. *Entrer en matière* : aborder une question. *Matière première* : produit à l'état brut. *Table des matières* : à la fin ou au début d'un livre, liste des chapitres, des questions traitées.

matin *nm* Première partie du jour, après le lever du soleil. **Loc** *De bon, de grand matin* : très tôt. *Un beau matin* : un jour parmi d'autres. ■ *av* Dans la matinée. *Tous les lundis matin.*

1. mâtin *nm* Gros chien de garde.

2. mâtin, ine *n* Litt Personne délurée.

matinal, ale, aux *a* 1 Du matin. *Fraîcheur matinale.* 2 Qui se lève tôt. *Être matinal.*

mâtiné

mâtiné, ée a 1 De race croisée (chien). 2 Mélangé. *Un français mâtiné de patois.*

matinée nf 1 Temps qui s'écoule entre le lever du soleil et midi. 2 Spectacle ayant lieu l'après-midi.

matines nfpl RELIG Première partie de l'office divin, qu'on récite la nuit ou à l'aube.

matir vt TECH Rendre mat, dépolir.

matité nf Caractère mat.

matois, oise a, n Litt Rusé, finaud.

maton, onne n Pop Gardien(enne) de prison.

matou nm Chat domestique mâle.

matraquage nm Action de matraquer. Loc *Matraquage publicitaire* : multiplication des opérations publicitaires.

matraque nf Arme pour frapper, en forme de bâton court.

matraquer vt 1 Donner des coups de matraque à qqn. 2 Fam Demander un prix trop élevé à qqn. 3 Faire subir un matraquage publicitaire.

matraqueur, euse n, a Qui matraque.

matriarcal, ale, aux a Du matriarcat.

matriarcat nm Régime social dans lequel la femme joue un rôle prépondérant.

matricaire nf Camomille officinale.

matrice nf 1 TECH Moule qui présente une empreinte destinée à donner une forme à une pièce. 2 MATH Disposition de nombres en tableau à deux entrées (lignes et colonnes). 3 FIN Registre d'après lequel sont établis les rôles des contributions. 4 Vx Utérus.

matriciel, elle a Didac Relatif aux matrices.

matricule nf 1 Registre où est noté le nom des personnes qui entrent dans certains corps, certains établissements. 2 Extrait de ce registre. ■ nm Numéro sous lequel qqn est inscrit sur une matricule.

matrilinéaire a ETHNOL Qui repose sur la seule ascendance maternelle.

matrimonial, ale, aux a Du mariage.

matrone nf Péjor Femme d'un certain âge, corpulente et autoritaire.

matronyme nm Nom de famille transmis par la mère.

maturation nf Fait de mûrir.

mature a 1 BIOL Complètement développé. 2 Qui manifeste de la maturité d'esprit.

mâture nf Ensemble des mâts d'un navire.

maturité nf 1 État mûr. *Fruit à maturité.* 2 Époque de la vie entre la jeunesse et la vieillesse. 3 Prudence, sagesse qui vient avec l'âge.

matutinal, ale, aux a Litt Du matin.

maudire vt Prononcer des imprécations contre qqn, qqch.

maudit, ite a, n 1 Voué à la damnation éternelle. 2 Sur qui s'abat une malédiction. ■ a Détestable, haïssable. *Cette maudite époque.*

maugréer vi Témoigner son mécontentement en pestant entre ses dents.

maure ou **more** n, a De la Mauritanie antique ; du Maghreb.

mauresque ou **moresque** a Propre aux Maures.

mauricien, enne a, n De l'île Maurice.

mauritanien, enne a, n De Mauritanie.

mauser [mozɛʀ] nm Pistolet automatique.

mausolée nm Grand monument funéraire.

maussade a 1 Qui dénote la mauvaise humeur. 2 Sombre, triste. *Un temps maussade.*

mauvais, aise a 1 Imparfait, défectueux. *Avoir une mauvaise vue.* 2 Qui n'a pas les qualités requises. *Fournir de mauvais arguments. Un mauvais administrateur.* 3 Défavorable, hostile, malfaisant. *Donner de mauvais renseignements sur qqn. Préparer un mauvais coup. Des gens mauvais.* 4 Contraire à la morale. *Mauvaise action.* 5 Désagréable. *Être de mauvaise humeur.* 6 D'un goût désagréable. Loc *Avoir mauvaise mine* : l'air fatigué. *Mauvaise tête* : caractère difficile. Fam *La trouver, l'avoir mauvaise* : ne pas trouver qqch à son goût, être dépité. ■ nm Ce qu'il y a de défectueux dans qqch, qqn. ■ av Loc *Sentir mauvais* : exhaler une odeur désagréable ; commencer à tourner mal. *Il fait mauvais* : le temps est désagréable.

mauve nf Petite plante à fleurs blanches, roses ou violettes. ■ a De couleur violet pâle. ■ nm Couleur violette.

mauviette nf Fam Personne frêle, chétive.

maxi a, av Fam Abrév de *maximal* et de *(au) maximum. Ça coûte cent francs maxi.*

maxillaire nm Chacun des deux os qui forment les mâchoires. ■ a Des mâchoires.

maximal, ale, aux a Qui atteint un maximum. *Température maximale.*

maximalisation ou **maximisation** nf Action de maximaliser, de maximiser.

maximaliser ou **maximiser** vt Donner la plus haute valeur à.

maximalisme nm Attitude des maximalistes ; radicalisme, intransigeance.

maximaliste n, a Qui préconise les solutions extrêmes, notamment en politique.

maxime nf Sentence qui résume une règle de conduite.

maximum [-mɔm] nm Le plus haut degré possible. Loc *Au maximum* : au plus. *Des maximums* ou *des maxima.* ■ a Fam Maximal. *Tarif maximum.*

maxwell nm PHYS Unité de flux magnétique.

maya a Des Mayas.

mayonnaise nf Sauce faite d'huile émulsionnée avec du jaune d'œuf.

mazagran nm Récipient en faïence, à petit pied, pour le café.

mazdéen, enne a, n Qui relève du mazdéisme.

mazdéisme nm Religion de la Perse ancienne, fondée sur l'opposition du Bien et du Mal.

mazette ! interj Vx Marque l'admiration.

mazout [-zut] nm Combustible liquide visqueux obtenu par raffinage du pétrole.

mazoutage nm Pollution au mazout.

mazouter vt Polluer par le mazout.

mazurka nf 1 Danse d'origine polonaise. 2 Air de cette danse.

me pr pers Forme atone complément de la première personne du singulier.

mea-culpa nm inv Aveu, repentir d'une faute.

méandre nm 1 Sinuosité d'un cours d'eau. 2 Détour, sinuosité, louvoiement.

méat nm ANAT Orifice d'un conduit.

mec nm Fam Homme, individu, mari, amant.

mécanicien, enne n Spécialiste de la conduite, de l'entretien, de la réparation des machines, des moteurs.

mécanique a 1 Relatif à la mécanique, à des lois. 2 Mû par une machine. 3 Qui agit uniquement d'après les lois du mouvement (et non chimiquement, électriquement). 4 Machinal. *Geste mécanique.* ∎ nf 1 Partie de la physique ayant pour objet l'étude des mouvements des corps et les forces qui les produisent. 2 Science de la construction et du fonctionnement des machines. 3 Ensemble de pièces destinées à produire ou à transmettre un mouvement.

mécaniquement av De façon mécanique, machinale. *Répondre mécaniquement.*

mécanisation nf Action de mécaniser.

mécaniser vt Introduire l'utilisation de la machine dans une activité.

mécanisme nm 1 Agencement de pièces disposées pour produire un mouvement, un effet donné. *Mécanisme d'une montre.* 2 Manière dont fonctionne un ensemble complexe. *Mécanisme du langage, de la pensée.* 3 Philosophie expliquant les phénomènes naturels par la seule loi de cause à effet.

mécaniste a, n Qui relève du mécanisme philosophique.

mécano nm Fam Ouvrier mécanicien.

mécanographe n Employé(e) spécialisé(e) dans les travaux de mécanographie.

mécanographie nf Technique de traitement de l'information utilisant des cartes perforées.

mécanothérapie nf Kinésithérapie pratiquée à l'aide d'appareils.

meccano nm (n déposé) Jeu de construction.

mécénat nm Soutien matériel apporté à des activités présentant un intérêt général.

mécène nm Protecteur généreux des lettres, des sciences, des arts.

méchamment av 1 Avec méchanceté. *Rire méchamment.* 2 Fam Très. *Il est méchamment intelligent.*

méchanceté nf 1 Penchant à faire du mal. 2 Action, parole méchante.

méchant, ante a, n 1 Qui est porté à faire le mal, à nuire à autrui. 2 Qui peut causer des ennuis. *Une méchante affaire.* 3 Déplaisant, désagréable. *Être de méchante humeur.*

mèche nf 1 Cordon, tresse qui porte la flamme d'une bougie, d'une lampe, etc. 2 Cordon combustible servant à mettre le feu à une charge explosive. 3 CHIR Petite bande de gaze stérile utilisée pour réaliser le drainage d'une plaie. 4 Petite touffe de cheveux. 5 Tige métallique s'adaptant à un vilebrequin, une perceuse, pour percer des trous. Loc *Vendre la mèche :* dévoiler qqch qui devait être tenu secret. Fam *Être de mèche avec qqn :* être de connivence avec lui.

méchoui nm Mouton cuit à la broche.

mécompte nm Espérance trompée, déception.

méconnaissable a Que l'on a peine à reconnaître.

méconnaissance nf Litt Ignorance.

méconnaître vt [55] Litt Ne pas savoir apprécier à sa juste valeur ; ignorer.

méconnu, ue a, n Qui n'est pas apprécié à sa juste valeur.

mécontent, ente a, n Qui n'est pas content.

mécontentement nm Déplaisir, manque de satisfaction.

mécontenter vt Rendre mécontent, insatisfait.

mécréant, ante a, n Qui n'a pas la foi considérée comme la seule vraie ; infidèle.

médaille nf 1 Pièce de métal à l'effigie d'un personnage illustre ou commémorant un évé-

nement. 2 Pièce de métal décernée comme récompense ; décoration. 3 Prix décerné dans un concours. 4 Petite pièce de métal à sujet religieux, qu'on porte suspendue à une chaîne. 5 Plaque de métal servant à l'identification.

médaillé, ée a, n Décoré d'une médaille.

médailleur nm Graveur de médailles.

médaillier nm Collection de médailles.

médaillon nm 1 Bijou circulaire ou ovale renfermant un portrait, une mèche de cheveux. 2 Élément décoratif, peint ou sculpté, de forme circulaire ou ovale. 3 Tranche de viande, de poisson ronde ou ovale.

mède a Relatif aux Mèdes.

médecin nm Qui exerce la médecine, est habilité à le faire.

médecine nf 1 Science des maladies et art de les soigner. 2 Profession, pratique du médecin. Loc *Médecine légale :* qui effectue les constats de décès, les expertises judiciaires.

medersa [me-] nf École coranique.

média nm Moyen de large diffusion de l'information (radio, télévision, presse, etc.).

médial, ale, aux a Placé au milieu d'un mot.

médian, ane a Placé au milieu. *Ligne médiane.* ∎ nf Droite qui joint l'un des sommets d'un triangle au milieu du côté opposé.

médiaplanning nm Choix et achat des supports destinés à une campagne publicitaire.

médiastin nm ANAT Espace entre les deux poumons.

médiat, ate a Qui est pratiqué ou qui agit de façon indirecte, par un intermédiaire.

médiateur, trice n, a Personne, puissance qui s'entremet pour opérer une médiation. ∎ nf GEOM Perpendiculaire à un segment de droite en son milieu.

médiathèque nf Collection de documents sur des supports divers (film, bande magnétique, disque, diapositive, etc.).

médiation nf Action d'intervenir pour faciliter un accord.

médiatique a 1 Des médias. 2 Populaire grâce aux médias. *Un footballeur médiatique.*

médiatiquement av Par les médias.

médiatisation nf Action de médiatiser.

médiatiser vt Faire connaître par les médias.

médiator nm Lamelle servant à toucher les cordes d'une guitare.

médiatrice. V. médiateur.

médical, ale, aux a De la médecine.

médicalement av Du point de vue médical.

médicalisation nf Action de médicaliser.

médicaliser vt 1 Faire relever du domaine médical. 2 Doter un lieu d'une infrastructure médicale. *Résidence médicalisée.* 3 Soumettre à des soins médicaux.

médicament nm Substance employée pour lutter contre les maladies.

médicamenteux, euse a Qui a la propriété d'un médicament.

médication nf Administration systématique d'agents thérapeutiques pour répondre à une indication déterminée.

médicinal, ale, aux a Qui possède des propriétés thérapeutiques.

médicolégal, ale, aux a De la médecine légale. *Expertise médicolégale.*

médicosocial, ale, aux a De la médecine sociale. *Des centres médicosociaux.*

médicosportif, ive *a* Qui concerne les soins médicaux aux athlètes.

médiéval, ale, aux *a* Du Moyen Âge.

médiéviste *n* Spécialiste du Moyen Âge.

médina *nf* En Afrique du Nord, partie ancienne d'une ville.

médiocratie *nf* Gouvernement des médiocres.

médiocre *a* 1 Qui n'est pas très bon. *Un vin médiocre.* 2 Insuffisant. *Résultats médiocres.* ■ *a, n* Qui n'a pas beaucoup de talent, de capacités. *Un étudiant médiocre.*

médiocrement *av* 1 De façon médiocre. 2 Peu. *Être médiocrement surpris.*

médiocrité *nf* Caractère médiocre.

médique *a* Qui concerne les Mèdes.

médire *vti* [60] Dire du mal de qqn sans aller contre la vérité. *Médire de ses voisins.*

médisance *nf* 1 Propos médisant. 2 Action de médire ; dénigrement.

médisant, ante *a* Qui médit.

méditatif, ive *a, n* Porté à la méditation. ■ *a* Qui dénote la méditation ; songeur.

méditation *nf* Action de méditer.

méditer *vt* 1 Examiner, réfléchir profondément sur un sujet. *Méditer une question.* 2 Se proposer de réaliser qqch en y réfléchissant longuement. *Méditer un plan.* ■ *vti, vi* Faire longuement porter sa réflexion sur qqch.

méditerranéen, enne *a, n* De la Méditerranée et des régions qui bordent cette mer.

médium [medjɔm] *n* Qui, selon les spirites, peut servir d'intermédiaire avec les esprits. ■ *nm* 1 Technique servant de support à un média. 2 MUS Registre entre le grave et l'aigu.

médiumnique *a* Qui relève d'un médium.

médius [-djys] *nm* Syn de *majeur* (doigt).

médoc *nm* Bordeaux rouge apprécié.

médullaire *a* Qui a rapport à la moelle.

médullosurrénale *nf* ANAT Partie des surrénales qui sécrète l'adrénaline.

méduse *nf* Animal marin nageur, translucide et gélatineux.

méduser *vt* Frapper de stupeur.

meeting [mitiŋ] *nm* Réunion publique politique, sportive, etc.

méfait *nm* 1 Action nuisible ; délit. 2 Conséquence néfaste de qqch.

méfiance *nf* Disposition à être méfiant.

méfiant, ante *a, n* Qui se méfie, soupçonneux, défiant.

méfier (se) *vpr* 1 Ne pas se fier à. 2 Faire attention.

méforme *nf* Mauvaise forme physique.

mégabit [-bit] *nm* INFORM Un million de bits.

mégahertz *nm* PHYS Un million de hertz.

mégalithe *nm* PRÉHIST Monument formé de gros blocs de pierre (dolmen, menhir, etc.).

mégalithique *a* Des mégalithes.

mégalomane *a, n* Atteint de mégalomanie.

mégalomaniaque *a* De la mégalomanie.

mégalomanie *nf* Désir immodéré de puissance, gout des réalisations grandioses.

mégalopole ou **mégapole** *nf* Énorme agglomération urbaine.

mégaoctet *nm* INFORM Un million d'octets.

mégaphone *nm* Porte-voix.

mégarde *nf* Loc *Par mégarde* : par inadvertance.

mégatonne *nf* Unité servant à mesurer la puissance d'un explosif nucléaire.

mégère *nf* Femme méchante.

mégisserie *nf* Tannage à l'alun des peaux de chevreaux et d'agneaux.

mégot *nm* Fam Bout de cigare, de cigarette.

mégotage *nm* Fam Fait de mégoter.

mégoter *vi* Fam Chercher de petits profits.

méhari *nm* Dromadaire de selle en Afrique.

méhariste *nm* Qui monte un méhari.

meilleur, eure *a* Qui a un plus haut degré de bonté, de qualité. *Cet homme est meilleur qu'il n'en a l'air. Sa santé est meilleure.* ■ *n* Celui, celle qui a atteint le plus haut degré de bonté, de qualité. ■ *nm* Ce qui vaut le mieux. *Donner le meilleur de sa vie.* Loc *Prendre le meilleur* : l'emporter.

méiose *nf* BIOL Division des cellules vivantes.

méjuger *vt, vti* [11] Litt Juger mal, méconnaître.

mélampyre *nm* Plante parasite des graminées.

mélancolie *nf* Tristesse vague, sans cause définie.

mélancolique *a, n* Qui est atteint de mélancolie. ■ *a* Qui exprime, inspire la mélancolie.

mélancoliquement *av* De façon mélancolique.

mélanésien, enne *a, n* De Mélanésie.

mélange *nm* 1 Action de mêler ; fait de se mêler. 2 Ensemble constitué d'éléments divers mêlés. ■ *pl* Recueil d'articles divers.

mélangé, ée *a* Disparate.

mélanger *vt* [11] 1 Former de manière à former un mélange. *Mélanger des jaunes d'œufs et de la farine.* 2 Fam Mettre en désordre ; confondre.

mélangeur *nm* Appareil opérant un mélange.

mélanine *nf* PHYSIOL Pigment foncé de la peau et des cheveux.

mélanoderme *a, n* Dont la peau est noire.

mélanome *nm* Tumeur de la peau.

mélasse *nf* 1 Matière visqueuse brune, sous-produit de la fabrication du sucre. 2 Fam Misère, situation pénible.

melba *a inv* Loc *Pêche, poire, fraises melba* : servies nappées de sirop avec de la glace à la vanille et de la crème Chantilly.

méléagrine *nf* Huître perlière.

mêlée *nf* 1 Combat confus où deux troupes s'attaquent corps à corps. 2 Cohue, bousculade tumultueuse. 3 Au rugby, phase du jeu où deux groupes de joueurs cherchent à s'emparer du ballon en s'arc-boutant face à face. Loc *Au-dessus de la mêlée* : en dehors des conflits.

mêler *vt* 1 Mettre ensemble des choses, des êtres de manière à les confondre, à les unir. *Mêler de l'eau et du vin, le tragique au comique.* 2 Mettre en désordre, emmêler, embrouiller. *Mêler du fil.* 3 Associer qqn à, impliquer qqn dans quelque affaire. ■ *vpr* 1 Se confondre, s'unir. 2 S'occuper de, intervenir dans.

mélèze *nm* Conifère de haute montagne, à aiguilles caduques.

mélilot *nm* Herbe fourragère odorante.

méli-mélo *nm* Fam Mélange confus de choses en désordre. *Des mélis-mélos.*

mélinite *nf* Explosif de grande puissance.

mélioratif, ive *a, nm* Qui présente ce dont on parle d'une façon avantageuse.

mélisse *nf* Plante aromatique.

melkite *a, n* Chrétien d'Orient, de rite byzantin.

menées

mellifère *a* Qui produit du miel.

mélo *nm* *a* Fam Abrév de *mélodrame* et de *mélodramatique*.

mélodie *nf* 1 Succession de sons qui forment une phrase musicale. 2 Composition à une voix avec accompagnement. 3 Qualité de ce qui charme l'oreille. *La mélodie d'un vers*.

mélodieusement *av* De façon mélodieuse.

mélodieux, euse *a* Qui produit des sons agréables à l'oreille.

mélodique *a* De la mélodie.

mélodiste *n* Compositeur de mélodies.

mélodramatique *a* Du mélodrame.

mélodrame *nm* Drame qui vise à un effet pathétique par des caractères outrés, des situations peu vraisemblables.

mélomane *n* Amateur de musique.

melon *nm* 1 Plante potagère au fruit comestible. 2 Fruit de cette plante, ovoïde ou sphérique, à la pulpe jaunâtre ou orangée. Loc *Melon d'eau* : pastèque. *Chapeau melon* : chapeau rigide et bombé.

mélopée *nf* Chant, air monotone.

melting-pot [mɛltiŋpɔt] *nm* Lieu où des peuples d'origines diverses se mêlent. *Des melting-pots*.

membranaire *a* D'une membrane.

membrane *nf* 1 ANAT Tissu mince et souple qui enveloppe, tapisse, sépare, etc., des organes. 2 Feuille mince, dans un appareil, un dispositif.

membraneux, euse *a* D'une membrane.

membre *nm* 1 Chacun des appendices articulés qui permettent les grands mouvements (locomotion, préhension) chez l'homme et les animaux. 2 Chacun des éléments (personne, groupe, pays, etc.) composant un ensemble organisé. 3 GRAM Chacune des parties d'une période ou d'une phrase. 4 MATH Chacune des parties d'une équation. Loc *Membre viril* : pénis.

membrure *nf* 1 Membres du corps humain. 2 Charpente d'un navire, d'une construction.

même *a* 1 Indique l'identité ou la ressemblance. *J'ai acheté la même voiture que lui. Je connais ce genre de chiens : j'ai le même.* 2 Après un nom ou un pronom, exprime une insistance sur la personne ou la chose désignée. *Ce sont ses paroles mêmes. Lui-même n'en sait rien.* ■ *av* Indique le degré atteint dans une gradation, et signifie « aussi, de plus, y compris, jusqu'à ». *Tous étaient venus, même les infirmes.* Loc *A même* : directement en contact avec. *Être à même de faire qqch* : en être capable. *De même* : de la même manière. *Tout de même* : néanmoins, cependant. *Quand bien même* : même si. *Quand même!* : malgré tout. *De même que* : comme, de la même manière que.

mémento [-mē-] *nm* 1 Carnet où l'on note ce dont on doit se souvenir, agenda. 2 Livre où sont résumées les notions essentielles sur une science, une technique.

mémère ou **mémé** *nf* Fam 1 Grand-mère. 2 Femme d'un certain âge.

1. mémoire *nf* 1 Faculté de se souvenir ; siège de cette faculté. *Avoir de la mémoire. L'incident est gravé dans ma mémoire.* 2 Souvenir laissé par qqn ou qqch. *Ce jour, de sinistre mémoire.* 3 Dispositif d'un ordinateur capable d'enregistrer et de conserver des données. Loc *A la*

mémoire de, en mémoire de : pour perpétuer le souvenir de. *Pour mémoire* : à titre de rappel. *De mémoire* : par cœur.

2. mémoire *nm* 1 Écrit sommaire destiné à exposer l'essentiel d'une affaire. 2 Dissertation sur un sujet de science, d'érudition. 3 Relevé des sommes dues pour les travaux effectués, les fournitures remises, etc. ■ *pl* Recueil de souvenirs personnels ; autobiographie.

mémorable *a* Digne d'être conservé dans la mémoire.

mémorandum [-dɔm] *nm* 1 Note diplomatique. 2 Mémento.

mémorial *nm* 1 (avec majusc) Écrit relatant des faits mémorables. 2 Monument commémoratif. *Des mémoriaux*.

mémorialiste *nm* Auteur de mémoires historiques ou littéraires.

mémorisable *a* Que l'on peut mémoriser.

mémorisation *nf* Action de mémoriser.

mémoriser *vt* 1 Enregistrer dans sa mémoire. 2 INFORM Mettre des données en mémoire.

menaçant, ante *a* Qui exprime une menace.

menace *nf* 1 Parole, geste, expression signifiant une intention hostile et visant à intimider. 2 Indice laissant prévoir qqch de fâcheux ou de dangereux.

menacé, ée *a* En danger. *Espèce menacée*.

menacer *vt* [10] 1 Chercher à intimider, à faire peur. 2 Représenter un danger, un risque imminent. *Un péril nous menace.* 3 Laisser prévoir qqch de fâcheux. *Ce toit menace de s'écrouler.*

ménage *nm* 1 Soin, entretien d'une maison. 2 Ensemble des objets nécessaires à la vie dans une maison. *Monter son ménage.* 3 Couple d'époux. *Jeune ménage.* Loc *Faire bon, mauvais ménage* : s'entendre bien, mal. *Faire le ménage* : nettoyer un local ; se débarrasser de ce qui est inutile. *Femme de ménage* : qui fait des travaux domestiques, moyennant une rémunération.

ménagement *nm* Réserve, précaution avec laquelle on traite qqn.

1. ménager, ère *a* Relatif à l'entretien de la maison. *Appareils ménagers.* ■ *nf* 1 Femme qui s'occupe de son foyer. 2 Service de couverts pour la table, dans un écrin.

2. ménager *vt* [11] 1 Employer avec économie, avec réserve. *Ménager ses ressources.* 2 Traiter qqn avec égards ou avec précautions. 3 Préparer, arranger à l'avance. *Ménager une entrevue.* ■ *vpr* Prendre soin de sa santé, éviter de trop se fatiguer.

ménagerie *nf* Lieu où sont rassemblés, exposés et entretenus des animaux.

menchevik [mɛnʃə-] *a, n* HIST Membre de l'aile modérée du parti social-démocrate russe.

mendiant, ante *n, a* Qui mendie. Loc HIST *Moines mendiants* : dominicains, franciscains et carmes.

mendicité *nf* Action de mendier.

mendier *vi* Demander l'aumône. ■ *vt* 1 Demander comme aumône. 2 Solliciter humblement. *Mendier un service*.

mendigot, ote *n* Fam et Vx Mendiant.

meneau *nm* Montant qui partage l'ouverture d'une fenêtre en compartiments.

menées *nfpl* Intrigues, machinations.

mener vt [15] 1 Faire aller qqpart en accompagnant. 2 Aboutir. *Ce chemin mène à la plage.* 3 Tracer. *Mener une droite.* 4 Conduire, diriger. *Mener sa vie comme on l'entend.* Loc *Mener à bien une affaire* : la faire réussir. Fam *Ne pas en mener large* : avoir peur. Fam *Mener qqn en bateau* : le berner. ■ vi Être provisoirement en tête.

ménestrel nm Au Moyen Âge, poète et musicien itinérant.

ménétrier nm Musicien de fêtes villageoises.

meneur, euse n Qui mène, dirige. *Meneur d'hommes.* Loc *Meneur de jeu* : qui anime et dirige un jeu ou un spectacle.

menhir nm Monument mégalithique, pierre dressée verticalement.

méninge nf ANAT Chacune des trois membranes qui enveloppent le cerveau et la moelle épinière. ■ pl Fam Cerveau, esprit.

méningé, ée a Relatif aux méninges.

méningite nf Inflammation des méninges.

ménisque nm 1 ANAT Formation cartilagineuse de certaines articulations (genou). 2 PHYS Lentille présentant une face convexe et une face concave.

ménopause nf PHYSIOL Cessation de la fonction ovarienne chez la femme, marquée par l'arrêt définitif de la menstruation.

ménopausée nf, af Dont la ménopause s'est effectuée.

ménorrhée nf Écoulement menstruel.

menotte nf Petite main. ■ pl Bracelets de métal reliés par une chaîne, que l'on met aux poignets d'un prisonnier.

mensonge nm Assertion contraire à la vérité faite dans le dessein de tromper.

mensonger, ère a Faux, trompeur.

menstruation nf Écoulement sanguin périodique d'origine utérine se produisant chez la femme non enceinte, de la puberté à la ménopause. Syn. règles.

menstruel, elle a De la menstruation.

menstrues nfpl Vx Règles de la femme.

mensualisation nf Action de mensualiser.

mensualiser vt 1 Rendre mensuel un salaire, un paiement. 2 Attribuer un salaire mensuel à.

mensualité nf Somme payée chaque mois.

mensuel, elle a Qui se fait, arrive tous les mois. *Salaire mensuel.* ■ n Salarié payé au mois. ■ nm Publication paraissant chaque mois.

mensuellement av Tous les mois.

mensuration nf 1 Mesure de certaines dimensions caractéristiques du corps humain. 2 Ces dimensions elles-mêmes.

mental, ale, aux a 1 Qui s'exécute dans l'esprit. *Calcul mental.* 2 Relatif aux facultés intellectuelles, au psychisme. *Âge mental* : degré de maturité intellectuelle. ■ nm État psychologique de qqn.

mentalement av Par la pensée seulement.

mentalité nf 1 État d'esprit ; façon, habitude de penser. 2 Ensemble des habitudes, des croyances propres à une collectivité.

menterie nf Vx, fam Mensonge.

menteur, euse n, a Qui ment, qui a l'habitude de mentir.

menthe nf 1 Plante aux feuilles aromatiques. 2 Sirop, liqueur, infusion de cette plante.

menthol nm Alcool de menthe.

mentholé, ée a Qui contient du menthol.

mention nf 1 Action de mentionner. 2 Appréciation favorable accordée par un jury d'examen. Loc *Faire mention de* : mentionner.

mentionner vt Faire état de, citer, rapporter.

mentir vi [29] Donner pour vrai ce que l'on sait être faux ; nier ce que l'on sait être vrai. Loc *Sans mentir* : en vérité.

menton nm Saillie de la mâchoire, au-dessous de la lèvre inférieure.

mentonnière nf Bande étroite passant sous le menton et servant à attacher une coiffure.

mentor [mɛ̃-] nm Litt Guide, conseiller avisé.

menu, ue a 1 Qui a peu de volume, de grosseur. *Du menu bois.* 2 De peu d'importance. *Menues dépenses.* ■ av En très petits morceaux. *Hacher menu.* ■ nm 1 Liste détaillée des mets d'un repas. 2 Repas servi pour un prix fixé à l'avance dans un restaurant. 3 INFORM Liste des opérations qu'un logiciel est capable d'effectuer, et qui s'affiche sur l'écran.

menuet nm Ancienne danse à trois temps.

menuiserie nf Fabrication d'ouvrages en bois (huisseries, parquets, meubles, etc.).

menuisier nm Artisan spécialisé dans les travaux de menuiserie.

ménure nm Oiseau australien de la taille d'un faisan. Syn. oiseau-lyre.

méphistophélique a Litt Diabolique.

méphitique a Se dit d'une exhalaison fétide, malsaine ou toxique.

méplat, ate a Nettement plus large qu'épais. ■ nm Partie aplatie d'une surface.

méprendre (se) vpr [70] Litt Se tromper. Loc *À s'y méprendre* : au point de se tromper.

mépris nm Sentiment, attitude traduisant que l'on juge qqn, qqch indigne d'estime, d'égards ou d'intérêt. Loc *Au mépris de* : sans prendre en considération.

méprisable a Qui mérite le mépris.

méprisant, ante a Qui témoigne du mépris.

méprise nf Erreur d'appréciation.

mépriser vt 1 Avoir du mépris pour, ne faire aucun cas de qqch, de qqn. 2 Ne pas craindre. *Mépriser le danger.*

mer nf 1 Vaste étendue d'eau salée qui entoure les continents. 2 Partie de cette étendue couvrant une surface déterminée. 3 Vaste étendue. *Mer de sable.* Loc Fam *Ce n'est pas la mer à boire* : ce n'est pas difficile.

mercanti nm Commerçant peu scrupuleux.

mercantile a Avide, âpre au gain.

mercantilisme nm Esprit mercantile ; âpreté au gain, avidité.

mercatique nf Syn de *marketing*.

mercenaire a Litt Fait en vue d'un salaire. *Travail mercenaire. Troupe mercenaire.* ■ nm Soldat étranger à la solde d'un État.

mercerie nf 1 Menus articles servant pour la couture. 2 Commerce de ces articles.

mercerisé, ée a Se dit d'un textile rendu brillant et soyeux par un traitement spécial.

merchandising [-tʃɑ̃dajziŋ] nm Syn de *marchandisage*.

merci nf Loc *Être à la merci de qqn* : être entièrement dépendant de lui. *Dieu merci* : heureusement. *Sans merci* : acharné. ■ nm, interj Formule de remerciement. *Merci beaucoup. Dire un grand merci.*

mercier, ère n Qui vend de la mercerie.

mercredi nm Troisième jour de la semaine.

mercure nm Métal liquide à température ordinaire, et très lourd.

mercurey nm Bourgogne rouge.

mercuriale nf Liste des prix des denrées sur un marché public.

mercuriel, elle a Qui contient du mercure.

mercurochrome nm (n déposé) Antiseptique mercuriel, rouge.

merde nf Pop 1 Excrément, matière fécale. 2 Personne ou chose méprisable, sans valeur. 3 Situation difficile, inextricable. ■ interj Pop Exclamation de colère, d'agacement, etc.

merdeux, euse a Pop Souillé d'excréments. ■ n Pop Enfant, blanc-bec.

merdier nm Pop Situation confuse.

merdique a Pop Sans intérêt.

merdoyer vi [22] Pop S'empêtrer.

mère nf 1 Femme qui a donné naissance à un ou plusieurs enfants. 2 Femelle d'un animal qui a eu des petits. 3 Titre de la supérieure d'un couvent de femmes. 4 (en appos) Source, point de départ. *Langue mère.* 5 Membrane formée par les bactéries qui transforment le vin en vinaigre.

merguez nf Petite saucisse pimentée.

méridien, enne a Relatif au méridien. *Hauteur méridienne d'un astre.* ■ nm Grand cercle fictif passant par les deux pôles de la Terre. ■ nf Canapé dont les deux chevets, de hauteur inégale, sont reliés par un dossier.

méridional, ale, aux a Du côté du midi, du sud. ■ a, n Du midi de la France.

meringue nf Pâtisserie légère faite de blancs d'œufs montés en neige, et de sucre.

meringuer vt Garnir d'une meringue.

mérinos [-nos] nm 1 Race de mouton très estimée pour sa laine. 2 Étoffe de cette laine.

merise nf Fruit du merisier.

merisier nm Cerisier sauvage.

méritant, ante a Qui a du mérite.

mérite nm Ce qui rend qqn ou qqch digne d'estime, de considération. *Elle a du mérite à travailler dans ces conditions.*

mériter vt 1 Se rendre, par sa conduite, digne d'une récompense ou passible d'une sanction. *Mériter des félicitations. Mériter une punition.* 2 Donner droit à. *Tout travail mérite salaire.* ■ vti Loc Litt *Avoir bien mérité de la patrie* : avoir rendu de grands services à la patrie.

méritocratie nf Système où le mérite détermine la hiérarchie.

méritoire a Louable, digne d'estime.

merlan nm Poisson qui vit en bancs près du littoral européen.

merle nm Oiseau très répandu dont le mâle est noir et la femelle d'un gris brun. Loc *Merle blanc* : personne, chose très rare, introuvable.

merlin nm Sorte de hache pour fendre le bois.

merlon nm Portion de mur comprise entre deux créneaux.

merlot nm Cépage rouge du Bordelais.

merlu nm Autre nom du colin.

merluche nf 1 Merlu. 2 Morue séchée au soleil et non salée.

mérou nm Gros poisson des mers chaudes, à chair très estimée.

mérovingien, enne a, n De la dynastie des Mérovingiens.

merveille nf Chose qui suscite l'admiration. Loc *À merveille* : très bien. *Faire merveille* : se distinguer par des qualités remarquables. *Promettre monts et merveilles* : faire des promesses exagérées.

merveilleusement av De façon merveilleuse.

merveilleux, euse a Étonnant, prodigieux, qui suscite l'admiration. ■ nm Ce qui est extraordinaire, inexplicable, surnaturel.

mes. V. mon.

mésalliance nf Fait de se mésallier.

mésallier (se) vpr Épouser qqn d'une condition considérée comme inférieure.

mésange nf Oiseau insectivore commun.

mésaventure nf Aventure désagréable.

mescaline nf Alcaloïde doté de propriétés hallucinogènes.

mesclun [mɛsklœ̃] nm Mélange de feuilles de salades diverses.

mesdames, mesdemoiselles. V. madame, mademoiselle.

mésencéphale nm ANAT Région de l'encéphale, relais des voies optiques et auditives.

mésenchyme nm BIOL Tissu conjonctif de l'embryon.

mésentente nf Défaut d'entente, désaccord.

mésentère nm ANAT Partie du péritoine unissant l'intestin grêle à la paroi abdominale.

mésestimer vt Litt Ne pas apprécier à sa juste valeur.

mésintelligence nf Défaut de compréhension mutuelle, d'entente.

mésocarpe nm BOT Zone médiane de fruits, charnue et sucrée.

mésoderme nm BIOL Un des feuillets embryonnaires.

mésolithique a, nm PREHIST Antérieur au néolithique (v. 10000 - 5000 av. J.-C.).

mésomorphe a PHYS Entre l'état liquide et l'état cristallin.

méson nm PHYS Particule dont la masse est entre l'électron et le proton.

mésosphère nf Partie de l'atmosphère située entre la stratosphère et la thermosphère.

mésothérapie nf Traitement thérapeutique fait de petites injections simultanées.

mésozoïque a, nm GEOL De l'ère secondaire.

mesquin, ine a Qui manque de grandeur, de noblesse, de générosité.

mesquinement av De façon mesquine.

mesquinerie nf 1 Caractère mesquin ; petitesse. 2 Action mesquine.

mess nm Lieu où les officiers prennent ensemble leurs repas.

message nm 1 Information, communication transmise à qqn. 2 Contenu d'une œuvre considérée comme dotée d'un sens profond.

messager, ère n Chargé d'un message.

messagerie nf Service de transport de marchandises ; bureaux d'un tel service. Loc *Messagerie électronique* : service de communication fonctionnant grâce à un réseau télématique.

messe nf 1 Cérémonie rituelle du culte catholique, célébrée par le prêtre qui commémore le sacrifice du Christ. 2 Musique composée pour une grand-messe. Loc Fam *Messe basse* : entretien en aparté avec qqn. *Messe noire* : cérémonie de sorcellerie.

messianique a Du Messie, du messianisme.

messianisme nm Croyance en l'avènement sur la terre d'un monde idéal.

messidor nm Dixième mois du calendrier républicain (juin-juillet).

messie nm 1 Libérateur, rédempteur des péchés, envoyé de Dieu dans l'Ancien Testament, et que les chrétiens reconnaissent en Jésus-Christ. 2 Homme providentiel.

messieurs. V. monsieur.

messin, ine a, n De Metz.

messire nm Titre d'honneur ancien.

mesurable a Qui peut être mesuré.

mesure nf 1 Évaluation d'une grandeur par comparaison avec une grandeur de même espèce prise comme référence ; dimension. 2 Quantité, grandeur servant d'unité ; étalon matériel servant à mesurer. *Le mètre, mesure de longueur.* 3 Récipient servant de mesure. 4 Valeur, capacité d'une personne. *Il a donné toute sa mesure.* 5 MUS Division de la durée en parties égales marquant un rythme. 6 Limites de la bienséance, de ce qui est considéré comme normal. *Dépasser la mesure.* 7 Modération dans sa manière d'agir, de parler. *Avoir le sens de la mesure.* 8 Moyen que l'on se donne pour obtenir qqch. *Mesures fiscales impopulaires.* Loc *Faire deux poids, deux mesures :* être partial. *À la mesure de :* proportionné à. *Dans la mesure où :* dans la proportion où. *À mesure que :* simultanément et dans la même proportion que. *Être en mesure de :* être capable, avoir le pouvoir de. *Faire bonne mesure :* donner généreusement. *Outre mesure :* d'une manière excessive.

mesuré, ée a Modéré.

mesurer vt 1 Évaluer les dimensions, la quantité, l'importance de. *Mesurer un champ. Mesurer du blé. Mesurer l'étendue du désastre.* 2 Déterminer par comparaison la valeur de. *Mesurer sa force avec qqn.* 3 Modérer. *Mesurer ses paroles.* 4 Donner, distribuer avec parcimonie. *Le temps nous est mesuré.* ■ vi Avoir pour mesure. *Ce mur mesure 2 mètres.* ■ vpr Essayer ses forces contre qqn, lutter avec lui.

mesureur nm Dispositif de mesure.

métabolique a Du métabolisme.

métaboliser vt BIOL Transformer par le métabolisme.

métabolisme nm BIOL Ensemble des réactions biochimiques qui se produisent au sein de la cellule ou de l'organisme.

métabolite nm BIOL Substance résultant d'une transformation par le métabolisme.

métacarpe nm ANAT Partie du squelette de la main entre le poignet et les doigts.

métairie nf Domaine rural exploité par un métayer.

métal, aux nm Corps simple, le plus souvent ductile, malléable et bon conducteur de la chaleur, de l'électricité, d'un éclat particulier, tel que le fer, le cuivre, l'argent, etc.

métalangage nm ou **métalangue** nf LING Langage utilisé pour décrire un autre langage.

métalinguistique [-ɡɥi-] a Du métalangage.

métallerie nf Fabrication et pose d'ouvrages métalliques (ferrures, serrures, etc.).

métallier nm Spécialiste de la métallerie.

métallifère a Qui contient un métal.

métallique a 1 En métal. 2 Qui a le caractère du métal. *Bruit métallique.*

métallisation nf Fait de recouvrir qqch d'une mince couche de métal.

métallisé, ée a À l'aspect brillant (peinture).

métallo nm Fam Métallurgiste.

métalloïde nm CHIM Élément intermédiaire entre un métal et un non-métal.

métallurgie nf Ensemble des techniques d'extraction et de travail des métaux.

métallurgique a De la métallurgie.

métallurgiste nm Qui travaille dans la métallurgie.

métamère nm ZOOL Anneau (d'un ver).

métamorphique a Du métamorphisme.

métamorphiser vt GEOL Transformer par métamorphisme.

métamorphisme nm GEOL Ensemble des transformations que la pression et la chaleur font subir à une roche.

métamorphose nf 1 Changement d'une forme en une autre ; transformation. 2 Changement complet d'apparence.

métamorphoser vt Modifier profondément l'apparence, l'état, la nature de qqn, de qqch. ■ vpr Se transformer.

métaphore nf Procédé qui consiste à donner à un mot un sens qu'on lui attribue par analogie (ex. : « *Le printemps de la vie* » pour « *la jeunesse* »).

métaphorique a De la métaphore.

métaphoriquement av Par métaphore.

métaphysicien, enne n Qui étudie la métaphysique.

métaphysique nf Recherche rationnelle de la nature des choses, au-delà de leur apparence sensible. ■ a De la métaphysique.

métastase nf MED Localisation secondaire, à distance, d'une affection cancéreuse.

métastaser (se) vpr Produire des métastases.

métastatique a Relatif aux métastases.

métatarse nm ANAT Partie du squelette du pied située entre la cheville et les orteils.

métathèse nf LING Déplacement de phonèmes à l'intérieur d'un mot.

métayage nm Bail agricole selon lequel l'exploitant partage les récoltes avec le propriétaire.

métayer, ère n Qui exploite un domaine rural selon le système du métayage.

métazoaire nm ZOOL Animal pluricellulaire (par oppos. à protozoaire).

méteil nm Mélange de seigle et de froment.

métempsycose nf RELIG Transmigration, après la mort, de l'âme d'un corps dans un autre.

météo nf Fam Météorologie.

météore nm 1 Apparition lumineuse d'une météorite dans l'atmosphère. 2 Personne dont la carrière est brillante mais très brève.

météorique a Relatif aux météores.

météorisme nm MED Accumulation de gaz dans l'intestin.

météorite nf Fragment minéral provenant de l'espace et traversant l'atmosphère terrestre.

météorologie nf 1 Science des phénomènes atmosphériques, permettant la prévision du temps. 2 Organisme établissant cette prévision.

météorologique a De la météorologie.

météorologiste ou **météorologue** n Spécialiste de météorologie.

métèque nm Péjor Étranger au pays où il vit.

méthadone nf Dérivé de la morphine.

méthane nm Gaz naturel inflammable.

méthanier nm Navire conçu pour le transport du gaz naturel liquéfié.

meurtrier

méthanol nm CHIM Alcool méthylique.

méthode nf 1 Ensemble de procédés, de moyens organisés rationnellement pour arriver à un résultat. *Méthode d'enseignement, de fabrication.* 2 Ouvrage d'enseignement élémentaire. *Méthode de piano.* 3 Qualité d'esprit consistant à savoir procéder avec ordre et logique.

méthodique a 1 Fait avec méthode. *Recherche méthodique.* 2 Qui a de la méthode.

méthodiquement av Avec méthode.

méthodisme nm Mouvement religieux protestant fondé au XVIIIe s.

méthodiste a, n Qui relève du méthodisme.

méthodologie nf 1 Étude des méthodes des différentes sciences. 2 Démarche suivie ; procédure de recherche, de travail.

méthodologique a De la méthodologie.

méthylène nm Nom commercial du méthanol. Loc *Bleu de méthylène :* liquide coloré utilisé comme antiseptique.

méthylique a Dérivé du méthane. Loc *Alcool méthylique :* extrait des goudrons de bois.

métical nm Unité monétaire du Mozambique. *Des méticals.*

méticuleusement av De façon méticuleuse.

méticuleux, euse a D'une minutie poussée jusqu'aux plus petits détails.

méticulosité nf Litt Caractère méticuleux.

métier nm 1 Occupation qui permet de gagner sa vie ; profession. *Métier manuel. Métier intellectuel.* 2 Savoir-faire, habileté professionnelle. 3 Machine utilisée pour la fabrication des tissus. 4 Chacun des secteurs d'activité d'un groupe industriel.

métis, isse [-tis] a, n Dont les parents sont de races différentes. Loc *Toile métisse :* dans laquelle lin et coton sont mélangés. ■ nm Toile métissée.

métissage nm Croisement de races. Loc *Métissage culturel :* influence mutuelle de cultures en contact.

métisser vt Croiser deux races différentes.

métonymie nf Procédé consistant à désigner le tout par la partie, le contenu par le contenant, etc. (ex. : *une voile* pour *un bateau*).

métonymique a De la métonymie.

métope nf ARCHI Espace de la frise dorique, souvent orné d'un bas-relief.

métrage nm 1 Action de métrer. 2 Longueur en mètres (d'une pièce de tissu, par ex.). 3 Longueur d'un film.

1. mètre nm 1 Unité fondamentale des mesures de longueur (symbole m). 2 Règle, ruban gradué de 1 m de long. Loc *Mètre carré* (m²) : unité égale à l'aire d'un carré de 1 mètre de côté. *Mètre cube* (m³) : unité égale au volume d'un cube de 1 mètre d'arête.

2. mètre nm 1 Unité rythmique du vers grec et latin, comprenant un temps fort et un temps faible. 2 Rythme d'un vers français.

métré nm CONSTR Devis détaillé des mesures d'un ouvrage.

métrer vt [12] Mesurer à l'aide d'un mètre.

métreur, euse n Qui établit des métrés.

1. métrique a 1 Relatif au mètre. 2 Qui a le mètre pour base. *Système métrique.*

2. métrique nf Étude de la versification. ■ a Qui concerne la métrique.

métrite nf Inflammation de l'utérus.

métro nm Chemin de fer urbain, partiellement ou totalement souterrain. ■ a, n Fam Dans les départements d'outre-mer, personne qui vient de la métropole.

métrologie nf Science des mesures.

métronome nm Instrument battant la mesure utilisé en musique.

métropole nf 1 État considéré par rapport à ses territoires extérieurs. 2 Capitale d'un pays, ville principale d'une région.

métropolitain, aine a, n De la métropole. ■ nm Métro.

métropolite nm Prélat d'un rang élevé, dans l'Église orthodoxe.

métrorragie nf MED Hémorragie utérine.

mets nm Aliment préparé qui entre dans la composition d'un repas ; plat.

mettable a Qui peut encore être porté (habits).

metteur, euse n Professionnel qui met (au point, en pages, en scène, etc.).

mettre vt [64] 1 Placer ou amener qqch, qqn dans un lieu. *Mettre un vase sur la table. Mettre qqn en prison.* 2 Amener qqch, qqn dans un état, une situation. *Mettre un appareil en marche. Mettre qqn à la tête d'une entreprise.* 3 Introduire, faire apparaître. *Mettre de l'animation dans une réunion.* 4 Employer de l'argent, du temps à qqch. *Mettre 100 000 francs dans une voiture. Mettre deux heures à faire un travail.* 5 Placer sur son corps, revêtir, porter. *Mettre ses chaussures.* Loc *Mettre en pages un texte :* en rassembler les éléments de composition pour former des pages. *Mettre en scène un spectacle :* diriger le jeu des acteurs, les répétitions, régler les décors, etc. *Y mettre du sien :* apporter sa contribution à qqch ; faire des concessions. ■ vpr 1 Se placer dans un lieu, un état. *Se mettre à la fenêtre. Se mettre en colère.* 2 Commencer à faire qqch. *Se mettre à son travail.* 3 S'habiller. *Se mettre en tenue.*

meuble a 1 DR Que l'on peut déplacer. *Biens meubles.* 2 Facile à travailler. *Terre meuble.* ■ nm Objet construit en matériau rigide pour l'aménagement, la décoration des locaux et des lieux d'habitation (armoire, table, chaise, etc.).

meublé nm Appartement ou chambre loués garnis de meubles.

meubler vt 1 Garnir de meubles. 2 Remplir, occuper. *Meubler ses loisirs en bricolant.*

meuf nf Pop Femme, fille.

meuglement nm Beuglement.

meugler vi Faire entendre son cri (bovins).

meule nf 1 Pièce massive cylindrique qui sert à broyer, à moudre. 2 Disque abrasif qui sert à aiguiser, à polir. 3 Fromage en forme de gros cylindre. 4 Tas de foin, de paille. 5 Pop Moto.

meulière nf Pierre très dure, calcaire et siliceuse, utilisée dans le bâtiment.

meunerie nf Industrie de la fabrication de la farine ; commerce du meunier.

meunier, ère n Qui exploite un moulin à céréales, qui fabrique de la farine. Loc *Échelle de meunier :* escalier raide, sans contremarches. ■ af inv Se dit d'un poisson passé à la farine avant cuisson au beurre.

meurette nf Sauce au vin rouge.

meursault nm Bourgogne blanc, réputé.

meurtre nm Homicide volontaire.

meurtrier, ère n Qui a commis un meurtre. ■ a Qui cause la mort. *Folie meurtrière.*

meurtrière nf Ouverture étroite dans un mur de fortification pour lancer des projectiles.

meurtrir vt 1 Faire une meurtrissure à ; contusionner. 2 Blesser moralement.

meurtrissure nf 1 Contusion avec changement de coloration de la peau. 2 Tache sur un fruit, provenant d'un choc.

meute nf 1 Troupe de chiens dressés pour la chasse à courre. 2 Troupe de personnes acharnées contre qqn.

mévente nf Mauvaise vente.

mexicain, aine a, n Du Mexique.

mezcal nm Eau-de-vie mexicaine.

mézès nm Assortiment de hors-d'œuvre froids.

mezzanine [medza-] nf 1 Petit étage entre deux plus grands ; entresol. 2 Étage ménagé entre le parterre et le balcon, dans un théâtre. 3 Niveau intermédiaire aménagé dans une pièce haute de plafond.

mezza voce [medzavotʃe] av À demi-voix.

mezzo-soprano [medzo-] nm Voix de femme intermédiaire entre le soprano et le contralto. ■ nf Celle qui a cette voix. Des mezzo-sopranos.

mi nm Troisième note de la gamme.

miasme nm Émanation putride provenant d'une décomposition.

miaulement nm Cri du chat.

miauler vi Pousser son cri (chat).

mi-bas nm inv Chaussette montant jusqu'au genou.

mica nm Minéral brillant à structure feuilletée.

micacé, ée a Qui contient du mica.

mi-carême nf Jeudi de la troisième semaine du carême. Des mi-carêmes.

micaschiste nm Roche métamorphique composée de mica et de quartz.

miche nf Gros pain rond.

micheline nf Autorail.

mi-chemin (à) av À la moitié d'un trajet ; à un degré intermédiaire.

micheton nm Pop Client d'une prostituée.

mi-clos, -close a À moitié clos.

micmac nm Fam 1 Intrigue secrète et embrouillée. 2 Situation confuse.

micocoulier nm Arbre ornemental des régions méditerranéennes.

mi-corps (à) av Jusqu'au milieu du corps.

mi-côte (à) av Au milieu d'une côte.

mi-course (à) av À moitié de la course.

micro nm Abrév de microphone et de micro-ordinateur. ■ nf Abrév de micro-informatique.

microbe nm Organisme microscopique unicellulaire (bactérie, virus, etc.).

microbien, enne a Relatif aux microbes.

microbiologie nf Science des microbes.

microcassette nf Cassette magnétique de petit format.

microchimie nf Chimie portant sur des petites quantités de matière.

microchirurgie nf Chirurgie pratiquée à l'aide d'un microscope.

microcircuit nm Circuit électronique miniaturisé.

microclimat nm Climat propre à une zone de très faible étendue.

microcomposant nm Composant électronique très petit.

microcosme nm 1 Monde ou société en réduction. 2 Milieu social replié sur lui-même.

micro-cravate nm Microphone qu'on peut accrocher aux vêtements. Des micros-cravates.

microéconomie nf Étude des comportements économiques individuels.

microélectronique nf Technique des micro-structures électroniques.

microfaune nf Faune microscopique.

microfiche nf Document comportant plusieurs microphotographies.

microfilm nm Film qui groupe des photographies de format très réduit.

microfilmer vt Reproduire sur microfilm.

microforme nf Image photographique fortement réduite.

micrographie nf Étude au microscope de la structure des métaux, des roches, etc.

micro-informatique nf Domaine de l'informatique utilisant des microordinateurs.

micromètre nm 1 Unité de longueur valant un millionième de mètre. 2 Instrument pour mesurer les petites longueurs.

micrométrie nf Mesure des très petites dimensions.

micron nm Syn ancien de micromètre.

microonde nf Onde électromagnétique ultra-courte.

microondes nm inv Four à microondes.

microordinateur nm Ordinateur de petit format, dont l'unité centrale est constituée autour d'un microprocesseur (abrév : micro).

microorganisme nm BIOL Organisme microscopique.

microphone nm Appareil servant à transformer en signaux électriques des vibrations sonores (abrév : micro).

microphotographie nf Photographie de l'image formée par un microscope.

microphysique nf Physique des atomes et des particules.

microprocesseur nm INFORM Ensemble de circuits constituant l'unité centrale d'un micro-ordinateur.

microscope nm Instrument d'optique permettant d'observer des objets très petits.

microscopique a 1 Réalisé à l'aide du microscope. 2 Qui n'est visible qu'au microscope. 3 Minuscule.

microsillon nm Disque phonographique.

microsociété nf Communauté humaine très petite.

microsonde nf Sonde pour analyser de très petites quantités de matière.

microstructure nf 1 Structure microscopique. 2 Élément d'une structure plus grande.

miction nf PHYSIOL Expulsion de l'urine accumulée dans la vessie.

midi nm 1 Milieu du jour ; douzième heure. 2 Sud (point cardinal). 3 (avec majusc) Partie méridionale de la France.

midinette nf Jeune citadine aux idées naïves et romanesques.

mie nf Partie intérieure du pain, qui est molle.

miel nm Matière sucrée plus ou moins épaisse que les abeilles élaborent. Loc Être tout sucre tout miel : être d'une amabilité inhabituelle.

miellé, ée a 1 Enduit de miel. 2 Qui rappelle le miel. Odeur miellée.

mielleusement av Doucereusement.

mielleux, euse a D'une douceur affectée et obséquieuse.

mien, mienne *a poss* Litt Qui est à moi, qui m'appartient. *Un mien ami. Cette idée est mienne.* ■ *pr poss* Ce qui est à moi. *Ta fille et la mienne.* ■ *nmpl* Mes proches, mes parents.

miette *nf* 1 Petite parcelle de pain, de gâteau, qui se détache. 2 Petite parcelle.

mieux *av* De façon plus avantageuse, plus accomplie. *Il peut mieux faire.* Loc *Aimer mieux* : préférer. *Valoir mieux* : être préférable. *De mieux en mieux* : en faisant toujours des progrès. Fam *À qui mieux mieux* : en rivalisant. *Tant mieux* : marque la satisfaction. ■ *nm* Amélioration. *On observe un léger mieux.* Loc *Faire de son mieux* : aussi bien que l'on peut. *Au mieux* : dans les conditions les plus favorables. *Être au mieux avec qqn* : être en très bons termes avec lui. *Faute de mieux* : à défaut de qqch de plus avantageux. ■ *a inv* 1 Meilleur, plus convenable. *C'est mieux pour lui.* 2 En meilleure santé. *C'est mieux qu'hier.* 3 Plus beau ; d'une valeur supérieure. *Elle est mieux que lui.*

mieux-être *nm inv* Bien-être accru.

mièvre *a* D'une grâce un peu fade.

mièvrerie *nf* État, parole, acte mièvre.

mignard, arde *a* Litt D'une grâce recherchée.

mignardise *nf* 1 Litt Délicatesse mignarde. 2 Petit œillet très parfumé.

mignon, onne *a* Délicat, gentil, gracieux. *Enfant mignon.* ■ *n* Terme d'affection. ■ *nm* HIST Nom donné aux favoris d'Henri III.

mignonnette *nf* 1 Petite bouteille destinée à un échantillon de liqueur. 2 Poivre grossièrement moulu.

migraine *nf* 1 Douleur n'affectant qu'un seul côté de la tête. 2 Mal de tête en général.

migraineux, euse *a* MED De la migraine. ■ *a, n* Sujet à la migraine.

migrant, ante *a, n* Qui migre (personne).

migrateur, trice *a, n* Qui migre (animal).

migration *nf* 1 Déplacement d'une population passant d'une région dans une autre pour s'y établir. 2 Déplacement en groupes, au cours des saisons, de certains animaux.

migratoire *a* Qui concerne les migrations.

migrer *vi* Effectuer une migration.

mihrab *nm* Niche à l'intérieur d'une mosquée, orientée vers La Mecque.

mi-jambe (à) *av* Jusqu'au niveau du milieu de la jambe.

mijaurée *nf* Vx Femme aux manières prétentieuses, affectées.

mijoter *vt* 1 Faire cuire à petit feu. 2 Fam Préparer à loisir, et d'une manière plus ou moins secrète un projet. ■ *vi* Cuire à petit feu.

mikado *nm* 1 Empereur du Japon. 2 Jeu d'adresse ressemblant aux jonchets.

1. mil. V. mille 1.

2. mil *nm* Céréale à petits grains des régions chaudes de l'Ancien Monde.

milan *nm* Oiseau de proie.

milanais, aise *a, n* De Milan.

mildiou *nm* Maladie de la vigne, de la pomme de terre, etc., due à des moisissures.

mile [majl] *nm* Mesure anglaise de longueur équivalant à 1 609 m.

milice *nf* 1 Au Moyen Âge, troupe levée dans une ville affranchie pour défendre celle-ci. 2 Formation de police, sans caractère officiel, chargée de défendre des intérêts privés.

milicien, enne *n* Membre d'une milice.

milieu *nm* 1 Centre d'un lieu, point situé à égale distance des extrémités, des bords. *Poser un vase au milieu de la table.* 2 Période située à égale distance du début et de la fin. *Le milieu du mois.* 3 Ce qui est également éloigné de deux excès contraires. *Garder le juste milieu.* 4 Ensemble de conditions naturelles (géographiques, climatiques, etc.) qui régissent la vie d'êtres vivants. 5 Entourage, société, sphère sociale où l'on vit. 6 Monde de la pègre. Loc *Au milieu de* : parmi. *Au beau milieu, en plein milieu* : au moment le plus fort. *Milieu de terrain* : au football, joueur qui coordonne l'attaque et la défense.

militaire *a* 1 Relatif à l'armée, aux soldats, à la guerre. 2 Qui s'appuie sur l'armée. *Dictature militaire.* ■ *nm* Membre de l'armée.

militairement *av* 1 Par la force armée. 2 Selon l'esprit militaire.

militant, ante *a, n* Qui lutte, qui agit pour un parti, une cause.

militantisme *nm* Activité des militants.

militarisation *nf* Action de militariser.

militariser *vt* 1 Pourvoir d'une force armée. 2 Organiser de façon militaire.

militarisme *nm* 1 Politique s'appuyant sur les militaires, sur l'armée. 2 Tendance favorable à l'influence des militaires.

militariste *a, n* Qui relève du militarisme.

militer *vi* Œuvrer activement à la défense ou à la propagation d'une idée ; participer activement à un parti, à une campagne.

milk-shake [milkʃεk] *nm* Boisson de lait aromatisé. *Des milk-shakes.*

1. mille *a num inv* (peut s'écrire *mil* dans une date inférieure à *deux mille* : *mil neuf cent trente*) 1 Dix fois cent (1 000). 2 Millième. *Le numéro mille.* 3 Un grand nombre de. *Je vous remercie mille fois.* Loc *Je vous le donne en mille* : je parie, à mille contre un, que vous ne devinerez pas. ■ *nm inv* 1 Nombre, numéro mille. 2 Millier. *Quel est le prix au mille ?* Loc *Taper dans le mille* : deviner juste.

2. mille *nm* 1 ANTIQ Unité de distance valant mille pas (1 482 m). 2 Unité de distance utilisée en navigation (1 852 m).

1. millefeuille *nf* Plante des terrains incultes à feuilles finement divisées.

2. millefeuille *nm* Gâteau de pâte feuilletée garnie de crème pâtissière.

millénaire *a* Qui existe depuis mille ans. ■ *nm* 1 Période de mille ans. 2 Millième anniversaire.

millénarisme *nm* Croyance en un règne messianique destiné à durer mille ans.

mille-pattes *nm inv* Myriapode.

millepertuis *nm inv* Plante à fleurs jaunes, dont les feuilles semblent criblées de trous.

millerandage *nm* AGRIC Développement incomplet des grains de raisin.

millésime *nm* Date de fabrication d'une monnaie, de récolte d'un vin, etc.

millésimer *vt* Attribuer un millésime à.

millet [-jε] *nm* Céréale cultivée surtout en Asie et en Afrique.

milliard [-ljaʀ] *nm* 1 Nombre qui vaut mille millions. 2 Nombre extrêmement important.

milliardaire *a, n* Dont la richesse dépasse le milliard de francs.

milliardième

milliardième *a num* Au rang marqué par le nombre 1 milliard. ◼ *a, nm* Contenu un milliard de fois dans un tout.

millibar *nm* Unité de pression valant un millième de bar.

millième *a num* Dont le rang est marqué par le nombre mille. ◼ *a, nm* Contenu mille fois dans un tout. ◼ *nm* **1** Très petite partie. **2** Unité de répartition des charges dans une copropriété.

millier *nm* Nombre de mille, d'environ mille.

milligramme *nm* Millième partie du gramme.

millilitre *nm* Millième partie du litre.

millimètre *nm* Un millième de mètre.

millimétré, ée ou **millimétrique** *a* Relatif au millimètre, gradué en millimètres.

million [-ljõ] *nm* **1** Nombre qui vaut mille fois mille. **2** Nombre très élevé.

millionième *a num* Au rang marqué par le nombre 1 million. ◼ *a, nm* Contenu un million de fois dans un tout.

millionnaire *a, n* Dont la fortune s'évalue en millions de francs.

milord *nm* Titre donné à un lord.

milouin *nm* Canard plongeur.

mi-lourd *nm* Boxeur pesant entre 75 et 79 kg. *Des mi-lourds.*

mime *nm* **1** Comédie sans paroles, où l'acteur s'exprime par gestes. **2** Acteur de cette comédie.

mimer *vt* Imiter, représenter par des gestes, des attitudes.

mimétique *a* Du mimétisme.

mimétisme *nm* **1** Aptitude de certaines espèces animales à prendre l'aspect d'un élément de leur milieu de vie. **2** Tendance à imiter le comportement d'autrui.

mimique *nf* Représentation par le geste ou par l'expression du visage d'une idée, d'un sentiment, etc.

mimodrame *nm* Œuvre dramatique représentée par des mimes.

mimolette *nf* Fromage de vache jaune orangé, de forme sphérique.

mimosa *nm* Arbuste à fleurs ornementales, groupées en petites boules très odorantes.

mi-moyen *nm* Boxeur pesant entre 63,5 et 67 kg. Syn. welter. *Des mi-moyens.*

minable *a, n* Fam Pitoyable, médiocre.

minage *nm* Action de miner.

minaret *nm* Tour d'une mosquée.

minauder *vi* Faire des mines, des manières.

minauderie *nf* Action de minauder ; manque de naturel.

minaudière *nf* (n déposé) Petite boîte contenant un nécessaire à maquillage.

minbar [min-] *nm* Chaire à prêcher d'une mosquée.

mince *a* **1** De peu d'épaisseur. **2** Svelte. **3** Peu important, médiocre. ◼ *interj* Fam Exprime la surprise, l'admiration, etc.

minceur *nf* Caractère mince, peu épais.

mincir *vi* Devenir plus mince. ◼ *vt* Faire paraître plus mince.

1. mine *nf* **1** Excavation pratiquée dans le sol pour exploiter un gisement d'une matière minérale ou métallique ; ce gisement. *Mine de charbon, de fer.* **2** Engin conçu pour faire explosion au passage d'un homme, d'un véhicule, d'un navire. **3** Mince baguette de graphite ou de matière colorée dans un crayon.

2. mine *nf* **1** Expression du visage, physionomie de qqn en tant qu'indice de son état de santé, de son humeur, etc. **2** Apparence, aspect de qqch. Loc *Faire mine de* (+ *inf*) : faire semblant de. Fam *Mine de rien* : sans en avoir l'air. *Ne pas payer de mine* : n'avoir pas bon aspect. ◼ *pl* Loc *Faire des mines* : avoir un comportement affecté.

miner *vt* **1** Creuser en créant un risque d'effondrement. **2** Consumer peu à peu. *Le chagrin le mine.* **3** Placer des mines explosives dans.

minerai *nm* Roche d'où l'on peut extraire un métal, un minéral.

minéral, ale, aux *a* Des minéraux. *Chimie minérale.* Loc *Eau minérale* : eau contenant des éléments minéraux. ◼ *nm* Corps inorganique se trouvant à l'intérieur de la terre ou à sa surface.

minéralier *nm* Cargo équipé pour le transport des minerais.

minéralisation *nf* Action de minéraliser.

minéraliser *vt* **1** Transformer en minerai. **2** Rendre minérale une eau.

minéralogie *nf* Science des minéraux.

minéralogique *a* De la minéralogie. Loc *Numéro minéralogique* : immatriculation d'une automobile.

minéralogiste *nm* Spécialiste de minéralogie.

minéralurgie *nf* Technique de traitement des minerais bruts.

minerve *nf* Appareil d'orthopédie, collerette rigide qui maintient la tête droite.

minervois *nm* Vin rouge du sud de la France.

minestrone *nm* Soupe italienne épaisse.

minet, ette *n* **1** Fam Chat, chatte. **2** Jeune qui s'habille en suivant la mode de très près.

1. mineur, eure *a* **1** De moindre importance. *Cela n'a qu'un intérêt mineur.* **2** MUS Se dit d'une gamme, d'un ton dont la tierce comprend un ton et un demi-ton. ◼ *a, n* Qui n'a pas atteint l'âge de la majorité. ◼ *nf* PHILO Deuxième proposition d'un syllogisme.

2. mineur *nm* Ouvrier qui travaille dans une exploitation minière.

miniature *nf* **1** Lettre ornée en tête de chapitre d'un manuscrit médiéval. **2** Très petite peinture. Loc *En miniature* : sous une forme très réduite. ◼ *a* Très réduit. *Autos miniatures.*

miniaturisation *nf* Action de miniaturiser.

miniaturiser *vt* Réduire le plus possible les dimensions de qqch.

miniaturiste *n* Peintre de miniatures.

minibus *nm* Petit autobus.

minicassette *nf* Cassette de petit format.

minichaîne *nf* Chaîne haute-fidélité miniaturisée.

minier, ère *a* Relatif aux mines. *Gisement minier.*

minigolf *nm* Golf miniature.

minijupe *nf* Jupe très courte.

minima. V. *minimum.*

minimal, ale, aux *a* Qui a atteint, qui constitue un minimum.

minimalisme *nm* Attitude des minimalistes.

minimaliste *n, a* Qui représente ou recherche une position minimale, éloignée des extrêmes, pouvant regrouper l'adhésion.

minime *a* Très petit. *Valeur minime.* ◼ *n* Jeune sportif de 11 à 13 ans.

minimisation *nf* Action de minimiser.

minimiser *vt* Réduire l'importance de qqch au minimum.

minimum [-mɔm] *nm* La plus petite valeur possible ou acceptable. **Loc** *Au minimum :* au moins. *Des minimums* ou *des minima.* ■ *a* Le plus bas. *Tarif minimum.*

miniordinateur *nm* Ordinateur de puissance moyenne.

ministère *nm* **1** Charge de ministre. **2** Ensemble des ministres constituant un cabinet. *Renverser le ministère.* **3** Ensemble des services publics placés sous la direction d'un ministre ; bâtiment ou elle abrite. **4** Sacerdoce. **Loc** *Ministère public :* corps de magistrats chargés de requérir l'exécution des lois.

ministériel, elle *a* Relatif au ministère. *Crise ministérielle.* **Loc** *Officier ministériel :* notaire, huissier ou commissaire-priseur.

ministrable *a* Qui peut devenir ministre.

ministre *nm* **1** Membre du gouvernement qui dirige un ensemble de services publics. **2** Agent diplomatique de rang inférieur à celui d'ambassadeur. *Ministre plénipotentiaire.* **Loc** *Ministre du culte :* ecclésiastique ; pasteur protestant.

minitel *nm* (n déposé) Petit terminal commercialisé par les télécommunications, servant à la consultation de banques de données et à l'échange d'informations.

minitéliste *n* Utilisateur du minitel.

minium [-njɔm] *nm* Oxyde de plomb rouge orangé, utilisé comme antirouille.

minoen, enne *a, n* HIST De la période la plus ancienne de l'histoire crétoise (IIIᵉ mill. - 1400 env. av. J.-C.).

minois *nm* Visage frais, délicat d'enfant, de jeune fille, de jeune femme.

minoration *nf* Action de minorer qqch ; ce qui est minoré.

minorer *vt* Réduire la valeur, l'importance de qqch.

minoritaire *a, n* Qui appartient à la minorité.

minorité *nf* **1** Le plus petit nombre dans un ensemble. *Dans une minorité de cas.* **2** Parti, tendance représentant le moins de voix dans une élection (par oppos. à majorité). **3** Petite collectivité à l'intérieur d'un ensemble. *Les minorités ethniques.* **4** État d'une personne légalement mineure.

minorquin, ine *a, n* De Minorque.

minoterie *nf* **1** Meunerie. **2** Grand moulin industriel.

minotier *nm* Exploitant d'une minoterie.

minou *nm* Fam Chat.

minuit *nm* Instant où un jour finit et où l'autre commence (24 h ou 0 h).

minus [minys] *n inv* Fam Peu intelligent ou peu capable.

minuscule *a* Très petit. ■ *nf* Petite lettre (par oppos. à majuscule).

minutage *nm* Décompte précis du temps.

minute *nf* **1** Division du temps, égale à la soixantième partie d'une heure et à 60 secondes. **2** Espace de temps très court. *Je reviens dans une minute.* **3** Unité de mesure d'arc et d'angle, égale à la soixantième partie d'un degré. **4** DR Original des actes notariés ou des sentences des tribunaux. ■ *interj* Fam Attention, doucement.

minuter *vt* Déterminer avec précision le déroulement dans le temps, l'horaire.

minuterie *nf* Dispositif électrique servant à établir un contact pendant une durée déterminée, utilisée principalement pour l'éclairage.

minuteur *nm* Appareil ménager déclenchant une sonnerie au bout d'un temps donné.

minutie [-si] *nf* Soin extrême, qui se manifeste jusque dans les plus petits détails.

minutieusement *av* De façon minutieuse.

minutieux, euse *a* Qui marque la minutie.

miocène *nm* Troisième période de l'ère tertiaire.

mioche *n* Fam Enfant.

mirabelle *nf* **1** Petite prune jaune, ronde et parfumée. **2** Eau-de-vie de cette prune.

mirabilis *nm* Syn de *belle-de-nuit.*

miracle *nm* **1** Phénomène inexplicable par les lois connues de la nature et attribué à une intervention divine. **2** Effet extraordinaire d'un hasard heureux. *Par miracle il est sauf.*

miraculé, ée *a, n* Qui a été l'objet d'un miracle, d'un hasard heureux.

miraculeusement *av* De façon miraculeuse.

miraculeux, euse *a* **1** Qui tient du miracle. *Guérison miraculeuse.* **2** Étonnant, extraordinaire.

mirador *nm* Poste d'observation élevé, servant en partic. à surveiller un camp de prisonniers.

mirage *nm* **1** Phénomène optique propre aux régions chaudes, qui donne l'illusion d'une nappe d'eau lointaine où se reflètent les objets. **2** Illusion séduisante, chimère.

mire *nf* **1** Règle graduée utilisée pour les relevés topographiques. **2** Image diffusée par un émetteur de télévision et qui sert au réglage des récepteurs. **Loc** *Cran de mire :* échancrure dans la hausse d'un fusil. *Ligne de mire :* ligne qui va de l'œil du tireur au point visé. *Être le point de mire :* être l'objet de tous les regards.

mirer *vt* Examiner à la lumière par transparence. *Mirer des œufs.* ■ *vpr* Litt Se refléter ; voir son image réfléchie.

mirettes *nfpl* Pop Yeux.

mirifique *a* Merveilleux.

mirliton *nm* Instrument de musique formé d'un tube et de membranes que l'on fait vibrer. **Loc** *Vers de mirliton :* mauvais vers.

miro *a* Fam Très myope.

mirobolant, ante *a* Fam Extraordinaire au point d'en être incroyable.

miroir *nm* **1** Surface polie qui réfléchit les rayons lumineux, qui renvoie l'image des objets. **2** Litt Image, reflet de qqch. **Loc** *Miroir aux alouettes :* attrait trompeur.

miroitement *nm* Éclat d'une surface qui miroite.

miroiter *vi* Renvoyer la lumière en présentant des reflets changeants, scintiller. **Loc** *Faire miroiter :* faire entrevoir un avantage possible.

miroiterie *nf* Commerce, industrie des miroirs.

miroitier, ère *n* Qui vend, répare, installe des miroirs.

miroton ou **mironton** *nm* Ragoût de bœuf accommodé aux oignons.

mis, mise *n* DR *Mis en examen :* qui est sous le coup d'une mise en examen. Syn. anc. inculpé.

misaine *nf* **Loc** *Mât de misaine :* mât vertical, entre la proue et le grand mât.

misandrie *nf* Aversion pour le sexe masculin.

misanthrope *n, a* Qui a de l'aversion pour le genre humain, qui est peu sociable.

misanthropie *nf* Caractère du misanthrope.

miscible *a* Qui peut se mélanger de manière homogène avec un autre corps.

mise *nf* 1 Action de mettre. *Mise à l'écart. Mise au point. Mise en scène.* 2 Manière de se vêtir. 3 Somme que l'on engage au jeu, dans une entreprise, etc. Loc *Être, n'être pas de mise :* être, n'être pas convenable, admissible. *Mise en examen :* imputation à qqn d'un crime ou d'un délit ouvrant une procédure d'instruction. Syn. anc. inculpation. *Sauver la mise :* se tirer d'une situation dangereuse.

miser *vt* Déposer comme mise, comme enjeu. ■ *vti* Compter sur. *Je mise sur sa loyauté.*

misérabilisme *nm* Populisme qui s'attache avec complaisance à la description de la misère.

misérabiliste *a, n* Qui relève du misérabilisme.

misérable *a* Qui est très pauvre, qui suscite la pitié. ■ *n* Personne méprisable, vaurien.

misérablement *av* De façon misérable.

misère *nf* 1 État d'extrême pauvreté. 2 État, condition malheureuse, pitoyable. *La misère du temps.* 3 Chose pénible, douloureuse. 4 Chose insignifiante. *Se quereller pour une misère.* 5 BOT Variété de tradescantia. Loc *Faire des misères à qqn :* l'importuner, lui nuire.

miséreux, euse *a, n* Qui est dans la misère.

miséricorde *nf* Litt Pardon accordé par compassion. ■ *interj* Exprime la surprise, la crainte.

miséricordieux, euse *a* Litt Enclin à la pitié.

misogyne *a, n* Qui déteste, qui méprise les femmes.

misogynie *nf* Caractère du misogyne.

miss *nf* Lauréate de concours de beauté.

missel *nm* Livre de messe.

missile *nm* Engin explosif de grande puissance, autopropulsé et autoguidé.

missilier *nm* Spécialiste des missiles.

mission *nf* 1 Charge confiée à qqn de faire qqch. 2 Groupe de personnes auxquelles une charge est confiée. 3 Activité, communauté de missionnaires.

missionnaire *n* Religieux, religieuse qui propage l'Évangile. ■ *a* Relatif aux missions.

missive *nf* Litt Lettre qu'on envoie.

mistelle *nf* Moût de raisin dont la fermentation a été arrêtée par addition d'alcool.

mistigri *nm* 1 Fam Chat. 2 Valet de trèfle.

mistral *nm* Vent violent du nord soufflant dans la vallée du Rhône et en Provence.

mitaine *nf* Gant qui laisse découvertes les deux dernières phalanges des doigts.

mitan *nm* Pop Le milieu, les truands.

mitard *nm* Pop Cachot disciplinaire d'une prison.

mite *nf* Insecte dont les chenilles attaquent les tissus et les fourrures.

mité, ée *a* Rongé par les mites.

mi-temps *nf inv* 1 Temps de repos entre les deux parties d'un match. 2 Chacune de ces deux parties, d'égale durée. Loc *À mi-temps :* pendant la durée équivalente à la moitié du temps de travail normal. ■ *nm inv* Travail à mi-temps.

miter (se) *vpr* Être rongé par les mites.

miteux, euse *a, n* Fam D'aspect pitoyable.

mithridatiser *vt* Immuniser contre un poison.

mitigé, ée *a* 1 Abusiv Partagé, mêlé. *Une joie mitigée de remords.* 2 Qui laisse à désirer, incertain. *Accueil mitigé.*

mitigeur *nm* Mélangeur pour régler la température de l'eau.

mitochondrie [-kɔ̃-] *nf* BIOL Un des éléments constituants de la cellule.

mitonner *vi* Cuire doucement dans son jus. ■ *vt* 1 Faire cuire longtemps et à petit feu. 2 Préparer avec soin, longuement.

mitose *nf* BIOL Division des chromosomes d'une cellule et formation de deux cellules.

mitotique *a* BIOL De la mitose.

mitoyen, enne *a* Qui sépare deux choses et leur est commun. *Mur mitoyen.*

mitoyenneté *nf* Caractère mitoyen.

mitraillade *nf* Décharges d'armes à feu.

mitraillage *nm* Action de mitrailler.

mitraille *nf* 1 Pluie de projectiles d'armes à feu. 2 Fam Menue monnaie.

mitrailler *vt* 1 Tirer des rafales de projectiles sur. 2 Fam Photographier, filmer sous tous les angles.

mitraillette *nf* Pistolet-mitrailleur.

mitrailleur *nm* Qui tire à la mitrailleuse.

mitrailleuse *nf* Arme automatique à tir rapide, montée sur affût ou sur tourelle.

mitral, ale, aux *a* Loc ANAT *Valvule mitrale :* une des valvules du cœur.

mitre *nf* Coiffure haute et conique portée par les évêques, les abbés, lorsqu'ils officient.

mitron *nm* Garçon boulanger.

mi-voix (à) *av* D'une voix faible.

mixage *nm* Action de mixer.

mixer *vt* 1 Mélanger, combiner. *Mixer des informations.* 2 Passer au mixeur. 3 Combiner des signaux (son ou image) sur un même support.

mixeur ou **mixer** [-ksœr] *nm* Appareil électrique pour broyer, mélanger des aliments.

mixité *nf* Caractère mixte.

mixte *a* 1 Qui est formé d'éléments hétérogènes et qui participe de leurs différentes propriétés. 2 Qui comprend, qui reçoit des personnes des deux sexes. *École mixte.*

mixtion *nf* Action de mélanger.

mixture *nf* 1 Mélange, généralement liquide, de substances chimiques, de médicaments. 2 Mélange peu appétissant.

mnémotechnique *a* Qui aide la mémoire par des procédés d'association.

mnésique *a* Relatif à la mémoire.

mobile *a* 1 Qui se meut ; qui peut être mû, déplacé. 2 Dont la date, la valeur peut varier. *Fête mobile. Échelle mobile des salaires.* ■ *nm* 1 Corps en mouvement. 2 Ce qui incite à agir ; motif. *Le mobile d'un crime.* 3 Téléphone mobile.

mobile-home *nm* Habitation que l'on peut installer sur une remorque pour la déplacer. Syn résidence mobile. *Des mobile-homes.*

mobilier, ère *a* DR Qui consiste en biens meubles. Loc *Valeurs mobilières :* actions, obligations, etc. ■ *nm* Ensemble des meubles d'un appartement, de l'équipement d'une maison. Loc *Mobilier urbain :* équipements tels que bancs publics, kiosques, etc.

mobilisable *a, n* Qui peut être mobilisé.

mobilisateur, trice *a* Susceptible de mobiliser. *Mot d'ordre mobilisateur.*

mobilisation *nf* Action de mobiliser.

mobilisé, ée *a, nm* Rappelé sous les drapeaux lors d'une mobilisation.

mobiliser *vt* 1 Organiser, équiper en vue d'opérations militaires. *Mobiliser des troupes.* 2 Faire appel à l'action de. *Mobiliser les adhérents.* 3 Réunir en vue d'une action. *Mobiliser des capitaux.* ■ *vpr* Être prêt à agir.

mobilité *nf* 1 Caractère mobile. 2 Qualité de ce qui change d'aspect rapidement. *Mobilité de la physionomie.*

mobylette *nf* (n déposé) Cyclomoteur.

mocassin *nm* Chaussure basse, très souple, sans lacets.

moche *a* Fam 1 Laid, pas beau. 2 Désagréable, ennuyeux.

mocheté *nf* Pop Personne très laide.

modal, ale, aux *a* GRAM, MUS Relatif aux modes.

modalité *nf* Forme particulière que revêt une chose, un acte, une pensée, etc. *Préciser les modalités de paiement.*

1. mode *nf* 1 Manière changeante selon l'époque ou le lieu d'agir, de penser. 2 Manière de s'habiller en usage à un moment, dans un pays, un milieu. 3 Industrie et commerce de l'habillement. **Loc** *À la mode :* au goût du moment. *Bœuf mode :* cuit avec les carottes.

2. mode *nm* 1 Forme, procédé. *Mode de vie.* 2 MUS Système d'organisation des sons, des rythmes et partic. des différentes gammes. 3 GRAM Série de formes verbales correspondant à la manière dont est conçue l'action exprimée (ex. : indicatif, impératif, subjonctif, etc.).

modelage *nm* Action de modeler une substance, un objet.

modèle *nm* 1 Ce qui est proposé à l'imitation. 2 Personne qui pose pour un peintre, un sculpteur. 3 Objet reproduit industriellement à de nombreux exemplaires. *Voiture qui est un modèle ancien.* 4 Schéma théorique d'un processus. **Loc** *Modèle réduit :* reproduction à petite échelle. ■ *a* Qui a les qualités idéales. *Un élève modèle.*

modelé *nm* Rendu des formes, en sculpture, en peinture, en dessin.

modeler *vt* [16] 1 Façonner une matière molle pour en tirer une forme déterminée. *Modeler de la glaise.* 2 Façonner qqch en pétrissant, en déformant. *Modeler une statuette.* 3 Conformer à. *Modeler sa conduite sur celle des voisins.*

modélisation *nf* Action de modéliser.

modéliser *vt* Concevoir, établir le modèle, le schéma théorique de qqch.

modélisme *nm* Fabrication de modèles réduits.

modéliste *n* 1 Qui dessine des modèles pour la mode. 2 Qui fabrique des modèles réduits.

modem *nm* Système électronique servant à connecter un terminal ou un ordinateur à une ligne de télécommunication.

modérantisme *nm* Opinion politique modérée.

modérateur, trice *n, a* Qui modère, qui tempère des opinions exaltées.

modération *nf* 1 Retenue qui porte à garder en toutes choses une certaine mesure. 2 Diminution. *Modération d'une taxe.*

moderato *av* MUS D'un mouvement modéré.

modéré, ée *a* Qui n'est pas excessif. *Prix modéré.* ■ *a, n* Dont les opinions politiques sont éloignées des extrêmes.

modérément *av* Avec modération.

modérer *vt* [12] Diminuer, tempérer. *Modérer le zèle de qqn.* ■ *vpr* Se contenir.

modern dance *nf* Danse contemporaine, issue de la danse classique.

moderne *a, n* Actuel, de notre époque ou d'une époque récente. **Loc** *Histoire moderne :* histoire comprise entre la prise de Constantinople (1453) et la Révolution française (1789). ■ *nm* Ce qui est au goût du jour, contemporain.

modernisateur, trice *a, n* Qui modernise.

modernisation *nf* Action de moderniser.

moderniser *vt* Donner un caractère moderne à qqch. ■ *vpr* Devenir moderne.

modernisme *nm* Tendance à préférer ce qui est moderne.

moderniste *a, n* Partisan du modernisme.

modernité *nf* Caractère moderne.

modeste *a* 1 Exempt de vanité, d'orgueil. 2 Simple, sans faste, modéré.

modestement *av* De façon modeste.

modestie *nf* Caractère modeste.

modicité *nf* Caractère modique.

modifiable *a* Qui peut être modifié.

modificateur, trice *a, n* Qui a la capacité, le pouvoir de modifier.

modification *nf* Action de modifier ; changement, transformation.

modifier *vt* Changer une chose sans la transformer complètement. *Modifier ses habitudes.* ■ *vpr* Subir un changement.

modique *a* Peu considérable, de peu de valeur.

modiquement *av* De façon modique.

modiste *nf* Qui confectionne ou qui vend des chapeaux, des coiffures de femmes.

modulable *a* Qui peut être modulé.

modulaire *a* Relatif au module, constitué de modules. *Construction modulaire.*

modulateur *nm* Appareil qui sert à moduler le courant électrique.

modulation *nf* 1 Ensemble des variations du ton, de la voix, enchaînées sans heurt. 2 MUS Passage d'une tonalité à une autre. 3 Action de moduler, d'adapter. **Loc** *Modulation de fréquence :* procédé permettant une reproduction sonore d'excellente qualité, à la radio.

module *nm* 1 Élément combinable avec d'autres pour constituer un ensemble ; élément de base d'un équipement. 2 Élément d'un vaisseau spatial à progression autonome.

moduler *vi* MUS Passer d'une tonalité à une autre. ■ *vt* 1 Marquer d'inflexions. *Moduler une complainte.* 2 Adapter aux conditions du moment, aux circonstances.

modus vivendi [mɔdysvivẽdi] *nm inv* Accommodement entre deux parties en litige.

moelle [mwal] *nf* 1 Substance molle et graisseuse localisée dans les os. 2 BOT Tissu mou situé au centre de certains végétaux. **Loc** *Moelle épinière :* partie du système nerveux central contenue dans le canal rachidien.

moelleusement *av* De façon moelleuse.

moelleux, euse [mwa-] *a* Doux, agréable aux sens. *Vin moelleux.*

moellon [mwa-] *nm* CONSTR Pierre de petite dimension.

mœurs [mœr] ou [mœrs] *nfpl* **1** Habitudes de vie d'une personne, d'une société, d'une espèce animale. *Des mœurs casanières. Autres temps, autres mœurs. Les mœurs des éléphants.* **2** Conduite morale. *Des mœurs relâchées.*

mofette *nf* **1** Émanation de gaz carbonique, dans certains terrains volcaniques. **2** V. mouffette.

moghol, ole *a* De la dynastie des Moghols.

mohair *nm* Laine ou étoffe faite avec du poil de chèvre angora.

moi *pr pers* Forme tonique de la 1re personne du sing et des deux genres. Loc *À moi !* : au secours ! *De vous à moi* : entre nous, en confidence. *Pour moi* : à mon avis. ■ *nm* Ce qui constitue la personnalité de l'individu.

moignon *nm* **1** Partie restante d'un membre amputé. **2** Membre rudimentaire. *Moignon d'aile.* **3** Ce qui reste d'une grosse branche coupée ou cassée.

moindre *a* Plus petit, moins important. *De moindre valeur. La moindre erreur serait fatale.*

moindrement *av* Loc Litt *Pas le moindrement* : pas le moins du monde.

moine *nm* Religieux vivant en communauté.

moineau *nm* Petit oiseau brun et beige, très courant dans les villes.

moins *av* Exprime l'infériorité. *Moins grand que son frère. J'ai deux ans de moins que lui. Ce projet est le moins coûteux.* Loc *De moins en moins* : en diminuant peu à peu. *Du moins, au moins* : cependant, en tout cas. *Au moins* : au minimum. *Des moins* : très peu. *À moins de* : sauf dans le cas de. *À moins que* : sauf dans le cas où. ■ *Le minimum. Le moins que l'on puisse dire.* **2** MATH Signe de la soustraction (-). Loc *Pour le moins* : au minimum. ■ *prép* Sert à soustraire. *8 moins 5 égale 3.*

moins-disant *nm* DR Qui, dans une adjudication, fait l'offre la plus basse. *Des moins-disants.*

moins-perçu *nm* DR Ce qui manque à la somme perçue. *Des moins-perçus.*

moins-value *nf* Perte de valeur ; déficit, manque à gagner. *Des moins-values.*

moire *nf* Étoffe à reflets chatoyants.

moiré, ée *a* Qui a les reflets de la moire.

mois *nm* **1** Chacune des douze parties de l'année. *Le mois de janvier.* **2** Espace d'environ trente jours. *Il me faudra deux mois pour finir ce travail.* **3** Prix payé pour un mois de travail, de location. *Payer son mois à un employé.* Loc *Mois lunaire* : temps séparant deux conjonctions de la Lune avec le Soleil.

moïse *nm* Corbeille qui sert de berceau.

moisi *nm* Ce qui est moisi.

moisir *vi* **1** Se couvrir de moisissures. **2** Fam Attendre trop longtemps, se morfondre.

moisissure *nf* Ensemble de champignons minuscules se développant sur des matières organiques humides ou en décomposition.

moisson *nf* **1** Action de récolter le blé, les céréales. **2** La récolte elle-même. **3** Temps, époque où l'on fait la moisson. **4** Grande quantité de choses réunies. *Une moisson de renseignements.*

moissonner *vt* **1** Faire la moisson. **2** Remporter, recueillir en abondance.

moissonneur, euse *n* Qui moissonne. ■ *nf* Machine servant à moissonner.

moissonneuse-batteuse *nf* Machine qui bat le grain et le sépare de la paille. *Des moissonneuses-batteuses.*

moite *a* Légèrement humide.

moiteur *nf* Caractère moite.

moitié *nf* **1** Chacune des deux parties égales d'un tout. **2** Milieu. **3** Fam Épouse. Loc *À moitié* : à demi ; en partie. *Faire les choses à moitié* : ne pas les faire convenablement. *Être, se mettre de moitié avec qqn* : partager également avec lui le gain et la perte. Fam *Moitié-moitié* : en partageant en deux parts égales ; d'une manière mitigée.

moka *nm* **1** Café renommé. **2** Gâteau garni de crème au beurre aromatisée au café.

mol. V. mou.

molaire *nf* Chacune des grosses dents, qui servent à broyer.

molasse *nf* GÉOL Grès tendre à ciment calcaire.

moldave *a, n* De Moldavie.

mole *nf* CHIM Unité de quantité de matière.

môle *nm* Jetée construite à l'entrée d'un port et faisant office de brise-lames.

moléculaire *a* De la molécule.

molécule *nf* Ensemble d'atomes liés les uns aux autres par des liaisons fortes.

molène *nf* BOT Syn de *bouillon-blanc*.

moleskine *nf* Toile cirée imitant le cuir.

molester *vt* Malmener, brutaliser.

molette *nf* **1** Roulette garnie de pointes, à l'extrémité d'un éperon. **2** Roulette servant à couper, à marquer, à frotter, etc. **3** Petit cylindre cannelé servant à actionner un mécanisme.

moliéresque *a* Qui évoque Molière.

moliah *nm* Docteur en droit religieux dans l'islam chiite.

mollasse *a* Fam Mou, flasque, nonchalant.

mollasson, onne *n, a* Fam Personne molle.

molle. V. mou.

mollement *av* Avec mollesse.

mollesse *nf* **1** Caractère mou. **2** Manque d'énergie dans le caractère, la conduite.

1. mollet *am* Loc *Œuf mollet* : cuit dans sa coquille de manière que le blanc soit pris et le jaune onctueux.

2. mollet *nm* Relief musculaire à la partie postérieure et inférieure de la jambe.

molletière *nf, a* Bande d'étoffe ou de cuir dont on entourait le mollet.

molleton *nm* Étoffe moelleuse de laine ou de coton cardé.

molletonné, ée *a* Doublé de molleton.

mollir *vi* **1** Devenir mou. **2** Perdre de sa force, faiblir.

mollo *av* Pop Doucement, délicatement.

mollusque *nm* **1** Animal au corps mou, souvent pourvu d'une coquille calcaire (limace, huître, etc.). **2** Fam Individu mou, sans énergie.

molosse *nm* Grand dogue.

molto *av* MUS Beaucoup, très.

molybdène *nm* CHIM Métal utilisé pour les aciers inoxydables.

môme *n* Fam Enfant. ■ *nf* Pop Jeune fille.

moment *nm* **1** Petite partie du temps. *Il n'en a que pour un moment.* **2** Laps de temps indéterminé. *Attendre un long moment.* **3** La période présente. **4** Circonstance, occasion. *C'est le bon moment.* Loc *Dans un moment* : bientôt. *D'un moment à l'autre* : incessamment. Par

moments : de temps en temps. *À tout (tous) moment(s)* : sans cesse. *En ce moment* : à l'heure qu'il est. *Au moment de* : sur le point de. *Au moment où* : lorsque. *Du moment que* : puisque.

momentané, ée *a* Qui dure peu ; temporaire.

momentanément *av* De façon momentanée.

momie *nf* 1 Corps embaumé par les anciens Égyptiens. 2 Fam Personne très maigre.

momification *nf* Action de momifier.

momifier *vt* Transformer en momie. ◼ *vpr* Se fossiliser, se dessécher.

mon, ma, mes *a poss* Première personne du singulier ; de moi. *Ma maison. Mon fils. Mes amis.*

monacal, ale, aux *a* Des moines. *Vie monacale.*

monachisme *nm* Institution monastique.

monade *nf* PHILO Pour Leibniz, élément premier de toutes les choses.

monarchie *nf* 1 Forme de gouvernement d'un État dans laquelle le pouvoir est détenu par un seul chef. 2 État gouverné par un seul individu, spécialement par un roi.

monarchique *a* De la monarchie.

monarchisme *nm* Doctrine des monarchistes.

monarchiste *n, a* Partisan de la monarchie.

monarque *nm* Qui détient l'autorité souveraine dans une monarchie ; roi, empereur.

monastère *nm* Groupe de bâtiments habités par des moines ou des moniales.

monastique *a* Des moines, des moniales ou de leur genre de vie.

monaural, ale, aux *a* Qui concerne une seule oreille (audition).

monbazillac *nm* Vin blanc doux du Sud-Ouest.

monceau *nm* Tas, amas important.

mondain, aine *a* Qui concerne la haute société, ses divertissements. ◼ *a, n* Qui fréquente, qui aime le monde, la haute société.

mondanité *nf* Goût pour les divertissements mondains. ◼ *pl* Événements, faits de la vie mondaine.

monde *nm* 1 Ensemble de tout ce qui existe, univers. 2 Système planétaire ; planète. 3 La Terre. *Parcourir le monde.* 4 Le genre humain, l'humanité. *Ainsi va le monde.* 5 Groupe social défini. *Le monde scientifique.* 6 La haute société, les classes aisées qui ont une vie facile et brillante. *Sortir dans le monde.* 7 La vie en société. *Fuir le monde.* 8 La vie laïque (par oppos. à la vie monastique). 9 Un grand nombre, ou un certain nombre de personnes. *Il y a du monde dans les rues.* Loc *Le Nouveau Monde* : l'Amérique par oppos. à l'*Ancien Monde* : Europe, Asie et Afrique. *L'autre monde* : le séjour des morts (par oppos. à ce monde, ce bas monde : le séjour des vivants. *Se faire un monde d'une chose* : se l'imaginer comme plus difficile, plus importante qu'elle n'est. *C'est un monde !* : c'est incroyable, insensé ! *Venir au monde* : naître. *Mettre un enfant au monde* : lui donner naissance. *Pour rien au monde* : en aucun cas. *Du monde, au monde* : renforcent certaines expressions. *Tout le monde* : tous, on.

monder *vt* Débarrasser un fruit, une substance de ses impuretés.

mondial, ale, aux *a* Qui intéresse, qui concerne le monde entier.

mondialement *av* De façon mondiale.

mondialisation *nf* Fait de mondialiser.

mondialiser *vt* Rendre mondial. ◼ *vpr* Devenir mondial.

mondialisme *nm* 1 Unité politique de la communauté humaine. 2 Approche des problèmes politiques dans une optique mondiale.

mondialiste *a* Du mondialisme.

mondovision *nf* Transmission par satellites d'émissions de télévision dans le monde entier.

monégasque *a, n* De Monaco.

monétaire *a* Relatif à la monnaie, aux monnaies. *Politique monétaire.*

monétarisme *nm* Doctrine économique qui met au premier plan la politique monétaire.

monétariste *a, n* Du monétarisme.

monétique *nf* Ensemble des moyens informatiques et électroniques utilisés comme mode de paiement. ◼ *a* De la monétique.

mongol, ole *a, n* De Mongolie. ◼ *nm* Langue parlée par les Mongols.

mongolien, enne *n, a* Atteint de mongolisme.

mongolisme *nm* Maladie congénitale caractérisée par un aspect physique particulier et une débilité mentale.

mongoloïde *a* Qui rappelle le type mongol.

moniale *nf* Religieuse cloîtrée.

moniliose *nf* Pourrissement des fruits, dû à un champignon.

monisme *nm* PHILO Doctrine considérant le monde comme formé d'un seul principe, tel que la matière ou l'esprit.

moniteur, trice *n* Personne chargée d'enseigner certains sports, certaines techniques, de diriger des enfants. ◼ *nm* 1 Écran associé à un micro-ordinateur. 2 Programme particulier assurant la gestion de l'ensemble des travaux à réaliser par un ordinateur. 3 Appareil de surveillance automatique des malades.

monitorage ou **monitoring** [-riŋ] *nm* Système de surveillance électronique utilisé en médecine.

monitorat *nm* Fonction de moniteur.

monnaie *nf* 1 Ensemble des pièces de métal ou des billets de papier ayant cours légal, qui servent de moyen d'échange. 2 Pièces ou billets de faible valeur. 3 Argent rendu à qqn qui a payé avec un billet ou une pièce d'une valeur supérieure à celle de son achat. Loc *C'est monnaie courante* : c'est fréquent. *Rendre à qqn la monnaie de sa pièce* : se venger.

monnaie-du-pape *nf* Plante dont les fruits évoquent des pièces de monnaie. Syn. lunaire. *Des monnaies-du-pape.*

monnayable *a* Qui peut être monnayé.

monnayer *vt* [20] 1 Transformer un métal en monnaie. 2 Tirer argent de. *Monnayer son aide.*

monnayeur *nm* Appareil qui fait la monnaie (sens 3).

monobloc *a inv, nm* Constitué d'un seul bloc.

monocamérisme *nm* Système politique fondé sur un Parlement à une chambre.

monochrome *a* D'une seule couleur.

monocle *nm* Verre correcteur unique qu'on fait tenir dans l'arcade sourcilière.

monoclonal, ale, aux *a* BIOL Qui relève du même clone.

monocoque *nm* Voilier à coque unique.

monocorde *a* Dont les inflexions sont peu variées ; monotone.

monocotylédone *nf* BOT Plante dont l'embryon ne possède qu'un cotylédon.

monoculaire *a* D'un seul œil.

monoculture *nf* Culture d'une seule plante dans une région ou une exploitation.

monodie *nf* MUS Chant à une voix.

monogame *a, n* Qui pratique la monogamie.

monogamie *nf* Système dans lequel une personne ne peut avoir légalement qu'un seul conjoint.

monogamique *a* De la monogamie.

monogramme *nm* Chiffre formé des principales lettres, entrelacées, d'un nom.

monographie *nf* Ouvrage traitant d'un sujet précis de manière exhaustive.

monographique *a* De la monographie.

monoï [-nɔj] *nm* Huile parfumée tirée de la fleur d'un frangipanier.

monoïque *a* BOT Qui porte sur le même pied des fleurs mâles et des fleurs femelles.

monolingue *a, n* Qui ne parle qu'une seule langue.

monolinguisme [-gɥism] *nm* Utilisation d'une seule langue.

monolithe *nm* Monument fait d'une seule pierre.

monolithique *a* 1 Fait d'un seul bloc. 2 D'une homogénéité rigide.

monolithisme *nm* Caractère monolithique.

monologue *nm* 1 Scène d'une pièce de théâtre où un personnage est seul et se parle à lui-même. 2 Discours de qqn qui ne laisse pas parler les autres.

monologuer *vi* Tenir un monologue.

monomanie *nf* PSYCHO Obsession, idée fixe.

monôme *nm* 1 Expression algébrique sans signe d'addition ni de soustraction. 2 Cortège joyeux d'étudiants.

monomère *a, nm* CHIM Constitué de molécules simples.

monométallisme *nm* Système monétaire n'admettant qu'un seul étalon (or ou argent).

monomoteur *am, nm* Qui n'a qu'un seul moteur (avion).

mononucléaire *a, nm* BIOL Se dit des globules blancs ne possédant qu'un noyau.

mononucléose *nf* MED Augmentation du nombre des mononucléaires dans le sang.

monoparental, ale, aux *a* Se dit d'une famille ne comportant qu'un seul parent.

monopartisme *nm* Régime de parti unique.

monophasé, ée *a* ELECTR Qui ne présente qu'une seule phase.

monophonie *nf* Procédé de reproduction des sons transmis par un seul canal.

monophonique *a* Propre à la monophonie.

monophysisme *nm* Hérésie du Ve s.

monoplace *a, n* Se dit d'un véhicule qui ne comporte qu'une seule place.

monoplan *nm* Avion qui n'a qu'un plan de sustentation.

monopole *nm* 1 Privilège exclusif de fabriquer, de vendre, de faire qqch. 2 Droit, privilège exclusif que l'on s'attribue.

monopoliser *vt* 1 Exercer le monopole de. 2 Accaparer pour soi seul.

monopoliste *a, n* Qui détient un monopole.

monopolistique *a* D'un monopole.

monopoly *nm* (n déposé) Jeu de société sur le thème de la spéculation immobilière.

monorail *nm* Chemin de fer à rail unique.

monosémique *a* LING Qui a un seul sens.

monoski *nm* Sport consistant en évolutions sur un seul ski.

monosyllabe *nm* Mot d'une syllabe.

monosyllabique *a* 1 Qui n'a qu'une syllabe. 2 LING Ne comporte que des monosyllabes.

monothéisme *nm* Religion n'admettant qu'un Dieu unique.

monothéiste *a, n* Qui relève du monothéisme.

monotone *a* 1 Qui est toujours ou presque toujours sur le même ton. 2 D'une uniformité fastidieuse. *Paysage monotone.*

monotonie *nf* Caractère monotone.

monotype *nm* Yacht dont les caractéristiques sont conformes à celles d'une série donnée.

monovalent, ente *a* CHIM Qui possède la valence 1. Syn. univalent.

monoxyde *nm* Loc *Monoxyde d'azote :* gaz très toxique.

monozygote *a* BIOL Se dit de jumeaux issus d'un même œuf.

monseigneur *nm* Titre honorifique des archevêques, des évêques et des princes. (Abrév : Mgr).

monsieur [məsjø] *nm* 1 Titre donné par civilité à un homme. 2 Homme d'une certaine condition sociale ou qui fait l'important. Au pl *messieurs.* Abrév : M., MM.

monstre *nm* 1 Être fantastique des légendes et des traditions populaires. 2 Animal de taille exceptionnelle. *Monstres marins.* 3 Être très difforme. *Monstre à deux têtes.* 4 Personne extrêmement laide ou très méchante. Loc *Monstre sacré :* acteur très célèbre. ■ *a* Fam Exceptionnellement grand, important. *Banquet monstre.*

monstrueusement *av* De façon monstrueuse.

monstrueux, euse *a* 1 Qui a la conformation d'un monstre. 2 Gigantesque, colossal. 3 Horrible, épouvantable.

monstruosité *nf* 1 Caractère monstrueux. 2 Chose monstrueuse.

mont *nm* Élévation de terrain de quelque importance. Loc *Aller par monts et par vaux :* voyager beaucoup. *Mont de Vénus :* pénil.

montage *nm* 1 Action d'assembler différentes parties pour former un tout. 2 Ensemble d'éléments montés, assemblés. 3 FIN Démarches suivies par une société pour se procurer des capitaux.

montagnard, arde *a* De la montagne. *Climat montagnard.* ■ *n* Qui habite la montagne.

montagne *nf* 1 Relief important du sol s'élevant à une grande hauteur. 2 Région d'altitude élevée. 3 Grande quantité de choses amoncelées. Loc Fam *Se faire une montagne de qqch :* s'en exagérer les difficultés. *Montagnes russes :* jeu forain, suite de montées et de descentes parcourues par un véhicule sur rails.

montagneux, euse *a* 1 Où il y a des montagnes ; constitué de montagnes.

montant, ante *a* Qui monte. ■ *nm* 1 Pièce longue disposée verticalement. 2 Total d'un compte. *Montant des dépenses.*

mont-de-piété *nm* Établissement de prêt sur gage. *Des monts-de-piété.*

mont-d'or *nm* Fromage du Jura français voisin du vacherin. *Des monts-d'or.*

monte *nf* **1** Accouplement de certains animaux domestiques. **2** Action de monter un cheval.

monté, ée *a* Loc *Être monté* : en colère. *Coup monté* : préparé à l'avance.

monte-charge *nm* Appareil élévateur pour le transport vertical des objets. *Des monte-charges.*

montée *nf* **1** Action de monter. **2** Pente, en tant qu'elle conduit vers le haut. **3** Augmentation, élévation. Loc *Montée en puissance* : progrès spectaculaire de qqch.

monte-en-l'air *nm inv* Fam Cambrioleur.

monténégrin, ine *a, n* Du Monténégro.

monte-plat *nm* Monte-charge entre la cuisine et la salle à manger. *Des monte-plats.*

monter *vi* [aux *être* ou *avoir*] **1** Se transporter dans un lieu plus haut, s'élever. *Monter sur un escabeau.* **2** Prendre place dans un véhicule, sur une monture. **3** Passer à un degré supérieur. *Monter en grade.* **4** Augmenter de niveau, de volume, d'importance, de prix, etc. **5** Atteindre tel prix. *Les frais montent à 1 000 francs.* **6** S'élever en pente. *Rue qui monte en pente raide.* Loc *Monter à la tête* : enivrer. ■ *vt* **1** Gravir, franchir une élévation. *Monter un escalier.* **2** Porter dans un lieu élevé. *Monter des meubles dans une chambre.* **3** Chevaucher un animal. *Monter un cheval.* **4** Exciter qqn contre qqn ou qqch. **5** Ajuster, assembler différentes parties pour former un tout. *Monter une machine. Monter une tente.* **6** Préparer, organiser. *Monter une pièce de théâtre. Monter un coup.* Loc *Monter la gamme* : parcourir l'échelle des sons, du grave à l'aigu. *Monter la garde* : assurer le service de garde. ■ *vpr* **1** S'exalter, s'irriter. *Se monter contre qqn.* **2** Se pourvoir. *Se monter en livres.* **3** S'élever à tel total. *La dépense se monte à 1 000 francs.*

monteur, euse *n* Qui effectue des montages.

montgolfière *nf* Aérostat qui tire sa force ascensionnelle de l'air chaud.

monticule *nm* Petite élévation de terrain.

montmorency *nf inv* Cerise à goût acidulé.

montrable *a* Qu'on peut montrer.

montrachet *nm* Bourgogne blanc, très réputé.

montre *nf* Instrument portatif qui indique l'heure. Loc *Course contre la montre* : dans laquelle chaque coureur, partant seul, est classé selon le temps qu'il a mis à parcourir la distance fixée ; lutte contre le temps pour mener à bien une affaire, etc. *Faire montre de* : donner des marques, des preuves. *Montre en main* : en un temps précis.

montréalais, aise *a, n* De Montréal.

montre-bracelet *nf* Montre fixée au poignet. *Des montres-bracelets.*

montrer *vt* **1** Faire voir. *Montrer sa maison.* **2** Indiquer par un geste, un signe. *Montrer qqn du doigt.* **3** Faire ou laisser paraître ; manifester. *Montrer du courage.* **4** Démontrer. *Montrez-moi que j'ai tort.* ■ *vpr* Se révéler, s'avérer. *Se montrer généreux.*

montreur, euse *n* Qui montre un spectacle. *Montreur de marionnettes.*

monture *nf* **1** Animal de selle (cheval, âne, etc.). **2** Pièce qui sert de support ou d'armature. *Monture d'un diamant, de lunettes.*

monument *nm* **1** Bâtiment ou sculpture édifié pour conserver la mémoire de qqn ou de qqch. **2** Édifice, ouvrage considéré pour sa grandeur, sa valeur ou sa signification. **3** Œuvre considérable par ses dimensions ou ses qualités.

monumental, ale, aux *a* **1** Imposant de grandeur, de proportions, etc. **2** Fam Énorme en son genre. *Un orgueil monumental.*

moquer (se) *vpr* **1** Railler, tourner en ridicule. **2** Mépriser, braver, ne faire aucun cas de qqn, de qqch. *Se moquer du danger.*

moquerie *nf* **1** Action de se moquer. **2** Parole, action par laquelle on se moque.

moquette *nf* Tapis cloué ou collé qui recouvre uniformément le sol d'une pièce.

moquetter *vt* Recouvrir de moquette.

moqueur, euse *a, n* Qui se moque, porté à la moquerie. ■ *a* Qui exprime de la moquerie. *Regard moqueur.*

moraine *nf* Amas de débris rocheux arrachés et transportés par un glacier.

morainique *a* Propre aux moraines.

moral, ale, aux *a* **1** Qui concerne les mœurs, les règles de conduite en usage dans une société. *Jugement moral.* **2** Relatif au bien, au devoir, aux valeurs établies. *Conscience morale.* **3** Relatif à l'esprit. *Santé morale.* ■ *nm* Disposition d'esprit ; confiance. *Avoir bon moral.* ■ *nf* **1** Ensemble des principes de jugement et de conduite qui s'imposent à la conscience individuelle ou collective. **2** Tout ensemble de règles, d'obligations, de valeurs. *Morale rigoureuse.* **3** Enseignement moral, conclusion morale. *La morale d'une fable.* Loc *Faire la morale à qqn* : lui adresser des réprimandes.

moralement *av* **1** Conformément à la morale. **2** Du point de vue moral, en conscience.

moralisant, ante *a* Qui moralise.

moralisateur, trice *a, n* Qui fait la morale.

moralisation *nf* Action de moraliser.

moraliser *vt* Faire la morale, admonester. ■ *vi* Faire des réflexions morales.

moralisme *nm* Formalisme moral.

moraliste *n* **1** Auteur d'observations critiques sur les mœurs, la nature humaine. **2** Qui aime à faire la morale.

moralité *nf* **1** Conformité aux principes de la morale. **2** Sens moral d'une personne, manifesté par sa conduite. **3** Enseignement moral, leçon d'une histoire, d'un événement.

morasse *nf* Dernière épreuve, avant l'impression, d'un journal mis en pages.

moratoire *nm* Décision de suspendre provisoirement l'exigibilité de certaines créances, la poursuite d'une action, d'une activité.

morbide *a* **1** Qui tient à la maladie. *État morbide.* **2** Malsain moralement. *Curiosité morbide.*

morbidité *nf* Caractère morbide.

morbier *nm* Fromage du Jura, au lait de vache.

morbleu ! *interj* Juron ancien.

morceau *nm* **1** Partie séparée d'une chose. *Morceau de pain, de bois, d'étoffe.* **2** Passage d'une œuvre musicale ou littéraire. Loc Fam *Casser le morceau à qqn* : lui faire une révélation désagréable. Fam *Manger, cracher le morceau* : faire des aveux.

morcelable *a* Qu'on peut morceler.

morceler *vt* [18] Diviser en morceaux.

morcellement *nm* Action de morceler ; état de ce qui est morcelé.

mordant, ante *a* 1 Corrosif. 2 Caustique dans la critique, la raillerie, etc. ■ *nm* 1 Substance dont on imprègne une matière pour qu'elle fixe les colorants. 2 Causticité, vivacité, énergie.

mordicus [-kys] *av* Fam Avec opiniâtreté, obstinément.

mordiller *vt, vi* Mordre légèrement et à petits coups.

mordoré, ée *a, nm* D'un brun chaud, à reflets dorés.

mordre *vt* [5] 1 Saisir, serrer, entamer avec les dents. 2 Entamer, pénétrer en rongeant, en creusant, etc. *Lime qui mord un métal.* ■ *vti, vi* 1 Prendre goût à qqch, réussir. *Un élève qui mord bien au latin.* 2 Empiéter sur. *Un coureur qui mord sur la ligne de départ.* ■ *vpr* Loc Fam *Se mordre les doigts de qqch :* s'en repentir.

mordu, ue *a, n* Fam Passionné. *Un mordu du rugby.*

more, moresque. V. maure, mauresque.

morfil *nm* Petites aspérités qui adhèrent au tranchant d'une lame fraîchement affûtée.

morfler *vi* Pop Subir une punition, des coups.

morfondre (se) *vpr* [5] S'ennuyer à attendre.

morganatique *a* Se dit du mariage d'un prince avec une femme de condition inférieure.

morgon *nm* Cru du Beaujolais.

morgue *nf* 1 Attitude hautaine et méprisante. 2 Salle froide où sont déposés provisoirement les morts.

moribond, onde *a, n* Qui est près de mourir ; agonisant.

moricaud, aude *a, n* Fam Qui a la peau très brune. ■ *n* Pop Personne de couleur.

morigéner *vt* [12] Réprimander, tancer.

morille *nf* Champignon comestible, à chapeau alvéolé.

mormon, one *n, a* Membre d'un mouvement religieux fondé aux États-Unis vers 1830.

1. morne *a* Empreint d'une sombre tristesse. *Un air morne.*

2. morne *nm* Colline isolée, aux Antilles.

morose *a* D'humeur chagrine, triste, maussade.

morosité *nf* Caractère morose.

morphème *nm* LING Unité minimale exprimant un rapport grammatical, par oppos. à lexème

morphine *nf* Alcaloïde de l'opium, antalgique puissant mais toxique à fortes doses.

morphinomane *a, n* Qui se drogue à la morphine.

morphinomanie *nf* Toxicomanie à la morphine.

morphogenèse *nf* Développement des formes du relief.

morphologie *nf* 1 Étude des formes externes des êtres vivants. 2 Forme, conformation ; aspect général. 3 LING Étude de la forme des mots. 4 Syn *géomorphologie*.

morphologique *a* De la morphologie.

morphologiquement *av* Relativement à la morphologie, aux formes.

morpion *nm* 1 Pop Pou du pubis. 2 Pop Enfant, gamin. 3 Jeu qui se joue sur du papier quadrillé.

mors [mɔʀ] *nm* 1 Pièce métallique que l'on place dans la bouche d'un cheval, et qui permet de le diriger. 2 Mâchoire d'un étau, d'une pince. Loc *Prendre le mors aux dents :* s'emballer, se laisser emporter par la passion, la colère.

morse *nm* 1 Grand mammifère marin des régions arctiques, aux canines supérieures développées en défenses. 2 Code de télécommunication utilisant un alphabet constitué de points et de traits.

morsure *nf* Action de mordre ; marque ou plaie qui en résulte.

1. mort *nf* 1 Fin de la vie, cessation définitive de toutes les fonctions corporelles. 2 Extinction, fin, disparition de qqch. *C'est la mort de toutes nos espérances.* Loc *À mort :* en entraînant la mort ; à fond, très fort. *À la vie, à la mort :* indéfectiblement.

2. mort, morte *a, n* 1 Qui a cessé de vivre. 2 Cadavre. *Qui semble privé de vie* ; sans activité. *Être mort de peur. Ville morte.* Loc *Langue morte :* qu'on ne parle plus. *Angle mort :* partie du champ de vision qui se trouve masquée. *Nature morte :* peinture ne représentant pas de personnes ou d'animaux. *Temps mort :* moment inemployé. ■ *nm* Au bridge, celui des quatre joueurs qui étale ses cartes.

mortadelle *nf* Gros saucisson d'Italie.

mortaise *nf* Cavité pratiquée dans une pièce pour recevoir un tenon.

mortalité *nf* Nombre de morts rapporté à une population et à une période.

mort-aux-rats *nf inv* Poison destiné à la destruction des rongeurs.

morte-eau *nf* Marée d'amplitude faible. *Les mortes-eaux.*

mortel, elle *a* 1 Sujet à la mort. 2 Qui cause ou qui peut causer la mort. *Danger mortel.* 3 Insupportable, très pesant. *Ennui mortel.* Loc *Ennemi mortel :* implacable. *Péché mortel :* qui donne la mort à l'âme. ■ *n* Être humain. *Un heureux mortel.*

mortellement *av* 1 À mort. *Blesser mortellement.* 2 Extrêmement. *Mortellement inquiet.*

morte-saison *nf* Période de l'année pendant laquelle l'activité économique diminue. *Des mortes-saisons.*

mortier *nm* 1 Mélange de ciment ou de chaux, de sable et d'eau utilisé en maçonnerie. 2 Récipient où l'on broie certaines substances. 3 Canon à tir courbe.

mortifère *a* Fam Qui cause la mort.

mortifiant, ante *a* Qui mortifie.

mortification *nf* 1 RELIG Souffrance, privation que l'on s'inflige par ascèse. 2 Blessure d'amour-propre ; humiliation. 3 Altération et destruction d'un tissu organique.

mortifier *vt* Faire subir une mortification.

mort-né, -née *a, n* Mort à sa mise au monde. *Une enfant mort-née.* ■ *a* Qui ne reçoit même pas un début de réalisation. *Projets mort nés.*

mortuaire *a* Relatif à la mort, à une cérémonie funèbre. *Couronne mortuaire.*

morue *nf* Grand poisson des régions froides de l'Atlantique Nord.

morula *nf* BIOL Premier stade de développement de l'embryon, résultat de la segmentation de l'œuf.

morutier, ère *a* De la morue. ■ *nm* Pêcheur ou bateau qui fait la pêche à la morue.

morvandiau, aux ou **morvandeau, elle, eaux** *a, n* Du Morvan.

morve *nf* 1 Sécrétion visqueuse s'écoulant par le nez. 2 Maladie des chevaux.

morveux, euse *a* 1 Qui a la morve au nez. 2 Malade de la morve. Loc *Fam Se sentir morveux :* confus pour une erreur commise. ■ *n Fam* Jeune prétentieux.

1. mosaïque *nf* 1 Ouvrage décoratif composé de petites pièces de différentes couleurs, assemblées et jointoyées ; art de composer de tels ouvrages. 2 Juxtaposition d'éléments nombreux et divers. *Mosaïque d'États.*

2. mosaïque *a* Relatif à Moïse.

mosaïste *n* Artiste en mosaïques.

moscovite *a, n* De Moscou.

mosquée *nf* Édifice cultuel musulman.

mot *nm* 1 Son ou groupe de sons d'une langue (ou leur notation graphique) auquel est associé un sens, et que l'on considère comme formant une unité autonome. 2 Bref énoncé, courte phrase, missive courte. *J'ai un mot à lui dire.* 3 Parole remarquable ou mémorable ; sentence. *Un recueil de mots historiques.* Loc *Grands mots :* trop solennels, qui dénotent l'emphase. *Gros mot :* grossier. *Le fin mot :* qui vient en dernier, et qui permet de comprendre le reste. *Jeu de mots :* équivoque plaisante jouant sur les ressemblances de mots ; calembour. *Mot à mot :* littéralement, sans dégager le sens général de l'expression. *Mot pour mot :* textuellement. *Avoir son mot à dire :* avoir le droit de donner son avis. *Avoir le dernier mot :* avoir le dessus, l'emporter dans une discussion. *C'est mon dernier mot :* ma dernière proposition. *Je n'ai pas dit mon dernier mot :* je n'ai pas renoncé à avoir le dessus. *Avoir des mots avec qqn :* se quereller avec lui. *Au bas mot :* au minimum. *Prendre qqn au mot :* le considérer comme engagé par ce qu'il vient de dire. *Mot d'ordre :* consigne d'action, résolution commune à un groupe. *Se donner le mot :* convenir par avance de qqch. *En un mot :* pour résumer. *Le mot de la fin :* l'expression qui conclut heureusement qqch. *Toucher un mot à qqn :* lui parler brièvement.

motard, arde *n Fam* Motocycliste. ■ *nm* Motocycliste de la police, de la gendarmerie.

motel *nm* Hôtel aménagé, au bord des grands itinéraires routiers.

motet *nm* MUS Pièce vocale religieuse, chantée a cappella.

moteur, trice *a* 1 Qui produit ou communique le mouvement. *Muscles moteurs.* 2 Relatif aux organes du mouvement. *Troubles moteurs.* ■ *nm* 1 Appareil conçu pour la transformation d'une énergie quelconque en énergie mécanique. 2 Personne qui inspire, anime. 3 Cause, motif. *Le moteur de la croissance économique.*

motif *nm* 1 Raison qui détermine ou explique un acte. *Les motifs d'un refus.* 2 Sujet d'un tableau. 3 Dessin, ornement répété. *Motifs décoratifs.* 4 MUS Partie d'une ligne mélodique.

motilité *nf* BIOL Aptitude à effectuer des mouvements.

motion *nf* Proposition faite dans une assemblée délibérante.

motivant, ante *a* Qui incite à agir.

motivation *nf* 1 Action de motiver, de justifier. 2 Ce qui motive, pousse à agir.

motivé, ée *a* Stimulé par une motivation.

motiver *vt* 1 Expliquer, justifier par des motifs. *Motiver un choix.* 2 Être le motif de. 3 Déterminer les actes de qqn ; stimuler. *C'est l'intérêt financier qui le motive.*

moto *nf* Véhicule à deux roues équipé d'un moteur de plus de 125 cm^3.

motoball [-bol] *nm* Football pratiqué sur des motos.

motocross *nm inv* Course de motos sur parcours naturel fortement accidenté.

motoculteur *nm* Appareil automoteur conduit à la main, pour les petits travaux agricoles.

motoculture *nf* Utilisation dans l'agriculture de machines mues par des moteurs.

motocyclette *nf* Vx Moto.

motocyclisme *nm* Pratique de la moto.

motocycliste *n* Qui monte une moto.

motonautisme *nm* Pratique sportive de la navigation sur de petits bateaux à moteur.

motoneige ou **motoski** *nf* Petit véhicule à chenilles muni de skis à l'avant.

motopompe *nf* 1 Pompe entraînée par un moteur. 2 Véhicule automobile équipé d'une motopompe, contre les incendies.

motorisation *nf* Action de motoriser.

motoriser *vt* Doter de véhicules, de machines automobiles. Loc *Fam Être motorisé :* posséder une voiture, un cyclomoteur, etc.

motoriste *nm* Mécanicien spécialiste des moteurs.

motrice *nf* Voiture munie d'un moteur, destinée à la traction des rames, des convois.

motricité *nf* PHYSIOL Ensemble des fonctions permettant le mouvement.

motte *nf* 1 Petite masse de terre compacte. 2 Masse de beurre pour la vente au détail.

motus [-tys] *interj* Fam Invite à garder le silence.

mot-valise *nm* Mot formé d'éléments d'autres mots (ex. : *franglais*, de *français* et *anglais*). *Des mots-valises.*

mou ou **mol, molle** *a* 1 Qui se déforme facilement, qui s'enfonce à la pression. *Oreiller mou.* 2 Qui manque d'énergie, de résolution, de vigueur morale. *Caractère mou.* ■ *n* Personne sans énergie. ■ *nm* Poumon de certains animaux de boucherie. *Mou de veau.* Loc *Donner du mou à un cordage :* le détendre. Pop *Rentrer dans le mou de qqn :* l'attaquer violemment. ■ *av* Pop Doucement. *Y aller mou.*

moucharabieh *nm* Grillage en bois pour voir dehors sans être vu, dans les pays arabes.

mouchard, arde *n* Dénonciateur. ■ *nm* Appareil de contrôle et de surveillance.

mouchardage *nm* Fam Action de moucharder.

moucharder *vt* Fam Espionner et rapporter ce qu'on a vu, entendu.

mouche *nf* 1 Insecte de l'ordre des diptères, dont les espèces sont très nombreuses. 2 Point noir marquant le centre d'une cible. 3 Petite boule de protection fixée à la pointe d'un fleuret. 4 Rondelle de taffetas noir qu'on se collait sur le visage. Loc *Mourir, tomber comme des mouches :* en grand nombre. *Il ne ferait pas de mal à une mouche :* il n'est absolument pas violent. *La mouche du coche :* personne qui s'agite beaucoup, sans rendre service efficacement. *Quelle mouche le pique ? :* pourquoi s'emporte-t-il si brusquement ? *Prendre la mouche :* se vexer. *Faire mouche :*

atteindre exactement son but. *Pattes de mouche* : écriture menue et mal formée, difficilement lisible. *Fine mouche* : personne fine et rusée. *Poids mouche* : en boxe, concurrent ne dépassant pas 51 kg.

moucher *vt* 1 Débarrasser le nez des mucosités qui l'encombrent. 2 Couper l'extrémité carbonisée d'une mèche. 3 *Fam* Réprimander vertement. ■ *vpr* Débarrasser son nez en expirant fortement.

moucheron *nm* Petit insecte volant.

moucheté, ée *a* 1 Marqué de mouchetures. 2 Garni d'une mouche (fleuret, sabre).

mouchetis *nm* Crépi projeté sur un mur et qui présente de petites aspérités.

moucheture *nf* 1 Petite tache d'une autre couleur que le fond. 2 Tache naturelle du pelage de certains animaux.

mouchoir *nm* Pièce de tissu ou de papier servant à se moucher. *Loc Arriver dans un mouchoir* : être presque égaux dans une compétition.

mouclade *nf* Plat de moules à la crème.

moudjahidine *nm* Combattant musulman d'un mouvement de libération.

moudre *vt* [65] Broyer des grains avec une meule ou un moulin.

moue *nf* Grimace de dédain, de dépit, etc.

mouette *nf* Oiseau principalement marin voisin du goéland mais plus petit.

moufette, mouffette ou **mofette** *nf* Mammifère carnivore d'Amérique, qui projette une sécrétion malodorante lorsqu'il est attaqué.

moufle *nf* 1 Gros gant sans séparations pour les doigts, excepté pour le pouce. 2 Appareil de levage fait d'un assemblage de poulies.

mouflet, ette *n* Fam Jeune enfant.

mouflon *nm* Mouton sauvage des montagnes aux cornes recourbées.

moufter *vi* Pop Protester.

mouillage *nm* 1 Action de mouiller, d'imbiber d'eau. 2 Action de mouiller l'ancre. 3 Endroit où un navire mouille.

mouillant, ante *a, nm* TECH Se dit de produits qui permettent à un liquide de mieux imprégner une surface, de s'y étaler plus uniformément.

mouiller *vt* 1 Tremper, rendre humide. 2 Étendre d'eau. *Mouiller du lait.* 3 Mettre à l'eau. *Mouiller des mines.* 4 *Fam* Compromettre, impliquer qqn. *Mouiller qqn dans un scandale.* 5 PHON Prononcer une consonne en y adjoignant le son [j]. ■ *vi* Jeter l'ancre, faire escale. ■ *vpr* Fam S'engager en prenant des risques.

mouillette *nf* Fam Morceau de pain que l'on trempe dans les œufs à la coque.

mouilleur *nm* Instrument pour humecter le dos des étiquettes, les timbres, etc. *Loc Mouilleur de mines* : bâtiment spécialement équipé pour mouiller des mines.

mouillure *nf* 1 Action de mouiller. 2 Tache d'humidité.

mouise *nf* Pop Misère.

moujik *nm* Paysan russe.

moukère *nf* Pop Femme.

moulage *nm* 1 Action de mouler ou de moudre. 2 Reproduction moulée.

moulant, ante *a* Qui moule le corps.

1. moule *nm* 1 Corps solide creux et façonné, destiné à recevoir une matière pâteuse pour lui donner une forme. 2 Modèle qui imprime sa marque sur le caractère, le comportement, etc.

2. moule *nf* 1 Mollusque marin, comestible, pourvu d'une coquille à deux valves, qui vit en colonies. 2 *Fam* Personne molle, sans caractère.

moulé, ée *a Loc Bien moulé* : bien fait, harmonieux.

mouler *vt* 1 Fabriquer, reproduire au moyen d'un moule. 2 Prendre une empreinte pour qu'elle puisse servir de moule. 3 Ajuster à, épouser la forme de. *Robe qui moule le corps.* 4 Conformer. *Mouler son attitude sur celle de qqn.*

mouleur, euse *n* Qui exécute des moulages.

moulière *nf* Élevage de moules.

moulin *nm* 1 Machine à moudre les céréales, à broyer des graines. 2 Établissement où est installée cette machine. 3 Petit appareil ménager pour broyer. *Moulin à légumes.* 4 *Fam* Moteur de voiture, d'avion. *Loc Apporter de l'eau au moulin de qqn* : des arguments à l'appui de ce qu'il dit. *Se battre contre des moulins à vent* : contre des adversaires imaginaires. *Fam Moulin à paroles* : personne très bavarde. *Fam Entrer comme dans un moulin* : très facilement.

moulin-à-vent *nm inv* Cru du Beaujolais.

mouliner *vt* Passer au moulin à légumes.

moulinet *nm* 1 Petit tambour commandé par une manivelle, où s'enroule le fil d'une canne à pêche. 2 Mouvement d'une canne, d'une épée, etc., que l'on fait tournoyer.

moulinette *nf* (n déposé) Petit moulin à légumes.

Mouloud *nm inv* Fête religieuse musulmane, commémorant la naissance de Mahomet.

moult *a indéf* Vx ou Fam De nombreux, maint.

moulu, ue *a* 1 Broyé, réduit en poudre. 2 Brisé de fatigue.

moulure *nf* 1 Ornement allongé d'architecture ou d'ébénisterie, creux ou saillant. 2 Baguette creusée de rainures destinées à recevoir des fils électriques.

moulurer *vt* Orner de moulures.

moumoute *nf* Fam 1 Coiffure postiche, perruque. 2 Veste en peau de mouton.

mourant, ante *a, n* Qui se meurt ; agonisant, moribond. ■ *a* Qui va faiblissant.

mourir *vi* [33] [aux *être*] 1 Cesser de vivre. *Mourir jeune.* 2 Ressentir vivement les atteintes de. *Mourir de faim, de peur.* 3 Cesser d'exister, disparaître progressivement. *Laisser mourir le feu.* ■ *vpr* Litt Être sur le point de disparaître.

mouroir *nm* Lieu, établissement où meurent beaucoup de gens.

mouron *nm* Herbe de petites dimensions. *Loc Pop Se faire du mouron* : du souci.

mousquet *nm* Ancienne arme à feu portative, à mèche, en usage avant le fusil.

mousquetaire *nm* Gentilhomme d'une compagnie montée de la garde du roi au XVIIᵉ s.

mousqueton *nm* 1 Fusil à canon court. 2 Boucle métallique fermée par un ergot.

moussaillon *nm* Fam Petit mousse.

moussaka *nf* Gratin d'aubergines à la viande hachée.

moussant, ante *a* Susceptible de produire de la mousse.

1. mousse *nm* Jeune apprenti marin.

2. mousse *nf* **1** Plante rase des lieux humides, vivant en touffes serrées. **2** Accumulation de bulles à la surface d'un liquide. *Mousse de la bière.* **3** Mets de consistance légère. *Mousse au chocolat. Mousse de foie.* **4** Produit moussant. *Mousse à raser. Mousse carbonique.* Loc *Caoutchouc mousse :* caoutchouc à alvéoles et de faible densité. *Point mousse :* obtenu au tricot en faisant tous les rangs à l'endroit.

3. mousse *a* Émoussé. *Pointe mousse.*

mousseline *nf* Toile très fine et transparente. ■ *a inv* Loc *Purée mousseline :* de pommes de terre, très légère.

mousser *vi* Produire de la mousse. Loc Fam *Faire mousser qqn, qqch :* le présenter sous un jour trop favorable.

mousseron *nm* Champignon des prés, comestible.

mousseux, euse *a* Qui mousse. ■ *nm* Vin qui mousse (à l'exception du champagne).

mousson *nf* Régime de vents dont la direction s'inverse brutalement d'une saison à l'autre, produisant des variations climatiques importantes (sécheresse, pluie).

moussu, ue *a* Couvert de mousse végétale.

moustache *nf* Poils qu'on laisse pousser au-dessus de la lèvre supérieure. ■ *pl* Longs poils du museau de certains animaux.

moustachu, ue *a, nm* Qui porte la moustache.

moustérien, enne *a, nm* PREHIST Paléolithique moyen.

moustiquaire *nf* Rideau de tulle ou châssis garni de toile métallique disposés de façon à arrêter les insectes.

moustique *nm* Petit insecte ailé dont la piqûre cause de vives démangeaisons.

moût *nm* Jus de raisin, de pomme, etc., qui n'a pas encore fermenté.

moutard *nm* Pop Petit garçon ; enfant.

moutarde *nf* **1** Nom courant de diverses crucifères. **2** Condiment à base de graines ou de farine de ces plantes. Loc Fam *La moutarde lui monte au nez :* la colère le gagne. ■ *a inv* Couleur jaune orangé tirant sur le vert.

moutardier *nm* **1** Petit pot dans lequel on présente la moutarde. **2** Qui fabrique ou qui vend de la moutarde.

mouton *nm* **1** Mammifère ruminant à l'épaisse toison frisée, élevé pour sa laine, son lait et sa viande. **2** Personne trop soumise et dépourvue de sens critique. **3** Pop Compagnon de cellule vendu à la police. Loc Fam *Mouton noir :* personne qui, dans un groupe, est tenue à l'écart. *Mouton de Panurge :* qui imite stupidement les autres. *Mouton à cinq pattes :* phénomène très rare. ■ *pl* **1** Petites vagues au sommet couvert d'écume. **2** Petits nuages. **3** Fam Petits flocons de poussière.

moutonné, ée *a* Loc *Ciel moutonné :* couvert de petits nuages floconneux.

moutonnement *nm* Fait de moutonner.

moutonner *vi* Se couvrir de vagues écumeuses (mer) ou de petits nuages blancs (ciel).

moutonneux, euse *a* Qui moutonne.

moutonnier, ère *a* Qui suit niaisement les autres.

mouture *nf* **1** Action de moudre le grain. **2** Produit qui en résulte. **3** Version remaniée d'un sujet déjà traité.

mouvance *nf* Domaine, sphère d'influence.

mouvant, ante *a* **1** Changeant, instable. **2** Qui manque de consistance (sol).

mouvement *nm* **1** Changement de place, de position, déplacement. *Le mouvement des vagues. Surveiller les mouvements de l'ennemi.* **2** Action, manière de mouvoir son corps. *Mouvements de danse.* **3** Série de changements, de mutations dans un corps militaire ou civil. *Mouvement préfectoral.* **4** Circulation des biens, de la monnaie. *Mouvement de fonds.* **5** Variation en quantité. *Mouvement des prix.* **6** MUS Degré de vitesse ou de lenteur à donner à la mesure. **7** Partie d'une œuvre musicale. **8** Passage d'un état affectif à un autre. *Un mouvement de colère.* **9** Évolution sociale. *Le mouvement des idées, des mœurs.* **10** Action collective tendant à un changement social. **11** Groupe humain, association. *Mouvement surréaliste. Mouvements de jeunesse.* **12** Mécanisme servant à la mesure du temps. *Le mouvement d'une montre.* Loc Fam *En deux temps, trois mouvements :* très rapidement. *Être dans le mouvement :* suivre le progrès. *Mouvement de terrain :* éminence ou vallonnement du sol.

mouvementé, ée *a* Agité. *Séance mouvementée.*

mouvoir *vt* [42] **1** Faire changer de place, de position. **2** Faire agir qqn. *Être mû par l'ambition.* ■ *vpr* Se déplacer, bouger.

moxa *nm* Cautère utilisé dans la médecine chinoise.

1. moyen, enne *a* **1** Qui est également éloigné des deux extrêmes par la place, la quantité ou la qualité. *Le cours moyen de la Loire. Corpulence moyenne. Intelligence moyenne.* **2** Commun, ordinaire. *Français moyen.* **3** Obtenu, calculé en faisant la moyenne de plusieurs valeurs. Loc *Poids moyen :* catégorie de poids dans de nombreux sports (en boxe, entre 71 et 75 kg).

2. moyen *nm* Ce qu'on fait ou ce qu'on utilise pour parvenir à une fin. *Moyen honnête. Moyens de transport.* Loc *Au moyen de :* en se servant de, à l'aide de. *Par le moyen de :* par l'intermédiaire de, grâce à. *Il y a, il n'y a pas moyen de :* il est possible, il est impossible de. ■ *pl* **1** Capacités naturelles (physiques ou intellectuelles). *Écolier qui a peu de moyens.* **2** Ressources pécuniaires. *Vivre au-dessus de ses moyens.*

moyenâgeux, euse *a* Du Moyen Âge.

moyen-courrier *nm* Avion dont l'autonomie ne dépasse pas 4 000 km. *Des moyen-courriers.*

moyen-métrage *nm* Film qui dure entre vingt minutes et une heure. *Des moyens-métrages.*

moyennant *prép* Au moyen de. Loc *Moyennant finances :* en payant. *Moyennant quoi :* grâce à quoi.

moyenne *nf* **1** Ce qui tient le milieu entre les extrêmes. *Être plus riche que la moyenne.* **2** MATH Quotient de la somme de plusieurs valeurs par leur nombre. **3** Nombre de points égal à la moitié de la note maximale. *Avoir la moyenne à un devoir.* Loc *En moyenne :* selon une moyenne approximative.

moyennement *av* Modérément.

moyen-oriental, ale, aux *a* Abusiv Syn de *proche-oriental.*

moyeu *nm* Partie centrale de la roue d'un véhicule, traversée par l'essieu.

mozambicain, aine *a*, *n* Du Mozambique.

mozarabe *n*, *a* HIST Espagnol chrétien sous la domination maure en Espagne.

mozzarelle [mɔdza-] *nf* Fromage italien de bufflonne ou de vache.

MST *nf* Maladie sexuellement transmissible.

mu *nm* Douzième lettre de l'alphabet grec correspondant à *m*.

mû, mue Pp du v mouvoir.

mucilage *nm* Substance végétale qui, en présence d'eau, forme une gelée.

mucilagineux, euse *a* Du mucilage.

mucosité *nf* Amas de mucus épais.

mucoviscidose *nf* Affection héréditaire, caractérisée par une trop grande viscosité des sécrétions bronchiques et digestives.

mucus [-kys] *nm* Sécrétion visqueuse protectrice des muqueuses.

mue *nf* **1** Changement de poil, de plumes, de peau, de cornes, etc., chez certains animaux, à des périodes déterminées. **2** Dépouille d'un animal qui a mué. **3** Changement dans le timbre de la voix, au moment de la puberté.

muer *vi* **1** Changer de pelage, de plumage (animal). **2** Changer de ton (voix d'un adolescent). ■ *se* **t.** Se transformer. *Son indifférence s'est muée en hostilité.*

muesli [mysli] *nm* Mélange de céréales et de fruits sur lequel on verse du lait.

muet, ette *a*, *n* Privé de l'usage de la parole. ■ **a 1** Qui se tait. **2** Qui n'est pas exprimé, prononcé. *Syllabe muette.*

muezzin [mɥɛdzin] *nm* Fonctionnaire musulman qui appelle à la prière du haut du minaret.

muffin *nm* Petit pain brioché.

mufle *nm* Extrémité nue du museau de certains mammifères. ■ *n*, *a* Fam Individu mal élevé, grossier.

muflerie *nf* Fam Action, caractère d'un mufle.

muflier *nm* Plante ornementale aux fleurs de couleurs variées.

mufti *nm* Docteur de la loi musulmane.

muge *nm* Syn de *mulet* (poisson).

mugir *vi* **1** Pousser son cri (bovidé). **2** Produire un son analogue à un mugissement.

mugissant, ante *a* Qui mugit.

mugissement *nm* **1** Cri des bovins. **2** Son grave et prolongé rappelant ce cri.

muguet *nm* **1** Plante à fleurs blanches en forme de clochettes. **2** Maladie des muqueuses buccale et pharyngienne.

muid *nm* Très grand tonneau.

mulard *nm* Canard hybride.

mulâtre, mulâtresse *n*, *a* Né d'un Noir et d'une Blanche, ou d'un Blanc et d'une Noire.

1. mule *nf* Hybride femelle de l'âne et de la jument. Loc Fam *Tête de mule* : entêté.

2. mule *nf* Pantoufle.

mulet *nm* **1** Hybride mâle de l'âne et de la jument. **2** Grand poisson côtier à la chair appréciée. **3** Fam Voiture de remplacement dans une compétition automobile.

muleta [mule-] *nf* Morceau d'étoffe rouge destiné à exciter le taureau dans les corridas.

muletier, ère *n* Qui conduit des mulets. ■ *a* Loc *Chemin muletier* : sentier escarpé.

mulot *nm* Rat des bois et des champs.

multicarte *a* Qui représente plusieurs firmes (représentant).

multicellulaire *a* BIOL Formé de plusieurs cellules.

multicolore *a* Qui a des couleurs variées.

multiconfessionnel, elle *a* Où coexistent plusieurs religions.

multicoque *nm* Voilier à plusieurs coques.

multicouche *a* Formé de plusieurs couches.

multiculturel, elle *a* Où coexistent plusieurs cultures.

multifenêtre *a* INFORM Qui permet de faire apparaître plusieurs fenêtres sur l'écran d'un microordinateur (logiciel).

multiforme *a* Qui a ou qui peut prendre des formes diverses, variées.

multilatéral, ale, aux *a* Qui concerne, qui engage plusieurs États.

multimédia *a* **1** De plusieurs médias. **2** Qui utilise conjointement le son, l'image et le texte sous forme numérisée. ■ *nm* Équipement, technique, industrie multimédias.

multimètre *nm* Appareil de mesure d'une grandeur électrique.

multimillionnaire *a*, *n* Plusieurs fois millionnaire.

multimodal, ale, aux *a* Qui combine plusieurs modes de transport (rail, route, air, etc.).

multinational, ale, aux *a* Qui comprend, qui concerne plusieurs nations. ■ *nf* Grande firme active dans plusieurs États.

multipare *a*, *n* **1** Qui a plusieurs petits en une seule portée (animal). **2** Qui a accouché plusieurs fois (femme).

multipartisme *nm* Système parlementaire où existent plusieurs partis.

multipartite *a* Qui réunit plusieurs parties contractantes.

multiple *a* **1** Composé d'éléments différents ; complexe. **2** Qui existe en grand nombre. ■ *nm* Nombre égal au produit d'un nombre donné par un nombre entier.

multiplex *nm inv* Dispositif permettant de diffuser sur une seule voie des émissions provenant d'émetteurs différents reliés entre eux.

multiplexe *nm* Complexe comprenant une dizaine de salles de cinéma.

multiplicande *nm* MATH Nombre que multiplie un autre nombre.

multiplicateur *nm* MATH Nombre qui multiplie un autre.

multiplicatif, ive *a* Qui multiplie.

multiplication *nf* **1** Augmentation en nombre. *Multiplication des espèces.* **2** MATH Opération consistant à additionner à lui-même un nombre (multiplicande), un nombre de fois égal à un autre nombre (multiplicateur).

multiplicité *nf* Grande quantité de choses.

multiplier *vt* **1** Augmenter le nombre, la quantité de. **2** MATH Faire la multiplication de. ■ *vpr* **1** Croître en nombre. **2** Se reproduire. *Animaux qui se multiplient.*

multipolaire *a* Qui a plus de deux pôles.

multiprise *nf* Prise de courant électrique qui permet de brancher plusieurs prises.

multipropriété *nf* Copropriété d'une résidence secondaire pour des séjours alternés.

multiracial, ale, aux *a* Où coexistent plusieurs ethnies.

multirisque *a* Qui couvre des risques de nature différente (assurance).

multisalles nm Cinéma comportant plusieurs salles.

multitude nf Très grand nombre.

munichois, oise [-kwa] a, n 1 De Munich. 2 HIST Partisan des accords de Munich de 1938.

municipal, ale, aux a Relatif à une commune et à son administration.

municipaliser vt Soumettre au contrôle d'une municipalité.

municipalité nf Corps d'élus qui administre une commune, comprenant le maire et les conseillers municipaux.

munificence nf Litt Grande libéralité.

munir vt Pourvoir, équiper. ■ vpr Prendre avec soi. *Se munir d'un parapluie.*

munitions nfpl Approvisionnement pour les armes à feu (cartouches, obus, etc.).

munster [mœstɛr] nm Fromage de lait de vache fabriqué dans les Vosges.

muon nm PHYS Particule élémentaire dont la masse est 207 fois celle de l'électron.

muqueuse nf Membrane qui tapisse un organe et sécrète du mucus.

mur nm 1 Ouvrage de maçonnerie qui clôt un espace ou sert de soutien. *Les quatre murs d'une maison. Accrocher un tableau au mur.* 2 Ce qui constitue un obstacle, une barrière. Loc Fam *Mettre qqn au pied du mur* : le mettre en demeure de prendre une décision. Fam *Faire le mur* : sortir sans permission d'une caserne, d'un internat. *Mur du son* : phénomènes qui se produisent lors du franchissement de la vitesse du son par un avion. ■ pl La ville, la maison, où l'on habite. *Il est dans ses murs.*

mûr, mûre a 1 Parvenu à un point de développement complet (fruit, graine). 2 Qui est prêt à être réalisé, à remplir une fonction, etc. 3 Qui a atteint son développement complet, physique ou intellectuel. *Homme mûr.* 4 Qui a un jugement sage et réfléchi. Loc *Après mûre réflexion* : après avoir longuement réfléchi.

muraille nf 1 Mur épais et assez haut. 2 Paroi rocheuse verticale.

1. mural, ale, aux a Qui se fixe au mur.

2. mural nm BX-A Peinture occupant toute la surface d'un mur extérieur. *Des murals.*

muraliste n, a Peintre qui s'exprime par des murals.

mûre nf 1 Fruit comestible du mûrier. 2 Fruit comestible de la ronce.

mûrement av Avec beaucoup de réflexion.

murène nf Poisson au corps mince et long, très vorace.

murer vt Fermer, enfermer par une maçonnerie. *Murer une porte, un prisonnier.* ■ vpr S'enfermer pour s'isoler.

muret nm ou **murette** nf Petit mur.

murex nm Mollusque sécrétant la pourpre.

mûrier nm Arbre dont les feuilles servent de nourriture aux vers à soie.

mûrir vi 1 Devenir mûr. 2 Acquérir du jugement. *Esprit qui mûrit.* ■ vt 1 Rendre mûr. 2 Former qqn, lui donner du jugement. 3 Mettre au point peu à peu.

mûrissant, ante a En train de mûrir.

mûrissement nm Venue à maturation.

mûrisserie nf Local où l'on fait mûrir des fruits.

murmel nf Fourrure de marmotte.

murmure nm 1 Bruit continu, sourd et confus, de voix humaines. 2 Bruit léger de l'eau qui coule, du vent, etc. 3 Plaintes, commentaires malveillants de personnes mécontentes.

murmurer vi 1 Émettre un murmure. 2 Se plaindre, protester sourdement. ■ vt Dire à voix basse. *Murmurer des excuses.*

mur-rideau nm Mur extérieur d'un bâtiment, non porteur et largement vitré. *Des murs-rideaux.*

musaraigne nf Petit mammifère insectivore au museau pointu.

musarder vi Flâner.

musc nm Parfum extrait des glandes de certains mammifères.

muscade nf 1 Graine du muscadier qui, réduite en poudre, est utilisée comme condiment. 2 Petite boule dont se servent les escamoteurs. Loc *Passez muscade !* : le tour est joué.

muscadelle nf Cépage blanc du Sud-Ouest.

muscadet nm Vin blanc de la Loire.

muscadier nm Arbuste tropical qui fournit la muscade.

muscadin nm HIST Jeune dandy qui, après le 9-Thermidor, arborait une élégance recherchée.

muscari nm Plante à petites fleurs violettes.

muscat, a a 1 Variété de raisin, d'odeur musquée. 2 Vin fait avec ce raisin.

muscle nm 1 Organe contractile assurant le mouvement. 2 Énergie, vigueur.

musclé, ée a 1 Qui a les muscles volumineux. 2 Qui est fort, autoritaire ou même brutal. *Intervention musclée.*

muscler vt 1 Développer les muscles. 2 Donner de la vigueur, de la force à une entreprise.

muscovite nf GÉOL Mica blanc.

musculaire a Des muscles.

musculation nf Ensemble d'exercices visant à développer la musculature.

musculature nf Ensemble des muscles du corps.

musculeux, euse a Très musclé.

muse nf Litt Source d'inspiration poétique.

muséal, ale, aux a Du musée.

museau nm 1 Partie antérieure de la tête de certains animaux comprenant la gueule et le nez. *Museau de chien.* 2 Fam Visage. 3 Préparation de charcuterie à base de museau de bœuf ou de porc.

musée nm Lieu public où sont rassemblées des collections d'objets d'art ou des pièces d'un intérêt historique, scientifique, technique. Loc *Ville musée* : riche en monuments historiques.

museler vt [18] 1 Mettre une muselière à un animal. 2 Empêcher de s'exprimer.

muselière nf Appareil que l'on met au museau de certains animaux, pour les empêcher de mordre ou de manger.

musellement nm Action de museler.

muséographie nf Description des musées, de leurs collections.

muséologie nf Science de la conservation et de la présentation des collections des musées.

muser vi Litt Flâner.

musette nf 1 Instrument ancien de musique populaire, sorte de cornemuse. 2 Sac de toile porté en bandoulière. Loc *Bal musette* : bal populaire.

muséum [myzeɔm] nm Musée consacré aux sciences naturelles.

musical

musical, ale, aux *a* 1 Relatif à la musique. 2 Où on donne de la musique. *Soirée musicale.* 3 Harmonieux, chantant. *Phrase musicale.*

musicalement *av* 1 D'une façon harmonieuse. 2 Sur le plan de la musique.

musicalité *nf* Qualité musicale.

music-hall [myzikol] *nm* 1 Établissement où se donnent des spectacles de variétés. 2 Ce genre de spectacle. *Des music-halls.*

musicien, enne *n, a* Qui connaît, pratique l'art de la musique. ■ *n* Dont la profession est de composer ou de jouer de la musique.

musicographe *n* Qui écrit sur la musique.

musicographie *nf* Travail du musicographe.

musicologie *nf* Science de la musique.

musicologue *n* Spécialiste de musicologie.

musique *nf* 1 Art de combiner les sons suivant certaines règles. 2 Ensemble des productions de cet art ; œuvre musicale. 3 Notation écrite des œuvres musicales. 4 Société de musiciens. 5 Harmonie d'une suite de sons. Loc *Fam En avant la musique !* : allons-y ! *Fam Connaître la musique* : savoir à quoi s'en tenir. *Réglé comme du papier à musique* : très méthodique ; inévitable.

musqué, ée *a* 1 Parfumé au musc. 2 Dont l'odeur rappelle le musc.

must [mœst] *nm Fam* Ce qu'il faut faire ou avoir pour être à la mode.

mustang *nm* Cheval sauvage d'Amérique.

musulman, ane *a, n* De la religion islamique.

mutable *a* Qu'on peut changer, déplacer.

mutage *nm* Arrêt de la fermentation du jus de raisin par addition d'alcool.

mutagène *a* BIOL Qui produit une mutation.

mutant, ante *n* BIOL Être vivant qui subit ou qui a subi une ou plusieurs mutations.

mutation *nf* 1 Changement, évolution. 2 Changement d'affectation. 3 BIOL Modification du patrimoine héréditaire d'un être vivant. 4 DR Transmission de la propriété.

mutatis mutandis *av* En faisant les changements nécessaires.

muter *vt* Changer d'affectation.

mutilant, ante *a* Qui mutile.

mutilation *nf* Action de mutiler.

mutilé, ée *n* Qui a subi une mutilation.

mutiler *vt* 1 Amputer un membre, causer une blessure grave qui handicape. 2 Détériorer gravement, tronquer qqch.

mutin, ine *a* Espiègle, taquin. *Un air mutin.* ■ *nm* Qui s'est mutiné.

mutiner (se) *vpr* Refuser d'obéir au pouvoir hiérarchique ; se révolter.

mutinerie *nf* Action de se mutiner.

mutique *a* PSYCHIAT Atteint de mutisme.

mutisme *nm* 1 Refus de parler, attitude silencieuse. 2 PSYCHIAT Incapacité psychologique de parler.

mutité *nf* Incapacité physiologique de parler.

mutualisation *nf* Action de mutualiser.

mutualiser *vt* Faire passer qqch à la charge d'une collectivité solidaire.

mutualisme *nm* Syn de *mutualité.*

mutualiste *a, n* Fondé sur les principes de la mutualité. *Société mutualiste.* ■ *n* Membre d'une mutuelle.

mutualité *nf* 1 Système de solidarité sociale, fondé sur l'entraide mutuelle des membres cotisants. Syn. mutualisme. 2 Ensemble des sociétés mutualistes.

mutuel, elle *a* 1 Réciproque. *Haine mutuelle.* 2 Fondé sur les principes de la mutualité. ■ *nf* Société mutualiste.

mutuellement *av* Réciproquement.

myalgie *nf* MED Douleur musculaire.

myasthénie *nf* MED Affaiblissement pathologique de la force musculaire.

mycélium [-ljɔm] *nm* Appareil végétatif des champignons.

mycénien, enne *a, n* HIST De Mycènes, de sa civilisation préhellénique.

mycoderme *nm* BOT Levure qui se forme en voile à la surface des liquides fermentés.

mycologie *nf* Science des champignons.

mycologue *n* Spécialiste des champignons.

mycoplasme *nm* BIOL Bactérie de petite taille, parfois pathogène pour l'homme.

mycorhize *nm* Champignon associé aux racines d'une plante.

mycose *nf* Maladie due à un champignon parasite.

mydriase *nf* MED Dilatation de la pupille.

mye *nf* Mollusque bivalve comestible.

myéline *nf* Substance lipidique constituant une gaine de certaines cellules nerveuses.

myélite *nf* Inflammation de la moelle épinière.

myélographie *nf* Radiographie de la moelle épinière.

myélome *nm* Tumeur médullaire maligne.

myélopathie *nf* Affection de la moelle épinière.

mygale *nf* Grosse araignée tropicale.

myocarde *nm* ANAT Muscle du cœur.

myocardiopathie *nf* Maladie du myocarde.

myocardite *nf* Inflammation du myocarde.

myographie *nf* Enregistrement des contractions musculaires.

myopathe *n* Atteint de myopathie.

myopathie *nf* Atrophie du tissu musculaire.

myope *a, n* Atteint de myopie.

myopie *nf* 1 Trouble de la vision des objets lointains. 2 Manque de discernement.

myorelaxant, ante *a, nm* Médicament qui favorise la relaxation musculaire.

myosotis *nm* Petite plante à fleurs bleues, blanches ou roses.

myriade *nf* Quantité immense et innombrable.

myriapode *nm* ZOOL Arthropode terrestre ayant de nombreux segments et de nombreuses paires de pattes. Syn. mille-pattes.

myrrhe *nf* Gomme résine aromatique produite par un arbre d'Arabie.

myrte *nm* Arbuste méditerranéen toujours vert, à fleurs blanches odorantes.

myrtille *nf* Petit arbrisseau des forêts de montagne, aux baies noires comestibles.

mystère *nm* 1 ANTIQ Doctrine et pratique religieuses révélées aux seuls initiés. 2 THEOL Dogme révélé du christianisme, inaccessible à la raison. *Le mystère de la Trinité.* 3 Ce qui est inconnu, incompréhensible, tenu secret. 4 LITTER Drame religieux du Moyen Âge. Loc *Ne pas faire mystère de qqch* : ne pas s'en cacher.

mystérieusement *av* De façon mystérieuse.

mystérieux, euse *a* 1 Qui contient un mystère. 2 Sur qui ou sur quoi plane un mystère. *Personnage mystérieux.*

mysticisme *nm* **1** Doctrine philosophique, tour d'esprit religieux qui suppose la possibilité d'une communication intime de l'homme avec la divinité. **2** Attitude fortement marquée par le sentiment religieux.

mysticité *nf* Caractère mystique.

mystificateur, trice *a, n* Qui mystifie.

mystification *nf* **1** Acte, propos par lesquels on mystifie. **2** Tromperie ou illusion collective.

mystifier *vt* Tromper qqn en abusant de sa crédulité.

mystique *a* **1** Relatif aux mystères d'une religion. **2** Prédisposé au mysticisme. ■ *nf* **1** Ensemble des pratiques et des connaissances liées au mysticisme. **2** Manière plus passionnelle que rationnelle d'envisager une idée, une doctrine.

mythe *nm* **1** Récit légendaire transmis par la tradition, présentant les exploits d'êtres fabuleux (héros, divinités, etc.), et de portée allégorique. *Le mythe d'Œdipe, de Prométhée.* **2** Amplification due à l'imaginaire collectif, valorisant qqn ou qqch. **3** Croyance largement répandue mais peu fondée. **4** Allégorie philosophique de caractère didactique.

mythification *nf* Action de mythifier.

mythifier *vt* Conférer à qqn, à qqch une dimension mythique, quasi sacrée.

mythique *a* Relatif au mythe.

mythologie *nf* **1** Ensemble des mythes propres à une civilisation, à un peuple, à une religion. **2** Discipline ayant pour objet l'étude des mythes.

mythologique *a* De la mythologie.

mythologue *n* Spécialiste de mythologie.

mythomane *a, n* Atteint de mythomanie.

mythomanie *nf* Tendance pathologique à dire des mensonges, à fabuler, à simuler.

mytiliculteur, trice *n* Qui élève des moules.

mytiliculture *nf* Élevage des moules.

myxœdème *nm* Œdème généralisé dû à une insuffisance de la thyroïde.

myxomatose *nf* Maladie infectieuse des lapins.

myxomycète *nm* BOT Champignon gélatineux.

n *nm* Quatorzième lettre (consonne) de l'alphabet.

nabab *nm* 1 HIST Dans l'Inde moghole, gouverneur, grand officier. 2 Homme très riche qui fait étalage de sa fortune.

nabi *nm* Peintre postimpressionniste de la fin du XIXᵉ s.

nabot, ote *n* Péjor De très petite taille, nain.

nacelle *nf* 1 Litt Petite barque. 2 Panier fixé sous un aérostat, où se tiennent les aéronautes.

nacre *nf* Substance dure, brillante, irisée, qui recouvre la face interne de la coquille de certains mollusques.

nacré, ée *a* Qui a l'éclat de la nacre.

nacrer *vt* Donner l'aspect irisé de la nacre.

nadir *nm* ASTRO Point de la sphère céleste situé à la verticale de l'observateur. Ant. zénith.

nævocarcinome [ne-] *nm* Cancer consécutif à un nævus.

nævus [nevys] *nm* Tache colorée de la peau.

nage *nf* Action, manière de nager. Loc *A la nage* : en nageant ; cuit dans un court-bouillon. *Être en nage* : mouillé de sueur.

nageoire *nf* Organe locomoteur et stabilisateur, en forme de palette, d'animaux aquatiques.

nager *vi* [11] 1 Avancer sur l'eau, dans l'eau, par des mouvements adéquats. 2 Flotter. *La viande nage dans la sauce.* 3 Être pleinement dans un état. *Nager dans le bonheur.* 4 Fam Être très au large dans un vêtement. 5 Fam Se trouver très embarrassé. 6 MAR Ramer.

nageur, euse *n* Qui nage.

naguère *av* 1 Récemment. 2 Abusiv Jadis.

naïade *nf* Nymphe des eaux courantes.

naïf, ïve *a, n* 1 D'un naturel candide, simple et naïf. 2 D'une crédulité excessive. 3 Se dit d'artistes autodidactes au style primitif. ■ *a* Naturel, sans artifice.

nain, naine *a, n* De très petite taille.

naira *nm* Unité monétaire du Nigeria.

naissain *nm* Larves de moules ou d'huîtres.

naissance *nf* 1 Commencement de la vie indépendante. 2 Origine, commencement. *La naissance du jour, d'une idée.* Loc *De naissance* : de manière congénitale. *Contrôle des naissances* : limitation des naissances. *Prendre naissance* : commencer.

naissant, ante *a* Qui commence à se former.

naisseur *nm* Éleveur spécialisé dans la production d'animaux jeunes.

naître *vi* [66] [aux *être*] 1 Venir au monde. 2 Commencer à exister. *La Vᵉ République est née en 1958.* Loc *Naître de* : prendre son origine dans. *Faire naître* : provoquer, susciter.

naïvement *av* De façon naïve.

naïveté *nf* 1 Ingénuité. 2 Crédulité excessive. 3 Propos naïf. *Débiter des naïvetés.*

naja *nm* Nom scientifique du cobra.

namibien, enne *a, n* De Namibie.

nana *nf* Fam Femme, fille.

nandou *nm* Sorte de petite autruche.

nanisme *nm* Anomalie caractérisée par une très petite taille.

nanotechnologie *nf* Technologie opérant à l'échelle de l'atome.

nanti, ie *a, n* Riche.

nantir *vt* DR Fournir un gage en garantie d'une dette. Loc *Être nanti de* : être muni de.

nantissement *nm* DR Bien donné comme garantie.

naos *nm* Partie principale d'un temple grec.

napalm *nm* Essence gélifiée pour bombes incendiaires.

naphtalène *nm* Hydrocarbure constituant de la naphtaline.

naphtaline *nf* Produit antimite.

naphte *nm* Partie légère du pétrole distillé.

napoléon *nm* Pièce d'or de 20 francs.

napoléonien, enne *a* De Napoléon.

napolitain, aine *a, n* De Naples.

nappage *nm* Action de napper.

nappe *nf* 1 Linge destiné à couvrir une table. 2 Couche d'un corps fluide. *Nappe d'huile, de gaz, de brouillard.* Loc *Nappe d'eau* : grande étendue d'eau tranquille.

napper *vt* Recouvrir un mets d'une sauce, d'une crème.

napperon *nm* Petite nappe décorative.

narcisse *nm* 1 Plante bulbeuse à fleurs jaunes ou blanches. 2 Litt Homme exclusivement attaché à sa propre personne.

narcissique *a* Du narcissisme.

narcissisme *nm* Admiration de soi-même.

narcoanalyse *nf* Procédé psychologique d'investigation fait au moyen d'un narcotique.

narcodollars *nmpl* Profits réalisés dans le trafic de la drogue.

narcolepsie *nf* MED Besoin irrésistible de dormir survenant par accès.

narcose *nf* Sommeil provoqué artificiellement.

narcotique nm Substance qui provoque l'engourdissement, l'assoupissement.

narguer vt Braver avec insolence.

narguilé ou **narghilé** nm Grande pipe, en usage au Moyen-Orient, où la fumée traverse un réservoir d'eau.

narine nf Chacun des deux orifices du nez.

narquois, oise a Goguenard. *Rire narquois.*

narrateur, trice n Qui raconte.

narratif, ive a Propre au récit.

narration nf 1 Récit ou relation d'un fait, d'un événement. 2 Exercice scolaire de rédaction.

narrer vt Litt Raconter.

narthex nm ARCHI Vestibule fermé de la nef des basiliques romanes.

narval nm Cétacé de l'Arctique, à longue défense torsadée. *Des narvals.*

nasal, ale, aux a Du nez. *Fosses nasales.* ■ a, nf PHON Caractérisé par la vibration de l'air dans les fosses nasales.

nasalisation nf Caractère d'un son nasalisé.

nasaliser vt Transformer en un son nasal.

nase nm Pop Nez. ■ a Fam En mauvais état.

naseau nm Narine de certains animaux.

nasillard, arde a Qui nasille.

nasillement nm Fait de nasiller.

nasiller vi Parler du nez.

nasique nm 1 Singe de Bornéo, au long nez mou. 2 Couleuvre d'Asie.

nasse nf 1 Engin de pêche de forme oblongue. 2 Filet pour capturer les petits oiseaux.

natal, ale, als a Où on est né. *Pays natal.*

nataliste a, n Qui favorise la natalité.

natalité nf Rapport du nombre des naissances à la population totale.

natation nf Activité consistant à nager.

natatoire a Qui sert à la nage. Loc *Vessie natatoire* : poche abdominale remplie d'air chez de nombreux poissons.

natice nf Mollusque gastéropode marin qui ressemble à l'escargot.

natif, ive a, n Originaire de. *Natif de Paris.* ■ a Litt Inné. *Grâce native.*

nation nf Communauté humaine caractérisée par la conscience de son identité historique ou culturelle et formant une entité politique.

national, ale, aux a De la nation. ■ nf Route dont l'entretien dépend de l'État. ■ nmpl Ceux qui ont telle nationalité.

nationalisation nf Transfert au domaine public de certains moyens de production.

nationaliser vt Procéder à la nationalisation de.

nationalisme nm 1 Doctrine politique revendiquant la primauté de la nation. 2 Attachement exclusif à la nation. 3 Prise de conscience, par une communauté, de son droit à former une nation.

nationaliste a, n Qui relève du nationalisme.

nationalité nf Appartenance de qqn à un État déterminé, à une communauté nationale.

national-socialisme nm Doctrine nationaliste et raciste de l'Allemagne hitlérienne.

national-socialiste a, n Qui relève du national-socialisme. *Des nationaux-socialistes.*

nativisme nm PHILO Théorie considérant certaines perceptions comme innées (espace et temps).

nativité nf 1 Fête anniversaire de la naissance du Christ, de la Vierge et de Jean-Baptiste. 2 (avec majusc) Noël.

natte nf 1 Ouvrage fait de brins de paille, de jonc entrelacés. 2 Tresse de cheveux.

natter vt Tresser en natte.

naturalisation nf Action de naturaliser.

naturalisé, ée n, a Qui a obtenu sa naturalisation.

naturaliser vt 1 Accorder à un étranger telle nationalité. 2 Préparer un animal mort pour lui conserver l'aspect vivant.

naturalisme nm École littéraire et artistique visant à dépeindre objectivement la réalité.

naturaliste n 1 Spécialiste de sciences naturelles. 2 Qui prépare les animaux morts pour les conserver. ■ a, n Qui relève du naturalisme artistique ou littéraire.

nature nf 1 Caractère, propriété d'un être ou d'une chose. *La nature humaine.* 2 Tempérament. *Une nature violente.* 3 Principe actif d'organisation du monde. *Les lois de la nature.* 4 Le monde physique, biologique et ses lois. *Les sciences de la nature.* 5 Le monde non transformé par la présence humaine. *La protection de la nature.* 6 Modèle réel pour un artiste. *Peindre d'après nature.* Loc *De nature à* : susceptible de. *Nature morte* : représentant un groupe d'objets. *Payer en nature* : en objets réels et non pas en argent. ■ a inv 1 Préparé tel quel, sans adjuvants. *Bœuf nature.* 2 Fam Naturel, sans affectation. Loc *Grandeur nature* : en dimensions réelles.

naturel, elle a 1 Qui relève du monde physique et de ses lois. *Les phénomènes naturels.* 2 Qu'on trouve tel quel dans la nature. *Gaz naturel.* 3 Qui n'a pas été altéré, falsifié. *Produits alimentaires naturels.* 4 Normal. *Cela est tout naturel.* 5 Qui appartient à la nature physique de l'homme. *Fonctions naturelles.* 6 Inné. *Penchants naturels.* 7 Exempt d'affectation, de recherche. *Rester naturel.* Loc *Enfant naturel* : né en dehors du mariage. ■ nm 1 Tempérament, caractère. *Un naturel paisible.* 2 Manière d'être exempte de toute affectation. Loc *Au naturel* : sans préparation particulière. ■ n Habitant d'un lieu ; indigène, autochtone.

naturellement av 1 De façon naturelle. 2 Inévitablement. 3 Évidemment, bien sûr.

naturisme nm 1 Doctrine de ceux qui préconisent le retour à la nature. 2 Nudisme.

naturiste n, a Qui relève du naturisme.

naufrage nm 1 Perte du navire en mer. 2 Litt Grande perte, grand malheur. Loc *Faire naufrage* : couler ; subir un échec cuisant.

naufragé, ée a, n Qui a fait naufrage.

naufrageur, euse n HIST Pilleur d'épaves.

naupathie nf MED Mal de mer.

nauséabond, onde a Dégoûtant, répugnant.

nausée nf 1 Envie de vomir. 2 Dégoût, écœurement profond.

nauséeux, euse a 1 Qui provoque la nausée. 2 Qui éprouve des nausées.

nautile nm Mollusque des mers chaudes.

nautique a Relatif à la navigation, aux sports sur l'eau.

nautisme nm Ensemble des sports nautiques.

navaja nm Long couteau espagnol.

naval, ale, als a Qui concerne les navires, la navigation, la marine militaire.

navarin nm Ragoût de mouton.

navel nf Variété d'orange.

navet nm 1 Plante potagère à racine comestible. 2 Fam Œuvre d'art sans valeur.

navette nf 1 Instrument d'un métier à tisser qui fait courir le fil de trame et le croise avec le fil de chaîne. 2 Véhicule qui effectue des allers et retours réguliers sur une courte distance. 3 Plante voisine du colza. Loc *Faire la navette :* faire des allers et retours répétés. *Navette spatiale :* véhicule spatial récupérable.

navicule nf Algue verte microscopique.

navigabilité nf 1 Capacité à naviguer pour un navire, un avion. 2 État d'une rivière navigable.

navigable a Où l'on peut naviguer.

navigant, ante a, n Se dit de l'équipage d'un navire, d'un avion, etc.

navigateur, trice n 1 Qui navigue, qui fait des voyages au long cours. 2 Qui détermine la position et le tracé de la route à suivre pour un véhicule (avion, navire, etc.). ■ nm Logiciel de navigation dans un réseau télématique, un document multimédia.

navigation nf 1 Action de naviguer. 2 Technique de la conduite des navires, des avions, etc. 3 Circulation, trafic maritime ou aérien.

naviguer vi 1 Voyager sur mer, sur l'eau. 2 Diriger la marche d'un navire, d'un avion, etc. 3 INFORM Se déplacer dans un réseau télématique ou un document multimédia grâce à des hyperliens.

navire nm Bâtiment conçu pour la navigation en haute mer.

navire-citerne nm Navire équipé pour le transport des liquides. *Des navires-citernes.*

navire-hôpital nm Navire aménagé pour le transport et les soins des malades et des blessés. *Des navires-hôpitaux.*

navire-usine nm Navire équipé pour le traitement du poisson péché. *Des navires-usines.*

navrant, ante a Affligeant, regrettable.

navrer vt Affliger, désoler.

nazaréen, enne a, n De Nazareth.

nazi, ie a, n National-socialiste.

nazisme nm National-socialisme.

N.B. Abrév de *nota bene*, « remarquez bien ».

ne av Marque la négation (seul, ou avec *pas, point, plus*). Loc *Ne... que :* seulement.

né, née a 1 Issu de. 2 En apposition, de naissance. *Un orateur-né.* Loc *Bien né :* de famille honorable.

néandertalien, enne a, n Primate fossile proche de l'homme.

néanmoins av Toutefois, cependant, pourtant.

néant nm 1 État de ce qui n'existe pas. 2 Absence de valeur. Loc *Réduire à néant :* anéantir. *Tirer du néant :* tirer d'un état obscur, misérable.

nébuleuse nf 1 ASTRO Objet céleste diffus et vaporeux. 2 Amas confus et imprécis.

nébuleux, euse a 1 Obscurci par les nuages. 2 Confus, fumeux. *Projets nébuleux.*

nébuliser vt Projeter un liquide en gouttelettes.

nébuliseur nm Appareil servant à projeter un liquide en fines gouttelettes.

nébulosité nf 1 Partie du ciel couverte par les nuages. 2 Nuage léger.

nécessaire a 1 Indispensable pour qqch, qqn. 2 Inévitable, inéluctable. ■ nm 1 Ce qui est indispensable pour vivre. *Manquer du* nécessaire. 2 Ce qui est essentiel. *Faire le nécessaire.* 3 Coffret garni des objets destinés à un usage déterminé. *Nécessaire de couture.*

nécessairement av 1 Absolument. 2 Logiquement, inévitablement.

nécessité nf 1 Caractère nécessaire, obligation. 2 Besoin impérieux, exigence.

nécessiter vt Rendre indispensable ; exiger.

nécessiteux, euse a, n Indigent.

neck nm GEOL Piton de roches volcaniques.

nec plus ultra nm inv Ce qui constitue un état qui ne peut être dépassé, ce qu'il y a de mieux.

nécrologie nf 1 Notice biographique consacrée à un défunt. 2 Avis de décès. 3 Liste de personnes décédées pendant un laps de temps.

nécrologique a De la nécrologie.

nécromancie nf Science occulte qui évoque les morts pour révéler l'avenir.

nécromancien, enne n ou **nécromant** nm Qui s'occupe de nécromancie.

nécrophage a, n Qui se nourrit de cadavres.

nécrophilie nf PSYCHIAT Attirance morbide pour les cadavres.

nécropole nf 1 Vaste ensemble de sépultures antiques. 2 Litt Vaste cimetière.

nécrose nf BIOL Mort de cellules ou de tissu organique.

nécroser vt Provoquer la nécrose.

nectar nm 1 MYTH Breuvage des dieux. 2 Litt Breuvage délicieux. 3 Boisson aux fruits. 4 BOT Liquide sucré, sécrété par certaines plantes.

nectarine nf Hybride de pêche.

néerlandais, aise a, n Des Pays-Bas. ■ nm Langue germanique parlée au Pays-Bas.

nef nf 1 Partie d'une église du portail à la croisée du transept. 2 Litt Navire.

néfaste a Malheureux, désastreux, nuisible.

nèfle nf Fruit du néflier. Loc Pop *Des nèfles ! :* rien du tout ! pas question !

néflier nm Arbuste épineux.

négateur, trice a, n Litt Qui nie.

négatif, ive a 1 Qui marque un refus, une négation. 2 Qui n'est pas constructif. *Critique négative.* ■ nm Cliché photographique où les parties claires et sombres sont inversées. ■ nf Loc *Par la négative :* par un refus.

négation nf 1 Action de nier. 2 Mot, groupe de mots qui rend un énoncé négatif. Loc *Être la négation de :* en opposition totale avec qqch.

négativement av De façon négative.

négativisme nm Refus systématique de tout.

négativité nf Caractère négatif.

négligé, ée a Peu soigneux. ■ nm 1 Absence de recherche dans la tenue. 2 Litt Vêtement d'intérieur. Syn. déshabillé.

négligeable a Sans importance.

négligemment av Avec négligence.

négligence nf 1 Défaut de soin, d'application, d'attention. 2 Faute, erreur légère.

négligent, ente a, n Qui fait preuve de négligence.

négliger vt [11] 1 Ne pas prendre soin de qqch, de qqn. 2 Délaisser qqch. 3 Ne pas mettre à profit. *Négliger une occasion.* ■ vpr Ne pas prendre soin de sa personne.

négoce nm Vx Commerce.

négociable a Qu'on peut négocier.

négociant, ante n Commerçant en gros.

négociateur, trice n Qui négocie, qui a pour mission de mener des négociations.

négociation nf 1 Action de négocier. 2 Démarche entreprise pour conclure un accord.

négocier vt 1 Discuter en vue de conclure un accord. 2 Monnayer une valeur. Loc *Négocier un virage* : le prendre le mieux possible. ■ vi Engager des pourparlers.

nègre, négresse .n 1 Esclave noir employé autrefois dans les colonies. 2 Terme raciste désignant qqn de race noire. Loc *Travailler comme un nègre* : beaucoup, durement. ■ nm Qui prépare ou fait le travail d'un écrivain célèbre, d'une personne connue. ■ a De race noire. Loc *Nègre blanc* : équivoque.

négrier nm 1 Qui se livrait à la traite des Noirs. 2 Navire servant à la traite des Noirs.

négrillon, onne a Fam Enfant noir.

négritude nf Identité culturelle des Noirs.

négro-africain, aine a, n Des peuples d'Afrique noire. *Langues négro-africaines.*

négro-américain, aine a, n Des Noirs d'Amérique.

négroïde a, n Qui présente les caractéristiques morphologiques de la race noire.

negro-spiritual [-ʀitwol] nm Chant religieux des Noirs chrétiens des États-Unis. *Des negro-spirituals.*

négus [-gys] nm HIST Empereur d'Éthiopie.

neige nf 1 Eau congelée qui tombe en flocons blancs et légers. 2 Pop Cocaïne. Loc *Classe de neige* : enseignement hivernal en montagne. *Neige carbonique* : anhydride carbonique solide. *Œufs à la neige* : blancs d'œuf battus, cuits, servis sur une crème anglaise.

neiger v impers [11] Tomber (neige).

neigeux, euse a Qui concerne la neige.

nélombo nm Plante aquatique à grandes fleurs blanches, appelée aussi *lotus sacré.*

nem nm Petite crêpe de riz fourrée et frite.

nématode nm ZOOL Ver tel que l'ascaris, le filaire, la trichine.

nénette nf Pop Jeune fille, jeune femme.

nénuphar nm Plante aquatique aux feuilles flottantes.

néo-calédonien, enne a, n De Nouvelle-Calédonie.

néocapitalisme nm Forme moderne du capitalisme.

néoclassicisme nm Mouvement artistique de retour à l'Antiquité gréco-romaine ou au classicisme français.

néoclassique a, n Du néoclassicisme.

néocolonialisme nm Domination économique et culturelle sur d'anciennes colonies.

néocolonialiste a, n Du néocolonialisme.

néodyme nm Métal blanc qui s'oxyde à l'air.

néofascisme nm Tendance politique inspirée du fascisme.

néoformation nf BIOL Formation de tissu nouveau chez un être vivant.

néogène nm GEOL Dernière période du tertiaire.

néo-guinéen, enne a, n De Nouvelle-Guinée.

néo-impressionnisme nm Mouvement pictural du XIXe s., fondé par Seurat.

néolibéralisme nm Forme moderne du libéralisme économique.

néolithique nm, a Dernière période de la préhistoire.

néologie nf LING Formation de mots nouveaux dans une langue.

néologique a De la néologie.

néologisme nm Mot, sens nouveau.

néomycine nf Antibiotique à large spectre.

néon nm Gaz rare de l'air, utilisé pour l'éclairage par tubes.

néonatal, ale, als a Du nouveau-né.

néonatalogie nf Étude et soins du nouveau-né.

néonazi, ie a, n D'une tendance politique inspirée du nazisme.

néophyte n, a Nouvellement converti à une doctrine, à une religion, etc.

néoplasie nf ou **néoplasme** nm MED Tumeur maligne.

néoplasique a De la néoplasie ; cancéreux.

néoplatonicien, enne a, n Du néoplatonisme.

néoplatonisme nm Doctrine mêlant le mysticisme et la philosophie de Platon.

néopositivisme nm Mouvement philosophique du XXe s., renouvelant le positivisme.

néoprène nm (n déposé) Caoutchouc synthétique résistant au froid.

néoréalisme nm Doctrine artistique marquée par le réalisme des situations sociales.

néoréaliste a, n Du néoréalisme.

néo-zélandais, aise a, n De Nouvelle-Zélande.

népalais, aise a, n Du Népal.

nèpe nf Punaise carnassière d'eau douce.

népenthès nm Plante carnivore tropicale.

néphrectomie nf CHIR Ablation du rein.

néphrétique a Loc *Colique néphrétique* : crise due à un calcul dans l'uretère.

néphrite nf Inflammation, maladie du rein.

néphrologie nf MED Étude du rein, de ses maladies.

néphrologue n Spécialiste de néphrologie.

néphron nm ANAT Unité fonctionnelle élémentaire du rein.

népotisme nm Favoritisme à l'égard des parents, des proches.

nerf [nɛʀ] nm 1 Filament blanchâtre qui transmet les commandes motrices, sensitives. 2 Vigueur. *Avoir du nerf.* 3 Cordelette au dos d'une reliure. Loc *Nerf de bœuf* : matraque faite d'une verge de bœuf. ■ pl Système nerveux. Loc *Crise de nerfs* : extériorisation soudaine, bruyante et désordonnée, d'une tension affective devenue insupportable (sous forme de pleurs, de cris, etc.). Fam *Avoir les nerfs en boule, en pelote* : être très agacé. Fam *Taper sur les nerfs* : agacer. Fam *Paquet de nerfs* : personne très nerveuse. *Être sur les nerfs* : être très nerveux. *Être à bout de nerfs* : être épuisé. *Guerre des nerfs* : procédés de démoralisation de l'ennemi.

nerprun [-pʀœ̃] nm Arbuste dont les fruits noirs sont utilisés en teinture.

nervation nf BOT Nervures d'une feuille.

nerveusement av Avec nervosité.

nerveux, euse a 1 Relatif aux nerfs. *Système nerveux.* 2 Vigoureux, ferme. 3 Filandreux. *Viande nerveuse.* ■ a, n Excité, irritable.

nervi nm Homme de main.

nervosité nf Énervement, irritabilité.

nervure nf Saillie longue et fine à la surface des feuilles, des ailes des insectes, du dos d'un livre relié, etc.

nescafé nm (n déposé) Café soluble.

n'est-ce pas *av* Sollicite l'approbation.

nestorianisme *nm* RELIG Hérésie de Nestorius, touchant la nature du Christ.

nestorien, enne *a, n* Du nestorianisme.

net, nette *a* 1 Propre. 2 Tous frais et charges déduits. *Bénéfice, prix, salaire nets.* 3 Ni brouillé ni flou. *Image nette.* 4 Clair, précis. *Une voix nette. Idées nettes.* Loc *En avoir le cœur net* : s'assurer de la vérité de qqch. Fam *Ne pas être net* : être louche. *Faire place nette* : débarrasser de ce qui gêne. ■ *nm* Loc *Au net* : au propre. ■ *av* 1 Clairement, sans ambiguïté. *Parler net.* 2 Tout d'un coup. *Casser net.*

netsuké *nm* Petite figurine japonaise servant d'attache.

nettement *av* 1 Avec netteté. 2 Tout à fait.

netteté *nf* 1 Propreté. 2 Clarté, précision.

nettoiement ou **nettoyage** *nm* Action de nettoyer. *Service de nettoiement.*

nettoyant *nm* Produit de nettoyage.

nettoyer *vt* [22] 1 Rendre propre. 2 Dégarnir, vider un lieu. 3 Fam Harasser. ■ *vpr* Se laver.

1. neuf *a num inv* 1 Huit plus un (9). 2 Neuvième. ■ *nm inv* Nombre, chiffre neuf. Loc *Preuve par neuf* : irréfutable.

2. neuf, neuve *a* 1 Fait depuis peu, qui n'a pas encore servi. 2 Nouveau, original. *Des idées neuves.* 3 Novice. *Être neuf dans le métier.* ■ *nm* Ce qui est neuf. Loc *À neuf* : de manière à paraître neuf. *De neuf* : avec qqch de neuf.

neufchâtel *nm* Fromage de vache, à la pâte onctueuse.

neurasthénie *nf* Dépression, abattement.

neurasthénique *a, n* Déprimé.

neurobiologie *nf* Étude du fonctionnement des tissus nerveux.

neurochimie *nf* Étude du fonctionnement chimique du système nerveux.

neurochirurgie *nf* Chirurgie du système nerveux.

neurochirurgien, enne *n* Spécialiste de neurochirurgie.

neurodégénératif, ive *a* Marqué par la dégénérescence du système nerveux (maladie).

neurodépresseur *nm* Substance qui déprime le système nerveux central.

neuroendocrinologie *nf* Étude des hormones sécrétées par le système nerveux.

neurofibromatose *nf* Maladie héréditaire caractérisée par des tumeurs cutanées et fibreuses.

neuroleptique *a, nm* Qui exerce une action sédative sur le système nerveux.

neurolinguistique *nf* Étude des rapports entre le langage et les structures cérébrales.

neurologie *nf* Étude des affections du système nerveux.

neurologique *a* De la neurologie.

neurologue *n* Spécialiste de neurologie.

neuromédiateur *nm* Neurotransmetteur.

neuronal, ale, aux *a* Du neurone.

neurone *nm* ANAT Cellule nerveuse.

neuropathie *nf* Maladie nerveuse.

neurophysiologie *nf* Physiologie du système nerveux.

neuropsychiatre [-kja-] *n* Spécialiste de neuropsychiatrie.

neuropsychiatrie [-kja-] *nf* Médecine des maladies mentales.

neuropsychologie [-kɔ-] *nf* Étude des fonctions mentales supérieures.

neurosciences *nfpl* Ensemble des disciplines étudiant le système nerveux.

neurotoxine *nf* Toxine agissant sur le système nerveux central.

neurotoxique *a, nm* Substance toxique pour le système nerveux.

neurotransmetteur *nm* Molécule transportant l'information d'un neurone vers un autre.

neurotrope *a* BIOL Qui se fixe sur le système nerveux (virus, substance).

neurovégétatif, ive *a* PHYSIOL Se dit du système nerveux qui règle les fonctions végétatives de l'organisme.

neurula *nf* BIOL Stade embryonnaire des vertébrés correspondant à la formation du système nerveux.

neutralisation *nf* Action de neutraliser.

neutraliser *vt* 1 Donner le statut de neutre. 2 Supprimer ou amoindrir l'effet de qqch. 3 Maîtriser qqn. 4 CHIM Diminuer l'acidité par une base. ■ *vpr* S'annuler mutuellement.

neutralisme *nm* Refus de toute adhésion à une alliance militaire.

neutraliste *a, n* Qui relève du neutralisme.

neutralité *nf* 1 État de qqn, d'un État qui est neutre. 2 État de qqch qui reste neutre.

neutre *a* 1 Qui ne prend pas part à un conflit, à une alliance militaire, etc. 2 Qui n'a pas de caractère marqué. *Voix neutre. Couleur neutre.* 3 GRAM Qui n'est ni masculin ni féminin. ■ *nm* 1 Nation neutre. 2 Genre neutre.

neutrino *nm* PHYS Particule élémentaire dénuée de charge électrique.

neutron *nm* PHYS Particule fondamentale, constituant du noyau atomique.

neutronique *a* Du neutron.

neuvaine *nf* RELIG Actes de dévotion répétés pendant neuf jours.

neuvième *a num* Au rang, au degré neuf. ■ *a, nm* Contenu neuf fois dans le tout. ■ *nf* Seconde année du cours élémentaire.

neuvièmement *av* En neuvième lieu.

névé *nm* 1 Amas de neige qui donne naissance à un glacier. 2 Plaque de neige isolée, en montagne.

neveu *nm* Fils du frère ou de la sœur.

névralgie *nf* Douleur sur le trajet d'un nerf.

névralgique *a* De la névralgie. Loc *Point névralgique* : point critique d'une situation.

névrite *nf* Lésion inflammatoire des nerfs.

névroglie *nf* ANAT Ensemble de cellules nerveuses interstitielles.

névropathe *a, n* Malade mental.

névrose *nf* PSYCHIAT Troubles du comportement dont le sujet a conscience. Ant. psychose.

névrosé, ée *a, n* Atteint de névrose.

névrotique *a* De la névrose.

new-look [njuluk] *nm inv, a inv* Aspect, style nouveau.

newsmagazine ou **news** [njuz] *nm* Hebdomadaire consacré à l'actualité.

newton [njutɔn] *nm* PHYS Unité de mesure de force (symbole : N).

new-yorkais, aise [nju-] *a, n* De New York.

nez *nm* 1 Partie du visage faisant saillie entre la bouche et le front, organe de l'odorat. 2 Partie allongée formant l'avant de qqch. Loc *Parler du nez* : nasiller. Fam *Sentir à plein nez* : très fort. *Mettre le nez dehors* : sortir. *Mener qqn par le bout du nez* : lui faire faire ce qu'on veut. *Passer sous le nez* : échapper à qqn. Fam *Pendre au nez* : risquer d'arriver. *À vue de* approximativement. *Pied de nez* : geste de moquerie. Fam *Mettre le nez dans qqch* : l'examiner indiscrètement. *Montrer le bout du nez* : montrer ses intentions. Fam *Se casser le nez* : trouver porte close. Fam *Avoir un coup dans le nez* : être ivre. Fam *Avoir qqn dans le nez* : le détester. *Nez à nez* : face à face. *Au nez de qqn* : en sa présence. *Avoir du nez, le nez fin, le nez creux* : avoir du flair.

ni conj Coordonne des propositions négatives.
niable a Qu'on peut nier.
niais, niaise a Sot et emprunté.
niaisement av De façon niaise.
niaiserie nf Caractère niais ; stupidité, fadaise.
niaouli nm Arbre de Nouvelle-Calédonie, fournissant une essence aromatique.
nicaraguayen, enne a, n Du Nicaragua.
niche nf 1 Enfoncement pratiqué dans l'épaisseur d'un mur. 2 Cabane d'un chien. 3 Fam Malice, espièglerie.
nichée nf Petits oiseaux d'une même couvée encore dans le nid.
nicher vi, vpr Établir son nid.
nichoir nm Endroit où l'on fait nicher les oiseaux.
nichon nm Pop Sein de femme.
nickel nm Métal blanc entrant dans de nombreux alliages. ■ a inv Fam Très propre.
nickeler vt [18] Recouvrir de nickel.
niçois, oise a, n De Nice.
nicotine nf Alcaloïde du tabac.
nid nm 1 Abri construit par les oiseaux pour pondre et couver leurs œufs. 2 Habitation de certains animaux. *Nid de souris. Nid de guêpes.* 3 Litt Habitation de l'homme, repaire.
nidation nf BIOL Implantation dans l'utérus de l'œuf fécondé des mammifères.
nid-de-poule nm Trou dans une chaussée défoncée. *Des nids-de-poule.*
nidification nf Construction d'un nid.
nidifier vi Construire son nid (oiseaux).
nièce nf Fille du frère ou de la sœur.
nielle nf AGRIC Maladie des céréales.
nieller vt Gâter à la nielle.
nier vt Rejeter comme faux, comme inexistant.
nietzschéen, enne a, n Relatif à Nietzsche, à sa philosophie.
nigaud, aude a, n Sot, niais.
nigérian, ane a, n Du Nigeria.
nigérien, enne a, n Du Niger.
night-club [najtklœb] nm Boîte de nuit. *Des night-clubs.*
nihilisme nm PHILO Négation totale de toute hiérarchie des valeurs.
nihiliste a, n Qui relève du nihilisme.
nimbe nm Auréole autour de la tête de Dieu, des anges et des saints.
nimber vt Auréoler.
nimbostratus [-tys] nm inv Nuage très étendu, dont la base sombre annonce la pluie.
niolo nm Fromage corse, au lait de brebis.
nipper vt Fam Habiller.
nippes nfpl Fam Vêtements.
nippon, one ou **onne** a, n Du Japon.
nique nf Loc Fam *Faire la nique à qqn* : lui adresser un geste de mépris ou de moquerie.
nirvana nm Dans le bouddhisme, suprême félicité de qqn qui a renoncé à tout.
nitratation nf CHIM Transformation d'un azote organique en nitrate par l'action des bactéries.

nitrate nm CHIM Sel de l'acide nitrique, utilisé comme engrais.
nitreux, euse a CHIM Se dit des dérivés oxygénés de l'azote.
nitrière nf Lieu où l'on extrait des nitrates.
nitrification nf Fait de se nitrifier.
nitrifier (se) vpr Se transformer en nitrates.
nitrique a Loc *Acide nitrique* : acide utilisé dans l'industrie chimique et en gravure.
nitroglycérine nf Explosif puissant, résultant de l'action de l'acide nitrique sur la cellulose.
nival, ale, aux a Relatif à la neige.
nivéal, ale, aux a BOT Qui fleurit en hiver.
niveau nm 1 Instrument vérifiant l'horizontalité d'une surface. 2 Degré d'élévation d'un plan par rapport à un plan de référence. 3 Degré sur une échelle de valeurs. *Niveau des prix.* 4 Étage d'une construction. 5 Valeur de qqn. *Niveau intellectuel.* Loc *Au niveau de* : à la hauteur de. *Être au niveau* : à la hauteur d'une valeur de référence. *Niveau de langue* : registre de l'utilisation d'une langue en fonction de la situation. *Niveau de vie* : conditions matérielles d'existence, revenus de qqn, d'un groupe social. *Courbe de niveau* : reliant les points situés à une même altitude.
niveler vt [18] 1 Rendre une surface horizontale ou plane. 2 Mettre au même niveau. *Niveler les salaires.*
niveleuse nf Engin de terrassement servant à niveler un sol.
nivellement nm Action de niveler.
nivoglaciaire a Alimenté par la fonte des neiges et des glaciers (cours d'eau).
nivopluvial, ale, aux a Alimenté par la fonte des neiges et les pluies (cours d'eau).
nivôse nm Quatrième mois du calendrier républicain (décembre-janvier).
nô nm inv Drame lyrique japonais.
nobélium [-ljɔm] nm Élément radioactif artificiel.
nobiliaire a De la noblesse. *Titre nobiliaire.*
noble n, n Qui appartient à la noblesse. ■ a Qui a des sentiments élevés, de la majesté.
noblement av De façon noble.
noblesse nf 1 Catégorie sociale dont les membres jouissaient de privilèges. 2 Grandeur d'âme.
nobliau nm Noble de petite noblesse.
noce nf Fête organisée lors d'un mariage ; personnes qui y assistent. Loc Fam *Faire la noce* : faire la fête. ■ pl Mariage.
noceur, euse n Fam Qui fait la noce.
nocher nm Litt Qui conduit un bateau.
nocif, ive a Susceptible de nuire ; pernicieux.
nocivité nf Caractère nocif.
noctambule n, a Qui passe ses nuits à faire la fête.
noctiluque nf Organisme marin luminescent.
noctuelle nf Papillon de nuit.
nocturne a Qui a lieu pendant la nuit. ■ a, n ZOOL Dont la vie active a lieu la nuit. ■ nm MUS Morceau pour piano de caractère tendre et mélancolique. ■ nf 1 Match en soirée. 2 Ouverture d'un magasin le soir.
nodal, ale, aux a Didac Relatif à un nœud, à une nodosité.
nodosité nf 1 Petite tumeur indolore. 2 Nœud dans le bois.

nodule *nm* Petit nœud, petite sphère.

noduleux, euse ou **nodulaire** *a* Qui présente des nodules, des nœuds.

noël *nm* 1 (avec majusc) Fête de la nativité de Jésus-Christ, célébrée le 25 décembre. 2 Chant du temps de Noël. Loc *Père Noël* : personnage censé apporter des jouets aux enfants.

nœud *nm* 1 Enlacement étroit d'une corde, d'un ruban, etc. 2 Ornement en forme de nœud. 3 Lien entre personnes. 4 Point essentiel. *Le nœud de l'affaire.* 5 Moment capital d'une pièce, d'un roman. 6 Croisement de voies de communication. *Nœud routier, ferroviaire.* 7 BOT Point de la tige d'une plante où s'insère une feuille. 8 MAR Unité de vitesse équivalant à 1 mille (1 852 m) par heure. Loc Fam *Sac de nœuds* : affaire embrouillée.

noir, noire *a* 1 De la couleur la plus sombre. 2 Où il n'y a pas de lumière. *Nuit noire.* 3 Triste, pessimiste. *Idées noires.* 4 Mauvais. *Noirs desseins.* 5 Illégal et secret. *Marché noir.* 6 Fam Ivre. Loc *Bête noire* : chose, personne détestée. *Roman, film noir* : fiction policière réaliste et violente. ■ *a, n* Qui appartient à la race humaine caractérisée par une pigmentation prononcée de la peau. ■ *nm* 1 Couleur noire. 2 Colorant noir. 3 Obscurité. Loc *Voir tout en noir, broyer du noir* : être pessimiste. *Un (petit) noir* : une tasse de café. ■ *nf* MUS Note valant le quart d'une ronde.

noirâtre *a* Tirant sur le noir.

noiraud, aude *a, n* Qui a le teint et les cheveux très bruns.

noirceur *nf* 1 Couleur noire. 2 Litt Méchanceté, bassesse.

noircir *vt* 1 Rendre noir. 2 Présenter de façon pessimiste. ■ *vi* Devenir noir.

noircissement *nm* Action de noircir.

noircissure *nf* Tache de noir.

noise *nf* Loc Litt *Chercher noise à qqn* : lui chercher querelle.

noisetier *nm* Arbuste dont le fruit est la noisette.

noisette *nf* 1 Fruit du noisetier. 2 Petit morceau de matière. ■ *a inv* Marron clair.

noix *nf* 1 Fruit du noyer ou du divers arbres. 2 Petit morceau de matière. 3 Fam Imbécile. Loc *Noix de veau* : morceau de choix placé dans le cuisseau. Pop *À la noix* : mauvais.

noliser *vt* Louer un véhicule de transport.

nom *nm* 1 Mot désignant un être vivant, une chose. 2 Appellation. 3 Prénom. Loc *Nom propre* : désignant un être unique. *Nom commun* : chose, être appartenant à une même catégorie. *Nom de famille* : patronyme. *Nom de guerre* : pseudonyme. *Appeler les choses par leur nom* : s'exprimer sans détour. *Au nom de* : de la part de ; en vertu de. *Se faire un nom* : devenir célèbre. ■ *interj* Introduit des jurons.

nomade *a, n* Qui n'a pas d'habitation fixe.

nomadiser *vi* Vivre en nomade.

nomadisme *nm* Vie de nomade.

no man's land [nomanslãd] *nm* Zone séparant deux armées ennemies.

nombre *nm* 1 Unité ou collection d'unités, de parties de l'unité. 2 Quantité indéterminée ou grande quantité. 3 GRAM Forme que prend un mot pour exprimer l'unité (singulier) ou la pluralité (pluriel). Loc *Dans le nombre* : dans la masse. *Sans nombre* : en quantité considé-

rable. *En nombre* : en grande quantité. *Au nombre de* : parmi. *Nombre de, bon nombre de* : beaucoup. *Le grand nombre* : la majorité.

nombreux, euse *a* En grand nombre ; dont les éléments sont en nombre.

nombril [-bʀi] *nm* Cicatrice du cordon ombilical.

nombrilisme *nm* Fam Attitude de qqn obnubilé par ses propres problèmes.

nome *nm* Division administrative de l'Égypte ancienne et de la Grèce.

nomenclature *nf* 1 Ensemble des termes propres à une science, à une technique. 2 Ensemble des entrées d'un dictionnaire.

nomenklatura *nf* Groupe social aux prérogatives exceptionnelles.

nomenklaturiste *n* Membre d'une nomenklatura.

nominal, ale, aux *a* 1 Qui n'existe que de nom, et pas en réalité. *Pouvoir nominal.* 2 Qui relève du nom, par le nom. *Appel nominal.* 3 GRAM Du nom. *Forme nominale.* Loc *Valeur nominale* : celle qui est inscrite sur un billet de banque, un chèque.

nominalement *av* De façon nominale.

nominalisme *nm* PHILO Doctrine selon laquelle les idées se réduisent à des mots.

nominatif, ive *a* Qui contient des noms. ■ *nm* Cas sujet dans les langues à déclinaison.

nomination *nf* Action de nommer à un emploi.

nominativement *av* Par son nom.

nominer *vt* Abusiv Sélectionner des personnes, des œuvres en vue d'un prix.

nommé, ée *a, n* Qui a pour nom. *Un homme nommé Lebrun.* ■ *n* Cité, désigné. Loc *À point nommé* : fort à propos.

nommément *av* En désignant par le nom.

nommer *vt* 1 Donner un nom à. 2 Désigner qqn par son nom. 3 Désigner pour remplir une fonction. ■ *vpr* 1 Avoir pour nom. 2 Se faire connaître par son nom.

non *av* Marque la négation, le refus. Loc *Non plus* : équivaut à *aussi*, en phrase négative. *Non seulement* : pas seulement. ■ *nm inv* Refus absolu, refus.

non-accompli *nm* LING Forme verbale indiquant l'action dans son déroulement.

non-activité *nf* Situation d'un fonctionnaire temporairement sans fonction.

nonagénaire *a, n* Qui a entre quatre-vingt-dix et cent ans.

non-agression *nf* Fait ou intention de ne pas attaquer un pays.

non-aligné, ée *n* Qui pratique le non-alignement. *Des non-alignés.*

non-alignement *nm* Politique des pays qui ne s'alignent pas sur la politique d'autres pays.

nonante *a num* En Belgique et en Suisse romande, quatre-vingt-dix.

non-assistance *nf* Abstention volontaire de porter secours à qqn.

non-belligérance *nf* Position d'un État qui ne participe pas à un conflit.

non-belligérant, ante *n* Qui s'abstient de participer à un conflit. *Des non-belligérants.*

nonce *nm* Ambassadeur du Saint-Siège.

nonchalamment *av* Avec nonchalance.

nonchalance *nf* Manque d'ardeur.

nonchalant, ante *a* Qui manque d'ardeur.

nonciature *nf* Charge, résidence d'un nonce.

non-combattant, ante *n* Qui ne prend pas part au combat. *Des non-combattants.*

non-conducteur *nm* Corps qui n'est pas conducteur de l'électricité ou de la chaleur.

non-conformisme *nm* Attitude non conformiste.

non-conformiste *n* Qui ne se conforme pas aux usages. *Des non-conformistes.*

non-conformité *nf* Défaut de conformité.

non-contradiction *nf* PHILO Propriété logique d'une proposition qui ne peut être ni démontrée ni réfutée.

non-croyant, ante *n* Qui n'est adepte d'aucune religion. *Des non-croyants.*

non-directivité *nf* Attitude non directive.

non-dit *nm* Ce qu'on exprime pas, sous-entendu. *Des non-dits.*

non-droit *nm* Absence de législation sur un sujet, dans un domaine.

non-engagé, ée *n* Qui ne s'engage pas dans un conflit. *Des non-engagés.*

non-engagement *nm* Attitude des non-engagés.

non-exécution *nf* DR Défaut d'exécution d'un acte.

non-existence *nf* Fait de ne pas exister.

non-fumeur, euse *n* Qui ne fume pas. *Des non-fumeurs.*

non-ingérence *nf* Non-intervention dans les affaires intérieures d'un pays étranger.

non-initié, ée *n* Novice. *Des non-initiés.*

non-inscrit, ite *n* Qui n'est pas inscrit à un groupe parlementaire. *Des non-inscrits.*

non-intervention *nf* Attitude d'un gouvernement qui s'abstient d'intervenir dans les affaires d'autres pays.

non-interventionniste *n* Qui pratique la non-intervention. *Des non-interventionnistes.*

non-lieu *nm* DR Décision de ne pas poursuivre qqn en justice. *Des non-lieux.*

non-métal *nm* CHIM Tout corps simple qui n'est pas un métal. *Des non-métaux.*

nonne *nf* Religieuse.

nonobstant *prép* Vx Malgré.

non-paiement *nm* Défaut de paiement.

non-prolifération *nf* Arrêt du développement des armes nucléaires.

non-recevoir *nm inv* Loc *Fin de non-recevoir :* refus catégorique.

non-résident, ente *n* Qui ne réside pas en permanence dans son pays. *Des non-résidents.*

non-retour *nm* Loc *Point de non-retour :* à partir duquel on ne peut plus revenir en arrière.

non-salarié, ée *n* Non rétribué par un salaire (commerçants, professions libérales, etc.). *Des non-salariés.*

non-sens *nm inv* Absurdité ; absence de signification.

non-spécialiste *n* Qui n'est pas spécialiste dans un domaine. *Des non-spécialistes.*

non-stop [nɔnstɔp] *a inv* Sans interruption.

non-tissé *nm* Étoffe obtenue sans tissage. *Des non-tissés.*

non-violence *nf* Refus de tout recours à la violence.

non-violent, ente *n* Partisan de la non-violence. *Des non-violents.*

non-voyant, ante *n* Aveugle. *Des non-voyants.*

nopal *nm* Figuier de Barbarie. *Des nopals.*

noradrénaline *nf* BIOL Médiateur chimique de la synapse nerveuse.

nord *nm inv* 1 Un des quatre points cardinaux. 2 Partie septentrionale d'une région. 3 Ensemble des pays industrialisés. **Loc** *Ne pas perdre le nord :* savoir se défendre. ■ *a inv* Situé au nord.

nord-africain, aine *a, n* D'Afrique du Nord.

nord-américain, aine *a, n* D'Amérique du Nord.

nord-coréen, enne *a, n* De Corée du Nord.

nord-est *nm inv* Point de l'horizon situé à égale distance du nord et de l'est.

nordique *a, n* Du nord de l'Europe.

nordiste *n, a* 1 HIST Partisan des États du Nord, dans la guerre de Sécession, aux États-Unis. 2 Du département ou de la Région du Nord.

nord-ouest *nm inv* Point de l'horizon situé à égale distance du nord et de l'ouest.

noria *nf* 1 Machine à élever l'eau, constituée d'une roue ou d'une chaîne sans fin à godets. 2 Circulation sans fin.

normal, ale, aux *a* 1 Conforme à la règle ; habituel, naturel. 2 Dont le comportement est conforme à la moyenne. ■ *nf* Loc *La normale :* état habituel, régulier.

normalement *av* Habituellement.

normalien, enne *n* Élève d'une école normale (qui formait les instituteurs) ou de l'École normale supérieure (qui forme les professeurs et des chercheurs).

normalisateur, trice *a, n* Qui normalise.

normalisation *nf* Action de normaliser.

normaliser *vt* 1 Rendre conforme à une norme ; rationaliser. 2 Faire revenir à une situation normale.

normalité *nf* Caractère normal.

normand, ande *a, n* De Normandie.

normatif, ive *a* Qui a force de règle, qui pose une norme.

norme *nf* 1 Règle à laquelle on doit se conformer. 2 État habituel conforme à la moyenne des cas. 3 Prescriptions techniques d'un produit fabriqué.

normographe *nm* Instrument servant à dessiner les lettres, des chiffres, des symboles.

norois ou **noroît** *nm* Vent de nord-ouest.

norvégien, enne *a, n* De Norvège. ■ *nm* Langue scandinave parlée en Norvège.

nos. V. notre.

nosocomial, ale, aux *a* MED Qui survient lors d'une hospitalisation (maladie).

nosoconiose *nf* MED Maladie due aux poussières.

nosographie ou **nosologie** *nf* Description ou classification des maladies.

nostalgie *nf* Mélancolie ; mal du pays.

nostalgique *a* Qui relève de la nostalgie. ■ *a, n* Atteint de nostalgie.

nostoc *nm* Algue bleue.

nota ou **nota bene** [nɔtabene] *nm inv* Note en marge d'un texte.

notabilité *nf* Personne en vue.

notable *a* Qui mérite d'être noté. ■ *nm* Personnage important par sa situation sociale.

notablement *av* Beaucoup.

notaire *nm* Officier public qui reçoit les actes afin de les rendre authentiques.

notamment *av* Spécialement.

notarial, ale, aux *a* Du notaire.

notariat *nm* Charge de notaire.

notarié, ée *a* Passé devant notaire.

notation *nf* 1 Action, manière de représenter par des signes conventionnels. *Notation musicale.* 2 Brève remarque. 3 Action de donner une note, une appréciation.

note *nf* 1 Bref commentaire sur un texte. 2 Communication écrite. 3 Détail d'une somme à payer. 4 Appréciation chiffrée de qqn, d'un travail. 5 Signe musical représentant un son ; ce son. 6 Nuance. *Une note originale.* Loc *Fausse note* : note discordante. *Donner la note* : indiquer ce qu'il convient de faire. *Être dans la note* : en harmonie. *Forcer la note* : exagérer.

noter *vt* 1 Affecter d'une marque, d'une note. 2 Remarquer. *Noter une amélioration.* 3 Porter une appréciation chiffrée sur qqn, qqch. 4 Écrire la musique. *Noter un air.*

notice *nf* Indication écrite brève sur un sujet.

notification *nf* Action de notifier.

notifier *vt* Informer officiellement qqn de.

notion *nf* Concept, idée. ■ *pl* Connaissances élémentaires de qqch.

notionnel, elle *a* Relatif à une notion.

notoire *a* Public, manifeste.

notoirement *av* Manifestement.

notoriété *nf* Célébrité, réputation.

notre, nos *a poss* Forme de la 1re personne du pluriel ; de nous, à nous. *Notre maison. Nos amis.*

nôtre, nôtres *a poss* Litt Qui est à nous. *Cette terre est nôtre.* ■ *pr poss* Ce qui est à nous. *Leurs intérêts et les nôtres.* ■ *nmpl* Nos proches, nos parents.

notule *nf* Brève annotation.

nouba *nf* Loc Fam *Faire la nouba* : faire la fête.

nouer *vt* 1 Faire un nœud à un lien, une corde, un ruban, etc. 2 Serrer au moyen d'un nœud. 3 Former. *Nouer une amitié.*

noueux, euse *a* Qui a des nœuds ou des nodosités.

nougat *nm* Confiserie à base d'amandes, de sucre et de miel.

nougatine *nf* Confiserie faite de sucre caramélisé et d'amandes.

nouille *nf* 1 Pâte alimentaire en forme de lamelles. 2 Fam Personne molle et indolente.

nounou *nf* Fam Nourrice.

nourrice *nf* 1 Femme qui garde chez elle des enfants contre rétribution. 2 Bidon contenant une réserve de liquide.

nourricier, ère *a* Nutritif. Loc *Père nourricier* : père adoptif.

nourrir *vt* 1 Fournir des aliments à. 2 Litt Entretenir. *Nourrir des craintes.* 3 Litt Former l'esprit. ■ *vpr* Consommer un aliment, manger.

nourrissant, ante *a* Qui a une valeur nutritive.

nourrisseur *nm* Éleveur qui engraisse du bétail pour la boucherie.

nourrisson *nm* Enfant en bas âge.

nourriture *nf* 1 Ce dont on se nourrit ; aliments. 2 Ce qui forme, enrichit l'esprit.

nous *pr pers* Forme de la 1re personne du pluriel, sujet ou complément.

nouveau ou **nouvel, nouvelle** *a* 1 Qui n'existe que depuis peu ; apparu récemment. *Vin nouveau.* 2 Neuf, original. *Un nouveau procédé.* 3 Qui vient après, qui remplace. *Un*

nouvel emploi. 4 Qui est tel depuis peu. *Un nouveau riche.* 2 Qui vient d'entrer dans un groupe. ■ *nm* Ce qui est inattendu, imprévu, original. ■ *av* Loc *De nouveau* : encore une fois. *À nouveau* : une fois de plus.

nouveau-né, ée *a, n* Qui vient de naître. *Des nouveau-nés. Des jumelles nouveau-nées.*

nouveauté *nf* 1 Caractère nouveau. 2 Chose nouvelle ; produit nouveau.

nouvel. V. nouveau.

nouvelle *nf* 1 Annonce d'un événement récent. 2 Bref récit, conte. ■ *pl* 1 Renseignements relatifs à la situation, à la santé de qqn. 2 Informations à la radio, dans les journaux.

nouvellement *av* Depuis peu.

nouvelliste *n* Auteur de nouvelles, de récits.

nova *nf* ASTRO Étoile dont l'éclat augmente brusquement.

novateur, trice *n, a* Qui fait des innovations.

novélisation *nf* Adaptation littéraire d'un succès du cinéma ou de la télévision.

novembre *nm* Onzième mois de l'année.

novice *n* RELIG Qui passe dans un couvent un temps d'épreuve avant de prononcer ses vœux. ■ *a, n* Encore peu expérimenté dans une activité, un métier.

noviciat *nm* RELIG État de novice.

novocaïne *nf* (n déposé) Succédané de la cocaïne, utilisé comme anesthésique local.

noyade *nf* Action de noyer qqn, un animal.

noyau *nm* 1 Partie centrale dure de certains fruits. 2 Partie centrale, plus dense de qqch. 3 Groupe qui, dans un milieu, mène une action particulière. *Noyau de résistance.* 4 BIOL Partie centrale d'une cellule. 5 GEOL Partie centrale de la sphère terrestre. 6 PHYS Partie centrale de l'atome. Loc *Noyau dur* : les plus déterminés d'un groupe.

noyautage *nm* Action de noyauter.

noyauter *vt* S'implanter dans un milieu pour y mener une action de subversion.

noyé, ée *a, n* Mort par noyade.

1. noyer *vt* [22] 1 Faire mourir par asphyxie dans un liquide. 2 Inonder, submerger, engloutir. 3 Faire disparaître dans une masse. Loc *Être noyé* : être incapable de surmonter les difficultés. ■ *vpr* 1 Mourir asphyxié par immersion. 2 Se perdre. *Se noyer dans les détails.*

2. noyer *nm* Arbre dont le fruit est la noix.

1. nu *nm* Treizième lettre de l'alphabet grec, correspondant à n.

2. nu, nue *a* 1 Qui n'est couvert d'aucun vêtement. *Avoir la tête nue. Être nu-tête, nu-jambes, nu-pieds.* 2 Sans revêtement, sans ornement. Loc *À l'œil nu* : sans instrument d'optique. *La vérité toute nue* : telle quelle. ■ *nm* Humain dénudé représenté dans l'art. ■ *av* Loc *À nu* : à découvert ; sans rien cacher.

nuage *nm* 1 Amas de gouttelettes d'eau en suspension dans l'atmosphère. 2 Ce qui évoque un nuage par son aspect. *Nuage de poussière.* 3 Ce qui trouble la tranquillité. *Bonheur sans nuage.* Loc *Être dans les nuages* : rêver.

nuageux, euse *a* Couvert de nuages.

nuance *nf* 1 Chacun des degrés par lesquels peut passer une couleur. 2 Différence délicate, subtile.

nuancer *vt* [10] Introduire des nuances dans.

nuancier *nm* Carton présentant les nuances d'un produit coloré.

nubien, enne *a, n* De Nubie.

nubile *a* Pubère.

nubuck *nm* Cuir présentant un aspect velouté.

nucléaire *a* Du noyau de la cellule, de l'atome. Loc *Réaction nucléaire :* qui affecte les constituants du noyau de l'atome. *Énergie nucléaire :* dégagée par une réaction nucléaire. *Centrale nucléaire :* qui utilise l'énergie nucléaire pour produire de l'électricité. *Armes nucléaires :* utilisant l'énergie nucléaire. ■ *nm* Ensemble des utilisations de l'énergie nucléaire.

nucléariser *vt* Équiper d'armes nucléaires, de centrales nucléaires.

nucléique *a* Loc *Acide nucléique :* constituant fondamental de la cellule vivante.

nucléole *nm* BIOL Corpuscule nucléaire de la cellule.

nucléon *nm* PHYS Particule constitutive du noyau de l'atome.

nucléoprotéine *nf* BIOL Association d'une protéine et d'un acide nucléique.

nucléotide *nm* BIOL Élément des acides nucléiques.

nudisme *nm* Pratique de la vie au grand air dans un état de nudité complète.

nudiste *n, a* Adepte du nudisme.

nudité *nf* État de qqn, de qqch nu.

nuée *nf* 1 Litt Nuage épais. 2 Multitude. *Nuée de sauterelles.* Loc *Nuée ardente :* nuage brûlant qui s'échappe d'un volcan en éruption.

nue-propriété *nf* Loc DR *Avoir la nue-propriété :* être possesseur sans en avoir la jouissance.

nues *nfpl* Loc *Tomber des nues :* éprouver une grande surprise. *Porter aux nues :* exalter.

nuire *vti* [67] Causer du tort, un dommage à qqn, qqch. *L'alcool nuit à la santé.*

nuisance *nf* Ensemble des facteurs qui nuisent à la qualité de la vie.

nuisette *nf* Chemise de nuit très courte.

nuisible *a* Qui nuit. ■ *nm* Animal nuisible.

nuit *nf* 1 Temps pendant lequel le soleil reste au-dessous de l'horizon. 2 Obscurité. Loc *Passer une nuit blanche :* sans sommeil. *Nuit et jour :* sans cesse. *De nuit :* pendant la nuit.

nuitamment *av* Litt De nuit.

nuitée *nf* Nuit à l'hôtel.

nul, nulle *a, pr indéf* Aucun, pas un. ■ *a* 1 Qui équivaut à rien. *Visibilité nulle.* 2 DR Entaché de nullité. *Testament nul.* 3 Sans aucune valeur, très mauvais. *Élève nul.*

nullard, arde *n* Fam Personne sans aucune compétence.

nullement *av* Pas du tout.

nullité *nf* 1 Caractère nul de qqch, sans valeur. 2 Personne nulle, incapable.

numéraire *nm* Monnaie ayant cours légal.

numéral, ale, aux *a, nm* Qui désigne un nombre.

numérateur *nm* MATH Terme d'une fraction, qui indique combien celle-ci contient de divisions de l'unité.

numération *nf* Façon d'énoncer ou d'écrire les nombres.

numérique *a* 1 Relatif aux nombres. 2 INFORM Qui utilise des nombres. *Affichage numérique.* 3 Considéré du point de vue du nombre. *Supériorité numérique.*

numériquement *av* Quant au nombre.

numérisation *nf* Action de numériser.

numériser *vt* INFORM Représenter un signal sous forme numérique.

numéro *nm* 1 Chiffre, nombre servant au classement, à l'identification de qqch. 2 Chacune des livraisons d'un périodique. 3 Partie d'un spectacle. 4 Fam Comportement déplacé de qqn. 5 Personne originale. Loc *Numéro un :* le plus important. *Numéro vert :* numéro de téléphone que l'on peut appeler gratuitement. *Tirer le bon numéro :* avoir de la chance.

numérologie *nf* Analyse numérique d'un nom propre, supposée fournir des informations sur son détenteur.

numérotage *nm* ou **numérotation** *nf* Action de numéroter.

numéroter *vt* Pourvoir d'un numéro. ■ *vi* Composer un numéro de téléphone.

numéroteur *nm* Appareil pour numéroter.

numerus clausus [nymɛrysklozys] *nm* Nombre limité de candidats admis à un concours, à une fonction.

numide *a, n* De Numidie.

numismate *n* Spécialiste de numismatique.

numismatique *nf* Étude des monnaies et des médailles. ■ *a* De la numismatique.

nunatak *nm* GEOGR Pointe rocheuse isolée perçant un glacier.

nunchaku [nunʃaku] *nm* Arme japonaise formée de deux bâtons reliés par une chaîne.

nunuche *a* Fam Un peu niais.

nuoc-mâm *nm inv* Sauce vietnamienne à base de poisson fermenté.

nu-pieds *nm inv* Sandale légère.

nuptial, ale, aux *a* Du mariage.

nuptialité *nf* Taux de mariages.

nuque *nf* Partie postérieure du cou.

nurse [nœrs] *nf* Vx Bonne d'enfants.

nursery [nœrœri] ou **nurserie** *nf* 1 Pièce pour les nouveau-nés. 2 Élevage aquacole.

nursing [nœrsiŋ] ou **nursage** *nm* MED Soins donnés à un grabataire, un opéré, un comateux.

nutriment *nm* BIOL Substance nutritive qui peut être assimilée directement par l'organisme.

nutritif, ive *a* 1 Qui nourrit. 2 De la nutrition.

nutrition *nf* Fonction digestive et assimilatrice des aliments.

nutritionnel, elle *a* De la nutrition.

nutritionniste *n* Spécialiste de diététique.

nyctalopie *nf* Faculté de voir dans l'obscurité.

nycthémère *nm* BIOL Durée de vingt-quatre heures correspondant à un cycle biologique.

nylon *nm* (n déposé) Textile synthétique.

nymphe *nf* 1 Divinité des bois, des eaux, dans la mythologie gréco-romaine. 2 ZOOL Forme des insectes après l'état larvaire.

nymphéa *nm* Nénuphar blanc.

nymphette *nf* Adolescente aux manières provocantes.

nymphomane *a, nf* Atteinte de nymphomanie.

nymphomanie *nf* Exagération pathologique des désirs sexuels chez la femme.

nymphose *nf* ZOOL Transformation d'une larve d'insecte en nymphe.

o *nm* Quinzième lettre (voyelle) de l'alphabet.

ô *interj* Marque l'émotion, l'invocation.

oasien, enne *a, n* D'une oasis.

oasis [-zis] *nf* 1 Lieu qui, dans un désert, est couvert d'une végétation liée à la présence d'eau. 2 Lieu de tranquillité.

obédience *nf* Loc *D'obédience :* qui se rattache à telle autorité.

obéir *vti* 1 Se soumettre à qqn, à une autorité. *Obéir à ses parents. Sera-t-elle obéie ?* 2 Être soumis à une action. *La Terre obéit à la gravitation.*

obéissance *nf* Action d'obéir.

obéissant, ante *a* Qui obéit ; docile, soumis.

obélisque *nm* Monument quadrangulaire en forme d'aiguille.

obérer *vt* [12] Vx Endetter.

obèse *a, n* D'un embonpoint excessif.

obésité *nf* État obèse.

obi *nf* Longue ceinture en soie du kimono.

obier *nm* Arbuste appelé aussi *boule-de-neige*.

objecter *vt* Opposer un argument à une affirmation. *Il n'a rien objecté.*

objecteur *nm* Loc *Objecteur de conscience :* qui refuse d'accomplir ses obligations militaires par scrupule de conscience.

objectif, ive *a* 1 Qui existe en dehors de l'esprit. 2 Sans préjugés, impartial. ■ *nm* 1 Système optique qui est tourné vers l'objet à observer. 2 But à atteindre. *Réaliser ses objectifs.*

objection *nf* Ce qu'on objecte.

objectivement *av* De façon objective, impartiale.

objectiver *vt* Rendre objectif, concret.

objectivisme *nm* Absence de parti pris.

objectivité *nf* Attitude objective, impartiale.

objet *nm* 1 Chose perceptible, concrète. 2 Chose maniable destinée à un usage particulier. 3 Matière, sujet, but. Loc GRAM *Complément d'objet :* complément du verbe transitif. *Sans objet :* sans fondement.

objurgation *nf* (surtout pl) Litt Prière pressante adressée à qqn.

obligataire *n* FIN Porteur d'obligations. ■ *a* Constitué d'obligations.

obligation *nf* 1 Contrainte, devoir imposés par la loi, la morale ou les circonstances. 2 FIN Titre négociable, qui donne droit à des intérêts.

obligatoire *a* Imposé, forcé, inévitable.

obligatoirement *av* Nécessairement.

obligé, ée *a* Nécessaire. Loc Fam *C'est obligé :* cela ne peut pas être autrement. ■ *a, n* À qui on a rendu un service. *Je suis votre obligé.*

obligeamment *av* De façon obligeante.

obligeance *nf* Disposition à rendre service.

obligeant, ante *a* Qui aime rendre service.

obliger *vt* [11] 1 Contraindre, forcer à. 2 Litt Rendre service, faire plaisir à qqn.

oblique *a* Qui s'écarte de la direction droite ou perpendiculaire. ■ *nf* Ligne oblique.

obliquement *av* En biais.

obliquer *vi* 1 Aller en oblique. 2 Prendre une direction différente.

obliquité *nf* Caractère oblique.

oblitération *nf* Action d'oblitérer.

oblitérer *vt* [12] 1 Annuler un timbre par l'apposition d'un cachet. 2 MED Obstruer une veine, une artère, etc. 3 Litt Effacer peu à peu.

oblong, ongue *a* De forme allongée.

obnubilation *nf* État de confusion mentale.

obnubiler *vt* Obséder.

obole *nf* Petite somme d'argent.

obscène *a* Qui offense la pudeur.

obscénité *nf* Caractère obscène ; propos obscène. *Dire des obscénités.*

obscur, ure *a* 1 Privé de lumière. 2 Inintelligible. 3 Vague, confus. 4 Sans notoriété. *Né de parents obscurs.*

obscurantisme *nm* Hostilité systématique au progrès, à la raison.

obscurantiste *a, n* Qui relève de l'obscurantisme.

obscurcir *vt* Rendre obscur. ■ *vpr* Devenir obscur. *Le ciel s'obscurcit.*

obscurcissement *nm* Action d'obscurcir, fait de s'obscurcir.

obscurément *av* De façon obscure, confuse.

obscurité *nf* 1 Caractère, état obscur. 2 Absence de lumière.

obsédant, ante *a* Qui obsède.

obsédé, ée *n, a* Qui a une obsession. ■ *a, n* Qui souffre d'obsessions.

obséder *vt* [12] S'imposer continuellement, totalement à l'esprit.

obsèques *nfpl* Cérémonie accompagnant un enterrement.

obséquieux, euse *a* D'une politesse excessive, servile.

obséquiosité *nf* Caractère obséquieux.

observable *a* Qui peut être observé.

observance *nf* Exécution de ce que prescrit une règle religieuse.

observateur, trice *n* 1 Qui s'applique à observer scientifiquement un phénomène. 2 Qui observe qqch sans y participer. ■ *a* Porté à observer. *Esprit observateur.*

observation *nf* 1 Action d'étudier avec attention, de surveiller. 2 Réflexion, remarque. 3 Léger reproche, réprimande.

observatoire *nm* 1 Établissement destiné aux observations astronomiques ou météorologiques. 2 Point d'où on peut observer qqch. 3 Organisme de surveillance de certains faits économiques.

observer *vt* 1 Suivre ce qui est prescrit. *Observer le silence.* 2 Considérer, surveiller, épier. 3 Remarquer qqch, constater. ■ *vpr* Contrôler ses propres réactions.

obsession *nf* Pensée obsédante, idée fixe.

obsessionnel, elle *a* De l'obsession. ■ *a, n* Qui souffre d'obsessions.

obsidienne *nf* Roche volcanique d'un vert sombre, très cassante.

obsolescence *nf* Fait de devenir obsolète.

obsolète *a* Périmé, désuet, dépassé.

obstacle *nm* 1 Ce qui s'oppose à la progression, ce à quoi on se heurte. 2 SPORT Difficulté placée sur une piste pour les courses de haies.

obstétrical, ale, aux *a* De l'obstétrique.

obstétricien, enne *n* Spécialiste d'obstétrique.

obstétrique *nf* Médecine relative à la grossesse et aux accouchements.

obstination *nf* Entêtement, opiniâtreté.

obstiné, ée *a, n* Entêté, opiniâtre.

obstinément *av* Avec obstination.

obstiner (s') *vpr* Persister avec opiniâtreté.

obstructif, ive *a* Qui fait obstruction.

obstruction *nf* 1 Engorgement d'un conduit organique. 2 Manœuvre entravant une action dans son déroulement.

obstructionnisme *nm* Obstruction systématique.

obstruer *vt* Boucher un conduit.

obtempérer *vti* [12] Obéir à un ordre.

obtenir *vt* [35] 1 Réussir à se faire accorder ce que l'on demande. 2 Parvenir à un résultat.

obtention *nf* Fait d'obtenir.

obturateur, trice *a* Qui sert à obturer. ■ *nm* Mécanisme servant à obturer.

obturation *nf* Action d'obturer.

obturer *vt* Boucher une cavité.

obtus, use *a* Sans finesse. *Esprit obtus.* Loc *Angle obtus :* plus grand que l'angle droit.

obus [oby] *nm* Projectile explosif, tiré par une pièce d'artillerie.

obusier *nm* Petite pièce d'artillerie.

obvier *vti* Litt Remédier à un inconvénient.

oc *av* Loc *Langue d'oc :* dialectes parlés au sud de la Loire.

ocarina *nm* Petit instrument à vent de musique populaire.

occase *nf* Fam Occasion.

occasion *nf* 1 Circonstance favorable. 2 Circonstance quelconque. 3 Achat conclu dans des conditions avantageuses. Loc *À l'occasion :* si une circonstance favorable se présente. *À l'occasion de :* à propos d'un événement. *D'occasion :* qui n'est pas neuf. *Les grandes occasions :* les moments importants de la vie.

occasionnel, elle *a* Fortuit, irrégulier.

occasionnellement *av* Par occasion.

occasionner *vt* Causer, provoquer.

occident *nm* 1 Côté où le soleil se couche ; ouest. 2 (avec majusc) Ensemble des pays d'Europe et d'Amérique du Nord.

occidental, ale, aux *a, n* De l'occident ou de l'Occident.

occidentalisation *nf* Action d'occidentaliser.

occidentaliser *vt* Transformer en prenant comme modèle la civilisation occidentale.

occipital, ale, aux *a* ANAT De l'occiput. ■ *nm* Os postérieur du crâne.

occiput [-pyt] *nm* ANAT Partie postérieure de la tête, au-dessus de la nuque.

occire *vt* (seulement infinitif et participe passé *occis*) Litt Tuer.

occitan, ane *a* De l'Occitanie. ■ *nm* Langue d'oc, provençal.

occlus, use *a* Litt Fermé.

occlusion *nf* MED Fermeture d'un conduit naturel, d'un orifice organique.

occlusive *nf* Consonne produite par la fermeture momentanée de la bouche, comme [p], [t], [k].

occultation *nf* Action d'occulter.

occulte *a* Caché, clandestin, secret. Loc *Sciences occultes :* astrologie, alchimie, divination, etc.

occulter *vt* 1 Litt Cacher ; dissimuler. 2 Rendre imperceptible un signal lumineux, radioélectrique, etc.

occultisme *nm* Pratique des sciences occultes.

occultiste *a, n* Qui relève de l'occultisme.

occupant, ante *n, a* Qui occupe un local, un lieu, un pays.

occupation *nf* 1 Action d'occuper. 2 Affaire, activité, emploi. *Avoir de multiples occupations.*

occupationnel, elle *a* PSYCHIAT Qui vise à soigner les malades mentaux par des activités (travaux, jeux).

occupé, ée *a* 1 Absorbé par un travail, une activité ; actif. 2 Placé sous l'autorité de troupes d'occupation. 3 Où qqn est déjà installé. *Appartement occupé.*

occuper *vt* 1 Se rendre maître d'un lieu. 2 Remplir un espace, le temps. *Le lit occupe la moitié de la pièce. Sa famille l'occupe entièrement.* 3 Habiter. 4 Remplir une fonction. *Il occupe un poste important.* ■ *vpr* Consacrer son temps, son attention à qqch, à qqn.

occurrence *nf* LING Apparition d'une unité linguistique dans un énoncé. Loc *En l'occurrence :* dans le cas envisagé.

océan *nm* 1 Vaste étendue d'eau salée baignant une grande partie de la Terre. 2 Grande étendue de qqch.

océanien, enne *a* De l'Océanie.

océanique *a* De l'océan. Loc *Climat océanique :* doux et humide.

océanographe *n* Spécialiste d'océanographie.

océanographie ou **océanologie** *nf* Étude des océans.

océanographique ou **océanologique** *a* De l'océanographie ou de l'océanologie.

ocelle *nm* ZOOL 1 Tache arrondie sur le pelage. 2 Œil simple de certains insectes.

ocellé, ée *a* Qui porte des ocelles.

ocelot *nm* Félin dont la fourrure tachetée est très recherchée.

ocre *nf* Argile jaune, rouge ou brune utilisée comme colorant. ■ *a inv* Brun tirant sur le jaune ou le rouge.

ocrer *vt* Colorer en ocre.

octaèdre *nm* GEOM Polyèdre à huit faces.

octal, ale, aux *a* MATH Se dit d'un système de numération à base huit.

octane *nm* Loc *Indice d'octane :* qui mesure le pouvoir de compression d'un carburant.

octave *nf* MUS Huitième degré de l'échelle diatonique.

octet *nm* INFORM Groupe de huit bits.

octobre *nm* Dixième mois de l'année.

octogénaire *n, a* Qui a entre quatre-vingts et quatre-vingt-neuf ans.

octogonal, ale, aux *a* En forme d'octogone.

octogone *nm* Polygone qui a huit angles.

octopode *nm* ZOOL Mollusque céphalopode tel le poulpe.

octosyllabe *nm* ou **octosyllabique** *a* Qui a huit syllabes.

octroi *nm* 1 Action d'octroyer. 2 HIST Perception d'un droit d'entrée dans une ville ; bureau de cette perception.

octroyer *vt* [22] Concéder, accorder, allouer.

octuor *nm* Groupe de huit musiciens ou de huit chanteurs.

octuple *a, nm* Qui vaut huit fois autant.

octupler *vt, vi* (Se) multiplier par huit.

oculaire *a* De l'œil. Loc *Témoin oculaire :* qui a vu une chose de ses propres yeux. ■ *nm* Lentille qui, dans un instrument d'optique, est proche de l'œil (par oppos. à objectif).

oculiste *n* Spécialiste des troubles de la vision.

oculomoteur, trice *a* PHYSIOL Relatif aux mouvements des yeux.

oculus *nm* ARCHI Syn de *œil-de-bœuf.*

odalisque *nf* Litt Femme d'un harem.

ode *nf* Poème lyrique composé de strophes.

odeur *nf* Émanation perçue par l'odorat. Loc *Ne pas être en odeur de sainteté :* ne pas être estimé qqpart.

odieusement *av* De façon odieuse.

odieux, euse *a* 1 Qui suscite l'aversion, l'indignation. 2 Méchant et grossier.

odontalgie *nf* MED Mal de dents.

odontologie *nf* Étude des dents et de leurs affections.

odontologiste *n* Spécialiste d'odontologie.

odontostomatologie *nf* Médecine de la bouche et des dents.

odorant, ante *a* Qui répand une bonne odeur.

odorat *nm* Sens par lequel on perçoit les odeurs.

odoriférant, ante *a* D'odeur agréable.

odyssée *nf* Voyage plein de péripéties.

œcuménique [e-] *a* RELIG Universel. Loc *Concile œcuménique :* de tous les évêques de l'Église catholique.

œcuménisme [e-] *nm* Mouvement visant à l'union de toutes les Églises chrétiennes.

œdémateux, euse [e-] *a* De l'œdème.

œdème [e-] *nm* MED Gonflement localisé ou diffus de certains tissus organiques.

œdipe [e-] *nm* PSYCHAN Conflit inconscient dans ses désirs à l'égard de ses parents. Syn. complexe d'Œdipe.

œdipien, enne [e-] *a* De l'œdipe.

œil, pl **yeux** *nm* 1 Organe de la vue. 2 Bulle de graisse dans un bouillon. Loc *Avoir bon pied, bon œil :* être en bonne santé. Fam *Faire de l'œil à qqn :* lui faire un signe, un clin d'œil. *Faire les gros yeux à qqn :* le regarder avec sévérité. *Ouvrir l'œil :* être très attentif. *Ouvrir les yeux :* voir la réalité. *Fermer les yeux sur qqch :* faire semblant de ne pas le voir. *Jeter un œil sur qqch :* l'examiner rapidement. *Avoir l'œil sur :* surveiller. Fam *Entre quatre yeux :* en tête à tête. *Cela saute aux yeux, crève les yeux :* c'est d'une évidence criante. *Coup d'œil :* regard rapide. *À l'œil :* gratuitement. *D'un bon, d'un mauvais œil :* favorablement, défavorablement. *Mauvais œil :* regard censé porter malheur. *Œil de verre :* œil artificiel. Fam *Pour les beaux yeux de qqn :* sans but intéressé.

œil-de-bœuf *nm* Lucarne ronde ou ovale. Des *œils-de-bœuf.*

œil-de-chat *nm* Pierre fine. Des *œils-de-chat.*

œil-de-perdrix *nm* Cor entre deux orteils. Des *œils-de-perdrix.*

œillade *nf* Clin d'œil amoureux.

œillère *nf* 1 Pièce de la bride d'un cheval pour l'empêcher de voir sur les côtés. 2 Petit récipient pour les bains d'œil. Loc *Avoir des œillères :* être borné.

œillet *nm* 1 Petit trou rond, servant à passer un cordon, un lacet. 2 Plante ornementale, à fleurs de diverses couleurs.

œilleton *nm* 1 Petit viseur circulaire. 2 BOT Rejeton de certaines plantes.

œillette *nf* Pavot, dont on extrait une huile.

œnanthe [e-] *nf* Plante vénéneuse des lieux humides.

œnologie [e-] *nf* Science de la fabrication et de la conservation des vins.

œnologue [e-] *n* Spécialiste d'œnologie.

œnométrie [e-] *nf* Analyse d'un vin.

œnophile [e-] *n* Amateur de vin.

œsophage [e-] *nm* Segment du tube digestif qui relie le pharynx à l'estomac.

œsophagien, enne ou **œsophagique** [e-] *a* De l'œsophage.

œstradiol [ɛs-] *nm* Hormone œstrogène de l'ovaire.

œstral, ale, aux [e-] *a* De l'œstrus.

œstre [ɛstʀ] *nm* Mouche parasite des animaux domestiques.

œstrogène [ɛs-] *a, nm* BIOL Qui déclenche l'œstrus.

œstrus [ɛstʀys] *nm* PHYSIOL Phénomènes physiologiques accompagnant l'ovulation chez la femme et les femelles des mammifères.

œuf [œf], au pl [ø] *nm* 1 Produit de la ponte des oiseaux comprenant une coquille, des membranes, des réserves ; produit de la ponte des reptiles, insectes, poissons. 2 Œuf de poule, en tant qu'aliment. 3 Cellule initiale d'un être vivant. Loc *Marcher sur des œufs :* se conduire avec une grande précaution. *Dans l'œuf :* dès l'origine. Pop *Va te faire cuire un œuf :* va au diable.

œuvre *nf* 1 Ce qui est fait, produit. 2 Organisation charitable. ■ *nm* Litt Ensemble des œuvres d'un artiste. Loc *Gros œuvre :* fondations d'un bâtiment. *À pied d'œuvre :* prêt à commencer. *Mettre en œuvre :* appliquer, employer. *Se mettre à l'œuvre :* commencer à travailler.

œuvrer *vi* Travailler, agir.

œuvrette *nf* Petite œuvre littéraire.

off *a inv* Se dit d'une voix dont la source n'est pas visible à l'écran.

offensant, ante *a* Blessant, insultant.

offense *nf* Litt Injure, affront.

offensé, ée *a, n* Qui a reçu une offense.

offenser *vt* Blesser, froisser. ■ *vpr* Se vexer.

offenseur *nm* Qui offense.

offensif, ive *a* Qui sert à attaquer. ■ *nf* Attaque. *Reprendre l'offensive.*

offertoire *nm* Moment de la messe où le prêtre offre à Dieu le pain et le vin.

office *nm* 1 Fonction, charge. 2 Bureau, agence. *Office touristique.* 3 Établissement public. 4 Service religieux. 5 Pièce attenante à la cuisine. **Loc** *Faire office de :* servir de. *D'office :* par ordre supérieur. ■ *pl* **Loc** *Bons offices :* services, assistance.

officialisation *nf* Action d'officialiser.

officialiser *vt* Rendre officiel.

officiant *nm* Prêtre qui célèbre l'office.

officiel, elle *a* 1 Qui relève d'une autorité constituée. 2 Donné pour vrai par une autorité. ■ *nm* Qui a une fonction publique ; organisateur d'une épreuve sportive.

officiellement *av* De façon officielle.

1. officier *vi* Célébrer un office religieux.

2. officier *nm* 1 Qui remplit une charge civile. *Officier de police.* 2 Militaire qui exerce un commandement avec un grade au moins égal à celui de sous-lieutenant. 3 Titulaire d'un grade, dans un ordre honorifique.

officieusement *av* De façon officieuse.

officieux, euse *a* Sans caractère officiel.

officinal, ale, aux *a* Utilisé en pharmacie.

officine *nf* 1 Pharmacie. 2 Lieu louche où se trame qqch.

offrande *nf* Litt Don, cadeau.

offrant *nm* **Loc** *Le plus offrant :* qui offre le prix le plus élevé.

offre *nf* Action d'offrir qqch ; ce qui est offert. **Loc** *Offre publique d'achat (O.P.A.) :* offre publique faite par une société de racheter les actions d'une autre société.

offreur, euse *n* ECON Qui offre un bien, un service. Ant. demandeur.

offrir *vt* [31] 1 Proposer qqch à qqn. 2 Donner comme cadeau. 3 Présenter, comporter. *Ceci offre un avantage.*

offset [ɔfsɛt] *nm inv* Procédé d'impression au moyen d'un rouleau en caoutchouc.

offshore [ɔfʃɔʀ] *a inv* 1 Se dit de l'exploitation des gisements pétroliers sous-marins. 2 Se dit d'une banque établie à l'étranger. 3 Se dit de bateaux à moteur très puissants utilisés pour la compétition. ■ *nm inv* Bateau offshore ; sport pratiqué avec ce bateau.

offusquer *vt* Choquer, froisser.

oflag *nm* HIST Camp d'officiers prisonniers de guerre en Allemagne (1940-1945).

ogival, ale, aux *a* En forme d'ogive.

ogive *nf* 1 Arc en diagonale sous une voûte pour la renforcer. 2 Objet dont le profil est en forme d'ogive. *Ogive nucléaire.*

OGM *nm* BIOL Organisme génétiquement modifié de façon artificielle.

ogre, ogresse *n* Personnage mythique avide de chair humaine.

oh ! *interj* Marque la surprise.

ohé ! *interj* Sert à appeler.

ohm *nm* Unité de résistance électrique.

oïdium [-djɔm] *nm* Maladie des plantes produite par un champignon parasite ; ce champignon.

oie *nf* Oiseau palmipède domestique. **Loc** *Pas de l'oie :* pas militaire de parade. *Oie blanche :* jeune fille candide et niaise.

oignon [ɔɲɔ̃] *nm* 1 Plante potagère dont le bulbe est comestible. 2 Bulbe de diverses plantes. 3 Induration du pied. 4 Montre à verre bombé. **Loc** Fam *Aux petits oignons :* très bien. Fam *Ce ne sont pas tes oignons :* cela ne te concerne pas. *En rang d'oignons :* aligné sur une seule ligne.

oignonade [ɔɲɔ-] *nf* Mets à base d'oignons.

oïl [ɔjl] *av* **Loc** *Langue d'oïl :* dialectes parlés au nord de la Loire.

oindre *vt* [62] 1 Frotter d'huile. 2 Procéder à l'onction religieuse.

oint, ointe *a, n* Consacré par l'onction.

oiseau *nm* Vertébré ovipare, couvert de plumes, qui a deux ailes et vole. **Loc** *À vol d'oiseau :* en ligne droite. Fam *Drôle d'oiseau :* personne bizarre. Fam *Oiseau rare :* personne exceptionnelle.

oiseau-lyre *nm* Ménure. *Des oiseaux-lyres.*

oiseau-mouche *nm* Colibri. *Des oiseaux-mouches.*

oiseleur *nm* Qui capture des oiseaux.

oiselier, ère *n* Qui élève et vend des oiseaux.

oiselle *nf* Vx Jeune fille niaise et naïve.

oisellerie *nf* Commerce de l'oiselier.

oiseux, euse *a* Inutile, vain. *Remarque oiseuse.*

oisif, ive *a* Inactif, désœuvré. *Vie oisive.* ■ *n* Sans profession.

oisillon *nm* Petit oiseau.

oisivement *av* De façon oisive.

oisiveté *nf* Désœuvrement.

oison *nm* Jeune oie.

O.K. *interj, a inv* Fam D'accord.

okapi *nm* Ruminant africain, voisin de la girafe.

okoumé *nm* Arbre d'Afrique dont le bois est utilisé en ébénisterie.

olé ! *interj* Sert à encourager.

oléacée *nf* BOT Arbre d'une famille comprenant l'olivier, le frêne, le lilas, etc.

oléagineux, euse *a* Qui contient de l'huile. ■ *nm* Plante oléagineuse (arachide, olivier).

olécrane *nm* ANAT Saillie du coude.

oléicole *a* De l'oléiculture.

oléiculteur, trice *n* Qui pratique l'oléiculture.

oléiculture *nf* Culture des oliviers.

oléoduc *nm* Syn de pipeline.

olé olé *a inv* Fam Licencieux, osé.

olfactif, ive *a* Relatif à l'odorat.

olfaction *nf* PHYSIOL Sens de l'odorat.

olibrius *nm* Fam Personnage ridicule.

olifant *nm* HIST Petit cor d'ivoire des chevaliers.

oligarchie *nf* Régime politique fondé sur le pouvoir de quelques personnes.

oligarchique *a* De l'oligarchie.

oligiste *nm* GEOL Hématite rouge.

oligocène *nm* GEOL Période la plus ancienne du tertiaire.

oligochète [-kɛt] *nm* ZOOL Annélide tel que le ver de terre.

oligoclase *nf* GEOL Feldspath abondant dans les roches cristallines.

oligoélément nm BIOL Élément existant à l'état de traces et nécessaire à la vie de l'organisme.

oligopole nm ECON Marché détenu par un petit nombre de vendeurs.

oligothérapie nf Traitement par les oligo-éléments.

olivaie ou **oliveraie** nf Plantation d'oliviers.

olivaison nf Récolte des olives.

olivâtre a Vert olive.

olive nf 1 Fruit comestible de l'olivier, dont on tire de l'huile. 2 Objet en forme d'olive. ■ a inv Vert olive.

olivet nm Fromage de l'Orléanais.

olivette nf Tomate oblongue.

olivier nm Arbre des régions méditerranéennes, dont le fruit est l'olive.

olivine nf GEOL Minéral vert des basaltes.

olographe a DR Se dit d'un testament écrit en entier de la main du testateur.

olympiade nf Espace de quatre ans entre deux jeux Olympiques. ■ pl Jeux Olympiques.

olympien, enne a 1 De l'Olympe. 2 Litt Serein et majestueux. *Calme olympien.*

olympique a Qui concerne les épreuves sportives internationales organisées tous les quatre ans (*jeux Olympiques*).

olympisme nm Idéal olympique.

omanais, aise a, n Du sultanat d'Oman.

ombelle nf BOT Inflorescence.

ombellifère nf BOT Plante herbacée à fleurs en ombelle comme la carotte, le cerfeuil, la ciguë. Des ombellifères.

ombilic nm ANAT Nombril.

ombilical, ale, aux a De l'ombilic.

omble nm Grand salmonidé d'eau douce.

ombrage nm 1 Ombre produite par les feuillages des arbres ; ces feuillages eux-mêmes. Loc Litt *Porter ombrage* : vexer, inquiéter. Litt *Prendre ombrage de qqch* : s'en offenser.

ombrager vt [11] Couvrir d'ombre.

ombrageux, euse a Litt Susceptible.

1. ombre nf 1 Obscurité provoquée par l'interception de la lumière par un corps opaque. 2 Apparence, trace. *Sans l'ombre d'un doute.* Loc Fam *À l'ombre* : à l'abri ; en prison. *Rester dans l'ombre* : être effacé, ignoré. *Une ombre au tableau* : un signe inquiétant. *Faire de l'ombre à qqn* : lui faire concurrence.

2. ombre nm Salmonidé d'eau douce.

ombrelle nf Petit parasol portatif.

ombrer vt Figurer les ombres sur un dessin.

ombreux, euse a Litt Plein d'ombre.

ombrien, enne a, n De l'Ombrie.

oméga nm Vingt-quatrième et dernière lettre de l'alphabet grec, correspondant à *o* long.

omelette nf Œufs battus et cuits à la poêle.

omerta nf Loi du silence de la mafia.

omettre vt [64] S'abstenir volontairement de dire, de faire, d'agir.

omicron nm Quinzième lettre de l'alphabet grec, correspondant à *o* bref.

omission nf Action d'omettre ; chose omise.

omnibus [-bys] nm Train qui dessert toutes les stations.

omnidirectionnel, elle a Qui porte dans toutes les directions.

omnipotent, ente a Tout-puissant.

omnipraticien, enne n Médecin généraliste.

omniprésence nf Présence en tous lieux.

omniprésent, ente a Présent partout.

omniscient, ente a Qui sait tout.

omnisports a inv Qui concerne tous les sports. *Salle omnisports.*

omnivore a, nm Qui se nourrit indifféremment de végétaux et d'animaux.

omoplate nf Os plat de l'épaule.

on pr pers Forme indéfinie de la 3e personne, invariable, toujours sujet.

1. onagre nm Âne sauvage d'Iran et d'Inde.

2. onagre nf Plante à fleurs jaunes.

onanisme nm Masturbation.

1. once nf Ancienne unité de poids. Loc *Une once de* : une très petite quantité de.

2. once nf Grand félin d'Asie centrale.

onchocercose nf Maladie parasitaire de l'œil.

oncle nm Frère du père ou de la mère.

1. oncogène a Syn de *cancérigène.*

2. oncogène nm Gène susceptible de provoquer un cancer.

oncologie nf Syn de *cancérologie.*

onction nf 1 RELIG Fait d'oindre qqn avec les saintes huiles. 2 Litt Douceur évoquant la piété.

onctueux, euse a De consistance fluide et douce ; moelleux. *Crème onctueuse.*

onctuosité nf Caractère onctueux.

ondatra nm Rongeur d'Amérique du Nord.

onde nf 1 Mouvement à la surface de l'eau qui se propage en rides successives. 2 Tout phénomène vibratoire qui se propage. *Onde lumineuse.* Loc Fam *Être sur la même longueur d'onde* : se comprendre. ■ pl La radio.

ondée nf Pluie subite de courte durée.

ondemètre nm PHYS Appareil de mesure des longueurs d'ondes.

ondine nf Litt Nageuse jeune et gracieuse.

on-dit nm inv Propos, bruit qui court.

ondoiement nm 1 Action d'ondoyer. 2 RELIG Baptême réduit à l'essentiel en cas d'urgence.

ondoyant, ante a Litt Inconstant, variable.

ondoyer vi [22] Onduler. ■ vt Baptiser par ondoiement.

ondulation nf Mouvement régulier d'un liquide qui s'abaisse et s'élève alternativement ; tout mouvement qui l'évoque.

ondulatoire a Des ondes.

ondulé, ée a Qui présente des ondulations.

onduler vi Avoir un mouvement sinueux, ondulatoire.

onduleur nm PHYS Appareil qui transforme un courant continu en courant alternatif.

onduleux, euse a Qui ondule.

one man show [wanmanʃo] nm inv Spectacle de variété donné par un artiste seul en scène.

onéreux, euse a Qui occasionne des frais. Loc *À titre onéreux* : en payant.

O.N.G. nf Abrév de *organisation non gouvernementale*, organisme voué à l'aide humanitaire.

ongle nm Lame cornée couvrant la dernière phalange des doigts. Loc *Jusqu'au bout des ongles* : parfaitement, à fond.

onglée nf Engourdissement douloureux du bout des doigts, causé par le froid.

onglet nm 1 Petite entaille dans le couvercle d'une boîte, la lame d'un canif, etc., pour donner prise à l'ongle. 2 Morceau de bœuf fournissant des biftecks. 3 Échancrure sur le bord des feuilles d'un livre pour signaler un chapitre.

onguent [-gã] nm Pommade.

onguiculé nm ZOOL Mammifère dont les doigts sont terminés par des griffes ou des ongles.

ongulé *nm* ZOOL Mammifère dont les doigts sont protégés par un sabot corné.

onguligrade *nm* ZOOL Quadrupède qui marche sur des sabots.

onirique *a* De la nature du rêve.

onirisme *nm* Délire aigu caractérisé par des hallucinations terrifiantes.

oniromancie *nf* Divination par les rêves.

onomastique *nf* Étude des noms propres.

onomatopée *nf* Mot dont le son suggère celui de la chose qu'il dénomme (par ex. : *glouglou*).

onomatopéique *a* De l'onomatopée.

ontogenèse *nf* BIOL Croissance et développement des individus, de l'œuf à l'âge adulte.

ontogénétique *a* De l'ontogenèse.

ontologie *nf* PHILO Connaissance de l'être.

ontologique *a* De l'ontologie.

onusien, enne *a, n* Fam De l'O.N.U.

onychophagie [-kɔ] *nf* MED Habitude de se ronger les ongles.

onyx *nm* Agate présentant des couches concentriques, de couleurs variées.

onyxis *nm* MED Inflammation de l'ongle.

onze *a num inv* 1 Dix plus un (11). 2 Onzième. *Chapitre onze.* ■ *nm inv* 1 Nombre onze. 2 Équipe de football (composée de onze joueurs).

onzième *a num* Au rang, au degré onze. ■ *a, nm* Contenu onze fois dans le tout. ■ *nf* Cours préparatoire.

onzièmement *av* En onzième lieu.

oocyte ou **ovocyte** *nm* BIOL Gamète femelle non parvenu à maturité.

oogone *nf* BIOL Cellule où se forment les oosphères.

oosphère *nf* BIOL Gamète femelle végétal.

O.P.A. *nf* Abrév de *offre publique d'achat.*

opacification *nf* Action d'opacifier.

opacifier *vt* Rendre opaque.

opacité *nf* Propriété opaque.

opale *nf* Pierre fine, à reflets irisés.

opalescence *nf* Litt Reflets rappelant l'opale.

opalescent, ente *a* Litt D'aspect irisé.

opalin, ine *a* De teinte laiteuse, à reflets irisés. ■ *nf* Verre opalin.

opaliser *vt* Donner l'aspect opalin.

opaque *a* 1 Qui n'est pas transparent. 2 Impénétrable, incompréhensible.

op'art [ɔpart] *nm* Mouvement d'art abstrait contemporain fondé sur les recherches visuelles.

opéable *a, nf* Qui peut faire l'objet d'une O.P.A. (société).

open [ɔpɛn] *a inv, nm* Se dit d'une compétition réunissant professionnels et amateurs. *Loc Billet open* : billet d'avion non daté.

opéra *nm* 1 Œuvre dramatique mise en musique et dont les paroles sont chantées. 2 Théâtre où on joue des opéras.

opérable *a* Qu'on peut opérer.

opéra-comique *nm* Opéra contenant des parties dialoguées. *Des opéras-comiques.*

opérant, ante *a* Qui produit un effet.

opérateur, trice *n* 1 Chargé de la commande d'une machine. 2 Responsable de la prise de vues ou de la projection d'un film. 3 Qui fait des opérations boursières. ■ *nm* Symbole représentant une opération logique, mathématique, etc.

opération *nf* 1 Action d'opérer. 2 Suite d'actions mises en œuvre en vue de produire un résultat. 3 Intervention chirurgicale. 4 MATH Calcul d'une somme (addition), d'une différence (soustraction), d'un produit (multiplication) ou d'un quotient (division). 5 Mise en œuvre de troupes, combat. 6 Transaction financière ou boursière.

opérationnel, elle *a* 1 Prêt à être mis en service ; efficace. 2 Qui permet certaines opérations.

opératoire *a* 1 De l'opération chirurgicale. *Choc opératoire.* 2 Qui permet d'effectuer certaines opérations. *Techniques opératoires.*

opercule *nm* Pièce, membrane, lamelle, etc., fermant une ouverture, recouvrant une cavité.

opéré, ée *a, n* Qui vient de subir une intervention chirurgicale.

opérer *vt* [12] 1 Effectuer, réaliser qqch. 2 Pratiquer une intervention chirurgicale. ■ *vi* Produire un effet, agir. ■ *vpr* S'effectuer, s'accomplir, avoir lieu.

opérette *nf* Œuvre théâtrale légère où les parties chantées alternent avec les parties parlées. *Loc D'opérette* : peu sérieux.

ophidien *nm* ZOOL Reptile dépourvu de pattes.

ophioglosse *nm* Fougère des lieux humides.

ophiolite *nf* GEOL Roche éruptive océanique.

ophiolitique *a* Des ophiolites.

ophiologie *nf* Étude des serpents.

ophite *nm* Marbre vert foncé.

ophiure *nf* Échinoderme à bras rayonnants.

ophtalmie *nf* Maladie inflammatoire de l'œil.

ophtalmique *a* Des yeux.

ophtalmologie *nf* Médecine des affections des yeux.

ophtalmologique *a* De l'ophtalmologie.

ophtalmologiste *n* Spécialiste d'ophtalmologie.

opiacé, ée *a* Qui contient de l'opium.

opinel *nm* (n déposé) Couteau de poche, à manche en bois.

opiner *vi* Litt Donner son avis. *Loc Opiner du bonnet* : marquer d'un signe de tête son acquiescement.

opiniâtre *a* Tenace. *Travail opiniâtre.*

opiniâtreté *nf* Volonté tenace.

opinion *nf* 1 Jugement personnel. 2 Manière de penser la plus répandue au sein d'une collectivité. *Sondage d'opinion.* ■ *pl* Croyances, convictions.

opiomane *n, a* Toxicomane qui fume l'opium.

opium [ɔpjɔm] *nm* 1 Suc de pavot utilisé comme stupéfiant. 2 Litt Ce qui assoupit insidieusement l'esprit.

oponce. V. opuntia.

opopanax *nm* Ombellifère utilisée en parfumerie.

opossum [-sɔm] *nm* Marsupial d'Amérique au pelage recherché.

oppidum [-dɔm] *nm* ANTIQ Site fortifié romain.

opportun, une *a* Qui vient à propos.

opportunément *av* De façon opportune.

opportunisme *nm* Attitude consistant à agir selon les circonstances en faisant peu de cas des principes.

opportuniste *a, n* 1 Qui fait preuve d'opportunisme. 2 MED Qui survient dans un organisme immunodéprimé.

opportunité *nf* 1 Caractère opportun. 2 Abusiv Occasion favorable. *Saisir une opportunité.*

opposable

opposable *a* Qui peut être opposé à.

opposant, ante *n, a* Qui s'oppose, qui appartient à une opposition.

opposé, ée *a* 1 Placé en vis-à-vis. *Rives opposées.* 2 Contraire, contradictoire, inverse. *Intérêts opposés.* 3 Hostile. *Partis opposés.* ■ *nm* Chose opposée, inverse. Loc *À l'opposé (de)* : au contraire (de).

opposer *vt* 1 Mettre comme obstacle. 2 Mettre en lutte, en rivalité. 3 Mettre en vis-à-vis. ■ *vpr* 1 Faire obstacle à qqch. 2 Former un contraste.

opposite (à l') *av* À l'opposé.

opposition *nf* 1 Position de choses en vis-à-vis ou qui s'opposent. 2 Résistance opposée par qqn, par un groupe. 3 Ensemble d'adversaires au gouvernement, au régime. 4 Obstacle légal à une décision de l'autorité.

oppositionnel, elle *a, n* Qui relève d'une opposition politique.

oppressant, ante *a* Qui oppresse.

oppresser *vt* 1 Gêner la respiration. 2 Angoisser, tourmenter.

oppresseur *nm* Qui opprime.

oppressif, ive *a* Qui vise à opprimer.

oppression *nf* 1 Sensation d'un poids sur la poitrine. 2 Contrainte tyrannique.

opprimé, ée *a, n* Soumis à une oppression.

opprimer *vt* Accabler par abus de pouvoir, par violence.

opprobre *nm* Litt Honte extrême, déshonneur.

opsonine *nf* BIOL Anticorps rendant les bactéries vulnérables aux leucocytes.

optatif *nm* Mode verbal exprimant le souhait.

opter *vi* Choisir entre plusieurs choses.

opticien, enne *n* Qui fabrique ou vend des instruments d'optique, des lunettes.

optimal, ale, aux *a* Le meilleur possible.

optimisation ou **optimalisation** *nf* Action d'optimiser.

optimiser ou **optimaliser** *vt* Rendre optimal.

optimisme *nm* 1 Attitude consistant à voir le bon côté des choses. 2 Espérance confiante.

optimiste *a, n* Qui prend les choses du bon côté.

optimum [-mɔm] *nm* État le plus favorable de qqch. *Des optimums* ou *des optima.*

option *nf* 1 Faculté, action d'opter. 2 Droit de choisir entre plusieurs possibilités légales. 3 Promesse d'achat ou de vente.

optionnel, elle *a* Qui donne lieu à un choix.

optique *a* Relatif à la vision. ■ *nf* 1 Partie de la physique qui étudie les lois de la lumière et de la vision. 2 Système optique d'un instrument. 3 Manière de voir, de juger.

optoélectronique *nf* Technologie associant l'optique et l'électronique.

optométrie *nf* MED Étude de la vision.

optronique *nf* Optoélectronique militaire.

opulence *nf* 1 Abondance de biens. 2 Plénitude des formes.

opulent, ente *a* 1 Riche. 2 Qui présente des formes amples.

opuntia [ɔpɔ̃sja] ou **oponce** *nm* Plante grasse aux rameaux épineux. Syn. figuier de barbarie.

opus *nm* Morceau numéroté de l'œuvre d'un musicien. (Abrév : op.)

opuscule *nm* Petit ouvrage de science, de littérature, etc.

1. or *nm* 1 Métal précieux jaune. 2 Monnaie d'or. Loc *Être cousu d'or, rouler sur l'or* : être très riche. *À prix d'or* : très cher. *Valoir son* pesant d'or : valoir très cher. *De l'or en barre* : affaire très fructueuse. *L'or noir* : le pétrole. *Règle d'or* : impérative. *Faire un pont d'or à qqn* : lui offrir une rétribution avantageuse.

2. or *conj* Sert à introduire les phases d'un récit, d'un discours.

oracle *nm* 1 ANTIQ Réponse d'une divinité aux consultants ; cette divinité. 2 Décision émanant d'une autorité ; cette autorité elle-même.

oraculaire *a* D'un oracle.

orage *nm* 1 Perturbation atmosphérique violente, accompagnée d'éclairs, de tonnerre, de pluie. 2 Trouble violent et soudain.

orageux, euse *a* 1 Qui caractérise l'orage. 2 Tumultueux. *Relations orageuses.*

oraison *nf* Prière religieuse. Loc *Oraison funèbre* : éloge solennel d'un mort.

oral, ale, aux *a* 1 Relatif à la bouche. 2 Transmis par la voix. ■ *nm* Épreuves orales d'un examen ou d'un concours.

oralement *av* De vive voix.

oralité *nf* Caractère oral.

orange *nf* Fruit comestible de l'oranger. ■ *a inv* De couleur jaune mêlée de rouge.

orangé, ée *a, nm* De couleur tirant sur l'orange.

orangeade *nf* Jus d'orange additionné d'eau et de sucre.

oranger *nm* Arbre des régions chaudes dont le fruit est l'orange.

orangeraie *nf* Terrain planté d'orangers.

orangerie *nf* Serre où on garde pendant l'hiver les orangers en caisse.

orang-outan [-rã-] *nm* Grand singe anthropomorphe d'Indonésie. *Des orangs-outans.*

orateur, trice *n* Qui prononce un discours.

oratoire *a* Relatif à l'éloquence. *Développement oratoire.* ■ *nm* Petite chapelle.

oratorien *nm* Religieux membre de l'Oratoire.

oratorio *nm* Drame lyrique à caractère religieux.

orbiculaire *a* Didac Circulaire.

orbital, ale, aux *a* De l'orbite d'une planète, d'un satellite.

orbite *nf* 1 Cavité de l'œil. 2 Trajectoire d'un corps céleste, naturel ou artificiel, autour d'un autre. 3 Sphère d'influence.

orbiteur *nm* Élément principal d'une navette spatiale.

orchestral, ale, aux [-kɛs-] *a* De l'orchestre.

orchestrateur, trice [-kɛs-] *n* Qui conçoit une orchestration.

orchestration [-kɛs-] *nf* Action d'orchestrer.

orchestre [-kɛs-] *nm* 1 Dans une salle de spectacle, ensemble des places situées au niveau inférieur. 2 Espace réservé aux musiciens en contrebas de la scène. 3 Groupe de musiciens qui jouent habituellement ensemble.

orchestrer [-kɛs-] *vt* 1 Écrire une œuvre musicale en combinant les parties instrumentales. 2 Diriger une action concertée.

orchidacée [-ki-] *nf* BOT Plante monocotylédone, aux fleurs très décoratives.

orchidée [-ki-] *nf* Plante à fleurs ornementales.

orchite [-kit] *nf* MED Inflammation du testicule.

ordalie *nf* HIST Épreuve judiciaire médiévale qui faisait appel au jugement de Dieu.

ordinaire *a* 1 Habituel, courant. 2 De qualité moyenne ou médiocre. ■ *nm* 1 Ce qui est courant. 2 Ce qu'on sert habituellement aux repas. Loc *D'ordinaire* : d'habitude.

ordinairement *av* D'habitude.

ordinal, ale, aux *a* **1** Qui marque le rang, l'ordre. *Nombre ordinal.* **2** Qui concerne un ordre professionnel. *Instances ordinales.*

ordinateur *nm* Machine automatique de traitement de l'information.

ordination *nf* RELIG Cérémonie au cours de laquelle l'évêque confère le sacrement de l'ordre.

ordonnance *nf* **1** Disposition ordonnée des éléments d'un ensemble. **2** Ce qui est prescrit par une autorité. **3** Prescription écrite du médecin. **4** Anc Militaire à la disposition personnelle d'un officier. Loc *Officier d'ordonnance :* aide de camp.

ordonnancement *nm* Action d'ordonnancer.

ordonnancer *vt* [10] Régler selon un ordre déterminé.

ordonnancier *nm* Registre officiel où le pharmacien doit transcrire certaines ordonnances.

ordonnateur, trice *n* Qui dispose, règle selon un ordre.

ordonné, ée *a* **1** En ordre, rangé. **2** Enclin à mettre de l'ordre. ■ *nf* MATH Coordonnée verticale définissant, avec l'abscisse, la position d'un point dans un espace.

ordonner *vt* **1** Mettre en ordre. **2** Commander, donner un ordre. **3** RELIG Conférer l'ordination.

ordre *nm* **1** Organisation d'un tout en ses parties. *Ordre chronologique.* **2** Bonne organisation, disposition régulière. **3** Tendance spontanée à ranger. **4** Stabilité des institutions ; paix civile. **5** Ensemble des lois naturelles. **6** HIST Chacune des trois grandes classes de la société sous l'Ancien Régime. **7** Corps élu de certaines professions libérales. **8** Société religieuse. **9** Société honorifique. *Ordre de la Légion d'honneur.* **10** Catégorie ; espèce. *Un travail d'ordre intellectuel.* **11** BIOL Unité systématique entre la classe et la famille. **12** Style architectural antique. **13** RELIG Sacrement conférant certaines fonctions ecclésiastiques (diaconat, prêtrise, épiscopat). **14** Degré. *De premier ordre.* **15** Commandement, prescription. *Obéir aux ordres.* Loc *De l'ordre de :* environ. *Mot d'ordre :* consigne. *Ordre du jour :* liste ordonnée des questions à débattre dans une assemblée. *Jusqu'à nouvel ordre :* jusqu'à ce que les dispositions actuelles aient été modifiées. ■ *pl* Loc *Entrer dans les ordres :* se faire prêtre, religieux, religieuse.

ordure *nf* **1** Parole, écrit infâme ou obscène. **2** Pop Personne très méprisable. ■ *pl* Déchets. Loc *Boîte à ordures :* poubelle.

ordurier, ère *a* Obscène, grossier.

orée *nf* Litt Lisière, bordure.

oreillard *nm* Chauve-souris à grandes oreilles.

oreille *nf* **1** Organe de l'ouïe. **2** Partie externe de cet organe. *Tirer les oreilles.* **3** Ouïe. *Avoir l'oreille fine.* **4** Ce qui rappelle l'oreille par sa forme. Loc *Parler à l'oreille de qqn :* de manière à n'être entendu que de lui. *Prêter l'oreille :* écouter attentivement. *Dur d'oreille :* un peu sourd. *Faire la sourde oreille :* feindre de ne pas entendre une demande. *Échauffer les oreilles :* impatienter vivement, mettre en colère. *Montrer le bout de l'oreille :* laisser entrevoir ses intentions cachées. *Venir aux oreilles de qqn :* à sa connaissance.

oreiller *nm* Coussin pour soutenir la tête d'une personne couchée.

oreillette *nf* ANAT Chacune des deux cavités supérieures du cœur.

oreillon *nm* Moitié d'abricot en conserve. ■ *pl* Infection virale qui se manifeste par la tuméfaction des parotides.

orémus [-mys] *nm inv* Mot dit par le prêtre durant la messe pour inviter les fidèles à prier.

ores *av* Loc *D'ores et déjà :* dès maintenant.

orfèvre *n* Qui fabrique ou qui vend des objets d'or ou d'argent. Loc *Être orfèvre en la matière :* avoir une connaissance parfaite d'un domaine.

orfèvrerie *nf* Art, commerce de l'orfèvre.

orfraie *nf* Aigle de grande taille.

organdi *nm* Mousseline légère.

organe *nm* **1** Partie d'un corps vivant remplissant une fonction utile à la vie. **2** Pièce d'une machine, d'un mécanisme, remplissant une fonction déterminée. **3** Voix. *Un organe puissant.* **4** Journal. *L'organe d'un parti.* **5** Ce qui sert d'intermédiaire, d'instrument, de moyen. *Organes du pouvoir.*

organelle *nf* ou **organite** *nm* BIOL Élément constitutif de la cellule.

organicisme *nm* Théorie qui rattache toute maladie à une lésion organique.

organiciste *a, n* Partisan de l'organicisme.

organigramme *nm* Schéma de l'organisation d'une administration, d'une entreprise.

organique *a* **1** Relatif aux organes ou aux organismes vivants. **2** Inhérent à la structure de qqch. *Loi organique.* Loc *Chimie organique :* des composés du carbone.

organiquement *av* De façon organique.

organisateur, trice *a, n* Qui organise.

organisation *nf* **1** Manière dont qqch est organisé ; structure. **2** Action d'organiser. **3** Association, groupement. *Organisation politique, syndicale.*

organisationnel, elle *a* De l'organisation.

organisé, ée *a* **1** BIOL Pourvu d'organes. *Êtres organisés.* **2** Constitué, agencé pour une fonction. *Groupe organisé.* **3** Ordonné, méthodique.

organiser *vt* Arranger, préparer en vue de tel usage ; régler, aménager. ■ *vpr* Prendre ses dispositions pour agir efficacement.

organisme *nm* **1** Ensemble des organes constituant un être vivant ; cet être vivant. **2** Ensemble des services ou bureaux affectés à une certaine tâche.

organiste *n* Qui joue de l'orgue.

organite. V. organelle.

organochloré, ée *a, nm* Dérivé organique du chlore (insecticide, fongicide).

organologie *nf* Étude des instruments de musique.

organométallique *a, nm* CHIM Composé organique d'un métal et de carbone.

organophosphoré, ée *a, nm* Dérivé organique du phosphore (insecticide, fongicide).

orgasme *nm* Paroxysme du plaisir sexuel.

orgasmique *a* De l'orgasme.

orge *nf* Céréale annuelle à épi simple.

orgeat *nm* Sirop à base d'amandes.

orgelet *nm* Petit furoncle du bord de la paupière.

orgiaque *a* Propre à une orgie.

orgie *nf* **1** Débauche. **2** Litt Profusion.

orgue *nm* ou **orgues** *nfpl* Grand instrument à vent composé de tuyaux, de claviers et d'une soufflerie. ■ *nm* Loc *Orgue de Barbarie :* orgue mécanique portatif. MUS *Point d'orgue* : prolongation de la durée d'une note ou d'un silence ; interruption dans le déroulement d'un processus quelconque. ■ *nmpl* GEOL Colonnes naturelles de basalte. **Loc** *Orgues de Staline* : lance-roquettes à tubes multiples.

orgueil *nm* 1 Opinion trop avantageuse de soi-même. 2 Sentiment élevé de sa valeur ; fierté.

orgueilleusement *av* Avec orgueil.

orgueilleux, euse *a, n* Qui a de l'orgueil.

oriel *nm* ARCHI Syn de *bow-window*.

orient *nm* 1 Celui des quatre points cardinaux qui est du côté où le soleil se lève ; est, levant. 2 (avec majusc) Ensemble des pays d'Asie.

orientable *a* Qu'on peut orienter.

oriental, ale, aux *a* Situé à l'est. ■ *a, n* De l'Orient.

orientalisme *nm* Étude de l'Orient, de ses peuples, de leurs civilisations, etc.

orientaliste *n* Spécialiste de l'Orient.

orientation *nf* 1 Détermination du lieu où on se trouve. 2 Action d'orienter qqch, de régler sa position par rapport aux points cardinaux. 3 Action de diriger qqn dans telle direction, vers tel débouché. 4 Tendance politique.

orienté, ée *a* 1 Qui a une position, une direction déterminée. 2 Qui manifeste une certaine tendance politique ou doctrinale.

orienter *vt* 1 Disposer une chose par rapport aux points cardinaux ou dans une direction déterminée. 2 Faire prendre telle direction à qqn. ■ *vpr* 1 Déterminer sa position par les points cardinaux. 2 Prendre telle direction.

orienteur, euse *n* Qui s'occupe d'orientation scolaire et professionnelle.

orifice *nm* Ouverture, trou.

oriflamme *nf* Bannière d'apparat.

origami *nm* Art japonais du papier plié.

origan *nm* Marjolaine.

originaire *a* Qui tire son origine de tel lieu.

originairement *av* À l'origine.

original, ale, aux *a* 1 De l'auteur même, qui constitue la source première. 2 D'une singularité neuve ou personnelle. ■ *a, n* Personne bizarre, excentrique. ■ *nm* Ouvrage, document, modèle primitif ou authentique.

originalement *av* De façon originale.

originalité *nf* 1 Caractère original. 2 Fantaisie, excentricité.

origine *nf* 1 Principe, commencement, source. 2 Provenance, milieu dont qqn, qqch est issu. **Loc** *À l'origine* : au commencement.

originel, elle *a* Qui remonte à l'origine.

originellement *av* Dès l'origine.

orignal *nm* Élan du Canada. *Des orignaux.*

oripeaux *nmpl* Lit Vieux habits.

oriya *nm* Langue indienne de l'Orissa.

O.R.L. *nf* Abrév de *oto-rhino-laryngologie* et de *oto-rhino-laryngologiste.*

orléanisme *nm* HIST Doctrine des royalistes partisans de la maison d'Orléans.

orléaniste *a, n* Qui relève de l'orléanisme.

orme *nm* Arbre aux feuilles dentelées.

ormeau *nm* 1 Petit orme. 2 Mollusque marin comestible.

ornemaniste *n* Artiste, peintre d'ornements.

ornement *nm* Élément qui sert à orner, à embellir, à décorer.

ornemental, ale, aux *a* De l'ornement ; qui sert à orner, décoratif. *Plante ornementale.*

ornementation *nf* Action de décorer, d'orner.

ornementer *vt* Embellir par des ornements.

orner *vt* Embellir, décorer.

ornière *nf* Trace creusée par des roues de voitures dans un chemin. **Loc** *Sortir de l'ornière* : sortir de la routine ou d'une situation difficile.

ornithogale *nm* Plante bulbeuse à fleurs blanches.

ornithologie *nf* Étude des oiseaux.

ornithologique *a* De l'ornithologie.

ornithologiste ou **ornithologue** *n* Spécialiste d'ornithologie.

ornithorynque *nm* Mammifère ovipare d'Australie, au bec corné aplati.

orogenèse *nf* GEOL Formation des montagnes.

orogénique *a* GEOL De l'orogenèse.

orographie *nf* Description du relief terrestre.

oronge *nf* Champignon comestible au chapeau rouge-orange. **Loc** *Fausse oronge* : amanite tue-mouches.

orpaillage *nm* Travail de l'orpailleur.

orpailleur *nm* Chercheur de paillettes d'or dans les sables aurifères.

orphelin, ine *n* Enfant qui a perdu son père et sa mère, ou l'un des deux.

orphelinat *nm* Établissement qui recueille les orphelins.

orphéon *nm* Fanfare.

orphie *nf* Poisson de mer au long bec fin.

orphique *a* De l'orphisme.

orphisme *nm* Courant religieux et mystique de la Grèce antique, rattaché à Orphée.

orque *nf* Cétacé très vorace.

orseille *nf* Lichen dont on tire un colorant.

orteil *nm* Doigt de pied.

orthèse *nf* Appareil palliant une déficience du système locomoteur.

orthodontie *nf* Traitement des anomalies de position des dents.

orthodontiste *n* Spécialiste d'orthodontie.

orthodoxe *a* Conforme à un dogme religieux, à une doctrine établie, à une tradition. ■ *a, n* Qui appartient à une Église d'Orient indépendante de Rome.

orthodoxie *nf* Caractère orthodoxe.

orthoépie *nf* Prononciation correcte des sons du langage.

orthogénie *nf* Contrôle des naissances.

orthogonal, ale, aux *a* À angle droit.

orthographe *nf* Manière correcte d'écrire les mots ; règles régissant cette écriture.

orthographier *vt* Écrire selon les règles de l'orthographe.

orthographique *a* De l'orthographe.

orthopédie *nf* Traitement des lésions des articulations et des tendons.

orthopédique *a* De l'orthopédie.

orthopédiste *n* Spécialiste d'orthopédie.

orthophonie *nf* Correction des troubles du langage parlé et écrit.

orthophoniste *n* Spécialiste d'orthophonie.

orthoptère *nm* ZOOL Insecte (sauterelle, criquet) dont les ailes postérieures se replient.

orthoptie [-si] *nf* MED Rééducation de l'œil.

orthoptiste *n* Spécialiste d'orthoptie.

ortie *nf* Plante herbacée aux feuilles irritantes.

ortolan *nm* Bruant à chair très estimée.

orvet *nm* Lézard sans pattes, à queue fragile.

orviétan *nm* Vx Remède supposé tout guérir.

oryctérope *nm* Mammifère africain au museau en forme de groin et aux griffes puissantes.

oryx *nm* Antilope aux cornes fines et longues.

os [ɔs], au pl [o] *nm* Élément dur et calcifié du corps de l'homme et des vertébrés dont l'ensemble constitue le squelette. **Loc** *Jusqu'aux os, jusqu'à la moelle des os :* entièrement. *Fam Ne pas faire de vieux os :* mourir jeune. *Fam Tomber sur un os :* rencontrer une difficulté.

O.S. [ɔɛs] *n* Abrév de *ouvrier spécialisé.*

oscar *nm* Récompense décernée par un jury à un film, à un produit, etc. *L'oscar de la mode.*

oscillant, ante [-silã] *a* Qui oscille.

oscillateur [-sila-] *nm* Dispositif générant des oscillations électriques.

oscillation [-sila-] *nf* **1** Mouvement d'un corps qui oscille. **2** Fluctuation, variation.

oscillatoire *a* Caractérisé par des oscillations.

osciller [-sile-] *vi* **1** Se mouvoir alternativement en deux sens contraires autour d'un point fixe. **2** *Litt* Hésiter. **3** Varier entre deux niveaux.

oscillogramme [-silo-] *nm* Courbe fournie par l'oscillographe.

oscillographe ou **oscilloscope** *nm* Appareil enregistrant les variations temporelles d'une grandeur physique.

osé, ée *a* **1** Audacieux. **2** Scabreux, licencieux.

oseille *nf* **1** Plante potagère à la saveur acide. **2** *Pop* Argent.

oser *vt* Avoir l'audace, le courage de.

osier *nm* Rameau flexible de divers saules.

osmium [-mjɔm] *nm* Métal très lourd de couleur gris-bleu.

osmose *nf* **1** Diffusion entre deux fluides séparés par des parois semi-perméables. **2** Influence mutuelle, interpénétration profonde.

osmotique *a* De l'osmose.

ossature *nf* **1** Ensemble des os. **2** Armature, charpente. *L'ossature d'un roman.*

osselet *nm* Petit os. ■ *pl* Jeu consistant à lancer et à rattraper sur le dos de la main de petits objets en forme d'os.

ossements *nmpl* Os décharnés et desséchés.

osseux, euse *a* **1** Des os. *Maladie osseuse.* **2** Dont les os sont saillants.

ossification *nf* Formation du tissu osseux.

ossifier *vt* PHYSIOL Changer en tissu osseux les parties cartilagineuses.

osso-buco [ɔsobuko] *nm inv* Jarret de veau avec son os, cuit à l'étouffée, avec des tomates.

ossuaire *nm* Lieu où l'on dépose des ossements humains.

ostéalgie *nf* MED Douleur osseuse.

ostéite *nf* MED Inflammation du tissu osseux.

ostensible *a* Qu'on laisse voir à dessein.

ostensiblement *av* De façon ostensible.

ostensoir *nm* RELIG Support d'or ou d'argent servant à exposer l'hostie consacrée.

ostentation *nf* Insistance excessive pour montrer un avantage.

ostentatoire *a* Qui témoigne de l'ostentation.

ostéolyse *nf* MED Destruction du tissu osseux.

ostéomyélite *nf* MED Inflammation du tissu osseux et de la moelle.

ostéopathe *n* Spécialiste d'ostéopathie.

ostéopathie *nf* **1** Maladie des os. **2** Manipulations thérapeutiques vertébrales et articulaires.

ostéoplastie *nf* CHIR Restauration d'un os avec des fragments osseux.

ostéoporose *nf* MED Raréfaction pathologique du tissu osseux.

ostéosarcome *nm* MED Tumeur des os.

ostéotomie *nf* CHIR Ablation partielle d'un os.

ostracisme *nm* Exclusion d'une personne d'un groupe.

ostréicole *a* De l'ostréiculture.

ostréiculteur, trice *n* Qui élève des huîtres.

ostréiculture *nf* Élevage des huîtres.

ostrogoth [-go] *nm* *Fam* Individu bizarre.

otage *nm* Personne qu'on retient pour se garantir contre d'éventuelles représailles, ou pour obtenir ce qu'on exige.

otarie *nf* Mammifère marin voisin du phoque.

ôter *vt* **1** Enlever, quitter. *Ôter son manteau.* **2** Prendre, ravir à qqn. *Ôter la vie, l'honneur.* **3** Retrancher qqch de. *Ôter trois de dix.* **4** Faire disparaître. *Ôter une tache.*

otique *a* Didac De l'oreille.

otite *nf* MED Inflammation de l'oreille.

otologie *nf* MED Étude de l'oreille et de ses maladies.

oto-rhino-laryngologie *nf* Traitement des maladies des oreilles, de la gorge et du nez (abrév : O.R.L.).

oto-rhino-laryngologiste *n* Spécialiste d'oto-rhino-laryngologie (abrév : O.R.L. ; oto-rhino).

otorragie *nf* MED Hémorragie par l'oreille.

otorrhée *nf* MED Écoulement par l'oreille.

ottoman, ane *a, n* Relatif à l'Empire turc. ■ *nm* Canapé à dossier enveloppant.

ou *conj* Marque l'alternative ou l'équivalence.

où *pr, av* Équivaut au pronom relatif et interrogatif *lequel* précédé d'une préposition et indiquant le lieu, le temps, la conséquence.

ouailles *nfpl* *Litt* Chrétiens par rapport à leur curé, à leur pasteur.

ouais [wɛ] *av* *Pop* Oui.

ouate *nf* **1** Textile servant pour les doublures. **2** Coton soyeux pour les pansements. *De l'ouate* ou *de la ouate.*

ouaté, ée *a* Feutré, doux.

ouatine *nf* Étoffe utilisée pour des doublures.

oubli *nm* **1** Défaillance de la mémoire. **2** Manquement à ses obligations.

oublier *vt* **1** Perdre le souvenir de qqch, de qqn. **2** Pardonner. **3** Négliger. *Oublier ses devoirs.* **4** Laisser par inadvertance. *Oublier ses clés.* **5** Omettre par inattention. *Oublier un nom sur une liste.* ■ *vpr* **1** Disparaître de la mémoire. **2** Manquer à ce qu'on doit aux autres, à soi-même.

oubliette *nf* Cachot souterrain.

oublieux, euse *a* *Litt* Sujet à oublier.

oued [wɛd] *nm* Cours d'eau saisonnier d'Afrique du Nord.

ouest *nm* **1** Point cardinal qui est au soleil couchant. **2** (avec majusc) Partie occidentale d'une région, d'un pays, d'un continent. **3** (avec majusc) L'Europe occidentale et l'Amérique du Nord. *Ant.* est.

ouf ! *interj* Exprime le soulagement.

ougandais, aise *a, n* D'Ouganda.

ouguiya *nm* Unité monétaire de la Mauritanie.

oui *av, nm* Indique l'affirmation, l'acquiescement. *Ant.* non.

ouï-dire *nm inv* **Loc** *Par ouï-dire :* par la rumeur publique.

ouïe *nf* Sens qui permet d'entendre. ■ *pl* Branchies des poissons.

ouille ou **ouïe !** [uj] *interj* Exprime la douleur.

ouïr *vt* [37] Litt Entendre.

ouistiti *nm* Singe d'Amérique de très petite taille.

oukase. V. ukase.

ouléma. V. uléma.

ouolof. V. wolof.

ouragan *nm* 1 Tempête très violente. 2 Trouble violent, déchaînement. *Ouragan politique.*

ourdir *vt* 1 Préparer les fils de la chaîne avant de les monter sur le métier à tisser. 2 Machiner, préparer, tramer. *Ourdir un complot.*

ourdou. V. urdu.

ourler *vt* Faire un ourlet à.

ourlet *nm* Bord d'une étoffe replié et cousu.

ours, ourse *n* 1 Grand mammifère carnivore, au corps massif couvert d'une épaisse toison. 2 Fam Personne peu sociable, bourrue. 3 Liste des collaborateurs d'une publication.

oursin *nm* Animal marin comestible, hérissé de piquants.

ourson *nm* Petit de l'ours.

oust ou **ouste !** *interj* Fam Marque le rejet rapide ou la hâte.

out [awt] *av* Au tennis, en dehors des limites du terrain.

outarde *nf* Oiseau échassier.

outil [uti] *nm* 1 Instrument manuel de travail. 2 Tout moyen servant d'aide dans le travail.

outillage *nm* Ensemble des outils et des machines utilisés pour une activité.

outiller *vt* Munir d'outils, de matériel ; équiper.

outlaw [awtlo] *nm* Vx Hors-la-loi, bandit.

outplacement [awt-] *nm* Technique de réinsertion des salariés licenciés.

outrage *nm* Injure grave.

outrageant, ante *a* Qui outrage ; insultant.

outrager *vt* [11] Offenser gravement.

outrageusement *av* Excessivement.

outrance *nf* Excès. Loc *À outrance :* exagérément.

outrancier, ère *a* Excessif.

1. outre *nf* Sac en peau de bouc pour contenir des liquides.

2. outre *prép* En plus de. Loc *Outre mesure :* plus qu'il ne convient. *Outre que :* en plus du fait que. ■ *av* Loc *Passer outre :* aller plus loin. *En outre :* en plus.

outré, ée *a* Litt Excessif. *Critique outrée.*

outre-Atlantique *av* Aux États-Unis.

outrecuidance *nf* Impertinence.

outrecuidant, ante *a* Impertinent.

outre-Manche *av* En Grande-Bretagne.

outremer *a inv, nm* Bleu intense.

outre-mer *av* Situé au-delà des mers.

outrepasser *vt* Dépasser la limite de.

outre-Quiévrain *av* En Belgique.

outrer *vt* Indigner, révolter, scandaliser.

outre-Rhin *av* En Allemagne.

outre-tombe *av* Après la mort.

outsider [awtsajdœʀ] *nm* Concurrent qui s'attaque au favori.

ouvert, erte *a* 1 Qui n'est pas fermé. 2 Franc, accueillant, tolérant. Loc *Guerre ouverte :* hostilité déclarée.

ouvertement *av* Franchement.

ouverture *nf* 1 Action d'ouvrir ce qui était fermé. 2 Espace vide, fente, trou. 3 Commencement. *Ouverture de la chasse.* 4 Première démarche d'une négociation. 5 Début d'une œuvre lyrique. Loc *Ouverture d'esprit :* facilité à admettre ce qui est nouveau.

ouvrable *a* Loc *Jour ouvrable :* où on travaille normalement. Ant. férié.

ouvrage *nm* 1 Besogne, travail. 2 Objet produit. 3 Livre. Loc *Boîte à ouvrage :* nécessaire de couture. *Ouvrage d'art :* viaduc, tunnel, etc.

ouvragé, ée *a* Minutieusement travaillé.

ouvrant, ante *a* Qui s'ouvre.

ouvré, ée *a* Travaillé, façonné. Loc *Jour ouvré :* où on travaille effectivement.

ouvre-boîtes *nm inv* Instrument coupant pour ouvrir les boîtes de conserve.

ouvre-bouteilles *nm inv* Petit instrument pour décapsuler les bouteilles.

ouvrer *vt* Travailler, façonner.

ouvreur, euse *n* 1 Skieur qui ouvre une piste. 2 Personne chargée de placer le public dans une salle de spectacle.

ouvrier, ère *n* Salarié effectuant un travail manuel. Loc *Ouvrier spécialisé :* sans qualification professionnelle. ■ *nf* Femelle stérile chez les abeilles, les guêpes, les fourmis. ■ *a* Relatif aux ouvriers.

ouvriérisme *nm* Tendance à privilégier le rôle des ouvriers dans le mouvement révolutionnaire.

ouvriériste *a, n* Qui relève de l'ouvriérisme.

ouvrir *vt* [31] 1 Faire communiquer l'extérieur et l'intérieur. 2 Déplier, décacheter. 3 Rendre libre un accès. 4 Commencer, entamer. *Ouvrir une négociation.* 5 Fonder, créer. *Ouvrir une boutique.* 6 Faire fonctionner. *Ouvrir la télévision.* Loc Pop *L'ouvrir :* parler. ■ *vi, vpr* 1 Être, devenir ouvert. *La porte n'ouvre, ne s'ouvre plus.* 2 Commencer. *Le congrès ouvre, s'ouvre sur un discours.* 3 Donner accès. *La terrasse ouvre, s'ouvre sur le jardin.* ■ *vpr* Se confier à qqn.

ouvroir *nm* Lieu réservé aux travaux faits en commun, dans un couvent.

ouzbek *a, n* De l'Ouzbékistan.

ouzo *nm* Alcool grec parfumé à l'anis.

ovaire *nm* BIOL Organe reproducteur femelle où se forment les ovules.

ovale *a* Qui a la forme d'une courbe fermée et allongée. ■ *nm* Figure de cette forme.

ovaliser *vt* Rendre ovale.

ovariectomie *nf* CHIR Ablation d'un ovaire.

ovarien, enne *a* De l'ovaire.

ovarite *nf* MED Inflammation des ovaires.

ovation *nf* Acclamation.

ovationner *vt* Acclamer. *Ovationner l'orateur.*

overdose [ɔvœʀdoz] *nf* 1 Dose mortelle de drogue. 2 Quantité excessive de qqch.

ovibos *nm* Ruminant des régions boréales, appelé aussi *bœuf musqué.*

oviducte *nm* ZOOL Conduit où passe l'ovule chez les animaux.

ovin, ine *a* ZOOL Qui concerne les moutons, les brebis. ■ *nm* Animal de l'espèce ovine.

ovipare *a, n* ZOOL Qui pond des œufs.

oviposteur ou **oviscapte** *nm* ZOOL Syn de *tarière.*

ovni *nm* Objet volant non identifié.

ovocyte. V. oocyte.

ovogenèse *nf* BIOL Formation des gamètes femelles.

ovoïde *a* Qui a la forme d'un œuf.

ovovivipare *n, a* ZOOL Animal ovipare chez lequel l'incubation des œufs se fait dans les voies génitales.

ovulation *nf* BIOL Rupture du follicule, libérant l'ovule.

ovule *nm* 1 BIOL Gamète femelle. 2 Corpuscule médicamenteux.

ovuler *vi* Avoir une ovulation.

oxalique *a* Loc *Acide oxalique :* contenu dans l'oseille.

oxford *nm* Tissu de coton très solide.

oxhydrique *a* D'un mélange d'oxygène et d'hydrogène.

oxyacétylénique *a* D'un mélange d'oxygène et d'acétylène.

oxycarboné, ée *a* CHIM De l'oxyde de carbone

oxydable *a* Qui peut s'oxyder.

oxydant, ante *a, nm* Qui oxyde.

oxydation *nf* Fixation d'oxygène sur un corps.

oxyde *nm* CHIM Corps résultant de la combinaison de l'oxygène avec un autre élément.

oxyder *vt* CHIM Convertir en oxyde. ■ *vpr* Être attaqué par l'oxydation.

oxygénation *nf* Action d'oxygéner.

oxygène *nm* 1 Gaz incolore, insipide et inodore contenu dans l'air. 2 Air pur. 3 Ce qui donne un nouveau dynamisme.

oxygéné, ée *a* Loc *Eau oxygénée :* solution utilisée comme antiseptique.

oxygéner *vt* [12] CHIM Combiner un corps avec l'oxygène. ■ *vpr* Fam Respirer de l'air pur.

oxygénothérapie *nf* MED Administration thérapeutique d'oxygène.

oxyton *nm* LING Mot portant l'accent tonique sur la dernière syllabe.

oxyure *nm* Ver parasite de l'intestin de l'homme.

oyat *nm* Plante servant à fixer les dunes.

ozalid *nm* (n déposé) IMPRIM Épreuve sur papier.

ozone *nm* Gaz proche de l'oxygène, à pouvoir très oxydant. Loc *Trou d'ozone :* diminution de l'ozone dans l'ozonosphère.

ozoniser ou **ozoner** *vt* Stériliser par l'ozone.

ozoniseur ou **ozonisateur** *nm* Appareil servant à produire de l'ozone.

ozonosphère *nf* Zone de la haute atmosphère terrestre riche en ozone.

p *nm* Seizième lettre (consonne) de l'alphabet.

pacage *nm* Lieu où on fait paître les bestiaux.

pacemaker [pɛsmekœʀ] *nm* Stimulateur cardiaque.

pacha *nm* 1 Gouverneur de province, dans l'ancien Empire ottoman. 2 *Fam* Surnom du commandant d'un navire de guerre.

pachtou ou **pachto** *nm* Langue indo-européenne parlée en Afghanistan.

pachyderme *nm* 1 ZOOL Mammifère à peau épaisse comme l'éléphant, le rhinocéros, l'hippopotame, etc. 2 *Fam* Personne très grosse.

pacificateur, trice *a, n* Qui pacifie.

pacification *nf* Action de pacifier.

pacifier *vt* 1 Rétablir la paix dans un pays. 2 Apaiser, calmer un esprit.

pacifique *a* 1 Attaché à la paix. 2 Exempt de violence. *Coexistence pacifique.*

pacifiquement *av* De façon pacifique.

pacifisme *nm* Recherche systématique de la paix en toute circonstance.

pacifiste *n, a* Partisan du pacifisme.

pack *nm* 1 Ensemble des huit avants, au rugby. 2 Emballage de bouteilles, de pots. 3 Banquise dérivante.

package [pakɛdʒ] *nm* Ensemble de choses vendu à un prix forfaitaire.

packaging [-kɛdʒiŋ] *nm* Technique et industrie de l'emballage.

pacotille *nf* Marchandise de peu de valeur.

pacson *nm* Pop Paquet.

pacte *nm* Convention solennelle entre plusieurs États, partis, individus.

pactiser *vi* 1 Faire un pacte avec qqn. 2 Transiger avec qqn, qqch.

pactole *nm* Litt Source de richesses.

paddock *nm* 1 Partie d'un champ de courses, où les chevaux sont promenés. 2 Stand de marque sur un circuit automobile. 3 Pop Lit.

paddy *nm* Riz non décortiqué.

paella [paelja] *nf* Plat espagnol composé de riz au safran avec des moules, de la volaille, etc.

1. paf *a* Pop Ivre.

2. paf ! *interj* Exprime le bruit d'une chute.

pagaie [pagɛ] *nf* Rame courte, à large pelle.

pagaille *nf* Fam Grand désordre. **Loc** *En pagaille* : en grande quantité.

paganisme *nm* Religion polythéiste, pour les chrétiens.

pagayer [-geje] *vi* [20] Ramer avec une pagaie.

pagayeur, euse [-gɛ-] *n* Qui pagaye.

1. page *nf* 1 Côté d'un feuillet de papier ; ce feuillet. 2 Texte écrit sur une page. 3 Contenu de ce texte. **Loc** *Tourner la page* : oublier le passé. *Fam Être à la page* : au courant.

2. page *nm* HIST Jeune noble au service d'un seigneur.

pagel ou **pageot** *nm* Poisson de mer proche de la daurade.

pageot *nm* Pop Lit.

pagination *nf* Action de paginer.

paginer *vt* Numéroter les pages d'un livre, d'un cahier, etc.

pagne *nm* Morceau d'étoffe couvrant le corps de la ceinture au mollet.

pagode *nf* Temple bouddhique.

pagre *nm* Poisson voisin de la daurade.

pagure *nm* Bernard-l'ermite.

paie. V. paye.

paiement ou **payement** [pɛmɑ̃] *nm* 1 Action de payer. 2 Somme payée. *Des paiements réguliers.*

païen, enne *a, n* Qui relève du paganisme.

paierie *nf* Centre administratif chargé des paiements.

paillage *nm* Action de pailler.

paillard, arde *a, n* Grivois, licencieux.

paillardise *nf* Grivoiserie.

paillasse *nf* 1 Grand sac de paille servant de matelas. 2 Surface horizontale d'un évier.

paillasson *nm* Tapis-brosse.

paille *nf* 1 Tige creuse des céréales. 2 Petit chalumeau servant à aspirer un liquide. 3 Défaut dans le métal. **Loc** *Fam Être sur la paille* : dans la misère. *Tirer à la courte paille* : tirer au sort avec des brins de longueur inégale. *Paille de fer* : tampon de métal servant à récurer. *Fam Une paille* : presque rien. ■ *a inv* D'un jaune brillant.

pailler *vt* Garnir de paille.

pailleté, ée *a* Semé de paillettes.

paillette *nf* 1 Parcelle d'or dans le sable de certaines rivières. 2 Mince lamelle brillante cousue sur un tissu.

paillon *nm* Manchon de paille dont on entoure une bouteille.

paillote *nf* Hutte de paille.

pain *nm* 1 Aliment fait de farine pétrie, fermentée et cuite au four. 2 Nom donné à certains gâteaux. 3 Matière moulée en forme de pain. 4 Pop Coup. **Loc** *Manger son pain blanc* : avoir des débuts faciles. *Fam Avoir du pain sur la* *planche* : beaucoup de travail à faire. Pop *Faire passer à qqn le goût du pain* : le maltraiter ou le tuer. Fam *Je ne mange pas de ce pain-là* : je n'emploie pas de tels procédés. *Pour une bouchée de pain* : pour un prix très bas. *Long comme un jour sans pain* : très long. *Ôter le pain de la bouche* : priver du nécessaire. *Gagner son pain* : gagner sa vie.

pair, paire *a* 1 Divisible par deux. 2 Double et symétrique. ■ *nm* 1 Qui est égal à qqn d'autre. 2 Taux normal d'une valeur, d'une monnaie. 3 FEOD Grand vassal du roi. 4 En Grande-Bretagne, membre de la Chambre des lords. Loc *Au pair* : nourri et logé, mais non rémunéré. *De pair* : ensemble. *Hors pair* : sans égal. ■ *nf* 1 Groupe de deux objets allant ensemble. 2 Objet composé de deux pièces symétriques. Loc *Une paire de* : un ensemble de deux animaux de même espèce, de deux personnes. Pop *Se faire la paire* : filer.

pairie *nf* Titre, dignité de pair.

paisible *a* Tranquille, pacifique, calme.

paisiblement *av* En paix.

paître *vt, vi* [66] (ni passé simple, ni temps composés) Brouter l'herbe. Loc Fam *Envoyer paître* : renvoyer avec humeur.

paix *nf* 1 Absence de conflit. *Vivre en paix.* 2 Traité de paix. *Signer la paix.* 3 Tranquillité, quiétude. Loc *Faire la paix* : se réconcilier.

pakistanais, aise *a, n* Du Pakistan.

pal *nm* 1 Pieu dont une extrémité est aiguisée. 2 Bande traversant un blason.

palabre *nf* Discussion interminable.

palabrer *vi* Discuter interminablement.

palace *nm* Hôtel de luxe.

paladin *nm* Chevalier du Moyen Âge en quête de causes justes.

palafitte *nm* Habitat préhistorique sur pilotis.

1. palais *nm* 1 Résidence d'un chef d'État, d'un haut personnage. 2 Vaste édifice abritant un musée, un organisme d'État, etc. Loc *Palais de justice* : où siègent les cours et les tribunaux.

2. palais *nm* 1 Partie supérieure de la cavité buccale. 2 Goût. *Avoir le palais fin.*

palan *nm* Appareil de levage constitué par deux systèmes de poulies.

palangre *nf* Ligne munie d'hameçons.

palanquer *vt* Lever avec un palan.

palanquin *nm* Chaise ou litière portée à bras d'hommes ou installée sur le dos des éléphants.

palatal, ale, aux *a, nf* Se dit d'un phonème articulé vers le palais, comme le [k] et le [g].

palatalisation *nf* PHON Articulation d'une consonne vers le palais.

palatin, ine *a* ANAT Du palais. *Voûte palatine.*

pale *nf* 1 Partie plate d'un aviron, de la roue d'un bateau à vapeur. 2 Branche d'une hélice.

pâle *a* 1 Blême, blafard. 2 Se dit d'une couleur atténuée par du blanc. 3 Médiocre, terne. Loc Pop *Se faire porter pâle* : malade.

palefrenier *nm* Chargé du soin des chevaux.

palefroi *nm* Cheval de parade au Moyen Âge.

paléobotanique *nf* Paléontologie végétale.

paléochrétien, enne *a* Se dit de l'art des premiers chrétiens (Iᵉʳ s.-VIᵉ s.).

paléoclimat *nm* Climat d'une région à une période géologique ancienne.

paléoclimatologie *nf* Science des paléoclimats.

paléogène *nm* GEOL Début de l'ère tertiaire.

paléographe *n* Spécialiste de paléographie.

paléographie *nf* Science du déchiffrage des écritures anciennes.

paléolithique *nm* PREHIST Âge de la pierre taillée au quaternaire.

paléomagnétisme *nm* Magnétisme terrestre aux périodes géologiques.

paléontologie *nf* Science des fossiles.

paléontologiste ou **paléontologue** *n* Spécialiste de paléontologie.

paléosol *nm* GEOL Sol fossile.

paléozoïque *nm, a* GEOL Ère primaire.

paleron *nm* Partie charnue proche de l'omoplate du bœuf ou du porc.

palestinien, enne *a, n* De Palestine.

palestre *nf* ANTIQ Partie réservée aux exercices physiques dans le gymnase.

palet *nm* Disque qu'on lance vers un but, dans certains jeux.

paletot *nm* Veste qu'on porte par-dessus d'autres vêtements.

palette *nf* 1 Objet plat d'une certaine largeur. 2 Plaque percée d'un trou pour le pouce, sur laquelle les peintres travaillent leurs couleurs. 3 Ensemble des couleurs utilisées par un peintre. 4 Plateau servant à la manutention des marchandises. 5 Morceau de porc, de mouton provenant de l'omoplate.

palettisation *nf* Action de palettiser.

palettiser *vt* Charger des marchandises sur une palette.

palétuvier *nm* Arbre aux racines aériennes.

pâleur *nf* Aspect, teint pâle.

pali *nm* Ancienne langue de l'Inde.

pâlichon, onne *a* Fam Pâlot.

palier *nm* 1 Plan horizontal dans un escalier servant d'accès à des locaux de même niveau. 2 Phase de stabilité. 3 TECH Pièce dans laquelle tourne un arbre de transmission. Loc *Par paliers* : progressivement.

palière *af* Loc *Porte palière* : qui s'ouvre sur un palier.

palimpseste *nm* Parchemin dont le texte primitif a été gratté et portant un nouveau texte.

palindrome *nm* Mot, phrase qu'on peut lire dans les deux sens (ex. : *un roc cornu*).

palinodie *nf* Litt Rétractation, brusque changement d'opinion.

pâlir *vi* Devenir pâle. ■ *vt* Litt Rendre pâle.

palis *nm* Pieu pointu d'une clôture.

palissade *nf* Clôture de pieux, de planches.

palissage *nm* Action de palisser.

palissandre *nm* Bois brun à reflets violacés.

pâlissant, ante *a* Qui pâlit.

palisser *vt* AGRIC Fixer à un support les branches d'une plante.

paliure *nm* Arbuste épineux méditerranéen.

palladium [-djom] *nm* Métal dur et ductile.

palliatif, ive *a* Dont l'efficacité n'est qu'apparente. Loc *Soins palliatifs* : destinés aux agonisants. ■ *nm* Mesure provisoire ; expédient. *Ce remède n'est qu'un palliatif.*

pallier *vt* Atténuer. *Pallier une difficulté.*

pallikare *nm* HIST Au XIXᵉ s, partisan grec combattant contre les occupants turcs.

palmaire *a* De la paume des mains.

palmarès *nm* 1 Liste des lauréats. *Le palmarès d'un concours.* 2 Liste des succès. *Le palmarès d'un champion.* 3 Syn de *hit-parade.*

palme nf 1 Feuille du palmier. 2 Insigne d'une distinction honorifique. 3 Palette de caoutchouc adaptée au pied d'un nageur. Loc *Vin, huile de palme* : de palmier.

palmé, ée a 1 BOT Qui a la forme d'une main. 2 ZOOL Qui a une palmure.

palmeraie nf Plantation de palmiers.

palmette nf ARCHI Ornement en forme de feuille de palmier.

palmier nm 1 Arbre à tronc couronné de feuilles (cocotier, palmier-dattier). 2 Petit gâteau de pâte feuilletée.

palmipède a ZOOL Dont les pieds sont palmés. ■ nm Oiseau tel que l'oie, le canard, etc.

palmiste nm Palmier aux bourgeons comestibles.

palmure nf Membrane réunissant les doigts de divers vertébrés aquatiques (canard, grenouille).

palombe nf Pigeon ramier.

palonnier nm TECH Pièce transversale servant à équilibrer les efforts de traction.

pâlot, otte a Fam Un peu pâle.

palourde nf Mollusque comestible qui vit enfoui dans le sable.

palpable a 1 Perceptible par le toucher. 2 Évident, patent. *Vérité palpable*.

palpation nf MED Examen par exploration manuelle.

palpébral, ale, aux a ANAT De la paupière.

palper vt 1 Examiner en tâtant. 2 Fam Recevoir de l'argent.

palpeur nm Dispositif servant à contrôler et à réguler qqch.

palpitant, ante a 1 Qui palpite. 2 Qui passionne. *Récit palpitant*.

palpitations nfpl Battements accélérés du cœur.

palpiter vi Avoir des mouvements convulsifs (organe, cœur).

paltoquet nm Vx Homme vaniteux.

paluche nf Pop Main.

paludéen, enne a 1 Des marais. 2 MED Relatif au paludisme. ■ n Atteint de paludisme.

paludier, ère n Qui travaille dans les marais salants.

paludisme nm Maladie infectieuse due à un parasite transmis par les moustiques et se traduisant par une fièvre intermittente. Syn. malaria.

palustre a Qui vit dans les marais.

palynologie nf Étude des pollens.

pâmer (se) vpr Litt Défaillir par suite d'une vive émotion.

pâmoison nf Litt Évanouissement.

pampa nf Vaste plaine d'Amérique du Sud.

pamphlet nm Écrit satirique.

pamphlétaire n Auteur de pamphlets.

pamplemousse nm Fruit jaune du pamplemoussier, plus gros qu'une orange.

pamplemoussier nm Arbre produisant des pamplemousses.

pampre nm Branche de vigne avec ses feuilles et ses fruits.

1. pan nm 1 Partie tombante ou flottante d'un vêtement. 2 Partie plus ou moins large d'un mur. 3 GEOM Face d'un polyèdre. 4 Partie, morceau. *Un pan du ciel*.

2. pan ! interj Exprime un bruit de coup.

panacée nf Remède à tous les maux.

panachage nm Action de panacher.

panache nm 1 Faisceau de plumes flottantes. 2 Ce qui évoque un panache. *Panache de fumée*. 3 Ce qui a fière allure ; éclat.

panaché, ée a 1 Bigarré. *Tulipe panachée*. 2 Composé d'élément divers. Loc *Demi panaché* : bière mélangée de limonade.

panacher vt 1 Composer de couleurs diverses, bigarrer. 2 Composer d'éléments divers. 3 Voter pour des candidats appartenant à des listes différentes.

panade nf Loc Pop *Être dans la panade* : dans la misère.

panafricain, aine a 1 De l'ensemble du continent africain. 2 Du panafricanisme.

panafricanisme nm Mouvement politique et culturel de solidarité entre les peuples africains.

panais nm Plante potagère à racine charnue.

panama nm Chapeau de paille.

panaméen, enne a, n De Panama.

panaméricain, aine a De l'ensemble des pays d'Amérique.

panarabe a De l'ensemble des pays arabes.

panarabisme nm Mouvement politique et culturel visant à l'union des pays arabes.

panard nm Pop Pied.

panaris [-ri] nm Inflammation aiguë d'un doigt ou d'un orteil.

panathénées nfpl ANTIQ Fêtes célébrées à Athènes en l'honneur de la déesse Athéna.

panax nm Arbre dont la racine fournit le ginseng.

pancarte nf Panneau portant une inscription.

panchen-lama nm Chef religieux tibétain, inférieur au dalaï-lama. *Des panchen-lamas*.

panchromatique a PHOTO Sensible à toutes les couleurs.

pancrace nm ANTIQ Combat combinant la lutte et le pugilat.

pancréas [-as] nm Glande abdominale qui sécrète un suc digestif et l'insuline.

pancréatique a Du pancréas.

pancréatite nf Inflammation du pancréas.

panda nm Mammifère d'Asie proche de l'ours.

pandémie nf Épidémie atteignant toute la population d'une région.

pandémonium [-njɔm] nm Litt Lieu de désordre et d'agitation.

pandore nm Vx Gendarme.

pané, ée a Enrobé de chapelure.

panégyrique nm Éloge sans réserve.

panégyriste nm Auteur d'un panégyrique.

panel nm Groupe de personnes interrogées pour l'étude de certaines questions.

paner vt Enrober une viande, un poisson, de chapelure.

panetière nf Coffre à pain.

paneton nm Petit panier où le boulanger met la pâte avant cuisson.

pangermanisme nm Doctrine visant à l'union de tous les peuples germaniques.

pangolin nm Mammifère édenté d'Afrique et d'Asie, au corps couvert d'écailles.

panhellénique a Qui concernait la Grèce tout entière.

panhellénisme nm Doctrine visant à réunir tous les Grecs.

panicaut nm Chardon bleu à feuilles épineuses des terrains incultes.

panicule nm BOT Inflorescence en grappe.

panier nm 1 Ustensile portatif servant au transport des denrées et autres objets ; contenu de cet ustensile. 2 SPORT Filet sans fond monté sur une armature circulaire, par lequel un joueur de basket-ball doit faire passer le ballon ; but ainsi marqué. Loc Fam *Panier de crabes* : groupe de personnes se nuisant mutuellement. *Panier percé* : dépensier. *Le dessus du panier* : le meilleur. *Le fond du panier* : le rebut.

panière nf Grande corbeille à deux anses.

panier-repas nm Repas froid empaqueté pour un voyageur, un travailleur, etc. *Des paniers-repas.*

panifiable a Dont on peut faire du pain.

panification nf Action de panifier.

panifier vt Transformer de la farine en pain.

panini nm Sandwich à l'italienne, qui se consomme chaud.

paniquard, arde a, n Fam Qui panique.

panique a Loc *Peur, terreur panique* : peur incontrôlable et soudaine. ■ nf Frayeur collective subite.

paniquer vt Fam Affoler, angoisser. ■ vi, vpr Céder à l'affolement.

panislamisme nm Doctrine visant à l'union de tous les peuples musulmans.

1. panne nf Tissu adipeux du cochon.

2. panne nf Arrêt accidentel de fonctionnement. Loc *Être en panne de qqch* : en manquer. *Panne sèche* : manque de carburant.

panneau nm 1 Élément plan de menuiserie. 2 Plaque de bois ou de métal servant de support à des indications. Loc Fam *Tomber dans le panneau* : dans le piège.

panneton nm Partie de la clef qui fait mouvoir le mécanisme d'une serrure.

panonceau nm Petit panneau indicateur.

panoplie nf 1 Collection d'armes fixées sur un panneau. 2 Déguisement d'enfants présenté sur un carton. 3 Assortiment d'éléments de même nature ; ensemble de moyens d'action.

panorama nm 1 Vue circulaire découverte d'un point élevé. 2 Vue d'ensemble.

panoramique a Propre à un panorama. *Vision panoramique.* ■ nm Prise de vues effectuée par une rotation de la caméra.

pansage nm Action de panser un animal.

panse nf 1 ZOOL Première poche de l'estomac des ruminants. 2 Fam Gros ventre. 3 Partie la plus renflée d'un objet.

pansement nm 1 Action de panser une plaie. 2 Bande, gaze, etc., appliquées sur une plaie.

panser vt 1 Appliquer un pansement. 2 Brosser un cheval.

panslavisme nm Doctrine tendant à favoriser l'union des peuples slaves.

pansu, ue a 1 Qui a un gros ventre. 2 Renflé.

pantagruélique a Se dit d'un appétit, d'un repas gigantesque.

pantalon nm Vêtement qui va de la ceinture aux pieds, enveloppant chaque jambe séparément.

pantalonnade nf Farce grotesque, hypocrite.

pantelant, ante a Litt Haletant.

panteler vi [18] Litt Haleter.

panthéisme nm Croyance identifiant Dieu et le monde.

panthéiste a, n Qui relève du panthéisme.

panthéon nm 1 Ensemble des dieux d'une religion. 2 Monument à la mémoire des grands hommes d'un pays.

panthère nf Grand félidé d'Afrique et d'Asie à la robe jaune tachetée de noir.

pantin nm 1 Jouet dont on fait bouger les membres au moyen d'un fil. 2 Fantoche.

pantographe nm 1 Instrument servant à reproduire un dessin. 2 Dispositif reliant une locomotive électrique à la caténaire.

pantois, oise a Stupéfait. *Rester pantois.*

pantomime nf 1 Art d'exprimer des sentiments par des gestes, sans paroles. 2 Pièce mimée.

pantouflard, arde a, n Fam Casanier.

pantoufle nf Chaussure d'intérieur.

pantoufler vi Quitter la fonction publique pour entrer dans le secteur privé.

pantoum nm Poème romantique à forme fixe.

panure nf Chapelure.

P.A.O. nf Publication assistée par ordinateur.

paon [pã] nm Oiseau galliforme au magnifique plumage vert et bleu. Loc *Vaniteux comme un paon* : très vaniteux. *Se parer des plumes du paon* : se vanter de ce qu'on ne possède pas.

paonne [pãn] nf Femelle du paon.

papa nm Père, dans le langage enfantin. Loc *À la papa* : sans se presser. *Fils à papa* : fils de famille profitant de la situation paternelle.

papal, ale, aux a Du pape.

paparazzi nm Photographe spécialisé dans la prise de clichés indiscrets de personnes connues.

papauté nf Dignité, pouvoir du pape.

papavéracée nf BOT Plante herbacée, à fruit en forme de capsule, telle que le pavot.

papaye [-paj] nf Fruit du papayer, semblable à un gros melon.

papayer nm Arbre d'Asie cultivé pour son fruit, la papaye, et son latex.

pape nm 1 Chef suprême de l'Église catholique romaine. 2 Fam Chef d'un mouvement.

papelard, arde a Litt Hypocrite. ■ nm Fam Papier.

paperasse nf Écrit sans valeur, inutile.

paperasserie nf Accumulation de paperasses.

paperassier, ère n Amateur de paperasse.

papesse nf Femme pape selon une légende.

papeterie [-pɛtri] nf 1 Fabrication du papier. 2 Magasin où on vend du papier, des fournitures de bureau.

papetier, ère n, a Qui fabrique du papier ou qui en vend.

papier nm 1 Matière faite d'une pâte de fibres végétales étalée en couche mince et séchée. 2 Feuille très mince de métal. 3 Feuille écrite ou imprimée, document, article de journal, etc. Loc *Papier d'émeri, de verre* : utilisés comme abrasif. Fam *Être dans les petits papiers de qqn* : jouir de sa faveur. ■ pl Pièces d'identité.

papier-calque nm Papier permettant de recopier un dessin. *Des papiers-calques.*

papier-monnaie nm Monnaie de papier.

papilionacée nf BOT Légumineuse.

papille nf Petite éminence charnue à la surface de la peau, de la langue.

papillome nm Tumeur bénigne de la peau.

papillon nm 1 Insecte caractérisé par quatre grandes ailes diversement colorées. 2 Pièce pivotant autour d'un axe, qui sert à régler un débit. **3** Écrou à ailettes. **4** Petit feuillet de papier ; avis de contravention. Loc *Nœud papillon* : cravate courte nouée en forme de papillon. *Brasse papillon* : brasse où les deux bras sont ramenés au-dessus de l'eau.

papillonner *vi* Aller d'une chose, d'une personne à une autre sans s'arrêter à aucune.

papillote *nf* Morceau de papier servant à envelopper les cheveux, des aliments, etc.

papillotement *nm* Scintillement.

papilloter *vt* Envelopper dans des papillotes. ■ *vi* **1** Scintiller. **2** Clignoter.

papiste *n* Péjor Catholique romain pour les protestants.

papivore *n* Fam Grand lecteur.

papotage *nm* Fam Conversation frivole.

papoter *vi* Fam Faire des papotages ; bavarder.

papou, oue *a* Relatif aux Papous.

papouille *nf* Fam Chatouille.

paprika *nm* Piment doux qu'on utilise broyé.

papule *nf* MED Petite saillie sur la peau.

papy *nm* **1** Fam Grand-père. **2** Pop Homme âgé.

papyrologie *nf* Étude du papyrus.

papyrologue *n* Spécialiste de papyrologie.

papyrus *nm* **1** Plante des bords du Nil. **2** Feuille tirée de cette plante. **3** Manuscrit égyptien écrit sur cette feuille.

pâque *nf* Fête annuelle des juifs en mémoire de leur sortie d'Égypte.

paquebot *nm* Grand navire de transport des passagers.

pâquerette *nf* Petite plante à fleur blanche.

Pâques *nm* Fête annuelle des chrétiens qui commémore la résurrection du Christ. ■ *nfpl* Loc *Faire ses pâques* : recevoir à Pâques la communion prescrite par l'Église aux catholiques.

paquet *nm* **1** Assemblage de plusieurs choses attachées ou enveloppées ensemble. **2** Produit dans son emballage. **3** Quantité, masse importante. *Paquet de mer*. Loc Fam *Mettre le paquet* : y aller de toute sa force. *Risquer le paquet* : engager gros dans une affaire. *Faire ses paquets* : s'en aller.

paquetage *nm* Pièces d'habillement et d'équipement d'un soldat.

1. par *prép* Marque le lieu ou le temps traversé, la distribution, la manière.

2. par *nm* Au golf, nombre minimal de coups nécessaires pour effectuer un parcours.

para *nm* Fam Parachutiste.

parabellum [-lɔm] *nm* Pistolet automatique.

parabole *nf* **1** Récit allégorique. **2** GEOM Courbe formant le lieu géométrique des points équidistants d'un point fixe et d'une droite fixe. **3** Antenne de télévision servant à capter les programmes transmis par satellite.

parabolique *a* Relatif à la parabole.

paracentèse [-sɛ̃-] *nf* CHIR Ponction pratiquée pour évacuer un liquide organique.

paracétamol *nm* Médicament analgésique et antipyrétique.

parachèvement *nm* Action de parachever.

parachever *vt* [15] Terminer avec le plus de perfection possible.

parachimie *nf* Partie de l'industrie chimique fournissant les encres, les peintures, la pharmacie.

parachutage *nm* Action de parachuter.

parachute *nm* Appareil destiné à ralentir la chute des corps tombant d'une grande hauteur.

parachuter *vt* **1** Larguer avec un parachute. **2** Fam Désigner, nommer inopinément à un emploi.

parachutisme *nm* Pratique du saut en parachute.

parachutiste *n* Qui pratique le parachutisme.

parade *nf* **1** Action de parer un coup, une accusation, etc. **2** Défilé militaire. **3** Défilé des artistes d'un spectacle de music-hall. Loc *Faire parade de* : faire étalage de. *De parade* : destiné à servir d'ornement.

parader *vi* Se pavaner.

paradigmatique *a* D'un paradigme.

paradigme *nm* LING Ensemble des formes d'un mot, conjugaison d'un verbe.

paradis *nm* **1** Selon plusieurs religions, lieu où séjournent les bienheureux après leur mort. **2** Lieu enchanteur. **3** Galerie tout en haut d'une salle de spectacle. Loc *Paradis terrestre* : jardin habité par Adam et Ève, selon la Genèse. *Paradis fiscal* : pays où le régime fiscal est particulièrement avantageux. *Oiseau de paradis* : paradisier.

paradisiaque *a* Digne du paradis.

paradisier *nm* Oiseau de Nouvelle-Guinée et d'Australie, aux plumes magnifiques.

paradoxal, ale, aux *a* Qui tient du paradoxe ; singulier. *Situation paradoxale*. Loc *Sommeil paradoxal* : pendant lequel ont lieu les rêves.

paradoxalement *av* De façon paradoxale.

paradoxe *nm* Proposition contraire à l'opinion commune, à la logique.

parafe, parafer. V. paraphe, parapher.

paraffinage *nm* Action de paraffiner.

paraffine *nf* Solide gras blanchâtre.

paraffiner *vt* Enduire de paraffine.

parafiscal, ale, aux *a* De la parafiscalité.

parafiscalité *nf* Charges ou taxes hors des impôts de l'État.

parages *nmpl* MAR Étendue de mer proche des côtes. Loc *Dans les parages* : aux environs.

paragraphe *nm* Subdivision d'un texte en prose marquée par un alinéa.

paragrêle *nm* Dispositif pour dissiper les nuages de grêle.

paraguayen, enne *a, n* Du Paraguay.

paraître *vi* [55] [aux *avoir* ou *être*] **1** Se montrer, être visible. **2** Être publié. **3** Sembler, avoir l'apparence de (suivi d'un attribut ou d'un inf) *Il paraît satisfait*. **4** Briller, se faire remarquer. *Aimer paraître*. Loc *Il paraît que* : le bruit court que.

parallaxe *nf* Loc *Erreur de parallaxe* : commise lorsqu'on lit obliquement une graduation.

parallèle *a* **1** Se dit d'une ligne, d'une surface, également distante d'une autre ligne, d'une autre surface. **2** Qui se déroule dans des conditions analogues ; semblable. **3** De même ordre, mais non officiel ou non légal. *Police parallèle*. ■ *nf* Ligne parallèle à une autre. ■ *nm* **1** Chacun des cercles de la sphère terrestre parallèles au plan de l'équateur. **2** Comparaison. *Établir un parallèle*.

parallèlement *av* De façon parallèle.

parallélépipède *nm* Prisme dont les six faces sont des parallélogrammes.

parallélisme *nm* **1** GEOM État de droites, de plans, d'objets parallèles. **2** Comparaison systématique entre les personnes, des choses.

parallélogramme *nm* Quadrilatère dont les côtés opposés sont parallèles.

paralysant, ante *a* Qui paralyse.

paralysé, ée *a, n* Atteint de paralysie.

paralyser *vt* 1 Frapper de paralysie. 2 Frapper d'inertie ; neutraliser.

paralysie *nf* 1 Perte ou déficience des mouvements volontaires dans une région du corps. 2 Arrêt du fonctionnement de l'activité. *Paralysie des transports.*

paralytique *a, n* Atteint de paralysie.

paramécie *nf* Protozoaire commun dans les eaux douces stagnantes.

paramédical, ale, aux *a* Relatif à la santé sans relever des attributions des médecins.

paramètre *nm* 1 Élément important dont il faut tenir compte pour juger d'une question. 2 MATH Dans une équation, grandeur à laquelle on peut attribuer des valeurs différentes. 3 INFORM Variable qui n'est précisée que lors de l'exécution du programme.

paramétrer *vt* Définir les paramètres de.

paramilitaire *a* Organisé comme une armée.

parangon *nm* Litt Modèle. *Parangon de vertu.*

paranoïa *nf* Psychose caractérisée par la surestimation du moi et un délire de persécution.

paranoïaque *a, n* Qui relève de la paranoïa.

paranormal, ale, aux *a* Hors de la normalité.

parapente *nm* Sport qui consiste à sauter en parachute en décollant d'un sol en pente.

parapet *nm* Mur à hauteur d'appui ; garde-fou.

parapharmacie *nf* Produits vendus en pharmacie sans être des médicaments (cosmétiques, dentifrices, etc.).

paraphe ou **parafe** *nm* Signature abrégée ; trait soulignant une signature.

parapher ou **parafer** *vt* Apposer son paraphe sur un document.

parapheur ou **parafeur** *nm* Dossier dans lequel le courrier est présenté pour être signé.

paraphrase *nf* Développement explicatif d'un texte ; synonyme d'un autre énoncé.

paraphraser *vt* Faire la paraphrase de.

paraphrastique *a* LING De la paraphrase.

paraphrénie *nf* Psychose délirante chronique.

paraplégie *nf* Paralysie des deux membres supérieurs ou inférieurs.

paraplégique *a, n* Atteint de paraplégie.

parapluie *nm* Objet portatif pour se protéger de la pluie.

parapolicier, ère *a* Qui agit à côté de la police officielle.

parapsychique *a* De la parapsychologie.

parapsychologie [-kɔ-] *nf* Étude des phénomènes psychiques paranormaux.

parapublic, ique *a* Qui est proche du secteur public.

parascolaire *a* Qui complète l'enseignement donné à l'école.

parasismique *a* Contre les effets des séismes.

parasitaire *a* 1 Relatif aux parasites. *Maladie parasitaire.* 2 Qui vit en parasite.

parasite *nm, a* Qui vit aux dépens d'autrui. ■ *nm* 1 BIOL Être vivant qui vit aux dépens de l'organisme d'un autre. 2 Perturbation dans la réception des signaux radioélectriques. ■ *a* Inutile, superflu, gênant. *Mots parasites.*

parasiter *vt* 1 Vivre aux dépens de. 2 Perturber par des bruits parasites.

parasitisme *nm* État de parasite.

parasitologie *nf* Étude des parasitoses.

parasitose *nf* Maladie due à un parasite.

parasol *nm* Grand parapluie pour se protéger du soleil.

parasympathique *a, nm* ANAT Se dit du système végétatif innervant le cœur, les poumons, le tube digestif et les organes génitaux.

parataxe *nf* LING Juxtaposition de phrases sans mot de liaison.

parathyroïde *nf* Chacune des quatre glandes situées sur la face postérieure de la thyroïde.

paratonnerre *nm* Appareil destiné à protéger les bâtiments de la foudre.

paratyphoïde *nf* Maladie infectieuse proche de la fièvre typhoïde.

paravalanche *nm* Construction destinée à protéger des avalanches.

paravent *nm* Panneaux verticaux articulés servant à isoler.

parbleu ! *interj* Juron marquant une évidence.

parc *nm* 1 Lieu clos où on enferme les animaux, qui sert d'entrepôt de marchandises, de stationnement des véhicules, etc. 2 Ensemble des véhicules, des biens d'équipement d'une entreprise, d'un pays. 3 Grande étendue close où on protège les espèces naturelles. 4 Grand jardin d'agrément privé ou grand jardin public.

parcage *nm* Action de parquer.

parcellaire *a* Divisé en parcelles.

parcelle *nf* 1 Petit fragment. 2 Portion de terrain de même culture ou de même utilisation.

parcellisation ou **parcellarisation** *nf* Division en parcelles.

parcelliser ou **parcellariser** *vt* Diviser en parcelles, en éléments plus simples ; fragmenter.

parce que *conj* Indique la cause.

parchemin *nm* Peau finement tannée, utilisée autrefois pour écrire et aujourd'hui pour relier un livre.

parcheminé, ée *a* Qui a l'aspect du parchemin.

parcimonie *nf* Loc *Avec parcimonie :* avec une économie mesquine.

parcimonieusement *av* De façon parcimonieuse.

parcimonieux, euse *a* Qui témoigne de parcimonie.

parcmètre *nm* Appareil mesurant la durée de stationnement payant des véhicules.

parcotrain *nm* Parking installé près d'une gare.

parcourir *vt* [25] 1 Visiter dans toute son étendue, aller d'un bout à l'autre de. 2 Effectuer un trajet. 3 Lire rapidement.

parcours *nm* 1 Action de parcourir. 2 Trajet, itinéraire suivi pour aller d'un point à l'autre. Loc *Incident de parcours :* difficulté imprévue. *Parcours du combattant :* exercice militaire ; suite de difficultés pour accomplir quelque chose.

par-derrière. V. derrière.

par-dessous. V. dessous.

par-dessus. V. dessus.

pardessus *nm* Manteau d'homme.

par-devant. V. devant.

par-devers *prép* Loc Litt *Par-devers moi (toi, soi, etc.) :* en ma (ta, sa, etc.) possession.

pardi ! ou **pardieu !** *interj* Marque une évidence.

pardon *nm* 1 Action de pardonner. 2 Pèlerinage breton. 3 Formule de politesse pour s'excuser. Loc *Grand Pardon :* Yom Kippour.

pardonnable *a* Qui peut être pardonné.

pardonner *vt* 1 Renoncer à punir une faute. 2 Excuser qqch. ■ *vti* Ne pas se venger de qqn pour une faute commise. *Pardonner à un ennemi.* ■ *vi* Loc *Ne pas pardonner :* être fatal.

pare-balles *nm inv* Dispositif pour protéger des balles.

pare-brise *nm inv* Plaque de protection en verre à l'avant de l'habitacle d'un véhicule.

pare-chocs *nm inv* Pièce de protection à l'avant et à l'arrière d'un véhicule.

pare-feu *nm inv* Dispositif pour empêcher la propagation du feu.

parégorique *a* Loc *Élixir parégorique :* pour calmer certaines diarrhées.

pareil, eille *a* 1 Semblable, identique, analogue. 2 Tel, de cette nature. *Vous n'allez pas sortir par un temps pareil !* ■ *n* Personne semblable à une autre. Loc *Sans pareil :* incomparable. Pop *C'est du pareil au même :* exactement la même chose. *N'avoir pas son pareil :* être sans égal. ■ *nf* Loc *Rendre la pareille à qqn :* lui faire subir le même traitement.

pareillement *av* De la même manière, aussi.

parement *nm* 1 Bande d'étoffe ornant un vêtement ; revers des manches. 2 Face visible d'un ouvrage de maçonnerie.

parenchyme *nm* Tissu spongieux d'un organisme végétal ou d'un organe humain.

parent, ente *n* Personne avec laquelle il existe un lien de parenté. ■ *pl* 1 Le père et la mère. 2 Personnes dont on descend. ■ *a* Comparable, analogue. *Conceptions parentes.*

parental, ale, aux *a* Du père et de la mère.

parenté *nf* 1 Lien de consanguinité ou de mariage. 2 Ensemble des parents. 3 Affinité, analogie, ressemblance.

parentèle *nf* Vx Ensemble des parents.

parentéral, ale, aux *a* MED Se dit d'un médicament administré hors des voies digestives.

parenthèse *nf* 1 Développement accessoire inséré dans une phrase. 2 Signe double indiquant cette insertion. 3 Incident interrompant momentanément un processus. Loc *Entre parenthèses, par parenthèse :* incidemment.

paréo *nm* Pièce d'étoffe drapée autour du corps, couvrant le buste.

parer *vt* 1 Litt Orner, embellir. 2 Préparer pour un usage déterminé. 3 Écarter, esquiver un coup. ■ *vti* Se garantir contre, remédier à. *Parer à toute éventualité.* ■ *vpr* Litt Se vêtir avec soin.

pare-soleil *nm inv* Écran protégeant du soleil.

paresse *nf* 1 Tendance à refuser tout effort. 2 MED Manque d'activité d'un organe.

paresser *vi* Se laisser aller à la paresse.

paresseusement *av* Avec paresse.

paresseux, euse *a, n* Qui évite le travail, l'effort. ■ *nm* Mammifère édenté aux mouvements très lents.

paresthésie *nf* MED Trouble de la sensibilité marqué par des fourmillements.

parfaire *vt* [9] Compléter, achever, mener à son terme.

parfait, aite *a* 1 Sans défaut. *Un travail parfait.* 2 Complet, total. *Une parfaite tranquillité. Un parfait imbécile.* ■ *nm* 1 LING Forme du verbe indiquant le résultat présent d'une action passée. 2 Crème glacée.

parfaitement *av* 1 De façon parfaite. 2 Certainement, assurément.

parfois *av* Quelquefois.

parfum [-fœ̃] *nm* 1 Odeur agréable qui s'exhale d'une substance. 2 Produit odorant de toilette. Loc Pop *Être au parfum :* au courant.

parfumé, ée *a* Qui exhale un parfum.

parfumer *vt* 1 Remplir d'une bonne odeur. 2 Imprégner de parfum. 3 Aromatiser. *Parfumer une crème à la vanille.*

parfumerie *nf* Fabrication, commerce des parfums et des produits de beauté.

parfumeur, euse *n* Fabricant de parfums, commerçant de produits de beauté.

pari *nm* Action de parier ; somme pariée.

paria *nm* Personne méprisée, exclue.

parier *vt* 1 Convenir de payer une certaine somme à celui qui se trouvera avoir raison. 2 Engager une somme dans un jeu d'argent fondé sur une compétition. 3 Affirmer, soutenir avec assurance.

pariétaire *nf* Plante herbacée qui croît sur les murs.

pariétal, ale, aux *a* Loc *Os pariétal :* chaque côté de la voûte crânienne. *Peintures pariétales :* faites sur les parois rocheuses des grottes. ■ *nm* Os pariétal.

parieur, euse *n* Qui parie.

parigot, ote *a, n* Fam Parisien.

parisianisme *nm* Manière d'être, expression propre aux Parisiens.

parisien, enne *a, n* De Paris.

parisyllabique *a* LING GRAM Se dit des mots latins qui ont le même nombre de syllabes au nominatif et au génitif singulier.

paritaire *a* Formé d'un nombre égal de représentants de chaque partie. *Commission paritaire.*

paritarisme *nm* Recours à des organismes paritaires.

parité *nf* 1 Égalité, similitude. 2 Équivalence entre la valeur de deux monnaies.

parjure *nm* Faux serment. ■ *n* Qui viole son serment.

parjurer (se) *vpr* Violer son serment.

parka *nm* ou *f* Longue veste à capuchon, en tissu imperméable.

parking [-kiŋ] *nm* 1 Parc de stationnement automobile. 2 Place de stationnement dans un garage.

Parkinson (maladie de) *nf* Maladie nerveuse caractérisée par des tremblements et une rigidité musculaire.

parkinsonien, enne *a, n* Atteint de la maladie de Parkinson.

parlant, ante *a* 1 Expressif. 2 Évident, convaincant. 3 Accompagné de paroles (film).

parlé, ée *a* Exprimé par la parole.

parlement *nm* (avec majusc) Ensemble des assemblées législatives d'un pays.

parlementaire *a* Du Parlement. Loc *Régime parlementaire :* dans lequel la prépondérance appartient au pouvoir législatif. ■ *n* 1 Membre d'un Parlement. 2 Délégué envoyé pour négocier avec l'ennemi.

parlementarisme *nm* Régime parlementaire.

parlementer *vi* 1 Entrer en négociation avec l'ennemi. 2 Discuter longuement.

parler *vi* 1 Prononcer des mots, articuler. 2 S'exprimer par des mots, des signes. 3 Faire des aveux. ■ *vti* 1 S'adresser à qqn. *Parler à son frère.* 2 Donner son avis, exprimer ses sentiments sur qqn ou qqch. *Parler d'amour.* Loc *Trouver à qui parler :* avoir un adversaire redoutable. *Faire parler de soi :* être connu (bien ou mal). ■ *vt* 1 S'exprimer dans une langue. *Parler le chinois.* 2 S'entretenir de qqch. *Parler affaires, peinture, politique.* ■ *nm* 1 Manière de parler. 2 Dialecte propre à une région.

parleur, euse *n* Loc *Beau parleur :* qui parle avec affectation.

parloir *nm* Salle pour recevoir les visiteurs dans certains établissements.

parlote *nf* Fam Bavardage oiseux.

parme *a inv, nm* Violet pâle.

parmesan *nm* Fromage italien à pâte dure.

parmi *prép* 1 Au milieu de. 2 Au nombre de.

parnassien, enne *n, a* Poète du groupe du Parnasse.

parodie *nf* 1 Imitation burlesque d'une œuvre littéraire. 2 Imitation grotesque, cynique. *Parodie de procès.*

parodier *vt* 1 Faire la parodie de. 2 Contrefaire.

parodique *a* Propre à la parodie.

parodonte *nm* ANAT Tissus de soutien fixant la dent au maxillaire.

parodontologie *nf* Étude et soins du parodonte.

parodontose *nf* MED Affection du parodonte.

paroi *nf* 1 Surface interne ou latérale de qqch. 2 Cloison séparant deux pièces. 3 Versant montagneux abrupt.

paroisse *nf* Territoire sur lequel un curé, un pasteur exerce son ministère.

paroissial, ale, aux *a* D'une paroisse.

paroissien, enne *n* Fidèle d'une paroisse.

parole *nf* 1 Faculté de parler. 2 Discours, propos. 3 Assurance, promesse verbale. *Donner sa parole.* Loc *Sur parole :* sur la foi d'une promesse. ■ *pl* Texte d'une chanson, d'un opéra.

parolier, ère *n* Auteur du texte des chansons.

paronomase *nf* LING Rapprochement de paronymes dans une phrase (ex. : *qui se ressemble s'assemble*).

paronyme *nm* LING Mot ressemblant formellement à un autre de sens différent (ex. : *avènement* et *événement*).

paronymie *nf* Caractère des paronymes.

parotide *nf* ANAT Glande salivaire.

parotidite *nf* Inflammation de la parotide.

paroxysme *nm* Point culminant d'une douleur, d'un sentiment.

paroxystique ou **paroxysmique** *a* Qui présente un paroxysme.

paroxyton *nm* LING Mot accentué sur l'avant-dernière syllabe.

parpaillot, ote *n* Vx Protestant.

parpaing *nm* Aggloméré creux utilisé en construction.

parquer *vt* 1 Mettre dans un parc, une enceinte. 2 Garer un véhicule.

parquet *nm* 1 Revêtement de sol constitué de lames de bois assemblées. 2 Ensemble des magistrats composant le ministère public.

parqueter *vt* [19] Revêtir d'un parquet.

parqueteur *nm* Poseur de parquet.

parrain *nm* 1 Qui tient un enfant sur les fonts baptismaux. 2 Qui introduit un nouveau membre dans une association. 3 Fam Chef de mafia. 4 Sponsor.

parrainage *nm* 1 Qualité du parrain ou de la marraine. 2 Caution donnée par qqn. 3 Sponsoring.

parrainer *vt* Accorder son parrainage à.

parricide *nm* Crime de celui qui tue un de ses ascendants. ■ *n* Qui a commis un parricide.

parsec *nm* ASTRO Unité de distance entre les étoiles, valant 3,26 années-lumière.

parsemer *vt* [15] Éparpiller, disséminer.

parsi, ie *n, a* Fidèle à la religion de Zoroastre.

part *nf* Partie, fraction d'une chose. Loc *Faire la part des choses :* tenir compte des circonstances. *Avoir part à :* bénéficier d'une partie de. *Prendre part à :* participer. *Faire part :* informer. *Prendre en bonne, en mauvaise part :* interpréter en bien, en mal. *À part moi :* en moi-même. *À part :* excepté ; séparément. *Quelque part :* dans un endroit quelconque. *Nulle part :* en aucun endroit. *De part et d'autre :* de deux côtés opposés. *De toute(s) part(s) :* de tous côtés. *De part en part :* à travers. *D'une part... d'autre part :* d'un côté... de l'autre. *Pour ma part :* quant à moi. *Pour une part :* dans une certaine mesure.

partage *nm* Division en plusieurs parts. Loc *Sans partage :* entièrement.

partager *vt* [11] 1 Diviser en plusieurs parts. 2 Avoir en commun avec qqn. *Partager la même chambre.* 3 Diviser un groupe en partis opposés. Loc *Être partagé :* être animé de sentiments contradictoires.

partance *nf* Loc *En partance :* sur le point de partir.

partant, ante *n* Qui part. ■ *a* Loc Fam *Être partant pour :* être tout à fait disposé à. ■ *conj* Litt Par conséquent.

partenaire *n* Associé avec qui on joue, avec qui on pratique certaines activités. ■ *pl* Loc *Partenaires sociaux :* représentants du patronat et des salariés.

partenarial, ale, aux *a* Du partenariat.

partenariat *nm* Fait d'être partenaires.

parterre *nm* 1 Partie d'un jardin où on cultive des plantes d'agrément. 2 Partie d'une salle de théâtre située derrière les places d'orchestre.

parthénogenèse *nf* BIOL Reproduction à partir d'un ovule non fécondé.

parti *nm* 1 Groupe de personnes ayant les mêmes opinions, les mêmes intérêts. 2 Association de personnes organisée en vue d'une action politique. 3 Solution, résolution. *Prendre le parti de rester.* Loc *Parti pris :* opinion préconçue. *Prendre parti :* se décider (pour ou contre). *Faire un mauvais parti à qqn :* le maltraiter. *Tirer parti :* utiliser au mieux.

partial, ale, aux *a* Qui manifeste une préférence injuste.

partialement *av* Avec partialité.

partialité *nf* Manque d'équité.

participant, ante *n, a* Qui participe.

participatif, ive *a* De la participation.

participation

participation nf 1 Action de prendre part à qqch. 2 Fait d'être intéressé à un profit.

participe nm GRAM Forme adjective du verbe.

participer vti 1 Avoir droit à une part de. *Participer aux bénéfices.* 2 Prendre part à. *Participer à une manifestation.* 3 Payer une part de. *Participer à un achat.*

participial, ale, aux a GRAM Du participe.

particularisation nf Action de particulariser.

particulariser vt Différencier. ■ vpr Se singulariser.

particularisme nm Attitude d'un groupe qui cherche à préserver son originalité.

particulariste a, n Qui relève du particularisme.

particularité nf Caractère particulier, singulier.

particule nf 1 Minuscule partie d'un corps. 2 Préposition précédant certains noms de famille. 3 GRAM Élément de composition invariable (préfixe, suffixe, etc.).

particulier, ère a 1 Propre à un individu, une chose, un groupe. 2 Qui n'est pas commun, courant. ■ n Personne privée. ■ nm Détail caractéristique. Loc *En particulier* : séparément, en tête à tête ; notamment.

particulièrement av Spécialement.

partie nf 1 Élément, fraction d'un tout. 2 MUS Ce qu'une voix, un instrument doit exécuter dans un morceau d'ensemble. 3 Profession, spécialité. 4 DR Chacune des personnes plaidant l'une contre l'autre. 5 Match, compétition, lutte. 6 Divertissement collectif. *Partie de chasse.* Loc *En partie* : partiellement. *Faire partie de* : être un élément de. *Prendre à partie* : attaquer. *Avoir affaire à forte partie* : à un adversaire redoutable. ■ pl Pop Organes génitaux masculins.

partiel, elle a Qui n'est qu'une partie d'un tout. ■ nm Examen universitaire qui a lieu plusieurs fois par an.

partiellement av De façon partielle.

partir vi [29] [aux *être*] 1 S'en aller. 2 Disparaître. 3 Commencer, avoir son point de départ depuis, avoir son origine dans. Loc *À partir de* : à dater de ; au-delà de ce point. Fam *Être parti* : être un peu ivre.

partisan n 1 Combattant dans des troupes irrégulières. ■ a 1 Qui défend une opinion. *Être partisan du changement.* 2 De parti pris. *Esprit partisan.*

partita nf MUS Pièce pour clavier ou pour orchestre de chambre.

partitif, am GRAM Article désignant la partie d'un tout (*du, de la, des*).

partition nf 1 Abusiv Division, partage d'un territoire. 2 MUS Partie jouée par un instrument.

partouse ou **partouze** nf Fam Partie de débauche collective.

partout av En tout lieu.

parturiente nf MED Femme qui accouche.

parure nf 1 Ce qui sert à parer (vêtements, bijoux, etc.). 2 Ensemble de bijoux.

parution nf Publication d'un article, d'un ouvrage.

parvenir vti [35] [aux *être*] Arriver à un point déterminé dans une progression ; arriver à destination.

parvenu, ue n Péjor Qui, s'étant élevé au-dessus de sa condition, en a gardé les manières.

parvis nm Place devant la façade principale d'une église.

1. pas nm 1 Mouvement des jambes, des pieds pour marcher. 2 Façon de marcher. 3 Trace de pied. 4 Distance franchie d'une enjambée. Loc *Pas de deux* : exécuté par un couple de danseurs. *Pas d'une porte* : le seuil. *Pas de vis* : distance entre deux filets. *Pas à pas* : lentement. *De ce pas* : à l'instant. *Faire un faux pas* : trébucher. *Céder le pas à qqn* : le laisser passer. *Prendre le pas sur* : prendre le dessus, l'emporter sur. *Sauter le pas* : se décider.

2. pas av Marque la négation avec ou sans *ne*.

1. pascal, ale, als ou **aux** a Relatif à Pâques pour les chrétiens ou à la pâque juive.

2. pascal nm PHYS Unité de mesure de pression. *Des pascals.*

pas-de-porte nm inv Indemnité versée pour obtenir la location d'un local commercial.

pasionaria nf Militante politique passionnée.

paso doble nm inv Danse sur une musique à deux ou quatre temps.

passable a De qualité moyenne.

passablement av Assez, moyennement.

passade nf Caprice, aventure passagère.

passage nm 1 Action, fait de passer. 2 Lieu où on passe. 3 Traversée d'un voyageur sur un navire. 4 Fragment d'une œuvre. 5 Transition, étape. 6 Galerie couverte réservée aux piétons. Loc *De passage* : qui ne reste que très peu de temps. *Examen de passage* : subi par un élève pour être admis dans la classe supérieure. *Avoir un passage à vide* : avoir l'esprit vide, confus.

passager, ère a 1 Qui ne fait que passer. 2 Qui ne dure que peu de temps. ■ n Qui, sans en assurer la marche, voyage à bord d'un moyen de transport.

passagèrement av Pour très peu de temps.

passant, ante a 1 Où il passe beaucoup de monde. *Rue passante.* ■ n Qui passe à pied dans une rue, dans un lieu. ■ nm Anneau aplati dans lequel passe une courroie.

passation nf DR Action de passer un acte, un contrat ou de transmettre les pouvoirs.

passavant nm Document douanier autorisant le transport de certaines marchandises.

passe nf 1 Chenal étroit. 2 Action de passer le ballon à un équipier. Loc *Être en passe de* : être sur le point de. *Être dans une bonne, une mauvaise passe* : dans une situation favorable, défavorable. *Mot de passe* : mot convenu de reconnaissance. *Maison, hôtel de passe* : de prostitution. *Passe d'armes* : vif échange verbal. ■ nm Syn de passe-partout.

passé, ée a 1 Révolu. *Le temps passé.* 2 Défraîchi, terne. *Bleu passé.* ■ nm 1 Temps écoulé ; événements de ce temps. 2 GRAM Temps du verbe indiquant une action ou un état révolus. Loc *Par le passé* : autrefois. ■ prép Après, au-delà. *Passé cinq heures, il sera trop tard.*

passe-crassane nf inv Poire d'hiver.

passe-droit nm Faveur accordée contre le droit. *Des passe-droits.*

passéisme nm Attachement exclusif aux valeurs du passé.

passéiste a, n Qui relève du passéisme.

passementerie nf Commerce, industrie des ganses, des galons, etc., destinés à l'ornement.

passe-montagne nm Bonnet qui enveloppe la tête et le cou. *Des passe-montagnes.*

passe-partout *nm inv* Clef pouvant ouvrir plusieurs serrures. Syn. passe. ■ *a inv* Qui convient partout. *Une réponse passe-partout.*

passe-passe *nm inv* Loc *Tour de passe-passe* : tour de prestidigitateurs ; tromperie adroite.

passe-plat *nm* Ouverture dans une cloison pour passer les plats. *Des passe-plats.*

passeport *nm* Document délivré à ses ressortissants par l'Administration d'un pays, pour leur permettre de circuler à l'étranger.

passer *vi* [aux *avoir* ou *être*] 1 Se déplacer d'un lieu à un autre ; être dans un lieu au cours de ce déplacement. 2 Changer d'état, devenir. *Passer capitaine.* 3 Disparaître, finir, s'écouler. *L'heure est passée.* Loc *Passer pour* : être regardé comme. Fam *Le sentir passer* : souffrir qqch de douloureux. *En passant* : incidemment. *Passer outre* : continuer. *Passer sur qqch* : ne pas le prendre en compte. *En passer par là* : subir les mêmes épreuves. *Y passer* : subir une épreuve ; mourir. ■ *vt* 1 Traverser un lieu. 2 Faire traverser qqch, filtrer, tamiser. 3 Dépasser, devancer. *Passer un concurrent.* 4 Employer un temps. *Passer une heure à rêver.* 5 Omettre. *Passer une ligne.* 6 Donner qqch à qqn. *Passer sa voiture à son fils.* 7 Mettre, enfiler. *Passer une veste.* Loc *Passer un film* : le projeter. *Passer qqn par les armes* : le fusiller. *Passer les bornes* : exagérer. ■ *vpr* 1 Avoir lieu. *La scène se passe à Paris.* 2 S'écouler. *Une heure s'est passée.* 3 Se priver de. *Se passer de fumer.*

passereau *nm* ZOOL Petit oiseau tel que le moineau, le merle, etc.

passerelle *nf* 1 Pont étroit réservé aux piétons. 2 Plan incliné entre un navire et le quai, un avion et le terrain. 3 Passage, communication.

passe-temps *nm inv* Occupation agréable.

passe-tous-grains *nm inv* Bourgogne rouge provenant d'un mélange de raisins.

passeur, euse *n* 1 Qui conduit un bateau pour traverser un cours d'eau. 2 Qui fait passer clandestinement les frontières.

passible *a* Loc *Être passible de* : qui encourt telle peine.

passif, ive *a* 1 Qui subit sans agir ; qui n'agit pas. 2 GRAM Se dit des formes verbales qui indiquent que le sujet subit l'action. Loc *Défense passive* : protection militaire des populations civiles. ■ *nm* 1 Ensemble des dettes et des charges qui pèsent sur un patrimoine. 2 GRAM Forme passive du verbe.

passiflore *nf* Liane tropicale ornementale produisant le fruit de la Passion, ou grenadille.

passim *av* Çà et là dans un ouvrage.

passing-shot [-sinʃot] *nm* Au tennis, coup tendu destiné à déborder l'adversaire monté au filet. *Des passing-shots.*

passion *nf* 1 Affection très vive éprouvée pour qqch. 2 Amour ardent. 3 Émotion violente et irrationnelle. Loc *La Passion* : les souffrances du Christ sur le chemin de la Croix et son supplice. *Fruit de la Passion* : fruit de la passiflore.

passionnant, ante *a* Qui passionne.

passionné, ée *a, n* Rempli de passion. *Un passionné de musique.* ■ *a* Ardent, fervent.

passionnel, elle *a* Déterminé par la passion amoureuse.

passionnellement *av* De façon passionnelle.

passionnément *av* De façon passionnée.

passionner *vt* 1 Inspirer un très vif intérêt à qqn. 2 Rendre plus violent un débat. ■ *vpr* Prendre un vif intérêt pour.

passivement *av* De façon passive.

passivité *nf* Caractère passif.

passoire *nf* Ustensile creux servant de filtre.

pastel *nm* 1 Bâtonnet fait d'une pâte colorée solidifiée. 2 Dessin, peinture au pastel. ■ *a inv* De teinte douce et délicate.

pastelliste *n* Peintre de pastels.

pastenague *nf* Raie dont la queue porte un aiguillon.

pastèque *nf* Plante cultivée pour ses gros fruits gorgés d'eau.

pasteur *nm* 1 Litt Berger. 2 Ministre du culte protestant. Loc *Le bon pasteur* : Jésus.

pasteurien ou **pastorien, enne** *a, n* Qui appartient à l'Institut Pasteur.

pasteurisation *nf* Opération destinée à détruire par la chaleur les germes pathogènes des produits alimentaires, afin de les conserver.

pasteuriser *vt* Soumettre à la pasteurisation.

pastiche *nm* Imitation du style d'un écrivain, d'un artiste ; œuvre ainsi produite.

pasticher *vt* Faire un pastiche de.

pasticheur *n* Auteur de pastiches.

pastille *nf* 1 Petit bonbon ou pilule médicamenteuse de forme ronde. 2 Motif décoratif ou petite pièce en forme de disque.

pastis [pastis] *nm* Boisson alcoolisée parfumée à l'anis.

pastoral, ale, aux *a* 1 Litt Relatif à la vie rustique, aux bergers. 2 Relatif aux pasteurs spirituels. ■ *nf* Pièce de musique ou de théâtre de caractère champêtre.

pastorien, enne V. pasteurien.

pastoureau, elle *n* Litt Petit berger, petite bergère.

pat [pat] *a, nm* Aux échecs, coup entraînant le match nul.

pataca *nm* Unité monétaire de Macao.

patachon *nm* Loc Fam *Vie de patachon* : dissolue.

pataphysique *nf* Science des solutions imaginaires, d'après Alfred Jarry.

patapouf *nm* Fam Enfant, homme gros et lourd.

pataquès [-kes] *nm* Faute de liaison.

patate *nf* 1 Tubercule sucré d'une plante tropicale. 2 Fam Pomme de terre. 3 Pop Personne stupide. Loc Fam *En avoir gros sur la patate* : en avoir gros sur le cœur.

patati, patata *interj* Fam Suggère un long bavardage inutile.

patatras ! [-tra] *interj* Exprime le bruit d'un corps qui tombe avec fracas.

pataud, aude *a, n* Fam Lourd, lent et maladroit.

pataugas *nm* (n déposé) Chaussure de toile montante pour les longues marches.

pataugeoire *nf* Bassin peu profond dans une piscine, réservé aux petits enfants.

patauger *vi* [11] 1 Marcher sur un sol boueux. 2 S'amuser dans peu d'eau. 3 Fam S'empêtrer.

patch *nm* Timbre médicamenteux que l'on colle sur la peau.

patchouli *nm* Parfum extrait d'une plante d'Asie et d'Océanie ; cette plante.

patchwork [-wœʀk] *nm* 1 Pièce de tissu faite de morceaux de couleurs vives. 2 Assemblage disparate, contrasté.

pâte *nf* 1 Farine détrempée et pétrie dont on fait le pain, les gâteaux. 2 Substance de consistance analogue. Loc *Mettre la main à la pâte* : participer à l'exécution de qqch. Fam *Bonne pâte* : personne facile. ■ *pl* Produit alimentaire à base de semoule de blé dur.

pâté *nm* 1 Préparation de viande ou de poisson haché, cuit dans une pâte ou dans une terrine. 2 Tache d'encre faite sur du papier. 3 Tas de sable façonné par les enfants. Loc *Pâté de maisons* : groupe de maisons limité par des rues.

pâtée *nf* Mélange épais d'aliments variés, dont on nourrit certains animaux.

1. patelin *n* Fam Village, pays.

2. patelin, ine *a* Doucereux, hypocrite.

patelle *nf* Mollusque à coquille conique. Syn. bernique.

patène *nf* Petite assiette pour l'hostie.

patenôtres *nfpl* Litt Prières.

patent, ente *a* Évident, manifeste.

patente *nf* Impôt payé autrefois par les commerçants et les industriels et remplacé par la taxe professionnelle.

patenté, ée *a* 1 Assujetti à la patente. 2 Reconnu comme tel ; attitré.

Pater *nm inv* Prière catholique commençant par *Pater noster*, « Notre Père ».

patère *nf* Portemanteau fixé à un mur.

paternalisme *nm* Bienveillance condescendante dans l'exercice de l'autorité.

paternaliste *a* Qui relève du paternalisme.

paterne *a* Litt Doucereux, hypocrite.

paternel, elle *a* 1 Du père, du côté du père. 2 Bienveillant. ■ *nm* Pop Père.

paternellement *av* De façon bienveillante.

paternité *nf* 1 État de père. 2 Qualité d'auteur, de créateur. *La paternité d'un roman.*

pâteux, euse *a* Qui a la consistance de la pâte. Loc *Bouche, langue pâteuse* : empâtée.

pathétique *a, nm* Qui émeut profondément.

pathétiquement *av* De façon pathétique.

pathogène *a* Qui cause une maladie.

pathogenèse *nf* Étude de l'origine des maladies.

pathologie *nf* 1 Étude des maladies. 2 Manifestation d'une maladie.

pathologique *a* 1 Morbide. *Curiosité pathologique.* 2 De la pathologie.

pathologiste *n, a* Spécialiste de pathologie.

pathos *nm inv* Litt Caractère pathétique exagéré.

patibulaire *a* Loc *Visage, mine patibulaire* : sinistre, louche.

patiemment *av* Avec patience.

patience *nf* 1 Qualité de qqn qui supporte qqch avec calme ; sang-froid. 2 Persévérance dans une longue tâche. 3 Combinaison de cartes à jouer ; réussite. Loc *Prendre son mal en patience* : sans se plaindre.

patient, ente *a* Qui fait preuve de patience. ■ *n* Qui subit une opération chirurgicale, un traitement médical.

patienter *vi* Attendre patiemment.

patin *nm* Pièce mobile dont le frottement contre une roue permet le freinage. Loc *Patin à glace* : semelle munie d'une lame, pour glisser sur la glace. *Patin à roulettes* : semelle munie de roulettes pour glisser sur le sol.

patinage *nm* 1 Fait de patiner. 2 Sport, pratique du patin à glace, à roulettes.

patine *nf* Teinte prise avec le temps par certaines matières.

patiner *vi* 1 Se déplacer avec des patins. 2 Glisser par manque d'adhérence (roues, disque d'embrayage). 3 Donner une patine à qqch. ■ *vpr* Prendre de la patine.

patinette *nf* Trottinette.

patineur, euse *n* Qui pratique le patinage.

patinoire *nf* Endroit aménagé pour le patinage.

patio [pasjo] *nm* Cour intérieure d'une maison.

pâtir *vi* Litt Éprouver un dommage du fait de.

pâtisserie *nf* 1 Pâte sucrée cuite au four ; gâteau. 2 Commerce, magasin du pâtissier.

pâtissier, ère *n* Qui fabrique ou qui vend de la pâtisserie. ■ *a* Loc *Crème pâtissière* : avec laquelle on garnit divers gâteaux.

pâtisson *nm* Sorte de courge.

patois *nm* Parler régional.

patoisant, e *a, n* Qui parle le patois.

patraque *a* Fam Souffrant.

pâtre *nm* Litt Berger.

patriarcal, ale, aux *a* Du patriarche ou du patriarcat. *Société patriarcale.*

patriarcat *nm* 1 Régime social dans lequel l'autorité du père est prépondérante. 2 Dignité de patriarche.

patriarche *nm* 1 Chef de certaines églises chrétiennes orthodoxes. 2 Vieillard vénérable chef d'une nombreuse famille.

patricien, enne *n, a* ANTIQ À Rome, qui appartenait à la classe noble.

patrie *nf* Pays dont on est originaire, nation dont on fait partie.

patrilinéaire *a* ETHNOL Qui relève de l'ascendance paternelle.

patrimoine *nm* 1 Biens de famille. 2 Ce qui constitue l'héritage commun d'un groupe, d'un pays. *Patrimoine artistique.*

patrimonial, ale, aux *a* Du patrimoine.

patriote *n, a* Qui aime sa patrie.

patriotique *a* Inspiré par le patriotisme.

patriotisme *nm* Amour de la patrie.

patristique ou **patrologie** *nf* Partie de la théologie qui étudie les Pères de l'Église.

patron, onne *n* 1 Chef d'une entreprise industrielle ou commerciale. 2 Supérieur hiérarchique. 3 Professeur dirigeant certains travaux. 4 Saint ou sainte dont on porte le nom, protecteur d'un groupe social. ■ *nm* Modèle à partir duquel sont exécutés des travaux artisanaux.

patronage *nm* 1 Soutien accordé par un personnage, une organisation. 2 Organisation de bienfaisance pour les jeunes.

patronal, ale, aux *a* 1 Qui concerne le chef d'entreprise. 2 Relatif au saint du lieu.

patronat *nm* Ensemble des patrons.

patronner *vt* Appuyer de son crédit.

patronnesse *af* Loc *Dame patronnesse* : qui patronne une œuvre de bienfaisance.

patronyme *nm* Nom de famille.

patronymique *a* Loc *Nom patronymique* : nom de famille.

patrouille nf 1 Détachement de soldats, de policiers, formation réduite d'avions, chargés d'une mission de surveillance ; cette mission.

patrouiller vi Effectuer une patrouille.

patrouilleur nm Militaire, avion, bâtiment de guerre chargés de patrouiller.

patte nf 1 Organe de locomotion des animaux. 2 Fam Jambe ; main. 3 Pièce longue et plate servant à fixer, retenir, assembler, etc. 4 Courte bande d'étoffe, de cuir, etc., servant à fermer un vêtement. 5 Habileté particulière d'un artiste. Loc À quatre pattes : sur les genoux et sur les mains. Montrer patte blanche : se faire reconnaître pour franchir un contrôle. Bas les pattes ! : ne touchez pas à cela. ■ pl Favoris coupés court.

patte-d'oie nf 1 Embranchement d'une route. 2 Rides à l'angle externe de l'œil. Des pattes-d'oie.

pattemouille nf Linge mouillé pour repasser.

pattern nm Modèle simplifié représentant la structure d'un phénomène.

pâturage nm Prairie naturelle pour les bestiaux.

pâture nf Ce qui sert à la nourriture des animaux. Loc Litt Jeter en pâture : livrer aux exigences de.

paturon nm Partie de la jambe du cheval entre le boulet et la couronne.

pauillac nm Bordeaux rouge, très estimé.

pauliste a, n De São Paulo.

paulownia [-lɔnja] nm Arbre ornemental aux fleurs mauves odorantes.

paume nf 1 Creux de la main. 2 Jeu de balle, ancêtre du tennis.

paumé, ée a, n Pop Perdu, désorienté, inadapté.

paumelle nf Pièce métallique permettant le pivotement d'une porte, d'une fenêtre.

paumer vt Pop Égarer. ■ vpr Se perdre.

paupérisation nf Appauvrissement d'un groupe social.

paupériser vt Appauvrir.

paupérisme nm Grande indigence d'un groupe humain.

paupière nf Membrane mobile qui recouvre l'œil.

paupiette nf Tranche de viande, roulée et farcie.

pause nf 1 Suspension momentanée d'une activité. 2 MUS Silence de la durée d'une ronde.

pause-café nf Pause pour prendre un café. Des pauses-café.

pauvre a, n Qui manque de biens, d'argent ; indigent. ■ a 1 Qui dénote le dénuement, qui manque de qqch. 3 Improductif, stérile. 3 Qui inspire la compassion. 4 Piteux, lamentable. Un pauvre type.

pauvrement av De façon pauvre.

pauvresse nf Vx Mendiante.

pauvret, ette a, n Fam Pitoyable.

pauvreté nf État de qqn ou de qqch pauvre.

pavage nm Revêtement de pavés, de dalles.

pavane nf Danse lente et grave.

pavaner (se) vpr Prendre des airs avantageux.

pavé nm 1 Morceau de pierre taillé servant au revêtement d'un sol. 2 Fam Épais volume imprimé. 3 Gros morceau de forme régulière. 4 Encart de publicité dans un journal. Loc Battre le pavé : flâner. Être sur le pavé : être sans emploi. Tenir le haut du pavé : être au premier rang, par le pouvoir, la notoriété.

pavement nm Pavage.

paver vt Couvrir un sol de pavés, de dalles.

pavie nf Pêche jaune.

pavillon nm 1 Petite maison particulière. 2 Partie extérieure de l'oreille. 3 Extrémité évasée de certains instruments à vent. 4 Drapeau.

pavillonnaire a Occupé par des pavillons d'habitation. ■ Habitant par pavillon.

pavois nm 1 HIST Grand bouclier ovale en usage au Moyen Âge. 2 MAR Ensemble des pavillons d'un navire.

pavoiser vt Décorer de drapeaux. ■ vi Fam Manifester sa joie.

pavot nm Plante dont on extrait l'opium.

payable a Qui peut ou doit être payé.

payant, ante a 1 Qui paie. Visiteurs payants. 2 Que l'on paie. Entrée payante. 3 Fam Avantageux. Opération payante.

paye ou **paie** nf Action de payer un salaire, le salaire lui-même. Loc Fam Il y a une paye : il y a longtemps.

payement. V. paiement.

payer vt [20] 1 Acquitter une dette, un droit, etc., par un versement. 2 Remettre à qqn l'argent dû. 3 Récompenser ; dédommager. Payer qqn de ses efforts. 4 Obtenir au prix de sacrifices. Payer cher sa réussite. ■ vi Être profitable, rentable. Loc Payer de : user de, faire preuve de. Payer de sa personne : s'exposer. ■ vpr Acheter pour soi.

payeur, euse n 1 Qui paie. 2 Chargé de payer les traitements, les rentes, etc.

1. pays nm 1 Territoire d'un État ; État. 2 Patrie. 3 Région géographique, administrative, etc. 4 Population d'un État. Loc Mal du pays : nostalgie. Voir du pays : voyager.

2. pays, payse n Fam Compatriote.

paysage nm 1 Étendue de pays qui s'offre à la vue. 2 Nature, aspect d'un pays. 3 Représentation picturale d'un site champêtre. 4 Aspect général d'une situation. Le paysage politique.

paysager, ère ou **paysagé, ée** a Arrangé à la manière d'un paysage naturel.

paysagiste n 1 Peintre de paysages. 2 Créateur, architecte de jardins, de parcs.

paysan, anne n Personne de la campagne, qui vit du travail de la terre. ■ a De la campagne.

paysannat nm ECON Classe paysanne.

paysannerie nf Ensemble des paysans.

pc nm Ordinateur personnel.

P.C. nm Poste de commandement.

P.-D.G. n Fam Président-directeur général.

péage nm Droit à payer par les usagers d'un port, d'une voie de communication, d'un média ; lieu de perception de ce droit.

péagiste n Chargé d'un péage.

peau nf 1 Tissu résistant et souple qui recouvre le corps des vertébrés ; cuir. 2 Épiderme de l'homme. 3 Enveloppe d'un fruit. 4 Pellicule à la surface d'un liquide. Loc N'avoir que la peau sur les os : être très maigre. Être bien, mal dans sa peau : à l'aise, mal à l'aise. Faire peau neuve : changer complètement. Fam La peau de qqn : sa vie. Se mettre dans la peau de qqn : s'imaginer à sa place. Pop Peau de vache : personne méchante. Fam Peau d'âne : diplôme.

peaufinage *nm* Fam Action de peaufiner.

peaufiner *vt* Fam Fignoler.

peausserie *nf* 1 Activité du peaussier. 2 Article de peau.

peaussier *nm* Artisan qui prépare les peaux.

pébroc ou **pébroque** *nm* Pop Parapluie.

pécan *nm* Loc *Noix de pécan :* amande comestible d'un fruit d'Amérique.

pécari *nm* Mammifère d'Amérique, proche du cochon ; peau de cet animal.

peccadille *nf* Faute légère.

pechblende [pɛʃblɛ̃d] *nf* Minerai d'uranium.

1. pêche *nf* 1 Manière, action de pêcher. 2 Poissons pêchés.

2. pêche *nf* Fruit comestible du pêcher. Loc Pop *Se fendre la pêche :* rire aux éclats. Pop *Avoir la pêche :* être en pleine forme.

péché *nm* Transgression de la loi divine. Loc *Péché originel :* commis par Adam et Ève, et qui retombe sur toute leur postérité.

pécher *vi* [12] 1 Commettre un, des péchés. 2 Commettre une erreur contre. 3 Être insuffisant, en défaut. *Ce projet pèche sur un point.*

1. pêcher *vt* 1 Prendre ou chercher à prendre du poisson. 2 Fam Trouver, découvrir qqch de surprenant.

2. pêcher *nm* Arbre dont le fruit est la pêche.

pêcherie *nf* Lieu de pêche.

pécheur, pécheresse *n, a* Qui commet des péchés, qui est en état de péché.

pêcheur, euse *n* Qui pêche.

pécore *nf* Fam Femme stupide et prétentieuse. ■ *n* Pop, péjor Paysan, paysanne.

pecquenaud, aude ou **péquenot** *n* Pop, péjor Paysan.

pecten [-ten] *nm* Coquille Saint-Jacques.

pectine *nf* BOT Gel contenu dans les fruits.

pectoral, ale, aux *a* 1 De la poitrine. 2 Utilisé contre la toux. *Sirop pectoral.* ■ *nmpl* Muscles de la poitrine.

pécule *nm* Somme d'argent économisée.

pécuniaire *a* Relatif à l'argent.

pécuniairement *av* Sur le plan pécuniaire.

pédagogie *nf* Science de l'éducation.

pédagogique *a* De la pédagogie.

pédagogiquement *av* Sur le plan pédagogique.

pédagogue *n, a* 1 Enseignant, éducateur. 2 Qui sait bien expliquer.

pédale *nf* 1 Organe mécanique mû par le pied qui commande le fonctionnement d'un appareil. Loc Fam *Perdre les pédales :* perdre son sang-froid. Fam *Mettre la pédale douce :* ne pas insister.

pédaler *vi* Rouler à bicyclette.

pédalier *nm* Ensemble des pédales et du plateau d'une bicyclette.

pédalo *nm* (n déposé) Petite embarcation mue par des pédales.

pédant, ante *n, a* Qui fait étalage de ses connaissances.

pédanterie ou **pédantisme** *nf* Caractère pédant.

pédantesque *a* Litt Digne d'un pédant.

pédéraste *nm* Qui s'adonne à la pédérastie.

pédérastie *nf* 1 Attirance sexuelle ressentie par un homme pour les jeunes garçons. 2 Abusiv Homosexualité masculine.

pédestre *a* Qui se fait à pied.

pédiatre *n* Spécialiste de pédiatrie.

pédiatrie *nf* Médecine des enfants.

pédiatrique *a* De la pédiatrie.

pédicelle *nm* BOT Petit pédoncule.

pédicule *nm* BOT Support allongé et grêle de certaines plantes.

pédiculose *nf* MED Contamination par les poux.

pédicure *n* Qui soigne les pieds.

pédicurie *nf* Métier de pédicure.

pedigree [pedigre] *nm* Généalogie d'un animal de race ; document qui l'atteste.

pédiment *nm* GEOGR Glacis d'érosion en zone aride.

pédodontie *nf* Chirurgie dentaire adaptée aux enfants.

pédogenèse *nf* GEOL Formation des sols.

pédologie *nf* Science des sols.

pédologue *n* Spécialiste de pédologie.

pédoncule *nm* BOT Ramification terminale de la tige portant la fleur.

pédonculé, ée *a* Porté par un pédoncule.

pédophile *a, n* Atteint de pédophilie.

pédophilie *nf* Attirance sexuelle pour les enfants.

pédopsychiatre *n* Spécialiste de pédopsychiatrie.

pédopsychiatrie *nf* Psychiatrie de l'enfant.

peeling [pilin] *nm* MED Traitement qui consiste à enlever la couche superficielle de l'épiderme.

P.E.G.C. *n* Professeur d'enseignement général de collège.

pègre *nf* Monde des voleurs, des escrocs.

peignage *nm* Action de peigner.

peigne *nm* 1 Instrument à dents qui sert à démêler ou à orner les cheveux. 2 Appareil à dents, servant à démêler des fibres textiles. Loc *Passer au peigne fin :* contrôler minutieusement.

peigné *nm* Étoffe de laine peignée.

peigne-cul *nm inv* Pop Minable.

peignée *nf* Fam Volée de coups.

peigner *vt* 1 Démêler, arranger les cheveux. 2 Démêler des fibres textiles. ■ *vpr* Se coiffer.

peignoir *nm* 1 Vêtement qu'on porte au sortir du bain. 2 Vêtement d'intérieur long et ample.

peinard ou **pénard, arde** *a* Pop Tranquille.

peinardement ou **pénardement** *av* Pop Tranquillement.

peindre *vt* [69] 1 Couvrir, recouvrir de peinture. 2 Représenter par des traits et des couleurs. 3 Décrire. ■ *vpr* Se manifester. *L'inquiétude se peint sur son visage.*

peine *nf* 1 Punition infligée par le pouvoir public à un individu coupable d'un crime. 2 Chagrin, souffrance morale. 3 Activité qui demande un effort. 4 Difficulté, embarras. Loc *A peine :* presque pas ; depuis peu de temps. *A grand-peine :* très difficilement. *Sous peine de :* sous risque de. *Sans peine :* aisément. *Homme de peine :* qui effectue les travaux pénibles. *Ne pas valoir la peine :* n'être pas nécessaire.

peiner *vi* Se fatiguer, éprouver des difficultés. *Peiner à monter.* ■ *vt* Attrister, affliger.

peintre *nm* 1 Professionnel de la peinture des murs, des plafonds. 2 Artiste qui peint des tableaux, exerce l'art de la peinture.

peinture *nf* 1 Art de peindre ; ouvrage d'un artiste peintre. 2 Action de recouvrir de matière colorante une surface ; couche de couleur couvrant une surface. **3** Matière servant à peindre. **4** Description évocatrice. *Peinture des mœurs.* Loc Fam *Ne pas voir en peinture* : détester.

peinturlurer *vt* Fam Barbouiller de tons voyants.

péjoratif, ive *a* Qui implique un jugement dépréciatif.

péjoration *nf* LING Ajout d'une valeur péjorative à un mot.

péjorativement *av* De façon péjorative.

pékan *nm* Martre du Canada.

pékinois, oise *a, n* De Pékin. ■ *nm* **1** Petit chien au poil long et à la tête ronde. **2** Dialecte chinois du nord de la Chine.

pelade *nf* Chute des poils ou des cheveux par plaques.

pelage *nm* Poils d'un mammifère.

pélagianisme *nm* RELIG Hérésie privilégiant l'effort personnel sur la grâce divine.

pélagique *a* De la haute mer.

pélamide *nf* Syn de *bonite.*

pélargonium [-njɔm] *nm* Plante ornementale à belles fleurs.

pelé, ée *a* **1** Qui n'a plus de poils. **2** Dépourvu de végétation, aride.

pêle-mêle *av* Confusément, en désordre.

peler *vt* [16] Ôter la peau d'un fruit. ■ *vi* Perdre sa peau par morceaux. *Avoir le nez qui pèle.*

pèlerin *nm* Qui fait un voyage vers un lieu de dévotion.

pèlerinage *nm* Voyage fait pour des raisons religieuses, affectives, vers un lieu précis.

pèlerine *nf* Vêtement sans manches.

pélican *nm* Grand oiseau palmipède à bec en forme de poche.

pelisse *nf* Vêtement doublé de fourrure.

pellagre *nf* Maladie qui se manifeste par des lésions cutanées.

pelle *nf* Outil plat à manche, servant à déplacer la terre, le sable ou à d'autres usages. Loc Fam *À la pelle* : en grande quantité. Fam *Ramasser une pelle* : tomber.

pellet *nm* Comprimé médicamenteux.

pelletée *nf* Contenu d'une pelle.

pelleter *vt* [19] Remuer ou déplacer à la pelle.

pelleterie *nf* **1** Travail des peaux et commerce des fourrures. **2** Peau travaillée, fourrure.

pelleteuse *nf* Engin qui sert à excaver un terrain et à déplacer les déblais.

pelletier, ère *n* Spécialiste de pelleterie.

pelliculaire *a* Qui forme une pellicule.

pellicule *nf* **1** Particule écaillée du cuir chevelu. **2** Couche peu épaisse. **3** Feuille mince recouverte d'une matière sensible à la lumière destinée à la photo, au cinéma. **4** Feuille de plastique.

pelliculer *vt* Recouvrir d'une pellicule (4).

pelotage *nm* Fam Action de peloter.

pelotari *nm* Joueur de pelote basque.

pelote *nf* **1** Jeu de balle qui se pratique contre un mur ; balle servant à ce jeu. **2** Boule formée de fils. Loc Fam *Avoir les nerfs en pelote* : être très énervé.

peloter *vt* Fam Caresser sensuellement.

peloton *nm* **1** Petite pelote de fil. **2** Petite unité militaire. **3** Groupe de coureurs demeurant ensemble au cours d'une course.

pelotonnement *nm* Action de se pelotonner.

pelotonner *vt* Mettre en peloton du fil. ■ *vpr* Se ramasser en boule.

pelouse *nf* **1** Terrain couvert d'une herbe épaisse et courte. **2** Partie gazonnée d'un champ de courses, d'un stade.

peluche *nf* Étoffe à poils longs.

pelucher *vi* Perdre ses poils (étoffe).

pelucheux, euse *a* Qui peluche.

pelure *nf* Peau d'un fruit ou d'un légume.

pelvien, enne *a* ANAT Du bassin.

pelvis *nm* ANAT Bassin.

pénal, ale, aux *a* DR Qui concerne les crimes et les peines.

pénalement *av* Sur le plan pénal.

pénalisant, ante *a* Qui pénalise.

pénalisation *nf* **1** Action de pénaliser. **2** Sanction.

pénaliser *vt* **1** Désavantager un concurrent qui a enfreint les règlements sportifs. **2** Sanctionner.

pénaliste *n* Spécialiste de droit pénal.

pénalité *nf* Peine, sanction.

penalty [penalti] *nm* Au football, sanction d'une faute grave commise tout près du but adverse.

pénard, pénardement. V. peinard, peinardement.

pénates *nmpl* Fam Habitation, foyer.

penaud, aude *a* Confus, honteux.

pence. V. penny.

penchant *nm* Inclination, goût.

pencher *vt* Incliner qqch vers le bas ou de côté. ■ *vi* **1** S'écarter de la position verticale ; être incliné. **2** Avoir tendance à choisir telle chose. ■ *vpr* **1** S'incliner vers l'avant. **2** Examiner avec intérêt. *Se pencher sur un problème.*

pendable *a* Loc *Tour pendable* : farce de mauvais goût.

pendage *nm* GEOL Inclinaison d'une couche sédimentaire, d'un filon.

pendaison *nf* Action de pendre qqn, de se pendre.

1. pendant, ante *a* Qui pend. Loc *Affaire pendante* : en suspens. ■ *nm* **1** Objet ou personne formant symétrie avec un autre. **2** Pendeloque.

2. pendant *prép* Durant.

pendeloque *nf* Ornement suspendu à un lustre, à une boucle d'oreilles.

pendentif *nm* Bijou suspendu à une chaîne.

penderie *nf* Placard où on suspend les vêtements.

pendiller *vi* Être suspendu et se balancer.

pendouiller *vi* Fam Pendre de façon ridicule.

pendre *vt* [5] **1** Attacher qqn, qqch de façon à laisser libre la partie inférieure. **2** Mettre à mort en suspendant par le cou. Loc Être *pendu aux lèvres de qqn* : l'écouter passionnément. ■ *vi* **1** Être suspendu. **2** Descendre trop bas. Loc Fam *Cela lui pend au nez* : cela risque de lui arriver. ■ *vpr* **1** Se suspendre. **2** Se suicider par pendaison.

pendu, ue *n* Personne morte par pendaison.

pendulaire *a* Du pendule. *Mouvement pendulaire.*

pendule *nm* Masse suspendue à un point fixe et oscillant régulièrement. ■ *nf* Petite horloge d'appartement.

pendulette *nf* Petite pendule.

pêne *nm* Pièce d'une serrure qui pénètre dans la gâche.

pénéplaine *nf* GÉOL Surface plane résultant de l'érosion d'une région plissée.

pénétrable *a* Qu'on peut pénétrer, intelligible.

pénétrant, ante *a* 1 Qui pénètre, traverse. 2 Perspicace. *Remarque pénétrante*.

pénétration *nf* 1 Action, fait de pénétrer. 2 Sagacité.

pénétré, ée *a* Rempli d'un sentiment; convaincu d'une opinion.

pénétrer *vi* [12] Entrer, s'introduire à l'intérieur de. *Pénétrer dans un appartement.* ■ *vt* 1 Percer, entrer dans. 2 Toucher intimement. 3 Parvenir à connaître ce qui était caché. ■ *vpr* S'imprégner d'une pensée, d'un sentiment.

pénibilité *nf* Caractère pénible.

pénible *a* 1 Qui se fait avec fatigue. 2 Qui cause du désagrément.

péniblement *av* Avec peine, avec effort.

péniche *nf* Grand bateau à fond plat qui sert au transport fluvial.

pénicilline *nf* Antibiotique issu du pénicillium.

pénicillinorésistant, ante *a* MÉD Qui résiste à l'action de la pénicilline.

pénicillium [-ljom] *nm* Champignon se développant sous forme de moisissure verte.

pénil *nm* ANAT Éminence au-devant du pubis de la femme. Syn. mont de Vénus.

péninsulaire *a* D'une péninsule.

péninsule *nf* Grande presqu'île.

pénis *nm* Organe mâle de la copulation.

pénitence *nf* Punition infligée pour avoir offensé Dieu.

pénitencier *nm* Anc Prison pour les condamnés à de longues peines.

pénitent, ente *a, n* Qui confesse ses péchés au prêtre.

pénitentiaire *a* Des prisons.

penne *nf* ZOOL Grande plume des oiseaux.

penné, ée *a* BOT Disposé comme les barbes d'une plume. *Feuille pennée.*

penny [peni] *nm* Monnaie anglaise, valant le centième de la livre. *Des pence.*

pénologie *nf* DR Étude des peines, de leurs modalités d'application.

pénombre *nf* Lumière faible et douce.

pensable *a* Qui peut être imaginé.

pensant, ante *a* Qui pense.

pense-bête *nm* Fam Moyen employé pour ne pas oublier qqch. *Des pense-bêtes.*

pensée *nf* 1 Faculté de réfléchir, intelligence, esprit. 2 Idée, jugement, opinion. 3 Plante ornementale aux fleurs diversement colorées.

penser *vi* Concevoir des idées. ■ *vt* 1 Imaginer, avoir dans l'esprit. *Dire ce qu'on pense.* 2 Croire, juger. *Penser du bien de qqn.* 3 Envisager qqch. *Je pense partir.* ■ *vti* Réfléchir à qqch, y faire attention. *Pensez à ma proposition.*

penseur *nm* Qui exerce sa pensée de manière profonde et originale.

pensif, ive *a* Plongé dans ses pensées.

pension *nf* 1 Établissement qui loge et nourrit qqn contre rétribution. 2 Pensionnat. 3 Allocation versée régulièrement à qqn.

pensionnaire *n* 1 Qui verse une pension pour être logé et nourri. 2 Élève interne.

pensionnat *nm* Établissement scolaire dont les élèves sont pensionnaires.

pensionné, ée *n, a* Qui jouit d'une pension.

pensionner *vt* Verser une pension à qqn.

pensivement *av* De façon pensive.

pensum [pɛ̃sɔm] *nm* Litt Corvée.

pentagonal, ale, aux *a* D'un pentagone.

pentagone [pɛ̃-] *nm* Polygone à cinq côtés.

pentamètre [pɛ̃-] *nm* Vers grec ou latin de cinq pieds.

pentathlon [pɛ̃-] *nm* Épreuve olympique masculine, combinant l'escrime, l'équitation, le tir, la natation et le cross-country.

pentatonique *a* MUS Constitué de cinq tons.

pente *nf* Inclinaison d'un terrain, d'une surface. Loc *Être sur une mauvaise pente :* se laisser entraîner par de mauvais penchants.

Pentecôte *nf* 1 Fête juive commémorant la remise des tables de la Loi à Moïse, au Sinaï. 2 Fête chrétienne commémorant la descente du Saint-Esprit sur les apôtres.

pentrite *nf* Explosif très puissant.

pentu, ue *a* En pente. *Rue pentue.*

pénultième *a, nf* Avant-dernier.

pénurie *nf* Manque du nécessaire.

péon [peɔn] *nm* Ouvrier agricole, en Amérique du Sud.

pépé *nm* Fam 1 Grand-père. 2 Vieillard.

pépée *nf* Pop Jeune femme.

pépère *a* Fam Calme, tranquille.

pépètes ou **pépettes** *nfpl* Pop Argent.

pépie *nf* Loc Fam *Avoir la pépie :* avoir très soif.

pépiement *nm* Cri des jeunes oiseaux.

pépier *vi* Crier (jeunes oiseaux).

pépin *nm* 1 Graine de certains fruits. 2 Pop Difficulté, anicroche, ennui. 3 Fam Parapluie.

pépinière *nf* 1 Terrain où sont plantés de jeunes arbres destinés à être transplantés. 2 Lieu où sont formées des personnes destinées à une profession.

pépiniériste *n* Qui s'occupe d'une pépinière.

pépite *nf* Masse de métal pur, surtout d'or.

péplum [-plɔm] *nm* ANTIQ Tunique de femme. 2 Fam Film à grand spectacle s'inspirant de l'Antiquité.

peppermint *nm* Liqueur de menthe poivrée.

pepsine *nf* BIOL Enzyme gastrique.

peptide *nm* BIOL Protide formé par l'union d'acides aminés.

péquenot V. pecquenaud.

péquin *nm* Pop, vx Civil.

perçage *nm* Action de percer.

percale *nf* Toile de coton fin.

percaline *nf* Toile de coton pour les doublures.

perçant, ante *a* 1 Fort, vif (froid). 2 Aigu (son). 3 D'une grande acuité (vue).

perce *nf* Loc *Mettre un tonneau en perce :* faire une ouverture pour en tirer le vin.

percée *nf* 1 Action de rompre la ligne de défense de l'adversaire. 2 Ouverture, dégagement. 3 Avancée rapide. *Percée commerciale.*

percement *nm* Action de percer.

perce-neige *nm inv* Petite plante dont les fleurs blanches s'épanouissent à la fin de l'hiver.

perce-oreille *nm* Insecte dont l'abdomen se termine par une pince. *Des perce-oreilles.*

percepteur *nm* Agent du Trésor public chargé du recouvrement des impôts.

perceptible *a* Qui peut être perçu.

perceptiblement *av* De façon perceptible.

perceptif, ive *a* Relatif à la perception.
perception *nf* 1 Recouvrement des impôts ; local où le percepteur a sa caisse. 2 Représentation d'un objet à partir des sensations.
percer *vt* [10] 1 Faire un trou dans. 2 Pénétrer, traverser de part en part qqch, qqn. 3 Pratiquer une ouverture. 4 Découvrir. *Percer un mystère.* ■ *vi* 1 Commencer à apparaître. *Le soleil perce.* 2 Devenir célèbre.
perceur, euse *n* Qui perce. ■ *nf* Machine servant à percer.
percevoir *vt* [43] 1 Recueillir de l'argent, un impôt. 2 Connaître par les sens ou par l'esprit.
1. perche *nf* Poisson d'eau douce.
2. perche *nf* Pièce de bois, de métal, de fibre de verre, etc., longue et mince. Loc *Tendre la perche à qqn* : lui venir en aide. Fam *Une grande perche* : qqn grand et maigre.
percher *vt* Placer qqch à un endroit élevé. ■ *vi* 1 Se poser sur une branche. 2 Fam Habiter. ■ *vpr* Se jucher sur.
percheron, onne *a, n* Du Perche. ■ *nm* Grand cheval de trait, lourd et puissant.
perchiste *n* 1 Sauteur à la perche. 2 Technicien maniant une perche munie d'un micro.
perchoir *nm* Support sur lequel un oiseau se perche.
perclus, use *a* Paralytique, impotent.
percnoptère *nm* Petit vautour.
percolateur *nm* Grosse cafetière à vapeur.
percolation *nf* PHYS Circulation de l'eau à travers un milieu poreux.
percussion *nf* Choc d'un corps sur un autre. Loc *Instruments à percussion* : dont on joue en les frappant (tambour, cymbales).
percussionniste *n* Qui joue d'un instrument à percussion.
percutané, ée *a* Qui se fait à travers la peau.
percutant, ante *a* 1 Qui agit par percussion. 2 Qui fait beaucoup d'effet ; frappant.
percuter *vt, vi* Frapper, heurter violemment. *La voiture a percuté le mur, contre le mur.*
percuteur *nm* Dans une arme à feu, tige métallique dont le choc contre l'amorce fait partir le coup.
perdant, ante *a, n* Qui perd.
perdition *nf* Loc *En perdition* : en danger d'être perdu, de faire naufrage.
perdre *vt* [5] 1 Cesser d'avoir qqch. 2 Être quitté de qqn, être privé de lui. 3 Mal employer qqch. *Perdre son temps.* 4 N'avoir pas le dessus. *Perdre une bataille, un procès.* 5 Ruiner, discréditer. 6 Égarer. *Perdre ses gants.* Loc *Perdre de vue* : ne plus voir. *Perdre la tête* : s'affoler. *Perdre la vie* : mourir. ■ *vi* Avoir le dessous ; faire une perte d'argent. ■ *vpr* 1 Disparaître. 2 S'égarer.
perdreau *nm* Jeune perdrix de l'année.
perdrix [-dri] *nf* Oiseau gris ou roux recherché comme gibier.
perdu, ue *a* 1 Égaré, oublié. 2 Employé inutilement. 3 Isolé, écarté. *Village perdu.* 4 Dont le cas est désespéré. Loc *À corps perdu* : impétueusement. *À temps perdu* : dans les moments de loisir. ■ *n* Loc Fam *Comme un perdu* : de toutes ses forces.
perdurer *vi* Litt Se prolonger, se perpétuer.
père *nm* 1 Homme qui a un ou plusieurs enfants. 2 Titre donné à un prêtre catholique. 3 Créateur d'une doctrine, d'une œuvre. Loc

Pères de l'Église : les docteurs des premiers siècles de l'Église chrétienne. *Le Saint-Père* : le pape. *De père en fils* : par transmission héréditaire. Fam *Gros père* : enfant joufflu, replet. ■ *pl* Litt Ancêtres, aïeux.
pérégrinations *nfpl* Nombreuses allées et venues.
péremption *nf* État de ce qui est périmé.
péremptoire *a* Décisif, contre quoi il n'y a rien à répliquer. *Ton péremptoire.*
péremptoirement *av* Catégoriquement.
pérennisation *nf* Fait de pérenniser.
pérenniser *vt* Rendre durable.
pérennité *nf* Litt Continuité.
péréquation [-kwa-] *nf* Répartition équitable des ressources ou des charges.
perestroïka [-pe-] *nf* Restructuration de la société soviétique.
perfectible *a* Susceptible d'être perfectionné.
perfectif *nm* LING Forme verbale présentant l'action comme achevée.
perfection *nf* 1 Qualité de qqch, de qqn de parfait. 2 Chose ou personne parfaite. Loc *À la perfection* : parfaitement.
perfectionnement *nm* Action de (se) perfectionner.
perfectionner *vt* Améliorer, faire tendre vers la perfection. ■ *vpr* Devenir meilleur.
perfectionnisme *nm* Souci excessif d'atteindre la perfection.
perfectionniste *a, n* Scrupuleux à l'excès.
perfide *a, n* Litt Trompeur et dangereux.
perfidement *av* Litt Avec perfidie.
perfidie *nf* Litt Déloyauté.
perforant, ante *a* Qui perfore.
perforateur, trice *a* Qui sert à perforer. ■ *nf* Machine à perforer.
perforation *nf* Action de perforer.
perforer *vt* Percer de trous.
performance *nf* 1 Résultat obtenu par un sportif, un acteur, etc. 2 Exploit. 3 Résultat optimal obtenu par un matériel.
performant, ante *a* Capable de performances élevées ; compétitif.
perfusion *nf* MED Injection dans le sang de sérum ou de médicament.
pergélisol [-sol] *nm* Syn de *permafrost.*
pergola *nf* Construction de jardin légère, recouverte de plantes grimpantes.
périanthe *nm* BOT Ensemble des enveloppes florales.
périarthrite *nf* Inflammation des tissus entourant une articulation.
péricarde *nm* ANAT Membrane qui enveloppe le cœur.
péricardite *nf* Inflammation du péricarde.
péricarpe *nm* BOT Enveloppe d'une graine.
péricliter *vi* Décliner.
péridot *nm* MINER Silicate de magnésium.
péridotite *nf* Roche magmatique, constituant principal du manteau terrestre.
péridural, ale, aux *a, nf* MED Se dit d'une anesthésie locale du bassin et des membres inférieurs.
périgée *nm* ASTRO Point de l'orbite d'un astre le plus rapproché de la Terre. Ant. apogée.
périglaciaire *a* Proche des glaciers.
périgourdin, ine *a, n* Du Périgord.
périhélie *nm* ASTRO Point de l'orbite d'une planète le plus proche du Soleil. Ant. aphélie.

périinformatique *nf* Matériels annexes d'un système informatique (imprimantes, terminaux, etc.).

péril *nm* Litt Risque, danger. **Loc** *À ses risques et périls* : en acceptant de courir tous les risques. *Au péril de* : au risque de.

périlleux, euse *a* Qui présente un danger.

périmé, ée *a* Dépassé, qui n'a plus cours.

périmer (se) *vpr* Perdre sa validité.

périmètre *nm* **1** GEOM Contour d'une figure plane. **2** Espace quelconque.

périnatal, ale, als *a* MED De la période qui précède et suit immédiatement la naissance.

périnatalogie *nf* Médecine périnatale.

périnée *nm* ANAT Région entre l'anus et les parties génitales.

période *nf* **1** Espace de temps ; phase, époque. **2** Phrase de prose organisée et harmonieuse.

périodicité *nf* Caractère périodique ; fréquence.

périodique *a* Qui se reproduit à des intervalles de temps réguliers. ■ *nm* Journal, magazine paraissant à intervalles réguliers.

périodiquement *av* De façon périodique.

périoste *nm* ANAT Membrane qui entoure les os.

péripatéticienne *nf* Litt Prostituée.

péripétie [-si] *nf* Incident, circonstance imprévue. *Un voyage riche en péripéties.*

périphérie *nf* Quartiers d'une ville les plus éloignés du centre.

périphérique *a* Situé à la périphérie. ■ *nm* **1** Voie rapide entourant une ville. **2** Appareil relié à un ordinateur.

périphrase *nf* Circonlocution équivalent à un mot simple (ex. : *l'astre du jour* pour *le Soleil*).

périphrastique *a* De la périphrase.

périple *nm* Voyage touristique.

périr *vi* Litt **1** Mourir. **2** Disparaître.

périscolaire *a* Qui coexiste avec l'enseignement scolaire (clubs sportifs, colonies de vacances).

périscope *nm* Appareil d'optique pour voir des objets hors du champ de vision.

périssable *a* Sujet à s'altérer.

périssodactyle *nm* ZOOL Mammifère ongulé du type rhinocéros, cheval.

périssoire *nf* Petite embarcation manœuvrée avec une pagaie.

péristaltique *a* Du péristaltisme.

péristaltisme *nm* PHYSIOL Mouvements du tube digestif.

péristyle *nm* ARCHI Colonnade qui entoure un édifice.

péritéléphonie *nf* Services et appareils associés au téléphone (répondeur par ex.).

péritélévision *nf* Appareils que l'on peut connecter à un téléviseur (magnétoscope, jeux vidéo).

péritoine *nm* ANAT Membrane qui recouvre les organes de la cavité abdominale.

péritonéal, ale, aux *a* Du péritoine.

péritonite *nf* Inflammation du péritoine.

périurbain, aine *a* Qui concerne les abords d'une ville.

perle *nf* **1** Concrétion brillante de nacre formée à l'intérieur de certains coquillages. **2** Petite boule percée en bois, en métal, en verre, etc. **3** Goutte de liquide. **4** Personne sans défaut. **5** Fam Absurdité burlesque.

perlé, ée *a* Nacré. **Loc** *Grève perlée* : avec alternance de travail et d'arrêt.

perler *vi* Former des gouttes.

perlier, ère *a* Relatif aux perles.

perlimpinpin *nm* **Loc** *Poudre de perlimpinpin* : remède inefficace.

perlingual, ale, aux [-gɥal] *a* MED Qui se fait par la langue.

permafrost *nm* Couche du sol gelée en permanence. Syn. pergélisol.

permanence *nf* **1** Caractère constant, immuable. **2** Service permanent ; local où il fonctionne. **3** Salle d'études surveillée. **Loc** *En permanence* : sans interruption.

permanencier, ère *n* Qui assure une permanence.

permanent, ente *a* **1** Qui dure sans s'interrompre; ni changer. **2** Qui est établi à demeure. *Comité permanent.* ■ *nm* Membre rémunéré d'une organisation. ■ *nf* Traitement donnant aux cheveux une ondulation durable.

permanganate *nm* Sel d'un acide dérivé du manganèse, utilisé comme antiseptique.

perméabilité *nf* Caractère perméable.

perméable *a* **1** Qui peut être pénétré par. **2** Qui se laisse influencer par. *Perméable aux idées nouvelles.*

permettre *vt* [64] **1** Donner liberté, pouvoir de. *Permettez-moi de sortir.* **2** Rendre possible. *Cet horaire me permet d'arriver plus tôt.* **3** Autoriser, tolérer qqch. ■ *vpr* Prendre la liberté de. *Elle s'est permis d'entrer sans frapper.*

permien *nm* GEOL Période de l'ère primaire.

permis *nm* Autorisation officielle pour certaines activités.

permissif, ive *a* Qui permet ou tolère.

permission *nf* **1** Autorisation. **2** Congé accordé à un militaire.

permissionnaire *nm* Soldat en permission.

permissivité *nf* Fait d'être permissif.

permutabilité *nf* Caractère permutable.

permutable *a* Qui peut être permuté.

permutation *nf* Action de permuter.

permuter *vt, vi* Échanger qqch avec qqn, intervertir des choses.

pernicieusement *av* De façon pernicieuse.

pernicieux, euse *a* Nuisible, dangereux.

péroné *nm* Os long de la jambe.

péronisme *nm* HIST Système politique du président Perón.

péronnelle *nf* Vx Fille sotte et bavarde.

péroraison *nf* Conclusion d'un discours.

pérorer *vi* Parler longuement avec prétention.

peroxyde *nm* Oxyde à forte proportion d'oxygène.

perpendiculaire *a, nf* Qui forme un angle droit.

perpendiculairement *av* Selon une perpendiculaire.

perpète ou **perpette (à)** *av* Pop À perpétuité.

perpétration *nf* Litt Action de perpétrer.

perpétrer *vt* [12] Litt Commettre un crime.

perpétuation *nf* Litt Action de perpétuer.

perpétuel, elle *a* **1** Qui ne cesse pas ; continuel. **2** Qui dure toute la vie. **3** Fréquent.

perpétuellement *av* Toujours.

perpétuer *vt* Litt Faire durer. ■ *vpr* Litt Durer.

perpétuité *nf* **Loc** *À perpétuité* : pour toujours.

perplexe *a* Irrésolu, hésitant.

perplexité *nf* Irrésolution, embarras.

perquisition nf Recherche opérée dans un lieu par la police.

perquisitionner vi, vt Faire une perquisition dans un lieu ; fouiller.

perron nm Escalier extérieur se terminant à l'entrée par un palier.

perroquet nm 1 Grand oiseau au plumage éclatant, capable d'imiter la parole humaine. 2 Personne qui répète sans comprendre. 3 MAR Voile carrée qui surmonte le mât de hune.

perruche nf 1 Petit perroquet. 2 MAR Voile qui surmonte le mât d'artimon.

perruque nf 1 Coiffure postiche. 2 Pop Travail que l'ouvrier fait en fraude dans l'entreprise.

perruquier nm Fabricant de perruques.

pers, perse a Litt Entre le bleu et le vert.

persan, ane a, n De Perse. ■ nm 1 Langue parlée en Iran. 2 Chat à poils longs et soyeux.

perse a, n De l'ancienne Perse. ■ nf Toile imprimée.

persécuté, ée a, n En butte à des persécutions.

persécuter vt 1 Faire souffrir par des traitements cruels. 2 Importuner, harceler.

persécuteur, trice a, n Qui persécute.

persécution nf Action de persécuter.

persévérance nf Constance dans l'effort.

persévérant, ante a Qui persévère.

persévérer vi [12] Persister dans une résolution, un sentiment, une action.

persienne nf Contrevent muni de lames pour arrêter les rayons du soleil.

persiflage nm Moquerie.

persifler vt Tourner en ridicule.

persifleur, euse n, a Moqueur.

persil [-si] nm Plante odorante utilisée comme condiment.

persillade nf Assaisonnement à base de persil.

persillé, ée a Loc Viande persillée : parsemée d'infiltrations graisseuses. ■ nm, a Fromage dont la pâte contient des moisissures verdâtres.

persistance nf Action, fait de persister.

persistant, ante a Qui dure, qui ne faiblit pas ou ne disparaît pas. Loc Feuillage persistant : non caduc.

persister vi 1 S'obstiner, persévérer dans une résolution. 2 Durer. Toux qui persiste. Loc Persiste et signe : indique que l'on maintient son opinion.

persona grata a inv Agréé dans une fonction diplomatique auprès d'un État.

personnage nm 1 Personne importante ou célèbre. 2 Personne fictive d'une œuvre littéraire ; rôle joué par un acteur. 3 Personne considérée dans son comportement. Un curieux personnage.

personnalisation nf Action de personnaliser.

personnaliser vt Donner un caractère personnel, singulier, unique.

personnalisme nm Philosophie qui fait de la personne humaine la valeur essentielle.

personnalité nf 1 Ce qui caractérise une personne, dans son unité, sa singularité. 2 Originalité de caractère, de comportement. 3 Personnage important. Une personnalité politique.

personne nf 1 Individu considéré comme être humain, ou dans sa réalité psychologique, physique. 2 DR Individu ou être moral, collectif doté de l'existence juridique. 3 GRAM Forme du verbe selon les personnes qui parlent. Loc En personne : soi-même. ■ pr indéf 1 (avec ne) Nul, aucun. Personne n'est venu. 2 Qui que soit. Il joue mieux que personne.

personnel, elle a 1 Propre à une personne, qui en porte la marque. 2 GRAM Propre aux personnes grammaticales. 3 Qui n'a pas l'esprit d'équipe. ■ nm Ensemble des personnes employées dans un service, une entreprise.

personnellement av En personne.

personnification nf Action de personnifier ; type, incarnation.

personnifié, ée a En personne, incarné.

personnifier vt 1 Attribuer à qqch les traits d'une personne humaine. 2 Constituer en soi le modèle de.

perspective nf 1 Art de représenter les objets en trois dimensions sur une surface plane. 2 Aspect que présentent un paysage, des objets, vus de loin. 3 Idée qu'on se fait d'un événement à venir ; point de vue. 4 Grande voie en ligne droite. Loc En perspective : dans l'avenir.

perspicace a Pénétrant, sagace, subtil.

perspicacité nf Caractère perspicace.

persuader vt Amener qqn à croire, à faire qqch. ■ vpr S'imaginer. Elle s'est persuadé(e) qu'on lui mentait.

persuasif, ive a Qui persuade.

persuasion nf Action ou manière de persuader ; conviction.

perte nf 1 Fait d'être privé de qqch qu'on avait ; fait d'avoir égaré qqch. 2 Dommage pécuniaire ; somme perdue. 3 Mort de qqn. 4 Mauvais emploi, gaspillage. Loc À perte : à un prix inférieur au prix de revient. À perte de vue : aussi loin que porte la vue. En pure perte : sans résultat. Être en perte de vitesse : perdre de son efficacité, de sa popularité.

pertinemment [-namã] av 1 De façon judicieuse. 2 Parfaitement.

pertinence nf Caractère pertinent.

pertinent, ente a Approprié ; judicieux.

perturbateur, trice a, n Qui cause du trouble.

perturbation nf Trouble, bouleversement.

perturber vt Troubler ; empêcher le déroulement ou le fonctionnement normal de.

péruvien, enne a, n Du Pérou.

pervenche nf 1 Plante rampante, aux fleurs bleu-mauve. 2 Fam Contractuelle de la police parisienne. ■ a inv Bleu-mauve.

pervers, erse [-vɛr] a, n 1 Litt Porté à faire le mal. 2 Atteint de perversion sexuelle. ■ a Fait avec perversité. Loc Effet pervers : conséquence indirecte, inattendue et fâcheuse, d'une décision.

perversion nf 1 Déviation des tendances, des instincts, en particulier sur le plan sexuel. 2 Altération, corruption de qqch.

perversité nf Tendance à faire le mal et à en éprouver de la joie.

pervertir vt 1 Porter qqn à faire le mal ; corrompre. 2 Dénaturer, altérer qqch.

pervertissement nm Litt Action de pervertir.

pesage nm 1 Action de peser. 2 Action de peser les jockeys avant la course ; endroit où l'on procède à cette opération.

pesamment av Avec lourdeur.

pesant, ante a 1 Lourd. 2 Sans vivacité ni finesse. ■ nm Loc Valoir son pesant d'or : être d'un grand prix.

pesanteur *nf* 1 Caractère pesant, lourd. 2 Force qui entraîne les corps vers le centre de la Terre. ■ *pl* Résistance au changement ; immobilisme.

pèse-alcool *nm inv* Appareil pour mesurer le degré alcoolique.

pèse-bébé *nm* Balance pour peser les nourrissons. *Des pèse-bébés.*

pesée *nf* 1 Action de peser ; quantité pesée. 2 Pression exercée par qqch.

pèse-lettre *nm* Petite balance pour peser les lettres. *Des pèse-lettres.*

pèse-personne *nm* Petite bascule pour se peser. *Des pèse-personnes.*

peser *vt* [15] 1 Mesurer le poids de. 2 Évaluer, examiner attentivement. **Loc** *Peser ses mots* : parler avec circonspection. ■ *vi* Avoir un certain poids. *Ce paquet pèse 3 kilos.* ■ *vti* 1 Exercer une pression sur. *Peser sur un levier.* 2 Être pénible à supporter. *L'oisiveté lui pèse.*

peseta [peze-] *nf* Anc. unité monétaire de l'Espagne.

peso [peso] *nm* Unité monétaire de plusieurs États d'Amérique du Sud et des Philippines.

peson *nm* Petite balance à levier ou à ressort.

pessah *nf inv* Nom hébreu de la pâque juive.

pessaire *nm* Membrane contraceptive en caoutchouc.

pessimisme *nm* Tendance à penser que tout va ou ira mal.

pessimiste *a, n* Enclin au pessimisme.

peste *nf* 1 Maladie infectieuse et épidémique. 2 Chose ou personne nuisible, dangereuse.

pester *vi* Manifester de la mauvaise humeur contre qqn, qqch.

pesteux, euse *a* De la peste.

pesticide *nm* Produit qui détruit les animaux ou les plantes nuisibles.

pestiféré, ée *n, a* Atteint de la peste.

pestilence *nf* Odeur infecte.

pestilentiel, elle *a* Qui dégage une odeur nauséabonde.

pet *nm* Fam Gaz intestinal qui sort de l'anus avec bruit.

pétale *nm* Chacune des pièces de la corolle d'une fleur.

pétanque *nf* Jeu de boules.

pétant, ante *a* **Loc** Fam *À une heure pétante* : à une heure très exactement.

pétaradant, ante *a* Qui pétarade.

pétarade *nf* Série de brèves détonations.

pétarader *vi* Faire entendre une pétarade.

pétard *nm* 1 Engin explosif. 2 Pop Pistolet. 3 Pop Derrière. **Loc** Pop *Être en pétard* : en colère. *Faire du pétard* : du tapage.

pétaudière *nf* Fam Lieu où il n'y a ni ordre ni autorité.

pet-de-nonne *nm* Beignet soufflé. *Des pets-de-nonne.*

péter *vi* [12] 1 Fam Lâcher un pet. 2 Fam Exploser, éclater. 3 Fam Se casser. ■ *vt* Fam Casser qqch. **Loc** *Péter le feu* : être très vif.

pète-sec *n inv* Fam Personne autoritaire, au ton cassant.

péteux, euse *n, a* Fam 1 Couard, poltron. 2 Prétentieux.

pétillant, ante *a* Qui pétille.

pétillement *nm* Bruit de ce qui pétille.

pétiller *vi* 1 Éclater avec de petits bruits secs et répétés. 2 Dégager des bulles de gaz. 3 Briller d'un vif éclat. *Ses yeux pétillent de joie.*

pétiole [-sjɔl] *nm* BOT Queue d'une feuille.

pétiolé, ée *a* BOT Pourvu d'un pétiole.

petiot, ote *a, n* Fam Tout petit.

petit, ite *a* 1 De faibles dimensions. 2 De faible importance. 3 Étriqué, mesquin, borné. ■ *a, n* Qui n'a pas atteint l'âge adulte ; enfant, jeune. **Loc** *Faire des petits* : mettre bas. ■ *av* **Loc** *En petit* : en raccourci. *Petit à petit* : peu à peu.

petit-beurre *nm* Gâteau sec rectangulaire, au beurre. *Des petits-beurres.*

petit-bourgeois, petite-bourgeoise *n* Qui appartient aux couches les moins aisées de la bourgeoisie. ■ *a* Qui dénote de l'étroitesse d'esprit. *Des petits-bourgeois.*

petit-déjeuner *nm* Premier repas pris le matin. *Des petits-déjeuners.* ■ *vi* Prendre le petit-déjeuner.

petitement *av* 1 À l'étroit. 2 Mesquinement.

petitesse *nf* 1 Caractère petit. 2 Caractère, acte mesquin.

petit-fils, petite-fille *nf* Fils, fille du fils ou de la fille par rapport au grand-père, à la grand-mère. *Des petits-fils. Des petites-filles.*

petit-gris *nm* 1 Écureuil d'Europe à la fourrure appréciée. 2 Escargot. *Des petits-gris.*

pétition *nf* Demande, plainte ou vœu écrits adressés à une autorité. **Loc** *Pétition de principe* : raisonnement consistant à tenir pour vrai ce qu'il s'agit de démontrer.

pétitionnaire *n* Qui signe ou présente une pétition.

pétitionner *vi* Adresser une pétition.

petit-lait *nm* Liquide qui se sépare du lait caillé. *Des petits-laits.*

petit-nègre *nm inv* Fam Français incorrect à la grammaire rudimentaire.

petit-neveu, petite-nièce *nf* Fils, fille du neveu, de la nièce, par rapport au grand-oncle ou à la grand-tante. *Des petits-neveux. Des petites-nièces.*

petit pois *nm* Pois vert écossé. *Des petits pois.*

petits-enfants *nmpl* Enfants d'un fils ou d'une fille.

petit-suisse *nm* Petit cylindre de fromage frais. *Des petits-suisses.*

pétoche *nf* Pop Peur.

pétoire *nf* Fam Arme à feu désuète.

peton *nm* Fam Petit pied.

pétoncle *nm* Mollusque comestible.

pétrel *nm* Oiseau marin au bec crochu.

pétrifiant, ante *a* Qui pétrifie.

pétrification *nf* Action de (se) pétrifier.

pétrifier *vt* 1 Recouvrir de calcaire, de silice. 2 Stupéfier, paralyser.

pétrin *nm* Appareil, coffre pour pétrir le pain. **Loc** Fam *Être dans le pétrin* : dans l'embarras.

pétrir *vt* 1 Brasser, malaxer une pâte. 2 Presser avec force pour donner une forme. **Loc** *Être pétri de qqch* : en plein.

pétrissage *nm* Action de pétrir.

pétrochimie *nf* Chimie des produits extraits du pétrole.

pétrochimique *a* De la pétrochimie.

pétrodollar *nm* Dollar provenant du commerce du pétrole.

pétrogenèse *nf* GEOL Formation des roches.

pétroglyphe *nm* Gravure sur pierre.

pétrographie ou **pétrologie** *nf* GEOL Étude des roches et de leur formation.

pétrole nm Huile minérale organique, composée d'hydrocarbures. ∎ a inv Loc Bleu pétrole : bleu tirant sur le vert.
pétrolette nf Fam Petite motocyclette.
pétroleuse nf HIST Femme qui aurait allumé des incendies pendant la Commune de 1871.
pétrolier, ère a Du pétrole. ∎ nm Navire pour le transport du pétrole.
pétrolifère a Qui contient du pétrole.
pétrologie. V. pétrographie.
pétulance nf Vivacité, fougue.
pétulant, ante a Vif, impétueux.
pétunia nm Plante à fleurs colorées.
peu av En petite quantité, en quantité insuffisante. Loc A peu près : presque. Peu à peu : lentement. De peu : d'un rien. Pour peu que : pourvu que. Sous peu, avant peu : dans peu de temps. Depuis peu : récemment. ∎ nm La petite quantité de. Le peu (de temps) qu'il lui reste. Loc Pour un peu : un peu plus.
peuh ! interj Marque le dédain, l'indifférence.
peul ou **peuhl** nm Langue d'Afrique.
peuplade nf Petit groupe humain dans une société archaïque.
peuple nm 1 Ensemble des gens appartenant à une communauté nationale ou culturelle. Le peuple français. 2 Ensemble des citoyens de condition modeste. Sortir du peuple. 3 Fam Foule.
peuplé, ée a Où il y a des habitants.
peuplement nm Action de peupler ; fait d'être peuplé.
peupler vt 1 Faire occuper un endroit par des végétaux, des animaux. 2 Occuper un endroit, en constituer la population. 3 Remplir l'esprit. Peupler l'imagination. ∎ vpr Se remplir de monde, d'êtres vivants.
peuplier nm Grand arbre cultivé pour son bois blanc et léger.
peur nf Crainte plus ou moins violente. Loc Avoir peur : craindre. Fam Peur bleue : grande peur. De peur de, que : par crainte de, que.
peureusement av De façon craintive.
peureux, euse a, n Craintif, sujet à la peur.
peut-être av Marque le doute, l'éventualité.
peyotl [pɛ-] nm Cactacée des montagnes mexicaines donnant la mescaline.
pèze nm Pop Argent.
pfennig [pfe-] nm Centième partie du mark.
pH nm CHIM Coefficient caractérisant l'état acide ou basique d'une solution.
phacochère nm Sanglier africain.
phagocyte nm BIOL Leucocyte apte à la phagocytose.
phagocyter vt 1 BIOL Détruire par phagocytose. 2 Faire disparaître en absorbant à soi.
phagocytose nf BIOL Ingestion par un leucocyte d'une particule étrangère.
phalange nf 1 ANTIQ Corps d'infanterie de l'armée grecque. 2 Segment articulé des doigts, des orteils. 3 HIST Groupement paramilitaire de type fasciste.
phalangette nf Dernière phalange du doigt.
phalangiste n HIST Membre d'une phalange.
phalanstère nm Communauté de travailleurs, dans le système de Fourier.
phalène nf ou m Grand papillon nocturne.
phallique a Du phallus.
phallocrate n Homme qui s'estime supérieur à la femme.

phallocratie [-si] nf Attitude dominatrice de l'homme sur les femmes.
phallocratique a De la phallocratie.
phalloïde a Loc Amanite phalloïde : champignon mortel au chapeau jaunâtre ou verdâtre.
phallus nm Pénis en érection.
phanérogame nf BOT Plante à fleurs et à graines.
pharaon nm ANTIQ Souverain de l'Égypte.
pharaonique a 1 Des pharaons. 2 Marqué par le gigantisme, la démesure.
phare nm 1 Tour surmontée d'un foyer lumineux, établie le long des côtes pour guider les navires. 2 Projecteur à l'avant d'un véhicule pour éclairer la route. 3 Ce qui guide, éclaire.
pharisaïsme nm Litt Hypocrisie.
pharisien, enne n 1 Membre d'une secte juive contemporaine du Christ. 2 Litt Hypocrite.
pharmaceutique a De la pharmacie.
pharmacie nf 1 Science de la préparation et de la composition des médicaments. 2 Profession et commerce du pharmacien ; laboratoire, boutique du pharmacien. 3 Armoire à médicaments.
pharmacien, enne n Qui exerce la pharmacie.
pharmacocinétique nf Étude de l'action des médicaments à l'intérieur du corps.
pharmacodépendance nf Dépendance à l'égard d'un médicament.
pharmacodynamie nf Étude des effets organiques des médicaments.
pharmacologie nf Science des médicaments.
pharmacologique a De la pharmacologie.
pharmacologue n Spécialiste de pharmacologie.
pharmacopée nf Ensemble des médicaments ; ouvrage énumérant leurs effets.
pharmacovigilance nf MED Contrôle centralisé des informations sur les effets des médicaments.
pharyngé, ée ou **pharyngien, enne** a Du pharynx.
pharyngite nf Inflammation du pharynx.
pharynx nm ANAT Conduit qui va de la cavité buccale à l'œsophage ; gosier.
phase nf 1 Chacune des périodes marquant l'évolution d'un phénomène. 2 ASTRO Chacun des aspects différents de la Lune. Loc Fam Être en phase : en harmonie.
phasme nm Insecte ayant l'aspect d'une brindille.
phénicien, enne a, n De la Phénicie.
phénix nm 1 MYTH Oiseau fabuleux qui se brûlait lui-même pour renaître de ses cendres. 2 Litt Personne exceptionnelle.
phénobarbital nm Barbiturique.
phénol nm Composé dérivé du benzène, utilisé en chimie, en pharmacie.
phénoménal, ale, aux a Surprenant, extraordinaire.
phénoménalement av Extraordinairement.
phénomène nm 1 Tout fait extérieur ou intérieur présent à la conscience. 2 Chose remarquable, extraordinaire. 3 Fam Personne originale, bizarre.
phénoménologie nf Philosophie visant à saisir par la conscience l'essence des êtres.
phéromone nf ZOOL Substance émise par un animal à destination de ses congénères.

phi *nm* Lettre de l'alphabet grec correspondant au *ph* français.

philanthrope *n* Qui agit avec générosité, désintéressement.

philanthropie *nf* Bienfaisance, générosité.

philanthropique *a* De la philanthropie.

philatélie *nf* Collection des timbres-poste.

philatélique *a* De la philatélie.

philatéliste *n* Collectionneur de timbres-poste.

philharmonie *nf* Société musicale.

philharmonique *a* Loc *Orchestre philharmonique :* grand orchestre symphonique.

philhellène *n* HIST Partisan de l'indépendance grecque (XIXᵉ s.).

philippin, ine *a, n* Des îles Philippines.

philippique *nf* Litt Discours violent contre qqn.

philistin *nm* Litt Personne vulgaire et inculte.

philo *nf* Fam Philosophie.

philodendron [-dē-] *nm* Arbuste aux feuilles décoratives.

philologie *nf* Étude d'une langue d'après les textes écrits.

philologique *a* De la philologie.

philologue *n* Spécialiste de philologie.

philosophale *af* Loc *Pierre philosophale :* pierre qui, d'après les alchimistes, pouvait changer les métaux en or.

philosophe *n* Spécialiste de philosophie. ■ *a, n* Qui supporte tout avec sérénité.

philosopher *vi* Argumenter, raisonner, discuter sur un sujet quelconque.

philosophie *nf* 1 Branche du savoir qui étudie les principes et les causes au niveau général. 2 Doctrine, système d'une école, d'un philosophe. 3 Fermeté, calme, courage.

philosophique *a* De la philosophie.

philosophiquement *av* De façon philosophique ; avec sérénité.

philtre *nm* Litt Breuvage magique propre à inspirer l'amour.

phimosis *nm* MED Étroitesse du prépuce, qui empêche de découvrir le gland.

phlébite *nf* Thrombose veineuse des membres inférieurs.

phlébographie *nf* Radiographie des veines.

phlébologie *nf* Étude des veines et traitement de leurs affections.

phlébologue *n* Spécialiste de phlébologie.

phlébotomie *nf* CHIR Ablation d'une veine.

phlegmon *nm* Infiltration purulente aiguë du tissu sous-cutané.

phlyctène *nf* Bulle de sérosité sous l'épiderme.

pH-mètre *nm* Appareil de mesure du pH.

phobie *nf* Peur irraisonnée, angoissante et obsédante.

phobique *a* De la phobie. ■ *a, n* Atteint de phobie.

phocéen, enne *a, n* Litt De Marseille.

pholiote *nf* Champignon à lamelles jaunes.

phonateur, trice ou **phonatoire** *a* De la phonation.

phonation *nf* Production des sons par les organes vocaux.

phonème *nm* Son du langage.

phonéticien, enne *n* Spécialiste de phonétique.

phonétique *a* Relatif aux sons du langage. ■ *nf* Étude des sons de la parole.

phonétiquement *av* Sur le plan phonétique.

phonétisme *nm* LING Structures phonétiques d'une langue.

phoniatre *n* Spécialiste de phoniatrie.

phoniatrie *nf* Étude et traitement des troubles de la phonation.

phonique *a* Relatif aux sons ou à la voix.

phonogramme *nm* 1 LING Signe graphique représentant un son. 2 Enregistrement sonore sur disque, cassette, etc.

phonographe ou **phono** *nm* Anc Appareil servant à reproduire les sons.

phonographique *a* Relatif à l'enregistrement des sons sur disques.

phonolite *nf* Roche volcanique qui résonne quand on la frappe.

phonologie *nf* LING Description des caractéristiques linguistiques des sons du langage.

phonothèque *nf* Établissement où sont archivés des documents sonores.

phoque *nm* Mammifère des mers froides.

phosgène *nm* Gaz de combat dérivé du chlore.

phosphate *nm* Sel de l'acide phosphorique utilisé pour les engrais.

phosphaté, ée *a* Qui renferme du phosphate.

phosphore *nm* Corps simple présent dans les os, le système nerveux, etc.

phosphorer *vi* Fam Réfléchir beaucoup.

phosphorescence *nf* Propriété de certains corps d'émettre de la lumière dans l'obscurité.

phosphorescent, ente *a* Qui émet une lueur dans l'obscurité.

phosphoreux, euse *a* CHIM Qui contient du phosphore.

phosphorique *a* Loc CHIM *Anhydride phosphorique :* obtenu par combustion du phosphore. *Acide phosphorique :* acide du phosphore.

photo *nf* Photographie. ■ *a inv* Photographique. *Appareil photo.*

photochimie *nf* Étude des réactions chimiques produites par la lumière.

photocomposer *vt* Composer par photocomposition.

photocomposeuse *nf* Appareil de photocomposition.

photocompositeur *nm* Professionnel de la photocomposition.

photocomposition *nf* Composition photographique des textes destinés à être imprimés.

photocopie *nf* Reproduction photographique d'un document.

photocopier *vt* Faire la photocopie de.

photocopieur *nm* ou **photocopieuse** *nf* Appareil de photocopie.

photodiode *nf* Diode déclenchée par un rayonnement lumineux.

photoélectrique *a* Loc *Cellule photoélectrique :* dispositif de mesure d'un flux lumineux.

photofinish *nf inv* Enregistrement photographique automatique de l'arrivée d'une course.

photogénique *a* Qui est plus beau en photographie qu'au naturel.

photogrammétrie *nf* Technique permettant de déterminer la forme et les dimensions d'un objet à partir de photographies.

photographe *n* 1 Qui photographie en amateur ou en professionnel. 2 Qui développe les films photographiques, tire les clichés.

photographie *nf* 1 Art et technique visant à fixer l'image des objets par l'utilisation de l'action de la lumière sur une surface sensible. 2 Image ainsi obtenue. 3 Reproduction exacte d'une situation.

photographier *vt* 1 Obtenir une image par la photographie. 2 Décrire avec précision.

photographique *a* De la photographie.

photograveur *nm* Professionnel de la photogravure.

photogravure *nf* IMPRIM Obtention photographique de clichés d'impression.

photoluminescence *nf* Luminescence d'un corps renvoyant une radiation.

photolyse *nf* CHIM Décomposition chimique sous l'action de la lumière.

photomaton *nm* (n déposé) Installation payante et automatique de photographie des visages.

photomécanique *a* Se dit de tout procédé photographique de reproduction qui permet de créer des clichés.

photomètre *nm* Appareil de mesure de l'intensité lumineuse.

photométrie *nf* Mesure de l'intensité lumineuse.

photomontage *nm* Montage photographique.

photon *nm* PHYS Particule de masse et de charge nulles associée à un rayonnement lumineux.

photopériodisme *nm* BOT Réaction des plantes à la succession des jours et des nuits.

photophore *nm* Coupe en verre, destinée à recevoir une bougie.

photopile *nf* Batterie ou pile solaire.

photoreportage *nm* Reportage photographique.

photosensible *a* Sensible à la lumière.

photosphère *nf* La plus profonde des couches du Soleil.

photosynthèse *nf* BIOL Assimilation chlorophyllienne.

photothèque *nf* Lieu où on archive des documents photographiques.

phototropisme *nm* BIOL Tropisme commandé par la lumière.

phototype *nm* Image photographique obtenue directement.

phragmite *nm* Roseau commun.

phrase *nf* 1 Assemblage de mots présentant un sens complet. 2 Suite de notes présentant une certaine unité. Loc *Phrase toute faite* : cliché. ■ pl Loc *Faire des phrases* : avoir un langage affecté. *Sans phrases* : sans détours.

phrasé *nm* MUS Façon de phraser.

phraséologie *nf* Manière de s'exprimer propre à un milieu, à une époque.

phraser *vt* MUS Jouer un air en faisant sentir le développement des phrases musicales.

phraseur, euse *n* Déclamateur prétentieux.

phrastique *a* LING De la phrase.

phratrie *nf* ETHNOL Groupe de clans au sein d'une tribu.

phréatique *a* Loc *Nappe phréatique* : nappe d'eau souterraine.

phrénologie *nf* Anc Étude du caractère par la forme du crâne.

phrygane *nf* Insecte dont les larves, aquatiques, se protègent par un fourreau fait de divers matériaux.

phrygien, enne *a* Loc *Bonnet phrygien* : bonnet rouge des révolutionnaires de 1793.

phtisie *nf* Vx Tuberculose.

phtisiologie *nf* Étude de la tuberculose.

phtisique *a, n* Vx Tuberculeux.

phycomycète *nm* BOT Champignon primitif, souvent aquatique et parasite.

phylactère *nm* 1 Bulle des bandes dessinées. 2 Syn de *tephillin*.

phyllie *nf* Insecte de Malaisie ressemblant à une feuille verte.

phylloxéra *nm* Insecte parasite de la vigne ; maladie de la vigne.

phylogenèse *nf* BIOL Formation et évolution des organismes vivants.

physalie *nf* Grande méduse urticante.

physalis *nm* Plante ornementale aux baies rouges évoquant une lanterne vénitienne.

physicien, enne *n* Spécialiste de physique.

physicochimique *a* Qui relève de la physique et de la chimie.

physiocrate *nm* Économiste du XVIIIe s considérant l'agriculture comme source principale de la richesse d'un pays.

physiologie *nf* Science du fonctionnement des organismes vivants.

physiologique *a* De la physiologie.

physiologiste *n* Spécialiste de physiologie.

physionomie *nf* 1 Ensemble des traits du visage. 2 Caractère particulier de qqn, de qqch.

physionomiste *a* Qui a la mémoire des visages.

physiopathologie *nf* Étude des troubles physiologiques.

physiothérapie *nf* Utilisation thérapeutique des agents physiques (eau, lumière, chaleur).

physique *a* 1 Relatif à la nature, à la matière. 2 Relatif au corps humain, aux sens. Loc *Culture physique* : gymnastique. ■ *nm* Aspect extérieur de qqn ; sa constitution. ■ *nf* Science des propriétés de la matière et des lois qui la régissent.

physiquement *av* Sur le plan physique.

phytocide *nm, a* Produit susceptible de détruire les végétaux.

phytogéographie *nf* Étude de la répartition des végétaux.

phytohormone *nf* Hormone végétale.

phytoparasite *nm* Parasite d'un végétal.

phytopathologie *nf* Étude des maladies des plantes.

phytophage *a* ZOOL Qui se nourrit de substances végétales.

phytoplancton *nm* Plancton végétal.

phytosanitaire *a* Relatif aux soins donnés aux végétaux.

phytosociologie *nf* Étude des associations végétales.

phytothérapie *nf* Traitement des maladies par les plantes.

phytotron *nm* Laboratoire où on étudie les mécanismes de la vie végétale.

pi *nm* 1 Lettre de l'alphabet grec, correspondant à *p*. 2 MATH Nombre de symbole π, égal au rapport de la circonférence d'un cercle à son diamètre et dont la valeur approche 3,1416.

piaf *nm* Pop Moineau.

piaffer *vi* 1 Frapper la terre avec les pieds de devant (cheval). 2 Manifester une nervosité excessive.

piaillement *nm* 1 Cris aigus d'un oiseau. 2 Fam Criaillerie. Syn piaillerie.

piailler *vi* 1 Pousser de petits cris aigus (oiseau). 2 Fam Crier continuellement.

piaillerie *nf* Syn de *piaillement*.

pian *nm* Maladie cutanée contagieuse des pays tropicaux.

pianissimo *av, nm* MUS Très doucement.

pianiste *n* Qui joue du piano.

1. piano *nm* Instrument de musique à clavier et à cordes frappées.

2. piano *av* MUS Doucement.

piano-bar *nm* Café dans lequel un piano crée un fond musical. *Des pianos-bars.*

pianoforte [-fɔrte] *nm* Ancêtre du piano au XVIIIᵉ s.

pianoter *vi* 1 Jouer maladroitement du piano. 2 Tapoter avec les doigts sur un objet. 3 Taper sur les touches d'un clavier d'ordinateur, de minitel.

piastre *nf* 1 Ancienne monnaie espagnole. 2 Fam Nom du dollar au Canada.

piaule *nf* Pop Chambre.

piaulement *nm* Cri d'un oiseau qui piaule.

piauler *vi* Crier (oiseau, poulet).

pic *nm* 1 Oiseau grimpeur doté d'un bec pointu. 2 Instrument fait d'un fer pointu pour creuser. 3 Montagne élevée, au sommet très pointu. Loc *A pic* : verticalement. Fam *Tomber, arriver à pic* : à propos.

picador *nm* Cavalier qui, dans les courses de taureaux, fatigue l'animal avec une pique.

picaillons *nmpl* Pop Argent.

picard, arde *a, n* De Picardie. ■ *nm* Dialecte parlé en Picardie.

picaresque *a* Se dit d'œuvres mettant en scène des aventuriers, des brigands.

pichenette *nf* Fam Chiquenaude.

pichet *nm* Petit broc.

pickles [pikœls] *nmpl* Condiments végétaux confits dans du vinaigre.

pickpocket [pikpɔkɛt] *nm* Voleur à la tire.

pick-up [pikœp] *nm inv* 1 Électrophone. 2 Camionnette dont l'arrière est un plateau non recouvert.

picoler *vi* Pop Boire de l'alcool, du vin.

picorer *vi* Chercher sa nourriture (oiseaux). ■ *vt* Piquer çà et là.

picotement *nm* Impression de piqûres légères et répétées.

picoter *vt* 1 Becqueter, picorer. 2 Causer des picotements à.

picotin *nm* Vx Ration d'avoine pour les chevaux.

picrate *nm* 1 CHIM Sel de l'acide picrique. 2 Pop Vin rouge.

picrique *a* Loc CHIM *Acide picrique* : acide dérivé du phénol.

pictogramme *nm* 1 Symbole propre aux écritures pictographiques. 2 Dessin normalisé servant à guider les usagers dans les lieux publics.

pictographique *a* Du pictogramme.

pictural, ale, aux *a* Relatif à la peinture.

pic-vert. V. pivert.

pidgin [pidʒin] *nm* LING Langue de relation empruntant ses éléments à plusieurs langues.

1. pie *nf* 1 Oiseau noir et blanc à longue queue. 2 Personne très bavarde. ■ *a inv* Dont le poil est de deux couleurs.

2. pie *af* Loc Litt *Œuvre pie* : œuvre pieuse.

pièce *nf* 1 Chacune des parties d'un tout, d'un assemblage, d'un mécanisme. 2 Morceau de tissu pour réparer un vêtement. 3 Salle, chambre d'un logement. 4 Morceau de métal servant de monnaie. 5 Document écrit servant à établir un droit, une preuve. 6 Ouvrage dramatique ; composition musicale. Loc *Tout d'une pièce* : d'un seul morceau ; d'un caractère entier. *Aux pièces* : en proportion du travail. *De toutes pièces* : entièrement ; sans fondement. *Mettre en pièces* : démolir. *A la pièce* : au nombre d'objets fabriqués. Litt *Faire pièce à qqn* : s'opposer à lui.

piécette *nf* Petite pièce de monnaie.

pied *nm* 1 Extrémité du membre inférieur, qui sert à la marche. 2 Partie inférieure d'un objet servant de support. 3 Partie basse d'une montagne. 4 Plant de certains végétaux. *Pied de salade.* 5 Ancienne unité de longueur (0,3248 m) ou mesure anglo-saxonne (0,3048 m). 6 VERSIF Ensemble de syllabes constituant une unité rythmique. Loc *A pied* : en marchant ; sans véhicule. *A pied sec* : sans se mouiller. *Pied à pied* : peu à peu. *Mettre le pied dehors* : sortir. *Mettre qqch sur pied* : l'organiser. *Sur pied* : debout. *Mettre à pied* : renvoyer. *Marcher sur les pieds* : empiéter sur le domaine de qqn. *Faire des pieds et des mains* : se démener. Fam *Faire les pieds à qqn* : lui servir de leçon. *De pied ferme* : énergiquement. *Au pied levé* : sans préparation. *Avoir pied* : pouvoir toucher le fond de l'eau. *Prendre pied* : s'établir solidement. *Perdre pied* : ne plus pouvoir suivre. *A pied d'œuvre* : prêt à l'action. *Lâcher pied* : reculer. *Récolte sur pied* : non cueillie. *Au petit pied* : en petit. *Sur le pied de* : avec le train de vie de. *Au pied de la lettre* : littéralement. Pop *Prendre son pied* : éprouver du plaisir.

pied-à-terre *nm inv* Logement qu'on n'occupe qu'en passant.

pied-bot *nm* Atteint d'un pied bot. *Des pieds-bots.*

pied-de-biche *nm* Outil servant de levier. *Des pieds-de-biche.*

pied-de-mouton *nm* Champignon comestible. *Des pieds-de-mouton.*

pied-de-poule *nm* Tissu aux motifs croisés. *Des pieds-de-poule.*

pied-droit ou **piédroit** *nm* ARCHI 1 Pilier qui soutient une voûte. 2 Jambage d'une porte, d'une fenêtre. *Des pieds-droits.*

piédestal, aux *nm* Socle d'une statue. Loc *Mettre sur un piédestal* : idéaliser.

pied-noir *n, a* Fam Français d'Algérie jusqu'à l'indépendance de ce pays. *Des pieds-noirs.*

piège *nm* 1 Engin pour prendre des animaux. 2 Difficulté ou danger cachés.

piéger *vt* [13] 1 Prendre à l'aide de pièges. 2 Mettre qqn dans une situation difficile et sans issue. 3 Installer qqpart un engin explosif. 4 Parvenir à fixer un phénomène physique. *Piéger des radiations.*

pie-grièche *nf* Passereau. *Des pies-grièches.*

pie-mère *nf* ANAT La plus interne des méninges. *Des pies-mères.*

piémont *nm* GEOGR Plaine alluviale au pied d'une chaîne de montagnes.

piémontais, aise *a, n* Du Piémont.

piéride *nm* Papillon aux ailes tachetées.

pierraille *nf* Petites pierres.

pierre *nf* 1 Matière minérale solide et dure. 2 Bloc de cette matière façonné ou non. *Casser des pierres.* Loc *La pierre :* l'immobilier. *Pierre précieuse :* minéral de grande valeur (diamant, rubis, émeraude, saphir). *Pierre fine :* topaze, améthyste, etc. *Pierre à feu, à fusil :* silex produisant des étincelles. *Pierre levée :* menhir. *Jeter la pierre à qqn :* le blâmer. *Pierre de taille :* utilisée pour la construction.

pierreries *nfpl* Pierres précieuses taillées.

pierreux, euse *a* De pierre.

pierrier *nm* Versant recouvert d'éboulis.

pierrot *nm* 1 Personnage de comédie vêtu de blanc au visage enfariné. 2 *Fam* Moineau.

piéta *nf* Statue ou tableau de la Vierge portant sur ses genoux le corps du Christ.

piétaille *nf* Gens de fonction subalterne.

piété *nf* Dévotion religieuse. Loc *Piété filiale :* affection pour les parents.

piétement *nm* Ensemble des pieds d'un meuble et des traverses qui les relient.

piétinement *nm* Action de piétiner.

piétiner *vi* 1 Remuer, frapper les pieds sur place. 2 Ne pas progresser. *Les tractations piétinent.* ■ *vt* Fouler aux pieds.

piétisme *nm* Mouvement religieux luthérien (XVIIᵉ s).

piéton, onne *n* Qui va à pied. *Passage pour piétons.* ■ *a* Piétonnier. *Rue piétonne.*

piétonnier, ère *a* Réservé aux piétons.

piètre *a* Médiocre, sans valeur.

piètrement *av* Médiocrement.

pieu *nm* 1 Pièce de bois pointue à un bout, destinée à être enfoncée en terre. 2 *Pop* Lit.

pieusement *av* Avec piété.

pieuter (se) *vpr Pop* Se mettre au lit.

pieuvre *nf* Mollusque céphalopode à huit tentacules munis de ventouses. *Syn* poulpe.

pieux, pieuse *a* Qui a ou qui dénote de la piété.

piézoélectricité *nf* Apparition de charges électriques sur certains cristaux comprimés.

piézoélectrique *a* De la piézoélectricité.

1. pif *nm Pop* Nez. Loc *Pop Au pif :* au pifomètre.

2. pif ! *interj* Loc *Pif ! Paf ! :* exprime un bruit sec.

pifomètre *nm Fam* Flair. Loc *Fam Au pifomètre :* approximativement, par intuition.

pige *nf* 1 Mode de rémunération d'un journaliste payé à la tâche. 2 *Pop* Année d'âge. Loc *Fam Faire la pige à qqn :* faire mieux que lui.

pigeon *nm* 1 Oiseau dont certaines espèces (*pigeons voyageurs*) ont un sens de l'orientation très développé. 2 *Fam* Qui se laisse facilement duper.

pigeonne *nf* Femelle du pigeon.

pigeonneau *nm* Jeune pigeon.

pigeonner *vt* Duper.

pigeonnier *nm* 1 Petite construction destinée aux pigeons domestiques. 2 *Fam* Logement exigu.

piger *vt* [11] *Pop* Comprendre.

pigiste *n* Journaliste payé à la pige.

pigment *nm* 1 Substance organique qui colore la peau. 2 Matière colorante en poudre.

pigmentaire *a* Du pigment.

pigmentation *nf* 1 Formation de pigment dans certains tissus. 2 Coloration par un ou des pigments.

pigmenter *vt* Colorer par un pigment.

pigne *nf* Pomme de pin.

pignon *nm* 1 Partie supérieure triangulaire d'un mur de maison. 2 Roue dentée d'engrenage. 3 Graine de pomme de pin. Loc *Fam Avoir pignon sur rue :* être dans une situation notoirement établie, aisée.

pignouf *nm Pop* Individu sans éducation.

pilaf *nm* Plat épicé composé de riz mêlé de viande, de poissons, de coquillages, etc.

pilastre *nm* Pilier adossé à un mur.

pilchard *nm* Grosse sardine.

pile *nf* 1 Ensemble d'objets placés les uns sur les autres. 2 Massif de maçonnerie servant de support à un pont. 3 Appareil qui transforme l'énergie chimique en courant électrique. 4 Côté d'une pièce de monnaie opposé à la face. 5 *Fam* Volée de coups ; défaite écrasante. Loc *Jouer à pile ou face :* décider en s'en remettant au hasard. ■ *av* Loc *Fam Tomber pile :* juste ou à point. *S'arrêter pile :* tout d'un coup.

piler *vt* 1 Écraser, broyer en frappant. 2 *Fam* Battre, vaincre qqn. ■ *vi Fam* Freiner brusquement.

pileux, euse *a* Relatif aux poils, aux cheveux.

pilier *nm* 1 Colonne de maçonnerie, de fer, de bois, etc., constituant un support, dans un édifice. 2 Personne fréquentant assidûment un lieu. *Pilier de bar.* 3 Personne ou chose sur laquelle s'appuie qqch.

pillage *nm* Action de piller.

pillard, arde *a, n* Qui pille.

piller *vt* 1 Dépouiller par la force, voler. *Piller une ville. Piller des œuvres d'art.* 2 Plagier, copier de façon éhontée.

pilleur, euse *n* Qui pille. *Pilleur d'épaves.*

pilon *nm* 1 Instrument servant à écraser ou à tasser. 2 Cuisse d'une volaille cuite. 3 *Fam* Jambe de bois. Loc *Mettre un livre au pilon :* en détruire l'édition ou les invendus.

pilonnage *nm* Action de pilonner.

pilonner *vt* 1 Soumettre à un violent bombardement. 2 Mettre une publication au pilon.

pilori *nm* Loc *Clouer au pilori :* désigner à l'indignation générale.

pilosébacé, ée *a* De l'ensemble formé par le poil et la glande sébacée.

piloselle *nf* Plante aux propriétés diurétiques.

pilosité *nf* 1 Présence de poils. 2 Ensemble des poils.

pilotage *nm* Action, art de piloter.

pilote *nm* 1 Qui dirige un navire, un aéronef, une automobile, etc. 2 Petit poisson qui accompagne les requins, les navires. 3 Émission télévisée destinée à servir de modèle, de test. Loc *Pilote automatique :* dispositif qui assure automatiquement le maintien du cap d'un avion, d'un bateau. ■ *a* Qui s'engage dans une voie nouvelle, à titre expérimental. *Classe pilote.*

piloter *vt* 1 Conduire en tant que pilote. 2 Guider qqn dans des lieux qu'il ne connaît pas. 3 Mener à bien une opération.

pilotis *nm* Ensemble de pieux servant d'assise à un ouvrage construit au-dessus de l'eau.

pilou *nm* Tissu de coton pelucheux.

pilule *nf* 1 Médicament de forme sphérique pour la voie orale. 2 Substance utilisée comme contraceptif. Loc *Fam Dorer la pilule :* présenter favorablement une chose désagréable.

pilulier *nm* Petite boîte destinée aux pilules.

pimbêche *nf Fam* Femme prétentieuse.

piment nm 1 Fruit de diverses plantes à saveur piquante, utilisé comme condiment. 2 Ce qui donne du piquant à qqch. *Le piment d'un récit.*

pimenter vt 1 Assaisonner de piment. 2 Donner du piquant à. *Pimenter ses propos.*

pimpant, ante a Alerte et élégant.

pimprenelle nf Plante à fleurs roses.

pin nm Conifère à aiguilles persistantes.

pinacle nm Partie la plus haute d'un édifice. Loc *Porter au pinacle :* couvrir d'éloges.

pinacothèque nf Musée de peinture.

pinaillage nm Fam Action de pinailler.

pinailler vi Fam Ergoter sur des riens.

pinailleur, euse n, a Fam Qui pinaille.

pinard nm Pop Vin.

pinasse nf Petit bateau de pêche.

pince nf 1 Outil ou accessoire à deux branches, servant à saisir ou à serrer. 2 Patte antérieure fourchue et articulée de certains crustacés. 3 Pop Main ou pied. 4 Pli cousu servant à ajuster un vêtement.

pincé, ée a Serré et mince. *Lèvres pincées.* Loc *Air pincé :* maniéré, distant.

pinceau nm 1 Instrument formé d'un faisceau de poils attaché au bout d'un manche, pour peindre, coller, etc. 2 Étroit faisceau de rayons lumineux. 3 Pop Pied.

pincée nf Quantité de poudre, de graines, etc., que l'on peut prendre entre ses doigts.

pincement nm 1 Action de pincer. 2 Sensation vive et quelque peu douloureuse.

pince-monseigneur nf Levier qu'utilisent les cambrioleurs pour forcer les portes. *Des pinces-monseigneur.*

pince-nez nm inv Binocle fixé sur le nez par un ressort.

pincer vt [10] 1 Serrer étroitement avec les doigts, avec une pince, etc. 2 Produire une sensation vive, semblable à un pincement. *Le froid pince les joues.* 3 Resserrer, amincir. *Pincer les lèvres.* 4 Supprimer des bourgeons. 5 Fam Prendre, surprendre qqn. *On l'a pincé la main dans le sac.* ■ vi Loc Fam *Ça pince :* il fait froid. Fam *En pincer pour :* être épris de.

pince-sans-rire nm inv Qui plaisante tout en restant impassible.

pincette nf Petite pince. ■ pl Longue pince en fer servant à saisir les tisons. Loc Fam *N'être pas à prendre avec des pincettes :* être de très mauvaise humeur.

pinçon nm Trace d'un pincement sur la peau.

pinéal, ale, aux a Loc ANAT *Glande pinéale :* épiphyse.

pineau nm Vin charentais mêlé de cognac.

pinède nf Terrain planté de pins.

pingouin nm Oiseau noir et blanc marin des régions arctiques, aux ailes très courtes.

ping-pong [piŋ-] nm Tennis de table.

pingre n, a Avare.

pingrerie nf Avarice mesquine.

pinnipède nm ZOOL Mammifère carnivore marin aux membres en forme de palettes natatoires (otaries, phoques, morses).

pinot nm Cépage rouge de Bourgogne.

pin's [pins] nm inv Badge qui se fixe grâce à une pointe. Syn. épinglette.

pinscher nm Doberman nain.

pinson nm Petit oiseau, bon chanteur. Loc *Gai comme un pinson :* très gai.

pintade nf Oiseau de basse-cour, au plumage gris perlé de blanc.

pintadeau nm Jeune pintade.

pinte nf Mesure de capacité anglo-saxonne.

pin-up [pinœp] nf inv Fille jolie et sensuelle.

pinyin [pinjin] nm Système de transcription du chinois en caractères latins.

piochage nm Action de piocher.

pioche nf Outil formé d'un fer allongé et courbe muni d'un manche, qui sert à creuser la terre. Loc Fam *Tête de pioche :* têtu, obstiné.

piocher vt 1 Creuser avec une pioche. 2 Fam Préparer avec ardeur, travailler beaucoup sur. ■ vi Puiser dans un tas.

piolet nm Courte pioche utilisée en alpinisme.

1. pion nm Chacune des huit plus petites pièces du jeu d'échecs ; chacune des pièces du jeu de dames.

2. pion, onne n Pop Surveillant d'études.

pioncer vi [10] Pop Dormir.

pionnier, ère n 1 Qui défriche des contrées inhabitées. 2 Qui ouvre une voie nouvelle.

pipa nm Gros crapaud américain.

pipe nf 1 Ustensile servant à fumer, composé d'un tuyau aboutissant à un manche, qui sert à contenir le tabac. 2 Élément de tuyauterie, conduit. Loc Pop *Casser sa pipe :* mourir. Fam *Par tête de pipe :* par personne.

pipeau nm Petite flûte à bec.

pipelet, ette n Pop 1 Concierge. 2 Personne bavarde, commère.

pipeline [piplin] ou [pajplajn] nm Canalisation servant au transport du pétrole ou du gaz.

piper vt Loc *Piper des dés, des cartes :* les truquer pour tricher au jeu. Fam *Ne pas piper (mot) :* ne pas broncher.

piperade [piperad] nf Omelette basque aux tomates et aux poivrons.

pipette nf Tube mince, généralement gradué, utilisé pour prélever des liquides.

pipi nm Fam Urine. Loc Fam *Faire pipi :* uriner.

pipistrelle nf Petite chauve-souris.

pipit [-pit] nm Petit passereau des prairies.

piquage nm Action de piquer.

piquant, ante a 1 Qui pique. 2 Qui produit une sensation vive. *Froid piquant.* 3 Qui plaît par sa finesse, sa vivacité ; plaisant. *Détail piquant.* ■ nm 1 Épine, aiguille. 2 Ce qui est plaisant. *Le piquant d'une aventure.*

pique nf 1 Arme ancienne, faite d'un fer aigu au bout d'une hampe. 2 Fam Propos destiné à agacer, à vexer. *Envoyer des piques.* ■ nm Une des couleurs noires des jeux de cartes.

piqué, ée a 1 Cousu par un point de couture. 2 Parsemé de trous de vers, de taches d'humidité, etc. 3 Aigri (vin). 4 Fam Un peu fou. ■ nm 1 Vol descendant d'un avion, très fortement incliné. 2 Étoffe dont le tissage forme des dessins en relief.

pique-assiette n inv Qui cherche toujours à se faire inviter à la table d'autrui ; parasite.

pique-bœuf nm Oiseau d'Afrique accompagnant des troupeaux. *Des pique-bœufs.*

pique-feu nm inv Tisonnier.

pique-fleurs nm inv Socle mis au fond d'un vase pour maintenir les tiges de fleurs.

pique-nique nm Repas pris en plein air au cours d'une excursion. *Des pique-niques.*

pique-niquer vi Faire un pique-nique.

piquer vt 1 Percer avec un objet pointu. 2 Produire une sensation de piqûre, de picotement, de brûlure sur. *La fumée pique les* yeux. **3** Ficher dans. *Piquer une épingle dans une pelote.* **4** Fam Faire une piqûre thérapeutique à. **5** Blesser avec son crochet, son dard, son aiguillon. **6**. Fixer à l'aide d'une pointe. *Piquer une gravure au mur.* **7** Faire des points de couture dans. **8** Produire une vive impression sur, exciter. *Piquer la curiosité de qqn.* **9** Fam Prendre, voler, saisir. **10** Fam Manifester brusquement. *Piquer une colère.* Loc *Piquer qqn au vif* : le blesser dans son amour-propre. *Piquer un cent mètres* : courir soudain sur une courte distance. ■ *vi* **1** Effectuer un piqué en avion. **2** Commencer à aigrir (vin). Loc Fam *Piquer du nez* : tomber en avant. *Piquer des deux* : s'élancer rapidement. ■ *vpr* Loc *Se piquer au jeu* : s'obstiner à venir à bout de qqch. *Se piquer de* : avoir la prétention de.

piquet *nm* **1** Petit pieu que l'on fiche en terre. *Piquet de tente.* **2** Punition consistant à mettre un élève tourné vers le mur. **3** Groupe de personnes affecté à un poste. *Piquet d'incendie. Piquet de grève.* **4** Jeu de cartes.

piqueter *vt* [19] Parsemer de points, de petites taches.

piquette *nf* **1** Vin aigrelet. **2** Fam Défaite écrasante.

piqueur, euse *n* Qui pique des étoffes, des peaux, etc.

piqûre *nf* **1** Petite plaie faite par un instrument aigu ou par le dard de certains animaux. **2** Sensation produite par qqch de piquant. **3** Injection sous-cutanée. **4** Rang de points de couture. **5** Trace (trou, tache) de ce qui est piqué.

piranha [piʁaɲa] *nm* Poisson carnivore des fleuves d'Amérique du Sud.

piratage *nm* Fait de reproduire une œuvre sans payer les droits légaux.

pirate *nm* **1** Aventurier courant les mers pour piller les navires. **2** Individu sans scrupules qui s'enrichit aux dépens des autres. Loc *Pirate de l'air* : qui détourne par la menace un avion de sa destination. ■ *a* Illicite, clandestin. *Enregistrement pirate.*

pirater *vi* Se livrer à la piraterie ou au piratage.

piraterie *nf* Activité, acte de pirate.

pire *a* Plus mauvais, plus méchant. ■ *nm* Ce qu'il y a de plus mauvais. *Envisager le pire.*

piriforme *a* En forme de poire.

pirogue *nf* Embarcation longue et étroite.

piroguier *nm* Conducteur d'une pirogue.

pirojki *nm* Petit pâté.

piroplasmose *nf* Maladie parasitaire transmise par les tiques à certains animaux.

pirouette *nf* **1** Tour complet qu'on fait en pivotant sur soi-même. **2** Brusque changement d'opinion.

pirouetter *vi* Faire une pirouette.

1. pis *nm* Mamelle d'un animal femelle.

2. pis *av* ou *a* Plus mal ; plus mauvais, pire. Loc *Aller de mal en pis* : de plus en plus mal. *Au pis aller* : dans le cas le moins favorable. *Dire pis que pendre de* : en dire beaucoup de mal.

pis-aller [pizale] *nm inv* Ce dont on doit se contenter faute de mieux.

piscicole *a* De la pisciculture.

pisciculteur, trice *n* Qui pratique la pisciculture.

pisciculture *nf* Élevage de poissons comestibles.

pisciforme *a* En forme de poisson.

piscine *nf* Bassin où l'on pratique la natation.

piscivore *a* Qui se nourrit de poissons.

pisé *nm* Maçonnerie faite de terre argileuse mêlée de paille.

pissaladière *nf* Tarte en pâte à pain, garnie d'oignons, d'olives et d'anchois.

pissat *nm* Urine de certains animaux.

pisse *nf* Pop Urine.

pisse-copie *n inv* Fam Qui écrit beaucoup, sur n'importe quel sujet.

pisse-froid *nm inv* Fam Homme froid, ennuyeux.

pissenlit *nm* Plante à feuilles dentelées, à fleurs jaunes, qui peut se manger en salade.

pisser *vi* Fam **1** Uriner. **2** Laisser s'échapper un liquide. Loc *Pisser de la copie* : rédiger beaucoup et mal.

pisseux, euse *a* **1** Fam Imprégné d'urine. **2** D'une couleur jaunâtre.

pissotière *nf* Pop Urinoir public.

pistache *nf* Graine du pistachier, utilisée en confiserie. ■ *a inv* D'un vert pâle.

pistachier *nm* Arbre des régions chaudes.

pistard, arde *n* Cycliste sur piste.

piste *nf* **1** Trace qu'un animal laisse de son passage. **2** Voie, indice qui conduit à découvrir qqn, qqch. **3** Emplacement servant de scène dans un cirque. **4** Chemin réservé aux cavaliers, aux cyclistes, aux skieurs. **5** Voie aménagée pour les atterrissages ou les décollages d'avions. **6** Route sommaire dans des régions désertiques, sauvages. **7** Partie d'une bande magnétique où l'on enregistre des informations.

pister *vt* Suivre la piste de ; suivre, filer.

pisteur, euse *n* Qui entretient les pistes de ski.

pistil *nm* BOT Organe femelle de la fleur.

pistole *nf* Ancienne monnaie d'or.

pistolet *nm* **1** Arme à feu individuelle à canon court, qui se tient à la main. **2** Instrument servant à planter les clous, des rivets, etc. **3** Pulvérisateur de peinture. **4** Embout métallique d'un tuyau de distribution du carburant.

pistolet-mitrailleur *nm* Arme à tir par rafales. Syn. mitraillette. *Des pistolets-mitrailleurs.*

piston *nm* **1** Pièce cylindrique qui coulisse dans le cylindre d'un moteur, dans le corps d'une pompe. **2** Dispositif qui, sur certains instruments à vent, règle la hauteur des notes. **3** Fam Protection pour se faire attribuer une place, un avantage, etc.

pistonner *vt* Fam Appuyer, recommander qqn.

pistou *nm* Soupe provençale aromatisée au basilic.

pitance *nf* Fam Nourriture.

pitchpin *nm* Pin américain dont le bois est utilisé en menuiserie.

piteusement *av* De façon piteuse.

piteux, euse *a* Qui inspire une pitié mêlée de mépris par son aspect minable.

pithécanthrope *nm* Hominien fossile.

pithiviers *nm* Gâteau feuilleté fourré de pâte d'amandes.

pitié *nf* **1** Sentiment de sympathie qu'inspire le spectacle des souffrances d'autrui. **2** Sentiment de dédain, de mépris.

piton *nm* **1** Clou ou vis dont la tête a la forme d'un anneau ou d'un crochet. **2** Pointe d'une montagne élevée.

pitonner vi En alpinisme, poser des pitons.

pitoyable a Digne de pitié ; lamentable.

pitoyablement av De façon lamentable.

pitre nm Bouffon.

pitrerie nf Facétie, clownerie.

pittoresque a 1 Qui frappe par sa beauté. *Un site pittoresque.* 2 Qui dépeint les choses de manière vivante. *Style pittoresque.*

pituite nf Sécrétion muqueuse de l'estomac provoquant des vomissements.

pivert ou **pic-vert** nm Pic (oiseau) vert et jaune, à tête rouge. *Des pics-verts.*

pivoine nf Plante à grosses fleurs odorantes.

pivot nm 1 Axe fixe autour duquel peut tourner une pièce mobile. 2 Support d'une dent artificielle enfoncé dans la racine. 3 Ce qui sert d'appui, de base ; principe fondamental.

pivotant, ante a 1 Qui pivote. 2 BOT Qui s'enfonce verticalement dans le sol (racine).

pivotement nm Fait de pivoter.

pivoter vi Tourner sur un pivot ou comme sur un pivot.

pixel nm INFORM Point minimal d'une image, représenté sous forme numérique.

pizza [pidza] nf Mets italien fait de pâte à pain garnie de tomates, d'olives, etc.

pizzeria [pidzɛʀja] nf Restaurant où l'on mange des pizzas.

pizzicato [pidzi-] nm MUS Manière de produire le son en pinçant les cordes d'un instrument.

placage ou **plaquage** nm 1 Action de plaquer. 2 Mince feuille de bois précieux, avec laquelle on recouvre des bois de moindre valeur. 3 Au rugby, action de plaquer un adversaire.

placard nm 1 Renfoncement dans un mur, fermé par une porte et servant de rangement. 2 Écrit ou imprimé affiché. 3 IMPRIM Épreuve servant aux corrections. Loc Fam *Mettre qqn au placard* : le mettre à l'écart, le marginaliser.

placarder vt Afficher.

place nf 1 Dans une agglomération, espace découvert où aboutissent plusieurs rues. 2 Ville où se font les opérations financières ou commerciales. 3 Partie de l'espace, endroit. 4 Siège, dans un véhicule, une salle de spectacle, etc. 5 Situation, condition, emploi de qqn. 6 Rang obtenu dans un classement. Loc *Place forte* : forteresse. *Entrer dans la place* : s'introduire dans un milieu fermé. *Se mettre à la place de qqn* : s'imaginer dans la situation où il est. *Remettre qqn à sa place* : le rappeler aux convenances. *À la place de* : au lieu de, en remplacement de. *Faire place à* : être remplacé par.

placé, ée a Se dit d'un cheval qui se classe dans les deux ou les trois premiers.

placébo nm MED Préparation inactive qu'on substitue à un médicament.

placement nm 1 Action de placer de l'argent ; l'argent ainsi placé. 2 Action de procurer une place, un emploi.

placenta [-sɛ̃-] nm 1 BIOL Organe qui assure, chez les mammifères, les échanges entre le fœtus et la mère, pendant la gestation. 2 BOT Partie de la paroi des carpelles où s'insèrent les ovules.

placentaire [-sɛ̃-] a Du placenta.

placer vt [10] 1 Mettre qqch ou qqn à une certaine place, dans une certaine situation. 2 Trouver preneur pour une marchandise. 3 Investir de l'argent. Loc Fam *Ne pas en placer une* : ne pouvoir intervenir dans une discussion.

placeur, euse n Qui s'occupe de conduire les gens à leur place.

placide a Tranquille, paisible.

placidement av Litt De façon placide.

placidité nf Litt Caractère placide ; sérénité.

placier, ère n 1 Qui loue les places sur les marchés. 2 Représentant de commerce.

placoplâtre nm (n déposé) Panneau de plâtre moulé dans le carton.

plafond nm 1 Surface horizontale formant intérieurement la partie supérieure d'une pièce. 2 Couche nuageuse. 3 Limite supérieure qu'on ne doit pas dépasser.

plafonnage nm Action de plafonner (sens 1).

plafonnement nm Fait de plafonner (vi).

plafonner vt 1 Pourvoir d'un plafond. 2 Assigner une limite à. *Plafonner les prix.* ■ vi Atteindre une limite maximale.

plafonnier nm Lustre fixé au plafond.

plage nf 1 Partie basse d'une côte ou de la rive d'un cours d'eau, d'un lac. 2 Partie dégagée du pont d'un navire. 3 Partie d'un disque correspondant à un enregistrement. 4 Tablette horizontale entre la vitre et la banquette arrière d'une automobile. 5 Ensemble de valeurs comprises entre deux limites. 6 Espace de temps dans un programme, un planning.

plagiaire n Qui plagie.

plagiat nm Action du plagiaire ; copie.

plagier vt S'approprier les idées de qqn ; copier une œuvre.

plagioclase nm Feldspath contenant du calcium et du sodium.

plagiste n Exploitant d'une plage payante.

plaid nm Couverture de voyage écossaise.

plaidable a Qui peut être plaidé, soutenu.

plaider vi 1 Défendre oralement une cause devant les juges. 2 Être un argument favorable à qqn. ■ vt 1 Défendre en justice. *Plaider une affaire.* 2 Invoquer. *Plaider la folie.*

plaideur, euse n Qui plaide.

plaidoirie nf Action de plaider ; plaidoyer.

plaidoyer nm 1 Discours prononcé à l'audience par un avocat. 2 Exposé en faveur d'une idée.

plaie nf 1 Coupure, déchirure, brûlure de la peau, des chairs. 2 Blessure affective. 3 Chose, personne nuisible ou pénible.

plaignant, ante n, a Qui dépose une plainte en justice.

plain-chant nm Musique liturgique vocale, monodique. *Des plains-chants.*

plaindre vt [57] Témoigner de la compassion à qqn. ■ vpr 1 Manifester sa souffrance, sa douleur. 2 Témoigner son mécontentement au sujet de qqn, de qqch.

plaine nf Grande étendue plate et unie.

plain-pied (de) av 1 Sur le même niveau. 2 Sur un pied d'égalité.

plainte nf 1 Gémissement, cri de souffrance. 2 Récrimination. 3 Dénonciation, par la victime, d'une infraction pénale.

plaintif, ive a Qui a l'accent de la plainte.

plaintivement av D'un ton plaintif.

plaire *vti, vi* [68] Être agréable à, charmer. Loc *S'il vous (te) plaît* : formule de politesse employée pour une demande, un conseil, un ordre. Litt *Plaise, plût à Dieu, au ciel que* (+ subj) : formule marquant le souhait ou le regret de qqch. ■ *vpr* 1 Se trouver bien dans un lieu, une situation, une compagnie, etc. 2 Trouver du plaisir, de l'agrément à qqch. *Il se plaît à contredire son frère.*

plaisamment *av* De façon plaisante.

plaisance *nf* Navigation faite par des amateurs pour leur seul plaisir. Loc *De plaisance* : destiné au seul agrément.

plaisancier, ère *n* Qui pratique la navigation de plaisance.

plaisant, ante *a* 1 Qui plaît, agréable. 2 Qui fait rire, amusant. ■ *nm* Ce qui est plaisant. Loc *Mauvais plaisant* : qui fait des plaisanteries de mauvais goût.

plaisanter *vi* 1 Dire des choses destinées à faire rire, à amuser. 2 Dire ou faire qqch sans vouloir se faire prendre au sérieux, par jeu. Loc *Ne pas plaisanter avec* : être intransigeant quant à.

plaisanterie *nf* Propos destiné à faire rire, à amuser. Loc *C'est une plaisanterie* : c'est très facile ou c'est ridicule.

plaisantin *nm* 1 Dont les propos manquent de sérieux ; farceur. 2 Personne sur qui on ne peut compter.

plaisir *nm* 1 Sensation, sentiment agréable. 2 Jouissance sexuelle. 3 Ce qui procure du plaisir ; divertissement, distraction. Loc *Le bon plaisir de qqn* : sa volonté arbitraire. *À plaisir* : sans motif, sans raison valable. *Avec plaisir* : volontiers. *Au plaisir !* : au revoir ! *Faire plaisir à qqn* : lui être agréable. *Se faire un plaisir de* : faire qqch bien volontiers.

1. plan *nm* 1 Surface plane. 2 GEOM Surface telle que toute droite qui y a deux de ses points y est entièrement contenue. 3 Chacune des parties d'une image définie par son éloignement de l'œil. *Au deuxième plan.* 4 Importance relative de qqn ou de qqch. *Personnage de premier plan* : 5 Représentation graphique d'une construction, d'un lieu, d'un appareil, d'une installation. 6 Disposition des parties d'un ouvrage littéraire. 7 Ensemble de dispositions en vue de l'exécution d'un projet. Loc *Plan comptable* : ensemble des règles pour la présentation des comptabilités. *En plan* : en suspens, en attente. *Plan d'eau* : étendue d'eau calme. *Sur le plan de* : du point de vue de. *Gros plan* : prise de vues rapprochée.

2. plan, plane *a* Qui ne présente aucune inégalité de niveau, aucune courbure ; plat et uni.

planant, ante *a* Fam Qui fait planer, rend euphorique.

planche *nf* 1 Longue pièce de bois plate et peu épaisse. 2 Feuille contenant les illustrations, jointe à un ouvrage. 3 Petit espace de terre cultivée. Loc *Planche de salut* : ultime recours. *Faire la planche* : se laisser flotter sur le dos. *Planche à voile* : flotteur allongé muni d'une voile sur mât articulé. ■ *pl* La scène, le théâtre.

planche-contact *nf* Tirage par contact sur une feuille de papier de toutes les photos d'un film. *Des planches-contacts.*

planchéiage *nm* Action de planchéier.

planchéier *vt* Revêtir de planches, d'un plancher.

1. plancher *nm* 1 Séparation horizontale entre deux étages. 2 Partie supérieure de cette séparation, constituant le sol d'un appartement. 3 Niveau, seuil minimal. Loc Fam *Le plancher des vaches* : la terre ferme (par oppos. à la mer, aux airs). Fam *Débarrasser le plancher* : déguerpir.

2. plancher *vi* Fam Faire un exposé.

planchette *nf* Petite planche.

planchiste *n* Qui pratique la planche à voile.

plancton *nm* Ensemble des êtres vivants, microscopiques en suspension dans l'eau.

plané *am* Loc *Vol plané* : vol d'un oiseau, d'un avion qui plane. Fam *Faire un vol plané* : tomber.

planéité *nf* Caractère d'une surface plane.

planer *vi* 1 Évoluer dans l'air sans battre des ailes (oiseau), sans l'aide d'un moteur (avion, planeur). 2 Considérer qqch sans s'arrêter aux détails ; survoler, dominer. 3 Fam Se sentir euphorique. 4 Fam Ne pas avoir le sens du concret. 5 Peser comme une menace.

planétaire *a* 1 Relatif aux planètes. 2 Mondial.

planétarium [-rjɔm] *nm* Salle à coupole où sont représentés les astres et leurs mouvements.

planète *nf* Corps céleste gravitant autour du Soleil ou d'une étoile.

planétologie *nf* Étude des planètes.

planeur *nm* Avion sans moteur qu'on fait planer en tirant parti des vents.

planèze *nf* Plateau basaltique.

planifiable *a* Qu'on peut planifier.

planificateur, trice *n, a* Qui planifie.

planification *nf* 1 Action de planifier. 2 Organisation des moyens et des objectifs d'une politique économique.

planifier *vt* Organiser, prévoir selon un plan.

planimétrie *nf* Géométrie des surfaces planes.

planisphère *nm* Carte représentant les deux hémisphères de la sphère terrestre ou céleste en projection plane.

plan-masse *nm* Syn de *plan de masse*. *Des plans-masses.*

planning [-niŋ] *nm* Programme qui échelonne les phases d'un travail à accomplir. Loc *Planning familial* : contrôle des naissances.

planque *nf* Fam 1 Cachette. 2 Poste agréable, peu exposé.

planqué *nm* Fam Qui a trouvé une planque.

planquer *vt* Fam Cacher, mettre à l'abri.

plan-relief *nm* Maquette d'une ville, d'une place forte. *Des plans-reliefs.*

plan-séquence *nm* Séquence cinématographique constituée d'un seul plan. *Des plans-séquences.*

plant *nm* Jeune plante destinée à être transplantée ou repiquée.

plantain *nm* Plante herbacée dont la graine sert à nourrir les oiseaux.

plantaire *a* De la plante du pied.

plantation *nf* 1 Action de planter. 2 Ensemble des végétaux dont un terrain est planté. 3 Exploitation agricole dans les pays tropicaux.

plante *nf* Tout végétal enraciné au sol. Loc *Plante du pied* : sa face inférieure.

planter *vt* 1 Mettre en terre une plante pour qu'elle prenne racine. 2 Garnir un terrain de végétaux. *Une allée plantée d'arbres.* 3 Enfoncer, ficher, installer. *Planter un poteau.* Loc Fam *Planter là* : abandonner brusquement. ■ *vpr* 1 Se placer debout, immobile. 2 Fam Percuter un obstacle. 3 Fam Échouer, se tromper.

planteur *nm* Exploitant d'une plantation.

plantigrade *a, nm* ZOOL Qui pose toute la surface du pied sur le sol.

plantoir *nm* Outil servant à faire des trous dans le sol pour y mettre des graines.

planton *nm* Soldat ou employé affecté auprès d'un bureau, pour assurer les liaisons.

plantule *nf* BOT Embryon végétal.

plantureux, euse *a* 1 Copieux, abondant. *Un repas plantureux.* 2 Bien en chair.

plaquage. V. placage.

plaque *nf* 1 Morceau plat et de faible épaisseur d'une matière rigide. *Des plaques d'ardoise.* 2 Insigne de certaines fonctions ou dignités. 3 Tache superficielle apparaissant sur la peau ou les muqueuses. 4 GEOL Chacun des éléments mobiles constituant l'enveloppe externe de la Terre. Loc Fam *Être à côté de la plaque* : se tromper. *Plaque tournante* : centre de rencontres, d'opérations, de décisions. *Plaque dentaire* : enduit qui se dépose sur les dents et qui favorise l'apparition de caries. *Plaque à vent* : couche de neige instable agglomérée par le vent.

plaqué *nm* 1 Métal commun recouvert d'une mince couche de métal précieux. 2 Bois recouvert de placage.

plaquemine *nf* Syn de kaki.

plaqueminier *nm* Arbre des régions chaudes à bois très dur, fournissant le kaki.

plaquer *vt* 1 Appliquer une plaque, une feuille mince, une couche sur une surface. 2 Aplatir, maintenir contre qqch. 3 Fam Quitter, abandonner. *Il a plaqué sa femme.* 4 Au rugby, saisir un adversaire aux jambes pour le faire tomber. Loc *Plaquer un accord* : frapper simultanément les notes qui le composent.

plaquette *nf* 1 Petite plaque. 2 Petit livre. 3 BIOL Élément du sang qui joue un rôle important dans la coagulation.

plaqueur *nm* Rugbyman chargé des placages.

plasma *nm* 1 PHYSIOL Partie liquide du sang où sont en suspension les hématies, les leucocytes, les plaquettes. 2 PHYS Gaz ionisé constituant le quatrième état de la matière.

plasmaphérèse *nf* MED Centrifugation du sang prélevé, pour en séparer les constituants.

plasmatique *a* Du plasma.

plasmide *nf* BIOL Dans une bactérie, fragment d'A.D.N. indépendant du chromosome.

plasmodium [-djɔm] *nm* Protozoaire agent du paludisme.

plastic *nm* Explosif à la consistance de mastic.

plasticien, enne *n* Artiste qui se consacre aux arts plastiques.

plasticité *nf* Aptitude d'une matière à se laisser modeler.

plasticulture *nf* AGRIC Culture, sous abri, de matière plastique.

plastie *nf* Opération de chirurgie réparatrice.

plastifiant *nm* Produit qui augmente la plasticité d'un mélange.

plastification *nf* Action de plastifier.

plastifier *vt* Recouvrir d'une feuille ou d'un enduit en matière plastique.

plastiquage ou **plasticage** *nm* Action de plastiquer.

plastique *a* 1 Qu'on peut modeler. *Argile plastique.* 2 De forme harmonieuse. Loc *Arts plastiques* : la peinture, la sculpture, le modelage. *Chirurgie plastique* : qui corrige les déformations, les malformations, qui restaure les tissus. *Matière plastique* : syn de *plastique* (nm). ■ *nf* 1 Formes du corps, d'une statue. 2 Art de modeler, de sculpter. ■ *nm* Produit obtenu par moulage de substances organiques ou synthétiques. *Un sac en plastique.*

plastiquer *vt* Faire sauter avec du plastic.

plastiqueur, euse *n* Auteur d'un plastiquage.

plastron *nm* Pièce d'étoffe appliquée sur le devant d'un corsage ou d'une chemise.

plastronner *vi* Fam Se pavaner.

plasturgie *nf* Industrie des matières plastiques.

1. plat, plate *a* 1 Qui a une surface plane, unie. *Terrain plat.* 2 Peu profond, peu saillant. *Assiette plate.* 3 De peu d'épaisseur. *Poissons plats.* 4 Sans caractère, banal, insipide. *Style plat.* 5 Servile, obséquieux. Loc *À plat* : horizontalement, sur la face large ; épuisé, vidé. *À plat ventre* : couché le ventre contre le sol. *Mettre à plat* : considérer un problème dans toutes ses implications. *Tomber à plat* : échouer. *Calme plat* : absence d'agitation. *Eau plate* : non gazeuse. ■ *nm* 1 Partie plate de qqch. *Le plat de la main.* Loc Fam *Faire du plat à qqn* : le flatter, le courtiser.

2. plat *nm* 1 Pièce de vaisselle dans laquelle on sert les mets. 2 Mets d'un menu. Loc Fam *Mettre les pieds dans le plat* : entrer dans le vif du sujet. *Plat de résistance* : plat principal d'un repas. Fam *Faire (tout) un plat d'une chose* : lui donner une importance qu'elle n'a pas.

platane *nm* Grand arbre dont l'écorce se détache par larges plaques.

plat-bord *nm* Surface horizontale qui termine le bord d'un navire. *Des plats-bords.*

plateau *nm* 1 Plaque, tablette destinée à présenter qqch ou à servir de support. 2 Disque d'un frein, d'un embrayage. 3 Roue dentée d'un pédalier de bicyclette. 4 Scène d'un théâtre, d'un studio de télévision ; ensemble des personnes présentes sur cette scène. 5 Grande surface plane située en altitude. Loc *Plateau technique* : ensemble des équipements d'un hôpital.

plateau-repas *nm* Plateau divisé en compartiments servi dans un avion, un self-service, etc. *Des plateaux-repas.*

plate-bande *nf* Bande de terre entourant un parterre, plantée de fleurs, d'arbustes. Loc Fam *Marcher sur les plates-bandes de qqn* : empiéter sur son domaine. *Des plates-bandes.*

platée *nf* Contenu d'un plat.

plate-forme *nf* 1 Surface plane horizontale, généralement surélevée. 2 Support plat et surélevé équipé de différents matériels. 3 Structure destinée au forage et à l'exploitation d'un puits de pétrole sous-marin. 4 Structure munie d'un équipement adéquat pour telle activité économique. 5 Support électronique d'un logiciel. 6 Programme servant de point de départ à une politique. *Des plates-formes.*

platement *av* Sans originalité.

plathelminthe *nm* ZOOL Ver plat tel que le ténia, la douve.

1. platine *nf* **1** Plaque qui soutient le mécanisme d'un mouvement d'horlogerie. **2** Ensemble constitué par le plateau et les organes moteurs d'un électrophone. **3** Plateau d'un microscope, sur lequel on place la préparation à examiner.

2. platine *nm* Métal précieux très ductile, de densité élevée.

platiné, ée *a* D'un blond très pâle. Loc *Vis platinée* : pastille de contact d'un système d'allumage de moteur automobile.

platinoïde *nm* CHIM Métal dont les propriétés sont analogues à celles du platine.

platitude *nf* Acte, propos plat ; banalité.

platonicien, enne *a, n* Relatif à la philosophie de Platon.

platonique *a* **1** Exempt de toute relation charnelle. *Amour platonique.* **2** Sans résultat pratique. *Vœu platonique.*

platoniquement *av* De façon platonique.

platonisme *nm* Doctrine de Platon.

plâtrage *nm* Action, façon de plâtrer.

plâtras *nm* Débris de plâtre, de ciment, etc.

plâtre *nm* **1** Poudre blanche provenant de la calcination du gypse qui, mélangée à de l'eau, forme une pâte plastique qui sert en construction. **2** Ouvrage moulé en plâtre. **3** MED Appareil utilisé pour le traitement d'une fracture. Loc *Essuyer les plâtres* : subir le premier les désavantages d'une situation nouvelle.

plâtrer *vt* **1** Couvrir, enduire de plâtre. **2** Mettre un membre fracturé dans un plâtre.

plâtreux, euse *a* **1** Qui contient du plâtre. **2** Qui a, évoque l'aspect du plâtre. *Teint plâtreux.*

plâtrier *nm* Qui travaille le plâtre ou qui vend du plâtre.

plâtrière *nf* Carrière de gypse.

platyrhinien *nm* ZOOL Singe d'Amérique, tel que le ouistiti ou le saïou.

plausible *a* Qui peut être considéré comme vrai. *Explication plausible.*

play-back [plebak] *nm inv* Technique qui consiste à chanter en synchronisme avec un enregistrement effectué préalablement.

play-boy [plebɔj] *nm* Jeune homme au physique séduisant. *Des play-boys.*

plèbe *nf* **1** ANTIQ À Rome, la classe populaire. **2** Litt Bas peuple.

plébéien, enne *a, n* De la plèbe.

plébiscitaire *a* Relatif au plébiscite.

plébiscite *nm* Vote direct du peuple, par lequel il est appelé à investir une personne du pouvoir de diriger l'État.

plébisciter *vt* Élire, approuver à une très forte majorité.

plectre *nm* MUS Médiator.

pléiade *nf* Litt Groupe de personnes ou de choses remarquables.

plein, pleine *a* **1** Qui contient tout ce qu'il peut contenir ; rempli. *Un verre plein.* **2** Qui contient une grande quantité de, qui a beaucoup de. *Une chemise pleine de taches.* **3** Qui porte des petits. *Femelle pleine.* **4** Dont la matière occupe la masse entière. *Brique pleine.* **5** Qui est complet, entier ; qui est à son maximum. *Un jour plein. La lune est pleine. La mer est pleine.* Loc *En plein(e)* (+ n) : tout à fait dans, pendant, au milieu de. ■ *nm* **1** Ce qui est plein, rempli. **2** Partie grasse d'un caractère calligraphié. Loc *Faire le plein* : remplir un

réservoir ; remplir un lieu au maximum ; obtenir le maximum. *Battre son plein* : être à son degré le plus intense. ■ *av* Loc Fam *Plein de* : beaucoup de. *En plein* : exactement. *À plein* : entièrement, au maximum. ■ *prép* En abondance dans, sur. *De l'argent plein les poches.* Loc Fam *En avoir plein le dos* : être écœuré ou épuisé.

plein-air [plener] *nm inv* Activités sportives d'un établissement scolaire pratiquées à l'extérieur.

pleinement *av* Totalement.

plein-emploi *nm* Situation où toute la main-d'œuvre peut trouver un emploi.

plein-temps *nm* Situation d'un travailleur employé pendant le temps normal de travail. *Des plein-temps.*

plein-vent *nm* Arbre fruitier qui n'est pas en espalier. *Des pleins-vents.*

pléistocène *nm* GEOL Début du quaternaire.

plénier, ère *a* Où tous les membres d'un corps sont convoqués.

plénipotentiaire *nm* Agent diplomatique investi de pleins pouvoirs.

plénitude *nf* Litt Totalité, intégrité.

plénum [-nɔm] *nm* Réunion plénière d'une assemblée, d'un comité, etc.

pléonasme *nm* Emploi de mots renforçant l'idée ou faisant double emploi (ex. : *je l'ai vu de mes yeux, sortir dehors*).

pléonastique *a* Du pléonasme.

plésiosaure *nm* GEOL Grand reptile marin fossile du secondaire.

pléthore *nf* Abondance excessive.

pléthorique *a* Surabondant.

pleur *nm* Litt (surtout pl) Larme.

pleurage *nm* Déformation d'un son enregistré (disque, cassette).

pleural, ale, aux *a* ANAT De la plèvre.

pleurard, arde *a* Plaintif, geignard.

pleurer *vi* **1** Verser des larmes. **2** Se lamenter, déplorer qqch. *Pleurer sur son sort.* ■ *vt* S'affliger de la disparition de qqn. *Pleurer un ami.*

pleurésie *nf* Inflammation de la plèvre.

pleureur, euse *a* Loc *Saule pleureur* : dont les branches retombent. ■ *nf* Femme payée pour pleurer le défunt, dans certaines civilisations.

pleurnicher *vi* **1** Pleurer sans raison précise. **2** Prendre un ton larmoyant.

pleurnicherie *nf* Action de pleurnicher.

pleurnicheur, euse ou **pleurnichard, arde** *a, n* Qui pleurniche.

pleurote *nm* Champignon comestible qui pousse sur les troncs d'arbres.

pleutre *nm, a* Litt Homme sans courage.

pleutrerie *nf* Litt Poltronnerie, lâcheté.

pleuvasser, pleuvoter ou **pleuviner** *v impers* Pleuvoir à fines gouttes, bruiner.

pleuvoir *v impers* [38] Tomber (pluie). ■ *vi* Tomber en grande quantité. *Les critiques pleuvent.*

plèvre *nf* Membrane séreuse enveloppant les poumons.

plexiglas [-glas] *nm* (n déposé) Matière plastique transparente et flexible.

plexus [pleksys] *nm* ANAT Entrelacement de filets nerveux ou de vaisseaux. Loc *Plexus solaire* : centre neurovégétatif, situé dans l'abdomen.

pli

416

pli *nm* 1 Rabat d'une étoffe, d'une feuille, etc, sur elle-même. *Jupe à plis.* 2 Marque qui reste à l'endroit où une chose a été pliée. 3 Ondulation, sinuosité. *Les plis d'un rideau.* 4 GEOL Ondulation des couches de terrain à la suite d'une contrainte tectonique. *Pli convexe* (anticlinal), *concave* (synclinal). 5 Bourrelet ou ride de la peau. 6 Enveloppe d'une lettre ; missive. 7 Levée, aux cartes. 8 Habitude. *Prendre le pli.* Loc *Mise en plis* : fait de donner une forme aux cheveux en les séchant. Fam *Ça ne fait pas un pli* : c'est sans difficulté.

pliage *nm* Action de plier ; manière dont une chose est pliée.

pliant, ante *a* Spécialement conçu pour être plié en cas de besoin. *Lit pliant.* ■ *nm* Petit siège de toile pliant.

plie *nf* Poisson plat, dit aussi *carrelet.*

plier *vt* 1 Rabattre sur lui-même un objet fait d'une matière souple ou un objet articulé. *Plier un éventail. Plier une couverture.* 2 Ployer, courber une chose flexible. *Plier une branche.* 3 Assujettir. *Plier qqn à sa volonté.* ■ *vi* 1 Se courber, ployer. 2 Céder, se soumettre. ■ *vpr* Se conformer. *Plier à ses coutumes.*

plieuse *nf* Machine à plier le papier.

plinthe *nf* Bande en relief appliquée au bas d'un mur.

pliocène *nm* GEOL Dernier étage du tertiaire.

plissage *nm* Action de plisser.

plissé *nm* Aspect de ce qu'on a plissé.

plissement *nm* 1 Action de plisser. 2 Déformation de l'écorce terrestre.

plisser *vt* Marquer de plis. *Plisser une jupe. Plisser le front.* ■ *vi* Faire des faux plis.

pliure *nf* 1 Action de plier des feuilles de papier. 2 Endroit où se forme un pli.

plomb *nm* 1 Métal gris, lourd et très malléable. 2 Grain de ce métal garnissant une cartouche ou lestant une ligne de pêche. 3 Fusible d'un circuit électrique. 4 Petit sceau de ce métal. 5 Composition typographique. Loc *À plomb* : verticalement. *De plomb* : lourd, pesant. *Soleil de plomb* : écrasant. Fam *N'avoir pas de plomb dans la tête* : être étourdi. Fam *Avoir du plomb dans l'aile* : être atteint dans sa santé ; être compromis (projet).

plombage *nm* 1 Action de plomber. 2 Amalgame qui plombe une dent.

plombagine *nf* Graphite dont on fait les mines de crayons.

plombe *nf* Pop Heure. *À trois plombes du matin.*

plombé, ée *a* Grisâtre. *Ciel plombé.*

plomber *vt* 1 Garnir de plomb. 2 Obturer une dent avec un plombage. 3 Sceller avec un plomb.

plomberie *nf* 1 Métier du plombier (pose des canalisations, des installations sanitaires). 2 Ensemble des canalisations domestiques.

plombier *nm* Ouvrier ou entrepreneur en plomberie.

plombières *nf* Glace aux fruits confits.

plombifère *a* Qui contient du plomb.

plonge *nf* Loc *Faire la plonge* : laver la vaisselle, dans un restaurant.

plongeant, ante *a* Dirigé de haut en bas.

plongée *nf* 1 Action de s'enfoncer dans l'eau et d'y demeurer un certain temps. 2 Prise de vues effectuée en dirigeant la caméra vers le bas.

plongeoir *nm* Tremplin d'où on plonge.

plongeon *nm* 1 Saut dans l'eau la tête la première. 2 Oiseau aquatique des régions septentrionales. Loc Fam *Faire le plongeon* : subir un revers financier important.

plonger *vt* [11] 1 Enfoncer dans un liquide. 2 Enfoncer profondément et d'un seul coup. *Plonger un poignard dans la poitrine de qqn.* 3 Jeter dans telle situation, dans tel état. *Cette nouvelle l'a plongé dans le désespoir.* ■ *vi* 1 S'immerger entièrement en faisant un plongeon ou une plongée. 2 Suivre une direction de haut en bas. *D'ici, la vue plonge sur la vallée.* 3 S'enfoncer profondément. *Racine qui plonge dans la terre.* 4 Se jeter à terre. ■ *vpr* Se livrer tout entier à une occupation.

plongeur, euse *n* 1 Qui plonge, pratique la plongée. 2 Qui fait la vaisselle, dans un restaurant.

plot *nm* ELECTR Petite pièce métallique servant à établir un contact.

plouc *n, a* Fam Personne fruste.

plouf ! *interj* Imite le bruit d'un objet qui tombe dans un liquide.

ploutocrate *nm* Homme riche et puissant.

ploutocratie *nf* Gouvernement des riches.

ployer *vt* [22] Litt Courber. *Ployer une branche.* Loc *Ployer les genoux* : les plier. ■ *vi* Fléchir sous un poids, une pression.

pluches *nf* Fam Épluchures.

pluie *nf* 1 Eau qui tombe en gouttes des nuages. 2 Chute d'objets nombreux. *Pluie de projectiles.* 3 Distribution en grand nombre. *Pluie de récompenses.* Loc *Faire la pluie et le beau temps* : être très influent.

plumage *nm* Plumes d'un oiseau.

plumard *nm* Pop Lit.

plume *nf* 1 Tige creuse garnie de barbes qui couvre en grand nombre le corps d'un oiseau. 2 Petite pièce métallique servant à écrire. *Poids plume* : boxeur pesant de 53 à 57 kg. *Prendre la plume* : écrire. *Vivre de sa plume* : faire profession d'écrivain. Fam *Voler dans les plumes de qqn* : l'attaquer vivement.

plumeau *nm* Petite balayette garnie de plumes qu'on utilise pour l'époussetage.

plumer *vt* 1 Dépouiller un oiseau de ses plumes. 2 Fam Voler, dépouiller qqn.

plumet *nm* Bouquet de plumes ornemental.

plumier *nm* Boîte oblongue servant à ranger les plumes, les crayons, etc.

plumitif *nm* Fam Écrivain médiocre.

plum-pudding [plumpudiŋ] *nm* Pudding. *Des plum-puddings.*

plupart (la) *nf* Le plus grand nombre, la majorité. Loc *La plupart du temps* : le plus souvent.

plural, ale, aux *a* Qui renferme plusieurs éléments. Loc *Vote plural* : dans lequel certains votants disposent de plusieurs voix.

pluralisme *nm* Mode d'organisation de la vie collective qui admet la diversité des opinions.

pluraliste *a* Du pluralisme.

pluralité *nf* Fait de n'être pas unique.

pluriannuel, elle *a* Sur plusieurs années.

pluricellulaire *a* BIOL Formé de plusieurs cellules.

pluridimensionnel, elle *a* À plusieurs dimensions.

pluridisciplinaire *a* Qui concerne plusieurs sciences ou disciplines.

pluridisciplinarité *nf* Caractère pluridisciplinaire.

pluriel, elle *a* Qui indique la pluralité. ■ *nm*
Catégorie grammaticale correspondant à
l'expression de la pluralité.

pluriethnique *a* Constitué de plusieurs
ethnies.

plurilatéral, ale, aux *a* Qui concerne plusieurs parties.

plurilingue *a, n* Qui utilise plusieurs langues.

plurinominal, ale, aux *a* Qui donne lieu à un
vote pour plusieurs candidats.

pluripartisme *nm* Existence simultanée de
plusieurs partis politiques.

plurivalent, ente *a* Qui peut prendre plusieurs valeurs.

plurivoque *a* Qui a plusieurs sens.

1. plus [ply] ou [plys] ou [plyz] *av* **1** Indique la
supériorité en quantité, en degré. *Il y a plus de
vingt ans. Ceci est plus grave. Sa maison est la
plus belle.* **2** Indique l'addition. *Trois plus* (+)
quatre égale sept. Loc *Plus d'un* : plusieurs. *Au
plus* : au maximum. *Sans plus* : tout juste, à
peine. *Tant et plus* : beaucoup, abondamment.
Plus ou moins : à un degré incertain. *Ni plus ni
moins* : exactement. ■ *nm* Supériorité, avantage. *La maîtrise de deux langues étrangères
est un plus.*

2. plus [ply] ou [plyz] *av* Avec *ne*, indique la
cessation de qqch. *Il ne pleut plus.*

plusieurs *a, pr* Plus d'un, plus d'une. *Plusieurs personnes sont là. Il a plusieurs maisons.*

plus-que-parfait *nm* Temps de l'indicatif et
du subjonctif marquant le passé par rapport à
un temps déjà passé (ex. : *j'avais prévu*).

plus-value *nf* Augmentation de la valeur d'un
bien, majoration de prix. *Des plus-values.*

plutonigène *a* Qui produit du plutonium.

plutonique *a* GEOL Se dit d'une roche formée
en profondeur.

plutonium [-njɔm] *nm* Élément radioactif artificiel, utilisé dans les bombes atomiques.

plutôt *av* **1** De préférence. **2** Assez, passablement.

pluvial, ale, aux *a* De la pluie.

pluvian *nm* Échassier d'Afrique tropicale.

pluvier *nm* Échassier nichant au bord des
eaux.

pluvieux, euse *a* Caractérisé par la pluie.

pluviomètre *nm* Instrument de pluviométrie.

pluviométrie *nf* Mesure de la quantité d'eau
de pluie tombée.

pluviôse *nm* HIST Cinquième mois du calendrier
républicain (janvier-février).

pluviosité *nf* Quantité de pluie tombée dans
une région pendant un temps donné.

p.m. Abrév de *post meridiem* : après-midi.

P.M. *nm* Abrév de *pistolet-mitrailleur.*

P.M.E. *nf* Sigle de *petite et moyenne entreprise.*

P.N.B. *nm* Sigle de *produit national brut.*

pneu *nm* Bandage d'une roue, constitué de
caoutchouc, qui enveloppe une chambre à air.
Des pneus.

pneumatique *a* **1** Qui fonctionne à l'air
comprimé. **2** Gonflable. ■ *nm* Pneu.

pneumoconiose *nf* Maladie pulmonaire causée par l'inhalation de poussières.

pneumocoque *nm* Bacille de la pneumonie.

pneumocystose *nf* Pneumopathie grave,
intervenant souvent en phase terminale du sida.

pneumogastrique *a, nm* ANAT Chacun des
deux nerfs crâniens qui innervent le larynx, le
pharynx, le cœur, l'estomac, les intestins et le
foie. Syn. nerf vague.

pneumologie *nf* Étude du poumon et de ses
maladies.

pneumologue *n* Spécialiste de pneumologie.

pneumonie *nf* Inflammation aiguë du poumon, due au pneumocoque.

pneumopathie *nf* MED Affection pulmonaire.

pneumothorax *nm* MED Épanchement d'air
dans la cavité pleurale.

pochade *nf* **1** Peinture exécutée en quelques
coups de pinceau. **2** Œuvre littéraire rapidement écrite.

pochard, arde *n* Fam Ivrogne, ivrognesse.

poche *nf* **1** Partie d'un vêtement formant un
petit sac pour contenir ce qu'on veut porter sur
soi. **2** Partie séparée d'un sac, d'une valise, etc.
3 Sac. *Poche de papier.* **4** Cavité où une substance est accumulée. **5** Renflement, boursou-
flure. **6** Secteur limité où se manifeste qqch.
Poche de résistance. Loc *De poche* : petit,
aisément maniable. Fam *C'est dans la poche* :
c'est réussi. *Argent de poche* : pour les dépenses
personnelles. *Livre de poche* : de format réduit.
■ *nm* Livre de poche.

pocher *vt* **1** CUIS Plonger dans un liquide
bouillant des œufs sans leur coquille, des fruits,
etc. **2** Dessiner en quelques coups de pinceau.
Loc Fam *Pocher l'œil à qqn* : lui donner un coup
qui occasionne une meurtrissure.

pochette *nf* **1** Petit mouchoir qui orne la
poche de poitrine d'un veston. **2** Enveloppe,
sachet. *Pochette de disque.*

pochette-surprise *nf* Cornet de papier dont
le contenu est censé émerveiller les enfants. *Des
pochettes-surprises.*

pochoir *nm* Plaque découpée permettant de
peindre facilement des lettres, des dessins.

pochoiriste *n* Qui dessine au pochoir.

pochon *nm* Petit sac qui se fixe à la ceinture.

pochothèque *nf* Librairie spécialisée dans les
livres de poche.

podium [-djɔm] *nm* Estrade sur laquelle les
sportifs vainqueurs reçoivent leur prix.

podologie *nf* MED Étude et soins du pied.

podologue *n* Spécialiste de podologie.

podomètre *nm* Appareil qui enregistre le
nombre de pas d'un piéton.

podzol *nm* Sol acide des régions froides.

1. poêle [pwal] *nm* **1** Appareil de chauffage à
foyer clos. **2** Drap dont on couvre le cercueil
pendant un enterrement.

2. poêle [pwal] *nf* Ustensile de cuisine peu
profond, pour les fritures.

poêlée [pwale] *nf* Contenu d'une poêle.

poêler [pwale] *vt* Cuire, passer à la poêle.

poêlon *nm* Casserole épaisse, à manche creux.

poème *nm* Ouvrage en vers ou en prose dont
le style et l'inspiration relèvent de la poésie.
Loc Fam *C'est tout un poème* : d'un pittoresque hors du commun.

poésie *nf* **1** Forme d'expression littéraire
caractérisée par une utilisation harmonieuse des
sons et des rythmes du langage et par une
grande richesse d'images. **2** Poème. *Un choix
de poésies.* **3** Caractère poétique.

poète *nm* **1** Écrivain qui s'adonne à la poésie.
2 Qui a une vision poétique des choses. **3** Qui
manque de réalisme.

poétesse *nf* Femme poète.

poétique *a* **1** De la poésie. *Style poétique.* **2** Qui suscite une émotion esthétique. *Paysage poétique.* ■ *nf* Technique de la poésie.

poétiquement *av* De façon poétique.

poétiser *vt* Rendre poétique, idéaliser.

pogne *nf* Pop Main.

pognon *nm* Pop Argent.

pogrome *nm* Émeute antisémite souvent accompagnée de massacres.

poids *nm* **1** Force qui s'exerce sur un corps du fait de l'attraction terrestre. **2** Masse de métal marquée servant à peser. **3** Masse pesante. *Horloge ancienne à poids.* **4** Ce qui accable, oppresse. **5** Importance, force de qqch ou de qqn. *Un argument de poids.* Loc Fam *Faire le poids* : avoir l'autorité nécessaire.

poids lourd *nm* **1** Gros camion. **2** Fam Personne ou entreprise qui compte dans son domaine. *Des poids lourds.*

poignant, ante *a* Qui cause une impression vive et pénible ; qui étreint le cœur.

poignard *nm* Couteau à lame courte et large.

poignarder *vt* Frapper avec un poignard.

poigne *nf* **1** Force du poignet, de la main. **2** Fam Autorité, énergie pour se faire obéir.

poignée *nf* **1** Quantité que peut contenir la main fermée. **2** Petit nombre de personnes. **3** Partie d'un objet destinée à être tenue dans la main fermée. Loc *Poignée de main* : geste de salutation ou d'accord.

poignet *nm* **1** Articulation de l'avant-bras avec la main. **2** Extrémité de la manche d'un vêtement, près de la main.

poil *nm* **1** Production filamenteuse de la peau des mammifères. *Des poils de barbe. Un chien à poil ras.* **2** Filament de certaines plantes. **3** Partie velue d'une étoffe. Loc *De tout poil* : de toute nature, de toute espèce. Fam *Un poil* : un peu. Fam *Être de bon, de mauvais poil* : de bonne, de mauvaise humeur. Pop *À poil* : tout nu. Pop *Au poil* : très bon, parfait.

poil-de-carotte *a inv* Fam Roux.

poiler (se) *vpr* Pop Rire.

poilu, ue *a* Couvert de poils abondants. ■ *nm* Fam Combattant français de la guerre de 1914-1918.

poinçon *nm* **1** Tige d'acier à extrémité pointue, qui sert à percer, à découper, à emboutir. **2** Instrument qui sert à marquer les objets soumis à un contrôle ; marque ainsi produite.

poinçonnage ou **poinçonnement** *nm* Action de poinçonner.

poinçonner *vt* **1** Marquer au poinçon. **2** Perforer, oblitérer un billet de train, un ticket, etc.

poinçonneur, euse *n* Qui poinçonne. ■ *nf* Machine à poinçonner les billets.

poindre *vi* [62] Litt Commencer à apparaître (jour, planète, sentiment).

poing *nm* Main fermée. Loc *Dormir à poings fermés* : profondément.

1. point *nm* **1** Signe de ponctuation ou d'écriture. *Mettre un point à la fin d'une phrase. Point d'interrogation. Le point de i, de j.* **2** Endroit fixe, déterminé. *Point de ralliement.* **3** GEOM Lieu sans étendue, marquant une position dans un plan, dans l'espace. **4** Question, sujet traité ; division d'un discours. **5** Degré dans une évolution. *Point de congélation.* **6** Unité de notation d'un travail scolaire, d'une épreuve sportive, etc. **7** Piqûre faite en cousant ; marque du fil entre deux piqûres. **8** Manière d'exécuter des travaux d'aiguille. **9** Douleur aiguë. *Point de côté. Avoir un point dans le dos.* Loc *Mettre les points sur les i* : expliquer qqch clairement pour lever toute ambiguïté. *Au point* : exactement réglé. *À point* : au moment ou au degré voulu. *En tout point* : exactement. *Faire le point* : déterminer la position d'un navire, d'un avion ; examiner clairement la situation. *Être sur le point de* : être prêt à, près de. *Marquer un point* : prendre un avantage. *Rendre des points à qqn* : lui être nettement supérieur. *Point du jour* : lever du jour. *Point mort* : position débrayée du changement de vitesses ; état d'une situation qui n'évolue plus ; niveau minimal d'une production assurant l'équilibre des comptes. *Mettre son point d'honneur à faire qqch* : s'en faire une obligation absolue. *Au point que* : à tel degré que.

2. point *av* Vx Pas. *On ne l'aime point.*

pointage *nm* Action de pointer.

point de vue *nm* **1** Lieu d'où on voit bien un paysage. **2** Manière de voir, d'envisager qqch. *Exposer son point de vue.* Loc *Au (ou du) point de vue de* : relativement à. *Des points de vue.*

pointe *nf* **1** Bout piquant, aigu. *La pointe d'une aiguille.* **2** Extrémité effilée d'un objet. *Pointe d'asperge.* **3** Très petite quantité. *Une pointe d'ail.* **4** Clou europée. **5** Petit châle triangulaire. **6** Accélération momentanée. *Pointe de vitesse.* **7** Moment de plus grande intensité d'un phénomène. *Une pointe d'activité économique.* Loc *Pointe sèche* : procédé de gravure utilisant un stylet d'acier ; ce stylet. *Pointe du jour* : première clarté du jour. *Être à la pointe de, en pointe de* : à l'avant-garde. *Pousser une pointe* : aller faire une reconnaissance. *Sur la pointe des pieds* : très discrètement, prudemment. ■ *pl* Attitude d'une danseuse dressée sur le bout de ses chaussons.

pointeau *nm* TECH Tige pointue pour régler le débit d'un fluide.

1. pointer *vt* **1** Marquer d'un point, d'un signe. **2** Contrôler. *Pointer les entrées.* **3** Diriger vers un point, un but ; braquer. **4** Dresser en pointe. *Pointer les oreilles.* **5** Signaler, dénoncer. *Pointer un abus.* ■ *vi* **1** Enregistrer son arrivée ou son départ sur une horloge pointeuse. **2** Commencer à paraître. *Le jour pointe.* **3** Se dresser en pointe. **4** Aux boules, lancer la boule le plus près possible du but. ■ *vpr* Fam Arriver.

2. pointer [-tɛr] *nm* Chien d'arrêt anglais.

pointeur, euse *a, n* Qui effectue un contrôle. ■ *nf* Horloge enregistreuse.

pointillé *nm* Ligne formée d'une suite de petits points, de petits trous.

pointilleux, euse *a* Exigeant jusque dans les moindres détails ; minutieux.

pointillisme *nm* Technique picturale qui consiste à juxtaposer des touches très petites.

pointilliste *n, a* Adepte du pointillisme.

pointu, ue *a* **1** Qui se termine en pointe. **2** Hautement spécialisé. *Formation pointue.* **3** Très raffiné, très subtil. *Raisonnement pointu.*

pointure *nf* **1** Taille des chaussures, des gants, etc. **2** Fam Personnage important.

point-virgule *nm* Signe de ponctuation (;) intermédiaire entre la virgule et le point. *Des points-virgules.*

poire nf 1 Fruit comestible du poirier. 2 Objet en forme de poire. 3 Pop Tête, figure. 4 Fam Qui se laisse exploiter. Loc Fam *Garder une poire pour la soif* : se réserver des ressources pour les besoins à venir. Fam *Couper la poire en deux* : se faire des concessions mutuelles.

poiré nm Jus de poire fermenté.

poireau nm Plante potagère. Loc Fam *Faire le poireau* : attendre longtemps.

poireauter ou **poiroter** vi Fam Faire le poireau.

poirier nm Arbre fruitier produisant des poires. Loc *Faire le poirier* : se tenir en équilibre, la tête et les mains appuyées sur le sol.

pois nm 1 Plante potagère dont les gousses et les graines (*petits pois*) fournissent un légume apprécié. 2 Petit rond décoratif sur un tissu, etc. *Cravate à pois.* Loc *Pois de senteur* : plante ornementale grimpante à fleurs odorantes.

poison nm 1 Substance qui peut tuer ou altérer les fonctions vitales. 2 Litt Ce qui exerce une influence pernicieuse. ■ n Fam Personne méchante, insupportable.

poissard, arde a Vx Qui utilise le langage de la populace. ■ nf Vx Femme au langage grossier.

poisse nf Pop Malchance, déveine.

poisser vt 1 Enduire de poix. 2 Salir avec une substance gluante. 3 Pop Prendre, arrêter un malfaiteur, un voleur, etc.

poisseux, euse a Collant, gluant.

poisson nm Vertébré aquatique à branchies, possédant des nageoires. Loc *Être comme un poisson dans l'eau* : être parfaitement à l'aise. *Finir en queue de poisson* : s'arrêter soudain sans conclusion. *Faire une queue de poisson* : rabattre brusquement son véhicule juste devant celui qu'on vient de doubler. *Poisson d'avril* : attrape, mystification qu'on fait le 1er avril.

poisson-chat nm Silure. *Des poissons-chats.*

poissonnerie nf Magasin où on vend du poisson, des crustacés, des coquillages, etc.

poissonneux, euse a Qui abonde en poisson.

poissonnier, ère n Commerçant qui vend du poisson. ■ nf Récipient allongé pour faire cuire le poisson.

poitevin, ine a, n De Poitiers, du Poitou.

poitrail nm Partie antérieure du corps des équidés, entre les épaules et la base du cou.

poitrinaire a, n Vx Tuberculeux.

poitrine nf 1 Partie du tronc qui contient les poumons et le cœur. 2 Devant du thorax. 3 Partie antérieure des côtes d'un animal de boucherie. 4 Seins de la femme. Loc *Voix de poitrine* : voix grave, au son plein.

poivrade nf 1 Sauce au poivre. 2 Petit artichaut violet.

poivre nm Fruit du poivrier ; épice de saveur piquante faite de ce fruit séché.

poivré, ée a Fam Grivois.

poivrer vt Assaisonner avec du poivre. ■ vpr Pop S'enivrer.

poivrier nm 1 Arbrisseau grimpant qui donne le poivre. 2 Petit récipient pour le poivre.

poivrière nf 1 Ustensile de table pour le poivre. 2 Plantation de poivriers. 3 ARCHI Guérite à toit conique à l'angle d'un bastion.

poivron nm Fruit du piment doux, vert, jaune ou rouge.

poivrot, ote n Pop Ivrogne.

poix nf Matière résineuse ou bitumineuse de consistance visqueuse.

poker [pɔkɛʀ] nm Jeu de cartes. Loc *Poker d'as* : jeu de dés inspiré du poker. *Coup de poker* : opération hasardeuse.

polaire a 1 Relatif à un pôle, aux pôles, qui est près des pôles. 2 Glacial. *Froid polaire.* Loc *Cercle polaire* : cercle situé à 66° 34′ de latitude, qui marque la limite des régions polaires.

polar nm Fam Roman ou film policier.

polard, arde a, n Fam Obsédé par un seul problème, une unique spécialité.

polarisation nf 1 PHYS Phénomène par lequel les vibrations lumineuses s'orientent dans un plan. 2 ELECTR Phénomène interne à un pile, qui se traduit par une diminution du courant débité. 3 Action de polariser ; fait de se polariser. *Polarisation de la vie politique.*

polariser vt 1 ELECTR Provoquer la polarisation d'un appareil, d'un élément. 2 Orienter vers soi, attirer à soi. *Polariser l'intérêt général.* 3 Concentrer sur un point ou sur deux points opposés. ■ vpr Fam Se fixer, se concentrer.

polariseur nm PHYS Appareil qui polarise la lumière.

polarité nf État d'un système dans lequel on peut distinguer deux pôles opposés.

polaroïd nm (n déposé) Appareil photographique à développement instantané.

polatouche nm Écureuil volant.

polder [-dɛʀ] nm Terre située en dessous du niveau de la mer, endiguée et asséchée.

poldérisation nf Transformation d'une région en polder.

pôle nm 1 ASTRO Chacun des points où l'axe imaginaire de rotation de la Terre rencontre la sphère céleste. 2 GEOGR Chacune des extrémités de l'axe de rotation de la Terre sur elle-même. 3 Région de la Terre située près d'un pôle. 4 Point qui attire l'attention, l'intérêt. 5 Zone, région. *Pôle de développement.* 6 Chacune des bornes (positive ou négative) d'un circuit électrique. *Pôles d'une pile.* Loc *Pôles magnétiques* : points du globe où l'inclinaison magnétique est de 90°.

polémique a Qui appartient à la dispute ; qui incite à la discussion par un ton agressif. ■ nf Querelle, débat plus ou moins violent.

polémiquer vi Faire de la polémique.

polémiste n Qui polémique.

polémologie nf Étude sociologique de la guerre.

polenta [-lɛnta] nf Bouillie de farine de maïs.

pole position nf Dans une course automobile, meilleure place de départ accordée au véhicule qui a réalisé les meilleurs temps aux essais.

poli, ie a 1 Qui respecte les règles de la politesse. 2 Lisse et luisant. ■ nm Lustre, éclat.

police nf 1 Maintien de l'ordre public et de la sécurité des citoyens. 2 Administration, ensemble des agents de la force publique. 3 Organisme privé chargé d'une mission de surveillance. 4 Contrat d'assurance. Loc *Tribunal de police* : qui juge les contraventions. *Salle de police* : où sont consignés les militaires punis.

policé, ée a Litt Dont les mœurs sont adoucies ; civilisé.

polichinelle nm Personnage ridicule, grotesque ; personne sans caractère. Loc *Secret de Polichinelle* : chose qui est connue de tous.

policier, ère *a* **1** Relatif à la police. **2** Qui s'appuie sur la police. *État policier.* **3** Centré sur une enquête policière. *Roman policier.* ■ *nm* **1** Membre de la police. **2** Roman, film policier.

policlinique *nf* Établissement où les malades reçoivent des soins, mais ne sont pas hospitalisés.

poliment *av* Courtoisement.

polio *n* ou *nf* Abrév de *poliomyélite* ou de *poliomyélitique*.

poliomyélite *nf* Maladie infectieuse aiguë qui provoque des paralysies locales.

poliomyélitique *a, n* Atteint de poliomyélite.

polir *vt* **1** Rendre lisse et luisant à force de frotter. **2** Litt Corriger avec soin, parfaire.

polissage *nm* Opération qui consiste à donner un poli, un brillant presque.

polisseur, euse *n* Qui polit les glaces, les métaux, etc.

polissoir *nm* Instrument servant à polir.

polisson, onne *n* Fam Enfant dissipé, espiègle. ■ *a, n* Égrillard, licencieux.

polissonnerie *nf* Action, parole licencieuse.

politesse *nf* Règles de bienséance dans un groupe social ; comportement qui s'y conforme.

politicard, arde *nm, a* Fam Politicien peu scrupuleux.

politicien, enne *n* Qui s'occupe professionnellement de politique. ■ *a* Qui relève de l'habileté politique. *Politique politicienne.*

politique *a* **1** Relatif au gouvernement d'un État, aux relations des divers États. *Homme politique. Milieu politique.* **2** Qui montre une prudence calculée. ■ *nf* **1** Science ou art de gouverner un État ; conduite des affaires publiques. **2** Ensemble des affaires publiques. **3** Manière de mener une affaire. **4** Conduite calculée pour atteindre un but précis. ■ *n* **1** Qui s'occupe des affaires publiques, fait de la politique. **2** Personne habile, avisée. **3** Prisonnier politique.

politiquement *av* **1** Du point de vue politique. **2** Adroitement.

politisation *nf* Action de politiser.

politiser *vt* Donner un caractère politique à.

politiste *n* Spécialiste de science politique.

politologie *nf* Étude des faits politiques.

politologue *n* Spécialiste de politologie.

poljé [pɔlje] *nm* GEOL Vaste dépression calcaire à fond plat des régions karstiques.

polka *nf* Ancienne danse, d'origine polonaise, à deux temps, d'un rythme vif.

pollen [pɔlɛn] *nm* Poussière colorée opérant la fécondation des fleurs.

pollinique *a* Relatif au pollen.

pollinisation *nf* BOT Transport du pollen depuis l'étamine jusqu'au stigmate de l'ovaire.

polluant, ante *a, nm* Qui pollue.

polluer *vt* Souiller, rendre malsain ou impropre à la vie. *Polluer l'atmosphère.*

pollueur, euse *a, n* Responsable de pollution.

pollution *nf* Souillure, infection contribuant à la dégradation du milieu vivant.

polo *nm* **1** Sport équestre d'équipe qui se joue avec une boule et des maillets. **2** Chemise en tricot à col rabattu.

polochon *nm* Fam Traversin.

polonais, aise *a, n* De Pologne. ■ *nm* Langue slave parlée en Pologne. ■ *nf* **1** Danse de Pologne. **2** Air à trois temps de cette danse.

poltron, onne *a, n* Qui manque de courage.

poltronnerie *nf* Manque de courage, lâcheté.

polyamide *nm* Matière plastique synthétique.

polyandrie *nf* Situation d'une femme mariée à plusieurs hommes.

polyarthrite *nf* Inflammation portant sur plusieurs articulations.

polycentrisme *nm* Existence de plusieurs centres de pouvoir au sein d'une organisation.

polychrome *a* Peint de plusieurs couleurs.

polychromie *nf* Peinture polychrome.

polyclinique *nf* Clinique de médecine générale.

polycopie *nf* Reproduction d'un document, en particulier au moyen d'un stencil.

polycopié *nm* Cours polycopié.

polycopier *vt* Reproduire par polycopie.

polyculture *nf* Pratique simultanée de plusieurs cultures dans une même exploitation.

polyèdre *nm* GEOM Solide dont les faces sont des polygones.

polyester *nm* Matière plastique synthétique.

polygame *a, n* **1** Qui a simultanément plusieurs conjoints. **2** BOT Qui porte des fleurs hermaphrodites et des fleurs unisexuées.

polygamie *nf* État de polygame.

polygamique *a* De la polygamie.

polyglotte *a, n* Qui connaît plusieurs langues.

polygonal, ale, aux *a* GEOM **1** En forme de polygone. **2** Dont la base est un polygone.

polygone *nm* GEOM Figure plane limitée par des segments de droite.

polygraphe *n* Auteur qui écrit sur des sujets variés sans en être un spécialiste.

polymère *a, nm* CHIM Se dit d'un composé provenant d'une polymérisation.

polymérisation *nf* Réaction chimique consistant en l'union de molécules d'un même composé en une seule molécule plus grosse.

polymorphe *a* Qui peut se présenter sous plusieurs formes.

polymorphisme *nm* Caractère polymorphe.

polynésien, enne *a, n* De Polynésie.

polynévrite *nf* Affection qui touche plusieurs nerfs périphériques.

polynôme *nm* MATH Somme de monômes.

polynucléaire *a* Qui comporte plusieurs noyaux. ■ *nm* Globule blanc polynucléaire.

polype *nm* **1** Animal marin tubulaire fixé à un support par sa base. **2** MED Excroissance molle de la muqueuse des cavités naturelles.

polypeptide *nm* CHIM Molécule résultant de la condensation de plusieurs acides aminés.

polyphasé, ée *a* ELECTR Qui comporte plusieurs phases.

polyphonie *nf* MUS Ensemble de voix, d'instruments ordonnés en contrepoint.

polyphonique *a* De la polyphonie.

polypier *nm* ZOOL Squelette corné ou calcaire de corail, de madrépore.

polypode *nm* BOT Fougère commune.

polypore *nm* Champignon coriace poussant sur les troncs d'arbres.

polypropylène *nm* Matière plastique issue du propylène.

polyptyque *nm* Peinture exécutée sur plusieurs panneaux qui se rabattent ou restent fixes.

polysémie *nf* Pluralité de sens d'un mot.

polysémique *a* De la polysémie.

polystyrène *nm* Matière plastique synthétique.

polysyllabe *nm* ou **polysyllabique** *a* Qui a plusieurs syllabes.

polytechnicien, enne *n* Élève de Polytechnique.

polytechnique *a* Qui concerne plusieurs techniques. Loc *École polytechnique* : établissement militaire qui forme des ingénieurs et des officiers.

polythéisme *nm* Religion qui admet l'existence de plusieurs dieux.

polythéiste *a*, *n* Qui relève du polythéisme.

polytransfusé, ée *a*, *n* MED Qui a subi des transfusions répétées, de multiples donneurs.

polytraumatisé, ée *a*, *n* MED Qui a subi plusieurs lésions graves.

polyuréthane *nm* Matière plastique servant à fabriquer des produits de très faible densité.

polyurie *nf* Émission excessive d'urine.

polyvalence *nf* Caractère polyvalent.

polyvalent, ente *a* Apte à plusieurs usages, à diverses fonctions. ■ *nm* Agent du fisc chargé de vérifier les comptes des entreprises.

pomelo *nm* Pamplemousse.

pomerol *nm* Bordeaux rouge très réputé.

pomiculteur, trice *n* Qui cultive des arbres produisant des fruits à pépins.

pommade *nf* Pâte médicamenteuse grasse utilisée en onctions locales. Loc Fam *Passer de la pommade à qqn* : le flatter.

pommader *vt* Enduire de pommade.

pommard *nm* Bourgogne rouge très réputé.

pomme *nf* 1 Fruit comestible du pommier. 2 Pomme de terre. 3 Ornement en forme de pomme, de boule. 4 Pop Personne crédule ; dupe. *Pomme Haut comme trois pommes* : tout petit. *Pomme d'Adam* : saillie du cartilage thyroïde, à la partie antérieure du cou de l'homme. *Pomme de pin* : cône de pin, constitué d'écailles renfermant les graines. *Pomme d'arrosoir, de douche* : pièce perforée de multiples trous qui disperse l'eau en pluie. *Pomme de discorde* : sujet de dispute. Fam *Tomber dans les pommes* : perdre connaissance. Pop *Aux pommes* : très bien.

pommé, ée *a* Rond et compact comme une pomme (chou, salade).

pommeau *nm* 1 Boule servant de poignée à une canne, une épée, etc. 2 Partie antérieure de l'arçon d'une selle. 3 Boisson constituée d'un mélange de jus de pomme et de calvados.

pomme de terre *nf* Plante à tubercules comestibles. *Des pommes de terre.*

pommelé, ée *a* 1 Dont la robe, à fond blanc, est couverte de taches grises (cheval). 2 Couvert de petits nuages (ciel).

pommer *vi* Devenir pommé.

pommeraie *nf* Plantation de pommiers.

pommette *nf* Partie saillante de la joue, au-dessous de l'angle externe de l'œil.

pommier *nm* Arbre qui produit la pomme.

pompage *nm* Action de pomper.

1. pompe *nf* Litt 1 Cérémonial somptueux. 2 Péjor Emphase, solennité affectée. Loc *En grande pompe* : en grande cérémonie. ■ *pl* Loc *Pompes funèbres* : service chargé des enterrements.

2. pompe *nf* 1 Appareil destiné à aspirer ou à refouler un liquide, un gaz. 2 Pop Chaussure. Loc Fam *Être à côté de ses pompes* : avoir l'esprit perturbé. *Coup de pompe* : sensation de grande fatigue. *À toute pompe* : à toute vitesse.

pomper *vt* 1 Puiser, aspirer ou refouler avec une pompe. 2 Absorber un liquide. 3 Fam Épuiser, lasser. 4 Fam Copier. Loc Fam *Il nous pompe l'air* : il nous fatigue, il nous ennuie.

pompette *a* Fam Légèrement ivre.

pompeusement *av* Avec emphase.

pompeux, euse *a* Emphatique, d'une solennité ridicule.

1. pompier *nm* Qui fait partie d'un corps organisé pour combattre les incendies et les sinistres.

2. pompier, ère *a* Conventionnel et emphatique. *Style pompier.*

pompiérisme *nm* Style pompier.

pompiste *n* Qui distribue le carburant dans une station-service.

pompon *nm* Houppe ronde de brins de laine, de soie, etc., qui sert d'ornement. Loc Fam *Rose pompon* : variété de roses à petites fleurs globuleuses. Fam *Avoir, tenir le pompon* : l'emporter sur les autres.

pomponner *vt* Parer avec beaucoup de soin.

ponant *nm* Vent d'ouest, dans le Midi.

ponçage *nm* Action, manière de poncer.

ponce *nf* Roche poreuse très légère, d'origine volcanique, appelée aussi *pierre ponce*.

ponceau *a inv* Rouge vif.

poncer *vt* [10] Décaper, polir au moyen d'un abrasif.

ponceur, euse *n* Qui opère le ponçage. ■ *nf* Machine à poncer.

poncho *nm* Manteau fait d'une couverture percée pour y passer la tête.

poncif *nm* Idée conventionnelle, rebattue ; lieu commun, cliché.

ponction *nf* 1 MED Prélèvement d'un liquide dans une cavité du corps, au moyen d'un trocart. 2 Prélèvement d'argent.

ponctionner *vt* Opérer une ponction.

ponctualité *nf* 1 Exactitude à faire les choses en temps voulu. 2 Habitude, fait d'être à l'heure.

ponctuation *nf* 1 Système de signes graphiques (point, virgule, guillemets, etc.) marquant des relations syntaxiques ou des faits d'intonation. 2 Action, manière de ponctuer.

ponctuel, elle *a* 1 Exact, régulier, qui fait à point nommé ce qu'il doit faire. 2 Qui porte sur un point seulement.

ponctuellement *av* Avec ponctualité.

ponctuer *vt* 1 Marquer de signes de ponctuation. 2 Accompagner, souligner ses paroles de gestes, de bruits.

pondaison *nf* ZOOL Époque de la ponte.

pondérable *a* Qui peut être pesé.

pondéral, ale, aux *a* Du poids. *Analyse pondérale.*

pondérateur, trice *a* Qui a une influence modératrice, qui atténue, tempère.

pondération *nf* 1 Action, fait de pondérer. 2 Calme, équilibre, modération.

pondéré, ée *a* Qui fait preuve de pondération.

pondérer *vt* [12] Équilibrer des forces, des tendances ; modérer, tempérer.

pondéreux, euse a Très pesant.

pondeuse nf Poule qui pond.

pondoir nm Endroit où pondent les poules.

pondre vt [5] 1 Expulser de son corps des œufs (oiseaux). 2 Fam Produire un texte écrit.

poney nm Cheval de petite taille.

pongiste n Joueur de ping-pong.

pont nm 1 Construction permettant de franchir un cours d'eau, une route, une voie ferrée, etc. 2 Ce qui sert de lien entre deux choses. 3 Jour chômé entre des jours fériés. 4 Ensemble des organes transmettant le mouvement de l'arbre aux roues arrière d'une automobile. 5 Plan horizontal fermant la coque d'un bateau. Loc *Pont aérien* : va-et-vient d'avions établissant une liaison d'urgence. *Tête de pont* : position conquise sur une côte ou une rive ennemie. *Couper les ponts* : cesser toutes relations. *Faire un pont d'or à qqn* : lui offrir beaucoup d'argent pour le décider à accepter une situation. ■ pl Loc *Ponts et Chaussées* : service public qui s'occupe de la construction et de l'entretien des ponts, des routes, etc.

pontage nm CHIR Réunion de deux artères à l'aide d'une prothèse.

1. ponte nf Action de pondre.

2. ponte nm Fam Personnage important.

ponté, ée a MAR Qui a un ou plusieurs ponts.

pontet nm Demi-cercle d'acier qui protège la détente d'une arme à feu.

pontife nm 1 ANTIQ Gardien de la religion, à Rome. 2 Personne gonflée de son importance. Loc *Le souverain pontife* : le pape.

pontifiant, ante a Fam Qui pontifie.

pontifical, ale, aux a Qui a rapport au pape.

pontificat nm Dignité de pontife, de pape ; durée de cette fonction.

pontifier vi Fam Discourir de manière solennelle et emphatique.

pont-l'évêque nm inv Fromage de lait de vache à pâte molle.

pont-levis [-vi] nm Pont mobile qu'on pouvait abaisser ou relever au-dessus du fossé entourant un château fort. *Des ponts-levis.*

ponton nm 1 Plate-forme flottante reliée à la terre. 2 Navire désaffecté transformé en dépôt de matériel, en prison.

pontonnier nm Militaire du génie chargé des ponts mobiles.

pool [pul] nm 1 Groupement provisoire d'entreprises en vue d'une opération déterminée. 2 Équipe d'employés d'un même service.

pop nf, a inv Abrév de *pop music.*

pop'art [pɔpaʀt] nm Mouvement artistique contemporain s'inspirant des objets les plus quotidiens.

pop-corn nm inv Friandise faite de grains de maïs soufflés à chaud.

pope nm Prêtre de l'Église orthodoxe.

popeline nf Tissu léger, de soie ou de coton.

pop music nf Musique d'origine anglo-américaine issue du rock and roll.

popote nf Fam 1 Cuisine. *Faire la popote.* 2 Groupe de militaires qui prennent leur repas en commun. ■ a inv Fam Excessivement attaché à son ménage ; casanier et terre à terre.

popotin nm Fam Fesses, derrière.

populace nf Litt Bas peuple.

populacier, ère a Litt De la populace.

populage nm Herbe vivace à fleurs jaunes, des lieux humides.

populaire a 1 Qui fait partie du peuple. 2 Constitué, organisé par le peuple. *Gouvernement populaire.* 3 Propre au peuple. 4 Connu et aimé d'un large public. *Chanteur populaire.*

popularement av De façon populaire.

popularisation nf Action de populariser.

populariser vt Rendre populaire, connu.

popularité nf Fait d'être populaire, de plaire au plus grand nombre.

population nf 1 Ensemble des habitants d'un pays, d'une ville, etc. 2 Ensemble des membres d'une classe, d'une catégorie particulière.

populationniste a, n Favorable à l'accroissement de la population.

populeux, euse a Très peuplé.

populisme nm 1 Courant littéraire, pictural ou cinématographique qui s'attache à la représentation de la vie des petites gens. 2 Idéologie démagogique.

populiste a, n Qui relève du populisme.

populo nm Pop Le peuple, les petites gens.

porc [pɔʀ] nm 1 Mammifère domestique omnivore (cochon), élevé pour sa chair et pour son cuir. 2 Fam Homme malpropre ou grossier.

porcelaine nf 1 Produit céramique non coloré, fin et translucide, recouvert d'un enduit vitrifié. 2 Objet de cette matière.

porcelainier, ère n Fabricant, marchand de porcelaine.

porcelet nm Jeune porc.

porc-épic [pɔʀkepik] nm Rongeur dont le corps est couvert de longs piquants. *Des porcs-épics.*

porche nm Espace couvert donnant accès à la porte d'entrée d'un édifice.

porcher, ère n Gardien de porcs.

porcherie nf 1 Bâtiment dans lequel on loge, on élève les porcs. 2 Lieu très sale.

porcin, ine a 1 Relatif au porc. 2 Dont l'apparence évoque le porc. *Visage porcin.* ■ nm ZOOL Mammifère d'un groupe qui comprend les porcs, les hippopotames et les phacochères.

pore nm 1 Orifice microscopique à la surface de la peau. 2 Très petite cavité de certaines matières minérales.

poreux, euse a Qui a des pores.

porion nm Contremaître, dans une houillère.

porno a Fam Pornographique. ■ nm Fam Pornographie, genre pornographique.

pornographe n Auteur de livres, de films pornographiques.

pornographie nf Production de livres, de films, etc., à caractère obscène.

pornographique a De la pornographie.

porosité nf État poreux.

porphyre nm Roche volcanique présentant de grosses inclusions cristallines.

porridge nm Bouillie de flocons d'avoine.

1. port nm 1 Abri aménagé pour recevoir les navires, charger ou décharger leur cargaison, etc. 2 Ville bâtie autour d'un port. 3 Col, dans les Pyrénées. Loc *Arriver à bon port* : sans incident.

2. port nm 1 Action, fait de porter sur soi. 2 Façon de se tenir, maintien. 3 Allure générale d'une plante, d'un arbre. 4 Prix du transport d'un colis, d'une lettre.

portable a, nm Qu'on peut porter.

portage nm Transport d'une charge à dos d'homme.

portail nm Entrée monumentale d'un édifice, d'un parc, etc.

portal, ale, aux a ANAT De la veine porte.

portance nf Force qui assure la sustentation d'un avion en vol.

portant, ante a Qui porte, qui soutient. *Mur portant.* Loc *Bien, mal portant :* en bonne, en mauvaise santé. ■ nm Châssis qui soutient les décors d'un théâtre.

portatif, ive a Qui peut être porté facilement.

1. porte nf 1 Ouverture pratiquée dans un mur, une clôture quelconque. 2 Panneau mobile qui ferme une ouverture. 3 Ouverture dans l'enceinte d'une ville fortifiée ; emplacement actuel de cette ancienne ouverture. 4 Chacun des couples de piquets marquant un passage, sur une piste de slalom. Loc *Mettre qqn à la porte :* le chasser, le renvoyer. *Prendre la porte :* sortir.

2. porte a Loc ANAT *Veine porte :* qui amène au foie le sang provenant des organes digestifs.

porté, ée a Loc *Être porté à :* avoir tendance à. *Être porté sur :* avoir un goût prononcé pour.

porte-à-faux nm inv Loc *En porte à faux :* en position instable, mal assurée.

porte-à-porte nm inv Méthode de vente qui consiste à proposer des produits à des particuliers à leur domicile.

porte-avions nm inv Navire aménagé pour transporter des avions de combat.

porte-bagages nm inv Filet, grillage, support, etc., destiné à recevoir les bagages dans ou sur un véhicule.

porte-bébé nm Panier, siège ou sac qui sert à transporter un bébé. *Des porte-bébés.*

porte-billets nm inv Portefeuille où on range exclusivement les billets de banque.

porte-bonheur nm inv Objet censé porter chance.

porte-bouteilles nm inv Casier destiné à ranger ou à transporter les bouteilles.

porte-cartes nm inv 1 Petit étui contenant les papiers que l'on a habituellement sur soi. 2 Étui de rangement de cartes géographiques.

porte-cigarettes nm inv Étui à cigarettes.

porte-clés ou **porte-clefs** nm inv Anneau ou étui pour porter des clés.

porte-conteneurs nm inv Navire aménagé pour le transport des conteneurs.

porte-couteau nm Petit support destiné à empêcher la lame du couteau de salir la nappe. *Des porte-couteaux.*

porte-documents nm inv Serviette plate qui sert à porter des papiers.

porte-drapeau nm 1 Celui qui porte le drapeau. 2 Chef de file d'un mouvement. *Des porte-drapeaux.*

portée nf 1 Distance à laquelle une arme peut lancer un projectile, la voix peut se faire entendre. 2 Distance entre les points d'appui d'une pièce. *Portée d'un pont.* 3 Importance des effets de qqch. *Une découverte d'une portée considérable.* 4 ZOOL Ensemble des petits qu'une femelle a mis bas en une fois. 5 Ensemble des lignes parallèles utilisées pour noter la musique. Loc *À la portée de :* qui peut être atteint par qqn ; accessible à. *Hors de portée :* inaccessible. *Se mettre à la portée de qqn :* à son niveau de compréhension.

portefaix nm inv Vx Porteur de fardeaux.

porte-fenêtre nf Porte vitrée donnant sur une terrasse, un balcon, etc. *Des portes-fenêtres.*

portefeuille nm 1 Étui à compartiments où l'on range des billets, des papiers, etc. 2 Fonction de direction d'un département ministériel. 3 Ensemble de valeurs mobilières et d'effets de commerce appartenant à qqn.

porte-greffe nm Arbre sur lequel on fixe un ou des greffons. *Des porte-greffes.*

porte-hélicoptères nm inv Navire de guerre aménagé pour transporter les hélicoptères.

porte-jarretelles nm inv Ceinture féminine à laquelle sont fixées les jarretelles.

porte-malheur nm inv Objet censé porter malheur.

portemanteau nm Applique murale ou support sur pied portant des patères, pour suspendre les vêtements.

portemine nm Tube contenant une mine et utilisé comme crayon.

porte-monnaie nm inv Petite pochette, pour les pièces de monnaie.

porte-parapluies nm inv Petit meuble qui sert à ranger les parapluies, les cannes.

porte-parole nm inv Personne qui parle au nom d'une autre, d'un groupe, etc.

porte-plume nm inv Instrument au bout duquel on fixe une plume à écrire.

1. porter vt 1 Soutenir, maintenir. *Porter un enfant sur ses épaules.* 2 Transporter, apporter. *Porter une robe chez le teinturier.* 3 Avoir en son sein, en gestation. *Une chienne qui porte ses petits.* 4 Produire des fruits. *Une vigne qui porte de belles grappes.* 5 Avoir sur soi. *Porter un manteau, une bague. Porter la barbe.* 6 Inscrire, coucher par écrit. *Porter son nom sur une liste.* 7 Tenir de telle ou telle façon. *Porter la tête haute.* 8 Amener à un certain degré. *Porter un métal au rouge. Cette mort porte à vingt le nombre des victimes.* 9 Inciter. *Porter qqn à l'indulgence.* 10 Éprouver un sentiment, un intérêt. *Porter de la sympathie à qqn. Porter attention à qqch.* Loc *Porter secours à qqn :* le secourir. *Porter bonheur, malheur :* apporter la chance, la malchance. *Porter préjudice, tort à qqn :* lui nuire. *Porter témoignage :* fournir ou être un témoignage. *Porter un jugement :* l'exprimer. *Porter la main sur qqn :* le frapper. *Porter un nom :* l'avoir. ■ vti 1 Avoir pour point d'appui, pour fondement. *Le bâtiment porte sur des colonnes.* 2 Avoir pour objet, concerner. *Ma remarque porte sur deux points.* Loc *Porter sur les nerfs :* irriter, exaspérer. ■ vi 1 Avoir telle ou telle portée. ■ vi 1 Avoir telle ou telle portée. 2 Atteindre son but. *Cette critique a porté.* Loc *Porter à faux :* ne pas reposer d'aplomb. ■ vpr 1 Aller, se rendre. *Se porter au-devant de qqn.* 2 Se présenter comme. *Se porter candidat.* 3 Être en tel ou tel état de santé. *Il se porte bien.*

2. porter [-tɛʀ] nm Bière anglaise brune et forte.

porte-savon nm Support destiné à recevoir le savon. *Des porte-savons.*

porte-serviettes nm inv Support destiné à recevoir les serviettes de toilette.

porteur, euse n Dont le métier est de porter des fardeaux. ■ nm Possesseur d'un titre, d'une valeur mobilière. *Bon payable au porteur.* ■ a 1 Qui porte. 2 Se dit d'un marché qui offre des débouchés.

porte-voix nm inv Instrument portatif destiné à faire entendre la voix à distance.

portfolio [pɔʀtfɔljo] nm BX-A Emboîtage de photographies, d'estampes, à tirage limité.

portier, ère n Employé qui garde l'entrée de certains établissements.

portière nf 1 Tenture destinée à masquer une porte. 2 Porte d'automobile, de voiture de chemin de fer.

portillon nm Porte à battant généralement bas, qui ferme un passage public.

portion nf 1 Partie d'un tout divisé. *Une portion de droite.* 2 Quantité d'un mets destinée à un convive, dans un repas.

portique nm 1 Galerie à l'air libre dont le plafond est soutenu par des colonnes. 2 Support constitué de deux éléments verticaux reliés par un élément horizontal. 3 Dans un aéroport, dispositif électronique de sécurité, détectant les métaux.

porto nm Vin liquoreux du Portugal.

portoricain, aine a, n De Porto Rico.

portrait nm 1 Représentation de qqn par le dessin, la peinture, la photographie. 2 Description de qqn, de qqch.

portraitiste n Artiste spécialisé dans le portrait.

portrait-robot nm Portrait d'un individu recherché, réalisé d'après les indications fournies par les témoins. *Des portraits-robots.*

portraiturer vt Litt Faire le portrait de qqn.

port-salut nm inv (n déposé) Fromage jaunâtre, au lait de vache.

portuaire a Relatif à un port.

portugais, aise a Du Portugal. ■ nm Langue romane parlée au Portugal et au Brésil. ■ nf Variété d'huître.

portulan nm HIST Carte marine des premiers navigateurs (XIIIᵉ-XVIᵉ s.).

pose nf 1 Action de poser ; mise en place. *Pose d'un lavabo.* 2 Attitude que prend un modèle devant un artiste. 3 Attitude, maintien du corps. 4 Attitude affectée. 5 PHOTO Durée d'une exposition à la lumière.

posé, ée a Sérieux, calme, pondéré.

posément av De façon posée, sans hâte.

posemètre nm PHOTO Appareil servant à déterminer le meilleur temps de pose.

poser vt 1 Placer, mettre ; déposer. *Poser un vase sur un meuble.* 2 Disposer, installer. *Poser une moquette.* 3 Disposer par écrit. *Poser une multiplication.* 4 Établir. *Poser un principe.* 5 Formuler. *Poser une question.* 6 Conférer de l'importance à qqn. Loc *Poser un problème :* être cause de difficultés. ■ vi 1 Être appuyé, porter sur qqch. 2 Prendre une attitude. *Poser pour un photographe.* 3 Prendre des airs affectés. ■ vpr 1 Atterrir ; se percher. *L'avion, l'oiseau s'est posé.* 2 S'ériger, se constituer. *Se poser en arbitre.* 3 Requérir une réponse, une solution. *La question, le problème se pose.* Loc Fam *Se poser là :* être remarquable en son genre.

poseur, euse a, n De pose, qui met en place. ■ n, a Prétentieux, affecté.

posidonie nf Plante aquatique vivant près des côtes, en vastes herbiers.

positif, ive a 1 Qui exprime une affirmation. *Sa réponse a été positive.* Ant négatif. 2 Certain, assuré, fondé sur l'expérience. 3 Réaliste, pratique. *Esprit positif.* 4 Favorable, propre à ame-

ner un progrès. *Bilan positif.* 5 Qui confirme la présence d'un élément recherché dans une analyse. *Test positif.* Loc *Droit positif :* ensemble de règles juridiques institutionnelles (par oppos. au droit naturel). *Électricité positive :* celle qui est acquise par le verre frotté avec une étoffe. *Épreuve positive :* photographie obtenue par tirage à partir d'un cliché négatif. *Nombre positif :* nombre supérieur à zéro. ■ nm 1 Ce qui est établi, positif. 2 GRAM Degré de l'adjectif ou de l'adverbe sans idée de comparaison.

position nf 1 Situation en un lieu. 2 Zone de terrain qu'un corps de troupes a pour mission de défendre. 3 Attitude, posture. 4 Ensemble des circonstances dans lesquelles on se trouve, situation. 5 Condition sociale, fonction que l'on remplit. 6 Place dans un ordre, une série, un rang. 7 Option, attitude adoptée. *Quelle est votre position sur cette question ?* 8 Situation débitrice ou créditrice d'un compte bancaire. Loc *Rester sur ses positions :* refuser toute concession.

positionnement nm Action de positionner.

positionner vt 1 Amener à la position voulue. 2 Déterminer exactement la position de. 3 ECON Définir la place d'un produit sur le marché. ■ vpr Prendre position, se situer.

positivement av 1 De façon positive. 2 Véritablement, tout à fait.

positivisme nm Système philosophique d'Auguste Comte, selon lequel la vérification des connaissances par l'expérience est l'unique critère de vérité.

positiviste a, n Qui relève du positivisme.

positon ou **positron** nm PHYS Électron positif, antiparticule de l'électron.

posologie nf Quantité d'un médicament à administrer à un malade.

possédant, ante n Qui possède des biens.

possédé, ée a, n Habité par une puissance diabolique.

posséder vt [12] 1 Avoir en sa possession ou à sa disposition ; détenir. 2 Avoir une qualité, une propriété. *Cette solution possède un avantage.* 3 Connaître bien ; maîtriser. *Posséder une langue étrangère.* 4 Fam Tromper, duper.

possesseur nm Qui possède.

possessif, ive a, nm GRAM Qui indique la possession, l'appartenance. *Adjectif possessif.* ■ a Qui a des sentiments de possession, de domination envers les autres. *Mère possessive.*

possession nf 1 Fait de détenir qqch, d'en disposer. 2 État d'une personne dominée par une puissance diabolique. 3 Chose possédée ; territoire possédé, colonie.

possibilité nf 1 Caractère possible. 2 Chose possible. ■ pl Ressources, moyens dont on dispose. *Cet achat dépasse mes possibilités.*

possible a Qui peut être, qui peut exister ; qui peut se faire. *Un échec est possible.* Il est possible qu'il soit absent. ■ av Renforce un superlatif. Loc *Le plus..., le moins... possible :* le plus..., le moins... qu'il se peut. ■ nm Ce qui est possible. Loc *Faire son possible pour :* s'efforcer de. *Au possible :* extrêmement.

possiblement av Peut-être.

postage nm Action de poster le courrier.

postal, ale, aux a De la poste.

postclassique a Postérieur au classicisme.

postcure nf Séjour de convalescence sous surveillance médicale.

postdater vt Dater d'une date postérieure à la date réelle.

1. poste nf 1 Administration publique chargée d'acheminer le courrier, d'assurer les télécommunications, etc. 2 Bureau de l'administration des Postes ouvert au public. **Loc** *Poste restante :* service permettant le retrait du courrier à un bureau de poste.

2. poste nm 1 Fonction à laquelle on est nommé ; lieu où on exerce. 2 Lieu d'affectation d'un soldat, d'une unité militaire. 3 Corps de garde où des agents de police assurent une permanence. 4 Endroit, local affecté à un service. *Poste d'aiguillage. Poste de pilotage d'un avion. Poste d'essence.* 5 Chapitre d'un budget. 6 Appareil de radio, de télévision, de téléphone.

posté, ée a **Loc** *Travail posté :* organisé avec un système d'équipes qui se relaient.

1. poster vt Mettre à la poste. *Poster le courrier.*

2. poster vt Mettre à un poste. *Poster des sentinelles.*

3. poster [pɔstɛʀ] nm Affiche décorative ou photographie de grand format.

postérieur, eure a 1 Qui suit, qui vient après dans le temps. *Ce testament est postérieur à son mariage.* 2 Qui est derrière. *Partie postérieure du corps.* ■ nm Fam Fesses d'une personne.

postérieurement av Après, plus tard.

postériorité nf État postérieur.

postérité nf 1 Suite des descendants d'une même origine. 2 Les générations futures.

postface nf Commentaire placé à la fin d'un ouvrage.

posthite nf Inflammation du prépuce.

posthume a 1 Né après la mort de son père. 2 Publié après la mort de son auteur. 3 Qui se produit après la mort. *Gloire posthume.*

postiche a 1 Fait et ajouté après coup. 2 Factice. *Barbe postiche.* ■ nm Faux cheveux.

postier, ère n Employé de la Poste.

postillon nm 1 Homme qui conduisait les chevaux d'une voiture de poste. 2 Fam Gouttelette de salive projetée en parlant.

postillonner vi Fam Projeter des postillons.

postimpressionnisme nm Courant pictural issu de l'impressionnisme.

postindustriel, elle a Se dit d'une société qui succéderait à la société industrielle.

postnatal, ale, als a Qui suit immédiatement la naissance.

postopératoire a CHIR Qui suit une opération.

postposer vt GRAM Placer un mot après un autre.

postprandial, ale, aux a MED Qui suit un repas.

post-scriptum [-tɔm] nm inv Ce que l'on ajoute à une lettre après la signature. (Abrév : P.-S.)

postsynchronisation nf Sonorisation d'un film après son tournage.

postsynchroniser vt Effectuer la postsynchronisation.

postulant, ante n Qui postule un emploi.

postulat nm Proposition que l'on demande d'admettre comme vraie sans démonstration.

postuler vt, vti Se porter candidat à un poste, à un emploi. ■ vt Poser comme point de départ d'un raisonnement.

postural, ale, aux a MED De la posture.

posture nf 1 Position, attitude du corps. 2 Situation. *Être en mauvaise posture.*

pot nm 1 Récipient à usage domestique. *Pot à eau. Pot de yaourt. Pot de fleurs.* 2 Fam Rafraîchissement, boisson. *On va prendre un pot ?* 3 Fam Réunion où l'on boit. *Être invité à un pot.* 4 Fam Chance. *Avoir du pot.* 5 Totalité des enjeux misés par les joueurs à certains jeux. **Loc** *Pot d'échappement :* dispositif d'évacuation des gaz brûlés d'un moteur à explosion. Fam *Recevoir à la fortune du pot :* en toute simplicité. Fam *Tourner autour du pot :* ne pas aborder franchement le sujet dont on désire parler ; tergiverser. *Découvrir le pot aux roses :* découvrir le secret d'une affaire. *Payer les pots cassés :* réparer les dommages causés.

potabiliser vt Rendre l'eau potable.

potable a 1 Qu'on peut boire sans danger. *Eau potable.* 2 Fam Passable. *Film potable.*

potache nm Fam Collégien ou lycéen.

potage nm Aliment liquide fait de légumes bouillis, de suc de viande, etc.

potager, ère a Se dit des plantes utilisées comme légumes. ■ nm Jardin réservé à la culture des légumes.

potamochère nm Porc sauvage d'Afrique.

potasse nf Composé du potassium, utilisé en blanchissage, comme engrais, etc.

potasser vt Fam Étudier un sujet avec ardeur.

potassique a De la potasse ou du potassium.

potassium [-sjɔm] nm Métal alcalin dont les composés sont abondants dans la nature.

pot-au-feu [pɔtofø] nm inv 1 Plat de viande de bœuf bouillie avec des légumes. 2 Morceau de bœuf avec lequel on prépare ce plat. 3 Marmite qui sert à le faire cuire. ■ a inv Fam Terre à terre et casanier.

pot-de-vin nm Somme d'argent donnée en sous-main à qqn, permettant d'enlever un marché, de conclure une affaire. *Des pots-de-vin.*

pote nm Fam Camarade, ami.

poteau nm Longue pièce de bois, de métal, de ciment, etc., fichée verticalement en terre. *Poteau télégraphique.* **Loc** *Coiffer au poteau :* dépasser au moment de l'arrivée.

potée nf Plat de viande bouillie avec des légumes.

potelé, ée a Dodu. *Enfant potelé.*

potelet nm Obstacle érigé sur les trottoirs pour y empêcher le stationnement abusif.

potence nf 1 Assemblage de pièces en équerre, servant de support. 2 Instrument servant au supplice de la pendaison.

potentat nm Homme qui exerce un pouvoir despotique ; tyran.

potentialiser vt Augmenter l'effet de qqch.

potentialité nf Caractère potentiel ou virtuel.

potentiel, elle a Qui a une possibilité d'action, qui existe en puissance ; virtuel. ■ nm 1 Ensemble des ressources dont dispose une collectivité ; capacité. *Potentiel industriel.* 2 GRAM Forme verbale exprimant une action future dépendant d'une condition. **Loc** ELECTR *Différence de potentiel :* quotient de la puissance absorbée entre deux points d'un circuit et de l'intensité du courant. Syn. tension.

potentiellement av En puissance, virtuellement.

potentille nf Plante ornementale à fleurs pâles.

potentiomètre nm 1 Appareil servant à mesurer les différences de potentiel électrique. 2 Résistance réglable, rhéostat.

poterie nf 1 Fabrication d'objets en terre cuite. 2 Objet ainsi fabriqué.

poterne nf Porte dérobée percée dans la muraille d'une fortification.

potiche nf 1 Grand vase de porcelaine, de faïence, etc. 2 Personne qui joue un rôle de représentation, sans pouvoir réel.

potier, ère n Qui fabrique ou qui vend des poteries.

potimarron nm Courge à goût musqué.

potin nm 1 Fam Commérage, cancan. 2 Fam Grand bruit, tapage.

potiner vi Fam Faire des commérages.

potion nf Médicament à boire.

potiron nm Grosse courge à chair jaune.

potlatch nm ETHNOL Échange rituel de cadeaux entre deux groupes sociaux.

pot-pourri nm 1 Ouvrage littéraire ou musical composé de morceaux disparates, d'airs connus. 2 Assemblage composite. Des pots-pourris.

potron-minet nm Loc Vx Dès potron-minet : dès le lever du jour.

pou nm Insecte parasite externe de l'homme et de divers animaux. Loc Chercher des poux dans la tête de qqn : lui chercher querelle.

pouah ! interj Exprime le dégoût.

poubelle nf Récipient à couvercle destiné à recevoir les ordures ménagères.

pouce nm 1 Le plus gros des doigts de la main, opposable aux autres. 2 Le gros orteil. 3 Ancienne mesure de longueur de 27 mm. 4 Très petite quantité. Loc Manger sur le pouce : à la hâte. Donner un coup de pouce : intervenir discrètement pour faire aboutir une affaire, avantager qqn, etc. Fam Se tourner les pouces : rester oisif. Mettre les pouces : se rendre, céder.

pouce-pied nf Anatife. Des pouces-pieds.

pouding. V. pudding.

poudingue nm GÉOL Conglomérat de galets et de graviers.

poudrage nm Action de poudrer.

poudre nf 1 Substance solide réduite en petits grains, en corpuscules. Poudre d'or. 2 Explosif pulvérulent. 3 Substance pulvérulente utilisée pour le maquillage féminin. Loc Jeter de la poudre aux yeux : chercher à éblouir par un éclat trompeur. Mettre le feu aux poudres : déclencher un conflit, une manifestation de violence. Fam N'avoir pas inventé la poudre : ne pas être très intelligent. Se répandre comme une traînée de poudre : se propager très vite.

poudrer vt Couvrir de poudre.

poudrerie nf Fabrique d'explosifs.

poudreux, euse a Qui a l'aspect, la consistance de la poudre. nf 1 Neige poudreuse. 2 Machine agricole pour répandre des produits en poudre (insecticides, engrais).

poudrier nm Petit boîtier plat qui renferme de la poudre pour le maquillage.

poudrière nf 1 Entrepôt où l'on gardait des explosifs. 2 Région où le moindre incident peut dégénérer en conflagration générale.

poudroiement nm Litt Fait de poudroyer ; aspect de ce qui poudroie.

poudroyer vi [22] Produire de la poussière ; s'élever en poussière.

pouf interj Évoque le bruit sourd d'une chute. ■ nm Gros coussin qui sert de siège.

pouffer vi Éclater de rire comme en étouffant son rire.

pouffiasse nf Pop Femme grosse et vulgaire.

pouillerie nf Fam Apparence misérable, sordide.

pouilleux, euse a, n 1 Qui a des poux. 2 Fam Misérable.

pouilly nm 1 Vin blanc sec de la Loire. 2 Bourgogne blanc du Mâconnais.

poujadisme nm Attitude revendicatrice étroitement corporatiste.

poulailler nm 1 Abri, enclos pour les volailles. 2 Fam Galerie supérieure d'un théâtre.

poulain nm 1 Petit de la jument, ayant moins de dix-huit mois. 2 Jeune talent, jeune espoir patronné par une personnalité. 3 TECH Rampe constituée de deux longues pièces parallèles, servant à la manutention des grosses charges.

poularde nf Jeune poule engraissée.

1. poule nf 1 Femelle du coq domestique que l'on élève pour sa chair et pour ses œufs. 2 Fam Terme d'affection. Ma poule. 3 Pop Maîtresse, épouse. Loc Poule faisane : femelle du faisan. Poule d'eau : oiseau aquatique. Mère poule : mère très attentionnée. Fam Poule mouillée : personne timorée. Tuer la poule aux œufs d'or : tarir la source des bénéfices en voulant les réaliser trop vite. Fam Quand les poules auront des dents : jamais.

2. poule nf Épreuve sportive dans laquelle chacun des concurrents rencontre successivement chacun de ses adversaires.

poulet, ette n 1 Jeune coq, jeune poule. 2 Fam Terme d'affection. Mon poulet. ■ nm Pop Policier.

pouliche nf Jeune jument de plus de dix-huit mois et de moins de trois ans.

poulie nf Roue tournant autour d'un axe sur le pourtour de laquelle passe une courroie, un câble, etc.

pouliner vi Mettre bas (jument).

poulinière a, nf Loc Jument poulinière : destinée à la reproduction.

poulpe nm Syn de pieuvre.

pouls [pu] nm Pulsation du sang dans les artères. Loc Tâter le pouls : s'informer discrètement des intentions de qqn, de l'état d'une situation.

poumon nm Chacun des deux organes thoraciques qui assurent les échanges respiratoires.

poupe nf Partie arrière du navire. Loc Avoir le vent en poupe : être favorisé par les circonstances.

poupée nf 1 Figurine représentant un être humain et servant de jouet, de décor. 2 Jeune femme, jeune fille d'une grâce mièvre et affectée. 3 Fam Pansement entourant un doigt.

poupin, ine a Qui a un visage rond, des traits enfantins.

poupon nm 1 Bébé. 2 Poupée figurant un bébé.

pouponner vt, vi Fam Dorloter un petit enfant.

pouponnière nf Établissement où on garde les bébés.

pour prép Exprime le but, la destination, l'intérêt, la substitution, le remplacement, l'échange, la durée ou le terme d'une durée, la cause, le point de vue, la conséquence. Loc Pour que (+

subj) : de manière à, afin de, dans l'intention de. ■ *nm* **Loc** *Le pour et le contre :* les avantages et les inconvénients.

pourboire *nm* Gratification qu'un client laisse au personnel.

pourceau *nm* Litt Porc.

pour-cent *nm inv* Taux d'intérêt, commission calculés au pourcentage.

pourcentage *nm* **1** Rapport exprimé en centièmes d'une quantité à une autre. **2** Taux d'un intérêt ou d'une commission.

pourchasser *vt* Poursuivre sans relâche, avec opiniâtreté, ténacité.

pourfendeur, euse *n* Litt Qui pourfend.

pourfendre *vt* [5] Litt Attaquer vigoureusement, batailler contre.

pourlécher (se) *vpr* [12] Se passer la langue sur les lèvres avec gourmandise.

pourparlers *nmpl* Conférence, discussion visant à régler une affaire, négociation.

pourpier *nm* Plante à feuilles épaisses qui se mangent en salade.

pourpoint *nm* Anc Vêtement masculin qui couvrait le buste.

pourpre *nf* **1** Matière colorante d'un rouge foncé que les Anciens tiraient d'un mollusque. **2** Étoffe teinte avec cette matière. **3** Dignité de cardinal. ■ *a, nm* Rouge foncé tirant sur le violet.

pourpré, ée *a* Litt De couleur pourpre.

pourquoi *av* Pour quelle cause, quel motif. *Il part sans dire pourquoi.* **Loc** *C'est pourquoi :* c'est la raison pour laquelle. ■ *nm inv* Cause, raison. *Savoir le pourquoi d'une affaire.*

pourri, ie *a* **1** Altéré par la décomposition. *Pomme pourrie.* **2** Très humide (temps). **3** Gâté, corrompu moralement. ■ Fam Qui a qqch en abondance. *Un garçon pourri de qualités.* **5** Fam Mauvais, abîmé, malsain. *Un quartier pourri.* ■ *nm* Ce qui est pourri. *Une odeur de pourri.* ■ *n* Pop Individu corrompu, méprisable.

pourrir *vi* **1** Tomber en décomposition, en putréfaction. *Laisser des fruits pourrir.* **2** Se détériorer. *Laisser pourrir une situation.* **3** Demeurer longtemps en un lieu. *Pourrir en prison.* ■ *vt* **1** Attaquer en provoquant la décomposition de. *L'eau pourrit le bois.* **2** Gâter par excès de soins. *Ils pourrissent le petit.*

pourrissant, ante *a* Qui pourrit.

pourrissement *nm* Dégradation, détérioration. *Le pourrissement d'une situation.*

pourriture *nf* **1** État de ce qui est pourri. **2** Partie pourrie. **3** Décadence morale, corruption. **4** Pop Ignoble individu.

poursuite *nf* **1** Action de poursuivre, de courir après qqch, qqn. **2** (souvent pl) DR Action en justice engagée contre qqn.

poursuiteur, euse *n* Cycliste spécialiste des courses de poursuite.

poursuivant, ante *n, a* Qui poursuit.

poursuivre *vt* [73] **1** Suivre rapidement pour atteindre. *Animal qui poursuit sa proie.* **2** Tenter d'obtenir. *Poursuivre les honneurs.* **3** Harceler, ne pas laisser en paix. *Le remords le poursuit.* **4** DR Intenter une action en justice contre qqn. **5** Continuer ce qu'on a commencé. *Poursuivre ses recherches.* ■ *vpr* Continuer. *Les recherches se poursuivent.*

pourtant *av* Cependant, néanmoins.

pourtour *nm* Ligne, partie qui fait le tour d'un objet, d'une surface.

pourvoi *nm* DR Acte par lequel on demande à une autorité supérieure l'annulation d'une décision judiciaire.

pourvoir *vti* [39] Fournir ce qui est nécessaire. *Il pourvoit à tous nos besoins.* ■ *vt* Munir, équiper, doter. ■ *vpr* DR Intenter un pourvoi.

pourvoyeur, euse *n* Qui fournit, procure.

pourvu que *conj* **1** À condition que. **2** Exprime un souhait. *Pourvu qu'il vienne !*

poussah *nm* Homme gros et gras.

pousse *nf* **1** Fait de pousser, de croître. *La pousse des cheveux.* **2** Partie jeune d'un végétal.

poussé, ée *a* Approfondi, minutieux. *Étude poussée.*

pousse-café *nm inv* Fam Petit verre d'alcool que l'on prend après le café.

poussée *nf* **1** Action de pousser ; son résultat. **2** Manifestation subite, accès. *Une poussée de fièvre.* **3** Pression exercée par une force, un corps.

pousse-pousse *nm inv* Voiture légère tirée par un homme, en Extrême-Orient.

pousser *vt* **1** Peser sur, peser contre, pour déplacer, pour faire avancer. *Pousser un meuble.* **2** Faire avancer, engager, soutenir qqn dans une entreprise, une carrière. *Son père l'a poussé dans ses études.* **3** Étendre, porter plus loin. *Pousser ses conquêtes jusqu'à la mer.* **4** Amener qqn dans un certain état. *Pousser qqn à bout.* **5** Inciter à, faire agir. **6** Proférer, exhaler un cri, un soupir, etc. **7** Produire, faire sortir de soi (être vivant). *Bébé qui pousse ses dents.* ■ *vi* **1** Croître, se développer. *Les feuilles poussent.* **2** Continuer son chemin. *Ils poussèrent jusqu'à la ville.* **3** Fam Exagérer. ■ *vpr* Chercher à s'élever socialement.

poussette *nf* **1** Petite voiture d'enfant. **2** Fam Action d'aider un coureur cycliste en le poussant dans une côte.

pousseur *nm* Bateau à moteur utilisé pour propulser des barges.

poussier *nm* Poussière de charbon.

poussière *nf* Poudre très fine de terre ou de quelque autre matière broyée, usée, etc. *Des meubles couverts de poussière.* **Loc** Fam *Et des poussières :* et un peu plus. *Mordre la poussière :* tomber ; subir un échec.

poussiéreux, euse *a* Couvert de poussière.

poussif, ive *a* **1** Qui manque de souffle, qui perd facilement haleine. **2** Fam Se dit d'une automobile qui avance difficilement.

poussin *nm* Poulet qui vient d'éclore.

poussivement *av* De façon poussive.

poussoir *nm* Bouton qu'on presse pour agir sur un mécanisme.

poutargue *nf* Œufs de poisson salés et pressés.

poutre *nf* **1** Élément de charpente allongé et de forte section. *Poutre en bois, en béton, en acier.* **2** Appareil de gymnastique constitué par une barre de bois horizontale.

poutrelle *nf* Petite poutre.

pouvoir *vt* [48] **1** Avoir la faculté, la possibilité de. *Le blessé ne peut pas marcher.* **2** Avoir le droit, l'autorisation de. *Puis-je m'asseoir ?* **3** Avoir le front, l'audace de. *Comment pouvez-vous mentir ainsi ?* **4** Exprime une éventualité, une possibilité. *Je peux me tromper.* **5** Litt Au subjonctif, exprime un souhait. *Puissiez-vous avoir raison !* **Loc** *N'en pouvoir plus :* être à bout de forces. ■ *vpr* Être possible. *Cela ne se peut pas. Il se peut que j'aie tort.* Loc *Autant que faire se peut :* autant qu'il est possible. ■ *nm* 1 Puissance, possibilité. *Avoir un grand pouvoir.* 2 Acte par lequel qqn donne la faculté d'agir à sa place ; procuration. 3 Empire, ascendant exercé sur qqn ; influence. 4 Aptitude, propriété de qqch. *Pouvoir blanchissant d'une lessive.* 5 Autorité. *Pouvoir législatif.* 6 Gouvernement d'un État. ■ *pl* Loc *Les pouvoirs publics :* les autorités constituées.

pouzzolane [pudzɔ-] *nf* Cendre volcanique claire et friable, utilisée en construction.

practice *nm* Installation pour s'entraîner au golf.

pragmatique *a* Qui considère la valeur pratique, concrète des choses.

pragmatisme *nm* 1 PHILO Doctrine qui considère l'utilité pratique d'une idée comme le critère de sa vérité. 2 Attitude de qqn qui recherche les résultats pratiques, qui s'adapte avec réalisme.

pragois ou **praguois, oise** *a, n* De Prague.

praire *nf* Mollusque comestible à coquille bivalve striée.

prairial *nm* Neuvième mois du calendrier républicain (mai-juin).

prairie *nf* Terrain couvert d'herbes propres à la pâture et à la production de fourrage.

prâkrit *nm* Langue commune de l'Inde ancienne, apparentée au sanskrit.

pralin *nm* 1 Préparation à base de pralines pilées. 2 AGRIC Mélange fertilisant de boue et d'engrais.

praline *nf* Friandise faite d'une amande enrobée de sucre.

praliné *nm* Mélange de pralin et de chocolat.

praliner *vt* 1 Préparer avec du pralin. 2 AGRIC Enrober de pralin des graines, des racines.

prame *nf* Petite embarcation à fond plat.

prao *nm* Voilier multicoque d'origine malaise.

praticable *a* 1 Qu'on peut pratiquer, mettre à exécution. 2 Où on peut passer. *Gué praticable.* ■ *nm* 1 Plate-forme amovible où on place les caméras, les projecteurs. 2 Élément de décor où les acteurs peuvent se tenir, évoluer.

praticien, enne *n* Médecin, dentiste, vétérinaire.

pratiquant, ante *a, n* Qui observe les pratiques d'une religion, qui pratique un sport.

pratique *nf* 1 Application des règles et des principes d'un art, d'une science, d'une technique. *La pratique de l'architecture.* 2 Fait de pratiquer une activité, de s'y adonner habituellement. *La pratique d'un sport.* 3 Expérience, habitude acquise par cet exercice régulier. *Avoir la pratique des affaires.* 4 Observance des devoirs d'une religion. 5 Usage, coutume. *C'est la pratique du pays.* Loc *En pratique :* en fait, en réalité. *Mettre en pratique :* appliquer. ■ *a* 1 Qui a trait à l'action, à la réalisation concrète. Ant. théorique. 2 Qui vise à l'utile, qui a le sens des réalités. *Un esprit pratique.* 3 Commode, bien adapté à sa fonction. *Un outil pratique.* Loc *Travaux pratiques :* exercices d'application, par oppos. aux cours théoriques. (Abrév : T.P.)

pratiquement *av* 1 Dans la pratique ; en fait. 2 Abusiv À peu près ; presque. *Il est pratiquement ruiné.*

pratiquer *vt* 1 Mettre en pratique, exercer. *Pratiquer un métier, un art.* 2 Faire, réaliser. *Pratiquer une ouverture.* Loc *Pratiquer une langue :* l'utiliser, la parler. ■ *vt, vi* Accomplir fidèlement les actes commandés par une religion. ■ *vpr* Être en usage.

praxis *nf* PHILO Activité humaine susceptible de modifier les rapports sociaux.

pré *nm* Petite prairie. Loc *Pré carré :* domaine réservé.

préaccord *nm* Accord qui précède et prépare un accord définitif.

préadolescent, ente *n* Jeune à l'entrée de l'adolescence.

préalable *a* Qui doit être examiné, réglé, réalisé avant autre chose. *Condition préalable à un accord.* ■ *nm* Ce qui est mis comme condition à la conclusion d'un accord, à l'ouverture de négociations, etc. Loc *Au préalable :* préalablement, auparavant.

préalablement *av* Auparavant.

préalpin, ine *a* Des Préalpes.

préambule *nm* 1 Avant-propos, introduction, exorde. 2 Ce qui précède qqch et l'annonce.

préamplificateur *nm* ÉLECTR Amplificateur de tension précédant un amplificateur de puissance. (Abrév : préampli.)

préau *nm* 1 Cour d'un cloître, d'une prison. 2 Partie couverte d'une cour d'école.

préavis *nm* Avis, notification préalable.

prébende *nf* 1 Autrefois, revenu attaché à certains titres ecclésiastiques. 2 Litt Revenu tiré d'une charge lucrative.

précaire *a* Qui est incertain, provisoire, sans base assurée. *Situation précaire.*

précambrien *nm* Ère géologique la plus ancienne.

précampagne *nf* Phase initiale d'une campagne de publicité.

précancéreux, euse *a* Susceptible de devenir cancéreux.

précariser *vt* Rendre précaire.

précarité *nf* Caractère précaire.

précaution *nf* 1 Disposition prise par prévoyance. 2 Circonspection, prudence.

précautionneusement *av* Avec précaution.

précautionneux, euse *a* Prévoyant et circonspect.

précédemment *av* Auparavant.

précédent, ente *a* Qui précède. ■ *nm* Fait, événement, qui peut servir d'exemple.

précéder *vt* [12] 1 Se produire avant ; être placé avant, devant. 2 Arriver, se trouver qqpart avant qqn. 3 Aller, marcher devant.

précepte *nm* Règle de conduite.

précepteur, trice *n* Chargé de l'éducation et de l'instruction d'un enfant à domicile.

préceptorat *nm* Fonction de précepteur.

préchauffage *nm* Chauffage préalable.

préchauffer *vt* Pratiquer un préchauffage.

prêche *nm* Sermon, discours moralisateur.

prêcher *vt* 1 Enseigner la parole divine. *Prêcher l'Évangile.* 2 Engager, exhorter à une qualité, à une vertu. *Prêcher la patience.* ■ *vi* Faire un sermon.

prêcheur, euse *n, a* Qui moralise, sermonne. Loc *Frère prêcheur :* dominicain.

prêchi-prêcha *nm inv* Fam Sermon ennuyeux.

précieusement *av* Avec grand soin.

précieux, euse *a* **1** De grand prix. *Métaux précieux*. **2** D'une haute importance, d'une grande utilité. *Perdre un temps précieux*. ■ *a*, *n* Qui a des manières affectées. ■ *nf* Femme du monde qui, au XVII⁰ s., cherchait à se distinguer par un langage, des manières affectés.

préciosité *nf* **1** Recherche ou affectation dans le langage, les manières. **2** HIST Mode culturelle du XVII⁰ s., illustrée par les précieuses.

précipice *nm* Ravin, gouffre.

précipitamment *av* Avec précipitation.

précipitation *nf* **1** Grande hâte, excès de hâte. *Agir sans précipitation*. **2** CHIM Passage à l'état solide d'un corps dissous qui se sépare de son solvant. **3** Phénomène atmosphérique tel que la pluie, la grêle, la neige, le brouillard.

précipité, ée *a* Qui se fait dans la précipitation. *Départ précipité*. ■ *nm* CHIM Substance solide qui se forme par précipitation.

précipiter *vt* **1** Jeter d'un lieu élevé. *Précipiter qqn d'un balcon*. **2** Hâter, accélérer. *Précipiter ses pas*. **3** Faire tomber dans une situation désastreuse. ■ *vi* CHIM Se former par précipitation. ■ *vpr* **1** Se jeter de haut en bas. **2** Se jeter, s'élancer. *Se précipiter sur son adversaire*. **3** Prendre un cours accéléré (événement).

précis, ise *a* **1** Nettement défini, déterminé, sans équivoque. **2** Qui procède avec exactitude, sûreté. *Des gestes précis*. **3** Exact, juste. *Mesure précise*. ■ *nm* Livre d'enseignement contenant l'essentiel d'une matière.

précisément *av* **1** Avec précision. **2** Justement. *On a fait précisément ce qu'il fallait éviter*.

préciser *vt* Exprimer de façon précise ou plus précise. *Préciser une date*.

précision *nf* **1** Caractère précis, exactitude. **2** Donnée précise ; éclaircissement.

précité, ée *a* Cité précédemment.

préclassique *a* Qui précède le classicisme.

précoce *a* **1** Qui se développe avant le temps habituel. *Fruit précoce. Talent précoce*. **2** Prématuré. *Printemps précoce*.

précocement *av* De façon précoce.

précocité *nf* Caractère précoce.

précolombien, enne *a*, *n* Qui, en Amérique, a précédé l'arrivée de Colomb (1492).

précompte *nm* Calcul préalable des sommes à déduire.

préconçu, ue *a* Loc *Idée préconçue* : adoptée avant tout examen critique ; préjugé.

préconisation *nf* Action de préconiser.

préconiser *vt* Recommander vivement, conseiller d'adopter, de prendre qqch.

précontraint, ainte *a*, *nm* Loc *Béton précontraint* : soumis à des contraintes préalables de compression, afin d'accroître sa résistance.

précuit, cuite *a* Soumis à une cuisson avant conditionnement (aliment).

précurseur *nm* Personne dont l'action, l'œuvre, les idées ont ouvert la voie à une autre personne, à un mouvement, etc. ■ *am* Qui précède et annonce ; avant-coureur.

prédateur, trice *n*, *a* Qui vit de proies, des produits de la chasse et de la pêche.

prédation *nf* Façon dont les prédateurs assurent leur subsistance.

prédécesseur *nm* Qui a précédé qqn dans un emploi, un domaine d'activité, une dignité.

prédécoupé, ée *a* Découpé à l'avance.

prédélinquant, ante *n* Jeune exposé, par son milieu, ses conditions de vie, à tomber dans la délinquance.

prédelle *nf* BX-A Soubassement d'un retable.

prédestination *nf* **1** THEOL Volonté de Dieu qui destinerait chacune de ses créatures à être sauvée ou damnée. **2** Litt Détermination apparemment fatale des événements.

prédestiné, ée *a*, *n* Soumis à la prédestination.

prédestiner *vt* Destiner par avance à qqch.

prédéterminer *vt* Déterminer d'avance.

prédicat *nm* **1** LOG Attribut, affirmé ou nié, d'un sujet. **2** LING Ce qui, dans un énoncé, est dit de l'objet dont on parle (sujet). Ex. : *Jean* (sujet) *travaille* (prédicat).

prédicateur *nm* Qui prêche.

prédicatif, ive *a* Du prédicat.

prédication *nf* Action de prêcher ; sermon.

prédictible *a* Qu'on peut prédire.

prédictif, ive *a* Qui vise à prédire un processus, une évolution.

prédiction *nf* **1** Action de prédire. **2** Ce qui est prédit. *Des prédictions aventureuses*.

prédilection *nf* Préférence d'affection, d'amitié, de goût.

prédire *vt* [60] Annoncer ce qui doit arriver.

prédisposer *vt* Mettre par avance dans des conditions favorables à ; préparer à.

prédisposition *nf* Disposition marquée, aptitude naturelle.

prédominance *nf* Fait de prédominer.

prédominant, ante *a* Qui prédomine.

prédominer *vi* Être le plus important ou le plus fréquent ; prévaloir.

préélectoral, ale, aux *a* Qui précède les élections.

préemballé, ée *a* Vendu sous emballage.

prééminence *nf* Supériorité de droit, de rang, d'influence.

prééminent, ente *a* Qui a la prééminence.

préemption *nf* Loc DR *Droit de préemption* : droit prioritaire d'acquisition.

préencollé, ée *a* Encollé à l'avance.

préenregistré, ée *a* Enregistré à l'avance.

préétablir *vt* Établir, fixer par avance.

préexistant, ante *a* Qui existe avant.

préexistence *nf* Fait d'exister avant.

préexister *vi*, *vti* Exister avant.

préfabrication *nf* Construction au moyen d'éléments préfabriqués.

préfabriqué, ée *a* **1** Se dit d'un élément de construction fabriqué avant un montage sur le chantier. **2** Formé uniquement d'éléments préfabriqués. *Maison préfabriquée*. ■ *nm* Ce qui est préfabriqué.

préface *nf* Texte de présentation placé en tête d'un livre.

préfacer *vt* [10] Présenter par une préface.

préfacier *nm* Auteur d'une préface.

préfectoral, ale, aux *a* Du préfet.

préfecture *nf* **1** Charge, fonctions d'un préfet ; durée de ces fonctions. **2** Étendue de territoire administrée par un préfet. **3** Ville où réside un préfet. **4** Bâtiment, ensemble des bureaux où sont installés les services préfectoraux.

préférable *a* Qui mérite d'être préféré.

préféré, ée *a*, *n* Qu'on préfère.

préférence *nf* **1** Fait de préférer. **2** Ce qu'on préfère. Loc *De préférence* : plutôt.

préférentiel, elle *a* Qui crée une préférence, un avantage. *Tarif préférentiel.*

préférentiellement *av* De préférence.

préférer *vt* [12] Aimer mieux. *Nous préférons partir. Je préfère ma voiture à la vôtre.*

préfet *nm* 1 ANTIQ Administrateur d'une province de l'Empire romain. 2 Haut fonctionnaire qui représente le gouvernement dans le département, la région qu'il administre. Loc *Préfet de police :* haut fonctionnaire chargé de la direction de la police à Paris.

préfète *nf* 1 Femme d'un préfet. 2 Abusiv Femme préfet.

préfiguration *nf* Fait de préfigurer ; ce qui préfigure qqch.

préfigurer *vt* Figurer, être d'avance la représentation de qqch.

préfinancement *nm* Action de préfinancer.

préfinancer *vt* Doter de crédits pour financer une opération future.

préfixal, ale, aux *a* Qui concerne les préfixes.

préfixation *nf* Adjonction d'un préfixe.

préfixe *nm* 1 Élément qui précède le radical et en modifie le sens (ex. : *in* dans *incomplet*). 2 Premiers chiffres d'un numéro de téléphone.

préfixer *vt* 1 LING Adjoindre un préfixe à un radical. 2 DR Fixer par avance un délai.

préformation *nf* Formation préalable.

préglaciaire *a* GEOL Antérieur à une glaciation.

prégnant, ante *a* Litt Qui s'impose à l'esprit.

préhensile *a* ZOOL Qui a la faculté de saisir. *Les pieds préhensiles des singes.*

préhension *nf* Didac Action de saisir.

préhistoire *nf* Période de la vie de l'humanité antérieure à l'apparition de l'écriture.

préhistorien, enne *n* Spécialiste de la préhistoire.

préhistorique *a* Relatif à la préhistoire.

préhominien *nm* Primate fossile de la lignée humaine.

préindustriel, elle *a* Antérieur à l'industrialisation.

préjudice *nm* Tort, dommage causé à qqn. Loc *Sans préjudice de :* sans renoncer à.

préjudiciable *a* Qui cause un préjudice.

préjugé *nm* Opinion, idée préconçue, adoptée sans examen.

préjuger *vt, vti* [11] Juger sans examen, se faire une opinion hâtive. *Sans rien préjuger. Peut-on préjuger du résultat ?*

prélasser (se) *vpr* Se délasser en adoptant une pose nonchalante.

prélat *nm* Dignitaire ecclésiastique.

prélature *nf* Dignité de prélat.

prélavage *nm* Lavage préliminaire du linge ou de la vaisselle, à la machine.

prèle ou **prêle** *nf* Plante des lieux humides, à rhizome traçant.

prélèvement *nm* Action de prélever ; ce qui est prélevé. Loc *Prélèvements obligatoires :* les impôts et les cotisations sociales.

prélever *vt* [15] Soustraire d'un ensemble, prendre une partie d'un tout. *Prélever des échantillons, du sang. Prélever un pourcentage sur les bénéfices.*

préliminaire *a, nm* Qui précède et prépare la chose principale. ■ *nmpl* Ensemble de discussions, de démarches préparant un accord.

prélogique *a* PSYCHO Antérieur au stade de la pensée logique.

prélude *nm* 1 Introduction musicale précédant un morceau. 2 Composition musicale libre, constituant un morceau autonome. 3 Ce qui précède, annonce un fait, un événement.

préluder *vti* Annoncer en précédant. *Des escarmouches préludèrent à la bataille.*

prématuré, ée *a* 1 Qui a lieu avant le temps normal. *Accouchement prématuré.* 2 Qui se manifeste trop tôt. *Réjouissances prématurées.* ■ *a, n* Enfant né vivant avant terme.

prématurément *av* Avant le temps normal.

prématurité *nf* Caractère d'une naissance prématurée.

prémédication *nf* Administration de médicaments avant une opération chirurgicale.

préméditation *nf* Action de préméditer.

préméditer *vt* Mûrir un projet ; calculer, combiner à l'avance. *Préméditer un mauvais coup.*

prémices *nfpl* Litt Début, commencement.

premier, ère, a, n Qui précède les autres dans le temps, l'espace, un classement. *Au premier siècle de notre ère. La première rue à droite. Être reçu premier à un concours.* ■ *a* 1 Qui forme la base, le rudiment de qqch. *Les premières notions d'une science.* 2 Qui est dans son état originel. *Un ressort qui reprend sa forme première.* ■ *n* Loc *Jeune premier, jeune première :* acteurs qui jouent un rôle amoureux. *Le premier venu :* n'importe qui. ■ *nm* 1 Premier étage. 2 Premier arrondissement d'une ville. 3 Premier jour du mois. Loc *En premier :* pour commencer. ■ *nf* 1 Classe qui précède la terminale. 2 Première représentation d'une pièce. 3 Première vitesse d'un véhicule. 4 Première ascension. 5 Exploit inédit. Loc Fam *De première :* excellent.

premièrement *av* En premier lieu.

premier-né, première-née *n* Premier enfant d'une famille. *Des premier(e)s-né(e)s.*

prémisse *nf* 1 PHILO Chacune des deux premières propositions d'un syllogisme. 2 Argument dont découle un raisonnement.

prémolaire *nf* Dent implantée entre les canines et les molaires.

prémonition *nf* Avertissement perçu mystérieusement ; pressentiment.

prémonitoire *a* De la prémonition.

prémunir *vt* Préserver, garantir d'un mal, d'un danger. ■ *vpr* Se protéger contre.

prenable *a* Qui peut être pris.

prenant, ante *a* 1 Qui prend. 2 Qui saisit l'esprit, qui captive. *Lecture prenante.* 3 Qui occupe. *Travail prenant.* Loc *Être partie prenante :* avoir des intérêts dans une affaire.

prénatal, ale, als *a* Qui précède la naissance.

prendre *vt* [70] 1 Saisir, s'emparer de, attraper. *Prendre une assiette dans le buffet. Prendre un papillon.* 2 Emporter, emmener avec soi. *Prendre son parapluie. Je passerai vous prendre.* 3 Tirer, enlever, soustraire qqch. *Prendre de l'eau à la fontaine.* 4 Surprendre. *Prendre qqn au dépourvu.* 5 Demander, exiger. *Ce travail prend du temps.* 6 Manger, boire, absorber. *Je n'ai rien pris de la journée.* 7 Se comporter de telle ou telle façon avec qqn, à l'égard de qqch. *Il faut le prendre par la douceur. Il mal pris la plaisanterie.* 8 Obtenir, se procurer. *Prendre un billet d'avion. Prendre un interprète.* 9 Recueillir. *Prendre des notes, des mesures.* 10 Contracter, attraper. *Prendre un rhume.* 11 Faire usage de, utiliser, emprunter. *Prendre des précautions. Prendre l'avion. Prendre un chemin.* **12** Acquérir un certain aspect. *Projet qui prend forme. Prendre de l'âge.* **13** Éprouver tel sentiment, telle impression. *Prendre intérêt, plaisir à faire qqch.* **Loc** *Prendre pour* : considérer comme. ■ *vi* **1** Devenir consistant ; faire sa prise. *Le ciment a pris.* **2** S'allumer, s'embraser. *Le feu a pris tout seul.* **3** S'enraciner. *Cette bouture a bien pris.* **4** Réussir. *Le vaccin a pris.* **Loc** *Prendre sur soi* : se dominer. *Prendre sur soi de* : prendre l'initiative de. ■ *vpr* **Loc** *S'en prendre à qqn* : l'attaquer, le provoquer. Litt *Se prendre à* : se mettre à. *S'y prendre bien, mal* : faire preuve d'adresse, de maladresse.

preneur, euse *n* Qui achète ; acquéreur. **Loc** *Preneur de son* : opérateur de prise de son.

prénom *nm* Nom particulier joint au patronyme.

prénommé, ée *n, a* Qui a tel prénom. *Le prénommé Jean.*

prénommer *vt* Donner tel prénom à. ■ *vpr* Avoir tel prénom.

prénuptial, ale, aux *a* Qui précède le mariage.

préoccupant, ante *a* Qui préoccupe.

préoccupation *nf* Souci, inquiétude.

préoccuper *vt* Occuper fortement l'esprit de qqn ; inquiéter, tourmenter. *Cette affaire le préoccupe.* ■ *vpr* Se soucier de.

préolympique *a* Qui précède les jeux Olympiques.

préopératoire *a* CHIR Qui précède une opération.

prépa *nf* Fam Classe préparatoire.

préparateur, trice *n* Qui prépare. **Loc** *Préparateur en pharmacie* : employé chargé de faire des préparations, des analyses, etc.

préparatif *nm* (surtout pl) Dispositions qu'on prend pour préparer une action.

préparation *nf* **1** Action de préparer, de se préparer. *Préparation d'un repas. Préparation à un examen.* **2** Chose préparée. *Préparation pharmaceutique.*

préparatoire *a* Qui prépare. **Loc** *Cours préparatoire* : première année de l'enseignement primaire. *Classes préparatoires* : qui préparent aux grandes écoles.

préparer *vt* **1** Apprêter, disposer ; mettre en état. *Préparer un repas. Préparer une chambre pour ses invités.* **2** Combiner par avance. *Préparer ses vacances.* **3** Ménager, réserver pour l'avenir. *Cela nous prépare de grands malheurs.* **4** Mettre qqn en mesure de supporter ou de faire qqch. *Préparer un élève à un examen.* **5** Mettre qqn dans un certain état d'esprit. *Préparer qqn à une mauvaise nouvelle.* **6** S'entraîner pour réussir à. *Préparer un concours.* ■ *vpr* **1** Se mettre en état de. *Se préparer pour sortir.* **2** Être sur le point de. **3** Être imminent. *Un orage se prépare.*

prépayer *vt* [20] Payer à l'avance.

prépondérance *nf* Supériorité, domination.

prépondérant, ante *a* Qui domine par le poids, l'autorité, le prestige.

préposé, ée *n* **1** Chargé d'un service particulier. **2** Facteur.

préposer *vt* Placer à un poste.

prépositif, ive ou **prépositionnel, elle** *a* GRAM De la préposition.

préposition *nf* GRAM Mot invariable reliant un élément de la phrase à un autre élément.

préprogrammé, ée *a* INFORM Programmé à l'avance.

prépuce *nm* ANAT Repli cutané qui recouvre le gland de la verge.

préraphaélisme *nm* Mouvement pictural anglais de la fin du XIXᵉ s., inspiré par la Renaissance italienne.

préraphaélite *a, n* Du préraphaélisme.

prérasage *nm* Produit destiné à nettoyer et à préparer la peau avant le rasage.

préréglage *nm* Réglage préalable sur des stations données, d'un poste de radio ou de télévision.

préréglé, ée *a* Qui a subi le préréglage.

prérentrée *nf* Rentrée des enseignants, précédant la rentrée des élèves.

préretraite *nf* Retraite anticipée.

préretraité, ée *n* Qui bénéficie d'une préretraite.

prérogative *nf* Avantage, privilège attaché à une fonction, à un état.

préromantique *a, n* Du préromantisme.

préromantisme *nm* Période qui a préparé le romantisme.

près *av* Non loin, à une courte distance. *La ville est tout près.* **Loc** *De près* : d'une courte distance, à un faible intervalle. *À... près* : indique une évaluation par approximation. *À peu près* : environ. *À beaucoup près* : il s'en faut de beaucoup. ■ *prép* Marque la proximité dans l'espace ou dans le temps. *Venez près de moi.*

présage *nm* **1** Signe interprété comme favorable ou défavorable pour l'avenir. **2** Conjecture que l'on tire de qqch.

présager *vt* [11] Annoncer une chose à venir.

présalaire *nm* Allocation d'études.

pré-salé *nm* Mouton qui a pâturé l'herbe de prairies voisines de la mer. *Des prés-salés.*

presbyte *a, n* Atteint de presbytie.

presbytère *nm* Habitation du curé, du pasteur, dans une paroisse.

presbytérianisme *nm* Doctrine et Église des presbytériens, unissant ecclésiastiques et laïcs dans la direction des affaires religieuses.

presbytérien, enne *a, n* Qui relève du presbytérianisme.

presbytie [-si] *nf* Difficulté à voir nettement de près.

prescience *nf* Connaissance du futur.

préscolaire *a* Qui précède la scolarité.

prescripteur *nm* Qui conseille ou prescrit l'achat d'un produit.

prescriptible *a* Qu'on peut prescrire.

prescription *nf* **1** Action de prescrire. **2** Ce qui est prescrit ; ordre ; précepte. **3** DR Délai au terme duquel on ne peut plus, soit contester la propriété d'un possesseur, soit poursuivre la répression d'une infraction.

prescrire *vt* [61] **1** Commander, ordonner qqch. **2** Préconiser un traitement, un régime, etc. **3** DR Acquérir qqch, se libérer d'une obligation par prescription.

préséance *nf* Supériorité, priorité selon l'usage, l'étiquette.

présélection *nf* Sélection préalable.

présélectionner *vt* Effectuer une présélection.

présence nf 1 Fait d'être dans un lieu déterminé. 2 Personnalité, tempérament. *Avoir de la présence.* Loc *En présence :* face à face, en vue. *En présence de :* devant, en face de. *Présence d'esprit :* vivacité, à-propos.

1. présent, ente a 1 Qui est dans le lieu dont on parle (par oppos. à absent). *Étiez-vous présent à la réunion d'hier ?* 2 Dont il est question en ce moment. *La présente lettre.* 3 Qui existe actuellement (par oppos. à passé et futur). *Dans la minute présente.* ■ nm 1 Partie du temps qui est en train de passer actuellement. 2 Temps du verbe situant ce qui est énoncé au moment actuel. Loc *À présent :* maintenant, actuellement, en ce moment. ■ nf Loc *La présente :* la lettre que voici.

2. présent nm Litt Don, cadeau.

présentable a Qui a bon aspect ; convenable.

présentateur, trice n 1 Qui propose une marchandise, un appareil, etc. ; démonstrateur. 2 Qui présente un spectacle, une émission.

présentation nf 1 Action de présenter, de se présenter. 2 Maintien, manières ; aspect physique.

présentement av Maintenant.

présenter vt 1 Disposer devant qqn, proposer, offrir. *Présenter une chaise à qqn.* 2 Montrer, exposer. *Présenter ses papiers. Présenter les faits avec objectivité.* 3 Formuler, adresser. *Présenter ses excuses.* 4 Introduire qqn auprès d'une personne, la faire connaître par son nom. *Je vous présente M. Durand.* ■ vpr 1 Paraître devant qqn, se montrer. 2 Énoncer son nom, dire qui l'on est. 3 Se proposer, être candidat. *Se présenter à un poste.* 4 Apparaître, survenir. *Quand l'occasion s'en présente.*

présentoir nm Support destiné à mettre en valeur les produits dans un magasin.

présérie nf Fabrication d'une première série de produits avant le lancement de la fabrication.

préservatif nm Capuchon en caoutchouc destiné à être adapté au pénis avant un rapport sexuel.

préservation nf Action de préserver.

préserver vt Garantir de qqch de nuisible ; protéger.

présidence nf 1 Fonction, dignité de président. 2 Temps pendant lequel qqn exerce cette fonction. 3 Résidence d'un président. 4 Bureaux et services placés sous l'autorité d'un président.

président, ente n 1 Qui préside une assemblée, qui dirige ses débats. 2 Personne, généralement élue, qui dirige, administre. ■ nf Épouse d'un président.

présidentiable a, n Susceptible d'accéder à la fonction de président.

présidentialisation nf Évolution vers le présidentialisme.

présidentialisme nm Régime présidentiel.

présidentiel, elle a D'un président et spécialement du président de la République. Loc *Régime présidentiel :* où le pouvoir exécutif relève du seul président. ■ nfpl Élections pour la désignation du président de la République.

présider vt Diriger une assemblée, des débats. ■ vti Veiller sur, diriger. *Présider aux destinées du pays.*

présocratique a, n Se dit des philosophes grecs antérieurs à Socrate.

présomptif, ive a Loc *Héritier présomptif :* appelé à hériter de qqn ou à lui succéder.

présomption nf 1 Conjecture, opinion fondée sur de simples indices. *Juger sur des présomptions.* 2 Opinion trop avantageuse que qqn a de lui-même ; prétention, suffisance.

présomptueux, euse a, n Qui se surestime ; prétentieux, suffisant.

présonorisation nf Syn de *play-back*.

presque av Pas tout à fait.

presqu'île nf Promontoire relié au continent par une étroite bande de terre.

pressage nm Action de presser.

pressant, ante a 1 Insistant. *Recommandation pressante.* 2 Urgent. *Un besoin pressant.*

pressbook [pʀɛsbuk] nm Dossier constitué par des coupures de presse.

presse nf 1 Dispositif, machine destinée à comprimer ou à déformer des objets. 2 Machine à imprimer. 3 Ensemble des journaux ; journalisme. 4 Nécessité de hâter le travail. Loc *Avoir bonne, mauvaise presse :* avoir bonne, mauvaise réputation. *Sous presse :* en cours d'impression.

pressé, ée a 1 Contraint de se hâter. *Faites vite, je suis pressé.* 2 Urgent. *Affaire pressée.* ■ nm Loc *Aller au plus pressé :* s'occuper d'abord de ce qui est le plus urgent.

presse-bouton a inv Se dit d'une action extrêmement automatisée. *Guerre presse-bouton.*

presse-citron nm inv Ustensile servant à extraire par pression le jus des agrumes.

presse-fruits nm inv Ustensile pour presser les fruits.

pressentiment nm Sentiment instinctif d'un événement à venir.

pressentir vt [29] 1 Prévoir confusément. *Pressentir un malheur.* 2 Sonder les dispositions, les sentiments de qqn.

presse-papiers nm inv Objet pesant servant à maintenir des papiers sur un bureau.

presse-purée nm inv Ustensile servant à faire des purées de légumes.

presser vt 1 Serrer avec plus ou moins de force, comprimer. 2 Appuyer sur. *Presser un bouton.* 3 Poursuivre sans relâche. *Presser l'ennemi.* 4 Hâter, précipiter. *Presser son départ.* 5 Engager vivement à. *On me presse de conclure.* ■ vi Être urgent. *Dépêchez-vous, ça presse.* ■ vpr 1 Se serrer, se tasser. 2 Se hâter.

presse-raquette nm inv Dispositif servant à maintenir la rigidité d'une raquette de tennis.

pressing [-siŋ] nm 1 Magasin où l'on fait nettoyer et repasser ses vêtements. 2 SPORT Attaque insistante. *Faire le pressing.*

pression nf 1 Action de presser ; force exercée par ce qui presse. 2 Influence plus ou moins contraignante qui s'exerce sur qqn. Loc *Pression artérielle :* pression du sang sur les parois des artères. *Pression atmosphérique :* poids de la masse d'air au niveau du sol. *Groupe de pression :* qui cherche à influencer les décideurs ou le public en vue de satisfaire ses intérêts. Syn. lobby. Fam *Être sous pression :* tendu, éprouvé. *Pression fiscale :* charge des impôts.

pressoir nm Presse utilisée pour exprimer le jus ou l'huile ; bâtiment où elle se trouve.

pressurage nm Action de pressurer.

pressurer *vt* **1** Écraser au moyen du pressoir. **2** Accabler par de continuelles extorsions d'argent. ■ *vpr* Loc Fam *Se pressurer le cerveau* : faire un intense effort intellectuel.

pressurisation *nf* Action de pressuriser.

pressuriser *vt* Maintenir une enceinte, une installation, etc., à la pression atmosphérique normale.

prestance *nf* Maintien plein d'élégance.

prestataire *n* Qui fournit une prestation ; qui vend des services à une clientèle.

prestation *nf* **1** Service fourni. **2** (souvent pl) Allocation versée par un organisme officiel. *Prestations de la Sécurité sociale.* **3** Abusiv Spectacle que donne un artiste, un sportif qui se produit en public. Loc *Prestation de serment* : action de prêter serment.

preste *a* Prompt et agile.

prestement *av* Vivement, promptement.

prestidigitateur, trice *n* Artiste qui fait des tours de prestidigitation.

prestidigitation *nf* Art de produire des illusions au moyen de trucages, de manipulations.

prestige *nm* Séduction, attrait qui inspire l'admiration.

prestigieux, euse *a* Qui a du prestige.

prestissimo *av, nm* MUS Très rapidement.

presto *av, nm* MUS Rapidement.

présumé, ée *a* Cru par supposition, censé, réputé. *Rendement présumé d'une machine.*

présumer *vt* Juger par conjecture, croire, supposer. *Je présume qu'il a raison.* ■ *vti* Avoir une opinion trop avantageuse de. *Présumer de ses forces.*

présupposé *nm* Point préalablement admis, sans examen.

présupposer *vt* Supposer préalablement.

présupposition *nf* Supposition préalable.

présure *nf* Matière utilisée pour faire cailler le lait.

1. prêt *nm* Action de prêter ; chose prêtée.

2. prêt, prête *a* Disposé, préparé. *Le dîner est prêt. Être prêt à partir.*

prêt-à-porter *nm* Vêtements de confection.

prêté *nm* Loc *C'est un prêté pour un rendu* : se dit de justes représailles.

prétendant, ante *n* Qui prétend avoir des droits à un trône. ■ *nm* Homme qui espère épouser une femme.

prétendre *vt* [5] **1** Demander à, revendiquer de. *Il prétend commander ici.* **2** Affirmer, soutenir qqch de contestable. *Il prétend que j'ai menti.* ■ *vti* Litt Aspirer à ; revendiquer. *Prétendre à une indemnité.*

prétendu, ue *a* Faux ou douteux.

prétendument *av* Faussement, à tort.

prête-nom *nm* Dont le nom apparaît dans un acte à la place de celui du véritable contractant. *Des prête-noms.*

prétentaine ou **prétantaine** *nf* Loc Fam, vx *Courir la prétentaine* : vagabonder, multiplier les aventures galantes.

prétentieusement *av* De façon prétentieuse.

prétentieux, euse *a, n* Qui a une trop haute opinion de soi-même ; vaniteux.

prétention *nf* **1** Revendication, exigence. *Rabattre de ses prétentions.* **2** Caractère prétentieux. Loc *Sans prétention* : simple.

prêter *vt* **1** Mettre provisoirement à la disposition de qqn. *Il lui a prêté sa bicyclette.* **2** Attribuer. *Il lui prête des qualités qu'il n'a pas.*

Loc *Prêter la main à qqn* : l'aider. *Prêter l'oreille* : écouter. *Prêter le flanc* : s'exposer à. *Prêter attention* : être attentif. *Prêter serment* : jurer. ■ *vti* Donner prise, donner matière à. *Prêter à la critique, à la censure, à rire.* ■ *vpr* **1** Accepter, consentir à. *Prêtez-vous à cet accord.* **2** Aller bien, convenir à. *Une région qui se prête à la vigne.*

prétérit *nm* GRAM Forme verbale qui exprime le passé dans certaines langues.

prétérition *nf* RHET Figure de style qui consiste à dire qqch en déclarant qu'on se gardera bien de l'affirmer (ex. : *inutile de vous dire que...*).

préteur *nm* ANTIQ Magistrat romain de rang inférieur à celui de consul.

prêteur, euse *n. a.* Qui prête.

prétexte *nm* Raison alléguée pour cacher le véritable motif. Loc *Sous prétexte de* : en donnant comme prétexte.

prétexter *vt* Donner comme prétexte.

prétoire *nm* **1** ANTIQ Tribunal du préteur. **2** Salle d'audience d'un tribunal.

prétorien, enne *a* ANTIQ Du préteur. ■ *nm* Soldat de la garde impériale.

prétraité, ée *a* Soumis à un traitement préalable. *Semoule prétraitée.*

prêtre *nm* **1** Qui exerce un ministère sacré, qui préside aux cérémonies d'un culte. **2** Qui a reçu le sacrement de l'ordre, dans l'Église catholique.

prêtresse *nf* Femme célébrant le culte d'une divinité.

prêtrise *nf* Dignité de prêtre.

préture *nf* ANTIQ Fonction de préteur.

preuve *nf* **1** Ce qui établit la vérité, l'exactitude, l'existence de qqch. **2** Marque, signe. *Donner des preuves de bonne volonté.* Loc *Faire preuve de* : montrer. *Faire ses preuves* : montrer ses capacités.

preux *am, nm* Litt Brave et vaillant.

prévalence *nf* MED Rapport du nombre de cas d'une maladie à l'effectif d'une population.

prévaloir *vi* [44] Être supérieur, s'imposer. *Sa solution a prévalu.* ■ *vpr* Tirer vanité. *Se prévaloir de ses relations.*

prévaricateur, trice *a, n* DR Coupable de prévarication.

prévarication *nf* DR Acte d'un responsable qui manque aux devoirs de sa charge.

prévenance *nf* Fait de prévenir les désirs de qqn ; délicatesse, attention.

prévenant, ante *a* Plein de prévenance.

prévenir *vt* [35] **1** Informer, avertir. *Prévenir les pompiers.* **2** Prendre des précautions pour empêcher. *Prévenir une attaque ennemie.* **3** Satisfaire par avance, aller au-devant de. *Prévenir les désirs de ses chefs.* **4** Disposer qqn défavorablement à l'égard de qqn.

préventif, ive *a* Qui a pour but de prévenir, d'empêcher. Loc *Détention préventive* : incarcération avant un jugement.

prévention *nf* **1** Ensemble de mesures destinées à prévenir certains risques. *Prévention routière.* **2** Idée préconçue. *Avoir des préventions contre qqn.* **3** DR Temps passé en prison avant un jugement.

préventivement *av* À titre préventif.

préventologie *nf* Étude scientifique de la prévention des maladies, des accidents.

préventorium [-ʀjɔm] *nm* Établissement où on traite les personnes atteintes de primo-infection tuberculeuse.

prévenu, ue *n* DR Qui comparaît devant un tribunal pour répondre d'un délit.

prévisibilité *nf* Caractère prévisible.

prévisible *a* Qui peut être prévu ; conjecture.

prévision *nf* 1 Action de prévoir. 2 Ce qui est prévu ; conjecture.

prévisionnel, elle *a* Fait par prévision.

prévisionniste *n* Spécialiste de la prévision économique.

prévoir *vt* [41] 1 Se représenter ce qui doit arriver. *Qui pouvait prévoir les événements actuels ?* 2 Envisager. *Il prévoit de rentrer le 15 août.* 3 Prendre des dispositions en vue de qqch. *Les juristes n'ont pas prévu cette éventualité.*

prévôt *nm* 1 HIST Titre de certains magistrats. 2 Officier de gendarmerie en fonction dans une prévôté. 3 Surveillant de prison choisi parmi les détenus.

prévôté *nf* 1 HIST Circonscription du prévôt sous l'Ancien Régime. 2 Formation de gendarmerie qui joue le rôle de police militaire.

prévoyance *nf* Qualité de qqn qui prévoit.

prévoyant, ante *a* Qui fait preuve de prévoyance.

prie-Dieu *nm inv* Siège bas sur lequel on s'agenouille pour prier.

prier *vt* 1 S'adresser à Dieu, à une divinité, à un être surnaturel pour l'adorer, lui demander une grâce. 2 Demander à qqn. *Je vous prie de m'écouter.* 3 Ordonner. *Il le pria de se taire.* Loc *Se faire prier :* faire des manières pour accepter qqch.

prière *nf* 1 Fait de prier Dieu, une divinité. 2 Texte qu'on récite pour prier. 3 Demande faite instamment.

prieur, eure *n* Religieux(euse) qui dirige certains monastères.

prieuré *nm* Établissement religieux dirigé par un prieur ou une prieure.

prima donna *nf inv* Principale cantatrice d'un opéra.

primaire *a* 1 Se dit de l'enseignement du premier degré. 2 Simpliste, borné. *Antiparlementarisme primaire.* Loc *Élection primaire :* élection servant à désigner les candidats à l'élection réelle. *Ère primaire :* la plus ancienne des ères géologiques. ECON *Secteur primaire :* activités qui produisent des matières premières (agriculture, mines). ■ *nm* 1 Enseignement primaire. 2 Ère primaire. 3 Secteur primaire. ■ *nf* Élection primaire.

primat *nm* 1 Litt Supériorité, primauté. 2 Titre donné à certains archevêques.

primate *nm* 1 Mammifère tel que les singes et l'homme. 2 Fam Homme grossier.

primatologie *nf* Étude scientifique des primates.

primature *nf* Services du Premier ministre.

primauté *nf* Prééminence, premier rang.

1. prime *a* Se dit d'une lettre affectée d'un signe : *A'* (A prime). Loc *De prime abord :* à première vue. *La prime jeunesse :* le plus jeune âge.

2. prime *nf* 1 Cadeau offert à un acheteur. 2 Somme accordée à titre d'encouragement ou d'indemnité. 3 Somme due par l'assuré à sa compagnie d'assurances. Loc *Faire prime :* être très recherché.

1. primer *vt, vti* Être plus important que, prévaloir sur. *L'intérêt général prime (sur) les intérêts particuliers.*

2. primer *vt* Accorder une récompense à. *Taureau primé au concours agricole.*

primerose *nf* Syn de *rose trémière.*

primesautier, ère [-so-] *a* Litt Spontané.

prime time [pʀajmtajm] *nm* À la télévision, heure de grande écoute.

primeur *nf* Faveur d'être le premier à connaître qqch. *Réserver à qqn la primeur d'une information.* Loc *Vin de primeur :* vin de l'année vendu dès la fin de la fermentation. ■ *pl* Fruits et légumes vendus avant la saison normale.

primevère *nf* Plante herbacée à floraison précoce.

primipare *a, nf* Qui accouche ou met bas pour la première fois.

primitif, ive *a* 1 Le plus ancien, le premier, le plus près de l'origine. 2 Se dit des sociétés qui ne connaissent pas l'écriture et ne pratiquent ni culture ni élevage. 3 Peu élaboré, fruste. ■ *nm* Artiste qui a précédé la Renaissance.

primitivement *av* À l'origine.

primitivisme *nm* Caractère primitif d'une société, d'un art.

primo *av* Premièrement.

primo-infection *nf* Première infection par un germe. *Des primo-infections.*

primordial, ale, aux *a* Essentiel.

prince *nm* 1 Souverain ou membre d'une famille souveraine. 2 Haut titre de noblesse. Loc *Prince du sang :* membre de la famille royale. Litt *Le prince des ténèbres :* le diable. Fam *Être bon prince :* généreux. *Le fait du prince :* acte arbitraire du gouvernement.

prince-de-galles *nm inv* Tissu écossais, aux teintes discrètes.

princeps *a* Litt Édition *princeps :* originale.

princesse *nf* Femme ou fille de prince, de roi. Loc *Aux frais de la princesse :* tous frais payés.

princier, ère *a* 1 De prince. 2 Somptueux. *Repas princier.*

princièrement *av* De façon princière.

principal, ale, aux *a, nm* Le plus important. *C'est la raison principale. Le principal, c'est que vous veniez.* Ling GRAM *Proposition principale :* proposition dont dépendent des subordonnées. ■ *nm* 1 Ce qui constitue l'objet essentiel d'une action en justice. 2 Capital d'une dette (par oppos. aux intérêts). ■ *n* Personne qui dirige un collège.

principalement *av* Particulièrement.

principauté *nf* État gouverné par un prince.

principe *nm* 1 Origine, cause première. 2 Loi générale, non démontrée, mais vérifiée expérimentalement. 3 Fondement théorique de fonctionnement d'une chose. 4 Règle de conduite. *Principe de morale.* Loc *En principe :* théoriquement. *Par principe :* en vertu d'une décision a priori. ■ *pl* 1 Premiers rudiments d'une science. 2 Convictions morales. *Être fidèle à ses principes.*

printanier, ère *a* De printemps.

printemps nm 1 La première des quatre saisons. 2 Litt Année. *Avoir seize printemps.* **Loc** Litt *Au printemps de :* au début de.

prion nm Particule protéique infectieuse.

prioritaire a Qui a la priorité.

prioritairement av En priorité.

priorité nf 1 Préférence. *Donner la priorité.* 2 Droit de passer avant les autres. *Respecter la priorité à droite.* **Loc** *En priorité :* d'abord.

pris, prise a Retenu par ses occupations. *Être pris toute la journée.* **Loc** *Pris de boisson :* ivre.

prise nf 1 Action de prendre, de s'emparer de. 2 Ce dont on s'est emparé. *Une bonne prise.* 3 Moyen, manière de prendre, de saisir. *On n'a pas prise. Prise de judo.* 4 Durcissement. *Ciment à prise rapide.* 5 Pincée de tabac à priser. 6 Dispositif de branchement électrique relié au réseau. **Loc** *Avoir prise sur :* avoir le moyen d'influencer un processus. *Donner prise :* fournir l'occasion de. *Être aux prises avec :* lutter contre. *Prise d'eau :* robinet. *Prise de vue(s) :* action de filmer. *Prise de son :* action d'enregistrer un son. *Prise de sang :* prélèvement sanguin. *Prise d'armes :* parade, revue militaire. *Prise de conscience :* fait de devenir conscient de qqch.

1. priser vt Aspirer du tabac par le nez.

2. priser vt Litt Estimer.

prismatique a En forme de prisme.

prisme nm Corps présentant deux faces planes ayant une arête commune.

prison nf 1 Lieu de détention. 2 Peine d'emprisonnement. 3 Ce qui enferme, retient.

prisonnier, ère n Détenu. ■ a Aliéné par qqch. *Prisonnier de ses préjugés.*

privatif, ive a 1 GRAM Qui marque la suppression. *Préfixe privatif.* 2 DR Qui prive. *Peine privative de liberté.* 3 Dont on jouit sans être propriétaire. *Jardin privatif.*

privation nf Perte, suppression. ■ pl Besoins non satisfaits, pénurie.

privatisation nf Action de privatiser.

privatiser vt Transférer une entreprise du secteur public au secteur privé.

privautés nfpl Familiarités déplacées.

privé, ée a, nm 1 Réservé, non ouvert au public. *Club privé.* 2 Personnel. *Vie privée.* 3 Qui appartient à qqn. *Propriété privée.* 4 Où l'État n'intervient pas. *Secteur privé.* Ant. public. **Loc** *En privé, à titre privé :* comme simple particulier. *Détective privé :* détective chargé d'enquêtes policières privées.

priver vt Refuser, ôter qqch à qqn. *Priver un enfant de dessert.* ■ vpr 1 S'abstenir de. *Il ne se prive pas de critiquer.* 2 Faire des sacrifices. *Il se prive pour élever ses enfants.*

privilège nm 1 Droit exceptionnel ou exclusif de faire qqch, de jouir d'un avantage. 2 Caractère, qualité unique. *La raison est le privilège de l'être humain.*

privilégié, ée a Qui bénéficie de privilèges.

privilégier vt 1 Accorder un privilège à qqch, à qqn. 2 Avantager.

prix nm 1 Valeur de qqch exprimée en monnaie. *Prix élevé.* 2 Récompense, distinction. *Prix Nobel.* 3 Ouvrage qui a obtenu un prix. 4 Compétition qui donne lieu à un prix. *Grand prix automobile.* 5 Valeur, importance de qqch. *Le prix de la liberté.* **Loc** *Au prix de :* moyennant. *À tout prix :* coûte que coûte.

pro n, a Fam Professionnel.

probabilisme nm Théorie selon laquelle il n'y a pas de certitudes mais seulement des opinions probables.

probabiliste a, n Qui relève du probabilisme, du calcul des probabilités.

probabilité nf Caractère probable, vraisemblable. **Loc** *Calcul des probabilités :* théorie visant à déterminer la vraisemblance d'un événement.

probable a 1 Qui a une apparence de vérité. 2 Qui a des chances de se produire.

probablement av Vraisemblablement.

probant, ante a Concluant.

probation nf DR Mise à l'épreuve d'un délinquant.

probatoire a Destiné à tester qqn.

probe a Litt Qui a de la probité.

probité nf Droiture, intégrité.

problématique a Douteux, incertain. *Résultat problématique.* ■ nf Ensemble des problèmes concernant un sujet.

problématiquement av De façon problématique.

problème nm 1 Question à résoudre dans une science. *Problème de physique théorique.* 2 Exercice scolaire consistant à résoudre une question posée. 3 Ennui, difficulté ; situation compliquée. **Loc** Fam *Pas de problème ! :* c'est facile, évident.

proboscidien nm ZOOL Mammifère à trompe, tel l'éléphant.

procédé nm 1 Méthode d'exécution. *Procédé de fabrication.* 2 Manière d'agir. *Des procédés inadmissibles.* 3 Rondelle de cuir collée à la pointe d'une queue de billard.

procéder vi [12] Agir *Procéder avec méthode.* ■ vti 1 Exécuter en se conformant aux règles. *Procéder à l'arrestation d'un voleur.* 2 Litt Provenir, découler de.

procédural, ale, aux a DR De la procédure.

procédure nf 1 Ensemble de consignes à appliquer. *Procédure d'atterrissage.* 2 DR Manière de procéder en justice ; partie du droit qui étudie ces manières. 3 Ensemble des règles suivant lesquelles un procès est instruit.

procédurier, ère a, n Qui aime la chicane.

procès nm Instance devant un tribunal sur un différend entre deux ou plusieurs parties.

processeur nm INFORM Organe d'un ordinateur destiné à exécuter une série d'instructions.

procession nf 1 Cortège religieux. 2 Défilé.

processionnaire nf Chenille qui se déplace avec d'autres en file régulière.

processus [-sys] nm Enchaînement de phénomènes, suite d'opérations. *Processus de fabrication.*

procès-verbal nm 1 DR Acte par lequel une autorité compétente constate un fait, un délit. 2 Compte rendu écrit d'une délibération. *Des procès-verbaux.*

prochain, aine a Qui est près d'arriver ; suivant. *Le mois prochain. Le village prochain.* ■ nm Être humain considéré dans ses rapports moraux avec autrui. ■ nf **Loc** Fam *À la prochaine :* à la station suivante ; à une autre fois.

prochainement av Bientôt.

proche

proche *a* **1** Voisin. *La proche banlieue.* **2** Qui est près d'arriver. *Noël est proche.* **3** Qui a une relation étroite avec. **Loc** *De proche en proche :* progressivement. ■ *nm* Parent. *Très aimé de ses proches.*

proche-oriental, ale, aux, *a, n* Du Proche-Orient.

proclamation *nf* **1** Action de proclamer. **2** Écrit, discours proclamé ; appel solennel, public.

proclamer *vt* **1** Annoncer avec solennité. *Proclamer sa foi.* **2** Reconnaître publiquement. *Proclamer la république.*

proclitique *a, nm* GRAM Mot monosyllabique inaccentué qui s'appuie sur le mot suivant.

proconsul *nm* ANTIQ Consul sortant de charge qui recevait une prolongation de ses pouvoirs.

proconsulaire *a* Du proconsul.

proconsulat *nm* Fonction de proconsul.

procréateur, trice *a* Qui procrée.

procréation *nf* Action de procréer.

procréatique *nf* Étude de la procréation artificielle (fécondation in vitro, insémination).

procréer *vt* Engendrer un être humain.

proctologie *nf* Partie de la médecine qui traite du rectum et de l'anus.

proctologue *n* Spécialiste de proctologie.

procuration *nf* Pouvoir donné à qqn d'agir au nom de son mandant.

procurer *vt* **1** Faire avoir, fournir qqch à qqn. **2** Être la cause de. *Cela procure des avantages.*

procureur *nm* **Loc** *Procureur de la République :* magistrat qui dirige le parquet dans un tribunal de grande instance. *Procureur général :* chef du parquet de la Cour de cassation.

prodigalité *nf* Litt Caractère prodigue. ■ *pl* Dépenses exagérées.

prodige *nm* **1** Phénomène surprenant auquel on prête un caractère surnaturel. **2** Action, personne extraordinaire. *Les prodiges de la médecine.*

prodigieusement *av* De façon prodigieuse.

prodigieux, euse *a* Extraordinaire.

prodigue *a, n* Litt Qui fait des dépenses excessives pour ses moyens. ■ *a* Litt Qui donne abondamment. *Être prodigue de promesses.* **Loc** Litt *Enfant prodigue :* qui revient, repentant, chez ses parents.

prodiguer *vt* Donner à profusion. *Prodiguer des conseils.*

pro domo *av, a inv* Pour sa propre cause. *Plaidoyer pro domo.*

prodrome *nm* MED Signe précurseur, symptômes qui annoncent une maladie.

producteur, trice *a, n* **1** Qui produit des biens, des services. **2** Qui finance une œuvre de l'industrie du spectacle.

productif, ive *a* Qui produit une richesse, un profit ; rentable.

production *nf* **1** Action de produire des biens ; les biens produits. **2** Action de produire un film, une émission ; le film, l'émission. **3** Fait de se produire. *Production d'une réaction chimique.*

productique *nf* Technique informatique d'amélioration de la productivité.

productivisme *nm* Recherche systématique de la productivité.

productivité *nf* **1** Capacité de produire. **2** Rapport entre la quantité de biens produits et les moyens utilisés.

produire *vt* [67] **1** Créer des richesses économiques. *Terre qui produit du blé.* **2** Créer une œuvre. *Cet écrivain produit des romans.* **3** Assurer l'organisation matérielle et le financement (film, émission, disque, etc.). **4** Rapporter. *Capital qui produit des intérêts.* **5** Causer, déterminer. *Produire des résultats inattendus.* **6** Montrer, présenter. *Produire ses papiers.* ■ *vpr* **1** Avoir lieu. *Cela s'est bien produit.* **2** Apparaître en public. *Chanteur qui se produit au cabaret.*

produit *nm* **1** Ce que rapporte une charge, une activité, un impôt, etc. *Le produit d'une opération commerciale.* **2** Ce qui est créé par la nature ou par l'homme. *Les produits de la terre. Produits finis.* **3** Résultat. *Un pur produit de son imagination.* **4** MATH Résultat d'une multiplication. **Loc** *Produit national brut* ou *P.N.B. :* résultat de l'activité économique d'un pays.

proéminence *nf* Litt État proéminent ; saillie.

proéminent, ente *a* Qui fait saillie ; en relief.

prof *n* Fam Professeur.

profanateur, trice *n, a* Litt Qui profane qqch.

profanation *nf* Action de profaner.

profane *a, n* **1** Qui n'a pas un caractère religieux, sacré. **2** Qui ignore tout d'un art, d'une science.

profaner *vt* Violer le caractère sacré de. *Profaner une tombe.*

proférer *vt* [12] Prononcer, dire à haute voix. *Proférer des menaces.*

professer *vt* Déclarer, manifester ouvertement (opinion, sentiment, etc.). ■ *vi* Enseigner. *Il professe à l'université.*

professeur *nm* **1** Qui a pour métier d'enseigner. *Professeur de chant.* **2** Enseignant du secondaire ou du supérieur.

profession *nf* **1** Activité rémunératrice exercée par qqn. **2** Corps constitué par tous ceux qui pratiquent le même métier. **Loc** *Faire profession de :* professer. *Profession de foi :* déclaration publique de ses convictions.

professionnaliser *vt* Adapter un enseignement à une pratique professionnelle.

professionnalisme *nm* Caractère professionnel d'un travail.

professionnel, elle *a* D'une profession. *Obligations professionnelles.* ■ *n, a* **1** Qui pratique une activité, un sport comme métier rétribué. Ant amateur. **2** Qui est expérimenté, compétent dans une activité.

professionnellement *av* En professionnel.

professoral, ale, aux *a* De professeur.

professorat *nm* Métier de professeur.

profil *nm* **1** Contour d'un visage vu de côté. **2** Forme ou représentation d'une chose vue de côté. **3** Ensemble des caractéristiques psychologiques et professionnelles d'un individu. *Un profil de gagneur.* **4** Configuration générale de qqch (situation, évolution). *Le profil de la crise monétaire.* **Loc** Fam *Adopter un profil bas :* une attitude modérée.

profilé *nm* TECH Pièce laminée de section uniforme.

profiler *vt* Donner un profil à un objet. ■ *vpr* Se dessiner, s'ébaucher, apparaître. *Une solution se profile.*

profit *nm* **1** Gain, bénéfice. **2** Avantage matériel ou moral. *Loc Mettre qqch à profit :* l'utiliser au mieux. *Fam Faire du profit :* être d'un usage économique. *Au profit de :* à l'avantage de.

profitable *a* Qui offre un avantage.

profiter *vti* **1** Tirer profit de. *Profiter de l'occasion.* **2** Être utile à. *Cette expérience lui a profité.* ■ *vi Fam* Croître, se fortifier.

profiterole *nf* Chou garni de glace à la vanille, nappé de chocolat chaud.

profiteur, euse *n* Qui tire profit de tout, de façon peu scrupuleuse.

profond, onde *a* **1** Dont le fond est éloigné de la surface, du bord. *Puits profond.* **2** Situé très bas par rapport à la surface. **3** Qui s'enfonce très avant. *Racine profonde.* **4** Se dit d'une voix grave. **5** Caché. *Le sens profond d'un symbole.* **6** Qui ne s'arrête pas aux apparences. *Esprit profond.* **7** Très grand, intense. *Profond chagrin.*

profondément *av* **1** De façon profonde. **2** À un haut degré. *Il est profondément ému.*

profondeur *nf* **1** Distance de la surface, du bord jusqu'au fond. **2** Qualité de qqn qui approfondit les choses.

pro forma *a inv Loc Facture pro forma :* établie à titre indicatif avant la livraison.

profusion *nf* Abondance extrême.

progéniture *nf* Enfants, descendance.

progestatif, ive *a, nm* Qui possède la même action que la progestérone.

progestérone *nf* Hormone sexuelle femelle.

progiciel *nm* INFORM Programme conçu pour différents utilisateurs et destiné à un même type d'applications.

prognathe *a, n* Dont les machoires sont proéminentes.

prognathisme *nm* Caractère prognathe.

programmable *a* Qu'on peut programmer.

programmateur, trice *n* Chargé d'établir un programme de radio, de télévision, etc. ■ *nm* Dispositif commandant les opérations de fonctionnement d'un appareil.

programmation *nf* Établissement d'un programme.

programmatique *a* D'un programme. *Textes programmatiques d'un parti.*

programme *nm* **1** Texte indiquant ce qui est prévu pour une représentation, une fête ; liste des émissions, des films, etc., à venir. **2** Ensemble des matières et des sujets sur lesquels doit porter un enseignement. **3** Exposé des vues d'un parti, d'un candidat. **4** Ensemble de ce que l'on prévoit de faire. **5** INFORM Suite d'instructions utilisées par l'ordinateur pour effectuer un traitement déterminé.

programmer *vt* **1** Mettre un film, une émission dans un programme. **2** INFORM Écrire un programme. **3** Prévoir. *Programmer un achat.*

programmeur, euse *n* INFORM Spécialiste de la programmation.

progrès *nm* **1** Avance, développement, extension. *Les progrès d'un feu de forêt.* **2** Amélioration. *Faire des progrès.* **3** Évolution de la société. *Croire au progrès.*

progresser *vi* **1** Avancer, se développer. **2** Faire des progrès. *Élève qui progresse.*

progressif, ive *a* **1** Qui croît selon une progression. *Impôt progressif.* **2** Qui se fait graduellement. *Évolution progressive.*

progression *nf* **1** Action d'avancer ; propagation. *La progression du feu.* **2** Fait de se développer. *La progression de la criminalité.* **3** MATH Suite de nombres tels que chacun d'eux s'obtient en ajoutant au précédent (*progression arithmétique*) ou en le multipliant (*progression géométrique*) par un nombre constant.

progressiste *a, n* Partisan des réformes, du progrès social.

progressivement *av* De façon progressive.

progressivité *nf* Caractère progressif.

prohiber *vt* DR Interdire par voie légale.

prohibitif, ive *a* **1** Qui prohibe. **2** Exorbitant.

prohibition *nf* **1** Action de prohiber. **2** HIST Interdiction des boissons alcooliques aux États-Unis de 1919 à 1933.

proie *nf* **1** Être vivant dont un animal s'empare pour en faire sa nourriture. **2** Personne, chose dont on s'empare. *Loc Être en proie à :* tourmenté par. *Être la proie de :* être dévasté par. *Oiseau de proie :* rapace.

projecteur *nm* **1** Appareil qui envoie un faisceau lumineux. **2** Appareil de projection de diapositives, de films. **3** Ce qui dirige l'attention du public sur qqn ou qqch.

projectile *nm* Toute chose lancée avec force, en particulier avec une arme.

projection *nf* **1** Action de projeter ; matières projetées. **2** Action de former une image sur un écran. **3** GEOM Transformation par laquelle on fait correspondre à tout point d'une surface donnée un point d'une autre surface.

projectionniste *n* Dont le métier est de projeter des films.

projet *nm* **1** Ce qu'on se propose de faire. **2** Première rédaction d'un texte. **3** Indications avec dessins et devis d'une construction, d'une machine. *Loc Projet de loi :* texte du gouvernement soumis au vote du Parlement.

projeter *vt* [19] **1** Lancer. *Projeter de la boue.* **2** Émettre une lumière ; produire une image sur une surface. *Projeter une ombre.* **3** Faire passer un film. **4** GEOM Représenter un corps par sa projection sur un plan. **5** Former le projet de. *Projeter un achat.*

projeteur *nm* Technicien qui établit des projets.

prolapsus *nm* MED Déplacement pathologique d'un organe vers le bas.

prolégomènes *nmpl Didac* **1** Longue introduction. **2** Notions préliminaires à une science.

prolepse *nf* Figure de style consistant à réfuter par avance une objection éventuelle.

prolétaire *n* Qui ne vit que du produit d'une activité salariée et dont le niveau de vie est en général bas.

prolétariat *nm* Classe des prolétaires.

prolétarien, enne *a* Du prolétariat.

prolétarisation *nf* Fait d'être prolétarisé.

prolétariser *vt* Réduire à l'état de prolétaire. ■ *vi* Devenir prolétaire.

prolifération *nf* **1** BIOL Multiplication d'une cellule. **2** Multiplication excessive et rapide.

proliférer *vi* [12] **1** Se reproduire, se multiplier. *Cellules qui prolifèrent.* **2** Se multiplier rapidement, foisonner.

prolificité *nf* Caractère prolifique.

prolifique *a* **1** Qui se reproduit rapidement. *Espèces prolifiques.* **2** Qui produit en abondance. *Écrivain prolifique.*

prolixe *a* Litt Bavard, trop long. *Orateur prolixe.*

prolixité *nf* Litt Caractère prolixe.

prolo *n* Fam Prolétaire.

prologue *nm* 1 Première partie d'une œuvre littéraire ou dramatique. 2 Préface, introduction, avant-propos.

prolongateur *nm* Rallonge électrique.

prolongation *nf* Action de prolonger dans le temps ; temps ajouté.

prolongement *nm* 1 Action de prolonger. *Le prolongement d'une route.* 2 Ce qui prolonge. 3 (souvent pl) Suite, conséquence.

prolonger *vt* [11] Continuer dans l'espace ou le temps. ■ *vpr* Continuer au-delà du temps prévu.

promenade *nf* 1 Action de se promener. 2 Voie, allée où l'on se promène. Loc Fam *Promenade de santé* : opération sans difficulté, sans risque.

promener *vt* [15] 1 Faire sortir pour l'agrément ou la santé. *Promener un animal.* 2 Faire passer, déplacer çà et là. *Promener le doigt sur la page.* ■ *vpr* Faire une promenade d'agrément. Loc Fam *Envoyer promener* : rejeter avec impatience.

promeneur, euse *n* Qui se promène.

promenoir *nm* Lieu couvert destiné à la promenade.

promesse *nf* 1 Action de promettre, engagement. 2 Espérance. *Jeune plein de promesses.*

prometteur, euse *a* Plein de promesses.

promettre *vt* [64] 1 S'engager à faire qqch. *Il m'a promis de venir.* 2 Annoncer comme sûr, prédire. 3 Laisser espérer. *Ce ciel promet du beau temps.* ■ *vi* Donner, laisser de grands espoirs. *Un jeune homme qui promet.* ■ *vpr* Prendre une résolution. *Elle s'est promis de ne plus le voir.*

promis, ise *a* 1 Dont on a fait la promesse. 2 Voué à. *Jeune promis à un grand avenir.* ■ *n* Vx Fiancé(e).

promiscuité *nf* Voisinage fâcheux qui empêche l'intimité.

promo *nf* Fam Promotion.

promontoire *nm* Pointe de terre élevée qui s'avance dans la mer.

promoteur, trice *n* 1 Litt Qui donne la première impulsion à qqch. *Le promoteur d'une mode.* 2 Homme d'affaires qui construit des immeubles pour les vendre ou les louer.

promotion *nf* 1 Admission simultanée de candidats à une grande école ; ensemble des candidats admis. 2 Nomination à un emploi, à un grade supérieur. 3 Technique utilisée pour améliorer les ventes. Loc *Promotion immobilière* : activité du promoteur. *Article en promotion* : en réclame.

promotionnel, elle *a* Destiné à améliorer les ventes. *Prix promotionnel.*

promouvoir *vt* [42] 1 Élever à une dignité, à un grade supérieur. 2 Favoriser le développement de. 3 Accroître la vente d'un produit.

prompt, prompte [prɔ̃, prɔ̃t] *a* Litt 1 Qui s'effectue rapidement. 2 Qui réagit vite. *Avoir l'esprit prompt.*

promptement *av* Litt Sans tarder ; vivement.

prompteur *nm* Appareil sur lequel défile le texte lu par le présentateur de télévision.

promptitude *nf* Litt Rapidité, vivacité.

promu, ue *a, n* Qui a reçu une promotion.

promulgation *nf* Action de promulguer.

promulguer *vt* Publier une loi dans les formes requises pour la rendre exécutoire.

prône *nm* Recommandation, annonces du prêtre au cours de la messe.

prôner *vt* Vanter, louer, recommander.

pronom *nm* Mot grammatical qui, en général, représente un nom. (On distingue les *pronoms personnels, possessifs, démonstratifs, relatifs, interrogatifs* et *indéfinis.*)

pronominal, ale, aux *a* Relatif au pronom. Loc *Verbe pronominal* : qui se conjugue avec deux pronoms de la même personne (ex. : *je me suis évanoui*). ■ *nm* Verbe pronominal.

pronominalement *av* En fonction de pronom ou de verbe pronominal.

prononçable *a* Qui peut se prononcer.

prononcé, ée *a* Marqué. *Traits prononcés.* ■ *nm* DR Énoncé d'un jugement.

prononcer *vt* [10] 1 Articuler les sons qui composent les mots. 2 Dire, énoncer. *Prononcer un discours.* 3 Déclarer en vertu de son autorité. *Prononcer un arrêt.* ■ *vpr* 1 Se dessiner nettement. *Une amélioration se prononce.* 2 Formuler son avis.

prononciation *nf* Manière de prononcer les sons d'une langue.

pronostic *nm* 1 Prévision, estimation de ce qui doit arriver. *Pronostic des courses.* 2 Jugement porté par un médecin sur l'évolution de la maladie.

pronostique *a* MED Du pronostic.

pronostiquer *vt* Laisser prévoir, annoncer.

pronostiqueur, euse *n* Qui pronostique en matière de courses.

pronunciamiento [-nun-] *nm* Coup d'État militaire en Espagne et en Amérique du Sud.

propagande *nf* Activité tendant à propager des idées.

propagandiste *n* Qui fait de la propagande.

propagateur, trice *a, n* Qui propage.

propagation *nf* 1 Action de se propager, de se répandre ; extension, progrès. *La propagation du feu.* 2 PHYS Déplacement dans l'espace d'un phénomène vibratoire.

propager *vt* [11] 1 Multiplier, reproduire. *Propager une espèce.* 2 Répandre, faire connaître. ■ *vpr* Se répandre, gagner. *Le feu s'est propagé aux immeubles voisins.*

propane *nm* Hydrocarbure gazeux utilisé comme combustible.

propanier *nm* Navire transporteur de propane liquéfié.

propension *nf* Tendance naturelle.

propergol *nm* Carburant des moteurs-fusées.

prophète *nm* 1 Chez les Hébreux, personne qui parle au nom de Dieu. 2 Qui annonce l'avenir, ce qui doit arriver. *Vous avez été bon prophète.* Loc *Le Prophète* : Mahomet.

prophétesse *nf* Femme inspirée interprète de la divinité.

prophétie [-si] *nf* Prédiction.

prophétique *a* Du prophète ou de la prophétie. *Rêve prophétique.*

prophétiser *vt* 1 Annoncer l'avenir par inspiration surnaturelle. 2 Prédire, prévoir.

prophylactique *a* De la prophylaxie.

prophylaxie *nf* Mesures qui ont pour objet de prévenir les maladies.

propice *a* Qui convient bien, opportun. *Arriver au moment propice.*

propitiatoire a Loc RELIG *Sacrifice propitia-toire* : destiné à rendre les dieux favorables.

proportion nf 1 Rapport de grandeur entre les différentes parties d'un tout. 2 Rapport quantitatif, pourcentage. Loc *Hors de proportion* : trop grand. ◼ pl Dimensions. *Des proportions importantes.*

proportionnalité nf Caractère proportionnel.

proportionné, ée a Dans un rapport convenable, harmonieux.

proportionnel, elle a Qualifie une quantité en proportion avec une autre. Loc *Représentation proportionnelle* : système électoral accordant aux divers partis une représentation suivant le pourcentage des suffrages obtenus. ◼ nf Représentation proportionnelle.

proportionnellement av En proportion.

proportionner vt Établir une juste proportion entre deux choses.

propos nm Litt Intention, dessein. *Mon propos n'est pas de vous condamner.* Loc *À propos de* : au sujet de. *À tout propos* : à chaque instant. *À propos* : au fait. *Mal à propos* : inopportun. ◼ pl Paroles, discours. *Des propos désobligeants.*

proposer vt Offrir au choix, soumettre à l'avis d'autrui. ◼ vpr 1 Offrir ses services. *Elle s'est proposée pour aider.* 2 Avoir comme but. *Se proposer de partir.*

proposition nf 1 Action de proposer ; chose proposée. *Proposition de mariage.* 2 Structure grammaticale élémentaire autour du verbe. *Proposition principale, subordonnée.*

propre a 1 Qui appartient à, qui caractérise. *Facultés propres à l'homme.* Syn. particulier. 2 Qui convient parfaitement. *Eau propre à la consommation.* Syn. approprié, adéquat. 3 (après un possessif) Marque avec emphase la possession. *Ce sont ses propres termes.* 4 Net, sans taches. *Vêtements propres.* Ant. sale. 5 Soigné, bien ordonné. *Un jardin propre. Un travail propre.* 6 Qui contrôle ses fonctions naturelles. *Cet enfant ira à l'école quand il sera propre.* 7 De moralité incontestable. *Des gens propres en affaires.* Ant. douteux. Loc *Sens propre* : littéral, originel (par oppos. au sens figuré). ◼ nm Qualité, caractère particulier. *Le rire est le propre de l'homme.* Loc *En propre* : en propriété exclusive. Fam *C'est du propre* : c'est malhonnête. *Recopier au propre* : définitivement.

propre-à-rien n Fam Qui ne sait rien faire. *Des propres-à-rien.*

proprement av 1 De façon soignée. *Travailler proprement.* 2 Honnêtement. *Il s'est conduit proprement.* 3 Précisément, exactement. 4 Comme il faut. *Il l'a proprement remis en place.*

propret, ette a Coquet, simple et propre.

propreté nf 1 État de ce qui est propre. *La propreté d'une maison.* 2 Qualité d'une personne soigneuse.

propriétaire n, a 1 À qui qqch appartient en propriété. 2 À qui appartient un immeuble donné en location.

propriété nf 1 Droit de jouir ou de disposer de qqch qu'on possède en propre. 2 La chose même qu'on fait l'objet du droit de propriété. 3 Domaine. *Une propriété de 50 hec-*

tares. 4 Caractère, qualité propre à qqch. *Les propriétés physiques des corps.* 5 Exactitude d'un terme employé.

proprio n Fam Propriétaire.

propulser vt 1 Faire avancer. *Le moteur qui propulse une fusée.* 2 Fam Pousser en avant.

propulseur nm Dispositif de propulsion (hélice, réacteur, gaz, etc.).

propulsif, ive a Qui exerce une propulsion.

propulsion nf Action, mouvement qui pousse en avant. *Propulsion à réaction.*

propylée nm ANTIQ Porte monumentale d'un temple grec.

propylène nm Hydrocarbure dérivé du propane.

prorata nm inv Loc *Au prorata de* : proportionnellement à.

prorogatif, ive a Qui proroge.

prorogation nf Délai, prolongation.

proroger vt [11] Prolonger le délai fixé, la durée. *Proroger un traité.*

prosaïque a Exempt de poésie ; terre à terre.

prosaïquement av De façon prosaïque.

prosaïsme nm Caractère prosaïque.

prosateur nm Auteur qui écrit en prose.

proscription nf Action de proscrire.

proscrire vt [61] 1 Bannir, chasser qqn d'un pays, d'une communauté. 2 Interdire, défendre qqch formellement.

proscrit, ite a, n Frappé de proscription.

prose nf 1 Discours écrit qui n'est pas formellement de la poésie. 2 Fam Lettre, écrit. *J'ai reçu votre prose.*

prosélyte nm Nouvellement converti à une religion, à une doctrine.

prosélytisme nm Zèle déployé pour faire de nouveaux adeptes.

prosodie nf Étude des règles relatives à la métrique, particulièrement étude de la durée et de l'intensité des syllabes.

prosodique a De la prosodie.

prosopopée nf Figure de style qui consiste à faire parler un mort, une chose personnifiée.

prospect nm 1 Distance minimale autorisée entre deux bâtiments. 2 Client potentiel d'une entreprise.

prospecter vt 1 Explorer un terrain en vue d'y découvrir des gisements. 2 Rechercher une clientèle.

prospecteur, trice n Qui prospecte.

prospectif, ive a Qui concerne le futur. *Étude prospective.* ◼ nf Ensemble des recherches qui ont pour objet l'évolution des sociétés dans un avenir prévisible.

prospection nf Action de prospecter.

prospectus [-tys] nm Feuille volante, brochure publicitaire distribuée au public.

prospère a Qui connaît le succès.

prospérer vi [12] 1 Avoir du succès, se développer. *Ses affaires prospèrent.* 2 Proliférer. *L'olivier prospère en Italie.*

prospérité nf Situation prospère.

prostaglandine nf Hormone intervenant dans la reproduction.

prostate nf Glande de l'appareil génital masculin, située sous la vessie.

prostatectomie nf Ablation de la prostate.

prostatique a De la prostate.

prostatite nf Inflammation de la prostate.

prosternation nf ou **prosternement** nm Action, fait de se prosterner.

prosterner (se) *vpr* S'incliner très bas en signe de respect profond.

prostitué, ée *n* Qui se prostitue.

prostituer *vt* 1 Livrer qqn à la prostitution. 2 Litt Avilir par intérêt. *Prostituer son talent.* ■ *vpr* Se livrer à la prostitution.

prostitution *nf* Activité professionnelle qui consiste à avoir des rapports sexuels payés.

prostration *nf* Abattement profond.

prostré, ée *a* Abattement abattu.

protagoniste *nm* Qui joue un rôle important dans une affaire, une entreprise, un récit.

prote *nm* Chef typographe.

protéagineux, euse *nm, a* Plante riche en protéines (pois, lentilles, soja).

protecteur, trice *n, a* Qui protège. ■ *a* Plein de condescendance. *Prendre un air protecteur.*

protection *nf* 1 Action de protéger ; ensemble de mesures prises pour protéger les personnes et les biens. 2 Personne ou chose qui protège. *Une protection efficace.*

protectionnisme *nm* Mesures visant à limiter l'entrée des produits étrangers afin de protéger les intérêts économiques nationaux.

protectionniste *a, n* Du protectionnisme.

protectorat *nm* Régime juridique international instituant la protection d'un État faible par un État fort ; l'État dépendant.

protégé, ée *n* Qui est favorisé. *Le protégé du patron.*

protège-cahier *nm* Couverture souple pour cahier d'écolier. *Des protège-cahiers.*

protège-dents *nm inv* Appareil de protection des dents (boxe, rugby).

protéger *vt* [13] 1 Assister, prêter secours à qqn. 2 Garantir. *Protéger la liberté du culte.* 3 Préserver. *Protéger son visage du soleil.* 4 Favoriser. *Protéger les arts.*

protège-tibia *nm* Dispositif rembourré qui protège le tibia (rugby, football, etc.). *Des protège-tibias.*

protéiforme *a* Litt Qui change fréquemment de forme.

protéine *nf* Composé d'acides aminés présent dans tous les tissus de l'organisme.

protéinémie *nf* Taux sanguin de protéines.

protéinurie *nf* Présence de protéines dans l'urine.

protéique ou **protéinique** *a* Des protéines.

protestant, ante *n, a* Qui appartient à l'une des Églises réformées.

protestantisme *nm* Doctrine et culte de la religion réformée ; ensemble des Églises protestantes.

protestataire *a, n* Qui proteste ; contestataire.

protestation *nf* Action de protester.

protester *vti* Litt Affirmer avec force. *Protester de son innocence.* ■ *vi* S'élever avec force contre qqch, déclarer son opposition.

protêt *nm* DR Acte dressé par un huissier constatant le refus de payer un chèque.

prothèse *nf* Remplacement d'un membre ou d'un organe par un appareillage approprié ; cet appareillage.

prothésiste *n* Fabricant de prothèses.

prothrombine *nf* BIOL Globuline favorisant la coagulation sanguine.

protide *nm* Vx Syn de *protéine.*

protiste *nm* BIOL Organisme unicellulaire.

protocolaire *a* Conforme au protocole.

protocole *nm* 1 Formulaire contenant les modèles des actes publics. 2 Usages qui régissent les cérémonies et les relations officielles. 3 Procès-verbal de déclarations d'une conférence, d'une assemblée. *Signer un protocole d'accord.* 4 Déroulement d'une expérience scientifique, d'un test.

protohistoire *nf* Période intermédiaire entre la préhistoire et l'histoire.

protohistorique *a* De la protohistoire.

proton *nm* PHYS Particule constitutive du noyau de l'atome, dont la charge, positive, est égale à celle de l'électron.

protoplasme ou **protoplasma** *nm* BIOL Matière de la cellule vivante.

protoplasmique *a* Du protoplasme.

prototype *nm* 1 Original, modèle. 2 Premier exemplaire d'un produit industriel.

protoxyde *nm* Loc *Protoxyde d'azote :* gaz utilisé en anesthésie.

protozoaire *nm* ZOOL Animal unicellulaire.

protubérance *nf* Bosse, excroissance.

protubérant, ante *a* Qui fait saillie.

prou *av* Loc Litt *Peu ou prou :* plus ou moins.

proue *nf* Avant d'un navire.

prouesse *nf* Exploit. *Prouesse sportive.*

prouvable *a* Qui peut être prouvé.

prouver *vt* 1 Établir la vérité, la réalité de qqch par le raisonnement, ou par des pièces à conviction. 2 Indiquer avec certitude. *Cet exposé prouve une bonne connaissance du sujet.*

provenance *nf* Origine, source.

provençal, ale, aux *a, n* De la Provence et des régions avoisinantes. ■ *nm* Parler occitan.

provende *nf* Litt Vivres, provisions.

provenir *vi* [35] [aux *être*] 1 Venir d'un lieu. *Ces oranges proviennent de Corse.* 2 Avoir son origine, résulter. *Je sais d'où provient sa haine.*

proverbe *nm* Formule figée exprimant une vérité d'expérience, un conseil (ex. : *qui ne dit mot consent*).

proverbial, ale, aux *a* 1 Du proverbe. *Phrase proverbiale.* 2 Célèbre ; digne d'être cité en modèle. *Une honnêteté proverbiale.*

proverbialement *av* De façon proverbiale.

providence *nf* 1 (avec majusc) Volonté divine. 2 Ce qui aide, secourt comme par miracle. *État providence.*

providentiel, elle *a* 1 Dû à la Providence. 2 Dû à un hasard heureux.

providentiellement *av* De façon providentielle.

province *nf* 1 Division administrative d'un État. 2 Région, partie d'un pays. 3 Les régions du pays par oppos. à la capitale, à Paris.

provincial, ale, aux *a* 1 D'une province. *Une coutume provinciale.* 2 De la province. *Préférer la vie provinciale.* ■ *n* Qui habite la province.

provincialisme *nm* 1 Locution propre à une province. 2 Péjor Comportement gauche prêté aux provinciaux.

provirus *nm* BIOL État d'un virus intégré dans un chromosome.

proviseur *nm* Fonctionnaire chargé de la direction d'un lycée.

provision *nf* 1 Réserve de choses nécessaires ou utiles. *Provision de charbon.* 2 DR Ce qu'on alloue préalablement à l'une des parties, en attendant le jugement définitif. *Provision ali-*

mentaire. 3 Somme déposée comme acompte ou pour assurer le paiement d'un titre bancaire. ■ *pl* Vivres. *Loc Aller aux provisions :* au ravitaillement.

provisionnel, elle *a* Qui se fait en attendant un règlement. *Acompte provisionnel.*

provisionner *vt* Créditer un compte d'une somme suffisante.

provisoire *a* Transitoire, temporaire. *Gouvernement provisoire.* ■ *nm* Tout ce qui est censé ne pas durer.

provisoirement *av* En attendant.

provocant, ante *a* 1 Agressif. *Ton provocant.* 2 Excitant. *Une femme provocante.*

provocateur, trice *a* Qui incite à la violence. ■ *nm* Chargé de provoquer des troubles pour justifier leur répression.

provocation *nf* 1 Action de provoquer. 2 DR Incitation à commettre qqch d'illégal.

provoquer *vt* 1 Pousser qqn à qqch en le défiant. 2 Défier qqn, l'inciter à se battre. 3 Chercher à susciter le désir sensuel, aguicher. 4 Être la cause de qqch, à son origine. *Un court-circuit a provoqué l'incendie.*

proxénète *n* Qui se livre au proxénétisme.

proxénétisme *nm* Délit qui consiste à tirer profit de la prostitution d'autrui.

proximal, ale, aux *a* ANAT Qui est le plus proche d'un centre, d'un axe.

proximité *nf* Caractère proche, dans l'espace ou dans le temps. *Loc À proximité :* près.

prude *a, nf* Litt Qui affecte une pudeur outrée.

prudemment *av* Avec prudence.

prudence *nf* Refus de courir des risques inutiles.

prudent, ente *a, n* Qui se comporte avec prudence. ■ *a* Déterminé par la prudence. *Réponse prudente.*

pruderie *nf* Litt Comportement prude.

prud'homal, ale, aux *a* Du conseil des prud'hommes.

prud'homie *nf* Juridiction des prud'hommes.

prud'homme *nm Loc Conseil de prud'hommes :* juridiction paritaire qui juge les conflits entre employeurs et employés.

prune *nf* Fruit du prunier, sucré et juteux. *Loc* Fam *Pour des prunes :* pour rien. ■ *a inv* Violet sombre tirant sur le rouge.

pruneau *nm* 1 Prune séchée. 2 Pop Balle de fusil, de revolver.

prunelle *nf* 1 Petit fruit noir du prunellier. 2 Pupille de l'œil. *Loc Tenir à qqch comme à la prunelle de ses yeux :* y tenir énormément.

prunellier *nm* Prunier sauvage, épineux.

prunier *nm* Arbre qui produit les prunes. *Loc* Fam *Secouer comme un prunier :* avec force.

prunus *nm* Prunier ornemental.

prurigineux, euse *a* Qui provoque le prurit.

prurigo *nm* Dermatose se manifestant par des lésions et des démangeaisons.

prurit [-rit] *nm* MED Forte démangeaison.

prussien, enne *a, n* De Prusse.

prussique *a Loc Acide prussique :* poison très violent.

prytanée *nm* Établissement militaire d'enseignement.

psalliote *nf* Champignon comestible à lames rosées et à anneau.

psalmodie *nf* Chant ou déclamation monotone.

psalmodier *vi* Chanter les psaumes sans inflexion de voix. ■ *vt* Dire, énoncer de manière monotone. *Psalmodier des plaintes.*

psaume *nm* Chant sacré jouant un rôle dans les cultes juif et chrétien.

psautier *nm* Recueil de psaumes.

pschent [pskɛnt] *nm* Tiare des pharaons.

pseudonyme *nm* Nom d'emprunt choisi par un artiste, un écrivain, pour signer ses œuvres.

pseudopode *nm* BIOL Prolongement du cytoplasme, qu'émettent certaines cellules.

psi *nm* Lettre de l'alphabet grec, notant *ps.*

psilocybe *nm* Champignon hallucinogène.

psitt ! *interj* Sert à attirer l'attention.

psittacisme *nm* PSYCHO Répétition mécanique de mots et de phrases.

psittacose *nf* Maladie infectieuse des perroquets, transmissible à l'homme.

psoriasis *nm* Dermatose formant des écailles aux genoux, aux coudes, au cuir chevelu.

psychanalyse [-ka-] *nf* Méthode de psychothérapie fondée sur les théories de Freud.

psychanalyser *vt* Traiter par la psychanalyse.

psychanalyste *n* Spécialiste de psychanalyse.

psychanalytique *a* De la psychanalyse.

psychasthénie [-kas-] *nf* PSYCHIAT Névrose caractérisée par l'aboulie, l'obsession, le doute.

psychasthénique *a, n* Atteint de psychasthénie.

psyché [-ʃe] *nf* Grand miroir mobile qu'on incline à volonté.

psychédélique [-ke-] *a* Qui résulte de l'absorption de drogues hallucinogènes.

psychiatre *n* Spécialiste de psychiatrie.

psychiatrie [-kja-] *nf* Étude et traitement des maladies mentales.

psychiatrique *a* De la psychiatrie.

psychiatriser *vt* Soumettre abusivement qqn à un traitement psychiatrique.

psychique *a* Qui concerne l'esprit, la pensée. *L'activité psychique.*

psychisme *nm* La vie psychique.

psychoaffectif, ive [-ko-] *a* Se dit d'un fait mental qui concerne l'affectivité.

psychodrame [-ko-] *nm* 1 Jeu dramatique improvisé à but thérapeutique. 2 Conflit spectaculaire au sein d'un groupe.

psycholinguistique [-ko-] *nf, a* Étude psychologique des comportements linguistiques.

psychologie [-ko-] *nf* 1 Étude scientifique des faits psychiques. 2 Connaissance empirique des sentiments d'autrui, intuition. *Manquer de psychologie.* 3 Mentalité, état d'esprit. *Une psychologie très fruste.*

psychologique *a* De la psychologie.

psychologiquement *av* Du point de vue de la psychologie.

psychologisme *nm* Tendance à faire prévaloir le point de vue psychologique.

psychologue *n, a* 1 Spécialiste de psychologie. 2 Qui comprend intuitivement les sentiments d'autrui.

psychomoteur, trice *a* Qui a trait à la fois aux fonctions psychiques et motrices.

psychopathe *n* Malade mental.

psychopathologie *nf* Étude des troubles mentaux en général.

psychopédagogie *nf* Psychologie appliquée à la pédagogie.

psychopharmacologie *nf* Science qui étudie l'effet des médicaments sur le psychisme.

psychophysiologie *nf* Étude des rapports entre le psychisme et l'activité physiologique.

psychose [-koz] *nf* 1 Maladie mentale caractérisée par la perte du contact avec le réel. 2 Obsession, angoisse collective. *La psychose du terrorisme.*

psychosocial, ale, aux *a* De la psychologie individuelle dans ses rapports à la société.

psychosociologie *nf* Étude des rapports entre faits sociaux et faits psychiques.

psychosomatique *a* Se dit des troubles physiques d'origine psychique.

psychostimulant, ante *a, nm* Psychotonique.

psychotechnique *a* Destiné à mesurer l'aptitude professionnelle (test).

psychothérapeute *n* Qui pratique la psychothérapie.

psychothérapie *nf* Toute thérapie par des moyens psychologiques.

psychotique *a* De la psychose. ■ *a, n* Atteint de psychose.

psychotonique *nm, a* Substance qui stimule l'activité psychique.

psychotrope [-ko-] *a, nm* Toute substance qui agit sur le psychisme.

ptéranodon *nm* Reptile fossile volant du secondaire.

ptérodactyle *nm* Reptile volant fossile du jurassique.

ptôse *nf* MED Descente d'organe, due au relâchement des muscles.

puant, ante *a* 1 Qui sent mauvais. 2 Fam Prétentieux, impudent.

puanteur *nf* Odeur infecte, fétide.

1. pub [pœb] *nf* En Angleterre, établissement qui sert des boissons alcoolisées.

2. pub *nf* Fam Abrév de *publicité.*

pubalgie *nf* Inflammation des tendons de la région pubienne.

pubère *a, n* Qui a atteint l'âge de la puberté.

pubertaire *a* De la puberté.

puberté *nf* Ensemble des modifications morphologiques, physiologiques et psychologiques chez l'être humain au moment du passage de l'enfance à l'adolescence.

pubescent, ente *a* BOT Couvert d'un fin duvet.

pubien, enne *a* Du pubis.

pubis *nm* Région inférieure du bas-ventre.

publiable *a* Qui peut être publié.

public, ique *a* 1 Qui appartient à la nation, à l'État. *Le Trésor public. Édifices publics.* 2 Commun, à l'usage de tous. *Voie publique.* 3 Manifeste, connu de tous. *De notoriété publique.* 4 Où tout le monde est admis. *Audience publique.* ■ *nm* 1 Les gens en général. *L'intérêt du public.* 2 Personnes réunies pour assister à un spectacle. *Un public de connaisseurs.* Loc *En public* : en présence d'un certain nombre de personnes. *Être bon public* : apprécier sans façons un spectacle.

publication *nf* 1 Action de publier. 2 Ouvrage publié.

publiciste *n* 1 Vx Journaliste. 2 Spécialiste de droit public. 3 Abusiv Publicitaire.

publicitaire *a* De la publicité. *Message publicitaire.* ■ *n* Qui s'occupe de publicité.

publicité *nf* 1 Caractère public. *La publicité des débats parlementaires.* 2 Activité ayant pour but d'inciter les consommateurs à acheter un produit, à utiliser les services d'une entre-

prise, etc. 3 Annonce, affiche, film publicitaire. Loc *Publicité rédactionnelle* : qui se présente comme un article de journal.

publier *vt* 1 Rendre public. *Publier des bans.* 2 Faire paraître un écrit. 3 Divulguer une nouvelle.

publiphone *nm* (n déposé) Téléphone public.

publipostage *nm* Syn de *mailing.*

publiquement *av* En public.

publireportage *nm* Reportage qui est, en fait, un article de publicité rédactionnelle.

puce *nf* 1 Insecte dépourvu d'ailes, brun, sauteur, parasite des mammifères. 2 Plaquette de silicium sur laquelle est gravé un microprocesseur. Loc Fam *Mettre la puce à l'oreille* : inspirer de la méfiance. Fam *Secouer les puces à qqn* : le réprimander. *Marché aux puces* : marché de brocante et d'objets d'occasion. ■ *a inv* Brun-rouge foncé.

puceau *nm* Fam Garçon vierge.

pucelage *nm* Fam Virginité.

pucelle *nf* Fam Fille vierge.

puceron *nm* Insecte qui suce la sève des plantes.

pucier *nm* Pop Lit.

pudding ou **pouding** [pudiŋ] *nm* Gâteau anglais parfumé au rhum. Syn. plum-pudding.

pudeur *nf* 1 Gêne, honte devant ce qui touche à la sexualité. 2 Retenue, réserve.

pudibond, onde *a* Exagérément pudique.

pudibonderie *nf* Affectation de pudeur.

pudique *a* Plein de pudeur.

pudiquement *av* De façon pudique.

puer *vi, vt* Exhaler une odeur désagréable ; sentir mauvais.

puéricultrice *nf* Spécialiste en puériculture.

puériculture *nf* Ensemble des méthodes propres à assurer le développement des petits enfants.

puéril, ile *a* Enfantin, qui ne convient pas à un adulte. *Discussion puérile.*

puérilement *av* De façon puérile.

puérilité *nf* Caractère puéril, futile.

puerpéral, ale, aux *a* MED Relatif aux femmes en couches.

puffin *nm* Oiseau marin migrateur.

pugilat *nm* Combat, rixe à coups de poing.

pugiliste *nm* Litt Boxeur.

pugilistique *a* Relatif à la boxe.

pugnace [-gnas-] *a* Litt Qui aime la lutte ; combatif.

pugnacité [-gna-] *nf* Litt Combativité.

puîné, ée *a, n* Né après un frère ou une sœur.

puis *av* Ensuite, après. Loc *Et puis* : d'ailleurs, en outre, en plus.

puisage *nm* Action de puiser.

puisard *nm* Excavation pratiquée dans le sol pour évacuer les eaux de pluie.

puisatier *nm* Qui creuse ou qui répare les puits.

puiser *vt* 1 Prendre du liquide au moyen d'un récipient. *Puiser de l'eau dans une mare.* 2 Prendre. *Puiser dans la caisse.* Loc *Puiser aux sources* : consulter les originaux.

puisque *conj* Du moment que, étant donné que. *Puisqu'il pleut, je reste ici.*

puissamment *av* Fortement. *Région puissamment défendue.*

puissance *nf* 1 Pouvoir, autorité. *La puissance royale.* 2 Pouvoir dans la société. *Asseoir sa puissance sur l'argent.* 3 PHYS Travail fourni par unité de temps. *La puissance s'exprime en watts.* **4** Pouvoir d'action d'un appareil, d'un mécanisme. *Puissance d'un moteur.* **5** MATH Nombre multiplié n fois par lui-même. **6** État souverain. *Les grandes puissances.* **7** Ensemble d'individus, d'entreprises, etc., jouissant d'une grande influence. *Les puissances d'argent.* Loc Litt *Les puissances des ténèbres :* les démons. *En puissance :* éventuel, virtuel.

puissant, ante *a* **1** Capable de grands effets. *Un remède puissant.* **2** Qui peut développer une grande énergie. *Moteur puissant.* **3** Fort. **4** Qui a un grand pouvoir. *Un roi puissant.* ■ *nm* Personne influente.

puits *nm* **1** Profonde excavation creusée dans le sol pour recueillir les eaux d'infiltration. **2** Excavation destinée à l'exploitation d'un gisement. *Puits de pétrole.*

pullman *nm* Autocar très confortable.

pull-over [pylɔvɛʀ] ou *pull nm* Tricot qu'on enfile à la tête. *Des pull-overs.*

pullulement *nm* ou **pullulation** *nf* Fait de pulluler ; multitude.

pulluler *vi* **1** Se multiplier rapidement et abondamment. **2** Être en abondance, foisonner.

pulmonaire *a* Du poumon.

pulpe *nf* **1** Tissu charnu des fruits. **2** Tissu conjonctif de la cavité dentaire.

pulpeux, euse *a* **1** Qui contient de la pulpe. **2** Fam Qui a des formes sensuelles.

pulque [pylke] *nm* Boisson mexicaine obtenue en faisant fermenter du suc d'agave.

pulsar *nm* ASTRO Étoile à neutrons dont les impulsions sont régulièrement espacées.

pulsation *nf* Battement du cœur, des artères.

pulsé *am* Loc *Air pulsé :* qui circule sous pression.

pulser *vt* Envoyer par pression.

pulsion *nf* PSYCHO Manifestation de l'inconscient qui pousse à certaines actions.

pulsionnel, elle *a* Des pulsions.

pulvérisateur *nm* Instrument pour projeter de fines gouttelettes, une poudre.

pulvérisation *nf* Action de pulvériser.

pulvériser *vt* **1** Réduire en poudre. *Pulvériser du sucre.* **2** Projeter en fines gouttelettes. *Pulvériser un parfum.* **3** Détruire, anéantir. Loc *Pulvériser un record :* le battre très nettement.

pulvériseur *nm* Machine agricole destinée à ameublir la terre.

pulvérulence *nf* État pulvérulent.

pulvérulent, ente *a* Sous forme de poudre ; réduit en poudre.

puma *nm* Félin américain carnassier.

punaise *nf* **1** Petit insecte malodorant, qui pique l'homme pour se nourrir de son sang. **2** Petit clou à large tête plate et à pointe fine et courte. Loc Fam *Punaise de sacristie :* bigote.

punaiser *vt* Fixer au moyen de punaises.

1. punch [pɔ̃ʃ] *nm* Boisson alcoolisée à base de rhum, citron, sucre et cannelle. *Des punchs.*

2. punch [pœnʃ] *nm* **1** Puissance de frappe, pour un boxeur. **2** Fam Énergie, vitalité.

puncheur [pœnʃ-] *nm* Boxeur qui a du punch.

punching-ball [pœnʃiŋbol] *nm* Ballon fixé par des liens élastiques sur lequel les boxeurs s'entraînent. *Des punching-balls.*

puni, ie *a, n* Frappé d'une punition.

punique *a, n* HIST Relatif aux Carthaginois.

punir *vt* **1** Infliger un châtiment à qqn. *Punir qqn de prison.* **2** Sanctionner par une peine. *Punir un crime.*

punissable *a* Qui mérite punition.

punitif, ive *a* Dont le but est de punir. *Expédition punitive.*

punition *nf* **1** Action de punir. **2** Châtiment infligé.

punk [pœk] *a inv* Se dit d'un mouvement culturel et musical né en Grande-Bretagne, vers 1975, en réaction contre la société. ■ *n* Qui appartient à ce mouvement.

pupe *nf* ZOOL Nymphe des diptères.

1. pupille [-pij] ou [-pil] *n* Orphelin mineur qui est sous l'autorité d'un tuteur.

2. pupille [-pij] ou [-pil] *nf* Orifice circulaire au centre de l'iris de l'œil.

pupitre *nm* **1** Petit meuble en plan incliné pour poser des livres, des partitions. **2** Tableau de commande d'un ordinateur.

pupitreur, euse *n* Qui travaille au pupitre d'un ordinateur.

pur, pure *a* **1** Qui n'est pas mélangé. *Or pur.* **2** Exempt de toute souillure morale. *Une conscience pure.* **3** Sans fioritures. *Style pur.* **4** Théorique. *Mathématiques pures.* Ant. appliqué. **5** Qui est bien tel (et non autre). *Agir par pure bêtise.* Loc *Pur et simple :* sans restriction. Fam *Pur et dur :* rigoureux. ■ *n* Orthodoxe rigoureux d'un parti ; qui se conforme à ses principes.

purée *nf* **1** Préparation de légumes cuits dans l'eau et écrasés. **2** Pop Misère, situation fâcheuse.

purement *av* Uniquement, exclusivement.

pureté *nf* **1** Caractère pur, sans mélange. *Pureté de l'eau.* **2** Qualité de ce qui est pur sur un plan moral. *Pureté des intentions.* **3** Dépouillement. *Pureté des formes.*

purgatif, ive *a, nm* Se dit d'un médicament qui stimule l'évacuation des excréments.

purgation *nf* Action de purger.

purgatoire *nm* **1** Lieu où les âmes des justes expient leurs fautes avant d'accéder au Paradis. **2** Période difficile.

purge *nf* **1** Action d'évacuer d'une canalisation ou d'un récipient un fluide indésirable (air pour un chauffage à eau chaude). **2** Médicament purgatif. **3** Épuration politique.

purger *vt* [11] **1** Soigner au moyen d'un purgatif. **2** Effectuer la purge d'une canalisation. **3** Débarrasser une société d'individus indésirables. Loc *Purger une peine :* la subir. *Purger les hypothèques :* libérer un bien des hypothèques qui le grèvent.

purgeur *nm* Robinet de purge.

purificateur, trice *a, nm* Qui sert à purifier.

purification *nf* Action de purifier.

purificatoire *a* Litt Qui purifie.

purifier *vt* **1** Rendre pur. **2** Débarrasser de ce qui altère. *Purifier l'eau.*

purin *nm* Liquide s'égouttant du fumier.

purique *a* Loc BIOL *Base purique :* substance azotée, constituant des acides nucléiques.

purisme *nm* **1** Respect excessif de la correction du langage. **2** Perfectionnisme.

puriste *n, a* Qui relève du purisme.

puritain, aine *a, n* Qui a un respect sévère et intransigeant des principes moraux.

puritanisme *nm* Attitude puritaine.

purpura *nm* MED Épanchement de sang, faisant apparaître des taches rouges sous la peau.

purpurin, ine *a* Litt De couleur pourpre.

pur-sang *nm inv* Cheval de course de race pure, définie par des standards rigoureux.

purulence *nf* État purulent.

purulent, ente *a* Qui a la nature ou l'aspect du pus ; qui produit du pus.

pus [py] *nm* Liquide pathologique opaque, jaunâtre, résultant d'une infection.

pusillanime [-zila-] *a* Litt Qui manque de courage, de caractère.

pusillanimité *nf* Litt Caractère pusillanime.

pustule *nf* Lésion cutanée de l'épiderme contenant du pus.

pustuleux, euse *a* Couvert de pustules.

putain ou **pute** *nf* Pop Prostituée. **Loc** Pop *Putain !* : marque la surprise, l'indignation.

putatif, ive *a* DR Qui juridiquement est réputé être ce qu'il n'est pas en réalité.

putois *nm* Mammifère carnivore brun tacheté de blanc, à l'odeur désagréable.

putréfaction *nf* Décomposition des organismes privés de vie.

putréfier *vt* Corrompre, pourrir.

putrescible *a* Qui peut se putréfier.

putride *a* En putréfaction.

putridité *nf* Litt État putride.

putsch [putʃ] *nm* Coup de force effectué par un groupe armé en vue d'une prise de pouvoir.

putschiste *n* Qui prend part à un putsch.

putt [pœt] *nm* Au golf, coup joué sur le green pour amener la balle dans le trou.

putter [pœtœr] *nm* Club spécial pour jouer les putts.

puzzle [pœzl] *nm* 1 Jeu de patience formé de petites pièces à assembler pour former une image. 2 Situation compliquée, confuse.

p.-v. *nm* Fam Procès-verbal.

P.V.C. [pevese] *nm* Polychlorure de vinyle, matière plastique très répandue.

pygargue *nm* Grand oiseau rapace diurne.

pyjama *nm* Vêtement de nuit composé d'une veste et d'un pantalon amples.

pylône *nm* Construction métallique ou en béton servant de support à des câbles aériens, à une antenne de radio, etc.

pylore *nm* ANAT Orifice intérieur de l'estomac.

pyorrhée *nf* MED Écoulement de pus.

pyrale *nf* Chenille nuisible pour les cultures.

pyralène *nm* Composé utilisé en isolation et dont la décomposition accidentelle provoque des émanations très polluantes.

pyramidal, ale, aux *a* En forme de pyramide.

pyramide *nf* 1 Solide qui a pour base un polygone et pour faces latérales des triangles dont les sommets se réunissent en un même point. 2 Monument en forme de pyramide. 3 Entassement en forme de pyramide.

pyrénéen, enne *a, n* Des Pyrénées.

pyrèthre *nm* Chrysanthème sauvage.

pyréthrinoïde *nm* Insecticide extrait du pyrèthre.

pyrex *nm* (n déposé) Verre résistant aux chocs thermiques et aux agents chimiques.

pyrite *nf* Sulfure de fer.

pyroclastique *a* GEOL Qui concerne les projections volcaniques.

pyrogravure *nf* Dessin sur bois ou cuir avec une pointe chauffée.

pyrolyse *nf* CHIM Décomposition par la chaleur.

pyromane *n* Atteint de pyromanie.

pyromanie *nf* Impulsion qui pousse à allumer des incendies.

pyrotechnie [-tɛk-] *nf* Technique des feux d'artifice et des mélanges fusants.

pyrotechnique *a* De la pyrotechnie.

pyroxène *nm* Minéral des roches basaltiques et métamorphiques.

pythagoricien, enne *a, n* Adepte de Pythagore.

pythie *nf* ANTIQ Prêtresse d'Apollon, qui rendait les oracles à Delphes.

python *nm* Serpent non venimeux de grande taille qui étouffe ses proies.

pythonisse *nf* ANTIQ Prophétesse.

pyurie *nf* MED Présence de pus dans les urines.

q *nm* Dix-septième lettre (consonne) de l'alphabet.

qatari, ie *a, n* Du Qatar.

Q.C.M. *nm* Questionnaire à choix multiple, utilisé pour certains examens scolaires.

Q.G. *nm* Quartier général.

Q.H.S. *nm* Quartier de haute sécurité.

Q.I. *nm* Quotient intellectuel.

Q.S.R. *nm* Quartier de sécurité renforcée.

quadragénaire [kwa-] *a, n* Qui a entre quarante et quarante-neuf ans.

quadrangulaire [kwa-] *a* Qui a quatre angles.

quadrant *nm* Quart de la circonférence.

quadrature [kwa-] *nf* Réduction d'une figure quelconque à un carré de surface égale. **Loc** *Quadrature du cercle :* question insoluble.

quadrichromie [kwa-] *nf* Impression en quatre couleurs (rouge, jaune, bleu, noir).

quadriennal, ale, aux [kwa-] *a* Qui dure quatre ans ou revient tous les quatre ans.

quadrige *nm* ANTIQ Char à deux roues, attelé de quatre chevaux de front.

quadrijumeaux [kwa-] *ampl* **Loc** *Tubercules quadrijumeaux :* petites masses nerveuses en avant du bulbe, relais des voies optiques et auditives.

quadrilatéral, ale, aux [kwa-] ou [ka-] *a* Qui a quatre côtés.

quadrilatère [kwa-] ou [ka-] *nm* Polygone à quatre côtés.

quadrillage *nm* 1 Disposition en carrés ou en rectangles. 2 Opération militaire ou policière pour contrôler une zone, une région.

quadrille *nm* 1 Ancienne danse exécutée par quatre couples de danseurs. 2 Troupe de cavaliers dans un carrousel.

quadriller *vt* 1 Tracer un quadrillage sur du papier. 2 Opérer le quadrillage d'une zone.

quadrimoteur *nm* Avion à quatre moteurs.

quadripartite [kwa-] ou [ka-] *a* Où sont impliquées quatre parties.

quadriphonie [kwa-] *nf* Enregistrement et restitution des sons utilisant quatre canaux.

quadriréacteur [kwa-] ou [ka-] *nm* Avion à quatre réacteurs.

quadrisyllabe [kwa-] ou [ka-] *a, nm* Qui a quatre syllabes.

quadrumane [kwa-] ou [ka-] *a, nm* ZOOL Qui a quatre mains.

quadrupède [kwa-] ou [ka-] *a, nm* Qui a quatre pattes.

quadruple [kwa-] ou [ka-] *a, nm* Qui vaut quatre fois autant.

quadrupler *vt, vi* (Se) multiplier par quatre.

quadruplés, ées *npl* Enfants nés au nombre de quatre d'un même accouchement.

quadruplet *nm* MATH Séquence de quatre éléments.

quai *nm* 1 Ouvrage de maçonnerie élevé le long d'un cours d'eau pour éviter qu'il ne déborde. 2 Voie carrossable longeant un cours d'eau. 3 Ouvrage dans un port pour le chargement et le déchargement des navires. 4 Plateforme le long de la voie ferrée, dans une gare.

quaker, quakeresse [kwekœʀ] *n* Membre d'un mouvement religieux protestant.

qualifiable *a* Qui peut être qualifié.

qualifiant, ante *a* Qui donne une qualification, une compétence.

qualificatif, ive *a* Qui qualifie. *Test qualificatif.* **Loc** *Adjectif qualificatif :* qui exprime une qualité. ■ *nm* Mot qui sert à qualifier qqn, qqch. *Un qualificatif injurieux.*

qualification *nf* 1 Attribution d'un titre, d'un nom. 2 Niveau de capacité reconnu à un ouvrier, à un employé. 3 Pour un sportif, fait d'être qualifié.

qualifié, ée *a* **Loc** *Ouvrier qualifié :* ouvrier professionnel spécialisé. *Vol qualifié :* avec circonstances aggravantes.

qualifier *vt* 1 Caractériser qqn, qqch. 2 Conférer une qualité, une compétence à. *Son expérience le qualifie pour ce travail.* 3 Donner à un concurrent, à une équipe le droit de participer à une épreuve sportive. ■ *vpr* Obtenir ce droit. *Se qualifier pour la finale.*

qualitatif, ive *a* Relatif à la qualité, à la nature des choses. *Changement qualitatif.*

qualitativement *av* Au point de vue qualitatif.

qualité *nf* 1 Manière d'être, propriété bonne ou mauvaise de qqch. 2 Supériorité de qqch. *Des produits de qualité.* 3 Aptitude, disposition heureuse de qqn. *Un garçon plein de qualités.* 4 Condition sociale, civile. *Décliner ses nom, prénom et qualité.* **Loc** *En qualité de :* à titre de. *Cercle de qualité :* constitué dans une entreprise pour obtenir des produits sans défauts.

quand *conj* 1 Exprime le temps ; lorsque. 2 Exprime l'opposition (avec le conditionnel) ; quoique. **Loc** *Quand même :* malgré tout.■ *av interrog* À quelle époque. *Quand venez-vous ?*

quanta. V. quantum.

quant à *prép* En ce qui concerne.

quant-à-soi *nm inv* Réserve plus ou moins affectée.

quantième *nm* Numéro d'ordre du jour (dans le mois).

quantifiable *a* Qu'on peut quantifier.

quantificateur *nm* LOG Symbole logique liant une variable à une quantité.

quantification *nf* Action de quantifier.

quantifier *vt* Déterminer la quantité de, chiffrer. *Quantifier les dépenses.*

quantique [kwā-] ou [kā-] *a* PHYS Des quanta.

quantitatif, ive *a* Relatif à la quantité.

quantitativement *av* De façon quantitative. *Étude quantitative.*

quantité *nf* 1 Multitude, grand nombre, abondance de. 2 Propriété d'être mesurable, comptable. Loc *En quantité* : en grand nombre.

quantum [kwātɔm] *nm* 1 Quantité déterminée. 2 PHYS Plus petite quantité d'une grandeur physique susceptible d'être échangée. *Des quanta.*

quarantaine *nf* 1 Nombre de quarante ou environ. 2 Âge de quarante ans. 3 Isolement sanitaire des personnes, animaux et marchandises provenant d'un pays où sévit une maladie contagieuse. Loc *Mettre en quarantaine* : à l'écart d'un groupe.

quarante *a num* 1 Quatre fois dix. 2 Quarantième. *La page quarante.* ■ *nm inv* Nombre, numéro quarante.

quarante-huitard, arde *a, n* HIST Relatif aux révolutionnaires de 1848.

quarantenaire *a* 1 Qui dure quarante ans. 2 De la quarantaine sanitaire. ■ *n* Abusiv Quadragénaire.

quarantième *a num* Au rang, au degré quarante. ■ *a, nm* Contenu quarante fois dans le tout.

quart *nm* 1 Chaque partie d'un tout divisé en quatre parties égales. 2 Gobelet d'environ un quart de litre. 3 Période pendant laquelle une partie de l'équipage d'un navire est de service, à son tour. Loc *Quart d'heure* : quinze minutes. Fam *Passer un mauvais quart d'heure* : un moment désagréable. *Le dernier quart d'heure* : le moment décisif. *Les trois quarts du temps* : presque toujours. *Aux trois quarts* : en grande partie. *Quart de finale* : épreuve éliminatoire opposant deux à deux huit équipes.

quart-de-rond *nm* Moulure ayant le profil d'un quart de cercle. *Des quarts-de-rond.*

quarte [kwa-] *nf* MUS Intervalle de quatre degrés.

quarté [kaʀ-] *nm* Pari sur quatre chevaux.

1. quarteron *nm* 1 Fam, péjor Petit nombre de personnes. 2 Vx Quart d'un cent.

2. quarteron, onne *n* Métis né d'un(e) mulâtre et d'une Blanche ou d'un Blanc.

quartette [kwa-] *nm* Formation de jazz comprenant quatre musiciens.

quartier *nm* 1 Quart environ d'une chose ; portion, morceau. 2 Chacune des phases de la Lune. 3 Division, partie d'une ville. 4 Cantonnement d'un corps de troupe. Loc *Quartier général (Q.G.)* : poste de commandement. *Quartier de haute sécurité (Q.H.S.)* ou *quartier de sécurité renforcée (Q.S.R.)* : partie d'une prison réservée aux détenus réputés dangereux. *Avoir quartier libre* : avoir liberté de sortir, de

faire ce qu'on veut. *Ne pas faire de quartier* : n'épargner personne. *Quartier de noblesse* : ascendance noble.

quartier-maître *nm* Grade au-dessus de matelot. *Des quartiers-maîtres.*

quart-monde *nm* Les classes les plus défavorisées de la population. *Des quarts-mondes.*

quarto [kwa-] *av* Quatrièmement.

quartz [kwaʀts] *nm* Silice cristallisée.

quartzifère [kwa-] *a* Qui contient du quartz.

quartzite *nm* Roche constituée essentiellement de quartz.

quasar *nm* Astre d'une grande luminosité hors de la galaxie.

1. quasi *nm* Partie de la cuisse du veau.

2. quasi ou **quasiment** *av* Presque. (Devant un nom, forme un mot composé, avec trait d'union. *Un quasi-délit.*)

quasimodo *nf* Premier dimanche après Pâques.

quater [kwateʀ] *av* Pour la quatrième fois.

quaternaire [kwa-] *nm, a* Ère géologique récente, marquée par l'apparition de l'homme.

quatorze *a num* 1 Dix plus quatre. 2 Quatorzième. *Louis XIV.* ■ *nm inv* Nombre, numéro quatorze.

quatorzième *a num* Au rang, au degré quatorze. ■ *a, nm* Contenu quatorze fois dans un tout.

quatorzièmement *av* En quatorzième lieu.

quatrain *nm* Poème ou strophe de quatre vers.

quatre *a num* 1 Trois plus un (4). 2 Quatrième. *Henri IV.* Loc *Monter quatre à quatre* : précipitamment. *Se mettre en quatre* : faire de grands efforts pour obliger qqn. *Comme quatre* : beaucoup. ■ *nm inv* Nombre, numéro quatre.

quatre-feuilles *nm inv* ARCHI Ornement à quatre lobes.

quatre-heures *nm inv* Fam Goûter.

quatre-mâts *nm inv* Voilier à quatre mâts.

quatre-quarts *nm inv* Gâteau dans lequel il entre un poids égal de beurre, de farine, de sucre et d'œufs.

quatre-quatre *nm inv* Véhicule à quatre roues motrices.

quatre-saisons *nf inv* Loc Vx *Marchand(e) des quatre-saisons* : marchand(e) qui vend sur une voiture à bras, dans la rue, des légumes de saison.

quatre-vingt(s) *a num* 1 (prend un *s* quand il n'est suivi d'aucun autre adjectif numéral.) Huit fois dix. 2 Quatre-vingtième. *Page quatre-vingt.* ■ *nm* Nombre, numéro quatre-vingts.

quatre-vingt-dix *a num* 1 Neuf fois dix. 2 Quatre-vingt-dixième. *Page quatre-vingt-dix.* ■ *nm inv* Nombre, numéro quatre-vingt-dix.

quatre-vingt-dixième *a num* Au rang, au degré quatre-vingt-dix. ■ *a, nm* Contenu quatre-vingt-dix fois dans un tout.

quatre-vingtième *a num* Au rang, au degré quatre-vingts. ■ *a, nm* Contenu quatre-vingts fois dans un tout.

quatrième *a num* Au rang, au degré quatre. ■ *a, nm* Contenu quatre fois dans un tout. ■ *nf* Troisième classe de l'enseignement secondaire.

quatrièmement *av* En quatrième lieu.

quatrillion *nm* Un million de trillions (10^{24}).

quattrocento [kwatʀɔtʃɛnto] *nm* Quinzième siècle italien.

quatuor [kwa-] *nm* **1** Morceau de musique à quatre parties. **2** Formation de quatre musiciens.

que *pr rel* Désigne qqn, qqch. *L'homme que vous avez vu. Le livre qu'elle vous donne.* ■ *pr interrog* Interroge sur qqch. *Que mangeons-nous ?* ■ *conj* **1** Introduit une complétive ou forme avec un adverbe une locution conjonctive (*afin que, avant que*, etc.). *Je dis qu'il fait beau. Avant que tu ne partes.* **2** Indique un ordre. *Qu'il rentre.* ■ *av* Combien. *Qu'il est laid.* **Loc** *Ne... que :* seulement.

québécisme *nm* Expression propre au français du Québec.

québécois, oise *a, n* Du Québec.

quechua [ketʃwa] *nm, a* Langue amérindienne du Pérou et de Bolivie.

quel, quelle *a interrog* **1** Interroge sur la nature de qqch, de qqn. *Quel temps fait-il ?* **2** Avec une valeur exclamative. *Quelle merveille !* ■ *a indéf* **Loc** *Quel que, quelle que :* de quelque nature que. *Quelles que soient vos intentions.*

quelconque *a indéf* N'importe lequel. *Un prétexte quelconque.* ■ *a* Ordinaire, commun, médiocre. *Une personne très quelconque.*

quelque *a indéf* Indique un nombre ou une quantité indéterminée. *Il a quelque difficulté à agir. Quelques artistes.* **Loc** *Quelque...que :* marque la concession. *Quelques efforts que vous fassiez.* ■ *av* Litt **1** Environ. *Ils étaient quelque deux cents.* **2** Si, à quelque degré que. *Quelque riches qu'ils soient.*

quelque chose *pr indéf* Indique une chose de manière indéterminée.

quelquefois *av* Parfois, de temps en temps.

quelque part *av* Indique un lieu quelconque.

quelques-uns, quelques-unes *pr indéf pl* Un petit nombre de.

quelqu'un *pr indéf* **1** Une personne. *Quelqu'un est venu.* **2** Personne importante. *Se prendre pour quelqu'un.*

quémander *vt* Demander humblement et avec insistance.

quémandeur, euse *a* Qui quémande.

qu'en-dira-t-on *nm inv* Opinion des gens.

quenelle *nf* Rouleau de viande ou de poisson haché lié à l'œuf.

quenotte *nf* Fam Petite dent.

quenouille *nf* Tige servant autrefois à fixer le textile à filer.

quéquette *nf* Fam Pénis.

querelle *nf* Contestation, dispute.

quereller *vt* Réprimander. ■ *vpr* Se disputer.

querelleur, euse *a, n* Qui cherche querelle.

quérir *vt* [34] **Loc** Litt *Envoyer, aller, etc., quérir :* envoyer, aller chercher.

questeur *nm* **1** ANTIQ Magistrat romain chargé de la gestion des fonds publics. **2** Membre d'une assemblée parlementaire responsable de l'administration intérieure et du budget.

question *nf* **1** Interrogation, demande. **2** Problème, sujet à discussion. **3** HIST Torture judiciaire. **Loc** *Être en question :* être en cause. *Faire question :* être discutable. Fam *Question de :* rapport à. *Question de principe :* règle de base.

questionnaire *nm* Série de questions pour une enquête.

questionnement *nm* Ensemble de questions.

questionner *vt* Interroger ; poser des questions. *On l'a questionné sur ses relations.*

questionneur, euse *n* Qui questionne.

questure *nf* **1** ANTIQ Charge de questeur. **2** Bureau du questeur au Parlement.

quête *nf* Action de recueillir des aumônes pour des œuvres, collecte. **Loc** *En quête de :* à la recherche de.

quêter *vt* Rechercher, solliciter. *Quêter des louanges.* ■ *vi* Faire la quête.

quêteur, euse *n* Qui fait la quête.

quetsche [kwetʃ] *nf* Prune allongée, à peau violacée.

quetzal [ketzal] *nm* **1** Oiseau d'Amérique centrale. **2** Unité monétaire du Guatemala.

queue *nf* **1** Prolongement flexible de la colonne vertébrale de nombreux mammifères. **2** Extrémité postérieure du corps de certains animaux. *Queue d'un lézard, d'un poisson.* **3** Traîne d'une robe ; pan d'un vêtement. **4** BOT Pétiole ou pédoncule. **5** Partie allongée qui sert à saisir certains objets. **6** Empennage d'un avion. **7** Bout, extrémité, fin de qqch. **8** File d'attente. **9** Au billard, bâton dont on se sert pour propulser les billes. **Loc** *Être à la queue :* au dernier rang d'un classement. *À la queue leu leu :* l'un derrière l'autre. Fam *Sans queue ni tête :* incohérent. *De queue :* en bout. *En queue de poisson :* piteusement.

queue-de-cheval *nf* Coiffure aux cheveux tirés vers l'arrière et retombant sur la nuque. *Des queues-de-cheval.*

queue-de-pie *nf* Habit de cérémonie à longues basques. *Des queues-de-pie.*

queue-de-poisson *nf* Manœuvre dangereuse d'un automobiliste qui se rabat trop vite après un dépassement. *Des queues-de-poisson.*

queux *nm* **Loc** Vx *Maître queux :* cuisinier.

qui *pr rel* **1** Désigne qqn, qqch ; lequel (avec antécédent). *L'homme qui travaille. Tout ce qui me plaît.* **2** Celui qui (sans antécédent). **Loc** Fam *Comme qui dirait :* pour ainsi dire. *Qui que* (+ subj) : quelque personne qui. ■ *pr interrog* Interroge sur qqn. *Qui est là ?*

quia (à) [akɥija] *av* **Loc** Litt *Mettre à quia :* réduire à ne pouvoir répondre.

quiche *nf* Tarte salée garnie de crème, d'œufs et de lardons.

quiconque *pr rel* Qui que ce soit, toute personne qui. *Quiconque l'a vu.* ■ *pr indéf* N'importe qui. *C'est à la portée de quiconque.*

quid [kɥid] *av* Fam Sert à interroger.

quidam [kidam] *nm* Individu quelconque.

quiet, quiète *a* Litt Tranquille, calme.

quiétisme *nm* HIST Doctrine selon laquelle la perfection chrétienne consiste dans la contemplation passive.

quiétude *nf* Litt Calme, repos.

quignon *nm* Morceau de pain.

quille *nf* **1** Pièce oblongue placée verticalement qu'on doit abattre avec une boule. **2** Pop Jambe. **3** Fam Fin du service militaire. **4** Partie inférieure de la coque d'un navire.

quincaillerie *nf* Commerce des ustensiles de ménage en métal, clous, serrurerie pour les bâtiments, etc. ; ces articles eux-mêmes.

quincaillier, ère *n* Qui vend ou fabrique de la quincaillerie.

quinconce [kɛ̃kɔ̃s] *nm* **Loc** *En quinconce :* disposé par cinq, quatre aux angles d'un quadrilatère et un au milieu.

quinine *nf* Alcaloïde de l'écorce du quinquina, utilisé contre le paludisme.

quinquagénaire *a, n* Qui a entre cinquante et soixante ans.

quinquennal, ale, aux *a* Qui dure cinq ans ou se produit tous les cinq ans.

quinquennat *nm* Durée d'une fonction de cinq ans.

quinquet *nm* Anc Lampe à huile.

quinquina *nm* 1 Arbre cultivé pour son écorce qui fournit la quinine. 2 Vin préparé avec cette écorce.

quintal, aux *nm* Unité de mesure valant 100 kilogrammes.

quinte *nf* 1 MUS Intervalle de cinq degrés. 2 Série de cinq cartes qui se suivent dans la même couleur. 3 Accès de toux.

quintessence *nf* Litt Ce qu'il y a de plus raffiné, de plus précieux.

quintette *nm* 1 Morceau de musique à cinq parties. 2 Formation comprenant cinq musiciens ou cinq chanteurs.

quintillion *nm* Un million de quatrillions.

quintuple *a, nm* Qui vaut cinq fois autant.

quintupler *vt, vi* (Se) multiplier par cinq.

quintuplés, ées *npl* Enfants nés au nombre de cinq d'un même accouchement.

quinzaine *nf* 1 Ensemble de quinze éléments. 2 Deux semaines.

quinze *a num* 1 Dix plus cinq (15). 2 Quinzième. *Chapitre quinze.* ■ *nm inv* 1 Le nombre, le numéro quinze. 2 Équipe de rugby.

quinzième *a num* Au rang, au degré quinze. ■ *a, nm* Qui se trouve quinze fois dans un tout.

quinzièmement *av* En quinzième lieu.

quinziste *nm* Joueur de rugby à quinze.

quiproquo *nm* Méprise qui fait prendre une chose pour une autre.

quittance *nf* Document par lequel un créancier atteste qu'un débiteur s'est acquitté de sa dette.

quitte *a* Libéré d'une obligation. **Loc** *En être quitte pour :* n'avoir à supporter comme inconvénient que. *Quitte à* (+ inf) : au risque de. *Jouer à quitte ou double :* risquer tout.

quitter *vt* 1 Abandonner un lieu, une activité, un métier. *Quitter Paris.* 2 Ôter un vêtement. 3 Se séparer de qqn. *Son mari l'a quittée.* **Loc** *Ne pas quitter des yeux :* avoir les yeux fixés sur.

quitus [-tys] *nm inv* **Loc** *Donner quitus à qqn :* reconnaître exacte sa gestion.

qui-vive *nm inv* **Loc** *Sur le qui-vive :* sur ses gardes.

quiz [kwiz] *nm* Jeu par questions et réponses.

quôc-ngu *nm inv* Alphabet vietnamien.

quoi *pr interrog* Quelle chose ? *À quoi penses-tu ?* ■ *pr rel* **Loc** *Avoir de quoi :* être aisé. *Il n'y a pas de quoi :* il n'y a pas de raison pour. *Quoi que :* quelque chose que. *Quoi qu'il en soit :* en tout état de cause. *Sans quoi :* sinon.

quoique *conj* Exprime l'opposition, la concession ; bien que.

quolibet *nm* Raillerie.

quorum [kɔʀɔm] ou [kwɔʀɔm] *nm* Nombre minimum de votants d'une assemblée pour qu'un vote soit valable.

quota [kɔ-] ou [kwɔ-] *nm* Pourcentage, contingent fixé. *Des quotas d'importation.*

quote-part *nf* Part que chacun doit payer ou recevoir dans une répartition. *Des quotes-parts.*

quotidien, enne *a, nm* Qui a lieu chaque jour. ■ *nm* Journal qui paraît chaque jour.

quotidiennement *av* Tous les jours.

quotidienneté *nf* Litt Caractère quotidien.

quotient *nm* MATH Résultat de la division d'un nombre par un autre. **Loc** *Quotient intellectuel (Q.I.) :* indice déterminé par des tests et servant à évaluer l'âge mental d'un sujet.

quotité *nf* Montant d'une quote-part.

r nm Dix-huitième lettre (consonne) de l'alphabet. *R grasseyé. R roulé.*

rab nm Fam Rabiot.

rabâchage nm Redites fastidieuses.

rabâcher vt Répéter de façon fastidieuse.

rabâcheur, euse n, a Qui rabâche.

rabais nm Diminution de la valeur primitive de qqch.

rabaissement nm Action de rabaisser.

rabaisser vt 1 Mettre plus bas. 2 Diminuer, déprécier. ■ vpr S'humilier.

rabane nf Tissu en fibres de raphia.

rabat nm 1 Cravate portée par les magistrats en robe. 2 Partie d'un objet souple qui peut se rabattre sur une autre.

rabat-joie n inv, a inv Qui par son humeur chagrine trouble la joie d'autrui.

rabattage nm Action de rabattre le gibier.

rabattement nm Action de rabattre.

rabatteur, euse n Qui rabat le gibier.

rabattre vt [77] 1 Rabaisser, faire descendre plus bas. 2 Aplatir, replier, refermer. *Rabattre un couvercle.* 3 Débusquer le gibier vers le lieu où sont les chasseurs. 4 Retrancher une partie du prix de vente. ■ vti Loc Fam *En rabattre :* diminuer ses exigences. ■ vpr 1 Changer brusquement de direction vers le côté. 2 En venir à choisir qqch, qqn, faute de mieux. *Se rabattre sur une voiture d'occasion.*

rabbin nm Chef spirituel d'une communauté juive.

rabbinat nm Dignité, fonction de rabbin.

rabbinique a Relatif aux rabbins.

rabelaisien, enne a Qui rappelle la truculence de Rabelais.

rabibocher vt Fam 1 Raccommoder. 2 Réconcilier.

rabiot nm Fam Ce qui est donné, fait ou imposé de surplus ; supplément.

rabioter vt Fam S'approprier indûment ou par surcroît.

rabique a De la rage.

râble nm Partie du lièvre, du lapin allant du bas des côtes à la queue.

râblé, ée a Trapu et musclé.

rabot nm Outil de menuisier pour aplanir et façonner une surface.

rabotage nm Action de raboter.

raboter vt Rendre uni, aplanir au rabot.

raboteuse nf Machine-outil servant à raboter le bois, le métal.

raboteux, euse a Noueux, inégal.

rabougri, ie a Chétif, malingre.

rabougrir (se) vpr Se recroqueviller en raison de la sécheresse, de l'âge.

rabouter vt Assembler bout à bout.

rabrouer vt Traiter, repousser durement.

racaille nf Rebut de la population.

raccommodage nm Action de raccommoder.

raccommodement nm Réconciliation.

raccommoder vt 1 Réparer un vêtement, du linge. 2 Réconcilier.

raccompagner vt Reconduire qqn chez lui.

raccord nm 1 Liaison, ajustement entre deux parties d'un ouvrage. 2 Pièce de raccordement.

raccordement nm Jonction de deux conduits, de deux voies ferrées, etc.

raccorder vt 1 Relier deux choses séparées. 2 Mettre en communication avec un réseau.

raccourci nm 1 Chemin plus court. 2 Abrégé, résumé. *Un raccourci évocateur.*

raccourcir vt Rendre plus court. ■ vi Devenir plus court. *Les jours raccourcissent.*

raccourcissement nm Fait de raccourcir.

raccroc nm Loc *Par raccroc :* par chance.

raccrocher vt 1 Accrocher de nouveau. 2 Rattraper ce qui semblait perdu. 3 Arrêter qqn au passage. ■ vi 1 Interrompre une conversation téléphonique. 2 Fam Cesser définitivement une activité. ■ vpr Se retenir à qqch. *Se raccrocher à des prétextes.*

raccrocheur, euse a Fam Qui cherche à retenir l'attention.

race nf 1 Division de l'espèce humaine, fondée sur certains caractères physiques. 2 Subdivision d'une espèce animale. 3 Litt Ascendants et descendants d'une famille. 4 Catégorie de personnes ayant un même comportement. *La race des pédants.*

racé, ée a 1 Qui a les qualités propres à sa race. 2 Qui a une distinction naturelle.

rachat nm Action de racheter.

racheter vt [17] 1 Acheter de nouveau ou acheter ce qu'on a vendu. 2 Se libérer d'une obligation moyennant une somme. 3 Obtenir le pardon de ses péchés, faire oublier ses fautes. 4 Compenser. ■ vpr Se réhabiliter.

rachianesthésie nf MED Anesthésie partielle par injection d'un anesthésique dans le canal rachidien.

rachidien, enne a Du rachis.

rachis [raʃis] nm ANAT Colonne vertébrale.

rachitique *a, n* Atteint de rachitisme. ■ *a* Maigre, peu développé.

rachitisme *nm* Maladie de la croissance affectant le squelette.

racial, ale, aux *a* Relatif à la race.

racinaire *a* Didac Qui concerne une racine.

racine *nf* 1 Partie des végétaux qui les fixe au sol et par où ils se nourrissent. 2 Lien, attache solide qui fonde la stabilité de qqch, de qqn. *Chercher à retrouver ses racines.* 3 Cause profonde, principe. *Prendre le mal à sa racine.* 4 Partie par laquelle est implanté un organe. *Racine des cheveux, des dents. Racine d'un nerf.* 5 GRAM Élément irréductible de tous les mots de même famille morphologique. Loc MATH *Racine carrée, cubique d'un nombre A* : nombre dont le carré, le cube est égal au nombre A. *Prendre racine* : s'installer définitivement.

racinien, enne *a* Propre à l'œuvre de Racine.

racisme *nm* Théorie fondée sur l'idée de la supériorité de certaines races sur les autres ; comportement d'exclusion qui en résulte.

raciste *a, n* Qui relève du racisme.

rack *nm* Meuble de rangement pour appareils hi-fi, aux dimensions normalisées.

racket [raket] *nm* Extorsion de fonds par intimidation, terreur ou chantage.

racketter *vt* Soumettre à un racket.

racketteur *nm* Qui pratique le racket.

raclage *nm* Action de racler.

raclée *nf* Fam Volée de coups ; écrasante défaite.

raclement *nm* Bruit de raclage.

racler *vt* Frotter en grattant. Loc *Racler la gorge* : produire un goût âpre. Fam *Racler les fonds de tiroir* : rassembler ses dernières économies. *Racler du violon* : en jouer mal.

raclette *nf* 1 Fondue faite avec du fromage dont on racle la surface amollie à la flamme ; fromage servant à faire ce mets. 2 Racloir.

racloir *nm* Instrument pour racler.

raclure *nf* Petite parcelle enlevée en raclant.

racolage *nm* Action de racoler.

racoler *vt* 1 Recruter plus ou moins honnêtement. 2 Solliciter un client, en parlant d'un(e) prostitué(e).

racoleur, euse *a, n* Qui racole.

racontable *a* Qui peut être raconté.

racontar *nm* Médisance, commérage.

raconter *vt* Faire le récit de.

racornir *vt* Rendre dur et coriace. ■ *vpr* Devenir dur en se ratatinant.

racornissement *nm* Fait de se racornir.

radar *nm* Dispositif permettant de déterminer la direction et la distance d'un objet par réflexion d'ondes électromagnétiques.

radariste *n* Spécialiste des radars.

rade *nf* Vaste bassin naturel ayant une libre issue vers la mer. Loc Fam *Laisser, rester en rade* : abandonner, arrêter.

radeau *nm* 1 Assemblage de pièces de bois formant une plate-forme flottante. 2 Embarcation pneumatique insubmersible.

radiaire *a* Didac Disposé en rayons.

radial, ale, aux *a* 1 ANAT Du radius. 2 Relatif au rayon d'un cercle. ■ *nf* Voie joignant le centre d'une ville à sa périphérique.

radian *nm* GEOM Unité de mesure d'angle.

radiant, ante *a* Qui émet un rayonnement.

radiateur *nm* 1 Appareil de chauffage. 2 Organe de refroidissement des moteurs.

radiatif, ive *a* PHYS Des radiations.

radiation *nf* 1 PHYS Flux de particules. 2 Action de radier d'une liste, d'un compte, etc.

radical, ale, aux *a* 1 BOT Relatif aux racines. 2 Qui concerne la nature de qqch. *Un changement radical.* 3 Intransigeant, résolu. *Un refus radical.* 4 Efficace, énergique. *Des moyens radicaux.* ■ *a, n* Qui appartient à un parti radical, au radicalisme. ■ *nm* 1 GRAM Partie du mot indépendante des désinences. 2 PHYS Groupement d'atomes susceptibles d'être séparés d'une molécule. 3 MATH Symbole ($\sqrt{}$) notant l'extraction d'une racine.

radicalement *av* De façon radicale.

radicalisation *nf* Action de radicaliser.

radicaliser *vt* Durcir une position politique.

radicalisme *nm* 1 Doctrine préconisant une réforme des institutions. 2 Attitude intransigeante.

radical-socialisme *nm* Doctrine politique du centre gauche en France.

radical-socialiste *a, n* Du radical-socialisme.

radicelle *nf* BOT Racine secondaire.

radiculaire *a* Didac D'une racine ou d'un radicule.

radicule *nf* BOT Partie inférieure de la plantule qui deviendra la racine.

radiculite *nf* MED Lésion de la racine d'un nerf.

1. radier *nm* Dalle épaisse qui recouvre le fond d'un canal, d'une écluse.

2. radier *vt* 1 Rayer d'une liste. 2 Exclure qqn d'un corps.

radiesthésie *nf* Sensibilité prétendue aux radiations qu'émettraient différents corps ; procédé de détection de cette sensibilité.

radiesthésiste *n* Qui pratique la radiesthésie.

radieux, euse *a* 1 D'une luminosité éclatante. 2 Rayonnant de joie, de bonheur.

radifère *a* CHIM Qui contient du radium.

radin, ine *n, a* Fam Avare.

radiner *vi* ou **se radiner** *vpr* Pop Arriver, venir.

radinerie *nf* Fam Avarice.

radio *nf* 1 Station émettrice d'émissions radiophoniques. 2 Abrév de *radiodiffusion, radiorécepteur, radiographie.* ■ *n* Abrév de *radionavigant, radiotélégraphiste.*

radioactif, ive *a* Doué de radioactivité.

radioactivité *nf* Émission, par certains éléments chimiques, de rayonnements divers, résultant de réactions nucléaires.

radioalignement *nm* Dispositif radiophonique de guidage d'un avion ou d'un navire.

radioamateur *nm* Qui émet ou reçoit, sur un appareil lui appartenant, des émissions radiophoniques.

radioastronomie *nf* Étude des ondes radioélectriques émises par les astres.

radiobalisage *nm* Utilisation de radiobalises.

radiobalise *nf* Émetteur guidant les navires, les avions.

radiobiologie *nf* Étude de l'action des radiations sur les êtres vivants.

radiocarbone *nm* Isotope radioactif du carbone, utilisé pour les datations.

radiocassette *nf* Appareil combinant un récepteur de radio et un lecteur de cassettes.

radiocommande *nf* Commande radioélectrique à distance.

radiocommunication *nf* Télécommunication par ondes radioélectriques.

radiocompas *nm* Appareil guidant l'avion ou le navire par rapport à un émetteur radio.

radiodermite *nf* Affection de la peau causée par des radiations.

radiodiagnostic [-gnɔs-] *nm* MED Diagnostic reposant sur l'examen d'images radiologiques.

radiodiffuser *vt* Diffuser par la radio.

radiodiffusion *nf* Transmission de programmes par les ondes hertziennes.

radioélectricité *nf* Transmission de signaux par des ondes électromagnétiques.

radioélectrique *a* Propre à la radioélectricité.

radioélément *nm* PHYS Élément radioactif.

radiofréquence *nf* Fréquence d'une onde radioélectrique.

radiogalaxie *nf* Galaxie émettant un rayonnement radioélectrique.

radiogoniomètre *nm* Appareil de radiogoniométrie.

radiogoniométrie *nf* Détermination de la position d'émetteurs radioélectriques.

radiogramme *nm* Message transmis par radiotélégraphie.

radiographie *nf* 1 Obtention sur une surface sensible de l'image d'un objet exposé aux rayons X. 2 Description en profondeur d'un phénomène, d'une situation.

radiographier *vt* Effectuer une radiographie.

radiographique *a* De la radiographie.

radioguidage *nm* Guidage à distance d'un avion, d'un navire, d'un engin, etc.

radioguider *vt* Diriger par radioguidage.

radio-isotope *nm* PHYS Isotope radioactif d'un élément. *Des radio-isotopes.*

radiolaire *nm* ZOOL Protozoaire marin à squelette siliceux.

radiolarite *nf* Roche constituée de squelettes de radiolaires.

radiologie *nf* Utilisation médicale des rayonnements, des ultrasons.

radiologique *a* De la radiologie.

radiologue ou **radiologiste** *n* Spécialiste de radiologie.

radiolyse *nf* Décomposition d'une substance par des rayonnements ionisants.

radiomessagerie *nf* Messagerie électronique.

radiomètre *nm* PHYS Appareil servant à mesurer des rayonnements.

radionavigant ou **radionavigateur** *nm* Chargé de la radio dans un navire, un avion.

radionavigation *nf* Technique de navigation par guidage radioélectrique.

radionécrose *nf* MED Nécrose d'un tissu due aux rayons X ou à la radioactivité.

radiophonie *nf* Transmission des sons au moyen d'ondes radioélectriques.

radiophonique *a* De la radiophonie et de la radiodiffusion.

radioprotection *nf* Protection contre les rayonnements.

radiorécepteur *nm* Récepteur de radiodiffusion.

radioreportage *nm* Reportage radiodiffusé.

radioreporter [-tɛʀ] *nm* Journaliste faisant des radioreportages.

radioréveil *nm* Appareil combinant un récepteur radio et un réveil.

radioscopie *nf* Observation de l'image d'un corps traversé par les rayons X.

radiosonde *nf* Ballon-sonde transmettant des renseignements météorologiques.

radiosource *nf* Objet céleste connu par son émission d'ondes radioélectriques.

radio-taxi *nm* Taxi équipé d'un émetteur-récepteur radio. *Des radio-taxis.*

radiotechnique [-tek-] *nf* Utilisation des rayonnements radioélectriques.

radiotélégramme *nm* Radiogramme.

radiotélégraphie *nf* Télégraphie sans fil.

radiotélégraphiste *nm* Opérateur de radiotélégraphie.

radiotéléphone *nm* Téléphone sans fil.

radiotélescope *nm* Appareil captant les ondes émises par les astres.

radiotélévisé, **ée** *a* Diffusé par radio et télévision.

radiotélévision *nf* Diffusion de programmes par la radio et la télévision.

radiothérapie *nf* Traitement par les radiations ionisantes.

radiotoxique *a, nm* Qui émet des rayonnements nocifs pour l'organisme.

radis *nm* Plante potagère cultivée pour sa racine que l'on mange crue. Loc Fam *Pas un radis* : pas un sou.

radium [-djɔm] *nm* Métal radioactif.

radius [-djys] *nm* Os de l'avant-bras.

radja. V. rajah.

radôme *nm* Vaste dôme abritant un radar.

radon *nm* Élément gazeux radioactif.

radotage *nm* Action de radoter.

radoter *vi* Tenir des propos débiles ; rabâcher.

radoteur, **euse** *n* Qui radote.

radoub *nm* Loc *Bassin de radoub* : destiné aux réparations des navires.

radouber *vt* MAR Réparer un navire.

radoucir *vt* Rendre plus doux. ■ *vpr* Devenir plus doux.

radoucissement *nm* Fait de se radoucir.

rafale *nf* 1 Coup de vent violent. 2 Suite de coups de feu.

raffermir *vt* Rendre plus ferme, plus dur. ■ *vpr* Devenir plus ferme.

raffermissement *nm* Fait de se raffermir.

raffinage *nm* Action de raffiner un produit.

raffiné, **ée** *a* 1 Rendu plus pur. *Sucre raffiné.* 2 Fin, subtil. *Goûts raffinés.* ■ *a, n* D'esprit très délicat ; très recherché dans ses sentiments.

raffinement *nm* 1 Extrême délicatesse, subtilité. 2 Recherche excessive.

raffiner *vt* 1 Épurer une matière brute. *Raffiner du pétrole.* 2 Litt Rendre plus fin, plus délicat. ■ *vi* Rechercher une subtilité excessive.

raffinerie *nf* Lieu où on raffine un produit.

raffineur, **euse** *n* Qui raffine un produit.

rafflésie *nf* Plante tropicale à grandes fleurs.

raffoler *vti* Aimer beaucoup, se passionner pour. *Il raffole d'opéra.*

raffut *nm* Fam Tapage.

rafiot *nm* Fam Mauvais bateau.

rafistolage *nm* Fam Réparation grossière.

rafistoler *vt* Fam Réparer sans grand soin.

rafle *nf* 1 Action de rafler. 2 Arrestation en masse faite à l'improviste par la police. 3 BOT Axe central d'une grappe de raisin, d'un épi de maïs. Syn. râpe.

rafler *vt* Fam Prendre promptement tout ce qu'on trouve.

rafraîchir *vt* 1 Rendre frais. 2 Remettre en état. *Rafraîchir un tableau.* Loc Fam *Rafraîchir la mémoire :* rappeler à qqn ce qu'il prétend avoir oublié. *Rafraîchir les cheveux :* les couper légèrement. ■ *vi, vpr* Devenir plus frais. ■ *vpr* Se désaltérer.

rafraîchissant, ante *a* Qui rafraîchit.

rafraîchissement *nm* 1 Fait de se rafraîchir. 2 Boisson fraîche.

raft ou **rafting** [-tiŋ] *nm* Descente sportive d'un torrent sur un radeau (raft).

raga *nm inv* Pièce mélodique de la musique indienne.

ragaillardir *vt* Redonner des forces, de la gaieté.

rage *nf* 1 Maladie virale de certains animaux, transmissible par morsure. 2 Colère violente. 3 Passion excessive. Loc *Faire rage :* être à son paroxysme. *Rage de dents :* violent mal aux dents.

rageant, ante *a* Fam Qui fait enrager.

rager *vi* [11] Fam Être très irrité.

rageur, euse *a* 1 Porté à des colères violentes. 2 Qui dénote la colère.

rageusement *av* Avec rage, avec hargne.

raglan *nm* Pardessus ample à manches droites remontant jusqu'au col.

ragondin *nm* Gros rongeur amphibie.

ragot *nm* Fam Commérage malveillant.

ragoût *nm* Plat de viande et de légumes, coupés en morceaux et cuits dans une sauce.

ragoûtant, ante *a* Loc *Peu ragoûtant :* peu appétissant.

ragtime [-tajm] *nm* Style de musique pour piano, qui fut une source du jazz.

rahat-loukoum ou **loukoum** *nm* Confiserie orientale faite d'une pâte sucrée et parfumée. *Des rahat-loukoums.*

rai *nm* Litt Rayon de lumière.

raï [ʀaj] *nm* Musique populaire algérienne.

raid *nm* 1 Rapide opération menée chez l'ennemi. 2 Mission de bombardement aérien. 3 Épreuve sportive d'endurance sur une grande distance.

raide *a* 1 Tendu, rigide, qui ne plie pas. 2 Sans souplesse. *Attitude raide.* 3 Abrupt. *Pente raide.* 4 Fam Étonnant, difficile à croire. 5 Fortement alcoolisé (boisson). Loc Pop *Être raide :* n'avoir plus d'argent. ■ *av* Subitement. *Tomber raide.*

raider [ʀɛdœʀ] *nm* Qui, par des opérations financières, prend le contrôle d'une entreprise.

raideur *nf* Caractère raide, rigide.

raidillon *nm* Chemin en pente raide.

raidir *vt* Rendre raide ; tendre. ■ *vi, vpr* Devenir raide. ■ *vpr* Résister avec fermeté.

raidissement *nm* Fait de se raidir.

1. raie *nf* 1 Trait, ligne, bande. 2 Ligne de séparation des cheveux. 3 AGRIC Sillon d'un champ.

2. raie *nf* Poisson cartilagineux au corps aplati.

raifort *nm* Plante dont la racine sert comme condiment.

rail *nm* 1 Bande d'acier servant de support et de guide pour les trains. 2 Bordure métallique le long d'une route. 3 Transport ferroviaire.

railler *vt* Tourner en dérision ; se moquer de.

raillerie *nf* Moquerie.

railleur, euse *a* Qui raille.

rail-route *a inv* Loc *Transport rail-route :* ferroutage.

rainette *nf* Petite grenouille arboricole.

rainurage *nm* Action de rainurer.

rainure *nf* Entaille longue et étroite.

rainurer *vt* Creuser des rainures.

raiponce *nf* Campanule qui se mange en salade.

raïs *nm* Chef d'État en Égypte.

raisin *nm* 1 Fruit de la vigne. 2 Format de papier (50 x 65 cm).

raisiné *nm* 1 Confiture de raisin. 2 Pop Sang.

raison *nf* 1 Faculté de connaître, de juger. 2 Cause, motif. *Il a des raisons de protester.* 3 MATH Rapport de deux quantités. Loc *À raison de :* à proportion de. *En raison de :* à cause de. *Avoir raison :* être dans la vérité. *Avoir raison de qqn :* triompher de lui. *Perdre la raison :* devenir fou. *Raison de plus :* par un motif d'autant plus fort. *Raison d'État :* intérêt supérieur de la nation. *Se faire une raison :* se résigner. *Se rendre aux raisons de qqn :* se laisser persuader. *Comme de raison :* comme de juste. *Faire entendre raison à qqn :* l'amener à être raisonnable. *Raison sociale :* désignation d'une société.

raisonnable *a* 1 Doué de raison. 2 Qui agit avec sagesse ; modéré. *Un enfant raisonnable.* 3 Convenable. *Prix raisonnable.*

raisonnablement *av* Modérément, sagement.

raisonné, ée *a* Fondé sur le raisonnement.

raisonnement *nm* Enchaînement des arguments préparant une conclusion.

raisonner *vi* 1 Se servir de sa raison pour juger, démontrer. 2 Alléguer ses raisons, des excuses. ■ *vt* Chercher à amener qqn à la raison.

raisonneur, euse *a, n* Qui réplique, discute les ordres.

rajah ou **radjah** *nm inv* Prince en Inde.

rajeunir *vt* 1 Rendre la jeunesse à ; faire paraître plus jeune. 2 Attribuer à qqn un âge moindre. 3 Donner un aspect nouveau à qqch. ■ *vi* Redevenir jeune.

rajeunissement *nm* Fait de rajeunir.

rajout *nm* Chose rajoutée.

rajouter *vt* Ajouter encore. Loc Fam *En rajouter :* exagérer.

rajustement ou **réajustement** *nm* Fait de rajuster.

rajuster ou **réajuster** *vt* 1 Ajuster de nouveau ; remettre en ordre. 2 Remettre à son juste niveau.

raki *nm* Eau-de-vie parfumée à l'anis.

râle *nm* 1 Bruit anormal perçu à l'auscultation. 2 Respiration bruyante des moribonds. 3 Oiseau échassier.

ralenti *nm* 1 Bas régime d'un moteur. 2 Procédé de prise de vues faisant paraître les mouvements plus lents que dans la réalité. Loc *Au ralenti :* à faible vitesse.

ralentir *vt* Rendre plus lent. ■ *vi* Réduire sa vitesse.

ralentissement *nm* Diminution de vitesse, d'activité.

ralentisseur *nm* Dispositif aménagé pour obliger les automobilistes à ralentir.

râler *vi* 1 Faire entendre un râle d'agonisant. 2 Fam Protester, récriminer.

râleur, euse *n, a* Fam Qui se plaint à tout propos. *Un vieux râleur.*

ralingue *nf* MAR Cordage cousu le long d'une voile pour la renforcer.

ralliement *nm* Action de rallier, de se rallier. **Loc** *Point de ralliement* : lieu de rassemblement.

rallier *vt* 1 Rassembler des personnes dispersées. 2 Gagner à un parti, à une opinion, une cause. 3 Rejoindre un lieu. ■ *vpr* Adhérer à une opinion. *Se rallier à l'avis de la majorité.*

rallonge *nf* 1 Ce qui sert à rallonger. 2 Planche à coulisse qui permet d'augmenter la longueur d'une table. 3 Fam Supplément de temps, d'argent, etc.

rallongement *nm* Action de rallonger.

rallonger *vt* [11] Rendre plus long. ■ *vi* Devenir plus long. *Les jours rallongent.*

rallumer *vt* 1 Allumer de nouveau. 2 Raviver. *Rallumer un conflit.* ■ *vpr* Être de nouveau allumé.

rallye *nm* 1 Compétition où les concurrents doivent gagner un point déterminé après certaines épreuves. 2 Cycle de surprises-parties, chez les gens huppés.

ramadan *nm* Neuvième mois de l'année lunaire musulmane, pendant lequel le jeûne est prescrit du lever au coucher du soleil.

ramage *nm* Litt Chant des oiseaux. ■ *pl* Dessins de rameaux feuillus et fleuris.

ramassage *nm* Action de ramasser. **Loc** *Ramassage scolaire* : transport, par autocar, des élèves habitant loin des établissements scolaires.

ramasse-miettes *nm inv* Instrument servant à ramasser les miettes sur une table.

ramasser *vt* 1 Prendre à terre. 2 Fam Attraper. *Ramasser une gifle.* 3 Rassembler ce qui est épars. 4 Collecter, réunir, recueillir. ■ *vpr* Fam Tomber. **Loc** Fam *Se faire ramasser* : subir un échec.

ramasseur, euse *n* Qui ramasse des balles au tennis, des champignons, etc.

ramassis *nm* Ensemble de choses, de personnes sans valeur.

rambarde *nf* Garde-fou, parapet.

ramboutan *nm* Variété de litchi.

ramdam [ramdam] *nm* Pop Tapage, vacarme.

rame *nf* 1 Branche plantée en terre pour servir d'appui à une plante grimpante. 2 File de wagons attelés. 3 Ensemble de cinq cents feuilles de papier. 4 Longue pièce de bois aplatie à l'une des extrémités servant à propulser une embarcation. **Loc** Fam *Ne pas en fiche une rame* : ne rien faire.

rameau *nm* 1 Petite branche d'arbre. 2 Subdivision d'un nerf, d'un vaisseau. 3 Subdivision d'un système. *Rameau d'un arbre généalogique.* ■ *pl* (avec majusc) Dernier dimanche avant Pâques.

ramée *nf* Litt Branches d'un arbre, couvertes de leurs feuilles.

ramener *vt* [15] 1 Amener de nouveau. 2 Reconduire qqn, un animal. 3 Rétablir dans son état initial. **Loc** Pop *La ramener* : faire l'important. ■ *vpr* 1 Se réduire à. 2 Pop Arriver, venir.

ramequin *nm* Petit récipient allant au four.

ramer *vt* Soutenir par des rames des plantes grimpantes. ■ *vi* 1 Manœuvrer les rames pour faire avancer une embarcation. 2 Fam Faire des efforts pour surmonter des obstacles.

ramette *nf* Rame de papier, de petit format.

rameur, euse *n* Qui rame.

rameuter *vt* Regrouper. *Rameuter la population.*

rami *nm* Jeu de cartes.

ramier *nm* Grand pigeon des champs.

ramification *nf* 1 Division d'un végétal, d'un nerf, d'un vaisseau. 2 Subdivision d'une science, d'une organisation, etc.

ramifier (se) *vpr* Se subdiviser en rameaux, en ramifications.

ramilles *nfpl* BOT Les plus petits rameaux.

ramolli, ie *a, n* Fam Déficient intellectuellement.

ramollir *vt* Rendre plus mou. ■ *vpr* 1 Devenir plus mou. 2 Perdre ses forces.

ramollissant, ante *a* Qui ramollit.

ramollissement *nm* Fait de se ramollir ; état ramolli.

ramollo *a, n* Pop Gâteux.

ramonage *nm* Action de ramoner.

ramoner *vt* Nettoyer une cheminée.

ramoneur *nm* Qui ramone les cheminées.

rampant, ante *a* 1 Qui rampe. 2 Obséquieux, servile. 3 Difficile à percevoir. *Inflation rampante.* 4 ARCHI Incliné, en pente. ■ *nm* Fam Membre du personnel au sol dans l'aviation.

rampe *nf* 1 Plan incliné destiné à permettre le passage entre deux niveaux. 2 Barre, à hauteur d'appui, suivant un escalier. 3 Rangée de lumières au bord d'une scène de théâtre. **Loc** *Rampe de lancement* : dispositif assurant le guidage d'une fusée lors de son lancement. *Passer la rampe* : toucher le public.

ramper *vi* 1 Progresser par ondulations du corps (animaux dépourvus de membres). 2 Progresser en s'aplatissant à terre, ventre contre le sol (personnes). 3 S'abaisser, s'humilier devant.

ramponneau *nm* Pop Coup, bourrade.

ramure *nf* 1 Ensemble des branches, des ramifications. 2 Bois d'un cerf, d'un daim.

rancard ou **rencard** *nm* Pop 1 Rendez-vous. 2 Renseignement.

rancarder ou **rencarder** *vt* Pop 1 Donner un rendez-vous à. 2 Renseigner.

rancart *nm* **Loc** Fam *Mettre au rancart* : au rebut.

rance *a* Qui a pris en vieillissant une saveur et une odeur âcre (corps gras). ■ *nm* Odeur, saveur rance.

ranch [rɑ̃ʃ] ou [rɑ̃tʃ] *nm* Aux États-Unis, exploitation agricole, dans la Prairie.

rancher [-ɱœR] *nm* Qui exploite un ranch.

rancir *vi* Devenir rance.

rancœur *nf* Amertume tenace.

rançon *nf* 1 Somme d'argent exigée pour la liberté d'un captif, d'un otage. 2 Contrepartie pénible de qqch d'agréable. *La rançon du succès.*

rançonner *vt* Exiger qqch de qqn sous la menace.

rancune *nf* Ressentiment profond.

rancunier, ère *a, n* Qui garde facilement de la rancune.

rand *nm* Unité monétaire de l'Afrique du Sud.

randomiser *vt* STATIS Valider un résultat à partir d'un échantillon choisi au hasard.

randonnée *nf* Grande promenade.

randonneur, euse *n* Qui fait une randonnée.

rang *nm* 1 Série de personnes, de choses, disposées en ligne. 2 Position dans une hiérarchie, une échelle de valeurs. **Loc** *Prendre rang* *parmi* : se mettre au nombre de. *Être sur les rangs* : en compétition avec d'autres. *Rentrer dans le rang* : renoncer à ses prérogatives. *Serrer les rangs* : se rapprocher pour s'entraider. *Venir grossir les rangs de* : augmenter le nombre de.

rangé, ée *a* Qui mène une existence tranquille, sérieuse. **Loc** *Bataille rangée* : rixe violente.

rangée *nf* Suite de choses ou de personnes placées sur une même ligne.

rangement *nm* 1 Action de ranger. 2 Lieu où on range ; placard.

1. ranger *vt* [11] 1 Mettre en rangs ou en files. 2 Disposer en bon ordre. *Ranger ses papiers.* 3 Faire figurer parmi. *Ranger un poète parmi les classiques.* 4 Garer. *Ranger un camion.* ■ *vpr* 1 Se mettre en rangs. 2 S'écarter pour laisser le passage. 3 *Fam* S'assagir. 4 Se rallier à un avis, à une autorité.

2. ranger [rãdʒœr] *nm* 1 Soldat d'un corps d'élite de l'armée de terre américaine. 2 Brodequin muni d'une guêtre.

ranidé *nm* ZOOL Amphibien anoure (grenouille).

ranimer *vt* 1 Faire revenir à la conscience, à la vie. 2 Redonner de la vivacité. ■ *vpr* 1 Reprendre conscience. 2 Retrouver une activité nouvelle.

raout [raut] *nm* Vx Réunion mondaine.

rap *nm* Style musical accompagnant un rythme martelé de paroles improvisées.

rapace *nm* Oiseau carnivore. ■ *a* Avide de gain, cupide.

rapacité *nf* Avidité, cupidité.

rapatrié, ée *n* Ramené dans sa patrie.

rapatriement *nm* Action de rapatrier.

rapatrier *vt* Faire revenir dans son pays.

râpe *nf* 1 Lime à grosses aspérités. 2 Ustensile de cuisine pour réduire certaines substances en poudre ou en fragments. 3 BOT Syn de *rafle*.

râpé, ée *a* 1 Usé jusqu'à la corde (tissu). **Loc** *Fam C'est râpé* : il ne faut pas y compter. ■ *nm* Fromage passé à la râpe.

râper *vt* 1 Réduire en poudre, en fragments avec une râpe. *Râper du fromage.* 2 User la surface d'un corps avec une râpe.

rapetasser *vt* Fam Raccommoder grossièrement.

rapetissement *nm* Fait de rapetisser.

rapetisser *vt* 1 Rendre plus petit. 2 Diminuer la valeur, le mérite. ■ *vi, vpr* Devenir plus petit, plus court. *Les jours rapetissent.*

râpeux, euse *a* 1 Rugueux. 2 Âpre au goût, à l'oreille. *Voix râpeuse.*

raphia *nm* Palmier dont on tire une fibre souple et résistante.

rapiat, ate *a, n* Fam Pingre, cupide.

rapide *a* 1 Qui va très vite. *Voiture rapide.* 2 Qui se fait à une vitesse élevée. *Course rapide.* 3 Qui comprend, qui agit vite. 4 De forte déclivité. *Pente rapide.* ■ *nm* 1 Portion d'une rivière où le courant devient rapide et tourbillonnant. 2 Train qui ne s'arrête que dans les villes importantes.

rapidement *av* De façon rapide ; vite.

rapidité *nf* Grande vitesse, célérité.

rapiéçage ou **rapiècement** *nm* Action de rapiécer.

rapiécer *vt* [12] Raccommoder en posant des pièces.

rapière *nf* Anc Épée à longue lame.

rapin *nm* Peintre médiocre.

rapine *nf* Litt Larcin, pillage.

raplapla *a inv* Fam Très fatigué.

raplatir *vt* Aplatir de nouveau ou davantage.

rappareiller *vt* Réassortir.

rapparier *vt* Réunir en une paire.

rappel *nm* 1 Action de rappeler, de faire revenir. 2 Nouvelle administration de vaccin. 3 Paiement rétroactif d'appointements restés en suspens. 4 Manœuvre de descente d'une paroi verticale à l'aide d'une corde double. **Loc** *Battre le rappel* : rassembler les personnes nécessaires. *Rappel à l'ordre* : réprimande.

rappelé, ée *a, n* Appelé de nouveau sous les drapeaux.

rappeler *vt* [18] 1 Appeler de nouveau (partic., par téléphone). 2 Faire revenir. 3 Remettre en mémoire. *Rappeler une promesse à qqn.* 4 Faire penser par ressemblance. **Loc** *Rappeler à l'ordre* : avertir ; réprimander. *Rappeler à la vie* : ranimer. ■ *vpr* Se souvenir. *Se rappeler un fait. Il se le rappelle.*

rappeur, euse *n* Interprète de rap.

rappliquer *vi* Pop Revenir, arriver.

rapport *nm* 1 Revenu, produit. *Vigne d'un bon rapport.* 2 Compte rendu ou exposé. 3 Relation entre plusieurs choses. *Faire le rapport entre deux incidents.* 4 Analogie, accord, conformité. **Loc** *Par rapport à* : relativement à, en fonction de. *Fam Sous le rapport de* : du point de vue de. *Sous tous (les) rapports* : à tous égards. *Mettre en rapport avec* : en relation avec. *Rapport sexuel* : coït. ■ *pl* Relations entre des personnes, des États.

rapporté, ée *a* Ajouté à un ensemble par assemblage. **Loc** *Fam Pièce rapportée* : membre par alliance d'une famille.

rapporter *vt* 1 Apporter de nouveau. 2 Apporter en revenant d'un lieu. *Rapporter un masque d'Afrique.* 3 Donner un revenu, un profit. *Ces plantations ne rapportent rien.* 4 DR Abroger, annuler. *Rapporter un arrêté.* 5 Faire le récit de. *Rapporter un fait.* 6 Redire, répéter par indiscrétion, légèreté ou malice. 7 Rattacher un fait à un autre, à une cause. ■ *vpr* Avoir rapport, se rattacher à. **Loc** *S'en rapporter à qqn* : lui faire confiance pour décider.

rapporteur, euse *a, n* 1 Qui rapporte, répète ; mouchard. ■ *nm* 1 Chargé d'un rapport, d'un compte rendu. 2 Demi-cercle gradué, qui sert à mesurer les angles.

rapprendre. V. réapprendre.

rapproché, ée *a* Voisin, proche.

rapprochement *nm* 1 Action de rapprocher. 2 Établissement de relations plus étroites. 3 Confrontation, comparaison.

rapprocher *vt* 1 Mettre plus près. 2 Réconcilier. 3 Comparer, confronter. ■ *vpr* 1 Venir plus près. 2 Devenir plus proche. 3 Être plus ou moins comparable, conforme à qqn, qqch.

rapprovisionner. V. réapprovisionner.

rapsode, rapsodie. V. rhapsode, rhapsodie.

rapt *nm* Enlèvement illégal ou crapuleux.

raquer *vt* Pop Payer.

raquette *nf* 1 Instrument garni de cordes ou d'une matière élastique qui sert à renvoyer la balle, à différents jeux. 2 Large semelle pour marcher sur la neige. 3 Au basket-ball, zone située à proximité immédiate du panier. 4 Tige aplatie du nopal, portant les épines.

rare a 1 Qui n'est pas commun. *Perle rare.* 2 Qui n'est pas fréquent. *Incident rare.* 3 Exceptionnel, remarquable. *Une rare intelligence.* 4 Peu dense, clairsemé. *Cheveux rares.*

raréfaction nf Fait de se raréfier.

raréfier vt Rendre rare. ■ vpr Devenir rare.

rarement av Peu souvent.

rareté nf Caractère rare ; chose rare.

rarissime a Très rare.

1. ras [ras] nm Chef éthiopien.

2. ras, rase a Dont les poils, les brins sont coupés au plus court. *en terrain découvert.* ■ nm Loc *À ras de, au ras de* : presque au niveau de. *Au ras du sol, au ras des pâquerettes* : à un niveau très bas ; sommaire, grossier. ■ av De très près. *Couper ras.* Loc Fam *En avoir ras le bol* : être excédé, dégoûté.

rasade nf Contenu d'un verre plein à ras bord.

rasage nm Action de raser.

rasant, ante a 1 Qui effleure. 2 Fam Qui ennuie.

rascasse nf Poisson de la Méditerranée, hérissé de piquants.

ras-du-cou nm inv Vêtement, pull dont l'encolure s'arrête au niveau du cou.

rase-mottes nm inv Vol au ras du sol.

raser vt 1 Couper très court les poils, les cheveux, la barbe. 2 Abattre un édifice. 3 Passer tout près. *Une balle l'a rasé.* 4 Fam Ennuyer. ■ vpr 1 Se couper la barbe. 2 Fam S'ennuyer.

raseur, euse n Fam Personne ennuyeuse.

rasibus [-bys] av Pop À ras ; tout près.

ras-le-bol nm inv Fam Exaspération.

rasoir nm Instrument qui sert à se raser. ■ a inv Fam Ennuyeux. *Un discours rasoir.*

rassasiement nm Fait d'être rassasié.

rassasier vt 1 Apaiser complètement la faim de. 2 Satisfaire totalement.

rassemblement nm 1 Action de rassembler. 2 Attroupement. 3 Groupement politique.

rassembler vt 1 Réunir, regrouper des personnes. 2 Mettre ensemble des choses. 3 Concentrer. *Rassembler son courage.* ■ vpr Se réunir, se grouper.

rassembleur, euse a, n Qui rassemble.

rasseoir vt [40] Asseoir de nouveau. ■ vpr S'asseoir après s'être levé.

rasséréner vt [12] Litt Faire redevenir serein, calme. ■ vpr Retrouver sa sérénité.

rassis am Loc *Pain rassis* : qui n'est plus frais. *Esprit rassis* : calme, posé.

rassortiment, rassortir. V. réassortiment, réassortir.

rassurant, ante a Qui rassure.

rassurer vt Redonner la confiance. ■ vpr Reprendre confiance.

rasta ou **rastafari** n, a Adepte d'un mouvement culturel d'origine jamaïcaine.

rastaquouère nm Fam Étranger, aux ressources douteuses.

rat nm Rongeur très prolifique. Loc *Être fait comme un rat* : être pris, attrapé. *Rat de bibliothèque* : qui fréquente assidûment les bibliothèques. *Rat d'hôtel* : voleur qui opère dans les hôtels. *Petit rat de l'Opéra* : jeune élève de la classe de danse de l'Opéra. *Rat de cave* : mince bougie enroulée sur elle-même. ■ a Fam Avare.

rata nm Pop Ragoût médiocre.

ratafia nm Liqueur à base d'eau-de-vie sucrée.

ratage nm Fait de rater ; échec.

ratatiné, ée a Ridé, flétri.

ratatiner vt Fam 1 Exterminer, massacrer, démolir. 2 Battre à plate couture. ■ vpr Se déformer en se plissant, se tasser.

ratatouille nf 1 Fam Ragoût peu appétissant. 2 Plat provençal fait d'aubergines, de tomates, de courgettes, etc., cuites dans l'huile d'olive.

1. rate nf Femelle du rat.

2. rate nf Glande située entre l'estomac et les fausses côtes. Loc Fam *Se dilater la rate* : rire.

raté, ée n, a Qui n'a pas réussi dans sa carrière, dans sa vie. ■ nm 1 Fait de rater ; dysfonctionnement. 2 Bruit produit par un moteur à explosion dont l'allumage est défectueux.

râteau nm Instrument à dents, qui sert à ramasser.

râteler vt [18] Ramasser avec un râteau.

râtelier nm 1 Claie fixée au mur d'une étable et destinée à recevoir le fourrage. 2 Fam Dentier. Loc Fam *Manger à tous les râteliers* : tirer profit de plusieurs sources, même opposées.

rater vi 1 Ne pas partir (arme à feu). 2 Échouer. *L'affaire a raté.* ■ vt 1 Ne pas atteindre, manquer. 2 Ne pas réussir. *Rater un plat.*

ratiboiser vt Fam Ruiner, rafler tout.

raticide nm Produit contre les rats.

ratier nm Chien qui chasse les rats.

ratière nf Piège à rats.

ratification nf Action de ratifier.

ratifier vt Approuver, confirmer dans la forme requise ce qui a été fait ou promis.

ratine nf Étoffe de laine au poil tiré et frisé.

rating [ratiŋ] nm Indice servant à classer les voiliers en vue d'une course.

ratio [-sjo] nm Didac Rapport entre deux grandeurs économiques ou financières.

ratiocination nf Litt Raisonnement oiseux.

ratiociner [-sjo-] vi Litt Faire des raisonnements oiseux.

ration nf 1 Quantité de nourriture donnée aux hommes, aux animaux pour une durée déterminée. 2 Part, dose, lot donné par le sort et considéré comme suffisant.

rationalisation nf Action de rationaliser.

rationaliser vt 1 Rendre rationnel. 2 Organiser une activité selon des principes rationnels pour la rendre plus rentable, plus efficace.

rationalisme nm PHILO Doctrine selon laquelle tout ce qui existe est intelligible par la raison humaine.

rationaliste a, n Qui relève du rationalisme.

rationalité nf Caractère rationnel.

rationnel, elle a 1 Fondé sur la raison. 2 Conforme au sens commun ; bien conçu, pratique. *Rangement rationnel.*

rationnellement av De façon rationnelle.

rationnement nm Action de rationner.

rationner vt Restreindre, limiter, contingenter la consommation de qqch.

ratissage nm Action de ratisser.

ratisser vt 1 Nettoyer avec un râteau. 2 Explorer minutieusement une zone au cours d'une opération militaire ou de police. 3 Fam Ruiner qqn. ■ vi Loc Fam *Ratisser large* : rassembler le plus grand nombre de personnes sans souci des principes.

ratite nm ZOOL Oiseau coureur, telle l'autruche.

raton *nm* 1 Petit du rat. 2 Pop Terme raciste désignant un Nord-Africain. **Loc** *Raton laveur :* mammifère carnivore d'Amérique.

ratonnade *nf* Pop Violences racistes exercées contre des Nord-Africains.

rattachement *nm* Action de rattacher.

rattacher *vt* 1 Attacher de nouveau. *Rattacher ses lacets.* 2 Relier des choses, des personnes. *Rattacher un problème à un autre.* ■ *vpr* Être lié à.

rattrapage *nm* Action de rattraper.

rattraper *vt* 1 Attraper de nouveau. 2 Rejoindre qqn, qqch qui a pris de l'avance. 3 Regagner, recouvrer le temps ou l'argent perdu. 4 Compenser les inconvénients de qqch. ■ *vpr* 1 Se retenir. *Se rattraper à une branche.* 2 Profiter de ce dont on a été longtemps privé.

rature *nf* Trait pour annuler ce qui est écrit.

raturer *vt* Annuler par des ratures.

raucité *nf* Litt Caractère rauque de la voix.

rauque *a* Rude, âpre (voix).

rauwolfia *nm* Arbuste tropical dont on extrait la réserpine.

ravage *nm* Grands dommages, désastres causés par l'homme, les fléaux de la nature, des produits nocifs. **Loc** Fam *Faire des ravages :* susciter des passions amoureuses.

ravagé, ée *a* Fam Fou, inconscient.

ravager *vt* [11] Dévaster, détériorer gravement.

ravageur, euse *a, n* Qui ravage.

ravalement *nm* Nettoyage et restauration de la façade d'un immeuble.

ravaler *vt* 1 Avaler de nouveau. *Ravaler sa salive.* 2 Déprécier, rabaisser. *Ravaler qqn, ses mérites.* 3 Retenir. *Ravaler son indignation.* 4 Faire le ravalement d'une façade.

ravaleur *nm* Qui ravale une façade.

ravaudage *nm* Vx Raccommodage.

ravauder *vt* Vx Raccommoder.

ravaudeur, euse *n* Vx Qui ravaude.

rave *nf* Plante potagère à racine comestible.

ravenala *nm* Plante tropicale voisine du bananier.

ravenelle *nf* Moutarde sauvage.

ravi, ie *a* Enchanté, très content.

ravier *nm* Petit plat pour les hors-d'œuvre.

ravigotant, ante *a* Fam Qui ravigote.

ravigote *nf* Vinaigrette relevée d'échalotes.

ravigoter *vt* Fam Redonner de la vigueur.

ravin *nm* 1 Lit creusé par un torrent. 2 Vallée profonde et encaissée.

ravine *nf* Lit creusé par un ruisseau.

ravinement *nm* Action de raviner.

raviner *vt* Creuser le sol de ravines.

raviole *nf* Petit carré de pâte farci de fromage.

ravioli *nm* Petit carré de pâte farci d'un hachis de viande.

ravir *vt* 1 Litt Enlever de force. 2 Charmer, transporter d'admiration. *Cette musique m'a ravie.* **Loc** *À ravir :* admirablement.

raviser (se) *vpr* Changer d'avis.

ravissant, ante *a* Très joli.

ravissement *nm* Transport de joie, d'admiration.

ravisseur, euse *n* Qui a commis un rapt.

ravitaillement *nm* 1 Action de ravitailler. 2 Denrées nécessaires à la consommation.

ravitailler *vt* Fournir en vivres, en munitions, en carburant.

ravitailleur *nm* Navire, avion équipé pour ravitailler les bateaux en mer, les avions en vol.

ravivage *nm* Action de redonner à une couleur un éclat plus vif.

raviver *vt* 1 Rendre plus vif. 2 Ranimer, faire revivre. *Raviver un souvenir.*

ravoir *vt* (seulement inf) 1 Recouvrer. 2 Fam Redonner à un objet son aspect initial.

rayé, ée *a* Qui porte des raies, des éraflures ou des cannelures.

rayer *vt* [20] 1 Faire des raies sur. *Rayer une feuille.* 2 Faire des éraflures sur. 3 Annuler, supprimer, exclure. *Rayer un nom.*

rayon *nm* 1 Émanation de lumière. *Un rayon de soleil.* 2 Pièce qui unit le moyeu d'une roue à sa jante. 3 Ligne reliant le centre d'un cercle à un point quelconque de sa circonférence. 4 Ce qui répand la joie. *Rayon d'espoir.* 5 Gâteau de cire fait par les abeilles. 6 Étagère servant au rangement. 7 Secteur d'un magasin où l'on vend des produits de même nature. **Loc** *Dans un rayon de :* à une distance à la ronde. *Rayon d'action :* zone d'action. Fam *En connaître un rayon :* bien connaître la question. ■ *pl* Rayonnement. *Rayons cosmiques.*

rayonnage *nm* Ensemble d'étagères.

rayonnant, ante *a* 1 Qui rayonne. 2 Radieux.

rayonne *nf* Fibre textile artificielle.

rayonné, ée *a* Disposé en rayons.

rayonnement *nm* 1 Fait de rayonner ; éclat de ce qui rayonne. 2 PHYS Propagation d'énergie sous forme de particules ou de vibrations. 3 Influence bienfaisante. *Rayonnement d'une culture.*

rayonner *vi* 1 Émettre des rayons lumineux, de l'énergie. 2 Faire sentir au loin son action. 3 Laisser paraître un bonheur intense. *Rayonner de joie.* 4 Partir d'un même point dans des directions diverses.

rayure *nf* 1 Ligne, bande étroite sur un fond de couleur différente. 2 Trace, éraflure laissée par un corps pointu ou coupant.

raz de marée [RG-] *nm inv* 1 Très haute vague d'origine sismique qui pénètre dans les terres. 2 Bouleversement important.

razzia *nf* Fait de tout emporter par violence ou par surprise.

razzier *vt* Piller.

ré *nm* Deuxième note de la gamme.

réa *nm* TECH Roue à gorge d'une poulie.

réabonnement *nm* Action de (se) réabonner.

réabonner *vt* Abonner de nouveau. ■ *vpr* Renouveler son abonnement.

réac *a, n* Fam Abrév de *réactionnaire.*

réaccoutumer *vt* Litt Habituer de nouveau. ■ *vpr* Litt Se réhabituer à.

réacteur *nm* Moteur à réaction. **Loc** *Réacteur nucléaire :* appareil qui produit de l'énergie à partir des réactions de fission nucléaire.

réactif, ive *a* Qui réagit. ■ *nm* CHIM Substance utilisée en raison de la réaction qu'elle produit.

réaction *nf* 1 Comportement, acte de qqn en réponse à un événement, à une action, à un stimulus. 2 Courant de pensée opposé aux innovations, et favorable au rétablissement des institutions du passé. 3 PHYS Force qui résulte de l'action exercée par un corps sur un autre corps qui agit en retour. *Avion à réaction.* 4 CHIM Transformation de corps chimiques en contact. **Loc** *Réaction nucléaire :* qui met en jeu les constituants du noyau de l'atome.

réactionnaire *a, n* Qui s'oppose au progrès.
réactionnel, elle *a* Didac Relatif à une réaction physique, chimique, psychologique.
réactivation *nf* Action de réactiver.
réactiver *vt* Activer de nouveau ; redonner une nouvelle vigueur.
réactivité *nf* Aptitude à réagir.
réactualiser *vt* Remettre à jour ; moderniser.
réadaptation *nf* Fait de (se) réadapter.
réadapter *vt* Adapter de nouveau. ■ *vpr* S'adapter à de nouvelles conditions.
réadmettre *vt* [64] Admettre de nouveau.
réadmission *nf* Nouvelle admission.
ready-made [Redimed] *nm inv* BX-A Objet manufacturé promu objet artistique.
réaffirmer *vt* Affirmer de nouveau, avec plus de fermeté.
réagir *vti, vi* 1 Exercer une action en sens contraire ou en retour sur un corps ou sur qqn. 2 Manifester un changement d'attitude en réponse à un événement. *Réagir à une provocation.* 3 S'opposer, résister à. *Réagir contre une influence.* 4 CHIM Entrer en réaction (espèces chimiques).
réajustement, réajuster. V. rajustement, rajuster.
real *nm* Unité monétaire du Brésil.
réalgar *nm* Minerai d'arsenic.
réalignement *nm* ECON Fixation d'un nouveau taux de change d'une monnaie.
réaligner *vt* Procéder à un réalignement monétaire.
réalisable *a* Qu'on peut réaliser.
réalisateur, trice *a, n* 1 Qui réalise, qui a des aptitudes pour réaliser. 2 Qui dirige la réalisation d'un film, d'une émission.
réalisation *nf* 1 Action de réaliser. 2 Chose réalisée. 3 Conversion d'un bien en espèces. 4 Mise en scène d'un film ou d'une émission.
réaliser *vt* 1 Effectuer, accomplir. *Réaliser un projet, un barrage, des prouesses.* 2 Convertir en espèces, en capitaux. 3 Comprendre, saisir, se représenter clairement. ■ *vpr* 1 Devenir effectif, réel. *Ses espoirs se réalisent.* 2 S'accomplir en tant que personne. *Se réaliser dans son métier.*
réalisme *nm* 1 Courant littéraire et artistique visant à représenter le monde, les hommes tels qu'ils sont. 2 Aptitude à tenir compte de la réalité. *Faire preuve de réalisme.*
réaliste *a, n* 1 Adepte du réalisme en art, en littérature. 2 Qui a le sens des réalités.
réalité *nf* 1 Caractère de ce qui a une existence réelle. 2 Chose réelle. *Rêve qui devient réalité.* Loc *En réalité :* effectivement, réellement.
realpolitik [real-] *nf* Stratégie politique qui ne s'embarrasse pas de considérations morales.
réaménagement *nm* Action de réaménager.
réaménager *vt* [11] Aménager sur de nouvelles bases.
réanimateur, trice *n* Spécialiste de la réanimation.
réanimation *nf* Technique médicale employée pour rétablir les grandes fonctions vitales.
réanimer *vt* Faire revenir à la vie par la réanimation.
réapparaître *vt* [55] [aux être ou avoir] Apparaître de nouveau.
réapparition *nf* Nouvelle apparition.
réapprendre ou **rapprendre** *vt* [70] Apprendre de nouveau.

réapprovisionner ou **rapprovisionner** *vt* Approvisionner de nouveau.
réarmement *nm* Action de réarmer.
réarmer *vt* Armer de nouveau. ■ *vi* S'armer de nouveau.
réassort *nm* Marchandises destinées à réapprovisionner un commerçant.
réassortiment ou **rassortiment** *nm* Action de réassortir.
réassortir ou **rassortir** *vt* Assortir de nouveau.
réassurance *nf* Assurance par laquelle un assureur se fait garantir ses propres risques par une autre compagnie.
réassurer *vt* Garantir par une réassurance.
rebaptiser *vt* Donner un nouveau nom.
rébarbatif, ive *a* Qui rebute par son aspect peu avenant. *Visage rébarbatif.*
rebâtir *vt* Bâtir de nouveau.
rebattre *vt* [77] Battre de nouveau. Loc *Rebattre les oreilles :* répéter en lassant.
rebattu, ue *a* Qui a perdu tout intérêt à force d'être répété.
rebec *nm* Instrument de musique médiéval à trois cordes et à archet.
rebelle *a, n* Qui refuse de se soumettre à une autorité, se révolte. ■ *a* 1 Qui refuse de se plier à. 2 Qui résiste au traitement. *Maladie rebelle.*
rebeller (se) *vpr* Se révolter contre.
rébellion *nf* Révolte ; ensemble des rebelles.
rebelote *nf* Fam Se dit quand une situation se reproduit à l'identique.
rebiffer (se) *vpr* Fam Regimber, refuser vivement une contrainte.
rebiquer *vi* Fam Se redresser.
reblochon *nm* Fromage savoyard au lait de vache, à pâte grasse.
reboire *vi, vt* [52] Boire de nouveau.
reboisement *nm* Action de reboiser.
reboiser *vt* Planter d'arbres un terrain déboisé.
rebond *nm* Fait de faire un nouveau bond.
rebondi, ie *a* Rond et charnu. *Des joues rebondies.*
rebondir *vi* 1 Faire un ou plusieurs bonds après un heurt. 2 Connaître des développements nouveaux. *L'affaire rebondit.* 3 Retrouver un nouvel élan après une période difficile.
rebondissement *nm* 1 Action de rebondir. 2 Épisode nouveau et inattendu.
rebord *nm* Bord en saillie ou replié.
reboucher *vt* Boucher de nouveau.
rebours (à) *av* En sens contraire, au contraire de ce qu'il faut. Loc *Compte à rebours :* horaire minuté précédant une opération.
rebouteux, euse *n* Fam Qui, sans être médecin, s'emploie à guérir les fractures, les luxations.
reboutonner *vt* Boutonner de nouveau.
rebroder *vt* Garnir un tissu, un vêtement d'une broderie après sa fabrication.
rebrousse-poil (à) *av* 1 À l'opposé du sens naturel des poils. 2 Avec maladresse.
rebrousser *vt* Relever dans un sens contraire à la direction naturelle. Loc *Rebrousser chemin :* faire demi-tour.
rebuffade *nf* Mauvais accueil, refus brutal.
rébus [-bys] *nm* 1 Suite de lettres, de dessins, représentant le mot ou la phrase qu'on veut faire deviner. 2 Chose malaisée à comprendre, énigme.

rebut [-by] *nm* Ce qu'on a rejeté, ce qu'il y a de plus mauvais. *Loc Mettre au rebut* : rejeter comme sans valeur.

rebutant, ante *a* Qui rebute, déplaît.

rebuter *vt* Décourager, dégoûter.

recalcification *nf* Augmentation du calcaire dans l'organisme.

recalcifier *vt* Enrichir en calcium.

récalcitrant, ante *a, n* Qui résiste avec opiniâtreté.

recalculer *vt* Calculer de nouveau.

recalé, ée *a, n* Fam Candidat refusé.

recaler *vt* Fam Refuser à un examen.

recapitaliser *vt* ECON Augmenter le capital d'une entreprise.

récapitulatif, ive *a, nm* Qui récapitule. *Tableau récapitulatif. Établir un récapitulatif.*

récapitulation *nf* Action de récapituler.

récapituler *vt* Résumer, reprendre sommairement.

recaser *vt* Fam Caser, établir de nouveau.

recel *nm* Action de receler.

receler ou **recéler** *vt* [16] ou [12] 1 Détenir et cacher qqch illégalement. 2 Contenir, renfermer. *L'épave recèle un trésor.*

receleur, euse *n* Coupable de recel.

récemment *av* À une époque récente.

recensement *nm* 1 Action de recenser. 2 Dénombrement officiel des habitants d'une ville, d'un État, etc.

recenser *vt* Dénombrer, inventorier.

recenseur *nm* Qui recense.

recension *nf* Compte rendu critique d'un ouvrage dans une revue.

récent, ente *a* Qui existe depuis peu.

recentrage *nm* Action de recentrer.

recentrer *vt* Déplacer vers le centre ; remettre au centre. *Recentrer un parti politique.*

récépissé *nm* Écrit attestant qu'on a reçu qqch.

réceptacle *nm* 1 Ce qui reçoit des choses de provenances diverses. 2 BOT Extrémité du pédoncule de la fleur.

récepteur, trice *a* Qui reçoit, dont la fonction est de recevoir. ■ *nm* 1 Appareil recevant des signaux électriques et les transformant en images ou en sons. 2 PHYSIOL Structure organique recevant des signaux extérieurs et les transformant en influx nerveux.

réceptif, ive *a* Susceptible de recevoir facilement des impressions ; sensible à.

réception *nf* 1 Action, fait de recevoir qqch, qqn. 2 Service d'accueil d'un hôtel ou d'une entreprise. *S'adresser à la réception.* 3 Réunion mondaine. 4 Action de recevoir le ballon. 5 Manière de se recevoir au sol après un saut.

réceptionnaire *n. a* Qui reçoit une marchandise.

réceptionner *vt* Accepter une livraison après vérification.

réceptionniste *n* Chargé de la réception des clients d'un hôtel.

réceptivité *nf* Caractère réceptif.

récessif, ive *a* BIOL Se dit d'un gène, d'un caractère héréditaire ne se manifestant qu'en l'absence du caractère opposé.

récession *nf* Ralentissement de l'activité économique.

récessivité *nf* Caractère récessif.

recette *nf* 1 Ce qui est reçu, perçu en argent. 2 Bureau où on perçoit les taxes. 3 Indications qui permettent de confectionner un mets. *Recette d'un gâteau.* 4 Moyen, procédé pour réussir qqch. *Loc Faire recette* : rapporter de l'argent ; avoir du succès.

recevabilité *nf* Caractère recevable.

recevable *a* Qu'on peut recevoir, admettre.

receveur, euse *n* 1 Fonctionnaire, employé recevant les deniers publics, un paiement. 2 Qui reçoit du sang, un organe, dans une transfusion, une greffe.

recevoir *vt* [43] 1 Se voir donner, envoyer, adresser qqch. *Recevoir une lettre.* 2 Prendre sur soi, subir. *Recevoir des coups, une averse.* 3 Laisser entrer ; recueillir. *Cette pièce reçoit le soleil.* 4 Accueillir ; faire un certain accueil à. *Il nous a bien reçus.* 5 Admettre à un examen, dans une société. ■ *vpr* Retomber d'une certaine manière après un saut.

rechampir ou **réchampir** *vt* TECH Détacher un ornement sur un fond.

rechange *nm* *Loc De rechange* : qui peut remplacer qqch.

rechanter *vt, vi* Chanter de nouveau.

rechapage *nm* Action de rechaper.

rechaper *vt* Appliquer une nouvelle couche de gomme sur un pneu usé.

réchapper *vti* [aux *avoir* ou *être*] Se tirer d'un grand danger. *Réchapper à un* (ou *d'un*) *accident.*

recharge *nf* 1 Action de recharger. 2 Ce qui sert à recharger. *Recharge de briquet.*

rechargeable *a* Qu'on peut être rechargé.

rechargement *nm* Action de recharger.

recharger *vt* [11] Charger de nouveau.

réchaud *nm* Petit fourneau portatif.

réchauffage *nm* Action de réchauffer.

réchauffé, ée *a; nm* Vieux et trop connu. *Histoires réchauffées.*

réchauffement *nm* Fait de se réchauffer.

réchauffer *vt* 1 Chauffer ce qui était froid ou refroidi. 2 Ranimer, réconforter. ■ *vpr* Devenir plus chaud.

rechausser *vt* Chausser de nouveau.

rêche *a* 1 Rude au toucher. 2 Peu aimable.

recherche *nf* 1 Action de rechercher. 2 Travail scientifique. *Recherches sur le cancer.* 3 Soin, raffinement. *Recherche dans la toilette.*

recherché, ée *a* 1 Peu commun, rare. 2 Qui témoigne du raffinement. *Élégance recherchée.*

recherche-développement *nf* Processus économique qui s'étend de la conception d'un nouveau produit à sa mise sur le marché.

rechercher *vt* 1 Chercher avec soin pour découvrir, connaître. 2 Tâcher d'obtenir. *Rechercher les honneurs.*

rechigner *vti* Témoigner de la répugnance pour. *Rechigner au travail.*

rechristianiser *vt* Ramener une population à la foi chrétienne.

rechute *nf* Fait de retomber dans une maladie, une toxicomanie, une mauvaise habitude.

rechuter *vi* Faire une rechute.

récidivant, ante *a* MED Qui récidive.

récidive *nf* 1 MED Réapparition d'une maladie, d'un mal. 2 DR Action de refaire une même faute, de commettre une nouvelle infraction.

récidiver *vi* 1 Réapparaître (maladie). 2 Refaire une même faute, commettre une nouvelle infraction.

récidiviste *n* Qui commet une récidive.

récif *nm* Rocher ou ensemble de rochers à fleur d'eau.

récipiendaire *n* Personne reçue dans un corps, une compagnie avec cérémonie.

récipient *nm* Ustensile destiné à contenir une substance quelconque.

réciprocité *nf* Caractère réciproque.

réciproque *a* Mutuel. *Amour réciproque. Influence réciproque.* **Loc** GRAM *Verbes réciproques* : verbes pronominaux où les sujets exercent l'action les uns sur les autres (ex. : *ils se battent*). ■ *nf* La pareille. *Rendre la réciproque.*

réciproquement *av* Mutuellement.

récit *nm* Narration de faits réels ou imaginaires. *Récit d'aventures.*

récital *nm* Concert donné par un seul artiste ou consacré à un seul genre. *Des récitals.*

récitant, ante *n* 1 Qui dit un texte. 2 Qui chante un récitatif.

récitatif *nm* Partie narrative déclamée dans un opéra.

récitation *nf* Texte de poésie qu'un écolier doit apprendre par cœur.

réciter *vt* Dire par cœur. *Réciter une leçon.*

réclamation *nf* Action de réclamer.

réclame *nf* Vx Publicité commerciale. **Loc** *En réclame* : à prix réduit.

réclamer *vt* 1 Demander de façon pressante ce dont on a besoin ou ce à quoi on a droit. 2 Nécessiter. *Ceci réclame des précautions.* ■ *vpr* Se prévaloir de qqn, de qqch.

reclassement *nm* Action de reclasser.

reclasser *vt* 1 Classer de nouveau. 2 Affecter qqn qui ne peut plus exercer son emploi dans un secteur différent. 3 Réajuster le traitement d'une catégorie d'employés, de fonctionnaires.

reclus, use *a, n* Enfermé, isolé du monde.

réclusion *nf* 1 Litt État de qqn reclus. 2 DR Peine privative de liberté, avec obligation de travailler.

récognition *nf* PHILO Reconnaissance par la mémoire.

recoiffer *vt* Coiffer de nouveau. ■ *vpr* 1 Arranger ses cheveux. 2 Remettre son chapeau.

recoin *nm* Coin bien caché.

recollage *nm* Action de recoller.

recoller *vt* Coller de nouveau.

récoltant, ante *a, n* Qui fait sa récolte.

récolte *nf* 1 Action de recueillir des produits de la terre ; produits recueillis. 2 Ce qu'on rassemble au prix d'un certain effort. *Récolte de renseignements.*

récolter *vt* 1 Faire une récolte de. *Récolter des céréales.* 2 Recueillir, obtenir. *Récolter des mauvaises notes.*

recommandable *a* Digne d'être recommandé, estimé. *Personne peu recommandable.*

recommandation *nf* 1 Conseil. 2 Action de recommander qqn. 3 Formalité par laquelle on recommande une lettre, un colis.

recommandé, ée *a, nm* À quoi s'applique la recommandation postale.

recommander *vt* 1 Indiquer, conseiller qqch à qqn ; exhorter. *Recommander la prudence.* 2 Demander à qqn d'être favorable à. *Recommander un élève.* 3 S'assurer, en payant une taxe, qu'un envoi postal sera remis en main propre au destinataire. ■ *vpr* Se prévaloir de l'appui de qqn.

recommencement *nm* Fait de recommencer.

recommencer *vt, vi* [10] Commencer de nouveau ; refaire.

récompense *nf* Ce qu'on donne à qqn pour un service rendu, un mérite particulier.

récompenser *vt* Donner une récompense à qqn.

recomposer *vt* Reconstituer.

recomposition *nf* Action de recomposer.

recompter *vt* Compter de nouveau.

réconcilier *vt* 1 Remettre d'accord des personnes brouillées. 2 Faire revenir sur une opinion défavorable. ■ *vpr* Se remettre d'accord avec qqn.

recondamner *vt* Condamner une nouvelle fois.

reconductible *a* Qu'on peut reconduire, renouveler.

reconduction *nf* Action de reconduire, de renouveler.

reconduire *vt* [67] 1 Accompagner qqn qui s'en va. 2 Renouveler, proroger. *Reconduire un contrat.*

reconduite *nf* **Loc** *Reconduite à la frontière* : expulsion d'un étranger en situation irrégulière.

réconfort *nm* Consolation, appui.

réconfortant, ante *a* Qui réconforte.

réconforter *vt* Redonner de la force physique ou morale à qqn.

reconnaissable *a* Qu'on peut reconnaître.

reconnaissance *nf* 1 Action de reconnaître qqn, qqch. 2 Fait d'admettre pour tel de reconnaître la légitimité de. 3 Acte écrit par lequel on reconnaît une obligation. *Reconnaissance de dette.* 4 MILIT Exploration d'un lieu. *Vol de reconnaissance.* 5 Sentiment qui porte à témoigner qu'on est redevable d'un bienfait reçu ; gratitude.

reconnaissant, ante *a* Qui éprouve de la reconnaissance.

reconnaître *vt* [55] 1 Identifier qqn, qqch. *Reconnaître une odeur.* 2 Admettre comme vrai, certain ; avouer. 3 Explorer un lieu. **Loc** *Reconnaître un enfant* : déclarer officiellement qu'on en est le père ou la mère. *Reconnaître un gouvernement* : admettre sa légitimité. ■ *vpr* 1 Retrouver son image dans. 2 S'avouer comme tel. *Se reconnaître coupable.*

reconnu, ue *a* Dont la valeur n'est pas mise en doute. *Un musicien reconnu.*

reconquérir *vt* [34] Conquérir de nouveau.

reconquête *nf* Action de reconquérir.

reconsidérer *vt* [12] Réexaminer.

reconstituant, ante *a, nm* Qui redonne des forces.

reconstituer *vt* 1 Constituer, créer de nouveau. 2 Rétablir un fait tel qu'il s'est produit. *Reconstituer un crime.*

reconstitution *nf* Action de reconstituer.

reconstruction *nf* Action de reconstruire.

reconstruire *vt* [67] Construire de nouveau ce qui a été détruit ; rebâtir.

reconversion *nf* 1 Adaptation de l'économie, d'une entreprise à de nouvelles conditions. 2 Changement de métier d'un travailleur par une nouvelle qualification.

reconvertir *vt* Pratiquer, assurer la reconversion de qqch, qqn. ■ *vpr* Changer de métier.

recopier *vt* Copier un texte ; le mettre au propre.

record *nm* Exploit, performance surpassant ce qui a été fait jusqu'alors. ■ *a inv* Jamais atteint auparavant. *Températures record.*

recorder *vt* Munir de nouvelles cordes.

recordman [rɔkɔrdman] *nm*, **recordwoman** [-wuman] *nf* Qui détient un record sportif.

recorriger *vt* Corriger de nouveau.

recoucher *vt* Coucher de nouveau. ■ *vpr* Se remettre au lit.

recoudre *vt* [56] Coudre une étoffe décousue ou déchirée.

recoupement *nm* Vérification d'un fait, d'une information par d'autres sources.

recouper *vt* 1 Couper de nouveau. 2 Apporter une confirmation par d'autres sources. ■ *vi* Couper une seconde fois les cartes.

recourber *vt* Courber une nouvelle fois ou à son extrémité.

recourir *vi, vt* [25] Courir de nouveau. ■ *vti* Faire appel à qqn, à qqch. *Recourir au médecin.*

recours *nm* 1 Action de faire appel à qqn, à qqch ; ce à quoi on recourt. 2 DR Action qu'on fait contre qqn pour être indemnisé ou garanti. 3 DR Pourvoi. *Recours en grâce.*

recouvrable *a* Qu'on peut recouvrer.

recouvrement *nm* 1 Action de recouvrer ce qui était perdu. 2 Perception de sommes dues. *Le recouvrement des impôts.* 3 Fait de recouvrir. *Recouvrement d'un toit.*

recouvrer *vt* 1 Rentrer en possession de. *Recouvrer la vue.* 2 Percevoir des sommes dues.

recouvrir *vt* [31] 1 Couvrir de nouveau ou complètement. 2 Masquer, cacher. 3 Inclure dans, coïncider avec.

recracher *vt* Rejeter ce qu'on a mis dans la bouche.

récréatif, ive *a* Divertissant.

recréation *nf* Nouvelle création.

récréation *nf* 1 Délassement, détente. 2 Temps accordé à des élèves pour se détendre entre les heures de classe. (Abrév fam : récré.)

recréer *vt* Créer à nouveau ; reconstituer.

récréer *vt* Litt Divertir, détendre.

recrépir *vt* Crépir de nouveau.

récrier (se) *vpr* S'exclamer d'indignation ou d'admiration.

récriminateur, trice *a* Qui récrimine.

récrimination *nf* Plainte, protestation acerbe, revendication.

récriminer *vi* Protester, critiquer amèrement.

récrire ou **réécrire** *vt* [61] 1 Écrire de nouveau. 2 Rédiger à nouveau, en modifiant.

recristallisation *nf* GÉOL Modification en profondeur des constituants d'une roche.

récriture ou **réécriture** *nf* Action de rédiger en modifiant.

recroqueviller (se) *vpr* 1 Se replier en séchant, se rétracter. 2 Se ramasser sur soi.

recru, ue *a* Litt *Recru de fatigue* : harassé.

recrudescence *nf* Réapparition avec une augmentation d'intensité.

recrudescent, ente *a* Qui s'intensifie.

recrue *nf* 1 Soldat nouvellement incorporé. 2 Nouveau membre d'un groupement.

recrutement *nm* Action de recruter.

recruter *vt* 1 Appeler des recrues. *Recruter une troupe.* 2 Engager du personnel. 3 Attirer dans un groupe, un parti. *Recruter des partisans.*

recruteur, euse *n* Qui recrute.

recta *av* Fam Exactement.

rectal, ale, aux *a* ANAT Du rectum.

rectangle *nm* Quadrilatère dont les angles sont droits et les côtés opposés égaux. ■ *a* Loc *Triangle rectangle* : qui a un angle droit.

rectangulaire *a* 1 En forme de rectangle. 2 Qui forme un angle droit.

recteur *nm* Fonctionnaire de l'Éducation nationale responsable d'une académie.

rectificatif, ive *a* Qui sert à rectifier une erreur. ■ *nm* Document apportant une rectification.

rectification *nf* Action de corriger ce qui est inexact ; mise au point.

rectifier *vt* Rendre correct, exact ; redresser, corriger.

rectifieur, euse *n* Qui rectifie une pièce usinée. ■ *nf* Machine-outil servant à rectifier une pièce.

rectiligne *a* En ligne droite.

rectite *nf* Inflammation du rectum.

rectitude *nf* 1 Qualité de ce qui est droit. *Rectitude d'une ligne.* 2 Qualité juste, conforme à la raison ; rigueur morale.

recto *nm* Première page d'un feuillet (par oppos. à verso).

rectocolite *nf* Inflammation du rectum et du côlon.

rectoral, ale, aux *a* Du recteur.

rectorat *nm* Charge, dignité de recteur d'académie ; bureaux du recteur.

rectoscopie *nf* Examen du rectum à l'endoscope.

rectrice *nf* Plume de la queue des oiseaux.

rectum [-tɔm] *nm* Segment terminal du gros intestin.

reçu, ue *a* Loc *Idée reçue* : toute faite, banale, souvent fausse. ■ *a, n* Admis à un examen, un concours. ■ *nm* Écrit par lequel on reconnaît avoir reçu une somme d'argent, un objet.

recueil *nm* Volume réunissant des écrits de provenances diverses.

recueillement *nm* État d'esprit d'une personne qui se recueille.

recueilli, ie *a* Qui se recueille ; qui manifeste le recueillement.

recueillir *vt* [26] 1 Rassembler, collecter. 2 Remporter, obtenir. *Il a recueilli tous les suffrages.* 3 DR Recevoir par héritage. 4 Recevoir chez soi, héberger. ■ *vpr* 1 Se livrer à de pieuses méditations. 2 Réfléchir, méditer.

recuire *vt, vi* [67] Cuire de nouveau.

recuit *nm* TECH Chauffage d'un métal, d'un verre pour en améliorer la qualité.

recul *nm* 1 Mouvement de ce qui recule. 2 Régression, diminution. *Recul de la production.* 3 Distance prise pour juger un événement. *Manquer de recul pour juger.*

reculade *nf* Dérobade.

reculé, ée *a* Éloigné. *Époque reculée.*

reculer *vi* 1 Aller en arrière. 2 Hésiter ou renoncer à agir. Loc *Ne reculer devant rien* : n'avoir aucun scrupule. ■ *vt* 1 Tirer ou repousser en arrière. *Reculer sa chaise.* 2 Retarder, différer. *Reculer la date du départ.*

reculons (à) *av* En reculant.

récupérable *a* Qu'on peut récupérer.

récupérateur, trice *a, n* Qui récupère des matières ou de l'énergie.

récupération *nf* Action de récupérer.

récupérer *vt* [12] 1 Recouvrer, rentrer en possession de ce qu'on avait perdu. 2 Recueillir les déchets pour les utiliser. 3 Compenser par des heures de travail les moments perdus. 4 Détourner à son profit un mouvement de contestation en le dénaturant. ■ *vi* Recouvrer ses forces.

récurage *nm* Action de récurer.

récurer *vt* Nettoyer en frottant.

récurrence *nf* Didac Caractère récurrent.

récurrent, ente *a* Didac Qui revient par intermittence, répétitif.

récursif, ive *a* Didac Qui peut être répété un nombre infini de fois.

récursivité *nf* Caractère récursif.

récusable *a* Qu'on peut récuser.

récusation *nf* Action de récuser.

récuser *vt* 1 DR Refuser en tant que juré, expert, témoin. 2 Contester, n'accorder aucune valeur à qqch, aucune autorité à qqn. ■ *vpr* Refuser de prendre une responsabilité.

recyclable *a* Qu'on peut recycler.

recyclage *nm* 1 Réutilisation de produits industriels usagés. 2 Formation donnée à qqn pour s'adapter à un nouveau travail.

recycler *vt* Soumettre à un recyclage. ■ *vpr* Acquérir une nouvelle formation.

rédacteur, trice *n* Qui a pour profession de rédiger des textes destinés à la diffusion.

rédaction *nf* 1 Action de rédiger. 2 Narration, composition française. 3 Ensemble des rédacteurs d'un journal, d'un livre ; lieu où ils travaillent.

rédactionnel, elle *a* De la rédaction.

reddition *nf* Capitulation.

redécoupage *nm* Division d'une région en nouvelles circonscriptions électorales.

redécouper *vt* Faire un redécoupage.

redécouvrir *vt* [31] Découvrir de nouveau.

redéfinir *vt* Définir à nouveau.

redéfinition *nf* Action de redéfinir.

redemander *vt* Demander de nouveau.

redémarrage *nm* Action de redémarrer.

redémarrer *vi* Prendre un nouveau départ.

rédempteur, trice *a, nm* Litt Qui rachète les péchés.

rédemption *nf* RELIG 1 Rachat des péchés. 2 (avec majusc) Rachat du genre humain par la mort du Christ.

redéploiement *nm* Action de redéployer.

redéployer *vt* [22] 1 Réorganiser un dispositif de combat. 2 Réorganiser une activité industrielle en multipliant les points d'échange, de production.

redescendre *vi, vt* [5] [aux *être* pour le *vi*] Descendre une nouvelle fois.

redevable *a* Qui doit qqch à qqn.

redevance *nf* Taxe due à échéances déterminées.

redevenir *vi* [35] [aux *être*] Devenir de nouveau.

rédhibitoire *a* Qui constitue un empêchement absolu. Loc DR *Vice rédhibitoire* : défaut caché qui constitue un motif d'annulation de la vente.

rediffuser *vt* Diffuser une nouvelle fois.

rediffusion *nf* Action de rediffuser ; émission rediffusée.

rédiger *vt* [11] Exprimer par écrit.

redingote *nf* 1 Anc Manteau d'homme à longues basques. 2 Manteau de femme cintré à la taille.

redire *vt* [60] Répéter. Loc *Trouver, avoir à redire* : critiquer.

rediscuter *vt* Discuter de nouveau.

redistribuer *vt* Distribuer de nouveau, différemment.

redistribution *nf* Action de redistribuer.

redite *nf* Répétition inutile.

redondance *nf* Répétition superflue, redite.

redondant, ante *a* 1 Superflu. 2 Qui comporte des redondances, des redites. 3 INFORM Qui emploie plus de symboles que nécessaire pour la transmission d'une information.

redonner *vt* 1 Donner de nouveau. 2 Rendre ce qui a été perdu, restituer.

redorer *vt* Dorer de nouveau.

redoublant, ante *n* Qui redouble une classe.

redoublé, ée *a* Répété. Loc *À coups redoublés* : violemment.

redoublement *nm* Action de redoubler.

redoubler *vt* 1 Doubler, répéter. 2 Renouveler avec insistance ; accroître. *Redoubler ses prières.* 3 Recommencer une classe. ■ *vti* Agir avec encore plus de. *Redoubler de vigilance.* ■ *vi* Augmenter, s'accroître. *La pluie redouble.*

redoutable *a* Dangereux, terrible.

redoutablement *av* Terriblement, très.

redoute *nf* Anc Ouvrage de fortification isolé.

redouter *vt* Avoir peur de, craindre.

redoux *nm* Radoucissement de la température après une période de froid.

redresse (à la) *a* Pop Qui se fait respecter.

redressement *nm* Action de (se) redresser. Loc *Redressement fiscal* : rectification de l'impôt après une déclaration erronée.

redresser *vt* 1 Remettre dans une position verticale ; rendre une forme droite. 2 Remettre en bon ordre, dans un état satisfaisant. ■ *vpr* 1 Se remettre debout, droit. 2 Retrouver sa puissance, son développement.

redresseur *nm* Loc *Redresseur de torts* : qui prétend faire régner la justice autour de lui.

réducteur, trice *a* 1 Qui réduit. 2 Qui simplifie abusivement. *Analyse réductrice.*

réductible *a* Qu'on peut réduire.

réduction *nf* 1 Action de rendre plus petit ; diminution. *Réduction d'impôt.* 2 Fait de ramener une chose complexe à une autre plus simple. 3 Remise en place des os fracturés.

réductionnisme *nm* Tendance à simplifier exagérément un phénomène.

réductionniste *a, n* Du réductionnisme.

réduire *vt* [67] 1 Restreindre, diminuer, rendre plus petit. 2 Reproduire avec des dimensions plus petites. 3 Transformer par broyage, trituration, pulvérisation, etc. 4 Amener à une forme plus simple. *Réduire une fraction.* 5 Remettre à leur place des os fracturés. 6 Rendre plus concentré par une longue cuisson. *Réduire une sauce.* 7 Obliger à. *Réduire qqn au silence.* 8 Soumettre, mater. *Réduire la résistance.* ■ *vi* Diminuer de volume. *La sauce a réduit.* ■ *vpr* Se limiter à.

réduit *nm* Petit local sombre.

réduplication *nf* LING Redoublement de mots, de syllabes.

rééchelonnement *nm* Action de rééchelonner.

rééchelonner *vt* Étaler sur une période plus longue le remboursement d'une dette.

réécouter *vt* Écouter de nouveau.

réécrire, réécriture. V. récrire, récriture.

rééditer vt **1** Éditer de nouveau. **2** Répéter, refaire. *Rééditer un exploit.*

réédition nf Action de rééditer.

rééducation nf Action de rééduquer.

rééduquer vt **1** Appliquer un traitement visant à recouvrer une fonction organique lésée. **2** Réadapter socialement.

réel, réelle a **1** Qui existe effectivement. *Personnage réel.* **2** Véritable, authentique. *Améliorations réelles.* ■ nm Les choses, les faits qui existent effectivement.

réélection nf Action de réélire.

rééligible a Légalement apte à être réélu.

réélire vt [63] Élire de nouveau.

réellement av En réalité, effectivement.

réémetteur nm Émetteur retransmettant les signaux d'un émetteur principal.

réemploi ou **remploi** nm Nouvel emploi.

réemployer ou **remployer** vt [22] Employer de nouveau.

réemprunter ou **remprunter** vt Emprunter de nouveau.

réengagement, réengager. V. rengagement, rengager.

rééquilibrage nm Fait de rééquilibrer.

rééquilibrer vt Rétablir l'équilibre.

réescompte nm Escompte consenti à une banque par un autre établissement, sur des effets de commerce déjà escomptés.

réessayer ou **ressayer** vt [20] Essayer de nouveau.

réétudier vt Étudier de nouveau.

réévaluation nf Action de réévaluer.

réévaluer vt **1** Évaluer sur des bases nouvelles. **2** Augmenter le taux de change d'une monnaie.

réexamen nm Fait de réexaminer.

réexaminer vt Examiner de nouveau.

réexpédier vt Expédier de nouveau.

réexpédition nf Action de réexpédier.

réexportation nf Action de réexporter.

réexporter vt Exporter des marchandises importées.

refaçonner vt Façonner de nouveau.

refaire vt [9] **1** Faire de nouveau ce qui a été fait. **2** Remettre en état, réparer. **3** Fam Duper, tromper qqn. ■ vpr Fam Rétablir ses finances.

réfection nf Action de remettre en état.

réfectoire nm Lieu où les membres d'une collectivité prennent ensemble des repas.

refend nm Loc *Bois de refend* : scié en long. *Mur de refend* : mur de soutien intérieur.

refendre vt [5] Fendre ou scier en long.

référé nm DR Procédure rapide pour juger une affaire urgente.

référé-liberté nm DR Procédure de suspension d'une mise en détention jugée abusive. *Des référés-libertés.*

référence nf **1** Action de se référer à qqch ; ce à quoi l'on se réfère. **2** Indication précise des ouvrages auxquels on renvoie le lecteur. **3** Indication, portée en tête d'une lettre, qui désigne l'affaire concernée. ■ pl Attestation d'un employeur servant de recommandation.

référencer vt [10] Indiquer la référence de qqch. *Référencer des marchandises.*

référendaire a Du référendum. Loc *Conseiller référendaire* : magistrat chargé de vérifier la comptabilité publique.

référendum [-dɔm] nm **1** Vote direct par lequel les citoyens se prononcent sur une proposition législative ou constitutionnelle. **2** Consultation des membres d'un groupe.

référent nm LING Ce à quoi se réfère un signe linguistique.

référentiel, elle a LING Du référent.

référer vti [12] En appeler à. *En référer à un supérieur.* ■ vpr Se rapporter à qqn ou qqch.

refermer vt Fermer ce qui s'était ouvert ou qu'on avait ouvert.

refiler vt Fam Donner qqch à qqn.

refinancement nm Action de se refinancer.

refinancer (se) vpr [10] ECON Se procurer de nouvelles ressources sur le marché financier.

réfléchi, ie a **1** Fait ou dit avec réflexion. **2** Qui agit avec réflexion. Loc GRAM *Verbe, pronom réfléchi* : indique que l'action est réalisée par le sujet sur lui-même.

réfléchir vt Renvoyer par réflexion dans une nouvelle direction. *Miroir qui réfléchit une image.* ■ vi, vti Penser mûrement. *Réfléchis avant de parler. Réfléchir à un problème.* ■ vpr Donner une image par réflexion.

réfléchissant, ante a Qui réfléchit la lumière.

réflecteur nm Appareil destiné à réfléchir des rayonnements.

réflectorisé, ée a Muni de réflecteurs. *Panneau indicateur réflectorisé.*

reflet nm **1** Lumière renvoyée par la surface d'un corps ; image réfléchie. **2** Reproduction affaiblie.

refléter vt [12] **1** Renvoyer de manière affaiblie la lumière, une image. **2** Indiquer, traduire, exprimer. ■ vpr Se réfléchir.

refleurir vi Fleurir de nouveau.

reflex [-rɛ-] nm Appareil photographique dont le viseur présente, grâce à un miroir, une image cadrée exactement.

réflexe nm **1** Réaction organique, immédiate, involontaire et prévisible à un stimulus donné. **2** Réaction rapide à une situation imprévue. ■ a Qui relève du réflexe. *Mouvement réflexe.*

réflexion nf **1** PHYS Changement de direction d'une onde lumineuse, acoustique, radioélectrique causé par un obstacle. **2** Fait de réfléchir, de penser mûrement à qqch ; pensée exprimée. **3** Critique désobligeante. Loc *Réflexion faite* : après avoir réfléchi.

refluer vi **1** Se mettre à couler en sens inverse. **2** Reculer vers son point de départ.

reflux [-fly] nm **1** Mouvement de la mer se retirant du rivage. Syn. jusant. **2** Mouvement de ce qui reflue. *Le reflux de la foule.*

refondre vt [5] **1** Fondre de nouveau un métal. **2** Refaire complètement. *Refondre un livre.*

refonte nf Action de refondre.

reforestation nf Syn de reboisement.

réformable a Qu'on peut réformer.

réformateur, trice n, a Qui propose des réformes, vise à réformer.

réforme nf Changement en vue d'améliorer. *Réforme fiscale, agraire.*

réformé, e a, n **1** Qui relève du protestantisme. **2** Reconnu inapte au service militaire.

reformer vt Former de nouveau, refaire.

réformer vt **1** Corriger en supprimant ce qui est nuisible. **2** MILIT Retirer du service, reconnaître comme inapte.

réformette *nf* Fam Réforme sans portée.

réformisme *nm* Doctrine politique des partisans de la transformation progressive et légale de la société.

réformiste *n, a* Qui relève du réformisme.

refoulé, ée *a, n* Qui réprime l'expression de ses sentiments, de sa sexualité.

refoulement *nm* 1 Action de refouler, de faire reculer. 2 PSYCHAN Action de s'interdire d'exprimer un désir, un sentiment qui subsistent de façon inconsciente.

refouler *vt* 1 Faire reculer, refluer. *Refouler des manifestants.* 2 S'interdire l'expression d'un sentiment, d'un désir. *Refouler ses larmes, sa colère.* 3 PSYCHAN Rejeter dans son inconscient.

réfractaire *a, n* 1 Qui refuse de se soumettre, d'obéir. 2 HIST Sous la Révolution, prêtre qui avait refusé de prêter serment. ■ *a* 1 Inaccessible, insensible à qqch. 2 Qui résiste à de très hautes températures. *Brique réfractaire.*

réfracter *vt* PHYS Produire la réfraction de.

réfraction *nf* PHYS Déviation d'un rayon lumineux qui passe d'un milieu dans un autre.

refrain *nm* 1 Reprise de quelques phrases à la fin de chaque couplet d'une chanson. 2 Paroles qui reviennent sans cesse.

réfréner *vt* [12] Réprimer. *Réfréner sa colère.*

réfrigérant, ante *a* 1 Qui sert à produire du froid. 2 Glacial. *Accueil réfrigérant.*

réfrigérateur *nm* Appareil destiné à conserver les aliments par le froid.

réfrigération *nf* Abaissement de la température par des moyens artificiels.

réfrigérer *vt* [12] Refroidir par réfrigération. Loc *Être réfrigéré :* avoir très froid.

réfringence *nf* PHYS Propriété de réfracter la lumière.

réfringent, ente *a* PHYS Qui a la propriété de réfracter les rayons lumineux.

refroidir *vt* 1 Rendre froid, plus froid. 2 Diminuer l'ardeur, le courage. 3 Pop Assassiner. ■ *vi, vpr* Devenir froid ou moins chaud. ■ *vpr* 1 Attraper froid. 2 Devenir plus frais.

refroidissement *nm* 1 Abaissement de la température. 2 Indisposition causée par une baisse de la température. 3 Diminution de l'enthousiasme, de l'affection.

refuge *nm* 1 Lieu où on se retire pour être en sûreté. 2 Abri destiné aux alpinistes en montagne. 3 Emplacement au milieu d'une voie pour être à l'abri de la circulation.

réfugié, ée *a, n* Qui a dû quitter son pays, sa région pour fuir un danger.

réfugier (se) *vpr* Se retirer en un lieu pour se mettre à l'abri.

refus *nm* Action de refuser. Loc Fam *Ce n'est pas de refus :* volontiers.

refusé, ée *a, n* Qui n'a pas été admis à un examen ou un concours.

refuser *vt* 1 Ne pas accepter. *Refuser une invitation.* 2 Ne pas accorder. *Refuser une autorisation.* 3 Ne pas consentir. *Refuser d'obéir.* 4 Ne pas reconnaître une qualité à qqn. 5 Ne pas recevoir à un examen. 6 Ne pas laisser entrer. *On refuse du monde.* ■ *vpr* 1 Se priver de. *Il ne se refuse rien !* 2 Ne pas accepter. *Se refuser à travailler dans ces conditions.*

réfutable *a* Qu'on peut réfuter.

réfutation *nf* Action de réfuter ; discours par lequel on réfute.

réfuter *vt* Démontrer la fausseté de qqch.

reg *nm* Plateau caillouteux des déserts.

regagner *vt* 1 Gagner de nouveau. *Regagner le temps perdu.* 2 Retourner à un endroit.

regain *nm* 1 AGRIC Herbe qui repousse après la première fauchaison. 2 Retour de ce qui paraissait perdu, fini. *Un regain de jeunesse.*

régal, als *nm* 1 Mets délicieux. 2 Grand plaisir causé par qqch. *Un régal pour les yeux.*

régalade *nf* Loc *Boire à la régalade :* boire en faisant couler la boisson dans la bouche sans que le récipient touche les lèvres.

régaler *vt* Offrir un bon repas à qqn. ■ *vpr* 1 Prendre un grand plaisir à déguster un mets. 2 Éprouver un vif plaisir.

régalien, enne *a* Propre au roi, au chef de l'État. *Décision régalienne.*

regard *nm* 1 Action de regarder, d'observer. 2 Expression des yeux de qqn. *Un regard intelligent.* 3 TECH Ouverture pour permettre la visite et le nettoyage d'un conduit. Loc *Droit de regard :* possibilité d'exercer un contrôle. *Au regard de :* par rapport à. *En regard :* vis-à-vis.

regardant, ante *a* Fam Qui regarde trop à la dépense.

regarder *vt* 1 Porter les yeux, la vue sur. 2 Considérer. *Regarder les choses d'un bon œil.* 3 Concerner. *Ceci me regarde.* 4 Être tourné vers. *Maison qui regarde la mer.* ■ *vti* Loc *Regarder à la dépense :* hésiter à dépenser. *Y regarder à deux fois :* se méfier. *Y regarder de près :* examiner les choses soigneusement. ■ *vpr* 1 Regarder sa propre image. *Se regarder dans un miroir.* 2 Porter ses regards l'un sur l'autre.

regarnir *vt* Garnir de nouveau.

régate *nf* Course de voiliers.

régater *vi* Participer à une régate ; lutter de vitesse avec un autre voilier.

régatier *nm* Qui participe à une régate.

regel *nm* Retour du gel.

regeler *vi, vt* [16] Geler de nouveau.

régence *nf* Direction d'un État par un régent ; fonction de régent. ■ *a* Propre à l'époque de la régence de Philippe d'Orléans au XVIIIe s.

régénérateur, trice *a* Qui régénère.

régénération *nf* Fait de (se) régénérer.

régénérer *vt* [12] 1 BIOL Reconstituer ce qui était détruit. 2 Litt Renouveler moralement.

régent, ente *n* Qui gouverne l'État pendant la minorité ou l'absence du souverain.

régenter *vt* Diriger de façon autoritaire.

reggae [ʀege] *nm* Musique des Noirs jamaïquains.

régicide *n, a* Assassin d'un roi. ■ *nm* Assassinat d'un roi.

régie *nf* 1 Entreprise d'intérêt public gérée par l'Administration. 2 Direction d'un théâtre, d'une production de cinéma, de télévision. 3 Local à partir duquel le réalisateur dirige les prises de vues ou du son.

regimber *vi* ou **se regimber** *vpr* 1 Refuser d'avancer, en ruant (cheval, âne). 2 Résister en refusant d'obéir. *Regimber contre un ordre.*

régime *nm* 1 Ordre, constitution, forme d'un État. *Régime parlementaire.* 2 Dispositions réglementaires ou légales qui régissent certaines institutions. *Le régime des hôpitaux. Régimes matrimoniaux.* 3 Prescriptions, règles concernant l'alimentation. *Suivre un régime.* 4 Vitesse de rotation d'un moteur. 5 Mode d'évolution

régiment

de certains processus hydrologiques et météorologiques. *Régime des pluies.* 6 LING Mot régi par un autre, dans la phrase. 7 Grosse grappe des bananiers.

régiment nm 1 Corps militaire composé de plusieurs unités. 2 Fam Multitude.

régimentaire a D'un régiment.

région nf 1 Grande étendue de pays aux caractéristiques qui en font l'unité. *Les régions polaires.* 2 Étendue de pays autour d'une ville. 3 (avec majusc) Division administrative française englobant plusieurs départements. 4 Partie déterminée du corps. *Région lombaire.*

régional, ale, aux a Relatif à une région.

régionalisation nf Action de régionaliser.

régionaliser vt Décentraliser au profit des régions.

régionalisme nm 1 Système politique tendant à assurer une certaine autonomie aux régions. 2 Locution, mot propre à une région.

régionaliste a, n 1 Partisan du régionalisme. 2 Dont l'œuvre littéraire relève de la spécificité d'une région.

régir vt Déterminer, commander, gouverner (loi, règle, etc.).

régisseur, euse n 1 Qui administre une propriété. 2 Qui a la charge de l'organisation matérielle d'un spectacle.

registre nm 1 Livre sur lequel on consigne les actes, les affaires de chaque jour. *Les registres de l'état civil.* 2 Étendue totale de l'échelle vocale ou musicale. 3 Tonalité propre d'une œuvre, d'un discours. 4 INFORM Mémoire qui sert à stocker une information élémentaire.

réglable a Qu'on peut régler.

réglage nm Action de régler un mécanisme ; manière dont un mécanisme est réglé.

règle nf 1 Instrument qui sert à tracer des lignes. 2 Principe de conduite. *Les règles de la morale.* 3 Conventions propres à un jeu, à une discipline, à une technique. 4 Statuts d'un ordre religieux. Loc *Dans les règles (de l'art)* : comme il se doit. *En règle générale* : habituellement. *En règle* : conforme à l'usage, aux prescriptions légales. *Être de règle* : obligatoire. ■ pl Écoulement menstruel.

réglé, ée a 1 Rayé. *Papier réglé.* 2 Discipliné, ordonné. ■ af Qui a ses règles (femme).

règlement nm 1 Acte législatif qui émane d'une autre autorité que le Parlement. *Règlement de police.* 2 Prescriptions propres à un groupe, à une assemblée. 3 Action de régler une affaire, de régler un compte. 4 Fait d'acquitter une somme due. Loc *Règlement de comptes* : action de faire justice soi-même. Propre

réglementaire a Propre à un règlement, fixé par un règlement.

réglementairement av Selon le règlement.

réglementarisme nm Tendance à vouloir tout réglementer.

réglementation nf Action de règlementer ; ensemble des règlements.

réglementer vt Soumettre à des règlements.

régler vt [12] 1 Couvrir de lignes droites parallèles. 2 Fixer, déterminer. *Régler l'ordre d'une cérémonie.* 3 Résoudre qqch définitivement. *Régler un conflit.* 4 Payer une dette, un fournisseur. 5 Mettre au point un mécanisme, un appareil. Loc *Régler son compte à qqn* : le tuer, le punir sévèrement. ■ vpr Prendre modèle sur qqn.

réglette nf Petite règle.

régleur, euse n Chargé du réglage des appareils, des machines.

réglisse nf Plante dont la racine a des propriétés médicinales.

régio a inv Fam Correct, régulier, loyal.

régnant, ante a 1 Qui règne. *Dynastie régnante.* 2 Dominant. *Morale régnante.*

règne nm 1 Gouvernement d'un souverain ; durée de ce gouvernement. 2 Domination, influence prépondérante. *Le règne de la justice.* 3 Chacune des grandes divisions dans la nature. *Règne minéral, végétal et animal.*

régner vi [12] 1 Exercer le pouvoir monarchique. 2 Dominer, s'imposer. *Le silence règne.* 3 Exister, prédominer. *Le mauvais temps qui règne actuellement.*

régnié nm Cru du Beaujolais.

régolite nf GEOL Manteau de débris, issu de l'altération de la roche sous-jacente.

regonflage nm Action de regonfler.

regonfler vt, vi Gonfler de nouveau.

regorger vti [11] Avoir en grande abondance. *Le pays regorge de blé.*

regreffer vt Greffer de nouveau.

régresser vi Diminuer, reculer ; revenir en arrière.

régressif, ive a Qui constitue une régression.

régression nf 1 Retour à un état antérieur. 2 Recul, diminution en force, en intensité ou en nombre.

regret nm Chagrin causé par le fait d'avoir ou de ne pas avoir fait qqch, par l'absence de qqn ou de qqch. Loc *A regret* : malgré soi.

regrettable a Déplorable, fâcheux.

regretter vt Éprouver de la peine, au souvenir de ce qui n'est plus, éprouver du mécontentement d'avoir ou de ne pas avoir fait qqch, de voir ce qui s'oppose à son désir.

regrimper vi, vi Grimper de nouveau.

regrossir vi, vi Grossir de nouveau.

regroupement nm Action de regrouper.

regrouper vt Rassembler en un même lieu ou à une même fin.

régularisation nf Action de régulariser.

régulariser vt 1 Rendre conforme aux lois, aux règlements. *Régulariser sa situation.* 2 Rendre régulier. *Régulariser un mouvement.*

régularité nf 1 Caractère régulier, légal. 2 Caractère uniforme, constant.

régulateur, trice a Qui régularise. ■ nm Dispositif qui règle la température, la pression, la vitesse, l'intensité électrique, etc.

régulation nf Action de régler un mouvement, un débit, un mécanisme.

réguler vt Assurer la régulation de.

régulier, ère a 1 Conforme aux règles, à la norme, à la loi, aux conventions. 2 Qui a lieu à des intervalles égaux ; périodique. 3 Exact, ponctuel. 4 Harmonieux, bien proportionné. *Visage régulier.* Loc *Clergé régulier* : ordres religieux. ■ nf Pop Épouse ; maîtresse.

régulièrement av De façon régulière.

régurgitation nf Retour dans la bouche d'aliments non digérés.

régurgiter vt Rendre par régurgitation.

réhabilitation nf Action de réhabiliter.

réhabiliter vt 1 Rétablir qqn dans ses droits. 2 Faire recouvrer l'estime d'autrui à. 3 Remettre en état un immeuble, un quartier délabré. 4 Réintégrer dans la société. *Réhabiliter un toxicomane.*

réhabituer vt Habituer de nouveau.

rehaussement nm Action de rehausser.

rehausser vt 1 Hausser davantage. 2 Faire valoir, mettre en relief.

réhydratation nf Action de réhydrater.

réhydrater vt Hydrater ce qui est desséché.

réimplantation nf Action de réimplanter.

réimplanter vt Remettre en place qqch.

réimportation nf Action de réimporter ; marchandise réimportée.

réimporter vt Importer de nouveau.

réimpression nf Action de réimprimer.

réimprimer vt Imprimer de nouveau.

rein nm Organe qui sécrète l'urine. Loc *Rein artificiel* : appareil qui assure l'épuration du sang en cas d'insuffisance rénale. ■ pl Lombes, partie inférieure du dos. Loc Fam *Avoir les reins solides* : être fort, résistant. Fam *Casser les reins à qqn* : le briser, l'écraser.

réincarcération nf Action de réincarcérer.

réincarcérer vt [12] Incarcérer de nouveau.

réincarnation nf Nouvelle incarnation.

réincarner (se) vpr Revivre sous une autre forme.

reine nf 1 Épouse d'un roi. 2 Souveraine d'un royaume. 3 Femme qui l'emporte sur toutes les autres dans une circonstance particulière. 4 Pièce du jeu d'échecs qui a la marche la plus étendue. 5 Femelle pondeuse, chez certains insectes (abeilles, fourmis).

reine-claude nf Prune ronde et verte. *Des reines-claudes.*

reine-des-prés nf Plante des lieux humides, aux fleurs blanches. *Des reines-des-prés.*

reine-marguerite nf Plante proche de la marguerite. *Des reines-marguerites.*

reinette nf Pomme à peau grisâtre ou tachetée de rouge (*reine des reinettes*).

réinscription nf Nouvelle inscription.

réinscrire vt [61] Inscrire à nouveau.

réinsérer vt [12] Assurer une nouvelle insertion sociale à qqn.

réinsertion nf Fait de réinsérer.

réinstallation nf Action de réinstaller.

réinstaller vt Installer une nouvelle fois.

réintégration nf Action de réintégrer.

réintégrer vt [12] 1 DR Rétablir qqn dans la possession de ce dont il avait été dépouillé. 2 Rentrer dans. *Réintégrer son domicile.*

réintroduction nf Action de réintroduire.

réintroduire vt [67] Introduire de nouveau.

réinventer vt Imaginer de nouveau.

réinvestir vt Investir de nouveau.

réinviter vt Inviter de nouveau.

réitération nf Litt Action de réitérer.

réitérer vt [12] Litt Répéter, recommencer.

reître nm Litt Soudard, brute.

rejaillir vi 1 Jaillir avec force. 2 Retomber sur qqn. *Le scandale rejaillit sur lui.*

rejaillissement nm Fait de rejaillir.

rejet nm 1 Action de rejeter. 2 LITTER Enjambement. 3 MED Réaction immunitaire aboutissant à l'élimination d'un greffon par l'organisme. 4 BOT Nouvelle pousse d'une plante.

rejeter vt [19] 1 Jeter en retour ; renvoyer. 2 Jeter hors de soi, restituer. 3 Faire supporter par qqn d'autre. *Rejeter la faute sur son associé.* 4 Refuser, écarter, repousser. *Rejeter une candidature.* ■ vpr Loc *Se rejeter en arrière* : reculer brusquement.

rejeton nm 1 BOT Nouvelle pousse d'une plante. 2 Fam Enfant.

rejoindre vt [62] 1 Aller retrouver des gens. 2 Rattraper qqn. 3 Avoir des points communs avec. *Vos affirmations rejoignent les siennes.* ■ vpr Se réunir.

rejouer vi, vt Jouer de nouveau.

réjoui, ie a Qui exprime la joie.

réjouir vt Apporter de la joie, faire plaisir à qqn. ■ vpr Être content. *Je me réjouis de le revoir.*

réjouissance nf Joie collective. ■ pl Fête publique.

réjouissant, ante a Qui réjouit.

rejuger vt [11] Juger de nouveau.

relâche nf 1 Interruption du travail ; pause, détente. 2 Escale. 3 Suspension momentanée des représentations, dans une salle de spectacle. Loc *Sans relâche* : sans interruption.

relâché, ée a Qui manque de rigueur.

relâchement nm Diminution d'ardeur, d'activité, de zèle.

relâcher vt 1 Desserrer, détendre. *Relâcher une courroie.* 2 Rendre moins rigoureux. *Relâcher la discipline.* 3 Libérer, élargir. *Relâcher un prisonnier.* ■ vpr 1 Devenir moins tendu, moins serré. 2 Perdre de sa rigueur, de sa fermeté. ■ vi MAR Faire escale.

relais nm 1 Dispositif destiné à relayer des signaux radioélectriques. 2 Intermédiaire, étape. Loc *Course de relais* : opposant des équipes de coureurs ou de nageurs qui se succèdent. *Prendre le relais* : assurer la continuité.

relance nf 1 Nouvel élan donné à qqch. 2 Nouvelle sollicitation. 3 Action de surenchérir, à certains jeux de cartes.

relancer vt [10] 1 Lancer de nouveau ou en sens inverse. 2 Solliciter qqn avec insistance. *Relancer un débiteur.* 3 Donner un nouvel élan. *Relancer l'économie.*

relaps, apse a, n RELIG De nouveau tombé dans l'hérésie.

relater vt Raconter, rapporter.

relatif, ive a 1 Qui n'a pas de valeur en soi, mais seulement par rapport à autre chose. 2 Moyen, incomplet, insuffisant. *Une tranquillité très relative.* 3 Qui a rapport à. *Les lois relatives au divorce.* 4 GRAM Se dit des termes reliant le nom ou le pronom qu'ils représentent (antécédent) et une proposition (*proposition relative*). ■ nm Pronom ou adjectif relatif. ■ nf Proposition relative.

relation nf 1 Narration, récit. 2 Rapport entre des choses. *Relation de cause à effet.* 3 Rapport entre des personnes. 4 Personne avec qui on est en rapport. ■ pl Loc *Avoir des relations* : connaître des gens influents. *Relations publiques* : moyens d'information du public par une entreprise privée ou publique.

relationnel, elle a Qui concerne une relation.

relativement av 1 De façon relative, non absolue. 2 Passablement. *C'est relativement facile.* Loc *Relativement à* : quant à, par rapport à.

relativiser vt Considérer par rapport à d'autres choses comparables.

relativisme nm Doctrine selon laquelle la connaissance humaine ou la morale ne peut être que relative.

relativiste a, n Qui relève du relativisme.

relativité nf 1 Caractère relatif. 2 PHYS Théorie d'Einstein remettant en question les notions d'espace et de temps.

relaver vt Laver de nouveau.

relax ou **relaxe** a Fam Détendu.

relaxant, ante a Qui relaxe.

relaxation nf Relâchement musculaire destiné à provoquer une détente psychique.

relaxe nf DR Décision judiciaire abandonnant l'action contre un prévenu.

relaxer vt 1 DR Remettre en liberté un prévenu reconnu non coupable. 2 MED Détendre, décontracter. ■ vpr Fam Se détendre.

relayer vt [20] 1 Remplacer qqn dans un travail. 2 Retransmettre une émission en utilisant un relais hertzien, un satellite.

relayeur, euse n Coureur(euse) de relais.

relecture nf Nouvelle lecture.

relégation nf Action de reléguer.

reléguer vt [12] Mettre qqch ou qqn à l'écart.

relent nm. 1 Mauvaise odeur. 2 Trace. _Un relent de mauvaise foi._

relève nf Remplacement de qqn, d'un groupe dans une tâche ; ce groupe. Loc _Prendre la relève :_ relayer.

relevé, ée a Épicé. _Sauce relevée._ ■ nm 1 État, liste. _Relevé d'identité bancaire._ 2 Établissement du plan d'un bâtiment.

relèvement nm 1 Action de relever, de remettre debout. 2 Hausse, majoration.

relever vt [15] 1 Remettre qqn debout, remettre qqch à la verticale. 2 Ramasser. _Relever des copies._ 3 Noter, constater. _Relever une erreur._ 4 Redresser. _Relever la tête._ 5 Augmenter. _Relever les salaires._ 6 Donner plus de relief, plus d'éclat à. 7 Remplacer qqn dans une occupation. _Relever une sentinelle._ 8 Libérer d'une obligation. _Relever un religieux de ses vœux._ 9 Révoquer qqn. ■ vti 1 Se rétablir de. _Relever de maladie._ 2 Dépendre de. _Cette affaire relève de la justice._ ■ vpr 1 Se remettre debout. 2 Sortir de nouveau du lit.

releveur, euse a, n Qui relève.

relief nm 1 Saillie que présente une surface. 2 Ensemble des inégalités de la surface terrestre. 3 Sculpture en saillie sur un fond. 4 Caractère marqué de qqch résultant du contraste avec autre chose. Loc _Donner du relief à :_ donner de l'éclat. _Mettre en relief :_ en évidence. ■ pl Litt Restes d'un repas.

relier vt 1 Assembler les feuillets d'un livre, et les munir d'une couverture rigide. 2 Rattacher, joindre. _Ligne qui relie deux points._ 3 Établir un lien, un rapport entre. _Relier des idées._ Faire communiquer. _Pont qui relie deux berges._

relieur, euse n Qui relie des livres.

religieusement av 1 De façon religieuse. 2 Scrupuleusement. _Écouter religieusement._

religieux, euse a 1 Relatif à la religion ; conforme aux rites d'une religion. 2 Pieux, croyant. 3 Respectueux, scrupuleux. ■ n Membre d'un ordre ou d'une congrégation obéissant à certaines règles approuvées par l'Église. ■ nf Pâtisserie fourrée de crème.

religion nf 1 Croyances et pratiques culturelles constituant les rapports de l'homme avec la divinité ou le sacré. 2 Vénération profonde pour qqch. _Avoir la religion du progrès._ Loc _Entrer en religion :_ dans les ordres.

religiosité nf Disposition d'esprit religieuse.

reliquaire nm Coffret où on conserve des reliques.

reliquat [-ka] nm Ce qui reste d'une somme due, d'un compte arrêté.

relique nf 1 Ce qui reste du corps d'un saint et qui est l'objet d'une vénération. 2 Fam Vieil objet que l'on garde soigneusement.

relire vt [63] Lire de nouveau, pour corriger.

reliure nf 1 Art du relieur. 2 Couverture rigide d'un livre.

relogement nm Action de reloger.

reloger vt [11] Procurer un nouveau logement à.

relooker [Rəluke] vt Fam Donner un nouveau lòok, une nouvelle allure.

reluire vt [67] Briller.

reluisant, ante a Qui reluit. Loc _Peu reluisant :_ médiocre.

reluquer vt Fam Lorgner avec curiosité ou convoitise.

rem nm Unité caractérisant l'effet biologique d'une irradiation.

remâcher vt 1 Mâcher de nouveau. 2 Repasser dans son esprit, ressasser, ruminer.

remaillage, remailler. V. remmaillage, remmailler.

remake [Rimɛk] nm Reprise d'un sujet, d'un thème, d'un film déjà traité.

rémanence nf Persistance d'un phénomène, d'une sensation.

rémanent, ente a Qui persiste.

remanger vt, vi [11] Manger de nouveau.

remaniement nm Action de remanier.

remanier vt Retoucher, modifier.

remaquiller vt Maquiller de nouveau.

remariage nm Nouveau mariage.

remarier (se) vpr Se marier de nouveau.

remarquable a Éminent, extraordinaire.

remarquablement av De façon remarquable.

remarque nf Observation orale ou écrite.

remarqué, ée a Qui a attiré l'attention.

remarquer vt 1 Constater, noter qqch ; observer. 2 Distinguer parmi d'autres. Loc _Se faire remarquer :_ se singulariser.

remballage nm Action de remballer.

remballer vt Emballer de nouveau.

rembarquement nm Fait de rembarquer.

rembarquer vt, vi Embarquer de nouveau.

rembarrer vt Fam Repousser vivement qqn par des paroles désobligeantes.

remblai nm Masse de matériaux rapportés pour élever un terrain, combler un creux.

remblaiement nm Dépôt d'alluvions.

remblayage nm Action de remblayer.

remblayer vt [20] Combler par un remblai.

rembobiner vt Embobiner de nouveau.

remboîtage ou **remboîtement** nm Action de remboîter.

remboîter vt Remettre en place ce qui était déboîté.

rembourrage nm Action de rembourrer ; matière servant à rembourrer.

rembourrer vt Garnir de bourre, de crin, etc.

remboursable a Qui peut être remboursé.

remboursement *nm* Action de rembourser.

rembourser *vt* Rendre à qqn l'argent qu'il a déboursé ou avancé.

rembrunir (se) *vpr* Prendre un air soucieux.

remède *nm* **1** Vx Médicament. **2** Ce qui sert à prévenir, à apaiser, à faire cesser un mal.

remédiable *a* À quoi on peut remédier.

remédier *vti* Porter remède à.

remembrement *nm* Opération consistant à regrouper des propriétés rurales morcelées.

remembrer *vt* Opérer un remembrement.

remémorer *vt* Litt Remettre en mémoire.

remerciement *nm* Action de remercier.

remercier *vt* **1** Exprimer sa gratitude à. *Remercier qqn de (pour) son hospitalité.* **2** Fam Congédier. **Loc** *Je vous remercie* : refus poli.

réméré *nm* DR Clause de rachat.

remettre *vt* [64] **1** Mettre qqch à sa place. **2** Rétablir dans son état antérieur. *Remettre un dossier en ordre.* **3** Rétablir la santé de qqn. **4** Mettre de nouveau un vêtement. **5** Mettre de nouveau, en plus. *Remettre de l'eau dans la carafe.* **6** Livrer, confier qqch à qqn. **7** Pardonner, faire grâce de qqch. **8** Ajourner, différer. **Loc** Fam *Remettre ça* : recommencer. Fam *En remettre* : exagérer. *Remettre en mémoire* : rappeler. ■ *vpr* **1** Recommencer. *Se remettre à boire.* **2** Recouvrer la santé. **3** Retrouver son calme, ses esprits. *Se remettre d'une émotion.* **Loc** *S'en remettre à qqn* : lui faire confiance.

remeubler *vt* Meubler de nouveau.

rémige *nf* ZOOL Grande plume rigide des ailes des oiseaux.

remilitarisation *nf* Action de remilitariser.

remilitariser *vt* Militariser de nouveau.

réminiscence *nf* Souvenir vague et confus.

remise *nf* **1** Action de remettre, de livrer, de donner. *Remise des prix.* **2** Réduction consentie par un commerçant. **3** Renvoi à plus tard. **4** Local destiné à abriter des véhicules, à ranger des outils, etc. **Loc** *Remise de peine* : grâce partielle accordée à un condamné.

remiser *vt* **1** Placer dans une remise. **2** Ranger.

remisier *nm* Intermédiaire en Bourse.

rémission *nf* **1** RELIG Pardon des péchés. **2** MED Diminution temporaire d'une maladie. **Loc** *Sans rémission* : sans délai.

rémittent, ente *a* MED Sujet à des rémissions.

remixer *vt* Arranger informatiquement une musique de variétés.

remmaillage ou **remaillage** *nm* Action de remmailler.

remmailler ou **remailler** *vt* Relever, réparer les mailles usées ou rompues.

remmancher *vt* Emmancher de nouveau.

remmener *vt* [15] Emmener après avoir amené.

remnographie *nf* MED Image obtenue par résonance magnétique nucléaire (R.M.N.).

remodelage *nm* Action de remodeler.

remodeler *vt* [15] Modifier plus ou moins profondément pour adapter.

rémois, oise *a, n* De Reims.

remontage *nm* Action de remonter qqch.

remontant, ante *a* AGRIC Qui redonne des fleurs ou des fruits à l'arrière-saison. ■ *nm* Boisson, médicament qui redonne des forces.

remonte *nf* Action de remonter un cours d'eau (poissons).

remontée *nf* Action, fait de remonter. *Remontée d'une rivière à haut la nage.* **Loc** *Remontée mécanique* : tout dispositif qui permet de remonter des skieurs en haut d'une pente.

remonte-pente *nm* Remontée mécanique à câble mobile muni de perches. **Syn.** téléski. *Des remonte-pentes.*

remonter *vi* [aux *avoir* ou *être*] **1** Monter de nouveau. *Remonter à son appartement.* **2** S'élever de nouveau. *Le soleil remonte à l'horizon.* **3** S'accroître de nouveau. *Les actions remontent.* **4** Aller vers l'origine. *Remonter au début d'une affaire.* ■ *vt* **1** Monter de nouveau. *Remonter l'escalier.* **2** Aller contre le cours de. *Remonter une rivière.* **3** Retendre le ressort de. **4** Remettre ensemble les pièces de ce qui était démonté. **5** Redonner de l'énergie à qqn. ■ *vpr* Reprendre de la vigueur.

remontoir *nm* Organe qui permet de remonter un mécanisme.

remontrance *nf* Observation, reproche.

remontrer *vt* Montrer de nouveau. **Loc** *En remontrer à qqn* : lui faire la leçon ; montrer une compétence supérieure.

rémora *nm* Poisson des mers chaudes ayant sur la tête un disque formant ventouse.

remords *nm* Malaise moral dû au sentiment d'avoir mal agi.

remorquage *nm* Action de remorquer.

remorque *nf* **1** Câble qui sert au remorquage. **2** Véhicule sans moteur tiré par un autre. **Loc** *Prendre en remorque* : remorquer. *Être à la remorque de qqn* : se laisser diriger par lui.

remorquer *vt* Traîner derrière soi.

remorqueur *nm* Navire spécialement construit pour le remorquage.

rémoulade *nf* Sauce piquante à base de mayonnaise additionnée de moutarde.

rémouleur *nm* Qui aiguise les couteaux, les outils tranchants.

remous *nm* **1** Tourbillon dû à un obstacle qui s'oppose à l'écoulement d'un fluide. **2** Agitation confuse.

rempaillage *nm* Action de rempailler.

rempailler *vt* Garnir un siège d'une nouvelle paille.

rempailleur, euse *n* Qui rempaille les sièges.

rempaqueter *vt* [19] Remballer.

rempart *nm* **1** Muraille entourant et protégeant une place fortifiée. **2** Litt Ce qui sert de défense.

rempiler *vi* Fam Signer un nouvel engagement dans l'armée.

remplaçable *a* Qu'on peut remplacer.

remplaçant, ante *n* Qui remplace une autre personne dans ses fonctions.

remplacement *nm* Action de remplacer.

remplacer *vt* [10] **1** Mettre à la place de. **2** Prendre la place de qqn, lui succéder, le relayer.

remplir *vt* **1** Rendre plein un récipient, un espace, un temps vide. **2** Occuper entièrement, combler. *Cette nouvelle l'a rempli de joie.* **3** Compléter. *Remplir un questionnaire.* **4** Accomplir, exécuter. *Remplir son devoir.* **5** Exercer. *Remplir un emploi.* **6** Satisfaire à. *Remplir une condition.*

remplissage *nm* **1** Action de remplir. **2** Développement inutile.

remploi, remployer. V. réemploi, réemployer.

remplumer (se)

remplumer (se) *vpr* 1 Se couvrir de plumes nouvelles (oiseaux). 2 *Fam* Reprendre du poids.
rempocher *vt Fam* Remettre dans sa poche.
remporter *vt* 1 Repartir avec ce qu'on avait apporté. 2 Obtenir. *Remporter la victoire.*
rempotage *nm* Action de rempoter.
rempoter *vt* Changer une plante de pot.
remprunter. V. réemprunter.
remuant, ante *a* Qui s'agite sans cesse.
remue-ménage *nm inv* 1 Bruit accompagnant une agitation désordonnée. 2 Trouble, agitation.
remue-méninges *nm inv* Brainstorming.
remuer *vt* 1 Faire changer de place. *Remuer des meubles.* 2 Faire bouger une partie du corps. 3 Secouer, agiter. *Remuer la salade.* 4 Émouvoir. *Loc Remuer ciel et terre :* employer toutes sortes de moyens. ■ *vi, vpr* Bouger. ■ *vpr Fam* Se donner de la peine pour.
remugle *nm Litt* Odeur de renfermé.
rémunérateur, trice *a* Qui procure de l'argent.
rémunération *nf* Paiement, rétribution.
rémunérer *vt* [12] Payer, rétribuer pour un travail.
renâcler *vi* Renifler avec bruit (animal). ■ *vti Fam* Témoigner de la répugnance, rechigner. *Renâcler à obéir.*
renaissance *nf* Nouvel essor, renouveau.
renaissant, ante *a* 1 Qui renaît. 2 De la Renaissance. *L'architecture renaissante.*
renaître *vi* [66] 1 Naître de nouveau, repousser. *Les fleurs renaissent au printemps.* 2 Reparaître. *L'espoir renaît.* 3 *vti Litt* Recouvrer la santé, le bonheur. *Renaître à la vie.*
rénal, ale, aux *a* Des reins.
renard *nm* 1 Mammifère carnivore au museau pointu, à la queue longue. 2 Fourrure de cet animal. 3 Homme rusé.
renarde *nf* Femelle du renard.
renardeau *nm* Jeune renard.
renardière *nf* Tanière du renard.
rencaisser *vt* Remettre dans une caisse.
rencard, rencarder. V. rancard, rancarder.
renchérir *vi* 1 Augmenter de prix. 2 Faire une enchère supérieure. 3 Dire ou faire plus qu'un autre.
renchérissement *nm* Hausse de prix.
renchérisseur, euse *n* Qui renchérit, poursuit l'enchère.
rencontre *nf* 1 Fait de se rencontrer. 2 Compétition sportive. *Loc Aller à la rencontre de qqn :* au-devant de lui. *De rencontre :* de hasard.
rencontrer *vt* 1 Se trouver en présence de ; entrer en relation avec qqn. 2 Affronter dans un match. ■ *vpr* 1 Se trouver en présence l'un de l'autre. 2 Se toucher, se heurter. 3 Exister, se trouver. *Cela peut se rencontrer.*
rendement *nm* 1 Produit, gain obtenu, rentabilité de capitaux. 2 Rapport entre le temps passé à faire un travail et le résultat obtenu.
rendez-vous *nm inv* 1 Rencontre ménagée à l'avance entre des personnes. 2 Lieu où on se retrouve habituellement.
rendormir *vt* [29] Faire dormir de nouveau. ■ *vpr* S'endormir à nouveau.
rendosser *vt* Endosser de nouveau.
rendre *vt* [5] 1 Remettre, redonner, restituer à qqn. 2 Donner en contrepartie. *Rendre une invitation.* 3 *Fam* Vomir. 4 Produire. *Rendre un*

son harmonieux. 5 Exprimer. *Ces mots rendent bien ma pensée.* 6 Faire devenir. *Le chagrin l'a rendu fou. Loc Rendre justice à qqn :* reconnaître son droit. ■ *vi* Avoir un certain rendement. ■ *vpr* 1 Aller, se diriger vers. *Se rendre à son travail.* 2 Se soumettre. *Se rendre à l'évidence.* 3 S'avouer vaincu. 4 Devenir tel. *Se rendre odieux.*
rendu, ue *a* 1 Arrivé. *Vous voilà rendus.* 2 *Vx* Exténué. ■ *nm* Représentation artistique exacte de la réalité. *Loc Un prêté pour un rendu :* mauvais tour joué à qqn pour lui rendre la pareille.
rêne *nf* Courroie fixée au mors d'un cheval et par laquelle on le conduit. *Loc Litt Tenir les rênes :* diriger.
renégat, ate *n* Qui a renié sa religion, trahi son parti ou sa patrie.
renégociation *nf* Action de renégocier.
renégocier *vt* Négocier de nouveau.
reneiger *vi* [11] Neiger de nouveau.
renfermé, ée *a* Qui n'est pas ouvert, communicatif. *Un garçon renfermé.* ■ *nm* Mauvaise odeur d'un local non aéré.
renfermer *vt* 1 Enfermer de nouveau. 2 Contenir. ■ *vpr* Ne pas s'extérioriser.
renfiler ou **réenfiler** *vt* Enfiler de nouveau.
renflé, ée *a* Dont le diamètre est plus grand à certains endroits.
renflement *nm* État renflé ; partie renflée.
renflouage ou **renflouement** *nm* Action de renflouer.
renflouer *vt* 1 Remettre à flot. 2 Procurer des fonds à qqn, à une entreprise, pour rétablir sa situation.
renfoncement *nm* Partie en retrait.
renforcement *nm* Action de renforcer.
renforcer *vt* [10] Accroître la force, le nombre, la solidité, l'intensité de.
renfort *nm* 1 Effectif, matériel qui vient renforcer un groupe, une armée. 2 Pièce servant à augmenter la solidité d'une autre. *Loc À grand renfort de :* en se servant d'une grande quantité de.
renfrogner (se) *vpr* Prendre une expression de mécontentement.
rengagé, ée *n Militaire* qui a rengagé.
rengagement ou **réengagement** *nm* Action de se rengager.
rengager ou **réengager** *vt* [11] Engager de nouveau. ■ *vi, vpr* Renouveler son engagement dans l'armée.
rengaine *nf* 1 Banalité répétée de façon lassante. 2 Chanson qu'on entend sans cesse.
rengainer *vt* 1 Remettre dans la gaine, dans le fourreau. 2 *Fam* Ne pas achever ce qu'on allait dire. *Rengainer un compliment.*
rengorger (se) *vpr* [11] Prendre des airs avantageux.
reniement *nm* Action de renier.
renier *vt* 1 Refuser de reconnaître comme sien. *Renier ses origines.* 2 Abjurer. *Renier ses opinions.*
reniflement *nm* Action de renifler.
renifler *vi, vt* Aspirer par le nez avec bruit. ■ *vt Fam* Pressentir, flairer.
réniforme *a Didac* En forme de rein.
rénine *nf BIOL* Enzyme sécrétée par le rein.
renne *nm* Cervidé des régions arctiques.
renom *nm* ou **renommée** *nf* Réputation, célébrité.

renommé, ée a De grande réputation.

renommer vt Nommer de nouveau.

renoncement nm Action de renoncer.

renoncer vti [10] 1 Abandonner un bien, un pouvoir, un droit, une action entreprise. *Renoncer à une succession, à un projet.* 2 Cesser de vouloir, d'envisager. *Renoncer à punir qqn.*

renonciation nf Action de renoncer à un droit.

renonculacée nf BOT Plante aux pièces florales disposées en spirale.

renoncule nf Plante dite aussi *bouton d'or.*

renouer vt 1 Nouer qqch de dénoué. 2 Reprendre ce qui a été interrompu. ■ vti Entrer de nouveau en relation avec. *Renouer avec de vieux amis.*

renouveau nm Litt 1 Printemps. 2 Renaissance.

renouvelable a Qui peut être renouvelé.

renouveler vt [18] 1 Rendre nouveau en remplaçant qqn, qqch. *Renouveler l'armement. Renouveler une équipe.* 2 Donner un caractère nouveau à. *Renouveler son style.* 3 Faire de nouveau. *Renouveler une erreur.* 4 Reconduire. *Renouveler un bail.* ■ vpr 1 Changer. *Artiste qui se renouvelle.* 2 Se répéter. *Fait qui se renouvelle.*

renouvellement nm Action de renouveler, fait de se renouveler.

rénovateur, trice n, a Qui rénove.

rénovation nf Transformation, modernisation.

rénover vt 1 Donner une forme nouvelle. *Rénover la pédagogie.* 2 Remettre à neuf. *Rénover un immeuble.*

renseignement nm 1 Ce qu'on fait connaître à qqn ; information, éclaircissement. 2 Information d'intérêt militaire ou politique. *Service de renseignements.*

renseigner vt Fournir à qqn des indications, des précisions sur qqn, qqch. ■ vpr Prendre des renseignements, s'informer.

rentabilisable a Qu'on peut rentabiliser.

rentabilisation nf Fait de rentabiliser.

rentabiliser vt Assurer la bonne rentabilité d'une opération, d'une entreprise.

rentabilité nf Caractère rentable.

rentable a Qui produit un bénéfice.

rente nf 1 Revenu régulier qu'on tire d'un bien, d'un capital. 2 Paiement annuel résultant d'un contrat. 3 Emprunt de l'État qui donne droit à un intérêt. Loc *Rente de situation :* avantage procuré par le seul fait d'occuper une situation bien placée.

rentier, ère n Qui vit de ses rentes.

rentoilage nm Action de rentoiler.

rentoiler vt Coller la toile d'un tableau sur une toile neuve.

rentrant, ante a Loc *Angle rentrant :* dont le sommet est tourné vers l'intérieur d'une figure.

rentré, ée a Qu'on n'extériorise pas. *Colère rentrée.* ■ nm Repli de tissu maintenu vers l'intérieur d'une couture.

rentrée nf 1 Action de rentrer dans un lieu. 2 Reprise des activités après les vacances ; époque où elle a lieu. 3 Somme recouvrée.

rentrer vi 1 Entrer, revenir dans un lieu après en être sorti. 2 Reprendre ses fonctions. 3 Être compris dans qqch. *Cela rentre dans vos attributions.* 4 Pénétrer, s'emboîter. *La valise ne rentre pas dans le coffre.* 5 Entrer violemment en contact avec. *La voiture est rentrée dans un* camion. 6 Abusiv Entrer. *Rentrer dans une boutique.* Loc *Rentrer dans ses frais :* être remboursé. *Rentrer en soi-même :* méditer sur soi-même. ■ vt 1 Amener, transporter à l'intérieur, mettre à l'abri. 2 Introduire qqch dans. 3 Rétracter. *Rentrer ses griffes.*

renversant, ante a Fam Très étonnant.

renverse nf Loc *À la renverse :* sur le dos.

renversé, ée a Inversé par rapport à la position habituelle.

renversement nm Action de renverser.

renverser vt 1 Retourner qqch de façon que ce qui était en haut soit en bas ou faire aller en sens inverse ; inverser. 2 Jeter à terre, faire tomber. *Renverser de l'eau.* 3 Provoquer la chute. *Renverser un régime.* 4 Éliminer, supprimer. *Renverser les obstacles.* 5 Stupéfier. ■ vpr 1 Se retourner. 2 Pencher le corps en arrière.

renvoi nm 1 Action de renvoyer. 2 Licenciement, exclusion. 3 Marque renvoyant le lecteur à d'autres passages. 4 Remise, ajournement. *Renvoi d'un procès.* 5 Éructation, rot.

renvoyer vt [23] 1 Faire retourner. *Renvoyer un malade à l'hôpital.* 2 Congédier, licencier. 3 Faire reporter à qqn. *Renvoyer un objet oublié.* 4 Lancer en retour. *Renvoyer une balle.* 5 Réfléchir des ondes. *L'écho renvoie les sons.* 6 Adresser à. *Renvoyer une affaire à une commission.* 7 Remettre à plus tard, ajourner.

réoccupation nf Action de réoccuper.

réoccuper vt Occuper de nouveau.

réopérer vt [12] Opérer de nouveau.

réorchestrer vt Orchestrer de nouveau.

réorganisateur, trice a, n Qui réorganise.

réorganisation nf Action de réorganiser.

réorganiser vt Organiser autrement.

réorientation nf Action de réorienter.

réorienter vt Donner une nouvelle orientation.

réouverture nf Action de rouvrir.

repaire nm Lieu où s'abritent des animaux sauvages, des bandits ; tanière.

repaître vt [55] Litt Rassasier. ■ vpr Litt Se nourrir, se rassasier.

répandre vt [5] 1 Verser. *Répandre des larmes, des graviers.* 2 Dégager, émettre. *Répandre de la chaleur, une odeur.* 3 Distribuer généreusement. 4 Faire connaître à un vaste public. *Répandre une nouvelle.* ■ vpr 1 S'écouler en s'étalant. 2 Se disperser en occupant un lieu. *Les invités se répandent dans le jardin.* 3 Se propager. *Mode qui se répand.* Loc *Se répandre en paroles, en invectives :* parler, invectiver longuement.

répandu, ue a Communément admis.

réparable a Que l'on peut réparer.

reparaître vi [55] [aux avoir ou être] Paraître de nouveau.

réparateur, trice n, a Qui répare. Loc *Chirurgie réparatrice :* syn de chirurgie plastique.

réparation nf Action de réparer.

réparer vt 1 Remettre en bon état, en état de fonctionnement. 2 Faire disparaître les effets d'une faute, d'un dommage. *Réparer une maladresse.*

reparler vi, vti Parler de nouveau.

repartager vt [11] Partager de nouveau.

repartie [Rə-e] nf Vive réplique.

1. repartir [Rə-] ou [Rə-] vi [29] [aux avoir] Litt Répliquer.

2. repartir vi [29] [aux *être*] Partir de nouveau.
répartir vt Partager, distribuer, échelonner. *Répartir les paiements sur cinq ans.*
répartiteur nm Qui assure une répartition.
répartition nf Partage, division, distribution.
reparution nf Fait de reparaître.
repas nm Nourriture prise chaque jour à des heures régulières.
repassage nm Action de repasser des couteaux, du linge.
repasser vi [aux *être* ou *avoir*] Passer de nouveau qqpart. ■ vt 1 Traverser de nouveau. 2 Faire passer de nouveau. *Repasser un disque.* 3 Revenir sur ce qu'on a étudié, appris. *Repasser sa leçon.* 4 Aiguiser. 5 Défroisser du linge avec un fer chaud.
repasseuse nf Personne ou machine qui repasse le linge.
repaver vt Paver de nouveau.
repayer vt [20] Payer de nouveau.
repêchage nm Action de repêcher.
repêcher vt 1 Retirer de l'eau ce qui y est tombé. 2 Fam Donner une nouvelle chance à un candidat, à un concurrent.
repeindre vt [69] Peindre de nouveau.
repenser vt, vi Penser, réfléchir de nouveau.
repentant, ante a Qui se repent.
repenti, ie a, n Qui s'est repenti.
repentir (se) vpr [29] Regretter vivement. ■ nm 1 Vif regret. 2 Correction effectuée par l'artiste sur un tableau.
repérable a Qu'on peut repérer.
repérage nm Action de repérer.
repercer vt [10] Percer de nouveau.
répercussion nf Suite, contrecoup.
répercuter vt 1 Renvoyer un son. *Cri répercuté par l'écho.* 2 Faire payer une charge à d'autres. *Répercuter une augmentation.* 3 Transmettre à qqn d'autre. *Répercuter des directives.* ■ vpr Avoir des conséquences par contrecoup.
reperdre vt [5] Perdre de nouveau.
repère nm Marque, signe pour retrouver une place, une distance, un niveau, etc. Loc *Point de repère* : ce qui sert à se retrouver, à situer qqch dans l'espace, dans le temps.
repérer vt [12] 1 Déterminer la position ; localiser. *Repérer un avion à l'aide de radars.* 2 Découvrir, remarquer. *Repérer un individu bizarre.* ■ vpr Se retrouver grâce à des repères.
répertoire nm 1 Recueil où les matières sont rangées dans un certain ordre. 2 Liste des pièces jouées habituellement dans un théâtre. 3 Œuvres qu'un comédien, un chanteur, etc., interprète habituellement.
répertorier vt Inventorier.
répéter vt [12] 1 Dire ce qui a été déjà dit. 2 Refaire, recommencer. 3 Participer à la répétition d'une pièce, d'un morceau de musique. 4 Reproduire qqch. *Répéter des signaux.* ■ vpr 1 Redire certaines les mêmes choses ; rabâcher. *Romancier qui se répète.* 2 Se produire à plusieurs reprises.
répéteur nm Amplificateur installé sur un câble de télécommunications.
répétiteur, trice n Anc Qui donne des leçons particulières à un élève.
répétitif, ive a Qui se répète.

répétition nf 1 Action de (se) répéter ; redite. 2 Action de reproduire ; réitération. 3 Séance de mise au point d'une représentation, d'un spectacle. 4 Vx Leçon particulière.
répétitivité nf Caractère répétitif.
repeuplement nm Action de repeupler.
repeupler vt Peupler de nouveau.
repiquage nm Action de repiquer.
repiquer vt 1 Piquer de nouveau. 2 Transplanter un jeune plant issu d'un semis. *Repiquer des salades.* 3 Enregistrer sur un nouveau support. *Repiquer un disque.*
répit nm Arrêt de qqch de pénible ; détente, repos. Loc *Sans répit* : sans arrêt, sans relâche.
replacement nm Action de replacer.
replacer vt [10] Remettre en place ou placer ailleurs.
replanter vt Planter de nouveau.
replat nm Partie plate en terrasse au flanc d'un versant.
replâtrage nm Réparation sommaire ; arrangement précaire.
replâtrer vt 1 Plâtrer de nouveau. 2 Arranger sommairement, grossièrement.
replet, ète a Gras, dodu.
repleuvoir vi [38] Pleuvoir de nouveau.
repli nm 1 Rebord plié. 2 Régression, recul. 3 Retraite sur ordre, d'une troupe. Loc *Repli de terrain* : ondulation. ■ pl Litt Ce qui est caché, secret. *Les replis de l'âme humaine.*
repliable a Qu'on peut replier.
réplication nf BIOL Duplication d'une molécule d'acide nucléique.
repliement nm Action de (se) replier.
replier vt 1 Plier ce qui avait été déplié. 2 Faire reculer sur ordre une troupe. ■ vpr Reculer, faire retraite. Loc *Se replier sur soi-même* : se fermer, s'isoler.
réplique nf 1 Réponse, repartie. 2 Ce qu'un acteur répond à un autre. 3 Copie, double d'une œuvre d'art.
répliquer vt Répondre vivement.
replonger vt [11] Plonger de nouveau.
répondant, ante n Caution, garant. Loc Fam *Avoir du répondant* : de l'argent en réserve.
répondeur nm Appareil automatique, relié au téléphone, qui peut enregistrer le message du correspondant.
répondre vt, vi [5] Faire réponse à ce qui a été dit, demandé. ■ vti 1 Dire, écrire en réponse à. *Je réponds à votre lettre.* 2 Correspondre à. *Le résultat répond à ses efforts.* 3 Donner en retour à. *Répondre à l'affection des siens.* 4 Réagir à l'action de. *Les freins ne répondent plus (à la pédale).* 5 Servir de garant, de caution à. *Je réponds entièrement de lui.*
répons [-pɔ̃] nm Chant liturgique exécuté tour à tour par une voix et le chœur.
réponse nf 1 Ce qui est dit ou écrit en retour à une question, à une lettre. 2 Solution, explication. *Réponse à un problème.* 3 PHYSIOL Réaction à un stimulus. Loc *Droit de réponse* : droit que possède une personne mise en cause, de répondre par le média responsable.
repopulation nf Retour à l'accroissement de la population.
report nm 1 Action de reporter. 2 Renvoi à plus tard. Loc *Report des voix* : transfert des votes d'un candidat sur un autre au second tour d'une élection.

reportage nm Article d'un journaliste à partir d'informations recueillies sur place.

1. reporter vt 1 Porter une chose là où elle se trouvait auparavant. 2 Transporter par la pensée à une époque antérieure. 3 Transcrire ailleurs. 4 Différer, ajourner. 5 Porter sur une autre destination. *Reporter son affection sur son fils.* ■ vpr Se référer. *Se reporter à la préface.*

2. reporter [-TER] nm Journaliste qui fait des reportages.

repos nm 1 Immobilité. 2 Fait de se délasser. *Prendre du repos.* 3 Congé. *Jour de repos.* 4 Position du soldat qui abandonne le garde-à-vous. Loc *De tout repos* : qui donne une totale tranquillité. Litt *Repos éternel* : mort.

reposant, ante a Qui délasse.

repose nf Action de remettre en place.

reposé, ée a Qui n'est plus fatigué. Loc *À tête reposée* : en réfléchissant à loisir.

repose-pieds nm inv Support pour le pied.

reposer vt 1 Poser de nouveau. *Reposer une vitre, une question.* 2 Appuyer. *Reposer sa tête sur un oreiller.* 3 Délasser. *Cela repose l'esprit.* ■ vi 1 Litt Dormir. 2 Litt Être enterré. Loc *Laisser reposer* : laisser se décanter, laisser sans être agité. ■ vti Être fondé sur. *Ceci repose sur une hypothèse.* ■ vpr Se délasser. Loc *Se reposer sur qqn* : lui faire confiance ; lui laisser la responsabilité d'une tâche.

repose-tête nm inv Appui pour la tête.

repositionnement nm Fait de repositionner.

repositionner vt Positionner de nouveau.

reposoir nm 1 Autel élevé sur le parcours d'une procession. 2 Local d'un hôpital, où est exposé le corps des défunts.

repoussage nm TECH Façonnage à froid à l'aide d'un marteau.

repoussant, ante a Qui inspire de l'aversion, du dégoût.

repousse nf Nouvelle pousse.

repousser vt 1 Faire reculer, pousser en arrière. 2 Travailler le métal, le cuir, par repoussage. 3 Rejeter. *Repousser une demande.* 4 Ajourner, différer. *Repousser un délai de livraison.* ■ vi Pousser, croître de nouveau.

repoussoir nm 1 Chose ou personne qui en fait valoir une autre par contraste. 2 Personne très laide.

répréhensible a Digne de blâme.

reprendre vi [70] 1 Augmenter, croître de nouveau. *L'arbre reprend. Les affaires reprennent.* 2 Recommencer. *Le froid a repris.* ■ vt 1 Prendre de nouveau. *Reprendre une ville. Reprendre du pain.* 2 Retrouver. *Reprendre courage.* 3 Prendre ce qu'on avait donné, retirer. *Reprendre sa parole.* 4 Continuer après une interruption. *Reprendre son travail.* 5 Redire, répéter. *Reprendre un refrain.* 6 Améliorer en modifiant. *Reprendre les détails d'un projet.* 7 Réprimander. ■ vpr 1 Rectifier ce que l'on a dit. 2 Retrouver ses esprits.

repreneur nm ÉCON Qui prend le contrôle d'une entreprise en difficulté.

représailles nfpl Violences qu'on fait subir à qqn pour se venger.

représentant, ante n 1 Qui représente qqn, un groupe, qui peut agir en son nom. 2 Commis voyageur, courtier.

représentatif, ive a 1 Qui représente bien qqn, un groupe. *Gouvernement représentatif.* 2 Caractéristique ; considéré comme typique. *Il est représentatif de son milieu.*

représentation nf 1 Fait de représenter qqch par une image, un symbole ; image, symbole qui représente. 2 Train de vie imposé par une grosse situation. 3 Métier de représentant de commerce. 4 Spectacle donné devant un public. Loc *Représentation nationale* : pouvoir législatif des élus du peuple.

représentativité nf Caractère représentatif.

représenter vt 1 Présenter de nouveau. 2 Rendre présent à l'esprit, à la vue. 3 Jouer une pièce en public. 4 Personnifier, symboliser. 5 Faire observer. *Représenter les difficultés du projet.* 6 Tenir la place de qqn, d'un groupe ; avoir mandat pour parler, décider en son nom. *Ce député représente telle circonscription.* 7 Équivaloir à. *Cette dépense représente un mois de salaire.* ■ vpr 1 Se présenter de nouveau. 2 Imaginer qqch.

répressif, ive a Qui réprime.

répression nf Action de réprimer.

réprimande nf Blâme.

réprimander vt Blâmer, admonester.

réprimer vt 1 Contenir, dominer. *Réprimer sa colère.* 2 Empêcher qqch jugé dangereux de se développer. *Réprimer une révolte.*

reprint [-PRINT] nm Réimpression en fac-similé d'un ouvrage épuisé.

repris de justice nm inv Qui a subi une ou plusieurs condamnations pénales.

reprise nf 1 Action de reprendre. *La reprise des hostilités.* 2 Regain d'activité. *La reprise économique s'amorce.* 3 MUS Fragment d'un morceau qu'on doit rejouer. 4 Réparation d'une étoffe à l'aiguille. 5 Chacune des parties d'un combat de boxe, d'un assaut d'escrime. 6 Accélération rapide d'un moteur. 7 Somme payée par un locataire pour les aménagements rétrocédés par l'occupant précédent. 8 Fait de rejouer un film, une pièce. 9 Leçon d'équitation. ■ pl Loc *À plusieurs reprises* : de nombreuses fois.

repriser vt Raccommoder.

réprobateur, trice a Qui réprouve.

réprobation nf Blâme sévère, désapprobation.

reproche nm Blâme adressé à qqn sur sa conduite. Loc *Sans reproche(s)* : parfait.

reprocher vt Blâmer, critiquer qqn au sujet de qqch. *Reprocher à qqn son ingratitude.* ■ vpr Se considérer comme coupable de.

reproducteur, trice a Qui reproduit. ■ nm Animal destiné à la reproduction.

reproductibilité nf Caractère reproductible.

reproductible a Qui peut être reproduit.

reproductif, ive a De la reproduction.

reproduction nf 1 Processus par lequel un être vivant produit d'autres êtres de même espèce. 2 Action de reproduire, d'imiter. 3 Copie, réplique. *Une reproduction de « la Joconde ».*

reproduire vt [67] Répéter, copier, représenter exactement ; restituer fidèlement. ■ vpr 1 Donner naissance à des individus de même espèce. 2 Se produire de nouveau. *Les mêmes événements se sont reproduits.*

reprogrammer vt Mettre de nouveau au programme.

reprographie nf Ensemble des techniques de reproduction des documents écrits.

reprographier vt Reproduire par reprographie.

réprouvé, ée n Damné, rejeté.

réprouver vt 1 Rejeter, blâmer, condamner. 2 THEOL Exclure du nombre des élus.

reps nm Tissu d'ameublement à côtes.

reptation nf Action de ramper.

reptile nm Vertébré rampant, comme les serpents, les lézards, les tortues.

reptilien, enne a ZOOL Propre aux reptiles.

repu, ue a Rassasié.

républicain, aine a De la république. ■ a, n Partisan de la république.

républicanisme nm Attachement à la république.

république nf Forme de gouvernement où des représentants élus par le peuple sont responsables devant la nation.

répudiation nf Action de répudier.

répudier vt 1 Dans certains pays, renvoyer son épouse selon les formes légales. 2 Rejeter, abandonner une opinion, un sentiment.

répugnance nf Répulsion, dégoût.

répugnant, ante a Dégoûtant, infect.

répugner vti 1 Éprouver du dégoût, de l'aversion à. Répugner à la violence. 2 Dégoûter. Son aspect me répugne.

répulsif, ive a Qui provoque de la répulsion.

répulsion nf Aversion, dégoût, répugnance.

réputation nf 1 Opinion commune sur qqch, sur qqn. Mauvaise réputation. 2 Considération dont jouit qqn. Tenir à sa réputation.

réputé, ée a 1 De grand renom. Vin réputé. 2 Considéré comme. Elle est réputée compétente.

requérant, ante a, n DR Qui requiert.

requérir vt [34] 1 Réclamer légalement. Requérir la force armée. 2 DR Demander en justice. 3 Exiger. Cela requiert tous vos soins.

requête nf 1 Demande verbale ou écrite ; supplique. 2 DR Demande adressée à un magistrat ayant pouvoir de décision. Loc Sur la requête de : à la demande de. Maître des requêtes : titre de certains membres du Conseil d'État.

requiem [ʀekɥijɛm] nm inv Prière, messe, chant religieux pour le repos des morts.

requin nm 1 Poisson marin cartilagineux au museau pointu, parfois dangereux pour l'homme. 2 Homme d'affaires sans scrupule.

requinquer vt Fam Redonner de l'énergie, de la vitalité. ■ vpr Fam Se rétablir (santé).

requis, ise a Demandé, exigé. ■ nm Mobilisé par l'autorité civile pour effectuer un travail.

réquisition nf Fait, pour une autorité, d'imposer à qqn ou à une collectivité une prestation de services ou une remise de certains biens. ■ pl DR Réquisitoire.

réquisitionner vt 1 Se faire remettre un bien, user des services de qqn par voie de réquisition. 2 Fam Faire appel à qqn.

réquisitoire nm 1 DR Discours prononcé à l'audience par le ministère public pour demander l'application de la loi à l'accusé. 2 Violente accusation contre qqn, qqch.

resaler vt Saler de nouveau.

resalir vt Salir de nouveau.

rescapé, ée a, n Sorti vivant d'une catastrophe, d'un accident.

rescousse nf Loc À la rescousse : au secours.

réseau nm 1 Entrelacement de fils, de lignes, etc. 2 Ensemble de voies, de canalisations, de conducteurs reliés les uns aux autres. 3 Personnes, organismes, établissements, etc., qui sont en relation pour agir ensemble.

résection nf CHIR Opération consistant à enlever un fragment d'un organe.

réséda nm Plante aux petites fleurs très parfumées.

réséquer vt [12] CHIR Opérer la résection.

réserpine nf Alcaloïde du rauwolfia, utilisé comme hypotenseur.

réservataire a, nm DR Qui ne peut être écarté de la succession.

réservation nf Action de réserver une place, une chambre, etc.

réserve nf 1 Quantité de choses accumulées en cas de besoin. 2 Quantité de richesses minérales qu'on peut tirer de la terre. 3 Ensemble des citoyens mobilisables en cas de besoin pour renforcer l'armée active. 4 Local où sont stockées des marchandises. 5 Territoire où les plantes et les animaux sont protégés. 6 Territoire assigné à des indigènes. 7 Restriction nuançant ou réfutant par une appréciation. 8 Discrétion, retenue, prudence. Garder une prudente réserve. 9 DR Part d'un patrimoine réservée par la loi aux héritiers réservataires. Loc Sans réserve : sans restriction. Sous toutes réserves : sans garantie.

réservé, ée a 1 Destiné exclusivement à un usage. Chasse réservée. 2 Discret, circonspect.

réserver vt 1 Mettre de côté. 2 Retenir à l'avance une place, une chambre, etc. 3 Destiner qqch à qqn en particulier. ■ vpr 1 Mettre de côté pour soi. 2 Attendre le moment opportun pour faire qqch. Je me réserve d'intervenir plus tard.

réserviste nm Qui fait partie de la réserve de l'armée.

réservoir nm Cavité, bassin, récipient pour garder un liquide ou un gaz.

résidant, ante a, n Qui réside en un lieu.

résidence nf 1 Fait de résider dans un lieu ; ce lieu. 2 Séjour obligatoire dans le lieu où on exerce ses fonctions. 3 Bâtiment d'habitation très confortable. Loc Résidence mobile : syn de mobile-home. Résidence secondaire : maison de vacances ou de week-end.

résident, ente n 1 Qui réside ailleurs que dans son pays d'origine. 2 Titre de certains agents diplomatiques. 3 Habitant d'une résidence.

résidentiel, elle a Se dit des zones urbaines où dominent les maisons d'habitation.

résider vi 1 Demeurer, habiter dans tel endroit. 2 Se trouver, exister dans. Là réside la difficulté.

résidu nm Déchet, détritus.

résiduaire a Qui forme un résidu.

résiduel, elle a Qui constitue un résidu.

résignation nf 1 DR Abandon de qqch en faveur de qqn. 2 État d'esprit de qqn qui se résigne.

résigné, ée a, n Qui a renoncé à lutter.

résigner vt DR Abandonner volontairement une charge. ■ vpr Accepter, se soumettre sans révolte à qqch. Se résigner à son sort.

résiliable a Qu'on peut résilier.

résiliation nf DR Action de résilier.

résilier vt DR Mettre fin à un contrat.

ressentir

résille nf Filet qui enveloppe les cheveux. **Loc** *Bas résille* : à mailles peu serrées.

résine nf **1** Substance visqueuse sécrétée par divers végétaux. **2** Substance chimique servant à la fabrication d'une matière plastique. **3** Substance végétale fossile, comme l'ambre.

résiné nm Vin qui contient de la résine.

résiner vt Enduire de résine.

résineux, euse a Qui produit de la résine. ■ nm Arbre riche en résine, tels les conifères.

résinier, ère a Relatif à la résine. ■ n Qui récolte la résine des pins.

résipiscence nf RELIG Reconnaissance de sa faute, suivie d'amendement.

résistance nf **1** Action ou propriété d'un corps qui résiste à une action. **2** ELECTR Grandeur (exprimée en ohms) mesurant l'aptitude d'un corps à s'opposer au passage d'un courant ; conducteur utilisé en particulier pour produire de la chaleur. **3** Aptitude à supporter la fatigue, les privations, etc. **4** Action de résister physiquement ou moralement à qqn, à une autorité, à une occupation étrangère. **Loc** *Plat de résistance* : plat principal d'un repas.

résistant, ante a Qui résiste à la fatigue, à la maladie ; robuste, solide. ■ a Qui s'oppose à une occupation étrangère ; en particulier personne ayant pris part à la Résistance.

résister vti **1** Ne pas céder sous l'action de. **2** Avoir les forces nécessaires pour supporter qqch. *Résister à la maladie.* **3** Tenir ferme contre qqn, qqch. *Résister à une impulsion.*

resocialisation nf Action de resocialiser.

resocialiser vt Réinsérer dans la vie sociale.

résolu, ue a Déterminé, hardi.

résoluble a Qu'on peut annuler.

résolument av Avec détermination.

résolutif, ive a, nm MED Qui fait disparaître une inflammation.

résolution nf **1** Fait, pour un corps, de se résoudre. **2** DR Annulation d'un contrat pour inexécution des conditions. **3** Fait de résoudre un problème. **4** Décision fermement arrêtée. **5** Motion adoptée par une assemblée. **6** MED Disparition d'une inflammation.

résolutoire a DR Qui annule un acte.

résonance nf **1** Propriété qu'ont certains objets ou lieux, de résonner ; son qu'ils provoquent. **2** Litt Effet produit sur l'esprit. **Loc** *Résonance magnétique nucléaire (R.M.N.)* : technique utilisée en imagerie médicale.

résonateur nm PHYS Appareil qui vibre par résonance.

résonnant ou **résonant, ante** a Qui résonne.

résonner vi **1** Réfléchir le son en le renforçant ou en le prolongeant. **2** Rendre un son vibrant.

résorber vt Faire disparaître peu à peu un mal, une gêne, etc. ■ vpr Disparaître.

résorption nf Fait de (se) résorber.

résoudre vt [51] **1** Donner une solution à. *Résoudre un problème.* **2** Dissocier un corps en ses éléments. **3** Faire disparaître, résorber. **4** Décider. *Il résolut d'attendre.* **5** DR Annuler. ■ vpr **1** Se décider à. *Se résoudre à partir.* **2** Être transformé.

respect [-pɛ] nm **1** Considération qu'on a pour qqn manifestée par une attitude déférente envers lui. **2** Souci de ne pas porter atteinte à. *Le respect des lois.* **Loc** *Respect humain* :

crainte du jugement d'autrui. *Sauf votre respect* : sans vous offenser. *Tenir qqn en respect* : le menacer par une arme.

respectabiliser vt Rendre respectable.

respectabilité nf Caractère respectable.

respectable a **1** Qui mérite du respect. **2** Important. *Un nombre respectable de gens.*

respecter vt **1** Éprouver du respect pour qqn. **2** Observer une prescription, un usage, une règle. ■ vpr Se conduire de manière à garder l'estime de soi.

respectif, ive a Qui concerne chaque chose, chaque personne par rapport aux autres.

respectivement av Chacun en ce qui le concerne. *Ils ont respectivement 15 et 20 ans.*

respectueusement av Avec respect.

respectueux, euse a Qui témoigne du respect. **Loc** *À distance respectueuse* : assez loin.

respirable a Qu'on peut respirer.

respirateur nm MED Appareil destiné à la ventilation pulmonaire du sujet.

respiration nf **1** Fait de respirer. **2** PHYSIOL Fonction qui préside aux échanges gazeux entre un être vivant et le milieu extérieur.

respiratoire a De la respiration.

respirer vi **1** Absorber de l'oxygène et rejeter du gaz carbonique. **2** Être vivant. **3** Avoir un moment de répit. ■ vt **1** Aspirer par les organes respiratoires. *Respirer un air vicié.* **2** Donner des signes extérieurs de. *Respirer l'honnêteté.*

resplendir vi Briller avec éclat.

resplendissant, ante a Qui resplendit.

responsabilisation nf Action de responsabiliser.

responsabiliser vt Rendre qqn responsable, conscient de ses responsabilités.

responsabilité nf **1** Fait d'être responsable. **2** Capacité, pouvoir de prendre des décisions.

responsable a **1** Tenu de répondre de ses actes ou, dans certains cas, de ceux d'autrui. **2** Qui est réfléchi. *Agir en homme responsable.* ■ a, n **1** Qui est la cause de, coupable de. *Retrouver le responsable d'un accident.* **2** Qui a le pouvoir de prendre des décisions.

resquille nf ou **resquillage** nm Fam Action de resquiller.

resquiller vt, vi Fam Profiter de qqch, sans y avoir droit, sans le payer.

resquilleur, euse n, a Fam Qui resquille.

ressac [Rə-] nm Retour des vagues sur elles-mêmes après avoir frappé un obstacle.

ressaisir vt Saisir de nouveau. ■ vpr Redevenir maître de soi.

ressasser vt Répéter à satiété.

ressaut nm Saillie d'un mur, d'une paroi.

ressayer V. réessayer.

ressemblance nf Fait de ressembler ou de se ressembler.

ressemblant, ante a Qui ressemble à.

ressembler vti Avoir avec qqn, qqch des traits communs. ■ vpr Présenter une ressemblance mutuelle.

ressemelage nm Action de ressemeler.

ressemeler vt [18] Mettre une nouvelle semelle à une chaussure.

ressentiment nm Souvenir gardé d'offenses qu'on n'a pas pardonnées.

ressentir vt [29] Éprouver. *Ressentir une douleur, de l'affection pour qqn.* ■ vpr Subir les conséquences de. *Se ressentir d'une maladie.*

resserre *nf* Remise pour les outils, les objets de jardin, etc.

resserré, ée *a* Contenu étroitement dans.

resserrement *nm* Action de resserrer.

resserrer *vt* 1 Serrer davantage. 2 Rendre plus étroit. *Resserrer l'amitié.* ■ *vpr* Devenir plus serré, plus étroit.

resservir *vi, vt* [29] Servir de nouveau.

1. ressort *nm* 1 Pièce élastique qui tend à reprendre sa forme initiale après avoir été comprimée. 2 Force, énergie. 3 *Litt* Cause, motif. *L'argent est le ressort de la guerre.*

2. ressort *nm* DR Étendue d'une juridiction ; limite de compétence. Loc *En dernier ressort :* en définitive.

1. ressortir *vi* [29] [aux *être*] 1 Sortir après être entré. 2 Se distinguer nettement par contraste. Loc *Faire ressortir qqch :* le mettre en relief. ■ *v impers* Résulter. *Il ressort de tout ceci que...* ■ *vt* 1 Sortir de nouveau. *J'ai ressorti mon vieux manteau.* 2 *Fam* Répéter.

2. ressortir *vti* [2] [aux *être*] DR Être de la compétence de. *Cette affaire ressortit au juge.*

ressortissant, ante *n* Qui dépend de la législation d'un pays, du fait de sa nationalité.

ressouder *vt* Souder de nouveau.

ressource *nf* Moyen employé pour se tirer d'embarras. ■ *pl* 1 Moyens pécuniaires ; richesses d'un pays. 2 Moyens d'action. Loc *Ressources humaines :* personnel d'une entreprise.

ressourcer (se) *vpr* *Litt* Revenir à ses racines.

ressouvenir (se) *vpr* [35] *Litt* Se souvenir de nouveau.

ressurgir. V. resurgir.

ressusciter *vi* [aux *avoir* ou *être*] Renaître, se ranimer. ■ *vt* 1 Ramener qqn de la mort à la vie. 2 Faire revivre qqch.

ressuyer *vt* [21] Essuyer de nouveau.

restant, ante *a* Qui reste. ■ *nm* Ce qui reste.

restaurant *nm* Établissement public où on sert des repas moyennant paiement.

restaurateur, trice *n* 1 Spécialiste en restauration d'objets. 2 Qui tient un restaurant.

restauration *nf* 1 Action de réparer. 2 Métier de qui tient un restaurant ; ensemble des restaurants. 3 Rétablissement dans son état premier, dans sa fonction. Loc *Restauration rapide :* fast food.

restaurer *vt* 1 Réparer, remettre en son état premier. 2 Donner à manger. ■ *vpr* Prendre un repas, de la nourriture.

reste *nm* 1 Ce qui demeure d'un tout relativement à la partie retranchée. 2 Ce qu'il y a encore à faire, à dire. 3 Petite quantité. *Un reste de jour, d'espoir.* 4 MATH Différence de deux nombres dans une soustraction. Loc *Au reste, du reste :* d'ailleurs. *Et (tout) le reste :* et cætera. *Être en reste avec qqn :* demeurer son débiteur. *Ne pas demander son reste :* se retirer sans insister. ■ *pl* 1 Ce qui subsiste d'un tout. *Les restes d'un repas.* 2 Cadavre, ossements.

rester *vi* [aux *être*] 1 Continuer d'être à tel endroit, dans tel état. *Rester chez soi. Rester calme.* 2 Subsister. *Ce qui reste à faire.* Loc *En rester à :* s'en tenir à. *Il reste que :* il est néanmoins vrai que.

restituable *a* Qu'on doit restituer.

restituer *vt* 1 Rendre ce qui est possédé indûment ou ce qui a été accumulé. 2 Rétablir dans son état premier. *Restituer un texte.* 3 Reproduire un son enregistré.

restitution *nf* Action de restituer.

restoroute *nm* (n déposé) Restaurant sur une autoroute ou une route à grande circulation.

restreindre *vt* [69] Réduire, limiter. ■ *vpr* Réduire sa dépense, sa consommation.

restrictif, ive *a* Qui restreint.

restriction *nf* 1 Condition qui restreint ; réserve. 2 Réduction de la quantité, de l'importance. Loc *Restriction mentale :* réserve faite en soi-même pour tromper l'interlocuteur. ■ *pl* Rationnement, limitation de la consommation.

restructuration *nf* Action de restructurer.

restructurer *vt* Réorganiser.

resucée *nf* *Fam* Reprise, répétition sans intérêt.

résultante *nf* Effet découlant de plusieurs causes convergentes ; résultat.

résultat *nm* Ce qui résulte d'une action, d'un fait, d'un calcul. ■ *pl* 1 Succès ou échec à un examen, à concours. 2 Bénéfices ou pertes d'une entreprise.

résulter *vi* [aux *être* ou *avoir*] S'ensuivre ; être la conséquence de ; découler de.

résumé *nm* Précis, abrégé. Loc *En résumé :* en bref.

résumer *vt* Exprimer en moins de mots. ■ *vpr* 1 Reprendre brièvement ce que l'on a dit, écrit. 2 Consister essentiellement en. *Cela se résume à une capitulation.*

résurgence *nf* Réapparition. *Résurgence d'une nappe d'eau souterraine.*

résurgent, ente *a* Qui réapparaît sur un trajet souterrain (eau, rivière).

resurgir ou **ressurgir** *vi* Surgir de nouveau.

résurrection *nf* 1 Retour de la mort à la vie. 2 (avec majusc) Retour à la vie du Christ ; la fête qui la célèbre. 3 Réapparition ; nouvel essor.

retable *nm* Panneau vertical derrière un autel, peint et richement orné.

rétablir *vt* 1 Remettre en son premier état, en bon état, en fonctionnement. 2 Redonner la santé à qqn. ■ *vpr* Recouvrer la santé.

rétablissement *nm* 1 Action de rétablir. 2 Retour à la santé. 3 Mouvement qui consiste à se redresser après traction sur les bras tendus.

retailler *vt* Tailler de nouveau.

rétamage *nm* Action de rétamer.

rétamer *vt* 1 Étamer de nouveau. 2 *Fam* Épuiser. Loc *Fam Se faire rétamer :* se faire battre à un jeu ; échouer à un examen.

rétameur *nm* Ouvrier qui rétame.

retapage *nm* *Fam* Action de retaper.

retape *nf* *Fam* 1 Racolage (prostituée). 2 Publicité outrancière.

retaper *vt* *Fam* 1 Remettre sommairement en état. 2 Rétablir les forces, la santé de qqn.

retard *nm* 1 Fait d'arriver, de se produire, après le moment fixé. *Être en retard.* 2 Différence négative entre l'heure marquée par une horloge et l'heure réelle. 3 Moindre avancement, moindre développement de qqn, d'un pays, d'une industrie.

retardataire *a, n* Qui a du retard.

retardateur, trice *a* Qui provoque un ralentissement. *Action retardatrice.*

retardé, ée *a, n* *Fam* En retard dans son développement intellectuel.

retardement *nm* Loc *À retardement* : après coup ; de manière différée.

retarder *vt* 1 Mettre qqn en retard. 2 Faire indiquer à une montre une heure moins avancée. 3 Différer. *Retarder son départ.* ■ *vi* 1 Aller trop lentement, indiquer une heure déjà passée. 2 Fam Avoir une attitude rétrograde ; être en retard sur une information.

reteindre *vt* [69] Teindre de nouveau.

retendre *vt* [5] Tendre de nouveau.

retenir *vt* [35] 1 Garder qqch par devers soi. 2 Garder dans sa mémoire. *Retenir sa leçon.* 3 Réserver. *Retenir une place d'avion.* 4 Déduire d'une somme ; prélever. 5 Considérer favorablement ; agréer. *Retenir une candidature.* 6 Faire demeurer en un lieu. *Retenir qqn à dîner.* 7 Maintenir en place, contenir, empêcher d'aller. *La prudence l'a retenu.* ■ *vpr* 1 Saisir qqch pour ne pas tomber. 2 Réprimer l'envie de faire. *Se retenir de rire.*

retenter *vt* Tenter de nouveau.

rétention *nf* 1 Action de retenir, de conserver. 2 MED Accumulation d'une substance destinée à être évacuée.

retentir *vi* 1 Faire entendre, renvoyer un son puissant, éclatant. 2 Avoir des répercussions sur. *La fatigue retentit sur le caractère.*

retentissant, ante *a* Qui retentit.

retentissement *nm* Répercussion.

retenue *nf* 1 Prélèvement fait sur la rémunération d'un salarié. 2 Punition scolaire consistant en une privation de sortie. 3 Discrétion, réserve. *Manquer de retenue.* 4 Masse d'eau retenue par un barrage. 5 Chiffre que l'on reporte, dans une opération arithmétique.

réticence *nf* 1 Omission volontaire de qqch qu'on devrait dire. 2 Abusiv Attitude de réserve, de désapprobation.

réticent, ente *a* Qui manifeste de la réticence.

réticulaire *a* En forme de réseau.

réticule *nm* 1 Petit sac à main. 2 PHYS Système de fils croisés définissant l'axe de visée d'un instrument d'optique.

réticulé, ée *a* Qui figure un réseau.

réticuloendothélial, ale, aux *a* ANAT Se dit d'un tissu disséminé dans l'organisme et jouant un important rôle immunitaire.

réticulosarcome *nm* Cancer du tissu réticuloendothélial.

réticulose *nf* Affection du tissu réticuloendothélial.

réticulum [-lɔm] *nm* ANAT Réseau de fibres ou de vaisseaux.

rétif, ive *a* 1 Se dit d'une monture qui refuse d'obéir. 2 Récalcitrant.

rétine *nf* Membrane du fond de l'œil sensible à la lumière.

rétinien, enne *a* ANAT De la rétine.

rétinite *nf* Inflammation de la rétine.

retirage *nm* Nouveau tirage d'un livre, d'une photo, d'une gravure.

retiré, ée *a* 1 Situé à l'écart, peu fréquenté. 2 Qui a abandonné ses occupations professionnelles.

retirer *vt* 1 Tirer en arrière. *Retirer sa main.* 2 Ne pas maintenir ce qu'on avait dit. *Retirer une plainte.* 3 Reprendre qqch à qqn. *On lui a retiré son permis.* 4 Faire sortir qqch, qqn du lieu où il se trouvait. 5 Enlever, ôter un vêtement. 6 Recueillir un profit. 7 Refaire le

tirage d'un livre, d'une photo, etc. 8 Tirer de nouveau un coup de feu. ■ *vpr* 1 Partir, prendre congé. 2 Reculer, s'éloigner. 3 Quitter une activité, une profession. 4 Refluer (mer).

retombées *nfpl* 1 Ce qui retombe. *Des retombées radioactives.* 2 Effets à plus ou moins long terme.

retomber *vi* [aux être] 1 Faire une nouvelle chute. 2 Revenir à la situation antérieure. *Tout est retombé dans l'ordre.* 3 Fam Rencontrer, trouver qqch par hasard, une nouvelle fois. *Retomber sur une bonne occasion.* 4 Atteindre le sol après un saut, un rebond, après s'être élevé. 5 Devenir moins intense, moins soutenu. 6 S'abaisser, pendre en restant maintenu par le haut. 7 Peser sur, incomber à qqn. *Toute la responsabilité retombera sur vous.*

retordage ou **retordement** *nm* TECH Action de retordre des fils.

retordre *vt* [5] Tordre de nouveau. Loc *Donner du fil à retordre à qqn* : lui résister.

rétorquer *vt* Répondre, répliquer.

retors, orse *a* 1 TECH Retordu. *Fil retors.* 2 Rusé, artificieux. *Adversaire retors.*

rétorsion *nf* Loc *Mesure de rétorsion* : représailles.

retouche *nf* Rectification, correction.

retoucher *vt* Corriger, modifier. *Retoucher une photo, un vêtement.*

retoucheur, euse *n* Qui effectue des retouches en photographie, en couture.

retour *nm* 1 Action de revenir à son point de départ, de repartir en arrière. 2 Fait de revenir à un état, à un stade antérieur. 3 Réapparition périodique de qqch. 4 Changement, revirement. *Retour de fortune.* 5 Action de renvoyer qqch à qqn. Loc *En retour* : en échange. *Être sur le retour* : commencer à vieillir. *Retour d'âge* : ménopause. *Sans retour* : pour toujours. *Retour sur soi-même* : réflexion sur sa conduite. *Retour de manivelle* : choc en retour malheureux. *Retour en arrière* : ■ évocation de faits passés.

retournement *nm* Revirement, volte-face.

retourner *vt* 1 Mettre à l'envers. 2 Renvoyer. *Retourner une lettre.* 3 Examiner sous tous les angles. 4 Troubler, émouvoir qqn fortement. ■ *vi* [aux être] Revenir, rentrer. *Il est retourné chez lui.* ■ *vti* 1 Être rendu à qqn. *Ces biens retournent à leur possesseur.* 2 Revenir à un état antérieur. *Retourner à l'état sauvage.* ■ *vpr* 1 Se tourner d'un autre côté ; tourner la tête, le regard en arrière. 2 Adopter une autre manière d'agir. Loc *S'en retourner* : repartir, revenir. *Se retourner contre* : s'opposer à. ■ *v impers* Loc Fam *De quoi il retourne* : de quoi il s'agit.

retracer *vt* [10] 1 Tracer de nouveau. 2 Raconter, décrire.

rétractable *a* Qui peut se rétracter.

rétractation *nf* Action de se rétracter.

rétracter *vt* 1 Nier, désavouer. 2 Retirer, faire rentrer dedans. *Rétracter ses griffes.* ■ *vpr* 1 Déclarer faux ce qu'on avait affirmé précédemment. 2 Se contracter.

rétractile *a* Qui peut se contracter.

rétractilité *nf* Caractère rétractile.

rétraction *nf* Raccourcissement.

retraduire *vt* [67] Traduire de nouveau.

retrait *nm* 1 Action de se retirer. *Retrait des troupes.* 2 Action de reprendre, de retirer qqch. *Retrait d'un projet.* 3 TECH Contraction d'un matériau qui sèche ou refroidit. Loc *En retrait :* en arrière.

retraite *nf* 1 Repli effectué par des troupes. 2 Éloignement de la vie active pour une méditation religieuse. 3 Cessation d'activité professionnelle ; pension reçue pour cette cessation. 4 Lieu où on se retire.

retraité, ée *a, n* Qui est à la retraite.

retraitement *nm* Action de retraiter.

retraiter *vt* Traiter un combustible nucléaire irradié, un produit polluant pour le rendre inoffensif.

retranchement *nm* 1 Action de retrancher, de supprimer. 2 Obstacle utilisé pour se protéger des attaques ennemies. Loc *Pousser qqn dans ses derniers retranchements :* réfuter tous ses arguments.

retrancher *vt* Enlever, supprimer d'un tout. ■ *vpr* Se mettre à l'abri.

retranscription *nf* Nouvelle transcription.

retranscrire *vt* [61] Transcrire de nouveau.

retransmettre *vt* [64] 1 Transmettre de nouveau. 2 Diffuser une émission de radio, de télévision.

retransmission *nf* 1 Action de retransmettre. 2 Émission retransmise.

retravailler *vi, vt* Travailler de nouveau.

retraverser *vt* Traverser de nouveau.

rétrécir *vt* Rendre plus étroit. ■ *vi, vpr* Devenir plus étroit.

rétrécissement *nm* Fait de rétrécir.

retremper *vt* 1 Plonger de nouveau dans un liquide. 2 Donner une nouvelle trempe ; durcir. ■ *vpr* Se replonger dans une activité, un état.

rétribuer *vt* Payer qqn pour un travail.

rétribution *nf* Salaire, rémunération reçus pour un travail.

rétro *a inv. nm* Qui fait référence aux modes, au style d'un passé récent.

rétroactif, ive *a* Qui exerce une action sur ce qui est passé.

rétroaction *nf* Effet rétroactif. Syn. feedback.

rétroactivement *av* De façon rétroactive.

rétroactivité *nf* Caractère rétroactif.

rétroagir *vi* Produire un effet rétroactif.

rétrocéder *vt* [12] Céder, vendre à qqn ce qu'on avait acheté pour soi.

rétrocession *nf* Action de rétrocéder.

rétrofusée *nf* Fusée qui sert à ralentir un engin spatial.

rétrogradation *nf* 1 Action de rétrograder. 2 Mesure disciplinaire consistant à redescendre qqn à un échelon inférieur.

rétrograde *a* 1 Qui va en arrière. 2 Opposé à toute innovation, à tout progrès.

rétrograder *vi* 1 Revenir, retourner en arrière. 2 Régresser. 3 Passer à la vitesse inférieure. ■ *vt* Frapper qqn de rétrogradation.

rétroprojecteur *nm* Projecteur permettant de projeter sur un écran un texte, une image.

rétropropulsion *nf* Freinage par rétrofusée.

rétrospectif, ive *a* 1 Qui concerne le passé. 2 Éprouvé après coup. *Peur rétrospective.* ■ *nf* Exposition réunissant les œuvres d'un artiste ou d'une période.

rétrospectivement *av* Après coup.

retroussé, ée *a* Relevé. *Manches retroussées.*

retrousser *vt* Ramener vers le haut.

retrouvailles *nfpl* Fam Fait de se retrouver après une séparation.

retrouver *vt* 1 Trouver de nouveau ; trouver ce qui était perdu, ce qu'on cherchait. 2 Rejoindre qqn. ■ *vpr* 1 Être à nouveau réunis, se revoir. 2 Retrouver son chemin, s'orienter. 3 Être subitement dans telle situation. *Se retrouver seul.* Loc *Fam S'y retrouver :* rentrer dans ses frais ; faire un bénéfice.

rétroviral, ale, aux *a* D'un rétrovirus.

rétrovirologie *nf* Science des rétrovirus.

rétrovirus *nm* Virus, tel que le V.I.H., agent du sida.

rétroviseur *nm* Miroir qui permet au conducteur de voir la route derrière lui.

rets [RE] *nm* Litt Piège, filets.

retsina *nm* Vin grec résiné.

réunification *nf* Action de réunifier.

réunifier *vt* Restaurer l'unité d'un pays, d'un parti.

réunion *nf* 1 Action de réunir, de joindre, de rassembler. 2 Groupe de personnes rassemblées. 3 Temps pendant lequel se tient une assemblée.

réunionnais, aise *a, n* De la Réunion.

réunionnite *nf* Fam Manie de faire des réunions.

réunir *vt* 1 Rassembler, grouper des choses, des gens. 2 Joindre qqch à une autre chose. 3 Convoquer des gens. 4 Comporter, avoir plusieurs choses en soi. *Il réunit les qualités requises.* ■ *vpr* Se rassembler, tenir une assemblée.

réussi, ie *a* Exécuté avec succès.

réussir *vi* 1 Avoir une issue satisfaisante, heureuse. 2 Avoir du succès dans ce qu'on entreprend. ■ *vti* 1 Parvenir à. *J'ai réussi à le rencontrer.* 2 Être favorable à qqn. *Tout lui réussit.* ■ *vt* Mener à bien, faire avec succès. *Réussir un plat.*

réussite *nf* 1 Résultat favorable. 2 Fait de réussir dans la vie. 3 Jeu de cartes solitaire. Syn. patience.

réutilisable *a* Qui peut être réutilisé.

réutilisation *nf* Action de réutiliser.

réutiliser *vt* Utiliser de nouveau.

revacciner *vt* Vacciner de nouveau.

revaloir *vt* [44] Rendre la pareille à qqn, en bien ou en mal. *Je vous revaudrai cela.*

revalorisation *nf* Action de revaloriser.

revaloriser *vt* Rendre à qqch sa valeur ou une valeur plus grande.

revanchard, arde *a, n* Fam Qui nourrit un désir de revanche.

revanche *nf* 1 Fait de rendre la pareille pour le mal reçu. 2 Nouvelle partie permettant au perdant de tenter de nouveau sa chance. Loc *À charge de revanche :* sous condition de rendre la pareille. *En revanche :* en retour, au contraire.

revanchisme *nm* En politique, volonté de revanche.

rêvasser *vi* S'abandonner à la rêverie.

rêvasserie *nf* Action de rêvasser.

rêve *nm* 1 Combinaison d'images résultant de l'activité psychique pendant le sommeil. 2 Production de l'imagination. *Poursuivre un rêve.* Loc *De rêve :* idéal.

rêvé, ée *a* Idéal, parfait. *La vie rêvée.*

revêche *a* Rude, rébarbatif.

réveil *nm* 1 Passage du sommeil à l'état de veille. 2 Retour à l'activité. *Réveil de l'économie.* 3 Petite pendule dont la sonnerie se déclenche à une heure réglée à l'avance.

réveille-matin *nm inv* Syn de *réveil* (sens 3).

réveiller *vt* 1 Tirer qqn du sommeil. 2 Ranimer, faire renaître. *Réveiller des souvenirs.* ■ *vpr* 1 Cesser de dormir. 2 Se ranimer, renaître.

réveillon *nm* Souper de fête des nuits de Noël et du nouvel an.

réveillonner *vi* Faire un réveillon.

révélateur, trice *a* Qui révèle. *Lapsus révélateur.* ■ *nm* 1 Ce qui révèle, fait apparaître une situation. 2 PHOTO Composition chimique qui rend visible l'image latente.

révélation *nf* 1 Action de révéler ; ce qui est révélé. 2 Manifestation de Dieu, faisant connaître des vérités inaccessibles à la raison. 3 Découverte soudaine de qqch qu'on avait jusque-là ignoré. 4 Personne dont les dons se révèlent subitement.

révéler *vt* [12] 1 Faire connaître ce qui était inconnu ou secret. 2 Laisser apparaître, montrer. *Ce tableau révèle sa maîtrise.* 3 PHOTO Faire apparaître l'image latente sur un film. ■ *vpr* Apparaître, devenir manifeste. *Cela s'est révélé exact.*

revenant, ante *n* Fam Qui revient, après une longue absence. ■ *nm* Esprit d'un mort supposé revenir.

revendeur, euse *n* Qui achète pour revendre.

revendicateur, trice *a, n* Qui revendique.

revendicatif, ive *a* Qui exprime une revendication.

revendication *nf* Action de revendiquer ; ce qu'on revendique.

revendiquer *vt* 1 Réclamer ce que l'on considère comme son droit, son bien, son dû. 2 Assumer. *Revendiquer une responsabilité.*

revendre *vt* [5] Vendre ce qu'a acheté ; vendre de nouveau. Loc Fam *À revendre* : en abondance.

revenez-y *nm inv* Loc Fam *Un goût de revenez-y* : qui donne envie de reprendre de qqch.

revenir *vi, vti* [35] [aux *être*] 1 Venir de nouveau. 2 Rentrer, retourner au lieu d'où on est parti. 3 Se produire de nouveau, reparaître. 4 Se présenter de nouveau à l'esprit de qqn, à sa mémoire. *Cela me revient.* 5 Équivaloir à. *Cela revient à céder.* 6 Coûter. *Cela me revient cher.* 7 Fam Inspirer confiance. *Sa tête ne me revient pas.* 8 Annuler. *Revenir sur sa promesse.* 9 Être dévolu à. *Cette part lui revient.* 10 Quitter tel état, s'en débarrasser. *Revenir d'une maladie, d'une erreur.* Loc Fam *Ne pas en revenir* : être étonné. *Revenir à soi* : reprendre conscience. *Revenir de loin* : avoir échappé à un grand péril. *Revenir de tout* : être blasé. *Faire revenir un aliment* : le dorer dans une matière grasse.

revente *nf* Action de revendre.

revenu *nm* Ce que perçoit qqn au titre de son activité ou de ses biens (rentes, loyers, etc.). Loc *Revenu minimum d'insertion* ou *R.M.I.* : allocation accordée aux plus démunis. *Revenu national* : valeur de la production nationale annuelle des biens et des services.

rêver *vi* 1 Faire un rêve. 2 Laisser aller son imagination. ■ *vti* 1 Voir qqn, qqch en rêve. *J'ai rêvé de vous.* 2 Songer à qqch. *À quoi rêvez-vous ?* ■ *vt* Concevoir, imaginer, voir en rêve. *J'ai rêvé cela il y a longtemps.*

réverbération *nf* Réflexion de la lumière, de la chaleur, du son.

réverbère *nm* Appareil d'éclairage de la voie publique.

réverbérer *vt* [12] Renvoyer, réfléchir la lumière, la chaleur.

reverchon *nm* Variété précoce de bigarreau.

reverdir *vt* Rendre vert. ■ *vi* Redevenir vert.

révérence *nf* 1 Salut respectueux en penchant le buste. 2 Litt Respect profond. Loc Fam *Tirer sa révérence à qqn* : s'en aller.

révérencieux, euse *a* Litt Respectueux.

révérend, ende *a, n* 1 Titre d'honneur donné à un religieux ou à une religieuse. 2 Titre donné aux pasteurs des Églises réformées.

révérer *vt* [12] Honorer, traiter avec respect.

rêverie *nf* État de l'esprit qui s'abandonne à des pensées vagues.

revernir *vt* Vernir de nouveau.

revers *nm* 1 Côté opposé au côté principal ; envers. 2 Côté d'une monnaie opposé à celui qui porte la figure (avers). 3 Partie d'un vêtement repliée en dehors. 4 Au tennis, renvoi de la balle avec la partie tenue dos de la main en avant. 5 Échec. *Essuyer des revers.* Loc *Prendre à revers* : par derrière. *Revers de la main* : côté opposé à la paume. *Revers de la médaille* : mauvais côté de qqch.

reversement *nm* Action de reverser.

reverser *vt* 1 Verser de nouveau. 2 Reporter. *Reverser une somme sur un compte.*

réversibilité *nf* Caractère réversible.

réversible *a* 1 Qui peut s'effectuer en sens inverse. 2 Se dit d'un vêtement utilisable à l'envers comme à l'endroit.

réversion *nf* Loc *Pension de réversion* : versée, après la mort d'un pensionné, d'un retraité, à son conjoint.

revêtement *nm* Ce dont on recouvre qqch pour l'orner, le protéger, le consolider.

revêtir *vt* [32] 1 Mettre un vêtement à qqn, mettre un habit sur soi. 2 Garnir d'un revêtement. *Revêtir une piste de bitume.* 3 Pourvoir de qqch. *Revêtir d'une signature.* 4 Prendre tel aspect. *Revêtir un caractère politique.*

rêveur, euse *a, n* Porté à la rêverie. ■ *a* Loc *Être, laisser rêveur* : perplexe.

rêveusement *av* De façon rêveuse.

revient *nm* Loc *Prix de revient* : dépenses faites pour élaborer et distribuer un produit.

revigorer *vt* Redonner de la vigueur à.

revirement *nm* Changement brusque et complet, volte-face.

révisable *a* Qu'on peut réviser.

réviser *vt* 1 Examiner de nouveau pour mettre au point. 2 Remettre en bon état de marche. *Réviser une machine.* 3 Relire pour se remettre en mémoire. *Réviser un examen.*

réviseur *nm* Qui révise ; correcteur.

révision *nf* Action de réviser. *Révision de la Constitution.* Loc *Conseil de révision* : chargé d'examiner l'aptitude des conscrits.

révisionnel, elle *a* D'une révision.

révisionnisme *nm* Position de ceux qui remettent en cause les bases fondamentales d'une doctrine, d'un jugement, de certains aspects de l'histoire.

révisionniste *n, a* Qui relève du révisionnisme.

revisiter *vt* Donner d'une œuvre une interprétation radicalement nouvelle.

revisser *vt* Visser de nouveau.

revitalisant, ante *a, nm* Qui revitalise.

revitaliser *vt* Redonner de la vitalité à.

revival *nm* Renouveau d'une idée, d'une mode, d'un mouvement. *Des revivals.*

revivifier *vt* Litt Vivifier de nouveau.

reviviscence *nf* 1 Litt Fait de reprendre vie. 2 BIOL Propriété de certains organismes qui reprennent vie après avoir été desséchés, lorsqu'ils se trouvent en présence d'eau.

reviviscent, ente *a* Doué de reviviscence.

revivre *vi* [76] 1 Revenir à la vie. 2 Reprendre des forces. 3 Renaître, se renouveler. ■ *vt* Éprouver de nouveau. *Revivre une angoisse.*

révocabilité *nf* Caractère révocable.

révocable *a* Qui peut être révoqué.

révocation *nf* Action de révoquer.

revoici, revoilà *prép* Fam Voici, voilà de nouveau.

revoir *vt* [45] 1 Voir de nouveau. 2 Revenir, retourner dans un lieu. 3 Voir de nouveau en esprit, se représenter. *Je le revois enfant.* 4 Examiner de nouveau, réviser. *Ce texte est à revoir.* ■ *nm* Loc *Au revoir :* formule pour prendre congé.

revoler *vi* Voler de nouveau.

révoltant, ante *a* Qui révolte, indigne.

révolte *nf* 1 Soulèvement contre l'autorité établie. 2 Refus indigné de ce qui est éprouvé comme intolérable.

révolté, ée *a, n* Qui est en révolte.

révolter *vt* Indigner, choquer. ■ *vpr* 1 Se soulever contre une autorité. 2 S'indigner.

révolu, ue *a* 1 Achevé, accompli. *Avoir trente ans révolus.* 2 Passé. *Époque révolue.*

révolution *nf* 1 Mouvement d'un corps autour de son axe ou d'un corps central. 2 Changement brutal d'ordre scientifique, social, industriel, etc. 3 Bouleversement d'un régime politique consécutif à une action violente. 4 Fam Agitation, effervescence. Loc *Révolution de palais :* bouleversement politique limité à un changement de dirigeants.

révolutionnaire *a* 1 Relatif à une révolution. 2 Qui apporte des changements radicaux. *Méthode révolutionnaire.* ■ *a, n* Partisan, acteur d'une révolution.

révolutionner *vt* 1 Agiter, troubler vivement qqn. 2 Transformer profondément qqch.

revolver [ʀevɔlvɛʀ] *nm* Arme de poing à répétition, dont le magasin est un barillet.

revolving [-viŋ] *a inv* Loc *Crédit revolving :* à moyen terme et à taux révisable.

révoquer *vt* 1 Destituer d'une fonction. 2 DR Annuler. *Révoquer un arrêt.*

revoter *vt, vi* Voter de nouveau.

revoyure *nf* Loc Pop *À la revoyure :* au revoir.

revue *nf* 1 Examen détaillé. 2 Parade militaire. 3 Publication périodique. 4 Spectacle de variétés ou de music-hall.

révulsé, ée *a* Retourné, bouleversé.

révulser *vt* 1 Retourner, bouleverser le visage, les yeux. 2 Dégoûter, écœurer.

révulsif, ive *a, nm* PHARM Qui produit une révulsion.

révulsion *nf* MED Afflux sanguin provoqué pour faire cesser une congestion.

rewriter [ʀiʀajte] *vt* Récrire un texte.

rewriteur, euse *n* Personne qui rewrite.

rewriting [ʀiʀajtiŋ] *nm* Action de rewriter.

rez-de-chaussée *nm inv* Partie d'une habitation qui est au niveau du sol.

rez-de-jardin *nm inv* Partie d'une construction de plain-pied avec un jardin.

rhabillage *nm* Action de (se) rhabiller.

rhabiller *vt* 1 Réparer, remettre en état. *Rhabiller une montre.* 2 Habiller de nouveau. ■ *vpr* Remettre ses vêtements.

rhapsode ou **rapsode** *nm* ANTIQ Chanteur qui récitait des poèmes épiques.

rhapsodie ou **rapsodie** *nf* Composition musicale de forme libre.

rhénan, ane *a* Du Rhin, de la Rhénanie.

rhénium [-njɔm] *nm* Métal rare, dense.

rhéologie *nf* PHYS Science de la viscosité, de la plasticité et de l'élasticité de la matière.

rhéostat *nm* Appareil qui, intercalé dans un circuit électrique, permet de régler l'intensité du courant.

rhésus [-zys] *nm* 1 Singe de l'Inde et de la Chine. Loc *Facteur rhésus :* antigène des globules rouges créant une incompatibilité sanguine entre ceux qui en sont dépourvus.

rhéteur *nm* 1 ANTIQ Maître de rhétorique. 2 Litt Phraseur.

rhétoricien, enne *n* Spécialiste de rhétorique.

rhétorique *nf* 1 Art de bien parler. 2 Fam Emphase. 3 Anc Classe de première des lycées.

rhétoriqueur *nm* Loc LITTER *Grands rhétoriqueurs :* nom que se donnaient au XVe s. et au XVIe s. certains poètes au style raffiné.

rhétoroman, ane *a, nm* Dialecte roman parlé en Suisse orientale.

rhinencéphale *nm* ANAT Partie la plus ancienne du cortex cérébral.

rhinite *nf* Inflammation de la muqueuse nasale.

rhinocéros *nm* Grand mammifère, aux formes massives, à une ou deux cornes.

rhinopharyngite *nf* Inflammation du rhinopharynx.

rhinopharynx *nm* ANAT Partie haute du pharynx, en arrière des fosses nasales.

rhizome *nm* BOT Tige souterraine de certaines plantes.

rhô *nm* Lettre grecque, correspondant à *r.*

rhodanien, enne *a* Du Rhône.

rhodium [-djɔm] *nm* Métal rare, utilisé dans les alliages.

rhododendron [-dɛ-] *nm* Plante arbustive, ornementale, des montagnes.

rhodoïd *nm* (n déposé) Matière plastique à base d'acétate de cellulose.

rhomboèdre *nm* GEOM Parallélépipède dont les faces sont des losanges.

rhomboïde *nm* ANAT Muscle dorsal, élévateur de l'omoplate, en forme de losange.

rhônalpin, ine *a, n* De la Région Rhône-Alpes.

rhovyl *nm* (n déposé) Tissu synthétique.

rhubarbe *nf* Plante potagère aux larges feuilles vertes et à tige comestible.

rhum [ʀɔm] *nm* Eau-de-vie de canne à sucre.

rhumatisant, ante *a, n* Atteint de rhumatismes.

rhumatismal, ale, aux *a* Du rhumatisme.

rhumatisme *nm* Affection articulaire douloureuse.

rhumatoïde *a* D'apparence rhumatismale.

rhumatologie *nf* Partie de la médecine qui traite des rhumatismes.

rhumatologue *n* Spécialiste en rhumatologie.

rhume *nm* Inflammation aiguë des muqueuses des voies respiratoires. Loc *Rhume de cerveau :* coryza.

rhumerie [ʀɔmʀi] *nf* Distillerie de rhum.

rhyolite *nf* Roche volcanique acide.

ria *nf* Vallée fluviale envahie par la mer.

rial *nm* Unité monétaire d'Oman, de l'Iran et du Yémen. *Des rials.*

riant, riante *a* 1 Qui montre de la joie, de la gaieté. 2 Plaisant, engageant.

ribambelle *nf* Fam Longue suite de personnes ou de choses.

riboflavine *nf* Vitamine B2.

ribonucléique *a* Loc *Acide ribonucléique :* acide nucléique assurant la synthèse des protéines. Syn. A.R.N.

ribosome *nm* BIOL Organite cellulaire, qui décode les séquences d'A.R.N.

ribouldingue *nf* Loc Pop *Faire la ribouldingue :* faire la fête, la noce.

ribozyme *nm* BIOL Fragment d'A.R.N. du ribosome.

ricain, aine *a, n* Pop Des États-Unis.

ricanant, ante *a* Qui ricane.

ricanement *nm* Action de ricaner.

ricaner *vi* Rire à demi, avec une intention moqueuse.

ricaneur, euse *a, n* Qui ricane.

richard, arde *n* Fam Personne très riche.

riche *a, n* Qui a de l'argent, des biens en abondance. Loc *Nouveau riche :* parvenu. ■ *a* 1 Abondant, fertile, fécond. *Région riche.* 2 Qui renferme qqch en abondance. *Sol riche en or.* Loc *Rimes riches :* à trois éléments (consonne ou voyelle) communs.

richement *av* Avec richesse.

richesse *nf* 1 Abondance de biens, opulence, fortune. 2 Caractère riche. *Richesse d'un gisement, de l'imagination.* 3 Magnificence, somptuosité. ■ *pl* 1 Choses précieuses. *Les richesses d'un musée.* 2 Ressources naturelles. *Richesses minières.*

richissime *a* Fam Extrêmement riche.

ricin *nm* Plante à fleurs en grappes, originaire d'Asie. Loc *Huile de ricin :* purgatif tiré des graines de cette plante.

rickettsie *nf* Bactérie responsable de maladies contagieuses (typhus).

rickettsiose *nf* Maladie causée par des rickettsies.

ricocher *vi* Faire ricochet, rebondir.

ricochet *nm* Rebond d'un objet plat lancé obliquement sur l'eau, ou d'un projectile rebondissant sur une surface dure.

ricotta *nf* Fromage italien au lait de vache.

ric-rac *av* 1 Fam Avec une exactitude rigoureuse. 2 Tout juste, de justesse. *Il est passé ric-rac.*

rictus [-tys] *nm* Contraction des lèvres produisant un sourire forcé et grimaçant.

ride *nf* 1 Pli sur la peau du visage et du cou, sous l'effet de l'âge. 2 Ondulation, strie.

rideau *nm* 1 Pièce d'étoffe destinée à intercepter la lumière, à masquer qqch ou à décorer. 2 Draperie placée devant la scène ou l'écran d'une salle de spectacle. 3 Ce qui forme écran. *Un rideau d'arbres.* Loc *Rideau de fer :* frontière entre les États socialistes et les démocraties occidentales, de 1946 à 1990. Fam *En rideau :* en panne.

ridelle *nf* Chacun des deux côtés d'un camion, servant à maintenir le chargement.

rider *vt* 1 Faire, causer des rides à. 2 Dessiner des ondulations sur. *Le vent ride l'étang.*

ridicule *a* 1 Digne de risée, de moquerie. 2 Très petit, insignifiant. *Une somme ridicule.* ■ *nm* Ce qui est ridicule. Loc *Tourner en ridicule :* se moquer de.

ridiculement *av* De façon ridicule.

ridiculiser *vt* Rendre ridicule.

ridule *nf* Petite ride.

riel *nm* Unité monétaire du Cambodge.

rien *pr indéf* 1 Nulle chose, néant (avec *ne*). *Je ne veux rien.* 2 Quelque chose, quoi que ce soit (sans négation). *Est-il rien de si beau ?* Loc Fam *Ce n'est pas rien :* c'est important, difficile. *Comme si de rien n'était :* comme s'il ne s'était rien passé. *Rien que... :* seulement. *De rien (du tout) :* insignifiant, sans valeur. *Ça ne me dit rien :* je n'en ai pas envie. *En moins que rien :* en très peu de temps. *Pour rien :* gratuitement ; inutilement. ■ *nm* 1 Peu de chose. *Un rien le fâche.* 2 Petite quantité. *Ajoutez un rien de sel.* 3 Chose sans importance, sans valeur. *S'amuser à des riens.* Loc *Un moins que rien :* qqn sans importance, sans valeur. Fam *Comme un rien :* très facilement.

riesling [ʀisliŋ] *nm* Cépage blanc d'Alsace.

rieur, rieuse *a, n* Qui rit ou aime rire.

riff *nm* En jazz, courte phrase mélodique servant à rythmer un morceau.

rififi *nm* Pop Dispute violente, bagarre.

riflard *nm* 1 Grand rabot, grosse lime à métaux servant à dégrossir. 2 Couteau de plâtrier.

rifle *nm* Carabine de petit calibre.

rift *nm* GEOL Fossé d'effondrement.

rigaudon ou **rigodon** *nm* Danse animée, à la mode aux XVIIᵉ et XVIIIᵉ s.

rigide *a* 1 D'une sévérité, d'une austérité inflexible. *Morale rigide.* 2 Raide, peu flexible. *Une barre rigide.*

rigidement *av* Avec rigidité.

rigidifier *vt* Rendre rigide.

rigidité *nf* Caractère rigide ; raideur.

rigolade *nf* Fam 1 Plaisanterie, amusement. 2 Chose sans gravité, sans importance.

rigolard, arde *a* Fam Qui rigole.

rigole *nf* 1 Petit fossé étroit pour l'écoulement des eaux. 2 Filet d'eau de ruissellement.

rigoler *vi* Fam 1 Rire, se divertir. 2 Plaisanter, ne pas parler sérieusement.

rigolo, ote *a* Fam Qui fait rigoler, amusant. ■ *n* Fam 1 Boute-en-train. 2 Personne peu sérieuse.

rigorisme *nm* Austérité extrême en matière de religion ou de morale.

rigoriste *a, n* Qui fait preuve de rigorisme.

rigoureusement *av* 1 Avec rigueur. 2 Incontestablement. *C'est rigoureusement faux.*

rigoureux, euse *a* 1 Dur à supporter. *Hiver rigoureux.* 2 Rigide, inflexible. *Juges rigoureux.* 3 Strict, précis. *Raisonnement rigoureux.*

rigueur *nf* 1 Sévérité, dureté. 2 Grande exactitude. 3 Dureté du climat. Loc *À la rigueur* : au pis aller. *De rigueur* : exigé par les règlements, imposé. *Tenir rigueur* : garder rancune.

rikiki. V. riquiqui.

rillettes *nfpl* Viande de porc ou d'oie, découpée et cuite dans sa graisse.

rillons *nmpl* Cubes de chair de porc cuits dans la graisse.

rilsan *nm* (n déposé) Fibre textile synthétique.

rimailler *vi* Vx Faire de mauvais vers.

rimailleur, euse *n* Vx Poète sans talent.

rimaye *nf* GEOGR Crevasse qui sépare un glacier de son névé.

rime *nf* Retour des mêmes sons à la fin de deux vers. Loc *Sans rime ni raison* : d'une manière dénuée de sens.

rimer *vi* Constituer une rime. Loc *Ne rimer à rien* : n'avoir aucun sens. ■ *vt* Mettre en vers.

rimmel *nm* (n déposé) Fard à cils.

rinçage *nm* Action de rincer.

rinceau *nm* ARCHI Ornement en forme de branchages entrelacés.

rince-bouteilles *nm inv* Appareil servant à rincer les bouteilles.

rince-doigts *nm inv* Petit récipient d'eau tiède, pour se rincer les doigts à table.

rincer *vt* [10] 1 Nettoyer, laver à l'eau. 2 Passer à l'eau claire pour éliminer un produit de lavage. 3 Pop Ruiner. Loc Fam *Se faire rincer* : mouiller par la pluie. ■ *vpr* Loc Fam *Se rincer l'œil* : regarder en vue d'un plaisir érotique. Fam *Se rincer le gosier* : boire.

rincette *nf* Fam Eau-de-vie qu'on boit dans la tasse après le café.

ring [ʀiŋ] *nm* Estrade entourée de cordes pour les combats de boxe et de catch.

ringard, arde *n* Fam 1 Acteur sans talent. 2 Médiocre, sans capacités. ■ *a* Fam Démodé, de mauvaise qualité.

ringgit *nm* Unité monétaire de la Malaisie.

rioja [ʀjɔʀa] *nm* Vin rouge espagnol.

ripaille *nf* Fam Débauche de table.

ripaton *nm* Pop Pied.

riper *vt* Déplacer un fardeau en le faisant glisser. ■ *vi* Glisser, déraper.

riposte *nf* 1 Prompte repartie. 2 Contre-attaque vigoureuse.

riposter *vi* 1 Répondre avec vivacité à. 2 Contre-attaquer.

ripou *a, nm* Fam Policier corrompu. *Des ripoux.*

riquiqui ou **rikiki** *a inv* Fam Très petit, étriqué.

rire *vi* [72] 1 Marquer la gaieté par un mouvement de la bouche, accompagné de sons saccadés. 2 Se divertir, se réjouir. 3 Ne pas parler, ne pas agir sérieusement. ■ *vti* Se moquer de. *Les gens rient de lui.* ■ *vpr* Triompher aisément de. *Se rire des difficultés.* ■ *nm* Action de rire. *Éclater de rire.* Loc *Fou rire* : rire incoercible.

1. ris *nm* MAR Partie d'une voile qu'on peut serrer pour diminuer l'emprise du vent.

2. ris *nm* Thymus comestible du veau, de l'agneau.

risée *nf* 1 Moquerie collective. 2 MAR Augmentation passagère de la force du vent. Loc *Être la risée de* : être un objet de moquerie.

risette *nf* Fam Sourire d'un petit enfant.

risible *a* Digne de moquerie.

risotto *nm* Plat italien à base de riz.

risque *nm* 1 Danger, inconvénient. 2 Perte, préjudice éventuels garantis par une assurance. Loc *À ses risques et périls* : en prenant sur soi tous les risques. *Au risque de* : en s'exposant au danger de.

risqué, ée *a* 1 Hasardeux, dangereux. 2 Osé, trop libre. *Plaisanterie risquée.*

risquer *vt* 1 Mettre en danger. *Risquer sa vie.* 2 Essayer, sans être assuré du résultat. *Risquer le coup.* 3 S'exposer à un danger, à une peine. *Il risque la mort, une forte amende. Risquer de tout perdre.* ■ *vpr* Se hasarder.

risque-tout *n inv* Fam Audacieux, imprudent.

rissole *nf* Petit pâté de viande ou de poisson, cuit dans la friture.

rissoler *vt, vi* Cuire en donnant une couleur dorée.

ristourne *nf* Remise faite par un commerçant à un client.

ristourner *vt* Accorder comme ristourne.

rital, ale, als *n, a* Pop Italien.

rite *nm* 1 Ensemble des règles qui régissent la pratique d'un culte. 2 Pratique habituelle, coutume, usage.

ritournelle *nf* 1 Courte phrase instrumentale jouée à la fin de chaque couplet d'une chanson. 2 Propos rabâché, rebattu.

ritualiser *vt* Rendre rituel, codifier.

ritualisme *nm* Respect strict des rites.

ritualiste *a* Qui relève du ritualisme.

rituel, elle *a* 1 Qui constitue un rite. *Prières rituelles.* 2 Habituel. *Promenade rituelle.* ■ *nm* 1 Ensemble des rites. 2 Livre liturgique contenant les rites catholiques.

rituellement *av* Selon un rite.

rivage *nm* Bande de terre qui limite une étendue d'eau marine.

rival, ale, aux *n* 1 Qui dispute qqch à qqn, qui prétend au même succès qu'un autre concurrent. ■ *a* Concurrent. *Entreprises rivales.*

rivaliser *vi* S'efforcer de surpasser qqn. *Rivaliser d'adresse avec qqn.*

rivalité *nf* Concurrence, antagonisme.

rive *nf* 1 Bord d'un cours d'eau, d'un lac. 2 Bord rectiligne d'une pièce de bois, de métal. ■ Loc *Rive droite, gauche* : quartier d'une ville bordant un fleuve.

river *vt* 1 Assujettir une pièce métallique. 2 Rabattre la pointe d'un clou. 3 Immobiliser qqn. *La maladie l'a rivé au lit.* Loc Fam *River son clou à qqn* : le réduire au silence.

riverain, aine *a, n* Qui habite, qui est situé le long d'un cours d'eau, d'un lac, etc.

rivesaltes *nm* Vin doux naturel du Roussillon.

rivet *nm* Courte tige en métal destinée à être rivée.

riveter *vt* [19] Fixer au moyen de rivets.

riveteuse *nf* Machine à poser des rivets.

rivière *nf* Cours d'eau qui se jette dans un autre cours d'eau. Loc *Rivière de diamants* : collier de diamants.

rixe *nf* Querelle violente accompagnée de coups ; bagarre.

riyal *nm* Unité monétaire de l'Arabie Saoudite et du Qatar. *Des riyals.*

riz *nm* 1 Graminée céréalière des régions chaudes et humides. 2 Grain comestible de cette plante. Loc *Poudre de riz* : cosmétique fait de fécule de riz.

rizerie *nf* Usine de traitement du riz.

rizicole *a* De la riziculture.

riziculteur, trice *n* Cultivateur de riz.

riziculture *nf* Culture du riz.

rizière *nf* Terrain où on cultive le riz.

R.M.I. *nm* Revenu minimum d'insertion.

RMiste *n* Bénéficiaire du R.M.I.

robe *nf* 1 Vêtement féminin fait d'un corsage et d'une jupe d'un seul tenant. 2 Vêtement long des juges, des avocats dans l'exercice de leurs fonctions. 3 Enveloppe de certains légumes ou fruits. 4 Pelage du cheval, du bœuf, etc. 5 Couleur d'un vin. 6 Feuille de tabac enveloppant un cigare. Loc *Robe de chambre* : vêtement d'intérieur long et ample. *Pommes de terre en robe de chambre* ou *des champs* : cuites avec leur peau.

robinet *nm* Dispositif qui permet de régler l'écoulement d'un fluide dans une canalisation.

robinetterie *nf* 1 Industrie, commerce des robinets. 2 Ensemble de robinets.

robinier *nm* Arbre aux fleurs blanches en grappes, appelé aussi *faux acacia*.

robinson *nm* Litt Qui vit seul dans la nature.

roboratif, ive *a* Litt Fortifiant.

robot *nm* 1 Machine automatique, capable de se substituer à l'homme pour effectuer certains travaux. 2 Qui agit comme un automate.

robotique *nf* Science des robots.

robotisation *nf* Action de robotiser.

robotiser *vt* 1 Transformer qqn en robot. 2 Équiper de robots, automatiser.

robusta *nm* Variété de café.

robuste *a* Fort, solide, résistant.

robustesse *nf* Qualité robuste ; force.

roc *nm* 1 Masse de pierre très dure. 2 Litt Symbole de solidité.

rocade *nf* Voie routière de dérivation, qui évite le centre d'une ville.

rocaille *nf* 1 Étendue jonchée de pierres, de cailloux ; pierraille. 2 Ouvrage fait de pierres cimentées ou brutes, incrustées de coquillages. ■ *a inv, nm* Se dit d'un style décoratif en vogue sous Louis XV.

rocailleux, euse *a* 1 Pierreux, caillouteux. 2 Dur, heurté ; rauque. *Voix rocailleuse.*

rocamadour *nm* Petit fromage rond du Quercy, au lait de brebis.

rocambolesque *a* Extravagant.

roche *nf* Matière formée de minéraux et constituant l'écorce terrestre ; bloc ou morceau de cette matière. Loc *Clair comme de l'eau de roche* : évident.

rocher *nm* 1 Masse de pierre, souvent escarpée. 2 ANAT Pièce osseuse qui forme la partie interne de l'os temporal. 3 Pâtisserie ayant l'aspect d'un rocher.

rocheux, euse *a* Couvert, formé de roches.

rock and roll *ou* **rock and roll** [ʀɔkɛnʀɔl] *nm* Musique d'origine américaine, très rythmée.

rocker [-kœʀ] *nm* ou **rockeur, euse** *n* 1 Musicien de rock. 2 Jeune amateur de rock.

rocking-chair [ʀɔkintʃɛʀ] *nm* Fauteuil à bascule. *Des rocking-chairs.*

rococo *a inv, nm* Se dit d'un style rocaille très surchargé, en vogue au XVIIIᵉ s. ■ *a inv* Passé de mode.

rocou *nm* Colorant végétal rouge.

rodage *nm* Action de roder qqch.

rodailler *vi* Fam Rôder çà et là.

rodé, ée *a* Expérimenté.

rodéo *nm* 1 Fête donnée à l'occasion du marquage du bétail aux États-Unis. 2 Fam Course, poursuite bruyante de voitures, de motos.

roder *vt* 1 User par frottement une pièce pour qu'elle s'adapte à une autre. 2 Faire fonctionner à vitesse réduite un moteur pour permettre un ajustage progressif. 3 Mettre au point progressivement. *Roder une organisation.*

rôder *vi* Aller et venir çà et là, parfois avec des intentions suspectes.

rôdeur, euse *n* Individu qui rôde à la recherche d'un mauvais coup.

rodomontade *nf* Litt Fanfaronnade.

rogations *nfpl* RELIG Prières publiques et processions, destinées à attirer la bénédiction divine sur les récoltes.

rogatoire *a* DR Relatif à une demande. Loc *Commission rogatoire* : délégation judiciaire donnée par un juge pour l'accomplissement d'un acte qu'il ne peut accomplir lui-même.

rogatons *nmpl* Fam Restes de nourriture.

rognage *nm* Action de rogner.

rogne *nf* Fam Mauvaise humeur, colère.

rogner *vt* 1 Couper sur les bords. *Rogner les pages d'un livre.* 2 Diminuer partiellement. *Ces dépenses ont rogné mes économies.* Loc *Rogner les ailes à qqn* : diminuer son pouvoir. ■ *vti* Prendre sur. *Rogner sur ses vacances.*

rognon *nm* 1 Rein comestible de certains animaux. 2 GEOL Concrétion rocheuse.

rognure *nf* Déchet restant après un rognage.

rogomme *nm* Loc Fam *Voix de rogomme* : enrouée par l'alcool.

rogue *a* Arrogant, plein de morgue.

roi *nm* 1 Chef d'État qui exerce le pouvoir souverain, en vertu d'un droit héréditaire. 2 Celui qui domine, qui a la prépondérance dans un domaine. *Les rois du pétrole.* 3 Pièce du jeu d'échecs. 4 Carte figurant un roi. Loc *Morceau de roi* : mets délicieux. *Travailler pour le roi de Prusse* : sans profit. *Fête des Rois* : Épiphanie. *Tirer les rois* : manger la galette contenant la fève lors de l'Épiphanie. ■ *a inv* Loc *Bleu roi* : très vif, outremer.

roide *a* Forme ancienne de *raide*.

roitelet *nm* 1 Roi d'un très petit État. 2 Passereau de très petite taille.

rôle *nm* 1 DR Feuillet sur lequel sont transcrits certains actes juridiques. 2 Registre officiel portant la liste des contribuables d'une commune et le montant de leurs impôts. 3 Ensemble des répliques d'un acteur dans une pièce de théâtre, un film. 4 Personnage joué par l'acteur. 5 Conduite apparente de qqn. 6 Fonction, emploi. *Le rôle du médecin.* 7 Action, influence. *Le rôle de l'argent dans la politique.* 8 Liste officielle des membres de l'équipage d'un navire. Loc *À tour de rôle* : chacun à son tour. *Avoir le beau rôle* : avoir la tâche facile. *Jeu de rôles* : psychodrame.

rôle-titre *nm* Rôle du personnage qui donne son nom à l'œuvre interprétée. *Des rôles-titres.*

roller [ʀɔlœʀ] *nm* 1 Chaussure montante munie de roulettes. 2 Crayon à bille.

rollmops *nm inv* Petit hareng roulé conservé dans du vin blanc.

roll on-roll off *nm inv* Manutention par roulage.

rollot *nm* Fromage picard au lait de vache.

me dable# romain

8

romain, aine *a, n* **1** De l'ancienne Rome. **2** De la ville de Rome. ■ *a, nm* Caractère d'imprimerie dont les jambages sont perpendiculaires à la ligne ; écriture dans ces caractères. ■ *a* Loc *Chiffres romains :* I, V, X, L, C, D, M, correspondant aux chiffres arabes 1, 5, 10, 50, 100, 500, 1000. *Église romaine :* catholique. ■ *nf* **1** Balance composée d'un fléau aux bras inégaux, dont le plus long, gradué, est muni d'un poids mobile. **2** Laitue à feuilles croquantes. Loc Fam *Être bon comme la romaine :* dans la position de victime.

1. roman, ane *a, nm* **1** Se dit des langues issues du latin populaire parlé dans les pays romanisés (français, italien, espagnol, portugais, roumain, catalan, provençal, etc.). **2** Se dit de l'art répandu dans les pays d'Europe occidentale, avant l'apparition du gothique.

2. roman *nm* **1** Récit médiéval écrit en langue romane. **2** Récit de fiction en prose relativement long. **3** Suite d'aventures extraordinaires. *Sa vie est un roman.* **4** Histoire mensongère ; fable.

romance *nf* Chanson sentimentale.

romancer *vt* [10] Présenter comme un roman.

romancero [-sɛʀo] *nm* Recueil de poèmes épiques espagnols.

romanche *nm* Parler roman en usage dans les Grisons, quatrième langue de la Suisse.

romancier, ère *n* Auteur de romans.

romand, ande *a, n* Se dit de la Suisse francophone et de ses habitants.

romanée *nm* Bourgogne rouge, très réputé.

romanesque *a* **1** Qui tient du roman. **2** Imaginatif, rêveur.

roman-feuilleton *nm* Roman à péripéties multiples, publié en feuilleton. *Des romans-feuilletons.*

romani *nm* Langue des Tsiganes.

romanichel, elle *n* Vx **1** Tsigane nomade. **2** Vagabond.

romanisation *nf* Action de romaniser.

romaniser *vt* **1** Rendre romain. **2** Transcrire en caractères latins.

romaniste *n* Spécialiste des langues romanes.

roman-photo *nm* Histoire romanesque racontée avec des photos accompagnées de textes. *Des romans-photos.*

romantique *a, n* **1** Qui relève du romantisme. **2** Qui a un caractère sentimental et passionné.

romantisme *nm* **1** Mouvement artistique et littéraire du XIXᵉ s., qui fit prévaloir les sentiments sur la raison. **2** Sensibilité, esprit, caractère passionné, sentimental.

romarin *nm* Arbrisseau odorant.

rombière *nf* Pop Femme âgée prétentieuse et ennuyeuse.

rompre *vt* [78] **1** Litt Briser, casser, faire céder. **2** Faire cesser, mettre fin à. *Rompre un marché. Rompre des fiançailles.* **3** Défaire, déranger. *Rompre la monotonie, le rythme.* Loc *À tout rompre :* très fort. ■ *vi, vpr* Se casser, se briser, céder. ■ *vi* **1** Cesser d'avoir des relations avec qqn. **2** Renoncer à une habitude.

rompu, ue *a* Loc *Être rompu (de fatigue) :* extrêmement fatigué. *Être rompu à qqch :* y être parfaitement exercé.

romsteck ou **rumsteck** [ʀɔm-] *nm* Morceau du bœuf fournissant des biftecks.

ronce *nf* **1** Plante épineuse dont le fruit est la mûre. **2** Bois recherché en ébénisterie, présentant des irrégularités dans ses veines.

ronceraie *nf* Lieu couvert de ronces.

ronchon, onne ou **ronchonneur, euse** *a, n* Fam Qui ronchonne sans cesse.

ronchonnement *nm* Fam Grommellement.

ronchonner *vi* Fam Manifester de la mauvaise humeur en maugréant.

roncier *nm* ou **roncière** *nf* Buisson de ronces.

rond, ronde *a* **1** De forme circulaire, sphérique, courbe ou arrondie. **2** Petit et gros. **3** Sans détours, franc. *Être rond en affaires.* **4** Fam Ivre. **5** Qui ne comporte pas de décimales. *Chiffre, compte rond.* ■ *av* Loc *Tourner rond :* fonctionner sans à-coups. Fam *Ne pas tourner rond :* aller mal. ■ *nm* **1** Figure circulaire. **2** Objet de forme circulaire. **3** Pop Argent. *N'avoir pas le rond.* Loc *En rond :* en cercle. Pop *Rester comme deux ronds de flan :* stupéfait. Fam *En baver des ronds de chapeau :* être soumis à rude traitement. *Tourner en rond :* ne pas progresser. *Rond de jambe :* pas chorégraphique en demi-cercle. *Faire des ronds de jambe :* des amabilités affectées.

rond-de-cuir *nm* Fam Employé de bureau. *Des ronds-de-cuir.*

ronde *nf* **1** Danse dans laquelle plusieurs personnes tournent en se tenant par la main ; chanson de cette danse. **2** Inspection, surveillance, pour s'assurer que tout est en ordre. **3** Note de musique valant deux blanches. Loc *À la ronde :* alentour ; tour à tour.

rondeau *nm* Poème médiéval à deux rimes.

ronde-bosse *nf* Sculpture représentant le sujet sous ses trois dimensions. *Des rondes-bosses.*

rondelet, ette *a* **1** Qui a un peu d'embonpoint. **2** Fam Assez important. *Une somme rondelette.*

rondelle *nf* **1** Petit disque. **2** Petite tranche mince et ronde. *Rondelle de saucisson.*

rondement *av* Avec vivacité, décision.

rondeur *nf* **1** Caractère rond, sphérique. **2** Chose, forme ronde, arrondie. **3** Bonhomie.

rondin *nm* **1** Morceau cylindrique de bois à brûler. **2** Tronc de bois utilisé en construction.

rondo *nm* Pièce musicale caractérisée par l'alternance d'un refrain et de couplets.

rondouillard, arde *a* Fam Grassouillet.

rond-point *nm* Carrefour circulaire. *Des ronds-points.*

ronéo *nf* (n déposé) Machine à reproduire les textes au moyen de stencils.

ronflant, ante *a* **1** Qui produit un bruit sourd et continu. **2** Fam Emphatique, grandiloquent.

ronflement *nm* **1** Bruit produit par qqn qui ronfle. **2** Bruit sourd et continu.

ronfler *vi* **1** Faire un bruit particulier de la gorge en respirant pendant le sommeil. **2** Fam Dormir. **3** Faire un bruit sourd et continu.

ronfleur, euse *n* Qui ronfle. ■ *nm* Avertisseur à lame vibrante, qui produit une sonnerie sourde.

ronger *vt* [11] **1** Entamer, user peu à peu à coups de dents. **2** Détruire par une action lente, progressive ; miner. Loc *Ronger son frein :* contenir difficilement son impatience. ■ *vpr* Loc Fam *Se ronger les sangs :* se faire beaucoup de souci.

rongeur, euse a Qui ronge. ■ nm ZOOL Mammifère à longues incisives tranchantes (rat, lièvre, écureuil).

ronin nm HIST Samouraï sans maître.

ronron ou **ronronnement** nm 1 Petit grondement régulier du chat. 2 Fam Bruit, bourdonnement continu, sourd et régulier. 3 Fam Routine, monotonie.

ronronner vi 1 Faire entendre des ronrons (chat). 2 Produire un bourdonnement sourd.

röntgen [ʀœtgɛn] nm Unité de dose de rayonnement ionisant.

roof. V. rouf.

roque nm Aux échecs, coup consistant à déplacer simultanément le roi et une tour.

roquefort nm Fromage de lait de brebis, ensemencé d'une moisissure spéciale.

roquer vi Aux échecs, effectuer un roque.

roquet nm 1 Petit chien hargneux. 2 Fam Personne hargneuse.

roquette nf 1 Projectile autopropulsé. 2 Plante qui se mange en salade. Syn. *roquette*.

rorqual nm Cétacé voisin des baleines. *Des rorquals.*

rosace nf 1 Ornement circulaire en forme de rose. 2 Grand vitrail rond.

rosacée nf 1 BOT Plante dicotylédone, tels le rosier et de nombreux arbres fruitiers. 2 MED Couperose.

rosaire nm RELIG 1 Grand chapelet comportant quinze dizaines de petits grains. 2 Récitation de ce chapelet.

rosâtre a D'un rose indécis ou sale.

rosbif nm Morceau de bœuf à rôtir.

rose nf 1 Fleur du rosier. 2 Grande baie ornée de vitraux des églises gothiques. Loc *À l'eau de rose* : mièvre. Fam *Ne pas sentir la rose* : sentir mauvais. Fam *Envoyer qqn sur les roses* : le rembarrer. *Rose des sables* : concrétion siliceuse des déserts sableux. *Rose des vents* : étoile dont les branches donnent les points cardinaux et intermédiaires. *Bois de rose* : bois précieux de plusieurs arbres d'Amérique du Sud. ■ a Entre rouge et blanc. Loc *Ce n'est pas rose* : ce n'est pas réjouissant. ■ nm Couleur rose. Loc *Voir la vie en rose* : être très optimiste.

rosé, ée a Teinté de rose ou de rouge clair. ■ nm Vin de couleur rouge clair.

roseau nm Plante croissant au bord des eaux.

rosé-des-prés nm Champignon comestible à lames roses. *Des rosés-des-prés.*

rosée nf Condensation de la vapeur d'eau de l'atmosphère en gouttelettes.

roséole nf MED Éruption de taches rose pâle.

roser vt Litt Donner une teinte rose à.

roseraie nf Terrain planté de rosiers.

rosette nf 1 Nœud, ornement en forme de rose. 2 Insigne de certains ordres.

roseval nf Pomme de terre à pulpe rose. *Des rosevals.*

Rosh ha-Shana nm Nouvel an juif.

rosier nm Arbrisseau épineux, aux fleurs odoriférantes.

rosière nf Vx Jeune fille vertueuse récompensée solennellement.

rosir vi Prendre une teinte rose. ■ vt Rendre rose.

rosse nf Fam 1 Mauvais cheval. 2 Personne sévère jusqu'à la méchanceté. ■ a Fam 1 Mordant, caustique. 2 Dur, sévère.

rossée nf Fam Volée de coups.

rosser vt Fam Battre qqn violemment.

rosserie nf Fam Méchanceté.

rossignol nm 1 Oiseau au chant mélodieux. 2 Instrument pour forcer les serrures. 3 Fam Objet démodé ; marchandise invendable.

rossinante nf Litt Cheval maigre.

rösti [ʀøʃti] nmpl Minces tranches de pommes de terre rissolées.

rostre nm 1 ANTIQ Éperon qui armait la proue des navires de guerre. 2 Appendice effilé de divers animaux. *Le rostre de l'espadon.* 3 Partie de la carapace de certains crustacés, qui fait saillie entre les yeux. 4 Pièces buccales, allongées en stylet, de certains insectes.

rot nm Pop Émission bruyante, par la bouche, de gaz stomacaux.

rotang nm Palmier qui fournit le rotin.

rotateur, trice a, nm Qui fait tourner.

rotatif, ive a Qui agit en tournant.

rotation nf 1 Mouvement de ce qui pivote, de ce qui tourne autour d'un axe. 2 Renouvellement ; roulement. *Rotation du stock.* 3 Succession, alternance cyclique d'opérations.

rotative nf Presse cylindrique pour l'impression des journaux.

rotatoire a Qui tourne, circulaire.

rote nf RELIG Tribunal du Saint-Siège, qui instruit les demandes d'annulation de mariage.

roter vi Pop Faire un, des rots.

rôti, ie a Cuit à feu vif ou au four. *Poulet rôti.* ■ nm Pièce de viande rôtie. ■ nf Tranche de pain grillé.

rotin nm 1 Tige du rotang utilisée pour le cannage des sièges. 2 Pop Sou.

rôtir vt Faire cuire une viande à feu vif ou au four. ■ vi Cuire à feu vif ou au four. ■ vi, vpr Être exposé à une chaleur très vive. *Se rôtir au soleil.*

rôtisserie nf 1 Restaurant servant des viandes rôties. 2 Boutique vendant de la viande rôtie.

rôtisseur, euse n Qui tient une rôtisserie.

rôtissoire nf Ustensile pour rôtir la viande.

rotonde nf Édifice de forme circulaire.

rotondité nf Caractère sphérique.

rotor nm Partie mobile d'une machine électrique, d'une turbine.

rotule nf 1 ANAT Petit os du genou. 2 TECH Articulation formée d'une pièce sphérique tournant dans un logement.

rotulien, enne a De la rotule.

roture nf État de roturier.

roturier, ère a, n Qui ne fait pas partie de la noblesse.

rouage nm 1 Chacune des pièces circulaires tournantes d'un mécanisme. 2 Chacun des éléments nécessaires au fonctionnement d'une organisation.

roubignoles nfpl Pop Testicules.

roublard, arde a, n Fam Rusé.

roublardise nf Fam Ruse, rouerie.

rouble nm Unité monétaire de la Russie.

rouchi nm Dialecte picard.

roucoulement nm ou **roucoulade** nf 1 Cri du pigeon et de la tourterelle. 2 Paroles tendres et langoureuses.

roucouler vi Émettre des roucoulements.

roue nf 1 Pièce rigide, circulaire, qui tourne autour d'un axe. 2 HIST Supplice qui consistait à briser les membres d'un condamné attaché à une roue. Loc *Pousser à la roue* : aider qqn à réussir. *Faire la roue* : déployer sa queue en éventail (paon) ; se pavaner. Fam *En roue libre* : sans prolonger ses efforts. *Grande roue* : attraction foraine.

roué, ée *a, n* Rusé, sans scrupule. ■ *a* Rompu. *Être roué de fatigue*. ■ *nm* HIST Compagnon de débauche de Philippe d'Orléans (au XVIIIᵉ s.).

rouelle *nf* Partie de la cuisse de veau, coupée en travers.

rouer *vt* Faire subir le supplice de la roue. Loc *Rouer de coups* : frapper violemment.

rouerie *nf* Litt Fourberie, ruse.

rouet *nm* Roue actionnée par une pédale servant à filer.

rouf ou **roof** *nm* MAR Superstructure élevée sur le pont supérieur d'un navire.

rouflaquette *nf* Fam Accroche-cœur, favori.

rouge *a* 1 De la couleur du sang. 2 Qui a le visage coloré par un afflux de sang. *Être rouge de colère*. 3 Qui a pris la couleur du feu par la chaleur. ■ *a, n* des opinions d'extrême gauche ; révolutionnaire. ■ *av* Loc *Se fâcher tout rouge, voir rouge* : entrer dans une violente colère. ■ *nm* 1 Couleur rouge. 2 Fard rouge. 3 Fam Vin rouge. 4 Coloration rouge du visage. 5 Couleur des signaux d'arrêt, d'interdiction. Loc *Être dans le rouge* : dans une situation financière difficile ou déficitaire.

rougeâtre *a* Qui tire sur le rouge.

rougeaud, aude *a, n* Rubicond.

rouge-gorge *nm* Passereau à la gorge rouge sombre. *Des rouges-gorges*.

rougeoiement *nm* Fait de rougeoyer.

rougeole *nf* Maladie virale aiguë, très contagieuse, caractérisée par des taches rouges.

rougeoyant, ante *a* Qui rougeoie.

rougeoyer *vi* [22] Avoir des reflets rouges et changeants.

rouget *nm* Nom de divers poissons comestibles (*rouget grondin* et *rouget barbet*).

rougeur *nf* 1 Teinte rouge. 2 Coloration rouge du visage, due à une émotion. 3 Tache rouge qui apparaît sur la peau.

rough [ʀœf] *nm* Syn de crayonné.

rougir *vt* Donner une couleur rouge à. ■ *vi* 1 Devenir rouge. 2 Avoir honte, être confus.

rougissant, ante *a* Qui rougit.

rougissement *nm* Fait de rougir.

rouille *nf* 1 Oxyde de fer dont se couvrent le fer et l'acier corrodés par l'humidité. 2 BOT Maladie cryptogamique des céréales. 3 Aïoli au piment rouge. ■ *a inv* Brun orangé.

rouillé, ée *a* 1 Attaqué, rongé par la rouille. *Clé rouillée*. 2 Qui a perdu une partie de ses capacités par manque d'exercice.

rouiller *vt* Rendre rouillé. ■ *vi, vpr* Devenir rouillé. *Se rouiller à ne rien faire*.

rouir *vt* TECH Faire tremper dans l'eau du lin, du chanvre afin que les fibres textiles se séparent de la partie ligneuse.

rouissage *nm* Action de rouir.

roulade *nf* 1 Suite de notes légères chantées sur une seule syllabe. 2 Tranche de viande roulée et farcie. 3 Syn de *roulé-boulé*.

roulage *nm* 1 Action de rouler qqch. 2 Transport des marchandises sur des camions qui embarquent à bord d'un navire.

roulant, ante *a* 1 Qui peut rouler ; monté sur roues, sur roulettes. *Table roulante*. 2 Fam Très amusant. Loc *Feu roulant* : tir continu d'armes à feu. *Personnel roulant* : employé à bord d'un train, d'un autobus, etc.

roulé, ée *a* Dont on a fait un rouleau. *Couverture roulée*. Loc Fam *Femme bien roulée* : bien faite. ■ *nm* Gâteau dont la pâte est enroulée.

rouleau *nm* 1 Objet cylindrique. 2 Cylindre destiné à presser, à aplatir. 3 Ustensile de peintre en bâtiment, servant à étaler la peinture. 4 Bigoudi. 5 Lame qui brise près d'une plage. 6 Saut en hauteur consistant à faire tourner horizontalement le corps au-dessus de la barre. Loc Fam *Être au bout du rouleau* : à bout de forces.

roulé-boulé *nm* Action de se ramasser sur soi-même et de se laisser rouler à terre. Syn. roulade. *Des roulés-boulés*.

roulement *nm* 1 Mouvement de ce qui roule. 2 Mécanisme utilisant ce mouvement et servant à réduire les frottements. 3 Bruit sourd et continu produit par qqch qui roule ou qui évoque ce mouvement. 4 Alternance de personnes qui se remplacent pour certains travaux. 5 Circulation de l'argent. *Fonds de roulement*.

rouler *vt* 1 Pousser qqch en le faisant tourner sur lui-même. *Rouler un tonneau*. 2 Déplacer un objet comportant des roues. 3 Enrouler qqch. *Rouler une couverture*. 4 Aplanir au rouleau. *Rouler la pâte*. 5 Fam Duper. *Se faire rouler*. 6 Tourner et retourner dans son esprit. *Rouler des projets*. Loc Fam *Rouler sa bosse* : avoir une existence vagabonde. *Rouler les épaules, les hanches* : les balancer en marchant. *Rouler les yeux* : leur donner un mouvement circulaire ; être étonné. Fam *Rouler les mécaniques* : faire le fier-à-bras. ■ *vi* 1 Avancer, se déplacer en tournant sur soi-même. 2 Avancer sur des roues. *Train qui roule à grande vitesse*. 3 MAR Être balancé par le roulis. 4 Circuler (argent). 5 Porter sur tel sujet. *La négociation roule sur un problème important*. Loc *Rouler sur l'or* : être très riche. *Ça roule* : tout va bien. ■ *vpr* 1 Se tourner de côté et d'autre, étant couché. 2 S'envelopper de qqch. 3 Se mettre en boule. Loc Fam *Se rouler les pouces, se les rouler* : ne rien faire.

roulette *nf* 1 Petite roue. 2 Jeu de hasard. 3 Fam Fraise de dentiste. Loc Fam *Cela marche comme sur des roulettes* : sans aucune difficulté.

rouleur *nm* Cycliste particulièrement doué dans les courses sur le plat.

roulier *nm* Navire aménagé pour le roulage.

roulis *nm* Oscillation d'un navire, d'un véhicule d'un bord sur l'autre sous l'effet de la houle.

roulottage *nm* Vol à la roulotte.

roulotte *nf* Voiture des forains, des nomades. Loc *Vol à la roulotte* : dans les véhicules en stationnement.

roulotté *nm* COUT Ourlet constitué d'un rouleau très fin.

roulotter *vt* COUT Faire un roulotté.

roulure *nf* Pop Prostituée.

roumain, aine *a, n* De la Roumanie. ■ *nm* Langue romane parlée en Roumanie.

roumi *n* Européen, pour les musulmans.

round *nm* À la boxe, reprise lors d'un combat.

roupie *nf* Unité monétaire de l'Inde, du Sri Lanka, du Népal, de l'Indonésie, du Pakistan, de l'île Maurice, etc. Loc *Fam Roupie de sansonnet* : chose sans importance, sans valeur.

roupiller *vi* Pop Dormir.

roupillon *nm* Pop Petit somme.

rouquette *nf* Syn de *roquette*.

rouquin, ine *a*, *n* Fam Qui a les cheveux roux.

rouscailler *vi* Pop Protester.

rouspétance *nf* Fam Protestation.

rouspéter *vi* [12] Fam Protester, réclamer.

rouspéteur, euse *a*, *n* Fam Qui rouspète.

roussâtre *a* Qui tire sur le roux.

rousserolle *nf* Passereau proche de la fauvette.

roussette *nf* 1 Grande chauve-souris d'Afrique et d'Asie. 2 Petit requin. Syn. chien de mer.

rousseur *nf* Couleur rousse. Loc *Tache de rousseur* : petite tache pigmentaire brun clair.

roussi *nm* Odeur de ce qui a commencé à brûler. Loc *Fam Sentir le roussi* : devenir dangereux, se gâter.

roussir *vt*, *vi* Brûler superficiellement.

roussissement *nm* ou **roussissure** *nf* Fait de roussir.

rouste *nf* Pop Volée de coups.

routage *nm* Action de router.

routard, arde *n* Fam Voyageur qui prend la route à pied ou en auto-stop.

route *nf* 1 Voie terrestre carrossable ; moyen de communication utilisant ces voies. 2 Direction à prendre ; itinéraire. 3 Ligne de conduite, chemin suivi dans la vie. Loc *Faire route* : voyager. *Faire fausse route* : se tromper. *Mettre en route* : faire démarrer.

router *vt* 1 Grouper par destination des imprimés, des journaux. 2 Déterminer la route que doit suivre un bateau.

routeur Qui effectue un routage.

routier, ère *a* Des routes. *Trafic routier*. ■ *nm* 1 Chauffeur de poids lourds. 2 Cycliste spécialisé dans les épreuves sur route. 3 HIST Soldat pillard au Moyen Âge. Loc *Vieux routier* : très expérimenté. ■ *nm* Automobile conçue pour faire de longs parcours sur route.

routine *nf* 1 Habitude d'agir et de penser toujours de la même manière. 2 INFORM Séquence d'instructions réalisant une fonction particulière. Loc *De routine* : ordinaire, habituel.

routinier, ère *n*, *a* Qui agit par routine. ■ *a* Qui se fait par routine.

rouvre *nm* Chêne commun en France.

rouvrir *vt*, *vi* [31] Ouvrir de nouveau.

roux, rousse *a* D'une couleur entre le jaune orangé et le rouge. ■ *a*, *n* Qui a les cheveux roux. ■ *nm* 1 Couleur rousse. 2 CUIS Mélange de farine et de beurre roussi, servant à lier une sauce.

royal, ale, aux *a* 1 Du roi. 2 Digne d'un roi ; magnifique. 3 Se dit d'espèces remarquables par leur beauté. *Tigre royal*. Loc *Voie royale* : moyen direct et glorieux d'accomplir qqch.

royalement *av* De façon royale.

royalisme *nm* Attachement à la royauté.

royaliste *a*, *n* Partisan du roi, de la royauté.

royalties [-tiz] *nfpl* Redevance payée à un inventeur, à un auteur, à un propriétaire de gisement de pétrole, etc.

royaume *nm* État gouverné par un roi. Loc *Le royaume de Dieu* : le paradis.

royauté *nf* 1 Dignité de roi. 2 Régime monarchique.

ru *nm* Vx Ruisseau.

ruade *nf* Mouvement d'une bête qui rue.

ruandais. V. rwandais.

ruban *nm* 1 COUT Bandelette de tissu, mince et étroite. 2 Petit morceau de tissu servant de décoration. 3 TECH Bande étroite de métal. *Scie à ruban*.

rubéfaction *nf* Irritation, rougeur de la peau.

rubéfier *vt* Irriter la peau.

rubéole *nf* Maladie infectieuse et contagieuse.

rubescent, ente *a* Litt Qui devient rouge.

rubiacée *nf* BOT Plante gamopétale, tels le caféier, le quinquina.

rubicond, onde *a* Très rouge de teint.

rubidium [-djom] *nm* Métal blanc, brillant qui se rapproche du potassium.

rubigineux, euse *a* Couvert de rouille.

rubis *nm* 1 Pierre précieuse rouge. 2 Pivot en pierre dure, dans un rouage d'horlogerie. Loc *Payer rubis sur l'ongle* : payer comptant tout ce qu'on doit.

rubrique *nf* 1 Article publié régulièrement par un périodique et traitant d'un même domaine. 2 Titre, indication de la matière, de la classe, de la catégorie.

rubriquer *vt* Donner une rubrique à qqch.

ruche *nf* 1 Habitation des abeilles ; essaim qui y habite. 2 Litt Lieu où règne une activité intense. 3 COUT Bande plissée de tulle, de dentelles.

rucher *nm* Ensemble de ruches.

rude *a* 1 Dont le contact est dur. 2 Difficile à supporter, pénible. *Hiver rude. Une rude épreuve*. 3 Dur, sévère, brutal. 4 Fam Considérable, remarquable. *Une rude chance*.

rudement *av* 1 De façon rude. *Parler rudement*. 2 Fam Très. *J'ai rudement faim*.

rudéral, ale, aux *a* BOT Qui pousse dans les décombres.

rudesse *nf* Caractère rude, pénible.

rudiment *nm* Forme ébauchée ou atrophiée d'un organe. ■ *pl* Premières notions d'une science, d'un art.

rudimentaire *a* Sommaire, peu développé.

rudoiement *nm* Litt Action de rudoyer.

rudoyer *vt* [22] Traiter rudement qqn.

rue *nf* Voie bordée de maisons, dans une agglomération. Loc *Être à la rue* : sans domicile. *L'homme de la rue* : le citoyen ordinaire.

ruée *nf* Fait de se précipiter en grand nombre vers un même lieu.

ruelle *nf* 1 Petite rue étroite. 2 Espace laissé entre un lit et un mur.

ruer *vi* Lancer en l'air avec force les pieds de derrière (cheval, âne). Loc *Fam Ruer dans les brancards* : se rebeller. ■ *vpr* Se lancer vivement, impétueusement. *Se ruer vers la sortie*.

ruffian *nm* Vx Aventurier sans scrupules.

rugby *nm* Sport qui oppose deux équipes et qui se joue avec un ballon ovale à la main et au pied.

rugbyman [-man] *nm* Joueur de rugby.

rugir *vi* Pousser un rugissement (lion). ■ *vi*, *vt* Hurler, vociférer.

rugissant, ante *a* Qui rugit.

rugissement *nm* 1 Cri du lion, de bêtes féroces. 2 Hurlement de qqn.

rugosité *nf* 1 Aspérité sur une surface. 2 Caractère d'une surface rugueuse.

rugueux, euse *a* Rude au toucher.

ruine *nf* 1 Dégradation, écroulement d'un édifice. *Tomber en ruine.* 2 Effondrement, destruction. *La ruine d'un État.* 3 Perte des biens, de la fortune. 4 Personne dégradée physiquement ou moralement. ■ *pl* Débris d'une ville, d'un édifice détruits.

ruiner *vt* 1 Causer la ruine, la perte, la destruction de qqch ou qqn. 2 Infirmer. *Ruiner une hypothèse.* ■ *vpr* Perdre sa fortune. 2 Dépenser trop. *Se ruiner en cadeaux.*

ruineux, euse *a* Qui entraîne à des dépenses excessives.

ruiniforme *a* Qui a un aspect de ruine, du fait de l'érosion.

ruisseau *nm* 1 Petit cours d'eau. 2 Litt Flot de liquide qui coule, s'épanche. *Des ruisseaux de larmes.* 3 Caniveau.

ruisselant, ante *a* Qui ruisselle.

ruisseler *vi* [18] 1 Couler en filets d'eau. 2 Être inondé de. *Ruisseler de sueur.*

ruisselet *nm* Petit ruisseau.

ruissellement *nm* Fait de ruisseler.

rumba [RUM-] *nf* Danse cubaine.

rumen [-men] *nm* ZOOL Panse.

rumeur *nf* 1 Bruit confus de voix. 2 Bruit, nouvelle qui court dans le public.

ruminant, ante *a* Qui rumine. ■ *nm* ZOOL Mammifère pourvu d'un appareil digestif propre à la rumination (bovidés, cervidés, etc.).

rumination *nf* Fait de ruminer.

ruminer *vt* 1 ZOOL Ramener les aliments de la panse dans la bouche pour les remâcher. 2 Ressasser, repenser à qqch. *Ruminer un projet.*

rumsteck. V. romsteck.

runabout [RŒNabawt] *nm* Canot de course.

rune *nf* Signe des anciens alphabets germanique et scandinave.

runique *a* Relatif aux runes.

ruolz *nm* Alliage blanc, composé de cuivre, de nickel et d'argent.

rupestre *a* 1 BOT Qui croît sur les rochers. 2 Exécuté sur les parois des cavernes.

rupiah *nf* Unité monétaire de l'Indonésie.

rupicole *nm* Coq de roche.

rupin, ine *a, n* Pop Riche.

rupteur *nm* ELECTR Appareil d'ouverture et de fermeture du circuit.

rupture *nf* 1 Action de rompre, fait de se rompre. 2 Séparation de personnes qui étaient liées. Loc *Rupture de stock* : stock insuffisant pour satisfaire les commandes. *Rupture de pente* : modification brutale d'une pente.

rural, ale, aux *a* De la campagne. *Le monde rural.* ■ *nmpl* Paysans.

ruralisme *nm* Idéalisation de la vie à la campagne.

rurbain, aine *a, n* De la rurbanisation.

rurbanisation *nf* SOCIOL Peuplement des villages proches des villes par des personnes qui travaillent dans celles-ci.

ruse *nf* 1 Stratagème pour tromper. 2 Habileté à tromper, à feindre. *Vaincre par la ruse.*

rusé, ée *a, n* Qui a de la ruse.

ruser *vi* Agir avec ruse.

rush [RŒʃ] *nm* 1 Ruée d'un groupe de joueurs. 2 Effort final d'un concurrent. 3 Ruée, afflux. *Le rush des vacanciers. Des rushes.* ■ *pl* Au cinéma, à la télévision, prises de vue avant montage.

russe *a, n* De la Russie. ■ *nm* Langue slave parlée en Russie.

russification *nf* Action de russifier.

russifier *vt* Faire adopter les institutions, la langue russes à.

russophone *a, n* De langue russe.

russule *nf* Champignon des bois, à lames.

rustaud, aude *a, n* Gauche, grossier, pataud.

rusticité *nf* Caractère rustique.

rustine *nf* (n déposé) Rondelle adhésive de caoutchouc qui sert à réparer les chambres à air.

rustique *a* 1 Simple et traditionnel. *Vie rustique.* 2 Qui s'adapte à toutes les conditions climatiques. *Plante rustique.*

rustre *a* Grossier, sans éducation.

rut *nm* État physiologique des mammifères, qui les pousse à l'accouplement.

rutabaga *nm* Navet à racine comestible.

rutacée *nf* BOT Plante dicotylédone, comme l'oranger, le citronnier.

ruthénium [-njɔm] *nm* Métal du groupe du platine.

rutilant, ante *a* Qui brille d'un vif éclat.

rutiler *vi* Briller d'un vif éclat.

rwandais ou **ruandais, aise** *a, n* Du Rwanda.

rythme *nm* 1 Retour périodique des temps forts et des temps faibles dans une phrase musicale, un vers, etc. 2 Alternance régulière. *Le rythme des saisons.* 3 Mouvement périodique ou cadencé. *Rythme cardiaque.* 4 Allure d'un processus quelconque. *Vivre au rythme de son temps.*

rythmé, ée *a* Qui a un rythme.

rythmer *vt* Donner du rythme à.

rythmique *a* Relatif au rythme. ■ *nf* 1 Danse, gymnastique faite selon un rythme. 2 Science des rythmes en prose et en poésie.

s *nm* Dix-neuvième lettre (consonne) de l'alphabet.

sa. V. son 1.

sabayon *nm* Crème à base de vin, d'œufs, de sucre et d'aromates.

sabbat *nm* 1 Repos consacré au culte observé par les juifs le samedi. Syn. shabbat. 2 Assemblée nocturne de sorciers et de sorcières.

sabbatique *a* Du sabbat. Loc *Année sabbatique* : année de congé.

sabir *nm* 1 Langue mixte d'arabe et de langues romanes. 2 Charabia.

sablage *nm* Action de sabler.

sable *nm* 1 Roche détritique meuble composée de petits grains. 2 HERALD Couleur noire avec hachures verticales et horizontales croisées. Loc *Sables mouvants* : sable où l'on risque de s'enliser. *Bâtir sur le sable* : entreprendre sur des bases très fragiles. Fam *Être sur le sable* : être sans argent. ■ *a inv* Beige clair.

sablé, ée *a* Couvert de sable. Loc *Pâte sablée* : pâte friable, à forte proportion de beurre. ■ *nm* Petit gâteau sec à pâte sablée.

sabler *vt* Couvrir de sable. *Sabler une allée*. Loc *Sabler le champagne* : boire du champagne pour fêter un événement.

sableux, euse *a* Qui contient du sable. ■ *nf* 1 Machine qui projette un jet de sable pour décaper. 2 Machine pour sabler les chaussées.

sablier *nm* Appareil pour mesurer le temps par l'écoulement du sable d'une ampoule dans une autre.

sablière *nf* 1 Poutre horizontale sur laquelle s'appuie la charpente. 2 Carrière de sable.

sablon *nm* Sable très fin.

sablonneux, euse *a* Où le sable abonde.

sabord *nm* Ouverture quadrangulaire dans la muraille d'un navire.

sabordage ou **sabordement** *nm* Action de saborder.

saborder *vt* 1 Percer un navire sous la flottaison pour le couler. 2 Mettre volontairement fin à l'existence de qqch, de qqn.

sabot *nm* 1 Chaussure de bois. 2 Enveloppe cornée du pied de certains animaux (ongulés). 3 Pièce du frein, qui s'applique contre le bandage d'une roue. 4 Fam Instrument qui ne vaut rien. Loc *Sabot de Denver* : grosse pince utilisée par la police pour bloquer la roue d'un véhicule en stationnement illicite. *Baignoire sabot* : petite baignoire dans laquelle on se tient assis.

sabotage *nm* Action de saboter.

saboter *vt* 1 Faire vite et mal. *Saboter un travail*. 2 Détruire, détériorer une machine, une installation, un organisme.

saboteur, euse *n* Qui sabote.

sabotier, ère *n* Qui fabrique des sabots.

sabra *n* Juif né en Israël.

sabre *nm* Arme blanche, tranchante d'un seul côté. Loc *Le sabre et le goupillon* : l'armée et l'Église.

sabrer *vt* 1 Frapper à coups de sabre. 2 Fam Biffer, amputer largement un texte. 3 Fam Congédier qqn, le refuser à un examen. 4 Fam Faire vite et mal un travail.

sabreur *nm* Qui se bat au sabre.

sac *nm* 1 Poche en toile, en papier, en cuir, etc., ouverte seulement par le haut et servant de contenant ; son contenu. 2 ANAT Cavité, enveloppe organique. 3 Pillage. Loc Fam *Mettre dans le même sac* : confondre dans la même réprobation. Fam *Prendre la main dans le sac* : en flagrant délit. Fam *Avoir plus d'un tour dans son sac* : être très retors. *Sac à main* : servant à contenir les papiers, les fards, etc. *Sac de couchage* : dans lequel on se glisse pour dormir, utilisé par les campeurs. Fam *L'affaire est dans le sac* : le succès est assuré. Fam *Vider son sac* : dire tout ce qu'on a sur le cœur. *Mettre à sac* : piller. Fam *Sac à vin* : ivrogne.

saccade *nf* Mouvement brusque et irrégulier ; secousse.

saccadé, ée *a* Irrégulier et brusque.

saccage *nm* Pillage, dévastation.

saccager *vt* 1 Dévaster. *Saccager un pays*. 2 Bouleverser. *Saccager un appartement*.

saccharifère *a* Qui renferme du sucre.

saccharifier *vt* CHIM Transformer en sucre.

saccharine [-ka-] *nf* Succédané du sucre.

saccharose [-ka-] *nm* Sucre alimentaire, constitué de glucose et de fructose.

sacerdoce *nm* 1 Dignité et fonction du ministre d'un culte. 2 Toute fonction qui requiert l'abnégation.

sacerdotal, ale, aux *a* Du sacerdoce, du prêtre.

sachem *nm* Vieillard faisant partie du conseil de la tribu, chez les Indiens d'Amérique.

sachet *nm* Petit sac.

sacoche *nf* Sac de cuir, de toile, etc.

sac-poubelle *nm* Sac de plastique pour les ordures ménagères. *Des sacs-poubelle.*

sacquer ou **saquer** *vt Fam* 1 Congédier, renvoyer. 2 Punir sévèrement.

sacral, ale, aux *a* Devenu sacré.

sacralisation *nf* Fait de sacraliser.

sacraliser *vt* Rendre sacré.

sacramentel, elle *a* Rituel, solennel.

1. sacre *nm* Cérémonie religieuse par laquelle on consacre un souverain, un évêque.

2. sacre *nm* Grand faucon.

1. sacré, ée *a* 1 Qui concerne la religion, le culte. Ant. profane. 2 Qui appelle un respect absolu. *Devoir sacré.* 3 *Fam* (avant le nom) Renforce un terme injurieux ou admiratif. *Une sacrée chance.* Loc *Le Sacré Collège :* ensemble des cardinaux de l'Église romaine. ■ *nm* Ce qui est sacré. *Le sacré et le profane.*

2. sacré, ée *a* ANAT Relatif au sacrum.

sacrebleu ! *interj* Juron.

Sacré-Cœur *nm inv* Cœur de Jésus-Christ, symbole de son amour pour l'humanité.

sacrement *nm* Signe concret et efficace de la grâce, institué par le Christ pour sanctifier les hommes. Loc *Le saint sacrement :* l'eucharistie.

sacrément *av Fam* Extrêmement.

sacrer *vt* 1 Conférer, par une cérémonie religieuse, un caractère sacré à qqn, à qqch. 2 Déclarer solennellement tel. *Elle fut sacrée meilleure actrice de sa génération.*

sacrificateur, trice *n* ANTIQ Prêtre, prêtresse qui offrait les sacrifices.

sacrifice *nm* 1 Offrande faite à une divinité. 2 Renoncement, privation volontaire ou forcée.

sacrificiel, elle *a* Du sacrifice religieux.

sacrifié, ée *a, n* Qui se sacrifie pour autrui.

sacrifier *vt* 1 Offrir, immoler en sacrifice à une divinité. 2 Renoncer à qqch, abandonner au profit de qqn, de qqch. *Sacrifier sa famille à son travail.* 3 *Fam* Céder à bas prix des marchandises. ■ *vti* Se conformer à qqch. *Sacrifier à la mode.* ■ *vpr* Se dévouer sans réserve.

sacrilège *nm* 1 Profanation impie de ce qui est sacré. 2 Outrage à qqn, à qqch particulièrement digne de respect. ■ *a, n* Qui commet un sacrilège. ■ *a* Propre à un sacrilège. *Paroles sacrilèges.*

sacripant *nm Fam* Mauvais sujet.

sacristain *nm* Employé qui a la charge de la sacristie et de l'entretien d'une église.

sacristie *nf* Salle, attenante à une église, où on range les objets du culte.

sacro-iliaque *a* Du sacrum et de l'os iliaque.

sacro-saint, sacro-sainte *a* Qui fait l'objet d'un respect absolu. *Des principes sacro-saints.*

sacrum [-krɔm] *nm* ANAT Os situé au bas de la colonne vertébrale.

sadique *a, n* Qui relève du sadisme.

sadique-anal, ale, aux *a* Loc PSYCHAN *Stade sadique-anal :* phase où l'enfant fait l'apprentissage de la maîtrise anale.

sadiquement *av* De façon sadique.

sadisme *nm* Goût à faire ou à voir souffrir autrui.

sadomasochisme *nm* PSYCHO Association de sadisme et de masochisme chez le même individu.

sadomasochiste *a, n* Qui relève du sadomasochisme.

safari *nm* Expédition de chasse en Afrique.

safari-photo *nm* Excursion au cours de laquelle on photographie les bêtes sauvages. *Des safaris-photos.*

1. safran *nm* 1 Crocus. 2 Poudre faite avec les stigmates floraux du crocus, servant de colorant ou de condiment. ■ *a inv* Jaune.

2. safran *nm* MAR Partie plate du gouvernail.

safrané, ée *a* Assaisonné ou coloré avec du safran.

saga *nf* 1 Conte ou légende du Moyen Âge scandinave. 2 Cycle romanesque racontant l'épopée d'une famille.

sagace *a* Doué de sagacité.

sagacité *nf* Pénétration, finesse d'esprit.

sagaie *nf* Javelot utilisé par divers peuples.

sage *a, n* Modéré, prudent, raisonnable. ■ *a* 1 Tranquille, obéissant. *Enfant sage.* 2 Qui évite les excès ; chaste. *Une mode sage.* ■ *nm* 1 Que son art de vivre met à l'abri des passions, de l'agitation. 2 Expert chargé d'étudier une question politique ou économique.

sage-femme *nf* Celle dont la profession est d'accoucher les femmes. *Des sages-femmes.*

sagement *av* De façon sage, prudente.

sagesse *nf* 1 Modération, prudence, circonspection. 2 Réserve dans la conduite. 3 Tranquillité, docilité. 4 Philosophie du sage.

sagittaire *nf* Plante monocotylédone aquatique à feuilles en forme de flèches.

sagittal, ale, aux *a* ANAT Médian et suivant le plan de symétrie. *Coupe sagittale.*

sagouin, ouine *n Fam* Homme, enfant malpropre, grossier. ■ *nm* Petit singe.

saharien, enne *a, n* Du Sahara. ■ *nf* Veste de toile légère.

sahélien, enne *a* Du Sahel.

sahib *nm* En Inde, Monsieur (titre de respect).

sahraoui, ie *a, n* Du Sahara occidental.

saï *nm* Petit singe d'Amérique du Sud.

saignant, ante *a* Qui saigne. Loc *Viande saignante :* peu cuite.

saignée *nf* 1 Opération visant à tirer du sang des veines une certaine quantité de sang. 2 Pli formé par le bras et l'avant-bras. 3 Prélèvement abondant. *Saignée fiscale.* 4 *Litt* Grande perte d'hommes. 5 TECH Rigole pour un drainage, une irrigation. 6 Longue entaille, rainure sur une pièce.

saignement *nm* Épanchement de sang.

saigner *vi* Perdre du sang. *Saigner du nez. Blessure qui saigne.* ■ *vt* 1 Tirer du sang à qqn en ouvrant une veine. 2 Vider un animal de son sang pour le tuer. 3 Épuiser en soutirant toutes les ressources. ■ *vpr* Faire pour qqn tous les sacrifices possibles. Loc *Se saigner aux quatre veines :* se priver de tout pour qqn, qqch.

saillant, ante *a* 1 Qui fait saillie. 2 Qui appelle l'attention, marquant. ■ *nm* Partie qui fait saillie.

saillie *nf* 1 Partie qui avance ; saillant. 2 Accouplement des animaux domestiques. 3 *Litt* Trait d'esprit.

saillir *vi* [27] Être en saillie, former un relief. ■ *vt* [2] Couvrir la femelle.

sain, saine *a* 1 En bonne santé. 2 Qui n'est pas abîmé, gâté. *Fruit sain.* 3 Juste, sensé, conforme à la raison. *Jugement sain.* 4 Favorable à la santé. *Alimentation saine.* 5 Qui ne comporte pas de vices cachés. *Une affaire saine.* Loc *Sain et sauf :* sans dommage ; indemne.

sainbois *nm* Syn de *garou.*

saindoux *nm* Graisse de porc fondue.

sainement *av* De façon saine.

sainfoin *nm* Plante cultivée comme fourrage.

saint, sainte *a, n* **1** Qui, ayant porté à un degré exemplaire la pratique des vertus chrétiennes, a été canonisé par l'Église catholique. **2** Qui mène une vie exemplaire. Loc *Ne pas savoir à quel saint se vouer :* à quel moyen recourir. ■ *a* **1** Conforme aux lois de la religion. **2** Consacré. *La sainte table.* **3** Fam Extrême. *Avoir une sainte horreur de l'eau.* Loc *Le lundi (mardi, etc.) saint :* chacun des jours qui précède Pâques. Fam *Toute la sainte journée :* sans arrêt. ■ *nm* Loc *Le saint des saints :* lieu secret.

saint-amour *nm inv* Cru du Beaujolais.

saint-bernard *nm inv* Chien alpestre de grande taille.

saint-cyrien *nm* Élève de l'École militaire de Saint-Cyr. *Des saint-cyriens.*

sainte-maure *nf* Fromage de chèvre cylindrique, fabriqué en Touraine.

saintement *av* De façon sainte.

saint-émilion *nm inv* Bordeaux rouge réputé.

sainte-nitouche *nf* Fam Qui affecte des airs d'innocence ou de pruderie. *Des saintes-nitouches.*

Saint-Esprit *nm* Troisième personne de la Sainte-Trinité.

sainteté *nf* Caractère saint. Loc *Sa Sainteté :* titre donné au pape.

saint-florentin *nm inv* Fromage bourguignon de lait de vache à pâte molle.

saint-frusquin *nm inv* Fam Effets personnels. Loc Fam *Et tout le saint-frusquin :* et tout le reste.

saint-glinglin (à la) *av* Fam Jamais.

saint-honoré *nm inv* Gâteau garni de crème chantilly.

saint-marcellin *nm inv* Petit fromage rond du Dauphiné, au lait de vache.

saint-nectaire *nm inv* Fromage d'Auvergne, au lait de vache à pâte pressée.

saint-paulin *nm inv* Fromage de vache à pâte ferme non cuite.

Saint-Père *nm* Le pape.

saint-pierre *nm inv* Poisson plat des mers tempérées.

saint-simonien, enne *n, a* Qui relève du saint-simonisme. *Des saint-simoniens.*

saint-simonisme *nm* Doctrine sociale de Claude de Saint-Simon et de ses disciples.

saisie *nf* **1** DR Acte par lequel un créancier frappe d'indisponibilité, dans les formes légales, les biens de son débiteur. **2** Prise de possession de qqch par voie administrative ou judiciaire. **3** INFORM Enregistrement de données par un ordinateur en vue de leur traitement.

saisie-arrêt *nf* DR Saisie effectuée par un créancier sur des sommes dues à son débiteur par un tiers. *Des saisies-arrêts.*

saisine *nf* DR Formalité par laquelle une juridiction est amenée à connaître d'une affaire.

saisir *vt* **1** Prendre, attraper vivement. *Saisir qqn à bras le corps.* **2** Mettre immédiatement à profit. *Saisir l'occasion.* **3** Prendre, attraper un

objet. **4** Comprendre, sentir. *Saisir les intentions de qqn.* **5** Litt S'emparer de qqn. *La fièvre l'a saisi.* *Être saisi d'admiration.* **6** Exposer peu de temps à un feu vif un aliment. *Saisir une viande.* **7** DR Opérer la saisie de. *Saisir des meubles.* **8** DR Porter une affaire devant un tribunal. **9** INFORM Effectuer une saisie. ■ *vpr* S'emparer, se rendre maître de.

saisissable *a* Qui peut être saisi, perçu.

saisissant, ante *a* Qui fait une vive impression. *Spectacle saisissant.*

saisissement *nm* Émotion soudaine.

saison *nf* **1** Période de l'année caractérisée par certaines conditions climatiques et par l'état de la végétation. **2** Période de l'année où une activité bat son plein. *La saison touristique.* Loc *Être de saison :* être approprié aux circonstances. *Hors de saison :* mal à propos, déplacé.

saisonnier, ère *a* **1** Propre à une saison. **2** Qui ne dure que l'espace d'une saison. ■ *nm* Ouvrier qui fait du travail saisonnier.

sajou ou **sapajou** *nm* Petit singe d'Amérique du Sud, à longue queue préhensile.

saké *nm* Boisson alcoolique japonaise, obtenue par fermentation du riz.

saki *nm* Petit singe d'Amérique du Sud.

salace *a* Litt Lubrique, licencieux.

salacité *nf* Litt Caractère salace.

salade *nf* **1** Mets composé d'herbes potagères crues, assaisonnées de vinaigrette. **2** Plante potagère (laitue, endive, pissenlit, mâche, etc.). **3** Fam Discours mensonger (surtout pl). Loc *Salade de fruits :* mélange de fruits coupés en morceaux servis avec du sirop. *Salade russe :* macédoine de légumes.

saladier *nm* Récipient dans lequel on sert la salade.

salage *nm* Action de saler.

salaire *nm* **1** Rémunération d'un travail payée régulièrement par un employeur à ses employés en vertu d'un contrat de travail. **2** Litt Récompense ou punition méritée pour une action.

salaison *nf* Action de saler des aliments pour les conserver ; aliment ainsi conservé.

salaisonnerie *nf* Industrie de la salaison, des produits de charcuterie.

salamalecs *nmpl* Fam Politesses exagérées.

salamandre *nf* Petit amphibien terrestre.

salami *nm* Gros saucisson sec.

salangane *nf* Martinet de l'Extrême-Orient dont les nids, faits de salive et d'algues, sont consommés dans la cuisine chinoise.

salant *am* Loc *Marais salant :* bassin en bord de mer, où on recueille le sel, après évaporation de l'eau. ■ *nm* Rég Prés salés.

salarial, ale, aux *a* Du salaire. Loc *Masse salariale :* montant global des salaires dans une entreprise, un pays.

salariat *nm* Mode de rémunération du travail par le salaire.

salarié, ée *a, n* Qui reçoit un salaire.

salarier *vt* Rétribuer par un salaire.

salaud, am *nm* Pop Homme moralement méprisable (injure).

sale *a* **1** Malpropre, dont la pureté est altérée. *Eau sale.* **2** Mal lavé, crasseux. **3** Désagréable ou dangereux. *Une sale affaire. Sale temps.* **4** Fam (avant le nom) Méprisable, détestable. *Un sale type.*

salé, ée *a* **1** Qui contient du sel, conservé dans du sel. **2** Licencieux, grivois. *Plaisanterie salée.* **3** Fam Exagéré, excessif. *Addition salée.* ■ *nm* Viande de porc salée. *Loc Petit salé :* morceau de porc légèrement salé.

salement *av* **1** De façon sale. **2** Pop Grandement, très.

saler *vt* **1** Assaisonner avec du sel. **2** Imprégner de sel, pour conserver. **3** Fam Demander un prix exagéré. **4** Fam Punir sévèrement.

salers *nm* Cantal de fabrication artisanale.

saleté *nf* **1** État de ce qui est sale. **2** Chose sale. *Balayer les saletés.* **3** Obscénité. *Dire des saletés.* **4** Action méprisable, malhonnête.

salicaire *nf* Plante herbacée des lieux humides.

salicole *a* De la saliculture.

salicorne *nf* Plante des zones littorales, qui pousse sur les vases salées.

saliculture *nf* Exploitation des marais salants.

salicylique *a Loc Acide salicylique :* antiseptique et anti-inflammatoire (aspirine).

salière *nf* **1** Petit récipient destiné à contenir du sel. **2** Creux en arrière de la clavicule, chez les personnes maigres.

saligaud, aude *n* Pop Personne ignoble, moralement répugnante.

salin, ine *a* Qui contient du sel. ■ *nm* Marais salant. ■ *nf* Entreprise industrielle de production de sel (gemme ou marin).

salinité *nf* CHIM Proportion de sel dans une solution.

salique *a* HIST Relatif aux Francs Saliens.

salir *vt* **1** Souiller, maculer. **2** Avilir, déshonorer.

salissant, ante *a* **1** Qui salit. **2** Qui se salit facilement.

salissure *nf* Saleté, souillure.

salivation *nf* Production de salive.

salive *nf* Liquide sécrété par les glandes salivaires. *Loc Fam Perdre sa salive :* parler en vain.

saliver *vi* Sécréter de la salive.

salle *nf* **1** Pièce d'un appartement, d'une maison, destinée à un usage particulier. *Salle à manger. Salle de bains.* **2** Local affecté à un usage collectif. *Salle d'attente.* **3** Public de la salle. *Loc Salle obscure :* cinéma. *Salle des pas perdus :* grand hall. *Salle de marché :* dans une banque, lieu où l'on traite les opérations portant sur les devises, les titres.

salmigondis *nm* Fam Mélange de choses disparates.

salmis *nm* Ragoût de pièces de gibier préalablement cuites.

salmonelle *nf* Bacille agent des salmonelloses.

salmonellose *nf* MED Infection due à une salmonelle (typhoïde, intoxications).

salmoniculture *nf* Élevage du saumon.

salmonidé *nm* ZOOL Poisson osseux, tels les saumons, les truites, les ombles.

saloir *nm* Récipient pour saler les denrées.

salon *nm* **1** Pièce de réception d'un appartement, d'une maison privée. **2** Réception mondaine ; société qui fréquente ces réceptions. **3** Local où l'on reçoit la clientèle dans certains commerces. *Salon de coiffure.* **4** (avec majusc) Exposition périodique d'œuvres d'art, de produits de l'industrie. *Le Salon de l'automobile.*

salonnard, arde *n* Fam Habitué des salons mondains.

saloon [-lun] *nm* Bar du Far West américain.

salopard *nm* Pop Salaud.

salope *nf* Pop **1** Femme malfaisante, méprisable ; garce. **2** Individu infâme, abject.

saloper *vt* Pop **1** Effectuer sans soin un travail. **2** Salir, endommager.

saloperie *nf* Pop **1** Grande malpropreté. **2** Propos orduriers. **3** Mauvais procédé, vilenie. **4** Objet de mauvaise qualité.

salopette *nf* Vêtement composé d'un pantalon et d'un plastron à bretelles.

salpêtre *nm* Nitrate de potassium.

salpêtrer *vt* Couvrir de salpêtre.

salpingite *nf* Inflammation des trompes utérines.

salsa *nf* Danse et musique des Caraïbes.

salsepareille *nf* Arbrisseau à racines dépuratives.

salsifis *nm* Plante potagère à racines comestibles.

saltimbanque *nm* Jongleur, bateleur qui fait des tours d'adresse en public.

salto *nm* SPORT Saut périlleux.

salubre *a* Favorable à la santé.

salubrité *nf* Caractère salubre. *Mesures de salubrité publique.*

saluer *vt* **1** Donner une marque extérieure de civilité, de respect à qqn. **2** Rendre hommage à qqch. *Saluer le courage de qqn.* **3** Accueillir par des manifestations de joie, de mépris, etc.

salure *nf* Teneur en sel.

salut *nm* **1** Action de saluer ; geste ou parole de civilité. **2** Fait d'échapper à un danger, de se sauver ou d'être sauvé. **3** RELIG Félicité éternelle. ■ *interj* Fam Bonjour ou au revoir.

salutaire *a* Bienfaisant, profitable.

salutation *nf* Litt Action de saluer avec des marques ostentatoires de respect. ■ *pl* Formule de politesse pour terminer une lettre.

salutiste *n* Qui fait partie de l'Armée du salut.

salvadorien, enne *a, n* Du Salvador.

salvateur, trice *a* Litt Qui sauve.

salve *nf* Décharge simultanée de plusieurs armes à feu. *Loc Salve d'applaudissements :* applaudissements simultanés.

samaritain, aine *a, n* HIST De Samarie. *Loc Faire le bon Samaritain :* secourir autrui.

samba *nf* Danse populaire brésilienne.

samedi *nm* Sixième jour de la semaine.

samizdat [-dat] *nm* HIST Édition et diffusion clandestines, en U.R.S.S.

samoan, ane *a, n* Des Samoa.

samossa *nm* Petit feuilleté de viande ou de légumes.

samouraï *nm* Guerrier dans le Japon féodal.

samovar *nm* Ustensile russe destiné à la préparation du thé.

sampan *nm* Bateau chinois non ponté.

sampling *nm* Collage électronique de morceaux de musique par le disc-jockey.

SAMU *nm* Abrév de *service d'aide médicale d'urgence.*

sanatorium [-Rjɔm] ou **sana** *nm* Établissement destiné au traitement de la tuberculose.

sancerre *nm* Vin de Loire.

sanctificateur, trice *n*, ou **sanctificateur, trice** *n, a* RELIG Qui sanctifie.

sanctification *nf* RELIG Action de sanctifier.

sanctifier vt RELIG **1** Rendre saint. *La grâce qui sanctifie les âmes.* **2** Honorer comme saint. **3** Célébrer comme le veut l'Église. *Sanctifier le dimanche.*

sanction nf **1** Approbation, ratification. **2** Conséquence naturelle. *Ses difficultés sont la sanction de son imprévoyance.* **3** Peine impliquée par la loi. *Sanction pénale.* **4** Mesure répressive.

sanctionner vt **1** Approuver, confirmer. **2** Réprimer, punir.

sanctuaire nm **1** Édifice sacré ; endroit où l'on célèbre un culte. **2** Lieu inviolable, asile, refuge. **3** MILIT Territoire rendu inaccessible aux coups de l'ennemi.

sanctuariser vt MILIT Transformer un territoire en sanctuaire.

sandale nf Chaussure formée d'une semelle qui s'attache au pied par des lanières.

sandalette nf Sandale légère.

sandiniste n, a HIST Qui relève d'un mouvement révolutionnaire nicaraguayen.

sandow [-do] nm (n déposé) Cordon élastique qui sert à fixer des colis sur un support.

sandre nm Poisson d'eau douce, voisin de la perche.

sandwich [sɑ̃dwitʃ] nm **1** Tranches de pain entre lesquelles on a placé des aliments froids. **2** TECH Matériau composite constitué d'une couche prise entre deux plaques minces. Loc Fam *En sandwich* : coincé entre deux objets, deux personnes.

sang nm **1** Liquide rouge, visqueux, qui circule dans l'organisme par un système de vaisseaux. **2** Race, famille. *Liens du sang. Être de sang royal.* Loc Fam *Coup de sang* : congestion, accès de colère. *Jusqu'au sang* : au point de faire saigner. *Avoir le sang chaud* : être dynamique, coléreux. *Avoir du sang dans les veines* : être courageux. *Fouetter le sang* : stimuler. Fam *Se faire du mauvais sang, un sang d'encre, se ronger les sangs* : s'inquiéter. *Avoir qqch dans le sang* : avoir cette qualité innée. *Verser, répandre, faire couler le sang* : commettre un meurtre. *Apport de sang frais* : d'éléments plus jeunes, plus dynamiques ; apport de capitaux.

sang-froid nm inv Maîtrise de soi, calme. Loc *De sang-froid* : froidement, consciemment.

sanglant, ante a **1** Couvert, souillé de sang. **2** Qui fait couler beaucoup de sang. *Combat sanglant.* **3** Offensant. *Reproches sanglants.*

sangle nf Bande plate et large qui sert à ceindre, à serrer.

sangler vt Serrer fortement avec une sangle.

sanglier nm Porc sauvage.

sanglot nm Spasme bruyant de qqn qui pleure.

sangloter vi Pleurer avec des sanglots.

sang-mêlé n inv Métis, métisse.

sangria nf Boisson espagnole faite de vin rouge sucré dans lequel on fait macérer des fruits.

sangsue [sɑ̃sy] nf **1** Ver des eaux stagnantes, qui se fixe par une ventouse à la peau. **2** Fam Personne avide, accaparante.

sanguin, ine a Du sang. *Transfusion sanguine.* ■ nm Qui est impulsif, coléreux.

sanguinaire a Qui se plaît à répandre le sang ; cruel.

sanguine nf **1** Dessin exécuté avec un crayon d'ocre rouge. **2** Orange à pulpe rouge.

sanguinolent, ente a Mêlé de sang, teinté de sang.

sanhédrin nm HIST Tribunal civil et religieux des Juifs de l'Antiquité.

sanie nf MED Pus mêlé de sang.

sanisette nf (n déposé) Toilettes publiques payantes.

sanitaire a Relatif à la santé et à l'hygiène. ■ nmpl Ensemble des appareils et locaux de propreté (lavabos, W.-C., etc.).

sans prép Marque l'absence, la privation, l'exclusion. Loc *Non sans* : avec. *Sans que* (+ subj) : de telle manière que qqch ne se fasse pas. *Sans quoi, sans ça* : sinon.

sans-abri n inv Qui n'a plus de logement.

sans-cœur a inv, n inv Fam Dur, insensible.

sanscrit. V. sanskrit.

sans-culotte nm HIST Révolutionnaire sous la Convention. *Des sans-culottes.*

sans-emploi n inv Chômeur, chômeuse.

sans-faute nm inv Épreuve accomplie sans erreur.

sans-gêne nm inv Désinvolture inconvenante. ■ a inv, n inv Qui agit sans se préoccuper des autres ; grossier, impoli.

sans-grade n inv Fam Subordonné, subalterne.

sanskrit ou **sanscrit** nm Ancienne langue sacrée de l'Inde.

sans-le-sou n inv Fam Qui n'a pas d'argent.

sans-logis n inv Sans domicile.

sansonnet nm Étourneau.

sans-papiers n inv Personne dépourvue de papiers d'identité et en situation irrégulière.

sans-parti n inv Qui n'est inscrit à aucun parti.

santal nm Arbre d'Asie tropicale cultivé pour son bois odorant. *Des santals.*

santé nf **1** État de qqn chez qui le fonctionnement de tous les organes est régulier ; bon état physiologique. **2** Équilibre mental. **3** État de l'organisme. *Avoir bonne, mauvaise santé.* **4** État sanitaire d'une collectivité. Loc *À la santé de* : en l'honneur de.

santiag nf Botte à bout pointu.

santon nm Figurine de terre cuite qui orne la crèche de Noël, en Provence.

saoudien, enne a, n D'Arabie Saoudite.

saoul, saouler. V. soûl, soûler.

sapajou. V. sajou.

sape nf Tranchée, boyau, galerie creusée sous une construction pour la faire écrouler. Loc *Travail de sape* : intrigue souterraine.

sapé, ée a Pop Habillé. *Être bien sapé.*

saper vt **1** Détruire les fondements d'une construction pour la faire tomber. **2** Travailler à détruire, miner. *Saper le moral.* ■ vpr Pop S'habiller.

sapeur nm Soldat du génie.

sapeur-pompier nm Pompier. *Des sapeurs-pompiers.*

saphène nf ANAT Veine du membre inférieur.

saphique a Du saphisme.

saphir nm **1** Pierre précieuse bleue. **2** Petite pointe, constituant principal d'une tête de lecture d'électrophone.

saphisme nm Homosexualité féminine.

sapide a Qui a de la saveur. Ant. insipide.

sapidité nf Qualité sapide.

sapin nm Résineux aux feuilles persistantes en aiguilles. Loc Fam *Sentir le sapin* : n'avoir plus longtemps à vivre.

sapinette

sapinette nf Épicéa.

sapinière nf Plantation de sapins.

saponacé, ée a Qui a les caractères du savon.

saponaire nf Plante à fleurs roses.

saponification nf Action de saponifier.

saponifier vt Transformer un corps gras en savon.

sapotille nf Fruit du sapotillier.

sapotillier nm Arbre des Antilles, au fruit comestible.

sapristi ! interj Fam Exprime l'étonnement.

saprophage a, nm ZOOL Qui se nourrit de matières organiques en décomposition.

saprophyte a, nm 1 BOT Végétal vivant sur des matières organiques en décomposition. 2 MED Microbe non pathogène.

saquer. V. sacquer.

sarabande nf 1 Danse en vogue du XVIᵉ s. au XVIIIᵉ s. 2 Fam Agitation vive, bruyante.

sarbacane nf Tuyau avec lequel on lance, par la force du souffle, des projectiles légers.

sarcasme nm Raillerie acerbe, insultante.

sarcastique a Ironique et méchant.

sarcelle nf Petit canard sauvage.

sarclage nm Action de sarcler.

sarcler vt Arracher les mauvaises herbes.

sarcloir nm Outil à sarcler.

sarcomateux, euse a Du sarcome.

sarcome nm Tumeur maligne.

sarcophage nm ANTIQ Cercueil.

sarcopte nm Acarien occasionnant la gale.

sardane nf Danse catalane.

sarde a, n De la Sardaigne. ■ nm Langue romane parlée en Sardaigne.

sardine nf 1 Poisson des eaux tempérées qui se déplace par bancs. 2 Fam Galon de sous-officier.

sardinelle nf Petite sardine.

sardinerie nf Usine où on met les sardines en boîtes.

sardinier, ère a Relatif à la sardine. ■ n Qui travaille dans une sardinerie. ■ nm 1 Bateau pour la pêche à la sardine. 2 Pêcheur de sardines.

sardoine nf Calcédoine brune ou rouge.

sardonique a Méchant, sarcastique.

sardoniquement av De façon sardonique.

sargasse nf Algue brune, fixée ou libre.

sari nm Costume féminin de l'Inde, fait d'une longue pièce d'étoffe drapée.

sarigue nf Mammifère d'Amérique, de la famille des marsupiaux.

S.A.R.L. nf Société à responsabilité limitée.

sarment nm 1 Branche de vigne de l'année. 2 Tige ou branche ligneuse et grimpante.

sarong [-ʀɔ̃g] nm Long pagne d'Asie du Sud.

saroual nm Pantalon de toile, très large. Des sarouals.

sarrasin nm Céréale appelée aussi blé noir.

sarrau nm Blouse courte et ample. Des sarraus.

sarriette nf Herbe aux feuilles très odorantes.

sarrois, oise a, n De la Sarre.

sas [sas] ou [sɑ] nm 1 Tamis. 2 Bassin compris entre les deux portes d'une écluse. 3 Compartiment étanche qui permet de passer dans des milieux de pression différente.

sashimi nm CUIS Poisson cru en lamelles.

sassafras [-fʀa] nm Arbre d'Amérique aux feuilles employées comme condiment.

satané, ée a Fam Sacré, maudit. Un satané vaniteux.

satanique a Diabolique.

satanisme nm Culte rendu à Satan.

satellisation nf Action de satelliser.

satelliser vt 1 Mettre sur orbite autour d'un corps céleste, de la Terre. 2 Rendre dépendant, assujettir.

satellitaire a D'un satellite.

satellite nm 1 Astre qui gravite autour d'une planète. 2 Engin mis en orbite autour de la Terre ou d'une autre planète. 3 Dans une aérogare, bâtiment servant à l'embarquement et au débarquement des passagers. ■ a, nm Qui est sous la dépendance d'un autre, plus puissant.

satiété [-sje-] nf État de qqn complètement rassasié. Loc A satiété : jusqu'au dégoût.

satin nm Étoffe fine, douce et lustrée.

satiné, ée a Qui a le poli, le brillant du satin.

satiner vt Donner l'aspect lustré du satin à.

satinette nf Étoffe de coton imitant le satin.

satire nf Écrit ou discours piquant qui raille ou critique qqn, qqch.

satirique a 1 Qui appartient à la satire. 2 Caustique, médisant.

satiriste n Auteur de satires.

satisfaction nf 1 Contentement, plaisir. 2 Fait d'accorder à qqn ce qu'il demande.

satisfaire vt [9] Contenter. ■ vti Faire ce qui est exigé par qqch. Satisfaire aux clauses d'un contrat. ■ vpr Se contenter de qqch.

satisfaisant, ante a [-fə-] a Acceptable.

satisfait, aite a Dont les désirs sont comblés ; content. Vous serez satisfait ou remboursé.

satisfecit [satisfesit] nm inv Litt Témoignage de satisfaction.

satrape nm 1 ANTIQ Gouverneur d'une satrapie. 2 Litt Despote menant une vie fastueuse.

satrapie nf ANTIQ Province de l'Empire perse.

saturant, ante a CHIM Qui sature.

saturateur nm Récipient contenant de l'eau, pour humidifier l'atmosphère.

saturation nf Action de saturer ; état saturé.

saturer vt 1 CHIM Dissoudre un corps dans un liquide jusqu'à concentration maximale. 2 Rassasier jusqu'au dégoût. 3 Remplir de façon excessive.

saturnales nfpl ANTIQ Fêtes célébrées en l'honneur de Saturne au cours desquelles les esclaves prenaient la place de leurs maîtres.

saturnien, enne a De Saturne.

saturnin, ine a CHIM Du plomb.

saturnisme nm Intoxication par le plomb.

satyre nm 1 ANTIQ Demi-dieu champêtre de la suite de Dionysos. 2 Homme lubrique ; exhibitionniste, voyeur.

sauce nf 1 Assaisonnement liquide accompagnant certains mets. 2 Fam Accompagnement inutile. Loc Fam Mettre à toutes les sauces : traiter de toutes les façons.

saucée nf Fam Averse.

saucer vt [10] 1 Débarrasser la sauce avec un morceau de pain. 2 Tremper dans la sauce. Loc Fam Se faire saucer : se faire mouiller par la pluie.

saucier nm 1 Cuisinier spécialisé dans les sauces. 2 Appareil ménager pour faire les sauces.

saucière nf Récipient pour servir les sauces.

sauciflard nm Pop Saucisson.

saucisse nf Boyau rempli de viande hachée et assaisonnée.

saucisson nm Grosse saucisse, crue ou cuite.

saucissonnage nm Fam Action de saucissonner.

saucissonner vi Fam Se restaurer sommairement. ■ vt Fam 1 Serrer, ficeler étroitement. 2 Découper en tranches.

1. sauf, sauve a Hors de danger, d'atteinte. *Sain et sauf. Avoir la vie sauve.*

2. sauf prép Hormis, excepté. *Sauf erreur ou omission.* Loc *Sauf que* (+ ind) : en écartant le fait que.

sauf-conduit nm Pièce délivrée par l'autorité, permettant d'aller ou de séjourner qqpart, librement. *Des sauf-conduits.*

sauge nf Plante médicinale et aromatique.

saugrenu, ue a Absurde, bizarre, déroutant.

saule nm Arbre des lieux humides.

saumâtre a Qui a le goût salé de l'eau de mer. Loc Fam *La trouver saumâtre* : trouver qqch difficilement acceptable.

saumon nm Poisson à la chair rose très estimée. ■ a inv Rose orangé.

saumoné, ée a A chair rose comme celle du saumon.

saumoneau nm Jeune saumon.

saumure nf Solution salée pour conserver des aliments.

saumurer vt Conserver dans la saumure.

sauna nm Établissement où on prend des bains de vapeur sèche ; ce bain lui-même.

saunier, ère n Qui travaille à l'extraction du sel ou qui en vend.

saupiquet nm CUIS Sauce piquante.

saupoudrage nm Action de saupoudrer.

saupoudrer vt 1 Recouvrir qqch d'une matière en poudre. 2 Parsemer en dispersant.

saupoudreuse nf Flacon pour saupoudrer.

saur am Loc *Hareng saur* : salé et fumé.

saurien nm ZOOL Reptile, tels le lézard, l'orvet, le caméléon. Syn. lacertilien.

saut nm 1 Mouvement brusque d'extension en haut, en avant par lequel on quitte le sol. 2 Fait de se laisser tomber d'un endroit élevé. 3 Mouvement brusque et discontinu. *Sa pensée procède par sauts.* 4 Chute d'eau. Loc *Au saut du lit* : au sortir du lit. *Saut périlleux* : au cours duquel le corps fait un tour complet sur lui-même. Fam *Faire un saut qqpart* : y passer un court instant. *Faire le saut* : se déterminer à une action risquée.

saut-de-lit nm Peignoir féminin léger. *Des sauts-de-lit.*

saute nf Changement subit. *Saute d'humeur.*

sauté nm CUIS Viande cuite à feu vif.

saute-mouton nm inv Jeu dans lequel on saute successivement par-dessus tous ses partenaires.

sauter vi 1 Faire un saut, des sauts. 2 Se jeter dans le vide. 3 S'élancer sur qqn, qqch. *Le chien lui a sauté dessus.* 4 Passer sans transition d'une chose à une autre. *Sauter à la page 3.* 5 Exploser, voler en éclats. 6 Être omis. *La ligne a sauté.* 7 Fam Être congédié. Loc *Sauter aux yeux* : être manifeste. *Faire sauter la cervelle à qqn* : lui briser la tête d'un coup de feu. Fam *Et que ça saute !* : vite ! *Faire sauter de la viande, des légumes* : les faire revenir à feu vif, avec un corps gras. ■ vt 1 Franchir d'un

saut. 2 Omettre, passer. *Sauter une ligne.* 3 Pop Posséder sexuellement. Loc Pop *La sauter* : avoir faim. *Sauter le pas* : prendre une décision.

sauterelle nf 1 Insecte qui se déplace en sautant. 2 Fam Femme maigre et dégingandée.

sauterie nf Fam Petite soirée dansante.

sauternes nm Bordeaux blanc liquoreux.

saute-ruisseau nm inv Vx Garçon de courses.

sauteur, euse n Athlète qui pratique le saut. ■ a Se dit des animaux qui se déplacent par sauts. ■ nf Casserole large et plate.

sautillant, ante a Qui sautille.

sautillement nm Action de sautiller.

sautiller vi Effectuer des petits sauts.

sautoir nm 1 Long collier ou longue chaîne. 2 Endroit où les athlètes s'exercent au saut. Loc *En sautoir* : en tombant sur la poitrine à la manière d'un collier.

sauvage a 1 Qui n'est pas domestiqué (animal). 2 Qui croît naturellement sans être cultivé (végétal). 3 Inculte, inhabité (région). 4 Qui se fait spontanément. *Grève sauvage.* ■ a, n 1 Qui recherche la solitude. 2 Brutal, féroce. 3 Vx Qui vit en dehors de la civilisation (peuple).

sauvagement av De façon cruelle.

sauvageon, onne n Enfant au caractère sauvage. ■ nm Jeune arbre non greffé.

sauvagerie nf Caractère sauvage, féroce, cruel.

sauvagine nf Gibier d'eau.

sauvegarde nf 1 Protection accordée par une autorité. 2 Ce qui sert de garantie, de défense contre un danger. 3 INFORM Copie des données faite par sécurité.

sauvegarder vt 1 Défendre, protéger. 2 INFORM Effectuer une sauvegarde.

sauve-qui-peut nm inv Panique générale.

sauver vt 1 Tirer qqn du danger. 2 Préserver qqch de la destruction. 3 RELIG Procurer le salut éternel. ■ vpr 1 S'enfuir devant un danger. 2 Fam S'en aller rapidement.

sauvetage nm Action de sauver qqn d'un danger, qqch de la destruction. Loc *De sauvetage* : destiné à secourir.

sauveteur nm Qui participe à un sauvetage.

sauvette (à la) av Avec précipitation, en cachette. Loc *Vente à la sauvette* : vente sur la voie publique, sans autorisation.

sauveur nm Qui sauve. Loc *Le Sauveur* : Jésus-Christ.

sauvignon nm Cépage blanc très répandu.

savamment av De façon savante.

savane nf Plaine herbeuse, aux arbres rares, des régions tropicales.

savant, ante a, n Qui sait beaucoup de choses, qui possède une grande érudition. ■ a 1 Se dit d'un animal dressé. 2 Qui suppose des connaissances, difficile. *Un raisonnement savant.* 3 Habile, bien calculé. *Une manœuvre savante.* ■ nm Qui a une notoriété scientifique.

savarin nm Grand baba en forme de couronne.

savate nf 1 Vieille pantoufle, vieux soulier très usé. 2 Sport de combat associant les poings aux coups de pied. Syn. boxe française.

savetier nm Vx Cordonnier.

saveur nf 1 Impression produite par un corps sur l'organe du goût. 2 Charme, agrément.

savoir vt [46] 1 Connaître, être informé de. *Tu sais la nouvelle ? On ne savait pas qui était son père.* 2 Avoir présent dans la mémoire. *Il sait* *sa leçon par cœur.* **3** Avoir une bonne connaissance de. *Elle croit tout savoir.* **4** Être capable de. *Un ami qui sait écouter.* **5** Avoir conscience de. *Il ne savait plus ce qu'il faisait.* Loc *À savoir* ou *savoir* : c'est-à-dire. *Que je sache.* *Qu'en sait-il ?* pour autant que je puisse en juger. *Ne rien vouloir savoir* : se refuser à faire qqch. *Un je ne sais quoi* : qqch d'indéfinissable. ■ *nm* Connaissances acquises.

savoir-faire *nm inv* Habileté, compétence.

savoir-vivre *nm inv* Connaissance des règles de politesse, des usages.

savon *nm* **1** Produit obtenu par action d'un agent alcalin sur des corps gras. **2** Morceau de ce produit servant au nettoyage. **3** Fam Réprimande, semonce.

savonnage *nm* Action de savonner.

savonner *vt* Laver au savon.

savonnerie *nf* Usine de savon.

savonnette *nf* Petit savon pour la toilette.

savonneux, euse *a* Qui contient du savon.

savourer *vt* **1** Déguster. *Savourer un vin.* **2** Jouir avec délectation de qqch. *Savourer une vengeance.*

savoureusement *av* De façon savoureuse.

savoureux, euse *a* **1** Qui a une saveur, un goût agréable. **2** Qui stimule agréablement l'intérêt. *Un récit savoureux.*

savoyard, arde *a, n* De la Savoie.

saxe *nm* Porcelaine de Saxe.

saxhorn *nm* Instrument à vent en cuivre, à embouchure et à pistons.

saxifrage *nf* Plante herbacée ornementale.

saxo *nm* Saxophone. ■ *n* Saxophoniste.

saxon, onne *a, n* De la Saxe.

saxophone *nm* Instrument de musique à vent en cuivre, à clefs et à bec de clarinette.

saxophoniste *n* Joueur de saxophone.

saynète *nf* Courte comédie.

sbire *nm* Litt Homme de main.

sbrinz *nm* Variété suisse de gruyère.

scabieuse *nf* Plante à fleurs violettes, roses ou blanches, groupées en capitules.

scabreux, euse *a* **1** Qui comporte des risques. **2** Indécent. *Plaisanterie scabreuse.*

scalaire *nm* Poisson au corps très aplati.

scalde *nm* HIST Ancien poète scandinave.

scalène *a* Loc GEOM *Triangle scalène* : dont les trois côtés sont inégaux.

scalp *nm* Chevelure d'un ennemi conservée comme trophée.

scalpel *nm* Bistouri utilisé pour la dissection.

scalper *vt* Découper la peau du crâne et l'arracher avec sa chevelure.

scampi *nmpl* Grosses crevettes frites.

scandale *nm* **1** Effet, indignation que suscite un acte qui choque la morale. **2** Événement, fait révoltant. **3** Affaire malhonnête qui arrive à la connaissance du public. **4** Bruit, désordre. *Scandale sur la voie publique.*

scandaleusement *av* De façon scandaleuse.

scandaleux, euse *a* Honteux, révoltant.

scandaliser *vt* Provoquer le scandale ; révolter, choquer. ■ *vpr* S'indigner.

scander *vt* **1** Marquer la mesure d'un vers. **2** Prononcer en appuyant sur chaque syllabe.

scandinave *a, n* De la Scandinavie ; nordique.

scandium [-djɔm] *nm* CHIM Élément métallique très léger, proche des terres rares.

scanner [-nɛʀ] *nm* **1** Appareil qui analyse par rayon lumineux, point par point, le document à reproduire. **2** Syn de *scanographe*.

scanographe *nm* MED Appareil de radiographie par rayons X permettant d'obtenir des séries d'images traitées par ordinateur.

scanographie *nf* Technique de la scanographie.

scansion *nf* Manière de scander un vers.

scaphandre *nm* Équipement isolant individuel des plongeurs, des astronautes, etc.

scaphandrier *nm* Plongeur équipé d'un scaphandre.

scaphoïde *nm* ANAT Petit os du carpe et du tarse.

scapulaire *nm* **1** Vêtement à capuchon porté par certains religieux. **2** Objet de dévotion qui s'attache autour du cou. ■ *a* ANAT De l'épaule.

scarabée *nm* Coléoptère aux élytres colorés.

scarificateur *nm* Appareil pour scarifier.

scarification *nf* Action de scarifier.

scarifier *vt* **1** MED Faire des incisions peu profondes (pour vacciner par ex.). **2** Labourer légèrement pour ameublir la terre.

scarlatine *nf* Maladie infectieuse avec fièvre et rougeurs.

scarole *nf* Chicorée aux longues feuilles que l'on mange en salade.

scat *nm* Style de jazz vocal rempli d'onomatopées.

scatologie *nf* Propos, écrits portant sur les excréments.

scatologique *a* De la scatologie.

sceau *nm* **1** Cachet fait sur des actes pour les rendre authentiques ou les clore. **2** Litt Marque, signe. *Le sceau du génie.* Loc *Garde des Sceaux* : ministre de la Justice en France. *Sous le sceau du secret* : à condition de garder le secret.

sceau-de-Salomon *nm* Plante des bois à fleurs blanchâtres. *Des sceaux-de-Salomon.*

scélérat, ate *a, n* Litt Criminel, bandit. ■ *a* Litt Infâme. *Loi scélérate.*

scélératesse *nf* Litt Perfidie, méchanceté.

scellement *nm* Action de sceller, de fixer dans un trou.

sceller *vt* **1** Appliquer un sceau sur un acte. **2** Mettre les scellés sur un meuble, sur une porte, etc. **3** Cacheter une lettre, fermer hermétiquement. **4** Confirmer, ratifier. *Sceller un accord.*

scellés *nmpl* Bande de papier et cachet de cire apposés par autorité de justice pour empêcher d'ouvrir un meuble ou un local.

scénario *nm* **1** Description détaillée des différentes scènes d'un film, d'une bande dessinée. **2** Déroulement préétabli, concerté d'une action.

scénariste *n* Auteur d'un scénario.

scène *nf* **1** Partie du théâtre où jouent les acteurs. *Entrer en scène.* **2** Art du théâtre. **3** Lieu où se passe l'action ; décor. *La scène est à Paris.* **4** Partie d'un acte dans une pièce de théâtre. **5** Action, événement remarquable, émouvant, drôle, etc. **6** Fam Querelle. Loc *Mettre en scène* : assurer la réalisation d'un film, d'une pièce.

scénique *a* De la scène, du théâtre.

scéniquement *av* Sur le plan scénique.

scénographe *n* Spécialiste de scénographie.

scénographie *nf* Technique des aménagements intérieurs des théâtres, de la scène.

scénographique *a* De la scénographie.

scepticisme *nm* 1 PHILO Doctrine philosophique qui érige le doute en système. 2 Incrédulité, doute.

sceptique *a, n* 1 PHILO Qui doute de toute connaissance non évidente. 2 Incrédule, non convaincu de qqch.

sceptiquement *av* Avec scepticisme.

sceptre *nm* Bâton, symbole de l'autorité monarchique.

schah, shah ou **chah** *nm* Souverain d'Iran.

schako. V. shako.

scheik. V. cheik.

schelem. V. chelem.

schéma *nm* Représentation simplifiée d'un objet, d'un organisme, d'un projet, d'un ouvrage ; plan sommaire.

schématique *a* 1 Qui constitue un schéma. 2 Sommaire, rudimentaire.

schématiquement *av* De façon schématique.

schématisation *nf* Action de schématiser.

schématiser *vt* Représenter de façon schématique, sommaire.

schématisme *nm* Simplification excessive.

schème *nm* PHILO Disposition, forme, structure.

scherzo [skɛʀdzo] *nm, av* MUS Morceau de caractère vif, léger.

schiedam [ʃidam] *nm* Eau-de-vie parfumée au genièvre.

schilling *nm* Anc. unité monétaire de l'Autriche.

schismatique *a, n* Qui adhère à un schisme.

schisme *nm* 1 Séparation, rupture au sein d'une religion. 2 Division dans un parti.

schiste *nm* Roche sédimentaire feuilletée.

schisteux, euse *a* Du schiste.

schistosité *nf* Structure feuilletée d'une roche.

schizoïde [ski-] *a, n* De tendance schizophrénique.

schizophrène *n* Atteint de schizophrénie.

schizophrénie [ski-] *nf* Psychose caractérisée par une perte de contact avec la réalité et un repli sur soi.

schizophrénique *a* De la schizophrénie.

schlague *nf* Punition corporelle en usage dans les anciennes armées allemandes. **Loc** *À la schlague* : de façon brutale, autoritaire.

schlass *a inv* Pop Ivre.

schlitte *nf* Traîneau vosgien pour descendre le bois abattu, dans les vallées.

schnaps *nm* Fam Eau-de-vie.

schnock *a inv, nm* Fam Imbécile, fou.

schnouf *nf* Pop Drogue.

schuss [ʃus] *nm* Au ski, descente directe suivant la ligne de la plus grande pente.

sciage *nm* Action de scier.

scialytique *nm* (n déposé) Appareil d'éclairage à miroirs éliminant les ombres.

sciant, ante *a* Fam Surprenant.

sciatique *a* ANAT De la hanche. **Loc** *Nerf sciatique* : qui innerve le bassin, la fesse et la cuisse. ■ *nf* Affection douloureuse due à l'irritation du nerf sciatique.

scie *nf* 1 Lame d'acier munie de dents pour couper les matières dures. 2 Fam Chanson, refrain dont la répétition fatigue ; rengaine.

sciemment [sjamã] *av* De propos délibéré, volontairement.

science *nf* 1 Savoir, ensemble de connaissances acquises par l'étude. 2 Activité humaine tendant à découvrir les lois régissant les phénomènes. 3 Savoir-faire, compétence, habileté.

■ *pl* 1 Branche du savoir. *Les sciences naturelles.* 2 Corps de connaissances constituées sur le calcul et l'expérimentation ou l'observation.

science-fiction *nf* Récit qui cherche à décrire une réalité à venir, en extrapolant les données scientifiques du présent.

sciène *nf* Grand poisson de l'Atlantique, à chair estimée. Syn. maigre.

scientificité *nf* Caractère scientifique.

scientifique *a* 1 Relatif à la science. 2 Conforme aux procédés rigoureux des sciences. ■ *n* Spécialiste d'une ou des sciences.

scientifiquement *av* De façon scientifique.

scientisme *nm* Attitude de ceux qui pensent que tout phénomène relève de la connaissance scientifique.

scientiste *a, n* Qui relève du scientisme.

scier *vt* 1 Fendre, couper avec une scie. 2 Fam Surprendre, étonner fortement.

scierie *nf* Usine où on scie le bois.

scieur *nm* Ouvrier qui scie le bois.

scille *nf* Plante bulbeuse à propriétés diurétiques.

scinder *vt* Couper, diviser, fractionner qqch, un groupe. ■ *vpr* Se diviser.

scintigraphie *nf* MED Diagnostic fondé sur le cheminement dans l'organisme d'un isotope radioactif.

scintillant, ante *a* Qui scintille.

scintillement *nm* ou **scintillation** *nf* Fait de scintiller ; éclat de ce qui scintille.

scintiller *vi* 1 Briller d'un éclat irrégulier et tremblotant. 2 Briller en jetant des éclats de lumière. *Ce diamant scintille.*

scion *nm* Jeune rameau mince et flexible.

scission *nf* Division dans un groupe, un parti.

scissionniste *a, n* Qui provoque une scission.

scissipare *a* BIOL Qui se reproduit par scissiparité.

scissiparité *nf* BIOL Mode de reproduction asexuée par division en deux.

scissure *nf* ANAT Sillon à la surface d'un organe.

sciure *nf* Poussière résultant du sciage.

sciuridé *nm* ZOOL Mammifère rongeur, tel l'écureuil.

scléreux, euse *a* MED Atteint de sclérose.

sclérosant, ante *a* Qui sclérose.

sclérose *nf* 1 MED Durcissement pathologique d'un organe ou d'un tissu. 2 Perte des facultés d'adaptation, d'évolution. **Loc** *Sclérose en plaques* : maladie caractérisée par la dégradation progressive de la myéline du système nerveux.

sclérosé, ée *a* Atteint de sclérose.

scléroser *vt* Provoquer une sclérose ; figer, durcir. ■ *vpr* Perdre toute faculté d'évolution.

sclérotique *nf* ANAT Membrane blanche formant l'enveloppe du globe oculaire.

scolaire *a* 1 Relatif à l'école, à l'enseignement. 2 Péjor Laborieux et conventionnel. **Loc** *Âge scolaire* : âge légal où l'enfant est tenu d'aller à l'école. ■ *n* Enfant d'âge scolaire.

scolarisable *a* Qui peut être scolarisé.

scolarisation *nf* Action de scolariser.

scolariser *vt* Mettre, envoyer à l'école.

scolarité *nf* Fait de fréquenter l'école ; études suivies à l'école ; durée de ces études.

scolastique

496

scolastique *nf* Enseignement de la philosophie et de la théologie donné dans les universités médiévales. ■ *a* 1 De la scolastique. 2 Péjor D'un formalisme étroit.

scoliose *nf* Déviation latérale de la colonne vertébrale.

scoliotique *n, a* Atteint de scoliose.

scolopendre *nf* 1 Fougère de grande taille. 2 Mille-pattes carnassier.

scolyte *nm* Coléoptère nuisible pour les arbres.

sconse ou **skunks** [skõs] *nm* Fourrure de la mouffette.

scoop [skup] *nm* Information donnée en exclusivité par un média.

scooter [skutœr] *nm* Motocycle léger qu'on conduit assis.

scorbut [-byt] *nm* Maladie provoquée par une carence en vitamine C (hémorragies, déchaussement des dents, anémie).

scorbutique *a* Du scorbut.

score *nm* Décompte des points marqués par chacune des équipes au cours d'un match ; nombre de voix à une élection.

scoriacé, ée *a* Propre aux scories.

scorie *nf* Résidu solide résultant de la fusion des minerais, de l'affinage de métaux.

scorpène *nf* Rascasse.

scorpion *nm* Arachnide dont l'abdomen est terminé par un aiguillon venimeux recourbé.

scorsonère *nf* Salsifis noir.

1. scotch *nm* Whisky écossais.

2. scotch *nm* (n déposé) Ruban adhésif.

scotcher *vt* Fixer avec du ruban adhésif.

scotome *nm* MED Lacune dans le champ visuel.

scotomiser *vt* Éliminer une réalité de sa conscience.

scottish-terrier *nm* Terrier d'Écosse, au poil dru et rude. *Des scottish-terriers.*

scoumoune *nf* Pop Malchance.

scout, e *n* Garçon ou fille qui adhère à un mouvement de scoutisme. ■ *a* Propre au scoutisme.

scoutisme *nm* Mouvement éducatif qui a pour but le développement des qualités morales et physiques des jeunes gens par la vie en commun et les activités de plein air.

scrabble *nm* (n déposé) Jeu de société consistant à former des mots sur une grille, à l'aide de jetons portant une lettre.

scrabbleur, euse *n* Qui joue au scrabble.

scraper [-pœr] *nm* Engin de terrassement servant à décaper les sols.

scribe *nm* 1 ANTIQ Lettré qui rédigeait ou copiait les actes publics. 2 Employé de bureau.

scribouillard, arde *n* Fam Employé(e) de bureau.

script *nm* 1 Écriture manuscrite proche des caractères d'imprimerie. 2 Scénario écrit comportant le découpage et les dialogues.

scripte *n* Assistant(e) du réalisateur chargé(e) de noter les détails des prises de vues.

scripteur *nm* LING Qui écrit un texte (par oppos. à locuteur).

scripturaire *a* De l'Écriture sainte.

scriptural, ale, aux *a* Loc *Monnaie scripturale* : moyen de paiement fondé sur des écritures (comptes en banque, effets de commerce).

scrofulaire *nf* Plante médicinale, appelée aussi *herbe aux écrouelles*.

scrofule *nf* Écrouelles, inflammation des ganglions lymphatiques.

scrotum [-tom] *nm* ANAT Enveloppe cutanée des testicules.

scrupule *nm* 1 Doute, hésitation d'ordre moral. *Avoir des scrupules.* 2 Souci extrême du devoir, grande délicatesse morale.

scrupuleusement *av* De façon scrupuleuse.

scrupuleux, euse *a, n* Sujet à avoir des scrupules. ■ *a* D'une grande minutie.

scrutateur, trice *a* Qui scrute. *Regard scrutateur.* ■ *n* Chargé du dépouillement, de la vérification d'un scrutin.

scruter *vt* Examiner très attentivement.

scrutin *nm* 1 Vote émis au moyen de bulletins déposés dans une urne. 2 Opération par laquelle sont désignés des représentants élus.

sculpter [skylte] *vt* Travailler une matière dure pour obtenir une figure, un ornement.

sculpteur *nm* Artiste qui pratique la sculpture.

sculptural, ale, aux *a* 1 Relatif à la sculpture. 2 Litt D'une grande beauté plastique.

sculpture *nf* Art de sculpter ; pièce sculptée.

sdf [esdeef] *n* Personne sans domicile fixe ; vagabond, clochard.

se *pr pers* Complément réfléchi de la 3e personne des deux genres et des deux nombres.

séance *nf* 1 Réunion d'une assemblée pour délibérer ; durée d'une telle réunion. 2 Temps passé à une activité déterminée. *Séance de pose chez un peintre.* 3 Représentation d'un spectacle à un horaire déterminé. Loc *Séance tenante* : assis.

séant, ante *a* Litt Convenable, décent. ■ *nm* Loc Litt *Sur son séant* : assis.

seau *nm* Récipient pour puiser ou transporter des liquides, des matières pulvérulentes, etc.

sébacé, ée *a* ANAT Du sébum. Loc *Glande sébacée* : qui sécrète le sébum à la base des poils.

sébile *nf* Petit récipient rond et creux.

sebkha *nf* GÉOGR En Afrique du Nord, lac salé temporaire.

séborrhée *nf* Augmentation pathologique de la sécrétion des glandes sébacées.

sébum [-bom] *nm* Substance grasse des glandes sébacées, protégeant la peau.

sec, sèche *a* 1 Qui est peu ou qui n'est pas humide ; aride. 2 Qui a séché. *Fossé sec.* 3 Qui n'est plus imprégné de liquide. *Avoir la gorge sèche.* 4 Peu sensible. *Un cœur sec.* 5 Sans douceur. *Ton sec.* 6 Dénué de charme, d'agrément. *Style sec.* 7 Brusque. *Réponse sèche. Coup sec.* Loc *Régime sec* : sans boisson alcoolique. *Perte sèche* : sans compensation. ■ *nm* Ce qui est sans humidité. *À conserver au sec.* Loc *À sec* : sans eau ; sans réserves. ■ *av* Avec rudesse. Loc Fam *Aussi sec* : immédiatement. Fam *En cinq sec* : rapidement. Fam *L'avoir sec* : être dépité. Fam *Rester sec* : sans pouvoir répondre.

sécable *a* Qui peut être coupé, divisé.

sécant, ante *a* GÉOM Qui coupe une courbe ou une surface. ■ *nf* Droite sécante.

sécateur *nm* Outil de jardinier pour couper des arbustes, des rameaux, etc.

sécession *nf* Fait de se séparer d'une collectivité, d'un groupe, d'un pays.

sécessionnisme *nm* Volonté de sécession.

sécessionniste *a, n* Qui fait sécession.

séchage *nm* Action de sécher.

sèche *nf* Pop Cigarette.

sèche-cheveux *nm inv* Appareil électrique pour sécher les cheveux.

sèche-linge *nm inv* Appareil pour sécher le linge.

sèche-mains *nm inv* Appareil à air pulsé pour sécher les mains.

sèchement *av* Avec dureté, froideur, brutalité. *Répondre sèchement.*

sécher *vt* [12] 1 Rendre sec, éliminer un liquide par absorption ou évaporation. *Sécher l'encre avec un buvard.* 2 Fam Ne pas assister volontairement à un cours. **Loc** *Sécher ses larmes :* arrêter de pleurer. ■ *vi* 1 Devenir sec. 2 Fam Ne pas savoir répondre.

sécheresse *nf* 1 État de ce qui est sec. 2 Temps très sec. 3 Froideur, dureté. *Sécheresse de cœur.*

séchoir *nm* Dispositif ou appareil pour le séchage.

second, onde [səgɔ̃] *a, n* Qui vient après le premier. ■ *a* Autre, nouveau. *C'est un second César.* **Loc** *État second :* état de qqn qui agit sans avoir conscience de ce qu'il fait. ■ *nm* 1 Second étage d'une maison. 2 Adjoint, collaborateur immédiat. 3 Officier de marine qui vient immédiatement après le commandant. **Loc** *En second :* après ce qui est important. ■ *nf* 1 Classe qui précède la première. 2 Seconde classe, dans les transports en commun. 3 Seconde vitesse d'une automobile. 4 Soixantième partie de la minute. 5 Temps très court. *Attendez une seconde.* 6 MATH Unité de mesure d'angle.

secondaire *a* 1 Qui n'est pas de première importance. 2 Se dit de l'enseignement du second degré, après l'enseignement primaire et avant le supérieur. **Loc** *Ère secondaire :* période géologique succédant au primaire. ECON *Secteur secondaire :* activité de la transformation des matières premières. ■ *nm* 1 Enseignement secondaire. 2 Ère secondaire. 3 Secteur secondaire.

secondairement *av* De façon secondaire.

secondement *av* En second lieu.

seconder *vt* Aider qqn dans ses activités ; être son collaborateur.

secouer *vt* 1 Remuer, agiter fortement. *Secouer un arbre.* 2 Éliminer par des mouvements vifs. *Secouer la poussière.* 3 Ébranler physiquement ou moralement. *Cet accident l'a secoué.* ■ *vpr* Fam Réagir contre la paresse, la fatigue, l'inertie. *Secouez-vous un peu !*

secourable *a* Qui porte secours à autrui.

secourir *vt* [25] Aider qqn dans une situation critique.

secourisme *nm* Assistance de premier secours aux blessés, aux accidentés.

secouriste *n* Qui pratique le secourisme.

secours *nm* 1 Aide, assistance à qqn dans le besoin, en danger. *Porter secours à qqn.* 2 Renfort en hommes ou en matériel. **Loc** *De secours :* qui sert en cas de défaillance, de nécessité. ■ *pl* Soins donnés rapidement à un blessé, à un malade ; aide matérielle apportée à qqn, à un groupe en difficulté.

secousse *nf* 1 Mouvement qui secoue. 2 Tremblement de terre. 3 Choc émotif.

secret, ète *a* 1 Qui n'est pas ou qui ne doit pas être connu d'autrui. 2 Dissimulé au regard, dérobé. *Tiroir secret.* 3 Non extériorisé, caché. *Des sentiments secrets.* 4 Qui ne se livre pas facilement. *Un garçon très secret.* ■ *nm* 1 Ce qui doit rester caché. *Confier un secret.* 2 Silence que l'on doit observer sur une information. *Secret professionnel.* 3 Moyen particulier en vue d'un résultat. *Le secret de la réussite.* 4 Mécanisme connu seulement de quelques-uns. *Serrure à secret.* **Loc** *Secret d'État :* chose tenue secrète dans l'intérêt de l'État. *Être dans le secret :* être au courant d'une confidence. *Au secret :* dans l'impossibilité de communiquer avec quiconque. *En secret :* sans témoin.

secrétaire *n* 1 Employé(e) chargé(e) de rédiger, de classer le courrier de qqn, de répondre au téléphone. 2 Cadre, employé chargé de certaines tâches administratives. **Loc** *Secrétaire d'État :* en France, membre du gouvernement qui a la charge d'un département ministériel ; aux États-Unis, ministre des Affaires étrangères. ■ *nm* Meuble à tiroirs comportant un abattant pour écrire.

secrétariat *nm* 1 Fonction de secrétaire. 2 Bureau où travaillent des secrétaires ; ensemble des secrétaires.

secrètement *av* En secret.

sécréter *vt* [12] Produire par sécrétion.

sécréteur, trice *a* Qui produit une sécrétion.

sécrétion *nf* Phénomène par lequel certains tissus produisent une substance déversée dans le sang ou évacuée ; cette substance.

sécrétoire *a* PHYSIOL D'une sécrétion.

sectaire *n, a* Qui fait preuve d'intolérance.

sectarisme *nm* Attitude sectaire.

sectateur, trice *n* Membre d'une secte.

secte *nf* 1 Groupe de personnes qui professent les mêmes opinions religieuses. 2 Groupe idéologique ou religieux vivant en communauté sous l'influence d'un guide spirituel.

secteur *nm* 1 GEOM Portion de plan comprise entre un arc de cercle et les deux rayons qui le délimitent. 2 Partie du front de bataille occupée par une unité. 3 Subdivision d'une zone urbaine, d'une région. 4 Ensemble d'activités économiques de même nature. *Secteur tertiaire. Secteur public.* 5 Fam Endroit, lieu. *Il n'y a personne dans ce secteur.*

section *nf* 1 Action de couper ; endroit de la coupure. 2 Représentation de qqch selon un plan transversal ; coupe. 3 GEOM Lieu de l'espace où deux lignes, deux surfaces se coupent. 4 Division dans une compagnie. *Section syndicale. Section de vote.* 5 MILIT Subdivision d'une compagnie, d'une batterie. 6 Portion d'une route, d'un parcours. 7 Subdivision d'un ouvrage.

sectionnement *nm* Action de sectionner.

sectionner *vt* 1 Couper net, trancher. 2 Diviser en sections.

sectoriel, elle *a* Qui concerne particulièrement un secteur. *Chômage sectoriel.*

sectorisation *nf* Division en secteurs.

sectoriser *vt* Répartir, diviser en secteurs.

séculaire *a* Qui existe depuis un ou plusieurs siècles ; très ancien. *Coutume séculaire.*

sécularisation *nf* Action de séculariser.

séculariser vt Faire passer du domaine ecclésiastique au domaine laïc.

séculier, ère a **1** HIST Qui appartenait au monde laïque, et non à l'Église. **2** Se dit des ecclésiastiques qui n'appartiennent pas à un ordre religieux. Loc *Bras séculier* : autorité temporelle.

secundo [-gɔ̃-] av En second lieu.

sécurisant, ante a Qui sécurise.

sécurisation nf Action de sécuriser.

sécuriser vt **1** Donner un sentiment de sécurité, rassurer. **2** Rendre qqch plus sûr, le mettre à l'abri des accidents.

sécuritaire a Qui concerne la sécurité publique.

sécurité nf Situation dans laquelle aucun danger n'est à redouter ; absence d'inquiétude résultant de cette situation. Loc *Sécurité routière* : mesures visant à assurer la sécurité des usagers de la route. *Sécurité sociale* : organisation officielle visant à assurer la sécurité matérielle des travailleurs et de leur famille contre certains risques. *De sécurité* : qui assure la sécurité.

sédatif, ive a, nm MED Calmant.

sédentaire a, n **1** Qui sort rarement de chez soi. **2** Qui n'est pas nomade ; dont l'habitat est fixe. ■ a Qui ne nécessite pas de déplacements. *Emploi sédentaire.*

sédentarisation nf Fait de sédentariser.

sédentariser vt Rendre sédentaire, fixer. ■ vpr Devenir sédentaire.

sédentarité nf État sédentaire.

sédiment nm GEOL Dépôt abandonné par les eaux, les glaces ou le vent.

sédimentaire a De la nature du sédiment.

sédimentation nf GEOL Formation de sédiments.

sédimentologie nf GEOL Étude des sédiments, des roches sédimentaires.

séditieux, euse a Litt Qui incite à une sédition.

sédition nf Litt Révolte, soulèvement concertés.

séducteur, trice n, a Qui sait plaire, charmer.

séduction nf Action de séduire ; charme, attrait.

séduire vt [67] **1** Plaire à qqn et obtenir amour ou faveurs. **2** Conquérir l'admiration, l'estime, la confiance de qqn ; captiver, charmer.

séduisant, ante a Qui séduit, attire, plaît.

séfarade n, a Juif originaire d'Afrique du Nord (par oppos. à ashkénaze).

segment nm Partie séparée d'un tout, d'un ensemble. Loc GEOM *Segment de droite* : portion de droite entre deux points. *Segment de cercle* : surface entre un arc de cercle et sa corde. *Segment de frein* : pièce qui s'applique contre le tambour du frein.

segmentaire a Formé de segments.

segmentation nf Action de segmenter ; division.

segmenter vt Diviser en segments ; couper.

ségrégatif, ive a Qui établit une ségrégation.

ségrégation nf Action de mettre à part, de séparer. Loc *Ségrégation raciale* : discrimination organisée entre les groupes raciaux.

ségrégationnisme nm Politique de ségrégation raciale.

ségrégationniste n, a Du ségrégationnisme.

séguedille nf Danse espagnole, à rythme rapide.

seiche nf Mollusque marin qui, menacé, rejette de sa poche ventrale une encre noire.

séide [seid] nm Litt Fanatique qui obéit aveuglément à un chef.

seigle nm Céréale poussant sur les terrains pauvres.

seigneur nm **1** FEOD Possesseur d'un fief, d'une terre. **2** Titre honorifique donné autrefois à des personnes de haut rang. Loc *Le Seigneur* : Dieu. *En grand seigneur* : avec magnificence.

seigneurial, ale, aux a Du seigneur.

seigneurie nf **1** FEOD Autorité du seigneur. **2** Terre seigneuriale. **3** Titre honorifique des membres de la Chambre des lords de Grande-Bretagne.

sein nm **1** Chacune des deux mamelles de la femme. **2** Litt Poitrine humaine. *Presser sur son sein.* **3** Litt Ventre de la femme. *Porter un enfant dans son sein.* Loc *Au sein de* : au milieu de, dans.

seine. V. senne.

seing nm DR Signature qui rend un acte valable. Loc *Seing privé* : signature d'un acte qui n'a pas été reçu par un officier public (par oppos. à authentique).

séisme nm **1** Tremblement de terre. **2** Bouleversement important. *Séisme politique.*

séismicité, séismique. V. sismicité, sismique.

seize a num **1** Dix plus six (16). **2** Seizième. *Chapitre seize.* ■ nm inv Nombre, numéro seize.

seizième a num Au rang, au degré seize. ■ a, nm Contenu seize fois dans le tout.

seizièmement av En seizième lieu.

séjour nm **1** Fait de séjourner ; durée pendant laquelle on séjourne ; lieu où l'on séjourne. Loc *Permis de séjour* : autorisation officielle de séjourner dans un pays pour une période déterminée. *(Salle de) séjour* : pièce principale, living.

séjourner vi Demeurer quelque temps dans un lieu. *Séjourner à la montagne.*

sel nm **1** Chlorure de sodium utilisé pour assaisonner ou conserver les aliments. **2** Litt Ce qu'il y a de piquant, de spirituel dans une situation, un propos. **3** CHIM Composé provenant du remplacement de l'hydrogène d'un acide par un métal. ■ pl Ce qu'on donnait à respirer à qqn pour la ranimer.

sélacien nm ZOOL Poisson marin cartilagineux, tels le requin, la raie, etc.

sélect, ecte a Fam Élégant, distingué.

sélecteur nm TECH Dispositif de sélection ; commutateur.

sélectif, ive a Qui opère une sélection, un choix. *Classement sélectif.*

sélection nf **1** Choix entre des personnes en fonction de critères déterminés ; personnes ou choses ainsi retenues. **2** Choix des types reproducteurs pour la perpétuation d'une espèce animale ou végétale. Loc *Sélection naturelle* : survivance des espèces les mieux adaptées.

sélectionné, ée n Sportif choisi pour représenter son club, son pays.

sélectionner vt Choisir par sélection.

sélectionneur, euse n Qui procède à une sélection, en particulier en sport.

sélectivement av De façon sélective.

sélectivité nf Caractère sélectif.

sélénium [-njɔm] *nm* Corps simple de la famille du soufre, possédant des propriétés photoélectriques.

sélénologie *nf* Étude de la Lune.

self-control *nm* Maîtrise de soi.

self-induction *nf* PHYS Induction d'un courant électrique sur lui-même. *Des self-inductions.*

self-made-man [selfmedman] *nm* Homme qui ne doit qu'à lui-même sa situation sociale. *Des self-made-mans* ou *des self-made-men.*

self-service ou **self** *nm* Libre-service. *Des self-services.*

selle *nf* 1 Petit siège qu'on sangle sur un cheval pour le monter. 2 Siège d'une bicyclette, d'une motocyclette. 3 Partie du mouton entre les côtes et le gigot. Loc *Aller à la selle* : expulser des excréments. ■ *pl* Matières fécales.

seller *vt* Munir une monture d'une selle.

sellerie *nf* Art, industrie, commerce du sellier.

sellette *nf* Petit siège. Loc *Être sur la sellette* : être mis en cause. *Mettre sur la sellette* : presser de questions.

sellier *nm* Qui fabrique ou vend des selles, des articles de harnachement, etc.

selon *prép* Suivant, conformément à, d'après. Loc Fam *C'est selon* : cela dépend des circonstances. *Selon que* (+ ind) : eu égard au fait que.

semailles *nfpl* Action de semer ; époque où l'on sème.

semaine *nf* 1 Période de sept jours consécutifs. 2 Cette période, envisagée relativement au temps de travail, aux jours ouvrables. Loc *En semaine* : un jour ouvrable de la semaine. Fam *À la petite semaine* : au jour le jour. *Fin de semaine* : week-end.

semainier *nm* 1 Agenda de bureau. 2 Commode à sept tiroirs.

sémanticien, enne *n* Spécialiste de sémantique.

sémantique *nf* LING Étude du sens des mots. ■ *a* Relatif au sens des mots.

sémantisme *nm* LING Contenu sémantique d'un mot.

sémaphore *nm* Appareil utilisé pour transmettre des informations par signaux optiques.

semblable *a* 1 De même apparence, pareil. *Une maison semblable aux autres.* 2 Tel, de cette nature. *Pourquoi tenir de semblables propos ?* ■ *n.* 1 Personne, chose comparable. *Il n'a pas son semblable.* 2 Être humain, considéré par rapport aux autres. *Secourir ses semblables.*

semblant *nm* Apparence. *Un semblant de vérité.* Loc *Faire semblant de* : feindre de, avoir l'air de. *Ne faire semblant de rien* : feindre l'indifférence.

sembler *vi* Avoir l'air, paraître ; donner l'impression de. *Ce fruit me semble mûr.* ■ *v impers* Il apparaît, on dirait. *Il semble que tout va bien, que tout aille bien.* Loc *Il me semble que* : je crois que. *Si bon me semble* : s'il me plaît.

sème *nm* LING Unité minimale de signification.

semelle *nf* 1 Pièce constituant le dessous de la chaussure. 2 Pièce découpée à la forme du pied que l'on met à l'intérieur de la chaussure. 3 Dessous du ski. 4 Fam Viande coriace. Loc *Ne pas reculer d'une semelle* : tenir ferme en place. *Ne pas quitter qqn d'une semelle* : le suivre partout.

semence *nf* 1 Organe végétal qui se sème (graines, noyaux, pépins, etc.). 2 Sperme. 3 Clou à tête large et à tige courte.

semencier *nm* Entreprise qui produit et commercialise des semences.

semer *vt* [15] 1 Mettre en terre des graines. *Semer du blé.* 2 Litt Répandre çà et là. 3 Fam Se débarrasser de qqn en lui faussant compagnie.

semestre *nm* Période de six mois consécutifs.

semestriel, elle *a* Qui se fait, qui a lieu, qui paraît chaque semestre.

semestriellement *av* Tous les six mois.

semeur, euse *n* Qui sème.

semi-aride *a* Qui est très sec sans être complètement aride. *Des régions semi-arides.*

semi-automatique *a* Non entièrement automatique. *Des systèmes semi-automatiques.*

semi-auxiliaire *nm* GRAM Verbe qui joue le rôle d'un auxiliaire devant un infinitif (ex. : *aller dans je vais partir*). *Des semi-auxiliaires.*

semi-circulaire *a* En forme de demi-cercle.

semi-conducteur *nm* ELECTR Matériau dont la résistivité varie sous l'influence de la température, de l'éclairement, du champ électrique. *Des semi-conducteurs.*

semi-conserve *nf* Conserve alimentaire qui doit être gardée au frais. *Des semi-conserves.*

semi-consonne *nf* Syn de *semi-voyelle*. *Des semi-consonnes.*

semi-fini, ie *a* Qui doit subir d'autres transformations avant d'être livré sur le marché. *Des produits semi-finis.*

semi-grossiste *n* Commerçant qui vend en demi-gros. *Des semi-grossistes.*

semi-liberté *nf* DR Régime pénitentiaire permettant à un condamné de quitter temporairement sa prison.

sémillant, ante *a* Pétulant, plein de vivacité.

sémillon *nm* Cépage blanc du Bordelais.

séminaire *nm* 1 Établissement préparant des jeunes gens à l'état ecclésiastique. 2 Groupe de spécialistes réunis pour étudier certaines questions particulières.

séminal, ale, aux *a* Relatif au sperme.

séminariste *nm* Élève d'un séminaire.

séminifère *a* ANAT Qui conduit le sperme.

semi-nomade *a, n* Qui pratique le semi-nomadisme. *Des semi-nomades.*

semi-nomadisme *nm* Genre de vie combinant élevage nomade et agriculture.

séminome *nm* Tumeur maligne du testicule.

semi-officiel, elle *a* Qui n'a pas de caractère officiel, tout en étant inspiré par les autorités.

sémiologie *nf* 1 MED Étude des signes des maladies. 2 LING Science qui étudie les systèmes de signes au sein de la vie sociale.

sémiologique *a* De la sémiologie.

sémioticien, enne *n* Spécialiste de sémiotique.

sémiotique *nf* LING Théorie générale des signes et des systèmes de signes, linguistiques et non linguistiques. ■ *a* De la sémiotique.

semi-précieuse *af* Se dit, en bijouterie, d'une pierre fine. *Des pierres semi-précieuses.*

semi-produit *nm* Matière première ayant subi une transformation. *Des semi-produits.*

semi-public, ique *a* Qui relève à la fois du droit privé et du droit public.

sémique *a* Relatif aux sèmes.

semi-remorque *nf* Remorque pour le transport routier, dont l'avant, dépourvu de roues, repose sur le tracteur. ■ *nm* Ensemble constitué par la semi-remorque et son tracteur. *Des semi-remorques.*

semis *nm* 1 Action de semer. 2 Ensemble de graines qui lèvent. 3 Terrain où poussent ces graines.

sémite *a, n* Se dit des peuples qui parlent les langues sémitiques.

sémitique *a* Se dit de langues d'Asie occidentale et d'Afrique du Nord (hébreu, arabe).

semi-voyelle *nf* Phonème intermédiaire entre la consonne et la voyelle, ainsi le [j] de [pje] *(pied)*, le [ɥ] de [tɥe] *(tuer)*, le [w] de [fwe] *(fouet)*. Syn. semi-consonne. *Des semi-voyelles.*

semnopithèque *nm* Grand singe de l'Inde.

semoir *nm* Machine agricole destinée à semer les graines.

semonce *nf* Avertissement, réprimande. **Loc** *Coup de semonce :* avertissement brutal avant une action violente.

semoule *nf* Farine granulée de blé dur. **Loc** *Sucre semoule :* sucre en poudre à gros grains.

semoulerie *nf* Fabrication de la semoule.

sempiternel, elle *a* Litt Continuel, perpétuel.

sénat *nm* 1 HIST Assemblée politique importante dans différents États, à diverses époques. 2 (avec majusc) En France, une des deux assemblées délibérantes constituant le Parlement. 3 Édifice où siège cette assemblée.

sénateur *nm* Membre d'un sénat.

sénatorial, ale, aux *a* De sénateur.

sénatus-consulte *nm* HIST Décision du sénat dans la Rome antique, sous le Consulat, l'Empire. *Des sénatus-consultes.*

séné *nm* Plante dont on extrait un laxatif.

sénéchal, aux *nm* HIST Officier royal ayant des attributions judiciaires et financières.

sénéchaussée *nf* HIST Tribunal d'un sénéchal.

seneçon *nm* Plante à petites fleurs jaunes.

sénégalais, aise *a, n* Du Sénégal.

sénescence *nf* Vieillissement des tissus et de l'organisme.

sénescent, ente *a* Atteint de sénescence.

senestre *a, nf* Vx Côté gauche.

sénevé *nm* Moutarde sauvage.

sénile *a* Atteint de sénilité.

sénilité *nf* État d'une personne âgée dont les capacités intellectuelles sont très diminuées.

senior [se-] *n* 1 Sportif de la catégorie intermédiaire entre celle des juniors et celle des vétérans. 2 Personne âgée ; retraité.

senne ou **seine** *nf* Long filet qu'on traine sur les fonds sableux.

sens *nm* 1 Faculté d'éprouver des sensations visuelles, auditives, tactiles, olfactives, gustatives. *Les organes des sens.* 2 Connaissance spontanée, intuitive. *Avoir le sens des nuances.* 3 Manière de juger, opinion. *Abonder dans le sens de qqn.* 4 Signification. *Préciser le sens d'un mot.* 5 Orientation, direction. *Scier une planche dans le sens de la longueur. Courir dans tous les sens.* **Loc** *Bon sens, sens commun :* faculté de bien juger. *Sens pratique :* habileté à résoudre les problèmes de la vie quotidienne. *Sixième sens :* intuition. *Sens dessus dessous :* de façon que ce qui devrait être dessus se trouve dessous ; dans le plus grand désordre. *Tomber sous le sens :* être évident. ■ *pl* Sexualité. *Les plaisirs des sens.*

sensass *a inv* Fam Sensationnel.

sensation *nf* 1 Ce qu'on ressent physiquement. *Une sensation de froid.* 2 Émotion, impression. *Une sensation de solitude.* **Loc** *À sensation :* destiné à attirer l'attention. *Faire sensation :* produire une vive impression sur le public, dans une assemblée, etc.

sensationnalisme *nm* Goût du sensationnel.

sensationnel, elle *a, nm* Qui fait sensation. *Une nouvelle sensationnelle.* ■ *a* Fam Extraordinaire, remarquable.

sensé, ée *a* Qui a ou dénote du bon sens.

sensément *av* De façon sensée.

sensibilisateur, trice *a* Qui provoque une sensibilisation.

sensibilisation *nf* Action de sensibiliser.

sensibiliser *vt* 1 Rendre sensible. 2 Rendre attentif, susceptible de réaction à qqch. *Sensibiliser l'opinion aux questions d'écologie.*

sensibilité *nf* 1 Caractère d'un être, d'un organisme sensible physiquement. *Sensibilité à la douleur.* 2 Caractère sensible, au point de vue affectif, esthétique, moral. 3 Propriété d'une chose sensible. *Sensibilité d'une balance.*

sensible *a* 1 Qui éprouve des sensations. 2 Qui a la propriété de réagir à certains agents extérieurs. 3 Qui devient facilement douloureux. *Point sensible.* 4 Qui ressent vivement certaines impressions morales, esthétiques. *Être sensible à la misère.* 5 Qui réagit à de légères variations (instruments, appareils). *Balance sensible.* 6 PHILO Qui peut être perçu par les sens (par oppos. à intelligible). *Le monde sensible.* 7 Perceptible, appréciable, notable. *Faire des progrès sensibles.* 8 Qui pose des problèmes de sécurité publique. *Dossier sensible.* **Loc** *Note sensible :* placée à un demi-ton au-dessous de la tonique.

sensiblement *av* 1 De façon appréciable. 2 À peu près. *Ils sont sensiblement du même âge.*

sensiblerie *nf* Sensibilité puérile, outrée.

sensitif, ive *a* Qui transmet les sensations (nerfs). ■ *a, n* Qui est d'une sensibilité extrême.

sensoriel, elle *a* Relatif aux organes des sens.

sensorimoteur, trice *a* Qui concerne la sensibilité et la motricité.

sensualisme *nm* PHILO Doctrine selon laquelle toute connaissance dérive de la sensation.

sensualiste *a, n* Adepte du sensualisme.

sensualité *nf* Caractère sensuel.

sensuel, elle *a* Agréable aux sens. ■ *a, n* Attaché aux plaisirs des sens et spécialement aux plaisirs sexuels.

sente *nf* Litt Sentier.

sentence *nf* 1 Décision, verdict. 2 Litt Maxime, précepte.

sentencieusement *av* Litt De façon sentencieuse.

sentencieux, euse *a* D'une gravité affectée ; solennel. *Ton sentencieux.*

senteur *nf* Litt Odeur, parfum.

senti, ie *a* **Loc** *Bien senti :* exprimé avec force et conviction.

sentier *nm* Chemin étroit.

sentiment *nm* 1 Tendance affective liée à des émotions, des représentations, des sensations ; état qui en résulte (désir, joie, peur, etc.). 2 État affectif d'origine morale. *Avoir le sentiment de l'honneur.* 3 Conscience, connaissance intuitive.

Avoir le sentiment de son infériorité. **4** Litt Opinion, avis. *Quel est votre sentiment sur sa conduite ?* Loc Fam *Faire du sentiment :* manifester une sentimentalité hors de propos.

sentimental, ale, aux *a* Relatif aux sentiments et spécialement à l'amour. *La vie sentimentale de qqn.* ■ *a, n* Qui a une sensibilité romanesque, souvent un peu naïve.

sentimentalement *av* De façon sentimentale.

sentimentalisme *nm* Tendance à manifester une sentimentalité excessive dans sa conduite.

sentimentalité *nf* **1** Fait d'être sentimental. **2** Caractère sentimental.

sentinelle *nf* **1** Soldat armé qui est en faction. **2** Qui guette, qui surveille.

sentir *vt* [29] **1** Éprouver une sensation physique. *Sentir une douleur. Sentir l'odeur des foins.* **2** Respirer volontairement l'odeur de. *Sentez cette rose !* **3** Révéler, trahir. *Ce texte sent l'effort.* **4** Être sensible à, percevoir intuitivement. *Sentir le ridicule de la situation.* Loc *Ne pas pouvoir sentir qqn :* avoir de l'antipathie pour lui. *Faire sentir qqch à qqn :* lui en faire prendre conscience. *Se faire sentir :* se manifester. ■ *vt, vi* **1** Exhaler une odeur. *Cela sent le brûlé.* **2** Avoir une odeur désagréable. *Cette viande commence à sentir.* ■ *vpr* Éprouver telle sensation, tel sentiment. *Se sentir en pleine forme.* Loc Fam *Ne plus se sentir :* ne plus pouvoir se contrôler.

seoir *vi* [40] Litt Aller bien à, être convenable pour. *Cette robe vous sied.* ■ *v impers* Loc Litt *Il sied de :* il est convenable, opportun de.

sep *nm* Partie de la charrue qui porte le soc.

sépale *nm* BOT Pièce du calice d'une fleur.

séparable *a* Qui peut être séparé.

séparateur, trice *a, n* Qui a la propriété de séparer. Loc PHYS *Pouvoir séparateur :* capacité d'un instrument d'optique à donner des images séparées d'objets très rapprochés.

séparation *nf* **1** Action de séparer, de se séparer. **2** Chose qui sépare un espace, un objet d'un autre. Loc DR *Séparation de corps :* suppression, par décision judiciaire, du devoir de cohabitation des époux. *Séparation de biens :* régime matrimonial permettant à chaque époux d'administrer ses biens.

séparatisme *nm* Opinion de ceux qui souhaitent une sécession politique entre leur région et l'État.

séparatiste *a, n* Qui relève du séparatisme.

séparé, ée *a* **1** Différent, distinct. **2** Se dit de personnes qui ne vivent plus ensemble.

séparément *av* À part l'un de l'autre.

séparer *vt* **1** Mettre à part, isoler d'un autre élément ou d'un ensemble. *Séparer une phrase de son contexte. Séparer des combattants.* **2** Diviser. *Séparer un appartement en deux.* **3** Être interposé entre deux choses. *Un mur qui sépare deux propriétés.* ■ *vpr* **1** S'éloigner l'un de l'autre, diverger. *Nos routes se séparent.* **2** Cesser de vivre ensemble.

sépia *nf* **1** Matière colorante d'un brun chaud. **2** Dessin, lavis exécuté avec la sépia. ■ *a inv* Qui est de cette couleur.

sépiole *nf* Petite seiche.

sépiolite *nf* Écume de mer.

sept [set] *a num* **1** Six plus un (7). **2** Septième. ■ *nm inv* Chiffre sept, nombre sept.

septante *a num* Soixante-dix (Belgique, Suisse).

septembre *nm* Neuvième mois de l'année.

septennal, ale, aux *a* **1** Qui dure sept ans. **2** Qui se produit tous les sept ans.

septennat *nm* Durée de sept ans d'une fonction (président de la République).

septentrion *nm* Litt Nord.

septentrional, ale, aux *a* Du nord.

septicémie *nf* Infection générale due à la dissémination dans le sang de germes pathogènes.

septicité *nf* MED Caractère septique.

septième [setjem] *a num* Au rang, au degré sept. *Il est arrivé septième.* ■ *a, nm* Contenu sept fois dans le tout. ■ *nf* Dernière classe de l'enseignement du premier degré.

septièmement [set-] *av* En septième lieu.

septique *a* MED Qui provoque ou peut provoquer l'infection. Loc *Fosse septique :* fosse d'aisances dans laquelle les matières organiques se décomposent par fermentation.

septuagénaire *a, n* Qui a entre soixantedix et quatre-vingts ans.

septum [-tɔm] *nm* BIOL Cloison entre deux cavités, deux parties d'un organe.

septuor *nm* **1** Composition pour sept voix ou sept instruments. **2** Ensemble de sept exécutants.

septuple *a, nm* Qui vaut sept fois autant.

septupler *vt, vi* (Se) multiplier par sept.

sépulcral, ale, aux *a* Litt Du sépulcre. Loc *Voix sépulcrale :* caverneuse.

sépulcre *nm* Litt Tombeau.

sépulture *nf* Lieu où on enterre un mort.

séquelle *nf* Trouble qui persiste après une maladie, un accident, un événement, etc.

séquençage *nm* BIOL Ordre de quatre composants de l'A.D.N.

séquence *nf* **1** Suite ordonnée d'éléments, d'opérations. **2** Suite de plans constituant une des divisions du récit cinématographique.

séquentiel, elle *a* D'une séquence. *Déroulement séquentiel.*

séquestration *nf* Action de séquestrer.

séquestre *nm* DR Remise d'une chose litigieuse à un tiers jusqu'au règlement de la contestation.

séquestrer *vt* **1** DR Mettre sous séquestre. **2** Tenir qqn enfermé arbitrairement et illégalement.

sequin *nm* Ancienne monnaie d'or de Venise.

séquoia *nm* Grand conifère de Californie.

sérac *nm* Bloc ou amas de blocs de glace dû à la fragmentation d'un glacier.

sérail *nm* **1** HIST Palais, harem d'un prince turc. **2** Milieu fermé des personnes proches du pouvoir.

séraphin *nm* RELIG Ange céleste.

séraphique *a* Litt Angélique, éthéré.

serbe *a, n* De Serbie.

serbo-croate *nm* Langue slave parlée en Serbie et en Croatie.

serein, eine *a* **1** Pur et calme. *Ciel serein.* **2** Exempt d'inquiétude. *Un esprit serein.*

sereinement *av* De façon sereine.

sérénade *nf* **1** Concert donné la nuit sous les fenêtres de qqn. **2** Composition instrumentale ou vocale en plusieurs mouvements. **3** Fam Tapage, réprimande.

sérénissime *a* Titre honorifique donné à certains princes.

sérénité *nf* Caractère serein, tranquille.

séreux, euse *a* MED Qui a les caractères de la sérosité. ■ *nf* Membrane qui tapisse les cavités de l'organisme.

serf, serve *n, a* FEOD Attaché à une terre et vivant dans la dépendance d'un seigneur.

serfouette *nf* Outil de jardinage dont le fer forme une houe d'un côté et deux dents de l'autre.

serfouir *vt* Sarcler avec une serfouette.

serge *nf* Tissu de laine sec et serré.

sergé *nm* Tissage à côtes obliques.

sergent *nm* Sous-officier du grade le plus bas (infanterie, génie, aviation, etc.).

sergent-chef *nm* Sous-officier d'un grade intermédiaire entre ceux de sergent et d'adjudant. *Des sergents-chefs.*

serial [se-] *nm* Film à épisodes. *Des serials.*

séricicole *a* De la sériciculture.

sériciculteur *nm* Spécialiste de sériciculture.

sériciculture *nf* Élevage des vers à soie.

série *nf* 1 Suite, succession de choses analogues et constituant un ensemble. 2 Catégorie ; groupe correspondant à une division ou à une sélection dans un classement. **Loc** *Série noire* : suite de malheurs, de revers. *Série télévisée* : téléfilm à épisodes. *De série* : fabriqué à de nombreux exemplaires ; de qualité médiocre. *Fabrication en série* : fabrication normalisée et en grand nombre d'un produit. *Hors série* : d'exception.

sériel, elle *a* D'une série. *Ordre sériel.* **Loc** *Musique sérielle* : variante de la musique dodécaphonique.

sérier *vt* Classer par séries, ordonner.

sérieusement *av* 1 De façon sérieuse. 2 Réellement, vraiment. *Il en a sérieusement besoin.*

sérieux, euse *a* 1 Réfléchi, digne de confiance. *Un garçon sérieux.* 2 Qui ne manifeste pas de gaieté ; grave. *Une mine sérieuse.* 3 Important, digne de considération. *Un incident sérieux.* ■ *nm* Qualité d'une personne ou d'une chose sérieuse. *Plaisanter en gardant son sérieux. Le sérieux d'une maladie.* **Loc** *Prendre au sérieux* : prendre en considération. *Se prendre au sérieux* : se croire important.

sérigraphie *nf* Procédé d'impression utilisant des écrans en tissu à mailles quadrillées.

serin *nm* 1 Petit oiseau à plumage jaune ou vert. 2 Fam Niais, nigaud.

seriner *vt* Répéter sans cesse qqch à qqn.

seringa ou **seringat** *nm* Arbrisseau à fleurs blanches odorantes.

seringue *nf* Petite pompe servant à injecter des liquides dans l'organisme, ou à en extraire, à en prélever.

serment *nm* Déclaration, promesse solennelle. *Prêter serment de dire toute la vérité.*

sermon *nm* 1 Discours religieux destiné à instruire et à exhorter les fidèles. 2 Discours ennuyeux et moralisateur.

sermonner *vt* Adresser des remontrances à.

sermonneur, euse *n, a* Qui sermonne.

sérodiagnostic *nm* MED Méthode de diagnostic fondée sur l'examen du sérum.

sérologie *nf* MED Étude des sérums, de leurs propriétés.

sérologique *a* De la sérologie.

séronégatif, ive *a* Chez qui le sérodiagnostic donne un résultat négatif.

séropositif, ive *a, n* Chez qui le sérodiagnostic donne un résultat positif, spécialement pour le virus du sida.

séropositivité *nf* Caractère séropositif.

sérosité *nf* MED Liquide analogue au sérum sanguin, qui se forme dans les séreuses.

sérothérapie *nf* MED Emploi thérapeutique d'un sérum.

sérotonine *nf* BIOL Médiateur chimique du système nerveux.

serpe *nf* Outil tranchant à large lame recourbée.

serpent *nm* Reptile au corps allongé, sans membres, qui se déplace par reptation. **Loc** Fam *Serpent de mer* : sujet de conversation qui revient de temps à autre. *Langue de serpent* : personne médisante.

serpentaire *nm* Oiseau d'Afrique qui se nourrit de serpents.

serpenteau *nm* Jeune serpent.

serpenter *vi* Former des sinuosités. *Un sentier qui serpente.*

serpentin *nm* 1 Tuyauterie sinueuse ou en hélice. 2 Petit rouleau étroit de papier, qui se déroule quand on le lance.

serpentine *nf* Roche métamorphique vert sombre.

serpette *nf* Petite serpe.

serpillière [-jɛr] *nf* Torchon fait de grosse toile, utilisé pour laver les sols.

serpolet *nm* Thym sauvage.

serpule *nf* Ver marin vivant dans un tube calcaire.

serrage *nm* Action de serrer.

serran *nm* Poisson marin très vorace.

serre *nf* 1 Abri clos à parois translucides destiné à protéger les végétaux du froid. 2 Griffe puissante des rapaces. **Loc** *Effet de serre* : réchauffement de l'atmosphère, augmenté par certains gaz.

serré, ée *a* 1 Dont les éléments sont étroitement rapprochés. *Un gazon dru et serré.* 2 Qui dénote de la rigueur. *Raisonnement serré.* 3 Gêné par les difficultés financières. **Loc** *Café serré* : café fort. ■ *av* Avec vigilance. *Jouer serré.*

serre-file *nm* Gradé placé en queue de colonne d'une troupe en marche. *Des serre-files.*

serre-fils *nm inv* ÉLECTR Pièce servant à connecter deux fils par serrage.

serre-joint *nm* Instrument assurant le serrage de pièces de bois. *Des serre-joints.*

serre-livres *nm inv* Chacun des deux objets lourds entre lesquels on maintient des livres.

serrement *nm* **Loc** *Serrement de main* : poignée de main. *Serrement de cœur* : émotion qui attriste.

serrer *vt* 1 Tenir en exerçant une pression, étreindre. *Serrer la main de qqn.* 2 Gainer trop étroitement. *Col qui serre le cou.* 3 Tirer, manœuvrer, pousser de façon à comprimer. *Serrer un nœud. Serrer un écrou. Serrer les rangs.* 4 Longer de très près. *Serrer le trottoir.* **Loc** Fam *Serrer la vis à qqn* : se montrer rigoureux, sévère à son égard. *Serrer le cœur* : attrister profondément. *Serrer les dents* : s'efforcer de résister à qqch de pénible. Fam *Serrer les boulons* : être très strict sur la discipline, les dépenses.

serre-tête nm inv Bandeau rigide qui retient la chevelure.

serriste n Qui cultive en serres.

serrure nf Dispositif qui permet de bloquer en position fermée au moyen d'une clé.

serrurerie nf Art, métier du serrurier.

serrurier nm Qui fabrique, pose, vend des serrures.

sertão [sɛʀtã] nm GEOGR Au Brésil, zone semi-aride où l'on pratique l'élevage extensif.

sertir vt 1 Enchâsser une pierre dans un chaton. 2 Assujettir une pièce métallique.

sertissage nm Action de sertir.

sertisseur, euse n Dont le métier est de sertir. ■ nm Appareil pour sertir des boîtes de conserve.

sertissure nf Manière dont une pierre précieuse est sertie.

sérum [-ʀɔm] nm 1 Partie liquide du sang, plasma débarrassé de la fibrine et de certains agents de la coagulation. 2 Produit tiré du sérum d'un animal immunisé, que l'on injecte comme vaccin. Loc *Sérum physiologique* : solution à 9 ‰ de chlorure de sodium. *Sérum de vérité* : composé barbiturique employé dans un but d'investigation psychologique.

servage nm 1 HIST État de serf. 2 Servitude, dépendance.

serval nm Petit félidé africain. *Des servals.*

servant am Loc *Cavalier, chevalier servant* : compagnon empressé d'une femme. ■ nm Artilleur chargé d'approvisionner une pièce pendant le tir.

servante nf Femme, jeune fille employée comme domestique.

serveur, euse n 1 Qui sert les repas ou les consommations, dans un restaurant, un café. 2 Qui met la balle en jeu au tennis, au volley-ball, etc. ■ nm INFORM Système de consultation à distance de banques de données.

serviabilité nf Caractère serviable.

serviable a Qui rend volontiers service.

service nm 1 Fonction de qqn qui sert une personne, une clientèle, son pays, une cause, etc. *Un chauffeur au service du directeur. Faire son service militaire.* 2 Pourcentage d'une note d'hôtel, de restaurant, destiné au personnel. *Service compris.* 3 Activité professionnelle. *Prendre son service à 8 heures.* 4 Branche d'activité d'une entreprise, d'une administration. *Le service de cardiologie d'un hôpital.* 5 Ce qu'on fait bénévolement pour être utile à qqn. *Rendre service à un voisin.* 6 Envoi, fourniture. *Faire le service d'un journal à qqn.* 7 Action de servir au tennis, au volley-ball, etc. 8 Assortiment de vaisselle, de linge de table. Loc *En service, hors service* : en état, hors d'état de fonctionner. *Service religieux* : célébration d'un office religieux. *Service d'ordre* : ensemble de personnes chargées du maintien de l'ordre. *Service funèbre* : cérémonie pour un mort. *Service public* : activité d'intérêt général assurée par un organisme ; son personnel. *Prendre son service* : commencer à travailler. ■ pl 1 Travail rémunéré. *Être satisfait des services de qqn.* 2 Activités économiques ne produisant pas directement des biens matériels.

serviette nf 1 Linge qu'on utilise à table ou pour la toilette. 2 Sac rectangulaire à rabat dans lequel on transporte des livres, des documents, etc. Loc *Serviette hygiénique* : portée par les femmes pendant leurs règles.

serviette-éponge nf Serviette de toilette en tissu-éponge. *Des serviettes-éponges.*

servile a 1 Qui s'abaisse de façon dégradante ; obséquieux. 2 Qui ne prend pas assez de liberté à l'égard d'un modèle.

servilement av Litt De façon servile.

servilité nf Litt Caractère, attitude servile.

servir vt [29] 1 Consacrer son activité à qqn, à qqch. *Servir ses amis. Servir son pays.* 2 Fournir un client. *Ce boucher nous sert bien.* 3 Présenter un mets, une boisson. *Servir un plat bien chaud.* *Servir les invités.* 4 Payer régulièrement. *Servir une rente.* 5 Mettre une pièce d'artillerie en état de fonctionner. Loc *Servir la messe* : assister le prêtre durant la messe. ■ vti, vi 1 Être utile à qqn. *Ce conseil lui a servi.* 2 Être propre, utile à qqch. *Cet outil sert à creuser.* *Ce tissu peut encore servir.* 3 Faire office de. *Ce bâton lui sert de canne.* ■ vi 1 Être militaire. 2 Mettre la balle en jeu au tennis, au volley-ball, etc. ■ vpr 1 Prendre soi-même ce qui est disponible. 2 Utiliser. *Se servir d'un couteau.*

serviteur nm Qui est au service de qqn, d'une collectivité. *Les serviteurs de l'État.* Loc *Votre serviteur* : moi qui vous parle.

servitude nf 1 État d'une personne ou d'un peuple privés de leur indépendance ; esclavage. 2 Contrainte, assujettissement.

servocommande nf Mécanisme qui fournit l'énergie nécessaire à l'action d'une commande.

servofrein nm Servocommande agissant sur les organes de freinage.

servomécanisme nm TECH Dispositif automatique de régulation d'un système.

servomoteur nm Moteur actionnant un système à régulation.

ses. V. son 1.

sésame nm 1 Plante dont les graines fournissent une huile alimentaire. 2 Ce qui permet de surmonter les obstacles, comme par enchantement.

sessile a BOT Inséré directement sur un organe, sans pédoncule.

session nf Temps pendant lequel siège une assemblée, un tribunal, un jury d'examen.

sesterce nm ANTIQ Monnaie romaine.

set nm Manche d'une partie de tennis, de tennis de table, de volley-ball. Loc *Set de table* : napperon que l'on place sous les assiettes.

setter [sɛtɛʀ] nm Grand chien d'arrêt à longs poils.

seuil nm 1 Entrée d'une maison, d'une pièce ; commencement d'un lieu. 2 GEOGR Élévation d'un terrain. 3 Valeur à partir de laquelle un phénomène se produit ; point critique. *Seuil de rentabilité.* Loc *Au seuil de* : au début de.

seul, seule a 1 Momentanément sans compagnie. *Se promener seul, tout seul.* 2 Généralement isolé, qui vit sans amis. *Il est seul au monde.* 3 Unique. *Le seul bien qui lui reste.* 4 Seulement. *Spectacle que les enfants apprécient.* Loc *Seul à seul* : en tête à tête.

seulement av 1 Sans rien de plus. *Ils sont seulement trois dans le secret.* 2 Pas avant. *Il arrive seulement demain.* 3 À l'instant, tout récemment. *Il vient seulement de partir.* **4** Toutefois, mais. *Il le savait, seulement il n'a rien dit.* **Loc** *Pas seulement :* pas même. *Sans seulement :* sans même. *Si seulement :* si au moins.

seulet, ette *a* Litt Seul.

sève *nf* **1** Liquide nourricier des végétaux. **2** Litt Force, vigueur, énergie.

sévère *a* **1** Dépourvu d'indulgence. *Un juge sévère.* **2** Dur, rigoureux. *Punition sévère. Ton sévère.* **3** Litt Sans ornements, austère. *Un style sévère.* **4** Important, grave. *Des pertes sévères.*

sévèrement *av* De façon sévère.

sévérité *nf* Caractère sévère.

sévices *nmpl* Violences corporelles, mauvais traitements.

sévir *vi* **1** Punir, réprimer avec rigueur. **2** Causer de gros dégâts, exercer une action néfaste.

sevrage *nm* **1** Remplacement progressif de l'allaitement par une alimentation plus solide. **2** Action de priver un toxicomane de drogue.

sevrer *vt* [15] **1** Procéder au sevrage. **2** Litt Priver d'un plaisir.

sèvres *nm* Porcelaine fabriquée à la manufacture nationale de Sèvres.

sexagénaire *a, n* Qui a entre soixante et soixante-dix ans.

sexagésimal, ale, aux *a* De la numération à base soixante.

sex-appeal [seksapil] *nm* Attrait sexuel qu'exerce une femme. *Des sex-appeals.*

sexe *nm* **1** Caractéristiques physiques qui permettent de différencier le mâle de la femelle, l'homme de la femme. **2** Ensemble des individus du même sexe. **3** Sexualité. **4** Organes génitaux externes. **Loc** *Le sexe fort :* les hommes. *Le sexe faible, le beau sexe :* les femmes.

sexisme *nm* Attitude de discrimination à l'encontre des femmes.

sexiste *a, n* Qui fait preuve de sexisme.

sexologie *nf* Étude de la sexualité humaine.

sexologue *n* Spécialiste de sexologie.

sex-ratio *nm inv* Rapport entre les naissances de sexe masculin et celles de sexe féminin.

sex-shop *nm* Magasin spécialisé dans la vente de publications et d'objets pornographiques. *Des sex-shops.*

sex-symbol *nm* Vedette symbolisant l'idéal sensuel. *Des sex-symbols.*

sextant *nm* Instrument de navigation utilisé pour mesurer des distances angulaires et des hauteurs d'astres au-dessus de l'horizon.

sextuor *nm* **1** Morceau écrit pour six voix ou pour six instruments. **2** Ensemble formé de six interprètes.

sextuple *a, nm* Qui vaut six fois autant.

sextupler *vt, vi* (Se) multiplier par six.

sexualité *nf* Ensemble des caractères et comportements liés au sexe, à l'instinct sexuel.

sexué, ée *a* Pourvu d'organes sexuels. **Loc** *Reproduction sexuée :* par conjonction des deux sexes.

sexuel, elle *a* Relatif au sexe, à la sexualité.

sexuellement *av* D'un point de vue sexuel.

sexy *a inv* Fam Qui a du sex-appeal.

seyant, ante *a* Qui va bien à qqn.

seychellois, oise *a, n* Des Seychelles.

sézigue *pr* Pop Soi, lui.

S.G.B.D. *nm* INFORM Abrév de *système de gestion de bases de données*, logiciel de traitement de fichiers.

shabbat [-bat] *nm* Syn de *sabbat.*

Shabouot [-buɔt] *nm* Fête juive commémorant le séjour de Moïse sur le mont Sinaï.

shah. V. schah.

shaker [ʃekœr] *nm* Récipient dans lequel on mélange les ingrédients d'un cocktail.

shakespearien, enne [ʃekspirjɛ̃] *a* Qui rappelle les tragédies de Shakespeare.

shako ou **schako** *nm* Coiffure militaire rigide, à visière, de forme tronconique.

shampoing [ʃɑ̃pwɛ̃] *nm* **1** Lavage des cheveux. **2** Produit utilisé pour ce lavage. **3** Produit de nettoyage pour moquettes.

shampouiner [ʃɑ̃pwine] *vt* Faire un shampoing à.

shampouineur, euse [ʃɑ̃pwi-] *n* Employé(e) d'un salon de coiffure qui fait les shampoings. ■ *nf* Appareil servant à nettoyer les moquettes.

shantung ou **chantoung** [ʃɑ̃tuŋ] *nm* Tissu de soie léger d'aspect irrégulier.

shekel *nm* Unité monétaire d'Israël.

shérif *nm* **1** Aux États-Unis, chef de la police d'un comté. **2** Fam Policier aux manières expéditives.

sherpa *nm* Porteur, guide de montagne, dans l'Himalaya.

sherry *nm* Nom anglais du Xérès.

shetland [ʃetlɑ̃d] *nm* **1** Laine d'Écosse. **2** Tricot fait avec cette laine.

shiatsu [ʃiatsu] *nm* Syn de *digitoponcture.*

shiitake [-ke] *nm inv* Champignon comestible à chair ferme, originaire d'Extrême-Orient.

shilling [ʃiliŋ] *nm* **1** Ancienne division (1/20) de la livre sterling. **2** Unité monétaire du Kenya, de l'Ouganda, de la Tanzanie et de la Somalie.

shilom *nm* Petite pipe utilisée pour fumer le haschich ou l'opium.

shimmy *nm* Vibration ou flottement dans le train avant d'une automobile.

shinto ou **shintoïsme** [ʃin-] *nm* Religion propre au Japon.

shintoïste *n* Qui relève du shinto.

shogoun *nm* HIST Chef militaire et civil du Japon, de 1192 à 1868.

shogounal, ale, aux *a* HIST Du shogoun.

shoot [ʃut] *nm* Au football, coup de pied sec et puissant donné dans le ballon.

shooter [ʃute] *vi* Faire un shoot, au football. ■ *vpr* Pop S'injecter des stupéfiants.

shopping [ʃɔpiŋ] *nm* **Loc** *Faire du shopping :* courir les magasins.

short [ʃɔrt] *nm* Culotte courte portée pour faire du sport, en vacances, etc.

shosha *nf* Société de commerce japonaise.

show [ʃo] *nm* Spectacle de variétés.

show-business [ʃobiznɛs] ou **showbiz** [ʃobiz] *nm inv* Industrie du spectacle.

show-room [ʃorum] *nm* Stand d'exposition ouvert par un industriel. *Des show-rooms.*

shunt [ʃœ̃t] *nm* ELECTR Résistance placée en dérivation entre les bornes d'une portion de circuit.

shunter [ʃœ̃te] *vt* ELECTR Monter en dérivation.

1. si *conj* **1** Au cas où, en admettant que. *Si la pluie cesse, j'irai me promener. Si c'était vrai, on le saurait.* **2** Bien que, sans doute... (mais...).

Si c'est difficile, ce n'est quand même pas impossible. **3** Exprime une suggestion, un souhait. *Si on y allait ? Si cela pouvait être vrai ! Loc Si ce n'est (que)* : sauf (que), excepté (que). *Si tant est que* : même en admettant que. ■ *av* **1** Exprime l'affirmation en réponse à une phrase négative. *Ça ne t'intéresse pas ? - Si !* **2** Tellement. *Il était si fatigué qu'il s'est endormi.* **3** Aussi, à ce point. *Je n'avais jamais rien vu de si beau. Loc Si bien que* : de sorte que. **2. si** *nm inv* Septième note de la gamme.

siamois, oise *a, n* Du Siam. *Loc Chat siamois* : chat aux yeux bleus et au pelage beige et brun. *Frères siamois, sœurs siamoises* : jumeaux, jumelles attachés l'un à l'autre par une partie du corps.

sibérien, enne *a, n* De Sibérie.

sibilant, ante *a* MED Qui produit un sifflement.

sibylle *nf* ANTIQ Femme qui passait pour avoir reçu d'Apollon le don de prédire l'avenir.

sibyllin, ine *a* Litt Énigmatique, ambigu.

sic *av* Se met entre parenthèses à la suite d'un passage pour indiquer qu'il a été cité textuellement.

sicaire *nm* Litt Assassin à gages.

sicav *nf inv* Société d'investissement à capital variable gérant un portefeuille de valeurs mobilières.

siccatif, ive *a, nm* Qui facilite le séchage d'une peinture.

sicilien, enne *a* De Sicile. ■ *nf* Danse en vogue au XVIIIe s.

sida *nm* État pathologique dû à un effondrement des défenses immunitaires, causé par un agent viral transmissible par voie sanguine ou sexuelle.

side-car *nm* Véhicule composé d'une petite nacelle munie d'une roue, fixée sur le côté d'une motocyclette. *Des side-cars.*

sidéen, enne *a, n* Atteint du sida.

sidéral, ale, aux *a* Relatif aux astres.

sidérant, ante *a* Fam Stupéfiant.

sidérer *vt* [12] Fam Stupéfier, étonner fortement.

sidérose *nf* Affection résultant de l'inhalation prolongée de poussières de fer.

sidérurgie *nf* Métallurgie du fer ; production de la fonte et de l'acier.

sidérurgique *a* De la sidérurgie.

sidérurgiste *n* Qui travaille dans la sidérurgie.

sidologue *n* Spécialiste du sida.

siècle *nm* **1** Durée de cent ans. **2** Durée de cent ans comptée à partir du début d'une ère. *Le troisième siècle après Jésus-Christ.* **3** Période historique marquée par tel événement, tel personnage. *Le siècle de Louis XIV.* **4** Fam Très longue période.

siège *nm* **1** Meuble fait pour s'asseoir. **2** Place, fonction dans une assemblée d'élus. **3** Fesses. *Bain de siège.* **4** Lieu où réside une autorité, une administration. *Siège d'un tribunal. Siège social d'une société.* **5** Endroit d'où part, où se fait sentir un phénomène. *Le siège d'une douleur.* **6** Opération militaire visant à prendre une place forte. *Loc État de siège* : régime exceptionnel sous lequel l'armée assume le maintien de l'ordre. *Siège social* : domicile légal d'une société.

siéger *vi* [13] **1** Tenir séance. **2** Avoir un siège dans une assemblée. **3** Se situer, se localiser.

siemens [simɛns] *nm* Unité de mesure de la conductance électrique.

sien, sienne *a poss* Litt Qui est à lui, à elle. *Un sien cousin.* ■ *pr poss* Ce qui lui appartient. *Ce livre, c'est le sien.* ■ *n Loc Y mettre du sien* : faire des efforts. *Fam Faire des siennes* : des sottises. ■ *nmpl* Les membres de sa famille, ses amis.

sierra *nf* GEOGR Chaîne de montagnes.

sierra-léonais, aise *a, n* De la Sierra Leone.

sieste *nf* Repos pris après le repas de midi.

sieur *nm* DR Monsieur. *Le sieur X.*

sievert [sivœrt] *nm* Unité de mesure de radioactivité.

sifflant, ante *a* Qui produit un sifflement.

sifflement *nm* Son produit par qqn ou par qqch qui siffle.

siffler *vi* Produire un son aigu, en chassant l'air par une ouverture étroite (dents, lèvres, sifflet, etc.). ■ *vt* **1** Moduler un air en sifflant. **2** Appeler en sifflant. **3** Conspuer, huer par des sifflets. **4** Indiquer par un coup de sifflet. **5** Fam Avaler d'un trait.

sifflet *nm* **1** Petit instrument avec lequel on siffle. **2** Marque de désapprobation faite en sifflant. *Loc Fam Couper le sifflet à qqn* : l'interloquer. TECH *En sifflet* : obliquement.

siffleur, euse *a, n* Qui siffle.

sifflotement *nm* Action de siffloter.

siffloter *vi, vt* Siffler doucement.

sigillé, ée *a* Marqué d'un sceau.

sigillographie *nf* Science des sceaux.

siglaison *nf* Formation des sigles.

sigle *nm* Ensemble de lettres initiales servant d'abréviation (ex. : O.N.U., pour *Organisation des Nations unies*).

sigma *nm* Lettre de l'alphabet grec, correspondant à *s*.

signal, aux *nm* **1** Signe convenu utilisé pour servir d'avertissement, provoquer un comportement, transmettre une information. *Au signal, les coureurs s'élancent. Les signaux du code de la route.* **2** Fait qui annonce une chose ou la détermine. *Loc Donner le signal de* : déclencher.

signalé, ée *a* Litt Remarquable.

signalement *nm* Description des caractères physiques de qqn.

signaler *vt* **1** Annoncer par un signal, par des signaux. **2** Appeler l'attention sur, faire remarquer. **3** Mentionner, indiquer. ■ *vpr* Se faire remarquer par sa conduite.

signalétique *a* Qui donne un signalement. *Fiche signalétique.* ■ *nf* Ensemble des moyens de signalisation équipant un lieu.

signalisation *nf* **1** Utilisation de signaux. **2** Ensemble des signaux par lesquels la circulation est réglée.

signaliser *vt* Pourvoir d'une signalisation.

signataire *n* Qui a signé qqch.

signature *nf* **1** Nom d'une personne, écrit de sa main, comme témoignage d'authenticité, de responsabilité. **2** Action de signer. *La signature d'un traité.*

signe *nm* **1** Chose qui est l'indice d'une autre. *La fièvre est le signe d'une infection.* **2** Ce qui permet de reconnaître, de distinguer. **3** Geste, expression qui permet de faire connaître qqch à qqn. **4** Ce qui est utilisé conventionnellement pour représenter, noter. *Signes de ponctuation. Loc Ne pas donner signe de vie* : ne donner

signer

aucune nouvelle. *Être sous le signe de :* être marqué par. *Les signes du zodiaque :* les douze divisions du zodiaque.
signer *vt* Revêtir de sa signature, authentifier de son nom. *Signer une lettre. Signer un roman.* ■ *vpr* Faire le signe de la croix.
signet *nm* Petit ruban fixé au dos d'un livre, qui sert à marquer une page.
signifiant, ante *a* Chargé de sens. ■ *nm* LING Forme concrète du signe linguistique.
significatif, ive *a* **1** Qui exprime qqch nettement, précisément ; révélateur. **2** Important, marquant. *Jouer un rôle significatif.*
signification *nf* **1** Ce que signifie une chose, un mot. **2** DR Notification d'un acte, d'un jugement à qqn, par les voies légales.
significativement *av* De façon significative.
signifié *nm* LING Contenu du signe linguistique, manifesté concrètement par le signifiant.
signifier *vt* **1** Avoir pour sens, vouloir dire. **2** Notifier qqch à qqn de façon expresse ou par voie de droit. *Signifier son congé à qqn.*
sikh, sikhe *a, n* Adepte du sikhisme.
sikhisme *nm* Secte religieuse indienne.
silence *nm* **1** Fait de se taire, de s'abstenir de parler. **2** Absence de bruit. *Le silence de la nuit.* **3** MUS Interruption du son d'une durée déterminée ; signe graphique qui indique cette interruption. **Loc** *Passer qqch sous silence :* ne pas en parler.
silencieusement *av* De façon silencieuse.
silencieux, euse *a* **1** Où on n'entend aucun bruit. *Un endroit très silencieux.* **2** Qui a lieu, qui se fait sans bruit ; qui fonctionne sans bruit. *Moteur silencieux.* **3** Qui garde le silence, qui s'abstient de parler. ■ *nm* Dispositif conçu pour amortir le bruit d'une arme à feu, d'un moteur à explosion.
silène *nm* **1** Plante herbacée ornementale au calice en forme d'outre. **2** Nom d'un papillon.
silex *nm* Roche siliceuse très dure.
silhouette *nf* **1** Dessin au trait réduit à un contour. **2** Aspect général que la corpulence et le maintien donnent au corps. **3** Forme vague de qqn, de qqch.
silicate *nm* Minéral constituant essentiel des roches magmatiques et métamorphiques.
silice *nf* Oxyde de silicium présent dans de très nombreux minéraux.
siliceux, euse *a* Formé de silice.
silicicole *a* BOT Qui pousse sur les terrains siliceux.
silicium [-sjɔm] *nm* Corps simple utilisé notamment dans des alliages et en électronique.
silicone *nf* Matière plastique dérivée du silicium.
silicose *nf* Maladie professionnelle due à l'inhalation de poussières de silice.
silicosé, ée *a, n* Atteint de silicose.
silique *nf* BOT Fruit sec des crucifères, qui s'ouvre à maturité.
sillage *nm* Trace qu'un navire en marche laisse derrière lui à la surface de l'eau. **Loc** *Marcher dans le sillage de qqn :* suivre son exemple.
sillet *nm* MUS Petit morceau de bois ou d'ivoire qui supporte les cordes des instruments à cordes.
sillon *nm* **1** Longue tranchée tracée par le soc de la charrue. **2** Rainure. **3** Piste d'un disque.
sillonner *vt* Parcourir en tous sens. *Des patrouilles sillonnent la région.*
silo *nm* **1** Réservoir servant à conserver des produits agricoles. **2** Construction souterraine abritant des missiles.
silotage *nm* Syn de *ensilage.*
silure *nm* Poisson dont la tête porte de longs barbillons. Syn. poisson-chat.
silurien *nm* GEOL Période de l'ère primaire.
simagrées *nfpl* Manières affectées.
simien, enne *a* Qui concerne le singe. ■ *nm* ZOOL Mammifère primate, tel que le singe.
simiesque *a* Qui rappelle le singe.
similaire *a* Semblable, analogue.
similarité *nf* Caractère similaire.
simili *nm* Imitation d'une matière.
similigravure *nf* Procédé de photogravure.
similitude *nf* Rapport qui unit des choses semblables ; analogie.
simonie *nf* RELIG Trafic de biens spirituels (sacrements, dignités, etc.).
simoun *nm* Vent brûlant du désert.
simple *a* **1** Qui n'est pas composé de parties, d'éléments divers. **2** Qui est seulement cela. *Une simple lettre vous suffira.* **3** Facile à comprendre, à employer, à exécuter. *Un appareil très simple.* **4** Qui est dénué d'ornements, de fioritures, sans luxe. *Une maison toute simple.* **5** Qui agit sans vanité, sans ostentation. *Il est resté très simple.* **6** Naïf, crédule, qui se laisse facilement abuser. **Loc** Fam *Simple comme bonjour :* extrêmement simple. *Simple particulier :* personne quelconque, sans fonction officielle. ■ *n* **Loc** *Simple d'esprit :* dont l'intelligence est débile. ■ *nm* **Loc** *Du simple au double :* dans la proportion de 1 à 2. ■ *pl* BOT Plantes médicinales.
simplement *av* De façon simple. **Loc** *Purement et simplement :* sans réserve et sans condition.
simplet, ette *a* Fam D'une simplicité niaise.
simplicité *nf* Caractère simple.
simplificateur, trice *a* Qui simplifie.
simplification *nf* Action de simplifier.
simplifier *vt* Rendre plus simple ; faciliter.
simplisme *nm* Caractère simpliste.
simpliste *a, n* Qui simplifie à l'excès.
simulacre *nm* Apparence qui se donne pour une réalité ; action simulée.
simulateur, trice *n* Qui simule. ■ *nm* Appareil, installation qui permet de simuler une situation, un phénomène.
simulation *nf* **1** Action de simuler. **2** Établissement d'un modèle mathématique destiné à l'étude d'un système.
simuler *vt* **1** Faire paraître comme réelle une chose qui ne l'est pas. *Simuler la folie.* **2** TECH Procéder à la simulation de. *Simuler un vol spatial.*
simulie *nf* Moustique tropical, vecteur de graves maladies parasitaires.
simultané, ée *a* Qui se produit en même temps. *L'arrivée simultanée de deux bateaux.*
simultanéité *nf* Caractère simultané ; existence simultanée de plusieurs choses.
simultanément *av* En même temps.
sinanthrope *nm* PALEONT Fossile hominien, appelé aussi *homme de Pékin.*
sinapisme *nm* MED Cataplasme à base de farine de moutarde.

sincère *a* **1** Qui exprime ses pensées, ses sentiments sans les déguiser. **2** Réellement pensé ou senti. *Sentiments, paroles sincères.*

sincèrement *av* De façon sincère.

sincérité *nf* Caractère sincère.

sinécure *nf* Place qui procure des ressources sans exiger beaucoup de travail. Loc *Fam Ce n'est pas une sinécure :* ce n'est pas facile.

sine die [sinedje] *av* Sans fixer de date.

sine qua non [sinekwanɔn] *a inv* Loc *Condition sine qua non :* obligatoire, indispensable.

singapourien, enne *a, n* De Singapour.

singe *nm* **1** Mammifère primate anthropoïde à la face glabre, aux pieds et aux mains préhensiles. **2** Qui imite les gestes, les mimiques, les attitudes d'un autre. **3** Pop Patron. Loc *Payer en monnaie de singe :* en paroles creuses.

singer *vt* [11] Imiter, contrefaire.

singerie *nf* **1** Grimace, tour de malice. **2** Cage des singes, dans une ménagerie.

single [singœl] *nm* **1** Cabine, chambre, compartiment occupés par une seule personne. **2** Disque ne comportant qu'un seul morceau par face.

singleton *nm* Au bridge, carte seule de sa couleur dans la main d'un joueur.

singulariser *vt* Rendre singulier, extraordinaire. ■ *vpr* Se faire remarquer.

singularité *nf* **1** Fait d'être singulier, unique, irremplaçable. **2** Chose, manière singulière.

singulier, ère *a* **1** Individuel, qui distingue des autres. **2** Bizarre, étonnant. *Un détail singulier.* Loc *Combat singulier :* qui oppose un seul adversaire à un seul autre. ■ *nm* Catégorie grammaticale qui exprime l'unité. Ant. pluriel.

singulièrement *av* **1** Particulièrement, principalement. **2** Beaucoup, extrêmement. *Il est singulièrement déçu.*

sinisant, ante *a, n* Sinologue.

sinisation *nf* Action de siniser.

siniser *vt* Faire adopter la civilisation, la langue, les mœurs chinoises à.

sinistre *a* **1** Qui fait craindre quelque malheur. *Un sinistre présage.* **2** Lugubre ; très ennuyeux. *Un quartier sinistre. Une soirée sinistre.* ■ *nm* **1** Catastrophe qui cause des pertes considérables. **2** DR Tout dommage qui entraîne une indemnisation. *Règlement d'un sinistre.*

sinistré, ée *a, n* Victime d'un sinistre.

sinistrose *nf* Fam Pessimisme excessif.

sinologie *nf* Étude de la langue, de la culture et de l'histoire de la Chine.

sinologue *n* Spécialiste de sinologie.

sinon *conj* **1** Autrement, sans quoi. *N'insistez pas, sinon il se fâchera.* **2** Si ce n'est ; sauf. *Il ne lit rien, sinon son journal.* **3** Peut-être même. *Il était l'un des rares, sinon le seul, à savoir cela.*

sinoque *a, n* Fam Fou.

sinueux, euse *a* **1** Qui forme des courbes nombreuses. *Sentier sinueux.* **2** Qui procède par détours, tortueux. *Une approche sinueuse.*

sinuosité *nf* Chacune des courbes d'une ligne sinueuse.

sinus [sinys] *nm* **1** ANAT Cavité irrégulière à l'intérieur de certains os du crâne et de la face. **2** MATH Valeur d'un angle d'un triangle rectangle définie par le rapport entre le côté opposé à cet angle et l'hypoténuse.

sinusite *nf* Atteinte inflammatoire ou infectieuse des muqueuses des sinus de la face.

sinusoïdal, ale, aux *a* GEOM En forme de sinusoïde.

sinusoïde *nf* GEOM Ligne continue constituée par des courbes régulièrement inversées.

sionisme *nm* Mouvement de restauration d'un État juif indépendant en Palestine.

sioniste *a, n* Qui relève du sionisme.

siphon *nm* **1** Tube recourbé permettant de transvaser un liquide d'un niveau donné à un niveau inférieur. **2** Dispositif intercalé entre un appareil sanitaire et son tuyau de vidange. **3** En spéléologie, galerie ou boyau inondé. **4** Bouteille munie d'un bouchon mécanique à levier et contenant de l'eau gazéifiée sous pression.

siphonné, ée *a* Pop Un peu fou.

siphonner *vt* Transvaser un liquide au moyen d'un siphon.

sire *nm* Titre que l'on donne à un souverain lorsqu'on s'adresse à lui. Loc *Fam Un triste sire :* un individu peu estimable.

sirène *nf* **1** Être mythique constitué d'un buste de femme et d'une queue de poisson. **2** Appareil de signalisation sonore.

sirénien *nm* ZOOL Mammifère aquatique, tel que le dugong, le lamantin.

sirocco *nm* Vent chaud et sec, qui souffle du Sahara sur l'Algérie, la Tunisie, la Sicile.

sirop *nm* Solution concentrée de sucre et additionnée ou non de substances aromatiques ou médicamenteuses.

siroter *vt, vi* Fam Boire à petites gorgées, en prenant son temps.

sirupeux, euse *a* **1** Qui a la consistance du sirop ; visqueux. **2** Fam Douceur mièvre.

sis, sise *a* DR ou litt Situé. *Hôtel sis à Lyon.*

sisal *nm* **1** Agave fournissant une fibre textile. **2** Cette fibre elle-même.

sismicité *nf* GEOL Fréquence et intensité des séismes dans une région donnée.

sismique *a* Relatif aux séismes.

sismogramme *nm* Courbe fournie par un sismographe.

sismographe *nm* Appareil enregistrant les mouvements sismiques.

sismologie *nf* GEOL Étude des séismes.

sismologue *nm* Spécialiste de sismologie.

sismothérapie *nf* MED Syn de *électrochoc.*

sistre *nm* Instrument de musique constitué d'un cadre supportant des tiges qui s'entrechoquent.

sitar *nm* Instrument de musique à cordes pincées, originaire du nord de l'Inde.

sitcom *nm* Téléfilm inspiré de situations tirées de la vie quotidienne.

site *nm* **1** Lieu, tel qu'il s'offre aux yeux de l'observateur ; paysage pittoresque. **2** Emplacement affecté à tel usage. *Site industriel.*

sit-in [sitin] *nm inv* Manifestation non violente dans laquelle les participants occupent un endroit public en s'asseyant par terre.

sitôt *av* Aussitôt. *Sitôt dit, sitôt fait. Sitôt qu'il partira.* Loc *Pas de sitôt :* pas avant longtemps.

situation *nf* **1** Position, emplacement d'une ville, d'une maison, d'un terrain. **2** Ensemble des conditions dans lesquelles se trouve qqn à un moment donné. *Situation pécuniaire, familiale.* **3** Emploi, profession. **4** État des affaires ; conjoncture. *La situation politique.* **5** Moment important de l'action, dans une œuvre littéraire. Loc *En situation :* dans des conditions proches de la réalité.

situé, ée *a* Placé à tel endroit, de telle façon. *Une maison mal située.*

situer *vt* Déterminer la place de qqch, de qqn, dans l'espace, dans le temps, dans un ensemble. *Où situez-vous cette ville?*

sivaïsme ou **shivaïsme** *nm* Secte hindouiste vénérant le dieu Siva.

six *a num* **1** Cinq plus un (6). **2** Sixième. *Charles VI.* ∎ *nm inv* Chiffre, nombre six.

six-huit *nm* MUS Mesure à deux temps ayant la noire pointée pour unité de temps.

sixième *a num* Au rang, au degré six. ∎ *a, nm* Contenu six fois dans le tout. ∎ *nf* Première classe de l'enseignement secondaire.

sixièmement *av* En sixième lieu.

six-quatre-deux (à la) *av* Fam Sans soin.

sixte *nf* MUS Intervalle de six degrés.

sizain *nm* LITTER Strophe de six vers construite sur deux ou trois rimes.

skaï [skaj] *nm* (n déposé) Matière synthétique imitant le cuir.

skate-board [sketbɔʀd] *nm* Planche à roulettes. *Des skate-boards.*

skating [sketiŋ] *nm* Patinage à roulettes.

sketch [skɛtʃ] *nm* Petite scène, généralement gaie.

ski *nm* **1** Long patin de bois, de fibre de verre, etc., utilisé pour glisser sur la neige, sur l'eau. **2** Sport pratiqué sur skis. *Faire du ski.*

skiable *a* Où on peut skier.

skier *vi* Aller à skis, pratiquer le ski.

skieur, euse *n* Qui pratique le ski.

skiff *nm* Bateau de course, long et très étroit, pour un seul rameur.

skinhead [skinɛd] ou **skin** [skin] *nm* Marginal agressif et xénophobe, au crâne rasé.

skipper [skipœʀ] *nm* **1** Chef de bord d'un yacht. **2** Barreur d'un bateau à voile de régate.

skunks. V. sconce.

slalom [-lɔm] *nm* **1** Descente à skis sur un parcours sinueux jalonné de piquets. **2** Tout parcours sinueux.

slalomer *vi* Faire un slalom.

slalomeur, euse *n* Qui pratique le slalom.

slang *nm* Argot anglais.

slave *a, n* Qui appartient aux peuples de même famille linguistique habitant l'Europe centrale et orientale. ∎ *nm* Langue indoeuropéenne qui s'est diversifiée en plusieurs langues (russe, polonais, ukrainien, tchèque, bulgare, serbo-croate, etc.).

slavisant, ante *n* Spécialiste des langues slaves.

slavon *nm* Langue liturgique des Slaves orthodoxes.

slavophile *a, n* HIST En Russie, partisan de la tradition.

slip *nm* Culotte très courte et ajustée servant de sous-vêtement ou pour le bain.

slogan *nm* Formule brève et frappante utilisée dans la publicité, la propagande politique, etc.

sloop [slup] *nm* Bateau à voiles à un mât, avec un seul foc à l'avant.

sloughi *nm* Lévrier d'Afrique à poil ras.

slovaque *a, n* De Slovaquie. ∎ *nm* Langue slave de Slovaquie.

slovène *a, n* De Slovénie. ∎ *nm* Langue slave de Slovénie.

slow [slo] *nm* Danse sur une musique lente.

smala ou **smalah** *nf* **1** HIST Ensemble des personnes et du matériel suivant un chef arabe. **2** Fam Famille nombreuse.

smash [smaʃ] *nm* Coup violent qui rabat au sol une balle haute (tennis, volley-ball).

smasher [smaʃe] *vi* Faire un smash.

S.M.I.C. *nm* Salaire minimum interprofessionnel de croissance.

smicard, arde *n* Fam Payé au S.M.I.C.

smocks *nmpl* COUT Fronces à plusieurs rangs rebrodées sur l'endroit.

smog *nm* Brouillard épais et mêlé de fumée.

smoking [-kiŋ] *nm* Costume habillé d'homme, comportant une veste à revers de soie.

snack-bar ou **snack** *nm* Café-restaurant à service rapide. *Des snack-bars.*

sniffer *vt* Pop Priser un stupéfiant en poudre.

snob *n, a* Qui affecte ostensiblement des manières jugées distinguées, à la mode.

snober *vt* Traiter de haut, avec mépris.

snobinard, arde *n, a* Fam Snob.

snobisme *nm* Attitude d'un snob.

snow-boot [snobut] *nm* Chaussure de caoutchouc qu'on peut mettre par-dessus ses chaussures. *Des snow-boots.*

soap-opera [sopɔpeʀa] *nm* Feuilleton télévisé à épisodes multiples. *Des soap-operas.*

sobre *a* **1** Tempérant dans le boire et le manger. **2** Litt Qui fait preuve de discrétion, de retenue. **3** Sans fioritures ; dépouillé.

sobrement *av* Avec sobriété.

sobriété *nf* **1** Frugalité, tempérance, discrétion. **2** Modération.

sobriquet *nm* Surnom familier.

soc *nm* Fer d'une charrue, qui creuse un sillon.

sociabilité *nf* Caractère sociable.

sociable *a* Ouvert et accommodant.

social, ale, aux *a* **1** Qui vit en société. *Insectes sociaux.* **2** Qui concerne la vie en société, son organisation. *Morale sociale. Classes sociales.* **3** Relatif au monde du travail. *Conflits sociaux.* **4** Qui vise à l'amélioration des conditions de vie. *Logements sociaux.* **5** Relatif à une société commerciale. *Raison sociale.* Loc *Sciences sociales* : sociologie, droit, économie, etc. *Travailleurs sociaux* : chargés de venir en aide aux membres d'une collectivité.

social-démocrate *a, n* Qui relève de la social-démocratie. *Des sociaux-démocrates.*

social-démocratie *nf* Courant politique partisan d'un socialisme réformiste. *Des social-démocraties.*

socialement *av* Du point de vue social.

socialisant, ante *a* De tendance socialiste.

socialisation *nf* **1** Apprentissage de la vie de groupe par l'enfant. **2** Appropriation des moyens de production par la collectivité.

socialiser *vt* Réaliser la socialisation de.

socialisme *nm* **1** Doctrine économique et politique préconisant la disparition de la propriété privée des moyens de production et l'appropriation de ceux-ci par la collectivité. **2** Ensemble des doctrines, des partis de la gauche non marxiste.

socialiste *a, n* Qui relève du socialisme.

sociétaire *a, n* Qui fait partie de certaines sociétés ou associations.

société *nf* **1** État des êtres qui vivent en groupe organisé. *La vie en société.* **2** Ensemble d'individus unis au sein d'un même groupe par des institutions, une culture, etc. **3** Réunion de personnes qui s'assemblent pour le plaisir, la conversation, le jeu. **4** Groupe, régi par des statuts, de personnes réunies par des intérêts communs d'ordre économique, culturel, etc.

socioculturel, elle *a* Qui concerne une société et la culture qui lui est propre.

sociodrame *nm* Psychodrame collectif.

socioéconomique *a* Qui concerne le domaine social et le domaine économique.

socioéducatif, ive *a* Des phénomènes sociaux en relation avec l'enseignement.

sociolinguistique [-gyis-] *nf* Étude de la langue dans ses relations avec la société.

sociologie *nf* Étude des phénomènes sociaux.

sociologique *a* De la sociologie.

sociologisme *nm* Tendance à faire prévaloir le point de vue sociologique.

sociologue *n* Spécialiste de sociologie.

sociométrie *nf* Étude et mesure des relations entre les membres d'un groupe social.

sociopathe *n* Malade mental.

socioprofessionnel, elle *a* Qui concerne le groupe professionnel dans la société. ■ *a, n* Élu ou responsable dans un syndicat, une chambre de métiers, etc.

sociothérapie *nf* Thérapie de groupe.

socle *nm* Base sur laquelle repose un édifice, une colonne, une statue, etc.

socque *nm* Chaussure à semelle de bois.

socquette *nf* Chaussette très courte.

socratique *a* Relatif à Socrate, à sa pensée.

soda *nm* Boisson gazeuse ordinairement aromatisée aux fruits.

sodé, ée *a* Qui contient de la soude ou du sodium.

sodique *a* De la soude ou du sodium.

sodium [-djɔm] *nm* Métal blanc, abondant dans la nature sous forme de chlorure.

sodomie *nf* Pratique du coït anal.

sodomiser *vt* Se livrer à la sodomie sur qqn.

sodomite *nm* Qui pratique la sodomie.

sœur *nf* **1** Celle qui est née de même père et de même mère qu'une autre personne. **2** Titre donné aux religieuses dans certains ordres. **Loc** *Fam Bonne sœur* : religieuse.

sœurette *nf* Petite sœur (terme d'affection).

sofa *nm* Lit de repos à trois appuis pouvant être utilisé comme siège.

software [sɔftwɛr] ou **soft** *nm* En informatique et en audiovisuel, industrie des programmes. Ant. hardware.

soi *pr pers* Pronom des deux genres et des deux nombres, représentant le plus souvent un sujet indéterminé. *Chacun pense à soi.* **Loc** *À part soi* : dans son for intérieur. *Chez soi* : dans sa demeure. *Sur soi* : sur sa personne. *En soi* : en ne considérant que la chose elle-même.

soi-disant *av inv* Qui se dit tel ou telle. *De soi-disant savants.* ■ *av* Prétendument. *Il est venu, soi-disant pour la distraire.*

soie *nf* **1** Substance sécrétée et filée par les chenilles du bombyx du mûrier, dites *vers à soie.* **2** Fibre textile souple et brillante tirée de cette substance. **3** Poil long et rude de certains mammifères (porc, sanglier). **Loc** *Papier de soie* : papier mince, translucide et brillant.

soierie *nf* **1** Étoffe de soie. **2** Industrie, commerce de la soie.

soif *nf* **1** Désir de boire. **2** Désir avide. *La soif des honneurs.* **Loc** *Fam Jusqu'à plus soif* : à satiété.

soiffard, arde *n* Pop Qui a toujours envie de boire de l'alcool.

soignant, ante *a, n* Qui soigne. *Personnel soignant d'un hôpital.*

soigner *vt* **1** Exécuter, traiter avec soin, application. *Soigner son style.* **2** Administrer des soins médicaux à, traiter. *Soigner un malade.*

soigneur *nm* Qui soigne, masse un athlète, un sportif.

soigneusement *av* Avec soin.

soigneux, euse *a* **1** Qui apporte soin et attention à ce qu'il fait ; attentif. **2** Fait avec soin, précision.

soin *nm* **1** Attention, application que l'on met à faire qqch. *Travailler avec soin.* **2** Charge, devoir de s'occuper de qqch ou de qqn. *Il lui a laissé le soin de ses affaires.* **Loc** *Prendre soin de* : être attentif à, bien veiller à, sur. ■ *pl* Actions, moyens visant à l'entretien du corps et de la santé, ou au rétablissement de celle-ci. **Loc** *Être aux petits soins pour qqn* : avoir pour lui des attentions délicates. *Aux bons soins de* : formule utilisée pour que la personne mentionnée transmette la lettre au destinataire.

soir *nm* Dernières heures du jour ; tombée de la nuit. **Loc** Litt *Le soir de la vie* : la vieillesse.

soirée *nf* **1** Espace de temps compris entre le déclin du jour et le moment où l'on se couche. **2** Assemblée, réunion qui a lieu le soir. **3** Séance de spectacle donnée le soir.

soit *conj* **1** À savoir, c'est-à-dire. *Trois objets à 10 francs, soit 30 francs.* **2** Exprime une supposition, une hypothèse. *Soit un triangle rectangle.* **3** Exprime une alternative. *Soit l'un, soit l'autre.* ■ *av* Bien, admettons. *Vous partez ? Soit, mais soyez prudents.*

soixantaine *nf* **1** Nombre de soixante ou environ. **2** Âge de soixante ans.

soixante *a num* **1** Six fois dix (60). **2** Soixantième. *La page soixante.* ■ *nm inv* Nombre soixante.

soixante-dix *a num* **1** Sept fois dix (70). **2** Soixante-dixième. ■ *nm* Nombre soixante-dix.

soixante-dixième *a num* Au rang, au degré soixante-dix. ■ *a, nm* Contenu soixante-dix fois dans le tout.

soixante-huitard, arde *a, n* Qui a participé aux événements de mai 1968.

soixantième *a num* Au rang, au degré soixante. ■ *a, nm* Contenu soixante fois dans le tout.

soja *nm* Plante grimpante originaire d'Extrême-Orient, à graine oléagineuse.

1. sol *nm inv* Cinquième note de la gamme.

2. sol *nm* **1** Surface sur laquelle on se tient, on marche, on bâtit, etc. *Coucher sur le sol.* **2** Terrain considéré quant à sa nature ou à ses qualités productives.

3. sol *nm* Unité monétaire du Pérou.

solaire *a* **1** Relatif au Soleil. **2** Qui est dû au Soleil, à ses rayonnements. *Chaleur solaire.* **3** Qui protège du soleil. *Crème solaire.*

solanacée ou **solanée** *nf* BOT Plante dicotylédone, telle que la pomme de terre, la tomate.

solarium [-rjɔm] *nm* Lieu où l'on prend des bains de soleil.

soldat *nm* **1** Homme qui sert dans une armée ; militaire. **2** Militaire non gradé des armées de terre et de l'air ; homme de troupe.

soldatesque *nf* Litt Soldats brutaux et indisciplinés.

1. solde *nf* Rémunération versée aux militaires. **Loc** *Être à la solde de qqn* : être payé et dirigé par lui.

2. solde *nm* 1 Différence entre le débit et le crédit d'un compte. *Solde débiteur, créditeur.* 2 Ce qui reste à payer. ■ *pl* Articles vendus au rabais.

solder *vt* 1 Acquitter entièrement un compte en payant ce qui reste dû. 2 Vendre en solde. ■ *vpr* Avoir pour résultat final. *La campagne se solda par un échec.*

solderie *nf* Magasin spécialisé dans la vente de marchandises soldées.

soldeur, euse *n* Personne qui fait commerce d'articles en solde.

1. sole *nf* 1 ZOOL Partie cornée formant le dessous du sabot des ongulés. 2 Pièce de bois d'une charpente, posée à plat et servant d'appui. 3 Partie horizontale d'un four. 4 Partie d'un domaine cultivé soumise à l'assolement.

2. sole *nf* Poisson de forme aplatie, à chair très estimée.

solécisme *nm* GRAM Faute de syntaxe.

soleil *nm* 1 (avec majusc) Astre qui produit la lumière du jour. 2 Rayonnement, chaleur, lumière du Soleil. *Il fait soleil. S'exposer au soleil.* 3 Grande fleur à pétales jaune d'or, appelée aussi *hélianthe.* 4 Grand tour exécuté le corps droit et les bras tendus, à la barre fixe. 5 Pièce d'artifice tournante. **Loc** *Coup de soleil* : brûlure causée par les rayons du soleil. *Avoir du bien au soleil* : posséder des propriétés.

solennel, elle [sɔlanɛl] *a* 1 Célébré par des cérémonies publiques, avec apparat. *Fête solennelle.* 2 Empreint de gravité. *Paroles solennelles.*

solennellement [-la-] *av* De façon solennelle.

solenniser [-la-] *vt* Rendre solennel.

solennité [-la-] *nf* 1 Fête solennelle. 2 Caractère solennel, gravité.

solénoïde *nm* ELECTR Conducteur enroulé sur un cylindre, et qui produit un champ magnétique lorsqu'il est parcouru par un courant.

solfatare *nf* Terrain volcanique d'où sortent des fumerolles sulfureuses chaudes.

solfège *nm* 1 Étude des premiers éléments de la théorie musicale. 2 Manuel servant à cette étude.

solfier *vt* Chanter un morceau de musique en nommant les notes.

solidaire *a* 1 Se dit de personnes liées entre elles par une obligation commune ou une dépendance mutuelle d'intérêts. 2 Se dit de choses qui dépendent les unes des autres, qui sont associées.

solidairement *av* De façon solidaire.

solidariser *vt* Rendre solidaire. ■ *vpr* Se déclarer solidaire de qqn.

solidarité *nf* 1 Situation de personnes solidaires. 2 Lien qui porte des personnes à s'entraider.

solide *a* 1 Qui présente une consistance ferme, qui n'est pas fluide. 2 Qui résiste à l'effort, aux chocs, à l'usure. 3 Vigoureux, robuste. *Un solide gaillard.* 4 Stable, ferme, durable. *Une solide amitié.* 5 Fam Considérable, fort. *Une solide réputation d'avarice.* ■ *nm* Corps solide (par oppos. à liquide, à gaz).

solidement *av* De façon solide.

solidification *nf* Fait de se solidifier.

solidifier *vt* Rendre solide, consistant.

solidité *nf* Caractère solide.

soliflore *nm* Vase pour une seule fleur.

soliloque *nm* Discours que qqn se tient à lui-même.

soliloquer *vi* Se parler à soi-même.

solipsisme *nm* PHILO Attitude d'un sujet ne reconnaissant d'autre réalité que lui-même.

soliste *n*, *a* MUS Qui exécute un solo.

solitaire *a*, *n* 1 Qui est seul, isolé ; qui aime vivre seul. 2 Que l'on fait seul, qui a lieu dans la solitude. *Une randonnée solitaire.* **Loc** *Ver solitaire* : ténia. ■ *nm* 1 Vieux sanglier mâle vivant seul. 2 Diamant monté seul. 3 Jeu de combinaisons auquel on joue seul.

solitairement *av* De façon solitaire.

solitude *nf* 1 Fait d'être solitaire. 2 Caractère d'un lieu solitaire, désert.

solive *nf* Pièce de charpente horizontale supportant un plancher.

soliveau *nm* Petite solive.

sollicitation *nf* Action de solliciter qqn.

solliciter *vt* 1 Prier instamment qqn en vue d'obtenir qqch. *Solliciter des clients à domicile.* 2 Prier d'accorder qqch. *Solliciter une faveur.* 3 Attirer l'attention, la curiosité, l'intérêt, etc. *Spectacle qui sollicite le regard.*

solliciteur, euse *n* Qui sollicite un emploi, une faveur.

sollicitude *nf* Prévenance qu'on a pour qqn, soins attentifs dont on l'entoure.

solo *nm* MUS Morceau ou passage exécuté par un seul. ■ *a* Qui joue seul.

solognot, ote *a*, *n* De la Sologne.

solstice *nm* ASTRO Époque de l'année à laquelle la hauteur du Soleil au-dessus du plan équatorial est maximale (*solstice d'été*, vers le 21 juin) ou minimale (*solstice d'hiver*, vers le 21 décembre).

solsticial, ale, aux *a* ASTRO Du solstice.

solubilisation *nf* Action de solubiliser.

solubiliser *vt* Rendre soluble une substance.

solubilité *nf* Propriété de ce qui est soluble.

soluble *a* 1 Qui peut se dissoudre dans un liquide, un solvant. 2 Qui peut être résolu.

soluté *nm* Liquide contenant un médicament dissous.

solution *nf* 1 Réponse à un problème, règlement d'une difficulté ; dénouement. *La solution d'une énigme. La solution d'un conflit.* 2 Liquide contenant un corps dissous. **Loc** *Solution de continuité* : rupture de la continuité entre des choses. *Solution finale* : plan d'extermination des Juifs, élaboré par les nazis.

solutionner *vt* Abusiv Apporter une solution à, résoudre une difficulté.

solutréen *nm* PREHIST Période du paléolithique supérieur.

solvabilité *nf* Caractère solvable.

solvable *a* Qui a de quoi payer ce qu'il doit.

solvant *nm* Liquide dans lequel des substances peuvent être dissoutes.

somali, ie ou **somalien, enne** *a*, *n* De Somalie. ■ *nm* Langue parlée en Somalie.

somatique *a* Qui concerne le corps (par oppos. à psychique).

somatisation *nf* Fait de somatiser.

somatiser *vt* Convertir des troubles psychiques en symptômes somatiques.

somatotrophine nf BIOL Hormone agissant sur la croissance.

sombre a 1 Où il y a peu de lumière. *Une pièce sombre.* 2 Tirant sur le noir. *Un tissu sombre.* 3 Triste, marqué d'inquiétude. *Humeur sombre. Une sombre journée.*

sombrer vi 1 S'engloutir, couler (navire). 2 Disparaître, se perdre. *Sombrer dans le désespoir.*

sombrero [sɔ̃bʀeʀo] nm Chapeau à larges bords porté dans certains pays hispaniques.

somesthésie nf MED Ensemble des sensibilités cutanées et internes (non sensorielles).

sommaire a 1 Abrégé, peu développé. *Exposé sommaire.* 2 Expéditif, rapide, sans jugement. *Exécution sommaire.* ■ nm 1 Résumé d'un livre, d'un chapitre. 2 Liste des chapitres.

sommairement av De façon sommaire.

sommation nf 1 Action de sommer qqn de faire qqch. 2 Avertissement, appel solennel préalable au recours à la force. 3 MATH Calcul d'une somme, addition.

1. somme nf 1 Résultat d'une addition. 2 Quantité d'argent. *Dépenser de grosses sommes.* 3 Ensemble de choses rassemblées. *La somme de nos efforts.* Loc *En somme, somme toute :* en conclusion, en résumé, tout compte fait.

2. somme nf Loc *Bête de somme :* animal employé à porter des fardeaux (par oppos. à bête de trait).

3. somme nm Sommeil de courte durée.

sommeil nm 1 Suspension périodique et naturelle de la vie consciente de qqn qui dort. 2 Besoin de dormir. *Avoir sommeil.* 3 État provisoire d'inactivité, d'inertie. *Industrie en sommeil.* Loc Litt *Le sommeil éternel :* la mort.

sommeiller vi 1 Dormir d'un sommeil léger. 2 Exister de façon potentielle, latente.

sommelier, ère n Chargé du service des vins et des liqueurs dans un restaurant.

sommer vt 1 Intimer à qqn, dans les formes établies, l'ordre de faire qqch. *Sommer qqn de payer.* 2 Adresser une injonction à qqn. 3 MATH Calculer une somme.

sommet nm 1 Partie la plus élevée de certaines choses, cime. 2 Plus haut degré. *Le sommet de la gloire.* Loc *(Conférence au) sommet :* à laquelle ne participent que des chefs d'État ou de gouvernement. GEOM *Sommet d'un angle :* point où se coupent ses deux côtés.

sommier nm 1 Partie d'un lit sur laquelle repose le matelas. 2 ARCHI Pierre qui reçoit la retombée d'une voûte ou d'un arc ; pièce de charpente servant de linteau. 3 Gros registre ; fichier des condamnations.

sommital, ale, aux a Du sommet.

sommité nf 1 Qui se distingue particulièrement. *Les sommités de la science.* 2 Didac Extrémité d'une tige, d'une branche.

somnambule n, a Qui agit, marche pendant son sommeil.

somnambulique a Du somnambulisme.

somnambulisme nm État d'une personne somnambule.

somnifère a, nm Qui provoque le sommeil.

somnolence nf État somnolent.

somnolent, ente a 1 Qui dort à moitié. 2 Engourdi, peu actif. *Volonté somnolente.*

somnoler vi Être assoupi.

somptuaire a Abusiv Se dit d'une dépense excessive faite par goût du luxe.

somptueusement av Avec somptuosité.

somptueux, euse a Luxueux, magnifique, superbe.

somptuosité nf Caractère somptueux ; magnificence, luxe coûteux.

1. son, sa, ses a poss Troisième personne du singulier ; de lui, d'elle, de soi. *Son visage. Sa barbe. Ses yeux.*

2. son nm 1 Sensation auditive engendrée par une vibration acoustique ; cette vibration ellemême. *Son grave, aigu.* 2 Ensemble des procédés et des moyens d'enregistrement et de diffusion des sons. *Un ingénieur du son.*

3. son nm Déchet de la mouture du blé, des céréales, formé par les enveloppes des graines.

sonagraphe nm Appareil permettant la représentation des composantes de la voix.

sonar nm Appareil de détection sous-marine par émission d'ondes sonores.

sonate nf Pièce de musique instrumentale comportant trois ou quatre mouvements.

sonatine nf Petite sonate.

sondage nm 1 Action de sonder. 2 Enquête menée auprès de personnes considérées comme représentatives d'un ensemble social en vue d'obtenir des renseignements statistiques sur une question.

sonde nf 1 Instrument servant à mesurer la profondeur de l'eau et à déterminer la nature du fond. 2 Instrument destiné à pénétrer dans un conduit, à des fins diagnostiques ou thérapeutiques. 3 Instrument servant à prélever un échantillon d'un produit. Loc *Sonde spatiale :* véhicule spatial non habité.

sondé, ée n Interrogé lors d'un sondage.

sonder vt 1 Explorer, reconnaître au moyen d'une sonde. *Sonder une rivière. Sonder un terrain.* 2 Chercher à pénétrer, à connaître. *Sonder les intentions de qqn.* 3 Soumettre à un sondage d'opinion. Loc *Sonder le terrain :* examiner avec soin une affaire avant de s'engager.

sondeur, euse n Qui effectue des sondages. ■ nm ou nf Appareil servant à des sondages.

songe nm Litt 1 Rêve. 2 Chimère, illusion.

songe-creux nm inv Qui nourrit son esprit de projets chimériques.

songer vti [11] 1 Penser. *Songer à l'avenir. Songez que c'est très grave.* 2 Envisager, projeter. *Il songe à démissionner.*

songerie nf Rêverie.

songeur, euse a Absorbé dans une rêverie, pensif, perplexe.

sonique a Qui concerne la vitesse du son.

sonnaille nf Clochette attachée au cou des bêtes qui paissent ou voyagent. ■ pl Son produit par les cloches.

sonnant, ante a 1 Qui sonne. 2 Se dit d'une heure précise. *À six heures sonnantes.*

sonné, ée a 1 Annoncé par une cloche, une sonnerie. 2 Fam Assommé par les coups. 3 Fam Fou. 4 Fam Révolu. *À cinquante ans sonnés.*

sonner vi 1 Rendre un son, retentir sous l'effet de chocs. *Le réveil sonne. Le clairon sonne.* 2 Être annoncé par une sonnerie. *Huit heures ont sonné.* 3 Être prononcé clairement. *Faire sonner une consonne.* 4 Actionner une sonnette, une sonnerie. *Le facteur a sonné.* Loc *Sonner bien, mal :* être harmonieux, agréable à l'oreille ou non. Fam *Se faire sonner les cloches :* être vivement réprimandé. ■ vt 1 Faire rendre des sons à un instrument, une cloche. *Sonner les cloches.* **2** Annoncer, indiquer par une sonnerie. *Sonner la charge. L'horloge sonne minuit.* **3** Appeler qqn avec une sonnette. **4** Fam Assommer, abrutir.

sonnerie nf **1** Son produit par des cloches ou par un timbre. **2** Air joué par un instrument de cuivre à embouchure.

sonnet nm Pièce de quatorze vers en deux quatrains et deux tercets.

sonnette nf Clochette pour avertir, pour appeler. **Loc** *Serpent à sonnette :* crotale.

sonneur nm Qui sonne les cloches, joue de la trompe, du cor.

sono nf Fam Sonorisation (sens 2).

sonomètre nm Appareil servant à la mesure des niveaux d'intensité des bruits.

sonore a **1** Qui produit un son. **2** Dont le son est puissant, éclatant. **3** Qui résonne, où le son retentit. **4** Relatif au son. *Ondes sonores.*

sonorisation nf **1** Action d'équiper un lieu d'appareils servant à amplifier les sons (paroles, musique). **2** Ensemble des appareils utilisés pour cela. **3** Opération consistant à reporter l'enregistrement du son sur la bande d'un film.

sonoriser vt Effectuer la sonorisation d'un lieu, d'un film.

sonorité nf **1** Caractère de ce qui est sonore. **2** Qualité du son d'un instrument de musique, d'un appareil électroacoustique. ■ *pl* Sons d'une voix. *Une voix aux sonorités rauques.*

sonothèque nf Établissement où l'on conserve des enregistrements sonores.

sophisme nm Raisonnement valide en apparence, mais dont un des éléments est fautif.

sophiste n **1** ANTIQ Maître de philosophie, de rhétorique. **2** Qui use de sophismes.

sophistication nf Caractère sophistiqué.

sophistique a De la nature du sophisme ; spécieux.

sophistiqué, ée a **1** Extrêmement recherché, qui laisse peu de place au naturel. **2** Extrêmement perfectionné, d'une technologie très élaborée. *Matériel sophistiqué.*

sophistiquer vt Rendre sophistiqué.

sophora nm Grand arbre originaire d'Asie.

sophrologie nf Pratique destinée à dominer les sensations douloureuses par des moyens psychologiques.

soporifique a **1** Qui fait naître le sommeil. **2** Ennuyeux. ■ n Substance somnifère.

soprano nm La plus haute des voix (femme ou jeune garçon). ■ n Chanteur, chanteuse qui a cette voix.

sorbe nf Fruit du sorbier, sorte de petite poire.

sorbet nm Glace aux fruits, sans crème.

sorbetière nf Appareil pour préparer les glaces, les sorbets.

sorbier nm Arbre aux feuilles composées, cultivé pour ses fruits (sorbes) et son bois dur.

sorbitol nm Produit employé en pharmacie et comme édulcorant.

sorbonnard, arde n Vx Enseignant ou étudiant de la Sorbonne.

sorcellerie nf **1** Pratiques occultes des sorciers. **2** Fam Phénomène extraordinaire, mystérieux.

sorcier, ère n Qui est censé agir mystérieusement sur les êtres et les choses au moyen de pratiques occultes. **Loc** *Chasse aux sorcières :* poursuite systématique des opposants. ■ *am* **Loc** Fam *Ce n'est pas sorcier :* ce n'est pas compliqué.

sordide a **1** Sale, miséreux. *Quartier sordide.* **2** Méprisable, ignoble. *Des calculs sordides.*

sordidement av De façon sordide.

sorgho nm Plante alimentaire et fourragère des régions chaudes.

sornette nf Fam (surtout pl) Propos frivole, bagatelle, bêtise.

sororal, ale, aux a De la sœur.

sort nm **1** Hasard, destin. *Les caprices du sort.* **2** Situation d'une personne, destinée. *Être satisfait de son sort.* **3** Maléfice. *Jeter un sort à qqn.* **Loc** *Tirer au sort :* s'en remettre au hasard pour un choix. *Le sort en est jeté :* la décision est prise irrévocablement. *Faire un sort à qqch :* en faire usage ; le mettre en valeur.

sortable a Fam Que l'on peut montrer en public, présentable ; bien élevé.

sortant, ante a, n **1** Qui sort d'un lieu. **2** Dont le mandat vient d'expirer (député). ■ *a* Tiré par hasard. *Numéro sortant.*

sorte nf Espèce, genre. *Diverses sortes d'animaux. Cette sorte d'affaires.* **Loc** *De la sorte :* de cette manière. *Une sorte de :* une espèce de ; qqch comme. *Toutes sortes de :* beaucoup de. *En quelque sorte :* presque, pour ainsi dire. *Faire en sorte de, que :* agir de manière à, que. *De sorte que, en sorte que :* de telle façon que, si bien que.

sortie nf **1** Action de sortir. **2** Porte, issue. *Sortie de secours.* **3** Somme dépensée. *Les entrées et les sorties.* **4** Mise en vente, présentation au public. *La sortie d'un roman.* **5** Brusque emportement contre qqn. *Faire une sortie.*

.O.Sosortie-de-bain nf Peignoir. *Des sorties-de-bain.*

sortilège nm Maléfice ; action magique.

sortir vi [29] [aux *être*] **1** Passer du dedans au dehors. *Sortir de chez soi.* **2** Commencer à paraître, pousser. *Les bourgeons sortent.* **3** Dépasser à l'extérieur. *Le rocher sort de l'eau.* **4** S'échapper, s'exhaler. *La fumée sort de la cheminée.* **5** Paraître, être présenté au public. *Ce film sort le mois prochain.* **6** Être désigné par le hasard, dans un tirage au sort. **7** Cesser d'être dans telle situation. *Sortir de maladie.* **8** Être issu de, provenir. *Sortir d'une famille paysanne.* ■ *vt* **1** Conduire dehors qqn. *Sortir des enfants.* **2** Mettre dehors. *Sortir sa voiture du garage.* **3** Tirer. *Sortir qqn d'un mauvais pas.* **4** Faire paraître, rendre public. *Sortir un roman.* **5** Fam Dire. *Il en sort de bonnes.* ■ *vpr* Se tirer de. *Se sortir d'un mauvais pas.* ■ nm **Loc** *Au sortir de :* à l'issue, à la fin de.

S.O.S. nm **1** Signal de détresse envoyé par radio. **2** Appel à l'aide.

sosie nm Qui ressemble parfaitement à un autre.

sot, sotte a, n Sans intelligence ni jugement. ■ *a* Qui dénote la sottise. *Une sotte idée.*

sotie ou **sottie** nf Farce satirique, aux XIVᵉ et XVᵉ s.

sot-l'y-laisse nm inv Morceau d'une saveur délicate, au-dessus du croupion des volailles.

sottement av D'une manière sotte.

sottise nf 1 Caractère sot. 2 Parole ou action sotte. 3 Action répréhensible d'un enfant.

sottisier nm Recueil de sottises.

sou nm Autrefois pièce de cinq centimes. Loc *Appareil, machine à sous* : jeu de hasard où l'on gagne des pièces de monnaie. *N'avoir pas le sou, être sans le sou* : ne pas avoir d'argent. *Propre comme un sou neuf* : très propre. ■ pl Fam Argent. Loc Fam *Être près de ses sous* : avare. Fam *De quatre sous* : sans valeur. Fam *À cent sous de l'heure* : énormément. Fam *Question de gros sous* : affaire d'argent.

souahéli. V. swahili.

soubassement nm Partie inférieure d'un édifice, reposant sur les fondations.

soubresaut [-so] nm Mouvement brusque et inopiné.

soubrette nf Servante de comédie.

souche nf 1 Partie d'un arbre (bas du tronc et racines) qui reste en terre après l'abattage. 2 Personne dont descend une famille. 3 Origine, source de qqch. 4 Partie d'un carnet, d'un registre, qui reste quand on en a détaché les feuilles, et qui permet d'éventuels contrôles. Loc Fam *Dormir, rester comme une souche* : dormir profondément, rester tout à fait immobile.

souchong nm Thé noir de Chine.

souci nm 1 Préoccupation, contrariété. 2 Ce qui contrarie, préoccupe. 3 Plante ornementale aux fleurs jaunes ou orange. Loc *Souci d'eau* : populage.

soucier (se) vpr Se préoccuper de. *Ne vous souciez de rien.*

soucieusement av De façon soucieuse.

soucieux, euse a 1 Inquiet, préoccupé. 2 Attentif à. *Être soucieux de sa réputation.*

soucoupe nf Petite assiette se place sous une tasse.

soudage nm Action de souder.

soudain, aine a Subit, brusque. *Départ soudain.* ■ av Tout à coup. *Soudain il s'enfuit.*

soudainement av Subitement ; soudain.

soudaineté nf Caractère soudain.

soudanais, aise a, n Du Soudan.

soudard nm Soldat grossier et brutal.

soude nf Carbonate de sodium, base très forte et caustique.

souder vt 1 Joindre à chaud des pièces de métal, de manière à former un tout solidaire. 2 Unir étroitement, joindre.

soudeur, euse n Qui soude.

soudière nf Usine de soude.

soudoyer vt [22] S'assurer à prix d'argent le secours, la complaisance de qqn.

soudure nf 1 Composition métallique utilisée pour souder. 2 Partie soudée ; assemblage fait en soudant. 3 Union, adhérence étroite. *Soudure des os du crâne.* Loc *Faire la soudure* : assurer l'approvisionnement entre deux livraisons.

soufflage nm Action de souffler le verre.

soufflant, ante a Fam Stupéfiant.

souffle nm 1 Mouvement de l'air que l'on expulse par la bouche ou par le nez. *Avoir le souffle coupé.* 2 Inspiration. *Le souffle du génie.* 3 Agitation de l'air causée par le vent ou par une explosion. 4 MED Bruit anormal perçu à l'auscultation. Loc *Second souffle* : regain

d'activité. *Manquer de souffle* : de force. *À bout de souffle* : épuisé. Fam *Couper le souffle* : stupéfier.

soufflé nm Mets dont la pâte gonfle beaucoup à la cuisson.

souffler vi 1 Expulser de l'air par la bouche ou le nez volontairement. 2 Respirer avec effort. *Souffler comme un bœuf.* 3 Reprendre haleine, se reposer. *Souffler un moment.* 4 Agiter l'air. *La bise souffle.* ■ vt 1 Envoyer un courant d'air sur qqch. *Souffler une bougie.* 2 Fam Subtiliser, voler. *On lui a soufflé son invention.* 3 Dire tout bas ; suggérer. *Souffler qqch à l'oreille de qqn.* 4 Détruire par effet de souffle. *L'explosion a soufflé les vitres.* ■ vt Fam Étonner fortement. *Son aplomb m'a toujours soufflé.* Loc *Ne pas souffler mot* : ne rien dire. *Souffler du verre* : façonner le verre en fusion en y insufflant de l'air.

soufflerie nf Appareillage destiné à souffler de l'air, un gaz. *Soufflerie d'un orgue.*

soufflet nm 1 Instrument destiné à souffler de l'air sur un foyer. 2 Partie garnie de cuir ou de tissu à plis. *Soufflets entre deux wagons de chemin de fer.* 3 Litt Gifle.

souffleter vt [19] Litt Gifler qqn.

souffleur, euse n 1 Qui souffle le verre. 2 Au théâtre, qui souffle leur texte aux comédiens si besoin est.

souffrance nf Fait de souffrir, physiquement ou moralement. Loc *En souffrance* : en attente.

souffrant, ante a Légèrement malade.

souffre-douleur nm inv En butte au mépris et aux mauvais traitements des autres.

souffreteux, euse a De constitution débile, maladive.

souffrir vt [31] 1 Éprouver une sensation douloureuse ou pénible. *Souffrir du froid, de la solitude.* 2 Éprouver un dommage. *Les vignes ont souffert de la gelée.* ■ vt 1 Endurer, éprouver. *Souffrir le martyre.* 2 Litt Tolérer, admettre. Loc *Ne pas pouvoir souffrir qqn, qqch* : ne pas pouvoir le supporter, l'exécrer.

soufi, ie a, n Adepte du soufisme.

soufisme nm Doctrine mystique de l'islam.

soufrage nm Action de soufrer.

soufre nm Corps simple solide, jaune et cassant. Loc *Sentir le soufre* : être suspect d'hérésie.

soufrer vt 1 Enduire de soufre. 2 Saupoudrer des végétaux de soufre pulvérulent.

soufreur, euse n Qui soufre les végétaux. ■ nf Appareil utilisé pour soufrer les végétaux.

soufrière nf Carrière de soufre.

souhait nm Désir d'obtenir ou de voir se réaliser qqch. Loc *À tes souhaits* : formule adressée à qqn qui éternue. *À souhait* : parfaitement.

souhaitable a Qui est à souhaiter.

souhaiter vt Désirer, former des vœux pour. *Souhaiter à qqn un bon voyage.*

souillard nm Trou dans un mur, pour l'écoulement des eaux pluviales.

souiller vt Litt 1 Salir. *Souiller ses chaussures.* 2 Avilir. *Souiller la mémoire de qqn.*

souillon n Fam Personne peu soigneuse, sale.

souillure nf Litt Flétrissure morale.

souïmanga nm Passereau d'Afrique, aux couleurs éclatantes.

souk nm 1 Marché, dans les pays arabes. 2 Fam Grand désordre.

Soukhot nm Fête juive des tabernacles, commémorant le séjour des Hébreux dans le désert.

soûl, soûle ou **saoul, saoule** [su, sul] a 1 Ivre. 2 Litt Rassasié. *Soûl de compliments.* ■ nm Loc *Tout son soûl* : à satiété.

soulagement nm 1 Fait de soulager, d'être soulagé. 2 Ce qui soulage.

soulager vt [11] 1 Débarrasser d'un fardeau, d'une charge, de ce qui est pénible. *Soulager une poutre. Soulager des malheureux.* 2 Rendre qqch moins pénible à supporter. *Cette piqûre doit soulager ses douleurs.* ■ vpr Fam Faire ses besoins.

soûlant, ante a Fam Fatigant, assommant.

soûlard, arde, soûlaud, aude ou **soûlot, ote** n Pop Ivrogne, ivrognesse.

soûler ou **saouler** vt Fam 1 Enivrer, griser. 2 Ennuyer, fatiguer. *Tu nous soûles !* ■ vpr S'enivrer, se griser.

soûlerie nf Fam Ivresse, beuverie.

soulèvement nm 1 Fait de se soulever, d'être soulevé. *Soulèvement de terrain.* 2 Vaste mouvement de révolte.

soulever vt [15] 1 Lever à une faible hauteur. *Soulever un meuble pour le déplacer.* 2 Relever. *Soulever un voile.* 3 Exciter, provoquer. *Ces propos soulèvent l'indignation.* 4 Pousser à la révolte. *Soulever les travailleurs.* 5 Susciter, provoquer. *Soulever un problème, une question.* ■ vpr 1 S'élever légèrement. 2 Se révolter. *L'armée s'est soulevée.*

soulier nm Chaussure couvrant le pied et, éventuellement, la cheville. Loc Fam *Être dans ses petits souliers* : se sentir dans une situation embarrassante.

soulignage ou **soulignement** nm Action de souligner ; trait dont on souligne.

souligner vt 1 Tirer un trait sous un mot, une phrase, etc. 2 Faire ressortir, faire remarquer.

soûlographe n Fam Ivrogne.

soûlographie nf Fam Ivrognerie.

soûlot, ote. V. soûlard.

soulte nf DR Somme versée comme compensation dans un partage, un échange.

soumaintrain nm Fromage de l'Yonne, au lait de vache.

soumettre vt [64] 1 Amener ou ramener à l'obéissance. *Soumettre des rebelles.* 2 Assujettir à une loi, à un règlement. *Soumettre les revenus à l'impôt.* 3 Faire subir qqch à qqn. *Le médecin l'a soumis à un régime sévère.* 4 Proposer à l'examen, au jugement de. *Le problème a été soumis à la commission.* ■ vpr Revenir à l'obéissance ; se rendre.

soumis, ise a Obéissant, docile.

soumission nf 1 Disposition à obéir. 2 Fait de se soumettre, d'être soumis. 3 DR Acte écrit par lequel un entrepreneur se propose pour conclure un marché par adjudication.

soumissionnaire n DR Qui soumissionne.

soumissionner vt DR Faire une soumission.

soupape nf Obturateur mobile destiné à empêcher ou à régler la circulation d'un fluide. Loc *Soupape de sûreté* : appareil disposé sur la chaudière pour empêcher une explosion ; ce qui sert d'exutoire.

soupçon nm 1 Présomption de culpabilité, sans preuves précises. 2 Supposition, conjecture. 3 Très petite quantité. *Un soupçon de sel.*

soupçonnable a Qui peut être soupçonné.

soupçonner vt 1 Avoir des soupçons sur qqn. 2 Pressentir qqch d'après certaines apparences.

soupçonneux, euse a Enclin aux soupçons.

soupe nf 1 Potage fait de bouillon et de légumes, de pain, de pâtes, etc. 2 Fam Repas. 3 Fam Neige fondante. Loc Fam *Trempé comme une soupe* : complètement mouillé. BIOL *Soupe primitive* : milieu liquide qui aurait permis l'apparition de la vie.

soupente nf Réduit pratiqué dans la hauteur d'une pièce ou sous un escalier.

souper vi Faire un souper. Loc Fam *En avoir soupé d'une chose* : en être excédé. ■ nm Repas qu'on prend à une heure avancée de la nuit.

soupeser vt [15] 1 Tenir dans la main pour juger approximativement du poids. 2 Évaluer. *Soupeser un argument.*

soupière nf Récipient pour la soupe, le potage.

soupir nm 1 Expiration bruyante et prolongée. 2 MUS Silence d'une durée égale à celle d'une noire. Loc Litt *Rendre le dernier soupir* : mourir.

soupirail, aux nm Ouverture pratiquée pour donner de l'air ou du jour à une cave.

soupirant nm Qui courtise une femme.

soupirer vi Pousser des soupirs. Loc Litt *Soupirer après qqch* : le désirer.

souple a 1 Qui se courbe ou se plie aisément. *Un plastique souple.* 2 Qui peut se mouvoir avec aisance ; agile. *Avoir le poignet souple.* 3 Capable de s'adapter, accommodant. *Caractère, qualité souple. Règlement souple.*

souplement av De façon souple.

souplesse nf Caractère, qualité souple. Loc *En souplesse* : avec aisance, facilité.

souquer vt MAR Serrer très fort un nœud, un amarrage. ■ vi Tirer fort sur les avirons.

surate. V. surate.

source nf 1 Eau qui sort du sol. 2 Origine d'un cours d'eau. 3 Point de départ, origine de qqch. *La source d'un malentendu, d'une information. Citer ses sources.* 4 Système qui produit des ondes lumineuses, électriques, sonores, etc.

sourcier, ère n À qui on attribue le talent de découvrir des sources.

sourcil [-si] nm Éminence arquée, garnie de poils, au-dessus de l'orbite de l'œil. Loc *Froncer les sourcils* : prendre une expression de mécontentement.

sourcilier, ère a Des sourcils.

sourciller vi Loc *Ne pas sourciller* : ne pas laisser paraître son trouble, son mécontentement.

sourcilleux, euse a Litt Sévère, pointilleux.

sourd, sourde a, n 1 Qui n'entend pas les sons ou les perçoit mal. Loc *Crier comme un sourd* : à toute force. *Dialogue de sourds* : où chacun reste sur ses positions. ■ a 1 Qui manque de sonorité. *Un bruit sourd.* 2 Qui ne se manifeste pas nettement. *Douleur sourde. Lutte sourde.* 3 Indifférent, insensible. *Rester sourd aux prières de qqn.* Loc *Faire la sourde oreille* : faire semblant de ne pas entendre.

sourdement av Litt 1 Avec un bruit sourd. 2 De façon sourde, cachée.

sourdine nf Appareil que l'on adapte à certains instruments de musique pour assourdir leur son. Loc *En sourdine* : très doucement. *Mettre une sourdine à* : modérer.

sourdingue a, n Pop Sourd.

sourd-muet, sourde-muette *n, a* Atteint à la fois de surdité et de mutité. *Des sourds-muets. Des sourdes-muettes.*

sourdre *vi* [5] Litt **1** Jaillir, sortir de terre (eau). **2** Naître, commencer à se développer.

souriant, ante *a* Qui sourit.

souriceau *nm* Petit de la souris.

souricière *nf* **1** Piège à souris. **2** Piège tendu par la police.

sourire *vi* [72] Prendre une expression rieuse par un léger mouvement de la bouche et des yeux. ■ *vti* **1** Être agréable à qqn. *Cette idée ne lui sourit guère.* **2** Litt Être favorable. *La chance lui sourit.* ■ *nm* Action de sourire ; expression d'un visage qui sourit. *Garder le sourire.*

souris *nf* **1** Petit mammifère rongeur de la même famille que le rat. **2** Muscle charnu à l'extrémité de l'os du gigot. **3** INFORM Dispositif mobile, permettant de repérer un point sur l'écran.

sournois, oise *a, n* Qui dissimule ses véritables sentiments ; hypocrite.

sournoisement *av* De façon sournoise.

sournoiserie *nf* Litt **1** Caractère sournois. **2** Action faite sournoisement.

sous *prép* Marque la position de ce qui est plus bas, l'infériorité, la dépendance, le délai, la cause, le moyen, la manière, etc.

sous-administration *nf* Administration insuffisante.

sous-alimentation *nf* Insuffisance alimentaire.

sous-alimenté, ée *a* Insuffisamment nourri.

sous-bois *nm inv* Végétation qui pousse sous les arbres d'un bois.

sous-chef *nm* Qui vient immédiatement après le chef. *Des sous-chefs.*

sous-classe *nf* SC NAT Division de la classe. *Des sous-classes.*

sous-comité *nm* Subdivision d'un comité. *Des sous-comités.*

sous-commission *nf* Subdivision d'une commission. *Des sous-commissions.*

sous-consommation *nf* Insuffisance de la consommation.

sous-continent *nm* Vaste partie, délimitée, d'un continent. *Le sous-continent indien. Des sous-continents.*

sous-couche *nf* Première couche de peinture. *Des sous-couches.*

souscripteur, trice *n* **1** Qui souscrit un effet de commerce. **2** Qui prend part à une souscription.

souscription *nf* Action de souscrire à un emprunt ; somme versée par le souscripteur.

souscrire *vt* [61] Signer un acte pour l'approuver. *Souscrire un contrat.* ■ *vti* Adhérer à, se déclarer d'accord avec. *Souscrire à une décision.* Loc *Souscrire à un emprunt :* en acquérir des titres au moment de son émission. ■ *vti, vi* S'engager à donner une somme pour une dépense commune, une publication, etc.

sous-cutané, ée *a* Situé ou pratiqué sous la peau. Syn. hypodermique.

sous-développé, ée *a* Se dit d'un pays dont l'économie est insuffisamment développée (on dit aussi *en voie de développement*).

sous-développement *nm* État d'un pays sous-développé. *Des sous-développements.*

sous-directeur, trice *n* Qui dirige en second. *Des sous-directeurs, -directrices.*

sous-effectif *nm* Effectif, personnel en nombre insuffisant.

sous-emploi *nm* Emploi d'une partie seulement des travailleurs. *Des sous-emplois.*

sous-employer *vt* [22] Employer au-dessous de ses capacités.

sous-ensemble *nm* MATH Ensemble contenu dans un autre ensemble. *Des sous-ensembles.*

sous-entendre *vt* [71] Laisser comprendre qqch sans l'exprimer explicitement.

sous-entendu *a* Implicite. ■ *nm* Ce qui est sous-entendu. *Des sous-entendus.*

sous-équipé, ée *a* Dont l'équipement industriel est insuffisant. *Des pays sous-équipés.*

sous-équipement *nm* Fait d'être sous-équipé. *Des sous-équipements.*

sous-estimation *nf* Action de sous-estimer. *Des sous-estimations.*

sous-estimer *vt* Estimer au-dessous de sa valeur, de son importance.

sous-évaluation *nf* Action de sous-évaluer. *Des sous-évaluations.*

sous-évaluer *vt* Évaluer au-dessous de sa valeur marchande.

sous-exploitation *nf* Exploitation insuffisante. *Des sous-exploitations.*

sous-exploiter *vt* Exploiter insuffisamment.

sous-exposer *vt* Soumettre une pellicule, un film à un temps de pose insuffisant.

sous-exposition *nf* Action de sous-exposer. *Des sous-expositions.*

sous-famille *nf* SC NAT Subdivision de la famille. *Des sous-familles.*

sous-fifre *nm* Fam Qui occupe une situation très subalterne. *Des sous-fifres.*

sous-groupe *nm* Subdivision d'un groupe. *Des sous-groupes.*

sous-homme *nm* Homme jugé inférieur. *Des sous-hommes.*

sous-jacent, ente *a* **1** Situé au-dessous. *Couche sous-jacente.* **2** Qui n'est pas clairement manifesté. *Motivations sous-jacentes.*

sous-lieutenant *nm* Officier du grade le moins élevé dans les armées de terre et de l'air. *Des sous-lieutenants.*

sous-locataire *n* Qui occupe un local sous-loué. *Des sous-locataires.*

sous-location *nf* Action de sous-louer. *Des sous-locations.*

sous-louer *vt* **1** Donner à loyer tout ou partie de ce dont on est soi-même locataire. **2** Être locataire en second d'une maison, d'une terre.

sous-main *nm inv* Support posé sur un bureau, et sur lequel on écrit. Loc *En sous-main :* en secret, clandestinement.

sous-marin, ine *a* **1** Qui est dans ou sous la mer. *Relief sous-marin.* **2** Qui a lieu sous la mer. *Navigation sous-marine.* ■ *nm* **1** Navire capable de naviguer en plongée. Syn. submersible. **2** Fam Qui s'introduit dans un groupe pour l'espionner. *Des sous-marins.*

sous-marinier *nm* Membre de l'équipage d'un sous-marin. *Des sous-mariniers.*

sous-marque *nf* Produit fabriqué par une entreprise qui dépend d'une autre plus connue. *Des sous-marques.*

sous-médicalisé, ée *a* Qui a un nombre de médecins, d'hôpitaux insuffisant.

sous-multiple *nm* MATH Quantité contenue un nombre entier de fois dans une autre. *Trois est un des sous-multiples de douze.*

sous-œuvre *nm* Fondement d'une construction. *Des sous-œuvres.*

sous-off *nm* Fam Sous-officier. *Des sous-offs.*

sous-officier *nm* Militaire d'un grade inférieur à ceux des officiers. *Des sous-officiers.*

sous-ordre *nm* 1 SC NAT Division de l'ordre. 2 Employé subalterne. *Des sous-ordres.*

sous-payer *vt* [20] Payer au-dessous de la normale, payer trop peu. *Sous-payer des ouvriers.*

sous-peuplé, ée *a* Trop peu peuplé.

sous-peuplement *nm* État d'une région sous-peuplée. *Des sous-peuplements.*

sous-préfecture *nf* 1 Ville où réside un sous-préfet. 2 Bâtiment où sont les bureaux du sous-préfet. *Des sous-préfectures.*

sous-préfet *nm* Fonctionnaire subordonné au préfet. *Des sous-préfets.*

sous-préfète *nf* 1 Femme d'un sous-préfet. 2 Abusiv Femme sous-préfet. *Des sous-préfètes.*

sous-produit *nm* Produit tiré d'un autre. *Des sous-produits.*

sous-prolétariat *nm* Partie la plus défavorisée du prolétariat. *Des sous-prolétariats.*

sous-pull *nm* Pull-over fin et à col roulé, qui se porte sous un autre. *Des sous-pulls.*

soussigné, ée *a, n* Dont la signature est ci-dessous. *Je, soussigné Untel, déclare...*

sous-sol *nm* 1 Ce qui est au-dessous de la couche arable. 2 Étage d'un bâtiment inférieur au niveau du sol. *Des sous-sols.*

sous-tasse *nf* Soucoupe. *Des sous-tasses.*

sous-tendre *vt* [5] Constituer les fondements, les bases d'un raisonnement.

sous-tension *nf* ELECTR Tension inférieure à la normale. *Des sous-tensions.*

sous-titrage *nm* Action de sous-titrer un film.

sous-titre *nm* 1 Titre secondaire d'une œuvre littéraire, d'un article de journal. 2 Dans un film en version originale, traduction du dialogue au bas de l'image. *Des sous-titres.*

sous-titrer *vt* Doter de sous-titres.

soustractif, ive *a* Relatif à la soustraction.

soustraction *nf* 1 Action de dérober qqch. 2 MATH Opération consistant à retrancher un nombre d'un autre.

soustraire *vt* [74] 1 Dérober, subtiliser. 2 Faire échapper qqn à. *Soustraire qqn à une influence.* 3 MATH Retirer par soustraction. ■ *vpr* Se dérober à qqch. *Se soustraire à une corvée.*

sous-traitance *nf* Travail, marché confié à un sous-traitant. *Des sous-traitances.*

sous-traitant, ante *nm, a* Qui exécute un travail pour le compte de l'entrepreneur principal. *Des sous-traitants.*

sous-traiter *vt* Prendre en charge comme sous-traitant ou confier à un sous-traitant.

sous-utiliser *vt* Utiliser de façon insuffisante.

sous-ventrière *nf* Courroie qui passe sous le ventre du cheval. *Des sous-ventrières.*

sous-verre *nm* inv Gravure, photographie placée entre une plaque de verre et un carton. *Des sous-verre.*

sous-vêtement *nm* Vêtement de dessous. *Des sous-vêtements.*

sous-virer *vi* Ne pas répondre suffisamment à la manœuvre de virage (automobile).

soutane *nf* Longue robe boutonnée par-devant portée naguère par la plupart des prêtres catholiques.

soute *nf* Magasin, dépôt situé dans le fond d'un navire, dans un avion.

soutenable *a* 1 Qui peut être soutenu par des raisons valables. 2 Supportable.

soutenance *nf* Action de soutenir une thèse de doctorat.

soutènement *nm* Dispositif destiné à soutenir ; contrefort, appui.

souteneur *nm* Proxénète.

soutenir *vt* [35] 1 Tenir par-dessous, pour supporter, pour servir d'appui. *Les colonnes qui soutiennent la voûte.* 2 Réconforter, encourager, aider. *Je l'ai soutenu dans son épreuve. Soutenir un candidat.* 3 Faire valoir, défendre un point de vue. *Soutenir une opinion.* 4 Affirmer, prétendre que. *Je soutiens qu'il a tort.* 5 Maintenir, faire durer. *Soutenir son effort.* 6 Subir sans fléchir. *Soutenir un siège.* Loc *Soutenir une thèse :* l'exposer devant le jury.

soutenu, ue *a* 1 Qui ne se relâche pas, qui ne faiblit pas. 2 Accentué, prononcé. *Couleur soutenue.* 3 Recherché (style, langage).

souterrain, aine *a* 1 Qui est sous terre. *Conduit souterrain.* 2 Caché, secret. *Menées souterraines.* ■ *nm* Galerie creusée sous le sol.

soutien *nm* 1 Chose ou personne qui soutient, supporte. 2 Action de soutenir, d'aider ; appui. *Vous pouvez compter sur notre soutien.*

soutien-gorge *nm* Sous-vêtement féminin soutenant la poitrine. *Des soutiens-gorge.*

soutier *nm* Qui travaille dans les soutes.

soutirage *nm* Action de soutirer.

soutirer *vt* 1 Transvaser un liquide d'un récipient dans un autre. 2 Obtenir par tromperie. *Soutirer de l'argent à qqn.*

soutra. V. sutra.

souvenance *nf* Litt Souvenir.

1. souvenir (se) *vpr* [35] Avoir de nouveau à l'esprit, se rappeler. *Se souvenir de son enfance.*

2. souvenir *nm* 1 Mémoire. *Cela s'était effacé de son souvenir.* 2 Image, idée, représentation que la mémoire conserve. *Souvenirs d'enfance.* 3 (dans les formules de politesse) Pensée amicale. *Mon meilleur souvenir à vos parents.* 4 Ce qui rappelle qqn, qqch. *Cette photo est un souvenir de lui.*

souvent *av* 1 Fréquemment, plusieurs fois. 2 D'ordinaire, en général.

souverain, aine *a* 1 Suprême. *Le souverain bien.* 2 De la plus grande efficacité. *Un remède souverain.* 3 Qui possède l'autorité suprême ; totalement indépendant. *Puissance souveraine.* ■ *n* Monarque. ■ *nm* Ancienne monnaie d'or anglaise.

souverainement *av* 1 Suprêmement. 2 DR Sans appel. *Juger souverainement.*

souveraineté *nf* 1 Autorité suprême. 2 Caractère d'un État souverain, indépendant.

soviet [-vjɛt] *nm* HIST Assemblée de représentants élus, en U.R.S.S.

soviétique *a, a* HIST De l'U.R.S.S.

soviétiser *vt* HIST Soumettre à l'influence politique de l'U.R.S.S.

sovkhoze *nm* HIST Grande ferme d'État, en U.R.S.S.

soyeux, euse *a* Doux et fin comme de la soie. ■ *nm* Fabricant de soieries, à Lyon.

spacieusement *av* De façon spacieuse.

spacieux, euse *a* Grand, vaste.

spadassin *nm* Litt Assassin à gages.

spaghetti *nm* Pâte alimentaire en forme de longue baguette fine.

spahi nm Anc Cavalier servant dans l'armée française en Algérie.

sparadrap nm Bande adhésive servant à fixer un pansement.

spart ou **sparte** nm BOT Nom de diverses plantes, notamment le genêt et l'alfa.

spartakisme nm HIST Mouvement révolutionnaire allemand, entre 1914 et 1918.

spartakiste n, a HIST Du spartakisme.

sparterie nf 1 Confection d'objets en fibres végétales. 2 Objet ainsi confectionné.

spartiate a, n 1 De Sparte. 2 D'une austérité stoïque. ■ nf Sandale à lanières.

spasme nm Contraction musculaire involontaire, intense et passagère.

spasmodique a Accompagné de spasmes.

spasmophile a, n Atteint de spasmophilie.

spasmophilie nf MED Excitabilité neuromusculaire excessive.

spath nm Calcite cristallisée, très pure.

spatial, ale, aux [-sjal] a Relatif à l'espace, en particulier à l'espace interplanétaire. *Vaisseau spatial.*

spatialiser vt PHYSIOL Percevoir dans l'espace les rapports de positions, de distances, etc.

spatialité nf Caractère spatial.

spationaute n Astronaute, cosmonaute.

spatiotemporel, elle a Relatif à la fois à l'espace et au temps.

spatule nf 1 Lame plate et souple, qui sert à remuer, à étendre une matière pâteuse. 2 Extrémité antérieure d'un ski. 3 Oiseau des marais au bec aplati et élargi à son extrémité.

speaker [spikɔr] nm, **speakerine** [spikrin] nf Qui fait les annonces, donne des informations, à la radio et à la télévision.

spécial, ale, aux a 1 Propre à une chose, à une personne. *Lessive spéciale pour les lainages.* 2 Exceptionnel, qui sort de l'ordinaire. *Édition spéciale.* 3 Particulier dans son genre ; déconcertant. *Une musique très spéciale.* ■ nf 1 Huître grasse. 2 Épreuve d'un rallye automobile courue sur un parcours imposé.

spécialement av Particulièrement.

spécialisation nf Action de (se) spécialiser.

spécialisé, ée a Qui est consacré à un domaine déterminé. Loc *Ouvrier spécialisé (O.S.)* : sans qualification professionnelle.

spécialiser vt Affecter à une spécialité. ■ vpr Se consacrer à un domaine particulier.

spécialiste n Qui a acquis une compétence particulière dans un domaine. Ant généraliste.

spécialité nf 1 Domaine dans lequel qqn est spécialisé. 2 Fam Habitude, comportement fréquent. *Les gaffes, c'est sa spécialité.* 3 Produit particulier à une région, à un fabricant.

spéciation nf BIOL Apparition d'une nouvelle espèce par différenciation au sein d'une population.

spécieux, euse a Qui est trompeur sous une apparence de vérité. *Raisonnement spécieux.*

spécification nf 1 Fait de spécifier. 2 Désignation précise des caractères essentiels requis pour un matériel, une installation, etc.

spécificité nf Caractère spécifique.

spécifier vt Exprimer, indiquer de façon précise. *Spécifier les conditions de rémunération.*

spécifique a Propre à une espèce, à une chose.

spécifiquement av De façon spécifique.

spécimen [-mɛn] nm 1 Être ou objet représentatif de son espèce ; échantillon. 2 Exemplaire d'un livre, d'une revue donné gratuitement.

spectacle nm 1 Ce qui s'offre au regard. 2 Représentation donnée au public (pièce de théâtre, film, ballet, etc.). Loc *Se donner en spectacle* : se faire remarquer. *Pièce, film à grand spectacle* : à la mise en scène fastueuse.

spectaculaire a Qui surprend, frappe l'imagination de ceux qui en sont témoins.

spectaculairement av De façon spectaculaire.

spectateur, trice n 1 Témoin oculaire d'un événement, d'une action. 2 Qui assiste à un spectacle théâtral, cinématographique, etc.

spectral, ale, aux a 1 Litt Qui tient du spectre, du fantôme. 2 PHYS Relatif à un spectre lumineux, solaire, magnétique, etc.

spectre nm 1 Fantôme. 2 Perspective effrayante. *Le spectre de la famine.* 3 PHYS Succession de raies colorées résultant de la décomposition d'un rayonnement lumineux.

spectrogramme nm PHYS Image donnée par un spectrographe.

spectrographe ou **spectromètre** nm PHYS Appareil servant à enregistrer le spectre d'un rayonnement.

spectrographie ou **spectrométrie** nf PHYS Enregistrement et étude des spectres des rayonnements.

spectrohéliographe nm PHYS Spectrographe servant à l'étude du rayonnement solaire.

spéculaire a Qui a rapport au miroir. ■ nf Plante à fleurs violettes.

spéculateur, trice n Qui fait des spéculations financières.

spéculatif, ive a De la spéculation (philosophique ou financière).

spéculation nf 1 PHILO Étude, recherche purement théorique. 2 Opération financière ou commerciale par laquelle on joue sur les fluctuations des cours du marché.

spéculer vti 1 Réfléchir, méditer profondément. *Spéculer sur l'origine de la vie.* 2 Faire des spéculations financières. *Spéculer sur l'or.* 3 Tabler sur qqch pour parvenir à ses fins. *Spéculer sur la crédulité de qqn.*

spéculos [-lɔs] nm Biscuit sec très sucré.

spéculum [-lɔm] nm MED Instrument destiné à écarter une cavité du corps.

speech [spitʃ] nm Fam Brève allocution.

spéléologie nf Exploration des cavités naturelles (grottes, gouffres) et des cours d'eau souterrains.

spéléologue n Spécialiste de spéléologie.

spencer [spɛnsœr] nm Veste s'arrêtant à la ceinture.

spermacéti nm Substance huileuse contenue dans la tête du cachalot.

spermatique a Du sperme.

spermatogenèse nf BIOL Formation des spermatozoïdes.

spermatozoïde nm BIOL Cellule reproductrice mâle.

sperme nm Liquide émis par le mâle lors de l'accouplement et qui contient les spermatozoïdes.

spermicide n, a Se dit d'un produit contraceptif qui détruit les spermatozoïdes.

spermogramme nm MED Examen du sperme.

sphénoïde *nm* ANAT Os de la tête qui forme le plancher central de la boîte crânienne.

sphère *nf* 1 MATH Ensemble des points situés à égale distance d'un point appelé centre (dans un espace à 3 dimensions). 2 Corps sphérique. 3 Étendue, domaine du pouvoir, de l'activité de qqn, de qqch. *Les hautes sphères de la finance.*

sphérique *a* En forme de sphère ; relatif à la sphère.

sphéroïde *nm* GEOM Solide dont la forme est proche de celle d'une sphère.

sphincter [sfɛ̃ktɛʀ] *nm* Muscle contrôlant l'ouverture d'un orifice naturel. *Sphincter anal.*

sphinx *nm* 1 Monstre ayant l'aspect d'un lion ailé à buste et à tête de femme. 2 Personnage énigmatique, impénétrable. 3 Papillon nocturne ou crépusculaire.

sphygmomanomètre *nm* Appareil servant à mesurer la tension artérielle.

spin [spin] *nm* PHYS Mouvement de rotation des particules élémentaires sur elles-mêmes.

spinal, ale, aux *a* ANAT Du rachis ou de la moelle épinière.

spinnaker [spinekœʀ] ou **spi** *nm* Voile triangulaire d'avant, de grande surface, utilisée sur les yachts.

spiral, ale, aux *a* En forme de spirale. ■ *nm* Ressort qui assure les oscillations du balancier d'une montre. ■ *nf* 1 Courbe qui s'éloigne de plus en plus d'un point central à mesure qu'elle tourne autour de lui. 2 Courbe en forme d'hélice. *Escalier en spirale.* 3 Évolution d'un phénomène qui s'amplifie sans cesse. *Spirale inflationniste.*

spiralé, ée *a* Enroulé en spirale.

spire *nf* Tour d'enroulement d'une spirale, d'une hélice, d'une coquille.

spirée *nf* Syn de *reine-des-prés.*

spirille *nm* Bactérie en forme de spirale.

spirite *a* Du spiritisme. ■ *n* Adepte du spiritisme.

spiritisme *nm* Doctrine qui admet la possibilité de communication entre les vivants et les esprits des défunts.

spiritualiser *vt* Litt Donner un caractère de spiritualité à.

spiritualisme *nm* PHILO Doctrine qui considère comme distinctes la matière et l'esprit et proclame la supériorité de celui-ci.

spiritualiste *a, n* Adepte du spiritualisme.

spiritualité *nf* 1 Qualité de ce qui est de l'ordre de l'esprit. 2 Ce qui a trait à la vie spirituelle.

spirituel, elle *a* 1 De la nature de l'esprit, qui est esprit. 2 Relatif à la vie de l'âme. 3 Qui regarde la religion, l'Église. *Pouvoir temporel et pouvoir spirituel.* 4 D'un esprit vif et fin, plein de drôlerie.

spirituellement *av* De façon spirituelle.

spiritueux, euse *a* Qui contient de l'alcool. ■ *nm* Boisson riche en alcool.

spirographe *nm* Ver marin à fines branchies en panache sortant d'un tube membraneux.

spiroïdal, ale, aux *a* En spirale.

spiromètre *nm* Instrument servant à mesurer la capacité respiratoire des poumons.

spiruline *nf* Algue bleue des mers tropicales.

spleen [splin] *nm* Litt Ennui que rien ne paraît justifier, mélancolie.

splendeur *nf* 1 Beauté d'un grand éclat, magnificence. 2 Chose splendide.

splendide *a* 1 Très beau, d'une beauté éclatante. 2 Somptueux, luxueux.

splendidement *av* Avec splendeur.

splénectomie *nf* Ablation de la rate.

splénique *a* ANAT De la rate.

spoiler [spɔjlœʀ] *nm* Accessoire fixé sous le pare-chocs d'une automobile pour améliorer l'aérodynamisme.

spoliateur, trice *a, n* Qui spolie.

spoliation *nf* Action de spolier.

spolier *vt* Litt Dépouiller, déposséder.

spondée *nm* VERSIF Pied d'un vers composé de deux syllabes longues.

spondylarthrite *vt* MED Rhumatisme chronique de la colonne vertébrale.

spongiaire *nm* ZOOL Animal primitif d'un embranchement comprenant les éponges.

spongieux, euse *a* 1 Qui rappelle l'éponge. 2 Qui s'imbibe d'eau. *Sol spongieux.*

sponsor *nm* Qui pratique le mécénat d'entreprise. Syn. commanditaire, parrain.

sponsoring [-ʀiŋ] ou **sponsorat** *nm* Activité d'un sponsor ; parrainage, commandite.

sponsoriser *vt* Parrainer et financer à des fins publicitaires un sportif, une équipe, etc.

spontané, ée *a* 1 Qu'on fait librement, sans y être contraint. *Aveu spontané.* 2 Qui agit, parle sans calcul ni arrière-pensée. *Un enfant spontané.* 3 BOT Qui pousse naturellement, sans intervention de l'homme.

spontanéisme *nm* Doctrine privilégiant la spontanéité révolutionnaire des masses.

spontanéiste *a, n* Adepte du spontanéisme.

spontanéité *nf* Caractère spontané.

spontanément *av* De façon spontanée.

sporadique *a* 1 Se dit d'une maladie qui touche quelques individus isolément (par oppos. à épidémique, à endémique). 2 Qui apparaît, se produit irrégulièrement.

sporadiquement *av* De façon sporadique.

sporange *nm* BOT Organe des végétaux cryptogames, où se forment les spores.

spore *nf* BOT Élément reproducteur de certains végétaux (algues, champignons, mousses, etc.).

sport *nm* 1 Activité physique, qui a pour but la compétition, l'hygiène ou la simple distraction. 2 Fam Chose, entreprise difficile, qui demande une grande dépense de forces. Loc *Sports d'hiver* : activités sportives sur la neige ou la glace. ■ *a inv* Se dit d'un style de vêtements confortables. Loc *Être sport* : se montrer beau joueur.

sportif, ive *a* 1 Relatif au sport, à un sport. 2 Loyal, beau joueur. ■ *a, n* Qui aime, qui pratique le sport.

sportivement *av* Avec un esprit sportif.

sportivité *nf* Esprit sportif.

sporuler *vi* BOT Produire des spores.

spot [spɔt] *nm* 1 Appareil d'éclairage à faisceau lumineux de faible ouverture. 2 Court message publicitaire.

sprat [spʀat] *nm* Petit poisson proche du hareng.

spray [spʀɛ] *nm* 1 Nuage ou jet de liquide vaporisé en fines gouttelettes. 2 Atomiseur.

springbok *nm* Antilope d'Afrique du Sud.

sprinkler [spʀinklœʀ] *nm* Système d'arrosage tournant.

sprint [spʀint] *nm* 1 Accélération de l'allure à la fin d'une course. 2 Course de vitesse sur une petite distance.

1. sprinter [sprintœr] *nm* Coureur de sprint.
2. sprinter [-] *vi* Effectuer un sprint.
spumeux, euse *a* Qui a l'aspect de l'écume.
squale [skwal] *nm* Requin.
squame [skwam] *nf* Lamelle qui se détache de la peau.
squameux, euse [skwa-] *a* Caractérisé par la présence de squames.
square [skwar] *nm* Jardin public.
squash [skwaʃ] *nm* Sport pratiqué en salle avec une balle qui rebondit contre les murs.
squat [skwat] *nm* Immeuble ou maison occupés par les squatteurs.
squatter ou **squattériser** [skwa-] *vt* Occuper illégalement un logement vacant.
squatteur, euse ou **squatter** *n* Qui occupe illégalement un logement vacant.
squaw [skwo] *nf* Femme mariée, chez les Indiens d'Amérique du Nord.
squeezer [skwize] *vt* 1 Au bridge, obliger l'adversaire à se défausser. 2 Fam Contraindre, coincer qqn par une habile manœuvre.
squelette *nm* 1 Ensemble des os qui constituent la charpente du corps. 2 Fam Personne très maigre. 3 Armature, charpente, carcasse.
squelettique *a* 1 Du squelette. 2 Très maigre, décharné. 3 D'une concision excessive.
sri-lankais, aise *a, n* Du Sri Lanka.
stabilisateur, trice *a* Qui stabilise. ■ *nm* Dispositif tendant à maintenir l'équilibre.
stabilisation *nf* Action de (se) stabiliser.
stabiliser *vt* Rendre stable. ■ *vpr* Devenir stable.
stabilité *nf* Caractère stable.
stable *a* 1 Qui a une base ferme, solide, qui ne vacille pas. 2 Qui est et demeure dans le même état. *Valeurs stables.* 3 Constant, équilibré. *Un garçon très stable.*
stabulation *nf* Séjour des animaux à l'étable.
staccato *av, nm* MUS À jouer en détachant les notes.
stade *nm* 1 ANTIQ Mesure de longueur valant environ 180 m. 2 Terrain spécialement aménagé pour la pratique des sports. 3 Période, phase d'une évolution. *Les stades d'une maladie, d'une carrière.*
1. staff *nm* Matériau fait de plâtre et d'une matière fibreuse, servant à réaliser des décors.
2. staff *nm* 1 Ensemble des dirigeants d'une entreprise. 2 Équipe, service.
staffeur, euse *n* Qui pose un décor de staff.
stage *nm* 1 Période d'activité dans une entreprise ou un service, dans un but de formation ou de perfectionnement. 2 Période d'entraînement à une discipline, à un art.
stagflation *nf* ECON Situation où coexistent la stagnation et l'inflation.
stagiaire *a, n* Qui fait un stage.
stagnant, ante [stagna] *a* Qui stagne.
stagnation [stagna-] *nf* État d'inertie, d'inactivité, d'immobilité de ce qui stagne.
stagner [stagne] *vi* 1 Ne pas s'écouler (fluide). *Eaux qui stagnent.* 2 Ne marquer aucune évolution. *Les affaires stagnent.*
stakhanovisme *nm* HIST En U.R.S.S., méthode d'incitation au rendement dans le travail.
stakhanoviste *a, n* HIST Qui relève du stakhanovisme.
stalactite *nf* Concrétion calcaire pendante.
stalag *nm* HIST Camp de prisonniers de guerre en Allemagne (1939-1945).

stalagmite *nf* Concrétion calcaire dressée, qui se forme sous une stalactite.
stalinien, enne *a, n* Qui relève de Staline, du stalinisme.
stalinisme *nm* HIST Mode de gouvernement despotique pratiqué en U.R.S.S. sous Staline.
stalle *nf* 1 Chacun des sièges de bois disposés de chaque côté du chœur de certaines églises. 2 Compartiment assigné à un cheval, dans une écurie.
staminé, ée *a* BOT Se dit d'une fleur pourvue d'étamines.
stance *nf* LITTER Strophe. ■ *pl* Ensemble de strophes lyriques.
stand *nm* 1 Lieu aménagé pour le tir à la cible. 2 Dans une exposition, espace réservé à un exposant. 3 Dans un circuit automobile, emplacement réservé pour le ravitaillement et les réparations.
standard *nm* 1 Modèle, type, norme de fabrication. 2 Niveau de vie. 3 Dispositif assurant la répartition des communications téléphoniques d'une installation intérieure. 4 En jazz, morceau classique sur lequel on improvise. ■ *a* 1 Qui fait partie d'une production d'éléments normalisés. *Modèle standard.* 2 Ordinaire, courant. *Un visage standard.*
standardisation *nf* Action de standardiser.
standardiser *vt* Rendre conforme à un standard, à une norme ; uniformiser, normaliser.
standardiste *n* Employé assurant le service d'un standard téléphonique.
stand-by [stãdbaj] *nm* Situation, position d'attente d'un passager qui n'a pas de réservation sur un avion.
standing [stãdiŋ] *nm* 1 Position sociale. *Améliorer son standing.* 2 Confort, luxe. *Immeuble de grand standing.*
stannifère *a* Qui contient de l'étain.
staphylin *nm* Coléoptère aux élytres courts.
staphylocoque *nm* Bactérie agent de diverses infections.
star *nf* Vedette de cinéma.
starking *nf* Variété de pomme rouge.
starlette *nf* Jeune actrice de cinéma.
star-system *nm* Système fondé sur la notoriété de certaines vedettes.
starter [-tɛr] *nm* 1 Qui donne le signal du départ dans une course. 2 Dispositif qui facilite le démarrage d'un moteur.
starting-block [-tiŋ-] *nm* Appareil servant d'appui aux pieds d'un coureur, au départ des courses. *Des starting-blocks.*
starting-gate [startiŋgɛt] *nm* Dispositif qui libère les chevaux au départ d'une course. *Des starting-gates.*
stase *nf* MED Ralentissement ou arrêt de la circulation d'un liquide dans l'organisme.
stathouder *nm* HIST Dans les Provinces-Unies, chef du pouvoir exécutif.
statice *nf* Plante à fleurs roses ou violacées.
statif *nm* Socle lourd et stable servant de support à des accessoires.
station *nf* 1 Fait de s'arrêter qqpart. 2 Fait de se tenir de telle façon. *La station debout.* 3 Lieu aménagé pour l'arrêt des véhicules. *Station d'autobus.* 4 Lieu de villégiature, de vacances. *Station thermale.* 5 Installation destinée à effectuer des observations. *Station météorologique.* 6 Ensemble d'installations émettrices. *Station*

de radio. **Loc** *Station spatiale* ou *orbitale :* vaste infrastructure pouvant assurer le séjour d'humains dans l'espace.

stationnaire *a* **1** Qui reste un certain temps à la même place. **2** Qui ne change pas, n'évolue pas. *L'état du blessé reste stationnaire.*

stationnement *nm* Action, fait de stationner.

stationner *vi* S'arrêter et demeurer à un endroit.

station-service *nf* Poste de distribution d'essence assurant des travaux d'entretien courant. *Des stations-service.*

statique *a* **1** PHYS Relatif à l'équilibre des forces. **2** Qui demeure dans le même état. Ant. *dynamique.* ■ *nf* PHYS Partie de la mécanique qui étudie les conditions d'équilibre des corps.

statisticien, enne *n* Spécialiste de statistique.

statistique *nf* **1** Science qui a pour objet l'étude mathématique de phénomènes relatifs à des groupes de gens ou d'objets. **2** Données numériques concernant l'état ou l'évolution d'un phénomène. *Les statistiques de la natalité.* ■ *a* De la statistique. *Évaluations statistiques.*

statistiquement *av* Sur le plan statistique.

stator *nm* Partie fixe de certaines machines (par oppos. au rotor).

statuaire *a* Relatif aux statues. ■ *nf* Art de faire des statues. ■ *nm* Sculpteur qui fait des statues.

statue *nf* Figure sculptée ou moulée représentant en entier un être vivant.

statuer *vi* Prendre une décision. *Statuer sur un cas particulier.*

statuette *nf* Statue de petite taille.

statufier *vt* Représenter qqn par une statue.

statu quo [-kwo] *nm inv* Situation actuelle, état actuel des choses.

stature *nf* **1** Taille de qqn. **2** Importance, notoriété de qqn.

statut *nm* **1** Situation résultant de l'appartenance à un groupe régi par des dispositions juridiques. *Le statut de la fonction publique.* **2** Situation personnelle au sein d'un groupe. *Avoir un statut privilégié.* ■ *pl* Textes qui régissent le fonctionnement d'une société, d'une association.

statutaire *a* Conforme aux statuts.

statutairement *av* Conformément aux statuts.

steak [stɛk] *nm* Syn de *bifteck.*

steamer [stimœr] *nm* Vx Bateau à vapeur.

stéarine *nf* Solide blanc et translucide constitué d'acide stéarique et de paraffine.

stéarinerie *nf* Fabrique de stéarine.

stéarique *a* **Loc** *Acide stéarique :* abondant dans le suif et servant à fabriquer des bougies.

stéatite *nf* Roche compacte faite de talc.

stéatopyge *a* Qui a de très grosses fesses.

steeple-chase [stipəlʃez] ou **steeple** *nm* Course d'obstacles pour chevaux. **Loc** *Trois mille mètres steeple :* course à pied de 3 000 m, avec divers obstacles. *Des steeple-chases* ou *des steeples.*

stégomyie *nf* Moustique vecteur de la fièvre jaune.

stégosaure *nm* Dinosaure qui portait des plaques osseuses dressées sur le dos.

steinbock *nm* Petite antilope d'Afrique du Sud.

stèle *nf* Monument monolithe dressé, portant une inscription ou une sculpture.

stellaire *a* Relatif aux étoiles. ■ *nf* Plante herbacée à fleurs blanches.

stem ou **stemm** *nm* Technique de virage à skis.

stencil [stɛn-] *nm* Papier paraffiné utilisé pour la reproduction d'un texte par un appareil de duplication.

sténo *nf* ou *n* Abrév de *sténographie* et de *sténodactylo.*

sténodactylo *n* Qui pratique la sténodactylographie.

sténodactylographie *nf* Emploi combiné de la sténographie et de la dactylographie.

sténographe *n* Qui pratique la sténographie.

sténographie *nf* Procédé d'écriture rapide au moyen de signes conventionnels.

sténographier *vt* Écrire en sténographie.

sténographique *a* De la sténographie.

sténose *nf* MED Rétrécissement pathologique d'un conduit, d'un orifice, d'un organe.

sténotype *nf* Machine à clavier qui permet de noter très rapidement la parole.

sténotypie *nf* Technique de la notation de la parole au moyen d'une sténotype.

sténotypiste *n* Qui pratique la sténotypie.

stentor [stãtɔr] *nm* **Loc** *Voix de stentor :* forte, retentissante.

steppe *nf* Formation végétale des zones semi-arides, constituée par une couverture discontinue d'herbes courtes.

steppique *a* De la steppe.

stercoraire *nm* Gros oiseau des régions polaires. ■ *a* BIOL Qui vit ou croît sur des excréments.

stère *nm* Unité valant 1 mètre cube de bois.

stéréo *nf* ou *a* Abrév de *stéréophonie, stéréophonique.*

stéréochimie *nf* Étude de la disposition spatiale des atomes dans les molécules.

stéréogramme *nm* Image obtenue par stéréographie ou stéréoscopie.

stéréographie *nf* Représentation des solides par leurs projections sur des plans.

stéréométrie *nf* Branche de la géométrie qui a pour objet la mesure des solides.

stéréophonie *nf* Procédé de reproduction des sons restituant un relief sonore.

stéréophonique *a* De la stéréophonie.

stéréoscope *nm* Instrument d'optique restituant l'impression du relief à partir de deux images planes fusionnées d'un même sujet.

stéréoscopie *nf* Procédé qui restitue l'impression du relief par le stéréoscope.

stéréoscopique *a* De la stéréoscopie.

stéréotaxie *nf* CHIR Localisation d'une structure nerveuse cérébrale à partir de repères osseux.

stéréotomie *nf* Art de la coupe des pierres, des matériaux de construction.

stéréotype *nm* Idée toute faite, banalité.

stéréotypé, ée *a* Qui a le caractère convenu d'un stéréotype ; banal, sans originalité.

stéréotypie *nf* Exagération de l'automatisme observée chez certains malades mentaux.

stérile *a* **1** Qui n'est pas apte à la reproduction. **2** Exempt de tout germe. *Pansement stérile.* **3** Qui ne produit rien, ne rapporte rien. *Une terre stérile.* **4** Qui n'aboutit à rien. *Discussion stérile.* ■ *nmpl* Déblais d'une exploitation minière.

stérilement *av* De façon stérile.

stérilet *nm* Dispositif anticonceptionnel intra-utérin.

stérilisant, ante *a* Qui stérilise.

stérilisation *nf* Action de stériliser.

stériliser *vt* **1** Rendre inapte à la reproduction. **2** Rendre exempt de germes. *Stériliser du lait.*

stérilité *nf* État stérile.

sterlet *nm* Esturgeon.

sterling [-liŋ] *a inv* Loc *Livre sterling :* monnaie de compte de Grande-Bretagne.

sterne *nf* Oiseau proche des mouettes. Syn. hirondelle de mer.

sternum [-nɔm] *nm* Os plat de la poitrine sur lequel s'articulent les côtes et les clavicules.

stéroïde *nm* BIOL Hormone dérivée d'un stérol et sécrétée par les glandes endocrines.

stéroïdien, enne *a* D'un stéroïde.

stérol *nm* BIOL Alcool constituant l'essentiel des hormones génitales et surrénales.

stéthoscope *nm* Instrument permettant l'auscultation des bruits à travers les parois du corps.

stetson [-sɔn] *nm* Chapeau texan à larges bords.

steward [stjuward] *nm* Garçon de service à bord des paquebots, des avions.

stibine *nf* Minerai d'antimoine.

stick *nm* **1** Canne mince et flexible. **2** Groupe de parachutistes largués d'un même avion. **3** Produit conditionné sous forme de bâtonnet.

stigmate *nm* **1** Litt Marque que laisse une plaie ; cicatrice. **2** Litt Marque, trace honteuse. ■ *pl* Marques des cinq plaies du Christ visibles sur le corps de certains mystiques.

stigmatiser *vt* Blâmer, flétrir publiquement.

stilton [-tɔn] *nm* Fromage anglais au lait de vache, à moisissures internes.

stimulant, ante *a, nm* Qui stimule.

stimulateur *nm* Loc *Stimulateur cardiaque :* appareil électrique remédiant à certaines insuffisances cardiaques. Syn. pacemaker.

stimulation *nf* Action de stimuler.

stimuler *vt* **1** Inciter à l'action, encourager, motiver. **2** Exciter, réveiller une activité. *Stimuler la digestion.*

stimulus *nm* Facteur déclenchant une réaction physiologique ou psychologique.

stipe *nm* BOT Tige des palmiers et des fougères.

stipendier *vt* Litt Payer qqn pour l'exécution de mauvais desseins.

stipulation *nf* Clause d'un contrat.

stipule *nf* BOT Petit appendice à la base du pétiole de certaines feuilles.

stipuler *vt* **1** Formuler comme condition dans un contrat. **2** Spécifier expressément.

stochastique [-kas-] *a* MATH Qui relève du calcul des probabilités.

stock *nm* **1** Quantité de marchandises en réserve. **2** Quantité de choses qu'on possède.

stockage *nm* Mise en stock.

stock-car *nm* Vieille automobile utilisée dans des courses où collisions et chocs volontaires sont autorisés. *Des stock-cars.*

stocker *vt* Mettre en stock, emmagasiner.

stockfish [-fiʃ] *nm* **1** Poisson salé et séché. **2** Morue séchée à l'air et non salée.

stock-option *nf* Rémunération des dirigeants d'entreprise par l'octroi d'actions de la société. *Des stock-options.*

stoïcien, enne *a, n* Qui relève du stoïcisme.

stoïcisme *nm* **1** Doctrine du philosophe grec Zénon. **2** Fermeté d'âme devant la douleur ou l'adversité.

stoïque *a, n* Qui supporte sans faiblir la douleur, l'adversité.

stoïquement *av* Courageusement.

stolon *nm* BOT Tige rampante qui développe des racines et des feuilles, formant un nouveau pied.

stomacal, ale, aux *a* De l'estomac.

stomachique *a, nm* Qui facilite la digestion.

stomate *nm* BOT Organe épidermique des végétaux.

stomatite *nf* MED Inflammation de la muqueuse buccale.

stomatologie *nf* Étude et traitement des affections de la bouche et des dents.

stomatologiste ou **stomatologue** *n* Spécialiste de stomatologie.

stop *interj* Marque un ordre, un signal d'arrêt. ■ *nm* **1** Signal lumineux à l'arrière des véhicules, commandé par le frein. **2** Signal routier ordonnant l'arrêt absolu. **3** Fam Auto-stop. *Faire du stop.*

stoppage *nm* Action de raccommoder en stoppant.

stopper *vt* **1** Faire cesser d'avancer, de fonctionner un véhicule, une machine. **2** Arrêter le mouvement, la progression de qqn, de qqch. **3** Raccommoder une étoffe déchirée fil par fil. ■ *vi* S'arrêter. *Stopper au feu rouge.*

stoppeur, euse *n* Qui fait de l'auto-stop.

store *nm* Rideau souple placé devant une ouverture et qui se lève ou s'abaisse.

story-board [-bɔrd] *nm* Découpage du scénario d'un film en une suite de dessins.

stoupa. V. stupa.

stout [stawt] *nm* Bière anglaise forte.

strabisme *nm* Anomalie de la vision due à un défaut de parallélisme des yeux.

stradivarius *nm inv* Violon, alto ou violoncelle fabriqué par Stradivarius.

strangulation *nf* Action d'étrangler.

strapontin *nm* **1** Siège qu'on peut relever ou abaisser dans certains véhicules, dans les salles de spectacle, etc. **2** Place, fonction d'importance secondaire.

strass *nm* Verre coloré très réfringent, utilisé pour imiter les pierres précieuses.

stratagème *nm* Ruse, tromperie habile.

strate *nf* **1** GEOL Chacune des couches qui constituent un terrain. **2** Didac Chacun des niveaux d'un ensemble.

stratège *nm* **1** Personne compétente en matière de stratégie. **2** ANTIQ Magistrat grec qui commandait l'armée.

stratégie *nf* **1** Organisation de l'ensemble des opérations d'une guerre, de la défense d'un pays. **2** Art de combiner des opérations pour atteindre un objectif. *Stratégie électorale.*

stratégique *a* De la stratégie.

stratification *nf* Disposition en strates.

stratifié *nm* Matériau constitué de couches d'une matière souple imprégnées de résines artificielles.

stratifier *vt* Disposer en couches superposées.

stratigraphie *nf* GEOL Étude des strates des terrains, des couches de l'écorce terrestre.

stratocratie *nf* SOCIOL Système politique dominé par l'armée.

stratocumulus ou **cumulostratus** [-tys] *nm inv* Nuages gris situés entre 1 000 et 2 000 m.

stratosphère *nf* Couche de l'atmosphère située entre 10 et 50 km d'altitude.

stratosphérique *a* De la stratosphère.

stratus [-tys] *nm* Nuage bas en couche grise assez uniforme.

streptocoque *nm* Bactérie de forme arrondie, agent de nombreuses infections.

streptomycine *nf* Antibiotique très actif.

stress *nm inv* Perturbation provoquée par des agents agresseurs variés (émotion, froid).

stressant, ante *a* Qui provoque le stress.

stresser *vt* Perturber par un stress.

stretch *nm* (n déposé) Type de tissu élastique.

stretching [-ʃiŋ] *nm* Méthode de gymnastique.

strict, stricte *a* **1** Qui doit être rigoureusement observé. *Consignes strictes.* **2** D'une exactitude ou d'une valeur absolue. *La stricte vérité.* **3** Intransigeant, sévère. **4** D'une sobriété un peu sévère. *Tailleur strict.*

strictement *av* De façon stricte.

striction *nf* Didac Resserrement.

stricto sensu *av* Au sens étroit.

stridence *nf* Litt Caractère strident, perçant.

strident, ente *a* Aigu et perçant (sons).

stridulation *nf* ZOOL Bruit aigu des cigales, des criquets, etc.

strie *nf* Ligne fine, en creux ou en relief, parallèle, sur une surface, à d'autres lignes.

strié, ée *a* Qui présente des stries.

strier *vt* Marquer, orner de stries.

string [striŋ] *nm* Cache-sexe maintenu par un cordon passant entre les fesses.

stripping [-piŋ] *nm* Traitement chirurgical des varices.

strip-tease [-tiz] *nm* Déshabillage progressif et suggestif d'une femme au cours d'un spectacle de cabaret. *Des strip-teases.*

strip-teaseuse [-tizœz] *nf* Femme exécutant des strip-teases. *Des strip-teaseuses.*

striure *nf* Strie ou ensemble de stries.

stroboscope *nm* Appareil d'observation des mouvements périodiques rapides.

strontium [-sjɔm] *nm* Métal blanc très oxydable.

strophaire *nm* Champignon à chapeau visqueux.

strophe *nf* Groupe de vers formant un système de rimes complet dans une œuvre poétique.

structural, ale, aux *a* D'une structure ou du structuralisme. *Analyse structurale.*

structuralisme *nm* Théorie et méthode d'analyse privilégiant les relations entre les faits à l'intérieur d'une structure.

structuraliste *a. n* Qui relève du structuralisme.

structurant, ante *a* Qui permet de structurer.

structuration *nf* Action de (se) structurer.

structure *nf* **1** Agencement, disposition des différents éléments d'un tout concret ou abstrait ; constitution, contexture. **2** Ce qui soutient qqch, lui donne forme et rigidité ; ossature. **3** Système, ensemble solidaire dont les éléments sont unis par un rapport de dépendance.

structuré, ée *a* Qui possède une structure.

structurel, elle *a* **1** Structural. **2** Qui relève des structures économiques. *Chômage structurel.* Ant. conjoncturel.

structurellement *av* Sur le plan structurel.

structurer *vt* Donner une structure à. ■ *vpr* Acquérir une structure.

strudel [ʃtrudɛl] *nm* Gâteau fourré aux pommes et aux raisins secs.

strychnine [strik-] *nf* Alcaloïde très toxique extrait de la noix vomique.

stuc *nm* Matériau imitant le marbre.

stucage *nm* Application de stuc.

stud-book [stœdbuk] *nm* Registre contenant les performances des chevaux pur-sang. *Des stud-books.*

studieusement *av* De façon studieuse.

studieux, euse *a* **1** Qui aime l'étude. *Élève studieux.* **2** Consacré à l'étude. *Vacances studieuses.*

studio *nm* **1** Logement constitué d'une seule pièce principale. **2** Endroit aménagé pour le tournage de films, d'émissions de télévision, etc. **3** Atelier d'artiste, de photographe.

stupa [stupa] ou **stoupa** *nm* Monument funéraire bouddhique.

stupéfaction *nf* Étonnement extrême.

stupéfait, euse *a* **1** Très étonné.

stupéfiant, ante *a* Qui stupéfie. ■ *nm* Substance analgésique ou euphorisante dont l'usage peut entraîner une dépendance et des troubles graves.

stupéfier *vt* Causer un grand étonnement.

stupeur *nf* Étonnement profond.

stupide *a* Qui manque d'intelligence, de jugement ; idiot.

stupidement *av* De façon stupide.

stupidité *nf* **1** Caractère stupide. **2** Parole, action stupide.

stupre *nm* Litt Débauche avilissante ; luxure.

stuquer *vt* Enduire de stuc.

style *nm* **1** Manière d'utiliser les moyens d'expression du langage. *Style clair. Style administratif.* **2** Ensemble des traits caractéristiques des œuvres d'un artiste, d'une époque. *Une décoration de style Régence.* **3** Ensemble des comportements habituels de qqn, manière d'agir. *Adopter un certain style de vie.* **4** BOT Partie du pistil qui surmonte l'ovaire. Loc *De style* : d'un style particulier, propre à une époque ancienne. *De grand style* : qui a de l'ampleur, du brio.

stylé, ée *a* Se dit d'un employé qui accomplit son service dans les règles, avec élégance.

stylet *nm* Poignard à petite lame aiguë.

stylisation *nf* Action de styliser.

styliser *vt* Représenter en simplifiant les formes, dans un but décoratif.

stylisme *nm* Profession de styliste.

styliste *n* **1** Écrivain très soigneux de son style. **2** Dont le métier est de définir le style d'un produit industriel, de créer des modèles pour la mode, l'ameublement.

stylistique *a* Relatif au style, à la stylistique. ■ *nf* Étude de la mise en œuvre des moyens d'expression d'une langue.

stylo *nm* Porte-plume à réservoir d'encre.

stylo-feutre *nm* Stylo ayant une pointe en feutre ou en nylon. *Des stylos-feutres.*

styrax *nm* Arbrisseau fournissant le benjoin.

styrène, styrol ou **styrolène** *nm* Composé utilisé comme matière première dans l'industrie des plastiques.

su *nm* Loc *Au vu et au su de tout le monde* : sans rien cacher.

suaire nm Litt Linceul.

suant, ante a Fam Ennuyeux.

suave a Litt D'une douceur agréable.

suavement av Avec suavité.

suavité nf Caractère suave.

subaigu, uë a MED Proche de l'état aigu.

subalpin, ine a Situé en bordure des Alpes.

subalterne a, n Dont la position est inférieure, subordonnée.

subaquatique [-kwa-] a Sous l'eau.

subatomique a PHYS Inférieur à l'atome.

subconscient, ente a, nm Se dit d'un état psychique dont on n'a pas conscience.

subdéléguer vt [12] Déléguer qqn dans une fonction dont on a été chargé.

subdésertique a Dont le climat est proche de celui des déserts.

subdiviser vt Soumettre à une nouvelle division. *Subdiviser un paragraphe.*

subdivision nf 1 Action de subdiviser. 2 Partie d'un tout divisé.

subduction nf GEOL Glissement des plaques océaniques sous les plaques voisines.

subéreux, euse a BOT De la nature du liège.

subir vt 1 Supporter ce qui est imposé. 2 Se soumettre ou être soumis à. *Subir une opération.* 3 Être l'objet de. *La Bourse subit une baisse.*

subit, ite a Soudain et imprévu.

subitement av De façon subite ; soudain.

subito av Fam Subitement.

subjectif, ive a 1 PHILO Qui a rapport au sujet pensant. 2 Qui dépend de la personnalité, des goûts de chacun ; individuel, partial. *Jugement subjectif.* Ant. objectif.

subjectile nm TECH Surface qui reçoit une couche de peinture.

subjectivement av De façon subjective.

subjectivisme nm Propension à tenir compte de ses seules certitudes personnelles.

subjectiviste a, n Qui relève du subjectivisme.

subjectivité nf Caractère subjectif (par oppos. à objectivité).

subjonctif nm GRAM Mode personnel du verbe, employé dans certaines subordonnées ou pour exprimer le doute, l'éventualité.

subjuguer vt Exercer un ascendant absolu sur qqn.

sublimation nf 1 CHIM Passage direct de l'état solide à l'état gazeux. 2 Action d'élever, de purifier un sentiment, un acte.

sublime a, nm Très haut placé dans l'échelle des valeurs esthétiques ou morales ; admirable.

sublimé nm CHIM Produit obtenu par sublimation.

sublimer vt 1 CHIM Faire subir la sublimation. 2 Purifier une tendance en l'idéalisant.

subliminal, ale, aux a PSYCHO Qui ne dépasse pas le seuil de la conscience.

sublimité nf Litt Caractère sublime.

sublingual, ale, aux [-gwal] a Situé sous la langue.

submerger vt [11] 1 Couvrir complètement d'eau, de liquide ; inonder. 2 Envahir, déborder. *Être submergé de travail.*

submersible a Qui peut être submergé. *Région submersible.* ■ nm Sous-marin.

submersion nf Action de submerger.

subodorer vt Pressentir, deviner, flairer.

subordination nf 1 Dépendance à l'égard d'un autre. 2 GRAM Rapport syntaxique entre une proposition et une autre à laquelle elle est subordonnée.

subordonnant nm GRAM Élément qui établit une subordination (conjonction, relatif).

subordonné, ée a, n Qui est sous la dépendance de qqch, sous l'autorité de qqn. ■ nf GRAM Proposition qui se trouve dans une relation syntaxique de dépendance par rapport à une autre proposition (dite *principale*).

subordonner vt 1 Mettre qqn dans une situation hiérarchiquement inférieure à un autre. 2 Faire dépendre une chose d'une autre. *Il subordonne son départ à la réussite de ses affaires.*

subornation nf Fait de suborner un témoin.

suborner vt DR Corrompre un témoin.

suborneur, euse n DR Qui suborne, qui dévoie. ■ nm Litt Qui séduit une femme.

subreptice a Litt Qui est fait furtivement.

subrepticement av En se cachant.

subrogation nf DR Acte par lequel on subroge.

subrogatoire a DR De la subrogation.

subrogé, ée a Loc DR *Subrogé tuteur* : choisi pour surveiller le tuteur ou le suppléer.

subroger vt [11] DR Désigner à la place de qqn.

subséquemment av DR Ensuite.

subséquent, ente a DR Qui suit.

subside nm Aide financière.

subsidence nf GEOL Lent mouvement d'affaissement.

subsidiaire a Qui s'ajoute au principal pour le renforcer, le compléter. *Moyens subsidiaires.* Loc *Question subsidiaire* : question qui sert à départager les concurrents ex aequo.

subsidiairement av Accessoirement.

subsistance nf 1 Fait de subsister. 2 Nourriture et entretien d'une personne. *Pourvoir à la subsistance de qqn.*

subsistant, ante a Qui subsiste.

subsister vi 1 Exister encore. *Cette coutume subsiste.* 2 Subvenir à ses besoins essentiels.

subsonique a Inférieur à la vitesse du son.

substance nf 1 Matière, corps. *Substance minérale, liquide.* 2 Ce qu'il y a d'essentiel dans un discours, un écrit. *La substance d'un livre.* Loc *En substance* : en se bornant à l'essentiel, en résumé.

substantiel, elle a 1 Nourrissant. *Un plat substantiel.* 2 Important, non négligeable. *Des avantages substantiels.*

substantiellement av De façon substantielle.

substantif nm GRAM Syn de nom.

substantivement av En qualité de substantif.

substantiver vt Transformer en substantif.

substituable a Qui peut être substitué.

substituer vt Mettre une personne, une chose à la place d'une autre. ■ vpr Remplacer qqn, qqch, prendre leur place.

substitut nm 1 DR Magistrat qui supplée le procureur. 2 Ce qui peut remplacer qqch ; succédané. *Chercher un substitut au tabac.*

substitutif, ive a Qui peut remplacer qqch.

substitution nf Action de substituer.

substrat nm Ce qui sert de base, qui est sousjacent ; infrastructure.

subterfuge nm Moyen détourné, ruse.

subtil, ile a 1 Qui a une finesse, une ingéniosité remarquable. 2 Difficile à saisir pour l'esprit, les sens. *Nuance subtile.*

subtilement *av* De façon subtile.

subtilisation *nf* Action de subtiliser.

subtiliser *vt* Voler habilement qqch.

subtilité *nf* 1 Caractère subtil. 2 Raisonnement subtil.

subtropical, ale, aux *a* Situé sous les tropiques. *Climat subtropical.*

suburbain, aine *a* Situé près d'une ville.

subvenir *vti* [35] Pourvoir à des besoins matériels, financiers.

subvention *nf* Somme versée par l'État, un organisme, etc., pour permettre d'entreprendre une activité d'intérêt général.

subventionner *vt* Aider par des subventions.

subversif, ive *a* Qui tend à provoquer la subversion. *Propos subversifs.*

subversion *nf* Action visant au renversement de l'ordre politique existant.

suc *nm* Liquide organique susceptible d'être extrait d'un tissu animal ou végétal.

succédané *nm* 1 Produit qu'on peut substituer à un autre. *Les succédanés du café.* Syn. ersatz. 2 Ce qui remplace qqch en ayant une valeur moindre.

succéder *vti* [12] 1 Venir après qqn et le remplacer dans une charge, un emploi. 2 Venir après qqch dans le temps ou l'espace. 3 DR Recueillir l'héritage de qqn. ■ *vpr* Venir l'un après l'autre. *Ils se sont succédé à ce poste.*

succès *nm* 1 Heureuse issue d'une opération, d'une entreprise. 2 Bon résultat obtenu par qqn. 3 Fait de gagner la faveur du public. *Film qui a du succès.*

successeur *nm* Qui succède à un autre dans ses fonctions, ses biens.

successif, ive *a* Qui se succèdent. *Les locataires successifs de cet appartement.*

succession *nf* 1 Fait de succéder à qqn. 2 Ensemble de personnes ou de choses qui se succèdent. *Une succession de catastrophes.* 3 DR Transmission par voie légale des biens d'une personne décédée ; biens dévolus aux successeurs.

successivement *av* L'un après l'autre.

successoral, ale, aux *a* DR Relatif aux successions.

succinct, incte [syksɛ̃, ɛ̃t] *a* 1 Bref, concis. *Description succincte.* 2 Fam Peu copieux. *Un repas succinct.*

succinctement *av* De façon succincte.

succion [sysjɔ̃] *nf* Action de sucer.

succomber *vi* 1 Fléchir, avoir le dessous. *Succomber sous la charge, sous le nombre.* 2 Mourir. *Le blessé a succombé.* ■ *vti* Céder à qqch. *Succomber à la tentation.*

succube *nm* Démon d'apparence féminine.

succulence *nf* Litt Caractère succulent.

succulent, ente *a* Très savoureux.

succursale *nf* Établissement commercial ou financier subordonné à un autre.

succursalisme *nm* Forme de commerce fondée sur un réseau de petits magasins.

sucer *vt* [10] 1 Attirer un liquide dans sa bouche en aspirant. 2 Presser avec les lèvres et la langue en aspirant.

sucette *nf* 1 Bonbon fixé au bout d'un bâtonnet. 2 Petite tétine pour les bébés.

suceur, euse *a* Qui suce.

suçoir *nm* 1 ZOOL Trompe aspirante de certains insectes. 2 BOT Organe par lequel s'alimentent certains végétaux parasites.

suçon *nm* Marque laissée sur la peau par une succion longue et forte.

suçoter *vt* Fam Sucer à petits coups.

sucrage *nm* Action de sucrer.

sucrant, ante *a* Qui sucre.

1. sucre *nm* 1 Substance alimentaire de saveur douce que l'on tire principalement de la betterave et de la canne à sucre. 2 Fam Morceau de sucre. 3 CHIM Glucide. Loc *Sucre d'orge* : sucre parfumé roulé en bâton. Fam *Casser du sucre sur le dos de qqn* : dire du mal de lui.

2. sucre *nm* Unité monétaire de l'Équateur.

sucré, ée *a* Qui contient du sucre, qui a le goût du sucre. *Boisson sucrée.* ■ *a, n* Doucereux, mielleux. *Prendre un ton sucré. Faire la sucrée.*

sucrer *vt* 1 Mettre du sucre dans. *Sucrer son café.* 2 Fam Supprimer qqch. *Sucrer une permission à un soldat.* ■ *vpr* 1 Additionner ses aliments de sucre. 2 Fam S'octroyer une grande part de bénéfices, d'avantages matériels, etc.

sucrerie *nf* 1 Établissement où on fabrique le sucre. 2 Produit de confiserie.

sucrier, ère *a* Qui fournit du sucre. ■ *nm* 1 Pièce de vaisselle dans laquelle on sert le sucre. 2 Propriétaire d'une sucrerie.

sud *nm* 1 L'un des quatre points cardinaux (opposé au nord). 2 (avec majusc) Partie du globe terrestre, d'un pays, etc., qui s'étend vers le sud. 3 Ensemble des pays sous-développés. ■ *a inv* Situé au sud. *Le pôle Sud.*

sud-africain, aine *a, n* De la République d'Afrique du Sud.

sud-américain, aine *a, n* De l'Amérique du Sud.

sudation *nf* PHYSIOL Forte transpiration.

sudatoire *a* De la sudation.

sud-coréen, enne *a, n* De la Corée du Sud.

sud-est *nm* 1 Point de l'horizon situé à égale distance entre le sud et l'est. 2 (avec majusc) Partie d'un pays, d'une région, qui s'étend vers le sud-est. ■ *a inv* Situé au sud-est.

sudiste *a, n* HIST Partisan des États esclavagistes du sud des États-Unis, pendant la guerre de Sécession.

sudoral, ale, aux *a* Relatif à la sueur.

sudorifique *a* Qui provoque la sudation.

sudoripare *a* Qui sécrète la sueur.

sud-ouest *nm* 1 Point de l'horizon situé entre le sud et l'ouest. 2 (avec majusc) Partie d'un pays située au sud-ouest. ■ *a inv* Situé au sud-ouest.

suède *nm* Peau dont le côté chair est à l'extérieur.

suédé, ée *a* Qui a l'aspect du suède.

suédine *nf* Tissu qui imite le suède.

suédois, oise *a, n* De Suède. ■ *nm* Langue nordique parlée en Suède.

suée *nf* Fam Transpiration abondante.

suer *vi* 1 Rejeter de la sueur par les pores. 2 Fam Se donner beaucoup de peine pour faire qqch. Loc Fam *Faire suer qqn* : l'ennuyer, l'impatienter. Fam *Se faire suer* : s'ennuyer. ■ *vt* Dégager une impression, exhaler. *Suer l'ennui, la peur.* Loc Fam *Suer sang et eau* : peiner extrêmement.

sueur *nf* Liquide salé de la transpiration cutanée. Loc *Avoir des sueurs froides* : avoir une grande peur. *Gagner son pain à la sueur de son front* : à force de travail.

suffète nm HIST Magistrat suprême de Carthage.

suffire vti [79] 1 Être en quantité satisfaisante, avoir les qualités requises pour. *Cette somme suffit à nos besoins. Votre parole me suffit.* 2 Pouvoir satisfaire à soi seul aux exigences de qqch, qqn. *Il ne suffit pas à la tâche.* ■ v imp Il faut seulement. *Il suffit d'y aller. Il suffit que vous le désiriez.* Loc *Cela suffit :* c'est assez. ■ vpr Ne pas avoir besoin des autres pour ses besoins propres.

suffisamment av Assez.

suffisance nf Caractère d'une personne suffisante. *Un air plein de suffisance.* Loc *En suffisance :* en quantité suffisante.

suffisant, ante a 1 Qui suffit. 2 Trop sûr de soi. *Je le trouve très suffisant.*

suffixal, ale, aux a Du suffixe.

suffixation nf Dérivation à l'aide de suffixes.

suffixe nm Élément placé après le radical d'un mot et lui conférant une signification particulière (ex. : forte*ment*).

suffixé, ée a Comportant un suffixe.

suffocant, ante a Qui suffoque.

suffocation nf Fait de suffoquer.

suffoquer vt 1 Gêner la respiration au point d'étouffer. 2 Fam Stupéfier. *Son aplomb m'a suffoqué.* ■ vi Respirer avec peine ; étouffer.

suffrage nm 1 Avis exprimé dans une élection, une délibération ; voix, vote. 2 Opinion, jugement favorable. *Cette pièce a mérité tous les suffrages.*

suffragette nf Citoyenne britannique qui militait pour le droit de vote des femmes.

suggérer [syg-] vt [12] Faire venir à l'esprit.

suggestif, ive a Qui suggère des idées, des sentiments (érotiques en particulier).

suggestion [syggεsjɔ̃] nf 1 Action de suggérer. 2 Chose suggérée. 3 Influence psychique exercée sur qqn.

suggestionner vt Inspirer des idées, des actes à qqn par suggestion.

suicidaire a Qui mène au suicide. ■ a, n Psychiquement disposé au suicide.

suicidant, ante a, n Qui a fait une tentative de suicide.

suicide nm 1 Action de se donner volontairement la mort. 2 Fait de s'exposer dangereusement.

suicidé, ée a, n Qui s'est donné volontairement la mort.

suicider (se) vpr Se tuer volontairement.

suidé nm ZOOL Animal de la famille du porc.

suie nf Matière noirâtre que la fumée dépose dans les conduits de cheminée.

suif nm Graisse des ruminants.

sui generis [sɥiʒeneʁis] a inv Caractéristique d'une espèce, d'une chose.

suint nm Matière grasse sécrétée par les animaux à laine et qui imprègne leurs poils.

suintement nm Fait de suinter.

suinter vi 1 S'écouler presque imperceptiblement. *Sang qui suinte d'une plaie.* 2 Laisser couler très lentement. *Vase poreux qui suinte.*

suisse a De Suisse. ■ n Citoyen(enne) de la Suisse. ■ nm Vx Employé d'église en uniforme. Loc *Boire en suisse :* sans inviter les autres.

Suissesse nf Vieilli Citoyenne de la Suisse.

suite nf 1 Ensemble de ceux qui suivent un haut personnage dans ses déplacements. 2 Ce qui vient après, ce qui continue qqch. *Attendre*

la suite d'un récit. 3 Ensemble de personnes ou de choses qui se suivent. *Une suite de maisons.* 4 Appartement loué dans un hôtel de luxe. 5 MUS Composition se développant en plusieurs morceaux. 6 Conséquence d'un événement. *Mourir des suites d'un accident.* 7 Enchaînement logique, cohérent. Loc *Faire suite à :* succéder à. *À la suite de :* derrière, après ; en conséquence de. *De suite :* successivement. *Ainsi de suite :* en continuant de la même façon. *Tout de suite :* immédiatement. *Par la suite :* plus tard. *Par suite de :* en conséquence de. *Avoir de la suite dans les idées,* avoir l'esprit de suite : être persévérant. *Sans suite :* incohérent. *Donner suite à :* poursuivre la réalisation de.

suivant, ante a, n Qui vient tout de suite après un autre. *Le client, le mois suivant. Au suivant !* ■ prép Conformément à, selon. *Suivant les circonstances.*

suiveur, euse n 1 Qui fait partie de l'escorte d'une course cycliste. 2 Qui se borne à suivre, à faire comme tout le monde.

suivi, ie a 1 Qui intéresse de nombreuses personnes. *Une émission très suivie.* 2 Continu, sans interruption. *Un travail suivi.* 3 Dont les parties sont liées de façon cohérente. *Raisonnement suivi.* ■ nm Continuité contrôlée. *Assurer le suivi d'une fabrication.*

suivisme nm Attitude de ceux qui suivent aveuglément une autorité, une mode, etc.

suiviste a, n Qui relève du suivisme.

suivre vt [73] 1 Marcher, aller derrière. *Suivre qqn à la trace.* 2 Accompagner qqn dans ses déplacements. 3 Être, venir après dans l'espace, dans le temps, dans une série. *Le nom qui suit le mien sur la liste.* 4 Parcourir ; longer. *Suivre un chemin. La route qui suit la voie ferrée.* 5 Se laisser conduire par, se conformer à. *Suivre la mode.* 6 Se soumettre à, fréquenter. *Suivre un traitement. Suivre des cours.* 7 Porter un intérêt soutenu à. *Suivre l'actualité.* 8 Comprendre qqch dans sa logique. *Suivre un raisonnement.* ■ vpr Se succéder ; s'enchaîner. *Les jours se suivent sans se ressembler.*

1. sujet, ette a Exposé, enclin à, susceptible de. *Être sujet aux rhumes.* Loc *Sujet à caution :* dont il vaut mieux se méfier. ■ n Personne soumise à une autorité ; ressortissant.

2. sujet nm 1 Ce qui est en question, matière, centre d'intérêt. *Un sujet de discussion.* 2 Motif, raison. *Un sujet de querelle.* 3 GRAM Terme d'une proposition qui confère ses marques (personne, nombre) au verbe. 4 Être vivant sur lequel portent les observations, les expériences. *Sujet guéri.* Loc *Bon, mauvais sujet :* qui a une bonne, une mauvaise conduite. *Brillant sujet :* élève très doué. *Au sujet de :* à propos de, sur.

sujétion nf 1 Assujettissement, asservissement, dépendance. 2 Contrainte imposée par qqch.

sulfamide nm Substance utilisée pour ses propriétés antibiotiques.

sulfatage nm Action de sulfater.

sulfate nm Sel de l'acide sulfurique.

sulfater vt Vaporiser sur des cultures une solution de sulfate de cuivre.

sulfateuse nf 1 Machine à sulfater. 2 Fam Mitraillette.

sulfhydrique a Loc *Acide sulfhydrique :* gaz à odeur d'œuf pourri, très toxique.

sulfite *nm* Sel de l'acide sulfureux.

sulfure *nm* 1 CHIM Combinaison de soufre avec un autre élément. 2 Morceau de cristal décoré dans la masse.

sulfuré, ée *a* CHIM 1 À l'état de sulfure. 2 Combiné avec le soufre.

sulfureux, euse *a* 1 CHIM Relatif au soufre. 2 Lié à l'enfer ; démoniaque. *Un charme sulfureux.*

sulfurique *a* Loc *Acide sulfurique :* dérivé du soufre, corrosif, très employé dans l'industrie.

sulfurisé, ée *a* Se dit d'un papier imperméable, utilisé pour l'emballage des produits alimentaires.

sulky *nm* Voiture légère à deux roues pour les courses de trot.

sulpicien, enne *a* Se dit d'un art religieux conventionnel et fade.

sultan *nm* HIST 1 Souverain de l'Empire ottoman. 2 Titre de certains princes musulmans.

sultanat *nm* 1 Dignité de sultan. 2 État gouverné par un sultan.

sultane *nf* Épouse du sultan.

sumac *nm* Petit arbre dont on tire des vernis, des colorants, des laques.

sumérien, enne *a, n* De Sumer. ■ *nm* Langue des Sumériens écrite en cunéiformes.

summum [sɔmɔm] *nm* Plus haut point, plus haut degré.

sumo *nm inv* Lutte japonaise traditionnelle.

sunlight [sœnlajt] *nm* Puissant projecteur utilisé pour les prises de vues cinématographiques.

sunna *nf* Tradition de l'islam représentant l'orthodoxie musulmane.

sunnisme *nm* Courant majoritaire de l'islam, s'appuyant sur la sunna.

sunnite *a, n* Qui se conforme à la sunna.

super *a inv* Fam Extraordinaire, admirable. ■ *nm* Fam Supercarburant.

superbe *a* D'une grande beauté, magnifique. *Une femme superbe. Un temps superbe.* ■ *nf* Litt Maintien orgueilleux.

superbement *av* De façon superbe.

supercarburant *nm* Carburant d'un rendement supérieur à celui de l'essence ordinaire.

supercherie *nf* Tromperie, fraude.

supérette *nf* Petit supermarché.

superfétatoire *a* Litt Superflu, inutile.

superficialité *nf* Caractère superficiel.

superficie *nf* Étendue, aire, surface.

superficiel, elle *a* 1 Qui est à la surface. *Plaie superficielle.* 2 Futile, sans profondeur. *Sentiments superficiels.*

superficiellement *av* De façon superficielle.

superflu, ue *a, nm* Qui est en trop, inutile. *Ornements superflus. Se passer du superflu.*

supergrand *nm* Superpuissance.

supérieur, eure *a* 1 Situé au-dessus, en haut. *La mâchoire supérieure.* 2 Plus élevé en degré, en valeur, en grade. *Un poids supérieur à trois tonnes. Les officiers supérieurs.* 3 Hautain, arrogant. *Prendre un air supérieur.* ■ *n* 1 Personne de qui on dépend hiérarchiquement. 2 Qui dirige une communauté religieuse.

supérieurement *av* De façon supérieure.

supériorité *nf* Fait d'être supérieur ; caractère supérieur. *Supériorité numérique.*

superlatif *nm* 1 GRAM Degré de l'adjectif ou de l'adverbe qui exprime le niveau extrême (ex. : *très beau, le moins grand*). 2 Terme emphatique, hyperbolique.

superman [-man] *nm* Fam Homme supérieur ; surhomme.

supermarché *nm* Magasin en libre-service, de grande surface.

supernova *nf* Explosion d'une étoile massive à un stade avancé de son évolution.

superpétrolier *nm* Navire pétrolier de très grande capacité.

superphosphate *nm* Engrais constitué essentiellement de phosphate calcique.

superposable *a* Qu'on peut superposer.

superposer *vt* Poser des choses les unes sur les autres ; mettre par-dessus.

superposition *nf* Action de superposer ; état de choses superposées.

superproduction *nf* Film à grand spectacle, tourné avec de gros moyens financiers.

superpuissance *nf* État dont l'importance politique, militaire, économique est dominante.

supersonique *a* D'une vitesse supérieure à celle du son. ■ *nm* Avion supersonique.

superstar *nf* Vedette très célèbre.

superstitieusement *av* De façon superstitieuse.

superstitieux, euse *a, n* Qui est inspiré, influencé par la superstition. *Un geste superstitieux. Un homme superstitieux.*

superstition *nf* Croyance à la manifestation de forces mystérieuses liées à des actes, à des objets, à des phénomènes. *Toucher du bois par superstition pour conjurer le mauvais sort.*

superstructure *nf* 1 Partie d'une construction située au-dessus du sol. 2 Construction édifiée au-dessus du pont supérieur d'un navire. 3 Ensemble formé par les idées et les institutions. Ant. infrastructure.

supertanker *nm* Grand navire-citerne.

superviser *vt* Contrôler, vérifier un travail dans ses grandes lignes.

superviseur *nm* Qui supervise.

supervision *nf* Action de superviser.

superwelter *nm* Boxeur pesant entre 67 et 71 kg.

supin *nm* Forme nominale du verbe latin.

supplanter *vt* Prendre la place de, évincer.

suppléance *nf* Fait de suppléer qqn ou qqch.

suppléant, ante *n, a* Qui remplace qqn d'autre dans ses fonctions.

suppléer *vt* [12] Remplacer. *Un adjoint supplée le maire.* ■ *vti* Compenser une insuffisance. *Son jugement supplée à son inexpérience.*

supplément *nm* Ce qui vient en plus, ce qui est ajouté. *Un supplément de frais.*

supplémentaire *a* Qui vient en supplément, en plus. *Train supplémentaire.* Loc *Heures supplémentaires :* heures de travail accomplies en plus de l'horaire légal. GEOM *Angles supplémentaires :* dont la somme égale 180 degrés.

supplémenter *vt* Enrichir un aliment. *Lait supplémenté en vitamines.*

supplétif, ive *a, n* Se dit de soldats constituant temporairement une force d'appoint.

suppliant, ante *a, n* Qui supplie.

supplication *nf* Prière instante et soumise.

supplice nm 1 HIST Punition corporelle grave, entraînant souvent la mort, ordonnée par une autorité. 2 Ce qui cause une vive souffrance physique ou morale.

supplicié, ée n Qui subit ou qui a subi un supplice.

supplicier vt Soumettre à un supplice.

supplier vt 1 Prier avec instance et soumission. 2 Prier de façon pressante.

supplique nf Requête par laquelle on demande une grâce à une autorité officielle.

support nm Ce sur quoi porte le poids de qqch ; soutien. Loc *Support publicitaire :* affiche, radio, etc., servant à diffuser un message publicitaire.

supportable a Qu'on peut supporter.

1. supporter vt 1 Servir de support à, soutenir. *Les poutres qui supportent le toit.* 2 Subir, endurer sans faiblir. *Supporter le froid.* 3 Tolérer un comportement désagréable, pénible. *Il faut supporter sa mauvaise humeur.* 4 Résister à une action. *Poterie qui supporte le feu.* 5 Avoir la charge. *Supporter de gros frais.* 6 Abusiv Encourager un sportif, une équipe. ■ vpr Se tolérer mutuellement.

2. supporter [-tɛr] ou **supporteur, trice** n Qui encourage un concurrent, une équipe sportive, un candidat, qui lui apporte son appui.

supposé, ée a 1 Admis par supposition. 2 DR Qui n'est pas authentique. *Nom supposé.* Loc *Supposé que :* en admettant que.

supposer vt 1 Poser, imaginer comme établi. *Supposons deux droites parallèles.* 2 Tenir pour probable. *On suppose qu'il est mort.* 3 Impliquer comme condition. *La bonne entente suppose le respect.*

supposition nf Hypothèse, opinion reposant sur de simples probabilités.

suppositoire nm Médicament à administrer par voie rectale.

suppôt nm Litt Auxiliaire de qqn de malfaisant.

suppression nf Action de supprimer.

supprimer vt 1 Faire disparaître, ôter, retrancher. *Supprimer un paragraphe.* 2 Assassiner. ■ vpr Se suicider.

suppurant, ante a Qui suppure.

suppuration nf Formation de pus.

suppurer vi Produire, laisser écouler du pus.

supputation nf Litt Évaluation, estimation.

supputer vt Litt Évaluer à partir de certains éléments, de certains indices.

supra av Ci-dessus, dans un passage antérieur.

supraconducteur, trice a, nm PHYS Qui présente le phénomène de supraconductivité.

supraconductivité ou **supraconduction** nf PHYS Conductivité très élevée de certains corps aux températures voisines du zéro absolu.

supranational, ale, aux a Qui a autorité sur les souverainetés nationales.

supranationalité nf Caractère supranational.

suprématie [-si] nf Supériorité de puissance ; prééminence. *Suprématie économique.*

suprême a 1 Au-dessus de tous, de tout. *Le pouvoir suprême.* 2 Très grand. *Une habileté suprême.* 3 Dernier, ultime. *Faire une suprême tentative.* Loc Litt *L'heure suprême :* la mort. *Honneurs suprêmes :* funérailles. ■ nm CUIS Filets de volaille ou de poisson nappés de sauce à la crème.

suprêmement av Extrêmement.

1. sur prép Marque la position de ce qui est plus haut, la supériorité, la direction, l'approximation, la cause, le moyen, la manière, la proportion, etc. Loc *Sur ce :* après cela, ensuite.

2. sur, sure a Légèrement acide, aigre.

sûr, sûre a 1 Qui ne présente aucun risque ; sans danger. *Mettre qqn, qqch en lieu sûr.* 2 Digne de confiance ; sur qui ou sur quoi l'on peut s'appuyer. *Un ami sûr. Un matériel très sûr.* 3 Ferme, assuré, rigoureux. *Un geste sûr.* 4 Qu'on ne peut mettre en question, incontestable. *Je pars demain, c'est sûr.* 5 Convaincu, certain, assuré. *Il est sûr de réussir.* Loc *Bien sûr ! :* évidemment, bien entendu. *Sûr de soi :* qui a confiance en ses capacités.

surabondamment av Plus que nécessaire.

surabondance nf Très grande abondance.

surabondant, ante a Qui surabonde.

surabonder vi Être plus abondant qu'il n'est nécessaire.

suractivé, ée a Dont l'activité est accrue par un traitement spécial.

suraigu, uë a Très aigu.

surajouter vt Faire un nouvel ajout à.

suralimentation nf Fait de suralimenter.

suralimenter vt Fournir une alimentation plus abondante ou plus riche que la normale.

suranné, ée a Démodé, désuet, vieillot.

surarmement nm Armement trop important.

surarmer vt Armer au-delà du nécessaire.

surate ou **sourate** nf Chapitre du Coran.

surbaissé, ée a Qui est plus abaissé que la moyenne. *Voûte surbaissée.*

surcharge nf 1 Charge ajoutée à la charge normale. 2 Fait d'être trop chargé, trop abondant. *La surcharge des programmes scolaires.* 3 Mot écrit au-dessus d'un autre pour le remplacer. Loc *Surcharge pondérale :* obésité.

surcharger vt [11] Charger de façon excessive. *Surcharger un camion.*

surchauffe nf 1 Action de surchauffer un liquide, de la vapeur. 2 ECON Inflation provenant d'une expansion mal maîtrisée.

surchauffer vt Chauffer excessivement.

surchoix a inv De toute première qualité.

surclasser vt Dominer très nettement par ses performances, sa qualité.

surcomposé, ée a GRAM Se dit d'un temps verbal formé d'un auxiliaire à un temps composé et du participe passé (ex. : *quand j'ai eu terminé...*).

surconsommation nf Consommation supérieure aux besoins.

surcontre nm Au bridge, maintien d'une annonce contrée.

surcontrer vt Déclarer un surcontre.

surcoupe nf Action de surcouper.

surcouper vt Aux cartes, couper avec un atout plus fort que celui qui vient d'être mis.

surcoût nm Coût supplémentaire.

surcroît nm Ce qui vient s'ajouter à qqch. *Surcroît de travail.* Loc *De ou par surcroît :* de plus, en outre.

surdétermination nf Didac Caractère de ce qui est déterminé par plusieurs causes à la fois.

surdéterminer vt Effectuer une surdétermination.

surdéveloppé, ée a Qui a un développement économique trop important.

surdimensionné, ée a Trop grand.

surdi-mutité nf État du sourd-muet.

surdité nf Affaiblissement ou disparition du sens de l'ouïe, fait d'être sourd.

surdosage nm Dosage excessif.

surdose nf Syn de *overdose*.

surdoué, ée a, n Qui présente un développement intellectuel exceptionnel.

sureau nm Arbuste dont le bois renferme un large canal de moelle.

sureffectif nm Effectif trop nombreux.

surélévation nf Action de surélever, fait d'être surélevé ; son résultat.

surélever vt [15] Donner plus de hauteur à. *Surélever un bâtiment de deux étages.*

sûrement av 1 Avec régularité et constance, sans faillir. *Progresser lentement mais sûrement.* 2 Certainement, selon toute probabilité.

surenchère nf 1 Enchère supérieure à la précédente. 2 Promesse faite pour renchérir sur celle d'un autre.

surenchérir vi Faire une surenchère.

surenchérissement nm Augmentation des prix.

surendettement nm Endettement excessif.

surendetter vt Mettre en état de surendettement.

surentraînement nm Entraînement trop poussé au sportif.

surentraîner vt Soumettre au surentraînement.

suréquipement nm Action de suréquiper.

suréquiper vt Équiper plus qu'il n'est nécessaire.

surestimation nf Fait de surestimer.

surestimer vt Estimer au-dessus de sa valeur.

suret, ette a Légèrement sur, acidulé.

sûreté nf 1 Fait d'être sûr ; caractère d'un lieu où l'on ne risque rien. 2 Fermeté, rigueur, justesse des gestes, des raisonnements, etc. Loc *Attentat, crime contre la sûreté de l'État :* infractions menées contre l'autorité de l'État ou l'intégrité du territoire. *De sûreté :* spécialement conçu pour assurer la sécurité. *En sûreté :* à l'abri.

surévaluation nf Fait de surévaluer.

surévaluer vt Évaluer qqch au-delà de sa valeur.

surexcitable a Qui est facilement surexcité.

surexcitation nf Très grand énervement.

surexciter vt Exciter au plus haut point.

surexploiter vt Exploiter de façon excessive.

surexposer vt PHOTO Exposer trop longtemps à la lumière.

surexposition nf PHOTO Fait de surexposer.

surf [sœrf] nm Sport nautique qui consiste à se laisser porter sur les vagues par les rouleaux, en se maintenant en équilibre sur une planche.

surfaçage nm Action de surfacer.

surface nf 1 Partie extérieure d'un corps, limitant son volume. *La surface de la Terre.* 2 Aire, superficie. *Une surface de 100 m².* 3 Aspect extérieur. 4 Fam Situation sociale importante. Loc *Grande surface :* magasin en libre-service dont la surface de vente est supérieure à 400 m². *Faire surface :* émerger.

surfacer vt [10] TECH Donner un aspect régulier à une surface.

surfaceuse nf Machine à surfacer.

surfacique a MATH De la surface.

surfait, aite a Trop vanté, qui n'est pas à la hauteur de sa réputation.

surfer [sœrfe] vi 1 Pratiquer le surf. 2 Fam Être porté par un phénomène puissant. 3 Naviguer sur un réseau informatique.

surfeur, euse [sœr-] n Qui pratique le surf.

surfil nm COUT Surjet fait en surfilant.

surfiler vt COUT Passer un fil sur les bords d'un tissu pour éviter qu'il ne s'effiloche.

surfin, ine a D'une très grande qualité.

surgélation nf Action de surgeler.

surgelé, ée a, nm Qui a subi la surgélation.

surgeler vt [16] Congeler rapidement une denrée périssable.

surgénérateur nm Réacteur nucléaire qui produit plus de matière fissile qu'il n'en a consommé.

surgeon nm Rejeton qui naît de la souche d'un arbre.

surgir vi Apparaître brusquement.

surgissement nm Litt Action de surgir.

surhausser vt Exhausser, surélever.

surhomme nm Homme qui dépasse la mesure normale de la nature humaine.

surhumain, aine a Au-dessus des forces, des qualités et des aptitudes normales de l'homme.

surimi nm Chair de poisson aromatisée.

surimposer vt Frapper d'une majoration d'impôt ou d'un impôt excessif.

surimposition nf Imposition supplémentaire ou excessive.

surimpression nf Opération qui consiste à superposer sur un même support deux ou plusieurs images.

surin nm Pop Couteau, poignard.

suriner vt Pop Frapper d'un coup de couteau.

surinfection nf Infection survenant chez un sujet présentant déjà une maladie infectieuse.

surinformation nf Surabondance d'information.

surintendance nf HIST Charge de surintendant.

surintendant nm HIST Nom de divers officiers chargés de la surveillance d'une administration, sous l'Ancien Régime.

surintensité nf ELECTR Intensité supérieure à l'intensité maximale tolérée.

surir vi Devenir sur, aigre.

surjet nm COUT Point de couture à cheval sur le bord du tissu.

sur-le-champ av Immédiatement.

surlendemain nm Jour qui suit le lendemain.

surligner vt Marquer un texte avec un surligneur.

surligneur nm Feutre à encre lumineuse servant à mettre qqch en valeur.

surmédicaliser vt Pratiquer un excès de soins médicaux sur qqn, une population.

surmenage nm Fait d'être surmené.

surmener vt [15] Fatiguer par un excès de travail.

surmoi nm inv PSYCHAN Élément du psychisme qui exerce un rôle de contrôle et censure.

surmontable a Qui peut être surmonté.

surmonter vt 1 Être placé au-dessus de. 2 Venir à bout de. *Surmonter une difficulté.* 3 Dominer, maîtriser une sensation, un sentiment, une émotion. *Surmonter sa douleur.*

surmortalité nf Mortalité plus importante dans un groupe donné par rapport à un autre.

surmulet nm Rouget de roche.

surmulot nm Rat d'égout.

surmultiplier *vt* Donner à l'arbre de transmission d'une voiture une vitesse supérieure à celle du moteur.

surnager *vi* [11] 1 Se maintenir à la surface d'un liquide. 2 Subsister, persister.

surnatalité *nf* Natalité excessive.

surnaturel, elle *a, nm* 1 Qui semble échapper aux lois de la nature. 2 Qui ne paraît pas naturel, qui tient du prodige ; extraordinaire.

surnom *nm* Nom donné à qqn en plus de son nom véritable ; sobriquet.

surnombre *nm* Loc *En surnombre* : en excédent, en surplus.

surnommer *vt* Donner un surnom à qqn.

surnuméraire *a, n* En surnombre.

suroît *nm* MAR 1 Vent de sud-ouest. 2 Chapeau imperméable qui descend bas sur la nuque.

surpassement *nm* Litt Fait de se surpasser.

surpasser *vt* Être supérieur à, l'emporter sur. ■ *vpr* Faire mieux qu'à l'ordinaire.

surpâturage *nm* Exploitation excessive d'un pâturage.

surpayer *vt* [20] Payer, acheter trop cher.

surpêche *nf* Exploitation excessive des fonds.

surpeuplé, ée *a* Où la population est trop nombreuse.

surpeuplement *nm* État d'une région surpeuplée.

surpiqûre *nf* Piqûre apparente sur un tissu.

surplace *nm* Loc *Faire du surplace* : ne pas avancer.

surplis *nm* Tunique blanche plissée, portée par les prêtres et les enfants de chœur.

surplomb *nm* Partie d'un bâtiment qui est en saillie par rapport à la base. Loc *En surplomb* : dont le haut forme une saillie.

surplomber *vi* Former un surplomb. ■ *vt* Dominer en formant une saillie au-dessus de. *La falaise surplombe la plage.*

surplus *nm* 1 Ce qui dépasse une quantité fixée. 2 Stock de produits invendus cédés à bas prix. Loc *Au surplus* : au reste, d'ailleurs.

surpopulation *nf* Population excessive relativement aux possibilités économiques.

surprenant, ante *a* Étonnant.

surprendre *vt* [70] 1 Prendre qqn sur le fait. *Surprendre un voleur.* 2 Arriver sur qqn inopinément. *L'orage les a surpris.* 3 Étonner. *Tu me surprends en disant cela.* Loc *Surprendre un secret* : le découvrir. Litt *Surprendre la bonne foi de qqn* : le tromper.

surpression *nf* Pression plus élevée que la normale.

surprime *nf* Prime supplémentaire demandée par une assurance.

surprise *nf* 1 Étonnement. 2 Chose qui surprend ; cadeau, plaisir inattendu. Loc *Par surprise* : en prenant au dépourvu.

surprise-partie *nf* Réunion dansante privée pour jeunes gens. *Des surprises-parties.*

surproduction *nf* Production trop forte par rapport aux besoins.

surproduire *vt* [67] Produire en excès.

surprotéger *vt* [13] PSYCHO Protéger qqn de façon excessive.

surréalisme *nm* Mouvement littéraire et artistique du début du XXᵉ s visant à libérer l'expression poétique de la logique et des valeurs morales et sociales de l'époque.

surréaliste *a, n* Qui relève du surréalisme. ■ *a* Qui évoque le surréalisme par son caractère bizarre, incongru.

surréel, elle *a* Litt Qui se situe au-delà du réel.

surremise *nf* Remise supplémentaire accordée en cas d'achats importants.

surrénal, ale, aux *a, nf* ANAT Se dit des glandes endocrines qui coiffent les reins et sécrètent l'adrénaline.

sursalaire *nm* Supplément au salaire.

sursaturation *nf* PHYS État sursaturé.

sursaturer *vt* PHYS Saturer au-delà de la normale.

sursaut *nm* 1 Mouvement brusque du corps. 2 Nouvel élan qui survient brusquement. *Un sursaut d'énergie.* Loc *En sursaut* : avec une soudaineté brutale.

sursauter *vi* Avoir un sursaut, tressaillir violemment.

surseoir *vti* [40] DR Remettre à plus tard, différer. *Surseoir à une exécution.*

sursis *nm* 1 DR Suspension de l'exécution d'une peine. 2 Délai à l'exécution d'une obligation ; ajournement d'une décision.

sursitaire *a, n* Qui a obtenu un sursis.

surtaxe *nf* Taxe supplémentaire.

surtaxer *vt* Frapper d'une surtaxe.

surtension *nf* ELECTR Tension trop élevée.

surtitre *nm* Dans un journal, titre complémentaire placé au-dessus du titre d'un article.

surtout *av* Principalement, plus que toute autre chose. Loc Fam *Surtout que* : d'autant plus que.

surveillance *nf* Action de surveiller ; fait d'être surveillé.

surveillant, ante *n* Qui a pour fonction de surveiller.

surveiller *vt* 1 Observer attentivement pour contrôler, vérifier, éviter les dangers, les agressions. 2 Veiller à ce qu'il faut, ce qu'on dit. *Surveiller ses paroles, sa conduite.*

survenir *vi* [35] [aux *être*] Arriver de façon imprévue, brusquement.

survenue *nf* Litt Fait de survenir.

survêtement *nm* Vêtement chaud qu'on met par-dessus une tenue de sport.

survie *nf* Fait de survivre.

survirage *nm* Action de survirer.

survirer *vi* Déraper des roues arrière dans un virage.

survitrage *nm* Vitre supplémentaire isolant du bruit ou du froid.

survivance *nf* Persistance de ce que l'évolution aurait pu faire disparaître.

survivant, ante *n, a* Qui survit.

survivre *vti* [76] 1 Demeurer en vie après la mort de qqn, après la fin de qqch. *Survivre à ses enfants.* 2 Continuer d'exister. *Ses œuvres lui survivront longtemps.* ■ *vti, vi* Rester en vie après un danger. *Survivre à un accident.*

survol *nm* Fait de survoler.

survoler *vt* 1 Voler au-dessus de. *L'appareil survole Madrid.* 2 Voir superficiellement. *Survoler un problème.*

survoltage *nm* Fait d'être survolté.

survolter *vt* 1 ELECTR Soumettre à une tension supérieure à la normale. 2 Surexciter.

sus *av* Loc *En sus (de)* : en plus (de). Litt *Courir sus à qqn* : le poursuivre avec violence.

susceptibilité *nf* Caractère de qqn qui s'offense facilement.

susceptible *a* **1** Qui se froisse, s'offense facilement. *Une affirmation susceptible de plusieurs interprétations.* **3** Éventuellement capable de. *Est-il susceptible de vous remplacer ?*

susciter *vt* Faire naître, provoquer. *Susciter l'enthousiasme. Susciter un scandale.*

suscription *nf* Adresse écrite sur l'enveloppe d'une lettre.

susdit, ite *a, n* Indiqué, cité ci-dessus.

sushi [suʃi] *nm* Boulette de riz couronnée de poisson cru.

susmentionné, ée *a* Mentionné ci-dessus.

susnommé, ée *a, n* Nommé plus haut.

suspect, ecte [syspɛ, ɛkt] *a, n* **1** Qui inspire la méfiance, éveille les soupçons. **2** Qui est soupçonné de. *Être suspect de trahison.* **3** D'une qualité douteuse. *Une viande suspecte.*

suspecter *vt* Soupçonner, tenir pour suspect.

suspendre *vt* [5] **1** Attacher de manière à laisser pendre. *Suspendre une lampe au plafond.* **2** Interrompre momentanément le cours de ; remettre à plus tard. *Suspendre des travaux, une séance.* **3** Interdire momentanément l'usage, l'exercice, l'action de. *Suspendre une loi, un permis de conduire.* **4** Démettre momentanément qqn d'une fonction.

suspendu, ue *a* **Loc** *Pont suspendu :* dont le tablier ne repose pas sur des piles. *Voiture bien, mal suspendue :* dont la suspension est bonne, mauvaise.

suspens (en) [-pã] *av* **1** Qui n'a pas encore été réglé. **2** Dans l'indécision.

suspense [-pɛns] *nm* Dans un film, un roman, passage agencé en vue de tenir l'esprit dans une attente anxieuse.

suspensif, ive *a* DR Qui interrompt le cours d'une décision de justice.

suspension *nf* **1** Action de suspendre ; état d'une chose suspendue. **2** Appareil d'éclairage suspendu au plafond. **3** CHIM Dispersion de fines particules dans un liquide. **4** Dispositif situé entre le châssis et les roues d'un véhicule pour atténuer les trépidations. **5** Interruption. *Suspension de séance.* **6** Fait de retirer ses fonctions à un fonctionnaire.

suspente *nf* Chacun des cordages réunissant la nacelle d'un ballon au filet, ou la voilure d'un parachute au harnais.

suspicieux, euse *a* Litt Rempli de suspicion.

suspicion *nf* Fait de tenir pour suspect ; défiance. **Loc** DR *Suspicion légitime :* demande de renvoi d'un procès devant un autre tribunal, en invoquant la partialité.

sustentation *nf* Fait pour un appareil de se maintenir en l'air.

sustenter (se) *vpr* Se nourrir.

susurrement *nm* Murmure.

susurrer *vi, vt* Dire doucement, à voix basse.

susvisé, ée *a* DR Visé ci-dessus.

sutra ou **soutra** *nm* Recueil de préceptes, concernant les règles de la morale, du rituel, etc., dans le bouddhisme ou le brahmanisme.

suture *nf* CHIR Réunion à l'aide de fils des lèvres d'une plaie.

suturer *vt* CHIR Réunir par une suture.

suzerain, aine *a, n* FEOD Seigneur dont dépendaient des vassaux.

suzeraineté *nf* **1** FEOD Qualité de suzerain ; pouvoir de suzerain. **2** Autorité d'un État sur un autre.

svastika *nm* Croix gammée, symbole sacré de l'Inde.

svelte *a* Qui a un aspect mince, élancé.

sveltesse *nf* Caractère svelte.

S.V.P. Abrév de *s'il vous plaît.*

swahili, ie ou **souahéli, ie** *a, nm* Langue bantoue parlée en Afrique orientale.

swap *nm* FIN Échange de monnaie entre deux banques.

sweater [swɛtœʀ] *nm* Veste de jersey.

sweat-shirt [swɛtʃœʀt] *nm* Pull-over en jersey molletonné, ras du cou. *Des sweat-shirts.*

sweepstake [swipstɛk] *nm* Loterie combinée à une course de chevaux.

swing [swiŋ] *nm* **1** À la boxe, coup de poing porté latéralement. **2** Au golf, balancement du tronc qui accompagne la frappe de la balle. **3** Balancement rythmique caractéristique du jazz.

sybarite *a, n* Litt Qui mène une vie voluptueuse.

sycomore *nm* Érable à fleurs pendantes.

sycophante *nm* ANTIQ Dénonciateur patenté.

syénite *nf* Roche magmatique grenue.

syllabaire *nm* **1** Livre destiné à l'apprentissage de la lecture. **2** LING Système d'écriture où chaque signe note une syllabe.

syllabation *nf* Lecture des mots en les divisant par syllabes.

syllabe *nf* Unité phonétique qui se prononce d'une seule émission de voix.

syllabique *a* De la syllabe. **Loc** *Écriture syllabique :* dans laquelle chaque syllabe est représentée par un caractère.

syllabisme *nm* Écriture syllabique.

syllepse *nf* GRAM Accord d'un mot selon le sens plutôt que selon les règles grammaticales.

syllogisme *nm* Déduction formelle entre trois propositions logiquement impliquées (ex. : *tous les hommes sont mortels ; or, Socrate est un homme ; donc Socrate est mortel*).

syllogistique *a* Du syllogisme.

sylphe *nm* MYTH Génie de l'air.

sylphide *nf* **1** MYTH Sylphe féminin. **2** Litt Femme très gracieuse.

sylvaner *nm* Cépage blanc d'Alsace.

sylve *nf* Forêt dense équatoriale.

sylvestre *a* Litt Relatif aux bois, aux forêts.

sylvicole *a* De la sylviculture.

sylviculteur *nm* Qui pratique la sylviculture.

sylviculture *nf* Exploitation des forêts, culture des arbres.

symbiose *nf* **1** BIOL Association de deux êtres vivants d'espèces différentes. **2** Union étroite.

symbiotique *a* BIOL De la symbiose.

symbole *nm* **1** Représentation figurée, imagée, concrète d'une notion abstraite. **2** Signe conventionnel abréviatif. *Symbole chimique, mathématique.*

symbolique *a* **1** Qui constitue un symbole. **2** Qui n'a pas de valeur en soi. *Geste symbolique.* ■ *nf* Ensemble des symboles propres à une culture, une époque, etc.

symboliquement *av* De façon symbolique.

symbolisation *nf* Action de symboliser.

symboliser *vt* **1** Représenter par des symboles. **2** Être le symbole de.

symbolisme *nm* **1** Système de symboles destinés à rappeler des faits ou à exprimer des croyances. **2** Mouvement littéraire et artistique de la fin du XIXᵉ s.

symboliste *a, n* Qui relève du symbolisme littéraire ou artistique.

symétrie *nf* **1** Régularité et harmonie dans l'ordonnance des parties d'un tout. **2** GEOM Similitude des deux moitiés d'un espace de part et d'autre d'un axe.

symétrique *a, nm* Qui présente une certaine symétrie avec qqch de semblable et d'opposé.

symétriquement *av* Avec symétrie.

sympa *a* Fam Sympathique.

sympathectomie *nf* CHIR Section de nerfs ou de ganglions sympathiques.

sympathie *nf* **1** Part qu'on prend aux peines et aux plaisirs d'autrui. **2** Sentiment spontané d'attraction à l'égard de qqn. *Éprouver une vive sympathie pour qqn.*

sympathique *a* **1** Qui inspire la sympathie. **2** Très agréable. *Endroit sympathique.* ■ *nm, a* ANAT Partie du système nerveux dont dépendent les fonctions végétatives.

sympathisant, ante *a, n* Qui, sans adhérer à un parti, en partage les idées.

sympathiser *vi* Éprouver une sympathie pour qqn, s'entendre avec lui.

sympatholytique *a, nm* MED Qui inhibe le système nerveux sympathique.

sympathomimétique *a, nm* MED Qui stimule le système nerveux sympathique.

symphonie *nm* **1** MUS Composition pour un grand orchestre. **2** Ensemble harmonieux. *Symphonie de couleurs.*

symphonique *a* MUS Relatif à une symphonie.

symphoniste *n* MUS Exécutant, compositeur d'une symphonie.

symphyse *nf* ANAT Articulation fibreuse peu mobile réunissant deux os.

symposium [-zjom] *nm* Réunion de spécialistes sur un sujet précis.

symptomatique *a* **1** MED Qui est le symptôme d'une maladie. **2** Qui est l'indice de qqch.

symptomatologie *nf* MED Étude des symptômes des maladies.

symptôme *nm* **1** Phénomène physiologique qui révèle un état pathologique. **2** Indice, présage, signe. *Les symptômes d'une révolution.*

synagogue *nf* Lieu de culte israélite.

synapse *nf* ANAT Zone de contact entre deux neurones.

synaptique *a* D'une synapse.

synarchie *nf* Autorité détenue par plusieurs personnes à la fois.

synchrone *a* Qui se fait dans le même temps.

synchronie *nf* **1** Ensemble des faits de langue à une époque précise (par oppos. à diachronie). **2** Simultanéité d'événements.

synchronique *a* Qui a lieu dans le même temps, à la même époque.

synchroniquement *av* De façon synchronique.

synchronisation *nf* Fait de synchroniser, d'être synchronisé.

synchroniser *vt* **1** Rendre synchrones deux phénomènes. **2** Mettre en concordance les images et les sons dans un film.

synchroniseur *nm* Appareil servant à synchroniser.

synchronisme *nm* **1** Caractère synchrone. **2** Caractère synchronique.

synchrotron *nm* PHYS Accélérateur de particules.

synclinal, aux *nm* GEOL Partie concave d'un pli simple. Ant. anticlinal.

syncope *nf* **1** Suspension subite des battements du cœur, avec perte de connaissance. **2** MUS Élément sonore accentué sur un temps faible, et prolongé sur un temps fort.

syncopé, ée *a* MUS Qui comporte de fréquentes syncopes.

syncrétique *a* Du syncrétisme.

syncrétisme *nm* Combinaison de plusieurs systèmes de pensée, de plusieurs doctrines.

syndic *nm* DR Mandataire chargé de représenter les intérêts d'un groupe, en particulier de copropriétaires.

syndical, ale, aux *a* D'un syndicat ou du syndicalisme.

syndicalisation *nf* Action de syndicaliser.

syndicaliser *vt* Organiser des travailleurs en un syndicat.

syndicalisme *nm* Activité des syndicats de salariés ; fait de militer dans un syndicat.

syndicaliste *n* Qui milite dans un syndicat.

syndicat *nm* Association de personnes ayant pour but la défense d'intérêts communs, spécialement dans le domaine professionnel. Loc *Syndicat d'initiative* : organisme chargé du tourisme dans une commune ou une région.

syndicataire *n* Membre d'un syndicat de propriétaires.

syndication *nf* Groupement de banques pour une opération financière.

syndiqué, ée *a, n* Qui appartient à un syndicat de salariés.

syndiquer *vt* Organiser en syndicat. ■ *vpr* S'inscrire à un syndicat.

syndrome *nm* Ensemble de symptômes caractérisant un état pathologique.

synecdoque *nf* Figure de style consistant à prendre la partie pour le tout (ex. : *un toit* pour *une maison*), le contenant pour le contenu (ex. : *boire un verre*), etc.

synergie *nf* Didac Action d'éléments qui concourent au même résultat en se renforçant les uns les autres.

synergique *a* D'une synergie.

syngnathe *nm* Poisson marin au museau allongé.

synodal, ale, aux *a* D'un synode.

synode *nm* Assemblée ecclésiastique.

synodique *a* Loc ASTRO *Révolution synodique* : durée comprise entre deux passages consécutifs d'une planète à un même point.

synonyme *a, nm* Qui a un sens identique ou très voisin (par ex. : *captif* et *prisonnier*).

synonymie *nf* LING Relation qui existe entre deux synonymes.

synopsis [-psis] *nm* Récit bref constituant le schéma d'un scénario.

synoptique *a* Qui permet de saisir d'un seul coup d'œil les diverses parties d'un ensemble. *Tableau synoptique.*

synovial, ale, aux *a* ANAT De la synovie. ■ *nf* Membrane des cavités articulaires sécrétant la synovie.

synovie *nf* ANAT Liquide organique jouant un rôle de lubrifiant dans les articulations.

synovite *nf* Inflammation d'une synoviale.

syntacticien, enne *a* Spécialiste de syntaxe.

syntagme *nm* LING Groupe de mots formant une unité fonctionnelle dans une phrase. *Syntagme verbal, nominal.*

syntaxe *nf* Partie de la grammaire qui étudie les règles régissant les relations entre les mots ou les syntagmes à l'intérieur d'une phrase.

syntaxique *a* De la syntaxe.

synthèse *nf* **1** Méthode qui consiste à regrouper des faits épars et à les structurer en un tout. **2** Exposé méthodique. *Faire une rapide synthèse de la situation.* **3** CHIM Action de combiner des corps pour obtenir des corps plus complexes. **4** Reconstitution des sons à partir de leurs constituants (fréquence, durée). **5** PHILO Troisième temps et conclusion du raisonnement dialectique (thèse, antithèse, synthèse).

synthétique *a* Qui réalise une synthèse. ■ *a, nm* Obtenu par synthèse de composés chimiques. *Le nylon, fibre textile synthétique.*

synthétiser *vt* Réunir, obtenir par synthèse.

synthétiseur *nm* Appareil électronique réalisant la synthèse des sons.

syphilis *nf* Maladie vénérienne contagieuse.

syphilitique *a, n* Atteint de syphilis.

syrah *nf* Cépage rouge du sud de la France.

syriaque *nm, a* Langue sémitique ancienne.

syrien, enne *a, n* De Syrie.

syrinx *nf* ZOOL Organe du chant chez les oiseaux.

systématique *a* **1** Méthodique et rigoureux. **2** Qui dénote un esprit de système. *Opposition systématique.* ■ *nf* **1** Science de la classification des êtres vivants. **2** Ensemble de faits organisés selon un système.

systématiquement *av* De façon systématique.

systématisation *nf* Action de systématiser.

systématiser *vt* Organiser des éléments en système.

système *nm* **1** Ensemble cohérent de notions, de principes liés logiquement. **2** Ensemble organisé de règles, de moyens tendant à une même fin. *Système économique. Système pénitentiaire.* **3** Mode de gouvernement. *Système républicain.* **4** Organisation sociale considérée comme aliénante. *Être prisonnier du système.* **5** Fam Moyen ingénieux. **6** Ensemble d'éléments remplissant une même fonction. *Système de transmission.* **Loc** Fam *Porter, taper sur le système :* agacer, irriter. *Esprit de système :* parti pris, idées préconçues. *Système d'exploitation :* programme assurant la gestion d'un ordinateur et de ses périphériques.

systémique *a* Didac D'un système considéré dans son ensemble.

systole *nf* Phase de contraction du cœur.

systolique *a* De la systole.

syzygie *nf* ASTRO Conjonction ou opposition de la Lune avec le Soleil.

T

t nm Vingtième lettre (consonne) de l'alphabet.

ta. V. ton.

tabac [-ba] nm **1** Plante dont on fume les feuilles séchées, riches en nicotine. **2** Commerce où se vend des cigarettes, des cigares, du tabac. Loc Fam *Passer qqn à tabac* : le rouer de coups. *Coup de tabac* : grain, tempête. Fam *Faire un tabac* : remporter un grand succès. Fam *C'est le même tabac* : la même chose.

tabagie nf Lieu rempli de fumée de tabac.

tabagisme nm Intoxication chronique due à l'abus de tabac.

tabassage nm Fam Action de tabasser.

tabasser vt Fam Frapper qqn à coups violents.

tabatière nf Petite boîte pour le tabac à priser. Loc *Fenêtre à tabatière* : qui pivote autour de son montant supérieur sur un toit.

tabellion nm Vx Notaire.

tabernacle nm RELIG Petit coffre placé sur l'autel et abritant les hosties consacrées.

tabès nm MED Manifestation neurologique de la syphilis (ataxie, douleurs violentes).

tabla nm Petit tambour indien.

tablature nf MUS Notation de la musique propre à certains instruments.

table nf **1** Meuble formé d'une surface plane posée sur un ou plusieurs pieds. **2** Meuble de ce type destiné à prendre les repas. **3** Mets servi au cours d'un repas. **4** Surface plane de marbre, de métal ; partie plate d'une machine. **5** Tableau, panneau présentant des données ; recueil de données. *Table des matières. Table de multiplication.* Loc *Table ronde* : réunion de négociation. *Tour de table* : réunion d'investisseurs. *Faire table rase de qqch* : le rejeter totalement.

tableau nm **1** Ouvrage de peinture exécuté sur un panneau de bois, sur une toile, etc. **2** Spectacle qui attire le regard. *Un charmant tableau.* **3** Représentation, évocation par un récit. **4** Au théâtre, subdivision d'un acte correspondant à un changement de décor. **5** Panneau sur lequel on écrit à la craie, dans une classe. **6** Panneau servant à afficher des renseignements. **7** Panneau où sont regroupés des appareils de mesure. *Tableau de bord d'un véhicule.* **8** Liste des personnes composant un corps. *Tableau d'avancement.* **9** Ensemble de renseignements rangés méthodiquement. *Tableau chronologique.* Loc *Tableau de chasse* : ensemble des animaux abattus.

tableautin nm Petit tableau.

tablée nf Réunion de personnes assises autour d'une table pour un repas.

tabler vti Compter, faire fond sur qqch.

tablette nf **1** Petite planche, petite plaque disposée pour recevoir des objets. **2** Aliment présenté sous la forme d'une plaquette. *Une tablette de chocolat.* ■ pl Loc *Mettre sur ses tablettes* : noter. *Rayer de ses tablettes* : exclure.

tabletterie nf Petits objets d'ivoire, de bois.

tableur nm INFORM Logiciel permettant une partition de l'écran pour l'affichage de calculs.

tablier nm **1** Vêtement pour préserver ses vêtements en travaillant. *Tablier de forgeron.* **2** Rideau métallique qui ferme l'ouverture d'une cheminée. **3** Partie horizontale d'un pont. Loc Fam *Rendre son tablier* : démissionner.

tabloïd nm Format de journal plus petit que le format habituel, souvent utilisé pour la presse populaire.

tabou, oue a, nm **1** Frappé d'un interdit religieux ou rituel. **2** Dont on ne doit pas parler. *Un sujet tabou.*

taboulé nm Hors-d'œuvre à base de blé concassé et de légumes hachés.

tabouret nm Petit siège à pieds sans bras ni dossier.

tabulaire a En forme de table ; plat.

tabulateur nm Dispositif d'une machine de bureau qui permet d'aligner des caractères sur une même colonne.

tac nm Loc *Répondre du tac au tac* : rendre aussitôt la pareille.

tache nf **1** Salissure, marque qui salit. **2** Ce qui souille l'honneur de qqn. *Une réputation sans tache.* **3** Marque sur la peau, le poil ou le plumage d'un être vivant. **4** Marque quelconque de couleur ou de lumière. Loc *Faire tache d'huile* : se répandre.

tâche nf **1** Ouvrage qui doit être exécuté dans un temps donné. **2** Obligation à remplir par devoir. Loc *À la tâche* : en fonction du travail accompli.

tacher vt Faire une tache sur qqch. *Tacher sa robe.* ■ vpr Se salir.

tâcher vti, vt Faire des efforts pour, faire en sorte que. *Tâcher de donner satisfaction. Tâchez qu'il réussisse.*

tâcheron nm Qui exécute sur commande des tâches ingrates.

tacheter *vt* [19] Marquer de multiples petites taches.

tachisme *nm* Mouvement pictural non figuratif des années 1950.

tachycardie [-ki-] *nf* MED Accélération du rythme cardiaque.

tachygraphe ou **tachymètre** [-ki-] *nm* Enregistreur de vitesse.

tacite *a* Non formellement exprimé ; sous-entendu.

tacitement *av* De façon tacite.

taciturne *a* De nature ou d'humeur à parler peu.

tacle *nm* Au football, manière de bloquer l'adversaire avec le pied.

tacot *nm* Fam Vieille voiture.

tact *nm* 1 PHYSIOL Sens du toucher. 2 Délicatesse dans les rapports avec autrui.

tacticien, enne *n* Qui manœuvre habilement.

tactile *a* PHYSIOL Du toucher.

tactique *nf* 1 MILIT Art de conduire une opération militaire limitée. 2 Moyens qu'on emploie pour atteindre un objectif. ■ *a* De la tactique. *Opération tactique.*

tactiquement *av* Sur le plan tactique.

tadjik *a, n* Du Tadjikistan. ■ *nm* Forme du persan parlée au Tadjikistan.

tadorne *nm* Sorte de canard migrateur.

taekwondo *nm* Sport de combat coréen.

tael [tael] *nm* Ancienne monnaie chinoise.

taffetas *nm* Étoffe de soie mince.

tafia *nm* Eau-de-vie de canne à sucre.

tag *nm* Graffiti figurant une signature.

tagalog ou **tagal** *nm* Langue des Philippines.

tagine. V. tajine.

tagliatelle [talja-] *nf* Pâte alimentaire en forme de lamelles longues et minces.

tagueur *nm* Qui peint des tags sur les murs.

tahitien, enne *a, n* De Tahiti.

taïchi ou **taï-chi-chuan** *nm inv* Gymnastique chinoise.

taie *nf* 1 Enveloppe de tissu d'un oreiller. 2 MED Tache sur la cornée.

taïga *nf* Forêt de conifères des régions froides.

taillable *a* HIST Sujet à l'impôt de la taille.

taillader *vt* Faire des entailles à, sur.

taillanderie *nf* Vx Industrie du taillandier.

taillandier, ère *n* Vx Fabricant d'outils pour couper, tailler.

taille *nf* 1 Action de couper, de tailler ; manière d'être taillé, incision. *Taille d'une pierre.* 2 Dimensions, hauteur du corps de l'homme ou des animaux ; stature. 3 Dimensions d'un objet, d'un vêtement ; format. *Des grêlons de la taille d'un œuf.* 4 Partie du corps humain située à la jonction de l'abdomen et du thorax ; partie du vêtement qui marque cette partie. 5 HIST Impôt direct sur les roturiers. Loc *Être de taille à :* capable de. *De taille :* important. *Pierre de taille :* préparée pour la construction.

taillé, ée *a* Qui a une certaine stature. *Être taillé en hercule.* Loc *Taillé pour :* fait pour, capable de.

taille-crayon *nm* Petit instrument pour tailler les crayons. *Des taille-crayons.*

taille-douce *nf* Gravure faite au burin sur une plaque en cuivre. *Des tailles-douces.*

tailler *vt* 1 Couper, retrancher qqch d'une pièce, d'un objet pour lui donner une certaine forme. 2 Couper dans l'étoffe les morceaux qui formeront un vêtement. Loc *Tailler en pièces :* anéantir, vaincre. ■ *vpr* 1 Prendre, obtenir pour soi. *Il s'est taillé un vif succès.* 2 Pop Partir rapidement.

taillerie *nf* Art de tailler les cristaux et les pierres précieuses.

tailleur *nm* 1 Qui taille un objet, un matériau. *Tailleur de pierre.* 2 Qui confectionne des costumes masculins sur mesure. 3 Costume féminin, composé d'une jupe et d'une veste du même tissu. Loc *Assis en tailleur :* les jambes repliées et les genoux écartés.

taillis *nm* Très jeunes arbres poussés après une taille dans un bois.

tailloir *nm* ARCHI Partie supérieure du chapiteau d'une colonne.

tain *nm* Amalgame d'étain dont on revêt l'envers d'une glace pour qu'elle réfléchisse la lumière.

taire *vt* [68] Ne pas dire, ne pas exprimer. ■ *vpr* 1 Garder le silence. 2 Cesser de se faire entendre. *Les canons se sont tus.* Loc *Faire taire :* imposer le silence, empêcher de se manifester.

taiwanais, aise [taj-] *a, n* De Taiwan.

tajine ou **tagine** *nm* Ragoût de mouton cuit à l'étouffée.

talc *nm* Poudre blanche issue d'un minéral et utilisée pour les soins de la peau.

talent *nm* 1 Disposition, aptitude naturelle ou acquise. 2 Aptitude remarquable. *Avoir du talent.* 3 Personne qui excelle en son genre.

talentueux, euse *a* Qui a beaucoup de talent.

taler *vt* Meurtrir un fruit.

taleth *nm* Châle dont les juifs se couvrent les épaules pour la prière.

talion *nm* Loc *Loi du talion :* code exigeant un châtiment égal au tort subi.

talisman *nm* Objet marqué de signes consacrés, auquel on attribue des vertus magiques.

talitre *nm* Puce de mer.

talkie-walkie [tokiwoki] *nm* Émetteur et récepteur portatif, de faible portée. *Des talkies-walkies.*

talk-show [tokʃo] *nm* Émission télévisée rassemblant des personnalités venues discuter d'un sujet déterminé. *Des talk-shows.*

talle *nf* BOT Tige adventive au pied d'une tige principale.

talmudique *a* Du Talmud.

talmudiste *nm* Savant versé dans le Talmud.

taloche *nf* 1 Planchette utilisée pour l'exécution des enduits. 2 Fam Gifle.

talon *nm* 1 Partie postérieure du pied. 2 Partie d'une chaussure, et bas dans laquelle se loge le talon. 3 Partie inamovible d'un chéquier, d'un carnet à souches. 4 Ce qui reste d'une chose entamée. *Un talon de saucisson.* 5 Ce qui reste de cartes après la distribution à chaque joueur. Loc *Sur les talons de qqn :* très près. *Tourner les talons :* s'enfuir. *Talon d'Achille :* côté faible, vulnérable de qqn. Fam *Avoir l'estomac dans les talons :* avoir très faim.

talonnade *nf* Action de frapper le ballon avec son talon.

talonnement *nm* Harcèlement.

talonner *vt* 1 Suivre, poursuivre qqn de très près. 2 Presser sans répit, harceler. 3 Au rugby, sortir le ballon d'une mêlée à coups de talon. ■ *vi* MAR Heurter le fond (bateau).

talonnette *nf* **1** Petite plaque de liège dans une chaussure. **2** Ruban de tissu cousu au bas d'un pantalon.

talonneur *nm* Au rugby, avant chargé de talonner le ballon.

talquer *vt* Enduire de talc.

talus *nm* **1** Terrain en pente formant le côté d'un fossé, etc. **2** Pente donnée à des élévations de terre.

talweg [-veg] *nm* GEOGR Ligne qui joint les points les plus bas d'une vallée.

tamanoir *nm* Fourmilier d'Amérique du Sud.

tamarin *nm* **1** Petit singe à longue queue. **2** Fruit laxatif du tamarinier.

tamarinier *nm* Grand arbre cultivé dans les régions chaudes pour ses fruits.

tamaris [-ʀis] *nm* Arbuste ornemental à petites fleurs roses.

tamazigh ou **tamazirt** *nm* Langue berbère parlée en Algérie et au Maroc.

tambouille *nf* Fam Cuisine, repas.

tambour *nm* **1** Instrument formé d'une caisse tendue de deux peaux qu'on fait résonner avec des baguettes. **2** Personne qui bat du tambour. **3** Pièce de forme cylindrique. *Tambour d'un treuil.* **4** Portes vitrées tournant autour d'un même axe. Loc *Tambour battant :* avec vivacité. *Frein à tambour :* dans lequel les garnitures s'appliquent contre une partie cylindrique, solidaire de la roue.

tambourin *nm* Tambour allongé qu'on bat d'une seule baguette.

tambourinage *nm* Action de tambouriner.

tambourinaire *n* Joueur de tambourin.

tambourinement *nm* Roulement de tambour.

tambouriner *vi* Frapper sur qqch à coups répétés. ■ *vt* Annoncer à grand bruit.

tambourineur, euse *n* Qui joue du tambour, du tam-tam.

tambour-major *nm* Sous-officier, chef des tambours d'un régiment. *Des tambours-majors.*

tamil. V. tamoul.

tamis *nm* **1** Instrument pour trier des matières pulvérulentes ou passer des liquides épais. *Passer de la farine au tamis.* **2** Cordage d'une raquette de tennis.

tamisage *nm* Action de tamiser.

tamiser *vt* **1** Faire passer dans un tamis. *Tamiser du sable.* **2** Laisser passer en adoucissant. *Tamiser la lumière.*

tamoul, oule ou **tamil, ile** *a* Des Tamouls. ■ *nm* Langue dravidienne du sud de l'Inde et du Sri Lanka.

tamouré *nm* Danse de Polynésie.

tampon *nm* **1** Masse de matière souple comprimée, servant à boucher. **2** Morceau d'ouate, de gaze pour étancher le sang. **3** Plaque de caoutchouc gravée, qui, imprégnée d'encre, sert à imprimer un timbre administratif, un cachet ; ce timbre lui-même. **4** Pièce de bois placée dans le trou d'un mur pour y enfoncer une vis. **5** Disque métallique placé à l'avant et à l'arrière d'une voiture de chemin de fer pour amortir les chocs. Loc *État tampon :* placé entre deux États en conflit. *Servir de tampon :* chercher à éviter l'affrontement de deux adversaires.

tamponnage *nm* Action de tamponner un trou, une plaie, etc.

tamponnement *nm* Heurt violent entre véhicules.

tamponner *vt* **1** Boucher avec un tampon. **2** Placer un tampon dans un mur. **3** Heurter violemment. **4** Étancher avec un tampon d'ouate. **5** Apposer un cachet sur. *Tamponner une carte.* ■ *vpr* Se heurter violemment (véhicules). Loc Pop *S'en tamponner :* s'en moquer.

tamponneur, euse *a* Loc *Autos tamponneuses :* petites voitures de fête foraine, qui se heurtent sur une piste.

tamponnoir *nm* Pointe d'acier servant à percer les murs, pour y loger une cheville.

tam-tam [tamtam] *nm* **1** Gong chinois. **2** Tambour africain. **3** Fam Bruit, tapage, publicité tapageuse. *Des tam-tams.*

tan *nm* Écorce de chêne séchée et pulvérisée, employée pour le tannage.

tanagra *nm* ou *nf* Statuette de terre cuite représentant une jeune femme.

tancer *vt* [10] Litt Réprimander.

tanche *nf* Poisson d'eau douce.

tandem *nm* **1** Bicyclette à deux places. **2** Association de deux personnes travaillant ensemble.

tandis que [-di] *conj* **1** Pendant le temps que. **2** Au lieu que.

tandoori [-duʀi] *nm* CUIS Morceaux de viande marinés et rôtis dans un four spécial.

tangage *nm* Oscillation d'un navire d'avant arrière. Ant. roulis.

tangelo *nm* Hybride du pomelo et de la mandarine.

tangence *nf* GEOM Position de ce qui est tangent.

tangent, ente *a* **1** GEOM Qui n'a qu'un point de contact avec une ligne, une surface. **2** Fam Qui se produit de justesse. ■ *nf* **1** MATH Quotient du sinus d'un arc par son cosinus. **2** Fam Surveillant d'un examen. Loc Fam *Prendre la tangente :* s'esquiver habilement.

tangentiel, elle *a* GEOM De la tangente.

tangerine *nf* Hybride du mandarinier et du citronnier.

tangible *a* **1** Qui peut être perçu par le toucher. **2** Évident, manifeste.

tango *nm* Danse argentine, sur un rythme à deux temps. ■ *a inv* Rouge orangé vif.

tanguer *vi* Être animé d'un mouvement de tangage.

tanière *nf* Abri d'une bête carnivore.

tanin ou **tannin** *nm* Substance astringente, abondante dans l'écorce de certains arbres, utilisée pour rendre les peaux imputrescibles.

tank *nm* **1** Grand réservoir. **2** Char de combat.

tanka *nm* Au Tibet, bannière peinte à représentation religieuse.

tanker [-kœʀ] *nm* Pétrolier.

tankiste *nm* Membre de l'équipage d'un tank.

tannage *nm* Transformation des peaux en cuir.

tannant, ante *a* Fam Qui ennuie, importune.

tanné, ée *a* **1** Qui a été tanné. *Peaux tannées.* **2** Brun clair ; hâlé. *Visage tanné.* ■ *nf* Pop Volée de coups.

tanner *vt* **1** Préparer les peaux avec du tanin. **2** Fam Lasser, agacer.

tannerie *nf* Lieu où l'on tanne les peaux.

tanneur, euse *n* Qui tanne ou vend des cuirs.

tannin. V. tanin.

tannique *a* Qui contient du tanin.

tansad *nm* Deuxième siège d'une motocyclette, derrière la selle.

tant av 1 Tellement. *Il a tant mangé! Il a tant de peine.* 2 Quantité non précisée. *Son bien se monte à tant.* Loc *Tant que...* : autant que. Fam *Tant que ça* : tellement. Fam *Tant qu'à* (+ inf) : puisqu'il est nécessaire de. *Tant mieux, tant pis* : marque la satisfaction ; le regret, le dépit. *Tant bien que mal* : ni bien ni mal. *Tant soit peu* : si peu que ce soit. *Tant s'en faut que* (+ subj) : il est très peu probable. *Si tant est que* : à supposer que. *En tant que* : dans la mesure où ; en qualité de.

tantale nm Métal lourd, peu fusible.

tante nf 1 Sœur du père ou de la mère, femme de l'oncle. 2 Pop Homosexuel.

tantième nm Part proportionnelle sur une quantité déterminée.

tantinet nm Loc Fam *Un tantinet* : un peu.

tantôt av Fam Cet après-midi. Loc *Tantôt... tantôt* : marque une alternance.

tantra nm Texte sacré des hindous.

tantrisme nm Croyances issues de l'hindouisme et du bouddhisme.

tanzanien, enne a, n De la Tanzanie.

taoïsme nm Religion de la Chine.

taoïste a, n Qui relève du taoïsme.

taon [tã] nm Insecte dont la femelle pique les mammifères pour sucer leur sang.

tapage nm 1 Bruit accompagné de désordre. 2 Scandale, éclat.

tapageur, euse a 1 Qui fait du tapage. 2 Qui cherche l'éclat, le scandale ; provocant.

tapageusement av De façon tapageuse.

tapant, ante a Loc Fam *À deux heures tapant(es)* : juste à cette heure-là.

tapas [-pas] nmpl En Espagne, amuse-gueule.

tape nf Coup donné avec la main ouverte.

tape-à-l'œil a inv, nm inv Fam Qui cherche à éblouir par son caractère ostentatoire.

tapecul nm Fam Voiture dont la suspension est mauvaise.

tapée nf Fam Grand nombre, grande quantité.

tapenade nf Purée d'olives noires et d'anchois.

taper vt 1 Frapper, cogner. 2 Produire un son en frappant. 3 Dactylographier. 4 Fam Emprunter de l'argent à qqn. ■ vi Donner un, des coups. *Taper avec un marteau. Taper du pied.* Loc Fam *Taper dans l'œil* : séduire. Fam *Taper dans* : prélever sur. *Soleil qui tape* : qui chauffe beaucoup. ■ vpr 1 Fam S'offrir qqch d'agréable. 2 Pop Avoir des relations sexuelles avec. 3 Fam Faire qqch de pénible. *Se taper une corvée.* Loc Fam *S'en taper* : s'en moquer.

tapette nf 1 Petite tape. 2 Petite palette servant à battre les tapis, à tuer les mouches, etc. 3 Fam Bavard(e). 4 Pop Homosexuel.

tapeur, euse n Fam Qui emprunte fréquemment de l'argent.

tapin nm Loc Pop *Faire le tapin* : racoler, faire le trottoir.

tapiner vi Pop Faire le tapin.

tapineuse nf Pop Prostituée.

tapinois (en) av En cachette.

tapioca nm Fécule de manioc.

1. tapir nm Mammifère tropical, au museau allongé en une courte trompe.

2. tapir (se) vpr Se cacher en se blottissant.

tapis nm 1 Pièce d'étoffe destinée à être étendue sur le sol dans un local, sur un parquet, etc. 2 Ce qui recouvre une surface. *Un tapis de fleurs.* Loc Fam *Marchand de tapis* : qui marchande avec mesquinerie. Fam *Rester au tapis* : hors d'état de réagir. *Envoyer au tapis* : envoyer au sol, dans un match de boxe. *Mettre sur le tapis* : amener à discussion ; proposer. *Revenir sur le tapis* : être de nouveau en discussion. *Amuser le tapis* : distraire une assemblée.

tapis-brosse nm Paillasson. *Des tapis-brosses.*

tapisser vt 1 Revêtir les murs d'une pièce de papier peint. 2 Couvrir une surface. *Affiches qui tapissent une chambre.*

tapisserie nf 1 Pièce d'étoffe, papier peint utilisé comme décoration murale. 2 Ouvrage tissé au métier à main, destiné à parer une muraille ; ouvrage à l'aiguille fait sur un canevas. 3 Art de la fabrication de tels ouvrages. Loc *Faire tapisserie* : dans un bal, ne pas être invitée à danser.

tapissier, ère n Qui vend ou pose les tentures, les papiers peints, recouvre les fauteuils.

tapotement nm Action de tapoter.

tapoter vt Frapper à petits coups répétés.

tapuscrit nm Texte dactylographié.

taquet nm 1 Petite pièce en bois, en métal servant de cale, de butoir, etc. 2 MAR Pièce utilisée pour amarrer les cordages.

taquin, ine a, n Qui se plaît à taquiner.

taquiner vt S'amuser à agacer qqn par de petites moqueries sans gravité. Loc Fam *Taquiner le goujon* : pêcher à la ligne.

taquinerie nf Action, parole d'un taquin.

tarabiscoté, ée a Surchargé à l'extrême.

tarabuster vt Fam Tracasser, importuner.

tarama nm Hors-d'œuvre à base d'œufs de cabillaud et d'huile émulsionnés.

tarare nm Appareil servant à vanner les grains.

tarasque nf Animal fabuleux, dragon amphibie des légendes provençales.

taraud nm TECH Outil servant à fileter.

taraudage nm Action de tarauder.

tarauder vt 1 TECH Fileter au moyen d'un taraud. 2 Litt Tourmenter, torturer.

tarbouche nm Coiffure orientale en feutre rouge, ornée d'un gland de soie.

tard av 1 Après le temps déterminé, voulu ou habituel. 2 Vers la fin de la journée ou de la nuit. ■ nm Loc *Sur le tard* : vers la fin de la soirée ; vers la fin de la vie.

tarder vti Différer de faire qqch. *Tarder à partir.* ■ vi Mettre du temps à venir, se faire attendre. *Sa réponse n'a pas tardé.* ■ v impers Loc *Il me tarde de* (+ inf) : j'ai hâte de.

tardif, ive a 1 Qui vient tard. *Repentir tardif.* 2 Qui a lieu tard dans la journée. *Heure tardive.* 3 Qui mûrissent le plus tard (légumes, fruits).

tardigrade nm Animal aquatique minuscule qui se maintient en état de vie ralentie en cas de sécheresse.

tardivement av De façon tardive.

tare nf 1 Poids de l'emballage d'une marchandise. 2 Poids mis dans l'un des plateaux d'une balance pour équilibrer la charge de l'autre. 3 Défectuosité physique ou psychique. *Tares héréditaires.* 4 Imperfection majeure dans l'ordre des choses.

taré, ée a, n 1 Qui présente une tare. 2 Fam Fou, ridicule, stupide.

tarentelle nf Danse populaire d'Italie.

tarentule nf Grosse araignée.

tarer vt Peser un emballage.

targette *nf* Petit verrou plat.

targuer (se) *vpr* Litt Se faire fort de. *Il se targue de tenir la distance.*

tarière *nf* 1 Grande vrille pour forer le bois. 2 ZOOL Organe des insectes servant à déposer leurs œufs.

tarif *nm* Tableau des prix de certaines marchandises ou de certains services ; montant de ces prix.

tarifaire *a* Qui concerne un tarif.

tarifer *vt* Fixer le prix, le tarif de.

tarification *nf* Fait de tarifer.

tarin *nm* 1 Petit passereau. 2 Pop Nez.

tarir *vt* Mettre à sec. *La sécheresse a tari la source.* ■ *vi, vpr* Cesser de couler. *Cette source a tari, s'est tarie.* Loc *Ne pas tarir sur* : parler sans cesse de qqch.

tarissement *nm* Assèchement.

tarlatane *nf* Étoffe de coton, au tissage lâche.

tarmac *nm* Partie de l'aérodrome réservée au stationnement et à la circulation des avions.

taro *nm* Plante comestible des pays tropicaux.

tarot *nm* Jeu de soixante-dix-huit cartes de grand format, comportant des figures différentes de celles des jeux de cartes ordinaires, utilisé aussi en cartomancie.

tarpon *nm* Gros poisson marin de Floride.

tarse *nm* 1 ANAT Partie postérieure du pied, formée de sept os. 2 ZOOL Dernier segment de la patte des insectes.

tarsien, enne *a* Du tarse.

tarsier *nm* Petit primate aux pattes postérieures adaptées au saut.

tartan *nm* 1 Tissu écossais à larges carreaux. 2 (n déposé) Revêtement de sol très résistant, à base de résine.

tartane *nf* Petit voilier de la Méditerranée.

tartare *a, n* Se disait des tribus mongoles. ■ *a* Loc *Sauce tartare* : mayonnaise aux oignons verts et ciboulette. *Steak tartare* : viande hachée crue et relevée, mêlée d'un jaune d'œuf.

tarte *nf* 1 Gâteau de pâte brisée ou feuilletée garni de fruits. 2 Pop Gifle. Loc Fam *Tarte à la crème* : idée banale, rebattue. Pop *C'est pas de la tarte* : c'est difficile. ■ *a* Fam Niais et ridicule.

tartelette *nf* Petite tarte.

Tartempion *nm* Fam Untel.

tartignolle *a* Pop Minable.

tartine *nf* 1 Tranche de pain sur laquelle on a étalé du beurre, de la confiture, etc. 2 Fam Texte, discours long de peu d'intérêt.

tartiner *vt* 1 Étaler du beurre, de la confiture, etc., sur une tranche de pain. 2 Fam Écrire des tartines.

tartrazine *nf* Colorant jaune.

tartre *nm* 1 Dépôt calcaire sur les parois des chaudières, des bouilloires, etc. 2 Dépôt produit par le vin dans un récipient. 3 Sédiment qui se forme sur les dents.

tartrique *a* Loc *Acide tartrique* : contenu dans le tartre et les lies du vin.

tartufe ou **tartuffe** *nm* Hypocrite.

tartuferie ou **tartufferie** *nf* Hypocrisie.

tas *nm* 1 Accumulation de choses mises les unes sur les autres ; amas, monceau. 2 Grande quantité. *Il a un tas d'amis.* Loc *Dans le tas* : parmi tous. Fam *Sur le tas* : sur le lieu de travail. Fam *Tas de boue* : voiture en piteux état.

tasmanien, enne *a, n* De Tasmanie.

tasse *nf* Petit récipient muni d'une anse. Loc Fam *Boire la tasse* : avaler de l'eau sans le vouloir, en nageant.

tasseau *nm* Petite pièce de bois servant de cale ou de support.

tassement *nm* Affaissement.

tasser *vt* Diminuer le volume de qqch en pressant ; serrer. Loc Fam *Bien tassé* : servi avec peu d'eau, fort. ■ *vpr* 1 S'affaisser sur soi-même. 2 Se serrer les uns contre les autres. 3 Fam S'arranger. *Ça finira par se tasser.*

tassili *nm* Plateau gréseux, au Sahara.

taste-vin ou **tâte-vin** *nm inv* Petite coupe en métal pour déguster le vin.

tata *nf* Fam Tante (pour les enfants).

tatami *nm* Tapis de paille de riz utilisé dans les arts martiaux.

tatane *nf* Pop Chaussure.

tâter *vt* 1 Toucher avec les doigts, évaluer par le tact. *Tâter le pouls.* 2 Essayer de connaître les capacités, les intentions de qqn. *Tâter l'ennemi.* Loc *Tâter le terrain* : faire une étude discrète avant d'entreprendre qqch. ■ *vti* Faire l'expérience de. *Tâter d'un métier.* ■ *vpr* Fam Hésiter.

tatillon, onne *a, n* Fam Trop minutieux.

tâtonnant, ante *a* Qui tâtonne.

tâtonnement *nm* Fait de tâtonner.

tâtonner *vt* 1 Chercher en tâtant les objets autour de soi. 2 Procéder par essais successifs.

tâtons (à) *av* En tâtonnant.

tatou *nm* Mammifère d'Amérique tropicale, fouisseur, pourvu d'une carapace cornée.

tatouage *nm* Action de tatouer ; dessin ainsi fait.

tatouer *vt* Tracer sur le corps un dessin indélébile.

tatoueur, euse *n* Qui fait des tatouages.

tau *nm* 1 Lettre de l'alphabet grec correspondant à t. 2 Figure héraldique en forme de T.

taudis *nm* Logement misérable, insalubre.

taulard ou **tôlard, arde** *n* Pop Qui fait de la prison.

taule ou **tôle** *nf* Pop 1 Prison. 2 Chambre.

taulier ou **tôlier, ère** *n* Pop Patron d'un hôtel.

taupe *nf* 1 Petit mammifère qui vit dans des galeries sous terre ; fourrure de cet animal. 2 Engin de terrassement pour creuser les tunnels. 3 Fam Classe de mathématiques préparant aux grandes écoles. 4 Fam Agent secret infiltré dans un organisme de son pays.

taupin *nm* Fam Élève d'une taupe.

taupinière *nf* Petit monticule de terre élevé par une taupe.

taureau *nm* Mâle de la vache. Loc *Prendre le taureau par les cornes* : affronter une difficulté.

taurillon *nm* Jeune taureau.

taurin, ine *a* Du taureau.

tauromachie *nf* Art de combattre les taureaux dans l'arène.

tauromachique *a* De la tauromachie.

tautologie *nf* Répétition d'une même idée sous une autre forme ; redondance.

tautologique *a* De la tautologie.

taux *nm* 1 Prix officiel de certains biens ou services. 2 Pourcentage auquel les intérêts d'une somme placée sont réglés. 3 Rapport quantitatif, proportion, pourcentage. *Taux d'albumine dans le sang. Taux de natalité.*

tavel *nm* Vin rosé des Côtes-du-Rhône.

taveler vt [18] Parsemer de petites taches.

tavelure nf 1 État de ce qui est tavelé. 2 Maladie des arbres, dont les fruits se tachent et se crevassent.

taverne nf Café, restaurant au décor évocateur.

taxable a Qu'on peut taxer.

taxation nf Action de taxer.

taxe nf Contribution, impôt. Loc *Taxe à la valeur ajoutée (T.V.A.)* : impôt indirect sur les biens de consommation. *Taxe professionnelle* : nouveau nom de la patente.

taxer vt 1 Faire payer un impôt, une taxe. 2 Accuser qqn de. *On le taxe d'orgueil.*

taxi nm Automobile de location à taximètre. Loc *Société taxi* : société fournissant de fausses factures destinées à frauder le fisc.

taxidermie nf Art d'empailler les animaux morts.

taxidermiste n Empailleur.

taxi-girl [-gœrl] nf Entraîneuse de cabaret. *Des taxi-girls.*

taximètre nm Compteur indiquant la somme à payer pour un trajet en taxi.

taxinomie nf 1 Science de la classification. 2 Classification, liste concernant une science, un domaine.

taxinomique a De la taxinomie.

taxiphone nm (n déposé) Téléphone public.

taxiway nm Dans un aéroport, voie pour la circulation au sol des avions.

taxon nm Didac Élément d'une taxinomie.

taylorisation nf Application du taylorisme.

taylorisme nm Méthode d'organisation du travail industriel fondée sur la mesure des temps d'exécution.

tchadien, enne a, n Du Tchad.

tchador nm En Iran, voile noir des femmes musulmanes.

tchatche nf Pop Volubilité, bagou.

tchécoslovaque a, n De la Tchécoslovaquie.

tchèque a, n De la Bohême et de la Moravie. ■ nm Langue slave de ces régions.

tchernoziom nm GEOGR Sol noir fertile des plaines d'Europe orientale.

te pr Forme complément du pronom personnel de la 2e personne du singulier des deux genres, placé avant le verbe.

té nm Règle plate en forme de T.

teasing [tiziŋ] nm Message publicitaire volontairement énigmatique.

technicien, enne [tɛk-] n Qui connaît une technique déterminée. ■ a Qui concerne la technique. *Civilisation technicienne.*

technicité [tɛk-] nf Caractère technique.

technico-commercial, ale, aux [tɛk-] a, n Qui a des compétences techniques sur les produits qu'il vend.

technicolor [tɛk-] nm (n déposé) Procédé de films en couleurs.

technique [tɛk-] nf Moyens, procédés mis en œuvre dans un métier, un art, une activité. ■ a Relatif à la technique, à une technique. *Mot technique. Enseignement technique.*

techniquement av Sur le plan technique.

technocrate n Qui exerce par ses compétences techniques un pouvoir politique et social.

technocratie [tɛk-] nf Organisation politique et sociale dans laquelle les techniciens et les fonctionnaires exercent une influence prépondérante.

technocratique a De la technocratie.

technocratisme nm Tendance à la technocratie.

technologie [tɛk-] nf Étude des techniques industrielles ; ensemble de ces techniques.

technologique [tɛk-] a De la technologie.

technopole [tɛk-] nf Ville regroupant des entreprises et des organismes de recherche.

technostructure [tɛk-] nf Pouvoir des techniciens dans la société moderne.

teck ou **tek** nm Arbre tropical au bois très dur.

teckel nm Basset d'origine allemande.

tectonique nf GEOL Étude des mouvements de l'écorce terrestre et de leurs conséquences géologiques. ■ a De la tectonique.

tectrice nf Plume couvrant l'aile des oiseaux.

Te Deum [tedeɔm] nm inv Cantique catholique d'action de grâces.

teenager [tinedʒœr] n Fam Adolescent.

tee-shirt ou **T-shirt** [tiʃœrt] nm Maillot de coton à manches courtes. *Des tee-shirts.*

téflon nm (n déposé) Matière plastique résistant à la chaleur.

tégénaire nf Grande araignée des maisons.

tégument nm ANAT Tissu formant l'enveloppe du corps d'un animal.

tégumentaire a D'un tégument.

teigne nf 1 Petit papillon à la chenille très nuisible. 2 Maladie du cuir chevelu. 3 Fam Personne méchante.

teigneux, euse a, n 1 Atteint de la teigne. 2 Fam Hargneux, méchant.

teille nf Écorce de la tige du chanvre.

teindre vt [69] Imprégner d'une matière colorante ; colorer.

teint nm 1 Couleur donnée à une étoffe. 2 Couleur du visage. *Teint bronzé.*

teinte nf 1 Nuance d'une couleur. 2 Légère apparence, trace. *Une teinte de mélancolie.*

teinter vt 1 Colorer légèrement. 2 Nuancer. *Teinter ses propos d'ironie.*

teinture nf 1 Action de teindre ; couleur prise. 2 Matière colorante. 3 Litt Connaissance superficielle. 4 Solution d'un produit actif dans l'alcool. *Teinture d'iode.*

teinturerie nf Boutique de teinturier.

teinturier, ère n Qui se charge du nettoyage des vêtements.

tek. V. teck.

tel, telle a 1 De cette sorte. *Une telle conduite vous honore.* 2 Si grand. *Avec un tel enthousiasme.* Loc *En tant que tel* : dans sa nature propre. *Tel quel* : sans modification. *Tel que* : comme. *De telle sorte (manière) que* : marque la conséquence.

télamon nm Syn de atlante.

télé nf Fam Abrév de télévision ou de téléviseur.

téléachat nm Achat d'articles proposés à la télévision.

téléacteur, trice n Personne qui travaille au moyen d'un téléphone (vente, enquêtes).

téléaste n Réalisateur d'émissions télévisées.

télébenne ou **télécabine** nf Téléphérique à un seul câble avec de petites cabines.

télécarte nf (n déposé) Carte à mémoire pour téléphoner d'une cabine publique.

télécommande nf Commande à distance d'un appareil.

télécommander vt 1 Actionner par télécommande. 2 Influencer qqn à distance.

télécommunications *nfpl* Procédés de communication à distance.

téléconférence *nf* Conférence par les télécommunications.

télécopie *nf* Reproduction de documents par les télécommunications.

télécopieur *nm* Appareil de télécopie.

télédétection *nf* Étude de la surface terrestre par détection depuis l'espace.

télédiagnostic *nm* Diagnostic effectué à distance par télécommunications.

télédiffuser *vt* Diffuser par la télévision.

télédiffusion *nf* Diffusion par télévision.

télédistribution *nf* Diffusion par câbles d'émissions de télévision.

téléenseignement *nm* Enseignement par la radio et la télévision.

téléfax *nm* (n déposé) Système de télécopie.

téléfilm *nm* Film réalisé pour la télévision.

télégénique *a* Qui passe bien à la télévision.

télégramme *nm* Message télégraphique.

télégraphe *nm* Système de transmission à distance de messages.

télégraphie *nf* Transmission par télégraphe.

télégraphier *vt* Transmettre par télégramme.

télégraphique *a* 1 Du télégraphe. 2 Transmis par télégraphe. Loc *Style télégraphique* : réduit aux termes essentiels.

télégraphiste *n* Employé du service des télégrammes.

téléguidage *nm* Guidage à distance.

téléguider *vt* 1 Commander à distance les mouvements d'un mobile. 2 Manipuler, inspirer par un pouvoir éloigné.

téléimprimeur *nm* Appareil permettant d'imprimer directement à distance des textes.

télématique *nf* Technique associant les télécommunications et l'informatique. ■ *a* De la télématique.

télématiser *vt* Équiper de moyens télématiques.

télémessagerie *nf* Messagerie électronique.

télémesure *nf* Transmission à distance des résultats de mesures.

télémètre *nm* Appareil pour mesurer la distance d'un point éloigné.

téléobjectif *nm* Objectif pour photographier des objets éloignés.

téléologie *nf* PHILO Étude de la finalité du monde.

téléologique *a* De la téléologie.

téléostéen *nm* ZOOL Poisson osseux au squelette entièrement ossifié.

télépathe *n*, *a* Qui pratique la télépathie.

télépathie *nf* Transmission de la pensée à distance, par des voies inconnues.

télépathique *a* De la télépathie.

téléphérique *nm* Moyen de transport par cabine suspendue à un câble aérien.

téléphone *nm* 1 Dispositif pour transmettre la parole à longue distance. 2 Appareil, poste permettant cette transmission. Loc Fam *Téléphone arabe* : transmission d'informations de bouche à oreille.

téléphoner *vt* Transmettre par téléphone. ■ *vi, vti* Parler au téléphone.

téléphonie *nf* Transmission des sons à distance.

téléphonique *a* Du téléphone.

téléphoniste *n* Standardiste.

téléport *nm* Site industriel bien équipé en moyens de télécommunications.

téléreporter *n* Reporter de télévision.

télescopage *nm* Fait de (se) télescoper.

télescope *nm* Instrument d'optique pour observer les objets éloignés, les astres.

télescoper *vt* Heurter violemment, enfoncer.

télescopique *a* 1 Qui se fait avec le télescope. 2 Dont les éléments s'insèrent les uns dans les autres.

téléscripteur *nm* Syn de *téléimprimeur*.

télésiège *nm* Remontée mécanique faite d'un câble, auquel sont suspendus des sièges.

téléski *nm* Remonte-pente.

téléspectateur, trice *n* Qui regarde la télévision.

télésurveillance *nf* Surveillance à l'aide d'une caméra vidéo.

télétex *nm* (n déposé) Transmission de textes sur réseaux publics par des machines communiquant entre elles.

télétraitement *nm* Traitement à distance de données informatiques.

télétransmission *nf* Action de transmettre à distance des informations.

télétravail *nm* Organisation télématique du travail.

télétype *nm* (n déposé) Téléimprimeur.

télévente *nf* Vente d'articles proposés à la télévision.

téléviser *vt* Transmettre par télévision.

téléviseur *nm* Récepteur de télévision.

télévision *nf* 1 Transmission à distance des images. 2 Organisme qui diffuse des émissions par télévision. 3 Fam Téléviseur.

télévisuel, elle *a* De la télévision.

télex *nm* Système permettant la transmission de messages par téléimprimeurs.

télexer *vt* Transmettre par télex.

tell *nm* Colline artificielle formée par les ruines d'une ville ancienne.

tellement *av* Marque l'intensité ; très, beaucoup. Loc *Tellement... que* : marque la conséquence.

tellure *nm* CHIM Corps simple proche du soufre.

tellurique ou **tellurien, enne** *a* De la Terre. *Mouvements telluriques.*

télougou ou **telugu** *nm* Langue dravidienne de l'Inde du Sud.

téméraire *a*, *n* Hardi jusqu'à l'imprudence. Loc *Jugement téméraire* : avancé sans preuves.

témérairement *av* De façon téméraire.

témérité *nf* Hardiesse imprudente.

témoignage *nm* 1 Action de témoigner. 2 Preuve, marque. *Témoignage de sympathie.* Loc *Faux témoignage* : déposition mensongère.

témoigner *vi* Porter témoignage devant la justice. ■ *vti* Constituer la preuve de. *Ce choix témoigne de son discernement.* ■ *vt* 1 Marquer, manifester. *Témoigner sa joie.* 2 Certifier la réalité de. *Elle a témoigné l'avoir entendu.*

témoin *nm* 1 Qui voit, entend qqch et peut le rapporter. 2 Personne appelée à faire connaître en justice ce qu'elle sait d'une affaire. 3 Personne qui sert de garant à l'authenticité d'un acte. 4 Bâton que se passent les coureurs dans une course de relais. 5 Œuvre ou artiste représentatifs de leur époque. Loc *Prendre qqn à témoin* : invoquer son témoignage. ■ *a* Qui sert de contrôle, de repère. *Lampe témoin.*

tempe *nf* Région latérale de la tête.

tempérament *nm* Constitution physiologique ou psychologique d'un individu. Loc *Avoir du tempérament* : une forte personnalité. *Vente à tempérament* : à crédit.

tempérance *nf* Modération dans l'usage des aliments et de l'alcool.

tempérant, ante *a* Sobre.

température *nf* 1 Degré de chaleur ou de froid dans un lieu. 2 Degré de chaleur d'un organisme animal ou humain. 3 Fièvre.

tempéré, ée *a* Ni très chaud ni très froid.

tempérer *vt* [12] Litt Modérer, atténuer.

tempête *nf* 1 Violente perturbation atmosphérique. 2 Manifestation soudaine et violente, explosion. *Une tempête d'injures.*

tempêter *vi* Exprimer bruyamment son mécontentement.

tempétueux, euse *a* Litt Agité, tumultueux.

temple *nm* 1 Édifice consacré au culte d'une divinité. 2 Édifice consacré au culte protestant.

tempo [tempo] ou [tɛpo] *nm* 1 MUS Mouvement dans lequel doit être joué un morceau. 2 Rapidité plus ou moins grande d'une action.

temporaire *a* De durée limitée.

temporairement *av* De façon temporaire.

temporal, ale, aux *a* ANAT De la tempe. ■ *nm* Os du crâne dans la région de la tempe.

temporalité *nf* Caractère de ce qui existe dans le temps.

temporel, elle *a* 1 RELIG Qui concerne les choses matérielles. *Les biens temporels.* 2 GRAM Relatif au temps. *Subordonnée temporelle.* 3 Qui se déroule dans le temps.

temporisateur, trice *n, a* Qui temporise.

temporisation *nf* Action de temporiser.

temporiser *vi* Retarder le moment d'agir dans l'attente d'une occasion favorable.

temps *nm* 1 Durée dans laquelle se succèdent les événements, les actions, les jours et les nuits ; cette durée mesurable. 2 Moment d'une action, période de l'année, de l'histoire. 3 Moment propice ; occasion. 4 État de l'atmosphère. *Un temps orageux.* 5 MUS Division de la mesure servant à régler le rythme. 6 GRAM Série des formes du verbe marquant le temps (présent, passé ou futur). Loc *À temps* : au moment convenable, voulu. *Être de son temps* : se conformer aux usages de son époque. *En même temps* : simultanément. *De tout temps* : depuis toujours. *Tout le temps* : sans cesse. *De temps en temps* : quelquefois. *Gros temps* : tempête. *De mon temps* : dans ma jeunesse. *Perdre son temps* : ne rien faire. *Gagner du temps* : temporiser. *N'avoir qu'un temps* : être de courte durée. *Avoir fait son temps* : être dépassé.

tenable *a* Supportable.

tenace *a* 1 Qui adhère fortement. 2 Difficile à faire disparaître. *Une migraine tenace.* 3 Opiniâtre, qui ne renonce pas.

ténacité *nf* Caractère tenace.

tenaille *nf* (au sing ou au pl) Pince servant à saisir et à serrer divers objets.

tenaillement *nm* Litt Souffrance, tourment.

tenailler *vt* Faire souffrir, causer une vive douleur, tourmenter.

tenancier, ère *n* Qui gère un hôtel, un café.

tenant, ante *a* Loc *Séance tenante* : aussitôt. ■ *n* Qui soutient, défend une opinion. Loc *Tenant du titre* : qui détient un titre sportif. ■ *nm* Loc *D'un seul tenant* : d'un seul morceau.

tendance *nf* 1 Prédisposition naturelle. *Tendance à la rêverie.* 2 Orientation politique, intellectuelle, artistique, etc. 3 Évolution, orientation. *Tendance à la hausse.* Loc *Avoir tendance à* : être enclin à.

tendanciel, elle *a* Qui marque une tendance dans une évolution.

tendancieusement *av* De parti pris.

tendancieux, euse *a* Qui manifeste du parti pris. *Compte rendu tendancieux.* Ant. objectif.

tendeur *nm* Cordon élastique servant à fixer des colis.

tendineux, euse *a* Qui contient des tendons, des fibres.

tendinite *nf* Inflammation d'un tendon.

tendon *nm* Extrémité d'un muscle. Loc *Tendon d'Achille* : tendon du talon.

1. tendre *a* 1 Qui peut être facilement entamé, coupé. 2 Clair et délicat (couleurs). ■ *a, n* Affectueux ; facile à émouvoir. Loc *Ne pas être tendre* : être sévère.

2. tendre *vt* [5] 1 Tirer en écartant les extrémités d'une pièce afin de la maintenir rigide. 2 Préparer, disposer un piège. 3 Étendre une tapisserie sur. 4 Présenter qqch en l'avançant. *Tendre un objet à qqn.* Loc *Tendre son esprit* : se concentrer sur qqch. *Tendre l'oreille* : écouter attentivement. ■ *vti* Avoir pour objectif, avoir tendance à. *Tendre à la perfection. Déficit qui tend à se résorber.* ■ *vpr* Devenir difficile. *Leurs relations se tendent.*

tendrement *av* Avec tendresse.

tendresse *nf* Caractère tendre, affectueux de qqn ; amour.

tendreté *nf* Qualité d'une viande tendre.

tendron *nm* 1 Partie cartilagineuse de la viande. 2 Fam Très jeune fille.

tendu, ue *a* 1 Difficile, critique. *Situation tendue.* 2 Préoccupé, nerveux.

ténèbres *nfpl* Obscurité épaisse.

ténébreux, euse *a* Difficile à débrouiller. *Une ténébreuse affaire.*

ténébrion *nm* Coléoptère noir dont les larves s'attaquent aux farines.

teneur *nf* 1 Contenu d'un écrit, d'un discours. 2 Proportion d'une substance dans un corps, dans un mélange.

ténia *nm* Ver parasite de l'intestin de l'homme et des vertébrés.

tenir *vt* [35] 1 Avoir à la main, maintenir ferme. *Tenir un objet.* 2 Avoir, garder en son pouvoir, sous son contrôle. *Tenir le coupable.* 3 Avoir, recevoir qqch de qqn. *Tenir la nouvelle d'un homme informé.* 4 Maintenir dans un état ; garder. *Tenir les yeux baissés.* 5 Contenir. *Le réservoir tient 20 litres.* 6 Considérer comme. *Tenir qqch pour vrai.* Loc *Tenir sa langue* : se taire. *Tenir un discours* : s'exprimer. *Tenir sa parole* : respecter son engagement. *Tenir compte de* : prendre en considération. Fam *Tenir le coup, tenir le choc* : résister. *Tenir la route* : bien y adhérer (automobile) ; être convaincant (argument). *Tenir tête à* : affronter, résister. ■ *vi* 1 Être fixé. *Le clou tient.* 2 Subsister, durer. *Ses arguments tiennent.*

Son amitié tient bon. **3** Être compris dans un espace. *On ne peut pas tenir tous ici.* ■ *vti* **1** Adhérer, être attaché. *Tenir au mur avec de la colle.* **2** Dépendre de. *Son erreur tient à son inexpérience.* **3** Désirer. *On tient à le voir.* **4** Ressembler à. *Cet enfant tient de sa mère.* **Loc** Fam *En tenir pour* : être passionné de. ■ *vpr* **1** Demeurer dans un certain état. *Se tenir droit.* **2** Avoir lieu. *Le conseil se tient dans cette salle.* **3** S'accrocher à. *Se tenir à une branche.* **Loc** *S'en tenir à* : rester dans la limite de. *Se tenir pour* : se considérer comme.

tennis *nm* **1** Sport pratiqué par deux ou quatre joueurs qui se renvoient une balle avec des raquettes, sur un terrain séparé en deux camps par un filet. **2** Chaussure de toile, à semelle de caoutchouc. **Loc** *Tennis de table* : ping-pong.

tennisman [-man] *nm* Joueur de tennis.

tennistique *a* Du tennis.

tenon *nm* Partie d'un assemblage, destinée à être enfoncée dans une partie creuse.

ténor *nm* **1** Voix d'homme la plus haute ; chanteur qui a cette voix. **2** Personne tenant le premier rôle dans une activité. *Les ténors du barreau.*

tenseur *am, nm* ANAT Qui sert à tendre. *Muscle tenseur.*

tensioactif, ive *a* CHIM Qui modifie la tension d'un liquide.

tensiomètre *nm* Syn de *sphygmomanomètre*.

tension *nf* **1** Action de tendre ; état de ce qui est tendu. **2** Pression du sang dans les artères. **3** ÉLECTR Différence de potentiel. *Haute, basse tension.* **4** Forte concentration de l'esprit. **5** Discorde, hostilité. *Tension diplomatique.*

tentaculaire *a* Qui cherche à étendre son emprise de tous côtés.

tentacule *nm* Appendice allongé et mobile de certains mollusques.

tentant, ante *a* Qui provoque l'envie, le désir.

tentateur, trice *a, n* Qui tente, sollicite le désir.

tentation *nf* **1** Attrait vers une chose défendue. **2** Envie, désir de qqch ; ce qui suscite ce désir.

tentative *nf* Action par laquelle on cherche à atteindre un but ; fait d'essayer.

tente *nf* Abri provisoire qu'on peut transporter et dresser facilement. **Loc** *Se retirer sous sa tente* : ne plus vouloir soutenir une cause.

tenter *vt* **1** Entreprendre qqch avec le désir de réussir. *Tenter une ascension. Tenter de prouver qqch.* **2** Faire naître, provoquer l'envie de qqch. *Cette offre me tente.* **Loc** *Être tenté de* : éprouver l'envie de. *Tenter sa chance* : prendre un risque pour réussir.

tenture *nf* Tapisserie, garniture murale en tissu, en papier.

tenu, ue *a* **Loc** *Bien (mal) tenu* : dont l'entretien, la propreté sont satisfaisants (insatisfaisants). ■ *nm* Faute commise par un joueur qui conserve irrégulièrement le ballon.

ténu, ue *a* Très mince, très fin. *Fil ténu.*

tenue *nf* **1** Temps pendant lequel certaines assemblées se tiennent. **2** Manière de se conduire, de se présenter. *Avoir une mauvaise tenue.* **3** Manière de s'habiller. *Tenue de soirée.* **4** Action de tenir en ordre. **Loc** *Tenue de route* : qualité de bonne routière d'une voiture. *En petite tenue* : habillé très légèrement. *En tenue* : en uniforme.

ténuité *nf* Litt Caractère ténu.

tephillin [-lin] *nm* Petit étui contenant des versets de la Bible et servant au culte hébraïque. Syn. phylactère.

tequila [te-] *nf* Alcool d'agave du Mexique.

ter *av* Pour la troisième fois.

tératogène *a* MÉD Qui provoque des malformations congénitales.

tératologie *nf* Étude des anomalies et monstruosités chez les êtres vivants.

tercet *nm* Strophe de trois vers.

térébenthine *nf* **Loc** *Essence de térébenthine* : liquide extrait de certaines résines et utilisé pour les vernis.

térébrant, a ZOOL Qui perce, qui perfore.

tergal, als *nm* (n déposé) Fibre synthétique.

tergiversation *nf* Hésitation, faux-fuyant.

tergiverser *vi* Litt User de détours ; atermoyer, hésiter.

terme *nm* **1** Limite, fin dans le temps. *Le terme de la vie.* **2** Moment de l'accouchement. *Enfant né avant terme.* **3** Temps fixé pour le paiement d'un loyer ; montant du loyer. **4** Mot, tournure, expression. *Terme technique.* **5** MATH Chacun des éléments appartenant à un rapport. *Termes d'une fraction.* **Loc** *Mener à terme* : accomplir. *Vente à terme* : avec un délai de paiement. *À court (long) terme* : après une brève (longue) période. *À terme* : en fin de compte. ■ *pl* **Loc** *Être en bons (mauvais) termes avec qqn* : avoir de bonnes (mauvaises) relations avec lui. *Aux termes de* : selon ce qui est stipulé. *En d'autres termes* : avec d'autres mots.

terminaison *nf* **1** Fin ou extrémité de qqch. **2** GRAM Désinence variable d'un mot.

terminal, ale, aux *a* Qui termine qqch. *La phase terminale.* **Loc** *Classe terminale* : classe de fin du cycle secondaire des lycées. ■ *nm* **1** Aérogare d'un centre urbain, terminus des liaisons avec les aéroports. **2** INFORM Organe périphérique d'entrée-sortie relié à un ordinateur central. **3** Installations à l'extrémité d'un pipeline. **4** Point où aboutit une ligne de transport. ■ *nf* Classe terminale.

terminer *vt* **1** Marquer la fin de. *Citation qui termine un discours.* **2** Achever, finir. *Terminer un travail.* ■ *vpr* S'achever, finir.

terminologie *nf* Ensemble des termes techniques propres à une activité particulière.

terminologique *a* De la terminologie.

terminus [-nys] *nm* Dernière station d'une ligne de chemin de fer, d'autobus.

termite *nm* Insecte qui creuse ses galeries dans le bois.

termitière *nf* Nid de termites.

ternaire *a* Formé de trois éléments.

terne *a* **1** Qui manque de luminosité, d'éclat. **2** Qui manque d'originalité ; médiocre.

ternir *vt* **1** Faire perdre son éclat à qqch. **2** Porter moralement atteinte à. *Ce scandale a terni sa réputation.* ■ *vpr* Devenir terne.

terpène *nm* Hydrocarbure d'origine végétale.

terrain *nm* **1** Espace de terre déterminé. *Terrain de sport.* **2** Endroit où se déroule une activité, un affrontement. **3** Sol. *Terrain caillouteux.* **4** Domaine, sujet, matière. *Un terrain d'entente.* **Loc** *Homme de terrain* : qui garde le contact avec les tâches concrètes, avec les gens. *Céder du terrain* : reculer. *Gagner du terrain* : avancer. *Ménager le terrain* : agir prudemment. *Tout terrain* : qui peut rouler partout (véhicule).

terrasse nf 1 Levée de terre soutenue par de la maçonnerie. 2 Plate-forme formant une toiture horizontale ou grand balcon. 3 Partie du trottoir devant un café, où sont disposées des tables et des chaises.

terrassement nm Travail de déblaiement et de remblai effectué sur un terrain.

terrasser vt 1 Renverser, jeter à terre qqn. 2 Abattre physiquement ou moralement. *La nouvelle, la fièvre l'a terrassé.*

terrassier nm Ouvrier travaillant à des travaux de terrassement.

terre nf 1 (avec majusc) Planète du système solaire, habitée par l'espèce humaine. 2 Surface du globe qui n'est pas recouverte par les eaux marines. 3 Litt Région, pays. *La terre de France.* 4 Sol. *Tremblement de terre.* 5 Matière qui constitue le sol. *Terre végétale.* 6 Domaine rural ; terre cultivée. *Vendre une terre.* Loc Fam *Avoir les pieds sur terre* : avoir le sens des réalités concrètes. *À terre, par terre* : sur le sol. *Être sur terre* : exister. *Terre à terre* : commun, prosaïque. *Porter, mettre en terre* : enterrer qqn. *Toute la terre* : l'ensemble des hommes. *Terre cuite* : argile façonnée et durcie par le feu. *Terre ferme* : continent (par oppos. à la mer). CHIM *Terres rares* : oxydes métalliques constituant des éléments chimiques.

terreau nm Terre riche en matières organiques.

terre-neuvas nm inv 1 Bateau armé pour la pêche à la morue sur les bancs de Terre-Neuve. 2 Marin qui fait cette pêche.

terre-neuve nm inv Gros chien, à la tête forte et large, souvent dressé au sauvetage.

terre-plein nm 1 Surface plane et unie d'une levée de terre. 2 Bande, surface qui sépare deux chaussées d'une route. *Des terre-pleins.*

terrer (se) vpr Se cacher pour se mettre à l'abri.

terrestre a 1 De la Terre. *La surface terrestre.* 2 Qui vit sur la terre ferme. *Animal terrestre.* 3 Qui se fait sur le sol (par oppos. à aérien ou à maritime). *Transport terrestre.* 4 Litt Qui n'est pas de nature spirituelle.

terreur nf 1 Sentiment de peur incontrôlée. 2 Mesures violentes par lesquelles un État, un groupe établissent leur autorité. 3 Fam Personne qui inspire la peur.

terreux, euse a 1 De la nature de la terre, mêlé de terre. 2 Grisâtre, pâle.

terrible a 1 Qui inspire la terreur ; épouvantable. 2 Fort, violent, intense. *Une chaleur terrible.* 3 Fam Extraordinaire, très étonnant. *Un type terrible.* Loc *Enfant terrible* : insupportable.

terriblement av Extrêmement.

terrien, enne a Qui possède des terres. ■ a, n De la Terre.

terrier nm 1 Trou dans la terre creusé par un animal. 2 Chien de chasse.

terrifiant, ante a Qui terrifie ; épouvantable.

terrifier vt Épouvanter.

terrigène a Loc GEOL *Dépôts terrigènes* : apportés à la mer par les fleuves.

terril ou **terri** nm Éminence formée par les déblais d'une mine.

terrine nf 1 Récipient en terre ou en porcelaine. 2 Pâté cuit dans une terrine.

territoire nm 1 Étendue de terre qui dépend d'un État, d'une juridiction, qu'occupe un groupe humain. 2 Zone où vit un animal, qu'il interdit à ses rivaux potentiels.

territorial, ale, aux a D'un territoire.

territorialité nf Caractère juridique de ce qui appartient à un territoire.

terroir nm 1 Région, du point de vue de la production agricole. 2 La campagne, les régions rurales.

terrorisant, ante a Qui terrorise.

terroriser vt 1 Épouvanter. 2 Soumettre une population à un régime de terreur.

terrorisme nm Recours à la violence pour imposer ses idées politiques ou son autorité.

terroriste n, a Qui relève du terrorisme.

tertiaire [-sjɛr] a Loc GEOL *Ère tertiaire* : période marquée par le plissement alpin. ECON *Secteur tertiaire* : secteur comportant les activités de services (commerce, administration, etc.). ■ nm 1 Ère tertiaire. 2 Secteur tertiaire.

tertiairisation ou **tertiarisation** nf SOCIOL Prédominance du secteur tertiaire.

tertio [-sjo] av Troisièmement.

tertre nm Monticule.

tes. V. ton.

tesla nm PHYS Unité de mesure du champ magnétique.

tessiture nf MUS Étendue de l'échelle des sons couverte par la voix d'un chanteur.

tesson nm Débris de bouteille, de poterie.

test nm 1 Épreuve servant à évaluer les caractéristiques intellectuelles ou physiques des individus. 2 Épreuve, expérience en général servant à juger qqch, à établir un diagnostic médical, etc. 3 ZOOL Enveloppe dure des oursins, des crustacés, etc.

testament nm 1 Acte par lequel une personne fait connaître ses dernières volontés. 2 Ultime expression d'un artiste, d'un homme politique.

testamentaire a D'un testament.

testateur, trice n Qui fait un testament.

tester vt 1 Faire subir un test à qqn. 2 Soumettre qqch à des essais. ■ vi Faire son testament.

testeur, euse n Qui fait passer des tests.

testiculaire a Du testicule.

testicule nm Glande génitale mâle.

testimonial, ale, aux a DR Fondé sur des témoignages.

testostérone nf BIOL Hormone sexuelle sécrétée par le testicule.

tétanie nf MED Contracture pathologique des muscles.

tétanique a Du tétanos.

tétaniser vt 1 MED Provoquer des tétanies. 2 Étonner qqn au point de le paralyser.

tétanos nm Maladie infectieuse aiguë caractérisée par des contractures musculaires intenses.

têtard nm Larve des batraciens.

tête nf 1 Partie supérieure du corps humain, comprenant la face et le crâne ; boîte crânienne. 2 Visage, physionomie. *Faire une drôle de tête.* 3 Facultés intellectuelles. *Avoir une idée en tête. Avoir la tête dure.* 4 Individu, personne. *Un repas à tant par tête.* 5 Personne qui commande, qui dirige. 6 Partie supérieure ou terminale de qqch. *Une tête d'épingle.* 7 Partie qui vient en premier ; début. *La tête du train. Tête de liste.* Loc *Tenir tête à* : résister.

s'opposer. *Faire la tête* : bouder. Fam *En avoir par-dessus la tête de* : être excédé. *Se mettre en tête de* : projeter. *Garder la tête froide* : rester maître de soi. *Se mettre en tête* : vouloir absolument. *Monter à la tête* : enivrer. *Tourner la tête* : troubler. *De tête* : de mémoire. *Coup de tête* : décision irréfléchie. *Forte tête* : personne obstinée. *À la tête de* : au rang de chef ; en possession de. *En tête* : à l'avant. *Perdre la tête* : s'affoler. *En tête à tête avec qqn* : seul avec lui. *Voix de tête* : voix de fausset. Fam *Être tombé sur la tête* : être fou. Fam *Avoir la grosse tête* : avoir des prétentions ridicules. SPORT *Tête de série* : concurrent que ses performances antérieures placent favori dans une épreuve éliminatoire.

tête-à-queue *nm inv* Demi-tour complet d'un véhicule sur lui-même.

tête-à-tête *nm inv* Situation de deux personnes seules l'une avec l'autre.

tête-bêche *av* Côte à côte et en sens inverse l'un de l'autre.

tête-de-loup *nf* Long balai pour nettoyer les plafonds. *Des têtes-de-loup.*

tête-de-Maure *nf* Fromage de Hollande. *Des têtes-de-Maure.*

tête-de-moine *nf* Variété de gruyère suisse. *Des têtes-de-moine.*

tête-de-nègre *a inv* Marron très foncé.

tétée *nf* 1 Action de téter. 2 Quantité de lait prise par un nourrisson en une fois.

téter *vt* [12] Sucer en aspirant la mamelle ou le sein, un biberon pour en tirer le lait ; tirer le lait par succion.

têtière *nf* Partie de la bride qui passe derrière les oreilles du cheval.

tétine *nf* 1 Mamelle des mammifères. 2 Capuchon en caoutchouc qui s'adapte au biberon et que tète le nourrisson.

téton *nm* Fam Sein.

tétrachlorure *nm* Loc *Tétrachlorure de carbone* : liquide inflammable employé comme détachant.

tétraèdre *nm* GEOM Solide à quatre faces triangulaires.

tétragone *nf* Plante proche de l'épinard.

tétralogie *nf* Ensemble de quatre œuvres musicales, littéraires, picturales, etc., présentant une certaine unité.

tétraplégie *nf* Paralysie des quatre membres.

tétraplégique *a, n* Souffrant de tétraplégie.

tétrapode *a, n* ZOOL Qui a quatre membres.

tétras [-tʀa] *nm* Coq de bruyère.

tétrasyllabe *nm* Groupe de quatre syllabes.

tétrasyllabique *a* Formé de quatre syllabes.

têtu, ue *a* Opiniâtre, obstiné.

teuton, onne *a, n* 1 HIST De l'ancienne Germanie. 2 Fam Allemand.

teutonique *a* HIST Germanique.

texan, ane *a, n* Du Texas.

texte *nm* 1 Ensemble des mots, des phrases qui constituent un écrit ; cet écrit imprimé ou manuscrit. 2 Œuvre littéraire ou fragment d'une œuvre littéraire. 3 Sujet d'un exercice scolaire. Loc *Dans le texte* : dans la langue originelle.

textile *a* Relatif à la fabrication des tissus. ■ *nm* 1 Tissu, étoffe, matière textile. 2 Industrie textile.

textuel, elle *a* Conforme au texte ; du texte. *Citation textuelle.*

textuellement *av* De façon textuelle.

texture *nf* 1 Disposition, arrangement des parties d'une substance. *Texture d'une roche.* 2 Agencement des différentes parties d'un tout.

T.G.V. *nm* Train à grande vitesse.

thaï, thaïe [taj] *a* Des Thaïs. ■ *nm* Groupe de langues de l'Asie du Sud-Est.

thaïlandais, aise *a, n* De Thaïlande.

thalamus *nm* ANAT Noyaux de substance grise situés à la base du cerveau.

thalassémie *nf* MED Anémie due à une anomalie génétique de l'hémoglobine.

thalassocratie *nf* Grande puissance maritime.

thalassothérapie *nf* MED Traitement, cure par les bains de mer.

thalle *nm* BOT Appareil végétatif des champignons, algues et lichens.

thallium [-ljɔm] *nm* Métal mou et gris, ressemblant au plomb.

thanatologie *nf* Étude scientifique de la mort.

thanatopraxie *nf* Embaumement des cadavres.

thaumaturge *nm* Qui fait ou prétend faire des miracles.

thaumaturgie *nf* Pouvoir du thaumaturge.

thé *nm* 1 Feuilles séchées du théier. 2 Infusion préparée avec ces feuilles. 3 Réception donnée l'après-midi.

théâtral, ale, aux *a* 1 Du théâtre. 2 Exagéré, emphatique. *Ton théâtral.*

théâtralement *av* Avec emphase.

théâtraliser *vt* Rendre spectaculaire par une recherche d'effets.

théâtralité *nf* Qualité théâtrale.

théâtre *nm* 1 Édifice où on représente des œuvres dramatiques, où on donne des spectacles. 2 Genre littéraire concernant les œuvres destinées à être jouées par des acteurs. 3 Art de la représentation de ces œuvres. 4 Ensemble des œuvres dramatiques d'un pays ou d'un auteur. 5 Lieu où se passe tel événement. *Le théâtre des opérations.* Loc *Coup de théâtre* : événement brutal et inattendu.

théâtreux, euse *n* Comédien sans talent.

thébaïde *nf* Litt Retraite solitaire.

théier *nm* Arbrisseau à fleurs blanches d'Asie tropicale, cultivé pour ses feuilles (thé).

théière *nf* Récipient pour infuser le thé.

théine *nf* Alcaloïde du thé.

théisme *nm* Doctrine selon laquelle le principe de l'Univers est un Dieu.

théiste *a, n* Qui professe le théisme.

thématique *a* Propre à un ou à des thèmes. ■ *nf* Ensemble organisé de thèmes.

thématiser *vt* Classer par thèmes des mots, des informations.

thème *nm* 1 Sujet, matière d'un ouvrage, d'un discours, d'une réflexion. 2 MUS Mélodie, motif mélodique. 3 Exercice de traduction de sa langue maternelle dans une autre langue. 4 LING Partie invariable d'un mot, à laquelle s'ajoutent les désinences. Loc Fam *Fort en thème* : très bon élève.

théocratie *nf* Gouvernement dans laquelle l'autorité est exercée par la caste sacerdotale.

théocratique *a* De la théocratie.

théodolite *nm* Instrument servant à effectuer des levés de terrains.

théogonie *nf* Généalogie des dieux ; ensemble des divinités d'une mythologie.

théologal, ale, aux *a* De la théologie. Loc *Les trois vertus théologales* : la foi, l'espérance et la charité.

théologie *nf* Étude de la religion, des textes religieux.

théologien, enne *n* Spécialiste de théologie.

théologique *a* De la théologie.

théophanie *nf* THEOL Manifestation de la divinité.

théorème *nm* Proposition démontrable qui découle de propositions précédentes.

théoricien, enne *n* 1 Qui connaît la théorie d'une science, d'un art. Ant. praticien. 2 Auteur d'une théorie, d'un système conceptuel.

théorie *nf* 1 Ensemble d'opinions, d'idées sur un sujet particulier. 2 Connaissance abstraite, spéculative. 3 Système conceptuel élaboré pour expliquer un certain ordre de phénomènes. 4 Litt Long défilé de personnes, de véhicules. Loc *En théorie* : dans l'abstrait.

théorique *a* 1 De la théorie. 2 Qui n'existe qu'abstraitement ; hypothétique.

théoriquement *av* De façon théorique.

théorisation *nf* Action de théoriser.

théoriser *vt* Mettre en théorie.

thérapeute *n* Médecin ; psychothérapeute.

thérapeutique *a* Relatif au traitement des maladies. ■ *nf* Traitement de telle ou telle maladie.

thérapie *nf* Traitement d'une maladie mentale.

thermal, ale, aux *a* Se dit des eaux minérales chaudes aux propriétés médicinales.

thermalisme *nm* Usage et exploitation des eaux thermales.

thermes *nmpl* 1 ANTIQ Établissement de bains publics. 2 Établissement thermal.

thermicien, enne *n* Spécialiste de la thermique et de ses applications.

thermicité *nf* PHYS Échange de chaleur entre un système et son milieu.

thermidor *nm* Onzième mois du calendrier républicain (juillet-août).

thermidorien, enne *a, n* HIST Se dit des conventionnels qui renversèrent Robespierre le 9 Thermidor.

thermie *nf* PHYS Unité de quantité de chaleur.

thermique *a* PHYS De la chaleur. Loc *Centrale thermique* : produisant de l'électricité à partir du charbon, du gaz ou du pétrole. ■ *nf* PHYS Étude de la production et de l'utilisation de la chaleur.

thermocautère *nm* Instrument qui sert à faire des pointes de feu.

thermochimie *nf* Étude de la chaleur émise par des réactions chimiques.

thermocopie *nf* Procédé thermique de reprographie.

thermodurcissable *a* Se dit de plastiques qui durcissent à partir d'une certaine température.

thermodynamique *nf* Étude des transformations de l'énergie calorifique en énergie mécanique. ■ *a* De la thermodynamique.

thermoélectricité *nf* Électricité produite par la conversion de l'énergie thermique.

thermoélectrique *a* De la thermoélectricité.

thermogène *a* Qui produit de la chaleur.

thermomètre *nm* 1 Instrument de mesure de la température. 2 Ce qui permet d'évaluer les variations de qqch.

thermométrie *nf* Mesure des températures.

thermonucléaire *a* Relatif à la fusion des noyaux atomiques. Loc *Arme thermonucléaire* : qui, par la fusion de noyaux d'atomes, dégage une énergie considérable.

thermoplastique *a* Syn de *thermodurcissable*.

thermorégulation *nf* ZOOL Régulation de la température interne du corps.

thermorésistant, ante *a* Qui résiste à la chaleur.

thermos [-mos] *nm* ou *nf* (n déposé) Bouteille isolante qui conserve un liquide à la même température.

thermosphère *nf* Région de l'atmosphère, située au-delà de 80 km, dans laquelle la température croît régulièrement avec l'altitude.

thermostat *nm* Dispositif destiné à maintenir une température constante.

thésard, arde *n* Fam Qui prépare une thèse universitaire.

thésaurisation *nf* Action de thésauriser.

thésauriser *vi, vt* Amasser de l'argent sans le dépenser.

thésaurus *nm inv* Recueil alphabétique de termes scientifiques, techniques, etc.

thèse *nf* 1 Proposition ou opinion qu'on s'attache à soutenir, à défendre. 2 Ouvrage présenté devant un jury universitaire pour l'obtention d'un titre de doctorat. 3 PHILO Premier temps du raisonnement dialectique (thèse, antithèse, synthèse).

thêta *nm* Huitième lettre de l'alphabet grec correspondant à *th*.

thiamine *nf* Vitamine B1.

thibaude *nf* Molleton placé entre le sol et une moquette.

thomisme *nm* Doctrine théologique et philosophique de saint Thomas d'Aquin.

thomiste *a, n* Qui relève du thomisme.

thon *nm* Grand poisson marin, comestible.

thonier *nm* Bateau armé pour la pêche au thon.

thoracique *a* Du thorax.

thoracotomie *nf* Ouverture chirurgicale du thorax.

thorax *nm* Partie supérieure du tronc, limitée par les côtes et le diaphragme.

thorium [-ʀjɔm] *nm* Métal radioactif.

thriller [sʀilœʀ] *nm* Film, roman policier à suspense.

thrombine *nf* BIOL Enzyme qui provoque la coagulation du sang.

thrombolyse *nf* MED Résorption d'un caillot dans un vaisseau sanguin.

thrombose *nf* 1 MED Formation d'un caillot dans un vaisseau sanguin. 2 Fam Arrêt de la circulation, embouteillage.

thune *nf* Pop Argent.

thuriféraire *nm* Litt Flatteur, adulateur.

thuya *nm* Conifère ornemental.

thym [tɛ̃] *nm* Petite plante aromatique.

thymus *nm* ANAT Glande endocrine à la base du cou.

thyroïde *nf* ANAT Glande endocrine située en avant du larynx.

thyroïdectomie *nf* CHIR Ablation de la thyroïde.

thyroïdien, enne *a* De la thyroïde.

thyroïdite *nf* Inflammation de la thyroïde.

thyroxine *nf* Principale hormone thyroïdienne.

thysanoure nm ZOOL Petit insecte vivant dans les endroits humides.

tiare nf Haute coiffure à triple couronne que portait le pape.

tiaré nm Plante de Polynésie à fleurs très parfumées utilisées en cosmétique.

tibétain, aine a, n Du Tibet. ■ nm Langue parlée au Tibet.

tibia nm Le plus gros des deux os de la jambe, formant la partie interne de celle-ci.

tic nm 1 Mouvement convulsif, répété automatiquement. 2 Habitude, manie.

ticket nm 1 Billet d'acquittement d'un droit d'entrée, de transport, etc. 2 Équipe formée par les deux candidats d'un même parti pour les élections présidentielles aux États-Unis.

tic-tac nm inv Bruit cadencé d'un mécanisme.

tie-break [tajbʀɛk] nm Au tennis, jeu décisif à l'issue d'une manche où les joueurs sont à 6 jeux partout. Des tie-breaks.

tiédasse a Fam Désagréablement tiède.

tiède a Légèrement chaud. ■ a, n Qui manque de ferveur ou de conviction. ■ av Loc Boire tiède : des boissons tièdes.

tiédeur nf 1 État de ce qui est tiède. 2 Manque d'ardeur, de zèle.

tiédir vi Devenir tiède. ■ vt Chauffer légèrement. Tiédir du lait.

tiédissement nm Action, fait de tiédir.

tien, tienne a poss Litt Qui est à toi, qui t'appartient. Ce livre est tien. ■ pr poss Ce qui est à toi. J'ai mes soucis, tu as les tiens. ■ nm Loc Mets-y du tien : fais des concessions. ■ nmpl Tes parents, tes amis.

tierce nf 1 MUS Intervalle de trois degrés. 2 Suite de trois cartes de la même couleur.

tiercé nm Pari dans lequel il faut désigner les trois premiers chevaux d'une course.

tiers, tierce a Loc Une tierce personne : une troisième personne. HIST Tiers état ou tiers : sous l'Ancien Régime, fraction de la population n'appartenant ni à la noblesse ni au clergé. ■ nm 1 Troisième personne. N'en parlez pas devant un tiers ! 2 Partie d'un tout divisé en trois parties égales.

tiers-monde nm Ensemble des pays en voie de développement.

tiers-mondisme nm Doctrine des tiers-mondistes.

tiers-mondiste a, n Solidaire du tiers-monde. Des tiers-mondistes.

tif nm Pop Cheveu.

tige nf 1 Partie aérienne des végétaux, qui porte les feuilles, les bourgeons et les branches. 2 Pièce longue et mince, souvent cylindrique. 3 Partie d'une botte, qui enveloppe la cheville, la jambe.

tigelle nf BOT Tige de la plantule.

tignasse nf Fam Chevelure touffue, mal peignée.

tigre, esse n Félin, le plus grand et le plus puissant d'Asie, au pelage jaune rayé de noir. Loc Tigre de papier : adversaire menaçant mais sans consistance réelle. ■ nf Femme très jalouse et agressive.

tigré, ée a Rayé comme un tigre.

tigron ou **tiglon** nm Hybride d'un tigre et d'une lionne.

tilbury nm Anc Cabriolet léger.

tilde [-de] nm En espagnol, signe mis au-dessus de la lettre n pour lui donner le son mouillé (ñ).

tillandsia nf Plante d'Amérique tropicale.

tilleul nm 1 Arbre aux fleurs jaunes odorantes. 2 Infusion préparée avec ces fleurs séchées.

tilt nm Loc Fam Faire tilt : provoquer l'intuition de qqch ; faire comprendre brusquement.

timbale nf 1 Instrument à percussion constitué d'un bassin en cuivre couvert d'une peau. 2 Gobelet en métal. 3 Moule de cuisine haut et rond ; sorte de pâté en croûte cuit dans ce moule. Loc Fam Décrocher la timbale : réussir.

timbalier nm MUS Joueur de timbales.

timbrage nm Action de timbrer.

timbre nm 1 Caractère, qualité sonore d'une voix, d'un instrument. 2 Marque d'une administration, d'une maison de commerce. 3 Instrument servant à apposer une marque. 4 Marque de la poste indiquant sur une lettre le lieu et la date de départ. 5 Timbre-poste ; timbre-quittance.

timbré, ée a 1 Qui a tel timbre, qui résonne. 2 Fam Fou. Loc Papier timbré : portant un timbre fiscal.

timbre-poste nm Vignette servant à affranchir les lettres et les paquets postaux. Des timbres-poste.

timbre-quittance nm Vignette fiscale apposée sur des actes officiels. Des timbres-quittances.

timbrer vt Coller un timbre-poste sur ; affranchir. Timbrer une lettre.

timide a, n Qui manque de hardiesse, d'assurance ; timoré.

timidement av Avec timidité.

timidité nf Manque d'assurance, de hardiesse.

timing [tajmiŋ] nm Minutage précis.

timon nm Pièce du train d'une voiture hippomobile pour l'attelage des chevaux.

timonerie nf Partie couverte de la passerelle de navigation d'un navire.

timonier nm MAR Homme de barre, qui seconde sur la passerelle l'officier de quart. Loc Fam Grand timonier : chef incontesté.

timoré, ée a, n Craintif, méfiant, timide.

tin nm MAR Pièce de bois qui soutient la quille d'un bâtiment en construction ou en réparation.

tinctorial, ale, aux a Qui sert à teindre.

tinette nf Grand récipient mobile servant de fosse d'aisances.

tintamarre nm Vacarme.

tintement nm Son clair, musical que rendent une cloche qui tinte, des objets qu'on frappe. Loc Tintement d'oreilles : bourdonnement d'oreilles.

tinter vi Sonner lentement par coups espacés (cloche). ■ vt Faire sonner une cloche.

tintin av Loc Pop Faire tintin : être privé de qqch.

tintinnabuler vi Litt Résonner comme un grelot.

tintouin nm Fam 1 Vacarme. 2 Embarras, souci.

tipi nm Tente conique des Indiens d'Amérique.

tipule nf Grand moustique qui vit sur les fleurs.

tique nf Insecte parasite de la peau du chien.

tiquer vi Fam Avoir un bref mouvement d'étonnement, de contrariété.

tir nm 1 Action, manière de tirer avec une arme, de lancer un projectile ; la trajectoire elle-même. 2 Action d'envoyer avec force le ballon.

tirade nf 1 Développement, longue phrase sur un sujet. 2 Au théâtre, suite de phrases qu'un acteur dit sans interruption.

tirage nm 1 Action, fait de tirer une loterie, de prendre au hasard. 2 Ensemble d'exemplaires imprimés, de disques pressés en une seule fois. 3 Exemplaire positif d'un cliché photographique. 4 Action d'émettre un chèque, une traite. 5 Mouvement ascensionnel des gaz chauds dans un conduit de fumée. Loc *Fam Il y a du tirage* : des difficultés.

tiraillement nm 1 Sensation interne pénible de contraction. 2 Contestation, conflit.

tirailler vt 1 Tirer par petits coups, à diverses reprises. 2 Entraîner dans des sens différents. *Être tiraillé entre ses obligations et son intérêt.* ■ vi Tirer des coups répétés avec une arme à feu.

tirailleur nm Soldat d'infanterie légère. Loc *En tirailleur* : en ordre dispersé.

tirant nm Pièce destinée à exercer un effort de traction. *Les tirants d'une botte.* Loc *Tirant d'eau* : distance entre la ligne de flottaison d'un navire et le bas de sa quille.

tire nf Pop Voiture. Loc *Vol à la tire* : consistant à voler le contenu des poches, d'un sac.

tiré, ée a Fatigué, amaigri. *Traits tirés.* Loc *Tiré à quatre épingles* : très élégant. ■ nm Taillis aménagé pour la chasse. Loc *Tiré à part* : tirage indépendant d'un article extrait d'une revue.

tire-au-flanc nm inv Pop Qui s'arrange pour éviter des corvées, un travail.

tire-botte nm Crochet qui sert à chausser une botte. *Des tire-bottes.*

tire-bouchon nm Instrument servant à déboucher les bouteilles. Loc *En tire-bouchon* : en forme de spirale, d'hélice. *Des tire-bouchons.*

tire-bouchonner vi, vpr Se rouler en tire-bouchon, faire des plis.

tire-clou nm Outil servant à arracher les clous. *Des tire-clous.*

tire-d'aile (à) av Très rapidement.

tire-fesses nm Fam Remonte-pente.

tire-fond nm inv 1 Anneau fixé au plafond pour y suspendre un lustre. 2 Vis à bois de grand diamètre, à tête carrée.

tire-lait nm inv Appareil servant à aspirer le lait du sein.

tire-larigot (à) av Fam Beaucoup.

tire-ligne nm Petit instrument pour tracer des lignes. *Des tire-lignes.*

tirelire nf 1 Boîte qui comporte une fente par laquelle on glisse l'argent qu'on veut économiser. 2 Pop Tête, visage.

tire-nerf nm Petit instrument utilisé par le chirurgien-dentiste. *Des tire-nerfs.*

tirer vt 1 Faire mouvoir, amener vers soi, traîner derrière soi. *Tirer un tiroir. Tirer un traîneau.* 2 Mouvoir en faisant glisser, coulisser. *Tirer le verrou.* 3 Faire un effort pour tendre, allonger. *Tirer ses bas. Tirer la langue.* 4 Attirer. *Tirer l'œil, le regard.* 5 Ôter d'un endroit, d'une situation. *Tirer l'eau d'un puits. Tirer qqn de prison.* 6 Prendre au hasard. *Tirer une carte.* 7 Extraire, exprimer. *Substance qu'on tire votre des plantes.* 8 Emprunter. *Les mots que le français tire du grec.* 9 Déduire, conclure. *Qu'est-ce que tu tires de cela ?* 10 Imprimer. *Tirer un ouvrage.* 11 Réaliser une

épreuve photographique. 12 Émettre un chèque, une lettre de change. Loc *Tirer qqch au clair* : l'éclaircir. *Tirer son origine de* : être issu de. *Tirer parti de* : utiliser. *Tirer bénéfice* : bénéficier, profiter. *Tirer un plan, des plans* : projeter. ■ vt, vi, vti Lancer un projectile, faire feu. *Tirer un lapin. Tirer au revolver. Tirer sur un lièvre.* ■ vti 1 Tendre vers. *Vert qui tire sur le bleu.* 2 Exercer une traction sur. *Tirer sur une corde.* Loc *Tirer à sa fin* : être près de finir. *Tirer à conséquence* : avoir des conséquences. ■ vi 1 Être imprimé à tant d'exemplaires. 2 Avoir du tirage (cheminée). Loc *Tirer en longueur* : se prolonger. ■ vpr Pop S'en aller. Loc *S'en tirer* : sortir d'une difficulté, d'une maladie.

tiret nm Petit trait horizontal dans un texte.

tirette nf 1 Dispositif de commande manuelle. 2 Tablette horizontale coulissante d'un meuble.

tireur, euse n 1 Qui se sert d'une arme à feu. 2 Qui émet un chèque, une lettre de change. 3 Qui tire une balle, une boule vers le but. 4 Escrimeur. 5 Fam Voleur à la tire. Loc *Tireuse de cartes* : cartomancienne.

tiroir nm Casier coulissant, s'emboîtant dans un meuble. Loc *À tiroirs* : fait de plusieurs parties successives, emboîtées.

tiroir-caisse nm Tiroir contenant la caisse d'un commerçant. *Des tiroirs-caisses.*

tisane nf Infusion ou décoction de plantes médicinales.

tisanière nf Pot à infusion.

tison nm Reste encore brûlant d'un morceau de bois à moitié consumé.

tisonner vt Remuer les tisons pour ranimer le feu.

tisonnier nm Tige de fer qui sert à tisonner.

tissage nm Action, art de tisser un textile.

tisser vt 1 Fabriquer un tissu en entrecroisant les fils. 2 Former qqch par un assemblage d'éléments. *Tisser une intrigue.*

tisserand, ande n Qui tisse sur un métier des étoffes, des tapis.

tisserin nm Passereau dont les nids sont faits d'herbes entrelacées.

tisseur, euse n Dont le métier est de tisser.

tissu nm 1 Étoffe obtenue par l'entrelacement régulier de fils textiles. 2 ANAT Ensemble de cellules concourant à une même fonction. *Tissu conjonctif, musculaire.* 3 Enchevêtrement. *Un tissu de mensonges.* 4 Ensemble d'éléments constituant une structure homogène. *Tissu urbain, industriel.*

tissu-éponge nm Étoffe spongieuse. *Des tissus-éponges.*

tissulaire a ANAT Qui concerne les tissus.

titan nm Litt Géant.

titane nm Métal blanc, dur, utilisé dans les alliages.

titanesque ou **titanique** a Litt Gigantesque.

titi nm Fam Gamin gouailleur et malicieux.

titiller vt 1 Litt Chatouiller légèrement. 2 Fam Taquiner, agacer.

titisme nm Socialisme tel que le conçut Tito.

titrage nm Détermination de la quantité de corps dissous dans une solution.

titre nm 1 Énoncé servant à nommer un texte, un article de journal et qui en évoque le contenu. 2 Dignité, qualification honorifique ou qualification sociale. *Le titre de duc. Le titre* de père, d'avocat, de champion. **3** Diplôme. *Titres universitaires.* **4** Acte écrit établissant un droit. *Titres de propriété.* **5** Ce qui permet de prétendre à qqch. *Un titre de gloire.* **6** CHIM Proportion d'un métal précieux pur dans un alliage, d'une substance dissoute dans un corps. Loc *À titre de* : en tant que. *À juste titre* : avec raison. *En titre* : en tant que titulaire de la fonction.

titré, ée *a* Qui a un titre de noblesse.

titrer *vt* **1** Donner un titre. **2** CHIM Déterminer par dosage la quantité de corps dissous dans une solution. **3** Mettre comme titre d'article.

titrisation *nf* FIN Transformation de créances en titres négociables.

titubant, ante *a* Qui titube.

tituber *vi* Marcher en chancelant.

titulaire *a, n* Possesseur d'une fonction garantie par un titre. ■ *a* Qui possède qqch selon le droit. *Titulaire d'un passeport.*

titularisation *nf* Action de titulariser.

titulariser *vt* Nommer qqn titulaire d'une fonction.

tmèse *nf* GRAM Séparation des éléments d'un mot par l'intercalation d'autres mots (ex. : *lors donc que*).

T.N.T. *nm* Abrév de *trinitrotoluène.*

toast [tost] *nm* Tranche de pain de mie grillée. Loc *Porter un toast* : boire à la santé de qqn, à la réussite d'une entreprise, etc.

toasteur [tos-] *nm* Grille-pain.

toboggan *nm* **1** Piste en forme de gouttière, utilisée comme jeu. **2** Dispositif destiné à la manutention des marchandises d'un étage à l'autre. **3** Viaduc routier démontable.

toc *nm* Fam Imitation, souvent de mauvais goût, d'une chose de prix.

tocante ou **toquante** *nf* Pop Montre.

tocard ou **toquard, arde** *a* Fam Laid, médiocre. ■ *nm* Fam **1** Mauvais cheval. **2** Individu incapable.

toccata *nf* MUS Composition écrite pour un instrument à clavier.

tocsin *nm* Sonnerie redoublée d'une cloche pour donner l'alarme.

toge *nf* **1** ANTIQ Vêtement ample que les Romains portaient sur la tunique. **2** Robe que portent les avocats, les magistrats, etc., dans l'exercice de leurs fonctions.

togolais, aise *a, n* Du Togo.

tohu-bohu *nm inv* Fam Confusion, désordre bruyant.

toi *pr pers* Forme tonique de la 2e personne du singulier des deux genres.

toile *nf* **1** Tissu de lin, de chanvre, de coton, etc. **2** Tissu tendu sur un cadre de bois pour être peint ; tableau peint. **3** Voilure d'un navire. Loc *Toile d'araignée* : réseau tissé par les araignées. *Toile de fond* : panneau formant le fond d'une scène de théâtre et sur lequel est peint un décor ; contexte, cadre général des événements.

toilerie *nf* Fabrique de toile.

toilettage *nm* **1** Soins de propreté donnés à un chien, à un chat, etc. **2** Fam Retouche légère.

toilette *nf* **1** Action de se laver, de se coiffer, de s'habiller. **2** Soins de propreté donnés au corps. **3** Vêtement, costume féminins. Loc *Faire la toilette de qqch* : le nettoyer ou le retoucher. ■ *pl* Cabinets, W.-C.

toiletter *vt* Procéder à un toilettage.

toise *nf* Règle verticale graduée pour mesurer la taille de qqn.

toiser *vt* Regarder avec dédain, mépris.

toison *nf* **1** Poil épais et laineux de certains animaux, en particulier du mouton. **2** Chevelure, poils abondants.

toit *nm* **1** Couverture d'un bâtiment, d'un véhicule. **2** Maison, logement. Loc *Crier qqch sur les toits* : le faire savoir à tous.

toiture *nf* Toit d'une construction.

tokamak *nm* PHYS Appareil utilisé dans les recherches sur la fusion nucléaire contrôlée.

tokay ou **tokaï** [tɔkaj] *nm* **1** Vin blanc hongrois. **2** Cépage blanc d'Alsace, dit aussi *pinot gris.*

tokharien *nm* Langue indo-européenne ancienne du Turkestan.

tokyoïte *a, n* De Tokyo.

tôlard. V. taulard.

1. tôle *nf* Métal laminé en plaques minces.

2. tôle. V. taule.

tôlé, ée *a* Loc *Neige tôlée* : présentant une croûte de glace superficielle.

tolérable *a* Supportable.

tolérance *nf* **1** Fait d'accepter les opinions ou les pratiques religieuses, politiques, etc., d'autrui, même si on ne les partage pas. **2** Différence tolérée au regard d'une norme. **3** Fait, pour l'organisme, de bien supporter une substance donnée. Loc *Maison de tolérance* : établissement de prostitution.

tolérant, ante *a* Qui fait preuve de tolérance.

tolérer *vt* [12] **1** Accepter sans autoriser formellement. **2** Supporter par indulgence. **3** Bien supporter un médicament, un traitement, etc.

tôlerie *nf* Industrie, commerce ou atelier du tôlier.

tolet *nm* MAR Cheville servant de point d'appui à l'aviron.

1. tôlier *nm* Qui travaille la tôle.

2. tôlier. V. taulier.

tolite *nf* Syn de *trinitrotoluène.*

tollé *nm* Cri collectif de protestation.

toluène *nm* Hydrocarbure extrait du benzol, utilisé pour la fabrication d'explosifs, de parfums, etc.

tom *nm* Tambour cylindrique utilisé dans la batterie de jazz.

tomahawk [-ok] *nm* Hache de guerre des Amérindiens.

tomaison *nf* Indication du tome d'un ouvrage en plusieurs livres.

tomate *nf* Plante cultivée pour ses fruits ; fruit rouge de cette plante.

tombal, ale, als *a* De la tombe.

tombant, ante *a* Qui s'abaisse, tend vers le bas. Loc *À la nuit tombante* : au crépuscule.

tombe *nf* Lieu où est enterré un mort ; fosse couverte d'un monument. Loc *Avoir un pied dans la tombe* : être près de mourir. *Muet comme une tombe* : totalement silencieux. *Il se retournerait dans sa tombe* : il serait horrifié par la situation actuelle.

tombeau *nm* Sépulture monumentale d'un mort ou de plusieurs. Loc Fam *À tombeau ouvert* : à toute allure.

tombée *nf* Loc *À la tombée de la nuit, du jour* : au crépuscule.

tomber *vi* [aux *être*] **1** Être entraîné subitement de haut en bas ; faire une chute. **2** Cesser, perdre de sa force, disparaître. *Son enthousiasme tombe.* **3** Perdre le pouvoir, être renversé. *Le gouvernement est tombé.* **4** Arriver d'un lieu plus élevé. *Le brouillard tombe.* **5** Devenir plus bas, plus faible. *Les cours tombent.* **6** Déchoir, dégénérer. *Il est tombé bien bas.* **7** Pendre. *Ses cheveux tombent sur les épaules.* **8** (suivi d'un adjectif) Devenir. *Tomber malade.* **9** Survenir. *Tomber bien, mal. Le 1ᵉʳ mai tombe un lundi.* ■ *vti* Attaquer. *Tomber sur qqn.* ■ *vt* Loc Fam *Tomber une femme* : la séduire. Fam *Tomber la veste* : l'enlever.

tombereau *nm* Véhicule à caisse basculante utilisé pour le transport des matériaux.

tombeur *nm* Fam Séducteur.

tombola *nf* Loterie où le gagnant reçoit un lot en nature.

tome *nm* Division d'un ouvrage contenant plusieurs volumes.

tomenteux, euse *a* BOT Couvert de poils fins.

tomme *nf* Fromage à pâte pressée.

tommette *nf* Briquette plate pour le revêtement des sols.

tommy *nm* Fam Soldat anglais.

tomodensitomètre *nm* Syn de *scanographe.*

tomographie *nf* Procédé radiologique permettant de prendre des clichés d'un organe par plans.

1. ton, ta, tes *a poss* Deuxième personne du singulier ; de toi. *Ton bras. Ta jambe.*

2. ton *nm* **1** Degré de hauteur, intensité ou timbre de la voix. *Ton sourd.* **2** Inflexion expressive de la voix. *Ton assuré.* **3** Manière d'exprimer sa pensée, de se conduire en société. **4** MUS Hauteur des sons produits par la voix ou par un instrument. **5** Couleur, considérée dans son éclat. Loc *De bon ton* : qui convient. *Donner le ton* : servir de modèle.

tonal, ale, als *a* Relatif au ton, à la tonalité.

tonalité *nf* **1** Organisation des sons musicaux. **2** Caractère des sons produits par la voix ou par un instrument. **3** Son continu qu'on entend en décrochant le téléphone. **4** Couleur dominante ; impression qui se dégage.

tondaison *nf* Action de tondre.

tondeur, euse *n* Qui tond. ■ *nf* **1** Machine utilisée pour tondre le gazon. **2** Instrument utilisé pour tondre les cheveux ou le poil.

tondre *vt* [5] **1** Couper ras les cheveux, l'herbe, etc. **2** Fam Dépouiller qqn de son argent. *Tondre le client.*

tondu, ue *a, n* Qui a les cheveux ras.

toner [tɔnœʀ] *nm* Encre pulvérulente pour imprimantes, photocopieurs, etc.

tong *nf* Chaussure constituée d'une semelle et d'une bride qui s'insère entre les orteils.

tonicardiaque *a, nm* Qui stimule le cœur.

tonicité *nf* Qualité, caractère tonique.

tonifiant, ante *a, nm* Qui fortifie.

tonifier *vt* Fortifier, stimuler.

tonique *a, nm* Qui augmente la vigueur de l'organisme ; fortifiant. ■ *a* **1** Qui se procure du tonus ; stimulant. *Promenade tonique.* **2** LING Qui reçoit l'accent d'intensité ou de hauteur. ■ *nf* MUS Première note de la gamme du ton dans lequel un morceau est composé.

tonitruant, ante *a* Qui fait un bruit énorme.

tonitruer *vi* Litt Parler une voix très forte.

tonnage *nm* **1** MAR Syn de *jauge.* **2** Quantité de marchandises transportées.

tonnant, ante *a* Qui tonne.

tonne *nf* **1** Grand tonneau. **2** Unité de masse valant 1 000 kilogrammes. Loc Fam *Des tonnes* : une grande quantité.

tonneau *nm* **1** Grand récipient de bois fait de douves assemblées par des cerceaux. Syn. barrique, fût. **2** Figure de voltige aérienne. **3** Tour complet d'une voiture sur elle-même. **4** MAR Unité de jauge d'un navire (2,83 m³). Loc Fam *Du même tonneau* : du même acabit.

tonnelet *nm* Petit tonneau.

tonnelier *nm* Qui fabrique les tonneaux.

tonnelle *nf* Treillage couvert de verdure.

tonnellerie *nf* **1** Industrie du tonnelier. **2** Ensemble de tonneaux.

tonner *v impers* Se faire entendre (tonnerre). ■ *vi* **1** Faire un bruit comparable au tonnerre. *Le canon tonne.* **2** Parler avec emportement. *Tonner contre les resquilleurs.*

tonnerre *nm* **1** Grondement qui accompagne la foudre. **2** Bruit violent et prolongé. *Un tonnerre d'applaudissements.* Loc *De tonnerre* : bruyant. Fam *Du tonnerre* : extraordinaire, enthousiasmant.

tonsure *nf* Petite portion circulaire rasée au sommet de la tête des ecclésiastiques.

tonte *nf* **1** Action de tondre les moutons, le gazon. **2** Laine qui a été tondue.

tontine *nf* Association d'épargnants constituant un fonds qui est remis à tour de rôle à chacun des associés.

tonton *nm* Fam Oncle.

tonus *nm* **1** Énergie, entrain, dynamisme. **2** MED Tension des muscles à l'état de repos.

top *nm* **1** Bref signal sonore. **2** Fam L'apogée, le sommet d'une réussite.

topaze *nf* Pierre fine jaune.

toper *vi* Taper dans la main du partenaire pour signifier un accord.

topiaire *nf* Art de tailler les arbres pour leur donner des formes originales.

topinambour *nm* Plante cultivée pour ses tubercules.

topique *a, nm* Médicament qui agit à l'endroit où il est appliqué.

topless *a* Qui a les seins nus.

top-modèle *nm* Mannequin de haute couture. *Des top-modèles.*

top-niveau *nm* Fam Premier rang, sommet d'une hiérarchie. *Des top-niveaux.*

topo *nm* Fam Exposé d'une question.

topographe *n* Spécialiste de topographie.

topographie *nf* **1** Représentation graphique d'un lieu, avec indication de son relief. **2** Relief, configuration d'un lieu.

topographique *a* De la topographie.

topoguide *nm* Guide pour la randonnée.

topologie *nf* MATH Étude des propriétés de l'espace.

topologique *a* MATH De la topologie.

toponyme *nm* LING Nom de lieu.

toponymie *nf* LING Étude des noms de lieux.

toponymique *a* De la toponymie.

top-secret *a inv* Fam Totalement secret.

toquade *nf* Fam Engouement passager, caprice.

toquante, toquard. V. tocante, tocard.

toque *nf* Coiffure ronde et sans bords.

toqué, ée *a, n* Fam Qui a le cerveau dérangé.

toquer (se) *vpr Fam* S'éprendre de, avoir un engouement pour qqn, qqch.

torche *nf* **1** Flambeau grossier fait d'un bâton enduit de résine. **2** Lampe électrique portative.

torcher *vt Fam* **1** Essuyer. *Torcher le nez d'un enfant.* **2** Exécuter vite et mal.

torchère *nf* **1** Grand candélabre destiné à recevoir des flambeaux. **2** Canalisation verticale servant à brûler les résidus gazeux d'une raffinerie.

torchis *nm* Matériau fait d'argile et de paille.

torchon *nm* **1** Pièce de toile pour essuyer la vaisselle. **2** *Fam* Écrit peu soigné. **3** *Fam* Journal peu estimable. Loc *Fam Coup de torchon :* épuration violente. *Le torchon brûle :* il y a une vive dispute.

tordage *nm* Action de tordre des fils.

tordant, ante *a Fam* Très amusant.

tord-boyaux *nm inv Fam* Eau-de-vie très forte.

tordeuse *nf* Chenille de papillon qui s'enroule dans les feuilles.

tordre *vt* [5] **1** Tourner en sens contraire les deux extrémités d'un corps ; plier. **2** Tourner violemment en forçant ou à travers. *Tordre le bras à qqn.* Loc *Tordre le cou :* tuer, étrangler. ■ *vpr* **1** Se plier en deux sous l'effet d'une sensation ou d'une émotion vive. *Se tordre de douleur.* **2** *Fam* Rire fort.

tordu, ue *a* Recourbé, déformé. Loc *Avoir l'esprit tordu :* compliqué, bizarre. *Fam Coup tordu :* acte malveillant. ■ *n Fam* Fou.

tore *nm* **1** Moulure épaisse au bas d'une colonne. **2** GEOM Anneau à section circulaire.

toréador *nm Vx* Syn de *torero*.

toréer *vi* Combattre le taureau dans l'arène.

torero [tɔʀeʀo] *nm* Qui toree.

torgnole *nf Fam* Coup, gifle.

toril [-ʀil] *nm* Annexe de l'arène où sont enfermés les taureaux avant le combat.

torique *a* En forme de tore.

tornade *nf* Tourbillon de vent très violent.

toron *nm* Réunion de fils tordus ensemble.

torpédo *nf Anc* Automobile de forme allongée, à capote repliable.

torpeur *nf* **1** Engourdissement profond. **2** Ralentissement de l'activité ; apathie.

torpide *a* Caractérisé par la torpeur.

torpillage *nm* Action de torpiller.

torpille *nf* **1** Poisson ayant un organe dont la décharge immobilise les proies. **2** Engin autopropulsé, destiné à la destruction de navires ennemis. **3** Bombe aérienne munie d'ailettes.

torpiller *vt* **1** Détruire à la torpille. **2** Faire échouer. *Torpiller les négociations.*

torpilleur *nm* **1** Bâtiment de guerre qui lance des torpilles. **2** Marin chargé du lancement des torpilles.

torque *nm* Collier de métal rigide.

torréfacteur *nm* Qui torréfie le café.

torréfaction *nf* Action de torréfier.

torréfier *vt* Soumettre à sec à l'action du feu. *Torréfier du café.*

torrent *nm* **1** Cours d'eau de montagne, à débit rapide. **2** Flot, écoulement violent et abondant. *Des torrents d'injures.* Loc *À torrents :* abondamment.

torrentiel, elle *a* Qui s'écoule avec violence.

torrentueux, euse *a Litt* Impétueux comme un torrent.

torride *a* Excessivement chaud (air, climat).

tors, torse *a* **1** Tordu, difforme. *Jambes torses.* **2** Contourné en hélice. *Colonne torse.*

torsade *nf* **1** Assemblage de fils, de cordons, de cheveux, etc., enroulés en hélice.

torsader *vt* Mettre en torsade.

torse *nm* **1** Thorax d'un être humain. **2** Corps humain représenté du cou à la ceinture, sans tête et sans membres.

torsion *nf* Action de tordre ; déformation.

tort *nm* **1** Action, comportement, pensée contraire à la justice ou à la raison. **2** Dommage, préjudice causé à qqn. Loc *Avoir tort :* n'avoir pas pour soi le droit. *Donner tort à qqn :* condamner sa conduite. *Être dans son tort :* être coupable d'une action blâmable. *À tort :* injustement. *À tort ou à raison :* avec ou sans motif. *À tort et à travers :* sans discernement.

torticolis *nm* Raidissement musculaire douloureux du cou.

tortillard *nm Fam* Train lent qui fait de nombreux détours.

tortillement ou **tortillage** *nm* Action de (se) tortiller.

tortiller *vt* Tourner et retourner. ■ *vi* Loc *Tortiller des hanches :* marcher en se balançant. *Fam Il n'y a pas à tortiller :* à chercher des détours. ■ *vpr* S'agiter en tous sens.

tortillon *nm* **1** Chose tortillée. **2** Bourrelet sur la tête pour porter un fardeau.

tortionnaire *nm* Qui torture.

tortue *nf* Reptile à carapace dorsale et à marche lente. Loc *À pas de tortue :* très lentement.

tortueusement *av* De façon tortueuse.

tortueux, euse *a* **1** Qui fait des tours et des détours. **2** Dépourvu de droiture.

torturant, ante *a* Qui torture.

torture *nf* **1** Souffrance grave, sévices qu'on fait subir volontairement à qqn. **2** *Litt* Souffrance morale intolérable.

torturer *vt* **1** Soumettre qqn à la torture. **2** *Litt* Causer une vive douleur morale.

torve *a* Loc *Œil torve :* en coin et menaçant.

tory *n, a* HIST Membre du parti conservateur anglais.

toscan, ane *a* De la Toscane. ■ *nm* Dialecte de Toscane, base de l'italien courant.

tosser *vi* MAR Cogner sous l'effet du ressac (bateau).

tôt *av* **1** À un moment antérieur au moment habituel. **2** De bonne heure. Loc *Tôt ou tard :* un jour ou l'autre. *Pas de si tôt :* dans un lointain avenir.

total, ale, aux *a* Complet, entier. ■ *nm* Résultat d'une addition ou d'un ensemble d'opérations équivalentes. Loc *Au total :* en somme, en définitive.

totalement *av* Complètement.

totalisateur ou **totaliseur** *nm* Appareil qui additionne les valeurs.

totalisation *nf* Action de totaliser.

totaliser *vt* **1** Réunir en un total, additionner. **2** Avoir au total.

totalitaire *a* Se dit d'un régime dans lequel la totalité des pouvoirs appartient à un parti unique qui ne tolère aucune opposition.

totalitarisme *nm* Système politique totalitaire.

totalité *nf* Réunion de tous les éléments d'un ensemble. Loc *En totalité :* totalement, sans aucune exception.

totem [-tɛm] *nm* Animal, végétal représentant, dans de nombreuses tribus, l'ancêtre d'un clan ; cet emblème.

totémique *a* Relatif au totem.

totémisme *nm* Culte du totem.

toton *nm* Petite toupie.

touareg, ègue *a* Relatif aux Touaregs. ■ *nm* Langue berbère parlée par les Touaregs.

toubib *nm* Fam Médecin.

toucan *nm* Oiseau d'Amérique du Sud au bec énorme.

touchant, ante *a* Attendrissant, émouvant.

touche *nf* 1 Fait, pour un poisson, de mordre à l'hameçon. 2 Coup qui atteint l'adversaire, à l'escrime. 3 Manière personnelle de peindre, d'écrire. 4 Fam Allure, aspect de qqn. 5 Au rugby, au football, etc., ligne de démarcation latérale du terrain. 6 Chacune des tablettes qui forment le clavier d'un orgue, d'un piano, etc. Loc *Pierre de touche* : épreuve décisive. *Être sur la touche* : être tenu à l'écart. Fam *Avoir une touche avec qqn* : lui plaire.

touche-à-tout *nm inv* Qui s'occupe de beaucoup de choses sans s'y consacrer à fond.

toucher *vt* 1 Mettre la main sur, entrer en contact avec. 2 Atteindre, avec une arme, un projectile. *Il a été touché au bras.* 3 Recevoir une somme d'argent. 4 Émouvoir, attendrir qqn. *La remarque l'a touché.* 5 Concerner. *Ce qui touche cette affaire m'intéresse.* ■ *vti* 1 Mettre la main en contact avec. *Cet enfant touche à tout.* 2 Apporter un changement à. *Toucher à un texte.* 3 Être presque arrivé à, aborder, parvenir, etc. *Toucher au port. Toucher à l'essentiel.* 4 Être contigu à. *Sa maison touche à la mienne.* ■ *vpr* Être au contact. ■ *nm* 1 Sens par lequel nous percevons, par contact ou palpation, certaines propriétés des corps. 2 Manière de prendre contact, d'explorer avec la main.

touche-touche (à) *av* Fam Très près, en se touchant presque.

touffe *nf* Assemblage de choses qui poussent naturellement serrées.

touffeur *nf* Litt Chaleur lourde, étouffante.

touffu, ue *a* 1 Épais. *Bois touffu.* 2 Trop dense, embrouillé. *Discours touffu.*

touiller *vt* Fam Remuer pour mélanger.

toujours *av* 1 Pendant la totalité d'une durée. 2 De façon invariable. *Il gagne toujours.* 3 Encore. *Je l'aime toujours.* Loc *Depuis toujours* : depuis très longtemps. *Comme toujours* : comme dans tous les autres cas. *Presque toujours* : très souvent. *Toujours est-il que* : ce qu'il y a de sûr, c'est que.

toulonnais, e *a, n* De Toulon.

touloupe *nf* Manteau en peau de mouton.

toulousain, aine *a, n* De Toulouse.

toundra *nf* GÉOGR Plaine des régions froides à la végétation discontinue (mousses, lichens).

toungouse *nm* Langue de Sibérie orientale.

toupaye [-paj] *nm* Mammifère proche des singes à l'allure d'un écureuil.

toupet *nm* 1 Touffe de cheveux. 2 Fam Hardiesse effrontée, aplomb.

toupie *nf* 1 Jouet de forme arrondie, muni d'une pointe sur laquelle on le fait tourner. 2 Machine pour travailler le bois.

toupiller *vi* Travailler le bois avec une toupie.

touque *nf* Récipient de fer-blanc.

1. tour *nm* 1 Mouvement de rotation. *Tour de vis, de clef.* 2 Courbe limitant un corps, un lieu. *Tour de taille.* 3 Parcours plus ou moins circulaire autour d'un lieu. *Tour de piste.* 4 Action exigeant de l'adresse ou de la ruse. *Tour de prestidigitation.* 5 Manière dont se présente qqch. *Affaire qui prend un tour dramatique.* 6 Façon d'exprimer sa pensée. *Un tour familier.* 7 Rang, ordre des actions. *Parler à son tour.* 8 Machine-outil servant à façonner des pièces métalliques. Loc *En un tour de main* : rapidement. *Faire le tour d'un problème* : l'examiner sous tous les angles. *Faire un tour* : une promenade. *Tour de chant* : programme d'un chanteur dans un spectacle. *Tour à tour* : alternativement. *Tour de reins* : lumbago. *À tour de bras* : de toutes ses forces.

2. tour *nf* 1 Immeuble de grande hauteur. 2 Bâtiment élevé de forme ronde ou carrée. 3 Au jeu d'échecs, pièce se déplaçant sur la verticale ou l'horizontale. Loc *Tour de lancement* : ouvrage servant au lancement d'un engin spatial. *Tour d'ivoire* : retraite intellectuelle à l'écart du monde. *Tour de forage* : derrick.

touraine *nf* Vin récolté en Indre-et-Loire.

tourangeau, elle *a, n* De la Touraine ou de Tours.

tourbe *nf* Combustible noirâtre de qualité médiocre.

tourbeux, euse *a* Qui contient de la tourbe.

tourbière *nf* Gisement de tourbe.

tourbillon *nm* 1 Mouvement impétueux de l'air, d'un gaz. 2 Masse d'eau tournant avec violence. 3 Agitation tumultueuse.

tourbillonnaire *a* En forme de tourbillon.

tourbillonnant, ante *a* Qui tourbillonne.

tourbillonnement *nm* Mouvement en tourbillon.

tourbillonner *vi* 1 Tournoyer rapidement. 2 S'agiter confusément.

tourelle *nf* 1 Petite tour. 2 Abri blindé d'un char, d'un avion, d'un navire de guerre. 3 TECH Dispositif mobile autour d'un axe.

touret *nm* Petit tour servant à polir ou à graver.

tourillon *nm* Axe ou pivot pour assujettir.

tourin *nm* Potage à l'ail, du Sud-Ouest.

tourisme *nm* 1 Activité de loisir qui consiste à voyager pour son agrément. 2 Services et activités liés à cette activité.

touriste *n* Qui voyage pour son agrément. Loc *Classe touriste* : classe à tarif économique sur les paquebots, les avions.

touristique *a* 1 Relatif au tourisme. 2 Fréquenté par les touristes.

tourmaline *nf* Pierre fine de couleurs variées.

tourment *nm* Litt Grande inquiétude, grande souffrance morale.

tourmente *nf* Litt 1 Bourrasque, tempête violente. 2 Troubles graves. *Tourmente révolutionnaire.*

tourmenté, ée *a* Litt 1 En proie à un tourment. *Âme tourmentée.* 2 Très irrégulier. *Relief tourmenté.* 3 Agité. *Époque tourmentée.* 4 Qui manque de simplicité. *Style tourmenté.*

tourmenter *vt* Litt 1 Faire souffrir. *Cet enfant est tourmenté par ses dents.* 2 Importuner, préoccuper vivement. ■ *vpr* S'inquiéter vivement.

tournage *nm* 1 Action de façonner au tour. 2 Action de tourner un film.

tournant, ante *a* 1 Qui tourne, pivote. *Pont tournant.* 2 Qui contourne. *Mouvement tournant.* Loc *Grève tournante* : qui implique divers services successivement. ■ *nm* 1 Sinuosité de la route. 2 Moment où le cours des événements change de direction. Loc Fam *Attendre qqn au tournant* : se venger à la première occasion. ■ *nf* Viol en réunion.

tourné, ée *a* 1 Qui a une certaine tournure. *Lettre bien tournée.* 2 Aigri. *Lait tourné.* Loc *Esprit mal tourné* : qui voit le mal partout.

tournebouler *vt* Fam Bouleverser.

tournebroche *nm* Dispositif pour faire tourner la broche à rôtir.

tourne-disque *nm* Appareil sur lequel on passe les disques. *Des tourne-disques.*

tournedos *nm* Tranche de filet de bœuf.

tournée *nf* 1 Voyage professionnel effectué selon un itinéraire fixé. 2 Fam Consommations offertes par qqn à tous ceux qui sont avec lui. 3 Pop Volée de coups.

tournemain (en un) *av* Vx En un instant.

tourner *vt* 1 Imprimer un mouvement de rotation à. *Tourner la tête.* 2 Présenter sous une autre face ; retourner. *Tourner les pages.* 3 Diriger. *Tourner les yeux vers le ciel.* 4 Éluder, éviter. *Tourner une difficulté.* 5 Transformer. *Tourner les choses à son profit.* 6 Composer, arranger d'une certaine manière. *Tourner un compliment.* Loc *Tourner un film* : réaliser un film. *Tourner la page* : oublier le passé. *Tourner la tête* : troubler. *Tourner les talons* : s'en aller. ■ *vi* 1 Se mouvoir en décrivant une courbe. *La Terre tourne autour du Soleil.* 2 Pivoter autour d'un axe. 3 Fonctionner. *Machine qui tourne.* 4 Changer de direction, virer. *Tourner à gauche, à droite.* 5 Se transformer en, tendre, évoluer vers. *Affaire qui tourne à la catastrophe.* 6 S'altérer, devenir aigre. *Le lait a tourné.* 7 Être acteur dans un film. Loc *Tourner autour de qqch* : l'avoir pour centre d'intérêt. *Tourner autour de qqn* : lui faire la cour. *Tourner court* : finir brusquement. Fam *Tourner de l'œil* : s'évanouir. ■ *vpr* 1 Changer de position. *Se tourner vers la gauche.* 2 Se diriger. *Les regards se tournent vers lui.*

tournesol *nm* Plante dont la fleur est tournée vers l'est (soleil levant) et dont les graines fournissent une huile.

tourneur, euse *n* Qui façonne des ouvrages au tour. ■ *a* Qui tourne sur lui-même.

tournevis *nm* Outil pour serrer ou desserrer les vis.

tournicoter ou **tourniquer** *vi* Fam Tourner sur place, dans tous les sens.

tourniquet *nm* 1 Dispositif de fermeture, qui ne peut être franchi que par une personne à la fois. 2 Appareil d'arrosage tournant autour d'un axe. 3 Présentoir rotatif, dans un magasin.

tournis *nm* 1 Sensation de vertige. 2 Maladie des moutons provoquée par le cénure.

tournoi *nm* 1 Au Moyen Âge, combat de chevaliers. 2 Compétition comprenant plusieurs séries de rencontres.

tournoiement *nm* Action de tournoyer.

tournoyer *vi* [22] Tourbillonner.

tournure *nf* 1 Aspect que présente qqn, qqch ; allure. *Prendre une mauvaise tournure.* 2 Agencement des mots dans une phrase. Loc *Tournure d'esprit* : manière de voir les choses.

touron *nm* Pâte d'amande parfumée.

tour-opérateur *nm* Syn de *voyagiste. Des tour-opérateurs.*

tourte *nf* Tarte ronde, recouverte de pâte, garnie de préparations salées.

tourteau *nm* 1 Résidus d'oléagineux constituant un aliment pour le bétail. 2 Gros crabe comestible.

tourtereau *nm* Jeune tourterelle. ■ *pl* Jeunes gens qui s'aiment tendrement.

tourterelle *nf* Oiseau plus petit que le pigeon dont il est voisin.

tourtière *nf* Ustensile pour faire les tartes et les tourtes.

Toussaint *nf* Fête de tous les saints, le 1er novembre.

tousser *vi* 1 Être pris d'un accès de toux. 2 Faire un bruit comparable à celui de la toux. *Moteur qui tousse.*

toussotement *nm* Action de toussoter.

toussoter *vi* Tousser légèrement.

tout, toute, tous, toutes *a* 1 Entier, complet. *Tout l'univers. Veiller toute la nuit.* 2 Chaque, n'importe lequel. *À tout moment.* 3 Unique, seul. *Pour toute nourriture.* ■ *pl* L'ensemble, sans exception. *Tous les hommes.* ■ *pr* indéf Toutes les parties d'une chose ou chaque chose. *Tout est bon dans cet ouvrage.* Loc *À tout prendre* : tout bien considéré. *C'est tout ou rien* : il n'y a pas de milieu. *Avoir tout de qqch, qqn* : toutes ses caractéristiques. *Comme tout* : sert de superlatif. *En tout* : pour l'ensemble. *En tout et pour tout* : au total. *Après tout* : en définitive. ■ *pl* Tout le monde. *Tous sont là.* ■ *nm* 1 Chose dans son entier. *Former un tout.* 2 L'essentiel. *Ce n'est pas le tout de s'amuser.* Loc *Du tout* : en aucune façon, nullement. *Du tout au tout* : complètement. ■ *av* (variable devant un féminin commençant par une consonne ou un *h* aspiré) 1 Entièrement, complètement. *La ville tout entière. Elle est tout contente.* 2 Très. *De toutes jeunes filles. Parler tout haut.* Loc Fam *C'est tout comme* : cela revient au même. *Tout au plus* : à peine. *Tout en* (+ gérondif) : indique la simultanéité. *Tout... que* : indique la concession. *Tout à coup* : soudain. *Tout d'un coup* : d'un seul coup. *Tout à fait* : complètement. *Tout à l'heure* : dans peu de temps. *Tout de même* : cependant. *Tout de suite* : immédiatement. Fam *Tout plein* : beaucoup, très.

tout-à-l'égout *nm inv* Système d'évacuation dans les égouts des eaux usées.

toutefois *av* Néanmoins, cependant, mais.

toute-puissance *nf inv* Puissance absolue.

toutou *nm* Fam Bébé. *Des tout-petits.*

Tout-Paris *nm inv* Les Parisiens les plus en vue dans la vie mondaine.

tout-petit *nm* Bébé. *Des tout-petits.*

tout-puissant, toute-puissante *a* Dont le pouvoir est sans bornes. ■ *nm* Loc *Le Tout-Puissant* : Dieu.

tout-venant *nm inv* Choses ou personnes ordinaires, courantes.

toux *nf* Expiration bruyante, brusque, saccadée visant à dégager les voies respiratoires.

township [taunʃip] *nm* Ville où vit la population noire en Afrique du Sud.

toxémie *nf* MÉD Intoxication due au passage des toxines dans le sang.

toxicité nf Caractère toxique.

toxico n Fam Toxicomane.

toxicologie nf Étude des toxiques, des poisons.

toxicologique a De la toxicologie.

toxicologue n Spécialiste de toxicologie.

toxicomane n Atteint de toxicomanie.

toxicomaniaque a De la toxicomanie.

toxicomanie nf Intoxication causée par la consommation de substances toxiques et entraînant un état de dépendance.

toxicomanogène a Qui provoque une toxicomanie.

toxicose nf Maladie grave et brutale du nourrisson.

toxi-infection nf Maladie infectieuse provoquée par des toxines. Des toxi-infections.

toxine nf Substance toxique élaborée par un organisme vivant (champignon, serpent, etc.).

toxique a, nm Se dit d'une substance nocive pour l'organisme.

toxoplasmose nf Maladie du fœtus due à un parasite.

traboule nf À Lyon, passage étroit à travers un pâté de maisons.

trac nm Angoisse ressentie au moment de se produire en public, de subir une épreuve, etc.

trac (tout à) av Vx Sans réfléchir.

traçage ou **tracement** nm Action de tracer.

traçant, ante a Loc Balle traçante : qui laisse derrière elle une trace lumineuse. Table traçante : syn de traceur.

tracas nm Souci d'ordre matériel.

tracasser vt Inquiéter, soucier. ■ vpr Se tourmenter.

tracasserie nf Ennui causé à qqn pour des choses insignifiantes.

tracassier, ère a Qui se plaît à faire des tracasseries.

tracassin nm Fam, vx Inquiétude, souci.

trace nf 1 Marque, empreinte laissée par le passage de qqn, d'un animal, de qqch. 2 Marque laissée par une action, par un événement passé. 3 Quantité infime. Traces d'albumine dans l'urine.

tracé nm 1 Ensemble de lignes représentant qqch. 2 Ligne continue effectivement suivie. Le tracé d'un fleuve.

tracement. V. traçage.

tracer vt [10] 1 Dessiner schématiquement à l'aide de traits. Tracer le plan d'une maison. 2 Dépeindre, décrire. 3 Indiquer une direction. Tracer sa conduite à qqn. ■ vi Pop Se déplacer très vite, courir.

traceur n 1 INFORM Appareil relié à un ordinateur, qui trace des courbes, des diagrammes. Syn. table traçante. 2 Didac Isotope radioactif permettant de suivre l'évolution d'un phénomène, d'une réaction. Syn. marqueur.

trachéal, ale, aux [-keal] a De la trachée.

trachée [traʃe] nf ANAT Conduit qui fait suite au pharynx et donne naissance aux bronches.

trachée-artère nf Vx Syn de trachée. Des trachées-artères.

trachéide [-keid] nf BOT Tube discontinu, élément conducteur de la sève.

trachéite [-keit] nf Inflammation de la trachée.

trachéoscopie [-ke-] nf MED Exploration de la trachée.

trachéotomie [-ke-] nf CHIR Ouverture de la trachée au niveau du cou pour permettre une respiration assistée.

trachome [-kom] nm Atteinte oculaire virale, cause fréquente de cécité.

trachyte [-kit] nf Roche volcanique riche en feldspath.

tract nm Feuille ou brochure de propagande.

tractation nf (surtout au pl) Négociation, marchandage laborieux.

tracter vt Remorquer à l'aide d'un véhicule ou par un procédé mécanique.

tracteur, trice a Capable de tracter. ■ nm Véhicule automobile utilisé pour remorquer plusieurs véhicules ou des instruments agricoles.

traction nf 1 Action de tirer pour tendre, allonger, déplacer. 2 Exercice où on tire sur les bras pour soulever le corps. Loc Traction avant : automobile aux roues avant motrices.

tractopelle nf Engin de travaux publics servant à pelleter.

tractoriste n Qui conduit un tracteur.

trader [tʀɛdœʀ] n Spécialiste des transactions financières.

tradescantia [-kũsja] nf Plante ornementale à tiges retombantes. Syn. misère.

trade-union [tʀɛdynjɔ̃] nm En Grande-Bretagne, syndicat ouvrier. Des trade-unions.

tradition nf 1 Transmission de doctrines, d'opinions religieuses, politiques, morales de génération en génération ; ces opinions elles-mêmes. 2 Manière de penser, d'agir habituelle dans une collectivité.

traditionalisme nm Attachement aux valeurs transmises par la tradition.

traditionaliste a, n Qui relève du traditionalisme.

traditionnel, elle a Fondé sur la tradition ; passé dans les usages.

traditionnellement av De façon traditionnelle ; selon la tradition.

traducteur, trice n Auteur d'une traduction.

traduction nf 1 Action de traduire. 2 Version traduite d'un ouvrage.

traduire vt [67] 1 Faire passer d'une langue dans une autre. Cet ouvrage a été traduit en anglais. 2 Exprimer par des moyens divers. Loc Traduire qqn en justice : le faire passer devant un tribunal. ■ vpr Se manifester. Sa nervosité se traduit par le tremblement de ses mains.

traduisible a Qu'on peut traduire.

trafic nm 1 Commerce clandestin, illicite. Trafic de drogue. 2 Fam Activité compliquée et mystérieuse. 3 Fréquence des trains, des avions, des navires, des voitures sur un itinéraire, une voie. Loc Trafic d'influence : infraction de qqn qui reçoit de l'argent pour obtenir ou donner un avantage.

traficoter vi Fam Trafiquer médiocrement.

trafiquant, ante n Qui fait du trafic (sens 1).

trafiquer vi Faire du trafic, commercer illégalement. ■ vti Litt Tirer profit de. Trafiquer de son influence. ■ vt 1 Falsifier un produit. Trafiquer du vin. 2 Fam Manigancer.

tragédie nf 1 LITTER Œuvre dramatique de caractère héroïque et passionnel, propre à exciter la terreur ou la pitié. 2 Événement funeste, terrible.

tragédien, enne n Qui est spécialisé dans les rôles de tragédie.

tragi-comédie *nf* 1 LITTER Tragédie mêlée d'incidents comiques. 2 Situation où alternent des événements tragiques et comiques. *Des tragi-comédies.*

tragi-comique *a* À la fois tragique et comique.

tragique *a* 1 De la tragédie. 2 Funeste, terrible, effroyable. ■ *nm* 1 Auteur de tragédies. 2 Le genre dramatique de la tragédie. 3 Caractère tragique. *Le tragique de la situation.*

tragiquement *av* De façon tragique.

trahir *vt* 1 Livrer par perfidie. *Trahir son pays.* 2 Être infidèle à l'égard de ; tromper. *Trahir un ami.* 3 Exprimer peu fidèlement. *Mes paroles ont trahi ma pensée.* 4 Révéler. *Son attitude trahissait son trouble.* 5 Abandonner. *Ses forces l'ont trahi.* ■ *vpr* Révéler ses sentiments cachés.

trahison *nf* 1 Intelligence avec l'ennemi. 2 Acte déloyal.

trail [trɛjl] *nm* Moto tout-terrain.

train *nm* 1 File de véhicules attachés les uns aux autres. *Train de péniches.* 2 Rame de wagons tirés par une locomotive ; chemin de fer. 3 Ensemble d'organes qui fonctionnent conjointement. *Train de pneus.* 4 Série de mesures. *Un train de lois.* 5 Partie portante d'un véhicule. *Train avant.* 6 Partie antérieure, postérieure d'un quadrupède. 7 Pop Derrière, fessier. *Se faire botter le train.* 8 Allure, vitesse. *Aller bon train.* Loc *À fond de train* : à toute vitesse. *Train de vie* : manière de vivre par rapport aux revenus. *Mener grand train* : vivre de façon fastueuse. *En train* : en marche. *En train* : bien disposé. *Être en train de* : exprime le déroulement d'une action. *Mener le train* : être en tête d'une course. *Prendre le train en marche* : participer à une action déjà commencée. *Train à grande vitesse (T.G.V.)* : qui roule à environ 260 km/h.

traînage *nm* Action de traîner par traîneaux.

traînailler. V. traînasser.

traînant, ante *a* 1 Qui traîne par terre. 2 Se dit d'une voix lente.

traînard, arde *n* Qui reste à la traîne, en arrière d'un groupe.

traînasser ou **traînailler** *vi* Traîner paresseusement ; lambiner.

traîne *nf* Partie d'un vêtement qui traîne par terre ; queue. Loc Fam *Être à la traîne* : en retard.

traîneau *nm* Véhicule muni de patins, pour se déplacer sur la neige ou la glace.

traînée *nf* 1 Longue trace laissée sur une surface ou dans l'espace par une substance répandue, par un corps en mouvement. 2 Pop Prostituée. Loc *Comme une traînée de poudre* : très rapidement.

traîner *vt* 1 Tirer derrière soi en faisant glisser. 2 Emmener qqn de force, péniblement. 3 Supporter avec peine un état qui dure. ■ *vi* 1 Pendre jusqu'à terre. *Votre robe traîne.* 2 S'attarder, être trop lent ; flâner. 3 Durer trop longtemps. *Sa maladie traîne.* 4 Être laissé n'importe comment. *Tes affaires traînent dans ta chambre.* ■ *vpr* 1 Marcher avec peine. 2 Être languissant. *L'action se traîne.* 3 Se déplacer en rampant.

traîne-savates *n inv* Fam Oisif sans ressources.

training [-niŋ] *nm* Syn de survêtement. Loc *Training autogène* : méthode de relaxation.

traintrain *nm inv* Fam Routine.

traire *vt* [74] Tirer le lait des mamelles d'une vache, d'une chèvre.

trait *nm* 1 Ligne tracée avec un crayon, une plume, etc. 2 Manière d'exprimer, de dépeindre. *S'exprimer en traits nets et précis.* 3 Litt Plaisanterie acerbe, blessante. *Un trait mordant.* 4 Élément auquel on reconnaît clairement qqn ou qqch. *Trait de caractère.* 5 Manifestation remarquable. *Trait de bravoure.* 6 Litt Projectile, flèche. Loc *Trait de lumière* : rayon ; idée lumineuse. *Avoir trait à* : avoir un rapport avec. *D'un trait* : en une fois. *Tirer un trait sur* : renoncer à. *À grands traits* : rapidement, grossièrement. *Bête de trait* : propre à tirer une charge. *Trait pour trait* : parfaitement ressemblant. ■ *pl* Lignes caractéristiques du visage. Loc *Sous les traits de* : sous l'aspect de.

traitant, ante *a* Qui soigne. Loc *Médecin traitant* : qui soigne habituellement. *Officier traitant* : qui est en contact avec un espion.

trait d'union *nm* Signe de ponctuation qui joint des mots. *Des traits d'union.*

traite *nf* 1 Trafic, commerce de personnes. *Traite des Noirs.* 2 Lettre de change, effet de commerce. 3 Action de traire. Loc *D'une traite* : sans s'interrompre.

traité *nm* 1 Ouvrage traitant d'un sujet déterminé. 2 Convention entre des États.

traitement *nm* 1 Comportement, manière d'agir envers qqn. 2 Moyens mis en œuvre pour soigner une maladie, un malade. 3 Opérations destinées à transformer une substance. 4 Manière de traiter une question, un problème. 5 Appointements d'un fonctionnaire. Loc *Traitement de texte* : opérations informatiques pour saisir, modifier et stocker des documents. *Mauvais traitements* : violences.

traiter *vt* 1 Agir, se conduire envers qqn d'une certaine manière. *Traiter qqn en ami.* 2 Qualifier qqn de. *Traiter qqn de menteur.* 3 Exposer un sujet oralement ou par écrit, disserter sur. *Traiter un problème.* 4 Représenter, exprimer. *Artiste qui traite un sujet.* 5 Négocier. *Traiter une affaire.* 6 Soigner. *Traiter un malade.* 7 Soumettre à un traitement pour modifier. *Traiter un minerai.* 8 Recevoir à sa table. ■ *vti* 1 Avoir pour objet. *Ouvrage qui traite d'astronomie.* 2 Négocier avec qqn.

traiteur *nm* Commerçant qui prépare des plats cuisinés.

traître, traîtresse *a, n* Qui trahit. Loc *En traître* : traîtreusement. ■ *a* Plus dangereux qu'il ne le paraît. *Un vin traître.* Loc *Ne pas dire un traître mot* : rester silencieux.

traîtreusement *av* Perfidement.

traîtrise *nf* 1 Caractère traître de qqn, de qqch. 2 Piège imprévisible.

trajectoire *nf* 1 Courbe décrite par un mobile, un projectile. 2 Cheminement. *Trajectoire professionnelle.*

trajet *nm* 1 Espace à parcourir d'un point à un autre. 2 Action de parcourir cet espace ; temps nécessaire pour l'accomplir.

tralala *nm* Fam Faste et affectation.

tram *nm* Abrév courante de *tramway*.

trame *nf* 1 Ensemble des fils passés au travers des fils de chaîne pour former un tissu. 2 Ce qui constitue le fond des événements, d'un ouvrage. 3 Lignes constituant l'image de télévision.

tramer vt 1 Tisser en passant la trame entre les fils de chaîne. 2 Élaborer une intrigue, un complot. ■ vpr Se préparer (intrigue, complot).

traminer [-NER] nm Cépage blanc d'Alsace.

traminot nm Qui conduit un tramway.

tramontane nf Vent du nord du Languedoc.

trampoline nm Tremplin très souple sur lequel on exécute des sauts.

tramway [TRAMWE] nm Transport urbain électrifié, sur rails (abrév tram).

tranchage nm Action de débiter des troncs d'arbres.

tranchant, ante a 1 Qui coupe bien. 2 Péremptoire, impérieux. *Ton tranchant.* ■ nm Fil d'une lame, d'un instrument tranchant. **Loc** *À double tranchant* : qui peut se retourner contre celui qui l'utilise ce moyen.

tranche nf 1 Morceau mince coupé sur toute la largeur. *Tranche de jambon.* 2 Fraction d'un tout. *Tranche de vie. Les tranches de l'impôt sur le revenu.* 3 Bord, côté d'un objet. *Tranche d'une pièce de monnaie.* 4 En boucherie, partie moyenne de la cuisse du bœuf. **Loc** *Tranche horaire* : partie du temps, d'un programme de télévision, de radio. Pop *S'en payer une tranche* : rire beaucoup.

tranché, ée a 1 Net, bien marqué. *Couleurs tranchées.* 2 Catégorique. *Opinion tranchée.*

tranchée nf 1 Excavation pratiquée dans le sol pour asseoir des fondations, placer des conduites, etc. 2 MILIT Fossé aménagé pour servir de couvert et de position de tir. ■ pl MED Coliques violentes.

trancher vt 1 Séparer en coupant. *Trancher une amarre.* 2 Résoudre définitivement. *Il faut trancher cette difficulté.* ■ vti 1 Décider de façon catégorique. *Il tranche sur tout.* 2 Contraster, ressortir sur. *Ces couleurs tranchent sur le fond.*

tranchoir nm 1 Planche pour couper la viande. 2 Couteau servant à trancher.

tranquille a 1 Qui n'est pas agité. *Mer tranquille. Un enfant tranquille.* 2 En paix, sans inquiétude.

tranquillement av Calmement.

tranquillisant nm Médicament qui a un effet sédatif (neuroleptique) et dissipe l'anxiété.

tranquilliser vt Rassurer qqn. ■ vpr Cesser de se soucier, de s'inquiéter.

tranquillité nf 1 État de ce qui est calme. 2 État de qqn sans inquiétude, sans angoisse.

transaction nf 1 DR Accord entre les parties, moyennant des concessions réciproques. 2 Opération boursière ou commerciale.

transactionnel, elle a Propre à une transaction.

transalpin, ine a Au-delà des Alpes.

transaméricain, aine a Qui traverse l'Amérique.

transaminase nf Enzyme dont le taux s'élève en cas d'infarctus.

transandin, ine a Qui traverse les Andes.

transat [-zat] nm Fam Chaise longue pliante. ■ nf Course en solitaire, à bord d'un voilier, à travers l'Atlantique.

transatlantique a Qui traverse l'Atlantique. ■ nm Paquebot assurant la liaison régulière entre l'Europe et l'Amérique.

transbahuter vt Fam Transporter.

transbordement nm Action de transborder.

transborder vt Faire passer des voyageurs, des marchandises d'un navire à un autre, d'un avion, d'un train à un autre.

transbordeur nm, am Appareil servant à transborder. Syn. ferry-boat.

transcanadien, enne a Qui traverse le Canada.

transcendance nf Caractère transcendant.

transcendant, ante a 1 Qui excelle en son genre, supérieur. 2 PHILO Qui dépasse un certain ordre de réalités.

transcendantal, ale, aux a PHILO Qui est une condition a priori de l'expérience.

transcender vt 1 Dépasser, en étant supérieur. 2 PHILO Dépasser les possibilités de l'entendement. ■ vpr Se dépasser.

transcodage nm Action de transcoder.

transcoder vt Traduire dans un autre code.

transcodeur nm Appareil servant à transcoder.

transcontinental, ale, aux a Qui traverse un continent.

transcripteur, trice n Qui transcrit.

transcription nf 1 Action de transcrire un écrit, une œuvre musicale. 2 DR Reproduction d'un acte juridique sur les registres publics.

transcrire vt [61] 1 Copier, reporter fidèlement un écrit sur un autre support. 2 Transposer un énoncé d'un code dans un autre. *Transcrire un mot grec en caractères latins.* 3 MUS Arranger un morceau pour un instrument autre que celui pour lequel il a été écrit.

transculturel, elle a Propre aux relations entre cultures différentes.

transdermique ou **transcutané, ée** a PHARM Qui agit en traversant la peau (médicament).

transe nf **Loc** *Être, entrer en transe* : perdre tout contrôle de soi, être surexcité. ■ pl **Loc** *Être dans les transes* : très anxieux.

transept [-SEPT] nm Nef transversale d'une église formant une croix avec la nef principale.

transfèrement nm DR Transfert d'un détenu.

transférer vt [12] 1 Faire passer qqn, qqch d'un lieu, d'un emploi dans un autre. 2 Céder, transmettre légalement qqch à qqn.

transfert nm 1 Action de transférer qqn ou qqch. 2 ECON Redistribution des revenus par l'État, la Sécurité sociale, etc. 3 PSYCHAN Report d'un état affectif sur une autre personne que celle qui l'a provoqué.

transfiguration nf Action de transfigurer.

transfigurer vt Transformer en rendant beau, radieux.

transfo nm Fam Transformateur.

transformable a Qu'on peut transformer.

transformateur, trice a Qui transforme. ■ nm Appareil qui transfère une énergie électrique d'un circuit à un autre après en avoir modifié la tension.

transformation nf Action de transformer ; modification, changement.

transformer vt 1 Donner à qqn, qqch une autre forme, un autre aspect. 2 Changer le caractère de qqn. *Cette épreuve l'a transformé.* ■ vpr Prendre un aspect, un caractère différent.

transformisme nm Théorie de l'évolution des êtres vivants selon laquelle les organismes se transforment progressivement en d'autres.

transformiste n, a Qui relève du transformisme.

transfrontalier, ère *a* Qui concerne les relations de deux pays limitrophes.

transfuge *nm* Militaire qui passe à l'ennemi. ■ *n* Qui abandonne son parti, ses opinions pour un parti, des opinions adverses.

transfusé, ée *a, n* Qui a subi une transfusion.

transfuser *vt* Injecter du sang à qqn par une transfusion.

transfuseur *nm* Qui pratique des transfusions sanguines.

transfusion *nf* MED Opération consistant à injecter du sang dans les veines de qqn.

transfusionnel, elle *a* De la transfusion.

transgenèse *nf* BIOL Modification génétique d'un organisme.

transgénique *a* BIOL Se dit d'un être vivant dont on a modifié les caractères génétiques.

transgresser *vt* Contrevenir à un ordre, à une loi ; enfreindre.

transgression *nf* Action de transgresser.

transhumance *nf* Fait de transhumer.

transhumant, ante *a* Qui transhume.

transhumer *vt* Mener les troupeaux dans les alpages pour l'été et les en faire redescendre avant l'hiver. ■ *vi* Changer de pâturages selon les saisons (troupeaux).

transi, ie *a* Pénétré, saisi de froid.

transiger *vi* [11] 1 Faire des concessions réciproques. 2 Être peu exigeant, manquer de fermeté. *Transiger avec sa conscience.*

transir *vt* Pénétrer, engourdir de froid.

transistor *nm* 1 Composant électronique pour amplifier des signaux. 2 Radiorécepteur portatif muni de transistors.

transistoriser *vt* Équiper de transistors.

transit [-zit] *nm* 1 Passage de marchandises, de voyageurs, à travers un lieu situé sur leur itinéraire. 2 PHYSIOL Progression du bol alimentaire dans le tube digestif.

transitaire *a* Du transit. ■ *nm* Commissionnaire qui transite les marchandises.

transiter *vt* Faire passer en transit. ■ *vi* Voyager en transit.

transitif, ive *a, nm* GRAM Se dit d'un verbe qui admet un complément d'objet direct ou indirect (ex. : *manger un sandwich ; ressembler à son père*).

transition *nf* 1 Manière de passer d'une partie d'un discours à une autre, de lier des idées. 2 Passage graduel d'un état, d'un ordre à un autre. Loc *De transition :* transitoire. *Sans transition :* brutalement.

transitionnel, elle *a* D'une transition.

transitivement *av* GRAM De façon transitive.

transitivité *nf* GRAM Caractère transitif.

transitoire *a* 1 Qui ne dure pas longtemps. 2 Qui forme une transition entre deux états.

translatif, ive *a* DR Qui opère une translation.

translation *nf* 1 DR Action de transmettre une propriété, un droit. 2 MATH Transformation dans laquelle toutes les parties d'un corps gardent une direction constante.

translittération *nf* LING Transcription lettre pour lettre des mots d'une langue dans un autre alphabet.

translucide *a* Qui laisse passer la lumière sans être totalement transparent.

transmetteur, trice *a, nm* Qui transmet des sons, des signaux.

transmettre *vt* [64] 1 Mettre en possession de qqn d'autre. *Transmettre un héritage.* 2 Communiquer qqch à qqn. *Transmettre une maladie.* 3 Faire passer d'un organe à un autre. *Dispositif qui transmet le mouvement.* ■ *vpr* Se propager. *Le sida se transmet par le sang.*

transmigration *nf* Métempsycose.

transmigrer *vi* RELIG Passer d'un corps dans un autre (âmes).

transmissibilité *nf* Caractère transmissible.

transmissible *a* Qui peut être transmis.

transmission *nf* 1 Action de transmettre. 2 TECH Organe qui transmet un mouvement. Loc *Transmission de pensée :* télépathie. ■ *pl* Moyens qui permettent aux troupes et aux états-majors de communiquer.

transmuer ou **transmuter** *vt* Transformer un corps en un autre de nature différente.

transmutation *nf* Action de transmuer.

transnational, ale, aux *a* Qui dépasse le cadre national.

transocéanique *a* 1 Situé au-delà de l'océan. 2 Qui traverse l'océan.

transparaître *vi* [55] 1 Paraître à travers qqch de transparent, de translucide. 2 Devenir visible. *Son émotion transparaît.*

transparence *nf* Propriété de ce qui est transparent.

transparent, ente *a* 1 Qui laisse passer la lumière et au travers de quoi on voit distinctement. 2 Qui se laisse deviner. *Des intentions transparentes.* 3 Qui ne dissimule pas ses activités, ses revenus. ■ *nm* Surface de matière transparente permettant certaines opérations.

transpercer *vt* [10] 1 Percer de part en part. 2 Pénétrer à travers. *La pluie a transpercé son manteau.*

transpiration *nf* Excrétion de la sueur par les pores de la peau.

transpirer *vi* 1 Suer. 2 Commencer à être connu. *Le secret avait transpiré.*

transplant *nm* CHIR Organe, tissu transplanté.

transplantable *a* Qui peut être transplanté.

transplantation *nf* Action de transplanter.

transplanté, ée *a, n* Qui a subi une transplantation d'organe.

transplanter *vt* 1 Sortir une plante de terre pour la replanter dans un autre endroit. 2 CHIR Greffer sur qqn (receveur) un organe prélevé sur un autre individu (donneur). 3 Faire passer d'un pays ou d'un milieu dans un autre.

transport *nm* 1 Action de transporter qqn, qqch dans un autre lieu. 2 Navire, avion destiné à transporter des troupes, du matériel. Loc Litt *Transport de joie :* grande joie. ■ *pl* Moyens permettant le déplacement des personnes ou des marchandises.

transportable *a* Qu'on peut transporter.

transporter *vt* 1 Porter d'un lieu dans un autre. 2 Faire passer dans un autre domaine. *Transporter des faits réels dans un roman.* 3 Mettre qqn hors de soi-même. *Être transporté d'admiration.* ■ *vpr* Se rendre en un lieu.

transporteur *nm* 1 Qui transporte des marchandises ou des personnes. 2 Engin destiné au transport continu de matériaux.

transposable *a* Qu'on peut transposer.

transposer vt 1 Présenter sous une autre forme ou dans un autre contexte. 2 Intervertir des objets ; permuter. 3 MUS Transcrire ou exécuter dans un autre ton que celui dans lequel le morceau a été écrit.

transposition nf Action de transposer.

transpyrénéen, enne a Qui traverse les Pyrénées.

transsaharien, enne a Qui traverse le Sahara.

transsexualité nf Caractère transsexuel.

transsexuel, elle a, n Qui est convaincu d'appartenir à l'autre sexe et qui se conforme à cette conviction.

transsibérien, enne a Qui traverse la Sibérie.

transsonique a PHYS Se dit d'une vitesse voisine de celle du son.

transsubstantiation nf RELIG Mystère de l'eucharistie.

transuranien nm CHIM Élément produit dans les réacteurs nucléaires (p. ex. le plutonium).

transvasement nm Action de transvaser.

transvaser vt Faire passer un liquide d'un récipient dans un autre.

transversal, ale, aux a 1 Qui coupe qqch en travers, perpendiculairement à l'axe principal. *Route transversale.* 2 Qui recoupe plusieurs domaines de la connaissance. ■ nf Ligne, droite, route transversale.

transversalement av En travers.

transverse a ANAT En travers de l'axe du corps.

trapèze nm 1 GEOM Quadrilatère comportant deux côtés parallèles et inégaux. 2 Appareil composé d'une barre de bois horizontale suspendue par ses extrémités à deux cordes. 3 ANAT Muscle du cou et de l'épaule.

trapéziste n Acrobate qui fait du trapèze.

trapézoïdal, ale, aux a En forme de trapèze.

trappe nf 1 Piège formé d'un trou recouvert par des branchages. 2 Ouverture munie d'un abattant, ménagée dans un plancher, un plafond, une paroi. Loc *Fam Passer à la trappe* : être escamoté, tomber dans l'oubli.

trappeur nm Chasseur de bêtes à fourrure, en Amérique du Nord.

trappiste nm **trappistine** nf Religieux, religieuse de l'ordre de la Trappe.

trapu, ue a 1 Large et court, donnant une impression de force et de solidité. 2 Pop Très fort, savant.

traque nf Fam Action de traquer.

traquenard nm 1 Piège pour prendre les animaux nuisibles. 2 Piège tendu à qqn.

traquer vt 1 Pourchasser du gibier en le rabattant vers les chasseurs. 2 Serrer de près, poursuivre qqn avec acharnement.

trattoria nf Petit restaurant italien.

trauma nm MED 1 Lésion produite par un impact. 2 Violent choc émotif.

traumatique a MED D'un trauma ou d'un traumatisme. *Choc traumatique.*

traumatisant, ante a Qui traumatise.

traumatiser vt Infliger un traumatisme à qqn.

traumatisme nm 1 Perturbation provoquée par un trauma. 2 Violent choc émotionnel.

traumatologie nf MED Traitement des traumatismes.

travail, aux nm 1 Effort long et pénible. *Ces lignes sentent le travail.* 2 MED Période de l'accouchement où se produisent les contrac-

tions utérines. 3 Altération ou déformation d'une matière. *Le travail du bois sous l'action de l'humidité.* 4 Activité, action de qqch. *Le travail d'une machine, de l'imagination.* 5 Activité économique des hommes, d'un pays ; la population active. *La division du travail. Le monde du travail.* 6 Manière dont est façonnée une matière ; l'ouvrage obtenu. *Travail très soigné.* 7 Activité rémunérée ; lieu de cette activité. *Perdre son travail.* Loc *Travail d'intérêt général* : travail imposé à un délinquant comme substitution de peine. ■ pl 1 Opérations propres à une activité. *Travaux ménagers.* 2 Discussions, débats d'une assemblée. 3 Recherches dans le domaine intellectuel ; ouvrage. Loc *Travaux publics* : ouvrages d'art, d'équipement, etc., exécutés pour le compte de l'État ou des collectivités locales. *Travaux forcés* : peine que le condamné exécutait dans un bagne.

travaillé, ée a Exécuté avec soin, où l'on sent le travail. *Un bijou très travaillé.*

travailler vi 1 Avoir une activité professionnelle. 2 Se consacrer à une tâche. 3 Fonctionner, produire. *Usine qui travaille pour l'exportation. Faire travailler son argent.* 4 Se déformer, se modifier sous l'effet d'un agent extérieur. *Bois qui a travaillé.* ■ vt 1 Façonner. *Travailler le bois, la pâte.* 2 Soigner, perfectionner. *Travailler son style.* 3 Étudier. *Travailler le piano.* 4 Tourmenter, préoccuper. *Ce problème le travaille.* 5 Manipuler, chercher à influencer. *Travailler l'opinion.* ■ vti Se donner de la peine pour. *Travailler à un livre, à redresser une situation.*

travailleur, euse n 1 Qui travaille, se consacre à une tâche. *Travailleur manuel.* 2 Qui exerce une activité rémunérée. Loc *Travailleurs sociaux* : chargés de porter assistance aux personnes en difficulté. ■ a, n Qui aime le travail, est très actif.

travaillisme nm Doctrine, mouvement socialiste du Labour Party (parti du Travail), en Grande-Bretagne.

travailliste n, a Partisan du travaillisme.

travée nf 1 Espace compris entre deux points d'appui d'une voûte, d'une charpente, etc. 2 Rangée de tables, de bancs.

traveller's chèque nm Chèque de voyage. *Des traveller's chèques.*

travelling [-liŋ] nm Mouvement de déplacement d'une caméra ; scène ainsi filmée.

travelo nm Pop Travesti (sens 2).

travers nm Petit défaut ou bizarrerie de l'esprit. Loc *À travers qqch* : en traversant. *Au travers (de)* : en traversant de part en part. *En travers de* : dans une position transversale. *Se mettre en travers de* : s'opposer à. *De travers* : obliquement, de façon anormale ; mal, autrement qu'il ne faudrait. *Regarder de travers* : avec malveillance. *À tort et à travers* : inconsidérément. *Travers de porc* : haut de côtes.

traverse nf 1 Pièce d'appui mise en travers dans certains ouvrages. 2 Pièce qui supporte les rails et maintient leur écartement. Loc *Chemin de traverse* : raccourci.

traversée nf Action de traverser la mer, un pays ; trajet ainsi fait. Loc *Traversée du désert* : éclipse dans la carrière d'un homme public.

traverser vi 1 Passer à travers, d'un côté à l'autre. *Traverser une rue.* 2 Couper. *La route nationale traverse la voie ferrée.* 3 Pénétrer. *La pluie a traversé son manteau.* 4 Vivre, passer par. *Elle a traversé des moments difficiles.* **Loc** *Traverser l'esprit* : se présenter fugitivement à l'esprit.

traversière af **Loc** *Flûte traversière* : qu'on tient parallèlement à la bouche.

traversin nm Coussin qui s'étend sur toute la largeur du lit.

travertin nm Roche calcaire formée par les dépôts d'une source.

travesti, ie a, n Qui porte un déguisement. ■ a Où on est déguisé. *Bal travesti.* ■ nm 1 Déguisement. 2 Homosexuel qui s'habille en femme.

travestir vt 1 Déguiser. 2 Donner une apparence trompeuse ; falsifier. *Travestir la vérité.* ■ vpr Revêtir un déguisement.

travestisme nm Adoption par qqn des vêtements et des comportements de l'autre sexe.

travestissement nm 1 Déguisement. 2 Falsification.

traviole (de) av **Loc** De travers.

trayeuse nf Machine à traire.

trayon nm Extrémité du pis d'une vache, d'une chèvre, etc.

trébuchant, ante a Qui trébuche, hésite. **Loc** *Espèces sonnantes et trébuchantes* : argent liquide.

trébucher vi 1 Faire un faux pas, perdre l'équilibre. *Trébucher sur, contre une pierre.* 2 Buter sur une difficulté.

trébuchet nm 1 Piège pour petits oiseaux. 2 Petite balance pour peser des corps légers.

tréfilage nm Action de tréfiler.

tréfiler vt TECH Faire passer un métal à travers une filière pour l'étirer en fil.

tréfilerie nf Usine de tréfilage.

trèfle nm 1 Plante aux feuilles composées de trois folioles et qui fournit du fourrage. 2 Une des couleurs noires du jeu de cartes.

tréfonds nm Litt Ce qu'il y a de plus profond, de plus secret. *Au tréfonds de son âme.*

treillage nm Assemblage de lattes pour faire des palissades, des espaliers, etc.

treille nf Vigne grimpant le long d'un mur, d'un arbre, disposée sur un châssis, etc.

treillis nm 1 Réseau à claire-voie plus ou moins serré. *Jardin clos par un treillis.* 2 Tenue de combat des militaires.

treize a num 1 Dix plus trois (13). 2 Treizième. *Chapitre treize.* ■ nm inv Nombre, numéro treize. **Loc** *Jeu à treize* : rugby qui se joue avec treize joueurs.

treizième a num Au rang, au degré treize. ■ a, nm Contenu treize fois dans un tout.

treizièmement av En treizième lieu.

treiziste nm Joueur de rugby à treize.

trekking [tʀekiŋ] nm Randonnée pédestre dans des sites difficiles d'accès.

tréma nm Signe graphique (¨) mis sur les voyelles *e, i, u* pour indiquer qu'on doit prononcer séparément la voyelle qui les précède (ex. : aiguë, naïf).

trématode nm ZOOL Ver plat parasite.

tremblant, ante a Qui tremble. *Voix tremblante.* ■ nf Maladie virale du mouton.

tremble nm Peuplier aux feuilles très mobiles.

tremblé, ée a 1 Tracé par une main tremblante. 2 Dont l'intensité varie. *Son tremblé.*

tremblement nm 1 Agitation rapide et involontaire du corps. 2 Oscillations, secousses agitant qqch. 3 Variations d'intensité. *Avoir des tremblements dans la voix.* **Loc** *Tremblement de terre* : séisme, ébranlement de la croûte terrestre. **Fam** *Et tout le tremblement* : et tout le reste.

trembler vi 1 Être pris de tremblements. *Trembler de froid.* 2 Éprouver une grande crainte ; avoir peur. 3 Être ébranlé, agité de secousses. *La terre a tremblé.* 4 Subir des variations d'intensité. *Avoir la voix qui tremble.*

trembleur nm Dispositif électrique animé d'un mouvement oscillatoire.

tremblotant, ante a Qui tremblote.

tremblote nf **Loc** Fam *Avoir la tremblote* : trembler de froid ou de peur.

tremblotement nm Tremblement léger.

trembloter vi Trembler légèrement.

trémie nf Grand récipient en forme de pyramide renversée, pour le stockage de produits en vrac.

trémière af **Loc** *Rose trémière* : plante ornementale aux grandes fleurs colorées.

trémolo nm 1 Effet de vibration obtenu en battant une note plusieurs fois d'un même coup d'archet. 2 Tremblement de la voix.

trémoussement nm Mouvement vif du corps.

trémousser (se) vpr S'agiter avec des mouvements vifs et irréguliers.

trempage nm Action de tremper qqch dans un liquide. *Trempage du linge.*

trempe nf 1 TECH Refroidissement brusque par immersion d'une pièce métallique portée à haute température pour en augmenter la dureté. 2 Qualité, vigueur du caractère. 3 Pop Volée de coups.

trempé, ée a **Loc** *Bien trempé* : énergique.

tremper vt 1 Mouiller complètement. *Se faire tremper.* 2 Plonger dans un liquide. *Tremper son pain dans son café.* 3 Faire subir la trempe à une pièce métallique. ■ vi 1 Demeurer dans un liquide. *Mettre du linge à tremper.* 2 Prendre part à une action répréhensible. *Tremper dans un hold-up.*

trempette nf **Loc** Fam *Faire trempette* : se baigner rapidement ou dans peu d'eau.

tremplin nm 1 Planche élastique sur laquelle court et rebondit un sauteur ou un plongeur. 2 Ce qui lance qqn, l'aide à parvenir à une situation sociale élevée.

trémulation nf MED Tremblement.

trench-coat [tʀɛnʃkot] nm Manteau imperméable. *Des trench-coats.*

trentaine nf 1 Nombre de trente ou environ. 2 Âge de trente ans.

trente a num 1 Trois fois dix (30). 2 Trentième. *Page trente.* ■ nm inv Nombre trente. **Loc** *Se mettre sur son trente et un* : mettre ses vêtements les plus élégants.

trente-et-quarante nm inv Jeu de cartes de casino.

trentenaire a Qui dure trente ans. ■ a, n Qui a entre trente et quarante ans.

trente-six a num Nombre important indéterminé. *Voir trente-six chandelles.*

trentième a num Au rang, au degré trente. ■ a, nm Contenu trente fois dans un tout.

trépan *nm* **1** CHIR Instrument servant à percer les os du crâne. **2** TECH Instrument de forage.

trépanation *nf* CHIR Action de trépaner.

trépaner *vt* CHIR Perforer les os du crâne.

trépas *nm* Litt Décès, mort.

trépassé, ée *n, a* Litt Personne décédée.

trépasser *vi* [aux *être* ou *avoir*] Litt Mourir.

trépidant, ante *a* **1** Qui trépide. **2** Agité, fébrile. *Vie trépidante.*

trépidation *nf* Fait de trépider.

trépider *vi* Être agité, trembler par petites secousses rapides.

trépied *nm* Meuble, support à trois pieds.

trépignement *nm* Action de trépigner.

trépigner *vi* Frapper des pieds contre terre, à coups rapides et renouvelés.

trépointe *nf* TECH Bande de cuir servant à renforcer une couture.

tréponème *nm* Bactérie dont une espèce est l'agent de la syphilis.

très *av* Indique un degré élevé devant un adjectif, un adverbe.

trésor *nm* **1** Amas d'or, d'argent, d'objets précieux mis en réserve. **2** Bien particulièrement précieux. *Trésors artistiques.* **3** Personne très aimée. Loc *Le Trésor public* ou *le Trésor* : service de l'État assurant la rentrée des recettes et le règlement des dépenses publiques. ■ *pl* Abondance. *Dépenser des trésors de patience.*

trésorerie *nf* **1** Bureau d'un trésorier-payeur général. **2** Ressources immédiatement disponibles d'une entreprise ou d'un particulier.

trésorier, ère *n* Qui gère les finances d'une société, d'une association, etc.

trésorier-payeur *nm* Loc *Trésorier-payeur général* : fonctionnaire assumant la gestion des finances publiques dans un département. *Des trésoriers-payeurs.*

tressage *nm* Action de tresser.

tressaillement *nm* Fait de tressaillir.

tressaillir *vi* [27] Avoir une brusque secousse involontaire sous l'effet d'une émotion, d'une douleur.

tressautement *nm* Fait de tressauter.

tressauter *vi* **1** Sursauter sous l'effet de la surprise. **2** Être secoué par des cahots.

tresse *nf* **1** Natte de cheveux entrelacés. **2** Cordon, galon fait de brins entrelacés.

tresser *vt* Mettre, arranger en tresse.

tréteau *nm* Pièce de bois soutenant une table, une estrade. ■ *pl* Vx Théâtre.

treuil *nm* Tambour cylindrique sur lequel s'enroule un câble pour lever ou tirer une charge.

treuillage *nm* Action de treuiller.

treuiller *vt* Lever des charges avec un treuil.

trêve *nf* **1** Suspension temporaire des hostilités d'un conflit. **2** Relâche, répit, repos. *Travailler sans trêve.* Loc *Trêve de* : assez de. *Trêve des confiseurs* : période de calme social et politique entre Noël et le jour de l'an.

trévise *nf* Salade rouge à feuilles allongées.

tri *nm* Action de trier.

triade *nf* **1** Groupe de trois unités, de trois personnes. **2** En Chine, société secrète, mafia.

triage *nm* Action de trier.

trial *nm* Compétition de motos tout terrain. ■ *nf* Moto spécialement conçue pour ce sport. *Des trials.*

triangle *nm* **1** Polygone qui a trois côtés. **2** MUS Instrument fait d'une baguette métallique en triangle frappée avec une tige d'acier.

triangulaire *a* **1** En forme de triangle. **2** Dont la base est un triangle. **3** Qui oppose trois éléments, trois groupes. *Élection triangulaire.*

triangulation *nf* Établissement d'une carte en divisant le terrain en un réseau de triangles.

trias [-as] *nm* Période géologique la plus ancienne du secondaire.

triathlon *nm* Compétition comprenant trois épreuves (fond, course cycliste et natation).

triathlonien, enne ou **triathlète** *n* Qui pratique le triathlon.

tribal, ale, aux *a* Propre à la tribu.

tribalisme *nm* Organisation en tribus.

triboélectricité *nf* Électricité produite par frottement.

triboélectrique *a* De la triboélectricité.

tribologie *nf* PHYS Étude des frottements.

tribométrie *nf* PHYS Mesure des frottements.

tribord *nm* Côté droit d'un navire lorsqu'on regarde vers l'avant.

tribu *nf* **1** Groupe humain présentant une unité culturelle, dont les membres sous l'autorité d'un chef vivent sur un même territoire. **2** Fam Famille nombreuse.

tribulations *nfpl* Aventures, mésaventures.

tribun *nm* **1** ANTIQ Magistrat chargé de défendre les plébéiens. **2** Orateur populaire éloquent.

tribunal, aux *nm* **1** Lieu où la justice est rendue ; palais de justice. **2** Juridiction d'un ou de plusieurs magistrats ; ces magistrats. **3** Litt Ce qui juge. *Le tribunal de l'histoire.*

tribunat *nm* ANTIQ Charge de tribun.

tribune *nf* **1** Emplacement surélevé, réservé au public ou à quelques personnes dans des salles, des églises. *Tribune officielle.* **2** Dans un stade, un champ de courses, etc., gradins réservés aux spectateurs. **3** Estrade d'un orateur. *Monter à la tribune.* **4** Rubrique d'un journal.

tribut *nm* Litt Contribution, impôt. Loc *Payer un lourd tribut à* : subir de graves dommages pour.

tributaire *a* Dépendant de. *Être tributaire de l'étranger pour l'électronique.* Loc *Fleuve tributaire d'une mer* : qui s'y jette.

tricard, arde *n* Pop Interdit de séjour.

tricentenaire *nm* Troisième centenaire.

tricéphale *a* Qui a trois têtes.

triceps *nm* ANAT Muscle ayant trois groupes de faisceaux musculaires.

triche *nf* Fam Action de tricher, de tromper.

tricher *vi* Agir d'une manière déloyale pour gagner, réussir. *Tricher au jeu. Tricher à un examen.* ■ *vti* **1** Tromper, mentir. *Tricher sur son âge.* **2** Dissimuler habilement un défaut.

tricherie *nf* Tromperie.

tricheur, euse *a* Qui triche.

trichine [-kin] *nf* Petit ver qui se développe dans l'intestin de l'homme et du porc.

trichinose [-kinoz] *nf* Maladie parasitaire due à une trichine.

trichloréthylène *nm* Composé chloré utilisé pour le nettoyage à sec.

tricholome [-kolom] *nm* Petit champignon à lamelles.

trichomonas [-komonas] *nm* Protozoaire parasite de l'intestin ou du vagin.

trichrome *a* Obtenu par trichromie.

trichromie *nf* Reproduction en couleurs à partir des trois couleurs primaires.

tricolore *a* De trois couleurs. ■ *a, n* Qui porte les couleurs (bleu, blanc, rouge) de la France.

tricorne *nm* Chapeau à trois cornes.

tricot *nm* **1** Action de tricoter, d'exécuter avec des aiguilles spéciales un tissu en mailles. **2** Tissu de mailles, fait à la main ou au métier. **3** Vêtement (veste, chandail, maillot de corps) couvrant le haut du corps.

tricoter *vt, vi* Confectionner au tricot.

tricoteur, euse *n* Qui tricote. ■ *nf* Machine à tricoter.

trictrac *nm* Jeu de dés, ancêtre du jacquet.

tricycle *nm* Cycle à trois roues.

tridacne *nm* Mollusque du Pacifique. Syn. bénitier.

tridactyle *a* Qui a trois doigts.

trident *nm* Fourche à trois dents.

tridimensionnel, elle *a* À trois dimensions.

trièdre *a, nm* Qui a trois faces.

triennal, ale, aux *a* **1** Qui dure trois ans. **2** Qui a lieu tous les trois ans.

trier *vt* **1** Choisir parmi plusieurs éléments en laissant de côté ce qui ne convient pas. *Trier des lentilles.* **2** Séparer pour répartir et regrouper. *Trier du courrier.*

trière ou **trirème** *nf* ANTIQ Vaisseau de guerre à trois rangs de rameurs superposés.

trieur, euse *n* Qui effectue un triage. ■ *nf* Machine utilisée pour trier.

trifouiller *vi* Fam Fouiller en tous sens.

triglycéride *nm* Lipide présent dans le sang.

trigone *a, nm* Qui a trois angles.

trigonocéphale *nm* Serpent très venimeux voisin du crotale.

trigonométrie *nf* Étude des relations entre les angles et les côtés d'un triangle.

trigonométrique *a* De la trigonométrie.

trigramme *nm* **1** Mot de trois lettres. **2** Sigle ou figure constitués de trois éléments.

trijumeau *nm* Nerf crânien divisé en trois branches (œil et maxillaires).

trilatéral, ale, aux *a* Qui a trois côtés.

trilingue *a* En trois langues. ■ *a, n* Qui parle trois langues.

trille *nm* MUS Ornement consistant en une alternance rapide entre deux notes voisines.

trillion *nm* Un milliard de milliards (10^{18}).

trilobé, ée *a* À trois lobes.

trilobite *nm* Arthropode fossile du primaire.

trilogie *nf* Ensemble de trois œuvres dont les sujets se font suite.

trimaran *nm* Voilier comportant une coque reliée par des bras à deux flotteurs latéraux.

trimardeur *nm* Pop Vagabond.

trimbaler ou **trimballer** *vt* Fam Traîner, porter partout avec soi. ■ *vpr* Fam Aller et venir.

trimer *vi* Fam Travailler dur.

trimestre *nm* **1** Période de trois mois. **2** Division de l'année scolaire. **3** Somme payée ou reçue tous les trois mois.

trimestriel, elle *a* Qui a lieu tous les trois mois, qui dure trois mois.

trimestriellement *av* Tous les trimestres.

trimoteur *nm* Avion à trois moteurs.

tringle *nf* Tige métallique servant à soutenir un rideau, des cintres, etc.

trinidadien, enne *a, n* De Trinité-et-Tobago.

trinité *nf* (avec majusc) Dans la doctrine chrétienne, union de trois personnes distinctes qui ne forment qu'un seul Dieu : le Père, le Fils et l'Esprit-Saint. Loc Fam *À Pâques ou à la Trinité* : jamais.

trinitrotoluène *nm* Explosif de grande puissance (abrév : TNT).

trinôme *nm* MATH Polynôme à trois termes.

trinquer *vi* **1** Boire à la santé de qqn en choquant son verre. **2** Fam Subir de graves préjudices.

trinquet *nm* Salle où l'on joue à la pelote basque.

trio *nm* **1** Groupe de trois personnes. **2** Formation de trois musiciens. **3** Morceau de musique pour trois voix ou instruments.

triode *nf* Tube électronique à trois électrodes pour amplifier un signal.

triolet *nm* Petit poème de huit vers, sur deux rimes.

triomphal, ale, aux *a* **1** Qui constitue une réussite éclatante. *Élection triomphale.* **2** Enthousiaste. *Accueil triomphal.*

triomphalement *av* De façon triomphale.

triomphalisme *nm* Attitude de confiance excessive dans les succès remportés.

triomphaliste *a, n* Qui relève du triomphalisme.

triomphant, ante *a* **1** Victorieux. **2** Qui marque une intense satisfaction après un succès.

triomphateur, trice *n* Qui remporte un éclatant succès.

triomphe *nm* **1** Grande victoire, succès éclatant. **2** Manifestation la plus éclatante de. *Le triomphe de la médiocrité.* Loc *Porter qqn en triomphe* : porter au-dessus de la foule pour lui faire honneur.

triompher *vti* L'emporter sur un adversaire, se rendre maître d'une force contraire. *Triompher d'une difficulté.* ■ *vi* **1** Remporter un grand succès. **2** S'imposer avec éclat. *La vérité triomphera.* **3** Manifester, avec vanité, une grande joie.

trip *nm* Fam État hallucinatoire dû à la prise d'une drogue.

tripaille *nf* Fam Amas de tripes.

triparti, ie ou **tripartite** *a* **1** Partagé en trois. **2** Qui réunit trois parties contractantes.

tripartisme *nm* Gouvernement où le pouvoir est exercé par trois partis.

tripartition *nf* Division en trois parties.

tripatouillage *nm* Fam Action de tripatouiller.

tripatouiller *vt* Fam **1** Faire subir des modifications malhonnêtes à qqch. *Tripatouiller des comptes.* **2** Manier sans précaution.

tripes *nfpl* **1** Estomac des ruminants préparé et cuisiné. **2** Pop Entrailles, viscères. **3** Fam Ce qu'il y a de plus intime chez qqn.

triperie *nf* Commerce du tripier.

tripette *nf* Loc Fam *Ça ne vaut pas tripette* : ça ne vaut rien.

triphasé, ée *a* ÉLECTR Se dit d'un système à trois phases.

triphtongue *nf* PHON Séquence de trois voyelles réunies dans une même articulation.

tripier, ère *n* Qui vend des tripes et des abats.

triple *a* **1** Qui est fait de trois éléments. *Un triple nœud.* **2** Fam Marque un degré élevé. *Un triple idiot.* ■ *a, nm* Trois fois plus grand. *Une triple dose. Demander le triple.*

triplé, ée n Chacun des trois enfants nés d'un même accouchement. ■ nm Série de trois victoires.

1. triplement av Trois fois autant.

2. triplement nm Fait de tripler.

tripler vt, vi (Se) multiplier par trois.

triplet nm Didac Ensemble de trois éléments.

triplette nf Équipe de trois joueurs, aux boules, à la pétanque.

triplex nm 1 Appartement à trois niveaux. 2 (n déposé) Verre de sécurité.

triporteur nm Tricycle muni d'une caisse à l'avant pour les marchandises.

tripot nm Maison de jeu.

tripotage nm Pop 1 Fait de tripoter, de toucher, de manier. 2 Opération louche.

tripotée nf Pop 1 Volée de coups. 2 Grand nombre.

tripoter vt Pop Toucher, manier sans cesse. ■ vi Pop Se livrer à des opérations louches.

tripoteur, euse n Pop Qui tripote.

tripoux nmpl Plat auvergnat composé de tripes et de pieds de mouton.

triptyque nm 1 Triple panneau peint ou sculpté à deux volets repliables sur le panneau central. 2 Œuvre littéraire, musicale en trois parties. 3 Document douanier en trois feuillets. 4 Projet qui comporte trois parties.

trique nf 1 Gros bâton court.

trirème. V. trière.

trisaïeul, eule n Père, mère de l'arrière-grand-père, de l'arrière-grand-mère.

trisannuel, elle a 1 Qui a lieu tous les trois ans. 2 Qui dure trois ans.

trisomie nf Anomalie génétique due à la présence de trois chromosomes au lieu d'une paire. Loc Trisomie 21 : mongolisme.

trisomique a, n Atteint de trisomie.

trisser (se) vpr Pop Courir très vite.

triste a 1 Qui éprouve du chagrin, de la dépression, de la mélancolie. Ant. gai. 2 Qui dénote le chagrin, la peine. 3 Affligeant, pénible. Il a eu une triste fin. 4 (devant un nom) Méprisable. Un triste individu. Loc Faire triste mine à qqn : lui faire mauvais accueil.

tristement av 1 Avec tristesse. 2 De façon navrante.

tristesse nf 1 Chagrin, mélancolie. 2 Caractère triste. La tristesse d'un paysage.

tristounet, ette a Fam Un peu triste.

trisyllabe nm Groupe de trois syllabes.

trisyllabique a De trois syllabes.

trithérapie nf Prescription conjointe de trois antiviraux dans le traitement du sida.

triticale nm Hybride du blé et du seigle.

tritium [-tjɔm] nm Isotope radioactif de l'hydrogène.

triton nm 1 Amphibien qui vit près des eaux stagnantes. 2 Mollusque à la coquille (conque) utilisée comme trompette de guerre.

triturateur nm Machine à triturer ; broyeur.

trituration nf Action de triturer.

triturer vt 1 Broyer pour réduire en éléments plus petits. 2 Manier en tordant. Loc Fam Se triturer les méninges : se creuser la tête.

triumvir [tʀijɔm-] nm ANTIQ Membre d'un collège de trois magistrats.

triumvirat [tʀijɔm-] nm 1 ANTIQ Charge d'un triumvir. 2 Union de trois personnes pour exercer un pouvoir.

trivalent, ente a CHIM Qui a une valence triple.

trivial, ale, aux a 1 D'une simplicité très grande ; très courant. Notion triviale. 2 Grossier, malséant, vulgaire. Mot trivial.

trivialement av De façon triviale.

trivialité nf 1 Litt Banalité. 2 Caractère choquant, vulgaire ; grossièreté.

troc nm Échange d'objets, sans l'intermédiaire de la monnaie.

trocart nm CHIR Instrument pour pratiquer des ponctions.

trochaïque [-kaik] a Composé de trochées.

trochanter [-kɑ̃tɛʀ] nm ANAT Apophyse de la partie supérieure du fémur.

trochée nm Pied de la métrique grecque ou latine composé d'une longue et d'une brève.

troène nm Arbuste ornemental taillé en haie, à fleurs blanches odorantes.

troglodyte nm 1 Qui vit dans une grotte. 2 Passereau marchant la queue relevée.

troglodytique a Des troglodytes.

trogne nf Fam Visage plein et rubicond.

trognon nm Partie centrale, non comestible, d'un fruit à pépins ou d'un légume. Loc Pop Jusqu'au trognon : jusqu'au bout. ■ a inv Fam Charmant, gentil.

troïka nf Traîneau russe tiré par trois chevaux.

trois a num 1 Deux plus un (3). 2 Troisième. Page trois. Loc Règle de trois : opération arithmétique permettant de calculer l'un des quatre termes d'une proportion dont on connaît les trois autres. ■ nm inv Le nombre, le chiffre ou le numéro trois.

trois-D nf Reproduction d'un objet en trois dimensions grâce à des images de synthèse créées informatiquement.

trois-étoiles nm inv Hôtel, restaurant de grande qualité.

trois-huit nmpl Système de travail dans lequel trois équipes se relaient toutes les huit heures.

troisième a num Au rang, au degré trois. ■ a, nm Contenu trois fois dans un tout. ■ nf 1 Quatrième classe de l'enseignement secondaire. 2 Troisième vitesse.

troisièmement av En troisième lieu.

trois-mâts nm inv Voilier à trois mâts.

trois-quarts nm inv 1 Manteau court. 2 Joueur de rugby situé entre les demis et l'arrière.

troll nm Lutin des légendes scandinaves.

trolleybus ou **trolley** nm Autobus électrique alimenté par une ligne aérienne.

trombe nf Cyclone caractérisé par une colonne de nuages tourbillonnante et aspirante. Loc Trombe d'eau : averse très violente. En trombe : très vite et brusquement.

trombidion nm Acarien dont les larves (aoûtats) piquent l'homme.

trombine nf Pop Visage, tête.

trombinoscope nm Fam Document rassemblant les portraits des membres d'un groupe.

tromblon nm Vieux fusil au canon évasé.

trombone nm 1 Agrafe servant à assembler des papiers. 2 Instrument à vent à embouchure et à pistons. Loc Trombone à coulisse : instrument à vent formé de deux tubes en U qui glissent l'un dans l'autre.

trompe nf 1 Appendice plus ou moins développé chez le tapir et l'éléphant ou chez certains insectes. 2 Instrument à vent, en cuivre et recourbé. Loc ANAT Trompe d'Eustache :

conduit qui unit l'oreille au pharynx. *Trompe utérine* ou *trompe de Fallope* : conduit qui va de l'utérus à l'un des deux ovaires.

trompe-l'œil *nm inv* 1 Peinture donnant l'illusion d'un véritable relief. 2 Ce qui fait illusion.

tromper *vt* 1 Induire volontairement qqn en erreur. 2 Être infidèle en amour. 3 Mettre en défaut. *Tromper la vigilance de qqn.* 4 Faire diversion à. *Tromper son ennui.* ◼ *vpr* 1 Commettre une erreur. 2 Prendre une chose pour une autre. *Vous vous trompez de numéro.*

tromperie *nf* Action de tromper.

trompette *nf* Instrument de musique à vent à embouchure, de la famille des cuivres. Loc *Fam Partir sans tambour ni trompette* : sans se faire remarquer. *Nez en trompette* : relevé. ◼ *nm* Trompettiste.

trompette-de-la-mort ou **trompette-des-morts** *nf* Champignon comestible noir. Syn. craterelle. *Des trompettes-de-la-mort.*

trompettiste *n* Joueur de trompette.

trompeur, euse *a, n* Qui induit en erreur.

trompeusement *av* De façon trompeuse.

tronc *nm* 1 Partie de la tige des arbres, depuis les racines jusqu'aux branches. 2 Partie centrale du corps sur laquelle s'attachent la tête et les membres. 3 Partie la plus grosse d'un vaisseau ou d'un nerf d'où partent des branches. 4 Boîte pour recevoir les offrandes dans une église. 5 GEOM Solide compris entre la base et une section plane parallèle. *Tronc de cône.* Loc *Tronc commun* : partie commune à une formation, un enseignement.

troncation *nf* LING Abrègement d'un mot.

tronche *nf* Pop Visage, tête.

tronçon *nm* 1 Morceau coupé d'un objet long. 2 Partie d'une route.

tronconique *a* En forme de tronc de cône.

tronçonnage ou **tronçonnement** *nm* Action de tronçonner.

tronçonner *vt* Couper, débiter en tronçons.

tronçonneuse *nf* Machine pour tronçonner le bois.

trône *nm* 1 Siège élevé où les souverains, le pape prennent place dans les cérémonies. 2 Litt Pouvoir souverain.

trôner *vi* 1 Être assis avec solennité à une place d'honneur. 2 Être placé bien en vue. *Ses diplômes trônaient sur la cheminée.*

tronqué, ée *a* Loc *Colonne tronquée* : fût de colonne brisé dans sa partie supérieure. *Pyramide tronquée* : qui ne comporte pas de partie supérieure.

tronquer *vt* Effectuer des suppressions importantes dans un texte.

trop *av* À un degré excessif, en quantité excessive. *Il est trop jeune. Elle a trop de travail.* Loc *C'en est trop* : cela dépasse la mesure. *De trop, en trop* : au-delà du nécessaire. Litt *Par trop* : réellement trop.

trope *nm* RHET Figure de style ; emploi des mots hors de leur usage habituel.

trophée *nm* Objet qui témoigne d'une victoire, d'un succès.

trophique *a* BIOL De la nutrition d'un être vivant, d'un tissu organique.

tropical, ale, aux *a* 1 Des tropiques. 2 Très chaud. *Température tropicale.*

tropicaliser *vt* TECH Adapter un matériau, un matériel au climat tropical.

tropique *nm* Chacun des deux parallèles distants de l'équateur de 23° 27'. Loc *Tropique du Cancer* : de l'hémisphère Nord. *Tropique du Capricorne* : de l'hémisphère Sud. ◼ *pl* Région comprise entre les deux tropiques.

tropisme *nm* BIOL Mouvement par lequel un organisme s'oriente par rapport à une excitation extérieure.

tropopause *nf* Limite entre la troposphère et la stratosphère.

troposphère *nf* Partie de l'atmosphère située entre le sol et 10 km environ.

trop-perçu *nm* Somme perçue en trop. *Des trop-perçus.*

trop-plein *nm* 1 Ce qui excède la capacité d'un récipient. 2 Ce qui est en excès. *Un trop-plein d'énergie.* 3 Dispositif qui sert à évacuer un liquide en excès. *Des trop-pleins.*

troquer *vt* Échanger une chose contre une autre.

troquet *nm* Fam Petit café, bar.

trot *nm* Allure du cheval intermédiaire entre le pas et le galop. Loc *Fam Au trot* : vivement et sans délai.

trotskisme *nm* Doctrine politique de Trotski, selon laquelle la révolution doit être permanente et mondiale.

trotskiste *n, a* Qui relève du trotskisme.

trotte *nf* Fam Distance assez longue à parcourir à pied.

trotter *vi* 1 Aller au trot. 2 Marcher à petits pas et rapidement. 3 Aller et venir. *Cette idée lui trotte dans la tête.*

trotteur *nm* Cheval dressé aux courses de trot.

trotteuse *nf* Petite aiguille d'une montre, qui marque les secondes.

trottinement *nm* Action de trottiner.

trottiner *vi* Marcher à petits pas pressés.

trottinette *nf* Jouet d'enfant formé d'une planchette montée sur deux petites roues et munie d'une tige de direction.

trottoir *nm* Chemin surélevé, de chaque côté d'une rue, aménagé pour les piétons. Loc *Fam Faire le trottoir* : se prostituer.

trou *nm* 1 Ouverture naturelle ou artificielle dans le sol, dans un corps. 2 Déficit dans un compte ; somme manquante. 3 Fam Petite localité retirée. Loc *Trou d'air* : courant atmosphérique descendant qui fait perdre brusquement de l'altitude à un avion. *Trou noir* : astre dont le champ de gravitation est si intense qu'aucun rayonnement ne peut s'en échapper. *Trou normand* : eau-de-vie prise au milieu d'un repas copieux. *Trou de mémoire* : absence, oubli. Pop *Être au trou* : en prison. Fam *Faire son trou* : se faire une situation qqpart.

troubadour *nm* HIST Poète courtois des pays de langue d'oc au Moyen Âge.

troublant, ante *a* Qui inquiète ou déconcerte.

trouble *a* 1 Qui manque de limpidité, de transparence. *Vin trouble.* 2 Flou, qui n'est pas net. *Image trouble.* 3 Équivoque, louche, suspect. *Conduite trouble.* ◼ *nm* 1 Confusion, agitation désordonnée. *Semer le trouble.* 2 Inquiétude, désarroi. *Laisser voir son trouble.* ◼ *pl* 1 Désordre, anomalie dans le fonctionnement d'un organe. *Troubles respiratoires.* 2 Agitation politique ou sociale ; soulèvement.

trouble-fête *n inv* Importun qui interrompt une réjouissance.

troubler vt 1 Rendre trouble, moins limpide, moins transparent. 2 Interrompre, perturber le déroulement, le fonctionnement de. *Troubler le sommeil.* 3 Susciter l'inquiétude chez qqn ; intimider. 4 Interrompre le cours d'une action. *Troubler une réunion.* ■ vpr 1 Devenir trouble. 2 Perdre la maîtrise de soi ; se décontenancer.

trouée nf 1 Ouverture naturelle ou artificielle. 2 Rupture dans le front de l'ennemi.

trouer vt Percer, faire un trou, des trous dans qqch.

troufion nm Pop Simple soldat.

trouillard, arde a, n Fam Poltron, peureux.

trouille nf Pop Peur.

troupe nf 1 Groupe de personnes ou d'animaux. 2 Groupe de comédiens, d'artistes de théâtre, de music-hall, etc. 3 Unité régulière de soldats. Loc *Homme de troupe* : simple soldat.

troupeau nm 1 Troupe d'animaux domestiques de même espèce, élevés ensemble. 2 Groupe de personnes qui suit passivement qqn, qqch.

troupier nm Fam Militaire. ■ am Loc *Comique troupier* : comique grivois à base d'histoires de caserne.

trousse nf Petite sacoche à compartiments pour ranger des instruments, divers objets usuels. Loc *Trousse de toilette* : qui contient des objets de toilette. ■ pl Loc Fam *Aux trousses de :* à la poursuite de.

trousseau nm Linge, vêtements, donnés à une jeune fille qui se marie, à un enfant qui entre en pension. Loc *Trousseau de clefs* : clefs réunies par un anneau, un porte-clefs.

trousser vt Vx Retrousser. Loc *Trousser un compliment* : le faire avec rapidité et élégance. *Trousser une volaille* : lier près du corps ses ailes et ses cuisses pour la faire cuire.

trouvaille nf Découverte heureuse, opportune.

trouvé, ée a Loc *Bien trouvé* : original. *Tout trouvé* : trouvé avant d'avoir été recherché. *Enfant trouvé* : né de parents inconnus.

trouver vt 1 Rencontrer, découvrir qqn, qqch qu'on cherchait ou par hasard. *Vous le trouverez chez lui. Trouver un parapluie dans l'autobus.* 2 Découvrir, inventer. *Trouver la solution d'un problème.* 3 Disposer de. *Trouver le temps de faire qqch.* 4 Éprouver, ressentir. *Trouver une consolation dans l'amitié.* 5 Voir, constater tel état. *Je l'ai trouvé malade.* 6 Estimer, juger. *Il trouve ce livre passionnant.* Loc *Trouver à redire* : critiquer, blâmer. ■ vpr 1 Être présent en un lieu, en une occasion. 2 Être situé. *Le livre se trouve sur le bureau.* 3 Être dans tel ou tel état. *Se trouver dans l'embarras.* Loc *Se trouver mal* : avoir un malaise. ■ v impers Loc *Il se trouve que* : il se révèle que. Fam *Si ça se trouve* : éventuellement.

trouvère nm HIST Jongleur et poète de langue d'oïl au Moyen Âge.

troyen, enne a, n De l'ancienne ville de Troie ou de Troyes.

truand, ande n Pop Malfaiteur, homme du milieu.

truander vi Pop Voler, escroquer.

trublion nm Fauteur de troubles.

truc nm 1 Fam Procédé habile permettant de réussir qqch. *Les trucs du métier.* 2 Procédé destiné à créer une illusion. 3 Fam Mot par lequel on désigne une chose sans la nommer.

trucage. V. truquage.

truchement nm Vx Interprète. Loc Litt *Par le truchement de :* par l'intermédiaire de.

trucider vt Fam Tuer.

trucmuche nm Fam Personne quelconque qu'on ne nomme pas.

truculence nf Caractère truculent.

truculent, ente a Haut en couleur, pittoresque.

truelle nf Outil pour appliquer le plâtre, le mortier.

truffe nf 1 Champignon comestible apprécié se développant dans le sol. 2 Confiserie au chocolat. 3 Nez du chien.

truffer vt 1 Garnir un mets de truffes. 2 Bourrer. *Il truffe ses discours de citations.*

trufficulture nf Production de truffes.

truffier, ère a Relatif aux truffes. ■ nf Terrain où poussent des truffes.

truie nf Femelle du porc.

truisme nm Vérité aussi évidente que banale.

truite nf Poisson comestible, voisin du saumon, mais plus petit.

truité, ée a Marqué de petites taches rougeâtres et noires.

trumeau nm Glace, panneau disposé au-dessus d'une cheminée ou entre deux fenêtres.

truquage ou **trucage** nm 1 Fait de truquer. 2 Procédé technique utilisé pour créer une illusion, au théâtre, au cinéma.

truquer vt Modifier frauduleusement. *Truquer un dossier.*

truqueur, euse n Qui truque, falsifie.

trust [trœst] nm Réunion de plusieurs entreprises exerçant un monopole sur un produit ou un secteur.

truster [trœste] vt Fam Accaparer, monopoliser.

trypanosome nm Parasite du sang, agent de diverses maladies, en particulier la maladie du sommeil.

trypanosomiase nf Maladie parasitaire due à un trypanosome.

trypsine nf BIOL Enzyme du pancréas.

tryptophane nm BIOL Acide aminé indispensable à l'organisme.

tsar nm Titre des empereurs de Russie et de Bulgarie.

tsarévitch nm Fils aîné du tsar de Russie.

tsarine nf Femme du tsar.

tsarisme nm HIST Régime politique de la Russie avant 1917.

tsariste a, n Qui relève du tsarisme.

tsé-tsé nf inv Loc *Mouche tsé-tsé* : mouche africaine qui propage la maladie du sommeil.

T.S.F. [teesef] nf Vx Radio.

T-shirt. V. tee-shirt.

tsigane ou **tzigane** a Qui concerne les Tsiganes. ■ nm Langue parlée par les Tsiganes.

tsunami nm Raz de marée sur les côtes du Pacifique.

t.t.c. Abrév de *toutes taxes comprises.*

tu pr pers Deuxième personne du singulier des deux genres, ayant la fonction de sujet. Loc *Être à tu et à toi avec qqn* : être intime avec lui.

tuant, ante a Fam Très fatigant, épuisant.

tuba nm 1 Instrument à vent utilisé comme basse de trombones. 2 Tube respiratoire pour nager la tête sous l'eau.

tubage nm MED Introduction dans l'estomac, les bronches, d'un tube souple à des fins thérapeutiques.

tubaire *a* MED De la trompe d'Eustache ou de la trompe de Fallope.

tubard, arde *n* Pop Tuberculeux.

tube *nm* 1 Conduit généralement rigide, à section circulaire et d'un petit diamètre. 2 Conduit naturel. *Tube digestif.* 3 Fam Chanson, disque à succès. 4 Emballage cylindrique. *Tube d'aspirine.* Loc Fam *À pleins tubes :* à pleine puissance. *Tube à essai :* en verre, fermé à un bout, utilisé en chimie.

tubercule *nm* BOT Excroissance d'une racine, d'un rhizome où s'accumulent les réserves nutritives de la plante.

tuberculeux, euse *a, n* Atteint de tuberculose.

tuberculine *nf* Substance extraite de la culture de bacilles tuberculeux, provoquant chez les sujets déjà sensibilisés une cuti-réaction.

tuberculose *nf* Maladie infectieuse contagieuse due au bacille de Koch.

tubéreuse *nf* Plante vivace bulbeuse aux fleurs en grappes très parfumées.

tubérosité *nf* ANAT Éminence arrondie, protubérance.

tubulaire *a* 1 En forme de tube. *Conduit tubulaire.* 2 Formé de tubes.

tubulure *nf* 1 Orifice destiné à recevoir un tube. 2 Ensemble des tubes.

tudesque *a* Vx Allemand.

tué, ée *a, n* Victime (accident, guerre, etc.).

tue-mouche *a inv* Loc *Papier tue-mouche :* recouvert d'une substance gluante et nocive pour tuer les mouches.

tuer *vt* 1 Faire mourir de manière violente ; causer la mort de. 2 Fam Exténuer, éreinter physiquement ou moralement. Loc *Tuer dans l'œuf :* écraser qqch avant tout développement. *Tuer le temps :* l'occuper pour ne pas s'ennuyer. ■ *vpr* 1 Se suicider. 2 Mourir dans un accident. 3 Ruiner sa santé. 4 Se donner beaucoup de peine à faire qqch.

tuerie *nf* Carnage, massacre.

tue-tête (à) *av* Loc *Crier, chanter à tue-tête :* de toutes ses forces.

tueur, euse *a* Qui tue ; assassin. ■ *nm* Chargé de l'abattage des animaux de boucherie.

tuf *nm* Roche poreuse volcanique ou calcaire.

tuffeau *nm* Variété de tuf calcaire.

tuile *nf* 1 Plaque de terre cuite servant à couvrir les toits. 2 Fam Événement imprévu et fâcheux. 3 Petit four aux amandes.

tuilerie *nf* Fabrique de tuiles.

tuilier, ère *a* De la fabrication des tuiles.

tularémie *nf* Maladie épidémique du lapin et du lièvre, transmissible à l'homme.

tulipe *nf* Plante bulbeuse ornementale de couleur variable.

tulipier *nm* Arbre ornemental d'Amérique du Nord.

tulle *nm* Tissu léger et transparent.

tuméfaction *nf* Gonflement pathologique d'un organe ou d'un tissu.

tuméfier *vt* Causer une tuméfaction. ■ *vpr* S'enfler anormalement.

tumescent, ente *a* MED Qui gonfle, se boursoufle.

tumeur *nf* Prolifération pathologique des cellules d'un tissu organique.

tumoral, ale, aux *a* D'une tumeur.

tumulte *nm* Agitation bruyante et désordonnée.

tumultueusement *av* En tumulte.

tumultueux, euse *a* Agité, désordonné.

tumulus [-lys] *nm* Grand amas de terre ou de pierres, élevé jadis au-dessus des sépultures.

tuner [tynɛʀ] *nm* Récepteur radio dans une chaîne haute-fidélité.

tungstène [tœksten] *nm* Métal gris, lourd, utilisé pour les filaments des lampes.

tunicier *nm* ZOOL Animal marin, comme les ascidies, le plancton.

tunique *nf* 1 Vêtement de dessous à Rome. 2 Veste d'uniforme à col droit, serrée à la taille. 3 Vêtement couvrant le buste, porté par-dessus une jupe, un pantalon. 4 ANAT, BOT Enveloppe de certains organes.

tunisien, enne *a, n* De Tunisie.

tunisois, oise *a, n* De Tunis.

tunnel *nm* 1 Galerie souterraine livrant passage à une voie de communication. *Tunnel ferroviaire, routier.* 2 Abri de matière plastique utilisé pour la production de primeurs. Loc *Voir le bout du tunnel :* la fin de ses épreuves.

tunnelier *nm* Engin de travaux publics servant à creuser des tunnels.

tupi *nm* Langue amérindienne du Paraguay et du Brésil.

tupi-guarani [-gwa-] *nm inv* Famille de langues indiennes d'Amérique du Sud.

turban *nm* Coiffure faite d'une longue pièce d'étoffe enroulée autour de la tête.

turbidité *nf* 1 État d'un liquide trouble. 2 Teneur d'un cours d'eau en particules en suspension.

turbin *nm* Pop Travail.

turbine *nf* Moteur dont l'élément essentiel est une roue munie d'ailettes ou d'aubes et mise en rotation par un fluide.

turbiner *vi* Pop Travailler dur.

turbo *nm* Abrév de *turbocompresseur* ou de *turbomoteur.* Loc *Moteur turbo :* suralimenté par un turbocompresseur.

turboalternateur *nm* Alternateur électrique mû par une turbine.

turbocompresseur *nm* Compresseur entraîné par une turbine.

turbomachine *nf* Toute machine agissant sur un fluide par l'intermédiaire d'une turbine.

turbomoteur *nm* Moteur à turbine.

turbopropulseur *nm* Turbine à gaz entraînant une ou plusieurs hélices.

turboréacteur *nm* Moteur à réaction à turbine à gaz.

turbot *nm* Poisson plat, comestible estimé.

turbotin *nm* Jeune turbot.

turbotrain *nm* Train très rapide, dont la motrice est une turbine à gaz.

turbulence *nf* 1 Caractère turbulent. 2 Agitation, désordre bruyant.

turbulent, ente *a* Porté à faire du bruit, à s'agiter ; remuant.

turc, turque *a, n* De Turquie. Loc *Bain turc :* bain de vapeur. *Café turc :* café noir servi avec le marc. *Fort comme un Turc :* très fort. ■ *nm* Langue parlée en Turquie et en Asie centrale.

turcique *a* Loc ANAT *Selle turcique :* cavité où est logée l'hypophyse.

turcophone *a, n* De langue turque.

turf [tœʀf] *nm* Sport des courses de chevaux.

turfiste [tœʀfist] *n* Habitué des champs de courses.

turgescence

turgescence *nf* MED Augmentation du volume d'un organe ; gonflement.
turgescent, ente *a* MED Se dit d'un organe gonflé, enflé.
turkmène *a, n* Du Turkménistan. ■ *nm* Langue turque parlée au Turkménistan.
turlupiner *vt* Fam Tracasser, tourmenter.
turne *nf* Pop Chambre.
turnover [tœʀnɔvœʀ] *nm* ECON Rotation de la main-d'œuvre dans une entreprise.
turpitude *nf* Litt Ignominie.
turquerie *nf* Œuvre artistique dans le goût turc.
turquoise *nf* Pierre fine bleue. ■ *a inv, nm* Couleur bleu vert.
tursan *nm* Vin rouge du Sud-Ouest.
tussilage *nm* Plante à propriétés pectorales.
tussor *nm* Étoffe de soie légère.
tutélaire *a* 1 DR Qui concerne la tutelle. 2 Litt Qui protège. *Ange tutélaire.*
tutelle *nf* 1 DR Mandat conféré à qqn de se charger de la personne et des biens d'un mineur ou d'un incapable majeur. 2 Contrôle d'une institution, du gouvernement sur une collectivité. *Autorité de tutelle.* 3 Litt Protection, soutien. *Une pesante tutelle.*
tuteur, tutrice *n* 1 DR Personne chargée d'une tutelle. 2 Qui protège ou soutient qqn. ■ *nm* Piquet destiné à soutenir une plante.
tutoiement *nm* Action de tutoyer.
tutorat *nm* Fonction de tuteur.
tutoyer *vt* [22] User de la deuxième personne du singulier en s'adressant à qqn.
tutti quanti [tutikwãti] *av* Et toutes les autres personnes de cette espèce.
tutu *nm* Tenue de scène des danseuses de ballet, faite de jupes courtes de tulle.
tuyau [tɥijo] *nm* 1 Conduit cylindrique servant à l'écoulement d'un liquide, d'un gaz. 2 Fam Renseignement confidentiel. Loc Fam *Dans le tuyau de l'oreille :* à voix basse.
tuyauter [tɥi-] *vt* Fam Fournir des renseignements à qqn.
tuyauterie [tɥi-] *nf* Tuyaux, canalisations d'une installation.
tuyère [tɥijɛʀ] *nf* Organe d'éjection des gaz d'un moteur à réaction.
T.V.A. [tevea] *nf* Taxe à la valeur ajoutée.
tweed [twid] *nm* Étoffe de laine cardée.
tweeter [twitœʀ] *nm* Haut-parleur d'aigus.
twin-set *nm* Ensemble constitué d'un cardigan et d'un pull-over assortis. *Des twin-sets.*
twist *nm* Danse en vogue dans les années 60.

tympan *nm* 1 ARCHI Espace triangulaire délimité par les corniches d'un fronton. 2 ANAT Cavité de l'oreille moyenne fermée par une membrane ; cette membrane elle-même.
type *nm* 1 Modèle idéal représentant les caractères essentiels d'une espèce déterminée ; catégorie spécifique. 2 Fam Individu quelconque. 3 Caractère d'imprimerie. ■ *a* Exemplaire. *L'avare type.*
typé, ée *a* Qui correspond parfaitement au modèle du genre.
typer *vt* Représenter de façon caractéristique.
typhique *a, n* Atteint du typhus ou de la fièvre typhoïde.
typhoïde *a, nf* Loc *Fièvre typhoïde :* maladie infectieuse contagieuse, caractérisée par une température élevée et des troubles digestifs.
typhon *nm* Cyclone des mers d'Extrême-Orient.
typhus *nm* Maladie infectieuse contagieuse, caractérisée par une fièvre élevée.
typique *a* Caractéristique. *Cas typique.*
typiquement *av* De façon caractéristique.
typo *n* Abrév de *typographe* et de *typographie.*
typographe *n* Professionnel de la typographie (abrév fam : typo).
typographie *nf* Composition d'un texte à l'aide de caractères mobiles ; manière dont ce texte est imprimé (abrév fam : typo).
typographique *a* De la typographie.
typologie *nf* Classification par types ; science des classifications.
typologique *a* De la typologie.
tyran *nm* 1 Celui qui, à la tête d'un État, exerce un pouvoir absolu après un coup de force. 2 Qui exerce durement son autorité ou en abuse.
tyranneau *nm* Litt Petit tyran.
tyrannicide *n* Litt Qui a tué un tyran. ■ *nm* Meurtre d'un tyran.
tyrannie *nf* 1 Autorité exercée de manière absolue, oppressive. 2 Gouvernement despotique.
tyrannique *a* De la tyrannie, autoritaire.
tyranniquement *av* De façon tyrannique.
tyranniser *vt* Traiter avec tyrannie.
tyrannosaure *nm* Reptile carnassier fossile.
tyrolien, enne *a, n* Du Tyrol. ■ *nf* Chant à sauts brusques en passant de la voix de poitrine à la voix de tête.
tyrosine *nf* BIOL Acide aminé fournissant la mélanine.
tzigane. V. tsigane.

u nm Vingt et unième lettre (voyelle) de l'alphabet.

ubac nm Côté exposé à l'ombre dans les montagnes. Ant. adret.

ubiquité [-kɥi-] nf Loc *Avoir le don d'ubiquité :* être partout à la fois.

ubuesque a Litt D'une absurdité énorme.

uhlan nm HIST Lancier (cavalier).

ukase ou **oukase** nm 1 HIST Édit du tsar. 2 Ordre impératif et arbitraire.

ukiyo-e nm inv BX-A Estampe japonaise.

ukrainien, enne a, n De l'Ukraine. ■ nm Langue slave parlée en Ukraine.

ukulélé [juku-] nm Petite guitare d'Hawaii.

ulcération nf Formation d'un ulcère.

ulcère nm Lésion de la peau ou d'une muqueuse qui ne se cicatrise pas et suppure.

ulcérer vt [12] 1 MED Produire un ulcère. 2 Provoquer un profond ressentiment chez qqn.

ulcéreux, euse a Propre à l'ulcère. ■ n Atteint d'un ulcère gastro-intestinal.

uléma ou **ouléma** nm Docteur de la loi chez les musulmans.

U.L.M. [yelɛm] nm inv Engin volant ultraléger motorisé.

ultérieur, eure a Qui vient après, dans le temps. Syn. postérieur. Ant. antérieur.

ultérieurement av Plus tard.

ultimatum [-tɔm] nm 1 Proposition ultime adressée par un pays à un autre, et dont le rejet entraîne la guerre. 2 Mise en demeure impérative.

ultime a Litt Dernier, dans le temps.

ultra n, a Extrémiste.

ultramicroscope nm Microscope très puissant.

ultramoderne a Très moderne.

ultramontain, aine a, n HIST Partisan de l'extension maximale des pouvoirs du pape.

ultramontanisme nm HIST Position des ultramontains.

ultrasensible a Extrêmement sensible.

ultrason nm PHYS Vibration acoustique de fréquence très élevée, inaudible.

ultrasonore a Qui concerne les ultrasons.

ultraviolet, ette a, nm PHYS Se dit de radiations invisibles dont la·longueur·d'onde est au-delà du violet.

ululement, ululer. V. hululement, hululer.

umlaut [umlawt] nm GRAM En allemand, modification du timbre d'une voyelle, indiquée par un tréma.

un, une a num 1 Nombre exprimant l'unité. 2 Premier. *Il était une heure.* Loc *Pas un :* aucun, nul. *Un à un, un par un :* à tour de rôle. *Ne faire qu'un avec :* se confondre avec. *C'est tout un :* c'est la même chose. ■ nm Chiffre, numéro qui indique l'unité. ■ nf Loc *La une :* la première page d'un journal. Fam *Ne faire ni une ni deux :* ne pas hésiter. ■ a Simple, qui n'admet pas de division. *La vérité est une.* ■ art indéf (pl : *des*) Désigne qqn, qqch de façon indéterminée. ■ pr indéf Une personne, une chose par rapport à une autre. Loc *L'un l'autre :* mutuellement. *Ni l'un ni l'autre :* aucun des deux. *L'un dans l'autre :* tout compte fait.

unanime a Qui exprime un accord collectif. ■ pl Qui sont tous du même avis.

unanimement av D'un commun accord.

unanimisme nm 1 Accord général, consensus universel. 2 Doctrine littéraire qui insiste sur la psychologie collective.

unanimité nf Caractère unanime, accord complet des opinions.

unau nm Mammifère arboricole d'Amérique. Syn. paresseux. *Des unaus.*

underground [œndœrgrawnd] a inv Réalisé et diffusé en dehors des circuits commerciaux traditionnels, en parlant d'œuvres d'avant-garde.

unguéal, ale, aux [õgeal] a De l'ongle.

uni, ie a 1 Sans inégalité, parfaitement lisse. *Surface unie.* 2 D'une seule couleur. *Costume uni.* ■ nm Étoffe unie.

uniate a, n Se dit des Églises orientales, qui reconnaissent l'autorité du pape, mais conservent leurs rites.

unicellulaire a BIOL Formé d'une seule cellule.

unicité nf Caractère unique.

unidimensionnel, elle a Qui a une seule dimension.

unidirectionnel, elle a Qui s'exerce dans une seule direction.

unième a num Seulement en composition après la dizaine, la centaine. *Trente et unième.*

unièmement av Seulement en composition, correspond à unième. *Vingt et unièmement.*

unificateur, trice a, n Qui unifie.

unification nf Action d'unifier.

unifier vt 1 Rassembler pour faire un tout. 2 Donner une certaine unité à. *Unifier un parti politique*. ■ vpr Être amené à s'unir.

uniforme a 1 Qui conserve la même forme, le même aspect. *Plaine uniforme*. 2 Qui ressemble en tout point aux autres. *Des opinions uniformes*. ■ nm Costume imposé aux militaires, aux membres d'un groupe social déterminé.

uniformément av De façon uniforme.

uniformisation nf Action d'uniformiser.

uniformiser vt Rendre uniforme. ■ vpr Devenir uniforme.

uniformité nf Caractère uniforme.

unijambiste n, a Amputé d'une jambe.

unilatéral, ale, aux a 1 Qui se trouve, qui se fait du seul côté. *Stationnement unilatéral*. 2 Qui émane d'une seule des parties. *Décision unilatérale*.

unilatéralement av De façon unilatérale.

unilingue a En une seule langue.

uniment av Litt Uniformément.

uninominal, ale, aux a Se dit d'un scrutin par lequel on élit un seul candidat.

union nf 1 Fait de constituer un tout. *Union de l'esprit et du corps*. 2 Entente entre des personnes, résultant d'intérêts communs ou de liens affectifs. 3 Association, groupement de partis, de syndicats. 4 Mariage. Loc *Union libre* : concubinage.

unipersonnel, elle a ECON Se dit d'une société qui a un seul actionnaire.

unique a 1 Seul de son espèce. *Fils unique*. 2 Incomparable, exceptionnel. *Fait unique dans l'histoire*. 3 Le même pour plusieurs choses. *Commandement unique*.

uniquement av Exclusivement, seulement.

unir vt 1 Joindre de façon à former un tout. *Unir un territoire à un autre*. 2 Établir une liaison entre. *Canal qui unit deux mers*. 3 Créer un lien d'affection, d'intérêt. *C'est l'amitié qui les unit*. 4 Marier. ■ vpr S'associer, se marier.

unisexe a Qui convient indifféremment aux hommes ou aux femmes (vêtement, coiffure).

unisson nm MUS Accord de plusieurs voix ou instruments qui émettent au même moment des sons de même hauteur. Loc *À l'unisson* : en complète harmonie.

unitaire a 1 Qui manifeste une unité syndicale ou politique. 2 De chaque unité. *Le prix unitaire des tuiles*.

unité nf 1 Chacun des éléments semblables composant un nombre. 2 Le nombre un. *Nombre supérieur à l'unité*. 3 Élément d'un ensemble ; ce qui forme un tout. 4 INFORM Élément d'un ordinateur, qui remplit certaines fonctions. 5 Grandeur choisie pour mesurer les grandeurs de même espèce. *Le mètre est l'unité de longueur*. 6 Caractère de ce qui forme un tout cohérent. *Cette œuvre manque d'unité*. 7 Formation militaire. Loc *Unité de valeur* : élément de base de l'enseignement universitaire. *Unité de formation et de recherche* : département universitaire spécialisé. LITTER *Les trois unités* : dans le théâtre classique, règle d'un lieu, d'un temps et d'une action uniques.

univalent, ente a CHIM Syn de *monovalent*.

univers nm 1 (avec majusc) Ensemble de tous les corps célestes et de l'espace où ils se meuvent. 2 Le monde habité ; l'humanité. 3 Milieu, monde particulier. *L'univers de la folie*.

universalisation nf Action d'universaliser.

universaliser vt Rendre universel, généraliser.

universalisme nm Doctrine préconisant la recherche du consentement universel.

universaliste a, n Qui relève de l'universalisme.

universalité nf Caractère universel.

universaux nmpl PHILO Concepts généraux communs à tous les hommes ou à toutes les langues.

universel, elle a 1 Qui se rapporte, qui s'étend à l'Univers, au monde entier, à l'humanité tout entière, à l'ensemble des choses considérées. 2 Qui a des connaissances dans tous les domaines. Loc *Suffrage universel* : droit de vote de tous les citoyens.

universellement av De façon universelle.

universitaire a De l'université ou des universités. ■ n Enseignant, dans une université.

université nf Établissement public d'enseignement supérieur.

univitellin, ine a BIOL Qualifie les jumeaux issus d'un même œuf (vrais jumeaux).

univocité nf Didac Caractère univoque.

univoque a Qui a un seul sens. Ant. équivoque.

Untel, Unetelle n Personne que l'on ne veut pas nommer.

upérisation nf Stérilisation du lait à la chaleur.

uppercut [-kyt] nm En boxe, coup de poing donné de bas en haut au menton.

upsilon [-lɔn] nm Lettre de l'alphabet grec équivalent au *u* français.

uraète nm Grand aigle australien.

uranie nf Grand papillon aux couleurs vives.

uranifère a CHIM Qui contient de l'uranium.

uranium [-njɔm] nm Métal lourd, utilisé comme combustible nucléaire.

uranoscope nm Poisson méditerranéen appelé aussi *rascasse blanche*.

urbain, aine a De la ville. *Population urbaine*.

urbanisation nf Action d'urbaniser.

urbaniser vt Transformer un espace rural en zone urbaine. ■ vpr Devenir une ville.

urbanisme nm Science de l'aménagement des villes, des agglomérations.

urbaniste n Spécialiste de l'urbanisme.

urbanistique a De l'urbanisme.

urbanité nf Litt Politesse raffinée.

urbi et orbi av Litt Partout, au monde entier.

urdu [urdu] ou **ourdou** nm Langue officielle du Pakistan.

urée nf BIOL Déchet azoté des acides aminés présent dans le sang et les urines.

urémie nf Accumulation d'urée dans le sang.

uretère nm ANAT Chacun des deux canaux qui conduisent l'urine du rein à la vessie.

urètre nm ANAT Canal membraneux qui sert à l'évacuation de l'urine de la vessie.

urgence nf 1 Caractère urgent. 2 Cas nécessitant des soins à pratiquer sans délai. Loc *D'urgence* : immédiatement.

urgent, ente a Pressant, qui ne souffre aucun retard.

urgentiste n Médecin spécialisé dans les urgences.

urger vi Fam Devenir urgent ; presser.

uricémie nf Taux d'acide urique dans le sang.

urinaire a De l'urine. *Voies urinaires*.

urinal, aux nm Récipient permettant aux hommes alités d'uriner.

urine *nf* Liquide organique sécrété par les reins.

uriner *vi, vt* Évacuer l'urine.

urinoir *nm* Endroit, édicule aménagé pour uriner, à l'usage des hommes.

urique *a* Loc *Acide urique* : produit de la dégradation des acides nucléiques, éliminé par les urines.

urne *nf* **1** Vase qui contient les cendres d'un mort. **2** Boîte dans laquelle on dépose un bulletin de vote.

urogénital, ale, aux *a* ANAT Qui concerne l'appareil urinaire et l'appareil génital.

urographie *nf* Radiographie de l'appareil urinaire.

urologie *nf* Étude et thérapeutique des affections de l'appareil urinaire et de l'appareil génito-urinaire masculin.

urologue *n* Spécialiste d'urologie.

urticaire *nf* Éruption subite de papules rouges causant de vives démangeaisons.

urticant, ante *a* Dont le contact produit des démangeaisons.

urubu *nm* Petit vautour d'Amérique.

uruguayen, enne *a, n* De l'Uruguay.

us [ys] *nmpl* Loc *Les us et coutumes* : les habitudes traditionnelles.

usage *nm* **1** Fait d'utiliser, de se servir d'un objet, d'un procédé, d'une faculté ; fonction, emploi. **2** Habitude traditionnelle, coutume. *Un usage qui se perd.* Loc *À usage (de)* : prévu pour telle utilisation. *À l'usage de* : destiné spécialement à. *Hors d'usage* : dont on ne peut plus se servir. *Bon usage* : utilisation correcte de la langue. *Orthographe d'usage* : celle des mots du lexique.

usagé, ée *a* Qui a beaucoup servi ; usé.

usager *nm* Qui utilise un service public.

usant, ante *a* Fam Très fatigant.

usé, ée *a* **1** Marqué par l'usure. *Chaussures usées.* **2** Affaibli. *Un homme usé.* **3** Rebattu, banal. *Plaisanterie usée.*

user *vti* Se servir de, avoir recours à. *User de persuasion, de termes savants.* ■ *vt* **1** Utiliser, consommer. *Cet appareil use peu d'électricité.* **2** Détériorer qqch à force de s'en servir. *Il use trois paires de chaussures par an.* **3** Diminuer, affaiblir. *User sa santé.* ■ *vpr* Se détériorer, se détruire progressivement, s'affaiblir.

usinage *nm* Action d'usiner.

usine *nf* Établissement industriel de transformation des matières premières en produits finis, ou de production de l'énergie.

usiner *vt* Façonner une pièce avec une machine-outil.

usité, ée *a* En usage dans la langue.

usnée *nf* Lichen très ramifié, appelé aussi *barbe-de-capucin*.

ustensile *nm* Objet, outil simple, d'usage quotidien. *Ustensile de cuisine.*

usuel, elle *a* Dont on se sert couramment. ■ *nm* Volume de consultation courante dans une bibliothèque.

usuellement *av* De façon usuelle.

usufruit *nm* DR Jouissance d'un bien dont la nue-propriété appartient à un autre.

usufruitier, ère *n* DR Qui jouit d'un usufruit.

usuraire *a* Supérieur au taux légal des prêts.

usure *nf* **1** Détérioration due à l'usage. **2** Affaiblissement des forces. **3** Intérêt supérieur au taux légal, exigé par un prêteur. Loc Fam *Avoir à l'usure* : amener qqn à céder à force d'insister.

usurier, ère *n* Qui prête de l'argent avec usure.

usurpateur, trice *n, a* Qui s'arroge indûment un pouvoir souverain.

usurpation *nf* Action d'usurper.

usurpatoire *a* Qui a le caractère d'une usurpation.

usurper *vt* S'emparer indûment d'un bien, d'une dignité, d'un pouvoir auxquels on n'a pas droit.

ut *nm* MUS Syn de *do*.

utérin, ine *a* **1** Qui concerne l'utérus. **2** Né de la même mère mais de père différent.

utérus *nm* Chez la femme ou les femelles de mammifères supérieurs, organe de la gestation.

utile *a* Propre à satisfaire un besoin ; qui rend service. Loc *En temps utile* : au moment opportun.

utilement *av* De façon utile.

utilisable *a* Qui peut être utilisé.

utilisateur, trice *n* Qui utilise qqch.

utilisation *nf* Action, manière d'utiliser.

utiliser *vt* **1** Se servir de, employer. *Utiliser un produit.* **2** Tirer profit de qqn, de qqch.

utilitaire *a* **1** Qui vise l'utilité pratique. *Véhicule utilitaire.* **2** Qui s'attache à l'aspect matériel des choses. *Calcul utilitaire.* ■ *nm* Véhicule utilitaire (camion, bus, etc.).

utilitarisme *nm* Doctrine selon laquelle l'utilité est la source de toutes les valeurs.

utilitariste *a, n* Qui relève de l'utilitarisme.

utilité *nf* Caractère utile. ■ *pl* Petit rôle. *Acteur qui joue les utilités.*

utopie *nf* Idéologie, projet considéré comme chimérique.

utopique *a* Chimérique.

utopisme *nm* Attitude de l'utopiste.

utopiste *a, n* Qui a des idées utopiques.

utriculaire *nf* Plante carnivore d'eau douce.

utricule *nm* **1** ANAT Petite vésicule de l'oreille interne. **2** BOT Organe en forme de petite outre.

uval, ale, aux *a* Relatif au raisin.

v *nm* **1** Vingt-deuxième lettre (consonne) de l'alphabet. **2** V : chiffre romain qui vaut 5.

va ! *interj* Accompagne une approbation, un encouragement ou une menace. Loc *Va donc* : accompagne une injure. *Va pour* : j'accepte.

vacance *nf* État d'une charge vacante. ■ *pl* **1** Période de l'année pendant laquelle une activité donnée est interrompue. *Les vacances scolaires.* **2** Période de congé annuel des travailleurs.

vacancier, ère *n* Qui est en vacances dans un lieu de villégiature.

vacant, ante *a* **1** Qui n'est pas occupé ; libre. *Appartement vacant.* **2** Non occupé par un titulaire. *Poste, emploi vacant.*

vacarme *nm* Tapage, tumulte.

vacataire *n* Qui occupe un emploi sans en être titulaire.

vacation *nf* Temps pendant lequel qqn est affecté, à titre d'auxiliaire, à une tâche précise ; rémunération de cette activité.

vaccin [vaksɛ̃] *nm* Substance dont l'inoculation dans un organisme provoque une immunité à l'égard d'une maladie déterminée.

vaccinal, ale, aux *a* Du vaccin, de la vaccination. *Contre-indication vaccinale.*

vaccination *nf* Action de vacciner.

vaccine *nf* Maladie infectieuse des bovins et du cheval, due à un virus.

vacciner *vt* **1** Immuniser par un vaccin. **2** Fam Préserver qqn d'un désagrément, d'un danger. *Cet accident l'a vacciné contre l'imprudence.*

vaccinologie *nf* Étude des vaccins.

vaccinostyle *nm* MED Lancette servant à vacciner par scarification.

vache *nf* Femelle de l'espèce bovine. Loc Fam *Manger de la vache enragée* : endurer de nombreuses privations. Fam *Période de vaches maigres, de vaches grasses* : de privations, de prospérité. Fam *Vache à lait* : qqn dont on tire profit. Fam *Vache sacrée* : personne inutile mais intouchable. *Vache à eau* : récipient en toile pour conserver l'eau. ■ *a, nf* Fam Méchant, impitoyable. Loc *Coup en vache* : donné par traîtrise. *La vache !* : expression de dépit ou d'admiration. ■ *a* Pop Dur, pénible.

vachement *av* Pop Beaucoup, très.

vacher, ère *n* Qui s'occupe des vaches.

vacherie *nf* Pop Méchanceté.

vacherin *nm* **1** Fromage suisse au lait de vache, à pâte molle et onctueuse. **2** Gâteau fait de meringue et de crème glacée.

vachette *nf* Jeune vache ; son cuir.

vacillant, ante *a* Qui vacille.

vacillation *nf* ou **vacillement** *nm* Mouvement de ce qui vacille.

vaciller *vi* **1** Chanceler, perdre l'équilibre. **2** Trembler. *La flamme vacillait.* **3** Perdre sa fermeté. *Sa raison vacille.*

vacuité *nf* Fait d'être vide ; caractère vide.

vacuolaire *a* Des vacuoles.

vacuole *nf* BIOL Petite cavité du cytoplasme dans laquelle se trouvent diverses substances.

vade-mecum [vademekom] *nm inv* Litt Agenda qu'on garde sur soi.

vadrouille *nf* Fam Promenade sans but précis.

vadrouiller *vi* Fam Se promener sans but précis.

vadrouilleur, euse *n* Fam Qui vadrouille.

va-et-vient *nm inv* **1** Allées et venues incessantes. **2** Mouvement qui s'effectue régulièrement dans un sens, puis dans l'autre ; dispositif qui le permet. **3** Branchement électrique qui permet de commander un circuit à partir de deux interrupteurs.

vagabond, onde *a* Litt Qui change constamment. *Humeur vagabonde.* ■ *n* Sans domicile fixe.

vagabondage *nm* **1** Fait d'être un vagabond. **2** Litt Rêverie.

vagabonder *vi* **1** Se déplacer çà et là. **2** Litt Aller d'un sujet à un autre, sans suite (pensées, imagination).

vagin *nm* Conduit qui relie le col utérin à la vulve chez la femme.

vaginal, ale, aux *a* Du vagin.

vaginisme *nm* Contraction douloureuse des muscles du vagin.

vaginite *nf* Inflammation du vagin.

vagir *vi* Pousser des vagissements.

vagissant, ante *a* Qui vagit.

vagissement *nm* Cri d'un enfant nouveau-né ou du lièvre, du crocodile.

vagolytique *a* MED Qui inhibe le nerf pneumo-gastrique.

1. vague *nf* **1** Soulèvement de la surface de l'eau dû au vent, aux courants. **2** Flux important. *Une vague de touristes.* Loc *Une vague de froid* : arrivée subite du froid. *La nouvelle vague* : la génération d'avant-garde. Fam *Faire des vagues* : provoquer des protestations.

vampire

2. vague *a* **1** Qui manque de précision, de netteté, mal défini. *Des explications trop vagues.* **2** Évasif. *Rester vague sur une question.* **3** Quelconque, insignifiant. *Il a un vague diplôme d'une école inconnue.* Loc *Nerf vague :* pneumogastrique. *Terrain vague :* ni planté ni construit, dans une ville ou à proximité. ■ *nm* Loc *Rester dans le vague :* rester évasif. *Vague à l'âme :* mélancolie.

vaguelette *nf* Petite vague.

vaguement *av* **1** De façon vague, peu distincte. **2** Faiblement. *Vaguement ému.*

vaguemestre *nm* Sous-officier chargé du service postal.

vaguer *vi* Litt Errer.

vahiné *nf* Femme tahitienne.

vaillamment *av* Litt Avec courage.

vaillance *nf* Litt Courage.

vaillant, ante *a* **1** Litt Brave. **2** En bonne santé. Loc *N'avoir pas un sou vaillant :* n'avoir d'argent.

vain, vaine *a* **1** Illusoire, vide. *Vain espoir.* **2** Sans effet. *Démarche vaine.* Loc *En vain :* inutilement.

vaincre *vt* [75] **1** Remporter une victoire. **2** Surmonter, venir à bout de. *Vaincre l'obstination de qqn, sa propre colère.*

vaincu, ue *a, n* Qui a subi une défaite.

vainement *av* En vain.

vainqueur *nm* Qui a remporté une victoire, qui a pris l'avantage sur qqn. ■ *am* Triomphant, victorieux. *Air vainqueur.*

vair *nm* Fourrure de l'écureuil de Russie.

1. vairon *am* Loc *Yeux vairons :* qui ne sont pas de la même couleur.

2. vairon *nm* Petit poisson de rivière.

vaisseau *nm* **1** Canal dans lequel circule le sang ou la lymphe. **2** BOT Élément conducteur de la sève. **3** Bâtiment de guerre. Loc *Vaisseau spatial :* engin spatial de grandes dimensions.

vaisselier *nm* Meuble pour ranger la vaisselle.

vaisselle *nf* Ensemble des récipients dont on se sert à table et qu'il faut nettoyer après le repas. Loc *Faire la vaisselle :* nettoyer les récipients qui ont servi à table.

val *nm* Large vallée. Loc *Par monts et par vaux :* partout. *Des vals ou des vaux.*

valable *a* **1** Fondé, admissible, acceptable. *Cette excuse n'est pas valable.* **2** Abusiv Qui a les qualités, la compétence, la valeur requises. *Un interlocuteur valable.*

valablement *av* De façon valable.

valaisan, anne *a, n* Du Valais.

valdinguer *vi* Pop Tomber violemment.

valdôtain, aine *a, n* Du Val d'Aoste (Italie).

valence *nf* CHIM Nombre de liaisons chimiques engagées par un atome dans une combinaison chimique.

valériane *nf* Plante médicinale à fleurs roses, dite aussi *herbe aux chats.*

valet *nm* **1** Domestique masculin. **2** Homme servile. **3** Carte à jouer figurant un valet. Loc *Valet de nuit :* cintre sur pied sur lequel on dispose ses vêtements avant de se coucher.

valetaille *nf* Vx Ensemble des domestiques.

valétudinaire *a* Vx Maladif.

valeur *nf* **1** Ce que vaut qqch. *Valeur d'un terrain.* **2** Mérite de qqn. *Avoir conscience de sa valeur.* **3** Titre négociable (action, lettre de change). **4** Importance, intérêt attaché à qqch.

Un conseil sans valeur. **5** Mesure précise ou quantité approximative. *La valeur de deux cuillerées.* **6** MUS Durée d'une note. **7** Mesure conventionnelle. *La valeur d'une carte, d'un pion.* **8** Qualité d'une couleur, d'un mot. **9** Principe idéal de référence d'une collectivité. *Les valeurs morales.* Loc *De valeur :* dont le mérite est grand. *Mettre en valeur :* faire paraître à son avantage ; faire fructifier. *Jugement de valeur :* qui énonce une appréciation.

valeureusement *av* Litt Courageusement.

valeureux, euse *a* Litt Brave, courageux.

validation *nf* Action de valider.

valide *a* **1** En bonne santé, capable de marcher. **2** Qui a les conditions requises pour avoir son effet ; valable. *Cet acte n'est pas valide.*

valider *vt* Rendre, déclarer valable.

valideuse *nf* Machine servant à valider qqch.

validité *nf* Caractère valable, valable.

valise *nf* Bagage de forme rectangulaire. Loc *Faire ses valises :* se préparer à partir. *Valise diplomatique :* paquet contenant le courrier diplomatique, dispensé du contrôle douanier.

vallée *nf* Dépression plus ou moins large creusée par un cours d'eau ou par un glacier.

valleuse *nf* GÉOGR Vallée sèche se terminant en abrupt sur la falaise.

vallon *nm* Petite vallée.

vallonné, ée *a* Qui présente des vallons.

vallonnement *nm* Relief vallonné.

valoche *nf* Pop Valise.

valoir *vi* [44] **1** Avoir une certaine qualité, un certain mérite, un certain intérêt. *Ce poète, cette poésie ne vaut rien.* **2** Avoir, être estimé un certain prix. *Tableau qui vaut très cher.* **3** Être égal en valeur ou en utilité à. *Cent centimes valent un franc.* Loc *À valoir :* versé en acompte. *Vaille que vaille :* tant bien que mal. *Se faire valoir :* se mettre en vedette. *Faire valoir :* mettre en valeur, faire fructifier ; donner à considérer. *Valoir mieux :* être préférable. ■ *vt* **1** Procurer qqch à qqn. *Cela lui vaut des ennuis.* **2** Justifier. *Cela vaut le détour. Ça ne vaut pas la peine.* ■ *vpr* Avoir la même valeur.

valorisant, ante *a* Qui valorise qqn.

valorisation *nf* Action de valoriser.

valoriser *vt* **1** Donner une valeur plus grande à qqch. **2** Augmenter le mérite, l'importance de qqn.

valse *nf* **1** Danse tournante à trois temps ; air de cette danse. **2** Fam Changement fréquent. *Valse des prix.*

valse-hésitation *nf* Attitude hésitante devant les responsabilités. *Des valses-hésitations.*

valser *vi* **1** Danser la valse. **2** Fam Changer fréquemment. Loc Fam *Faire, envoyer valser :* projeter violemment. Fam *Faire valser qqn :* le renvoyer.

valseur, euse *n* Qui danse la valse.

valve *nf* **1** Moitié de la coquille des mollusques, d'un fruit sec. **2** Appareil servant à réguler un liquide ou un gaz dans une canalisation ; soupape à clapet.

valvulaire *a* De la valvule. *Prothèse valvulaire.*

valvule *nf* Repli de la paroi du cœur ou d'un vaisseau, empêchant tout contenu de refluer.

vamp *nf* Fam Femme fatale.

vampire *nm* **1** Mort qui, selon certaines croyances, sort de son tombeau pour aller aspirer le sang des vivants. **2** Chauve-souris d'Amérique du Sud qui se repaît du sang des mammifères. **3** Celui qui s'enrichit sur le dos des autres.

vampirique *a* De vampire.

vampiriser *vt* Retirer à qqn sa volonté ; l'exploiter.

vampirisme *nm* **1** Croyance aux vampires. **2** Avidité de qqn qui exploite les autres.

van *nm* **1** Panier plat servant à vanner le grain. **2** Fourgon pour le transport des chevaux de course. **3** Minibus.

vanadium [-djɔm] *nm* Métal blanc, léger.

vanda *nf* Orchidée à fleurs splendides.

vandale *n* Qui détruit, qui détériore par bêtise ou malveillance.

vandaliser *vt* Détériorer par vandalisme.

vandalisme *nm* Comportement, acte d'un vandale.

vanesse *nf* Papillon diurne aux ailes de couleurs vives.

vanille *nf* Fruit du vanillier ; substance aromatique extraite de ce fruit.

vanillé, ée *a* Parfumé à la vanille.

vanillier *nm* Orchidée grimpante tropicale, cultivée pour son fruit, la vanille.

vanilline [-nilin] *nf* Principe odorant de la vanille.

vanité *nf* **1** Litt Caractère futile, vain. **2** Orgueil, désir de produire un certain effet sur les autres. *Loc Tirer vanité de* : s'enorgueillir de.

vaniteux, euse *a, n* Plein de vanité.

vannage *nm* Action de vanner des grains.

vanne *nf* **1** Dispositif permettant de régler l'écoulement d'un fluide. **2** Fam Plaisanterie désobligeante.

vanneau *nm* Oiseau de la taille d'un pigeon, avec une huppe noire.

vanner *vt* **1** Nettoyer les grains en les secouant dans un van. **2** Fam Causer une fatigue extrême.

vannerie *nf* Confection d'objets tressés avec des brins d'osier, de rotin ; objets ainsi faits.

vannier, ère *n* Qui fabrique de la vannerie.

vantail, aux *nm* Partie mobile d'une porte, d'une fenêtre.

vantard, arde *a, n* Qui se vante.

vantardise *nf* Caractère de vantard ; propos, acte de vantard.

vanter *vt* Louer exagérément. ■ *vpr* **1** Mentir par vanité. **2** Se glorifier, tirer vanité de. **3** Se faire fort de. *Il se vante d'en venir à bout.*

va-nu-pieds *n inv* Fam Qui vit misérablement.

vapes *nfpl* Loc Pop *Être, tomber dans les vapes* : être à demi-conscient ; s'évanouir.

vapeur *nf* **1** Exhalaison se dégageant de liquides, de corps humides. **2** Phase gazeuse d'un corps habituellement solide ou liquide. *Vapeur d'essence.* **3** Masse gazeuse se dégageant de l'eau en ébullition. Loc Fam *À toute vapeur* : à toute vitesse. ■ *pl* Vx Malaise passager. ■ *nm* Anc Bateau à vapeur.

vaporeux, euse *a* **1** Litt Estompé par une brume légère. *Ciel vaporeux.* **2** Fin, léger, flou et transparent. *Robe vaporeuse.*

vaporisateur *nm* Appareil servant à projeter un liquide en fines gouttelettes.

vaporisation *nf* Action de vaporiser.

vaporiser *vt* **1** Projeter un liquide en fines gouttelettes. **2** Faire passer un liquide à l'état gazeux.

vaquer *vi* Interrompre ses activités pour quelque temps. ■ *vti* Se consacrer à une activité. *Vaquer à ses occupations.*

varan *nm* Reptile carnivore d'Asie et d'Afrique.

varangue *nf* MAR Pièce courbe fixée perpendiculairement à la quille d'un navire.

varappe *nf* Escalade de parois rocheuses.

varappeur, euse *n* Qui fait de la varappe.

varech [-rɛk] *nm* Algues rejetées par la mer et utilisées comme engrais.

vareuse *nf* **1** Veste de certains uniformes. **2** Veste ample.

variabilité *nf* Caractère variable.

variable *a* **1** Sujet à varier ; qui varie. *Temps variable.* **2** Qu'on peut faire varier. *Hélice à pas variable.* **3** GRAM Se dit d'un mot dont la terminaison varie. ■ *nf* MATH Quantité susceptible de changer de valeur.

variante *nf* **1** Version d'un texte différente de celle habituellement adoptée. **2** Forme différente ou modifiée d'une même chose. *Les variantes d'une recette. Les variantes régionales d'un mot.*

variateur *nm* Dispositif permettant de faire varier l'intensité d'un éclairage.

variation *nf* **1** Fait de varier ; changement qui en résulte. *Variation de température.* **2** MUS Composition sur un thème donné.

varice *nf* Dilatation permanente d'une veine des membres inférieurs.

varicelle *nf* Maladie infectieuse, caractérisée par une éruption de vésicules.

varié, ée *a* **1** Qui présente de la diversité. *Nourriture variée.* ■ *pl* Se dit de choses différentes entre elles. *Hors-d'œuvre variés.*

varier *vt* Apporter divers changements à qqch ; rendre divers. ■ *vi* **1** Changer, se modifier. *Son humeur varie. Les prix varient.* **2** Changer d'opinion, de comportement.

variétal, ale, aux *a* BOT Qui concerne une variété de plante.

variété *nf* **1** Caractère varié ; diversité. **2** BIOL Unité de classification plus petite que l'espèce. ■ *pl* Spectacle combinant numéros musicaux et attractions diverses.

variole *nf* Maladie infectieuse grave, éruptive et contagieuse.

varioleux, euse *a, n* Atteint de la variole.

variolique *a* De la variole.

variomètre *nm* ELECTR Appareil de mesure des inductances.

variqueux, euse *a* MED Des varices.

varlope *nf* Long rabot à poignée.

varroa *nm* Acarien parasite de l'abeille.

varron *nm* Larve d'un insecte qui provoque des lésions de l'hypoderme des bovins.

vasculaire *a* ANAT Des vaisseaux sanguins.

vascularisation *nf* ANAT Disposition des vaisseaux dans un organe.

vascularisé, ée *a* ANAT Pourvu de vaisseaux.

1. vase *nf* Mélange de terre et de matières organiques formant un dépôt au fond des eaux.

2. vase *nm* Récipient de forme et de matière variables. Loc *Vase de nuit* : pot de chambre. *Vases communicants* : récipients réunis par un tube et dans lesquels le liquide se trouve toujours à la même hauteur.

vasectomie *nf* MED Section du canal excréteur de sperme, destinée à provoquer la stérilité masculine.

vasectomiser *vt* Pratiquer une vasectomie sur qqn.

vaseline *nf* Graisse minérale utilisée en pharmacie.

vaseux, euse *a* 1 Formé de vase. 2 Fam Qui éprouve un malaise vague. 3 Fam Confus, embrouillé.

vasière *nf* Étendue côtière couverte de vase.

vasistas [-tas] *nm* Petite ouverture dans une porte ou une fenêtre, munie d'un vantail.

vasoconstricteur, trice *a, nm* Qui réduit le calibre des vaisseaux sanguins.

vasoconstriction *nf* Réduction du calibre des vaisseaux sanguins.

vasodilatateur, trice *a, nm* Qui augmente le calibre des vaisseaux sanguins.

vasodilatation *nf* Dilatation des vaisseaux.

vasomoteur, trice *a, nm* Qui modifie le calibre des vaisseaux sanguins.

vasomotricité *nf* Variation du calibre des vaisseaux sanguins.

vasopressine *nf* Hormone qui augmente la tonicité des vaisseaux sanguins.

vasouillard, arde *a* Fam Qui vasouille.

vasouiller *vi* Fam S'empêtrer dans une explication, une action, etc.

vasque *nf* 1 Bassin en forme de coupe recevant l'eau d'une fontaine ornementale. 2 Coupe large et peu profonde, pour décorer une table.

vassal, ale, aux *n* HIST Lié à un suzerain par l'hommage et à qui on doit divers services. ■ *a, n* Dépendant d'un autre État, d'une autre personne.

vassalisation *nf* Action de vassaliser.

vassaliser *vt* Mettre sous sa dépendance ; asservir.

vassalité *nf* 1 HIST État, condition du vassal. 2 Assujettissement, soumission.

vaste *a* 1 De très grande étendue ou de grandes dimensions. *Un vaste domaine.* 2 De grande ampleur, de grande portée. *De vastes desseins.*

va-t-en-guerre *a inv, n inv* Fam Belliciste.

vaticination *nf* Litt Discours prophétique délirant.

vaticiner *vi* Litt Tenir des discours délirants d'allure prophétique.

va-tout *nm inv* Loc *Jouer son va-tout :* jouer le tout pour le tout.

vauclusien, enne *a, n* Du Vaucluse. Loc *Source vauclusienne :* résurgence d'eaux d'infiltration.

vaudeville *nm* Comédie légère dont l'intrigue repose sur des quiproquos.

vaudevillesque *a* Qui tient du vaudeville.

vaudevilliste *nm* Auteur de vaudevilles.

vaudois, oise *a, n* 1 Membre d'une secte chrétienne du XIIe s, n'admettant comme source de foi que les Écritures. 2 Du canton de Vaud, en Suisse.

vaudou *nm, a inv* Culte animiste, mélange de sorcellerie, de magie et d'éléments du rituel chrétien, répandu aux Antilles.

vau-l'eau (à). V. à vau-l'eau.

vaurien, enne *n* Mauvais sujet, voyou. ■ *nm* (n déposé) Petit voilier gréé en sloop.

vautour *nm* 1 Grand oiseau à la tête dénudée, charognard. 2 Homme impitoyable ou rapace.

vautrer (se) *vpr* S'étaler, se rouler dans, sur qqch.

va-vite (à la) *av* Fam De façon hâtive.

veau *nm* 1 Petit de la vache, âgé de moins d'un an ; sa chair ; son cuir. 2 Fam Personne lourde et sans ressort. 3 Fam Voiture peu nerveuse. Loc *Veau marin :* phoque.

vecteur *nm* 1 MATH Segment orienté comportant une origine et une extrémité. 2 Engin, avion capable de transporter une arme vers un objectif. 3 Animal, plante qui transmet un virus, un parasite. 4 Ce qui véhicule une information, un message.

vectoriel, elle *a* MATH Des vecteurs.

vécu, ue *a* Qui s'est passé ou aurait pu se passer réellement. *Un roman vécu.* ■ *nm* L'expérience vécue.

vedettariat *nm* Condition de vedette.

vedette *nf* 1 Petite embarcation rapide à moteur. 2 Acteur, actrice en renom. 3 Personnalité en vue. Loc *Avoir la vedette :* avoir le premier rôle, être en tête de programme. *Mettre en vedette :* mettre au premier plan. *Vedette américaine :* qui passe au music-hall juste après la vedette principale.

vedettiser *vt* Transformer qqn en vedette.

védique *nm* Sanskrit archaïque.

végétal, ale, aux *a* 1 Des plantes, des végétaux. *Cellule végétale.* 2 Qui provient des végétaux. *Huile végétale.* ■ *nm* Arbre, plante en général (surtout pl).

végétarien, enne *a, n* Qui pratique le végétarisme.

végétarisme *nm* Régime alimentaire excluant la viande.

végétatif, ive *a* 1 Relatif à la croissance, à la nutrition des plantes. 2 MED Qui concerne l'activité du système circulatoire, des viscères, du métabolisme. 3 Qui, par son inaction, rappelle la vie des plantes. *Vie végétative.*

végétation *nf* Ensemble des végétaux qui croissent en un lieu. ■ *pl* MED Excroissances charnues apparaissant sur les muqueuses et obstruant les fosses nasales.

végéter *vi* [12] 1 Croître avec difficulté. *Une plante qui végète.* 2 Avoir une activité réduite, médiocre. *Cette affaire végète.*

véhémence *nf* Litt Impétuosité, violence.

véhément, ente *a* Litt Ardent, impétueux.

véhémentement *av* Litt Avec véhémence.

véhiculaire *a* Loc *Langue véhiculaire :* qui sert à la communication entre des communautés de langues différentes.

véhicule *nm* 1 Ce qui sert à communiquer. *La télévision est un véhicule de l'information.* 2 Moyen de transport par terre ou par air.

véhiculer *vt* 1 Servir de véhicule à qqch. *Les médias véhiculent l'information.* 2 Transporter par véhicule.

veille *nf* 1 Absence de sommeil. 2 Surveillance, garde effectuée pendant la nuit. 3 Jour qui en précède un autre. *La veille de Pâques.* Loc *À la veille de :* peu avant ; sur le point de. Fam *C'est pas demain la veille :* ce n'est pas pour bientôt.

veillée *nf* 1 Réunion familiale ou amicale le soir jusqu'au coucher. 2 Action de veiller un malade ou un mort. Loc *Veillée d'armes :* soirée qui précède une action difficile.

veiller *vi* 1 S'abstenir volontairement de dormir. 2 Être de garde pendant la nuit. ■ *vt* Rester la nuit auprès d'un malade, d'un mort.

■ *vti* 1 Prendre garde à qqch. *Veiller à ce qu'il n'arrive rien.* 2 Faire en sorte qu'il n'arrive rien de fâcheux à qqn. *Veiller sur ses enfants.*

veilleur *nm* Loc *Veilleur de nuit* : chargé de faire des rondes pour surveiller un établissement la nuit.

veilleuse *nf* 1 Petite lampe éclairant peu et qu'on laisse allumée pendant le sommeil. 2 Petit bec brûlant en permanence, dans une chaudière à gaz ou à mazout, un chauffe-eau, etc. Loc *Mettre en veilleuse* : diminuer l'intensité, l'activité de qqch. ■ *pl* Feux de position d'une automobile.

veinard, arde *a, n* Fam Qui a de la chance.

veine *nf* 1 Vaisseau qui ramène le sang au cœur. 2 Filon de minerai. 3 Dessin long et étroit qui sinue dans les pierres dures, le bois. 4 Nervure saillante de certaines feuilles. 5 Inspiration. *Une œuvre de la même veine.* 6 Fam Heureux hasard, chance. Loc *Être en veine de* : être disposé à. *Avoir du sang dans les veines* : avoir du courage. *S'ouvrir les veines* : se suicider en se tranchant les veines du poignet.

veiné, ée *a* Qui présente des veines apparentes. *Roche veinée.*

veiner *vt* Orner une surface en imitant les veines du bois ou du marbre.

veineux, euse *a* 1 Des veines. *Sang veineux.* 2 Qui présente de nombreuses veines. *Marbre veineux.*

veinosité *nf* Petite veine superficielle.

veinule *nf* Petite veine.

veinure *nf* Veines du bois, du marbre, etc.

vêlage ou **vêlement** *nm* Action de vêler.

vélaire *a* PHON Phonème articulé à la hauteur du voile du palais.

velcro *nm inv* (n déposé) Système de fermeture de vêtements constitué par deux bandes dont les surfaces s'agrippent.

vêler *vi* Mettre bas (vache).

vélin *nm* 1 Peau de veau fournissant un très fin parchemin. 2 Papier très blanc de qualité supérieure.

véliplanchiste *n* Qui pratique la planche à voile.

vélivole *n* Qui pratique le vol à voile.

velléitaire *a, n* Qui n'a que des velléités.

velléité *nf* Intention peu ferme, que ne suit aucune action.

vélo *nm* Fam Bicyclette.

véloce *a* Litt Rapide.

vélocipède *nm* Ancêtre de la bicyclette.

vélocité *nf* Litt Rapidité.

vélocross *nm* Vélo tout-terrain.

vélodrome *nm* Piste aménagée pour les courses cyclistes.

vélomoteur *nm* Motocyclette d'une cylindrée n'excédant pas 125 cm³.

velours *nm* 1 Étoffe dont l'endroit offre un poil court et serré et dont l'envers est ras. 2 Ce qui est doux au toucher. Loc *Chat qui fait patte de velours* : qui rentre ses griffes. *Jouer sur du velours* : ne prendre aucun risque dans une action.

velouté, ée *a* 1 Doux au toucher, au goût. 2 Qui a l'aspect du velours. ■ *nm* 1 Douceur, aspect de ce qui est velouté. 2 Potage onctueux.

veloutueux, euse *a* Très doux au toucher.

velu, ue *a* Abondamment couvert de poils.

vélum [-lom] *nm* Grande pièce de toile abritant un espace ou simulant un plafond.

velux *nm* (n déposé) Fenêtre de toit de la marque de ce nom.

venaison *nf* Chair du gros gibier.

vénal, ale, aux *a* Qui agit seulement pour de l'argent ; qui se laisse acheter. Loc *Valeur vénale* : valeur d'une marchandise estimée en argent.

vénalité *nf* Caractère vénal.

venant *nm* Loc *À tout venant* : à n'importe qui, à tout propos.

vendable *a* Facile à vendre.

vendange *nf* Fait de récolter le raisin mûr destiné à faire du vin ; période où se fait cette récolte.

vendanger *vt* [11] Récolter le raisin.

vendangeur, euse *n* Qui vendange. ■ *nf* Machine à vendanger.

vendéen, enne *a, n* De la Vendée.

vendémiaire *nm* Premier mois du calendrier républicain (septembre-octobre).

vendetta *nf* Coutume corse qui consiste, pour tous les membres d'une famille, à poursuivre la vengeance de l'un des leurs.

vendeur, euse *n* 1 Qui vend ou qui a vendu un bien quelconque (nf *venderesse* en droit). 2 Dont la profession est de vendre. *Vendeur de journaux.* 3 Employé(e) préposé(e) à la vente. ■ *a* 1 Qui vend une marchandise. *Pays vendeur.* 2 Qui fait vendre. *Argument vendeur.*

vendre *vt* [5] 1 Échanger qqch contre de l'argent. 2 Exercer le commerce de. 3 Accorder, abandonner qqch pour de l'argent ou contre un avantage. *Vendre son suffrage.* 4 Trahir, dénoncer qqn par intérêt. ■ *vpr* 1 Être vendu. 2 Faire un commerce honteux de sa personne.

vendredi *nm* Cinquième jour de la semaine. Loc *Le vendredi saint* : le vendredi précédant Pâques, anniversaire de la mort de Jésus-Christ.

vendu, ue *a, n* Corrompu pour de l'argent.

venelle *nf* Litt Petite rue étroite.

vénéneux, euse *a* Se dit d'une plante qui renferme des substances toxiques.

vénérable *a* Digne de vénération, de respect. ■ *nm* Président d'une loge maçonnique.

vénération *nf* 1 Respect voué aux choses sacrées. 2 Profond respect éprouvé pour qqn.

vénérer *vt* [12] Avoir de la vénération, du respect, de l'admiration pour qqn, qqch.

vénerie *nf* Art de chasser avec des chiens courants.

vénérien, enne *a* Loc *Maladie vénérienne* : transmise par contact sexuel ; maladie sexuellement transmissible (M.S.T.).

vénérologie *nf* Étude et traitement des maladies vénériennes.

veneur *nm* Celui qui chasse à courre.

vénézuélien, enne *a, n* Du Venezuela.

vengeance *nf* Action de se venger ; acte par lequel on se venge.

venger *vt* [11] Réparer un mal fait à qqn en châtiant son auteur. *Venger un affront. Venger un mort.* ■ *vpr* 1 Se faire justice en punissant qqn pour le mal qu'il vous a fait. *Se venger d'un ennemi.* 2 Réparer moralement un affront, un acte nuisible en châtiant son auteur. *Se venger d'une humiliation.*

vengeur, eresse *a, n* Qui venge.

véniel, elle *a* Sans gravité. *Faute vénielle.* **Loc** *Péché véniel* : péché léger, qui ne fait pas perdre la grâce divine.

venimeux, euse *a* **1** Se dit des animaux à venin. **2** Litt Haineux, malveillant.

venin *nm* **1** Substance toxique sécrétée par certains animaux et qu'ils injectent par piqûre ou morsure. **2** Litt Haine, malveillance.

venir *vi* [35] [aux *être*] **1** Gagner le lieu où se trouve qqn. **2** Arriver, se produire. *L'orage est venu brusquement.* **3** Provenir, découler de. *Son erreur vient de là. Ce mot vient du grec.* **4** Apparaître à qqn. *Un doute me vient.* **5** Suivi de l'infinitif, marque un passé récent. *Il vient de sortir.* **Loc** *En venir à* : en arriver à un point. *En venir aux mains* : finir par se battre. *À venir* : futur. *Voir venir* : s'abstenir d'agir avant de savoir à quoi s'en tenir. *Y venir* : s'y résoudre. *Venir à bout de* : terminer.

vénitien, enne *a, n* De Venise. **Loc** *Store vénitien* : à lamelles mobiles.

vent *nm* **1** Mouvement naturel d'une masse d'air qui se déplace. *Vent du nord, du sud.* **2** Agitation de l'air due à une cause quelconque. *Sentir le vent du boulet.* **3** Gaz intestinal. **4** Tendance, mouvement. *Un vent de panique.* **Loc** *N'être que du vent* : être sans consistance, vain. *En plein vent* : dans un lieu non abrité. *Avoir vent de* : être informé de. *En coup de vent* : très rapidement. *Être dans le vent* : être à la mode. *Instrument à vent* : instrument de musique qui résonne sous l'effet d'un air sous pression ou du souffle.

vente *nf* **1** Action de vendre. *Achat et vente de livres.* **2** Réunion au cours de laquelle certains biens sont vendus publiquement. *Salle des ventes.* **Loc** *Vente de charité* : au bénéfice d'une œuvre. *En vente* : destiné à être vendu. *Point de vente* : magasin.

venté, ée *a* Exposé au vent.

venter *v impers* Litt Faire du vent.

venteux, euse *a* Où le vent souffle souvent.

ventilateur *nm* Dispositif destiné à créer un courant d'air pour refroidir ou pour aérer.

ventilation *nf* **1** Action de ventiler, d'aérer. **2** Répartition. *Ventilation des fonds disponibles.*

ventiler *vt* **1** Aérer en produisant un courant d'air. **2** Répartir, distribuer des objets, de l'argent, des personnes selon différentes affectations.

ventôse *nm* Sixième mois du calendrier républicain (février-mars).

ventouse *nf* **1** Petite cloche de verre qu'on appliquait sur la peau après y avoir créé un vide, de façon à provoquer une congestion superficielle. **2** Pièce concave de caoutchouc qui adhère par pression sur des surfaces planes. **3** Organe de succion et de fixation de la pieuvre, du ténia.

ventral, ale, aux *a* Du ventre ; situé sur le ventre. *Parachute ventral.*

ventre *nm* **1** Partie antérieure et inférieure du tronc renfermant les intestins. **2** Partie inférieure du corps de certains animaux. **3** Renflement, partie convexe. *Le ventre d'un vase.* **Loc** Fam *Avoir qqch dans le ventre* : avoir du caractère. *Avoir du ventre* : être gros de l'abdomen. *À plat ventre* : étendu par terre. Fam *Passer sur le ventre de qqn* : le dominer par tous les moyens. Fam *Taper sur le ventre de qqn* : être très familier avec lui. *Ventre à terre* : très rapidement.

ventrée *nf* Fam Grande quantité de nourriture.

ventriculaire *a* D'un ventricule.

ventricule *nm* ANAT Chacune des deux cavités de la partie inférieure du cœur. **Loc** *Ventricule cérébral* : chacune des quatre cavités du cerveau.

ventriculographie *nf* Radiographie des ventricules cérébraux.

ventrière *nf* Sangle sous le ventre du cheval.

ventriloque *n, a* Personne capable d'émettre des sons sans remuer les lèvres.

ventripotent, ente *a* Fam Qui a un gros ventre.

ventru, ue *a* **1** Qui a un gros ventre. **2** Renflé. *Vase ventru.*

venu, ue *a* **Loc** *Bien (mal) venu* : bien (mal) à propos. *Être mal venu à, de* : ne pas être moralement en droit de. ■ *n* **Loc** *Nouveau venu, nouvelle venue* : qui vient d'arriver. *Le premier venu* : pris au hasard. ■ *nf* **1** Arrivée. *J'ai appris sa venue. La venue des premiers froids.* **2** Manière de se développer. *Arbre de belle venue.*

vénus *nf* **1** Mollusque dont une espèce est la praire. **2** Litt Femme d'une grande beauté.

vénusien, enne *a, n* De la planète Vénus.

vêpres *nfpl* Office catholique célébré l'après-midi.

ver *nm* **1** Petit animal invertébré, de forme allongée, au corps mou dépourvu de pattes. **2** Larve de certains insectes. *Ver à soie.* **Loc** *Ver blanc* : larve du hanneton. *Ver luisant* : luciole. *Ver de terre* : lombric. *Ver solitaire* : ténia. Fam *Tirer les vers du nez à qqn* : l'amener à des révélations.

véracité *nf* Litt Caractère véridique, dépourvu d'erreur ou de mensonge.

véranda *nf* Galerie ou balcon couvert et clos par un vitrage.

verbal, ale, aux *a* **1** De vive voix ; oral. *Promesse verbale.* **2** Propre à la parole. *Délire verbal.* **3** GRAM Du verbe. *Forme verbale.*

verbalement *av* De vive voix.

verbalisation *nf* Action de verbaliser.

verbaliser *vi, vt* **1** Dresser un procès-verbal. **2** Exprimer par le langage, par des mots.

verbalisme *nm* Excès de paroles ; paroles vides.

verbe *nm* **1** Litt Parole. **2** GRAM Mot exprimant une action, un état et variant en personne, en nombre, en temps, en mode et en voix. **Loc** *Avoir le verbe haut* : parler avec morgue ; parler fort.

verbeux, euse *a* Trop prolixe, diffus.

verbiage *nm* Abondance de paroles vides de sens ; bavardage lassant.

verbosité *nf* Fait d'être verbeux.

verdâtre *a* Qui tire sur le vert.

verdelet, ette *a* **Loc** *Vin verdelet* : acidulé.

verdeur *nf* **1** Acidité d'un fruit vert, d'un vin vert. **2** Vigueur chez qqn qui n'est plus jeune. **3** Crudité de langage.

verdict *nm* **1** Réponse du jury aux questions posées en cour d'assises sur la culpabilité d'un accusé. **2** Avis, jugement quelconque.

verdir *vt* Rendre vert. ■ *vi* Devenir vert.

verdissement *nm* Fait de verdir.

verdoiement *nm* Fait de verdoyer.

verdoyant, ante *a* Qui verdoie.

verdoyer *vi* [22] Être de couleur verte, se couvrir de verdure.

verdure *nf* 1 Couleur verte des végétaux ; herbe, feuillage vert. 2 Plante potagère verte (salade, etc.) ; crudités.

véreux, euse *a* 1 Qui contient des vers. 2 Malhonnête. *Avocat véreux.*

verge *nf* 1 Baguette ou tige en bois ou en métal. 2 Organe de la miction et de la copulation, chez l'homme et les mammifères mâles.

vergé, ée *a* Loc *Étoffe vergée* : qui a des fils plus gros ou plus foncés que le reste. *Papier vergé* : qui présente en filigrane des lignes parallèles rapprochées.

vergence *nf* PHYS Inverse de la distance focale d'un système optique centré.

vergeoise *nf* Sucre roux.

verger *nm* Terrain planté d'arbres fruitiers.

vergeté, ée *a* Marqué de petites raies (peau).

vergeture *nf* MED Petite strie cutanée sillonnant une peau distendue.

vergeure [-ʒyr] *nf* TECH Marque en filigrane laissée sur le papier vergé.

verglacé, ée *a* Couvert de verglas.

verglas *nm* Mince couche de glace qui se forme quand une pluie, dont la température est légèrement inférieure à 0° C, atteint le sol.

vergogne *nf* Loc *Sans vergogne* : sans scrupule ; effrontément.

vergue *nf* MAR Longue pièce de bois disposée en travers des mâts et servant à fixer les voiles.

véridique *a* 1 Litt Qui dit la vérité. *Témoin véridique.* 2 Conforme à la vérité.

vérifiable *a* Qu'on peut vérifier.

vérificateur, trice *a* 1 Qui contrôle l'exactitude de qqch.

vérification *nf* Action de vérifier.

vérifier *vt* 1 Contrôler l'exactitude ou la véracité de. *Vérifier un calcul, les déclarations d'un témoin.* 2 Confirmer. *Vérifier un pronostic.*

vérin *nm* Appareil utilisé pour soulever des charges très pesantes.

vérisme *nm* École littéraire et artistique italienne de la fin du XIXᵉ s, inspirée par le naturalisme.

véritable *a* 1 Conforme à la vérité. 2 Vrai, réel (par oppos. à faux, imité). *De la soie véritable.* 3 Digne de son nom. *Une véritable œuvre d'art.* 4 Vrai (renforce l'exactitude d'une comparaison). *Cet exploit est un véritable tour de force.*

véritablement *av* Vraiment, effectivement.

vérité *nf* 1 Caractère conforme à la réalité. 2 Proposition dont l'énoncé exprime la conformité d'une idée avec son objet. *Les vérités mathématiques.* 3 Conformité d'un récit, d'une relation avec un fait. *Trahir la vérité.* 4 Sincérité, bonne foi. Loc *En vérité* : assurément. *À la vérité* : en fait. *Dire à qqn ses (quatre) vérités* : lui dire sans détours ce qu'on pense de lui. *Vérités premières* : banalités.

verjus *nm* Jus acide de raisins verts.

verlan *nm* Argot consistant à inverser les syllabes des mots.

vermeil, eille *a* Rouge vif. ■ *nm* Argent doré.

vermicelle *nm* Pâte à potage en fils très minces.

vermicide *a, nm* Qui détruit les vers parasites.

vermiculaire *a* Qui a l'aspect d'un ver.

vermiforme *a* Qui a la forme d'un ver.

vermifuge *nm* Médicament qui provoque l'expulsion des vers intestinaux.

vermillon *nm, a inv* Couleur rouge vif tirant sur l'orangé.

vermine *nf* 1 Insectes nuisibles, parasites de l'homme et des animaux (poux, puces, punaises, etc.). 2 Litt Gens vils et nuisibles.

vermis *nm* ANAT Région centrale du cervelet.

vermisseau *nm* Petit ver.

vermivore *a* ZOOL Qui se nourrit de vers.

vermoulu, ue *a* 1 Rongé par des larves d'insectes (bois). 2 Litt Usé, caduc. *Des institutions vermoulues.* 3 Fam Courbaturé.

vermoulure *nf* Trace, dégâts causés à un bois par les larves d'insectes.

vermouth [-mut] *nm* Apéritif à base de vin aromatisé avec des plantes amères et toniques.

vernaculaire *a* Loc *Langue vernaculaire* : propre à un pays, à une population.

vernalisation *nf* AGRIC Traitement des graines par le froid.

verni, ie *a* 1 Recouvert d'un vernis. *Bois verni.* 2 Fam Chanceux.

vernier *nm* Instrument de précision pour mesurer les longueurs.

vernir *vt* Recouvrir, enduire d'un vernis.

vernis *nm* 1 Enduit solide, lisse et brillant, destiné à protéger ou à décorer. 2 Apparence brillante mais superficielle. *Un vernis de science.*

vernissage *nm* 1 Action de vernir ou de vernisser. 2 Réception pour l'inauguration d'une exposition.

vernissé, ée *a* Couvert d'un vernis.

vernisser *vt* Recouvrir d'un vernis une poterie, une faïence, etc.

vérole *nf* Pop Syphilis. Loc Vx *Petite vérole* : variole.

vérolé, ée *a, n* Pop Syphilitique.

véronique *nf* 1 Plante aux fleurs roses ou bleues. 2 Passe au cours de laquelle le torero, avec sa cape, amène le taureau près de lui.

verranne *nf* Fibre de verre, très utilisée dans les composites.

verrat *nm* Porc mâle non castré.

verre *nm* 1 Matière transparente, dure, cassante, fabriquée à partir de la fusion de sable mêlé de potasse ou de soude. 2 Plaque, lame de verre. 3 Lentille de verre, pour corriger la vue. 4 Récipient à boire, fait de verre ; son contenu. Loc *Laine de verre* : isolant de fibres de verre. *Papier de verre* : abrasif de poudre de verre.

verrerie *nf* 1 Fabrication du verre ; usine où on le fabrique. 2 Objets en verre.

verrier *nm* Qui fabrique du verre, des ouvrages de verre ou des vitraux.

verrière *nf* Grand vitrage ou grande ouverture munie de vitraux.

verroterie *nf* Petites pièces en verre coloré ; pacotille.

verrou *nm* 1 Dispositif de fermeture constitué d'une barre métallique coulissant dans une gâche. 2 Pièce destinée à immobiliser la culasse d'une arme à feu. 3 Ce qui contrôle un barrage, un obstacle. Loc *Être sous les verrous* : en prison.

verrouillage *nm* Action de verrouiller.

verrouiller *vt* 1 Fermer au verrou. *Verrouiller une porte.* 2 Bloquer, barrer, interdire un passage. *Verrouiller une brèche.* 3 Empêcher une évolution. ■ *vpr* S'enfermer.

verrue *nf* Excroissance de la peau.

verruqueux, euse *a* Relatif aux verrues.

1. vers *prép* Marque la direction, le but ou l'approximation. *Vers l'ouest. Vers le soir.*

2. vers *nm* Suite de mots mesurée et cadencée selon certaines règles, et constituant une unité rythmique. **Loc** *Vers libres :* non soumis aux règles classiques de la versification.

versaillais, aise *a, n* **1** De Versailles. **2** HIST Du gouvernement de Versailles, qui réprima la Commune de Paris en 1871.

versant *nm* **1** Chacune des pentes d'une montagne. **2** Chacun des aspects différents d'une situation.

versatile *a* Qui change fréquemment d'opinion ; inconstant.

versatilité *nf* Caractère versatile.

verse (à) *av* Abondamment (pluie). *Il pleut à verse.*

versé, ée *a* Qui a une grande connaissance, une grande expérience en matière de. *Il est très versé dans les sciences.*

versement *nm* Action de verser de l'argent ; somme versée.

verser *vi* **1** Tomber sur le côté, se coucher. *La voiture a versé dans le fossé.* **2** Tomber dans un défaut, un travers. *Verser dans la facilité.* ■ *vt* **1** Faire couler un liquide, une matière pulvérulente, etc., d'un récipient dans un autre. **2** Donner, apporter, remettre de l'argent à qqn. **3** Déposer, mettre. *Pièce à verser au dossier.* **4** Affecter qqn à un poste. **Loc** *Verser à boire :* servir une boisson. *Verser des larmes :* pleurer. Litt *Verser son sang pour :* mourir pour.

verset *nm* Petit paragraphe numéroté dans un livre sacré.

verseur, euse *a* Qui sert à verser. *Bec verseur.* ■ *nf* Cafetière à manche horizontal.

versicolore *a* Qui présente des couleurs variées.

versificateur, trice *n* Écrivain qui fait des vers sans inspiration.

versification *nf* Technique de la composition des vers.

versifier *vi* Faire des vers. ■ *vt* Mettre en vers.

version *nf* **1** Exercice scolaire consistant à traduire un texte d'une langue étrangère dans sa propre langue. Ant. thème. **2** Façon de raconter un fait ; relation. *Version tendancieuse.* **3** État d'un texte. *La première version d'un roman. Version originale (V.O.) :* film avec la bande sonore originale, sans doublage.

vers-libriste *n* Poète qui compose des vers libres. *Des vers-libristes.*

verso *nm* Revers d'un feuillet. Ant. recto.

versoir *nm* Pièce de la charrue retournant sur le côté la terre détachée par le soc.

verste *nf* Anc Mesure russe de distance valant environ 1 000 mètres.

vert, verte *a* **1** De la couleur résultant de la combinaison du jaune et du bleu. **2** Qui n'est pas arrivé à maturité. *Fruit vert.* **3** Très pâle ; blême. *Vert de peur.* **4** Resté vigoureux, alerte. *Vieillard vert.* **5** Rude, sévère. *Verte semonce.* **6** De l'agriculture, du monde rural. *L'Europe verte.* **7** De l'écologie, de la défense de l'environnement. **Loc** *Feu vert :* signal qui indique la voie libre. *Langue verte :* argot. *Roche verte :* ophiolite. ■ *nm* **1** Couleur verte. **2** Matière

colorante verte. **3** Écologiste. **Loc** *Se mettre au vert :* se reposer à la campagne. **Loc** Fam *En voir, en dire des vertes et des pas mûres :* des choses choquantes ou extraordinaires.

vert-de-gris *nm inv* Carbonate de cuivre qui se forme sur les objets de ce métal exposés à l'air humide. ■ *a inv* Verdâtre.

vert-de-grisé, ée *a* Couvert de vert-de-gris.

vertébral, ale, aux *a* Des vertèbres.

vertèbre *nf* Chacun des os dont la superposition forme la colonne vertébrale.

vertébré, ée *a* Qui a des vertèbres. ■ *nm* ZOOL Animal évolué, pourvu de vertèbres (poissons, reptiles, oiseaux, mammifères, amphibiens).

vertébrothérapie *nf* Traitement des douleurs dorsales par manipulation des vertèbres.

vertement *av* Avec vivacité, avec rudesse.

vertical, ale, aux *a* Perpendiculaire au plan horizontal ; droit, dressé. ■ *nf* Position verticale ; ligne verticale.

verticalement *av* Selon la verticale.

verticalité *nf* Didac Caractère vertical.

verticille *nm* BOT Groupe de feuilles, de pétales inséré sur une tige.

vertige *nm* **1** Sensation de perte d'équilibre éprouvée à la vue du vide. **2** Toute sensation d'étourdissement. **Loc** *Donner le vertige :* impressionner fortement.

vertigineusement *av* À en avoir le vertige.

vertigineux, euse *a* **1** Qui donne le vertige. **2** Très grand. *Des sommes vertigineuses.*

vertu *nf* **1** Litt Disposition à faire le bien. **2** Litt Chasteté féminine. **3** Qualité qui rend qqch propre à produire un certain effet. *Les vertus sédatives du tilleul.* **Loc** *En vertu de :* par le pouvoir de.

vertueusement *av* De façon vertueuse.

vertueux, euse *a* Qui manifeste des qualités morales ; inspiré par la vertu.

vertugadin *nm* Anc Bourrelet porté par les femmes sous leur jupe pour la faire bouffer.

verve *nf* Brio, imagination, fantaisie, qui se manifeste dans la parole.

verveine *nf* Plante médicinale dont on tire une tisane sédative.

vesce [ves] *nf* Plante fourragère.

vésicant, ante *a* MED Qui cause des ampoules sur la peau.

vésiculaire *a* En forme de vésicule.

vésicule *nf* **1** ANAT Petit sac membraneux ou petite cavité glandulaire. **2** MED Boursouflure de la peau pleine de sérosité ou de pus.

vespasienne *nf* Urinoir public pour hommes.

vespéral, ale, aux *a* Litt Du soir.

vespertilion *nm* Chauve-souris insectivore.

vesse *nf* Pop Gaz intestinal malodorant.

vesse-de-loup *nf* Champignon (lycoperdon). *Des vesses-de-loup.*

vessie *nf* Réservoir abdominal dans lequel s'accumule l'urine, entre les mictions. **Loc** *Vessie natatoire :* poche abdominale chez certains poissons, intervenant dans leur équilibre. Fam *Prendre des vessies pour des lanternes :* se tromper grossièrement.

vestale *nf* **1** Prêtresse de Vesta, à Rome. **2** Litt Femme très chaste.

veste *nf* Vêtement de dessus à manches, couvrant le buste et boutonné devant. **Loc** Fam *Retourner sa veste :* changer d'opinion, de parti. Fam *Ramasser, prendre une veste :* essuyer une défaite.

vestiaire nm Lieu où on dépose son manteau, son parapluie, etc., à l'entrée de certains lieux publics ; vêtements et objets déposés.

vestibule nm Pièce d'entrée d'une maison, d'un appartement, etc.

vestige nm Reste de ce qui a été détruit.

vestimentaire a Des vêtements.

veston nm Veste d'un costume d'homme.

vêtement nm Ce qui sert à vêtir le corps ; toute pièce de l'habillement, à l'exception des chaussures.

vétéran nm 1 Ancien combattant. 2 Qui a une longue pratique dans un métier, une activité.

vétérinaire a Qui concerne la médecine animale. ■ n Spécialiste de la médecine animale.

vétille nf Chose insignifiante ; bagatelle.

vétilleux, euse a Qui s'arrête à des vétilles ; pointilleux et mesquin.

vêtir vt [32] Litt Habiller qqn. ■ vpr S'habiller.

vétiver [-ver] nm Plante indienne cultivée pour son parfum ; ce parfum.

veto [ve-] nm inv 1 Droit conféré à une autorité de s'opposer à la promulgation d'une loi, à l'adoption d'une résolution. 2 Opposition, refus. *Mettre son veto à une transaction.*

vétuste a Vieux, détérioré par le temps.

vétusté nf État vétuste.

veuf, veuve a, n Dont le conjoint est mort, et qui n'est pas remarié. ■ nf 1 Passereau africain au plumage noir et blanc. 2 Araignée noire, dont la piqûre est dangereuse.

veule [vøl] a Litt Sans vigueur morale, sans volonté ; mou et faible.

veulerie nf Litt Caractère veule.

veuvage nm Fait d'être veuf ou veuve.

vexant, ante a Contrariant, blessant. *Soupçons vexants.*

vexation nf Blessure d'amour-propre.

vexatoire a Qui vise à vexer, à humilier.

vexer vt Piquer, blesser qqn dans son amour-propre. ■ vpr Se froisser.

via prép En passant par tel lieu.

viabiliser vt Équiper un terrain des aménagements (voirie, adductions, etc.) propres à le rendre habitable.

viabilité nf 1 Aptitude à vivre. 2 Bon état d'une route. 3 État d'un terrain viabilisé.

viable a 1 Apte à vivre (fœtus, nouveau-né). 2 Qui peut durer, aboutir. *Projet viable.*

viaduc nm Pont très élevé permettant le franchissement d'une vallée par une voie ferrée ou par une route.

viager, ère a Dont on jouit sa vie durant. *Rente viagère.* ■ nm Rente à vie. Loc *En viager :* en échange d'une rente viagère.

viande nf Chair des animaux en tant qu'aliment. Loc *Viande rouge :* bœuf, cheval, mouton. *Viande blanche :* veau, lapin, volaille. *Viande noire :* gibier. Fam *Sac à viande :* drap isolant du sac de couchage.

viatique nm 1 Litt Soutien, secours. 2 RELIG Sacrement de l'eucharistie administré à un chrétien en danger de mort.

vibrant, ante a 1 Qui produit des vibrations. *Lame vibrante.* 2 Qui retentit. *Voix vibrante.* 3 Émouvant. *Appel vibrant.*

vibraphone nm Instrument à percussion comportant des lamelles métalliques qu'on frappe avec de petits marteaux.

vibrateur nm Appareil produisant des vibrations.

vibratile a Susceptible de vibrer.

vibration nf 1 PHYS Oscillation périodique de tout ou partie d'un système. *Vibrations du diapason.* 2 Mouvement de ce qui vibre ; impression (sonore, visuelle) de tremblement. *Vibration d'une voix.*

vibrato nm Variation rapide du son émis par un instrument de musique ou par la voix.

vibratoire a Composé de vibrations.

vibrer vi 1 Produire des vibrations ; entrer en vibration. 2 Être animé d'un tremblement sonore. *Voix qui vibre.* 3 Réagir par un tremblement intérieur à une émotion intense. *Vibrer d'enthousiasme.*

vibreur nm Appareil constitué d'une lame mise en vibration par un courant électrique.

vibrion nm Bactérie mobile de forme incurvée.

vibrionner vi Fam S'agiter continuellement.

vibrisse nf 1 Poil de l'intérieur des narines. 2 Poil tactile de certains mammifères (chat).

vibromasseur nm Appareil électrique de massage par vibrations.

vicaire nm Prêtre qui assiste le curé d'une paroisse. Loc *Vicaire de Jésus-Christ :* le pape.

vicariat nm Fonction du vicaire.

vice nm 1 Penchant que la morale sociale réprouve (en matière sexuelle, notamment). 2 Défaut, imperfection graves. *Vice de construction.* Loc *Vice de forme :* défaut qui rend nul un acte juridique.

vice-amiral nm Officier général de marine inférieur à l'amiral. *Des vice-amiraux.*

vice-consul nm Qui tient lieu de consul. *Des vice-consuls.*

vicennal, ale, aux a Qui dure vingt ans.

vice-présidence nf Fonction de vice-président. *Des vice-présidences.*

vice-président, ente n Qui supplée le président. *Des vice-présidents, tes.*

vice-roi nm Gouverneur d'un royaume qui dépend d'un autre État. *Des vice-rois.*

vicésimal, ale, aux a MATH Qui a pour base le nombre vingt.

vice versa av Réciproquement, inversement.

vichy nm 1 Eau minérale de Vichy. 2 Toile de coton à carreaux.

vichyste ou **vichyssois, oise** a, n HIST Du gouvernement de Vichy.

vicié, ée a 1 Pollué. *Air vicié.* 2 Entaché d'erreur. *Raisonnement vicié.*

vicier vt 1 DR Rendre défectueux ou nul. 2 Gâter, corrompre, altérer.

vicieusement av De façon vicieuse.

vicieux, euse a, n 1 Qui comporte un défaut ; incorrect. *Locution vicieuse.* 2 Qui a de mauvais penchants. 3 Se dit d'un animal rétif, ombrageux. 4 Fait pour tromper. *Une balle vicieuse.* ■ a, n Qui a des goûts dépravés, pervers.

vicinal, ale, aux a Loc *Chemin vicinal :* qui relie des villages.

vicissitudes nfpl Événements heureux et, plus souvent, malheureux qui se succèdent dans la vie humaine.

vicomte nm Titre de noblesse inférieur à celui de comte.

vicomté nf Domaine d'un vicomte.

vicomtesse nf Femme d'un vicomte.

577 vierge

victime nf 1 Qui subit un préjudice par la faute de qqn ou par sa propre faute. *Les victimes d'un escroc.* 2 Tué ou blessé dans une guerre, un accident, etc. 3 Être vivant offert en sacrifice à une divinité.

victoire nf 1 Succès remporté dans une guerre. 2 Avantage, succès remporté sur un concurrent. Loc *Crier, chanter victoire* : se glorifier d'un succès. *Victoire à la Pyrrhus* : trop chèrement acquise.

victoria nf 1 Plante aquatique ornementale aux larges feuilles flottantes. 2 Anc Voiture hippomobile découverte.

victorien, enne a Relatif à la reine Victoria.

victorieusement av De façon victorieuse.

victorieux, euse a 1 Qui a remporté une victoire. 2 Qui exprime la victoire.

victuailles nfpl Vivres, nourriture.

vidage nm Action de vider.

vidange nf 1 Opération consistant à vider pour nettoyer, curer. 2 Dispositif d'évacuation des eaux usées. *Vidange d'une machine à laver.* ■ pl Matières retirées d'une fosse d'aisances.

vidanger vt [11] Vider, faire la vidange de.

vidangeur nm Qui fait la vidange des fosses d'aisances.

vide a 1 Qui ne contient rien. *Espace vide.* 2 Dépourvu de son contenu habituel. *Avoir l'estomac vide.* 3 Où il n'y a personne ; qui n'a pas d'occupant. *Place, fauteuil vides.* 4 Qui n'a pas d'intérêt ; creux, insignifiant. *Mener une existence vide.* Loc *Vide de* : dépourvu de. ■ nm 1 Milieu où la densité de la matière est très faible. 2 Espace, étendue vide. *Se jeter dans le vide.* 3 Sentiment de manque, de privation. *Sa mort laisse un grand vide.* 4 Litt Néant. *Le vide des grandeurs humaines.* Loc *À vide* : sans rien contenir ; sans produire d'effet. *Passage à vide* : chute du dynamisme. *Faire le vide autour de qqn* : l'isoler, l'éloigner de son entourage. *Parler dans le vide* : sans que personne écoute.

vidéaste n Réalisateur de films vidéo.

vide-greniers nm inv Braderie villageoise.

vidéo a inv Se dit des signaux servant à la transmission d'images, ainsi que des appareils, des installations de télévision qui utilisent ces signaux. *Caméras vidéo.* ■ nf Technique utilisant des signaux vidéo.

vidéocassette nf Cassette contenant une bande magnétique qu'on peut reproduire sur un téléviseur au moyen d'un magnétoscope.

vidéoclip nm Court-métrage vidéo illustrant une chanson.

vidéoclub [-klœb] nm Magasin de location et de vente de cassettes vidéo enregistrées.

vidéocommunication nf Communication par vidéo.

vidéoconférence nf Conférence à distance au moyen des télécommunications.

vidéodisque nm Disque sur lequel sont enregistrés des images et des sons qu'on peut reproduire sur un téléviseur au moyen d'un lecteur.

vidéogramme nm Dispositif permettant la conservation et la reproduction d'un programme audiovisuel.

vidéographie nf Transmission de textes qui sont visualisés sur un écran de télévision.

vidéolecteur nm Lecteur de vidéodisques.

vidéophone nm Appareil associant le téléphone et la télévision.

vide-ordures nm inv Conduit d'évacuation des ordures ménagères logé dans un immeuble.

vidéoprojecteur nm Projecteur vidéo.

vidéotex nm Procédé de transmission visuelle d'informations par télécommunication.

vidéothèque nf Collection de vidéocassettes.

vidéotransmission nf Diffusion par la vidéo.

vide-poches nm inv Coupe, boîte, corbeille, où on dépose de menus objets.

vide-pomme nm Ustensile pour ôter le cœur des pommes. *Des vide-pommes.*

vider vt 1 Rendre vide, en ôtant le contenu. 2 Boire le contenu. *Vider son verre.* 3 Évacuer d'un lieu. *Vider les eaux usées.* 4 Pop Renvoyer, congédier ; obliger à sortir. 5 Fam Épuiser. *Ce travail m'a vidé.* Loc Fam *Vider les lieux* : sortir. Litt *Vider une querelle* : la régler définitivement. *Vider une volaille, un poisson* : en retirer les entrailles. ■ vpr Devenir vide.

videur nm Dans un lieu public, personne chargée de mettre dehors les indésirables.

vidoir nm Trappe d'introduction des ordures dans un vide-ordures.

viduité nf DR État de veuf, de veuve.

vie nf 1 Phénomènes assurant l'évolution des organismes animaux et végétaux depuis la naissance jusqu'à la mort. 2 Existence humaine. *Donner la vie. Perdre la vie.* 3 Cours de l'existence, événements qui la remplissent. *Mener une vie tranquille* 4 Biographie, histoire de qqn. 5 Durée de l'existence de qqn, de qqch. *Sa vie a été trop courte.* 6 Coût de la subsistance, de l'entretien. *La vie est de plus en plus chère.* 7 Vitalité, entrain. *Un enfant plein de vie.* 8 Animation. *La vie du quartier.* Loc *À vie, pour la vie* : pour toujours. Fam *Jamais de la vie* : en aucune façon.

vieil. V. vieux.

vieillard nm Homme âgé. ■ pl Personnes du troisième âge.

1. vieille. V. vieux.

2. vieille nf Syn de *labre*.

vieillerie nf 1 Objet ancien, usagé. 2 Idée rebattue ; conception surannée.

vieillesse nf 1 Période ultime de la vie ; fait d'être vieux. 2 Les personnes âgées.

vieilli, ie a 1 Marqué par l'âge. *Visage vieilli.* 2 Suranné, désuet, hors d'usage. *Idées vieillies.*

vieillir vi 1 Devenir vieux. *Il commence à vieillir.* 2 Perdre de sa valeur, de son actualité. *Ce roman a vieilli.* ■ vt Rendre vieux ; faire paraître plus vieux. *Cette coiffure la vieillit.*

vieillissant, ante a Qui vieillit.

vieillissement nm Fait de vieillir.

vieillot, otte a Démodé, suranné.

vielle nf Instrument de musique à cordes frottées par une roue qu'on fait tourner au moyen d'une manivelle.

vielleur ou **vielleux, euse** n Joueur de vielle.

viennois, oise a, n De Vienne.

viennoiserie nf Produits de boulangerie, en dehors du pain (croissants, brioches, etc).

vierge a 1 Qui n'a jamais eu de rapports sexuels. 2 Qui n'a jamais été utilisé ; intact. *Feuille de papier vierge.* 3 Qui n'a jamais été cultivé, exploité. *Sol vierge.* Loc *Forêt vierge* : forêt équatoriale impénétrable. *Cire vierge* : d'abeille. *Huile vierge* : extraite d'olives écrasées à froid. ■ nf Litt Fille qui n'a jamais eu de rapports sexuels.

vietnamien, enne *a, n* Du Viêt-nam. ■ *nm* Langue parlée au Viêt-nam.

vieux ou **vieil** (devant voyelle ou *h* muet), **vieille** *a* 1 Âgé. *Une vieille dame. Un vieil homme.* 2 Ancien, qui existe de longue date. *Une vieille maison de famille.* 3 Tel depuis longtemps. *Un vieil ami.* 4 Détérioré par le temps ; usagé. *Une vieille paire de chaussures.* Loc *Vieux jours :* vieillesse. *Vieux jeu :* démodé. *Vieux garçon, vieille fille :* célibataire qui n'est plus jeune. ■ *n* 1 Personne âgée. 2 Pop Père, mère, parents. *Ma vieille. Mes vieux.* Loc Fam *Un vieux de la vieille :* personne expérimentée. ■ *nm* Ce qui est vieux. Loc Fam *Coup de vieux :* vieillissement subit.

vif, vive *a* 1 Actif, alerte. *Enfant très vif.* 2 Aigu, intense. *Vif plaisir.* 3 Éclatant, brillant. *Bleu vif.* 4 Brusque, coléreux, emporté. *Un geste vif.* Loc *Brûlé vif :* vivant. *Plus mort que vif :* très effrayé. *Air vif :* vivifiant. *Eau vive :* qui court. *Haie vive :* en pleine végétation. *Chaux vive :* non mouillée. *De vive voix :* oralement. ■ *nm* DR Personne vivante. *Donation entre vifs.* Loc *Dans le vif du sujet :* en plein dans la question. *Être atteint, blessé, piqué, touché au vif :* au point sensible. *À vif :* dont la chair est à nu. *Sur le vif :* d'après nature.

vif-argent *nm inv* Vx Mercure.

vigie *nf* Marin placé en observation, sur un navire.

vigilance *nf* Attention, surveillance active.

vigilant, ante *a* Attentif.

1. vigile *nf* Veille de grande fête religieuse.

2. vigile *nm* Garde, dans des lieux publics, dans de grands ensembles d'habitation.

vigne *nf* 1 Arbrisseau cultivé pour son fruit, le raisin. 2 Terrain planté de vignes ; vignoble. Loc Litt *Être dans les vignes du Seigneur :* ivre. *Vigne vierge :* plante grimpante ornementale.

vigneau ou **vignot** *nm* Bigorneau.

vigneron, onne *n* Qui cultive la vigne et fait le vin.

vignette *nf* 1 Ornement sur la page de titre d'un livre ou au commencement et à la fin des chapitres. 2 Étiquette constatant le paiement de certains droits, ou sur un médicament servant au remboursement de la Sécurité sociale.

vignoble *nm* 1 Terre plantée de vignes. 2 Ensemble des vignes d'un pays, d'une région.

vigogne *nf* Lama recherché pour sa laine.

vigoureusement *av* Avec vigueur.

vigoureux, euse *a* 1 Plein de vigueur, de force. 2 Actif, puissant, intense.

vigueur *nf* 1 Force physique, énergie. 2 Fermeté morale ou psychologique. 3 Puissance. *Vigueur du style.* Loc *En vigueur :* en usage.

viguier *nm* HIST Juge dans le midi de la France, sous l'Ancien Régime.

V.I.H. *nm* Abrév de *virus d'immunodéficience humaine,* nom français de l'agent du sida.

vil, vile *a* Litt Bas, abject, méprisable. Loc *À vil prix :* à prix très bas.

vilain, aine *a* 1 Méprisable. *Une vilaine action.* 2 Laid. *De vilaines mains.* 3 Mauvais. *Vilain temps.* 4 Indocile, turbulent (enfant). 5 Dangereux, inquiétant. *Une vilaine blessure.* ■ *av* Loc *Il fait vilain :* il fait mauvais temps. ■ *nm* HIST Paysan libre au Moyen Âge. Loc *Du vilain :* des choses désagréables, des disputes, du scandale.

vilainement *av* De vilaine façon.

vilebrequin *nm* 1 Outil à main pour le perçage du bois. 2 Arbre coudé qui transforme le mouvement alternatif des pistons d'un moteur en mouvement rotatif.

vilenie *nf* Litt Action vile, basse.

vilipender *vt* Litt Dénoncer comme méprisable.

villa *nf* Maison individuelle avec un jardin.

village *nm* Petite agglomération rurale.

villageois, oise *n* Habitant d'un village. ■ *a* De village. *Fête villageoise.*

villanelle *nf* Poésie ou chanson pastorale ; danse qu'elle accompagnait.

ville *nf* Agglomération dont les habitants exercent des activités non agricoles (commerce, industrie, administration). Loc *À la ville, en ville :* au-dehors de chez soi. *Ville nouvelle :* créée de toutes pièces pour favoriser la décentralisation. *Ville ouverte :* non défendue en temps de guerre.

villégiature *nf* 1 Séjour de vacances à la campagne, au bord de la mer, etc. 2 Endroit de ce séjour.

villosité *nf* Didac État d'une surface velue.

vin *nm* 1 Boisson alcoolique obtenue par fermentation du jus de raisin. 2 Boisson alcoolique obtenue par fermentation d'un produit végétal. *Vin de palme.* Loc *Vin de table :* de consommation courante. *Vin d'honneur :* offert pour honorer qqn, qqch. *Entre deux vins :* à moitié ivre. *Cuver son vin :* dormir après s'être enivré. *Avoir le vin gai, triste :* être gai, triste lorsqu'on a bu. Fam *Mettre de l'eau dans son vin :* se modérer. *Tache de vin :* angiome.

vinage *nm* Addition d'alcool à un vin.

vinaigre *nm* Liquide riche en acide acétique obtenu par fermentation du vin ou d'autres liquides alcoolisés et employé comme condiment. Loc Fam *Tourner au vinaigre :* tourner mal. Fam *Faire vinaigre :* se dépêcher.

vinaigrer *vt* Assaisonner avec du vinaigre.

vinaigrerie *nf* 1 Fabrique de vinaigre. 2 Industrie, commerce du vinaigre.

vinaigrette *nf* Sauce à base de vinaigre et d'huile.

vinaigrier *nm* 1 Flacon destiné à contenir du vinaigre. 2 Récipient servant à fabriquer du vinaigre.

vinaire *a* Qui concerne le vin.

vinasse *nf* Fam Mauvais-vin.

vindicatif, ive *a* Enclin à la vengeance.

vindicativement *av* De façon vindicative.

vindicte *nf* Loc Litt *Désigner qqn à la vindicte publique :* l'accuser publiquement.

viner *vt* Effectuer le vinage.

vineux, euse *a* Qui a la couleur du vin. Loc *Vin vineux :* riche en alcool.

vingt *a num* 1 (prend un *s* quand il est précédé d'un numéral, reste invariable quand il est suivi d'un numéral ou au sens de *vingtième*) Deux foix dix (20). *Vingt mois.* 2 Vingtième. *Page vingt.* ■ *nm inv* Nombre ou numéro vingt.

vingtaine *nf* Nombre de vingt ou environ.

vingt-deux *a num* Loc Pop *Vingt-deux !* : attention à un danger imminent.

vingtième *a num* Au rang, au degré vingt. ■ *a, nm* Contenu vingt fois dans le tout.

vingtièmement *av* En vingtième lieu.

vingt-quatre *a num* Loc *Vingt-quatre heures :* un jour plein.

vinicole *a* Relatif à la production du vin.
viniculture *nf* Ensemble des activités concernant le vin.
vinification *nf* Opération qui transforme le moût en vin.
vinifier *vt* Opérer la vinification de.
vinosité *nf* Caractère d'un vin vineux.
vinyle *nm* Matière plastique utilisée pour fabriquer les disques microsillons.
vinylique *a* Se dit des résines obtenues à partir de l'acétylène.
viol *nm* 1 Acte de violence par lequel une personne est contrainte à des relations sexuelles. 2 Action d'enfreindre. *Viol des lois.* Loc Litt *Viol des consciences* : fait de forcer leur secret.
violacé, ée *a* Qui tire sur le violet.
violacer *vt* [10] Rendre violet.
violateur, trice *n* Coupable d'un viol de domicile ou de loi, d'une sépulture.
violation *nf* Action de violer un domicile, une loi, une sépulture.
viole *nf* Instrument de musique à archet, ancêtre du violon et du violoncelle. Loc *Viole de gambe* : jouée tenue entre les genoux.
violemment *av* Avec violence.
violence *nf* 1 Force brutale exercée contre qqn. 2 Brutalité du caractère, de l'expression. 3 Intensité, force brutale d'un phénomène naturel, d'un sentiment, etc. Loc *Se faire violence* : se contraindre à faire qqch. *Se faire une douce violence* : accepter qqch d'agréable jusque-là refusé. ■ *pl* Actes violents.
violent, ente *a, n* Brutal, emporté, irascible. ■ *a* 1 D'une grande force, d'une grande intensité. *Une violente explosion.* 2 Qui nécessite de la force. *Un effort violent.* Loc *Mort violente* : causée par violence ou accident.
violenter *vt* Commettre un viol sur qqn.
violer *vt* 1 Agir contre. *Violer la loi.* 2 Pénétrer dans un lieu sacré ou interdit ; profaner. 3 Contraindre par la violence à un rapport sexuel. Loc *Violer un secret* : le trahir. Litt *Violer les consciences* : forcer leur secret.
violet, ette *a, nm* D'une couleur résultant d'un mélange de bleu et de rouge ; mauve.
violette *nf* Plante à fleurs violettes, au parfum pénétrant.
violeur, euse *n* Qui commet, qui a commis un viol sur qqn.
violine *a* D'une couleur violet pourpre.
violiste *n* Qui joue de la viole.
violon *nm* 1 Instrument de musique à quatre cordes et à archet. 2 Violoniste. 3 Fam Prison d'un poste de police. Loc Fam *Accorder ses violons* : s'accorder, harmoniser des discours, des projets, etc. *Violon d'Ingres* : activité d'amateur, en dehors de son métier.
violoncelle *nm* Instrument à cordes et à archet, plus grand que le violon.
violoncelliste *n* Qui joue du violoncelle.
violoneux *nm* Fam Mauvais violoniste.
violoniste *n* Qui joue du violon.
viorne *nf* Arbrisseau grimpant à fleurs blanches.
V.I.P. *n inv* Fam Personnage important.
vipère *nf* 1 Serpent venimeux à tête triangulaire. 2 Personne malfaisante, sournoise. Loc *Langue de vipère* : personne très médisante.
vipereau *nm* Petit d'une vipère.
vipérin, ine *a* De la vipère. ■ *nf* Couleuvre aquatique ressemblant à la vipère.

virage *nm* 1 Mouvement tournant d'un véhicule. 2 Portion courbe d'une route. 3 Changement d'orientation. *Virage politique.*
virago *nf* Fam Femme d'allure masculine.
viral, ale, aux *a* Dû à un virus.
vire *nf* Étroite corniche sur une paroi rocheuse.
virée *nf* Fam Promenade, court voyage.
virelai *nm* Poème du Moyen Âge, sur deux rimes et quatre strophes.
virement *nm* 1 Transfert de fonds d'un compte à un autre. 2 MAR Action de virer de bord.
virer *vt* 1 Faire passer d'un compte à un autre. *Virer une somme.* 2 Fam Renvoyer, congédier, expulser qqn ; enlever qqch d'un lieu. ■ *vi* Passer à un autre état, à une autre couleur. *Virer à l'aigre, au bleu.* ■ *vi* 1 Tourner sur soi ou tourner en rond. 2 Changer de direction ; prendre un virage. 3 Changer de teinte. *Couleur qui vire.* Loc *Virer de bord* : faire demi-tour, pour un bateau ; changer de parti, d'opinion.
virevolte *nf* Tour et retour rapides sur soi-même.
virevolter *vi* Tourner rapidement sur soi.
virginal, ale, aux *a* 1 D'une vierge. 2 Litt Pur, immaculé.
virginité *nf* 1 État d'une personne vierge. 2 Litt Pureté.
virgule *nf* Signe de ponctuation (,) qui sépare des subordonnées non coordonnées, isole des membres d'une phrase, etc.
viril, ile *a* 1 Propre aux humains adultes du sexe masculin. 2 Résolu, ferme, énergique.
virilement *av* De façon virile.
virilisant, ante *a, nm* MED Qui virilise.
viriliser *vt* Rendre viril.
virilisme *nm* MED Troubles apparaissant chez la femme souffrant d'une hypersécrétion d'hormones androgènes.
virilité *nf* 1 Caractéristiques physiques de l'homme adulte de sexe masculin. 2 Puissance sexuelle chez l'homme. 3 Litt Énergie, fermeté.
virole *nf* Petit cercle de métal.
virologie *nf* Étude des virus.
virologiste ou **virologue** *n* Spécialiste de virologie.
virose *nf* Maladie due à un virus.
virtualité *nf* Litt Caractère virtuel.
virtuel, elle *a* 1 Qui existe en puissance seulement, sans effet actuel ; potentiel. 2 INFORM Se dit d'un objet ou d'un environnement reproduit en trois-D.
virtuellement *av* 1 De façon virtuelle. 2 À peu de chose près, pratiquement.
virtuose *n, a* Doué d'une grande habileté dans un art, une activité et, en particulier, dans la technique musicale.
virtuosité *nf* Talent de virtuose.
virucide ou **virulicide** *a, nm* MED Qui détruit les virus.
virulence *nf* Caractère virulent.
virulent, ente *a* 1 MED Doué d'un pouvoir pathogène intense. 2 Âpre, violent.
virus [-rys] *nm* 1 Microorganisme infectieux. 2 Goût, passion pour qqch. *Il a le virus du jazz.* 3 Programme conçu pour perturber le fonctionnement des ordinateurs.
vis [vis] *nf* Tige métallique cannelée en hélice destinée à s'enfoncer en tournant. Loc *Escalier à vis* : en colimaçon, tournant autour d'un

noyau central. *Pas de vis* : spire d'une vis. *Fam Serrer la vis* : adopter une attitude sévère. *Vis sans fin* : qui entraîne une roue dentée.

visa *nm* 1 Formule, sceau qu'on appose sur un acte pour le valider, le légaliser. 2 Cachet apposé sur un passeport, valant autorisation de séjour.

visage *nm* 1 Face de l'être humain, partie antérieure de la tête. 2 Expression, mine, physionomie. *Visage ouvert, triste.* 3 Aspect de qqch. *Le vrai visage de ce pouvoir.* Loc *Faire bon (mauvais) visage à qqn* : être avenant (désagréable) avec lui. *À visage découvert* : franchement.

visagisme *nm* Soins apportés au visage pour mettre en valeur sa beauté.

visagiste *n* Spécialiste du visagisme.

vis-à-vis [vizavi] *prép* En face de, en comparaison de, envers. ■ *nm inv* 1 Personne ou chose placée en face d'une autre. *J'ai demandé du feu à mon vis-à-vis.* 2 Petit fauteuil à deux places, en forme de S.

viscache [-kaʃ] *nf* Rongeur américain, proche du chinchilla.

viscéral, ale, aux *a* 1 Relatif aux viscères. 2 Qui vient du plus profond de soi. *Un attachement viscéral.*

viscéralement *av* Profondément.

viscère *nm* Chacun des organes contenus dans les cavités crânienne, thoracique et abdominale.

viscoélastique *a* TECH Qui est à la fois élastique et visqueux.

viscoplastique *a* TECH Qui est à la fois plastique et visqueux.

viscose *nf* Cellulose transformée, utilisée pour la préparation de la rayonne, de la fibranne et de la cellophane.

viscosité *nf* État visqueux.

visée *nf* 1 Action de diriger le regard, une arme, un instrument d'optique, un appareil photographique, etc., vers un point donné. 2 (surtout pl) But à atteindre, dessein, désir. *Avoir des visées sur qqch, qqn.*

1. viser *vt* 1 Regarder attentivement le but, la cible, en dirigeant sur eux une arme, un projectile. 2 Chercher à atteindre. 3 Concerner. *Ce reproche nous vise.* 4 Pop Regarder. ■ *vti* 1 Pointer une arme, un objet vers. *Il a visé au cœur.* 2 Chercher à atteindre, avoir en vue. *Cette équipe vise au succès, à remporter la victoire.* ■ *vi* Loc *Viser trop haut, trop bas* : avoir de trop grandes, de trop modestes ambitions.

2. viser *vt* Revêtir un acte, un passeport d'un cachet, d'un visa qui le rend valide.

viseur *nm* Dispositif optique de visée.

visibilité *nf* 1 Fait d'être visible. 2 Possibilité de voir plus ou moins loin. *La brume réduit la visibilité.*

visible *a* 1 Qu'on peut voir. *Éclipse visible à Paris.* 2 Évident, manifeste. *Il est visible qu'il a tort.* 3 Prêt à recevoir une visite. *Le directeur est-il visible ?*

visiblement *av* Manifestement.

visière *nf* Partie d'une casquette, d'un képi qui abrite le front et les yeux.

visioconférence ou **vidéoconférence** *nf* Téléconférence visuelle et auditive entre des participants éloignés.

vision *nf* 1 Perception du monde extérieur par les organes de la vue. 2 Façon de voir ; conception. *Une curieuse vision de l'esprit.* 3 Hallucination visuelle ; apparition surnaturelle. Loc *Fam Avoir des visions* : déraisonner.

visionnage *nm* Action de visionner.

visionnaire *a, n* 1 Qui a, qui croit avoir des visions surnaturelles. 2 Qui a l'intuition juste de l'avenir.

visionner *vt* Examiner un film, des diapositives, etc., du point de vue technique.

visionneuse *nf* Appareil permettant l'examen des films, des diapositives, des microfilms.

Visitation *nf* Fête religieuse en mémoire de la visite de la Vierge Marie à sa sœur Élisabeth.

visite *nf* 1 Fait d'aller dans un lieu pour l'inspecter. 2 Fait d'examiner, de contrôler qqch. 3 Fait d'aller dans un lieu pour son propre plaisir. 4 Fait d'aller voir qqn chez lui. *Rendre visite à un ami.* 5 Consultation donnée par un médecin au domicile du patient ; examen médical sur le lieu du travail, à l'école. 6 Visiteur, visiteuse. *J'ai reçu une visite.*

visiter *vt* 1 Examiner complètement, en détail. 2 Parcourir, aller voir par curiosité, pour son plaisir. 3 Aller voir qqn chez lui.

visiteur, euse *n* 1 Qui visite un lieu pour son plaisir. 2 Qui rend visite à qqn chez lui. Loc *Visiteur de prison* : qui rencontre bénévolement des prisonniers. *Visiteur médical* : représentant d'un laboratoire pharmaceutique auprès des médecins.

vison *nm* Petit mammifère carnivore élevé pour sa fourrure ; cette fourrure.

visqueux, euse *a* 1 Poisseux, collant. *Liquide épais et visqueux.* 2 Dont la surface est gluante. *Peau visqueuse.*

vissage *nm* Action de visser.

visser *vt* 1 Fixer, assembler au moyen de vis. 2 Fermer, serrer une chose munie d'un pas de vis. *Visser le capuchon de son stylo.* 3 Fam Exercer sur qqn une contrainte sévère.

visualisation *nf* Fait de visualiser.

visualiser *vt* 1 Faire percevoir par la vue, par un moyen matériel. 2 Présenter des données sur un écran, en informatique.

visuel, elle *a* De la vue. Loc *Mémoire visuelle* : mémoire des images, des choses vues. ■ *nm* 1 INFORM Dispositif permettant de visualiser des données. 2 Aspect visuel d'une affiche, d'une publicité.

visuellement *av* Par la vue.

vital, ale, aux *a* 1 Indispensable à la vie. 2 Fondamental ; d'une importance capitale. *Question vitale.* Loc *Minimum vital* : nécessaire à la subsistance et à l'entretien de qqn, d'une famille.

vitalité *nf* Ardeur, dynamisme, vigueur.

vitamine *nf* Substance azotée indispensable à l'organisme en doses infinitésimales.

vitaminé, ée *a* Qui contient des vitamines.

vitaminique *a* Des vitamines.

vitaminothérapie *nf* Emploi thérapeutique des vitamines.

vite *av* 1 Avec rapidité. *Marcher vite.* 2 Bientôt, sous peu. *Il sera vite guéri.* Loc *Au plus vite* : dans le plus bref délai.

vitellin, ine *a* Du vitellus.

vitellus *nm* BIOL Substances de réserve contenues dans l'ovule des animaux.

vitesse *nf* 1 Rapidité à se déplacer ou à agir. 2 Rapport d'une distance au temps mis pour la parcourir. 3 Chacune des combinaisons d'engrenages de la traction d'une voiture. Loc *En vitesse :* rapidement. Fam *En quatrième vitesse :* très rapidement. *À deux vitesses :* inégalitaire.

viticole *a* De la viticulture.

viticulteur, trice *n* Qui cultive la vigne.

viticulture *nf* Culture de la vigne.

vitivinicole *a* Qui concerne à la fois la viticulture et la viniculture.

vitrage *nm* 1 Châssis garni de vitres. 2 Rideau transparent appliqué contre un châssis.

vitrail, aux *nm* Panneau fait de verres peints ou colorés dans la masse et assemblés au moyen de plomb.

vitre *nf* Plaque de verre dont on garnit une ouverture (porte, fenêtre, glace d'une voiture).

vitré, ée *a* Garni de vitres.

vitrer *vt* Garnir de vitres.

vitrerie *nf* 1 Fabrication, commerce et pose des vitres. 2 Ensemble de vitres, de vitraux.

vitreux, euse *a* Qui a l'aspect du verre. Loc *Œil, regard vitreux :* sans éclat, sans vie.

vitrier *nm* Qui vend, pose les vitres.

vitrification *nf* Action de vitrifier.

vitrifier *vt* 1 Transformer en verre par fusion. 2 Recouvrir une surface d'un produit transparent et imperméable pour protéger.

vitrine *nf* 1 Devanture vitrée d'un magasin. 2 Meuble vitré où sont exposés des objets de collection. 3 Ce qui sert à présenter qqch sous un jour favorable.

vitriol *nm* Acide sulfurique concentré, très corrosif.

vitrioler *vt* Arroser qqn avec du vitriol dans un but criminel.

vitrocéramique *nf* Céramique obtenue par une technique identique à celle du verre.

vitrophanie *nf* Étiquette qui se colle sur une vitre et qu'on peut lire par transparence.

vitupération *nf* Litt Action de vitupérer.

vitupérer *vt, vti* [12] Litt Blâmer violemment. *Vitupérer qqn* ou (abusiv) *contre qqn.*

vivable *a* 1 Où on peut vivre. *Un appartement vivable.* 2 D'humeur accommodante.

1. vivace *a* Qui dure, tenace. *Préjugés vivaces.* Loc *Plante vivace :* qui vit plusieurs années.

2. vivace [vivatʃe] *a* inv MUS Vif, rapide.

vivacité *nf* 1 Fait d'être vif, d'avoir de l'allant. 2 Rapidité à comprendre, à réagir. 3 Intensité, éclat. *Vivacité des couleurs.*

vivandier, ère *n* HIST Qui vendait aux soldats des vivres et des boissons.

vivant, ante *a* 1 Qui est en vie (par oppos. à mort). 2 Qui vit (par oppos. à inanimé). *La matière vivante.* 3 Qui manifeste de la vitalité ; dynamique. 4 Où il y a de l'activité, de l'animation. *Quartier très vivant.* 5 Qui rappelle qqn de façon frappante. *C'est le vivant portrait de son père.* 6 Qui restitue la vie. *Une description vivante.* 7 Qui continue à vivre dans la mémoire. Loc *Langue vivante :* encore parlée. ■ *nm* Qui est en vie. Loc *Du vivant :* qui apprécie les plaisirs de la vie. *Du vivant de qqn :* pendant qu'il était en vie.

vivarium [-ʀjɔm] *nm* Établissement où on conserve de petits animaux dans leur milieu naturel.

vivat [viva] *interj, nm* Acclamation enthousiaste.

1. vive *nf* Poisson marin comestible, à la nageoire dorsale armée d'épines venimeuses.

2. vive !, vivent ! *interj* Pour acclamer. *Vive la République ! Vive(nt) les vacances !* Loc *Qui vive ? :* Cri poussé par un factionnaire qui voit ou entend qqch de suspect.

vivement *av* 1 Avec emportement ou rapidité. 2 Intensément. *Ressentir vivement une perte.* ■ *interj* Marque une attente impatiente. *Vivement les vacances !*

viveur, euse *n* Qui fait la fête, qui ne songe qu'aux plaisirs.

vivier *nm* 1 Bassin dans lequel on élève poissons et crustacés. 2 Réserve de gens compétents.

vivifiant, ante *a* Qui vivifie ; tonique.

vivifier *vt* Augmenter la vitalité, la vigueur de qqn.

vivipare *a, nm* ZOOL Animal qui donne naissance à des petits déjà vivants. Ant. ovipare.

viviparité *nf* ZOOL Mode de reproduction des animaux vivipares.

vivisection *nf* Opération pratiquée sur un animal vivant.

vivoter *vi* Fam 1 Vivre médiocrement, végéter. 2 Fonctionner au ralenti.

vivre *vi* [76] 1 Être, rester en vie. 2 Exister, continuer d'exister dans les esprits. *Sa mémoire vivra longtemps.* 3 Jouir de la vie. *Vivre pleinement.* 4 Subvenir à ses propres besoins. *Vivre largement.* 5 Se nourrir ou tirer sa subsistance de. *Vivre de pain et de lait, de son travail.* 6 Passer sa vie à une époque, dans un lieu. *Vivre loin de son pays.* 7 Passer sa vie d'une certaine façon. *Vivre seul.* 8 Connaître les usages. *Savoir vivre. Apprendre à vivre.* ■ *vt* 1 Passer une période bonne ou mauvaise. *Vivre des heures troublées.* 2 Éprouver, ressentir profondément. *Vivre une expérience exaltante.* Loc *Vivre sa vie :* mener sa vie comme on l'entend. ■ *nm* Loc *Le vivre et le couvert :* la nourriture et un toit. ■ *pl* Aliments. *Manquer de vivres.* Loc *Couper les vivres :* ôter toute aide financière.

vivrier, ère *a* Dont les produits sont destinés à l'alimentation. *Cultures vivrières.*

vizir *nm* HIST Ministre du sultan.

vlan ! *interj* Exprime un bruit, un coup brusque, violent.

V.O. [veo] *nf* Abrév de *version originale.*

vocable *nm* Mot, terme.

vocabulaire *nm* 1 Dictionnaire abrégé. 2 Ensemble des mots d'une langue. 3 Ensemble des termes que connaît qqn.

vocal, ale, aux *a* De la voix. Loc *Musique vocale :* musique pour le chant.

vocalement *av* Au moyen de la voix.

vocalique *a* Relatif aux voyelles.

vocalisation *nf* 1 Changement d'une consonne en voyelle. 2 MUS Action de vocaliser.

vocalise *nf* Exercice vocal consistant à exécuter une échelle de sons sur une voyelle.

vocaliser *vt* Transformer une consonne en voyelle. ■ *vi* MUS Exécuter des vocalises.

vocalisme *nm* LING Système des voyelles d'une langue.

vocatif *nm* LING Dans les langues à déclinaison, cas de l'interpellation.

vocation nf 1 Vive inclination, penchant pour un état, une profession. 2 Ce à quoi qqch semble être destiné. *Région à vocation agricole.* Loc *Avoir vocation à :* se trouver naturellement désigné, qualifié pour.

vocifération nf Cris de qqn qui vocifère.

vociférer vi, vt [12] Crier avec colère.

vodka nf Alcool de grain russe ou polonais.

vœu nm 1 Promesse par laquelle on s'engage envers Dieu. *Vœux de pauvreté des religieux.* 2 Litt Résolution fermement prise. *Faire vœu de ne plus fumer.* 3 Volonté, désir exprimé. *Le vœu de la nation.* Loc *Vœu pieux :* irréaliste. ■ pl 1 Engagement solennel dans l'état religieux. *Prononcer ses vœux.* 2 Souhait. *Faire des vœux pour sa réussite. Présenter ses vœux.*

vogue nf Succès passager auprès du public. Loc *En vogue :* à la mode.

voguer vi Litt Naviguer.

voici prép Indique ce qui est le plus proche, ce qui va arriver.

voie nf 1 Chemin pour aller d'un lieu à un autre ; route, rue. *Voies de communication.* 2 Rails sur lesquels circulent les trains. *Voie ferrée.* 3 Mode de transport. *Par voie aérienne.* 4 Partie d'une route pour une seule file de voiture. *Route à trois voies.* 5 Moyen employé. *Par la voie hiérarchique.* 6 ANAT Conduit assurant une fonction. *Voies urinaires.* Loc *Voie d'eau :* ouverture accidentelle dans la coque d'un navire. *Être en bonne voie :* aller vers le succès. *Être en voie de :* sur le point de. *Mettre sur la voie :* orienter dans la bonne direction. *Voies de fait :* actes de violence contre qqn.

voilà prép Indique l'éloignement ou renvoie à ce qui vient d'être énoncé. Loc Fam *En veux-tu, en voilà :* en quantité considérable.

voilage nm Rideau léger et transparent.

1. voile nm 1 Pièce d'étoffe destinée à cacher qqch. 2 Coiffure féminine faite d'une pièce d'étoffe. *Voile de mariée.* 3 Tissu fin et léger. 4 Ce qui dissimule à la vue. *Un voile de fumée légère.* 5 PHOTO Obscurcissement d'une épreuve surexposée. 6 Gauchissement d'une pièce de bois, de métal. Loc *Prendre le voile :* entrer en religion. *Sous le voile de :* sous le couvert de. MED *Voile au poumon :* opacité anormale et homogène d'une partie du poumon. ANAT *Voile du palais :* séparation entre les fosses nasales et la cavité buccale.

2. voile nf 1 Pièce d'étoffe résistante destinée à recevoir l'action du vent et à assurer la propulsion d'un navire. 2 Sport consistant à naviguer en voilier. Loc *Faire voile :* naviguer. *Mettre à la voile :* appareiller. Fam *Mettre les voiles :* partir, fuir.

voilé, ée a 1 Sans éclat, obscurci. *Ciel voilé. Regard voilé.* 2 Atténué, indirect. *Reproche voilé.* 3 Gauchi, déformé. *Roue voilée.*

voiler vt 1 Couvrir. *Voiler son visage.* 2 Cacher, dissimuler. *Voiler son trouble.* 3 Gauchir, déformer une roue, une planche. 4 Provoquer un voile sur une épreuve photographique. ■ vpr Se couvrir d'un voile. *Le ciel se voile.*

voilerie nf Atelier de fabrication ou de réparation des voiles de bateaux.

voilette nf Petit voile transparent fixé sur un chapeau de femme et qui s'abaisse sur le visage.

voilier nm Bateau à voiles.

voilure nf 1 Voiles d'un navire. 2 Surfaces assurant la sustentation d'un avion (ailes et empennage).

voir vt, vi [45] Percevoir avec les yeux, par la vue. *Je l'ai vu comme je vous vois. Il ne voit plus.* ■ vt 1 Regarder, visiter. *Nous avons vu ses exploits. Voir une exposition.* 2 Rencontrer qqn. *Aller voir un ami.* 3 Consulter. *Voir le médecin.* 4 Considérer attentivement, examiner, étudier. *Voir un dossier en détail.* 5 Avoir l'image mentale. *Je vois la scène comme si j'y étais.* 6 Se faire une idée de, concevoir. *Ce n'est pas ma façon de voir. Je ne vois pas la difficulté.* Loc *Voir le jour :* naître. Fam *On aura tout vu :* rien ne nous sera épargné. *N'avoir rien à voir avec, dans :* n'avoir aucun rapport avec. ■ vti Veiller à. *Voyez à faire le nécessaire.* ■ vpr 1 Avoir de soi-même telle image. *Je ne me vois pas du tout dans ce rôle.* 2 Prendre conscience d'être. *Se voir perdu.* 3 Arriver, se produire. *Cela se voit encore.*

voire av Litt Et même. *Il est économe, voire avare.* (La loc. *voire même* est pléonastique.)

voirie nf 1 Ensemble des voies de communication. 2 Administration chargée de ces voies. 3 Décharge où on jette les ordures.

voisé, ée a PHON Caractérisé par le voisement.

voisement nm PHON Vibration des cordes vocales dans la réalisation d'un son du langage.

voisin, ine a 1 Proche dans l'espace. *Maisons voisines.* 2 Peu éloigné dans le temps. *Date voisine de Noël.* 3 Analogue, comparable. *Expressions voisines.* ■ n Qui habite, qui se trouve à proximité d'un autre.

voisinage nm 1 Proximité de qqn, d'un lieu ; alentours. *Le voisinage de la forêt.* 2 Ensemble des voisins. Loc *Bon voisinage :* bonnes relations entre voisins.

voisiner vi Être voisin de.

voiture nf 1 Véhicule à roues, destiné au transport. 2 Automobile de tourisme. 3 Partie d'un train, d'un métro, destinée au transport des voyageurs.

voiturette nf Petite voiture que l'on peut conduire sans permis.

voiturier nm Qui range la voiture des clients d'un hôtel, d'un restaurant.

voix nf 1 Ensemble des sons émis par les êtres humains. 2 Cri de certains animaux. 3 Sons émis en chantant ; voix d'un chanteur. *Une voix juste. Voix de basse.* 4 Appel, avertissement intérieur. *La voix de la conscience.* 5 Avis exprimé par un vote. 6 GRAM Formes verbales selon la relation entre sujet et verbe (actif, passif). Loc *De vive voix :* verbalement. *Être sans voix :* muet d'étonnement. *Avoir voix au chapitre :* pouvoir donner son avis.

1. vol nm 1 Locomotion aérienne des oiseaux, des insectes, de certains animaux. 2 Distance parcourue par un oiseau d'une seule traite. 3 Ensemble d'oiseaux volant en groupe. *Un vol de canards.* 4 Déplacement dans l'air d'un avion, d'un engin. 5 Trajet effectué par ce déplacement. 6 Mouvement rapide d'un objet dans l'air. *Attraper une balle au vol.* Loc *Prendre son vol :* s'envoler. *De haut vol :* de grande envergure. *Vol à voile :* pratiqué avec un planeur.

2. vol nm Action de s'approprier le bien d'autrui de façon illicite ; chose dérobée.

volage *a* Inconstant, infidèle en amour.

volaille *nf* 1 Ensemble des oiseaux de basse-cour. 2 Oiseau élevé en basse-cour ; sa viande. *Plumer une volaille.*

volailler, ère ou **volailleur, euse** *n* Marchand de volaille.

volant, ante *a* 1 Qui vole. *Poissons volants.* 2 Que l'on peut déplacer. *Pont volant.* Loc *Feuille volante :* feuille de papier détachée d'un bloc. ■ *nm* 1 Jeu de raquette dans lequel les joueurs se renvoient une balle garnie de plumes. 2 Organe circulaire qui permet de diriger un véhicule automobile. 3 TECH Roue pesante destinée à régulariser la vitesse de rotation de l'arbre dont elle est solidaire. 4 Bande d'étoffe cousue au bord d'un vêtement, d'un rideau.

volapük *nm* Langue artificielle (fin du XIXᵉ s.).

volatil, ile *a* 1 CHIM Qui se transforme facilement en vapeur, en gaz. 2 Incertain, fluctuant. *Électorat volatil. Taux d'intérêt volatil.*

volatile *nm* Oiseau.

volatiliser *vt* 1 Faire passer un corps solide ou liquide à l'état gazeux. 2 Dérober, voler, faire disparaître. ■ *vpr* 1 Passer à l'état gazeux. 2 Disparaître. *Son argent s'est volatilisé.*

volatilité *nf* Caractère volatil.

vol-au-vent *nm inv* Moule de pâte feuilletée garni de viande ou de poisson en sauce.

volcan *nm* Relief construit par des matériaux provenant des couches profondes de l'écorce terrestre. Loc *Être sur un volcan :* dans une situation dangereuse.

volcanique *a* 1 Relatif à un volcan. 2 Litt Ardent, fougueux.

volcanisme *nm* GEOL Ensemble des manifestations volcaniques.

volcanologie *nf* Étude des volcans.

volcanologue *n* Spécialiste de volcanologie.

volée *nf* 1 Action de voler, pour un oiseau ; envol, essor. 2 Bande d'oiseaux volant ensemble. *Volée de moineaux.* 3 Mouvement d'un projectile lancé avec force. *Volée de pierres.* 4 Série de coups donnés à qqn. *Une volée de coups de bâton.* 5 Partie d'un escalier entre deux paliers. 6 Frappe de la balle ou du ballon avant qu'ils aient touché terre. Loc *À la volée, à toute volée :* en lançant vigoureusement. *De haute volée :* de grande envergure. *Fam Volée de bois vert :* violentes remontrances.

1. voler *vi* 1 Se mouvoir ou se soutenir en l'air au moyen d'ailes. 2 Se déplacer par voie aérienne. *Voler de New York à Paris.* 3 Être lancé dans l'air. *Les flèches volaient.* 4 Aller à une grande vitesse. Loc *Voler en éclats :* être brisé, anéanti.

2. voler *vt* 1 S'approprier le bien d'autrui de façon illicite. 2 Prendre indûment. *Voler une idée.* 3 Manquer d'honnêteté à l'égard de qqn. *Marchand qui vole ses clients.* Loc *Fam Ne pas l'avoir volé :* l'avoir bien mérité.

volet *nm* 1 Panneau de bois, de métal, etc., destiné à clore une baie. 2 Partie mobile d'un objet pouvant se rabattre sur celle à laquelle elle est fixée. *Volets d'un triptyque.* 3 Partie d'un ensemble. *Le deuxième volet de l'enquête.* Loc *Trié sur le volet :* choisi avec soin.

voleter *vi* [19] Voler à petits coups d'ailes.

voleur, euse *n, a* Coupable d'un vol.

volière *nf* Grande cage à oiseaux.

volige *nf* Planche mince sur laquelle sont fixées les ardoises ou les tuiles d'une toiture.

volition *nf* PHILO Acte de volonté.

volley-ball [volebol] ou **volley** *nm* Sport opposant deux équipes de six joueurs, qui se renvoient un ballon au-dessus d'un filet.

volleyer *vi* Au tennis, jouer à la volée.

volleyeur, euse *n* 1 Joueur, joueuse de volley-ball. 2 Au tennis, spécialiste de la volée.

volnay *nm* Bourgogne rouge très réputé.

volontaire *a* 1 Qui se fait délibérément. 2 Qui ne résulte pas d'une contrainte. *Contribution volontaire.* 3 Entêté, obstiné, persévérant. ■ *n* Qui s'offre à accomplir une mission.

volontairement *av* 1 Intentionnellement, exprès. 2 Sans être contraint.

volontariat *nm* Fait d'être volontaire.

volontarisme *nm* Attitude qui consiste à mettre tout en œuvre pour soumettre le réel à une volonté définie.

volontariste *a, n* Qui relève du volontarisme.

volonté *nf* 1 Faculté de se déterminer soi-même vis-à-vis d'une décision à prendre, d'une action. 2 Détermination, fermeté. *Avoir de la volonté.* 3 Décision prise, désir. *Imposer sa volonté.* Loc *Les dernières volontés de qqn :* souhaits exprimés avant sa mort. *Fam Faire les quatre volontés de qqn :* lui passer tous ses caprices. *À volonté :* quand on veut ou autant qu'on veut. *Bonne volonté :* disposition à faire une chose de bon gré. *Mauvaise volonté :* tendance à refuser une obligation.

volontiers *av* De bon gré ; avec plaisir.

volt *nm* Unité servant à mesurer la différence de potentiel entre deux points d'un conducteur électrique.

voltage *nm* Tension électrique.

voltaïque *a* Relatif à la pile de Volta.

voltaire *nm* Large fauteuil au dossier élevé.

voltairien, enne *a* Propre à Voltaire. ■ *a, n* Vx Incrédule.

voltamètre *nm* Appareil servant à faire une électrolyse.

voite *nf* Mouvement d'un cheval que son cavalier mène en rond.

volte-face *nf inv* 1 Action de se retourner pour faire face. 2 Brusque changement d'opinion.

voltige *nf* 1 Acrobatie au trapèze volant, sur un cheval ou avec un avion. 2 Façon de procéder exigeant une grande habileté.

voltiger *vi* [11] 1 Voler à fréquentes reprises, çà et là. 2 Flotter au gré du vent.

voltigeur *nm* 1 Acrobate qui fait des voltiges. 2 MILIT Fantassin d'élite.

voltmètre *nm* Appareil servant à mesurer les différences de potentiel.

volubile *a* 1 Qui parle beaucoup et rapidement. 2 BOT Qui s'enroule autour d'un support.

volubilis *nm* Plante ornementale à fleurs en forme d'entonnoir.

volubilité *nf* Abondance et rapidité de paroles.

volume *nm* 1 Livre broché ou relié. 2 Espace occupé par un corps ; grandeur qui mesure cet espace. 3 Encombrement d'un objet. 4 Masse d'eau que débite un cours d'eau. 5 Quantité globale. *Le volume des échanges.* 6 Intensité des sons produits par la voix, la musique.

volumétrie *nf* Mesure des volumes.

volumétrique *a* De la volumétrie.

volumineux, euse *a* Dont l'encombrement est important.

volumique *a* Loc PHYS *Masse, poids volumique* : masse, poids par unité de volume.

volupté *nf* 1 Jouissance profonde, sensuelle ou intellectuelle. 2 Plaisir sexuel.

voluptueusement *av* Avec volupté.

voluptueux, euse *a, n* Qui recherche la volupté sensuelle. ■ *a* Qui exprime ou procure la volupté.

volute *nf* 1 Ornement en spirale. 2 Ce qui est en forme de spirale. *Volutes de fumée.*

volvaire *nf* Champignon comestible à lamelles, à grande volve.

volve *nf* Membrane qui enveloppe le chapeau et le pied de divers champignons.

vomi *nm* Fam Vomissure.

vomique *a* Loc *Noix vomique* : graine vénéneuse du vomiquier, riche en strychnine.

vomiquier *nm* Arbre d'Asie donnant la noix vomique.

vomir *vt* 1 Rejeter brutalement par la bouche le contenu de l'estomac. 2 Projeter violemment à l'extérieur. *Volcan qui vomit des flammes.* 3 Litt Proférer des paroles violentes. 4 Éprouver du dégoût pour qqn.

vomissement *nm* Action de vomir.

vomissure *nf* Matières vomies.

vomitif, ive *a, nm* MED Qui fait vomir.

vorace *a* 1 Qui mange avec avidité. 2 Avide d'argent.

voracement *av* Avec voracité.

voracité *nf* Avidité à manger, à gagner de l'argent.

vortex *nm* PHYS Tourbillon creux dans un fluide qui s'écoule.

vos. V. votre.

vosgien, enne *a, n* Des Vosges.

votant, ante *n* Qui a le droit de voter ou qui prend part à un vote.

vote *nm* Suffrage exprimé dans une élection, une délibération.

voter *vi* Donner son avis par un vote. ■ *vt* Approuver, décider par un vote. *Voter une loi.*

votif, ive *a* Offert à la suite d'un vœu et témoignant de son accomplissement.

votre, vos *a poss* Deuxième personne du pluriel ; de vous, à vous. *Votre maison. Vos biens.*

vôtre *a poss* Litt Qui est à vous. *Considérez mes biens comme vôtres.* ■ *pr poss* Ce qui est à vous. Loc *À la vôtre* : à votre santé. *Vous y avez mis du vôtre* : de la bonne volonté. ■ *nmpl* Vos proches, vos parents.

vouer *vt* 1 Consacrer son existence, son énergie à. *Vouer sa vie à la science.* 2 Porter à qqn un sentiment durable. *Vouer de l'amitié à qqn.* 3 Destiner à un sort déterminé. *Être voué à une déchéance certaine.* ■ *vpr* Se consacrer à.

vouloir *vt* [47] 1 Être fermement déterminé à, ou désireux de. *Il veut partir. Je veux qu'il vienne.* 2 Aspirer à obtenir qqch de qqn. *Vouloir la paix. Vouloir une explication de qqn.* 3 Pouvoir. *Ce bois ne veut pas brûler.* 4 Demander, exiger. *La loi veut que...* Loc *Vouloir dire* : signifier. *Vouloir bien* : accepter. *Sans le vouloir* : involontairement. ■ *vti* Accepter qqch, qqn. *Je ne veux pas de ton cadeau, de cet*

employé. Loc Fam *En vouloir* : avoir une grande volonté de gagner, de s'imposer. *En vouloir à qqn* : avoir de la rancune contre lui. ■ *vpr* Loc *S'en vouloir* : regretter de. ■ *nm* Loc Litt *Bon, mauvais vouloir* : bonnes, mauvaises dispositions.

voulu, ue *a* 1 Exigé, requis. *En temps voulu.* 2 Fait à dessein. *Ces erreurs sont voulues.*

vous *pr pers* Sujet ou complément de la 2e personne du pluriel, ou du singulier quand on vouvoie. Loc *De vous à moi* : en confidence.

voussure *nf* 1 ARCHI Cintre, courbe d'une voûte. 2 Convexité excessive du thorax ou du rachis.

voûte *nf* 1 Ouvrage de maçonnerie cintré dont les pierres sont disposées de manière à s'appuyer les unes aux autres. 2 Partie supérieure courbe. *Voûte d'une caverne.* Loc Litt *Voûte céleste* : ciel. *Voûte du palais* : cloison supérieure de la bouche.

voûté, ée *a* 1 Qui comporte une voûte. *Crypte voûtée.* 2 Anormalement courbé. *Dos voûté.*

voûter *vt* Couvrir d'une voûte. ■ *vpr* Se courber.

vouvoiement *nm* Action de vouvoyer.

vouvoyer *vt* [22] Employer le pronom *vous* pour s'adresser à une seule personne.

vouvray *nm* Touraine blanc réputé.

vox populi *nf* Litt Opinion du plus grand nombre.

voyage *nm* 1 Fait d'aller dans un lieu assez éloigné de celui où on réside. 2 Allées et venues, trajet de qqn pour transporter qqch. Loc *Les gens du voyage* : les artistes de cirque.

voyager *vi* [11] 1 Faire un voyage, des voyages. *Voyager en Italie.* 2 Être transporté. *Denrées qui ne peuvent voyager.*

voyageur, euse *n* Qui est en voyage ou qui voyage beaucoup. Loc *Voyageur de commerce* : qui se déplace pour le compte d'une maison de commerce. ■ *a* Loc *Pigeon voyageur* : dressé à porter des messages.

voyagiste *n* Organisateur de voyages.

voyance *nf* Don de ceux qui prétendent voir l'avenir ou le passé.

voyant, ante *a* Qui attire l'œil. *Couleurs voyantes.* ■ *a, n* Qui jouit du sens de la vue (par oppos. à aveugle). ■ *nf* Qui prétend voir le futur ou le passé. ■ *nm* Signal lumineux d'avertissement sur un tableau de contrôle.

voyelle *nf* Son du langage produit par la voix qui résonne dans la cavité buccale ; lettre qui note un tel son.

voyeur, euse *n* 1 Qui se plaît à assister à des scènes érotiques. 2 Qui observe autrui, mû par une curiosité malsaine.

voyeurisme *nm* Comportement de voyeur.

voyou *nm* Individu louche, vivant en marge des lois ; membre du milieu.

vrac (en) *av* 1 Qui n'est pas emballé, conditionné. 2 Sans ordre.

vrai, vraie *a* 1 Conforme à la vérité. Ant. faux. 2 Qui est réellement ce dont il a les apparences. *Un vrai diamant.* 3 Réel et non pas imaginaire. *La vraie cause d'un événement.* 4 Qui seul convient. *Le vrai moyen de sortir d'embarras.* 5 Sincère. *Sentiments vrais.* ■ *nm* Loc *Être dans le vrai* : ne pas se tromper. Fam *Pour de vrai* : réellement. ■ *av* Loc *À vrai dire, à dire vrai* : pour parler sincèrement.

vrai-faux, vraie-fausse *a* **1** Se dit de faux papiers établis par une autorité compétente. **2** Fam Fallacieux, trompeur.

vraiment *av* Véritablement, effectivement.

vraisemblable *a* Qui a l'apparence de la vérité. Ant. invraisemblable.

vraisemblablement *av* De façon vraisemblable, probablement.

vraisemblance *nf* Caractère vraisemblable.

vraquier *nm* Navire transportant des marchandises en vrac.

vrille *nf* **1** BOT Tige en hélice autour d'un support permettant à certaines plantes grimpantes de s'élever. **2** Mèche servant à faire de petits trous dans le bois. **3** Figure de voltige aérienne. Loc *En vrille* : en tournoyant.

vrillé, ée *a* **1** BOT Qui a des vrilles. **2** Enroulé, tordu sur lui-même.

vriller *vi* S'élever ou descendre en tournoyant.

vrillette *nf* Coléoptère dont la larve creuse des galeries dans le bois.

vrombir *vi* Faire entendre un son vibrant résultant d'un mouvement de rotation rapide.

vrombissement *nm* Bruit de ce qui vrombit.

V.R.P. [veɛʀpe] *nm* Abrév de *voyageur, représentant* (de commerce), *placier*.

vu, vue *a* Loc *Ni vu ni connu* : à l'insu de tous. *C'est tout vu* : il n'y a pas à revenir là-dessus. *Être bien, mal vu* : jouir, ne pas jouir de la considération d'autrui. ■ *nm* Loc *Au vu et au su de tous* : ouvertement. *Sur le vu de* : après examen direct de. ■ *prép* Loc *Vu (que)* : étant donné (que).

vue *nf* **1** Sens dont l'organe est l'œil et par lequel nous percevons la lumière, les couleurs, les formes et les distances. **2** Manière, action de regarder, de voir. *Détourner la vue.* **3** Ce qu'on peut voir de qqpart. *Avoir une belle vue sur la mer.* **4** Dessin, tableau représentant un lieu. **5** Faculté de connaître par l'esprit ; idée, aperçu, conception. Loc Fam *En mettre plein la vue* : susciter une admiration éblouie. *Connaître qqn de vue* : l'avoir vu sans jamais lui avoir parlé. *À première vue* : au premier coup d'œil. *À vue d'œil* : très rapidement. Fam *À vue de nez* :

approximativement. *À la vue de* : en voyant. *En vue* : de premier plan. *Seconde vue, double vue* : prétendue faculté de voir mentalement des choses absentes. *Vue de l'esprit* : conception théorique. *Avoir qqch en vue* : espérer l'obtenir. *En vue de* : afin de. ■ *pl* Projets, buts. Loc *Avoir des vues sur qqn* : projeter de l'employer ou de l'épouser.

vulcain *nm* Papillon noir marqué de taches blanches et rouges.

vulcanisation *nf* Addition de soufre au caoutchouc pour le rendre plus résistant.

vulcaniser *vt* Soumettre le caoutchouc à la vulcanisation.

vulgaire *a* **1** Litt Commun, répandu. *L'opinion vulgaire.* **2** (avant le n) Qui n'est réellement que ce qu'il est. *Un vulgaire chat de gouttière.* **3** Grossier, inélégant. *Langage vulgaire.* Loc *Nom vulgaire d'une plante, d'un animal* : nom courant, non scientifique.

vulgairement *av* **1** Dans le langage courant, communément. **2** De façon grossière.

vulgarisateur, trice *a, n* Qui vulgarise.

vulgarisation *nf* Action de vulgariser.

vulgariser *vt* Mettre des connaissances à la portée de tous. *Vulgariser une science.*

vulgarisme *nm* Terme de la langue vulgaire.

vulgarité *nf* Caractère grossier, vulgaire.

vulgum pecus [vylgɔmpekys] *nm* Fam Commun des mortels, masse ignorante.

vulnérabilité *nf* Caractère vulnérable.

vulnérable *a* **1** Qui peut être blessé, atteint physiquement. **2** Qui résiste mal psychologiquement aux attaques.

vulnéraire *nf* Plante à fleurs jaune d'or. ■ *nm* Anc Substance guérissant les blessures.

vulpin *nm* Plante des prairies.

vulvaire *a* ANAT De la vulve. ■ *nf* Plante à odeur fétide.

vulve *nf* ANAT Organes génitaux externes, chez la femme et les femelles des mammifères.

vulvite *nf* Inflammation de la vulve.

vumètre *nm* Dispositif de contrôle d'un signal électroacoustique.

w *nm* Vingt-troisième lettre (consonne) de l'alphabet.

wagnérien, enne [va-] *a* De Wagner.

wagon [va-] *nm* Véhicule ferroviaire tracté, servant au transport des marchandises, des animaux.

wagon-citerne *nm* Wagon servant au transport des liquides. *Des wagons-citernes.*

wagon-lit *nm* Voiture de chemin de fer équipée de couchettes. *Des wagons-lits.*

wagonnet *nm* Petit wagon à caisse basculante.

wagon-restaurant *nm* Voiture de chemin de fer aménagée en restaurant. *Des wagons-restaurants.*

wali [wa-] *nm* En Algérie, fonctionnaire qui est à la tête d'une wilaya.

walkman [wokman] *nm* (n déposé) Baladeur.

walkyrie *nf* Divinité féminine de la mythologie scandinave.

wallaby [wa-] *nm* Petit kangourou.

wallon, onne [wa-] *a, n* De Wallonie. ■ *nm* Parler roman de Wallonie.

wallonisme *nm* Locution propre au wallon.

wapiti [wa-] *nm* Grand cerf d'Amérique du Nord.

wargame [waʀgɛm] *nm* Jeu de société simulant une bataille.

warrant [wa-] *nm* Récépissé de marchandises déposées dans un magasin par un commerçant, lui permettant de les négocier.

warranter [wa-] *vt* Garantir par un warrant.

water-closet [watɛʀklozɛt] *nm* ou **waters** [watɛʀ] *nmpl* Lieux d'aisances, cabinets. *Des water-closets* (abrév : w.-c.).

water-polo [watɛʀ-] *nm* Jeu de ballon qui se joue dans l'eau.

waterproof [watɛʀpʀuf] *a inv* Étanche.

watt [wat] *nm* Unité de puissance du flux énergétique.

wax [waks] *nm* Tissu de coton imprimé.

w.-c. [dublǝvese] ou [vese] *nmpl* Water-closets.

webcam *nf* Petite caméra transmettant des images sur le Web.

webmestre ou **webmaster** *n* Administrateur de site Internet.

week-end [wikɛnd] *nm* Congé de fin de semaine. *Des week-ends.*

welter [wɛltɛʀ] *nm* Syn de mi-moyen.

western [wɛstɛʀn] *nm* Film d'aventures dont l'action se déroule dans l'Ouest des États-Unis au temps des pionniers.

wharf [waʀf] *nm* MAR Long appontement perpendiculaire au rivage.

whig [wig] *nm, a* HIST Membre du parti libéral en Grande-Bretagne.

whisky [wiski] *nm* Eau-de-vie de grain fabriquée dans les pays anglo-saxons ; un verre de cette eau-de-vie.

whist [wist] *nm* Jeu de cartes, ancêtre du bridge.

white spirit [wajtspiʀit] *nm* Solvant à peintures. *Des white spirits.*

wigwam [wigwam] *nm* Hutte des Indiens d'Amérique du Nord.

wilaya [vi-] *nf* Division administrative de l'Algérie.

williams [wi-] *nf* Poire juteuse et parfumée.

winch [winʃ] *nm* MAR Petit cabestan utilisé sur les yachts.

winchester [win-] *nf* Carabine à répétition.

wishbone [wiʃbon] *nm* Arceau servant à la manœuvre d'une voile.

wolfram [vɔ-] *nm* Minerai de tungstène.

wolof ou **ouolof** *nm* Langue du Sénégal.

won [wɔn] *nm* Unité monétaire de la Corée.

x *nm* **1** Vingt-quatrième lettre (consonne) de l'alphabet. **2** X : chiffre romain qui vaut 10. **3** Objet formé de deux éléments croisés. **4** MATH Symbole utilisé pour désigner une inconnue. **5** Remplace le nom de qqn ou de qqch qu'on ne peut ou ne veut mentionner. **Loc** *Film classé X :* pornographique. *L'X :* l'École polytechnique. *Rayons X :* radiations électromagnétiques à faible longueur d'onde, très pénétrants.

xénarthre *nm* ZOOL Mammifère américain, tel que le tatou, le fourmilier, le paresseux.

xénon *nm* Gaz rare de l'air.

xénophobe *a, n* Hostile aux étrangers.

xénophobie *nf* Hostilité aux étrangers.

xérès ou **jerez** *nm* Vin blanc d'Espagne.

xérographie *nf* Procédé de reprographie.

xérophile *a* BOT Adapté à la sécheresse.

xi ou **ksi** *nm* Lettre de l'alphabet grec, représentant *ks*.

xiphophore *nm* Petit poisson multicolore élevé en aquarium, à nageoire caudale pointue.

xylocope *nm* Abeille solitaire qui creuse son nid dans le bois.

xylographie *nf* Gravure sur bois.

xylophage *a, nm* ZOOL Qui se nourrit de bois.

xylophène *nm* (n déposé) Produit contre les insectes xylophages.

xylophone *nm* Instrument de musique composé de lamelles de bois sur lesquelles on frappe avec des baguettes.

1. y *nm* I grec, vingt-cinquième lettre (voyelle) de l'alphabet. **Loc** *Chromosome Y :* présent seulement chez l'homme.

2. y *av* Dans cet endroit. *J'y reste. Vas-y.* **Loc** *Il y a :* il est, il existe. *Il y va de :* telle chose se trouve en cause. *Y être pour qqch, n'y être pour rien :* avoir, ou n'avoir pas, sa part de responsabilité. ■ *pr* À cela. *Je n'y comprends rien.*

yacht [jɔt] *nm* Navire de plaisance à voiles ou à moteur.

yacht-club [jɔtklœb] *nm* Société, club de yachting. *Des yacht-clubs.*

yachting [jɔtiŋ] *nm* Navigation de plaisance.

yachtman [jɔtman] *nm* Qui pratique le yachting.

yack ou **yak** *nm* Bovin du Tibet.

yakusa *nm* Au Japon, membre de la mafia.

yang. V. **yin.**

yankee [jɑ̃ki] *n, a* Des États-Unis.

yaourt, yogourt ou **yoghourt** *nm* Lait caillé par l'effet d'un ferment lactique.

yaourtière *nf* Appareil pour fabriquer des yaourts.

yard [jaʀd] *nm* Unité de mesure de longueur anglo-saxonne, valant 0,914 m.

yatagan *nm* Sabre incurvé au tranchant en courbe rentrante, en usage autrefois en Turquie.

yearling [jœʀliŋ] *nm* Poulain pur-sang âgé d'un an.

yéménite *a, n* Du Yémen.

yen [jɛn] *nm* Unité monétaire du Japon.

yeshiva *nf* École talmudique.

yeti *nm* Hominien légendaire de l'Himalaya.

yeuse *nf* Chêne vert.

yeux. V. **œil.**

yé-yé *a inv, n inv* Fam Style de musique en vogue vers 1960.

yiddish *nm, a inv* Langue germanique des communautés juives d'Europe centrale et orientale.

yin *nm* **Loc** *Le yin et le yang :* les deux principes fondamentaux, opposés et complémentaires, selon le taoïsme.

ylang-ylang ou **ilang-ilang** *nm* Arbre d'Asie tropicale. *Des ylangs-ylangs, des ilangs-ilangs.*

yod *nm* PHON Semi-voyelle [j], transcrite *i* ou *y.*

yoga *nm* Technique de maîtrise des fonctions corporelles originaire de l'Inde.

yoghourt, yogourt. V. **yaourt.**

yogi [-gi] *n* Qui pratique le yoga.

yole *nf* Embarcation légère propulsée à l'aviron.

Yom Kippour ou **Kippour** *nm* Fête juive marquée par le jeûne et la prière, dite aussi *Grand Pardon.*

yougoslave *a, n* De Yougoslavie.

youpi ou **youppie !** *interj* Marque l'enthousiasme.

youpin, ine *a, n* Pop Terme raciste et injurieux désignant un Juif.

yourte ou **iourte** *nf* Tente mongole.

1. youyou *nm* Petite embarcation.

2. youyou *nm* Cri modulé des femmes musulmanes lors de certaines cérémonies.

yo-yo *nm inv* (n déposé) Jouet formé d'une roulette à gorge qu'on fait monter et descendre le long d'un fil.

ypérite *nf* Gaz de combat.

yttrium [itʀijɔm] *nm* Métal du groupe des terres rares.

yuan *nm* Unité monétaire de la Chine.

yucca *nm* Plante ligneuse d'Amérique tropicale.

yuppie [jupi] *n* Fam Jeune cadre ambitieux.

z *nm* Vingt-sixième et dernière lettre (consonne) de l'alphabet.

zaïbatsu [-su] *nm* ECON Trust japonais.

zaïre *nm* Unité monétaire du Zaïre.

zaïrois, oise *a, n* Du Zaïre.

zakouski *nm* Hors-d'œuvre variés russes.

zambien, enne *a, n* De Zambie.

zapper *vi* 1 Passer d'une chaîne de télévision à l'autre avec la télécommande. 2 Fam Changer d'occupation, d'opinion.

zapping [-piŋ] *nm* Action de zapper.

zazou *n, a* Fam Jeune excentrique, v. 1940.

zèbre *nm* 1 Équidé sauvage d'Afrique à robe claire rayée. 2 Pop Individu, type.

zébrer *vt* [12] Marquer de raies, de rayures.

zébrure *nf* Raie, marque sur la peau ou une surface quelconque.

zébu *nm* Bœuf africain domestiqué, ayant une bosse graisseuse au niveau du garrot.

zef *nm* Pop Vent.

zélateur, trice *n* Litt Partisan ardent, zélé.

zèle *nm* Empressement, application pleine d'ardeur. Loc *Faire du zèle :* faire par affectation plus qu'il n'est demandé. *Grève du zèle :* application à la lettre des consignes pour ralentir une activité.

zélé, ée *a* Plein de zèle.

zen *nm* Mouvement bouddhiste du Japon. ■ *a inv* Relatif au zen. *Cérémonie zen.*

zénith *nm* 1 Point où la verticale d'un lieu rencontre la sphère céleste, au-dessus de l'horizon. 2 Litt Point culminant.

zénithal, ale, aux *a* Du zénith.

zéolite *nf* Minéral de certaines roches volcaniques, très utilisé dans l'industrie.

zéphyr *nm* Litt Vent tiède et léger.

zeppelin *nm* HIST Grand ballon dirigeable allemand, qui emportait des passagers.

zéro *nm* 1 Symbole numéral de valeur nulle, qui, placé à la droite d'un nombre, le multiplie par 10. 2 Valeur nulle dans une cotation ; quantité nulle. 3 Fam Personne nulle, sans valeur. ■ *a* 1 Aucun. *Faire zéro faute.* 2 De valeur nulle. *Degré zéro.*

zeste *nm* Écorce de l'orange, du citron.

zêta *nm* Sixième lettre de l'alphabet grec, correspondant à *dz*.

zeugma *nm* RHET Coordination d'éléments qui ne sont pas sur le même plan syntaxique.

zézaiement *nm* Vice de prononciation de qqn qui zézaie.

zézayer *vi* [20] Prononcer le son [z] pour [ʒ] et le son [s] pour [ʃ].

zibeline *nf* Mammifère au pelage noir ou brun ; sa fourrure.

zieuter *vi, vt* Pop Regarder.

zig ou **zigue** *nm* Pop Individu, type.

ziggourat *nf* ANTIQ Tour à étages élevée en Mésopotamie auprès du temple d'un dieu.

zigoto ou **zigoteau** *nm* Pop Individu.

zigouiller *vt* Pop Tuer.

zigzag *nm* Ligne brisée.

zigzagant, ante *a* Qui zigzague.

zigzaguer *vi* Décrire des zigzags.

zimbabwéen, enne *a, n* Du Zimbabwe.

zinc *nm* 1 Corps simple métallique, blanchâtre. 2 Fam Comptoir d'un café. 3 Fam Avion.

zingueur *nm* Ouvrier spécialisé dans les travaux de couverture en zinc.

zinnia *nm* Plante ornementale.

zinzin *a inv* Fam Bizarre, un peu fou. ■ *nm* Fam Organisme semi-public effectuant des placements en Bourse.

zinzolin, ine *nm, a* Rouge violacé.

zip *nm* (n déposé) Fermeture à glissière.

zippé, ée *a* Qui comporte un zip.

zircon *nm* Minéral très dur, employé en joaillerie.

zirconium [-njɔm] *nm* Métal proche du titane.

zizanie *nf* Discorde, désunion.

zizi *nm* Fam Pénis.

zloty *nm* Unité monétaire de la Pologne.

zodiac *nm* (n déposé) Type de canot pneumatique.

zodiacal, ale, aux *a* Du zodiaque.

zodiaque *nm* Bande de la sphère céleste à l'intérieur de laquelle s'effectuent les mouvements apparents du Soleil, de la Lune et des planètes. Loc *Signes du zodiaque :* les douze parties du zodiaque (le Bélier, le Taureau, les Gémeaux, le Cancer, le Lion, la Vierge, la Balance, le Scorpion, le Sagittaire, le Capricorne, le Verseau, les Poissons).

zombie *nm* 1 Revenant, selon certaines croyances vaudou des Antilles. 2 Fam Personne apathique, sans volonté.

zona *nm* Affection virale caractérisée par une éruption de vésicules cutanées.

zonage *nm* ou **zonation** *nf* Découpage d'un espace en zones.

zonal, ale, aux *a* D'une zone du globe terrestre.

zonard, arde *n, a* Pop Jeune marginal, loubard.
zone *nf* **1** Étendue déterminée de terrain, portion de territoire. **2** Domaine. *Zone d'influence.* **3** Quartier misérable à la périphérie d'une ville. **4** GEOM Surface délimitée sur une sphère par deux plans parallèles coupant cette sphère. **5** GEOGR Chacune des divisions du globe terrestre déterminées par les cercles polaires et les tropiques et caractérisées par un climat particulier. **Loc** *De seconde zone :* médiocre.
zoner *vt* Effectuer le zonage ou la zonation de qqch. ■ *vi* Pop Vivre au jour le jour.
zoo *nm* Parc, jardin zoologique.
zoogéographie *nf* Étude de la répartition zonale des animaux.
zoolâtrie *nf* Adoration d'animaux divinisés.
zoologie *nf* Étude des animaux.
zoologique *a* De la zoologie. **Loc** *Parc, jardin zoologique :* où sont montrés des animaux.
zoologiste ou **zoologue** *n* Spécialiste de zoologie.
zoom [zum] *nm* Objectif à distance focale variable d'un appareil de prise de vue ; effet ainsi obtenu.
zoomer *vi* Filmer avec un zoom.

zoomorphe *a* En forme d'animal.
zoophile *n, a* Qui aime les animaux.
zoophilie *nf* Amour des animaux.
zoophobie *nf* Phobie des animaux.
zooplancton *nm* Plancton animal.
zootechnicien, enne *n* Spécialiste de zootechnie.
zootechnie *nf* Étude des conditions d'élevage des animaux domestiques, du cheptel.
zootechnique *a* De la zootechnie.
zoothèque *nf* Collection d'animaux naturalisés.
zorille *nf* Mammifère africain, proche de la mouette.
zouave *nm* HIST Soldat d'infanterie coloniale. **Loc** Fam *Faire le zouave :* faire l'idiot.
zozo *nm* Fam Niais, naïf.
zozotement *nm* Fam Zézaiement.
zozoter *vi* Fam Zézayer.
zut ! *interj* Fam Marque le mécontentement.
zydeco *nm* Musique populaire de Louisiane.
zygomatique *nm, a* Muscle de la pommette.
zygote *nm* BIOL Cellule directement issue de la fécondation.
zyzomys *nm* Rat d'Australie à queue blanche.

ANNEXES
ET PAGES PRATIQUES

CONJUGAISON DES VERBES

Le renvoi au modèle de conjugaison est indiqué après l'entrée verbale pour tous les verbes qui présentent une ou plusieurs irrégularités dans leur flexion : **abattre** *vt* **[77]** se conjugue comme *battre* (p. 745). Le renvoi n'est pas indiqué pour les modèles réguliers que sont *aimer* (groupe 1) et *finir* (groupe 2).

INDICATIF		SUBJONCTIF

présent

j'	aim	e	j'	ai	aimé
tu	aim	es	tu	as	aimé
il	aim	e	elle	a	aimé
ns	aim	ons	ns	avons	aimé
vs	aim	ez	vs	avez	aimé
elles	aim	ent	ils	ont	aimé

passé composé

présent

(que)	j'	aim	e
(que)	tu	aim	es
(qu')	il	aim	e
(que)	ns	aim	ions
(que)	vs	aim	iez
(que)	elles	aim	ent

imparfait

j'	aim	ais	j'	avais	aimé
tu	aim	ais	tu	avais	aimé
elle	aim	ait	il	avait	aimé
ns	aim	ions	ns	avions	aimé
vs	aim	iez	vs	aviez	aimé
ils	aim	aient	elles	avaient	aimé

plus-que-parfait

imparfait

(que)	j'	aim	asse
(que)	tu	aim	asses
(qu')	elle	aim	ât
(que)	ns	aim	assions
(que)	vs	aim	assiez
(qu')	ils	aim	assent

passé simple

j'	aim	ai	j'	eus	aimé
tu	aim	as	tu	eus	aimé
il	aim	a	elle	eut	aimé
ns	aim	âmes	ns	eûmes	aimé
vs	aim	âtes	vs	eûtes	aimé
elles	aim	èrent	ils	eurent	aimé

passé antérieur

passé

(que)	j'	aie	aimé
(que)	tu	aies	aimé
(qu')	il	ait	aimé
(que)	ns	ayons	aimé
(que)	vs	ayez	aimé
(qu')	elles	aient	aimé

futur simple

j'	aim	erai	j'	aurai	aimé
tu	aim	eras	tu	auras	aimé
elle	aim	era	il	aura	aimé
ns	aim	erons	ns	aurons	aimé
vs	aim	erez	vs	aurez	aimé
ils	aim	eront	elles	auront	aimé

futur antérieur

plus-que-parfait

(que)	j'	eusse	aimé
(que)	tu	eusses	aimé
(qu')	elle	eût	aimé
(que)	ns	eussions	aimé
(que)	vs	eussiez	aimé
(qu')	ils	eussent	aimé

conditionnel présent

j'	aim	erais	j'	aurais	aimé
tu	aim	erais	tu	aurais	aimé
elle	aim	erait	il	aurait	aimé
ns	aim	erions	ns	aurions	aimé
vs	aim	eriez	vs	auriez	aimé
ils	aim	eraient	elles	auraient	aimé

conditionnel passé

INFINITIF	PARTICIPE	IMPÉRATIF

présent

aim er

passé

avoir aimé

présent

aim ant

passé

aimé, ée
ayant aimé

présent

aim e
aim ons
aim ez

passé

aie aimé
ayons aimé
ayez aimé

INDICATIF		SUBJONCTIF

présent

je	fin	is
tu	fin	is
elle	fin	it
ns	fin	issons
vs	fin	issez
ils	fin	issent

passé composé

j'	ai	fini
tu	as	fini
il	a	fini
ns	avons	fini
vs	avez	fini
elles	ont	fini

présent

(que)	je	fin	isse
(que)	tu	fin	isses
(qu')	elle	fin	isse
(que)	ns	fin	issions
(que)	vs	fin	issiez
(qu')	ils	fin	issent

imparfait

je	fin	issais
tu	fin	issais
il	fin	issait
ns	fin	issions
vs	fin	issiez
elles	fin	issaient

plus-que-parfait

j'	avais	fini
tu	avais	fini
elle	avait	fini
ns	avions	fini
vs	aviez	fini
ils	avaient	fini

imparfait

(que)	je	fin	isse
(que)	tu	fin	isses
(qu')	il	fin	ît
(que)	ns	fin	issions
(que)	vs	fin	issiez
(qu')	elles	fin	issent

passé simple

je	fin	is
tu	fin	is
elle	fin	it
ns	fin	îmes
vs	fin	îtes
ils	fin	irent

passé antérieur

j'	eus	fini
tu	eus	fini
il	eut	fini
ns	eûmes	fini
vs	eûtes	fini
elles	eurent	fini

passé

(que)	j'	aie	fini
(que)	tu	aies	fini
(qu')	elle	ait	fini
(que)	ns	ayons	fini
(que)	vs	ayez	fini
(qu')	ils	aient	fini

futur simple

je	fin	irai
tu	fin	iras
elle	fin	ira
ns	fin	irons
vs	fin	irez
ils	fin	iront

futur antérieur

j'	aurai	fini
tu	auras	fini
il	aura	fini
ns	aurons	fini
vs	aurez	fini
elles	auront	fini

plus-que-parfait

(que)	j'	eusse	fini
(que)	tu	eusses	fini
(qu')	elle	eût	fini
(que)	ns	eussions	fini
(que)	vs	eussiez	fini
(qu')	ils	eussent	fini

conditionnel présent

je	fin	irais
tu	fin	irais
elle	fin	irait
ns	fin	irions
vs	fin	iriez
ils	fin	iraient

conditionnel passé

j'	aurais	fini
tu	aurais	fini
il	aurait	fini
ns	aurions	fini
vs	auriez	fini
elles	auraient	fini

INFINITIF	PARTICIPE	IMPÉRATIF

présent

fin ir

passé

avoir fini

présent

fin issant

passé

fini, ie
ayant fini

présent

fin	is
fin	issons
fin	issez

passé

aie	fini
ayons	fini
ayez	fini

INDICATIF		SUBJONCTIF

présent

j'	offr	e	j'	ai	offert	
tu	offr	es	tu	as	offert	
il	offr	e	elle	a	offert	
ns	offr	ons	ns	avons	offert	
vs	offr	ez	vs	avez	offert	
elles	offr	ent	ils	ont	offert	

passé composé

présent

(que)	j'	offr	e
(que)	tu	offr	es
(qu')	il	offr	e
(que)	ns	offr	ions
(que)	vs	offr	iez
(qu')	elles	offr	ent

imparfait

j'	offr	ais
tu	offr	ais
elle	offr	ait
ns	offr	ions
vs	offr	iez
ils	offr	aient

plus-que-parfait

j'	avais	offert
tu	avais	offert
il	avait	offert
ns	avions	offert
vs	aviez	offert
elles	avaient	offert

imparfait

(que)	j'	offr	isse
(que)	tu	offr	isses
(qu')	elle	offr	ît
(que)	ns	offr	issions
(que)	vs	offr	issiez
(qu')	ils	offr	issent

passé simple

j'	offr	is
tu	offr	is
elle	offr	it
ns	offr	îmes
vs	offr	îtes
ils	offr	irent

passé antérieur

j'	eus	offert
tu	eus	offert
il	eut	offert
ns	eûmes	offert
vs	eûtes	offert
elles	eurent	offert

passé

(que)	j'	aie	offert
(que)	tu	aies	offert
(qu')	elle	ait	offert
(que)	ns	ayons	offert
(que)	vs	ayez	offert
(qu')	ils	aient	offert

futur simple

j'	offr	irai
tu	offr	iras
elle	offr	ira
ns	offr	irons
vs	offr	irez
ils	offr	iront

futur antérieur

j'	aurai	offert
tu	auras	offert
il	aura	offert
ns	aurons	offert
vs	aurez	offert
elles	auront	offert

plus-que-parfait

(que)	j'	eusse	offert
(que)	tu	eusses	offert
(qu')	elle	eût	offert
(que)	ns	eussions	offert
(que)	vs	eussiez	offert
(qu')	ils	eussent	offert

conditionnel présent

j'	offr	irais
tu	offr	irais
elle	offr	irait
ns	offr	irions
vs	offr	iriez
ils	offr	iraient

conditionnel passé

j'	aurais	offert
tu	aurais	offert
il	aurait	offert
ns	aurions	offert
vs	auriez	offert
elles	auraient	offert

INFINITIF	PARTICIPE	IMPÉRATIF

présent

offr ir

présent

offr ant

présent

offr	e
offr	ons
offr	ez

passé

avoir offert

passé

offert, te
ayant offert

passé

aie offert
ayons offert
ayez offert

4. RECEVOIR

INDICATIF		SUBJONCTIF

présent

je	reç	ois
tu	reç	ois
elle	reç	oit
ns	reç	evons
vs	reç	evez
ils	reç	oivent

passé composé

j'	ai	reçu
tu	as	reçu
il	a	reçu
ns	avons	reçu
vs	avez	reçu
elles	ont	reçu

présent

(que)	je	reç	oive
(que)	tu	reç	oives
(qu')	elle	reç	oive
(que)	ns	rec	evions
(que)	vs	rec	eviez
(qu')	ils	reç	oivent

imparfait

je	rec	evais
tu	rec	evais
il	rec	evait
ns	rec	evions
vs	rec	eviez
elles	rec	aient

plus-que-parfait

j'	avais	reçu
tu	avais	reçu
elle	avait	reçu
ns	avions	reçu
vs	aviez	reçu
ils	avaient	reçu

imparfait

(que)	je	reç	usse
(que)	tu	reç	usses
(qu')	il	reç	ût
(que)	ns	reç	ussions
(que)	vs	reç	ussiez
(qu')	elles	reç	ussent

passé simple

je	reç	us
tu	reç	us
elle	reç	ut
ns	reç	ûmes
vs	reç	ûtes
ils	reç	urent

passé antérieur

j'	eus	reçu
tu	eus	reçu
il	eut	reçu
ns	eûmes	reçu
vs	eûtes	reçu
elles	eurent	reçu

passé

(que)	j'	aie	reçu
(que)	tu	aies	reçu
(qu')	elle	ait	reçu
(que)	ns	ayons	reçu
(que)	vs	ayez	reçu
(qu')	ils	aient	reçu

futur simple

je	rec	evrai
tu	rec	evras
il	rec	evra
ns	rec	evrons
vs	rec	evrez
elles	rec	evront

futur antérieur

j'	aurai	reçu
tu	auras	reçu
elle	aura	reçu
ns	aurons	reçu
vs	aurez	reçu
ils	auront	reçu

plus-que-parfait

(que)	j'	eusse	reçu
(que)	tu	eusses	reçu
(qu')	il	eût	reçu
(que)	ns	eussions	reçu
(que)	vs	eussiez	reçu
(qu')	elles	eussent	reçu

conditionnel présent

je	rec	evrais
tu	rec	evrais
elle	rec	evrait
ns	rec	evrions
vs	rec	evriez
ils	rec	evraient

conditionnel passé

j'	aurais	reçu
tu	aurais	reçu
il	aurait	reçu
ns	aurions	reçu
vs	auriez	reçu
elles	auraient	reçu

INFINITIF	PARTICIPE	IMPÉRATIF

présent

rec evoir

passé

avoir reçu

présent

rec evant

passé

reçu, e
ayant reçu

présent

reç	ois
rec	evons
rec	evez

passé

aie reçu
ayons reçu
ayez reçu

INDICATIF		SUBJONCTIF

présent		*passé composé*		*présent*	
je	rend s	j'	ai rendu	(que)	je rend e
tu	rend s	tu	as rendu	(que)	tu rend es
il	rend	elle	a rendu	(qu')	il rend e
ns	rend ons	ns	avons rendu	(que)	ns rend ions
vs	rend ez	vs	avez rendu	(que)	vs rend iez
elles	rend ent	ils	ont rendu	(qu')	elles rend ent

imparfait		*plus-que-parfait*		*imparfait*	
je	rend ais	j'	avais rendu	(que)	je rend isse
tu	rend ais	tu	avais rendu	(que)	tu rend isses
elle	rend ait	il	avait rendu	(qu')	elle rend ît
ns	rend ions	ns	avions rendu	(que)	ns rend issions
vs	rend iez	vs	aviez rendu	(que)	vs rend issiez
ils	rend aient	elles	avaient rendu	(qu')	ils rend issent

passé simple		*passé antérieur*		*passé*	
je	rend is	j'	eus rendu	(que)	j' aie rendu
tu	rend is	tu	eus rendu	(que)	tu aies rendu
il	rend it	elle	eut rendu	(qu')	il ait rendu
ns	rend îmes	ns	eûmes rendu	(que)	ns ayons rendu
vs	rend îtes	vs	eûtes rendu	(que)	vs ayez rendu
elles	rend irent	ils	eurent rendu	(qu')	elles aient rendu

futur simple		*futur antérieur*		*plus-que-parfait*	
je	rend rai	j'	aurais rendu	(que)	j' eusse rendu
tu	rend ras	tu	auras rendu	(que)	tu eusses rendu
elle	rend ra	il	aura rendu	(qu')	elle eût rendu
ns	rend rons	ns	aurons rendu	(que)	ns eussions rendu
vs	rend rez	vs	aurez rendu	(que)	vs eussiez rendu
ils	rend ront	elles	auront rendu	(qu')	ils eussent rendu

conditionnel présent		*conditionnel passé*	
je	rend rais	j'	aurais rendu
tu	rend rais	tu	aurais rendu
il	rend rait	elle	aurait rendu
ns	rend rions	ns	aurions rendu
vs	rend riez	vs	auriez rendu
elles	rend raient	ils	auraient rendu

INFINITIF	PARTICIPE	IMPÉRATIF

présent	*présent*	*présent*
rend re	rend ant	rend s
		rend ons
passé	*passé*	rend ez
avoir rendu	rendu, ue	
	ayant rendu	*passé*
		aie rendu
		ayons rendu
		ayez rendu

INDICATIF		SUBJONCTIF

présent

je suis
tu es
elle est
ns sommes
vs êtes
ils sont

passé composé

j' ai été
tu as été
il a été
ns avons été
vs avez été
elles ont été

présent

(que) je sois
(que) tu sois
(qu') elle soit
(que) ns soyons
(que) vs soyez
(qu') ils soient

imparfait

j' étais
tu étais
il était
ns étions
vs étiez
elles étaient

plus-que-parfait

j' avais été
tu avais été
elle avait été
ns avions été
vs aviez été
ils avaient été

imparfait

(que) je fusse
(que) tu fusses
(qu') il fût
(que) ns fussions
(que) vs fussiez
(qu') elles fussent

passé simple

je fus
tu fus
elle fut
ns fûmes
vs fûtes
ils furent

passé antérieur

j' eus été
tu eus été
il eut été
ns eûmes été
vs eûtes été
elles eurent été

passé

(que) j' aie été
(que) tu aies été
(qu') elle ait été
(que) ns ayons été
(que) vs ayez été
(qu') ils aient été

futur simple

je serai
tu seras
il sera
ns serons
vs serez
elles seront

futur antérieur

j' aurai été
tu auras été
elle aura été
ns aurons été
vs aurez été
ils auront été

plus-que-parfait

(que) j' eusse été
(que) tu eusses été
(qu') il eût été
(que) ns eussions été
(que) vs eussiez été
(qu') elles eussent été

conditionnel présent

je serais
tu serais
il serait
ns serions
vs seriez
elles seraient

conditionnel passé

j' aurais été
tu aurais été
elle aurait été
ns aurions été
vs auriez été
ils auraient été

INFINITIF	PARTICIPE	IMPÉRATIF

présent

être

passé

avoir été

présent

étant

passé

été (invariable)
ayant été

présent

sois
soyons
soyez

passé

aie été
ayons été
ayez été

INDICATIF		SUBJONCTIF

présent		*passé composé*			*présent*		
j'	ai	j'	ai	eu	(que)	j'	aie
tu	as	tu	as	eu	(que)	tu	aies
il	a	elle	a	eu	(qu')	il	ait
ns	avons	ns	avons	eu	(que)	ns	ayons
vs	avez	vs	avez	eu	(que)	vs	ayez
elles	ont	ils	ont	eu	(qu')	elles	aient

imparfait		*plus-que-parfait*			*imparfait*		
j'	avais	j'	avais	eu	(que)	j'	eusse
tu	avais	tu	avais	eu	(que)	tu	eusses
elle	avait	il	avait	eu	(qu')	elle	eût
ns	avions	ns	avions	eu	(que)	ns	eussions
vs	aviez	vs	aviez	eu	(que)	vs	eussiez
ils	avaient	elles	avaient	eu	(qu')	ils	eussent

passé simple		*passé antérieur*			*passé*		
j'	eus	j'	eus	eu	(que)	j'	aie	eu
tu	eus	tu	eus	eu	(que)	tu	aies	eu
il	eut	elle	eut	eu	(qu')	il	ait	eu
ns	eûmes	ns	eûmes	eu	(que)	ns	ayons	eu
vs	eûtes	vs	eûtes	eu	(que)	vs	ayez	eu
elles	eurent	ils	eurent	eu	(qu')	elles	aient	eu

futur simple		*futur antérieur*			*plus-que-parfait*		
j'	aurai	j'	aurai	eu	(que)	j'	eusse	eu
tu	auras	tu	auras	eu	(que)	tu	eusses	eu
elle	aura	il	aura	eu	(qu')	elle	eût	eu
ns	aurons	ns	aurons	eu	(que)	ns	eussions	eu
vs	aurez	vs	aurez	eu	(que)	vs	eussiez	eu
ils	auront	elles	auront	eu	(qu')	ils	eussent	eu

conditionnel présent		*conditionnel passé*		
j'	aurais	j'	aurais	eu
tu	aurais	tu	aurais	eu
elle	aurait	il	aurait	eu
ns	aurions	ns	aurions	eu
vs	auriez	vs	auriez	eu
ils	auraient	elles	auraient	eu

INFINITIF	PARTICIPE	IMPÉRATIF

présent	*présent*	*présent*
avoir	ayant	aie
		ayons
passé	*passé*	ayez
avoir eu	eu, eue	*passé*
	ayant eu	aie eu
		ayons eu
		ayez eu

INDICATIF		SUBJONCTIF	

présent   *passé composé*

je	vais	je	suis	allé(e)
tu	vas	tu	es	allé(e)
il	va	il (elle)	est	allé(e)
ns	allons	ns	sommes	allé(e)s
vs	allez	vs	êtes	allé(e)s
elles	vont	ils (elles)	sont	allé(e)s

présent

(que)	j'	aille
(que)	tu	ailles
(qu')	il	aille
(que)	ns	allions
(que)	vs	alliez
(qu')	elles	aillent

imparfait   *plus-que-parfait*

j'	allais	j'	étais	allé(e)
tu	allais	tu	étais	allé(e)
elle	allait	il (elle)	était	allé(e)
ns	allions	ns	étions	allé(e)s
vs	alliez	vs	étiez	allé(e)s
ils	allaient	ils (elles)	étaient	allé(e)s

imparfait

(que)	j'	allass	e
(que)	tu	allass	es
(qu')	il	all	ât
(que)	ns	allass	ions
(que)	vs	allass	iez
(qu')	elles	allass	ent

passé simple   *passé antérieur*

j'	allai	je	fus	allé(e)
tu	allas	tu	fus	allé(e)
il	alla	il (elle)	fut	allé(e)
ns	allâmes	ns	fûmes	allé(e)s
vs	allâtes	vs	fûtes	allé(e)s
elles	allèrent	ils (elles)	furent	allé(e)s

passé

(que)	je	sois	allé(e)
(que)	tu	sois	allé(e)
(qu')	il (elle)	soit	allé(e)
(que)	ns	soyons	allé(e)s
(que)	vs	soyez	allé(e)s
(qu')	ils (elles)	soient	allé(e)s

futur simple   *futur antérieur*

j'	irai	je	serai	allé(e)
tu	iras	tu	seras	allé(e)
elle	ira	il (elle)	sera	allé(e)
ns	irons	ns	serons	allé(e)s
vs	irez	vs	serez	allé(e)s
ils	iront	ils (elles)	seront	allé(e)s

plus-que-parfait

(que)	je	fusse	allé(e)
(que)	tu	fusses	allé(e)
(qu')	il (elle)	fût	allé(e)
(que)	ns	fussions	allé(e)s
(que)	vs	fussiez	allé(e)s
(qu')	ils (elles)	fussent	allé(e)s

conditionnel présent   *conditionnel passé*

j'	irais	je	serais	allé(e)
tu	irais	tu	serais	allé(e)
il	irait	il (elle)	serait	allé(e)
ns	irions	ns	serions	allé(e)s
vs	iriez	vs	seriez	allé(e)s
elles	iraient	ils (elles)	seraient	allé(e)s

INFINITIF	PARTICIPE	IMPÉRATIF

présent

all er

passé

être allé(e)

présent

all ant

passé

allé(e)
étant allé(e)

présent

va
allons
allez

passé

sois allé(e)
soyons allé(e)s
soyez allé(e)s

INDICATIF		SUBJONCTIF

présent

je fais	j' ai fait
tu fais	tu as fait
il fait	elle a fait
ns faisons	ns avons fait
vs faites	vs avez fait
elles font	ils ont fait

passé composé

présent

| (que) je fasse |
| (que) tu fasses |
| (qu') il fasse |
| (que) ns fassions |
| (que) vs fassiez |
| (qu') elles fassent |

imparfait

je faisais	j' avais fait
tu faisais	tu avais fait
elle faisait	il avait fait
ns faisions	ns avions fait
vs faisiez	vs aviez fait
ils faisaient	elles avaient fait

plus-que-parfait

imparfait

| (que) je fisse |
| (que) tu fisses |
| (qu') elle fît |
| (que) ns fissions |
| (que) vs fissiez |
| (qu') ils fissent |

passé simple

je fis	j' eus fait
tu fis	tu eus fait
il fit	elle eut fait
ns fîmes	ns eûmes fait
vs fîtes	vs eûtes fait
elles firent	ils eurent fait

passé antérieur

passé

| (que) j' aie fait |
| (que) tu aies fait |
| (qu') il ait fait |
| (que) ns ayons fait |
| (que) vs ayez fait |
| (qu') elles aient fait |

futur simple

je ferai	j' aurai fait
tu feras	tu auras fait
elle fera	il aura fait
ns ferons	ns aurons fait
vs ferez	vs aurez fait
ils feront	elles auront fait

futur antérieur

plus-que-parfait

| (que) j' eusse fait |
| (que) tu eusses fait |
| (qu') elle eût fait |
| (que) ns eussions fait |
| (que) vs eussiez fait |
| (qu') ils eussent fait |

conditionnel présent

je ferais	j' aurais fait
tu ferais	tu aurais fait
il ferait	elle aurait fait
ns ferions	ns aurions fait
vs feriez	vs auriez fait
elles feraient	ils auraient fait

conditionnel passé

INFINITIF	PARTICIPE	IMPÉRATIF

présent

faire

passé

avoir fait

présent

fais ant

passé

fait, te
ayant fait

présent

fais
faisons
faites

passé

aie fait
ayons fait
ayez fait

<table>
<tr><td>

1 **indicatif présent**
2 **indicatif imparfait**
3 **indicatif passé simple**
4 **indicatif futur**
5 **conditionnel présent**
6 **subjonctif présent**
7 **subjonctif imparfait**
8 **impératif**
9 **participes présent et passé**

10 placer

1 je place, es, e, ez, ent,
  ns plaçons
2 je plaçais, ais, ait, aient,
  ns placions, iez
3 je plaçai, as, a, âmes, âtes
  ils placèrent
4 je placerai...
5 je placerais...
6 q. je place...
7 q. je plaçasse...
8 place, plaçons, placez
9 plaçant, placé

11 manger

1 je mange, es, e, ez, ent,
  ns mangeons
2 je mangeais, s, t, ent,
  ns mangions, iez
3 je mangeai, as, a, âmes,
  âtes
  ils mangèrent
4 je mangerai...
5 je mangerais...
6 q. je mange...
7 q. je mangeasse...
8 mange, mangeons,
  mangez
9 mangeant, mangé

12 céder

1 je cède, es, e, ent,
  ns cédons, ez
2 je cédais...
3 je cédai...
4 je céderai...
5 je céderais...

</td><td>

6 q. je cède, es, e, ent
  q. ns cédons, iez
7 q. je cédasse...
8 cède, cédons, cédez
9 cédant, cédé

13 assiéger

1 j'assiège, es, e, ent,
  ns assiégeons, ez
2 j'assiégeais, eais, eait,
  eaient
  ns assiégions, iez
3 j'assiégeai...
4 j'assiégerai...
5 j'assiégerais...
6 q. j'assiège...
7 q. j'assiégeasse...
8 assiège, assiégeons,
  assiégez
9 assiégeant, assiégé

14 répéter

1 je répète, es, e, ent,
  ns répétons, ez
2 je répétais...
3 je répétai...
4 je répéterai...
5 je répéterais...
6 q. je répète, es, e, ent
  q. ns répétions, iez
7 q. je répétasse...
8 répète, répétons, ez
9 répétant, répété

15 lever

1 je lève, es, e, ent,
  ns levons, ez
2 je levais...
3 je levai..
4 je lèverai...
5 je lèverais...
6 q. je lève, es, e, ent
  q. ns levions, iez
7 q. je levasse...
8 lève, levons, ez
9 levant, levé

16 geler

1 je gèle, es, e, ent,
  ns gelons, ez
2 je gelais...
3 je gelai...

</td><td>

4 je gèlerai...
5 je gèlerais...
6 q. je gèle, es, e, ent
  q. ns gelions, iez
7 q. je gelasse...
8 gèle, gelons, gelez
9 gelant, gelé

17 acheter

1 j'achète, es, e, ent,
  ns achetons, ez
2 j'achetais...
3 j'achetai...
4 j'achèterai...
5 j'achèterais...
6 q. j'achète, es, e, ent
  q. ns achetions, iez
7 q. j'achetasse...
8 achète, achetons, ez
9 achetant, acheté

18 appeler

1 j'appelle, es, e, ent,
  ns appelons, ez
2 j'appelais...
3 j'appelai...
4 j'appellerai...
5 j'appellerais...
6 q. j'appelle, es, e, ent
  q. ns appelions, iez
7 q. j'appelasse...
8 appelle, appelons, ez
9 appelant, appelé

19 jeter

1 je jette, es, e, ent,
  ns jetons, ez
2 je jetais...
3 je jetai...
4 je jetterai...
5 je jetterais...
6 q. je jette, es, e, ent
  q. ns jetions, iez
7 q. je jetasse...
8 jette, jetons, jetez
9 jetant, jeté

20 payer

1 je paie, es, e, ent
  ou je paye, es, e, ent,
  ns payons, ez
2 je payais...
3 je payai...

</td></tr>
</table>

4 je paierai ou je payerai...
5 je paierais ou je payerais...
6 q. je paie, es, e, ent ou
q. je paye, es, e, ent,
q. ns payions, iez
7 q. je payasse...
8 paie ou paye, payons,
payez
9 payant, payé

21 essuyer

1 j'essuie, es, e, ent,
ns essuyons, ez
2 j'essuyais...
3 j'essuyai...
4 j'essuierai...
5 j'essuierais...
6 q. j'essuie, es, e, ent
q. ns essuyions, iez
7 q. j'essuyasse...
8 essuie, essuyons, ez
9 essuyant, essuyé

22 employer

1 j'emploie, es, e, ent,
ns employons, ez
2 j'employais...
3 j'employai...
4 j'emploierai...
5 j'emploierais...
6 q. j'emploie, es, e, ent
q. ns employions, iez
7 q. j'employasse...
8 emploie, employons, ez
9 employant, employé

23 envoyer

1 j'envoie, es, e, ent,
ns envoyons, ez
2 j'envoyais...
3 j'envoyai...
4 j'enverrai...
5 j'enverrais...
6 q. j'envoie, es, e, ent
q. ns envoyions, iez
7 q. j'envoyasse...
8 envoie, envoyons, ez
9 envoyant, envoyé

24 haïr

1 je hais, s, t,
ns haïssons, ez, ent
2 je haïssais...

3 je hais, s, t
ns haïmes, haïtes, haïrent
4 je haïrai...
5 je haïrais...
6 q. je haïsse, es, e...
7 q. je haïsse, es, t...
8 hais, haïssons, haïssez
9 haïssant, haï

25 courir

1 je cours...
2 je courais...
3 je courus...
4 je courrai...
5 je courrais...
6 q. je coure...
7 q. je courusse...
8 cours, courons, courez
9 courant, couru

26 cueillir

1 je cueille, es, e,
ns cueillons, ez, ent
2 je cueillais...
3 je cueillis...
4 je cueillerai...
5 je cueillerais...
6 q. je cueille...
7 q. je cueillisse...
8 cueille, cueillons,
cueillez
9 cueillant, cueilli

27 assaillir

1 j'assaille, es, e,
ns assaillons, ez, ent
2 j'assaillais...
3 j'assaillis...
4 j'assaillirai...
5 j'assaillirais...
6 q. j'assaille...
7 q. j'assaillisse...
8 assaille, ons, ez
9 assaillant, assailli

28 fuir

1 je fuis, s, t, ent,
ns fuyons, ez
2 je fuyais...
3 je fuis...
4 je fuirai...
5 je fuirais...
6 q. je fuie, es, e, ent

q. ns fuyions, iez
7 q. je fuisse...
8 fuis, fuyons, fuyez
9 fuyant, fui

29 partir

1 je pars, tu pars, il part,
ns tons, tez, tent
2 je partais...
3 je partis...
4 je partirai...
5 je partirais...
6 q. je parte...
7 q. je partisse...
8 pars, partons, partez
9 partant, parti

30 bouillir

1 je bous, s, t,
ns bouillons, ez, ent
2 je bouillais...
3 je bouillis...
4 je bouillirai...
5 je bouillirais...
6 q. je bouille...
7 q. je bouillisse...
8 bous, bouillons, bouillez
9 bouillant, bouilli

31 couvrir

1 je couvre, es, e,
ns couvrons, ez, ent
2 je couvrais...
3 je couvris...
4 je couvrirai...
5 je couvrirais...
6 q. je couvre, es, e, ent
q. ns couvrions, iez
7 q. je couvrisse...
8 couvre, ons, ez
9 couvrant, couvert

32 vêtir

1 je vêts, tu vêts, il vêt,
ns vêtons, ez, ent
2 je vêtais...
3 je vêtis...
4 je vêtirai...
5 je vêtirais...
6 q. je vête...
7 q. je vêtisse...
8 vêts, vêtons, vêtez
9 vêtant, vêtu

#	
1	indicatif présent
2	indicatif imparfait
3	indicatif passé simple
4	indicatif futur
5	conditionnel présent
6	subjonctif présent
7	subjonctif imparfait
8	impératif
9	participes présent et passé

33 mourir

1 je meurs, s, t, ent,
  ns mourons, ez
2 je mourais...
3 je mourus...
4 je mourrai...
5 je mourrais...
6 q. je meure...
7 q. je mourusse...
8 meurs, mourons, mourez
9 mourant, mort

34 acquérir

1 j'acquiers, s, t, ent,
  ns acquérons, ez
2 j'acquérais...
3 j'acquis...
4 j'acquerrai...
5 j'acquerrais...
6 q. j'acquière, es, e, ent
  q. ns acquérions, iez
7 q. j'acquisse...
8 acquiers, acquérons, ez
9 acquérant, acquis

35 venir

1 je viens, s, t, nent,
  nous venons, ez
2 je venais...
3 je vins...
4 je viendrai...
5 je viendrais...
6 q. je vienne, es, e, ent
  q. ns venions, iez
7 q. je vinsse...
8 viens, venons, venez
9 venant, venu

36 gésir

● verbe défectif
1 je gis, tu gis, il gît,
  ns gisons, ez, ent
2 je gisais...
9 gisant

37 ouïr

1 j'ois, s, t,
  ns oyons, ez, ent
2 j'oyais...
3 j'ouïs...
4 j'ouïrai...
5 j'ouïrais...
6 q. j'oie, es, t
  q. ns oyions, iez, ent
7 q. j'ouïsse...
8 ois, oyons, oyez
9 oyant, ouï

38 pleuvoir

1 il pleut
  ils pleuvent
2 il pleuvait
  ils pleuvaient
3 il plut
  ils plurent
4 il pleuvra
  ils pleuvront
5 il pleuvrait
  ils pleuvraient
6 qu'il pleuve
  qu'ils pleuvent
7 qu'il plût
  qu'ils plussent
8 (inusité)
9 pleuvant, plu

39 pourvoir

1 je pourvois, s, t, ent,
  ns pourvoyons, ez
2 je pourvoyais...
3 je pourvus...
4 je pourvoirai...
5 je pourvoirais...
6 q. je pourvoie, es, e, ent
  q. ns pourvoyions, iez
7 q. je pourvusse...
8 pourvois, pourvoyons, ez
9 pourvoyant, pourvu

40 asseoir

1 j'assieds, ds, d,
  ns asseyons, ez, ent
  ou j'assois, s, t, ent,
  ns assoyons, ez
2 j'asseyais...
  ou j'assoyais...
3 j'assis...
4 j'assiérai...
  ou j'assoirai...
5 j'assierais...
  ou j'assoirais...
6 q. j'asseye, es, e, ent
  ou q. j'assoie, es, e, ent,
  q. ns assoyions, iez
7 q. j'assisse...
8 assieds, asseyons, ez
  ou assois, assoyons, ez
9 asseyant ou assoyant, assis

41 prévoir

1 je prévois, s, t, ent,
  ns prévoyons, ez
2 je prévoyais...
3 je prévis...
4 je prévoirai...
5 je prévoirais...
6 q. je prévoie, es, e, ent
  q. ns prévoyions, iez
7 q. je prévisse...
8 prévois, prévoyons, ez
9 prévoyant, prévu

42 mouvoir

1 je meus, s, t, vent,
  ns mouvons, ez
2 je mouvais...
3 je mus, s, t, mes, tes, rent
4 je mouvrai...
5 je mouvrais...
6 q. je meuve, es, e, ent
  q. ns mouvions, iez
7 q. je musse...
8 meus, mouvons, ez
9 mouvant, mû

43 recevoir

1 je reçois, s, t, vent,
  ns recevons, ez
2 je recevais...
3 je reçus...
4 je recevrai...
5 je recevrais...
6 q. je reçoive, es, e, ent
  q. ns recevions, iez
7 q. je reçusse...
8 reçois, recevons, ez
9 recevant, reçu

44 valoir/prévaloir

1 je vaux, x, t,
ns valons, ent
2 je valais...
3 je valus...
4 je vaudrai...
5 je vaudrais...
6 q. je vaille, es, e, ent,
q. ns valions, iez
(q. je prévale, es, e,
ions, iez, ent)
7 q. je valusse.
8 vaux, valons, valez
9 valant, valu

45 voir

1 je vois, s, t, ent,
ns voyons, ez
2 je voyais...
3 je vis...
4 je verrai...
5 je verrais...
6 q. je voie, es, e, ent
q. ns voyions, iez
7 q. je visse...
8 vois, voyons, voyez
9 voyant, vu

46 savoir

1 je sais, s, t,
ns savons, ez, ent
2 je savais...
3 je sus...
4 je saurai...
5 je saurais...
6 q. je sache...
7 q. je susse...
8 sache, sachons, sachez
9 sachant, su

47 vouloir

1 je veux, x, t, veulent,
ns voulons, ez
2 je voulais...
3 je voulus...
4 je voudrai...
5 je voudrais...
6 q. je veuille, es, e, ent
q. ns voulions, iez
7 q. je voulusse...

8 veux (veuille), voulions,
voulez (veuillez)
9 voulant, voulu

48 pouvoir

1 je peux, x, t, peuvent,
ns pouvons, ez
2 je pouvais...
3 je pus...
4 je pourrai...
5 je pourrais...
6 q. je puisse...
7 q. je pusse
8 (inusité)
9 pouvant, pu

49 falloir

1 il faut
2 il fallait
3 il fallut
4 il faudra
5 il faudrait
6 qu'il faille
7 qu'il fallût
8 (inusité)
9 le p. présent n'existe pas
fallu.

50 déchoir

1 je déchois, s, t, ent,
ns déchoyons, ez
2 je déchoyais...
3 je déchus...
4 je décherrai...
5 je décherrais...
6 q. je déchoie, es, e, ent
q. ns déchoyions, iez
7 q. je déchusse...
8 déchois, déchoyons, ez
9 le p. présent de déchoir n'existe
pas (mais : échéant)
déchu

51 résoudre

1 je résous, s, t,
ns résolvons, ez, ent
2 je résolvais...
3 je résolus...
(absoudre et dissoudre
n'ont pas de passé simple)
4 je résoudrai...
5 je résoudrais...
6 q. je résolve...
7 q. je résolusse

8 résous, résolvons, ez
9 résolvant
résolu (mais : absous/oute,
dissous/oute)

52 boire

1 je bois, s, t, vent,
ns buvons, ez
2 je buvais...
3 je bus...
4 je boirai...
5 je boirais..
6 q. je boive, es, e, ent
q. ns buvions, iez
7 q. je busse...
8 bois, buvons, buvez
9 buvant, bu

53 clore

1 je clos, os, ôt,
ns closons, ez, ent
2 (inusité)
3 (inusité)
4 je clorai...
5 je clorais...
6 q. je close...
7 (inusité)
8 clos
9 closant, clos

54 conclure

1 je conclus, s, t,
ns concluons, ez, ent
2 je concluais...
3 je conclus...
4 je conclurai...
5 je conclurais...
6 q. je conclue...
7 q. je conclusse...
8 conclus, concluons, ez
9 concluant,
conclu (mais : inclus)

55 connaître

1 je connais, s,
ssons, ssez, ssent,
il connaît
2 je connaissais...
3 je connus...
4 je connaîtrai...
5 je connaîtrais...
6 q. je connaisse...
7 q. je connusse...
8 connais, ssons, ssez
9 connaissant, connu

56 coudre

1 je couds, s, d,
ns cousons, ez, ent
2 je cousais...
3 je cousis...
4 je coudrai...
5 je coudrais...
6 q. je couse...
7 q. je cousisse...
8 couds, cousons, cousez
9 cousant, cousu

57 craindre

1 je crains, s, t
ns craignons, ez, ent
2 je craignais...
3 je craignis...
4 je craindrai...
5 je craindrais...
6 q. je craigne...
7 q. je craignisse...
8 crains, craignons, ez
9 craignant, craint

58 croire

1 je crois, s, t, ent
ns croyons, ez
2 je croyais...
3 je crus...
4 je croirai...
5 je croirais...
6 q. je croie...
7 q. je crusse...
8 crois, croyons, croyez
9 croyant, cru

59 croître

1 je croîs, s, t,
ns croissons, ez, ent
2 je croissais...
3 je crûs...
4 je croîtrai...
5 je croîtrais...
6 q. je croisse...
7 q. je crûsse...
8 croîs, croissons, ez
9 croissant, crû

60 médire

1 je médis, s, t, ent,
ns médisons, ez
(mais : vous dites,
vous redites)
2 je médisais...
3 je médis...
4 je médirai...
5 je médirais...
6 q. je médise, es, e, ent
q. ns médisions, iez
7 q. je médisse...
8 médis, médisons, ez
(mais : dites, redites)
9 médisant, médit

61 écrire

1 j'écris, s, t,
ns écrivons, ez, ent
2 j'écrivais...
3 j'écrivis...
4 j'écrirai...
5 j'écrirais...
6 q. j'écrive...
7 q. j'écrivisse...
8 écris, écrivons, ez
9 écrivant, écrit

62 joindre

1 je joins, s, t,
ns joignons, ez, ent
2 je joignais...
3 je joignis...
4 je joindrai...
5 je joindrais...
6 q. je joigne...
7 q. je joignisse.
8 joins, joignons, ez
9 joignant, joint

63 lire

1 je lis, s, t,
ns lisons, ez, ent
2 je lisais...
3 je lus..
4 je lirai...
5 je lirais...
6 q. je lise...
7 q. je lusse...
8 lis, lisons, lisez
9 lisant, lu

64 mettre

1 je mets, ts, t,
ns mettons, ez, ent
2 je mettais...
3 je mis...
4 je mettrai...
5 je mettrais...
6 q. je mette...
7 q. je misse...
8 mets, mettons, mettez
9 mettant, mis

65 moudre

1 je mouds, ds, d,
nous moulons, ez, ent
2 je moulais...
3 je moulus...
4 je moudrai...
5 je moudrais...
6 q. je moule...
7 q. je moulusse...
8 mouds, moulons, moulez
9 moulant, moulu

66 naître

1 je nais, nais, naît,
ns naissons, ez, ent
2 je naissais...
3 je naquis...
4 je naîtrai...
5 je naîtrais...
6 q. je naisse...
7 q. je naquisse...
8 nais, naissons, ez
9 naissant, né

67 conduire

1 je conduis...
2 je conduisais...
3 je conduisis...
4 je conduirai...

5 je conduirais...
6 q. je conduise...
7 q. je conduisisse...
8 conduis, sons, sez
9 conduisant,
conduit (**mais** : lui, nui)

68 plaire

1 je plais, s, il plaît
(**mais** : il tait)
ns plaisons, ez, ent
2 je plaisais...
3 je plus...
4 je plairai...
5 je plairais...
6 q. je plaise...
7 q. je plusse...
8 plais, plaisons, plaisez
9 plaisant, plu

69 peindre

1 je peins, s, t,
ns peignons, ez, ent
2 je peignais...
3 je peignis...
4 je peindrai...
5 je peindrais...
6 q. je peigne...
7 q. je peignisse...
8 peins, peignons, ez
9 peignant, peint

70 prendre

1 je prends, ds, d,
ns prenons, ez, ils prennent
2 je prenais...
3 je pris...
4 je prendrai...
5 je prendrais....
6 q. je prenne...
7 q. je prisse
8 prends, prenons, ez
9 prenant, pris

71 attendre

1 j'attends, ds, d,
ns attendons, ez, ent
2 j'attendais...
3 j'attendis...
4 j'attendrai...
5 j'attendrais...
6 q. j'attende...
7 q. j'attendisse...

8 attends, ons, ez
9 attendant, attendu

72 rire

1 je ris, s, t,
ns rions, ez, ent
2 je riais, ais, ait, aient,
ns riions, riiez
3 je ris, s, t,
ns rîmes, rîtes, rirent
4 je rirai...
5 je rirais...
6 q. je rie, es, e, ent,
q. ns riions, riiez
7 q. je risse, isses, ît,
q. ns rissions, ssiez, ssent
8 ris, rions, riez
9 riant, ri

73 suivre

1 je suis, suis, suit,
ns suivons, ez, ent
2 je suivais....
3 je suivis...
4 je suivrai...
5 je suivrais...
6 q. je suive...
7 q. je suivisse...
8 suis, suivons, ez
9 suivant, suivi

74 traire

1 je trais, s, t, ent,
ns trayons, ez
2 je trayais...
3 (**inusité**)
4 je trairai...
5 je trairais...
6 q. je traie, es, e, ent
q. ns trayions, iez
7 (**inusité**)
8 trais, trayons, ez
9 trayant, trait

75 vaincre

1 je vaincs, cs, c,
ns vainquons, ez, ent
2 je vainquais...
3 je vainquis...
4 je vaincrai...
5 je vaincrais...
6 q. je vainque...
7 q. je vainquisse...

8 vaincs, vainquons, ez
9 vainquant, vaincu

76 vivre

1 je vis, s, t,
ns vivons, ez, ent
2 je vivais....
3 je vécus...
4 je vivrai...
5 je vivrais...
6 q. je vive...
7 q. je vécusse...
8 vis, vivons, ez
9 vivant, vécu

77 battre

1 je bats, ts, t
ns battons, tez, tent
2 je battais....
3 je battis...
4 je battrai...
5 je battrais...
6 q. je batte...
7 q. je battisse...
8 bats, battons, battez
9 battant, battu

78 rompre

1 je romps, ps, pt,
ns rompons, ez, ent
2 je rompais...
3 je rompis...
4 je romprai...
5 je romprais...
6 q. je rompe...
7 q. je rompisse...
8 romps, rompons, ez
9 rompant, rompu

79 suffire

1 je suffis, s, t,
ns suffisons, ez, ent
2 je suffisais...
3 je suffis...
4 je suffirai...
5 je suffirais...
6 q. je suffise...
7 q. je suffisse...
8 suffis, suffisons, ez
9 suffisant,
suffi (**mais** : confit,
déconfit, frit,
circoncis)

ACCORD DU PARTICIPE PASSÉ

	Accord avec le sujet du verbe	Accord avec le complément d'objet direct (COD) placé avant le verbe	Participe passé invariable
Participe passé conjugué avec l'auxiliaire ÊTRE	La renarde a été apprivoisée. Des renardeaux sont nés. Ils sont allés les voir.		
Participe passé conjugué avec l'auxiliaire AVOIR.		La renarde qu'ils ont apprivoisée... L'avez-vous vue, cette renarde ? Quels noms as-tu choisis ?	■ **COD après le verbe** : Ils ont vu les renardeaux. ■ **Pas de COD** : Elles ont beaucoup marché. Elles en ont bénéficié (de cette faveur). ■ **COD = pronom neutre LE (L')** : Nous le leur avons annoncé. ■ **Verbes impersonnels** : Quelles démarches il a fallu! ■ **Semi-auxiliaires** : La robe que j'ai fait faire... ■ **Participe passé suivi d'un verbe à l'infinitif** : La maison que j'ai vu construire (construire une maison). Mais : Les renardeaux que j'ai **vus** téter (j'ai vu les renardeaux téter).
Participe passé des verbes pronominaux ■ Verbes essentiellement pronominaux ■ Verbes pronominaux de sens passif ■ Verbes de sens réfléchi ou réciproque : • si SE est COD • si SE n'est pas COD	■ Elle s'est plainte du prix. Elles se sont enfuies. ■ La cuve s'est vidée lentement.	■ Ils se sont cachés. Elles se sont embrassées. ■ La maison qu'il s'est trouvée... ■ La balle, ils se la sont passée.	■ **COD après le verbe** : Ils se sont caché les yeux. ■ **Pas de COD** : Elles se sont souri. Nous nous sommes répondu.

PRÉFIXES ET SUFFIXES

acéto- du lat. « vinaigre ».
acro- du gr. « élevé, extrême ».
actino- du gr. « rayon ».
adéno- du gr. « glande ».
1. aéro- du gr. « air ».
2. aéro- de *aéroplane*.
afro- de *Afrique*.
-agogie, -agogue du gr. « qui conduit ».
agro- du gr. « champ ».
algo-, -algie du gr. « douleur ».
allo- du gr. « autre ».
ambi- du lat. « les deux, des deux côtés ».
ambly- du gr. « émoussé, obtus ».
amphi- du gr. « autour de, des deux côtés ».
amylo- du lat. « amidon ».
ana- du gr. « de bas en haut ».
andro- du gr. « homme, mâle ».
anémo- du gr. « vent ».
angio- du gr. « capsule, vaisseau ».
anglo- de *anglais*.
aniso- du gr. « inégal ».
anté- du lat. « avant ».
antho-, -anthe du gr. « fleur ».
anthropo-, -anthrope, -anthropique du gr.
« homme ».
anti- du gr. « contre ».
api- du lat. « abeille ».
apo- du gr. « au loin, à l'écart ».
aqua-, aqui- du lat. « eau ».
archéo- du gr. « ancien ».
archi- du gr., marque la supériorité.
-archie, -arque du gr. « commander ».
artério- du lat. « artère ».
arthro-, -arthrie du gr. « articulation ».
astro- du gr. « astre ».
audio- du lat. « entendre ».
1. auto- du gr. « soi-même ».
2. auto- de *automobile*.
baro- du gr. « pesanteur ».
bary- du gr. « lourd ».
bathy- du gr. « profond ».
bi-, bis- du lat. « deux fois, double ».
biblio- du gr. « livre ».
bio- du gr. « vie ».
blasto-, -blaste du gr. « germe ».
brachy- du gr. « court, bref ».
brady- du gr. « lent ».
broncho- du gr. « bronches ».
bryo- du gr. « mousse ».
caco- du gr. « mauvais ».
calci- calco- du lat. « chaux ».
calli- du gr. « beauté ».
calori- du lat. « chaleur ».
carbo- du lat. « charbon ».
carcino- du gr. « cancer ».
cardio-, -carde, -cardie du gr. « cœur ».
carpo-, -carpe du gr. « jointure » ou « fruit ».
caryo- du gr. « noyau, noix ».

cata- du gr. « en dessous, en arrière ».
-cèle du gr. « tumeur ».
-cène du gr. « récent ».
centi- du lat. « centième ».
centro- du lat. « centre ».
céphalo-, -céphale du gr. « tête ».
chalco- du gr. « cuivre ».
chimio- de *chimie*.
chiro- du gr. « main ».
chloro- du gr. « vert ».
cholé- du gr. « bile ».
chondro- du gr. « cartilage ».
chromo-, chromato-, -chrome, -chromie
du gr. « couleur ».
chrono-, -chrone du gr. « temps ».
chryso- du gr. « or ».
-cide du lat. « meurtre ».
1. ciné-, cinémo- du gr. « mouvement ».
2. ciné- de *cinéma*.
circum-, circon- du lat. « autour ».
-claste, -clase du gr. « brisé ».
cis- du lat. « en deçà ».
clino- du gr. « être couché, penché ».
cœno- ou **céno-** du gr. « commun ».
-cole du lat. « cultiver, habiter ».
colpo- du gr. « vagin ».
contra- du lat. « contre, en sens contraire ».
copro- du gr. « excrément ».
-coque, -coccie du gr. « grain ».
cortico- du lat. « écorce ».
cosmo-, -cosme du gr. « ordre, univers ».
cranio- du gr. « crâne ».
-crate, -cratie du gr. « force ».
cristallo- du gr. « cristal ».
cryo- du gr. « froid ».
crypto- du gr. « caché ».
-culteur du lat. « qui cultive ».
-culture du lat. « culture ».
cupri-, cupro- du lat. « cuivre ».
curvi- du lat. « courbe ».
cyano- du gr. « bleu sombre ».
1. cyclo- du gr. « cercle ».
2. cyclo- de *cycle*.
cyno- du gr. « chien ».
cysto-, -cyste du gr. « vessie ».
cyto-, -cyte du gr. « cavité, cellule ».
déca- du gr. « dix ».
déci- du gr. « dixième ».
démo-, -démie du gr. « peuple ».
dactylo-, -dactyle du gr. « doigt ».
dendro-, -dendron du gr. « arbre ».
dermato-, dermo-, -derme du gr. « peau ».
deuto-, deutéro- du gr. « deuxième ».
dextro-, -dextre du lat. « qui est à droite ».
di- du gr. « deux fois ».
diplo- du gr. « double ».
dodéca- du gr. « douze ».
dolicho- du gr. « long ».

doxo-, -doxie du gr. « opinion ».
dromo-, -drome, -dromie du gr. « course ».
dynamo-, -dynamie du gr. « force ».
-dyne, dyno- du gr. « force ».
dys- du gr. « difficulté, mauvais état ».
échino- du gr. « hérisson ».
1. éco-, -écie du gr. « maison ».
2. éco- de *écologie.*
-ectasie du gr. « dilatation ».
ecto- du gr. « au-dehors ».
-ectomie du gr. « ablation ».
-èdre, -édrie du gr. « face ».
électro- de *électricité.*
embryo- du gr. « embryon ».
-émie du gr. « sang ».
endo- du gr. « au-dedans ».
entéro-, -entère du gr. « intestin ».
entomo- du gr. « insecte ».
éo- du gr. « aurore ».
épi- du gr. « sur, dessus, à la surface de ».
équi- du lat. « égal ».
ergo-, -ergie du gr. « action, travail ».
érythro- du gr. « rouge ».
esthési-, -esthésie du gr. « sensibilité ».
ethno- du gr. « race ».
eu- du gr. « bien ».
euro- de *Europe.*
exo- du gr. « hors de ».
-fère du lat. « porter ».
fibro- de *fibre.*
-forme du lat. « forme ».
franco- de *français.*
-fuge du lat. « fuir » ou « faire fuir ».
gala-, galacto- du gr. « lait ».
galli-, gallo- du lat. « coq ».
gamo-, -game, -gamie du gr. « union ».
gastéro-, gastro-, -gastre du gr. « ventre ».
-genèse, -génésie du gr. « formation ».
géno-, -gène, -génie du gr. « origine ».
géo-, -gée du gr. « terre ».
germano- de *germanique.*
géronto- du gr. « vieillard ».
giga-, gigan- du gr. « géant ».
glosso-, glotto-, -glosse, -glotte du gr.
« langue ».
gluco-, glyco- du gr. « doux ».
glypto- du gr. « gravé ».
gnatho-, -gnathe du gr. « mâchoire ».
-gnose, -gnosie du gr. « connaissance ».
gonio-, -gone du gr. « angle ».
-grade du lat. « marcher ».
-gramme du gr. « lettre, écriture ».
grapho-, -graphe, -graphie du gr. « écrire ».
gréco- de *grec.*
gymno- du gr. « nu ».
gynéco-, gyné-, -gyne du gr. « femme ».
gyro-, -gyre du gr. « cercle ».
halo- du gr. « sel ».
haplo- du gr. « simple ».
hecto- du gr. « cent ».
hélio-, -hélie du gr. « soleil ».
héma-, hémato-, hémo- du gr. « sang ».
hémi- du gr. « à moitié ».
hendéca- du gr. « onze ».
hépato- du gr. « foie ».
hepta- du gr. « sept ».
hétéro- du gr. « autre ».
hexa- du gr. « six ».
hidro- du gr. « sueur ».
hiéro- du gr. « sacré, saint ».

hippo- du gr. « cheval ».
hispano- de *hispanique.*
histio-, histo- du gr. « tissu ».
holo- du gr. « entier ».
homéo-, homo- du gr. « semblable ».
horo- du gr. « heure ».
hydro-, -hydre du gr. « eau ».
hygro- du gr. « humide ».
hyper- du gr. « au-dessus, au-delà ».
hypno- du gr. « sommeil ».
hypo- du gr. « au-dessous, en deçà ».
hystéro- du gr. « utérus ».
iatro-, -iatre, -iatrie du gr. « médecin ».
ichtyo- du gr. « poisson ».
icono- du gr. « image ».
-ide, -idé du gr. « apparence ».
idéo- du gr. « idée ».
idio- du gr. « qui appartient en propre à ».
igni- du lat. « feu ».
immuno- du lat. « exempt de, libre de ».
indo- de *Inde.*
infra- du lat. « au-dessous, plus bas ».
inter- du lat. « entre ».
intra-, intro- du lat. « à l'intérieur de ».
iso- du gr. « égal ».
judéo- du lat. « juif ».
juxta- du lat. « près de ».
kérato- du gr. « corne, cornée ».
kilo- du gr. « mille ».
kinési-, -kinésie du gr. « mouvement ».
lacti-, lacto- du latin « lait ».
lalo-, -lalie du gr. « parler ».
laryngo- du gr. « gorge, gosier ».
latéro-, -latère du lat. « côté ».
-lâtre, -lâtrie du gr. « adorer ».
lépido- du gr. « écaille ».
lepto- du gr. « mince ».
leuco- du gr. « blanc ».
limno- du gr. « lac ».
lipo- du gr. « graisse ».
litho-, -lithe, -lite du gr. « pierre ».
loco- du gr. « lieu ».
-logie, -logiste, -logue du gr. « théorie ».
logo- du gr. « parole, discours ».
longi- du lat. « long ».
-loque du lat. « parler ».
lyco- du gr. « loup ».
lyo- du gr. « dissoudre ».
lyso-, -lyse du gr. « dissolution, dissociation ».
-lyte, -lytique du gr. « qui peut être dissous ».
-machie du gr. « combat ».
macro- du gr. « long, grand ».
magnéto- du gr. « aimant ».
malaco- du gr. « mou ».
-mancie du gr. « divination ».
1. -mane du lat. « main ».
2. -mane, -manie du gr. « folie ».
mécano- du gr. « machine ».
médico- du lat. « médecin ».
médio- du lat. « moyen ».
méga-, mégalo-, -mégalie du gr. « grand ».
méla-, mélano- du gr. « noir ».
mélo- du gr. « chant ».
méro-, -mère, -mérie du gr. « partie ».
méso- du gr. « au milieu, médian ».
méta- du gr. « changement ».
métallo- du gr. « mine ».
métro-, -mètre, -métrie du gr. « mesure ».
micro- du gr. « petit ».
milli- du lat. « mille ».

mini- du lat. «moins».
miso- du gr. «haïr».
mnémo-, -mnésie du gr. «mémoire».
mono- du gr. «seul».
morpho-, -morphe, -morphisme du gr. «forme».
moto- de *moteur* ou de *motocyclette*.
multi- du lat. «nombreux».
myco-, -myce du gr. «champignon».
myélo-, -myélite du gr. «moelle».
myo- du gr. «muscle».
myria-, myrio- du gr. «dizaine de mille».
mytho-, -mythie du gr. «fable».
mytilo- du lat. «moule».
nano- du gr. «petit».
narco- du gr. «engourdissement».
-naute du gr. «navigateur».
-nautique du gr. «relatif à la navigation».
nécro- du gr. «mort».
némato- du gr. «fil».
néo- du gr. «nouveau».
néphro- du gr. «rein».
neuro-, névro- du gr. «nerf».
nitro- du lat. «nitre».
nivo- du lat. «neige».
nomo-, -nome, -nomie du gr. «loi».
noso-, -nose du gr. «maladie».
nucléo- du lat. «noyau».
nycto- du gr. «nuit».
octa-, octi-, octo- du lat. «huit».
-odie du gr. «chant».
odo-, -ode du gr. «route».
odonto- du gr. «dent».
œno- du gr. «vin».
-oïde, -oïdal du gr. «forme».
oléi-, oléo- du lat. «huile».
oligo- du gr. «peu nombreux».
omni- du lat. «tout».
oniro- du gr. «rêve».
onto- du gr. «l'étant, l'être, ce qui est».
oo- du gr. «œuf».
-ope, -opie du gr. «vue».
ophio- du gr. «serpent».
ophtalmo-, -ophtalmie du gr. «œil».
opo- du gr. «suc».
-opsie du gr. «vue, vision».
orchi-, orchido- du gr. «testicule».
ornitho- du gr. «oiseau».
oro- du gr. «montagne».
ortho- du gr. «droit» ou «correct».
ostéo-, -oste du gr. «os».
ostréi- du lat. «huître».
oti-, oto- du gr. «oreille».
-oure du gr. «queue».
ovo-, ovi- du lat. «œuf».
paléo- du gr. «ancien».
palin- du gr. «de nouveau».
pan-, panto- du gr. «tout».
1. para- du gr. «à côté de».
2. para-, pare- du lat. «protéger».
-pare, du lat. «engendrer».
patho-, -pathie, -pathe du gr. «maladie».
pédi-, -pède, -pédie du lat. «pied».
1. pédo-, -pédie du gr. «enfant» ou «instruire».
2. pédo- du gr. «sol».
-pénie du gr. «manque».
penta- du gr. «cinq».
pepto-, -pepsie du gr. «digestion».
péri- du gr. «autour».

1. pétro- du gr. «pierre, roche».
2. pétro- de *pétrole*.
-pexie du gr. «fixation».
phago-, -phage, -phagie du gr. «manger».
phallo-, -phalle du gr. «phallus».
philo-, -phile, -philie du gr. «aimer».
phlébo- du gr. «veine».
-phobe, -phobie du gr. «crainte».
phono-, -phone, -phonie du gr. «voix, son».
-phore du gr. «porter».
1. photo- du gr. «lumière».
2. photo- de *photographie*.
phyco-, -phycée du gr. «algue».
phyllo-, -phylle du gr. «feuille».
-physe du gr. «formation, production».
physio- du gr. «nature».
phyto-, -phyte du gr. «plante».
picro- du gr. «amer».
piézo- du gr. «presser».
pisci- du lat. «poisson».
pithéco-, -pithèque du gr. «singe».
plasmo-, -plasme, -plasie, -plaste, -plastie du gr. «modeler».
platy- du gr. «large».
-plégie du gr. «frapper».
pleuro- du gr. «côté».
pluri- du lat. «plusieurs».
pluvio- du lat. «pluie».
pneumo- du gr. «poumon».
pneumato- du gr. «souffle».
podo-, -pode du gr. «pied».
1. -pole du gr. «ville».
2. -pole du gr. «vendre».
poly- du gr. «nombreux».
post- du lat. «après».
potamo- du gr. «fleuve».
pré- du lat. «en avant, devant».
pro- du lat. «pour».
procto- du gr. «anus».
proto-, protéro- du gr. «premier».
pseudo- du gr. «menteur».
psycho-, -psychie du gr. «esprit».
ptéro-, ptère du gr. «aile».
-pyge, -pygie du gr. «fesse».
pyo- du gr. «pus».
pyro- du gr. «feu».
quinqua- du lat. «cinq».
quint- du lat. «cinquième».
1. radio- du lat. «rayon».
2. radio- de *radiodiffusion* et de *radiographie*.
recti- du lat. «droit».
rétro- du lat. «en arrière».
rhéo- du gr. «couler».
rhino- du gr. «nez».
rhizo-, -rhize du gr. «racine».
rhodo- du gr. «rose».
rhombo- du gr. «toupie, losange».
rhyncho-, -rhynque du gr. «groin, bec».
-rostre du lat. «éperon, bec».
-rragie du gr. «jaillir».
-rrhée du gr. «couler».
sacchari-, saccharo- du gr. «sucre».
salpingo- du gr. «trompe».
sapon- du lat. «savon».
sapro- du gr. «pourri, putride».
sarco- du gr. «chair».
-saure, -saurien du gr. «lézard».
saxi- du lat. «rocher, pierre».
scato- du gr. «excrément».
schizo- du gr. «fendre».

scléro- du gr. « dur ».
-scope, -scopie du gr. « regarder, observer ».
séléno- du gr. « lune ».
sémio- ou **séméio-** du gr. « signe ».
sérici- du lat. « soie ».
servo- du lat. « esclave ».
1. **sidéro-** du lat. « astre ».
2. **sidéro-** du gr. « fer ».
simili- du lat. « semblable ».
sino- du lat. « Chine ».
sismo- ou **séismo-** du gr. « secousse ».
somato-, -some du gr. « corps ».
sono- du lat. « son ».
spectro- du lat. « image ».
spéléo- du gr. « caverne ».
spermato-, spermo-, -sperme du gr. « semence, graine ».
spléno- du gr. « rate ».
spondylo- du lat. « vertèbre ».
stéaro-, stéato- du gr. « graisse ».
stégo- du gr. « toit ».
sténo- du gr. « étroit ».
stéréo- du gr. « solide, cubique ».
stomato- du gr. « bouche ».
strati-, strato- du lat. « couche ».
strobo- du gr. « rotation ».
sulfo- du lat. « soufre ».
supra- du lat. « au-dessus ».
sylvi- du lat. « forêt ».
syn-, syl-, sym- du gr. « avec ».
syringo- du gr. « canal, tuyau ».
tachy- du gr. « rapide ».
tauto- du gr. « le même ».
taxi-, taxo-, -taxie du gr. « arrangement ».
techno-, -technie du gr. « art, métier ».
1. **télé-** du gr. « au loin ».
2. **télé-** de *télévision*.
téléo-, télo-, -télie du gr. « fin, but ».
térato- du gr. « monstre ».
tétra- du gr. « quatre ».
thalasso- du gr. « mer ».
thanato- du gr. « mort ».
théo- du gr. « dieu ».
-thèque du gr. « loge, boîte ».

-thérapie du gr. « soin, cure ».
thermo-, -therme, -thermie du gr. « chaud ».
thio- du gr. « soufre ».
thrombo- du gr. « caillot ».
-thymie du gr. « cœur, affectivité ».
tomo-, -tome, -tomie du gr. « couper ».
-tonie du gr. « tension ».
topo-, -tope du gr. « lieu ».
toxo-, toxi-, toxico- du lat. « poison ».
tri- du lat. et du gr. « trois ».
tribo- du gr. « frotter ».
tricho- du gr. « poil, cheveu ».
tropo-, -trope, -tropie, -tropisme du gr. « tour, manège, direction ».
tropho-, -trophie du gr. « nourriture ».
tubi- du lat. « tube ».
turbo- du lat. « tourbillon, toupie ».
typho- du gr. « torpeur ».
typo-, -type, -typie du gr. « empreinte ».
tyro- du gr. « fromage ».
ultra- du lat. « au-delà de ».
unci- du lat. « crochet ».
ungui- du lat. « ongle ».
uni- du lat. « un ».
urano- du gr. « ciel ».
-urge, -urgie du gr. « travail ».
1. **uro-, -urèse, -urie** du gr. « urine ».
2. **uro-, -oure, -ure** du gr. « queue ».
-valent du lat. « valoir ».
vaso- du lat. « récipient » ou « canal ».
vermi- du lat. « ver ».
vibro- de *vibrer*.
vidéo- du lat. « je vois ».
vini- du lat. « vin ».
viti- du lat. « vigne ».
-vore du lat. « manger, avaler ».
xantho- du gr. « jaune ».
xéno-, -xène du gr. « étranger » et « étrange ».
xéro- du gr. « sec ».
xylo- du gr. « bois ».
zoo-, -zoaire, -zoïque du gr. « animal ».
zygo- du gr. « joug ».
zymo-, -zyme du gr. « levain, ferment ».

LISTE DES ÉLÉMENTS CHIMIQUES

NOM	SYMBOLE	N° ATOMIQUE	NOM	SYMBOLE	N° ATOMIQUE
Actinium	Ac	89	Manganèse	Mn	25
Aluminium	Al	13	*Mendélévium*	Md	101
Américium	Am	95	Mercure	Hg	80
Antimoine	Sb	51	Molybdène	Mo	42
Argent	Ag	47			
Argon	Ar	18	Néodyme	Nd	60
Arsenic	As	33	Néon	Ne	10
Astate	At	85	*Neptunium*	Np	93
Azote	N	7	Nickel	Ni	28
			Niobium	Nb	41
Baryum	Ba	56	*Nobélium*	No	102
Berkélium	Bk	97			
Béryllium	Be	4	Or	Au	79
Bismuth	Bi	83	Osmium	Os	76
Bore	B	5	Oxygène	O	8
Brome	Br	35			
Cadmium	Cd	48	Palladium	Pd	46
Calcium	Ca	20	Phosphore	P	15
Californium	Cf	98	Platine	Pt	78
Carbone	C	6	Plomb	Pb	82
Cérium	Ce	58	*Plutonium*	Pu	94
Césium	Cs	55	Polonium	Po	84
Chlore	Cl	17	Potassium	K	19
Chrome	Cr	24	Praséodyme	Pr	59
Cobalt	Co	27	*Prométhium*	Pm	61
Cuivre	Cu	29	Protactinium	Pa	91
Curium	Cm	96			
			Radium	Ra	88
Dysprosium	Dy	66	Radon	Rn	86
			Rhénium	Re	75
Einsteinium	Es	99	Rhodium	Rh	45
Erbium	Er	68	Rubidium	Rb	37
Étain	Sn	50	Ruthénium	Ru	44
Europium	Eu	63			
			Samarium	Sm	62
Fer	Fe	26	Scandium	Sc	21
Fermium	Fm	100	Sélénium	Se	34
Fluor	F	9	Silicium	Si	14
Francium	Fr	87	Sodium	Na	11
			Soufre	S	16
Gadolinium	Gd	64	Strontium	Sr	38
Gallium	Ga	31			
Germanium	Ge	32	Tantale	Ta	73
			Technétium	Tc	43
Hafnium	Hf	72	Tellure	Te	52
Hahnium	Ha	105	Terbium	Tb	65
Hélium	He	2	Thallium	Tl	81
Holmium	Ho	67	Thorium	Th	90
Hydrogène	H	1	Thulium	Tm	69
			Titane	Ti	22
Indium	In	49	Tungstène	W	74
Iode	I	53			
Iridium	Ir	77	Uranium	U	92
Kourchatovium	Ku	104	Vanadium	V	23
Krypton	Kr	36			
			Xénon	Xe	54
Lanthane	La	57			
Lawrencium	Lr	103	Ytterbium	Yb	70
Lithium	Li	3	Yttrium	Y	39
Lutécium	Lu	71			
			Zinc	Zn	30
Magnésium	Mg	12	Zirconium	Zr	40

Les éléments artificiels sont en *italique*.

TABLEAU PÉRIODIQUE DES ÉLÉMENTS

• La nomenclature internationale préfère désigner les éléments dont le nombre atomique Z est supérieur à 100 par un nom numérique. Ainsi, le mendelevium (Z = 101) peut être nommé Unnilunium (1 donnant un ; 0, nil, 1, unium).

■ éléments radioactifs

UNITÉS PHYSIQUES

PRÉFIXES UTILISÉS POUR LES MULTIPLES ET LES SOUS-MULTIPLES :

exa	E	10^{18}	déci	d	10^{-1}
peta	P	10^{15}	centi	c	10^{-2}
téra	T	10^{12}	milli	m	10^{-3}
giga	G	10^{9}	micro	µ	10^{-6}
méga	M	10^{6}	nano	n	10^{-9}
kilo	k	10^{3}	pico	p	10^{-12}
hecto	h	10^{2}	femto	f	10^{-15}
déca	da	10	atto	a	10^{-18}

UNITÉS SI DE BASE

Longueur	mètre	m
Masse	kilogramme	kg
Temps	seconde	s
Intensité du courant électrique	ampère	A
Température	kelvin	K
Intensité lumineuse	candela	cd
Quantité de matière	mole	mol

UNITÉS SI DÉRIVÉES

• Géométriques, mécaniques, thermodynamiques

Superficie	mètre carré	m^2
Volume	mètre cube	m^3
Vitesse	mètre par seconde	$m.s^{-1}$
Accélération	mètre par seconde carrée	$m.s^{-2}$
Masse volumique	kilogramme par mètre cube	$kg/m.s^{-3}$
Volume massique	mètre cube par kilogramme	$m^3.kg^{-1}$
Fréquence	hertz	Hz
Nombre d'ondes	1 par mètre	m^{-1}
Masse linéique	kilogramme par mètre	$kg.m^{-1}$
Masse surfacique	kilogramme par mètre carré	$kg.m^{-2}$
Concentration	kilogramme par mètre cube	$kg.m^{-3}$
Force	newton	N
Pression	pascal	Pa
Énergie, travail, chaleur	joule	J
Puissance, flux énergétique	watt	W
Moment de force	newton-mètre	N.m
Tension capillaire	newton par mètre	$N.m^{-1}$
Viscosité dynamique	pascal-seconde	Pa.s
Viscosité cinématique	mètre carré par seconde	$m^2.s^{-1}$
Éclairement énergétique	watt par mètre carré	$W.m^{-2}$
Chaleur massique, entropie massique	joule par kilogramme-kelvin	$J.kg^{-1}.K^{-1}$
Température	degré Celsius	°C

• Électriques, optiques

Force magnétomotrice	ampère-tour	A.tr
Tension, potentiel, f.é.m.	volt	V
Quantité d'électricité	coulomb	C
Résistance	ohm	Ω
Conductance	siemens	S
Capacité	farad	F
Champ magnétique	tesla	T

Flux magnétique	weber	Wb
Inductance	henry	H
Intensité de courant	ampère par mètre carré	$A.m^{-2}$
Intensité de champ électrique	volt par mètre	$V.m^{-1}$
Intensité de champ magnétique	ampère par mètre	$A.m^{-1}$
Permittivité	farad par mètre	$F.m^{-1}$
Perméabilité	henry par mètre	$H.m^{-1}$
Flux lumineux	lumen	lm
Éclairement	lux	lx
Luminance	nit	nt
Vergence des systèmes optiques	1 par mètre ou dioptrie	m^{-1} ou δ

UNITÉS SI SUPPLÉMENTAIRES

Angle plan	radian	rad
Angle solide	stéradian	sr
Vitesse angulaire	radian par seconde	$rad.s^{-1}$
Accélération angulaire	radian par seconde carrée	$rad.s^{-2}$
Intensité énergétique	watt par stéradian	$W.sr^{-1}$
Luminance énergétique	watt par m² stéradian	$W.m^{-2}\ sr^{-1}$

UNITÉS HORS SYSTÈME (unité déconseillée = u. déc.)

minute	min	1 min	$= 60$ s
heure	h	1 h	$= 3\,600$ s
jour	d	1 d	$= 86\,400$ s
degré	°	1 °	$= (\pi/180)$rad
minute (d'angle)	'	1 '	$= (1/60)°$
seconde (d'angle)	"	1 "	$= (1/60°)'$
litre	L	1 L	$= 10^{-3}\ m^3$
tonne	t	1 t	$= 10^3$ kg
électronvolt	eV	1 eV	$= 1,602.10^{-19}$ J
unité astronomique	UA	1 UA	$= 1,496.10^{11}$ m
parsec	pc	1 pc	$= 3,080.10^{18}$ m
année de lumière	a.l	1 a.l	$= 9,461.10^{15}$ m
angström	Å	1 Å	$= 10^{-10}$ m
are	a	1 a	$= 10^2\ m^2$
barn	b	1 b	$= 10^{-28}\ m^2$
bar	bar	1 bar	$= 10^5$ Pa
atmosphère normale	atm	1 atm	$= 1,013.25\ 10^5$ Pa
erg (u.C.G.S.)	erg	1 erg	$= 10^{-7}$ J
dyne	dyn	1 dyn	$= 10^{-5}$ N
poise (u.C.G.S.)	P	1 P	$= 0,1$ Pa.s
stokes (u.C.G.S.)	St	1 St	$= 10^{-4}\ m^2.s^{-1}$
gauss (u.C.G.S.)	G	1 G	$= 10^{-4}$ T
œrsted (u.C.G.S.)	Œ	1 Œ	$= 1\,000/4\ \pi\ A.m^{-1}$
maxwell (u.C.G.S.)	Mx	1 Mx	$= 10^{-8}$ Wb
phot (u.C.G.S.)	ph	1 ph	$= 10^4$ lx
stilb (u.C.G.S.)	sb	1 sb	$= 10^4$ nt
torr (u. déc.)	torr	1 torr	$= 1$ mm de mercure
kilogramme force (u. déc.)	kgf	1 kgf	$= 9,806\,65$ N
calorie (u. déc.)	cal	1 cal	$= 4,184$ J
micron (u. déc.)	µ	1 µ	$= 1\ \mu m = 10^{-6}$ m
stère (u. déc.)	st	1 st	$= 1\ m^3$
fermi (u. déc.)	fm	1 fm	$= 10^{-15}$ m
gamma (u. déc.)	γ	1 γ	$= 10^{-9}$ kg

SYMBOLES MATHÉMATIQUES

1. OPÉRATIONS ARITHMÉTIQUES

+	plus	/ ou : ou —	divisé par
−	moins		
× ou ·	multiplié par	±	plus ou moins

2. ÉGALITÉS, IDENTITÉS, INÉGALITÉS

=	égale	<	strictement inférieur à
≡	identique à	⩾	supérieur à
≠	différent de	>	strictement supérieur à
≃	peu différent de	|	divise
⩽	inférieur à		

3. AUTRES SYMBOLES ALGÉBRIQUES

n en exposant	puissance	()	parenthèses
		‖	valeur absolue
√	racine	!	factorielle

4. SYMBOLES LOGIQUES ET DE LA THÉORIE DES ENSEMBLES

¬	non	⊂	inclus dans
⇒	implique	⊄	non inclus dans
⇔	logiquement équivalent à	∈	appartient
∪	réunion	∉	n'appartient pas
∩	intersection	{}	accolades
C	complémentarité	T ou ⊥	té ou anti-té
∅	ensemble vide	∘	rond
∀	quel que soit	*	star ou étoile
∃	il existe		

5. SYMBOLES DE FONCTIONS TRIGONOMÉTRIQUES

sin	sinus	arc sin	arc sinus
cos	cosinus	arc cos	arc cosinus
tan	tangente	arc tan	arc tangente

PAYS, LANGUES, MONNAIES

pays	code	langue(s) officielle(s)	monnaie
Afghanistan	AFG	dari, pachtou	afghani
Afrique du Sud	ZA	afrikaans, anglais	rand
Albanie	AL	albanais	lek
Algérie	DZ	arabe	dinar
Allemagne	D	allemand	euro
Angola		portugais	kwanza
Arabie Saoudite		arabe	riyal
Argentine	RA	espagnol	peso
Arménie		arménien	tram
Australie	AUS	anglais	dollar
Autriche	A	allemand	euro
Azerbaïdjan		azéri	manat
Bahrein	BRN	arabe	dinar
Bangladesh	BD	bengali	taka
Belgique	B	français, néerlandais, allemand	euro
Bélize	BH	anglais	dollar
Bénin	DY	français	franc CFA
Biélorussie		biélorusse	rouble
Birmanie	BUR	birman	kyat
Bolivie		espagnol	boliviano
Botswana	RB	anglais, tswana	pula
Brésil	BR	portugais	real
Brunei		malais	dollar
Bulgarie	BG	bulgare	lev
Burkina Faso		français	franc CFA
Burundi	WAG	français, kirundi	franc
Cambodge		khmer	riel
Cameroun		anglais, français	franc CFA
Canada	CND	anglais, français	dollar
Cap-Vert	GR	portugais	escudo
Centrafricaine (Rép.)	RCA	français	franc CFA
Chili	RCH	espagnol	peso
Chine		chinois	yuan
Chypre	CY	grec, turc	livre
Colombie	CO	espagnol	peso
Congo	RCB	français	franc CFA
Congo (Rép. dém.)	RDC	français	franc
Corée	ROK	coréen	won
Costa Rica	CR	espagnol	colón
Côte-d'Ivoire	CI	français	franc CFA
Croatie		serbo-croate	kuna
Cuba	C	espagnol	peso
Danemark	DK	danois	couronne
Dominicaine (Rép.)	DOM	espagnol	peso
Égypte	ET	arabe	livre
Émirats arabes unis	UAE	arabe	dirham
Équateur	EC	espagnol	sucre
Érythrée		tigrinya, arabe	nakfa
Espagne	E	espagnol	euro
Estonie		estonien	couronne
États-Unis	USA	anglais	dollar
Éthiopie		amharique	birr
Fidji	FJI	anglais	dollar
Finlande	SF	finnois, suédois	euro
France	F	français	euro
Gabon	G	français	franc CFA
Gambie	WAG	anglais	dalasi
Géorgie		géorgien	lari
Ghana	GH	anglais	cedi
Grèce	GR	grec	euro
Guatemala	GCA	espagnol	quetzal
Guinée		français	franc
Guinée équatoriale		espagnol	franc CFA
Guinée-Bissau		portugais	peso
Guyana	GUY	anglais	dollar
Haïti	RH	français, créole	gourde
Honduras		espagnol	lempira
Hongrie	H	hongrois	forint
Inde	IND	hindi, anglais	roupie
Indonésie	RI	indonésien	rupiah
Irak	IRK	arabe	dinar
Iran	IR	persan	rial
Irlande	IRL	anglais, irlandais	euro
Islande	IS	islandais	couronne
Israël	IL	hébreu	shekel
Italie	I	italien	euro
Jamaïque	JA	anglais	dollar
Japon	J	japonais	yen

pays	code	langue(s) officielle(s)	monnaie
Jordanie	HKJ	arabe	dinar
Kazakhstan		kazakh, russe	tengue
Kenya	EAK	anglais, swahili	shilling
Kirghizstan		kirghiz, russe	som
Koweït	KWT	arabe	dinar
Laos	LAO	lao	kip
Lesotho	LS	anglais, sotho	loti
Lettonie		letton	lats
Liban	RL	arabe	livre
Liberia	LB	anglais	dollar
Libye	LAR	arabe	dinar
Lituanie		lituanien	litas
Luxembourg	L	français	euro
Macédoine		macédonien	dinar
Madagascar	RM	malgache, français	franc
Malaisie	MAL	malais	ringgit
Malawi	MW	anglais	kwacha
Mali	RMM	français	franc
Malte	M	anglais, maltais	livre
Maroc	MA	arabe	dirham
Maurice	MS	anglais	roupie
Mauritanie	RIM	arabe, français	ouguiya
Mexique	MEX	espagnol	peso
Mongolie		khalkha	tugrik
Mozambique		portugais	metical
Namibie	ZA	afrikaans, anglais	dollar
Népal		népalais	roupie
Nicaragua	NIC	espagnol	córdoba
Niger	RN	français	franc CFA
Nigeria	WAN	anglais	naira
Norvège	N	norvégien	couronne
Nouvelle-Zélande	NZ	anglais	dollar
Oman		arabe	rial
Ouganda	EAU	anglais, swahili	shilling
Ouzbékistan		ouzbek, russe	som
Pakistan	PAK	urdu, anglais	roupie
Panamá	PA	espagnol	balboa
Papouasie-Nouvelle-Guinée	PNG	anglais, néo-mélanésien	kina
Paraguay	PY	espagnol	guarani
Pays-Bas	NL	néerlandais	euro
Pérou	PE	espagnol, quechua	sol
Philippines	RP	tagalog	peso
Pologne	PL	polonais	zloty
Portugal	P	portugais	euro
Qatar	Q	arabe	riyal
Roumanie	R	roumain	leu
Royaume-Uni	GB	anglais	livre sterling
Russie		russe	rouble
Rwanda	RWA	français, kinyarwanda	franc
Salvador	ES	espagnol	colón
Sénégal	SN	français	franc CFA
Sierra Leone	WAL	anglais	leone
Singapour	SGP	anglais, chinois, malais, tamoul	dollar
Slovaquie		slovaque	couronne
Slovénie	CO	slovène	tolar
Somalie	SO	somali	shilling
Soudan		arabe	dinar
Sri Lanka	CL	cinghalais	roupie
Suède	S	suédois	couronne
Suisse	CH	allemand, français, italien, romanche	franc
Surinam	SME	néerlandais	florin
Syrie	SYR	arabe	livre
Tadjikistan		russe, tadjik	rouble
Taiwan	RC	chinois	dollar
Tanzanie		anglais, swahili	shilling
Tchad		français	franc CFA
Tchèque (République)		tchèque	couronne
Thaïlande	T	thaï	baht
Togo	TG	français	franc CFA
Trinité et Tobago		anglais	dollar
Tunisie	TN	arabe	dinar
Turkménistan		turkmène, russe	manat
Turquie	TR	turc	livre
Ukraine		ukrainien	grivna
Uruguay	U	espagnol	peso
Venezuela	YV	espagnol	bolívar
Viêt-nam	VN	vietnamien	dong
Yémen		arabe	rial
Zambie	ZA	anglais	kwacha
Zimbabwe	ZW	anglais	dollar

DÉPARTEMENTS FRANÇAIS

DÉPARTEMENT	CODE	CHEF-LIEU	DÉPARTEMENT	CODE	CHEF-LIEU
AIN	01	Bourg	LOZÈRE	48	Mende
AISNE	02	Laon	MAINE-ET-LOIRE	49	Angers
ALLIER	03	Moulins	MANCHE	50	Saint-Lô
ALPES-DE-HAUTE-			MARNE	51	Châlons-en-
PROVENCE	04	Digne			Champagne
HAUTES-ALPES	05	Gap	HAUTE-MARNE	52	Chaumont
ALPES-MARITIMES	06	Nice	MARTINIQUE	972	Fort-de-France
ARDÈCHE	07	Privas	MAYENNE	53	Laval
ARDENNES	08	Charleville-	MEURTHE-ET-MOSELLE	54	Nancy
		Mézières	MEUSE	55	Bar-le-Duc
ARIÈGE	09	Foix	MORBIHAN	56	Vannes
AUBE	10	Troyes	MOSELLE	57	Metz
AUDE	11	Carcassonne	NIÈVRE	58	Nevers
AVEYRON	12	Rodez	NORD	59	Lille
BOUCHES-DU-RHÔNE	13	Marseille	OISE	60	Beauvais
CALVADOS	14	Caen	ORNE	61	Alençon
CANTAL	15	Aurillac	PARIS	75	Paris
CHARENTE	16	Angoulême	PAS-DE-CALAIS	62	Arras
CHARENTE-MARITIME	17	La Rochelle	PUY-DE-DÔME	63	Clermont-Ferrand
CHER	18	Bourges	PYRÉNÉES-		
CORRÈZE	19	Tulle	ATLANTIQUES	64	Pau
CORSE-DU-SUD	2A	Ajaccio	HAUTES-PYRÉNÉES	65	Tarbes
HAUTE-CORSE	2B	Bastia	PYRÉNÉES-		
CÔTE-D'OR	21	Dijon	ORIENTALES	66	Perpignan
CÔTES-D'ARMOR	22	Saint-Brieuc	RÉUNION	974	Saint-Denis
CREUSE	23	Guéret	BAS-RHIN	67	Strasbourg
DORDOGNE	24	Périgueux	HAUT-RHIN	68	Colmar
DOUBS	25	Besançon	RHÔNE	69	Lyon
DRÔME	26	Valence	SAINT-PIERRE-ET-		
ESSONNE	91	Évry	MIQUELON	975	Saint-Pierre
EURE	27	Évreux	HAUTE-SAÔNE	70	Vesoul
EURE-ET-LOIR	28	Chartres	SAÔNE-ET-LOIRE	71	Mâcon
FINISTÈRE	29	Quimper	SARTHE	72	Le Mans
GARD	30	Nîmes	SAVOIE	73	Chambéry
HAUTE-GARONNE	31	Toulouse	HAUTE-SAVOIE	74	Annecy
GERS	32	Auch	SEINE-MARITIME	76	Rouen
GIRONDE	33	Bordeaux	SEINE-ET-MARNE	77	Melun
GUADELOUPE	971	Basse-Terre	SEINE-SAINT-DENIS	93	Bobigny
GUYANE	973	Cayenne	DEUX-SÈVRES	79	Niort
HAUTS-DE-SEINE	92	Nanterre	SOMME	80	Amiens
HÉRAULT	34	Montpellier	TARN	81	Albi
ILLE-ET-VILAINE	35	Rennes	TARN-ET-GARONNE	82	Montauban
INDRE	36	Châteauroux	TERRITOIRE		
INDRE-ET-LOIRE	37	Tours	DE BELFORT	90	Belfort
ISÈRE	38	Grenoble	VAL-DE-MARNE	94	Créteil
JURA	39	Lons-le-Saunier	VAL-D'OISE	95	Pontoise
LANDES	40	Mont-de-Marsan	VAR	83	Toulon
LOIR-ET-CHER	41	Blois	VAUCLUSE	84	Avignon
LOIRE	42	Saint-Étienne	VENDÉE	85	La Roche-sur-Yon
HAUTE-LOIRE	43	Le Puy	VIENNE	86	Poitiers
LOIRE-ATLANTIQUE	44	Nantes	HAUTE-VIENNE	87	Limoges
LOIRET	45	Orléans	VOSGES	88	Épinal
LOT	46	Cahors	YONNE	89	Auxerre
LOT-ET-GARONNE	47	Agen	YVELINES	78	Versailles

ALPHABETS

CYRILLIQUE			GREC			
Majuscule	Minuscule	Transcription	Majuscule	Minuscule	Nom de la lettre	Transcription
А	а	a	А	α	alpha	a
Б	б	b	В	б	bêta	b
В	в	v		β	bêta initial	b
Г	г	gu	Г	γ	gamma	g
Д	д	d	Δ	δ	delta	d
Е	е	é/ié	Е	ε	epsilon	e, é
Ё	ё	io	Z	ζ	zêta	z
Ж	ж	j	Н	η	êta	ê, é
З	з	z	Θ	θ	thêta	th
И	и	i	І	ι	iota	i
Й	й	ï	К	κ	kappa	k
К	к	k	Λ	λ	lambda	l
Л	л	l	М	μ	mu	m
М	м	m	N	ν	nu	n
Н	н	n	Ξ	ξ	ksi	x
О	о	o	О	о	omicron	o
П	п	p	П	π	pi	p
Р	р	r	Р	ρ	rhô	r
С	с	s	Σ	σ	sigma	s
Т	т	t		ς	sigma final	s
У	у	ou	Т	τ	tau	t
Ф	ф	f	Υ	υ	upsilon	u *ou* y
Х	х	kh	Ф	φ	phi	ph *ou* f
Ц	ц	ts	Х	χ	khi	kh *ou* ch
Ч	ч	tch	Ψ	ψ	psi	ps
Ш	ш	ch	Ω	ω	oméga	o
Щ	щ	chtch				
Ъ	ъ	*(signe dur)*				
Ы	ы	y				
Ь	ь	*(mouillure)*				
Э	э	é/è				
Ю	ю	iou				
Я	я	ia				

Composition MCP (Groupe JOUVE)

Imprimé en France sur Presse Offset par

BRODARD & TAUPIN

GROUPE CPI

La Flèche (Sarthe).
N° d'imprimeur : 24690 – Dépôt légal Éditeur 46806-06/2004
Édition 06
LIBRAIRIE GÉNÉRALE FRANÇAISE - 43, quai de Grenelle - 75015 Paris.
ISBN : 2 - 253 - 13114 - 8